BALZAC

La Comédie

humaine

VII

ÉTUDES DE MŒURS :
SCÈNES DE LA VIE PARISIENNE

ÉDITION PUBLIÉE SOUS LA DIRECTION
DE PIERRE-GEORGES CASTEX
AVEC, POUR CE VOLUME, LA COLLABORATION DE
PATRICK BERTHIER, ANDRÉ LORANT,
ANNE-MARIE MEININGER

GALLIMARD

CE VOLUME CONTIENT :

ÉTUDES DE MŒURS :
SCÈNES DE LA VIE PARISIENNE *(suite)*

Les Parents pauvres

PREMIER ÉPISODE
LA COUSINE BETTE
Texte présenté, établi et annoté par Anne-Marie Meininger

DEUXIÈME ÉPISODE
LE COUSIN PONS
Texte présenté, établi et annoté par André Lorant

UN HOMME D'AFFAIRES
Texte présenté, établi et annoté par Anne-Marie Meininger

UN PRINCE DE LA BOHÈME
Texte présenté, établi et annoté par Patrick Berthier

GAUDISSART II

LES EMPLOYÉS

LES COMÉDIENS SANS LE SAVOIR
Textes présentés, établis et annotés par Anne-Marie Meininger

Histoire des textes, documents, variantes,
notes, indications bibliographiques

LES PARENTS PAUVRES

LES RAPACES DIURNES

PREMIER ÉPISODE

LA COUSINE BETTE

INTRODUCTION

18 octobre 1846 : La Cousine Bette « *a un succès étourdissant* » ; « *il y a une immense réaction en ma faveur, j'ai
vaincu!* » *3 novembre :* « La Cousine Bette *prendra place à
côté de mes grandes œuvres.* » *5 novembre :* « *On crie au chef-
d'œuvre de tous côtés.* » *11 novembre :* « *Je reste seul, plus
brillant, plus jeune, plus fécond que jamais.* »[1] *Ces cris de
triomphe, lancés dans les lettres de Balzac à Mme Hanska,
ne peuvent faire sourire.* La Cousine Bette, *qui paraissait en
feuilleton depuis le 8 octobre, eut un succès étourdissant, et
c'était un chef-d'œuvre. Mais, avec* Le Cousin Pons, *le dernier.
Si Balzac écrivit encore un fragment de* L'Envers *de l'histoire contemporaine et, pour le théâtre,* La Marâtre *et* Le
Faiseur, Les Parents pauvres *furent la dernière scène de*
La Comédie humaine, *la dernière flamme du génie de son
créateur. « Plus brillant, plus jeune, plus fécond que jamais » ?
Balzac croit à une aube nouvelle et c'est le crépuscule, le trop
brillant flamboiement du soleil qui disparaît avec l'étourdissant foisonnement de* La Cousine Bette *et, avec* Le Cousin
Pons, *plus pur et désespéré, la grisaille poignante de la nuit
qui commence. Le monde où Balzac avait vécu allait s'écrouler, s'écroulait déjà. Et avant de disparaître avec lui, dans
l'histoire des* Parents pauvres, *scène de la vie privée, parisienne, politique, somme de son art, de sa vie, de son œuvre,
Balzac aura tout crié, depuis « Familles, je vous hais » jusqu'à « Nous autres, civilisations, nous savons maintenant que
nous sommes mortelles ».*

1. *Lettres à Mme Hanska*, t. III, p. 426-428, 456, 465, 477.

« *J'ai vaincu!* » *Vaincu* Sand, Soulié, Dumas *et surtout* Eugène Sue, *l'insolent triomphateur des* Mystères de
Paris *qui avaient fait extravaguer Paris, la France, l'Europe.*
P.-G. Castex *titre avec raison sa présentation de* La Cousine
Bette *:* « *Quand Balzac affronte Eugène Sue*[1]. » *C'était bien
en effet l'un des enjeux de la création qu'un duel sur le terrain
même du feuilleton. La vogue de cette littérature que Balzac
nommait* « *bâtarde* » — *bâtarde comme une chienne* — *l'avait
démodé, et public, libraires ou directeurs de journaux l'ou-
bliaient d'autant plus qu'il écrivait moins depuis trois ans.*
La Muse du département *avait marqué la fin des prodiges
du* « *plus fécond des romanciers* ». *Souvenons-nous du romancier de 1843,* « *épuisé* », *effrayé de son* « *cerveau vide* » :
« *N'est-ce pas une folie que d'imaginer qu'après avoir sans
cesse puisé pendant 15 ans à cette source, j'y pourrai puiser
impunément pendant quinze autres années*[2] ? » *Du printemps
1843 au printemps 1846, sauf* Modeste Mignon, *roman
inspiré par Mme Hanska, Balzac n'a produit que des suites,
des fins, dont la conception exigeait un effort moindre que des
œuvres complètes, et nombre de fragments, abandonnés après
quelques chapitres, quelques pages ou quelques lignes. Le
21 décembre 1845, un critique de* L'Artiste *évoque son ombre :
« *un grand romancier de l'autre temps* ». *Lui-même écrit le
17 décembre 1845 :* « La Comédie humaine, *je ne m'y
intéresse plus*[3]. » *De quel prodige naquirent* Les Parents
pauvres, *création si neuve qu'elle n'était même pas prévue au
Catalogue de 1845 et qu'aucun de ses nombreux protagonistes n'était* « *reparaissant* » ? *Cette création de deux œuvres
liées dans leur conception et, longtemps, dans leur réalisation,
s'inscrit entre le 15 juin 1846 et le 10 mai 1847, jour où
parut le dernier feuilleton du* Cousin Pons, *dont la rédaction
en deux temps encadra celle de* La Cousine Bette. *Les lettres
à Mme Hanska permettent d'en suivre, presque jour par jour,
l'histoire admirable et meurtrière.*

1. *La Cousine Bette*, Club du Meilleur Livre, 1959, p. 1.
2. 17 janvier 1843. *Lettres à Mme Hanska*, t. II, p. 150.
3. *Ibid.*, t. III, p. 106.

Lundi 15 juin 1846 : « *Voici ce que je vais écrire :* 1° L'Histoire des parents pauvres, Le Bonhomme Pons *qui fait 2 ou 3 feuilles*[1] *de* La Comédie humaine, *puis* La Cousine Bette *qui en fera 16*[2]. » *Le 16* : « *Le moment exige que je fasse deux ou trois œuvres capitales [...]* Le Vieux Musicien *est* le parent pauvre, *accablé d'injures, plein de cœur,* La Cousine Bette *est* la parente pauvre, *accablée d'injures, vivant dans l'intérieur de 3 ou 4 familles et prenant vengeance de toutes ses douleurs*[3]. » *Balzac n'écrira plus d'autres « œuvres capitales », mais la conception même, par double et antithèse, des* Parents pauvres *donnait au projet une meilleure chance, tant chez lui l'opposition constitue un mécanisme essentiel de la création. De plus, l'antithèse d'une femme qui gagne, alors que l'homme est victime, allait dans le sens de sa misogynie grandissante. Le 20 juin :* « *Je suis très content du* Vieux Musicien. *J'ai tout à inventer pour* La Cousine Bette »; *le 28 :* « *Je viens de terminer* Le Parasite, *car tel est le titre définitif de ce qui s'est appelé* Le Bonhomme Pons, Le Vieux Musicien, *etc. [...] Je vais me mettre sur* La Cousine Bette, *roman terrible, car le caractère principal sera un composé de ma mère, de Mme Valmore et de ta tante Rosalie. Ce sera l'histoire de bien des familles* »[4]. *Mais* Le Parasite *n'était pas le titre définitif, et il n'était pas terminé. Un événement :* L'Instruction criminelle — *troisième partie de* Splendeurs et misères des courtisanes —, *qui paraissait en feuilleton depuis le 7, était un succès. Ce revirement du public pèsera sur la genèse des* Parents pauvres : *sur la conception de* La Cousine Bette, *plus rapide, car du succès de la courtisane Esther naquit vraisemblablement Valérie Marneffe, personnage de courtisane bourgeoise qui pouvait ouvrir la voie aux mêmes effets, donc au même succès, et qui finira par tenir les grands premiers rôles dans les vengeances de la cousine ; et sur l'interruption du* Cousin Pons, *car le succès d'Esther stimule l'appétit de Véron, acquéreur des* Parents pauvres *en feuilleton pour son* Constitutionnel. *Le 5 août :* Véron « *veut*

1. 32 à 48 pages.
2. 256 pages. *Lettres à Mme Hanska,* t. III, p. 213.
3. *Ibid.*, p. 216.
4. *Ibid.*, p. 223 et 241.

autant de feuilles que j'en pourrai faire[1]. » *Conséquence : il faut
allonger le texte du* Cousin Pons; *alors que, le 26 juillet,
Balzac avait « toute [sa] nouvelle*[2] *composée », le 12 août,
après avoir « tout bouleversé, hier, dans [ses] corrections », il a
encore « 36 feuillets*[3] *à écrire » et, le 13, prévoit « des efforts
héroïques pour tout terminer, roman*[4] *et affaires »*[5]. *Mais il
n'a « pas d'esprit », il « sue », se bourre de café »*[6] *en vain. Et
soudain, alors qu'il n'était plus question de* La Cousine Bette
depuis juin, le 18 : « J'ai fait aujourd'hui 24 feuillets de La
Cousine Bette[7]. » *En un jour ?*

    C'est d'autant moins vraisemblable que huit faux départs[8]
*témoignent d'un démarrage laborieux. D'ailleurs Véron gémit
le 19 août : « Mon cher Balzac ! Je ne comprends rien à ce
que l'on me raconte, après mille corrections et la composition
de plusieurs feuilles, vous avez tout remporté et vous donnez
par petites portions un nouveau manuscrit [...] Expliquez-
moi donc toute cette histoire*[9] ». Le « *nouveau manuscrit* », à
l'évidence La Cousine Bette, *a donc été commencé depuis
plusieurs jours, car Balzac n'aurait pu en une seule journée
l'écrire et l'apporter par « petites portions ».*

    *S'il est difficile d' « expliquer toute cette histoire », on
aperçoit que, sans le vouloir, Véron suscita en partie ses
propres ennuis, la mise en œuvre de* La Cousine Bette *et,
d'abord, l'interruption du* Cousin Pons. *En souhaitant de
Balzac autant de feuilles qu'il en pourrait faire, il le poussa
à étendre les histoires des parents pauvres et d'abord la plus
courte, celle de Pons, à transformer la nouvelle en roman.
Mais Balzac se « bourra de café » sans trouver les mécanismes
nécessités par le changement de dimension. Ou ceux qu'il trouvait menaçaient l'existence même de* La Cousine Bette. *La
conception gémellaire des deux œuvres produisit une imbrication*

---

   1. *Lettres à Mme Hanska,* t. III, p. 317.
   2. C'est nous qui soulignons.
   3. Pages de manuscrit.
   4. C'est nous qui soulignons.
   5. *Lettres à Mme Hanska,* t. III, p. 295, 328-329.
   6. *Ibid.,* p. 327.
   7. *Ibid.,* p. 336.
   8. Voir p. 1240-1242.
   9. *Correspondance,* t. V, p. 147-148.

prolongée dans leur réalisation, et les épaves de la rédaction du Cousin Pons *montrent que, lors de son interruption en août 1846, l'argument se rapprochait de celui de* La Cousine Bette *au point que, continuant, Balzac n'aurait plus eu d'histoire de cousine pauvre à écrire, parce que Madeleine Vivet aurait agi en lieu et place de Bette. La première étape du* Cousin Pons *s'arrête en effet au milieu d'une scène où la demoiselle Vivet parle au cousin de ses viagers, de dévouement et d'amour. Vieille fille pauvre, desséchée par le célibat, humiliée par sa situation de satellite subalterne chez la présidente Camusot et son mari, le cousin riche de Pons, vindicative, car elle appartenait « trop à la famille pour ne pas avoir de raisons de s'en venger », Madeleine Vivet cachait « une de ces haines sourdes [...] qui font les avalanches », et couvait « le désir de iouer à l'orgueilleuse présidente le tour d'être* la cousine de monsieur »[1]. *N'était-il pas temps d'interrompre le programme de la demoiselle Vivet ? N'allait-elle pas se substituer à Bette pour tenir le rôle de la « cousine pauvre accablée d'injures[...] et prenant vengeance de toutes ses douleurs[2] » ? Constatation révélatrice :* La Cousine Bette *finie, quand Balzac reprendra* Le Cousin Pons, *il ne donnera exactement plus rien à faire dans l'intrigue à cette vieille fille ; elle ne sera ni cousine, ni vengée, et les avalanches auront été déclenchées ailleurs par Bette. Et Bette, humiliée par sa position subalterne, aura mis en œuvre toutes les ressources de sa haine sourde pour jouer à sa parente riche, « l'orgueilleuse Adeline », le tour d'épouser le frère de son mari, le maréchal Hulot.*

Les débuts abandonnés de La Cousine Bette *révèlent les difficultés rencontrées par Balzac pour dégager l'une de l'autre les histoires des parents pauvres. Par deux fois, il commence en situant l'habitation de Bette au Marais : comme celle de Pons. Puis il part de Steinbock, artiste étranger recueilli par la cousine pauvre, mais s'arrête, faute peut-être de l'avoir déjà assez différencié de Schmucke, l'artiste étranger recueilli par le cousin pauvre. Changeant de cap, il entame le récit avec les parents riches et ébauche entre la baronne Hulot et sa fille une*

---

1. *Le Cousin Pons*, p. 507.
2. 16 juin 1846. *Lettres à Mme Hanska*, t. III, p. 216.

conversation sur « le jour de Bette » et le dîner escompté par la cousine, qu'il abandonne aussitôt, car elle rejoignait en droite ligne une des premières scènes du Cousin Pons, *où « le jour de Pons » suscitait entre la présidente Camusot et sa fille des commentaires sur le dîner escompté par le cousin pauvre. Deux autres débuts réunissant la baronne, sa fille et Bette dans le salon des Hulot, rue de l'Université, n'écartaient pas les risques de contagion. Pour mieux les éviter, Balzac décide de commencer par la visite de Crevel rue de l'Université. Cet aperçu de Crevel cheminant en voiture vers l'hôtel de la baronne Hulot oppose ce parent riche à Pons cheminant à pied vers l'appartement de Mme Camusot, au début de l'autre roman ; mais dans les deux cas, les sourires de ces personnages donnent à soupçonner aux passants une visite galante. Pendant la visite de Crevel, la baronne lui confiera la difficulté de marier sa fille faute d'une dot suffisante; difficulté qui sera le point de départ de l'action. Dans* Le Cousin Pons, *la même difficulté faisait l'objet de la scène initiale entre le cousin pauvre et la présidente, et servait de point de départ pour l'action. Qu'un confident soit un parent pauvre ici, riche là, n'estompe pas les analogies, d'autant que, dans les deux cas, l'aveu naît d'un mariage manqué et chaque fois avec un conseiller à la Cour. Les oppositions aussi font ressortir la symétrie. À Pons le pauvre, d'un côté, répond Hulot le riche, de l'autre, et, contraste essentiel, la chasteté de Pons fait de lui un négatif absolu de Hulot, le « père prodigue » et débauché. Mais tous deux sont des hommes-Empire et si Hulot n'est « pas un homme, mais un tempérament », Pons, à cause de sa gourmandise, « ne comptait-il plus comme un homme, c'était un estomac »[1]. Parfois les similitudes l'emportent. Crevel fait écho à Gaudissart au point d'être donné curieusement pour « ancien commis voyageur de César Birotteau », et la confusion entre Gaudissart au geste napoléonien et Crevel à l'attitude napoléonienne[2] finit par s'étendre à leurs mœurs, à leurs prétentions mondaines, à leurs ambitions politiques, et jusqu'à leurs maîtresses, singulièrement analogues en les personnes de Jenny Cadine et d'Héloïse Brise-*

---

1. P. 346 et *Le Cousin Pons*, p. 516.
2. P. 62 et n. 1, p. 191; *Le Cousin Pons*, p. 500, 516 et 743.

tout. Inversement, à l'avocat corrompu Fraisier s'oppose Hulot fils, avocat « puritain », dont le caractère, cependant, affecté de pédantisme et de gravité judiciaire, ressemble beaucoup à celui de la fille des Camusot, « dont le maintien, entaché de pédantisme, affectait la gravité judiciaire[1] *». Et Cécile Camusot est rousse, comme Hortense Hulot, que Valérie Marneffe qualifie de « girafe couleur carotte ». Les portières même se rapprochent, quand celle de Bette se met à parler « en n » comme la Cibot.*

Infime sans doute, cette similitude se rencontre assez loin dans l'action pour montrer la persistance d'une sorte de diplopie créatrice dont Balzac joue, ou qu'il masque, avec virtuosité. Au départ, elle marque essentiellement les parents pauvres. Dans leur situation vis-à-vis de parents qui, en fait, ne sont riches qu'à leurs yeux, car la situation réelle des Hulot et des Camusot se révèle peu brillante. Dans leurs personnages mêmes, car si Pons est le bon parent pauvre de parents riches mauvais, et Bette tout simplement le contraire, ils se différencient d'abord assez peu, pour que Balzac les affuble de mises également « arriérées », et, pour qu'après avoir créé Pons parasite, il donne de la même façon Bette comme parasite[2]. *Il détaille le profit qu'elle tire de son dîner quotidien dans trois ou quatre familles avec lesquelles ses liens de parenté sont aussi vagues que ceux de Pons avec les familles chez lesquelles il va chercher son dîner quotidien. Et l'un comme l'autre vivent à l'insu de leurs parents avec un artiste étranger qu'ils ont recueilli, Schmucke étant simplement vieux, laid et musicien, alors que Steinbock est jeune, beau et sculpteur. La symétrie des situations se prolonge par celle des mécanismes et le « jour de Pons » renferme avec le « jour de Bette » une similitude plus essentielle que le dîner escompté de part et d'autre : au cours de cette scène initiale, Pons apporte à la présidente l'éventail de la marquise de Pompadour, précieux cadeau qui jouera un rôle décisif, car il révèle l'existence de la collection, trésor caché que voleront les riches; à ce cadeau répond très rigoureusement le cadeau apporté par Bette pour la baronne lors de la scène initiale du roman : le cachet sculpté par Steinbock révèle l'exis-*

1. *Le Cousin Pons*, p. 515.
2. P. 82, 84 et, *Le Cousin Pons*, p. 493-494.

tence du trésor caché de la cousine pauvre, Steinbock lui-même,
que les riches « voleront » aussi.

Ces similitudes auraient mérité de ne pas être négligées par
les commentateurs, car Balzac fait ainsi naître les deux drames
d'un cadeau merveilleux du pauvre aux riches. Admirables
trouvailles romanesques, ces départs comportent une pensée
amère, clairement sévère pour les riches, mais ambiguë pour ce
qui concerne les pauvres : est-ce par leur générosité qu'ils sont
pris au piège ? Ou par leur vanité ? Car, dans les deux cas,
le pauvre donne, mais il escompte aussi une sorte de revanche :
Bette, en apportant la preuve de l'existence de son « amoureux », Pons, en apportant la preuve de sa compétence en
matière d'objets d'art. D'autres similitudes interviendront dans
la marche de l'action : dans les deux romans, le parent pauvre
procure un fiancé pour la petite-cousine riche et, chaque fois, il
s'agit d'un étranger : l'Allemand Brunner pour Cécile Camusot, le Livonien Steinbock pour Hortense Hulot. Et, bons ou
mauvais, les riches réagissent de façon identique en offrant au
pauvre une rente viagère dont le chiffre est le même : aux douze
cents francs proposés à Pons répondent d'abord six cents francs
pour Bette que, comme par réflexe, Balzac change en douze
cents francs[1]. Enfin, d'importantes conséquences sur l'histoire
contée dans La Cousine Bette découlent de la présence, au
bas de la maison de la cousine pauvre, d'une boutique de bric-à-
brac qui procurera le fatal hasard de la rencontre de Hulot
avec Valérie Marneffe; or, avant d'interrompre Le Cousin
Pons, Balzac avait déjà placé au bas de la maison du cousin
pauvre une boutique de bric-à-brac dont la présence devait
entraîner d'aussi fatales conséquences pour Pons.

Tous les phénomènes de dédoublement qui marquent l'histoire
d'un parent pauvre devenue celle de deux parents pauvres se
retrouveront, une fois les œuvres disjointes, exacerbés dans Le
Cousin Pons, mais déjà visibles dans La Cousine Bette où
chaque personnage, chaque scène engendre un double contrastant :
l' « ennemie » se dédouble en Bette et Valérie, une vierge et
son contraire, une vieille brune laide et son contraire. Un vieil
amant, Hulot, se dédoublera en Crevel son négatif; puis leurs

1. Voir pages 163 à 172.

contraires, jeunes et également étrangers : le Polonais Steinbock et le Brésilien Montès, qui réalisent entre eux une sorte de contraste ethnique. À Steinbock s'opposera Stidmann, qui crée et qui respecte Hortense. On pourrait multiplier les exemples, aussi bien pour les scènes. Ainsi, à la scène initiale entre Adeline Hulot et Crevel répondra une deuxième scène avec une situation rigoureusement inversée. À la première réunion de famille autour de Hulot, père respecté, répondra la dernière où il est chassé. De même, pour ses deux entrevues avec le ministre. À la visite initiale de Hulot chez Josépha, répondra la visite finale d'Adeline. Après Hulot surpris avec Valérie, il y aura Steinbock. Chaque double est un rebondissement et, peut-être, l'effet de l'extension prise par le roman, notamment par ce moyen. Mais si un tel mécanisme apparaît comme essentiel en tous temps dans la création balzacienne, son exagération dans La Cousine Bette, et le fait que chaque écho dramatise, empire, assombrit, semblent des signes révélateurs.

L'économie des moyens qui dénonce la fatigue de Balzac au départ, puis ces phénomènes d'assombrissement et la constance des thèmes qui trahissent ses obsessions, rendent plus fascinants le brio et la réussite de l'œuvre, et plus impressionnante sa réalisation. Car, interrompue par deux voyages en Allemagne — du 30 août au 15 septembre 1846, puis, pour le mariage d'Anna Hanska, du 9 au 17 octobre —, et par l'achat de la Chartreuse-Beaujon entre le 15 septembre et le 9 octobre, la rédaction de La Cousine Bette fut réalisée presque uniquement pendant la seconde quinzaine d'août pour les quatorze premiers chapitres du Constitutionnel, et du 17 octobre au 27 novembre pour les vingt-cinq autres, « écrits currente calamo, faits la veille pour le lendemain », avoue Balzac le 20 novembre[1], en un effort plus prodigieux encore que l'effort accompli pour César Birotteau, à un moment où il se trouvait en possession de toutes ses forces. Or, en 1846, Balzac est un malade, préoccupé par ses espoirs de paternité et de mariage, harcelé par ses dettes de toujours, augmentées de celles du bric-à-brac et de celles, plus vertigineuses encore, de l'achat et des travaux de la Chartreuse-Beaujon. Mais le succès, revenu avec Esther et

---

1. *Lettres à Mme Hanska*, t. III, p. 493.

devenu « *étourdissant* » dès les premiers feuilletons de La
Cousine Bette, *souleva, transporta Balzac à son second retour
d'Allemagne, et lui permit d'accomplir un effort qui souligne
combien l'avait atteint la désaffection des lecteurs. Chaque approbation relançant son imagination, repoussant les limites de
l'action, faisant jaillir nouveaux épisodes et « fières scènes »,
Balzac ira jusqu'à la limite de ses forces, pour s'écrouler,* La
Cousine Bette *achevée, comme il le constatera le 11 et le
20 décembre, le cerveau en « bouillie », cherchant « très péniblement les substantifs », éprouvant l' « évanouissement de la pensée », et le docteur Nacquart lui prédisant : « Cela finira par
quelque chose de fatal »*[1]. *Avec raison.*

Par ailleurs, Balzac a certainement trouvé des ressources
dans le fond de toute une vie de projets, d'observations, de
thèmes. Dès *1839*, un chapitre de Pierrette *s'intitulait :
« Histoire des cousins pauvres chez leurs parents riches ».*
L'Histoire d'un parent pauvre, *projet de 1844*[2], *deviendra*
Le Cousin Pons, *le négatif de* La Cousine Bette; *d'autres
projets ou esquisses de la même année (notamment pour* Le
Diable à Paris) *fourniront des éléments à* La Cousine Bette.
De 1844, encore Les Petits Bourgeois, *abandonnés, ont pu
jouer un rôle : s'il est une vieille fille qui annonce Bette, c'est
Brigitte Thuillier, jusque dans l'ambiguïté de ses liens avec Flavie Colleville, déjà fille naturelle comme Valérie Marneffe,
et femme des plus coquettes, sinon tout à fait courtisane mariée;
et « l'artiste », devenu le jeune avocat La Peyrade, mais déjà
protégé par Brigitte et amoureux de Flavie, laissait le champ
libre à Steinbock, artiste velléitaire et trop aimé, qui continue
aussi la lignée des Sommervieux et des Lousteau. De même,
Crevel descend de Birotteau, et Hulot de tous les monomanes nés
avec Claës dans* La Recherche de l'Absolu. *Mais tous combien pires, plus bassement destructeurs, dans un monde plus vil,
tournant à vide dans un grand fracas d'argent stupide, d'éro-
tisme volubile et de regrets tardifs. Ces personnages et ce*

---

1. *Lettres à Mme Hanska,* t. III, p. 531 et 559.
2. Sur ce projet initial, voir mon édition du *Cousin Pons* (Classiques Garnier, 1974), p. XVII.

monde, images à peine exagérées de la société sourde et aveugle, corrompue et gavée du règne finissant de Louis-Philippe, ont aussi pris leur tonalité de la vision assombrie de l'homme que Balzac était devenu, physiquement et moralement atteint depuis 1843. L'Histoire des parents pauvres *naît de Balzac lui-même, de sa vie, parfois au jour le jour, de ses fantasmes, ses angoisses, ses obsessions. Femmes nuisibles, hommes victimes, mariages manqués, étrangers, catastrophes issues des magasins de bric-à-brac, ne sont pas des hasards, et, moins encore au départ, les héros, « parents » donc membres d'une famille, de familles qui sont toujours « ennemies » pour eux et les méconnaissent, et parents pauvres, célibataires, seuls et démodés. Dès le départ, tous les « papillons noirs » du créateur s'étaient posés sur son papier.*

   « Il y a des moments où la crainte de me réveiller vieux, malade, et incapable d'inspirer aucun sentiment (ce qui commence) me prend et alors je deviens fou[1] », avait-il écrit le 1ᵉʳ juin 1841. En novembre 1843, il est rentré de Saint-Pétersbourg amèrement seul. La fabuleuse comtesse Hanska, qu'il était sûr de décider à l'épouser, s'est dérobée. L'incertitude, l'attente vont peu à peu le détruire, corps, âme et œuvre. Le poids du pari qu'il a engagé se mesure à cette phrase d'une lettre à sa sœur Laure au sujet de ce mariage, toujours attendu en mars 1849 : « Si je ne suis pas grand par La Comédie humaine, *je le serai par cette réussite, si elle vient[2]. » Qu'on s'étonne, le fait est. À quarante-six ans, il n'a qu'une certitude : ses dettes. Et une famille pleine d'indifférence niaise à l'égard de son œuvre, de susceptibilités de préséances et de supériorités à son égard, et d'avidité à récupérer ses sous. Et une « phâme », la belle Louise Breugniot, avec laquelle il vit depuis 1840, dite Mme de Brugnol pour le monde, « la gouvernante » pour Mme Hanska, à laquelle il a caché l'existence même de Louise jusqu'à Saint-Pétersbourg. D'atroces mais révélatrices névralgies abattent Balzac. Il n'est plus capable d'écrire que ses lettres à l'Étrangère et, au lieu d'un monde, fabrique cette terrible construction de mensonges, de transpositions, d'oublis —*

---

1. *Lettres à Mme Hanska,* t. II, p. 15.
2. *Correspondance,* t. V, p. 527.

*pathétique et écœurante — qu'on se reproche de lire, tant elle
n'a pas été écrite pour nous — et où l'amour, quoi qu'on en
ait dit, tient peu de place. Car ce n'est pas de l'amour que
cette entreprise d'envoûtement, avec une ménagerie de plus en
plus envahissante de louploups, de minous et de bengalis. Cela
ressemble affreusement à des rodomontades à distance, qui
trahissent moins le désir que le besoin d'en éprouver. Et moins
d'insincérité que d'angoisses : celles de la pauvreté, de l'abandon,
de la solitude. Il s'essouffle en vain. Apitoie en vain. Évoque
en vain sa mère « funeste », « tourmentante »[1]. Se dévoile en
vain, et imprudemment : « vous êtes ma vengeance de tout
ce que les dédains m'ont fait souffrir[2] ». Il se plaint inutilement de son « existence de forçat[3] ». « Je n'ai pas de famille[4] ! » :
même l' « alma soror » de jadis, sa sœur Laure, l'abandonne,
aigrie par les mariages ratés de sa fille, faute d'une dot suffisante. « Je deviens méchant, comme tous les animaux souf-
frants[5]. » Après les névralgies, un ictère le terrasse, cette maladie « dont la cause vient de grands chagrins éprouvés », se souviendra-t-il à propos de Pons. Il n'en sort que pour constater :
« ma mère [...] continue à me tourmenter comme Shylock[6] ».
« J'espérais que mon louploup m'aurait mis à même de réaliser
tout ce que mon écritoire, mon sang, ma plume, ma cervelle,
et des fatigues inouïes vont accomplir. » : « tout se réunit pour
m'engager dans une lutte affreuse, et où je puis laisser ma vie »[7].
Les œuvres avortées se succèdent. La comtesse note ses difficultés.
Il répond : « Je puis supporter bien des maux, hormis l'humiliation[8]. » La Cousine Bette et Le Cousin Pons naîtront de
l'humiliation insupportable. En novembre 1844 : « Vous verrez
ce qu'est ma fortune ! Seulement, si j'avais eu du secours,
elle serait arrivée un an plus tôt[9]. » Je souligne, car, un an
plus tôt, il rentrait de Saint-Pétersbourg. Les névralgies*

1. *Lettres à Mme Hanska*, t. II, p. 331 et 348.
2. *Ibid.*, p. 384.
3. *Ibid.*, p. 477.
4. *Ibid.*, p. 382.
5. *Ibid.*, p. 415.
6. *Ibid.*, p. 500.
7. *Ibid.*, p. 510-511.
8. *Ibid.*, p. 517.
9. *Ibid.*, p. 531.

*reprennent. Bilan de l'année : « j'ai usé mes facultés à l'œuvre désespérante de l'*attente[1] *! » « Balzac est mort d'amour », pense Bernard Guyon. Non. Joseph Delteil écrit, dans* Alphabet *: « Oui, on meurt d'amour, par millions, par peuples entiers; je veux dire d'absence d'amour. » Pour Balzac, c'est vrai.*

L'année 1845 commence. Ève Hanska pense surtout au mariage de sa fille Anna, parle du comte Georges Mniszech. Balzac s'insurge : un Polonais ! S'il a du courage, c'est « attirer la foudre », s'il est sans énergie, « c'est dissiper la fortune[2] » : « je crierai jusqu'au dernier moment qu'un Polonais est le plus mauvais mari qu'Anna puisse avoir[3]. » Il est beau ? « Anna faisant dépendre son bonheur de l'extérieur, ignore que le plus beau garçon du monde peut devenir le plus affreux, elle ignore les répulsions physiques qui se déclarent par le mariage même[4]. » Changeant une fois de plus d'avis, la comtesse appelle Balzac auprès d'elle et, d'avril à novembre, le promène en trois voyages à travers l'Europe et la France. Entre-temps, Balzac, qui reprend vie, n'a guère le temps d'écrire que quelques courtes physiologies dues à Hetzel pour Le Diable à Paris. *L'automne venu, la comtesse promet d'autres voyages pour 1846 et rend Balzac à son célibat, nanti de l'ordre de renvoyer la « gouvernante » qu'elle a enfin vue, et trop bien vue; et de payer ses dettes avec ses « économies » qu'elle lui offre, enfin. En fait de liquidation des dettes ou de Louise, Balzac va louvoyer. Il se met à haïr épistolairement Louise. Et la garde. Et il place le « trésor louploup » en actions du chemin de fer du Nord, spéculant sur la hausse unanimement prévue qui lui permettra de payer et ses dettes et une maison en lui laissant encore un bénéfice. En attendant, les économies boyardes ont attiré la famille, et sa mère, jugeant le moment venu de « régler ses comptes », désigne le cousin Sédillot pour calculer intérêts et principal. En guise de joyeux avènement pour 1846, Balzac reçoit d'elle un « accueil haineux » : « L'ennemie s'est*

1. *Ibid.*, p. 585.
2. *Ibid.*, p. 587.
3. *Ibid.*, p. 588.
4. *Ibid.*, p. 601.

déclarée »[1]. *Ainsi commence l'année qui verra naître* Le Cousin Pons *et* La Cousine Bette.

Balzac : « un grand romancier de l'autre temps ». « La Comédie humaine, je ne m'y intéresse plus »... Il bricabraque. Louise va épouser un sculpteur, Elschoët. Balzac est-il soulagé, lui qui la « haït » ? Elle « m'ennuie et m'assassine de son artiste[2] *», note-t-il, non sans ambiguïté. Il achève* L'Instruction criminelle *et part pour Rome, Genève, Bâle avec Mme Hanska, Anna et celui qui est décidément le futur gendre, Mniszeck. Mme Hanska est enceinte. Du moins elle le croit, le dit, et Balzac le croit, et croit qu'elle va enfin se décider. Mais elle hésite, lanterne et le renvoie. Le 16 mai, il est de retour à Passy, seul encore une fois. Avec Louise. Aucun éditeur, aucun directeur de journal ne le sollicite. Pour comble, Hetzel le traîne en justice : « ce drôle-là. C'est, à la lettre, un fou*[3] *». Plutôt que d'affronter la page blanche, il s'évade en poursuites de maisons, et bricabraque plus que jamais, bien que chaque achat lui attire les foudres de Mme Hanska. Il ne voit « personne que Froment-Meurice*[4] *», l'orfèvre qui cisèle coupes, pommeaux de canne et même cachet pour Mme Hanska, pour Anna, pour le Polonais. D'ailleurs, Froment trouve Anna « admirable », il « adore » Anna*[5]. *Le 30 mai : « Elschoët épouse Mme de B. Le contrat se signe dans quinze jours*[6]. *» Vraiment ? Le 12 juin : « Ils se marient quand je pourrai donner l'argent, et elle me rendra pendant trois mois tous les services dont j'aurai besoin*[7]. *» De cet argent — sept mille cinq cents francs qu'elle a « mis dans le ménage » depuis 1840 — on va reparler, longtemps. Balzac espérait-il que Mme Hanska paierait ou, sachant qu'elle n'y consentirait jamais, se sert-il de la condition posée et de l'impossibilité d'y faire face pour garder Louise ? Cela durera jusqu'en 1847, avec l'épisode du chantage après lettres « volées » par Louise, épisode d'autant plus singulier qu'un tel chantage apparaît*

1. *Lettres à Mme Hanska*, t. III, p. 129 et 128.
2. *Ibid.*, p. 169.
3. *Ibid.*, p. 202.
4. *Ibid.*, p. 188.
5. *Ibid.*, p. 33-34.
6. *Ibid.*, p. 185.
7. *Ibid.*, p. 207.

deux fois dans l'œuvre de Balzac juste avant *l'événement. Prescience ? Ou entente avec Louise ? Notons qu'il se préparait* dès le 27 juin 1846, *jour où Louise avait menacé de « faire le plus de mal possible »* à Balzac et à sa « *femme* ». *Le lendemain, il la comparait à Flore Brazier, l'héroïne de* La Rabouilleuse.

Le 14 juin 1846, une lettre de Mme Hanska, peu prodigue en compliments à l'ordinaire, lui avait appris qu'elle appréciait Esther. *Et un conseil de guerre avec Fessart, le mentor en affaires, avait passé les périls en revue : le manque d'argent devenu dramatique, et la poursuite de Hetzel, « acharnée » autant que les âpres instances de madame mère, « l'ennemie ». D'où le 15 : « Voici ce que je vais écrire 1° l'*Histoire des parents pauvres...* » Pons d'abord, « plus facile » et abandonné en août où, soudain, le 18 : « J'ai fait aujourd'hui 24 feuillets de* La Cousine Bette. »

Partant de Pons par antithèse, Bette constitue à l'évidence le pivot primitif du « roman terrible ». Mais si elle reste longtemps encore un des rouages de l'intrigue, il est évident aussi qu'elle perd peu à peu le rôle principal. Sa mort, dont Balzac semble s'acquitter comme d'une formalité, interviendra finalement bien avant le dénouement d'un drame sur lequel elle n'exerçait plus d'action. Valérie, l'Esther bourgeoise, d'abord simple instrument de Bette, Vautrin femelle et déchu, lui aura disputé le devant de la scène. Mais, en fait, Hulot est devenu la clef de voûte de la construction et le véritable metteur en œuvre de la catastrophe dont la réalisation devait au départ incomber à la seule Bette : la destruction et la ruine de la famille. Des hasards, et un peu trop complaisants, rétabliront in extremis *un ordre de convention, procureront une conclusion rosâtre, hâtive, d'une ironie passablement grinçante et où, du moins, l'exemplaire Adeline aura laissé la vie après le maréchal Hulot, Bette, Crevel et Valérie dans une hécatombe digne de Sue, qui prouvait que les méchants n'étaient pas mieux récompensés que les bons.*

Balzac, sous-titrant l'œuvre Le Père prodigue *dès l'édition originale, consacrait la promotion de Hulot, le changement de tête d'affiche, et du sens du drame. Mais Hulot premier* grand rôle signifie aussi que la monomanie sexuelle l'avait emporté sur la monomanie vengeresse. Hormis tout ce que cette évolution irrésistible peut révéler en profondeur sur le créateur lui-même et sur la hiérarchie de ses obsessions, il faut encore noter, par Hulot, Crevel, ou tout autre desservant du « culte Marneffe », que la monomanie sexuelle selon Balzac est l'apanage des hommes. Or, ces hommes étant aussi des rouages actifs de la société, les actes déterminés par leurs désirs ont des conséquences sociales. L'évolution du roman a donc permis d'élargir son champ, de passer du cadre étroit de la vie privée à la dimension d'un grand tableau de la vie parisienne et politique. Évolution que les femmes et surtout Bette, vierge et seule, n'auraient pas permis. Dans l'évolution romanesque comme dans les faits, les femmes représentent la vie privée. Et si d'elles est parti le roman, il s'est peu à peu élargi et déplacé vers la vie sociale incarnée par les hommes. Ce schéma de la création oriente logiquement l'étude de cette création, des moyens et des fins du créateur, à partir des femmes et en premier lieu, naturellement, de Bette, ce « composé de ma mère, de Mme Valmore et de ta tante Rosalie[1] ».

« ma mère ». *Difficiles depuis longtemps, les relations de Balzac avec sa mère s'étaient considérablement aggravées en 1841, lors de la cohabitation de Mme Balzac avec son fils et Louise, et peu à peu détériorées au point qu'elle était devenue* « l'ennemie » *déclarée du 1er janvier 1846.* « Un monstre », « funeste »[2] : *la question ici est de savoir non pas si Balzac se trompait, mais ce qu'il pensait. En outre, les faits connus ne lui donnent pas toujours tort. La sécheresse de Mme Balzac, ses rancœurs de femme appauvrie, ses piques de vanité et, par-dessus tout, l'intérêt, marquent son comportement à l'égard de son fils aîné. Il faut retenir chaque terme d'une phrase d'une lettre à sa fille Laure, à commencer par le mot* « toujours » : « Je t'ai toujours dit que j'attendais de voir Honoré riche pour juger de son cœur pour moi[3]. » *Voilà le critère, voilà l'amour.*

1. *Lettres à Mme Hanska*, t. III, p. 241.
2. *Ibid.*, t. II, p. 115 et 331.
3. *Bibliothèque Lovenjoul*, A 381, f° 185.

Avec sa puissance d'observation et sa sensibilité, Balzac ne pouvait ignorer ces sentiments, ni manquer d'en souffrir profondément. Dans la création de Bette, pivot originel de l'« histoire de bien des familles », la part d'une telle mère devait être nécessairement primordiale. Bette réservant sa haine à ses plus proches parents est cette mère dont il dit : « elle me haïssait avant que je fusse né[1] ». Et l'affection « folle » que la Bette haineuse porte à Valérie, l'étrangère, trahit la jalousie sourde, profonde, parce qu'elle remonte à l'enfance, l'enfance de l'auteur du Lys dans la vallée, *celle du petit garçon qui avait compris que sa mère lui préférait son frère adultérin, Henri : l'étranger. Cette jalousie envers tous les « étrangers » est celle de toute la vie de celui qui, le 22 mars 1849 encore, écrit à sa mère[2] qu'il voudrait qu'elle l'écoute, lui, « au lieu de toujours aller à des étrangers, comme elle l'a fait pendant vingt ans ».*

Bette hérite aussi l'activité nerveuse de Mme Balzac, son instabilité, ses exaltations. « Elle est folle », pensent Valérie et Steinbock. « Nous l'avons crue folle », écrit Balzac après une scène où sa mère avait pris « un masque effrayant ». Le diagnostic de Nacquart — « Hélas ! elle n'est pas folle, elle est méchante[3] ! » — aurait pu s'appliquer à Bette. Elle a « tué ma pauvre Laurence » [4], écrit Balzac. Bette tue aussi. « Ma plus grande, ma plus habile et ma plus mortelle ennemie », pense et écrit Balzac ; « elle m'a ruiné par calcul et à plaisir »[5] : c'est le programme même de Bette. Bette divisant la famille, montant ses membres les uns contre les autres, c'est Mme Balzac montant Laure : « elle est travaillée par ma mère, qui a passé sa vie à nous mettre les uns contre les autres[6]. » L'aigrissement de Laure, à la suite des échecs de son mari qui avaient entraîné les échecs successifs des projets de mariage de sa fille Sophie, avait incontestablement creusé le fossé. Et les deux histoires des parents pauvres partent de mariages manqués. Les singuliers sentiments de rivalité familiale qui animent Bette traduisent les

---

1. *Lettres à Mme Hanska,* t. II, p. 115.
2. *Correspondance,* t. V, p. 512.
3. *Lettres à Mme Hanska,* t. II, p. 115.
4. *Ibid.,* t. II, p. 115 et t. III, p. 128.
5. *Ibid.,* t. II, p. 500 et 557.
6. *Ibid.,* p. 173.

*incontestables rivalités qui envenimaient les relations des Balzac.
« [Ma sœur] veut que son mari soit* un plus grand homme
que moi[1] », *dit Balzac. Et Laure, comparant à son frère,
dit : « mon mari offre dans son genre (genre utile et peut-être
plus apprécié de tous) non moins d'énergie et d'activité[2] ».
La nièce Sophie redoute la réussite des projets de mariage de
l'oncle avec la riche comtesse : « nous serons humiliés[3] ». Et
comment Balzac aurait-il ignoré que sa mère appelait Surville
« mon vrai fils de cœur[4] » ? « Je ne suis rien dans ma famille[5] »,
dit le créateur de Bette. Voit-il tellement noir ? Quand Balzac
montre Bette incapable de comprendre les œuvres de Steinbock,
le tourmentant, le cloîtrant dans une mansarde, l'empêchant de
voir quiconque ou de « courailler », le tenant par ses dettes
envers elle, le menaçant de le faire enfermer à Clichy, lui imposant une vie de moine qui attaque sa santé faute de « l'argent
d'une folie souvent nécessaire », une vie de prisonnier affamé,
il se souvient à l'évidence de sa vie dans la mansarde de la rue
Lesdiguières, plié aux mêmes contraintes par sa mère qui ne
comprenait pas mieux les exigences de sa vocation que celles
de son âge, qui réagissait avec autant d'inintelligence à ses premières œuvres que de rage à ses premières amours avec Mme de
Berny, commentées par un misérable : « Il ne voit pas qu'on
veut le* faire[6] », *qui lui disputait le nécessaire et qui le laissait
« mourir de faim[7] » parce que, selon les patelinages de Laure,
le priver d'argent était « un moyen de le préserver de toute
tentation mondaine[8] ». Montrer Bette poussant Hulot aux
folies pour le perdre, n'est-ce pas accuser sa mère de l'avoir
perdu en le poussant jadis à ces entreprises de librairie et
d'imprimerie dont le passif grèvera toute sa vie ? Lorsqu'il
montre Bette s'alliant à Valérie contre Hulot et devenant
alors dangereuse, se souvient-il que ses relations avec sa mère
n'étaient devenues dramatiques qu'après sa cohabitation avec*

1. *Lettres à Mme Hanska*, t. II, p. 382.
2. *Lettres à une amie de province*, p. 161.
3. *Lov.* A 380 bis, f⁰ 4 v⁰.
4. *Lov.* A 381, f⁰ 204.
5. *Lettres à Mme Hanska*, t. II, p. 382.
6. *Lov.* A 381, f⁰ 84.
7. *Lov.* A 358, f⁰ 23.
8. Laure Surville, *Balzac, sa vie* [...], p. 45.

En *1846*, *Marceline s'occupe aussi beaucoup de Louise Breugniot. En 1839, Marceline — jadis maîtresse, croit-on, de
Latouche dont elle aurait eu un enfant qu'elle perdit — avait
joué un rôle dans le dernier épisode de la liaison de Latouche
avec Louise. Dernier épisode d'une liaison mal connue, et singulière rencontre, puisque Louise avait un fils qu'elle prétendait
de Latouche. Lequel niait avec véhémence. Les sentiments de
Marceline semblent complexes : tantôt elle plaint beaucoup
« l'aimable femme », et d'autant plus qu'elle veut trouver
des torts à Latouche, tantôt elle la montre « grinçant de jalousie et de vengeance », quitte à dire ensuite : « La petite dame est
toujours bonne et belle*[1]* ». Sa jalousie envers Latouche l'em-
porta-t-elle ? On a pu supposer que Marceline jeta Louise dans
les bras de Balzac. « Mme Valmore » composante de Bette
s'expliquerait, si la poétesse avait joué dans la vie de Balzac
le rôle de Bette jetant Valérie Marneffe dans les bras de Hulot,
par jalousie et désir de vengeance. Or, les lettres de Marceline
ne démentent pas qu'elle ait joué un rôle dans l'installation de
Louise chez Balzac, puisque, l'annonçant à Prosper, elle lui
écrit, le 25 septembre 1840 : « J'ai un peu aidé, sans faire
un pas, à son contentement et à celui de la personne qui la
prend »; et quelques jours plus tard : « je te raconterai cela.
C'est [Balzac] un bon être, par-dessus son talent »*[2]*. Puis,
comme Mme Balzac, Marceline changea de camp : en décembre 1841, Louise « use sa vie au service de ce littérateur »;
en 1842, la situation à laquelle elle avait « un peu aidé » la
choque : « J'ai défendu aux enfants d'aller, en notre absence,
à Passy. Je ne le trouve pas convenable pour Inès [sa fille] »*[3]*.
En 1846, avant La Cousine Bette, elle voit constamment
Louise et se mêle beaucoup des projets de « l'aimable
femme » avec le sculpteur Carle Elschoët. Et, ici encore, ne
joua-t-elle pas un rôle, connaissant Elschoët de longue date ?
Bette procure littéralement le sculpteur Steinbock à Valérie et
reçoit d'elle les confidences de chaque épisode de leurs amours.
Quant à Marceline, le 16 mai 1846 : « Elle a revu Karl [sic]*

1. *Idid.*, t. I, p. 135, 180 et 236.
2. *Ibid.*, t. II, p. 19 et 23.
3. *Ibid.*, p. 280 et 56.

ils se sont repris »; *le 27* : « *Louise de Br. eſt désenchantée du
ſtatu[aire] la voilà bien embarrassée* »; *le 29, Louise lui
a confié* : « *Ah ! Mme Valmore, il m'aime ! C'eſt bien doux
d'être adorée*[1]. » Le 9 juillet : « *Louise eſt venue dîner, aujour-
d'hui, elle se marie, le mois prochain* »; *et Passy, sous sa
plume, prend des allures d'* « *église Marneffe* » : « *M. de
B[alzac] adore Carle qui n'en sort plus et qui adore M. de B.
Louise rit comme une folle, et puis tout à coup elle pleure.
Je ne juge pas, je te raconte* »[2]. *Balzac allait raconter aussi,
à sa manière.*

    « *ta tante Rosalie* » : *surprenante, mais explicable et
expliquée, cette composante de Bette n'eſt en tout cas pas le
reflet d'une réalité sociale. Grande dame au superlatif, riche,
ſpirituelle, hautaine, la comtesse Rosalie Rzewuska — cousine
et non tante d'Ève Hanska —, fille de la princesse Lubomirska, occupait, selon les* Mémoires *de Falloux,* « *le premier
rang* » *dans* « *la véritable élite européenne* » *et, avec* « *une
taille et un eſprit d'homme* »[3], *régenta la vie mondaine à Saint-
Pétersbourg, Vienne et Rome où sa fille Caliſte avait épousé le
prince de Teano, à qui Balzac dédiera* Les Parents pauvres.
*Mais elle haïssait la France, qui avait guillotiné sa mère,
Paris, lieu de perdition, et Balzac, qui prétendait devenir son
neveu. Elle l'avait accusé, en 1836, d'être marié et joueur*[4];
en 1837, de pratiquer « *bigamie et trigamie* »; *en 1838,
d'être chauve*[5]; *et de façon persiſtante, d'être grotesque, amphi-
gourique et immoral.* « *L'essentiel eſt à nos yeux que Balzac
ait vu en elle une ennemie* », *souligne P.-G. Caſtex qui ajoute* :
« *Ne dirait-on pas, décidément, qu'il nourrit la haine de son
personnage avec sa propre haine*[6]. »
    *Sans doute, et Balzac ajoutera chemin faisant quelques
traits d'une autre* « *ennemie* » *de famille : Aline Moniuszko,
sœur d'Ève Hanska qui, naguère, avait* « *répété* » *à sa sœur*

---

1. *Lettres de Marceline Desbordes-Valmore à Proſper Valmore*, t. II,
p. 95, 100 et 102.
2. *Ibid.*, p. 129.
3. Falloux, *Mémoires*, t. I, p. 92.
4. *Lettres à Mme Hanska*, t. I, p. 422 et 428.
5. Lov. A 385 bis, f°s 183 v° et 221.
6. *Op. cit.*, p. IX.

« *les plus sales bêtises qu'on ait jamais dites* » *sur lui*[1]. *Sa*
« *conduite* », *jugée* « *sauvage et barbare*[2] » *le 20 juin 1846,*
la désignait au moment voulu comme composante obligée de la
parente nuisible. En juillet 1847, il recueillera d'elle « *un*
mot digne de la cousine Bette » *lorsque, visitant le* « *palais* »
Beaujon, elle laissera fuser sa jalousie d'adolescente envers sa
sœur, sa « *rage* » *de penser qu'il* « *serait à celle dont le nez*
était assommé à coups de poing, jadis[3] ». *Bette adolescente*
voulait « *arracher le nez* » *d'Adeline : geste de jalousie plus*
« *sauvage et barbare* » *que le geste réel; et même que le geste*
d'abord indiqué : dans le premier jet du manuscrit, elle se
contentait « *de lui tordre le nez* ». *Chaque obsession s'engouffre*
dans la création et, parfois, s'amplifie ainsi. Dans une lettre
du 6 novembre 1846, Balzac qualifie la fille d'Aline de « *mons-*
trico ». *Et de la même plume, le même jour peut-être* — *on*
retrouve le mot dans le feuilleton du 8 —, *l'enfant de Valé-*
rie Marneffe devient le « *monstrico* ». « *Familles, je vous*
hais. » *Sa mère et la tante Rosalie, la sœur Aline et sa*
propre sœur Laure — « *ta sœur est digne de la mienne* » —
lui font écrire encore ce 6 novembre : « *C'est effrayant comme*
les tiens ressemblent *aux miens.* »

Mais Aline était peut-être réellement jalouse. Et Laure
l'était sûrement. Ne s'était-elle pas avisée d'écrire aussi ?
Notamment, pour Le Journal des enfants, *certaine* Cousine
Rosalie *dont elle se targuera pour revendiquer une part non*
négligeable dans l'œuvre de son frère : « *La grande figure de*
La Cousine Bette, *des* Parents pauvres, *fut peinte d'après*
le modeste pastel de La Cousine Rosalie *[...] J'avais voulu,*
dans cette bluette, conserver le souvenir d'une de nos vieilles
parentes. Mon frère prétendit que je l'avais vue en beau et que
mon portrait était flatté. Il s'étonna beaucoup que deux per-
sonnes puissent voir si différemment un même caractère, pré-
tendit que j'avais donné dans l'idéal et la sentimentalité et
voulut me montrer le vrai. Il se trouva que de cette légère discus-

1. *Lettres à Mme Hanska*, t. III, p. 198.
2. *Ibid.*, p. 222.
3. *Ibid.*, t. IV, p. 97.

sion naquit un chef-d'œuvre : Les Parents pauvres[1] ». Les
Parents pauvres, *certainement pas. Mais quelques traits de
Bette, à l'évidence comme l'a démontré P.-G. Castex[2], car la
Rosalie de Laure, vieille fille qui avait nourri un amour secret
pour un jeune savant, était ouvrière en passementerie, cousine
d'un intendant militaire et toujours vêtue d' « un costume tellement excentrique qu'oser avouer sa parenté [...] c'était se
poser en esprit fort ».*

*Pour André Lorant, Laure s'était sans doute inspirée d'une
vieille fille amie de Mme Balzac, Sophie Pigache, qui détestait
Balzac[3]. Cependant cette demoiselle n'étant alliée ni de près ni
de loin aux Balzac, Laure ne pouvait pas la désigner comme :
« une de nos vieilles parentes ». En revanche, les lettres fami-
liales révèlent en « la cousine Victoire », vieille fille morte en
1837, un très intéressant exemple de parente officieuse, risible,
et fort pauvre. Par ses parents les brodeurs Sallambier, par
les Sédillot et les liens qui les unissaient aux Dallemagne[4],
brodeurs réels dont le nom figurait dans le manuscrit de* Bette
où il fut remplacé par celui de Pons, *la cousine Victoire Sallambier avait dû se procurer chez eux, par eux, le travail qui la
rendait comme Rosalie, comme* Bette, *à peine indépendante.
Et si les parents de Bette lui donnent « de ces provisions acceptables, comme le sucre, le café, le vin, etc. », et des dîners, de
même les Balzac offraient du café, du vin[5] à la vieille cousine,
qui venait souvent manger chez eux « la soupe grasse » en prétendant chaque fois n'en avoir mangé de quinze jours[6]. Et,
comme Hulot, le père de Balzac décida un jour de mettre la
cousine de sa femme à même de ne plus travailler en « [sup-
pléant] à ce qu'elle pouvait gagner[7] ». Était-elle foncièrement
bonne, comme la Rosalie de Laure ? Sournoisement méchante,
comme* Bette ? *Laurence la jugeait cancanière, hypocrite et ne*

1. *Lov.* A 358, f°s 15-16.
2. Introduction à *La Cousine Bette* (Club du Meilleur Livre, 1959),
p. II-V. On trouvera le texte de Laure p. 1231-1240.
3. *Les Parents pauvres d'Honoré de Balzac,* t. I, p. 54.
4. Ph. Havard de La Montagne, « Sur les pas de Charles Sédillot », *L'Année balzacienne 1968,* p. 23, n. 1.
5. *Lov.* A 378, f°s 138 et 143.
6. *Correspondance,* t. I, p. 134.
7. *Lov.* A 381, f° 143.

l'aimait pas[1]. *Balzac, réagissant peut-être comme elle, ne l'aurait donc pas « vue en beau ».*

Reflet d'aversions, Bette l'est incontestablement, comme le prouve encore le nom choisi pour elle : Fischer. Singulier choix pour une Lorraine que ce nom alsacien. Mais, s'agissant de nommer sa nuisible héroïne, Balzac oublie ce détail et emprunte le nom d'une autre « ennemie » : Sophie Fischer, maîtresse de l' « ennemi » Hetzel, Strasbourgeoise d'origine[2], naguère assidue à Passy, et fort liée avec Louise.

Toutes « haïes », les composantes de Bette sont toutes aussi des femmes qui par parenté ou relations appartiennent à l'entourage immédiat de Balzac. Mais Louise de Brugnol, si souvent proposée, et parfois au titre de modèle principal, n'est même pas une composante acceptable. La « haïssant » comme il le fait dans ses lettres à Mme Hanska, et cherchant par tous les moyens à donner à cette dernière des preuves de cette haine, si Louise avait pu lui fournir avec la plus faible ombre de vraisemblance un seul trait pour la dangereuse créature du « roman terrible », Balzac l'aurait nommée à la comtesse en tête de la distribution du « composé ». Mais elle n'avait à l'évidence rien de commun avec Bette la « chèvre calabraise », brune et desséchée, vieille fille hystériquement vierge, cette Louise blonde et « belle » — c'est le mot de tous : de Marceline, de Laure qui la dit « encore belle[3] » en 1847, de Castille qui en septembre de la même année la voit et la déclare « belle femme[4] », du vicomte de Lovenjoul qui apprit qu'elle était « belle et fière[5] ». Latouche aussi l'avait trouvée belle, et Balzac qui brava pendant près de huit ans les foudres polonaises pour la garder et continuait lorsqu'il écrivait son roman, au moment même où « sa femme » était enceinte. Mater, président du tribunal de Bourges et député, venait admirer Louise tous les

1. *Lov.* A 378, f°s 210, 211 et 229.
2. J. Savant, *Louise la mystérieuse*, Cahiers de l'Académie d'histoire, 1972, n° 520.
3. *Lov.* A 378 bis, f° 200.
4. H. Castille, *Les Hommes et les mœurs en France sous le règne de Louis-Philippe*, p. 315.
5. *Lov.* A 322, f° 83 v°.

vendredis en dînant à Passy[1], rivalisant avec Gozlan, autre
« adorateur » de Louise — selon Jean Savant —, avec Laurent-Jan qui venait amuser « le petit », quand le fils de Louise
sortait de pension[2]. En 1846, âgée de quarante-deux ans,
Louise enflamme Elschoët et, devenu aussi un assidu de Passy,
le peintre Paul Chenavard « la lui dispute[3] ». Définitivement
séparée de Balzac, Louise trouvera sans peine et sans délai le
« propriétaire » Segault pour l'épouser en 1848.

« Cette Flore Brazier », avait dit imprudemment Balzac
le 28 juin 1846. Étant donné la beauté et les talents d'intérieur
de cette servante-maîtresse, la référence à un tel personnage
n'était pas le meilleur moyen de dérouter les fureurs de
Mme Hanska. Elle déboute en tout cas Louise comme « modèle
de Bette ». Elle la rapprocherait plutôt de Valérie, comme
l'indiquaient déjà les relations avec elle des composantes de
Bette : « ma mère, Mme Valmore », ou même Sophie Fischer.
Outre l'attraction physique que cette « Flore Brazier » exerça
évidemment sur Balzac, l'assiduité des Mater, Elschoët,
Laurent-Jan, Gozlan, Chenavard, et les singuliers rapports de
tous ces hommes entre eux, composent autour de Louise à Passy
une atmosphère comparable à celle de l' « église Marneffe »
avec ses desservants actifs comme Hulot, Crevel, Steinbock, et
ses adorateurs platoniques comme Stidmann ou le critique
Vignon; sans oublier le fils de Marneffe et les conciliabules
avec Bette, qui figureraient quelque vision déformée du fils de
Latouche et des confidences à « Mme Valmore ».

L'état d'esprit de Balzac implique nécessairement des visions
déformées. Mais, pour croire à sa « haine » envers la « gouvernante », il faudrait prendre ses affirmations à Mme Hanska
pour argent comptant. Une haine de huit ans supposerait beaucoup de mépris, de fiel, et même de patience chez Balzac. Et
chez Louise. S'il n'avait pas tenu à Louise, il n'aurait pas
vécu sept ans comme il a vécu avec elle, allant jusqu'à courir les
risques de leurs voyages publics ensemble en Allemagne et en

1. *Lettres à Mme Hanska*, t. II, p. 366.
2. J. Savant, *op. cit.*, fasc. V, p. 18.
3. *Lettres à Mme Hanska*, t. III, p. 194. Sur Chenavard, voir l'Introduction aux *Comédiens sans le savoir*, p. 1142-1148.

Belgique[1]; *il se serait séparé d'elle. De même que, « haïe » à ce point, Louise serait partie. Pour croire que Louise est Bette, il faudrait accepter pour une réalité le simulacre, l'image fausse donnée à Mme Hanska et qui ne la trompa plus, elle, à partir du jour où, venue à Paris, elle découvrit que la « femme-chien » était surtout femme; et beaucoup plus belle qu'elle-même. Entre une maîtresse présente et nécessaire et une grande dame lointaine et fuyante, Balzac ne pouvait que louvoyer, et Louise ne pouvait que jouer sa chance. Dans une telle situation, les dangers que représente une Valérie sont, avec le grossissement pathologique de toute l'œuvre, ceux-là mêmes que Louise faisait courir à Balzac. Une Valérie met la famille en péril, menace la sécurité matérielle. En l'occurrence, sa maîtresse met en péril ses projets de famille avec femme, enfant, et fin des soucis matériels. Il serait tout aussi erroné de croire que Valérie Marneffe, la belle femme blonde du roman, doive le moins du monde à la brune et courtaude Polonaise. Même s'il prétend faire pour elle « toutes les folies que les Hulot et les Crevel font pour les Marneffe », car les folies, il les fait pour la belle et blonde Louise qu'il garde, et en la gardant. Même lorsqu'elle lui ment, et mène ses intrigues amoureuses ou matrimoniales. Quitte à attribuer à Valérie un chantage à la reconnaissance de paternité qui ressuscitait peut-être les démêlés de Louise avec Latouche; mais l'utilisation de l'enfant — « fructus belli » — à des fins matrimoniales n'était-elle pas aussi, au moment de la composition du roman, le fait de Balzac lui-même? Quitte à donner comme comble de la duplicité de Valérie envers Hulot sa proposition d'aller s'enterrer avec lui à la campagne, comme Louise le lui avait naguère proposé[2]. Quitte à faire de Marneffe un monstre de laideur et de vice, pour passer peut-être quelque rancœur secrète contre Elschoët, qui était « réellement horrible », et avait « le défaut qui a tué Cuvier et sa considération, le père Tissot et Orfila, qu'on appelle ici le père Enfila (pardon!). Ce monstre aime les petites filles au-dessous de treize*

---

1. Voir la lettre de Louise à Fessart citée par A. Lorant, *Les Parents pauvres d'Honoré de Balzac*, t. I, p. 96-97, et mon édition du *Cousin Pons* (Garnier, 1974), p. LXIII, n. 1.
2. *Lettres à Mme Hanska*, t. II, p. 385-386.

*ans¹ ». Sans s'attarder en terrain scabreux, il faut bien noter
que les capitulations et les folies semblent plus justifiées pour
une Flore, pour une Valérie qui possède des « spécialités de
tendresse », que pour cette grosse Ève à laquelle Balzac écrivait,
le 22 octobre 1846, qu'elle ne pourrait « gagner qu'en chatte-
ries² ». Les dithyrambes et les rodomontades épistolaires du
grand montreur de loups et minous ne peuvent dissimuler la
logique des faits. Ils indiquent aussi à quel point Balzac se
trouvait en proie à des obsessions d'homme malade, vraisemblablement diminué, et d'autant plus volubile. Valérie, à cet
égard, est sans doute plus encore le reflet de fantasmes que de
réalités. Mais de fantasmes construits à partir de réalités ;
tantôt primordiales, tantôt plus fugitives.*

*Ainsi, et parce que Balzac, qui se débat entre Louise et
Ève, rêve peut-être d'évasion, la première vision de Valérie,
cette « vaurienne », fille naturelle de Montcornet, révèle peut-
être Balzac rêvant, Hulot d'un instant, lorsqu'il aperçut pour
la première fois la fiancée de son éditeur Chlendowski, « une
jolie vaurienne que j'ai vue une seule fois chez la Bocarmé,
elle sortait comme j'entrais » ; c'était aussi « une intrigante,
fille naturelle de Pfaffenhoffen »³. Est-ce un autre souvenir,
ou une fausse piste, que cette « belle de Beck » qu'il dit avoir
mise dans « le célèbre chapitre :* Bilan de Mme Marneffe⁴ » ?
*Faut-il compléter en Beckmann, demande A. Lorant, à cause
d'une « affreuse chicane Beckmann » évoquée mais non expliquée
par Mme Hanska dans une lettre à sa fille⁵ ? « Faut-il penser
à Beckendorf ? » interroge Maurice Bardèche⁶. Peut-être, encore
que le célèbre chef de la police tsariste se nommât Benckendorff. En 1848, Balzac fera encore allusion à « Mme Olga,
qui est bien pire, vous savez, que Mme Marneffe ». « Proba-
blement la comtesse Léon Narischkina, née Olga Potocka »,
indique Roger Pierrot⁷. Peut-être, à moins que « la belle de
Beck » et « Mme Olga » ne soient une seule et même personne :*

1. *Lettres à Mme Hanska*, t. III, p. 170.
2. *Ibid.*, t. III, p. 436.
3. *Ibid.*, t. III, p. 199.
4. *Ibid.*, p. 493.
5. *Op. cit.*, t. I, p. 214.
6. Édition citée, t. X, p. 252, n. 1.
7. *Lettres à Mme Hanska*, t. IV, p. 322 et n. 2.

*Olga de Beckleschoff, mère d'une autre Naryschkine, la prin-
cesse Nadejda... A moins surtout que toutes ces Olga et
belle de Beck russes ou polonaises, inconnues aujourd'hui et probablement déjà mal connues de Balzac, soient avant tout des
leurres destinés à détourner l'attention de Mme Hanska loin
des réalités françaises les plus proches du créateur.*

Car — et nous voudrions que Balzac n'en eût pas écrit
d'autres — Les Parents pauvres *sont aussi des* Lettres à
l'Étrangère, *pleins de mensonges, de constructions de l'esprit,
d'obsessions, de fausses pistes et d'avis au lecteur* — c'est-à-dire
à la lectrice —*et même de leçons en passant. Ainsi Adeline Hulot.
Il est évidemment difficile de savoir si c'est à elle ou à Valérie
que Balzac peut avoir donné l'aspect physique de Louise.
« Encore » belle, comme en témoigne le Crevel de la première
scène, à l'âge où Louise était « encore belle », Adeline est
blonde et grande, comme Louise, s'il faut en croire J. Savant
qui l'affirme grande, mais que Marceline, témoin oculaire,
nommait « la petite dame », définition qui s'adapterait à
Valérie, également petite et blonde. Adeline ressemble à
Mlle George, la célèbre actrice. Flore Brazier ressemblait déjà
à Mlle George. Et Adeline, comme Flore, possède la chair
superbe des filles nées à la campagne. Balzac évoque souvent
Louise comme une « fille de la campagne » ou comme « la montagnarde ». Adeline, fille des Vosges, est aussi une montagnarde. Si « l'expression de Flore était la tendresse et la douceur »* — celle de Valérie aussi, notons-le —*, une telle expression est essentiellement celle d'Adeline. « Très douce et très
charmante, vous êtes toujours la même », écrit Balzac à
Louise, le 22 mai 1845, dans une des rares lettres connues*[1].
*Mais plutôt qu'un portrait, Adeline semble avant tout une
leçon à Mme Hanska; et bien loin d'être Mme Hanska. Pour
rapprocher l'une de l'autre, il faudrait oublier, outre l'aspect
physique de la Polonaise, surtout son caractère épineux, et
jaloux, et ses scènes « foudroyantes ». Adeline adore son
Hector et obtient « plus par sa douceur qu'une autre par sa*

---

1. *Correspondance*, t. V, p. 15.

*colère jalouse ». Elle « tolère » les passades, les « comprend ».
L'attitude inverse chez Mme Hanska contraignait Balzac à
ses constants et hyperboliques mensonges. L'acceptait-il, lui
qui écrit à propos d'Adeline : « Toutes les femmes vraiment
nobles préfèrent la vérité au mensonge » ?*

    *L'argument même du roman et ses péripéties, parfois ses
volte-face, suivent l'évolution de la vie quotidienne du créateur.
Au départ, n'est-ce pas un avis à la lectrice, ce conseil de Crevel,
si avisé en matière d'intérêts, sur le mariage d'Hortense :
épouser un artiste est une véritable affaire, un placement ? Lettre
à l'Étrangère... Mais le mariage de Balzac est entravé par
celui d'Anna Hanska. Est-ce parce que « Froment adore
Anna » que l'artiste d'Hortense est sculpteur-ornemaniste ?
À cause de Mniszech qu'il est Polonais ? Dès lors, il s'agira
de montrer les ravages que peut faire un mari polonais. L'analyse du caractère polonais, inconstant, versatile, prend une tournure singulièrement mordante et agressive sous la plume du
panégyriste des* Lettres à l'Étrangère, *et Mniszech n'est
peut-être pas le seul visé. Le romancier contredit-il l'homme
des* Lettres ? *Parfois; il se contredit lui-même, car la bonne
affaire est devenue fort mauvaise, l'artiste se révèle un mari
déplorable. Et Adeline ne sera pas récompensée de sa douceur
compréhensive.*

    *Le romancier brûle les vaisseaux de l'homme, sans doute
parce qu'il respecte son œuvre. Mais il éclaire ainsi ses désarrois.
Entre les hommes et les femmes, dans ce roman, le mépris
domine, et la dépendance sexuelle chez les hommes, et dans
tous les cas les rivalités, l'affrontement. Jamais l'amour, sauf
pour le vouer au pire échec.* Le Cousin Pons *exprimera plus
nettement encore la misogynie de Balzac par l'amitié de deux
hommes. Et dans* La Cousine Bette, *la plus belle, la seule
pure et la plus émouvante scène est celle qui met en présence deux
hommes : Forzheim et Wissembourg. Il faut aussi accorder
l'importance qu'il mérite au fait que l'œuvre de Steinbock n'est
évoquée qu'à travers un seul sujet :* Samson et Dalila. *Ainsi,
dans sa propre création, Balzac représente la création artistique par la plus célèbre version de ce thème unique et obsédant :
la femme détruit l'homme.*

Dans sa création, Balzac part donc visiblement de lui-même, de ses obsessions, de ses angoisses d'homme vieillissant dont le projet de constituer par le mariage un rempart contre la solitude et la pauvreté est menacé par les calomnies et les menées des « ennemies », les Bette, mère, tante, sœurs. Par les Valérie. Par les faiblesses de l'homme. Mais s'il nourrit ses fantasmes, il les exploite aussi. Et s'il réussit ainsi le « roman terrible » de la vie privée, il le dépasse aussi. Sa sombre vision sert l'historien des mœurs du XIXe siècle au moment même où ces mœurs n'appelaient pas d'autre regard.

Dans cette évolution du roman, Bette sera le seul personnage laissé pour compte. Issue de la vie privée du créateur, elle restera enfermée dans la vie privée de la création, tandis qu'Adeline ou Valérie participeront mieux à la vie sociale et, finalement, plus souvent, parce que, mariées, elles appartiennent par leurs maris à cette vie. Adeline est aussi la femme du directeur Hulot, Valérie celle de l'employé Marneffe. De même les Josépha ou toute autre maîtresse d'un Crevel, Hulot ou Hérouville. Et pour les peindre en tant que femmes ou maîtresses de tel ou tel homme, rouage de la société, Balzac n'a rien inventé. Pas plus que pour peindre les hommes. Le tableau est sombre, mais vrai.

Si vrai qu'en février 1847, le critique Babou prétendit pouvoir lever « les masques de presque tous les personnages » : « Voulez-vous que je vous apprenne le vrai nom du maréchal prince de Wissembourg ? Et celui des deux frères Hulot, qui ne sont pas frères, mais cousins issus de germains ? [...] l'adresse de votre abominable Valérie Fortin, épouse Marneffe, et le signalement du comte Wenceslas Steinbock, notre célèbre sculpteur en bronze, lequel n'est ni sculpteur, ni Polonais[1] ? » Babou ne leva cependant aucun masque, ne révéla aucune adresse, aucun « vrai nom ».

Pour le « vrai nom » des Hulot, plus d'un a été proposé. À commencer par celui des Hulot réels. Dans ses Souvenirs *militaires, le baron Hulot de Charleville s'indigne que Balzac*

---

1. *Lettres satiriques et critiques,* p. 95.

ait usé de ce nom « triplement illustre dans nos annales militaires », « pour se créer un certificat de romancier historique à
bon marché ». « Il a recueilli dans les journaux de son temps deux
ou trois faits divers se rapportant à ce nom populaire à l'époque
et spécialement la provocation d'Hulot d'Osery au ministre de
la guerre, maréchal Soult [...] il a charpenté son intrigue sur
la base de la vieille camaraderie du général Hulot de Marnez y
avec ce même maréchal Soult[1]. » L'indignation du baron n'est
qu'à moitié justifiée, car les traits empruntés s'appliquent à
l'irréprochable maréchal Hulot et non à son cadet. Et si
Pierre Saint-Girons souligne le fait que le débauché Hector Hulot
est dit d'Ervy comme les Hulot réels étaient de Charleville,
d'Osery ou de Marnez y, on pourrait aussi rapprocher ce
nom de celui de Drouet d'Erlon, qui, lui aussi, prêta bien des
traits non à Hector mais à son frère, le maréchal. Enfin, toujours selon Pierre Saint-Girons, le prénom du triste héros lui
serait venu d'Hector, comte d'Aure[2]. Cet Hector avait été sous
l'Empire un ami intime de la duchesse d'Abrantès, et le supérieur hiérarchique de Bernard-François Balzac, quand il exerçait les fonctions de commissaire-ordonnateur, puis d'intendant
général, comme le romanesque Hector; comme lui encore, il
fut mis en disponibilité à la Restauration, rappelé en 1830,
placé à la direction générale de l'administration de la Guerre
et nommé conseiller d'État. Sa vie proposait bien des détails
communs de carrière. Mais aucun scandale.

    Lambinet, l'auteur de Balzac mis à nu, aurait pu combler
cette lacune avec son exemple « des folies et de la décadence »
d'Alexandre Doumerc, ancien amant de la duchesse d'Abrantès, et fils de Daniel, l'ancien patron de Bernard-François Balzac.
Mais A. Lorant n'a retrouvé aucune trace de ces folies et de
cette décadence. En revanche, les archives administratives de la
Guerre lui ont livré d'intéressantes critiques à l'encontre de
Jean-Marie-Daniel Doumerc dit d'Hallet, directeur des subsistances de la 10e division sous l'Empire et cousin de Daniel,
accusé de marchés suspects sur des fournitures de fourrage

    1. *Souvenirs militaires du baron Hulot (Jacques-Louis), général d'ar-
tillerie.* 1777-1843. Préface de E. Bourin, p. XL.
    2. « Les barons Hulot et le comte d'Aure », *Les Études bal-
zaciennes*, no 2.

et de grains. Proche de Hulot donc[1]. *Mais sans l'Algérie.*

Maurice Bardèche, *pour sa part, propose l'intendant général Dennié, parce que Balzac l'évoque le 1ᵉʳ décembre 1834 comme « l'un de ceux qui ont pris Alger », et parce qu'il entretenait une danseuse*[2]. *Malgré la danseuse, Dennié ne semble cependant avoir été mêlé à aucun scandale, ni à Paris ni en Algérie. En 1836, en revanche, le scandale touchait un autre militaire fort en vue : le maréchal Maison, alors ministre de la Guerre. La* Chronique de Paris *de Balzac en répercuta les échos, et ceux des fureurs du doyen des maréchaux, le vieux Moncey, alors gouverneur des Invalides, qui dut prêter bien des traits au vénéré maréchal Hulot, ses fureurs contre Hector, et la provocation en duel. S'étant « aperçu des déplorables abus qui se rattachent aux bureaux de la Guerre », Moncey, quoique « presque paralytique », avait demandé satisfaction à Maison qui avait le « tort de vouloir être trop jeune et trop léger ; on dit qu'une galanterie coûteuse et active l'emporte sur les graves devoirs ». Le ministre traitait des marchés avec des « fournisseurs privilégiés » et, au ministère, soutenait des individus douteux, dont un faussaire*[3]. *« Habitué de la Guerre et ministre de l'Opéra-Comique » pour* Le Charivari, *sa galanterie coûteuse et active se nommait Jenny Olivier, artiste dont le prénom rappelle celui d'une des « protégées » d'Hector Hulot : l'artiste Jenny Cadine. Quant au nom d'Olivier, on le retrouve dans le roman attribué aux concierges de Bette et Valérie, si complaisants pour le baron et ses galanteries. Maison avait donc proposé des exemples, un scandale. Mais où l'Algérie n'intervenait toujours pas.*

L'un *des premiers et des plus grands scandales lié aux affaires d'Algérie, et étudié par Jean-Hervé Donnard, éclata en 1838. C'était l'affaire Brossard. Aussi beau parleur, et avec des manières aussi agréables que Hulot, le général Amédée-Hippolyte, marquis de Brossard, avait réussi à séduire Bugeaud, qui le proposa pour commander la province d'Oran. Mais le 6 septembre 1837, Bugeaud avertissait le ministre de*

---

1. A. Lorant, *op. cit.*, t. I, p. 142 sq.
2. Édition citée, t. X, p. 252.
3. *Chronique de Paris*, 6, 9, 13 avril et 4 juin 1836.

la Guerre que Brossard employait « des moyens coupables pour
se procurer de l'argent » : « Je crois même qu'il est capable de
tout pour refaire sa fortune qu'il ne fera jamais, parce qu'il
dépense en femmes, ou autrement, avec aussi peu de réserves
qu'il amasse. C'est l'homme le plus corrompu en tout point
que j'aie encore rencontré. » Le 27 août 1838, Brossard com-
paraissait en conseil de guerre pour concussion en Algérie, tentative de corruption de fonctionnaires publics, immixtion dans
des affaires incompatibles avec sa qualité, etc.[1]. L'Affaire
Brossard détermina notamment la réorganisation de l'administration militaire en Algérie, la modification de l'Ordonnance
de 1834 qui la régissait ; et, au grand déplaisir des militaires,
l'intrusion de cette administration civile qui hérisse tant le
ministre balzacien; au ministère même, le « Bureau arabe »
devint une « Division ». Et d'autres abus suivirent.

En 1844, un scandale plus fort, survenu à Oran, où tout
le personnel de l'intendance dut être changé, obligea Soult, très
attaqué par les Chambres, à produire une Note sur les razzias; au
ministère, la « Division » devint une « Direction des affaires
d'Algérie », confiée au chef de l'ex-Division, Vauchelles,
intendant militaire à la retraite et conseiller d'État, comme
Hulot. En 1845, un nouveau scandale entraîna le suicide du
concessionnaire des postes à Alger, M. Coste, qui se trancha
la gorge avec un rasoir, et, au ministère, Vauchelles fut remplacé par le général de La Rue. En 1846, l'habituelle discussion à la Chambre sur les Affaires d'Algérie eut lieu en juin :
le mois où naissaient Les Parents pauvres. Aux attaques
particulièrement vives contre l'administration militaire et
civile, les razzias, les fournitures, le ministre, fidèle au parti
pris contre les « pékins », répondit en reconnaissant que
« les agents de l'administration civile n'ont pas tous répondu à
la confiance dont on les avait crus dignes » : « ni la faveur ni
les recommandations ne m'ont empêché de frapper les coupables : trente et un employés ont été traduits devant les conseils
d'enquête »[2]. L'affaire Hulot doublée de l'affaire Marneffe,

1. J.-H. Donnard, *Balzac, Les réalités économiques et les classes
sociales dans « La Comédie humaine »*, p. 328-330.
2. Thureau-Dangin, *Histoire de la monarchie de Juillet*, t. III.

*les malversations dans les fourrages et autres fournitures, le
recours aux razzias, le suicide de l'oncle Fischer, les remaniements administratifs qui découlèrent des scandales en Algérie
ou au ministère même, et la « camaraderie » qui, du ministre
aux Hulot, lie les militaires contre les pékins, étaient donc,
en 1846, faits de jadis et de naguère, et de l'actualité la plus
brûlante. L'État se trouvait ébranlé par les scandales répétés
et affaibli par une administration où les employés compromettaient leurs chefs, eux-mêmes trop souvent corrompus. Les
entraînements de la vie privée d'hommes publics retentissaient
sur la vie sociale et minaient la société.*

    *En dehors des militaires, des hommes comme Lingay ou
Hugo fournissaient de frappants exemples. Les Hulot réels
ont joué de malchance, car leur nom dut se glisser tout seul sous
la plume de Balzac, qui pensait surtout à Hugo. J.-B. Barrère
a traité ce point dans son* Hugo jaugé par Balzac *ou l'étrange
cas onomastique de* La Cousine Bette[1]. *Étrange, en effet,
si l'on rapproche les noms d'Hector Hulot et de Victor Hugo,
d'Adeline Fischer et d'Adèle Foucher — la femme de Hugo —,
et si l'on se souvient que Balzac prénomme Victorin le fils de
Hulot. Fidèle à sa femme pendant douze ans, comme Hulot,
Hugo l'avait trompée avec l'actrice Juliette Drouet, comme
Hulot trompe la sienne avec les Cadine et Josépha. Et le
5 juillet 1845, il avait été pris en flagrant délit d'adultère avec
Mme Biard, comme Hulot est surpris dans les mêmes conditions et à la même époque avec une femme également mariée
et petite bourgeoise. À ces remarques de J.-B. Barrère, on peut
ajouter qu'il ne saurait s'agir de coïncidences, car Balzac introduit l'épisode du constat par une allusion habilement tournée,
mais expresse au* Dernier jour d'un condamné *du même
Hugo. Enfin, comme P.-G. Castex le souligne : « la rue du
Dauphin, où le baron Hulot abritait ses amours coupables,
est devenue aujourd'hui un tronçon de la rue Saint-Roch; Victor Hugo rencontrait Mme Biard passage Saint-Roch, de
l'autre côté de la rue Saint-Honoré, à quelques dizaines de*

---

p. 470-524; t. V, p. 251-351; t. VI, p. 352 et 403. *Almanach royal* de
1833 à 1845. A. Lorant, *op. cit.*, t. I, p. 148-151.
   1. Article publié dans le *Mercure de France*, janvier 1950.

mètres ! Observons enfin que le pair de France Victor Hugo dut à sa qualité d'éviter les poursuites judiciaires; le conseiller d'État Hector Hulot, sans jouir de la même immunité, échappe, lui aussi, au tribunal correctionnel[1]. » On imagine le bruit du scandale, amplifié par les petits journaux et les bons amis. Beaucoup de détails furent ainsi connus, qu'A. Lorant a retrouvés et comparés aux détails romanesques : la correspondance saisie, « la crise convulsive » de Mme Hugo et son pardon. On brocarda « le faux toupet » du pair, sa coquetterie — « Toto se serre comme une grisette » — autant que Valérie brocarde le faux toupet de Hulot, son vernis à bottes et son gilet de force. André Lorant est surtout frappé, à juste titre, par la prédiction visionnaire que le Hulot de l'épilogue, devenu un vieillard débauché, contient sur la vieillesse de Hugo, courant les aventures les plus sordides comme Hulot sombre de fillette en fille de cuisine. Mais, comme le rappelle encore A. Lorant après R. Pierrot, Balzac n'avait-il pas aussi le souvenir de son propre père qui, à quatre-vingt-un ans, s'était « fourvoyé dans une aventure galante » et scandaleuse, assortie de « promesse de maternité »[2] ?

« Pour décrire les amours séniles du baron Hulot avec de très jeunes filles, le romancier s'est souvenu, croit P.-G. Castex, de l'exemple que venait de lui fournir Joseph Lingay[3]. » Le 15 janvier 1846, en effet, Balzac annonçait à Mme Hanska : « M. Lingay, le secrétaire de la présidence du Conseil, à qui je dois mes passeports diplomatiques, se marie à l'âge de soixante ans, au moins, avec une jeune fille de quinze à seize ans, de laquelle il abusait depuis trois ans, dit-on. C'est la fille de sa maîtresse. Il y a là-dessous des drames infinis. Lingay est un homme d'une corruption profonde, très doux, très obligeant, avec les allures les plus patriarcales. » Corruption, charme et allure patriarcale définiront Hulot. Lingay proposait un exemple dans le milieu même où les désordres de sa vie privée se répercutaient de façon significative. Pensionnaire de tous les fonds secrets, perpétuellement endetté et acculé aux expédients

---

1. *Op. cit.*, p. XIV.
2. A. Lorant, *Les Parents pauvres d'Honoré de Balzac*, t. I, p. 120 sq.
3. *Op. cit.*, p. XV.

que lui fournissaient une imagination fertile, beaucoup d'esprit et peu de scrupules, depuis longtemps connu de Balzac, ami de Stendhal, Gautier, Nerval, éminence grise de la plupart des cabinets ministériels de 1815 à 1830, secrétaire de la présidence du Conseil depuis 1830 et secrétaire de la commission de Colonisation, Lingay se trouvait particulièrement désigné pour documenter une chronique des coulisses ministérielles en général ou des affaires d'Algérie en particulier[1]. Il y avait même en lui de l'étoffe pour plusieurs personnages. Ainsi, Hulot par certains côtés, le Lingay cornac de ministres, grand faiseur de discours pour ministres en panne — Soult en particulier qui fut surnommé « le maréchal Lingay » par les petits journaux —, journaliste à ses heures, est aussi représenté, pense A. Lorant, par Claude Vignon, tant comme admirateur de jolies femmes que pour son rôle auprès du ministre romanesque. Dans La Femme auteur, *Balzac donnera encore Vignon comme « cornac du président du Conseil, prince de Wissembourg ».*

Ce prince de Wissembourg, dont Babou ne donnait pas le vrai nom, se trouvait, de tous les personnages de La Cousine Bette, *à la fois le plus facile et le plus difficile à nommer. Facile, en raison des points communs évidents avec Soult, duc de Dalmatie, ministre et président du Conseil des cabinets du 11 octobre 1832 et du 12 mai 1839, et du cabinet du 29 octobre 1840, encore en place en 1845. Difficile, parce que Soult, qui avait donné sa démission de ministre de la Guerre en 1845, avait cependant conservé la présidence du Conseil et l'occupait toujours lors de la rédaction et de la publication de* La Cousine Bette. *Or, si dans ce roman Balzac avait attribué au prince de Wissembourg des traits de Soult ressemblants mais exclusivement flatteurs, il avait départi à Hulot des détails scabreux de la vie privée et même politique de Soult, et tels en signification que Soult semble au moins aussi important comme composante de Hulot que de Wissembourg. Sur le plan de la vie privée, un scandale l'avait atteint par sa nièce,*

1. Sur Lingay, voir l'Introduction des *Employés*, p. 871 sq., et l'article « Qui est des Lupeaulx ? », *L'Année balzacienne 1961*.

Mme Colomès, passée aux assises en décembre 1845. Balzac avait suivi avec passion le procès de cette femme de quarante-cinq ans qui « faisait des quasi-faux » et « se donnait à des usuriers, à des vieux !... » pour pouvoir donner de l'argent à un jeune homme qui le « dépensait avec des actrices de la Porte-Saint-Martin[1] ». Au même âge, Adeline Hulot s'offre à Crevel pour son mari qui dilapide honneur et fortune avec des actrices et des Marneffe. La réalité avait donné l'exemple et la preuve de telles mœurs dans la famille d'un ministre de la Guerre. Pourquoi pas dès lors, dans la famille d'un directeur de ce ministère ? Mais si un exemple de la vie privée réelle sert de point de départ, Wissembourg en est déchargé pour rester uniquement cet important rouage de la vie politique : le ministre. Au ministre de la Guerre, au président du Conseil, Balzac conserve la stature politique de Soult, sa gloire de « vieux soldat », les traits pittoresques de son caractère brusque et emporté, son verbe bref. Parce qu'une situation politique donnée découle d'éléments donnés, il n'oublie pas les démêlés de Soult avec ses adversaires à la Chambre, notamment au sujet de la dotation du duc de Nemours, et ses réactions aux affaires d'Algérie, notamment aux razzias, ou son parti pris pour les militaires contre les « pékins ». Ce dernier trait avait pesé dans la carrière de Soult qui, pour avoir combattu pour la continuation du régime militaire en Algérie contre Thiers et Guizot, partisans d'un gouvernement civil, avait dû démissionner sur cette question le 18 juillet 1834. Mais pour ce dénouement politique, une autre raison a été donnée qui rapproche sérieusement la fiction de la réalité ; car les mots de concussion, d'affaires douteuses avaient été murmurés. Et si Wissembourg, déjà menacé par ses adversaires, risque d'être compromis par les affaires d'un Hulot qu'il protège parce qu'il est militaire, Soult s'était trouvé affaibli en 1834 par les trafics de son propre fils.

L'utilisation de l'affaire par Balzac avait eu un précédent littéraire resté méconnu et qui méritait un meilleur sort. Dans Lucien Leuwen, en effet, Stendhal avait montré les difficultés de « M. le maréchal ministre de la Guerre ». Personnage et situation étaient façonnés sur Soult en 1834, et voici l'explica-

---

1. *Lettres à Mme Hanska*, t. III, p. 98.

tion que Stendhal donne de ses difficultés : « *le vieux maréchal tenait beaucoup à ce qu'une certaine fourniture de chevaux fût entièrement soldée avant sa sortie du ministère. M. Salomon C...*, *le chef de cette entreprise, avait sagement stipulé que les cent mille francs de nantissement donnés par le fils du maréchal et les bénéfices appartenant à la même personne ne seraient payés qu'avec les fonds provenant de* l'ordonnance de solde »; *et cette* « spéculation sur les chevaux », *dévoilée* « *par un petit espion intérieur du ministère des Finances* », *manqua entraîner la mutation en Algérie d'un fonctionnaire des services du roi*[1]. Dans La Cousine Bette, *c'est Marneffe qui fait les frais du scandale en étant muté en Algérie. Il faut noter que si Stendhal glisse dans son texte, alors inédit, le mot de* « voleur » *à propos de son ministre, Balzac ne marque aucune réserve. Mais les deux romanciers montrent le* « vieux guerrier » *compromis seulement par des tiers, un fils chez l'un, un ami chez l'autre. La réputation de Soult était beaucoup plus ténébreuse et bien loin de l'indépendance et de l'incorruptibilité de Wissembourg. Non seulement il plia l'échine sous tous les régimes, mais il avait pillé les églises espagnoles sous Napoléon, et dès les premiers temps de la monarchie de Juillet, il s'était trouvé fort compromis dans la fameuse affaire des* « fusils Gisquet » *dans laquelle, selon Louis Blanc dans son* Histoire de dix ans, *Rothschild serait intervenu pour fournir sa garantie, et qui aurait constitué pour le Trésor une perte d'à peu près deux millions cinq cent mille francs; Nucingen est nommé dans* La Cousine Bette *à propos des trafics de Hulot auquel il donne sa garantie. Dans* La Comédie inhumaine, *A. Wurmser rappelle que Soult fut aussi éclaboussé pour avoir fait attribuer la fourniture de casquettes militaires à son fils et conclut :* « il est donc à la fois le noble maréchal-prince et le piteux Hulot[2] ». *Sans doute, à ceci près que Balzac sait et fait savoir que si la morale populaire espère que les actes d'un Hulot reçoivent la punition de Hulot, les mœurs politiques font qu'un Soult connaisse par trois fois les honneurs que connaît Wissembourg, parce que ces honneurs sont attachés à une fonction qui n'est dévolue que*

1. *Lucien Leuwen,* Bibl. de la Pléiade, p. 1352.
2. P. 310, n. 3.

*par faveur politique, et que, dès lors, il est l'homme d'une poli-
tique et non d'une fonction.*

L'actualité et les hommes étaient fastueusement exploitables
en *1846*. Mais le roman aurait-il quitté la vie privée, serait-il
devenu par Hulot interposé l'histoire d'une société ébranlée, les
affaires d'Algérie auraient-elles servi de détonateur, sans un
déjeuner, une « prise de bec » avec Hugo et un dîner, survenus
aux deux moments décisifs de la création de La Cousine Bette :
sa conception et le début de sa création, les 16 et 17 juin 1846,
et le 19 août ?

Le *16 juin*, Bertin déjeune à Passy. Outre que « c'était délicat, fin et surfin, je vous en réponds », le directeur des Débats
« a été charmant et il est resté longtemps à causer[1] ». De quoi ?
De Louise peut-être. Elle réclame un bureau de tabac ou de
timbres et Balzac espère éteindre sa dette en lui faisant obtenir une de ces places recherchées, et éviter le scandale dont elle
menace parfois. Depuis février, pour procurer cette faveur, Bertin s'entremet, à la demande de Balzac et conjointement avec
Génie, le Lingay de Guizot. Mais Hulot permet de penser
qu'à partir des craintes de Balzac et des réclamations de
Louise, et de ses propres démarches ainsi que de celles de Génie,
Bertin a dû évoquer une autre histoire réunissant aussi scandale
redouté et places sollicitées, plus préoccupante pour lui, car son
cousin s'y trouvait compromis, et plus grave, comme le prouvera
le scandale qu'elle provoquera sous le nom d'Affaire Petit.

Est-ce aux deux Bertin que faisait allusion Babou en parlant de « cousins » à propos des deux Hulot ? Et « l'adresse de
votre abominable Valérie Fortin, épouse Marneffe » qu'il
avait au bout de sa plume, était-ce celle de Mme Petit ? Pour
l'opinion publique, cette femme d'employé fut aussi courtisane
mariée et nuisible pour un homme connu que Valérie pour les
lecteurs de La Cousine Bette. L'affaire finit par un célèbre
procès à la veille de février 1848, mais les éléments du scandale
s'accumulaient depuis assez longtemps pour qu'en 1846,
Balzac puisse construire l'histoire de Hulot et des Marneffe.
Voici ces éléments.

1. *Lettres à Mme Hanska,* t. III, p. 217.

M. Petit, employé subalterne dont les mérites ne justifiaient pas les prétentions, convoitait une place qui lui avait échappé. « Les prétentions de Petit avaient été vivement soutenues par Auguste Bertin de Vaux, qui en avait fait son affaire personnelle », car ce Bertin, le cousin du convive de Balzac, était l'amant de Mme Petit; notoirement : « tout le monde disait qu'il était amoureux », souligne Rémusat en rapportant l'« Affaire » dans ses Mémoires[1]. Pour contenter Mme Petit et apaiser M. Petit, Bertin de Vaux s'était compromis en concussions, corruption et trafic de nominations, de démissions demandées à des titulaires de places avec dédommagements promis ou payés. « Les marchés remontaient à 1841 et 1844 », précise Thureau-Dangin dans son Histoire de la monarchie de Juillet *et, « circonstance aggravante, ils avaient été négociés dans le cabinet de M. Génie[2] ». Ces détails pouvaient frapper Balzac. Ils ressemblent fort aux prétentions et aux échecs de Marneffe, et aux malencontreuses manœuvres de Hulot pour obtenir de M. Coquet ou des bras droits de ministres la place convoitée par le mari de Valérie. Bertin de Vaux n'avait pas mieux réussi que Hulot, et comme Marneffe menace et clame : « c'est trop d'être ce que je suis, et battu; je ne serais pas content, moi ! », « Petit, désappointé, irrité, pour punir ou inquiéter des protecteurs dont il était mécontent, avait menacé d'un scandale[3] ». Son chantage mêlait rupture matrimoniale, plainte en justice, procès, et publication de pièces compromettantes. Or, ainsi compromis et par ailleurs cousin — sinon frère — d'un homme fort connu, Bertin de Vaux comptait lui-même autant qu'un Hulot d'Ervy, dans un genre remarquablement semblable : il était général, pair de France et faisait autorité en matière d'affaires algériennes. De plus, « militaire peu passionné pour son état, fort attaché à ses plaisirs, de mœurs faciles, d'un esprit assez piquant », Bertin de Vaux était marié, mais vivait séparé de sa femme[4]. Un tel cousin, M. et Mme Petit, pouvaient inquiéter Bertin des* Débats *et lui donner matière à « longtemps causer ». De fait, en 1846, l'affaire marchait au scandale le plus reten-*

1. *Mémoires de ma vie*, t. IV, p. 179.
2. T. VII, p. 355.
3. Rémusat, *Mémoires de ma vie*, t. IV, p. 179.
4. *Ibid.*

tissant, le plus grave, car il compromettait aussi le gouvernement et « fournissait aux opposants une arme redoutable »,
comme le remarque Thureau-Dangin[1]; et, comme dans le
roman, du fait de Valérie autant que de Marneffe ou de Hulot,
il conduisait à la catastrophe la plus inéluctable : « Achille
Fould s'employa vainement pour un arrangement que la mauvaise tête de Mme Petit rendit impraticable », conclut Rémusat; et l'avocat Bethmont : « L'aveuglement insensé d'une
femme capricieuse autant qu'elle a été légère a empêché toute
transaction »[2]. Grâce aux droits de l'imagination, le ministre
de Balzac évite ces excès de dangereuse publicité en faisant
détruire les pièces que Marneffe menace de publier. Était-ce
la solution encore espérée par Bertin en 1846 ? Dans la réalité,
« en pressentant le très fâcheux effet, le gouvernement essaya
de l'empêcher; il n'y réussit pas[3] ». Peu importe la nature des
pièces sur lesquelles Petit fondait son chantage. Pour Marneffe,
c'est le constat d'adultère : pièces fournies par l'affaire Hugo.
Or, le lendemain du déjeuner avec Bertin, le 17 juin, Balzac
rencontrait Hugo chez les Girardin et avait « une prise de
bec » avec ce héros du scandale de 1845. Une cristallisation
peut avoir de moindres bases.

Le 19 août, le lendemain du jour où il dit avoir commencé
Bette, Balzac se retrouve chez Girardin. Avec Hugo, « que je
n'avais pas revu depuis notre prise de bec ». Et avec le général de
La Rue, premier nommé de tous les convives du dîner, venu
avec sa sœur : « Je lui ai fait un doigt de cour, et j'ai beaucoup
causé avec le frère[4]. » De quoi ? Toutes les chances sont pour
l'Algérie et ses affaires, sujet sur lequel le général baron de
La Rue, directeur des Affaires de l'Algérie au ministère de la
Guerre depuis novembre 1845, pouvait « beaucoup causer ».
Et Balzac beaucoup interroger, tant les âpres débats de juin
à la Chambre avaient soulevé de questions. Quels scandales
évoquèrent-ils ? Quels secrets ? La nomination du général avait
concordé avec la démission de Soult et son remplacement par

1. *Histoire de la monarchie de Juillet*, t. VII, p. 355.
2. *Revue rétrospective* de 1848, « Affaire Petit », p. 308-315.
Lettre de Bethmont, p. 311.
3. Thureau-Dangin, *op. cit.*, t. VII, p. 355.
4. *Lettres à Mme Hanska*, t. III, p. 338.

Moline de Saint-Yon qui, depuis le remue-ménage de 1844, tenait au ministère le poste de directeur du personnel attribué par Balzac au discret, précieux, omnipotent Roger.

De La Rue et les secrets du ministère, Hugo, Bertin, montrent à quel point et de quelle manière le créateur de Hulot réalisait son parti pris d'être « *plus historien que romancier* », et comment il sert la chance et s'en sert, quand les hasards opèrent la providentielle convergence de faits particulièrement démonstratifs. La soirée du 19 août peut avoir accentué l'évolution du « *roman terrible* », né de son propre cœur malade, vers l'histoire de son monde malade de ses scandales, de ses Hulot, de ses Crevel. La soirée du directeur de La Presse était éminemment parisienne et politique : « *Girardin grimpera sur le dos de Bertin* » — encore Bertin... — « *Ce petit parvenu deviendra décidément un personnage* », « *tous les hommes influents de la Chambre sont venus, et si Girardin se fait ainsi l'aubergiste, le Piet, le Fulchiron du Centre, il arrivera bien certainement* ». « *Enfin, les trois salons crevaient d'illustrations, de grand monde[1].* »

« *Crevaient* »... Crevel est en train de s'épanouir à la vie balzacienne, parvenu qui arrivera bien certainement, incarnation de la bouffissure philipparde, produit et profiteur du régime censitaire. « Centre-Ventre », ironisait naguère Béranger lorsque les « ventrus » allaient aux mangeoires des Piet et Fulchiron, leurs chefs de file. Le ventre grotesque de Crevel est politique. Si bien des graines ont levé après la soirée de Girardin, dans cette grasse et lourde tourbe politique, un Crevel ne pouvait qu'y croître et s'enfler en vulgarité, en ambitions et en ridicules. Crevel fait comprendre que la sympathie de Balzac va largement à Hulot, un artiste à sa manière, car il fait partie de l'aristocratie des têtes brûlées. Crevel, son négatif, appartient à la ploutocratie des imbéciles. Grossièrement riche, vaniteux, mufle, et boursicoteur même en plaisirs, il est le Bourgeois. Et réel aussi, puisque les traits de son portrait, bien repérés par A. Lorant, reproduisaient ceux de Véron, le propriétaire de tant de choses et du Constitutionnel,

---

1. *Lettres à Mme Hanska*, t. III, p. 337-338.

l'homme qui avait affirmé Les Parents pauvres *dont le
créateur le nomme, le 20 janvier 1847, « le grrrrand Véron,
Véron le magnifique, Véron le difficile, Véron l'imbécile »;
Véron jadis enrichi par la pâte pectorale inventée par Regnault
comme Crevel par l'huile céphalique qui ruina son inventeur
Birotteau; Véron qui vient de gagner une fortune sur ses actions
du Chemin de fer du Nord, comme Crevel avec l'Orléans,
quand Balzac est en train d'y engloutir le « trésor louploup ».
Le Véron des* Commérages *de Viel-Castel, « homme gros,
sans cou, la tête bouffie, les joues tombantes, le nez de carlin,
le ventre protubérant; affectant les manières des roués de la
Régence, apprises au théâtre des Variétés[1] », c'est bien ce
« cube de chair et de bêtise » nommé Crevel qui se pose, dans
la gloire de son visage de « pleine lune » et de son « ventre piriforme », en « Régence, Justeaucorps bleu, Pompadour, Dix-
huitième siècle, tout ce qu'il y a de plus maréchal de Richelieu,
Rocaille, et, j'ose le dire, Liaisons dangereuses !... » Le Véron
« luxurieux », que « les débauchés jalousent, sans se trouver
munis de ce génie de l'impudeur qui leur serait nécessaire pour
l'imiter », et que Castille montre étalé dans « le sans-gêne de
ses manières et la grosse vanité[2] », c'est le Crevel des « vulgaires et ignobles plaisanteries », celui des propositions à Adé-
line, le « gros père » de Valérie. Le Véron « Turcaret[3] » qui
trône dans les somptuosités « de carton-pierre et de bois peint »
de son salon[4], c'est Crevel chez lui, se rengorgeant au milieu
d'un alignement stupide des « belles choses vulgaires que procure l'argent ». « Bourgeois de Paris enrichi, il pue l'argent et
la suffisance[5] » : ce Véron est Crevel. Et Crevel est Véron,
dont la « physionomie restera comme une des plus caractérisées
de notre époque, comme un des monuments les plus extraordinaires qui puissent être élevés avec de la boue ». Mais — « Ne
profite pas qui veut du fumier des écuries d'Augias » — Véron
compte[6]. Crevel est maire de Paris, il sera député. Quand Cas-*

---

1. P. 141.
2. H. Castille, *Les Hommes et les mœurs en France sous le règne de
Louis-Philippe*, p. 371.
3. Viel-Castel, *op. cit.*, p. 144.
4. H. Castille, *op. cit.*, p. 371.
5. Viel-Castel, *op. cit.*, p. XXV.
6. *Ibid.*, p. 142.

tille, pour résumer et clore son étude sur Les Hommes et les mœurs en France sous le règne de Louis-Philippe, *voulut « personnifier la molécule politique, l'élément constitutif du pouvoir », il nomma Véron : « Je dis M. Véron, parce que ce personnage offre précisément l'assemblage des traits généraux qui constituent le bourgeois au* XIXe *siècle de 1830 à 1848 [...] Il égaye d'un reflet particulier une époque vouée au deuil, à l'inquiétude et au désespoir [...] Il complète la comédie du règne de Louis-Philippe[1]. »* Dans l'Histoire des parents pauvres, *Crevel complète le dernier acte balzacien de la comédie du règne de Louis-Philippe, et de toute la terrible* Comédie humaine.

Aux côtés de Crevel, Balzac n'oublie pas Josépha qui dut sans doute à Rachel, maîtresse de Véron, plus d'un trait, plus d'une ligne de sa taille mince et nerveuse, son œil brun, les éclats de son caractère fantasque, sa célébrité, son goût pour les tableaux et les orgies, et son « instinct des premiers Hébreux pour l'or et les bijoux, pour le veau d'or ».

Crevel crèvera et Valérie avec lui, après des agonies pleines de tirades et mots d'auteur, et à la suite de maladies pharamineuses, procurées (c'est la seule malencontreuse incidence de la rivalité avec Sue), par un Brésilien digne d'une folie-vaudeville, et par un Vautrin assorti d'une Saint-Estève, dans l'intervention desquels J. Savant voit la main de Vidocq.

La main de Balzac reste la plus certaine, car Crevel incarne tout ce qu'il hait, et tous ceux qui gagnent alors qu'il perd. Après le Crevel, négatif de Hulot, il créera, à partir du même modèle, Gaudissart - « Turcaret », le négatif de Pons. Et le vieil artiste Pons se jouera souvent des Gaudissart, des bourgeois riches, de bien des cubes de chair, de bêtise et d'argent, comme Hulot se joue longtemps de Crevel. Hulot finira par perdre, mais par survivre, tandis que Pons mourra, peut-être parce que la vérité devait éclater et que Balzac la devait au tout dernier acte de La Comédie humaine. *La mort de Crevel et la survie de Hulot procèdent d'une décision subjective, déraisonnable, d'une avant-dernière satisfaction que s'offre Balzac. Car il préfère Hulot, parce que Hulot est monomane,*

---

1. H. Castille, *op. cit.,* p. 361-362.

et, *Agathe Piquetard comprise, point final atroce mais néces-*
saire et seul suffisant à une telle histoire, Hulot reste un héros.
Dans Pons, *Magus procurera l'occasion d'un mot important*
*pour l'*Histoire des parents pauvres : « *Le vieillard finissait*
comme nous finissons tous *par une manie poussée jusqu'à*
la folie ». Je souligne, *car Hulot fait partie de ce* nous *et*
Crevel en est exclu. Crevel est un négatif de Balzac, de toutes
les manières, et parce qu'il amasse « *les belles choses vulgaires*
que procure l'argent ». *Mais la revanche de Balzac est moins*
dans la mort de Crevel que dans le musée de Pons. Les tableaux
de Josépha préludent à cette revanche, tout comme le Raphaël
de la lorette Carabine, qui sert à précipiter la perte de Crevel
et de Valérie : un détail très peu innocent.

Dans les combats de fauves qui opposent les hommes et les
femmes du roman, Steinbock joue un rôle éclairant. À l'ori-
gine, une graine minuscule se trouve peut-être dans une lettre de
la comtesse de Bocarmé à Balzac, vraisemblablement de 1844,
en tout cas antérieure à la brouille entre la plus intime familière
du ménage de Passy devenue « *une femme infâme*[1] » *et celui*
qu'elle appelait « *Caro Divo* ». *La comtesse joignait ses sol-*
licitations à celles de Chlendowski : « *Le malheureux pour*
lequel on a imploré votre protection est digne de votre intérêt, il
vit depuis son arrivée à Paris dans un hôtel rue d'Angevilliers,
sa conduite est des plus régulières et depuis deux mois au bout
de ses ressources, il serait réellement mort de faim sans le
pain que lui apporte le Dalmate [Chlendowski] qui a eu l'idée
de s'adresser à vous. Il a du talent, dessine avec beaucoup de
facilité sur pierre, bois etc. et pourrait gagner sa vie s'il trouvait
une occupation de ce genre [...] Un mot de votre part sauverait
peut-être la vie à ce malheureux qui s'appelle Zavotzky[2]. »
Avec ce Polonais en exil, artiste près de mourir de faim,
on se croirait aux premières pages d'un roman où Bette se nom-
merait la Bocarmé et où Balzac jouerait le rôle de Hulot,
ou de Rivet. Mais ce Zavotzky n'aurait sans doute jamais donné
le jour à Steinbock si, en 1846, un artiste n'avait été nécessaire

---

1. *Lettres à Mme Hanska*, t. III, p. 132.
2. *Correspondance*, t. IV, p. 763.

pour une leçon d'intérêts matrimoniaux bien entendus. Et Steinbock ne serait pas devenu d'abord ornemaniste, si Froment-Meurice — qui « adore Anna » — n'avait été à plusieurs reprises présenté à Mme Hanska comme un homme d'avenir, riche, et de ceux qui imposent leur loi d'aristocrates aux bourgeois, un de « ces souverains » de Paris : « on se met à leurs genoux pour avoir un cadre, un meuble ». Puis il ne serait pas devenu un mauvais mari, si un mari polonais n'avait été tellement à déconseiller pour Anna Hanska. Enfin l'ornemaniste du début ne se serait peut-être pas transformé, singulièrement, en sculpteur d'énormes monuments, sans Elschoët. Mais au-delà de l'anecdote et parce que Balzac la dépasse, Steinbock apparaît comme l'un des plus importants révélateurs. Parce qu'il est beau et aimé, parce que rien ne lui résiste, ni la pureté, ni le vice, ni la méchanceté, ni Hortense, ni Valérie, ni Bette. Et parce qu'un seul don lui est refusé : la volonté. Il réussit tout, sauf l'essentiel : créer. Si Crevel incarnait les haines de Balzac, Steinbock incarne par leur contraire toute la fierté et la tristesse de la vie de Balzac. La paresse de Steinbock inspire des pages qui sont parmi les plus belles sur la création et le créateur. Nulle part peut-être, après tant de chefs-d'œuvre, Balzac ne parle avec autant de grandeur de l'œuvre désormais accomplie. Nulle part peut-être, après tant de confessions voilées jusqu'à celles de ce roman né d'abord de sa pauvre vie et qu'il a réussi à lancer très loin vers le grand large, Balzac n'est aussi présent et ne dit mieux cette phrase, écrite le 16 mai 1843, lorsqu'il était encore plein de force et d'espérance : « Les grands événements de ma vie sont mes œuvres[1]. »

ANNE-MARIE MEININGER.

---

1. *Lettres à Mme Hanska*, t. II, p. 219.

LES PARENTS PAUVRES[a]

À DON MICHELE ANGELO CAJETANI,
PRINCE DE TEANO[1]

Ce n'est ni au prince romain, ni à l'héritier de l'illustre maison de Cajetani qui a fourni des papes à la Chrétienté, c'est au savant commentateur de Dante que je dédie ce petit fragment d'une longue histoire.

Vous m'avez fait apercevoir la merveilleuse charpente d'idées sur laquelle le plus grand poète italien a construit son poème, le seul que les modernes puissent opposer à celui d'Homère. Jusqu'à ce que je vous eusse entendu, LA DIVINE COMÉDIE me semblait une immense énigme, dont le mot n'avait été trouvé par personne, et moins par les commentateurs que par qui que ce soit. Comprendre ainsi Dante, c'est être grand comme lui ; mais toutes les grandeurs vous sont familières.

Un savant français se ferait une réputation, gagnerait une chaire et beaucoup de croix, à publier, en un volume dogmatique, l'improvisation par laquelle vous avez charmé l'une de ces soirées où l'on se repose d'avoir vu Rome. Vous ne savez peut-être pas que la plupart de nos professeurs vivent sur l'Allemagne, sur l'Angleterre, sur l'Orient ou sur le Nord, comme des insectes sur un arbre ; et, comme l'insecte, ils en deviennent partie intégrante, empruntant leur valeur de celle du sujet. Or, l'Italie n'a pas encore été exploitée à chaire ouverte. On ne me tiendra jamais compte de ma discrétion littéraire. J'aurais pu, vous dépouillant, devenir un homme docte de la force de trois Schlegel ; tandis que je vais rester simple docteur en médecine sociale, le vétérinaire des maux incurables, ne fût-ce que pour offrir un témoignage de reconnaissance à mon cicerone, et joindre votre illustre nom à ceux des Porcia, des San Severino, des Pareto, des di Negro, des Belgiojoso[2], qui représenteront dans LA COMÉDIE HUMAINE cette alliance intime et continue de l'Italie et de la France que déjà le Bandello, cet évêque, auteur de contes très drolatiques, consacrait de la même manière, au seizième siècle, dans ce magnifique recueil de nouvelles d'où sont issues plusieurs pièces de Shakespeare, quelquefois même des rôles entiers, et textuellement.

Les deux esquisses que je vous dédie constituent les deux éternelles faces d'un même fait. Homo duplex, *a dit notre grand Buffon, pourquoi ne pas ajouter :* Res duplex[1] ? *Tout est double, même la vertu. Aussi Molière présente-t-il toujours les deux côtés de tout problème humain ; à son imitation, Diderot écrivit un jour :* CECI N'EST PAS UN CONTE, *le chef-d'œuvre de Diderot peut-être, où il offre la sublime figure de mademoiselle de Lachaux immolée par Gardanne[2], en regard de celle d'un parfait amant tué par sa maîtresse. Mes deux nouvelles sont donc mises en pendant, comme deux jumeaux de sexe différent. C'est une fantaisie littéraire à laquelle on peut sacrifier une fois, surtout dans un ouvrage où l'on essaie de représenter toutes les formes qui servent de vêtement à la pensée. La plupart des disputes humaines viennent de ce qu'il existe à la fois des savants et des ignorants, constitués de manière à ne jamais voir qu'un seul côté des faits ou des idées ; et chacun de prétendre que la face qu'il a vue est la seule vraie, la seule bonne. Aussi le Livre Saint a-t-il jeté cette prophétique parole :* Dieu livra le monde aux discussions. *J'avoue que ce seul passage de l'Écriture devrait engager le Saint-Siège à vous donner le gouvernement des deux Chambres pour obéir à cette sentence commentée, en 1814, par l'ordonnance de Louis XVIII.*

Que votre esprit, que la poésie qui est en vous protègent les deux épisodes des PARENTS PAUVRES[a]

De votre affectionné serviteur,

DE BALZAC.

Paris, août-septembre 1846.

PREMIER ÉPISODE

LA COUSINE BETTE[a]

Vers le milieu du mois de juillet de l'année 1838[b], une de ces voitures nouvellement mises en circulation sur les places de Paris et nommées des *milords*[1] cheminait, rue de l'Université, portant un gros homme de taille moyenne en uniforme de capitaine de la Garde nationale.

Dans le nombre de ces Parisiens accusés d'être si spirituels, il s'en trouve qui se croient infiniment mieux en uniforme que dans leurs habits ordinaires, et qui supposent chez les femmes des goûts assez dépravés pour imaginer qu'elles seront favorablement impressionnées à l'aspect d'un bonnet à poil et par le harnais militaire.

La physionomie de ce capitaine appartenant à la deuxième légion respirait un contentement de lui-même qui faisait resplendir son teint rougeaud et sa figure passablement[c] joufflue. À cette auréole que la richesse acquise dans le commerce met au front des boutiquiers retirés, on devinait l'un des élus de Paris, au moins ancien adjoint[d] de son arrondissement. Aussi, croyez que le ruban de la Légion d'honneur ne manquait pas sur la poitrine, crânement bombée à la prussienne. Campé fièrement[e] dans le coin du milord, cet homme décoré laissait errer son regard sur les passants qui souvent, à Paris, recueillent ainsi d'agréables sourires adressés à de beaux yeux absents.

Le milord arrêta dans la partie de la rue comprise entre la rue de Bellechasse et la rue de Bourgogne, à la porte d'une grande maison nouvellement bâtie sur une portion de la cour d'un vieil hôtel à jardin. On avait respecté l'hôtel qui demeurait dans sa forme primitive au fond de la cour diminuée de moitié.

À la manière seulement dont le capitaine accepta les services du cocher pour descendre du milord, on eût reconnu le quinquagénaire. Il y a des gestes dont la franche lourdeur a toute l'indiscrétion d'un[a] acte de naissance. Le capitaine remit son gant jaune à sa main droite, et, sans rien demander au concierge, se dirigea vers le perron du rez-de-chaussée de l'hôtel d'un air qui disait : « Elle est à moi ! » Les portiers de Paris ont le coup d'œil savant[b], ils n'arrêtent point les gens décorés, vêtus de bleu, à démarche pesante; enfin ils connaissent les riches.

Ce rez-de-chaussée était occupé tout entier par monsieur le baron Hulot d'Ervy, commissaire ordonnateur sous la République, ancien intendant général d'armée, et alors directeur d'une des plus importantes administrations du ministère de la Guerre, conseiller d'État, grand officier de la Légion d'honneur, etc., etc.

Ce baron Hulot s'était nommé lui-même d'Ervy, lieu de sa naissance, pour se distinguer de son frère, le célèbre général Hulot, colonel des grenadiers de la Garde impériale, que l'Empereur avait créé comte de Forzheim[1], après la campagne de 1809. Le frère aîné, le comte, chargé de prendre soin de son frère cadet, l'avait, par prudence paternelle, placé dans l'administration militaire où, grâce à leurs doubles services, le baron obtint et mérita la faveur de Napoléon. Dès 1807, le baron Hulot était intendant général des armées en Espagne[c].

Après avoir sonné, le capitaine bourgeois fit de grands efforts pour remettre en place son habit, qui s'était autant retroussé par-derrière que par-devant, poussé par l'action d'un ventre piriforme[d]. Admis aussitôt qu'un domestique en livrée l'eut aperçu, cet homme important et imposant suivit le domestique, qui dit en ouvrant la porte du salon : « M. Crevel[2] ! »

En entendant ce nom, admirablement approprié à la tournure de celui qui le portait, une grande femme blonde, très bien conservée, parut avoir reçu comme une commotion électrique et se leva[e].

« Hortense[f], mon ange, va dans le jardin avec ta cousine Bette », dit-elle vivement à sa fille qui brodait à quelques pas d'elle.

Après avoir gracieusement salué le capitaine, Mlle Hortense Hulot sortit par une porte-fenêtre, en emmenant avec elle une vieille fille sèche qui paraissait plus âgée que la baronne, quoiqu'elle eût cinq ans de moins[a].

« Il s'agit de ton mariage », dit la cousine Bette à l'oreille de sa petite cousine Hortense sans paraître offensée de la façon dont la baronne s'y prenait pour les renvoyer, en la comptant pour presque rien[b].

La mise de cette cousine eût au besoin expliqué ce sans-gêne.

Cette vieille fille portait une robe de mérinos, couleur raisin de Corinthe, dont la coupe et les lisérés dataient de la Restauration[c], une collerette brodée qui pouvait valoir trois francs, un chapeau de paille cousue à coques de satin bleu bordées de paille comme on en voit aux revendeuses de la halle. À l'aspect de souliers en peau de chèvre dont la façon annonçait un cordonnier du dernier ordre, un étranger aurait hésité à saluer la cousine Bette comme une parente de la maison, car elle ressemblait tout à fait à une couturière en journée[d]. Néanmoins la vieille fille ne sortit pas sans faire un petit salut affectueux à M. Crevel, auquel ce personnage répondit par un signe d'intelligence.

« Vous viendrez demain, n'est-ce pas, mademoiselle Fischer ? dit-il.

— Vous n'avez pas de monde ? demanda la cousine Bette.

— Mes enfants et vous, voilà tout, répliqua le visiteur.

— Bien, répondit-elle, comptez alors sur moi.

— Me voici, madame, à vos ordres », dit le capitaine de la milice bourgeoise en saluant de nouveau la baronne Hulot.

Et il jeta sur Mme Hulot un regard comme Tartuffe en jette à Elmire, quand un acteur de province croit nécessaire de marquer les intentions de ce rôle, à Poitiers ou à Coutances[e].

« Si vous voulez me suivre par ici, monsieur, nous serons beaucoup mieux que dans ce salon pour causer d'affaires », dit Mme Hulot en désignant une pièce voisine qui, dans l'ordonnance de l'appartement, formait un salon de jeu[f].

Cette pièce n'était séparée que par une légère cloison du boudoir dont la croisée donnait sur le jardin, et Mme Hulot laissa M. Crevel seul pendant un moment, car elle jugea nécessaire de fermer la croisée et la porte du boudoir, afin que personne ne pût y venir

écouter. Elle eut même la précaution de fermer également
la porte-fenêtre du grand salon, en souriant à sa fille et à
sa cousine qu'elle vit établies dans un vieux kiosque*a* au
fond du jardin. Elle revint en laissant ouverte la porte
du salon de jeu, afin d'entendre ouvrir celle du grand
salon, si quelqu'un y entrait. En allant et venant ainsi,
la baronne, n'étant observée par personne, laissait dire à
sa physionomie toute sa pensée; et qui l'aurait vue, eût
été presque épouvanté de son agitation. Mais en revenant de la porte d'entrée du grand salon au salon de jeu,
sa figure se voila sous cette réserve impénétrable que
toutes les femmes, même les plus franches, semblent
avoir à commandement*b*.

Pendant les préparatifs au moins singuliers*c*, le garde
national examinait l'ameublement du salon où il se
trouvait. En voyant les rideaux de soie, anciennement
rouges, déteints en violet par l'action du soleil, et limés
sur les plis par un long usage, un tapis d'où les couleurs
avaient disparu, des meubles dédorés et dont la soie
marbrée de taches était usée par bandes, des expressions
de dédain, de contentement et d'espérance se succédèrent*d*
naïvement sur sa plate figure de commerçant parvenu.
Il se regardait dans la glace, par-dessus une vieille
pendule Empire, en se passant lui-même en revue, quand
le froufrou de la robe de soie lui annonça la baronne.
Et il se remit aussitôt en position*e*.

Après s'être jetée sur un petit canapé, qui certes avait
été fort beau vers 1809, la baronne, indiquant à Crevel un
fauteuil dont les bras étaient terminés par des têtes de
sphinx bronzées dont la peinture s'en allait par écailles
en laissant voir le bois par places, lui fit signe de s'asseoir.

« Ces précautions que vous prenez, madame, seraient
d'un charmant augure pour un...

— Un amant, répliqua-t-elle en interrompant le garde
national*f*.

— Le mot est faible, dit-il en plaçant sa main droite
sur son cœur et roulant des yeux qui font presque toujours rire une femme quand elle leur voit froidement une
pareille expression, amant! amant! dites ensorcelé*g*?

— Écoutez, monsieur Crevel, reprit la baronne trop
sérieuse pour pouvoir rire*h*, vous avez cinquante ans,
c'est dix ans de moins que M. Hulot, je le sais; mais,
à mon âge*i*, les folies d'une femme doivent être justi-

fiées par la beauté, par la jeunesse, par la célébrité, par
le mérite, par quelques-unes des splendeurs qui nous
éblouissent au point de nous faire tout oublier, même
notre âge. Si vous avez cinquante mille livres de rentes,
votre âge contrebalance bien votre fortune; ainsi, de
tout ce qu'une femme exige, vous ne possédez rien...

— Et l'amour ? dit le garde national en se levant et
s'avançant, un amour qui...

— Non, monsieur, de l'entêtement ! dit la baronne en
l'interrompant pour en finir avec cette ridiculité.

— Oui, de l'entêtement et de l'amour, reprit-il, mais
aussi quelque chose de mieux, des droits...

— Des droits ? s'écria Mme Hulot qui devint sublime
de mépris, de défi, d'indignation. Mais, reprit-elle, sur
ce ton, nous ne finirons jamais, et je ne vous ai pas
demandé de venir ici pour causer de ce qui vous en a
fait bannir malgré l'alliance de nos deux familles...

— Je l'ai cru...

— Encore ! reprit-elle. Ne voyez-vous pas, monsieur, à
la manière leste et dégagée dont je parle d'amant,
d'amour, de tout ce qu'il y a de plus scabreux pour une
femme, que je suis parfaitement sûre de rester vertueuse ?
Je ne crains rien, pas même d'être soupçonnée en m'enfermant avec vous. Est-ce là la conduite d'une femme
faible ? Vous savez bien pourquoi je vous ai prié de
venir !...

— Non, madame », répliqua Crevel en prenant un
air froid[a].

Il se pinça les lèvres et se remit en position[b].

« Eh bien ! je serai brève pour abréger notre mutuel
supplice », dit la baronne Hulot en regardant Crevel.

Crevel fit un salut ironique dans lequel un homme du
métier eût reconnu les grâces d'un ancien commis
voyageur[c].

« Notre fils a épousé votre fille...

— Et si c'était à refaire !... dit Crevel.

— Ce mariage ne se ferait pas, répondit vivement la
baronne, je m'en doute. Néanmoins, vous n'avez pas
à vous plaindre. Mon fils est non seulement un des premiers avocats de Paris, mais encore le voici député depuis
un an[d], et son début à la Chambre est assez éclatant pour
faire supposer qu'avant peu de temps[e] il sera ministre.
Victorin a été nommé deux fois rapporteur de lois impor-

tantes, et il pourrait déjà devenir, s'il le voulait, avocat
général à la Cour de Cassation*ᵃ*. Si donc vous me donnez à entendre que vous avez un gendre sans fortune...

— Un gendre que je suis obligé de soutenir, reprit
Crevel, ce qui me semble pis, madame. Des cinq cent
mille francs constitués en dot à ma fille, deux cents ont
passé, Dieu sait à quoi!... à payer les dettes de monsieur
votre fils, à meubler *mirobolamment*ᵇ¹ sa maison, une maison de cinq cent mille francs qui rapporte à peine
quinze*ᶜ* mille francs, puisqu'il en occupe la plus belle
partie, et sur laquelle il redoit deux cent soixante*ᵈ* mille
francs... Le produit couvre à peine les intérêts de la
dette. Cette année, je donne à ma fille une vingtaine de
mille francs pour qu'elle puisse nouer les deux bouts.
Et mon gendre, qui gagnait trente mille francs au Palais,
disait-on, va négliger le Palais pour la Chambre...

— Ceci, monsieur Crevel, est encore un hors-d'œuvre,
et nous éloigne du sujet. Mais, pour en finir là-dessus,
si mon fils devient ministre, s'il vous fait nommer officier de la Légion d'honneur, et conseiller de préfecture
à Paris, pour un ancien parfumeur, vous n'aurez pas à
vous plaindre?...

— Ah! nous y voici, madame. Je suis un épicier, un
boutiquier, un ancien débitant de pâte d'amande, d'eau
de Portugal, d'huile céphalique, on doit me trouver bien
honoré d'avoir marié ma fille unique au fils de M. le
baron Hulot d'Ervy, ma fille sera baronne. C'est Régence, c'est Louis XV, Œil-de-Bœuf*ᵉ*²! c'est très bien...
J'aime Célestine comme on aime une fille unique, je
l'aime tant que, pour ne lui donner ni frère ni sœur,
j'ai accepté tous les inconvénients du veuvage à Paris
(et dans la force de l'âge, madame!)*ᶠ*, mais sachez bien
que, malgré cet amour insensé pour ma fille, je n'enta-
merai pas ma fortune pour votre fils dont les dépenses
ne me paraissent pas claires, à moi, ancien négociant...

— Monsieur, vous voyez en ce moment même au
ministère du Commerce, M. Popinot, un ancien droguiste de la rue des Lombards.

— Mon ami, madame!... dit le parfumeur retiré; car
moi, Célestin Crevel, ancien premier commis de mon
père César Birotteau, j'ai acheté le fonds dudit Birotteau,
beau-père de Popinot, lequel Popinot était simple
commis dans cet établissement, et c'est lui qui me le

rappelle, car il n'est pas fier (c'est une justice à lui rendre) avec les gens bien posés et qui possèdent soixante mille francs de rentes.

— Eh bien! monsieur[a], les idées que vous qualifiez par le mot Régence ne sont donc plus de mise à une époque où l'on accepte les hommes pour leur valeur personnelle ? et c'est ce que vous avez fait en mariant votre fille à mon fils...

— Vous ne savez pas comment s'est conclu ce mariage!... s'écria Crevel. Ah! maudite vie de garçon! Sans mes déportements, ma Célestine serait aujourd'hui la vicomtesse Popinot[b]!

— Mais, encore une fois, ne récriminons pas sur des faits accomplis, reprit énergiquement la baronne. Parlons du sujet de plainte que me donne votre étrange conduite. Ma fille Hortense a pu se marier, le mariage dépendait entièrement de vous, j'ai cru à des sentiments généreux chez vous, j'ai pensé que vous auriez rendu justice à une femme qui n'a jamais eu dans le cœur d'autre image que celle de son mari, que vous auriez reconnu la nécessité pour elle de ne pas recevoir un homme capable de la compromettre, et que vous seriez empressé, par honneur pour la famille à laquelle vous vous êtes allié, de favoriser l'établissement d'Hortense avec M. le conseiller Lebas[c]. Et vous, monsieur, vous avez fait manquer ce mariage...

— Madame, répondit l'ancien parfumeur, j'ai agi en honnête homme. On est venu me demander si les deux cent mille francs de dot attribués à Mlle Hortense seraient payés. J'ai répondu textuellement ceci : " Je ne le garantirais pas. Mon gendre, à qui la famille Hulot a constitué cette somme en dot, avait des dettes[d], et je crois que si M. Hulot d'Ervy mourait demain, sa veuve serait sans pain. " Voilà, belle dame[e].

— Auriez-vous tenu ce langage, monsieur, demanda Mme Hulot en regardant fixement Crevel, si pour vous j'eusse manqué à mes devoirs ?...

— Je n'aurais pas eu le droit de le dire, chère Adeline, s'écria ce singulier amant en coupant la parole à la baronne, car vous trouveriez la dot dans mon portefeuille... »

Et joignant la preuve à la parole, le gros Crevel mit un genou en terre et baisa la main de Mme Hulot, en la voyant plongée par ces paroles dans une muette horreur qu'il prit pour de l'hésitation.

« Acheter le bonheur de ma fille au prix de... Oh! levez-vous, monsieur, ou je sonne. »

L'ancien parfumeur se releva très difficilement. Cette circonstance le rendit si furieux, qu'il se remit en position. Presque tous les hommes affectionnent une posture par laquelle ils croient faire ressortir tous les avantages dont les a doués la nature. Cette attitude, chez Crevel, consistait à se croiser les bras à la Napoléon, en mettant sa tête de trois quarts, et jetant son regard comme le peintre le lui faisait lancer dans son portrait, c'est-à-dire à l'horizon[a1].

« Conserver, dit-il avec une fureur bien jouée, conserver sa foi à un libert[b]...

— À un mari, monsieur, qui en est digne, reprit Mme Hulot en interrompant Crevel pour ne pas lui laisser prononcer un mot qu'elle ne voulait pas entendre.

— Tenez, madame, vous m'avez écrit de venir, vous voulez savoir les raisons de ma conduite, vous me poussez à bout avec vos airs d'impératrice, avec votre dédain, et votre... mépris! Ne dirait-on pas que je suis un nègre ? Je vous le répète, croyez-moi! j'ai le droit de vous... de vous faire la cour... car... Mais, non, je vous aime assez pour me taire...

— Parlez, monsieur, j'ai dans quelques jours quarante-huit ans, je ne suis pas sottement prude, je puis tout écouter[c]...

— Voyons, me donnez-vous votre parole d'honnête femme, car vous êtes, malheureusement pour moi, une honnête femme, de ne jamais me nommer, de ne pas dire que je vous livre ce secret ?...

— Si c'est la condition de la révélation, je jure de ne nommer à personne, pas même à mon mari, la personne de qui j'aurai su les énormités que vous allez me confier[d].

— Je le crois bien, car il ne s'agit que de vous et de lui... »

Mme Hulot pâlit.

« Ah! si vous aimez encore Hulot, vous allez souffrir! Voulez-vous que je me taise ?...

— Parlez, monsieur, car il s'agit, selon vous, de justifier à mes yeux les étranges déclarations que vous m'avez faites, et votre persistance à tourmenter une femme de mon âge, qui voudrait marier sa fille et puis... mourir en paix!

— Vous le voyez, vous êtes malheureuse...

— Moi, monsieur?

— Oui, belle et noble créature! s'écria Crevel, tu n'as que trop souffert[a]...

— Monsieur, taisez-vous et sortez! ou parlez-moi convenablement.

— Savez-vous, madame, comment le sieur Hulot[b] et moi, nous nous sommes connus?... chez nos maîtresses, madame.

— Oh! monsieur...

— Chez nos maîtresses, madame, répéta Crevel d'un ton mélodramatique et en rompant sa position pour faire un geste de la main droite.

— Eh bien! après, monsieur!... » dit tranquillement la baronne au grand ébahissement de Crevel.

Les séducteurs à petits motifs ne comprennent jamais les grandes âmes[c].

« Moi, veuf depuis cinq[d] ans, reprit Crevel en parlant comme un homme qui va raconter une histoire, ne voulant pas me remarier, dans l'intérêt de ma fille que j'idolâtre, ne voulant pas non plus avoir d'accointances chez moi, quoique j'eusse alors une très jolie dame de comptoir, j'ai mis, comme on dit, dans ses meubles une petite ouvrière de quinze[e] ans, d'une beauté miraculeuse et de qui, je l'avoue, je devins amoureux à en perdre la tête. Aussi, madame, ai-je prié ma propre tante, que j'ai fait venir de mon pays (la sœur de ma mère!) de vivre avec cette charmante créature et de la surveiller pour qu'elle restât aussi sage que possible dans cette situation, comment dire?... *chocnoso*[1]... non[f], illicite!... La petite, dont la vocation pour la musique était visible, a eu[g] des maîtres, elle a reçu de l'éducation (il fallait bien l'occuper!). Et d'ailleurs, je voulais être à la fois son père, son bienfaiteur, et, lâchons le mot[h], son amant; faire d'une pierre deux coups, une bonne action et une bonne amie. J'ai été heureux cinq[i] ans. La petite a l'une de ces voix qui sont la fortune d'un théâtre, et je ne peux la qualifier autrement qu'en disant que c'est Duprez[2] en jupon. Elle m'a coûté deux mille francs par an, uniquement pour lui donner son talent de cantatrice. Elle m'a rendu fou de la musique, j'ai eu pour elle et pour ma fille une loge aux Italiens. J'y allais alternativement un jour avec Célestine, un jour avec Josépha[a]...

— Comment, cette illustre cantatrice ?...

— Oui, madame, reprit Crevel avec orgueil, cette fameuse Josépha[b] me doit tout... Enfin, quand la petite eut vingt ans, en 1834,[c] croyant l'avoir attachée à moi pour toujours, et devenu très faible avec elle, je voulus lui donner quelques distractions, je lui laissai voir une jolie petite actrice, Jenny Cadine, dont la destinée avait quelque similitude avec la sienne. Cette actrice devait aussi tout à un protecteur, qui l'avait élevée à la brochette[1]. Ce protecteur était le baron Hulot...

— Je le sais, monsieur, dit la baronne d'une voix calme et sans la moindre altération.

— Ah! bah! s'écria Crevel de plus en plus ébahi. Bien! Mais savez-vous que votre monstre d'homme a *protégé* Jenny Cadine, à l'âge de treize ans ?

— Eh bien! monsieur, après ? dit la baronne.

— Comme Jenny Cadine, reprit l'ancien négociant, en avait vingt, ainsi que Josépha, lorsqu'elles se sont connues, le baron jouait le rôle de Louis XV vis-à-vis de Mlle de Romans[2], dès 1826,[d] et vous aviez alors douze ans de moins...

— Monsieur, j'ai eu des raisons pour laisser à M. Hulot sa liberté.

— Ce mensonge-là, madame, suffira sans doute à effacer tous les péchés que vous avez commis, et vous ouvrira la porte du paradis, répliqua Crevel d'un air fin qui fit rougir la baronne. Dites cela, femme sublime et adorée, à d'autres; mais pas au père Crevel, qui, sachez-le bien, a trop souvent banqueté dans des parties carrées avec votre scélérat de mari, pour ne pas savoir tout ce que vous valez! Il s'adressait parfois des reproches, entre deux vins, en me détaillant vos perfections. Oh! je vous connais bien : vous êtes un ange. Entre une jeune fille de vingt ans et vous, un libertin hésiterait, moi je n'hésite pas.

— Monsieur!...

— Bien, je m'arrête... Mais apprenez, sainte et digne femme, que les maris, une fois gris, racontent bien des choses de leurs épouses chez leurs maîtresses qui en rient, comme des crevées[e3]. »

Des larmes de pudeur, qui roulèrent entre les beaux

cils de Mme Hulot, arrêtèrent net le garde national
et il ne pensa plus à se remettre en position[a].

« Je reprends, dit-il. Nous nous sommes liés, le baron
et moi, par nos coquines. Le baron, comme tous les
gens vicieux, est très aimable, et vraiment bon enfant.
Oh! m'a-t-il plu, ce drôle-là! Non, il avait des inventions... enfin laissons là ces souvenirs... Nous sommes
devenus comme deux frères... Le scélérat, tout à fait
Régence, essayait bien de me dépraver, de me prêcher
le saint-simonisme en fait de femmes, de me donner des
idées de grand seigneur, de justaucorps bleu; mais,
voyez-vous, j'aimais ma petite à l'épouser, si je n'avais
pas craint d'avoir des enfants. Entre deux vieux papas,
amis comme... comme nous l'étions, comment voulez-
vous que nous n'ayons pas pensé à marier nos enfants?
Trois mois après le mariage de son fils avec ma Célestine,
Hulot (je ne sais pas comment je prononce son nom,
l'infâme! car il nous a trompés tous les deux, madame!...)
eh bien! l'infâme m'a soufflé ma petite Josépha. Ce scélérat se savait supplanté par un jeune conseiller d'État
et par un artiste (excusez du peu!) dans le cœur de Jenny
Cadine, dont les succès étaient de plus en plus *esbrouf-
fants,* et il m'a pris ma pauvre petite maîtresse, un amour
de femme; mais vous l'avez vue assurément aux Italiens
où il l'a fait entrer par son crédit. Votre homme n'est
pas aussi sage que moi, qui suis réglé comme un papier
de musique (il avait été déjà pas mal entamé par Jenny
Cadine qui lui coûtait bien près de trente mille francs
par an). Eh bien! sachez-le, il achève de se ruiner pour
Josépha[1]. Josépha, madame, est juive, elle se nomme
Mirah (c'est l'anagramme de Hiram), un chiffre israélite
pour pouvoir la reconnaître, car c'est une enfant abandonnée en Allemagne (les recherches que j'ai faites
prouvent qu'elle est la fille naturelle d'un riche banquier
juif)[2]. Le théâtre, et surtout les instructions que Jenny
Cadine, Mme Schontz, Malaga, Carabine ont données
sur la manière de traiter les vieillards, à cette petite que
je tenais dans une voie honnête et peu coûteuse, ont
développé chez elle l'instinct des premiers Hébreux pour
l'or et les bijoux, pour le Veau d'or! La cantatrice célèbre,
devenue âpre à la curée, veut être riche, très riche. Aussi
ne dissipe-t-elle rien de ce qu'on dissipe pour elle. Elle
s'est essayée sur le sieur Hulot, qu'elle a plumé net, oh!

plumé, ce qui s'appelle *rasé* ! Ce malheureux, après avoir
lutté contre un des Keller et le marquis d'Esgrignon,
fous tous deux de Josépha, sans compter les idolâtres
inconnus, va se la voir enlever par ce duc si puissamment riche qui protège les arts. Comment l'appelez-
vous ?... un nain ?... ah! le duc d'Hérouville[1]. Ce grand
seigneur a la prétention d'avoir à lui seul Josépha, tout
le monde courtisanesque en parle, et le baron n'en sait
rien; car il en eſt au treizième arrondissement[2] comme
dans tous les autres : l'amant eſt, comme les maris, le
dernier inſtruit. Comprenez-vous mes droits, maintenant ? Votre époux, belle dame, m'a privé de mon bonheur, de la seule joie que j'ai eue depuis mon veuvage.
Oui, si je n'avais pas eu le malheur de rencontrer ce vieux
roquentin[3], je posséderais encore Josépha, car, moi,
voyez-vous, je ne l'aurais jamais mise au théâtre, elle
serait reſtée obscure, sage, et à moi. Oh! si vous l'aviez
vue, il y a huit ans : mince et nerveuse, le teint doré d'une
Andalouse, comme on dit, les cheveux noirs et luisants
comme du satin, un œil à longs cils bruns qui jetait des
éclairs, une diſtinction de duchesse dans les geſtes, la
modeſtie de la pauvreté, de la grâce honnête, de la gentillesse comme une biche sauvage. Par la faute du sieur
Hulot, ces charmes, cette pureté, tout eſt devenu piège
à loup, chatière à pièces de cent sous. La petite eſt la
reine des impures, comme on dit. Enfin elle *blague,*
aujourd'hui, elle qui ne connaissait rien de rien, pas
même ce mot-là[a] ! »

En ce moment, l'ancien parfumeur s'essuya les yeux
où roulaient quelques larmes. La sincérité de cette douleur agit sur Mme Hulot qui sortit de la rêverie où elle
était tombée[b].

« Eh bien! madame, eſt-ce à cinquante-deux ans qu'on
retrouve un pareil trésor ? À cet âge, l'amour coûte
trente mille francs par an, j'en ai su le chiffre par votre
mari, et moi, j'aime trop Céleſtine pour la ruiner. Quand
je vous ai vue, à la première soirée que vous nous avez
donnée, je n'ai pas compris que ce scélérat de Hulot
entretînt une Jenny Cadine... Vous aviez l'air d'une
impératrice. Vous n'avez pas trente ans, madame, repri-
it, vous me paraissez jeune, vous êtes belle. Ma parole
d'honneur, ce jour-là j'ai été touché à fond, je me disais :
" Si je n'avais pas ma Josépha, puisque le père Hulot

délaisse sa femme, elle m'irait comme un gant. " Ah!
pardon! c'est un mot de mon ancien état. Le parfumeur
revient de temps en temps[a], c'est ce qui m'empêche d'aspirer à la députation[b]. Aussi, lorsque j'ai été si lâchement
trompé par le baron, car entre vieux drôles comme nous,
les maîtresses de nos amis devraient être sacrées, me
suis-je juré de lui prendre sa femme. C'est justice. Le
baron n'aurait rien à dire, et l'impunité nous est acquise.
Vous m'avez mis à la porte comme un chien galeux aux
premiers mots que je vous ai touchés de l'état de mon
cœur; vous avez redoublé par là mon amour, mon entêtement, si vous voulez, et vous serez à moi.

— Et comment[c] ?

— Je ne sais pas, mais ce sera. Voyez-vous, madame,
un imbécile de parfumeur (retiré!) qui n'a qu'une idée
en tête, est plus fort qu'un homme d'esprit qui en a des
milliers. Je suis *toqué* de vous, et vous êtes ma vengeance!
c'est comme si j'aimais deux fois. Je vous parle à cœur
ouvert, en homme résolu. De même que vous me dites :
" je ne serai pas à vous ", je cause froidement avec vous.
Enfin, selon le proverbe, je joue cartes sur table. Oui,
vous serez à moi, dans un temps donné... Oh! vous
auriez cinquante ans, vous seriez encore ma maîtresse.
Et ce sera, car moi j'attends tout de votre mari... »

Mme Hulot jeta sur ce bourgeois calculateur un
regard si fixe de terreur, qu'il la crut devenue folle, et il
s'arrêta.

« Vous l'avez voulu, vous m'avez couvert de votre
mépris, vous m'avez défié, j'ai parlé! dit-il en éprouvant
le besoin de justifier la sauvagerie de ses dernières
paroles.

— Oh! ma fille, ma fille! s'écria la baronne d'une
voix de mourante.

— Ah! je ne connais plus rien! reprit Crevel. Le jour
où Josépha m'a été prise, j'étais comme une tigresse à
qui l'on a enlevé ses petits... Enfin, j'étais comme je vous
vois en ce moment. Votre fille! c'est, pour moi, le moyen
de vous obtenir. Oui, j'ai fait manquer le mariage de
votre fille!... et vous ne la marierez point sans mon
secours! Quelque belle que soit Mlle Hortense, il lui
faut une dot...

— Hélas! oui! dit la baronne en s'essuyant les yeux.

— Eh bien! essayez de demander dix mille francs

au baron », reprit Crevel qui se remit en position.

Il attendit pendant un moment, comme un acteur qui *marque un temps*.

« S'il les avait, il les donnerait à celle qui remplacera Josépha! dit-il en forçant son *medium*. Dans la voie où il est, s'arrête-t-on ? Il aime d'abord trop les femmes! (Il y a en tout un juste milieu, comme a dit notre Roi[1].) Et puis la vanité s'en mêle! C'est un bel homme! Il vous mettra tous sur la paille pour son plaisir. Vous êtes déjà d'ailleurs sur le chemin de l'hôpital. Tenez, depuis[a] que je n'ai mis les pieds chez vous, vous n'avez pas pu renouveler le meuble de votre salon. Le mot GÊNE est vomi par toutes les lézardes de ces étoffes. Quel est le gendre qui ne sortira pas épouvanté des preuves mal déguisées de la plus horrible des misères, celle des gens comme il faut ? J'ai été boutiquier, je m'y connais. Il n'y a rien de tel que le coup d'œil du marchand de Paris pour savoir découvrir la richesse réelle et la richesse apparente... Vous êtes sans le sou, dit-il à voix basse. Cela se voit en tout, même sur l'habit de votre domestique[b]. Voulez-vous que je vous révèle d'affreux mystères qui vous sont cachés ?...

— Monsieur, dit Mme Hulot qui pleurait à mouiller son mouchoir, assez! assez!

— Eh bien! mon gendre donne de l'argent à son père, et voilà ce que je voulais vous dire, en débutant, sur le train de votre fils. Mais je veille aux intérêts de ma fille... soyez tranquille.

— Oh! marier ma fille et mourir!... dit la malheureuse femme qui perdit la tête.

— Eh bien! en voici le moyen ? » reprit Crevel.

Mme Hulot regarda Crevel avec un air d'espérance qui changea si rapidement sa physionomie, que ce seul mouvement aurait dû attendrir Crevel et lui faire abandonner son projet ridicule[c].

« Vous serez belle encore dix ans, reprit Crevel en position[d], ayez des bontés pour moi, et Mlle Hortense est mariée. Hulot m'a donné le droit, comme je vous disais, de poser le marché, tout crûment, et il ne se fâchera pas. Depuis trois ans, j'ai fait valoir mes capitaux, car mes fredaines ont été restreintes. J'ai trois cent mille francs de gain en dehors de ma fortune, ils sont à vous...

— Sortez, monsieur, dit Mme Hulot, sortez, et ne reparaissez jamais devant moi. Sans la nécessité où vous m'avez mise de savoir le secret de votre lâche conduite dans l'affaire du mariage projeté pour Hortense... Oui, lâche..., reprit-elle à un geste de Crevel. Comment faire peser de pareilles inimitiés sur une pauvre fille, sur une belle et innocente créature ?... Sans cette nécessité qui poignait mon cœur de mère, vous ne m'auriez jamais reparlé, vous ne seriez plus rentré chez moi. Trente-deux[a] ans d'honneur, de loyauté de femme ne périront pas sous les coups de M. Crevel...

— Ancien parfumeur, successeur de César Birotteau[1], à la Reine des Roses, rue Saint-Honoré, dit railleusement Crevel, ancien adjoint au maire, capitaine de la Garde nationale, chevalier de la Légion d'honneur, absolument comme mon prédécesseur...

— Monsieur, reprit la baronne[b], M. Hulot, après vingt ans[c] de constance, a pu se lasser de sa femme, ceci ne regarde que moi; mais vous voyez, monsieur, qu'il a mis bien du mystère à ses infidélités, car j'ignorais qu'il vous eût succédé dans le cœur de Mlle Josépha...

— Oh! s'écria Crevel, à prix d'or, madame... Cette fauvette[d] lui coûte plus de cent mille francs depuis deux ans. Ah! ah! vous n'êtes pas au bout...

— Trêve à tout ceci, monsieur Crevel. Je ne renonce-rai pas pour vous au bonheur qu'une mère éprouve à pouvoir embrasser ses enfants sans se sentir un remords au cœur, à se voir respectée, aimée par sa famille, et je rendrai mon âme à Dieu sans souillure...

— *Amen !* dit Crevel avec cette amertume diabolique qui se répand sur la figure des gens à prétention quand ils ont échoué de nouveau dans de pareilles entreprises. Vous ne connaissez pas la misère à son dernier période[2], la honte... le déshonneur... J'ai tenté de vous éclairer, je voulais vous sauver, vous et votre fille!... eh bien! vous épellerez la parabole moderne du *père prodigue*, depuis la première jusqu'à la dernière lettre[e]. Vos larmes et votre fierté me touchent, car voir pleurer une femme qu'on aime, c'est affreux!... dit Crevel en s'asseyant. Tout ce que je puis vous promettre, chère Adeline, c'est de ne rien faire contre vous, ni contre votre mari; mais n'envoyez jamais aux renseignements chez moi. Voilà tout!

— Que faire, donc ? » s'écria Mme Hulot.

Jusque-là, la baronne avait soutenu courageusement les triples tortures que cette explication imposait à son cœur, car elle souffrait comme femme, comme mère et comme épouse. En effet, tant que le beau-père de son fils s'était montré rogue et agressif, elle avait trouvé de la force dans la résistance qu'elle opposait à la brutalité du boutiquier ; mais la bonhomie qu'il manifestait au milieu de son exaspération d'amant rebuté, de beau garde national humilié, détendit ses fibres montées à se briser ; elle se tordit les mains, elle fondit en larmes, et elle était dans un tel état d'abattement stupide, qu'elle se laissa baiser les mains par Crevel à genoux.

« Mon Dieu ! que devenir ? reprit-elle en s'essuyant les yeux. Une mère peut-elle voir froidement sa fille dépérir sous ses yeux ? Quel sera le sort d'une si magnifique créature, aussi forte de sa vie chaste auprès de sa mère, que de sa nature privilégiée ! Par certains jours, elle se promène dans le jardin, triste, sans savoir pourquoi ; je la trouve avec des larmes dans les yeux...

— Elle a vingt-deux*ᵃ* ans[1], dit Crevel.

— Faut-il la mettre au couvent ? demanda la baronne, car dans de pareilles crises, la religion est souvent impuissante contre la nature, et les filles les plus pieusement élevées perdent la tête*ᵇ* !... Mais levez-vous donc, monsieur, ne voyez-vous pas que, maintenant, tout est fini entre nous, que vous me faites horreur, que vous avez renversé la dernière espérance d'une mère !...

— Et si je la relevais ?... » dit-il.

Mme Hulot regarda Crevel avec une expression délirante qui le toucha ; mais il refoula la pitié dans son cœur, à cause de ce mot : *Vous me faites horreur !* La Vertu est toujours un peu trop tout d'une pièce, elle ignore les nuances et les tempéraments à l'aide desquels on louvoie dans une fausse position*ᶜ*.

« On ne marie pas aujourd'hui, sans dot, une fille aussi belle que l'est Mlle Hortense, reprit Crevel en reprenant son air pincé. Votre fille est une de ces beautés effrayantes pour les maris ; c'est comme un cheval de luxe qui exige trop de soins coûteux pour avoir beaucoup d'acquéreurs. Allez donc à pied avec une pareille femme au bras ? tout le monde vous regardera, vous suivra, désirera votre épouse. Ce succès inquiète beaucoup de gens qui ne veulent pas avoir des amants à tuer ; car, après tout, on n'en tue jamais qu'un[a]. Vous ne pouvez, dans la situation où vous êtes, marier votre fille que de trois manières : par mon secours, vous n'en voulez pas ! et d'un ; en trouvant un vieillard de soixante ans, très riche, sans enfants, et qui voudrait en avoir, c'est difficile, mais cela se rencontre, il y a tant de vieux qui prennent des Josépha, des Jenny Cadine, pourquoi n'en rencontrerait-on pas un qui ferait[b] la même bêtise légitimement ?... Si je n'avais pas ma Célestine et nos deux petits enfants, j'épouserais Hortense. Et de deux ! La dernière manière est la plus facile... »

Mme Hulot leva la tête, et regarda l'ancien parfumeur avec anxiété.

« Paris est une ville où tous les gens d'énergie qui poussent comme des sauvageons sur le territoire français se donnent rendez-vous, et il y grouille[c] bien des talents, sans feu ni lieu, des courages capables de tout, même de faire fortune... Eh bien ! ces garçons-là... (Votre serviteur en était dans son temps, et il en a connu !... Qu'avait du Tillet ? Qu'avait Popinot, il y a vingt ans ?... ils pataugeaient[d] tous les deux dans la boutique du papa Birotteau, sans autre capital que l'envie de parvenir, qui, selon moi, vaut le plus beau capital !... On mange des capitaux, et l'on ne se mange pas le moral[e]!... Qu'avais-je, moi ? l'envie de parvenir, du courage. Du Tillet est l'égal aujourd'hui des plus grands personnages. Le petit Popinot, le plus riche droguiste de la rue des Lombards, est devenu député, le voilà ministre...) Eh bien ! l'un de ces *condottieri,* comme on dit, de la commandite, de la plume ou de la brosse, est le seul être, à Paris, capable[f] d'épouser une belle fille sans le sou, car ils ont tous les genres de courage. M. Popinot a épousé Mlle Birotteau sans espérer un liard de dot. Ces gens-là sont fous ! ils croient à l'amour, comme ils croient à leur fortune et à leurs facultés !... Cherchez un homme d'énergie qui devienne amoureux de votre fille et il l'épousera sans regarder au présent[g]. Vous m'avouerez que, pour un ennemi, je ne manque pas de générosité, car ce conseil est contre moi.

— Ah ! monsieur Crevel, si vous vouliez être mon ami, quitter vos idées ridicules !...

— Ridicules ? madame, ne vous démolissez pas ainsi,

regardez-vous... Je vous aime et vous viendrez à moi!
Je veux dire un jour à Hulot : "Tu m'as pris Josépha,
j'ai ta femme!..." C'est la vieille loi du talion! Et je poursuivrai l'accomplissement de mon projet, à moins que
vous ne deveniez excessivement laide. Je réussirai,
voici pourquoi[a], dit-il en se mettant en position et
regardant Mme Hulot[b].

— Vous ne rencontrerez ni un vieillard, ni un jeune
homme amoureux, reprit-il après une pause, parce que
vous aimez trop votre fille pour la livrer aux manœuvres[c]
d'un vieux libertin, et que vous ne vous résignerez pas,
vous, baronne Hulot, sœur[1] du vieux lieutenant général
qui commandait les vieux grenadiers de la vieille garde,
à prendre l'homme d'énergie là où il sera; car il peut
se trouver simple ouvrier, comme tel millionnaire
d'aujourd'hui se trouvait simple mécanicien il y a dix
ans, simple conducteur de travaux, simple contremaître
de fabrique. Et alors, en voyant votre fille, poussée par
ses vingt ans, capable de vous déshonorer, vous vous
direz : "Il vaut mieux que ce soit moi[d] qui me déshonore[e]; et si M. Crevel veut me garder le secret, je vais
gagner la dot de ma fille, deux cent mille francs, pour
dix ans d'attachement à cet ancien marchand de gants...
le père Crevel!..." Je vous ennuie, et ce que je dis est
profondément immoral, n'est-ce pas ? Mais si vous étiez
mordue par[f] une passion irrésistible, vous vous feriez,
pour me céder, des raisonnements comme s'en font les
femmes qui aiment... Eh bien! l'intérêt d'Hortense vous
les mettra dans le cœur, ses capitulations de conscience...

— Il reste à Hortense un oncle.

— Qui, le père Fischer ?... il arrange ses affaires, et
par la faute du baron encore, dont le râteau passe sur
toutes les caisses qui sont à sa portée[g].

— Le comte Hulot...

— Oh! votre mari, madame, a déjà fricassé les économies du vieux lieutenant général[h], il en a meublé la
maison de sa cantatrice. Voyons, me laisserez-vous partir sans espérances ?

— Adieu, monsieur. On guérit facilement d'une passion pour une femme de mon âge, et vous prendrez
des idées chrétiennes. Dieu protège les malheureux... »

La baronne se leva pour forcer le capitaine à la retraite,
et elle le repoussa dans le grand salon.

« Est-ce au milieu de pareilles guenilles que devrait vivre la belle Mme Hulot ? » dit-il.

Et il montrait une vieille lampe, un lustre dédoré, les cordes du tapis, enfin les haillons de l'opulence qui faisaient de ce grand salon blanc, rouge et or, un cadavre des fêtes impériales.

« La vertu, monsieur, reluit sur tout cela. Je n'ai pas envie de devoir un magnifique mobilier en faisant de cette beauté, que vous me prêtez, *des pièges à loups, des chatières à pièces de cent sous !* »

Le capitaine se mordit les lèvres en reconnaissant les expressions par lesquelles il venait de flétrir l'avidité de Joséphaᵃ.

« Et pour qui cette persévérance ? » demanda-t-il.

En ce moment la baronne avait éconduit l'ancien parfumeur jusqu'à la porte.

« Pour un libertin!... ajouta-t-il en faisant une moue d'homme vertueux et millionnaire.

— Si vous aviez raison, monsieur, ma constance aurait alors quelque mérite, voilà tout. »

Elle laissa le capitaine après l'avoir salué comme on salue pour se débarrasser d'un importun, et se retourna trop lestement pour le voir une dernière fois en position. Elle allaᵇ rouvrir les portes qu'elle avait fermées, et ne put remarquerᶜ le geste menaçant par lequel Crevel lui dit adieuᵈ. Elle marchait fièrement, noblement, comme une martyre au Colisée. Elle avait néanmoins épuisé ses forcesᵉ, car elle se laissa tomber sur le divan de son boudoir bleu, comme une femme près de se trouver mal, et elle resta les yeux attachés sur le kiosque en ruinesᶠ où sa fille babillait avec la cousine Bette.

Depuis les premiers jours de son mariage jusqu'en ce moment, la baronne avait aimé son mari, comme Joséphine a fini par aimer Napoléon, d'un amour admiratif, d'un amour maternel, d'un amour lâche. Si elle ignorait les détails que Crevel venait de lui donner, elle savait cependant fort bien que, depuis vingt ansᵍ, le baron Hulot lui faisait des infidélités; mais elle s'était mis sur les yeux un voile de plomb, elle avait pleuré silencieusement, et jamais une parole de reproche ne lui était échappée. En retour de cette angélique douceur, elle avait obtenu la vénération de son mari, et comme un culte divin autour d'elle. L'affection qu'une femme porte

à son mari, le respect dont elle l'entoure, sont contagieux
dans la famille[a]. Hortense croyait son père un modèle
accompli d'amour conjugal. Quant à Hulot fils, élevé
dans l'admiration du baron, en qui chacun voyait un
des géants qui secondèrent Napoléon, il savait devoir sa
position au nom, à la place et à la considération paternelle; d'ailleurs, les impressions de l'enfance exercent
une longue influence, et il craignait encore son père;
aussi eût-il soupçonné les irrégularités révélées par Crevel, déjà trop respectueux pour s'en plaindre, il les aurait
excusées par des raisons tirées de la manière de voir
des hommes à ce sujet[b].

Maintenant il est nécessaire d'expliquer le dévouement extraordinaire de cette belle et noble femme; et
voici l'histoire de sa vie en peu de mots[c].

Dans un village situé sur les extrêmes frontières de
la Lorraine, au pied des Vosges, trois frères, du nom de
Fischer, simples laboureurs, partirent, par suite des
réquisitions républicaines, à l'armée dite du Rhin.

En 1799, le second des frères, André[d], veuf et père
de Mme Hulot, laissa sa fille aux soins de son frère aîné,
Pierre Fischer, qu'une blessure reçue en 1797[e] avait
rendu incapable de servir, et fit quelques entreprises
partielles dans les Transports militaires, service qu'il dut
à la protection de l'ordonnateur Hulot d'Ervy. Par
un hasard assez naturel, Hulot, qui vint[f] à Strasbourg,
vit la famille Fischer. Le père d'Adeline et son jeune
frère étaient alors soumissionnaires des fourrages en
Alsace.

Adeline, alors âgée de seize ans[g], pouvait être comparée à la fameuse Mme du Barry, comme elle, fille de la
Lorraine[1]. C'était une de ces beautés complètes, foudroyantes, une de ces femmes semblables à Mme Tallien,
que la Nature fabrique avec un soin particulier; elle
leur dispense ses plus précieux dons[h] : la distinction, la
noblesse, la grâce, la finesse, l'élégance, une chair à
part, un teint broyé dans cet atelier inconnu où travaille
le hasard. Ces belles femmes-là se ressemblent toutes
entre elles. Bianca Capello[i] dont le portrait est un des
chefs-d'œuvre de Bronzino, la Vénus de Jean Goujon
dont l'original est la fameuse Diane de Poitiers, la
signora Olympia dont le portrait est à la galerie Doria[2],
enfin Ninon, Mme du Barry, Mme Tallien, Mlle George[j],

Mme Récamier[a], toutes ces femmes, restées belles en dépit des années, de leurs passions ou de leur vie à plaisirs excessifs, ont dans la taille, dans la charpente, dans le caractère de la beauté des similitudes frappantes, et à faire croire qu'il existe dans l'océan[b] des générations un courant aphrodisien d'où sortent toutes ces Vénus, filles de la même onde salée!

Adeline Fischer, une des plus belles de cette tribu divine, possédait les caractères sublimes, les lignes serpentines, le tissu vénéneux[1] de ces femmes nées reines. La chevelure blonde que notre mère Ève a tenue de la main de Dieu, une taille d'impératrice, un air de grandeur, des contours augustes dans le profil, une modestie villageoise arrêtaient sur son passage tous les hommes, charmés comme le sont les amateurs devant un Raphaël; aussi, la voyant, l'ordonnateur fit-il, de Mlle Adeline Fischer, sa femme dans le temps légal, au grand étonnement des Fischer, tous nourris dans l'admiration de leurs supérieurs[c].

L'aîné, soldat de 1792, blessé grièvement à l'attaque des lignes de Wissembourg, adorait l'empereur Napoléon et tout ce qui tenait à la Grande Armée. André et Johann parlaient avec respect de l'ordonnateur Hulot, ce protégé de l'Empereur à qui, d'ailleurs, ils devaient leur sort, car Hulot d'Ervy, leur trouvant de l'intelligence et de la probité, les avait tirés des charrois de l'armée pour les mettre à la tête d'une Régie[d] d'urgence. Les frères Fischer avaient rendu des services pendant la campagne de 1804[e]. Hulot, à la paix, leur avait obtenu cette fourniture des fourrages en Alsace, sans savoir qu'il serait envoyé plus tard à Strasbourg pour y préparer la campagne de 1806[f].

Ce mariage fut, pour la jeune paysanne, comme une Assomption. La belle Adeline passa sans transition des boues de son village dans le paradis de la cour impériale. En effet, dans ce temps-là, l'ordonnateur[g], l'un des travailleurs les plus probes, les plus actifs de son corps, fut nommé baron, appelé près de l'Empereur, et attaché à la Garde impériale. Cette belle villageoise eut le courage de faire son éducation par amour pour son mari, de qui elle fut exactement folle. L'ordonnateur en chef était d'ailleurs en homme, une réplique d'Adeline en femme. Il appartenait au corps d'élite des beaux hommes. Grand,

bien fait, blond, l'œil bleu et d'un feu, d'un jeu, d'une
nuance irrésistibles, la taille élégante, il était remarqué
parmi les d'Orsay, les Forbin, les Ouvrard[1], enfin dans
le bataillon des beaux de l'Empire. Homme à conquêtes
et imbu des idées du Directoire en fait de femmes, sa
carrière galante fut alors interrompue pendant assez
longtemps par son attachement conjugal.

Pour Adeline, le baron fut donc, dès l'origine, une
espèce de Dieu qui ne pouvait faillir ; elle lui devait tout :
la fortune, elle eut voiture, hôtel, et tout le luxe du
temps ; le bonheur, elle était aimée publiquement[a] ; un
titre, elle était baronne ; enfin la célébrité, on l'appela
la belle Mme Hulot, à Paris ; enfin, elle eut l'honneur
de refuser les hommages de l'Empereur qui lui fit présent d'une rivière en diamants, et qui la distingua toujours, car il demandait de temps en temps : « Et la belle
Mme Hulot, est-elle toujours sage ? » en homme capable
de se venger de celui qui aurait triomphé là où il avait
échoué[b].

Il n'est donc pas besoin de beaucoup d'intelligence
pour reconnaître, dans une âme simple, naïve et belle,
les motifs du fanatisme que Mme Hulot mêlait à son
amour. Après s'être bien dit que son mari ne saurait
jamais avoir de torts envers elle, elle se fit, dans son for
intérieur, la servante humble, dévouée et aveugle de
son créateur. Remarquez d'ailleurs qu'elle était douée
d'un grand bon sens, de ce bon sens du peuple qui rendit son éducation solide. Dans le monde, elle parlait
peu, ne disait de mal de personne, ne cherchait pas à
briller ; elle réfléchissait sur toute chose, elle écoutait,
et se modelait sur les plus honnêtes femmes, sur les
mieux nées[c].

En 1815, Hulot suivit la ligne de conduite du prince
de Wissembourg[d], l'un de ses amis intimes, et fut l'un
des organisateurs de cette armée improvisée dont la
déroute termina le cycle napoléonien à Waterloo. En
1816[e], le baron devint une des bêtes noires du ministère
Feltre[f2], et ne fut réintégré dans le corps de l'intendance
qu'en 1823, car on eut besoin de lui pour la guerre
d'Espagne[g]. En 1830, il reparut dans l'administration
comme quart de ministre, lors de cette espèce de conscription levée par Louis-Philippe dans les vieilles
bandes napoléoniennes. Depuis l'avènement au trône de

la branche cadette, dont il fut un actif coopérateur, il
restait directeur indispensable au ministère de la Guerre.
Il avait d'ailleurs obtenu son bâton de maréchal, et le
roi ne pouvait rien de plus pour lui, à moins de le faire
ou ministre ou pair de France[a].

Inoccupé de 1818[b1] à 1823, le baron Hulot s'était mis
en service actif auprès des femmes. Mme Hulot faisait
remonter les premières infidélités de son Hector au
grand *finale*[c] de l'Empire. La baronne avait donc tenu,
pendant douze ans, dans son ménage, le rôle de *prima
donna*[d] *assoluta*[2], sans partage. Elle jouissait toujours de
cette vieille affection invétérée que les maris portent à
leurs femmes quand elles se sont résignées au rôle de
douces et vertueuses compagnes[e], elle savait qu'aucune
rivale ne tiendrait deux heures contre un mot de reproche,
mais elle fermait les yeux, elle se bouchait les oreilles,
elle voulait ignorer la conduite de son mari au-dehors.
Elle traitait enfin son Hector comme une mère traite
un enfant gâté. Trois ans[f] avant la conversation qui
venait d'avoir lieu, Hortense reconnut son père aux
Variétés, dans une loge d'avant-scène du rez-de-chaussée,
en compagnie de Jenny Cadine, et s'écria : « Voilà papa.
— Tu te trompes, mon ange, il est chez le maréchal »,
répondit la baronne. La baronne avait bien vu Jenny
Cadine ; mais au lieu d'éprouver un serrement au cœur
en la voyant si jolie, elle se dit en elle-même : « Ce mauvais sujet d'Hector doit être bien heureux. » Elle souffrait néanmoins, elle s'abandonnait secrètement à des
rages affreuses ; mais, en revoyant son Hector, elle
revoyait toujours ses douze années de bonheur pur, et
perdait la force d'articuler une seule plainte. Elle aurait
bien voulu que le baron la prît pour sa confidente[3] ; mais
elle n'avait jamais osé lui donner à entendre qu'elle
connaissait ses fredaines, par respect pour lui. Ces excès
de délicatesse ne se rencontrent que chez ces belles filles
du peuple qui savent recevoir des coups sans en rendre ;
elles ont dans les veines les restes du sang des premiers
martyrs. Les filles bien nées, étant les égales de leurs
maris, éprouvent le besoin[g] de les tourmenter, et de
marquer, comme on marque les points au billard, leurs
tolérances par des mots piquants, dans un esprit de vengeance diabolique, et pour s'assurer, soit une supériorité,
soit un droit de revanche[h].

La baronne avait un admirateur passionné dans son
beau-frère, le lieutenant général Hulot, le vénérable commandant des grenadiers à pied de la Garde impériale,
à qui l'on devait donner le bâton de maréchal pour ses
derniers jours. Ce vieillard, après avoir, de 1830 à 1834,
commandé la division militaire où se trouvaient les
départements bretons, théâtre de ses exploits en 1799
et 1800[a], était venu fixer[b] ses jours à Paris, près de son
frère, auquel il portait toujours une affection de père.
Ce cœur de vieux soldat sympathisait avec celui de sa
belle-sœur; il l'admirait, comme la plus noble, la plus
sainte créature de son sexe. Il ne s'était pas marié, parce
qu'il avait voulu rencontrer une seconde Adeline, inutilement cherchée à travers vingt pays et vingt campagnes. Pour ne pas déchoir dans cette âme de vieux
républicain sans reproche et sans tache, de qui Napoléon
disait : « Ce brave Hulot est le plus entêté des républicains, mais il ne me trahira jamais[c] », Adeline eût supporté des souffrances encore plus cruelles que celles qui
venaient de l'assaillir. Mais ce vieillard, âgé de soixante-
douze ans[d], brisé par trente[e] campagnes, blessé pour la
vingt-septième[f] fois à Waterloo, était pour Adeline une
admiration et non une protection. Le pauvre comte,
entre autres infirmités, n'entendait qu'à l'aide d'un cornet!

Tant que le baron Hulot d'Ervy fut bel homme, les
amourettes n'eurent aucune influence sur sa fortune;
mais, à cinquante ans, il fallut compter avec les grâces.
À cet âge, l'amour, chez les vieux hommes[g], se change
en vice; il s'y mêle des vanités insensées. Aussi, vers ce
temps, Adeline vit-elle son mari devenu d'une exigence
incroyable pour sa toilette, se teignant les cheveux et les
favoris, portant des ceintures et des corsets. Il voulut
rester beau à tout prix[h]. Ce culte pour sa personne, défaut
qu'il poursuivait jadis de ses railleries, il le poussa jusqu'à la minutie. Enfin, Adeline s'aperçut que le Pactole
qui coulait chez les maîtresses du baron prenait sa
source chez elle. Depuis huit[i] ans, une fortune considérable avait été dissipée, et si radicalement, que, lors de
l'établissement du jeune Hulot, deux ans[j] auparavant,
le baron avait été forcé d'avouer à sa femme que ses
traitements constituaient toute leur fortune. « Où cela
nous mènera-t-il ? fut la réponse d'Adeline. — Sois

tranquille, répondit le conseiller d'État, je vous laisse
les émoluments de ma place, et je pourvoirai à l'établissement d'Hortense et à notre avenir en faisant des
affaires. » La foi profonde de cette femme dans la puissance et la haute valeur, dans les capacités et le caractère
de son mari, avait calmé cette inquiétude momentanée[a].

Maintenant la nature des réflexions de la baronne et
ses pleurs, après le départ de Crevel, doivent se concevoir parfaitement. La pauvre femme se savait depuis
deux ans[b] au fond d'un abîme, mais elle s'y croyait seule.
Elle ignorait comment le mariage de son fils s'était fait,
elle ignorait la liaison d'Hector avec l'avide Josépha;
enfin, elle espérait que personne au monde ne connaissait
ses douleurs. Or, si Crevel parlait si lestement des dissipations du baron, Hector allait perdre sa considération.
Elle entrevoyait, dans les grossiers discours de l'ancien
parfumeur irrité, le compérage odieux auquel était dû
le mariage du jeune avocat. Deux filles perdues
avaient été les prêtresses de cet hymen, proposé dans
quelque orgie, au milieu des dégradantes familiarités de
deux vieillards[c] ivres[d]! « Il oublie donc Hortense! se
dit-elle, il la voit cependant tous les jours, lui cherchera-
t-il donc un mari chez ses vauriennes ? » La mère, plus
forte que la femme, parlait en ce moment toute seule,
car elle voyait Hortense riant, avec sa cousine Bette,
de ce fou rire de la jeunesse insouciante, et elle savait
que ces rires nerveux étaient des indices tout aussi terribles que les rêveries larmoyantes d'une promenade solitaire dans le jardin[e].

Hortense ressemblait à sa mère, mais elle avait des
cheveux d'or, ondés naturellement et abondants à
étonner. Son éclat tenait de celui de la nacre. On voyait
bien en elle le fruit d'un honnête mariage, d'un amour
noble et pur dans toute sa force[f]. C'était un mouvement
passionné dans la physionomie, une gaieté dans les traits,
un entrain de jeunesse, une fraîcheur de vie, une richesse
de santé qui vibraient en dehors d'elle et produisaient
des rayons électriques. Hortense appelait le regard.
Quand ses yeux d'un bleu d'outremer, nageant dans ce
fluide qu'y verse l'innocence, s'arrêtaient sur un passant,
il tressaillait involontairement. D'ailleurs pas une seule
de ces taches de rousseur, qui font payer à ces blondes
dorées leur blancheur lactée, n'altérait son teint. Grande,

potelée sans être grasse, d'une taille svelte dont la
noblesse égalait celle de sa mère, elle méritait ce titre
de déesse si prodigué dans les anciens auteurs[a]. Aussi,
quiconque voyait Hortense dans la rue, ne pouvait-il
retenir cette exclamation : « Mon Dieu! la belle fille! »
Elle était si vraiment innocente, qu'elle disait en rentrant : « Mais qu'ont-ils donc tous, maman, à crier : la
belle fille! quand tu es avec moi ? n'es-tu pas plus belle
que moi ?... » Et, en effet, à quarante-sept ans passés, la
baronne pouvait être préférée à sa fille par les amateurs
de couchers de soleil; car elle n'avait encore, comme
disent les femmes, rien perdu *de ses avantages,* par un de
ces phénomènes rares, à Paris surtout, où dans ce genre,
Ninon a fait scandale, tant elle a paru voler la part des
laides au dix-septième siècle.

En pensant à sa fille, la baronne revint au père, elle le
vit, tombant de jour en jour par degrés jusque dans la
boue sociale, et renvoyé peut-être un jour du ministère[b].
L'idée de la chute de son idole, accompagnée d'une
vision indistincte des malheurs que Crevel avait prophé-
tisés, fut si cruelle pour la pauvre femme, qu'elle perdit
connaissance à la façon des extatiques[c].

La cousine Bette, avec qui causait Hortense, regardait
de temps en temps pour savoir quand elles pourraient
rentrer au salon; mais sa jeune cousine la lutinait si bien
de ses questions au moment où la baronne rouvrit la
porte-fenêtre, qu'elle ne s'en aperçut pas.

Lisbeth Fischer, de cinq ans[d] moins âgée que
Mme Hulot, et néanmoins fille de l'aîné des Fischer[e],
était loin d'être belle comme sa cousine; aussi avait-elle
été prodigieusement jalouse d'Adeline. La jalousie formait la base de ce caractère plein d'*excentricités,* mot
trouvé par les Anglais pour les folies non pas des petites
mais des grandes maisons[f]. Paysanne des Vosges, dans
toute l'extension[g] du mot, maigre, brune, les cheveux
d'un noir luisant, les sourcils épais et réunis par un
bouquet, les bras longs et forts, les pieds épais, quelques
verrues dans sa face longue et *simiesque,* tel est le portrait
concis de cette vierge.

La famille, qui vivait en commun, avait immolé la
fille vulgaire à la jolie fille, le fruit âpre, à la fleur éclatante. Lisbeth travaillait à la terre[h], quand sa cousine
était dorlotée[i]; aussi lui arriva-t-il un jour, trouvant

Adeline seule, de vouloir lui arracher le nez[a], un vrai nez grec que les vieilles femmes admiraient. Quoique battue pour ce méfait, elle n'en continua pas moins à déchirer les robes et à gâter les collerettes de la privilégiée.

Lors du mariage fantastique de sa cousine, Lisbeth avait plié devant cette destinée, comme les frères et les sœurs de Napoléon plièrent devant l'éclat du trône et la puissance du commandement. Adeline, excessivement bonne et douce, se souvint à Paris de Lisbeth, et l'y fit venir, vers 1809, dans l'intention de l'arracher à la misère en l'établissant. Dans l'impossibilité de marier aussitôt qu'Adeline le voulait cette fille aux yeux noirs[b], aux sourcils charbonnés, et qui ne savait ni lire ni écrire, le baron commença par lui donner un état; il mit Lisbeth en apprentissage chez les brodeurs de la cour impérial, les fameux Pons frères[c].

La cousine, nommée Bette par abréviation, devenue ouvrière en passementerie d'or et d'argent, énergique à la manière des montagnards, eut le courage d'apprendre à lire, à compter et à écrire; car son cousin, le baron, lui avait démontré la nécessité de posséder ces connaissances pour tenir un établissement de broderie. Elle voulait faire fortune : en deux ans, elle se métamorphosa. En 1811[d], la paysanne fut une assez gentille, une assez adroite et intelligente première demoiselle.

Cette partie[e], appelée passementerie d'or et d'argent, comprenait les épaulettes, les dragonnes, les aiguillettes, enfin cette immense quantité de choses brillantes qui scintillaient sur les riches uniformes de l'armée française et sur les habits civils[f]. L'Empereur, en Italien très ami du costume, avait brodé de l'or et de l'argent sur toutes les coutures de ses serviteurs, et son empire comprenait cent trente-trois départements[g]. Ces fournitures assez habituellement faites aux tailleurs, gens riches et solides, ou directement aux grands dignitaires, constituaient un commerce sûr[h].

Au moment où la cousine Bette, la plus habile ouvrière de la maison Pons[i][1] où elle dirigeait la fabrication, aurait pu s'établir, la déroute de l'Empire éclata. L'olivier de la paix que tenaient à la main les Bourbons effraya Lisbeth[j], elle eut peur d'une baisse dans ce commerce, qui n'allait plus avoir que quatre-vingt-six au lieu de cent trente-trois[k] départements à exploiter, sans compter l'énorme réduction de l'armée. Épouvantée enfin par les diverses chances de l'industrie, elle refusa les offres du baron qui la crut folle. Elle justifia cette opinion en se brouillant avec M. Rivet, acquéreur de la maison Pons, à qui le baron voulait l'associer, et elle redevint simple ouvrière.

La famille Fischer était alors retombée dans la situation précaire d'où le baron Hulot l'avait tirée[a].

Ruinés par la catastrophe de Fontainebleau[b], les trois frères[c] Fischer servirent en désespérés dans les corps francs de 1815. L'aîné, père de Lisbeth, fut tué. Le père d'Adeline, condamné à mort par un conseil de guerre, s'enfuit en Allemagne, et mourut à Trèves, en 1820. Le cadet Johann vint à Paris implorer la reine de la famille, qui, disait-on, mangeait[d] dans l'or et l'argent, qui ne paraissait jamais aux réunions qu'avec des diamants sur la tête et au cou, gros comme des noisettes et donnés par l'Empereur. Johann Fischer, alors âgé de quarante-trois ans[e], reçut du baron Hulot une somme de dix mille francs pour commencer une petite entreprise de fourrages à Versailles, obtenue au ministère de la Guerre par l'influence secrète des amis que l'ancien intendant général y conservait.

Ces malheurs de famille, la disgrâce du baron Hulot, une certitude d'être peu de chose dans cet immense mouvement d'hommes, d'intérêts et d'affaires, qui fait de Paris un enfer et un paradis, domptèrent la Bette[f]. Cette fille perdit alors toute idée de lutte et de comparaison avec sa cousine, après en avoir senti les diverses supériorités; mais l'envie resta cachée dans le fond du cœur, comme un germe de peste qui peut éclore et ravager une ville, si l'on ouvre le fatal ballot de laine où il est comprimé. De temps en temps elle se disait bien : « Adeline et moi, nous sommes du même sang, nos pères étaient frères, elle est dans un hôtel, et je suis dans une mansarde. » Mais, tous les ans, à sa fête et au jour de l'an, Lisbeth recevait des cadeaux de la baronne et du baron; le baron, excellent pour elle, lui payait son bois pour l'hiver; le vieux général Hulot la recevait un jour à dîner, son couvert était toujours mis chez sa cousine. On se moquait[g] bien d'elle, mais on n'en rougissait jamais. On lui avait enfin procuré son indépendance à Paris, où elle vivait à sa guise.

Cette fille avait en effet peur de toute espèce de joug. Sa cousine lui offrait-elle de la loger chez elle ?... Bette apercevait le licou de la domesticité; maintes fois le baron avait résolu le difficile problème de la marier; mais séduite au premier abord, elle refusait bientôt en tremblant de se voir reprocher son manque d'éducation, son ignorance et son défaut de fortune; enfin, si la baronne lui parlait de vivre avec leur oncle et d'en tenir la maison à la place d'une servante-maîtresse qui devait coûter cher, elle répondait qu'elle se marierait encore bien moins de cette façon-là[a].

La cousine Bette présentait dans les idées cette singularité qu'on remarque chez les natures qui se sont développées fort tard, chez les Sauvages qui pensent beaucoup et parlent peu. Son intelligence paysanne avait d'ailleurs acquis, dans les causeries de l'atelier, par la fréquentation des ouvriers et des ouvrières, une dose du mordant parisien. Cette fille, dont le caractère ressemblait prodigieusement à celui des Corses, travaillée inutilement par les instincts des natures fortes, eût aimé à protéger un homme faible; mais à force de vivre dans la capitale, la capitale l'avait changée à la surface. Le poli parisien faisait rouille sur cette âme vigoureusement trempée. Douée d'une finesse devenue profonde, comme chez tous les gens voués à un célibat réel, avec le tour piquant qu'elle imprimait à ses idées, elle eût paru redoutable dans toute autre situation. Méchante, elle eût brouillé la famille la plus unie[b].

Pendant les premiers temps, quand elle eut quelques espérances dans le secret desquelles elle ne mit personne, elle s'était décidée à porter des corsets, à suivre les modes, et obtint alors un moment de splendeur pendant lequel le baron la trouva mariable. Lisbeth fut alors la brune piquante de l'ancien roman français. Son regard perçant, son teint olivâtre, sa taille de roseau pouvaient tenter un major en demi-solde; mais elle se contenta, disait-elle en riant, de sa propre admiration. Elle finit d'ailleurs par trouver sa vie heureuse, après en avoir élagué les soucis matériels, car[c] elle allait dîner tous les jours en ville, après avoir travaillé depuis le lever du soleil. Elle n'avait donc qu'à pourvoir à son déjeuner et à son loyer; puis on l'habillait et on lui donnait beaucoup de ces provisions acceptables, comme le sucre, le café, le vin, etc.[d]

En 1837[a], après vingt-sept ans de vie, à moitié payée par la famille Hulot et par son oncle Fischer, la cousine Bette résignée à ne rien être[b], se laissait traiter sans façon; elle se refusait elle-même à venir aux grands dîners en préférant l'intimité qui lui permettait d'avoir sa valeur, et d'éviter des souffrances d'amour-propre[c]. Partout, chez le général Hulot, chez Crevel, chez le jeune Hulot, chez Rivet, successeur des Pons avec qui elle s'était raccommodée et qui la fêtait[d], chez la baronne, elle semblait être de la maison. Enfin partout elle savait amadouer les domestiques en leur payant de petits pourboires de temps en temps, en causant toujours avec eux pendant quelques instants avant d'entrer au salon. Cette familiarité par laquelle elle se mettait franchement au niveau des gens, lui conciliait leur bienveillance subalterne, très essentielle aux parasites[e]. « C'est une bonne et brave fille! » était le mot de tout le monde sur elle. Sa complaisance, sans bornes quand on ne l'exigeait pas, était d'ailleurs, ainsi que sa fausse bonhomie, une nécessité de sa position. Elle avait fini par comprendre la vie en se voyant à la merci de tout le monde; et voulant plaire à tout le monde, elle riait avec les jeunes gens à qui elle était sympathique par une espèce de patelinage qui les séduit toujours, elle devinait et épousait leurs désirs, elle se rendait leur interprète, elle leur paraissait être une bonne confidente, car elle n'avait pas le droit de les gronder. Sa discrétion absolue lui méritait la confiance des gens d'un âge mûr, car elle possédait, comme Ninon[1], des qualités d'homme. En général, les confidences vont plutôt en bas qu'en haut. On emploie beaucoup plus ses inférieurs que ses supérieurs dans les affaires secrètes; ils deviennent donc les complices de nos pensées réservées, ils assistent aux délibérations; or, Richelieu se regarda comme arrivé quand il eut le droit d'assistance au conseil. On croyait cette pauvre fille dans une telle dépendance de tout le monde, qu'elle semblait condamnée à un mutisme absolu. La cousine se surnommait elle-même le confessionnal de la famille[2]. La baronne seule, à qui les mauvais traitements qu'elle avait reçus pendant son enfance, de sa cousine plus forte qu'elle quoique moins âgée, gardait une espèce de défiance. Puis, par pudeur, elle n'eût confié qu'à Dieu ses chagrins domestiques.

Ici peut-être est-il nécessaire de faire observer que la maison de la baronne conservait toute sa splendeur aux yeux de la cousine Bette, qui n'était pas frappée, comme le marchand parfumeur parvenu, de la détresse écrite sur les fauteuils rongés, sur les draperies noircies et sur la soie balafrée. Il en est du mobilier avec lequel on vit comme de nous-mêmes. En s'examinant tous les jours, on finit, à l'exemple du baron, par se croire peu changé, jeune, alors que les autres voient sur nos têtes une chevelure tournant au chinchilla, des accents circonflexes à notre front, et de grosses citrouilles dans notre abdomen. Cet appartement, toujours éclairé pour la cousine Bette par les feux du Bengale des victoires impériales, resplendissait donc toujours.

Avec le temps, la cousine Bette avait contracté des manies de vieille fille, assez singulières. Ainsi, par exemple, elle voulait, au lieu d'obéir à la mode, que la mode s'appliquât à ses habitudes, et se pliât à ses fantaisies toujours arriérées. Si la baronne lui donnait un joli chapeau nouveau, quelque robe taillée au goût du jour, aussitôt la cousine Bette retravaillait chez elle, à sa façon, chaque chose, et la gâtait en s'en faisant un costume qui tenait des modes impériales et de ses anciens costumes lorrains. Le chapeau de trente francs devenait une loque, et la robe un haillon. La Bette[a] était, à cet égard, d'un entêtement de mule; elle voulait se plaire à elle seule et se croyait charmante ainsi; tandis que cette assimilation, harmonieuse en ce qu'elle la faisait vieille fille de la tête aux pieds, la rendait si ridicule, qu'avec le meilleur vouloir, personne ne pouvait l'admettre chez soi les jours de gala.

Cet esprit rétif, capricieux, indépendant, l'inexplicable sauvagerie de cette fille, à qui le baron avait par quatre fois trouvé des partis (un employé de son administration, un major, un entrepreneur des vivres, un capitaine en retraite), et qui s'était refusée à un passementier, devenu riche depuis, lui méritait le surnom de Chèvre que le baron lui donnait en riant. Mais ce surnom ne répondait qu'aux bizarreries de la surface, à ces variations que nous nous offrons tous les uns aux autres en état de société. Cette fille qui, bien observée, eût présenté le côté féroce de la classe paysanne, était toujours l'enfant qui voulait arracher le nez de sa cousine, et qui peut-être, si elle n'était devenue raisonnable, l'aurait tuée en un paroxysme de jalousie. Elle ne domptait que par la connaissance des lois et du monde cette rapidité naturelle avec laquelle les gens de la campagne, de même que les Sauvages, passent du sentiment à l'action. En ceci peut-être consiste toute la différence qui sépare l'homme naturel de l'homme civilisé. Le Sauvage n'a que des sentiments, l'homme civilisé a des sentiments et des idées. Aussi, chez les Sauvages, le cerveau reçoit-il pour ainsi dire peu d'empreintes, il appartient alors tout entier au sentiment qui l'envahit, tandis que chez l'homme civilisé, les idées descendent sur le cœur qu'elles transforment; celui-ci est à mille intérêts, à plusieurs sentiments, tandis que le Sauvage n'admet qu'une idée à la fois. C'est la cause de la supériorité momentanée de l'enfant sur les parents et qui cesse avec le désir satisfait; tandis que, chez l'homme voisin de la Nature, cette cause est continue. La cousine Bette, la sauvage Lorraine, quelque peu traîtresse, appartenait à cette catégorie de caractères plus communs chez le peuple qu'on ne pense, et qui peut en expliquer la conduite pendant les révolutions.

Au moment où cette Scène commence, si la cousine Bette avait voulu se laisser habiller à la mode; si elle s'était, comme les Parisiennes, habituée à porter chaque nouvelle mode, elle eût été présentable et acceptable; mais elle gardait la roideur d'un bâton. Or, sans grâces, la femme n'existe point à Paris. Ainsi, la chevelure noire, les beaux yeux durs, la rigidité des lignes du visage, la sécheresse calabraise du teint qui faisaient de la cousine Bette une figure du Giotto, et desquels une vraie Parisienne eût tiré parti, sa mise étrange surtout, lui donnaient une si bizarre apparence, que parfois elle ressemblait aux singes habillés en femmes, promenés par les petits Savoyards. Comme elle était bien connue dans les maisons unies par les liens de famille où elle vivait, qu'elle restreignait ses évolutions sociales à ce cercle, qu'elle aimait son chez soi, ses singularités n'étonnaient plus personne, et disparaissaient au-dehors dans l'immense mouvement parisien de la rue, où l'on ne regarde que les jolies femmes[a].

Les rires d'Hortense étaient en ce moment causés par un triomphe remporté sur l'obstination de la cousine

Bette, elle venait de lui surprendre un aveu demandé
depuis trois ans. Quelque dissimulée que soit une vieille
fille, il est un sentiment qui lui fera toujours rompre le
jeûne de la parole, c'est la vanité! Depuis trois ans,
Hortense, devenue excessivement curieuse en certaine
matière, assaillait sa cousine de questions où respirait
d'ailleurs une innocence parfaite : elle voulait savoir pourquoi sa cousine ne s'était pas mariée. Hortense, qui
connaissait l'histoire des cinq prétendus refusés, avait
bâti son petit roman, elle croyait à la cousine Bette une
passion au cœur, et il en résultait une guerre de plaisanteries. Hortense disait : « Nous autres jeunes filles! » en
parlant d'elle et de sa cousine. La cousine Bette avait, à
plusieurs reprises, répondu d'un ton plaisant : « Qui vous
dit que je n'ai pas un amoureux ? » L'amoureux de la
cousine Bette, faux ou vrai, devint alors un sujet de
douces railleries. Enfin, après deux ans de cette petite
guerre, la dernière fois que la cousine Bette était venue,
le premier mot d'Hortense avait été : « Comment va ton
amoureux ? — Mais bien, avait-elle répondu ; il souffre
un peu, ce pauvre jeune homme. — Ah! il est délicat ?
avait demandé la baronne en riant[a]. — Je crois bien, il est
blond... Une fille charbonnée[b] comme je le suis ne peut
aimer qu'un blondin, couleur de la lune. — Mais qu'est-
il ? que fait-il ? dit Hortense. Est-ce un prince ? — Prince
de l'outil, comme je suis reine de la bobine. Une pauvre
fille comme moi peut-elle être aimée d'un propriétaire
ayant pignon sur la rue et des rentes sur l'État, ou d'un
duc et pair, ou de quelque Prince Charmant de tes contes
de fées ? — Oh! je voudrais bien le voir..., s'était écriée
Hortense en souriant[c]. — Pour savoir comment est tourné
celui qui peut aimer une vieille chèvre[d] ? avait répondu la
cousine Bette. — Ce doit être un monstre de vieil
employé[e] à barbe de bouc ? avait dit Hortense en regardant sa mère. — Eh bien, c'est ce qui vous trompe,
mademoiselle. — Mais tu as donc un amoureux ? avait
demandé Hortense d'un air de triomphe. — Aussi vrai
que tu n'en as pas! avait répondu la cousine d'un air
piqué. — Eh bien! si tu as un amoureux, Bette, pourquoi
ne l'épouses-tu pas ?... avait dit la baronne en faisant un
signe à sa fille. Voilà trois ans qu'il est question de lui, tu
as eu le temps de l'étudier, et s'il t'est resté fidèle, tu ne
devrais pas prolonger une situation fatigante pour lui.

C'eſt d'ailleurs une affaire de conscience; et puis, s'il eſt
jeune, il eſt temps de prendre[a] un bâton de vieilleſſe. »
La cousine Bette avait regardé fixement la baronne, et
voyant qu'elle riait, elle avait répondu : « Ce serait
marier la faim et la soif; il eſt ouvrier, je suis ouvrière, si
nous avions des enfants, ils seraient des ouvriers... Non,
non, nous nous aimons d'âme... C'eſt moins cher[b]! —
Pourquoi le caches-tu ? avait demandé Hortense. — Il
eſt en veſte, avait répliqué la vieille fille en riant. —
L'aimes-tu ? avait demandé la baronne. — Ah! je crois
bien! je l'aime pour lui-même, ce chérubin. Voilà quatre
ans que je le porte dans mon cœur. — Eh bien! si tu
l'aimes pour lui-même, avait dit gravement la baronne,
et s'il exiſte, tu serais bien criminelle envers lui. Tu ne
sais pas ce que c'eſt que d'aimer. — Nous savons toutes
ce métier-là en naissant!... dit la cousine. — Non, il y
a des femmes qui aiment et qui reſtent égoïſtes, et c'eſt
ton cas!... » La cousine avait baissé la tête, et son regard
eût fait frémir celui qui l'aurait reçu, mais elle avait
regardé sa bobine. « En nous présentant ton amoureux
prétendu[c], Hector pourrait le placer, et le mettre dans
une situation à faire fortune. — Ça ne se peut pas, avait
dit la cousine Bette. — Et pourquoi ? — C'eſt une
manière de Polonais[1], un réfugié... — Un conspirateur...
s'était écriée Hortense. Es-tu heureuse!... A-t-il eu des
aventures ?... — Mais il s'eſt battu pour la Pologne. Il
était professeur dans le gymnase dont les élèves ont
commencé la révolte[2], et comme il était placé là par le
grand-duc Conſtantin[3], il n'a pas de grâce à espérer... —
Professeur de quoi ?... — De beaux-arts[d]!... — Et il
eſt arrivé à Paris après la déroute ?... — En 1833[e],
il avait fait l'Allemagne à pied... — Pauvre jeune homme!
Et il a ?... — Il avait à peine vingt-quatre ans lors
de l'insurrection, il a vingt-neuf[f] ans aujourd'hui...
— Quinze ans[g4] de moins que toi, avait dit alors
la baronne. — De quoi vit-il ?... avait demandé
Hortense. — De son talent... — Ah! il donne des
leçons ?... — Non, avait dit la cousine Bette, il en
reçoit, et de dures!... — Et son petit nom, eſt-il joli ?...
— Wenceslas! — Quelle imagination ont les vieilles
filles! s'était écriée la baronne. À la manière dont tu
parles, on te croirait, Lisbeth. — Ne vois-tu pas,
maman, que c'eſt un Polonais tellement fait au knout,

que Bette lui rappelle cette petite douceur de sa patrie[a]. »

Toutes trois elles s'étaient mises à rire, et Hortense avait chanté : *Wenceslas ! idole de mon âme !* au lieu de : *Ô Mathilde*[1]... Et il y avait eu comme un armistice pendant quelques instants[b]. — « Ces petites filles, avait dit la cousine Bette en regardant Hortense quand elle était revenue près d'elle, ça croit qu'on ne peut aimer qu'elles. — Tiens, avait répondu Hortense en se trouvant seule avec sa cousine, prouve-moi que Wenceslas n'est pas un conte, et je te donne mon châle de cachemire jaune. — Mais il est comte !... — Tous les Polonais sont comtes ! — Mais il n'est pas polonais, il est de Li... va... Lith... — Lithuanie ?... — Non... — Livonie ?... — C'est cela ! — Mais comment se nomme-t-il ? — Voyons, je veux savoir si tu es capable de garder un secret... — Oh ! cousine, je serai muette... — Comme un poisson ? — Comme un poisson !... — Par ta vie éternelle ? — Par ma vie éternelle ! — Non, par ton bonheur sur cette terre ? — Oui. — Eh bien ! il se nomme le comte Wenceslas Steinbock ! — Il y avait un des généraux de Charles XII qui portait ce nom-là[2]. — C'était son grand-oncle[c] ! Son père à lui s'est établi en Livonie après la mort du roi de Suède ; mais il a perdu sa fortune lors de la campagne de 1812, et il est mort, laissant le pauvre enfant, à l'âge de huit ans[d], sans ressources. Le grand-duc Constantin, à cause du nom de Steinbock, l'a pris sous sa protection, et l'a mis dans une école... — Je ne me dédis pas, avait répondu Hortense, donne-moi une preuve de son existence, et tu as mon châle jaune ! Ah ! cette couleur est le fard des brunes. — Tu me garderas le secret ? — Tu auras les miens. — Eh bien ! la prochaine fois que je viendrai, j'aurai la preuve. — Mais la preuve, c'est l'amoureux », avait dit Hortense[e].

La cousine Bette, en proie depuis son arrivée à Paris à l'admiration des cachemires, avait été fascinée par l'idée de posséder ce cachemire jaune donné par le baron à sa femme, en 1808, et qui, selon l'usage de quelques familles, avait passé de la mère à la fille en 1830. Depuis dix ans, le châle s'était bien usé ; mais ce précieux tissu, toujours serré dans une boîte en bois de santal, semblait, comme le mobilier de la baronne, toujours neuf à la vieille fille. Donc, elle avait apporté dans son ridicule un cadeau qu'elle comptait faire à la baronne pour le jour de sa naissance, et qui, selon elle, devait prouver l'existence du fantastique amoureux.

Ce cadeau[a] consistait en un cachet d'argent, composé de trois figurines adossées, enveloppées de feuillages et soutenant le globe. Ces trois personnages représentaient la Foi, l'Espérance et la Charité. Les pieds reposaient sur des monstres qui s'entre-déchiraient, et parmi lesquels s'agitait le serpent symbolique. En 1846, après le pas immense que Mlle de Fauveau[b], les Wagner, les Jeannest, les Froment-Meurice, et des sculpteurs en bois[c] comme Liénard[1], ont fait faire à l'art de Benvenuto Cellini, ce chef-d'œuvre ne surprendrait personne; mais en ce moment, une jeune fille experte en bijouterie dut rester ébahie en maniant ce cachet, quand la cousine Bette le lui eut présenté, en lui disant : « Tiens, comment trouves-tu cela ? » Les figures, par leur dessin, par leurs draperies et par leur mouvement, appartenaient à l'école de Raphaël; par l'exécution elles rappelaient l'école des bronziers florentins que créèrent les Donatello, Brunelleschi, Ghiberti, Benvenuto Cellini, Jean de Bologne, etc.[d] La Renaissance, en France, n'avait pas tordu[e] de monstres plus capricieux que ceux qui symbolisaient les mauvaises passions. Les palmes, les fougères, les joncs, les roseaux[f] qui enveloppaient les Vertus étaient d'un effet, d'un goût, d'un agencement à désespérer les gens du métier. Un ruban reliait les trois têtes entre elles, et sur les champs qu'il présentait dans chaque entre-deux des têtes, on voyait un W, un chamois[g] et le mot *fecit.*

« Qui donc a sculpté cela ? demanda Hortense.

— Eh bien! mon amoureux, répondit la cousine Bette. Il y a là dix mois de travail; aussi, gagné-je davantage à faire des dragonnes... Il m'a dit que Steinbock signifiait en allemand *animal des rochers* ou chamois[h]. Il compte signer ainsi ses ouvrages... Ah! j'aurai ton châle...

— Et pourquoi ?

— Puis-je acheter un pareil bijou ? le commander ? c'est impossible; donc il m'est donné. Qui peut faire de pareils cadeaux ? un amoureux[i]! »

Hortense, par une dissimulation dont se serait effrayée Lisbeth Fischer, si elle s'en était aperçue, se garda bien d'exprimer toute son admiration, quoiqu'elle éprouvât ce saisissement que ressentent les gens dont l'âme est ouverte au beau, quand ils voient un chef-d'œuvre sans défaut, complet, inattendu.

« Ma foi, dit-elle, c'eſt bien gentil.

— Oui, c'eſt gentil, reprit la vieille fille; mais j'aime mieux un cachemire orange. Eh bien! ma petite, mon amoureux passe son temps à travailler dans ce goût-là. Depuis son arrivée à Paris, il a fait trois ou quatre petites bêtises de ce genre, et voilà le fruit de quatre ans d'études et de travaux. Il s'eſt mis apprenti chez les fondeurs, les mouleurs, les bijoutiers... bah! des mille et des cents y ont passé. Monsieur me dit*ᵃ* qu'en quelques mois, main- tenant, il deviendra célèbre et riche...

— Mais tu le vois donc?

— Tiens! crois-tu que ce soit une fable? Je t'ai dit la vérité en riant.

— Et il t'aime? demanda vivement Hortense.

— Il m'adore! répondit la cousine en prenant un air sérieux. Vois-tu, ma petite, il n'a connu que des femmes pâles, fadasses, comme elles sont toutes dans le Nord; une fille brune, svelte, jeune comme moi, ça lui a réchauffé le cœur. Mais, *motus!* tu me l'as promis.

— Il en sera de celui-là comme des cinq autres, dit d'un air railleur la jeune fille en regardant le cachet.

— Six, mademoiselle, j'en ai laissé un en Lorraine qui, pour moi, décrocherait la lune, encore aujourd'hui.

— Celui-là fait mieux, répondit Hortense, il t'apporte le soleil.

— Où ça peut-il se monnayer? demanda la cousine Bette. Il faut beaucoup de terre pour profiter du soleil*ᵇ*. »

Ces plaisanteries dites coup sur coup, et suivies de folies qu'on peut deviner, engendraient ces rires qui avaient redoublé les angoisses de la baronne en lui fai- sant comparer l'avenir de sa fille au présent, où elle la voyait s'abandonnant à toute la gaieté de son âge.

« Mais pour t'offrir des bijoux qui veulent six mois de travail, il doit t'avoir de bien grandes obligations? demanda Hortense que ce bijou faisait réfléchir pro- fondément.

— Ah! tu veux en savoir trop d'une seule fois! répondit la cousine Bette. Mais, écoute... tiens, je vais te mettre dans un complot.

— Y serai-je avec ton amoureux?

— Ah! tu voudrais bien le voir! Mais, tu comprends,

une vieille fille comme votre Bette qui a su garder pendant cinq ans un amoureux, le cache bien... Ainsi, laisse-nous tranquilles. Moi, vois-tu, je n'ai ni chat, ni serin, ni chien, ni perroquet; il faut qu'une vieille bique comme moi ait quelque petite chose à aimer, à tracasser; eh bien... je me donne un Polonais.

— A-t-il des moustaches ?

— Longues comme cela », dit la Bette en lui montrant une navette chargée de fils d'or.

Elle emportait toujours son ouvrage en ville, et travaillait en attendant le dîner.

« Si tu me fais toujours des questions, tu ne sauras rien, reprit-elle. Tu n'as que vingt-deux[a] ans, et tu es plus bavarde que moi qui en ai quarante-deux, et même quarante-trois.

— J'écoute, je suis de bois, dit Hortense[b].

— Mon amoureux a fait un groupe en bronze de dix pouces[c] de hauteur, reprit la cousine Bette. Ça représente Samson déchirant un lion, et il l'a enterré, rouillé, de manière à faire croire maintenant qu'il est aussi vieux que Samson. Ce chef-d'œuvre est exposé[d] chez un des marchands de bric-à-brac dont les boutiques sont sur la place du Carrousel, près de ma maison. Si ton père, qui connaît M. Popinot[1], le ministre du Commerce et de l'Agriculture, ou le comte de Rastignac[e], pouvait leur parler de ce groupe comme d'une belle œuvre ancienne qu'il aurait vue en passant; il paraît que ces grands personnages donnent dans cet article au lieu de s'occuper de nos dragonnes[f], et que la fortune de mon amoureux serait faite, s'ils achetaient ou même venaient examiner ce méchant morceau de cuivre[g]. Ce pauvre garçon prétend qu'on prendrait cette bêtise-là pour de l'antique, et qu'on la payerait bien cher. Pour lors, si c'est un des ministres qui prend le groupe, il ira s'y présenter, prouver qu'il est l'auteur, et il sera porté en triomphe! Oh! il se croit sur le pinacle, il a de l'orgueil, le jeune homme, autant que deux comtes nouveaux[h].

— C'est renouvelé de Michel-Ange[2]; mais, pour un amoureux, il n'a pas perdu l'esprit..., dit Hortense. Et combien en veut-il ?

— Quinze cents[i] francs ?... Le marchand ne doit pas donner le bronze à moins, car il lui faut une commission.

— Papa, dit Hortense, est commissaire du Roi pour le moment ; il voit tous les jours les deux ministres à la Chambre, et il fera ton affaire, je m'en charge. Vous deviendrez riche, madame la comtesse Steinbock[a] !

— Non, mon homme est trop paresseux, il reste des semaines entières à tracasser de la cire rouge, et rien n'avance. Ah bah ! il passe sa vie au Louvre, à la Bibliothèque à regarder des estampes et à les dessiner. C'est un flâneur. »

Et les deux cousines continuèrent à plaisanter. Hortense riait comme lorsqu'on s'efforce de rire, car elle était envahie par un amour que toutes les jeunes filles ont subi, l'amour de l'inconnu, l'amour à l'état vague et dont les pensées se concrètent autour d'une figure qui leur est jetée par hasard, comme les floraisons de la gelée se prennent à des brins de paille suspendus par le vent à la marge d'une fenêtre. Depuis dix mois, elle avait fait un être réel du fantastique amoureux de sa cousine par la raison qu'elle croyait, comme sa mère, au célibat perpétuel de sa cousine ; et depuis huit jours, ce fantôme était devenu le comte Wenceslas Steinbock, le rêve avait un acte de naissance, la vapeur se solidifiait en un jeune homme de trente ans. Le cachet qu'elle tenait à la main, espèce d'Annonciation où le génie[b] éclatait comme une lumière, eut la puissance d'un talisman. Hortense se sentait si heureuse, qu'elle se prit à douter que ce conte fût de l'histoire[c] ; son sang fermentait, elle riait comme une folle pour donner le change à sa cousine[d].

« Mais il me semble que la porte du salon est ouverte, dit la cousine Bette, allons donc voir si M. Crevel est parti...

— Maman est bien triste depuis deux jours, le mariage dont il était question est sans doute[e] rompu...

— Bah ! Ça peut se raccommoder, il s'agit (je puis te dire cela) d'un conseiller à la Cour royale. Aimerais-tu être Mme la présidente ? Va, si cela dépend de M. Crevel, il me dira bien quelque chose, et je saurai demain s'il y a de l'espoir[f] !...

— Cousine, laisse-moi le cachet, demanda Hortense, je ne le montrerai pas... La fête de maman est dans un mois[g], je te le remettrai, le matin...

— Non, rends-le-moi... il y faut un écrin.

— Mais je le ferai voir à papa, pour qu'il puisse par-

ler au ministre en connaissance de cause, car les autorités
ne doivent pas se compromettre, dit-elle.

— Eh bien, ne le montre pas à ta mère, voilà tout ce
que je te demande; car si elle me connaissait un amoureux, elle se moquerait de moi...

— Je te le promets[a]. »

Les deux cousines arrivèrent sur la porte du boudoir
au moment où la baronne venait de s'évanouir, et le
cri poussé par Hortense suffit à la ranimer. La Bette
alla chercher des sels. Quand elle revint, elle trouva la
fille et la mère dans les bras l'une de l'autre, la mère
apaisant les craintes de sa fille, et lui disant : « Ce n'est
rien, c'est une crise nerveuse. » « Voici ton père, ajouta-
t-elle en reconnaissant la manière de sonner du baron,
surtout ne lui parle pas de ceci... »

Adeline se leva pour aller au-devant de son mari,
dans l'intention de l'emmener au jardin, en attendant le
dîner, de lui parler du mariage rompu, de le faire expliquer sur l'avenir, et d'essayer de lui donner quelques
avis.

Le baron Hector Hulot se montra dans une tenue parlementaire et napoléonienne, car on distingue facilement
les Impériaux (gens attachés à l'Empire) à leur cambrure
militaire, à leurs habits bleus à boutons d'or, boutonnés
jusqu'en haut, à leurs cravates en taffetas noir, à la
démarche pleine d'autorité qu'ils ont contractée dans
l'habitude du commandement despotique exigé par les
rapides circonstances où ils se sont trouvés. Chez le
baron rien, il faut en convenir, ne sentait le vieillard :
sa vue était encore si bonne qu'il lisait sans lunettes; sa
belle figure oblongue, encadrée de favoris trop noirs,
hélas! offrait une carnation animée par les marbrures
qui signalent les tempéraments sanguins; et son ventre,
contenu par une ceinture, se maintenait, comme dit
Brillat-Savarin, au majestueux[1]. Un grand air d'aristocratie[b] et beaucoup d'affabilité servaient d'enveloppe au
libertin avec qui Crevel avait fait tant de parties fines.
C'était bien là un de ces hommes dont les yeux s'animent
à la vue d'une jolie femme, et qui sourient à toutes les
belles, même à celles qui passent et qu'ils ne reverront
plus.

« As-tu parlé, mon ami ? dit Adeline en lui voyant
un front soucieux[c].

« — Non, répondit Hector; mais je suis assommé d'avoir entendu parler pendant deux heures sans arriver à un vote... Ils font des combats de paroles où les discours sont comme des charges de cavalerie qui ne dissipent point l'ennemi! On a substitué la parole à l'action, ce qui réjouit peu les gens habitués à marcher, comme je le disais au maréchal en le quittant*a*. Mais c'est bien assez de s'être ennuyé sur les bancs des ministres, amusons-nous ici... Bonjour la Chèvre, bonjour Chevrette! »

Et il prit sa fille par le cou, l'embrassa, la lutina*b*, l'assit sur ses genoux, et lui mit la tête sur son épaule pour sentir cette belle chevelure d'or sur son visage*c*.

« Il est ennuyé, fatigué, se dit Mme Hulot, je vais l'ennuyer encore, attendons. » « Nous restes-tu ce soir ?... demanda-t-elle à haute voix.

— Non, mes enfants. Après le dîner je vous quitte, et si ce n'était pas le jour de la Chèvre, de mes enfants et de mon frère, vous ne m'auriez pas vu... »

La baronne prit le journal, regarda les théâtres, et posa la feuille où elle avait lu *Robert-le-Diable*[1] à la rubrique de l'Opéra. Josépha, que l'Opéra italien avait cédée depuis six mois à l'Opéra français*d*, chantait le rôle d'Alice. Cette pantomime n'échappa point au baron qui regarda fixement sa femme. Adeline baissa les yeux, sortit dans le jardin, et il l'y suivit.

« Voyons, qu'y a-t-il, Adeline*e* ? dit-il en la prenant par la taille, l'attirant à lui et la pressant. Ne sais-tu pas que je t'aime plus que...

— Plus que Jenny Cadine et que Josépha ? répondit-elle avec hardiesse et en l'interrompant.

— Et qui t'a dit cela ? demanda le baron qui lâchant sa femme recula de deux pas*f*.

— On m'a écrit une lettre anonyme que j'ai brûlée, et où l'on me disait, mon ami, que le mariage d'Hortense a manqué par suite de la gêne où nous sommes. Ta femme, mon cher Hector, n'aurait jamais dit une parole, elle a su tes liaisons avec Jenny Cadine, s'est-elle jamais plainte ? Mais la mère d'Hortense te doit la vérité... »

Hulot, après un moment de silence terrible pour sa femme dont les battements de cœur s'entendaient, se décroisa les bras, la saisit, la pressa sur son cœur, l'embrassa sur le front et lui dit avec cette force exaltée que prête l'enthousiasme : « Adeline[a], tu es un ange, et je suis un misérable...

— Non! non, répondit la baronne en lui mettant brusquement sa main sur les lèvres pour l'empêcher de dire du mal de lui-même[b].

— Oui, je n'ai pas un sou dans ce moment à donner à Hortense, et je suis bien malheureux; mais puisque tu m'ouvres ainsi ton cœur, j'y puis verser des chagrins qui m'étouffaient... Si ton oncle Fischer est dans l'embarras, c'est moi qui l'y ai mis, il m'a souscrit pour vingt-cinq mille francs de lettres de change! Et tout cela pour une femme qui me trompe, qui se moque de moi quand je ne suis pas là, qui m'appelle un vieux *chat teint !* Oh!... c'est affreux qu'un vice coûte plus cher à satisfaire qu'une famille à nourrir!... Et c'est irrésistible... Je te promettrais à l'instant de ne jamais retourner chez cette abominable israélite, si elle m'écrit deux lignes, j'irais, comme on allait au feu sous l'Empereur[c].

— Ne te tourmente pas, Hector, dit la pauvre femme au désespoir et oubliant sa fille à la vue des larmes qui roulaient dans les yeux de son mari. Tiens[d]! j'ai mes diamants, sauve avant tout mon oncle!

— Tes diamants valent à peine vingt mille francs, aujourd'hui. Cela ne suffirait pas au père Fischer; ainsi garde-les pour Hortense, je verrai demain le maréchal[e].

— Pauvre ami! » s'écria la baronne en prenant les mains de son Hector et les lui baisant.

Ce fut toute la mercuriale. Adeline offrait ses diamants, le père les donnait à Hortense, elle regarda cet effort comme sublime, et elle fut sans force.

« Il est le maître, il peut tout prendre ici, il me laisse mes diamants, c'est un dieu. »

Telle fut la pensée de cette femme, qui certes avait plus obtenu par sa douceur qu'une autre par quelque colère jalouse.

Le moraliste ne saurait nier que généralement les gens bien élevés et très vicieux ne soient beaucoup plus aimables que les gens vertueux; ayant des crimes à racheter, ils sollicitent par provision l'indulgence en se montrant faciles avec les défauts de leurs juges, et ils passent pour être excellents. Quoiqu'il y ait des gens charmants parmi les gens vertueux, la vertu se croit assez belle par elle-même pour se dispenser de faire des frais; puis les

gens réellement vertueux, car il faut retrancher les hypocrites, ont presque tous de légers soupçons sur leur
situation; ils se croient dupés au grand marché de la
vie, et ils ont des paroles aigrelettes à la façon des gens
qui se prétendent méconnus. Ainsi le baron, qui se
reprochait la ruine de sa famille, déploya toutes les ressources de son esprit et de ses grâces de séducteur pour
sa femme, pour ses enfants et sa cousine Bette. En voyant
venir son fils et Célestine Crevel qui nourrissait un petit
Hulot, il fut charmant pour sa belle-fille, il l'accabla de
compliments, nourriture à laquelle la vanité de Célestine
n'était pas accoutumée, car jamais fille d'argent ne fut
si vulgaire ni si parfaitement insignifiante. Le grand-
père prit le marmot, il le baisa, le trouva délicieux et
ravissant; il lui parla le parler des nourrices, prophétisa
que ce poupard deviendrait plus grand que lui, glissa
des flatteries à l'adresse de son fils Hulot, et rendit l'enfant à la grosse Normande chargée de le tenir. Aussi
Célestine échangea-t-elle avec la baronne un regard qui
voulait dire : « Quel homme charmant! » Naturellement, elle défendait son beau-père contre les attaques de
son propre père.

Après s'être montré beau-père agréable et grand-
père *gâteau,* le baron emmena son fils dans le jardin pour
lui présenter des observations pleines de sens sur l'attitude à prendre à la Chambre sur une circonstance délicate, surgie le matin. Il pénétra le jeune avocat d'admiration par la profondeur de ses vues, il l'attendrit par son
ton amical, et surtout par l'espèce de déférence avec
laquelle il paraissait désormais vouloir le mettre à son
niveau.

M. Hulot fils était bien le jeune homme tel que l'a
fabriqué la Révolution de 1830 : l'esprit infatué de politique, respectueux envers ses espérances, les contenant
sous une fausse gravité, très envieux des réputations
faites, lâchant des phrases au lieu de ces mots incisifs,
les diamants de la conversation française, mais plein
de tenue et prenant la morgue pour la dignité[1]. Ces gens
sont des cercueils ambulants qui contiennent un Français d'autrefois; le Français s'agite par moments, et
donne des coups contre son enveloppe anglaise; mais
l'ambition le retient, et il consent à y étouffer. Ce cercueil
est toujours vêtu de drap noir.

« Ah! voici mon frère ! » dit le baron Hulot en allant recevoir le comte à la porte du salon.

Après avoir embrassé le successeur probable du feu maréchal Montcornet, il l'amena en lui prenant le bras avec des démonstrations d'affection et de respect.

Ce pair de France, dispensé d'aller aux séances à cause de sa surdité, montrait une belle tête froidie par les années, à cheveux gris encore assez abondants pour être comme collés par la pression du chapeau. Petit, trapu, devenu sec, il portait sa verte vieillesse d'un air guilleret; et comme il conservait une excessive activité condamnée au repos, il partageait son temps entre la lecture et la promenade. Ses mœurs douces se voyaient sur sa figure blanche, dans son maintien, dans son honnête discours plein de choses sensées. Il ne parlait jamais guerre ni campagne; il savait être trop grand pour avoir besoin de faire de la grandeur. Dans un salon, il bornait son rôle à une observation continuelle des désirs des femmes.

« Vous êtes tous gais, dit-il en voyant l'animation que le baron répandait dans cette petite réunion de famille. Hortense n'est cependant pas mariée, ajouta-t-il en reconnaissant sur le visage de sa belle-sœur des traces de mélancolie.

— Ça viendra toujours assez tôt, lui cria dans l'oreille la Bette d'une voix formidable.

— Vous voilà bien, mauvaise graine qui n'a pas voulu fleurir! » répondit-il en riant.

Le héros de Forzheim aimait assez la cousine Bette, car il se trouvait entre eux des ressemblances. Sans éducation, sorti du peuple, son courage avait été l'unique artisan de sa fortune militaire, et son bon sens lui tenait lieu d'esprit. Plein d'honneur, les mains pures, il finissait radieusement sa belle vie, au milieu de cette famille où se trouvaient toutes ses affections, sans soupçonner les égarements encore secrets de son frère. Nul plus que lui ne jouissait du beau spectacle de cette réunion, où jamais il ne s'élevait le moindre sujet de discorde, où frères et sœurs s'aimaient également, car Célestine avait été considérée aussitôt comme de la famille. Aussi le brave petit comte Hulot demandait-il de temps en temps pourquoi le père Crevel ne venait pas. « Mon père est à la campagne! » lui criait Célestine.

Cette fois on lui dit que l'ancien parfumeur voyageait.

Cette union si vraie de sa famille fit penser à Mme Hulot : « Voilà le plus sûr des bonheurs, et celui-là, qui pourrait nous l'ôter ? »

En voyant sa favorite Adeline l'objet des attentions du baron, le général en plaisantant si bien, que le baron, craignant le ridicule, reporta sa galanterie sur sa belle-fille qui, dans ces dîners de famille, était toujours l'objet de ses flatteries et de ses soins, car il espérait par elle ramener le père Crevel et lui faire abjurer tout ressentiment. Quiconque eût vu cet intérieur de famille aurait eu de la peine à croire que le père était aux abois, la mère au désespoir, le fils au dernier degré de l'inquiétude sur l'avenir de son père, et la fille occupée à voler un amoureux à sa cousine[a].

À sept heures, le baron, voyant son frère, son fils, la baronne et Hortense occupés tous à faire le whist, partit pour aller applaudir sa maîtresse à l'Opéra en emmenant la cousine Bette, qui demeurait rue du Doyenné, et qui prétextait de la solitude de ce quartier désert, pour toujours s'en aller après le dîner. Les Parisiens avoueront tous que la prudence de la vieille fille était rationnelle[b].

L'existence du pâté de maisons qui se trouve le long du vieux Louvre, est une de ces protestations que les Français aiment à faire contre le bon sens, pour que l'Europe se rassure sur la dose d'esprit qu'on leur accorde et ne les craigne plus[1]. Peut-être avons-nous là, sans le savoir, quelque grande pensée politique. Ce ne sera certes pas un hors-d'œuvre que de décrire ce coin de Paris actuel, plus tard on ne pourrait pas l'imaginer; et nos neveux, qui verront sans doute le Louvre achevé, se refuseraient à croire qu'une pareille barbarie ait subsisté pendant trente-six ans[2], au cœur de Paris, en face du palais où trois dynasties ont reçu, pendant ces dernières trente-six années, l'élite de la France et celle de l'Europe.

Depuis le guichet qui mène au pont du Carrousel jusqu'à la rue du Musée, tout homme venu, ne fût-ce que pour quelques jours, à Paris, remarque une dizaine de maisons à façades ruinées, où les propriétaires découragés ne font aucune réparation, et qui sont le résidu d'un ancien quartier en démolition depuis le jour où Napoléon résolut de terminer le Louvre[3]. La rue et l'impasse du Doyenné, voilà les seules voies intérieures de ce pâté sombre et désert où les habitants sont probablement des fantômes, car on n'y voit jamais personne. Le pavé, beaucoup plus bas que celui de la chaussée de la rue du Musée, se trouve au niveau*ᵃ* de celle de la rue Froidmanteau. Enterrées déjà par l'exhaussement de la place, ces maisons sont enveloppées de l'ombre éternelle que projettent les hautes galeries du Louvre, noircies de ce côté par le souffle du Nord. Les ténèbres, le silence, l'air glacial, la profondeur caverneuse du sol concourent à faire de ces maisons des espèces de cryptes, des tombeaux vivants. Lorsqu'on passe en cabriolet le long de ce demi-quartier mort, et que le regard s'engage dans la ruelle du Doyenné, l'âme a froid, l'on se demande qui peut demeurer là, ce qui doit s'y passer le soir, à l'heure où cette ruelle se change en coupe-gorge, et où les vices de Paris, enveloppés du manteau de la nuit, se donnent pleine carrière. Ce problème, effrayant par lui-même, devient horrible quand on voit que ces prétendues maisons ont pour ceinture un marais du côté de la rue de Richelieu, un océan de pavés moutonnants du côté des Tuileries, de petits jardins, des baraques sinistres du côté des galeries, et des steppes de pierre de taille et de démolitions du côté du vieux Louvre. Henri III et ses mignons qui cherchent leurs chausses, les amants de Marguerite qui cherchent leurs têtes, doivent danser des sarabandes au clair de la lune dans ces déserts dominés par la voûte*ᵇ* d'une chapelle encore debout, comme pour prouver que la religion catholique, si vivace en France, survit à tout. Voici bientôt quarante ans que le Louvre crie par toutes les gueules de ces murs éventrés, de ces fenêtres béantes : Extirpez ces verrues de ma face ! On a sans doute reconnu l'utilité de ce coupe-gorge, et la nécessité de symboliser au cœur de Paris l'alliance intime de la misère et de la splendeur qui caractérise la reine des capitales. Aussi ces ruines froides, au sein desquelles le journal des légitimistes a commencé la maladie dont il meurt*ᶜ¹*, les infâmes baraques de la rue du Musée, l'enceinte en planches des étalagistes qui la garnissent, auront-elles la vie plus longue et plus prospère que celles de trois dynasties peut-être*ᵈ*!

Dès 1823, la modicité du loyer dans des maisons condamnées à disparaître avait engagé la cousine Bette à se loger là, malgré l'obligation que l'état du quartier lui faisait de se retirer avant la nuit close. Cette nécessité s'accordait d'ailleurs avec l'habitude villageoise qu'elle avait conservée de se coucher et de se lever avec le soleil, ce qui procure aux gens de la campagne de notables économies sur l'éclairage et le chauffage. Elle demeurait donc dans une des maisons auxquelles la démolition du fameux hôtel occupé par Cambacérès a rendu la vue de la place*a*1.

Au moment où le baron Hulot mit la cousine de sa femme à la porte de cette maison en lui disant : « Adieu, cousine! », une jeune femme, petite, svelte, jolie, mise avec une grande élégance, exhalant un parfum choisi, passait entre la voiture et la muraille pour entrer aussi dans la maison. Cette dame échangea, sans aucune espèce de préméditation, un regard avec le baron, uniquement pour voir le cousin de la locataire; mais le libertin*b* ressentit cette vive impression, passagère chez tous les Parisiens, quand ils rencontrent une jolie femme qui réalise, comme disent les entomologistes*c*, leur *desiderata*2, et il mit avec une sage lenteur un de ses gants avant de remonter en voiture, pour se donner une contenance et pouvoir suivre de l'œil la jeune femme dont la robe était agréablement balancée par autre chose que par ces affreuses et frauduleuses sous-jupes en crinoline*d*3.

« Voilà, se disait-il, une gentille petite femme de qui je ferais volontiers le bonheur, car elle ferait le mien*e*. »

Quand l'inconnue eut atteint le palier de l'escalier qui desservait le corps de logis situé sur la rue, elle regarda la porte cochère du coin de l'œil, sans se retourner positivement, et vit le baron cloué sur place par l'admiration, dévoré de désir et de curiosité. C'est comme une fleur que toutes les Parisiennes respirent avec plaisir, en la trouvant sur leur passage. Certaines femmes attachées à leurs devoirs, vertueuses et jolies, reviennent au logis assez maussades, lorsqu'elles n'ont pas fait leur petit bouquet pendant la promenade*f*.

La jeune femme monta rapidement l'escalier. Bientôt une fenêtre de l'appartement du deuxième étage s'ouvrit, et la jeune femme s'y montra, mais en compagnie d'un monsieur dont le crâne pelé, dont l'œil peu courroucé révélaient un mari.

« Sont-elles fines et spirituelles ces créatures-là!... se dit le baron, elle m'indique ainsi sa demeure. C'est un peu trop vif, surtout dans ce quartier-ci. Prenons garde. » Le directeur leva la tête quand il fut monté dans le milord, et alors la femme et le mari se retirèrent vivement, comme si la figure du baron eût produit sur eux l'effet mythologique de la tête de Méduse. « On dirait qu'ils me connaissent, pensa le baron. Alors, tout s'expliquerait. » En effet, quand la voiture eut remonté la chaussée de la rue du Musée, il se pencha pour revoir l'inconnue, et il la trouva revenue à la fenêtre. Honteuse d'être prise à contempler la capote sous laquelle était son admirateur, la jeune femme se rejeta vivement en arrière. « Je saurai qui c'est par la Chèvre », se dit le baron.

L'aspect du conseiller d'État avait produit, comme on va le voir, une sensation profonde sur le couple.

« Mais c'est le baron Hulot, dans la direction de qui se trouve mon bureau! s'écria le mari en quittant le balcon de la fenêtre.

— Eh bien, Marneffe, la vieille fille du troisième au fond de la cour qui vit avec ce jeune homme, est sa cousine? Est-ce drôle que nous n'apprenions cela qu'aujourd'hui, et par hasard!

— Mlle Fischer vivre avec un jeune homme!... répéta l'employé. C'est des cancans de portière, ne parlons pas si légèrement de la cousine d'un conseiller d'État qui fait la pluie et le beau temps au ministère. Tiens, viens dîner, je t'attends depuis quatre heures[a]!

La très jolie Mme Marneffe[b], fille naturelle du comte de Montcornet, l'un des plus célèbres lieutenants de Napoléon, avait été mariée au moyen d'une dot de vingt mille francs à un employé subalterne du ministère de la Guerre. Par le crédit de l'illustre lieutenant-général, maréchal de France dans les six derniers mois de sa vie, ce plumigère[1] était arrivé à la place inespérée de premier commis dans son bureau; mais, au moment d'être nommé sous-chef, la mort du maréchal avait coupé par le pied les espérances de Marneffe et de sa femme[c]. L'exiguïté de la fortune du sieur Marneffe chez qui s'était déjà fondue la dot de Mlle Valérie Fortin[2], soit au payement des dettes de l'employé, soit en acquisitions nécessaires à un garçon qui se monte une maison, mais surtout les exigences d'une jolie femme habituée chez sa mère à des jouissances auxquelles elle ne voulut pas renoncer, avaient obligé le ménage à réaliser des économies sur le loyer. La position de la rue du Doyenné, peu éloignée du ministère de la Guerre et du centre parisien, souriait à M. et à Mme Marneffe qui, depuis environ quatre ans[a], habitaient la maison de Mlle Fischer.

Le sieur Jean-Paul-Stanislas Marneffe appartenait à cette nature d'employés qui résiste à l'abrutissement par l'espèce de puissance que donne la dépravation. Ce petit homme maigre, à cheveux et à barbe grêles, à figure étiolée, pâlotte, plus fatiguée que ridée, les yeux à paupières légèrement rougies et harnachées de lunettes, de piètre allure et de plus piètre maintien, réalisait le type que chacun se dessine d'un homme traduit aux assises pour attentat aux mœurs[b].

L'appartement occupé par ce ménage, type de beaucoup de ménages parisiens, offrait[c] les trompeuses apparences de ce faux luxe qui règne dans tant d'intérieurs. Dans le salon, les meubles recouverts en velours de coton passé, les statuettes de plâtre jouant le bronze florentin, le lustre mal ciselé, simplement mis en couleur, à bobèches en cristal fondu; le tapis dont le bon marché s'expliquait tardivement par la quantité de coton introduite par le fabricant, et devenue visible à l'œil nu, tout jusqu'aux rideaux qui vous eussent appris que le damas de laine n'a pas trois ans de splendeur, tout chantait misère comme un pauvre en haillons à la porte d'une église[d].

La salle à manger, mal soignée par une seule servante, présentait l'aspect nauséabond des salles à manger d'hôtel de province[e] : tout y était encrassé, mal entretenu.

La chambre de monsieur, assez semblable à la chambre d'un étudiant, meublée de son lit de garçon, de son mobilier de garçon, flétri, usé comme lui-même, et faite une fois par semaine; cette horrible chambre où tout traînait, où de vieilles chaussettes pendaient sur des chaises foncées de crin, dont les fleurs reparaissaient dessinées par la poussière, annonçait bien l'homme à qui son ménage est indifférent, qui vit au-dehors, au jeu, dans les cafés ou ailleurs[f].

La chambre de madame faisait exception à la dégradante incurie qui déshonorait l'appartement officiel[1] où

les rideaux étaient partout jaunes de fumée et de poussière, où l'enfant, évidemment abandonné à lui-même[a],
laissait traîner ses joujoux partout. Situés dans l'aile qui
réunissait, d'un seul côté seulement, la maison bâtie sur
le devant de la rue au corps de logis adossé au fond de
la cour à la propriété voisine, la chambre et le cabinet
de toilette de Valérie, élégamment tendus en perse, à
meubles en bois de palissandre, à tapis en moquette,
sentaient la jolie femme, et, disons-le, presque la femme
entretenue. Sur le manteau de velours de la cheminée
s'élevait la pendule alors à la mode. On voyait un petit
Dunkerque[1] assez bien garni, des jardinières en porcelaine chinoise luxueusement montées. Le lit, la toilette,
l'armoire à glace, le tête-à-tête, les colifichets obligés
signalaient les recherches ou les fantaisies du jour.

　　Quoique ce fût du troisième ordre en fait de richesse
et d'élégance, que tout y datât de trois ans, un dandy
n'eût rien trouvé à redire, sinon que ce luxe était entaché de bourgeoisie. L'art, la distinction, qui résulte des
choses que le goût sait s'approprier, manquaient là
totalement[2]. Un docteur ès sciences sociales eût reconnu
l'amant à quelques-unes de ces futilités de riche bijouterie qui ne peuvent venir que de ce demi-dieu, toujours
absent, toujours présent chez une femme mariée[b].

　　Le dîner que firent le mari, la femme et l'enfant, ce
dîner retardé de quatre heures, eût expliqué la crise
financière que subissait cette famille, car la table est
le plus sûr thermomètre de la fortune dans les ménages
parisiens[c]. Une soupe aux herbes et à l'eau de haricots,
un morceau de veau aux pommes de terre, inondé d'eau
rousse en guise de jus, un plat de haricots et des cerises
d'une qualité inférieure, le tout servi et mangé dans des
assiettes et des plats écornés avec l'argenterie peu sonore
et triste du maillechort, était-ce un menu digne de cette
jolie femme ? Le baron en eût pleuré, s'il en avait été
témoin. Les carafes ternies ne sauvaient pas la vilaine
couleur du vin pris au litre chez le marchand de vin du
coin. Les serviettes servaient depuis une semaine. Enfin
tout trahissait une misère sans dignité, l'insouciance de
la femme et celle du mari pour la famille. L'observateur
le plus vulgaire se serait dit, en les voyant, que ces deux
êtres étaient arrivés à ce funeste moment où la nécessité
de vivre fait chercher une friponnerie heureuse.

La première phrase dite par Valérie à son mari va d'ailleurs expliquer le retard qu'avait éprouvé le dîner, dû probablement au dévouement intéressé de la cuisinière.

« Samanon ne veut prendre tes lettres de change qu'à cinquante pour cent, et demande en garantie une délégation sur tes appointements. »

La misère, secrète encore chez le directeur de la Guerre, et qui avait pour paravent un traitement de vingt-quatre mille francs, sans compter les gratifications, était donc arrivée à son dernier période chez l'employé.

« Tu as *fait* mon directeur, dit le mari en regardant sa femme.

— Je le crois, répondit-elle sans s'épouvanter de ce mot pris à l'argot des coulisses.

— Qu'allons-nous devenir ? reprit Marneffe, le propriétaire nous saisira demain. Et ton père, qui s'avise de mourir sans faire de testament ! Ma parole d'honneur, ces gens de l'Empire se croient tous immortels comme leur Empereur.

— Pauvre père, dit-elle, il n'a eu que moi d'enfant, il m'aimait bien ! La comtesse aura brûlé le testament. Comment m'aurait-il oubliée, lui qui nous donnait de temps en temps des trois ou quatre billets de mille francs à la fois ?

— Nous devons quatre termes, quinze cents francs ! notre mobilier les vaut-il ? *That is the question !* a dit Shakespeare[a].

— Tiens, adieu, mon chat, dit Valérie qui n'avait pris que quelques bouchées de veau d'où la domestique avait extrait le jus pour un brave soldat revenu d'Alger. Aux grands maux, les grands remèdes !

— Valérie ! où vas-tu ? s'écria Marneffe en coupant à sa femme le chemin de la porte.

— Je vais voir notre propriétaire, répondit-elle en arrangeant ses anglaises sous son joli chapeau. Toi, tu devrais tâcher de te bien mettre avec cette vieille fille, si toutefois elle est cousine du directeur[b]. »

L'ignorance où sont les locataires d'une même maison de leurs situations sociales réciproques est un des faits constants qui peuvent le plus peindre l'entraînement de la vie parisienne ; mais il est facile de comprendre qu'un employé qui va tous les jours de grand matin à son bureau, qui revient chez lui pour dîner, qui sort

tous les soirs, et qu'une femme adonnée aux plaisirs de
Paris, puissent ne rien savoir de l'existence d'une vieille
fille logée au troisième étage au fond de la cour de leur
maison, surtout quand cette fille a les habitudes de
Mlle Fischer.

La première de la maison, Lisbeth allait chercher son
lait, son pain, sa braise, sans parler à personne, et se
couchait avec le soleil; elle ne recevait jamais de lettres,
ni de visites, elle ne voisinait point. C'était une de ces
existences anonymes, entomologiques, comme il y en a
dans certaines maisons, où l'on apprend au bout de
quatre ans qu'il existe un vieux monsieur au quatrième
qui a connu Voltaire, Pilâtre de Rozier, Beaujon, Marcel, Molé[1], Sophie Arnould, Franklin et Robespierre.
Ce que M. et Mme Marneffe venaient de dire sur
Lisbeth Fischer, ils l'avaient appris à cause de l'isolement du quartier et des rapports que leur détresse
avait établis entre eux et les portiers dont la bienveillance
leur était trop nécessaire pour ne pas avoir été soigneusement entretenue. Or, la fierté, le mutisme, la réserve de
la vieille fille avaient engendré chez les portiers ce respect exagéré, ces rapports froids qui dénotent le mécontentement inavoué de l'inférieur. Les portiers se
croyaient d'ailleurs dans l'espèce, comme on dit au
Palais[a], les égaux d'un locataire dont le loyer était de
deux cent cinquante[b] francs. Les confidences de la cousine Bette à sa petite cousine Hortense étant vraies,
chacun comprendra que la portière avait pu, dans
quelque conversation intime avec les Marneffe, calomnier Mlle Fischer en croyant simplement médire d'elle.

Lorsque la vieille fille reçut son bougeoir des mains de
la respectable Mme Olivier, la portière, elle s'avança
pour voir si les fenêtres de la mansarde au-dessus de son
appartement étaient éclairées. À cette heure, en juillet,
il faisait si sombre au fond de la cour, que la vieille fille
ne pouvait pas se coucher sans lumière.

« Oh! soyez tranquille, M. Steinbock est chez lui, il
n'est même pas sorti », dit malicieusement Mme Olivier
à Mlle Fischer[c].

La vieille fille ne répondit rien. Elle était encore restée
paysanne en ceci, qu'elle se moquait du qu'en-dira-t-on
des gens placés loin d'elle; et, de même que les paysans
ne voient que leur village, elle ne tenait qu'à l'opinion

du petit cercle au milieu duquel elle vivait. Elle monta donc résolument, non pas chez elle, mais à cette mansarde. Voici pourquoi. Au dessert, elle avait mis dans son sac des fruits et des sucreries pour son amoureux, et elle venait les lui donner, absolument comme une vieille fille rapporte une friandise à son chien.

Elle trouva[a], travaillant à la lueur d'une petite lampe, dont la clarté s'augmentait en passant à travers un globe plein d'eau, le héros des rêves d'Hortense, un pâle jeune homme blond, assis à une espèce d'établi couvert des outils du ciseleur, de cire rouge, d'ébauchoirs, de socles dégrossis, de cuivres fondus sur modèle, vêtu d'une blouse, et tenant un petit groupe en cire à modeler qu'il contemplait avec l'attention d'un poète au travail[b].

« Tenez, Wenceslas, voilà ce que je vous apporte », dit-elle en plaçant son mouchoir sur un coin de l'établi.

Puis elle tira de son cabas avec précaution les friandises et les fruits.

« Vous êtes bien bonne, mademoiselle, répondit le pauvre exilé d'une voix triste[c].

— Ça vous rafraîchira, mon pauvre enfant. Vous vous échauffez le sang à travailler ainsi, vous n'étiez pas né pour un si rude métier... »

Wenceslas Steinbock regarda la vieille fille d'un air étonné.

« Mangez donc, reprit-elle brusquement, au lieu de me contempler comme une de vos figures quand elles vous plaisent. »

En recevant cette espèce de gourmade en paroles, l'étonnement du jeune homme cessa, car il reconnut alors son Mentor femelle dont la tendresse le surprenait toujours, tant il avait l'habitude d'être rudoyé. Quoique Steinbock eût vingt-neuf ans[d], il paraissait, comme certains blonds, avoir cinq ou six ans de moins, et à voir cette jeunesse, dont la fraîcheur avait cédé sous les fatigues et les misères de l'exil, unie à cette figure sèche et dure, on aurait pensé que la nature s'était trompée en leur donnant leurs sexes[e]. Il se leva, s'alla jeter dans une vieille bergère Louis XV, couverte en velours d'Utrecht jaune, et parut vouloir s'y reposer. La vieille fille prit alors une prune de reine-claude, et la présenta doucement à son ami[f].

« Merci, dit-il en prenant le fruit.

— Êtes-vous fatigué ? demanda-t-elle en lui donnant un autre fruit.

— Je ne suis pas fatigué par le travail, mais fatigué de la vie, répondit-il.

— En voilà des idées! reprit-elle avec une sorte d'aigreur. N'avez-vous pas un bon génie[a] qui veille sur vous ? dit-elle en lui présentant les sucreries et lui voyant manger tout avec plaisir. Voyez, en dînant chez ma cousine, j'ai pensé à vous...

— Je sais, dit-il en lançant sur Lisbeth un regard à la fois caressant et plaintif, que, sans vous, je ne vivrais plus depuis longtemps; mais, ma chère demoiselle, les artistes ont besoin de distractions...

— Ah! nous y voilà!... s'écria-t-elle en l'interrompant, en se mettant les poings sur les hanches et arrêtant sur lui des yeux flamboyants. Vous voulez aller perdre votre santé dans les infamies de Paris, comme tant d'ouvriers qui finissent par aller mourir à l'hôpital! Non, non, faites-vous une fortune, et quand vous aurez des rentes, vous vous amuserez, mon enfant, vous aurez alors de quoi payer les médecins et les plaisirs, libertin que vous êtes[b]. »

Wenceslas Steinbock, en recevant cette bordée accompagnée de regards qui le pénétraient d'une flamme magnétique, baissa la tête. Si le médisant le plus mordant eût pu voir le début de cette scène, il aurait déjà reconnu la fausseté des calomnies lancées par les époux Olivier[c] sur la demoiselle[d] Fischer. Tout, dans l'accent, dans les gestes et dans les regards de ces deux êtres, accusait la pureté de leur vie secrète[e]. La vieille fille déployait la tendresse d'une brutale, mais réelle maternité. Le jeune homme subissait comme un fils respectueux la tyrannie d'une mère. Cette alliance bizarre paraissait être le résultat d'une volonté puissante agissant incessamment sur un caractère faible, sur cette inconsistance particulière aux Slaves qui, tout en leur laissant un courage héroïque sur les champs de bataille, leur donne un incroyable décousu dans la conduite, une mollesse morale dont les causes devraient occuper les physiologistes, car les physiologistes sont à la politique ce que les entomologistes sont à l'agriculture[f].

« Et si je meurs avant d'être riche ? demanda mélancoliquement Wenceslas.

— Mourir ?... s'écria la vieille fille. Oh! je ne vous laisserai point mourir. J'ai de la vie pour deux, et je vous infuserais mon sang, s'il le fallait[a]. »

En entendant cette exclamation violente et naïve, les larmes mouillèrent les paupières de Steinbock.

« Ne vous attristez pas, mon petit Wenceslas, reprit Lisbeth émue[b]. Tenez, ma cousine Hortense a trouvé, je crois, votre cachet assez gentil. Allez, je vous ferai bien vendre votre groupe en bronze, vous serez quitte avec moi, vous ferez ce que vous voudrez, vous deviendrez libre! Allons, riez donc!...

— Je ne serai jamais quitte avec vous, mademoiselle, répondit le pauvre exilé.

— Et pourquoi donc ?... demanda la paysanne des Vosges en prenant le parti du Livonien contre elle-même[c].

— Parce que vous ne m'avez pas seulement nourri, logé, soigné dans la misère; mais encore vous m'avez donné de la force! vous m'avez créé ce que je suis, vous avez été souvent dure, vous m'avez fait souffrir...

— Moi ? dit la vieille fille. Allez-vous recommencer vos bêtises sur la poésie, sur les arts, et faire craquer vos doigts, vous détirer les bras en parlant du beau idéal, de vos folies du Nord. Le beau ne vaut pas le solide, et le solide, c'est moi! Vous avez des idées dans la cervelle ? la belle affaire! et moi aussi, j'ai des idées... À quoi sert ce qu'on a dans l'âme, si l'on n'en tire aucun parti ? ceux qui ont des idées ne sont pas alors si avancés que ceux qui n'en ont pas, si ceux-là savent se remuer... Au lieu de penser à vos rêveries, il faut travailler. Qu'avez-vous fait depuis que je suis partie ?...

— Qu'a dit votre jolie cousine ?

— Qui vous a dit qu'elle était jolie ? demanda vivement Lisbeth avec un accent où rugissait une jalousie de tigre.

— Mais, vous-même.

— C'était pour voir la grimace que vous feriez! Avez-vous envie de courir après les jupes ? Vous aimez les femmes, eh bien! fondez-en, mettez vos désirs en bronze; car vous vous en passerez encore pendant quelque temps, d'amourettes, et surtout de ma cousine, cher ami. Ce n'est pas du gibier pour votre nez; il faut à cette fille-là un homme de soixante mille francs de rente... et il est trouvé. Tiens! le lit n'est pas fait! dit-elle en

regardant à travers l'autre chambre, oh! pauvre chat! je
vous ai oublié... »

Aussitôt la vigoureuse fille se débarrassa de son mantelet, de son chapeau, de ses gants; et, comme une servante, elle arrangea lestement le petit lit de pensionnaire
où couchait l'artiste. Ce mélange de brusquerie, de rudesse
même et de bonté, peut expliquer l'empire que Lisbeth
avait acquis sur cet homme de qui elle faisait une chose
à elle. La vie ne nous attache-t-elle pas par ses alternatives
de bon et de mauvais ? Si le Livonien avait rencontré
Mme Marneffe, au lieu de rencontrer Lisbeth Fischer, il
aurait trouvé, dans sa protectrice, une complaisance qui
l'eût conduit à quelque route bourbeuse et déshonorante
où il se serait perdu. Il n'aurait certes pas travaillé, l'artiste ne serait pas éclos. Aussi, tout en déplorant l'âpre
cupidité de la vieille fille, sa raison lui disait-elle de préférer ce bras de fer à la paresseuse et périlleuse existence
que menaient quelques-uns de ses compatriotes.

Voici l'événement auquel était dû le mariage de cette
énergie femelle et de cette faiblesse masculine, espèce de
contresens assez fréquent, dit-on, en Pologne[a].

En 1833, Mlle Fischer, qui travaillait parfois la nuit
quand elle avait beaucoup d'ouvrage, sentit, vers une
heure du matin, une forte odeur d'acide carbonique, et
entendit les plaintes d'un mourant. L'odeur du charbon
et le râle provenaient d'une mansarde située au-dessus
des deux pièces dont se composait son appartement; elle
supposa qu'un jeune homme nouvellement venu dans
la maison, et logé dans cette mansarde à louer depuis
trois ans, se suicidait. Elle monta rapidement, enfonça
la porte avec sa force de Lorraine en y pratiquant une
pesée, et trouva le locataire se roulant sur un lit de
sangle dans les convulsions de l'agonie. Elle éteignit le
réchaud. La porte ouverte, l'air afflua, l'exilé fut sauvé;
puis, quand Lisbeth l'eut couché comme un malade,
qu'il fut endormi, elle put reconnaître les causes du suicide dans le dénuement absolu des deux chambres de
cette mansarde où il n'existait qu'une méchante table, le
lit de sangle et deux chaises.

Sur la table était cet écrit qu'elle lut :

« Je suis le comte Wenceslas Steinbock, né à Prelie[1],
en Livonie.

« Qu'on n'accuse personne de ma mort, les raisons de mon suicide sont dans ces mots de Kosciuszko : *Finis Poloniae*[1] !

« Le petit-neveu d'un valeureux général de Charles XII n'a pas voulu mendier. Ma faible constitution m'interdisait le service militaire, et j'ai vu hier la fin des cent thalers avec lesquels je suis venu de Dresde à Paris. Je laisse vingt-cinq francs dans le tiroir de cette table pour payer le terme que je dois au propriétaire.

« N'ayant plus de parents, ma mort n'intéresse personne. Je prie mes compatriotes de ne pas accuser le gouvernement français. Je ne me suis pas fait connaître comme réfugié, je n'ai rien demandé, je n'ai rencontré aucun exilé, personne ne sait à Paris que j'existe.

« Je serai mort dans des pensées chrétiennes. Que Dieu pardonne au dernier des Steinbock !

« WENCESLAS ! »

Mlle Fischer, excessivement touchée de la probité du moribond, qui payait son terme, ouvrit le tiroir, et vit en effet cinq pièces de cent sous.

« Pauvre jeune homme ! s'écria-t-elle. Et personne au monde pour s'intéresser à lui ! »

Elle descendit chez elle, y prit son ouvrage, et vint travailler dans cette mansarde, en veillant le gentilhomme livonien. À son réveil, on peut juger de l'étonnement de l'exilé, quand il vit une femme à son chevet; il crut continuer un rêve. Tout en faisant des aiguillettes en or pour un uniforme, la vieille fille s'était promis de protéger ce pauvre enfant, qu'elle avait admiré dormant[a]. Lorsque le jeune comte fut tout à fait éveillé, Lisbeth lui donna du courage, et le questionna pour savoir comment lui faire gagner sa vie. Wenceslas, après avoir raconté son histoire, ajouta qu'il avait dû sa place à sa vocation reconnue pour les arts; il s'était toujours[b] senti des dispositions pour la sculpture; mais le temps nécessaire aux études lui paraissait trop long pour un homme sans argent, et il se sentait beaucoup trop faible en ce moment pour s'adonner à un état manuel ou entreprendre la grande sculpture. Ces paroles furent du grec pour Lisbeth Fischer. Elle répondit à ce malheureux que Paris offrait tant de ressources, qu'un homme de bonne volonté devait y vivre. Jamais les gens de cœur n'y périssaient quand ils apportaient un certain fonds de patience[a].

« Je ne suis qu'une pauvre fille, moi, une paysanne, et j'ai bien su m'y créer une indépendance, ajouta-t-elle en terminant. Écoutez-moi. Si vous voulez bien sérieusement travailler, j'ai quelques économies, je vous prêterai mois par mois l'argent nécessaire pour vivre; mais pour vivre strictement et non pour bambocher, pour courailler[b]! On peut dîner à Paris à vingt-cinq sous par jour, et je vous ferai votre déjeuner avec le mien tous les matins. Enfin je meublerai votre chambre, et je payerai les apprentissages qui vous sembleront nécessaires. Vous me donnerez des reconnaissances en bonne forme de l'argent que je dépenserai pour vous; et, quand vous serez riche, vous me rendrez le tout. Mais, si vous ne travaillez pas, je ne me regarderai plus comme engagée à rien, et je vous abandonnerai.

— Ah! s'écria le malheureux qui sentait encore l'amertume de sa première étreinte avec la Mort, les exilés de tous les pays ont bien raison de tendre vers la France, comme font les âmes du purgatoire vers le paradis. Quelle nation que celle où il se trouve des secours, des cœurs généreux partout, même dans une mansarde comme celle-ci! Vous serez tout pour moi, ma chère bienfaitrice, je serai votre esclave! Soyez mon amie, dit-il avec une de ces démonstrations caressantes, si familières aux Polonais, et qui les fait accuser assez injustement de servilité.

— Oh! non, je suis trop jalouse, je vous rendrais malheureux; mais je serai volontiers quelque chose comme votre camarade, reprit Lisbeth.

— Oh! si vous saviez avec quelle ardeur j'appelais une créature, fût-ce un tyran, qui voulût de moi, quand je me débattais dans le vide de Paris! reprit Wenceslas. Je regrettais la Sibérie où l'empereur m'enverrait, si je rentrais[1]!... Devenez ma providence... Je travaillerai, je deviendrai meilleur que je ne suis, quoique je ne sois pas un mauvais garçon.

— Ferez-vous tout ce que je vous dirai de faire? demanda-t-elle.

— Oui!...

— Eh bien! je vous prends pour mon enfant, dit-elle gaiement. Me voilà avec un garçon qui se relève du cercueil[a]. Allons! nous commençons. Je vais descendre faire mes provisions[b], habillez-vous, vous viendrez partager mon déjeuner quand j'aurai cogné au plafond avec le manche de mon balai[c]. »

Le lendemain, chez les fabricants où Mlle Fischer porta son ouvrage, elle prit des renseignements sur l'état de sculpteur. À force de demander, elle réussit à découvrir l'atelier des Florent et Chanor[1], maison spéciale[d] où l'on fondait, où l'on ciselait les bronzes riches et les services d'argenterie luxueux. Elle y conduisit Steinbock en qualité d'apprenti sculpteur, proposition qui parut bizarre[e]. On exécutait là les modèles des plus fameux artistes, on n'y montrait pas à sculpter[f]. La persistance et l'entêtement de la vieille fille arrivèrent à placer son protégé comme dessinateur d'ornements[g]. Steinbock sut promptement[h] modeler les ornements, il en inventa de nouveaux, il avait la vocation. Cinq mois après avoir achevé son apprentissage de ciseleur, il fit la connaissance du fameux Stidmann, le principal sculpteur de la maison Florent[2]. Au bout de vingt mois, Wenceslas en savait plus que son maître; mais, en trente mois, les économies amassées par la vieille fille pendant seize ans, pièce à pièce, furent entièrement dissipées. Deux mille cinq cents francs en or! une somme qu'elle comptait placer en viager, et représentée par quoi? par la lettre de change d'un Polonais. Aussi Lisbeth travaillait-elle en ce moment comme dans sa jeunesse, afin de subvenir aux dépenses du Livonien. Quand elle se vit entre les mains un papier au lieu d'avoir ses pièces d'or, elle perdit la tête, et alla consulter M. Rivet, devenu depuis quinze ans le conseil, l'ami de sa première et plus habile ouvrière. En apprenant cette aventure, M. et Mme Rivet grondèrent Lisbeth, la traitèrent de folle, honnirent les réfugiés dont les menées pour redevenir une nation compromettaient la prospérité du commerce, la paix à tout prix, et ils poussèrent la vieille fille à prendre ce qu'on appelle en commerce des sûretés.

« La seule sûreté que ce gaillard-là peut vous offrir, c'est sa liberté », dit alors M. Rivet.

M. Achille Rivet était juge au tribunal de commerce.

« Et ce n'est pas une plaisanterie pour les étrangers, reprit-il. Un Français reste cinq ans en prison, et après il en sort sans avoir payé ses dettes, il est vrai, car il

n'est plus contraignable que par sa conscience qui le
laisse toujours en repos; mais un étranger ne sort
jamais de prison. Donnez-moi votre lettre de change,
vous allez la passer au nom de mon teneur de livres, il la
fera protester, vous poursuivra tous les deux, obtiendra
contradictoirement un jugement qui prononcera la
contrainte par corps, et quand tout sera bien en règle,
il vous signera une contre-lettre. En agissant ainsi, vos
intérêts courront, et vous aurez un pistolet toujours
chargé contre votre Polonais! »

La vieille fille se laissa mettre en règle, et dit à son
protégé de ne pas s'inquiéter de cette procédure, uniquement faite pour donner des garanties à un usurier qui
consentait à leur avancer quelque argent. Cette défaite
était due au génie inventif du juge au tribunal de commerce. L'innocent artiste, aveugle dans sa confiance en
sa bienfaitrice, alluma sa pipe avec des papiers timbrés,
car il fumait comme tous les gens qui ont ou des chagrins ou de l'énergie à endormir. Un beau jour, M. Rivet
fit voir à Mlle Fischer un dossier et lui dit : « Vous avez
à vous Wenceslas Steinbock, pieds et poings liés, et si
bien, qu'en vingt-quatre heures vous pouvez le loger à
Clichy[1] pour le reste de ses jours. »

Ce digne et honnête juge au tribunal de commerce
éprouva ce jour-là la satisfaction que doit causer la certitude d'avoir commis une mauvaise bonne action. La
bienfaisance a tant de manières d'être à Paris, que cette
expression singulière répond à l'une de ses variations.
Une fois le Livonien entortillé dans les cordes de la
procédure commerciale, il s'agissait d'arriver au payement, car le notable commerçant regardait Wenceslas
Steinbock comme un escroc. Le cœur, la probité, la
poésie étaient à ses yeux, en affaires, des *sinistres*. Rivet
alla voir, dans l'intérêt de cette pauvre Mlle Fischer qui,
selon son expression, avait été *dindonnée* par un Polonais,
les riches fabricants de chez qui Steinbock sortait. Or,
secondé par les remarquables artistes de l'orfèvrerie parisienne déjà cités[a], Stidmann, qui faisait arriver l'art français à la perfection où il est maintenant et qui permet de
lutter avec les Florentins et la Renaissance, se trouvait
dans le cabinet de Chanor, lorsque le brodeur y vint
prendre des renseignements sur le nommé Steinbock, un
réfugié polonais.

« Qu'appelez-vous le nommé Steinbock ? s'écria railleusement Stidmann. Serait-ce par hasard un jeune Livonien que j'ai eu pour élève ? Apprenez, monsieur, que c'est un grand artiste. On dit que je me crois le diable ; eh bien, ce pauvre garçon ne sait pas, lui, qu'il peut devenir un dieu...

— Ah ! quoique vous parliez bien cavalièrement à un homme qui a l'honneur d'être juge au tribunal de la Seine...

— Excusez, consul[1]!... répliqua Stidmann en se mettant le revers de la main au front.

— Je suis bien heureux de ce que vous venez de dire. Ainsi, ce jeune homme pourra gagner de l'argent...

— Certes, dit le vieux Chanor, mais il lui faut travailler ; il en aurait déjà bien amassé, s'il était resté chez nous. Que voulez-vous ? les artistes ont horreur de la dépendance.

— Ils ont la conscience de leur valeur et de leur dignité, répondit Stidmann. Je ne blâme pas Wenceslas d'aller[a] seul, de tâcher de se faire un nom et de devenir un grand homme, c'est son droit ! Et j'ai cependant bien perdu quand il m'a quitté !

— Voilà ! s'écria Rivet, voilà les prétentions des jeunes gens, au sortir de leur œuf universitaire... Mais commencez donc par vous faire des rentes, et cherchez la gloire après !

— On se gâte la main à ramasser des écus ! répondit Stidmann. C'est à la gloire à nous apporter la fortune.

— Que voulez-vous ? dit Chanor à Rivet, on ne peut pas les attacher...

— Ils mangeraient le licou ! répliqua Stidmann.

— Tous ces messieurs, dit Chanor en regardant Stidmann, ont autant de fantaisie que de talent. Ils dépensent énormément, ils ont des lorettes, ils jettent l'argent par les fenêtres, ils ne trouvent plus le temps de faire leurs travaux ; ils négligent alors leurs commandes ; nous allons chez des ouvriers qui ne les valent pas et qui s'enrichissent ; puis ils se plaignent de la dureté des temps, tandis que, s'ils s'étaient appliqués, ils auraient des monts d'or...

— Vous me faites l'effet, vieux Père Lumignon, dit Stidmann, de ce libraire d'avant la révolution qui disait : " Ah ! si je pouvais tenir Montesquieu, Voltaire et Rousseau, bien gueux, dans ma soupente et garder leurs culottes dans une commode, comme ils m'écriraient de bons petits livres avec lesquels je me ferais une fortune!" Si l'on pouvait forger de belles œuvres comme des clous, les commissionnaires en feraient... Donnez-moi mille francs, et taisez-vous! »

Le bonhomme Rivet revint enchanté pour la pauvre demoiselle Fischer qui dînait chez lui tous les lundis et qu'il allait y trouver.

« Si vous pouvez le faire bien travailler, dit-il, vous serez plus heureuse que sage, vous serez remboursée, intérêts, frais et capital. Ce Polonais a du talent, il peut gagner sa vie; mais enfermez ses pantalons et ses souliers, empêchez-le d'aller à la Chaumière[1] et dans le quartier Notre-Dame-de-Lorette, tenez-le en laisse. Sans ces précautions, votre sculpteur flânera, et si vous saviez ce que les artistes appellent *flâner !* des horreurs, quoi! Je viens d'apprendre qu'un billet de mille francs y passe dans une journée. »

Cet épisode eut une influence terrible sur la vie intérieure de Wenceslas et de Lisbeth. La bienfaitrice trempa le pain de l'exilé dans l'absinthe[a] des reproches, lorsqu'elle crut ses fonds compromis, et elle les crut souvent perdus. La bonne mère devint une marâtre, elle morigéna ce pauvre enfant, elle le tracassa, lui reprocha de ne pas travailler assez promptement, et d'avoir pris un état difficile. Elle ne pouvait pas croire que des modèles en cire rouge, des figurines, des projets d'ornements, des essais pussent avoir du prix. Bientôt, fâchée de ses duretés, elle essayait d'en effacer les traces par des soins, par des douceurs et par des attentions. Le pauvre jeune homme, après avoir gémi de se trouver dans la dépendance de cette mégère et sous la domination d'une paysanne des Vosges, était ravi des câlineries et de cette sollicitude maternelle éprise seulement du physique, du matériel de la vie. Il fut comme une femme qui pardonne les mauvais traitements d'une semaine à cause des caresses d'un fugitif raccommodement. Mlle Fischer prit ainsi sur cette âme un empire absolu. L'amour de la domination, resté dans ce cœur de vieille fille, à l'état de germe, se développa rapidement. Elle put satisfaire son orgueil et son besoin d'action : n'avait-elle pas une créature à elle, à gronder, à diriger, à flatter, à rendre heureuse, sans avoir à craindre aucune rivalité ? Le bon et le mauvais de son caractère s'exercèrent donc également. Si parfois elle martyrisait le pauvre artiste, elle avait en revanche des délicatesses, semblables à la grâce des fleurs champêtres; elle jouissait de le voir ne manquant de rien, elle eût donné sa vie pour lui; Wenceslas en avait la certitude. Comme toutes les belles âmes, le pauvre garçon oubliait le mal, les défauts de cette fille qui, d'ailleurs, lui avait raconté sa vie comme excuse de sa sauvagerie, et il ne se souvenait jamais que des bienfaits. Un jour, la vieille fille, exaspérée de ce que Wenceslas était allé flâner au lieu de travailler, lui fit une scène.

« Vous m'appartenez! lui dit-elle. Si vous êtes honnête homme, vous devriez tâcher de me rendre le plus tôt possible ce que vous me devez... »

Le gentilhomme, en qui le sang des Steinbock s'alluma, devint pâle.

« Mon Dieu! dit-elle, bientôt nous n'aurons plus pour vivre que les trente sous que je gagne, moi, pauvre fille...»

Les deux indigents, irrités dans le duel de la parole, s'animèrent l'un contre l'autre; et alors le pauvre artiste reprocha pour la première fois à sa bienfaitrice de l'avoir arraché à la mort, pour lui faire une vie de forçat pire que le néant où du moins on se reposait, dit-il, et il parla de fuir.

« Fuir!... s'écria la vieille fille!... Ah! M. Rivet avait raison! »

Et elle expliqua catégoriquement au Polonais comment on pouvait en vingt-quatre heures le mettre pour le reste de ses jours en prison. Ce fut un coup de massue. Steinbock tomba dans une mélancolie noire et dans un mutisme absolu. Le lendemain, dans la nuit, Lisbeth ayant entendu des préparatifs de suicide, monta chez son pensionnaire, lui présenta[a] le dossier et une quittance en règle.

« Tenez, mon enfant, pardonnez-moi! dit-elle les yeux humides. Soyez heureux, quittez-moi, je vous tourmente trop ; mais, dites-moi que vous penserez quelquefois à la pauvre fille qui vous a mis à même de gagner votre vie. Que voulez-vous ? vous êtes la cause de mes méchancetés : je puis mourir, que deviendrez-vous sans moi ?... Voilà la raison de l'impatience que j'ai de vous voir en état de fabriquer des objets qui puissent se vendre. Je ne vous redemande pas mon argent pour moi, allez!... J'ai peur de votre paresse que vous nommez rêverie, de vos conceptions qui mangent tant d'heures pendant lesquelles vous regardez le ciel, et je voudrais que vous eussiez contracté l'habitude du travail. »

Ce fut dit avec un accent, un regard, des larmes, une attitude qui pénétrèrent le noble artiste; il saisit sa bienfaitrice, la pressa sur son cœur, et l'embrassa au front.

« Gardez ces pièces, répondit-il avec une sorte de gaieté. Pourquoi me mettriez-vous à Clichy ? ne suis-je pas emprisonné ici par la reconnaissance ? »

Cet épisode de leur vie commune et secrète, arrivé six mois auparavant, avait fait produire à Wenceslas trois choses : le cachet que gardait Hortense, le groupe mis chez le marchand de curiosités, et une admirable pendule qu'il achevait en ce moment, car il vissait les derniers écrous du modèle.

Cette pendule représentait les douze Heures, admirablement caractérisées par douze figures de femmes entraînées dans une danse si folle et si rapide, que trois Amours, grimpés sur un tas de fleurs et de fruits, ne pouvaient arrêter au passage que l'Heure de minuit, dont la chlamyde[1] déchirée restait aux mains[a] de l'Amour le plus hardi. Ce sujet reposait sur un socle rond d'une admirable ornementation, où s'agitaient des animaux fantastiques. L'Heure était indiquée dans une bouche monstrueuse ouverte par un bâillement. Chaque Heure offrait des symboles heureusement imaginés qui en caractérisaient les occupations habituelles.

Il est facile maintenant de comprendre l'espèce d'attachement extraordinaire que Mlle Fischer avait conçu pour son Livonien; elle le voulait heureux, et elle le voyait dépérissant, s'étiolant dans sa mansarde. On conçoit la raison de cette situation affreuse. La Lorraine surveillait cet enfant du Nord avec la tendresse d'une mère, avec la jalousie d'une femme et l'esprit d'un dragon; ainsi elle s'arrangeait pour lui rendre toute folie, toute débauche impossible, en le laissant toujours sans argent. Elle aurait voulu garder sa victime et son compagnon pour elle, sage comme il était par force, et elle ne comprenait pas la barbarie de ce désir insensé, car elle avait pris, elle, l'habitude de toutes les privations. Elle aimait assez Steinbock pour ne pas l'épouser, et l'aimait trop pour le céder à une autre femme; elle ne savait pas se résigner à n'en être que la mère, et se regardait comme une folle quand elle pensait à l'autre rôle. Ces contradictions, cette féroce jalousie, ce bonheur de posséder un homme à elle, tout agitait démesurément le cœur de cette fille. Éprise réellement depuis quatre ans, elle caressait le fol espoir de faire durer cette vie inconséquente et sans issue, où sa persistance devait causer la perte de celui qu'elle appelait son enfant. Ce combat de ses instincts et de sa raison la rendait injuste et tyrannique. Elle se vengeait sur ce jeune homme de ce qu'elle n'était ni jeune, ni riche, ni belle; puis, après chaque vengeance, elle arrivait, en reconnaissant ses torts en elle-même, à des humilités, à des tendresses infinies. Elle ne concevait le sacrifice à faire à son idole qu'après y avoir écrit sa puissance à coups de hache. C'était enfin *La Tempête* de Shakespeare renversée, Caliban maître d'Ariel et de Prospero. Quant à ce malheureux jeune homme à pensées élevées, méditatif, enclin à la paresse, il offrait dans les yeux, comme ces lions encagés au Jardin des Plantes, le désert que sa protectrice faisait en son âme. Le travail forcé que Lisbeth exigeait de lui ne défrayait pas les besoins de son cœur. Son ennui devenait une maladie physique, et il mourait sans pouvoir demander, sans savoir se procurer l'argent d'une folie souvent nécessaire[1]. Par certaines journées d'énergie, où le sentiment de son malheur accroissait son exaspération, il regardait Lisbeth comme un voyageur altéré, qui, traversant une côte aride, doit regarder une eau saumâtre. Ces fruits amers de l'indigence et de cette réclusion dans Paris, étaient savourés comme des plaisirs par Lisbeth. Aussi prévoyait-elle avec terreur que la moindre passion allait lui arracher son esclave. Parfois elle se reprochait, en contraignant par sa tyrannie et ses reproches ce poète à devenir un grand sculpteur de petites choses, de lui avoir donné les moyens de se passer d'elle.

Le lendemain, ces trois existences, si diversement et si réellement misérables, celle d'une mère au désespoir, celle du ménage Marneffe et celle du pauvre exilé, devaient toutes être affectées par la passion naïve d'Hortense et par le singulier dénouement que le baron allait trouver à sa passion malheureuse pour Josépha[a].

Au moment d'entrer à l'Opéra, le conseiller d'État fut arrêté par l'aspect un peu sombre du temple de la rue Le Peletier¹, où il ne vit ni gendarmes, ni lumières, ni gens de service, ni barrières pour contenir la foule. Il regarda l'affiche, y vit une bande blanche au milieu de laquelle brillait ce mot sacramentel :

RELÂCHE PAR INDISPOSITION

Aussitôt il s'élança chez Josépha qui demeurait dans les environs, comme tous les artistes attachés à l'Opéra, rue Chauchat².

« Monsieur! que demandez-vous ? lui dit le portier, à son grand étonnement.

— Vous ne me connaissez donc plus ? répondit le baron avec inquiétude.

— Au contraire, monsieur; c'est parce que j'ai l'honneur de remettre monsieur, que je lui dis : Où allez-vous! »

Un frisson mortel glaça le baron.

« Qu'est-il arrivé ? demanda-t-il.

— Si monsieur le baron entrait dans l'appartement de Mlle Mirah, il y trouverait Mlle Héloïse Brisetout, M. Bixiou, M. Léon de Lora, M. Lousteau, M. de Vernisset, M. Stidmann, et des femmes pleines de patchouli qui pendent la crémaillère...

— Eh bien! où donc est ?...

— Mlle Mirah!... Je ne sais pas trop si je fais bien de vous le dire. »

Le baron glissa deux pièces de cent sous dans la main du portier.

« Eh bien, elle reste maintenant rue de la Ville-l'Évêque, dans un hôtel que lui a donné, dit-on, le duc d'Hérouville », répondit à voix basse le portier.

Après avoir demandé le numéro de cet hôtel, le baron prit un milord et arriva devant une de ces jolies maisons modernes à doubles portes, où, dès la lanterne de gaz³, le luxe se manifeste.

Le baron, vêtu de son habit de drap bleu, à cravate blanche, gilet blanc, pantalon de nankin, bottes vernies, beaucoup d'empois dans le jabot, passa pour un invité retardataire aux yeux du portier de ce nouvel Éden. Sa prestance, sa manière de marcher, tout en lui justifiait cette opinion.

Au coup de cloche sonné par le portier, un valet parut au péristyle. Ce valet, nouveau comme l'hôtel, laissa pénétrer le baron, qui lui dit d'un ton de voix accompagné d'un geste impérial : « Fais passer cette carte à Mlle Josépha... »

Le *Patito*[1] regarda machinalement la pièce où il se trouvait, et se vit dans un salon d'attente, plein de fleurs rares, dont l'ameublement devait coûter quatre mille écus de cent sous. Le valet, revenu, pria monsieur d'entrer au salon en attendant qu'on sortît de table pour prendre le café.

Quoique le baron eût connu le luxe de l'Empire, qui certes fut un des plus prodigieux et dont les créations, si elles ne furent pas durables, n'en coûtèrent pas moins des sommes folles, il resta comme ébloui, abasourdi, dans ce salon dont les trois fenêtres donnaient sur un jardin féerique, un de ces jardins fabriqués en un mois avec des terrains rapportés, avec des fleurs transplantées, et dont les gazons semblent obtenus par des procédés chimiques. Il admira non seulement les recherches, les dorures, les sculptures les plus coûteuses du style dit Pompadour, des étoffes merveilleuses que le premier épicier venu avait pu commander et obtenir à flots d'or; mais encore ce que des princes seuls ont la faculté de choisir, de trouver, de payer et d'offrir : deux tableaux de Greuze et deux de Watteau, deux têtes de Van Dyck, deux paysages de Ruysdaël, deux du Guaspre, un Rembrandt et un Holbein, un Murillo et un Titien, deux Teniers et deux Metzue, un Van Huysum et un Abraham Mignon, enfin deux cent mille francs de tableaux admirablement encadrés[2]. Les bordures valaient presque les toiles.

« Ah! tu comprends maintenant, mon bonhomme ? » dit Josépha.

Venue sur la pointe du pied par une porte muette, sur des tapis de Perse, elle saisit son adorateur dans une de ces stupéfactions où les oreilles tintent si bien, qu'on n'entend rien que le glas du désastre.

Ce mot de *bonhomme,* dit à ce personnage si haut placé dans l'administration[a], et qui peint admirablement l'audace avec laquelle ces créatures ravalent les plus grandes existences, laissa le baron cloué par les pieds. Josépha, toute en blanc et jaune, était si bien parée pour cette fête, qu'elle pouvait encore briller au milieu de ce luxe insensé, comme le bijou le plus rare.

« N'est-ce pas que c'est beau ? reprit-elle. Le duc a mis là tous les bénéfices d'une affaire en commandite dont les actions ont été vendues en hausse. Pas bête, mon petit duc ? Il n'y a que les grands seigneurs d'autrefois pour savoir changer du charbon de terre en or. Le notaire, avant le dîner, m'a apporté le contrat d'acquisition à signer, et qui contient quittance du prix. Comme ils sont là tous grands seigneurs : d'Esgrignon, Rastignac, Maxime[1], Lenoncourt, Verneuil, Laginski, Rochefide[a], La Palférine, et en fait de banquiers, Nucingen et du Tillet, avec Antonia, Malaga, Carabine et la Schontz, ils ont tous compati à ton malheur. Oui, mon vieux[b], tu es invité, mais à la condition de boire tout de suite la valeur de deux bouteilles en vins de Hongrie, de Champagne et du Cap pour te mettre à leur niveau. Nous sommes, mon cher, tous trop tendus ici pour qu'il n'y ait pas relâche à l'Opéra, mon directeur est soûl[c] comme un cornet à piston, il en est aux *couacs !*

— Oh! Josépha! s'écria le baron.

— Comme c'est bête, une explication, répondit-elle en souriant. Voyons, vaux-tu les six cent mille francs que coûte l'hôtel et le mobilier ? Peux-tu m'apporter une inscription de trente mille francs de rentes que le duc m'a donnée dans un cornet de papier blanc à dragées d'épicier ?... C'est là une jolie idée!

— Quelle perversité! dit le conseiller d'État, qui dans ce moment de rage aurait troqué les diamants de sa femme pour remplacer le duc d'Hérouville pendant vingt-quatre heures.

— C'est mon état d'être perverse! répliqua-t-elle. Ah! voilà comment tu prends la chose! Pourquoi n'as-tu pas inventé de commandite ? Mon Dieu, mon pauvre *chat teint,* tu devrais me remercier : je te quitte au moment où tu pourrais manger avec moi l'avenir de ta femme, la dot de ta fille, et... Ah! tu pleures. L'Empire s'en va!... je vais saluer l'Empire. »

Elle se posa tragiquement et dit :

On vous appelle Hulot ! je ne vous connais plus[2] !...

Et elle rentra.

La porte entrouverte laissa passer, comme un éclair, un jet de lumière accompagné d'un éclat du crescendo de l'orgie et chargé des odeurs d'un festin du premier ordre.

La cantatrice revint voir par la porte entrebâillée, et trouvant Hulot planté sur ses pieds comme s'il eût été de bronze, elle fit un pas en avant et reparut.

« Monsieur, dit-elle, j'ai cédé[a] les guenilles de la rue Chauchat à la petite Héloïse Brisetout de Bixiou; si vous voulez y réclamer votre bonnet de coton, votre tire-botte, votre ceinture et votre cire à favoris, j'ai stipulé qu'on vous les rendrait. »

Cette horrible raillerie eut pour effet de faire sortir le baron comme Loth dut sortir de Gomorrhe, mais sans se retourner, comme madame[b1].

Hulot revint chez lui, marchant en furieux, se parlant à lui-même, et trouva sa famille faisant avec calme le whist à deux sous la fiche qu'il avait vu commencer. En voyant son mari, la pauvre Adeline crut à quelque affreux désastre, à un déshonneur; elle donna ses cartes à Hortense et entraîna Hector dans ce même petit salon, où cinq heures auparavant Crevel lui prédisait les plus honteuses agonies de la misère.

« Qu'as-tu ? dit-elle effrayée.

— Oh! pardonne-moi; mais laisse-moi te raconter ces infamies. »

Il exhala sa rage pendant dix minutes.

« Mais, mon ami, répondit héroïquement cette pauvre femme, de pareilles créatures ne connaissent pas l'amour! cet amour pur et dévoué que tu mérites; comment pourrais-tu, toi si perspicace, avoir la prétention de lutter avec un million ?

— Chère Adeline! » s'écria le baron en saisissant sa femme et la pressant sur son cœur.

La baronne venait de jeter du baume sur les plaies saignantes de l'amour-propre.

« Certes, ôtez la fortune au duc d'Hérouville, entre nous deux, *elle* n'hésiterait pas! dit le baron.

— Mon ami, reprit Adeline en faisant un dernier effort[c], s'il te faut absolument des maîtresses, pourquoi ne prends-tu pas, comme Crevel, des femmes qui ne soient pas chères et dans une classe à se trouver longtemps heureuses de peu. Nous[d] y gagnerions tous. Je conçois le besoin, mais je ne comprends rien à la vanité...

— Oh! quelle bonne et excellente femme tu es! s'écria-t-il. Je suis[a] un vieux fou, je ne mérite pas d'avoir un ange comme toi pour compagne.

— Je suis tout bonnement la Joséphine de mon Napoléon, répondit-elle avec une teinte de mélancolie.

— Joséphine ne te valait pas, dit-il. Viens, je vais jouer le whist avec mon frère et mes enfants; il faut que je me mette à mon métier de père de famille, que je marie mon Hortense et que j'enterre le libertin... »

Cette bonhomie toucha si fort la pauvre Adeline, qu'elle dit : « Cette créature a bien mauvais goût de préférer qui que ce soit à mon Hector. Ah! je ne te céderais pas pour tout l'or de la terre[b]. Comment peut-on te laisser quand on a le bonheur d'être aimé par toi!... »

Le regard par lequel le baron récompensa le fanatisme de sa femme la confirma dans l'opinion que la douceur et la soumission étaient les plus puissantes armes de la femme. Elle se trompait en ceci. Les sentiments nobles poussés à l'absolu produisent des résultats semblables à ceux des plus grands vices. Bonaparte est devenu l'Empereur pour avoir mitraillé le peuple à deux pas de l'endroit où Louis XVI a perdu la monarchie et la tête pour n'avoir pas laissé verser le sang d'un monsieur ? Sauce[c1].

Le lendemain, Hortense, qui mit le cachet de Wenceslas sous son oreiller pour ne pas s'en séparer pendant son sommeil, fut habillée de bonne heure, et fit prier son père de venir au jardin dès qu'il serait levé.

Vers neuf heures et demie, le père, condescendant à une demande de sa fille, lui donnait le bras, et ils allaient ensemble le long des quais, par le pont Royal, sur la place du Carrousel.

« Ayons l'air de flâner, papa, dit Hortense en débouchant par le guichet pour traverser cette immense place...

— Flâner ici ?... demanda railleusement le père.

— Nous sommes censés aller au Musée, et là-bas, dit-elle en montrant les baraques adossées aux murailles des maisons qui tombent à angle droit sur la rue du Doyenné, tiens, il y a des marchands de bric-à-brac, de tableaux...

— Ta cousine demeure là...

— Je le sais bien; mais il ne faut pas qu'elle nous voie...

— Et que veux-tu faire ? » dit le baron en se trouvant à trente pas environ des fenêtres de Mme Marneffe[a] à laquelle il pensa soudain.

Hortense avait conduit son père devant le vitrage d'une des boutiques situées à l'angle du pâté de maisons qui longe les galeries du vieux Louvre et qui fait face à l'hôtel de Nantes[1]. Elle entra dans cette boutique en laissant son père occupé à regarder les fenêtres de la jolie petite dame qui, la veille, avait laissé son image au cœur du vieux Beau, comme pour y calmer la blessure qu'il allait recevoir, et il ne put s'empêcher de mettre en pratique le conseil de sa femme.

« Rabattons-nous sur les petites bourgeoises, se dit-il en se rappelant les adorables perfections de Mme Marneffe. Cette petite femme-là me fera promptement oublier l'avide Josépha. »

Or, voici ce qui se passa simultanément dans la boutique et hors de la boutique.

En examinant les fenêtres de sa nouvelle *belle,* le baron aperçut le mari qui, tout en brossant sa redingote lui-même, faisait évidemment le guet et semblait attendre quelqu'un sur la place. Craignant d'être aperçu, puis reconnu plus tard, l'amoureux baron tourna le dos à la rue du Doyenné, mais en se mettant de trois quarts afin de pouvoir y donner un coup d'œil de temps en temps. Ce mouvement le fit rencontrer presque face à face avec Mme Marneffe, qui, venant des quais, doublait le promontoire des maisons pour retourner chez elle. Valérie éprouva comme une commotion en recevant le regard étonné du baron, et elle y répondit par une œillade de prude.

« Jolie femme ! s'écria le baron, et pour qui l'on ferait bien des folies !

— Eh ! monsieur, répondit-elle en se retournant comme une femme qui prend un parti violent, vous êtes monsieur le baron Hulot, n'est-ce pas ? »

Le baron de plus en plus stupéfait fit un geste d'affirmation.

« Eh bien ! puisque le hasard a marié deux fois nos yeux, et que j'ai le bonheur de vous avoir intrigué ou intéressé, je vous dirai qu'au lieu de faire des folies, vous devriez bien faire justice... Le sort de mon mari dépend de vous.

— Comment l'entendez-vous ? demanda galamment le baron.

— C'est un employé de votre direction, à la Guerre, Division de M. Lebrun, bureau de M. Coquet, répondit-elle en souriant.

— Je me sens disposé, madame... madame ?

— Mme Marneffe.

— Ma petite madame Marneffe, à faire des injustices pour vos beaux yeux... J'ai dans votre maison une cousine, et j'irai la voir un de ces jours, le plus tôt possible, venez m'y présenter votre requête.

— Excusez mon audace, monsieur le baron ; mais vous comprendrez comment j'ai pu oser parler ainsi, je suis sans protection.

— Ah ! ah !

— Oh ! monsieur, vous vous méprenez », dit-elle en baissant les yeux[1].

Le baron crut que le soleil venait de disparaître.

« Je suis au désespoir, mais je suis une honnête femme, reprit-elle. J'ai perdu, il y a six mois, mon seul protecteur, le maréchal Montcornet.

— Ah ! vous êtes sa fille.

— Oui, monsieur, mais il ne m'a jamais reconnue.

— Afin de pouvoir vous laisser une partie de sa fortune.

— Il ne m'a rien laissé, monsieur, car on n'a pas trouvé de testament.

— Oh ! pauvre petite, le maréchal a été surpris par l'apoplexie... Allons, espérez, madame, on doit quelque chose à la fille d'un des chevaliers Bayard de l'Empire. »

Mme Marneffe salua gracieusement, et fut aussi fière de son succès que le baron l'était du sien.

« D'où diable vient-elle si matin ? se demanda-t-il en analysant le mouvement onduleux de la robe auquel elle imprimait une grâce peut-être exagérée. Elle a la figure trop fatiguée pour revenir du bain, et son mari l'attend. C'est inexplicable, et cela donne beaucoup à penser[a]. »

Mme Marneffe une fois rentrée, le baron voulut savoir ce que faisait sa fille dans la boutique. En y entrant, comme il regardait toujours les fenêtres de Mme Marneffe, il faillit heurter un jeune homme au front pâle, aux yeux gris pétillants, vêtu d'un paletot d'été en mérinos noir, d'un pantalon de gros coutil et de souliers

à guêtres en cuir jaune, qui sortait comme un braque;
et il le vit courir vers la maison de Mme Marneffe où
il entra. En glissant dans la boutique, Hortense y avait
distingué tout aussitôt le fameux groupe mis en évidence
sur une table placée au centre dans le champ de la porte.

Sans les circonstances auxquelles elle en devait la
connaissance, ce chef-d'œuvre eût vraisemblablement
frappé la jeune fille par ce qu'il faut appeler le *brio*[a]
des grandes choses, elle qui, certes, aurait pu poser en
Italie pour la statue du *Brio*.

Toutes les œuvres des gens de génie n'ont pas au
même degré ce brillant, cette splendeur visible à tous
les yeux, même à ceux des ignorants. Ainsi, certains
tableaux de Raphaël, tels que la célèbre Transfiguration,
la Madone de Foligno, les fresques des Stanze au Vatican ne commanderont pas soudain l'admiration, comme
le Joueur de violon de la galerie Sciarra, les portraits
des Doni et la vision d'Ézéchiel de la galerie de Pitti,
le Portement de croix de la galerie Borghèse, le Mariage
de la Vierge du musée Bréra à Milan. Le saint Jean-Baptiste de la Tribune, Saint Luc peignant la Vierge à l'Académie de Rome n'ont pas le charme du portrait de
Léon X et de la Vierge de Dresde. Néanmoins, tout est
de la même valeur. Il y a plus! les[b] Stanze, la Transfiguration, les Camaïeux et les trois tableaux de chevalet du
Vatican sont le dernier degré du sublime et de la perfection[1]. Mais ces chefs-d'œuvre exigent de l'admirateur
le plus instruit une sorte de tension, une étude pour être
compris dans toutes leurs parties; tandis que le Violoniste, le Mariage de la Vierge, la Vision d'Ézéchiel
entrent d'eux-mêmes dans votre cœur par la double
porte des yeux, et s'y font leur place; vous aimez à
les recevoir ainsi sans aucune peine; ce n'est pas le
comble de l'art, c'en est le bonheur. Ce fait prouve qu'il
se rencontre dans la génération des œuvres artistiques
les mêmes hasards de naissance que dans les familles où
il y a des enfants heureusement doués, qui viennent
beaux et sans faire de mal à leurs mères, à qui tout sourit, à qui tout réussit; il y a enfin les fleurs du génie comme
les fleurs de l'amour.

Ce brio, mot italien intraduisible et que nous commençons à employer, est le caractère de premières œuvres.
C'est le fruit de la pétulance et de la fougue intrépide

du talent jeune, pétulance qui se retrouve plus tard dans
certaines heures heureuses; mais ce brio ne sort plus
alors du cœur de l'artiste; et, au lieu de le jeter dans ses
œuvres comme un volcan lance ses feux, il le subit, il le
doit à des circonstances, à l'amour, à la rivalité, souvent à la haine, et plus encore aux commandements
d'une gloire à soutenir.

Le groupe de Wenceslas était à ses œuvres à venir ce
qu'est le Mariage de la Vierge à l'œuvre totalᵃ de Raphaël, le premier pas du talent fait dans une grâce inimitable, avec l'entrain de l'enfance et son aimable plénitude, avec sa force cachée sous des chairs roses et
blanches trouées par des fossettes qui font comme des
échos aux rires de la mère. Le prince Eugène[1] a, dit-on,
payé quatre cent mille francs ce tableau qui vaudrait un
million pour un pays privé de tableaux de Raphaël, et
l'on ne donnerait pas cette somme pour la plus belle des
fresques, dont cependant la valeur est bien supérieure
comme art.

Hortense contint son admiration en pensant à la
somme de ses économies de jeune fille, elle prit un
petit air indifférent et dit au marchand : « Quel est le
prix de ça ?

— Quinze cents francs », répondit le marchand en
jetant une œillade à un jeune homme assis sur un tabou-
ret dans un coin.

Ce jeune homme devint stupide en voyant le vivant
chef-d'œuvre du baron Hulot. Hortense, ainsi prévenue,
reconnut alors l'artiste à la rougeur qui nuança son
visage pâli par la souffrance, elle vit reluire dans deux
yeux gris une étincelle allumée par sa question; elle
regarda cette figure maigre et tirée comme celle d'un
moine plongé dans l'ascétisme; elle adora cette bouche
rosée et bien dessinée, un petit menton fin, et les cheveux châtains à filaments soyeux du Slave.

« Si c'était douze cents francs, répondit-elle, je vous
dirais de me l'envoyer.

— C'est antique, mademoiselle, fit observer le
marchand qui, semblable à tous ses confrères, croyait
avoir tout dit avec ce *nec plus ultra* du bric-à-brac.

— Excusez-moi, monsieur, c'est fait de cette année,
répondit-elle tout doucement, et je viens précisément
pour vous prier, si l'on consent à ce prix, de nous envoyer

l'artiste, car on pourrait lui procurer des commandes assez importantes.

— Si les douze cents francs sont pour lui, qu'aurais-je pour moi ? Je suis marchand, dit le boutiquier avec bonhomie.

— Ah! c'est vrai, répliqua la jeune fille en laissant échapper une expression de dédain.

— Ah! mademoiselle, prenez! je m'entendrai avec le marchand », s'écria le Livonien hors de lui.

Fasciné par la sublime beauté d'Hortense et par l'amour pour les arts qui se manifestait en elle, il ajouta : « Je suis l'auteur de ce groupe, voici dix jours que je viens voir trois fois par jour si quelqu'un en connaîtra la valeur et le marchandera. Vous êtes ma première admiratrice, prenez!

— Venez, monsieur, avec le marchand dans une heure d'ici... voici la carte de mon père », répondit Hortense.

Puis, en voyant le marchand aller dans une pièce[a] pour y envelopper le groupe dans du linge, elle ajouta tout bas au grand étonnement de l'artiste qui crut rêver : « Dans l'intérêt de votre avenir, monsieur Wenceslas, ne montrez pas cette carte, ne dites pas le nom de votre acquéreur à Mlle Fischer, car c'est notre cousine. »

Ce mot, notre cousine, produisit un éblouissement à l'artiste, il entrevit le paradis en en voyant des Èves tombées. Il rêvait de la belle cousine dont lui avait parlé Lisbeth, autant qu'Hortense rêvait de l'amoureux de sa cousine, et quand elle était entrée : « Ah! pensait-il, si elle pouvait être ainsi! » On comprendra le regard que les deux amants échangèrent, ce fut de la flamme, car les amoureux vertueux n'ont pas la moindre hypocrisie[b].

« Eh bien! que diable fais-tu là-dedans ? demanda le père à sa fille.

— J'ai dépensé mes douze cents francs d'économie, viens. »

Elle reprit le bras de son père qui répéta : « Douze cents francs!

— Treize cents même... mais tu me prêteras bien la différence!

— Et à quoi... dans cette boutique... as-tu pu dépenser cette somme ?

— Ah! voici! répondit l'heureuse jeune fille, si j'ai trouvé un mari ce ne sera pas cher.

— Un mari, ma fille, dans cette boutique ?

— Écoute, mon petit père, me défendrais-tu d'épouser un grand artiste ?

— Non, mon enfant. Un grand artiste, aujourd'hui, c'est un prince qui n'est pas titré. C'est la gloire et la fortune, les deux plus grands avantages sociaux, après la vertu, ajouta-t-il d'un petit ton cafard[1].

— Bien entendu, répondit Hortense. Et que penses-tu de la sculpture ?

— C'est une bien mauvaise partie, dit Hulot en hochant la tête. Il faut de grandes protections outre un grand talent; car le gouvernement est le seul consommateur. C'est un art sans débouchés aujourd'hui qu'il n'y a plus ni grandes existences, ni grandes fortunes, ni palais substitués[2], ni majorats. Nous ne pouvons loger que de petits tableaux, de petites figures, aussi les arts sont-ils menacés par le *petit*.

— Mais un grand artiste qui trouverait des débouchés..., reprit Hortense.

— C'est la solution du problème.

— Et qui serait appuyé!

— Encore mieux!

— Et noble!

— Bah!

— Comte!

— Et il sculpte!

— Il est sans fortune.

— Et il compte sur celle de Mlle Hortense Hulot ? dit railleusement le baron en plongeant un regard d'inquisiteur dans les yeux de sa fille.

— Ce grand artiste, comte, et qui sculpte, vient de voir votre fille pour la première fois de sa vie, et pendant cinq minutes, monsieur le baron, répondit Hortense d'un air calme à son père. Hier, vois-tu, mon cher bon petit père, pendant que tu étais à la chambre, maman s'est évanouie. Cet évanouissement, qu'elle a mis sur le *compte de ses nerfs*, venait de quelque chagrin relatif à mon mariage manqué, car elle m'a dit que, pour vous débarrasser de moi...

— Elle t'aime trop pour avoir employé une expression...

— Peu parlementaire, reprit Hortense en riant; non, elle ne s'est pas servie de ce mot-là; mais moi je sais qu'une fille à marier, qui ne se marie pas, est une croix très lourde à porter pour des parents honnêtes. Eh bien! elle pense que s'il se présentait un homme d'énergie et de talent, à qui une dot de trente mille francs suffirait, nous serions tous heureux! Enfin elle jugeait convenable de me préparer à la modestie de mon futur sort, et de m'empêcher de m'abandonner à de trop beaux rêves... Ce qui signifiait la rupture de mon mariage, et pas de dot.

— Ta mère est une bien bonne, une bien noble et excellente femme, répondit le père profondément humilié, quoique assez heureux de cette confidence.

— Hier, elle m'a dit que vous l'autorisiez à vendre ses diamants pour me marier; mais je voudrais qu'elle gardât ses diamants, et je voudrais trouver un mari. Je crois avoir trouvé l'homme, le prétendu qui répond au programme de maman...

— Là!... sur la place du Carrousel!... en une matinée.

— Oh! papa, *le mal vient de plus loin*[1], répondit-elle malicieusement.

— Eh bien! voyons, ma petite fille, disons tout à notre bon père », demanda-t-il d'un air câlin en cachant ses inquiétudes[a].

Sous la promesse d'un secret absolu, Hortense raconta le résumé de ses conversations avec la cousine Bette. Puis, en rentrant, elle montra le fameux cachet à son père comme preuve de la sagacité de ses conjectures. Le père admira, dans son for intérieur, la profonde adresse des jeunes filles agitées par l'instinct, en reconnaissant la simplicité du plan que cet amour idéal avait suggéré, dans une seule nuit, à cette innocente fille.

« Tu vas voir le chef-d'œuvre que je viens d'acheter, on va l'apporter, et le cher Wenceslas accompagnera le marchand... L'auteur d'un pareil groupe doit faire fortune; mais obtiens-lui, par ton crédit, une statue, et puis un logement à l'Institut...

— Comme tu vas, s'écria le père. Mais si on vous laissait faire, vous seriez mariés dans les délais légaux, dans onze jours...

— On attend onze jours? répondit-elle en riant. Mais en cinq minutes, je l'ai aimé, comme tu as aimé maman en la voyant! et il m'aime, comme si nous nous connaissions depuis deux ans. Oui, dit-elle à un geste que fit son père, j'ai lu dix volumes d'amour dans ses yeux. Et ne sera-t-il pas accepté par vous et par maman pour mon mari, quand il vous sera démontré que c'est un homme de génie! La sculpture est le premier des arts! s'écria-t-elle en battant des mains et sautant, Tiens! je vais tout te dire...

— Il y a donc encore quelque chose ?... » demanda le père en souriant.

Cette innocence complète et bavarde avait tout à fait rassuré le baron.

« Un aveu de la dernière importance, répondit-elle. Je l'aimais sans le connaître, mais j'en suis folle depuis une heure que je l'ai vu.

— Un peu trop folle, répondit le baron que le spectacle de cette naïve passion réjouissait.

— Ne me punis pas de ma confiance, reprit-elle. C'est si bon de crier dans le cœur de son père : " J'aime, je suis heureuse d'aimer! " répliqua-t-elle. Tu vas voir mon Wenceslas! Quel front plein de mélancolie!... des yeux gris où brille le soleil du génie!... et comme il est distingué! Qu'en penses-tu ? Est-ce un beau pays, la Livonie ?... Ma cousine Bette épouser ce jeune homme-là, elle qui serait sa mère ?... Mais ce serait un meurtre! Comme je suis jalouse de ce qu'elle a dû faire pour lui! je me figure qu'elle ne verra pas mon mariage avec plaisir.

— Tiens, mon ange, ne cachons rien à ta mère, dit le baron.

— Il faudrait lui montrer ce cachet, et j'ai promis de ne pas trahir la cousine qui a, dit-elle, peur des plaisanteries de maman, répondit Hortense.

— Tu as de la délicatesse pour le cachet, et tu voles à la cousine Bette son amoureux.

— J'ai fait une promesse pour le cachet, et je n'ai rien promis pour l'auteur. »

Cette aventure, d'une simplicité patriarcale, convenait singulièrement à la situation secrète de cette famille; *aussi le baron*, en louant sa fille de sa confiance, lui dit-il que désormais elle devait s'en remettre à la prudence de ses parents.

« Tu comprends, ma petite fille, que ce n'est pas à toi à t'assurer si l'amoureux de ta cousine est comte, s'il a des papiers en règle, et si sa conduite offre des garanties... Quant à ta cousine, elle a refusé cinq partis quand elle avait vingt ans de moins, ce ne sera pas un obstacle, et je m'en charge.

— Écoutez! mon père, si vous voulez me voir mariée, ne parlez à ma cousine de notre amoureux qu'au moment de signer mon contrat de mariage... Depuis six mois, je la questionne à ce sujet!... Eh bien! il y a quelque chose d'inexplicable en elle...

— Quoi ? dit le père intrigué.

— Enfin, ses regards ne sont pas bons, quand je vais trop loin, fût-ce en riant, à propos de son amoureux. Prenez vos renseignements; mais laissez-moi conduire ma barque. Ma confiance doit vous rassurer.

— Le Seigneur a dit : " Laissez venir les enfants à moi! " tu es un de ceux qui reviennent », répondit le baron avec une légère teinte de raillerie*a*.

Après le déjeuner, on annonça le marchand, l'artiste et le groupe. La rougeur subite qui colora sa fille rendit la baronne d'abord inquiète; puis attentive, et la confusion d'Hortense, le feu de son regard lui révélèrent bientôt le mystère, si peu contenu dans ce jeune cœur.

Le comte Steinbock, habillé tout en noir, parut au baron être un jeune homme fort distingué.

« Feriez-vous une statue en bronze ? » lui demanda-t-il en tenant le groupe.

Après avoir admiré de confiance, il passa le bronze à sa femme qui ne se connaissait pas en sculpture.

« N'est-ce pas, maman, que c'est bien beau ? » dit Hortense à l'oreille de sa mère.

« Une statue!... monsieur le baron, ce n'est pas si difficile à faire que d'agencer une pendule comme celle que voici, et que monsieur a eu la complaisance d'apporter », répondit l'artiste à la question du baron.

Le marchand était occupé à déposer sur le buffet de la salle à manger le modèle en cire des douze Heures que les Amours essayent d'arrêter.

« Laissez-moi cette pendule, dit le baron stupéfait de la beauté de cette œuvre, je veux la montrer aux ministres de l'Intérieur et du Commerce.

— Quel est ce jeune homme qui t'intéresse tant ? demanda la baronne à sa fille.

— Un artiste assez riche pour exploiter ce modèle

pourrait y gagner cent mille francs, dit le marchand de curiosités qui prit un air capable et mystérieux en voyant l'accord des yeux entre la jeune fille et l'artiste. Il suffit de vendre vingt exemplaires à huit mille francs, car chaque exemplaire coûterait environ mille écus à établir ; mais, en numérotant chaque exemplaire et détruisant le modèle, on trouverait bien vingt amateurs, satisfaits d'être les seuls à posséder cette œuvre-là.

— Cent mille francs ! s'écria Steinbock en regardant tour à tour le marchand, Hortense, le baron et la baronne.

— Oui, cent mille francs ! répéta le marchand, et si j'étais assez riche, je vous l'achèterais, moi, vingt mille francs ; car, en détruisant[a] le modèle, cela devient une propriété... Mais un des princes devrait payer ce chef-d'œuvre trente ou quarante mille francs, et en orner son salon. On n'a jamais fait, dans les arts, de pendule qui contente à la fois les bourgeois et les connaisseurs, et celle-là, monsieur, est la solution de cette difficulté...

— Voici pour vous, monsieur, dit Hortense en donnant six pièces d'or au marchand qui se retira.

— Ne parlez à personne au monde de cette visite, alla dire l'artiste au marchand sur le seuil de la porte. Si l'on vous demande où nous avons porté le groupe, nommez le duc d'Hérouville, le célèbre amateur qui demeure rue de Varennes. »

Le marchand hocha la tête en signe d'assentiment.

« Vous vous nommez ? demanda le baron à l'artiste quand il revint.

— Le comte Steinbock.

— Avez-vous des papiers qui prouvent ce que vous êtes ?...

— Oui, monsieur le baron, ils sont en langue russe et en langue allemande, mais sans légalisation...

— Vous sentez-vous la force de faire une statue de neuf pieds ?

— Oui, monsieur.

— Eh bien ! si les personnes que je vais consulter sont contentes de vos ouvrages, je puis vous obtenir la statue du maréchal Montcornet, que l'on veut ériger au Père-Lachaise, sur son tombeau. Le ministère de la Guerre et les anciens officiers de la Garde impériale donnent une somme assez importante pour que nous ayons le droit de choisir l'artiste.

— Oh! monsieur, ce serait ma fortune!... dit Steinbock qui resta stupéfait de tant de bonheurs à la fois.

— Soyez tranquille, répondit gracieusement le baron, si les deux ministres, à qui je vais montrer votre groupe et ce modèle, sont émerveillés de ces deux œuvres, votre fortune est en bon chemin... »

Hortense serrait le bras de son père à lui faire mal.

« Apportez-moi vos papiers, et ne dites rien de vos espérances à personne, pas même à notre vieille cousine Bette.

— Lisbeth ? s'écria Mme Hulot achevant de comprendre la fin sans deviner les moyens.

— Je puis vous donner des preuves de mon savoir en faisant le buste de madame... », ajouta Wenceslas.

Frappé de la beauté de Mme Hulot, depuis un moment l'artiste comparait la mère et la fille.

« Allons, monsieur, la vie peut devenir belle pour vous, dit le baron tout à fait séduit par l'extérieur fin et distingué du comte Steinbock. Vous saurez bientôt que personne, à Paris, n'a longtemps impunément du talent, et que tout travail constant y trouve sa récompense.

Hortense tendit au jeune homme en rougissant une jolie bourse algérienne qui contenait soixante pièces d'or. L'artiste, toujours un peu gentilhomme, répondit à la rougeur d'Hortense par un coloris de pudeur assez facile à interpréter.

« Serait-ce, par hasard, le premier argent que vous recevez de vos travaux ? demanda la baronne.

— Oui, madame, de mes travaux d'art, mais non de mes peines, car j'ai travaillé comme ouvrier...

— Eh bien! espérons que l'argent de ma fille vous portera bonheur! répondit Mme Hulot.

— Et prenez-le sans scrupules, ajouta le baron en voyant Wenceslas qui tenait toujours la bourse à la main sans la serrer. Cette somme sera remboursée par quelque grand seigneur, par un prince peut-être qui nous la rendra certes avec usure pour posséder cette belle œuvre.

— Oh! j'y tiens trop, papa, pour la céder à qui que ce soit, même au prince royal[1]!

— Je puis faire pour mademoiselle un autre groupe plus joli que ce...

— Ce ne serait pas celui-là », répondit-elle.

Et comme honteuse d'en avoir trop dit, elle alla dans le jardin.

« Je vais donc briser le moule et le modèle en rentrant ! dit Steinbock.

— Allons ! apportez-moi vos papiers, et vous entendrez bientôt parler de moi, si vous répondez à tout ce que je conçois de vous, monsieur. »

En entendant cette phrase, l'artiste fut obligé de sortir. Après avoir salué Mme Hulot et Hortense, qui revint du jardin exprès pour recevoir ce salut, il alla se promener dans les Tuileries sans pouvoir, sans oser rentrer dans sa mansarde, où son tyran l'allait assommer de questions et lui arracher son secret.

L'amoureux d'Hortense imaginait des groupes et des statues par centaines ; il se sentait une puissance à tailler lui-même le marbre, comme Canova[1], qui, faible comme lui, faillit en périr. Il était transfiguré par Hortense, devenue pour lui l'inspiration visible.

« Ah çà ! dit la baronne à sa fille, qu'est-ce que cela signifie ?

— Eh bien ! chère maman, tu viens de voir l'amoureux de notre cousine Bette qui, j'espère, est maintenant le mien... Mais ferme les yeux, fais l'ignorante. Mon Dieu ! moi qui voulais tout te cacher, je vais tout te dire...

— Allons, adieu mes enfants, s'écria le baron en embrassant sa fille et sa femme, je vais aller peut-être voir la Chèvre, et je saurai d'elle bien des choses sur le jeune homme.

— Papa, sois prudent », répéta Hortense.

« Oh ! petite fille ! s'écria la baronne quand Hortense eut fini de lui raconter son poème dont le dernier chant était l'aventure de cette matinée, chère petite fille, la plus grande rouée de la terre sera toujours la Naïveté ! »

Les passions vraies ont leur instinct. Mettez un gourmand à même de prendre un fruit dans un plat, il ne se trompera pas et saisira, même sans voir, le meilleur. De même, laissez aux jeunes filles bien élevées le choix absolu de leurs maris, si elles sont en position d'avoir ceux qu'elles désigneront, elles se tromperont rarement. La nature est infaillible. L'œuvre de la nature, en ce genre, s'appelle : aimer à première vue. En amour, la première vue est tout bonnement la seconde vue.

Le contentement de la baronne, quoique caché sous la dignité maternelle, égalait celui de sa fille ; car des trois manières de marier Hortense dont avait parlé

Crevel, la meilleure, à son gré, paraissait devoir réussir. Elle vit dans cette aventure une réponse de la Providence à ses ferventes prières[a].

Le forçat de Mlle Fischer, obligé néanmoins de rentrer au logis, eut l'idée de cacher la joie de l'amoureux sous la joie de l'artiste, heureux de son premier succès.

« Victoire! mon groupe est vendu au duc d'Hérouville qui va me donner des travaux », dit-il en jetant les douze cents francs en or sur la table de la vieille fille.

Il avait, comme on le pense bien, serré la bourse d'Hortense, il la tenait sur son cœur.

« Eh bien! répondit Lisbeth, c'est heureux, car je m'exterminais à travailler. Vous voyez, mon enfant, que l'argent vient bien lentement dans le métier que vous avez pris, car voici le premier que vous recevez, et voilà bientôt cinq ans que vous piochez! Cette somme suffit à peine à rembourser ce que vous m'avez coûté depuis la lettre de change qui me tient lieu de mes économies. Mais soyez tranquille, ajouta-t-elle après avoir compté, cet argent sera tout employé pour vous. Nous avons là de la sécurité pour un an. En un an, vous pouvez maintenant vous acquitter et avoir[b] une bonne somme à vous, si vous allez toujours de ce train-là. »

En voyant le succès de sa ruse, Wenceslas fit des contes à la vieille fille sur le duc d'Hérouville.

« Je veux vous faire habiller tout en noir, à la mode, et renouveler votre linge, car vous devez vous présenter bien mis chez vos protecteurs, répondit Bette. Et puis, il vous faudra maintenant un appartement plus grand et plus convenable que votre horrible mansarde, et le bien meubler. Comme vous voilà gai! Vous n'êtes plus le même, ajouta-t-elle en examinant Wenceslas.

— Mais on a dit que mon groupe était un chef-d'œuvre.

— Eh bien! tant mieux! Faites-en d'autres, répliqua cette sèche fille toute positive et incapable de comprendre la joie du triomphe ou la beauté dans les arts. Ne vous occupez plus de ce qui est vendu, fabriquez quelque autre chose à vendre. Vous avez dépensé deux cents francs d'argent, sans compter votre travail et votre temps, à ce diable de Samson. Votre pendule vous coûtera plus de deux mille francs à faire exécuter. Tenez, si vous m'en croyez, vous devriez achever ces deux petits garçons couronnant la petite fille avec des bluets, ça séduira les Parisiens! Moi, je vais passer chez M. Graff, le tailleur, avant d'aller chez M. Crevel... Remontez chez vous, et laissez-moi m'habiller. »

Le lendemain, le baron, devenu fou de Mme Marneffe, alla voir la cousine Bette, assez stupéfaite en ouvrant la porte de le trouver devant elle, car il n'était jamais venu lui faire une visite. Aussi se dit-elle en elle-même : « Hortense aurait-elle envie de mon amoureux ?... » car la veille, elle avait appris, chez M. Crevel, la rupture du mariage avec le conseiller à la cour royale.

« Comment, mon cousin, vous ici ? Vous me venez voir pour la première fois de votre vie, assurément ce n'est pas pour mes beaux yeux ?

— Beaux! c'est vrai, reprit le baron, tu as les plus beaux yeux que j'aie vus...

— Pourquoi venez-vous ? Tenez, me voilà honteuse de vous recevoir dans un pareil taudis. »

La première des deux pièces dont se composait l'appartement de la cousine Bette lui servait à la fois de salon, de salle à manger, de cuisine et d'atelier. Les meubles étaient ceux des ménages d'ouvriers aisés : des chaises en noyer foncées de paille, une petite table à manger en noyer, une table à travailler, des gravures enluminées dans des cadres en bois noirci, de petits rideaux de mousseline aux fenêtres, une grande armoire en noyer, le carreau bien frotté, bien reluisant de propreté, tout cela sans un grain de poussière, mais plein de tons froids, un vrai tableau de Terburg où rien ne manquait, pas même sa teinte grise, représentée par un papier jadis bleuâtre et passé au ton de lin. Quant à la chambre, personne n'y avait jamais pénétré.

Le baron embrassa tout, d'un coup d'œil, vit la signature de la médiocrité dans chaque chose, depuis le poêle en fonte jusqu'aux ustensiles de ménage, et il fut pris d'une nausée en se disant à lui-même : « Voilà donc la vertu! »

« Pourquoi je viens ? répondit-il à haute voix. Tu es une fille trop rusée pour ne pas finir par le deviner, et il vaut mieux te le dire, s'écria-t-il en s'asseyant et regardant à travers la cour en entrouvrant le rideau de mousseline plissée. Il y a dans la maison une très jolie femme...

— Mme Marneffe! Oh! j'y suis! dit-elle en comprenant tout. Et Josépha ?

— Hélas! cousine, il n'y a plus de Josépha... J'ai été mis à la porte comme un laquais.

— Et vous voudriez ?... demanda la cousine en regardant le baron avec la dignité d'une prude qui s'offense un quart d'heure trop tôt.

— Comme Mme Marneffe est une femme très comme il faut, la femme d'un employé, que tu peux la voir sans te compromettre, reprit le baron, je voudrais te voir voisiner avec elle. Oh! sois tranquille, elle aura les plus grands égards pour la cousine de M. le directeur. »

En ce moment, on entendit le frôlement d'une robe dans l'escalier, accompagné par le bruit des pas d'une femme à brodequins superfins. Le bruit cessa sur le palier. Après deux coups frappés à la porte, Mme Marneffe se montra.

« Pardonnez-moi, mademoiselle, cette irruption chez vous; mais je ne vous ai point trouvée hier quand je suis venue vous faire une visite; nous sommes voisines, et si j'avais su que vous étiez la cousine de M. le conseiller d'État, il y a longtemps que je vous aurais demandé votre protection auprès de lui. J'ai vu entrer M. le directeur, et alors j'ai pris la liberté de venir, car mon mari, monsieur le baron, m'a parlé d'un travail sur le personnel qui sera soumis demain au ministre. »

Elle avait l'air d'être émue, de palpiter; mais elle avait tout bonnement monté l'escalier en courant.

« Vous n'avez pas besoin de faire la solliciteuse, belle dame, répondit le baron, c'est à moi de vous demander la grâce de vous voir.

— Eh bien, si mademoiselle le trouve bon, venez ? dit Mme Marneffe.

— Allez, mon cousin, je vais vous rejoindre », dit prudemment la cousine Bette.

La Parisienne comptait tellement sur la visite et sur l'intelligence de M. le directeur, qu'elle avait fait, non seulement une toilette appropriée à une pareille entrevue, mais encore une toilette à son appartement. Dès le matin, on y avait mis des fleurs achetées à crédit. Marneffe avait aidé sa femme à nettoyer les meubles, à rendre du lustre aux plus petits objets, en savonnant, en brossant, en époussetant tout. Valérie voulait se trouver dans un milieu plein de fraîcheur afin de plaire à M. le directeur, et plaire assez pour avoir le droit d'être cruelle, de lui tenir la dragée haute, comme à un enfant, en employant les ressources de la tactique moderne. Elle avait jugé Hulot. Laissez vingt-quatre heures à une Parisienne aux abois, elle bouleverserait un ministère.

Cet homme de l'Empire, habitué au genre Empire, devait ignorer absolument les façons de l'amour moderne. Les nouveaux scrupules, les différentes conversations inventées depuis 1830, et où la *pauvre faible femme* finit par se faire considérer comme la victime des désirs de son amant, comme une sœur de charité qui panse des blessures, comme un ange qui se dévoue. Ce *nouvel art d'aimer* consomme énormément de paroles évangéliques à l'œuvre du diable. La passion est un martyre. On aspire à l'idéal, à l'infini, de part et d'autre l'on veut devenir meilleurs par l'amour. Toutes ces belles phrases sont un prétexte à mettre encore plus d'ardeur dans la pratique, plus de rage dans les chutes que par le passé. Cette hypocrisie, le caractère de notre temps, a gangrené la galanterie. On est deux anges, et l'on se comporte comme deux démons, si l'on peut. L'amour n'avait pas le temps de s'analyser ainsi lui-même entre deux campagnes, et, en 1809, il allait aussi vite que l'Empire, en succès[1]. Or, sous la Restauration, le bel Hulot, en redevenant homme à femmes, avait d'abord consolé quelques anciennes amies alors tombées, comme des astres éteints du firmament politique[2], et de là, vieillard, il s'était laissé capturer par les Jenny Cadine et les Josépha.

Mme Marneffe avait dressé ses batteries en apprenant les antécédents du directeur, que son mari lui raconta longuement, après quelques renseignements pris dans les bureaux. La comédie du sentiment moderne pouvant avoir pour le baron le charme de la nouveauté, le parti de Valérie était pris, et, disons-le, l'essai qu'elle fit de sa puissance pendant cette matinée répondit à toutes ses espérances[a]. Grâce à ces manœuvres sentimentales, romanesques et romantiques, Valérie obtint, sans avoir rien promis, la place de sous-chef et la croix de la Légion d'honneur pour son mari.

Cette petite guerre n'alla pas sans des dîners au Rocher de Cancale[3], sans des parties de spectacle, sans beaucoup de cadeaux en mantilles, en écharpes, en robes, en bijoux. L'appartement de la rue du Doyenné déplaisait, le baron complota d'en meubler un magnifiquement, rue Vaneau[a], dans une charmante maison moderne.

M. Marneffe obtint un congé de quinze jours, à prendre dans un mois[b], pour aller régler des affaires d'intérêt dans son pays, et une gratification. Il se promit de faire un petit voyage en Suisse pour y étudier le beau sexe[c].

Si le baron Hulot s'occupa de sa protégée, il n'oublia pas son protégé. Le ministre du commerce, le comte Popinot, aimait les arts : il donna deux mille francs d'un exemplaire du groupe de Samson, à la condition que le moule serait brisé, pour qu'il n'existât que son Samson et celui de Mlle Hulot. Ce groupe excita l'admiration d'un prince à qui l'on porta le modèle de la pendule et qui la commanda; mais elle devait être unique, et il en offrit trente mille francs. Les artistes consultés, au nombre desquels fut Stidmann, déclarèrent que l'auteur de ces deux œuvres pouvait faire une statue. Aussitôt, le maréchal prince de Wissembourg, ministre de la Guerre et président du comité de souscription pour le monument du maréchal Montcornet, fit prendre une délibération par laquelle l'exécution en était confiée à Steinbock. Le comte de Rastignac, alors sous-secrétaire d'État, voulut une œuvre de l'artiste dont la gloire surgissait aux acclamations de ses rivaux. Il obtint de Steinbock le délicieux groupe des deux petits garçons couronnant une petite fille, et il lui promit un atelier au Dépôt des marbres du gouvernement, situé, comme on sait, au Gros-Caillou[1].

Ce fut le succès, mais le succès comme il vient à Paris, c'est-à-dire fou, le succès à écraser les gens qui n'ont pas des épaules et des reins à le porter, ce qui, par parenthèse, arrive souvent. On parlait dans les journaux et dans les revues du comte Wenceslas Steinbock, sans que lui ni Mlle Fischer en eussent le moindre soupçon. Tous les jours, dès que Mlle Fischer sortait pour dîner, Wenceslas allait chez la baronne. Il y passait une ou deux heures, excepté le jour où la Bette venait chez sa cousine Hulot. Cet état de choses dura pendant quelques jours.

Le baron sûr des qualités et de l'état civil de comte Steinbock, la baronne heureuse de son caractère et de ses mœurs, Hortense fière de son amour approuvé, de la gloire de son prétendu, n'hésitaient plus à parler de ce mariage; enfin, l'artiste était au comble du bonheur, quand une indiscrétion de Mme Marneffe mit tout en péril. Voici comment[a].

Lisbeth, que le baron Hulot désirait lier avec Mme Marneffe pour avoir un œil dans ce ménage, avait déjà dîné chez Valérie, qui, de son côté, voulant avoir une oreille dans la famille Hulot, caressait beaucoup la vieille fille. Valérie eut donc l'idée d'engager Mlle Fischer à pendre la crémaillère du nouvel appartement où elle devait s'installer. La vieille fille, heureuse de trouver une maison de plus où aller dîner et captée par Mme Marneffe, l'avait prise en affection. De toutes les personnes avec lesquelles elle s'était liée, aucune n'avait fait autant de frais pour elle. En effet, Mme Marneffe, toute aux petits soins pour Mlle Fischer, se trouvait, pour ainsi dire, vis-à-vis d'elle ce qu'était la cousine Bette vis-à-vis de la baronne, de M. Rivet, de Crevel, de tous ceux enfin qui la recevaient à dîner. Les Marneffe avaient surtout excité la commisération de la cousine Bette en lui laissant voir la profonde détresse de leur ménage, et la vernissant[b], comme toujours, des plus belles couleurs : des amis obligés et ingrats, des maladies, une mère, Mme Fortin, à qui l'on avait caché sa détresse, et morte en se croyant toujours dans l'opulence, grâce à des sacrifices plus qu'humains, etc.

« Pauvres gens! disait-elle à son cousin Hulot, vous avez bien raison de vous intéresser à eux, ils le méritent bien, car ils sont si courageux, si bons! Ils peuvent à peine vivre avec mille écus de leur place de sous-chef, car ils ont fait des dettes depuis la mort du maréchal Montcornet! C'est barbarie au gouvernement de vouloir qu'un employé, qui a femme et enfants, vive dans Paris avec deux mille quatre cents francs d'appointements. »

Une jeune femme qui, pour elle, avait des semblants d'amitié, qui lui disait tout en la consultant, la flattant et paraissant vouloir se laisser conduire par elle, devint donc en peu de temps plus chère à l'excentrique cousine Bette que tous ses parents.

De son côté, le baron, admirant dans Mme Marneffe une décence, une éducation, des manières, que ni Jenny Cadine, ni Josépha, ni leurs amies ne lui avaient offertes, s'était épris pour elle, en un mois, d'une passion de vieillard, passion insensée qui semblait raisonnable.

En effet, il n'apercevait là ni moquerie, ni orgies, ni dépenses folles, ni dépravation, ni mépris des choses sociales, ni cette indépendance absolue qui, chez l'actrice et chez la cantatrice, avaient causé tous ses malheurs. Il échappait également à cette rapacité de courtisane, comparable à la soif du sable.

Mme Marneffe, devenue son amie et sa confidente, faisait d'étranges façons pour accepter la moindre chose de lui. « Bon pour les places, les gratifications, tout ce que vous pouvez nous obtenir du gouvernement; mais ne commencez pas par déshonorer la femme que vous dites aimer, disait Valérie, autrement je ne vous croirai pas... Et j'aime à vous croire », ajoutait-elle avec une œillade à la sainte Thérèse guignant le ciel.

À chaque présent, c'était un fort à emporter, une conscience à violer. Le pauvre baron employait des stratagèmes pour offrir une bagatelle, fort chère d'ailleurs, en s'applaudissant de rencontrer enfin une vertu, de trouver la réalisation de ses rêves. Dans ce ménage, primitif (disait-il), le baron était aussi dieu que chez lui. M. Marneffe paraissait être à mille lieues de croire que le Jupiter du ministère eût l'intention de descendre en pluie d'or chez sa femme, et il se faisait le valet de son auguste chef.

Mme Marneffe, âgée de vingt-trois ans, bourgeoise pure et timorée, fleur cachée dans la rue du Doyenné, devait ignorer les dépravations et la démoralisation courtisanesques qui maintenant causaient d'affreux dégoûts au baron, car il n'avait pas encore connu les charmes de la vertu qui combat, et la craintive Valérie les lui faisait savourer, comme dit la chanson, *tout le long de la rivière*[1].

Une fois la question ainsi posée entre Hector et Valérie, personne ne s'étonnera d'apprendre que Valérie ait su d'Hector le secret du prochain mariage du grand artiste Steinbock avec Hortense. Entre un amant sans droits et une femme qui ne se décide pas facilement à devenir une maîtresse, il se passe des luttes orales et morales où la parole trahit souvent la pensée, de même que dans un assaut le fleuret prend l'animation de l'épée du duel. L'homme le plus prudent imite alors M. de Turenne. Le baron avait donc laissé entrevoir toute la liberté d'action que le mariage de sa fille lui

donnerait, pour répondre à l'aimante Valérie, qui s'était
plus d'une fois écriée : « Je ne conçois pas qu'on fasse
une faute pour un homme qui ne serait pas tout à nous ! »
Déjà le baron avait mille fois juré que, *depuis vingt-cinq
ans,* tout était fini entre Mme Hulot et lui. « On la dit
si belle ! répliquait Mme Marneffe, je veux des preuves. —
Vous en aurez, dit le baron, heureux de ce vouloir par
lequel sa Valérie se compromettait. — Et comment ?
Il faudrait ne jamais me quitter », avait répondu Valérie.
Hector avait alors été forcé de révéler ses projets en
exécution rue Vaneau pour démontrer à sa Valérie qu'il
songeait à lui donner cette moitié de la vie qui appartient
à une femme légitime, en supposant que le jour et la
nuit partagent également l'existence des gens civilisés.
Il parla de quitter décemment sa femme en la laissant
seule, une fois que sa fille serait mariée. La baronne
passerait alors tout son temps chez Hortense et chez les
jeunes Hulot, il était sûr de l'obéissance de sa femme.
« Dès lors, mon petit ange, ma véritable vie, mon vrai
ménage sera rue Vaneau. — Mon Dieu, comme vous
disposez de moi !... dit alors Mme Marneffe. Et mon
mari ?... — Cette guenille ? — Le fait est qu'auprès de
vous, c'est cela... », répondit-elle en riant[a].

Mme Marneffe eut une furieuse envie[b] de voir le
jeune comte de Steinbock après en avoir appris l'histoire[1], peut-être en voulait-elle obtenir quelque bijou,
pendant qu'elle vivait encore sous[c] le même toit. Cette
curiosité déplut tant au baron, que Valérie jura de ne
jamais regarder Wenceslas. Mais, après avoir fait récompenser l'abandon de cette fantaisie par un petit service
de thé complet en vieux Sèvres, pâte tendre[2], elle garda
son désir[d] au fond de son cœur, écrit comme sur un
agenda. Donc, un jour qu'elle avait prié *sa* cousine Bette
de venir prendre ensemble leur café dans sa chambre,
elle la mit sur le chapitre de son amoureux, afin de savoir
si elle pourrait le voir sans danger[e].

« Ma petite, dit-elle, car elles se traitaient mutuellement de *ma petite,* pourquoi ne m'avez-vous pas encore
présenté *votre amoureux* ?... Savez-vous qu'il est en peu
de temps devenu célèbre ?

— Lui ! célèbre ?

— Mais on ne parle que de lui !...

— Ah ! bah ! s'écria Lisbeth.

— Il va faire la statue de mon père, et je lui serai bien utile pour la réussite de son œuvre, car Mme Montcornet ne peut pas, comme moi, lui prêter une miniature de Saint, un chef-d'œuvre fait en 1809, avant la campagne de Wagram, et donné à ma pauvre mère, enfin un Montcornet jeune et beau... »

Saint et Augustin tenaient à eux deux le sceptre de la peinture en miniature sous l'Empire[1].

« Il va, dites-vous, ma petite, faire une statue ?... demanda Lisbeth.

— De neuf pieds, commandée par le ministère de la Guerre. Ah çà! d'où sortez-vous ? je vous apprends ces nouvelles-là. Mais le gouvernement va donner au comte de Steinbock un atelier et un logement au Gros-Caillou, au Dépôt des marbres, votre Polonais en sera peut-être le directeur, une place de deux mille francs, une bague au doigt...

— Comment savez-vous tout cela, quand moi je ne le sais pas ? dit enfin Lisbeth en sortant de sa stupeur.

— Voyons, ma chère petite cousine Bette, dit gracieusement Mme Marneffe, êtes-vous susceptible d'une amitié dévouée, à toute épreuve ? Voulez-vous que nous soyons comme deux sœurs ? Voulez-vous me jurer de n'avoir pas plus de secrets pour moi que je n'en aurai pour vous, d'être mon espion comme je serai le vôtre ?... Voulez-vous surtout me jurer que vous ne me vendrez jamais, ni à mon mari, ni à M. Hulot, et que vous n'avouerez jamais que c'est moi qui vous ai dit... »

Mme Marneffe s'arrêta dans cette œuvre de *picador*[2], la cousine Bette l'effraya. La physionomie de la Lorraine était devenue terrible. Ses yeux noirs et pénétrants avaient la fixité de ceux des tigres. Sa figure ressemblait à celles que nous supposons aux pythonisses, elle serrait ses dents pour les empêcher de claquer, et une affreuse convulsion faisait trembler ses membres. Elle avait glissé sa main crochue entre son bonnet et ses cheveux pour les empoigner et soutenir sa tête, devenue trop lourde; elle brûlait! La fumée de l'incendie qui la ravageait semblait passer par ses rides comme par autant de crevasses labourées par une éruption volcanique. Ce fut un spectacle sublime.

« Eh bien! pourquoi vous arrêtez-vous ? dit-elle d'une voix creuse, je serai pour vous tout ce que j'étais

pour lui. Oh! je lui aurais donné tout mon sang...
— Vous l'aimez donc ?...
— Comme s'il était mon enfant!...
— Eh bien! reprit Mme Marneffe en respirant à l'aise,
puisque vous ne l'aimez que comme ça, vous allez être
bien heureuse, car vous le voulez heureux ? »

Lisbeth répondit par un signe de tête rapide comme
celui d'une folle.

« Il épouse dans un mois votre petite cousine.
— Hortense ? cria la vieille fille en se frappant le
front et en se levant.
— Ah çà! vous l'aimez donc ce jeune homme ?
demanda Mme Marneffe.
— Ma petite, c'est entre nous à la vie à la mort, dit
Mlle Fischer. Oui, si vous avez des attachements, ils me
seront sacrés. Enfin, vos vices deviendront pour moi
des vertus, car j'en aurai besoin, moi, de vos vices!
— Vous viviez donc avec lui ? s'écria Valérie.
— Non, je voulais être sa mère...
— Ah! je n'y comprends plus rien, reprit Valérie,
car alors vous n'êtes pas jouée ni trompée, et vous devez
être bien heureuse de lui voir faire un beau mariage, le
voilà lancé. D'ailleurs, tout est bien fini pour vous, allez.
Notre artiste va tous les jours chez Mme Hulot, dès que
vous sortez pour dîner... »

« Adeline! se dit Lisbeth. Oh! Adeline, tu me le
payeras, je te rendrai plus laide que moi!... »

« Mais vous voilà pâle comme une morte! reprit
Valérie. Il y a donc quelque chose ?... Oh! suis-je bête!
la mère et la fille doivent se douter que vous mettriez
des obstacles à cet amour, puisqu'ils se cachent de vous,
s'écria Mme Marneffe; mais, si vous ne viviez pas avec
le jeune homme, tout cela, ma petite, est pour moi plus
obscur que le cœur de mon mari...
— Oh! vous ne savez pas, vous, reprit Lisbeth, vous
ne savez pas ce que c'est que cette manigance-là! c'est
le dernier coup qui tue! En ai-je reçu des meurtrissures
à l'*âme*! Vous ignorez que depuis l'âge où l'on sent, j'ai
été immolée à Adeline! On me donnait des coups, et on
lui faisait des caresses! J'allais mise comme un souillon,
et elle était vêtue comme une dame. Je piochais le jardin,
j'épluchais les légumes, et elle ses dix doigts ne se
remuaient que pour arranger des chiffons!... Elle a

épousé le baron, elle est venue briller à la cour de l'Empereur, et je suis restée jusqu'en 1809 dans mon village, attendant un parti sortable, pendant quatre ans; ils m'en ont tirée, mais pour me faire ouvrière et pour me proposer des employés, des capitaines qui ressemblaient à des portiers!... J'ai eu pendant vingt-six ans tous leurs restes... Et voilà que, comme dans l'Ancien Testament, le pauvre possède un seul agneau qui fait son bonheur, et le riche qui a des troupeaux envie la brebis du pauvre et la lui dérobe[1]!... sans le prévenir, sans la lui demander. Adeline me filoute mon bonheur! Adeline!... Adeline, je te verrai dans la boue et plus bas que moi! Hortense, que j'aimais, m'a trompée... Le baron... non, cela n'est pas possible. Voyons, redites-moi les choses qui là-dedans peuvent être vraies ?

— Calmez-vous, ma petite...

— Valérie, mon cher ange, je vais me calmer, répondit cette fille bizarre en s'asseyant. Une seule chose peut me rendre la raison : donnez-moi une preuve!...

— Mais votre cousine Hortense possède le groupe de Samson dont voici la lithographie publiée par une Revue; elle l'a payé de ses économies, et c'est le baron qui, dans l'intérêt de son futur gendre, le lance et obtient tout.

— De l'eau!... de l'eau! demanda Lisbeth après avoir jeté les yeux sur la lithographie au bas de laquelle elle lut : *groupe appartenant à Mlle Hulot d'Ervy*. De l'eau! ma tête brûle, je deviens folle!... »

Mme Marneffe apporta de l'eau, la vieille fille ôta son bonnet, défit ses noirs cheveux, et se mit la tête dans la cuvette que lui tint sa nouvelle amie; elle s'y trempa le front[a] à plusieurs reprises, et arrêta l'inflammation commencée. Après cette immersion[b], elle retrouva tout son empire sur elle-même.

« Pas un mot, dit-elle à Mme Marneffe en s'essuyant, pas un mot de tout ceci... Voyez!... je suis tranquille, et tout est oublié, je pense à bien autre chose! »

« Elle sera demain à Charenton[2], c'est sûr », se dit Mme Marneffe en regardant la Lorraine.

« Que faire ? reprit Lisbeth. Voyez-vous, mon petit ange, il faut se taire, courber la tête, et aller à la tombe, comme l'eau va droit à la rivière. Que tenterais-je ? Je voudrais réduire tout ce monde, Adeline, sa fille, le baron en poussière. Mais[c] que peut une parente pauvre

contre toute une famille riche ?... Ce serait l'histoire du
pot de terre contre le pot de fer.

— Oui, vous avez raison, répondit Valérie, il faut
seulement s'occuper de tirer le plus de foin à soi du
râtelier. Voilà la vie à Paris.

— Et, dit Lisbeth, je mourrai promptement, allez,
si je perds cet enfant à qui je croyais toujours servir de
mère[a], avec qui je comptais vivre toute ma vie... »

Elle eut des larmes dans les yeux, et s'arrêta. Cette
sensibilité chez cette fille de soufre et de feu fit frissonner
Mme Marneffe.

« Eh bien! je vous trouve, dit-elle en prenant la
main de Valérie, c'est une consolation dans ce grand
malheur... Nous nous aimerons bien, et pourquoi nous
quitterions-nous ? je n'irai jamais sur vos brisées. On ne
m'aimera jamais, moi!... tous ceux qui voulaient de moi,
m'épousaient à cause de la protection de mon cousin...
Avoir de l'énergie à escalader le Paradis, et l'employer à
se procurer du pain, de l'eau, des guenilles et une mansarde! Ah! c'est là, ma petite, un martyre! J'y ai séché. »

Elle s'arrêta brusquement et plongea dans les yeux
bleus de Mme Marneffe un regard noir qui traversa
l'âme de cette jolie femme, comme la lame d'un poignard
lui eût traversé le cœur.

« Et pourquoi parler ? s'écria-t-elle en s'adressant un
reproche à elle-même. Ah! je n'en ai jamais tant dit[c]
allez!... *La triche en reviendra à son maître !*... ajouta-t-elle
après une pause, en employant une expression de langage enfantin. Comme vous dites sagement : aiguisons
nos dents et tirons du râtelier le plus de foin possible.

— Vous avez raison, dit Mme Marneffe que cette
crise effrayait et qui ne se souvenait plus d'avoir émis
cet apophtegme. Je vous crois dans le vrai, ma petite.
Allez, la vie n'est déjà pas si longue, il faut en tirer parti
tant qu'on peut, et employer les autres à son plaisir...
J'en suis arrivée là, moi, si jeune! J'ai été élevée en
enfant gâté, mon père s'est marié par ambition et m'a
presque[b] oubliée, après avoir fait de moi son idole, après
m'avoir élevée comme la fille d'une reine! Ma pauvre
mère, qui me berçait des plus beaux rêves, est morte
de chagrin en me voyant épouser un petit employé à
douze cents francs, vieux et froid libertin, à trente-neuf
ans, corrompu comme un bagne, et qui ne voyait ne

moi que ce qu'on voyait en vous, un instrument de fortune!... Eh bien! j'ai fini par trouver que cet homme infâme est le meilleur des maris. En me préférant les sales guenons du coin de la rue, il me laisse libre. S'il prend tous ses appointements pour lui, jamais il ne me demande compte de la manière dont je me fais des revenus... »

À son tour elle s'arrêta, comme une femme qui se sent entraînée par le torrent de la confidence, et frappée de l'attention que lui prêtait Lisbeth, elle jugea nécessaire de s'assurer d'elle avant de lui livrer ses derniers secrets.

« Voyez, ma petite, quelle est ma confiance en vous!... » reprit Mme Marneffe à qui Lisbeth répondit par un signe excessivement rassurant.

On jure souvent par les yeux et par un mouvement de tête plus solennellement qu'à la cour d'assises[a].

« J'ai tous les dehors de l'honnêteté, reprit Mme Marneffe en posant sa main sur la main de Lisbeth comme pour en accepter la foi, je suis une femme mariée et je suis ma maîtresse, à tel point que le matin, en partant au ministère, s'il prend fantaisie à Marneffe de me dire adieu et qu'il trouve la porte de ma chambre fermée, il s'en va tout tranquillement. Il aime son enfant moins que je n'aime un des enfants en marbre qui jouent au pied d'un des deux fleuves aux Tuileries[1]. Si je ne viens pas dîner, il dîne très bien avec la bonne, car la bonne est toute à monsieur, et, tous les soirs, après le dîner, il sort pour ne rentrer qu'à minuit ou une heure. Malheureusement, depuis un an, me voilà sans femme de chambre, ce qui veut dire que, depuis un an, je suis veuve... Je n'ai eu qu'une passion, un bonheur... c'était un riche Brésilien parti depuis un an, ma seule faute! Il est allé vendre ses biens, tout réaliser pour pouvoir s'établir en France. Que trouvera-t-il de sa Valérie? un fumier. Bah! ce sera sa faute et non la mienne, pourquoi tarde-t-il tant à revenir? Peut-être aussi aura-t-il fait naufrage, comme ma vertu.

— Adieu, ma petite, dit brusquement Lisbeth, nous ne nous quitterons plus jamais. Je vous aime, je vous estime, je suis à vous! Mon cousin me tourmente pour que j'aille loger dans votre future maison, rue Vaneau, je ne le voulais pas, car j'ai bien deviné la raison de cette nouvelle bonté...

— Tiens, vous m'auriez surveillée, je le sais bien, dit Mme Marneffe.

— C'est bien là la raison de sa générosité, répliqua Lisbeth. À Paris, la moitié des bienfaits sont des spéculations, comme la moitié des ingratitudes sont des vengeances!... Avec une parente pauvre, on agit comme avec les rats à qui l'on présente un morceau de lard. J'accepterai l'offre du baron, car cette maison m'est devenue odieuse. Ah! çà, nous avons assez d'esprit toutes les deux pour savoir taire ce qui nous nuirait, et dire ce qui doit être dit; ainsi, pas d'indiscrétion, et une amitié...

— À toute épreuve..., s'écria joyeusement Mme Marneffe, heureuse d'avoir un porte-respect, un confident, une espèce de tante honnête[1]. Écoutez! le baron fait bien les choses, rue Vaneau...

— Je crois bien, reprit Lisbeth, il en est à trente mille francs! je ne sais où il les a pris, par exemple, car Joséopha, la cantatrice, l'avait saigné à blanc. Oh! vous êtes bien tombée, ajouta-t-elle. Le baron volerait pour celle qui tient son cœur entre deux petites mains blanches et satinées comme les vôtres.

— Eh bien! reprit Mme Marneffe avec la sécurité[a] des filles qui n'est que l'insouciance, ma petite, dites donc, prenez de ce ménage-ci tout ce qui pourra vous aller pour votre nouveau logement... cette commode, cette armoire à glaces, ce tapis, la tenture... »

Les yeux de Lisbeth se dilatèrent par l'effet d'une joie insensée, elle n'osait croire à un pareil cadeau.

« Vous faites plus pour moi dans un moment que mes parents riches en trente ans!... s'écria-t-elle. Ils ne se sont jamais demandé si j'avais des meubles! À sa première visite, il y a quelques semaines, le baron a fait une grimace de riche à l'aspect de ma misère... Eh bien! merci, ma petite, je vous revaudrai cela, vous verrez plus tard comment! »

Valérie accompagna sa cousine Bette jusque sur le palier, où les deux femmes s'embrassèrent.

« Comme elle pue la fourmi!... se dit la jolie femme quand elle fut seule, je ne l'embrasserai pas souvent, ma cousine! Cependant, prenons garde, il faut la ménager, elle me sera bien utile, elle me fera faire fortune. »

En vraie créole de Paris, Mme Marneffe abhorrait la

peine, elle avait la nonchalance des chattes qui ne courent
et ne s'élancent que forcées par la nécessité. Pour elle,
la vie devait être tout plaisir, et le plaisir devait être
sans difficultés. Elle aimait les fleurs, pourvu qu'on les
lui fît venir chez elle. Elle ne concevait pas une partie
de spectacle, sans une bonne loge toute à elle, et une
voiture pour s'y rendre. Ces goûts de courtisane, Valérie
les tenait de sa mère, comblée par le général Montcornet
pendant les séjours qu'il faisait à Paris, et qui, pendant
vingt ans, avait vu tout le monde à ses pieds; qui, gaspilleuse, avait tout dissipé, tout mangé dans cette vie
luxueuse dont le programme est perdu depuis la chute
de Napoléon. Les grands de l'Empire ont égalé, dans
leurs folies, les grands seigneurs d'autrefois. Sous la
Restauration, la noblesse s'est toujours souvenue d'avoir
été battue et volée; aussi, mettant à part deux ou trois
exceptions, est-elle devenue économe, sage, prévoyante,
enfin bourgeoise et sans grandeur. Depuis, 1830 a
consommé l'œuvre de 1793. En France, désormais, on
aura de grands noms, mais plus de grandes maisons, à
moins de changements politiques, difficiles à prévoir.
Tout y prend le cachet de la personnalité. La fortune
des plus sages est viagère. On y a détruit la Famille[1].

La puissante étreinte de la Misère qui mordait au
sang Valérie le jour où, selon l'expression de Marneffe,
elle avait *fait* Hulot, avait décidé cette jeune femme à
prendre sa beauté pour moyen de fortune. Aussi, depuis
quelques jours éprouvait-elle le besoin d'avoir auprès
d'elle, à l'instar de sa mère, une amie dévouée à qui l'on
confie ce qu'on doit cacher à une femme de chambre, et
qui peut agir, aller, venir, penser pour nous, une âme
damnée enfin, consentant à un partage inégal de la vie.
Or, elle avait deviné, tout aussi bien que Lisbeth, les
intentions dans lesquelles le baron voulait la lier avec
la cousine Bette. Conseillée par la redoutable intelligence
de la créole parisienne qui passe ses heures étendue sur
un divan, à promener la lanterne de son observation
dans tous les coins obscurs des âmes, des sentiments et
des intrigues, elle avait inventé de se faire un complice
de l'espion. Probablement cette terrible indiscrétion était
préméditée; elle avait reconnu le vrai caractère de cette
ardente fille, passionnée à vide, et voulait se l'attacher.
Aussi cette conversation ressemblait-elle à la pierre que

le voyageur jette dans un gouffre pour s'en démontrer physiquement la profondeur. Et Mme Marneffe avait eu peur en trouvant tout à la fois un Iago et un Richard III[1], dans cette fille en apparence si faible, si humble et si peu redoutable[a].

En un instant, la cousine Bette était redevenue elle-même. En un instant, ce caractère de Corse et de Sauvage, ayant brisé les faibles attaches qui le courbaient, avait repris sa menaçante hauteur, comme un arbre s'échappe des mains de l'enfant qui l'a plié jusqu'à lui pour y voler des fruits verts.

Pour quiconque observe le monde social, ce sera toujours un objet d'admiration que la plénitude, la perfection et la rapidité des conceptions chez les natures vierges.

La Virginité, comme toutes les monstruosités, a des richesses spéciales, des grandeurs absorbantes. La vie, dont les forces sont économisées, a pris chez l'individu vierge une qualité de résistance et de durée incalculable. Le cerveau s'est enrichi dans l'ensemble de ses facultés réservées. Lorsque les gens chastes ont besoin de leur corps ou de leur âme, qu'ils recourent à l'action ou à la pensée, ils trouvent alors de l'acier dans leurs muscles ou de la science infuse dans leur intelligence, une force diabolique ou la magie noire de la Volonté.

Sous ce rapport, la Vierge Marie, en ne la considérant pour un moment que comme un symbole, efface par sa grandeur tous les types indous, égyptiens et grecs. La Virginité, mère des grandes choses, *magna parens rerum*[2], tient dans ses belles mains blanches la clef des mondes supérieurs. Enfin, cette grandiose et terrible exception mérite tous les honneurs que lui décerne l'église catholique[3].

En un moment donc la cousine Bette devint le Mohican[4] dont les pièges sont inévitables, dont la dissimulation est impénétrable, dont la décision rapide est fondée sur la perfection inouïe des organes. Elle fut la Haine et la Vengeance sans transaction, comme elles sont en *Italie*, en Espagne et en Orient. Ces deux sentiments, qui sont doublés de l'Amitié, de l'Amour poussés jusqu'à l'absolu, ne sont connus que dans les pays baignés de soleil. Mais Lisbeth fut surtout fille de la Lorraine, c'est-à-dire résolue à tromper[5].

Elle ne prit pas volontiers cette dernière partie de son rôle; elle fit une singulière tentative, due à son ignorance profonde. Elle imagina que la prison était ce que les enfants l'imaginent tous, elle confondit la *mise au secret* avec l'emprisonnement. La mise au secret est le superlatif de l'emprisonnement, et ce superlatif est le privilège de la justice criminelle.

En sortant de chez Mme Marneffe, Lisbeth courut chez M. Rivet, et le trouva dans son cabinet.

« Eh bien! mon bon monsieur Rivet, lui dit-elle après avoir mis le verrou à la porte du cabinet, vous aviez raison, les Polonais!... c'est de la canaille... tous gens sans foi ni loi.

— Des gens qui veulent mettre l'Europe en feu, dit le pacifique Rivet, ruiner tous les commerces et les commerçants pour une patrie qui, dit-on, est tout marais, pleine d'affreux Juifs, sans compter les Cosaques et les Paysans, espèces de bêtes féroces classées à tort dans le genre humain. Ces Polonais méconnaissent le temps actuel. Nous ne sommes plus des Barbares! La guerre s'en va, ma chère demoiselle, elle s'en est allée avec les Rois. Notre temps est le triomphe du commerce, de l'industrie et de la sagesse bourgeoise qui ont créé la Hollande. Oui, dit-il en s'animant, nous sommes dans une époque où les peuples doivent tout obtenir par le développement légal de leurs libertés, et par le jeu *pacifique* des institutions constitutionnelles; voilà ce que les Polonais ignorent, et j'espère... Vous dites, ma belle? ajouta-t-il en s'interrompant et voyant, à l'air de son ouvrière, que la haute politique était hors de sa compréhension.

— Voici le dossier, répliqua Bette; si je ne veux pas perdre mes trois mille deux cent dix francs, il faut mettre ce scélérat en prison...

— Ah! je vous l'avais bien dit! » s'écria l'oracle du quartier Saint-Denis.

La maison Rivet, successeur de Pons frères, était toujours restée rue des Mauvaises-Paroles[1], dans l'ancien hôtel de Langeais, bâti par cette illustre maison au temps où les grands seigneurs se groupaient autour du Louvre.

« Aussi, vous ai-je donné des bénédictions en venant ici!... répondit Lisbeth.

— S'il peut ne se douter de rien, il sera coffré dès
quatre heures du matin, dit le juge en consultant son
Almanach pour vérifier le lever du soleil; mais après-
demain seulement, car on ne peut pas l'emprisonner sans
l'avoir prévenu qu'on veut l'arrêter par un commandement avec dénonciation de la contrainte par corps.
Ainsi...

— Quelle bête de loi, dit la cousine Bette, car le débiteur se sauve.

— Il en a bien[a] le droit, répliqua le juge en souriant.
Aussi, tenez, voici comment...

— Quant à cela, je prendrai le papier, dit la Bette en
interrompant le consul, je le lui remettrai en lui disant
que j'ai été forcée de faire de l'argent et que mon prêteur a exigé cette formalité. Je connais mon Polonais, il
ne dépliera seulement pas le papier, il en allumera sa pipe!

— Ah! pas mal! pas mal! mademoiselle Fischer. Eh
bien! soyez tranquille, l'affaire sera bâclée. Mais, un
instant! ce n'est pas le tout que de coffrer un homme,
on ne se passe ce luxe judiciaire que pour toucher son
argent. Par qui serez-vous payée?

— Par ceux qui lui donnent de l'argent.

— Ah! oui, j'oubliais que le ministre de la Guerre
l'a chargé du monument érigé à l'un de nos clients.
Ah! la maison a fourni bien des uniformes au général
Montcornet, il les noircissait promptement à la fumée
des canons, celui-là! Quel brave! et il payait *recta!* »

Un maréchal de France a pu sauver l'Empereur ou son
pays, *il payait recta* sera toujours son plus bel éloge dans
la bouche d'un commerçant.

« Eh bien! à samedi, monsieur Rivet, vous aurez vos
glands plats. À propos, je quitte la rue du Doyenné, je
vais demeurer rue Vaneau.

— Vous faites bien, je vous voyais avec peine dans
ce trou qui, malgré ma répugnance pour tout ce qui ressemble à de l'Opposition, déshonore, j'ose le dire, oui!
déshonore le Louvre et la place du Carrousel. J'adore
Louis-Philippe, c'est mon idole, il est la représentation
auguste, exacte[b] de la classe sur laquelle il a fondé sa
dynastie, et je n'oublierai jamais ce qu'il a fait pour la
passementerie en rétablissant la Garde nationale...

— Quand je vous entends parler ainsi, dit Lisbeth,
je me demande pourquoi vous n'êtes pas député.

— On craint mon attachement à la dynaſtie, répondit Rivet, mes ennemis politiques sont ceux du Roi, ah[a]! c'eſt un noble caractère, une belle famille; enfin, reprit-il en continuant son argumentation, c'eſt notre idéal[b] : des mœurs, de l'économie, tout! Mais la *finition* du Louvre eſt une des conditions auxquelles nous avons donné la couronne, et la liſte civile, à qui l'on n'a pas fixé de terme, j'en conviens, nous laisse le cœur de Paris dans un état navrant... C'eſt parce que je suis *juſte milieu* que je voudrais voir le juſte milieu de Paris dans un autre état. Votre quartier fait frémir. On vous y aurait assassiné un jour ou l'autre... Eh bien! voilà votre M. Crevel nommé chef de bataillon de sa légion, j'espère que c'eſt nous qui lui fournirons sa grosse épaulette.

— J'y dîne aujourd'hui, je vous l'enverrai. »

Lisbeth crut avoir à elle son Livonien en se flattant de couper toutes les communications entre le monde et lui. Ne travaillant plus, l'artiſte serait oublié comme un homme enterré dans un caveau, où seule elle irait le voir. Elle eut ainsi deux jours de bonheur, car elle espéra donner des coups mortels à la baronne et à sa fille.

Pour se rendre chez M. Crevel, qui demeurait rue des Saussayes, elle prit par le pont du Carrousel, le quai Voltaire, le quai d'Orsay, la rue Bellechasse[c], la rue de l'Université, le pont de la Concorde et l'avenue de Marigny. Cette route illogique était tracée par la logique des passions, toujours excessivement ennemie des jambes. La cousine Bette, tant qu'elle fut sur les quais, regarda la rive droite de la Seine en allant avec une grande lenteur. Son calcul était juſte. Elle avait laissé Wenceslas s'habillant, elle pensait qu'aussitôt délivré d'elle, l'amoureux irait chez la baronne par le chemin le plus court. En effet, au moment où elle longeait le parapet du quai Voltaire en dévorant la rivière, et marchant en idée sur l'autre rive, elle reconnut l'artiſte dès qu'il déboucha par le guichet des Tuileries pour gagner le pont Royal. Elle rejoignit là son infidèle et put le suivre sans être vue par lui, car les amoureux se retournent rarement; elle l'accompagna jusqu'à la maison de Mme Hulot, où elle le vit entrer comme un homme habitué d'y venir.

Cette dernière preuve, qui confirmait les confidences de Mme Marneffe, mit Lisbeth hors d'elle. Elle arriva

chez le chef de bataillon nouvellement élu dans cet état
d'irritation mentale qui fait commettre les meurtres,
et trouva le père Crevel attendant ses enfants, M. et
Mme Hulot jeunes, dans son salon.

Mais Célestin Crevel est le représentant si naïf et si
vrai du parvenu parisien, qu'il est difficile d'entrer sans
cérémonie chez cet heureux successeur de César Birotteau. Célestin Crevel est à lui seul tout un monde, aussi
mérite-t-il, plus que Rivet, les honneurs de la palette,
à cause de son importance dans ce drame domestique[a1].

Avez-vous remarqué comme, dans l'enfance, ou dans
les commencements de la vie sociale[b], nous nous créons
de nos propres mains un modèle à notre insu, souvent ?
Ainsi le commis d'une maison de banque rêve, en entrant
dans le salon de son patron, de posséder un salon pareil.
S'il fait fortune, ce ne sera pas, vingt ans plus tard, le
luxe alors à la mode qu'il intronisera chez lui, mais
le luxe arriéré qui le fascinait jadis. On ne sait pas toutes
les sottises qui sont dues à cette jalousie rétrospective[c],
de même qu'on ignore toutes les folies dues à ces rivalités secrètes qui poussent les hommes à imiter le type
qu'ils se sont donné, à consumer leurs forces pour être
un clair de lune[2]. Crevel fut adjoint parce que son patron[d]
avait été adjoint, il était chef de bataillon parce qu'il
avait eu envie des épaulettes de César Birotteau[e].
Aussi, frappé des merveilles réalisées par l'architecte
Grindot, au moment où la fortune avait mis son patron
en haut de la roue, Crevel, comme il le disait dans son
langage, *n'en avait fait ni eune ni deusse,* quand il s'était
agi de décorer son appartement : il s'était adressé, les
yeux fermés et la bourse ouverte, à Grindot, architecte
alors tout à fait oublié[f]. On ne sait pas combien de
temps vont encore[g] les gloires éteintes, soutenues par
les admirations arriérées.

Grindot avait recommencé là pour la millième fois
son salon blanc et or, tendu de damas rouge[3]. Le
meuble en bois de palissandre sculpté comme on sculpte
les ouvrages courants, sans finesse, avait donné pour la
fabrique parisienne un juste orgueil à la province, lors
de l'Exposition des produits de l'Industrie[4]. Les flambeaux, les bras, le garde-cendre, le lustre, la pendule
appartenaient au genre rocaille. La table ronde, immobile
au milieu du salon, offrait un marbre incrusté de tous

les marbres italiens et antiques venus de Rome, où se
fabriquent ces espèces de cartes minéralogiques semblables à des échantillons de tailleurs, qui faisait pério-
diquement l'admiration de tous les bourgeois que recevait Crevel. Les portraits de feu Mme Crevel, de Crevel,
de sa fille et de son gendre, dus au pinceau de Pierre Grassou, le peintre en renom dans la bourgeoisie, à qui Crevel devait le ridicule de son attitude byronienne, garnissaient les parois, mis tous les quatre en pendants.
Les bordures, payées mille francs pièce, s'harmoniaient
bien à toute cette richesse de café qui, certes, eût fait
hausser les épaules à un véritable artiste.

Jamais l'or n'a perdu la plus petite occasion de se
montrer stupide[1]. On compterait[a] aujourd'hui dix
Venise dans Paris, si les commerçants retirés avaient eu
cet instinct des grandes choses qui distingue les Italiens.
De nos jours encore, un négociant milanais lègue très
bien cinq cent mille francs au *Duomo* pour la dorure de
la Vierge colossale qui en couronne la coupole. Canova
ordonne, dans son testament, à son frère, de bâtir une
église[2] de quatre millions, et le frère y ajoute quelque
chose du sien. Un bourgeois de Paris (et tous ont,
comme Rivet, un amour au cœur pour leur Paris[3]) pen-
serait-il jamais à faire élever les clochers qui manquent
aux tours de Notre-Dame? Or, comptez les sommes
recueillies par l'État en successions sans héritiers. On
aurait achevé tous les embellissements de Paris avec le
prix des sottises en carton-pierre, en pâtes dorées, en
fausses sculptures consommées depuis quinze ans par
les individus du genre Crevel.

Au bout de ce salon se trouvait un magnifique cabinet
meublé de tables et d'armoires en imitation de Boulle[b][4].

La chambre à coucher, tout en perse, donnait également dans le salon. L'acajou dans toute sa gloire infestait
la salle à manger, où des vues de Suisse, richement encadrées, ornaient des panneaux. Le père Crevel, qui rêvait
un voyage en Suisse, tenait à posséder ce pays en peinture, jusqu'au moment où il irait le voir en réalité[5].

Crevel, ancien adjoint, décoré, garde national[c], avait,
comme on le voit, reproduit fidèlement toutes les grandeurs, même mobilières[d], de son infortuné prédécesseur. Là où, sous la Restauration, l'un était tombé,
celui-ci tout à fait oublié[e] s'était élevé, non par un

singulier jeu de fortune, mais par la force des choses. Dans les révolutions comme dans les tempêtes maritimes, les valeurs solides vont à fond, le flot met les choses légères à fleur d'eau[a]. César Birotteau, royaliste et en faveur, envié, devint le point de mire de l'Opposition bourgeoise, tandis que la triomphante[b] bourgeoisie se représentait elle-même dans Crevel.

Cet appartement, de mille écus de loyer, qui regorgeait de toutes les belles choses vulgaires que procure l'argent, prenait le premier étage d'un ancien hôtel, entre cour et jardin. Tout s'y trouvait conservé comme des coléoptères chez un entomologiste, car Crevel y demeurait très peu[1].

Ce *local* somptueux constituait le domicile légal de l'ambitieux bourgeois. Servi là par une cuisinière et par un valet de chambre, il louait deux domestiques de supplément et faisait venir son dîner d'apparat de chez Chevet[2], quand il festoyait des amis politiques, des gens à éblouir, ou quand il recevait sa famille. Le siège de la véritable existence de Crevel, autrefois rue Notre-Dame-de-Lorette, chez Mlle Héloïse Brisetout, était transféré, comme on l'a vu, rue Chauchat. Tous les matins, l'*ancien négociant* (tous les bourgeois retirés s'intitulent *ancien négociant*[c]) passait deux heures rue des Saussayes pour y vaquer à ses affaires, et donnait le reste du temps à Zaïre, ce qui tourmentait beaucoup Zaïre. Orosmane-Crevel[3] avait un marché *ferme* avec Mlle Héloïse; elle lui devait pour cinq cents francs de bonheur, tous les mois, sans reports. Crevel payait d'ailleurs son dîner et tous les *extra*. Ce contrat à primes, car il faisait beaucoup de présents, paraissait économique à l'ex-amant de la célèbre cantatrice. Il disait à ce sujet aux négociants veufs, aimant trop leurs filles, qu'il valait mieux avoir des chevaux loués au mois qu'une écurie à soi. Néanmoins, si l'on se rappelle la confidence du portier de la rue Chauchat au baron[4], Crevel n'évitait ni le cocher ni le groom.

Crevel avait, comme on le voit, fait tourner son amour excessif pour sa fille au profit de ses plaisirs. L'immoralité de sa situation était justifiée par des raisons de haute morale. Puis l'ancien parfumeur tirait de cette vie (vie nécessaire, vie débraillée, Régence, Pompadour, maréchal de Richelieu, etc.), un vernis de supériorité. Crevel se posait en homme à vues larges, en grand seigneur au petit pied, en homme généreux[a], sans étroitesse dans les idées, le tout à raison d'environ douze à quinze cents francs par mois. Ce n'était pas l'effet d'une hypocrisie politique, mais un effet de vanité bourgeoise qui néanmoins arrivait au même résultat. À la Bourse, Crevel passait pour être supérieur à son époque et surtout pour un bon vivant[b].

En ceci, Crevel croyait avoir dépassé son bonhomme Birotteau de cent coudées[c].

« Eh bien! s'écria Crevel en entrant en colère à l'aspect de la cousine Bette, c'est donc vous qui mariez Mlle Hulot avec un jeune comte que vous avez élevé pour elle à la brochette ?...

— On dirait que cela vous contrarie ? répondit Lisbeth en arrêtant sur Crevel un œil pénétrant. Quel intérêt avez-vous donc à empêcher ma cousine de se marier ? car vous avez fait manquer, m'a-t-on dit, son mariage avec le fils de M. Lebas...

— Vous êtes une bonne fille, bien discrète, reprit le père Crevel. Eh bien! croyez-vous que je pardonnerai jamais à *monsieur* Hulot le crime de m'avoir enlevé Josépha ?... surtout pour faire d'une honnête créature, que j'aurais fini par épouser dans mes vieux jours, une vaurienne, une saltimbanque, une fille d'Opéra... Non, non! jamais[d].

— C'est un bonhomme cependant M. Hulot, dit la cousine Bette.

— Aimable!... très aimable, trop aimable, reprit Crevel, je ne lui veux pas de mal; mais je désire prendre ma revanche, et je la prendrai. C'est mon idée fixe!

— Serait-ce à cause de cette envie-là que vous ne venez plus chez Mme Hulot ?

— Peut-être...

— Ah! vous faisiez donc la cour à ma cousine ? dit Lisbeth en souriant, je m'en doutais.

— Et elle m'a traité comme un chien, pis que cela, comme un laquais; je dirai mieux : comme un détenu politique. Mais je réussirai, dit-il en fermant le poing et en s'en frappant le front.

— Pauvre homme, ce serait affreux de trouver sa femme en fraude[e], après avoir été renvoyé par sa maîtresse!...

— Josépha! s'écria Crevel, Josépha l'aurait quitté, renvoyé, chassé! Bravo! Josépha. Josépha! tu m'as vengé! je t'enverrai deux perles pour mettre à tes oreilles, mon ex-biche!... Je ne sais rien de cela, car, après vous avoir vue le lendemain du jour où la belle Adeline m'a prié encore une fois de passer la porte, je suis allé chez les Lebas, à Corbeil, d'où je reviens. Héloïse a fait le diable pour m'envoyer à la campagne, et j'ai su la raison de ses menées : elle voulait pendre, et sans moi, la crémaillère rue Chauchat, avec des artistes, des cabotins, des gens de lettres... J'ai été joué! Je pardonnerai, car Héloïse m'amuse. C'est une Déjazet[1] inédite. Comme elle est drôle, cette fille-là! voici le billet que j'ai trouvé hier au soir :

« " Mon bon vieux, j'ai dressé ma tente rue Chauchat. J'ai pris la précaution de faire essuyer les plâtres par des amis. Tout va bien. Venez quand vous voudrez, monsieur. Agar attend son Abraham[2]. "

« Héloïse me dira des nouvelles, car elle sait sa bohème sur le bout du doigt.

— Mais mon cousin a très bien pris ce désagrément, répondit la cousine.

— Pas possible, dit Crevel en s'arrêtant dans sa marche semblable à celle d'un balancier de pendule.

— M. Hulot est d'un certain âge, fit malicieusement observer Lisbeth.

— Je le connais, reprit Crevel; mais nous nous ressemblons sous un certain[a] rapport : Hulot ne pourra pas se passer d'un attachement. » « Il est capable de revenir à sa femme, se dit-il. Ce serait de la nouveauté pour lui, mais adieu ma vengeance. » « Vous souriez, mademoiselle Fischer?... ah! vous savez quelque chose ?...

— Je ris de vos idées, répondit Lisbeth. Oui, ma cousine est encore assez belle pour inspirer des passions; moi, je l'aimerais, si j'étais homme.

— Qui a bu, boira! s'écria Crevel, vous vous moquez de moi! Le baron aura trouvé quelque consolation. » Lisbeth *inclina* la tête par un geste affirmatif.

« Ah! il est bien heureux de remplacer du jour au lendemain Josépha! dit Crevel en continuant. Mais je n'en suis pas étonné, car il me disait, un soir à souper, que, dans sa jeunesse, pour n'être pas au dépourvu, il avait toujours trois maîtresses, celle qu'il était en train de^a quitter, la régnante et celle à laquelle il faisait la cour pour l'avenir. Il devait tenir en réserve quelque grisette dans son vivier! dans son parc aux cerfs! Il est très Louis XV, le gaillard! oh! oh! est-il heureux d'être bel homme! Néanmoins, il vieillit, il est *marqué*... il aura donné dans quelque petite ouvrière.

— Oh! non, répondit Lisbeth.

— Ah! dit Crevel, que ne ferais-je pas pour l'empêcher de pouvoir mettre son chapeau! Il m'était impossible de lui prendre Josépha, les femmes de cette espèce ne reviennent jamais à leur premier amour. D'ailleurs, comme on dit, un retour n'est jamais de l'amour. Mais, cousine Bette, je donnerais bien, c'est-à-dire je dépenserais bien cinquante mille francs pour enlever à ce grand bel homme sa maîtresse et lui prouver qu'un gros père à ventre de chef de bataillon et à crâne de futur maire de Paris ne se laisse pas souffler sa dame, sans damer le pion...

— Ma situation, répondit Bette, m'oblige à tout entendre et à ne rien savoir. Vous pouvez causer avec moi sans crainte, je ne répète jamais un mot de ce qu'on veut bien me confier. Pourquoi voulez-vous que je manque à cette loi de ma conduite? personne n'aurait plus confiance en moi.

— Je le sais, répliqua Crevel, vous êtes la perle des vieilles filles... Voyons! sacristi^b, il y a des exceptions. Tenez, ils ne vous ont jamais fait de rentes dans la famille...

— Mais j'ai ma fierté, je ne veux rien coûter à personne, dit Bette.

— Ah! si vous vouliez m'aider à me venger, reprit l'ancien négociant, je placerais dix mille francs en viager sur votre tête. Dites-moi, belle cousine, dites-moi quelle est la remplaçante de Josépha, et vous aurez de quoi payer votre loyer, votre petit déjeuner le matin, ce bon café que vous aimez tant, vous pourrez vous donner du moka pur... hein? Oh! comme c'est bon du moka pur!

— Je ne tiens pas tant aux dix mille francs en viager qui feraient près de cinq cents francs de rente, qu'à la plus entière discrétion, dit Lisbeth; car, voyez-vous, mon bon monsieur Crevel, il est bien excellent pour moi, le baron, il va me payer mon loyer...

— Oui, pendant longtemps! comptez là-dessus! s'écria Crevel. Où le baron prendrait-il de l'argent ?

— Ah! je ne sais pas. Cependant il dépense plus de trente mille francs dans l'appartement qu'il destine à cette petite dame...

— Une dame! Comment, ce serait une femme de la société ? Le scélérat, est-il heureux! il n'y en a que pour lui!

— Une femme mariée, bien comme il faut, reprit la cousine.

— Vraiment! s'écria Crevel ouvrant des yeux animés autant par le désir que par ce mot magique : *Une femme comme il faut.*

— Oui, reprit Bette, des talents, musicienne, vingt-trois ans, une jolie figure candide[a], une peau d'une blancheur éblouissante, des dents de jeune chien, des yeux comme des étoiles, un front superbe... et des petits pieds, je n'en ai jamais vu de pareils, ils ne sont pas plus larges que son busc.

— Et les oreilles ? demanda Crevel vivement émoustillé par ce signalement d'amour.

— Des oreilles à mouler, répondit-elle.

— De petites mains ?...

— Je vous dis, en un seul mot, que c'est un bijou de femme, et d'une honnêteté[b], d'une pudeur, d'une délicatesse!... une belle âme, un ange, toutes les distinctions, car elle a pour père un maréchal de France...

— Un maréchal de France! s'écria Crevel qui fit un bond prodigieux sur lui-même. Mon Dieu! saperlotte! cré nom! nom d'un petit bonhomme!... Ah! le gredin! — Pardon, cousine, je deviens fou!... Je donnerais cent mille francs, je crois.

— Ah! bien, oui, je vous dis que c'est une femme honnête, une femme vertueuse. Aussi le baron a-t-il bien fait les choses.

— Il est sans le sou..., vous dis-je.

— Il y a un mari qu'il a poussé...

— Par où ? dit Crevel avec un rire amer.

— Déjà nommé sous-chef, ce mari, qui sera sans doute complaisant... est porté pour avoir la croix.

— Le gouvernement devrait prendre garde, et respecter ceux qu'il a décorés en ne prodiguant pas la croix, dit Crevel d'un air politiquement piqué. Mais qu'a-t-il

donc tant pour lui, ce grand mâtin de vieux baron ?
reprit-il. Il me semble que je le vaux bien, ajouta-t-il en
se mirant dans une glace et se mettant en position.
Héloïse m'a souvent dit, dans le moment où les femmes
ne mentent pas, que j'étais étonnant.

— Oh! répliqua la cousine, les femmes aiment les
hommes gros, ils sont presque tous bons; et, entre vous
et le baron, moi je vous choisirais. M. Hulot est spirituel,
bel homme, il a de la tournure; mais vous, vous êtes
solide, et puis, tenez... vous paraissez encore plus mauvais sujet que lui!

— C'est incroyable comme toutes les femmes, même
les dévotes, aiment les gens qui ont cet air-là! s'écria
Crevel en venant prendre la Bette par la taille, tant il
jubilait.

— La difficulté n'est pas là, dit la Bette en continuant.
Vous comprenez qu'une femme qui trouve tant d'avantages ne fera pas d'infidélités à son protecteur pour des
bagatelles, et *cela* coûterait plus de cent et quelques
mille francs, car la petite dame voit son mari chef de
bureau dans deux ans d'ici... C'est la misère qui pousse
ce pauvre petit ange dans le gouffre. »

Crevel se promenait de long en large, comme un
furieux, dans son salon.

« Il doit tenir à cette femme-là ? demanda-t-il après
un moment pendant lequel son désir ainsi fouetté par
Lisbeth devint une espèce de rage.

— Jugez-en! reprit Lisbeth. Je ne crois pas encore
qu'il ait obtenu ça! dit-elle en faisant claquer l'ongle de
son pouce sous l'une de ses énormes palettes blanches,
et il a déjà fait pour dix mille francs de cadeaux.

— Oh! la bonne farce! s'écria Crevel, si j'arrivais
avant lui!

— Mon Dieu! j'ai bien tort de vous faire ces cancans-
là, reprit Lisbeth en paraissant éprouver un remords.

— Non. Je veux faire rougir votre famille. Demain
je place en viager, sur votre tête, une somme en cinq
pour cent, de manière à vous faire six cents francs de
rente, mais vous me direz tout : le nom, la demeure
de la Dulcinée. Je puis vous l'avouer, je n'ai jamais eu
de femme comme il faut, et la plus grande de mes ambitions, c'est d'en connaître une. Les houris de Mahomet
ne sont rien en comparaison de ce que je me figure des

femmes du monde. Enfin c'est mon idéal, c'est ma folie,
et tellement que, voyez-vous, la baronne Hulot n'aura
jamais cinquante ans pour moi, dit-il en se rencontrant
sans le savoir avec un des esprits les plus fins du dernier
siècle[1]. Tenez, ma bonne Lisbeth, je suis décidé à sacrifier
cent, deux cents... Chut! voici mes enfants, je les vois
qui traversent la cour. Je n'aurai jamais rien su par vous,
je vous en donne ma parole d'honneur, car je ne veux
pas que vous perdiez la confiance du baron, bien au
contraire, il doit joliment aimer cette femme, mon
compère!

— Oh! il en est fou! dit la cousine. Il n'a pas su
trouver quarante mille francs pour établir sa fille, et il les
a dénichés pour cette nouvelle passion.

— Et le croyez-vous aimé? demanda Crevel.

— À son âge..., répondit la vieille fille.

— Oh! suis-je bête! s'écria Crevel. Moi qui tolère un
artiste à Héloïse, absolument comme Henri IV permettait
Bellegarde[2] à Gabrielle. Oh! la vieillesse! la vieillesse! —
Bonjour, Célestine, bonjour, mon bijou, et ton moutard!
Ah! le voilà! Parole d'honneur, il commence à me res-
sembler. Bonjour, Hulot, mon ami, cela va bien?...
Nous aurons bientôt un mariage de plus dans la famille. »

Célestine et son mari firent un signe en montrant
Lisbeth, et la fille répondit effrontément à son père :
« Lequel donc ? » Crevel prit un air fin qui voulait dire
que son indiscrétion allait être réparée.

« Celui d'Hortense, reprit-il; mais ce n'est pas encore
tout à fait décidé. Je viens de chez Lebas, et l'on parlait
de Mlle Popinot pour notre jeune conseiller à la Cour
royale de Paris, qui voudrait bien devenir premier
président en province... Allons dîner[a]. »

À sept heures, Lisbeth revenait déjà chez elle en
omnibus, car il lui tardait de revoir Wenceslas de qui,
depuis une vingtaine de jours, elle était la dupe, et à qui
elle apportait son cabas plein de fruits empilés par
Crevel lui-même, dont la tendresse avait redoublé pour
sa cousine Bette. Elle monta dans la mansarde d'une
vitesse à perdre la respiration, et trouva l'artiste occupé
à terminer les ornements d'une boîte qu'il voulait offrir
à sa chère Hortense. La bordure du couvercle représentait des hortensias dans lesquels se jouaient des amours.
Le pauvre amant, pour subvenir aux frais de cette boîte

qui devait être en malachite, avait fait pour Florent et Chanor deux torchères, en leur en abandonnant la propriété, deux chefs-d'œuvre.

« Vous travaillez trop depuis quelques jours, mon bon ami, dit Lisbeth en lui essuyant le front couvert de sueur et le baisant. Une pareille activité me paraît dangereuse au mois d'août. Vraiment votre santé peut en souffrir... Tenez, voici des pêches, des prunes de chez M. Crevel... Ne vous tracassez pas tant, j'ai emprunté deux mille francs, et, à moins de malheur, nous pourrons les rendre si vous vendez votre pendule!... Cependant j'ai quelques doutes sur mon prêteur, car il vient d'envoyer ce papier timbré. »

Elle plaça la dénonciation de la contrainte par corps sous l'esquisse du maréchal de Montcornet[1].

« Pour qui faites-vous ces belles choses-là ? demandat-elle en prenant les branches d'hortensias en cire rouge que Wenceslas avait posées pour manger les fruits.

— Pour un bijoutier.

— Quel bijoutier ?

— Je ne sais pas, c'est Stidmann qui m'a prié de *tortiller* cela pour lui, car il est pressé.

— Mais voilà des hortensias, dit-elle d'une voix creuse. Comment se fait-il que vous n'ayez jamais manié la cire pour moi ? Était-ce donc si difficile d'inventer une bague, un coffret, n'importe quoi, un souvenir! dit-elle en lançant un affreux regard sur l'artiste dont heureusement les yeux étaient baissés. Et vous dites que vous m'aimez!

— En doutez-vous... mademoiselle ?

— Oh! que voilà un *mademoiselle* bien chaud!... Tenez, vous avez été mon unique pensée depuis que je vous ai vu mourant, là... Quand je vous ai sauvé vous vous êtes donné à moi, je ne vous ai jamais parlé de cet engagement, mais je me suis engagée envers moi-même, moi! Je me suis dit : " Puisque ce garçon se donne à moi, je veux le rendre heureux et riche! " Eh bien! j'ai réussi à faire votre fortune!

— Et comment ? demanda le pauvre artiste au comble du bonheur et trop naïf pour soupçonner un piège.

— Voici comment », reprit la Lorraine.

Lisbeth ne put se refuser le plaisir sauvage de regarder Wenceslas qui la contemplait avec un amour filial où débordait son amour pour Hortense, ce qui trompa la vieille fille. En apercevant pour la première fois de sa vie les torches de la passion dans les yeux d'un homme, elle crut les y avoir allumées.

« M. Crevel nous commandite de cent mille francs pour fonder une maison de commerce, si, dit-il, vous voulez m'épouser; il a de singulières idées, ce gros bonhomme-là... Qu'en pensez-vous ? » demanda-t-elle.

L'artiste, devenu pâle comme un mort, regarda sa bienfaitrice d'un œil sans lueur et qui laissait passer toute sa pensée. Il resta béant et hébété.

« On ne m'a jamais si bien dit, reprit-elle avec un rire amer, que j'étais affreusement laide!

— Mademoiselle, répondit Steinbock, ma bienfaitrice ne sera jamais laide pour moi; j'ai pour vous une bien vive affection, mais je n'ai pas trente ans, et...

— Et j'en ai quarante-trois! reprit-elle. Ma cousine Hulot, qui en a quarante-huit, fait encore des passions frénétiques; mais elle est belle, elle!

— Quinze ans de différence entre nous, mademoiselle! quel ménage ferions-nous! Pour nous-mêmes, je crois que nous devons bien réfléchir. Ma reconnaissance sera certainement égale à vos bienfaits. D'ailleurs, votre argent vous sera rendu sous peu de jours.

— Mon argent! cria-t-elle. Oh! vous me traitez comme si j'étais un usurier sans cœur.

— Pardon, reprit Wenceslas, mais vous m'en parlez si souvent... Enfin, vous m'avez créé, ne me détruisez pas.

— Vous voulez me quitter, je le vois, dit-elle en hochant la tête. Qui donc vous a donné la force de l'ingratitude, vous qui êtes comme un homme de papier mâché ? Manqueriez-vous de confiance en moi, moi votre bon génie ?... moi qui si souvent ai passé la nuit à travailler pour vous! moi qui vous ai livré les économies de toute ma vie! moi qui, pendant quatre ans, ai partagé mon pain, le pain d'une pauvre ouvrière, avec vous, et qui vous prêtais tout, jusqu'à mon courage.

— Mademoiselle, assez! assez! dit-il en se mettant à ses genoux et lui tendant les mains. N'ajoutez pas un mot! Dans trois jours je parlerai, je vous dirai tout; laissez-moi, dit-il en lui baisant les mains, laissez-moi être heureux, j'aime et je suis aimé.

— Eh bien! sois heureux, mon enfant », dit-elle en le relevant.

Puis elle l'embrassa sur le front et dans les cheveux avec la frénésie que doit avoir le condamné à mort en savourant sa dernière matinée.

« Ah! vous êtes la plus noble et la meilleure des créatures, vous êtes l'égale de celle que j'aime, dit le pauvre artiste.

— Je vous aime assez encore pour trembler de votre avenir, reprit-elle d'un air sombre. Judas s'est pendu!... tous les ingrats finissent mal! Vous me quittez, vous ne ferez plus rien qui vaille! Songez que, sans nous marier, car je suis une vieille fille, je le sais, je ne veux pas étouffer la fleur de votre jeunesse, votre poésie, comme vous le dites, dans mes bras qui sont comme des sarments de vigne; mais, sans nous marier, ne pouvons-nous pas rester ensemble ? Écoutez, j'ai l'esprit du commerce, je puis vous amasser une fortune en dix ans de travail, car je m'appelle l'Économie, moi; tandis qu'avec une jeune femme, qui sera tout dépense, vous dissiperez tout, vous ne travaillerez qu'à la rendre heureuse. Le bonheur ne crée rien que des souvenirs. Quand je pense à vous, moi, je reste les bras ballants pendant des heures entières... Eh bien! Wenceslas, reste avec moi... Tiens, je comprends tout : tu auras des maîtresses, de jolies femmes semblables à cette petite Marneffe qui veut te voir, et qui te donnera le bonheur que tu ne peux pas trouver avec moi. Puis tu te marieras quand je t'aurai fait trente mille francs de rente[1].

— Vous êtes un ange, mademoiselle, et je n'oublierai jamais ce moment-ci, répondit Wenceslas en essuyant ses larmes.

— Vous voilà comme je vous veux, mon enfant », dit-elle en le regardant avec ivresse.

La vanité chez nous tous est si forte, que Lisbeth crut à son triomphe. Elle avait fait une si grande concession en offrant Mme Marneffe! Elle éprouva la plus vive émotion de sa vie, elle sentit pour la première fois la joie inondant son cœur. Pour retrouver une seconde heure pareille, elle eût vendu son âme au diable.

« Je suis engagé, répondit-il, et j'aime une femme contre laquelle aucune autre ne peut prévaloir. Mais vous êtes et vous serez toujours la mère que j'ai perdue. »

Ce mot versa comme une avalanche de neige sur ce cratère flamboyant. Lisbeth s'assit, contempla d'un air sombre cette jeunesse, cette beauté distinguée, ce front d'artiste, cette belle chevelure, tout ce qui sollicitait en elle les instincts comprimés de la femme, et de petites larmes aussitôt séchées mouillèrent pour un moment ses yeux. Elle ressemblait à ces grêles statues que les tailleurs d'images du moyen âge ont assises sur des tombeaux.

« Je ne te maudis pas, toi, dit-elle en se levant brusquement, tu n'es qu'un enfant. Que Dieu te protège! »

Elle descendit et s'enferma dans son appartement.

« Elle m'aime, se dit Wenceslas, la pauvre créature. A-t-elle été chaudement éloquente! Elle est folle. »

Ce dernier effort de la nature sèche et positive, pour garder avec elle cette image de la beauté, de la poésie, avait eu tant de violence, qu'il ne peut se comparer[a] qu'à la sauvage énergie du naufragé, essayant sa dernière tentative pour atteindre à la grève[b].

Le surlendemain, à quatre heures et demie du matin, au moment où le comte Steinbock dormait du plus profond sommeil, il entendit frapper à la porte de sa mansarde; il alla ouvrir, et vit entrer deux hommes mal vêtus, accompagnés d'un troisième, dont l'habillement annonçait un huissier malheureux.

« Vous êtes monsieur Wenceslas, comte Steinbock? lui dit ce dernier.

— Oui, monsieur.

— Je me nomme Grasset, monsieur, successeur de M. Louchard, garde du commerce[1]...

— Hé bien?

— Vous êtes arrêté, monsieur, il faut nous suivre à la prison de Clichy... Veuillez vous habiller... Nous y avons mis des formes, comme vous voyez... je n'ai point pris de garde municipal, il y a un fiacre en bas.

— Vous êtes emballé proprement..., dit un des recors; aussi comptons-nous sur votre générosité. »

Steinbock s'habilla, descendit l'escalier, tenu sous chaque bras par un recors, il fut mis en fiacre, le cocher partit sans ordre, et en homme qui sait où aller; en une demi-heure, le pauvre étranger se trouva bien et dûment écroué, sans avoir fait une réclamation, tant était grande sa surprise.

À dix heures, il fut demandé au greffe de la prison, et

il y trouva Lisbeth qui, tout en pleurs, lui donna de l'argent afin de bien vivre et de se procurer une chambre assez vaste pour pouvoir y travailler.

« Mon enfant, lui dit-elle, ne parlez de votre arrestation à personne, n'écrivez à âme qui vive, cela tuerait votre avenir, il faut cacher cette flétrissure, je vous aurai bientôt délivré, je vais réunir la somme... soyez tranquille. Écrivez-moi ce que je dois vous apporter pour vos travaux. Je mourrai ou vous serez bientôt libre.

— Oh! je vous devrai deux fois la vie! s'écria-t-il, car je perdrais plus que la vie, si l'on me croyait un mauvais sujet. »

Lisbeth sortit la joie dans le cœur; elle espérait[a] pouvoir, en tenant son artiste sous clef, faire manquer son mariage avec Hortense en le disant marié, gracié par les efforts de *sa* femme, et parti pour la Russie. Aussi, pour exécuter ce plan, se rendit-elle vers trois heures chez la baronne, quoique ce ne fût pas le jour où elle y dînait habituellement; mais elle voulait jouir des tortures auxquelles sa petite cousine allait être en proie au moment où Wenceslas avait coutume de venir.

« Tu viens dîner, Bette? demanda la baronne en cachant son désappointement.

— Mais oui.

— Bien! répondit Hortense, je vais aller dire qu'on soit exact, car tu n'aimes pas à attendre. »

Hortense fit un signe à sa mère pour la rassurer; car elle se proposait de dire au valet de chambre de renvoyer M. Steinbock quand il se présenterait; mais, le valet de chambre étant sorti[b], Hortense fut obligée de faire sa recommandation à la femme de chambre, et la femme de chambre monta chez elle pour y prendre son ouvrage afin de rester dans l'antichambre.

« Et mon amoureux? dit la cousine Bette à Hortense quand elle fut revenue, vous ne m'en parlez plus.

— À propos, que devient-il? dit Hortense, car il est célèbre. Tu dois être contente, ajouta-t-elle à l'oreille de sa cousine, on ne parle que de M. Wenceslas Steinbock.

— Beaucoup trop, répondit-elle à haute voix. Monsieur se dérange. S'il ne s'agissait que de le charmer au point de l'emporter sur les plaisirs de Paris, je connais mon pouvoir; mais on dit que, pour s'attacher un pareil artiste, l'empereur Nicolas[c] lui fait grâce...

— Ah! bah! répondit la baronne.

— Comment sais-tu cela? demanda Hortense qui fut prise comme d'une crampe au cœur.

— Mais, reprit l'atroce Bette, une personne à qui il appartient par les liens les plus sacrés, sa femme[a], le lui a écrit hier. Il veut partir; ah! il serait bien bête de quitter la France pour la Russie... »

Hortense regarda sa mère en laissant sa tête aller de côté; la baronne n'eut que le temps de prendre sa fille évanouie, blanche comme la dentelle de son fichu.

« Lisbeth! tu m'as tué ma fillle!... cria la baronne. Tu es née pour notre malheur.

— Ah çà! quelle est ma faute en ceci, Adeline? demanda la Lorraine en se levant et prenant une attitude menaçante à laquelle dans son trouble la baronne ne fit aucune attention.

— J'ai tort, répondit Adeline en soutenant Hortense. Sonne! »

En ce moment, la porte s'ouvrit, les deux femmes tournèrent la tête ensemble et virent Wenceslas Steinbock à qui la cuisinière, en l'absence de la femme de chambre, avait ouvert la porte.

« Hortense! » cria l'artiste qui bondit jusqu'au groupe formé par les trois femmes.

Et il embrassa sa prétendue au front sous les yeux de la mère, mais si pieusement que la baronne ne s'en fâcha point. C'était, contre l'évanouissement, un sel meilleur que tous les sels anglais. Hortense ouvrit les yeux, vit Wenceslas, et ses couleurs revinrent. Un instant après, elle se trouva tout à fait remise.

« Voilà donc ce que vous me cachiez? dit la cousine Bette en souriant à Wenceslas et en paraissant deviner la vérité d'après la confusion des deux cousines. Comment m'as-tu volé mon amoureux? » dit-elle à Hortense en l'emmenant dans le jardin.

Hortense raconta naïvement le roman de son amour à sa cousine. Sa mère et son père, persuadés que la Bette ne se marierait jamais, avaient, dit-elle, autorisé les visites du comte Steinbock. Seulement Hortense, en Agnès de haute futaie, mit sur le compte du hasard l'acquisition du groupe et l'arrivée de l'auteur qui, selon elle, avait voulu savoir le nom de son premier acquéreur. Steinbock vint aussitôt retrouver les deux cousines pour remercier avec effusion la vieille fille de sa prompte délivrance. Lisbeth répondit jésuitiquement à Wenceslas que le créancier ne lui ayant fait que de vagues promesses, elle ne comptait l'aller délivrer que le lendemain, et que leur prêteur, honteux d'une ignoble persécution, avait sans doute pris les devants. La vieille fille d'ailleurs parut heureuse, et félicita Wenceslas sur son bonheur.

« Méchant enfant! lui dit-elle devant Hortense et sa mère, si vous m'aviez, avant-hier soir, avoué que vous aimiez ma cousine Hortense et que vous en étiez aimé, vous m'auriez évité bien des larmes. Je croyais que vous abandonniez votre vieille amie, votre institutrice, tandis qu'au contraire vous allez être mon cousin; désormais vous m'appartiendrez par des liens, faibles il est vrai, mais qui suffisent aux sentiments que je vous ai voués!... »

Et elle embrassa Wenceslas au front. Hortense se jeta dans les bras de sa cousine et fondit en larmes.

« Je te dois mon bonheur, lui dit-elle, je ne l'oublierai jamais...

— Cousine Bette, reprit la baronne en embrassant Lisbeth pendant l'ivresse où elle était de voir les choses si bien arrangées, le baron et moi nous avons une dette envers toi, nous l'acquitterons; viens causer d'affaires dans le jardin », dit-elle en l'emmenant.

Lisbeth joua donc en apparence le rôle du bon ange de la famille; elle se voyait adorée de Crevel, de Hulot, d'Adeline et d'Hortense.

« Nous voulons que tu ne travailles plus, dit la baronne. En supposant que tu puisses gagner quarante sous par jour, les dimanches exceptés, cela fait six cents francs par an. Eh bien! à quelle somme montent tes économies ?...

— Quatre mille cinq cents francs!...

— Pauvre cousine! » dit la baronne.

Elle leva les yeux au ciel, tant elle se sentait attendrie en pensant à toutes les peines et aux privations que supposait cette somme, amassée en trente ans[1]. Lisbeth, qui se méprit au sens de cette exclamation, y vit le dédain moqueur de la parvenue, et sa haine acquit une dose formidable de fiel, au moment même où sa cousine abandonnait toutes ses défiances envers le tyran de son enfance.

« Nous augmenterons cette somme de dix mille cinq

cents francs, reprit Adeline, nous placerons le tout en ton nom comme usufruitière, et au nom d'Hortense comme nue-propriétaire; tu posséderas ainsi six cents francs de rente... »

Lisbeth parut être au comble du bonheur. Quand elle revint, son mouchoir sur les yeux, et occupée à étancher des larmes de joie, Hortense lui raconta toutes les faveurs qui pleuvaient sur Wenceslas, le bien-aimé de toute la famille[a].

Au moment où le baron rentra, il trouva donc sa famille au complet, car la baronne avait officiellement salué le comte de Steinbock[1] du nom de fils, et fixé, sous la réserve de l'approbation de son mari, le mariage à quinzaine. Aussi, dès qu'il se montra dans le salon, le conseiller d'État fut-il entouré par sa femme et par sa fille, qui coururent au-devant de lui, l'une pour lui parler à l'oreille et l'autre pour l'embrasser.

« Vous êtes allée trop loin en m'engageant ainsi, madame, dit sévèrement le baron. Ce mariage n'est pas fait », dit-il en jetant un regard sur Steinbock qu'il vit pâlir.

Le malheureux artiste se dit : « Il connaît mon arrestation. »

« Venez, enfants », ajouta le père en emmenant sa fille et le futur dans le jardin.

Et il alla s'asseoir avec eux sur un des bancs du kiosque, rongé de mousse.

« Monsieur le comte, aimez-vous ma fille autant que j'aimais sa mère ? demanda le baron à Wenceslas.

— Plus, monsieur, dit l'artiste.

— La mère était la fille d'un paysan et n'avait pas un liard de fortune.

— Donnez-moi Mlle Hortense telle que la voilà, sans trousseau même...

— Je vous crois bien ! dit le baron en souriant, Hortense est la fille du baron Hulot d'Ervy, conseiller d'État, directeur à la Guerre, grand officier de la Légion d'honneur, frère du comte Hulot, dont la gloire est *immortelle* et qui sera sous peu maréchal de France. Et... elle a une dot !

— C'est vrai, dit l'amoureux artiste, je parais avoir de l'ambition, mais ma chère Hortense serait la fille d'un ouvrier que je l'épouserais...

— Voilà ce que je voulais savoir, reprit le baron. Va-t'en, Hortense, laisse-moi causer avec M. le comte, tu vois qu'il t'aime bien sincèrement.

— Oh, mon père, je savais bien que vous plaisantiez, répondit l'heureuse fille.

— Mon cher Steinbock, dit le baron avec une grâce infinie de diction et un grand charme de manières quand il fut seul avec l'artiste, j'ai constitué à mon fils deux cent mille francs de dot, desquels le pauvre garçon n'a pas touché deux liards; il n'en aura jamais rien. La dot de ma fille sera de deux cent mille francs que vous reconnaîtrez avoir reçus...

— Oui, monsieur le baron...

— Comme vous y allez, dit le conseiller d'État. Veuillez m'écouter. On ne peut pas demander à un gendre le dévouement qu'on est en droit d'attendre d'un fils. Mon fils savait tout ce que je pouvais faire et ce que je ferais pour son avenir : il sera ministre, il trouvera facilement ses deux cent mille francs. Quant à vous, jeune homme, c'est autre chose ! Vous recevrez soixante mille francs en une inscription cinq pour cent sur le Grand-Livre, au nom de votre femme. Cet avoir sera grevé d'une petite rente à faire à Lisbeth, mais elle ne vivra pas longtemps, elle est poitrinaire, je le sais[1]. Ne dites ce secret à personne; que la pauvre fille meure en paix. Ma fille aura un trousseau de vingt mille francs; sa mère y met pour six mille francs de ses diamants...

— Monsieur, vous me comblez..., dit Steinbock stupéfait.

— Quand aux cent vingt mille francs restants...

— Cessez, monsieur, dit l'artiste, je ne veux que ma chère Hortense...

— Voulez-vous m'écouter, bouillant jeune homme ? Quant aux cent vingt mille francs, je ne les ai pas; mais vous les recevrez...

— Monsieur !...

— Vous les recevrez du gouvernement, en commandes que je vous obtiendrai, je vous en donne ma parole d'honneur. Vous voyez, vous allez avoir un atelier au Dépôt des marbres. Exposez quelques belles statues, je vous ferai entrer à l'Institut. On a, en haut lieu, de la bienveillance pour mon frère et pour moi, j'espère donc réussir en demandant pour vous des travaux de sculpture

à Versailles pour un quart de la somme[1]. Enfin, vous
recevrez quelques commandes de la ville de Paris, vous
en aurez de la Chambre des pairs, vous en aurez, mon
cher, tant et tant que vous serez obligé de prendre des
aides. C'est ainsi que je m'acquitterai. Voyez si la dot
ainsi payée vous convient, consultez vos forces...

— Je me sens la force de faire la fortune de ma
femme à moi seul, si tout cela manquait! dit le noble
artiste.

— Voilà ce que j'aime! s'écria le baron, la belle
jeunesse ne doutant de rien! J'aurais culbuté des armées
pour une femme! Allons, dit-il en prenant la main du
jeune sculpteur et y frappant, vous avez mon consentement. Dimanche prochain le contrat, et le samedi suivant, à l'autel, c'est le jour de la fête de ma femme[2]!

— Tout va bien, dit la baronne à sa fille collée à la
fenêtre, ton futur et ton père s'embrassent. »

En rentrant chez lui le soir, Wenceslas eut l'explication
de l'énigme que présentait sa délivrance; il trouva chez
le portier un gros paquet cacheté qui contenait le dossier
de sa créance avec une quittance régulière, libellé au bas
du jugement, et accompagné de la lettre suivante :

     « Mon cher Wenceslas,

   « Je suis venu te voir ce matin, à dix heures, pour te
présenter à une altesse royale qui désirait te connaître.
Là, j'ai su que les Anglais t'avaient emmené dans une
de leurs petites îles dont la capitale s'appelle *Clichy's
Castle*[3].

   « Je suis aussitôt allé voir Léon de Lora, à qui j'ai dit en
riant que tu ne pouvais pas quitter la campagne où tu
étais faute de quatre mille francs, et que tu allais compromettre ton avenir, si tu ne te montrais pas à ton royal
protecteur. Bridau, cet homme de génie qui a connu la
misère et qui sait ton histoire, était là par bonheur. Mon
fils, à eux deux, ils ont fait la somme, et je suis allé payer
pour toi le Bédouin qui a commis un crime de lèse-génie
en te coffrant. Comme je devais être aux Tuileries à midi,
je n'ai pas pu te voir humant l'air libre. Je te sais gentilhomme, j'ai répondu de toi à mes deux amis; mais va les
voir demain.

   « Léon et Bridau ne voudront pas de ton argent; ils
te demanderont chacun un groupe, et ils auront raison.

C'eſt ce que pense celui qui voudrait pouvoir se dire ton rival, et qui n'eſt que

« Ton camarade, STIDMANN. »

P.-S. « J'ai dit au prince que tu ne revenais de voyage que demain, et il a dit : Eh bien! demain[1]! »

Le comte Wenceslas se coucha dans les draps de pourpre que nous fait, sans un pli de rose, la Faveur, cette céleſte boiteuse, qui, pour les gens de génie, marche plus lentement encore que la Juſtice et la Fortune, parce que Jupiter a voulu qu'elle n'eût pas de bandeau sur les yeux. Facilement trompée par les étalages des charlatans, attirée par leurs coſtumes et leurs trompettes, elle dépense à voir et à payer leurs parades le temps pendant lequel elle devrait[a] chercher les gens de mérite dans les coins où ils se cachent.

Maintenant il eſt nécessaire d'expliquer comment M. le baron Hulot était arrivé à grouper les chiffres de la dot d'Hortense, et à satisfaire aux dépenses effrayantes du délicieux appartement où devait[b] s'inſtaller Mme Marneffe. Sa conception financière portait le cachet du talent qui guide les dissipateurs et les gens passionnés dans les fondrières, où tant d'accidents les font périr. Rien ne démontrera mieux la singulière puissance que communiquent les vices, et à laquelle on doit les tours de force qu'accomplissent de temps en temps les ambitieux, les voluptueux, enfin tous les sujets du diable[c].

La veille au matin, un vieillard, Johann[d] Fischer, faute de payer trente mille francs encaissés par son neveu, se voyait dans la nécessité de déposer son bilan, si le baron ne les lui remettait pas.

Ce digne vieillard, en cheveux blancs, âgé de soixante-dix ans, avait une confiance tellement aveugle en Hulot, qui, pour ce bonapartiſte, était une émanation du soleil napoléonien, qu'il se promenait tranquillement avec le garçon de la Banque dans l'antichambre du petit rez-de-chaussée de huit cents francs de loyer, où il dirigeait ses diverses entreprises de grains et de fourrages.

« Marguerite eſt allée prendre les fonds à deux pas d'ici », lui disait-il.

L'homme vêtu de gris et galonné d'argent connaissait si bien la probité du vieil Alsacien, qu'il voulait lui laisser ses trente mille francs de billets; mais le vieillard le forçait de reſter en lui objeċtant que huit heures n'étaient pas sonnées. Un cabriolet arrêta, le vieillard s'élança dans la rue et tendit la main avec une sublime certitude au baron qui lui donna trente billets de banque.

« Allez à trois portes plus loin, je vous dirai pourquoi, dit le vieux Fischer. — Voici, jeune homme », dit le vieillard en revenant compter le papier au représentant de la Banque, qu'il escorta jusqu'à la porte.

Quand l'homme de la Banque fut hors de vue, Fischer fit retourner le cabriolet où attendait son auguste neveu, le bras droit de Napoléon, et lui dit en le ramenant chez lui : « Voulez-vous que l'on sache à la Banque de France que vous m'avez versé les trente mille francs dont vous êtes endosseur ?... C'est déjà beaucoup trop d'y avoir mis la signature d'un homme comme vous !...

— Allons au fond de votre jardinet, père Fischer, dit le haut fonctionnaire. Vous êtes solide, reprit-il en s'asseyant sous un berceau de vigne et toisant le vieillard comme un marchand de chair humaine toise un remplaçant.

— Solide à placer en viager, répondit gaiement le petit vieillard sec, maigre, nerveux et l'œil vif.

— La chaleur vous fait-elle mal ?...

— Au contraire.

— Que dites-vous de l'Afrique ?

— Un joli pays !... Les Français y sont allés avec le petit caporal.

— Il s'agit, pour nous sauver tous, dit le baron, d'aller en Algérie...

— Et mes affaires ?...

— Un employé de la Guerre, qui prend sa retraite et qui n'a pas de quoi vivre, vous achète votre maison de commerce.

— Que faire en Algérie ?

— Fournir les vivres de la Guerre, grains et fourrages, j'ai votre commission signée. Vous trouverez vos fournitures dans le pays à soixante-dix pour cent au-dessous des prix auxquels nous vous en tiendrons compte.

— Qui me les livrera ?...

— Les razzias, l'achour, les khalifas[1]. Il y a dans l'Algérie (pays encore peu connu, quoique nous y soyons depuis huit ans) énormément de grains et de fourrages. Or, quand ces denrées appartiennent aux Arabes, nous les leur prenons sous une foule de prétextes ; puis, quand elles sont à nous, les Arabes s'efforcent de les reprendre. On combat beaucoup pour le grain; mais on ne sait jamais au juste les quantités qu'on a volées de part et d'autre. On n'a pas le temps, en rase campagne, de compter les blés par hectolitre comme à la Halle et les foins comme à la rue d'Enfer. Les chefs arabes, aussi bien que nos spahis, préférant l'argent, vendent alors ces denrées à de très bas prix. L'administration de la Guerre, elle, a des besoins fixes; elle passe des marchés à des prix exorbitants, calculés sur la difficulté de se procurer des vivres, sur les dangers que courent les transports. Voilà l'Algérie au point de vue vivrier. C'est un gâchis tempéré par la bouteille à l'encre de toute administration naissante. Nous ne pouvons pas y voir clair avant une dizaine d'années, nous autres administrateurs, mais les particuliers ont de bons yeux. Donc, je vous envoie y faire votre fortune; je vous y mets, comme Napoléon mettait un maréchal pauvre à la tête d'un royaume où l'on pouvait protéger secrètement la contrebande. Je suis ruiné, mon cher Fischer. Il me faut cent mille francs dans un an d'ici...

— Je ne vois pas de mal à les prendre aux Bédouins, répliqua tranquillement l'Alsacien. Cela se faisait ainsi sous l'Empire...

— L'acquéreur de votre établissement viendra vous voir ce matin et vous comptera dix mille francs, reprit le baron Hulot. N'est-ce pas tout ce qu'il vous faut pour aller en Afrique ? »

Le vieillard fit un signe d'assentiment.

« Quant aux fonds, là-bas, soyez tranquille, reprit le baron. Je toucherai le reste du prix de votre établissement d'ici, j'en ai besoin.

— Tout est à vous, même mon sang, dit le vieillard.

— Oh! ne craignez rien, reprit le baron en croyant à son oncle plus de perspicacité qu'il n'en avait; quant à nos affaires d'achour, votre probité n'en souffrira pas, tout dépend de l'autorité; or, c'est moi qui ai placé là-bas l'autorité, je suis sûr d'elle. Ceci, papa Fischer, est un secret de vie et de mort; je vous connais, je vous ai parlé sans détours ni circonlocutions.

— On ira, dit le vieillard. Et cela durera ?...

— Deux ans! Vous aurez cent mille francs à vous pour vivre heureux dans les Vosges.

— Il sera fait comme vous voulez, mon honneur eſt le vôtre, dit tranquillement le petit vieillard.

— Voilà comment j'aime les hommes. Cependant, vous ne partirez pas sans avoir vu votre petite nièce heureuse et mariée, elle sera comtesse. »

L'achour, la razzia des razzias et le prix donné par l'employé pour la maison Fischer ne pouvaient pas fournir immédiatement soixante mille francs pour la dot d'Hortense, y compris le trousseau, qui coûterait*a* environ cinq mille francs, et les quarante mille francs dépensés ou à dépenser pour Mme Marneffe. Enfin, où le baron avait-il pris les trente mille francs qu'il venait d'apporter ? Voici comment*b*. Quelques jours auparavant, Hulot était allé se faire assurer pour une somme de cent cinquante mille francs et pour trois ans par deux compagnies d'assurances sur la vie. Muni de la police d'assurance dont la prime était payée, il avait tenu ce langage à M. le baron de Nucingen, pair de France, dans la voiture duquel il se trouvait, au sortir d'une séance de la Chambre des pairs, en retournant dîner avec lui.

« Baron, j'ai besoin de soixante-dix mille francs, et je vous les demande. Vous prendrez un prête-nom à qui je déléguerai pour trois ans la quotité engageable de mes appointements, elle monte à vingt-cinq mille francs par an, c'eſt soixante-quinze mille francs. Vous me direz : " Vous pouvez mourir ". »

Le baron fit un signe d'assentiment.

« Voici une police d'assurance de cent cinquante mille francs qui vous sera transférée jusqu'à concurrence de quatre-vingt mille francs, répondit le baron en tirant un papier de sa poche.

— *Et si fus êdes tesdidué ?...* » dit le baron millionnaire en riant.

L'autre baron, antimillionnaire, devint soucieux.

« *Rassirez fus, che né fus ai vait l'opjeſtion que bir fus vaire abercevoir que chai quelque méride à fus tonner la somme. Fus êdes tonc pien chêné, gar la Panque à fôdre zignadire.*

— Je marie ma fille, dit le baron Hulot, et je suis sans fortune, comme tous ceux qui continuent à faire de l'adminiſtration, par une ingrate époque où jamais cinq cents bourgeois assis sur des banquettes ne sauront récompenser largement les gens dévoués comme le faisait l'Empereur.

— *Allons, fus affez ei Chosépha !* reprit le pair de France, *ce qui egsblique dut ! Endre nus, la tuc t'Hérufille fus a renti ein vier zerfice en fus ôdant cedde zangsie-là te tessis fodre pirse.*

Chai gonni ce malhir, et chi zai gombadir[1].

ajouta-t-il en croyant réciter un vers français. *Égoudez ein gonzèle t'ami : Vermez fôdre pudique, u fis serez tégomé... »*

Cette véreuse affaire se fit par l'entremise d'un petit usurier nommé Vauvinet, un de ces *faiseurs* qui se tiennent en avant des grosses maisons de banque, comme ce petit poisson qui semble être le valet du requin[2]. Cet apprenti loup-cervier promit à M. le baron Hulot, tant il était jaloux de se concilier la protection de ce grand personnage, de lui négocier trente mille francs de lettres de change, à quatre-vingt-dix jours, en s'engageant à les renouveler quatre fois et à ne pas les mettre en circulation.

Le successeur de Fischer devait donner quarante mille francs pour obtenir cette maison, mais avec la promesse de la fourniture des fourrages dans un département voisin de Paris.

Tel était le dédale effroyable où les passions engageaient un des hommes les plus probes jusqu'alors, un des plus habiles travailleurs de l'administration napoléonienne : la concussion pour solder l'usure, l'usure pour fournir à ses passions et pour marier sa fille. Cette science de prodigalité, tous ces efforts étaient dépensés pour paraître grand à Mme Marneffe, pour être le Jupiter de cette Danaé bourgeoise[3]. On ne déploie pas plus d'activité, plus d'intelligence, plus d'audace pour faire honnêtement sa fortune que le baron en déployait pour se plonger la tête la première dans un guêpier : il suffisait aux affaires de sa Division, il pressait les tapissiers, il voyait les ouvriers, il vérifiait minutieusement les plus petits détails du ménage de la rue Vaneau. Tout entier à Mme Marneffe, il allait encore aux séances des Chambres, il se multipliait, et sa famille ni personne ne s'apercevait de ses préoccupations[a].

Adeline, stupéfaite de savoir son oncle sauvé, de voir une dot figurée au contrat, éprouvait une sorte d'inquiétude au milieu du bonheur que lui causait le mariage d'Hortense accompli dans des conditions si honorables ; mais la veille du mariage de sa fille, combiné par le baron pour coïncider avec le jour où Mme Marneffe prenait possession de son appartement rue Vaneau, Hector fit cesser l'étonnement de sa femme par cette communication ministérielle.

« Adeline, voici notre fille mariée, ainsi toutes nos angoisses à ce sujet sont terminées. Le moment est venu pour nous de nous retirer du monde ; car, maintenant, à peine resterai-je trois années en place, j'achèverai le temps voulu pour prendre ma retraite. Pourquoi continuerions-nous des dépenses désormais inutiles : notre appartement nous coûte six mille francs de loyer, nous avons quatre domestiques, nous mangeons trente mille francs par an. Si tu veux que je remplisse mes engagements, car j'ai délégué mes appointements pour trois années en échange des sommes nécessaires à l'établissement d'Hortense et à l'échéance de ton oncle...

— Ah ! tu as bien fait, mon ami », dit-elle en interrompant son mari et lui baisant les mains.

Cet aveu mettait fin aux craintes d'Adeline.

« J'ai quelques petits sacrifices à te demander, reprit-il en dégageant ses mains et déposant un baiser au front de sa femme. On m'a trouvé, rue Plumet[1], au premier étage, un fort bel appartement, digne, orné de magnifiques boiseries, qui ne coûte que quinze cents francs, où tu n'auras besoin que d'une femme de chambre pour toi, et où je me contenterai, moi, d'un petit domestique.

— Oui, mon ami.

— En tenant notre maison avec simplicité, tout en conservant les apparences, tu ne dépenseras guère que six mille francs par an, ma dépense particulière exceptée dont je me charge... »

La généreuse femme sauta tout heureuse au cou de son mari.

« Quel bonheur ! de pouvoir te montrer de nouveau combien je t'aime ! s'écria-t-elle, et quel homme de ressources tu es !...

— Nous recevrons une fois notre famille par semaine et je dîne, comme tu sais, rarement chez moi... Tu peux, sans te compromettre, aller dîner deux fois par semaine chez Victorin, et deux fois chez Hortense ; or, comme je crois pouvoir opérer un complet raccommodement entre Crevel et nous, nous dînerons une fois par semaine chez lui, ces cinq dîners et le nôtre rempliront la semaine en supposant quelques invitations en dehors de la famille.

— Je te ferai des économies, dit Adeline.

— Ah! s'écria-t-il, tu es la perle des femmes.

— Mon bon et divin Hector! je te bénirai jusqu'à mon dernier soupir, répondit-elle, car tu as bien marié notre chère Hortense. »

Ce fut ainsi que commença l'amoindrissement de la maison de la belle Mme Hulot, et, disons-le, son abandon solennellement promis à Mme Marneffe.

Le gros petit père Crevel, invité naturellement à la signature du contrat de mariage, s'y comporta comme si la scène par laquelle ce récit commence n'avait pas eu lieu, comme s'il n'avait aucun grief contre le baron Hulot. Célestin Crevel fut aimable, il fut toujours un peu trop ancien parfumeur; mais il commençait à s'élever au majestueux à force d'être chef de bataillon. Il parla de danser à la noce.

« Belle dame, dit-il gracieusement à la baronne Hulot, des gens comme nous savent tout oublier : ne me bannissez pas de votre intérieur, et daignez embellir quelquefois ma maison en y venant avec vos enfants. Soyez calme, je ne vous dirai jamais rien de ce qui gît au fond de mon cœur. Je m'y suis pris comme un imbécile, car je perdais trop à ne plus vous voir...

— Monsieur, une honnête femme n'a pas d'oreilles pour les discours auxquels vous faites allusion; et si vous tenez votre parole, vous ne devez pas douter du plaisir que j'aurai à voir cesser une division toujours affligeante dans les familles...

— Hé bien! gros boudeur, dit le baron Hulot en emmenant de force Crevel dans le jardin, tu m'évites partout, même dans ma maison. Est-ce que deux vieux amateurs du beau sexe doivent se brouiller pour un jupon? Allons, vraiment, c'est épicier.

— Monsieur, je ne suis pas aussi bel homme que vous, et mon peu de moyens de séduction m'empêche de réparer mes pertes aussi facilement que vous le faites...

— De l'ironie! répondit le baron.

— Elle est permise contre les vainqueurs quand on est vaincu. »

Commencée sur ce ton, la conversation se termina par une réconciliation complète; mais Crevel tint à bien constater son droit de prendre une revanche.

Mme Marneffe voulut être invitée au mariage de Mlle Hulot. Pour voir sa future maîtresse dans son salon, le conseiller d'État fut obligé de prier les employés de sa Division jusqu'aux sous-chefs inclusivement. Un grand bal devint alors nécessaire. En bonne ménagère, la baronne calcula qu'une soirée coûterait moins cher qu'un dîner, et permettrait de recevoir plus de monde. Le mariage d'Hortense fit donc grand tapage.

Le maréchal prince de Wissembourg et le baron de Nucingen du côté de la future, les comtes de Rastignac et Popinot du côté de Steinbock, furent les témoins. Enfin, depuis la célébrité du comte de Steinbock, les plus illustres membres de l'émigration polonaise l'ayant recherché, l'artiste crut devoir les inviter. Le Conseil d'État, l'Administration dont faisait partie le baron, l'Armée qui voulait honorer le comte de Forzheim, allaient être représentés par leurs sommités. On compta sur deux cents invitations obligées. Qui ne comprendra pas dès lors l'intérêt de la petite Mme Marneffe à paraître dans toute sa gloire au milieu d'une pareille assemblée ?

Depuis un mois, la baronne consacrait le prix de ses diamants au ménage de sa fille, après en avoir gardé les plus beaux pour le trousseau. Cette vente produisit quinze mille francs, dont cinq mille furent absorbés par le trousseau d'Hortense. Qu'était-ce que dix mille francs pour meubler l'appartement des jeunes mariés, si l'on songe aux exigences du luxe moderne ? Mais M. et Mme Hulot jeune, le père Crevel et le comte de Forzheim firent d'importants cadeaux, car le vieil oncle tenait en réserve une somme pour l'argenterie. Grâce à tant de secours, une Parisienne exigeante eût été satisfaite de l'installation du jeune ménage dans l'appartement qu'il avait choisi, rue Saint-Dominique, près de l'Esplanade des Invalides. Tout y était en harmonie avec leur amour si pur, si franc, si sincère de part et d'autre.

Enfin le grand jour arriva, car ce devait être un aussi grand jour pour le père que pour Hortense et Wenceslas : Mme Marneffe avait décidé de pendre la crémaillère chez elle le lendemain de sa faute et du mariage des deux amoureux.

Qui n'a pas, une fois en sa vie, assisté à un bal de noces[1] ? Chacun peut faire un appel à ses souvenirs, et sourira, certes, en évoquant devant soi toutes ces personnes endimanchées, aussi bien par la physionomie que par la toilette de rigueur. Si jamais fait social a prouvé l'influence des milieux, n'est-ce pas celui-là ? En effet, l'*endimanchement* des uns réagit si bien sur les autres, que les gens les plus habitués à porter des habits convenables ont l'air d'appartenir à la catégorie de ceux pour qui la noce est une fête comptée dans leur vie. Enfin, rappelez-vous ces gens graves, ces vieillards, à qui tout est tellement indifférent qu'ils ont gardé leurs habits noirs de tous les jours; et les vieux mariés dont la figure annonce la triste expérience de la vie que les jeunes commencent, et les plaisants[a] qui sont là comme le gaz acide carbonique dans le vin de Champagne, et les jeunes filles envieuses, les femmes occupées du succès de leur toilette, et les parents pauvres dont la mise étriquée contraste avec les gens *in fiocchi*[2], et les gourmands qui ne pensent qu'au souper, et les joueurs à jouer. Tout est là, riches et pauvres, envieux et enviés, les philosophes et les gens à illusions, tous groupés comme les plantes d'une corbeille autour d'une fleur rare, la mariée. Un bal de noces, c'est le monde en raccourci[b].

Au moment le plus animé, Crevel prit le baron par le bras et lui dit à l'oreille de l'air le plus naturel du monde : « Tudieu! quelle jolie femme que cette petite dame en rose qui te fusille de ses regards...

— Qui ?

— La femme de ce sous-chef que tu pousses, Dieu sait comme! Mme Marneffe.

— Comment sais-tu cela ?

— Tiens, Hulot, je tâcherai de te pardonner tes torts envers moi si tu veux me présenter chez elle, et moi je te recevrai chez Héloïse. Tout le monde demande qui est cette charmante créature ? Es-tu sûr que personne de tes bureaux n'expliquera de quelle façon la nomination de son mari a été signée ?... Oh! heureux coquin, elle vaut mieux qu'un bureau... Ah! je passerais bien à son bureau... Voyons, soyons amis, Cinna[3] ?...

— Plus que jamais, dit le baron au parfumeur, et je te promets d'être bon enfant. Dans un mois je te ferai dîner avec ce petit ange-là... Car nous en sommes aux anges, mon vieux camarade. Je te conseille de faire comme moi, de quitter les démons... »

La cousine Bette, installée rue Vaneau, dans un joli petit appartement, au troisième étage, quitta le bal à dix heures, pour revenir voir les titres des douze cents francs de rente en deux inscriptions; la nue-propriété de l'une appartenait à la comtesse Steinbock, et celle de l'autre à Mme Hulot jeune. On comprend alors comment M. Crevel avait pu parler à son ami Hulot de Mme Marneffe et connaître un secret ignoré de tout le monde; car, M. Marneffe absent, la cousine Bette, le baron et Valérie étaient les seuls à savoir ce mystère.

Le baron avait commis l'imprudence de faire présent à Mme Marneffe d'une toilette beaucoup trop luxueuse pour la femme d'un sous-chef; les autres femmes furent jalouses et de la toilette et de la beauté de Valérie. Il y eut des chuchotements sous les éventails, car la détresse des Marneffe avait occupé la Division; l'employé sollicitait des secours au moment où le baron s'était amouraché de madame. D'ailleurs, Hector ne sut pas cacher son ivresse en voyant le succès de Valérie qui, décente, pleine de distinction, enviée, fut soumise à cet examen attentif que redoutent tant les femmes en entrant pour la première fois dans un monde nouveau.

Après avoir mis sa femme, sa fille et son gendre en voiture, le baron trouva moyen de s'évader sans être aperçu, laissant à son fils et à sa belle-fille le soin de jouer le rôle des maîtres de la maison. Il monta dans la voiture de Mme Marneffe et la reconduisit chez elle; mais il la trouva muette et songeuse, presque mélancolique.

« Mon bonheur vous rend bien triste, Valérie, dit-il en l'attirant à lui au fond de la voiture.

— Comment, mon ami, ne voulez-vous pas qu'une pauvre femme ne soit pas toujours pensive en commettant sa première faute, même quand l'infamie de son mari lui rend la liberté?... Croyez-vous que je sois sans âme? sans croyance, sans religion? Vous avez eu ce soir la joie la plus indiscrète, et vous m'avez odieusement affichée. Vraiment, un collégien aurait été moins fat que vous. Aussi toutes ces dames m'ont-elles déchirée à grand renfort d'œillades et de mots piquants! Quelle est la femme qui ne tient pas à sa réputation? Vous m'avez perdue. Ah! je suis bien à vous, allez! et je n'ai plus pour excuser cette faute d'autre ressource que de vous être fidèle. Monstre! dit-elle en riant et se laissant embrasser, vous saviez bien ce que vous faisiez. Mme Coquet, la femme de notre chef de bureau, est venue s'asseoir près de moi pour admirer mes dentelles. " C'est de l'Angleterre, a-t-elle dit. Cela vous coûte-t-il cher, madame ? — Je n'en sais rien, lui ai-je répliqué. Ces dentelles me viennent de ma mère, je ne suis pas assez riche pour en acheter de pareilles! " »

Mme Marneffe avait fini, comme on voit, par tellement fasciner le vieux Beau de l'Empire, qu'il croyait lui faire commettre sa première faute, et lui avoir inspiré assez de passion pour lui faire oublier tous ses devoirs. Elle se disait abandonnée par l'infâme Marneffe, après trois jours de mariage, et par d'épouvantables motifs. Depuis, elle était restée la plus sage jeune fille, et très heureuse, car le mariage lui paraissait une horrible chose. De là venait sa tristesse actuelle.

« S'il en était de l'amour comme du mariage ?... » dit-elle en pleurant.

Ces coquets mensonges, que débitent presque toutes les femmes dans la situation où se trouvait Valérie, faisaient entrevoir au baron les roses du septième ciel. Aussi, Valérie fit-elle des façons, tandis que l'amoureux artiste et Hortense attendaient peut-être impatiemment que la baronne eût donné sa dernière bénédiction et son dernier baiser à la jeune fille.

À sept heures du matin, le baron, au comble du bonheur, car il avait trouvé la jeune fille la plus innocente et le diable le plus consommé dans sa Valérie, revint relever M. et Mme Hulot jeune de leur corvée. Ces danseurs et ces danseuses, presque étrangers à la maison, et qui finissent par s'emparer du terrain à toutes les noces, se livraient à ces interminables dernières contredanses nommées des cotillons, les joueurs de bouillotte étaient acharnés à leurs tables, le père Crevel gagnait six mille francs.

Les journaux, distribués par les porteurs, contenaient aux Faits-Paris ce petit article :

« La célébration du mariage de M. le comte de Steinbock et de Mlle Hortense Hulot, fille du baron Hulot d'Ervy, conseiller d'État et directeur au ministère de la Guerre, nièce de l'illustre comte de Forzheim, a eu lieu ce matin à Saint-Thomas-d'Aquin. Cette solennité avait attiré beaucoup de monde. On remarquait dans l'assistance quelques-unes de nos célébrités artistiques : Léon de Lora, Joseph Bridau, Stidmann, Bixiou, les notabilités de l'administration de la Guerre, du Conseil d'État, et plusieurs membres des deux Chambres; enfin les sommités de l'émigration polonaise, les comtes Paz, Laginski, etc.

« M. le comte Wenceslas de Steinbock est le petit-neveu du célèbre général de Charles XII, roi de Suède. Le jeune comte, ayant pris part à l'insurrection polonaise, est venu chercher un asile en France, où la juste célébrité de son talent lui a valu des lettres de petite naturalité[1]. »

Ainsi, malgré la détresse effroyable du baron Hulot d'Ervy, rien de ce qu'exige l'opinion publique ne manqua, pas même la célébrité donnée par les journaux au mariage de sa fille, dont la célébration fut en tout point semblable à celui de Hulot fils avec Mlle Crevel. Cette fête atténua les propos qui se tenaient sur la situation financière du directeur, de même que la dot donnée à sa fille expliqua la nécessité où il s'était trouvé de recourir au crédit.

Ici se termine en quelque sorte l'introduction de cette histoire[2]. Ce récit est au drame qui le complète ce que sont les prémisses à une proposition, ce qu'est toute exposition à toute tragédie classique[a].

Quand, à Paris, une femme a résolu de faire métier et marchandise de sa beauté, ce n'est pas une raison pour qu'elle fasse fortune. On y rencontre d'admirables créatures, très spirituelles, dans une affreuse médiocrité, finissant très mal une vie commencée par les plaisirs. Voici pourquoi. Se destiner à la carrière honteuse des courtisanes, avec[b] l'intention d'en palper les avantages, tout en gardant la robe d'une honnête bourgeoise mariée, ne suffit pas. Le Vice n'obtient pas facilement ses triomphes; il a cette similitude avec le Génie, qu'ils exigent tous deux un concours de circonstances heureuses pour opérer le cumul de la fortune et du talent. Supprimez les phases étranges de la Révolution, l'Empereur n'existe plus, il n'aurait plus été qu'une seconde édition de Fabert[3]. La beauté vénale sans amateurs, sans célébrité, sans la croix de déshonneur que lui valent des fortunes dissipées, c'est un Corrège dans un grenier, c'est le Génie expirant dans sa mansarde. Une Laïs[4] à

Paris[a] doit donc, avant tout, trouver un homme riche qui se passionne assez pour lui donner son prix. Elle doit surtout conserver une grande élégance qui, pour elle, est une enseigne, avoir d'assez bonnes manières pour flatter l'amour-propre des hommes, posséder cet esprit à la Sophie Arnould[1], qui réveille l'apathie des riches ; enfin elle doit se faire désirer par les libertins en paraissant être fidèle à un seul, dont le bonheur est alors envié.

Ces conditions, que ces sortes de femmes appellent *la chance,* se réalisent assez difficilement à Paris, quoique ce soit une ville pleine de millionnaires, de désœuvrés, de gens blasés et à fantaisies. La Providence a sans doute protégé fortement en ceci les ménages d'employés et la petite bourgeoisie, pour qui ces obstacles sont au moins doublés par le milieu dans lequel ils accomplissent leurs évolutions. Néanmoins, il se trouve encore assez de Mme Marneffe à Paris, pour que Valérie doive figurer comme un type dans cette histoire des mœurs. De ces femmes, les unes obéissent à la fois à des passions vraies et à la nécessité, comme Mme Colleville qui fut pendant si longtemps attachée à l'un des plus célèbres orateurs du côté gauche, le banquier Keller ; les autres sont poussées par la vanité, comme Mme de La Baudraye, restée à peu près honnête malgré sa fuite avec Lousteau ; celles-ci sont entraînées par les exigences de la toilette, et celles-là par l'impossibilité de faire vivre un ménage avec des appointements évidemment trop faibles. La parcimonie de l'État ou des Chambres, si vous voulez, cause bien des malheurs, engendre bien des corruptions. On s'apitoie en ce moment beaucoup sur le sort des classes ouvrières, on les présente comme égorgées par les fabricants ; mais l'État est plus dur cent fois que l'industriel le plus avide ; il pousse, en fait de traitements, l'économie jusqu'au non-sens. Travaillez beaucoup, l'Industrie vous paye en raison de votre travail ; mais que donne l'État à tant d'obscurs et dévoués travailleurs ?

Dévier du sentier de l'honneur, est pour la femme mariée un crime inexcusable ; mais il est des degrés dans cette situation. Quelques femmes, loin d'être dépravées, cachent leurs fautes et demeurent d'honnêtes femmes en apparence, comme les deux dont les aventures viennent d'être rappelées ; tandis que certaines d'entre elles joignent à leurs fautes les ignominies de la spéculation. Mme Marneffe est donc en quelque sorte le type de ces ambitieuses courtisanes mariées qui, de prime abord, acceptent la dépravation dans toutes ses conséquences, et qui sont décidées à faire fortune en s'amusant, sans scrupule sur les moyens; mais elles ont presque toujours, comme Mme Marneffe, leurs maris pour embaucheurs et pour complices. Ces Machiavels en jupon sont les femmes les plus dangereuses; et, de toutes les mauvaises espèces de Parisiennes, c'est la pire. Une vraie courtisane, comme les Josépha, les Schontz, les Malaga, les Jenny Cadine, etc., porte dans la franchise de sa situation un avertissement aussi lumineux que la lanterne rouge de la Prostitution, ou que les quinquets du Trente-et-Quarante. Un homme sait alors qu'il s'en va là de sa ruine. Mais la doucereuse honnêteté, mais les semblants de vertu, mais les façons hypocrites d'une femme mariée qui ne laisse jamais voir les besoins vulgaires d'un ménage, et qui se refuse en apparence aux folies, entraîne à des ruines sans éclat, et qui sont d'autant plus singulières qu'on les excuse en ne se les expliquant point. C'est l'ignoble livre de dépense et non la joyeuse fantaisie qui dévore des fortunes. Un père de famille se ruine sans gloire, et la grande consolation de la vanité satisfaite lui manque dans la misère[1].

Cette tirade ira comme une flèche au cœur de bien des familles. On voit des Mme Marneffe à tous les étages de l'État social, et même au milieu des cours; car Valérie est une triste réalité, moulée sur le vif dans ses plus légers détails. Malheureusement, ce portrait ne corrigera personne de la manie d'aimer des anges au doux sourire, à l'air rêveur, à figures candides, dont le cœur est un coffre-fort[a2].

Environ trois ans après le mariage d'Hortense, en 1841, le baron Hulot d'Ervy passait pour s'être rangé, pour avoir dételé, selon l'expression du premier chirurgien de Louis XV[3], et Mme Marneffe lui coûtait cependant deux fois plus que ne lui avait coûté Josépha. Mais Valérie, quoique toujours bien mise, affectait la simplicité d'une femme mariée à un sous-chef; elle gardait son luxe pour ses robes de chambre, pour sa tenue à la maison. Elle faisait ainsi le sacrifice de ses vanités de Parisienne à son Hector chéri. Néanmoins, quand elle allait au spectacle, elle s'y montrait toujours avec un joli chapeau, dans une toilette de la dernière élégance; le baron l'y conduisait en voiture, dans une loge choisie.

L'appartement, qui occupait rue Vaneau tout le second étage d'un hôtel moderne sis entre cour et jardin, respirait l'honnêteté. Le luxe consistait en perses tendues, en beaux meubles bien commodes. La chambre à coucher, par exception, offrait les profusions étalées par les Jenny Cadine et les Schontz. C'était des rideaux en dentelle, des cachemires, des portières en brocart, une garniture de cheminée dont les modèles avaient été faits par Stidmann[a], un petit Dunkerque encombré de merveilles. Hulot n'avait pas voulu voir sa Valérie dans un nid inférieur en magnificence au bourbier d'or et de perles d'une Josépha. Les deux pièces principales, le salon et la salle à manger, avaient été meublées, l'une en damas rouge, et l'autre en bois de chêne sculpté[1]. Mais, entraîné par le désir de mettre tout en harmonie, au bout de six mois, le baron avait ajouté le luxe solide au luxe éphémère, en offrant de grandes valeurs mobilières, comme par exemple une argenterie dont la facture dépassait vingt-quatre mille francs.

La maison de Mme Marneffe acquit en deux ans la réputation d'être très agréable. On y jouait. Valérie, elle-même, fut promptement signalée comme une femme aimable et spirituelle. On répandit le bruit, pour justifier son changement de situation, d'un immense legs que son *père naturel,* le maréchal Montcornet, lui avait transmis par un fidéicommis. Dans une pensée d'avenir, Valérie avait ajouté l'hypocrisie religieuse à son hypocrisie sociale. Exacte aux offices le dimanche, elle eut tous les honneurs de la piété. Elle quêta, devint dame de charité, rendit le pain bénit[2], et fit quelque bien dans le quartier, le tout aux dépens d'Hector[3]. Tout chez elle se passait donc convenablement. Aussi, beaucoup de gens affirmaient-ils la pureté de ses relations avec le baron, en objectant l'âge du conseiller d'État, à qui l'on prêtait un goût platonique pour la gentillesse d'esprit, le charme des manières, la conversation de Mme Marneffe, à peu près pareil à celui de feu Louis XVIII pour les billets bien tournés[4].

Le baron se retirait vers minuit avec tout le monde,

et rentrait un quart d'heure après. Le secret de ce secret profond, le voici :

Les portiers de la maison étaient M. et Mme Olivier, qui, par la protection du baron, ami du propriétaire en quête d'un concierge, avaient passé de leur loge obscure et peu lucrative de la rue du Doyenné dans la productive et magnifique loge de la rue Vaneau. Or, Mme Olivier, ancienne lingère de la maison de Charles X, et tombée *de cette position* avec la monarchie légitime, avait trois enfants. L'aîné, déjà petit-clerc de notaire, était l'objet de l'adoration des époux Olivier. Ce Benjamin[1], menacé d'être soldat pendant six ans, allait voir sa brillante carrière interrompue, lorsque Mme Marneffe le fit exempter du service militaire pour un de ces vices de conformation que les conseils de révision savent découvrir quand ils en sont priés à l'oreille par quelque puissance ministérielle. Olivier, ancien piqueur de Charles X, et son épouse, auraient donc remis Jésus en croix pour le baron Hulot, et pour Mme Marneffe.

Que pouvait dire le monde à qui l'antécédent du Brésilien, M. Montès[2] de Montejanos, était inconnu ? Rien. Le monde est d'ailleurs plein d'indulgence pour la maîtresse d'un salon où l'on s'amuse. Mme Marneffe ajoutait enfin à tous ses agréments l'avantage bien prisé d'être une puissance occulte. Ainsi Claude Vignon, devenu secrétaire du maréchal prince de Wissembourg, et qui rêvait d'appartenir au Conseil d'État en qualité de maître des requêtes, était un habitué de ce salon, où vinrent quelques députés bons enfants et joueurs. La société de Mme Marneffe s'était composée avec une sage lenteur; les agrégations ne s'y formaient qu'entre gens d'opinions et de mœurs conformes, intéressés à se soutenir, à proclamer les mérites infinis de la maîtresse de la maison. Le compérage, retenez cet axiome, est la vraie Sainte-Alliance à Paris[3]. Les intérêts finissent toujours par se diviser, les gens vicieux s'entendent toujours.

Dès le troisième mois de son installation rue Vaneau, Mme Marneffe avait reçu M. Crevel, devenu tout aussitôt maire de son arrondissement et officier de la Légion d'honneur. Crevel hésita longtemps : il s'agissait de quitter ce célèbre uniforme de garde national dans lequel il se pavanait aux Tuileries, en se croyant aussi militaire que l'Empereur ; mais l'ambition, conseillée par Mme Marneffe, fut plus forte que la vanité. M. le maire avait jugé ses liaisons avec Mlle Héloïse Brisetout comme tout à fait incompatibles avec son attitude politique. Longtemps avant son avènement au trône bourgeois de la mairie, ses galanteries furent enveloppées d'un profond mystère. Mais Crevel, comme on le devine, avait payé le droit de prendre, aussi souvent qu'il le pourrait, sa revanche de l'enlèvement de Joséplia, par une inscription de six mille francs de rente, au nom de Valérie Fortin, épouse séparée de biens du sieur Marneffe. Valérie, douée peut-être par sa mère du génie particulier à la femme entretenue, devina d'un seul coup d'œil le caractère de cet adorateur grotesque. Ce mot : « Je n'ai jamais eu de femme du monde ! » dit par Crevel à Lisbeth, et rapporté par Lisbeth à sa chère Valérie, avait été largement escompté dans la transaction à laquelle elle dut ses six mille francs de rente en cinq pour cent. Depuis, elle n'avait jamais laissé diminuer son prestige aux yeux de l'ancien commis voyageur de César Birotteau.

Crevel avait fait un mariage d'argent en épousant la fille d'un meunier de la Brie, fille unique d'ailleurs et dont les héritages entraient pour les trois quarts dans sa fortune, car les détaillants s'enrichissent, la plupart du temps, moins par les affaires que par l'alliance de la Boutique et de l'Économie rurale. Un grand nombre des fermiers, des meuniers, des nourrisseurs, des cultivateurs aux environs de Paris rêvent pour leurs filles les gloires du comptoir, et voient dans un détaillant, dans un bijoutier, dans un changeur, un gendre beaucoup plus selon leur cœur qu'un notaire ou qu'un avoué dont l'élévation sociale les inquiète ; ils ont peur d'être méprisés plus tard par ces sommités de la Bourgeoisie[a]. Mme Crevel, femme assez laide, très vulgaire et sotte, morte à temps, n'avait pas donné d'autres plaisirs à son mari que ceux de la paternité. Or, au début de sa carrière commerciale, ce libertin, enchaîné par les devoirs de son état et contenu par l'indigence, avait joué le rôle de Tantale. En rapport, selon son expression, avec les femmes les plus comme il faut de Paris, il les reconduisait avec des salutations de boutiquier en admirant leur grâce, leur façon de porter les modes, et tous les effets innommés de ce qu'on appelle *la race*. S'élever jusqu'à l'une de ces fées de salon, était un désir conçu depuis sa jeunesse et comprimé dans son cœur. *Obtenir les faveurs* de Mme Marneffe fut donc non seulement pour lui l'animation de sa chimère, mais encore une affaire d'orgueil, de vanité, d'amour-propre, comme on l'a vu. Son ambition s'accrut par le succès. Il éprouva d'énormes jouissances de tête, et, lorsque la tête est prise, le cœur s'en ressent, le bonheur décuple. Mme Marneffe présenta d'ailleurs à Crevel des recherches qu'il ne soupçonnait pas, car ni Josépha ni Héloïse ne l'avaient aimé; tandis que Mme Marneffe jugea nécessaire de bien tromper cet homme en qui elle voyait une caisse éternelle. Les tromperies de l'amour vénal sont plus charmantes que la réalité. L'amour vrai comporte des querelles de moineaux où l'on se blesse au vif; mais la querelle pour rire est, au contraire, une caresse faite à l'amour-propre de la dupe. Ainsi, la rareté des entrevues maintenait chez Crevel le désir à l'état de passion. Il s'y heurtait toujours contre la dureté vertueuse de Valérie qui jouait le remords, qui parlait de ce que son père devait penser d'elle dans le paradis des braves. Il avait à vaincre une espèce de froideur de laquelle la fine commère lui faisait croire qu'il triomphait, elle paraissait céder à la passion folle de ce bourgeois; mais elle reprenait, comme honteuse, son orgueil de femme décente et ses airs de vertu, ni plus ni moins qu'une Anglaise, et aplatissait toujours son Crevel sous le poids de sa dignité, car Crevel l'avait de prime abord[a] avalée vertueuse. Enfin, Valérie possédait des spécialités de tendresse qui la rendaient indispensable à Crevel aussi bien qu'au baron. En présence du monde, elle offrait la réunion enchanteresse de la candeur pudique et rêveuse, de la décence irréprochable, et de l'esprit rehaussé par la gentillesse, par la grâce, par les manières de la créole; mais, dans le tête-à-tête, elle dépassait les courtisanes, elle y était drôle, amusante, fertile en inventions nouvelles. Ce contraste plaît énormément à l'individu du genre Crevel; il est flatté d'être l'unique auteur de cette comédie, il la croit jouée à son seul profit, *et il rit de cette délicieuse hypocrisie, en admirant la comédienne*[b].

Valérie s'était admirablement approprié le baron Hulot, elle l'avait obligé à vieillir par une de ces flatteries fines qui peuvent servir à peindre l'esprit diabolique

de ces sortes de femmes. Chez les organisations privilé-
giées, il arrive un moment où, comme une place assiégée
qui fait longtemps bonne contenance, la situation vraie se
déclare. En prévoyant la dissolution prochaine du Beau
de l'Empire, Valérie jugea nécessaire de la hâter. « Pourquoi te gênes-tu, mon vieux grognard ? lui dit-elle six
mois après leur mariage clandestin et doublement adultère. Aurais-tu donc des prétentions ? voudrais-tu m'être
infidèle ? Moi, je te trouverai bien mieux si tu ne te
fardes plus. Fais-moi le sacrifice de tes grâces postiches.
Crois-tu que c'est deux sous de vernis mis à tes bottes,
ta ceinture en caoutchouc, ton gilet de force et ton
faux toupet que j'aime en toi ? D'ailleurs, plus tu seras
vieux, moins j'aurai peur de me voir enlever mon Hulot
par une rivale ! » Croyant donc à l'amitié divine autant qu'à
l'amour de Mme Marneffe avec laquelle il comptait
finir sa vie, le conseiller d'État avait suivi ce conseil
privé en cessant de se teindre les favoris et les cheveux.
Après avoir reçu de Valérie cette touchante déclaration,
le grand et bel Hector se montra tout blanc un beau
matin. Mme Marneffe prouva facilement à son cher
Hector qu'elle avait cent fois vu la ligne blanche formée
par la pousse des cheveux.

« Les cheveux blancs vont admirablement à votre
figure, dit-elle en le voyant, ils l'adoucissent, vous êtes
infiniment mieux, vous êtes charmant. »

Enfin le baron, une fois lancé dans ce chemin, ôta
son gilet de peau, son corset; il se débarrassa de toutes
ses bricoles. Le ventre tomba, l'obésité se déclara. Le
chêne devint une tour, et la pesanteur des mouvements
fut d'autant plus effrayante, que le baron vieillissait prodigieusement en jouant le rôle de Louis XII[1]. Les sourcils restèrent noirs et rappelèrent vaguement le bel
Hulot, comme dans quelques pans de murs féodaux un
léger détail de sculpture demeure pour faire apercevoir ce
que fut le château dans son beau temps. Cette discordance rendait le regard, vif et jeune encore, d'autant plus
singulier dans ce visage bistré que, là où pendant si
longtemps fleurirent des tons de chair à la Rubens, on
voyait, par certaines meurtrissures et dans le sillon tendu
de la ride, les efforts d'une passion en rébellion avec la
nature. Hulot fut alors une de ces belles ruines humaines
où la virilité ressort par des espèces de buissons aux

oreilles, au nez, aux doigts, en produisant l'effet des mousses poussées sur les monuments presque éternels de l'Empire romain.

Comment Valérie avait-elle pu maintenir Crevel et Hulot côte à côte chez elle, alors que le vindicatif chef de bataillon voulait triompher bruyamment de Hulot ? Sans répondre immédiatement à cette question, qui sera résolue par le drame, on peut faire observer que Lisbeth et Valérie avaient inventé à elles deux une prodigieuse machine dont le jeu puissant aidait à ce résultat. Marneffe, en voyant sa femme embellie par le milieu dans lequel elle trônait, comme le soleil d'un système sidéral, paraissait, aux yeux du monde, avoir senti ses feux se rallumer pour elle, il en était devenu fou. Si cette jalousie faisait du sieur Marneffe un trouble-fête, elle donnait un prix extraordinaire aux faveurs de Valérie. Marneffe témoignait néanmoins une confiance en son directeur qui dégénérait en une débonnaireté presque ridicule. Le seul personnage qui l'offusquât était précisément Crevel.

Marneffe, détruit par ces débauches particulières aux grandes capitales, décrites par les poètes romains, et pour lesquelles notre pudeur moderne n'a point de nom, était devenu hideux comme une figure anatomique en cire. Mais cette maladie ambulante, vêtue de beau drap, balançait ses jambes en échalas dans un élégant pantalon. Cette poitrine desséchée se parfumait de linge blanc, et le musc éteignait les fétides senteurs de la pourriture humaine. Cette laideur du vice expirant et chaussé en talons rouges[1], car Valérie avait mis Marneffe en harmonie avec sa fortune, avec sa croix, avec sa place, épouvantait Crevel, qui ne soutenait pas facilement le regard des yeux blancs du sous-chef. Marneffe était le cauchemar du maire. En s'apercevant du singulier pouvoir que Lisbeth et sa femme lui avaient conféré, ce mauvais drôle s'en amusait, il en jouait comme d'un instrument; et, les cartes de salon étant la dernière ressource de cette âme aussi usée que le corps, il plumait Crevel, qui se croyait obligé de *filer doux* avec le respectable fonctionnaire *qu'il trompait !*

En voyant Crevel si petit garçon avec cette hideuse et infâme momie, dont la corruption était pour le maire lettres closes, en le voyant surtout si profondément

méprisé par Valérie, qui riait de Crevel comme on rit
d'un bouffon, vraisemblablement le baron se croyait tellement à l'abri de toute rivalité, qu'il l'invitait constamment à dîner.

Valérie, protégée par ces deux passions en sentinelle à
ses côtés et par un mari jaloux, attirait tous les regards,
excitait tous les désirs, dans le cercle où elle rayonnait.
Ainsi, tout en gardant les apparences, elle était arrivée,
en trois ans environ, à réaliser les conditions les plus
difficiles du succès que cherchent les courtisanes, et
qu'elles accomplissent si rarement, aidées par le scandale, par leur audace et par l'éclat de leur vie au soleil.
Comme un diamant bien taillé que Chanor aurait délicieusement serti, la beauté de Valérie, naguère enfouie
dans la mine de la rue du Doyenné, valait plus que sa
valeur, elle faisait des malheureux!... Claude Vignon
aimait Valérie en secret.

Cette explication rétrospective, assez nécessaire quand
on revoit les gens à trois ans d'intervalle, est comme le
bilan de Valérie. Voici maintenant celui de son associée
Lisbeth[a].

La cousine Bette occupait dans la maison Marneffe la
position d'une parente qui aurait cumulé les fonctions de
dame de compagnie et de femme de charge; mais elle
ignorait les doubles humiliations qui, la plupart du
temps, affligent les créatures assez malheureuses pour
accepter ces positions ambiguës. Lisbeth et Valérie
offraient le touchant spectacle d'une de ces amitiés si
vives et si peu probables entre femmes, que les Parisiens, toujours trop spirituels, les calomnient aussitôt[1].
Le contraste de la mâle et sèche nature de la Lorraine
avec la jolie nature créole de Valérie servit[b] la calomnie.
Mme Marneffe avait d'ailleurs, sans le savoir, donné du
poids aux commérages par le soin qu'elle prit de son
amie, dans un intérêt matrimonial qui devait, comme on
va le voir, rendre complète la vengeance de Lisbeth.
Une immense révolution s'était accomplie chez la cousine Bette; Valérie, qui voulut[c] l'habiller, en avait tiré le
plus grand parti. Cette singulière fille, maintenant soumise au corset, faisait fine taille, consommait de la bandoline[2] pour sa chevelure lissée, acceptait ses robes
telles que les lui livrait la couturière, portait des brodequins de choix et des bas de soie gris, d'ailleurs compris

par les fournisseurs dans les mémoires de Valérie, et payés par qui de droit[a]. Ainsi restaurée, toujours en cachemire jaune, Bette eût été méconnaissable à qui l'eût revue après ces trois années. Cet autre diamant noir, le plus rare des diamants, taillé par une main habile et monté dans le chaton qui lui convenait, était apprécié par quelques employés ambitieux à toute sa valeur. Qui voyait la Bette pour la première fois, frémissait involontairement à l'aspect de la sauvage poésie que l'habile Valérie avait su mettre en relief en cultivant par la toilette cette Nonne sanglante[b1], en encadrant avec art par des bandeaux épais cette sèche figure olivâtre où brillaient des yeux d'un noir assorti à celui de la chevelure, en faisant valoir cette taille inflexible[c]. Bette, comme une Vierge de Cranach et de Van Eyck, comme une Vierge byzantine, sorties de leurs cadres, gardait la roideur, la correction de ces figures mystérieuses, cousines germaines des Isis et des divinités mises en gaine par les sculpteurs égyptiens. C'était du granit, du basalte, du porphyre qui marchait. À l'abri du besoin pour le reste de ses jours, la Bette était d'une humeur charmante, elle apportait avec elle la gaieté partout où elle allait dîner. Le baron payait d'ailleurs le loyer du petit appartement meublé, comme on le sait, de la défroque du boudoir et de la chambre de son amie Valérie. — « Après avoir commencé, disait-elle, la vie en vraie chèvre affamée, je la finis en lionne. » Elle continuait à confectionner les ouvrages les plus difficiles de la passementerie pour M. Rivet, seulement afin, disait-elle, de ne pas perdre son temps. Et cependant sa vie était, comme on va le voir, excessivement occupée; mais il est dans l'esprit des gens venus de la campagne de ne jamais abandonner le gagne-pain, ils ressemblent aux Juifs en ceci.

Tous les matins, la cousine Bette allait elle-même à la grande Halle, au petit jour, avec la cuisinière[2]. Dans le plan de la Bette, le livre de dépense, qui ruinait le baron Hulot, devait enrichir sa chère Valérie, et l'enrichissait effectivement.

Quelle est la maîtresse de maison qui n'a pas, depuis 1838, éprouvé les funestes résultats des doctrines anti-sociales répandues dans les classes inférieures par des écrivains incendiaires[d3] ? Dans tous les ménages, la plaie des domestiques est aujourd'hui la plus vive de toutes les plaies financières. À de très rares exceptions près, et qui mériteraient le prix Montyon[a], un cuisinier et une cuisinière sont des voleurs domestiques, des voleurs gagés, effrontés, de qui le gouvernement s'est complaisamment fait le recéleur, en développant ainsi la pente au vol, presque autorisée chez les cuisinières par l'antique plaisanterie sur l'*anse du panier*. Là où ces femmes[b] cherchaient autrefois quarante sous pour leur mise à la loterie, elles prennent aujourd'hui cinquante francs pour la caisse d'épargne. Et les froids puritains qui s'amusent à faire en France des expériences philanthropiques, croient avoir moralisé le peuple! Entre la table des maîtres et le marché, les gens ont établi un octroi secret, et la ville de Paris n'est pas si habile à percevoir ses droits d'entrée, qu'ils le sont à prélever les leurs sur toute chose. Outre les cinquante pour cent dont ils grèvent les provisions de bouche, ils exigent de fortes étrennes des fournisseurs. Les marchands les plus haut[c] placés tremblent devant cette puissance occulte ; ils la soldent sans mot dire, tous : carrossiers, bijoutiers, tailleurs, etc. À qui tente de les surveiller, les domestiques répondent par des insolences, ou par les bêtises coûteuses d'une feinte maladresse ; ils prennent aujourd'hui des renseignements sur les maîtres, comme autrefois les maîtres en prenaient sur eux. Le mal, arrivé véritablement au comble, et contre lequel les tribunaux commencent à sévir, mais en vain, ne peut disparaître que par une loi qui astreindra les domestiques à gages au livret de l'ouvrier. Le mal cesserait alors comme par enchantement. Tout domestique étant tenu de produire son livret, et les maîtres étant obligés d'y consigner les causes du renvoi, la démoralisation rencontrerait certainement un frein puissant. Les gens occupés de la haute politique du moment ignorent jusqu'où va la dépravation des classes inférieures à Paris : elle est égale à la jalousie qui les dévore. La Statistique est muette sur le nombre effrayant d'ouvriers de vingt ans qui épousent des cuisinières de quarante et de cinquante ans enrichies par le vol[1]. On frémit en pensant aux suites d'unions pareilles au triple point de vue de la criminalité, de l'abâtardissement de la race et des mauvais ménages. Quant au mal purement financier produit par les vols

domestiques, il est énorme au point de vue politique.
La vie ainsi renchérie du double interdit le superflu
dans beaucoup de ménages. Le superflu!... c'est la moitié du commerce des États, comme il est l'élégance de la
vie. Les livres, les fleurs sont aussi nécessaires que le
pain à beaucoup de gens[a].

Lisbeth, à qui cette affreuse plaie des maisons parisiennes était connue, pensait à diriger le ménage de
Valérie, en lui promettant son appui dans la scène terrible où toutes deux elles s'étaient juré d'être comme
deux sœurs. Donc elle avait attiré[b], du fond des Vosges,
une parente du côté maternel, ancienne cuisinière de
l'évêque de Nancy, vieille fille pieuse et d'une excessive
probité. Craignant néanmoins son inexpérience à Paris,
et surtout les mauvais conseils, qui gâtent tant de ces
loyautés si fragiles, Lisbeth accompagnait Mathurine à
la grande Halle, et tâchait de l'habituer à savoir acheter.
Connaître le véritable prix des choses pour obtenir le
respect du vendeur, manger des mets sans actualité,
comme le poisson, par exemple, quand ils ne sont pas
chers, être au courant de la valeur des comestibles et en
pressentir la hausse pour acheter en baisse, cet esprit
de ménagère est, à Paris, le plus nécessaire[c] à l'économie domestique. Comme Mathurine touchait de bons
gages, qu'on l'accablait de[d] cadeaux, elle aimait assez la
maison pour être heureuse des bons marchés. Aussi
depuis quelque temps rivalisait-elle avec Lisbeth, qui la
trouvait assez formée, assez sûre, pour ne plus aller à
la Halle que les jours où Valérie avait du monde, ce
qui, par parenthèse, arrivait assez souvent. Voici pourquoi. Le baron avait commencé par garder le plus
strict décorum; mais sa passion pour Mme Marneffe était
en peu de temps devenue si vive, si avide, qu'il désira la
quitter le moins possible. Après y avoir dîné quatre
fois par semaine, il trouva charmant d'y manger tous
les jours. Six mois après le mariage de sa fille, il donna
deux mille francs par mois à titre de pension. Mme Marneffe invitait les personnes que son cher baron[e] désirait
traiter. D'ailleurs, le dîner était toujours fait pour six
personnes, le baron pouvait en amener trois à l'impro-
viste. Lisbeth réalisa par son économie le problème
extraordinaire d'entretenir splendidement cette table
pour la somme de mille francs, et donner mille francs

par mois à Mme Marneffe[a]. La toilette de Valérie étant payée largement par Crevel et par le baron, les deux amies trouvaient encore un billet de mille francs par mois sur cette dépense. Aussi cette femme si pure, si candide[b], possédait-elle alors environ cent cinquante mille francs d'économies. Elle avait accumulé ses rentes et ses bénéfices mensuels en les capitalisant et les grossissant de gains énormes dus à la générosité avec laquelle Crevel faisait participer le capital de *sa petite duchesse* au bonheur de ses opérations financières. Crevel avait initié Valérie à l'argot et aux spéculations de la Bourse; et, comme toutes les Parisiennes, elle était promptement devenue plus forte que son maître. Lisbeth, qui ne dépensait pas un liard de ses douze cents francs, dont le loyer et la toilette étaient payés, qui ne sortait pas un sou de sa poche, possédait également un petit capital de cinq à six mille francs que Crevel lui faisait paternellement valoir.

L'amour du baron et celui de Crevel étaient néanmoins une rude charge pour Valérie. Le jour où le récit de ce drame recommence, excitée par l'un de ces événements qui font dans la vie l'office de la cloche aux coups de laquelle s'amassent les essaims, Valérie était montée chez Lisbeth pour s'y livrer à ces bonnes élégies, longuement parlées, espèces de cigarettes fumées à coups de langue, par lesquelles les femmes endorment les petites misères de leur vie.

« Lisbeth, mon amour, ce matin, deux heures de Crevel à faire, c'est bien assommant! Oh! comme je voudrais pouvoir t'y envoyer à ma place!

— Malheureusement cela ne se peut pas, dit Lisbeth en souriant. Je mourrai vierge.

— Être à ces deux vieillards! il y a des moments où j'ai honte de moi! Ah! si ma pauvre mère me voyait!

— Tu me prends pour Crevel, répondit Lisbeth.

— Dis-moi, ma chère petite Bette, que tu ne me méprises pas?...

— Ah! si j'étais jolie, en aurais-je eu... des aventures! s'écria Lisbeth. Te voilà justifiée.

— Mais tu n'aurais écouté que ton cœur, dit Mme Marneffe en soupirant.

— Bah! répondit Lisbeth, Marneffe est un mort qu'on a oublié d'enterrer, le baron est comme ton mari, Cre-

vel est ton adorateur; je te vois, comme toutes les
femmes, parfaitement en règle.

— Non, ce n'est pas là, chère adorable fille, d'où
vient la douleur, tu ne veux pas m'entendre...

— Oh! si!... s'écria la Lorraine, car le sous-entendu
fait partie de ma vengeance. Que veux-tu?... j'y travaille.

— Aimer Wenceslas à en maigrir, et ne pouvoir
réussir à le voir! dit Valérie en se détirant les bras;
Hulot lui propose de venir dîner ici, mon artiste refuse!
Il ne se sait pas idolâtré, ce monstre d'homme! Qu'est-ce
que sa femme? de la jolie chair! oui, elle est belle*a*, mais
moi, je me sens : je suis pire!

— Sois tranquille, ma petite fille, il viendra, dit Lisbeth du ton dont parlent les nourrices aux enfants qui
s'impatientent, je le veux...

— Mais, quand?

— Peut-être cette semaine.

— Laisse-moi t'embrasser. »

Comme on le voit, ces deux femmes n'en faisaient
qu'une; toutes les actions de Valérie, même les plus
étourdies, ses plaisirs, ses bouderies se décidaient après
de mûres délibérations entre elles.

Lisbeth, étrangement émue de cette vie de courtisane,
conseillait Valérie en tout, et poursuivait le cours de ses
vengeances avec une impitoyable logique. Elle adorait
d'ailleurs Valérie, elle*b* en avait fait sa fille, son amie,
son amour; elle trouvait en elle l'obéissance des créoles,
la mollesse de la voluptueuse; elle babillait avec elle
tous les matins avec bien plus de plaisir qu'avec Wenceslas, elles pouvaient*c* rire de leurs communes malices,
de la sottise des hommes, et recompter ensemble les
intérêts grossissants de leurs trésors respectifs*d*. Lisbeth
avait d'ailleurs rencontré, dans son entreprise et dans
son amitié nouvelle, une pâture à son activité bien autrement abondante que dans son amour insensé pour Wenceslas. Les jouissances de la haine satisfaite sont les plus
ardentes*e*, les plus fortes au cœur. L'amour est en quelque
sorte l'or, et la haine est le fer de cette mine à sentiments
qui gît en nous. Enfin Valérie offrait, dans toute sa
gloire, à Lisbeth cette beauté qu'elle adorait, comme
on adore tout ce qu'on ne possède pas, beauté bien plus
maniable que celle de Wenceslas qui, pour elle, avait
toujours été froid et insensible.

Après bientôt trois ans, Lisbeth commençait à voir les progrès de la sape souterraine à laquelle elle consumait sa vie et dévouait son intelligence[a]. Lisbeth pensait, Mme Marneffe agissait. Mme Marneffe était la hache, Lisbeth était la main qui la manie, et la main démolissait à coups pressés cette famille qui, de jour en jour, lui devenait plus odieuse, car on hait de plus en plus, comme on aime tous les jours davantage, quand on aime. L'amour et la haine sont des sentiments qui s'alimentent par eux-mêmes; mais, des deux, la haine a la vie la plus longue. L'amour a pour bornes des forces limitées, il tient ses pouvoirs de la vie et de la prodigalité; la haine ressemble à la mort, à l'avarice, elle est en quelque sorte une abstraction active[b], au-dessus des êtres et des choses. Lisbeth, entrée dans l'existence qui lui était propre, y déployait toutes ses facultés; elle régnait à la manière des jésuites, en puissance occulte. Aussi la régénérescence de sa personne était-elle complète. Sa figure resplendissait. Lisbeth rêvait d'être Mme la maréchale Hulot.

Cette scène où les deux amies se disaient crûment leurs moindres pensées sans prendre de détours[c] dans l'expression, avait lieu précisément au retour de la Halle, où Lisbeth était allée préparer les éléments d'un dîner fin. Marneffe, qui convoitait la place de M. Coquet, le recevait avec la vertueuse Mme Coquet, et Valérie espérait faire traiter de la démission du chef de bureau par Hulot le soir même. Lisbeth s'habillait pour se rendre chez la baronne, où elle dînait.

« Tu nous reviendras pour servir le thé, ma Bette ? dit Valérie.

— Je l'espère...

— Comment, tu l'espères ? en serais-tu venue à coucher avec Adeline pour boire ses larmes pendant qu'elle dort ?

— Si cela se pouvait! répondit Lisbeth en riant, je ne dirais pas non. Elle expie son bonheur, je suis heureuse, je me souviens de mon enfance. Chacun son tour. Elle sera dans la boue, et moi! je serai comtesse de Forzheim[d]!... ».

Lisbeth se dirigea vers la rue Plumet, où elle allait depuis quelque temps, comme on va au spectacle, pour s'y repaître d'émotions.

L'appartement choisi par Hulot pour sa femme consistait en une grande et vaste antichambre, un salon et une chambre à coucher avec cabinet de toilette. La salle à manger était latéralement contiguë au salon. Deux chambres de domestique et une cuisine, situées au troisième étage, complétaient ce logement, digne encore d'un conseiller d'État, directeur à la Guerre. L'hôtel, la cour et l'escalier étaient majestueux. La baronne, obligée de meubler son salon, sa chambre et la salle à manger avec les reliques de sa splendeur, avait pris le meilleur dans les débris de l'hôtel, rue de l'Université. La pauvre femme aimait d'ailleurs ces muets témoins de son bonheur qui, pour elle, avaient une éloquence quasi consolante. Elle entrevoyait dans ses souvenirs des fleurs comme elle voyait sur ses tapis des rosaces à peine visibles pour les autres.

En entrant dans la vaste antichambre où douze chaises, un baromètre et un grand poêle, de longs rideaux en calicot blanc bordé de rouge, rappelaient les affreuses antichambres des ministères, le cœur se serrait; on pressentait la solitude dans laquelle vivait cette femme. La douleur, de même que le plaisir, se fait une atmosphère. Au premier coup d'œil jeté sur un intérieur, on sait qui y règne de l'amour ou du désespoir. On trouvait Adeline dans une immense chambre à coucher, meublée des beaux meubles de Jacob Desmalter, en acajou moucheté garni des ornements de l'Empire, ces bronzes qui ont trouvé le moyen d'être plus froids que les cuivres de Louis XVI! Et l'on frissonnait en voyant cette femme assise sur un fauteuil romain, devant les sphinx d'une travailleuse[1], ayant perdu ses couleurs, affectant une gaieté menteuse, conservant son air impérial, comme elle savait conserver la robe de velours bleu qu'elle mettait chez elle. Cette âme fière soutenait le corps et maintenait la beauté. La baronne, à la fin de la première année de son exil dans cet appartement, avait mesuré le malheur dans toute son étendue. « En me reléguant là, mon Hector m'a fait la vie encore plus belle qu'elle ne devait l'être pour une simple paysanne, se dit-elle. Il me veut ainsi : que sa volonté soit faite! Je suis la baronne Hulot, la belle-sœur d'un maréchal de France, je n'ai pas commis la moindre faute, mes deux enfants sont établis, je puis attendre la mort, enveloppée dans les voiles immaculés de ma pureté d'épouse, dans le crêpe de mon bonheur évanoui. »

Le portrait de Hulot, peint par Robert Lefèvre[1] en 1810, dans l'uniforme de commissaire ordonnateur de la Garde impériale, s'étalait au-dessus de la travailleuse, où, à l'annonce d'une visite, Adeline serrait une *Imitation de Jésus-Christ,* sa lecture habituelle. Cette Madeleine irréprochable écoutait aussi la voix de l'Esprit-Saint dans son désert.

« Mariette, ma fille, dit Lisbeth à la cuisinière qui vint lui ouvrir la porte, comment va ma bonne Adeline ?...

— Oh! bien, en apparence, mademoiselle; mais, entre nous, si elle persiste dans ses idées, elle se tuera, dit Mariette à l'oreille de Lisbeth. Vraiment, vous devriez l'engager à vivre mieux. D'hier, madame m'a dit de lui donner le matin pour deux sous de lait et un petit pain d'un sou; de lui servir à dîner soit un hareng, soit un peu de veau froid, en en faisant cuire une livre pour la semaine, bien entendu lorsqu'elle dînera seule, ici... Elle veut ne dépenser que dix sous par jour pour sa nourriture. Cela n'est pas raisonnable. Si je parlais de ce beau projet à M. le maréchal, il pourrait se brouiller avec M. le baron et le déshériter; au lieu que vous, qui êtes si bonne et si fine, vous saurez arranger les choses...

— Eh bien! pourquoi ne vous adressez-vous pas à mon cousin ? dit Lisbeth.

— Ah! ma chère demoiselle, il y a bien environ vingt à vingt-cinq jours qu'il n'est venu, enfin tout le temps que nous sommes restées sans vous voir! D'ailleurs, Madame m'a défendu, sous peine de renvoi, de jamais demander de l'argent à Monsieur. Mais quant à de la peine... ah! la pauvre Madame en a eu! C'est la première fois que Monsieur l'oublie si longtemps... Chaque fois qu'on sonnait, elle s'élançait à la fenêtre... mais, depuis cinq jours, elle ne quitte plus son fauteuil. Elle lit! Chaque fois qu'elle va chez Mme la comtesse, elle me dit : " Mariette, qu'elle dit, si Monsieur vient, dites que je suis dans la maison, et envoyez-moi le portier; il aura sa course bien payée! "

— Pauvre cousine! dit Bette, cela me fend le cœur. Je parle d'elle à mon cousin tous les jours. Que voulez-vous ? Il dit : " Tu as raison, Bette, je suis un misérable;

ma femme est un ange, et je suis un monstre : j'irai
demain... " Et il reste chez Mme^a Marneffe; cette femme
le ruine et il l'adore; il ne vit que près d'elle. Moi, je
fais ce que je peux! Si je n'étais pas là, si je n'avais pas
avec moi Mathurine, le baron aurait dépensé le double;
et, comme il n'a presque plus rien, il se serait déjà peut-
être brûlé la cervelle. Eh bien! Mariette, voyez-vous,
Adeline mourrait de la mort de son mari, j'en suis sûre.
Au moins je tâche de nouer là les deux bouts, et d'empêcher que mon cousin ne mange trop d'argent...

— Ah! c'est ce que dit la pauvre Madame; elle connaît
bien ses obligations envers vous, répondit Mariette;
elle disait vous avoir pendant longtemps mal jugée...

— Ah! fit Lisbeth. Elle ne vous a pas dit autre chose ?

— Non, mademoiselle. Si vous voulez lui faire
plaisir, parlez-lui de Monsieur; elle vous trouve heureuse de le voir tous les jours.

— Est-elle seule ?

— Faites excuse, le maréchal y est. Oh! il vient tous
les jours, et elle lui dit toujours qu'elle a vu Monsieur le
matin, qu'il rentre la nuit fort tard.

— Et y a-t-il un bon dîner, aujourd'hui ?... » demanda
Bette.

Mariette hésitait à répondre, elle soutenait mal le
regard de la Lorraine, quand la porte du salon s'ouvrit, et le maréchal Hulot sortit si précipitamment, qu'il
salua Bette sans la regarder, et laissa tomber des papiers.
Bette ramassa ces papiers et courut dans l'escalier, car
il était inutile de crier après un sourd; mais elle s'y prit
de manière à ne pas pouvoir rejoindre le maréchal, elle
revint et lut furtivement ce qui suit écrit au crayon :

« Mon cher frère, mon mari m'a donné l'argent de la
dépense pour le trimestre; mais ma fille Hortense en a
eu si grand besoin, que je lui ai prêté la somme entière,
qui suffisait à peine à sortir d'embarras^b. Pouvez-vous
me prêter quelques cents francs, car je ne veux pas
redemander de l'argent à Hector; un reproche de lui me
ferait trop de peine. »

« Ah! pensa Lisbeth, pour qu'elle ait fait plier à ce
point son orgueil, dans quelle extrémité se trouve-t-elle
donc^c ? »

Lisbeth entra, surprit Adeline en pleurs et lui sauta
au cou.

« Adeline, ma chère enfant, je sais tout! dit la cousine Bette. Tiens, le maréchal a laissé tomber ce papier, tant il était troublé, car il courait comme un lévrier... Cet affreux Hector ne t'a pas donné d'argent depuis ?...

— Il m'en donne fort exactement, répondit la baronne mais Hortense en a eu besoin, et...

— Et tu n'avais pas de quoi nous donner à dîner, dit Bette en interrompant sa cousine. Maintenant je comprends l'air embarrassé de Mariette à qui je parlais de la soupe. Tu fais l'enfant, Adeline! tiens, laisse-moi te donner mes économies.

— Merci, ma bonne Bette, répondit Adeline en essuyant une larme. Cette petite gêne n'est que momentanée, et j'ai pourvu à l'avenir. Mes dépenses seront désormais de deux mille quatre cents francs par an, y compris le loyer, et je les aurai. Surtout, Bette, pas un mot à Hector. Va-t-il bien ?

— Oh! comme le Pont-Neuf! il est gai comme un pinson, il ne pense qu'à sa sorcière de Valérie ? »

Mme Hulot regardait un grand pin argenté qui se trouvait dans le champ de sa fenêtre, et Lisbeth ne put rien lire de ce que pouvaient exprimer les yeux de sa cousine.

« Lui as-tu dit que c'était le jour où nous dînions tous ici ?

— Oui, mais bah! Mme Marneffe donne un grand dîner, elle espère traiter de la démission de M. Coquet! et cela passe avant tout! Tiens, Adeline, écoute-moi : tu connais mon caractère féroce à l'endroit de l'indépendance. Ton mari, ma chère, te ruinera certainement. J'ai cru pouvoir vous être utile à tous chez cette femme, mais c'est une créature d'une dépravation sans bornes, elle obtiendra de ton mari des choses à le mettre dans le cas de vous déshonorer tous. »

Adeline fit le mouvement d'une personne qui reçoit un coup de poignard dans le cœur.

« Mais, ma chère Adeline, j'en suis sûre. Il faut bien que j'essaie de t'éclairer. Eh bien! songeons à l'avenir! le maréchal est vieux, mais il ira loin, il a un beau traitement; sa veuve, s'il mourait, aurait une pension de six mille francs. Avec cette somme, moi, je me chargerais de vous faire vivre tous! Use de ton influence sur le bonhomme pour nous marier. Ce n'est pas pour être

Mme la maréchale, je me soucie de ces sornettes comme
de la conscience de Mme Marneffe; mais vous aurez
tous du pain. Je vois qu'Hortense en manque, puisque
tu lui donnes le tien. »

Le maréchal se montra, le vieux soldat avait fait si
rapidement la course, qu'il s'essuyait le front avec son
foulard.

« J'ai remis deux mille francs à Mariette », dit-il à
l'oreille de sa belle-sœur.

Adeline rougit jusque dans la racine de ses cheveux.
Deux larmes bordèrent ses cils encore longs, et elle
pressa silencieusement la main du vieillard dont la physionomie exprimait le bonheur d'un amant heureux.

« Je voulais, Adeline, vous faire avec cette somme
un cadeau, dit-il en continuant; au lieu de me la rendre,
vous vous choisirez vous-même ce qui vous plaira le
mieux. »

Il vint prendre la main que lui tendit Lisbeth, et il
la baisa, tant il était distrait par son plaisir.

« Cela promet », dit Adeline à Lisbeth en souriant
autant qu'elle pouvait sourire[a].

En ce moment, Hulot jeune et sa femme arrivèrent.

« Mon frère dîne avec nous ? » demanda le maréchal
d'un ton bref.

Adeline prit un crayon et mit sur un petit carré de
papier ces mots :

« Je l'attends, il m'a promis ce matin de dîner ici; mais
s'il ne venait pas, le maréchal l'aurait retenu, car il est
accablé d'affaires. »

Et elle présenta le papier. Elle avait inventé ce mode
de conversation pour le maréchal, et une provision de
petits carrés de papier était placée avec un crayon sur sa
travailleuse.

« Je sais, répondit le maréchal, qu'il est accablé de
travail à cause de l'Algérie. »

Hortense et Wenceslas entrèrent en ce moment, et,
en voyant sa famille autour d'elle, la baronne reporta sur
le maréchal un regard dont la signification ne fut comprise que par Lisbeth.

Le bonheur avait considérablement embelli l'artiste
adoré par sa femme et cajolé par le monde[b]. Sa figure
était devenue presque pleine, sa taille[c] élégante faisait
ressortir les avantages que le sang donne à tous les vrais

gentilshommes. Sa gloire prématurée, son importance, les éloges trompeurs que le monde jette aux artistes, comme on se dit bonjour ou comme on parle du temps, lui donnaient cette conscience de sa valeur, qui dégénère en fatuité quand le talent s'en va. La croix de la Légion d'honneur complétait à ses propres yeux le grand homme qu'il croyait être.

Après trois ans de mariage, Hortense était avec son mari comme un chien avec son maître, elle répondait à tous ses mouvements par un regard qui ressemblait à une interrogation, elle tenait[a] toujours les yeux sur lui, comme un avare sur son trésor, elle attendrissait par son abnégation admiratrice[b]. On reconnaissait en elle le génie et les conseils de sa mère. Sa beauté, toujours la même, était alors altérée, poétiquement, d'ailleurs, par les ombres douces d'une mélancolie cachée.

En voyant entrer sa cousine, Lisbeth pensa que la plainte, contenue pendant longtemps, allait rompre la faible enveloppe de la discrétion. Lisbeth, dès les premiers jours de la lune de miel, avait jugé que le jeune ménage avait de trop petits revenus pour une si grande passion.

Hortense, en embrassant sa mère, échangea de bouche à oreille, et de cœur à cœur, quelques phrases dont le secret fut trahi, pour Bette, par leurs hochements de tête.

« Adeline va, comme moi, travailler pour vivre, pensa la cousine Bette. Je veux qu'elle me mette au courant de ce qu'elle fera... Ces jolis doigts sauront donc enfin comme les miens[c] ce que c'est que le travail forcé. »

À six heures, la famille passa dans la salle à manger. Le couvert d'Hector était mis.

« Laissez-le ! dit la baronne à Mariette ; Monsieur vient quelquefois tard.

— Oh ! mon père viendra, dit Hulot fils à sa mère ; il me l'a promis à la Chambre en nous quittant[d]. »

Lisbeth, de même qu'une araignée au centre de sa toile, observait toutes les physionomies. Après avoir vu naître Hortense et Victorin, leurs figures étaient pour elle comme des glaces à travers lesquelles elle lisait dans ces jeunes âmes. Or, à certains regards jetés à la dérobée par Victorin sur sa mère, elle reconnut quelque malheur près de fondre sur Adeline, et que Victorin hésitait à révéler. Le jeune et célèbre avocat était triste en dedans.

Sa profonde vénération pour sa mère éclatait dans la
douleur avec laquelle il la contemplait. Hortense, elle,
était évidemment occupée de ses propres chagrins;
et, depuis quinze jours, Lisbeth savait qu'elle éprouvait
les premières inquiétudes que le manque d'argent cause
aux gens probes, aux jeunes femmes à qui la vie a
toujours souri et qui déguisent leurs angoisses. Aussi, dès
le premier moment, la cousine Bette devina-t-elle que la
mère n'avait rien donné à sa fille. La délicate Adeline
était donc descendue aux fallacieuses paroles que le
besoin suggère aux emprunteurs. La préoccupation
d'Hortense, celle de son frère, la profonde mélancolie
de la baronne rendirent le dîner triste, surtout si
l'on se représente le froid que jetait déjà la surdité du
vieux maréchal. Trois personnes animaient la scène,
Lisbeth, Célestine et Wenceslas. L'amour d'Hortense
avait développé chez l'artiste l'animation polonaise, cette
vivacité d'esprit gascon, cette aimable turbulence qui
distingue ces Français du Nord. Sa situation d'esprit, sa
physionomie disaient assez qu'il croyait en lui-même,
et que la pauvre Hortense, fidèle aux conseils de sa mère,
lui cachait tous les tourments domestiques.

« Tu dois être bien heureuse, dit Lisbeth à sa petite
cousine en sortant de table, ta maman t'a tirée d'affaire
en te donnant son argent.

— Maman! répondit Hortense étonnée. Oh! pauvre
maman, moi qui pour elle voudrais en faire, de l'argent!
Tu ne sais pas, Lisbeth, eh bien! j'ai le soupçon affreux
qu'elle travaille en secret. »

On traversait alors le grand salon obscur, sans flambeaux, en suivant Mariette qui portait la lampe de la salle
à manger dans la chambre à coucher d'Adeline. En ce
moment, Victorin toucha le bras de Lisbeth et d'Hortense; toutes deux comprenant la signification de ce
geste laissèrent[a] Wenceslas, Célestine, le maréchal et la
baronne aller dans la chambre à coucher, et restèrent
groupés[b] à l'embrasure d'une fenêtre.

« Qu'y a-t-il, Victorin? dit Lisbeth. Je parie que c'est
quelque désastre causé par ton père.

— Hélas! oui, répondit Victorin. Un usurier, nommé
Vauvinet, a pour soixante mille francs de lettres de change
de mon père, et veut le poursuivre! J'ai voulu parler de
cette déplorable affaire à mon père à la Chambre, il n'a

pas voulu me comprendre, il m'a presque évité. Faut-il prévenir notre mère ?

— Non, non, dit Lisbeth, elle a trop de chagrins, tu lui donnerais le coup de la mort, il faut la ménager. Vous ne savez pas où elle en est ; sans votre oncle, vous n'eussiez pas trouvé de dîner ici aujourd'hui.

— Ah ! mon Dieu, Victorin, nous sommes des monstres, dit Hortense à son frère, Lisbeth nous apprend ce que nous aurions dû deviner. Mon dîner m'étouffe ! »

Hortense n'acheva pas, elle mit son mouchoir sur sa bouche pour prévenir l'éclat d'un sanglot, elle pleurait.

« J'ai dit à ce Vauvinet de venir me voir demain, reprit Victorin en continuant ; mais se contentera-t-il de ma garantie hypothécaire ? Je ne le crois pas. Ces gens-là veulent de l'argent comptant pour en faire suer des escomptes usuraires.

— Vendons notre rente ! dit Lisbeth à Hortense.

— Qu'est-ce que ce serait ? quinze ou seize mille francs, répliqua Victorin, il en faut soixante.

— Chère cousine ! s'écria Hortense en embrassant Lisbeth avec l'enthousiasme d'un cœur pur.

— Non, Lisbeth, gardez votre petite fortune, dit Victorin après avoir serré la main de la Lorraine. Je verrai demain ce que cet homme a dans son sac. Si ma femme y consent, je saurai empêcher, retarder les poursuites ; car, voir attaquer la considération de mon père !... ce serait affreux. Que dirait le ministre de la Guerre ? Les appointements de mon père, engagés depuis trois ans, ne seront libres qu'au mois de décembre ; on ne peut donc[a] pas les offrir en garantie. Ce Vauvinet a renouvelé onze fois les lettres de change ; ainsi jugez des sommes que mon père a payées en intérêts ! il faut fermer ce gouffre[b].

— Si Mme Marneffe pouvait le quitter, dit Hortense avec amertume.

— Ah ! Dieu nous en préserve ! dit Victorin. Mon père irait peut-être ailleurs, et là, les frais les plus dispendieux sont déjà faits. »

Quel changement chez ces enfants naguère si respectueux, et que la mère avait maintenus si longtemps dans une adoration absolue de leur père ! ils l'avaient déjà jugé.

« Sans moi, reprit Lisbeth, votre père serait encore plus ruiné qu'il ne l'est.

— Rentrons, dit Hortense, maman est fine, et elle se douterait de quelque chose, et, comme dit notre bonne Lisbeth, cachons-lui tout, soyons gais!

— Victorin, vous ne savez pas où vous conduira votre père avec son goût pour les femmes, dit Lisbeth. Pensez à vous assurer des revenus en me mariant avec le maréchal, vous devriez lui en parler tous ce soir, je partirai de bonne heure exprès. »

Victorin entra dans la chambre.

« Eh bien! ma pauvre petite, dit Lisbeth tout bas à sa petite cousine, et toi, comment feras-tu?

— Viens dîner avec nous demain, nous causerons, répondit Hortense. Je ne sais où donner de la tête; toi, tu te connais aux difficultés de la vie, tu me conseilleras. »

Pendant que toute la famille réunie essayait de prêcher le mariage au maréchal, et que Lisbeth revenait rue Vaneau, il y arrivait un de ces événements qui stimulent chez les femmes comme Mme Marneffe l'énergie du vice en les obligeant à déployer toutes les ressources de la perversité. Reconnaissons au moins ce fait constant : à Paris, la vie est trop occupée pour que les gens vicieux fassent le mal par instinct, ils se défendent à l'aide du vice contre les agressions, voilà tout[a].

Mme Marneffe, dont le salon était rempli de ses fidèles, avait mis les parties de whist en train, lorsque le valet de chambre, un militaire retraité racolé par le baron, annonça : « M. le baron Montès de Montéjanos! » Valérie reçut au cœur une violente commotion, mais elle s'élança vivement vers la porte en criant : « Mon cousin!... » Et, arrivée au Brésilien, elle lui glissa dans l'oreille ce mot : « Sois mon parent, ou tout est fini entre nous! »

« Eh bien! reprit-elle à haute voix amenant le Brésilien à la cheminée, Henri, tu n'as donc pas fait naufrage comme on me l'a dit, je t'ai pleuré trois ans...

— Bonjour, mon ami », dit M. Marneffe en tendant la main au Brésilien dont la tenue était celle d'un vrai Brésilien millionnaire[1].

M. le baron Henri Montès de Montéjanos, doué par le climat équatorial du physique et de la couleur que nous prêtons tous à l'Othello du théâtre, effrayait par un air sombre, effet purement plastique; car son caractère, plein de douceur et de tendresse, le prédestinait à l'exploitation que les faibles femmes pratiquent sur les hommes forts. Le dédain qu'exprimait sa figure, la puissance musculaire dont témoignait sa taille bien prise, toutes ses forces ne se déployaient qu'envers les hommes, flatterie adressée[a] aux femmes et qu'elles savourent avec tant d'ivresse que les gens qui donnent le bras à leurs maîtresses ont tous des airs de matamore tout à fait réjouissants. Superbement dessiné par un habit bleu à boutons en or massif, par son pantalon noir, chaussé de bottes fines d'un vernis irréprochable, ganté selon l'ordonnance, le baron n'avait de brésilien qu'un gros diamant d'environ cent mille francs qui brillait comme une étoile sur une somptueuse cravate de soie bleue, encadrée par un gilet blanc entrouvert de manière à laisser voir une chemise de toile d'une finesse fabuleuse. Le front, busqué comme celui d'un satyre, signe d'entêtement dans la passion, était surmonté d'une chevelure de jais, touffue comme une forêt vierge, sous laquelle scintillaient deux yeux clairs, fauves à faire croire que la mère du baron avait eu peur, étant grosse de lui, de quelque jaguar.

Ce magnifique exemplaire de la race portugaise au Brésil se campa le dos à la cheminée dans une pose qui décelait ses[b] habitudes parisiennes; et, le chapeau d'une main, le bras appuyé sur le velours de la tablette, il se pencha vers Mme Marneffe pour causer à voix basse avec elle, en se souciant fort peu des affreux bourgeois qui, dans son idée, encombraient mal à propos le salon[c].

Cette entrée en scène, cette pose, et l'air du Brésilien déterminèrent deux mouvements de curiosité mêlée d'angoisse, identiquement pareils chez Crevel et chez le baron. Ce fut chez tous deux la même expression, le même pressentiment. Aussi la manœuvre inspirée à ces deux passions réelles devint-elle si comique par la simultanéité de cette gymnastique, qu'elle fit sourire les gens d'assez d'esprit pour y avoir une révélation. Crevel, toujours bourgeois et boutiquier en diable, quoique maire de Paris, resta malheureusement en position plus longtemps que son collaborateur, et le baron put saisir au passage la révélation involontaire de Crevel[d]. Ce fut un trait de plus dans le cœur du vieillard amoureux qui résolut d'avoir une explication avec Valérie.

« Ce soir, se dit également Crevel en arrangeant ses cartes, il faut en finir... »

« *Vous avez du cœur !*... lui cria Marneffe, et vous venez d'y renoncer.

— Ah! pardon », répondit Crevel en voulant reprendre sa carte. « Ce baron-là me semble de trop, continuait-il en se parlant à lui-même. Que Valérie vive avec mon baron à moi, c'est ma vengeance, et je sais le moyen de m'en débarrasser; mais ce cousin-là!... c'est un baron de trop, je ne veux pas être *jobardé,* je veux savoir de quelle manière il est son parent! »

Ce soir-là, par un de ces bonheurs qui n'arrivent qu'aux jolies femmes, Valérie était délicieusement mise. Sa blanche poitrine étincelait serrée[a] dans une guipure dont les tons roux faisaient valoir le satin mat de ces belles épaules des Parisiennes, qui savent (par quels procédés, on l'ignore!) avoir de belles chairs et rester sveltes. Vêtue d'une robe de velours noir qui semblait à chaque instant près de quitter ses épaules, elle était coiffée en dentelle mêlée à des fleurs à grappes. Ses bras, à la fois mignons et potelés, sortaient de manches à sabots fourrées de dentelles. Elle ressemblait à ces beaux fruits coquettement arrangés dans une belle assiette et qui donnent des démangeaisons à l'acier du couteau.

« Valérie, disait le Brésilien à l'oreille de la jeune femme, je te reviens fidèle; mon oncle est mort, et je suis deux fois plus riche que je ne l'étais à mon départ. Je veux vivre et mourir à Paris, près de toi et pour toi[b].

— Plus bas, Henri! de grâce!

— Ah! bah! dussé-je jeter tout ce monde par la croisée, je veux te parler ce soir, surtout après avoir passé deux jours à te chercher. Je resterai le dernier, n'est-ce pas ? »

Valérie sourit à son prétendu cousin et lui dit : « Songez que vous devez être le fils d'une sœur de ma mère qui, pendant la campagne de Junot en Portugal[1], aurait épousé votre père.

— Moi, Montès de Montéjanos, arrière-petit-fils d'un des conquérants du Brésil[2], mentir!

— Plus bas, ou nous ne nous reverrons jamais...

— Et pourquoi ?

— Marneffe a pris, comme les mourants qui chaussent tous un dernier désir, une passion pour moi...

— Ce laquais ?... dit le Brésilien qui connaissait son Marneffe[a], je le payerai...

— Quelle violence...

— Ah çà ! d'où te vient ce luxe ?... » dit le Brésilien qui finit par apercevoir les somptuosités du salon.

Elle se mit à rire.

« Quel mauvais ton, Henri ! » dit-elle.

Elle venait de recevoir deux regards enflammés de jalousie qui l'avaient atteinte au point de l'obliger à regarder les deux âmes en peine. Crevel, qui jouait contre le baron et M. Coquet, avait pour partner M. Marneffe. La partie fut égale à cause des distractions respectives de Crevel et du baron qui accumulèrent fautes sur fautes. Ces deux vieillards amoureux avouèrent, en un moment, la passion que Valérie avait réussi à leur faire cacher depuis trois ans ; mais elle n'avait pas su non plus éteindre dans ses yeux le bonheur de revoir l'homme qui, le premier, lui avait fait battre le cœur, l'objet de son premier amour. Les droits de ces heureux mortels vivent autant que la femme sur laquelle ils les ont pris.

Entre ces trois passions absolues, l'une appuyée sur l'insolence de l'argent, l'autre sur le droit de possession, la dernière sur la jeunesse, la force, la fortune et la primauté, Mme Marneffe resta calme et l'esprit libre, comme le fut le général Bonaparte, lorsque au siège de Mantoue il eut à répondre à deux armées en voulant continuer le blocus de la place[b1]. La jalousie, en jouant dans la figure de Hulot, le rendit aussi terrible que feu le maréchal Montcornet partant pour une charge de cavalerie sur un carré russe. En sa qualité de bel homme, le conseiller d'État n'avait jamais connu la jalousie, de même que Murat ignorait le sentiment de la peur. Il s'était toujours cru certain du triomphe. Son échec auprès de Josépha, le premier de sa vie, il l'attribuait à la soif de l'argent ; il se disait vaincu par un million, et non par un avorton, en parlant du duc d'Hérouville. Les philtres et les vertiges que verse à torrents ce sentiment fou venaient de couler dans son cœur en un instant. Il se retournait de sa table de whist vers la cheminée par des mouvements à la Mirabeau, et quand il laissait ses cartes pour embrasser par un regard provocateur le Brésilien et Valérie, les habitués du salon éprou-

vaient cette crainte mêlée de curiosité qu'inspire une
violence menaçant d'éclater de moments en moments.
Le faux cousin regardait le conseiller d'État comme il
eût examiné quelque grosse potiche chinoise. Cette
situation ne pouvait durer, sans aboutir à un éclat
affreux. Marneffe craignait le baron Hulot, autant que
Crevel redoutait Marneffe, car il ne se souciait pas de
mourir sous-chef. Les moribonds croient à la vie comme
les forçats à la liberté. Cet homme voulait être chef de
bureau à tout prix. Justement effrayé de la pantomime
de Crevel et du conseiller d'État, il se leva, dit un mot à
l'oreille de sa femme; et, au grand étonnement de l'assemblée, Valérie passa dans sa chambre à coucher avec
le Brésilien et son mari.

« Mme Marneffe vous a-t-elle jamais parlé de ce cousin-là ? demanda Crevel au baron Hulot.

— Jamais! répondit le baron en se levant. Assez
pour ce soir, ajouta-t-il, je perds deux louis, les voici. »

Il jeta deux pièces d'or sur la table et alla s'asseoir sur
le divan d'un air que tout le monde interpréta comme
un avis de s'en aller. M. et Mme Coquet, après avoir
échangé deux mots, quittèrent le salon, et Claude Vignon,
au désespoir, les imita. Ces deux sorties entraînèrent les
personnes inintelligentes qui se virent de trop. Le baron
et Crevel restèrent seuls, sans se dire un mot. Hulot,
qui finit par ne plus apercevoir Crevel, alla sur la pointe
du pied écouter à la porte de la chambre, et il fit un bond
prodigieux en arrière, car M. Marneffe ouvrit la porte,
se montra le front serein et parut étonné de ne trouver
que deux personnes.

« Et le thé ! dit-il.

— Où donc est Valérie ? répondit le baron furieux.

— Ma femme, répliqua Marneffe; mais elle est montée
chez mademoiselle votre cousine, elle va revenir.

— Et pourquoi nous a-t-elle plantés là pour cette
stupide chèvre ?...

— Mais, dit Marneffe, Mlle Lisbeth est arrivée de chez
Mme la baronne votre femme avec une espèce d'indigestion, et Mathurine a demandé du thé à Valérie, qui
vient d'aller voir ce qu'a mademoiselle votre cousine.

— Et le cousin ?...

— Il est parti!

— Vous croyez cela ? dit le baron.

— Je l'ai mis en voiture! » répondit Marneffe avec un affreux sourire.

Le roulement d'une voiture se fit entendre dans la rue Vaneau. Le baron, comptant Marneffe pour zéro, sortit et monta chez Lisbeth. Il lui passait dans la cervelle une de ces idées qu'y envoie le cœur quand il est incendié par la jalousie. La bassesse de Marneffe lui était si connue, qu'il supposa d'ignobles connivences entre la femme et le mari.

« Que sont donc devenus ces messieurs et ces dames ? demanda Marneffe en se voyant seul avec Crevel.

— Quand le soleil se couche, la basse-cour en fait autant, répondit Crevel; Mme Marneffe a disparu, ses adorateurs sont partis. Je vous propose un piquet », ajouta Crevel qui voulait rester.

Lui aussi, il croyait le Brésilien dans la maison. M. Marneffe accepta. Le maire était aussi fin que le baron; il pouvait demeurer au logis indéfiniment en jouant avec le mari qui, depuis la suppression des jeux publics[1], se contentait du jeu rétréci, mesquin, du monde.

Le baron Hulot monta rapidement chez sa cousine Bette; mais il trouva la porte fermée, et les demandes d'usage à travers la porte employèrent assez de temps pour permettre à des femmes alertes et rusées de disposer le spectacle d'une indigestion gorgée de thé. Lisbeth souffrait tant, qu'elle inspirait les craintes les plus vives à Valérie; aussi Valérie fit-elle à peine attention à la rageuse entrée du baron. La maladie est un des paravents que les femmes mettent le plus souvent entre elles et l'orage d'une querelle. Hulot regarda partout à la dérobée, et il n'aperçut dans la chambre à coucher de la cousine Bette aucun endroit propre à cacher un Brésilien.

« Ton indigestion, Bette, fait honneur au dîner de ma femme, dit-il en examinant la vieille fille qui se portait à merveille, et qui tâchait d'imiter le râle des convulsions d'estomac en buvant du thé.

— Voyez comme il est heureux que notre chère Bette soit logée dans ma maison! Sans moi, la pauvre fille expirait..., dit Mme Marneffe.

— Vous avez l'air de me croire au mieux, reprit Lisbeth en s'adressant au baron, et ce serait une infamie...

— Pourquoi ? demanda le baron, vous savez donc la raison de ma visite ? »

Et il guigna la porte d'un cabinet de toilette d'où la clef était retirée.

« Parlez-vous grec ?... répondit Mme Marneffe avec une expression déchirante de tendresse et de fidélité méconnues.

— Mais c'est pour vous, mon cher cousin, oui c'est par votre faute que je suis dans l'état où vous me voyez », dit Lisbeth avec énergie.

Ce cri détourna l'attention du baron qui regarda la vieille fille dans un étonnement profond.

« Vous savez si je vous aime, reprit Lisbeth, je suis ici, c'est tout dire. J'y use les dernières forces de ma vie, à veiller à vos intérêts en veillant à ceux de notre chère Valérie. Sa maison lui coûte dix fois moins cher qu'une autre maison qu'on voudrait tenir comme la sienne. Sans moi, mon cousin, au lieu de deux mille francs par mois, vous seriez forcé d'en donner trois ou quatre mille.

— Je sais tout cela, répondit le baron impatienté; vous nous protégez de bien des manières, ajouta-t-il en revenant auprès de Mme Marneffe et la prenant par le cou, n'est-ce pas, ma chère petite belle ?...

— Ma parole, dit Valérie, je vous crois fou!...

— Eh bien! vous ne doutez pas de mon attachement, reprit Lisbeth; mais j'aime aussi ma cousine Adeline, et je l'ai trouvée en larmes. Elle ne vous a pas vu depuis un mois. Non, cela n'est pas permis. Vous laissez ma pauvre Adeline sans argent. Votre fille Hortense a failli mourir en apprenant que c'est grâce à votre frère que nous avons pu dîner! Il n'y avait pas de pain chez vous aujourd'hui. Adeline a pris la résolution héroïque de se suffire à elle-même. Elle m'a dit : " Je ferai comme toi! " Ce mot m'a si fort serré le cœur, après le dîner, qu'en pensant à ce que ma cousine était en 1811 et ce qu'elle est en 1841, trente ans après! j'ai eu ma digestion arrêtée... j'ai voulu vaincre le mal; mais, arrivée, ici, j'ai cru mourir...

— Vous voyez, Valérie, dit le baron, jusqu'où me mène mon adoration pour vous!... à commettre des crimes domestiques...

— Oh! j'ai eu raison de rester fille! s'écria Lisbeth avec une joie sauvage. Vous êtes un bon et excellent homme, Adeline est un ange, et voilà la récompense d'un dévouement aveugle.

— Un vieil ange! dit doucement Mme Marneffe en jetant un regard moitié tendre, moitié rieur à son Hector, qui la contemplait comme un juge d'instruction examine un prévenu.

— Pauvre femme! dit le baron. Voilà plus de neuf mois que je ne lui ai remis d'argent, et j'en trouve pour vous, Valérie, et à quel prix! Vous ne serez jamais aimée ainsi par personne, et quels chagrins vous me donnez en retour!

— Des chagrins? reprit-elle. Qu'appelez-vous donc le bonheur?

— Je ne sais pas encore quelles ont été vos relations avec ce prétendu cousin, de qui vous ne m'avez jamais parlé, reprit le baron sans faire attention aux mots jetés par Valérie. Mais, quand il est entré, j'ai reçu comme un coup de canif dans le cœur. Quelque aveuglé que je sois, je ne suis pas aveugle. J'ai lu dans vos yeux et dans les siens. Enfin, il s'échappait par les paupières de ce singe des étincelles qui rejaillissaient sur vous, dont le regard... Oh! vous ne m'avez jamais regardé ainsi, jamais! Quant à ce mystère, Valérie, il se dévoilera... Vous êtes la seule femme qui m'ayez fait connaître le sentiment de la jalousie, ainsi ne vous étonnez pas de ce que je vous dis... Mais un autre mystère qui a crevé son nuage, et qui me semble une infamie...

— Allez! allez! dit Valérie.

— C'est que Crevel, ce cube de chair et de bêtise, vous aime, et que vous accueillez ses galanteries assez bien pour que ce niais ait laissé voir sa passion à tout le monde...

— Et de trois! Vous n'en apercevez pas d'autres? demanda Mme Marneffe.

— Peut-être y en a-t-il? dit le baron.

— Que M. Crevel m'aime, il est dans son droit d'homme; que je sois favorable à sa passion, ce serait le fait d'une coquette ou d'une femme à qui vous laisseriez beaucoup de choses à désirer... Eh bien! aimez-moi avec mes défauts, ou laissez-moi. Si vous me rendez ma liberté, ni vous, ni M. Crevel, vous ne reviendrez ici, je prendrai mon cousin pour ne pas perdre les charmantes habitudes que vous me supposez. Adieu, monsieur le baron Hulot. »

Et elle se leva; mais le conseiller d'État la saisit par le bras et la fit asseoir. Le vieillard ne pouvait plus rempla-

cer Valérie, elle était devenue un besoin plus impérieux
pour lui que les nécessités de la vie, et il aima mieux
rester dans l'incertitude que d'acquérir la plus légère
preuve de l'infidélité de Valérie.

« Ma chère Valérie, dit-il, ne vois-tu pas ce que je
souffre ? Je ne te demande que de te justifier... donne-
moi de bonnes raisons...

— Eh bien! allez m'attendre en bas, car vous ne voulez pas assister, je crois, aux différentes cérémonies que
nécessite l'état de votre cousine. »

Hulot se retira lentement.

« Vieux libertin! s'écria la cousine Bette, vous ne me
demandez donc pas des nouvelles de vos enfants ?...
Que ferez-vous pour Adeline ? Moi, d'abord, je lui
porte demain mes économies.

— On doit au moins le pain de froment à sa femme »,
dit en souriant Mme Marneffe.

Le baron, sans s'offenser du ton de Lisbeth qui le
régentait aussi durement que Joséplat, s'en alla comme
un homme enchanté d'éviter une question importune.

Une fois le verrou mis, le Brésilien quitta le cabinet
de toilette où il attendait, et il parut les yeux pleins de
larmes, dans un état à faire pitié. Montès avait évidemment tout entendu[a].

« Tu ne m'aimes plus, Henri! je le vois », dit Mme Marneffe en se cachant le front dans son mouchoir et fondant en larmes.

C'était le cri de l'amour vrai. La clameur du désespoir
de la femme est si persuasive, qu'elle arrache le pardon
qui se trouve au fond du cœur de tous les amoureux,
quand la femme est jeune, jolie et décolletée à sortir
par le haut de sa robe en costume d'Ève.

« Mais pourquoi ne quittez-vous pas tout pour moi,
si vous m'aimez ? » demanda le Brésilien.

Ce naturel de l'Amérique, logique comme le sont
tous les hommes nés dans la Nature, reprit aussitôt
la conversation au point où il l'avait laissée, en reprenant la taille de Valérie.

« Pourquoi ?... dit-elle en relevant la tête et regardant
Henri qu'elle domina par un regard chargé d'amour.
Mais, mon petit chat, je suis mariée. Mais nous sommes
à Paris, et non dans les savanes, dans les pampas, dans
les solitudes de l'Amérique. Mon bon Henri, mon pre-

mier et mon seul amour, écoute-moi donc. Ce mari,
simple sous-chef au ministère de la Guerre, veut être
chef de bureau et officier de la Légion d'honneur,
puis-je l'empêcher d'avoir de l'ambition ? or, pour la
même raison qu'il nous laissait entièrement libres tous
les deux (il y a bientôt quatre ans, t'en souviens-tu,
méchant ?), aujourd'hui Marneffe m'impose M. Hulot.
Je ne puis me défaire de cet affreux administrateur qui
souffle comme un phoque, qui a des nageoires dans les
narines, qui a soixante-trois[a] ans, qui depuis trois ans
s'est vieilli de dix ans à vouloir être jeune, qui m'est
odieux, que le lendemain du jour où Marneffe sera
chef de bureau et officier de la Légion d'honneur...

— Qu'est-ce qu'il aura de plus, ton mari ?

— Mille écus.

— Je les lui donnerai viagèrement, reprit le baron
Montès, quittons Paris et allons...

— Où ? dit Valérie en faisant une de ces jolies moues
par lesquelles les femmes narguent les hommes dont
elles sont sûres. Paris est la seule ville où nous puissions
vivre heureux. Je tiens trop à ton amour pour le voir
s'affaiblir en nous trouvant seuls dans un désert; écoute,
Henri, tu es le seul homme aimé de moi dans l'univers,
écris cela sur ton crâne de tigre. »

Les femmes persuadent toujours aux hommes de qui
elles ont fait des moutons qu'ils sont des lions, et qu'ils
ont un caractère de fer.

« Maintenant, écoute-moi bien : M. Marneffe n'a pas
cinq ans à vivre, il est gangrené jusque dans la moelle
de ses os; sur douze mois de l'année, il en passe sept à
boire des drogues, des tisanes, il vit dans la flanelle;
enfin, il est, dit le médecin, sous le coup de la faux à
tout moment; la maladie[b] la plus innocente pour un
homme sain sera mortelle pour lui, le sang est corrompu,
la vie est attaquée dans son principe. Depuis cinq ans,
je n'ai pas voulu qu'il m'embrassât une seule fois, car,
cet homme, c'est la peste! Un jour, et ce jour n'est pas
éloigné, je serai veuve, eh bien! moi, déjà demandée
par un homme qui possède soixante mille francs de
rente, moi qui suis maîtresse de cet homme comme de
ce morceau de sucre, je te déclare que tu serais pauvre
comme Hulot, lépreux comme Marneffe, et que si tu
me battais, c'est toi que je veux pour mari, toi seul que

j'aime, de qui je veuille porter le nom. Et je suis prête à
te donner tous les gages d'amour que tu voudras...

— Eh bien! ce soir...

— Mais, enfant de Rio, mon beau jaguar sorti pour
moi des forêts vierges du Brésil, dit-elle en lui prenant
la main et la baisant et la caressant, respecte donc un
peu la créature de qui tu veux faire ta femme... Serai-je ta
femme, Henri ?...

— Oui », dit le Brésilien vaincu par le bavardage
effréné de la passion.

Et il se mit à genoux.

« Voyons, Henri, dit Valérie en lui prenant les deux
mains et le regardant au fond des yeux avec fixité, tu
me jures ici, en présence de Lisbeth, ma meilleure et
ma seule amie, ma sœur, de me prendre pour femme au
bout de mon année de veuvage ?...

— Je le jure.

— Ce n'est pas assez! jure par les cendres et le salut
éternel de ta mère, jure-le par la Vierge Marie et par tes
espérances de catholique[1]! »

Valérie savait que le Brésilien tiendrait ce serment,
quand même elle serait tombée au fond du plus sale
bourbier social. Le Brésilien fit ce serment solennel,
le nez presque touchant à la blanche poitrine de Valérie
et les yeux fascinés; il était ivre, comme on est ivre en
revoyant une femme aimée, après une traversée de cent
vingt jours!

« Eh bien! maintenant, sois tranquille. Respecte
bien dans Mme Marneffe, la future baronne de Montéjanos. Ne dépense pas un liard pour moi, je te le défends.
Reste ici, dans la première pièce, couché sur le petit
canapé, je viendrai moi-même t'avertir quand tu pourras quitter ton poste... Demain matin nous déjeunerons
ensemble, et tu t'en iras sur les une heure, comme si tu
étais venu me faire une visite à midi. Ne crains rien, les
portiers m'appartiennent comme s'ils étaient mon père
et ma mère... Je vais descendre chez moi servir le
thé. »

Elle fit un signe à Lisbeth qui l'accompagna jusque
sur le palier. Là, Valérie dit à l'oreille de la vieille fille :
« Ce moricaud est venu un an trop tôt! car je meurs si
je ne te venge d'Hortense!...

— Sois tranquille, mon cher gentil petit démon, dit la

vieille fille en l'embrassant au front, l'amour et la vengeance, chassant de compagnie, n'auront jamais le dessous. Hortense m'attend demain, elle est dans la misère.
Pour avoir mille francs, Wenceslas t'embrassera mille
fois[a]. »

En quittant Valérie, Hulot était descendu jusqu'à la
loge, et s'était montré subitement à Mme Olivier.

« Mme Olivier ?... »

En entendant cette interrogation impérieuse et voyant
le geste par lequel le baron la commenta, Mme Olivier
sortit de sa loge, et alla jusque dans la cour à l'endroit
où le baron l'emmena.

« Vous savez que si quelqu'un peut un jour faciliter
à votre fils l'acquisition d'une étude, c'est moi ; c'est
grâce à moi que le voici troisième clerc de notaire, et
qu'il achève son droit.

— Oui, monsieur le baron ; aussi, monsieur le baron
peut-il compter sur notre reconnaissance. Il n'y a pas de
jour que je ne prie Dieu pour le bonheur de monsieur
le baron...

— Pas tant de paroles, ma bonne femme, dit Hulot,
mais des preuves...

— Que faut-il faire ? demanda Mme Olivier.

— Un homme en équipage est venu ce soir, le connaissez-vous ? »

Mme Olivier avait bien reconnu le Montès[b], comment
l'aurait-elle oublié ? Montès lui glissait, rue du Doyenné,
cent sous dans la main toutes les fois qu'il sortait, le
matin, de la maison, un peu trop tôt. Si le baron s'était
adressé à M. Olivier, peut-être aurait-il appris tout. Mais
Olivier dormait. Dans les classes inférieures, la femme
est, non seulement supérieure à l'homme, mais encore
elle le gouverne presque toujours. Depuis longtemps,
Mme Olivier avait pris son parti dans le cas d'une colli-
sion entre ses deux bienfaiteurs, elle regardait Mme Marneffe comme la plus forte de ces deux puissances.

« Si je le connais ?... répondit-elle, non. Ma foi, non,
je ne l'ai jamais vu !...

— Comment ! le cousin de Mme Marneffe ne venait
jamais la voir quand elle demeurait rue du Doyenné ?

— Ah ! c'est son cousin !... s'écria Mme Olivier. Il
est peut-être venu, mais je ne l'ai pas reconnu. La première fois, monsieur, je ferai bien attention...

— Il va descendre, dit Hulot vivement en coupant la parole à Mme Olivier...

— Mais il est parti, répliqua Mme Olivier qui comprit tout. La voiture n'est plus là...

— Vous l'avez vu partir ?

— Comme je vous vois. Il a dit à son domestique : À l'ambassade ! »

Ce ton, cette assurance arrachèrent un soupir de bonheur au baron, il prit la main à Mme Olivier et la lui serra.

« Merci, ma chère madame Olivier; mais ce n'est pas tout! Et M. Crevel ?...

— M. Crevel ? que voulez-vous dire ? Je ne comprends pas, dit Mme Olivier.

— Écoutez-moi bien! Il aime Mme Marneffe...

— Pas possible! monsieur le baron, pas possible! dit-elle en joignant les mains.

— Il aime Mme Marneffe! répéta fort impérativement le baron. Comment font-ils ? je n'en sais rien; mais je veux le savoir et vous le saurez. Si vous pouvez me mettre sur les traces de cette intrigue, votre fils sera notaire.

— Monsieur le baron, *ne vous mangez pas les sangs* comme ça, reprit Mme Olivier. Madame vous aime et n'aime que vous; sa femme de chambre le sait bien, et nous disons[a] comme cela que vous êtes l'homme le plus heureux de la terre, car vous savez tout ce que vaut Madame... Ah! c'est une perfection... Elle se lève à dix heures tous les jours; pour lors, elle déjeune, bon. Eh bien, elle en a pour une heure[b] à faire sa toilette, et tout ça la mène à deux heures; pour lors elle va se promener aux Tuileries au vu et n'au su[c] de tout le monde; elle est toujours rentrée à[d] quatre heures, pour l'heure de votre arrivée... Oh! c'est réglé comme n'une pendule. Elle n'a pas de secrets pour sa femme de chambre, Reine n'en a pas pour moi, allez! Reine ne peut pas n'en n'avoir, rapport à mon fils, pour qui n'elle a des bontés... Vous voyez bien que si Madame avait des rapports avec M. Crevel, nous le saurions. »

Le baron remonta chez Mme Marneffe le visage rayonnant, et convaincu d'être le seul homme aimé de cette affreuse courtisane, aussi décevante, mais aussi belle, aussi gracieuse qu'une sirène.

Crevel et Marneffe commençaient un second piquet. Crevel perdait, comme perdent tous les gens qui ne sont pas à leur jeu. Marneffe, qui savait la cause des distractions du maire, en profitait sans scrupules : il regardait les cartes à prendre, il *écartait* en conséquence; puis, voyant dans le jeu de son adversaire, il jouait à coup sûr. Le prix de la fiche étant de vingt sous, il avait déjà volé trente francs au maire au moment où le baron rentrait.

« En bien, dit le conseiller d'État étonné de ne trouver personne, vous êtes seuls! où sont-ils tous ?

— Votre belle humeur a mis tout le monde en fuite! répondit Crevel.

— Non, c'est l'arrivée du cousin de maᵃ femme, répliqua Marneffe. Ces dames et ces messieurs ont pensé que Valérie et Henri devaient avoir quelque chose à se dire, après une séparation de trois années, et ils se sont discrètement retirés... Si j'avais été là, je les aurais retenus; mais, par aventure, j'aurais mal fait, car l'indisposition de Lisbeth, qui sert toujours le thé, sur les dix heures et demie, a mis tout en déroute...

— Lisbeth est donc réellement indisposée ? demanda Crevel furieux.

— On me l'a dit », répliqua Marneffe avec l'immorale insouciance des hommes pour qui les femmes n'existent plus.

Le maire avait regardé la pendule; et, à cette estime, le baron paraissait avoir passé quarante minutes chez Lisbeth. L'air joyeux de Hulot incriminait gravement Hector, Valérie et Lisbeth.

« Je viens de la voir, elle souffre horriblement, la pauvre fille, dit le baron.

— La souffrance des autres fait donc votre joie, mon cher ami, reprit aigrement Crevel, car vous nous revenez avec une figure où la jubilation rayonne! Est-ce que Lisbeth est en danger de mort ? Votre fille hérite d'elle, dit-on. Vous ne vous ressemblez plus, vous êtes parti avec la physionomie du More de Venise et vous revenez avec celle de Saint-Preux[1]!... Je voudrais bien voir la figure de Mme Marneffe!

— Qu'entendez-vous par ces paroles ?... » demanda M. Marneffe à Crevel en rassemblant ses cartes et les posant devant lui.

Les yeux éteints de cet homme décrépit à quarante-sept ans s'animèrent, de pâles couleurs nuancèrent ses joues flasques et froides, il entrouvrit sa bouche démeublée aux lèvres noires sur lesquelles il vint une espèce d'écume blanche comme de la craie, et caséiforme. Cette rage d'un homme impuissant, dont la vie tenait à un fil, et qui, dans un duel, n'eût rien risqué là où Crevel eût eu tout à perdre, effraya le maire.

« Je dis, répondit Crevel, que j'aimerais à voir la figure de Mme Marneffe, et j'ai d'autant plus raison, que la vôtre en ce moment est fort désagréable. Parole d'honneur, vous êtes horriblement laid, mon cher Marneffe...

— Savez-vous que vous n'êtes pas poli ?

— Un homme qui gagne trente francs en quarante-cinq minutes ne me paraît jamais beau.

— Ah! si vous m'aviez vu, reprit le sous-chef, il y a dix-sept ans...

— Vous étiez gentil ? répliqua Crevel.

— C'est ce qui m'a perdu; si j'avais été comme vous je serais Pair et Maire.

— Oui, dit en souriant Crevel, vous avez trop fait la guerre, et, des deux métaux que l'on gagne à cultiver le dieu du commerce, vous avez pris le mauvais, la drogue[1]! »

Et Crevel éclata de rire. Si Marneffe se fâchait à propos de son honneur en péril, il prenait toujours bien ces vulgaires et ignobles plaisanteries; elles étaient comme la petite monnaie de la conversation entre Crevel et lui.

« Ève me coûte cher, c'est vrai; mais, ma foi, courte et bonne, voilà ma devise.

— J'aime mieux longue et heureuse », répliqua Crevel[a].

Mme Marneffe entra, vit son mari jouant avec Crevel, et le baron, tous trois seuls dans le salon; elle comprit, au seul aspect de la figure du dignitaire municipal, toutes les pensées qui l'avaient agité, son parti fut aussitôt pris.

« Marneffe! mon chat! dit-elle en venant s'appuyer sur l'épaule de son mari et passant ses jolis doigts dans des cheveux d'un vilain gris sans pouvoir couvrir la tête en les ramenant, il est bien tard pour toi, tu devrais t'aller coucher. Tu sais que demain il faut te purger, le docteur l'a dit, et Reine te fera prendre du bouillon aux herbes dès sept heures... Si tu veux vivre, laisse là ton piquet...

— Faisons-le en cinq marqués[1] ? demanda Marneffe à Crevel.

— Bien... j'en ai déjà deux, répondit Crevel.

— Combien cela durera-t-il ? demanda Valérie.

— Dix minutes, répliqua Marneffe.

— Il est déjà onze heures, répondit Valérie. Et vraiment, monsieur Crevel, on dirait que vous voulez tuer mon mari. Dépêchez-vous au moins. »

Cette rédaction à double sens fit sourire Crevel, Hulot et Marneffe lui-même[a]. Valérie alla causer avec son Hector.

« Sors, mon chéri, dit Valérie à l'oreille d'Hector[b], promène-toi dans la rue Vaneau, tu reviendras lorsque tu verras sortir Crevel.

— J'aimerais mieux sortir de l'appartement et rentrer dans ta chambre par la porte du cabinet de toilette; tu pourrais dire à Reine de me l'ouvrir.

— Reine est là-haut à soigner Lisbeth.

— Eh bien! si je remontais chez Lisbeth ? »

Tout était péril pour Valérie, qui, prévoyant une explication avec Crevel, ne voulait pas Hulot dans sa chambre où il pourrait tout entendre. Et le Brésilien attendait chez Lisbeth.

« Vraiment, vous autres hommes, dit Valérie à Hulot, quand vous avez une fantaisie, vous brûleriez les maisons pour y entrer. Lisbeth est dans un état à ne pas vous recevoir... Craignez-vous d'attraper un rhume dans la rue!... Allez-y... ou bonsoir!...

— Adieu, messieurs », dit le baron à haute voix.

Une fois attaqué dans son amour-propre de vieillard, Hulot tint à prouver qu'il pouvait faire le jeune homme en attendant l'heure du berger dans la rue, et il sortit.

Marneffe dit bonsoir à sa femme, à qui, par une démonstration de tendresse apparente, il prit les mains. Valérie serra d'une façon significative la main de son mari, ce qui voulait dire : « Débarrasse-moi donc de Crevel. »

« Bonne nuit, Crevel, dit alors Marneffe, j'espère que vous ne resterez pas longtemps avec Valérie. Ah! je suis jaloux... ça m'a pris tard, mais ça me tient... et je viendrai voir si vous êtes parti.

— Nous avons à causer d'affaires, mais je ne resterai pas longtemps, dit Crevel.

— Parlez bas! — que me voulez-vous ? » dit Valérie sur deux tons en regardant Crevel avec un air où la hauteur se mêlait au mépris.

En recevant ce regard hautain, Crevel, qui rendait d'immenses services à Valérie et qui voulait s'en targuer, redevint humble et soumis.

« Ce Brésilien... »

Crevel, épouvanté par le regard fixe et méprisant de Valérie, s'arrêta.

« Après ?... dit-elle.

— Ce cousin...

— Ce n'est pas mon cousin, reprit-elle. C'est mon cousin pour le monde et pour M. Marneffe. Ce serait mon amant, que vous n'auriez pas un mot à dire. Un boutiquier[a] qui achète une femme pour se venger d'un homme est au-dessous, dans mon estime, de celui qui l'achète par amour. Vous n'étiez pas épris de moi, vous avez vu en moi la maîtresse de M. Hulot, et vous m'avez acquise comme on achète un[b] pistolet pour tuer son adversaire. J'avais faim, j'ai consenti !

— Vous n'avez pas exécuté le marché, répondit Crevel redevenant commerçant.

— Ah! vous voulez que le baron Hulot sache bien que vous lui prenez sa maîtresse, pour avoir votre revanche de l'enlèvement de Josépha... Rien ne me prouve mieux votre bassesse. Vous dites aimer une femme, vous la traitez de duchesse, et vous voulez la déshonorer ? Tenez, mon cher, vous avez raison : cette femme ne vaut pas Josépha. Cette demoiselle a le courage de son infamie, tandis que moi je suis une hypocrite qui devrais être fouettée en place publique. Hélas! Josépha se protège par son talent et par sa fortune. Mon seul rempart, à moi, c'est mon honnêteté; je suis encore une digne et vertueuse bourgeoise; mais si vous faites un éclat, que deviendrai-je ? Si j'avais la fortune, encore passe! Mais j'ai maintenant tout au plus quinze mille francs de rente, n'est-ce pas ?

— Beaucoup plus, dit Crevel; je vous ai doublé depuis deux mois vos économies dans l'Orléans[1].

— Eh bien, la considération à Paris commence à cinquante mille francs de rente, vous n'avez pas à me

donner la monnaie de la position que je perdrai. Que
voulais-je ? faire nommer Marneffe chef de bureau; il
aurait six mille francs d'appointements; il a vingt-sept
ans de service, dans trois ans j'aurais droit à quinze
cents francs de pension, s'il mourait. Vous, comblé de
bontés par moi, gorgé de bonheur, vous ne savez pas
attendre! Et cela dit aimer! s'écria-t-elle.

— Si j'ai commencé par un calcul, dit Crevel, depuis
je suis devenu votre *toutou*. Vous me mettez les pieds
sur le cœur, vous m'écrasez, vous m'abasourdissez, et
je vous aime comme je n'ai jamais aimé. Valérie, je vous
aime autant que j'aime Célestine! Pour vous, je suis
capable de tout... Tenez! au lieu de venir deux fois par
semaine rue du Dauphin[1], venez-y trois.

— Rien que cela! Vous rajeunissez, mon cher[a]...

— Laissez-moi renvoyer Hulot, l'humilier, vous en
débarrasser, dit Crevel sans répondre à cette insolence[b],
n'admettez plus ce Brésilien, soyez toute à moi, vous ne
vous en repentirez pas. D'abord, je vous donnerai une
inscription de huit mille francs de rente, mais viagère;
je ne vous en joindrai la nue-propriété qu'après cinq
ans de constance...

— Toujours des marchés! les bourgeois n'apprendront jamais à donner! Vous voulez vous faire des relais
d'amour dans la vie avec des inscriptions de rentes ?...
Ah! boutiquier, marchand de pommade! tu étiquettes
tout! Hector me disait que le duc d'Hérouville avait
apporté trente mille livres de rente à Josépha dans un
cornet à dragées d'épicier! je vaux six fois mieux que
Josépha! Ah! être aimée! dit-elle en refrisant ses anglaises
et allant se regarder dans la glace. Henri m'aime, il vous
tuerait comme une mouche à un signe de mes yeux!
Hulot m'aime, il met sa femme sur la paille. Allez,
soyez bon père de famille, mon cher. Oh! vous avez,
pour faire vos fredaines, trois cent mille francs en dehors
de votre fortune, un magot enfin, et vous ne pensez
qu'à l'augmenter...

— Pour toi, Valérie, car je t'en offre la moitié! dit-il
en tombant à genoux.

— Eh bien, vous êtes encore là! s'écria le hideux
Marneffe en robe de chambre. Que faites-vous ?

— Il me demande pardon, mon ami, d'une proposition insultante qu'il vient de m'adresser. Ne pouvant

rien obtenir de moi, monsieur inventait de m'acheter... »

Crevel aurait voulu descendre dans la cave par une trappe, comme cela se fait au théâtre.

« Relevez-vous, mon cher Crevel, dit en souriant Marneffe, vous êtes ridicule. Je vois à l'air de Valérie qu'il n'y a pas de danger pour moi.

— Va te coucher et dors tranquille », dit Mme Marneffe.

« Est-elle spirituelle ? pensait Crevel, elle est adorable! elle me sauve! »

Quand Marneffe fut rentré chez lui, le maire prit les mains de Valérie et les lui baisa en y laissant trace de quelques larmes.

« Tout en ton nom! dit-il.

— Voilà aimer, lui répondit-elle bas à l'oreille. Eh bien, amour pour amour. Hulot est en bas, dans la rue. Ce pauvre vieux attend, pour venir ici, que je place une bougie à l'une des fenêtres de ma chambre à coucher; je vous permets de lui dire que vous êtes le seul aimé; jamais il ne voudra vous croire, emmenez-le rue du Dauphin, donnez-lui des preuves, accablez-le; je vous le permets, je vous l'ordonne. Ce phoque m'ennuie, il m'excède. Tenez bien votre homme rue du Dauphin pendant toute la nuit, assassinez-le à petit feu, vengez-vous de l'enlèvement de Josépha. Hulot en mourra peut-être; mais nous sauverons sa femme et ses enfants d'une ruine effroyable. Mme Hulot travaille pour vivre!...

— Oh! la pauvre dame! ma foi, c'est atroce! s'écria Crevel chez qui les bons sentiments naturels revinrent.

— Si tu m'aimes, Célestin, dit-elle tout bas à l'oreille de Crevel qu'elle effleura de ses lèvres, retiens-le, ou je suis perdue. Marneffe a des soupçons, Hector a la clef de la porte cochère et compte revenir! »

Crevel serra Mme Marneffe dans ses bras, et sortit au comble du bonheur; Valérie l'accompagna tendrement jusqu'au palier; puis, comme^a une femme magnétisée, elle descendit jusqu'au premier étage, et elle^b alla jusqu'au bas de la rampe.

« Ma Valérie! remonte, ne te compromets pas aux yeux des portiers... Va, ma vie et ma fortune, tout est à toi... Rentre, ma duchesse! »

« Madame Olivier! cria doucement Valérie lorsque la porte frappa.

« — Comment! madame, vous ici! dit Mme Olivier stupéfaite.

— Mettez les verrous en haut et en bas à la grande porte, et n'ouvrez plus.

— Bien, madame. »

Une fois les verrous tirés, Mme Olivier raconta la tentative de corruption que s'était permise le haut fonctionnaire à son égard.

« Vous vous êtes conduite comme un ange, ma chère Olivier; mais nous causerons de cela demain. »

Valérie atteignit le troisième étage avec la rapidité d'une flèche, frappa trois petits coups à la porte de Lisbeth, et revint chez elle, où elle donna ses ordres à Mlle Reine[a]; car jamais une femme ne manque l'occasion d'un Montès arrivant du Brésil[b].

« Non! saperlotte, il n'y a que les femmes du monde pour savoir aimer ainsi! se disait Crevel. Comme elle descendait l'escalier en l'éclairant de ses regards, je l'entraînais! Jamais Josépha!... Josépha, c'est de la *gnognote* ! cria l'ancien commis voyageur. Qu'ai-je dit là ? *gnognote*... Mon Dieu! je suis capable de lâcher cela quelque jour aux Tuileries... Non, si Valérie ne fait pas mon éducation, je ne puis rien être... Moi qui tiens tant à paraître grand seigneur... Ah! quelle femme! elle me remue autant qu'une colique, quand elle me regarde froidement... Quelle grâce! quel esprit! Jamais[c] Josépha ne m'a donné de pareilles émotions. Et quelles perfections inconnues! Ah! bien, voilà mon homme. »

Il apercevait, dans les ténèbres de la rue de Babylone, le grand Hulot, un peu voûté, se glissant le long des planches d'une maison en construction, et il alla droit à lui.

« Bonjour, baron, car il est plus de minuit, mon cher! Que diable faites-vous là ?... vous vous promenez par une jolie petite pluie fine. À nos âges, c'est mauvais. Voulez-vous que je vous donne un bon conseil ? revenons chacun chez nous; car, entre nous, vous ne verrez pas de lumière à la croisée... »

En entendant cette dernière phrase, le baron sentit qu'il avait soixante-trois[d] ans, et que son manteau était mouillé.

« Qui donc a pu vous dire ?... demanda-t-il.

— Valérie! parbleu, *notre* Valérie qui veut être uniquement *ma* Valérie. Nous sommes manche à manche, baron, nous jouerons la belle quand vous voudrez. Vous ne pouvez pas vous fâcher, vous savez que le droit de prendre ma revanche a toujours été stipulé, vous avez mis trois mois à m'enlever Josépha, moi je vous ai pris Valérie en... Ne parlons pas de cela, reprit-il. Maintenant, je la veux toute à moi. Mais nous n'en resterons pas moins bons amis.

— Crevel, ne plaisante pas, répondit le baron d'une voix étouffée par la rage, c'est une affaire de vie ou de mort.

— Tiens! comme vous prenez cela ?... Baron, ne vous rappelez-vous plus ce que vous m'avez dit le jour du mariage d'Hortense : " Est-ce que deux roquentins comme nous doivent se brouiller pour une jupe ? C'est épicier, c'est petites gens... " Nous sommes, c'est convenu Régence, Justeaucorps bleu, Pompadour, Dix-huitième siècle, tout ce qu'il y a de plus maréchal de Richelieu, Rocaille, et, j'ose le dire, *Liaisons dangereuses*[1] !... »

Crevel aurait pu entasser ses mots littéraires pendant longtemps, le baron écoutait comme écoutent les sourds dans le commencement de leur surdité. Voyant, à la lueur du gaz, le visage de son ennemi devenu blanc, le vainqueur s'arrêta. C'était un coup de foudre pour le baron, après les déclarations de Mme Olivier, après le dernier regard de Valérie.

« Mon Dieu! il y avait tant d'autres femmes dans Paris!... s'écria-t-il enfin.

— C'est ce que je t'ai dit[a] quand tu m'as pris Josépha, répliqua Crevel.

— Tenez, Crevel, c'est impossible... Donnez-moi des preuves!... avez-vous une clef comme moi pour entrer ? »

Et le baron, arrivé devant la maison, fourra une[b] clef dans la serrure : mais il trouva la porte immobile, et il essaya vainement de l'ébranler.

« Ne faites pas de tapage nocturne, dit tranquillement Crevel. Tenez, baron, j'ai, moi, de bien meilleures clefs que les vôtres.

— Des preuves! des preuves! répéta le baron exaspéré par une douleur à devenir fou.

— Venez, je vais vous en donner », répondit Crevel.

Et, selon les instructions de Valérie, il entraîna le baron vers le quai, par la rue Hillerin-Bertin[2]. L'infortuné conseiller d'État allait comme vont les négociants la veille du jour où ils doivent déposer leur bilan ; il se perdait en conjectures sur les raisons de la dépravation cachée au fond du cœur de Valérie, et il se croyait la dupe de quelque mystification. En passant sur le pont Royal, il vit son existence si vide, si bien finie, si embrouillée par ses affaires financières, qu'il fut sur le point de céder à la mauvaise pensée qui lui vint de jeter Crevel à la rivière, et de s'y jeter après lui[a].

Arrivé rue du Dauphin, qui, dans ce temps, n'était pas encore élargie, Crevel s'arrêta devant une porte bâtarde. Cette porte ouvrait sur un long corridor pavé en dalles blanches et noires, formant péristyle, et au bout duquel se trouvait un escalier et une loge de concierge éclairés par une petite cour intérieure comme il y en a tant à Paris. Cette cour, mitoyenne avec la propriété voisine, offrait la singulière particularité d'un partage inégal. La petite maison[b1] de Crevel, car il en était propriétaire, avait un appendice à toiture vitrée, bâti sur le terrain voisin, et grevé de l'interdiction d'élever cette construction, entièrement cachée à la vue par la loge et par l'encorbellement de l'escalier.

Ce local, comme on en voit tant à Paris, avait longtemps servi de magasin, d'arrière-boutique et de cuisine à l'une des deux boutiques situées sur la rue. Crevel avait détaché de la location ces trois pièces du rez-de-chaussée, et Grindot les avait transformées en une petite maison économique. On y pénétrait de deux manières, d'abord par la boutique d'un marchand de meubles à qui Crevel la louait à bas prix et au mois, afin de pouvoir le punir en cas d'indiscrétion, puis par une porte cachée dans le mur du corridor assez habilement pour être presque invisible. Ce petit appartement, composé d'une salle à manger, d'un salon et d'une chambre à coucher, éclairé par en haut, partie chez le voisin, partie chez Crevel, était donc à peu près introuvable. À l'exception du marchand de meubles d'occasion, les locataires ignoraient l'existence de ce petit paradis. La portière, payée pour être la complice de Crevel, était une excellente cuisinière. M. le maire pouvait donc entrer dans sa petite maison économique et en sortir à toute heure de nuit, sans craindre aucun espionnage. Le jour, une femme mise comme se mettent les Parisiennes pour aller faire des emplettes[2] et munie d'une clef, ne risquait rien à venir chez Crevel; elle observait les marchandises d'occasion, elle en marchandait, elle entrait dans la boutique, et la quittait sans exciter le moindre soupçon si quelqu'un la rencontrait.

Lorsque Crevel eut allumé les candélabres dans le boudoir, le baron fut tout étonné du luxe intelligent et coquet déployé là. L'ancien parfumeur avait donné carte blanche à Grindot, et le vieil architecte s'était distingué par une création du genre Pompadour[1] qui, d'ailleurs, coûtait soixante mille[a] francs. « Je veux, avait dit Crevel à Grindot, qu'une duchesse entrant là soit surprise... » Il avait voulu le plus bel Éden parisien pour y posséder son Ève, sa femme du monde, sa Valérie, sa duchesse[b].

« Il y a deux lits, dit Crevel à Hulot en montrant un divan d'où l'on tirait un lit comme on tire le tiroir d'une commode[2]. En voici un, l'autre est dans la chambre. Ainsi nous pouvons passer ici la nuit tous les deux.

— Les preuves! » dit le baron.

Crevel prit un bougeoir et mena son ami dans la chambre à coucher, où, sur une causeuse, Hulot vit une robe de chambre magnifique appartenant à Valérie, et qu'elle avait portée rue Vaneau, pour s'en faire honneur avant de l'employer à la petite maison Crevel. Le maire[c] fit jouer le secret d'un joli petit meuble en marqueterie appelé *bonheur du jour,* y fouilla, saisit une lettre et la tendit au baron.

« Tiens, lis. »

Le conseiller d'État lut ce petit billet écrit au crayon :

« Je t'ai vainement attendu, vieux rat! Une femme comme moi n'attend jamais un ancien parfumeur. Il n'y avait ni dîner commandé, ni cigarettes. Tu me payeras tout cela. »

« Est-ce bien son écriture ?

— Mon Dieu! dit Hulot en s'asseyant accablé. Je reconnais tout ce qui lui a servi, voilà ses bonnets et ses pantoufles. Ah! çà, voyons, depuis quand... »

Crevel fit signe qu'il comprenait, et empoigna une liasse de mémoires dans le petit secrétaire en marqueterie.

« Vois, mon vieux! j'ai payé les entrepreneurs en décembre 1838. En octobre, deux mois auparavant, cette délicieuse petite maison était étrennée. »

Le conseiller d'État baissa la tête.

« Comment diable faites-vous ? car je connais l'emploi de son temps, heure par heure.

— Et la promenade aux Tuileries... dit Crevel en se frottant les mains et jubilant.

— Eh bien ?... reprit Hulot hébété.

— Ta soi-disant maîtresse vient aux Tuileries, elle est censée s'y promener de une heure à quatre heures; mais crac! en deux temps elle est ici. Tu connais Molière ? Eh bien! baron, il n'y a rien d'imaginaire dans ton intitulé[1]. »

Hulot, ne pouvant plus douter de rien, resta dans un silence sinistre. Les catastrophes poussent tous les hommes forts et intelligents à la philosophie. Le baron était, moralement, comme un homme qui cherche son chemin la nuit dans une forêt. Ce silence morne, le changement qui se fit sur cette physionomie affaissée, tout inquiéta Crevel qui ne voulait pas la mort de son collaborateur.

« Comme je te disais, mon vieux, nous sommes manche à manche, jouons la belle... Veux-tu jouer la belle, voyons ? au plus fin! »

« Pourquoi, se dit Hulot en se parlant à lui-même, sur dix belles femmes, y en a-t-il au moins sept de perverses[a] ? »

Le baron[b] était trop en désarroi pour trouver la solution de ce problème. La beauté, c'est le plus grand des pouvoirs humains. Tout pouvoir sans contrepoids, sans entraves, autocratique, mène à l'abus, à la folie. L'arbitraire, c'est[c] la démence du pouvoir[2]. Chez la femme, l'arbitraire, c'est la fantaisie.

« Tu n'as pas à te plaindre, mon cher confrère, tu as la plus belle des femmes, et elle est vertueuse. »

« Je mérite mon sort, se dit Hulot, j'ai méconnu ma femme, je la fais souffrir, et c'est un ange! Ô ma pauvre Adeline, tu es bien vengée! Elle souffre, seule, en silence, elle est digne d'adoration, elle mérite mon amour, je devrais... car elle est admirable encore, blanche et redevenue jeune fille... » « Mais a-t-on jamais vu femme plus ignoble, plus infâme, plus scélérate que cette Valérie[d] ?

— C'est une vaurienne, dit Crevel, une coquine à fouetter sur la place du Châtelet; mais, mon cher Canillac[e3], si nous sommes Justeaucorps bleu, maréchal de

Richelieu, Trumeau, Pompadour, Du Barry, roués et tout ce qu'il y a de plus Dix-huitième siècle, nous n'avons plus de lieutenant de police. »

« Comment se faire aimer ?... » se demandait Hulot sans écouter Crevel[a].

« C'est une bêtise à nous autres de vouloir être aimés, mon cher, dit Crevel, nous ne pouvons être que supportés, car Mme Marneffe est cent fois plus rouée que Josépha...

— Et avide! elle me coûte cent quatre-vingt-douze mille francs!... s'écria Hulot.

— Et combien de centimes ? demanda Crevel avec l'insolence du financier en trouvant la somme minime.

— On voit bien que tu ne l'aimes pas, dit mélancoliquement le baron.

— Moi, j'en ai assez, répliqua Crevel, car elle a plus de trois cent mille francs à moi!...

— Où est-ce ? où tout cela passe-t-il ? dit le baron en se prenant la tête dans les mains.

— Si nous nous étions entendus, comme ces petits jeunes gens qui se cotisent pour entretenir une lorette de deux sous, elle nous aurait coûté moins cher...

— C'est une idée! repartit le baron; mais elle nous tromperait toujours, car, mon gros père, que penses-tu de ce Brésilien ?...

— Ah! vieux lapin, tu as raison, nous sommes joués comme des... des actionnaires!... dit Crevel. Toutes ces femmes-là sont des commandites!

— C'est donc elle, dit le baron, qui t'a parlé de la lumière sur la fenêtre ?...

— Mon bonhomme, reprit Crevel en se mettant en position, nous sommes *floués* ! Valérie est une... Elle m'a dit de te tenir ici... J'y vois clair... Elle a son Brésilien... Ah! je renonce à elle, car si vous lui teniez les mains, elle trouverait moyen de vous tromper avec ses pieds! Tiens, c'est une infâme, une rouée!

— Elle est au-dessous des prostituées, dit le baron. Josépha, Jenny Cadine étaient dans leur droit en nous trompant, elles font métier de leurs charmes, elles!

— Mais elle! qui fait la sainte, la prude, dit Crevel. Tiens, Hulot, retourne à ta femme, car tu n'es pas bien dans tes affaires, on commence à causer de certaines lettres de change souscrites à un petit usurier dont la

spécialité consiste à prêter aux lorettes, un certain Vauvinet. Quant à moi, me voilà guéri des femmes comme
il faut. D'ailleurs, à nos âges, quel besoin avons-nous de
ces drôlesses, qui, je suis franc, ne peuvent pas ne point
nous tromper ? Tu as des cheveux blancs, des fausses
dents, baron. Moi, j'ai l'air de Silène. Je vais me mettre
à amasser. L'argent ne trompe point. Si le Trésor s'ouvre
tous les six mois pour tout le monde, il vous donne au
moins des intérêts, et cette femme en coûte... Avec toi,
mon cher confrère, Gubetta[1], mon vieux complice, je
pourrais accepter une situation *chocnoso*... non, philosophique; mais un Brésilien qui, peut-être, apporte de son
pays des denrées coloniales suspectes[a2]...

— La femme, dit Hulot, est un être inexplicable.

— Je l'explique, dit Crevel : nous sommes vieux, le
Brésilien est jeune et beau...

— Oui, c'est vrai, dit Hulot, je l'avoue, nous vieillis-
sons. Mais, mon ami, comment renoncer à voir ces belles
créatures se déshabillant, roulant leurs cheveux, nous
regardant avec un fin sourire à travers leurs doigts
quand elles mettent leurs papillotes, faisant toutes leurs
mines, débitant leurs mensonges, et se disant peu aimées,
quand elles nous voient harassés par les affaires, et nous
distrayant malgré tout[b] ?

— Oui, ma foi! c'est la seule chose agréable de la
vie..., s'écria Crevel. Ah! quand un minois vous sourit,
et qu'on vous dit : " Mon bon chéri, sais-tu combien tu
es aimable! Moi, je suis sans doute autrement faite que
les autres femmes qui se passionnent pour de petits
jeunes gens à barbe de bouc, des drôles qui fument, et
grossiers comme des laquais! car leur jeunesse leur donne
une insolence!... Enfin, ils viennent, ils vous disent
bonjour et ils s'en vont... Moi, que tu soupçonnes de
coquetterie, je préfère à ces moutards les gens[c] de cinquante ans, on garde ça longtemps; c'est dévoué, ça
sait qu'une femme se retrouve difficilement, et ils nous
apprécient... Voilà pourquoi je t'aime, grand scélérat[d]!..."
Et elles accompagnent ces espèces d'aveux, de minauderies, de gentillesses, de... Ah! c'est faux comme des programmes d'Hôtel de Ville...

— Le mensonge vaut souvent mieux que la vérité,
dit Hulot en se rappelant quelques scènes charmantes
évoquées par la pantomime de Crevel qui singeait Valé-

rie. On est forcé de travailler le Mensonge, de coudre des paillettes à ses habits de théâtre...

— Et puis enfin, on les a, ces menteuses! dit brutalement Crevel.

— Valérie est une fée, cria le baron, elle vous métamorphose un vieillard en jeune homme[a]...

— Ah! oui, reprit Crevel, c'est une anguille qui vous coule entre les mains; mais c'est la plus jolie des anguilles. blanche et douce comme du sucre!... drôle comme Arnal[1], et des inventions! Ah!

— Oh! oui, elle est bien spirituelle! » s'écria le baron ne pensant plus à sa femme.

Les deux confrères se couchèrent les meilleurs amis du monde, en se rappelant une à une les perfections de Valérie, les intonations de sa voix, ses chatteries, ses gestes, ses drôleries, les saillies de son esprit, celles de son cœur; car cette artiste en amour avait des élans admirables, comme les ténors qui chantent un air mieux un jour que l'autre. Et tous les deux ils s'endormirent, bercés par ces réminiscences tentatrices et diaboliques, éclairées par les feux de l'enfer.

Le lendemain, à neuf heures, Hulot parla d'aller au ministère, Crevel avait affaire à la campagne. Ils sortirent ensemble, et Crevel tendit la main au baron en lui disant : « Sans rancune, n'est-ce pas ? car nous ne pensons plus ni l'un ni l'autre à Mme Marneffe.

— Oh! c'est bien fini! » répondit Hulot en exprimant une sorte d'horreur[b].

À dix heures et demie, Crevel grimpait quatre à quatre l'escalier de Mme Marneffe. Il trouva l'infâme créature, l'adorable enchanteresse, dans le déshabillé le plus coquet du monde, mangeant un joli petit déjeuner fin en compagnie du baron Henri Montès de Montéjanos et de Lisbeth. Malgré le coup que lui porta la vue du Brésilien, Crevel pria Mme Marneffe de lui donner deux minutes d'audience. Valérie passa dans le salon avec Crevel.

« Valérie, mon ange, dit l'amoureux Crevel, M. Marneffe n'a pas longtemps à vivre; si tu veux m'être fidèle, à sa mort, nous nous marierons. Songes-y. Je t'ai débarrassée de Hulot... Ainsi, vois si ce Brésilien peut valoir un maire de Paris, un homme qui, pour toi, voudra parvenir aux plus hautes dignités, et qui, déjà, possède quatre-vingts et quelques mille livres de rente.

— On y songera, dit-elle. Je serai rue du Dauphin à deux heures, et nous en causerons; mais, soyez sage! et n'oubliez pas le transfert que vous m'avez promis hier. »

Elle revint dans la salle à manger, suivie de Crevel qui se flattait d'avoir trouvé le moyen de posséder à lui seul Valérie; mais il aperçut le baron Hulot qui, pendant cette courte conférence, était entré pour réaliser le même dessein. Le conseiller d'État demanda, comme Crevel, un moment d'audience. Mme Marneffe se leva pour retourner au salon, en souriant au Brésilien, comme pour lui dire : « Ils sont fous! ils ne te voient donc pas ? »

« Valérie, dit le conseiller d'État, mon enfant, ce cousin est un cousin d'Amérique...

— Oh! assez! s'écria-t-elle en interrompant le baron. Marneffe n'a jamais été, ne sera plus, ne peut plus être mon mari. Le premier, le seul homme que j'aie aimé est revenu, sans être attendu... Ce n'est pas ma faute! Mais regardez bien Henri et regardez-vous. Puis demandez-vous si une femme, surtout quand elle aime, peut hésiter. Mon cher, je ne suis pas une femme entretenue. À compter d'aujourd'hui, je ne veux plus être comme Suzanne entre deux vieillards. Si vous tenez à moi, vous serez, vous et Crevel, nos amis; mais tout est fini, car j'ai vingt-six ans, je veux être à l'avenir une sainte, une excellente et digne femme... comme la vôtre.

— C'est ainsi ? dit Hulot. Ah! voilà comment vous m'accueillez, lorsque je venais, comme un pape, les mains pleines d'indulgences!... Eh bien, votre mari ne sera jamais chef de bureau ni officier de la Légion d'honneur...

— C'est ce que nous verrons! dit Mme Marneffe en regardant Hulot d'une certaine manière.

— Ne nous fâchons pas, reprit Hulot au désespoir, je viendrai ce soir, et nous nous entendrons.

— Chez Lisbeth, oui!...

— Eh bien, dit le vieillard amoureux, chez Lisbeth!... »

Hulot et Crevel descendirent ensemble sans se dire un mot jusque dans la rue; mais, sur le trottoir, ils se regardèrent et se mirent à rire tristement.

« Nous sommes deux vieux fous!... » dit Crevel.

« Je les ai congédiés, dit Mme Marneffe à Lisbeth en se remettant à table. Je n'ai jamais aimé, je n'aime et n'aimerai jamais que mon jaguar, ajouta-t-elle en sou-

riant à Henri Montès. Lisbeth, ma fille, tu ne sais pas ?...
Henri m'a pardonné les infamies auxquelles la misère
m'a réduite.

— C'est ma faute, dit le Brésilien, j'aurais dû t'envoyer cent mille francs...

— Pauvre enfant! s'écria Valérie, j'aurais dû travailler
pour vivre, mais je n'ai pas les doigts faits pour cela...
demande à Lisbeth. »

Le Brésilien s'en alla l'homme le plus heureux de Paris.

Vers les midi, Valérie et Lisbeth causaient dans la
magnifique chambre à coucher où cette dangereuse
Parisienne donnait à sa toilette ces dernières façons
qu'une femme tient à donner elle-même. Les verrous
mis, les portières tirées, Valérie raconta dans leurs
moindres détails tous les événements de la soirée, de la
nuit et de la matinée.

« Es-tu contente, mon bijou ? dit-elle à Lisbeth en
terminant. Que dois-je être un jour, Mme Crevel ou
Mme Montès ? Quel est ton avis ?

— Crevel n'a pas plus de dix ans, à vivre, libertin
comme il l'est, répondit Lisbeth, et Montès est jeune.
Crevel te laissera trente mille francs de rente, environ.
Que Montès attende, il sera bien assez heureux en restant le Benjamin. Ainsi, vers trente-trois ans, tu peux,
ma chère enfant, en te conservant belle, épouser ton
Brésilien et jouer un grand rôle avec soixante mille
francs de rente à toi, surtout *protégée* par une maréchale...

— Oui, mais Montès est brésilien, il n'arrivera jamais
à rien, fit observer Valérie.

— Nous sommes, dit Lisbeth, dans un temps de
chemins de fer, où les étrangers finissent en France par
occuper[a] de grandes positions[1].

— Nous verrons, reprit Valérie, quand Marneffe sera
mort, et il n'a pas longtemps à souffrir.

— Ces maladies qui lui reviennent, dit Lisbeth, sont
comme les remords du physique. Allons, je vais chez
Hortense.

— Eh bien! va, mon ange, répondit Valérie, et
amène-moi mon artiste! En trois ans n'avoir pas encore
gagné seulement un pouce de terrain! C'est notre honte
à toutes deux! Wenceslas et Henri, voilà mes deux
seules passions. L'un, c'est l'amour; l'autre, c'est la fantaisie.

— Es-tu belle, ce matin! dit Lisbeth en venant prendre Valérie par la taille et la baisant au front. Je jouis de tous tes plaisirs, de ta fortune, de ta toilette... Je n'ai vécu que depuis le jour où nous nous sommes faites sœurs[1]...

— Attends! ma tigresse, dit en riant Valérie, ton châle est de travers... Tu ne sais pas encore porter un châle, malgré mes leçons, au bout de trois ans, et tu veux être Mme la maréchale Hulot[a]... »

Chaussée de brodequins en prunelle, de bas de soie gris, armée d'une robe en magnifique levantine[2], les cheveux en bandeau sous une très jolie capote en velours noir doublée de satin jaune, Lisbeth alla rue Saint-Dominique par le boulevard des Invalides, en se demandant si le découragement d'Hortense lui livrerait enfin cette âme forte, et si l'inconstance sarmate, prise à l'heure où tout est possible à ces caractères, ferait fléchir l'amour de Wenceslas.

Hortense et Wenceslas occupaient le rez-de-chaussée d'une maison située à l'endroit où la rue Saint-Dominique aboutit à l'Esplanade des Invalides. Cet appartement, jadis en harmonie avec la lune de miel, offrait en ce moment un aspect à moitié frais, à moitié fané, qu'il faudrait appeler l'automne du mobilier. Les nouveaux mariés sont gâcheurs, ils gaspillent sans le savoir, sans le vouloir, les choses autour d'eux, comme ils abusent de l'amour. Pleins d'eux-mêmes, ils se soucient peu de l'avenir qui, plus tard, préoccupe la mère de famille.

Lisbeth trouva sa cousine Hortense ayant achevé d'habiller elle-même un petit Wenceslas qui venait d'être exporté dans le jardin.

« Bonjour, Bette », dit Hortense qui vint ouvrir elle-même la porte à sa cousine.

La cuisinière était allée au marché, la femme de chambre, à la fois bonne d'enfant, faisait un savonnage.

« Bonjour, ma chère enfant, répondit Lisbeth en embrassant Hortense. Eh bien! lui dit-elle à l'oreille, Wenceslas est-il à son atelier?

— Non, il cause avec Stidmann et Chanor dans le salon.

— Pourrions-nous êtres seules? demanda Lisbeth.

— Viens dans ma chambre. »

Cette chambre, tendue de perse à fleurs roses et à feuillages verts sur un fond blanc, sans cesse frappée par le soleil ainsi que le tapis, avait passé. Depuis longtemps, les rideaux n'avaient pas été blanchis. On y sentait la fumée du cigare de Wenceslas qui, devenu grand seigneur de l'art et né gentilhomme, déposait les cendres du tabac sur les bras des fauteuils, sur les plus jolies choses, en homme aimé de qui l'on souffre tout, en homme riche qui ne prend pas de soins bourgeois.

« Eh bien! parlons de tes affaires, demanda Lisbeth en voyant sa belle cousine muette dans le fauteuil où elle s'était plongée. Mais qu'as-tu ? je te trouve pâlotte, ma chère.

— Il a paru deux nouveaux articles où mon pauvre Wenceslas est abîmé; je les ai lus, je les lui cache, car il se découragerait tout à fait. Le marbre du maréchal Montcornet est regardé comme tout à fait mauvais. On fait grâce aux bas-reliefs pour vanter avec une atroce perfidie le talent d'ornemaniste de Wenceslas, et afin de donner plus de poids à cette opinion que l'*art* sévère nous est interdit! Stidmann, supplié par moi de dire la vérité, m'a désespérée en m'avouant que son opinion à lui s'accordait avec celle de tous les artistes, des critiques et du public. "Si Wenceslas, m'a-t-il dit, là, dans le jardin avant le déjeuner, n'expose pas, l'année prochaine, un chef-d'œuvre, il doit abandonner la grande sculpture et s'en tenir aux idylles, aux figurines, aux œuvres de bijouterie et de haute orfèvrerie!" Cet arrêt m'a causé la plus vive peine, car Wenceslas n'y voudra jamais souscrire, il se sent, il a tant de belles idées...

— Ce n'est pas avec des idées qu'on paye ses fournisseurs, fit observer Lisbeth, je me tuais à lui dire cela... C'est avec de l'argent. L'argent ne s'obtient que par des choses faites, et qui plaisent assez aux bourgeois pour être achetées. Quand il s'agit de vivre, il vaut mieux que le sculpteur ait *sur son établi* le modèle d'un flambeau, d'un garde-cendres, d'une table, qu'un groupe et qu'une statue, car tout le monde a besoin de cela, tandis que l'amateur de groupes et son argent se font attendre pendant des mois entiers...

— Tu as raison, ma bonne Lisbeth! dis-lui donc cela; moi, je n'en ai pas le courage... D'ailleurs, comme il le disait à Stidmann, s'il se remet à l'ornement, à la petite

sculpture, il faudra renoncer à l'Institut, aux grandes
créations de l'art, et nous n'aurons plus les trois cent
mille francs de travaux que Versailles, la ville de Paris,
le ministère nous tenaient en réserve. Voilà ce que nous
ôtent ces affreux articles dictés par des concurrents qui
voudraient hériter de nos commandes.

— Et ce n'est pas là ce que tu rêvais, pauvre petite
chatte! dit Bette[a] en baisant Hortense au front, tu voulais un gentilhomme dominant l'art, à la tête des sculpteurs... Mais c'est de la poésie, vois-tu... Ce rêve exige
cinquante mille francs de rente, et vous n'en avez que
deux mille quatre cents, tant que je vivrai; trois mille
après ma mort. »

Quelques larmes vinrent dans les yeux d'Hortense, et
Bette les lapa[b] du regard comme une chatte boit du
lait[c].

Voici l'histoire succincte de cette lune de miel, le récit
n'en sera peut-être pas perdu pour les artistes.

Le travail moral, la chasse dans les hautes régions de
l'intelligence, est un des plus grands efforts de l'homme.
Ce qui doit mériter la gloire dans l'Art, car il faut comprendre sous ce mot toutes les créations de la Pensée,
c'est surtout le courage, un courage dont le vulgaire
ne se doute pas, et qui peut-être est expliqué pour la
première fois ici. Poussé par la terrible pression de la
misère, maintenu par Bette dans la situation de ces chevaux à qui l'on met des œillères pour les empêcher de
voir à droite et à gauche du chemin, fouetté par cette
dure fille, image de la Nécessité, cette espèce de Destin
subalterne, Wenceslas, né poète et rêveur, avait passé
de la Conception à l'Exécution, en franchissant sans
les mesurer les abîmes qui séparent ces deux hémis-
phères de l'Art. Penser, rêver, concevoir de belles
œuvres, est une occupation délicieuse. C'est fumer des
cigares enchantés, c'est mener la vie de la courtisane
occupée à sa fantaisie. L'œuvre apparaît alors dans la
grâce de l'enfance, dans la joie folle de la génération,
avec les couleurs embaumées de la fleur et les sucs
rapides du fruit dégusté par avance. Telle est la Conception et ses plaisirs. Celui qui peut dessiner son plan par
la parole, passe déjà pour un homme extraordinaire.
Cette faculté, tous les artistes et les écrivains la possèdent.
Mais produire! mais accoucher! mais élever laborieuse-

ment l'enfant, le coucher gorgé de lait tous les soirs, l'embrasser tous les matins avec le cœur inépuisé de la mère, le lécher sale, le vêtir cent fois des plus belles jaquettes qu'il déchire incessamment; mais ne pas se rebuter des convulsions de cette folle vie et en faire le chef-d'œuvre animé qui parle à tous les regards en sculpture, à toutes les intelligences en littérature, à tous les souvenirs en peinture, à tous les cœurs en musique[a], c'est l'Exécution et ses travaux[1]. La main doit s'avancer à tout moment, prête à tout moment à obéir à la tête[2]. Or, la tête n'a pas plus les dispositions créatrices à commandement, que l'amour n'est continu.

Cette habitude de la création, cet amour infatigable de la Maternité qui fait la mère (ce chef-d'œuvre naturel si bien compris de Raphaël!), enfin, cette maternité cérébrale si difficile à conquérir, se perd avec une facilité prodigieuse. L'inspiration, c'est l'Occasion[3] du Génie. Elle court non pas sur un rasoir, elle est dans les airs et s'envole[b] avec la défiance des corbeaux, elle n'a pas d'écharpe par où le poète la puisse prendre, sa chevelure est une flamme, elle se sauve comme ces beaux flamants blancs et roses, le désespoir des chasseurs. Aussi le travail est-il une lutte lassante que redoutent et que chérissent les belles et puissantes organisations qui souvent s'y brisent. Un grand poète de ce temps-ci[4] disait en parlant de ce labeur effrayant : « Je m'y mets avec désespoir et je le quitte avec chagrin[c]. » Que les ignorants le sachent! Si l'artiste ne se précipite pas dans son œuvre, comme Curtius dans le gouffre[5], comme le soldat dans la redoute, sans réfléchir; et si, dans ce cratère, il ne travaille pas comme le mineur enfoui sous un éboulement; s'il contemple enfin les difficultés au lieu de les vaincre une à une, à l'exemple de ces amoureux des féeries, qui, pour obtenir leurs princesses, combattaient des enchantements renaissants, l'œuvre reste inachevée, elle périt au fond de l'atelier, où la production devient impossible, et l'artiste assiste au suicide de son talent. Rossini, ce génie frère de Raphaël, en offre un exemple frappant, dans sa jeunesse indigente superposée à son âge mûr opulent[6]. Telle est la raison de la récompense pareille, du pareil triomphe, du même laurier accordé aux grands poètes et aux grands généraux.

Wenceslas, nature rêveuse, avait dépensé tant d'énergie

à produire, à s'instruire, à travailler sous la direction despotique de Lisbeth, que l'amour et le bonheur ame-
nèrent une réaction. Le vrai caractère reparut. La
paresse et la nonchalance, la mollesse du Sarmate
revinrent occuper dans son âme les sillons complaisants
d'où la verge du maître d'école les avait chassées[a].
L'artiste, pendant les premiers mois, aima sa femme.
Hortense et Wenceslas se livrèrent aux adorables enfantillages de la passion légitime, heureuse, insensée. Hortense fut alors la première à dispenser Wenceslas de
tout travail, orgueilleuse de triompher ainsi de sa rivale,
la Sculpture. Les caresses d'une femme, d'ailleurs, font
évanouir la Muse, et fléchir la féroce, la brutale fermeté
du travailleur. Six à sept mois passèrent, les doigts du
sculpteur désapprirent à tenir l'ébauchoir. Quand la
nécessité de travailler se fit sentir, quand le prince de
Wissembourg, président du comité de souscription,
voulut voir la statue, Wenceslas prononça le mot
suprême des flâneurs : « Je vais m'y mettre! » Et il
berça sa chère Hortense de fallacieuses paroles, des
magnifiques plans de l'artiste fumeur. Hortense redoubla
d'amour pour son poète, elle entrevoyait une sublime
statue du maréchal Montcornet. Montcornet devait être
l'idéalisation de l'intrépidité, le type de la cavalerie, le
courage à la Murat. Ah bah! l'on devait, à l'aspect de
cette statue, concevoir toutes les victoires de l'Empereur.
Et quelle exécution! Le crayon était bien complaisant, il
suivait la parole.

En fait de statue, il vint un petit Wenceslas ravissant.
Dès qu'il s'agissait d'aller à l'atelier du Gros-Caillou,
manier la glaise et réaliser la maquette, tantôt la pendule
du prince exigeait la présence de Wenceslas à l'atelier
de Florent et de Chanor, où les figures se ciselaient;
tantôt le jour était gris et sombre; aujourd'hui des
courses d'affaires, demain un dîner de famille, sans compter les malaises du talent et ceux du corps, et enfin les
jours où l'on batifole avec une femme adorée. Le maréchal prince de Wissembourg fut obligé de se fâcher
pour obtenir le modèle, et de dire qu'il reviendrait sur
sa décision. Ce fut après mille reproches et force grosses
paroles que le comité des souscripteurs put voir le
plâtre. Chaque jour de travail, Steinbock revenait visiblement fatigué, se plaignant de ce labeur de maçon,

de sa faiblesse physique. Durant cette première année, le ménage jouissait d'une certaine aisance. La comtesse Steinbock, folle de son mari, dans les joies de l'amour satisfait, maudissait le ministre de la Guerre; elle alla le voir, et lui dit que les grandes œuvres ne se fabriquaient pas comme des canons, et que l'État devait être, comme Louis XIV, François Ier et Léon X, aux ordres du génie. La pauvre Hortense, croyant tenir un Phidias dans ses bras, avait pour son Wenceslas la lâcheté maternelle d'une femme qui pousse l'amour jusqu'à l'idolâtrie. « Ne te presse pas, dit-elle à son mari, tout notre avenir est dans cette statue, prends ton temps, fais un chef-d'œuvre. » Elle venait à l'atelier. Steinbock, amoureux, perdait avec sa femme cinq heures sur sept, à lui décrire sa statue au lieu de la faire. Il mit ainsi dix-huit mois à terminer cette œuvre, pour lui, capitale.

Quand le plâtre fut coulé, que le modèle exista, la pauvre Hortense, après avoir assisté aux énormes efforts de son mari, dont la santé souffrit de ces lassitudes qui brisent le corps, les bras et la main des sculpteurs, Hortense trouva l'œuvre admirable. Son père, ignorant en sculpture, la baronne non moins ignorante[a], crièrent au chef-d'œuvre; le ministre de la Guerre vint alors amené par eux, et, séduit par eux, il fut content de ce plâtre isolé, mis dans son jour, et bien présenté devant une toile verte[b]. Hélas! à l'exposition de 1841[c], le blâme unanime dégénéra dans la bouche des gens irrités d'une idole si promptement élevée sur son piédestal, en huées[d] et en moqueries[1]. Stidmann voulut éclairer son ami Wenceslas, il fut accusé de jalousie. Les articles de journaux furent pour Hortense les cris de l'Envie. Stidmann, ce digne garçon, obtint des articles où les critiques furent combattues, où l'on fit observer que les sculpteurs modifiaient tellement leurs œuvres entre le plâtre et le marbre, qu'on exposait le marbre. « Entre le projet en plâtre et la statue exécutée en marbre, on pouvait, disait Claude Vignon, défigurer un chef-d'œuvre ou faire une grande chose d'une mauvaise. Le plâtre est le manuscrit, le marbre est le livre. »

En deux ans et demi, Steinbock fit une statue et un enfant. L'enfant était sublime de beauté, la statue fut détestable.

La pendule du prince et la statue payèrent les dettes

du jeune ménage. Steinbock avait alors contracté l'habitude d'aller dans le monde, au spectacle, aux Italiens; il parlait admirablement sur l'art, il se maintenait, aux yeux des gens du monde, grand artiste par la parole, par ses explications critiques. Il y a des gens de génie à Paris qui passent leur vie *à se parler,* et qui se contentent d'une espèce de gloire de salon. Steinbock, en imitant ces charmants eunuques, contractait une aversion croissante de jour en jour pour le travail. Il apercevait toutes les difficultés de l'œuvre en voulant la commencer, et le découragement qui s'ensuivait faisait mollir chez lui la volonté. L'Inspiration, cette folie de la génération intellectuelle, s'enfuyait à tire-d'aile, à l'aspect de cet amant malade[a].

La sculpture est comme l'art dramatique, à la fois le plus difficile et le plus facile de tous les arts. Copiez un modèle, et l'œuvre est accomplie; mais y imprimer une âme, faire un type en représentant un homme ou une femme, c'est le péché de Prométhée. On compte ce succès dans les annales de la sculpture, comme on compte les poètes dans l'humanité. Michel-Ange, Michel Columb, Jean Goujon, Phidias, Praxitèle, Polyclète, Puget, Canova, Albert Dürer sont les frères de Milton, de Virgile, de Dante, de Shakespeare, du Tasse, d'Homère et de Molière. Cette œuvre est si grandiose, qu'une statue suffit à l'immortalité d'un homme, comme celles de Figaro, de Lovelace, de Manon Lescaut suffirent à immortaliser Beaumarchais, Richardson et l'abbé Prévost. Les gens superficiels (les artistes en comptent beaucoup trop dans leur sein) ont dit que la sculpture existait par le nu seulement, qu'elle était morte avec la Grèce et que le vêtement moderne la rendait impossible[1]. D'abord, les anciens ont fait de sublimes statues entièrement voilées, comme la Polymnie, la Julie[2], etc., et nous n'avons pas trouvé la dixième partie de leurs œuvres. Puis, que les vrais amants de l'art aillent voir à Florence *Le Penseur* de Michel-Ange, et dans la cathédrale de Mayence la Vierge d'Albert Dürer, qui a fait, en ébène, une femme vivante sous ses triples robes, et la chevelure la plus ondoyante, la plus maniable que jamais femme de chambre ait peignée; que les ignorants y courent, et tous reconnaîtront que le génie peut imprégner l'habit, l'armure, la robe, d'une pensée et y mettre un corps, tout aussi bien que l'homme imprime son caractère et les habitudes de sa vie à son enveloppe. La sculpture est la réalisation continuelle du fait qui s'est appelé pour la seule et unique fois dans la peinture : Raphaël! La solution de ce terrible problème ne se trouve que dans un travail constant, soutenu, car les difficultés matérielles doivent être tellement vaincues, la main doit être si châtiée, si prête et obéissante, que le sculpteur puisse lutter âme à âme avec cette insaisissable nature morale qu'il faut transfigurer en la matérialisant. Si Paganini, qui faisait raconter son âme par les cordes de son violon, avait passé trois jours sans étudier, il aurait perdu, selon son expression, le *registre* de son instrument ; il désignait ainsi le mariage existant entre le bois, l'archet, les cordes et lui ; cet accord dissous, il serait devenu soudain un violoniste ordinaire. Le travail constant est la loi de l'art comme celle de la vie ; car l'art, c'est la création idéalisée. Aussi les grands artistes, les poètes complets[a] n'attendent-ils ni les commandes, ni les chalands, ils enfantent aujourd'hui, demain, toujours. Il en résulte cette habitude du labeur, cette perpétuelle connaissance des difficultés qui les maintient en concubinage avec la Muse, avec ses forces créatrices. Canova vivait dans son atelier, comme Voltaire a vécu dans son cabinet. Homère et Phidias ont dû vivre ainsi.

Wenceslas Steinbock était sur la route aride parcourue par ces grands hommes, et qui mène aux Alpes de la Gloire, quand Lisbeth l'avait enchaîné dans sa mansarde. Le bonheur, sous la figure d'Hortense, avait rendu le poète à la paresse, état normal de tous les artistes, car leur paresse, à eux, est occupée. C'est le plaisir des pachas au sérail : ils caressent des idées, ils s'enivrent aux sources de l'intelligence. De grands artistes, tels que Steinbock, dévorés par la rêverie, ont été justement nommés des *Rêveurs*. Ces mangeurs d'opium[1] tombent tous dans la misère ; tandis que, maintenus par l'inflexibilité des circonstances, ils eussent été de grands hommes. Ces demi-artistes sont d'ailleurs charmants, les hommes les aiment et les enivrent de louanges, ils paraissent supérieurs aux véritables artistes taxés de personnalité, de sauvagerie, de rébellion aux lois du monde. Voici pourquoi. Les grands hommes appartiennent à leurs œuvres. Leur détachement de toutes choses, leur dévoue-

ment au travail, les constituent égoïstes aux yeux des
niais; car on les veut vêtus des mêmes habits que le
dandy, accomplissant les évolutions sociales, appelées
devoirs du monde. On voudrait les lions de l'Atlas pei-
gnés et parfumés comme des bichons de marquise.
Ces hommes, qui comptent peu de pairs et qui les rencontrent rarement, tombent dans l'exclusivité de la solitude; ils deviennent inexplicables pour la majorité, composée, comme on le sait, de sots, d'envieux, d'ignorants
et de gens superficiels. Comprenez-vous maintenant le
rôle d'une femme auprès de ces grandioses exceptions?
Une femme doit être à la fois ce qu'avait été Lisbeth
pendant cinq ans, et offrir de plus[a] l'amour, l'amour
humble, discret, toujours prêt, toujours souriant[1].

Hortense, éclairée par ses souffrances de mère, pressée par d'affreuses nécessités, s'apercevait trop tard des
fautes que son excessif amour lui avait fait involontairement commettre; mais, en digne fille de sa mère, son
cœur se brisait à l'idée de tourmenter Wenceslas; elle
aimait trop pour se faire le bourreau de son cher poète,
et elle voyait arriver le moment où la misère allait
l'atteindre, elle, son fils et son mari[b].

« Ah çà! voyons, ma petite, dit Bette en voyant rouler
des larmes dans les beaux yeux de sa petite cousine, il ne
faut pas désespérer. Un verre plein de tes larmes ne
payerait pas une assiettée de soupe! Que vous faut-il?

— Mais cinq à six mille francs.

— Je n'ai que trois mille francs au plus, dit Lisbeth.
Et que fait en ce moment Wenceslas?

— On lui propose d'entreprendre pour six mille
francs, de compagnie avec Stidmann, un dessert[2] pour
le duc d'Hérouville. M. Chanor se chargerait alors de
payer quatre mille francs dus à MM. Léon de Lora et
Bridau, une dette d'honneur.

— Comment, vous avez reçu le prix de la statue et
des bas-reliefs du monument élevé au maréchal Montcornet, et vous n'avez pas payé cela!

— Mais, dit Hortense, depuis trois ans nous dépen-
sons douze mille francs par an, et j'ai cent louis de
revenu. Le monument du maréchal, tous frais payés,
n'a pas donné plus de seize mille francs. En vérité, si
Wenceslas ne travaille pas, je ne sais ce que nous allons
devenir. Ah! si je pouvais apprendre à faire des statues,

comme je remuerais la glaise! » dit-elle en tendant ses beaux bras.

On voyait que la femme tenait les promesses de la jeune fille. L'œil d'Hortense étincelait; il coulait dans ses veines un sang chargé de fer, impétueux; elle déplorait d'employer son énergie à tenir son enfant[a].

« Ah! ma chère petite bichette, une fille sage ne doit épouser un artiste qu'au moment où il a sa fortune faite et non quand elle est à faire. »

En ce moment on entendit le bruit des pas et des voix de Stidmann et de Wenceslas qui reconduisaient Chanor; puis bientôt Wenceslas vint avec Stidmann. Stidmann, artiste lancé dans le monde des journalistes et des illustres actrices, des lorettes célèbres, était un jeune homme élégant que Valérie voulait avoir chez elle, et que Claude Vignon lui avait déjà présenté. Stidmann venait de voir finir ses relations avec la fameuse Mme Schontz, mariée depuis quelques mois et partie en province. Valérie et Lisbeth, qui avaient su cette rupture par Claude Vignon, jugèrent nécessaire d'attirer rue Vaneau l'ami de Wenceslas. Comme Stidmann, par discrétion, visitait peu les Steinbock, et que Lisbeth n'avait pas été témoin de sa présentation récente par Claude Vignon, elle le voyait pour la première fois. En examinant ce célèbre artiste, elle surprit quelques regards jetés par lui sur Hortense, qui lui firent entrevoir la possibilité de le donner comme consolation à la comtesse Steinbock, si Wenceslas la trahissait. Stidmann pensait en effet que si Wenceslas n'était pas son camarade, Hortense, cette jeune et magnifique comtesse, ferait une adorable maîtresse; mais ce désir, contenu par l'honneur[b], l'éloignait de cette maison. Lisbeth remarqua cet embarras significatif qui gêne les hommes en présence d'une femme avec laquelle ils se sont interdit de coqueter.

« Il est très bien, ce jeune homme, dit-elle à l'oreille d'Hortense.

— Ah! tu trouves? répondit-elle, je ne l'ai jamais remarqué...

— Stidmann, mon brave, dit Wenceslas à l'oreille de son camarade, nous ne nous gênons point entre nous, eh bien! nous avons à causer d'affaires avec cette vieille fille. »

Stidmann salua les deux cousines et partit.

« C'est fini, dit Wenceslas en revenant après avoir reconduit Stidmann; mais ce travail-là demandera six mois, et il faut pouvoir vivre pendant tout ce temps-là.

— J'ai mes diamants », s'écria la jeune comtesse Steinbock avec le sublime élan des femmes qui aiment.

Une larme vint aux yeux de Wenceslas.

« Oh! je vais travailler, répondit-il en venant s'asseoir auprès de sa femme qu'il prit sur ses genoux. Je vais faire des *brocantes*[1], une corbeille de mariage, des groupes en bronze...

— Mais, mes chers enfants, dit Lisbeth, car vous savez que vous êtes mes héritiers, et je vous laisserai, croyez-le, un joli magot, surtout si vous m'aidez à épouser le maréchal; si nous réussissions promptement, je vous prendrais en pension chez moi, vous et Adeline. Ah! nous pourrions vivre bien heureux ensemble. Pour le moment, écoutez ma vieille expérience. Ne recourez pas au Mont-de-Piété, c'est la perte de l'emprunteur. J'ai toujours vu les nécessiteux manquant, lors du renouvellement, de l'argent nécessaire au service de l'intérêt, et tout est perdu. Je puis vous faire prêter de l'argent à cinq pour cent seulement sur billet.

— Ah! nous serions sauvés! dit Hortense.

— Eh bien! ma petite, que Wenceslas vienne chez la personne qui l'obligerait à ma prière. C'est Mme Marneffe; en la flattant, car elle est vaniteuse comme une parvenue, elle vous tirera d'embarras de la façon la plus obligeante. Viens dans cette maison-là, ma chère Hortense. »

Hortense regarda Wenceslas de l'air que doivent avoir les condamnés à mort en montant à l'échafaud.

« Claude Vignon a présenté là Stidmann, répondit Wenceslas. C'est une maison très agréable. »

Hortense baissa la tête. Ce qu'elle éprouvait, un seul mot peut le faire comprendre : ce n'était pas une douleur, mais une maladie.

« Mais, ma chère Hortense, apprends donc la vie! s'écria Lisbeth en comprenant l'éloquence du mouvement d'Hortense. Sinon, tu seras comme ta mère, déportée dans une chambre déserte où tu pleureras comme Calypso le départ d'Ulysse, à un âge où il n'y a plus de Télémaque[2]!... ajouta-t-elle en répétant une raillerie de

Mme Marneffe[1]. Il faut considérer les gens dans le monde comme des uſtensiles dont on se sert, qu'on prend, qu'on laisse selon leur utilité. Servez-vous, mes chers enfants, de Mme Marneffe, et quittez-la plus tard. As-tu peur que Wenceslas qui t'adore, se prenne de passion pour une femme de quatre ou cinq[a] ans plus âgée que toi, fanée comme une botte de luzerne, et...

— J'aime mieux mettre mes diamants en gage, dit Hortense. Oh! ne va jamais là, Wenceslas!... c'eſt l'enfer!

— Hortense a raison! dit Wenceslas en embrassant sa femme.

— Merci, mon ami, répondit la jeune femme au comble du bonheur. Vois-tu, Lisbeth, mon mari eſt un ange : il ne joue pas, nous allons partout ensemble, et s'il pouvait se mettre au travail, non, je serais trop heureuse. Pourquoi nous montrer chez la maîtresse de notre père, chez une femme qui le ruine et qui cause les chagrins dont se meurt notre héroïque maman ?...

— Mon enfant, la ruine de ton père ne vient pas de là; c'eſt sa cantatrice qui l'a ruiné, puis ton mariage! répondit la cousine Bette. Mon Dieu! Mme Marneffe lui eſt bien utile, va!... mais je ne dois rien dire...

— Tu défends tout le monde, chère Bette... »

Hortense fut appelée au jardin par les cris de son enfant, et Lisbeth reſta seule avec Wenceslas.

« Vous avez un ange pour femme, Wenceslas! dit la cousine Bette; aimez-la bien, ne lui faites jamais de chagrin.

— Oui, je l'aime tant, que je lui cache notre situation, répondit Wenceslas; mais à vous, Lisbeth, je puis vous en parler... Eh bien, en mettant les diamants de ma femme au Mont-de-Piété, nous ne serions pas plus avancés.

— Eh bien, empruntez à Mme Marneffe..., dit Lisbeth. Décidez Hortense, Wenceslas, à vous y laisser venir, ou, ma foi, allez-y sans qu'elle s'en doute!

— C'eſt à quoi je pensais, répondit Wenceslas, au moment où je refusais d'y aller pour ne pas affliger Hortense.

— Écoutez, Wenceslas, je vous aime trop tous les deux pour ne pas vous prévenir du danger. Si vous venez là, tenez votre cœur à deux mains, car cette femme est un démon; tous ceux qui la voient l'adorent; elle est si vicieuse, si affriolante!... elle fascine comme un chef-d'œuvre. Empruntez-lui son argent, et ne laissez pas votre âme en gage! Je ne me consolerais pas si ma cousine devait être trahie. La voici! s'écria Lisbeth; ne disons plus rien, j'arrangerai votre affaire.

— Embrasse Lisbeth, mon ange, dit Wenceslas à sa femme, elle nous tirera d'embarras en nous prêtant ses économies. »

Et il fit un signe à Lisbeth, que Lisbeth comprit.

« J'espère alors que tu travailleras, mon chérubin ? dit Hortense.

— Ah! répondit l'artiste, dès demain.

— C'est ce demain qui nous ruine, dit Hortense en lui souriant.

— Ah! ma chère enfant, dis toi-même si chaque jour il ne s'est pas rencontré des empêchements, des obstacles, des affaires ?

— Oui, tu as raison, mon amour.

— J'ai là, reprit Steinbock en se frappant le front, des idées!... oh! mais je veux étonner tous mes ennemis. Je veux faire un service de table dans le genre allemand du seizième siècle, le genre rêveur! Je tortillerai des feuilles pleines d'insectes; j'y coucherai des enfants, j'y mêlerai des chimères nouvelles, des vraies chimères, les corps de nos rêves!... je les tiens! Ce sera fouillé, léger et touffu tout à la fois. Chanor est sorti tout émerveillé... J'avais besoin d'être encouragé, car le dernier article fait sur le monument de Montcornet m'avait bien effondré[a]. »

Pendant un moment de la journée où Lisbeth et Wenceslas furent seuls, l'artiste convint avec la vieille fille de venir le lendemain voir Mme Marneffe, car, ou sa femme le lui aurait permis, ou il irait secrètement[b].

Valérie, instruite le soir même de ce triomphe, exigea du baron Hulot qu'il allât inviter à dîner Stidmann, Claude Vignon et Steinbock; car elle commençait à le tyranniser comme ces sortes de femmes savent tyranniser les vieillards qui trottent par la ville et vont supplier quiconque est nécessaire aux intérêts, aux vanités de ces dures maîtresses.

Le lendemain, Valérie se mit sous les armes en faisant une de ces toilettes que les Parisiennes inventent quand elles veulent jouir de tous leurs avantages. Elle s'étudia dans cette œuvre, comme un homme qui va se battre repasse ses *feintes* et ses *rompus*[1]. Pas un pli, pas une ride. Valérie avait sa plus belle blancheur, sa mollesse, sa finesse. Enfin ses mouches attiraient insensiblement le regard. On croit les mouches du dix-huitième siècle perdues ou supprimées; on se trompe. Aujourd'hui les femmes, plus habiles que celles du temps passé, mendient le coup de lorgnette par d'audacieux stratagèmes. Telle découvre, la première, cette cocarde de rubans, au centre de laquelle on met un diamant, et elle accapare les regards pendant toute une soirée; telle autre ressuscite la résille où se plante un poignard dans les cheveux pour faire penser à sa jarretière[2]; celle-ci se met des poignets en velours noir; celle-là reparaît avec des barbes[3]. Ces sublimes efforts, ces Austerlitz de la Coquetterie ou de l'Amour deviennent alors des modes pour les sphères inférieures, au moment où les heureuses[a] créatrices en cherchent d'autres. Pour cette soirée, où Valérie voulait réussir, elle se posa trois mouches. Elle s'était fait peigner avec une eau qui changea, pour quelques jours, ses cheveux blonds en cheveux cendrés. Mme Steinbock étant d'un blond ardent, elle voulut ne lui ressembler en rien. Cette couleur nouvelle donna quelque chose de piquant et d'étrange à Valérie qui préoccupa ses fidèles à tel point, que Montès lui dit : « Qu'avez-vous donc ce soir ?... » Puis elle se mit un collier de velours noir assez large qui fit ressortir la blancheur de sa poitrine. La troisième mouche pouvait se comparer à l'ex-*assassine* de nos grand-mères. Valérie se planta le plus joli petit bouton de rose au milieu de son corsage, en haut du busc, dans le creux le plus mignon. C'était à faire baisser les regards de tous les hommes au-dessous de trente ans.

« Je suis à croquer! » se dit-elle en repassant ses attitudes dans la glace, absolument comme une danseuse fait ses *pliés*.

Lisbeth était allée à la Halle, et le dîner devait être un de ces dîners superfins que Mathurine cuisinait pour son évêque quand il traitait le prélat du diocèse voisin[b].

Stidmann, Claude Vignon et le comte Steinbock arrivèrent presque à la fois, vers six heures. Une femme vulgaire ou naturelle, si vous voulez, serait accourue au nom de l'être si ardemment désiré; mais Valérie, qui, depuis cinq heures, attendait dans sa chambre, laissa ses trois convives ensemble, certaine d'être l'objet de leur conversation ou de leurs pensées secrètes. Elle-même, en dirigeant l'arrangement de son salon, elle avait mis en évidence ces délicieuses babioles que produit Paris, et que nulle autre ville ne pourra produire, qui révèlent la femme et l'annoncent pour ainsi dire : des souvenirs reliés en émail et brodés[a] de perles, des coupes pleines de bagues charmantes, des chefs-d'œuvre de Sèvres ou de Saxe montés avec un goût exquis par Florent et Chanor[b1], enfin des statuettes et des albums, tous ces colifichets qui valent des sommes folles, et que commande aux fabricants la passion dans son premier délire ou pour son dernier raccommodement. Valérie se trouvait d'ailleurs sous le coup de l'ivresse que cause le succès, elle avait promis à Crevel d'être sa femme, si Marneffe mourait. Or, l'amoureux Crevel avait fait opérer au nom de Valérie Fortin le transfert de dix mille francs de rente, somme de ses gains dans les affaires de chemins de fer depuis trois ans, tout ce que lui avait rapporté ce capital de cent mille écus offert à la baronne Hulot[2]. Ainsi Valérie possédait trente-deux mille francs de rente. Crevel venait de lâcher une promesse bien autrement importante que le don de ses profits. Dans le paroxysme de passion où sa duchesse l'avait plongé de deux heures à quatre (il donnait ce surnom à Mme *de* Marneffe pour compléter ses illusions), car Valérie s'était surpassée rue du Dauphin, il crut devoir encourager la fidélité promise en offrant la perspective d'un joli petit hôtel qu'un imprudent entrepreneur s'était bâti rue Barbette[3] et qu'on allait vendre. Valérie se voyait dans cette charmante maison entre cour et jardin, avec voiture !

« Quelle est la vie honnête qui peut donner tout cela en si peu de temps et si facilement ? » avait-elle dit à Lisbeth en achevant sa toilette.

Lisbeth dînait ce jour-là chez Valérie, afin d'en pouvoir dire à Steinbock ce que personne ne peut dire soi-même de soi. Mme Marneffe, la figure radieuse de bonheur, fit son entrée dans le salon avec une grâce modeste, suivie de Bette, qui, mise tout en noir et jaune, lui servait de repoussoir, en terme d'atelier.

« Bonjour, Claude », dit-elle en tendant la main à l'ancien critique si célèbre.

Claude Vignon était devenu, comme tant d'autres, un homme politique, nouveau mot pris pour désigner un ambitieux à la première étape de son chemin. *L'homme politique* de 1840 est en quelque sorte*ᵃ l'abbé* du dix-huitième siècle. Aucun salon ne serait complet, sans son homme politique*ᵇ*.

« Ma chère, voilà mon petit cousin le comte de Steinbock, dit Lisbeth en présentant Wenceslas que Valérie paraissait ne pas apercevoir.

— J'ai bien reconnu M. le comte, répondit Valérie en faisant un gracieux salut de tête à l'artiste. Je vous voyais souvent rue du Doyenné; j'ai eu le plaisir d'assister à votre mariage. Ma chère, dit-elle à Lisbeth, il est difficile d'oublier ton ex-enfant, ne l'eût-on vu qu'une fois.

— M. Stidmann est bien bon, reprit-elle en saluant le sculpteur, d'avoir accepté mon invitation à si court délai; mais nécessité n'a pas de loi*ᶜ*! Je vous savais l'ami de ces deux messieurs. Rien n'est plus froid, plus maussade, qu'un dîner où les convives sont inconnus les uns aux autres, et je vous ai raccolé pour leur compte; mais vous viendrez une autre fois pour le mien, n'est-ce pas ?... dites : oui!... »

Et elle se promena pendant quelques instants avec Stidmann, en paraissant uniquement occupée de lui. On annonça successivement Crevel, le baron Hulot, et un député nommé Beauvisage[1]. Ce personnage, un Crevel*ᵈ* de province, un de ces gens mis au monde pour faire foule, votait sous la bannière de Giraud, conseiller d'État, et de Victorin Hulot. Ces deux hommes politiques voulaient faire un noyau de Progressistes dans la grande phalange des Conservateurs[2]. Giraud venait quelquefois le soir chez Mme Marneffe, qui se flattait d'avoir aussi Victorin Hulot; mais l'avocat puritain avait jusqu'alors trouvé des prétextes pour résister à son père et à son beau-père. Se montrer chez la femme qui faisait couler les larmes de sa mère, lui paraissait un crime. Victorin Hulot était aux puritains de la politique ce qu'une femme pieuse est aux dévotes. Beauvisage, ancien bonnetier d'Arcis, *voulait prendre le genre de Paris*. Cet homme, une des bornes de la Chambre, se formait chez la délicieuse, la ravissante Mme Marneffe, où, séduit par Crevel, il l'avait accepté de Valérie pour modèle et pour maître; il le consultait en tout, il lui demandait l'adresse de son tailleur, il l'imitait, il essayait de se mettre en position comme lui; enfin Crevel était son grand homme. Valérie, entourée de ces personnages et des trois artistes, bien accompagnée par Lisbeth, apparut d'autant plus à Wenceslas comme une femme supérieure, que Claude Vignon lui fit l'éloge de Mme Marneffe en homme épris.

« C'est Mme de Maintenon dans la jupe de Ninon[1]! dit l'ancien critique. Lui plaire, c'est l'affaire d'une soirée où l'on a de l'esprit; mais être aimé d'elle, c'est un triomphe qui peut suffire à l'orgueil d'un homme, et en remplir la vie. »

Valérie, en apparence froide et insouciante pour son ancien voisin, en attaqua la vanité, sans le savoir d'ailleurs, car elle ignorait le caractère polonais[a]. Il y a chez le Slave un côté enfant, comme chez tous les peuples primitivement sauvages, et qui ont plutôt fait irruption chez les nations civilisées qu'ils ne se sont réellement civilisés. Cette race s'est répandue comme une inondation, et a couvert une immense surface du globe. Elle y habite des déserts où les espaces sont si vastes, qu'elle s'y trouve à l'aise; on ne s'y coudoie pas, comme en Europe, et la civilisation est impossible sans le frottement continuel des esprits et des intérêts[b]. L'Ukraine, la Russie, les plaines du Danube[c], le peuple slave enfin, c'est un trait d'union entre l'Europe et l'Asie, entre la civilisation et la barbarie. Aussi le Polonais, la plus riche fraction du peuple slave[d], a-t-il dans le caractère les enfantillages et l'inconstance des nations imberbes. Il possède le courage, l'esprit de la force; mais, frappés d'inconstance, ce courage et cette force, cet esprit n'ont ni méthode ni esprit, car le Polonais offre[e] une mobilité semblable à celle du vent qui règne sur cette immense plaine coupée de marécages; s'il a l'impétuosité des chasse-neige, qui tordent et emportent des maisons, de même que ces terribles avalanches aériennes, il va se perdre dans le premier étang venu, dissous en eau[f]. L'homme prend toujours quelque chose des milieux où il vit. Sans cesse en lutte avec les Turcs, les Polonais en ont reçu le goût des magnificences orientales; ils sacrifient souvent le nécessaire pour briller, ils se parent comme des femmes, et cependant le climat leur a donné la dure constitution[g] des Arabes. Aussi, le Polonais, sublime dans la douleur, a-t-il fatigué les bras de ses oppresseurs à force de se faire assommer, en recommençant ainsi, au dix-neuvième siècle, le spectacle qu'ont offert les premiers chrétiens. Introduisez dix pour cent de sournoiserie anglaise dans le caractère polonais, si franc, si ouvert; et le généreux aigle blanc régnerait aujourd'hui partout où se glisse l'aigle à deux têtes. Un peu de machiavélisme eût empêché la Pologne de sauver l'Autriche qui l'a partagée, d'emprunter à la Prusse, son usurière, qui l'a minée, et de se diviser au moment du premier partage[a]. Au baptême de la Pologne, une fée Carabosse oubliée par les génies qui dotaient cette séduisante nation des plus brillantes qualités, est sans doute venue dire : « Garde tous les dons que mes sœurs t'ont dispensés, mais tu ne sauras jamais ce que tu voudras[1]!» Si, dans son duel héroïque avec la Russie, la Pologne avait triomphé, les Polonais se battraient entre eux aujourd'hui comme autrefois dans leurs diètes pour s'empêcher les uns les autres d'être roi[b]. Le jour où cette nation, uniquement composée de courages sanguins[c], aura le bon sens de chercher un Louis XI dans ses entrailles, d'en accepter la tyrannie et la dynastie[d], elle sera sauvée. Ce que la Pologne fut en politique, la plupart des Polonais le sont dans leur vie privée, surtout lorsque les désastres arrivent. Ainsi, Wenceslas Steinbock, qui depuis trois ans adorait sa femme, et qui se savait un dieu pour elle, fut tellement piqué de se voir à peine remarqué par Mme Marneffe, qu'il se fit un point d'honneur en lui-même d'en obtenir quelque attention. En comparant Valérie à sa femme, il donna l'avantage à la première. Hortense était une belle chair, comme le disait Valérie à Lisbeth; mais il y avait en Mme Marneffe l'Esprit dans la Forme et le piquant du Vice. Le dévouement d'Hortense est un sentiment qui, pour un mari, lui semble dû; la conscience de l'immense valeur d'un amour absolu se perd bientôt[e], comme le débiteur se figure, au bout de quelque temps, que le prêt est à lui. Cette loyauté sublime devient en quelque sorte le pain quotidien de l'âme, et l'infidélité séduit comme une friandise. La femme dédaigneuse, une femme dangereuse surtout, irrite la curiosité, comme les épices relèvent la bonne chère. Le mépris, si bien joué par Valérie, était d'ailleurs une nouveauté pour Wenceslas, après trois ans de plaisirs faciles. Hortense fut la femme et Valérie fut la maîtresse. Beaucoup d'hommes veulent avoir ces deux éditions du même ouvrage, quoique ce soit une immense preuve d'infériorité chez un homme que de ne pas savoir faire de sa femme sa maîtresse. La variété dans ce genre est un signe d'impuissance. La constance sera toujours le génie de l'amour, l'indice d'une force immense, celle qui constitue le poète[a] ! On doit avoir toutes les femmes dans la sienne, comme les poètes crottés du dix-septième siècle faisaient de leurs Manons des Iris et des Chloés !

« Eh bien! dit Lisbeth à son petit cousin au moment où elle le vit fasciné, comment trouvez-vous Valérie ?

— Trop charmante ? répondit Wenceslas.

— Vous n'avez pas voulu m'écouter, repartit la cousine Bette. Ah! mon petit Wenceslas, si nous étions restés ensemble, vous auriez été l'amant de cette sirène-là, vous l'auriez épousée dès qu'elle serait devenue veuve, et vous auriez eu les quarante mille livres de rente qu'elle a!

— Vraiment !...

— Mais oui, répondit Lisbeth. Allons, prenez garde à vous, je vous ai bien prévenu du danger, ne vous brûlez pas à la bougie! donnez-moi le bras, l'on a servi. »

Aucun discours n'était plus démoralisant que celui-ci, car, montrez un précipice à un Polonais, il s'y jette aussitôt. Ce peuple a surtout le génie de la cavalerie, il croit pouvoir enfoncer tous les obstacles et en sortir victorieux[b]. Ce coup d'éperon par lequel Lisbeth labourait la vanité de son cousin fut appuyé par le spectacle[c] de la salle à manger, où brillait une magnifique argenterie, où Steinbock aperçut toutes les délicatesses et les recherches du luxe parisien.

« J'aurais mieux fait, se dit-il en lui-même, d'épouser Célimène[d]. »

Pendant ce dîner, Hulot, content de voir là son gendre, et plus satisfait encore de la certitude d'un raccommodement avec Valérie, qu'il se flattait de rendre fidèle par la promesse de la succession Coquet, fut charmant. Stidmann répondit à l'amabilité du baron par les gerbes de la plaisanterie parisienne, et par sa verve d'artiste. Steinbock ne voulut pas se laisser éclipser par son camarade, il déploya son esprit, il eut des saillies, il fit de l'effet, il fut content de lui; Mme Marneffe lui sourit à plusieurs reprises en lui montrant qu'elle le comprenait bien. La bonne chère, les vins capiteux achevèrent de plonger Wenceslas dans ce qu'il faut appeler le bourbier du plaisir. Animé par une pointe de vin, il s'étendit, après le dîner, sur un divan, en proie à un bonheur à la fois physique et spirituel, que Mme Marneffe mit au comble en venant se poser près de lui, légère, parfumée, belle à damner les anges. Elle s'inclina vers Wenceslas, elle effleura presque son oreille pour lui parler tout bas.

« Ce n'est pas ce soir que nous pouvons causer d'affaires, à moins que vous ne vouliez rester le dernier. Entre vous, Lisbeth et moi, nous arrangerions les choses à votre convenance...

— Ah! vous êtes un ange, madame! dit Wenceslas en lui répondant de la même manière. J'ai fait une fameuse sottise de ne point écouter Lisbeth...

— Que vous disait-elle?...

— Elle prétendait, rue du Doyenné, que vous m'aimiez!... »

Mme Marneffe regarda Wenceslas, eut l'air d'être confuse et se leva brusquement. Une femme, jeune et jolie, n'a jamais impunément éveillé chez un homme l'idée d'un succès immédiat. Ce mouvement de femme vertueuse, réprimant une passion gardée au fond du cœur, était plus éloquent mille fois que la déclaration la plus passionnée.

Aussi le désir fut-il si vivement irrité chez Wenceslas, qu'il redoubla d'attentions pour Valérie. Femme en vue, femme souhaitée! De là vient la terrible puissance des actrices. Mme Marneffe, se sachant étudiée, se comporta comme une actrice applaudie. Elle fut charmante et obtint un triomphe complet.

« Les folies de mon beau-père ne m'étonnent plus, dit Wenceslas à Lisbeth.

— Si vous parlez ainsi, Wenceslas, répondit la cousine, je me repentirai toute ma vie de vous avoir fait prêter ces dix mille francs. Seriez-vous donc comme eux tous, dit-elle en montrant les convives, amoureux fou de cette créature? Songez donc que vous seriez le rival de votre beau-père. Enfin pensez à tout le chagrin que vous causeriez à Hortense.

— C'est vrai, dit Wenceslas, Hortense est un ange, je serais un monstre!

— Il y en a bien assez d'un dans la famille, répliqua Lisbeth.

— Les artistes ne devraient jamais se marier! s'écria Steinbock.

— Ah! c'est ce que je vous disais rue du Doyenné. Vos enfants, à vous, ce sont vos groupes, vos statues, vos chefs-d'œuvre.

— Que dites-vous donc là! vint demander Valérie en se joignant à Lisbeth. Sers le thé, cousine. »

Steinbock, par une forfanterie polonaise, voulut paraître familier avec cette fée du salon. Après avoir insulté Stidmann, Claude Vignon, Crevel, par un regard, il prit Valérie par la main et la força de s'asseoir à côté de lui sur le divan.

« Vous êtes par trop grand seigneur, comte Steinbock! » dit-elle en résistant peu.

Et elle se mit à rire en tombant près de lui, non sans lui montrer le petit bouton de rose qui parait son corsage.

« Hélas! si j'étais grand seigneur, je ne viendrais pas ici, dit-il, en emprunteur.

— Pauvre enfant! je me souviens de vos nuits de travail à la rue du Doyenné. Vous avez été un peu *bêta*. Vous vous êtes marié, comme un affamé se jette sur du pain. Vous ne connaissez point Paris! Voyez où vous en êtes? Mais vous avez fait la sourde oreille au dévouement de la Bette comme à l'amour de la Parisienne, qui savait son Paris par cœur.

— Ne me dites plus rien, s'écria Steinbock, je suis bâté.

— Vous aurez vos dix mille francs, mon cher Wenceslas; mais à une condition, dit-elle en jouant avec ses admirables rouleaux de cheveux.

— Laquelle ?...

— Eh bien! je ne veux pas d'intérêts...

— Madame!...

— Oh! ne vous fâchez pas; vous me les remplacerez par un groupe en bronze. Vous avez commencé l'histoire de Samson, achevez-la... Faites Dalila coupant les cheveux à l'Hercule juif!... Mais vous qui serez, si vous voulez m'écouter, un grand artiste, j'espère que vous comprendrez le sujet. Il s'agit d'exprimer la puissance de la femme. Samson n'est rien, là. C'est le cadavre de la force. Dalila, c'est la passion qui ruine tout[1]. Comme cette *réplique*... Est-ce comme cela que vous dites ?... ajouta-t-elle finement en voyant Claude Vignon et Stidmann qui s'approchèrent d'eux en voyant qu'il s'agissait de sculpture; comme cette réplique d'Hercule aux pieds d'Omphale est bien plus belle que le mythe grec ! Est-ce la Grèce qui a copié la Judée ? est-ce la Judée qui a pris à la Grèce ce symbole ?

— Ah ! vous soulevez là, madame, une grave question ! celle des époques auxquelles auraient été composés les différents livres de la Bible. Le grand et immortel Spinoza, si niaisement rangé parmi les athées, et qui a mathématiquement prouvé Dieu, prétendait que la Genèse et la partie politique, pour ainsi dire, de la Bible est du temps de Moïse, et il démontrait les interpolations par des preuves philologiques. Aussi a-t-il reçu trois coups de couteau à l'entrée de la synagogue.

— Je ne me savais pas si savante, dit Valérie ennuyée de voir son tête-à-tête interrompu[2].

— Les femmes savent tout par instinct, répliqua Claude Vignon.

— Eh bien ! me promettez-vous ? dit-elle à Steinbock en lui prenant la main avec une précaution de jeune fille amoureuse.

— Vous êtes assez heureux, mon cher, s'écria Stidmann, pour que madame vous demande quelque chose ?...

— Qu'est-ce ? dit Claude Vignon.

— Un petit groupe en bronze, répondit Steinbock, Dalila coupant les cheveux à Samson.

— C'est difficile, fit observer Claude Vignon, à cause du lit...

— C'est au contraire excessivement facile, répliqua Valérie en souriant.

— Ah ! faites-nous de la sculpture !... dit Stidmann.

— Madame est la chose à sculpter ! répliqua Claude Vignon en jetant un regard fin à Valérie.

— Eh bien ! reprit-elle, voilà comment je comprends la composition. Samson s'est réveillé sans cheveux, comme beaucoup de dandies à faux toupets. Le héros est là sur le bord du lit, vous n'avez donc qu'à en figurer la base, cachée par des linges, par des draperies. Il est là comme Marius sur les ruines de Carthage, les bras croisés, la tête rasée, Napoléon à Sainte-Hélène, quoi !

Dalila est à genoux, à peu près comme la Madeleine de Canova. Quand une fille a ruiné son homme, elle l'adore. Selon moi, la Juive a eu peur de Samson, terrible, puissant, mais elle a dû aimer Samson devenu petit garçon. Donc, Dalila déplore sa faute, elle voudrait rendre à son amant ses cheveux, elle n'ose pas le regarder, et elle le regarde en souriant, car elle aperçoit son pardon dans la faiblesse de Samson. Ce groupe, et celui de la farouche Judith, seraient la femme expliquée. La Vertu coupe[a] la tête, le Vice ne vous coupe que les cheveux. Prenez garde à vos toupets, messieurs[b] ! »

Et elle laissa les deux artistes confondus, qui firent, avec le[c] critique, un concert de louanges en son honneur.

« On n'est pas plus délicieuse ! s'écria Stidmann.

— Oh ! c'est, dit Claude Vignon, la femme la plus intelligente et la plus désirable que j'aie vue. Réunir l'esprit et la beauté, c'est si rare !

— Si vous, qui avez eu l'honneur de connaître intimement Camille Maupin, vous lancez de pareils arrêts, répondit Stidmann, que devons-nous penser ?

— Si vous voulez faire de Dalila, mon cher comte, un portrait de Valérie, dit Crevel qui venait de quitter le jeu pour un moment et qui avait tout entendu, je vous paye un exemplaire de ce groupe mille écus ! Oh ! oui, sapristi ! mille écus, *je me fends !*

— *Je me fends !* qu'est-ce que cela veut dire ? demanda Beauvisage à Claude Vignon.

— Il faudrait que madame daignât poser..., dit Steinbock en montrant Valérie à Crevel. Demandez-lui[d]. »

En ce moment, Valérie apportait elle-même à Steinbock une tasse de thé. C'était plus qu'une distinction, c'était une faveur. Il y a, dans la manière dont une femme s'acquitte de cette fonction, tout un langage ; mais les femmes le savent bien ; aussi est-ce une étude curieuse à faire que celle de leurs mouvements, de leurs gestes, de leurs regards, de leur ton, de leur accent, quand elles accomplissent cet acte de politesse en apparence si simple. Depuis la demande : Prenez-vous du thé ? — Voulez-vous du thé ? — Une tasse de thé ? — froidement formulée, et l'ordre d'en apporter donné à la nymphe qui tient l'urne, jusqu'à l'énorme poème de l'Odalisque venant de la table à thé, la tasse à la main, jusqu'au pacha du cœur et la lui présentant d'un air

soumis, l'offrant d'une voix caressante, avec un regard
plein de promesses voluptueuses, un physiologiste
peut observer tous les sentiments féminins, depuis
l'aversion, depuis l'indifférence, jusqu'à la déclaration de
Phèdre à Hippolyte. Les femmes peuvent là se faire, à
volonté, méprisantes jusqu'à l'insulte, humbles jusqu'à
l'esclavage de l'Orient. Valérie fut plus qu'une femme,
elle fut le serpent fait femme, elle acheva son œuvre diabolique en marchant jusqu'à Steinbock, une tasse de
thé à la main.

« Je prendrai, dit l'artiste à l'oreille de Valérie en se
levant et effleurant de ses doigts les doigts de Valérie,
autant de tasses de thé que vous voudrez m'en offrir,
pour me les voir présenter ainsi!...

— Que parlez-vous de poser ? demanda-t-elle sans
paraître avoir reçu en plein cœur cette explosion si
rageusement attendue.

— Le père Crevel m'achète un exemplaire de votre
groupe mille écus.

— Mille écus, lui, un groupe ?

— Oui, si vous voulez poser en Dalila, dit Steinbock.

— Il n'y sera pas, j'espère, reprit-elle, le groupe vaudrait alors plus que sa fortune, car Dalila doit être un
peu décolletée... »

De même que Crevel se mettait en position, toutes les
femmes ont une attitude victorieuse, une pose étudiée,
où elles se font irrésistiblement admirer. On en voit qui,
dans les salons, passent leur vie à regarder la dentelle de
leurs chemisettes et à remettre en place les épaulettes
de leurs robes, ou bien à faire jouer les brillants de leur
prunelle en contemplant les corniches. Mme Marneffe,
elle, ne triomphait pas en face comme toutes les autres.
Elle se retourna brusquement pour aller à la table à
thé retrouver Lisbeth. Ce mouvement de danseuse agitant sa robe, par lequel elle avait conquis Hulot, fascina Steinbock.

« Ta vengeance est complète, dit Valérie à l'oreille
de Lisbeth, Hortense pleurera toutes ses larmes et mau-
dira le jour où elle t'a pris Wenceslas.

— Tant que je ne serai pas Mme la maréchale, je
n'aurai rien fait, répondit la Lorraine ; mais *ils* commencent
à le vouloir tous... Ce matin, je suis allée chez Victorin.
J'ai oublié de te raconter cela. Les Hulot jeune ont

racheté les lettres de change du baron à Vauvinet, ils
souscrivent demain une obligation de soixante-douze
mille francs[1] à cinq pour cent d'intérêt, remboursables en
trois ans, avec hypothèque sur leur maison. Voilà les
Hulot jeune[a] dans la gêne pour trois ans, il leur serait
impossible de trouver maintenant de l'argent sur cette
propriété. Victorin est d'une tristesse affreuse, il a compris son père. Enfin Crevel est capable de ne plus voir
ses enfants, tant il sera courroucé de ce dévouement.

— Le baron doit maintenant être sans ressources ? dit
Valérie à l'oreille de Lisbeth en souriant à Hulot.

— Je ne lui vois plus rien; mais il rentre dans son
traitement au mois de septembre.

— Et il a sa police d'assurance, il l'a renouvelée!
Allons, il est temps qu'il fasse Marneffe chef de bureau, je
vais l'assassiner ce soir. »

« Mon petit cousin, alla dire Lisbeth à Wenceslas,
retirez-vous, je vous en prie. Vous êtes ridicule, vous
regardez Valérie de façon à la compromettre, et son mari
est d'une jalousie effrénée. N'imitez pas votre beau-père,
et retournez chez vous, je suis sûre qu'Hortense vous
attend…

— Mme Marneffe m'a dit de rester le dernier, pour
arranger notre petite affaire entre nous trois, répondit
Wenceslas.

— Non, dit Lisbeth, je vais vous remettre les dix
mille francs, car son mari a les yeux sur vous, il serait
imprudent à vous de rester. Demain, à neuf heures,
apportez la lettre de change; à cette heure-là ce chinois de
Marneffe est à son bureau, Valérie est tranquille… Vous
lui avez donc demandé de poser pour un groupe ?…
Entrez d'abord chez moi. Ah! je savais bien, dit Lisbeth
en surprenant le regard par lequel Steinbock salua Valérie,
que vous étiez un libertin en herbe[b]. Valérie est bien
belle, mais tâchez de ne pas faire de chagrin à Hortense! »

Rien n'irrite les gens mariés autant que de rencontrer,
à tout propos, leur femme entre eux et un désir, fût-il
passager[c].

Wenceslas revint chez lui vers une heure du matin,
Hortense l'attendait depuis environ neuf heures et demie.
De neuf heures et demie à dix heures, elle écouta le bruit
des voitures, en se disant que jamais Wenceslas, quand il
dînait sans elle chez Chanor et Florent, n'était rentré si

tard. Elle cousait auprès du berceau de son fils, car elle
commençait à épargner la journée d'une ouvrière en
faisant elle-même certains raccommodages. De dix heures
à dix heures et demie, elle eut une pensée de défiance,
elle se demanda : « Mais est-il allé dîner, comme il me l'a
dit, chez Chanor et Florent ? Il a voulu, pour s'habiller,
sa plus belle cravate, sa plus belle épingle. Il a mis à sa
toilette autant de temps qu'une femme qui veut paraître
encore mieux qu'elle n'est. Je suis folle ! il m'aime. Le
voici d'ailleurs. » Au lieu d'arrêter, la voiture, que la
jeune femme entendait, passa. De onze heures à minuit,
Hortense fut livrée à des terreurs inouïes, causées par la
solitude de son quartier. « S'il est revenu à pied, se dit-
elle, il peut lui arriver quelque accident !... On se tue en
rencontrant un bout de trottoir ou en ne s'attendant pas
à des lacunes. Les artistes sont si distraits !... Si des voleurs
l'avaient arrêté !... Voici la première fois qu'il me laisse
seule ici, pendant six heures et demie. Pourquoi me tourmenter ? il n'aime que moi. »

Les hommes[a] devraient être fidèles aux femmes qui
les aiment, ne fût-ce qu'à cause des miracles perpétuels
produits par le véritable amour dans le monde sublime
appelé le *monde spirituel*. Une femme aimante est, par
rapport à l'homme aimé, dans la situation d'une somnam-
bule à qui le magnétiseur donnerait le triste pouvoir, en
cessant d'être[b] le miroir du monde, d'avoir conscience,
comme femme, de ce qu'elle aperçoit comme somnam-
bule. La passion fait arriver les forces nerveuses de la
femme à cet état extatique où le pressentiment équivaut à
la vision des Voyants. Une femme se sait trahie, elle ne
s'écoute pas, elle doute, tant elle aime ! et elle dément le
cri de sa puissance de pythonisse. Ce paroxysme de
l'amour devrait obtenir un culte. Chez les esprits nobles,
l'admiration de ce divin[c] phénomène sera toujours
une barrière qui les séparera de l'infidélité. Comment
ne pas adorer une belle, une spirituelle[d] créature
dont l'âme arrive à de pareilles manifestations ?...
À une heure du matin, Hortense avait atteint à un tel
degré d'angoisse, qu'elle se précipita vers la porte en
reconnaissant Wenceslas à sa manière de sonner, elle le
prit dans ses bras, en l'y serrant maternellement.

« Enfin, te voilà !... dit-elle en recouvrant l'usage de
la parole. Mon ami, désormais j'irai partout où tu iras,

car je ne veux pas éprouver une seconde fois la torture d'une pareille attente... Je t'ai vu heurtant[a] contre un trottoir et la tête fracassée! tué par des voleurs!... Non, une autre fois, je sens que je deviendrais folle... Tu t'es donc bien amusé... sans moi ? vilain ?

— Que veux-tu, mon petit bon ange, il y avait là Bixiou qui nous a fait de nouvelles charges, Léon de Lora dont l'esprit n'a pas tari, Claude Vignon à qui je dois le seul article consolant qu'on ait écrit sur le monument du maréchal Montcornet. Il y avait...

— Il n'y avait pas de femmes ?... demanda vivement Hortense.

— La respectable Mme Florent...

— Tu m'avais dit que c'était au Rocher de Cancale, c'était donc chez eux ?

— Oui, chez eux, je me suis trompé...

— Tu n'es pas venu en voiture ?

— Non!

— Et tu arrives à pied de la rue des Tournelles ?

— Stidmann et Bixiou m'ont reconduit par les boulevards jusqu'à la Madeleine, tout en causant.

— Il fait donc bien sec sur les boulevards, sur la place de la Concorde et la rue de Bourgogne, tu n'es pas crotté », dit Hortense en examinant les bottes vernies de son mari.

Il avait plu; mais de la rue Vaneau à la rue Saint-Dominique, Wenceslas n'avait pu souiller ses bottes.

« Tiens, voilà cinq mille francs que Chanor m'a généreusement prêtés », dit Wenceslas pour couper court à ces interrogations quasi judiciaires.

Il avait fait deux paquets de ses dix billets de mille francs, un pour Hortense et un pour lui-même, car il avait pour cinq mille francs de dettes ignorées d'Hortense. Il devait à son praticien et à ses ouvriers.

« Te voilà sans inquiétudes, ma chère, dit-il en embrassant sa femme. Je vais, dès demain, me mettre à l'ouvrage! Oh! demain, je décampe à huit heures et demie, et je vais à l'atelier. Ainsi, je me couche tout de suite pour être levé de bonne heure, tu me le permets, ma minette ? »

Le soupçon entré dans le cœur d'Hortense disparut; elle fut à mille lieues de la vérité. Mme Marneffe! elle n'y pensait pas. Elle craignait pour son Wenceslas la société des lorettes. Les noms de Bixiou, de Léon de Lora, deux artistes connus pour leur vie effrénée, l'avaient inquiétée.

Le lendemain, elle vit partir Wenceslas à neuf heures, entièrement rassurée. « Le voilà maintenant à l'ouvrage, se disait-elle en procédant à l'habillement de son enfant. Oh! je le vois, il est en train[a]! Eh bien, si nous n'avons pas la gloire de Michel-Ange, nous aurons celle de Benvenuto Cellini[b]! » Bercée elle-même par ses propres espérances, Hortense croyait à un heureux avenir; et elle parlait à son fils, âgé de vingt mois, ce langage tout en onomatopées qui fait sourire les enfants, quand, vers onze heures, la cuisinière, qui n'avait pas vu sortir Wenceslas, introduisit[c] Stidmann.

« Pardon, madame, dit l'artiste. Comment, Wenceslas est déjà parti?

— Il est à son atelier.

— Je venais m'entendre avec lui pour nos travaux.

— Je vais l'envoyer chercher », dit Hortense en faisant signe à Stidmann de s'asseoir.

La jeune femme, rendant grâce en elle-même au ciel de ce hasard, voulut garder Stidmann afin d'avoir des détails sur la soirée de la veille. Stidmann s'inclina pour remercier la comtesse de cette faveur. Mme Steinbock sonna, la cuisinière vint, elle lui donna l'ordre d'aller chercher monsieur à l'atelier[d].

« Vous êtes-vous bien amusé hier? dit Hortense, car Wenceslas n'est revenu qu'après une heure du matin.

— Amusé?... pas précisément, répondit l'artiste qui la veille avait voulu *faire* Mme Marneffe. On ne s'amuse dans le monde que lorsqu'on y a des intérêts. Cette petite Mme Marneffe est excessivement spirituelle, mais elle est coquette...

— Et comment Wenceslas l'a-t-il trouvée?... demanda la pauvre Hortense en essayant de rester calme, il ne m'en a rien dit.

— Je ne vous en dirai qu'une seule chose, répondit Stidmann, c'est que je la crois bien dangereuse. »

Hortense devint pâle comme une accouchée.

« Ainsi, c'est bien... chez Mme Marneffe... et non pas... chez Chanor que vous avez dîné..., dit-elle, hier... avec Wenceslas, et il... »

Stidmann, sans savoir quel malheur il faisait, devina

qu'il en causait un. La comtesse n'acheva pas sa phrase,
elle s'évanouit complètement. L'artiste sonna, la femme
de chambre vint. Quand Louise essaya d'emporter la
comtesse Steinbock dans sa chambre, une attaque
nerveuse de la plus grande gravité se déclara par d'horribles convulsions. Stidmann, comme tous ceux dont une
involontaire indiscrétion détruit l'échafaudage élevé par
le mensonge d'un mari dans son intérieur, ne pouvait
croire à sa parole une pareille portée; il pensa que la
comtesse se trouvait dans cet état maladif où la plus
légère contrariété devient un danger. La cuisinière vint
annoncer, malheureusement à haute voix, que Monsieur
n'était pas à son atelier. Au milieu de sa crise, la comtesse
entendit cette réponse, les convulsions recommencèrent.

« Allez chercher la mère de Madame!... dit Louise à la
cuisinière; courez!

— Si je savais où se trouve Wenceslas, j'irais l'avertir, dit Stidmann au désespoir.

— Il est chez cette femme!... cria la pauvre Hortense. Il s'est habillé bien autrement que pour aller à
son atelier. »

Stidmann courut chez Mme Marneffe en reconnaissant la vérité de cet aperçu dû à la *seconde vue* des passions. En ce moment Valérie posait en Dalila. Trop
fin pour demander Mme Marneffe, Stidmann passa roide
devant la loge, monta rapidement au second, en se
faisant ce raisonnement : Si je demande Mme Marneffe,
elle n'y sera pas. Si je demande bêtement Steinbock, on
me rira au nez... Cassons les vitres! Au coup de sonnette,
Reine arriva.

« Dites à M. le comte Steinbock de venir, sa femme se
meurt! ... »

Reine, aussi spirituelle que Stidmann, le regarda
d'un air passablement stupide.

« Mais, monsieur, je ne sais pas... ce que vous...

— Je vous dis que mon ami Steinbock est ici, sa
femme se meurt, la chose vaut bien la peine que vous
dérangiez votre maîtresse. »

Et Stidmann s'en alla. « Oh! il y est », se dit-il. En
effet, Stidmann, qui resta quelques instants rue Vaneau,
vit sortir Wenceslas, et lui fit signe de venir promptement. Après avoir raconté la tragédie qui se jouait rue
Saint-Dominique, Stidmann gronda Steinbock de ne

l'avoir pas prévenu de garder le secret sur le dîner de la veille.

« Je suis perdu, lui répondit Wenceslas, mais je te pardonne. J'ai tout à fait oublié notre rendez-vous ce matin, et j'ai commis la faute de ne pas te dire que nous devions avoir dîné chez Florent. Que veux-tu ? Cette Valérie m'a rendu fou ; mais, mon cher, elle vaut la gloire, elle vaut le malheur... Ah ! c'est... Mon Dieu ! me voilà dans un terrible embarras ! Conseille-moi. Que dire ? comment me justifier ?

— Te conseiller ? je ne sais rien, répondit Stidmann. Mais tu es aimé de ta femme, n'est-ce pas ? Eh bien ! elle croira tout. Dis-lui surtout que tu venais chez moi, pendant que j'allais chez toi ; tu sauveras toujours ainsi ta *pose* de ce matin. Adieu ! »

Au coin de la rue Hillerin-Bertin, Lisbeth, avertie par Reine et qui courait après Steinbock, le rejoignit ; car elle craignait sa naïveté[a] polonaise. Ne voulant pas être compromise, elle dit quelques mots à Wenceslas qui, dans sa joie, l'embrassa en pleine rue. Elle avait tendu sans doute à l'artiste une planche pour passer ce détroit de la vie conjugale[b].

À la vue de sa mère, arrivée en toute hâte, Hortense avait versé des torrents de larmes. Aussi[c], la crise nerveuse changea fort heureusement d'aspect.

« Trahie ! ma chère maman, lui dit-elle. Wenceslas, après m'avoir donné sa parole d'honneur de ne pas aller chez Mme Marneffe, y a dîné hier, et n'est rentré qu'à une heure un quart du matin !... Si tu savais, la veille, nous avions eu, non pas une querelle, mais une explication. Je lui avais dit des choses si touchantes : j'étais jalouse, une infidélité me ferait mourir ; j'étais ombrageuse, il devait respecter mes faiblesses, puisqu'elles venaient de mon amour pour lui, j'avais dans les veines autant du sang de mon père que du tien ; dans le premier moment d'une trahison, je serais folle à faire des folies, à me venger, à nous déshonorer tous, lui, son fils et moi ; qu'enfin je pourrais le tuer et me tuer après ! etc. Et il y est allé, et il y est ! Cette femme a entrepris de nous désoler tous ! Hier, mon frère et Célestine[d] se sont engagés pour retirer soixante-douze mille francs de lettres de change souscrites pour cette vaurienne... Oui, maman, on allait poursuivre mon père et le mettre en prison. Cette horrible femme n'a-t-elle pas assez de mon père et de tes larmes! Pourquoi me prendre Wenceslas!... J'irai chez elle, je la poignarderai! »

Mme Hulot, atteinte au cœur par l'affreuse confidence que dans sa rage Hortense lui faisait sans le savoir, dompta sa douleur par un de ces héroïques efforts dont sont capables les grandes mères, et elle prit la tête de sa fille sur son sein pour la couvrir de baisers.

« Attends Wenceslas, mon enfant, et tout s'expliquera. Le mal ne doit pas être aussi grand que tu le penses! J'ai été trahie aussi, moi! ma chère Hortense. Tu me trouves belle, je suis vertueuse, et je suis cependant abandonnée depuis vingt-trois ans, pour des Jenny Cadine, des Josépha, des Marneffe*!... le savais-tu ?...

— Toi, maman, toi!... tu souffres cela depuis vingt... » Elle s'arrêta devant ses propres idées*.

« Imite-moi, mon enfant, reprit la mère. Sois douce et bonne, et tu auras la conscience paisible. Au lit de mort, un homme se dit : " Ma femme ne m'a jamais causé la moindre peine!... " Et Dieu, qui entend ces derniers soupirs-là, nous les compte. Si je m'étais livrée à des fureurs, comme toi, que serait-il arrivé ?... Ton père se serait aigri, peut-être m'aurait-il quittée, et il n'aurait pas été retenu par la crainte de m'affliger; notre ruine, aujourd'hui consommée, l'eût été dix ans plus tôt, nous aurions offert le spectacle d'un mari et d'une femme vivant chacun de son côté, scandale affreux, désolant, car c'est la mort de la Famille. Ni ton frère, ni toi, vous n'eussiez pu vous établir... Je me suis sacrifiée, et si courageusement que, sans cette dernière liaison de ton père, le monde me croirait encore heureuse. Mon officieux et bien courageux mensonge a jusqu'à présent protégé Hector; il est encore considéré; seulement cette passion de vieillard l'entraîne trop loin, je le vois. Sa folie, je le crains, crèvera le paravent que je mettais entre le monde et nous... Mais, je l'ai tenu pendant vingt-trois ans, ce rideau, derrière lequel je pleurais, sans mère, sans confident, sans autre secours que celui de la religion, et j'ai procuré vingt-trois ans d'honneur à la famille. »

Hortense écoutait sa mère, les yeux fixes. La voix calme et la résignation de cette suprême douleur fit taire l'irritation de la première blessure chez la jeune

femme, les larmes la gagnèrent, elles revinrent à torrents. Dans un accès de piété filiale, écrasée par la subli-
mité de sa mère, elle se mit à genoux devant elle, saisit
le bas de sa robe et la baisa, comme de pieux catholiques
baisent les saintes reliques d'un martyr.

« Lève-toi, mon Hortense, dit la baronne, un pareil
témoignage de ma fille efface de bien mauvais souvenirs !
Viens sur mon cœur, oppressé de ton chagrin seulement.
Le désespoir[a] de ma pauvre petite fille, dont la joie était
ma seule joie, a brisé le cachet sépulcral que rien ne
devait lever de ma lèvre. Oui, je voulais emporter mes
douleurs au tombeau, comme un suaire de plus. Pour
calmer ta fureur, j'ai parlé... Dieu me pardonnera ! Oh !
si ma vie devait être ta vie, que ne ferais-je pas !... Les
hommes, le monde, le hasard, la nature, Dieu, je crois,
nous vendent l'amour au prix des plus cruelles tortures.
Je payerai de vingt-quatre années de désespoir, de chagrins incessants, d'amertumes, dix années heureuses...

— Tu as eu dix ans, chère maman, et moi trois ans,
seulement !... dit l'égoïste amoureuse.

— Rien n'est perdu, ma petite, attends Wenceslas.

— Ma mère, dit-elle, il a menti ! il m'a trompée... Il
m'a dit : " Je n'irai pas ", et il y est allé. Et cela, devant le
berceau de son enfant !...

— Pour leur plaisir, les hommes, mon ange, commettent les plus grandes lâchetés, des infamies, des
crimes ; c'est à ce qu'il paraît dans leur nature. Nous
autres femmes, nous sommes vouées au sacrifice. Je
croyais mes malheurs achevés, et ils commencent, car
je ne m'attendais pas à souffrir doublement en souffrant
dans ma fille. Courage et silence !... Mon Hortense,
jure-moi de ne parler qu'à moi de tes chagrins, de n'en
rien laisser voir devant des tiers... Oh ! sois aussi fière
que ta mère ! »

En ce moment Hortense tressaillit, elle entendit le
pas de son mari.

« Il paraît, dit Wenceslas en entrant, que Stidmann
est venu pendant que j'étais allé chez lui.

— Vraiment !... s'écria la pauvre Hortense avec la
sauvage ironie d'une femme offensée qui se sert de la
parole comme d'un poignard.

— Mais oui, nous venons de nous rencontrer,
répondit Wenceslas en jouant l'étonnement.

— Mais, hier!... reprit Hortense..

— Eh bien! je t'ai trompée, mon cher amour, et ta mère va nous juger... »

Cette franchise desserra le cœur d'Hortense. Toutes les femmes vraiment nobles préfèrent la vérité au mensonge. Elles ne veulent pas voir leur idole dégradée, elles veulent être fières de la domination qu'elles acceptent.

Il y a de ce sentiment chez les Russes, à propos de leur Czar.

« Écoutez, chère mère..., dit Wenceslas, j'aime tant ma bonne et douce Hortense, que je lui ai caché l'étendue de notre détresse. Que voulez-vous!... elle nourrissait encore, et des chagrins lui auraient fait bien du mal. Vous savez tout ce que risque alors une femme. Sa beauté, sa fraîcheur, sa santé sont en danger. Est-ce un tort ?... Elle croit que nous ne devons que cinq mille francs, mais j'en dois cinq mille autres... Avant-hier, nous étions au désespoir!... Personne au monde ne prête aux artistes. On se défie de nos talents tout autant que de nos fantaisies. J'ai frappé vainement à toutes les portes. Lisbeth nous a offert ses économies.

— Pauvre fille, dit Hortense.

— Pauvre fille! dit la baronne.

— Mais les deux mille francs de Lisbeth[1], qu'est-ce ?... tout pour elle, rien pour nous. Alors la cousine nous a parlé, tu sais Hortense, de Mme Marneffe, qui, par un amour-propre, devant tant au baron, ne prendrait pas le moindre intérêt... Hortense a voulu mettre ses diamants au Mont-de-Piété. Nous aurions eu quelques milliers de francs, et il nous en fallait dix mille. Ces dix mille francs se trouvaient là, sans intérêt, pour un an!... Je me suis dit : " Hortense n'en saura rien, allons les prendre. " Cette femme m'a fait inviter par mon beau-père à dîner hier, en me donnant à entendre que Lisbeth avait parlé, que j'aurais de l'argent. Entre le désespoir d'Hortense et ce dîner, je n'ai pas hésité. Voilà tout. Comment, Hortense, à vingt-quatre[a] ans, fraîche, pure et vertueuse, elle qui est tout mon bonheur et ma gloire, que je n'ai pas quittée depuis notre mariage, peut-elle imaginer que je lui préférerai, quoi ?... une femme tannée, fanée, *panée,* dit-il en employant une atroce expression de l'argot des ateliers pour faire croire à son mépris par une de ces exagérations qui plaisent aux femmes[a].

— Ah! si ton père m'avait parlé comme cela! » s'écria la baronne.

Hortense se jeta gracieusement au cou de son mari.

« Oui, voilà ce que j'aurais fait, dit Adeline. Wenceslas, mon ami, votre femme a failli mourir, reprit-elle gravement. Vous voyez combien elle vous aime. Elle est à vous, hélas! » Et elle soupira profondément. « Il peut en faire une martyre ou une femme heureuse », se dit-elle à elle-même en pensant ce que pensent toutes les mères lors du mariage de leurs filles. « Il me semble, ajouta-t-elle à haute voix, que je souffre assez pour voir mes enfants heureux.

— Soyez tranquille, chère maman, dit Wenceslas au comble du bonheur de voir cette crise heureusement terminée. Dans deux mois, j'aurai rendu l'argent à cette horrible femme. Que voulez-vous? reprit-il en répétant ce mot essentiellement polonais avec la grâce polonaise, il y a des moments où l'on emprunterait au diable. C'est, après tout, l'argent de la famille. Et une fois invité, l'aurais-je eu, cet argent qui nous coûte si cher, si j'avais répondu par des grossièretés à une politesse?

— Oh! maman, quel mal nous fait papa! » s'écria Hortense.

La baronne mit un doigt sur ses lèvres, et Hortense regretta cette plainte, le premier blâme qu'elle laissait échapper sur un père si héroïquement protégé par un sublime silence.

« Adieu, mes enfants, dit Mme Hulot, voilà le beau temps revenu. Mais ne vous fâchez plus. »

Quand, après avoir reconduit la baronne, Wenceslas et sa femme furent revenus[b] dans leur chambre, Hortense dit à son mari : « Raconte-moi ta soirée? » Et elle épia le visage de Wenceslas pendant ce récit, entrecoupé de ces questions qui se pressent sur les lèvres d'une femme en pareil cas. Ce récit rendit Hortense songeuse, elle entrevoyait les diaboliques amusements que des artistes devaient trouver dans cette vicieuse société.

« Sois franc! mon Wenceslas?... il y avait là Stidmann, Claude Vignon, Vernisset, qui encore?... Enfin tu t'es amusé!...

— Moi ?... je ne pensais qu'à nos dix mille francs, et je me disais : " mon Hortense sera sans inquiétudes ! " »

Cet interrogatoire fatiguait énormément le Livonien, et il saisit un moment de gaieté pour dire à Hortense : « Et toi, mon ange, qu'aurais-tu fait, si ton artiste s'était trouvé coupable ?...

— Moi, dit-elle d'un petit air décidé[a], j'aurais pris Stidmann, mais sans l'aimer, bien entendu !

— Hortense ! s'écria Steinbock en se levant avec brusquerie et par un mouvement théâtral, tu n'en aurais pas eu le temps, je t'aurais tuée. »

Hortense se jeta sur son mari, l'embrassa à l'étouffer, le couvrit de caresses, et lui dit : « Ah ! tu m'aimes ! Wenceslas ! va, je ne crains rien ! Mais plus de Marneffe. Ne te plonge plus jamais dans de semblables bourbiers...

— Je te jure, ma chère Hortense, que je n'y retournerai que pour retirer mon billet... »

Elle bouda[b], mais comme boudent les femmes aimantes qui veulent les bénéfices d'une bouderie. Wenceslas, fatigué d'une pareille matinée, laissa bouder sa femme et partit pour son atelier y faire la maquette du groupe de Samson et Dalila, dont le dessin était dans sa poche. Hortense, inquiète de sa bouderie et croyant Wenceslas fâché, vint à l'atelier au moment où son mari finissait de fouiller sa glaise avec cette rage qui pousse les artistes en puissance de fantaisie. À l'aspect de sa femme, il jeta vivement un linge mouillé sur le groupe ébauché, et prit Hortense dans ses bras en lui disant : « Ah ! nous ne sommes pas fâchés, n'est-ce pas, ma minette ? »

Hortense avait vu le groupe, le linge jeté dessus, elle ne dit rien ; mais avant de quitter l'atelier, elle se retourna, saisit le chiffon, regarda l'esquisse et demanda : « Qu'est-ce que cela ?

— Un groupe dont l'idée m'est venue.

— Et pourquoi me l'as-tu caché ?

— Je voulais ne te le montrer que fini.

— La femme est bien jolie ! » dit Hortense.

Et mille soupçons poussèrent dans son âme comme poussent, dans les Indes, ces végétations, grandes et touffues, du jour au lendemain[c].

Au bout de trois semaines environ, Mme Marneffe fut profondément irritée contre Hortense. Les femmes de cette espèce ont leur amour-propre, elles veulent qu'on baise l'ergot du diable[1], elles ne pardonnent jamais à la Vertu qui ne redoute pas leur puissance ou qui lutte avec elles. Or, Wenceslas n'avait pas fait une seule visite rue Vaneau, pas même celle qu'exigeait la politesse après la pose d'une femme en Dalila. Chaque fois que Lisbeth était allée chez les Steinbock, elle n'avait trouvé personne au logis. Monsieur et Madame vivaient à l'atelier. Lisbeth, qui relança les deux tourtereaux jusque dans leur nid du Gros-Caillou, vit Wenceslas travaillant avec ardeur, et apprit par la cuisinière que Madame ne quittait jamais Monsieur. Wenceslas subissait le despotisme de l'amour. Valérie épousa donc pour son compte la haine de Lisbeth envers Hortense. Les femmes tiennent autant aux amants qu'on leur dispute, que les hommes tiennent aux femmes qui sont désirées par plusieurs fats. Aussi, les réflexions faites à propos de Mme Marneffe s'appliquent-elles parfaitement aux hommes à bonnes fortunes qui sont des espèces de courtisanes-hommes. Le caprice de Valérie fut une rage, elle voulait avoir surtout son groupe, et elle se proposait, un matin, d'aller à l'atelier voir Wenceslas, quand survint un de ces événements graves qui peuvent s'appeler pour ces sortes de femmes *fructus belli*[2]. Voici comment Valérie donna la nouvelle de ce fait, entièrement personnel. Elle déjeunait avec Lisbeth et M. Marneffe.

« Dis donc, Marneffe ? te doutes-tu d'être père pour la seconde fois ?

— Vraiment, tu serais grosse ?... Oh ! laisse-moi t'embrasser... »

Il se leva, fit le tour de la table, et sa femme lui tendit le front de manière que le baiser glissât sur les cheveux.

« De ce coup-là, reprit-il, je suis chef de bureau et officier de la Légion d'honneur ! Ah çà ! ma petite, je ne veux pas que Stanislas soit ruiné ! Pauvre petit !...

— Pauvre petit ?... s'écria Lisbeth. Il y a sept mois que vous ne l'avez vu ; je passe à la pension pour être sa mère, car je suis la seule de la maison qui s'occupe de lui !...

— Un enfant qui nous coûte cent écus tous les trois mois !... dit Valérie. D'ailleurs, c'est ton enfant, celui-là, Marneffe ! tu devrais bien payer sa pension sur tes appointements... Le nouveau, loin de produire des mémoires de marchands de soupe, nous sauvera de la misère...

— Valérie, répondit Marneffe en imitant Crevel en position, j'espère que M. le baron Hulot aura soin de son fils, et qu'il n'en chargera pas un pauvre employé; je compte me montrer très exigeant avec lui. Aussi, prenez vos sûretés, madame ? tâchez d'avoir de lui des lettres où il vous parle de son bonheur, car il se fait un peu trop tirer l'oreille pour ma nomination... »

Et Marneffe partit pour le ministère, où la précieuse amitié de son directeur lui permettait d'aller à son bureau vers onze heures; il y faisait d'ailleurs peu de besogne, vu son incapacité notoire et son aversion pour le travail.

Une fois seules, Lisbeth et Valérie se regardèrent pendant un moment comme des augures, et partirent ensemble d'un immense éclat de rire.

« Voyons, Valérie, est-ce vrai ? dit Lisbeth, ou n'est-ce qu'une comédie ?

— C'est une vérité physique! répondit Valérie. Hortense *m'embête* ! Et, cette nuit, je pensais à lancer cet enfant comme une bombe dans le ménage de Wenceslas. »

Valérie rentra dans sa chambre, suivie de Lisbeth, et lui montra tout écrite la lettre suivante :

« Wenceslas, mon ami, je crois encore à ton amour, quoique je ne t'aie pas vu depuis bientôt vingt jours. Est-ce du dédain ? Dalila ne le saurait penser. N'est-ce pas plutôt un effet de la tyrannie d'une femme que tu m'as dit ne pouvoir plus aimer ? Wenceslas, tu es un trop grand artiste pour te laisser ainsi dominer. Le ménage est le tombeau de la gloire... Vois si tu ressembles au Wenceslas de la rue du Doyenné ? Tu as raté le monument de mon père; mais chez toi l'amant est bien supérieur à l'artiste, tu es plus heureux avec la fille[a] : tu es père, mon adoré Wenceslas. Si tu ne venais pas me voir dans l'état où je suis, tu passerais pour bien mauvais homme aux yeux de tes amis; mais, je le sens, je t'aime si follement, que je n'aurai jamais la force de te maudire[b]. Puis-je me dire toujours[c]

« TA VALÉRIE. »

« Que dis-tu de mon projet d'envoyer cette lettre à l'atelier au moment où notre chère Hortense y sera seule ? demanda Valérie à Lisbeth. Hier au soir, j'ai su par Stidmann que Wenceslas doit l'aller prendre à onze heures pour une affaire chez Chanor; ainsi cette gaupe d'Hortense sera seule[a].

— Après un tour semblable, répondit Lisbeth, je ne pourrai plus rester ostensiblement ton amie, et il faudra que je te donne congé, que je sois censée ne plus te voir, ni même te parler.

— Évidemment, dit Valérie; mais...

— Oh! sois tranquille, répondit Lisbeth. Nous nous reverrons quand je serai Mme la maréchale; *ils* le veulent maintenant tous, le baron seul ignore ce projet; mais tu le décideras.

— Mais, répondit Valérie, il est possible que je sois bientôt en délicatesse avec le baron.

— Mme Olivier est la seule qui puisse se faire bien surprendre la lettre par Hortense, dit Lisbeth, il faut l'envoyer d'abord rue Saint-Dominique avant d'aller à l'atelier.

— Oh! notre petite bellote sera chez elle », répondit Mme Marneffe en sonnant Reine pour faire demander Mme Olivier[b].

Dix minutes après l'envoi de cette fatale lettre, le baron Hulot vint. Mme Marneffe s'élança, par un mouvement de chatte, au cou du vieillard.

« Hector, tu es père! lui dit-elle à l'oreille[c]. Voilà ce que c'est que de se brouiller et de se raccommoder... »

En voyant un certain étonnement que le baron ne dissimula pas assez promptement, Valérie prit un air froid qui désespéra le conseiller d'État. Elle se fit arracher les preuves les plus décisives, une à une. Lorsque la Conviction, que la Vanité prit doucement par la main, fut entrée dans l'esprit du vieillard, elle lui parla de la fureur de M. Marneffe.

« Mon vieux grognard, lui dit-elle, il t'est bien difficile de ne pas faire nommer ton éditeur responsable, notre gérant, si tu veux, chef de bureau et officier de la Légion d'honneur, car tu l'as ruiné, cet homme; il adore son Stanislas, ce petit *monstrico*[1] qui tient de lui, et que je ne puis souffrir. À moins que tu ne préfères donner une rente de douze cents francs à Stanislas, en nue-propriété bien entendu, l'usufruit en mon nom.

— Mais si je fais des rentes, je préfère que ce soit au nom de mon fils, et non au *monstrico!* » dit le baron.

Cette phrase imprudente, où le mot *mon fils* passa gros comme un fleuve débordant, fut transformée, au bout d'une heure de conversation, en une promesse formelle de faire douze cents francs de rente à l'enfant à venir. Puis cette promesse fut, sur la langue et la physionomie de Valérie, ce qu'est un tambour entre les mains d'un marmot, elle devait en jouer pendant vingt jours[a].

Au moment où le baron Hulot, heureux comme le marié d'un an qui désire un héritier, sortait de la rue Vaneau, Mme Olivier s'était fait arracher, par Hortense, la lettre qu'elle devait remettre à M. le comte, en mains propres. La jeune femme paya cette lettre d'une pièce de vingt francs. Le suicide paye son opium, son pistolet, son charbon. Hortense lut la lettre, elle la relut; elle ne voyait que ce papier blanc bariolé de lignes noires, il n'y avait que ce papier dans la nature, tout était noir autour d'elle. La lueur de l'incendie qui dévorait l'édifice de son bonheur éclairait le papier, car la nuit la plus profonde régnait autour d'elle. Les cris de son petit Wenceslas, qui jouait, parvenaient à son oreille comme s'il eût été dans le fond d'un vallon, et qu'elle eût été sur un sommet. Outragée à vingt-quatre[b] ans, dans tout l'éclat de la beauté, parée d'un amour pur et dévoué, c'était non pas un coup de poignard, mais la mort. La première attaque avait été purement nerveuse, le corps s'était tordu sous l'étreinte de la jalousie; mais la certitude attaqua l'âme, le corps fut anéanti. Hortense demeura pendant dix minutes environ sous cette oppression. Le fantôme de sa mère lui apparut et lui fit une révolution; elle devint calme et froide, elle recouvra sa raison. Elle sonna.

« Que Louise, ma chère, dit-elle à la cuisinière, vous aide. Vous allez faire, le plus tôt possible, des paquets de tout ce qui est à moi ici, et de tout ce qui regarde mon fils. Je vous donne une heure. Quand tout sera prêt, allez chercher sur la place une voiture, et prévenez-moi. Pas d'observations! Je quitte la maison et j'emmène Louise. Vous resterez, vous, avec Monsieur; ayez bien soin de lui... »

Elle passa dans sa chambre, se mit à sa table, et écrivit la lettre suivante :

« Monsieur le comte,

« La lettre jointe à la mienne vous expliquera la cause de la résolution que j'ai prise.

« Quand vous lirez ces lignes, j'aurai quitté votre maison, et je me serai retirée auprès de ma mère, avec notre enfant.

« Ne comptez pas que je revienne jamais sur ce parti. Ne croyez pas à l'emportement de la jeunesse, à son irréflexion, à la vivacité de l'amour jeune offensé, vous vous tromperiez étrangement.

« J'ai prodigieusement pensé, depuis quinze jours, à la vie, à l'amour, à notre union, à nos devoirs mutuels. J'ai connu dans son entier le dévouement de ma mère, elle m'a dit ses douleurs ! Elle est héroïque tous les jours, depuis vingt-trois ans ; mais je ne me sens pas la force de l'imiter, non que je vous aie aimé moins qu'elle aime mon père, mais par des raisons tirées de mon caractère. Notre intérieur deviendrait un enfer, et je pourrais perdre la tête au point de vous déshonorer, de me déshonorer, de déshonorer notre enfant. Je ne veux pas être une Mme Marneffe ; et dans cette carrière, une femme de ma trempe ne s'arrêterait peut-être pas. Je suis, malheureusement pour moi[a], une Hulot et non pas une Fischer.

« Seule et loin du spectacle de vos désordres, je réponds de moi, surtout occupée de notre enfant, près de ma forte et sublime mère, dont la vie agira sur les mouvements tumultueux de mon cœur. Là, je puis être une bonne mère, bien élever notre fils et vivre. Chez vous, la Femme tuerait la Mère, et des querelles incessantes aigriraient mon caractère.

« J'accepterais la mort d'un coup ; mais je ne veux pas être malade pendant vingt-cinq ans comme ma mère. Si vous m'avez trahie après trois ans d'un amour absolu, continu, pour la maîtresse de votre beau-père, quelles rivales ne me donneriez-vous pas plus tard ? Ah ! monsieur, vous commencez, bien plus tôt que mon père, cette carrière de libertinage, de prodigalité qui déshonore un père de famille, qui diminue le respect des enfants, et au bout de laquelle se trouvent la honte et le désespoir.

« Je ne suis point implacable. Des sentiments

inflexibles ne conviennent point à des êtres faibles qui vivent sous l'œil de Dieu. Si vous conquérez gloire et fortune par des travaux soutenus, si vous renoncez aux courtisanes, aux sentiers ignobles et bourbeux, vous retrouverez une femme digne de vous.

« Je vous crois trop gentilhomme pour recourir à la loi. Vous respecterez ma volonté, monsieur le comte, en me laissant chez ma mère; et, surtout, ne vous y présentez jamais. Je vous ai laissé tout l'argent que vous a prêté cette odieuse femme. Adieu!

« HORTENSE HULOT. »

Cette lettre fut péniblement écrite, Hortense s'abandonnait aux pleurs, aux cris de la passion égorgée. Elle quittait et reprenait la plume[a] pour exprimer simplement ce que l'amour déclame ordinairement dans ces lettres testamentaires. Le cœur s'exhalait en interjections, en plaintes, en pleurs; mais la raison dictait.

La jeune femme, avertie par Louise que tout était prêt, parcourut lentement le jardinet, la chambre, le salon, y regarda tout pour la dernière fois. Puis elle fit à la cuisinière les recommandations les plus vives pour qu'elle veillât au bien-être de Monsieur, en lui promettant de la récompenser si elle voulait être honnête. Enfin, elle monta dans la voiture pour se rendre chez sa mère, le cœur brisé, pleurant à faire peine à sa femme de chambre, et couvrant le petit Wenceslas de baisers avec une joie délirante[1] qui trahissait encore bien de l'amour pour le père.

La baronne savait déjà par Lisbeth que le beau-père était pour beaucoup dans la faute de son gendre, elle ne fut pas surprise de voir arriver sa fille, elle l'approuva et consentit à la garder près d'elle. Adeline, en voyant que la douceur et le dévouement n'avaient jamais arrêté son Hector, pour qui son estime commençait à diminuer, trouva que sa fille avait raison de prendre une autre voie. En vingt jours, la pauvre mère venait de recevoir deux blessures dont les souffrances surpassaient toutes ses tortures passées. Le baron avait mis Victorin et sa femme dans la gêne; puis il était la cause, suivant Lisbeth, du dérangement de Wenceslas, il avait dépravé son gendre. La majesté de ce père de famille, maintenue pendant si longtemps par des sacrifices insensés, était dégradée. Sans regretter leur argent, les Hulot jeunes concevaient à la fois de la défiance et des inquiétudes à l'égard du baron. Ce sentiment assez visible affligeait profondément Adeline, elle pressentait la dissolution de la famille[a]. La baronne logea sa fille dans la salle à manger, qui fut promptement transformée en chambre à coucher, grâce à l'argent du maréchal; et l'antichambre devint, comme dans beaucoup de ménages, la salle à manger.

Quand Wenceslas revint chez lui, quand il eut achevé de lire les deux lettres, il éprouva comme un sentiment de joie mêlé de tristesse. Gardé pour ainsi dire à vue par sa femme, il s'était intérieurement rebellé contre ce nouvel[b] emprisonnement à la Lisbeth. Gorgé d'amour depuis trois ans, il avait, lui aussi, réfléchi pendant ces derniers quinze jours; et il trouvait la famille lourde à porter. Il venait de s'entendre féliciter par Stidmann sur la passion qu'il inspirait à Valérie; car Stidmann, dans une arrière-pensée assez concevable, jugeait à propos de flatter la vanité du mari d'Hortense en espérant consoler la victime. Wenceslas fut donc heureux de pouvoir retourner chez Mme Marneffe. Mais il se rappela le bonheur entier et pur dont il avait joui, les perfections d'Hortense, sa sagesse, son innocent et naïf amour, et il la regretta vivement. Il voulut courir chez sa belle-mère y obtenir son pardon, mais il fit comme Hulot et Crevel, il alla voir Mme Marneffe à laquelle il apporta la lettre de sa femme pour lui montrer le désastre dont elle était la cause, et, pour ainsi dire, escompter ce malheur, en demandant en retour des plaisirs à sa maîtresse. Il trouva Crevel chez Valérie. Le maire, bouffi d'orgueil, allait et venait dans le salon, comme un homme agité par des sentiments tumultueux. Il se mettait en position comme s'il voulait parler et il n'osait. Sa physionomie resplendissait, et il courait à la croisée tambouriner de ses doigts sur les vitres. Il regardait Valérie d'un air touché, attendri. Heureusement pour Crevel[c], Lisbeth entra.

« Cousine, lui dit-il à l'oreille, vous savez la nouvelle ? je suis père! Il me semble que j'aime moins ma pauvre Célestine. Oh! ce que c'est que d'avoir un enfant d'une femme qu'on idolâtre! Joindre la paternité du cœur à la paternité du sang! Oh! voyez-vous, dites-le à Valérie!

je vais travailler pour cet enfant, je le veux riche! Elle m'a dit qu'elle croyait, à certains indices, que ce serait un garçon[1]! Si c'est un garçon, je veux qu'il se nomme Crevel : je consulterai mon notaire. »

— Je sais combien elle vous aime, dit Lisbeth; mais, au nom de votre avenir et du sien, contenez-vous, ne vous frottez pas les mains à tout moment. »

Pendant que Lisbeth faisait cet *a parte* avec Crevel, Valérie avait redemandé[a] sa lettre à Wenceslas, et elle lui tenait à l'oreille des propos qui dissipaient sa tristesse.

« Te voilà libre, mon ami, dit-elle. Est-ce que les grands artistes devraient se marier? Vous n'existez que par la fantaisie et par la liberté! Va, je t'aimerai tant, mon cher poète, que tu ne regretteras jamais ta femme. Mais cependant, si, comme beaucoup de gens, tu veux garder le décorum, je me charge de faire revenir Hortense chez toi, dans peu de temps...

— Oh! si c'était possible?

— J'en suis sûre, dit Valérie piquée. Ton pauvre beau-père est un homme fini sous tous les rapports, qui par amour-propre veut avoir l'air d'être aimé, veut faire croire qu'il a une maîtresse, et il a tant de vanité sur cet article que je le gouverne entièrement. La baronne aime encore tant son vieil Hector (il me semble toujours parler de l'Iliade), que les deux vieux obtiendront d'Hortense ton raccommodement. Seulement, si tu ne veux pas avoir des orages chez toi, ne reste pas vingt jours sans venir voir ta maîtresse... Je me mourais. Mon petit, on doit des égards, quand on est gentilhomme, à une femme qu'on a compromise au point où je le suis, surtout quand cette femme a bien des ménagements à prendre pour sa réputation[b]... Reste à dîner, mon ange... Et songe que je dois être d'autant plus froide avec toi, que tu es l'auteur de cette trop visible faute[c2]. »

On annonça le baron Montès, Valérie se leva, courut à sa rencontre, lui parla pendant quelques instants à l'oreille, et fit avec lui les mêmes réserves pour son maintien qu'elle venait de faire avec Wenceslas; car le Brésilien eut une contenance diplomatique appropriée à la grande nouvelle qui le comblait de joie, il était certain de sa paternité, lui[d3]!...

Grâce à cette stratégie basée sur l'amour-propre de l'homme à l'état d'amant, Valérie eut à sa table, tous joyeux, animés, charmés, quatre hommes se croyant adorés, et que Marneffe nomma plaisamment à Lisbeth, en s'y comprenant, les cinq pères de l'Église.

Le baron Hulot seul montra d'abord une figure soucieuse. Voici pourquoi : au moment de quitter son cabinet, il était venu voir le directeur du Personnel, un général, son camarade depuis trente ans[1], et il lui avait parlé de nommer Marneffe à la place de Coquet, qui consentait à donner sa démission.

« Mon cher ami, lui dit-il, je ne voudrais pas demander cette faveur au maréchal sans que nous soyons d'accord et que j'aie eu votre agrément.

— Mon cher ami, répondit le directeur du Personnel, permettez-moi de vous faire observer que, pour vous-même, vous ne devriez pas insister sur cette nomination. Je vous ai déjà dit mon opinion. Ce serait un scandale dans les bureaux, où l'on s'occupe déjà beaucoup trop de vous et de Mme Marneffe. Ceci, bien entre nous. Je ne veux pas attaquer votre endroit sensible, ni vous désobliger en quoi que ce soit, je vais vous en donner la preuve. Si vous y tenez absolument, si vous voulez demander la place de M. Coquet, qui sera vraiment une perte pour les bureaux de la Guerre (il y est depuis 1809), je partirai pour quinze jours à la campagne, afin de vous laisser le champ libre auprès du maréchal qui vous aime comme son fils. Je ne serai donc ni pour, ni contre, et je n'aurai rien fait contre ma conscience d'administrateur.

— Je vous remercie, répondit le baron, je réfléchirai à ce que vous venez de me dire.

— Si je me permets cette observation, mon cher ami, c'est qu'il y a beaucoup plus de votre intérêt personnel que de mon affaire ou de mon amour-propre. Le maréchal est le maître, d'abord. Puis, mon cher, on nous reproche tant de choses, qu'une de plus ou de moins ! nous n'en sommes pas à notre virginité en fait de critiques. Sous la Restauration, on a nommé des gens pour leur donner des appointements et sans s'embarrasser du service[2]... Nous sommes de vieux camarades...

— Oui, répondit le baron, et c'est bien pour ne pas altérer notre vieille et précieuse amitié que je...

— Allons, reprit le directeur du Personnel, en voyant l'embarras peint sur la figure de Hulot, je voyagerai, mon vieux... Mais prenez garde! vous avez des ennemis, c'est-à-dire des gens qui convoitent votre magnifique traitement, et vous n'êtes amarré que sur une ancre. Ah! si vous étiez député comme moi, vous ne craindriez rien; aussi tenez-vous bien... »

Ce discours, plein d'amitié, fit une vive impression sur le conseiller d'État.

« Mais enfin, Roger, qu'y a-t-il ? Ne faites pas le mystérieux avec moi! »

Le personnage que Hulot nommait Roger regarda Hulot, lui prit la main, la lui serra.

« Nous sommes de trop vieux amis pour que je ne vous donne pas un avis. Si vous voulez rester, il faudrait vous faire votre lit de repos vous-même. Ainsi, dans votre position, au lieu de demander au maréchal la place de M. Coquet pour M. Marneffe, je le prierais d'user de son influence pour me réserver le Conseil d'État en service ordinaire, où je mourrais tranquille[1]; et, comme le castor, j'abandonnerais ma Direction générale aux chasseurs.

— Comment, le maréchal oublierait...

— Mon vieux, le maréchal vous a si bien défendu en plein conseil des ministres, qu'on ne songe plus à vous dégommer; mais il en a été question!... Ainsi ne donnez pas de prétextes... Je ne veux pas vous en dire davantage. En ce moment, vous pouvez faire vos conditions, être conseiller d'État et pair de France. Si vous attendez trop, si vous donnez prise sur vous, je ne réponds de rien... Dois-je voyager ?...

— Attendez, je verrai le maréchal, répondit Hulot, et j'enverrai mon frère sonder le terrain près du patron. »

On peut comprendre en quelle humeur revint le baron chez Mme Marneffe, il avait presque oublié qu'il était père, car Roger venait de faire acte de vraie et bonne camaraderie, en lui éclairant sa position. Néanmoins, telle était l'influence de Valérie, qu'au milieu du dîner, le baron se mit à l'unisson, et devint d'autant plus gai qu'il avait plus de soucis à étouffer; mais le malheureux ne se doutait pas que, dans cette soirée, il allait se trouver entre son bonheur et le danger signalé par le directeur du Personnel, c'est-à-dire forcé d'opter entre Mme Marneffe et sa position[a]. Vers onze heures, au moment où la soirée atteignait à son apogée d'animation, car le salon était plein de monde, Valérie prit avec elle Hector dans un coin de son divan.

« Mon bon vieux, lui dit-elle à l'oreille, ta fille s'est si fort irritée de ce que Wenceslas vient ici, qu'elle l'a planté là. C'est une mauvaise tête qu'Hortense. Demande à Wenceslas de voir la lettre que cette petite sotte[a] lui a écrite. Cette séparation de deux amoureux dont on veut que je sois la cause, peut me faire un tort inouï, car voilà la manière dont s'attaquent entre elles les femmes vertueuses. C'est un scandale que de jouer à la victime, pour jeter le blâme sur une femme qui n'a d'autres torts que d'avoir une maison agréable. Si tu m'aimes, tu me disculperas en rapatriant les deux tourtereaux. Je ne tiens pas du tout, d'ailleurs, à recevoir ton gendre, c'est toi qui me l'as amené, remporte-le? Si tu as de l'autorité dans ta famille, il me semble que tu pourrais bien exiger de ta femme qu'elle fît ce raccommodement. Dis-lui de ma part, à cette bonne vieille, que si l'on me donne injustement le tort d'avoir brouillé un jeune ménage, de troubler l'union d'une famille, et de prendre à la fois le père et le gendre, je mériterai ma réputation en les tracassant à ma façon! Ne voilà-t-il pas Lisbeth qui parle de me quitter?... Elle me préfère sa famille, je ne veux pas l'en blâmer. Elle ne reste ici, m'a-t-elle dit, que si les jeunes gens se raccommodent. Nous voilà propres, la dépense sera triplée ici!...

— Oh! quant à cela, dit le baron en apprenant l'esclandre de sa fille, j'y mettrai bon ordre.

— Eh bien! reprit Valérie, à autre chose. Et la place de Coquet?...

— Ceci, répondit Hector en baissant les yeux, est plus difficile, pour ne pas dire impossible!...

— Impossible, mon cher Hector, dit Mme Marneffe à l'oreille du baron; mais tu ne sais pas à quelles extrémités va se porter Marneffe, je suis en son pouvoir; il est immoral, dans son intérêt, comme la plupart des hommes, mais il est excessivement vindicatif à la façon des petits esprits, des impuissants. Dans la situation où tu m'as mise, je suis à sa discrétion. Obligée de me remettre avec lui pour quelques jours, il est capable de ne plus quitter ma chambre. »

Hulot fit un prodigieux haut-le-corps[b].

« Il me laissait tranquille à la condition d'être chef de bureau. C'est infâme, mais c'est logique.

— Valérie, m'aimes-tu ?...

— Cette question dans l'état où je suis est, mon cher, une injustice de laquais...

— Eh bien! si je veux tenter, seulement tenter, de demander au maréchal une place pour Marneffe, je ne suis plus rien et Marneffe est destitué.

— Je croyais que le prince et toi, vous étiez deux amis intimes.

— Certes, il me l'a bien prouvé; mais, mon enfant, au-dessus du maréchal, il y a quelqu'un, et il y a encore[a] tout le conseil des ministres, par exemple... Avec un peu de temps, en louvoyant, nous arriverons. Pour réussir, il faut attendre le moment où l'on me demandera quelque service à moi. Je pourrai dire alors : Je vous passe la casse, passez-moi le séné...

— Si je dis cela, mon pauvre Hector, à Marneffe, il nous jouera quelque méchant tour. Tiens, dis-lui toi-même qu'il faut attendre, je ne m'en charge pas. Oh! je connais mon sort, il sait comment me punir, il ne quittera pas ma chambre... N'oublie pas les douze cents francs de rente pour le petit. »

Hulot prit M. Marneffe à part, en se sentant menacé dans son plaisir; et, pour la première fois, il quitta le ton hautain qu'il avait gardé jusqu'alors, tant il était épouvanté par la perspective de cet agonisant dans la chambre de cette jolie femme.

« Marneffe, mon cher ami, dit-il, il a été question de vous aujourd'hui! Mais vous ne serez pas chef de bureau d'emblée... Il nous faut du temps.

— Je le serai, monsieur le baron, répliqua nettement Marneffe.

— Mais, mon cher...

— Je le serai, monsieur le baron, répéta froidement Marneffe en regardant alternativement le baron et Valérie. Vous avez mis ma femme dans la nécessité de se raccommoder avec moi, je la garde; car, *mon cher ami,* elle est charmante, ajouta-t-il avec une épouvantable ironie. Je suis le maître ici, plus que vous ne l'êtes au ministère. »

Le baron sentit en lui-même une de ces douleurs qui produisent dans le cœur l'effet d'une rage de dents, et il faillit laisser voir des larmes dans ses yeux. Pendant cette courte scène, Valérie notifiait à l'oreille de Henri

Montès la prétendue volonté de Marneffe, et se débarrassait ainsi de lui pour quelque temps.

Des quatre fidèles, Crevel seul, possesseur de sa petite maison économique, était excepté de cette mesure; aussi montrait-il sur sa physionomie un air de béatitude vraiment insolent, malgré les espèces de réprimandes que lui adressait Valérie par des froncements de sourcils et des mines significatives; mais sa radieuse paternité se jouait dans tous ses traits. À un mot de reproche que Valérie alla lui jeter à l'oreille, il la saisit par la main et lui répondit : « Demain, ma duchesse, tu auras ton petit hôtel!... c'est demain l'adjudication définitive.

— Et le mobilier ? répondit-elle en souriant.

— J'ai mille actions de Versailles, rive gauche[1], achetées à cent vingt-cinq francs, et elles iront à trois cents à cause d'une fusion des deux chemins, dans le secret de laquelle j'ai été mis. Tu seras meublée comme une reine!... Mais tu ne seras plus qu'à moi, n'est-ce pas ?...

— Oui, gros maire, dit en souriant cette Mme de Merteuil[a2] bourgeoise; mais de la tenue! respecte la future Mme Crevel.

— Mon cher cousin, disait Lisbeth au baron, je serai demain chez Adeline de bonne heure, car, vous comprenez, je ne peux décemment rester ici. J'irai tenir le ménage de votre frère le maréchal.

— Je retourne ce soir chez moi, dit le baron.

— Eh bien! j'y viendrai déjeuner demain », répondit Lisbeth en souriant[b].

Elle comprit combien sa présence était nécessaire à la scène de famille qui devait avoir lieu, le lendemain. Aussi, dès le matin, alla-t-elle chez Victorin à qui elle apprit la séparation d'Hortense et de Wenceslas.

Lorsque le baron entra chez lui, vers dix heures et demie du soir, Mariette et Louise, dont la journée avait été laborieuse, fermaient la porte de l'appartement, Hulot n'eut donc pas besoin de sonner. Le mari, très contrarié d'être vertueux, alla droit à la chambre de sa femme; et, par la porte entrouverte, il la vit prosternée devant son crucifix, abîmée dans la prière, et dans une de ces poses expressives qui font la gloire des peintres ou des sculpteurs assez heureux pour les bien rendre après les avoir trouvées[c]. Adeline, emportée par l'exal-

tation, disait à haute voix : « Mon Dieu ! faites-nous la
grâce de l'éclairer !... » Ainsi la baronne priait pour son
Hector. À ce spectacle, si différent de celui qu'il quittait,
en entendant cette phrase dictée par l'événement de cette
journée, le baron attendri laissa partir un soupir. Adeline
se retourna, le visage couvert de larmes. Elle crut si
bien sa prière exaucée qu'elle fit un bond, et saisit son
Hector avec la force que donne la passion heureuse.
Adeline avait dépouillé tout intérêt de femme, la douleur
éteignait jusqu'au souvenir. Il n'y avait plus en elle que
maternité, honneur de famille, et l'attachement le plus
pur d'une épouse chrétienne pour un mari fourvoyé,
cette sainte tendresse qui survit à tout dans le cœur de
la femme. Tout cela se devinait.

« Hector ! dit-elle enfin, nous reviendrais-tu ? Dieu
prendrait-il en pitié notre famille ?

— Chère Adeline ! reprit le baron en entrant et
asseyant sa femme sur un fauteuil à côté de lui, tu es la
plus sainte créature que je connaisse, et il y a longtemps
que je ne me trouve plus digne de toi.

— Tu aurais peu de chose à faire, mon ami, dit-elle,
en tenant la main de Hulot et tremblant si fort qu'elle
semblait avoir un tic nerveux, bien peu de chose pour
rétablir l'ordre... »

Elle n'osa poursuivre, elle sentit que chaque mot
serait un blâme, et elle ne voulait pas troubler le bonheur
que cette entrevue lui versait à torrents dans l'âme.

« Hortense m'amène ici, reprit Hulot. Cette petite
fille peut nous faire plus de mal par sa démarche préci-
pitée que ne nous en a fait mon absurde passion pour
Valérie. Mais nous causerons de tout cela demain matin.
Hortense dort, m'a dit Mariette, laissons-la tranquille.

— Oui », dit Mme Hulot envahie soudain par une
profonde tristesse.

Elle devina que le baron revenait chez lui, ramené
moins par le désir de voir sa famille que par un intérêt
étranger[a].

« Laissons-la tranquille encore demain, car la pauvre
enfant est dans un état déplorable, elle a pleuré pendant
toute la journée », dit la baronne[b].

Le lendemain, à neuf heures du matin, le baron, en
attendant sa fille à laquelle il avait fait dire de venir, se
promenait dans l'immense salon inhabité, cherchant des

raisons à donner pour vaincre l'entêtement le plus
difficile à dompter, celui d'une jeune femme offensée et
implacable, comme l'est la jeunesse irréprochable, à
qui les honteux ménagements du monde sont inconnus,
parce qu'elle en ignore les passions et les intérêts.

« Me voici, papa! » dit d'une voix tremblante Hortense que ses souffrances avaient pâlie.

Hulot, assis sur une chaise, prit sa fille par la taille et
la força de se mettre sur ses genoux.

« Eh bien! mon enfant, dit-il en l'embrassant au front,
il y a donc de la brouille dans le ménage, et nous avons
fait un coup de tête ?... Ce n'est pas d'une fille bien élevée. Mon Hortense ne devait pas prendre à elle seule un
parti décisif, comme celui de quitter sa maison, d'abandonner son mari, sans consulter ses parents. Si ma chère
Hortense était venue voir sa bonne et excellente mère,
elle ne m'aurait pas causé le violent chagrin que je res-
sens!... Tu ne connais pas le monde, il est bien méchant.
On peut dire que c'est ton mari qui t'a renvoyée à tes
parents. Les enfants élevés, comme vous, dans le giron
maternel, restent plus longtemps enfants que les autres,
ils ne savent pas la vie! La passion naïve et fraîche,
comme celle que tu as pour Wenceslas, ne calcule malheureusement rien, elle est toute à ses premiers mouvements. Notre petit cœur part, la tête suit. On brûlerait
Paris pour se venger, sans penser à la cour d'assises!
Quand ton vieux père vient te dire que tu n'as pas gardé
les convenances, tu peux le croire; et je ne te parle pas
encore de la profonde douleur que j'ai ressentie, elle
est bien amère, car tu jettes le blâme sur une femme dont
le cœur ne t'est pas connu, dont l'inimitié peut devenir
terrible... Hélas! toi, si pleine de candeur, d'innocence,
de pureté, tu ne doutes de rien : tu peux être salie, calomniée. D'ailleurs, mon cher petit ange, tu as pris au sérieux
une plaisanterie, et je puis, moi, te garantir l'innocence
de ton mari, Mme Marneffe... »

Jusque-là le baron, comme un artiste en diplomatie,
modulait[a] admirablement bien ses remontrances. Il
avait, comme on le voit, supérieurement ménagé l'introduction de ce nom; mais, en l'entendant, Hortense fit le
geste d'une personne blessée au vif.

« Écoute-moi[b], j'ai de l'expérience et j'ai tout observé,
reprit le père en empêchant sa fille de parler. Cette dame

traite ton mari très froidement. Oui, tu as été l'objet
d'une mystification, je vais t'en donner les preuves.
Tiens, hier Wenceslas était à dîner...

— Il y dînait ?... demanda la jeune femme en se dressant sur ses pieds et regardant son père avec l'horreur
peinte sur le visage. Hier! après avoir lu ma lettre ?...
Oh! mon Dieu!... Pourquoi ne suis-je pas entrée dans
un couvent, au lieu de me marier! Ma vie n'est plus à
moi, j'ai un enfant! » ajouta-t-elle en sanglotant.

Ces larmes atteignirent Mme Hulot au cœur, elle sortit de sa chambre, elle courut à sa fille, la prit dans ses
bras, et lui fit de ces questions stupides de douleur, les
premières qui viennent sur les lèvres.

« Voilà les larmes!... se disait le baron, tout allait si
bien! Maintenant que faire avec des femmes qui pleurent ?... »

« Mon enfant, dit la baronne à Hortense, écoute ton
père ? il nous aime, va...

— Voyons, Hortense, ma chère petite fille, ne pleure
pas, tu deviens trop laide, dit le baron. Voyons! un peu
de raison. Reviens sagement dans ton ménage, et je te
promets que Wenceslas ne mettra jamais les pieds dans
cette maison. Je te demande ce sacrifice, si c'est un sacrifice que de pardonner la plus légère des fautes à un mari
qu'on aime! je te le demande par mes cheveux blancs,
par l'amour que tu portes à ta mère... Tu ne veux pas
remplir mes vieux jours d'amertume et de chagrin ?... »

Hortense se jeta, comme une folle, aux pieds de son
père par un mouvement si désespéré, que ses cheveux mal
attachés se dénouèrent, et elle lui tendit les mains avec
un geste où se peignait son désespoir.

« Mon père, vous me demandez ma vie! dit-elle,
prenez-la si vous voulez; mais au moins prenez-la pure
et sans tache, je vous l'abandonnerai certes avec plaisir.
Ne me demandez pas de mourir déshonorée, criminelle!
Je ne ressemble pas à ma mère! je ne dévorerai pas
d'outrages! Si je rentre sous le toit conjugal, je puis
étouffer Wenceslas dans un accès de jalousie, ou faire
pis encore. N'exigez pas de moi des choses au-dessus
de mes forces. Ne me pleurez pas vivante! car, le moins
pour moi, c'est de devenir folle... Je sens la folie à deux
pas de moi! Hier hier! il dînait chez cette femme après
avoir lu ma lettre!... Les autres hommes sont-ils ainsi

290 Scènes de la vie parisienne

faits ?... Je vous donne ma vie, mais que la mort ne soit pas ignominieuse!... Sa faute ?... légère!... Avoir un enfant de cette femme!

— Un enfant ? dit Hulot en faisant deux pas en arrière. Allons! c'est bien certainement une plaisanterie. »

En ce moment, Victorin et la cousine Bette entrèrent, et restèrent hébétés de ce spectacle. La fille était prosternée aux pieds de son père. La baronne, muette et prise entre le sentiment maternel et le sentiment conjugal, offrait un visage bouleversé, couvert de larmes.

« Lisbeth, dit le baron en saisissant la vieille fille par la main et lui montrant Hortense, tu peux me venir en aide. Ma pauvre Hortense a la tête tournée, elle croit son Wenceslas aimé de Mme Marneffe, tandis qu'elle a voulu tout bonnement avoir un groupe de lui.

— Dalila! cria la jeune femme, la seule chose qu'il ait faite en un moment depuis notre mariage. Ce monsieur ne pouvait pas travailler pour moi, pour son fils, et il a travaillé pour cette vaurienne avec une ardeur... Oh! achevez-moi, mon père, car chacune de vos paroles est un coup de poignard. »

En s'adressant à la baronne et à Victorin, Lisbeth haussa les épaules par un geste de pitié en leur montrant le baron qui ne pouvait pas la voir.

« Écoutez, mon cousin, dit Lisbeth, je ne savais pas ce qu'était Mme Marneffe quand vous m'avez priée d'aller me loger au-dessus de chez elle et de tenir sa maison; mais, en trois ans, on apprend bien des choses. Cette créature est une *fille !* et une fille d'une dépravation qui ne peut se comparer qu'à celle de son infâme et hideux mari. Vous êtes la dupe, le *Milord Pot-au-Feu* de ces gens-là, vous serez mené par eux plus loin que vous ne le pensez! Il faut vous parler clairement, car vous êtes au fond d'un abîme. »

En entendant parler ainsi Lisbeth, la baronne et sa fille lui jetèrent des regards semblables à ceux des dévots remerciant une madone de leur avoir sauvé la vie.

« Elle a voulu, cette horrible femme, brouiller le ménage de votre gendre, dans quel intérêt ? je n'en sais rien; car mon intelligence est trop faible pour que je puisse voir clair dans ces ténébreuses intrigues, si perverses, ignobles, infâmes. Votre Mme Marneffe n'aime pas votre gendre, mais elle le veut à ses genoux par vengeance. Je viens de traiter cette misérable comme elle le méritait. C'est une courtisane sans pudeur, je lui ai déclaré que je quittais sa maison, que je voulais dégager mon honneur[a] de ce bourbier... Je suis de ma famille avant tout. J'ai su que ma petite cousine avait quitté Wenceslas, et je viens! Votre Valérie que vous prenez pour une sainte est la cause de cette cruelle séparation; puis-je rester chez une pareille femme? Notre petite chère Hortense, dit-elle en touchant le bras au baron d'une manière significative, est peut-être la dupe d'un désir de ces sortes de femmes qui, pour avoir un bijou, sacrifieraient toute une famille. Je ne crois pas Wenceslas coupable, mais je le crois faible et je ne dis pas qu'il ne succomberait point à des coquetteries si raffinées. Ma résolution est prise. Cette femme vous est funeste, elle vous mettra sur la paille. Je ne veux pas avoir l'air de tremper dans la ruine de ma famille; moi qui ne suis là depuis trois ans que pour l'empêcher. Vous êtes trompé, mon cousin. Dites bien fermement que vous ne vous mêlerez pas de la nomination de cet ignoble M. Marneffe, et vous verrez ce qui arrivera! L'on vous taille de fameuses étrivières pour ce cas-là. »

Lisbeth releva sa petite cousine et l'embrassa passionnément.

« Ma chère Hortense, tiens bon », lui dit-elle à l'oreille.

La baronne embrassa sa cousine Bette avec l'enthousiasme d'une femme qui se voit vengée. La famille tout entière gardait un silence profond autour de ce père, assez spirituel pour savoir ce que dénotait ce silence. Une formidable colère passa sur son front et sur son visage en signes évidents; toutes les veines grossirent, les yeux s'injectèrent de sang, le teint se marbra. Adeline se jeta vivement à genoux devant lui, lui prit les mains : « Mon ami, mon ami, grâce! »

— Je vous suis odieux! » dit le baron en laissant échapper le cri de sa conscience.

Nous sommes tous dans le secret de nos torts. Nous supposons presque toujours à nos victimes les sentiments haineux que la vengeance doit leur inspirer : et, malgré les efforts de l'hypocrisie, notre langage ou notre figure avoue au milieu d'une torture imprévue, comme avouait jadis le criminel entre les mains du bourreau.

« Nos enfants, dit-il pour revenir sur son aveu, finissent par devenir nos ennemis.

— Mon père..., dit Victorin.

— Vous interrompez votre père!... reprit d'une voix foudroyante le baron en regardant son fils.

— Mon père, écoutez, dit Victorin d'une voix ferme et nette, la voix d'un député puritain. Je connais trop le respect que je vous dois pour en manquer jamais, et vous aurez certainement toujours en moi le fils le plus soumis et le plus obéissant. »

Tous ceux qui assistent aux séances des Chambres reconnaîtront les habitudes de la lutte parlementaire dans ces phrases filandreuses avec lesquelles on calme les irritations en gagnant du temps.

« Nous sommes loin d'être vos ennemis, dit Victorin; je me suis brouillé avec mon beau-père, M. Crevel, pour avoir retiré les soixante mille francs de lettres de change de Vauvinet, et certes, cet argent est dans les mains de Mme Marneffe. Oh! je ne vous blâme point, mon père, ajouta-t-il à un geste du baron; mais je veux seulement joindre ma voix à celle de la cousine Lisbeth, et vous faire observer que si mon dévouement pour vous est aveugle, mon père, et sans bornes, mon bon père, malheureusement nos ressources pécuniaires sont bornées.

— De l'argent! dit en tombant sur une chaise le passionné vieillard écrasé par ce raisonnement. Et c'est mon fils! On vous le rendra, monsieur, votre argent », dit-il en se levant.

Il marcha vers la porte.

« Hector! »

Ce cri fit retourner le baron, et il montra soudain un visage inondé de larmes à sa femme, qui l'entoura de ses bras avec la force du désespoir.

« Ne t'en va pas ainsi... ne nous quitte pas en colère. Je ne t'ai rien dit, moi!... »

À ce cri sublime les enfants se jetèrent aux genoux de leur père.

« Nous vous aimons tous », dit Hortense.

Lisbeth, immobile comme une statue, observait ce groupe avec un sourire superbe sur les lèvres. En ce moment, le maréchal Hulot entra dans l'antichambre et sa voix se fit entendre. La famille comprit l'impor-

tance du secret, et la scène changea subitement d'aspect.
Les deux enfants se relevèrent, et chacun essaya de
cacher son émotion[a].

Une querelle s'élevait à la porte entre Mariette et un
soldat qui devint si pressant, que la cuisinière entra au
salon.

« Monsieur, un fourrier de régiment qui revient de
l'Algère veut absolument vous parler.

— Qu'il attende.

— Monsieur, dit Mariette à l'oreille de son maître,
il m'a dit de vous dire tout bas qu'il s'agissait de monsieur votre oncle. »

Le baron tressaillit, il crut à l'envoi des fonds qu'il
avait secrètement demandés depuis deux mois pour
payer ses lettres de change, il laissa sa famille, et courut
dans l'antichambre. Il aperçut une figure alsacienne.

« Est-ce à monsieur *la paron Hilotte* ?

— Oui...

— Lui-même ?

— Lui-même. »

Le fourrier, qui fouillait dans la doublure de son képi
pendant ce colloque, en tira une lettre que le baron déca-
cheta vivement et il lut ce qui suit :

« Mon neveu, loin de pouvoir vous envoyer les cent
mille francs que vous me demandez, ma position n'est
pas tenable, si vous ne prenez pas des mesures éner-
giques pour me sauver. Nous avons sur le dos un procureur du Roi, qui parle morale et baragouine des
bêtises sur l'administration. Impossible de faire taire
ce pékin-là. Si le ministère de la Guerre se laisse manger
dans la main par les habits noirs, je suis mort. Je suis
sûr du porteur, tâchez de l'avancer, car il nous a rendu
service. Ne me laissez pas aux corbeaux! »

Cette lettre fut un coup de foudre, le baron y voyait
éclore les déchirements intestins qui tiraillent encore
aujourd'hui le gouvernement de l'Algérie entre le civil
et le militaire[1], et il devait inventer sur-le-champ des pal-
liatifs à la plaie qui se déclarait. Il dit au soldat de revenir
le lendemain; et après l'avoir congédié non sans de
belles promesses d'avancement, il rentra dans le salon.

« Bonjour, et adieu, mon frère! dit-il au maréchal.

Adieu, mes enfants, adieu, ma bonne Adeline. Et que vas-tu devenir, Lisbeth ? dit-il.

— Moi, je vais tenir le ménage du maréchal, car il faut que j'achève ma carrière en vous rendant toujours service aux uns ou aux autres.

— Ne quitte pas Valérie sans que je t'aie vue, dit Hulot à l'oreille de sa cousine. Adieu, Hortense, ma petite insubordonnée, tâche d'être bien raisonnable, il me survient des affaires graves, nous reprendrons la question de ton raccommodement. Penses-y, ma bonne petite chatte », dit-il en l'embrassant.

Il quitta sa femme et ses enfants, si manifestement troublé, qu'ils demeurèrent en proie aux plus vives appréhensions.

« Lisbeth, dit la baronne, il faut savoir ce que peut avoir Hector, jamais je ne l'ai vu dans un pareil état; reste encore deux ou trois jours chez cette femme; il lui dit tout, à elle, et nous apprendrons ainsi ce qui l'a si subitement changé. Sois tranquille, nous allons arranger ton mariage avec le maréchal, car ce mariage est bien nécessaire.

— Je n'oublierai jamais le courage que tu as eu dans cette matinée, dit Hortense en embrassant Lisbeth.

— Tu as vengé notre pauvre mère », dit Victorin.

Le maréchal observait d'un air curieux les témoignages d'affection prodigués à Lisbeth, qui revint raconter cette scène à Valérie.

Cette esquisse permet aux âmes innocentes de deviner les différents ravages que les Mme Marneffe exercent dans les familles, et par quels moyens elles atteignent de pauvres femmes vertueuses[a] en apparence si loin d'elles. Mais si l'on veut transporter par la pensée ces troubles à l'étage supérieur de la société, près du trône, en voyant ce que doivent avoir coûté les maîtresses des rois, on mesure l'étendue des obligations du peuple envers ses souverains quand ils donnent l'exemple des bonnes mœurs et de la vie de famille[b1].

À Paris, chaque ministère est une petite ville d'où les femmes sont bannies; mais il s'y fait des commérages et des noirceurs comme si la population féminine s'y trouvait[2]. Après trois ans, la position de M. Marneffe avait été pour ainsi dire éclairée, mise à jour, et l'on se demandait dans les bureaux : M. Marneffe sera-t-il ou ne sera-t-il pas le successeur de M. Coquet ? absolument comme à la Chambre on se demandait naguère : La dotation passera-t-elle ou ne passera-t-elle pas[1] ? On observait les moindres mouvements à la Direction du Personnel, on scrutait tout dans la Division du baron Hulot. Le fin conseiller d'État avait mis dans son parti la victime de la promotion de Marneffe, un travailleur capable, en lui disant que, s'il voulait faire la besogne de Marneffe, il en serait infailliblement le successeur, il le lui avait montré mourant. Cet employé cabalait pour Marneffe.

Quand Hulot traversa son salon d'audience, rempli de visiteurs, il y vit dans un coin la figure blême de Marneffe, et Marneffe fut le premier appelé.

« Qu'avez-vous à me demander, mon cher ? dit le baron en cachant son inquiétude.

— Monsieur le directeur, on se moque de moi dans les Bureaux, car on vient d'apprendre que M. le directeur du Personnel est parti ce matin en congé pour raison de santé, son voyage sera d'environ un mois. Attendre un mois, on sait ce que cela veut dire. Vous me livrez à la risée de mes ennemis, et c'est assez d'être tambouriné d'un côté; des deux à la fois, monsieur le directeur, la caisse peut crever.

— Mon cher Marneffe, il faut beaucoup de patience pour arriver à son but. Vous ne pouvez pas être chef de bureau, si vous l'êtes jamais, avant deux mois d'ici. Ce n'est pas au moment où je vais être obligé de consolider ma position, que je puis demander un avancement scandaleux.

— Si vous sautez, je ne serai jamais chef de bureau, dit froidement M. Marneffe; faites-moi nommer, il n'en sera ni plus ni moins.

— Ainsi je dois me sacrifier à vous ? demanda le baron.

— S'il en était autrement, je perdrais bien des illusions sur vous.

— Vous êtes par trop Marneffe, monsieur Marneffe!... dit le baron en se levant et montrant la porte au sous-chef.

— J'ai l'honneur de vous saluer, monsieur le baron », répondit humblement Marneffe.

« Quel infâme drôle! se dit le baron. Ceci ressemble assez à une sommation de payer dans les vingt-quatre heures, sous peine d'expropriation[a]. »

Deux heures après, au moment où le baron achevait
d'endoctriner Claude Vignon, qu'il voulait envoyer au
ministère de la Justice prendre des renseignements sur
les autorités judiciaires dans la circonscription desquelles se trouvait Johann Fischer, Reine ouvrit le
cabinet de M. le directeur, et vint lui remettre une petite
lettre en en demandant la réponse.

« Envoyer Reine! se dit le baron. Valérie est folle,
elle nous compromet tous, et compromet la nomination de cet abominable Marneffe! »

Il congédia le secrétaire particulier du ministre et lut
ce qui suit :

« Ah! mon ami, quelle scène je viens de subir; si tu
m'as donné le bonheur depuis trois ans, je l'ai bien
payé! Il est rentré de son bureau dans un état de fureur
à faire frissonner. Je le connaissais bien laid, je l'ai vu
monstrueux. Ses quatre véritables dents tremblaient, et
il m'a menacée de son odieuse compagnie, si je conti-
nuais à te recevoir. Mon pauvre chat, hélas! notre porte
sera fermée pour toi désormais. Tu vois mes larmes, elles
tombent sur mon papier, elles le trempent! pourras-tu
me lire, mon cher Hector ? Ah! ne plus te voir, renoncer à toi, quand j'ai en moi un peu de ta vie comme
je crois avoir ton cœur, c'est à en mourir. Songe à notre
petit Hector! ne m'abandonne pas; mais ne te déshonore
pas pour Marneffe, ne cède pas à ses menaces! Ah! je
t'aime comme je n'ai jamais aimé! Je me suis rappelé
tous les sacrifices que tu as faits pour ta Valérie, elle
n'est pas et ne sera jamais ingrate : tu es, tu seras mon
seul mari. Ne pense plus aux douze cents francs de
rente que je te demande pour ce cher petit Hector qui
viendra dans quelques mois... je ne veux plus rien te
coûter. D'ailleurs, ma fortune sera toujours la tienne.

« Ah! si tu m'aimais autant que je t'aime, mon Hector, tu prendrais ta retraite, nous laisserions là chacun
nos familles, nos ennuis, nos entourages où il y a tant
de haine, et nous irions vivre avec Lisbeth dans un joli
pays, en Bretagne, où tu voudras. Là nous ne verrions
personne, et nous serions heureux, loin de tout ce
monde. Ta pension de retraite, et le peu que j'ai, en
mon nom, nous suffira. Tu deviens jaloux, eh bien, tu
verrais ta Valérie occupée uniquement de son Hector,

et tu n'aurais jamais à faire ta grosse voix comme l'autre jour. Je n'aurai jamais qu'un enfant, ce sera le nôtre, sois-en bien sûr, mon vieux grognard aimé. Non, tu ne peux pas te figurer ma rage, car il faut savoir comment il m'a traitée, et les grossièretés qu'il a vomies sur ta Valérie! ces mots-là saliraient ce papier; mais une femme comme moi, la fille de Montcornet, n'aurait jamais dû dans toute sa vie en entendre un seul. Oh! je t'aurais voulu là pour le punir par le spectacle de la passion insensée qui me prenait pour toi. Mon père aurait sabré ce misérable, moi je ne peux que ce que peut une femme : t'aimer avec frénésie! Aussi, mon amour, dans l'état d'exaspération où je suis, m'est-il impossible de renoncer à te voir. Oui! je veux te voir en secret, tous les jours! Nous sommes ainsi, nous autres femmes : j'épouse ton ressentiment. De grâce, si tu m'aimes, ne le fais pas chef de bureau, qu'il crève sous-chef!... En ce moment, je n'ai plus la tête à moi, j'entends encore ses injures. Bette, qui voulait me quitter, a eu pitié de moi, elle reste pour quelques jours.

« Mon bon chéri, je ne sais encore que faire. Je ne vois que la fuite. J'ai toujours adoré la campagne, la Bretagne, le Languedoc[1], tout ce que tu voudras, pourvu que je puisse t'aimer en liberté. Pauvre chat, comme je te plains! te voilà forcé de revenir à ta vieille Adeline, à cette urne lacrymale, car il a dû te le dire, le monstre, il veillera jour et nuit sur moi; il a parlé de commissaire de police! Ne viens pas! je comprends qu'il est capable de tout, du moment où il faisait de moi la plus ignoble des spéculations. Aussi voudrais-je pouvoir te rendre tout ce que je tiens de tes générosités. Ah! mon bon Hector, j'ai pu coqueter, te paraître légère, mais tu ne connaissais pas ta Valérie; elle aimait à te tourmenter, mais elle te préfère à tout au monde. On ne peut pas t'empêcher de venir voir ta cousine, je vais combiner avec elle les moyens de nous parler. Mon bon chat, écris-moi de grâce un petit mot pour me rassurer, à défaut de ta chère présence... (oh! je donnerais une main pour te tenir sur notre divan). Une lettre me fera l'effet d'un talisman; écris-moi quelque chose où soit toute ta belle âme; je te rendrai ta lettre, car il faut être prudent, je ne saurais où la cacher, il fouille partout. Enfin, rassure ta Valérie, ta femme, la mère de ton enfant. Être obligée de t'écrire, moi qui te voyais tous les jours. Aussi dis-je à Lisbeth : Je ne connaissais pas mon bonheur. Mille caresses, mon chat. Aime bien

« TA VALÉRIE. »

« Et des larmes!... » se dit Hulot en achevant cette lettre, des larmes qui rendent son nom indéchiffrable. « Comment va-t-elle ? dit-il à Reine.

— Madame est au lit, elle a des convulsions, répondit Reine. L'attaque de nerfs a tordu Madame comme un lien de fagot, ça l'a prise après avoir écrit. Oh! c'est d'avoir pleuré... L'on entendait la voix de Monsieur dans les escaliers. »

Le baron, dans son trouble, écrivit la lettre suivante sur son papier officiel, à têtes imprimées :

« Sois tranquille, mon ange, *il* crèvera sous-chef! Ton idée est excellente, nous nous en irons vivre loin de Paris, nous serons heureux avec notre petit Hector; je prendrai ma retraite, je saurai trouver une belle place dans quelque chemin de fer. Ah! mon aimable amie, je me sens rajeuni par ta lettre! Oh! je recommencerai la vie, et je ferai, tu le verras, une fortune à notre cher petit. En lisant ta lettre, mille fois plus brûlante que celles de *La Nouvelle Héloïse,* elle a fait un miracle : je ne croyais pas que mon amour pour toi pût augmenter. Tu verras ce soir chez Lisbeth

« Ton HECTOR pour la vie! »

Reine emporta cette réponse, la première lettre que le baron écrivait *à son aimable amie !* De semblables émotions formaient un contrepoids aux désastres qui grondaient à l'horizon; mais, en ce moment, le baron se croyant sûr de parer les coups portés à son oncle, Johann Fischer, ne se préoccupait que du déficit.

Une des particularités du caractère bonapartiste, c'est la foi dans la puissance du sabre, la certitude de la prééminence du militaire sur le civil. Hulot se moquait du procureur du Roi de l'Algérie, où règne le ministère de la Guerre. L'homme reste ce qu'il a été. Comment les officiers de la Garde impériale peuvent-ils oublier d'avoir vu les maires des bonnes villes de l'Empire, les préfets

de l'Empereur, ces empereurs au petit pied, venant recevoir la Garde impériale, la complimenter à la limite des
départements qu'elle traversait, et lui rendre enfin des
honneurs souverains[a] ?

À quatre heures et demie, le baron alla droit chez
Mme Marneffe; le cœur lui battait en montant l'escalier
comme à un jeune homme, car il s'adressait cette question
mentale : « La verrai-je ? ne la verrai-je pas ? » Comment
pouvait-il se souvenir de la scène du matin où sa famille
en larmes gisait à ses pieds ? La lettre de Valérie, mise
pour toujours dans un mince portefeuille sur son cœur,
ne lui prouvait-elle pas qu'il était plus aimé que le plus
aimable des jeunes gens ? Après avoir sonné, l'infortuné
baron entendit la traînerie des chaussons et l'exécrable
tousserie de l'invalide Marneffe. Marneffe ouvrit la porte,
mais pour se mettre en position et pour indiquer l'escalier à Hulot par un geste exactement semblable à celui
par lequel Hulot lui avait montré la porte de son cabinet.

« Vous êtes par trop Hulot, monsieur Hulot!... »
dit-il.

Le baron voulut passer, Marneffe tira un pistolet de sa
poche et l'arma.

« Monsieur le conseiller d'État, quand un homme est
aussi vil que moi, car vous me croyez bien vil, n'est-ce
pas ? ce serait le dernier des forçats, s'il n'avait pas tous
les bénéfices de son honneur vendu. Vous voulez la
guerre, elle sera vive et sans quartier. Ne revenez plus,
et n'essayez point de passer : j'ai prévenu le commissaire
de police de ma situation envers vous. »

Et profitant de la stupéfaction de Hulot, il le poussa
dehors et ferma la porte.

« Quel profond scélérat! se dit Hulot en montant
chez Lisbeth. Oh! je comprends maintenant la lettre.
Valérie et moi nous quitterons Paris. Valérie est à moi
pour le reste de mes jours; elle me fermera les yeux. »

Lisbeth n'était pas chez elle. Mme Olivier apprit à
Hulot qu'elle était allée chez Mme la baronne en pensant
y trouver M. le baron.

« Pauvre fille! je ne l'aurais pas crue si fine qu'elle l'a
été ce matin », se dit le baron qui se rappela la conduite de
Lisbeth en faisant le chemin de la rue Vaneau à la rue
Plumet. Au détour de la rue Vaneau et de la rue de Babylone, il regarda l'Éden d'où l'Hymen le bannissait l'épée

de la Loi à la main. Valérie, à sa fenêtre, suivait Hulot des yeux ; quand il leva la tête, elle agita son mouchoir ; mais l'infâme Marneffe souffleta le bonnet de sa femme, et la retira violemment de la fenêtre. Une larme vint aux yeux du conseiller d'État. « Être aimé ainsi ! voir maltraiter une femme, et avoir bientôt soixante-dix ans ! » se dit-il.

Lisbeth était venue annoncer à la famille la bonne nouvelle. Adeline et Hortense savaient déjà que le baron, ne voulant pas se déshonorer aux yeux de toute l'Administration en nommant Marneffe chef de bureau, serait congédié par ce mari devenu Hulotphobe. Aussi l'heureuse Adeline avait-elle commandé son dîner de manière que son Hector le trouvât meilleur que chez Valérie, et la dévouée Lisbeth aida Mariette à obtenir ce difficile résultat. La cousine Bette était à l'état d'idole ; la mère et la fille lui baisèrent les mains, et lui avaient appris avec une joie touchante que le maréchal consentait à faire d'elle sa ménagère.

« Et de là, ma chère, à devenir sa femme, il n'y a qu'un pas, dit Adeline.

— Enfin, il n'a pas dit non, quand Victorin lui en a parlé », ajouta la comtesse de Steinbock.

Le baron fut accueilli dans sa famille avec des témoignages d'affection si gracieux, si touchants et où débordait tant d'amour, qu'il fut obligé de dissimuler son chagrin. Le maréchal vint dîner. Après le dîner, Hulot ne s'en alla pas. Victorin et sa femme vinrent. On fit un whist.

« Il y a longtemps, Hector, dit gravement le maréchal, que tu ne *nous* as donné pareille soirée !... »

Ce mot, chez le vieux soldat, qui gâtait son frère et qui le blâmait implicitement ainsi, fit une impression profonde. On y reconnut les larges et longues lésions d'un cœur où toutes les douleurs devinées avaient eu leur écho. À huit heures, le baron voulut reconduire Lisbeth, lui-même, en promettant de revenir.

« Eh bien ! Lisbeth, *il* la maltraite ! lui dit-il dans la rue. Ah ! je ne l'ai jamais tant aimée !

— Ah ! je n'aurais pas cru que Valérie vous aimât tant ! répondit Lisbeth. Elle est légère, elle est coquette, elle aime à se voir courtisée, à ce qu'on lui joue la comédie de l'amour, comme elle dit ; mais vous êtes son seul attachement.

— Que t'a-t-elle dit pour moi ?

— Voilà, reprit Lisbeth. Elle a, vous le savez, eu des bontés pour Crevel; il ne faut pas lui en vouloir, car c'est ce qui l'a mise à l'abri de la misère pour le reste de ses jours; mais elle le déteste, et c'est à peu près fini. Eh bien! elle a gardé la clef d'un appartement.

— Rue du Dauphin! s'écria le bienheureux Hulot. Rien que pour cela, je lui passerais Crevel... J'y suis allé, je sais...

— Cette clef, la voici, dit Lisbeth, faites-en faire une pareille demain dans la journée, deux si vous pouvez.

— Après ?... dit avidement Hulot.

— Eh bien! je reviendrai dîner encore demain avec vous, vous me rendrez la clef de Valérie (car le père Crevel peut lui redemander celle qu'il a donnée), et vous irez vous voir après-demain; là, vous conviendrez de vos faits. Vous serez bien en sûreté, car il existe deux sorties. Si, par hasard, Crevel, qui sans doute a des mœurs de Régence, comme il dit, entrait par l'allée, vous sortiriez par la boutique, et réciproquement. Eh bien! vieux scélérat, c'est à moi que vous devez cela. Que ferez-vous pour moi ?...

— Tout ce que tu voudras!

— Eh bien! ne vous opposez pas à mon mariage avec votre frère!

— Toi, la maréchale Hulot! toi, comtesse de For-zheim! s'écria Hector surpris.

— Adeline est bien baronne ?... répliqua d'un ton aigre et formidable la Bette. Écoutez, vieux libertin, vous savez où en sont vos affaires! votre famille peut se voir sans pain et dans la boue...

— C'est ma terreur! dit Hulot saisi.

— Si votre frère meurt, qui soutiendra votre femme, votre fille ? La veuve d'un maréchal de France peut obtenir au moins six mille francs de pension, n'est-ce pas ? Eh bien! je ne me marie que pour assurer du pain à votre fille et à votre femme, vieil insensé!

— Je n'apercevais pas ce résultat! dit le baron. Je prê-cherai mon frère, car nous sommes sûrs de toi... Dis à mon ange que ma vie est à *elle*[1] !... »

Et le baron, après avoir vu entrer Lisbeth rue Vaneau, revint faire le whist et resta chez lui. La baronne fut au comble du bonheur, son mari paraissait revenir à la vie de famille ; car, pendant quinze jours environ, il alla le matin au ministère à neuf heures, il était de retour à six heures pour dîner, et il demeurait le soir au milieu de sa famille. Il mena deux fois Adeline et Hortense au spectacle. La mère et la fille firent dire trois messes d'actions de grâces, et prièrent Dieu de leur conserver le mari, le père qu'il leur avait rendu[a]. Un soir, Victorin Hulot en voyant son père aller se coucher dit à sa mère : « Eh bien, nous sommes heureux, mon père nous est revenu ; aussi ne regretterons-nous pas, ma femme et moi, nos capitaux, si cela tient...

— Votre père a soixante-dix ans bientôt[1], répondit la baronne, il pense encore à Mme Marneffe, je m'en suis aperçue ; mais bientôt il n'y pensera plus : la passion des femmes n'est pas comme le jeu, comme la spéculation, ou comme l'avarice, on y voit un terme. »

La belle Adeline, car cette femme était toujours belle en dépit de ses cinquante ans et de ses chagrins, se trompait en ceci. Les libertins, ces gens que la nature a doués de la faculté précieuse d'aimer au-delà des limites qu'elle fixe à l'amour, n'ont presque jamais leur âge. Pendant ce laps de vertu, le baron était allé trois fois rue du Dauphin, et il n'y avait jamais eu soixante-dix ans[2]. La passion ranimée le rajeunissait, et il eût livré son honneur à Valérie, sa famille, tout, sans un regret. Mais Valérie, entièrement changée, ne lui parlait jamais ni d'argent, ni des douze cents frans de rente à faire à leur fils ; au contraire, elle lui offrait de l'or, elle aimait Hulot comme une femme de trente-six ans aime un bel étudiant en droit, bien pauvre, bien poétique, bien amoureux. Et la pauvre Adeline croyait avoir reconquis son cher Hector ! Le quatrième rendez-vous des deux amants avait été pris, au dernier moment du troisième, absolument comme autrefois la Comédie-Italienne annonçait à la fin de la représentation le spectacle du lendemain. L'heure dite était neuf du matin. Au jour de l'échéance de ce bonheur dont l'espérance faisait accepter au passionné vieillard la vie de famille, vers huit heures, Reine fit demander le baron. Hulot, craignant une catastrophe, alla parler à Reine, qui ne voulut pas entrer dans l'appartement. La fidèle femme de chambre remit la lettre suivante au baron :

« Mon vieux grognard, ne va pas rue du Dauphin,

notre cauchemar est malade, et je dois le soigner ; mais
sois là ce soir, à neuf heures. Crevel est à Corbeil, chez
M. Lebas, je suis certaine qu'il n'amènera pas de princesse à sa petite maison. Moi je me suis arrangée ici
pour avoir ma nuit, je puis être de retour avant que
Marneffe ne s'éveille. Réponds-moi sur tout cela ; car
peut-être ta grande élégie de femme ne te laisse-t-elle
plus ta liberté comme autrefois. On la dit si belle encore
que tu es capable de me trahir, tu es un si grand libertin ! Brûle ma lettre, je me défie de tout. »

Hulot écrivit ce petit bout de réponse :

« Mon amour, jamais ma femme, comme je te l'ai
dit, n'a, depuis vingt-cinq ans, gêné mes plaisirs. Je te
sacrifierais cent Adeline ! Je serai ce soir, à neuf heures,
dans le temple Crevel, attendant ma divinité. Puisse le
sous-chef crever bientôt ! nous ne serions plus séparés ;
voilà le plus cher des vœux de

« TON HECTOR. »

Le soir, le baron dit à sa femme qu'il irait travailler
avec le ministre à Saint-Cloud, qu'il reviendrait à quatre
ou cinq heures du matin, et il alla rue du Dauphin[a].
On était alors à la fin du mois de juin.

Peu d'hommes ont éprouvé réellement dans leur vie
la sensation terrible d'aller à la mort, ceux qui reviennent
de l'échafaud se comptent ; mais quelques rêveurs ont
vigoureusement senti cette agonie en rêve, ils en ont
tout ressenti, jusqu'au couteau qui s'applique sur le cou
dans le moment où le Réveil arrive avec le Jour pour
les délivrer... Eh bien ! la sensation à laquelle le conseiller d'État fut en proie à cinq heures du matin, dans le
lit élégant et coquet de Crevel, surpassa de beaucoup
celle de se sentir appliqué sur la fatale bascule, en présence de dix mille spectateurs qui vous regardent par
vingt mille rayons de flamme. Valérie dormait dans une
pose charmante. Elle était belle comme sont belles les
femmes assez belles pour être belles en dormant. C'est
l'art faisant invasion dans la nature, c'est enfin le tableau
réalisé. Dans sa position horizontale, le baron avait les
yeux à trois pieds du sol ; ses yeux, égarés au hasard,
comme ceux de tout homme qui s'éveille et qui rappelle

ses idées, tombèrent sur la porte couverte de fleurs peintes par Jan[1], un artiste qui fait fi de la gloire. Le baron ne vit pas, comme le condamné à mort, vingt mille rayons visuels, il n'en vit qu'un seul dont le regard est véritablement plus poignant que les dix mille de la place publique[2]. Cette sensation, en plein plaisir, beaucoup plus rare que celle des condamnés à mort, certes un grand nombre d'Anglais splénétiques[3] la payeraient fort cher. Le baron resta, toujours horizontalement, exactement baigné dans une sueur froide. Il voulait douter; mais cet œil assassin babillait! Un murmure de voix susurrait derrière la porte.

« Si ce n'était que Crevel voulant me faire une plaisanterie! » se dit le baron en ne pouvant plus douter de la présence d'une personne dans le temple.

La porte s'ouvrit. La majestueuse loi française, qui passe sur les affiches après la royauté, se manifesta sous la forme d'un bon petit commissaire de police, accompagné d'un long juge de paix, amenés tous deux par le sieur Marneffe[a]. Le commissaire de police, planté sur des souliers dont les oreilles étaient attachées avec des rubans à nœuds barbotants, se terminait par un crâne jaune, pauvre en cheveux, qui dénotait un matois égrillard, rieur, et pour qui la vie de Paris n'avait plus de secrets. Ses yeux, doublés de lunettes, perçaient le verre par des regards fins et moqueurs. Le juge de paix, ancien avoué, vieil adorateur du beau sexe, enviait le justiciable.

« Veuillez excuser la rigueur de notre ministère, monsieur le baron! dit le commissaire, nous sommes requis par un plaignant[b]. M. le juge de paix assiste à l'ouverture du domicile. Je sais qui vous êtes, et qui est la délinquante. »

Valérie ouvrit des yeux étonnés, jeta le cri perçant que les actrices ont inventé pour annoncer la folie au théâtre, elle se tordit en convulsions sur le lit, comme une démoniaque au Moyen Âge dans sa chemise de soufre, sur un lit de fagots.

« *La* mort!... mon cher Hector, mais la police correctionnelle? oh! jamais! » Elle bondit, elle passa comme un nuage blanc entre les trois spectateurs, et alla se blottir sous le bonheur-du-jour, en se cachant la tête dans ses mains. « Perdue! morte!... » cria-t-elle.

« Monsieur, dit Marneffe à Hulot, si Mme Marneffe devenait folle, vous seriez plus qu'un libertin, vous seriez un assassin... »

Que peut faire, que peut dire un homme surpris dans un lit qui ne lui appartient pas, même à titre de location, avec une femme qui ne lui appartient pas davantage[a] ? Voici.

« Monsieur le juge de paix, monsieur le commissaire de police, dit le baron avec dignité, veuillez prendre soin de la malheureuse femme dont la raison me semble en danger ?... et vous verbaliserez après. Les portes sont sans doute fermées, vous n'avez pas d'évasion à craindre ni de sa part, ni de la mienne, vu l'état où nous sommes... »

Les deux fonctionnaires obtempérèrent à l'injonction du conseiller d'État.

« Viens me parler, misérable laquais!... dit Hulot tout bas à Marneffe en lui prenant le bras et l'amenant à lui. — Ce n'est pas moi qui serais l'assassin! c'est toi! Tu veux être chef de bureau et officier de la Légion d'honneur ?

— Surtout, mon directeur, répondit Marneffe en inclinant la tête.

— Tu seras tout cela, rassure ta femme, renvoie ces messieurs.

— Nenni[b], répliqua spirituellement Marneffe. Il faut que ces messieurs dressent le procès-verbal de flagrant délit, car, sans cette pièce, la base de ma plainte, que deviendrais-je ? La haute administration regorge de filou-teries. Vous m'avez volé ma femme et ne m'avez pas fait chef de bureau. Monsieur le baron, je ne vous donne que deux jours pour vous exécuter. Voici des lettres...

— Des lettres !... cria le baron en interrompant Marneffe.

— Oui, des lettres qui prouvent que l'enfant que ma femme porte en ce moment dans son sein est de vous[c]... Vous comprenez ? vous devrez constituer à mon fils une rente égale à la portion que ce bâtard lui prend. Mais je serai modeste, cela ne me regarde point, je ne suis pas ivre de paternité, moi! Cent louis de rente suf-firont. Je serai demain matin successeur de M. Coquet, et porté sur la liste de ceux qui vont être promus offi-ciers, à propos des fêtes de juillet, ou... le procès-verbal sera déposé avec ma plainte au parquet. Je suis bon prince, n'est-ce pas ?

— Mon Dieu! la jolie femme! disait le juge de paix
au commissaire de police. Quelle perte pour le monde
si elle devenait folle!

— Elle n'est point folle », répondit sentencieusement
le commissaire de police.

La Police est toujours le Doute incarné.

« M. le baron Hulot a donné dans un piège », ajouta
le commissaire de police assez haut pour être entendu
de Valérie.

Valérie lança sur le commissaire une œillade qui l'eût
tué, si les regards pouvaient communiquer la rage qu'ils
expriment. Le commissaire sourit, il avait tendu son
piège aussi, la femme y tombait. Marneffe invita sa
femme à rentrer dans la chambre et à s'y vêtir décemment, car il s'était entendu sur tous les points avec le
baron, qui prit une robe de chambre et revint dans la
première pièce.

« Messieurs, dit-il aux deux fonctionnaires, je n'ai pas
besoin de vous demander le secret. »

Les deux magistrats s'inclinèrent. Le commissaire de
police frappa deux petits coups à la porte, son secrétaire
entra, s'assit devant le petit bonheur-du-jour, et se
mit à écrire sous la dictée du commissaire de police qui
lui parlait à voix basse. Valérie continuait de pleurer à
chaudes larmes. Quand elle eut fini sa toilette, Hulot
passa dans la chambre et s'habilla. Pendant ce temps, le
procès-verbal se fit. Marneffe voulut alors emmener sa
femme; mais Hulot, en croyant la voir pour la dernière
fois, implora par un geste la faveur de lui parler.

« Monsieur, madame me coûte assez cher pour que
vous me permettiez de lui dire adieu, bien entendu, en
présence de tous. »

Valérie vint, et Hulot lui dit à l'oreille : « Il ne nous
reste plus qu'à fuir; mais comment correspondre ? nous
avons été trahis...

— Par Reine! répondit-elle. Mais, mon bon ami,
après cet éclat, nous ne devons plus nous revoir. Je suis
déshonorée. D'ailleurs, on te dira des infamies de moi,
et tu les croiras... » Le baron fit un mouvement de dénégation. « Tu les croiras, et j'en rends grâces au ciel, car
tu ne me regretteras peut-être pas. »

« Il ne crèvera pas sous-chef ! » dit Marneffe à l'oreille
du conseiller d'État en revenant prendre sa femme à

laquelle il dit brutalement : « Assez, madame, si je suis faible pour vous, je ne veux pas être un sot pour les autres[a]. »

Valérie quitta la petite maison Crevel, en jetant au baron un dernier regard si coquin qu'il se crut adoré. Le juge de paix donna galamment la main à Mme Marneffe, en la conduisant en voiture[b]. Le baron qui devait signer le procès-verbal, restait là tout hébété, seul avec le commissaire de police Quand le conseiller d'État eut signé, le commissaire de police le regarda d'un air fin, par-dessus ses lunettes.

« Vous aimez beaucoup cette petite dame, monsieur le baron ?...

— Pour mon malheur, vous le voyez...

— Si elle ne vous aimait pas ? reprit le commissaire, si elle vous trompait ?...

— Je l'ai déjà su, là, monsieur, à cette place... Nous nous le sommes dit, M. Crevel et moi...

— Ah! vous savez que vous êtes ici dans la petite maison de M. le maire.

— Parfaitement. »

Le commissaire souleva légèrement son chapeau pour saluer le vieillard.

« Vous êtes bien amoureux, je me tais, dit-il. Je respecte les passions invétérées, autant que les médecins respectent les maladies invé... J'ai vu M. de Nucingen, le banquier, atteint d'une passion de ce genre-là...

— C'est mon ami, reprit le baron. J'ai soupé souvent avec la belle Esther, elle valait les deux millions qu'elle lui a coûtés.

— Plus, dit le commissaire. Cette fantaisie du vieux financier a coûté la vie à quatre personnes[1]. Oh! ces passions-là, c'est comme le choléra...

— Qu'aviez-vous à me dire ? demanda le conseiller d'État qui prit mal cet avis indirect.

— Pourquoi vous ôterais-je vos illusions ? répliqua le commissaire de police; il est si rare d'en conserver à votre âge.

— Débarrassez-m'en! s'écria le conseiller d'État.

— On maudit le médecin plus tard, répondit le commissaire en souriant.

— De grâce, monsieur le commissaire ?...

— Eh bien! cette femme était d'accord avec son mari...

— Oh!...

— Cela, monsieur, arrive deux fois sur dix. Oh! nous nous y connaissons.

— Quelle preuve avez-vous de cette complicité?

— Oh! d'abord le mari!... dit le fin commissaire de police avec le calme d'un chirurgien habitué à débrider des plaies. La spéculation est écrite sur cette plate et atroce figure. Mais, ne deviez-vous pas beaucoup tenir à certaine lettre écrite par cette femme et où il est question de l'enfant[a]...

— Je tiens tant à cette lettre que je la porte toujours sur moi, répondit le baron Hulot au commissaire de police en fouillant dans sa poche de côté pour prendre le petit portefeuille qui ne le quittait jamais.

— Laissez le portefeuille où il est, dit le commissaire foudroyant comme un réquisitoire, voici la lettre. Je sais maintenant tout ce que je voulais savoir. Mme Marneffe devait être dans la confidence de ce que contenait ce portefeuille.

— Elle seule au monde.

— C'est ce que je pensais... Maintenant voici la preuve que vous me demandez de la complicité de cette petite femme.

— Voyons! dit le baron encore incrédule.

— Quand nous sommes arrivés, M. le baron, reprit le commissaire, ce misérable Marneffe a passé le premier, et il a pris cette lettre que sa femme avait sans doute posée sur ce meuble, dit-il en montrant le bonheur-du-jour. Évidemment cette place avait été convenue entre la femme et le mari, si toutefois elle parvenait à vous dérober la lettre pendant votre sommeil; car la lettre que cette dame vous a écrite est, avec celles que vous lui avez adressées, décisive[b] au procès correctionnel. »

Le commissaire fit voir à Hulot la lettre que le baron avait reçue par Reine dans son cabinet au ministère.

« Elle fait partie du dossier, dit le commissaire, rendez-la-moi, monsieur.

— Eh bien! monsieur, dit Hulot dont la figure se décomposa, cette femme, c'est le libertinage en coupes réglées, je suis certain maintenant qu'elle a trois amants!

— Ça se voit, dit le commissaire de police. Ah! elles ne sont pas toutes sur le trottoir. Quand on fait ce métier-là, monsieur le baron, en équipages, dans les

salons, ou dans son ménage, il ne s'agit plus de francs ni
de centimes. Mlle Esther, dont vous parlez, et qui s'est
empoisonnée, a dévoré des millions... Si vous m'en
croyez, vous détellerez, monsieur le baron. Cette dernière partie vous coûtera cher. Ce gredin de mari a pour
lui la loi... Enfin, sans moi, la petite femme vous repin-
çait !

— Merci, monsieur, dit le conseiller d'État qui tâcha
de garder une contenance digne.

— Monsieur, nous allons fermer l'appartement, la
farce est jouée, et vous remettrez la clef à M. le maire[a]. »

Hulot revint chez lui dans un état d'abattement voisin de la défaillance, et perdu dans les pensées les plus
sombres. Il réveilla sa noble, sa sainte et pure femme, et
il lui jeta l'histoire de ces trois années dans le cœur, en
sanglotant comme un enfant à qui l'on ôte un jouet.
Cette confession d'un vieillard jeune de cœur, cette
affreuse et navrante épopée, tout en attendrissant intérieurement[b] Adeline, lui causa la joie intérieure la plus
vive, elle remercia le ciel de ce dernier coup, car elle vit
son mari fixé pour toujours au sein de la famille.

« Lisbeth avait raison ! dit Mme Hulot d'une voix
douce et sans faire de remontrances inutiles, elle nous a
dit cela d'avance.

— Oui ! Ah ! si je l'avais écoutée[1], au lieu de me mettre
en colère, le jour où je voulais que la pauvre Hortense
rentrât dans son ménage pour ne pas compromettre la
réputation de cette... Oh ! chère Adeline, il faut sauver
Wenceslas ! il est dans cette fange jusqu'au menton !

— Mon pauvre ami, la petite bourgeoise ne t'a pas
mieux réussi que les actrices », dit Adeline en souriant.

La baronne était effrayée du changement que présentait son Hector ; quand elle le voyait malheureux, souffrant, courbé sous le poids des peines, elle était tout
cœur, tout pitié, tout amour, elle eût donné son sang
pour rendre Hulot heureux.

« Reste avec nous, mon cher Hector. Dis-moi comment elles font, ces femmes, pour t'attacher ainsi ; je
tâcherai[2]... pourquoi ne m'as-tu pas formée à ton usage ?
est-ce que je manque d'intelligence ? on me trouve
encore assez belle pour me faire la cour. »

Beaucoup de femmes mariées, attachées à leurs devoirs

et à leurs maris, pourront ici se demander pourquoi ces hommes si forts et si bons, si pitoyables à des Mme Marneffe, ne prennent pas leurs femmes, surtout quand elles ressemblent à la baronne Adeline Hulot, pour l'objet de leur fantaisie et de leurs passions. Ceci tient aux plus profonds mystères de l'organisation humaine. L'amour, cette immense débauche de la raison, ce mâle et sévère plaisir des grandes âmes, et le plaisir, cette vulgarité vendue sur la place, sont deux faces différentes d'un même fait. La femme qui satisfait ces deux vastes appétits des deux natures est aussi rare, dans le sexe, que le grand général, le grand écrivain, le grand artiste, le grand inventeur, le sont dans une nation. L'homme supérieur comme l'imbécile, un Hulot comme un Crevel, ressentent également le besoin de l'idéal et celui du plaisir; tous vont cherchant ce mystérieux androgyne, cette rareté, qui, la plupart du temps, se trouve être un ouvrage en deux volumes. Cette recherche est une dépravation due à la société. Certes, le mariage doit être accepté comme une tâche, il est la vie avec ses travaux et ses durs sacrifices également faits des deux côtés. Les libertins, ces chercheurs de trésors, sont aussi coupables que d'autres malfaiteurs plus sévèrement punis qu'eux. Cette réflexion n'est pas un placage de morale, elle donne la raison de bien des malheurs incompris. Cette Scène[a] porte d'ailleurs avec elle ses moralités qui sont de plus d'un genre[b].

Le baron alla promptement chez le maréchal prince de Wissembourg, dont la haute protection était sa dernière ressource. Protégé par le vieux guerrier[1] depuis trente-cinq ans[2], il avait les entrées grandes et petites, il put[c] pénétrer dans les appartements à l'heure du lever.

« Eh! bonjour, mon cher Hector, dit ce grand et bon capitaine. Qu'avez-vous ? vous paraissez soucieux. La session est finie, cependant[3]. Encore une de passée! je parle de cela maintenant, comme autrefois de nos campagnes. Je crois, ma foi, que les journaux appellent aussi les sessions, des campagnes parlementaires.

— Nous avons eu du mal, en effet, maréchal; mais c'est la misère du temps! dit Hulot. Que voulez-vous ? le monde est ainsi fait. Chaque époque a ses inconvénients. Le plus grand malheur de l'an 1841, c'est que ni la royauté ni les ministres ne sont libres dans leur action comme l'était l'Empereur. »

Le maréchal jeta sur Hulot un de ces regards d'aigle dont la fierté, la lucidité, la perspicacité montraient que, malgré les années, cette grande âme restait toujours ferme et vigoureuse.

« Tu veux quelque chose de moi ? dit-il en prenant un air enjoué.

— Je me trouve dans la nécessité de vous demander, comme une grâce personnelle, la promotion d'un de mes sous-chefs au grade de chef de bureau, et sa nomination d'officier dans la Légion...

— Comment se nomme-t-il ? dit le maréchal en lançant au baron un regard qui fut comme un éclair.

— Marneffe !

— Il a une jolie femme, je l'ai vue au mariage de ta fille. Si Roger... mais Roger n'est plus ici. Hector, mon fils, il s'agit*a* de ton plaisir. Comment ! tu t'en donnes encore. Ah ! tu fais honneur à la Garde impériale ! voilà ce que c'est que d'avoir appartenu à l'intendance, tu as des réserves !... Laisse là cette affaire, mon cher garçon*b*, elle est trop galante pour devenir administrative.

— Non, maréchal, c'est une mauvaise affaire, car il s'agit de la police correctionnelle ; voulez-vous m'y voir ?

— Ah ! diantre, s'écria le maréchal devenant soucieux. Continue.

— Mais vous me voyez dans l'état d'un renard pris au piège... Vous avez toujours été si bon pour moi, que vous daignerez me tirer de la situation honteuse où je suis. »

Hulot raconta le plus spirituellement et le plus gaiement possible sa mésaventure.

« Voulez-vous, prince, dit-il en terminant, faire mourir de chagrin mon frère que vous aimez tant, et laisser déshonorer un de vos directeurs, un conseiller d'État ? Mon Marneffe est un misérable, nous le mettrons à la retraite dans deux ou trois ans.

— Comme tu parles de deux ou trois ans, mon cher ami !... dit le maréchal.

— Mais, prince, la Garde impériale est immortelle[1].

— Je suis maintenant le seul maréchal de la première

promotion[1], dit le ministre. Écoute, Hector. Tu ne sais pas à quel point je te suis attaché! tu vas le voir! Le jour où je quitterai le ministère, nous le quitterons ensemble. Ah! tu n'es pas député, mon ami. Beaucoup de gens veulent ta place; et, sans moi, tu n'y serais plus. Oui, j'ai rompu bien des lances pour te garder... Eh bien! je t'accorde tes deux requêtes, car il serait par trop dur de te voir assis sur la sellette à ton âge et dans la position que tu occupes. Mais tu fais trop de brèches à ton crédit. Si cette nomination donne lieu à quelque tapage, on nous en voudra. Moi, je m'en moque, mais c'est une épine de plus sous ton pied. À la prochaine session, tu sauteras. Ta succession est présentée comme un appât à cinq ou six personnes influentes, et tu n'as été conservé que par la subtilité de mon raisonnement. J'ai dit que le jour où tu prendrais ta retraite, et que ta place serait donnée, nous aurions cinq mécontents et un heureux; tandis qu'en te laissant *branlant dans le manche* pendant deux ou trois ans, nous aurions nos six voix. On s'est mis à rire au conseil, et l'on a trouvé que le *vieux de la vieille,* comme on dit, devenait assez fort en tactique parlementaire[2]... Je te dis cela nettement. D'ailleurs, tu grisonnes... Es-tu heureux de pouvoir encore te mettre dans des embarras pareils! Où est le temps où le sous-lieutenant Cottin avait des maîtresses! » Le maréchal sonna. « Il faut faire déchirer ce procès-verbal! ajouta-t-il.

— Vous agissez, monseigneur, comme un père! je n'osais vous parler de mon anxiété.

— Je veux toujours que Roger soit ici, s'écria le maréchal en voyant entrer Mitouflet[3], son huissier, et j'allais le faire demander. Allez-vous-en, Mitouflet. Et toi, va, mon vieux camarade, va faire préparer cette nomination, je la signerai. Mais cet infâme intrigant ne jouira pas pendant longtemps du fruit de ses crimes, il sera surveillé, et cassé en tête de la compagnie, à la moindre faute. Maintenant que te voilà sauvé, mon cher Hector, prends garde à toi. Ne lasse pas tes amis, on t'enverra ta nomination ce matin, et ton homme sera officier!... Quel âge as-tu maintenant?

— Soixante-dix ans, dans trois mois.

— Quel gaillard tu fais! dit le maréchal en souriant[4]. C'est toi qui mériterais une promotion, mais mille boulets[a]! nous ne sommes pas sous Louis XV! »

Tel est l'effet de la camaraderie qui lie entre eux les glorieux restes de la phalange napoléonienne, ils se croient toujours au bivouac, obligés de se protéger envers et contre tous.

« Encore une faveur comme celle-là, se dit Hulot en traversant la cour, et je suis perdu. »

Le malheureux fonctionnaire alla chez le baron de Nucingen auquel il ne devait plus qu'une somme insignifiante, il réussit à lui emprunter quarante mille francs en engageant son traitement pour deux années de plus; mais le baron stipula que, dans le cas de la mise à la retraite de Hulot, la quotité saisissable de sa pension serait affectée au remboursement de cette somme, jusqu'à épuisement des intérêts et du capital. Cette nouvelle affaire fut faite, comme la première, sous le nom de Vauvinet, à qui le baron souscrivit pour douze mille francs de lettres de change. Le lendemain, le fatal procès-verbal, la plainte du mari, les lettres, tout fut anéanti. Les scandaleuses promotions[a] du sieur Marneffe, à peine remarquées dans le mouvement des fêtes de juillet[1], ne donnèrent lieu à aucun article de journal[b].

Lisbeth, en apparence brouillée avec Mme Marneffe, s'installa chez le maréchal Hulot. Dix jours après ces événements, on publia le premier ban du mariage de la vieille fille avec l'illustre vieillard à qui, pour obtenir un consentement, Adeline raconta la catastrophe financière arrivée à son Hector en le priant de ne jamais en parler au baron qui, dit-elle, était sombre, très abattu, tout affaissé... « Hélas! il a son âge! » ajouta-t-elle. Lisbeth triomphait donc! Elle allait atteindre au but de son ambition, elle allait voir son plan accompli, sa haine satisfaite. Elle jouissait par avance du bonheur de régner sur la famille qui l'avait si longtemps méprisée. Elle se promettait d'être la protectrice de ses protecteurs, l'ange sauveur qui ferait vivre la famille ruinée, elle s'appelait elle-même *madame la comtesse* ou *madame la maréchale!* en se saluant dans la glace. Adeline et Hortense achèveraient leurs jours dans la détresse, en combattant la misère, tandis que la cousine Bette, admise aux Tuileries, trônerait dans le monde.

Un événement terrible renversa la vieille fille du sommet social où elle se posait si fièrement.

Le jour même où ce premier ban fut publié, le baron

reçut un autre message d'Afrique. Un second Alsacien se présenta, remit une lettre en s'assurant qu'il la donnait au baron Hulot, et après lui avoir laissé l'adresse de son logement, il quitta le haut fonctionnaire qu'il laissa foudroyé à la lecture des premières lignes de cette lettre.

« Mon neveu, vous recevrez cette lettre, d'après mon calcul, le sept août. En supposant que vous employiez trois jours pour nous envoyer le secours que nous réclamons, et qu'il mette quinze jours à venir ici, nous atteignons au premier septembre.

« Si l'exécution répond à ces délais, vous aurez sauvé l'honneur et la vie à votre dévoué Johann[a] Fischer.

« Voici ce que demande l'employé que vous m'avez donné pour complice; car je suis, à ce qu'il paraît, susceptible d'aller en cour d'assises ou devant un conseil de guerre. Vous comprenez que jamais on ne traînera Johann Fischer devant aucun tribunal, il ira de lui-même à celui de Dieu.

« Votre employé me semble être un mauvais gars, très capable de vous compromettre; mais il est intelligent comme un fripon. Il prétend que vous devez crier plus fort que les autres, et nous envoyer un inspecteur, un commissaire spécial chargé de découvrir les coupables de chercher les abus, de sévir enfin; mais qui s'interposera d'abord entre nous et les tribunaux, en élevant un conflit.

« Si votre commissaire arrive ici le premier septembre et qu'il ait de vous le mot d'ordre, si vous nous envoyez deux cent mille francs pour rétablir en magasin les quantités que nous disons avoir dans les localités éloignées, nous serons regardés comme des comptables purs et sans tache.

« Vous pouvez confier au soldat qui vous remettra cette lettre, un mandat à mon ordre sur une maison d'Alger. C'est un homme solide, un parent, incapable de chercher à savoir ce qu'il porte. J'ai pris des mesures pour assurer le retour de ce garçon. Si vous ne pouvez rien, je mourrai volontiers pour celui à qui nous devons le bonheur de notre Adeline. »

Les angoisses et les plaisirs de la passion, la catastrophe qui venait de terminer sa carrière galante avaient empêché le baron Hulot de penser au pauvre Johann Fischer, dont la première lettre annonçait cependant positivement le danger, devenu maintenant si pressant. Le baron quitta la salle à manger dans un tel trouble, qu'il se laissa tomber sur le canapé du salon. Il était anéanti, perdu dans l'engourdissement que cause une chute violente. Il regardait fixement une rosace du tapis sans s'apercevoir qu'il tenait à la main la fatale lettre de Johann. Adeline entendit de sa chambre son mari se jetant sur le canapé comme une masse. Ce bruit fut si singulier qu'elle crut à quelque attaque d'apoplexie. Elle regarda par la porte dans la glace, en proie à cette peur qui coupe la respiration, qui fait rester immobile, et elle vit son Hector dans la posture d'un homme terrassé. La baronne vint sur la pointe du pied, Hector n'entendit rien, elle put s'approcher, elle aperçut la lettre, elle la prit, la lut, et trembla de tous ses membres. Elle éprouva l'une de ces révolutions nerveuses si violentes que le corps en garde éternellement la trace. Elle devint, quelques jours après, sujette à un tressaillement continuel; car, ce premier moment passé, la nécessité d'agir lui donna cette force qui ne se prend qu'aux sources mêmes de la puissance vitale.

« Hector! viens dans ma chambre, dit-elle d'une voix qui ressemblait à un souffle. Que ta fille ne te voie pas ainsi! Viens, mon ami, viens.

— Où trouver deux cent mille francs? je puis obtenir l'envoi de Claude Vignon comme commissaire. C'est un garçon spirituel, intelligent... C'est l'affaire de deux jours... Mais deux cent mille francs, mon fils ne les a pas, sa maison est grevée de trois cent mille francs d'hypothèques. Mon frère a tout au plus trente mille francs d'économies. Nucingen se moquerait de moi!... Vauvinet?... il m'a peu gracieusement accordé dix mille francs pour compléter la somme donnée pour le fils de l'infâme Marneffe. Non, tout est dit, il faut que j'aille me jeter aux pieds du maréchal, lui avouer l'état des choses, m'entendre dire que je suis une canaille, accepter sa bordée afin de sombrer décemment.

— Mais, Hector! ce n'est plus seulement la ruine, c'est le déshonneur, dit Adeline. Mon pauvre oncle se tuera. Ne tue que nous, tu en as le droit, mais ne sois pas un assassin! Reprends courage, il y a de la ressource.

— Aucune! dit le baron. Personne dans le gouver-

nement ne peut trouver deux cent mille francs, quand
même il s'agirait de sauver un ministère! Oh! Napoléon,
où es-tu ?

— Mon oncle! pauvre homme! Hector, on ne peut
pas le laisser se tuer déshonoré!

— Il y aurait bien une ressource, dit-il; mais... c'est
bien chanceux... Oui, Crevel est à couteaux tirés avec
sa fille... Ah! il a bien de l'argent, lui seul pourrait[a]...

— Tiens, Hector, il vaut mieux que ta femme périsse
que de laisser périr notre oncle, ton frère, et l'honneur
de la famille! dit la baronne frappée d'un trait de lumière.
Oui, je puis vous sauver tous... Oh! mon Dieu! quelle
ignoble pensée! comment a-t-elle pu me venir ? »

Elle joignit les mains, tomba sur ses genoux, et fit
une prière. En se relevant elle vit une si folle expression
de joie sur la figure de son mari, que la pensée diabolique revint, et alors Adeline tomba dans la tristesse des
idiots.

« Va, mon ami, cours au ministère, s'écria-t-elle en
se réveillant de cette torpeur, tâche d'envoyer un commissaire, il le faut. *Entortille le maréchal !* et à ton retour,
à cinq heures, tu trouveras peut-être... oui! tu trouveras
deux cent mille francs. Ta famille, ton honneur d'homme,
de conseiller d'État, d'administrateur, ta probité, ton
fils, tout sera sauvé; mais ton Adeline sera perdue, et tu
ne la reverras jamais. Hector, mon ami, dit-elle en
s'agenouillant, lui serrant la main et la baisant, bénis-
moi, dis-moi adieu! »

Ce fut si déchirant qu'en prenant sa femme, la relevant et l'embrassant, Hulot lui dit : « Je ne te comprends
pas!

— Si tu comprenais, reprit-elle, je mourrais de honte,
ou je n'aurais plus la force d'accomplir ce dernier sacrifice.

— Madame est servie », vint dire Mariette.

Hortense vint souhaiter le bonjour à son père et à sa
mère. Il fallut aller déjeuner et montrer des visages menteurs.

« Allez déjeuner sans moi, je vous rejoindrai! » dit
la baronne.

Elle se mit à sa table et écrivit la lettre suivante :

« Mon cher monsieur Crevel, j'ai un service à vous

demander, je vous attends ce matin, et je compte sur votre galanterie, qui m'est connue, pour que vous ne fassiez pas attendre trop longtemps

> « Votre dévouée servante,
> « ADELINE HULOT. »

« Louise, dit-elle à la femme de chambre de sa fille qui servait, descendez cette lettre au concierge, dites-lui de la porter sur-le-champ à son adresse et de demander une réponse. »

Le baron, qui lisait les journaux, tendit un journal républicain à sa femme en lui désignant un article, et lui disant : « Sera-t-il temps ? Voici l'article, un de ces terribles entrefilets avec lesquels les journaux nuancent leurs tartines politiques. »

« Un de nos correspondants nous écrit d'Alger qu'il s'est révélé de tels abus dans le service des vivres de la province d'Oran, que la justice informe. Les malversations sont évidentes, les coupables sont connus. Si la répression n'est pas sévère, nous continuerons à perdre plus d'hommes par le fait des concussions qui frappent sur leur nourriture que par le fer des Arabes et le feu du climat. Nous attendrons de nouveaux renseignements, avant de continuer ce déplorable sujet.

« Nous ne nous étonnons plus de la peur que cause l'établissement en Algérie de la Presse comme l'a entendue la Charte de 1830. »

« Je vais m'habiller et aller au ministère, dit le baron en quittant la table, le temps est trop précieux, il y a la vie d'un homme dans chaque minute.

— Oh ! maman, je n'ai plus d'espoir », dit Hortense.

Et, sans pouvoir retenir ses larmes, elle tendit à sa mère une *Revue des Beaux-Arts*. Mme Hulot aperçut une gravure du groupe de Dalila par le comte de Steinbock, dessous laquelle était imprimé : *Appartenant à Mme Marneffe*. Dès les premières lignes, l'article signé d'un V révélait le talent et la complaisance de Claude Vignon.

« Pauvre petite... », dit la baronne.

Effrayée de l'accent presque indifférent de sa mère, Hortense la regarda, reconnut l'expression d'une douleur auprès de laquelle la sienne devait pâlir, et elle vint

embrasser sa mère à qui elle dit : « Qu'as-tu, maman ?
qu'arrive-t-il, pouvons-nous être plus malheureuses que
nous ne le sommes ?

— Mon enfant, il me semble en comparaison de ce
que je souffre aujourd'hui que mes horribles souffrances
passées ne sont rien. Quand ne souffrirai-je plus ?

— Au ciel, ma mère ! dit gravement Hortense.

— Viens, mon ange, tu m'aideras à m'habiller...
mais non... Je ne veux pas que tu t'occupes de cette
toilette. Envoie-moi Louise[a]. »

Adeline, rentrée dans sa chambre, alla s'examiner au
miroir. Elle se contempla tristement et curieusement en
se demandant à elle-même : « Suis-je encore belle ?...
peut-on me désirer encore ?... Ai-je des rides ?... »
Elle souleva ses beaux cheveux blonds et se découvrit
les tempes ! Là tout était frais comme chez une jeune
fille. Adeline alla plus loin, elle se découvrit les épaules
et fut satisfaite, elle eut un mouvement d'orgueil. La
beauté des épaules qui sont belles, est celle qui s'en va
la dernière chez la femme, surtout quand la vie a été
pure. Adeline choisit avec soin les éléments de sa toilette ; mais la femme pieuse et chaste resta chastement
mise, malgré ses petites inventions de coquetterie. À quoi
bon des bas de soie gris tout neufs, des souliers en satin
à cothurnes, puisqu'elle ignorait totalement l'art d'avancer, au moment décisif, un joli pied en le faisant dépasser de quelques lignes une robe à demi soulevée pour
ouvrir des horizons au désir ! Elle mit bien sa plus jolie
robe de mousseline à fleurs peintes, décolletée et à
manches courtes ; mais, épouvantée de ses nudités, elle
couvrit ses beaux bras de manches en gaze claire, elle
voila sa poitrine et ses épaules d'un fichu brodé. Sa coiffure à l'anglaise lui parut être trop significative, elle en
éteignit l'entrain par un très joli bonnet ; mais, avec ou
sans bonnet, eût-elle su jouer avec ses rouleaux dorés
pour exhiber, pour faire admirer ses mains en fuseau ?...
Voici quel fut son fard. La certitude de sa criminalité,
les préparatifs d'une faute délibérée causèrent à cette
sainte femme une violente fièvre qui lui rendit l'éclat de
la jeunesse pour un moment. Ses yeux brillèrent, son
teint resplendit. Au lieu de se donner un air séduisant,
elle se vit en quelque sorte un air dévergondé qui lui
fit horreur. Lisbeth avait, à la prière d'Adeline, raconté

les circonstances de l'infidélité de Wenceslas, et la
baronne avait alors appris, à son grand étonnement,
qu'en une soirée, en un moment, Mme Marneffe s'était
rendue maîtresse de l'artiste ensorcelé. « Comment font
ces femmes ? » avait demandé la baronne à Lisbeth.
Rien n'égale la curiosité des femmes vertueuses à ce
sujet, elles voudraient posséder les séductions du Vice et
rester pures. « Mais, elles séduisent, c'est leur état, avait
répondu la cousine Bette. Valérie était, ce soir-là,
vois-tu, ma chère, à faire damner un ange. — Raconte-
moi donc comment elle s'y est prise ? — Il n'y a pas de
théorie, il n'y a que la pratique dans ce métier », avait dit
railleusement Lisbeth. La baronne, en se rappelant cette
conversation, aurait voulu consulter la cousine Bette ;
mais le temps manquait. La pauvre Adeline, incapable
d'inventer une mouche, de se poser un bouton de rose
dans le beau milieu du corsage, de trouver les stratagè-
gèmes de toilette destinés à réveiller chez les hommes des
désirs amortis, ne fut que soigneusement habillée.
N'est pas courtisane qui veut ! La femme est le potage
de l'homme, a dit plaisamment Molière par la bouche
du judicieux Gros-René[1]. Cette comparaison suppose
une sorte de science culinaire en amour. La femme vertueuse et digne serait alors le repas homérique, la chair
jetée sur les charbons ardents. La courtisane, au contraire,
serait l'œuvre de Carême[2] avec ses condiments, avec ses
épices et ses recherches. La baronne ne pouvait pas, ne
savait pas *servir*[a] sa blanche poitrine dans un magnifique plat de guipure, à l'instar de Mme Marneffe. Elle
ignorait le secret de certaines attitudes, l'effet de certains
regards. Enfin, elle n'avait pas sa botte secrète. La noble
femme se serait bien retournée cent fois, elle n'aurait
rien su offrir à l'œil savant du libertin. Être une honnête et *prude* femme pour le monde, et se faire courtisane pour son mari, c'est être une femme de génie, et il
y en a peu. Là est le secret des longs attachements, inexplicables pour les femmes qui sont déshéritées de ces
doubles et magnifiques facultés. Supposez Mme Marneffe vertueuse !... vous avez la marquise de Pescaire[b3] !
Ces grandes et illustres femmes, ces belles Diane de
Poitiers vertueuses, on les compte.
    La scène par laquelle commence cette sérieuse et ter-
rible Étude de mœurs parisiennes allait donc se repro-

duire avec cette singulière différence que les misères prophétisées par le capitaine de la milice bourgeoise y
changeaient les rôles. Mme Hulot attendait Crevel dans
les intentions qui le faisaient venir en souriant aux
Parisiens du haut de son milord, trois ans auparavant.
Enfin, chose étrange! la baronne était fidèle à elle-même, à
son amour, en se livrant à la plus grossière des infidélités, celle[a] que l'entraînement d'une passion ne justifie
pas aux yeux de certains juges. « Comment faire pour
être une Mme Marneffe! » se dit-elle en entendant sonner. Elle comprima ses larmes, la fièvre anima ses traits,
elle se promit d'être bien courtisane, la pauvre et noble
créature!

   « Que diable me veut cette brave baronne Hulot ? se
disait Crevel en montant le grand escalier. Ah! bah! elle
va me parler de ma querelle avec Célestine et Victorin;
mais je ne plierai pas!... » En entrant dans le salon, où
il suivait Louise, il se dit en regardant la nudité *du local*
(style Crevel) : « Pauvre femme!... la voilà comme ces
beaux tableaux mis au grenier par un homme qui ne se
connaît pas en peinture. » Crevel, qui voyait le comte
Popinot, ministre du Commerce, achetant des tableaux
et des statues, voulait se rendre célèbre parmi les Mécènes
parisiens dont l'amour pour les arts consiste à chercher
des pièces de vingt francs pour des pièces de vingt sous[b].
Adeline sourit gracieusement à Crevel en lui montrant
une chaise devant elle.

   « Me voici, belle dame, à vos ordres », dit Crevel.
   M. le maire, devenu homme politique, avait adopté le
drap noir. Sa figure apparaissait au-dessus de ce vêtement comme une pleine lune dominant un rideau de
nuages bruns. Sa chemise, étoilée de trois grosses perles
de cinq cents francs chacune, donnait une haute idée
de ses capacités... thoraciques, et il disait : « On voit en
moi le futur athlète de la tribune! » Ses larges mains
roturières portaient le gant jaune dès le matin. Ses
bottes vernies accusaient le petit coupé brun à un cheval qui l'avait amené. Depuis trois ans, l'ambition avait
modifié la pose de Crevel. Comme les grands peintres, il
en était à sa seconde manière. Dans le grand monde, quand
il allait chez le prince de Wissembourg, à la préfecture,
chez le comte Popinot, etc., il gardait son chapeau à
la main d'une façon dégagée que Valérie lui avait

apprise, et il insérait le pouce de l'autre main dans l'entournure de son gilet d'un air coquet, en minaudant de la tête et des yeux. Cette autre *mise en position* était due à la railleuse Valérie qui, sous prétexte de rajeunir son maire, l'avait doté d'un ridicule de plus.

« Je vous ai prié de venir, mon bon et cher monsieur Crevel, dit la baronne d'une voix troublée, pour une affaire de la plus haute importance...

— Je la devine, madame, dit Crevel d'un air fin; mais vous demandez l'impossible... Oh! je ne suis pas un père barbare, un homme, selon le mot de Napoléon, *carré de base comme de hauteur* dans son avarice. Écoutez-moi, belle dame. Si mes enfants se ruinaient pour eux, je viendrais à leur secours; mais les garantir vous, madame ?... c'est vouloir remplir le tonneau des Danaïdes! Une maison hypothéquée de trois cent mille francs pour un père incorrigible! Ils n'ont plus rien, les misérables! et ils ne se sont pas amusés! Ils auront maintenant pour vivre ce que gagnera Victorin au Palais. Qu'il *jabote,* monsieur votre fils!... Ah! il devait être ministre, ce petit docteur! notre espérance à tous. Joli remorqueur qui s'engrave bêtement, car, s'il empruntait pour parvenir, s'il s'endettait pour avoir festoyé[a] des députés, pour obtenir des voix et augmenter son influence, je lui dirais : " Voilà ma bourse, puise, mon ami! " Mais payer les folies du papa, des folies que je vous ai prédites! Ah! son père l'a rejeté loin du pouvoir... C'est moi qui serai ministre...

— Hélas! *cher Crevel,* il ne s'agit pas de nos enfants, pauvres[b] dévoués!... Si votre cœur se ferme pour Victorin et Célestine, je les aimerai tant, que peut-être pourrai-je adoucir l'amertume que met dans leurs belles âmes votre colère. Vous punissez vos enfants d'une bonne action!

— Oui, d'une bonne action mal faite! C'est un demi-crime! dit Crevel très content de ce mot.

— Faire le bien, mon cher Crevel, reprit la baronne, ce n'est pas prendre l'argent dans une bourse qui en regorge! c'est endurer des privations à cause de sa générosité, c'est souffrir de son bienfait! c'est s'attendre à l'ingratitude! La charité qui ne coûte rien, le ciel l'ignore...

— Il est permis, madame, aux saints d'aller à l'hôpital,

ils savent que c'est, pour eux, la porte du ciel. Moi, je suis un mondain, je crains Dieu, mais je crains encore plus l'enfer de la misère. Être sans le sou, c'est le dernier degré du malheur dans notre ordre social actuel[1]. Je suis de mon temps, j'honore l'argent!…

— Vous avez raison, dit Adeline, au point de vue du monde. »

Elle se trouvait à cent lieues de la question, et elle se sentait, comme saint Laurent, sur un gril, en pensant à son oncle; car elle le voyait se tirant un coup de pistolet! Elle baissa les yeux, puis elle les releva sur Crevel pleins d'une angélique douceur, et non de cette provocante luxure, si spirituelle chez Valérie. Trois ans auparavant, elle eût fasciné Crevel par cet adorable regard.

« Je vous ai connu, dit-elle, plus généreux… Vous parliez de trois cent mille francs comme en parlent les grands seigneurs… »

Crevel regarda Mme Hulot, il la vit comme un lys sur sur la fin de sa floraison, il eut de vagues idées; mais il honorait tant cette sainte créature qu'il refoula ces soupçons dans le côté libertin[a] de son cœur.

« Madame, je suis toujours le même, mais un ancien négociant est et doit être grand seigneur avec méthode, avec économie, il porte en tout ses idées d'ordre. On ouvre un compte aux fredaines, on les crédite, on consacre à ce chapitre certains bénéfices, mais entamer son capital!… ce serait une folie. Mes enfants auront tout leur bien, celui de leur mère et le mien; mais ils ne veulent sans doute pas que leur père s'ennuie, se momifie!… Ma vie est joyeuse! Je descends gaiement le fleuve. Je remplis tous les devoirs que m'imposent la loi, le cœur et la famille, de même que j'acquittais scrupuleusement mes billets à l'échéance. Que mes enfants se comportent comme moi dans mon ménage, je serai content; et, quant au présent, pourvu que mes folies, car j'en fais, ne coûtent rien à personne qu'aux *gogos*… (pardon! vous ne connaissez pas ce mot de Bourse) ils n'auront rien à me reprocher, et trouveront encore une belle fortune, à ma mort. Vos enfants n'en diront pas autant de leur père, qui carambole en ruinant son fils et ma fille… »

Plus elle allait, plus la baronne s'éloignait de son but…

« Vous en voulez beaucoup à mon mari, mon cher

Crevel, et vous seriez cependant son meilleur ami, si vous aviez trouvé sa femme faible… »

Elle lança sur Crevel une œillade brûlante. Mais alors elle fit comme Dubois qui donnait trop de coups de pied au Régent[1], elle se déguisa trop, et les idées libertines revinrent si bien au parfumeur-régence qu'il se dit : « Voudrait-elle se venger de Hulot ?… Me trouverait-elle mieux en maire qu'en garde national ?… Les femmes sont si bizarres ! » Et il se mit en position dans sa seconde manière en regardant la baronne d'un air Régence.

« On dirait, dit-elle en continuant, que vous vous vengez sur lui d'une vertu qui vous a résisté, d'une femme que vous aimiez assez… pour… l'acheter, ajouta-t-elle tout bas.

— D'une femme divine, reprit Crevel en souriant significativement à la baronne qui baissait les yeux et dont les cils se mouillèrent ; car, en avez-vous avalé des couleuvres[a] !… depuis trois ans… hein ? ma belle !

— Ne parlons pas de mes souffrances, *cher Crevel,* elles sont au-dessus des forces de la créature. Ah ! si vous m'aimiez encore, vous pourriez me retirer du gouffre où je suis ! Oui, je suis dans l'enfer ! Les régicides qu'on tenaillait, qu'on tirait à quatre chevaux, étaient sur des roses, comparés à moi, car on ne leur démembrait que le corps, et j'ai le cœur tiré à quatre chevaux !… »

La main de Crevel quitta l'entournure du gilet, il posa son chapeau sur la travailleuse, il rompit sa position, il souriait ! Ce sourire fut si niais que la baronne s'y méprit, elle crut à une expression de bonté.

« Vous voyez une femme, non pas au désespoir, mais à l'agonie de l'honneur, et déterminée à tout, *mon ami,* pour empêcher des crimes… » Craignant qu'Hortense ne vînt[b], elle poussa le verrou de sa porte ; puis, par le même élan, elle se mit aux pieds de Crevel, lui prit la main et la lui baisa. « Soyez, dit-elle, mon sauveur ! » Elle supposa[c] des fibres généreuses dans ce cœur de négociant, et fut saisie par un espoir, qui brilla soudain, d'obtenir les deux cent mille francs sans se déshonorer. « Achetez une âme, vous qui vouliez acheter une vertu !… reprit-elle en lui jetant un regard fou. Fiez-vous à ma probité de femme, à mon honneur, dont la solidité est connue ! Soyez mon ami[d] ! Sauvez une famille entière de la ruine, de la honte, du désespoir, empêchez-la de rouler dans un

bourbier où la fange se fera avec du sang! Oh! ne me
demandez pas d'explication!… fit-elle à un mouvement
de Crevel qui voulut parler. Surtout, ne me dites pas :
" Je vous l'avait prédit! " comme les amis heureux d'un
malheur. Voyons!… obéissez à celle que vous aimiez, à
une femme dont l'abaissement à vos pieds est peut-être le
comble de la noblesse; ne lui demandez rien, attendez
tout de sa reconnaissance[a]!… Non, ne donnez rien; mais
prêtez-moi, prêtez à celle que vous nommiez Adeline!… »

Ici les larmes arrivèrent avec une telle abondance,
Adeline sanglota tellement qu'elle en mouilla les gants de
Crevel. Ces mots : « Il me faut deux cent mille francs!… »
furent à peine distinctibles dans le torrent de pleurs, de
même que les pierres, quelque grosses qu'elles soient, ne
marquent point dans les cascades alpestres enflées à la
fonte des neiges.

Telle est l'inexpérience de la Vertu! le Vice ne demande
rien, comme on l'a vu par Mme Marneffe, il se fait tout
offrir. Ces sortes de femmes ne deviennent exigeantes
qu'au moment où elles se sont rendues indispensables,
ou quand il s'agit d'exploiter un homme, comme on
exploite une carrière où le plâtre devient rare, *en ruine,*
disent les carriers. En entendant ces mots : « Deux cent
mille francs! » Crevel comprit tout. Il releva galamment
la baronne en lui disant cette insolente phrase : « Allons,
soyons calme, *ma petite mère* », que dans son égarement
Adeline n'entendit pas. La scène changeait de face, Crevel
devenait, selon son mot, maître de la position[b]. L'énormité de la somme agit si fortement sur Crevel, que sa
vive émotion, en voyant à ses pieds cette belle femme en
pleurs, se dissipa. Puis, quelque angélique et sainte que
soit une femme, quand elle pleure à chaudes larmes, sa
beauté disparaît. Les Mme Marneffe, comme on l'a vu,
pleurnichent quelquefois, laissent une larme glisser le
long de leurs joues; mais fondre en larmes, se rougir les
yeux et le nez!… elles ne commettent jamais cette
faute.

« Voyons, *mon enfant,* du calme, sapristi! reprit Crevel
en prenant les mains de la belle Mme Hulot dans ses
mains et les y tapotant. Pourquoi me demandez-vous
deux cent mille francs ? qu'en voulez-vous faire ? pour
qui est-ce ?

— N'exigez de moi, répondit-elle aucune explication, donnez-les-moi!... Vous aurez sauvé la vie à trois personnes et l'honneur à vos enfants.

— Et vous croyez, ma petite mère, dit Crevel, que vous trouverez dans Paris un homme qui, sur la parole d'une femme à peu près folle, ira chercher, *hic et nunc*[1], dans un tiroir, n'importe où, deux cent mille francs qui mijotent là, tout doucement, en attendant qu'elle daigne les écumer? Voilà comment vous connaissez la vie! les affaires, ma belle?... Vos gens sont bien malades, envoyez-leur les sacrements; car personne dans Paris, excepté Son Altesse Divine Mme la Banque, l'illustre Nucingen ou des avares insensés amoureux de l'or, comme nous autres nous le sommes d'une femme, ne peut accomplir un pareil miracle! La Liste civile, quelque civile qu'elle soit, la liste civile elle-même vous prierait de repasser demain. Tout le monde fait valoir son argent et le tripote de son mieux. Vous vous abusez, cher ange, si vous croyez que c'est le roi Louis-Philippe qui règne, et il ne s'abuse pas là-dessus. Il sait comme nous tous, qu'au-dessus de la Charte, il y a la sainte, la vénérée, la solide, l'aimable, la gracieuse, la belle, la noble, la jeune[a], la toute-puissante pièce de cent sous[2]! Or, mon bel ange, l'argent exige[b] des intérêts, et il est toujours occupé à les percevoir[c]! Dieu des Juifs, tu l'emportes! a dit le grand Racine[3]. Enfin, l'éternelle allégorie du Veau d'or!... Du temps de Moïse, on agiotait dans le désert! Nous sommes revenus aux temps bibliques! Le Veau d'or a été le premier Grand-Livre connu, reprit-il. Vous vivez par trop, mon Adeline, rue Plumet! Les Égyptiens devaient des emprunts énormes aux Hébreux, et ils ne couraient pas après le peuple de Dieu, mais après des capitaux. » Il regarda la baronne d'un air qui voulait dire : « Ai-je de l'esprit! » « Vous ignorez l'amour de tous les citoyens pour leur Saint-Frusquin[4]? reprit-il après cette pause. Pardon. Écoutez-moi bien! Saisissez ce raisonnement. Vous voulez deux cent mille francs?... personne ne peut les donner sans changer des placements faits. Comptez!... Pour avoir deux cent mille francs d'*argent vivant,* il faut vendre environ sept mille francs de rentes trois pour cent! Eh bien! vous n'avez votre argent qu'au bout de deux jours. Voilà la voie la plus prompte. Pour décider quelqu'un à se dessaisir d'une fortune, car c'est toute la fortune de bien des gens, deux cent mille francs! encore doit-on lui dire où tout cela va, pour quel motif...

— Il s'agit, mon bon et cher Crevel, de la vie de deux hommes, dont l'un mourra de chagrin, dont l'autre se tuera! Enfin, il s'agit de moi, qui deviendrai folle! Ne le suis-je pas un peu déjà?

— Pas si folle! dit-il en prenant Mme Hulot par les genoux, le père Crevel a son prix, puisque tu as daigné penser à lui, mon ange. »

« Il paraît qu'il faut se laisser prendre les genoux! » pensa la sainte et noble femme en se cachant la figure dans les mains. « Vous m'offriez jadis une fortune! dit-elle en rougissant.

— Âh! ma petite mère, il y a trois ans! reprit Crevel. Oh! vous êtes plus belle que je ne vous ai jamais vue!... s'écria-t-il en saisissant le bras de la baronne et le serrant contre son cœur. Vous avez de la mémoire, chère enfant, sapristi!... Eh bien! voyez comme vous avez eu tort de faire la bégueule! car les trois cent mille francs que vous avez noblement refusés sont dans l'escarcelle d'une autre. Je vous aimais et je vous aime encore; mais reportons-nous à trois ans d'ici. Quand je vous disais : " Je vous aurai! " quel était mon dessein? Je voulais me venger de ce scélérat de Hulot. Or, votre mari, ma belle, a pris pour maîtresse un bijou de femme, une perle, une petite finaude alors âgée de vingt-trois ans, car elle en a vingt-six aujourd'hui. J'ai trouvé plus drôle, plus complet, plus Louis XV, plus maréchal de Richelieu, plus corsé de lui souffler cette charmante créature, qui d'ailleurs n'a jamais aimé Hulot, et qui depuis trois ans eſt folle de votre serviteur... »

En disant cela, Crevel, des mains de qui la baronne avait retiré ses mains, s'était remis en position. Il tenait ses entournures et battait son torse de ses deux mains, comme par deux ailes, en croyant se rendre désirable et charmant. Il semblait dire : « Voilà l'homme que vous avez mis à la porte! »

« Voilà, ma chère enfant, je suis vengé, votre mari l'a su! Je lui ai catégoriquement démontré qu'il était *dindonné,* ce que nous appelons *refait au même...* Mme Marneffe eſt *ma* maîtresse, et si le sieur Marneffe crève, elle sera ma femme... »

Mme Hulot regardait Crevel d'un œil fixe et presque égaré.

« Hector a su cela ! dit-elle.

— Et il y est retourné ! répondit Crevel, et je l'ai souffert, parce que Valérie voulait être la femme d'un chef de bureau ; mais elle m'a juré d'arranger les choses de manière à ce que notre baron fût si bien *roulé,* qu'il ne reparût plus. Et ma petite duchesse (car elle est née duchesse, cette femme-là, parole d'honneur !) a tenu parole. Elle vous a rendu, madame, comme elle le dit si spirituellement, votre Hector *vertueux à perpétuité !*... La leçon a été bonne, allez ! le baron en a vu de sévères ; il n'entretiendra plus ni danseuses, ni femmes comme il faut ; il est guéri radicalement, car il est rincé comme un verre à bière. Si vous aviez écouté Crevel au lieu de l'humilier, de le jeter à la porte, vous auriez quatre cent mille francs, car ma vengeance me coûte bien cette somme-là. Mais je retrouverai ma monnaie, je l'espère, à la mort de Marneffe... J'ai placé sur ma future. C'est là le secret de mes prodigalités. J'ai résolu le problème d'être grand seigneur à bon marché.

— Vous donnerez une pareille belle-mère à votre fille ?... s'écria Mme Hulot[a].

— Vous ne connaissez pas Valérie, madame, reprit gravement Crevel, qui se mit en position dans sa première manière. C'est à la fois une femme bien née, une femme comme il faut et une femme qui jouit de la plus haute considération. Tenez, hier, le vicaire de la paroisse dînait chez elle. Nous avons donné, car elle est pieuse, un superbe ostensoir à l'église. Oh ! elle est habile, elle est spirituelle, elle est délicieuse, instruite, elle a tout pour elle. Quant à moi, chère Adeline, je dois tout à cette charmante femme ; elle a dégourdi mon esprit, épuré, comme vous voyez, mon langage ; elle corrige mes saillies, elle me donne des mots et des idées. Je ne dis plus rien d'inconvenant. On voit de grands changements en moi, vous devez les avoir remarqués. Enfin, elle a réveillé mon ambition. Je serais député, je ne ferais point de *boulettes,* car je consulterais mon Égérie dans les moindres choses. Ces grands politiques, Numa, notre illustre ministre actuel, ont tous eu leur Sibylle d'*écume*[1]. Valérie reçoit une vingtaine de députés, elle devient très influente, et maintenant qu'elle va se trouver dans un

charmant hôtel avec voiture, elle sera l'une des souveraines occultes de Paris. C'est une fière locomotive qu'une
pareille femme[1]! Ah! je vous ai bien souvent remerciée de
votre rigueur!...

— Ceci ferait douter de la vertu de Dieu, dit Adeline
chez qui l'indignation avait séché les larmes. Mais non, la
justice divine doit planer sur cette tête-là!...

— Vous ignorez le monde, belle dame, reprit le grand
politique Crevel profondément blessé. Le monde, mon
Adeline, aime le succès! Voyons? Vient-il chercher votre
sublime vertu dont le tarif est de deux cent mille francs?»

Ce mot fit frissonner Mme Hulot, qui fut reprise de
son tremblement nerveux. Elle comprit que le parfumeur
retiré se vengeait d'elle ignoblement, comme il s'était
vengé de Hulot; le dégoût lui souleva le cœur, et le lui
crispa si bien qu'elle eut le gosier serré à ne pouvoir
parler.

« L'argent!... toujours l'argent!... dit-elle enfin.

— Vous m'avez bien ému, reprit Crevel ramené par
ce mot à l'abaissement de cette femme, quand je vous ai
vue là pleurant à mes pieds!... Tenez, vous ne me croirez
peut-être pas? eh bien, si j'avais eu mon portefeuille, il
était à vous. Voyons, il vous faut cette somme?... »

En entendant cette phrase grosse de deux cent mille
francs, Adeline oublia[a] les abominables injures de ce
grand seigneur à bon marché, devant cet allèchement du
succès si machiavéliquement présenté par Crevel, qui
voulait seulement pénétrer les secrets d'Adeline pour
en rire avec Valérie[b].

« Ah! je ferai tout! s'écria la malheureuse femme.
Monsieur, je me vendrai, je deviendrai, s'il le faut une
Valérie.

— Cela vous serait difficile, répondit Crevel. Valérie
est le sublime du genre. Ma petite mère, vingt-cinq ans de
vertu, ça repousse toujours, comme une maladie mal
soignée. Et votre vertu a bien moisi ici, ma chère enfant.
Mais vous allez voir à quel point je vous aime. Je vais
vous faire avoir vos deux cent mille francs. »

Adeline saisit la main de Crevel, la prit, la mit sur son
cœur, sans pouvoir articuler un mot, et une larme de joie
mouilla ses paupières.

« Oh! attendez! il y aura du tirage! Moi, je suis un bon
vivant, un bon enfant, sans préjugés, et je vais vous dire

tout bonifacement les choses. Vous voulez faire comme
Valérie, bon. Cela ne suffit pas, il faut un Gogo, un
actionnaire, un Hulot. Je connais un gros épicier retiré,
c'est même un bonnetier. C'est lourd, épais, sans idées, je
le forme, et je ne sais pas quand il pourra me faire
honneur. Mon homme est député, bête et vaniteux,
conservé par la tyrannie d'une espèce de femme à turban,
au fond de la province, dans une entière virginité sous le
rapport du luxe et des plaisirs de la vie parisienne; mais
Beauvisage (il se nomme Beauvisage) est millionnaire[a],
et il donnerait comme moi, ma chère petite, il y a trois
ans, cent mille écus pour être aimé d'une femme comme
il faut... Oui, dit-il en croyant avoir bien interprété le
geste que fit Adeline, il est jaloux de moi, voyez-vous!...
oui, jaloux de mon bonheur avec Mme Marneffe, et le
gars est homme à vendre une propriété pour être propriétaire d'une[1]...

— Assez! monsieur Crevel, dit Mme Hulot en ne
déguisant plus son dégoût et laissant paraître toute sa
honte sur son visage. Je suis punie maintenant au-delà de
mon péché. Ma conscience, si violemment contenue par
la main de fer de la nécessité, me crie à cette dernière
insulte que de tels sacrifices sont impossibles. Je n'ai plus
de fierté, je ne me courrouce point comme jadis, je ne
vous dirai pas : " Sortez! " après avoir reçu ce coup
mortel. J'en ai perdu le droit : je me suis offerte à vous,
comme une prostituée... Oui, reprit-elle en répondant à
un geste de dénégation, j'ai sali ma vie, jusqu'ici pure[b],
par une intention ignoble; et... je suis sans excuse, je le
savais!... Je mérite toutes les injures dont vous m'ac-
cablez! Que la volonté de Dieu s'accomplisse! S'il veut la
mort de deux êtres dignes d'aller à lui, qu'ils meurent, je
les pleurerai, je prierai pour eux! S'il veut l'humiliation
de notre famille, courbons-nous sous l'épée vengeresse,
et baisons-la, chrétiens que nous sommes! Je sais
comment expier cette honte d'un moment qui sera le
tourment de tous mes derniers jours. Ce n'est plus
Mme Hulot, monsieur, qui vous parle, c'est la pauvre,
l'humble pécheresse, la chrétienne dont le cœur n'aura
plus qu'un seul sentiment, le repentir, et qui sera toute à
la prière et à la charité. Je ne puis être que la dernière des
femmes et la première des repenties par la puissance de
ma faute. Vous avez été l'instrument de mon retour à la

raison, à la voix de Dieu qui maintenant parle en moi[a],
je vous remercie!... »

Elle tremblait de ce tremblement qui, depuis ce
moment, ne la quitta plus. Sa voix pleine de douceur
contrastait avec la fiévreuse parole de la femme décidée au
déshonneur pour sauver une famille. Le sang abandonna
ses joues, elle devint blanche, et ses yeux furent secs.

« Je jouais, d'ailleurs, bien mal mon rôle, n'est-ce pas ?
reprit-elle en regardant Crevel avec la douceur que les
martyrs devaient mettre en jetant les yeux sur le pro-
consul. L'amour vrai, l'amour saint et dévoué d'une
femme a d'autres plaisirs que ceux qui s'achètent au marché de la prostitution!... Pourquoi ces paroles ? dit-elle
en faisant un retour sur elle-même et un pas de plus dans
la voie de la perfection, elles ressemblent à de l'ironie, et
je n'en ai point! pardonnez-les-moi. D'ailleurs, monsieur,
peut-être n'est-ce que moi que j'ai voulu blesser... »

La majesté de la vertu, sa céleste lumière avait balayé
l'impureté passagère de cette femme, qui, resplendissante
de la beauté qui lui était propre, parut grandie à Crevel.
Adeline fut en ce moment sublime comme ces figures de
la Religion, soutenues par une croix, que les vieux
Vénitiens ont peintes; mais elle exprimait toute la grandeur de son infortune et celle de l'Église catholique où
elle se réfugiait par un vol de colombe blessée. Crevel fut
ébloui, abasourdi.

« Madame, je suis à vous sans condition! dit-il dans
un élan de générosité. Nous allons examiner l'affaire, et...
que voulez-vous ?... tenez! l'impossible ?... je le ferai. Je
déposerai des rentes à la Banque, et, dans deux heures,
vous aurez votre argent...

— Mon Dieu! quel miracle! » dit la pauvre Adeline en
se jetant à genoux.

Elle récita une prière avec une onction qui toucha si
profondément Crevel, que Mme Hulot lui vit des larmes
aux yeux, quand elle se releva, sa prière finie.

« Soyez mon ami, monsieur!... lui dit-elle. Vous avez
l'âme meilleure que la conduite et que la parole. Dieu
vous a donné votre âme, et vous tenez vos idées du
monde et de vos passions! Oh! je vous aimerai bien!
s'écria-t-elle avec une ardeur angélique dont l'expression
contrastait singulièrement avec ses méchantes[b] petites
coquetteries.

— Ne tremblez plus ainsi, dit Crevel.

— Est-ce que je tremble ? demanda la baronne qui ne s'apercevait pas de cette infirmité si rapidement venue.

— Oui, tenez, voyez, dit Crevel en prenant le bras d'Adeline et lui démontrant qu'elle avait un tremblement nerveux. Allons, madame, reprit-il avec respect, calmez-vous, je vais à la Banque...

— Revenez promptement! Songez, mon ami, dit-elle en livrant ses secrets, qu'il s'agit d'empêcher le suicide de mon pauvre oncle Fischer, compromis par mon mari, car j'ai confiance en vous maintenant, et je vous dis tout! Ah! si nous n'arrivons pas à temps, je connais le maréchal, il a l'âme si délicate, qu'il mourrait en quelques jours.

— Je pars alors, dit Crevel en baisant la main de la baronne. Mais qu'a donc fait ce pauvre Hulot ?

— Il a volé l'État!

— Ah! mon Dieu!... je cours, madame, je vous comprends, je vous admire. »

Crevel fléchit un genou, baisa la robe de Mme Hulot, et disparut en disant : À bientôt[a1]. Malheureusement, de la rue Plumet, pour aller chez lui prendre des inscriptions, Crevel passa par la rue Vaneau ; et il ne put résister au plaisir d'aller voir sa petite duchesse. Il arriva la figure encore bouleversée. Il entra dans la chambre de Valérie, qu'il trouva se faisant coiffer. Elle examina Crevel dans la glace, et fut, comme toutes ces sortes de femmes, choquée, sans rien savoir encore, de lui voir une émotion forte, de laquelle elle n'était pas la cause.

« Qu'as-tu, ma biche ? dit-elle à Crevel. Est-ce qu'on entre ainsi chez sa petite duchesse ? Je ne serais plus une duchesse pour vous, monsieur, que je suis toujours ta *petite louloutte,* vieux monstre! »

Crevel répondit par un sourire triste, et montra Reine.

« Reine, ma fille, assez pour aujourd'hui, j'achèverai ma coiffure[b] moi-même! donne-moi ma robe de chambre en étoffe chinoise, car *mon monsieur* me paraît joliment *chinoisé*... »

Reine, fille dont la figure était trouée comme une écumoire et qui semblait avoir été faite exprès pour Valérie, échangea un sourire avec sa maîtresse, et apporta la robe de chambre. Valérie ôta son peignoir, elle était en chemise, elle se trouva dans sa robe de chambre comme une couleuvre sous sa touffe d'herbe.

« Madame n'y est pour personne ?

— Cette question! dit Valérie. Allons, dis, mon gros minet, la rive gauche a baissé ?

— Non.

— L'hôtel est frappé de surenchère ?

— Non.

— Tu ne te crois pas le père de ton petit Crevel ?

— C'te bêtise! répliqua l'homme sûr d'être aimé.

— Ma foi, je n'y suis plus, dit Mme Marneffe. Quand je dois tirer les peines d'un ami comme on tire les bouchons aux bouteilles de vin de Champagne*a*, je laisse tout là... Va-t'en, tu m'em...

— Ce n'est rien, dit Crevel. Il me faut deux cent mille francs dans deux heures...

— Oh! tu les trouveras*b* ? Tiens, je n'ai pas employé les cinquante mille francs du procès-verbal Hulot et je puis demander cinquante mille francs à Henri!

— Henri! toujours Henri!... s'écria Crevel.

— Crois-tu, gros Machiavel en herbe, que je congédierai Henri! La France désarme-t-elle sa flotte ?... Henri; mais c'est le poignard pendu dans sa gaine à un clou. Ce garçon, dit-elle, me sert à savoir si tu m'aimes. Et tu ne m'aimes pas ce matin.

— Je ne t'aime pas, Valérie! dit Crevel, je t'aime comme un million!

— Ce n'est pas assez!... reprit-elle en sautant sur les genoux de Crevel et lui passant ses deux bras au cou comme autour d'une patère pour s'y accrocher. Je veux être aimée comme dix millions, comme tout l'or de la terre, et plus que cela. Jamais Henri ne resterait cinq minutes sans me dire ce qu'il a sur le cœur! Voyons, qu'as-tu, gros chéri ? Faisons notre petit déballage... Disons tout et vivement à notre petite louloutte! » Et elle frôla le visage de Crevel avec ses cheveux en lui tortillant le nez. « Peut-on avoir un nez comme ça, reprit-elle, et garder un secret pour sa Vavalélé-ririe!... » *Vava,* le nez allait à droite, *lélé,* il était à gauche, *ririe,* elle le remit en place.

« Eh bien! je viens de voir... » Crevel s'interrompit, regarda Mme Marneffe. « Valérie, mon bijou, tu me promets sur ton honneur... tu sais, le nôtre, de ne pas répéter un mot de ce que je vais te dire...

— Connu, maire! on lève la main, tiens!... et le pied! »

Elle se posa de manière à rendre Crevel, comme a dit

Rabelais, déchaussé de sa cervelle jusqu'aux talons, tant elle fut drôle et sublime de nu visible à travers le brouillard de la batiste.

« Je viens de voir le désespoir de la Vertu !...

— Ça a de la vertu, le désespoir ? dit-elle en hochant la tête et se croisant les bras à la Napoléon.

— C'est la pauvre Mme Hulot, il lui faut deux cent mille francs ! Sinon le maréchal et le père Fischer se brûlent la cervelle, et comme tu es un peu la cause de tout cela, ma petite duchesse, je vais réparer le mal. Oh ! c'est une sainte femme, je la connais, elle me rendra tout. »

Au mot Hulot, et aux deux cent mille francs, Valérie eut un regard qui passa, comme la lueur du canon dans sa fumée[a], entre ses longues paupières.

« Qu'a-t-elle donc fait pour t'apitoyer, la vieille ! elle t'a montré, quoi ? sa... sa religion !...

— Ne te moque pas d'elle, mon cœur, c'est une bien sainte, une bien noble et pieuse femme, digne de respect !...

— Je ne suis donc pas digne de respect, moi ! dit Valérie en regardant Crevel d'un air sinistre.

— Je ne dis pas cela, répondit Crevel en comprenant combien l'éloge de la vertu devait blesser Mme Marneffe.

— Moi aussi je suis pieuse, dit Valérie en allant s'asseoir sur un fauteuil ; mais je ne fais pas métier de ma religion, je me cache pour aller à l'église. »

Elle resta silencieuse et ne fit plus attention à Crevel. Crevel, excessivement inquiet, vint se poser devant le fauteuil où s'était plongée Valérie et la trouva perdue dans les pensées qu'il avait si niaisement réveillées.

« Valérie, mon petit ange ?... »

Profond silence. Une larme assez problématique fut essuyée furtivement.

« Un mot, ma louloutte...

— Monsieur !

— À quoi penses-tu, mon amour ?

— Ah ! monsieur Crevel, je pense au jour de ma première communion ! Étais-je belle ! Étais-je pure ! Étais-je sainte !... immaculée !... ah ! si quelqu'un était venu dire à ma mère : " Votre fille sera *une traînée,* elle trompera son mari. Un jour, un commissaire de police la trouvera dans une petite maison, elle se vendra à un Crevel pour trahir un Hulot, deux atroces vieillards... " Pouah !

... fi ! Elle serait morte avant la fin de la phrase, tant elle m'aimait, la pauvre femme !

— Calme-toi !

— Tu ne sais pas combien il faut aimer un homme pour imposer silence à ces remords qui viennent vous pincer le cœur d'une femme adultère. Je suis fâchée que Reine soit partie ; elle t'aurait dit que, ce matin, elle m'a trouvée les larmes aux yeux et priant Dieu. Moi, voyez-vous, monsieur Crevel, je ne me moque point de la religion. M'avez-vous jamais entendue dire un mot de mal à ce sujet ?... »

Crevel fit un geste d'approbation.

« Je défends qu'on en parle devant moi... Je blague sur tout ce qu'on voudra : les rois, la politique, la finance, tout ce qu'il y a de sacré pour le monde, les juges, le mariage, l'amour, les jeunes filles, les vieillards !... Mais l'Église... mais Dieu !... Oh ! là, moi, je m'arrête ! Je sais bien que je fais mal, que je vous sacrifie mon avenir... Et vous ne vous doutez pas de l'étendue de mon amour ! »

Crevel joignit les mains.

« Ah ! il faudrait pénétrer dans mon cœur, y mesurer l'étendue de mes convictions pour savoir tout ce que je vous sacrifie !... Je sens en moi l'étoffe d'une Madeleine. Aussi voyez de quel respect j'entoure les prêtres ! comptez les présents que je fais à l'Église ! Ma mère m'a élevée dans la foi catholique, et je comprends Dieu ! C'est à nous autres perverties qu'il parle le plus terriblement. »

Valérie essuya deux larmes qui roulèrent sur ses joues. Crevel fut épouvanté, Mme Marneffe se leva, s'exalta.

« Calme-toi, ma louloutte !... tu m'effraies ! »

Mme Marneffe tomba sur ses genoux.

« Mon Dieu ! je ne suis pas mauvaise ! dit-elle en joignant les mains. Daignez ramasser votre brebis égarée, frappez-la, meurtrissez-la, pour la reprendre aux mains qui la font infâme et adultère, elle se blottira joyeusement sur votre épaule ! elle reviendra tout heureuse au bercail ! »

Elle se leva, regarda Crevel, et Crevel eut peur des yeux blancs de Valérie.

« Et puis, Crevel, sais-tu ? Moi, j'ai peur, par moments... La justice de Dieu s'exerce aussi bien dans ce bas monde que dans l'autre. Qu'est-ce que je peux attendre de bon de Dieu ? Sa vengeance fond sur la coupable de toutes les manières, elle emprunte tous les caractères du malheur. Tous les malheurs que ne s'expliquent pas les imbéciles, sont des expiations[1]. Voilà ce que me disait ma mère à son lit de mort en me parlant de sa vieillesse. Et si je te perdais !... ajouta-t-elle en saisissant Crevel par une étreinte d'une sauvage énergie... Ah ! j'en mourrais ! »

Mme Marneffe lâcha Crevel, s'agenouilla de nouveau devant son fauteuil, joignit les mains (et dans quelle pose ravissante !), et dit avec une incroyable onction la prière suivante : « Et vous, sainte Valérie, ma bonne patronne, pourquoi ne visitez-vous pas plus souvent le chevet de celle qui vous est confiée ? Oh ! venez ce soir, comme vous êtes venue ce matin, m'inspirer de bonnes pensées, et je quitterai le mauvais sentier, je renoncerai, comme Madeleine, aux joies trompeuses, à l'éclat menteur du monde, même à celui que j'aime tant !

— Ma louloutte ! dit Crevel.

— Il n'y a plus de louloutte, monsieur ! » Elle se retourna fière comme une femme vertueuse, et, les yeux humides de larmes, elle se montra digne, froide, indifférente. « Laissez-moi, dit-elle en repoussant Crevel. Quel est mon devoir ?... d'être à mon mari. Cet homme est mourant, et que fais-je ? je le trompe au bord de la tombe. Il croit votre fils à lui... Je vais lui dire la vérité, commencer par acheter son pardon, avant de demander celui de Dieu. Quittons-nous !... Adieu, monsieur Crevel !... reprit-elle debout en tendant à Crevel une main glacée. Adieu, mon ami, nous ne nous verrons plus que dans un monde meilleur... Vous m'avez dû quelques plaisirs, bien criminels, maintenant je veux... oui, j'aurai votre estime... »

Crevel pleurait à chaudes larmes[a].

« Gros cornichon ! s'écria-t-elle en poussant un infernal éclat de rire, voilà la manière dont les femmes pieuses s'y prennent pour vous tirer une carotte de deux cent mille francs ! Et toi, qui parles du maréchal de Richelieu, cet original de Lovelace, tu te laisses prendre à ce poncif-là[b] ! comme dit Steinbock. Je t'en arracherais des deux cent mille francs, moi, si je voulais, grand imbécile !... Garde donc ton argent ! Si tu en as de trop, ce trop m'appartient[c] ! Si tu donnes deux sous à cette femme

respectable qui fait de la piété parce qu'elle a cinquante-
sept ans, nous ne nous reverrons jamais, et tu la prendras
pour maîtresse ; tu me reviendras le lendemain tout
meurtri de ses caresses anguleuses et soûl[a] de ses larmes,
de ses petits bonnets *ginguets*[1], de ses pleurnicheries qui
doivent faire de ses faveurs des averses !...

— Le fait est, dit Crevel, que deux cent mille francs,
c'est de l'argent.

— Elles ont bon appétit, les femmes pieuses !... ah !
microscope ! elles vendent mieux leurs sermons que nous
ne vendons ce qu'il y a de plus rare et de plus certain sur
la terre, le plaisir... Et elles font des romans ! Non... ah !
je les connais, j'en ai vu chez ma mère ! Elles se croient
tout permis pour l'Église, pour... Tiens, tu devrais être
honteux, ma biche ! toi, si peu donnant... car tu ne m'as
pas donné deux cent mille francs en tout, à moi !

— Ah ! si, reprit Crevel, rien que le petit hôtel coûtera cela...

— Tu as donc alors quatre cent mille francs ? dit-elle
d'un air rêveur[b].

— Non.

— Eh bien ! monsieur, vous vouliez prêter[c] à cette
vieille horreur les deux cent mille francs de mon hôtel ?
en voilà un crime de lèse-loulloutte[d2] !...

— Mais écoute-moi donc !

— Si tu donnais cet argent à quelque bête d'invention
philanthropique, tu passerais pour être un homme d'avenir, dit-elle en s'animant, et je serais la première à te le
conseiller, car tu as trop d'innocence pour écrire de
gros livres politiques qui vous font une réputation ;
tu n'as pas assez de style pour tartiner[e] des brochures ;
tu pourrais te poser comme tous ceux qui sont dans ton
cas, et qui dorent de gloire leur nom en se mettant à la
tête d'une chose sociale, morale, nationale ou générale[f].
On t'a volé la Bienfaisance, elle est maintenant trop mal
portée... Les petits repris de justice, à qui l'on fait un
sort meilleur que celui des pauvres diables honnêtes,
c'est usé. Je te voudrais voir inventer, pour deux cent
mille francs, une chose plus difficile, une chose vraiment
utile. On parlerait de toi, comme d'un *petit manteau
bleu*, d'un Montyon[g3], et je serais fière de toi ! Mais jeter
deux cent mille francs dans un bénitier, les prêter à une
dévote abandonnée de son mari par une raison quel-

conque, va! il y a toujours une raison (me quitte-t-on, moi?), c'est une stupidité qui, dans notre époque, ne peut germer que dans le crâne d'un ancien parfumeur! Cela sent son comptoir. Tu n'oserais plus, deux jours après, te regarder dans ton miroir! Va déposer ton prix à la caisse d'amortissement, cours, car je ne te reçois plus sans le récépissé de la somme. Va! et vite, et tôt! »

Elle poussa Crevel par les épaules hors de sa chambre, en voyant sur sa figure l'avarice refleurie. Quand la porte de l'appartement se ferma, elle dit : « Voilà Lisbeth outre-vengée!...Quel dommage qu'elle soit chez son vieux maréchal, aurions-nous ri! Ah! la vieille veut m'ôter le pain de la bouche!... je vais te la secouer, moi[a]! »

Obligé de prendre un appartement en harmonie avec la première dignité militaire, le maréchal Hulot s'était logé dans un magnifique hôtel, situé rue du Montparnasse[b1], où il se trouve deux ou trois maisons princières. Quoiqu'il eût loué tout l'hôtel, il n'en occupait que le rez-de-chaussée. Lorsque Lisbeth vint tenir la maison, elle voulut aussitôt sous-louer le premier étage qui, disait-elle, payerait toute la location, le comte serait alors logé pour presque rien; mais le vieux soldat s'y refusa. Depuis quelques mois, le maréchal était travaillé par de tristes pensées. Il avait deviné la gêne de sa belle-sœur, il en soupçonnait les malheurs sans en pénétrer la cause. Ce vieillard, d'une sérénité si joyeuse, devenait taciturne, il pensait qu'un jour sa maison serait l'asile de la baronne Hulot et de sa fille, et il leur réservait ce premier étage. La médiocrité de fortune du comte de Forzheim était si connue, que le ministre de la Guerre, le prince de Wissembourg, avait exigé de son vieux camarade qu'il acceptât une indemnité d'installation. Hulot employa cette indemnité à meubler le rez-de-chaussée, où tout était convenable, car il ne voulait pas, selon son expression, du bâton de maréchal pour le porter à pied. L'hôtel ayant appartenu sous l'Empire à un sénateur, les salons du rez-de-chaussée avaient été établis avec une grande magnificence, tous blanc et or, sculptés, et se trouvaient bien conservés. Le maréchal y avait mis de beaux vieux meubles analogues. Il gardait sous la remise une voiture, où sur les panneaux étaient peints les deux bâtons en sautoir, et il louait des chevaux quand il devait aller *in fiocchi,* soit au ministère, soit au château, dans une cérémonie ou à quelque fête. Ayant pour domestique, depuis trente ans, un ancien soldat âgé de soixante ans, dont la sœur était sa cuisinière, il pouvait économiser une dizaine de mille francs qu'il joignait à un petit trésor destiné à Hortense. Tous les jours le vieillard venait à pied de la rue du Montparnasse à la rue Plumet par le boulevard; chaque invalide, en le voyant venir, ne manquait jamais à se mettre en ligne, à le saluer, et le maréchal récompensait le vieux soldat par un sourire[1].

« Qu'est-ce que c'est que celui-là pour qui vous vous alignez ? disait un jour un jeune ouvrier à un vieux capitaine des Invalides. — Je vais te le dire, gamin », répondit l'officier. Le gamin se posa comme un homme qui se résigne à écouter un bavard. « En 1809, dit l'invalide, nous protégions le flanc de la Grande-Armée, commandée par l'Empereur, qui marchait sur Vienne. Nous arrivons à un pont défendu par une triple batterie de canons étagés sur une manière de rocher, trois redoutes l'une sur l'autre, et qui enfilaient le pont. Nous étions sous les ordres du maréchal Masséna. Celui que tu vois était alors colonel des grenadiers de la Garde, et je marchais avec... Nos colonnes occupaient un côté du fleuve, les redoutes étaient de l'autre. On a trois fois attaqué le pont, et trois fois on a boudé. " Qu'on aille chercher Hulot! a dit le maréchal, il n'y a que lui et ses hommes qui puissent avaler ce morceau-là. " Nous arrivons. Le dernier général qui se retirait de devant ce pont, arrête Hulot sous le feu pour lui dire la manière de s'y prendre, et il embarrassait le chemin. " Il ne me faut pas de conseils, mais de la place pour passer ", a dit tranquillement le général en franchissant le pont en tête de sa colonne. Et puis, rrrran! une décharge de trente canons sur nous[2]. — Ah! nom d'un petit bonhomme! s'écria l'ouvrier, ça a dû en faire de ces béquilles! — Si tu avais entendu dire paisiblement ce mot-là, comme moi, petit, tu saluerais cet homme jusqu'à terre! Ce n'est pas si connu que le pont d'Arcole, c'est peut-être plus beau. Et nous sommes arrivés avec Hulot à la course dans les batteries. Honneur à ceux qui y sont restés! fit l'officier en ôtant son chapeau. Les *Kaiserlicks*[3] ont été étourdis du coup. Aussi l'Empereur a-t-il nommé comte le vieux que tu vois; il nous a honorés

tous dans notre chef, et ceux-ci ont eu grandement
raison de le faire maréchal. — Vive le maréchal! dit
l'ouvrier. — Oh! tu peux crier, va, le maréchal est
sourd à force d'avoir entendu le canon. »

Cette anecdote peut donner la mesure du respect
avec lequel les invalides traitaient le maréchal Hulot,
à qui ses opinions républicaines invariables conciliaient
les sympathies populaires dans tout le quartier.

L'affliction, entrée dans cette âme si calme, si pure,
si noble, était un spectacle désolant. La baronne ne
pouvait que mentir et cacher à son beau-frère, avec
l'adresse des femmes, toute l'affreuse vérité. Pendant
cette désastreuse matinée, le maréchal, qui dormait peu
comme tous les vieillards, avait obtenu de Lisbeth des
aveux sur la situation de son frère, en lui promettant
de l'épouser pour prix de son indiscrétion. Chacun
comprendra le plaisir qu'eut la vieille fille à se laisser
arracher des confidences que, depuis son entrée au
logis, elle voulait faire à son futur; car elle consolidait
ainsi son mariage.

« Votre frère est incurable! » criait Lisbeth dans la
bonne oreille du maréchal.

La voix forte et claire de la Lorraine lui permettait de
causer avec le vieillard. Elle fatiguait ses poumons, tant
elle tenait à démontrer à son futur qu'il ne serait jamais
sourd avec elle.

« Il a eu trois maîtresses, disait le vieillard, et il
avait une Adeline! Pauvre Adeline!...

— Si vous voulez m'écouter, cria Lisbeth, vous pro-
fiterez de votre influence auprès du prince de Wissembourg pour obtenir à ma cousine une place honorable;
elle en aura besoin, car le traitement du baron est
engagé pour trois ans.

— Je vais aller au Ministère, répondit-il, voir le
maréchal, savoir ce qu'il pense de mon frère, et lui
demander son active protection pour ma sœur. Trouvez
une place digne d'elle...

— Les dames de charité de Paris ont formé des associations de bienfaisance d'accord avec l'archevêque; elles
ont besoin d'inspectrices honorablement rétribuées,
employées à reconnaître les vrais besoins. De telles fonctions conviendraient à ma chère Adeline, elles seraient
selon son cœur[1].

— Envoyez demander les chevaux! dit le maréchal, je vais m'habiller. J'irai, s'il le faut, à Neuilly[1]! »

« Comme il l'aime! Je la trouverai donc toujours, et partout », dit la Lorraine.

Lisbeth trônait déjà dans la maison, mais loin des regards du maréchal. Elle avait imprimé la crainte aux trois serviteurs. Elle s'était donné une femme de chambre et déployait son activité de vieille fille en se faisant rendre compte de tout, examinant tout, et cherchant, en toute chose, le bien-être de son cher maréchal. Aussi républicaine que son futur, Lisbeth lui plaisait beaucoup par ses côtés démocratiques, elle le flattait d'ailleurs avec une habileté prodigieuse; et, depuis deux semaines, le maréchal, qui vivait mieux, qui se trouvait soigné comme l'est un enfant par sa mère, avait fini par apercevoir en Lisbeth une partie[a] de son rêve.

« Mon cher maréchal! cria-t-elle en l'accompagnant au perron, levez les glaces, ne vous mettez pas entre deux airs, faites cela pour moi!... »

Le maréchal, ce vieux garçon, qui n'avait jamais été dorloté, partit en souriant à Lisbeth, quoiqu'il eût le cœur navré[b].

En ce moment même, le baron Hulot quittait les bureaux de la Guerre et se rendait au cabinet du maréchal, prince de Wissembourg, qui l'avait fait demander. Quoiqu'il n'y eût rien d'extraordinaire à ce que le ministre mandât[c] un de ses directeurs généraux, la conscience de Hulot était si malade, qu'il trouva je ne sais quoi de sinistre et de froid dans la figure de Mitouflet.

« Mitouflet, comment va le prince ? demanda-t-il en fermant son cabinet et rejoignant l'huissier qui s'en allait en avant.

— Il doit avoir une dent contre vous, monsieur le baron, répondit l'huissier, car sa voix, son regard, sa figure sont à l'orage... »

Hulot devint blême et garda le silence, il traversa l'antichambre, les salons, et arriva, les pulsations du cœur troublées, à la porte du cabinet. Le maréchal, alors âgé de soixante et dix ans, les cheveux entièrement blancs, la figure tannée comme celle des vieillards de cet âge, se recommandait par un front d'une ampleur telle, que l'imagination y voyait un champ de bataille. Sous cette coupole grise, chargée de neige, brillaient, assombris par la saillie très prononcée des deux arcades sourcilières, des yeux d'un bleu napoléonien, ordinairement tristes, pleins de pensées amères et de regrets. Ce rival de Bernadotte avait espéré se reposer sur un trône[a1]. Mais ces yeux devenaient deux formidables éclairs lorsqu'un grand sentiment s'y peignait. La voix, presque toujours caverneuse, jetait alors des éclats stridents. En colère, le prince redevenait soldat, il parlait le langage du sous-lieutenant Cottin, il ne ménageait plus rien[2]. Hulot d'Ervy aperçut ce vieux lion, les cheveux épars comme une crinière, debout à la cheminée, les sourcils contractés, le dos appuyé au chambranle et les yeux distraits en apparence.

« Me voici à l'ordre, mon prince! » dit Hulot gracieusement et d'un air dégagé.

Le maréchal regarda fixement le directeur sans mot dire pendant tout le temps qu'il mit à venir du seuil de la porte à quelques pas de lui. Ce regard de plomb fut comme le regard de Dieu, Hulot ne le supporta pas, il baissa les yeux d'un air confus. « Il sait tout », pensa-t-il.

« Votre conscience ne vous dit-elle rien ? demanda le maréchal de sa voix sourde et grave.

— Elle me dit, mon prince, que j'ai probablement tort de faire, sans vous en parler, des razzias en Algérie. À mon âge et avec mes goûts, après quarante-cinq ans de services, je suis sans fortune. Vous connaissez les principes des quatre cents élus de la France. Ces messieurs envient toutes les positions, ils ont rogné le traitement des ministres, c'est tout dire!... allez donc leur demander de l'argent pour un vieux serviteur!... Qu'attendre de gens qui payent aussi mal qu'elle l'est la magistrature ? qui donnent trente sous par jour aux ouvriers du port de Toulon, quand il y a impossibilité matérielle d'y vivre à moins de quarante sous pour une famille ? qui ne réfléchissent pas à l'atrocité des traitements d'employés à six cents, à mille et à douze cents francs dans Paris, et qui pour eux veulent nos places quand les appointements sont de quarante mille francs ?... enfin, qui refusent à la Couronne un bien de la Couronne confisqué en 1830 à la Couronne, et un acquêt fait des deniers de Louis XVI encore! quand on le leur demandait pour un prince pauvre[b3] !... Si vous n'aviez pas de fortune, on vous laisserait très bien, mon prince, comme mon frère, avec votre traitement tout sec[1], sans se souvenir que vous avez sauvé la Grande-Armée, avec moi, dans les plaines marécageuses de la Pologne[2].

— Vous avez volé l'État, vous vous êtes mis dans le cas d'aller en cour d'assises, dit le maréchal, comme ce caissier du Trésor, et[a3] vous prenez cela, monsieur, avec cette légèreté ?...

— Quelle différence, monseigneur! s'écria le baron Hulot. Ai-je plongé les mains dans une caisse qui m'était confiée ?...

— Quand on commet de pareilles infamies, dit le maréchal, on est deux fois coupable, dans votre position, de faire les choses avec maladresse. Vous avez compromis ignoblement notre haute administration, qui jusqu'à présent est la plus pure de l'Europe!... Et cela, monsieur, pour deux cent mille francs et pour une gueuse!... dit le maréchal d'une voix terrible[b]. Vous êtes conseiller d'État, et l'on punit de mort le simple soldat qui vend les effets du régiment. Voici ce que m'a dit un jour le colonel Pourin, du deuxième lanciers. À Saverne, un de ses hommes aimait une petite Alsacienne qui désirait un châle; la drôlesse[c] fit tant, que ce pauvre diable de lancier, qui devait être promu maréchal des logis-chef, après vingt ans de services, l'honneur du régiment, a vendu, pour donner ce châle, des effets de sa compagnie. Savez-vous ce qu'il a fait, le lancier, baron d'Ervy ? il a mangé les vitres d'une fenêtre après les avoir pilées, et il est mort de maladie, en onze heures, à l'hôpital... Tâchez, vous, de mourir d'une apoplexie pour que nous puissions vous sauver l'honneur... »

Le baron regarda le vieux guerrier d'un œil hagard, et le maréchal, voyant cette expression qui révélait un lâche, eut quelque rougeur aux joues, ses yeux s'allumèrent.

« M'abandonneriez-vous ?... » dit Hulot en balbutiant[d].

En ce moment, le maréchal Hulot, ayant appris que son frère et le ministre étaient seuls, se permit d'entrer; et il alla, comme les sourds, droit au prince.

« Oh! cria le héros de la campagne de Pologne, je sais ce que tu viens faire, mon vieux camarade!... Mais tout est inutile...

— Inutile ?... répéta le maréchal Hulot qui n'entendit que ce mot[e].

— Oui, tu viens me parler pour ton frère ; mais sais-tu ce qu'est ton frère ?...

— Mon frère ?... demanda le sourd.

— Eh bien ! cria le maréchal, c'est un j... f...¹ indigne de toi !... »

Et la colère du maréchal lui fit jeter par les yeux ces regards fulgurants qui, semblables à ceux de Napoléon, brisaient les volontés et les cerveaux.

« Tu en as menti, Cottin ! répliqua le maréchal Hulot devenu blême. Jette ton bâton comme je jette le mien !... je suis à tes ordres. »

Le prince alla droit à son vieux camarade, le regarda fixement, et lui dit dans l'oreille en lui serrant la main : « Es-tu un homme ? »

— Tu le verras...

— Eh bien ! tiens-toi ferme ! il s'agit de porter le plus grand malheur qui pût t'arriver. »

Le prince se retourna, prit sur sa table un dossier, le mit entre les mains du maréchal Hulot en lui criant : « Lis ! »

Le comte de Forzheim lut la lettre suivante, qui se trouvait sur le dossier.

À Son Excellence le président du Conseil.
(CONFIDENTIELLE.)

Alger, le...

« Mon cher prince, nous avons sur les bras une bien mauvaise affaire, comme vous le verrez par la procédure que je vous envoie.

« En résumé, le baron Hulot d'Ervy a envoyé dans la province d'O...² un de ses oncles pour tripoter sur les grains et sur les fourrages, en lui donnant pour complice un garde-magasin. Ce garde-magasin a fait des aveux pour se rendre intéressant, et a fini par s'évader*a*. Le procureur du Roi a mené rudement*b* l'affaire, en ne voyant que deux subalternes en cause ; mais Johann Fischer, oncle de votre directeur général, se voyant sur le point d'être traduit en cour d'assises, s'est poignardé dans sa prison avec un clou.

« Tout aurait été fini là, si ce digne et honnête homme, trompé vraisemblablement et par son complice

et par son neveu, ne s'était pas avisé d'écrire au baron
Hulot. Cette lettre, saisie par le parquet, a tellement
étonné le procureur du Roi qu'il est venu me voir. Ce
serait un coup si terrible que l'arrestation et la mise en
accusation d'un conseiller d'État, d'un directeur général qui compte tant de bons et loyaux services, car il
nous a sauvés tous après la Bérézina en réorganisant
l'administration, que je me suis fait communiquer les
pièces.

« Faut-il que l'affaire suive son cours ? faut-il, le
principal coupable visible étant mort, étouffer ce procès
en faisant condamner le garde-magasin par contumace[a] ?

« Le procureur général consent à ce que les pièces
vous soient transmises ; et le baron d'Ervy étant domi-
cilié à Paris, le procès sera du ressort de votre Cour
royale. Vous avons trouvé ce moyen, assez louche[b], de
nous débarrasser momentanément de la difficulté.

« Seulement, mon cher maréchal, prenez un parti
promptement. On parle déjà beaucoup trop de cette
déplorable affaire qui nous ferait autant de mal qu'elle en
causera[c], si la complicité du grand coupable, qui n'est
encore connue que du procureur du Roi, du juge d'instruction, du procureur général et de moi, venait à
s'ébruiter. »

Là, ce papier tomba des mains du maréchal Hulot, il
regarda son frère, il vit qu'il était inutile de compulser
le dossier ; mais il chercha la lettre de Johann Fischer,
et la lui tendit après l'avoir lue en deux regards.

                                        « De la prison d'O...

« Mon neveu, quand vous lirez cette lettre, je n'exis-
terai plus.

« Soyez tranquille, on ne trouvera pas de preuves
contre vous. Moi, mort, votre jésuite de Chardin en
fuite, le procès s'arrêtera. La figure de notre Adeline, si
heureuse par vous, m'a rendu la mort très douce. Vous
n'avez plus besoin d'envoyer les deux cent mille francs.
Adieu.

« Cette lettre vous sera remise par un détenu sur qui
je crois pouvoir compter.

                                « JOHANN FISCHER. »

« Je vous demande pardon, dit avec une touchante fierté le maréchal Hulot au prince de Wissembourg.

— Allons, tutoie-moi toujours, Hulot ? répliqua le ministre en serrant la main de son vieil ami. — Le pauvre lancier n'a tué que lui, dit-il en foudroyant Hulot d'Ervy d'un regard.

— Combien avez-vous pris ? dit sévèrement le comte de Forzheim à son frère.

— Deux cent mille francs.

— Mon cher ami, dit le comte en s'adressant au ministre, vous aurez les deux cent mille francs sous quarante-huit heures. On ne pourra jamais dire qu'un homme portant le nom de Hulot a fait tort d'un denier à la chose publique...

— Quel enfantillage! dit le maréchal. Je sais où sont les deux cent mille francs et je vais les faire restituer. Donnez vos démissions et demandez votre retraite! reprit-il en faisant voler une double feuille de papier tellière jusqu'à l'endroit où s'était assis à la table le conseiller d'État dont les jambes flageolaient. Ce serait une honte pour nous tous que votre procès; aussi ai-je obtenu du conseil des ministres la liberté d'agir comme je le fais. Puisque vous acceptez la vie sans l'honneur, sans mon estime, une vie dégradée, vous aurez la retraite qui vous est due. Seulement faites-vous bien oublier. »

Le maréchal sonna.

« L'employé Marneffe est-il là ?

— Oui, monseigneur, dit l'huissier.

— Qu'il entre.

— Vous, s'écria le ministre en voyant Marneffe, et votre femme, vous avez sciemment ruiné le baron d'Ervy que voici.

— Monsieur le ministre, je vous demande pardon, nous sommes très pauvres, je n'ai que ma place pour vivre, et j'ai deux enfants, dont le petit dernier[a] aura été mis dans ma famille par M. le baron.

— Quelle figure de coquin! dit le prince en montrant Marneffe au maréchal Hulot. Trêve de discours à la Sganarelle, reprit-il, vous rendrez deux cent mille francs, ou vous irez en Algérie.

— Mais, *monsieur le ministre,* vous ne connaissez pas ma femme, elle a tout mangé. M. le baron invitait tous les jours six personnes à dîner... On dépensait chez moi cinquante mille francs par an.

— Retirez-vous, dit le ministre de la voix formidable qui sonnait la charge au fort des batailles, vous recevrez avis de votre changement dans deux heures... allez.

— Je préfère donner ma démission, dit insolemment Marneffe; car c'est trop d'être ce que je suis, et battu; je ne serais pas content, moi[1]! »

Et il sortit.

« Quel impudent drôle », dit le prince.

Le maréchal Hulot, qui pendant cette scène était resté debout, immobile, pâle comme un cadavre, examinant son frère à la dérobée, alla prendre la main du prince et lui répéta : « Dans quarante-huit heures le tort matériel sera réparé; mais l'honneur! Adieu, maréchal! c'est le dernier coup qui tue... Oui, j'en mourrai, lui dit-il à l'oreille.

— Pourquoi diantre es-tu venu ce matin ? répondit le prince ému.

— Je venais pour sa femme, répliqua le comte en montrant Hector; elle est sans pain! surtout maintenant.

— Il a sa retraite!

— Elle est engagée!

— Il faut avoir le diable au corps! dit le prince en haussant les épaules. Quel philtre vous font donc avaler ces femmes-là pour vous ôter l'esprit ? demanda-t-il à Hulot d'Ervy. Comment pouviez-vous, vous qui connaissez la minutieuse exactitude avec laquelle l'administration française écrit tout, verbalise sur tout, consomme des rames de papier pour constater l'entrée et la sortie de quelques centimes, vous qui déploriez qu'il fallût des centaines de signatures pour des riens, pour libérer un soldat, pour acheter des étrilles, comment pouviez-vous donc espérer de cacher un vol pendant longtemps ? Et les journaux! et les envieux! et les gens qui voudraient voler! Ces femmes-là vous ôtent donc le bon sens ? elles vous mettent donc des coquilles de noix sur les yeux ? ou vous êtes donc fait autrement que nous autres ? Il fallait quitter l'Administration du moment où vous n'étiez plus un homme, mais un tempérament! Si vous avez joint tant de sottises à votre crime, vous finirez... je ne veux pas vous dire où...

— Promets-moi de t'occuper d'elle, Cottin ?...

demanda le comte de Forzheim qui n'entendait rien et qui ne pensait qu'à sa belle-sœur.

— Sois tranquille! dit le ministre.

— Eh bien! merci, et adieu! » « Venez, monsieur ? » dit-il à son frère.

Le prince regarda d'un œil en apparence calme les deux frères, si différents d'attitude, de conformation et de caractère, le brave et le lâche, le voluptueux et le rigide, l'honnête et le concussionnaire, et il se dit : « Ce lâche ne saura pas mourir! et mon pauvre Hulot, si probe, a la mort dans son sac, lui! » Il s'assit dans son fauteuil et reprit la lecture des dépêches d'Afrique par un mouvement qui peignait à la fois le sang-froid du capitaine et la pitié profonde que donne le spectacle des champs de bataille! car il n'y a rien de plus humain en réalité que les militaires, si rudes en apparence, et à qui l'habitude de la guerre communique cet absolu glacial, si nécessaire sur les champs de bataille[a].

Le lendemain, quelques journaux contenaient, sous des rubriques différentes, ces différents articles :

« M. le baron Hulot d'Ervy vient de demander sa retraite. Les désordres de la comptabilité de l'administration algérienne qui ont été signalés par la mort et par la fuite de deux employés ont influé sur la détermination prise par ce haut fonctionnaire. En apprenant les fautes commises par des employés, en qui malheureusement il avait placé sa confiance, M. le baron Hulot a éprouvé dans le cabinet même du ministre une attaque de paralysie.

« M. Hulot d'Ervy, frère du maréchal, compte quarante-cinq ans de services. Cette résolution, vainement combattue, a été vue avec regret par tous ceux qui connaissent M. Hulot, dont les qualités privées égalent les talents administratifs. Personne n'a oublié le dévouement de l'ordonnateur en chef de la Garde impériale à Varsovie, ni l'activité merveilleuse avec laquelle il a su organiser les différents services de l'armée improvisée en 1815 par Napoléon.

« C'est encore une des gloires de l'époque impériale qui va quitter la scène. Depuis 1830, M. le baron Hulot n'a cessé d'être une des lumières nécessaires au Conseil d'État et au ministère de la Guerre. »

« ALGER. — L'affaire dite des fourrages, à laquelle quelques journaux ont donné des proportions ridicules, eſt terminée par la mort du principal coupable. Le sieur Johann Wisch s'eſt tué dans sa prison et son complice eſt en fuite; mais il sera jugé par contumace.

« Wisch, ancien fournisseur des armées, était un honnête homme, très eſtimé, qui n'a pas supporté l'idée d'avoir été la dupe du sieur Chardin, le garde-magasin en fuite. »

Et aux faits-Paris, on lisait ceci :

« M. le maréchal miniſtre de la Guerre, pour éviter à l'avenir tout désordre, a résolu de créer un bureau des subsiſtances en Afrique. On désigne un chef de bureau, M. Marneffe, comme devant être chargé de cette organisation. »

« La succession du baron Hulot excite toutes les ambitions. Cette direction eſt, dit-on, promise à M. le comte Martial de La Roche-Hugon, député, beau-frère de M. le comte de Raſtignac. M. Massol, maître des requêtes, serait nommé conseiller d'État, et M. Claude Vignon maître des requêtes. »

De toutes les espèces de *canards,* la plus dangereuse pour les journaux de l'Opposition, c'eſt le canard officiel. Quelque rusés que soient les journaliſtes, ils sont parfois les dupes volontaires ou involontaires de l'habileté de ceux d'entre eux qui, de la Presse, ont passé, comme Claude Vignon, dans les hautes régions du Pouvoir. Le journal ne peut être vaincu que par le journaliſte. Aussi doit-on se dire, en traveſtissant Voltaire :

Le fait-Paris n'eſt pas ce qu'un vain peuple pense[a1].

Le maréchal Hulot ramena son frère, qui se tint sur le devant de la voiture, en laissant respectueusement son aîné dans le fond. Les deux frères n'échangèrent pas une parole. Hector était anéanti. Le maréchal reſta concentré, comme un homme qui rassemble ses forces et qui les bande pour soutenir un poids écrasant. Rentré dans son hôtel, il amena, sans dire un mot et par des geſtes impératifs, son frère dans son cabinet. Le comte avait reçu de l'empereur Napoléon une magnifique paire de pistolets de la manufacture de Versailles; il tira la boîte, sur laquelle était gravée l'inscription : *Donnée par l'empereur Napoléon au général Hulot,* du secrétaire où il la mettait, et la montrant à son frère, il lui dit : « Voilà ton médecin. »

Lisbeth, qui regardait par la porte entrebâillée, courut à la voiture, et donna l'ordre d'aller au grand trot rue Plumet. En vingt minutes à peu près, elle amena la baronne instruite de la menace du maréchal à son frère.

Le comte, sans regarder son frère, sonna pour demander son factotum, le vieux soldat qui le servait depuis trente ans.

« Beaupied, lui dit-il, amène-moi mon notaire, le comte Steinbock, ma nièce Hortense et l'agent de change du Trésor. Il est dix heures et demie, il me faut tout ce monde à midi. Prends des voitures... Et va *plus vite que ça !...* » dit-il en retrouvant[a] une locution républicaine qu'il avait souvent à la bouche jadis. Et il fit la moue terrible qui rendait ses soldats attentifs quand il examinait les genêts de la Bretagne en 1799. (Voir *Les Chouans*[b].)

« Vous serez obéi, maréchal », dit Beaupied en mettant le revers de sa main à son front.

Sans s'occuper de son frère, le vieillard revint dans son cabinet, prit une clef cachée dans un secrétaire[c], et ouvrit une cassette en malachite plaquée sur acier, présent de l'empereur Alexandre[1]. Par ordre de l'empereur Napoléon, il était venu rendre à l'empereur russe des effets particuliers pris à la bataille de Dresde, et contre lesquels Napoléon espérait obtenir Vandamme[2]. Le Czar[d] récompensa magnifiquement le général Hulot en lui donnant cette cassette, et lui dit qu'il espérait pouvoir un jour avoir la même courtoisie pour l'empereur des Français; mais il garda Vandamme. Les armes impériales de Russie étaient en or sur le couvercle de cette boîte garnie tout en or. Le maréchal compta les billets de banque et l'or qui s'y trouvaient; il possédait cent cinquante-deux mille francs! Il laissa échapper un mouvement de satisfaction. En ce moment, Mme Hulot entra dans un état à attendrir des juges politiques. Elle se jeta sur Hector, en regardant la boîte de pistolets et le maréchal, alternativement, d'un air fou.

« Qu'avez-vous contre votre frère ? Que vous a fait

mon mari ? dit-elle d'une voix si vibrante que le maréchal l'entendit.

— Il nous a déshonorés tous! répondit le vieux soldat de la République qui rouvrit par cet effort une de ses
blessures. Il a volé l'État! Il m'a rendu mon nom odieux;
il me fait souhaiter de mourir, il m'a tué... Je n'ai de
force que pour accomplir la reſtitution!... J'ai été humilié devant le Condé de la République, devant l'homme
que j'eſtime le plus, et à qui j'ai donné injuſtement un
démenti, le prince de Wiſſembourg!... Eſt-ce rien, cela ?
Voilà son compte avec la Patrie! »

Il essuya une larme.

« À sa famille maintenant! reprit-il. Il vous arrache le
pain que je vous gardais, le fruit de trente ans d'économies, le trésor des privations du vieux soldat! Voilà
ce que je vous deſtinais! dit-il en montrant les billets
de banque. Il a tué son oncle Fischer, noble et digne
enfant de l'Alsace, qui n'a pas, comme lui, pu soutenir
l'idée d'une tache à son nom de paysan. Enfin, Dieu,
par une clémence adorable, lui avait permis de choisir
un ange entre toutes les femmes! il a eu le bonheur inouï
de prendre pour épouse une Adeline! et il l'a trahie, il
l'a abreuvée de chagrins, il l'a quittée pour des catins,
pour des gourgandines, pour des sauteuses, des aſtrices,
des Cadine, des Joſépha, des Marneffe... Et voilà
l'homme de qui j'ai fait mon enfant, mon orgueil... Va,
malheureux, si tu acceptes la vie infâme que tu t'es
faite, sors! Moi! je n'ai pas la force de maudire un frère
que j'ai tant aimé; je suis aussi faible pour lui que vous
l'êtes, Adeline; mais qu'il ne reparaisse plus devant
moi. Je lui défends d'assiſter à mon convoi, de suivre
mon cercueil. Qu'il ait la pudeur du crime, s'il n'en a
pas le remords... »

Le maréchal, devenu blême, se laissa tomber sur le
divan de son cabinet, épuisé par ces solennelles paroles.
Et, pour la première fois de sa vie peut-être, deux larmes
roulèrent de ses yeux et sillonnèrent ses joues.

« Mon pauvre oncle Fischer! s'écria Lisbeth qui se
mit un mouchoir sur les yeux.

— Mon frère! dit Adeline en venant s'agenouiller
devant le maréchal, vivez pour moi! Aidez-moi dans
l'œuvre que j'entreprendrai de réconcilier Heſtor avec
la vie, de lui faire racheter ses fautes!...

— Lui! dit le maréchal, s'il vit, il n'est pas au bout de ses crimes! Un homme qui a méconnu une Adeline, et qui a éteint en lui les sentiments du vrai républicain, cet amour du Pays, de la Famille et du Pauvre que je m'efforçais de lui inculquer, cet homme est un monstre, un pourceau... Emmenez-le, si vous l'aimez encore, car je sens en moi une voix qui me crie de charger mes pistolets et de lui faire sauter la cervelle! En le tuant, je vous sauverais tous, et je le sauverais de lui-même. »

Le vieux maréchal se leva par un mouvement si redoutable, que la pauvre Adeline s'écria : « Viens, Hector! » Elle saisit son mari, l'emmena, quitta la maison, entraînant le baron, si défait, qu'elle fut obligée de le mettre en voiture pour le transporter rue Plumet, où il prit le lit. Cet homme, quasi dissous, y resta plusieurs jours, refusant toute nourriture sans dire un mot. Adeline obtenait à force de larmes qu'il avalât des bouillons; elle le gardait, assise à son chevet, et ne sentant plus, de tous les sentiments qui naguère lui remplissaient le cœur, qu'une pitié profonde[a].

À midi et demi, Lisbeth introduisit dans le cabinet de son cher maréchal, qu'elle ne quittait pas, tant elle fut effrayée des changements qui s'opéraient en lui, le notaire et le comte Steinbock.

« Monsieur le comte, dit le maréchal, je vous prie de signer l'autorisation nécessaire à ma nièce, votre femme, pour vendre une inscription de rentes dont elle ne possède encore que la nue-propriété. Mademoiselle Fischer, vous acquiescerez à cette vente en abandonnant votre usufruit.

— Oui, cher comte, dit Lisbeth sans hésiter.

— Bien, ma chère, répondit le vieux soldat. J'espère vivre assez pour vous récompenser. Je ne doutais pas de vous : vous êtes une vraie républicaine, une fille du peuple. »

Il prit la main de la vieille fille et y mit un baiser.

« Monsieur Hannequin, dit-il au notaire, faites l'acte nécessaire sous forme de procuration, que je l'aie d'ici à deux heures, afin de pouvoir vendre la rente à la Bourse d'aujourd'hui. Ma nièce, la comtesse, a le titre; elle va venir, elle signera l'acte quand vous l'apporterez, ainsi que mademoiselle. M. le comte vous accompagnera chez vous pour vous donner sa signature. »

L'artiste, sur un signe de Lisbeth, salua respectueusement le maréchal et sortit.

Le lendemain, à dix heures du matin, le comte de Forzheim se fit annoncer chez le prince de Wissembourg et fut aussitôt admis.

« Eh bien! mon cher Hulot, dit le maréchal Cottin en présentant les journaux à son vieil ami, nous avons, vous le voyez, sauvé les apparences... Lisez. »

Le maréchal Hulot posa les journaux sur le bureau de son vieux camarade et lui tendit deux cent mille francs.

« Voici ce que mon frère a pris à l'État, dit-il.

— Quelle folie! s'écria le ministre. Il nous est impossible, ajouta-t-il en prenant le cornet que lui présenta le maréchal et lui parlant dans l'oreille, d'opérer cette restitution. Nous serions obligés d'avouer les concussions de votre frère, et nous avons tout fait pour les cacher...

— Faites-en ce que vous voudrez; mais je ne veux pas qu'il y ait dans la fortune de la famille Hulot un liard de volé dans les deniers de l'État, dit le comte.

— Je prendrai les ordres du Roi à ce sujet. N'en parlons plus, répondit le ministre en reconnaissant l'impossibilité de vaincre le sublime entêtement du vieillard.

— Adieu, Cottin, dit le vieillard en prenant la main du prince de Wissembourg, je me sens l'âme gelée... » Puis, après avoir fait un pas, il se retourna, regarda le prince qu'il vit ému fortement, il ouvrit les bras pour l'y serrer, et le prince embrassa le maréchal. « Il me semble que je dis adieu, dit-il, à toute la Grande-Armée en ta personne...

— Adieu donc, mon bon et vieux camarade! dit le ministre.

— Oui, adieu, car je vais où sont tous ceux de nos soldats que nous avons pleurés... »

En ce moment, Claude Vignon entra. Les deux vieux débris des phalanges napoléoniennes se saluèrent gravement en faisant disparaître toute trace d'émotion.

« Vous avez dû, mon prince, être content des journaux? dit le futur maître des requêtes. J'ai manœuvré de manière à faire croire aux feuilles de l'Opposition qu'elles publiaient nos secrets...

— Malheureusement, tout est inutile, répliqua le ministre qui regarda le maréchal s'en allant par le salon.

Je viens de dire un dernier adieu qui m'a fait bien du mal. Le maréchal Hulot n'a pas trois jours à vivre, je l'ai bien vu d'ailleurs, hier[a]. Cet homme, une de ces probités divines, un soldat respecté par les boulets malgré sa bravoure... tenez... là, sur ce fauteuil!... a reçu le coup mortel, et de ma main, par un papier!... Sonnez et demandez ma voiture. Je vais à Neuilly », dit-il en serrant les deux cent mille francs dans son portefeuille ministériel.

Malgré les soins de Lisbeth, trois jours après, le maréchal Hulot était mort. De tels hommes sont l'honneur des partis qu'ils ont embrassés. Pour les républicains, le maréchal était l'idéal du patriotisme; aussi se trouvèrent-ils tous à son convoi, qui fut suivi d'une foule immense. L'Armée, l'Administration, la Cour, le Peuple, tout le monde vint rendre hommage à cette haute vertu, à cette intacte probité, à cette gloire si pure. N'a pas, qui veut, le peuple à son convoi[1]. Ces obsèques furent marquées par un de ces témoignages pleins de délicatesse, de bon goût et de cœur, qui, de loin en loin, rappellent les mérites et la gloire de la Noblesse française. Derrière le cercueil du maréchal on vit le vieux marquis de Montauran, le frère de celui qui, dans la levée de boucliers des Chouans en 1799, avait été l'adversaire et l'adversaire malheureux de Hulot. Le marquis, en mourant sous les balles des Bleus, avait confié les intérêts de son jeune frère au soldat de la République. (Voir *Les Chouans*.) Hulot avait si bien accepté le testament verbal du noble, qu'il réussit à sauver les biens de ce jeune homme, alors émigré. Ainsi, l'hommage de la vieille noblesse française ne manqua pas au soldat qui, neuf ans auparavant, avait vaincu Madame[2].

Cette mort, arrivée quatre jours avant la dernière publication de son mariage, fut pour Lisbeth le coup de foudre qui brûle la moisson engrangée avec la grange. La Lorraine, comme il arrive souvent, avait trop réussi. Le maréchal était mort des coups portés à cette famille, par elle et par Mme Marneffe. La haine de la vieille fille, qui semblait assouvie par le succès, s'accrut de toutes ses espérances trompées. Lisbeth alla pleurer de rage chez Mme Marneffe; car elle fut sans domicile, le maréchal ayant subordonné la durée de son bail à celle de sa vie. Crevel, pour consoler l'amie de sa Valérie, en prit les économies, les doubla largement, et plaça ce capital en cinq pour cent, en lui donnant l'usufruit et mettant la propriété au nom de Célestine. Grâce à cette opération, Lisbeth posséda deux mille francs de rentes viagères. On trouva, lors de l'inventaire, un mot du maréchal à sa belle-sœur, à sa nièce Hortense, et à son neveu Victorin, qui les chargeait de payer, à eux trois, douze cents francs de rentes viagères à celle qui devait être sa femme, Mlle Lisbeth Fischer[a].

Adeline, voyant le baron entre la vie et la mort, réussit à lui cacher pendant quelques jours le décès du maréchal; mais Lisbeth vint en deuil, et la fatale vérité lui fut révélée onze jours après les funérailles. Ce coup terrible rendit de l'énergie au malade, il se leva, trouva toute sa famille réunie au salon, habillée en noir, et elle devint silencieuse à son aspect. En quinze jours, Hulot, devenu maigre comme un spectre, offrit à sa famille une ombre de lui-même.

« Il faut prendre un parti, dit-il d'une voix éteinte en s'asseyant sur un fauteuil et regardant cette réunion où manquaient Crevel et Steinbock.

— Nous ne pouvons plus rester ici, faisait observer Hortense au moment où son père se montra, le loyer est trop cher...

— Quant à la question du logement, dit Victorin en rompant ce pénible silence, j'offre à *ma mère*... »

En entendant ces mots, qui semblaient l'exclure, le baron releva sa tête inclinée vers le tapis où il contemplait les fleurs sans les voir, et jeta sur l'avocat un déplorable regard. Les droits du père sont toujours si sacrés, même lorsqu'il est infâme et dépouillé d'honneur, que Victorin s'arrêta.

« À votre mère..., reprit le baron. Vous avez raison, mon fils!

— L'appartement au-dessus du nôtre, dans notre pavillon, dit Célestine achevant la phrase de son mari.

— Je vous gêne, mes enfants ?... dit le baron avec la douceur des gens qui se sont condamnés eux-mêmes. Oh! soyez sans inquiétude pour l'avenir, vous n'aurez plus à vous plaindre de votre père, et vous ne le reverrez qu'au moment où vous n'aurez plus à rougir de lui. »

Il alla prendre Hortense et la baisa au front. Il ouvrit

ses bras à son fils qui s'y jeta désespérément en devinant les intentions de son père. Le baron fit un signe à Lisbeth, qui vint, et il l'embrassa au front. Puis, il se retira dans sa chambre où Adeline, dont l'inquiétude était poignante, le suivit.

« Mon frère avait raison, Adeline, lui dit-il en la prenant par la main. Je suis indigne de la vie de famille. Je n'ai pas osé bénir autrement que dans mon cœur mes pauvres enfants, dont la conduite a été sublime; dis-leur que je n'ai pu que les embrasser; car, d'un homme infâme, d'un père qui devient l'assassin, le fléau de la famille au lieu d'en être le protecteur et la gloire, une bénédiction pourrait être funeste; mais je les bénirai de loin, tous les jours. Quant à toi, Dieu seul, car il est tout-puissant, peut te donner des récompenses proportionnées à tes mérites!... Je te demande pardon, dit-il en s'agenouillant devant sa femme, lui prenant les mains et les mouillant de larmes.

— Hector! Hector! tes fautes sont grandes; mais la miséricorde divine est infinie, et tu peux tout réparer en restant avec moi... Relève-toi dans des sentiments chrétiens, mon ami... Je suis ta femme et non ton juge. Je suis ta chose, fais de moi tout ce que tu voudras, mènemoi où tu iras, je me sens la force de te consoler, de te rendre la vie supportable, à force d'amour, de soins et de respect!... Nos enfants sont établis, ils n'ont plus besoin de moi. Laisse-moi tâcher d'être ton amusement, ta distraction. Permets-moi de partager les peines de ton exil, de ta misère, pour les adoucir. Je te serai toujours bonne à quelque chose, ne fût-ce qu'à t'épargner la dépense d'une servante...

— Me pardonnes-tu, ma chère et bien aimée Adeline ?

— Oui; mais, mon ami, relève-toi!

— Eh bien! avec ce pardon, je pourrai vivre! reprit-il en se relevant. Je suis rentré dans notre chambre pour que nos enfants ne fussent pas témoins de l'abaissement de leur père. Ah! voir tous les jours devant soi un père criminel comme je le suis, il y a quelque chose d'épouvantable qui ravale le pouvoir paternel et qui dissout la famille. Je ne puis donc rester au milieu de vous, je vous quitte pour vous épargner l'odieux spectacle d'un père sans dignité. Ne t'oppose pas à ma fuite, Adeline. Ce serait armer toi-même le pistolet avec lequel je me ferais sauter la cervelle... Enfin! ne me suis pas dans ma retraite, tu me priverais de la seule force qui me reste, celle du remords. »

L'énergie d'Hector imposa silence à la mourante Adeline. Cette femme, si grande au milieu de tant de ruines, puisait son courage dans son intime union avec son mari; car elle le voyait à elle, elle apercevait la mission sublime de le consoler, de le rendre à la vie de famille, et de le réconcilier avec lui-même.

« Hector, tu veux donc me laisser mourir de désespoir, d'anxiétés, d'inquiétudes!... dit-elle en se voyant enlever le principe de sa force.

— Je te reviendrai, ange descendu du ciel, je crois, exprès pour moi; je vous reviendrai, sinon riche, du moins dans l'aisance. Écoute, ma bonne Adeline, je ne puis rester ici par une foule de raisons. D'abord, ma pension qui sera de six mille francs est engagée pour quatre ans, je n'ai donc rien. Ce n'est pas tout! je vais être sous le coup de la contrainte par corps dans quelques jours, à cause des lettres de change souscrites à Vauvinet... Ainsi, je dois m'absenter, jusqu'à ce que mon fils, à qui je vais laisser des instructions précises, ait racheté ces titres. Ma disparition aidera puissamment cette opération. Lorsque ma pension de retraite sera libre, lorsque Vauvinet sera payé, je vous reviendrai... Tu décèlerais le secret de mon exil. Sois tranquille, ne pleure pas, Adeline... Il ne s'agit que d'un mois...

— Où iras-tu? que feras-tu? que deviendras-tu? qui te soignera, toi qui n'es plus jeune? Laisse-moi disparaître avec toi, nous irons à l'étranger, dit-elle.

— Eh bien! nous allons voir », répondit-il.

Le baron sonna, donna l'ordre à Mariette de rassembler tous ses effets, de les mettre secrètement et promptement dans des malles. Puis, il pria sa femme, après l'avoir embrassée avec une effusion de tendresse à laquelle elle n'était pas habituée, de le laisser un moment seul pour écrire les instructions dont avait besoin Victorin, en lui promettant de ne quitter la maison qu'à la nuit et avec elle. Dès que la baronne fut rentrée au salon, le fin vieillard passa par le cabinet de toilette, gagna l'antichambre et sortit en remettant à Mariette un carré de papier, sur lequel il avait écrit : « Adressez mes malles par le chemin de fer de Corbeil, à M. Hector, bureau restant, à Corbeil. » Le baron, monté dans un fiacre, courait déjà dans Paris, lorsque Mariette vint montrer à la baronne ce mot, en lui disant que Monsieur venait de sortir. Adeline s'élança dans la chambre en tremblant plus fortement que jamais; ses enfants, effrayés, l'y suivirent en entendant un cri perçant. On releva la baronne évanouie, il fallut la mettre au lit, car elle fut prise d'une fièvre nerveuse qui la tint entre la vie et la mort pendant un mois.

« Où est-il ? » était la seule parole qu'on obtenait d'elle.

Les recherches de Victorin furent infructueuses. Voici pourquoi[a]. Le baron s'était fait conduire à la place du Palais-Royal. Là, cet homme, qui retrouva tout son esprit pour accomplir un dessein prémédité pendant les jours où il était resté dans son lit anéanti de douleur et de chagrin, traversa le Palais-Royal, et alla prendre une magnifique voiture de remise, rue Joquelet. D'après l'ordre reçu, le cocher entra rue de la Ville-l'Évêque, au fond de la cour de l'hôtel de Josépha[b], dont les portes s'ouvrirent, au cri du cocher, pour cette splendide voiture. Josépha vint, amenée par la curiosité; son valet de chambre lui avait dit qu'un vieillard impotent, incapable de quitter sa voiture, la priait de descendre pour un instant.

« Josépha ! c'est moi!... »

L'illustre cantatrice ne reconnut son Hulot qu'à la voix.

« Comment, c'est toi! mon pauvre vieux ?... Ma parole d'honneur, tu ressembles aux pièces de vingt francs que les juifs d'Allemagne ont lavées et que les changeurs refusent.

— Hélas! oui, répondit Hulot, je sors des bras de la Mort! Mais tu es toujours belle, toi! seras-tu bonne ?

— C'est selon, tout est relatif! dit-elle.

— Écoute-moi, reprit Hulot. Peux-tu me loger dans une chambre de domestique, sous les toits, pendant quelques jours ? Je suis sans un liard, sans espérance, sans pain, sans pension, sans femme, sans enfants, sans asile, sans honneur, sans courage, sans ami, et, pis que cela! sous le coup de lettres de change...

— Pauvre vieux! c'est bien des sans! Es-tu aussi sans-culotte ?

— Tu ris, je suis perdu ! s'écria le baron. Je comptais cependant sur toi, comme Gourville sur Ninon[1].

— C'est, m'a-t-on dit, demanda Josépha, une femme du monde qui t'a mis dans cet état-là ? Les farceuses s'entendent mieux que nous à la plumaison du dinde[2] !... Oh ! te voilà comme une carcasse abandonnée par les corbeaux... on voit le jour à travers !

— Le temps presse ! Josépha !

— Entre, mon vieux ! je suis seule, et mes gens ne te connaissent pas. Renvoie ta voiture. Est-elle payée ?

— Oui, dit le baron en descendant appuyé sur le bras de Josépha.

— Tu passeras, si tu veux, pour mon père », dit la cantatrice prise de pitié.

Elle fit asseoir Hulot dans le magnifique salon où il l'avait vue la dernière fois.

« Est-ce vrai, vieux, reprit-elle, que tu as tué ton frère et ton oncle, ruiné ta famille, surhypothéqué la maison de tes enfants et mangé la grenouille du gouvernement en Afrique avec la princesse ? »

Le baron inclina tristement la tête.

« Eh bien, j'aime cela ! s'écria Josépha, qui se leva pleine d'enthousiasme. C'est un *brûlage* général ! C'est sardanapale ! c'est grand ! c'est complet ! On est une canaille, mais on a du cœur. Eh bien ! moi, j'aime mieux un mange-tout, passionné comme toi pour les femmes, que ces froids banquiers sans âme qu'on dit vertueux et qui ruinent des milliers de familles avec leurs rails qui sont de l'or pour eux et du fer pour les *Gogos*[3] ! Toi ! tu n'as ruiné que les tiens, tu n'as disposé que de toi ! et puis tu as une excuse, et physique et morale... »

Elle se posa tragiquement et dit :

C'est Vénus tout entière à sa proie attachée[4].

« Et voilà ! » ajouta-t-elle en pirouettant.

Hulot se trouvait absous par le Vice, le Vice lui souriait au milieu de son luxe effréné. La grandeur des crimes était là, comme pour les jurés, une circonstance atténuante.

« Est-elle jolie ta femme du monde, au moins ? demanda la cantatrice en essayant pour première aumône de distraire Hulot dont la douleur la navrait.

— Ma foi, presque autant que toi ! répondit finement le baron.

— Et... bien farce ? m'a-t-on dit. Que te faisait-elle donc ? Est-elle plus drôle que moi ?

— N'en parlons plus, dit Hulot.

— On dit qu'elle a *enguirlandé* mon Crevel, le petit Steinbock et un magnifique Brésilien.

— C'est bien possible...

— Elle est dans un hôtel aussi joli que celui-ci, donné par Crevel. Cette gueuse-là, c'est mon prévôt, elle achève les gens que j'ai entamés ! Voilà, vieux, pourquoi je suis si curieuse de savoir comment elle est, je l'ai entrevue en calèche au Bois, mais de loin... C'est, m'a dit Carabine, *une voleuse finie !* Elle essaie de manger Crevel ! mais elle ne pourra que le grignoter. Crevel est un *rat !* un rat bonhomme qui dit toujours *oui,* et qui n'en fait qu'à sa tête. Il est vaniteux, il est passionné, mais son argent est froid. On n'a rien de ces cadets-là que mille ou trois mille francs par mois, et ils s'arrêtent devant la grosse dépense, comme des ânes devant une rivière. Ce n'est pas comme toi, mon vieux, tu es un homme à passions, on te ferait vendre ta patrie ! Aussi, vois-tu, je suis prête à tout faire pour toi ! Tu es mon père, tu m'as lancée ! c'est sacré. Que te faut-il ? Veux-tu cent mille francs ? on s'exterminera le tempérament pour te le gagner[a]. Quant à te donner la pâtée et la niche, ce n'est rien. Tu auras ton couvert mis ici tous les jours, tu peux prendre une belle chambre au second, et tu auras cent écus par mois pour ta poche. »

Le baron, touché de cette réception, eut un dernier accès de noblesse.

« Non, ma petite, non, je ne suis pas venu pour me faire entretenir, dit-il.

— À ton âge, c'est un fier triomphe ! dit-elle.

— Voici ce que je désire, mon enfant. Ton duc d'Hérouville a d'immenses propriétés en Normandie, et je voudrais être son régisseur sous le nom de Thoul[1]. J'ai la capacité, l'honnêteté, car on prend à son gouvernement, on ne vole pas pour cela dans une caisse...

— Hé ! hé ! fit Josépha, qui a bu, boira !

— Enfin, je ne demande qu'à vivre inconnu pendant trois ans...

— Ça, c'est l'affaire d'un instant, ce soir, après-dîner, dit Josépha, je n'ai qu'à parler. Le duc m'épouserait si je le voulais ; mais j'ai sa fortune, je veux plus !... son estime. C'est un duc de la haute école. C'est noble, c'est distingué, c'est grand comme Louis XIV et comme Napoléon mis l'un sur l'autre, quoique nain. Et puis, j'ai fait comme la Schontz avec Rochefide : par mes conseils, il vient de gagner deux millions. Mais écoute-moi, mon vieux pistolet!... Je te connais, tu aimes les femmes, et tu courras là-bas après les petites Normandes qui sont des filles superbes; tu te feras casser les os par les gars ou par les pères, et le duc sera forcé de te dégommer. Est-ce que je ne vois pas à la manière dont tu me regardes que *le jeune homme* n'est pas encore tué chez toi, comme a dit Fénelon! Cette régie n'est pas ton affaire. On ne rompt pas comme on veut, vois-tu, vieux, avec Paris, avec nous autres! Tu crèverais d'ennui à Hérouville!

— Que devenir? demanda le baron, car je ne veux rester chez toi que le temps de prendre un parti.

— Voyons, veux-tu que je te case à mon idée? Écoute, vieux chauffeur[a]!... — Il te faut des femmes[b]. Ça console de tout. Écoute-moi bien. Au bas de la Courtille, rue Saint-Maur-du-Temple[1], je connais une pauvre famille qui possède un trésor : une petite fille, plus jolie que je ne l'étais à seize ans!... Ah! ton œil flambe déjà! Ça travaille seize heures par jour à broder des étoffes précieuses pour les marchands de soieries[2] et ça gagne seize sous par jour, un sou par heure, une misère!... Et ça mange comme les Irlandais des pommes de terre, mais frites dans de la graisse de rat[c], du pain cinq fois la semaine, ça boit de l'eau de l'Ourcq aux tuyaux de la Ville, parce que l'eau de la Seine est trop chère[3]; et ça ne peut pas avoir d'établissement à son compte, faute de six ou sept mille francs. Ça ferait les *cent* horreurs pour avoir sept ou huit mille francs. Ta famille et ta femme t'embêtent, n'est-ce pas?... D'ailleurs, on ne peut pas se voir rien là où l'on était dieu. Un père sans argent et sans honneur, ça s'empaille et ça se met derrière un vitrage... »

Le baron ne put s'empêcher de sourire à ces atroces plaisanteries.

« Eh bien! la petite Bijou vient demain m'apporter *une robe* de chambre brodée, un amour, ils y ont passé six mois, personne n'aura pareille étoffe! Bijou m'aime, car je lui donne des friandises et mes vieilles robes. Puis j'envoie des bons de pain, des bons de bois et de viande à la famille, qui casserait pour moi les deux tibias à un

premier sujet si je le voulais. Je tâche de faire un peu de bien! Ah! je sais ce que j'ai souffert quand j'avais faim! Bijou m'a versé dans le cœur ses petites confidences. Il y a chez cette petite fille l'étoffe d'une figurante de l'Ambigu-Comique. Bijou rêve de porter de belles robes comme les miennes, et surtout d'aller en voiture. Je lui dirai : " Ma petite, veux-tu d'un monsieur de... "
— *Qu'êque-t'as ?...* demanda-t-elle en s'interrompant, soixante-douze...
— Je n'ai plus d'âge!
— " Veux-tu, lui dirai-je, d'un monsieur de soixante-douze ans, bien propret, qui ne prend pas de tabac, sain comme mon œil, qui vaut un jeune homme ? tu te marieras avec lui au Treizième[1], il vivra bien gentiment avec vous, il vous donnera sept mille francs pour être à votre compte, il te meublera un appartement tout en acajou; puis, si tu es sage, il te mènera quelquefois au spectacle. Il te donnera cent francs par mois pour toi, et cinquante francs pour la dépense! " Je connais Bijou, c'est moi-même à quatorze ans! J'ai sauté de joie quand cet abominable Crevel m'a fait ces atroces[a] propositions-là[2]! Eh bien! vieux, tu seras emballé là pour trois ans. C'est sage, c'est honnête, et ça aura d'ailleurs des illusions pour trois ou quatre ans, pas plus. »

Hulot n'hésitait pas, son parti de refuser était pris; mais, pour remercier la bonne et excellente cantatrice qui faisait le bien à sa manière, il eut l'air de balancer entre le Vice et la Vertu.

« Ah çà! tu restes froid comme un pavé en décembre[b]! reprit-elle étonnée. Voyons! tu fais le bonheur d'une famille composée d'un grand-père qui trotte, d'une mère qui s'use à travailler, et de deux sœurs, dont une fort laide, qui gagnent à elles deux trente-deux sous en se tuant les yeux. Ça compense le malheur dont tu es la cause chez toi, tu rachètes tes fautes en t'amusant comme une lorette à Mabille[3]. »

Hulot, pour mettre un terme à cette séduction, fit le geste de compter de l'argent.

« Sois tranquille sur les voies et moyens, reprit Josépha. Mon duc te prêtera dix mille francs : sept mille pour un établissement de broderie au nom de Bijou, trois mille pour te meubler, et tous les trois mois, tu trouveras six cent cinquante francs ici sur un billet. Quand tu recouvreras ta pension, tu rendras au duc ces dix-sept mille francs-là. En attendant, tu seras heureux comme un coq en pâte, et perdu dans un trou à ne pas pouvoir être trouvé par la police! Tu te mettras en grosse redingote de caſtorine, tu auras l'air d'être un propriétaire aisé du quartier. Nomme-toi Thoul, si c'eſt ta fantaisie. Moi, je te donne à Bijou comme un de mes oncles venu d'Allemagne en faillite, et tu seras chouchouté comme un dieu. Voilà, papa!... Qui sait? Peut-être ne regretteras-tu rien? Si par hasard tu t'ennuyais, garde une de tes belles pelures, tu viendras ici me demander à dîner et passer la soirée.

— Moi, qui voulais devenir vertueux, rangé!... Tiens, fais-moi prêter ving mille francs, et je pars faire fortune en Amérique[1], à l'exemple de mon ami d'Aiglemont quand Nucingen l'a ruiné...

— Toi! s'écria Joſépha, laisse donc les mœurs aux épiciers, aux simples tourlourous, aux citoyens frrrrançais, qui n'ont que la vertu pour se faire valoir! Toi! tu es né pour être autre chose qu'un jobard, tu es en homme ce que je suis en femme : un génie *gouapeur*[2] !

— La nuit porte conseil, nous causerons de tout cela demain.

— Tu vas dîner avec le duc. Mon d'Hérouville te recevra poliment, comme si tu avais sauvé l'État! et demain tu prendras un parti. Allons, de la gaieté, mon vieux? La vie eſt un vêtement : quand il eſt sale, on le brosse! quand il eſt troué, on le raccommode, mais on reſte vêtu tant qu'on peut! »

Cette philosophie du vice et son entrain dissipèrent les chagrins cuisants de Hulot.

Le lendemain à midi, après un succulent déjeuner, Hulot vit entrer un de ces vivants chefs-d'œuvre que Paris, seul au monde, peut fabriquer à cause de l'incessant concubinage du Luxe et de la Misère, du Vice et de l'Honnêteté, du Désir réprimé et de la Tentation renaissante, qui rend cette ville l'héritière des Ninive, des Babylone et de la Rome impériale. Mlle Olympe Bijou[3], petite fille de seize ans, montra le visage sublime que Raphaël a trouvé pour ses vierges, des yeux d'une innocence attriſtée par des travaux excessifs, des yeux noirs rêveurs, armés de longs cils, et dont l'humidité se desséchait sous le feu de la Nuit laborieuse, des yeux assombris par la fatigue; mais un teint de porcelaine et presque maladif; mais une bouche comme une grenade entrouverte, un sein tumultueux, des formes pleines, de jolies mains, des dents d'un émail distingué, des cheveux noirs abondants, le tout ficelé d'indienne à soixante-quinze centimes le mètre, orné d'une collerette brodée, monté sur des souliers de peau sans clous, et décoré de gants à ving-neuf sous. L'enfant, qui ne connaissait pas sa valeur, avait fait sa plus belle toilette pour venir chez la grande dame. Le baron, repris par la main griffue de la Volupté, sentit toute sa vie s'échapper par ses yeux. Il oublia tout devant cette sublime créature. Il fut comme le chasseur apercevant le gibier : devant un empereur, on le met en joue!

« Et, lui dit Josépha dans l'oreille, c'est garanti neuf, c'est honnête! et pas de pain. Voilà Paris! j'ai été ça!

— C'est dit », répliqua le vieillard en se levant et se frottant les mains.

Quand Olympe Bijou fut partie, Josépha regarda le baron d'un air malicieux.

« Si tu ne veux pas avoir du désagrément, papa, dit-elle, sois sévère comme un procureur général sur son siège. Tiens la petite en bride, sois Bartholo[1]! Gare aux Auguste, aux Hippolyte, aux Nestor, aux Victor, à tous les *or* ! Dame! une fois que ça sera vêtu, nourri, si ça lève la tête, tu seras mené comme un Russe... Je vais voir à t'emménager. Le duc fait bien les choses; il te prête, c'est-à-dire il te donne dix mille francs, et il en met huit chez son notaire qui sera chargé de te compter six cents francs tous les trimestres, car je te crains. Suis-je gentille ?...

— Adorable! »

Dix jours après avoir abandonné sa famille, au moment où, tout en larmes, elle était groupée autour du lit d'Adeline mourante, et qui disait d'une voix faible : « Que fait-il ? » Hector, sous le nom de Thoul, rue Saint-Maur, se trouvait avec Olympe à la tête[a] d'un établissement de broderie, sous la déraison sociale Thoul et Bijou[b].

Victorin Hulot reçut, du malheur acharné sur sa famille, cette dernière façon qui perfectionne ou qui démoralise l'homme. Il devint parfait. Dans les grandes tempêtes de la vie, on imite les capitaines qui, par les ouragans, allègent le navire des grosses marchandises. L'avocat perdit son orgueil intérieur, son assurance visible, sa morgue d'orateur et ses prétentions politiques. Enfin il fut en homme ce que sa mère était en femme. Il résolut d'accepter sa Célestine, qui, certes, ne réalisait pas son rêve ; et jugea sainement la vie en voyant que la loi commune oblige à se contenter en toutes choses d'*à peu près*. Il se jura donc à lui-même d'accomplir ses devoirs, tant la conduite de son père lui fit horreur. Ces sentiments se fortifièrent au chevet du lit de sa mère, le jour où elle fut sauvée. Ce premier bonheur ne vint pas seul. Claude Vignon, qui, tous les jours, prenait de la part du prince de Wissembourg le bulletin de la santé de Mme Hulot, pria le député réélu de l'accompagner chez le ministre. « Son Excellence, lui dit-il, désire avoir une conférence avec vous sur vos affaires de famille. » Victorin Hulot et le ministre se connaissaient depuis longtemps ; aussi le maréchal le reçut-il avec une affabilité caractéristique et de bon augure.

« Mon ami, dit le vieux guerrier, j'ai juré, dans ce cabinet, à votre oncle le maréchal, de prendre soin de votre mère. Cette sainte femme va recouvrer la santé, m'a-t-on dit, le moment est venu de panser vos plaies. J'ai là deux cent mille francs pour vous, je vais vous les remettre. »

L'avocat fit un geste digne de son oncle le maréchal.

« Rassurez-vous, dit le prince en souriant. C'est un fidéicommis. Mes jours sont comptés, je ne serai pas toujours là, prenez donc cette somme, et remplacez-moi dans le sein de votre famille. Vous pouvez vous servir de cet argent pour payer les hypothèques qui grèvent votre maison. Ces deux cent mille francs appartiennent à votre mère et à votre sœur. Si je donnais cette somme à Mme Hulot, son dévouement à son mari me ferait craindre de la voir dissipée ; et l'intention de ceux qui la rendent est que ce soit le pain de Mme Hulot et celui de sa fille, la comtesse de Steinbock. Vous êtes un homme sage, le digne fils de votre noble mère, le vrai neveu de mon ami le maréchal, vous êtes bien apprécié ici, mon cher ami, comme ailleurs. Soyez donc l'ange tutélaire de votre famille, acceptez le legs de votre oncle et le mien.

— Monseigneur, dit Hulot en prenant la main du ministre et la lui serrant, des hommes comme vous savent que les remerciements en paroles ne signifient rien, la reconnaissance se prouve.

— Prouvez-moi la vôtre! dit le vieux soldat.

— Que faut-il faire?

— Accepter mes propositions, dit le ministre. On veut vous nommer avocat du Contentieux de la Guerre, qui, dans la partie du Génie, se trouve surchargée d'affaires litigieuses à cause des fortifications de Paris; puis avocat consultant de la préfecture de police, et conseil de la liste civile. Ces trois fonctions vous constitueront dix-huit mille francs de traitement et ne vous enlèveront point votre indépendance. Vous voterez à la Chambre selon vos opinions politiques et votre conscience... Agissez en toute liberté, allez! nous serions bien embarrassés si nous n'avions pas une Opposition nationale! Enfin, un mot de votre oncle, écrit quelques heures avant qu'il ne rendît le dernier soupir, m'a tracé ma conduite envers votre mère, que le maréchal aimait bien!... Mmes Popinot, de Rastignac, de Navarreins, d'Espard, de Grandlieu, de Carigliano, de Lenoncourt et de La Bâtie[1] ont créé pour votre chère mère une place d'inspectrice de bienfaisance. Ces présidentes de Sociétés de bonnes œuvres ne peuvent pas tout faire, elles ont besoin d'une dame probe qui puisse les suppléer activement, aller visiter les malheureux, savoir si la charité n'est pas trompée, vérifier si les secours sont bien remis à ceux qui les ont demandés, pénétrer chez les pauvres honteux, etc. Votre mère remplira la mission d'un ange, elle n'aura de rapports qu'avec messieurs les curés et les dames de charité; on lui donnera six mille francs par an, et ses voitures seront payées. Vous voyez, jeune homme, que, du fond de son tombeau, l'homme pur, l'homme noblement vertueux protège encore sa famille. Des noms tels que celui de votre oncle sont et doivent être une égide contre le malheur dans les sociétés bien organisées. Suivez donc les traces de votre oncle, persistez-y, car vous y êtes! je le sais.

— Tant de délicatesse, prince, ne m'étonne pas chez l'ami de mon oncle, dit Victorin. Je tâcherai de répondre à toutes vos espérances.

— Allez promptement consoler votre famille!... Ah! dites-moi, reprit le prince en échangeant une poignée de main avec Victorin, votre père a disparu?

— Hélas! oui.

— Tant mieux. Ce malheureux a eu, ce qui ne lui manque pas d'ailleurs, de l'esprit.

— Il a des lettres de change à craindre.

— Ah! vous recevrez, dit le maréchal, six mois d'honoraires de vos trois places[1]. Ce payement anticipé vous aidera sans doute à retirer ces titres des mains de l'usurier. Je verrai d'ailleurs Nucingen, et peut-être pourrai-je dégager la pension de votre père, sans qu'il en coûte un liard ni à vous ni à mon ministère. Le pair de France n'a pas tué le banquier, Nucingen est insatiable, et il demande une concession de je ne sais quoi... »

À son retour, rue Plumet, Victorin put donc accomplir son projet de prendre chez lui sa mère et sa sœur[a].

Le jeune et célèbre avocat possédait, pour toute fortune, un des plus beaux immeubles de Paris, une maison achetée en 1834, en prévision de son mariage, et située sur le boulevard, entre la rue de la Paix et la rue Louis-le-Grand[2]. Un spéculateur avait bâti sur la rue et sur le boulevard deux maisons, au milieu desquelles se trouvait, entre deux jardinets et des cours, un magnifique pavillon, débris des splendeurs du grand hôtel de Verneuil. Hulot fils, sûr de la dot de Mlle Crevel, acheta pour un million, aux criées, cette superbe propriété, sur laquelle il paya cinq cent mille francs. Il se logea dans le rez-de-chaussée du pavillon, en croyant pouvoir achever le payement de son prix avec les loyers; mais si les spéculations en maisons à Paris sont sûres[3], elles sont lentes ou capricieuses, car elles dépendent de circonstances imprévisibles. Ainsi que les flâneurs parisiens ont pu le remarquer, le boulevard entre la rue Louis-le-Grand et la rue de la Paix fructifia tardivement; il se nettoya, s'embellit avec tant de peine, que le Commerce ne vint étaler là qu'en 1840 ses splendides devantures, l'or des changeurs, les féeries de la mode et le luxe effréné de ses boutiques. Malgré deux cent mille francs offerts à sa fille par Crevel dans le temps où son amour-propre était flatté de ce mariage et lorsque le baron ne lui avait pas encore pris Josépha; malgré deux cent mille francs payés par Victorin en sept ans, la dette qui pesait sur l'immeuble s'élevait encore à cinq cent mille francs, à cause du dévouement du fils pour le père. Heureusement l'élévation continue des loyers, la beauté de la situation, donnaient en ce moment toute leur valeur aux deux maisons. La spéculation se réalisait à huit ans d'échéance pendant lesquels l'avocat s'était épuisé à payer des intérêts et des sommes insignifiantes sur le capital dû. Les marchands proposaient eux-mêmes des loyers avantageux pour les boutiques, à condition de porter les baux à dix-huit années de jouissance. Les appartements acquéraient du prix par le changement du centre des affaires, qui se fixait alors entre la Bourse et la Madeleine, désormais le siège du pouvoir politique et de la finance à Paris[1]. La somme remise par le ministre, jointe à l'année payée d'avance et aux pots-de-vin consentis par les locataires, allaient réduire la dette de Victorin à deux cent mille francs. Les deux immeubles de produit entièrement loués devaient donner cent mille francs par an. Encore deux années, pendant lesquelles Hulot fils allait vivre de ses honoraires doublés par les places du maréchal, il se trouverait dans une position superbe. C'était la manne tombée du ciel. Victorin pouvait donner à sa mère tout le premier étage du pavillon, et à sa sœur le deuxième, où Lisbeth aurait deux chambres. Enfin, tenue par la cousine Bette[2], cette triple maison supporterait toutes ses charges et présenterait une surface honorable, comme il convenait au célèbre avocat. Les astres du Palais s'éclipsaient rapidement; et Hulot fils, doué d'une parole sage, d'une probité sévère, était écouté par les juges et par les conseillers; il étudiait ses affaires, il ne disait rien qu'il ne pût prouver, il ne plaidait pas indifféremment toutes les causes, il faisait enfin honneur au barreau.

Son habitation, rue Plumet, était tellement odieuse à la baronne, qu'elle se laissa transporter rue Louis-le-Grand. Par les soins de son fils, Adeline occupa donc un magnifique appartement; on lui sauva tous les détails matériels de l'existence, car Lisbeth accepta la charge de recommencer les tours de force économiques accomplis chez Mme Marneffe, en voyant un moyen de faire peser sa sourde vengeance sur ces trois si nobles existences, objet d'une haine attisée par le renversement de toutes ses espérances. Une fois par mois, elle alla voir Valérie, chez qui elle fut envoyée par Hortense qui voulait avoir des nouvelles de Wenceslas, et par Célestine excessivement inquiète de la liaison avouée et reconnue de son père avec une femme à qui sa belle-mère et sa belle-sœur devaient leur ruine et leur malheur. Comme on le suppose, Lisbeth profita de cette curiosité pour voir Valérie aussi souvent qu'elle le voulait.

Vingt mois environ se passèrent, pendant lesquels la santé de la baronne se raffermit, sans que néanmoins son tremblement nerveux cessât. Elle se mit au courant de ses fonctions, qui présentaient de nobles distractions à sa douleur et un aliment aux divines facultés de son âme. Elle y vit d'ailleurs un moyen de retrouver son mari, par suite des hasards qui la conduisaient dans tous les quartiers de Paris. Pendant ce temps, les lettres de change de Vauvinet furent payées, et la pension de six mille francs, liquidée au profit du baron Hulot, fut presque libérée. Victorin acquittait toutes les dépenses de sa mère, ainsi que celles d'Hortense, avec les dix mille francs d'intérêt du capital remis par le maréchal en fidéicommis. Or, les appointements d'Adeline étant de six mille francs, cette somme, jointe aux six mille francs de la pension du baron, devait bientôt produire un revenu de douze mille francs par an, quittes de toute charge, à la mère et à la fille. La pauvre femme aurait eu le bonheur, sans ses perpétuelles inquiétudes sur le sort du baron, qu'elle aurait voulu faire jouir de la fortune qui commençait à sourire à la famille, sans le spectacle de sa fille abandonnée, et sans les coups terribles que lui portait *innocemment* Lisbeth, dont le caractère infernal se donnait pleine carrière.

Une scène qui se passa dans le commencement du mois de mars 1843 va d'ailleurs expliquer les effets produits par la haine persistante et latente de Lisbeth, toujours aidée par Mme Marneffe. Deux grands événements s'étaient accomplis chez Mme Marneffe. D'abord, elle avait mis au monde un enfant non viable, dont le cercueil lui valait deux mille francs de rente. Puis, quant au sieur Marneffe, onze mois auparavant, voici la nouvelle que Lisbeth avait donnée à la famille au retour d'une exploration à l'hôtel Marneffe. « Ce matin, cette affreuse Valérie, avait-elle dit, a fait demander le docteur Bianchon pour savoir si les médecins, qui, la veille, ont condamné son mari, ne se trompaient point. Ce docteur a dit que cette nuit même cet homme immonde appartiendrait à l'enfer qui l'attend. Le père Crevel et Mme Marneffe ont reconduit le médecin à qui votre père, ma chère Célestine, a donné cinq pièces d'or pour cette bonne nouvelle. Rentré dans le salon, Crevel a battu des entrechats comme un danseur; il a embrassé cette femme, et il criait : " Tu seras donc enfin

Mme Crevel !... " Et à moi, quand elle nous a laissés seuls en allant reprendre sa place au chevet de son mari qui râlait, votre honorable père m'a dit : " Avec Valérie pour femme, je deviendrai pair de France ! J'achète une terre que je guette, la terre de Presles, que veut vendre Mme de Serizy. Je serai Crevel de Presles, je deviendrai membre du Conseil général de Seine-et-Oise et député. J'aurai un fils ! Je serai tout ce que je voudrai être. — Eh bien ! lui ai-je dit, et votre fille ? — Bah ! c'est une fille, a-t-il répondu, et elle est devenue par trop une Hulot, et Valérie a ces gens-là en horreur... Mon gendre n'a jamais voulu venir ici, pourquoi fait-il le Mentor, le Spartiate, le puritain, le philanthrope ? D'ailleurs, j'ai rendu mes comptes à ma fille, et elle a reçu toute la fortune de sa mère et deux cent mille francs de plus ! Aussi suis-je maître de me conduire à ma guise. Je jugerai mon gendre et ma fille lors de mon mariage; comme ils feront, je ferai. S'ils sont bons pour leur belle-mère, je verrai ! Je suis un homme, moi ! " Enfin toutes ses bêtises ! et il se posait comme Napoléon sur la colonne ! » Les dix mois du veuvage officiel, ordonnés par le Code Napoléon[1], étaient expirés depuis quelques jours. La terre de Presles avait été achetée. Victorin et Célestine avaient envoyé le matin même Lisbeth chercher des nouvelles chez Mme Marneffe sur le mariage de cette charmante veuve avec le maire de Paris, devenu membre du Conseil général de Seine-et-Oise[a].

Célestine et Hortense, dont les liens d'affection s'étaient resserrés par l'habitation sous le même toit, vivaient presque ensemble. La baronne, entraînée par un sentiment de probité qui lui faisait exagérer les devoirs de sa place, se sacrifiait aux œuvres de bienfaisance dont elle était l'intermédiaire, elle sortait presque tous les jours de onze heures à cinq heures. Les deux belles-sœurs, réunies par les soins à donner à leurs enfants, qu'elles surveillaient en commun, restaient et travaillaient donc ensemble au logis. Elles en étaient arrivées à penser tout haut, en offrant le touchant accord de deux sœurs, l'une heureuse[2], l'autre mélancolique. Belle, pleine de vie débordant[3], animée, rieuse et spiri-tuelle, la sœur malheureuse semblait démentir sa situation réelle par son extérieur; de même que la mélanco-lique, douce et calme, égale comme la raison, habituellement pensive et réfléchie, eût fait croire à des peines secrètes. Peut-être ce contraste contribuait-il à leur vive amitié. Ces deux femmes se prêtaient l'une à l'autre ce qui leur manquait. Assises dans un petit kiosque au milieu du jardinet que la truelle de la spéculation avait respecté par un caprice du constructeur, qui croyait conserver ces cent pieds carrés pour lui-même, elles jouissaient de ces premières pousses des lilas, fête printanière qui n'est savourée dans toute son étendue qu'à Paris, où durant six mois, les Parisiens ont vécu dans l'oubli de la végétation, entre les falaises de pierre où s'agite leur océan humain.

« Célestine, disait Hortense en répondant à une observation de sa belle-sœur qui se plaignait de savoir son mari par un si beau temps à la Chambre, je trouve que tu n'apprécies pas assez ton bonheur. Victorin est un ange, et tu le tourmentes parfois.

— Ma chère, les hommes aiment à être tourmentés! Certaines tracasseries sont une preuve d'affection. Si ta pauvre mère avait été non pas exigeante, mais toujours près de l'être, vous n'eussiez sans doute pas eu tant de malheurs à déplorer.

— Lisbeth ne revient pas! Je vais chanter la chanson de Marlborough! dit Hortense. Comme il me tarde d'avoir des nouvelles de Wenceslas... De quoi vit-il ? il n'a rien fait depuis deux ans.

— Victorin l'a, m'a-t-il dit, aperçu l'autre jour avec cette odieuse femme, et il suppose qu'elle l'entretient dans la paresse... Ah! si tu voulais, chère sœur, tu pourrais encore ramener ton mari. »

Hortense fit un signe de tête négatif.

« Crois-moi, ta situation deviendra bientôt intolérable, dit Célestine en continuant. Dans le premier moment, la colère et le désespoir, l'indignation t'ont prêté des forces. Les malheurs inouïs qui depuis ont accablé notre famille : deux morts, la ruine, la catastrophe du baron Hulot, ont occupé ton esprit et ton cœur; mais, maintenant que tu vis dans le calme et le silence, tu ne supporteras pas facilement le vide de ta vie; et, comme tu ne peux pas, que tu ne veux pas sortir du sentier de l'honneur, il faudra bien se réconcilier avec Wenceslas. Victorin, qui t'aime tant, est de cet avis. Il y a quelque chose de plus fort que nos sentiments, c'est la nature!

— Un homme si lâche! s'écria la fière Hortense. Il aime cette femme parce qu'elle le nourrit... Elle a donc payé ses dettes ? elle!... Mon Dieu! je pense nuit et jour à la situation de cet homme! Il est le père de mon enfant, et il se déshonore...

— Vois ta mère, ma petite... », reprit Célestine.

Célestine appartenait à ce genre de femmes qui, lorsqu'on leur a donné des raisons assez fortes pour convaincre des paysans bretons, recommencent pour la centième fois leur raisonnement primitif. Le caractère de sa figure un peu plate, froide et commune, ses cheveux châtain clair disposés en bandeaux roides, la couleur de son teint, tout indiquait en elle la femme raisonnable, sans charme, mais aussi sans faiblesse.

« La baronne voudrait bien être près de son mari déshonoré, le consoler, le cacher dans son cœur à tous les regards, dit Célestine en continuant. Elle a fait arranger là-haut la chambre de M. Hulot, comme si, d'un jour à l'autre, elle allait le retrouver et l'y installer.

— Oh! ma mère est sublime! répondit Hortense, elle est sublime, à chaque instant, tous les jours, depuis vingt-six ans; mais je n'ai pas ce tempérament-là... Que veux-tu ? je m'emporte quelquefois contre moi-même. Ah! tu ne sais pas ce que c'est, Célestine, que d'avoir à pactiser avec l'infamie!

— Et mon père!... reprit tranquillement Célestine. Il est certainement dans la voie où le tien a péri! Mon père a dix ans de moins que le baron, il a été commerçant, c'est vrai; mais comment cela finira-t-il ? Cette Mme Marneffe a fait de mon père son chien, elle dispose de sa fortune, de ses idées, et rien ne peut éclairer mon père. Enfin, je tremble d'apprendre que les bans de son mariage sont publiés! Mon mari tente un effort, il regarde comme un devoir de venger la société, la famille, et de demander compte à cette femme de tous ses crimes. Ah! chère Hortense, de nobles esprits comme celui de Victorin, des cœurs comme les nôtres comprennent trop tard le monde et ses moyens! Ceci, chère sœur, est un secret, je te le confie, car il t'intéresse; mais que pas une parole, pas un geste ne le révèle ni à Lisbeth, ni à ta mère, à personne, car...

— Voici Lisbeth! dit Hortense. Eh bien! cousine, comment va l'enfer de la rue Barbet[1] ?

— Mal pour vous, mes enfants. Ton mari, ma bonne Hortense, est plus ivre que jamais de cette femme, qui, j'en conviens, éprouve pour lui une passion folle. Votre père, chère Célestine, est d'un aveuglement royal. Ceci n'est rien, c'est ce que je vais observer tous les quinze jours, et vraiment je suis heureuse de n'avoir jamais su ce qu'est un homme... C'est de vrais animaux! Dans cinq jours d'ici, Victorin et vous, chère petite, vous aurez perdu la fortune de votre père!

— Les bans sont publiés ?... dit Célestine.

— Oui, répondit Lisbeth. Je viens de plaider votre cause. J'ai dit à ce monstre, qui marche sur les traces de l'autre, que, s'il voulait vous sortir de l'embarras où vous étiez, en libérant votre maison, vous en seriez reconnaissants, que vous recevriez votre belle-mère... »

Hortense fit un geste d'effroi.

« Victorin avisera..., répondit Célestine froidement.

— Savez-vous ce que M. le maire m'a répondu ? reprit Lisbeth : " Je veux les laisser dans l'embarras, on ne dompte les chevaux que par la faim, le défaut de sommeil et le sucre!" Le baron Hulot valait mieux que M. Crevel. Ainsi, mes pauvres enfants, faites votre deuil de la succession. Et quelle fortune! Votre père a payé les trois millions de la terre de Presles, et il lui reste trente mille francs de rente! Oh! il n'a pas de secrets pour moi! Il parle d'acheter l'hôtel de Navarreins, rue du Bac. Mme Marneffe possède, elle, quarante mille francs de rente. — Ah! voilà notre ange gardien, voici ta mère!... » s'écria-t-elle en entendant le roulement d'une voiture.

La baronne, en effet, descendit bientôt le perron et vint se joindre au groupe de la famille. À cinquante-cinq ans, éprouvée par tant de douleurs, tressaillant sans cesse comme si elle était saisie d'un frisson de fièvre, Adeline, devenue pâle et ridée, conservait une belle taille, des lignes magnifiques et sa noblesse naturelle. On disait en la voyant : « Elle a dû être bien belle! » Dévorée par le chagrin d'ignorer le sort de son mari, de ne pouvoir lui faire partager dans cette oasis parisienne, dans la retraite et le silence, le bien-être dont sa famille allait jouir, elle offrait la suave majesté des ruines. À chaque lueur d'espoir évanouie, à chaque recherche inutile, Adeline tombait dans des mélancolies

noires qui désespéraient ses enfants. La baronne, partie
le matin avec une espérance, était impatiemment attendue. Un intendant général, l'obligé de Hulot, à qui ce
fonctionnaire devait sa fortune administrative, disait
avoir aperçu le baron dans une loge au théâtre de l'Ambigu-Comique avec une femme d'une beauté splendide.
Adeline était allée chez le baron Vernier. Ce haut
fonctionnaire, tout en affirmant avoir vu son vieux protecteur, et prétendant que sa manière d'être avec cette
femme pendant la représentation accusait un mariage
clandestin, venait de dire à Mme Hulot que son mari,
pour éviter de le rencontrer, était sorti bien avant la fin
du spectacle. « Il était comme un homme en famille,
et sa mise annonçait une gêne cachée », ajouta-t-il en
terminant.

« Eh bien ? dirent les trois femmes à la baronne.

— Eh bien! M. Hulot est à Paris; et c'est déjà pour
moi, répondit Adeline, un éclair de bonheur que de le
savoir près de nous.

— Il ne paraît pas s'être amendé! dit Lisbeth quand
Adeline eut fini de raconter son entrevue avec le baron
Vernier, il se sera mis avec une petite ouvrière. Mais où
peut-il prendre de l'argent ? Je parie qu'il en demande à
ses anciennes maîtresses, à Mlle Jenny Cadine ou à
Josépha. »

La baronne eut un redoublement dans le jeu constant
de ses nerfs, elle essuya les larmes qui lui vinrent aux
yeux, et les leva douloureusement vers le ciel.

« Je ne crois pas qu'un grand-officier de la Légion
d'honneur soit descendu si bas, dit-elle.

— Pour son plaisir, reprit Lisbeth, que ne ferait-il
pas ? il a volé l'État, il volera les particuliers, il assassinera peut-être.

— Oh! Lisbeth! s'écria la baronne, garde ces pensées-
là pour toi[a]. »

En ce moment, Louise vint jusqu'au groupe formé
par la famille, auquel s'étaient joints les deux petits
Hulot et le petit Wenceslas pour voir si les poches de
leur grand-mère contenaient des friandises.

« Qu'y a-t-il, Louise ?... demanda-t-on.

— C'est un homme qui demande Mlle Fischer.

— Quel homme est-ce ? dit Lisbeth.

— Mademoiselle, il est en haillons, il a du duvet sur

lui comme un matelassier, il a le nez rouge, il sent le vin
et l'eau-de-vie... C'est un de ces ouvriers qui travaillent
à peine la moitié de la semaine. »

Cette description peu engageante eut pour effet de
faire aller vivement Lisbeth dans la cour de la maison
de la rue Louis-le-Grand, où elle trouva l'homme
fumant une pipe dont le culottage annonçait un artiste
en fumerie.

« Pourquoi venez-vous ici, père Chardin ? lui dit-elle.
Il est convenu que vous serez tous les premiers samedis
de chaque mois à la porte de l'hôtel Marneffe, rue
Barbet-de-Jouy; j'en arrive après y être restée cinq
heures, et vous n'y êtes pas venu ?...

— J'y suis été, ma respectable et charitable demoiselle ! répondit le matelassier; maiz-i-le y avait une poule
d'honneur au café des Savants, rue du Cœur-Volant[1], et
chacun a ses passions. Moi c'est le billard. Sans le
billard, je mangerais dans l'argent; car, saisissez bien
ceci ! dit-il en cherchant un papier dans le gousset de
son pantalon déchiré, le billard entraîne le petit verre
et la prune à l'eau-de-vie... C'est ruineux, comme toutes
les belles choses, par les accessoires. Je connais la
consigne, mais le vieux est dans un si grand embarras,
que je suis venu sur le terrain défendu... Si notre crin
était tout crin, on se laisserait dormir dessus; mais il a
du mélange ! Dieu n'est pas pour tout le monde, comme
on dit, il a des préférences; c'est son droit. Voici l'écriture de votre parent estimable et très ami du matelas...
C'est là son opinion politique. »

Le père Chardin essaya de tracer dans l'atmosphère
des zigzags avec l'index de sa main droite.

Lisbeth, sans écouter, lisait ces deux lignes :

« Chère cousine, soyez ma providence ! Donnez-moi
trois cents francs aujourd'hui.

                                        « HECTOR. »

« Pourquoi veut-il tant d'argent ?

— Le *popriétaire* ! dit le père Chardin qui tâchait
toujours de dessiner des arabesques. Et puis, mon fils
est revenu de l'Algérie par l'Espagne, Bayonne et... il
n'a rien pris, contre son habitude; car, c'est un *guerdin*
fini, sous votre respect, mon fils. Que voulez-vous ? il a

faim ; mais il va vous rendre ce que nous lui prêterons, car il veut faire une *comme on dite* ; il a des idées qui peuvent le mener loin...

— En police correctionnelle! reprit Lisbeth. C'est l'assassin de mon oncle! je ne l'oublierai pas.

— Lui, saigner un poulet! il ne le pourrait pas!... respectable demoiselle.

— Tenez! voilà trois cents francs, dit Lisbeth en tirant quinze pièces d'or de sa bourse. Allez-vous-en, et ne revenez jamais ici... »

Elle accompagna le père du garde-magasin des vivres d'Oran jusqu'à la porte, où elle désigna le vieillard ivre au concierge.

« Toutes les fois que cet homme-là viendra, si, par hasard il vient, vous ne laisserez pas entrer, et vous lui direz que je n'y suis pas. S'il cherchait à savoir si M. Hulot fils, si Mme la baronne Hulot demeurent ici, vous lui répondriez que vous ne connaissez pas ces personnes-là...

— C'est bien, mademoiselle.

— Il y va de votre place, en cas d'une sottise, même involontaire », dit la vieille fille à l'oreille de la portière. « Mon cousin, dit-elle à l'avocat qui rentrait, vous êtes menacé d'un grand malheur.

— Lequel ?

— Votre femme aura, dans quelques jours d'ici, Mme Marneffe pour belle-mère.

— C'est ce que nous verrons! » répondit Victorin.

Depuis six mois, Lisbeth payait exactement une petite pension à son protecteur, le baron Hulot, de qui elle était la protectrice ; elle connaissait le secret de sa demeure, et elle savourait les larmes d'Adeline à qui, lorsqu'elle la voyait gaie et pleine d'espoir, elle disait, comme on vient de le voir : « Attendez-vous à lire quelque jour le nom de mon pauvre cousin à l'article Tribunaux ». En ceci, comme précédemment, elle allait trop loin dans sa vengeance. Elle avait éveillé la prudence de Victorin. Victorin avait résolu d'en finir avec cette épée de Damoclès, incessamment montrée par Lisbeth, et avec le démon femelle à qui sa mère et la famille devaient tant de malheurs. Le prince de Wissembourg, qui connaissait la conduite de Mme Marneffe, appuyait l'entreprise secrète de l'avocat, il lui avait promis,

comme promet un président du conseil[a], l'intervention
cachée de la police pour éclairer Crevel, et pour sauver
toute une fortune des griffes de la diabolique courtisane
à laquelle il ne pardonnait ni la mort du maréchal Hulot,
ni la ruine totale du conseiller d'État[b].

Ces mots : « Il en demande à ses anciennes maîtresses ! »
dits par Lisbeth, occupèrent pendant toute la nuit la
baronne. Semblable aux malades condamnés qui se
livrent aux charlatans, semblable aux gens arrivés dans
la dernière sphère dantesque du désespoir, ou aux noyés
qui prennent des bâtons flottants pour des amarres,
elle finit par croire à la[c] bassesse dont le seul soupçon
l'avait indignée, et elle eut l'idée d'appeler à son secours
une de ces odieuses femmes. Le lendemain matin, sans
consulter ses enfants, sans dire un mot à personne, elle
alla chez Mlle Josépha Mirah, prima donna de l'Académie
royale de musique, y chercher ou y perdre l'espoir qui
venait de luire comme un feu follet. À midi, la femme
de chambre de la célèbre cantatrice lui remettait la
carte de la baronne Hulot, en lui disant que cette personne attendait à sa porte après avoir fait demander si
Mademoiselle pouvait la recevoir.

« L'appartement est-il fait ?

— Oui, mademoiselle.

— Les fleurs sont-elles renouvelées ?

— Oui, mademoiselle.

— Dis à Jean d'y donner un coup d'œil, que rien
n'y cloche, avant d'y introduire cette dame, et qu'on
ait pour elle les plus grands respects. Va, reviens m'habiller, car je veux être crânement belle ! » Elle alla se
regarder dans sa psyché. « Ficelons-nous ! se dit-elle.
Il faut que le Vice soit sous les armes devant la Vertu !
Pauvre femme ! que me veut-elle ?... Ça me trouble, moi !
de voir

Du malheur auguste victime[1] !... »

Elle achevait de chanter cet air célèbre, quand sa
femme de chambre rentra.

« Madame, dit la femme de chambre, cette dame est
prise d'un tremblement nerveux...

— Offrez de la fleur d'oranger, du rhum, un potage !...

— C'est fait, mademoiselle, mais elle a tout refusé, en

disant que c'était une petite infirmité, des nerfs agacés...

— Où l'avez-vous fait entrer ?...

— Dans le grand salon.

— Dépêche-toi, ma fille! Allons, mes plus belles pantoufles, ma robe de chambre brodée*ᵃ* en fleurs par Bijou, tout le tremblement des dentelles. Fais-moi une coiffure à étonner une femme... Cette femme tient le rôle opposé au mien*ᵇ*! Et qu'on dise à cette dame... (Car c'est une grande dame, ma fille! c'est encore mieux, c'est ce que tu ne seras jamais : une femme dont les prières délivrent des âmes de votre purgatoire.) Qu'on lui dise que je suis au lit, que j'ai joué hier, que je me lève... »

La baronne, introduite dans le grand salon de l'appartement de Josépha, ne s'aperçut pas du temps qu'elle y passa, quoiqu'elle y attendît une grande demi-heure[1]. Ce salon, déjà renouvelé depuis l'installation de Josépha dans ce petit hôtel, était en soieries couleur *massaca*[2] et or. Le luxe que jadis les grands seigneurs déployaient dans leurs petites maisons et dont tant de restes magnifiques témoignent de ces *folies* qui justifiaient si bien leur nom, éclatait avec la perfection due aux moyens modernes, dans les quatre pièces ouvertes, dont la température douce était entretenue par un calorifère à bouches invisibles*ᶜ*[3]. La baronne étourdie examinait chaque objet d'art dans un étonnement profond. Elle y trouvait l'explication de ces fortunes fondues au creuset sous lequel le Plaisir et la Vanité attisent un feu dévorant. Cette femme qui, depuis vingt-six ans, vivait au milieu des froides reliques du luxe impérial, dont les yeux contemplaient des tapis à fleurs éteintes, des bronzes dédorés, des soieries flétries comme son cœur, entrevit la puissance des séductions du Vice en en voyant les résultats[4]. On ne pouvait point ne pas envier ces belles choses, ces admirables créations auxquelles les grands artistes inconnus qui font le Paris actuel et sa production européenne avaient tous contribué[5]. Là, tout surprenait par la perfection de la chose unique. Les modèles étant brisés, les formes, les figurines, les sculptures étaient toutes originales. C'est là le dernier mot du luxe aujourd'hui. Posséder des choses qui ne soient pas vulgarisées par deux mille bourgeois opulents qui se croient luxueux quand ils étalent des richesses dont sont encombrés les magasins, c'est le cachet du vrai luxe, le luxe des grands seigneurs modernes, étoiles éphémères du firmament parisien. En examinant des jardinières pleines de fleurs exotiques les plus rares, garnies de bronzes ciselés et faits*a* dans le genre dit de Boulle, la baronne fut effrayée de ce que cet appartement contenait de richesses[1]. Nécessairement ce sentiment dut réagir sur la personne autour de qui ces profusions ruisselaient. Adeline pensa que Josépha Mirah, dont le portrait dû au pinceau de Joseph Bridau brillait dans le boudoir voisin, était une cantatrice de génie, une Malibran[2], et elle s'attendit à voir une vraie lionne. Elle regretta d'être venue. Mais elle était poussée par un sentiment si puissant, si naturel, par un dévouement si peu calculateur, qu'elle rassembla son courage pour soutenir cette entrevue. Puis, elle allait satisfaire cette curiosité, qui la poignait, d'étudier le charme que possédaient ces sortes de femmes, pour extraire tant d'or des gisements avares du sol parisien. La baronne se regarda pour savoir si elle ne faisait pas tache dans ce luxe; mais elle portait bien sa robe en velours à guimpe, sur laquelle s'étalait une belle collerette en magnifique dentelle; son chapeau de velours en même couleur lui seyait. En se voyant encore imposante comme une reine, toujours reine même quand elle est détruite, elle pensa que la noblesse du malheur valait la noblesse du talent. Après avoir entendu ouvrir et fermer des portes, elle aperçut enfin Josépha. La cantatrice ressemblait à la Judith d'Allori[3], gravée dans le souvenir de tous ceux qui l'ont vue dans le palais Pitti, auprès de la porte d'un grand salon : même fierté de pose, même visage sublime, des cheveux noirs tordus sans apprêt, et une robe de chambre jaune à mille fleurs brodées, absolument semblable au brocart dont est habillée l'immortelle homicide créée par le neveu du Bronzino.

« Madame la baronne, vous me voyez confondue de l'honneur que vous me faites en venant ici », dit la cantatrice qui s'était promis de bien jouer son rôle de grande dame.

Elle avança elle-même un fauteuil ganache[4] à la baronne, et prit pour elle un pliant. Elle reconnut la beauté disparue de cette femme, et fut saisie d'une pitié profonde en la voyant agitée par ce tremblement nerveux que la moindre émotion rendait convulsif. Elle lut d'un seul regard cette vie sainte que jadis Hulot et

Crevel lui dépeignaient; et non seulement elle perdit alors l'idée de lutter avec cette femme, mais encore elle s'humilia devant cette grandeur qu'elle comprit. La sublime artiste admira ce dont se moquait la courtisane.

« Mademoiselle, je viens amenée par le désespoir qui fait recourir à tous les moyens... »

Un geste de Josépha fit comprendre à la baronne qu'elle venait de blesser celle de qui elle attendait tant, et elle regarda l'artiste. Ce regard plein de supplication éteignit la flamme des yeux de Josépha qui finit par sourire. Ce fut entre ces deux femmes un jeu muet d'une horrible éloquence.

« Voici deux ans et demi que M. Hulot a quitté sa famille, et j'ignore où il est, quoique je sache qu'il habite Paris, reprit la baronne d'une voix émue. Un rêve m'a donné l'idée, absurde peut-être, que vous avez dû vous intéresser à M. Hulot. Si vous pouviez me mettre à même de revoir M. Hulot, ah! mademoiselle, je prierais Dieu pour vous, tous les jours, pendant le temps que je resterai sur cette terre... »

Deux grosses larmes qui roulèrent dans les yeux de la cantatrice en annoncèrent la réponse.

« Madame, dit-elle avec l'accent d'une profonde humilité, je vous ai fait du mal sans vous connaître; mais maintenant que j'ai le bonheur, en vous voyant, d'avoir entrevu la plus grande image de la Vertu sur la terre, croyez que je sens la portée de ma faute, j'en conçois un sincère repentir; aussi, comptez que je suis capable de tout pour la réparer!... »

Elle prit la main de la baronne, sans que la baronne eût pu s'opposer à ce mouvement, elle la baisa de la façon la plus respectueuse, et alla jusqu'à l'abaissement en pliant un genou. Puis elle se releva fière comme lorsqu'elle entrait en scène dans le rôle de Mathilde[1], et sonna.

« Allez, dit-elle à son valet de chambre, allez à cheval, et crevez-le s'il le faut, trouvez-moi-la petite Bijou, rue Saint-Maur-du-Temple, amenez-la-moi, faites-la monter en voiture, et payez le cocher pour qu'il arrive au galop. Ne perdez pas une minute... ou je vous renvoie. »

« Madame, dit-elle en revenant à la baronne et lui parlant d'une voix pleine de respect, vous devez me pardonner. Aussitôt que j'ai eu le duc d'Hérouville pour protecteur, je vous ai renvoyé le baron, en apprenant qu'il ruinait pour moi sa famille. Que pouvais-je faire de plus ? Dans la carrière du théâtre, une protection nous est nécessaire à toutes au moment où nous y débutons. Nos appointements ne soldent pas la moitié de nos dépenses, nous nous donnons donc des maris temporaires... Je ne tenais pas à M. Hulot, qui m'a fait quitter un homme riche, une bête vaniteuse. Le père Crevel m'aurait certainement épousée...

— Il me l'a dit, fit la baronne en interrompant la cantatrice.

— Eh bien ! voyez-vous, madame ! je serais une honnête femme aujourd'hui, n'ayant eu qu'un mari légal !

— Vous avez des excuses, mademoiselle, dit la baronne, Dieu les appréciera. Mais moi, loin de vous faire des reproches, je suis venue au contraire contracter envers vous une dette de reconnaissance.

— Madame, j'ai pourvu, voici bientôt trois ans, aux besoins de M. le baron...

— Vous, s'écria la baronne à qui des larmes vinrent aux yeux. Ah ! que puis-je pour vous ? je ne puis que prier...

— Moi ! et M. le duc d'Hérouville, reprit la cantatrice, un noble cœur, un vrai gentilhomme... »

Et Josépha raconta l'emménagement et le mariage du père Thoul.

« Ainsi, mademoiselle, dit la baronne, mon mari[a], grâce à vous, n'a manqué de rien ?

— Nous avons tout fait pour cela, madame.

— Et où se trouve-t-il ?

— Monsieur le duc m'a dit, il y a six mois environ, que le baron, connu de son notaire sous le nom de Thoul, avait épuisé les huit mille francs qui devaient n'être remis que par parties égales de trois en trois mois, répondit Josépha. Ni moi ni M. d'Hérouville nous n'avons entendu parler du baron. Notre vie, à nous autres, est si occupée, si remplie, que je n'ai pu courir après le père Thoul. Par aventure, depuis six mois, Bijou, ma brodeuse, sa... comment dirais-je ?

— Sa maîtresse, dit Mme Hulot.

— Sa maîtresse, répéta Josépha, n'est pas venue ici. Mlle Olympe Bijou pourrait fort bien avoir divorcé. Le divorce est fréquent dans notre arrondissement[b]. »

Josépha se leva, fourragea les fleurs rares de ses jardinières, et fit un charmant, un délicieux bouquet pour la baronne, dont l'attente était, disons-le, entièrement trompée. Semblable à ces bons bourgeois qui prennent les gens de génie pour des espèces de monſtres mangeant, buvant, marchant, parlant, tout autrement que les autres hommes, la baronne espérait voir Josépha la fascinatrice, Josépha la cantatrice, la courtisane spirituelle et amoureuse; et elle trouvait une femme calme et posée, ayant la nobleſse de son talent, la simplicité d'une aĉtrice qui se sait reine le soir, et enfin, mieux que cela, une fille qui rendait par ses regards, par son attitude et ses façons, un plein et entier hommage à la femme vertueuse, à la *Mater dolorosa* de l'hymne saint, et qui en fleuriſsait les plaies, comme en Italie on fleurit la Madone.

« Madame, vint dire le valet revenu au bout d'une demi-heure, la mère Bijou eſt en route; mais il ne faut pas compter sur la petite Olympe. La brodeuse de Madame eſt devenue bourgeoise, elle eſt mariée...

— En détrempe ?... demanda Josépha.

— Non, Madame, vraiment mariée. Elle eſt à la tête d'un magnifique établiſsement, elle a épousé le propriétaire d'un grand magasin de nouveautés où l'on a dépensé des millions, sur le boulevard des Italiens, et elle a laiſsé son établiſsement de broderie à ses sœurs et à sa mère. Elle eſt Mme Grenouville. Ce gros négociant...

— Un Crevel!

— Oui, Madame, dit le valet. Il a reconnu trente mille francs de rente au contrat de Mlle Bijou. Sa sœur aînée va, dit-on, auſsi épouser un riche boucher.

— Votre affaire me semble aller bien mal, dit la cantatrice à la baronne. M. le baron n'eſt plus où je l'avais casé. »

Dix minutes après, on annonça Mme Bijou. Josépha, par prudence, fit paſser la baronne dans son boudoir, en en tirant la portière.

« Vous l'intimideriez, dit-elle à la baronne, elle ne lâcherait[a] rien en devinant que vous êtes intéreſsée à ses confidences, laiſsez-moi la confeſser! Cachez-vous là, vous entendrez tout. Cette scène se joue auſsi souvent dans la vie qu'au théâtre. — Eh bien! mère Bijou, dit la cantatrice à une vieille femme enveloppée d'étoffe dite *tartan*[1], et qui reſsemblait à une portière endimanchée, vous voilà tous heureux ? votre fille a eu de la chance !

— Oh ! heureuse... ma fille nous donne cent francs par mois, et elle va en voiture, et elle mange dans de l'argent, elle est *miyonaire*. Olympe aurait bien pu me mettre hors de peine. À mon âge, travailler !... Est-ce un bienfait ?

— Elle a tort d'être ingrate, car elle vous doit sa beauté, reprit Josépha ; mais pourquoi n'est-elle pas venue me voir ? C'est moi qui l'ai tirée de peine en la mariant à mon oncle...

— Oui, madame, le père Thoul !... Mais il est ben vieux, ben cassé...

— Qu'en avez-vous donc fait ? Est-il chez vous ?... Elle a eu bien tort de s'en séparer, le voilà riche à millions...

— Ah ! Dieu de Dieu, fit la mère Bijou... c'est ce qu'on lui disait quand elle se comportait mal avec lui qu'était la douceur même, pauvre vieux ! Ah ! le faisait-elle *trimer* ! Olympe a été pervertie, madame !

— Et comment !

— Elle a connu, sous votre respect, madame, un claqueur, petit-neveu, d'un vieux matelassier du faubourg Saint-Marceau. Ce *faignant,* comme tous les jolis garçons, un *souteneur* des pièces, quoi ! est la coqueluche du boulevard du Temple où il travaille aux pièces nouvelles, et *soigne les entrées* des actrices, comme il dit. Dans la matinée, il déjeune ; avant le spectacle, il dîne pour se monter la tête ; enfin il aime les liqueurs et le billard de naissance. " C'est pas un état cela ! " que je disais à Olympe.

— C'est malheureusement un état, dit Josépha.

— Enfin, Olympe avait la tête perdue pour ce gars-là, qui, madame, ne voyait pas bonne compagnie, à preuve qu'il a failli être arrêté dans l'estaminet où sont les voleurs ; mais, pour lors, M. Braulard, le chef de la claque, l'a réclamé. Ça porte des boucles d'oreilles en or, et ça vit de ne rien faire, aux crochets des femmes qui sont folles de ces bels hommes-là ! Il a mangé tout l'argent que M. *Thoul* donnait à la petite. L'établissement allait fort mal. Ce qui venait de la broderie allait au billard. Pour lors, ce gars-là, madame, avait une sœur jolie, qui faisait le même état que son frère, une pas grand-chose, dans le quartier des étudiants[1].

— Une lorette de la Chaumière[1], dit Josépha.

— Oui, madame, dit la mère Bijou. Donc, Idamore, il se nomme Idamore, c'eſt son nom de guerre, car il s'appelle Chardin, Idamore a supposé que votre oncle devait avoir bien plus d'argent qu'il ne le disait, et il a trouvé moyen d'envoyer, sans que ma fille s'en doutât, Élodie, sa sœur (il lui a donné un nom de théâtre[2]), chez nous, comme ouvrière; Dieu de Dieu! qu'elle y a mis tout cen dessus-dessous, elle a débauché toutes ces pauvres filles qui sont devenues indécrottables, sous votre respect... Et elle a tant fait, qu'elle a pris pour elle le père Thoul, et elle l'a emmené, que nous ne savons pas où, que ça nous a mis dans un embarras, rapport à tous les billets. Nous sommes encore aujor-d'ojord'hui sans pouvoir payer; mais ma fille qu'eſt là-dedans veille aux échéances... Quand Idamore a évu le vieux à lui, rapport à sa sœur, il a laissé là ma pauvre fille, et il eſt maintenant avec une jeune promière des Funambules[3]... Et de là, le mariage de ma fille, comme vous allez voir...

— Mais vous savez où demeure le matelassier ?... demanda Josépha.

— Le vieux père Chardin ? Eſt-ce que ça demeure ça !... Il eſt ivre dès six heures du matin, il fait un matelas tous les mois, il eſt toute la journée dans les eſtaminets borgnes, il fait les poules...

— Comment, il fait les poules ?... c'eſt un fier coq ?

— Vous ne comprenez pas, madame; c'eſt la poule au billard, il en gagne trois ou quatre tous les jours, et il boit...

— Des laits de poule! dit Josépha. Mais Idamore fonctionne au Boulevard, et en s'adressant à mon ami Braulard, on le trouvera...

— Je ne sais pas, madame, vu que ces événements-là se sont passés il y a six mois. Idamore eſt un de ces gens qui doivent aller à la correctionnelle, de là à Melun, et puis... dame!...

— Au pré[4]! dit Josépha.

— Ah! madame sait tout, dit en souriant la mère Bijou. Si ma fille n'avait pas connu cet être-là, elle, elle serait... Mais elle a eu bien de la chance, tout de même, vous me direz; car M. Grenouville en eſt devenu amoureux au point qu'il l'a épousée...

— Et comment ce mariage-là s'eſt-il fait ?...

— Par le désespoir d'Olympe, madame. Quand elle

s'est vue abandonnée pour la jeune première à qui elle a trempé une soupe! ah! l'a-t-elle *giroflettée*[1] !... et qu'elle a eu perdu le père Thoul qui l'adorait, elle a voulu renoncer aux hommes. Pour lors, M. Grenouville, qui venait acheter beaucoup chez nous, deux cents écharpes de Chine brodées par trimestre, l'a voulu consoler; mais, vrai ou non, elle n'a voulu entendre à rien qu'avec la mairie et l'église. " Je veux être honnête!... disait-elle toujours, ou je me péris! " Et elle a tenu bon. M. Grenouville a consenti à l'épouser, à la condition qu'elle renoncerait à nous, et nous avons consenti...

— Moyennant finance ?... dit la perspicace Josépha.

— Oui, madame, dix mille francs, et une rente à mon père qui ne peut plus travailler...

— J'avais prié votre fille de rendre le père Thoul heureux, et elle me l'a jeté dans la crotte! Ce n'est pas bien. Je ne m'intéresserai plus à personne! Voilà ce que c'est que de se livrer à la Bienfaisance!... La Bienfaisance n'est décidément bonne que comme spéculation. Olympe devait au moins m'avertir de ce tripotage-là! Si vous retrouvez le père Thoul, d'ici à quinze jours, je vous donnerai mille francs...

— C'est bien difficile, ma bonne dame, mais il y a bien des pièces de cent sous dans mille francs, et je vais tâcher de gagner votre argent...

— Adieu, madame Bijou[a]. »

En entrant dans son boudoir, la cantatrice y trouva Mme Hulot complètement évanouie; mais, malgré la perte de ses sens, son tremblement nerveux la faisait toujours tressaillir, de même que les tronçons d'une couleuvre coupée s'agitent encore. Des sels violents, de l'eau fraîche, tous les moyens ordinaires prodigués rappelèrent la baronne à la vie, ou, si l'on veut, au sentiment de ses douleurs.

« Ah! mademoiselle! jusqu'où est-il tombé!... dit-elle en reconnaissant la cantatrice et se voyant seule avec elle.

— Ayez du courage, madame, répondit Josépha qui s'était mise sur un coussin aux pieds de la baronne et qui lui baisait les mains, nous le retrouverons; et, s'il est dans la fange, eh bien! il se lavera. Croyez-moi, pour les personnes bien élevées, c'est une question d'habits... Laissez-moi réparer mes torts envers vous, car je vois combien vous êtes attachée à votre mari, malgré sa conduite, puisque vous êtes venue ici!... Dame! ce pauvre homme! il aime les femmes... eh bien, si vous aviez eu, voyez-vous, un peu de notre *chique,* vous l'auriez empêché de courailler; car vous auriez été ce que nous savons être : *toutes les femmes* pour un homme[a]. Le gouvernement devrait créer une école de gymnastique pour les honnêtes femmes! Mais les gouvernements sont si bégueules!... ils sont menés par les hommes que nous menons! Moi, je plains les peuples!... Mais il s'agit de travailler pour vous, et non de rire... Eh bien! soyez tranquille, madame, rentrez chez vous, ne vous tourmentez plus. Je vous ramènerai votre Hector, comme il était il y a trente ans.

— Oh! mademoiselle, allons chez cette Mme Grenouville! dit la baronne; elle doit savoir quelque chose, peut-être verrai-je M. Hulot aujourd'hui, et pourrai-je l'arracher immédiatement à la misère, à la honte...

— Madame, je vous témoignerai par avance la reconnaissance profonde que je vous garderai de l'honneur que vous m'avez fait, en ne montrant pas la cantatrice Josépha, la maîtresse du duc d'Hérouville, à côté de la plus belle, de la plus sainte image de la Vertu. Je vous respecte trop pour me faire voir auprès de vous. Ce n'est pas une humilité de comédienne, c'est un hommage que je vous rends. Vous me faites regretter, madame, de ne pas suivre votre sentier, malgré les épines qui vous ensanglantent les pieds et les mains! Mais, que voulez-vous! j'appartiens à l'Art comme vous appartenez à la Vertu...

— Pauvre fille! dit la baronne émue au milieu de ses douleurs par un singulier sentiment de sympathie commisérative, je prierai Dieu pour vous, car vous êtes la victime de la Société, qui a besoin de spectacles. Quand la vieillesse viendra, faites pénitence... vous serez exaucée, si Dieu daigne entendre les prières d'une...

— D'une martyre, madame », dit Josépha qui baisa respectueusement la robe de la baronne.

Mais Adeline prit la main de la cantatrice, l'attira vers elle et la baisa au front. Rouge de plaisir, la cantatrice reconduisit Adeline jusqu'à sa voiture, avec les démonstrations les plus serviles.

« C'est quelque dame de charité, dit le valet de chambre à la femme de chambre, car *elle* n'est ainsi pour personne, pas même pour sa bonne amie, Mme Jenny Cadine! »

« Attendez quelques jours, dit-elle, madame, et vous *le* verrez, ou je renierai le dieu de mes pères; et, pour une juive, voyez-vous, c'est promettre la réussite[a]. »

Au moment où la baronne entrait chez Josépha, Victorin recevait dans son cabinet une vieille femme âgée de soixante-quinze ans environ, qui, pour parvenir jusqu'à l'avocat célèbre, mit en avant le nom terrible du chef de la police de sûreté[1]. Le valet de chambre annonça : « Mme Saint-Estève! »

— J'ai pris un de mes noms de guerre[2] », dit-elle en s'asseyant.

Victorin fut saisi d'un frisson intérieur, pour ainsi dire, à l'aspect de cette affreuse vieille. Quoique richement mise, elle épouvantait par les signes de méchanceté froide que présentait sa plate figure horriblement ridée, blanche et musculeuse. Marat, en femme et à cet âge, eût été, comme la Saint-Estève, une image vivante de la Terreur. Cette vieille sinistre offrait dans ses petits yeux clairs la cupidité sanguinaire des tigres. Son nez épaté, dont les narines agrandies en trous ovales soufflaient le feu de l'enfer, rappelait le bec des plus mauvais oiseaux de proie. Le génie de l'intrigue siégeait sur son front bas et cruel. Ses longs poils de barbe, poussés au hasard dans tous les creux de son visage, annonçaient la virilité de ses projets. Quiconque eût vu cette femme, aurait pensé que tous les peintres avaient manqué la figure de Méphistophélès...

« Mon cher monsieur, dit-elle d'un ton de protection, je ne me mêle plus de rien depuis longtemps. Ce que je vais faire pour vous, c'est par considération pour mon cher neveu, que j'aime mieux que je n'aimerais mon fils... Or, le préfet de police, à qui le président du conseil a dit deux mots dans le tuyau de l'oreille, rapport à vous, en conférant avec M. Chapuzot, a pensé que la police ne devait paraître en rien dans une affaire de ce genre-là. L'on a donné carte blanche à mon neveu; mais mon neveu ne sera là-dedans que pour le conseil, il ne doit pas se compromettre...

— Vous êtes la tante de[3]...

— Vous y êtes, et j'en suis un peu orgueilleuse, répondit-elle en coupant la parole à l'avocat, car il est mon élève, un élève devenu promptement le maître... Nous avons étudié votre affaire, et nous avons *jaugé* ça! Donnez-vous trente mille francs si l'on vous débarrasse de tout ceci[a] ? je vous liquide la chose ! et vous ne payez que l'affaire faite...

— Vous connaissez les personnes ?

— Non, mon cher monsieur, j'attends vos renseignements. On nous a dit : il y a un benêt de vieillard qui est entre les mains d'une veuve. Cette veuve de vingt-neuf ans a si bien fait son métier de *voleuse* qu'elle a quarante mille francs de rente prises à deux pères de famille. Elle est sur le point d'engloutir quatre-vingt mille francs de rente en épousant un bonhomme de soixante et un ans ; elle ruinera toute une honnête famille, et donnera cette immense fortune à l'enfant de quelque amant, en se débarrassant, promptement de son vieux mari... Voilà le problème.

— C'est exact ! dit Victorin. Mon beau-père, M. Crevel...

— Ancien parfumeur, un maire ; je suis dans son arrondissement sous le nom de *mame* Nourrisson, répondit-elle[b].

— L'autre personne est Mme Marneffe.

— Je ne la connais pas, dit Mme Saint-Estève ; mais, en trois jours, je serai à même de compter ses chemises.

— Pourriez-vous empêcher le mariage ?... demanda l'avocat.

— Où en est-il ?

— À la seconde publication.

— Il faudrait enlever la femme. Nous sommes aujourd'hui dimanche, il n'y a que trois jours, car ils se marieront mercredi, c'est impossible ! Mais on peut vous la tuer... »

Victorin Hulot fit un bond d'honnête homme en entendant ces six mots dits de sang-froid.

« Assassiner !... dit-il. Et comment ferez-vous ?

— Voici quarante ans, monsieur, que nous remplaçons le Destin, répondit-elle avec un orgueil formidable, et que nous faisons tout ce que nous voulons[c] dans Paris. Plus d'une famille, et du faubourg Saint-Germain, m'a dit ses secrets, allez[1] ! J'ai conclu, rompu bien des mariages, j'ai déchiré bien des testaments, j'ai sauvé bien des honneurs ! Je parque là, dit-elle en montrant sa tête, un troupeau de secrets qui me vaut trente-six mille francs de rente ; et, vous, vous serez un de mes agneaux,

quoi! Une femme comme moi serait-elle ce que je suis,
si elle parlait de ses moyens! J'agis! Tout ce qui se fera,
mon cher maître, sera l'œuvre du hasard, et vous n'aurez
pas le plus léger remords. Vous serez comme les gens
guéris par les sommanbules, ils croient au bout d'un mois
que la nature a tout fait[1]. »

Victorin eut une sueur froide. L'aspect du bourreau
l'aurait moins ému que cette sœur sentencieuse et prétentieuse du Bagne; en voyant sa robe lie-de-vin, il la
crut vêtue de sang.

« Madame, je n'accepte pas le secours de votre expérience et de votre activité, si le succès doit coûter la vie
à quelqu'un, et si le moindre fait criminel s'ensuit.

— Vous êtes un grand enfant, monsieur! répondit
Mme Saint-Estève. Vous voulez rester probe à vos
propres yeux, tout en souhaitant que votre ennemi succombe. »

Victorin fit un signe de dénégation.

« Oui, reprit-elle, vous voulez que cette Mme Marneffe abandonne la proie qu'elle a dans la gueule! Et
comment feriez-vous lâcher à un tigre son morceau de
bœuf? Est-ce en lui passant la main sur le dos et lui
disant : *minet !... minet !...* Vous n'êtes pas logique. Vous
ordonnez un combat, et vous n'y voulez pas de blessures!
Eh bien! je vais vous faire cadeau de cette innocence qui
vous tient tant au cœur. J'ai toujours vu dans l'honnêteté
de l'étoffe à hypocrisie! Un jour, dans trois mois, un
pauvre prêtre viendra vous demander quarante mille
francs[2] pour une œuvre pie, un couvent ruiné dans le
Levant, dans le désert! Si vous êtes content de votre
sort, donnez les quarante mille francs au bonhomme!
vous en verserez bien d'autres au fisc! Ce sera peu de
chose, allez! en comparaison de ce que vous récolterez. »

Elle se dressa sur ses larges pieds à peine contenus
dans des souliers de satin que la chair débordait, elle
sourit en saluant et se retira.

« Le diable a une sœur », dit Victorin en se levant.

Il reconduisit cette horrible inconnue, évoquée des
antres de l'espionnage, comme du troisième dessous de
l'Opéra se dresse un monstre au coup de baguette d'une
fée dans un ballet-féerie. Après avoir fini ses affaires au
Palais, il alla chez M. Chapuzot, le chef d'un des plus
importants services à la Préfecture de police, pour y

prendre des renseignements sur cette inconnue[a]. En voyant M. Chapuzot seul dans son cabinet, Victorin Hulot le remercia de son assistance.

« Vous m'avez envoyé, dit-il, une vieille qui pourrait servir à personnifier Paris, vu du côté criminel. »

M. Chapuzot déposa ses lunettes sur ses papiers, et regarda l'avocat d'un air étonné.

« Je ne me serais pas permis de vous adresser qui que ce soit sans vous en avoir prévenu, sans donner un mot d'introduction, répondit-il.

— Ce sera donc M. le préfet...

— Je ne le pense pas, dit Chapuzot. La dernière fois que le prince de Wissembourg a dîné chez le ministre de l'Intérieur, il a vu M. le préfet, et il lui a parlé de la situation où vous étiez, une situation déplorable, en lui demandant si l'on pouvait amiablement venir à votre secours. M. le préfet, vivement intéressé par la peine que Son Excellence a montrée au sujet de cette affaire de famille, a eu la complaisance de me consulter à ce sujet. Depuis que M. le préfet a pris les rênes de cette administration, si calomniée et si utile, il s'est, de prime abord, interdit de pénétrer dans la Famille. Il a eu raison et en principe et comme morale; mais il a eu tort en fait[1]. La police, depuis quarante-cinq ans que j'y suis, a rendu d'immenses services aux familles, de 1799 à 1815[2]. Depuis 1820, la Presse et le Gouvernement constitutionnel ont totalement changé les conditions de notre existence. Aussi, mon avis a-t-il été de ne pas s'occuper d'une semblable affaire, et M. le préfet a eu la bonté de se rendre à mes observations. Le chef de la police de sûreté a reçu devant moi l'ordre de ne pas s'avancer; et si, par hasard, vous avez reçu quelqu'un de sa part, je le réprimanderai. Ce serait un cas de destitution. On a bientôt dit : La police fera cela! La police! la police! Mais, mon cher maître, le maréchal, le conseil des ministres ignorent ce que c'est que la police. Il n'y a que la police qui se connaisse elle-même. Les rois, Napoléon, Louis XVIII savaient les affaires de la leur; mais la nôtre, il n'y a eu que Fouché, que M. Lenoir, M. de Sartines[3] et quelques préfets, hommes d'esprit, qui s'en sont doutés[b]... Aujourd'hui tout est changé. Nous sommes amoindris, désarmés! J'ai vu germer bien des malheurs privés que j'aurais empêchés avec cinq scrupules d'arbi-

traire!... Nous serons regrettés par ceux-là mêmes qui
nous ont démolis quand ils seront, comme vous, devant
certaines monstruosités morales qu'il faudrait pouvoir
enlever comme nous enlevons les boues! En politique,
la police est tenue de tout prévenir, quand il s'agit du
salut public; mais la Famille, c'est sacré. Je ferais tout
pour découvrir et empêcher un attentat contre les jours
du Roi! je rendrais les murs d'une maison transparents;
mais aller mettre nos griffes dans les ménages, dans les
intérêts privés!... jamais, tant que je siégerai dans ce
cabinet, car j'ai peur...

— De quoi ?

— De la Presse! monsieur le député du centre gauche.

— Que dois-je faire ? dit Hulot fils après une pause.

— Eh! vous vous appelez la Famille! reprit le chef de
Division, tout est dit, agissez comme vous l'entendrez;
mais vous venir en aide, mais faire de la police un instrument des passions et des intérêts privés, est-ce possible ?...
Là, voyez-vous, est le secret de la persécution nécessaire,
que les magistrats ont trouvée illégale, dirigée contre
le prédécesseur de notre chef actuel de la Sûreté. Bibi-
Lupin faisait la police pour le compte des particuliers[1].
Ceci cachait un immense danger social! Avec les moyens
dont il disposait, cet homme eût été formidable, il eût
été une *sous-fatalité*...

— Mais à ma place ? dit Hulot.

— Oh! vous me demandez une consultation, vous qui
en vendez! répliqua M. Chapuzot. Allons donc, mon
cher maître, vous vous moquez de moi. »

Hulot salua le chef de Division, et s'en alla sans voir
l'imperceptible mouvement d'épaules qui échappa au
fonctionnaire, quand il se leva pour le reconduire. « Et
ça veut être un homme d'État!... » se dit M. Chapuzot
en reprenant ses rapports[a].

Victorin revint chez lui, gardant ses perplexités, et ne
pouvant les communiquer à personne. À dîner, la baronne
annonça joyeusement à ses enfants que, sous un mois,
leur père pourrait partager leur aisance et achever paisiblement ses jours en famille.

« Ah! je donnerais bien mes trois mille six cents
francs de rente pour voir le baron ici! s'écria Lisbeth.
Mais, ma bonne Adeline, ne conçois pas de pareilles joies
par avance!... je t'en prie.

— Lisbeth a raison, dit Célestine. Ma chère mère, attendez l'événement. »

La baronne, tout cœur, tout espérance, raconta sa visite à Josépha, trouva ces pauvres filles malheureuses dans leur bonheur, et parla de Chardin, le matelassier, le père du garde-magasin d'Oran, en montrant ainsi qu'elle ne se livrait pas à un faux espoir.

Lisbeth, le lendemain matin, était à sept heures, dans un fiacre, sur le quai de la Tournelle, où elle fit arrêter à l'angle de la rue de Poissy.

« Allez, dit-elle au cocher, rue des Bernardins, au numéro sept, c'est une maison à allée, et sans portier. Vous monterez au quatrième étage, vous sonnerez à la porte à gauche, sur laquelle d'ailleurs vous lirez : " Mlle Chardin, repriseuse de dentelles et de cachemires." On viendra. Vous demanderez *le chevalier*. On vous répondra : " Il est sorti." vous direz : " Je le sais bien, mais trouvez-le, car *sa bonne* est là sur le quai, dans un fiacre, et veut le voir... "

Vingt minutes après, un vieillard, qui paraissait âgé de quatre-vingts ans, aux cheveux entièrement blancs, le nez rougi par le froid dans une figure pâle et ridée comme celle d'une vieille femme, allant d'un pas traînant, les pieds dans des pantoufles de lisière, le dos voûté, vêtu d'une redingote d'alpaga chauve, ne portant pas de décoration, laissant passer à ses poignets les manches d'un gilet tricoté, et la chemise d'un jaune inquiétant, se montra timidement, regarda le fiacre, reconnut Lisbeth, et vint à la portière.

« Ah! mon cher cousin, dit-elle, dans quel état vous êtes!

— Élodie prend tout pour elle! dit le baron Hulot, Ces Chardin[a] sont des canailles puantes...

— Voulez-vous revenir avec nous ?

— Oh! non, non, dit le vieillard, je voudrais passer en Amérique...

— Adeline est sur vos traces...

— Ah! si l'on pouvait payer mes dettes, demanda le baron d'un air défiant, car Samanon me poursuit.

— Nous n'avons pas encore payé votre arriéré, votre fils doit encore cent mille francs...

— Pauvre garçon !

— Et votre pension ne sera libre que dans sept à

huit mois... Si vous voulez attendre, j'ai là deux mille
francs ! »

Le baron tendit la main par un geste avide, effrayant.

« Donne, Lisbeth ! Que Dieu te récompense ! Donne !
je sais où aller !

— Mais vous me le direz, vieux monstre ?

— Oui. Je puis attendre ces huit mois, car j'ai découvert un petit ange, une bonne créature, une innocente
et qui n'est pas assez âgée pour être encore dépravée.

— Songez à la cour d'assises, dit Lisbeth qui se flattait d'y voir un jour Hulot.

— Eh ! c'est rue de Charonne ! dit le baron Hulot, un
quartier où tout arrive sans esclandre. Va, l'on ne me
trouvera jamais. Je me suis déguisé, Lisbeth, en père
Thorec[1], on me prendra pour un ancien ébéniste, la
petite m'aime, et je ne me laisserai plus manger la laine
sur le dos.

— Non, c'est fait ! dit Lisbeth en regardant la redingote. Si je vous y conduisais, cousin ?... »

Le baron Hulot monta dans la voiture, en abandonnant Mlle Élodie sans lui dire adieu, comme on jette un
roman lu.

En une demi-heure pendant laquelle le baron Hulot
ne parla que de la petite Atala[2] Judici[a] à Lisbeth, car il
était arrivé par degrés aux affreuses passions qui ruinent
les vieillards, sa cousine le déposa, muni de deux mille
francs, rue de Charonne, dans le faubourg Saint-Antoine,
à la porte d'une maison à façade suspecte et menaçante.

« Adieu, cousin, tu seras maintenant le *père Thorec,*
n'est-ce pas ? Ne m'envoie que des commissionnaires,
et en les prenant toujours à des endroits différents.

— C'est dit. Oh ! je suis bien heureux ! » dit le baron
dont la figure fut éclairée par la joie d'un futur et tout
nouveau bonheur.

« On ne le trouvera pas là », se dit Lisbeth qui fit
arrêter son fiacre au boulevard Beaumarchais, d'où elle
revint, en omnibus, rue Louis-le-Grand[b3].

Le lendemain, Crevel fut annoncé chez ses enfants, au
moment où toute la famille était réunie au salon, après
le déjeuner. Célestine courut se jeter au cou de son père,
et se conduisit comme s'il était venu la veille, quoique,
depuis deux ans, ce fût sa première visite.

« Bonjour, mon père ! dit Victorin en lui tendant la main.

— Bonjour, mes enfants! dit l'important Crevel.
Madame la baronne, je mets mes hommages à vos pieds.
Dieu! comme ces enfants grandissent! ça nous chasse!
ça nous dit : " Grand-papa, je veux ma place au soleil! "
Madame la comtesse, vous êtes toujours admirablement
belle! ajouta-t-il en regardant Hortense. — Et voilà le
reste de nos écus! ma cousine Bette, la vierge sage.
Mais vous êtes tous très bien ici... », dit-il après avoir
distribué ces phrases à chacun et en les accompagnant
de gros rires qui remuaient difficilement les masses rubi-
condes de sa large figure.

Et il regarda le salon de sa fille avec une sorte de dédain.

« Ma chère Célestine, je te donne tout mon mobilier
de la rue des Saussayes, il fera très bien ici. Ton salon a
besoin d'être renouvelé... Ah! voilà ce petit drôle de
Wenceslas! Eh bien! sommes-nous sages, mes petits
enfants ? il faut avoir des mœurs.

— Pour ceux qui n'en ont pas, dit Lisbeth.

— Ce sarcasme, ma chère Lisbeth, ne me concerne
plus. Je vais, mes enfants, mettre un terme à la fausse
position où je me trouvais depuis si longtemps; et, en
bon père de famille, je viens vous annoncer mon mariage,
là tout bonifacement.

— Vous avez le droit de vous marier, dit Victorin,
et, pour mon compte je vous rends la parole que vous
m'avez donnée en m'accordant la main de ma chère
Célestine...

— Quelle parole ? demanda Crevel.

— Celle de ne pas vous marier, répondit l'avocat.
Vous me rendrez la justice d'avouer que je ne vous
demandais pas cet engagement, que vous l'avez bien
volontairement pris malgré moi, car je vous ai, dans ce
temps, fait observer que vous ne deviez pas vous lier
ainsi.

— Oui, je m'en souviens, mon cher ami, dit Crevel
honteux. Et, ma foi, tenez!... mes chers enfants, si vous
vouliez bien vivre avec Mme Crevel, vous n'auriez pas
à vous repentir... Votre délicatesse, Victorin, me touche...
On n'est pas impunément généreux avec moi... Voyons,
sapristi! accueillez bien votre belle-mère, venez à mon
mariage!...

— Vous ne nous dites pas, mon père, quelle est votre
fiancée ? dit Célestine.

— Mais c'est le secret de la comédie, reprit Crevel. Ne jouons pas à cache-cache! Lisbeth a dû vous dire...

— Mon cher monsieur Crevel, répliqua la Lorraine, il est des noms qu'on ne prononce pas ici...

— Eh bien! c'est Mme Marneffe!

— Monsieur Crevel, répondit sévèrement l'avocat, ni moi ni ma femme nous n'assisterons à ce mariage, non par des motifs d'intérêt, car je vous ai parlé tout à l'heure avec sincérité. Oui, je serais très heureux de savoir que vous trouverez le bonheur dans cette union; mais je suis mû par des considérations d'honneur et de délicatesse que vous devez comprendre, et que je ne puis exprimer, car elles raviveraient des blessures encore saignantes ici... »

La baronne fit un signe à la comtesse, qui, prenant son enfant dans ses bras, lui dit : « Allons, viens prendre ton bain, Wenceslas! » « Adieu, monsieur Crevel. »

La baronne salua Crevel en silence, et Crevel ne put s'empêcher de sourire en voyant l'étonnement de l'enfant quand il se vit menacé de ce bain improvisé.

« Vous épousez, monsieur, s'écria l'avocat, quand il se trouva seul avec Lisbeth, avec sa femme et son beau-père, une femme chargée des dépouilles de mon père, et qui l'a froidement conduit où il est; une femme qui vit avec le gendre, après avoir ruiné le beau-père; qui cause les chagrins mortels de ma sœur... Et vous croyez qu'on nous verra sanctionnant votre folie par ma présence? Je vous plains sincèrement, mon cher monsieur Crevel! vous n'avez pas le sens de la famille, vous ne comprenez pas la solidarité d'honneur qui en lie les différents membres. On ne raisonne pas (je l'ai trop su malheureusement!) les passions. Les gens passionnés sont sourds comme ils sont aveugles. Votre fille Célestine a trop le sentiment de ses devoirs pour vous dire un seul mot de blâme.

— Ce serait joli! dit Crevel qui tenta de couper court à cette mercuriale.

— Célestine ne serait pas ma femme, si elle vous faisait une *seule* observation, reprit l'avocat; mais moi, je *puis* essayer de vous arrêter avant que vous ne mettiez le pied dans le gouffre, surtout après vous avoir donné la preuve de mon désintéressement. Ce n'est certes pas votre fortune, c'est vous-même dont je me préoccupe...

Et pour vous éclairer sur mes sentiments, je puis ajouter, ne fût-ce que pour vous tranquilliser relativement à votre futur contrat de mariage, que ma situation de fortune est telle que nous n'avons rien à désirer...

— Grâce à moi! s'écria Crevel dont la figure était devenue violette.

— Grâce à la fortune de Célestine, répondit l'avocat; et si vous regrettez d'avoir donné, comme une dot venant de vous, à votre fille des sommes qui ne représentent pas la moitié de ce que lui a laissé sa mère, nous sommes prêts à vous les rendre...

— Savez-vous, monsieur mon gendre, dit Crevel qui se mit en position, qu'en couvrant de mon nom Mme Marneffe, elle ne doit plus répondre au monde de sa conduite qu'en qualité de Mme Crevel.

— C'est peut-être très gentilhomme, dit l'avocat, c'est généreux quant aux choses de cœur, aux écarts de la passion; mais je ne connais pas de nom, ni de lois, ni de titre qui puissent couvrir le vol des trois cent mille francs ignoblement arrachés à mon père!... Je vous dis nettement, mon cher beau-père, que votre future est indigne de vous, qu'elle vous trompe et qu'elle est amoureuse folle de mon beau-frère Steinbock, elle en a payé les dettes...

— C'est moi qui les ai payées...

— Bien, reprit l'avocat, j'en suis bien aise pour le comte Steinbock qui pourra s'acquitter un jour; mais il est aimé, très aimé, souvent aimé...

— Il est aimé!... dit Crevel dont la figure annonçait un bouleversement général. C'est lâche, c'est sale, et petit, et commun de calomnier une femme!... Quand on avance ces sortes de choses-là, monsieur, on les prouve...

— Je vous donnerai des preuves...

— Je les attends...

— Après-demain, mon cher monsieur Crevel, je vous dirai le jour et l'heure, le moment où je serai en mesure de dévoiler l'épouvantable dépravation de votre future épouse...

— Très bien, je serai charmé, dit Crevel qui reprit son sang-froid. Adieu, mes enfants, au revoir. Adieu, Lisbeth...

— Suis-le donc, Lisbeth, dit Célestine à l'oreille de la cousine Bette.

— Eh bien! voilà comme vous vous en allez?... cria Lisbeth à Crevel.

— Ah! lui dit Crevel, il est devenu très fort, mon gendre, il s'est formé. Le Palais, la Chambre, la rouerie judiciaire et la rouerie politique en font un gaillard. Ah! ah! il sait que je me marie mercredi prochain, et dimanche, ce monsieur me propose de me dire, dans trois jours, l'époque à laquelle il me démontrera que ma femme est indigne de moi... Ce n'est pas maladroit... Je retourne signer le contrat. Allons, viens avec moi, Lisbeth, viens!... Ils n'en sauront rien! Je voulais laisser quarante mille francs de rente à Célestine; mais Hulot vient de se conduire de manière à s'aliéner mon cœur à tout jamais.

— Donnez-moi dix minutes, père Crevel, attendez-moi dans votre voiture à la porte, je vais trouver un prétexte pour sortir.

— Eh bien! c'est convenu... »

« Mes amis, dit Lisbeth qui retrouva la famille au salon, je vais avec Crevel, on signe le contrat ce soir, et je pourrai vous en dire les dispositions. Ce sera probablement ma dernière visite à cette femme. Votre père est furieux. Il va vous déshériter...

— Sa vanité l'en empêchera, répondit l'avocat. Il a voulu posséder la terre de Presles, il la gardera, je le connais. Eût-il des enfants, Célestine recueillera toujours la moitié de ce qu'il laissera, la loi l'empêche de donner toute sa fortune... Mais ces questions ne sont rien pour moi, je ne pense qu'à notre honneur... Allez, cousine, dit-il en serrant la main de Lisbeth, écoutez bien le contrat[a]. »

Vingt minutes après, Lisbeth et Crevel entraient à l'hôtel de la rue Barbet, où Mme Marneffe attendait dans une douce impatience le résultat de la démarche qu'elle avait ordonnée. Valérie avait été prise, à la longue, pour Wenceslas de ce prodigieux amour qui, une fois dans la vie, étreint le cœur des femmes. Cet artiste manqué devint, entre les mains de Mme Marneffe, un amant si parfait, qu'il était pour elle ce qu'elle avait été pour le baron Hulot. Valérie tenait des pantoufles d'une main, *et l'autre* était à Steinbock, sur l'épaule de qui elle reposait sa tête. Il en est de la conversation à propos interrompus dans laquelle ils s'étaient lancés depuis le départ de Crevel, comme de ces longues œuvres littéraires de notre temps, au fronton desquelles on lit : *La reproduction en est interdite*. Ce chef-d'œuvre de poésie intime amena naturellement sur les lèvres de l'artiste un regret qu'il exprima, non sans amertume.

« Ah! quel malheur que je me sois marié, dit Wenceslas, car si j'avais attendu, comme le disait Lisbeth, aujourd'hui je pourrais t'épouser.

— Il faut être polonais pour souhaiter faire sa femme d'une maîtresse dévouée! s'écria Valérie. Échanger l'amour contre le devoir! le plaisir contre l'ennui!

— Je te connais si capricieuse! répondit Steinbock. Ne t'ai-je pas entendue causant avec Lisbeth du baron Montès, ce Brésilien?...

— Veux-tu m'en débarrasser? dit Valérie.

— Ce serait, répondit l'ex-sculpteur, le seul moyen de t'empêcher de le voir.

— Apprends, mon chéri, répondit Valérie, que je le ménageais pour en faire un mari, car je te dis tout à toi!... Les promesses que j'ai faites à ce Brésilien... (Oh! bien avant de te connaître, dit-elle en répondant à un geste de Wenceslas.) Eh bien! ces promesses dont il s'arme pour me tourmenter, m'obligent à me marier presque secrètement; car s'il apprend que j'épouse Crevel, il est homme à... à me tuer!...

— Oh! quant à cette crainte!... » dit Steinbock en faisant un geste de dédain qui signifiait que ce danger-là devait être insignifiant pour une femme aimée par un Polonais.

Remarquez qu'en fait de bravoure, il n'y a plus la moindre forfanterie chez les Polonais, tant ils sont réellement et sérieusement braves.

« Et cet imbécile de Crevel qui veut donner une fête, et qui se livre à ses goûts de faste économique à propos de mon mariage, me met dans un embarras d'où je ne sais comment sortir. »

Valérie pouvait-elle avouer à celui qu'elle adorait que le baron Henri Montès avait, depuis le renvoi du baron Hulot, hérité du privilège de venir chez elle à toute heure de nuit, et que, malgré son adresse, elle en était encore à trouver une cause de brouille où le Brésilien croirait avoir tous les torts? Elle connaissait trop bien le caractère quasi sauvage du baron, qui se rapprochait beaucoup de celui de Lisbeth, pour ne pas trembler en pensant à ce More de Rio de Janeiro. Au roulement de la voiture, Steinbock quitta Valérie, qu'il tenait par la taille, et il prit un journal dans la lecture duquel on le trouva tout absorbé. Valérie brodait, avec une attention minutieuse, des pantoufles à son futur.

« Comme on *la* calomnie! dit Lisbeth à l'oreille de Crevel sur le seuil de la porte en lui montrant ce tableau... Voyez sa coiffure! est-elle dérangée ? À entendre Victorin, vous auriez pu surprendre deux tourtereaux au nid.

— Ma chère Lisbeth, répondit Crevel en position, vois-tu, pour faire d'une Aspasie une Lucrèce, il suffit de lui inspirer une passion!...

— Ne vous ai-je pas toujours dit, reprit Lisbeth, que les femmes aiment les gros libertins comme vous ?

— Elle serait d'ailleurs bien ingrate, reprit Crevel, car combien d'argent ai-je mis ici ? Grindot et moi seuls nous le savons! »

Et il montait l'escalier. Dans l'arrangement de cet hôtel que Crevel regardait comme le sien, Grindot avait essayé de lutter avec Cleretti, l'architecte à la mode[1], à qui le duc d'Hérouville avait confié la maison de Josépha. Mais Crevel, incapable de comprendre les arts, avait voulu, comme tous les bourgeois, dépenser une somme fixe, connue à l'avance. Maintenu par un devis, il fut impossible à Grindot de réaliser son rêve d'architecte. La différence qui distinguait l'hôtel de Josépha de celui de la rue Barbet, était celle qui se trouve entre la personnalité des choses et leur vulgarité. Ce qu'on admirait chez Josépha ne se voyait nulle part; ce qui reluisait chez Crevel pouvait s'acheter partout. Ces deux luxes sont séparés l'un de l'autre par le fleuve du million. Un miroir unique vaut six mille francs, le miroir inventé par un fabricant qui l'exploite coûte cinq cents francs. Un lustre authentique de Boulle monte en vente publique à trois mille francs; le même lustre surmoulé pourra être fabriqué pour mille ou douze cents francs; l'un est en Archéologie ce qu'un tableau de Raphaël est en peinture, l'autre en est la copie[2]. Qu'estimez-vous une copie de Raphaël ? L'hôtel de Crevel était donc un magnifique spécimen du luxe des sots, comme l'hôtel de Josépha le plus beau modèle d'une habitation d'artiste.

« Nous avons la guerre », dit Crevel en allant vers sa future.

Mme Marneffe sonna.

« Allez chercher M. Berthier, dit-elle au valet de chambre, et ne revenez pas sans lui ». « Si tu avais réussi, dit-elle en enlaçant Crevel, mon petit père, nous aurions retardé mon bonheur, et nous aurions donné une fête à étourdir ; mais, quand toute une famille s'oppose à un mariage, mon ami, la décence veut qu'il se fasse sans éclat, surtout lorsque la mariée eſt veuve.

— Moi, je veux au contraire afficher un luxe à la Louis XIV, dit Crevel qui depuis quelque temps trouvait le dix-huitième siècle petit. J'ai commandé des voitures neuves ; il y a la voiture de monsieur et celle de madame, deux jolis coupés, une calèche, une berline d'apparat avec un siège superbe qui tressaille comme Mme Hulot.

— Ah ! *je veux ?...* Tu ne serais donc plus mon agneau ? Non, non. Ma biche, tu feras à ma volonté. Nous allons signer notre contrat entre nous, ce soir. Puis, mercredi, nous nous marierons officiellement, comme on se marie réellement, *en catimini,* selon le mot de ma pauvre mère. Nous irons à pied vêtus simplement à l'église, où nous aurons une messe basse. Nos témoins sont Stidmann, Steinbock, Vignon et Massol[1], tous gens d'esprit qui se trouveront à la mairie comme par hasard, et qui nous feront le sacrifice d'entendre une messe. Ton collègue nous mariera, par exception, à neuf heures du matin. La messe eſt à dix heures, nous serons ici à déjeuner à onze heures et demie. J'ai promis à nos convives que l'on ne se lèverait pas de table que le soir... Nous aurons Bixiou, ton ancien camarade de Birotterie, du Tillet, Lousteau, Vernisset, Léon de Lora, Vernou, la fleur des gens d'esprit, qui ne nous sauront pas mariés, nous les myſtifierons, nous nous griserons un petit brin, et Lisbeth en sera ; je veux qu'elle apprenne le mariage, Bixiou doit lui faire des propositions et la... la déniaiser[a]. »

Pendant deux heures, Mme Marneffe débita des folies qui firent faire à Crevel cette réflexion judicieuse : « Comment une femme si gaie pourrait-elle être dépravée ? Folichonne, oui ! mais perverse... allons donc !

— Qu'eſt-ce que tes enfants ont dit de moi ? demanda Valérie à Crevel dans un moment où elle le tint près d'elle sur sa causeuse, bien des horreurs !

— Ils prétendent, répondit Crevel, que tu aimes Wenceslas d'une façon criminelle, toi ! la vertu même !

— Je crois bien que je l'aime, mon petit Wenceslas !

s'écria Valérie en appelant l'artiste, le prenant par la tête et l'embrassant au front. Pauvre garçon sans appui, sans fortune! dédaigné par une girafe couleur carotte! Que veux-tu, Crevel? Wenceslas, c'est mon poète, et je l'aime au grand jour comme si c'était mon enfant! Ces femmes vertueuses, ça voit du mal partout et en tout. Ah! çà! elles ne pourraient donc pas rester sans mal faire auprès d'un homme? Moi, je suis comme les enfants gâtés à qui l'on n'a jamais rien refusé : les bonbons ne me causent plus aucune émotion. Pauvres femmes, je les plains!... Et qu'est-ce qui me détériorait comme cela?

— Victorin, dit Crevel.

— Eh bien! pourquoi ne lui as-tu pas fermé le bec, à ce perroquet judiciaire, avec les deux cent mille francs de *la maman?*

— Ah! la baronne avait fui, dit Lisbeth.

— Qu'ils y prennent garde! Lisbeth, dit Mme Marneffe en fronçant les sourcils, ou ils me recevront chez eux, et très bien, et viendront chez leur belle-mère, tous! ou je les logerai (dis-leur de ma part) plus bas que ne se trouve le baron... Je veux devenir méchante, à la fin! Ma parole d'honneur, je crois que le Mal est la faux avec laquelle on met le Bien en coupe[a]. »

À trois heures, Me Berthier, successeur de Cardot[1], lut le contrat de mariage, après une courte conférence entre Crevel et lui, car certains articles dépendaient de la résolution que prendraient M. et Mme Hulot jeune. Crevel reconnaissait à sa future épouse une fortune composée : 1° de quarante mille francs[2] de rente dont les titres étaient désignés; 2° de l'hôtel et de tout le mobilier qu'il contenait, et 3° de trois millions en argent. En outre, il faisait à sa future épouse toutes les donations permises par la loi; il la dispensait de tout inventaire; et dans le cas où, lors de leur décès, les conjoints se trouveraient sans enfants, ils se donnaient respectivement l'un à l'autre l'universalité de leurs biens, meubles et immeubles. Ce contrat réduisait la fortune de Crevel à deux millions de capital. S'il avait des enfants de sa nouvelle femme, il restreignait la part de Célestine à cinq cent mille francs, à cause de l'usufruit de sa fortune accordé à Valérie. C'était la neuvième partie environ de sa fortune actuelle.

Lisbeth revint dîner rue Louis-le-Grand, le désespoir peint sur la figure. Elle expliqua, commenta le contrat de mariage, et trouva Célestine insensible autant que Victorin à cette désastreuse nouvelle.

« Vous avez irrité votre père, mes enfants! Mme Marneffe a juré que vous recevriez chez vous la femme de M. Crevel, et que vous viendriez chez elle, dit-elle.

— Jamais! dit Hulot.

— Jamais! dit Célestine.

— Jamais! » s'écria Hortense.

Lisbeth fut saisie du désir de vaincre l'attitude superbe de tous les Hulot.

« Elle paraît avoir des armes contre vous!... répondit-elle. Je ne sais pas encore de quoi il s'agit, mais je le saurai... Elle a parlé vaguement d'une histoire de deux cent mille francs qui regarde Adeline. »

La baronne Hulot se renversa doucement sur le divan où elle se trouvait, et d'affreuses convulsions se déclarèrent.

« Allez-y, mes enfants!... cria la baronne. Recevez cette femme! M. Crevel est un homme infâme! il mérite le dernier supplice... Obéissez à cette femme... Ah! c'est un monstre! *elle sait tout !* »

Après ces mots mêlés à des larmes, à des sanglots, Mme Hulot trouva la force de monter chez elle, appuyée sur le bras de sa fille et sur celui de Célestine.

« Qu'est-ce que tout ceci veut dire ? » s'écria Lisbeth restée seule avec Victorin.

L'avocat, planté sur ses jambes, dans une stupéfaction très concevable, n'entendit pas Lisbeth.

« Qu'as-tu, mon Victorin ?

— Je suis épouvanté! dit l'avocat, dont la figure devint menaçante. Malheur à qui touche à ma mère, je n'ai plus alors de scrupules! Si je le pouvais, j'écraserais cette femme[a] comme on écrase une vipère... Ah! elle attaque la vie et l'honneur de ma mère!...

— Elle a dit, ne répète pas ceci, mon cher Victorin, elle a dit qu'elle vous logerait tous encore plus bas que votre père... Elle a reproché vertement à Crevel de ne pas vous avoir fermé la bouche avec ce secret qui paraît tant épouvanter Adeline. »

On envoya chercher un médecin, car l'état de la baronne empirait. Le médecin ordonna une potion pleine d'opium, et Adeline tomba, la potion prise, dans un profond sommeil; mais toute cette famille était en proie à

la plus vive terreur. Le lendemain, l'avocat partit de
bonne heure pour le Palais, et il passa par la préfecture de
police, où il supplia Vautrin[a1] le chef de la sûreté de lui
envoyer Mme de Saint-Estève.

« On nous a défendu, monsieur, de nous occuper de
vous, mais Mme de Saint-Estève est marchande[2], elle est
à vos ordres », répondit le célèbre chef.

De retour chez lui, le pauvre avocat apprit que l'on
craignait pour la raison de sa mère. Le docteur Bianchon,
le docteur Larabit[b3], le professeur Angard, réunis en
consultation, venaient de décider l'emploi des moyens
héroïques pour détourner le sang qui se portait à la tête.
Au moment où Victorin écoutait le docteur Bianchon,
qui lui détaillait les raisons qu'il avait d'espérer l'apaisement de cette crise, quoique ses confrères en déses-
pérassent, le valet de chambre vint annoncer à l'avocat
sa cliente, Mme de Saint-Estève. Victorin laissa Bianchon
au milieu d'une période et descendit l'escalier avec une
rapidité de fou.

« Y aurait-il dans la maison un principe de folie
contagieux ? » dit Bianchon en se retournant vers
Larabit.

Les médecins s'en allèrent en laissant un interne chargé
par eux de veiller Mme Hulot.

« Toute une vie de vertu!... » était la seule phrase que la
malade prononçât depuis la catastrophe. Lisbeth ne
quittait pas le chevet d'Adeline, elle l'avait veillée; elle
était admirée par les deux jeunes femmes.

« Eh bien! ma chère madame Saint-Estève! dit l'avocat en introduisant l'horrible vieille dans son cabinet et en
fermant soigneusement les portes, où en sommes-nous[c] ?

— Eh bien! mon cher ami, dit-elle en regardant
Victorin d'un œil froidement ironique, vous avez fait vos
petites réflexions ?...

— Avez-vous agi ?...

— Donnez-vous cinquante mille francs[4] ?...

— Oui, répondit Hulot fils, car il faut marcher. Savez-
vous que, par une seule phrase, cette femme a mis la vie
et *la* raison de ma mère en danger ? Ainsi, marchez[d] !

— On a marché! répliqua la vieille.

— Eh bien ?... dit Victorin convulsivement.

— Eh bien! vous n'arrêtez pas les frais ?

— Au contraire.

— C'est qu'il y a déjà vingt-trois mille francs de frais ».
Hulot fils regarda la Saint-Estève d'un air imbécile.

« Ah çà! seriez-vous un jobard, vous l'une des
lumières du Palais ? dit la vieille. Nous avons pour
cette somme une conscience de femme de chambre et
un tableau de Raphaël, ce n'est pas cher... »

Hulot restait stupide, il ouvrait de grands yeux.

« Eh bien! reprit la Saint-Estève, nous avons acheté
Mlle Reine Tousard[a], celle pour qui Mme Marneffe n'a
pas de secrets...

— Je comprends...

— Mais si vous lésinez, dites-le ?...

— Je payerai de confiance, répondit-il, allez. Ma
mère m'a dit que ces gens-là méritaient les plus grands
supplices...

— On ne roue plus, dit la vieille.

— Vous me répondez du succès ?

— Laissez-moi faire, répondit la Saint-Estève. Votre
vengeance mijote. »

Elle regarda la pendule, la pendule marquait six
heures.

« Votre vengeance s'habille, les fourneaux du *Rocher
de Cancale* sont allumés, les chevaux des voitures piaffent,
mes fers chauffent. Ah! je sais votre Mme Marneffe par
cœur. Tout est paré, quoi! Il y a des boulettes dans la
ratière, je vous dirai demain si la souris s'empoisonnera.
Je le crois! Adieu, mon fils.

— Adieu, madame.

— Savez-vous l'anglais ?

— Oui.

— Avez-vous vu jouer *Macbeth,* en anglais ?

— Oui.

— Eh bien! mon fils, tu seras roi! c'est-à-dire tu
hériteras! » dit cette affreuse sorcière devinée par Shakespeare et qui paraissait connaître Shakespeare. Elle
laissa Hulot hébété sur le seuil de son cabinet. « N'oubliez pas que le référé est pour demain! » dit-elle gracieusement en plaideuse consommée. Elle voyait venir
deux personnes, et voulait passer à leurs yeux pour une
comtesse Pimbêche[1].

« Quel aplomb! » se dit Hulot en saluant sa prétendue
cliente[b].

Le baron Montès de Montéjanos était un lion, mais

un lion inexpliqué. Le Paris de la fashion, celui du turf et des lorettes admiraient[a] les gilets ineffables de ce seigneur étranger, ses bottes d'un vernis irréprochable, ses sticks incomparables, ses chevaux enviés, sa voiture menée par des nègres parfaitement esclaves et très bien battus. Sa fortune était connue, il avait un crédit de sept cent mille francs chez le célèbre banquier du Tillet; mais on le voyait toujours seul. S'il allait aux premières représentations, il était dans une stalle d'orchestre. Il ne hantait aucun salon. Il n'avait jamais donné le bras à une lorette! On ne pouvait unir son nom à celui d'aucune jolie femme du monde. Pour passe-temps, il jouait au whist au Jockey-Club. On en était réduit à calomnier ses mœurs, ou, ce qui paraissait infiniment plus drôle, sa personne : on l'appelait Combabus[1]! Bixiou, Léon de Lora, Lousteau, Florine, Mlle Héloïse Brisetout et Nathan, soupant un soir chez l'illustre Carabine avec beaucoup de lions et de lionnes, avaient inventé cette explication, excessivement burlesque. Massol, en sa qualité de conseiller d'État, Claude Vignon, en sa qualité d'ancien professeur de grec, avaient raconté aux ignorantes lorettes la fameuse anecdote, rapportée dans l'Histoire ancienne de Rollin, concernant Combabus, cet Abélard volontaire chargé de garder la femme d'un roi d'Assyrie, de Perse, Bactriane, Mésopotamie et autres départements de la géographie particulière au vieux professeur du Bocage qui continua d'Anville, le créateur de l'ancien Orient[2]. Ce surnom, qui fit rire pendant un quart d'heure les convives de Carabine, fut le sujet d'une foule de plaisanteries trop lestes dans un ouvrage auquel l'Académie pourrait ne pas donner le prix Montyon, mais parmi lesquelles on remarqua le nom qui resta sur la crinière touffue du beau baron, que Josépha nommait un *magnifique Brésilien,* comme on dit un magnifique *Catoxantha*[3]! Carabine, la plus illustre des lorettes, celle dont la beauté fine et les saillies avaient arraché le sceptre du Treizième arrondissement aux mains de Mlle Turquet, plus connue sous le nom de *Malaga,* Mlle Séraphine Sinet (tel était son vrai nom) était au banquier du Tillet ce que Josépha Mirah était au duc d'Hérouville.

Or, le matin même du jour où la Saint-Estève prophétisait le succès à Victorin, Carabine avait dit à du

Tillet, sur les sept heures du matin : « Si tu étais gentil, tu me donnerais à dîner au *Rocher de Cancale,* et tu m'amènerais Combabus; nous voulons savoir enfin s'il a une maîtresse... j'ai parié pour... je veux gagner...

— Il est toujours à l'hôtel des Princes, j'y passerai, répondit du Tillet; nous nous amuserons. Aie tous nos *gars : le gars* Bixiou, le *gars* Lora! Enfin toute notre séquelle! »

À sept heures et demie, dans le plus beau salon de l'établissement où l'Europe entière a dîné, brillait sur la table un magnifique service d'argenterie fait exprès pour les dîners où la Vanité soldait l'addition en billets de banque. Des torrents de lumière produisaient des cascades au bord des ciselures. Des garçons, qu'un provincial aurait pris pour des diplomates, n'était l'âge, se tenaient sérieux comme des gens qui se savent ultra-payés.

Cinq personnes arrivées en attendaient neuf[a] autres. C'était d'abord Bixiou, le sel de toute cuisine intellectuelle, encore debout en 1843, avec une armure de plaisanteries toujours neuves, phénomène aussi rare à Paris que la vertu. Puis, Léon de Lora, le plus grand peintre de paysage et de marine existant[1], qui gardait sur tous ses rivaux l'avantage de ne jamais se trouver au-dessous de ses débuts. Les Lorettes ne pouvaient pas se passer de ces deux rois du bon mot. Pas de souper, pas de dîner, pas de partie sans eux. Séraphine Sinet, dite Carabine, en sa qualité de maîtresse en titre de l'amphitryon, était venue l'une des premières, et faisait resplendir sous les nappes de lumière ses épaules sans rivales à Paris, un cou tourné comme par un tourneur, sans un pli! son visage mutin et sa robe de satin broché, bleu sur bleu, ornée de dentelles d'Angleterre en quantité suffisante à nourrir un village pendant un mois. La jolie Jenny Cadine, qui ne jouait pas à son théâtre, et dont le portrait est trop connu pour en dire quoi que ce soit, arriva dans une toilette d'une richesse fabuleuse. Une partie est toujours pour ces dames un Longchamps[2] de toilettes, où chacune d'elles veut faire obtenir le prix à son millionnaire, en disant ainsi à ses rivales : « Voilà le prix que je vaux! »

Une troisième femme, sans doute au début de la carrière, regardait, presque honteuse, le luxe des deux

commères posées et riches. Simplement habillée en
cachemire blanc orné de passementeries bleues, elle
avait été coiffée en fleurs, par un coiffeur du Genre
Merlan[1] dont la main malhabile avait donné, sans le
savoir, les grâces de la niaiserie à des cheveux blonds
adorables. Encore gênée dans sa robe, *elle avait la timidité,*
selon la phrase consacrée, *inséparable d'un premier début.*
Elle arrivait de Valognes pour placer à Paris une fraîcheur désespérante, une candeur à irriter le désir chez
un mourant, et une beauté digne de toutes celles que
la Normandie a déjà fournies aux différents théâtres de
la capitale. Les lignes de cette figure intacte offraient
l'idéal de la pureté des anges. Sa blancheur lactée renvoyait si bien la lumière, que vous eussiez dit d'un
miroir. Ses couleurs fines avaient été mises sur les joues
comme avec un pinceau. Elle se nommait Cydalise.
C'était, comme on va le voir, un pion nécessaire dans
la partie que jouait *mame* Nourrisson contre Mme Marneffe.

« Tu n'as pas le bras de ton nom, ma petite », avait
dit Jenny Cadine à qui Carabine avait présenté ce chef-
d'œuvre âgé de seize ans et amené par elle.

Cydalise, en effet, offrait à l'admiration publique de
beaux bras d'un tissu serré, grenu, mais rougi par un
sang magnifique[2].

« Combien vaut-elle ? demanda Jenny Cadine tout
bas à Carabine.

— Un héritage.

— Qu'en veux-tu faire ?

— Tiens, Mme Combabus !...

— Et l'on te donne, pour faire ce métier-là ?...

— Devine !

— Une belle argenterie ?

— J'en ai trois !

— Des diamants ?

— J'en vends...

— Un singe vert !

— Non, un tableau de Raphaël !

— Quel rat te passe dans la cervelle ?

— Josépha me scie l'omoplate avec ses tableaux,
répondit Carabine, et j'en veux avoir de plus beaux que
les siens... »

Du Tillet amena le héros du dîner, le Brésilien ; le

duc d'Hérouville les suivait avec Josépha. La cantatrice
avait mis une simple robe de velours. Mais autour de
son cou brillait un collier de cent vingt mille francs, des
perles à peine distinctibles sur sa peau de camélia blanc.
Elle s'était fourré dans ses nattes noires un seul camélia
rouge (une mouche!) d'un effet étourdissant et elle
s'était amusée à étager onze bracelets de perles sur
chacun de ses bras. Elle vint serrer la main à Jenny
Cadine, qui lui dit : « Prête-moi donc tes mitaines ?... »
Josépha détacha ses bracelets et les offrit, sur une assiette,
à son amie.

« Quel genre! dit Carabine, faut être duchesse! Plus
que cela de perles! Vous avez dévalisé la mer pour
orner la fille, monsieur le duc ? » ajouta-t-elle en se
tournant vers le petit duc d'Hérouville.

L'actrice prit un seul bracelet, rattacha les vingt
autres aux beaux bras de la cantatrice et y mit un baiser.

Lousteau, le pique-assiette littéraire, La Palférine et
Malaga, Massol et Vauvinet, Théodore Gaillard, l'un
des propriétaires d'un des plus importants journaux
politiques, complétaient les invités. Le duc d'Hérouville,
poli comme un grand seigneur avec tout le monde, eut
pour le comte de La Palférine ce salut particulier qui,
sans accuser l'estime ou l'intimité, dit à tout le monde :
« Nous sommes de la même famille, de la même race,
nous nous valons! » Ce salut, le *shiboleth*[a1] de l'aristocratie,
a été créé pour le désespoir des gens d'esprit de la haute
bourgeoisie.

Carabine prit Combabus à sa gauche et le duc d'Hérouville à sa droite. Cydalise flanqua le Brésilien, et Bixiou
fut mis à côté de la Normande. Malaga prit place à côté
du duc[b].

À sept heures, on attaqua les huîtres. À huit heures,
entre les deux services, on dégusta le punch glacé. Tout
le monde connaît le menu de ces festins. À neuf heures,
on babillait comme on babille après quarante-deux bouteilles de différents vins, bues entre quatorze personnes.
Le dessert, cet affreux dessert du mois d'avril[2], était
servi. Cette atmosphère capiteuse n'avait grisé que la
Normande, qui chantonnait un Noël. Cette pauvre fille
exceptée, personne n'avait perdu la raison, les buveurs,
les femmes étaient l'élite de Paris[c] soupant. Les esprits
riaient, les yeux, quoique brillantés, restaient pleins

d'intelligence, mais les lèvres tournaient à la satire, à l'anecdote, à l'indiscrétion. La conversation, qui jusqu'alors avait roulé dans le cercle vicieux des courses et des chevaux, des exécutions à la Bourse, des différents mérites des lions comparés les uns aux autres, et des histoires scandaleuses connues, menaçait de devenir intime, de se fractionner par groupes de deux cœurs.

Ce fut en ce moment que, sur des œillades distribuées par Carabine à Léon de Lora, Bixiou, La Palférine et du Tillet, on parla d'amour.

« Les médecins comme il faut ne parlent jamais médecine, les vrais nobles ne parlent jamais ancêtres, les gens de talent ne parlent pas de leurs œuvres, dit Josépha, pourquoi parler de notre état... J'ai fait faire relâche à l'Opéra pour venir, ce n'est pas certes pour *travailler* ici. Ainsi ne *posons* point, mes chères amies.

— On te parle du véritable amour, ma petite! dit Malaga, de cet amour qui fait qu'on s'enfonce! qu'on enfonce père et mère, qu'on vend femmes et enfants, et qu'on va *dà* Clichy...

— Causez, alors! reprit la cantatrice. Connais pas! »

Connais pas!... Ce mot, passé de l'argot des gamins de Paris dans le vocabulaire de la lorette, est, à l'aide des yeux et de la physionomie de ces femmes, tout un poème sur leurs lèvres.

« Je ne vous aime donc point, Josépha? dit tout bas le duc.

— Vous pouvez m'aimer véritablement, dit à l'oreille du duc la cantatrice en souriant; mais moi je ne vous aime pas de l'amour dont on parle, de cet amour qui fait que l'univers est tout noir sans l'homme aimé. Vous m'êtes agréable, utile, mais vous ne m'êtes pas indispensable; et, si demain vous m'abandonniez, j'aurais trois ducs pour un...

— Est-ce que l'amour existe à Paris? dit Léon de Lora. Personne n'y a le temps de faire sa fortune, comment se livrerait-on à l'amour vrai qui s'empare d'un homme comme l'eau s'empare du sucre? Il faut être excessivement riche pour aimer, car l'amour annule un homme, à peu près comme notre cher baron brésilien que voilà. Il y a longtemps que je l'ai déjà dit, *les extrêmes se bouchent*[1]! Un véritable amoureux ressemble à un eunuque, car il n'y a plus de femmes pour lui sur la terre! Il est mystérieux, il est comme le vrai chrétien, solitaire dans sa thébaïde! Voyez-moi ce brave Brésilien!... » Toute la table examina Henri Montès de Montéjanos qui fut honteux de se trouver le centre de tous les regards. « Il pâture là depuis une heure, sans plus savoir que ne le saurait un bœuf, qu'il a pour voisine la femme la plus... je ne dirai pas ici la plus belle, mais la plus fraîche de Paris.

— Tout est frais ici, même le poisson, c'est la renommée de la maison », dit Carabine.

Le baron Montès de Montéjanos regarda le paysagiste d'un air aimable et dit : « Très bien! je bois à vous! » Et il salua Léon de Lora d'un signe de tête, inclina son verre plein de vin de Porto, et but magistralement.

« Vous aimez donc ? » dit Carabine à son voisin en interprétant ainsi le toast.

Le baron brésilien fit encore remplir son verre, salua Carabine, et répéta le toast.

« À la santé de madame », dit alors la lorette d'un ton si plaisant que le paysagiste, du Tillet et Bixiou partirent d'un éclat de rire.

Le Brésilien resta grave comme un homme de bronze. Ce sang-froid irrita Carabine. Elle savait parfaitement que Montès aimait Mme Marneffe; mais elle ne s'attendait pas à cette foi brutale, à ce silence obstiné de l'homme convaincu. On juge aussi souvent une femme d'après l'attitude de son amant, qu'on juge un amant sur le maintien de sa maîtresse. Fier d'aimer Valérie et d'être aimé d'elle, le sourire du baron offrait à ces connaisseurs émérites une teinte d'ironie, et il était d'ailleurs superbe à voir : les vins n'avaient pas altéré sa coloration, et ses yeux brillants de l'éclat particulier à l'or bruni, gardaient les secrets de l'âme. Aussi Carabine se dit-elle en elle-même : « Quelle femme! comme elle vous a cacheté ce cœur-là! »

« C'est un roc! » dit à demi-voix Bixiou, qui ne voyait là qu'une charge et qui ne soupçonnait pas l'importance attachée par Carabine à la démolition de cette forteresse.

Pendant que ces discours, en apparence si frivoles, se disaient[a] à la droite[1] de Carabine, la discussion sur l'amour continuait à sa gauche entre le duc d'Hérouville, Lousteau, Josépha, Jenny Cadine et Massol. On en était

à chercher si ces rares phénomènes étaient produits par
la passion, par l'entêtement ou par l'amour. Josépha,
très ennuyée de ces théories, voulut changer de conversation.

« Vous parlez de ce que vous ignorez complètement!
Y a-t-il un de vous qui ait assez aimé une femme, et une
femme indigne de lui, pour manger sa fortune, celle de
ses enfants, pour vendre son avenir, pour ternir son passé,
pour encourir les galères en volant l'État, pour tuer un
oncle et un frère, pour se laisser si bien bander les yeux
qu'il n'ait pas pensé qu'on les lui bouchait afin de l'empêcher de voir le gouffre où, pour dernière plaisanterie,
on l'a lancé? Du Tillet a sous la mamelle gauche une
caisse, Léon de Lora y a son esprit, Bixiou rirait de lui-
même s'il aimait une autre personne que lui, Massol a
un portefeuille ministériel à la place d'un cœur, Lousteau
n'a là qu'un viscère, lui qui a pu se laisser quitter par
Mme de La Baudraye, M. le duc est trop riche pour
pouvoir prouver son amour par sa ruine, Vauvinet ne
compte pas, je retranche l'escompteur du genre humain.
Ainsi, vous n'avez jamais aimé, ni moi non plus, ni
Jenny, ni Carabine... Quant à moi, je n'ai vu qu'une
seule fois le phénomène que je viens de décrire. C'est,
dit-elle à Jenny Cadine, notre pauvre baron Hulot, que
je vais faire afficher comme un chien perdu, car je
veux le retrouver. »

« Ah çà! se dit en elle-même Carabine en regardant
Josépha d'une certaine manière, Mme Nourrisson a
donc deux tableaux de Raphaël, que Josépha joue mon
jeu? »

« Pauvre homme! dit Vauvinet, il était bien grand,
bien magnifique. Quel style! quelle tournure! Il avait
l'air de François Ier! Quel volcan! et quelle habileté,
quel génie il déployait pour trouver de l'argent! Là où
il est, il en cherche, et il doit en extraire de ces murs
faits avec des os qu'on voit dans les faubourgs de Paris,
près des barrières, où sans doute il s'est caché...

— Et cela, dit Bixiou, pour cette petite Mme Marneffe! En voilà-t-il une rouée!

— Elle épouse mon ami Crevel! ajouta du Tillet.

— Et elle est folle de mon ami Steinbock! » dit
Léon de Lora.

Ces trois phrases furent trois coups de pistolet que

Montès reçut en pleine poitrine. Il devint blême et souffrit tant qu'il se leva péniblement.

« Vous êtes des canailles! dit-il. Vous ne devriez pas mêler le nom d'une honnête femme aux noms de toutes vos femmes perdues! ni surtout en faire une cible pour vos lazzis. »

Montès fut interrompu par des bravos et des applaudissements unanimes. Bixiou, Léon de Lora, Vauvinet, du Tillet, Massol donnèrent le signal. Ce fut un chœur.

« Vive l'empereur! dit Bixiou.

— Qu'on le couronne! s'écria Vauvinet.

— *Un grognement* pour Médor[1], *hurrah* pour le Brésil! cria Lousteau.

— Ah! baron cuivré, tu aimes notre Valérie? dit Léon de Lora, tu n'es pas dégoûté!

— Ce n'est pas parlementaire, ce qu'il a dit; mais c'est magnifique!... fit observer Massol.

— Mais, mon amour de client, tu m'es recommandé, je suis ton banquier, ton innocence va me faire du tort.

— Ah! dites-moi, vous qui êtes un homme sérieux, demanda le Brésilien à du Tillet.

— Merci, pour nous tous[a], fit Bixiou qui salua.

— Dites-moi quelque chose de positif!... ajouta Montès sans prendre garde au mot de Bixiou[b].

— Ah çà! reprit du Tillet, j'ai l'honneur de te dire que je suis invité à la noce de Crevel[2].

— Ah! Combabus prend la défense de Mme Marneffe! » dit Josépha qui se leva solennellement. Elle alla d'un air tragique jusqu'à Montès, elle lui donna sur la tête une petite tape amicale, elle le regarda pendant un instant en laissant voir sur sa figure une admiration comique et hocha la tête. « Hulot est le premier exemple de l'amour *quand même,* voilà le second, dit-elle; mais il ne devrait pas compter, car il vient des Tropiques! »

Au moment où Josépha frappa doucement le front du Brésilien, Montès retomba sur sa chaise, et s'adressa, par un regard, à du Tillet : « Si je suis le jouet d'une de vos plaisanteries parisiennes, lui dit-il, si vous avez voulu m'arracher mon secret... » Et il enveloppa la table entière d'une ceinture de feu embrassant tous les convives d'un coup d'œil où flamba le soleil du Brésil. « Par grâce, avouez-le-moi, reprit-il d'un air suppliant et presque enfantin; mais ne calomniez pas une femme que j'aime...

— Ah çà! lui répondit Carabine à l'oreille, mais si vous étiez indignement trahi, trompé, joué par Valérie, et que je vous en donnasse les preuves, dans une heure, chez moi, que feriez-vous ?

— Je ne puis pas vous le dire ici, devant tous ces Iagos... », dit le baron brésilien.

Carabine entendit *magots !*

« Eh bien! taisez-vous! lui répondit-elle en souriant, ne prêtez pas à rire aux hommes les plus spirituels de Paris, et venez chez moi, nous causerons... »

Montès était anéanti...

« Des preuves!... dit-il en balbutiant, songez!...

— Tu en auras trop, répondit Carabine, et puisque le soupçon te porte autant à la tête, j'ai peur pour ta raison...

— Est-il entêté cet être-là, c'est pis que feu le roi de Hollande[1]. Voyons ? Lousteau, Bixiou, Massol, ohé! les autres ? n'êtes-vous pas invités tous à déjeuner par Mme Marneffe, après-demain ? demanda Léon de Lora.

— *Ya,* répondit du Tillet. J'ai l'honneur de vous répéter, baron, que si vous aviez, par hasard, l'intention d'épouser Mme Marneffe, vous êtes rejeté comme un projet de loi par une boule du nom de Crevel. Mon ami, mon ancien camarade Crevel a quatre-vingt mille livres de rente, et vous n'en avez pas probablement fait voir autant, car alors vous eussiez été, je le crois, préféré... »

Montès écouta d'un air à demi rêveur, à demi souriant, qui parut terrible à tout ce monde. Le premier garçon vint dire en ce moment à l'oreille de Carabine qu'une de ses parentes était dans le salon et désirait lui parler. La lorette se leva, sortit, et trouva Mme Nourrisson sous voiles de dentelle noire.

« Eh bien! dois-je aller chez toi, ma fille ? A-t-il mordu ?

— Oui, ma petite mère, le pistolet est si bien chargé que j'ai peur qu'il n'éclate », répondit Carabine[a].

Une heure après, Montès, Cydalise et Carabine, revenus du *Rocher de Cancale,* entraient rue Saint-Georges, dans le petit salon de Carabine. La lorette vit Mme Nourrisson assise dans une bergère, au coin du feu.

« Tiens! voilà ma respectable tante! dit-elle.

— Oui, ma fille, c'est moi qui viens chercher moi-même ma petite rente. Tu m'oublierais, quoique tu aies bon cœur, et j'ai demain des billets à payer. Une marchande à la toilette, c'est toujours gêné. Qu'est-ce que tu traînes donc après toi ?... Ce monsieur a l'air d'avoir bien du désagrément... »

L'affreuse Mme Nourrisson, dont en ce moment la métamorphose était complète, et qui semblait être une bonne vieille femme, se leva pour embrasser Carabine, une des cent et quelques lorettes qu'elle avait lancées dans l'horrible carrière du vice[1].

« C'est un Othello qui ne se trompe pas, et que j'ai l'honneur de te présenter : M. le baron Montès de Montéjanos...

— Oh! je connais monsieur pour en avoir beaucoup entendu parler, on vous appelle Combabus parce que vous n'aimez qu'une femme; c'est, à Paris, comme si l'on n'en avait pas du tout. Eh bien! s'agirait-il par hasard de votre objet ? de Mme Marneffe, la femme à Crevel... Tenez, mon cher monsieur, bénissez votre sort au *lieur* de l'accuser... C'est une rien du tout, cette petite femme-là. Je connais ses allures!...

— Ah bah! dit Carabine à qui Mme Nourrisson avait glissé dans la main une lettre en l'embrassant, tu ne connais pas les Brésiliens. C'est des crânes qui tiennent à s'empaler par le cœur!... Tant plus ils sont jaloux, tant plus ils veulent l'être. Môsieur parle de tout massacrer, et il ne massacrera rien, parce qu'il aime! Enfin, je ramène ici M. le baron pour lui donner les preuves de son malheur que j'ai obtenues de ce petit Steinbock. »

Montès était ivre, il écoutait comme s'il ne s'agissait pas de lui-même. Carabine alla se débarrasser de son crispin en velours, et lut le *fac-simile* du billet suivant :

« Mon chat, *il* va ce soir dîner chez Popinot, et viendra me chercher à l'Opéra sur les onze heures. Je partirai sur les cinq heures et demie, et compte te trouver à notre paradis, où tu feras venir à dîner de la Maison d'Or[2]. Habille-toi de manière à pouvoir me ramener à l'Opéra. Nous aurons quatre heures à nous. Tu me rendras ce petit mot, non pas que ta Valérie se défie de toi, je te donnerais ma vie, ma fortune et mon honneur; mais je crains les farces du hasard. »

« Tiens, baron, voilà le poulet envoyé ce matin au comte de Steinbock, lis l'adresse! L'original vient d'être brûlé. »

Montès tourna, retourna le papier, reconnut l'écriture, et fut frappé d'une idée juste, ce qui prouve combien sa tête était dérangée.

« Ah çà! dans quel intérêt me déchirez-vous le cœur, car vous avez acheté bien cher le droit d'avoir ce billet pendant quelque temps entre les mains pour le faire lithographier[a]? dit-il en regardant Carabine.

— Grand imbécile! dit Carabine à un signe de Mme Nourrisson, ne vois-tu pas cette pauvre Cydalise... un[b] enfant de seize ans qui t'aime depuis trois mois à en perdre le boire et le manger, et qui se désole de n'avoir pas encore obtenu le plus distrait de tes regards? (Cydalise se mit un mouchoir sur les yeux, et eut l'air de pleurer.) Elle est furieuse, malgré son air de sainte-nitouche, de voir que l'homme dont elle est folle est la dupe d'une scélérate, dit Carabine en poursuivant, et elle tuerait Valérie...

— Oh! ça, dit le Brésilien, ça me regarde!

— Tuer?... toi! mon petit, dit la Nourrisson, ça ne se fait plus ici.

— Oh! reprit Montès, je ne suis pas de ce pays-ci, moi! Je vis dans une capitainerie où je me moque de vos lois, et si vous me donnez des preuves...

— Ah çà! ce billet, ce n'est donc rien ?...

— Non, dit le Brésilien. Je ne crois pas à l'écriture, je veux voir...

— Oh! voir! dit Carabine qui comprit à merveille un nouveau geste de sa fausse tante; mais on te fera tout voir, mon cher tigre, à une condition...

— Laquelle ?

— Regardez Cydalise. »

Sur un signe de Mme Nourrisson, Cydalise regarda tendrement le Brésilien.

« L'aimeras-tu? lui feras-tu son sort?... demanda Carabine. Une femme de cette beauté-là, ça vaut un *hôtel* et un équipage! Ce serait une monstruosité que de la laisser à pied. Et elle a... des dettes. Que dois-tu? fit Carabine en pinçant le bras de Cydalise.

— Elle vaut ce qu'elle vaut, dit la Nourrisson. Suffit qu'il y a marchand!

— Écoutez! s'écria Montès en apercevant enfin cet admirable chef-d'œuvre féminin, vous me ferez voir Valérie ?...

— Et le comte de Steinbock, parbleu! » dit Mme Nourrisson.

Depuis dix minutes, la vieille observait le Brésilien, elle vit en lui l'instrument monté au diapason du meurtre dont elle avait besoin, elle le vit surtout assez aveuglé pour ne plus prendre garde à ceux qui le menaient, et elle intervint.

« Cydalise, mon chéri du Brésil, est ma nièce, et l'affaire me regarde un peu. Toute cette débâcle, c'est l'affaire de dix minutes; car c'est une de mes amies qui loue au comte de Steinbock la chambre garnie où ta Valérie prend en ce moment son café, un drôle de café, mais elle appelle cela son café. Donc*a*, entendonsnous, Brésil! J'aime le Brésil, c'est un pays chaud. Quel sera le sort de ma nièce ?

— Vieille autruche! dit Montès frappé des plumes que la Nourrisson avait sur son chapeau, tu m'as interrompu. Si tu me fais voir... voir Valérie et cet artiste ensemble...

— Comme tu voudrais être avec elle, dit Carabine, c'est entendu.

— Eh bien! je prends cette Normande, et l'emmène...

— Où ?... demanda Carabine.

— Au Brésil! répondit le baron, j'en ferai ma femme. Mon oncle m'a laissé dix lieues carrées de pays invendables, voilà pourquoi je possède encore cette habitation; j'y ai cent nègres, rien que des nègres, des négresses et des négrillons achetés par mon oncle...

— Le neveu d'un négrier!... dit Carabine en faisant la moue, c'est à considérer. Cydalise, mon enfant, es-tu négrophile ?

— Ah çà! *ne blaguons* plus, Carabine, dit la Nourrisson. Que diable! nous sommes en affaires, monsieur et moi.

— Si je me redonne une Française, je la veux toute à moi, reprit le Brésilien. Je vous en préviens, mademoiselle, je suis un roi, mais pas un roi constitutionnel, je suis un czar, j'ai acheté tous mes sujets, et personne ne sort de mon royaume, qui se trouve à cent lieues de toute habitation, il est bordé de Sauvages du côté de

l'intérieur, et séparé de la côte par un désert grand
comme votre France...

— J'aime mieux une mansarde ici! dit Carabine...

— C'est ce que je pensais, répliqua le Brésilien,
puisque j'ai vendu toutes mes terres, et tout ce que je
possédais à Rio de Janeiro pour venir retrouver
Mme Marneffe.

— On ne fait pas ces voyages-là pour rien, dit
Mme Nourrisson. Vous avez le droit d'être aimé pour
vous-même, étant surtout très beau... Oh! il est beau,
dit-elle à Carabine.

— Très beau! plus beau que le postillon de Lonju-
meau[1] », répondit la lorette.

Cydalise prit la main du Brésilien, qui se débarrassa
d'elle le plus honnêtement possible.

« J'étais revenu pour enlever Mme Marneffe! reprit
le Brésilien en reprenant son argumentation, et vous
ne savez pas pourquoi j'ai mis trois ans à revenir ?

— Non, Sauvage, dit Carabine.

— Eh bien! elle m'avait tant dit qu'elle voulait
vivre avec moi, seule, dans un désert!...

— Ce n'est plus un Sauvage, dit Carabine en partant
d'un éclat de rire, il est de la tribu des Jobards civilisés.

— Elle me l'avait tant dit, reprit le baron insensible
aux railleries de la lorette, que j'ai fait arranger une habitation délicieuse au centre de cette immense propriété.
Je reviens en France chercher Valérie, et la nuit où je
l'ai revue...

— Revue est décent, dit Carabine, je retiens le mot!

— Elle m'a dit d'attendre la mort de ce misérable
Marneffe, et j'ai consenti, tout en lui pardonnant d'avoir
accepté les hommages de Hulot. Je ne sais pas si le
diable a pris des jupes, mais cette femme, depuis ce
moment, a satisfait à tous mes caprices, à toutes mes exigences; enfin, elle ne m'a pas donné lieu de la suspecter
pendant une minute!...

— Ça! c'est très fort! » dit Carabine à Mme Nourrisson.

Mme Nourrisson hocha la tête en signe d'assentiment.

« Ma foi en cette femme, dit Montès en laissant couler ses larmes, égale mon amour. J'ai failli souffleter
tout ce monde à table, tout à l'heure...

— Je l'ai bien vu! dit Carabine.

— Si je suis trompé, si elle se marie, et si elle est en ce moment dans les bras de Steinbock, cette femme a mérité mille morts, et je la tuerai comme on écrase une mouche...

— Et les gendarmes, mon petit..., dit Mme Nourrisson avec un sourire de vieille qui donnait chair de poule.

— Et le commissaire de police et les juges, et la cour d'assises et tout le tremblement!... dit Carabine.

— Vous êtes un fat! mon cher, reprit Mme Nourrisson qui voulait connaître les projets de vengeance du Brésilien.

— Je la tuerai! répéta froidement le Brésilien. Ah çà! vous m'avez appelé Sauvage!... Est-ce que vous croyez que je vais imiter la sottise de vos compatriotes qui vont acheter du poison chez les pharmaciens?... J'ai pensé, pendant le temps que vous avez mis à venir chez vous, à ma vengeance, dans le cas où vous auriez raison contre Valérie. L'un de mes nègres porte avec lui le plus sûr des poisons animaux, une terrible maladie qui vaut mieux qu'un poison végétal et qui ne se guérit qu'au Brésil, je la fais prendre à Cydalise, qui me la donnera; puis[a], quand la mort sera dans les veines de Crevel et de sa femme, je serai par-delà les Açores avec votre cousine que je ferai guérir et que je prendrai pour femme[b]. Nous autres Sauvages, nous avons nos procédés!... Cydalise, dit-il en regardant la Normande, est la bête qu'il me faut[c]. Que doit-elle?...

— Cent mille francs! dit Cydalise.

— Elle parle peu, mais bien, dit à voix basse Carabine à Mme Nourrisson.

— Je deviens fou! s'écria d'une voix creuse le Brésilien en retombant sur une causeuse. J'en mourrai! Mais je veux voir, car c'est impossible! Un billet lithographié[d]!... qui me dit que ce n'est pas l'œuvre d'un faussaire?... Le baron Hulot aimer Valérie!... il en se rappelant le discours de Josépha; mais la preuve qu'il ne l'aimait pas, c'est qu'elle existe!... Moi je ne la laisserai vivante à personne, si elle n'est pas toute à moi!... »

Montès était effrayant à voir, et plus effrayant à entendre! Il rugissait, il se tordait, tout ce qu'il touchait était brisé, le bois de palissandre semblait être du verre.

« Comme il casse! dit Carabine en regardant Nourrisson. — Mon petit, reprit-elle en donnant une tape au

Brésilien, Roland furieux fait très bien dans un poème ;
mais, dans un appartement, c'est prosaïque et cher.

— Mon fils ! dit la Nourrisson en se levant et allant
se poser en face du Brésilien abattu, je suis de ta religion. Quand on aime d'une certaine façon, qu'on s'est
agrafé à mort, la vie répond de l'amour. Celui qui s'en
va arrache tout, quoi ! c'est une démolition générale. Tu
as mon estime, mon admiration, mon consentement,
surtout pour ton procédé qui va me rendre négrophile.
Mais tu aimes ! tu reculeras !...

— Moi !... si c'est une infâme, je...

— Voyons, tu causes trop à la fin des fins ! reprit la
Nourrisson redevenant elle-même. Un homme qui veut
se venger et qui se dit Sauvage à procédés se conduit
autrement. Pour qu'on te fasse voir ton objet dans son
paradis, il faut prendre Cydalise et avoir l'air d'entrer là,
par suite d'une erreur de bonne, avec ta particulière,
mais pas d'esclandre ! Si tu veux te venger, il faut capon-
ner[a], avoir l'air d'être au désespoir et te faire rouler par
ta maîtresse ? Ça y est-il ? dit Mme Nourrisson en
voyant le Brésilien surpris d'une machination si subtile.

— Allons, l'Autruche, répondit-il, allons... je comprends.

— Adieu, mon bichon », dit Mme Nourrisson à
Carabine.

Elle fit signe à Cydalise de descendre avec Montès,
et resta seule avec Carabine.

« Maintenant, ma mignonne, je n'ai peur que d'une
chose, c'est qu'il l'étrangle ! Je serais dans de mauvais
draps, il ne nous faut que des affaires *en douceur.* Oh !
je crois que tu as gagné ton tableau de Raphaël, mais
on dit que c'est un Mignard[1]. Sois tranquille. C'est beaucoup plus beau ; l'on m'a dit que les Raphaël étaient
tout noirs, tandis que celui-là, c'est gentil comme un
Girodet.

— Je ne tiens qu'à l'emporter sur Josépha ! s'écria
Carabine, et ça m'est *égal* que ça soit avec un Mignard
ou avec un Raphaël. Non, cette voleuse avait des perles,
ce soir... on se damnerait pour[b] ! »

Cydalise, Montès et Mme Nourrisson montèrent dans
un fiacre qui stationnait à la porte de Carabine. Mme Nourrisson indiqua tout bas au cocher une maison du pâté

des Italiens, où l'on serait arrivé dans quelques inſtants, car, de la rue Saint-Georges, la diſtance eſt de sept à huit minutes; mais Mme Nourrisson ordonna de prendre par la rue Lepelletier, et d'aller très lentement, de manière à passer en revue les équipages ſtationnés.

« Brésilien! dit la Nourrisson, vois à reconnaître les gens et la voiture de ton ange. »

Le baron montra du doigt l'équipage de Valérie au moment où le fiacre passa devant.

« Elle a dit à ses gens de venir à dix heures, et elle s'eſt fait conduire en fiacre à la maison où elle eſt avec le comte Steinbock; elle y a dîné, et elle viendra dans une demi-heure à l'Opéra. C'eſt bien travaillé! dit Mme Nourrisson. Cela t'explique comment elle peut t'avoir attrapé si longtemps. »

Le Brésilien ne répondit pas. Métamorphosé en tigre, il avait repris le sang-froid imperturbable tant admiré pendant le dîner. Enfin, il était calme comme un failli, le lendemain du bilan déposé.

À la porte de la fatale maison, ſtationnait une citadine à deux chevaux, de celles qui s'appellent *Compagnie géné-rale*[1], du nom de l'entreprise.

« Reſte dans ta boîte, dit Mme Nourrisson à Montès. On n'entre pas ici comme dans un eſtaminet, on viendra vous chercher. »

Le paradis de Mme Marneffe et de Wenceslas ne ressemblait guère à la petite maison Crevel, que Crevel avait vendue au comte Maxime de Trailles; car, dans son opinion, elle devenait inutile. Ce paradis, le paradis de bien du monde, consiſtait en une chambre située au quatrième étage, et donnant sur l'escalier, dans une maison sise au pâté des Italiens. À chaque étage, il se trouvait dans cette maison, sur chaque palier, une chambre, autrefois disposée pour servir de cuisine à chaque appartement. Mais la maison étant devenue une espèce d'auberge louée aux amours clandeſtins à des prix exorbitants, la principale locataire, la vraie Mme Nourrisson, marchande à la toilette rue Neuve-Saint-Marc, avait jugé sainement de la valeur immense de ces cuisines, en en faisant des espèces de salles à manger. Chacune de ces pièces, flanquée de deux gros murs mitoyens, éclairée sur la rue, se trouvait totalement isolée, au moyen de portes battantes très épaisses qui faisaient une

double fermeture sur le palier. On pouvait donc causer
de secrets importants en dînant sans courir le risque
d'être entendu. Pour plus de sûreté, les fenêtres étaient
pourvues de persiennes au-dehors et de volets en dedans.
Ces chambres, à cause de cette particularité, coûtaient
trois cents francs par mois. Cette maison, grosse de paradis et de mystères, était louée vingt-quatre mille francs
à Mme Nourrisson Iʳᵉ, qui en gagnait vingt mille, bon
an, mal an, sa gérante (Mme Nourrisson IIᵉ)ᵃ payée, car
elle n'administrait point par elle-même.

Le paradis loué au comte Steinbock avait été tapissé
de perse. La froideur et la dureté d'un ignoble carreau
rougi d'encaustique ne se sentait plus aux pieds sous un
moelleux tapis. Le mobilier consistait en deux jolies
chaisesᵇ et un lit dans une alcôve, alors à demi caché par
une table chargée des restes d'un dîner fin, et où deux
bouteilles à longs bouchons et une bouteille de vin de
Champagne éteinte dans sa glace jalonnaient les champs
de Bacchus cultivés par Vénus. On voyait, envoyés sans
doute par Valérie, un bon fauteuil ganache à côté d'une
chauffeuse¹, et une jolie commode en bois de rose avec
sa glace bien encadrée en style Pompadour. Une lampe
au plafond donnait un demi-jour accru par les bougies de
la table et par celles qui décoraient la cheminée.

Ce croquis peindra, *urbi et orbi*², l'amour clandestin dans
les mesquines proportions qu'y imprimeᶜ le Paris de
1840. À quelle distance est-on, hélas! deᵈ l'amour adultère symbolisé par les filets de Vulcain, il y a trois mille
ans³.

Au moment où Cydalise et le baron montaient, Valérie, debout devant la cheminée, où brûlait une falourde,
se faisait lacer par Wenceslas. C'est le moment où la
femme qui n'est ni trop grasse ni trop maigre, comme était
la fine, l'élégante Valérie, offre des beautés surnatu-
relles. La chair rosée, à teintes moites, sollicite un regard
des yeux les plus endormis. Les lignes du corps, alors
si peu voilé, sont si nettement accusées par les plis
éclatants du jupon et par le basin⁴ du corset, que la
femme est irrésistible, comme tout ce qu'on est obligé
de quitter. Le visage heureux et souriant dans le miroir,
le pied qui s'impatiente, la main qui va réparant le
désordre des boucles de la coiffure mal reconstruite, les
yeux où déborde la reconnaissance; puis le feu du

contentement qui, semblable à un coucher de soleil, embrase les plus menus détails de la physionomie, tout de cette heure en fait une mine à souvenirs!... Certes, quiconque jetant un regard sur les premières erreurs de sa vie y reprendra quelques-uns de ces délicieux détails, comprendra peut-être, sans les excuser, les folies des Hulot et des Crevel. Les femmes connaissent si bien leur puissance en ce moment qu'elles y trouvent toujours ce qu'on peut appeler le regain du rendez-vous[a].

« Allons donc! après deux ans, tu ne sais pas encore lacer une femme! tu es aussi par trop polonais! Voilà dix heures, mon Wences...las! » dit Valérie en riant.

En ce moment, une méchante bonne fit adroitement sauter avec la lame d'un couteau le crochet de la porte battante qui faisait toute la sécurité d'Adam et d'Ève. Elle ouvrit brusquement la porte, car les locataires de ces Éden ont tous peu de temps à eux, et découvrit un de ces charmants tableaux de genre, si souvent exposés au Salon, d'après Gavarni.

« Ici, madame! » dit la fille.

Et Cydalise entra suivie du baron Montès.

« Mais il y a du monde!... Excusez, madame, dit la Normande effrayée[b].

— Comment! mais c'est Valérie! » s'écria Montès qui ferma la porte violemment.

Mme Marneffe, en proie à une émotion trop vive pour être dissimulée, se laissa tomber sur une chauffeuse au coin de la cheminée. Deux larmes roulèrent dans ses yeux et se séchèrent aussitôt. Elle regarda Montès, aperçut la Normande et partit d'un éclat de rire forcé. La dignité de la femme offensée effaça l'incorrection de sa toilette inachevée, elle vint au Brésilien, et le regarda si fièrement que ses yeux étincelèrent comme des armes.

« Voilà donc, dit-elle en venant se poser devant le Brésilien et lui montrant Cydalise, de quoi est doublée votre fidélité? Vous! qui m'avez fait des promesses à convaincre une athée en amour! vous pour qui je faisais tant de choses et même des crimes!... Vous avez raison, monsieur, je ne suis rien auprès d'une fille de cet âge et de cette beauté!... Je sais ce que vous allez me dire, reprit-elle en montrant Wenceslas dont le désordre était une preuve trop évidente pour être niée. Ceci me regarde. Si je pouvais vous aimer, après cette trahison infâme, car vous m'avez espionnée, vous avez acheté chaque marche de cet escalier, et la maîtresse de la maison, et la servante, et Reine peut-être... Oh! que tout cela eſt beau! Si j'avais un reſte d'affection pour un homme si lâche, je lui donnerais des raisons de nature à redoubler l'amour!... Mais je vous laisse, monsieur, avec tous vos doutes qui deviendront des remords... Wenceslas, ma robe.

Elle prit sa robe, la passa, s'examina dans le miroir, et acheva tranquillement de s'habiller sans regarder le Brésilien, absolument comme si elle était seule.

« Wenceslas! êtes-vous prêt? allez devant. »

Elle avait du coin de l'œil et dans la glace espionné la physionomie de Montès, elle crut retrouver dans sa pâleur les indices de cette faiblesse qui livre ces hommes si forts à la fascination de la femme, elle le prit par la main en s'approchant assez près de lui pour qu'il pût respirer ces terribles parfums aimés dont se grisent les amoureux; et, le sentant palpiter, elle le regarda d'un air de reproche : « Je vous permets d'aller raconter votre expédition à M. Crevel, il ne vous croira jamais, aussi ai-je le droit de l'épouser; il sera mon mari après-demain!... et je le rendrai bien heureux!... Adieu! tâchez de m'oublier.

— Ah! Valérie! s'écria Henri Montès en la serrant dans ses bras, c'eſt impossible! Viens au Brésil? »

Valérie regarda le baron et retrouva son esclave.

« Ah! si tu m'aimais toujours, Henri! dans deux ans, je serais ta femme; mais ta figure en ce moment me paraît bien sournoise.

— Je te jure qu'on m'a grisé, que de faux amis m'ont jeté cette femme sur les bras, et que tout ceci eſt l'œuvre du hasard! dit Montès.

— Je pourrais donc encore te pardonner? dit-elle en souriant.

— Et te marierais-tu toujours? demanda le baron en proie à une navrante anxiété.

— Quatre-vingt mille francs de rente! dit-elle avec un enthousiasme à demi comique. Et Crevel m'aime tant, qu'il en mourra!

— Ah! je te comprends, dit le Brésilien.

— Eh bien!... dans quelques jours, nous nous entendrons », dit-elle.

Et elle descendit triomphante.

« Je n'ai plus de scrupules, pensa le baron, qui resta planté sur ses jambes pendant un moment. Comment ! cette femme pense à se servir de son amour pour se débarrasser de cet imbécile, comme elle comptait sur la destruction de Marneffe !... Je serai l'instrument de la colère divine[a] ! »

Deux jours après, ceux des convives de du Tillet qui déchiraient Mme Marneffe à belles dents se trouvaient attablés chez elle, une heure après qu'elle venait de faire peau neuve en changeant son nom pour le glorieux nom d'un maire de Paris. Cette trahison de la langue est une des légèretés[b] les plus ordinaires de la vie parisienne. Valérie avait eu le plaisir de voir à l'église le baron brésilien, que Crevel, devenu mari complet, invita par forfanterie. La présence de Montès au déjeuner n'étonna personne. Tous ces gens d'esprit étaient depuis long-temps familiarisés avec les lâchetés de la passion, avec les transactions du plaisir. La profonde mélancolie de Steinbock, qui commençait à mépriser celle dont il avait fait un ange, parut être d'excellent goût. Le Polonais semblait dire ainsi que tout était fini entre Valérie et lui. Lisbeth vint embrasser sa chère Mme Crevel, en s'excusant de ne pas assister au déjeuner, sur le douloureux état de santé d'Adeline.

« Sois tranquille, dit-elle à Valérie en la quittant, ils te recevront chez eux et tu les recevras chez toi. Pour avoir seulement entendu ces quatre mots : *Deux cent mille francs,* la baronne est à la mort. Oh ! tu les tiens tous par cette histoire ; mais tu me la diras ?... »

Un mois après son mariage, Valérie en était à sa dixième querelle avec Steinbock, qui voulait d'elle des explications sur Henri Montès, qui lui rappelait ses *phrases pendant la scène du paradis,* et qui non content de flétrir Valérie par des termes de mépris, la surveillait tellement qu'elle ne trouvait plus un instant de liberté, tant elle était pressée entre la jalousie de Wenceslas et l'empressement de Crevel. N'ayant plus auprès d'elle Lisbeth, qui la conseillait admirablement bien, elle s'emporta jusqu'à reprocher durement à Wenceslas l'argent qu'elle lui prêtait. La fierté de Steinbock se réveilla si bien qu'il ne revint plus à l'hôtel Crevel. Valérie avait atteint à son but, elle voulait éloigner Wenceslas pen-

dant quelque temps pour recouvrer sa liberté. Valérie
attendit un voyage à la campagne que Crevel devait
faire chez le comte Popinot afin d'y négocier la présentation de Mme Crevel, et put ainsi donner un rendez-
vous au baron, qu'elle désirait avoir toute une journée à
elle pour lui donner des raisons qui devaient redoubler
l'amour du Brésilien. Le matin de ce jour-là, Reine,
jugeant de son crime par la grosseur de la somme reçue,
essaya d'avertir sa maîtresse, à qui naturellement elle
s'intéressait plus qu'à des inconnus; mais, comme on
l'avait menacée de la rendre folle et de l'enfermer à la
Salpêtrière, en cas d'indiscrétion, elle fut timide.

« Madame est si heureuse maintenant, dit-elle, pourquoi s'embarrasserait-elle encore de ce Brésilien ?... Je
m'en défie, moi!

— C'est vrai, Reine! répondit-elle; aussi vais-je le
congédier.

— Ah! Madame, j'en suis bien aise, il m'effraie, ce
moricaud! Je le crois capable de tout...

— Es-tu sotte! c'est pour lui qu'il faut craindre quand
il est avec moi. »

En ce moment Lisbeth entra.

« Ma chère gentille chevrette! il y a longtemps que
nous ne nous sommes vues! dit Valérie, je suis bien
malheureuse. Crevel m'assomme, et je n'ai plus de Wenceslas; nous sommes brouillés.

— Je le sais, reprit Lisbeth, et c'est à cause de lui
que je viens : Victorin l'a rencontré sur les cinq heures du
soir, au moment où il entrait dans un restaurant à
vingt-cinq sous, rue de Valois; il l'a pris à jeun par les
sentiments et l'a ramené rue Louis-le-Grand... Hortense,
en revoyant Wenceslas maigre, souffrant, mal vêtu, lui
a tendu la main. Voilà comment tu me trahis!

— Monsieur Henri, madame! vint dire le valet de
chambre à l'oreille de Valérie.

— Laisse-moi, Lisbeth, je t'expliquerai tout cela
demain!... »

Mais, comme on va le voir, Valérie ne devait bientôt
plus pouvoir rien expliquer à personne[a].

Vers la fin du mois de mai, la pension du baron Hulot
fut entièrement dégagée par les payements que Victorin avait successivement faits au baron de Nucingen.
Chacun sait que les semestres des pensions ne sont acquit-

tés que sur la présentation d'un certificat de vie, et
comme on ignorait la demeure du baron Hulot, les
semestres frappés d'opposition au profit de Vauvinet
restaient accumulés au Trésor. Vauvinet ayant signé sa
mainlevée, désormais il était indispensable de trouver le
titulaire pour toucher l'arriéré. La baronne avait, grâce
aux soins du docteur Bianchon, recouvré la santé. La
bonne Josépha contribua par une lettre, dont l'orthographe trahissait la collaboration du duc d'Hérouville,
à l'entier rétablissement d'Adeline. Voici ce que la cantatrice écrivit à la baronne, après quarante jours de
recherches actives :

« Madame la baronne,

« M. Hulot vivait, il y a deux mois, rue des Bernardins, avec Élodie Chardin[a], la repriseuse de dentelle,
qui l'avait enlevé à Mlle Bijou; mais il est parti, laissant
là tout ce qu'il possédait, sans dire un mot, sans qu'on
puisse savoir où il est allé. Je ne me suis pas découragée,
et j'ai mis à sa poursuite un homme qui déjà croit l'avoir
rencontré sur le boulevard Bourdon.

« La pauvre juive tiendra la promesse faite à la chrétienne. Que l'ange prie pour le démon! c'est ce qui doit
arriver quelquefois dans le ciel.

« Je suis, avec un profond respect et pour toujours,
votre humble servante,

« JOSÉPHA MIRAH. »

Me Hulot d'Ervy n'entendant plus parler de la terrible Mme Nourrisson, voyant son beau-père marié,
ayant reconquis son beau-frère, revenu sous le toit de la
famille, n'éprouvant aucune contrariété de sa nouvelle
belle-mère, et trouvant sa mère mieux de jour en jour,
se laissait aller à ses travaux politiques et judiciaires,
emporté par le courant rapide de la vie parisienne, où
les heures comptent pour des journées. Chargé d'un rapport à la Chambre des députés, il fut obligé, vers la fin
de la session, de passer toute une nuit à travailler. Rentré dans son cabinet vers neuf heures, il attendait que
son valet de chambre apportât ses flambeaux garnis
d'abat-jour, et il pensait à son père. Il se reprochait de
laisser la cantatrice occupée de cette recherche, et il se

proposait de voir à ce sujet le lendemain M. Chapuzot, lorsqu'il aperçut à sa fenêtre, dans la lueur du crépuscule, une sublime tête de vieillard, à crâne jaune, bordé de cheveux blancs.

« Dites, mon cher monsieur, qu'on laisse arriver jusqu'à vous un pauvre ermite venu du désert et chargé de quêter pour la reconstruction d'un saint asile. »

Cette vision, qui prenait une voix et qui rappela soudain à l'avocat une prophétie de l'horrible Nourrisson, le fit tressaillir.

« Introduisez ce vieillard, dit-il à son valet de chambre.

— Il empestera le cabinet de Monsieur, répondit le domestique, il porte une robe brune qu'il n'a pas renouvelée depuis son départ de Syrie, et il n'a pas de chemise...

— Introduisez ce vieillard », répéta l'avocat.

Le vieillard entra, Victorin examina d'un œil défiant ce soi-disant ermite en pèlerinage, et vit un superbe modèle de ces moines napolitains dont les robes sont sœurs des guenilles du lazzarone, dont les sandales sont les haillons du cuir, comme le moine est lui-même un haillon humain[1]. C'était d'une vérité si complète que, tout en gardant sa défiance, l'avocat se gourmanda d'avoir cru aux sortilèges de Mme Nourrisson.

« Que me demandez-vous ?

— Ce que vous croyez devoir me donner. »

Victorin prit cent sous à une pile d'écus et tendit la pièce à l'étranger.

« À compte de cinquante mille francs, c'est peu », dit le mendiant du désert.

Cette phrase dissipa toutes les incertitudes de Victorin.

« Et le ciel a-t-il tenu ses promesses ? dit l'avocat en fronçant le sourcil.

— Le doute est une offense, mon fils ! répliqua le solitaire. Si vous voulez ne payer qu'après les pompes funèbres accomplies, vous êtes dans votre droit, je reviendrai dans huit jours.

— Les pompes funèbres ! s'écria l'avocat en se levant.

— On a marché, dit le vieillard en se retirant, et les morts vont vite à Paris[2] ! »

Quand Hulot, qui baissa la tête, voulut répondre, l'agile vieillard avait disparu.

« Je n'y comprends pas un mot, se dit Hulot fils à lui-même... Mais dans huit jours, je lui redemanderai mon père, si nous ne l'avons pas trouvé. Où Mme Nourrisson (oui, elle se nomme ainsi) prend-elle de pareils acteurs[a] ? »

Le lendemain, le docteur Bianchon permit à la baronne de descendre au jardin, après avoir examiné Lisbeth qui, depuis un mois, était obligée par une légère maladie des bronches de garder la chambre. Le savant docteur, qui n'osa dire toute sa pensée sur Lisbeth avant d'avoir observé des[b] symptômes décisifs, accompagna la baronne au jardin pour étudier, après deux mois de réclusion, l'effet du plein air sur le tressaillement nerveux dont il s'occupait. La guérison de cette névrose affriolait le génie de Bianchon. En voyant ce grand et célèbre médecin assis et leur accordant quelques instants, la baronne et ses enfants eurent une conversation de politesse avec lui.

« Vous avez une vie bien occupée, et bien tristement ! dit la baronne. Je sais ce que c'est que d'employer ses journées à voir des misères ou des douleurs physiques.

— Madame, répondit le médecin, je n'ignore pas les spectacles que la charité vous oblige à contempler ; mais vous vous y ferez à la longue, comme nous nous y faisons tous. C'est la loi sociale. Le confesseur, le magistrat, l'avoué seraient impossibles si l'*esprit de l'état* ne domptait pas le *cœur de l'homme*. Vivrait-on sans l'accomplissement de ce phénomène ? Le militaire, en temps de guerre, n'est-il pas également réservé à des spectacles encore plus cruels que ne le sont les nôtres ? et tous les militaires qui ont vu le feu sont bons. Nous, nous avons le plaisir d'une cure qui réussit, comme vous avez, vous, la jouissance de sauver une famille des horreurs de la faim, de la dépravation, de la misère, en la rendant au travail, à la vie sociale ; mais comment se consolent le magistrat, le commissaire de police et l'avoué qui passent leur vie à fouiller les plus scélérates combinaisons de l'intérêt, ce monstre social qui connaît le regret de ne pas avoir réussi, mais que le repentir ne visitera jamais[1] ? La moitié de la société passe sa vie à observer l'autre. J'ai pour ami depuis bien longtemps un avoué, maintenant retiré, qui me disait que, depuis quinze ans, les notaires, les avoués se défient autant de leurs clients que des adversaires de leurs clients. Monsieur votre fils est avocat, n'a-t-il jamais été compromis par celui dont il entreprenait la défense ?

— Oh! souvent! dit en souriant Victorin.

— D'où vient ce mal profond ? demanda la baronne.

— Du manque de religion, répondit le médecin, et de l'envahissement de la finance, qui n'est autre chose que l'égoïsme solidifié. L'argent autrefois n'était pas tout, on admettait des supériorités qui le primaient. Il y avait la noblesse, le talent, les services rendus à l'État; mais aujourd'hui la loi fait de l'argent un étalon général, elle l'a pris pour base de la capacité politique! Certains magistrats ne sont pas éligibles, Jean-Jacques Rousseau ne serait pas éligible! Les héritages perpétuellement divisés obligent chacun à penser à soi dès l'âge de vingt ans. Eh bien! entre la nécessité de faire fortune et la dépravation des combinaisons, il n'y a pas d'obstacle, car le sentiment religieux manque en France, malgré les louables efforts de ceux qui tentent une restauration catholique. Voilà ce que se disent tous ceux qui contemplent, comme moi, la société dans ses entrailles[1].

— Vous avez peu de plaisirs, dit Hortense.

— Le vrai médecin, répondit Bianchon, se passionne pour la science. Il se soutient par ce sentiment autant que par la certitude de son utilité sociale. Tenez, en ce moment, vous me voyez dans une espèce de joie scientifique, et bien des gens superficiels me prendraient pour un homme sans cœur. Je vais annoncer demain à l'Académie de médecine une trouvaille. J'observe en ce moment une maladie perdue. Une maladie mortelle, d'ailleurs, et contre laquelle nous sommes sans armes, dans les climats tempérés, car elle est guérissable aux Indes[a]. Une maladie qui régnait au Moyen Âge. C'est une belle lutte que celle du médecin contre un pareil sujet. Depuis dix jours, je pense à toute heure à mes malades, car ils sont deux, la femme et le mari! Ne vous sont-ils pas alliés, car, madame, vous êtes la fille de M. Crevel, dit-il en s'adressant à Célestine.

— Quoi! votre malade serait mon père ?... dit Célestine. Demeure-t-il rue Barbet-de-Jouy ?

— C'est bien cela, répondit Bianchon.

— Et la maladie est mortelle ? répéta Victorin épouvanté.

— Je vais chez mon père ! s'écria Célestine en se levant.

— Je vous le défends bien positivement, madame, répondit tranquillement Bianchon. Cette maladie est contagieuse.

— Vous y allez bien, monsieur, répliqua la jeune femme. Croyez-vous que les devoirs de la fille ne soient pas supérieurs à ceux du médecin ?

— Madame, un médecin sait comment se préserver de la contagion, et l'irréflexion de votre dévoûement me prouve que vous ne pourriez pas avoir ma prudence. »

Célestine se leva, retourna chez elle, où elle s'habilla pour sortir[a].

« Monsieur, dit Victorin à Bianchon, espérez-vous sauver M. et Mme Crevel ?

— Je l'espère sans le croire, répondit Bianchon. Le fait est inexplicable pour moi... Cette maladie est une maladie propre aux nègres et aux peuplades américaines, dont le système cutané diffère de celui des races blanches. Or, je ne peux établir aucune communication entre les noirs, les cuivrés, les métis et M. ou Mme Crevel. Si c'est d'ailleurs une maladie fort belle pour nous, elle est affreuse pour tout le monde. La pauvre créature, qui, dit-on, était jolie, est bien punie par où elle a péché, car elle est aujourd'hui d'une ignoble laideur, si toutefois elle est quelque chose !... ses dents et ses cheveux tombent, elle a l'aspect des lépreux, elle se fait horreur à elle-même ; ses mains, épouvantables à voir, sont enflées et couvertes de pustules verdâtres ; les ongles déchaussés restent dans les plaies qu'elle gratte ; enfin toutes les extrémités se détruisent dans la sanie qui les ronge.

— Mais la cause de ces désordres ? demanda l'avocat.

— Oh ! dit Bianchon, la cause est dans une altération rapide du sang, il se décompose avec une effrayante rapidité. J'espère attaquer le sang, je l'ai fait analyser ; je rentre prendre chez moi le résultat du travail de mon ami le professeur Duval, le fameux chimiste[1], pour entreprendre un de ces coups désespérés que nous jouons quelquefois contre la mort.

— Le doigt de Dieu est là ! dit la baronne d'une voix profondément émue. Quoique cette femme m'ait causé des maux qui m'ont fait appeler, dans des moments de folie, la justice divine sur sa tête, je souhaite, mon Dieu ! que vous réussissiez, monsieur le docteur. »

Hulot fils avait le vertige, il regardait sa mère, sa sœur et le docteur alternativement, en tremblant qu'on ne devinât ses pensées. Il se considérait comme un assassin. Hortense, elle, trouvait Dieu très juste. Célestine reparut pour prier son mari de l'accompagner.

« Si vous y allez, madame, et vous, monsieur, restez à un pied de distance du lit des malades, voilà toute la précaution. Ni vous ni votre femme ne vous avisez d'embrasser le moribond[a]! Aussi devez-vous accompagner votre femme, monsieur Hulot, pour l'empêcher de transgresser cette ordonnance. »

Adeline et Hortense, restées seules, allèrent tenir compagnie à Lisbeth. La haine d'Hortense contre Valérie était si violente, qu'elle ne put en contenir l'explosion.

« Cousine! ma mère et moi nous sommes vengées!... s'écria-t-elle. Cette venimeuse créature se sera mordue, elle est en décomposition!

— Hortense, dit la baronne, tu n'es pas chrétienne en ce moment. Tu devrais prier Dieu de daigner inspirer le repentir à cette malheureuse.

— Que dites-vous ? s'écria la Bette en se levant de sa chaise, parlez-vous de Valérie ?

— Oui, répondit Adeline, elle est condamnée, elle va mourir d'une horrible maladie, dont la description seule donne le frisson. »

Les dents de la cousine Bette claquèrent, elle fut prise d'une sueur froide, elle eut une secousse terrible qui révéla la profondeur de son amitié passionnée[b] pour Valérie[1].

« J'y vais, dit-elle.

— Mais le docteur t'a défendu de sortir!

— N'importe! j'y vais. Ce pauvre Crevel, dans quel état il doit être, car il aime sa femme...

— Il meurt aussi, répliqua la comtesse Steinbock. Ah! tous[c] nos ennemis sont entre les mains du diable...

— De Dieu!... ma fille... »

Lisbeth s'habilla, prit son fameux cachemire jaune, sa capote de velours noir, mit ses brodequins; et, rebelle aux remontrances d'Adeline et d'Hortense, elle partit comme poussée par une force despotique[d]. Arrivée rue Barbet quelques instants après M. et Mme Hulot, Lisbeth trouva sept médecins que Bianchon avait mandés pour observer ce cas unique, et auxquels il venait de se joindre. Ces docteurs, debout dans le salon, discutaient sur la maladie : tantôt l'un tantôt l'autre allait soit dans la chambre de Valérie, soit dans celle de Crevel, pour observer, et revenait avec un argument basé sur cette rapide observation.

Deux graves opinions partageaient ces princes de la science. L'un, seul de son opinion, tenait pour un empoisonnement et parlait de vengeance particulière en niant qu'on eût retrouvé la maladie décrite au Moyen Âge. Trois autres voulaient voir une décomposition de la lymphe et des humeurs. Le second parti, celui de Bianchon, soutenait que cette maladie était causée par une viciation du sang que corrompait[a] un principe morbifique inconnu. Bianchon apportait le résultat de l'analyse du sang faite par le professeur Duval. Les moyens curatifs, quoique désespérés et tout à fait empiriques, dépendaient de la solution de ce problème médical.

Lisbeth resta pétrifiée à trois pas du lit où mourait Valérie, en voyant un vicaire de Saint-Thomas-d'Aquin au chevet de son amie, et une sœur de charité la soignant. La Religion trouvait une âme à sauver dans un amas de pourriture qui, des cinq sens de la créature, n'avait gardé que la vue. La sœur de charité, qui seule avait accepté la tâche de garder Valérie, se tenait à distance. Ainsi l'Église catholique, ce corps divin, toujours animé par l'inspiration du sacrifice en toute chose, assistait, sous sa double forme d'esprit et de chair, cette infâme et infecte moribonde en lui prodiguant sa mansuétude infinie et ses inépuisables trésors de miséricorde.

Les domestiques épouvantés refusaient d'entrer dans la chambre de Monsieur ou de Madame; ils ne songeaient qu'à eux et trouvaient leurs maîtres justement frappés. L'infection était si grande que, malgré les fenêtres ouvertes et les plus puissants parfums, personne ne pouvait rester longtemps dans la chambre de Valérie. La Religion seule y veillait. Comment une femme, d'un esprit aussi supérieur que Valérie, ne se serait-elle pas demandé quel intérêt faisait rester là ces deux représentants de l'Église ? Aussi la mourante avait-elle écouté la voix du prêtre. Le repentir avait entamé cette âme perverse en proportion des ravages que la dévorante maladie faisait à la beauté. La délicate Valérie avait offert à la maladie beaucoup moins de résistance que

Crevel, et elle devait mourir la première, ayant été d'ailleurs la première attaquée.

« Si je n'avais pas été malade, je serais venue te soigner, dit enfin Lisbeth après avoir échangé un regard avec les yeux abattus de son amie. Voici quinze ou vingt jours que je garde la chambre, mais en apprenant ta situation par le docteur, je suis accourue.

— Pauvre Lisbeth, tu m'aimes encore, toi! je le vois, dit Valérie. Écoute! je n'ai plus qu'un jour ou deux à penser, car je ne puis pas dire *vivre*. Tu le vois? je n'ai plus de corps, je suis un tas de boue... On ne me permet pas de me regarder dans un miroir... Je n'ai que ce que je mérite. Ah! je voudrais, pour être reçue à merci, réparer tout le mal que j'ai fait.

— Oh! dit Lisbeth, si tu parles ainsi, tu es bien morte!

— N'empêchez pas cette femme de se repentir, laissez-la dans ses pensées chrétiennes », dit le prêtre.

« Plus rien! se dit Lisbeth épouvantée. Je ne reconnais ni ses yeux, ni sa bouche! Il ne reste pas un seul trait d'elle! Et l'esprit a déménagé! Oh! c'est effrayant!... »

« Tu ne sais pas, reprit Valérie, ce que c'est que la mort; ce que c'est que de penser forcément au lendemain de son dernier jour, à ce que l'on doit trouver dans le cercueil : des vers pour le corps, mais quoi pour l'âme?... Ah! Lisbeth, je sens qu'il y a une autre vie!... et je suis toute à une terreur qui m'empêche de sentir les douleurs de ma chair décomposée!... Moi qui disais en riant à Crevel, en me moquant d'une sainte, que la vengeance de Dieu prenait toutes les formes du malheur... Eh bien! j'étais prophète[1]!... Ne joue pas avec les choses sacrées, Lisbeth! Si tu m'aimes, imite-moi, repens-toi!

— Moi! dit la Lorraine, j'ai vu la vengeance partout dans la nature, les insectes périssent pour satisfaire le besoin de se venger quand on les attaque! Et ces messieurs, dit-elle en montrant le prêtre, ne nous disent-ils pas que Dieu se venge, et que sa vengeance dure l'éternité!... »

Le prêtre jeta sur Lisbeth un regard plein de douceur et lui dit : « Vous êtes athée, madame.

— Mais vois donc où j'en suis!... lui dit Valérie[a].

— Et d'où te vient cette gangrène? demanda la vieille fille qui resta dans son incrédulité villageoise.

— Oh! j'ai reçu de Henri un billet qui ne me laisse aucun doute sur mon sort... Il m'a tuée[a]. Mourir au moment où je voulais vivre honnêtement, et mourir un objet d'horreur... Lisbeth, abandonne toute idée de vengeance! Sois bonne pour cette famille, à qui j'ai déjà, par un teſtament, donné tout ce dont la loi me permet de disposer! Va, ma fille, quoique tu sois le seul être aujourd'hui qui ne s'éloigne pas de moi avec horreur, je t'en supplie, va-t'en, laisse-moi... je n'ai plus que le temps de me livrer à Dieu!... »

« Elle bat la campagne », se dit Lisbeth sur le seuil de la chambre.

Le sentiment le plus violent que l'on connaisse, l'amitié d'une femme pour une femme[1], n'eut pas l'héroïque conſtance de l'Église. Lisbeth, suffoquée par les miasmes délétères, quitta la chambre. Elle vit les médecins continuant à discuter. Mais l'opinion de Bianchon l'emportait et l'on ne débattait plus que la manière d'entreprendre l'expérience...

« Ce sera toujours une magnifique autopsie, disait un des opposants, et nous aurons deux sujets pour pouvoir établir des comparaisons. »

Lisbeth accompagna Bianchon, qui vint au lit de la malade, sans avoir l'air de s'apercevoir de la fétidité qui s'en exhalait[b].

« Madame, dit-il, nous allons essayer sur vous une médication puiſsante et qui peut vous sauver...

— Si vous me sauvez, dit-elle, serai-je belle comme auparavant ?...

— Peut-être! dit le savant médecin.

— Votre peut-être eſt connu! dit Valérie. Je serais comme ces femmes tombées dans le feu! Laissez-moi toute à l'Église! je ne puis maintenant[c] plaire qu'à Dieu! je vais tâcher de me réconcilier avec lui[d], ce sera ma dernière coquetterie[e]! Oui, il faut que je *fasse le bon Dieu*[f] !

— Voilà le dernier mot de ma pauvre Valérie, je la retrouve! » dit Lisbeth en pleurant[g].

La Lorraine crut devoir passer dans la chambre de Crevel, où elle trouva Victorin et sa femme assis à trois pieds de diſtance du lit du peſtiféré.

« Lisbeth, dit-il, on me cache l'état dans lequel eſt ma femme, tu viens de la voir, comment va-t-elle ?

— Elle eſt mieux, elle se dit sauvée! répondit Lisbeth

en se permettant ce calembour afin de tranquilliser
Crevel[a].

— Ah! bon, reprit le maire, car j'avais peur d'être la
cause de sa maladie... On n'a pas été commis voyageur
pour la parfumerie impunément. Je me fais des reproches.
Si je la perdais, que deviendrais-je! Ma parole d'honneur, mes enfants, j'adore cette femme-là. »

Crevel essaya de se mettre en position, en se remettant[b]
sur son séant.

« Oh! papa, dit Célestine, si vous pouviez être bien
portant, je recevrais ma belle-mère, j'en fais le vœu!

— Pauvre petite Célestine! reprit Crevel, viens
m'embrasser!... » Victorin retint sa femme qui s'élançait.

« Vous ignorez, monsieur, dit avec douceur l'avocat,
que votre maladie est contagieuse...

— C'est vrai, répondit Crevel, les médecins s'applaudissent d'avoir retrouvé sur moi je ne sais quelle peste du
Moyen Âge qu'on croyait perdue, et qu'ils faisaient
tambouriner dans leurs Facultés... C'est fort drôle!

— Papa, dit Célestine, soyez courageux et vous triom-
pherez de cette maladie.

— Soyez calmes, mes enfants, la mort regarde à deux
fois avant de frapper un maire de Paris! dit-il avec un
sang-froid comique. Et puis, si mon arrondissement est
assez malheureux pour se voir enlever l'homme qu'il a
deux fois honoré de ses suffrages... (Hein! voyez comme
je m'exprime avec facilité!) Eh bien! je saurai faire mes
paquets. Je suis un ancien commis voyageur, j'ai l'habitude des départs. Ah! mes enfants, je suis un esprit
fort.

— Papa, promets-moi de laisser venir l'Église à ton
chevet.

— Jamais, répondit Crevel. Que voulez-vous[c], j'ai
sucé le lait de la révolution, je n'ai pas l'esprit du baron
d'Holbach, mais j'ai sa force d'âme[1]. Je suis plus que
jamais Régence, Mousquetaire gris, abbé Dubois, et
maréchal de Richelieu! sacrebleu! Ma pauvre femme, qui
perd la tête, vient de m'envoyer un homme à soutane,
à moi, l'admirateur de Béranger, l'ami de Lisette[2], l'enfant
de Voltaire et de Rousseau... Le médecin m'a dit, pour
me tâter, pour savoir si la maladie m'abattait : " Vous
avez vu M. l'abbé ?..." Eh bien[d]! j'ai imité le grand
Montesquieu. Oui, j'ai regardé le médecin, tenez, comme

cela, fit-il en se mettant de trois quarts comme dans son portrait et tendant la main avec autorité[a], et j'ai dit :

> . . . . *Cet esclave eſt venu,*
> *Il a montré son ordre, et n'a rien obtenu*[1].

Son Ordre eſt un joli calembour, qui prouve qu'à l'agonie M. le président[b] de Montesquieu conservait toute la grâce de son génie, car on lui avait envoyé un jésuite[2]!... J'aime ce passage... on ne peut pas dire de sa vie, mais de sa mort. Ah! le passage! encore un calembour! Le Passage Montesquieu[c3]. »

Hulot fils contemplait triſtement son beau-père, en se demandant si la bêtise et la vanité ne possédaient pas une force égale à celle de la vraie grandeur d'âme. Les causes qui font mouvoir les ressorts de l'âme semblent être tout à fait étrangères aux résultats. La force que déploie un grand criminel serait-elle donc la même que celle dont s'enorgueillit un Champcenetz allant au supplice[d4] ?

À la fin de la semaine, Mme Crevel était enterrée, après des souffrances inouïes, et Crevel suivit sa femme à deux jours de diſtance[5]. Ainsi, les effets du contrat de mariage furent annulés, et Crevel hérita de Valérie.

Le lendemain même de l'enterrement, l'avocat revit le vieux moine, et il le reçut sans mot dire. Le moine tendit silencieusement la main, et silencieusement aussi, M. Victorin Hulot lui remit quatre-vingts billets de banque de mille francs[6], pris sur la somme que l'on trouva dans le secrétaire de Crevel. Mme Hulot jeune hérita de la terre de Presles et de trente mille francs de rente. Mme Crevel avait légué trois cent mille francs au baron Hulot. Le scrofuleux Stanislas devait avoir, à sa majorité, l'hôtel Crevel et vingt-quatre mille francs de rente[e].

Parmi les nombreuses et sublimes associations inſtituées par la charité catholique dans Paris, il en eſt une, fondée par Mme de La Chanterie, dont le but eſt de marier civilement et religieusement les gens du peuple qui se sont unis de bonne volonté[7]. Les législateurs, qui tiennent beaucoup aux produits de l'Enregiſtrement, la Bourgeoisie régnante, qui tient aux honoraires du Notariat, feignent d'ignorer que les trois quarts des gens du peuple ne peuvent pas payer quinze francs pour leur contrat de mariage. La chambre des notaires eſt au-dessous, en ceci, de la chambre des avoués de Paris. Les avoués de Paris, compagnie assez calomniée, entreprennent gratuitement la poursuite des procès des indigents, tandis[a] que les notaires n'ont pas encore décidé de faire gratis les contrats de mariage des pauvres gens. Quant au Fisc, il faudrait remuer toute la machine gouvernementale pour obtenir qu'il se relâchât de sa rigueur à cet égard. L'Enregistrement est sourd et muet. L'Église, de son côté, perçoit des droits sur les mariages[1]. L'Église est en France, excessivement fiscale; elle se livre, dans la maison de Dieu, à d'ignobles trafics de petits bancs et de chaises dont s'indignent les Étrangers, quoiqu'elle ne puisse avoir oublié la colère du Sauveur chassant les vendeurs du Temple. Si l'Église se relâche difficilement de[b] ses droits, il faut croire que ses droits, dits de fabrique, constituent aujourd'hui l'une de ses ressources, et la faute des Églises serait alors celle de l'État. La réunion de ces circonstances, par un temps où l'on s'inquiète beaucoup trop des nègres, des petits condamnés de la police correctionnelle, pour s'occuper des honnêtes gens qui souffrent, fait que beaucoup de ménages honnêtes restent dans le concubinage, faute de trente francs, dernier prix auquel le Notariat, l'Enregistrement, la Mairie et l'Église puissent unir deux Parisiens. L'institution de Mme de La Chanterie, fondée pour remettre les pauvres ménages dans la voie religieuse et légale, est à la poursuite de ces couples, qu'elle trouve d'autant mieux qu'elle les secourt comme indigents, avant de vérifier leur état incivil.

Lorsque Mme la baronne Hulot fut tout à fait rétablie, elle reprit[c] ses occupations. Ce fut alors que la respectable Mme de La Chanterie vint prier Adeline de joindre la légalisation des mariages naturels aux bonnes œuvres dont elle était l'intermédiaire.

Une des premières tentatives de la baronne en ce genre eut lieu dans le quartier sinistre nommé autrefois la *Petite-Pologne,* et que circonscrivent[d] la rue du Rocher, la rue de la Pépinière et la rue de Miromesnil[e2]. Il existe là comme une succursale du faubourg Saint-Marceau. Pour peindre ce quartier, il suffira de dire que les propriétaires de certaines maisons habitées par des industriels sans industries, par de dangereux ferrailleurs, par des indigents livrés à des métiers périlleux, n'osent pas y réclamer leurs loyers, et ne trouvent pas d'huissiers qui veuillent

expulser les locataires insolvables[a]. En ce moment, la
Spéculation, qui tend à changer la face de ce coin de
Paris et à bâtir l'espace en friche qui sépare la rue d'Amsterdam de la rue du Faubourg-du-Roule, en modifiera
sans doute la population, car la truelle est, à Paris, plus
civilisatrice qu'on ne le pense! En bâtissant de belles et
d'élégantes maisons à concierges, les bordant de trottoirs
et y pratiquant des boutiques, la Spéculation écarte, par
le prix du loyer, les gens sans aveu, les ménages sans
mobilier et les mauvais locataires. Ainsi les quartiers se
débarrassent de ces populations sinistres et de ces bouges
où la police ne met le pied que quand la justice l'ordonne.

En juin 1844[b], l'aspect de la place de Laborde[c1] et de ses
environs était encore peu rassurant. Le fantassin élégant
qui, de la rue de la Pépinière, remontait par hasard dans
ces rues épouvantables, s'étonnait de voir l'aristocratie
coudoyée là par une infime Bohème. Dans ces quartiers,
où végètent l'indigence ignorante et la misère aux abois,
florissent les derniers écrivains publics qui se voient dans
Paris. Là où vous voyez écrits ces deux mots : *Écrivain
public,* en grosse coulée, sur un papier blanc affiché à la
vitre de quelque entresol ou d'un fangeux rez-de-chaussée[2], vous pouvez hardiment penser que le quartier
recèle beaucoup de gens ignares, et partant des malheurs,
des vices et des criminels. L'ignorance est la mère de tous
les crimes. Un crime est, avant tout, un manque de raisonnement[d3].

Or, pendant la maladie de la baronne, ce quartier, pour
lequel elle était une seconde Providence, avait acquis un
écrivain public établi dans le passage du Soleil[4], dont le
nom est une de ces antithèses familières aux Parisiens,
car ce passage est doublement obscur. Cet écrivain,
soupçonné d'être allemand, se nommait Vyder[5], et vivait
maritalement avec une fille, de laquelle il était si jaloux,
qu'il ne la laissait aller que chez d'honnêtes fumistes de la
rue Saint-Lazare, Italiens, comme tous les fumistes[6], et à
Paris depuis longues années[e]. Ces fumistes avaient été
sauvés d'une faillite inévitable, et qui les aurait réduits à
la misère, par la baronne Hulot, agissant pour le compte
de Mme de La Chanterie. En quelques mois, l'aisance
avait remplacé la misère, et la religion était entrée en des
cœurs qui naguère maudissaient la Providence, avec
l'énergie particulière aux Italiens fumistes. Une des

premières visites de la baronne fut donc pour cette
famille. Elle fut heureuse du spectacle qui s'offrit à ses
regards, au fond de la maison où demeuraient ces braves
gens, rue Saint-Lazare, auprès de la rue du Rocher. Au-
dessus des magasins et de l'atelier, maintenant bien
fournis, et où grouillaient des apprentis et des ouvriers,
tous Italiens de la vallée de Domodossola, la famille
occupait un petit appartement où le travail avait apporté
l'abondance. La baronne fut reçue comme si c'eût été la
Sainte Vierge apparue. Après un quart d'heure d'examen,
forcée d'attendre le mari pour savoir comment allaient
les affaires, Adeline s'acquitta de son saint espionnage en
s'enquérant des malheureux que pouvait connaître la
famille du fumiste.

« Ah! ma bonne dame, vous qui sauveriez les damnés
de l'enfer, dit l'Italienne, il y a bien près d'ici une jeune
fille à retirer de la perdition.

— La connaissez-vous bien? demanda la baronne.

— C'est la petite-fille d'un ancien patron de mon
mari, venu en France dès la Révolution, en 1798, nommé
Judici. Le père Judici a été, sous l'empereur Napoléon,
l'un des premiers fumistes de Paris; il est mort en 1819,
laissant une belle fortune à son fils. Mais le fils Judici a
tout mangé avec de mauvaises femmes, et il a fini par en
épouser une plus rusée que les autres, celle dont il a eu
cette pauvre petite fille, qui sort d'avoir quinze ans*a*.

— Que lui est-il arrivé? dit la baronne vivement
impressionnée par la ressemblance du caractère de ce
Judici avec celui de son mari*b*.

— Eh bien! madame, cette petite, nommée Atala*c*, a
quitté père et mère pour venir vivre ici à côté, avec un
vieil Allemand de quatre-vingts ans, au moins, nommé
Vyder, qui fait toutes les affaires des gens qui ne savent
ni lire ni écrire. Si au moins ce vieux libertin*d*, qui, dit-
on, aurait acheté la petite à sa mère pour quinze cents
francs, épousait cette jeunesse, comme il a sans doute peu
de temps à vivre, et qu'on le dit susceptible d'avoir quelques milliers de francs de rente, eh bien! la pauvre enfant,
qui *est un* petit ange, échapperait au mal, et surtout à la
misère, qui la pervertira.

— Je vous remercie de m'avoir indiqué cette bonne
action à faire, dit Adeline; mais il faut agir avec prudence.
Quel est ce vieillard?

— Oh! madame, c'est un brave homme, il rend la petite heureuse, et il ne manque pas de bon sens; car, voyez-vous, il a quitté le quartier des Judici, je crois, pour sauver cette enfant des griffes de sa mère. La mère était jalouse de sa fille, et peut-être rêvait-elle de tirer parti de cette beauté, de faire de cette enfant *une demoiselle !*... Atala s'est souvenue de nous, elle a conseillé à *son monsieur* de s'établir auprès de notre maison; et, comme le bonhomme a vu qui nous étions, il la laisse venir ici; mais mariez-la*a*, madame, et vous ferez une action bien digne de vous... Une fois mariée, la petite sera libre*b*, elle échappera par ce moyen à sa mère, qui la guette et qui voudrait, pour tirer parti d'elle, la voir au théâtre ou réussir dans l'affreuse carrière où elle l'a lancée*c*.

— Pourquoi ce vieillard ne l'a-t-il pas épousée ?...

— Ce n'était pas nécessaire, dit l'Italienne, et quoique le bonhomme Vyder ne soit pas un homme absolument méchant, je crois qu'il est assez rusé pour vouloir être maître de la petite, tandis que marié, dame! il craint, ce pauvre vieux, ce qui pend au nez de tous les vieux*d*...

— Pouvez-vous envoyer chercher la jeune fille ? dit la baronne, je la verrais ici, je saurais s'il y a de la ressource*e*... »

La femme du fumiste fit un signe à sa fille aînée, qui partit aussitôt. Dix minutes après, cette jeune personne revint, tenant par la main une fille de quinze ans et demi, d'une beauté tout italienne.

Mlle Judici tenait du sang paternel cette peau jaunâtre au jour, qui le soir, aux lumières, devient d'une blancheur éclatante, des yeux d'une grandeur, d'une forme, d'un éclat oriental, des cils fournis et recourbés qui ressemblaient à de petites plumes noires, une chevelure d'ébène, et cette majesté native de la Lombardie qui fait croire à l'étranger, quand il se promène le dimanche à Milan, que les filles des portiers sont autant de reines. Atala, prévenue par la fille du fumiste de la visite de cette grande dame dont elle avait entendu parler, avait mis*f* à la hâte une jolie robe de soie, des brodequins et un mantelet élégant. Un bonnet à rubans couleur cerise décuplait l'effet de la tête*g*. Cette petite se tenait dans une pose de curiosité naïve, en examinant du coin de l'œil la baronne, dont le tremblement nerveux l'étonnait beaucoup*h*. La baronne poussa un profond soupir en voyant ce chef-

d'œuvre féminin dans la boue de la proſtitution, et jura
de la ramener à la Vertu.

« Comment te nommes-tu, mon enfant ? ·

— Atala, madame.

— Sais-tu lire, écrire ?...

— Non, madame; mais cela ne fait rien, puisque
monsieur le sait...

— Tes parents t'ont-ils menée à l'église ? As-tu fait
ta première communion ? Sais-tu ton catéchisme ?

— Madame, papa voulait me faire faire des choses
qui ressemblent à ce que vous dites, mais maman s'y eſt
opposée...

— Ta mère!... s'écria la baronne. Elle eſt donc bien
méchante, ta mère ?...

— Elle me battait toujours! Je ne sais pourquoi, mais
j'étais le sujet de disputes continuelles entre mon père et
ma mère...

— On ne t'a donc jamais parlé de Dieu ?... » s'écria
la baronne. L'enfant ouvrit de grands yeux.

« Ah! maman et papa disaient souvent : S.... n.. de
Dieu! Tonnerre de Dieu! Sacre-Dieu!... dit-elle avec une
délicieuse naïveté.

— N'as-tu jamais vu d'église ? ne t'eſt-il pas venu
dans l'idée d'y entrer ?

— Des églises ?... Ah! Notre-Dame, le Panthéon, j'ai
vu cela de loin, quand papa m'emmenait dans Paris; mais
cela n'arrivait pas souvent. Il n'y a pas de ces églises-là
dans le faubourg.

— Dans quel faubourg étiez-vous ?

— Dans le faubourg...

— Quel faubourg ?

— Mais rue de Charonne, madame... »

Les gens du faubourg Saint-Antoine n'appellent
jamais autrement ce quartier célèbre que le *faubourg*. C'eſt
pour eux le faubourg par excellence, le souverain faubourg, et les fabricants eux-mêmes entendent par ce mot
spécialement le faubourg Saint-Antoine[a].

« On ne t'a jamais dit ce qui était bien, ce qui était mal ?

— Maman me battait quand je ne faisais pas les choses
à son idée...

— Mais ne savais-tu pas que tu commettais une mauvaise action en quittant ton père et ta mère pour aller
vivre avec un vieillard ? »

Atala Judici regarda d'un air superbe la baronne, et ne lui répondit pas.

« C'est une fille tout à fait sauvage!... » se dit Adeline[a].

« Oh! madame, il y en a beaucoup comme elle au faubourg! dit la femme du fumiste.

— Mais elle ignore tout, même le mal, mon Dieu! Pourquoi ne me réponds-tu pas ?... » demanda la baronne en essayant de prendre Atala par la main.

Atala courroucée recula d'un pas.

« Vous êtes une vieille folle! dit-elle. Mon père et ma mère étaient à jeun depuis une semaine! Ma mère voulait faire de moi quelque chose de bien mauvais, puisque mon père l'a battue en l'appelant voleuse! Pour lors, M. Vyder a payé toutes les dettes de mon père et de ma mère et leur a donné de l'argent... oh! plein un sac!... Et il m'a emmenée, que mon pauvre papa pleurait... Mais il fallait nous quitter!... Eh bien! est-ce mal ? demanda-t-elle[b].

— Et aimez-vous bien ce M. Vyder[c] ?...

— Si je l'aime ?... dit-elle. Je crois bien, madame! il me raconte de belles histoires tous les soirs!... Et il m'a donné de belles robes[d], du linge, un châle. Mais, c'est que je suis nippée comme une princesse, et je ne porte plus de sabots! Enfin, depuis deux mois, je ne sais plus ce que c'est que d'avoir faim. Je ne mange plus de pommes de terre! Il m'apporte des bonbons, des pralines! Oh! que c'est bon, le chocolat praliné!... Je fais tout ce qu'il veut pour un sac de chocolat! Et puis, mon gros père Vyder est bien bon, il me soigne si bien, si gentiment[e], que ça me fait voir comment aurait dû être ma mère... Il va prendre une vieille bonne pour me soigner[f], car il ne veut pas que je me salisse les mains à faire la cuisine. Depuis un mois, il commence à gagner pas mal d'argent, il m'apporte trois francs tous les soirs... que je mets dans une tirelire! Seulement, il ne veut pas que je sorte, excepté pour venir ici... C'est ça un amour d'homme; aussi, fait-il de moi[g] ce qu'il veut... Il m'appelle sa petite chatte! et ma mère ne m'appelait que petite B...., ou bien[h] f.... p.....! voleuse, vermine! Est-ce que je sais[i]!

— Eh bien! pourquoi, mon enfant, ne ferais-tu pas ton mari du père Vyder[j]...

— Mais, c'est fait, madame! dit la jeune fille en regardant la baronne d'un air plein de fierté, sans rougir, le front pur, les yeux calmes. Il m'a dit que j'étais sa petite femme, mais c'eſt bien embêtant d'être la femme d'un homme[a]!... Allez! sans les pralines!... »

« Mon Dieu! se dit à voix basse la baronne, quel eſt le monſtre qui a pu abuser d'une si complète et si sainte innocence ? Remettre cette enfant dans le bon sentier, n'eſt-ce pas racheter bien des fautes[b]! Moi je savais ce que je faisais! se dit-elle en pensant à sa scène avec Crevel. Elle! elle ignore tout! »

« Connaissez-vous M. Samanon ?... demanda la petite Atala d'un air câlin.

— Non, ma petite; mais pourquoi me demandes-tu cela ?

— Bien vrai ? dit l'innocente créature.

— Ne crains rien de madame, Atala ?... dit la femme du fumiſte, c'eſt un ange!

— C'eſt que mon gros chat a peur d'être trouvé par ce Samanon, il se cache... et que je voudrais bien qu'il pût être libre...

— Et pourquoi ?...

— Dame! il me mènerait à Bobino! peut-être à l'Ambigu[1]!

— Quelle ravissante créature! dit la baronne en embrassant cette petite fille.

— Êtes-vous riche ?... demanda Atala qui jouait avec les manchettes[c] de la baronne.

— Oui et non, répondit la baronne. Je suis riche pour les bonnes petites filles comme toi, quand elles veulent se laisser inſtruire des devoirs du chrétien par un prêtre, et aller[d] dans le bon chemin.

— Dans quel chemin ? dit Atala. Je vais bien sur mes jambes.

— Le chemin de la vertu! »

Atala regarda la baronne d'un air matois et rieur.

« Vois madame, elle eſt heureuse depuis qu'elle eſt rentrée dans le sein de l'Église!... dit la baronne en montrant la femme du fumiſte[e]. Tu t'es mariée comme les bêtes s'accouplent.

— Moi! reprit Atala, mais si vous voulez me donner ce que *me donne* le père Vyder, je serai bien contente de ne pas me marier. C'eſt une scie! savez-vous ce que c'eſt[f] ?...

— Une fois qu'on s'eſt unie à un homme, comme toi, reprit la baronne, la vertu veut qu'on lui soit fidèle.

— Jusqu'à ce qu'il meure ?... dit Atala d'un air fin, je n'en aurai pas pour longtemps. Si vous saviez comme le père Vyder tousse et souffle ! Peuh ! peuh ! fit-elle en imitant le vieillard.

— La vertu, la morale veulent, reprit la baronne, que l'Église qui représente Dieu, et la mairie qui représente la loi, consacrent votre mariage. Vois, madame, elle s'est mariée légitimement...

— Est-ce que ça sera plus amusant ? demanda l'enfant.

— Tu seras plus heureuse, dit la baronne, car personne ne pourra te reprocher ce mariage. Tu plairas à Dieu ! Demande à madame si elle s'est mariée sans avoir reçu le sacrement du mariage ? »

Atala regarda la femme du fumiste.

« Qu'a-t-elle plus que moi ? demanda-t-elle. Je suis plus jolie qu'elle.

— Oui, mais je suis une honnête femme, et toi, l'on peut te donner un vilain nom...

— Comment veux-tu que Dieu te protège, si tu foules aux pieds les lois divines et humaines ? dit la baronne. Sais-tu[a] que Dieu tient en réserve un paradis pour ceux qui suivent les commandements de son Église ?

— Quéqu'il y a dans le paradis ? Y a-t-il des spectacles. dit Atala.

— Oh ! le paradis, c'est, dit la baronne, toutes les jouissances que tu peux imaginer. Il est plein d'anges, dont les ailes sont blanches. On y voit Dieu dans sa gloire, on partage sa puissance, on est heureux à tout moment et dans l'éternité !... »

Atala Judici écoutait la baronne comme elle eût écouté de la musique ; et, la voyant hors d'état de comprendre, Adeline pensa qu'il fallait prendre une autre voie en s'adressant au vieillard.

« Retourne chez toi, ma petite, et j'irai parler à ce M. Vyder. Est-il français ?...

— Il est alsacien, madame ; mais il sera riche, allez ! Si vous vouliez payer ce qu'il doit à ce vilain Samanon, il vous rendrait votre argent ! car il aura dans quelques mois, dit-il, six mille francs de rente, et nous irons alors vivre à la campagne, bien loin, dans les Vosges... »

Ce mot *les Vosges* fit tomber la baronne dans une rêverie profonde. Elle revit son village[b] ! La baronne fut tirée de cette douloureuse méditation par les salutations du fumiſte qui venait lui donner les preuves de sa prospérité.

« Dans un an, madame, je pourrai vous rendre les sommes que vous nous avez prêtées, car c'eſt l'argent du bon Dieu! c'eſt celui des pauvres et des malheureux! Si je fais fortune, vous puiserez un jour dans notre bourse, je rendrai par vos mains aux autres le secours que vous nous avez apporté.

— En ce moment, dit la baronne, je ne vous demande pas d'argent, je vous demande votre coopération à une bonne œuvre. Je viens de voir la petite Judici qui vit avec un vieillard, et je veux les marier religieusement, légalement.

— Ah! le père Vyder! c'eſt un bien brave et digne homme, il eſt de bon conseil. Ce pauvre vieux s'eſt déjà fait des amis dans le quartier, depuis deux mois qu'il y eſt venu. Il me met mes mémoires au net. C'eſt un brave colonel, je crois, qui a bien servi l'Empereur... Ah! comme il aime Napoléon! Il eſt décoré, mais il ne porte jamais de décorations. Il attend qu'il se soit refait, car il a des dettes, le pauvre cher homme!... je crois même qu'il se cache, il eſt sous le coup des huissiers...

— Dites que je payerai ses dettes, s'il veut épouser la petite...

— Ah! bien ce sera bientôt fait. Tenez, madame, allons-y... c'eſt à deux pas, dans le passage du Soleil! »

La baronne et le fumiſte sortirent pour aller au passage du Soleil.

« Par ici, madame », dit le fumiſte en montrant la rue de la Pépinière.

Le passage du Soleil eſt en effet au commencement de la rue de la Pépinière et débouche rue du Rocher. Au milieu de ce passage de création récente, et dont les boutiques sont d'un prix très modique, la baronne aperçut, au-dessus d'un vitrage garni de taffetas vert, à une hauteur qui ne permettait pas aux passants de jeter des regards indiscrets : ÉCRIVAIN PUBLIC, et sur la porte :

CABINET D'AFFAIRES

Ici l'on rédige les pétitions, on met les mémoires au net, etc.
Discrétion, célérité.

L'intérieur ressemblait à ces bureaux de transit où les omnibus de Paris font attendre les places de correspondance aux voyageurs. Un escalier intérieur[a] menait sans doute à l'appartement en entresol éclairé par la galerie et qui dépendait de la boutique. La baronne aperçut un bureau de bois blanc noirci, des cartons, et un ignoble fauteuil acheté d'occasion. Une casquette et un abat-jour en taffetas vert à fil d'archal tout crasseux annonçaient soit des précautions prises pour se déguiser, soit une faiblesse d'yeux assez concevable chez un vieillard.

« Il est là haut, dit le fumiste, je vais monter le prévenir et le faire descendre. »

La baronne baissa son voile et s'assit. Un pas pesant ébranla le petit escalier de bois, et Adeline ne put retenir un cri perçant en voyant son mari, le baron Hulot, en veste grise tricotée, en pantalon de vieux molleton gris et en pantoufles.

« Que voulez-vous, madame ? » dit Hulot galamment.

Adeline se leva, saisit Hulot, et lui dit d'une voix brisée par l'émotion : « Enfin, je te retrouve[b] !...

— Adeline !... s'écria le baron stupéfait qui ferma la porte de la boutique. Joseph ! cria-t-il au fumiste, allez-vous-en par l'allée.

— Mon ami, dit-elle en oubliant tout dans l'excès de sa joie, tu peux revenir au sein de ta famille, nous sommes riches ! ton fils a cent soixante mille francs de rente ! ta pension est libre, tu as un arriéré de quinze mille francs à toucher sur ton simple certificat de vie ! Valérie[c] est morte en te léguant trois cent mille francs. On a bien oublié ton nom, va ! tu peux rentrer dans le monde, et tu trouveras d'abord chez ton fils une fortune. Viens, notre bonheur sera complet. Voici bientôt trois ans que je te cherche, et j'espérais si bien te rencontrer, que tu as un appartement tout prêt à te recevoir. Oh ! sors d'ici, sors de l'affreuse situation où je te vois !

— Je le veux bien, dit le baron étourdi ; *mais pourrai-je emmener la petite[d]* ?

— Hector, renonce à elle ! fais cela pour ton Adeline qui ne t'a jamais demandé le moindre sacrifice ! je te promets de doter cette enfant, de la bien marier, de la faire instruire. Qu'il soit dit qu'une de celles qui t'ont rendu heureux soit heureuse, et ne tombe plus ni dans le vice, ni dans la fange[a]!

— C'est donc toi, reprit le baron avec un sourire, qui voulais me marier ?... Reste un instant là, dit-il, je vais aller m'habiller là-haut, où j'ai dans une malle des vêtements convenables... »

Quand Adeline fut seule, et qu'elle regarda de nouveau cette affreuse boutique, elle fondit en larmes. « Il vivait là, se dit-elle, et nous sommes dans l'opulence!... Pauvre homme! a-t-il été puni, lui qui était l'élégance même[b]! » Le fumiste vint saluer sa bienfaitrice, qui lui dit de faire avancer une voiture. Quand le fumiste revint, la baronne le pria de prendre chez lui la petite Atala Judici, de l'emmener sur-le-champ.

« Vous lui direz, ajouta-t-elle, que si elle veut se mettre sous la direction de M. le curé de la Madeleine, le jour où elle fera sa première communion je lui donnerai trente mille francs de dot et un bon mari, quelque brave jeune homme!

— Mon fils aîné, madame! il a vingt-deux ans, et il adore cette enfant! »

Le baron descendit en ce moment, il avait les yeux humides.

« Tu me fais quitter, dit-il à l'oreille de sa femme, la seule créature qui ait approché de l'amour que tu as pour moi! Cette petite fond en larmes, et je ne puis pas l'abandonner ainsi...

— Sois tranquille, Hector! elle va se trouver au milieu d'une honnête famille, et je réponds de ses mœurs.

— Ah! je puis te suivre alors », dit le baron en conduisant sa femme à la citadine.

Hector, redevenu baron d'Ervy, avait mis un pantalon et une redingote en drap bleu, un gilet blanc, une cravate noire et des gants. Lorsque la baronne fut assise au fond de la voiture, Atala s'y fourra par un mouvement de couleuvre.

« Ah! madame, dit-elle, laissez-moi vous accompagner et aller avec *vous*... Tenez, je serai bien gentille, bien obéissante, je ferai tout ce que vous voudrez; mais ne me séparez pas du père Vyder, de mon bienfaiteur qui me donne de si bonnes choses. Je vais être battue[c]!...

— Allons, Atala, dit le baron, cette dame est ma femme, et il faut nous quitter...

— Elle! si vieille que ça! répondit l'innocente, et qui tremble comme une feuille! Oh! c'te tête! »

Et elle imita railleusement le tressaillement de la baronne. Le fumiste, qui courait après la petite Judici, vint à la portière de la voiture.

« Emportez-la! » dit la baronne.

Le fumiste prit Atala dans ses bras et l'emmena chez lui de force.

« Merci de ce sacrifice, mon ami! dit Adeline en prenant la main du baron et la serrant avec une joie délirante. Es-tu changé! Comme tu dois avoir souffert! Quelle surprise pour ta fille, pour ton fils! »

Adeline parlait comme parlent les amants qui se revoient après une longue absence, de mille choses à la fois[a]. En dix minutes, le baron et sa femme arrivèrent rue Louis-le-Grand, où Adeline trouva la lettre suivante :

« Madame la baronne,

« M. le baron d'Ervy est resté un mois rue de Charonne, sous le nom de Thorec, anagramme d'Hector. Il est maintenant passage du Soleil, sous le nom de Vyder. Il se dit alsacien, fait des écritures, et vit avec une jeune fille nommée Atala Judici. Prenez bien des précautions, madame, car on recherche activement le baron, je ne sais dans quel intérêt.

« La comédienne a tenu sa parole, et se dit, comme toujours,

« Madame la baronne,
« Votre humble servante,

« J. M. »

Le retour du baron excita des transports de joie qui le convertirent à la vie de famille. Il oublia[b] la petite Atala Judici, car les excès de la passion l'avaient fait arriver à la mobilité de sensations qui distingue l'enfance. Le bonheur de la famille fut troublé par le changement survenu chez le baron. Après avoir quitté ses enfants encore valide, il revenait presque centenaire, cassé, voûté, la physionomie dégradée. Un dîner splendide, improvisé par Célestine, rappela les dîners de la cantatrice au vieillard qui fut étourdi des splendeurs de sa famille.

« Vous fêtez le retour du père prodigue! dit-il à l'oreille d'Adeline.

— Chut!... tout est oublié, répondit-elle.

— Et Lisbeth ? demanda le baron qui ne vit pas la vieille fille.

— Hélas! répondit Hortense, elle est au lit, elle ne se lève plus, et nous aurons le chagrin de la perdre bientôt. Elle compte te voir après dîner. »

Le lendemain matin, au lever du soleil, Hulot fils fut averti par son concierge que des soldats de la garde municipale cernaient toute sa propriété. Des gens de justice cherchaient le baron Hulot. Le garde du commerce, qui suivait la portière, présenta des jugements en règle à l'avocat, en lui demandant s'il voulait payer pour son père. Il s'agissait de dix mille francs de lettres de change souscrites au profit d'un usurier nommé Samanon, et qui probablement avait donné deux ou trois mille francs au baron d'Ervy. Hulot fils pria le garde du commerce de renvoyer son monde, et il paya. « Sera-ce là tout ? » se dit-il avec inquiétude[a].

Lisbeth, déjà bien malheureuse du bonheur qui luisait sur la famille, ne put soutenir cet événement heureux. Elle empira si bien, qu'elle fut condamnée par Bianchon à mourir une semaine après, vaincue au bout de cette longue lutte marquée pour elle par tant de victoires. Elle garda le secret de sa haine au milieu de l'affreuse agonie d'une phtisie[b] pulmonaire[1]. Elle eut d'ailleurs la satisfaction suprême de voir Adeline, Hortense, Hulot, Victorin, Steinbock[2], Célestine et leurs enfants tous en larmes autour de son lit, et la regrettant comme l'ange de la famille. Le baron Hulot, mis à un régime substantiel qu'il ignorait depuis bientôt trois ans, reprit de la force, et il se ressembla presque à lui-même. Cette restauration rendit Adeline heureuse à un tel point que l'intensité de son tressaillement nerveux diminua. « Elle finira par être heureuse! » se dit Lisbeth la veille de sa mort en voyant l'espèce de vénération que le baron témoignait à sa *femme dont les* souffrances lui avaient été racontées par Hortense et par Victorin. Ce sentiment hâta la fin de la cousine Bette, dont le convoi fut mené par toute une famille en larmes.

Le baron et la baronne Hulot, se voyant arrivés à l'âge du repos absolu, donnèrent au comte et à la comtesse Steinbock les magnifiques appartements du premier étage, et se logèrent au second. Le baron, par les soins de son fils, obtint une place dans un chemin de fer, au commencement de l'année 1845, avec six mille francs d'appointements, qui, joints aux six mille francs de pension de sa retraite et à la fortune léguée par Mme Crevel, lui composèrent vingt-quatre mille francs de rente. Hortense ayant été séparée de biens avec son mari pendant les trois années de brouille, Victorin n'hésita plus à placer au nom de sa sœur les deux cent mille francs du fidéicommis, et il fit à Hortense une pension de douze mille francs. Wenceslas, mari d'une femme riche, ne lui faisait aucune infidélité; mais il flânait, sans pouvoir se résoudre à entreprendre une œuvre, si petite qu'elle fût. Redevenu artiste *in partibus*[1], il avait beaucoup de succès dans les salons, il était consulté par beaucoup d'amateurs; enfin il passa critique, comme tous les impuissants qui mentent à leurs débuts[a2]. Chacun de ces ménages jouissait donc d'une fortune particulière, quoique vivant en famille. Éclairée par tant de malheurs, la baronne laissait à son fils le soin de gérer les affaires, et réduisait ainsi le baron à ses appointements, espérant que l'exiguïté de ce revenu l'empêcherait de retomber dans ses anciennes erreurs. Mais, par un bonheur étrange, et sur lequel ni la mère ni le fils ne comptaient, le baron semblait avoir renoncé au beau sexe. Sa tranquillité, mise sur le compte de la nature, avait fini par tellement rassurer la famille, qu'on jouissait entièrement de l'amabilité revenue et des charmantes qualités du baron d'Ervy. Plein d'attention pour sa femme et pour ses enfants, il les accompagnait au spectacle, dans le monde où il reparut, et il faisait avec une grâce exquise les honneurs du salon de son fils. Enfin, ce père prodigue reconquis donnait la plus grande satisfaction à sa famille. C'était un agréable vieillard, complètement détruit, mais spirituel, n'ayant gardé de son vice que ce qui pouvait en faire une vertu sociale. On arriva naturellement à une sécurité complète. Les enfants et la baronne portaient aux nues le père de famille, en oubliant la mort des deux oncles! La vie ne va pas sans de grands oublis[b]!

Mme Victorin, qui menait avec un grand talent de ménagère, dû d'ailleurs aux leçons de Lisbeth, cette maison énorme, avait été forcée de prendre un cuisinier.

Le cuisinier rendit nécessaire une fille de cuisine. Les filles de cuisine sont aujourd'hui des créatures ambitieuses, occupées à surprendre les secrets du chef, et qui deviennent des cuisinières dès qu'elles savent faire tourner les sauces. Donc on change très souvent de filles de cuisine. Au commencement du mois de décembre 1845, Célestine prit pour fille de cuisine une grosse Normande d'Isigny, à taille courte, à bons bras rouges, munie d'un visage commun, bête comme une pièce de circonstance, et qui se décida difficilement à quitter le bonnet de coton classique dont se coiffent les filles de la Basse-Normandie. Cette fille, douée d'un embonpoint de nourrice, semblait près de faire éclater la cotonnade dont elle entourait son corsage. On eût dit que sa figure rougeaude avait été taillée dans du caillou, tant les jaunes contours en étaient fermes. On ne fit naturellement aucune attention, dans la maison, à l'entrée de cette fille appelée Agathe, la vraie fille délurée que la province envoie journellement à Paris. Agathe tenta médiocrement le cuisinier, tant elle était grossière dans son langage, car elle avait servi les rouliers, elle sortait d'une auberge de faubourg, et au lieu de faire la conquête du chef et d'obtenir de lui qu'il lui montrât le grand art de la cuisine, elle fut l'objet de son mépris. Le cuisinier courtisait Louise, la femme de chambre de la comtesse Steinbock. Aussi la Normande, se voyant maltraitée, se plaignit-elle de son sort; elle était toujours envoyée dehors, sous un prétexte quelconque, quand le chef finissait un plat ou parachevait une sauce. « Décidément, je n'ai pas de chance, disait-elle, j'irai dans une autre maison. » Néanmoins, elle resta, quoiqu'elle eût demandé déjà deux fois à sortir[a].

Une nuit, Adeline, réveillée par un bruit étrange[b], ne trouva plus Hector dans le lit qu'il occupait auprès du sien, car ils couchaient dans des lits jumeaux, ainsi qu'il convient à des vieillards. Elle attendit une heure sans voir revenir le baron. Prise de peur, croyant à une catastrophe tragique, à l'apoplexie, elle monta d'abord à l'étage supérieur occupé par les mansardes où couchaient les domestiques, et fut attirée vers la chambre d'Agathe, autant par la vive lumière qui sortait par la porte, entrebâillée, que par le murmure de deux voix. Elle s'arrêta tout épouvantée en reconnaissant la voix du baron, qui, séduit par les charmes d'Agathe, en était arrivé, par la résistance calculée de cette atroce maritorne, à lui dire ces odieuses paroles : « Ma femme n'a pas longtemps à vivre, et si tu veux tu pourras être baronne. » Adeline jeta un cri, laissa tomber son bougeoir et s'enfuit.

Trois jours après, la baronne, administrée la veille, était à l'agonie et se voyait entourée de sa famille en larmes. Un moment avant d'expirer, elle prit la main de son mari, la pressa et lui dit à l'oreille : « Mon ami, je n'avais plus que ma vie à te donner : dans un moment tu seras libre, et tu pourras faire une baronne Hulot. »

Et l'on vit, ce qui doit être rare, des larmes sortir des yeux d'une morte. La férocité du Vice avait vaincu la patience de l'ange, à qui, sur le bord de l'Éternité, il échappa le seul mot de reproche qu'elle eût fait entendre de toute sa vie.

Le baron Hulot quitta Paris trois jours après l'enterrement de sa femme. Onze mois après, Victorin apprit indirectement le mariage de son père avec Mlle Agathe Piquetard, qui s'était célébré à Isigny, le premier février mil huit cent quarante-six.

« Les ancêtres peuvent s'opposer au mariage de leurs enfants, mais les enfants ne peuvent pas empêcher les folies des ancêtres en enfance », dit Me Hulot à Me Popinot, le second fils de l'ancien ministre du Commerce, qui lui parlait de ce mariage.

DEUXIÈME ÉPISODE

LE COUSIN PONS

INTRODUCTION

Éros et Thanatos planent sur le diptyque des Parents pauvres. *Si l'histoire des amours séniles du baron Hulot fait de* La Cousine Bette *un roman érotique, le récit du destin tragique des deux musiciens, dans* Le Cousin Pons, *est dominé par des pulsions de mort. Pons et son ami Schmucke, perdus dans le tourbillon de la vie parisienne, périssent sous les coups répétés de vils intrigants du Marais, manœuvrés par une ambitieuse parvenue.*

*Le Cousin Pons reflète le pessimisme profond qui envahit l'imagination et la vie affective de Balzac dans les dernières années de son existence. Dès 1842, à la fin d'*Albert Savarus, *il formulait un pressentiment étrange : « [...] atteindre au but en expirant comme le coureur antique ! voir la fortune et la mort arrivant ensemble sur le seuil de sa porte ! obtenir celle qu'on aime au moment où l'amour s'éteint¹ ! » Or, voilà que ce pressentiment semble près de se réaliser. Mme Hanska, l'arbitre de son sort, avec ses reproches, sa « défiance injurieuse² », met ses facultés en désarroi. Désespéré par ses dérobades, blessé par l'attitude de sa mère et de sa sœur, inquiet des menées de son indispensable servante-maîtresse, Mme de Brugnol, il se juge victime d'une conjuration de forces hostiles. « Tout devient des épées dirigées sur moi³ », se plaint-il. Affligé d'une grave insuffisance cardiaque, il sent que sa vie est attaquée. « Comme le naufragé dont la force a surmonté pendant un jour des lames*

---

1. *La Comédie humaine*, t. I, p. 976-977.
2. *Lettres à Mme Hanska*, t. III, p. 599.
3. *Ibid.*, t. III, p. 507.

furieuses », il a peur de succomber « à la plus douce et la moins cruelle des vagues, presque au port[1] ! ».

En donnant libre cours à son angoisse et à son dégoût, dans un ouvrage destiné à paraître d'abord en feuilletons, Balzac s'est imposé une tâche fort difficile. Comment intéresser un public en grande partie populaire au sort pathétique certes, mais peu romanesque, de deux vieillards impitoyablement broyés par la machine sociale, qui « roule » sur eux comme « un tombereau » sur « un œuf »[2] ? Or l'écrivain a surmonté cette difficulté majeure. L'un des intérêts principaux du roman réside précisément, et pour des lecteurs de toute sorte, dans le caractère inévitable de la destruction des deux personnages, entourés d'ennemis dont la puissance et la cruauté ne cessent de croître du début à la fin de l'histoire. Mais l'œuvre, fortement ancrée dans la réalité, est bien autre chose encore que le récit d'une spoliation sordide et meurtrière : elle porte témoignage contre tous les profiteurs de la monarchie bourgeoise. Enfin, à cette leçon historique s'ajoute un intérêt psychologique : Pons et Schmucke, physiquement épuisés, socialement sans défense, sont comme des enfants qui auraient un constant besoin de soins maternels, et tombent sous la dépendance de personnages féminins qui, tout au contraire, exercent sur eux une autorité maléfique. Ainsi persiste à se manifester une obsession balzacienne : l'auteur de La Comédie humaine n'a-t-il pas lui-même désigné sa mère au premier rang, parmi les modèles réels de sa redoutable parente pauvre ?

I

Le personnage du cousin Pons n'est pas né tout entier de la crise morale dont souffre Balzac : le romancier l'a nourri d'éléments qui demeuraient en suspens dans son esprit depuis longtemps ou qui lui étaient fournis par le spectacle de son époque. Mais les sources anciennes et externes sont d'une importance secondaire, au regard de l'inquiétude personnelle qu'il transpose.

Pons se rattache à toute une lignée de héros balzaciens que

1. *Lettres à Mme Hanska*, t. III, p. 274.
2. *Le Cousin Pons*, p. 639.

*la vie a meurtris, que la société rejette et que la solitude accable
à un âge où ils commencent à voir approcher la mort. Qu'ils
se nomment Chabert, Goriot ou François Birotteau, qu'ils
subissent les effets des fatalités d'une époque ou des faiblesses
de leur caractère, leur détresse est également poignante, comme
est semblable la compassion que leur créateur en éprouve et
qu'il communique à ses lecteurs. Mais en 1846-1847 le romancier des* Parents pauvres, *usé par le travail et marqué par la
maladie, se sent personnellement plus proche de telles victimes,
plus enclin à mêler ses propres hantises aux leurs. Cette dimension intérieure crée un lien entre ses deux nouveaux personnages de vieillards, le baron Hulot et le cousin Pons.*

   *Ces deux hommes d'autrefois ont été jeunes sous l'Empire,
et se sentent mal à l'aise dans un monde nouveau qui tend à les
méconnaître ou à les exclure : l'un cherche des compensations
dans la débauche, l'autre dans la gourmandise. Or ces compensations sont comparables, en dépit des apparences, et entraînent
les unes comme les autres des conséquences tragiques. Pons ne
ressemble guère aux Mondoux, aux Fringale, aux pique-
assiette serviles, égoïstes et hypocrites qui se rencontrent dans
des comédies de Picard ou de Scribe. Il ne pratique pas non
plus ces gracieuses formes du parasitisme qui concourent au
charme du chevalier de Valois dans* La Vieille Fille : *le sien
est plus inquiétant. Ses lâchetés, ses capitulations de parent
pauvre mettent en relief la déchéance sociale d'un être timide
et malheureux, qui a été frustré de satisfactions charnelles pendant toute une vie. Balzac (lui-même amateur de bonne chère
à l'occasion, mais ordinairement sobre par ascèse) dénonce, à
ce propos, l'aimable description de Brillat-Savarin, pour qui,
selon la* Physiologie du goût, « *le plaisir de la table ne
comporte ni ravissements, ni extases, ni transports* », *mais
assure au corps et à l'âme un bien-être particulier :* « Au physique, en même temps que le cerveau se rafraîchit, la physionomie s'épanouit, le coloris s'élève, les yeux brillent, une douce
chaleur se répand dans tous les membres. Au moral, l'esprit
s'aiguise, l'imagination s'échauffe, les bons mots naissent et
circulent[1]. » *Pour l'auteur du* Cousin Pons, « *la digestion,*

---

1. Brillat-Savarin, *Physiologie du goût,* éd. Charpentier, 1839, p. 197.

en employant les forces humaines, constitue un combat intérieur
qui, chez les gastrolâtres, équivaut aux plus hautes jouissances
de l'amour. On sent un si vaste déploiement de la capacité
vitale, que le cerveau s'annule au profit du second cerveau,
placé dans le diaphragme, et l'ivresse arrive par l'inertie même
de toutes les facultés[1] ». Aussi la passion de Pons est-elle
tyrannique autant que celle de Hulot : « il lui fallait à tout
prix un bon dîner à déguster, comme à un homme galant une
maîtresse à... lutiner[2] ». Elle l'entraîne, comme le baron de
La Cousine Bette, *quoique indirectement et de tout autre
manière, à forger son propre malheur.*

Pons subit aussi la hantise d'un démon non moins dangereux,
celui de la Collection. Cette seconde passion atteint, chez lui, à
un degré d'intensité qu'on ne rencontre pas chez les autres collectionneurs de La Comédie humaine. *Dans* Les Employés,
roman conçu en 1837, *Dutocq, Godard ou Chazelle peuvent
passer pour des rêveurs anodins, lorsqu'ils emmagasinent des
curiosités achetées à bon marché.* Quatre ans plus tard, dans
la Physiologie du rentier, *Balzac traite encore avec une
ironie légère les collectionneurs d'affiches, de prospectus ou de
gravures, mais discerne dans leur manie le germe d'une idée
redoutablement dévastatrice. Il commence, dès lors, à méditer
sur la pathologie du collectionneur.* « Pour les médecins philosophes adonnés à l'étude de la folie, cette tendance [...] est un
premier degré d'aliénation mentale, quand elle se porte sur les
petites choses[3] », écrit-il dans Albert Savarus *à propos du
baron de Watteville, qui amasse des coquillages, des insectes et
des fragments géologiques. La manie de Pons est d'une autre
qualité, car elle sait s'attacher à découvrir des chefs-d'œuvre de
l'Art, mais elle entraîne des effets plus gravement obsédants.*
« [Le cousin Pons] possédait son musée pour en jouir à toute
heure, car les âmes créées pour admirer les grandes œuvres ont
la faculté sublime des vrais amants[4] », écrit Balzac en une
phrase dont nous soulignons les mots clefs : *les tourments
entraînés par cette possession concourent à sa perte.*

1. *Le Cousin Pons*, p. 495.
2. *Ibid.*, p. 498.
3. *La Comédie humaine*, t. I, p. 914.
4. *Le Cousin Pons*, p. 491.

Certes, Balzac, en décrivant sous des traits particulièrement accentués une telle passion, témoigne, dans une certaine mesure, sur le goût d'une époque. Dans les années quarante, selon l'exemple donné par des amateurs hautement éclairés, Alexandre Lenoir, Vivant-Denon, Revoil, du Sommerard, Debruge-Duménil, pionniers de la redécouverte des richesses artistiques du passé, l'engouement pour les meubles et objets d'art se développe de façon extraordinaire : « Il n'est pas un honnête bourgeois qui n'ait dans sa maison son bahut gothique, son armoire Renaissance ou son canapé Pompadour[1]. » Les magasins d'antiquités se multiplient dans les rues de Paris : « Tu ne te fais pas [d'idée] à quel degré de rage les bric-à-brac sont recherchés, la bourgeoisie s'en mêle, et quand cette puissance à trente mille têtes fond sur quelque chose, elle l'enlève, elle balaie tout[2] », écrira Balzac à l'Étrangère, le 6 décembre 1846. Rien d'étonnant si, dans son désir d'être l'historien de son temps, il a transformé en collectionneurs plusieurs personnages de sa Comédie humaine, *le comte Popinot ou Célestin Crevel; et s'il dénonce la spéculation qui tend à dégrader les objets d'art en marchandises. La passion de Pons est pure, mais elle illustre une mode de son temps.*

Aussi Balzac, pour peindre son personnage, a-t-il pu emprunter quelques traits à ses contemporains. Il lui arrive de nommer Charles Sauvageot, qu'il considère comme le roi des collectionneurs; il songe aussi, très probablement, à Ambroise Thomas : tous deux sont musiciens, grands prix de Rome et vieux garçons. À la date où est composé Le Cousin Pons, *le timide Ambroise Thomas, découragé par l'insuccès de ses œuvres, se trouve dans une situation subalterne : nul ne devine en lui le futur auteur de* Mignon, *membre de l'Académie des Beaux-Arts et professeur au Conservatoire. Comme Schmucke, il donne des leçons de piano, et Sophie Surville compte parmi ses élèves : dans son* Journal, *elle écrira, sur un ton supérieur, que la famille Surville l'a « accueilli, reçu et consolé[3] »; elle révélera aussi qu'il était fort gourmand... Balzac dut encore*

---

1. Voir *Le Cabinet de l'amateur et de l'antiquaire*, 1840, t. I.
2. *Lettres à Mme Hanska*, t. III, p. 518.
3. Voir le *Journal de Mlle Sophie Surville*, présenté par André Lorant, dans *L'Année balzacienne 1964*.

se souvenir de Théodore Dablin (nommé dans un premier état du roman), qui avait la passion des tabatières et des miniatures.

Pourtant, on ne saurait identifier le personnage fictif à aucun de ces personnages réels. La correspondance de Balzac prouve qu'il n'a pas vu le musée Sauvageot : aussi chercherait-on inutilement au musée Pons les joyaux de cette collection, les plats émaillés de Bernard Palissy, artiste cependant si admiré de lui; nous savons aussi, par les souvenirs des contemporains, que Sauvageot achetait toujours soit dans les ventes publiques, soit directement chez les marchands en renom; or le cousin Pons « ne hantait pas les ventes » et « ne se montrait pas chez les illustres marchands[1] ». Ambroise Thomas ne possédait que quelques précieux bibelots, et aucun tableau de la galerie Dablin n'a été accroché au musée de la rue de Normandie, où on admire, en revanche, un certain Chevalier de Malte *acheté par Balzac.*

Car on retrouve de façon parfois précise, chez le cousin Pons, les propres curiosités de Balzac. D'ailleurs, la majeure partie des toiles exposées au musée Pons sont depuis longtemps présentes à son esprit ou à son imagination. Les noms de Dürer, de Hobbema, de Gerard Dow, de Greuze, de Van Dyck, figurent dans plusieurs romans antérieurs aux Parents pauvres. *De même, le goût de Pons pour les œuvres d'art du XVIIIe siècle était déjà celui d'autres personnages introduits dans* La Comédie humaine. *Si Pons est le client des Auvergnats « qui ramenaient sur des charrettes les merveilles de la France-Pompadour[2] », Mlle des Touches, en arrangeant sa chambre selon le style Louis XV, rendait avant lui hommage à ce siècle, dont la princesse de Chauvry faisait déjà l'apologie dans* La Duchesse de Langeais, *et Dinah de La Baudraye achetait le mobilier des Rouget, possesseurs d'une belle « boiserie sculptée comme on sculptait sous Louis XV[3] ».*

En 1846-1847, cependant, s'est développé jusqu'à l'obsession, chez Balzac lui-même, un penchant particulier et ancien pour le bric-à-brac. Il lui est arrivé, à son début dans la vie, d'acquérir pour la mansarde de la rue Lesdiguières une glace

1. *Le Cousin Pons*, p. 490.
2. *Ibid.*, p. 490.
3. *La Rabouilleuse*, t. IV, p. 388.

*carrée et dorée, son premier achat; ou encore, beaucoup plus
tard, en 1836, une horloge de Boulle dans un magasin de la rue
de Lappe*[1] *où Pons se procure un certain éventail de Mme de Pompadour, peint par Watteau. Mais maintenant il s'agit d'installer la Chartreuse-Beaujon; ses démarches se multiplient et
il utilise un réseau d'intermédiaires analogue à celui de Magus
pour approcher ou négocier les œuvres d'art qu'il convoite; il
recourt aux services d'un restaurateur de tableaux, Moret, d'un
doreur, Servais, auxquels il assigne un rôle dans* Le Cousin
Pons; *il rend visite à des marchands de curiosités, Poulain ou
Schwab, dont il prête les noms à des personnages. Il arriva à
Georges Mniszech et à Mme Hanska elle-même de s'entre-
mettre pour lui : à Heidelberg, ils achètent à son intention,
dans une vente, un tableau de « Vinckenbooms, un imitateur
ou élève de Breughel, peintre assez distingué*[2] *». Plus souvent,
Mme Hanska s'inquiète et le gourmande, elle estime que sous
prétexte d'aménager la Chartreuse-Beaujon en un « petit palais »,
il satisfait égoïstement « des vices d'esprit et des manies »; il
proteste alors contre l' « anathème infernal » : « V[ous] m'avez
beaucoup grondé, dans ces derniers temps, d'un sentiment bien
naturel, car il est chez tous les animaux : c'est celui de préparer
un nid, de l'orner, de le rendre joli, de faire qu'on aime son chez-
soi, vous m'avez accusé d'aimer démesurément le bric-à-brac,
tandis que ma manie consistait à trouver des meubles d'une
valeur réelle et artistique, à un prix inférieur où sont les meubles
de pacotille en acajou vulgaire [...] est-ce d'un dissipateur,
cette conduite ? Est-ce d'un maniaque*[3] *? » On ne saurait d'ailleurs décider si Balzac, ainsi devenu collectionneur passionné, est
vraiment dupe de son enthousiasme et s'il se crée des illusions
sur la valeur ou l'authenticité des œuvres qu'il se procure; il
sait, comme Fraisier, que tel financier a dépensé des millions
pour sa galerie et qu'à sa mort « ses* vrais *tableaux n'ont pas
produit plus de deux cent mille francs*[4] *»; mais il sait aussi
que sa manie est un opium et l'aide à supporter la vie, et cette
vérité personnellement vécue est exprimée dans son roman :*

1. *Registre des acquisitions faites depuis 1834,* Lov. A 326.
2. *Lettres à Mme Hanska,* t. III, p. 190.
3. *Ibid.,* t. IV, p. 143.
4. *Le Cousin Pons,* p. 637.

« *[...] aucun ennui, aucun spleen ne résiste au moxa qu'on se pose à l'âme en se donnant une manie. Vous tous qui ne pouvez plus boire à ce que, de tous les temps, on a nommé* la coupe du plaisir, *prenez à tâche de collectionner quoi que ce soit [...] et vous retrouverez le lingot du bonheur en petite monnaie. Une manie, c'est le plaisir passé à l'état d'idée[1] !* » Ainsi le bric-à-brac comme la bonne chère furent-ils pour Pons « *la monnaie d'une femme[2]* ».

En fait, les sentiments de Pons reflètent l'état d'âme d'un écrivain déchiré par les tourments privés et annoncent la dépression profonde qu'il va connaître après l'achèvement du roman. Le testament du héros, comme celui de Rubempré, témoigne de sa propre hantise : aussi en rédige-t-il un le 28 juin 1847. Pons plonge dans une « solitude profonde et ténébreuse », une de ces solitudes que Balzac compare à la torture dans la dernière partie de Splendeurs et misères des courtisanes : « c'est la souffrance multipliée à l'infini ». Or les lettres à l'Étrangère montrent qu'il connaît la même détresse. En proie à « la fièvre du malheur », il erre dans « les labyrinthes du désespoir »; la vie lui semble « un cachot noir » et, dans le silence du cabinet de travail, « les harpies du chagrin et de l'inquiétude *[lui]* sautent à la gorge[3] ». Comme Pons qui confie à Schmucke : « on nous espionne, sois-en sûr », il éprouve le sentiment d'être surveillé. Il a peur que Mme de Brugnol, au courant de ses projets matrimoniaux, ne lise ses lettres; il craint aussi que les connaissances ou les parents de Mme Hanska ne devinent le secret de sa liaison. Certaines phrases du roman traduisent son désir de fonder un foyer, d'avoir des enfants de l'épouse choisie : « *Vous étiez créé et mis au monde pour rendre une femme heureuse[4]* », s'entend dire Pons, et peut-être ces mots s'adressent-ils en pensée à Mme Hanska, qui hésite à accorder sa main. Mais aussi, pendant sa maladie, Pons « en était arrivé par moments à regretter de ne pas avoir épousé Madeleine Vivet[5] », la servante des Marville, et laisse peut-

1. *Le Cousin Pons*, p. 491.
2. *Ibid.*, p. 495.
3. *Lettres à Mme Hanska*, t. III, p. 548, 540, 549 et 562.
4. *Le Cousin Pons*, p. 607.
5. *Ibid.*, p. 611.

être ainsi deviner le secret bien gardé du romancier, qui tient en
réserve sa servante-maîtresse pour le cas où son mariage avec
Mme Hanska échouerait : « Un de ces matins, je finirai par
l'épouser[1] », aurait-il dit à Bertall.

La création du cousin Pons répond chez Balzac à un désir
profond d'exorciser sa crainte de la défaveur du public, de la
vieillesse, de l'abandon et de la mort. En même temps, ce personnage traduit une réalité psychologique : « Les derniers liens
qui l'unissaient à la vie, les chaînes de l'admiration, les nœuds
puissants qui rattachaient le connaisseur aux chefs-d'œuvre de
l'art venaient d'être brisés[2] »; or d'autres liens, pour le romancier, se sont brisés, qui le rattachaient à la vie. Il cède désormais
à un « désespoir froid, calme et souriant[3] ».

II

Auprès du cousin Pons, Balzac a placé un ami fraternel,
un musicien allemand original et attachant que ses lecteurs
connaissaient depuis Une fille d'Ève. Schmuke (ainsi s'écrivait alors le nom) était, dans ce roman, l'ancien professeur de
piano des sœurs Granville : ce « Diogène musical », ce « vieux
faune catholique ivre de musique », instrumentiste éblouissant,
improvisateur inspiré, montrait déjà la générosité de son caractère en signant, les yeux fermés, des lettres de change afin de
sauver Nathan. Il devait aussi donner plus tard des leçons de
piano à l'héroïne d'Ursule Mirouët, élève digne de lui, jeune
fille à l'âme pure comme la sienne, mêlée à une sordide affaire
d'héritage comme il était destiné à l'être lui-même, au crépuscule
de sa vie, dans Le Cousin Pons.

On a cherché des modèles réels pour Schmucke. Lorsque
Balzac, à la fin de 1838, écrivait Une fille d'Ève, il demeurait
en relation avec Jacques Strunz, auquel il allait bientôt dédier
Massimilla Doni, récit publié chez Souverain en même temps
qu'Une fille d'Ève. Pour Massimilla Doni comme pour
Gambara, cet ancien chef de musique d'un régiment des armées

---

1. *Le Soir*, Bruxelles, 28 mars 1870.
2. *Le Cousin Pons*, p. 696.
3. *Lettres à Mme Hanska*, t. IV, p. 75.

napoléoniennes, auteur d'opéras comiques, lui avait servi de conseiller musical; spéculateur malchanceux, il acheva une carrière mouvementée, en 1846, au bureau de copie de l'Opéra-Comique et Balzac a pu penser à lui lorsque, dans Le Cousin Pons, *il a fait entrer Schmucke au théâtre de Gaudissard « en qualité d'entrepreneur des copies[1] ». Mais en dehors de cette indication tardive et d'une analogie phonique entre les deux noms, on ne voit pas quelle filiation établir de Strunz à Schmucke.*

Il semble plus fécond d'associer à ce personnage le souvenir de Henri Karr, fils de Ludwig Karr, maître de chapelle et conseiller du duc de Deux-Ponts, électeur de Bavière (Schmucke est un ancien maître de chapelle du margrave d'Anspach). Son nom figure, avec ceux d'autres pianistes allemands, dans Le Cousin Pons, *et son fils Alphonse Karr devait remercier Balzac pour cet hommage[2]. Or, Henri Karr, comme Schmucke, était arrivé à Paris parlant à peine le français; il y vécut, pendant de longues années, en donnant des leçons de piano et en composant de petites pièces, comme Schmucke encore, qui lui ressemble par son désordre et par sa distraction.*

Mais c'est probablement une lecture occasionnelle qui donna l'idée à Balzac de décrire une amitié entre Schmucke, personnage reparaissant de La Comédie humaine, *et son nouveau héros, le cousin Pons. Il existe des ressemblances frappantes entre son roman et un récit d'Albéric Second,* Histoire de deux bassons de l'Opéra. *Nous ne savons si ce récit a paru séparément dans quelque journal ou périodique, avant d'être recueilli, en 1854 seulement, dans les* Contes sans prétention. *Balzac, cependant, semble bien en avoir eu connaissance. Il était en relation avec Albéric Second et, d'après une confidence du comte de Solms au vicomte de Lovenjoul, lui aurait déclaré : « Vous verrez ce que je ferai de votre sujet[3]. »*

Deux musiciens, Jolliet et Laroche, demeuraient, en 1836, « dans la même maison, sur le même palier, et une porte de communication existait entre les deux appartements; ils se voyaient tous les jours, ils prenaient leurs repas ensemble et mettaient en commun leurs peines, leurs plaisirs, leurs bourses,

---

1. *Le Cousin Pons*, p. 501.
2. *Le Livre de bord*, Calmann-Lévy, 1870, t. II, p. 324.
3. *Lov.* A 364, t. II.

leurs dièses, leurs bémols et leurs espérances; Laroche lisait à livre ouvert dans le cœur de Jolliet, et Jolliet déchiffrait à première vue les plus secrètes pensées de Laroche ». Le mariage de Jolliet ne troubla pas cette amitié : « *Mme Jolliet, instituée surintendante générale des deux appartements, avait la haute main dans la maison* [...] *elle surveillait tout, elle dirigeait tout.* » Ainsi Mme Cibot règne-t-elle chez les deux vieux garçons. Laroche, gourmand comme Pons, amateur de « *mets préparés à l'avance* », est choyé par le ménage Jolliet. Mais, renversé par une voiture et grièvement blessé, il doit garder le lit pendant trois mois et ses appointements sont suspendus. Le bref récit de ses souffrances physiques et morales pouvait servir de canevas pour la description des tortures endurées par Pons pendant sa maladie.

De tels rapprochements donnent occasion de constater la maîtrise du romancier, qui sait prendre appui sur un texte médiocre pour créer un chef-d'œuvre. Ainsi venait-il d'en user avec Ma cousine Rosalie, où sa sœur Laure esquissait le portrait assez bénin d'un personnage transfiguré en démon dans La Cousine Bette. D'une autre manière, il prend ses distances avec l'Histoire des deux bassons : *Albéric Second* évoquait un compagnonnage sans grande consistance, puisque Jolliet et Laroche, brouillés pour un motif futile, devenaient d'un jour à l'autre des ennemis mortels; Balzac, en contant la tragique aventure de Pons et de Schmucke, écrit le pur poème d'une amitié indéfectible. Grand sujet, qui lui tenait à cœur, car, dans la détresse où il vivait, il ne se découvrait pas d'ami véritable; en existait-il ailleurs qu'au Monomotapa ? « *Sans la divine fable de La Fontaine, cette esquisse aurait eu pour titre* Les Deux Amis », assure-t-il; comme le fabuliste, il a voulu fixer la « *confidence de son âme et l'histoire de ses rêves*[1] ».

C'est donc la passion de l'amitié qui fait vivre Schmucke; elle lui donne « *des jouissances presque égales à celles de l'amour*[2] ». Lorsque Pons tombe malade, « *le principe même de la vie*[3] » est attaqué en lui. Au chevet de l'agonisant, il est saisi « *par une affreuse palpitation* », s'absorbe « *dans un état quasi*

---

1. *Le Cousin Pons*, p. 496.
2. *Ibid.*, p. 496.
3. *Ibid.*, p. 600.

cataleptique » et apparaît « comme un fou[1] ». Il aspire à le
rejoindre dans l'au-delà : Dieu lui fera la grâce de l'unir
à son ami dans la tombe et il l'en remercie[2] !... Il éprouve,
après la mort de Pons, « une douleur à dissoudre les éléments
de la pensée[3] » et le récit du supplice de cet homme hébété par
le deuil rend la lecture de la fin du roman à peine supportable.

　　La force d'un tel lien tient sans doute à des goûts communs,
à des affinités de caractère, mais surtout au besoin vital qu'ils
ont éprouvé l'un et l'autre d'unir leurs deux faiblesses et leurs
deux solitudes. Diminués par l'âge, par la douleur physique
et morale, ils se sont sentis à la merci de ceux qui les entourent
et se sont prêté une mutuelle protection. Curieusement, Schmucke,
au début du roman, répond à des propos enthousiastes de son
ami « comme une mère répond des phrases insignifiantes aux
gestes d'un enfant qui ne parle pas encore »; quand il réveille
Pons de son évanouissement, il accomplit « une œuvre de mère
et d'amante », et pour conclure ses réflexions sur les manifestations d'un magnétisme involontaire chez Schmucke, à qui sa
pureté donne des pouvoirs de thaumaturge, Balzac note :
« Beaucoup de mères connaissent la vertu de ces ardentes projections d'un constant désir[4]. »

　　C'est qu'ils sont redevenus de vrais enfants. Balzac le
répète et Mme Cibot ne s'y trompe pas. « Soyez donc comme
une mère pour ses enfants ! » se plaint-elle à Pons; lorsqu'il
perd sa connaissance, elle le prend dans ses bras; lorsqu'il
s'est aperçu de sa trahison, elle lui dit : « Vous étiez mon
enfant, depuis quand a-t-on vu les enfants se révolter contre
leurs mères[5] ? » De même, Pons une fois disparu, Schmucke,
selon l'expression de sa garde, Mme Sauvage, est « comme un
nouveau-né »; elle le porte « presque évanoui dans ses bras »,
entonne du potage dans sa bouche, lui donne « presque malgré
lui à manger comme à un enfant[6] ». Ces expressions et ces
images récurrentes, au fil des pages, ne sont pas des figures de

1. *Le Cousin Pons*, p. 721.
2. *Ibid.*, p. 732. Nous traduisons le jargon de Schmucke.
3. *Ibid.*, p. 720.
4. *Ibid.*, p. 527, 684-685.
5. *Ibid.*, p. 605 et 675.
6. *Ibid.*, p. 721 et 727.

style; elles procèdent toutes d'un fantasme fondamental, selon nous, pour la compréhension des Parents pauvres *comme de leur créateur vieillissant, le fantasme de la mauvaise mère*[1].

III

De longue date, Balzac, *tout en se faisant grief de ses propres sentiments, tient rigueur à sa mère qui, dès son enfance, l'a heurté, méconnu ou négligé, qui lui a préféré son frère Henri, l'enfant de l'amour. D'anciens romans portent la trace d'un tel état d'esprit. Dans* La Femme de trente ans, *selon son porte-parole Félix Davin, il « plonge son scalpel dans le sentiment de la maternité*[2] ». *Dans* Le Lys dans la vallée[3], *Félix de Vandenesse se plaint du « sein amer », de la douleur ressentie par l'enfant « dont les sourires sont réprimés par le feu dévorant d'un œil sévère » et qui se sent paralysé de terreur en présence de sa mère « comme un oiseau devant le serpent ». Dans* La Rabouilleuse, *Agathe Bridau doit expier sa faute d'avoir « méconnu celui de [ses] enfants en qui est [sa] gloire véritable*[4] ». *En même temps, du* Curé de Tours *à* Pierrette, Balzac *a créé des personnages féminins haineux et tyranniques, aux « yeux empreints d'une sévérité terrible » (Sophie Gamard), au regard « froid et rigide comme l'acier » (Sylvie Rogron). Ainsi se souviendra-t-il encore, à l'époque où paraît* Le Cousin Pons, *lors d'une visite à L'Isle-Adam, d'avoir gémi de « la tyrannie maternelle » et fera-t-il grief à sa mère, presque à la veille de mourir, des « regards irrités et fixes qui terrifiaient ses enfants quand ils avaient quinze ans*[5] ».

La hantise du « mauvais sein » domine également sa correspondance avec Mme Hanska. *Certes, pour tâcher de gagner son attention ou sa pitié, il exagère les difficultés de sa vie privée. Mais ses lettres fournissent un témoignage précieux sur*

1. Voir Mélanie Klein, *La Psychanalyse des enfants,* Paris, 1957, et *Essais de psychanalyse,* Paris, 1967.
2. Introduction aux *Études de mœurs au XIX*e *siècle,* La Comédie humaine, t. I, p. 1165.
3. T. IX.
4. T. IV, p. 528.
5. *Lettres à Mme Hanska,* t. IV, p. 152.

la façon dont il altère la réalité de son existence quotidienne selon la pente de son imagination et sous la pression de ses obsessions majeures. À partir des années 1840-1842, il incline à considérer sa mère comme « l'auteur de tous [ses] maux »; elle le « tue à petit feu »; elle le tourmente comme Shylock en lui rappelant ses dettes[1]. Il se souvient des propos de son père : « Ah ! mon père a été le plus triste prophète qu'il y ait eu, car il m'a dit que ce serait ma plus grande, ma plus habile et ma plus mortelle ennemie[2]. » Ce fantasme persécuteur jette une ombre sur d'autres êtres qui avaient été l'objet de sa tendresse; sur Mme de Berny qui n'était, écrit-il, « que [son] immense filialité trompée à qui une mère avait souri[3] », sur Laure, jadis son alma soror, *qu'il sent « travaillée » par sa mère; il influe sur ses rapports avec Mme Hanska elle-même.*

Dans les dernières années de sa vie, comme un enfant qui redoute la réprobation maternelle, il se soumet avec une passivité morbide à la châtelaine de Wierzchownia; il mendie quelque tendresse auprès de cette femme dont les « mouvements sauvages », les « moments de rage », les « brutalités », les « imprécations » le découragent ou l'exaspèrent; elle représente, à ses yeux, une mère implacable, qui exerce une terrible censure : « Dans ce cœur plein d'amour, de bien des amours, car il y a, je le sens, la maternité, il y a aussi un juge, et un juge peu éclairé, car il ignore les lois de la misère[4]. » Son sentiment de dépendance absolue, sa crainte du blâme et du désaveu, ne cessent de s'accroître; il deviendra « un enfant pour la raison en restant homme pour souffrir »; il lui présentera des « excuses à genoux », s'humiliera d'avoir fait de la peine à celle « qui devrait être fière de [lui] et qui [l']a couvert de mépris[5] ».

En même temps, il est fortement lié à Mme de Brugnol, sa gouvernante et maîtresse, tout en feignant, pour sa lointaine correspondante, une vive répulsion à son égard. Il se déclare « sans âme, sans force, plein de haine » en face d'elle; elle lui

---

1. *Lettres à Mme Hanska*, t. II, p. 116 et 500.
2. *Ibid.*, t. II, p. 500.
3. *Ibid.*, t. II, p. 361-362.
4. *Ibid.*, t. III, p. 604 et t. IV, p. 82-84.
5. *Ibid.*, t. IV, p. 136, 121.

*est « odieuse »; il espère se débarrasser rapidement de cette
« plaie*[1] *». Il laisse pourtant entendre à l'Étrangère, qui ne
peut plus ignorer la nature de ses relations avec elle, que cette
présence sous son toit est indispensable à la bonne marche de
ses affaires. Il noircit à dessein sa compagne, mais sans pouvoir
toujours dissimuler l'attachement profond qu'il ressent pour elle.
Il propose ainsi une image déformée de sa vie domestique, sentimentale et sexuelle. Il se plaint à Mme Hanska de sa mère
et de Mme de Brugnol : en fait, toutes trois concourent à créer
en lui un climat d'inquiétude. Sa hantise aux multiples visages
retentit sur sa création romanesque.*

    Déjà le fantasme de la mauvaise mère apparaissait dans La
Cousine Bette. *Lisbeth Fischer déploie à l'égard de Wenceslas Steinbock « la tendresse d'une brutale, mais réelle maternité »;
le Polonais subit « comme un fils respectueux la tyrannie d'une
mère*[2] *». Cependant, cette mère devient une marâtre dès que
son protégé, son fils, lui est ravi, et nul n'échappe à sa volonté
de vengeance. La famille Hulot, il est vrai, quoique fortement
amoindrie, survit à la catastrophe déchaînée par Lisbeth.
Mais dans* Le Cousin Pons, *aucun Vautrin n'intervient* in
extremis *pour sauver Pons et Schmucke. Les deux vieux garçons sont les victimes innocentes et sans défense de plusieurs
personnages féminins impitoyables et cruels.*

    *Mme Cibot est l'incarnation la plus perverse de la « mau-
vaise mère » dans* La Comédie humaine. *Elle a d'incontestables élans maternels : « Soyez tranquille, vous n'avez près
de vous n'un bon ami, et, sans me vanter, n'une femme qui
vous soignera comme n'une mère soigne son premier enfant*[3] *»,
dit-elle à Pons. Au cours d'un entretien avec Mme Poulain, elle
affirme : « Moi, la Nature m'a bâtie pour être la rivale de
la Maternité. Sans quelqu'un à qui je m'intéresse, de qui je me
fais un enfant, je ne saurais que devenir*[4] *. » Mais ce besoin de
protéger un être faible est chez elle un sentiment instable, la
compensation d'une volonté de puissance obscure et inassouvie.*

---

1. *Ibid.,* t. III, p. 120, 106 et 114.
2. *La Cousine Bette,* p. 108.
3. *Le Cousin Pons,* p. 579.
4. *Ibid.,* p. 627.

*Elle est animée d'une « maternité rentrée », comme Mlle Cor-
mon, d'une « maternité factice », comme Sylvie Rogron, et
ce dangereux amour peut dégénérer en haine. Comme Bette
rejette Wenceslas, pour qui elle éprouvait cependant « la tendresse d'une brutale, mais réelle maternité », Mme Cibot en
vient à renier Pons : « Oh! j'en ai assez, de sa maladie! Écoutez, ce n'est ni mon père, ni mon mari, ni mon frère, ni mon
enfant¹ », dit-elle à Schmucke. Ses aspirations refoulées, auxquelles un événement imprévu permet de donner libre cours,
transforment en elle son dévouement maternel en pulsion agressive : Rémonencq « fait éclore dans le cœur de cette femme un
serpent contenu dans sa coquille pendant vingt-cinq ans² ».
Pour s'emparer de l'héritage de Pons, elle devient « machiavélique », « madrée », « astucieuse³ »; comme Bette, elle tourmente
l'enfant qu'elle avait voulu protéger.*

*Lisbeth Fischer est certes une vieille fille maigre et brune,
à la figure « sèche et dure », alors que Mme Cibot, cette « grosse
dondon », est « comme un modèle de Rubens⁴ ». Mais les lecteurs des* Parents pauvres *rapprochent ces deux démons
comme deux incarnations différentes du type de la femme
méchante : Bette et Mme Cibot, c'est la mauvaise mère « en
deux volumes », selon une expression de Balzac lui-même⁵.*

Dans notre ouvrage sur Les Parents pauvres, *nous avions
cru pouvoir relever, chez ces deux personnages complémentaires,
des traits communs empruntés à Mme de Brugnol : ce rapprochement avec un modèle réel, qu'on a contesté pour* La Cousine
Bette, *s'impose en tout cas, selon nous, entre Louise de Brugnol
et Mme Cibot. Quoi qu'il en soit, nous constatons certaines analogies de comportement ou de langage entre Bette et Mme Cibot,
qui semblent avoir leur origine dans la vie domestique de Balzac.*

*Balzac doit de l'argent à Louise, comme à sa mère, et
déclare le 19 septembre 1846 : « [...] la Ch[ouette] est pire
que jamais. Elle veut* suo denaro *immédiatement⁶. » Mme Cibot,*

---

1. *Le Cousin Pons*, p. 675.
2. *Ibid.*, p. 601.
3. *Ibid.*, p. 686.
4. *La Cousine Bette*, p. 107; *Le Cousin Pons*, p. 521.
5. *La Cousine Bette*, p. 310.
6. *Lettres à Mme Hanska*, t. III, p. 357.

*rappelant à Magus l'aide matérielle qu'elle a apportée à Pons
et à Schmucke, affirme : « [...] toutes mes économies y ont
passé » et, impatiente, elle aussi, d'être remboursée, assigne les
deux vieux garçons « devant le tribunal pour se voir condamner
au paiement[1] ». De même, la cousine Bette se plaignait à Wenceslas : « [...] moi qui vous ai livré les économies de toute ma
vie[2] !... »; et elle le faisait enfermer dans la prison des débiteurs,
à Clichy.*

Les deux personnages possèdent, de fait, un sens très aigu
des réalités matérielles et pratiques, tout comme Mme de Brugnol, qui se montrait en particulier fort experte à débrouiller
les affaires de son maître. On songe encore à un souvenir possible de la vie quotidienne, quand on note dans la bouche de
Mme Cibot le retour d'une expression familière déjà employée
par Bette. « La loi ne permet pas à un médecin d'accepter un
legs de son malade », lui dit le docteur Poulain, et elle répond
sur-le-champ : « Quelle bête de loi ! car qu'est-ce qui m'empêche de partager mon legs avec vous[3] ? » La cousine Bette
réagissait avec la même promptitude aux propos de Rivet sur
l'obligation de prévenir un débiteur qu'on veut l'arrêter :
« Quelle bête de loi [...] car le débiteur se sauve[4]. »

Voici un autre rapprochement de termes et de situations,
dans un contexte tout différent. Pendant l'été de 1846, Mme de
Brugnol, peut-être sous le coup d'une atteinte cholérique, « se
mourait dans des convulsions épouvantables[5] ». Balzac se souviendrait-il de cet épisode, lorsqu'il écrit que Mme Cibot
« tomba la face en avant dans des convulsions affreuses » ?
« Réelles ou feintes, on ne sut jamais la vérité[6] », ajoute-t-il.
Bette, elle, simulait, sans aucun doute, lorsqu'elle « tâchait
d'imiter le râle des convulsions d'estomac en buvant du thé[7] ».

Selon une lettre du 15 octobre 1845, Balzac avait l'intention
d'acheter pour sa gouvernante un bureau de timbre et de lui
constituer une rente viagère de quatre cents francs. La question

1. *Le Cousin Pons*, p. 616 et 677.
2. *La Cousine Bette*, p. 166.
3. *Le Cousin Pons*, p. 627.
4. *La Cousine Bette*, p. 154.
5. *Lettres à Mme Hanska*, t. III, p. 321.
6. *Le Cousin Pons*, p. 709.
7. *La Cousine Bette*, p. 215.

de la rente revient dans Le Cousin Pons. « *Vous m'aimez,
là, bien vrai ?* dit [*Mme Cibot à Pons*] *en pleurant et essuyant
ses pleurs. Eh bien ! oui, vous m'aimez, comme on aime
une domestique, voilà... une domestique à qui l'on jette une
viagère de six cents francs, comme un morceau de pain dans
la niche d'un chien*[1]. » *Justement, dans sa correspondance avec
Mme Hanska, Balzac nomme sa gouvernante* « *caniche –
Brugnol – Montagnard*[2] » *et, dans le roman, Mme Cibot
emploie une expression semblable :* « *Voilà donc la récompense d'un dévouement de chien caniche*[3] », *se plaint-elle à
Schmucke. La* « *montagnarde* » *Bette était capable, elle aussi,
d'obstination dans le dévouement, comme dans la haine.*

Mais au-delà de Bette apparaît une relation plus directe,
peut-être, entre Mme Cibot et Flore Brazier, cette autre servante-maîtresse. La portière tyrannise le vieux musicien pour
le contraindre à tester en sa faveur, comme la Rabouilleuse
tourmentait Jean-Jacques Rouget. Or lorsque Balzac écrivait
ce roman, il avait déjà Louise auprès de lui. Sans doute n'était-
elle pas infâme comme Flore. Elle lui donnait pourtant à méditer déjà sur la condition de gouvernante d'un célibataire et on
ne peut s'empêcher de noter quelque ressemblance physique
entre elle et la Rabouilleuse, comme entre elle et la Cibot.
Sensuel et plantureux, le type féminin est le même, comme
sont analogues les conditions.

Mme Cibot fait songer encore à Catherine Tonsard, ce personnage des Paysans[4], complice de son frère dans une tentative
de viol. Catherine a « *l'œil allumé d'une paillette de feu* »;
des « *paillettes d'or* » *jaillissent de celui de la portière. Catherine
a « *le front masculin* »; Mme Cibot garde une « *beauté virile* ».
La paysanne a « *un sourire quasi féroce, qu'Eugène Delacroix,
David d'Angers ont tous deux admirablement saisi et représenté* »; à propos de Mme Cibot, « *portière à moustaches* »,
Balzac se réfère également à Delacroix : « *Si Delacroix
avait pu voir Mme Cibot posée fièrement sur son balai, certes*

1. *Le Cousin Pons*, p. 607.
2. *Lettres à Mme Hanska*, t. II, p. 491.
3. *Le Cousin Pons*, p. 674.
4. T. IX.

il en eût fait une Bellone[1]*! » Car Mme Cibot associe à une féminité envoûtante une virilité dominatrice, et ces deux caractères se rejoignent dans l'image archétypale de la mauvaise mère.*

Le même fantasme obsédant a engendré dans l'imagination de Balzac Mme Sauvage, qui est comme un double de Mme Cibot : « C'était une de ces vieilles devinées par Adrien Brauwer dans ses Sorcières partant pour le Sabbat, *une femme de cinq pieds six pouces, à visage soldatesque et beaucoup plus barbu que celui de la Cibot*[2]. » Elle est mère, cependant, par les anciennes fonctions qu'elle exerça chez Fraisier : « *C'est ma vieille nourrice* », dit l'homme de loi à la Cibot, et sans doute l'a-t-il lui-même prise comme servante-maîtresse. Après la mort de Pons, et tout en demeurant au service de Fraisier, elle a des attentions apparemment affectueuses pour Schmucke : elle « *l'arrange maternellement dans son lit* » et le gouverne « *avec l'autorité d'une nourrice sur son marmot*[3] ». Mauvaise mère, elle aussi, mais repoussante; une « *femme mâle* », au regard « *d'autant plus meurtrier, que ses yeux étaient naturellement sanguinolents*[4] ».

En haut de la hiérarchie sociale, Mme Camusot de Marville serre le garrot qui étrangle Pons et Schmucke. Pons, en enfant qu'il est, a mendié auprès d'elle des témoignages d'affection et des soins gastronomiques : elle est à son égard, sinon une mauvaise mère, du moins une protectrice naturelle devenue persécutrice. Et de même que la plantureuse portière est relayée auprès des deux amis par une autre femme à l'« *embonpoint maladif* », Mme de Marville, caractérisée par une « *sécheresse d'âme et de corps* », est secondée, au début du roman, par une « *vieille fille sèche* » d'une « *longueur vipérine*[5] », Madeleine Vivet. Celle-ci voudrait épouser Pons, et son « *désir de jouer à l'orgueilleuse et ambitieuse présidente le tour d'être la cousine de Monsieur*[6] » est fort semblable à celui qui anime Bette, quand elle

---

1. *Le Cousin Pons*, p. 521.
2. *Ibid.*, p. 634.
3. *Ibid.*, p. 730.
4. *Ibid.*, p. 719 et 634.
5. *Ibid.*, p. 634, 549 et 506.
6. *Ibid.*, p. 507.

*veut devenir la maréchale Hulot. Le couple des femmes bien
en chair et celui des femmes sèches illustrent deux aspects complémentaires d'un même fantasme. La mère inhumaine, ou
la femme maléfique, peut apparaître soit comme un être d'une
sexualité débordante et maladive qui terrorise l'homme-enfant,
soit comme un personnage insensible et cruel, qui l'étouffe dans
des bras « secs comme des sarments de vigne[1] », selon une
expression de* La Cousine Bette. *Le contraste entre Mme Ci-
bot-Mme Sauvage et Mme de Marville-Madeleine Vivet,
à l'intérieur du roman, est à l'image du contraste entre Bette
et Mme Cibot dans le cadre du diptyque. Le romancier développe les divers aspects du fantasme selon les lois propres à
l'univers imaginaire qu'il crée.*

IV

   *Cet univers cruel, où se débattent Pons et Schmucke, est
celui-là même où Balzac est plongé, et les métaphores qui
l'évoquent correspondent aux obsessions vécues par son créateur.
Mme Cibot a un « regard de tigre » et Fraisier un « regard
de vipère »; les yeux de la présidente sont comme « deux fontaines de bile verte[2] ». Ces regards hostiles possèdent un pouvoir maléfique. L'œil de Fraisier perce « comme un stylet »;
son « regard venimeux » magnétise ses victimes « comme une
araignée magnétise une mouche[3] ». De telles notations rappellent
celles qu'on pouvait relever à propos de la cousine Bette, protectrice et « mauvaise mère » de Wenceslas : Bette arrête sur
le Polonais des « yeux flamboyants qui le pénètrent d'une
flamme magnétique »; elle plonge dans les yeux bleus de
Mme Marneffe un regard noir qui lui traverse l'âme « comme
la lame d'un poignard lui eût traversé le cœur[4] ».*

   *Pons et Schmucke sont atrocement entourés par des person-
nages haineux qui se nourrissent de « fiel[5] ». Ces criminels*

---

1. *La Cousine Bette*, p. 167.
2. *Le Cousin Pons*, p. 579, 640 et 562.
3. *Ibid.*, p. 641 et 745.
4. *La Cousine Bette*, p. 108 et 148.
5. *Le Cousin Pons*, p. 624.

*rusés sont des suppôts de l'enfer : Mme Cibot est « éclairée
d'une lueur infernale »; Poulain sent que le diable le prend
« par un de ses cheveux, et que ce cheveu [s'enroule] sur la corne
impitoyable de la griffe rouge[1] ». Les deux amis, emprisonnés
rue de Normandie, y sont à la merci de « personnages patibulaires » : Mme Cibot leur inflige des tortures semblables au
« supplice de la roue[2] ». Aux tortionnaires, Balzac applique
avec insistance, en les nuançant avec à-propos, des métaphores
d'agression : Mme Cibot montre « aux deux amis ces regards
de femme haineuse qui lancent à la fois des coups de pistolet
et du venin »; en introduisant Magus au musée de la rue de
Normandie, elle plonge « un poignard au cœur de Pons[3] ». Dans
son bureau où il la reçoit, Fraisier ressemble au « vulgaire
couteau avec lequel un assassin [commet] un crime; mais à la
porte de la présidente, c'[est] le poignard élégant qu'une jeune
femme met dans son petit-dunkerque[4] ». Déjà, dans* La Cousine Bette, *l'image du poignard reparaissait souvent : en écoutant Lisbeth lui révéler la dépravation du baron, Adeline faisait
le mouvement d'une personne qui « reçoit un coup de poignard
dans le cœur »; Hortense dit à son père qui, en essayant de
défendre son gendre, révèle la trahison de celui-ci : « Oh !
achevez-moi, mon père, car chacune de vos paroles est un coup
de poignard »; contre Crevel, Mme Marneffe se sert d'Henri
Montejanos comme d'un « poignard pendu dans sa gaine à un
clou[5] ». Cette image reparaissante souligne bien l'analogie fondamentale de climat entre les deux épisodes des* Parents pauvres.

*Les deux musiciens sont les victimes de gens qui se ressemblent.
Balzac insiste sur l'affinité criminelle qui relie les intrigants
d'« en bas » à ceux d'« en haut ». La même cupidité caractérise
Mme Cibot et la présidente de Marville. Les images que
Balzac emploie à leur propos expriment ce même trait dominant de leur personnalité : « La portière se posa au pied du lit,
les poings sur ses hanches et les yeux fixés sur le malade amoureusement; mais quelles paillettes d'or en jaillissaient ! » écrit-il*

1. *Ibid.*, p. 628.
2. *Ibid.*, p. 680 et 675.
3. *Ibid.*, p. 674 et 600.
4. *Ibid.*, p. 659.
5. *La Cousine Bette*, p. 205, 290 et 332.

*à propos de Mme Cibot, et c'est une « nappe de convoitise »
que la présidente de Marville déroule jusqu'à Fraisier*[1]. *De
même, Fraisier, l'avocat qui côtoie les abîmes du Code, et
Rémonencq, le vulgaire criminel, sont animés par des intentions
semblables* : « *Puisant au réservoir inconnu de la volonté de
nouvelles et fortes doses de cette divine essence, il se sentit
capable, à la façon de Rémonencq, d'un crime, pourvu qu'il
n'en existât pas de preuves, pour réussir*[2]. » *La « petite voix
flûtée » de la présidente rappelle à Fraisier sa propre voix
qui ressemble à « celle d'une sonnette »* : « *cette similitude
entre la terrible présidente et lui fit sourire intérieurement
Fraisier*[3] ». *Madeleine Vivet laisse entrer Fraisier dans
l'appartement des Marville, car « ces deux natures de
vipères se [reconnaissaient] pour être sorties du même œuf*[4] ».*

    *Les ennemis de Pons et de Schmucke semblent s'être concer-
tés, car ils traitent leur victime d'une manière analogue.* « *Vous
êtes encore là, monstre d'ingratitude* », *s'écrie la présidente
de Marville, qui rend responsable Pons de l'échec des fiançailles
de sa fille. Cardot répète les propos de Mme de Marville et
les rend encore plus blessants* : « *Vous avez pour ami un
monstre d'ingratitude, un homme qui, s'il vit encore, c'est que,
comme dit le proverbe : La mauvaise herbe croît en dépit de
tout. Le monde a bien raison de se défier des artistes, ils sont
malins et méchants comme des singes.* » *Mme Cibot s'adresse
de la même manière à Pons* : « *Vous êtes un monstre d'ingratitude.* » *Mme Sauvage, scandalisée de ce que Schmucke ne
s'habille pas en noir pour aller à l'enterrement de son ami,
s'écrie* : « *Mais c'est un monstre d'ingratitude* »[5]. *Le retour
d'une même expression dans le langage de plusieurs personnages
dessine significativement le cercle des inimitiés autour de Pons
et de Schmucke, et met en relief l'homogénéité de l'univers
romanesque.*

    *Cet enfer social s'élargit aux dimensions d'un cosmos, dont
les deux vieux garçons subissent la loi implacable.* « *Tout est*

---

1. *Le Cousin Pons*, p. 578 et 692.
2. *Ibid.*, p. 667.
3. *Ibid.*, p. 635 et 666.
4. *Ibid.*, p. 660.
5. *Ibid.*, p. 562, 567, 671, et 731.

fatal dans la vie humaine, comme dans la vie de notre planète[1] »,
affirme Balzac dans le Traité des sciences occultes *qu'il
incorpore aux développements préparatoires de son roman; le
sort des deux amis est réglé d'avance par l'* « enchaînement des
causes » *qu'une cartomancienne saisit grâce à son don de
voyance. Une dernière fois, dans* Le Cousin Pons, *Balzac
reprend ses considérations sur l'art divinatoire pour affirmer
avec force l'omniprésence de «fluides impondérables», l'existence
de liens mystérieux entre les moindres parcelles de la matière
et les arcanes célestes, pour déclarer la validité universelle du
grand principe d'après lequel tout est un. Cependant, alors que,
dans beaucoup de romans antérieurs, cette vision unitaire exprimait son immense besoin de vivre, de comprendre, d'étreindre,
de posséder, elle se rattache, dans* Le Cousin Pons, *à sa peur
de la mort et de la mère mauvaise qui menace de lui survivre.*

*La Mort est présente dès le début de l'œuvre. Pons est déjà
« moribond » quand, après avoir été chassé de son paradis familial, il se promène appuyé sur le bras de Schmucke, au boulevard. Dès sa première visite, le docteur Poulain jette sur lui
« un de ces regards hippocratiques où la sentence de mort,
quoique cachée sous une commisération de costume, est toujours
devinée par des yeux intéressés à savoir la vérité*[2] ». *Plus loin,
si Balzac décrit avec respect les derniers instants du collectionneur, il insiste sur l'horrible réalité physique de la mort dès
que Mme Sauvage lui a fermé les yeux. Cette « femme mâle »,
mère sordide, dit à Schmucke : « Ça va vite le refroidissement
des morts. Si l'on n'apprête pas un mort pendant qu'il est
encore tiède, il faut plus tard lui casser les membres*[3]. » *À propos des formalités administratives que Schmucke doit accomplir, Balzac décrit en détail « ces tiraillements de la loi sur
une douleur vraie. C'est à faire haïr la civilisation, à faire
préférer les coutumes des Sauvages*[4] ». *Balzac se souvient
d'avoir abordé autrefois le même sujet dans* Ferragus :
« *La mort, dans Paris, ne ressemble à la mort dans aucune
capitale, et peu de personnes connaissent les débats d'une dou-*

---

1. *Ibid.*, p. 587.
2. *Ibid.*, p. 568 et 570.
3. *Ibid.*, p. 719.
4. *Ibid.*, p. 723.

leur vraie aux prises avec la civilisation, avec l'administration parisienne », écrivait-il à propos de *Jules Desmarets, qui voudrait retrouver la tombe de sa femme dans le dédale du Père-Lachaise et doit* « *essuye[r] plus de vingt propositions que des entrepreneurs de marbrerie, de serrurerie et de sculpture* » *viennent lui faire* « *avec une grâce mielleuse*[1] » *; mais dans* Le Cousin Pons, *il développe avec plus de vigueur ces indications, en créant la figure du* « *commissionnaire de la maison Sonet et compagnie* »*; et il observe fortement :* « *Un mort, un mort de qualité surtout, eſt accueilli sur le* sombre rivage *comme un voyageur qui débarque au port, et que tous les courtiers d'hôtellerie fatiguent de leurs recommandations*[2]. » *Fort déçu par sa visite, Jules Desmarets déclarait :* « *Je ne savais pas que la bureaucratie pût allonger ses ongles jusque dans nos cercueils* »*; dans* Le Cousin Pons, *Balzac accumule d'autres images où s'exprime la même idée :* « *On ne se figure pas le nombre des gens pour qui la mort eſt un abreuvoir. Le bas clergé de l'Égliſe, les pauvres, les croque-morts, les cochers, les fossoyeurs, ces natures ſpongieuses se retirent gonflées en se plongeant dans un corbillard*[3]. » *Hanté par la pensée de sa propre mort et de la décomposition du corps, Balzac communique son horreur au lecteur : il agit sur les nerfs et le cœur de son public par le* « *magnétisme ardent des images* » *dont parle Antonin Artaud dans* « *Le Théâtre et la cruauté*[4] ».

Aboutir à une cohérence romanesque aussi parfaite au terme d'une genèse fort tourmentée eſt un miracle. Balzac a commencé par écrire une nouvelle consacrée à l'histoire d'un parent pauvre, musicien et gourmand, « *accablé d'injures, plein de cœur* ». *Il a découvert dans ce célibataire un collectionneur passionné et lui a donné, en la personne de Schmucke, un ami sublime. Puis il a inséré les fragments rédigés de cette nouvelle dans un roman, sans que le lecteur s'aperçoive réellement des remaniements successifs*[5].

---

1. *Ferragus,* dans *La Comédie humaine,* t. V, p. 891 et 897.
2. *Le Cousin Pons,* p. 725-726.
3. *Ferragus,* dans *La Comédie humaine,* p. 894, et *Le Cousin Pons,* p. 736.
4. Voir *Le Théâtre et son double,* Gallimard, collection Idées, p. 130.
5. Pour le détail de cette genèse, voir l'Histoire du texte, p. 162 à 166.

*L'évolution du personnage de Mme Cibot pouvait surprendre :
au début du roman, elle considère les deux vieux garçons comme
ses enfants et, dans « son cœur de femme du peuple », elle se
met « à les protéger, à les adorer[1] ». Mais cette évolution est
préparée, par petites touches, et l'habileté du romancier fait
accepter que la bonne mère devienne une criminelle. Car l'ancienne belle écaillère a en elle les germes d'une ambition, d'une
jalousie, d'une cupidité qui, confusément, attendent l'occasion de
se déchaîner. Elle voudrait être « couchée sur un testament »,
comme ces commères du Marais qui, dans* Une double famille,
*entourent le lit de mort de Mme Crochard; elle voudrait, peu
à peu, tenir ses deux messieurs « dans un asservissement complet ». Ses « vagues idées de séduction » se cristallisent autour
d' « un plan formidable », à compter du jour où Pons, humilié
par sa redoutable parente, dîne chez lui, en compagnie de son
cher Schmucke. On ne saurait s'étonner, dès lors, qu' « une foule
d'intentions mauvaises » l'envahissent progressivement. La
transformation s'accomplit selon la logique d'un caractère :
« Chez les femmes de cette trempe, vouloir, c'est agir; elles ne
reculent devant aucun moyen pour arriver au succès; elles
passent de la probité la plus entière à la scélératesse la plus
profonde, en un instant[2]. » Une telle métamorphose ressemble
d'ailleurs à celle qui se produit chez d'autres femmes méchantes
de* La Comédie humaine; *ainsi Balzac notait-il dans* Le
Contrat de mariage, *à propos de Mme Évangélista, insouciante et gaspilleuse jusqu'à l'établissement de sa fille : « Une
passion change souvent en un moment le caractère : l'indiscret
devient diplomate, le poltron est tout à coup brave, la haine
rendit avare la prodigue Mme Évangélista[3]. » Mais plus net
est le propre exemple donné par la cousine Bette, lorsqu'elle a
appris le projet d'un mariage entre son protégé Wenceslas et
Hortense Hulot : « En un instant, la cousine Bette était redevenue elle-même. En un instant, ce caractère de Corse et de
Sauvage, ayant brisé les faibles attaches qui le courbaient,
avait repris sa menaçante hauteur, comme un arbre s'échappe*

---

1. *Le Cousin Pons*, p. 523.
2. *Ibid.*, p. 529 et 578.
3. *Le Contrat de mariage*, dans *La Comédie humaine*, t. III, p. 604.

des mains de l'enfant qui l'a plié jusqu'à lui pour y voler des fruits verts[1]. »

Quelques contradictions apparentes dans l'agencement de l'intrigue ne nuisent nullement à cette unité psychologique fondamentale; au contraire, elles contribuent à créer l'illusion de réalité, en conférant aux personnages romanesques une troublante complexité humaine. Ainsi Mme Sauvage, placée comme femme de charge par Fraisier auprès de Schmucke, s'oppose, contrairement aux indications de son maître, à l'apposition des scellés sur la chambre de l'Allemand ; elle qui avait si vivement rudoyé le vieil homme, elle s'occupe « maternellement » de lui et défend ses intérêts. C'est qu'elle n'a pas la méchanceté simpliste des monstres femelles qu'on rencontre dans les romans d'un Eugène Sue : elle n'est pas incapable d'élans du cœur ; elle n'entend pas être l'esclave des machinations de Fraisier. La vision de Balzac n'est pas sommairement manichéenne : l'auteur du Cousin Pons *sait que, chez le commun des mortels, l'amour et la haine ne cessent de dialoguer. Seulement, c'est à la haine qu'il donne le dernier mot.*

Le Cousin Pons *est un « roman* de la cruauté *», dans le sens où* Antonin Artaud *entendait le «* théâtre de la cruauté *», estimant que, « du point de vue de l'esprit, cruauté signifie rigueur, application et décision implacable, détermination irréversible et absolue[2] ». Ce déterminisme philosophique caractérise l'histoire des deux musiciens, victimes de la société, proies de l'univers tout entier. La fatalité qui les accable terrasse également le lecteur, dont l'attention « mise en servage » est rivée au sort des deux amis.*

Pour obtenir cet effet, Balzac a recours à divers moyens littéraires. Alors que les deux vieux garçons s'affaiblissent progressivement, les coups qu'ils doivent subir sont de plus en plus nombreux et de plus en plus durs. La disproportion qui existe, dès le début de l'action, entre les moyens de défense dont disposent Pons et Schmucke et les armes raffinées que possèdent leurs ennemis, ne cesse d'augmenter. Afin de créer une atmo-

---

1. *La Cousine Bette*, p. 152.
2. « Lettres sur la cruauté », dans *Le Théâtre et son double*, p. 154.

Sphère de terreur, Balzac ne dédaigne pas de recourir aux clichés éprouvés du roman-feuilleton : Fraisier, « vu dans sa caverne, va vous faire frémir », annonce-t-il ; « les rouges écluses de la bouche torrentielle » de Mme Cibot déversent des propos qui provoquent des douleurs intolérables dans l'âme de Pons[1]. Le romancier mobilise même des objets : les œuvres d'art conservées au musée Pons se retournent contre le collectionneur et le tuent ; en même temps, elles changent de nature ; amoureusement réunies par le Cousin et longtemps entourées d'affection, elles deviennent des marchandises, qui permettront aux Marville d'acquérir un cottage. Les moindres indications du romancier se transforment en signes caractéristiques d'un univers de cauchemar : regards foudroyants, gestes et attitudes de menace qui intimident les deux vieux garçons. Le langage des personnages et la reproduction typographique de leurs propos, les éclairages, le rythme du roman, qui se précipite après l'entrée en scène de Fraisier, sont autant de moyens dont use le romancier pour reproduire une réalité à laquelle on puisse croire et qui contienne, selon l'expression d'Artaud, « pour le cœur et les sens cette espèce de morsure concrète que comporte toute sensation vraie[2] ».

ANDRÉ LORANT.

---

1. *Le Cousin Pons*, p. 630 et 637.
2. « Le Théâtre et la cruauté », dans *Le Théâtre et son double*, p. 131.

LE COUSIN PONS[a]

Vers trois heures de l'après-midi, dans le mois
d'octobre de l'année 1844, un homme âgé d'une soixantaine d'années, mais à qui tout le monde eût donné plus
que cet âge, allait le long du boulevard des Italiens,
le nez à la piste, les lèvres papelardes, comme un négociant qui vient de conclure une excellente affaire, ou
comme un garçon content de lui-même au sortir d'un
boudoir. C'est à Paris la plus grande expression connue
de la satisfaction personnelle chez l'homme. En apercevant de loin ce vieillard, les personnes qui sont là tous les
jours assises sur des chaises, livrées au plaisir d'analyser
les passants[1], laissaient toutes poindre dans leurs physionomies ce sourire particulier aux gens de Paris, et
qui dit tant de choses ironiques, moqueuses ou compa-
tissantes, mais qui, pour animer le visage du Parisien,
blasé sur tous les spectacles possibles, exigent de hautes
curiosités vivantes. Un mot fera comprendre et la valeur
archéologique de ce bonhomme et la raison du sourire
qui se répétait comme un écho dans tous les yeux. On
demandait à Hyacinthe[2], un acteur célèbre[b] par ses
saillies, où il faisait faire les chapeaux à la vue desquels
la salle pouffe de rire : « Je ne les fais point faire, je les
garde », répondit-il. Eh bien! il se rencontre dans le
million d'acteurs qui composent la grande troupe de
Paris, des Hyacinthes sans le savoir qui gardent sur eux
tous les ridicules d'un temps, et qui vous apparaissent
comme la personnification de toute une époque pour
vous arracher une bouffée de gaieté quand vous vous
promenez en dévorant quelque chagrin amer causé par
la trahison d'un ex-ami.

En conservant dans quelques détails de sa mise une

fidélité *quand même* aux modes de l'an 1806, ce passant
rappelait l'Empire sans être par trop caricature. Pour
les observateurs, cette finesse rend ces sortes d'évocations
extrêmement précieuses. Mais cet ensemble de
petites choses voulait l'attention analytique dont sont
doués les connaisseurs en flânerie; et, pour exciter le rire
à distance, le passant devait offrir une de ces énormités
à crever les yeux, comme on dit, et que les acteurs
recherchent pour assurer le succès de leurs *entrées*. Ce
vieillard, sec et maigre, portait un spencer couleur
noisette sur un habit verdâtre à boutons de métal blanc!...
Un homme en spencer, en 1844, c'est, voyez-vous,
comme si Napoléon eût daigné ressusciter[a] pour deux
heures.

Le spencer fut inventé, comme son nom l'indique,
par un lord sans doute vain de sa jolie taille[1]. Avant la
paix d'Amiens, cet Anglais avait résolu le problème de
couvrir le buste sans assommer le corps par le poids de
cet affreux carrick qui finit aujourd'hui sur le dos des
vieux cochers de fiacre; mais comme les fines tailles
sont en minorité, la mode du spencer pour homme
n'eut en France qu'un succès passager, quoique ce fût
une invention anglaise. À la vue du spencer, les gens
de quarante à cinquante ans revêtaient par la pensée
ce monsieur de bottes à revers, d'une culotte de casimir
vert pistache à nœud de rubans, et se revoyaient dans le
costume de leur jeunesse! Les vieilles femmes se remé-
moraient leurs conquêtes! Quant aux jeunes gens, ils
se demandaient pourquoi ce vieil Alcibiade avait coupé
la queue à son paletot. Tout concordait si bien à ce
spencer que vous n'eussiez pas hésité à nommer ce
passant un homme-Empire, comme on dit un meuble-
Empire; mais il ne symbolisait l'Empire que pour ceux
à qui cette magnifique et grandiose époque est connue,
au moins *de visu ;* car il exigeait une certaine fidélité de
souvenirs quant aux modes. L'Empire est déjà si loin
de nous, que tout le monde ne peut pas se le figurer
dans sa réalité gallo-grecque.

Le chapeau mis en arrière découvrait presque tout
le front avec cette espèce de crânerie par laquelle les
administrateurs et les pékins essayèrent alors de répondre
à celle des militaires. C'était d'ailleurs un horrible
chapeau de soie à quatorze francs, aux bords intérieurs

duquel de hautes et larges oreilles imprimaient des marques blanchâtres, vainement combattues par la brosse. Le tissu de soie mal appliqué, comme toujours, sur le carton de la forme, se plissait en quelques endroits, et semblait être attaqué de la lèpre, en dépit de la main qui le pansait tous les matins.

Sous ce chapeau, qui paraissait près de tomber, s'étendait une de ces figures falotes et drolatiques comme les Chinois seuls en savent inventer pour leurs magots. Ce vaste visage percé comme une écumoire, où les trous produisaient des ombres, et refouillé comme un masque romain, démentait toutes les lois de l'anatomie. Le regard n'y sentait point de charpente. Là où le dessin voulait des os, la chair offrait des méplats gélatineux, et là où les figures présentent ordinairement des creux, celle-là se contournait en bosses flasques. Cette face grotesque, écrasée en forme de potiron, attristée par des yeux gris surmontés de deux lignes rouges au lieu de sourcils, était commandée par un nez à la Don Quichotte, comme une plaine est dominée par un bloc erratique[1]. Ce nez exprime, ainsi que Cervantes avait dû le remarquer, une disposition native à ce dévouement aux grandes choses qui dégénère en duperie. Cette laideur, poussée tout au comique, n'excitait cependant point le rire. La mélancolie excessive qui débordait par les yeux pâles de ce pauvre homme atteignait le moqueur et lui glaçait la plaisanterie sur les lèvres. On pensait aussitôt que la nature avait interdit à ce bonhomme d'exprimer la tendresse, sous peine de faire rire une femme ou de l'affliger. Le Français se tait devant ce malheur, qui lui paraît le plus cruel de tous les malheurs : ne pouvoir plaire[a]!

Cet homme si disgracié par la nature était mis comme le sont les pauvres de la bonne compagnie, à qui les riches essaient assez souvent de ressembler. Il portait des souliers cachés par des guêtres, faites sur le modèle de celles de la Garde impériale, et qui lui permettaient sans doute de garder les mêmes chaussettes pendant un certain temps. Son pantalon en drap noir présentait des reflets rougeâtres, et sur les plis des lignes blanches ou luisantes qui, non moins que la façon, assignaient à trois ans la date de l'acquisition. L'ampleur de ce vêtement déguisait assez mal une maigreur provenue plutôt de la

constitution que d'un régime pythagoricien; car le
bonhomme, doué d'une bouche sensuelle à lèvres lippues,
montrait en souriant des dents blanches dignes d'un
requin. Le gilet à châle, également en drap noir, mais
doublé d'un gilet blanc sous lequel brillait en troisième
ligne le bord d'un tricot rouge, vous remettait en
mémoire les cinq gilets de Garat[1]. Une énorme cravate
en mousseline blanche dont le nœud prétentieux avait
été cherché par un Beau pour charmer les *femmes charmantes* de 1809, dépassait si bien le menton que la figure
semblait s'y plonger comme dans un abîme. Un cordon
de soie tressée, jouant les cheveux, traversait la chemise
et protégeait la montre contre un vol improbable.
L'habit verdâtre, d'une propreté remarquable, comptait
quelque trois ans de plus que le pantalon; mais le collet
en velours noir et les boutons en métal blanc récemment
renouvelés trahissaient les soins domestiques poussés
jusqu'à la minutie.

Cette manière de retenir le chapeau par l'occiput, le
triple gilet, l'immense cravate où plongeait le menton,
les guêtres, les boutons de métal sur l'habit verdâtre,
tous ces vestiges des modes impériales s'harmoniaient
aux parfums arriérés de la coquetterie des Incroyables,
à je ne sais quoi de menu dans les plis, de correct et de sec
dans l'ensemble, qui sentait l'école de David, qui rappelait les meubles grêles de Jacob[2]. On reconnaissait
d'ailleurs à la première vue un homme bien élevé en
proie à quelque vice secret, ou l'un de ces petits rentiers
dont toutes les dépenses sont si nettement déterminées
par la médiocrité du revenu, qu'une vitre cassée, un
habit déchiré, ou la peste philanthropique d'une quête,
suppriment leurs menus plaisirs pendant un mois. Si vous
eussiez été là, vous vous seriez demandé pourquoi le
sourire animait cette figure grotesque dont l'expression
habituelle devait être triste et froide, comme celle de tous
ceux qui luttent obscurément pour obtenir les triviales
nécessités de l'existence. Mais en remarquant la précaution maternelle avec laquelle ce vieillard singulier tenait
de sa main droite un objet évidemment précieux, sous
les deux basques gauches de son double habit, pour le
garantir des chocs imprévus; en lui voyant surtout l'air
affairé que prennent les oisifs chargés d'une commission,
vous l'auriez soupçonné d'avoir retrouvé quelque chose

d'équivalent au bichon d'une marquise et de l'apporter
triomphalement, avec la galanterie empressée d'un
homme-Empire, à la charmante femme de soixante ans
qui n'a pas encore su renoncer à la visite journalière de
son *attentif*[1]. Paris est la seule ville du monde où vous
rencontriez de pareils spectacles, qui font de ses boulevards un drame continu joué gratis par les Français, au
profit de l'Art[a].

D'après le galbe de cet homme osseux, et malgré son
hardi spencer, vous l'eussiez difficilement classé parmi
les artistes parisiens, nature de convention dont le
privilège, assez semblable à celui du gamin de Paris, est
de réveiller dans les imaginations bourgeoises les
jovialités les plus mirobolantes, puisqu'on a remis en
honneur[b] ce vieux mot drolatique[2]. Ce passant était
pourtant un grand prix, l'auteur de la première cantate
couronnée à l'Institut, lors du rétablissement de l'Académie de Rome[3], enfin M. Sylvain Pons!... l'auteur de
célèbres romances roucoulées par nos mères, de deux
ou trois opéras joués en 1815 et 1816, puis de quelques
partitions inédites. Ce digne homme finissait chef d'orchestre à un théâtre des boulevards. Il était, grâce à sa
figure, professeur dans quelques pensionnats de demoiselles, et n'avait pas d'autres revenus que ses appointements et ses cachets. Courir le cachet à cet âge!...
Combien de mystères dans cette situation peu romanesque!

Ce dernier porte-spencer portait donc sur lui plus
que les symboles de l'Empire, il portait encore un grand
enseignement écrit sur ses trois gilets. Il montrait gratis
une des nombreuses victimes du fatal et funeste système
nommé Concours qui règne encore en France après
cent ans de pratique sans résultat. Cette presse des
intelligences fut inventée par Poisson de Marigny, le
frère de Mme de Pompadour, nommé, vers 1746,
directeur des Beaux-Arts[4]. Or, tâchez de compter sur
vos doigts les gens de génie fournis depuis un siècle
par les lauréats? D'abord, jamais aucun effort administratif ou scolaire ne remplacera les miracles du hasard
auquel on doit les grands hommes. C'est, entre tous les
mystères de la génération, le plus inaccessible à notre
ambitieuse analyse moderne. Puis, que penseriez-vous
des Égyptiens qui, dit-on, inventèrent des fours pour

faire éclore des poulets, s'ils n'eussent point immédiatement donné la becquée à ces mêmes poulets ? Ainsi se comporte cependant la France qui tâche de produire des artistes par la serre-chaude du Concours; et, une fois le statuaire, le peintre, le graveur, le musicien obtenus par ce procédé mécanique, elle ne s'en inquiète pas plus que le dandy ne se soucie le soir des fleurs qu'il a mises à sa boutonnière. Il se trouve que l'homme de talent est Greuze ou Watteau, Félicien[a] David ou Pagnest, Géricault ou Decamps, Auber ou David d'Angers, Eugène Delacroix ou Meissonier[b], gens peu soucieux des grands prix et poussés en pleine terre sous les rayons de ce soleil invisible, nommé la Vocation[1].

Envoyé par l'État à Rome, pour devenir un grand musicien, Sylvain Pons en avait rapporté le goût des antiquités et des belles choses d'art. Il se connaissait admirablement en tous ces travaux, chefs-d'œuvre de la main et de la Pensée, compris depuis peu dans ce mot populaire, le Bric-à-Brac. Cet enfant d'Euterpe revint donc à Paris, vers 1810, collectionneur féroce, chargé de tableaux, de statuettes, de cadres, de sculptures en ivoire, en bois, d'émaux, porcelaines, etc., qui, pendant son séjour académique à Rome, avaient absorbé la plus grande partie de l'héritage paternel, autant par les frais de transport que par les prix d'acquisition. Il avait employé de la même manière la succession de sa mère durant le voyage qu'il fit en Italie, après ces trois ans officiels passés à Rome. Il voulut visiter à loisir Venise, Milan, Florence, Bologne, Naples, séjournant dans chaque ville en rêveur, en philosophe, avec l'insouciance de l'artiste qui, pour vivre, compte sur son talent, comme les filles de joie comptent sur leur beauté. Pons fut heureux pendant ce splendide[c] voyage autant que pouvait l'être un homme plein d'âme et de délicatesse, à qui sa laideur interdisait *des succès auprès des femmes,* selon la phrase consacrée en 1809, et qui trouvait les choses de la vie toujours au-dessous du type idéal qu'il s'en était créé; mais il avait pris son parti sur cette discordance entre le son de son âme et les réalités. Ce sentiment du beau, conservé pur et vif[a] dans son cœur, fut sans doute le principe des mélodies ingénieuses, fines, pleines de grâce qui lui valurent une réputation de 1810 à 1814. Toute réputation qui se fonde en France sur la vogue, sur la mode, sur les folies éphémères de Paris[1], produit des Pons. Il n'est pas de pays où l'on soit si sévère pour les grandes choses, et si dédaigneusement indulgent pour les petites[a]. Bientôt noyé dans les flots d'harmonie allemande, et dans la production rossinienne, si Pons fut encore, en 1824, un musicien agréable et connu par quelques dernières romances, jugez de ce qu'il pouvait être en 1831! Aussi, en 1844, l'année où commença le seul drame de cette vie obscure, Sylvain Pons avait-il atteint à la valeur d'une croche antédiluvienne[2]; les marchands de musique ignoraient complètement son existence, quoiqu'il fît à des prix médiocres la musique de quelques pièces à son théâtre et aux théâtres voisins.

Ce bonhomme rendait d'ailleurs justice aux fameux maîtres de notre époque; une belle exécution de quelques morceaux d'élite le faisait pleurer; mais sa religion n'arrivait pas à ce point où elle frise la manie, comme chez les Kreissler d'Hoffmann[3]; il n'en laissait rien paraître, il jouissait en lui-même à la façon des *Hatchischins* ou des *Tériakis*[4]. Le génie de l'admiration, de la compréhension, la seule faculté par laquelle un homme ordinaire devient le frère d'un grand poète, est si rare à Paris, où toutes les idées ressemblent à des voyageurs passant dans une hôtellerie, que l'on doit accorder à Pons une respectueuse estime[b]. Le fait de l'insuccès du bonhomme peut sembler exorbitant, mais il avouait naïvement sa faiblesse relativement à l'harmonie : il avait négligé l'étude .du contrepoint; et l'orchestration moderne, grandie outre mesure, lui parut inabordable au moment où, par de nouvelles études, il aurait pu se maintenir parmi les compositeurs modernes, devenir, non pas Rossini, mais Hérold. Enfin, il trouva dans les plaisirs du collectionneur de si vives compensations à la faillite de la gloire, que s'il lui eût fallu choisir entre la possession de ses curiosités et le nom de Rossini, le croirait-on ? Pons aurait opté pour son cher cabinet. Le vieux musicien pratiquait l'axiome de Chenavard, le savant collectionneur de gravures précieuses, qui prétend qu'on ne peut avoir de plaisir à regarder un Ruysdaël, un Hobbema, un Holbein, un Raphaël, un Murillo, un Greuze, un Sébastien del Piombo[c], un Giorgione, un Albert Dürer, qu'autant que le tableau n'a coûté que

cinquante francs. Pons n'admettait pas d'acquisition au-
dessus de cent francs; et, pour qu'il payât un objet
cinquante francs, cet objet devait en valoir trois mille[1].
La plus belle chose du monde, qui coûtait trois cents
francs, n'existait plus pour lui. Rares avaient été les
occasions, mais il possédait les trois éléments du succès :
les jambes du cerf, le temps des flâneurs et la patience de
l'israélite[a2].

Ce système, pratiqué pendant quarante ans, à Rome
comme à Paris, avait porté ses fruits. Après avoir
dépensé, depuis son retour de Rome, environ deux
mille francs par an, Pons cachait à tous les regards une
collection de chefs-d'œuvre en tout genre[b] dont le
catalogue atteignait au fabuleux numéro 1907. De 1811
à 1816, pendant ses courses à travers Paris, il avait
trouvé pour dix francs ce qui se paye aujourd'hui mille
à douze cents francs. C'était des tableaux triés dans les
quarante-cinq mille tableaux qui s'exposent par an dans
les ventes parisiennes; des porcelaines de Sèvres, pâte
tendre, achetées chez les Auvergnats, ces satellites de la
Bande Noire[3], qui ramenaient sur des charrettes les
merveilles de la France-Pompadour[4]. Enfin[c], il avait
ramassé les débris du dix-septième et du dix-huitième siècle, en rendant justice aux gens d'esprit et de
génie de l'école française, ces grands inconnus, les
Lepautre, les Lavallée-Poussin[5], etc., qui ont créé le genre
Louis XV, le genre Louis XVI, et dont les œuvres
défraient aujourd'hui les prétendues inventions de nos
artistes[d], incessamment courbés sur les trésors du Cabinet
des Estampes pour faire du nouveau en faisant d'adroits
pastiches[e]. Pons devait beaucoup de morceaux à ces
échanges, bonheur ineffable des collectionneurs! Le plaisir d'acheter des curiosités n'est que le second, le premier c'est de les brocanter. Le premier[f], Pons avait collectionné les tabatières et les miniatures[6]. Sans célébrité
dans la Bricabracologie, car il ne hantait pas les ventes,
il ne se montrait pas chez les illustres marchands, Pons
ignorait la valeur vénale de son trésor.

Feu du Sommerard[7] avait bien essayé de se lier avec
le musicien; mais le prince du Bric-à-Brac mourut sans
avoir pu pénétrer dans le musée Pons, le seul qui pût
être comparé à la célèbre collection Sauvageot[8]. Entre
Pons et M. Sauvageot, il se rencontrait quelques ressem-

blances. M. Sauvageot, musicien comme Pons, sans grande fortune aussi, a procédé de la même manière, par les mêmes moyens, avec le même amour de l'art, avec la même haine contre ces illustres riches qui se font des cabinets pour faire une habile concurrence aux marchands[1]. De même que son rival, son émule, son antagoniste[a] pour toutes ces œuvres de la Main, pour ces prodiges de travail, Pons se sentait au cœur une avarice insatiable, l'amour de l'amant pour une belle maîtresse, et la *revente,* dans les salles de la rue des Jeûneurs[2], aux coups de marteau des commissaires priseurs[b], lui semblait un crime de lèse Bric-à-Brac[3]. Il possédait son musée pour en jouir à toute heure, car les âmes créées pour admirer les grandes œuvres ont la faculté sublime des vrais amants; ils éprouvent autant de plaisir aujourd'hui qu'hier, ils ne se lassent jamais, et les chefs-d'œuvre sont, heureusement, toujours jeunes[c]. Aussi l'objet tenu si paternellement devait-il être une de ces trouvailles que l'on emporte, avec quel amour! amateurs, vous le savez!

Aux premiers contours de cette esquisse biographique, tout le monde va s'écrier : « Voilà, malgré sa laideur, l'homme le plus heureux de la terre! » En effet, aucun ennui, aucun spleen ne résiste au moxa qu'on se pose à l'âme en se donnant une manie. Vous tous qui ne pouvez plus boire à ce que, dans tous les temps, on a nommé *la coupe du plaisir,* prenez à tâche de collectionner quoi que ce soit (on a collectionné des affiches!), et vous retrouverez le lingot du bonheur en petite monnaie. Une manie, c'est le plaisir passé à l'état d'idée! Néanmoins, n'enviez pas le bonhomme Pons[d], ce sentiment reposerait, comme tous les mouvements de ce genre, sur une erreur.

Cet homme, plein de délicatesse, dont l'âme vivait par une admiration infatigable pour la magnificence du Travail humain, cette belle lutte avec les travaux de la nature, était l'esclave de celui des sept péchés capitaux que Dieu doit punir le moins sévèrement : Pons était gourmand. Son peu de fortune et sa passion pour le Bric-à-Brac lui commandaient un régime diététique tellement en horreur avec sa *gueule fine,* que le célibataire avait tout d'abord tranché la question en allant dîner tous les jours en ville. Or, sous l'Empire, on eut bien plus que de nos jours un culte pour les gens célèbres, peut-être à cause de leur petit nombre et de leur peu de prétentions politiques[a]. On devenait poète, écrivain, musicien à si peu de frais! Pons, regardé comme le rival probable des Nicolo, des Paer et des Berton[1], reçut alors tant d'invitations, qu'il fut obligé de les écrire sur un agenda, comme les avocats écrivent leurs causes. Se comportant d'ailleurs en artiste, il offrait des exemplaires de ses romances à tous ses amphitryons, il *touchait le forté* chez eux, il leur apportait des loges à Feydeau[2], théâtre pour lequel il travaillait; il y organisait des concerts; il jouait même quelquefois du violon chez ses parents en improvisant un petit bal[b]. Les plus beaux hommes de la France échangeaient en ce temps-là des coups de sabre avec les plus beaux hommes de la coalition; la laideur de Pons s'appela donc *originalité,* d'après la grande loi promulguée par Molière dans le fameux couplet d'Éliante[3]. Quand il avait rendu quelque service à quelque *belle dame,* il s'entendit appeler quelquefois un homme charmant, mais son bonheur n'alla jamais plus loin que cette parole[c].

Pendant cette période, qui dura six ans environ, de 1810 à 1816, Pons contracta la funeste habitude de bien dîner, de voir les personnes qui l'invitaient se mettant en frais, se procurant des primeurs, débouchant leurs meilleurs vins, soignant le dessert, le café, les liqueurs, et le traitant de leur mieux, comme on traitait sous l'Empire, où beaucoup de maisons imitaient les splendeurs des rois, des reines, des princes dont regorgeait Paris. On jouait beaucoup alors à la royauté, comme on joue aujourd'hui à la Chambre en créant une foule de Sociétés à présidents, vice-présidents et secrétaires; Société linière, vinicole, séricicole, agricole, de l'industrie, etc[4]. On est arrivé jusqu'à chercher des plaies sociales pour constituer les guérisseurs en société[d]! Un estomac dont l'éducation se fait ainsi, réagit nécessairement sur le moral et le corrompt en raison de la haute sapience culinaire qu'il acquiert. La Volupté, tapie dans tous les plis du cœur, y parle en souveraine, elle bat en brèche la volonté, l'honneur, elle veut à tout prix sa satisfaction. On n'a jamais peint les exigences de la Gueule, elles échappent à la critique littéraire[e] par la nécessité de vivre; mais on ne se figure pas le nombre

des gens que la Table a ruinés. La Table est, à Paris,
sous ce rapport, l'émule de la courtisane; c'est, d'ailleurs,
la Recette dont celle-ci est la Dépense[a1]. Lorsque, d'invité perpétuel, Pons arriva, par sa décadence comme
artiste, à l'état de pique-assiette, il lui fut impossible de
passer de ces tables si bien servies au brouet lacédémo-
nien[2] d'un restaurant à quarante sous. Hélas! il lui
prit des frissons en pensant que son indépendance
tenait à de si grands sacrifices, et il se sentit capable
des plus grandes lâchetés pour continuer à bien vivre,
à savourer toutes les primeurs à leur date, enfin à
gobichonner (mot populaire, mais expressif) de bons
petits plats soignés. Oiseau picoreur, s'enfuyant le gosier
plein, et gazouillant un air pour tout remerciement,
Pons éprouvait d'ailleurs un certain plaisir à bien vivre
aux dépens de la société qui lui demandait, quoi? de la
monnaie de singe[3]. Habitué, comme tous les célibataires
qui ont le chez soi en horreur et qui vivent chez les
autres, à ces formules, à ces grimaces sociales[4] par
lesquelles on remplace les sentiments dans le monde,
il se servait des compliments comme de menue monnaie;
et, à l'égard des personnes, il se contentait des étiquettes
sans plonger une main curieuse dans les sacs.

Cette phase assez supportable dura dix autres années;
mais quelles années! Ce fut un automne pluvieux[b].
Pendant tout ce temps, Pons se maintint gratuitement à
table, en se rendant nécessaire dans toutes les maisons
où il allait. Il entra dans une voie fatale en s'acquittant
d'une multitude de commissions[5], en remplaçant les
portiers et les domestiques dans mainte et mainte
occasion. Préposé de bien des achats, il devint l'espion
honnête et innocent détaché d'une famille dans une autre;
mais on ne lui sut aucun gré de tant de courses et de tant
de lâchetés. «Pons est un garçon, disait-on, il ne sait que
faire de son temps, il est trop heureux de trotter pour
nous... Que deviendrait-il?»

Bientôt se déclara la froideur que le vieillard répand
autour de lui. Cette bise se communique, elle produit son
effet dans la température morale, surtout lorsque le
vieillard est laid et pauvre. N'est-ce pas être trois fois
vieillard? Ce fut l'hiver de la vie, l'hiver au nez rouge,
aux joues hâves, avec toutes sortes d'onglées[c]!

De 1836 à 1843, Pons se vit invité rarement. Loin de

rechercher le parasite, chaque famille l'acceptait comme on accepte un impôt; on ne lui tenait plus compte de rien, pas même de ses services réels. Les familles où le bon-homme accomplissait ses évolutions, toutes sans respect pour les arts, en adoration devant les résultats, ne prisaient que ce qu'elles avaient conquis depuis 1830 : des fortunes ou des positions sociales éminentes. Or, Pons n'ayant pas assez de hauteur dans l'esprit ni dans les manières pour imprimer la crainte que l'esprit ou le génie cause au bourgeois, avait naturellement fini par devenir moins que rien, sans être néanmoins tout à fait méprisé[1]. Quoiqu'il éprouvât dans ce monde de vives souffrances, comme tous les gens timides, il les taisait. Puis, il s'était habitué par degrés à comprimer ses sentiments, à se faire de son cœur un sanctuaire où il se retirait[2]. Ce phénomène, beaucoup de gens superficiels le traduisent par le mot égoïsme. La ressemblance est assez grande entre le solitaire et l'égoïste pour que les médisants paraissent avoir raison contre l'homme de cœur, surtout à Paris, où personne dans le monde n'observe, où tout est rapide comme le flot, où tout passe comme un ministère[a]!

Le cousin Pons succomba donc sous un acte d'accusation[b] d'égoïsme porté en arrière contre lui, car le monde finit toujours par condamner ceux qu'il accuse. Sait-on combien une défaveur imméritée accable les gens timides ? Qui peindra jamais les malheurs de la Timidité[c]! Cette situation, qui s'aggravait de jour en jour davantage, explique la tristesse empreinte sur le visage de ce pauvre musicien, qui vivait de capitulations infâmes. Mais les lâchetés que toute passion exige sont autant de liens; plus la passion en demande, plus elle vous attache; elle fait de tous les sacrifices comme un idéal trésor négatif où l'homme voit d'immenses richesses[d]. Après avoir reçu le regard insolemment protecteur d'un bourgeois roide de bêtise, Pons dégustait comme une vengeance[3] le verre de vin de Porto, la caille au gratin qu'il avait commencé de savourer, se disant à lui-même : « Ce n'est pas trop payé! »

Aux yeux du moraliste, il se rencontrait cependant en cette vie des circonstances atténuantes. En effet, l'homme n'existe que par une satisfaction quelconque. Un homme sans passion, le juste parfait, est un monstre, un demi-ange qui n'a pas encore ses ailes[a]. Les anges n'ont que des têtes dans la mythologie catholique. Sur terre, le juſte, c'eſt l'ennuyeux Grandisson[1], pour qui la Vénus des carrefours elle-même se trouverait sans sexe. Or, excepté les rares et vulgaires aventures de son voyage en Italie, où le climat fut sans doute la raison de ses succès, Pons n'avait jamais vu de femmes lui sourire. Beaucoup d'hommes ont cette fatale deſtinée. Pons était monſtre-né ; son père et sa mère l'avaient obtenu dans leur vieillesse, et il portait les ſtigmates de cette naissance hors de saison sur son teint cadavéreux qui semblait avoir été contraſté dans le bocal d'esprit-de-vin où la science conserve certains fœtus extraordinaires[b2]. Cet artiſte, doué d'une âme tendre, rêveuse, délicate, forcé d'accepter le caractère que lui imposait sa figure, désespéra d'être jamais aimé. Le célibat fut donc chez lui moins un goût qu'une nécessité. La gourmandise, le péché des moines vertueux, lui tendit les bras ; il s'y précipita comme il s'était précipité dans l'adoration des œuvres d'art et dans son culte pour la musique. La bonne chère et le Bric-à-Brac furent pour lui la monnaie d'une femme ; car la musique était son état, et trouvez un homme qui aime l'état dont il vit ? À la longue, il en eſt d'une profession comme du mariage, on n'en sent plus que les inconvénients.

Brillat-Savarin[3] a juſtifié par parti pris[c] les goûts des gaſtronomes ; mais peut-être n'a-t-il pas assez insiſté sur le plaisir réel que l'homme trouve à table. La digeſtion, en employant les forces humaines, conſtitue un combat intérieur qui, chez les gaſtrolâtres, équivaut aux plus hautes jouissances de l'amour[d]. On sent un si vaſte déploiement de la capacité vitale, que le cerveau s'annule au profit du second cerveau, placé dans le diaphragme, et l'ivresse arrive par l'inertie même de toutes les facultés. Les boas gorgés d'un taureau sont si bien ivres qu'ils se laissent tuer. Passé quarante ans, quel homme ose travailler après son dîner ?... Aussi tous les grands hommes ont-ils été sobres[e]. Les malades en convalescence d'une maladie grave[f], à qui l'on mesure si chichement une nourriture choisie, ont pu souvent observer l'espèce de griserie gaſtrique causée par une seule aile de poulet. Le sage Pons, dont toutes les jouissances étaient concentrées dans le jeu de son eſtomac, se trouvait toujours dans la situation de ces convalescents : il demandait à la bonne chère toutes les sensations qu'elle peut donner, et il les avait jusqu'alors obtenues tous les jours. Personne n'ose dire adieu à une habitude. Beaucoup de suicides[1] se sont arrêtés sur le seuil de la Mort par le souvenir du café où ils vont jouer tous les soirs leur partie de dominos[a].

En 1835[b], le hasard vengea Pons de l'indifférence du beau sexe, il lui donna ce qu'on appelle, en style familier, un bâton de vieillesse. Ce vieillard de naissance trouva dans l'amitié un soutien pour sa vie, il contracta le seul mariage que la société lui permît de faire, il épousa un homme, un vieillard, un musicien comme lui. Sans la divine fable de La Fontaine, cette esquisse aurait eu pour titre *Les Deux Amis*. Mais n'eût-ce pas été comme un attentat littéraire, une profanation devant laquelle tout véritable écrivain reculera ? Le chef-d'œuvre de notre fabuliste, à la fois confidence de son âme et l'histoire de ses rêves, doit avoir le privilège éternel de ce titre. Cette page, au fronton de laquelle le poète a gravé ces trois mots : *Les Deux Amis*[2], est une de ces propriétés sacrées, un temple où chaque génération entrera respectueusement et que l'univers visitera, tant que durera la typographie.

L'ami de Pons était un professeur de piano, dont la vie et les mœurs sympathisaient si bien avec les siennes, qu'il disait l'avoir connu trop tard pour son bonheur ; car leur connaissance, ébauchée à une distribution de prix, dans un pensionnat, ne datait que de 1834. Jamais peut-être deux âmes ne se trouvèrent si pareilles dans l'océan humain qui prit sa source au paradis terrestre contre la volonté de Dieu. Ces deux musiciens devinrent en peu de temps l'un pour l'autre une nécessité[3]. Réciproquement confidents l'un de l'autre, ils furent en huit jours comme deux frères. Enfin Schmucke ne croyait pas plus qu'il pût exister un Pons, que Pons ne se doutait qu'il existât un Schmucke. Déjà, ceci suffirait à peindre ces deux braves gens, mais toutes les intelligences ne goûtent pas les brièvetés de la synthèse. Une légère démonstration est nécessaire pour les incrédules.

Ce pianiste, comme tous les pianistes, était un Allemand, Allemand comme le grand Liszt et le grand Mendelssohn, Allemand comme Steibelt, Allemand comme Mozart et Dussek, Allemand comme Meyer,

Allemand comme Dœlher, Allemand comme Thalberg, comme Dreschok, comme Hiller, comme Léopold Mayer, comme Crammer, comme Zimmerman et Kalk-brenner, comme Herz, Woëtz, Karr, Wolff, Pixis, Clara Wieck, et particulièrement tous les Allemands[1]. Quoique[a] grand compositeur, Schmucke ne pouvait être que démonstrateur, tant son caractère se refusait à l'audace nécessaire à l'homme de génie pour se manifester en musique[b]. La naïveté de beaucoup d'Allemands n'est pas continue, elle a cessé; celle qui leur est restée à un certain âge est prise, comme on prend l'eau d'un canal, à la source de leur jeunesse, et ils s'en servent pour fertiliser leur succès en toute chose, science, art ou argent, en écartant d'eux la défiance. En France, quelques gens fins remplacent cette naïveté d'Allemagne par la bêtise de l'épicier parisien. Mais Schmucke avait gardé toute sa naïveté d'enfant, comme Pons gardait sur lui les reliques de l'Empire, sans s'en douter. Ce véritable et noble Allemand était à la fois le spectacle et les spectateurs, il se faisait de la musique à lui-même. Il habitait Paris, comme un rossignol habite sa forêt, et il y chantait seul de son espèce, depuis vingt ans, jusqu'au moment où il rencontra dans Pons un autre lui-même. (Voir *Une fille d'Ève*[c].)

Pons et Schmucke avaient en abondance[d], l'un comme l'autre, dans le cœur et dans le caractère, ces enfantillages de sentimentalité qui distinguent les Allemands[2] : comme la passion des fleurs, comme l'adoration des effets natu-rels, qui les porte à planter de grosses bouteilles dans leurs jardins pour voir en petit le paysage qu'ils ont en grand sous les yeux[e]; comme cette prédisposition aux recherches qui fait faire à un savant germanique cent lieues dans ses guêtres pour trouver une vérité qui le regarde en riant, assise à la marge du puits sous le jasmin de la cour; comme enfin ce besoin de prêter une signi-fiance psychique aux riens de la création, qui produit les œuvres inexplicables de Jean-Paul Richter[3], les griseries imprimées d'Hoffmann et les garde-fous in-folio que l'Allemagne met autour des questions les plus simples[f], creusées en manière d'abîmes, au fond desquels il ne se trouve qu'un Allemand[g]. Catholiques tous deux, allant à la messe ensemble, ils accomplissaient leurs devoirs religieux, comme des enfants n'ayant jamais rien à dire à leurs confesseurs. Ils croyaient fermement que la musique, la langue du ciel, était aux idées et aux sentiments ce que les idées et les sentiments sont à la parole, et ils conversaient à l'infini sur ce système, en se répondant l'un à l'autre par des orgies de musique pour se démontrer à eux-mêmes leurs propres convictions, à la manière des amants[a]. Schmucke était aussi distrait que Pons était attentif. Si Pons était collectionneur, Schmucke était rêveur ; celui-ci étudiait les belles choses morales, comme l'autre sauvait les belles choses matérielles. Pons voyait et achetait une tasse de porcelaine pendant le temps que Schmucke mettait à se moucher, en pensant à quelque motif de Rossini, de Bellini, de Beethoven, de Mozart, et cherchant dans le monde des sentiments où pouvait se trouver l'origine ou[b] la réplique de cette phrase musicale. Schmucke, dont les économies étaient administrées par la distraction, Pons, prodigue par passion[c], arrivaient l'un et l'autre au même résultat : zéro dans la bourse à la Saint-Sylvestre de chaque année.

Sans cette amitié, Pons eût succombé peut-être à ses chagrins ; mais dès qu'il eut un cœur où décharger le sien, la vie devint supportable pour lui. La première fois qu'il exhala ses peines dans le cœur de Schmucke, le bon Allemand lui conseilla de vivre comme lui, de pain et de fromage, chez lui, plutôt que d'aller manger des dîners qu'on lui faisait payer si cher. Hélas ! Pons n'osa pas avouer à Schmucke que, chez lui, le cœur et l'estomac étaient ennemis, que l'estomac s'accommodait de ce qui faisait souffrir le cœur, et qu'il lui fallait à tout prix un bon dîner à déguster[d], comme à un homme galant une maîtresse à... lutiner[e]. Avec le temps, Schmucke finit par comprendre Pons, car il était trop Allemand pour avoir la rapidité d'observation dont jouissent les Français, et il n'en aima que mieux le pauvre Pons. Rien ne fortifie l'amitié comme lorsque, de deux amis, l'un se croit supérieur à l'autre. Un ange n'aurait eu rien à dire en voyant Schmucke, quand il se frotta les mains au moment où il découvrit dans son ami l'intensité qu'avait prise la gourmandise. En effet, le lendemain, le bon Allemand orna le déjeuner de friandises qu'il alla chercher lui-même, et il eut soin d'en avoir tous les jours de nouvelles pour son ami ; car depuis leur réunion ils déjeunaient tous les jours ensemble au logis.

Il ne faudrait pas connaître Paris pour imaginer que les deux amis eussent échappé à la raillerie parisienne, qui n'a jamais rien respecté. Schmucke et Pons, en mariant leurs richesses et leurs misères, avaient eu l'idée économique de loger ensemble, et ils supportaient également le loyer d'un appartement fort inégalement partagé, situé dans une tranquille maison de la tranquille rue de Normandie, au Marais. Comme ils sortaient souvent ensemble, qu'ils faisaient souvent les mêmes boulevards côte à côte, les flâneurs du quartier les avaient surnommés *les deux casse-noisettes*[1]. Ce sobriquet dispense de donner ici le portrait de Schmucke, qui était à Pons ce que la nourrice de Niobé, la fameuse statue du Vatican, est à la Vénus de la Tribune[a2].

Mme Cibot, la portière de cette maison, était le pivot sur lequel roulait[3] le ménage des deux casse-noisettes; mais elle joue un si grand rôle dans le drame qui dénoua cette double existence, qu'il convient de réserver son portrait au moment de son entrée dans cette Scène[b].

Ce qui reste à dire sur le moral de ces deux êtres est précisément le plus difficile à faire comprendre aux quatre-vingt-dix-neuf centièmes des lecteurs dans la la quarante-septième[c] année du dix-neuvième siècle, probablement à cause du prodigieux développement financier produit par l'établissement des chemins de fer. C'est peu de chose et c'est beaucoup. En effet, il s'agit de donner une idée de la délicatesse excessive de ces deux cœurs. Empruntons une image aux railways[d], ne fût-ce que par façon de remboursement des emprunts qu'ils nous font[4]. Aujourd'hui les convois en brûlant leurs rails y broient d'imperceptibles grains de sable. Introduisez ce grain de sable invisible pour les voyageurs dans leurs reins, ils ressentiront les douleurs de la plus affreuse maladie, la gravelle; on en meurt. Eh bien! ce qui, pour notre société lancée dans sa voie métallique avec une vitesse de locomotive[5], est le grain de sable invisible dont elle ne prend nul souci, ce grain incessamment jeté dans les fibres de ces deux êtres, et à tout propos, leur causait comme une gravelle au cœur. D'une excessive tendresse aux douleurs d'autrui, chacun d'eux pleurait de son impuissance; et, pour leurs propres sensations, ils étaient d'une finesse de sensitive qui arrivait à la maladie. La vieillesse, les spectacles continuels du drame parisien, rien n'avait

endurci ces deux âmes fraîches, enfantines et pures. Plus
ces deux êtres allaient, plus vives étaient leurs souffrances
intimes. Hélas! il en est ainsi chez les natures chastes,
chez les penseurs tranquilles et chez les vrais poètes qui
ne sont tombés dans aucun excès.

Depuis la réunion de ces deux vieillards, leurs occupations, à peu près semblables, avaient pris cette allure
fraternelle qui distingue à Paris les chevaux de fiacre.
Levés vers les sept heures du matin en été comme en
hiver, après leur déjeuner ils allaient donner leurs leçons
dans les pensionnats où ils se suppléaient au besoin[a].
Vers midi, Pons se rendait à son théâtre quand une répétition l'y appelait, et il donnait à la flânerie tous ses instants
de liberté. Puis les deux amis se retrouvaient le soir au
théâtre où Pons avaient placé Schmucke. Voici comment[b].

Au moment où Pons rencontra Schmucke, il venait
d'obtenir, sans l'avoir demandé, le bâton de maréchal des
compositeurs inconnus, un bâton[c] de chef d'orchestre!
Grâce au comte Popinot, alors ministre, cette place fut
stipulée pour le pauvre musicien, au moment où ce héros
bourgeois de la révolution de Juillet fit donner un privilège de théâtre à l'un[d] de ces amis dont rougit un parvenu, quand, roulant en voiture, il aperçoit dans Paris un
ancien camarade de jeunesse, triste-à-patte[1], sans sous-
pieds, vêtu d'une redingote à teintes invraisemblables,
et le nez à des affaires trop élevées pour des capitaux
fuyards[e]. Ancien commis voyageur, cet ami, nommé
Gaudissard[2], avait été jadis fort utile au succès de la
grande[f] maison Popinot. Popinot, devenu comte, devenu
pair de France après avoir été deux fois ministre, ne renia
point L'ILLUSTRE GAUDISSARD! Bien plus, il voulut
mettre le voyageur en position de renouveler sa garde-
robe et de remplir sa bourse; car la politique, les vanités
de la cour citoyenne n'avaient point gâté le cœur de cet
ancien droguiste. Gaudissard, toujours fou des femmes,
demanda le privilège d'un théâtre alors en faillite, et le
ministre, en le lui donnant, eut soin de lui envoyer
quelques vieux amateurs du beau sexe, assez riches pour
créer une puissante commandite amoureuse de ce que
cachent les maillots[g]. Pons, parasite de l'hôtel Popinot, fut
un appoint du privilège[h]. La compagnie Gaudissard, qui
fit d'ailleurs fortune, eut en 1834 l'intention de réaliser[i]
au Boulevard cette grande idée: un opéra pour le peuple.

La musique des ballets et des pièces féeries exigeait un chef d'orchestre passable et quelque peu compositeur. L'administration à laquelle succédait la compagnie Gaudissard était depuis trop longtemps en faillite pour posséder un copiste. Pons introduisit donc Schmucke au théâtre en qualité d'entrepreneur des copies, métier obscur qui veut de sérieuses connaissances musicales. Schmucke, par le conseil de Pons, s'entendit avec le chef de ce service à l'Opéra-Comique, et n'en eut point les soins mécaniques. L'association de Schmucke et de Pons produisit un résultat merveilleux. Schmucke, très fort comme tous les Allemands sur l'harmonie, soigna l'instrumentation dans les partitions dont le chant fut fait par Pons. Quand les connaisseurs admirèrent quelques fraîches compositions qui servirent d'accompagnement à deux ou trois grandes pièces à succès, ils les expliquèrent par le mot *progrès,* sans en chercher les auteurs. Pons et Schmucke s'éclipsèrent dans la gloire, comme certaines personnes se noient dans leur baignoire[a]. À Paris, surtout depuis 1830, personne n'arrive sans pousser, *quibuscumque viis*[1], et très fort, une masse effrayante de concurrents; il faut alors beaucoup trop de force dans les reins, et les deux amis avaient cette gravelle au cœur, qui gêne tous les mouvements ambitieux[b].

Ordinairement Pons se rendait à l'orchestre de son théâtre vers huit heures, heure à laquelle se donnent les pièces en faveur, et dont les ouvertures et les accompagnements exigeaient la tyrannie du bâton[c]. Cette tolérance existe dans la plupart des petits théâtres; mais Pons était à cet égard d'autant plus à l'aise, qu'il mettait dans ses rapports avec l'administration un grand désintéressement. Schmucke suppléait d'ailleurs Pons au besoin. Avec le temps, la position de Schmucke à l'orchestre s'était consolidée. L'illustre Gaudissard avait[d] reconnu, sans en rien dire, et la valeur et l'utilité du collaborateur de Pons. On avait été obligé d'introduire à l'orchestre un piano comme aux grands théâtres. Le piano, touché gratis par Schmucke, fut établi auprès du pupitre du chef d'orchestre, où se plaçait le surnuméraire volontaire. Quand on connut ce bon Allemand, sans ambition ni prétention, il fut accepté par tous les musiciens. L'administration, pour un modique traitement, chargea Schmucke des instruments qui ne sont pas représentés dans l'or-

chestre des théâtres du Boulevard, et qui sont souvent
nécessaires, comme le piano, la viole d'amour, le cor
anglais, le violoncelle, la harpe, les castagnettes de la
cachucha, les sonnettes et les inventions de Sax[a1], etc.
Les Allemands, s'ils ne savent pas jouer des grands instruments de la Liberté, savent jouer naturellement de
tous les instruments de musique[b].

Les deux vieux artistes, excessivement aimés au
théâtre, y vivaient en philosophes. Ils s'étaient mis sur les
yeux une taie pour ne jamais voir les maux inhérents à
une troupe quand il s'y trouve un corps de ballet mêlé
à des acteurs et des actrices, l'une des plus affreuses combinaisons que les nécessités de la recette aient créées pour
le tourment des directeurs, des auteurs et des musiciens.
Un grand respect des autres et de lui-même avait valu
l'estime générale au bon et modeste Pons. D'ailleurs,
dans toute sphère, une vie limpide, une honnêteté sans
tache commandent une sorte d'admiration aux cœurs les
plus mauvais. À Paris une belle vertu a le succès d'un
gros diamant, d'une curiosité rare. Pas un acteur, pas un
auteur, pas une danseuse, quelque effrontée qu'elle pût
être, ne se serait permis la moindre mystification ou
quelque mauvaise[c] plaisanterie contre Pons ou contre
son ami. Pons se montrait quelquefois au foyer; mais
Schmucke ne connaissait que le chemin souterrain qui
menait de l'extérieur du théâtre à l'orchestre. Dans les
entractes, quand il assistait à une représentation, le bon
vieux Allemand se hasardait à[d] regarder la salle et questionnait parfois la première flûte, un jeune homme né à
Strasbourg d'une famille allemande de Kehl, sur les personnages excentriques dont sont presque toujours garnies les avant-scènes. Peu à peu l'imagination enfantine
de Schmucke, dont l'éducation sociale[e] fut entreprise par
cette flûte, admit l'existence fabuleuse de la Lorette, la
possibilité des mariages au Treizième Arrondissement,
les prodigalités d'un premier sujet, et le commerce interlope[f] des ouvreuses. Les innocences du vice parurent à
ce digne homme le dernier mot des dépravations baby-
loniennes, et il y souriait comme à des arabesques chinoises[g]. Les gens habiles doivent comprendre que Pons
et Schmucke étaient exploités, pour se servir d'un mot
à la mode; mais ce qu'ils perdirent en argent, ils le
gagnèrent en considération, en bons procédés.

Après le succès d'un ballet qui commença la rapide fortune de la compagnie Gaudissard, les directeurs envoyèrent à Pons un groupe en argent attribué à Benvenuto Cellini, dont le prix effrayant avait été l'objet d'une conversation au foyer. Il s'agissait de douze cents francs! Le pauvre honnête homme voulut rendre ce cadeau! Gaudissard eut mille peines à le lui faire accepter. « Ah! si nous pouvions, dit-il à son associé, trouver des acteurs de cet échantillon-là[a1]! » Cette double vie, si calme en apparence, était troublée uniquement par le vice auquel sacrifiait Pons, ce besoin féroce de dîner en ville. Aussi toutes les fois que Schmucke se trouvait au logis quand Pons s'habillait, le bon Allemand déplorait-il cette funeste habitude. *« Engore si ça l'encraissait! »* s'écriait-il souvent. Et Schmucke rêvait au moyen de guérir son ami de ce vice dégradant, car les amis véritables jouissent, dans l'ordre moral, de la perfection dont est doué l'odorat des chiens; ils flairent les chagrins de leurs amis, ils en devinent les causes, ils s'en préoccupent.

Pons, qui portait toujours, au petit doigt de la main droite, une bague à diamant tolérée sous l'Empire[2], et devenue ridicule aujourd'hui, Pons, beaucoup trop Français, n'offrait pas dans sa physionomie la sérénité divine qui tempérait l'effroyable laideur de Schmucke. L'Allemand avait reconnu dans l'expression mélancolique de la figure de son ami les difficultés croissantes qui rendaient ce métier de parasite de plus en plus pénible. En effet, en octobre 1844, le nombre des maisons où dînait Pons était naturellement très restreint. Le pauvre chef d'orchestre, réduit à parcourir le cercle de la famille, avait, comme on va le voir, beaucoup trop étendu la signification du mot famille.

L'ancien lauréat était le cousin germain de la première femme de M. Camusot, le riche marchand de soieries de la rue des Bourdonnais, une demoiselle Pons, unique héritière d'un des fameux Pons frères[b3], les brodeurs de la cour, maison où le père et la mère du musicien étaient commanditaires après l'avoir fondée avant la Révolution de 1789, et qui fut achetée par M. Rivet[4], en 1815, du père de la première Mme Camusot[c]. Ce Camusot, retiré des affaires depuis dix ans, se trouvait en 1844 membre du conseil général des manufactures, député, etc. Pris en amitié par la tribu des Camusot, le bonhomme Pons se considéra comme étant cousin des enfants que le marchand de soieries eut de son second lit, quoiqu'ils ne fussent rien, pas même alliés.

La deuxième Mme Camusot étant une demoiselle Cardot, Pons s'introduisit à titre de parent des Camusot dans la nombreuse famille des Cardot, deuxième tribu bourgeoise, qui par ses alliances formait toute une société non moins puissante que celle des Camusot. Cardot le notaire, frère de la seconde Mme Camusot, avait épousé une demoiselle Chiffreville. La célèbre famille des Chiffreville, la reine des produits chimiques, était liée avec la grosse droguerie dont le coq fut pendant longtemps M. Anselme Popinot que la révolution de Juillet avait lancé, comme on sait, au cœur de la politique la plus dynastique[a]. Et Pons de venir à la queue des Camusot et des Cardot chez les Chiffreville; et de là chez les Popinot, toujours en qualité de cousin des cousins.

Ce simple aperçu des dernières[b] relations du vieux musicien fait comprendre comment il pouvait être encore reçu familièrement en 1844 : 1º Chez M. le comte Popinot, pair de France, ancien ministre de l'Agriculture et du Commerce; 2º Chez M. Cardot, ancien notaire, maire et député d'un arrondissement de Paris; 3º Chez le vieux M. Camusot, député, membre du conseil municipal de Paris et du conseil général des manufactures, en route vers la pairie; 4º Chez M. Camusot de Marville, fils du premier lit, et partant le vrai, le seul[c] cousin réel de Pons, quoique petit-cousin.

Ce Camusot, qui, pour se distinguer de son père et de son frère du second lit, avait ajouté à son nom celui de la terre de Marville, était, en 1844, président de chambre à la cour royale de Paris.

L'ancien notaire Cardot ayant marié sa fille à son successeur, nommé Berthier, Pons, faisant partie de la charge, sut garder ce dîner, par-devant notaire[1], disait-il[d].

Voilà le firmament bourgeois que Pons appelait sa famille, et où il avait si péniblement conservé droit de fourchette.

De ces dix maisons, celle où l'artiste devait être le

mieux accueilli, la maison du président Camusot, était l'objet de ses plus grands soins. Mais, hélas! la présidente, fille du feu sieur Thirion, huissier du cabinet des rois Louis XVIII et Charles X, n'avait jamais bien traité le petit-cousin de son mari. À tâcher d'adoucir cette terrible parente, Pons avait perdu son temps, car après avoir donné gratuitement des leçons à Mlle Camusot, il lui avait été impossible de faire une musicienne de cette fille un peu rousse. Or, Pons, la main sur l'objet précieux, se dirigeait en ce moment chez son cousin le président, où il croyait, en entrant, être aux Tuileries, tant les solennelles draperies vertes, les tentures couleur carmélite et les tapis en moquette, les meubles graves de cet appartement où respirait la plus sévère magistrature[a], agissaient sur son moral. Chose étrange! il se sentait à l'aise à l'hôtel Popinot, rue Basse-du-Rempart, sans doute à cause des objets d'art qui s'y trouvaient[b1]; car l'ancien ministre avait, depuis son avènement en politique, contracté la manie de collectionner les belles choses, sans doute pour faire opposition à la politique qui collectionne secrètement les actions les plus laides[c].

Le président de Marville demeurait rue de Hanovre, dans une maison achetée depuis dix ans par la présidente, après la mort de son père et de sa mère, les sieur et dame Thirion, qui lui laissèrent environ cent cinquante mille francs d'économies. Cette maison, d'un aspect assez sombre sur la rue où la façade est à l'exposition du nord, jouit de l'exposition du midi sur la cour, ensuite de laquelle se trouve un assez beau jardin. Le magistrat occupe tout le premier étage qui, sous Louis XV, avait logé l'un des plus puissants financiers de ce temps. Le second étant loué à une riche et vieille dame, cette demeure présente un aspect tranquille et honorable qui sied à la magistrature. Les restes de la magnifique terre de Marville, à l'acquisition desquels le magistrat avait employé ses économies de vingt ans ainsi que l'héritage de sa mère, se composent du château, splendide monument comme il s'en rencontre encore en Normandie, et d'une bonne ferme de douze mille francs. Un parc de cent hectares entoure le château. Ce luxe, aujourd'hui princier, coûte un millier d'écus au président, en sorte que la terre ne rapporte guère que neuf mille francs *en sac,* comme on dit. Ces neuf mille francs et son traitement donnaient alors au président une fortune d'environ vingt mille francs de rente, en apparence suffisante, surtout en attendant la moitié qui devait lui revenir dans la succession de son père, où il représentait à lui seul le premier lit[a]; mais la vie de Paris et les convenances de leur position avaient obligé M. et Mme de Marville à dépenser la presque totalité de leurs revenus. Jusqu'en 1834, ils s'étaient trouvés gênés[b].

Cet inventaire explique pourquoi Mlle de Marville, jeune fille âgée de vingt-trois ans, n'était pas encore mariée, malgré cent mille francs de dot, et malgré l'appât de ses espérances, habilement et souvent, mais vainement, présenté. Depuis cinq ans, le cousin Pons écoutait les doléances de la présidente qui voyait tous les substituts mariés, les nouveaux juges au tribunal déjà pères, après avoir inutilement fait briller les espérances[1] de Mlle de Marville aux yeux peu charmés du jeune vicomte Popinot, fils aîné du coq de la droguerie, au profit de qui, selon les envieux du quartier des Lombards, la révolution de Juillet avait été faite, au moins autant qu'à celui de la branche cadette.

Arrivé rue Choiseul et sur le point de tourner la rue de Hanovre, Pons éprouva cette inexplicable émotion qui tourmente les consciences pures, qui leur inflige les supplices ressentis par les plus grands scélérats à l'aspect d'un gendarme, et causée uniquement par la question de savoir comment le recevrait la présidente. Ce grain de sable, qui lui déchirait les fibres du cœur, ne s'était jamais arrondi; les angles en devenaient de plus en plus aigus, et les gens de cette maison en ravivaient incessamment les arêtes. En effet, le peu de cas que les Camusot faisaient de leur cousin Pons, sa démonétisation au sein de la famille, agissait sur les domestiques qui, sans manquer d'égards envers lui, le considéraient comme une variété du Pauvre.

L'ennemi capital de Pons était une certaine Madeleine Vivet, vieille fille sèche et mince, la femme de chambre de Mme C. de Marville et de sa fille. Cette Madeleine, malgré la couperose de son teint, et peut-être à cause de cette couperose et de sa longueur vipérine, s'était mis en tête de devenir Mme Pons. Madeleine étala vaine-

ment vingt mille francs d'économies aux yeux du vieux
célibataire, Pons avait refusé ce bonheur par trop coupe-
rosé. Aussi cette Didon d'antichambre, qui voulait devenir la cousine de ses maîtres, jouait-elle les plus méchants
tours au pauvre musicien. Madeleine s'écriait très bien :
« Ah! voilà le pique-assiette! » en entendant le bonhomme dans l'escalier et en tâchant d'être entendue
par lui. Si elle servait à table, en l'absence du valet de
chambre, elle versait peu de vin et beaucoup d'eau dans
le verre de sa victime, en lui donnant la tâche difficile
de conduire à sa bouche, sans en rien verser, un verre
près de déborder. Elle oubliait de servir le bonhomme,
et se le faisait dire par la présidente (de quel ton ?... le
cousin en rougissait), ou elle lui renversait de la sauce
sur ses habits. C'était enfin la guerre de l'inférieur qui
se sait impuni, contre un supérieur malheureux[a]. À la
fois femme de charge et femme de chambre, Madeleine
avait suivi[b] M. et Mme Camusot depuis leur mariage.
Elle avait vu ses maîtres dans la pénurie de leurs commencements, en province, quand Monsieur était juge au
tribunal d'Alençon; elle les avait aidés à vivre lorsque,
président au tribunal de Mantes, M. Camusot vint à
Paris en 1828, où il fut nommé juge d'instruction[c].
Elle appartenait donc trop à la famille pour ne pas avoir
des raisons de s'en venger. Ce désir de jouer à l'orgueilleuse et ambitieuse[d] présidente le tour d'être la cousine
de Monsieur, devait cacher une de ces haines sourdes,
engendrée par un de ces graviers qui font les avalanches.

« Madame, voilà votre M. Pons, et en spencer encore!
vint dire Madeleine à la présidente, il devrait bien me dire
par quel procédé il le conserve depuis vingt-cinq ans! »

En entendant un pas d'homme dans le petit salon, qui
se trouvait entre son grand salon et sa chambre à coucher, Mme Camusot regarda sa fille et haussa les épaules.

« Vous me prévenez toujours avec tant d'intelligence,
Madeleine, que je n'ai plus le temps de prendre un parti,
dit la présidente.

— Madame, Jean est sorti, j'étais seule, M. Pons a
sonné, je lui ai ouvert la porte, et, comme il est presque
de la maison, je ne pouvais pas l'empêcher de me suivre;
il est là qui se débarrasse de son spencer.

— Ma pauvre Minette, dit la présidente à sa fille,
nous sommes prises, nous devons maintenant dîner ici.

— Voyons, reprit-elle, en voyant à sa chère Minette une figure piteuse, faut-il nous débarrasser de lui pour toujours ?

— Oh! pauvre homme! répondit Mlle Camusot, le priver d'un de ses dîners! »

Le petit salon retentit de la fausse tousserie d'un homme qui voulait dire ainsi : Je vous entends.

« Eh bien! qu'il entre! dit Mme Camusot à Madeleine en faisant un geste d'épaules.

— Vous êtes venu de si bonne heure, mon cousin, dit Cécile Camusot en prenant un petit air câlin, que vous nous avez surprises au moment où ma mère allait s'habiller. »

Le cousin Pons, à qui le mouvement d'épaules de la présidente n'avait pas échappé, fut si cruellement atteint, qu'il ne trouva pas un compliment à dire, et il se contenta de ce mot profond : « Vous êtes toujours charmante, ma petite cousine! » Puis se tournant vers la mère et la saluant : « Chère cousine, reprit-il, vous ne sauriez m'en vouloir de venir un peu plus tôt que de coutume, je vous apporte ce que vous m'avez fait le plaisir de me demander... »

Et le pauvre Pons, qui sciait en deux le président, la présidente et Cécile chaque fois qu'il les appelait *cousin* ou *cousine*[a]*,* tira de la poche de côté de son habit une ravissante petite boîte oblongue en bois de Sainte-Lucie, divinement sculptée[b].

« Ah! je l'avais oublié! » dit sèchement la présidente.

Cette exclamation n'était-elle pas atroce ? n'ôtait-elle pas tout mérite au soin du parent, dont le seul tort était d'être un parent pauvre ?

« Mais, reprit-elle, vous êtes bien bon, mon cousin. Vous dois-je beaucoup d'argent pour cette petite bêtise[c] ? »

Cette demande causa comme un tressaillement intérieur au cousin, il avait la prétention de solder tous ses dîners par l'offrande de ce bijou[d].

« J'ai cru que vous me permettiez de vous l'offrir, dit-il d'une voix émue.

— Comment! comment! reprit la présidente; mais, entre nous, pas de cérémonies, nous nous connaissons assez pour laver notre linge ensemble. Je sais que vous n'êtes pas assez riche pour faire la guerre à vos dépens.

N'eﬆ-ce pas déjà beaucoup que vous ayez pris la peine
de perdre votre temps à courir chez les marchands ?...

— Vous ne voudriez pas de cet éventail*a*, ma chère
cousine, si vous deviez en donner la valeur*b*, répliqua
le pauvre homme offensé, car c'eﬆ un chef-d'œuvre de
Watteau[1] qui l'a peint des deux côtés; mais soyez tranquille, ma cousine, je n'ai pas payé la centième partie du
prix d'art*c*. »

Dire à un riche : « Vous êtes pauvre! » c'eﬆ dire à
l'archevêque de Grenade que ses homélies ne valent
rien[2]. Mme la présidente était beaucoup trop orgueilleuse
de la position de son mari, de la possession de la terre
de Marville, et de ses invitations aux bals de la cour,
pour ne pas être atteinte au vif par une semblable
observation, surtout partant d'un misérable musicien
vis-à-vis de qui elle se posait en bienfaitrice.

« Ils sont donc bien bêtes les gens à qui vous achetez
ces choses-là ?... dit vivement la présidente.

— On ne connaît pas à Paris de marchands bêtes,
répliqua Pons presque sèchement.

— C'eﬆ alors vous qui avez beaucoup d'esprit, dit
Cécile pour calmer le débat.

— Ma petite cousine, j'ai l'esprit de connaître Lancret,
Pater, Watteau, Greuze*d*; mais j'avais surtout le désir de
plaire à votre chère maman*e*. »

Ignorante et vaniteuse, Mme de Marville ne voulait
pas avoir l'air de recevoir la moindre chose de son
pique-assiette, et son ignorance la servait admirablement,
elle ne connaissait pas le nom de Watteau*f*. Si quelque
chose peut exprimer jusqu'où va l'amour-propre des
collectionneurs, qui, certes, eﬆ un des plus vifs, car il
rivalise avec l'amour-propre d'auteur, c'eﬆ l'audace que
Pons venait d'avoir en tenant tête à sa cousine, pour la
première fois depuis vingt ans. Stupéfait de sa hardiesse,
Pons reprit une contenance pacifique en détaillant à
Cécile les beautés de la fine sculpture des branches de
ce merveilleux éventail*g*. Mais, pour être dans tout le
secret de la trépidation cordiale à laquelle le bonhomme
était en proie, il eﬆ nécessaire*h* de donner une légère
esquisse de la présidente.

À quarante-six ans, Mme de Marville, autrefois
petite, blonde, grasse et fraîche, toujours petite, était
devenue sèche. Son front busqué, sa bouche rentrée,

que la jeunesse décorait jadis de teintes fines, changeaient alors son air, naturellement dédaigneux, en un air rechigné[1]. L'habitude d'une domination absolue au logis avait rendu sa physionomie dure et désagréable. Avec le temps, le blond de la chevelure avait tourné au châtain aigre. Les yeux, encore vifs et caustiques, exprimaient une morgue judiciaire chargée d'une envie contenue. En effet, la présidente se trouvait presque pauvre au milieu de la société de bourgeois parvenus où dînait Pons. Elle ne pardonnait pas au riche marchand droguiste, ancien président du tribunal de commerce, d'être devenu successivement député, ministre, comte et pair. Elle ne pardonnait pas à son beau-père de s'être fait nommer, au détriment de son fils aîné, député de son arrondissement, lors de la promotion de Popinot à la pairie. Après dix-huit ans de services à Paris, elle attendait encore pour Camusot la place de conseiller à la Cour de cassation, d'où l'excluait d'ailleurs une incapacité connue au Palais. Le ministre de la Justice de 1844 regrettait la nomination de Camusot à la présidence, obtenue en 1834; mais on l'avait placé à la chambre des mises en accusation où, grâce à sa routine d'ancien juge d'instruction, il rendait des services en rendant des arrêts[a]. Ces mécomptes, après avoir usé la présidente de Marville, qui ne s'abusait pas d'ailleurs sur la valeur de son mari, la rendaient terrible. Son caractère, déjà cassant, s'était aigri. Plus vieillie que vieille, elle se faisait âpre et rêche[b] comme une brosse pour obtenir, par la crainte, tout ce que le monde se sentait disposé à lui refuser. Mordante à l'excès, elle avait peu d'amies. Elle imposait beaucoup, car elle s'était entourée de quelques vieilles dévotes de son acabit qui la soutenaient à charge de revanche. Aussi les rapports du pauvre Pons avec ce diable en jupons étaient-ils ceux d'un écolier avec un maître qui ne parle que par férules. La présidente ne s'expliquait donc pas la subite audace de son cousin, elle ignorait la valeur du cadeau.

« Où donc avez-vous trouvé cela ? demanda Cécile en examinant le bijou.

— Rue de Lappe, chez un brocanteur qui venait de le rapporter d'un château qu'on a dépecé près de Dreux, Aulnay, un château que Mme de Pompadour habitait quelquefois, avant de bâtir Ménars; on en a sauvé les plus splendides boiseries que l'on connaisse; elles sont si belles que Liénard, notre célèbre sculpteur en bois, en a gardé, comme *nec plus ultra* de l'art, deux cadres ovales pour modèles[1]... Il y avait là des trésors. Mon brocanteur a trouvé cet éventail dans un *bonheur-du-jour* en marqueterie que j'aurais acheté, si je faisais collection de ces œuvres-là; mais c'est inabordable! un meuble de Riesener[2] vaut de trois à quatre mille francs! On commence à reconnaître à Paris que les fameux marqueteurs allemands et français des quatorzième, dix-septième et dix-huitième siècles ont composé de véritables tableaux en bois. Le mérite du collectionneur est de devancer la mode. Tenez! d'ici à cinq ans, on payera à Paris les porcelaines de Frankenthal, que je collectionne depuis vingt ans, deux fois plus cher que la pâte tendre de Sèvres.

— Qu'est-ce que le Frankenthal ? dit Cécile.

— C'est le nom de la fabrique de porcelaines de l'Électeur Palatin; elle est plus ancienne que notre manufacture de Sèvres, comme les fameux jardins de Heidelberg, ruinés par Turenne, ont eu le malheur d'exister avant ceux de Versailles. Sèvres a beaucoup copié Frankenthal... Les Allemands, il faut leur rendre cette justice, ont fait, avant nous, d'admirables choses en Saxe et dans le Palatinat[3]. »

La mère et la fille se regardaient comme si Pons leur eût parlé chinois, car on ne peut se figurer combien les Parisiens sont ignorants et exclusifs; ils ne savent que ce qu'on leur apprend, quand ils veulent l'apprendre.

« Et à quoi reconnaissez-vous le Frankenthal ?

— Et la signature! dit Pons avec feu. Tous ces ravissants chefs-d'œuvre sont signés. Le Frankenthal porte un C et un T (Charles-Théodore) entrelacés et surmontés d'une couronne de prince[4]. Le vieux Saxe a ses deux épées et le numéro d'ordre en or. Vincennes signait avec un cor[a]. Vienne a un V fermé et barré. Berlin a deux barres. Mayence a la roue. Sèvres les deux LL, et la porcelaine à la reine un A qui veut dire Antoinette, surmonté de la couronne royale. Au dix-huitième siècle, tous les souverains de l'Europe ont rivalisé dans la fabrication de la porcelaine. On s'arrachait les ouvriers. Watteau dessinait des services pour la manufacture de Dresde, et ses œuvres ont acquis des prix fous.

(Il faut s'y bien connaître, car, aujourd'hui, Dresde les répète et les recopie.) Alors on a fabriqué des choses admirables et qu'on ne refera plus[1]...

— Ah bah !

— Oui, cousine ! on ne refera plus certaines marqueteries, certaines porcelaines, comme on ne refera plus des Raphaël, des Titien, ni des Rembrandt, ni des Van Eyck, ni des Cranach !... Tenez ! les Chinois sont bien habiles, bien adroits, eh bien ! ils recopient aujourd'hui les belles œuvres de leur porcelaine dite *Grand-Mandarin*... Eh bien ! deux vases de *Grand-Mandarin* ancien, du plus grand format, valent six, huit, dix mille francs, et on a la copie moderne pour deux cents francs !

— Vous plaisantez !

— Cousine, ces prix vous étonnent, mais ce n'est rien. Non seulement un service complet pour un dîner de douze personnes en pâte tendre de Sèvres, qui n'est pas de la porcelaine[a], vaut cent mille francs, mais c'est le prix de facture. Un pareil service se payait cinquante mille livres, à Sèvres, en 1750. J'ai vu des factures originales.

— Revenons à cet éventail, dit Cécile à qui le bijou paraissait trop vieux.

— Vous comprenez que je me suis mis en chasse, dès que votre chère maman m'a fait l'honneur de me demander un éventail, reprit Pons. J'ai vu tous les marchands de Paris sans y rien trouver de beau ; car, pour la chère présidente, je voulais un chef-d'œuvre, et je pensais à lui donner l'éventail de Marie-Antoinette, le plus beau de tous les éventails célèbres. Mais hier, je fus ébloui par ce divin chef-d'œuvre, que Louis XV a bien certainement commandé. Pourquoi suis-je allé chercher un éventail, rue de Lappe ! chez un Auvergnat ! qui vend des cuivres, des ferrailles, des meubles dorés ? Moi, je crois à l'intellignece des objets d'art, ils les connaissent les amateurs, ils les appellent, ils leur font : Chit ! chit !... »

La présidente haussa les épaules en regardant sa fille, sans que Pons pût voir cette mimique rapide.

« Je les connais tous, ces *rapiats-là !* "Qu'avez-vous de nouveau, papa Monistrol ? Avez-vous des dessus de porte ?" ai-je demandé à ce marchand, qui me permet de jeter les yeux sur ses acquisitions avant les grands marchands. À cette question, Monistrol me raconte

comment Liénard, qui sculptait dans la chapelle de
Dreux de fort belles choses pour la liſte civile[1], avait
sauvé à la vente d'Aulnay les boiseries sculptées des
mains des marchands de Paris, occupés de porcelaines
et de meubles incruſtés. « Je n'ai pas eu grand-chose,
me dit-il, mais je pourrai gagner mon voyage avec
cela. » Et il me montra le bonheur-du-jour, une merveille! C'eſt des dessins de Boucher exécutés en marqueterie avec un art... C'eſt à se mettre à genoux devant!
« Tenez, monsieur, me dit-il, je viens de trouver dans
un petit tiroir fermé, dont la clef manquait et que j'ai
forcé, cet éventail! vous devriez bien me dire à qui je
peux le vendre... » Et il me tire cette petite boîte en bois
de Sainte-Lucie sculpté[2]. « Voyez! c'eſt de ce Pompadour
qui ressemble au gothique fleuri. — Oh! lui ai-je répondu,
la boîte eſt jolie, elle pourrait m'aller, la boîte! car l'éventail, mon vieux Moniſtrol, je n'ai point de Mme Pons à
qui donner ce vieux bijou; d'ailleurs, on en fait des
neufs, bien jolis. On peint aujourd'hui ces vélins-là
d'une manière miraculeuse et assez bon marché. Savez-
vous qu'il y a deux mille peintres à Paris! » Et je dépliais
négligemment l'éventail, contenant mon admiration,
regardant froidement ces deux petits tableaux d'un
laisser-aller, d'une exécution à ravir. Je tenais l'éventail
de Mme de Pompadour! Watteau s'eſt exterminé à
composer cela[3]! « Combien voulez-vous du meuble ?
— Oh! mille francs, on me les donne déjà! » Je lui dis
un prix de l'éventail qui correspondait aux frais présumés
de son voyage. Nous nous regardons alors dans le
blanc des yeux, et je vois que je tiens mon homme.
Aussitôt je remets l'éventail dans sa boîte, afin que
l'Auvergnat ne se mette pas à l'examiner, et je m'extasie
sur le travail de cette boîte qui, certes, eſt un vrai bijou.
« Si je l'achète, dis-je à Moniſtrol, c'eſt à cause de cela,
voyez-vous, il n'y a que la boîte qui me tente. Quant à
ce bonheur-du-jour, vous en aurez plus de mille francs,
voyez donc comme ces cuivres sont ciselés! c'eſt des
modèles... On peut exploiter cela... ça n'a pas été reproduit, on faisait tout *unique* pour Mme de Pompadour... »
Et mon homme, *allumé* pour son bonheur-du-jour,
oublie l'éventail, il me le laisse à rien pour prix de la
révélation que je lui fais de la beauté de ce meuble de
Riesener. Et voilà! Mais il faut bien de la pratique pour

conclure de pareils marchés! C'est des combats d'œil à œil, et quel œil que celui d'un juif ou d'un Auvergnat!

L'admirable pantomime, la verve du vieil artiste qui faisaient de lui, racontant le triomphe de sa finesse sur l'ignorance du brocanteur, un modèle digne du pinceau hollandais, tout fut perdu pour la présidente et pour sa fille qui se dirent, en échangeant des regards froids et dédaigneux : « Quel original!... »

« Ça vous amuse donc ? » demanda la présidente.

Pons, glacé par cette question, éprouva l'envie de battre la présidente.

« Mais, ma chère cousine, reprit-il c'est la chasse aux chefs-d'œuvre! Et on se trouve face à face avec des adversaires qui défendent le gibier! c'est ruse contre ruse! Un chef-d'œuvre doublé d'un Normand, d'un juif ou d'un Auvergnat; mais c'est comme dans les contes de fées, une princesse gardée par des enchanteurs!

— Et comment savez-vous que c'est de Wat... comment dites-vous ?

— Watteau! ma cousine, un des plus grands peintres français du dix-huitième siècle! Tenez, ne voyez-vous pas la signature ? dit-il en montrant une des berge-ries qui représentait une ronde dansée par de fausses paysannes et par des bergers grands seigneurs. C'est d'un entrain! Quelle verve! quel coloris! Et c'est fait! tout d'un trait! comme un paraphe de maître d'écriture; on ne sent plus le travail! Et de l'autre côté, tenez! un bal dans un salon! C'est l'hiver et l'été! Quels ornements! et comme c'est conservé! Vous voyez, la virole est en or, et elle est terminée de chaque côté par un tout petit rubis que j'ai décrassé!

— S'il en est ainsi, je ne pourrais pas, mon cousin, accepter de vous un objet d'un si grand prix. Il vaut mieux vous en faire des rentes, dit la présidente qui ne demandait cependant pas mieux que de garder ce magnifique éventail.

— Il est temps que ce qui a servi au Vice soit aux mains de la Vertu! dit le bonhomme en retrouvant de l'assurance. Il aura fallu cent ans pour opérer ce miracle. Soyez sûre qu'à la cour aucune princesse n'aura rien de comparable à ce chef-d'œuvre; car il est, malheureuse-ment, dans la nature humaine de faire plus pour une Pompadour que pour une vertueuse reine!...

— Eh bien! je l'accepte, dit en riant la présidente. Cécile, mon petit ange, va donc voir avec Madeleine à ce que le dîner soit digne de notre cousin... »

La présidente voulait balancer le compte. Cette recommandation faite à haute voix, contrairement aux règles du bon goût, ressemblait si bien à l'appoint d'un payement, que Pons rougit comme une jeune fille prise en faute. Ce gravier un peu trop gros lui roula pendant quelque temps dans le cœur. Cécile, jeune personne très rousse, dont le maintien, entaché de pédantisme, affectait la gravité judiciaire du président et se sentait de la sécheresse de sa mère, disparut en laissant le pauvre Pons aux prises avec la terrible présidente[a].

« Elle est bien gentille, ma petite Lili, dit la présidente en employant toujours l'abréviation enfantine donnée jadis au nom de Cécile.

— Charmante! répondit le vieux musicien en tournant ses pouces.

— Je ne comprends rien au temps où nous vivons, répondit la présidente. À quoi cela sert-il donc d'avoir pour père un président à la Cour royale de Paris, et commandeur de la Légion d'honneur, pour grand-père un député millionnaire, un futur pair de France, le plus riche des marchands de soieries en gros ? »

Le dévouement du président à la dynastie nouvelle lui avait valu récemment le cordon de commandeur, faveur attribuée par quelques jaloux à l'amitié qui l'unissait à Popinot. Ce ministre, malgré sa modestie, s'était, comme on le voit, laissé faire comte.

« À cause de mon fils », dit-il à ses nombreux amis.

« On ne veut que de l'argent aujourd'hui, répondit le cousin Pons, on n'a d'égards que pour les riches, et...

— Que serait-ce donc, s'écria la présidente, si le ciel m'avait laissé mon pauvre petit Charles ?...

— Oh! avec deux enfants, vous seriez pauvre! reprit le cousin. C'est l'effet du partage égal des biens; mais, soyez tranquille, ma belle cousine, Cécile finira par bien se marier. Je ne vois nulle part de jeune fille si accomplie. »

Voilà jusqu'où Pons avait ravalé son esprit chez ses amphitryons : il y répétait leurs idées, et il les leur commentait platement, à la manière des chœurs antiques. Il n'osait pas se livrer à l'originalité qui distingue les artistes et qui dans sa jeunesse abondait en traits fins chez lui, mais que l'habitude de s'effacer avait alors presque abolie, et qu'on rembarrait, comme tout à l'heure, quand elle reparaissait.

« Mais, je me suis mariée avec vingt mille francs de dot, seulement...

— En 1819, ma cousine ? dit Pons en interrompant. Et c'était vous, une femme de tête, une jeune fille protégée par le roi Louis XVIII !

— Mais enfin ma fille est un ange de perfection, d'esprit ; elle est pleine de cœur, elle a cent mille francs en mariage, sans compter les plus belles espérances, et elle nous reste sur les bras... »

Mme de Marville parla de sa fille et d'elle-même pendant vingt minutes, en se livrant aux doléances particulières aux mères qui sont en puissance de filles à marier. Depuis vingt ans que le vieux musicien dînait chez son unique cousin Camusot, le pauvre homme attendait encore un mot sur ses affaires, sur sa vie, sur sa santé. Pons était d'ailleurs partout une espèce d'égout aux confidences domestiques, il offrait les plus grandes garanties dans sa discrétion connue et nécessaire, car un seul mot hasardé lui aurait fait fermer la porte de dix maisons ; son rôle d'écouteur était donc doublé d'une approbation constante ; il souriait à tout, il n'accusait, il ne défendait personne ; pour lui, tout le monde avait raison. Aussi ne comptait-il plus comme un homme, c'était un estomac ! Dans cette longue tirade, la présidente avoua, non sans quelques précautions, à son cousin, qu'elle était disposée à prendre pour sa fille presque aveuglément les partis qui se présenteraient. Elle alla jusqu'à regarder comme une bonne affaire un homme de quarante-huit ans, pourvu qu'il eût vingt mille francs de rente.

« Cécile est dans sa vingt-troisième année, et si le malheur voulait qu'elle atteignît à vingt-cinq ou vingt-six ans, il serait excessivement difficile de la marier. Le monde se demande alors pourquoi une jeune personne est restée si longtemps sur pied. On cause déjà beaucoup trop dans notre société de cette situation. Nous avons épuisé les raisons vulgaires : " Elle est bien jeune. — Elle aime trop ses parents pour les quitter. — Elle est heureuse à la maison. — Elle est difficile, elle veut un beau nom*[a]*! " Nous devenons ridicules, je le sens bien. D'ailleurs, Cécile eſt lasse d'attendre, elle souffre, pauvre petite...

— Et de quoi ? demanda sottement Pons.

— Mais, reprit la mère d'un ton de duègne, elle eſt humiliée de voir toutes ses amies mariées avant elle.

— Ma cousine, qu'y a-t-il donc de changé depuis la dernière fois que j'ai eu le plaisir de dîner ici, pour que vous songiez à des gens de quarante-huit ans ? dit humblement le pauvre musicien.

— Il y a, répliqua la présidente, que nous devions avoir une entrevue chez un conseiller à la cour, dont le fils a trente ans, dont la fortune eſt considérable, et pour qui M. de Marville aurait obtenu, moyennant finance, une place de référendaire à la Cour des comptes. Le jeune homme y eſt déjà surnuméraire. Et l'on vient de nous dire que ce jeune homme avait fait la folie de partir pour l'Italie, à la suite d'une duchesse du Bal Mabille. C'eſt un refus déguisé. On ne veut pas nous donner un jeune homme dont la mère eſt morte, et qui jouit déjà de trente mille francs de rente, en attendant la fortune du père. Aussi, devez-vous nous pardonner notre mauvaise humeur, cher cousin : vous êtes arrivé en pleine crise. »

Au moment où Pons cherchait une de ces complimenteuses réponses qui lui venaient toujours trop tard chez les amphitryons dont il avait peur, Madeleine entra, remit un petit billet à la présidente, et attendit une réponse. Voici ce que contenait le billet :

« Si nous supposions, ma chère maman, que ce petit mot nous eſt envoyé du Palais par mon père qui te dirait d'aller dîner avec moi chez son ami pour renouer l'affaire de mon mariage, le cousin s'en irait, et nous pourrions donner suite à nos projets chez les Popinot*[b]*. »

« Qui donc Monsieur m'a-t-il dépêché ? demanda vivement la présidente.

— Un garçon de salle du Palais », répondit effrontément la sèche Madeleine.

Par cette réponse, la vieille soubrette indiquait à sa maîtresse qu'elle avait ourdi ce complot, de concert avec Cécile impatientée.

« Dites que ma fille et moi, nous y serons à cinq heures et demie[a]. »

Madeleine une fois sortie, la présidente regarda le cousin Pons avec cette fausse aménité qui fait sur une âme délicate l'effet que du vinaigre et du lait mélangés produisent[b] sur la langue d'un friand[c].

« Mon cher cousin, le dîner est ordonné, vous le mangerez sans nous, car mon mari m'écrit de l'audience pour me prévenir que le projet de mariage se reprend avec le conseiller, et nous allons y dîner... Vous concevez que nous sommes sans aucune gêne ensemble. Agissez ici comme si vous étiez chez vous. Vous voyez la franchise dont j'use avec vous pour qui je n'ai pas de secret... Vous ne voudriez pas faire manquer le mariage de ce petit ange ?

— Moi, ma cousine, qui voudrais au contraire lui trouver un mari; mais dans le cercle où je vis...

— Oui, ce n'est pas probable, repartit insolemment la présidente. Ainsi, vous restez ? Cécile vous tiendra compagnie pendant que je m'habillerai.

— Oh! ma cousine, je puis dîner ailleurs », dit le bonhomme.

Quoique cruellement affecté de la manière dont s'y prenait la présidente pour lui reprocher son indigence, il était encore plus effrayé par la perspective de se trouver seul avec les domestiques.

« Mais pourquoi ?... le dîner est prêt, les domestiques le mangeraient. »

En entendant cette horrible phrase, Pons se redressa comme si la décharge de quelque pile galvanique l'eût atteint, salua froidement sa cousine et alla reprendre son spencer. La porte de la chambre à coucher de Cécile qui donnait dans le petit salon était entrebâillée, en sorte qu'en regardant devant lui dans une glace, Pons aperçut la jeune fille prise d'un fou rire, parlant à sa mère par des coups de tête et des mines qui révélèrent quelque lâche mystification au vieil artiste. Pons descendit lentement l'escalier en retenant ses larmes : il se voyait chassé de cette maison, sans savoir pourquoi. « Je suis trop vieux maintenant, se disait-il, le monde a horreur de la vieillesse et de la pauvreté, deux laides choses. Je ne veux plus aller nulle part sans invitation ». Mot héroïque!...

La porte de la cuisine située au rez-de-chaussée, en face de la loge du concierge, restait souvent ouverte, comme dans les maisons occupées par les propriétaires, et dont la porte cochère est toujours fermée; le bonhomme put donc entendre les rires de la cuisinière et du valet de chambre, à qui Madeleine racontait le tour joué à Pons, car elle ne supposa point que le bonhomme évacuerait la place si promptement. Le valet de chambre approuvait hautement cette plaisanterie envers un habitué de la maison qui, disait-il, ne donnait jamais qu'un petit écu aux étrennes!

« Oui, mais s'il prend la mouche et qu'il ne revienne pas, fit observer la cuisinière, ce sera toujours trois francs de perdus pour nous autres au jour de l'an...

— Hé! comment le saurait-il ? dit le valet de chambre en réponse à la cuisinière.

— Bah! reprit Madeleine, un peu plus tôt, un peu plus tard, qu'est-ce que cela nous fait ? Il ennuie tellement les maîtres dans les maisons où il dîne, qu'on le chassera de partout. »

En ce moment le vieux musicien cria : « Le cordon s'il vous plaît! » à la portière. Ce cri douloureux fut accueilli par un profond silence à la cuisine.

« Il écoutait, dit le valet de chambre.

— Hé bien! tant *pire,* ou plutôt tant mieux, répliqua Madeleine, c'est un rat fini[a]. »

Le pauvre homme, qui n'avait rien perdu des propos tenus à la cuisine, entendit encore ce dernier mot. Il revint chez lui par les boulevards dans l'état où serait une vieille femme après une lutte acharnée avec des assassins. Il marchait, en se parlant à lui-même, avec une vitesse convulsive, car l'honneur saignant le poussait comme une paille emportée par un vent furieux. Enfin, il se trouva sur le boulevard du Temple à cinq heures, sans savoir comment il y était venu; mais, chose extraordinaire, il ne se sentit pas le moindre appétit.

Maintenant, pour comprendre la révolution que le retour de Pons à cette heure allait produire chez lui, les explications promises sur Mme Cibot sont ici nécessaires[b].

La rue de Normandie est une de ces rues au milieu desquelles on peut se croire en province : l'herbe y fleurit, un passant y fait événement, et tout le monde

s'y connaît[1]. Les maisons datent de l'époque où, sous
Henri IV, on entreprit un quartier dont chaque rue
portât le nom d'une province, et au centre duquel devait
se trouver une belle place dédiée à la France. L'idée du
quartier de l'Europe fut la répétition de ce plan. Le
monde se répète en toute chose partout, même en spéculation[a]. La maison où demeuraient les deux musiciens
est un ancien hôtel entre cour et jardin; mais le devant,
sur la rue, avait été bâti lors de la vogue excessive dont
a joui le Marais durant le dernier siècle. Les deux amis
occupaient tout le deuxième étage dans l'ancien hôtel.
Cette double maison appartenait à M. Pillerault[b], un
octogénaire, qui en laissait la gestion à M. et Mme Cibot,
ses portiers depuis vingt-six ans. Or, comme on ne
donne pas des émoluments assez forts à un portier du
Marais pour qu'il puisse vivre de sa loge, le sieur Cibot[2]
joignait à son sou pour livre et à sa bûche prélevée sur
chaque voie de bois les ressources de son industrie personnelle; il était tailleur, comme beaucoup de concierges.
Avec le temps, Cibot avait cessé de travailler pour les
maîtres tailleurs; car, par suite de la confiance que lui
accordait la petite bourgeoisie du quartier, il jouissait
du privilège inattaqué de faire les raccommodages, les
reprises perdues, les mises à neuf de tous les habits dans
un périmètre de trois rues[c3]. La loge était vaste et saine,
il y attenait une chambre. Aussi le ménage Cibot pas-
sait-il pour un des plus heureux parmi MM. les concierges
de l'arrondissement[d].

Cibot, petit homme rabougri, devenu presque olivâtre à force de rester toujours assis, à la turque, sur
une table élevée à la hauteur de la croisée grillagée qui
voyait sur la rue, gagnait à son métier environ quarante
sous par jour. Il travaillait encore, quoiqu'il eût cinquante-huit ans; mais cinquante-huit ans, c'est le plus bel
âge des portiers; ils se sont faits à leur loge, la loge est
devenue pour eux ce qu'est l'écaille pour les huîtres, et
ils sont connus dans le quartier[e] !

Mme Cibot, ancienne belle écaillère, avait quitté son
poste au *Cadran-Bleu*[4] par amour pour Cibot, à l'âge de
vingt-huit ans, après toutes les aventures qu'une belle
écaillère rencontre sans les chercher. La beauté des
femmes du peuple dure peu, surtout quand elles restent
en espalier à la porte d'un restaurant. Les chauds rayons

de la cuisine se projettent sur les traits qui durcissent, les restes de bouteilles bus en compagnie des garçons s'infiltrent dans le teint, et nulle fleur ne mûrit plus vite que celle d'une écaillère. Heureusement pour Mme Cibot, le mariage légitime et la vie de concierge arrivèrent à temps pour la conserver ; elle demeura comme un modèle de Rubens, en gardant une beauté virile que ses rivales de la rue de Normandie calomniaient[a], en la qualifiant de *grosse dondon*. Ses tons de chair pouvaient se comparer aux appétissants glacis des mottes de beurre d'Isigny ; et nonobstant son embonpoint[1], elle déployait une incomparable agilité dans ses fonctions. Mme Cibot atteignait à l'âge où ces sortes de femmes sont obligées de se faire la barbe. N'est-ce pas dire qu'elle avait quarante-huit ans ? Une portière à moustaches est une des plus grandes garanties d'ordre et de sécurité pour un propriétaire[b2]. Si Delacroix avait pu voir Mme Cibot posée fièrement sur son balai, certes il en eût fait une Bellone[c] !

La position des époux Cibot, en style d'acte d'accusation[d], devait, chose singulière ! affecter un jour celle des deux amis ; aussi l'historien, pour être fidèle, est-il obligé d'entrer dans quelques détails au sujet de la loge. La maison rapportait environ huit mille francs, car elle avait trois appartements complets, doubles en profondeur, sur la rue, et trois dans l'ancien hôtel entre cour et jardin. En outre, un ferrailleur nommé Rémonencq occupait une boutique sur la rue. Ce Rémonencq, passé depuis quelques mois à l'état de marchand de curiosités, connaissait si bien la valeur bric-à-braquoise de Pons, qu'il le saluait du fond de sa boutique, quand le musicien entrait ou sortait[e]. Ainsi, le sou pour livre donnait environ quatre cents francs au ménage Cibot, qui trouvait en outre gratuitement son logement et son bois. Or, comme les salaires de Cibot produisaient environ sept à huit cents francs en moyenne par an, les époux se faisaient, avec leurs étrennes, un revenu de seize cents francs, à la lettre mangés par les Cibot qui vivaient mieux que ne vivent les gens du peuple. « On ne vit qu'une fois ! » disait la Cibot. Née pendant la révolution, elle ignorait, comme on le voit, le catéchisme[f].

De ses rapports avec le *Cadran-Bleu,* cette portière, à

l'œil orange et hautain, avait gardé quelques connaissances en cuisine qui rendaient son mari l'objet de l'envie
de tous ses confrères. Aussi, parvenus à l'âge mûr, sur
le seuil de la vieillesse, les Cibot ne trouvaient-ils pas
devant eux cent francs d'économie. Bien vêtus, bien
nourris, ils jouissaient d'ailleurs dans le quartier d'une
considération due à vingt-six ans de probité stricte. S'ils
ne possédaient rien, ils n'avaient *nune centime* à autrui,
selon leur expression[a], car Mme Cibot prodiguait les N
dans son langage[1]. Elle disait à son mari : « Tu n'es
n'un amour! » Pourquoi ? Autant vaudrait demander la
raison de son indifférence en matière de religion[b].
Fiers tous les deux de cette vie au grand jour, de l'estime
de six ou sept rues et de l'autocratie que leur laissait leur
propriétaire sur la maison, ils gémissaient en secret de
ne pas avoir aussi des rentes. Cibot se plaignait de douleurs dans les mains et dans les jambes, et Mme Cibot
déplorait que son pauvre Cibot fût encore contraint de
travailler à son âge. Un jour viendra qu'après trente ans
d'une vie pareille, un concierge accusera le gouvernement
d'injustice, il voudra qu'on lui donne la décoration de la
Légion d'honneur[c2]! Toutes les fois que les commérages
du quartier leur apprenaient que telle servante, après
huit ou dix ans de service, était couchée sur un testament
pour trois ou quatre cents francs en viager, c'était
des doléances de loge en loge, qui peuvent donner une
idée de la jalousie dont sont dévorées les professions
infimes à Paris[d]. « Ah çà! il ne nous arrivera jamais, à
nous autres, d'être mis sur des testaments! Nous n'avons
pas de chance! Nous sommes plus utiles que les domestiques, cependant. Nous sommes des gens de confiance,
nous faisons les recettes, nous veillons au grain; mais
nous sommes traités ni plus ni moins que des chiens,
et voilà! — Il n'y a qu'heur et malheur, disait Cibot en
rapportant un habit. — Si j'avais laissé Cibot à sa loge,
et que je me fusse mise cuisinière, nous aurerions trente
mille francs de placés, s'écriait Mme Cibot en causant
avec sa voisine les mains sur ses grosses hanches. J'ai
mal entendu la vie, histoire d'être logée et chauffée dedans
une bonne loge et de ne manquer de rien[e]. »

Lorsqu'en 1836, les deux amis vinrent occuper à eux
deux le deuxième[f] étage de l'ancien hôtel, ils occasionnèrent une sorte de révolution dans le ménage Cibot.

Voici comment. Schmucke avait, aussi bien que son ami Pons, l'habitude de prendre les portiers ou portières des maisons où il logeait pour faire faire son ménage. Les deux musiciens furent donc du même avis en s'installant rue de Normandie pour s'entendre avec Mme Cibot, qui devint leur femme de ménage, à raison de vingt-cinq francs par mois, douze francs cinquante centimes pour chacun d'eux. Au bout d'un an, la portière émérite régna chez les deux vieux garçons, comme elle régnait sur la maison de M. Pillerault, le grand-oncle de Mme la comtesse Popinot[a]; leurs affaires furent ses affaires, et elle disait : « *Mes deux messieurs.* » Enfin, en trouvant les deux casse-noisettes doux comme des moutons, faciles à vivre, point défiants, de vrais enfants, elle se mit, par suite de son cœur de femme du peuple, à les protéger, à les adorer, à les servir avec un dévouement si véritable, qu'elle leur lâchait quelques[b] semonces, et les défendait contre toutes les tromperies qui grossissent à Paris les dépenses de ménage[1]. Pour vingt-cinq francs par mois, les deux garçons, sans préméditation et sans s'en douter, acquirent une mère. En s'apercevant de toute la valeur de Mme Cibot, les deux musiciens lui avaient naïvement adressé des éloges, des remerciements, de petites étrennes qui resserrèrent les liens de cette alliance domestique. Mme Cibot aimait mille fois mieux être appréciée à sa valeur que payée; sentiment qui, bien connu, bonifie toujours les gages[c]. Cibot faisait à moitié prix les courses, les raccommodages, tout ce qui pouvait le concerner dans le service des deux messieurs de sa femme.

Enfin, dès la seconde année, il y eut, dans l'étreinte du deuxième étage et de la loge, un nouvel élément de mutuelle amitié. Schmucke conclut avec Mme Cibot un marché qui satisfit à sa paresse et à son désir de vivre sans s'occuper de rien. Moyennant trente sous par jour ou quarante-cinq francs par mois, Mme Cibot se chargea de donner à déjeuner et à dîner à Schmucke. Pons, trouvant le déjeuner de son ami très satisfaisant, passa de même un marché de dix-huit francs pour son déjeuner. Ce système de fournitures, qui jeta quatre-vingt-dix francs environ par mois dans les recettes de la loge, fit des deux locataires des êtres inviolables, des anges, des chérubins, des dieux. Il est fort douteux que le roi des Français, qui s'y connaît, soit servi comme le furent

alors les deux casse-noisettes. Pour eux, le lait sortait
pur de la boîte, ils lisaient gratuitement les journaux du
premier et du troisième étage, dont les locataires se
levaient tard et à qui l'on eût dit, au besoin, que les journaux n'étaient pas arrivés[a]. Mme Cibot tenait d'ailleurs
l'appartement, les habits, le palier, tout dans un état
de propreté flamande. Schmucke jouissait, lui, d'un
bonheur qu'il n'avait jamais espéré; Mme Cibot lui
rendait la vie facile; il lui donnait environ six francs par
mois pour le blanchissage dont elle se chargeait, ainsi
que des raccommodages. Il dépensait quinze francs de
tabac par mois. Ces trois natures de dépenses formaient
un total mensuel de soixante-six francs, lesquels, multi-
pliés par douze, donnent sept cent quatre-vingt-douze
francs. Joignez-y deux cent vingt francs de loyer et
d'impositions, vous avez mille douze francs. Cibot
habillait Schmucke, et la moyenne de cette dernière
fourniture allait à cent cinquante francs. Ce profond
philosophe vivait donc avec douze cents francs par an.
Combien de gens, en Europe, dont l'unique pensée est
de venir demeurer à Paris, seront agréablement surpris
de savoir qu'on peut y être heureux avec douze cents
francs de rente, rue de Normandie, au Marais, sous la
protection d'une Mme Cibot!

Mme Cibot fut stupéfaite en voyant rentrer le
bonhomme Pons à cinq heures du soir[b]. Non seulement
ce fait n'avait jamais eu lieu, mais encore *son monsieur*
ne la vit pas, ne la salua point.

« Ah bien! Cibot, dit-elle à son mari, M. Pons est
millionnaire ou fou!

— Ça m'en a l'air », répliqua Cibot en laissant tomber
une manche d'habit où il faisait ce que, dans l'argot
des tailleurs, on appelle *un poignard*[c1].

Au moment où Pons rentrait machinalement chez lui,
Mme Cibot achevait le dîner de Schmucke. Ce dîner
consistait en un certain ragoût, dont l'odeur se répandait
dans toute la cour[2]. C'était des restes de bœuf bouilli
achetés chez un rôtisseur tant soit peu regrattier, et
fricassés au beurre avec des oignons coupés en tranches
minces, jusqu'à ce que le beurre fût absorbé par la
viande et par les oignons, de manière à ce que ce mets
de portier présentât l'aspect d'une friture. Ce plat,
amoureusement concoctionné pour Cibot et Schmucke,

entre qui la Cibot le partageait, accompagné d'une bouteille de bière et d'un morceau de fromage, suffisait au
vieux maître de musique allemand. Et croyez bien que
le roi Salomon, dans sa gloire, ne dînait pas mieux que
Schmucke. Tantôt ce plat de bouilli fricassé aux oignons,
tantôt des reliefs de poulet sauté, tantôt une persillade[a]
et du poisson à une sauce inventée par la Cibot, et à
laquelle une mère aurait mangé son enfant sans s'en
apercevoir, tantôt de la venaison[b], selon la qualité ou la
quantité de ce que les restaurants du boulevard revendaient au rôtisseur de la rue Boucherat, tel était l'ordinaire de Schmucke, qui se contentait, sans mot dire,
de tout ce que lui servait la *ponne montame Zipod*. Et,
de jour en jour, la bonne Mme Cibot avait diminué
cet ordinaire jusqu'à pouvoir le faire pour la somme de
vingt[c] sous[1].

« Je vais savoir ce qui lui n'est arrivé, n'à ce pauvre
cher homme, dit Mme Cibot à son époux, car v'là le
dîner de M. Schmucke tout paré. »

Mme Cibot couvrit le plat de terre creux d'une assiette
en porcelaine commune; puis elle arriva, malgré son
âge, à l'appartement des deux amis, au moment où
Schmucke ouvrait à Pons.

« *Qu'as-du, mon pon ami ?* dit l'Allemand effrayé par le
bouleversement de la physionomie de Pons.

— Je te dirai tout; mais je viens dîner avec toi...

— *Tinner ! tinner !* s'écria Schmucke enchanté. *Mais
c'esdre imbossiple !* » ajouta-t-il en pensant aux habitudes
gastrolâtriques de son ami[d].

Le vieil Allemand aperçut alors Mme Cibot qui écoutait, selon son droit de femme de ménage légitime[e].
Saisi par une de ces inspirations qui ne brillent que dans
le cœur d'un ami véritable, il alla droit à la portière, et
l'emmena sur le palier.

« *Montame Zipod, ce pon Bons aime les ponnes chosses,
hâlez au Gatran Pleu, temandez ein bedid tinner vin : tes
angeois, di magaroni ! Anvin ein rebas de Liquillis !*

— Qu'est-ce que c'est ? demanda Mme Cibot.

— *Eh pien !* reprit Schmucke, *c'esde[f] ti feau à la pourchoise, eine pon boisson, ein poudeille te fin te Porteaux, dout
ce qu'il y aura te meilleur en vriantise : gomme tes groguettes
te risse ed ti lard vîmé ! Bayez ! ne tittes rien che fus rentrai
tutte l'archand temain madin.* »

Schmucke rentra d'un air joyeux en se frottant les mains ; mais sa figure reprit graduellement une expression de ſtupéfaction, en entendant le récit des malheurs qui venaient de fondre en un moment sur le cœur de son ami. Schmucke essaya de consoler Pons, en lui dépeignant le monde à son point de vue. Paris était une tempête perpétuelle, les hommes et les femmes y étaient emportés par un mouvement de valse furieuse, et il ne fallait rien demander au monde, qui ne regarde qu'à l'extérieur, *« ed bas ad l'indérière »*, dit-il. Il raconta pour la centième fois que, d'année en année, les trois seules écolières qu'il eût aimées, par lesquelles il était chéri, pour lesquelles il donnerait sa vie, de qui même il tenait une petite pension de neuf cents francs, à laquelle chacune contribuait pour une part égale d'environ trois cents francs, avaient si bien oublié, d'année en année, de le venir voir, et se trouvaient emportées par le courant de la vie parisienne avec tant de violence, qu'il n'avait pas pu être reçu par elles depuis trois ans, quand il se présentait. (Il eſt vrai que Schmucke se présentait chez ces grandes dames à dix heures du matin[a].) Enfin, les quartiers de ses rentes étaient payés chez des notaires.

« Ed cebentant, c'esde tes cueirs t'or, reprit-il. *Anvin, c'esd mes bedides saindes Céciles, tes phames jarmantes, montame de Bordentuère, montame de Fentenesse, montame Ti Dilet. Quante che les fois, c'esd aus Jambs-Elusées, sans qu'elles me foient[1]… ed elles m'aiment pien, ed che pourrais aller tinner chesse elles, elles seraient bien gondentes. Che beusse aller à leur gambagne ; mais je breffère te peaucoup edre afec mon hami Bons, barce que che le fois quant che feux, ed tus les churs. »*

Pons prit la main de Schmucke, la mit entre ses mains, il la serra par un mouvement où l'âme se communiquait tout entière, et tous deux ils reſtèrent ainsi pendant quelques minutes, comme des amants qui se revoient après une longue absence.

« Tinne izi, dus les churs !… reprit Schmucke qui bénissait intérieurement la dureté de la présidente. *Diens[b] ! nus pricabraquerons ensemble, et le tiaple ne meddra chamais sa queu tan notre ménache. »*

Pour l'intelligence de ce mot vraiment héroïque : *nous pricabraquerons ensemble !* il faut avouer que Schmucke était d'une ignorance crasse en bricabracologie. Il fallait toute la puissance de son amitié pour qu'il ne cassât rien dans le salon et dans le cabinet abandonnés à Pons pour lui servir de musée. Schmucke, appartenant tout entier à la musique, compositeur pour lui-même, regardait toutes les petites bêtises[1] de son ami, comme un poisson qui aurait reçu un billet d'invitation[a] regarderait une exposition de fleurs au Luxembourg. Il respectait ces œuvres merveilleuses à cause du respect que Pons manifestait en époussetant son trésor. Il répondait : *« Ui ! c'esde pien choli ! »* aux admirations de son ami, comme une mère répond des phrases insignifiantes aux gestes d'un enfant qui ne parle pas encore. Depuis que les deux amis vivaient ensemble, Schmucke avait vu Pons changeant sept fois d'horloge en en troquant toujours une inférieure contre une plus belle. Pons possédait alors la plus magnifique horloge de Boulle, une horloge en ébène incrustée de cuivres et garnie de sculptures, de la première manière de Boulle. Boulle a eu deux manières, comme Raphaël en a eu trois[2]. Dans la première, il mariait le cuivre à l'ébène ; et, dans la seconde, contre ses convictions il sacrifiait à l'écaille ; il a fait des prodiges pour vaincre ses concurrents, inventeurs de la marqueterie en écaille. Malgré les savantes démonstrations de Pons, Schmucke n'apercevait pas[b] la moindre différence entre la magnifique horloge de la première manière de Boulle et les dix autres. Mais, à cause du bonheur de Pons, Schmucke avait plus de soin de tous ces *prinporions* que son ami n'en prenait lui-même. Il ne faut donc pas s'étonner que le mot sublime de Schmucke ait eu le pouvoir de calmer le désespoir de Pons, car le : *« Nus pricapraquerons ! »* de l'Allemand voulait dire : « Je mettrai de l'argent dans le bric-à-brac, si tu veux dîner ici. »

« Ces messieurs sont servis », vint dire avec un aplomb étonnant Mme Cibot.

On comprendra facilement la surprise de Pons en voyant et savourant le dîner dû à l'amitié de Schmucke. Ces sortes de sensations, si rares dans la vie, ne viennent pas du dévouement continu par lequel deux hommes se disent perpétuellement l'un à l'autre : « Tu as en moi un autre toi-même » (car on s'y fait) ; non, elles sont causées par la comparaison de ces témoignages du bonheur de la vie intime avec les barbaries de la vie du monde. C'est le monde qui lie à nouveau, sans cesse, deux amis ou deux amants, lorsque deux grandes âmes se sont mariées par l'amour ou par l'amitié[a]. Aussi Pons essuya-t-il deux grosses larmes! et Schmucke, de son côté, fut obligé d'essuyer ses yeux mouillés. Ils ne se dirent rien, mais ils s'aimèrent davantage, et ils se firent de petits signes de tête dont les expressions balsamiques[b] pansèrent les douleurs du gravier introduit par la présidente dans le cœur de Pons. Schmucke se frottait les mains à s'emporter l'épiderme, car il avait conçu l'une de ces inventions qui n'étonnent un Allemand que lorsqu'elle est rapidement éclose dans son cerveau congelé par le respect dû aux princes souverains[c].

« *Mon pon Bons ?* dit Schmucke.

— Je te devine, tu veux que nous dînions tous les jours ensemble...

— *Che fitrais edre assez ruche bir de vaire fifre tu les churs gomme ça...* », répondit mélancoliquement le bon Allemand.

Mme Cibot, à qui Pons donnait de temps en temps des billets pour les spectacles du boulevard, ce qui le mettait dans son cœur à la même hauteur que son pensionnaire Schmucke, fit alors la proposition que voici : « Pardine, dit-elle, pour trois francs, sans le vin, je puis vous faire tous les jours, pour vous deux, n'un dîner n'à licher les plats, et les rendre nets comme s'ils étaient lavés.

— *Le vrai est,* répondit Schmucke, *que che tine mieix afec ce que me guisine montame Zipod que les chens qui mangent le vrigod di Roi...* »

Dans son espérance, le respectueux Allemand alla jusqu'à imiter l'irrévérence des petits journaux, en calomniant le prix fixe de la table royale[d].

« Vraiment ? dit Pons. Eh bien! j'essaierai demain! »

En entendant cette promesse, Schmucke sauta d'un bout de la table à l'autre, en entraînant la nappe, les plats, les carafes, et saisit Pons par une étreinte comparable à celle d'un gaz s'emparant d'un autre gaz pour lequel il a de l'affinité[1].

« *Kel ponhire !* s'écria-t-il[e].

— Monsieur dînera tous les jours ici! » dit orgueilleusement Mme Cibot attendrie[f].

Sans connaître l'événement auquel elle devait l'accomplissement de son rêve, l'excellente Mme Cibot descendit à sa loge et y entra comme Josépha entre en scène dans *Guillaume Tell*[g2]. Elle jeta les plats et les assiettes, et s'écria : « Cibot, cours chercher deux demi-tasses, au *Café Turc !* et dis au garçon de fourneau que c'est pour moi ! » Puis elle s'assit en se mettant les mains sur ses puissants genoux, et regardant par la fenêtre le mur qui faisait face à la maison, elle s'écria : « J'irai, ce soir, consulter Mme Fontaine[a] !... » Mme Fontaine tirait les cartes à toutes les cuisinières, femmes de chambre, laquais, portiers, etc., du Marais. « Depuis que ces deux messieurs sont venus chez nous, nous avons deux mille francs de placés à la caisse d'épargne. En huit ans ! quelle chance ! Faut-il ne rien gagner au dîner de M. Pons, et l'attacher à son ménage ? La poule à mame Fontaine[b] me dira cela. »

En ne voyant pas d'héritiers, ni à Pons ni à Schmucke, depuis trois ans environ Mme Cibot se flattait d'obtenir une ligne dans le testament de *ses messieurs,* et elle avait redoublé de zèle dans cette pensée cupide, poussée très tard au milieu de ses moustaches, jusqu'alors pleines de probité[c]. En allant dîner en ville tous les jours, Pons avait échappé jusqu'alors à l'asservissement complet dans lequel la portière voulait tenir *ses messieurs.* La vie nomade de ce vieux troubadour collectionneur effarouchait les vagues idées de séduction qui voltigeaient dans la cervelle de Mme Cibot et qui devinrent un plan formidable, à compter de ce mémorable dîner. Un quart d'heure après, Mme Cibot reparut dans la salle à manger, armée de deux excellentes tasses de café que flanquaient deux petits verres de kirsch-wasser.

« *Fife montame Zipod !* s'écria Schmucke, *elle m'a tefiné.* »

Après quelques lamentations du pique-assiette que combattit Schmucke par les câlineries que le pigeon sédentaire dut trouver pour son pigeon voyageur, les deux amis sortirent ensemble. Schmucke ne voulut pas quitter son ami dans la situation où l'avait mis la conduite des maîtres et des gens de la maison Camusot. Il connaissait Pons et savait que des réflexions horriblement[d] tristes pouvaient le saisir à l'orchestre sur son siège magistral et détruire le bon effet de sa rentrée au nid. Schmucke, en ramenant le soir, vers minuit, Pons au logis, le tenait sous le bras ; et comme un amant fait pour une maîtresse adorée, il indiquait à Pons les endroits où finissait, où recommençait le trottoir ; il l'avertissait quand un ruis-

seau se présentait ; il aurait voulu que les pavés fussent
en coton, que le ciel fût bleu, que les anges fissent
entendre à Pons la musique qu'ils lui jouaient. Il avait
conquis la dernière province qui n'était pas à lui dans
ce cœur[a] !

Pendant trois mois environ, Pons dîna tous les jours
avec Schmucke. D'abord il fut forcé de retrancher
quatre-vingts francs par mois sur la somme de ses acquisitions, car il lui fallut trente-cinq francs de vin environ
avec les quarante-cinq francs que le dîner coûtait. Puis,
malgré les soins et les lazzis allemands de Schmucke,
le vieil artiste regretta les plats soignés, les petits verres
de liqueurs, le bon café, le babil, les politesses fausses, les
convives et les médisances des maisons où il dînait. On
ne rompt pas au déclin de la vie avec une habitude
qui dure depuis trente-six ans. Une pièce de vin de cent
trente francs verse un liquide peu généreux dans le verre
d'un gourmet ; aussi, chaque fois que Pons portait son
verre à ses lèvres, se rappelait-il avec mille regrets poi-
gnants les vins exquis de ses amphitryons[b]. Donc, au
bout de trois mois, les atroces douleurs qui avaient failli
briser le cœur délicat de Pons étaient amorties, il ne pensait plus qu'aux agréments de la société ; de même qu'un
vieux homme à femmes regrette une maîtresse quittée
coupable de trop d'infidélités[c1] ! Quoiqu'il essayât de
cacher la mélancolie profonde qui le dévorait, le vieux
musicien paraissait évidemment attaqué par une de ces
inexplicables maladies, dont le siège est dans le moral.
Pour expliquer cette nostalgie produite par une[d] habitude brisée, il suffira d'indiquer un des mille riens qui,
semblables aux mailles d'une cotte d'armes, enveloppent
l'âme dans un réseau de fer. Un des plus vifs plaisirs de
l'ancienne vie de Pons, un des bonheurs du pique-
assiette d'ailleurs, était la *surprise,* l'impression[e] gastro-
nomique du plat extraordinaire, de la friandise ajoutée
triomphalement dans les maisons bourgeoises par la
maîtresse qui veut donner un air de festoiement à son
dîner ! Ce délice de l'estomac manquait à Pons, Mme Cibot
lui racontait le menu par orgueil. Le piquant périodique
de la vie de Pons avait totalement disparu. Son dîner se
passait sans l'inattendu de ce qui, jadis, dans les ménages
de nos aïeux, se nommait le *plat couvert !* Voilà ce que
Schmucke ne pouvait pas comprendre. Pons était trop

délicat pour se plaindre, et s'il y a quelque chose de plus triste que le génie méconnu, c'est l'estomac incompris. Le cœur dont l'amour est rebuté, ce drame dont on abuse, repose sur un faux besoin; car si la créature nous délaisse, on peut aimer le créateur, il a des trésors à nous dispenser. Mais l'estomac!... Rien ne peut être comparé à ses souffrances; car, avant tout, la vie! Pons regrettait certaines crèmes, de vrais poèmes! certaines sauces blanches, des chefs-d'œuvre! certaines volailles truffées, des amours! et par-dessus tout les fameuses carpes du Rhin qui ne se trouvent qu'à Paris et avec quels condiments! Par certains jours Pons s'écriait : « Ô Sophie! » en pensant à la cuisinière du comte Popinot. Un passant, en entendant ce soupir, aurait cru que le bonhomme pensait à une maîtresse, et il s'agissait de quelque chose de plus rare, d'une carpe grasse! accompagnée d'une saucce, claire dans la saucière, épaisse sur la langue, une sauce à mériter le prix Montyon! Le souvenir de ces dîners mangés fit donc considérablement maigrir le chef d'orchestre[a] attaqué d'une nostalgie gastrique[b].

Dans le commencement du quatrième mois, vers la fin de janvier 1845, le jeune flûtiste, qui se nommait Wilhem comme presque tous les Allemands[c1], et Schwab[d] pour se distinguer de tous les Wilhem, ce qui ne le distinguait pas de tous les Schwab, jugea nécessaire d'éclairer Schmucke sur l'état du chef d'orchestre dont on se préoccupait au théâtre. C'était le jour d'une première représentation où donnaient les instruments dont jouait le vieux maître allemand.

« Le bonhomme Pons décline, il y a quelque chose dans son sac qui sonne mal, l'œil est triste, le mouvement de son bras s'affaiblit, dit Wilhem Schwab en montrant le bonhomme qui montait à son pupitre d'un air funèbre.

— *C'esdre gomme ça à soissande ans, tuchurs* », répondit Schmucke.

Schmucke, semblable à cette mère des *Chroniques de la Canongate*[2] qui, pour jouir de son fils vingt-quatre heures de plus, le fait fusiller, était capable de sacrifier Pons au plaisir de le voir dîner tous les jours avec lui.

« Tout le monde au théâtre s'inquiète, et, comme le dit Mlle Héloïse Brisetout[e], notre première danseuse, il ne fait presque plus de bruit en se mouchant. »

Le vieux musicien paraissait donner du cor, quand il se mouchait, tant son nez long et creux sonnait dans le foulard. Ce tapage était la cause d'un des plus constants reproches[a] de la présidente au cousin Pons.

« *Che tonnerais pien tes chausses pir l'amisser,* dit Schmucke, *l'annui le cagne.*

— Ma foi, dit Wilhem Schwab, M. Pons me semble un être si supérieur à nous autres pauvres diables, que je n'osais pas l'inviter à ma noce. Je me marie...

— *Ed gommend ?* demanda Schmucke.

— Oh! très honnêtement, répondit Wilhem qui trouva dans la question bizarre de Schmucke une raillerie dont ce parfait chrétien était incapable.

— Allons, messieurs, à vos places! » dit Pons qui regarda dans l'orchestre sa petite armée après avoir entendu le coup de sonnette du directeur.

On exécuta l'ouverture de *La Fiancée du diable,* une pièce féerie qui eut deux cents représentations[1]. Au premier entracte, Wilhem et Schmucke se virent seuls dans l'orchestre désert. L'atmosphère de la salle comportait trente-deux degrés Réaumur.

« *Gondez-moi tonc fotre husdoire,* dit Schmucke à Wilhem.

— Tenez, voyez-vous à l'avant-scène, ce jeune homme ?... le reconnaissez-vous ?

— *Ti tud...*

— Ah! parce qu'il a des gants jaunes, et qu'il brille de tous les rayons de l'opulence; mais c'est mon ami, Fritz Brunner de Francfort-sur-le-Main...

— *Celui qui fenaid foir les bièces à l'orguesdre, brès te fus ?*

— Le même. N'est-ce pas, que c'est à ne pas croire à une pareille métamorphose ? »

Ce héros de l'histoire promise était un de ces Allemands dont la figure contient à la fois la raillerie sombre du Méphistophélès de Goethe et la bonhomie des romans d'Auguste Lafontaine[2] de pacifique mémoire; la ruse et la naïveté, l'âpreté des comptoirs et le laisser-aller raisonné d'un membre du Jockey-Club; mais surtout le dégoût qui met le pistolet à la main de Werther, beaucoup plus ennuyé des princes allemands que de Charlotte. C'était véritablement une figure typique de l'Allemagne: beaucoup de juiverie et beaucoup de simplicité, de la bêtise et du courage, un savoir qui produit l'ennui, une expérience que le moindre enfantillage rend inutile, l'abus de la bière et du tabac; mais, pour relever toutes ces antithèses, une étincelle diabolique dans de beaux yeux bleus fatigués. Mis avec l'élégance d'un banquier, Fritz Brunner offrait aux regards de toute la salle une tête chauve d'une couleur titianesque[a], de chaque côté de laquelle se bouclaient les quelques cheveux d'un blond ardent que la débauche et la misère lui avaient laissés pour qu'il eût le droit de payer un coiffeur au jour de sa restauration financière. Sa figure, jadis belle et fraîche, comme celle du Jésus-Christ des peintres, avait pris des tons aigres que des moustaches rouges, une barbe fauve rendaient presque sinistres. Le bleu pur de ses yeux s'était troublé dans sa lutte avec le chagrin. Enfin les mille prostitutions de Paris avaient estompé les paupières et le tour de ses yeux, où jadis une mère regardait avec ivresse une divine réplique des siens. Ce philosophe prématuré, ce jeune vieillard était l'œuvre d'une marâtre.

Ici commence l'histoire curieuse d'un fils prodigue de Francfort-sur-le-Main, le fait le plus extraordinaire et le plus bizarre qui soit jamais arrivé dans cette ville sage, quoique centrale[b].

M. Gédéon Brunner, père de ce Fritz, un de ces célèbres aubergistes de Francfort-sur-le-Main[1] qui pratiquent, de complicité avec les banquiers, des incisions autorisées par les lois sur la bourse des touristes, honnête calviniste d'ailleurs, avait épousé une juive convertie, à la dot de laquelle il dut les éléments de sa fortune. Cette juive mourut, laissant son fils Fritz, à l'âge de douze ans, sous la tutelle du père et sous la surveillance d'un oncle maternel, marchand de fourrures à Leipzig, le chef de la maison Virlaz et compagnie. Brunner le père fut obligé, par cet oncle qui n'était pas aussi doux que ses fourrures, de placer la fortune du jeune Fritz en beaucoup de marcs banco[2] dans la maison Al. Sartchild[3], et sans y toucher. Pour se venger de cette exigence israélite, le père Brunner se remaria, en alléguant l'impossibilité de tenir son immense auberge sans l'œil et le bras d'une femme. Il épousa la fille d'un autre aubergiste, dans laquelle il vit une perle; mais il n'avait pas expérimenté ce qu'était une fille unique, adulée par un père et une mère. La deuxième Mme Brunner fut ce que sont les jeunes Allemandes, quand elles sont

méchantes et légères. Elle dissipa sa fortune, et vengea
la première Mme Brunner en rendant son mari l'homme
le plus malheureux dans son intérieur qui fût connu sur
le territoire de la ville libre de Francfort-sur-le-Main où,
dit-on, les millionnaires vont faire rendre une loi municipale qui contraigne les femmes à les chérir exclusivement. Cette Allemande aimait les différents vinaigres
que les Allemands appellent communément vins du
Rhin. Elle aimait les articles-Paris. Elle aimait à monter à
cheval. Elle aimait la parure. Enfin la seule chose coûteuse qu'elle n'aimât pas, c'était les femmes. Elle prit en
aversion le petit Fritz, et l'aurait rendu fou, si ce jeune
produit du calvinisme et du mosaïsme n'avait pas eu
Francfort pour berceau, et la maison Virlaz de Leipzig
pour tutelle; mais l'oncle Virlaz, tout à ses fourrures, ne
veillait qu'aux marcs banco, il laissa l'enfant en proie à
la marâtre.

Cette hyène était d'autant plus furieuse contre ce chérubin, fils de la belle Mme Brunner, que, malgré des
efforts dignes d'une locomotive, elle ne pouvait pas
avoir d'enfant. Mue par une pensée diabolique, cette
criminelle Allemande lança le jeune Fritz, à l'âge de
vingt et un ans, dans des dissipations antigermaniques.
Elle espéra que le cheval anglais, le vinaigre du Rhin et
les Marguerites de Goethe dévoreraient l'enfant de la
juive et sa fortune; car l'oncle Virlaz avait laissé un bel
héritage à son petit Fritz au moment où celui-ci devint
majeur. Mais si les roulettes des Eaux et les amis du
Vin, au nombre desquels était Wilhem Schwab[1], achevèrent le capital Virlaz, le jeune enfant prodigue demeura
pour servir, selon les vœux du Seigneur, d'exemple
aux puînés de la ville de Francfort-sur-le-Main, où
toutes les familles l'emploient comme un épouvantail
pour garder leurs enfants sages et effrayés dans leurs
comptoirs de fer doublés de marcs banco. Au lieu
de mourir à la fleur de l'âge, Fritz Brunner eut le plaisir
de voir enterrer sa marâtre dans un de ces charmants
cimetières où les Allemands, sous prétexte d'honorer
leurs morts, se livrent à leur passion effrénée pour
l'horticulture. La seconde Mme Brunner mourut donc
avant ses auteurs, le vieux Brunner en fut pour l'argent
qu'elle avait extrait de ses coffres, et pour des peines
telles, que cet aubergiste, d'une constitution herculéenne,

se vit, à soixante-sept ans, diminué comme si le fameux poison des Borgia l'avait attaqué. Ne pas hériter de sa femme après l'avoir supportée pendant dix années, fit de cet aubergiste une autre ruine de Heidelberg[1], mais radoubée incessamment par les *Rechnungs*[2] des voyageurs, comme on radoube celles de Heidelberg pour entretenir l'ardeur des touristes qui affluent pour voir cette belle ruine, si bien entretenue. On en causait à Francfort comme d'une faillite, on s'y montrait Brunner au doigt en se disant : « Voilà où peut nous mener une mauvaise femme de qui l'on n'hérite pas, et un fils élevé à la française. »

En Italie et en Allemagne, les Français sont la raison de tous les malheurs, la cible de toutes les balles ; *mais le dieu poursuivant sa carrière...* (Le reste comme dans l'ode de Lefranc de Pompignan[3].)

La colère du propriétaire du grand hôtel de Hollande ne tomba pas seulement sur les voyageurs dont les mémoires *(Rechnung)* se ressentirent de son chagrin. Quand son fils fut totalement ruiné, Gédéon, le regardant comme la cause indirecte de tous ses malheurs, lui refusa le pain et l'eau, le sel, le feu, le logement et la pipe ! ce qui, chez un père aubergiste et allemand, est le dernier degré de la malédiction paternelle. Les autorités du pays, ne se rendant pas compte des premiers torts du père, et voyant en lui l'un des hommes les plus malheureux de Francfort-sur-le-Main, lui vinrent en aide ; ils expulsèrent Fritz du territoire de cette ville libre, en lui faisant une querelle d'Allemand. La justice n'est pas plus humaine ni plus sage à Francfort qu'ailleurs, quoique cette ville soit le siège de la Diète germanique[a]. Rarement un magistrat remonte le fleuve des crimes et des infortunes pour savoir qui tenait l'urne d'où le premier filet d'eau s'épancha. Si Brunner oublia son fils, les amis du fils imitèrent l'aubergiste.

Ah ! si cette histoire avait pu se jouer devant le trou du souffleur pour cette assemblée, au sein de laquelle les journalistes, les lions et quelques Parisiennes se demandaient d'où sortait la figure profondément tragique de cet Allemand surgi dans le Paris élégant en pleine première représentation, seul, dans une avant-scène, c'eût été bien plus beau que la pièce féerie de *La Fiancée du diable*, quoique ce fût la deux cent millième représentation de la sublime parabole jouée en Mésopotamie, trois mille ans avant Jésus-Christ.

Fritz alla de pied à Strasbourg, et il y rencontra ce que l'enfant prodigue de la Bible n'a pas trouvé dans la patrie de la Sainte-Écriture. En ceci se révèle la supériorité de l'Alsace, où battent tant de cœurs généreux pour montrer à l'Allemagne la beauté de la combinaison de l'esprit français et de la solidité germanique. Wilhem, depuis quelques jours héritier de ses père et mère, possédait cent mille francs. Il ouvrit ses bras à Fritz, il lui ouvrit son cœur, il lui ouvrit sa maison, il lui ouvrit sa bourse. Décrire le moment où Fritz, poudreux, malheureux et quasi-lépreux, rencontra, de l'autre côté du Rhin, une vraie pièce de vingt francs dans la main d'un véritable ami, ce serait vouloir entreprendre une ode, et Pindare seul pourrait la lancer en grec sur l'humanité pour y réchauffer l'amitié mourante. Mettez les noms de Fritz et Wilhem avec ceux de Damon et Pythias, de Castor et Pollux, d'Oreste et Pylade, de Dubreuil et Pechméja[1], de Schmucke et Pons, et de tous les noms de fantaisie que nous donnons aux deux amis du Monomotapa, car La Fontaine, en homme de génie qu'il était, en a fait des apparences sans corps, sans réalité ; joignez ces deux noms nouveaux à ces illustrations avec d'autant plus de raison que Wilhem mangea, de compagnie avec Fritz, son héritage, comme Fritz avait bu le sien avec Wilhem, mais en fumant, bien entendu, toutes les espèces de tabacs connus.

Les deux amis avalèrent cet héritage, chose étrange ! dans les brasseries de Strasbourg, de la manière la plus stupide, la plus vulgaire, avec des figurantes du théâtre de Strasbourg et des Alsaciennes qui, de leurs petits balais, n'avaient [rôti] que le manche[2]. Et ils se disaient tous les matins l'un à l'autre : « Il faut cependant nous arrêter, prendre un parti, faire quelque chose avec ce qui nous reste ! » Bah ! encore aujourd'hui, disait Fritz, mais demain... Oh ! demain... Dans la vie des dissipateurs, Aujourd'hui est un bien grand fat, mais Demain est un grand lâche qui s'effraie du courage de son prédécesseur ; Aujourd'hui, c'est le Capitan de l'ancienne comédie, et Demain, c'est le Pierrot de nos pantomimes. Arrivés à leur dernier billet de mille francs, les deux amis prirent une place aux messageries dites royales, qui les conduisirent à Paris, où ils se logèrent dans les combles de l'hôtel du Rhin, rue du Mail, chez Graff, un ancien premier garçon de Gédéon Brunner. Fritz entra commis à six cents francs chez les frères Keller, banquiers, où Graff le recommanda. Graff, maître de l'hôtel du Rhin, est le frère du fameux tailleur Graff. Le tailleur prit Wilhem en qualité de teneur de livres. Graff trouva ces deux places exiguës aux deux enfants prodigues, en souvenir de son apprentissage à l'hôtel de Hollande. Ces deux faits : un ami ruiné reconnu par un ami riche, et un aubergiste allemand s'intéressant à deux compatriotes sans le sou, feront croire à quelques personnes que cette histoire est un roman; mais toutes les choses vraies ressemblent d'autant plus à des fables, que la fable prend de notre temps des peines inouïes pour ressembler à la vérité.

Fritz, commis à six cents francs, Wilhem, teneur de livres aux mêmes appointements, s'aperçurent de la difficulté de vivre dans une ville aussi courtisane que Paris. Aussi, dès la deuxième année de leur séjour, en 1837, Wilhem, qui possédait un joli talent de flûtiste, entra-t-il dans l'orchestre dirigé par Pons, pour pouvoir mettre quelquefois du beurre sur son pain. Quant à Fritz, il ne put trouver un supplément de paye qu'en déployant la capacité financière d'un enfant issu des Virlaz. Malgré son assiduité, peut-être à cause de ses talents, le Francfortois n'atteignit à deux mille francs qu'en 1843. La Misère, cette divine marâtre, fit pour ces deux jeunes gens ce que leurs mères n'avaient pu faire, elle leur apprit l'économie, le monde et la vie; elle leur donna cette grande, cette forte éducation qu'elle dispense à coups d'étrivières aux grands hommes, tous malheureux dans leur enfance. Fritz et Wilhem, étant des hommes assez ordinaires, n'écoutèrent point toutes les leçons de la Misère, ils se défendirent de ses atteintes, ils lui trouvèrent le sein dur, les bras décharnés, et ils n'en dégagèrent point cette bonne[a] fée Urgèle[1] qui cède aux caresses des gens de génie. Néanmoins ils apprirent toute la valeur de la fortune, et se promirent de lui couper les ailes[b], si jamais elle revenait à leur porte[c].

« Eh bien! papa Schmucke, tout va vous être expliqué en un mot, reprit Wilhem qui raconta longuement cette histoire en allemand au pianiste. Le père Brunner est mort. Il était, sans que son fils ni M. Graff, chez qui nous logeons, en sussent rien, l'un des fondateurs des chemins de fer badois, avec lesquels il a réalisé des bénéfices immenses, et il laisse quatre millions. Je joue ce soir de la flûte pour la dernière fois. Si ce n'était pas une première représentation, je m'en serais allé depuis quelques jours, mais je n'ai pas voulu faire manquer ma partie.

— *C'esdre pien, cheûne homme,* dit Schmucke. *Mais qui ébisez-fus ?*

— La fille de M. Graff, notre hôte, le propriétaire de l'hôtel du Rhin. J'aime Mlle Émilie depuis sept ans, elle a lu tant de romans immoraux qu'elle a refusé tous les partis pour moi, sans savoir ce qui en adviendrait. Cette jeune personne sera très riche, elle est l'unique héritière des Graff, les tailleurs de la rue de Richelieu[1]. Fritz me donne cinq fois ce que nous avons mangé ensemble à Strasbourg, cinq cent mille francs!... Il met un million de francs dans une maison de banque, où M. Graff le tailleur place cinq cent mille francs aussi; le père de ma promise me permet d'y employer la dot, qui est de deux cent cinquante mille francs, et il nous commandite d'autant. La maison Brunner, Schwab et compagnie aura donc deux millions cinq cent mille francs de capital. Fritz vient d'acheter pour quinze cent mille francs d'actions de la banque de France, pour y garantir notre compte. Ce n'est pas toute la fortune de Fritz, il lui reste encore les maisons de son père à Francfort, qui sont estimées un million, et il a déjà loué le grand hôtel de Hollande à un cousin des Graff.

— *Fus recartez fodre hami drisdement,* répondit Schmucke qui avait écouté Wilhem avec attention; *seriez-fus chaloux de lui ?*

— Je suis jaloux, mais c'est du bonheur de Fritz, dit Wilhem. Est-ce là le masque d'un homme satisfait ? J'ai peur de Paris pour lui; je lui voudrais voir prendre le parti que je prends. L'ancien démon peut se réveiller en lui. De nos deux têtes, ce n'est pas la sienne où il est entré le plus de plomb. Cette toilette, cette lorgnette, tout cela m'inquiète. Il n'a regardé que les lorettes dans la salle. Ah! si vous saviez comme il est difficile de marier Fritz; il a en horreur ce qu'on appelle en France *faire la cour,* et il faudrait le lancer dans la famille, comme en Angleterre on lance un homme dans l'éternité. »

Pendant le tumulte qui signale la fin de toutes les premières représentations, la flûte fit son invitation à son chef d'orchestre. Pons accepta joyeusement. Schmucke aperçut alors, pour la première fois depuis trois mois, un sourire sur la face de son ami; il le ramena rue de Normandie dans un profond silence, car il reconnut à cet éclair de joie la profondeur du mal qui rongeait Pons. Qu'un homme vraiment noble, si désintéressé, si grand par le sentiment, eût de telles faiblesses!.... voilà ce qui stupéfiait le stoïcien Schmucke, qui devint horriblement triste, car il sentit la nécessité de renoncer à voir tous les jours son « *pon Bons* » à table devant lui! dans l'intérêt du bonheur de Pons; et il ne savait si ce sacrifice serait possible; cette idée le rendait fou[a].

Le fier silence que gardait Pons, réfugié sur le mont Aventin de la rue de Normandie[1], avait nécessairement frappé la présidente, qui, délivrée de son parasite, s'en tourmentait peu; elle pensait avec sa charmante fille que le cousin avait compris la plaisanterie de sa petite Lili; mais il n'en fut pas ainsi du président. Le président Camusot de Marville, petit homme gros, devenu solennel depuis son avancement en la cour, admirait Cicéron, préférait l'Opéra-Comique aux Italiens, comparait les acteurs les uns aux autres, suivait la foule pas à pas, répétait comme de lui tous les articles du journal ministériel, et en opinant, il paraphrasait les idées du conseiller après lequel il parlait. Ce magistrat, suffisamment connu sur les principaux traits de son caractère, obligé par sa position à tout prendre au sérieux, tenait surtout aux liens de famille. Comme la plupart des maris entièrement dominés par leurs femmes, le président affectait dans les petites choses une indépendance que respectait sa femme. Si pendant un mois le président se contenta des raisons banales que lui donna la présidente, relativement à la disparition de Pons, il finit par trouver singulier que le vieux musicien, un ami de quarante ans, ne vînt plus, précisément après avoir fait un présent aussi considérable que l'éventail de Mme de Pompadour. Cet éventail, reconnu par le comte Popinot pour un chef-d'œuvre, valut à la présidente, et aux Tuileries, où l'on se passa ce bijou de main en main, des compliments qui flattèrent excessivement son amour-propre; on lui détailla les beautés des dix branches en ivoire dont chacune offrait des sculptures d'une finesse inouïe. Une dame russe (les Russes se croient toujours en Russie) offrit, chez le comte Popinot, six mille francs à la présidente de cet éventail extraordinaire, en souriant de le voir en de telles mains, car c'était, il faut l'avouer, un éventail de duchesse.

« On ne peut pas refuser à ce pauvre cousin, dit Cécile à son père le lendemain de cette offre, de se bien connaître à ces petites bêtises-là...

— Des petites bêtises! s'écria le président. Mais l'État va payer trois cent mille francs la collection de feu M. le conseiller du Sommerard, et dépenser, avec la ville de Paris par moitié, près d'un million en achetant et réparant l'hôtel Cluny pour loger ces petites bêtises-là. Ces petites bêtises-là, ma chère enfant, sont souvent les seuls témoignages qui nous restent de civilisations disparues. Un pot étrusque, un collier, qui valent quelquefois, l'un quarante, l'autre cinquante mille[a] francs, sont des petites bêtises qui nous révèlent la perfection des arts au temps du siège de Troie, en nous démontrant que les Étrusques étaient des Troyens réfugiés en Italie. »

Tel était le genre de plaisanterie du gros petit président, il procédait avec sa femme et sa fille par de lourdes ironies.

« La réunion des connaissances qu'exigent ces petites bêtises, Cécile, reprit-il, est une science qui s'appelle l'archéologie. L'archéologie comprend l'architecture, la sculpture, la peinture, l'orfèvrerie, la céramique, l'ébénisterie, art tout moderne, les dentelles, les tapisseries, enfin toutes les créations du travail humain.

— Le cousin Pons est donc un savant? dit Cécile.

— Ah çà! pourquoi ne le voit-on plus? demanda le président de l'air d'un homme qui ressent une commotion produite par mille observations oubliées dont la réunion subite *fait balle,* pour employer une expression aux chasseurs[b].

— Il aura pris la mouche pour des riens, répondit la présidente. Je n'ai peut-être pas été sensible autant que je le devais au cadeau de cet éventail. Je suis, vous le savez, assez ignorante...

— Vous! une des plus fortes élèves de Servin[1], s'écria le président, vous ne connaissez pas Watteau?

— Je connais David, Gérard, Gros, et Girodet, et Guérin, et M. de Forbin, et M. Turpin de Crissé[2]...

— Vous auriez dû...

— Qu'aurais-je dû, monsieur ? demanda la présidente en regardant son mari d'un air de reine de Saba.

— Savoir ce qu'est Watteau, ma chère, il est très à la mode », répondit le président avec une humilité qui dénotait toutes les obligations qu'il avait à sa femme.

Cette conversation avait eu lieu quelques jours avant la première représentation de *La Fiancée du diable*, où tout l'orchestre fut frappé de l'état maladif de Pons. Mais alors les gens habitués à voir Pons à leur table, à le prendre pour messager, s'étaient tous interrogés, et il s'était répandu dans le cercle où le bonhomme gravitait une inquiétude d'autant plus grande, que plusieurs personnes l'aperçurent à son poste au théâtre. Malgré le soin avec lequel Pons évitait dans ses promenades ses anciennes connaissances quand il en rencontrait, il se trouva nez à nez avec l'ancien ministre, le comte Popinot, chez Monistrol, un des illustres et audacieux marchands du nouveau[a] boulevard Beaumarchais, dont parlait naguère Pons à la présidente, et dont le narquois enthousiasme fait renchérir de jour en jour les curiosités, qui, disent-ils, deviennent si rares qu'on n'en trouve plus.

« Mon cher Pons, pourquoi ne vous voit-on plus ? Vous nous manquez beaucoup, et Mme Popinot ne sait que penser de cet abandon.

— Monsieur le comte, répondit le bonhomme, on m'a fait comprendre dans une maison, chez un parent, qu'à mon âge on est de trop dans le monde. On ne m'a jamais reçu avec beaucoup d'égards, mais du moins on ne m'avait pas encore insulté. Je n'ai jamais demandé rien à personne, dit-il avec la fierté de l'artiste. En retour de quelques politesses, je me rendais souvent utile à ceux qui m'accueillaient; mais il paraît que je me suis trompé, je serais taillable et corvéable à merci pour l'honneur que je recevais en allant dîner chez mes amis, chez mes parents... Eh bien! j'ai donné ma démission de pique-assiette. Chez moi je trouve tous les jours ce qu'aucune table ne m'a offert, un véritable ami! »

Ces paroles, empreintes de l'amertume que le vieil artiste avait encore la faculté d'y mettre par le geste et par l'accent, frappèrent tellement le pair de France, qu'il prit le digne musicien à part.

« Ah çà, mon vieil ami, que vous est-il arrivé ? Ne pouvez-vous me confier ce qui vous a blessé ? Vous me

permettrez de vous faire observer que, chez moi, vous
devez avoir trouvé des égards...

— Vous êtes la seule exception que je fasse, dit le
bonhomme. D'ailleurs, vous êtes un grand seigneur,
un homme d'État, et vos préoccupations excuseraient
tout, au besoin. »

Pons, soumis à l'adresse diplomatique conquise par
Popinot dans le maniement des hommes et des affaires,
finit par raconter ses infortunes chez le président de
Marville. Popinot épousa si vivement les griefs de la
victime, qu'il en parla chez lui tout aussitôt à Mme Popinot, excellente et digne femme, qui fit des représentations
à la présidente aussitôt qu'elle la rencontra. L'ancien
ministre ayant, de son côté, dit quelques mots à ce sujet
au président, il y eut une explication en famille chez les
Camusot de Marville. Quoique Camusot ne fût pas tout
à fait le maître chez lui, sa remontrance était trop fondée
en droit et en fait, pour que sa femme et sa fille n'en
reconnussent pas la vérité; toutes les deux, elles s'hu-
milièrent et rejetèrent la faute sur les domestiques. Les
gens, mandés et gourmandés, n'obtinrent leur pardon
que par des aveux complets, qui démontrèrent au président combien le cousin Pons avait raison en restant
chez soi. Comme les maîtres de maison dominés par
leurs femmes, le président déploya toute sa majesté
maritale et judiciaire, en déclarant à ses gens qu'ils
seraient chassés, et qu'ils perdraient ainsi tous les avantages que leurs longs services pouvaient leur valoir chez
lui, si, désormais, son cousin Pons et tous ceux qui lui
faisaient l'honneur de venir chez lui n'étaient pas traités
comme lui-même. Cette parole fit sourire Madeleine.

« Vous n'avez même, dit le président, qu'une chance
de salut, c'est de désarmer mon cousin par des excuses[a].
Allez lui dire que votre maintien ici dépend entièrement
de lui, car je vous renvoie tous, s'il ne vous pardonne[b]. »

Le lendemain, le président partit d'assez bonne heure
pour pouvoir faire une visite à son cousin avant l'audience[c]. Ce fut un événement que l'apparition de
M. le président de Marville annoncé par Mme Cibot.
Pons, qui recevait cet honneur pour la première fois
de sa vie, pressentit une réparation.

« Mon cher cousin, dit le président après les compliments d'usage, j'ai fini par savoir la cause de votre

retraite[a]. Votre conduite augmente, si c'est possible,
l'estime que j'ai pour vous. Je ne vous dirai qu'un mot
à cet égard. Mes domestiques sont tous renvoyés. Ma
femme et ma fille sont au désespoir; elles veulent vous
voir, pour s'expliquer avec vous. En ceci, mon cousin,
il y a un innocent, et c'est un vieux juge; ne me punissez
donc pas pour l'escapade d'une petite fille étourdie qui
voulait dîner chez les Popinot, surtout quand je viens
vous demander la paix, en reconnaissant que tous les
torts sont de notre côté... Une amitié de trente-six ans,
en la supposant altérée, a bien encore quelques droits.
Voyons ?... signez la paix en venant dîner avec nous ce
soir... »

Pons s'embrouilla dans une diffuse réponse, et finit
en faisant observer à son cousin qu'il assistait le soir aux
fiançailles d'un musicien de son orchestre, qui jetait la
flûte aux orties pour devenir banquier.

« Eh bien! demain.

— Mon cousin, Mme la comtesse Popinot m'a fait
l'honneur de m'inviter par une lettre d'une amabilité...

— Après-demain donc..., reprit le président.

— Après-demain, l'associé de ma première flûte, un
Allemand, un M. Brunner[b] rend aux fiancés la politesse
qu'il reçoit d'eux aujourd'hui...

— Vous êtes bien assez aimable pour qu'on se
dispute ainsi le plaisir de vous recevoir, dit le président.
Eh bien! dimanche prochain! à huitaine[c]... comme on
dit au Palais.

— Mais nous dînons chez un M. Graff, le beau-père
de la flûte...

— Eh bien! à samedi[d]! D'ici là[e], vous aurez eu le
temps de rassurer[f] une petite fille qui a déjà versé des
larmes sur sa faute. Dieu ne demande que le repentir,
serez-vous plus exigeant que le Père Éternel avec[g] cette
pauvre petite Cécile ?... »

Pons, pris par ses côtés faibles, se rejeta dans des
formules plus que polies, et reconduisit le président
jusque sur le palier. Une heure après, les gens du président arrivèrent chez le bonhomme Pons; ils se mon-
trèrent ce que sont les domestiques, lâches et patelins :
ils pleurèrent! Madeleine prit à part[h] M. Pons, et se jeta
résolument à ses pieds.

« C'est moi, monsieur, qui ai tout fait, et monsieur

sait bien que je l'aime, dit-elle en fondant en larmes.
C'eſt à la vengeance, qui me bouillait dans le sang, que
monsieur doit s'en prendre de toute cette malheureuse
affaire. Nous perdrons *nos viagers !*... Monsieur, j'étais
folle, et je ne voudrais pas que mes camarades souffrissent
de ma folie... Je vois bien, maintenant, que le sort ne
m'a pas faite pour être à monsieur. Je me suis raisonnée,
j'ai eu trop d'ambition, mais je vous aime toujours,
monsieur. Pendant dix ans je n'ai pensé qu'au bonheur
de faire le vôtre et de soigner tout ici. Quelle belle
deſtinée!... Oh! si monsieur savait combien je l'aime!
Mais monsieur a dû s'en apercevoir à toutes mes méchancetés. Si je mourais demain, qu'eſt-ce qu'on trouverait ?...
un teſtament en votre faveur, monsieur... oui, monsieur,
dans ma malle, sous mes bijoux! »

En faisant mouvoir cette corde, Madeleine livra le
vieux garçon aux jouissances d'amour-propre que causera toujours une passion inspirée, quand même elle
déplaît. Après avoir pardonné noblement à Madeleine,
il reçut tout le monde à merci en disant qu'il parlerait à
sa cousine la présidente pour obtenir que tous les gens
reſtassent chez elle. Pons se vit avec un plaisir ineffable
rétabli dans toutes ses jouissances habituelles, sans avoir
commis de lâcheté. Le monde était venu vers lui, la
dignité de son caractère allait y gagner; mais en expliquant son triomphe à son ami Schmucke, il eut la
douleur de le voir triſte, et plein de doutes inexprimés.
Néanmoins, à l'aspect du changement subit qui eut lieu
dans la physionomie de Pons, le bon Allemand finit
par se réjouir en immolant le bonheur qu'il avait goûté
de posséder pendant près de quatre mois son ami tout
entier. Les maladies morales ont sur les maladies physiques un avantage immense, elles guérissent inſtan-
tanément, par l'accomplissement du désir qui les cause,
comme elles naissent par la privation : Pons, dans
cette matinée, ne fut plus le même homme. Le vieillard
triſte, moribond, fit place au Pons satisfait, qui naguère
apportait à la présidente l'éventail de la marquise de
Pompadour. Mais Schmucke tomba dans des rêveries
profondes sur ce phénomène sans le comprendre, car
le ſtoïcisme vrai ne s'expliquera jamais la courtisanerie
française. Pons était un vrai Français de l'Empire, en
qui la galanterie du dernier siècle s'unissait au dévoue-

ment pour la femme, tant célébré dans les romances de
Partant pour la Syrie, etc. Schmucke enterra son chagrin
dans son cœur sous les fleurs de sa philosophie allemande ;
mais en huit jours il devint jaune et Mme Cibot usa
d'artifices pour introduire le *médecin du quartier* auprès
de Schmucke. Ce médecin craignit un *ictère,* et il laissa
Mme Cibot foudroyée par ce mot savant dont l'explication est *jaunisse !*

Pour la première fois peut-être, les deux amis allaient
dîner ensemble en ville ; mais, pour Schmucke, c'était
faire une excursion en Allemagne. En effet, Johann Graff,
le maître de l'hôtel du Rhin, et sa fille Émilie, Wolfgang
Graff, le tailleur et sa femme, Fritz, Brunner et Wilhem Schwab étaient allemands. Pons et le notaire se
trouvaient les seuls Français admis au banquet. Les tailleurs, qui possédaient un magnifique hôtel situé rue de
Richelieu, entre la rue Neuve-des-Petits-Champs et la
rue Villedot, avaient élevé leur nièce, dont le père craignit avec raison le contact des gens de toute espèce qui
viennent dans un hôtel. Ces dignes tailleurs, qui aimaient
cette enfant comme si c'eût été leur fille, donnaient le
rez-de-chaussée au jeune ménage. Là devait s'établir la
maison de Banque Brunner, Schwab et compagnie.
Comme ces arrangements dataient d'un mois environ,
temps voulu pour recueillir l'héritage dévolu à Brunner,
auteur de toute cette félicité, l'appartement des futurs
époux avait été richement mis à neuf et meublé par le
fameux tailleur. Les bureaux de la maison de Banque
étaient ménagés dans l'aile qui réunissait une magnifique maison de produit bâtie sur la rue à l'ancien hôtel
sis entre cour et jardin[a].

En allant de la rue de Normandie à la rue de Richelieu, Pons obtint du distrait Schmucke les détails de
cette nouvelle histoire de l'enfant prodigue, pour qui
la Mort avait tué l'aubergiste gras. Pons, fraîchement
réconcilié avec ses plus proches parents, fut aussitôt
atteint du désir de marier Fritz Brunner avec Cécile de
Marville. Le hasard voulut que le notaire des frères
Graff fût précisément le gendre et le successeur de Cardot, ancien second premier clerc de l'étude, chez qui
dînait souvent Pons.

« Ah ! c'est vous, monsieur Berthier, dit le vieux
musicien en tendant la main à son ex-amphitryon.

— Et pourquoi ne nous faites-vous plus le plaisir de venir dîner chez nous ? demanda le notaire. Ma femme était inquiète de vous. Nous vous avons vu à la première représentation de *La Fiancée du diable,* et notre inquiétude est devenue de la curiosité.

— Les vieillards sont susceptibles, répondit le bon-homme, ils ont le tort d'être d'un siècle en retard ; mais qu'y faire ?... c'est[a] bien assez d'en représenter un, ils ne peuvent pas être de celui qui les voit mourir.

— Ah! dit le notaire d'un air fin, on ne court pas deux siècles à la fois.

— Ah çà ! demanda le bonhomme en attirant le jeune notaire dans un coin, pourquoi ne mariez-vous pas ma cousine Cécile de Marville ?...

— Ah! pourquoi..., reprit le notaire. Dans ce siècle, où le luxe a pénétré jusque dans les loges de concierge, les jeunes gens hésitent à joindre leur sort à celui de la fille d'un président à la Cour royale de Paris, quand on ne lui constitue que cent mille francs de dot[1]. On ne connaît pas encore de femme qui ne coûte à son mari que trois mille francs par an, dans la classe où sera placé le mari de Mlle de Marville. Les intérêts d'une semblable dot peuvent donc à peine solder les dépenses de toilette d'une future épouse. Un garçon, doué de quinze à vingt mille francs de rente, demeure dans un joli entresol, le monde ne lui demande aucun tapage, il peut n'avoir qu'un seul domestique, il applique tous ses revenus à ses plaisirs, il n'a d'autre décorum à garder que celui dont se charge son tailleur. Caressé par toutes les mères prévoyantes, il est un des rois de la fashion parisienne. Au contraire, une femme exige une maison montée elle prend la voiture pour elle; si elle va au spectacle, elle veut une loge, là où le garçon ne payait que sa stalle; enfin elle devient toute la représentation de la fortune que le garçon représentait naguère à lui seul. Supposez aux époux trente mille francs de rente ? dans le monde actuel, le garçon riche devient un pauvre diable qui regarde au prix d'une course à Chantilly. Introduisez des enfants ?... la gêne se déclare. Comme M. et Mme de Mar-ville commencent à peine la cinquantaine, les *espérances* ont quinze ou vingt ans d'échéance; aucun garçon ne se soucie de les garder si longtemps en portefeuille; et le calcul gangrène si bien le cœur des étourdis qui dansent la polka chez Mabille avec des lorettes, que tous les jeunes gens à marier étudient les deux faces de ce problème sans avoir besoin de nous pour le leur expliquer. Entre nous, Mlle de Marville laisse à ses *prétendus* le cœur assez tranquille pour que la tête soit à sa place, et ils se livrent tous à ces réflexions antimatrimoniales. Si quelque jeune homme, jouissant de sa raison et de vingt mille francs de rente, se dessine *in petto* un programme d'alliance pour satisfaire à d'ambitieuses pensées, Mlle de Marville y répond fort peu...

— Et pourquoi ? demanda le musicien stupéfait.

— Ah!... répondit le notaire, aujourd'hui, presque tous ces garçons, fussent-ils laids comme nous deux, mon cher Pons, ont l'impertinence de vouloir une dot de six cent mille francs, des filles de grande maison, très belles, très spirituelles, très bien élevées, sans tare, parfaites.

— Ma cousine se mariera donc difficilement ?

— Elle restera fille, tant que le père et la mère ne se décideront pas à lui donner Marville en dot; et, s'ils l'avaient voulu, elle serait déjà la vicomtesse Popinot... Mais voici M. Brunner, nous allons lire l'acte de société de la maison Brunner et le contrat de mariage. »

Une fois les présentations et les compliments faits, Pons, engagé par les parents à signer au contrat, entendit la lecture des actes, et, vers cinq heures et demie, on passa dans la salle à manger. Le dîner fut un de ces repas somptueux comme en donnent les négociants quand ils font trêve aux affaires, et qui d'ailleurs attestait les relations de Graff, le maître de l'hôtel du Rhin, avec les premiers fournisseurs de Paris. Jamais Pons ni Schmucke n'avaient connu pareille chère. Il y eut des *plats à ravir la pensée*[1] !... des nouilles d'une délicatesse inédite, des éperlans d'une friture incomparable, un ferra[2] de Genève à la vraie sauce genevoise, et une crème pour plum-pudding à étonner le fameux docteur qui l'a, dit-on, inventée à Londres. On sortit de table à dix heures du soir. Ce qui s'était bu de vin du Rhin et de vins français étonnerait des dandies, car on ne sait pas tout ce que les Allemands peuvent absorber de liquides en restant calmes et tranquilles. Il faut dîner en Allemagne et voir les bouteilles se succédant les unes aux autres comme le flot succède au flot sur une belle

plage de la Méditerranée, et disparaissant comme si les
Allemands avaient la puissance absorbante de l'éponge
et du sable; mais harmonieusement, sans le tapage
français; le discours reste sage comme l'improvisation
d'un usurier, les visages rougissent comme ceux des
fiancées peintes dans les fresques de Cornélius ou de
Schnorr[1], c'est-à-dire imperceptiblement, et les souvenirs
s'épanchent comme la fumée des pipes, avec lenteur.

Vers dix heures et demie, Pons et Schmucke se
trouvèrent sur un banc dans le jardin, chacun à côté de
l'ancienne flûte, sans trop savoir qui les avait amenés à
s'expliquer leurs caractères, leurs opinions et leurs
malheurs. Au milieu de ce pot-pourri de confidences,
Wilhem parla de son désir de marier Fritz, mais avec
une force, avec une éloquence vineuse.

« Que dites-vous de ce programme pour votre ami
Brunner ? s'écria Pons à l'oreille de Wilhem : une jeune
personne charmante, raisonnable, vingt-quatre ans,
appartenant à une famille de la plus haute distinction,
le père occupe une des places les plus élevées de la
magistrature, il y a cent mille francs de dot, et des espérances pour un million.

— Attendez! répondit Schwab, je vais en parler à
l'instant à Fritz. »

Et les deux musiciens virent Brunner et son ami tournant dans le jardin, passant et repassant sous leurs yeux,
l'un écoutant l'autre alternativement. Pons, dont la
tête était un peu lourde et qui, sans être absolument
ivre, avait autant de légèreté dans les idées que de pesanteur dans leur enveloppe, observa Fritz Brunner à travers ce nuage diaphane que cause le vin, et voulut voir
sur cette physionomie des aspirations vers le bonheur
de la famille. Schwab présenta bientôt à M. Pons son
ami, son associé, lequel remercia beaucoup le vieillard
de la peine qu'il daignait prendre. Une conversation
s'engagea, dans laquelle Schmucke et Pons, ces deux célibataires, exaltèrent le mariage, et se permirent, sans y
entendre malice, ce calembour : « que c'était la fin de
l'homme ». Quand on servit des glaces, du thé, du punch
et des gâteaux dans le futur appartement des futurs
époux, l'hilarité fut au comble parmi ces estimables négociants, presque tous gris, en apprenant que le commanditaire de la maison de banque allait imiter son associé.

Schmucke et Pons, à deux heures du matin, rentrèrent chez eux par les boulevards, en philosophant à perte de raison sur l'arrangement musical des choses en ce bas monde[a].

Le lendemain, Pons alla[b] chez sa cousine la présidente, en proie à la joie profonde de rendre le bien pour le mal. Pauvre chère belle âme!... Certainement il atteignit au sublime, et tout le monde en conviendra, car nous sommes dans un siècle où l'on donne le prix Montyon à ceux qui font leur devoir, en suivant les préceptes de l'Évangile. « Ah! ils auront d'immenses obligations à leur pique-assiette », se disait-il en tournant la rue de Choiseul.

Un homme moins absorbé que Pons dans son contentement, un homme du monde, un homme défiant eût observé la présidente et sa fille en revenant dans cette maison; mais ce pauvre musicien était un enfant, un artiste plein de naïveté, ne croyant qu'au bien moral comme il croyait au beau dans les arts; il fut enchanté des caresses que lui firent Cécile et la présidente. Ce bonhomme qui, depuis douze ans, voyait jouer le vaudeville, le drame et la comédie sous ses yeux, ne reconnut pas les grimaces de la comédie sociale sur lesquelles sans doute il était blasé. Ceux qui hantent le monde parisien et qui ont compris la sécheresse d'âme et de corps de la présidente, ardente seulement aux honneurs et enragée d'être vertueuse, sa fausse dévotion et la hauteur de caractère d'une femme habituée à commander chez elle, peuvent imaginer quelle haine cachée elle portait au cousin de son mari, depuis le tort qu'elle s'était donné. Toutes les démonstrations de la présidente et de sa fille furent donc doublées d'un formidable désir de vengeance, évidemment ajournée. Pour la première fois de sa vie, Amélie avait eu tort vis-à-vis du mari qu'elle régentait. Enfin, elle devait se montrer affectueuse pour l'auteur de sa défaite!... Il n'y a d'analogue à cette situation que certaines hypocrisies qui durent des années dans le sacré collège des cardinaux ou dans les chapitres des chefs d'ordres religieux. À trois heures, au moment où le président revint du Palais, Pons avait à peine fini de raconter les incidents merveilleux de sa connaissance avec M. Frédéric Brunner, et le repas de la veille qui n'avait fini que le matin, et tout ce qui concernait ledit Frédéric Brunner. Cécile était allée droit au fait, en s'enquérant de la manière dont s'habillait Frédéric Brunner, de la taille, de la tournure, de la couleur des cheveux et des yeux, et lorsqu'elle eut conjecturé que Frédéric avait l'air distingué, elle admira la générosité de son caractère.

« Donner cinq cent mille francs à son compagnon d'infortune! oh! maman, j'aurai voiture et loge aux Italiens. »

Et Cécile devint presque jolie en pensant à la réalisation de toutes les prétentions de sa mère pour elle, et à l'accomplissement des espérances dont elle désespérait.

Quant à la présidente, elle dit ce seul mot : « Chère petite *fillette,* tu peux être mariée dans quinze jours. »

Toutes les mères appellent leurs filles qui ont vingt-trois ans, des *fillettes !*

« Néanmoins, dit le président, encore faut-il le temps de prendre des renseignements, jamais je ne donnerai ma fille au premier venu...

— Quant aux renseignements, c'est chez Berthier que se sont faits les actes, répondit le vieil artiste. Quant au jeune homme, ma chère cousine, vous savez ce que vous m'avez dit! Eh bien, il a quarante ans passés, la moitié de la tête est sans cheveux, il veut trouver dans la famille un port contre les orages, je ne l'en ai pas détourné; tous les goûts sont dans la nature...

— Raison de plus pour voir M. Frédéric Brunner, répliqua le président. Je ne veux pas donner ma fille à quelque valétudinaire.

— Eh bien! ma cousine, vous allez juger de mon prétendu, dans cinq jours, si vous voulez; car, dans vos idées, une entrevue suffirait[1]... »

Cécile et la présidente firent un geste d'enchantement.

« Frédéric, qui est un amateur très distingué, m'a prié de lui laisser voir en détail ma petite collection, reprit le cousin Pons. Vous n'avez jamais vu mes tableaux[a], mes curiosités, venez, dit-il à ses deux parentes, vous serez là comme des dames amenées par mon ami Schmucke, et vous ferez connaissance avec le futur, sans être compromises. Frédéric peut parfaitement ignorer qui vous êtes.

— À merveille! » s'écria le président.

On peut deviner les égards qui furent prodigués au

parasite jadis dédaigné. Le pauvre homme fut, ce jour-là, le cousin de la présidente. L'heureuse mère, noyant sa haine dans les flots de sa joie, trouva des regards, des sourires, des paroles qui mirent le bonhomme en extase à cause du bien qu'il faisait, et à cause de l'avenir qu'il entrevoyait. Ne devait-il pas trouver dans les maisons Brunner, Schwab, Graff, des dîners semblables à celui de la signature du contrat ? Il apercevait une vie de cocagne et une suite merveilleuse de *plats couverts !* de surprises gastronomiques, de vins exquis !

« Si notre cousin Pons nous fait faire une pareille affaire, dit le président à sa femme quand Pons fut parti, nous devons lui constituer une rente équivalente à ses appointements de chef d'orchestre.

— Certainement », dit la présidente.

Cécile fut chargée, dans le cas où elle agréerait le jeune homme, de faire accepter cette ignoble[a] munificence au vieux musicien[1].

Le lendemain, le président, désireux d'avoir des preuves authentiques de la fortune de M. Frédéric Brunner, alla chez le notaire. Berthier, prévenu par la présidente, avait fait venir son nouveau client, le banquier Schwab, l'ex-flûte. Ébloui d'une pareille alliance pour son ami (on sait combien les Allemands respectent les distinctions sociales ! en Allemagne, une femme est Mme la générale, Mme la conseillère, Mme l'avocate), Schwab fut coulant comme un collectionneur qui croit fourber un marchand.

« Avant tout, dit le père de Cécile à Schwab, comme je donnerai par contrat ma terre de Marville à ma fille, je désirerais la marier sous le régime dotal. M. Brunner placerait alors un million en terres pour augmenter Marville, en constituant un immeuble dotal qui mettrait l'avenir de ma fille et celui de ses enfants à l'abri des chances de la Banque. »

Berthier se caressa le menton en pensant : « Il va bien, monsieur le président. »

Schwab, après s'être fait expliquer l'effet du régime dotal, se porta fort pour son ami. Cette clause accomplissait le vœu qu'il avait entendu former à Fritz de trouver une combinaison qui l'empêchât jamais de retomber dans la misère.

« Il se trouve en ce moment pour douze cent mille

francs de fermes et d'herbages à vendre, dit le président.

— Un million en actions de la Banque suffira bien, dit Schwab, pour garantir le compte de notre maison à la Banque, Fritz ne veut pas mettre plus de deux millions dans les affaires, il fera ce que vous demandez, monsieur le président. »

Le président rendit ses deux femmes presque folles en leur apprenant ces nouvelles. Jamais capture si riche ne s'était montrée si complaisante au filet conjugal.

« Tu seras Mme Brunner de Marville, dit le père à sa fille, car j'obtiendrai pour ton mari la permission de joindre ce nom au sien, et plus tard il aura des lettres de naturalité. Si je deviens pair de France, il me succédera ! »

La présidente employa cinq jours à apprêter sa fille. Le jour de l'entrevue, elle habilla Cécile elle-même, elle l'équipa de ses mains avec le soin que l'amiral de la flotte bleue mit à armer le yacht de plaisance de la reine d'Angleterre quand elle partit pour son voyage d'Allemagne[1].

De leur côté, Pons et Schwab nettoyèrent, époussetèrent le musée de Pons, l'appartement, les meubles, avec l'agilité de matelots brossant un vaisseau d'amiral. Pas un grain de poussière dans les bois sculptés. Tous les cuivres reluisaient. Les glaces des pastels laissaient voir nettement les œuvres de La Tour, de Greuze et de Liotard[2], l'illustre auteur de la *Chocolatière,* le miracle de cette peinture, hélas ! si passagère. L'inimitable émail des bronzes florentins chatoyait. Les vitraux coloriés resplendissaient de leurs fines couleurs. Tout brillait dans sa forme et jetait sa phrase à l'âme dans ce concert de chefs-d'œuvre[3] organisé par deux musiciens aussi poètes l'un que l'autre[a].

Assez habiles pour éviter les difficultés d'une entrée en scène, les femmes vinrent les premières, elles voulaient être sur leur terrain. Pons présenta son ami Schmucke à ses parentes, auxquelles il parut être un idiot. Occupées comme elles l'étaient d'un fiancé quatre fois millionnaire, les deux ignorantes prêtèrent une attention médiocre aux démonstrations artistiques du bonhomme Pons. Elles regardaient d'un œil indifférent les émaux de Petitot espacés dans les champs en velours rouge de trois cadres merveilleux. Les fleurs de Van Huysum, de David de Heim, les insectes d'Abraham Mignon, les

Van Eyck, les Albert Dürer, les vrais Cranach, le Giorgione, le Sébastien del Piombo, Bakhuyzen, Hobbema, Géricault, les raretés de la peinture, rien ne piquait leur curiosité, car elles attendaient le soleil qui devait éclairer ces richesses; néanmoins, elles furent surprises de la beauté de quelques bijoux étrusques et de la valeur réelle des tabatières. Elles s'extasiaient par complaisance en tenant à la main des bronzes florentins, quand Mme Cibot annonça M. Brunner! Elles ne se retournèrent point et profitèrent d'une superbe glace de Venise encadrée dans de monstrueux morceaux d'ébène sculptés, pour examiner le phénix des prétendus.

Frédéric, prévenu par Wilhem, avait massé le peu de cheveux qui lui restait. Il portait un joli pantalon d'une nuance douce quoique sombre, un gilet de soie d'une élégance suprême et d'une coupe neuve, une chemise à points à jour d'une toile faite à la main par une Frisonne, une cravate bleue à filets blancs. La chaîne de sa montre sortait de chez Florent et Chanor[a1], ainsi que la pomme de sa canne. Quant à l'habit, le père Graff l'avait taillé lui-même dans le plus beau drap. Des gants de Suède annonçaient l'homme qui avait déjà mangé la fortune de sa mère. On aurait deviné le petit coupé bas, à deux chevaux, du banquier en voyant miroiter ses bottes vernies, si l'oreille des deux commères n'en avait entendu déjà le roulement dans la rue de Normandie.

Quand le débauché de vingt ans est la chrysalide d'un banquier, il éclôt à quarante ans un observateur, d'autant plus fin, que Brunner avait compris tout le parti qu'un Allemand peut tirer de sa naïveté. Il eut, pour cette matinée, l'air rêveur d'un homme qui se trouve entre la vie de famille à prendre et les dissipations de la vie de garçon à continuer. Chez un Allemand francisé, cette physionomie parut à Cécile le superlatif du romanesque. Elle vit un Werther dans l'enfant des Virlaz. Quelle est la jeune fille qui ne se permet pas un petit roman dans l'histoire de son mariage? Cécile se regarda comme la plus heureuse des femmes, quand Brunner, à l'aspect des magnifiques œuvres collectionnées pendant quarante ans de patience, s'enthousiasma, les estima, pour la première fois, à leur valeur, à la grande satisfaction de Pons. « C'est un poète! se dit Mlle de Marville, il voit là des millions. Un poète est un homme qui ne compte pas, qui laisse sa femme maîtresse des capitaux, un homme facile à mener et qu'on occupe de niaiseries. »

Chaque carreau des deux croisées de la chambre du bonhomme était un vitrail suisse colorié[1], dont le moindre valait mille francs, et il comptait seize de ces chefs-d'œuvre à la recherche desquels voyagent aujourd'hui les amateurs. En 1815, ces vitraux se vendaient entre six et dix francs. Le prix des soixante tableaux qui composaient cette divine collection, chefs-d'œuvre purs, sans un repeint, authentiques, ne pouvait être connu qu'à la chaleur des enchères. Autour de chaque tableau s'épanouissait un cadre d'une immense valeur, et l'on en voyait de toutes les façons : le cadre vénitien avec ses gros ornements semblables à ceux de la vaisselle actuelle des Anglais, le cadre romain si remarquable par ce que les artistes appellent le *fla-fla !* le cadre espagnol à rinceaux hardis, les cadres flamands et allemands avec leurs naïfs personnages, le cadre d'écaille incrusté d'étain, de cuivre, de nacre, d'ivoire; le cadre en ébène, le cadre en buis, le cadre en cuivre, le cadre Louis XIII, Louis XIV, Louis XV et Louis XVI, enfin une collection unique des plus beaux modèles. Pons, plus heureux que les conservateurs des Trésors de Dresde et de Vienne, possédait un cadre du fameux Brustolon, le Michel-Ange du bois[2].

Naturellement Mlle de Marville demanda des explications à chaque curiosité nouvelle. Elle se fit initier à la connaissance de ces merveilles par Brunner. Elle fut si naïve dans ses exclamations, elle parut si heureuse d'apprendre de Frédéric la valeur, la beauté d'une peinture, d'une sculpture, d'un bronze, que l'Allemand dégela : sa figure devint jeune. Enfin, de part et d'autre, on alla plus loin qu'on ne le voulait dans cette première rencontre, toujours due au hasard.

Cette séance dura trois heures. Brunner offrit la main à Cécile pour descendre l'escalier. En descendant les marches avec une sage lenteur, Cécile, qui causait toujours beaux-arts, fut étonnée de l'admiration de son prétendu pour les brimborions de son cousin Pons.

« Vous croyez donc que tout ce que nous venons de voir vaut beaucoup d'argent ?

— Eh! mademoiselle, si monsieur votre cousin voulait me vendre sa collection, j'en donnerais ce soir huit cent mille*a* francs, et je ne ferais pas une mauvaise affaire. Les soixante tableaux monteraient seuls à une somme plus forte en vente publique.

— Je le crois, puisque vous me le dites, répondit-elle, et il faut bien que cela soit, car c'est ce dont vous vous êtes le plus occupé.

— Oh! mademoiselle!... s'écria Brunner. Pour toute réponse à ce reproche, je vais demander à madame votre mère la permission de me présenter chez elle pour avoir le bonheur de vous revoir. »

« Est-elle spirituelle, ma *fillette !* » pensa la présidente qui marchait sur les talons de sa fille. « Ce sera avec le plus grand plaisir, monsieur, ajouta-t-elle à haute voix. J'espère que vous viendrez avec notre cousin Pons à l'heure du dîner; M. le président sera charmé de faire votre connaissance... — Merci, cousin. » Elle pressa le bras de Pons d'une façon tellement significative, que la phrase sacramentelle : « C'est entre nous à la vie à la mort! » n'eût pas été si forte. Elle embrassa Pons par l'œillade qui accompagna ce : « Merci, cousin. »

Après avoir mis la jeune personne en voiture, et quand le coupé de remise eut disparu dans la rue Charlot, Brunner parla bric-à-brac à Pons qui parlait mariage.

« Ainsi, vous ne voyez pas d'obstacle ?... dit Pons.

— Ah! répliqua Brunner; la petite est insignifiante, la mère est un peu pincée... nous verrons.

— Une belle fortune à venir, fit observer Pons. Plus d'un million...

— À lundi! répéta le millionnaire. Si vous vouliez vendre votre collection de tableaux, j'en donnerais bien cinq à six cent mille francs...

— Ah! s'écria le bonhomme qui ne se savait pas si riche; mais je ne pourrais pas me séparer de ce qui fait mon bonheur... Je ne vendrais ma collection que livrable après ma mort.

— Eh bien! nous verrons...

— Voilà deux affaires en train », dit le collectionneur qui ne pensait qu'au mariage.

Brunner salua Pons et disparut, emporté par son brillant équipage. Pons regarda fuir le petit coupé sans faire attention à Rémonencq qui fumait sa pipe sur le pas de la porte*b*.

Le soir même, chez son beau-père que la présidente

de Marville alla consulter, elle trouva la famille Popinot.
Dans son désir de satisfaire une petite vengeance bien
naturelle au cœur des mères, quand elles n'ont pas réussi
à capturer un fils de famille, Mme de Marville fit
entendre que Cécile faisait un mariage superbe. « Qui
Cécile épouse-t-elle donc ? » fut une demande qui courut
sur toutes les lèvres. Et alors, sans croire trahir ses
secrets, la présidente dit tant de petits mots, fit tant de
confidences à l'oreille, confirmées par Mme Berthier
d'ailleurs, que voici ce qui se disait le lendemain dans
l'empyrée bourgeois où Pons accomplissait ses évolutions gastronomiques.

Cécile de Marville se marie avec un jeune Allemand
qui se fait banquier par humanité, car il est riche de
quatre millions; c'est un héros de roman, un vrai Werther, charmant, un bon cœur, ayant fait ses folies, qui
s'est épris de Cécile à en perdre la tête, c'est un amour
à première vue, et d'autant plus sûr, que Cécile avait
pour rivales toutes les madones peintes de Pons, etc., etc.

Le surlendemain, quelques personnes vinrent complimenter la présidente uniquement pour savoir si la dent
d'or existait[1], et la présidente fit ces variations admirables que les mères pourront consulter, comme autrefois on consultait le *parfait secrétaire*.

« Un mariage n'est fait, disait-elle à Mme Chiffreville,
que quand on revient de la mairie et de l'église, et nous
n'en sommes encore qu'à des entrevues; aussi compté-je
assez sur votre amitié pour ne pas parler de nos espérances...

— Vous êtes bien heureuse, madame la présidente,
les mariages se concluent aujourd'hui bien difficilement.

— Que voulez-vous ? C'est un hasard; mais les
mariages se font souvent ainsi.

— Eh bien! vous mariez donc Cécile ? disait
Mme Cardot.

— Oui, répondait la présidente en comprenant la
malice du *donc*. Nous étions exigeants, c'est ce qui retardait l'établissement de Cécile. Mais nous trouvons tout :
fortune, amabilité, bon caractère, et un joli homme[a].
Ma chère petite fille méritait bien cela d'ailleurs. M. Brunner est un charmant garçon, plein de distinction; il
aime le luxe, il connaît la vie, il est fou de Cécile, il
l'aime sincèrement; et, malgré ses trois ou quatre mil-

lions, Cécile l'accepte... Nous n'avions pas de prétentions si élevées, mais... — Les avantages ne gâtent rien...

— Ce n'est pas tant la fortune que l'affection inspirée
par ma fille qui nous décide, disait la présidente à
Mme Lebas. M. Brunner est si pressé, qu'il veut que le
mariage se fasse dans les délais légaux[1].

— C'est un étranger...

— Oui, madame; mais j'avoue que je suis bien heureuse. Non, ce n'est pas un gendre, c'est un fils que
j'aurai. M. Brunner est d'une délicatesse vraiment séduisante. On n'imagine pas l'empressement qu'il a mis à se
marier sous le régime dotal... C'est une grande sécurité
pour les familles. Il achète pour douze cent mille francs
d'herbages qui seront réunis un jour à Marville. »

Le lendemain, c'était d'autres variations sur le même
thème. Ainsi, M. Brunner était un grand seigneur, faisant tout en grand seigneur; il ne comptait pas; et, si
M. de Marville pouvait obtenir des lettres de grande
naturalité[2] (le ministère lui devait bien un petit bout de
loi), le gendre deviendrait pair de France. On ne connaissait pas la fortune de M. Brunner, il avait *les plus beaux
chevaux et les plus beaux équipages de Paris, etc.*

Le plaisir que les Camusot prenaient à publier leurs espérances, disait assez combien ce triomphe était inespéré.

Aussitôt après l'entrevue chez le cousin Pons, M. de
Marville, poussé par sa femme, décida le ministre de
la Justice, son premier président et le procureur général
à dîner chez lui le jour de la présentation du phénix des
gendres[3]. Les trois grands personnages acceptèrent,
quoique invités à bref délai; chacun d'eux comprit le
rôle que leur faisait jouer le père de famille, et ils lui
vinrent en aide avec plaisir. En France on porte assez
volontiers secours aux mères de famille qui pêchent un
gendre riche. Le comte et la comtesse Popinot se prêtèrent également à compléter le luxe de cette journée,
quoique cette invitation leur parût être de mauvais
goût. Il y eut en tout onze personnes. Le grand-père de
Cécile, le vieux Camusot et sa femme ne pouvaient manquer à cette réunion, destinée par la position des convives
à engager définitivement M. Brunner, annoncé, comme
on l'a vu, comme un des plus riches capitalistes de l'Allemagne[a], un homme de goût (il aimait la *fillette*), le futur
rival des Nucingen, des Keller, des du Tillet, etc.

« C'est notre jour, dit avec une simplicité fort étudiée la présidente à celui qu'elle regardait comme son gendre en lui nommant les convives, nous n'avons que des intimes. D'abord, le père de mon mari, qui, vous le savez, doit être promu pair de France; puis M. le comte et la comtesse Popinot, dont le fils ne s'est pas trouvé assez riche pour Cécile, et nous n'en sommes pas moins bons amis, notre ministre de la Justice, notre premier président, notre procureur général, enfin nos amis... Nous serons obligés de dîner un peu tard, à cause de la Chambre où la séance ne finit jamais qu'à six heures. »

Brunner regarda Pons d'une manière significative, et Pons se frotta les mains, en homme qui dit : « Voilà nos amis, mes amis!... »

La présidente, en femme habile, eut quelque chose de particulier à dire à son cousin, afin de laisser Cécile un instant en tête à tête avec son Werther. Cécile bavarda considérablement, et s'arrangea pour que Frédéric aperçût un dictionnaire allemand, une grammaire allemande, un Goethe qu'elle avait cachés.

« Ah! vous apprenez l'allemand ? » dit Brunner en rougissant.

Il n'y a que les Françaises pour inventer ces sortes de trappes.

« Oh! dit-elle, êtes-vous méchant!... ce n'est pas bien, monsieur, de fouiller ainsi dans mes cachettes. Je veux lire Goethe dans l'original, répondit-elle. Et il y a deux ans que j'apprends l'allemand.

— La grammaire est donc bien difficile à comprendre, car il n'y pas dix feuillets de coupés... », répondit naïvement Brunner.

Cécile, confuse, se retourna pour ne pas laisser voir sa rougeur. Un Allemand ne résiste pas à ces sortes de témoignages, il prit Cécile par la main, la ramena tout interdite sous son regard, et la regarda comme les fiancés se regardent dans les romans d'Auguste Lafontaine, de pudique mémoire.

« Vous êtes adorable! » dit-il.

Celle-ci fit un geste mutin qui signifiait : « Et vous donc! qui ne vous aimerait ? » « Maman, ça va bien! » dit-elle à l'oreille de sa mère qui revint avec Pons.

L'aspect d'une famille pendant une soirée pareille ne se décrit pas. Chacun était content de voir une mère qui

mettait la main sur un bon parti pour sa fille. On félicitait
par des mots à double entente ou à double détente, et
Brunner qui feignait de ne rien comprendre, et Cécile
qui comprenait tout, et le président qui quêtait des
compliments. Tout le sang de Pons lui tinta dans les
oreilles, il crut voir tous les becs de gaz de la rampe de
son théâtre quand Cécile lui dit à voix basse avec les plus
ingénieux ménagements l'intention de son père, relativement à une rente viagère de douze cents francs que le
vieil artiste refusa positivement, en objectant la révélation que Brunner lui avait faite de sa fortune mobilière.

Le ministre, le premier président, le procureur général, les Popinot, tous les gens affairés s'en allèrent. Il
ne resta bientôt plus que le vieux M. Camusot, et Cardot, l'ancien notaire, assisté de son gendre Berthier. Le
bonhomme Pons, se voyant en famille, remercia fort
maladroitement le président et la présidente de la proposition que Cécile venait de lui faire. Les gens de cœur
sont ainsi, tout à leur premier mouvement. Brunner,
qui vit dans cette rente offerte ainsi comme une prime,
fit sur lui-même un retour israélite, et prit une attitude
qui dénotait la rêverie plus que froide[a] du calculateur.

« Ma collection ou son prix appartiendra toujours
à votre famille, que j'en traite avec notre ami Brunner
ou que je la garde », disait Pons en apprenant à la famille
étonnée qu'il possédait de si grandes valeurs.

Brunner observa le mouvement qui eut lieu chez tous
ces ignorants, en faveur d'un homme qui passait d'un
état taxé d'indigence à une fortune, comme il avait
observé déjà les gâteries de la mère et du père pour leur
Cécile, idole de la maison, et il se plut alors à exciter les
surprises et les exclamations de ces dignes bourgeois.

« J'ai dit à mademoiselle que les tableaux de M. Pons
valaient cette somme pour moi; mais au prix que les
objets d'art uniques ont acquis, personne ne peut prévoir la valeur à laquelle cette collection atteindrait en
vente publique. Les soixante tableaux monteraient à un
million, j'en ai vu plusieurs de cinquante mille francs.

— Il fait bon être votre héritier, dit l'ancien notaire
à Pons.

— Mais mon héritier, c'est ma cousine Cécile »,
répliqua le bonhomme en persistant dans sa parenté.

Un mouvement d'admiration se manifesta pour le vieux musicien.

« Ce sera une très riche héritière », dit en riant Cardot qui partit.

On laissa Camusot le père, le président, la présidente, Cécile, Brunner, Berthier et Pons ensemble; car on présuma que la demande officielle de la main de Cécile allait se faire. En effet, lorsque ces personnes furent seules, Brunner commença par une demande, qui parut d'un bon augure aux parents.

« J'ai cru comprendre, dit Brunner en s'adressant à la présidente, que mademoiselle était fille unique...

— Certainement, répondit-elle avec orgueil.

— Vous n'aurez pas de difficultés avec personne », répondit le bonhomme Pons pour décider Brunner à formuler sa demande.

Brunner devint soucieux, et un fatal silence amena la froideur la plus étrange. Il semblait que la présidente eût avoué que sa *fillette* était épileptique. Le président, jugeant que sa fille ne devait pas être là, lui fit un signe que Cécile comprit, elle sortit. Brunner resta muet. On se regarda. La situation devint gênante. Le vieux Camusot, homme d'expérience, emmena l'Allemand dans la chambre de la présidente, sous prétexte de lui montrer l'éventail trouvé par Pons, en devinant qu'il surgissait quelques difficultés, et il demanda par un geste à son fils, à sa belle-fille et à Pons de le laisser avec le futur.

« Voilà ce chef-d'œuvre! dit le vieux marchand de soieries en montrant l'éventail.

— Cela vaut cinq mille francs, répondit Brunner après l'avoir contemplé.

— N'étiez-vous pas venu, monsieur, reprit le futur pair de France, pour demander la main de ma petite-fille ?

— Oui, monsieur, dit Brunner, et je vous prie de croire qu'aucune alliance ne peut être plus flatteuse pour moi que celle-là. Je ne trouverai jamais une jeune personne plus belle, plus aimable, qui me convienne mieux que *Mlle Cécile*; mais...

— Ah! pas de mais, dit le vieux Camusot, ou voyons sur-le-champ la traduction de vos mais, mon cher monsieur...

— Monsieur! reprit gravement Brunner, je suis bien

heureux que nous ne soyons engagés ni les uns ni les autres, car la qualité de fille unique, si précieuse pour tout le monde, excepté pour moi, qualité que j'ignorais, croyez-moi, est un empêchement absolu...

— Comment, monsieur, dit le vieillard stupéfait, d'un avantage immense, vous en faites un tort? Votre conduite est vraiment extraordinaire, et je voudrais bien en connaître les raisons.

— Monsieur, reprit l'Allemand avec flegme, je suis venu ce soir ici avec l'intention de demander à M. le président la main de sa fille. Je voulais faire un sort brillant à Mlle Cécile en lui offrant tout ce qu'elle eût consenti à accepter de ma fortune; mais une fille unique est un enfant que l'indulgence de ses parents habitue à faire ses volontés, et qui n'a jamais connu la contrariété. Il en est ici comme dans plusieurs familles, où j'ai pu jadis observer le culte qu'on avait pour ces espèces de divinités : non seulement votre petite-fille est l'idole de la maison, mais encore Mme la présidente y porte les... vous savez quoi! Monsieur, j'ai vu le ménage de mon père devenir, par cette cause, un enfer. Ma marâtre, cause de tous mes malheurs, fille unique, adorée, la plus charmante des fiancées, est devenue un diable incarné. Je ne doute pas que Mlle Cécile ne soit une exception à mon système, mais je ne suis plus un jeune homme, j'ai quarante[a] ans, et la différence de nos âges entraîne des difficultés qui ne me permettent pas de rendre heureuse une jeune personne habituée à voir faire à Mme la présidente toutes ses volontés, et que Mme la présidente écoute comme un oracle. De quel droit exigerais-je le changement des idées et des habitudes de Mlle Cécile? Au lieu d'un père et d'une mère complaisants à ses moindres caprices, elle rencontrera l'égoïsme d'un quadragénaire; si elle résiste, c'est le quadragénaire qui sera vaincu. J'agis donc en honnête homme, je me retire. D'ailleurs, je désire être entièrement sacrifié, s'il est toutefois nécessaire d'expliquer pourquoi je n'ai fait qu'une visite ici...

— Si tels sont vos motifs, monsieur, dit le futur pair de France, quelque singuliers qu'ils soient, ils sont plausibles...

— Monsieur, ne mettez pas en doute ma sincérité, reprit vivement Brunner en l'interrompant. Si vous connaissez une pauvre fille dans une famille chargée d'enfants, bien élevée néanmoins, sans fortune, comme il s'en trouve beaucoup en France, et que son caractère m'offre des garanties, je l'épouse. »

Pendant le silence qui suivit cette déclaration, Frédéric Brunner quitta le grand-père de Cécile, revint saluer poliment le président et la présidente, et se retira. Vivant commentaire du salut de son Werther, Cécile se montra pâle comme une moribonde, elle avait tout écouté, cachée dans la garde-robe de sa mère.

« Refusée!... dit-elle à l'oreille de sa mère.

— Et pourquoi ? demanda la présidente à son beau-père embarrassé.

— Sous le joli prétexte que les filles uniques sont des enfants gâtés, répondit le vieillard. Et il n'a pas tout à fait tort, ajouta-t-il en saisissant cette occasion de blâmer sa belle-fille, qui l'ennuyait fort depuis vingt ans.

— Ma fille en mourra! vous l'aurez tuée!... » dit la présidente à Pons en retenant sa fille qui trouva joli de justifier ces paroles en se laissant aller dans les bras de sa mère.

Le président et sa femme traînèrent Cécile dans un fauteuil, où elle acheva de s'évanouir. Le grand-père sonna les domestiques[a].

« J'aperçois la trame ourdie par monsieur », dit la mère furieuse en désignant le pauvre Pons.

Pons se dressa comme s'il avait entendu retentir à ses oreilles la trompette du jugement dernier.

« Monsieur, reprit la présidente dont les yeux furent comme deux fontaines de bile verte, monsieur a voulu répondre à une innocente plaisanterie par une injure. À qui fera-t-on croire que cet Allemand soit dans son bon sens ? Ou il est complice d'une atroce vengeance, ou il est fou. J'espère, monsieur Pons, qu'à l'avenir vous nous épargnerez le déplaisir de vous voir dans une maison où vous avez essayé de porter la honte et le déshonneur. »

Pons, devenu statue, tenait les yeux sur une rosace du tapis et tournait ses pouces.

« Eh bien! vous êtes encore là, monstre d'ingratitude!... s'écria la présidente en se retournant. Nous n'y serons jamais, monsieur ni moi, si jamais monsieur se présentait! dit-elle aux domestiques en leur montrant

Pons. Allez chercher le docteur, Jean. Et vous Madeleine, de l'eau de corne de cerf ! »

Pour la présidente, les raisons alléguées par Brunner n'étaient que le prétexte sous lequel il s'en cachait d'inconnues ; mais la rupture du mariage n'en devenait que plus certaine. Avec cette rapidité de pensée qui distingue les femmes dans les grandes circonstances, Mme de Marville avait trouvé la seule manière de réparer cet échec en attribuant à Pons une vengeance préméditée. Cette conception, infernale par rapport à Pons, satisfaisait à l'honneur de la famille. Fidèle à sa haine contre Pons, elle avait fait d'un simple soupçon de femme une vérité. En général, les femmes ont une foi particulière, une morale à elles, elles croient à la réalité de tout ce qui sert leurs intérêts et leurs passions. La présidente alla bien plus loin, elle persuada pendant toute la soirée au président sa propre croyance, et le magistrat fut convaincu le lendemain de la culpabilité de son cousin. Tout le monde trouvera la conduite de la présidente horrible ; mais en pareille circonstance, chaque mère imitera Mme Camusot, elle aimera mieux sacrifier l'honneur d'un étranger que celui de sa fille[1]. Les moyens changeront, le but sera le même.

Le musicien descendit avec rapidité l'escalier ; mais il marcha d'un pas lent par les boulevards, jusqu'au théâtre où il entra machinalement ; il se mit à son pupitre machinalement et dirigea machinalement l'orchestre. Durant les entractes, il répondit si vaguement à Schmucke, que Schmucke dissimula ses inquiétudes, il pensa que Pons était devenu fou. Chez une nature aussi enfantine que celle de Pons, la scène qui venait de se passer prenait les proportions d'une catastrophe... Réveiller une effroyable haine[2], là où il avait voulu donner le bonheur, c'était un renversement total d'existence. Il avait enfin reconnu dans les yeux, dans le geste, dans la voix de la présidente, une inimitié mortelle.

Le lendemain, Mme Camusot de Marville prit un grand parti, d'ailleurs exigé par la circonstance et auquel le président souscrivit. On résolut de donner en dot à Cécile la terre de Marville, l'hôtel de la rue de Hanovre et cent mille francs. Dans la matinée, la présidente alla voir la comtesse Popinot, en comprenant qu'il fallait répondre à un pareil échec par un mariage tout fait.

Elle raconta la vengeance épouvantable et l'affreuse mystification préparées par Pons. Tout parut croyable quand on apprit que le prétexte de cette rupture était la condition de fille unique. Enfin, la présidente fit reluire avec art l'avantage de se nommer Popinot de Marville et l'énormité de la dot. Au prix où sont les biens en Normandie, à deux pour cent, cet immeuble représentait environ neuf cent mille francs, et l'hôtel de la rue de Hanovre était estimé deux cent cinquante mille francs. Aucune famille raisonnable ne pouvait refuser une pareille alliance; aussi le comte Popinot et sa femme l'acceptèrent-ils; puis, en gens intéressés à l'honneur de la famille dans laquelle ils entraient, ils promirent leur concours pour expliquer la catastrophe arrivée la veille.

Or, chez le même vieux Camusot, grand-père de Cécile, devant les mêmes personnes qui s'y trouvaient quelques jours auparavant et auxquelles la présidente avait chanté ses litanies-Brunner, cette même présidente, à qui chacun craignait de parler, alla bravement au-devant des explications.

« Vraiment aujourd'hui, disait-elle, on ne saurait prendre trop de précautions quand il s'agit de mariage, et surtout quand on a affaire à des étrangers.

— Et pourquoi, madame ?

— Que vous est-il arrivé ? demanda Mme Chiffreville.

— Vous ne connaissez pas notre aventure avec ce Brunner, qui avait l'audace d'aspirer à la main de Cécile?... C'est le fils d'un cabaretier allemand, le neveu d'un marchand de peaux de lapins.

— Est-ce possible ? Vous, si sagace!... dit une dame.

— Ces aventuriers sont si fins! Mais nous avons tout su par Berthier. Cet Allemand a pour ami un pauvre diable qui joue de la flûte! Il est lié avec un homme qui tient un garni, rue du Mail, avec des tailleurs... Nous avons appris qu'il a mené la vie la plus crapuleuse, et aucune fortune ne peut suffire à un drôle qui a déjà mangé celle de sa mère...

— Mais mademoiselle votre fille eût été bien malheureuse!... dit Mme Berthier.

— Et comment vous a-t-il été présenté ? demanda la vieille Mme Lebas.

— C'est une vengeance de M. Pons; il nous a pré-

senté ce beau monsieur-là pour nous livrer au ridicule...
Ce Brunner, ça veut dire fontaine[1] (on nous le donnait
pour un grand seigneur), eſt d'une assez triſte santé,
chauve, les dents gâtées; aussi m'a-t-il suffi de le voir
une fois pour me défier de lui.

— Mais cette grande fortune dont vous me parliez ?
demanda timidement une jeune femme.

— La fortune n'eſt pas aussi considérable qu'on le
dit. Les tailleurs, le maître d'hôtel et lui, tous ont gratté
leurs caisses pour faire une maison de banque... Aujour-
d'hui, qu'eſt-ce que la banque, quand on la commence ?
c'eſt la licence de se ruiner. Une femme qui se couche
millionnaire peut se réveiller réduite à ses *propres*. Du
premier mot, à première vue, nous avons eu notre opinion faite sur ce monsieur qui ne sait rien de nos usages.
On voit à ses gants, à son gilet, que c'eſt un ouvrier, le fils
d'un gargotier allemand, sans noblesse dans les sentiments, un buveur de bière, et qui fume!... ah! madame!
vingt-cinq pipes par jour. Quel eût été le sort de ma
pauvre Lili ?... J'en frémis encore. Dieu nous a sauvées!
Cécile n'aimait d'ailleurs pas ce monsieur... Pouvions-
nous attendre une pareille myſtification d'un parent,
d'un habitué de notre maison, qui dîne chez nous deux
fois par semaine depuis vingt ans! que nous avons
couvert de bienfaits, et qui jouait si bien la comédie qu'il
a nommé Cécile son héritière devant le garde des Sceaux,
le procureur général, le premier président... Ce Brunner et M. Pons s'entendaient pour s'attribuer l'un à
l'autre des millions!... Non, je vous l'assure, vous toutes,
mesdames, vous eussiez été prises à cette myſtification
d'artiſte! »

En quelques semaines, les familles réunies des Popinot, des Camusot et leurs adhérents avaient remporté
dans le monde un triomphe facile, car personne n'y prit
la défense du misérable Pons, du parasite, du sournois,
de l'avare, du faux bonhomme enseveli sous le mépris,
regardé comme une vipère réchauffée au sein des familles,
comme un homme d'une méchanceté rare, un saltimbanque dangereux qu'on devait oublier.

Un mois[a] environ après le refus du faux Werther, le
pauvre Pons, sorti pour la première fois de son lit où
il était reſté en proie à une fièvre nerveuse, se promenait le long des boulevards, au soleil, appuyé sur le

bras de Schmucke. Au boulevard du Temple, personne
ne riait plus des deux casse-noisettes, à l'aspect de la
destruction de l'un et de la touchante sollicitude de
l'autre pour son ami convalescent. Arrivés sur le boulevard Poissonnière, Pons avait repris des couleurs, en
respirant cette atmosphère des boulevards, où l'air a
tant de puissance[1] ; car, là où la foule abonde, le fluide
est si vital, qu'à Rome on a remarqué le manque de
mala aria[2] dans l'infect Ghetto où pullulent les Juifs.
Peut-être aussi l'aspect de ce qu'il se plaisait jadis à
voir tous les jours, le grand spectacle de Paris, agissait-il
sur le malade. En face du théâtre des Variétés, Pons
laissa Schmucke, car ils allaient côte à côte ; mais le
convalescent quittait de temps en temps son ami pour
examiner les nouveautés fraîchement exposées dans les
boutiques. Il se trouva nez à nez avec le comte Popinot,
qu'il aborda de la façon la plus respectueuse, l'ancien
ministre étant un des hommes que Pons estimait et
vénérait le plus.

« Ah! monsieur, répondit sévèrement le pair de
France, je ne comprends pas que vous ayez assez peu
de tact pour saluer une personne alliée à la famille où
vous avez tenté d'imprimer la honte et le ridicule par
une vengeance comme les artistes savent en inventer...
Apprenez, monsieur, qu'à dater d'aujourd'hui nous
devons être complètement étrangers l'un à l'autre.
Mme la comtesse Popinot partage l'indignation que votre
conduite chez les Marville a inspirée à toute la société. »

L'ancien ministre passa, laissant Pons foudroyé.
Jamais les passions, ni la justice, ni la politique, jamais
les grandes puissances sociales ne consultent l'état de
l'être sur qui elles frappent. L'homme d'État, pressé par
l'intérêt de famille d'écraser Pons, ne s'aperçut point de
la faiblesse physique de ce redoutable ennemi.

« *Qu'as-du, mon baufre ami ?* s'écria Schmucke en devenant aussi pâle que Pons.

— Je viens de recevoir un nouveau coup de poignard
dans le cœur, répondit le bonhomme en s'appuyant sur
le bras de Schmucke. Je crois qu'il n'y a que le bon
Dieu qui ait le droit de faire le bien, voilà pourquoi tous
ceux qui se mêlent de sa besogne en sont si cruellement
punis. »

Ce sarcasme d'artiste fut un suprême effort de cette

excellente créature qui voulut dissiper l'effroi peint sur la figure de son ami.

« *Che le grois* », répondit simplement Schmucke.

Ce fut inexplicable pour Pons, à qui ni les Camusot ni les Popinot n'avaient envoyé de billet de faire part du mariage de Cécile. Sur le boulevard des Italiens, Pons vit venir à lui M. Cardot. Pons, averti par l'allocution du pair de France, se garda bien d'arrêter ce personnage, chez qui, l'année dernière, il dînait une fois tous les quinze jours, il se contenta de le saluer; mais le maire, le député de Paris, regarda Pons d'un air indigné sans lui rendre son salut.

« Va donc lui demander ce qu'ils ont tous contre moi, dit le bonhomme à Schmucke qui connaissait dans tous ses détails la catastrophe survenue à Pons.

— *Monsir*, dit finement Schmucke à Cardot, *mône hâmi Bons relèfe d'eine*[a] *malatie, et fu ne l'afez sans tude bas regonni.*

— Parfaitement.

— *Mais qu'afez-fus tonc à lu rebroger?*

— Vous avez pour ami un monstre d'ingratitude, un homme qui, s'il vit encore, c'est que, comme dit le proverbe : la mauvaise herbe croît en dépit de tout. Le monde a bien raison de se défier des artistes, ils sont malins et méchants comme des singes. Votre ami a essayé de déshonorer sa propre famille, de perdre de réputation une jeune fille pour se venger d'une innocente plaisanterie, je ne veux plus avoir la moindre relation avec lui; je tâcherai d'oublier que je l'ai connu, qu'il existe. Ces sentiments, monsieur, sont ceux de toutes les personnes de ma famille, de la sienne, et des gens qui faisaient au sieur Pons l'honneur de le recevoir...

— *Mais, monsir, fus ètes ein home rézonaple; ed, si fus le bermeddez, che fais fus egsbliguer l'avaire...*

— Restez, si vous en avez le cœur, son ami, libre à vous, monsieur, répliqua Cardot; mais n'allez pas plus avant, car je crois devoir vous prévenir que j'envelopperai dans la même réprobation ceux qui tenteraient de l'excuser, de le défendre.

— *Te le chisdivier?*

— Oui, car sa conduite est injustifiable, comme elle est inqualifiable. »

Sur ce bon mot, le député de la Seine continua son chemin sans vouloir entendre une syllabe de plus.

« J'ai déjà les deux pouvoirs de l'État contre moi, dit en souriant le pauvre Pons quand Schmucke eut fini de lui redire ces sauvages imprécations.

— *Doud esd gondre nus,* répliqua douloureusement Schmucke. *Hâlons nus-en, bir ne ba rengondrer t'audres pèdes.* »

C'était la première fois de sa vie, vraiment ovine[1], que Schmucke proférait de telles paroles. Jamais sa mansuétude quasi divine n'avait été troublée, il eût souri naïvement à tous les malheurs qui seraient venus à lui; mais maltraiter son sublime Pons, cet Aristide inconnu, ce génie résigné, cette âme sans fiel, ce trésor de bonté, cet or pur!... il éprouvait l'indignation d'Alceste, et il appelait les amphitryons de Pons, des *bêtes !* Chez cette paisible nature, ce mouvement équivalait à toutes les fureurs de Roland[2]. Dans une sage prévision, Schmucke fit retourner Pons vers le boulevard du Temple; et Pons se laissa conduire, car le malade était dans la situation de ces lutteurs qui ne comptent plus les coups. Le hasard voulut que rien ne manquât en ce monde contre le pauvre musicien. L'avalanche qui roulait sur lui devait tout contenir : la chambre des pairs, la chambre des députés, la famille, les étrangers, les forts, les faibles, les innocents !

Sur le boulevard Poissonnière, en revenant chez lui, Pons vit venir la fille de ce même M. Cardot, une jeune femme qui avait assez éprouvé de malheurs pour être indulgente. Coupable d'une faute tenue secrète, elle s'était faite l'esclave de son mari. De toutes les maîtresses de maison où il dînait, Mme Berthier était la seule que Pons nommât de son petit nom; il lui disait : « Félicie! » et il croyait parfois être compris par elle. Cette douce créature parut contrariée de rencontrer le cousin Pons; car, malgré l'absence de toute parenté avec la famille de la seconde femme de son cousin le vieux Camusot, il était traité de cousin; mais, ne pouvant l'éviter, Félicie Berthier s'arrêta devant le moribond.

« Je ne vous croyais pas méchant, mon cousin; mais si, de tout ce que j'entends dire de vous, le quart seulement est vrai, vous êtes un homme bien faux... Oh! ne vous justifiez pas! ajouta-t-elle vivement en voyant faire à Pons un geste, c'est inutile par deux raisons : la première, c'est que je n'ai le droit d'accuser, ni de juger, ni de condamner personne, sachant par moi-même que ceux qui paraissent avoir le plus de torts peuvent offrir des excuses ; la seconde, c'est que vos raisons ne serviraient à rien. M. Berthier, qui a fait le contrat de Mlle de Marville et du vicomte Popinot, est tellement irrité contre vous que, s'il apprenait que je vous ai dit un seul mot, que je vous ai parlé pour la dernière fois, il me gronderait. Tout le monde est contre vous.

— Je le vois bien, madame ! » répondit d'une voix émue le pauvre musicien qui salua respectueusement la femme du notaire.

Et il reprit péniblement le chemin de la rue de Normandie en s'appuyant sur le bras de Schmucke avec une pesanteur qui trahit au vieil Allemand une défaillance physique courageusement combattue. Cette troisième rencontre fut comme le verdict prononcé par l'agneau qui repose aux pieds de Dieu, le courroux de cet ange des pauvres[a], le symbole des Peuples, est le dernier mot du ciel[1]. Les deux amis arrivèrent chez eux sans avoir échangé une parole. En certaines circonstances de la vie, on ne peut que sentir son ami près de soi. La consolation parlée aigrit la plaie, elle en révèle la profondeur. Le vieux pianiste avait, comme vous le voyez, le génie de l'amitié, la délicatesse de ceux qui, ayant beaucoup souffert, savent les coutumes de la souffrance.

Cette promenade devait être la dernière du bonhomme Pons. Le malade tomba d'une maladie dans une autre. D'un tempérament sanguin-bilieux, la bile passa dans le sang, il fut pris par une violente hépatite. Ces deux maladies successives étant les seules de sa vie, il ne connaissait point de médecin ; et, dans une pensée toujours excellente d'abord, maternelle même, la sensible et dévouée Cibot amena le médecin du quartier. À Paris, dans chaque quartier, il existe un médecin dont le nom et la demeure ne sont connus que de la classe inférieure, des petits bourgeois, des portiers, et qu'on nomme conséquemment le médecin du quartier[b]. Ce médecin, qui fait les accouchements et qui saigne, est en médecine ce qu'est dans les *Petites-Affiches*[2] le *domestique pour tout faire*. Obligé d'être bon pour les pauvres, assez expert à cause de sa longue pratique, il est généralement aimé. Le docteur Poulain, amené chez ce malade par Mme Cibot, et reconnu par Schmucke, écouta, sans y faire attention, les doléances du vieux musicien, qui, pendant toute la nuit, s'était gratté la peau devenue tout à fait insensible. L'état des yeux, cerclés de jaune, s'accordait avec ce symptôme.

« Vous avez eu, depuis deux jours, quelque violent chagrin, dit le docteur à son malade.

— Hélas! oui, répondit Pons.

— Vous avez la maladie que monsieur a failli avoir, dit-il en montrant Schmucke, la jaunisse; mais ce ne sera rien », ajouta le docteur Poulain en écrivant une ordonnance.

Malgré ce dernier mot si consolant, le docteur avait jeté sur le malade un de ces regards hippocratiques, où la sentence de mort, quoique cachée sous une commisération de costume, est toujours devinée par des yeux intéressés à savoir la vérité. Aussi Mme Cibot, qui plongea dans les yeux du docteur un coup d'œil d'espion, ne se méprit-elle pas à l'accent de la phrase médicale ni à la physionomie hypocrite du docteur Poulain, et elle le suivit à sa sortie.

« Croyez-vous que ce ne sera rien ? dit Mme Cibot au docteur sur le palier.

— Ma chère madame Cibot, votre monsieur est un homme mort, non par suite de l'invasion de la bile dans le sang, mais à cause de sa faiblesse morale. Avec beaucoup de soins, cependant, votre malade peut encore s'en tirer; il faudrait le sortir d'ici, l'emmener voyager...

— Et avec quoi ?... dit la portière. Il n'a pour tout potage que sa place, et son ami vit de quelques petites rentes que lui font de grandes dames auxquelles il aurait, à l'entendre, rendu des services, des dames très charitables. C'est deux enfants que je soigne depuis neuf ans.

— Je passe ma vie à voir des gens qui meurent, non pas de leurs maladies, mais de cette grande et incurable blessure, le manque d'argent. Dans combien de mansardes ne suis-je pas obligé, loin de faire payer ma visite, de laisser cent sous sur la cheminée!...

— Pauvre cher monsieur Poulain..., dit Mme Cibot. Ah! si vous n'aviez les cent mille livres de rente que possèdent certains *grigous* du quartier*ᵃ*, qui sont de vrais *décharnés* des enfers (déchaînés)[1], vous seriez le représentant du bon Dieu sur la terre. »

Le médecin, parvenu, par l'estime de messieurs les

concierges de son arrondissement, à se faire une petite clientèle qui suffisait à peine à ses besoins[a], leva les yeux au ciel et remercia Mme Cibot par une moue digne de Tartuffe[b].

« Vous dites donc, mon cher monsieur Poulain, qu'avec beaucoup de soins, notre cher malade en reviendrait ?

— Oui, s'il n'est pas trop attaqué dans son moral par le chagrin qu'il a éprouvé.

— Pauvre homme ! qui donc a pu le chagriner ? C'est n'un brave homme qui n'a son pareil sur terre que dans son ami, M. Schmucke !... Je vais savoir de quoi n'il retourne ! Et c'est moi qui me charge de savonner ceux qui m'ont *sangé* mon monsieur...

— Écoutez, ma chère madame Cibot, dit le médecin qui se trouvait alors sur le pas de la porte cochère, un des principaux caractères de la maladie de votre monsieur, c'est une impatience constante à propos de rien, et, comme il n'est pas vraisemblable qu'il puisse prendre une garde, c'est vous qui le soignerez. Ainsi...

— *Ch'est-i de mochieur Ponche que vouche parlez ?* » demanda le marchand de ferraille qui fumait une pipe.

Et il se leva de dessus la borne de la porte pour se mêler à la conversation de la portière et du médecin[1].

« Oui, papa Rémonencq ! répondit Mme Cibot à l'Auvergnat.

— *Eh bienne ! il est plus richeu que moucheu Monichtrolle, et que les cheigneurs de la curiochité... Cheu me connaîche achez dedans l'artique pour vous direu que le cher homme a deche trégeors !*

— Tiens, j'ai cru que vous vous moquiez de moi l'autre jour, quand je vous ai montré toutes ces antiquailles-là pendant que mes messieurs étaient sortis », dit Mme Cibot à Rémonencq.

À Paris, où les pavés ont des oreilles, où les portes ont une langue[c], où les barreaux des fenêtres ont des yeux, rien n'est plus dangereux que de causer devant les portes cochères. Les derniers mots qu'on se dit là, et qui sont à la conversation ce qu'un post-scriptum est à une lettre, contiennent des indiscrétions aussi dangereuses pour ceux qui les laissent écouter que pour ceux qui les recueillent[d]. Un seul exemple pourra suffire à corroborer celui que présente cette histoire[e].

Un jour, l'un des premiers coiffeurs du temps de l'Empire, époque à laquelle les hommes soignaient beaucoup leurs cheveux, sortait d'une maison où il venait de coiffer une jolie femme, et où il avait la pratique de tous les riches[a] locataires. Parmi ceux-ci florissait[b] un vieux garçon armé d'une gouvernante qui détestait les héritiers de son Monsieur. Le ci-devant jeune homme[1], gravement malade, venait de subir une consultation des plus fameux médecins qui ne s'appelaient pas encore *les princes* de la science. Sortis par hasard en même temps que le coiffeur, les médecins, en se disant adieu sur le pas de la porte cochère, parlaient[c], la science et la vérité sur la main, comme ils se parlent entre eux quand la farce de la consultation est jouée. « C'est un homme mort, dit le docteur Haudry. — Il n'a pas un mois à vivre..., répondit Desplein, à moins d'un miracle. » Le coiffeur entendit ces paroles. Comme tous les coiffeurs, il entretenait des intelligences avec les domestiques. Poussé par une cupidité monstrueuse, il remonte aussitôt[d] chez le ci-devant jeune homme, et il promet à la servante-maîtresse une assez belle prime si elle peut décider son maître à placer une grande partie de sa fortune en viager. Dans la fortune du vieux garçon moribond, âgé d'ailleurs de cinquante-six années, qui devaient compter doubles à cause de ses campagnes amoureuses, il se trouvait une magnifique maison sise rue Richelieu, valant alors deux cent cinquante mille francs. Cette maison, objet de la convoitise du coiffeur, lui fut vendue moyennant une rente viagère de trente mille francs[e]. Ceci se passait en 1806. Ce coiffeur retiré, septuagénaire aujourd'hui[f2], paye encore la rente en 1846. Comme le ci-devant jeune homme a quatre-vingt-seize ans, est en enfance, et qu'il a épousé sa Mme Éverard[3], il peut aller encore fort loin. Le coiffeur ayant donné quelque trente mille francs à la bonne, l'immeuble lui coûte plus d'un million; mais la maison vaut aujourd'hui près de huit à neuf cent mille francs[g].

À l'imitation de ce coiffeur, l'Auvergnat avait écouté les derniers mots dits par Brunner à Pons sur le pas de sa porte, le jour de l'entrevue du fiancé-phénix avec Cécile; il avait donc désiré[h] pénétrer dans le musée de Pons. Rémonencq, qui vivait en bonne intelligence avec les Cibot, fut bientôt introduit[i] dans l'appartement des deux amis en leur absence. Rémonencq, ébloui de tant de richesses[a], vit *un coup à monter,* ce qui veut dire dans l'argot des marchands une fortune à voler[b], et il y songeait depuis cinq à six jours[c].

« *Che badine chi peu,* répondit-il à Mme Cibot et au docteur Poulain, *que nous caugerons de la choge, et que chi ce braveu mocheu veutte une renteu viachère de chinquante mille francs, che vous paille un pagnier de vin du paysse chi vous me...*

— Y pensez-vous ? dit le médecin à Rémonencq, cinquante mille francs de rente viagère!... Mais si le bonhomme est si riche, soigné par moi, gardé par Mme Cibot, il peut guérir alors... car les maladies de foie sont les inconvénients des tempéraments très forts...

— *Ai-che dite chinquante ? Maïche un mocheu, là, dechus le passe de voustre porte, lui a proupouché chet chent mille francs, et cheulement des tabelausse, fouchtra[d] !* »

En entendant cette déclaration de Rémonencq, Mme Cibot regarda le docteur Poulain d'un air étrange, le diable allumait un feu sinistre dans ses yeux couleur orange.

« Allons! n'écoutons pas de pareilles fariboles, reprit le médecin assez heureux de savoir que son client pouvait payer toutes les visites qu'il allait faire.

— *Moncheu le doucteurre, chi ma chère Mme Chibot, puiche que le moncheux est au litte, veutte me laicher amenar mon ecchepert, che chuis chûre de trouver l'archant, en deuche heures, quand il s'achirait de chet chent milé franques...*

— Bien, mon ami! répondit le docteur. Allons, madame Cibot, ayez soin[e] de ne jamais contrarier le malade; il faut vous armer de patience, car tout l'irritera, le fatiguera, même vos attentions pour lui; attendez-vous à ce qu'il ne trouve rien de bien...

— Il sera joliment difficile, dit la portière.

— Voyons, écoutez-moi bien, reprit le médecin avec autorité. La vie de M. Pons est entre les mains de ceux qui le soigneront; aussi viendrai-je le voir peut-être deux fois, tous les jours. Je commencerai ma tournée par lui... »

Le médecin avait soudain passé de l'insouciance[f] profonde où il était sur le sort de ses malades pauvres à la sollicitude la plus tendre, en reconnaissant la possibilité de cette fortune, d'après le sérieux du spéculateur[g].

« Il sera soigné comme un roi », répondit Mme Cibot avec un factice enthousiasme[h].

La portière attendit[a] que le médecin eût tourné la rue Charlot avant de reprendre la conversation avec Rémonencq. Le ferrailleur achevait sa pipe, le dos appuyé au chambranle de la porte de sa boutique. Il n'avait pas pris cette position sans dessein, il voulait voir venir à lui la portière[b].

Cette boutique, jadis occupée par un café, était restée telle que l'Auvergnat l'avait trouvée en la prenant à bail[c]. On lisait encore : CAFÉ DE NORMANDIE, sur le tableau long qui couronne les vitrages de toutes les boutiques modernes. L'Auvergnat avait fait peindre, gratis sans doute, au pinceau et avec une couleur noire par quelque apprenti peintre en bâtiment, dans l'espace qui restait sous CAFÉ DE NORMANDIE, ces mots : *Rémonencq, ferrailleur, achète les marchandises d'occasion.* Naturellement, les glaces, les tables, les tabourets, les étagères, tout le mobilier du café de Normandie avait été vendu. Rémonencq avait loué[d], moyennant six cents francs, la boutique toute nue, l'arrière-boutique, la cuisine et une seule chambre en entresol, où couchait autrefois le premier garçon, car l'appartement dépendant du café de Normandie fut compris dans une autre location. Du luxe primitif déployé par le limonadier, il ne restait qu'un papier vert clair uni dans la boutique, et les fortes barres de fer de la devanture avec leurs boulons[e].

Venu là, en 1831, après la révolution de Juillet, Rémonencq commença par étaler des sonnettes cassées, des plats fêlés, des ferrailles, de vieilles balances, des poids anciens repoussés par la loi sur les nouvelles mesures que l'État seul n'exécute pas, car il laisse dans la monnaie publique les pièces d'un et de deux sous qui datent du règne de Louis XVI. Puis cet Auvergnat, de la force de cinq Auvergnats, acheta des batteries de cuisine[f], des vieux cadres, des vieux cuivres, des porcelaines écornées. Insensiblement, à force de s'emplir et de se vider, la boutique ressembla aux farces de Nicolet[1], la nature des marchandises s'améliora. Le ferrailleur suivit cette prodigieuse et sûre martingale, dont les effets se manifestent aux yeux des flâneurs assez philosophes pour étudier la progression croissante des valeurs qui garnissent ces intelligentes boutiques. Au fer-blanc, aux quinquets, aux tessons succèdent des cadres et des cuivres. Puis viennent les porcelaines. Bientôt la bou-

tique, un moment*a* changée en *Crouteum,* passe au
muséum. Enfin, un jour, le vitrage poudreux s'eſt
éclairci, l'intérieur eſt reſtauré, l'Auvergnat quitte le
velours et les veſtes, il porte des redingotes! on l'aperçoit
comme un dragon gardant son trésor; il eſt entouré de
chefs-d'œuvre, il eſt devenu fin connaisseur, il a décuplé
ses capitaux et ne se laisse plus prendre à aucune ruse, il
sait les tours du métier. Le monſtre eſt là, comme une
vieille au milieu de vingt jeunes filles qu'elle offre au
public. La beauté, les miracles de l'art sont indifférents
à cet homme à la fois fin et grossier qui calcule ses bénéfices et rudoie les ignorants. Devenu comédien, il joue
l'attachement à ses toiles, à ses marqueteries, ou il feint
la gêne, ou il suppose des prix d'acquisition, il offre de
montrer des bordereaux de vente. C'eſt un Protée, il eſt
dans la même heure Jocrisse, Janot, queue rouge, ou
Mondor, ou Harpagon, ou Nicodème[1].

Dès la troisième année, on vit chez Rémonencq d'assez
belles pendules, des armures, de vieux tableaux*b*; et il
faisait, pendant ses absences, garder sa boutique par une
grosse femme fort laide, sa sœur venue du pays à pied,
sur sa demande. La Rémonencq, espèce d'idiote au regard
vague et vêtue comme une idole japonaise, ne cédait pas
un centime sur les prix que son frère indiquait; elle
vaquait d'ailleurs aux soins du ménage, et résolvait le
problème en apparence insoluble de vivre des brouil-
lards de la Seine. Rémonencq et sa sœur se nourrissaient
de pain et de harengs, d'épluchures, de reſtes de légumes
ramassés dans les tas d'ordures que les reſtaurateurs
laissent*c* au coin de leurs bornes. À eux deux, ils ne dépen-
saient pas, le pain compris, douze sous par jour, et la
Rémonencq cousait ou filait de manière à les gagner.

Ce commencement du négoce*d* de Rémonencq, venu
pour être commissionnaire à Paris, et qui, de 1825*e* à
1831, fit les commissions des marchands de curiosités du
boulevard Beaumarchais[2] et des chaudronniers de la rue
de Lappe, eſt l'hiſtoire normale de beaucoup de marchands de curiosités. Les Juifs, les Normands, les Auvergnats et les Savoyards, ces quatre races d'hommes ont
les mêmes inſtinɔts, ils font fortune par les mêmes
moyens. Ne rien dépenser, gagner de légers bénéfices,
et cumuler intérêts et bénéfices, telle eſt leur Charte. Et
cette Charte eſt une vérité*f*.

En ce moment, Rémonencq, réconcilié avec son ancien bourgeois Monistrol, en affaires avec de gros marchands, allait[a] *chiner* (le mot technique) dans la banlieue de Paris qui, vous le savez, comporte un rayon de quarante lieues. Après quatorze ans de pratique, il était à la tête d'une fortune de soixante mille francs[b], et d'une boutique bien garnie. Sans casuel, rue de Normandie où la modicité du loyer le retenait, il vendait ses marchandises aux marchands, en se contentant d'un bénéfice modéré. Toutes ses affaires se traitaient en patois d'Auvergne, dit *Charabia*. Cet homme caressait un rêve! Il souhaitait d'aller s'établir sur les boulevards. Il voulait devenir un riche marchand de curiosités, et traiter un jour directement avec les amateurs. Il contenait d'ailleurs un négociant redoutable. Il gardait sur sa figure en enduit poussiéreux produit par la limaille de fer et collé par la sueur, car il faisait tout lui-même; ce qui rendait sa physionomie d'autant plus impénétrable, que l'habitude de la peine physique l'avait doué de l'impassibilité stoïque des vieux soldats de 1799. Au physique, Rémonencq apparaissait comme un homme court et maigre, dont les petits yeux, disposés comme ceux des cochons, offraient, dans leur champ d'un bleu froid, l'avidité concentrée, la ruse narquoise des Juifs, moins leur apparente[c] humilité doublée du profond mépris qu'ils ont pour les chrétiens.

Les rapports entre les Cibot et les Rémonencq étaient ceux du bienfaiteur et de l'obligé. Mme Cibot, convaincue de l'excessive pauvreté des Auvergnats, leur vendait à des prix fabuleux les restes de Schmucke et de Cibot. Les Rémonencq payaient une livre de croûtes sèches et de mie de pain deux centimes et demi, un centime et demi[d] une écuellée de pommes de terre, et ainsi du reste. Le rusé Rémonencq n'était jamais censé faire d'affaires pour son compte. Il représentait toujours Monistrol, et se disait dévoré par les riches marchands; aussi les Cibot plaignaient-ils sincèrement les Rémonencq. Depuis onze[e] ans l'Auvergnat n'avait pas encore usé la veste en velours, le pantalon de velours et le gilet de velours qu'il portait; mais ces trois parties du vêtement, particulier aux Auvergnats, étaient criblées de pièces, mises gratis par Cibot. Comme on le voit, tous les Juifs ne sont pas en Israël.

« Ne vous moquez-vous pas de moi, Rémonencq!

dit la portière. Eſt-ce que M. Pons peut avoir une pareille fortune et mener la vie qu'il mène ? Il n'a pas cent francs chez lui !...

— *Leje amateurs chont touches comme cha,* répondit sentencieusement Rémonencq.

— Ainsi, vous croyez, nà vrai, que mon Monsieur n'a pour sept cent mille francs...

— *Rien qu'eu dedans leche tableausse... il en a eune que ch'il en voulait chinquante mille franques, queu che les trouveraisse quand che devrais me ſtrangula. Vous chavez bien leje petite cadres en cuivre esmaillé, pleine de velurse rouche, où chont des pourtraiſtes... Eh bien ! ch'esce desche émauche de Petiſtotte que moncheu le minichtre du gouvarnemente, uene anchien deroguisse, paille mille escus pièche...*

— Il y en a trente ! dans les deux cadres, dit la portière dont les yeux se dilatèrent[a].

— *Eh bien ! chuchez de chon trégeor ?* »

Mme Cibot, prise de vertige, fit volte-face. Elle conçut aussitôt l'idée de se faire coucher sur le teſtament du bonhomme Pons, à l'imitation de toutes les servantes-maîtresses dont *les viagers* avaient excité tant de cupidités dans le quartier du Marais. Habitant en idée une commune aux environs de Paris, elle s'y pavanait dans une maison de campagne où elle soignait sa basse-cour, son jardin, et où elle finiſsait ses jours, servie comme une reine, ainsi que son pauvre Cibot, qui méritait tant de bonheur, comme tous les anges oubliés, incompris[b].

Dans le mouvement brusque et naïf de la portière, Rémonencq aperçut la certitude d'une réuſsite. Dans le métier de *chineur* (tel eſt le nom des chercheurs d'occasions[1], du verbe *chiner,* aller à la recherche des occasions et conclure de bons marchés avec des détenteurs ignorants), dans ce métier, la difficulté conſiſte à pouvoir s'introduire dans les maisons. On ne se figure pas les ruses à la Scapin, les tours à la Sganarelle, et les séductions à la Dorine qu'inventent les chineurs pour entrer chez le bourgeois. C'eſt des comédies dignes du théâtre, et toujours fondées comme ici, sur la rapacité des domeſtiques. Les domeſtiques, surtout à la campagne ou dans les provinces, pour trente francs d'argent ou de marchandises, font conclure des marchés où le chineur réalise des bénéfices de mille à deux mille francs. Il y a tel service de vieux Sèvres, pâte tendre, dont la conquête, si elle était racontée, montrerait[a] toutes les ruses diplomatiques du congrès de Munster, toute l'intelligence déployée à Nimègue, à Utrecht, à Ryswick, à Vienne, dépassées par les chineurs, dont le comique est bien plus franc que celui des négociateurs. Les chineurs ont des moyens d'action qui plongent tout aussi profondément dans les abîmes de l'intérêt personnel que ceux si péniblement cherchés par les ambassadeurs pour déterminer la rupture des alliances les mieux cimentées.

« *Ch'ai choliment allumé*[1] *la Chibot,* dit le frère à la sœur en lui voyant reprendre sa place sur une chaise dépaillée. *Et doncques, che vais conchulleter le cheul qui s'y connaiche, nostre Chuif, un bon Chuif qui ne nouche a presté qu'à quinche pour chent*[b] *!* »

Rémonencq avait lu dans le cœur de la Cibot. Chez les femmes de cette trempe, vouloir, c'est agir ; elles ne reculent devant aucun moyen pour arriver au succès ; elles passent de la probité la plus entière à la scélératesse la plus profonde, en un instant. La probité, comme tous nos sentiments, d'ailleurs, devrait se diviser en deux probités : une probité négative, une probité positive. La probité négative serait celle des Cibot, qui sont probes tant qu'une occasion de s'enrichir ne s'offre pas à eux. La probité positive serait celle qui reste toujours dans la tentation jusqu'à mi-jambes sans y succomber, comme celle des garçons de recettes[c]. Une foule d'intentions mauvaises se rua dans l'intelligence et dans le cœur de cette portière par l'écluse de l'intérêt ouverte à la diabolique parole du ferrailleur. La Cibot monta, vola, pour être exact, de la loge à l'appartement de ses deux messieurs, et se montra le visage masqué de tendresse, sur le seuil de la chambre où gémissaient Pons et Schmucke. En voyant entrer la femme de ménage, Schmucke lui fit signe de ne pas dire un mot des véritables opinions du docteur en présence du malade ; car l'ami, le sublime Allemand avait lu dans les yeux du docteur[d] ; et elle y répondit par un autre signe de tête, en exprimant une profonde douleur.

« Eh bien! mon cher monsieur, comment vous sentez-vous ? » dit la Cibot.

La portière se posa au pied du lit, les poings sur ses hanches et les yeux fixés sur le malade amoureusement ; mais quelles paillettes d'or en jaillissaient ! C'eût été terrible comme un regard de tigre, pour un observateur[a].

« Mais bien mal! répondit le pauvre Pons, je ne me sens plus le moindre appétit. Ah! le monde! le monde! s'écriait-il en pressant la main de Schmucke qui tenait, assis au chevet du lit, la main de Pons, et avec qui sans doute le malade parlait des causes de sa maladie. — J'aurais bien mieux fait, mon bon Schmucke, de suivre tes conseils! de dîner ici tous les jours depuis notre réunion! de renoncer à cette société qui roule sur moi, comme un tombereau sur un œuf, et pourquoi ?...

— Allons, allons, mon bon monsieur, pas de doléances, dit la Cibot, le docteur m'a dit la vérité... »

Schmucke tira la portière par la robe.

« Hé! vous pouvez vous n'en tirer, mais n'avec beaucoup de soins... Soyez tranquille, vous[b] n'avez près de vous n'un bon ami, et, sans me vanter, n'une femme qui vous soignera comme n'une mère soigne son premier enfant. J'ai tiré Cibot d'une maladie que M. Poulain l'avait condamné, qu'il lui n'avait jeté, comme on dit, le drap sur le nez? qu'il n'était n'abandonné comme mort... Eh bien! vous qui n'en êtes pas là, Dieu merci, quoique vous soyez assez malade, comptez sur moi... je vous n'en tirerais n'à moi seule! Soyez tranquille, ne vous n'agitez pas comme ça. » Elle ramena la couverture sur les mains du malade. « N'allez! mon fiston, dit-elle[c], M. Schmucke et moi, nous passerons les nuits, là, n'à votre chevet... Vous serez mieux gardé qu'un prince, et... d'ailleurs vous n'êtes assez riche pour ne vous rien refuser de ce qu'il faut à votre maladie... Je viens de m'arranger avec Cibot; car, pauvre cher homme, qué qui ferait sans moi... Eh bien! je lui n'ai fait entendre raison, et nous vous aimons tant tous les deux, qu'il a consenti à ce que je sois n'ici la nuit... Et pour un homme comme lui... c'est un fier sacrifice, allez! car il m'aime comme au premier jour. Je ne sais pas ce qu'il n'a! c'est la loge! tous deux à côté de l'autre, toujours[d]...! Ne vous découvrez donc pas ainsi..., dit-elle en s'élançant à la tête du lit et ramenant les couvertures sur la poitrine de Pons... Si vous n'êtes pas gentil, si vous ne faites pas bien tout ce qu'ordonnera M. Poulain, qui est, voyez-vous, l'image du bon Dieu sur la terre, je ne me mêle plus de vous... faut m'obéir.

— *Ui, montame Zipod! il fus opéira*, répondit Schmucke,

gar ile feud fifre bir son pon hami Schmucke, che le carandis.

— Ne vous impatientez pas, surtout, car votre maladie, dit la Cibot, vous n'y pousse assez, sans que vous
n'augmentiez votre défaut de patience. Dieu nous envoie
nos maux, mon cher bon monsieur, il nous punit de nos
fautes[1], vous n'avez bien quelques chères petites fautes
n'à vous reprocher!... » Le malade inclina la tête négati-
vement. « Oh! n'allez! vous n'aurez aimé dans votre
jeunesse, vous n'aurez fait vos fredaines, vous n'avez
peut-être quelque part n'un fruit de vos n'amours, qui
n'est sans pain, ni feu, ni lieu... Monstres d'hommes! Ça
n'aime n'un jour, et puis : Frist! Ça ne pense plus n'à
rien, pas même n'aux mois de nourrice! Pauvres
femmes[a]!...

— Mais il n'y a que Schmucke et ma pauvre mère qui
m'aient jamais aimé, dit tristement le pauvre Pons[b].

— Allons! vous n'êtes pas n'un saint! vous n'avez été
jeune et vous deviez n'être bien joli garçon. À vingt
ans... moi, bon comme vous l'êtes, je vous n'aurais
n'aimé...

— J'ai toujours été laid comme un crapaud! dit Pons
au désespoir[c].

— Vous dites cela par modestie, car vous n'avez cela
pour vous, que vous n'êtes modeste.

— Mais non, ma chère madame Cibot, je vous le
répète, j'ai toujours été laid, et je n'ai jamais été aimé...

— Par exemple! vous ?... dit la portière. Vous voulez
n'à cette heure me faire accroire que vous n'êtes à votre
âge, comme n'une rosière... à d'autres! n'un musicien!
un homme de théâtre! mais ce serait n'une femme qui me
dirait cela, que je ne la croirais pas.

— *Montame Zibod ! fus allez l'irrider !* cria Schmucke
en voyant Pons qui se tortillait comme un ver dans son
lit.

— Taisez-vous n'aussi, vous n'êtes deux vieux libertins... Vous n'avez beau n'être laids[d], il n'y a si vilain
couvercle qui ne trouve son pot! comme dit le proverbe!
Cibot s'est bien fait n'aimer d'une des plus belles écaillères de Paris... vous n'êtes infiniment mieux que lui...
Vous n'êtes bon! vous... n'allons, vous n'avez fait vos
farces! Et Dieu vous punit d'avoir abandonné vos
enfants, comme Abraham!... » Le malade abattu trouva
la force de faire encore un geste de dénégation[e]. « Mais

soyez tranquille, ça ne vous empêchera de vivre n'autant que Mathusalem.

— Mais laissez-moi donc tranquille! cria Pons[a], je n'ai jamais su ce que c'était que d'être aimé!... je n'ai pas eu d'enfants, je suis seul sur la terre...

— Nà, bien vrai ?... demanda la portière, car vous n'êtes si bon, que les femmes, qui, voyez-vous, n'aiment la bonté, c'est ce qui les attache... et il me semblait impossible que dans votre bon temps...

— Emmène-la! dit Pons à l'oreille de Schmucke, elle m'agace!

— Monsieur Schmucke alors, n'en a des enfants... Vous n'êtes tous comme ça, vous autres vieux garçons...

— Moi! s'écria Schmucke en se dressant sur ses jambes, mais...

— Allons, vous n'aussi, vous n'êtes sans héritiers, n'est-ce pas! Vous n'êtes venus tous deux comme des champignons sur cette terre.

— *Foyons, fenez !* » répondit Schmucke.

Le bon Allemand prit héroïquement Mme Cibot par la taille, et l'emmena dans le salon, sans tenir compte de ses cris[b].

« Vous voudriez n'à votre âge, n'abuser d'une pauvre femme!... criait la Cibot en se débattant dans les bras de Schmucke.

— *Ne griez pas !*

— Vous, le meilleur des deux! répondit la Cibot. Ah! j'ai n'eu tort de parler d'amour n'à des vieillards qui n'ont jamais connu de femmes[c]! j'ai n'allumé vos feux, monstre, s'écria-t-elle en voyant les yeux de Schmucke brillant de colère. N'à la garde! n'à la garde! on m'en-lève!

— *Fus edes eine pedde !* répondit l'Allemand. *Foyons, qu'a tid le togdeur ?...*

— Vous me brutalisez ainsi, dit en pleurant la Cibot rendue à la liberté, moi qui me jetterais dans le feu pour vous deux! Ah bien! n'on dit que les hommes se connaissent à l'user... Comme c'est vrai! C'est pas mon pauvre Cibot qui me malmènerait ainsi... Moi qui fais de vous mes enfants; car je n'ai pas d'enfants, et je disais hier, oui, pas plus tard qu'hier, à Cibot : "Mon ami, Dieu savait bien ce qu'il faisait en nous refusant des enfants, car j'ai deux enfants là-haut!" Voilà, par la sainte croix de Dieu, sur l'âme de ma mère, ce que je lui disais[a]...

— *Eh ! mais qu'a tid le togdeur ?* demanda rageusement Schmucke qui pour la première fois de sa vie frappa du pied[b].

— Eh bien! il n'a dit, répondit Mme Cibot en attirant Schmucke dans la salle à manger, il n'a dit que notre cher bien-aimé chéri de n'amour de malade serait[c] en danger de mourir, s'il n'était pas bien soigné : mais je suis là, malgré vos brutalités; car vous n'êtes brutal, vous que je croyais si doux. N'en avez-vous de ce tempérament!... N'ah! vous n'abuseriez donc n'encore n'à votre âge d'une femme, gros polisson ?...

— *Bolizon ! moâ ?...* *Fus ne gombrenez toncques bas que che n'ame que Bons.*

— N'à la bonne heure, vous me laisserez tranquille, n'est-ce pas ? dit-elle en souriant à Schmucke. Vous ferez bien, car Cibot casserait les os à quiconque n'attenterait à son noneur[d]!

— *Zoignez-le pien, ma petite mondam Zibod,* reprit Schmucke en essayant de prendre la main à Mme Cibot.

— N'ah! voyez-vous, n'encore ?

— *Égoudez-moi tonc ? dud ce que c'haurai zera à fus, zi nus le zauffons...*

— Eh bien! je vais chez l'apothicaire, chercher ce qu'il faut... car, voyez-vous, monsieur, ça coûtera cette maladie; net comment ferez-vous ?...

— *Che dravaillerai ! Che feux que Bons zoid soigné gomme ein brince...*

— Il le sera, mon bon monsieur Schmucke; et, voyez-vous, ne vous inquiétez de rien. Cibot et moi, nous n'avons deux mille francs d'économie, *elles* sont à vous, et n'il y a longtemps que je mets du mien ici, n'allez!...

— *Ponne phâme !* s'écria Schmucke en s'essuyant les yeux, *quel cueir !*

— Séchez des larmes qui m'honorent, car voilà ma récompense, à moi! dit mélodramatiquement la Cibot. *Je suis la plus désintéressée de toutes les créatures, mais n'entrez pas n'avec des larmes n'aux yeux, car[e] M. Pons croirait qu'il est plus malade qu'il n'est.* »

Schmucke, ému de cette délicatesse, prit enfin la main de la Cibot et la lui serra.

« N'épargnez-moi! dit l'ancienne écaillère en jetant à Schmucke un regard tendre.

— *Bons,* dit le bon Allemand en rentrant, *c'esd eine anche que montam Zibod, c'esd eine anche pafard, mais c'esde eine anche.*

— Tu crois ?... je suis devenu défiant depuis un mois, répondit le malade en hochant la tête. Après tous mes malheurs, on ne croit plus à rien qu'à Dieu et à toi[a]!...

— *Cuéris, et nus fifrons dus trois gomme tes roisse !* s'écria Schmucke.

— Cibot! s'écria la portière essoufflée, en entrant dans sa loge. Ah! mon ami, notre fortune n'est faite! Mes deux Messieurs n'ont pas d'héritiers, ni d'enfants naturels, ni rien... quoi!... Oh! j'irai chez Mme Fontaine me faire tirer les cartes, pour savoir ce que nous n'aurons de rente!...

— Ma femme, répondit le petit tailleur, ne comptons pas sur les souliers d'un mort pour être bien chaussés.

— Ah çà! vas-tu m'asticoter, toi, dit-elle, en donnant une tape amicale à Cibot. Je sais ce que je sais! M. Poulain n'a condamné M. Pons! Et nous serons riches! Je serai sur le testament... Je m'en sarge! Tire ton aiguille et veille n'à ta loge, tu ne feras plus longtemps ce métier-là! Nous nous retirerons n'à la campagne, n'à Batignolles. N'une belle maison, n'un beau jardin, que tu t'amuseras à cultiver, et j'aurai n'une servante!...

— *Eh bien ! voichine, comment cha va la haute,* demanda Rémonencq, *chavez-vousse che que vautte chette colleʃtchion ?...*

— Non, non, pas encore! N'on ne va pas comme ça! mon brave homme. Moi, j'ai commencé par me faire dire des choses plus importantes...

— *Pluche impourtantes !* s'écria Rémonencq; *maiche, che qui eʃte plus impourtant que cette choge...*

— Allons, gamin! laisse-moi conduire la barque, dit la portière avec autorité.

— *Maiche, tante pour chent, chur chette chent mille franques, vouche auriez de quoi reschter bourcheois pour le reschte de voʃtre vie...*

— Soyez tranquille, papa Rémonencq, quand il faudra savoir ce que valent toutes les choses que le bonhomme a amassées, nous verrons[b]... »

Et la portière, après être allée chez l'apothicaire pour y prendre les médicaments ordonnés par le docteur

Poulain, remit au lendemain sa consultation chez
Mme Fontaine, en pensant qu'elle trouverait les facultés
de l'oracle plus nettes, plus fraîches, en s'y trouvant de
bon matin avant tout le monde; car il y a souvent foule
chez Mme Fontaine[a].

Après avoir été pendant quarante ans l'antagoniste de
la célèbre Mlle Lenormand[1], à qui d'ailleurs elle a sur-
vécu, Mme Fontaine était alors l'oracle du Marais. On
ne se figure pas ce que sont les tireuses de cartes pour les
classes inférieures parisiennes, ni l'influence immense
qu'elles exercent sur les déterminations des personnes
sans instruction; car les cuisinières, les portières, les
femmes entretenues, les ouvriers, tous ceux qui, dans
Paris, vivent d'espérances, consultent les êtres privilégiés qui possèdent l'étrange et inexpliqué pouvoir de
lire dans l'avenir. La croyance aux sciences occultes est
bien plus répandue que ne l'imaginent les savants, les
avocats, les notaires, les médecins, les magistrats et les
philosophes. Le peuple a des instincts indélébiles. Parmi
ces instincts, celui qu'on nomme si sottement *superstition*
est aussi bien dans le sang du peuple que dans l'esprit
des gens supérieurs. Plus d'un homme d'État consulte,
à Paris, les tireuses de cartes[b2]. Pour les incrédules, l'astrologie judiciaire (alliance de mots excessivement bizarre)
n'est que l'exploitation d'un sentiment inné, l'un des plus
forts de notre nature, la Curiosité. Les incrédules nient
donc complètement les rapports que la divination établit
entre la destinée humaine et la configuration qu'on en
obtient par les sept ou huit moyens principaux qui
composent l'astrologie judiciaire. Mais il en est des
sciences occultes comme de tant d'effets naturels repoussés par les esprits forts ou par les philosophes matéria-
listes, c'est-à-dire ceux qui s'en tiennent uniquement aux
faits visibles, solides, aux résultats de la cornue ou des
balances de la physique et de la chimie modernes; ces
sciences subsistent, elles continuent leur marche, sans
progrès d'ailleurs, car depuis environ deux siècles la
culture en est abandonnée par les esprits d'élite.

En ne regardant que le côté possible de la divination,
croire[c] que les événements antérieurs de la vie d'un
homme, que les secrets connus de lui seul peuvent être
immédiatement représentés par des cartes qu'il mêle,
qu'il coupe et que le diseur d'horoscope divise en paquets

d'après des lois mystérieuses, c'est l'absurde; mais c'est l'absurde qui condamnait la vapeur, qui condamne encore la navigation aérienne, qui condamnait les inventions de la poudre et de l'imprimerie, celle des lunettes, de la gravure, et la dernière grande découverte, la daguerréotypie. Si quelqu'un fût venu dire à Napoléon qu'un édifice et qu'un homme sont incessamment et à toute heure représentés par une image dans l'atmosphère, que tous les objets existants y ont un spectre saisissable, perceptible, il aurait logé cet homme à Charenton, comme Richelieu logea Salomon de Caus[1] à Bicêtre, lorsque le martyr normand lui apporta l'immense conquête de la navigation à vapeur. Et c'est là cependant ce que Daguerre a prouvé par sa découverte. Eh bien! si[a] Dieu a imprimé, pour certains yeux clairvoyants, la destinée de chaque homme dans sa physionomie, en prenant ce mot comme l'expression totale du corps, pourquoi la main ne résumerait-elle pas la physionomie, puisque la main est l'action humaine tout entière et son seul moyen de manifestation ? De là la chiromancie. La société n'imite-t-elle pas Dieu ? Prédire à un homme les événements de sa vie à l'aspect de sa main, n'est pas un fait plus extraordinaire chez celui qui a reçu les facultés du Voyant[b], que le fait de dire à un soldat qu'il se battra, à un avocat qu'il parlera, à un cordonnier qu'il fera des souliers ou des bottes, à un cultivateur qu'il fumera la terre et la labourera. Choisissons un exemple frappant! Le génie est tellement visible en l'homme, qu'en se promenant à Paris, les gens les plus ignorants devinent un grand artiste quand il passe. C'est comme un soleil moral dont les rayons colorent[c] tout à son passage. Un imbécile ne se reconnaît-il pas immédiatement par des impressions contraires à celles que produit l'homme de génie ? Un homme ordinaire passe presque inaperçu. La plupart des observateurs de la nature sociale et parisienne peuvent dire la profession d'un passant en le voyant venir[d]. Aujourd'hui, les mystères du sabbat, si bien peints par les peintres du seizième siècle, ne sont plus des mystères. Les Égyptiennes ou les Égyptiens, pères des Bohémiens, cette nation étrange, venue des Indes, faisait[e] tout uniment prendre du haschisch à ses clients. Les phénomènes produits par cette conserve expliquent parfaitement le chevauchage sur les balais,

la fuite par les cheminées, les *visions réelles,* pour ainsi
dire, des vieilles changées en jeunes femmes, les danses
furibondes et les délicieuses musiques qui composaient
les fantaisies des prétendus adorateurs du diable.

Aujourd'hui tant de faits avérés, authentiques, sont
issus des sciences occultes, qu'un jour ces sciences
seront professées comme on professe la chimie et l'astro-
nomie. Il est même singulier qu'au moment où l'on
crée à Paris des chaires de slave, de mantchou, de littératures aussi peu *professables* que les littératures du
Nord, qui, au lieu de fournir des leçons, devraient en
recevoir, et dont les titulaires répètent d'éternels articles
sur Shakespeare ou sur le seizième siècle, on n'ait pas
restitué, sous le nom d'Anthropologie, l'enseignement
de la philosophie occulte, l'une des gloires de l'ancienne
Université. En ceci, l'Allemagne, ce pays à la fois si
grand et si enfant, a devancé la France[1], car on y professe cette science, bien plus utile que les différentes
PHILOSOPHIES, qui sont toutes la même chose.

Que certains êtres aient le pouvoir d'apercevoir les
faits à venir dans le germe des causes, comme le grand
inventeur aperçoit une industrie, une science dans un
effet naturel inaperçu du vulgaire, ce n'est plus une de
ces violentes exceptions qui font rumeur, c'est l'effet
d'une faculté reconnue, et qui serait en quelque sorte
le somnambulisme de l'esprit. Si donc cette proposition, sur laquelle reposent les différentes manières de
déchiffrer l'avenir, semble absurde, le fait est là[a]. Remarquez que prédire[b] les gros événements de l'avenir n'est
pas, pour le Voyant, un tour de force plus extraordinaire
que celui de deviner le passé. Le passé, l'avenir sont également impossibles à savoir, dans le système des incrédules. Si les événements accomplis ont laissé des traces,
il est vraisemblable d'imaginer que les événements à
venir ont leurs racines. Dès qu'un *diseur de bonne aventure* vous explique minutieusement les faits connus de
vous seul, dans votre vie antérieure, il peut vous dire
les événements que produiront les causes existantes. Le
monde moral est taillé pour ainsi dire sur le patron du
monde naturel; les mêmes effets s'y doivent retrouver
avec les différences propres à leurs divers milieux.
Ainsi, de même que les corps se projettent réellement
dans l'atmosphère en y laissant subsister ce spectre saisi

par le daguerréotype qui l'arrête au passage, de même, les idées, créations réelles et agissantes, s'impriment dans ce qu'il faut nommer l'atmosphère du monde spirituel, y produisent des effets, y vivent *spectralement* (car il est nécessaire de forger des mots pour exprimer des phénomènes innomés), et dès lors certaines créatures douées de facultés rares peuvent parfaitement apercevoir ces formes ou ces traces d'idées.

Quant aux moyens employés pour arriver aux *visions,* c'est là le merveilleux le plus explicable, dès que la main du consultant dispose les objets à l'aide desquels on lui fait représenter les hasards de sa vie. En effet, tout s'enchaîne dans le monde réel. Tout mouvement y correspond à une cause, toute cause se rattache à l'ensemble ; et, conséquemment, l'ensemble se représente dans le moindre mouvement. Rabelais, le plus grand esprit de l'humanité moderne, cet homme qui résuma Pythagore, Hippocrate, Aristophane et Dante, a dit, il y a maintenant trois siècles : L'homme est un microcosme. Trois siècles après, Swedenborg, le grand prophète suédois, disait que la terre était un homme[1]. Le prophète et le précurseur de l'incrédulité se rencontraient ainsi dans la plus grande des formules. Tout est fatal dans la vie humaine, comme dans la vie de notre planète. Les moindres accidents, les plus futiles, y sont subordonnés. Donc les grandes choses, les grands desseins, les grandes pensées s'y reflètent nécessairement dans les plus petites actions, et avec tant de fidélité, que si quelque conspirateur mêle et coupe un jeu de cartes, il y écrira le secret de sa conspiration pour le Voyant appelé bohème, diseur de bonne aventure, charlatan, etc. Dès qu'on admet la fatalité, c'est-à-dire l'enchaînement des causes, l'astrologie judiciaire existe et devient ce qu'elle était jadis, une science immense, car elle comprend la faculté de déduction qui fit Cuvier si grand, mais spontanée, au lieu d'être, comme chez ce beau génie, exercée dans les nuits studieuses du cabinet[a].

L'astrologie judiciaire, la divination, a régné pendant sept siècles, non pas comme aujourd'hui sur les gens du peuple, mais sur les plus grandes intelligences, sur les souverains, sur les reines et sur les gens riches[2]. Une des plus grandes sciences de l'antiquité, le magnétisme animal[b], est sortie des sciences occultes, comme la chimie

est sortie des fourneaux des alchimistes. La crânologie,
la physiognomonie, la névrologie en sont également
issues; et les illustres créateurs de ces sciences, en apparence nouvelles, n'ont eu qu'un tort, celui de tous les
inventeurs, et qui consiste à systématiser absolument des
faits isolés, dont la cause génératrice échappe encore à
l'analyse. Un jour l'Église catholique et la Philosophie
moderne se sont trouvées d'accord[1] avec la Justice pour
proscrire, persécuter, ridiculiser les mystères de la
Cabale ainsi que ses adeptes, et il s'est fait une regrettable lacune de cent ans dans le règne et l'étude des
sciences occultes[a]. Quoi qu'il en soit, le peuple et beaucoup de gens d'esprit, les femmes surtout, continuent à
payer leurs contributions à la mystérieuse puissance de
ceux qui peuvent soulever le voile de l'avenir; ils vont
leur acheter de l'espérance[2], du courage, de la force,
c'est-à-dire ce que la religion seule peut donner. Aussi
cette science est-elle toujours pratiquée, non sans quelques
risques. Aujourd'hui, les sorciers, garantis de tout supplice par la tolérance due aux encyclopédistes du dix-huitième siècle, ne sont plus justiciables que de la police
correctionnelle, et dans le cas seulement où ils se livrent
à des manœuvres frauduleuses, quand ils effraient leurs
pratiques dans le dessein d'extorquer de l'argent, ce qui
constitue une escroquerie. Malheureusement l'escroquerie et souvent le crime accompagnent l'exercice de
cette faculté sublime. Voici pourquoi[b].

Les dons admirables[c] qui font le Voyant se rencontrent
ordinairement chez les gens à qui l'on décerne l'épithète
de brutes. Ces brutes sont les vases d'élection où Dieu
met les élixirs qui surprennent l'humanité. Ces brutes
donnent les prophètes, les saint Pierre, les l'Hermite[3].
Toutes les fois que la pensée demeure dans sa totalité,
reste bloc, ne se débite pas en conversation, en intrigues,
en œuvres de littérature, en imaginations de savant, en
efforts administratifs, en conceptions d'inventeur, en
travaux guerriers[d], elle est apte à jeter des feux d'une
intensité prodigieuse, contenus comme le diamant brut
garde l'éclat de ses facettes. Vienne une circonstance!
cette intelligence s'allume, elle a des ailes pour franchir
les distances, des yeux divins pour tout voir; hier,
c'était un charbon, le lendemain, sous le jet du fluide
inconnu qui la traverse, c'est un diamant qui rayonne.

Les gens supérieurs, usés sur toutes les faces*ᵃ* de leur
intelligence, ne peuvent jamais, à moins de ces miracles
que Dieu se permet quelquefois, offrir cette puissance
suprême. Aussi, les devins et les devineresses sont-ils
presque toujours des mendiants ou des mendiantes à
esprits vierges, des êtres en apparence grossiers, des
cailloux roulés dans les torrents de la misère*ᵇ*, dans les
ornières de la vie, où ils n'ont dépensé que des souffrances physiques. Le prophète, le Voyant, c'est enfin
Martin le laboureur[1], qui a fait trembler Louis XVIII
en disant un secret que le Roi pouvait seul savoir*ᶜ*,
c'est une Mlle Lenormand, une cuisinière comme
Mme Fontaine*ᵈ*, une négresse presque idiote, un pâtre
vivant avec des bêtes à cornes, un fakir assis au bord
d'une pagode, et qui, tuant la chair, fait arriver l'esprit
à toute la puissance inconnue des facultés somnambu-
lesques[2]. C'est en Asie que de tout temps se sont ren-
contrés les héros des sciences occultes. Souvent alors ces
gens qui, dans l'état ordinaire, restent ce qu'ils sont, car
ils remplissent en quelque sorte les fonctions physiques
et chimiques des corps conducteurs de l'électricité,
tour à tour métaux inertes ou canaux pleins de fluides
mystérieux; ces gens, redevenus eux-mêmes, s'adonnent
à des pratiques, à des calculs qui les mènent en police
correctionnelle, voire même, comme le fameux Balthazar,
en cour d'assises et au bagne[3]. Enfin ce qui prouve
l'immense pouvoir que la Cartomancie exerce sur les
gens du peuple, c'est que la vie ou la mort du pauvre
musicien dépendait de l'horoscope que Mme Fontaine
allait tirer à Mme Cibot.

Quoique certaines répétitions soient inévitables dans
une histoire aussi considérable et aussi chargée de détails
que l'est une histoire complète de la société française
au dix-neuvième siècle, il est inutile de peindre le taudis
de Mme Fontaine, déjà décrit dans *Les Comédiens sans
le savoir*. Seulement il est nécessaire de faire observer
que*ᵉ* Mme Cibot entra chez Mme Fontaine, qui demeure
rue Vieille-du-Temple*ᶠ*, comme les habitués du café
Anglais entrent dans ce restaurant pour y déjeuner.
Mme Cibot, pratique fort ancienne, amenait là souvent
des jeunes personnes et des commères dévorées de
curiosité*ᵍ*.

La vieille domestique qui servait de prévôt à la tireuse

de cartes ouvrit la porte du sanctuaire, sans prévenir sa maîtresse.

« C'est Mme Cibot ! Entrez, ajouta-t-elle, il n'y a personne.

— Eh bien ! ma petite, qu'avez-vous donc pour venir si matin ? » dit la sorcière.

Mme Fontaine, alors âgée de soixante-dix-huit ans, méritait cette qualification par son extérieur digne d'une Parque.

« J'ai *les sangs tournés,* donnez-moi le grand jeu ! s'écria la Cibot, il s'agit de ma fortune. »

Et elle expliqua la situation dans laquelle elle se trouvait en demandant une prédiction pour son sordide espoir.

« Vous ne savez pas ce que c'est que le grand jeu ? dit solennellement Mme Fontaine.

— Non, je ne suis pas n'assez riche pour n'en n'avoir jamais vu la farce ! cent francs !... Excusez du peu ! N'où que je les n'aurais pris ? Mais n'aujourd'hui, n'il me le faut !

— Je ne le joue pas souvent, ma petite, répondit Mme Fontaine, je ne le donne aux riches que dans les grandes occasions, et on me le paye vingt-cinq louis ; car, voyez-vous, ça me fatigue, ça m'use ! l'*Esprit* me tripote, là, dans l'estomac. C'est, comme on disait autrefois, aller au sabbat !

— Mais, quand je vous dis, ma bonne mame Fontaine, qu'il s'agit de mon n'avenir...

— Enfin pour vous à qui je dois tant de consultations, je vais me livrer à l'Esprit ! » répondit Mme Fontaine en laissant voir sur sa figure décrépite une expression de terreur qui n'était pas jouée.

Elle quitta sa vieille bergère crasseuse, au coin de sa cheminée, alla vers sa table couverte d'un drap vert dont toutes les cordes usées pouvaient se compter, et où dormait à gauche un crapaud d'une dimension extraordinaire, à côté d'une cage ouverte et habitée par une poule noire aux plumes ébouriffées.

« Astaroth[1] ! ici, mon fils ! » dit-elle en donnant un léger coup d'une longue aiguille à tricoter sur le dos du crapaud, qui la regarda d'un air intelligent. « Et vous, mademoiselle Cléopâtre !... attention ! » reprit-elle en donnant un petit coup sur le bec de la vieille poule.

Mme Fontaine se recueillit, elle demeura pendant quelques instants immobile; elle eut l'air d'une morte, ses yeux tournèrent et devinrent blancs. Puis elle se roidit, et dit : « Me voilà! » d'une voix caverneuse. Après avoir automatiquement éparpillé du millet pour Cléopâtre, elle prit son grand jeu, le mêla convulsivement, et le fit couper par Mme Cibot, mais en soupirant profondément[a]. Quand cette image de la Mort en turban crasseux, en casaquin sinistre, regarda les grains de millet que la poule noire piquait, et appela son crapaud Astaroth pour qu'il se promenât sur les cartes étalées, Mme Cibot eut froid dans le dos, elle tressaillit. Il n'y a que les grandes croyances qui donnent de grandes émotions. Avoir ou n'avoir pas de rentes, telle était la question, a dit Shakespeare[b1].

Après sept ou huit minutes pendant lesquelles la sorcière ouvrit et lut un grimoire d'une voix sépulcrale, examina les grains qui restaient, le chemin que faisait le crapaud en se retirant, elle déchiffra le sens des cartes en y dirigeant ses yeux blancs.

« Vous réussirez! quoique rien dans cette affaire ne doive aller comme vous le croyez! dit-elle. Vous aurez bien des démarches à faire. Mais vous recueillerez le fruit de vos peines. Vous vous conduirez bien mal, mais ce sera pour vous comme pour tous ceux qui sont auprès des malades, et qui convoitent une part de succession. Vous serez aidée dans cette œuvre de malfaisance par des personnages considérables[c]... Plus tard, vous vous repentirez dans les angoisses de la mort, car vous mourrez assassinée par deux forçats évadés, un petit à cheveux rouges et un vieux tout chauve, à cause de la fortune qu'on vous supposera dans le village où vous vous retirerez avec votre second mari[d]... Allez, ma fille, vous êtes libre d'agir ou de rester tranquille. »

L'exaltation intérieure qui venait d'allumer des torches dans les yeux caves de ce squelette si froid en apparence, cessa. Lorsque l'horoscope fut prononcé, Mme Fontaine éprouva comme un éblouissement et fut en tout point semblable aux somnambules quand on les réveille; elle regarda tout d'un air étonné; puis elle reconnut Mme Cibot et parut surprise de la voir en proie à l'horreur peint sur ce visage[e].

« Eh bien! ma fille! dit-elle d'une voix tout à fait

différente de celle qu'elle avait eue en prophétisant, êtes-
vous contente ?... »

Mme Cibot regarda la sorcière d'un air hébété sans
pouvoir lui répondre.

« Ah! vous avez voulu le grand jeu! je vous ai traitée
comme une vieille connaissance. Donnez-moi cent francs,
seulement...

— Cibot, mourir ? s'écria la portière.

— Je vous ai donc dit des choses bien terribles ?...
demanda très ingénument Mme Fontaine.

— Mais oui!... dit la Cibot en tirant de sa poche cent
francs*a* et les posant au bord de la table, mourir assassinée!...

— Ah! voilà, vous voulez le grand jeu!... Mais
consolez-vous, tous les gens assassinés dans les cartes ne
meurent pas*b*.

— Mais c'est-y possible, mame Fontaine ?

— Ah! ma petite belle, moi je n'en sais rien! Vous
avez voulu frapper à la porte de l'avenir, j'ai tiré le
cordon, voilà tout, et *il est venu*!

— Qui ? il ? dit Mme Cibot.

— Eh bien! l'Esprit, quoi! répliqua la sorcière impatientée*c*.

— Adieu, mame Fontaine! s'écria la portière. Je ne
connaissais pas le grand jeu, vous m'avez bien effrayée,
n'allez!...

— Madame ne se met pas deux fois par mois dans cet
état-là! dit la servante en reconduisant la portière jusque
sur le palier. Elle crèverait à la peine, tant ça la lasse.
Elle va manger des côtelettes et dormir pendant trois
heures... »

Dans la rue, en marchant, la Cibot fit ce que font les
consultants avec les consultations de toute espèce. Elle
crut à ce que la prophétie offrait de favorable à ses
intérêts et douta des malheurs annoncés. Le lendemain*a*,
affermie dans ses résolutions, elle pensait à tout mettre en
œuvre pour devenir riche en se faisant donner une partie
du Musée-Pons. Aussi n'eut-elle plus, pendant quelque
temps, d'autre pensée que celle de combiner les moyens
de réussir. Le phénomène expliqué ci-dessus, celui de la
concentration des forces morales chez*e* tous les gens
grossiers qui, n'usant pas leurs facultés intelligentielles
ainsi que les gens du monde par une dépense journalière,

les trouvent fortes et puissantes au moment où joue dans leur esprit cette arme redoutable appelée l'idée fixe, se manifeſta chez la Cibot à un degré supérieur[1]. De même que l'idée fixe produit[a] les miracles des évasions et les miracles du sentiment, cette portière, appuyée par la cupidité, devint aussi forte qu'un Nucingen[b] aux abois, aussi spirituelle sous sa bêtise que le séduisant La Palférine.

Quelques jours après, sur les sept heures du matin, en voyant Rémonencq occupé d'ouvrir sa boutique, elle alla chattement à lui[c].

« Comment faire pour savoir la vérité sur la valeur des choses entassées chez mes messieurs ? lui demanda-t-elle[d].

— Ah! c'eſt bien facile, répondit le marchand de curiosités dans son affreux charabia qu'il eſt inutile de continuer à figurer pour la clarté du récit[e]. Si vous voulez jouer franc jeu avec moi, je vous indiquerai un appréciateur, un bien honnête homme, qui saura la valeur des tableaux à deux sous près...

— Qui ?

— M. Magus, un Juif qui ne fait plus d'affaires que pour son plaisir. »

Élie Magus, dont le nom eſt trop connu dans *La Comédie humaine* pour qu'il soit nécessaire de parler de lui[2], s'était retiré du commerce des tableaux et des curiosités, en imitant, comme marchand, la conduite que Pons avait tenue comme amateur. Les célèbres appréciateurs, feu Henry, MM. Pigeot et Moret, Théret, Georges et Roëhn[f3], enfin, les experts du Musée, étaient tous des enfants, comparés à Élie Magus, qui devinait un chef-d'œuvre sous une crasse centenaire, qui connaissait toutes les Écoles et l'écriture[g] de tous les peintres.

Ce Juif, venu de Bordeaux à Paris, avait quitté le commerce en 1835, sans quitter les dehors misérables qu'il gardait, selon les habitudes de la plupart des Juifs, tant cette race eſt fidèle à ses traditions. Au Moyen Âge, la persécution obligeait les Juifs à porter des haillons pour déjouer les soupçons, à toujours se plaindre, pleurnicher, crier à la misère. Ces nécessités d'autrefois sont devenues, comme toujours, un inſtinĉt de peuple, un vice endémique[h]. Élie Magus, à force d'acheter des diamants et de les revendre, de brocanter les tableaux et les dentelles, les hautes curiosités et les émaux, les fines sculptures et les vieilles orfèvreries, jouissait d'une immense fortune inconnue, acquise dans ce commerce, devenu si considérable. En effet, le nombre des marchands a décuplé depuis vingt ans à Paris, la ville où toutes les curiosités du monde se donnent rendez-vous. Quant aux tableaux, ils ne se vendent que dans trois villes, à Rome, à Londres et à Paris.

Élie Magus vivait[a], chaussée des Minimes, petite et vaste rue qui mène à la place Royale où il possédait un vieil hôtel acheté pour un morceau de pain, comme on dit, en 1831[b]. Cette magnifique construction contenait un des plus fastueux appartements décorés du temps de Louis XV, car c'était l'ancien hôtel de Maulaincourt[1]. Bâti par ce célèbre président de la cour des Aides, cet hôtel, à cause de sa situation, n'avait pas été dévasté durant la Révolution. Si le vieux Juif s'était décidé, contre les lois israélites, à devenir propriétaire, croyez qu'il eut bien ses raisons. Le vieillard finissait, comme nous finissons tous, par une manie poussée jusqu'à la folie. Quoiqu'il fût avare autant que son ami feu Gobseck, il se laissa prendre par l'admiration des chefs-d'œuvre qu'il brocantait; mais son goût, de plus en plus épuré, difficile, était devenu l'une de ces passions qui ne sont permises qu'aux rois, quand ils sont riches et qu'ils aiment les arts[c]. Semblable au second roi de Prusse, qui ne s'enthousiasmait pour un grenadier que lorsque le sujet atteignait à six pieds de hauteur, et qui dépensait des sommes folles pour le pouvoir joindre à son musée vivant de grenadiers, le brocanteur retiré ne se passionnait que pour des toiles irréprochables, restées telles que le maître les avait peintes, et du premier ordre dans l'œuvre. Aussi Élie Magus ne manquait-il pas une seule des grandes ventes, visitait-il tous les marchés, et voyageait-il par toute l'Europe. Cette âme vouée au lucre, froide comme un glaçon, s'échauffait à la vue d'un chef-d'œuvre, absolument comme un libertin, lassé de femmes, s'émeut devant une fille parfaite, et s'adonne à la recherche des beautés sans défauts. Ce Don Juan des toiles, cet adorateur de l'idéal, trouvait dans cette admiration des jouissances supérieures à celles que donne à l'avare la contemplation de l'or. Il vivait dans un[d] sérail de beaux tableaux!

Ces chefs-d'œuvre, logés comme doivent l'être les

enfants des princes, occupaient tout le premier étage de l'hôtel qu'Élie Magus avait fait restaurer, et avec quelle splendeur! Aux fenêtres, pendaient en rideaux les plus beaux brocarts d'or de Venise. Sur les parquets, s'étendaient les plus magnifiques tapis de la Savonnerie. Les tableaux, au nombre de cent environ, étaient encadrés dans les cadres les plus splendides, redorés tous avec esprit par le seul doreur de Paris qu'Élie trouvât consciencieux, par Servais, à qui le vieux Juif apprit à dorer avec l'or anglais, or infiniment supérieur à celui des batteurs d'or français. Servais est, dans l'art du doreur, ce qu'était Thouvenin dans la reliure, un artiste amoureux de ses œuvres[a1]. Les fenêtres de cet appartement étaient protégées par des volets garnis en tôle[b]. Élie Magus habitait deux chambres en mansarde au deuxième étage, meublées pauvrement, garnies de ses haillons, et sentant la juiverie, car il achevait de vivre comme il avait vécu[c].

Le rez-de-chaussée, tout entier pris par les tableaux que le Juif brocantait toujours, par les caisses venues de l'étranger, contenait un immense atelier où travaillait presque uniquement pour lui Moret, le plus habile de nos restaurateurs de tableaux, un de ceux que le Musée devrait employer. Là se trouvait aussi l'appartement de sa fille, le fruit de sa vieillesse, une Juive, belle comme sont toutes les Juives quand le type asiatique reparaît pur et noble en elles[d]. Noémi, gardée par deux servantes fanatiques et juives, avait pour avant-garde un Juif polonais nommé Abramko, compromis, par un hasard fabuleux, dans les événements de Pologne, et qu'Élie Magus avait sauvé par spéculation[e]. Abramko, concierge de cet hôtel muet, morne et désert, occupait une loge armée de trois chiens d'une férocité remarquable, l'un de Terre-Neuve, l'autre des Pyrénées, le troisième anglais et bouledogue.

Voici sur quelles observations profondes était assise la sûreté[f] du Juif qui voyageait sans crainte, qui dormait sur ses deux oreilles, et ne redoutait aucune entreprise ni sur sa fille, son premier trésor, ni sur ses tableaux, ni sur son or. Abramko recevait chaque année deux cents[g] francs de plus que l'année précédente, et ne devait plus rien recevoir à la mort de Magus, qui le dressait à faire[h] l'usure dans le quartier. Abramko n'ouvrait jamais à personne sans avoir regardé par un guichet grillagé,

formidable. Ce concierge, d'une force herculéenne,
adorait Magus comme Sancho Pança adore don Quichotte. Les chiens, renfermés pendant le jour, ne pouvaient avoir sous la dent aucune nourriture; mais, à la
nuit, Abramko les lâchait, et ils étaient condamnés par
le rusé calcul du vieux Juif à stationner, l'un dans le
jardin, au pied d'un poteau en haut duquel était accroché un morceau de viande, l'autre dans la cour au pied
d'un poteau semblable, et le troisième dans la grande
salle du rez-de-chaussée. Vous comprenez que ces chiens
qui, par instinct, gardaient déjà la maison, étaient gardés eux-mêmes par leur faim; ils n'eussent pas quitté,
pour la plus belle chienne, leur place au pied de leur
mât de cocagne; ils ne s'en écartaient pas pour aller
flairer quoi que ce soit. Qu'un inconnu se présentât, les
chiens s'imaginaient tous trois que le quidam en voulait
à leur nourriture[1], laquelle ne leur était descendue que le
matin au réveil d'Abramko. Cette infernale combinaison avait un avantage immense. Les chiens n'aboyaient
jamais, le génie de Magus les avait promus Sauvages,
ils étaient devenus sournois comme des Mohicans. Or,
voici ce qui advint. Un jour, des malfaiteurs, enhardis
par ce silence, crurent assez légèrement pouvoir _rincer_
la caisse de ce Juif. L'un d'eux, désigné pour monter le
premier à l'assaut, passa par-dessus le mur du jardin et
voulut descendre; le bouledogue l'avait laissé faire, il
l'avait parfaitement entendu; mais, dès que le pied de
ce monsieur fut à portée de sa gueule, il le lui coupa
net, et le mangea. Le voleur eut le courage de repasser
le mur, il marcha sur l'os de sa jambe jusqu'à ce qu'il
tombât évanoui dans les bras de ses camarades qui
l'emportèrent. Ce fait-Paris, car la _Gazette des tribunaux_
ne manqua pas de rapporter ce délicieux épisode des
nuits parisiennes, fut pris pour un puff[a2].

Magus, alors âgé de soixante-quinze ans, pouvait
aller jusqu'à la centaine. Riche, il vivait comme vivaient
les Rémonencq. Trois mille francs, y compris ses profusions pour sa fille, défrayaient toutes ses dépenses[b].
Aucune existence n'était plus régulière que celle du
vieillard. Levé dès le jour, il mangeait du pain frotté
d'ail[c3], déjeuner qui le menait jusqu'à l'heure du dîner.
Le dîner, d'une frugalité monacale, se faisait en famille.
Entre son lever et l'heure de midi, le maniaque usait[d]

le temps à se promener dans l'appartement où brillaient
les chefs-d'œuvre. Il y époussetait tout, meubles et
tableaux, il admirait sans lassitude; puis il descendait
chez sa fille, il s'y grisait du bonheur des pères, et il
partait pour ses courses à travers Paris, où il surveillait
les ventes, allait aux expositions, etc. Quand un chef-
d'œuvre se trouvait dans les conditions où il le voulait,
la vie de cet homme s'animait; il avait un coup à monter, une affaire à mener, une bataille de Marengo à
gagner[1]. Il entassait ruse sur ruse pour avoir sa nouvelle
sultane à bon marché. Magus possédait sa carte d'Europe,
une carte où les chefs-d'œuvre étaient marqués, et il
chargeait ses coreligionnaires dans chaque endroit
d'espionner l'affaire pour son compte, moyennant une
prime[2]. Mais aussi quelles récompenses pour tant de
soins[a]!...

Les deux tableaux de Raphaël perdus et cherchés avec
tant de persistance par les Raphaëliaques[3], Magus les
possède! Il possède l'original de la maîtresse du Giorgione, cette femme pour laquelle ce peintre est mort,
et les prétendus originaux sont des copies de cette toile
illustre qui vaut cinq cent mille francs, à l'estimation de
Magus. Ce Juif garde le chef-d'œuvre de Titien : le
Christ mis au tombeau, tableau peint pour Charles Quint[b],
qui fut envoyé par le grand homme au grand Empereur,
accompagné d'une lettre écrite tout entière de la main
du Titien, et cette lettre est collée au bas de la toile[c].
Il a, du même peintre, l'original, la maquette d'après
laquelle tous les portraits de Philippe II ont été faits.
Les quatre-vingt-dix-sept autres[d] tableaux sont tous de
cette force et de cette distinction. Aussi Magus se rit-il
de notre musée[e], ravagé par le soleil qui ronge les plus
belles toiles en passant par des vitres dont l'action équivaut à celle des lentilles. Les galeries de tableaux ne
sont possibles qu'éclairées par leurs plafonds[f]. Magus
fermait et ouvrait les volets de son musée lui-même,
déployait autant de soins et de précautions pour ses
tableaux que pour sa fille, son autre idole. Ah! le vieux
tableaumane connaissait bien les lois de la peinture!
Selon lui, les chefs-d'œuvre avaient une vie qui leur
était propre, ils étaient journaliers, leur beauté dépendait de la lumière qui venait les colorer, il en parlait
comme les Hollandais parlaient jadis de leurs tulipes, et

venait voir tel tableau, à l'heure où le chef-d'œuvre resplendissait dans toute sa gloire, quand le temps était
clair et pur.

C'était un tableau vivant au milieu de ces tableaux
immobiles que ce petit vieillard, vêtu d'une méchante
petite[a] redingote, d'un gilet de soie décennal, d'un pantalon crasseux, la tête chauve, le visage creux, la barbe
frétillante et dardant ses poils blancs, le menton menaçant et pointu, la bouche démeublée, l'œil brillant comme
celui de ses chiens, les mains osseuses et décharnées, le
nez en obélisque, la peau rugueuse et froide, souriant à
ces belles créations du génie! Un Juif, au milieu de
trois[b] millions, sera toujours un des plus beaux spectacles que puisse donner l'humanité. Robert Médal, notre
grand acteur[c1], ne peut pas, quelque sublime qu'il soit,
atteindre à cette poésie. Paris est la ville du monde qui
recèle le plus d'originaux en ce genre, ayant une religion
au cœur. Les *excentriques* de Londres finissent toujours
par se dégoûter de leurs adorations comme ils se
dégoûtent de vivre; tandis qu'à Paris les monomanes
vivent avec leur fantaisie dans un heureux concubinage
d'esprit. Vous y voyez souvent venir à vous des Pons,
des Élie Magus vêtus fort pauvrement, le nez comme
celui du secrétaire perpétuel de l'Académie française,
à l'ouest[2]! ayant l'air de ne tenir à rien, de ne rien sentir,
ne faisant aucune attention aux femmes, aux magasins,
allant pour ainsi dire au hasard, le vide dans leur poche,
paraissant être dénués de cervelle, et vous vous demandez à quelle tribu parisienne ils peuvent appartenir. Eh
bien! ces hommes sont des millionnaires, des collectionneurs, les gens les plus passionnés de la terre, des gens
capables de s'avancer dans les terrains boueux de la
police correctionnelle pour s'emparer d'une tasse, d'un
tableau, d'une pièce rare, comme fit Élie Magus, un
jour, en Allemagne[d].

Tel était l'expert chez qui Rémonencq conduisit mys-
térieusement la Cibot[e]. Rémonencq consultait Élie Magus
toutes les fois qu'il le rencontrait sur les boulevards.
Le Juif avait, à diverses reprises, fait prêter par Abramko
de l'argent à cet ancien commissionnaire dont la probité
lui était connue. La chaussée des Minimes étant à deux
pas de la rue de Normandie, les deux complices du *coup
à monter* y furent en dix minutes.

« Vous allez voir, lui dit Rémonencq, le plus riche des anciens marchands de la Curiosité, le plus grand connaisseur qu'il y ait à Paris... »

Mme Cibot fut stupéfaite en se trouvant en présence d'un[a] petit vieillard vêtu d'une houppelande indigne de passer par les mains de Cibot pour être raccommodée, qui surveillait son restaurateur, un peintre occupé à réparer des tableaux dans une pièce froide de ce vaste rez-de-chaussée; puis en recevant un regard de ces yeux pleins d'une malice froide comme ceux des chats, elle trembla[b].

« Que voulez-vous, Rémonencq? dit-il.

— Il s'agit d'estimer des tableaux; et il n'y a que vous dans Paris qui puissiez dire à un pauvre chaudronnier comme moi ce qu'il en peut donner, quand il n'a pas, comme vous, des mille et des cents!

— Où est-ce? dit Élie Magus.

— Voici la portière de la maison qui fait le ménage du monsieur, et avec qui je me suis arrangé...

— Quel est le nom du propriétaire?

— M. Pons! dit la Cibot.

— Je ne le connais pas », répondit d'un air ingénu Magus en pressant tout doucement de son pied le pied de son restaurateur[c].

Moret, ce peintre[d1], savait la valeur du musée Pons, et il avait levé brusquement la tête. Cette finesse ne pouvait être hasardée qu'avec Rémonencq et la Cibot. Le Juif avait évalué moralement cette portière par un regard où les yeux firent l'office des balances d'un peseur d'or. L'un et l'autre devaient ignorer que le bonhomme[e] Pons et Magus avaient mesuré souvent leurs griffes. En effet, ces deux amateurs féroces[f] s'enviaient l'un l'autre. Aussi le vieux Juif venait-il d'avoir comme un éblouissement intérieur. Jamais il n'espérait pouvoir entrer dans un sérail si bien gardé[g]. Le musée Pons était le seul à Paris qui pût rivaliser avec le musée Magus. Le Juif avait eu, vingt ans plus tard que Pons, la même idée; mais, en sa qualité de marchand-amateur, le musée Pons lui resta fermé de même qu'à du Sommerard. Pons et Magus avaient au cœur la même jalousie. Ni l'un ni l'autre ils n'aimaient cette célébrité que recherchent ordinairement ceux qui possèdent des cabinets. Pouvoir examiner la magnifique collection du pauvre musicien,

c'était, pour Élie Magus, le même bonheur que celui
d'un amateur de femmes parvenant à se glisser dans le
boudoir d'une belle maîtresse que lui cache un ami. Le
grand respect que témoignait Rémonencq à ce bizarre
personnage et le prestige qu'exerce tout pouvoir réel,
même mystérieux, rendirent la portière obéissante et
souple. La Cibot perdit le ton autocratique avec lequel
elle se conduisait dans sa loge avec les locataires et ses
deux messieurs, elle accepta les conditions de Magus
et promit de l'introduire dans le musée Pons, le jour
même. C'était amener l'ennemi dans le cœur de la place,
plonger un poignard au cœur de Pons[1] qui, depuis dix
ans, interdisait à la Cibot de laisser pénétrer qui que ce
fût chez lui, qui prenait toujours sur lui ses clefs, et à
qui la Cibot avait obéi, tant qu'elle avait partagé les
opinions de Schmucke en fait de bric-à-brac. En effet,
le bon Schmucke, en traitant ces magnificences de
primporions et déplorant la manie de Pons, avait inculqué
son mépris pour ces antiquailles à la portière et garanti
le musée Pons de toute invasion pendant fort longtemps[a].

Depuis que Pons était alité, Schmucke le remplaçait
au théâtre et dans les pensionnats[b]. Le pauvre Allemand,
qui ne voyait son ami que le matin et à dîner, tâchait de
suffire à tout en conservant leur commune clientèle;
mais toutes ses forces[c] étaient absorbées par cette tâche,
tant la douleur l'accablait[d]. En voyant ce pauvre homme
si triste, les écolières et les gens du théâtre, tous instruits
par lui de la maladie de Pons, lui en demandaient des
nouvelles, et le chagrin du pianiste était si grand, qu'il
obtenait des indifférents la même grimace de sensibilité
qu'on accorde à Paris aux plus grandes catastrophes.
Le principe même de la vie du bon Allemand était attaqué tout aussi bien que chez Pons. Schmucke souffrait
à la fois de sa douleur et de la maladie de son ami.
Aussi parlait-il de Pons pendant la moitié de la leçon
qu'il donnait; il interrompait si naïvement une démonstration pour se demander à lui-même comment allait son
ami, que la jeune écolière l'écoutait expliquant la maladie
de Pons. Entre deux leçons, il accourait rue de Normandie pour voir Pons pendant un quart d'heure. Effrayé
du vide de la caisse sociale, alarmé par Mme Cibot qui,
depuis quinze jours, grossissait de son mieux les dépenses
de la maladie, le professeur de piano sentait ses angoisses

dominées par un courage dont il ne se serait jamais cru capable. Il voulait pour la première fois de sa vie[a] gagner de l'argent, pour que l'argent ne manquât pas au logis. Quand une écolière, vraiment touchée de la situation des deux amis, demandait à Schmucke comment il pouvait laisser Pons tout seul, il répondait, avec le sublime[b] sourire des dupes : *« Matemoiselle, nus afons montam Zibod ! eine trèssor ! eine berle ! Bons ed zoicné gomme ein brince ! »* Or, dès que Schmucke trottait par les rues, la Cibot était la maîtresse de l'appartement et du malade. Comment Pons, qui n'avait rien mangé depuis quinze jours, qui gisait sans force, que la Cibot était obligée de lever elle-même et d'asseoir dans une bergère pour faire le lit, aurait-il pu surveiller ce soi-disant ange gardien ? Naturellement la Cibot était allée chez Élie Magus pendant le déjeuner de Schmucke.

Elle revint pour le moment où l'Allemand disait adieu au malade ; car, depuis la révélation de la fortune possible de Pons, la Cibot ne quittait plus son célibataire, elle le couvait ! Elle s'enfonçait[c], dans une bonne bergère, au pied du lit, et faisait à Pons, pour le distraire, ces commérages auxquels excellent ces sortes de femmes. Devenue pateline, douce, attentive, inquiète, elle s'établissait dans l'esprit du bonhomme Pons avec une adresse machiavélique, comme on va le voir[d]. Effrayée par la prédiction du grand jeu de Mme Fontaine, la Cibot s'était promis à elle-même de réussir par des moyens doux, par une scélératesse purement morale, à se faire coucher sur le testament de son monsieur[e]. Ignorant pendant dix ans la valeur du musée Pons, la Cibot se voyait dix ans d'attachement, de probité, de désintéressement devant elle, et elle se proposait d'escompter cette magnifique valeur[f]. Depuis le jour où, par un mot plein d'or, Rémonencq avait fait éclore dans le cœur de cette femme un serpent contenu dans sa coquille pendant vingt-cinq ans, le désir d'être riche, cette créature avait nourri le serpent de tous les mauvais levains qui tapissent le fond des cœurs, et l'on va voir comment elle exécutait les conseils que lui sifflait le serpent[g].

« Eh bien ! a-t-il bien bu, notre chérubin ? va-t-il mieux ? dit-elle à Schmucke.

— *Bas pien ! mon tchère montame Zibod ! bas pien !* répondit l'Allemand en essuyant une larme.

— Bah! vous vous alarmez par trop aussi, mon cher
monsieur, il faut en prendre et en laisser... Cibot serait
à la mort, je ne serais pas si désolée que vous l'êtes.
Allez! notre chérubin est d'une bonne constitution. Et
puis, voyez-vous, il paraît qu'il a été sage! vous ne savez
pas combien les gens sages vivent vieux! Il est bien
malade, c'est vrai, mais n'avec les soins que j'ai de lui,
je l'en tirerai. Soyez tranquille, allez à vos affaires, je
vais lui tenir compagnie, et lui faire boire ses pintes
d'eau d'orge.

— *Sans fus, che murerais d'einquiédute...* », dit Schmucke
en pressant dans ses mains par un geste de confiance
la main de sa bonne ménagère[a].

La Cibot entra dans la chambre de Pons en s'essuyant
les yeux.

« Qu'avez-vous, madame Cibot ? dit Pons.

— C'est M. Schmucke qui me met l'âme à l'envers, il
vous pleure comme si vous étiez mort! dit-elle. Quoique
vous ne soyez pas bien, vous n'êtes pas encore assez mal
pour qu'on vous pleure; mais cela me fait tant d'effet!
Mon Dieu, suis-je bête d'aimer comme cela les gens et
de m'être attachée à vous plus qu'à Cibot[b]! Car, après
tout, vous ne m'êtes de rien, nous ne sommes parents
que par la première femme; eh bien! j'ai les sangs tournés dès qu'il s'agit de vous, ma parole d'honneur. Je me
ferais couper la main, la gauche s'entend, nà, devant
vous, pour vous voir allant et venant, mangeant et
flibustant des marchands, comme n'à[c] votre ordinaire...
Si j'avais eu n'un enfant, je pense que je l'aurais aimé,
comme je vous aime, quoi! Buvez donc, mon mignon,
allons, un plein verre! Voulez-vous boire, monsieur!
D'abord, M. Poulain a dit : " S'il ne veut pas aller au
Père-Lachaise, M. Pons doit boire dans sa journée
autant de voies d'eau qu'un Auvergnat en vend. "
Ainsi, buvez! allons!...

— Mais, je bois, ma bonne Cibot... tant et tant que
j'ai l'estomac noyé...

— Là, c'est bien! dit la portière en prenant le verre
vide. Vous vous en sauverez comme ça! M. Poulain
avait un malade comme vous, qui n'avait aucun soin[d],
que ses enfants abandonnaient et il est mort de cette
maladie-là, faute d'avoir bu!... Ainsi faut boire, voyez-
vous, mon bichon[1]...! qu'on l'a enterré il y a deux

mois... Savez-vous que si vous mouriez, mon cher
monsieur[a], vous entraîneriez avec vous le bonhomme
Schmucke... il est comme un enfant, ma parole d'honneur. Ah! vous aime-t-il, ce cher agneau d'homme! non,
jamais une femme n'aime un homme comme ça!... Il en
perd le boire et le manger, il est maigri depuis quinze
jours, autant que vous qui n'avez que la peau et les os...
Ça me rend jalouse, car je vous suis bien attachée; mais
je n'en suis pas là... je n'ai pas perdu l'appétit, au
contraire! Forcée de monter et de descendre sans cesse
les étages, j'ai des lassitudes dans les jambes, que le soir
je tombe comme une masse de plomb. Ne voilà-t-il pas
que je néglige mon pauvre Cibot pour vous, que
Mlle Rémonencq lui fait son vivre, qu'il me bougonne
parce que tout est mauvais! Pour lors, je lui dis comme ça
qu'il faut savoir souffrir pour les autres, et que vous
êtes trop malade pour qu'on vous quitte... D'abord
vous n'êtes pas assez bien pour ne pas avoir une garde[b]!
Pus souvent que je souffrirais une garde ici, moi qui
fais vos affaires et votre ménage depuis dix ans... Et
alles sont sur leux[1] bouche! qu'elles mangent comme dix,
qu'elles veulent du vin, du sucre, leurs chaufferettes,
leurs aises... Et puis qu'elles volent les malades, quand
les malades ne les mettent pas sur leurs testaments...
Mettez une garde ici pour aujourd'hui, mais demain
nous trouvererions un tableau, quelque objet de moins...

— Oh! madame Cibot! s'écria Pons hors de lui, ne
me quittez pas!... Qu'on ne touche à rien!...

— Je suis là! dit la Cibot, tant que j'en aurai la force,
je serai là... soyez tranquille! M. Poulain, qui peut-être a
dès vues sur votre trésor, ne voulait-il pas vous donner
n'une garde!... Comme je vous l'ai remouché! " Il n'y
a que moi, que je lui ai dit, de qui veuille monsieur, il
a mes habitudes comme j'ai les siennes. " Et il s'est tu.
Mais une garde, c'est tout voleuses[c]! J'haï-t-il ces
femmes-là... Vous allez voir comme elles sont intri-
gantes. Pour lors, un vieux monsieur... — Notez que
c'est M. Poulain qui m'a raconté cela... — Donc une
Mme Sabatier, une femme de trente-six ans, ancienne
marchande de mules au Palais — vous connaissez bien
la galerie marchande qu'on a démolie au Palais...

Pons fit un signe affirmatif.

« Bien, c'te femme, pour lors, n'a pas réussi, rapport

à son homme qui buvait tout et qu'est mort d'une imbustion spontanée, mais elle a été belle femme, faut tout dire, mais ça ne lui a pas profité, quoiqu'elle ait eu, dit-on, des avocats pour bons amis... Donc, dans la débine, elle s'a fait garde de femmes en couches, et n'alle demeure rue Barre-du-Bec. Elle n'a donc gardé[a] comme ça n'un vieux monsieur, qui, sous votre respect, avait une maladie des foies lurinaires, qu'on le sondait comme un puits n'artésien, et qui voulait de si grands soins qu'elle couchait sur un lit de sangle dans la chambre de ce monsieur. C'est-y croyable ces choses-là. Mais vous me direz : les hommes, ça ne respecte rien! tant ils sont égoïstes! Enfin[b] voilà qu'en causant avec lui, vous comprenez, elle était là toujours, elle l'égayait, elle lui racontait des histoires, elle le faisait jaser, comme nous sommes là, pas vrai, tous les deux à jacasser... Elle apprend que ses neveux, le malade avait des neveux, étaient des monstres, qu'ils lui donnaient des chagrins, et, fin finale, que sa maladie venait de ses neveux. Eh bien! mon cher monsieur, elle a sauvé ce monsieur, et elle est devenue sa femme, et ils ont un enfant qu'est superbe, et que mame Bordevin, la bouchère de la rue Charlot qu'est parente à c'te dame, a été marraine... En voilà ed' la chance[c]! Moi je suis mariée!... Mais je n'ai pas d'enfant, et je puis le dire, c'est la faute à Cibot, qui m'aime trop; car si je voulais... Suffit. Quéque[d] nous serions devenus avec de la famille, moi et mon Cibot, qui n'avons pas n'un sou vaillant, n'après trente ans de probité, mon cher monsieur! Mais ce qui me console, c'est que je n'ai pas n'un liard du bien d'autrui. Jamais je n'ai fait de tort à personne... Tenez, n'une supposition, qu'on peut dire, puisque dans six semaines vous serez sur vos quilles, à flâner sur le boulevard; eh bien! vous me mettriez sur votre testament; eh bien! je n'aurais de cesse que je n'aie trouvé vos héritiers pour leur rendre... tant j'ai tant peur du bien qui n'est pas acquis à la sueur de mon front. Vous me direz : " Mais, mame Cibot, ne vous tourmentez donc pas comme ça[e], vous l'avez bien gagné, vous avez soigné ces messieurs comme vos enfants, vous leur avez épargné mille francs par an... " Car, à ma place, savez-vous, monsieur, qu'il y a bien des cuisinières qui auraient déjà dix mille francs ed' placés[1]. " C'est donc justice si ce digne monsieur vous laisse un petit viager!... "

qu'on me dirait par supposition. Eh bien! non! moi je
suis désintéressée... Je ne sais pas comment il y a des
femmes qui font le bien par intérêt... Ce n'est plus faire
le bien, n'est-ce pas, monsieur?... Je ne vais pas à l'église,
moi! Je n'en ai pas le temps; mais ma conscience me dit
ce qui est bien... Ne vous agitez pas comme ça, mon
chat!... ne vous grattez pas! Mon Dieu, comme vous
jaunissez! vous êtes si jaune, que vous en devenez brun...
Comme c'est drôle qu'on soit, en vingt jours, comme un
citron!... La probité, c'est le trésor des pauvres gens, il
faut bien posséder quelque chose! D'abord, vous arri-
vereriez à toute extrémité, par supposition[a], je serais la
première à vous dire que vous devez donner tout ce
qui vous appartient à M. Schmucke. C'est là votre devoir,
car il est, à lui seul, toute votre famille! il vous n'aime,
celui-là, comme un chien aime son maître.

— Ah! oui! dit Pons, je n'ai été aimé dans toute ma
vie que par lui[b]...

— Ah! monsieur, dit Mme Cibot, vous n'êtes pas
gentil, et moi, donc! je ne vous aime donc pas...

— Je ne dis pas cela, ma chère madame Cibot.

— Bon! allez-vous pas me prendre pour une servante,
une cuisinière ordinaire, comme si je n'avais pas n'un
cœur! Ah! mon Dieu! fendez-vous pendant onze
ans pour deux vieux garçons! ne soyez donc occupée
que de leur bien-être, que je remuais tout chez dix frui-
tières, à m'y faire dire des sottises, pour vous trouver du
bon fromage de Brie, que j'allais jusqu'à la Halle pour
vous avoir du beurre frais[1], et prenez donc garde à tout,
qu'en dix ans je ne vous ai rien cassé, rien écorné...
Soyez donc comme une mère pour ses enfants! Et vous
n'entendre dire un *ma chère madame Cibot* qui prouve qu'il
n'y a pas un sentiment pour vous dans le cœur du vieux
monsieur que vous soignez comme un fils de roi, car
le petit roi de Rome n'a pas été soigné comme vous!...
Voulez-vous parier qu'on ne l'a pas soigné comme
vous!... à preuve qu'il est mort à la fleur de son âge[c]...
Tenez, monsieur, vous n'êtes pas juste... Vous êtes un
ingrat! C'est parce que je ne suis qu'une pauvre portière.
Ah! mon Dieu, vous croyez donc aussi, vous, que nous
sommes des chiens...

— Mais, ma chère madame Cibot...

— Enfin, vous qu'êtes un savant, expliquez-moi pour-

quoi nous sommes traités comme ça, nous autres
concierges, qu'on ne nous croit pas des sentiments,
qu'on se moque de nous, dans n'un temps où l'on parle
d'égalité!... Moi, je ne vaux donc pas une autre femme!
moi qui ai été une des plus jolies femmes de Paris, qu'on
m'a nommée *la belle écaillère,* et que je recevais des déclarations d'amour sept ou huit fois par jour... Et que si
je voulais encore! Tenez, monsieur, vous connaissez
bien ce gringalet de ferrailleur qu'est à la porte, eh bien!
si j'étais veuve, une supposition, il m'épouserait les yeux
fermés, tant il les a ouverts à mon endroit, qu'il me dit
toute la journée : " Oh! les beaux bras que vous avez!...
mame Cibot! je rêvais, cette nuit, que c'était du pain et
que j'étais du beurre, et que je m'étendais là-dessus!... "
Tenez, monsieur, en voilà des bras!... » Elle retroussa sa
manche et montra le plus magnifique bras du monde,
aussi blanc et aussi frais que sa main était rouge et flétrie;
un bras potelé, rond, à fossettes, et qui, tiré de son four-
reau de mérinos commun[1], comme une lame est tirée
de sa gaine, devait éblouir Pons, qui n'osa pas le regarder trop longtemps. « Et, reprit-elle, qui ont ouvert
autant de cœurs que mon couteau ouvrait d'huîtres!
Eh bien! c'est à Cibot, et j'ai eu le tort de négliger ce
pauvre cher homme, qui se jetterait dedans un précipice
au premier mot que je dirais, pour vous, monsieur, qui
m'appelez *ma chère madame Cibot,* quand je ferais l'impossible pour vous...

— Écoutez-moi donc, dit le malade, je ne peux pas
vous appeler ma mère ni ma femme[a]...

— Non, jamais de ma vie ni de mes jours, je ne
m'attache plus à personne!...

— Mais laissez-moi donc dire! reprit Pons. Voyons,
j'ai parlé de Schmucke, d'abord.

— M. Schmucke! en voilà un de cœur! dit-elle. Allez,
il m'aime, lui, parce qu'il est pauvre! C'est la richesse qui
rend insensible, et vous êtes riche! Eh bien! n'ayez une
garde, vous verrez quelle vie elle vous fera! qu'elle vous
tourmentera comme un hanneton... Le médecin dira
qu'il faut vous faire boire, elle ne vous donnera rien qu'à
manger! elle vous enterrera pour vous voler[b]! Vous ne
méritez pas d'avoir une Mme Cibot!... Allez! quand
M. Poulain viendra, vous lui demanderez une garde!

— Mais, sacrebleu! écoutez-moi donc! s'écria le

malade en colère. Je ne parlais pas des femmes en parlant
de mon ami Schmucke!... Je sais bien que je n'ai pas
d'autres cœurs où je suis aimé sincèrement que le vôtre
et celui de Schmucke!...

— Voulez-vous bien ne pas vous irriter comme ça!
s'écria la Cibot en se précipitant sur Pons et le recouchant
de force.

— Mais, comment ne vous aimerais-je pas?... dit le
pauvre Pons.

— Vous m'aimez, là, bien vrai[a]?... Allons, allons, pardon, monsieur! dit-elle en pleurant et essuyant ses pleurs.
Eh bien! oui, vous m'aimez, comme on aime une domestique, voilà... une domestique à qui l'on jette une viagère
de six cents francs, comme un morceau de pain dans
la niche d'un chien!...

— Oh! madame Cibot! s'écria Pons, pour qui me
prenez-vous? Vous ne me connaissez pas!

— Ah! vous m'aimerez encore mieux! reprit-elle en
recevant un regard de Pons; vous aimerez votre bonne
grosse Cibot comme une mère[b]? Eh bien! c'est cela;
je suis votre mère, vous êtes tous deux mes enfants!...
Ah! si je connaissais ceux qui vous ont causé du chagrin,
je me ferais mener en cour d'assises et même à la correctionnelle, car je leux arracherais les yeux?... Ces
gens-là méritent d'être fait mourir à la barrière Saint-
Jacques! et c'est encore trop doux pour de pareils scélérats!... Vous si bon, si tendre, car vous n'avez un cœur
d'or, vous étiez créé et mis au monde pour rendre une
femme heureuse... Oui, vous l'aurriez rendue heureuse...
ça se voit, vous étiez taillé pour cela... Moi, d'abord,
en voyant comment vous êtes avec M. Schmucke, je me
disais : " Non, M. Pons a manqué sa vie! il était fait pour
être un bon mari... " Allez, vous aimez les femmes!

— Ah! oui, dit Pons, et je n'en ai jamais eu!...

— Vraiment! s'écria la Cibot d'un air provocateur
en se rapprochant de Pons et lui prenant la main. Vous
ne savez pas ce que c'est que n'avoir une maîtresse qui
fait les cent coups pour son ami? C'est-il possible!
Moi, à votre place, je ne voudrais pas m'en aller d'ici
dans l'autre monde sans avoir connu le plus grand
bonheur qu'il y ait sur terre!... Pauvre bichon! si j'étais
ce que j'ai été, parole d'honneur, je quitterais Cibot
pour vous! Mais avec un nez taillé comme ça, car vous

avez un fier nez! comment avez-vous fait, mon pauvre
chérubin ?... Vous me direz : ·Toutes les femmes ne se
connaissent pas en hommes... et c'est un malheur
qu'elles se marient à tort et à travers, que ça fait pitié.
Moi, je vous croyais des maîtresses à la douzaine, des
danseuses, des actrices, des duchesses, rapport à vos
absences !... Qu'en vous voyant sortir, je disais toujours
à Cibot : " Tiens, voilà M. Pons qui va *courir le guilledou !* "
Parole d'honneur! je disais cela, tant je vous croyais
aimé des femmes! Le ciel vous a créé pour l'amour[a]...
Tenez, mon cher petit monsieur, j'ai vu cela le jour où
vous avez dîné ici pour la première fois. Oh! étiez-vous
touché du plaisir que vous donniez à M. Schmucke!
Et lui qui en pleurait encore le lendemain, en me disant :
" *Montam Zibod, il ha tinné izi !* " que j'en ai pleuré
comme une bête aussi. Et comme il était triste, quand
vous avez recommencé vos *villevoustes !* et à aller dîner
en ville! Pauvre homme! jamais désolation pareille ne
s'est vue! Ah! vous avez bien raison de faire de lui
votre héritier! Allez, c'est toute une famille pour vous,
ce digne, ce cher homme-là !... Ne l'oubliez pas! autrement
Dieu ne vous recevrait pas dans son paradis, où il doit
ne laisser entrer que ceux qui ont été reconnaissants envers
leurs amis en leur laissant des rentes[b]. »

Pons faisait de· vains efforts pour répondre, la Cibot
parlait comme le vent marche. Si l'on a trouvé le moyen
d'arrêter les machines à vapeur, celui de *stoper*[1] la langue
d'une portière épuisera le génie des inventeurs.

« Je sais ce que vous allez dire! reprit-elle[c]. Ça ne
tue pas, mon cher monsieur, de faire son testament
quand on est malade; et n'à votre place, moi, crainte
d'accident, je ne voudrais pas abandonner ce pauvre
mouton-là, car c'est la bonne bête du bon Dieu; il ne
sait rien de rien; je ne voudrais pas le mettre à la merci
des rapiats d'hommes d'affaires, et de parents que c'est
tous canailles! Voyons, y a-t-il quelqu'un qui, depuis
vingt jours, soit venu vous voir ?... Et vous leur donneriez votre bien! Savez-vous qu'on dit que tout ce qui est
ici en vaut la peine ?

— Mais, oui, dit Pons.

— Rémonencq, qui vous connaît pour un amateur,
et qui brocante, dit qu'il vous ferait bien trente mille
francs de rente viagère, pour avoir vos tableaux après

vous... En voilà une affaire! À votre place, je la ferais!
Mais j'ai cru qu'il se moquait de moi, quand il m'a dit
cela... Vous devriez avertir M. Schmucke de la valeur
de toutes ces choses-là, car c'est un homme qu'on tromperait comme un enfant; il n'a pas la moindre idée de ce
que valent les belles choses que vous avez! Il s'en doute
si peu, qu'il les donnerait pour un morceau de pain,
si, par amour pour vous, il ne les gardait pas pendant
toute sa vie, s'il vit après vous, toutefois, car il mourra[a]
de votre mort[1]! Mais je suis là, moi! je le défendrai
envers et contre tous!... moi et Cibot.

— Chère madame Cibot, répondit Pons attendri par
cet effroyable bavardage[b] où le sentiment paraissait être
naïf comme il l'est chez les gens du peuple, que serais-je
devenu sans vous et Schmucke?

— Ah! nous sommes bien vos seuls amis sur cette
terre! ça c'est bien vrai! Mais deux bons cœurs valent
toutes les familles... Ne me parlez pas de famille! C'est
comme la langue, disait cet ancien acteur[2], c'est tout ce
qu'il y a de meilleur et de pire[3]... Où sont-ils donc, vos
parents? En avez-vous, des parents?... je ne les ai jamais
vus...

— C'est eux qui m'ont mis sur le grabat!... s'écria
Pons avec une profonde amertume[c].

— Ah! vous avez des parents!... dit la Cibot en se
dressant comme si son fauteuil eût été de fer rougi subitement au feu. Ah bien! ils sont gentils, vos parents!
Comment, voilà vingt jours, oui, ce matin, il y a vingt[d]
jours que vous êtes à la mort, et ils ne sont pas encore
venus savoir de vos nouvelles! C'est un peu fort de
café, cela!... Mais, à votre place, je laisserais plutôt ma
fortune à l'hospice des Enfants-Trouvés que de leur
donner un liard!

— Eh bien, ma chère madame Cibot, je voulais léguer
tout ce que je possède à ma petite-cousine, la fille de mon
cousin germain, le président Camusot, vous savez, le
magistrat qui est venu un matin, il y a bientôt deux mois.

— Ah! un petit gros, qui vous a envoyé ses domestiques vous demander pardon... de la sottise de sa
femme... que la femme de chambre m'a fait des questions
sur vous, une vieille mijaurée à qui j'avais envie d'épous-
seter son crispin en velours avec el manche de mon
balai! A-t-on jamais vu n'une femme de chambre por-

ter n'un crispin en velours! Non, ma parole d'honneur, le monde est renversé! pourquoi fait-on des révolutions? Dînez deux fois, si vous en avez le moyen, gueux de riches! Mais je dis que les lois sont inutiles, qu'il n'y a plus rien de sacré, si Louis-Philippe ne maintient pas les rangs; car enfin, si nous sommes tous égaux, pas vrai, monsieur, n'une femme de chambre ne doit pas avoir n'un crispin en velours, quand moi, mame Cibot, avec trente ans de probité, je n'en ai pas... Voilà-t-il pas quelque chose de beau! On doit voir qui vous êtes. Une femme de chambre est une femme de chambre, comme moi je suis n'une concierge! Pourquoi donc a-t-on des épaulettes à grains d'épinards dans le militaire? À chacun son grade! Tenez, voulez-vous que je vous dise le fin mot de tout ça! Eh bien! la France est perdue!... Et sous l'Empereur, pas vrai, monsieur? tout ça marchait autrement. Aussi j'ai dit à Cibot : " Tiens, vois-tu, mon homme, une maison où il y a des femmes de chambre à crispins en velours, c'est des gens sans entrailles... "

— Sans entrailles[a]! c'est cela! » répondit Pons.

Et Pons raconta ses déboires et ses chagrins à Mme Cibot, qui se répandit en invectives contre les parents, et témoigna la plus excessive tendresse à chaque phrase de ce triste récit. Enfin, elle pleura!

Pour concevoir cette intimité subite entre le vieux musicien et Mme Cibot, il suffit de se figurer la situation d'un célibataire, grièvement[b] malade pour la première fois de sa vie, étendu sur un lit de douleur, seul au monde, ayant à passer sa journée face à face avec lui-même, et trouvant cette journée d'autant plus longue qu'il est aux prises avec les souffrances indéfinissables de l'hépatite qui noircit la plus belle vie, et que, privé de ses nombreuses occupations, il tombe dans le marasme parisien, il regrette tout ce qui se voit gratis à Paris[c]. Cette solitude profonde et ténébreuse, cette douleur dont les atteintes embrassent le moral encore plus que le physique, l'inanité de la vie, tout pousse un célibataire, surtout quand il est déjà faible de caractère et que son cœur est sensible, crédule, à s'attacher à l'être qui le soigne, comme un noyé s'attache à une planche. Aussi Pons écoutait-il les commérages de la Cibot avec ravissement. Schmucke et Mme Cibot, le docteur Poulain, étaient l'humanité tout entière, comme sa chambre était l'univers. Si déjà tous les malades concentrent leur attention dans la sphère qu'embrassent leurs regards, et si leur égoïsme[1] s'exerce autour d'eux en se subordonnant aux êtres et aux choses d'une chambre[a], qu'on juge ce dont est capable un vieux garçon, sans affections, et qui n'a jamais connu l'amour. En vingt jours, Pons en était arrivé par moments à regretter de ne pas avoir épousé Madeleine Vivet! Aussi, depuis vingt jours, Mme Cibot faisait-elle d'immenses progrès dans l'esprit du malade, qui se voyait perdu sans elle; car pour Schmucke, Schmucke était un second Pons pour le pauvre malade[b]. L'art prodigieux de la Cibot consistait, à son insu d'ailleurs, à exprimer les propres idées de Pons.

« Ah! voilà le docteur », dit-elle en entendant des coups de sonnette.

Et elle laissa Pons tout seul, sachant bien que le Juif et Rémonencq arrivaient.

« Ne faites pas de bruit, messieurs..., dit-elle, qu'il ne s'aperçoive de rien! car il est comme un crin dès qu'il s'agit de son trésor.

— Une simple promenade suffira », répondit le Juif armé de sa loupe et d'une lorgnette[c].

Le salon où se trouvait la majeure partie du musée Pons était un de ces anciens salons comme les concevaient les architectes employés par la noblesse française, de vingt-cinq pieds de largeur sur trente de longueur et de treize pieds de hauteur. Les tableaux que possédait Pons, au nombre de soixante-sept[d], tenaient tous sur les quatre parois de ce salon boisé, blanc et or[2], mais le blanc jauni, l'or rougi par le temps offraient des tons harmonieux qui ne nuisaient point à l'effet des toiles[e]. Quatorze statues s'élevaient sur des colonnes, soit aux angles, soit entre les tableaux, sur des gaines de Boulle[f]. Des buffets en ébène, tous sculptés et d'une richesse royale, garnissaient à hauteur d'appui le bas des murs. Ces buffets contenaient les curiosités. Au milieu du salon, une ligne de crédences en bois sculpté présentait au regard les plus grandes raretés du travail humain : les ivoires, les bronzes, les bois, les émaux, l'orfèvrerie, les porcelaines, etc.

Dès que le Juif fut dans ce sanctuaire, il alla droit à quatre chefs-d'œuvre qu'il reconnut pour les plus beaux de cette collection, et de maîtres qui manquaient à la sienne. C'était pour lui ce que sont pour les naturalistes ces *desiderata*[1] qui font entreprendre des voyages du couchant à l'aurore, aux tropiques, dans les déserts, les pampas, les savanes, les forêts vierges[a]. Le premier tableau était de Sébastien del Piombo, le second de Fra Bartolommeo della Porta, le troisième un paysage d'Hobbema, et le dernier un portrait de femme par Albert Dürer, quatre diamants[b] ! Sébastien del Piombo se trouve, dans l'art de la peinture, comme un point brillant où trois écoles se sont donné rendez-vous pour y apporter chacune ses éminentes qualités. Peintre de Venise, il est venu à Rome y prendre le style de Raphaël, sous la direction de Michel-Ange, qui voulut l'opposer à Raphaël, en luttant, dans la personne d'un de ses lieutenants, contre ce souverain pontife de l'Art[c2]. Ainsi, ce paresseux génie a fondu la couleur vénitienne, la composition florentine, le style raphaëlesque dans les rares tableaux qu'il a daigné peindre, et dont les cartons étaient dessinés, dit-on, par Michel-Ange. Aussi peut-on voir à quelle perfection est arrivé cet homme, armé de cette triple force, quand on étudie au Musée de Paris le portrait de Baccio Bandinelli qui peut être mis en comparaison avec l'Homme au gant de Titien, avec le portrait de vieillard où Raphaël a joint sa perfection à celle de Corrège, et[d] avec le Charles VIII de Leonardo da Vinci[3], sans que cette toile y perde. Ces quatre perles offrent la même eau, le même orient, la même rondeur, le même éclat, la même valeur. L'art humain ne peut aller au-delà. C'est supérieur à la nature qui n'a fait vivre l'original que pendant un moment. De ce grand génie, de cette palette immortelle, mais d'une incurable paresse[e], Pons possédait un Chevalier de Malte en prière, peint sur ardoise[f], d'une fraîcheur, d'un fini, d'une profondeur supérieurs encore aux qualités du portrait de Baccio Bandinelli. Le Fra Bartolommeo, qui représentait une Sainte Famille, eût été pris pour un tableau de Raphaël par beaucoup de connaisseurs. L'Hobbema devait aller à soixante mille francs en vente publique. Quant à l'Albert Dürer, ce portrait de femme était pareil au fameux Holzschuher de Nuremberg, duquel les rois de Bavière, de Hollande et de Prusse ont offert deux cent mille francs, et vainement, à plusieurs reprises. Est-ce la femme ou la fille du chevalier Holzschuher, l'ami d'Albert Dürer ?... l'hypothèse paraît une certitude, car la femme du musée Pons eſt dans une attitude qui suppose un pendant, et les armes peintes sont disposées de la même manière dans l'un et l'autre portrait. Enfin, le *aetatis suae* XLI eſt en parfaite harmonie avec l'âge indiqué dans le portrait si religieusement gardé par la maison Holzschuer de Nuremberg, et dont la gravure a été récemment achevée[a1].

Élie Magus eut des larmes dans les yeux en regardant tour à tour ces quatre chefs-d'œuvre.

« Je vous donne deux mille francs de gratification par chacun de ces tableaux, si vous me les faites avoir pour quarante mille francs!... » dit-il à l'oreille de la Cibot ſtupéfaite de cette fortune tombée du ciel[b].

L'admiration, ou, pour être plus exaƈt, le délire du Juif, avait produit un tel désarroi dans son intelligence et dans ses habitudes de cupidité, que le Juif s'y abîma, comme on voit.

« Et moi ?... dit Rémonencq qui ne se connaissait pas en tableaux.

— Tout eſt ici de la même force, répliqua finement le Juif à l'oreille de l'Auvergnat, prends dix tableaux au hasard et aux mêmes conditions, ta fortune sera faite! »

Ces trois voleurs se regardaient encore, chacun en proie à sa volupté, la plus vive de toutes, la satisfaƈtion du succès en fait de fortune, lorsque la voix du malade retentit et vibra comme des coups de cloche...

« Qui va là!... criait Pons[c].

— Monsieur! recouchez-vous donc! dit la Cibot en s'élançant sur Pons et le forçant à se remettre au lit. Ah çà! voulez-vous vous tuer!... Eh bien! ce n'eſt pas M. Poulain, c'eſt ce brave Rémonencq, qui eſt si inquiet de vous, qu'il vient savoir de vos nouvelles!... Vous êtes si aimé, que toute la maison eſt en l'air pour vous. De quoi donc avez-vous peur[d] ?

— Mais, il me semble que vous êtes là plusieurs, dit le malade.

— Plusieurs! c'eſt bon!... Ah! çà, rêvez-vous ?... Vous finirez par devenir fou, ma parole d'honneur!... Tenez! voyez[e]. »

La Cibot alla vivement ouvrir la porte, fit signe à Magus de se retirer et à Rémonencq d'avancer.

« Eh bien! mon cher monsieur, dit l'Auvergnat pour qui la Cibot avait parlé, je viens savoir de vos nouvelles, car toute la maison eſt dans les transes par rapport à vous... Personne n'aime que la mort se mette dans les maisons!... Et, enfin, le papa Moniſtrol que vous connaissez bien, m'a chargé de vous dire que si vous aviez besoin d'argent, il se mettait à votre service[a]...

— Il vous envoie pour donner un coup d'œil à mes *biblots*[b] !... » dit le vieux colleſtionneur avec une aigreur pleine de défiance.

Dans les maladies de foie, les sujets contraſtent presque toujours une antipathie spéciale, momentanée; ils concentrent leur mauvaise humeur sur un objet ou sur une personne quelconque[c]. Or, Pons se figurait qu'on en voulait à son trésor, il avait l'idée fixe de le surveiller, et il envoyait, de moments en moments, Schmucke voir si personne ne s'était glissé dans le sanſtuaire.

« Elle eſt assez belle, votre colleſtion, répondit aſtucieusement Rémonencq, pour exciter l'attention des chineurs; je ne me connais pas en haute curiosité, mais monsieur passe pour être un si grand connaisseur, que quoique je ne sois pas bien avancé dans la chose, j'achèterai bien de monsieur, les yeux fermés... Si monsieur avait quelquefois besoin d'argent, car rien ne coûte comme ces sacrées maladies... que ma sœur, en dix jours, a dépensé trente sous de remèdes, quand elle a eu les sangs bouleversés, et qu'elle aurait bien guéri sans cela... Les médecins sont des fripons qui profitent de notre état pour[d]...

— Adieu, merci, monsieur, répondit Pons au ferrailleur en lui jetant des regards inquiets.

— Je vais le reconduire, dit tout bas la Cibot à son malade, crainte qu'il ne touche à quelque chose.

— Oui, oui », répondit le malade en remerciant la Cibot par un regard[e].

La Cibot ferma la porte de la chambre à coucher, ce qui réveilla la défiance de Pons. Elle[f] trouva Magus immobile devant les quatre tableaux. Cette immobilité, cette admiration ne peuvent être comprises que par ceux dont l'âme eſt ouverte au beau idéal, au sentiment ineffable que cause la perfeſtion dans l'art, et qui reſtent plantés sur leurs pieds durant des heures entières au Musée devant la Joconde de Leonardo da Vinci, devant l'Antiope du

Corrège, le chef-d'œuvre de ce peintre, devant la maîtresse du Titien, la Sainte Famille d'Andrea del Sarto, devant les enfants entourés de fleurs du Dominiquin, le petit camaïeu de Raphaël et son portrait de vieillard, les plus immenses chefs-d'œuvre de l'art.

« Sauvez-vous sans bruit! » dit-elle.

Le Juif s'en alla lentement et à reculons, regardant les tableaux comme un amant regarde une maîtresse à laquelle il dit adieu[a]. Quand le Juif fut sur le palier, la Cibot, à qui cette contemplation avait donné des idées, frappa sur le bras sec de Magus.

« Vous me donnerez quatre mille francs par tableau! sinon rien de fait...

— Je suis si pauvre!... dit Magus. Si je désire ces toiles, c'est par amour, uniquement par amour de l'art, ma belle dame[b]!

— Tu es si sec, mon fiston! dit la portière, que je conçois cet amour-là. Mais si tu ne me promets pas aujourd'hui seize mille francs devant Rémonencq, demain, ce sera vingt mille.

— Je promets les seize, répondit le Juif effrayé de l'avidité de cette portière[c].

— Par quoi, ça peut-il jurer, un Juif?... dit la Cibot à Rémonencq.

— Vous pouvez vous fier à lui, répondit le ferrailleur, il est aussi honnête homme que moi.

— Eh bien! et vous? demanda la portière, si je vous en fais vendre, que me donnerez-vous?...

— Moitié dans les bénéfices, dit promptement Rémonencq.

— J'aime mieux une somme tout de suite, je ne suis pas dans le commerce, répondit la Cibot.

— Vous entendez joliment les affaires! dit Élie Magus en souriant, vous feriez une fameuse marchande.

— Je lui offre de s'associer avec moi corps et biens, dit l'Auvergnat en prenant le bras potelé de la Cibot et tapant dessus avec une force de marteau. Je ne lui demande pas d'autre mise de fonds que sa beauté! Vous avez tort de tenir à votre Turc de Cibot et à son aiguille! Est-ce un petit portier qui peut enrichir une belle femme comme vous? Ah! quelle figure vous feriez dans une boutique sur le boulevard, au milieu des curiosités, jabotant avec les amateurs et les entortillant! Laissez-

moi là votre loge quand vous aurez fait votre pelote
ici, et vous verrez ce que nous deviendrons à nous deux!

— Faire ma pelote! dit la Cibot. Je suis incapable de
prendre ici la valeur d'une épingle! entendez-vous,
Rémonencq? s'écria la portière. Je suis connue dans le
quartier pour une honnête femme, n'à! »

Les yeux de la Cibot flamboyaient.

« Là, rassurez-vous! dit Élie Magus. Cet Auvergnat a
l'air de vous trop aimer pour vouloir vous offenser.

— Comme elle vous mènerait les pratiques! s'écria
l'Auvergnat.

— Soyez justes, mes fistons, reprit Mme Cibot
radoucie, et jugez vous-mêmes de ma situation ici[a]!...
Voilà dix ans que je m'extermine le tempérament pour
ces deux vieux garçons-là, sans que jamais ils ne m'aient
donné autre chose que des paroles... Rémonencq vous
dira que je nourris ces deux vieux à forfait, où que je
perds des vingt à trente sous par jour, que toutes mes
économies y ont passé, par l'âme de ma mère!... la seule
auteur de mes jours que j'ai connue; mais aussi vrai que
j'existe, et que voilà le jour qui nous éclaire, et que
mon café me serve de poison si je mens d'une centime!...
Eh bien! en voilà un qui va mourir, pas vrai? et c'est
le plus riche de ces deux hommes de qui j'ai fait mes
propres enfants!... Croireriez-vous, mon cher monsieur,
que depuis vingt jours que je lui répète qu'il est à la mort
(car M. Poulain l'a condamné!...), ce grigou-là ne parle
pas plus[b] de me mettre sur son testament que si je ne le
connaissais pas! Ma parole d'honneur, nous n'avons
notre dû qu'en le prenant, foi d'honnête femme; car
allez donc vous fier à des héritiers?... pus souvent!
Tenez, voyez-vous, paroles ne puent pas, tout le monde
est de la canaille!

— C'est vrai! dit sournoisement Élie Magus, et
c'est encore nous autres, ajouta-t-il en regardant Rémonencq, qui sommes les plus honnêtes gens...

— Laissez-moi donc, reprit la Cibot, je ne parle pas
pour vous... Les *personnes pressantes,* comme dit cet ancien
acteur, *sont toujours acceptées*[c]!... Je vous jure que ces
deux messieurs me doivent déjà près de trois mille
francs, que le peu que je possède est déjà passé dans les
médicaments et dans leurs affaires, et s'ils n'allaient ne me
rien reconnaître de mes avances!... Je suis si bête avec

ma probité que je n'ose pas leux en parler. Pour lors, vous qu'êtes dans les affaires, mon cher monsieur, me conseillez-vous de m'adresser à un avocat ?...

— Un avocat! s'écria Rémonencq, vous en savez plus que tous les *avocaſtes*[a] !... »

Le bruit de la chute d'un corps lourd, tombé sur le carreau de la salle à manger, retentit dans le vaſte espace de l'escalier[b].

« Ah! mon Dieu! cria la Cibot, qué qu'il arrive ? Il me semble que c'eſt monsieur qui vient de prendre un billet de parterre[c] !... »

Elle poussa ses deux complices qui dégringolèrent avec agilité, puis elle se retourna, se précipita dans la salle à manger et y vit Pons étalé tout de son long, en chemise, évanoui! Elle prit le vieux garçon dans ses bras, l'enleva comme une plume, et le porta jusque sur son lit. Quand elle eut couché le moribond, elle lui fit respirer des barbes de plume brûlée, elle lui mouilla les tempes d'eau de Cologne, elle le ranima. Puis, lorsqu'elle vit les yeux de Pons ouverts, que la vie fut revenue, elle se posa les poings sur les hanches.

« Sans pantoufles, en chemise! il y a de quoi vous tuer! Et pourquoi vous défiez-vous de moi ?... Si c'eſt ainsi, adieu, monsieur. Après dix ans que je vous sers, que je mets du mien dans votre ménage, que mes économies y sont toutes passées, pour éviter des ennuis à ce pauvre M. Schmucke, qui pleure comme un enfant par les escaliers[1]... Voilà ma récompense! vous venez m'espionner... Dieu vous a puni! c'eſt bien fait! Et moi qui me donne un effort pour vous porter dans mes bras, que je risque d'être blessée pour le reſte de mes jours. Ah! mon Dieu! et la porte que j'ai laissée ouverte...

— Avec qui causiez-vous ?

— En voilà des idées! s'écria la Cibot. Ah çà! suis-je votre esclave ? ai-je des comptes à vous rendre ? Savez-vous que si vous m'ennuyez ainsi, je plante tout là[2]! Vous prendrez n'une garde! »

Pons, épouvanté de cette menace, donna sans le savoir à la Cibot la mesure de ce qu'elle pouvait tenter avec cette épée de Damoclès.

« C'eſt ma maladie! dit-il piteusement.

— À la bonne heure! » répliqua la Cibot rudement[d].

Elle laissa Pons confus, en proie à des remords, admi-

rant le dévouement criard de sa garde-malade, se faisant
des reproches, et ne sentant pas le mal horrible par lequel
il venait d'aggraver sa maladie en tombant ainsi sur les
dalles de la salle à manger*a*. La Cibot aperçut Schmucke
qui montait l'escalier.

« Venez, monsieur... Il y a de tristes nouvelles ! allez !
M. Pons devient fou !... Figurez-vous qu'il s'est levé
tout nu, qu'il m'a suivie, non, il s'est étendu là, tout de
son long... Demandez-lui pourquoi, il n'en sait rien...
Il va mal. Je n'ai rien fait pour le provoquer à des vio-
lences pareilles, à moins de lui avoir réveillé les idées
en lui parlant de ses premières amours... Qui est-ce qui
connaît les hommes ! C'est tous vieux libertins... J'ai eu
tort de lui montrer mes bras, que ses yeux en brillaient
comme des escarboucles... »

Schmucke écoutait Mme Cibot, comme s'il l'entendait
parlant hébreu*b*.

« Je me suis donné un effort que j'en serai blessée pour
jusqu'à la fin de mes jours !... ajouta la Cibot en paraissant
éprouver de vives douleurs et pensant à mettre à profit
l'idée qu'elle avait eue, par hasard, en sentant une petite
fatigue dans les muscles. Je suis si bête ! Quand je l'ai
vu là, par terre*c*, je l'ai pris dans mes bras, et je l'ai
porté jusqu'à son lit, comme un enfant, quoi ! Mais,
maintenant je me sens un effort ! Ah ! je me trouve mal !...
je descends chez moi, gardez notre malade. Je vais
envoyer Cibot chercher M. Poulain pour moi ! J'aimerais mieux mourir que de me voir infirme*d*... »

La Cibot accrocha la rampe et roula par les escaliers
en faisant mille contorsions et des gémissements si plain-
tifs, que tous les locataires, effrayés, sortirent sur les
paliers de leurs appartements*e*. Schmucke soutenait la
malade en versant des larmes, et il expliquait le dévouement de la portière. Toute la maison, tout le quartier
surent bientôt le trait sublime de Mme Cibot, qui s'était
donné un effort mortel, disait-on, en enlevant un des
casse-noisettes dans ses bras*f*. Schmucke, revenu près
de Pons, lui révéla l'état affreux de leur factotum, et
tous deux ils se regardèrent en disant : Qu'allons-nous
devenir sans elle ?... Schmucke, en voyant le changement
produit chez Pons par son escapade, n'osa pas le gronder.

« *Vichis pric-à-prac ! c'haimerais mieux les priler que de bertre mon ami !*... s'écria-t-il en apprenant de Pons la cause de l'accident. *Se tevier de montam Zibod, qui nous brede ses igonomies ! C'esdre pas pien*; *mais c'est la malatie*...

— Ah! quelle maladie! je suis changé, je le sens, dit Pons. Je ne voudrais pas te faire souffrir, mon bon Schmucke.

— *Cronte-moi !* dit Schmucke, *et laisse montam Zibod dranquille*[a]. »

Le docteur Poulain fit disparaître en quelques jours l'infirmité dont se disait menacée Mme Cibot, et sa réputation reçut dans le quartier du Marais un lustre extraordinaire de cette guérison, qui tenait du miracle. Il attribua chez Pons ce succès à l'excellente constitution de la malade, qui reprit son service auprès de ses deux messieurs le septième jour à leur grande satisfaction. Cet événement augmenta de cent pour cent l'influence, la tyrannie de la portière sur le ménage des deux Casse-noisettes, qui, pendant cette semaine, s'étaient endettés[b], mais dont les dettes furent payées par elle. La Cibot profita de la circonstance pour obtenir (et avec quelle facilité!) de Schmucke une reconnaissance des deux mille francs qu'elle disait avoir prêtés aux deux amis[c].

« Ah! quel médecin que M. Poulain! dit la Cibot à Pons. Il vous sauvera, mon cher monsieur, car il m'a tirée du cerceuil! Mon pauvre Cibot me regardait comme morte[d]!... Eh bien! M. Poulain a dû vous le dire, pendant que j'étais sur mon lit, je ne pensais qu'à vous. " Mon Dieu, que je disais, prenez-moi, et laissez vivre mon cher M. Pons... "

— Pauvre chère madame Cibot, vous avez manqué d'avoir une infirmité pour moi!...

— Ah! sans M. Poulain, je serais dans la chemise de sapin qui nous attend tous. Eh bien! n'au bout du fossé la culbute, comme disait cet ancien acteur! Faut de la philosophie. Comment avez-vous fait sans moi?...

— Schmucke m'a gardé, répondit le malade; mais notre pauvre caisse et notre clientèle en ont souffert... Je ne sais pas comment il a fait.

— *Ti galme ! Bons !* s'écria Schmucke, *nus afons i tans le bère Zibod, ein panquier*...

— Ne parlez pas de cela! mon cher mouton, vous êtes tous deux nos enfants, reprit la Cibot. Nos économies sont bien placées chez vous, allez! vous êtes plus solides

que la Banque. Tant que nous aurons un morceau de
pain, vous en aurez la moitié... ça ne vaut pas la peine
d'en parler...

— *Baufre montam Zibod!* » dit Schmucke en s'en allant.
Pons gardait le silence[a].

« Croireriez-vous, mon chérubin, dit la Cibot au
malade en le voyant inquiet, que, dans mon agonie,
car j'ai vu la camarde de bien près!... ce qui me tourmentait le plus, c'était de vous laisser seuls, livrés à
vous-mêmes[b], et de laisser mon pauvre Cibot sans un
liard... C'est si peu de chose que mes économies, que je
ne vous en parle que rapport à ma mort et à Cibot,
qu'est un ange! Non, cet être-là m'a soignée comme une
reine, en me pleurant comme un veau!... Mais je comptais sur vous, foi d'honnête femme. Je me disais : Va,
Cibot, mes monsieurs ne te laisseront jamais sans pain... »

Pons ne répondit rien à cette attaque *ad testamentum,*
et la portière garda le silence en attendant un mot.

« Je vous recommanderai à Schmucke, dit enfin le
malade.

— Ah! s'écria la portière, tout ce que vous ferez sera
bien fait, je m'en rapporte à vous, à votre cœur... Ne
parlons jamais de cela, car vous m'humiliez, mon cher
chérubin; pensez à vous guérir! vous vivrez plus que
nous[c]... »

Une profonde inquiétude s'empara du cœur de
Mme Cibot, elle résolut de faire expliquer son monsieur
sur le legs qu'il entendait lui laisser; et, de prime abord,
elle sortit pour aller trouver le docteur Poulain chez lui,
le soir, après le dîner de Schmucke, qui mangeait auprès
du lit de Pons depuis que son ami était malade[d].

Le docteur Poulain demeurait rue d'Orléans. Il occupait un petit rez-de-chaussée composé d'une antichambre,
d'un salon et de deux chambres à coucher. Un office
contigu à l'antichambre, et qui communiquait à l'une
des deux chambres, celle du docteur, avait été converti
en cabinet. Une cuisine, une chambre de domestique et
une petite cave dépendaient de cette location située dans
une aile de la maison, immense bâtisse construite sous
l'Empire, à la place d'un vieil hôtel dont le jardin subsis-
tait encore. Ce jardin était partagé entre les trois appartements du rez-de-chaussée.

L'appartement du docteur n'avait pas été changé

depuis quarante ans. Les peintures, les papiers, la décoration, tout y sentait l'Empire. Une crasse quadragénaire, la fumée, y avaient flétri les glaces, les bordures, les dessins du papier, les plafonds et les peintures. Cette petite location, au fond du Marais, coûtait encore mille francs par an[a]. Mme Poulain, mère du docteur, âgée de soixante-sept ans, achevait sa vie dans la seconde chambre à coucher. Elle travaillait pour les culottiers. Elle cousait les guêtres, les culottes de peau, les bretelles, les ceintures, enfin tout ce qui concerne cet article assez en décadence aujourd'hui. Occupée à surveiller le ménage et l'unique domestique de son fils, elle ne sortait jamais, et prenait l'air dans le jardinet, où l'on descendait par une porte-fenêtre du salon. Veuve depuis vingt ans, elle avait, à la mort de son mari, vendu son fonds de culottier à son premier ouvrier, qui lui réservait assez d'ouvrage pour qu'elle pût gagner environ trente sous par jour. Elle avait tout sacrifié à l'éducation de son fils unique, en voulant le placer à tout prix dans une situation supérieure à celle de son père. Fière de son Esculape[b], croyant à ses succès, elle continuait à tout lui sacrifier. heureuse de le soigner, d'économiser pour lui, ne rêvant qu'à son bien-être, et l'aimant avec intelligence, ce que ne savent pas faire toutes les mères. Ainsi, Mme Poulain, qui se souvenait d'avoir été simple ouvrière, ne voulait pas nuire à son fils ou prêter à rire, au mépris, car la bonne femme parlait[c] en S comme Mme Cibot parlait en[c] N; elle se cachait dans sa chambre, d'elle-même, quand par hasard quelques clients distingués venaient consulter le docteur, ou lorsque des camarades de collège ou d'hôpital se présentaient. Aussi, jamais le docteur n'avait-il[d] eu à rougir de sa mère, qu'il vénérait, et dont le défaut d'éducation était bien compensé par cette sublime tendresse[e]. La vente du fonds de culottier avait produit environ vingt mille francs, la veuve les avait placés sur le Grand-Livre en 1820[f], et les onze cents[g] francs de rente qu'elle en avait eus composaient toute sa fortune. Aussi, pendant longtemps, les voisins aperçurent-ils, dans le jardin, le linge du docteur et celui de sa mère, étendus sur des cordes. La domestique et Mme Poulain blanchissaient tout au logis avec économie. Ce détail domestique nuisait beaucoup au docteur, on ne voulait pas lui reconnaître de talent en le voyant si

pauvre. Les onze cents francs de rente passaient au loyer.
Le travail de Mme Poulain, bonne grosse petite vieille,
avait, pendant les premiers temps, suffi à toutes les
dépenses de ce pauvre ménage. Après douze ans de persistance dans son chemin pierreux, le docteur ayant fini
par gagner un millier d'écus par an, Mme Poulain pouvait alors disposer d'environ cinq mille francs. C'était
pour qui connaît Paris, avoir le strict nécessaire.

Le salon où les consultants attendaient était mesquinement meublé de ce canapé vulgaire, en acajou, garni de
velours d'Utrecht jaune à fleurs, de quatre fauteuils, de
six chaises, d'une console et d'une table à thé, provenant
de la succession du feu culottier et le tout de son choix.
La pendule, toujours sous son globe de verre, entre
deux candélabres égyptiens, figurait une lyre. On se
demandait par quels procédés les rideaux pendus aux
fenêtres avaient pu subsister si longtemps, car ils étaient
en calicot jaune imprimé de rosaces rouges de la fabrique
de Jouy. Oberkampf avait reçu des compliments de
l'Empereur pour ces atroces produits de l'industrie
cotonnière en 1809[a]. Le cabinet du docteur était meublé
dans ce goût-là, le mobilier de la chambre paternelle en
avait fait les frais. C'était sec, pauvre et froid. Quel
malade pouvait croire à la science d'un médecin qui,
sans renommée, se trouvait encore sans meubles, par un
temps où l'Annonce est toute-puissante, où l'on dore
les candélabres de la place de la Concorde pour consoler
le pauvre en lui persuadant qu'il est un riche citoyen[b] ?

L'antichambre servait de salle à manger. La bonne y
travaillait quand elle ne s'adonnait pas aux travaux de
la cuisine, ou qu'elle ne tenait pas compagnie à la mère
du docteur. On devinait, dès l'entrée, la misère décente
qui régnait dans ce triste appartement, désert pendant
la moitié de la journée, en apercevant les petits rideaux
de mousseline rousse à la croisée de cette pièce donnant
sur la cour. Les placards devaient recéler des restes de
pâtés moisis, des assiettes écornées, des bouchons éternels, des serviettes d'une semaine, enfin les ignominies
justifiables des petits ménages parisiens, et qui de là ne
peuvent aller que dans la hotte des chiffonniers[c]. Aussi
par ce temps où la pièce de cent sous est tapie dans
toutes les consciences, où elle roule dans toutes les
phrases[1], le docteur, âgé de trente ans, doué d'une mère

sans relations, restait-il garçon. En dix ans, il n'avait pas rencontré le plus petit prétexte à roman dans les familles où sa profession lui donnait accès, car il guérissait les gens dans une sphère où les existences ressemblaient à la sienne; il ne voyait que des ménages pareils au sien, ceux de petits employés ou de petits fabricants. Ses clients les plus riches étaient les bouchers, les boulangers, les gros détaillants du quartier, gens qui, la plupart du temps, attribuaient leur guérison à la nature, pour pouvoir payer les visites du docteur à quarante sous, en le voyant venir à pied. En médecine, le cabriolet est plus nécessaire que le savoir.

Une vie commune et sans hasards finit par agir sur l'esprit le plus aventureux. Un homme se façonne à son sort, il accepte la vulgarité de sa vie. Aussi, le docteur Poulain, après dix ans de pratique, continuait-il à faire son métier de Sisyphe, sans les désespoirs qui rendirent ses premiers jours amers. Néanmoins, il caressait[a] un rêve, car tous les gens de Paris ont leur rêve. Rémonencq jouissait d'un rêve, la Cibot avait le sien. Le docteur Poulain espérait être appelé près d'un malade riche et influent; puis obtenir, par le crédit de ce malade qu'il guérissait infailliblement[b], une place de médecin en chef à un hôpital, de médecin des prisons, ou des théâtres du boulevard, ou d'un ministère. Il avait d'ailleurs gagné sa place de médecin de la mairie de cette manière. Amené par la Cibot, il avait soigné, guéri, M. Pillerault, le propriétaire de la maison où les Cibot étaient concierges. M. Pillerault, grand-oncle maternel de Mme la comtesse Popinot, la femme du ministre, s'étant intéressé à ce jeune homme dont la misère cachée avait été sondée par lui dans une visite de remerciement, exigea de son petit-neveu, le ministre, qui le vénérait, la place que le docteur exerçait depuis cinq ans, et dont les maigres émoluments étaient venus bien à propos pour l'empêcher de prendre un parti violent, celui de l'émigration. Quitter la France est, pour un Français, une situation funèbre[c]. Le docteur Poulain alla bien remercier le comte Popinot, mais, le médecin de l'homme d'État étant l'illustre Bianchon, le solliciteur comprit qu'il ne pouvait guère arriver dans cette maison-là. Le pauvre docteur, après s'être flatté[d] d'obtenir la protection d'un des ministres influents, d'une des douze ou quinze

cartes qu'une main puissante mêle depuis seize[a] ans
sur le tapis vert de la table du conseil, se trouva replongé
dans le Marais où il pataugeait chez les pauvres, chez les
petits bourgeois, et où il eut la charge de vérifier les
décès, à raison de douze cents francs par an.

Le docteur Poulain, interne assez distingué, devenu
praticien prudent, ne manquait pas d'expérience. D'ailleurs, ses morts ne faisaient pas scandale, et il pouvait
étudier toutes les maladies *in anima vili*[1]. Jugez de quel
fiel il se nourrissait ? Aussi, l'expression de sa figure,
déjà longue et mélancolique, était-elle parfois effrayante.
Mettez dans un parchemin jaune les yeux ardents de
Tartuffe et l'aigreur d'Alceste; puis, figurez-vous la
démarche, l'attitude, les regards de cet homme, qui, se
trouvant tout aussi bon médecin que l'illustre Bianchon,
se sentait maintenu dans une sphère obscure par une
main de fer ? Le docteur Poulain ne pouvait s'empêcher
de comparer ses recettes de dix francs dans les jours
heureux à celles de Bianchon[b] qui vont à cinq ou six
cents francs! N'est-ce pas à concevoir toutes les haines
de la démocratie ? Cet ambitieux, refoulé, n'avait d'ailleurs rien à se reprocher[c]. Il avait déjà tenté la fortune
en inventant des pilules purgatives, semblables à celles
de Morison[d2]. Il avait confié cette exploitation à l'un
de ses camarades d'hôpital, un interne devenu pharmacien; mais le pharmacien, amoureux d'une figurante de
l'Ambigu-Comique, s'était mis[e] en faillite, et le brevet d'invention des pilules purgatives se trouvant pris à
son nom, cette immense découverte avait enrichi le
successeur. L'ancien interne était parti pour le Mexique,
la patrie de l'or, en emportant mille francs d'économies
au pauvre Poulain, qui, pour fiche de consolation, fut
traité d'usurier par la figurante à laquelle il vint redemander son argent. Depuis la bonne fortune de la guérison du vieux Pillerault, pas un seul client riche ne
s'était présenté. Poulain courait tout le Marais, à pied,
comme un chat maigre, et sur vingt visites, en obtenait
deux à quarante sous. Le client qui payait bien était,
pour lui, cet oiseau fantastique, appelé le *Merle blanc* dans
tous les mondes sublunaires[f].

Le jeune avocat sans causes, le jeune médecin sans
clients sont les deux plus grandes expressions du Désespoir décent, particulier à la ville de Paris, ce Désespoir

muet et^a froid, vêtu d'un habit et d'un pantalon noirs à coutures blanchies qui rappellent le zinc de la mansarde^b, d'un gilet de satin luisant, d'un chapeau ménagé saintement, de vieux gants et de chemises en calicot. C'est un poème de tristesse, sombre comme les secrets de la Conciergerie[1]. Les autres misères, celles du poète, de l'artiste, du comédien, du musicien, sont égayées par les jovialités naturelles aux arts, par l'insouciance de la bohème où l'on entre d'abord et qui mène aux Thébaïdes du génie! Mais ces deux habits noirs qui vont à pied, portés par deux professions pour lesquelles tout est plaie, à qui l'humanité ne montre que ses côtés honteux; ces deux hommes ont, dans les aplatissements du début, des expressions sinistres, provocantes, où la haine et l'ambition concentrées jaillissent par des regards semblables aux premiers efforts d'un incendie couvé. Quand deux amis de collège se rencontrent, à vingt ans de distance, le riche évite alors son camarade pauvre, il ne le reconnaît pas, il s'épouvante des abîmes que la destinée a mis entre eux. L'un a parcouru la vie sur les chevaux fringants de la Fortune ou sur les nuages dorés du succès; l'autre a cheminé souterrainement dans les égouts parisiens, et il en porte les stigmates. Combien d'anciens amis évitaient le docteur à l'aspect de sa redingote et de son gilet^c!

Maintenant il est facile de comprendre comment le docteur Poulain avait si bien joué son rôle dans la comédie du danger de la Cibot. Toutes les convoitises, toutes les ambitions se devinent. En ne trouvant aucune lésion dans aucun organe de la portière, en admirant la régularité de son pouls, la parfaite aisance de ses mouvements, et en l'entendant jeter les hauts cris, il comprit qu'elle avait un intérêt à se dire à la mort. La rapide guérison d'une grave maladie feinte devant faire parler de lui dans l'arrondissement, il exagéra la prétendue descente de la Cibot, il parla de la résoudre en la prenant à temps. Enfin il soumit la portière à de prétendus remèdes, à une fantastique opération, qui^d furent couronnés d'un plein succès. Il chercha, dans l'arsenal des cures extraordinaires de Desplein, un cas bizarre; il en fit l'application à Mme Cibot, attribua modestement la réussite au grand chirurgien, et se donna pour son imitateur. Telles sont les audaces des débutants à Paris. Tout^e leur fait échelle

pour monter sur le théâtre; mais comme tout s'use,
même les bâtons d'échelles, les débutants en chaque
profession ne savent plus de quel bois se faire des mar-
chepieds. Par certains moments, le Parisien est réfractaire
au succès. Lassé d'élever des piédestaux, il boude comme
les enfants gâtés et ne veut plus d'idoles; ou pour être
vrai, les gens de talent manquent parfois à ses engoue-
ments. La gangue d'où s'extrait le génie a ses lacunes;
le Parisien se regimbe alors, il ne veut pas toujours
dorer ou adorer les médiocrités[a].

En entrant avec sa brusquerie habituelle, Mme Cibot
surprit le docteur à table avec sa vieille mère, mangeant
une salade de mâches, la moins chère de toutes les
salades, et n'ayant pour dessert qu'un angle aigu[b] de
fromage de Brie, entre une assiette peu garnie par les
fruits dits les quatre-mendiants, où se voyaient beaucoup
de râpes de raisin, et une assiette de mauvaises pommes
de bateau.

« Ma mère, vous pouvez rester, dit le médecin en
retenant Mme Poulain par le bras, c'est Mme Cibot de
qui je vous ai parlé.

— Mes respects, madame, mes devoirs, monsieur, dit
la Cibot en acceptant la chaise que lui présenta le docteur.
Ah! c'est madame votre mère, elle est bien heureuse
d'avoir un fils qui a tant de talent; car c'est mon sauveur,
madame, il m'a tiré de l'abîme... »

La veuve Poulain trouva Mme Cibot charmante, en
l'entendant faire ainsi l'éloge de son fils.

« C'est donc pour vous dire, mon cher monsieur Poulain, entre nous, que le pauvre M. Pons va bien mal, et
que j'ai à vous parler, rapport à lui...

— Passons au salon », dit le docteur Poulain en montrant la domestique à Mme Cibot par un geste significatif.

Une fois au salon, la Cibot expliqua longuement sa
position avec les deux Casse-noisettes, elle répéta l'histoire de son prêt en l'enjolivant, et raconta les immenses
services qu'elle rendait depuis dix ans à MM. Pons et
Schmucke. À l'entendre, ces deux vieillards n'existe-
raient plus, sans ses soins maternels. Elle se posa comme
un ange et dit tant et tant de mensonges arrosés de
larmes, qu'elle finit par attendrir la[c] vieille Mme Poulain.

« Vous comprenez, mon cher monsieur, dit-elle en terminant, qu'il faudrait bien savoir à quoi s'en tenir sur ce que M. Pons compte faire pour moi, dans le cas où il viendrait à mourir; c'est ce que je ne souhaite guère, car ces deux innocents à soigner, voyez-vous, madame, c'est ma vie; mais si l'un d'eux me manque, je soignerai l'autre. Moi, la Nature m'a bâtie pour être la rivale de la Maternité. Sans quelqu'un à qui je m'intéresse, de qui je me fais un enfant[a], je ne saurais que devenir... Donc, si M. Poulain le voulait, il me rendrait un service que je saurais bien reconnaître, ce serait de parler de moi à M. Pons. Mon Dieu! mille francs de viager, est-ce trop ? je vous le demande... C'est autant de gagné pour M. Schmucke... Pour lors, notre cher malade m'a donc dit[b] qu'il me recommanderait à ce pauvre Allemand, qui serait donc, dans son idée, son héritier... Mais qu'est-ce qu'un homme qui ne sait pas coudre deux idées en français, et qui d'ailleurs est capable de s'en aller en Allemagne, tant il sera désespéré de la mort de son ami[c] ?...

— Ma chère madame Cibot, répondit le docteur devenu grave, ces sortes d'affaires ne concernent point les médecins, et l'exercice de ma profession me serait interdit si l'on savait que je me suis mêlé des[d] dispositions testamentaires d'un de mes clients. La loi ne permet pas à un médecin d'accepter un legs de son malade[1]...

— Quelle bête de loi! car qu'est-ce qui m'empêche de partager mon legs avec vous ? répondit sur-le-champ la Cibot.

— J'irai plus loin, dit le docteur, ma conscience de médecin m'interdit de parler à M. Pons de sa mort. D'abord, il n'est pas assez en danger pour cela; puis, cette conversation de ma part lui causerait un saisissement qui pourrait lui faire un mal réel, et rendre alors sa maladie mortelle...

— Mais je ne prends pas de mitaines, s'écria Mme Cibot, pour lui dire[e] de mettre ses affaires en ordre, et il ne s'en porte pas plus mal... Il est fait à cela!... ne craignez rien.

— Ne me dites rien de plus, ma chère madame Cibot!... Ces choses ne sont pas du domaine de la médecine, elles regardent les notaires[f]...

— Mais, mon cher monsieur Poulain, si M. Pons vous demandait de lui-même où il en est, et s'il ferait bien de

prendre ses précautions, là, refuseriez-vous de lui dire
que c'est une excellente chose pour recouvrer la santé
que d'avoir tout bâclé... Puis vous glisseriez un petit
mot de moi...

— Ah! s'il me parle de faire son testament, je ne l'en
détournerai point, dit le docteur Poulain.

— Eh bien! voilà qui est dit, s'écria Mme Cibot.
Je venais vous remercier de vos soins, ajouta-t-elle en
glissant dans la main du docteur une papillote qui contenait trois pièces d'or. C'est tout ce que je puis faire pour
le moment. Ah! si j'étais riche, vous le seriez, mon cher
monsieur Poulain, vous qui êtes l'image du bon Dieu
sur la terre... Vous avez là, madame, pour fils, un ange! »

La Cibot se leva, Mme Poulain la salua d'un air
aimable, et le docteur la reconduisit jusque sur le palier[a].
Là, cette affreuse lady Macbeth de la rue fut éclairée
d'une lueur infernale; elle comprit que le médecin
devait être son complice, puisqu'il acceptait des honoraires pour une fausse maladie.

« Comment, mon bon monsieur Poulain, lui dit-elle,
après m'avoir tirée d'affaire pour mon accident, vous
refuseriez de me sauver de la misère en disant quelques
paroles ?... »

Le médecin sentit qu'il avait laissé le diable le prendre[b]
par un de ses cheveux, et que ce cheveu s'enroulait sur
la corne impitoyable de la griffe rouge. Effrayé[c] de
perdre son honnêteté pour si peu de chose, il répondit
à cette idée diabolique par une idée non moins diabolique.

« Écoutez, ma chère madame Cibot, dit-il en la
faisant rentrer et l'emmenant dans son cabinet, je vais
vous payer la dette de reconnaissance que j'ai contractée
envers vous, à qui je dois ma place de la mairie...

— Nous partagerons, dit-elle vivement.

— Quoi ? demanda le docteur.

— La succession, répondit la portière.

— Vous ne me connaissez pas, répliqua le docteur en
se posant en Valérius Publicola[1]. Ne parlons plus de cela.
J'ai pour ami de collège un garçon[d] fort intelligent, et
nous sommes d'autant plus liés, que nous avons eu les
mêmes chances dans la vie. Pendant que j'étudiais la
médecine, il faisait son droit; pendant que j'étais interne,
il grossoyait chez un avoué, Me Couture. Fils d'un cor-

donnier, comme je suis celui d'un culottier, il n'a pas
trouvé de sympathies bien vives autour de lui, mais il
n'a pas trouvé non plus de capitaux; car, après tout, les
capitaux ne s'obtiennent que par sympathie. Il n'a pu
traiter d'une étude qu'en province, à Mantes... Or, les
gens de province comprennent si peu les intelligences
parisiennes, que l'on a fait mille chicanes à mon ami.

— Des canailles! s'écria la Cibot.

— Oui, reprit le docteur, car on s'est coalisé contre
lui si bien, qu'il a été forcé de revendre son étude pour
des faits où l'on a su lui donner l'apparence d'un tort;
le procureur du Roi s'en est mêlé; ce magistrat était du
pays, il a pris fait et cause pour les gens du pays. Ce
pauvre garçon, encore plus sec et plus râpé que je ne le
suis, logé comme moi, nommé Fraisier, s'est réfugié
dans notre arrondissement; il en est réduit à plaider, car
il est avocat, devant la Justice de paix et le tribunal de
police ordinaire. Il demeure ici près, rue de la Perle[1].
Allez au numéro 9, vous monterez trois étages, et, sur
le palier, vous verrez imprimé en lettres d'or : CABINET
DE MONSIEUR FRAISIER, sur un petit carré de maroquin
rouge. Fraisier se charge spécialement des affaires conten-
tieuses de messieurs les concierges, des ouvriers et de tous
les pauvres de notre arrondissement à des prix modérés.
C'est un honnête homme, car je n'ai pas besoin de vous
dire qu'avec ses moyens, s'il était fripon[a], il roulerait
carrosse. Je verrai mon ami Fraisier ce soir. Allez chez
lui demain de bonne heure[b], il connaît M. Louchard,
le garde du commerce; M. Tabareau, l'huissier de la
Justice de paix; M. Vitel, le juge de paix; et M. Trognon,
notaire : il est lancé déjà parmi les gens d'affaires les plus
considérés du quartier. S'il se charge de vos intérêts, si
vous pouvez le donner comme conseil à M. Pons, vous
aurez en lui, voyez-vous, un autre vous-même. Seulement, n'allez pas, comme avec moi, lui proposer des
compromis qui blessent l'honneur; mais il a de l'esprit,
vous vous entendrez. Puis, quant à reconnaître ses services, je serai votre intermédiaire... »

Mme Cibot regarda le docteur malignement.

« N'est-ce pas l'homme de loi, dit-elle, qui a tiré la
mercière de la rue Vieille-du-Temple, Mme Florimond,
de la mauvaise passe où elle était, rapport à cet héritage
de son bon ami ?...

— C'est lui-même, dit le docteur.

— N'est-ce pas une horreur, s'écria la Cibot, qu'après lui avoir obtenu deux mille francs de rente, elle lui a refusé sa main, qu'il lui demandait, et qu'elle a cru, dit-on, être quitte en lui donnant douze chemises de toile de Hollande, vingt-quatre mouchoirs, enfin tout un trousseau!

— Ma chère madame Cibot, dit le docteur, le trousseau valait mille francs, et Fraisier, qui débutait alors dans le quartier, en avait bien besoin. Elle a d'ailleurs payé le mémoire de frais sans observation... Cette affaire-là en a valu d'autres à Fraisier, qui maintenant est très occupé; mais, dans mon genre, nos clientèles se valent...

— Il n'y a^a que les justes qui pâtissent ici-bas, répondit la portière! En bien, adieu et merci, mon bon monsieur Poulain^b. »

Ici commence le drame[1], ou, si vous voulez, la comédie terrible de la mort d'un célibataire livré par la force des choses à la rapacité des natures cupides qui se groupent à son lit, et qui, dans ce cas, eurent pour auxiliaires la passion la plus vive, celle d'un tableau-mane, l'avidité du sieur Fraisier, qui, vu dans sa caverne, va vous faire frémir, et la soif d'un Auvergnat capable de tout, même d'un crime, pour se faire un capital. Cette comédie, à laquelle cette partie du récit sert en quelque sorte d'avant-scène, a d'ailleurs pour acteurs tous les personnages^c qui jusqu'à présent ont occupé la scène^d.

L'avilissement des mots est une de ces bizarreries des mœurs qui, pour être expliquée, voudrait des volumes. Écrivez à un avoué en le qualifiant d'*homme de loi,* vous l'aurez offensé tout autant que vous offenseriez un négociant en gros de denrées coloniales à qui vous adresseriez ainsi votre lettre : « Monsieur un tel, épicier. » Un assez grand nombre de gens du monde qui devraient savoir, puisque c'est là toute leur science, ces délicatesses du savoir-vivre, ignorent encore que^e la qualification d'*homme de lettres* est la plus cruelle injure qu'on puisse faire à un auteur. Le mot monsieur est le plus grand exemple de la vie et de la mort des mots. Monsieur veut dire monseigneur. Ce titre, si considérable autrefois^f, réservé maintenant aux rois par la transformation de sieur en sire, se donne à tout le monde; et néanmoins *messire,* qui n'est pas autre chose que le double du mot monsieur et son équivalent, soulève des articles dans les feuilles républicaines, quand, par hasard, il se trouve mis dans un billet d'enterrement[a]. Magistrats, conseillers, jurisconsultes, juges, avocats, officiers ministériels, avoués, huissiers, conseils, hommes d'affaires, agents d'affaires et défenseurs, sont les Variétés sous lesquelles se classent les gens[b] qui rendent la justice ou qui la travaillent. Les deux derniers bâtons de cette échelle sont le *praticien* et *l'homme de loi.* Le praticien, vulgairement appelé recors, est l'homme de justice par hasard, il est là pour assister l'exécution des jugements, c'est, pour les affaires civiles, un bourreau d'occasion. Quant à l'homme de loi, c'est l'injure particulière à la profession. Il est à la justice ce que *l'homme de lettres* est à la littérature[c]. Dans toutes les professions, en France, la rivalité qui les dévore a trouvé des termes de dénigrement. Chaque état a son insulte. Le mépris qui frappe les mots *homme de lettres* et *homme de loi* s'arrête au pluriel. On dit très bien sans blesser personne *les gens de lettres, les gens de loi.* Mais, à Paris, chaque profession a ses Oméga[d], des individus qui mettent le métier de plain-pied avec la pratique des rues, avec le peuple. Aussi *l'homme de loi,* le petit agent d'affaires existe-t-il encore dans certains quartiers, comme on trouve encore à la Halle le prêteur à la petite semaine qui est à la haute banque ce que M. Fraisier était à la compagnie des avoués. Chose étrange! Les gens du peuple ont peur des officiers ministériels comme ils ont peur des restaurants fashionables. Ils s'adressent à des gens d'affaires comme ils vont boire au cabaret. Le plain-pied est la loi générale des différentes sphères sociales. Il n'y a que les natures d'élite qui aiment à gravir les hauteurs, qui ne souffrent pas en se voyant en présence de leurs supérieurs, qui se font leur place, comme Beaumarchais laissant tomber la montre d'un grand seigneur essayant de l'humilier[1]; mais aussi les parvenus, surtout ceux qui savent faire disparaître leurs langes, sont-ils des exceptions grandioses.

Le lendemain à six heures du matin, Mme Cibot examinait, rue de la Perle, la maison où demeurait son futur conseiller, le sieur Fraisier, homme de loi[e]. C'était une

de ces vieilles maisons habitées par la petite bourgeoisie d'autrefois. On y entrait par une allée. Le rez-de-
chaussée, en partie occupé par la loge du portier et par
la boutique d'un ébéniste, dont les ateliers et les magasins encombraient une petite cour intérieure, se trouvait
partagé par l'allée et par la cage de l'escalier, que le
salpêtre et l'humidité dévoraient. Cette maison semblait
attaquée de la lèpre[a].

Mme Cibot alla droit à la loge, elle y trouva l'un des
confrères de Cibot, un cordonnier, sa femme et deux
enfants en bas âge logés dans un espace de dix pieds
carrés, éclairé sur la petite cour. La plus cordiale entente
régna bientôt entre les deux femmes, une fois que la
Cibot eut déclaré sa profession, se fut nommée et eut
parlé de sa maison de la rue de Normandie. Après
un quart d'heure employé par les commérages et pendant lequel la portière de M. Fraisier faisait le déjeuner
du cordonnier et des deux enfants, Mme Cibot amena la
conversation sur les locataires et parla de l'homme de
loi.

« Je viens le consulter, dit-elle, pour des affaires;
un de ses amis, M. le docteur Poulain, a dû me recommander à lui. Vous connaissez M. Poulain ?

— Je le crois bien! dit la portière de la rue de la
Perle. Il a sauvé ma petite qu'avait le croup!

— Il m'a sauvée aussi, moi, madame[b]. Quel homme
est-ce, ce M. Fraisier ?...

— C'est un homme, ma chère dame, dit la portière,
de qui l'on arrache bien difficilement l'argent de ses
ports de lettres à la fin du mois. »

Cette réponse suffit à l'intelligente Cibot.

« On peut être pauvre et honnête, répondit-elle.

— Je l'espère bien, reprit la portière de Fraisier; nous
ne roulons pas sur l'or ni sur l'argent, pas même sur les
sous, mais nous n'avons pas un liard à qui que ce soit. »

La Cibot se reconnut dans ce langage.

« Enfin, ma petite, reprit-elle, on peut se fier à lui,
n'est-ce pas ?

— Ah! dame! quand M. Fraisier veut du bien à
quelqu'un, j'ai entendu dire à Mme Florimond qu'il n'a
pas son pareil...

— Et pourquoi ne l'a-t-elle pas épousé, demanda vivement la Cibot, puisqu'elle lui devait sa fortune ? C'est

quelque chose pour une petite mercière, et qui était
entretenue par un vieux, que de devenir la femme d'un
avocat...

— Pourquoi ? dit la portière en entraînant[a] Mme Cibot
dans l'allée ; vous montez chez lui, n'est-ce pas, madame ?...
eh bien ! quand vous serez dans son cabinet, vous saurez pourquoi[b]. »

L'escalier, éclairé sur une petite cour par des fenêtres
à coulisse, annonçait qu'excepté le propriétaire et le
sieur Fraisier, les autres locataires exerçaient des professions mécaniques. Les marches boueuses portaient
l'enseigne de chaque métier en offrant aux regards des
découpures de cuivre, des boutons cassés, des brimborions de gaze, de sparterie. Les apprentis des étages
supérieurs y dessinaient des caricatures obscènes[c]. Le
dernier mot de la portière, en excitant la curiosité de
Mme Cibot, la décida naturellement à consulter l'ami
du docteur Poulain ; mais en se réservant de l'employer
à ses affaires d'après ses impressions.

« Je me demande quelquefois comment Mme Sauvage peut tenir à son service, dit en forme de commentaire la portière qui suivait Mme Cibot. Je vous accompagne, madame, ajouta-t-elle, car je monte le lait et le
journal à mon propriétaire. »

Arrivée au second étage au-dessus de l'entresol, la
Cibot se trouva devant une porte du plus vilain caractère.
La peinture d'un rouge faux était enduite, sur vingt
centimètres de largeur, de cette couche noirâtre qu'y
déposent[d] les mains après un certain temps, et que les
architectes ont essayé de combattre dans les appartements
élégants, par l'application de glaces au-dessus et au-
dessous des serrures. Le guichet de cette porte, bouché
par des scories semblables à celles que les restaurateurs
inventent pour vieillir des bouteilles adultes, ne servait
qu'à mériter à la porte le surnom de porte de prison, et
concordait d'ailleurs à ses ferrures en trèfles, à ses gonds
formidables, à ses grosses têtes de clous. Quelque avare
ou quelque folliculaire en querelle avec le monde entier
devait avoir inventé ces appareils. Le plomb[e] où se déver-
saient les eaux ménagères ajoutait sa quote-part de
puanteur dans l'escalier, dont le plafond offrait partout
des arabesques dessinées avec de la fumée de chandelle,
et quelles arabesques ! Le cordon de tirage, au bout duquel

pendait une olive crasseuse, fit résonner une petite sonnette dont l'organe faible dévoilait une cassure dans le
métal. Chaque objet était un trait en harmonie avec
l'ensemble de ce hideux tableau. La Cibot entendit le
bruit d'un pas pesant, et la respiration asthmatique d'une
femme puissante. Et Mme Sauvage se manifesta! C'était
une de ces vieilles devinées par Adrien Brauwer dans ses
Sorcières partant pour le Sabbat[1], une femme de cinq
pied six pouces, à visage soldatesque et beaucoup plus
barbu que celui de la Cibot, d'un embonpoint maladif,
vêtue d'une affreuse robe de rouennerie à bon marché,
coiffée d'un madras, faisant encore des papillotes avec
les imprimés que recevait gratuitement son maître, et
portant à ses oreilles des espèces de roues de carrosse en
or[a]. Ce cerbère femelle tenait à la main un poêlon en fer-
blanc, bossué, dont le lait répandu jetait dans l'escalier
une odeur de plus, qui s'y sentait peu, malgré son âcreté
nauséabonde.

« Qué qu'il y a pour votre service, *médème* ? » demanda
Mme Sauvage.

Et, d'un air menaçant, elle jeta sur la Cibot, qu'elle
trouva, sans doute, trop bien vêtue, un regard d'autant
plus meurtrier, que ses yeux étaient naturellement sanguinolents.

« Je viens voir M. Fraisier de la part de son ami le
docteur Poulain.

— Entrez, *médème* », répondit la Sauvage d'un air
devenu soudain très aimable et[b] qui prouvait qu'elle
était avertie de cette visite matinale.

Et, après avoir fait une révérence de théâtre[c], la
domestique à moitié mâle du sieur Fraisier ouvrit brusquement la porte du cabinet qui donnait sur la rue, et
où se trouvait l'ancien avoué de Mantes. Ce cabinet
ressemblait absolument à ces petites études d'huissier
du troisième ordre, où les cartonniers sont en bois
noirci, où les dossiers sont si vieux qu'ils ont de la
barbe, en style de cléricature, où les ficelles rouges
pendent d'une façon lamentable, où les cartons sentent
les ébats des souris, où le plancher est gris de poussière
et le plafond jaune de fumée. La glace de la cheminée
était trouble; les chenets en fonte supportaient une
bûche économique; la pendule en marqueterie moderne,
valant soixante francs, avait été achetée à quelque vente

par autorité de justice et les flambeaux qui l'accompagnaient étaient en zinc, mais ils affectaient des formes rococo mal réussies, et la peinture, partie en plusieurs endroits, laissait voir le métal[a]. M. Fraisier, petit homme sec et maladif, à figure rouge, dont les bourgeons annonçaient un sang très vicié[1], mais qui d'ailleurs se grattait incessamment le bras droit, et dont la perruque, mise très en arrière, laissait voir un crâne couleur de brique et d'une expression sinistre, se leva de dessus un fauteuil de canne, où il siégeait sur un rond en maroquin vert. Il prit un air agréable et une voix flûtée pour dire en avançant une chaise : « Madame Cibot, je pense ?...

— Oui, monsieur », répondit la portière qui perdit son assurance habituelle.

Mme Cibot fut effrayée par cette voix, qui ressemblait assez à celle de la sonnette, et par un regard encore plus vert que les yeux verdâtres de son futur conseil. Le cabinet sentait si bien son Fraisier, qu'on devait croire que l'air y était pestilentiel. Mme Cibot comprit alors pourquoi Mme Florimond n'était pas devenue Mme Fraisier.

« Poulain m'a parlé de vous », ma chère dame, dit l'homme de loi, de cette voix d'emprunt qu'on appelle vulgairement *petite voix,* mais qui restait aigre et clairette comme un vin de pays.

Là, cet agent d'affaires essaya de se draper, en ramenant sur ses genoux pointus, couverts en molleton excessivement râpé, les deux pans d'une vieille robe de chambre en calicot imprimé, dont la ouate prenait la liberté de sortir par plusieurs déchirures, mais le poids de cette ouate entraînait les pans, et découvrait un justaucorps en flanelle devenu noirâtre[2]. Après avoir resserré, d'un petit air fat, la cordelière de cette robe de chambre réfractaire pour dessiner sa taille de roseau, Fraisier réunit d'un coup de pincette deux tisons qui s'évitaient depuis fort longtemps, comme deux frères ennemis. Puis, saisi d'une pensée subite, il se leva : « Madame Sauvage! cria-t-il.

— Après ?

— Je n'y suis pour personne.

— Hé! *parbleur !* on le sait, répondit la virago d'une maîtresse voix.

— C'est ma vieille nourrice, dit l'homme de loi d'un air confus à la Cibot.

— Elle a encore beaucoup de laid », répliqua l'ancienne héroïne des Halles.

Fraisier rit du calembour et mit le verrou[a], pour que sa ménagère ne vînt pas interrompre les confidences de la Cibot.

« Eh bien! madame, expliquez-moi votre affaire, dit-il en s'asseyant et tâchant toujours de draper sa robe de chambre. Une personne qui m'est recommandée par le seul ami que j'aie au monde peut compter sur moi... mais... absolument. »

Mme Cibot parla pendant une demi-heure sans que l'agent d'affaires se permît la moindre interruption; il avait l'air curieux d'un jeune soldat écoutant un *vieux de la vieille*[b]. Ce silence et la soumission de Fraisier, l'attention qu'il paraissait prêter à ce bavardage à cascades, dont on a vu des échantillons dans les scènes entre la Cibot et le pauvre Pons, firent abandonner à la défiante portière quelques-unes des préventions que tant de détails ignobles venaient de lui inspirer[c]. Quand la Cibot se fut arrêté, et qu'elle attendit un conseil, le petit homme de loi, dont les yeux verts à points noirs avaient étudié sa future cliente, fut pris d'une toux dite de cercueil, et eut recours à un bol en faïence à demi plein de jus d'herbes, qu'il vida.

« Sans Poulain, je serais déjà mort, ma chère madame Cibot, répondit Fraisier à des regards maternels que lui jeta la portière; mais il me rendra, dit-il, la santé... »

Il paraissait avoir perdu la mémoire des confidences de sa cliente, qui pensait à quitter un pareil moribond[d].

« Madame, en matière de succession, avant de s'avancer, il faut savoir deux choses, reprit l'ancien avoué de Mantes en devenant grave. Premièrement, si la succession vaut la peine qu'on se donne, et, deuxièmement, quels sont les héritiers; car, si la succession est le butin, les héritiers sont l'ennemi. »

La Cibot parla de Rémonencq et d'Élie Magus, et dit que les deux fins compères évaluaient la collection de tableaux à six cent mille francs...

« La prendraient-ils à ce prix-là ?... demanda l'ancien avoué de Mantes, car, voyez-vous, madame, les gens d'affaires ne croient pas aux tableaux. Un tableau, c'est quarante sous de toile ou cent mille francs de peinture! Or, les peintures de cent mille francs sont bien connues, et quelles erreurs dans toutes ces valeurs-là, même les plus célèbres[a]! Un financier bien connu, dont la galerie était vantée, visitée et gravée (gravée!), passait pour avoir dépensé des millions... Il meurt, car on meurt, eh bien! ses *vrais* tableaux[b] n'ont pas produit plus de deux cent mille francs. Il faudrait m'amener ces messieurs... Passons aux héritiers. »

Et Fraisier se remit dans son attitude d'écouteur. En entendant le nom du président Camusot, il fit un hochement de tête, accompagné d'une grimace qui rendit la Cibot excessivement attentive; elle essaya de lire sur ce front, sur cette atroce physionomie, et trouva ce qu'en affaire on nomme *une tête de bois*.

« Oui, mon cher monsieur, répéta la Cibot, mon M. Pons eſt le propre cousin du président Camusot de Marville, il me rabâche[c] sa parenté deux fois par jour. La première femme de M. Camusot, le marchand de soieries...

— Qui vient d'être nommé pair de France...

— Était une demoiselle Pons, cousine germaine de M. Pons.

— Ils sont cousins issus de germains...

— Ils ne sont plus rien du tout, ils sont brouillés. »

M. Camusot de Marville avait été, pendant cinq ans, président du tribunal de Mantes, avant de venir à Paris. Non seulement il y avait laissé des souvenirs, mais encore il y avait conservé des relations; car son successeur, celui de ses juges avec lequel il s'était le plus lié pendant son séjour, présidait encore le tribunal et conséquemment connaissait Fraisier à fond.

« Savez-vous[d], madame, dit-il lorsque la Cibot eut arrêté les rouges écluses de sa bouche torrentielle, savez-vous que vous auriez pour ennemi capital un homme qui peut envoyer les gens à l'échafaud ? »

La portière exécuta sur sa chaise un bond qui la fit ressembler à la poupée de ce joujou nommé *une surprise*[1].

« Calmez-vous, ma chère dame, reprit Fraisier. Que vous ignoriez ce qu'eſt le président de la chambre des mises en accusation de la cour royale de Paris, rien de plus naturel, mais vous deviez savoir que M. Pons avait un héritier légal naturel[e]. M. le président de Marville eſt le seul et unique héritier de votre malade, mais il eſt collatéral au troisième degré; donc, M. Pons peut, aux

termes de la loi, faire ce qu'il veut de sa fortune. Vous
ignorez encore que la fille de M. le président a épousé,
depuis six semaines au moins[a], le fils aîné de M. le comte
Popinot, pair de France, ancien ministre de l'Agriculture et du Commerce, un des hommes les plus
influents de la politique actuelle. Cette alliance rend le
président encore plus redoutable qu'il ne l'est comme
souverain de la cour d'assises. »

La Cibot tressaillit encore à ce mot.

« Oui, c'est lui qui vous envoie là, reprit Fraisier. Ah!
ma chère dame, vous ne savez pas ce qu'est une robe
rouge! C'est déjà bien assez d'avoir une simple robe noire
contre soi! Si vous me voyez ici ruiné, chauve, moribond... eh bien! c'est pour avoir heurté, sans le savoir, un
simple petit procureur du roi de province. On m'a forcé
de vendre mon étude à perte, et bien heureux de décam-
per en perdant ma fortune. Si j'avais voulu résister, je
n'aurais pas pu garder ma profession d'avocat. Ce que
vous ignorez encore, c'est que s'il ne s'agissait que du
président Camusot, ce ne serait rien; mais il a, voyez-
vous, une femme!... Et si vous vous trouviez face à face
avec cette femme, vous trembleriez comme si vous étiez
sur la première marche de l'échafaud, les cheveux vous
dresseraient sur la tête. La présidente est vindicative à
passer dix ans pour vous entortiller dans un piège où
vous péririez! Elle fait agir son mari comme un enfant
fait aller sa toupie. Elle a dans sa vie causé le suicide, à la
Conciergerie, d'un charmant garçon; elle a rendu blanc
comme neige un comte qui se trouvait sous une accusation de faux. Elle a failli faire interdire l'un des plus
grands seigneurs de la cour de Charles X[1]. Enfin, elle a
renversé le procureur général, M. de Grandville...

— Qui demeurait Vieille-rue-du-Temple, au coin de
la[b] rue Saint-François[2], dit la Cibot.

— C'est lui-même. On dit qu'elle veut faire son
mari ministre de la Justice, et je ne sais pas si elle n'arrivera point à ses fins... Si elle se mettait dans l'idée de nous
envoyer tous deux en cour d'assises et au bagne, moi qui
suis innocent comme l'enfant qui naît, je prendrais un
passeport et j'irais aux États-Unis... tant je connais bien
la Justice. Or, ma chère madame Cibot, pour pouvoir
marier sa fille unique au jeune vicomte Popinot, qui sera,
dit-on, héritier de votre propriétaire, M. Pillerault, la

présidente s'est dépouillée de toute sa fortune, si bien
qu'en ce moment, le président et sa femme sont réduits à
vivre avec le traitement de la présidence. Et vous croyez,
ma chère dame, que, dans ces circonstances-là, Mme la
présidente négligera la succession de votre M. Pons ?...
Mais j'aimerais mieux affronter des canons chargés à
mitraille que de me savoir une pareille femme contre
moi...

— Mais, dit la Cibot, ils sont brouillés...

— Qu'est-ce que cela fait ? dit Fraisier. Raison de
plus ! Tuer un parent de qui l'on se plaint, c'est quelque
chose, mais hériter de lui, c'est là un plaisir[a] !

— Mais le bonhomme a ses héritiers en horreur; il me
répète que ces gens-là, je me rappelle les noms, M. Cardot,
M. Berthier, etc., l'ont écrasé comme un œuf qui se
trouverait sous un tombereau.

— Voulez-vous être broyée ainsi ?...

— Mon Dieu, mon Dieu! s'écria la portière. Ah!
Mme Fontaine avait raison en disant que je rencontrerais
des obstacles; mais elle a dit que je réussirais...

— Écoutez, ma chère madame Cibot... Que vous
tiriez de cette affaire une trentaine de mille francs, c'est
possible; mais la succession, il n'y faut pas songer... Nous
avons causé de vous et de votre affaire, le docteur Poulain
et moi, hier au soir... »

Là, Mme Cibot fit encore un bond sur sa chaise.

« Eh bien! qu'avez-vous ?

— Mais, si vous connaissiez mon affaire, pourquoi
m'avez-vous laissé jaser comme une pie ?

— Madame Cibot, je connaissais votre affaire, mais
je ne savais rien de Mme Cibot! Autant de clients, autant
de caractères... »

Là, Mme Cibot jeta sur son futur conseil un singulier
regard où toute sa défiance éclata et que Fraisier surprit[b].

« Je reprends, dit Fraisier. Donc, notre ami Poulain
a été mis par vous en rapport avec le vieux M. Pillerault,
le grand-oncle de Mme la comtesse Popinot, et c'est un
de vos titres à mon dévouement. Poulain va voir votre
propriétaire (notez ceci!) tous les quinze jours[c], et il a su
tous ces détails par lui. Cet ancien négociant assistait au
mariage de son arrière-petit-neveu (car c'est un oncle à
succession[1], il a bien quelque quinze mille francs de
rente; et, depuis vingt-cinq ans, il vit comme un moine,

il dépense à peine mille écus par an...), et il a raconté toute l'affaire du mariage à Poulain. Il paraît que ce grabuge a été causé précisément par votre bonhomme de musicien qui a voulu déshonorer, par vengeance, la famille du président. Qui n'entend qu'une cloche n'a qu'un son... Votre malade se dit innocent, mais le monde le regarde comme un monſtre...

— Ça ne m'étonnerait pas qu'il en fût un! s'écria la Cibot. Figurez-vous que voilà dix ans passés que j'y mets du mien, il le sait, il a mes économies, et il ne veut pas me coucher sur son teſtament... Non, monsieur, il ne le veut pas, il eſt têtu, que c'eſt un vrai mulet... Voilà dix jours que je lui en parle, le mâtin ne bouge pas plus que si c'était un terne[1]. Il ne desserre pas les dents, il me regarde d'un air... Le plus qu'il m'a dit, c'eſt qu'il me recommanderait à M. Schmucke.

— Il compte donc faire un teſtament en faveur de ce Schmucke ?...

— Il lui donnera tout...

— Écoutez, ma chère madame Cibot, il faudrait pour que j'eusse des opinions arrêtées, pour concevoir un plan, que je connusse M. Schmucke, que je visse les objets dont se compose la succession, que j'eusse une conférence avec ce Juif de qui vous me parlez; et, alors, laissez-moi vous diriger...

— Nous verrons, mon bon monsieur Fraisier.

— Comment! nous verrons, dit Fraisier en jetant un regard de vipère à la Cibot et parlant avec sa voix naturelle. Ah çà! suis-je ou ne suis-je pas votre conseil ? entendons-nous bien. »

La Cibot se sentit devinée, elle eut froid dans le dos.

« Vous avez toute ma confiance, répondit-elle en se voyant à la merci d'un[a] tigre.

— Nous autres avoués, nous sommes habitués aux trahisons de nos clients[2]. Examinez bien votre position : elle eſt superbe. Si vous suivez mes conseils de point en point, vous aurez, je vous le garantis, trente ou quarante mille francs de cette succession-là... Mais cette belle médaille a un revers. Supposez que la présidente apprenne que la succession de M. Pons vaut un million, et que vous voulez l'écorner, car il y a toujours des gens qui se chargent de dire ces choses-là!... » fit-il en parenthèse.

Cette parenthèse, ouverte et fermée par deux pauses,

fit frémir la Cibot, qui pensa sur-le-champ que Fraisier se chargerait de la dénonciation.

« Ma chère cliente[a], en dix minutes on obtiendra du bonhomme Pillerault votre renvoi de la loge, et l'on vous donnera deux heures pour déménager...

— Quéque ça me ferait!... dit la Cibot en se dressant sur ses pieds en Bellone, je resterais chez ces messieurs comme leur femme de confiance.

— Et, voyant cela, l'on vous tendrait un piège, et vous vous réveilleriez un beau matin dans un cachot, vous et votre mari, sous une accusation capitale...

— Moi!... s'écria la Cibot, moi qui n'ai pas n'une centime à autrui!... Moi!... moi!... »

Elle parla pendant cinq minutes, et Fraisier examina cette grande artiste exécutant son concerto de louanges sur elle-même[b1]. Il était froid, railleur, son œil perçait la Cibot comme d'un stylet, il riait en dedans, sa perruque sèche se remuait. C'était Robespierre au temps où ce Sylla français faisait des quatrains[c2].

« Et comment! et pourquoi! et sous quel prétexte! demanda-t-elle en terminant.

— Voulez-vous savoir comment vous pourriez être guillotinée ?... »

La Cibot tomba pâle comme une morte, car cette phrase lui tomba sur le cou comme le couteau de la loi. Elle regarda Fraisier d'un air égaré.

« Écoutez-moi bien, ma chère enfant, reprit Fraisier en réprimant un mouvement de satisfaction que lui causa l'effroi de sa cliente.

— J'aimerais mieux tout laisser là... », dit en murmurant la Cibot.

Et elle voulut se lever.

« Restez, car vous devez connaître votre danger, je vous dois mes lumières, dit impérieusement Fraisier[d]. Vous êtes renvoyée par M. Pillerault, ça ne fait pas de doute, n'est-ce pas ? Vous devenez la domestique de ces deux messieurs, très bien! C'est une déclaration de guerre entre la présidente et vous. Vous voulez tout faire, vous, pour vous emparer de cette succession, en tirer pied ou aile... »

La Cibot fit un geste.

« Je ne vous blâme pas, ce n'est pas mon rôle, dit Fraisier en répondant au geste de sa cliente. C'est une bataille que cette entreprise, et vous irez plus loin que vous ne pensez! On se grise de son idée, on tape dur... »

Autre geste de dénégation de la part de Mme Cibot, qui se rengorgea.

« Allons, allons, ma petite mère, reprit Fraisier avec une horrible familiarité, vous iriez bien loin...

— Ah çà! me prenez-vous pour une voleuse ?

— Allons, maman, vous avez un reçu*a* de M. Schmucke qui vous a peu coûté... Ah! vous êtes ici à confesse, ma belle dame... Ne trompez pas votre confesseur, surtout quand ce confesseur a le pouvoir de lire dans votre cœur... »

La Cibot fut effrayée de la perspicacité de cet homme et comprit la raison de la profonde attention avec laquelle il l'avait écoutée.

« Eh bien! reprit Fraisier*b*, vous pouvez bien admettre que la présidente ne se laissera pas dépasser par vous dans cette course à la succession... On vous observera, l'on vous espionnera... Vous obtenez d'être mise sur le testament de M. Pons... C'est parfait. Un beau jour, la justice arrive, on saisit une tisane, on y trouve de l'arsenic au fond, vous et votre mari vous êtes arrêtés, jugés, condamnés, comme ayant voulu tuer le sieur Pons, afin de toucher votre legs... J'ai défendu à Versailles une pauvre femme, aussi vraiment innocente que vous le seriez en pareil cas; les choses étaient comme je vous le dis, et tout ce que j'ai pu faire alors, ç'a été de lui sauver la vie. La malheureuse a eu vingt ans de travaux forcés et les fait à Saint-Lazare. »

L'effroi de Mme Cibot fut au comble. Devenue pâle, elle regardait ce petit homme sec aux yeux verdâtres comme la pauvre Moresque, réputée fidèle à sa religion, devait regarder l'inquisiteur au moment où elle s'entendait condamner au feu.

« Vous dites donc, mon bon monsieur Fraisier, qu'en vous laissant faire, vous confiant le soin de mes intérêts, j'aurais quelque chose, sans rien craindre*c* ?

— Je vous garantis trente mille francs, dit Fraisier en homme sûr de son fait.

— Enfin, vous savez combien j'aime le cher docteur Poulain, reprit-elle de sa voix la plus pateline, c'est lui qui m'a dit de venir vous trouver, et le digne homme ne m'envoyait pas ici pour m'entendre dire que je serais guillotinée comme une empoisonneuse... »

Elle fondit en larmes, tant cette idée de guillotine l'avait fait frissonner, ses nerfs étaient en mouvement, la terreur lui serrait le cœur, elle perdit la tête. Fraisier jouissait de son triomphe. En apercevant l'hésitation de sa cliente, il se voyait privé de l'affaire, et il avait voulu dompter la Cibot, l'effrayer, la stupéfier, l'avoir à lui, pieds et poings liés. La portière, entrée dans ce cabinet comme une mouche se jette dans une toile d'araignée, devait y rester, liée, entortillée, et servir de pâture à l'ambition de ce petit homme de loi[a]. Fraisier voulait en effet trouver, dans cette affaire, la nourriture de ses vieux jours, l'aisance, le bonheur, la considération. La veille, pendant la soirée, tout avait été pesé mûrement, examiné soigneusement, à la loupe, entre Poulain et lui. Le docteur avait dépeint Schmucke à son ami Fraisier, et leurs esprits alertes avaient sondé toutes les hypothèses, examiné les ressources et les dangers[b]. Fraisier, dans un élan d'enthousiasme, s'était écrié : « Notre fortune à tous deux est là-dedans ! » Et il avait promis à Poulain une place de médecin en chef d'hôpital, à Paris, et il s'était promis à lui-même de devenir juge de paix de l'arrondissement.

Être juge de paix ! c'était pour cet homme plein de capacités, docteur en droit et sans chaussettes, une chimère si rude à la monture, qu'il y pensait, comme les avocats-députés pensent à la simarre et les prêtres italiens à la tiare. C'était une folie[c] ! Le juge de paix, M. Vitel[d], devant qui plaidait Fraisier, était un vieillard de soixante-neuf ans, assez maladif, qui parlait de prendre sa retraite, et Fraisier parlait d'être son successeur à Poulain, comme Poulain lui parlait d'une riche héritière qu'il épousait après lui avoir sauvé la vie[e]. On ne sait pas quelles convoitises inspirent toutes les places à la résidence de Paris. Habiter Paris est un désir universel. Qu'un débit de tabac, de timbre, vienne à vaquer, cent femmes se lèvent comme un seul homme et font mouvoir tous leurs amis pour l'obtenir[f]. La vacance probable d'une des vingt-quatre perceptions de Paris cause une émeute d'ambitions à la chambre des députés ! Ces places se donnent en conseil, la nomination est une affaire d'État. Or, les appointements de juge de paix, à Paris, sont d'environ six mille francs. Le greffe de ce tribunal

est une charge qui vaut cent mille francs. C'est une des
places les plus enviées de l'ordre judiciaire. Fraisier, juge
de paix, ami d'un médecin en chef d'hôpital, se mariait
richement, et mariait le docteur Poulain; ils se prêtaient
la main mutuellement[a]. La nuit avait passé son rouleau
de plomb sur toutes les pensées de l'ancien avoué de
Mantes, et un plan formidable avait germé, plan touffu,
fertile en moissons et en intrigues[b]. La Cibot était la
cheville ouvrière de ce drame. Aussi la révolte de cet
instrument devait-elle être comprimée; elle n'avait pas
été prévue, mais l'ancien avoué venait d'abattre à ses
pieds l'audacieuse portière en déployant toutes les forces
de sa nature vénéneuse.

« Ma chère madame Cibot, voyons, rassurez-vous[c] »,
dit-il en lui prenant la main.

Cette main, froide comme la peau d'un serpent, produisit une impression terrible sur la portière[1], il en résulta
comme une réaction physique qui fit cesser son émotion[d];
elle trouva le crapaud Astaroth de Mme Fontaine moins
dangereux à toucher que ce bocal de poisons couvert
d'une perruque rougeâtre et qui parlait comme les
portes crient.

« Ne croyez pas que je vous effraie à tort, reprit Fraisier après avoir noté ce nouveau mouvement de répulsion de la Cibot[e]. Les affaires qui font la terrible réputation de Mme la présidente sont tellement connues au
Palais, que vous pouvez consulter là-dessus qui vous
voudrez. Le grand seigneur qu'on a failli interdire est
le marquis d'Espard. Le marquis[2] d'Esgrignon est celui
qu'on a sauvé des galères. Le jeune homme, riche, beau,
plein d'avenir, qui devait épouser une demoiselle appartenant à l'une des premières familles de France, et qui
s'est pendu dans un cabanon de la Conciergerie, est le
célèbre Lucien de Rubempré, dont l'affaire a soulevé
tout Paris dans le temps. Il s'agissait là d'une succession, de celle d'une femme entretenue, la fameuse Esther,
qui a laissé plusieurs millions, et on accusait ce jeune
homme de l'avoir empoisonnée, car il était l'héritier
institué par le testament[f]. Ce jeune poète n'était pas à
Paris quand cette fille est morte, il ne se savait pas héritier!... On ne peut pas être plus innocent que cela. Eh
bien! après avoir été interrogé par M. Camusot, ce
jeune homme s'est pendu dans son cachot... La Justice,

c'est comme la Médecine, elle a ses victimes. Dans le premier cas, on meurt pour la Société; dans le second, pour la Science, dit-il en laissant échapper un affreux sourire[a]. Eh bien! vous voyez que je connais le danger... Je suis déjà ruiné par la Justice, moi, pauvre petit avoué obscur. Mon expérience me coûte cher, elle est toute à votre service...

— Ma foi, non, merci..., dit la Cibot, je renonce à tout! j'aurai fait un ingrat... Je ne veux que mon dû! J'ai trente ans de probité, monsieur. Mon M. Pons dit qu'il me recommandera sur son testament à son ami Schmucke; eh bien! je finirais mes jours en paix chez ce brave Allemand... »

Fraisier dépassait le but, il avait découragé la Cibot, et il fut obligé d'effacer les tristes impressions qu'elle avait reçues.

« Ne désespérons de rien, dit-il, allez-vous-en chez vous, tout tranquillement. Allez, nous conduirons l'affaire à bon port.

— Mais que faut-il que je fasse alors, mon bon monsieur Fraisier, pour avoir des rentes, et ?...

— N'avoir aucun remords, dit-il vivement en coupant la parole à la Cibot! Eh! mais, c'est précisément pour ce résultat que les gens d'affaires sont inventés. On ne peut rien avoir dans ces cas-là sans se tenir dans les termes de la loi... Vous ne connaissez pas les lois, moi je les connais... Avec moi, vous serez du côté de la légalité, vous posséderez en paix vis-à-vis des hommes, car la conscience, c'est votre affaire.

— Eh bien! dites, reprit la Cibot, que ces paroles rendirent curieuse et heureuse.

— Je ne sais pas[b], je n'ai pas étudié l'affaire dans ses moyens, je ne me suis occupé que des obstacles. D'abord, il faut[c], voyez-vous, pousser au testament, et vous ne ferez pas fausse route; mais avant tout, sachons en faveur de qui Pons disposera de sa fortune, car si vous étiez son héritière...

— Non, non, il ne m'aime pas! Ah! si j'avais connu la valeur de ses *biblots,* et si j'avais su ce qu'il m'a dit de ses amours, je serais sans inquiétude aujourd'hui...

— Enfin, reprit Fraisier, allez toujours! les moribonds[d] ont de singulières fantaisies, ma chère madame Cibot, ils trompent bien des espérances. Qu'il teste, et nous verrons après. Mais, avant tout, il s'agit d'évaluer les objets dont se compose la succession. Ainsi, mettez-moi en rapport avec le Juif, avec ce Rémonencq, ils nous seront très utiles... Ayez toute confiance en moi, je suis tout à vous. Je suis l'ami de mon client, à pendre et à dépendre, quand il eſt le mien. Ami ou ennemi, tel eſt mon caractère.

— Eh bien! je serai tout à vous, dit la Cibot, et, quant aux honoraires, M. Poulain...

— Ne parlons pas de cela, dit Fraisier. Songez à maintenir Poulain au chevet du malade; le docteur eſt un des cœurs les plus honnêtes, les plus purs que je connaisse, et il nous faut là, voyez-vous, un homme sûr... Poulain vaut mieux que moi, je suis devenu méchant.

— Vous en avez l'air, dit la Cibot, mais moi je me fierais à vous...

— Et vous auriez raison! dit-il[a]... Venez me voir à chaque incident, et allez... Vous êtes une femme d'esprit, tout ira bien.

— Adieu, mon cher monsieur Fraisier, bonne santé... votre servante. »

Fraisier reconduisit la cliente jusqu'à la porte, et là, comme elle la veille avec le docteur, il lui dit son dernier mot.

« Si vous pouviez faire réclamer mes conseils par M. Pons, ce serait un grand pas de fait...

— Je tâcherai, répondit la Cibot.

— Ma grosse mère, reprit Fraisier en faisant rentrer la Cibot jusque dans son cabinet, je connais beaucoup M. Trognon, notaire, c'eſt le notaire du quartier. Si M. Pons n'a pas de notaire, parlez-lui de celui-là... faites-lui prendre...

— Compris », répondit la Cibot.

En se retirant, la portière entendit le frôlement d'une robe et le bruit d'un pas pesant qui voulait se rendre léger[b]. Une fois seule et dans la rue, la portière, après avoir marché pendant un certain temps, recouvra sa liberté d'esprit. Quoiqu'elle reſtât sous l'influence de cette conférence, et qu'elle eût toujours une grande frayeur de l'échafaud, de la juſtice, des juges, elle prit une résolution très naturelle et qui l'allait mettre en lutte sourde avec son terrible conseiller[c].

« Eh! qu'ai-je besoin, se dit-elle, de me donner des

associés ? faisons ma pelote, et après je prendrai tout
ce qu'ils m'offriront pour servir leurs intérêts... »

Cette pensée devait hâter, comme on va le voir, la
fin du malheureux musicien[a].

« Eh bien! mon cher monsieur Schmucke, dit la
Cibot en entrant dans l'appartement, comment va notre
cher adoré de malade ?

— *Bas pien,* répondit l'Allemand. *Bons hâ paddi* (battu)
la gambagne bendant tidde la nouitte.

— Qué qu'il disait donc ?

— *Tes bêtisses ! qu'il foulait que c'husse dude sa vordine*
(fortune), *à la gondission de ne rien vendre... Et il pleurait !
Paufre homme ! Ça m'a vait pien ti mâle !*

— Ça passera! mon cher bichon! reprit la portière.
Je vous ai fait attendre votre déjeuner, vu qu'il s'en va
de neuf heures, mais ne me grondez pas... Voyez-vous,
j'ai eu bien des affaires... rapport à vous. V²là que nous
n'avons plus rien, et je me suis procuré de l'argent!...

— *Et gomment ?* dit le pianiste.

— Et ma tante ?

— *Guèle dande ?*

— Le plan[1]!

— *Le bland !*

— Oh! cher homme! est-il simple! Non, vous êtes
un saint, n'un amour, un archevêque d'innocence, un
homme à empailler, comme disait cet ancien acteur.
Comment! vous êtes à Paris depuis vingt-neuf ans, vous
avez vu, quoi... la révolution de Juillet, et vous ne
connaissez pas le *monde-piété*[2]... les commissionnaires où
l'on vous prête sur vos hardes!... j'y ai mis tous nos
couverts d'argent, huit à filets. Bah! Cibot mangera
dans du métal d'Alger[3]. C'est très bien porté, comme
on dit. Et c'est pas la peine de parler de ça à notre chérubin, ça le tribouillerait, ça le ferait jaunir, et il est bien
assez irrité comme il est. Sauvons-le avant tout, et nous
verrons après! Eh bien! dans le temps comme dans le
temps. À la guerre comme à la guerre, pas vrai!...

— *Ponne phâme ! cueir ziblime !* » dit le pauvre musicien en prenant la main de la Cibot et la mettant sur son
cœur, avec une expression d'attendrissement.

Cet ange leva les yeux au ciel, les montra pleins de
larmes.

« Finissez donc, papa Schmucke, vous êtes drôle.

V'là-t-il pas quelque chose de fort! Je suis n'une vieille fille du peuple, j'ai le cœur sur la main. J'ai de ça, voyez-vous, dit-elle en se frappant le sein, autant que vous deux, qui êtes des âmes d'or...

— *Baba Schmucke !* reprit le musicien. *Non t'aller au fond di chagrin, t'y bleurer tes larmes de sang, et te monder tans le ciel, ça me brise ! che ne sirfifrai pas à Bons...*

— Parbleu, je le crois bien, vous vous tuez... Écoutez, mon bichon.

— *Pichon !*

— Eh bien! mon fiston.

— *Vistton ?*

— Mon chou n'a! si vous aimez mieux.

— *Ça n'esde bas plis clair...*

— Eh bien[a]! laissez-moi vous soigner et vous diriger, ou si vous continuez ainsi, voyez-vous, j'aurai deux malades sur les bras... Selon ma petite entendement, il faut nous partager la besogne ici. Vous ne pouvez plus aller donner des leçons dans Paris, que ça vous fatigue et que vous n'êtes plus propre à rien ici, où il va falloir passer les nuits, puisque M. Pons devient de plus en plus malade[b]. Je vais courir aujourd'hui chez toutes vos pratiques et leur dire que vous êtes malade, pas vrai... Pour lors, vous passerez les nuits auprès de notre mouton, et vous dormirez le matin depuis cinq heures jusqu'à supposé deux heures après midi. Moi, je ferai le service qu'est le plus fatigant, celui de la journée, puisqu'il faut vous donner à déjeuner, à dîner, soigner le malade, le lever, le changer, le médiquer... Car, au métier que je fais, je ne tiendrais pas dix jours. Et voilà déjà trente[c] jours que nous sommes sur les dents. Et que deviendriez-vous, si je tombais malade ?... Et vous aussi, c'est à faire frémir, voyez comme vous êtes, pour avoir veillé monsieur cette nuit... »

Elle amena Schmucke devant la glace, et Schmucke se trouva fort changé.

« Donc, si vous êtes de mon avis, je vas vous servir dare-dare votre déjeuner. Puis vous garderez encore notre amour jusqu'à deux heures. Mais vous allez me donner la liste de vos pratiques, et j'aurai bientôt fait, vous serez libre pour quinze jours. Vous vous coucherez à mon arrivée, et vous vous reposerez jusqu'à ce soir. »

Cette proposition était si sage, que Schmucke y adhéra sur-le-champ.

« *Motus* avec[a] M. Pons ; car, vous savez, il se croirait perdu si nous lui disons comme ça qu'il va suspendre ses fonctions au théâtre et ses leçons. Le pauvre monsieur s'imaginerait qu'il ne retrouvera plus ses écolières... des bêtises... M. Poulain dit que nous ne sauverons notre Benjamin qu'en le laissant dans le plus grand calme.

— *A pien ! pien ! vaides te técheuner, che fais vaire la lisde et vis tonner les attresses !... fis avez réson, che zugomprais !* »

Une heure après, la Cibot s'endimancha, partit en milord au grand étonnement de Rémonencq, et se promit de représenter dignement la femme de confiance des deux casse-noisettes dans[b] tous les pensionnats, chez toutes les personnes où se trouvaient les écolières des deux musiciens.

Il est inutile de rapporter les différents commérages, exécutés comme les variations d'un thème, auxquels la Cibot se livra chez les maîtresses de pension et au sein des familles, il suffira de la scène qui se passa dans le cabinet directorial de l'ILLUSTRE GAUDISSART, où la portière pénétra, non sans des difficultés inouïes. Les directeurs de spectacle, à Paris, sont mieux gardés que les rois et les ministres. La raison des fortes barrières qu'ils élèvent entre eux et le reste des mortels est facile à comprendre : les rois n'ont à se défendre que contre les ambitions ; les directeurs de spectacle ont à redouter les amours-propres d'artiste et d'auteur[c].

La Cibot franchit toutes les distances par l'intimité subite qui s'établit entre elle et le concierge[d]. Les portiers se reconnaissent entre eux, comme tous les gens de même profession. Chaque état a ses *Shiboleth*[1], comme il a son injure et ses stigmates.

« Ah ! madame, vous êtes la portière du théâtre, avait dit la Cibot. Moi, je ne suis qu'une pauvre concierge d'une maison de la rue de Normandie où loge M. Pons, votre chef d'orchestre. Oh ! comme je serais heureuse d'être à votre place, de voir passer les acteurs, les danseuses, les auteurs ! C'est, comme disait cet ancien acteur, le bâton de maréchal de notre métier.

— Et comment va-t-il, ce brave M. Pons ? demanda la portière.

— Mais il ne va pas du tout; v'là deux mois qu'il ne sort pas de son lit, et il quittera la maison les pieds en avant, c'est sûr.

— Ce sera une perte...

— Oui. Je viens de sa part expliquer sa position à votre directeur; tâchez donc ma petite, que je lui parle[a]...

— Une dame de la part de M. Pons! »

Ce fut ainsi que le garçon de théâtre, attaché au service du cabinet, annonça Mme Cibot, que la concierge du théâtre lui recommanda. Gaudissard venait d'arriver pour une répétition. Le hasard voulut que personne n'eût à lui parler, que les auteurs de la pièce et les acteurs fussent en retard; il fut charmé d'avoir des nouvelles de son chef d'orchestre, il fit un geste napoléonien[1], et la Cibot entra[b].

Cet ancien commis voyageur[c], à la tête d'un théâtre en faveur, trompait sa commandite, il la considérait comme une femme légitime. Aussi avait-il pris un développement financier qui réagissait sur sa personne. Devenu fort et gros, coloré par la bonne chère et la prospérité, Gaudissard s'était métamorphosé franchement en Mondor[2]. « Nous tournons au Beaujon! » disait-il en essayant de rire le premier de lui-même. — Tu n'en es encore qu'à Turcaret », lui répondit Bixiou qui le remplaçait souvent auprès de la première danseuse du théâtre, la célèbre Héloïse Brisetout[3]. En effet, l'ex-ILLUSTRE GAUDISSARD exploitait son théâtre uniquement et brutalement dans son propre intérêt. Après s'être fait admettre comme collaborateur dans plusieurs ballets, dans des pièces, des vaudevilles, il en avait acheté l'autre part, en profitant des nécessités qui poignent les auteurs. Ces pièces, ces vaudevilles, toujours ajoutés aux drames à succès, rapportaient à Gaudissard quelques pièces d'or par jour. Il trafiquait, par procuration, sur les billets, et s'il s'en était attribué, comme *feux* de directeur, un certain nombre qui lui permettait de dîmer les recettes. Ces trois natures de contributions directoriales, outre les loges vendues et les présents des actrices mauvaises qui tenaient à remplir des bouts de rôle, à se montrer en pages, en reines, grossissaient si bien son tiers dans les bénéfices, que les commanditaires, à qui les deux autres tiers étaient dévolus, touchaient à peine le dixième des produits. Néanmoins, ce dixième produisait encore un intérêt de quinze pour cent des fonds. Aussi, Gaudissard, appuyé sur ses quinze pour cent de dividende, parlait-il de son intelligence, de sa probité, de son zèle et du bonheur de ses commanditaires. Quand le comte Popinot demanda, par un semblant d'intérêt, à M. Matifat, au général Gouraud, gendre de Matifat, à Crevel, s'ils étaient contents de Gaudissard, Gouraud, devenu pair de France[a], répondit : « On nous dit qu'il nous vole, mais il est si spirituel, si bon enfant, que nous sommes contents... — C'est alors comme dans le conte de La Fontaine[1] », dit l'ancien ministre en souriant. Gaudissard faisait valoir ses capitaux dans des affaires en dehors du théâtre. Il avait bien jugé les Graff, les Schwab et les Brunner, il s'associa dans les entreprises de chemins de fer que cette maison lançait. Cachant sa finesse sous la rondeur et l'insouciance du libertin, du voluptueux, il avait l'air de ne s'occuper que de ses plaisirs et de sa toilette ; mais il pensait à tout, et mettait à profit l'immense expérience des affaires qu'il avait acquise en voyageant. Ce parvenu, qui ne se prenait pas au sérieux, habitait un appartement luxueux, arrangé par les soins de son décorateur, et où il donnait des soupers et des fêtes aux gens célèbres. Fastueux, aimant à bien faire les choses, il se donnait pour un homme coulant, et il semblait d'autant moins dangereux, qu'il avait gardé la *platine*[2] de son ancien métier, pour employer son expression, en la doublant de l'argot des coulisses. Or, comme, au théâtre, les artistes disent crûment les choses, il empruntait assez d'esprit aux coulisses qui ont leur esprit, pour, en le mêlant à la plaisanterie vive du commis voyageur, avoir l'air d'un homme supérieur. En ce moment, il pensait à vendre son privilège et à *passer,* selon son mot, *à d'autres exercices*. Il voulait être à la tête d'un chemin de fer, devenir un homme sérieux, un administrateur, et épouser la fille d'un des plus riches maires de Paris, Mlle Minard. Il espérait être nommé député sur *sa ligne* et arriver, par la protection de Popinot, au Conseil d'État[b].

« À qui ai-je l'honneur de parler ? dit Gaudissard en arrêtant sur la Cibot un regard directorial.

— Je suis, monsieur, la femme de confiance de M. Pons.

— Eh bien! comment va-t-il, ce cher garçon ?...

— Mal, très mal, monsieur.

— Diable! diable! j'en suis fâché, je l'irai voir; car c'est un de ces hommes rares...

— Ah! oui, monsieur, un vrai chérubin... Je me demande encore comment cet homme-là se trouvait dans un théâtre...

— Mais, madame, le théâtre est un lieu de correction pour les mœurs..., dit Gaudissard. Pauvre Pons!... ma parole d'honneur[a], on devrait avoir de la graine pour entretenir cette espèce-là... c'est un homme modèle, et du talent... Quand croyez-vous qu'il pourra reprendre son service ? Car le théâtre, malheureusement, ressemble aux diligences qui, vides ou pleines, partent à l'heure : la toile se lève ici tous les jours à six heures... et nous aurons beau nous apitoyer, ça ne ferait pas de bonne musique... Voyons, où en est-il[b] ?...

— Hélas! mon bon monsieur, dit la Cibot en tirant son mouchoir et en se le mettant sur les yeux, c'est bien terrible à dire; mais je crois que nous aurons le malheur de le perdre, quoique nous le soignions comme la prunelle de nos yeux... M. Schmucke et moi... même que je viens vous dire que vous ne devez plus compter sur ce digne M. Schmucke qui va passer toutes les nuits... On ne peut pas s'empêcher de faire comme s'il y avait de l'espoir, et d'essayer d'arracher ce digne et cher homme à la mort... Le médecin n'a plus d'espoir...

— Et de quoi meurt-il ?

— De chagrin, de jaunisse, du foie, et tout cela compliqué de bien des choses de famille.

— Et d'un médecin, dit Gaudissard. Il aurait dû prendre le docteur Lebrun, notre médecin, ça n'aurait rien coûté...

— Monsieur en a un qu'est un Dieu... mais[c] que peut faire un médecin, malgré son talent, contre tant de causes ?...

— J'avais bien besoin de ces deux braves casse-noisettes[d] pour la musique de ma nouvelle féerie...

— Est-ce quelque chose que je puisse faire pour eux ?... » dit la Cibot d'un air digne de Jocrisse[e].

Gaudissard éclata de rire.

« Monsieur, je suis leur femme de confiance, et il y a bien des choses que ces messieurs... »

Aux éclats de rire de Gaudissard, une femme s'écria :
« Si tu ris, on peut entrer, mon vieux. »

Et le premier sujet de la danse fit irruption dans le
cabinet en se jetant sur le seul canapé qui s'y trouvât.
C'était Héloïse Brisetout, enveloppée d'une magnifique
écharpe dite *algérienne*.

« Qu'est-ce qui fait rire ?... Est-ce madame ? Pour
quel emploi vient-elle ?... » dit la danseuse en jetant un
de ces regards d'artiste à artiste qui devrait faire le sujet
d'un tableau[a].

Héloïse, fille excessivement littéraire, en renom dans
la bohème, liée avec de grands artistes, élégante, fine,
gracieuse, avait plus d'esprit que n'en ont ordinairement
les premiers sujets de la danse; en faisant sa question,
elle respira dans une cassolette des parfums pénétrants.

« Madame, toutes les femmes se valent quand elles
sont belles, et si je ne renifle pas la peste en flacon, et si
je ne me mets pas de brique pilée sur les joues...

— Avec ce que la nature vous en a mis déjà, ça ferait
un fier pléonasme, mon enfant! dit Héloïse en jetant
une œillade à son directeur.

— Je suis une honnête femme...

— Tant pis pour vous, dit Héloïse. N'est fichtre pas
entretenue qui veut! et je le suis, madame, et crânement
bien[b]!

— Comment, tant pis! Vous avez beau avoir des
Algériens sur le corps et faire votre tête, dit la Cibot, vous
n'aurez jamais tant de déclarations que j'en ai reçu,
médème! Et vous ne vaudrez jamais la belle écaillère
du *Cadran-Bleu...* »

La danseuse se leva subitement, se mit au port d'arme,
et porta le revers de sa main droite à son front, comme
un soldat qui salue son général.

« Quoi! dit Gaudissard, vous seriez cette belle écaillère dont me parlait mon père?

— Madame ne connaît alors ni la cachucha, ni la
polka? Madame a cinquante ans passés! » dit Héloïse.

La danseuse se posa dramatiquement et déclama ce
vers :

Soyons amis, Cinna[1]*... !*

« Allons, Héloïse, madame n'est pas de force, laisse-
la tranquille.

— Madame serait la nouvelle Héloïse ?... dit la portière avec une fausse ingénuité pleine de raillerie[a].

— Pas mal, la vieille ! s'écria Gaudissard.

— C'est archidit, reprit la danseuse, le calembour a des moustaches grises[1], trouvez-en un autre, la vieille... ou prenez une cigarette[b].

— Pardonnez-moi, madame, dit la Cibot, je suis trop triste pour continuer à vous répondre, j'ai mes deux messieurs bien malades... et j'ai engagé pour les nourrir et leur éviter des chagrins jusqu'aux habits de mon mari, ce matin, qu'en voilà la reconnaissance...

— Oh ! ici la chose tourne au drame ! s'écria la belle Héloïse. De quoi s'agit-il ?

— Madame, reprit la Cibot, tombe ici comme...

— Comme un premier sujet, dit Héloïse. Je vous souffle, allez ! *médème*.

— Allons, je suis pressé, dit Gaudissard. Assez de farces comme ça ! Héloïse, madame est la femme de confiance de notre pauvre chef d'orchestre qui se meurt ; elle vient me dire de ne plus compter sur lui ; je suis dans l'embarras.

— Ah ! le pauvre homme, mais il faut donner une représentation à son bénéfice.

— Ça le ruinerait ! dit Gaudissard, il pourrait le lendemain devoir cinq cents francs aux hospices qui ne reconnaissent pas d'autres malheureux à Paris que les leurs[c]. Non tenez, ma bonne femme, puisque vous courez pour le prix Montyon... » Gaudissard sonna, le garçon de théâtre se présenta soudain. « Dites au caissier de m'envoyer un billet de mille francs. Asseyez-vous, madame.

— Ah ! pauvre femme, voilà qu'elle pleure !... s'écria la danseuse. C'est bête... Allons, ma mère, nous irons le voir, consolez-vous. — Dis donc, toi, Chinois, dit-elle au directeur en l'attirant dans un coin, tu veux me faire jouer le premier rôle du ballet[d] d'*Ariane*[2]. Tu te maries, et tu sais comme je puis te rendre malheureux !...

— Héloïse, j'ai le cœur doublé de cuivre, comme une frégate.

— Je montrerai des enfants de toi ! j'en emprunterai.

— J'ai déclaré notre attachement[e]...

— Sois bon enfant, donne la place de Pons à Garangeot, ce pauvre garçon a du talent, il n'a pas le sou, je te promets la paix.

— Mais attends que Pons soit mort..., le bonhomme peut d'ailleurs en revenir.

— Oh! pour ça, non, monsieur..., dit la Cibot. Depuis la dernière nuit, qu'il n'était plus dans son bon sens, il a le délire. C'est malheureusement bientôt fini.

— D'ailleurs, fais faire l'intérim par Garangeot! dit Héloïse, il a toute la Presse pour lui... »

En ce moment le caissier entra, tenant à la main deux billets de cinq cents francs.

« Donnez-les à madame, dit Gaudissard. Adieu, ma brave femme, soignez bien ce cher homme, et dites-lui que j'irai le voir, demain ou après... dès que je le pourrai.

— Un homme à la mer, dit Héloïse[a1].

— Ah! monsieur, des cœurs comme le vôtre ne se trouvent qu'au théâtre. Que Dieu vous bénisse!

— À quel compte porter cela ? demanda le caissier.

— Je vais vous signer le bon, vous le porterez au compte des gratifications. »

Avant de sortir, la Cibot fit une belle révérence à la danseuse et put entendre une question que fit Gaudissard à son ancienne maîtresse.

« Garangeot est-il capable de me trousser la musique de notre ballet des *Mohicans*[2] en douze jours ? S'il me tire d'affaire, il aura la succession de Pons[b]! »

La portière, mieux récompensée pour avoir causé tant de mal que si elle avait fait une bonne action, supprima toutes les recettes des deux amis, et les priva de leurs moyens d'existence, dans le cas où Pons recouvrerait la santé. Cette perfide manœuvre devait amener en quelques jours le résultat désiré par la Cibot, l'aliénation des tableaux convoités par[c] Élie Magus. Pour réaliser cette première spoliation, la Cibot devait endormir le terrible collaborateur qu'elle s'était donné, l'avocat Fraisier, et obtenir une entière discrétion d'Élie Magus et de Rémonencq.

Quant à l'Auvergnat, il était arrivé par degrés à l'une de ces passions comme les conçoivent les gens sans instruction, qui viennent du fond d'une province à Paris, avec les idées fixes qu'inspire l'isolement dans les campagnes, avec les ignorances des natures primitives et les brutalités de leurs désirs qui se convertissent en idées fixes. La beauté virile de Mme Cibot, sa vivacité, son esprit de la Halle[1] avaient été l'objet des remarques du brocanteur qui voulait faire d'elle sa concubine en l'enlevant à Cibot, espèce de bigamie beaucoup plus commune qu'on ne le pense, à Paris, dans les classes inférieures. Mais l'avarice[a] fut un nœud coulant qui étreignit de jour en jour davantage le cœur et finit par étouffer la raison. Aussi Rémonencq, en évaluant à quarante mille francs les remises d'Élie Magus et les siennes, passa-t-il du délit au crime en souhaitant avoir la Cibot pour femme légitime. Cet amour, purement spéculatif, l'amena dans les longues rêveries du fumeur, appuyé sur le pas de sa porte, à souhaiter la mort du petit tailleur. Il voyait ainsi ses capitaux presque triplés, il pensait quelle excellente commerçante serait la Cibot[b] et quelle belle figure elle ferait dans un magnifique magasin sur le boulevard. Cette double convoitise grisait Rémonencq. Il louait une boutique au boulevard de la Madeleine, il l'emplissait des plus belles curiosités de la collection de défunt Pons. Après s'être couché dans des draps d'or et avoir vu des millions dans les spirales bleues de sa pipe, il se réveillait[c] face à face avec le petit tailleur, qui balayait la cour, la porte et la rue au moment où l'Auvergnat ouvrait la devanture de sa boutique et disposait son étalage; car depuis la maladie de Pons, Cibot remplaçait sa femme dans les fonctions qu'elle s'était attribuées. L'Auvergnat considérait donc ce petit tailleur olivâtre, cuivré, rabougri, comme le seul obstacle qui s'opposait à son bonheur, et il se demandait comment s'en débarrasser[d]. Cette passion croissante rendait la Cibot très fière, car elle atteignait à l'âge où les femmes commencent à comprendre qu'elles peuvent vieillir.

Un matin donc, la Cibot, à son lever, examina Rémonencq d'un air rêveur au moment où il arrangeait les bagatelles de son étalage, et voulut savoir jusqu'où pourrait aller son amour.

« Eh bien! vint lui dire l'Auvergnat, les choses vont-elles comme vous le voulez ?

— C'est vous qui m'inquiétez, lui répondit la Cibot. Vous me compromettez, ajouta-t-elle, les voisins finiront par apercevoir vos yeux en manches de veste. »

Elle quitta la porte et s'enfonça dans les profondeurs de la boutique de l'Auvergnat.

« En voilà une idée! dit Rémonencq.

— Venez que je vous parle, dit la Cibot[a]. Les héritiers de M. Pons vont se remuer, et ils sont capables de nous faire bien de la peine. Dieu sait ce qui nous arriverait s'ils envoyaient des gens d'affaires qui fourreraient leur nez partout, comme des chiens de chasse. Je ne peux décider M. Schmucke à vendre quelques tableaux, que si vous m'aimez assez pour en garder le secret... oh! mais un secret! que la tête sur le billot vous ne diriez rien... ni d'où viennent les tableaux, ni qui les a vendus. Vous comprenez, M. Pons une fois mort et enterré, qu'on trouve cinquante-trois tableaux au lieu de soixante-sept, personne n'en saura le compte! D'ailleurs, si M. Pons en a vendu de son vivant, on n'a rien à dire.

— Oui, reprit Rémonencq, pour moi ça m'est égal, mais M. Élie Magus voudra des quittances bien en règle.

— Vous aurez aussi votre quittance, pardine! Croyez-vous que ce sera moi qui vous écrirai cela!... Ce sera M. Schmucke! mais vous direz à votre Juif, reprit[b] la portière, qu'il soit aussi discret que vous.

— Nous serons muets comme des poissons. C'est dans notre état. Moi je sais lire, mais je ne sais pas écrire, voilà pourquoi j'ai besoin d'une femme instruite et capable comme vous!... Moi qui n'ai jamais pensé qu'à gagner du pain pour mes vieux jours, je voudrais des petits Rémonencq... Laissez-moi là votre Cibot.

— Mais voilà votre Juif, dit la portière, nous pouvons arranger les affaires.

— Eh bien! ma chère dame, dit Élie Magus qui venait tous les trois jours de très grand matin savoir quand il pourrait acheter ses tableaux. Où en sommes-nous?

— N'avez-vous personne qui vous ait parlé de M. Pons et de ses *biblots*[c]? lui demanda la Cibot.

— J'ai reçu, répondit Élie Magus, une lettre d'un avocat; mais comme c'est un drôle qui me paraît être un petit coureur d'affaires, et que je me défie de ces gens-là, je n'ai rien répondu. Au bout de trois jours, il est venu me voir, et il a laissé une carte, j'ai dit à mon concierge que je serais toujours absent quand il viendrait...

— Vous êtes un amour de Juif, dit la Cibot à qui la prudence d'Élie Magus était peu connue. Eh bien! mes fistons, d'ici à quelques jours, j'amènerai M. Schmucke

à vous vendre sept à huit tableaux, dix au plus; mais à
deux conditions : la première, un secret absolu. Ce sera
M. Schmucke qui vous aura fait venir, pas vrai, monsieur ? ce sera M. Rémonencq qui vous aura proposé à
M. Schmucke pour acquéreur. Enfin, quoi qu'il en soit[a],
je n'y serai pour rien. Vous donnez quarante-six mille[b]
francs des quatre tableaux ?

— Soit, répondit le Juif en soupirant.

— Très bien, reprit la portière. La deuxième condition est que vous m'en remettrez quarante-trois[c] mille,
et que vous ne les achèterez que trois mille[d] à
M. Schmucke; Rémonencq en achètera quatre pour deux
mille[e] francs, et me remettra le surplus... Mais aussi,
voyez-vous, mon cher monsieur Magus, après cela, je
vous fais faire, à vous et à Rémonencq, une fameuse
affaire, à condition de partager les bénéfices entre nous
trois. Je vous mènerai chez cet avocat, ou cet avocat
viendra sans doute ici. Vous estimerez tout ce qu'il y a
chez M. Pons au prix que vous pouvez en donner, afin
que ce M. Fraisier ait une certitude de la valeur de la succession. Seulement il ne faut pas qu'il vienne avant notre
vente, entendez-vous ?...

— C'est compris, dit le Juif; mais il faut du temps
pour voir les choses et en dire le prix.

— Vous aurez une demi-journée. Allez, ça me
regarde... Causez de cela, mes enfants, entre vous; pour
lors, après-demain, l'affaire se fera. Je vais chez ce
Fraisier lui parler, car il sait tout ce qui se passe ici par le
docteur Poulain, et c'est une fameuse scie que de le faire
tenir tranquille, ce coco-là. »

À moitié chemin de la rue de Normandie à la rue de
la Perle, la Cibot trouva Fraisier qui venait chez elle,
tant il était impatient d'avoir, selon son expression,
les éléments de l'affaire.

« Tiens! j'allais chez vous », dit-elle.

Fraisier se plaignit de n'avoir pas été reçu par Élie
Magus; mais la portière éteignit l'éclair de défiance[f] qui
pointait dans les yeux de l'homme de loi, en lui disant
que Magus revenait de voyage, et qu'au plus tard le surlendemain elle lui procurerait une entrevue avec lui dans
l'appartement de Pons, pour fixer la valeur de la collection.

« Agissez franchement avec moi, lui répondit Fraisier.

Il est plus que probable que je serai chargé des intérêts des héritiers de M. Pons. Dans cette position, je serai bien plus à même de vous servir ».

Ce fut dit si sèchement, que la Cibot trembla. Cet homme d'affaires famélique devait manœuvrer de son côté, comme elle manœuvrait du sien; elle résolut donc de hâter la vente des tableaux. La Cibot ne se trompait pas dans ses conjectures. L'avocat et le médecin avaient fait la dépense d'un habillement tout neuf pour Fraisier, afin qu'il pût se présenter, mis décemment[a], chez Mme la présidente Camusot de Marville. Le temps voulu pour la confection des habits était la seule cause du retard apporté à cette entrevue de laquelle dépendait le sort des deux amis. Après sa visite à Mme Cibot, Fraisier se proposait d'aller essayer son habit, son gilet et son pantalon. Il trouva ses habillements prêts et finis. Il revint chez lui, mit une perruque neuve, et[b] partit en cabriolet de remise sur les dix heures du matin pour la rue de Hanovre, où il espérait pouvoir obtenir une audience de la présidente[1]. Fraisier, en cravate blanche[2], en gants jaunes, en perruque neuve parfumé d'eau de Portugal, ressemblait à ces poisons[c] mis dans du cristal et bouchés d'une peau blanche dont l'étiquette, et tout jusqu'au fil, est coquet, mais qui n'en paraissent que plus dangereux. Son air tranchant, sa figure bourgeonnée, sa maladie cutanée, ses yeux verts, sa saveur de méchanceté, frappaient comme des nuages sur un ciel bleu. Dans son cabinet, tel qu'il s'était montré aux yeux de la Cibot, c'était le vulgaire couteau avec lequel un assassin a commis un crime; mais à la porte[d] de la présidente, c'était le poignard élégant qu'une jeune femme met dans son petit dunkerque[e][3].

Un grand changement avait eu lieu rue de Hanovre. Le vicomte et la vicomtesse Popinot, l'ancien ministre et sa femme n'avaient pas voulu que le président et la présidente allassent se mettre à loyer, et quittassent la maison qu'ils donnaient en dot à leur fille. Le président et sa femme s'installèrent donc au second étage, devenu libre par la retraite de la vieille dame qui voulait aller finir ses jours à la campagne. Mme Camusot, qui garda Madeleine Vivet, sa cuisinière et son domestique, en était revenue à la gêne de son point de départ, gêne adoucie par un appartement de quatre mille francs sans

loyer, et par un traitement de dix mille francs. Cette
aurea mediocritas[1] satisfaisait déjà peu Mme de Marville,
qui voulait une fortune en harmonie avec son ambition;
mais la cession de tous les biens à leur fille entraînait
la suppression[a] du cens d'éligibilité pour le président.
Or, Amélie voulait faire un député de son mari, car elle
ne renonçait pas à ses plans facilement, et elle ne désespérait point d'obtenir l'élection du président dans l'arrondissement où Marville est situé. Depuis deux mois elle
tourmentait donc M. le baron Camusot, car le nouveau
pair de France avait obtenu la dignité de baron, pour
arracher[b] de lui cent mille francs en avance d'hoirie,
afin, disait-elle, d'acheter un petit domaine enclavé dans
celui de Marville, et rapportant environ deux mille
francs nets d'impôts. Elle et son mari seraient là, chez
eux, et auprès de leurs enfants; la terre[c] de Marville en
serait arrondie et augmentée d'autant. La présidente faisait valoir aux yeux de son beau-père le dépouillement
auquel elle avait été contrainte pour marier sa fille avec
le vicomte Popinot, et demandait au vieillard s'il pouvait
fermer à son fils aîné le chemin aux honneurs suprêmes
de la magistrature, qui ne seraient plus accordés qu'à
une forte position parlementaire, et son mari saurait la
prendre et se faire craindre des ministres. « Ces gens-là
n'accordent rien qu'à ceux qui leur tordent la cravate au
cou jusqu'à ce qu'ils tirent la langue, dit-elle. Ils sont
ingrats!... Que ne doivent-ils pas à Camusot! Camusot,
en poussant aux ordonnances de Juillet, a causé l'élévation de la maison d'Orléans[d]!... »

Le vieillard se disait entraîné dans les chemins de fer
au-delà de ses moyens, et il remettait cette libéralité, de
laquelle il reconnaissait d'ailleurs la nécessité, lors d'une
hausse prévue sur les actions[e].

Cette quasi-promesse, arrachée quelques jours auparavant, avait plongé la présidente dans la désolation. Il
était douteux que l'ex-propriétaire de Marville pût être
en mesure lors de la réélection de la chambre, car il lui
fallait la *possession annale*.

Fraisier parvint sans peine jusqu'à Madeleine Vivet.
Ces deux natures de vipère se reconnurent pour être
sorties du même œuf.

« Mademoiselle, dit doucereusement Fraisier, je désirerais obtenir un moment d'audience de Mme la pré-

sidente pour une affaire qui lui est personnelle et qui concerne sa fortune; il s'agit, dites-le-lui bien, d'une succession... Je n'ai pas l'honneur d'être connu de Mme la présidente, ainsi mon nom ne signifierait rien pour elle... Je n'ai pas l'habitude de quitter mon cabinet, mais je sais quels égards sont dus à la femme d'un président, et j'ai pris la peine de venir moi-même, d'autant plus que l'affaire ne souffre pas le plus léger retard. »

La question posée dans ces termes-là, répétée et amplifiée par la femme de chambre, amena naturellement une réponse favorable. Ce moment était décisif pour les deux ambitions contenues en Fraisier. Aussi, malgré son intrépidité de petit avoué de province, cassant, âpre et incisif, il éprouva ce qu'éprouvent les capitaines au début d'une bataille d'où dépend le succès de la campagne. En passant dans le petit salon où l'attendait Amélie, il eut ce qu'aucun sudorifique, quelque puissant qu'il fût, n'avait pu produire encore sur cette peau réfractaire et bouchée[a] par d'affreuses maladies, il se sentit une légère sueur dans le dos et au front. « Si ma fortune ne se fait pas, se dit-il, je suis sauvé, car Poulain m'a promis la santé le jour où la transpiration se rétablirait. » « Madame... », dit-il, en voyant la présidente qui vint en négligé[b]. Et Fraisier s'arrêta pour saluer, avec cette condescendance qui, chez les officiers ministériels, est la reconnaissance de la qualité supérieure de ceux à qui ils s'adressent.

« Asseyez-vous, monsieur, fit la présidente en reconnaissant aussitôt un homme du monde judiciaire.

— Madame la présidente, si j'ai pris la liberté de m'adresser à vous pour une affaire d'intérêt qui concerne M. le président, c'est que j'ai la certitude que M. de Marville, dans la haute position qu'il occupe, laisserait peut-être les choses dans leur état naturel, et qu'il perdrait sept à huit cent mille francs que les dames, qui s'entendent, selon moi, beaucoup mieux aux affaires privées que les meilleurs magistrats, ne dédaignent point...

— Vous avez parlé d'une succession... », dit la présidente en interrompant.

Amélie, éblouie par la somme et voulant cacher son étonnement[c], son bonheur, imitait les lecteurs impatients qui courent au dénouement du roman.

« Oui, madame, d'une succession perdue pour vous,

oh! bien entièrement perdue, mais que je puis, que je
saurai vous faire avoir...

— Parlez, monsieur! dit froidement Mme de Marville
qui toisa Fraisier et l'examina d'un œil sagace.

— Madame, je connais vos éminentes capacités, je
suis de Mantes. M. Lebœuf, le président du tribunal,
l'ami de M. de Marville, pourra lui donner des renseignements sur moi... »

La présidente fit un haut-le-corps si cruellement
significatif, que Fraisier fut forcé d'ouvrir et de fermer
rapidement une parenthèse dans son discours[a].

« Une femme aussi distinguée que vous va comprendre sur-le-champ pourquoi je lui parle d'abord de
moi. C'est le chemin le plus court pour arriver à la succession. »

La présidente répondit sans parler, à cette fine observation, par un geste[b].

« Madame, reprit Fraisier autorisé par le geste à
raconter son histoire, j'étais avoué à Mantes, ma charge
devait être toute ma fortune, car j'ai traité de l'étude de
M. Levroux[c] que vous avez sans doute connu... »

La présidente inclina la tête.

« Avec des fonds qui m'étaient prêtés, et une dizaine
de mille francs à moi, je sortais de chez Desroches[d], l'un
des plus capables avoués de Paris, et j'y étais premier
clerc depuis six ans. J'ai eu le malheur de déplaire au
procureur du roi de Mantes, monsieur...

— Olivier Vinet.

— Le fils du procureur général, oui, madame. Il
courtisait une petite dame...

— Lui!

— Mme Vatinelle...

— Ah! Mme Vatinelle... elle était bien jolie et bien...
de mon temps...

— Elle avait des bontés pour moi : *Inde irae,* reprit
Fraisier[e]. J'étais actif, je voulais rembourser mes amis et[f]
me marier; il me fallait des affaires, je les cherchais; j'en
brassai bientôt à moi seul plus que les autres officiers
ministériels. Bah[g]! j'ai eu contre moi les avoués de
Mantes, les notaires et jusqu'aux huissiers. On m'a cherché chicane. Vous savez, madame, que lorsqu'on veut
perdre un homme dans notre affreux métier, c'est bientôt
fait. On m'a pris occupant dans une affaire pour les deux

parties. C'est un peu léger; mais, dans certains cas, la chose*ª* se fait à Paris, les avoués s'y passent la casse et le séné[1]. Cela ne se fait pas à Mantes. M. Bouyonnet, à qui j'avais rendu déjà ce petit service, poussé par ses confrères, et stimulé par le procureur du Roi, m'a trahi... Vous voyez que je ne vous cache rien. Ce fut un *tolle* général. J'étais un fripon, l'on m'a fait plus noir que Marat. On m'a forcé de vendre; j'ai tout perdu. Je suis à Paris où j'ai tâché de me créer un cabinet d'affaires; mais ma santé ruinée ne me laissait pas deux bonnes heures sur les vingt-quatre de la journée. Aujourd'hui, je n'ai qu'une ambition, elle est mesquine. Vous serez un jour la femme d'un garde des Sceaux, peut-être, ou d'un premier président; mais moi, pauvre et chétif, je n'ai pas d'autre désir que d'avoir une place où finir tranquillement mes jours, un cul-de-sac, un poste où l'on végète*ᵇ*. Je veux être juge de paix à Paris. C'est une bagatelle pour vous et pour M. le président que d'obtenir ma nomination, car vous devez causer assez d'ombrage au garde des Sceaux actuel pour qu'il désire vous obliger... Ce n'est pas tout, madame, ajouta Fraisier en voyant la présidente prête à parler et lui faisant un geste. J'ai pour ami le médecin du vieillard de qui M. le président devrait hériter. Vous voyez que nous arrivons... Ce médecin, dont la coopération est indispensable, est dans la même situation que celle où vous me voyez : du talent et pas de chance*ᶜ*!... C'est par lui que j'ai su combien vos intérêts sont lésés, car, au moment où je vous parle, il est probable que tout est fini, que le testament qui déshérite M. le président est fait... Ce médecin désire être nommé médecin en chef d'un hôpital, ou des collèges royaux; enfin, vous comprenez, il lui faut une position à Paris, équivalente à la mienne... Pardon si j'ai traité de ces choses si délicates; mais il ne faut pas la moindre ambiguïté dans notre affaire. Le médecin est d'ailleurs un homme fort considéré, savant, et qui a sauvé M. Pillerault, le grand-oncle de votre gendre, M. le vicomte Popinot. Maintenant si vous avez la bonté de me promettre ces deux places, celle de juge de paix et la sinécure médicale pour mon ami, je me fais fort de vous apporter l'héritage presque intact... Je dis presque intact, car il sera grevé des obligations qu'il faudra prendre avec le légataire et avec quelques personnes dont le concours nous sera vraiment indispensable. Vous n'accomplirez vos promesses qu'après l'accomplissement des miennes[a]. »

La présidente, qui depuis un moment s'était croisé les bras, comme une personne forcée de subir un sermon, les décroisa, regarda Fraisier et lui dit : « Monsieur, vous avez le mérite de la clarté pour tout ce qui vous regarde, mais pour moi vous êtes d'une obscurité...

— Deux mots suffisent à tout éclaircir, madame, dit Fraisier. M. le président est le seul et unique héritier au troisième degré de M. Pons. M. Pons est très malade, il va tester, s'il ne l'a déjà fait, en faveur d'un Allemand, son ami, nommé Schmucke, et l'importance de sa succession sera de plus de sept cent mille francs. Dans trois jours, j'espère avoir des renseignements de la dernière exactitude sur le chiffre... »

Si cela est, se dit à elle-même la présidente foudroyée par la possibilité de ce chiffre[b], j'ai fait une grande faute en me brouillant avec lui, en l'accablant.

« Non, madame, car sans cette rupture il serait gai comme un pinson, et vivrait plus longtemps que vous, que M. le président et que moi... La Providence a ses voies, ne les sondons pas! ajouta-t-il pour déguiser tout l'odieux de cette pensée. Que voulez-vous, nous autres gens d'affaires, nous voyons le positif des choses. Vous comprenez maintenant, madame, que dans la haute position qu'occupe M. le président de Marville, il ne ferait rien, il ne pourrait rien faire dans la situation actuelle. Il est brouillé mortellement avec son cousin, vous ne voyez plus Pons, vous l'avez banni de la société, vous aviez sans doute d'excellentes raisons pour agir ainsi; mais le bonhomme est malade, il lègue ses biens à son seul ami. L'un des présidents de la Cour royale de Paris n'a rien à dire contre un testament en bonne forme fait en pareilles circonstances. Mais entre nous, madame, il est bien désagréable, quand on a droit à une succession de sept à huit cent mille francs... que sais-je, un million peut-être, et qu'on est le seul héritier désigné par la loi, de ne pas rattraper son bien... Seulement, pour arriver à ce but, on tombe dans de sales intrigues; elles sont si difficiles, si vétilleuses[c], il faut s'aboucher avec des gens placés si bas, avec des domestiques, des sous-ordres, et les serrer de si près, qu'aucun avoué, qu'aucun notaire de Paris ne peut suivre une pareille affaire. Ça demande un avocat sans cause comme moi, dont la capacité soit sérieuse, réelle, le dévouement acquis, et dont la position malheureusement précaire soit de plain-pied avec celle de ces gens-là... Je m'occupe, dans mon arrondissement, des affaires des petits bourgeois, des ouvriers, des gens du peuple... Oui, madame, voilà dans quelle condition m'a mis l'inimitié d'un procureur du Roi devenu substitut à Paris aujourd'hui, qui ne m'a pas pardonné ma supériorité... Je vous connais, madame, je sais quelle est la solidité de votre protection, et j'ai aperçu, dans un tel service à vous rendre, la fin de mes misères et le triomphe du docteur Poulain, mon ami... »

La présidente restait pensive. Ce fut un moment d'angoisse affreuse pour Fraisier[a]. Vinet, l'un des orateurs du centre, procureur général depuis seize ans, dix fois désigné pour endosser la simarre de la chancellerie, le père du procureur du Roi de Mantes, nommé substitut à Paris depuis un an, était un antagoniste pour la haineuse présidente. Le hautain procureur général ne cachait pas son mépris pour le président Camusot. Fraisier ignorait et devait ignorer cette circonstance.

« N'avez-vous sur la conscience que le fait d'avoir occupé[1] pour les deux parties ? demanda-t-elle en regardant fixement Fraisier.

— Madame la présidente peut voir M. Lebœuf; M. Lebœuf m'était favorable.

— Êtes-vous sûr que M. Lebœuf donnera sur vous de bons renseignements à M. de Marville, à M. le comte Popinot ?

— J'en réponds, surtout M. Olivier Vinet n'étant plus à Mantes; car, entre nous, ce petit magistrat *seco* faisait peur au bon M. Lebœuf. D'ailleurs, madame la présidente, si vous me le permettez, j'irai voir à Mantes M. Lebœuf. Ce ne sera pas un retard, je ne saurai d'une manière certaine le chiffre de la succession que dans deux ou trois jours. Je veux et je dois cacher à madame la présidente tous les ressorts de cette affaire; mais le prix que j'attends de mon entier dévouement n'est-il pas pour elle un gage de réussite ?

— Eh bien! disposez en votre faveur M. Lebœuf, et[b] si la succession a l'importance, ce dont je doute, que vous accusez, je vous promets les deux places, en cas de succès, bien entendu...

— J'en réponds, madame. Seulement vous aurez la bonté de faire venir ici votre notaire, votre avoué, lorsque j'aurai besoin d'eux, de me donner une procuration pour agir au nom de M. le président, et de dire à ces messieurs de suivre mes instructions, de ne rien entreprendre de leur chef.

— Vous avez la responsabilité, dit solennellement la présidente, vous devez avoir l'omnipotence. Mais M. Pons est-il bien malade ? demanda-t-elle en souriant.

— Ma foi, madame, il s'en tirerait, surtout soigné par un homme aussi consciencieux que le docteur Poulain, car mon ami, madame, n'est qu'un innocent espion dirigé par moi dans vos intérêts, il est capable de sauver ce vieux musicien, mais il y a là, près du malade, une portière qui, pour avoir trente mille francs, le pousserait dans la fosse... Elle ne le tuerait pas, elle ne lui donnera pas d'arsenic, elle ne sera pas si charitable, elle fera pis, elle l'assassinera moralement, elle lui donnera mille impatiences par jour. Le pauvre vieillard, dans une sphère de silence, de tranquillité, bien soigné, caressé par des amis, à la campagne, se rétablirait, mais, tracassé par une Mme Éverard[a1] qui dans sa jeunesse était une des trente belles écaillères que Paris a célébrées[b], avide, bavarde, brutale, tourmenté par elle pour faire un testament où elle soit richement partagée, le malade sera conduit fatalement jusqu'à l'induration du foie, il s'y forme peut-être en ce moment des calculs, et il faudra recourir une opération qu'il ne supportera pas... Le docteur, une belle âme!... est dans une affreuse situation. Il devrait faire renvoyer cette femme...

— Mais cette mégère est un monstre! » s'écria la présidente en faisant sa petite voix flûtée.

Cette similitude entre la terrible présidente et lui fit sourire intérieurement Fraisier, qui savait à quoi s'en tenir sur ces douces modulations factices d'une voix naturellement aigre[c2]. Il se rappela ce président, le héros d'un des contes de Louis XI, que ce monarque a signé par le dernier mot. Ce magistrat, doué d'une femme taillée sur le patron de celle de Socrate[3], et n'ayant pas la philosophie de ce grand homme, fit mêler du sel à l'avoine de ses chevaux en ordonnant de les priver d'eau. Quand sa femme alla le long de la Seine à sa campagne, les chevaux se précipitèrent avec elle dans l'eau pour boire, et le magistrat remercia la Providence qui l'avait *si naturellement* délivré de sa femme[1]. En ce moment, Mme de Marville remerciait Dieu d'avoir placé près de Pons une femme qui l'en débarrasserait *honnêtement*.

« Je ne voudrais pas d'un million, dit-elle, au prix d'une indélicatesse... Votre ami doit éclairer M. Pons, et faire renvoyer cette portière[a].

— D'abord, madame, MM. Schmucke et Pons croient que cette femme est un ange, et renverraient mon ami. Puis cette atroce écaillère est la bienfaitrice du docteur, elle l'a introduit chez M. Pillerault. Il recommande à cette femme la plus grande douceur avec le malade, mais ses recommandations indiquent à cette créature les moyens d'empirer la maladie.

— Que pense votre ami de l'état de *mon* cousin ? » demanda la présidente.

Fraisier fit trembler Mme de Marville par la justesse de sa réponse, et par la lucidité avec laquelle il pénétra dans ce cœur aussi avide que celui de la Cibot.

« Dans six semaines, la succession sera ouverte. »

La présidente baissa les yeux.

« Pauvre homme ! fit-elle en essayant, mais en vain, de prendre une physionomie attristée[b].

— Madame la présidente a-t-elle quelque chose à dire à M. Lebœuf ? Je vais à Mantes par le chemin de fer.

— Oui, restez là, je lui écrirai de venir dîner demain avec nous, j'ai besoin de le voir pour nous concerter, afin de réparer l'injustice dont vous avez été la victime. »

Quand la présidente l'eut quitté, Fraisier, qui se vit juge de paix, ne se ressembla plus à lui-même ; il paraissait gros, il respirait à pleins poumons l'air du bonheur et le bon vent du succès. Puisant au réservoir inconnu de la volonté de nouvelles et fortes doses de cette divine essence, il se sentit capable, à la façon de Rémonencq, d'un crime, pourvu qu'il n'en existât pas de preuves, pour réussir. Il s'était avancé crânement en face de la présidente, convertissant les conjectures en réalité, affirmant à tort et à travers, dans le but unique de se faire commettre par elle au sauvetage de cette succession et d'obtenir sa protection. Représentant de deux immenses misères et de désirs non moins immenses, il repoussait d'un pied dédaigneux son affreux ménage de la rue de la Perle. Il entrevoyait mille écus d'honoraires chez la

Cibot, et cinq mille francs chez le président. C'était conquérir un appartement convenable. Enfin, il s'acquittait avec le docteur Poulain. Quelques-unes de ces natures haineuses, âpres et disposées à la méchanceté par la souffrance ou par la maladie, éprouvent les sentiments contraires, à un égal degré de violence : Richelieu était aussi bon ami qu'ennemi cruel. En reconnaissance des secours que lui avait donnés Poulain[a], Fraisier se serait fait hacher pour lui. La présidente, en revenant une lettre à la main, regarda sans être vue par lui cet homme qui croyait à une vie heureuse et bien rentrée, et elle le trouva moins laid qu'au premier coup d'œil qu'elle avait jeté sur lui; d'ailleurs, il allait la servir, et on regarde un instrument qui nous appartient autrement qu'on ne regarde celui du voisin[b].

« Monsieur Fraisier, dit-elle, vous m'avez prouvé que vous étiez un homme d'esprit, je vous crois capable de franchise. »

Fraisier fit un geste éloquent.

« Eh bien! reprit la présidente[c], je vous somme de répondre avec candeur[d] à cette question : M. de Marville ou moi devons-nous être compromis par suite de vos démarches ?...

— Je ne serais pas venu vous trouver, madame, si je pouvais un jour me reprocher d'avoir jeté de la boue sur vous, n'y en eût-il que gros comme la tête d'une épingle, car alors la tache paraît grande comme la lune. Vous oubliez madame, que, pour devenir juge de paix à Paris, je dois vous avoir satisfait. J'ai reçu, dans ma vie, une première leçon, elle a été trop dure pour que je m'expose à recevoir encore de pareilles étrivières. Enfin, un dernier mot, madame. Toutes mes démarches, quand il s'agira de vous, vous seront préalablement soumises...

— Très bien; voici la lettre pour M. Lebœuf. J'attends maintenant les renseignements sur la valeur de la succession.

— Tout est là », dit finement Fraisier en saluant la présidente avec toute la grâce que sa physionomie lui permettait d'avoir.

« Quelle providence! se dit Mme Camusot de Marville. Ah! je serai donc riche! Camusot sera député, car en lâchant ce Fraisier dans l'arrondissement de Bolbec, il nous obtiendra la majorité. Quel instrument! »

« Quelle providence! se disait Fraisier en descendant l'escalier, et quelle commère que Mme Camusot! Il me faudrait une femme dans ces conditions-là! Maintenant à l'œuvre. »

Et il partit pour Mantes où il fallait obtenir les bonnes grâces d'un homme qu'il connaissait fort peu; mais il comptait sur Mme Vatinelle à qui, malheureusement, il devait toutes ses infortunes, et les chagrins d'amour sont souvent comme la lettre de change protestée d'un bon débiteur, elle porte intérêt[a].

Trois jours après, pendant[b] que Schmucke dormait, car Mme Cibot et le vieux musicien s'étaient déjà partagé le fardeau de garder et de veiller le malade, elle avait eu ce qu'elle appelait une *prise de bec* avec le pauvre Pons. Il n'est pas inutile de faire remarquer une triste particularité de l'hépatite. Les malades dont le foie est plus ou moins attaqué sont disposés à l'impatience, à la colère, et ces colères les soulagent momentanément; de même que dans l'accès de fièvre, on sent se déployer en soi des forces excessives. L'accès passé, l'affaissement, le *collapsus,* disent les médecins, arrive, et les pertes qu'a faites l'organisme s'apprécient alors dans toute leur gravité. Ainsi, dans les maladies de foie, et surtout dans celles dont la cause vient de grands chagrins éprouvés, le patient arrive après ses emportements à des affaiblissements d'autant plus dangereux qu'il est soumis à une diète sévère. C'est une sorte de fièvre qui agite le mécanisme humoristique[1] de l'homme, car cette fièvre n'est ni dans le sang, ni dans le cerveau. Cette agacerie de tout l'être produit une mélancolie où le malade se prend lui-même en haine. Dans une situation pareille, tout cause une irritation dangereuse. La Cibot, malgré les recommandations du docteur, ne croyait pas, elle, femme du peuple sans expérience ni instruction, à ces tiraillements du système nerveux par le système humoristique. Les explications de M. Poulain étaient pour elle des *idées de médecin*. Elle voulait absolument, comme tous les gens du peuple, nourrir Pons, et pour l'empêcher de lui donner en cachette du jambon, une bonne omelette ou du chocolat à la vanille, il ne fallait rien moins[2] que cette parole absolue du docteur Poulain :

« Donnez une seule bouchée de n'importe quoi à M. Pons, et vous le tueriez comme d'un coup de pistolet[3]. »

L'entêtement des classes populaires est si grand à cet égard, que la répugnance des malades pour aller à l'hôpital vient de ce que le peuple croit qu'on y tue les gens en ne leur donnant pas à manger. La mortalité qu'ont causée les vivres apportés en secret par les femmes à leurs maris a été si grande, qu'elle a déterminé les médecins à prescrire une visite de corps d'une excessive sévérité les jours où les parents viennent voir les malades. La Cibot, pour arriver à une brouille momentanée nécessaire à la réalisation de ses bénéfices immédiats, raconta sa visite[a] au directeur du théâtre, sans oublier sa *prise de bec* avec Mlle Héloïse, la danseuse.

« Mais qu'alliez-vous faire là ? lui demanda pour la troisième fois le malade qui ne pouvait arrêter la Cibot une fois qu'elle était lancée en paroles.

— Pour lors, quand je lui ai eu dit son fait, Mlle Héloïse, qu'a vu ce que j'étais, a mis les pouces, et nous avons été les meilleures amies du monde. — Vous me demandez maintenant ce que j'allais faire là ? » dit-elle en répétant la question de Pons.

Certains bavards, et ceux-là sont des bavards de génie, ramassent ainsi les interpellations, les objections et les observations en manière de provision, pour alimenter leurs discours; comme si la source en pouvait jamais tarir.

« Mais j'y suis allée pour tirer votre M. Gaudissard d'embarras, il a besoin d'une musique pour un ballet, et vous n'êtes guère en état, mon chéri, de gribouiller du papier et de remplir votre devoir... J'ai donc entendu, comme ça, qu'on appellerait un M. Garangeot pour arranger les *Mohicans* en musique[b]...

— Garangeot! s'écria Pons en fureur. Garangeot, un homme sans aucun talent, je n'ai pas voulu de lui pour premier violon[1]! C'est un homme de beaucoup d'esprit, qui fait très bien des feuilletons sur la musique; mais pour composer un air, je l'en défie!... Et où diable avez-vous pris l'idée d'aller au théâtre ?

— Mais est-il *ostiné*, ce démon-là!... Voyons, mon chat, ne nous emportons pas comme une soupe au lait... Pouvez-vous écrire de la musique dans l'état où vous êtes ? Mais vous ne vous êtes donc pas regardé au miroir ? Voulez-vous un miroir ? Vous n'avez plus que la peau sur les os... vous êtes faible comme un moineau... et vous

vous croyez capable de faire vos notes... mais vous ne feriez pas seulement les miennes... Ça me fait penser que je dois monter chez celle du troisième, qui nous doit dix-sept francs... et c'est bon à ramasser, dix-sept francs; car, l'apothicaire payé, il ne nous reste pas vingt francs... Fallait donc dire à cet homme, qui a l'air d'être un bon homme, à M. Gaudissard... J'aime ce nom-là... c'est un vrai Roger-Bontemps qui m'irait bien... il n'aura jamais mal au foie, celui-là!... Donc, fallait lui dire où vous en étiez... dame! vous n'êtes pas bien, et il vous a momentanément remplacé...

— Remplacé! » s'écria Pons d'une voix formidable en se dressant sur son séant.

En général les malades, surtout ceux qui sont dans l'envergure de la faux de la Mort, s'accrochent[a] à leurs places avec la fureur que déploient les débutants pour les obtenir. Aussi son remplacement parut-il être au pauvre moribond une première mort.

« Mais le docteur me dit, reprit-il, que je vais parfaitement bien! que je reprendrai bientôt ma vie ordinaire. Vous m'avez tué, ruiné, assassiné!...

— Ta, ta, ta, ta! s'écria la Cibot, vous voilà parti, allez, je suis votre bourreau, vous dites ces douceurs-là, toujours, parbleu, à M. Schmucke, quand j'ai le dos tourné. J'entends bien ce que vous dites, allez!... vous êtes un monstre d'ingratitude.

— Mais vous ne savez pas que[b] si je tarde seulement quinze jours à ma convalescence, on me dira, quand je reviendrai, que je suis une perruque, un vieux, que mon temps est fini, que je suis Empire, rococo! s'écria ce malade qui voulait vivre. Garangeot se sera fait des amis, dans le théâtre, depuis le contrôle jusqu'au cintre! Il aura baissé le diapason pour une actrice qui n'a pas de voix, il aura léché les bottes de M. Gaudissard; il aura, par ses amis, publié les louanges de tout le monde dans les feuilletons; et, alors, dans une boutique comme celle-là, madame Cibot, on sait trouver des[c] poux à la tête d'un chauve! Quel démon vous a poussée là?...

— Mais parbleu, M. Schmucke a discuté la chose avec moi pendant huit jours. Que voulez-vous ? Vous ne voyez rien que vous! vous êtes un égoïste à tuer les gens pour vous guérir!... Mais ce pauvre M. Schmucke est depuis un mois sur les dents, il marche sur ses bou-

lets, il ne peut plus aller nulle part[a], ni donner des leçons,
ni faire de service au théâtre, car vous ne voyez donc
rien ? il vous garde la nuit, et je vous garde le jour.
Aujor d'aujourd'hui, si je passais les nuits comme j'ai
tâché de le faire d'abord, en croyant que vous n'auriez
rien, il me faudrait dormir pendant la journée! Et qué
qui veillerait au ménage et au grain!... Et que voulez-vous,
la maladie est la maladie!... et voilà!...

— Il est impossible que ce soit Schmucke qui ait eu
cette pensée-là...

— Ne voulez-vous pas à cette heure que ce soit moi
qui l'aie prise sous mon bonnet! Et croyez-vous que
nous sommes de fer ? Mais si M. Schmucke avait continué son métier, d'aller donner sept ou huit leçons et de
passer la soirée de six heures et demie à onze heures et
demie au théâtre à diriger l'orchestre, il serait mort dans
dix jours d'ici... Voulez-vous la mort de ce digne homme,
qui donnerait son sang pour vous ? Par les auteurs de
mes jours, on n'a jamais vu de malade comme vous...
Qu'avez-vous fait de votre raison, l'avez-vous mise au
Mont-de-Piété ? Tout s'extermine ici pour vous, l'on
fait tout pour le mieux, et vous n'êtes pas content...
Vous voulez donc nous rendre fous à lier... moi d'abord
je suis fourbue, en attendant le reste[b]! »

La Cibot pouvait parler à son aise, la colère empêchait
Pons de dire un mot, il se roulait dans son lit, articulait
péniblement des interjections, il se mourait. Comme
toujours, arrivée à cette période, la querelle tournait
subitement au tendre. La garde se précipita sur le malade,
le prit par la tête, le força de se coucher, ramena sur lui
la couverture.

« Peut-on se mettre dans des états pareils! Après ça,
mon chat, c'est votre maladie! C'est ce que dit le bon
M. Poulain. Voyons, calmez-vous. Soyez gentil, mon
bon petit fiston. Vous êtes l'idole de tout ce qui vous
approche, que le docteur lui-même vient vous voir jusqu'à deux fois par jour! Qué qu'il dirait s'il vous trouvait agité *comme cela* ? Vous me mettez hors des gonds!
ce n'est pas bien à vous... Quand on a mam' Cibot pour
garde, on lui doit des égards... Vous criez, vous parlez!...
ça vous est défendu! vous le savez. Parler, ça vous irrite...
Et pourquoi vous emporter ? C'est vous qui avez tous
les torts... vous m'asticotez toujours! Voyons, raison-

nons! Si M. Schmucke et moi, qui vous aime comme mes petits boyaux[a], nous avons cru bien faire! Eh bien! mon chérubin[b], c'est bien, allez.

— Schmucke n'a pas pu vous dire d'aller au théâtre sans me consulter...

— Faut-il l'éveiller, ce pauvre cher homme qui dort comme un bienheureux, et l'appeler en témoignage!

— Non, non! s'écria Pons. Si mon bon et tendre Schmucke[c] a pris cette résolution, je suis peut-être plus mal que je ne le crois, dit Pons en jetant un regard plein d'une horrible mélancolie sur les objets d'art qui décoraient sa chambre. Il faudra dire adieu à mes chers tableaux, à toutes ces choses dont je m'étais fait des amis. Et mon divin Schmucke! — oh! serait-ce vrai? »

La Cibot, cette atroce comédienne, se mit son mouchoir sur les yeux. Cette muette réponse fit tomber le malade dans une sombre rêverie. Abattu par ces deux coups portés dans des endroits si sensibles, la vie sociale et la santé, la perte de son état et la perspective de la mort, il s'affaissa tant, qu'il n'eut plus la force de se mettre en colère. Et il resta morne comme un poitrinaire après son agonie.

« Voyez-vous, dans l'intérêt de M. Schmucke, dit la Cibot en voyant sa victime tout à fait matée, vous feriez bien d'envoyer chercher le notaire du quartier, M. Trognon, un bien brave homme.

— Vous me parlez toujours de ce Trognon..., dit le malade.

— Ah! ça m'est bien égal, lui ou un autre, pour ce que vous me donnerez! »

Et elle hocha la tête en signe de mépris des richesses. Le silence se rétablit[d].

En ce moment, Schmucke, qui dormait depuis plus de six heures, réveillé par la faim, se leva, vint dans la chambre de Pons, et le contempla pendant quelques instants sans mot dire, car Mme Cibot s'était mis un doigt sur les lèvres en faisant : « Chut! »

Puis elle se leva, s'approcha de l'Allemand pour lui parler à l'oreille, et lui dit : « Dieu merci! le voilà qui va s'endormir, il est méchant comme un âne rouge!... Que voulez-vous! il se défend contre la maladie...

— Non, je suis, au contraire, très patient, répondit la victime d'un ton dolent qui accusait un effroyable abattement[a] ; mais, mon cher Schmucke, elle est allée au théâtre me faire renvoyer... »

Il fit une pause, il n'eut pas la force d'achever. La Cibot profita de cet intervalle pour peindre par un signe à Schmucke l'état d'une tête où la raison déménage[1], et dit :

« Ne le contrariez pas, il mourrait...

— Et, reprit Pons en regardant l'honnête Schmucke, elle prétend que c'est toi qui l'as envoyée...

— *Ui*, répondit Schmucke héroïquement, *il le vallait. Dais-doi !... laisse-nus de saufer !... C'esde tes bêdises que te d'ébuiser à drafailler quand du as ein drèssor... Rédablis-doi, nus fentons quelque pric-à-prac ed nus vinirons nos churs dranquillement dans ein goin, afec cede ponne montam Zibod*[2]...

— Elle t'a perverti », répondit douloureusement Pons.

Le malade, ne voyant plus Mme Cibot, qui s'était mise en arrière du lit pour pouvoir dérober à Pons les signes qu'elle faisait à Schmucke, la crut partie.

« Elle m'assassine, ajouta-t-il.

— Comment, je vous assassine ?... dit-elle en se montrant l'œil enflammé, ses poings sur les hanches[3]. Voilà donc la récompense d'un dévouement de chien caniche[4]... Dieu de Dieu ! » Elle fondit en larmes, se laissa tomber sur un fauteuil, et ce mouvement tragique causa la plus funeste révolution à Pons. « Eh bien ! dit-elle en se relevant et montrant aux deux amis ces regards de femme haineuse qui lancent à la fois des coups de pistolet et du venin[5] ; je suis lasse de ne rien faire de bien ici en m'exterminant le tempérament. Vous prendrez une garde ! » Les deux amis se regardèrent effrayés. « Oh ! quand vous vous regarderez comme des acteurs ! C'est dit ! Je vais prier le docteur Poulain de vous chercher une garde ! Et[b] nous allons faire nos comptes. Vous me rendrez l'argent que j'ai mis ici... et que je ne vous aurais jamais redemandé... Moi qui suis allée chez M. Pillerault lui emprunter encore cinq cents francs...

— *C'est sa maladie* ! dit Schmucke en se précipitant sur Mme Cibot et l'embrassant par la taille, *ayez te la badience* !

— Vous, vous êtes un ange, que je baiserais la marque de vos pas, dit-elle. Mais M. Pons ne m'a jamais aimée, il m'a toujours z'haïe !... D'ailleurs, il peut croire que je veux être mise sur son testament...

— *Chit ! fus alez le duer !* s'écria Schmucke.

— Adieu, monsieur, vint-elle dire à Pons en le fou-droyant par un regard. Pour le mal que je vous veux[a], portez-vous bien. Quand vous serez aimable pour moi, quand vous croirez que ce que je fais est bien fait, je reviendrai! Jusque-là je reste chez moi... Vous étiez mon enfant, depuis quand a-t-on vu les enfants se révolter contre leurs mères ?... Non, non, monsieur Schmucke, je ne veux rien entendre... Je vous apporterai votre dîner, je vous servirai; mais prenez une garde, demandez-en une à M. Poulain. »

Et elle sortit en fermant les portes avec tant de vio-lence, que les objets frêles et précieux tremblèrent. Le malade entendit un cliquetis de porcelaine qui fut, dans sa torture, ce qu'était le coup de grâce dans le supplice de la roue[1].

Une heure après, la Cibot, au lieu d'entrer chez Pons[b], vint appeler Schmucke à travers la porte de la chambre à coucher, en lui disant que son dîner l'attendait dans la salle à manger. Le pauvre Allemand y vint le visage blême et couvert de larmes.

« *Mon baufre Bons extrafaque,* dit-il, *gar il bredend que fus édes ine scélérade. C'édre sa maladie,* dit-il pour attendrir la Cibot sans accuser Pons.

— Oh! j'en ai assez, de sa maladie! Écoutez, ce n'est ni mon père, ni mon mari, ni mon frère, ni mon enfant. Il m'a prise en grippe, eh bien! en voilà assez! Vous, voyez-vous, je vous suivrais au bout du monde; mais quand on donne sa vie, son cœur, toutes ses économies, qu'on néglige son mari, que v'là Cibot malade, et qu'on s'entend traiter de scélérate... c'est un peu trop fort de café comme ça...

— *Gavé ?*

— Oui, café! Laissons les paroles oiseuses. Venons au positif[c]! Pour lors, vous me devez trois mois à cent quatre-vingt-dix francs, ça fait cinq cent soixante-dix; plus le loyer que j'ai payé deux fois, que voilà les quit-tances, six cents francs avec le sou pour livre et vos impositions; donc, douze cents moins quelque chose, et enfin les deux mille francs, sans intérêt bien entendu; au total, trois mille cent quatre-vingt-douze francs... Et pensez qu'il va vous falloir au moins deux mille francs devant vous pour la garde, le médecin, les médicaments et la nourriture de la garde. Voilà pourquoi j'empruntais mille francs à M. Pillerault », dit-elle en montrant le billet de mille francs donné par Gaudissard[1].

Schmucke écoutait ce compte dans une stupéfaction très concevable, car il était financier comme les chats sont musiciens[a].

« Montame Zibod, Bons n'a bas sa déde ! Bartonnez-lui, gondinuez à le carter, resdez nodre Profidence... che fus le temante à chenux. »

Et l'Allemand se prosterna devant la Cibot en baisant les mains de ce bourreau.

« Écoutez, mon bon chat, dit-elle en relevant, Schmucke et l'embrassant sur le front, voilà Cibot malade, il est au lit, je viens d'envoyer chercher le docteur Poulain. Dans ces circonstances-là je dois mettre mes affaires en ordre. D'ailleurs, Cibot, qui m'a vue revenir en larmes, est tombé dans une fureur telle, qu'il ne veut plus que je remette les pieds ici. C'est lui qui exige son argent, et c'est le sien, voyez-vous. Nous autres femmes nous ne pouvons rien à cela. Mais en lui rendant son argent, à cet homme, trois mille deux cents francs, ça le calmera peut-être. C'est toute sa fortune à ce pauvre homme, ses économies de vingt-six ans de ménage, le fruit de ses sueurs. Il lui faut son argent demain, il n'y a pas à tortiller... Vous ne connaissez pas Cibot : quand il est en colère, il tuerait un homme. Eh bien ! je pourrais peut-être obtenir de lui de continuer à vous soigner tous deux. Soyez tranquille, je me laisserai dire tout ce qui lui passera par la tête. Je souffrirai ce martyre-là pour l'amour de vous, qui êtes un ange.

— *Non, che suis ein paufre home, qui ème son ami, qui tonnerait sa fie pour le saufer...*

— Mais de l'argent ?... Mon bon monsieur Schmucke, une supposition, vous ne me donneriez rien, qu'il faut trouver trois mille francs pour vos besoins[b] ! Ma foi, savez-vous ce que je ferais à votre place. Je n'en ferais ni un ni deux, je vendrais sept ou huit méchants tableaux, et je les remplacerais par quelques-uns de ceux qui sont *dans* votre chambre, retournés contre le mur, faute de place ! car un tableau ou un autre, qu'est-ce que ça fait ?

— *Et bourquoi ?*

— Il est si malicieux ! c'est sa maladie, car en santé

c'est un mouton! Il est capable de se lever, de fureter; et, si[a] par hasard il venait dans le salon, quoiqu'il soit si faible qu'il ne pourra plus passer le seuil de sa porte, il trouverait toujours son nombre!...

— *C'est chiste !*

— Mais[b] nous lui dirons la vente quand il sera tout à fait bien. Si vous voulez lui avouer cette vente, vous rejetterez tout sur moi, sur la nécessité de me payer. Allez, j'ai bon dos...

— *Che ne buis bas disboser de choses qui ne m'abbardiennent bas...*, répondit simplement le bon Allemand.

— Eh bien je vais vous assigner en justice, vous et M. Pons.

— *Ce zerait le duer...*

— Choisissez!... Mon Dieu! vendez les tableaux, et dites-le-lui après... vous lui montrerez l'assignation...

— *Eh pien ! azicnez nus... ca sera mon egscusse... che lui mondrerai le chuchmend...* »

Le jour même, à sept heures, Mme Cibot, qui était allée consulter un huissier, appela Schmucke. L'Allemand se vit en présence de M. Tabareau, qui le somma de payer; et, sur la réponse que fit Schmucke en tremblant de la tête aux pieds, il fut assigné lui et Pons, devant le tribunal pour se voir condamner au payement. L'aspect de cet homme, le papier timbré griffonné produisirent un tel effet sur Schmucke, qu'il ne résista plus.

« *Fentez les dableaux* », dit-il les larmes aux yeux[c].

Le lendemain, à six heures du matin, Élie Magus et Rémonencq décrochèrent chacun leurs tableaux. Deux quittances de deux mille cinq cents francs furent ainsi faites parfaitement en règle.

« Je soussigné, me portant fort pour M. Pons, reconnais avoir reçu de M. Élie Magus la somme de deux mille cinq cents francs pour quatre tableaux que je lui ai vendus, ladite somme devant être employée aux besoins de M. Pons. L'un de ces tableaux, attribué à Dürer, est un portrait de femme; le second, de l'école italienne, est également un portrait; le troisième est un paysage hollandais de Breughel[1]; le quatrième, un tableau florentin représentant une Sainte Famille, et dont le maître est inconnu. »

La quittance donnée par Rémonencq était dans les mêmes termes et comprenait un Greuze, un Claude Lor-

rain, un Rubens et un Van Dyck, déguisés sous les noms
de tableaux de l'École française et de l'École flamande.

« *Ced archant me verait groire que ces primporions falent
quelque chose...,* dit Schmucke en recevant les cinq mille
francs.

— Ça vaut quelque chose, dit Rémonencq. Je donnerais bien cent mille francs de tout cela. »

L'Auvergnat, prié de rendre ce petit service[a], remplaça les huit tableaux par des tableaux de même dimension, dans les mêmes cadres, en choisissant parmi des
tableaux inférieurs[b] que Pons avait mis dans la chambre
de Schmucke[c]. Élie Magus, une fois en possession des
quatre chefs-d'œuvre, emmena la Cibot chez lui, sous
prétexte de faire leurs comptes. Mais il chanta misère, il
trouva des défauts aux toiles, il fallait rentoiler, et il
offrit à la Cibot trente mille francs pour sa commission;
il les lui fit accepter en lui montrant les papiers étincelants
où la Banque a gravé le mot MILLE FRANCS[d]! Magus
condamna Rémonencq à donner pareille somme à la
Cibot, en la lui prêtant sur les quatre tableaux qu'il se
fit déposer. Les quatre tableaux de Rémonencq parurent
si magnifiques à Magus, qu'il ne put se décider à les
rendre, et le lendemain il apporta six mille francs de
bénéfice au brocanteur[e], qui lui céda les quatre toiles
par facture. Mme Cibot, riche de soixante-huit mille
francs[f], réclama de nouveau le plus profond secret de
ses deux complices; elle pria le Juif de lui dire comment
placer cette somme de manière que personne ne pût la
savoir en sa possession.

« Achetez des actions du chemin de fer d'Orléans,
elles sont à trente[g] francs au-dessous du pair, vous dou-
blerez vos fonds en trois ans, et vous aurez des chiffons
de papier qui tiendront dans un portefeuille[1].

— Restez ici, monsieur Magus, je vais chez l'homme
d'affaires de la famille de M. Pons, il veut savoir à quel
prix vous prendriez tout le bataclan de là-haut... je vais
vous l'aller chercher...

— *Si elle* était veuve! dit Rémonencq à Magus, ça
serait bien mon affaire, car la voilà riche...

— Surtout si elle place son argent sur le chemin
d'Orléans; dans deux ans ce sera doublé. J'y ai placé
mes pauvres petites économies, dit le Juif, c'est la dot

de ma fille... Allons faire un petit tour sur le boulevard en attendant l'avocat...

— Si Dieu voulait appeler à lui ce Cibot, qui est bien malade déjà, reprit Rémonencq, j'aurais une fière femme pour tenir un magasin, et je pourrais entreprendre le commerce en grand[a]... »

« Bonjour, mon bon monsieur Fraisier, dit la Cibot d'un ton patelin, en entrant dans le cabinet de son conseil. Eh bien! que me dit donc votre portier, que vous vous en allez d'ici!...

— Oui, ma chère madame Cibot, je prends, dans la maison du docteur Poulain, l'appartement du premier étage, au-dessus du sien. Je cherche à emprunter deux à trois mille francs pour meubler convenablement cet appartement, qui, ma foi, est très joli, le propriétaire l'a remis à neuf. Je suis chargé, comme je vous l'ai dit, des intérêts du président de Marville et des vôtres... Je quitte le métier d'agent d'affaires, je vais me faire inscrire au tableau des avocats, et il faut être très bien logé. Les avocats de Paris ne laissent inscrire au tableau que des gens qui possèdent un mobilier respectable, une bibliothèque, etc. Je suis docteur en droit, j'ai fait mon stage, et j'ai déjà des protecteurs puissants[b]... Eh bien! où en sommes-nous ?

— Si vous vouliez accepter mes économies qui sont à la caisse d'épargne, lui dit la Cibot; je n'ai pas grand-chose, trois mille francs, le fruit de vingt-cinq ans d'épargnes et de privations... vous me feriez une lettre de change, comme dit Rémonencq, car je suis ignorante, je ne sais que ce qu'on m'apprend...

— Non, les statuts de l'ordre interdisent à un avocat de souscrire des lettres de change, je vous en ferai un reçu portant intérêt à cinq pour cent, et vous me le rendrez si je vous trouve douze cents francs de rente viagère dans la succession du bonhomme Pons. »

La Cibot, prise au piège, garda le silence.

« Qui ne dit mot, consent, reprit Fraisier. Apportez-moi ça, demain.

— Ah! je vous payerai bien volontiers vos honoraires d'avance, dit la Cibot, c'est être sûre que j'aurai mes rentes[c].

— Où en sommes-nous ? reprit Fraisier en faisant un signe de tête affirmatif. J'ai vu Poulain hier au soir, il

paraît que vous menez votre malade grand train...
Encore un assaut comme celui d'hier, et il se formera
des calculs dans la vésicule du fiel... Soyez douce avec lui,
voyez-vous, ma chère madame Cibot, il ne faut pas se
créer des remords. On ne vit pas vieux.

— Laissez-moi donc tranquille, avec vos remords!...
N'allez-vous pas encore me parler de la guillotine?
M. Pons[a], c'est un vieil *ostiné !* vous ne le connaissez
pas! c'est lui qui me fait *endêver !* Il n'y a pas un plus
méchant homme que lui, ses parents avaient raison, il
est sournois, vindicatif et *ostiné !*... M. Magus est à la
maison, comme je vous l'ai dit, et il vous attend.

— Bien!... j'y serai en même temps que vous. C'est
de la valeur de cette collection que dépend le chiffre de
votre rente, s'il y a huit cent mille francs, vous aurez
quinze cents francs viagers[b]... c'est une fortune!

— Eh bien! je vas leur dire d'évaluer les choses en
conscience. »

Une heure après, pendant que Pons dormait profondément, après avoir pris des mains de Schmucke une
potion calmante, ordonnée par le docteur, mais dont la
dose avait été doublée à l'insu de l'Allemand par la
Cibot, Fraisier, Rémonencq et Magus, ces trois personnages patibulaires[c], examinaient pièce à pièce les dix-
sept cents objets dont se composait la collection du
vieux musicien. Schmucke s'étant couché, ces corbeaux
flairant leur cadavre furent maîtres du terrain.

« Ne faites pas de bruit », disait la Cibot toutes les
fois que Magus s'extasiait et discutait avec Rémonencq
en l'instruisant de la valeur d'une belle œuvre.

C'était un spectacle à navrer le cœur, que celui de ces
quatre cupidités différentes[d] soupesant la succession
pendant le sommeil de celui dont la mort était le sujet
de leurs convoitises. L'estimation des valeurs contenues
dans le salon dura trois heures[e].

« En moyenne, dit le vieux Juif crasseux[f], chaque
chose ici vaut mille francs...

— Ce serait dix-sept cent mille francs! s'écria Fraisier stupéfait.

— Non pas pour moi, reprit Magus dont l'œil prit
des teintes froides[g]. Je ne donnerais pas plus de huit
cent mille francs; car on ne sait pas combien de temps
on gardera ça dans un magasin... Il y a des chefs-d'œuvre

qui ne se vendent pas avant dix ans, et le prix d'acquisition est doublé par les intérêts composés; mais je payerais la somme comptant.

— Il y a dans la chambre des vitraux, des émaux, des miniatures, des tabatières en or et en argent, fit observer Rémonencq.

— Peut-on les examiner ? demanda Fraisier.

— Je vas voir s'il dort bien », répliqua la Cibot.

Et[a], sur un signe de la portière, les trois oiseaux de proie entrèrent.

« Là, sont les chefs-d'œuvre! dit en montrant le salon Magus dont la barbe blanche frétillait par tous ses poils, mais ici sont les richesses[b]! Et quelles richesses! les souverains n'ont rien de plus beau dans leurs Trésors[c]. »

Les yeux de Rémonencq, allumés par les tabatières, reluisaient comme des escarboucles. Fraisier, calme, froid comme un serpent qui se serait dressé sur sa queue, allongeait[d] sa tête plate et se tenait dans la pose que les peintres prêtent à Méphistophélès[1]. Ces trois différents avares, altérés d'or comme les diables le sont des rosées du paradis, dirigèrent, sans s'être concertés, un regard sur le possesseur de tant de richesses, car il avait fait un de ces mouvements inspirés par le cauchemar. Tout à coup, sous le jet de ces trois rayons diaboliques, le malade ouvrit les yeux et jeta des cris perçants.

« Des voleurs! Les voilà! À la garde! on m'assassine. » Évidemment il continuait son rêve tout éveillé, car il s'était dressé sur son séant, les yeux agrandis, blancs, fixes, sans pouvoir bouger. Élie Magus et Rémonencq gagnèrent la porte; mais ils y furent cloués par ce mot : « Magus, ici... Je suis trahi... » Le malade était réveillé par l'instinct de la conservation de son trésor, sentiment au moins égal à celui de la conservation personnelle[e]. « Madame Cibot, qui est monsieur ? cria-t-il en frissonnant à l'aspect de Fraisier qui restait immobile.

— Pardieu! est-ce que je pouvais le mettre à la porte, dit-elle en clignant de l'œil et faisant signe à Fraisier... Monsieur s'est présenté tout à l'heure au nom de votre famille... »

Fraisier laissa échapper un mouvement d'admiration pour la Cibot.

« Oui, monsieur, je venais de la part de Mme la présidente de Marville, de son mari, de sa fille, vous témoigner leurs regrets; ils ont appris fortuitement votre maladie, et ils voudraient vous soigner eux-mêmes... ils vous offrent d'aller à la terre de Marville y recouvrer la santé; Mme la vicomtesse Popinot, la petite Cécile que vous aimez tant, sera votre garde-malade... elle a pris votre défense auprès de sa mère, elle l'a fait revenir de l'erreur où elle était.

— Et ils vous ont envoyé, mes héritiers! s'écria Pons indigné[a], en vous donnant pour guide le plus habile connaisseur, le plus fin expert de Paris ?... Ah! la charge est bonne, reprit-il en riant d'un rire de fou. Vous venez évaluer mes tableaux, mes curiosités, mes tabatières, mes miniatures!... Évaluez! vous avez un homme qui, non seulement a les connaissances en toute chose, mais qui peut acheter, car il est dix fois millionnaire... Mes chers parents n'attendront pas longtemps ma succession, dit-il avec une ironie profonde, ils m'ont donné le coup de pouce... Ah! madame Cibot, vous vous dites ma mère, et vous introduisez les marchands, mon concurrent et les Camusot ici pendant que je dors!... Sortez tous... »

Et le malheureux, surexcité par la double action de la colère[b] et de la peur, se leva décharné.

« Prenez mon bras, monsieur, dit la Cibot en se précipitant sur Pons pour l'empêcher de tomber. Calmez-vous donc, ces messieurs sont sortis.

— Je veux voir le salon!... » dit le moribond.

La Cibot fit signe aux trois corbeaux de s'envoler; puis, elle saisit Pons, l'enleva comme une plume, et le recoucha, malgré ses cris. En voyant le malheureux collectionneur tout à fait épuisé, elle alla fermer la porte de l'appartement. Les trois bourreaux de Pons étaient encore sur le palier, et lorsque la Cibot les vit, elle leur dit de l'attendre, en entendant cette parole de Fraisier à Magus : « Écrivez-moi une lettre signée de vous deux, par laquelle vous vous engageriez à payer neuf cent mille francs comptant la collection de M. Pons, et nous verrons à vous faire faire un beau bénéfice. »

Puis il souffla dans l'oreille de la Cibot un mot, un seul que personne ne put entendre, et il descendit avec les deux marchands à la loge[c].

« Madame Cibot, dit le malheureux Pons, quand la portière revint, sont-ils partis ?...

— Qui... partis ?... demanda-t-elle...

— Ces hommes ?...

— Quels hommes ?... Allons, vous avez vu des hommes ! dit-elle. Vous venez d'avoir un coup de fièvre chaude, que sans moi vous alliez passer par la fenêtre, et vous me parlez encore d'hommes... Allez-vous reſter toujours comme ça[a] ?...

— Comment, là, tout à l'heure, il n'y avait pas un monsieur qui s'eſt dit envoyé par ma famille...

— Allez-vous *m'oſtiner* encore, reprit-elle. Ma foi, savez-vous où l'on devrait vous mettre ? à *Chalenton !*... Vous voyez des hommes...

— Élie Magus, Rémonencq...

— Ah ! pour Rémonencq, vous pouvez l'avoir vu, car il eſt venu me dire que mon pauvre Cibot va si mal, que je vais vous planter là pour reverdir. Mon Cibot avant tout, voyez-vous ! Quand mon homme eſt malade, moi, je ne connais plus personne. Tâchez de reſter tranquille et de dormir une couple d'heures, car j'ai dit d'envoyer chercher M. Poulain, et je reviendrai avec lui... Buvez et soyez sage.

— Il n'y avait personne dans ma chambre, là, tout à l'heure quand je me suis éveillé ?...

— Personne ! dit-elle. Vous aurez vu M. Rémonencq dans vos glaces.

— Vous avez raison, madame Cibot, dit le malade en devenant doux comme un mouton.

— Eh bien ! vous voilà raisonnable, adieu, mon chérubin, reſtez tranquille, je serai dans un inſtant à vous. »

Quand Pons entendit fermer la porte de l'appartement, il rassembla ses dernières forces pour se lever, car il se dit :

« On me trompe ! on me dévalise ! Schmucke eſt un enfant qui se laisserait lier dans un sac[b] !... »

Et le malade, animé par le désir d'éclaircir la scène affreuse qui lui semblait trop réelle pour être une vision put gagner la porte de sa chambre, il l'ouvrit péniblement, et se trouva dans son salon, où la vue de ses chères toiles, de ses ſtatues, de ses bronzes florentins, de ses porcelaines, le ranima. Le collectionneur, en robe de chambre, les jambes nues, la tête en feu, put faire le tour des deux rues qui se trouvaient tracées par les crédences et les armoires dont la rangée partageait le salon en deux

parties. Au premier[a] coup d'œil du maître, il compta
tout, et aperçut son musée au complet. Il allait rentrer,
lorsque son regard fut attiré par un portrait de Greuze[1]
mis à la place du chevalier de Malte, de Sébastien del
Piombo[2]. Le soupçon sillonna[b] son intelligence comme
un éclair zèbre un ciel orageux. Il regarda la place occupée par ses huit tableaux capitaux, et les trouva remplacés tous. Les yeux du pauvre homme furent tout à coup
couverts d'un voile noir[c], il fut pris par une faiblesse,
et tomba sur le parquet. Cet évanouissement fut si
complet, que Pons resta là pendant deux heures, il fut
trouvé par Schmucke, quand l'Allemand, réveillé, sortit de sa chambre pour venir voir son ami. Schmucke
eut mille peines à relever le moribond et à le recoucher;
mais quand il adressa la parole à ce quasi-cadavre, et
qu'il reçut un regard glacé, des paroles vagues et bégayées,
le pauvre Allemand, au lieu de perdre la tête, devint un
héros d'amitié. Sous la pression du désespoir, cet
homme-enfant eut de ces inspirations comme en ont les
femmes aimantes ou les mères[d]. Il fit chauffer des serviettes (il trouva des serviettes!), il sut en entortiller les
mains de Pons, il lui en mit au creux de l'estomac; puis
il prit ce front moite et froid entre ses mains, il y appela
la vie avec une puissance de volonté digne d'Apollonius de Thyane[e3]. Il baisa son ami sur les yeux comme
ces Marie que les grands sculpteurs italiens ont sculptées dans leurs bas-reliefs appelés *Pieta,* baisant le Christ.
Ces efforts divins, cette effusion d'une vie dans une
autre, cette œuvre de mère et d'amante fut couronnée
d'un plein succès. Au bout d'une demi-heure, Pons
réchauffé reprit forme humaine : la couleur vitale revint
aux yeux, la chaleur extérieure rappela le mouvement
dans les organes, Schmucke fit boire à Pons de l'eau de
mélisse mêlée à du vin, l'esprit de la vie s'infusa dans ce
corps, l'intelligence rayonna de nouveau sur ce front
naguère insensible comme une pierre. Pons[f] comprit
alors à quel saint dévouement, à quelle puissance d'amitié cette résurrection était due.

« Sans toi, je mourais ! » dit-il en se sentant le visage
doucement baigné par les larmes du bon Allemand, qui
riait et qui pleurait tout à la fois.

En entendant cette parole, attendue dans le délire de
l'espoir, qui vaut celui du désespoir, le pauvre Schmucke,

dont toutes les forces étaient épuisées, s'affaissa comme
un ballon crevé. Ce fut à son tour de tomber, il se laissa
aller sur un fauteuil, joignit les mains et remercia Dieu
par une fervente prière. Un miracle venait pour lui de
s'accomplir! Il ne croyait pas au pouvoir de sa prière
en action[a], mais à celui de Dieu qu'il avait invoqué.
Cependant le miracle était un effet naturel et que les
médecins ont constaté souvent. Un malade entouré
d'affection, soigné par des gens intéressés à sa vie, à
chances égales est sauvé, là où succombe un sujet gardé
par des mercenaires. Les médecins ne veulent pas voir
en ceci les effets d'un magnétisme involontaire, ils attribuent ce résultat à des soins intelligents, à l'exacte observation de leurs ordonnances; mais beaucoup de mères
connaissent la vertu de ces ardentes projections d'un
constant désir[1].

« Mon bon Schmucke!...

— *Ne barle bas, che d'endendrai bar le cueir... rebose !
rebose !* dit le musicien en souriant.

— Pauvre ami! noble créature! Enfant de Dieu
vivant en Dieu! seul être qui m'ait aimé!... » dit Pons
par interjections, en trouvant dans sa voix des modulations inconnues.

L'âme, près de s'envoler, était toute dans ces paroles qui
donnèrent à Schmucke des jouissances presque égales à
celles de l'amour.

« *Fis ! fis ! ed che tevientrai ein lion ! che drafaillerai bir
teux.*

— Écoute, mon bon, et fidèle, et adorable ami!
laisse-moi parler, le temps me presse, car je suis mort,
je ne reviendrai pas de ces crises répétées. »

Schmucke pleura comme un enfant.

« Écoute donc, tu pleureras après..., dit Pons. Chrétien, il faut te soumettre. On m'a volé, et c'est la Cibot...
Avant de te quitter je dois t'éclairer sur les choses de la
vie, tu ne les sais pas... On a pris huit tableaux qui
valaient des sommes considérables.

— *Bartonne-moi, che les ai fentus...*

— Toi!

— *Moi...,* dit le pauvre Allemand, *nis édions assignés au
dripinal...*

— Assignés ?... par qui ?...

— *Addans !...* »

Schmucke alla chercher le papier timbré laissé par l'huissier et l'apporta.

Pons lut attentivement ce grimoire. Après lecture il laissa tomber le papier et garda le silence. Cet observateur du travail humain, qui jusqu'alors avait négligé le moral[a], finit par compter tous les fils de la trame ourdie par la Cibot. Sa verve d'artiste, son intelligence d'élève de l'Académie de Rome, toute sa jeunesse lui revint pour quelques instants.

« Mon bon Schmucke, obéis-moi militairement. Écoute! descends à la loge et dis à cette affreuse femme que je voudrais revoir la personne qui m'est envoyée par mon cousin le président, et que, si elle ne vient pas, j'ai l'intention de léguer ma collection au Musée; qu'il s'agit de faire mon testament. »

Schmucke s'acquitta de la commission; mais, au premier mot, la Cibot répondit par un sourire.

« Notre cher malade a eu, mon bon monsieur Schmucke, une attaque de fièvre chaude, et il a cru voir du monde dans sa chambre. Je vous donne ma parole d'honnête femme que personne n'est venu de la part de la famille de notre cher malade[b]... »

Schmucke revint avec cette réponse, qu'il répéta textuellement à Pons.

« Elle est plus forte, plus madrée, plus astucieuse, plus machiavélique que je ne le croyais, dit Pons en souriant, elle ment jusque dans sa loge[c]! Figure-toi qu'elle a, ce matin amené ici un Juif, nommé Élie Magus, Rémonencq et un troisième qui m'est inconnu, mais qui est plus affreux à lui seul que les deux autres. Elle a compté sur mon sommeil pour évaluer ma succession[d], le hasard a fait que je me suis éveillé, je les ai vus tous trois soupesant[e] mes tabatières. Enfin, l'inconnu s'est dit envoyé par les Camusot, j'ai parlé avec lui... Cette infâme Cibot m'a soutenu que je rêvais... Mon bon Schmucke[f], je ne rêvais pas!... J'ai bien entendu cet homme, il m'a parlé... Les deux marchands se sont effrayés et ont pris la porte... J'ai cru que la Cibot se démentirait!... Cette tentative est inutile. Je vais tendre un autre piège où la scélérate se prendra[g]... Mon pauvre ami, tu prends la Cibot pour un ange, c'est une femme qui m'a, depuis un mois, assassiné dans un but cupide. Je n'ai pas voulu croire à tant de méchanceté chez une femme qui nous avait servis fidèlement pendant quelques années. Ce doute m'a perdu*a*... Combien t'a-t-on donné des huit tableaux ?...

— Cinq mille francs.

— Bon Dieu, ils en valaient vingt fois autant! s'écria Pons, c'est la fleur de ma collection. Je n'ai pas le temps d'intenter un procès, d'ailleurs ce serait te mettre en cause comme la dupe de ces coquins... Un procès te tuerait! Tu ne sais pas ce que c'est que la justice! c'est l'égout de toutes les infamies morales... À voir tant d'horreurs, des âmes comme la tienne y succombent*b*. Et puis tu seras assez riche. Ces tableaux m'ont coûté quatre mille francs, je les ai depuis trente-six ans*c*... Mais nous avons été volés avec une habileté surprenante. Je suis sur le bord de ma fosse, je ne me soucie plus que de toi... de toi, le meilleur des êtres. Or, je ne veux pas que tu sois dépouillé, car tout ce que je possède est à toi. Donc, il faut te défier de tout le monde, et tu n'as jamais eu de défiance. Dieu te protège, je le sais; mais il peut t'oublier pendant un moment, et tu serais flibusté comme un vaisseau marchand. La Cibot est un monstre, elle me tue! et tu vois en elle un ange, je veux te la faire connaître, va la prier de t'indiquer un notaire, qui reçoive mon testament... et je te la montrerai les mains dans le sac. »

Schmucke écoutait Pons comme s'il lui avait raconté l'Apocalypse. Qu'il existât une nature aussi perverse que devait être celle de la Cibot, si Pons avait raison, c'était pour lui la négation de la Providence.

« *Mon baufre ami Bons se droufe si mâle,* dit l'Allemand en descendant à la loge et s'adressant à Mme Cibot, *qu'ile feud vaire son desdamand, alez chercher ein nodaire...* »

Ceci fut dit en présence de plusieurs personnes, car l'état de Cibot était presque désespéré. Rémonencq, sa sœur, deux portières accourues des maisons voisines, trois domestiques des locataires de la maison et le locataire du premier étage sur le devant de la rue stationnaient sous la porte cochère.

« Ah! vous pouvez bien aller chercher un notaire vous-même, s'écria la Cibot les larmes aux yeux, et faire faire votre testament par qui vous voudrez... Ce n'est pas quand mon pauvre Cibot est à la mort que je quitte-

rai son lit... Je donnerais tous les Pons du monde pour
conserver Cibot... un homme qui ne m'a jamais causé
pour deux onces de chagrin, pendant trente ans de
ménage!... »

Et elle rentra, laissant Schmucke tout interdit.

« Monsieur, dit à Schmucke le locataire du premier
étage, M. Pons est-il donc bien mal ?... »

Ce locataire, nommé Jolivard, était un employé de
l'enregistrement, au bureau du Palais.

« *Il a vailli murir dud à l'heire !* répondit Schmucke
avec une profonde douleur.

— Il y a près d'ici, rue Saint-Louis, M. Trognon,
notaire, fit observer M. Jolivard. C'est le notaire du
quartier.

— Voulez-vous que je l'aille chercher ? demanda
Rémonencq à Schmucke.

— *Pien folondiers...,* répondit Schmucke, *gar si montame Zibod ne beut bas carter mon ami, che ne fitrais bas le guidder tans l'édat ù il esd...*

— Mme Cibot nous disait qu'il devenait fou!...
reprit Jolivard.

— *Bons vou ?* s'écria Schmucke frappé de terreur.
*Chamais il n'a i dand t'esbrit... et c'ed ce qui m'einguiède bir
sa sandé...* »

Toutes les personnes qui composaient l'attroupement
écoutaient cette conversation avec une curiosité bien
naturelle, et qui la grava dans leur mémoire[a]. Schmucke,
qui ne connaissait pas Fraisier, ne put faire attention à
cette tête satanique[b] et à ces yeux brillants. Fraisier, en
jetant deux mots dans l'oreille de la Cibot, avait été
l'auteur de la scène hardie, peut-être au-dessus des
moyens de la Cibot, mais qu'elle avait jouée avec une
supériorité magistrale. Faire passer le moribond pour
fou, c'était une des pierres angulaires de l'édifice bâti
par l'homme de loi. L'incident de la matinée avait bien
servi Fraisier; et, sans lui, peut-être la Cibot, dans son
trouble, se serait-elle démentie, au moment où l'innocent Schmucke était venu lui tendre un piège en la
priant de rappeler l'envoyé de la famille[c]. Rémonencq,
qui vit venir le docteur Poulain, ne demandait pas mieux
que de disparaître. Et voici pourquoi[d] : Rémonencq,
depuis dix jours, remplissait le rôle de la Providence,
ce qui déplaît singulièrement à la Justice dont la préten-

tion est de la représenter à elle seule. Rémonencq voulait se débarrasser à tout prix^a du seul obstacle qui s'opposait à son bonheur. Pour lui, le bonheur, c'était d'épouser l'appétissante portière, et de tripler ses capitaux. Or, Rémonencq, en voyant le petit tailleur^b buvant de la tisane, avait eu l'idée de convertir son indisposition en une maladie mortelle, et son état de ferrailleur lui en avait donné le moyen.

Un matin, pendant qu'il fumait sa pipe, le dos appuyé au chambranle de la porte de sa boutique, et qu'il rêvait à ce beau magasin sur le boulevard de la Madeleine[1] où trônerait Mme Cibot, superbement vêtue, ses yeux tombèrent sur une rondelle en cuivre fortement oxydée. L'idée de nettoyer économiquement sa rondelle dans la tisane de Cibot lui vint subitement. Il attacha ce cuivre, rond comme une pièce de cent sous, par une petite ficelle; et, pendant que la Cibot était occupée chez ses messieurs, il allait tous les jours savoir des nouvelles de son ami le tailleur. Durant cette visite de quelques minutes, il laissait tremper la rondelle en cuivre; et, en s'en allant, il la reprenait par la ficelle. Cette légère addition de cuivre chargé de son oxyde, communément appelé vert-de-gris, introduisit secrètement un principe délétère dans la tisane bienfaisante, mais en proportions homéopathiques, ce qui fit des ravages incalculables. Voici quels furent les résultats de cette homéopathie criminelle^c. Le troisième jour, les cheveux du pauvre Cibot tombèrent, les dents tremblèrent dans leurs alvéoles, et l'économie de cette organisation fut troublée par cette imperceptible dose de poison. Le docteur Poulain se creusa la tête en apercevant l'effet de cette décoction, car il était assez savant pour reconnaître l'action d'un agent destructeur. Il emporta la tisane, à l'insu de tout le monde, et il en opéra l'analyse lui-même; mais il n'y trouva rien. Le hasard voulut que, ce jour-là, Rémonencq, effrayé de ses œuvres, n'eût pas mis sa fatale rondelle. Le docteur Poulain s'en tira vis-à-vis de lui-même et de la science, en supposant que, par suite d'une vie sédentaire, dans une loge humide, le sang de ce tailleur accroupi sur une table, devant cette fenêtre grillagée, avait pu se décomposer, faute d'exercice, et surtout à la perpétuelle aspiration des émanations d'un ruisseau fétide. La rue de Normandie est une de ces vieilles rues à chaussée fendue, où la ville de Paris n'a pas encore mis de bornes-fontaines, et dont le ruisseau noir roule péniblement les eaux ménagères de toutes les maisons, qui s'infiltrent sous les pavés et y produisent cette boue particulière à la ville de Paris.

La Cibot, elle, allait et venait, tandis que son mari, travailleur intrépide, était toujours devant cette croisée, assis comme un fakir. Les genoux du tailleur étaient ankylosés, le sang se fixait dans le buste, les jambes amaigries, tortues, devenaient des membres presque inutiles. Aussi le teint fortement cuivré de Cibot paraissait-il naturellement maladif depuis fort longtemps. La bonne santé de la femme et la maladie de l'homme semblèrent au docteur un fait naturel[a].

« Quelle est donc la maladie de mon pauvre Cibot ? avait demandé la portière au docteur Poulain.

— Ma chère madame Cibot, répondit le docteur, il meurt de la maladie des portiers... son étiolement général annonce une incurable viciation du sang[b]. »

Un crime sans objet, sans aucun gain, sans aucun intérêt, finit par effacer dans l'esprit du docteur Poulain ses premiers soupçons. Qui pouvait vouloir tuer Cibot ? sa femme ? le docteur lui vit goûter à la tisane de Cibot en la sucrant. Une assez grande quantité de crimes échappent à la vengeance de la société, c'est en général ceux qui se commettent, comme celui-ci, sans les preuves effrayantes d'une violence quelconque : le sang répandu, la strangulation, les coups, enfin les procédés maladroits ; mais surtout quand le meurtre est sans intérêt apparent, et commis dans les classes inférieures[c]. Le crime est toujours dénoncé par son avant-garde, par des haines, par des cupidités visibles dont sont instruits les gens aux yeux de qui l'on vit. Mais, dans les circonstances où se trouvaient le petit tailleur, Rémonencq et la Cibot, personne n'avait intérêt à chercher la cause de la mort, excepté le médecin. Ce portier maladif, cuivré, adoré de sa femme, était sans fortune et sans ennemis. Les motifs et la passion du brocanteur se cachaient dans l'ombre tout aussi bien que la fortune de[d] la Cibot. Le médecin connaissait à fond la portière[e] et ses sentiments, il la croyait capable de tourmenter Pons ; mais il la savait sans intérêt ni force pour un crime ; d'ailleurs, elle buvait une cuillerée de tisane toutes les

fois que le docteur venait et qu'elle donnait à boire à
son mari. Poulain, le seul de qui pouvait venir la lumière,
crut à quelque hasard de maladie, à l'une de ces étonnantes exceptions qui rendent la médecine un si périlleux
métier. Et en effet[a], le petit tailleur se trouva malheureusement[b], par suite de son existence rabougrie, dans des
conditions de mauvaise santé telles que cette imperceptible addition d'oxyde de cuivre devait lui donner la
mort[c]. Les commères, les voisins se comportaient aussi
de manière à innocenter Rémonencq en justifiant cette
mort subite.

« Ah! s'écriait l'un, il y a bien longtemps que je disais
que M. Cibot n'allait pas bien.

— Il travaillait trop, c't homme-là! répondait un
autre, il s'est brûlé le sang.

— Il ne voulait pas m'écouter, s'écriait un voisin, je
lui conseillais de se promener le dimanche, de faire le
lundi[1], car ce n'est pas trop de deux jours par semaine
pour se divertir[d]. »

Enfin, la rumeur du quartier, si délatrice, et que la
justice écoute par les oreilles du commissaire de police,
ce roi de la basse classe, expliquait parfaitement la mort
du petit tailleur. Néanmoins, l'air pensif, les yeux inquiets
de M. Poulain, embarrassaient beaucoup Rémonencq;
aussi, voyant venir le docteur, se proposa-t-il avec
empressement à Schmucke pour aller chercher ce M. Trognon que connaissait Fraisier[e].

« Je serai revenu pour le moment où le testament se
fera, dit Fraisier à l'oreille de la Cibot, et, malgré votre
douleur, il faut veiller au grain. »

Le petit avoué, qui disparut avec la légèreté d'une
ombre, rencontra son ami le médecin.

« Eh! Poulain, s'écria-t-il, tout va bien. Nous sommes
sauvés!... Je te dirai ce soir comment! Cherche quelle
est la place qui te convient! tu l'auras! Et moi! je suis
juge de paix. Tabareau ne me refusera plus sa fille...
Quant à toi, je me charge de te faire épouser Mlle Vitel,
la petite-fille de notre juge de paix[f]. »

Fraisier laissa Poulain sur la stupéfaction que ces folles
paroles lui causèrent[g], et sauta sur le boulevard comme
une balle; il fit signe à l'omnibus et fut, en dix minutes,
déposé par ce coche moderne à la hauteur de la rue
Choiseul. Il était environ quatre heures, Fraisier était

sûr de trouver la présidente seule car les magistrats ne quittent guère le Palais avant cinq heures.

Mme de Marville reçut Fraisier avec une distinction qui prouvait que, selon sa promesse, faite à Mme Vatinelle[a], M. Lebœuf avait parlé favorablement de l'ancien avoué de Mantes. Amélie fut presque chatte avec Fraisier, comme la duchesse de Montpensier dut l'être avec Jacques Clément[1]; car ce petit avoué, c'était son couteau[b]. Mais quand Fraisier présenta la lettre collective, par laquelle Élie Magus et Rémonencq s'engageaient à prendre en bloc la collection de Pons pour une somme de neuf cent mille francs payée comptant, la présidente lança sur l'homme d'affaires un regard d'où jaillissait la somme. Ce fut une nappe de convoitise qui roula jusqu'à l'avoué[c].

« Monsieur le président, lui dit-elle, m'a chargé de vous inviter à dîner demain, nous serons en famille, vous aurez pour convives M. Godeschal, le successeur de Me Desroches[2] mon avoué; puis Berthier, notre notaire; mon gendre et ma fille... Après le dîner, nous aurons vous et moi, le notaire et l'avoué, la petite conférence que vous avez demandée, et où je vous remettrai nos pouvoirs. Ces deux messieurs obéiront, comme vous l'exigez, à vos inspirations, et veilleront à ce que *tout cela* se passe bien. Vous aurez la procuration de M. de Marville dès qu'elle vous sera nécessaire...

— Il me la faudra pour le jour du décès...

— On la tiendra prête...

— Madame la présidente, si je demande une procuration, si je veux que votre avoué ne paraisse pas, c'est bien moins dans mon intérêt que dans le vôtre... Quand je me donne, moi! je me donne tout entier. Aussi, madame, demandé-je en retour la même fidélité, la même confiance à mes protecteurs, je n'ose dire de vous, mes clients. Vous pouvez croire qu'en agissant ainsi, je veux m'accrocher à l'affaire; non, non, madame : s'il se commettait des choses répréhensibles... car, en matière de succession, on est entraîné... surtout pour un poids de neuf cent mille francs... eh bien! vous ne pouvez pas désavouer un homme comme Me Godeschal, la probité même; mais on peut rejeter tout sur le dos d'un méchant petit homme d'affaires... »

La présidente regarda Fraisier avec admiration.

« Vous devez aller bien haut ou bien bas, lui dit-elle. À votre place, au lieu d'ambitionner cette retraite de juge de paix, je voudrais être procureur du Roi... à Mantes! et faire un grand chemin.

— Laissez-moi faire, madame! La justice de paix est un cheval de curé pour M. Vitel, je m'en ferai un cheval de bataille. »

La présidente fut amenée ainsi à sa dernière confidence avec Fraisier.

« Vous me paraissez dévoué si complètement à nos intérêts, dit-elle, que je vais vous initier aux difficultés de notre position et à nos espérances[a]. Le président, lors du mariage projeté pour sa fille et un intrigant qui, depuis, s'est fait banquier, désirait vivement augmenter la terre de Marville de plusieurs herbages, alors à vendre. Nous nous sommes dessaisis de cette magnifique habitation pour marier ma fille comme vous savez; mais je souhaite bien vivement, ma fille étant fille unique, acquérir le reste de ces herbages. Ces belles prairies ont été déjà vendues en partie, elles appartiennent à un Anglais qui retourne en Angleterre, après avoir demeuré là pendant vingt ans; il a bâti le plus charmant cottage dans une délicieuse situation, entre le parc de Marville et les prés qui dépendaient autrefois de la terre, et il a racheté, pour se faire un parc, des remises, des petits bois, des jardins à des prix fous. Cette habitation avec ses dépendances forme fabrique dans le paysage, et elle est contiguë aux murs du parc de ma fille. On pourrait avoir les herbages et l'habitation pour sept cent mille francs, car le produit net des prés est de vingt mille francs... Mais si M. Wadmann apprend que c'est nous qui achetons, il voudra sans doute deux ou trois cent mille francs de plus, car il les perd, si, comme cela se fait en matière rurale, on ne compte l'habitation pour rien[b]...

— Mais, madame, vous pouvez, selon moi, si bien regarder la succession comme à vous[c], que je m'offre à jouer le rôle d'acquéreur à votre profit, et je me charge de vous avoir la terre au meilleur marché possible par un sous-seing-privé, comme cela se fait pour les marchands de biens... Je me présenterai à l'Anglais en cette qualité. Je connais ces affaires-là, c'était à Mantes ma spécialité. Vatinelle avait doublé la valeur de son étude, car je travaillais sous son nom...

— De là votre liaison avec la petite Mme Vatinelle...
Ce notaire doit être bien riche aujourd'hui...

— Mais Mme Vatinelle dépense beaucoup... Ainsi,
soyez tranquille, madame, je vous servirai l'Anglais
cuit à point[a]...

— Si vous arriviez à ce résultat, vous auriez des
droits éternels à ma reconnaissance... Adieu, mon cher
monsieur Fraisier. À demain... »

Fraisier sortit en saluant la présidente avec moins de
servilité que la dernière fois.

« Je dîne[b] demain chez le président Marville!... se
disait Fraisier. Allons, je tiens ces gens-là. Seulement,
pour être maître absolu de l'affaire, il faudrait que je
fusse le conseil de cet Allemand, dans la personne de
Tabareau, l'huissier de la justice de paix! Ce Tabareau,
qui me refuse sa fille, une fille unique, me la donnera si
je suis juge de paix. Mlle Tabareau, cette grande fille
rousse et poitrinaire, est propriétaire du chef de sa mère
d'une maison à la place Royale; je serai donc éligible.
À la mort de son père[c], elle aura bien encore six mille
livres de rente. Elle n'est pas belle; mais, mon Dieu!
pour passer de zéro à dix-huit mille francs de rente, il
ne faut pas regarder à la planche!... »

Et, en revenant par les boulevards à la rue de Normandie, il se laissait aller au cours de ce rêve d'or.
Il se laissait aller au bonheur d'être à jamais hors du
besoin; il pensait à marier[d] Mlle Vitel, la fille du juge de
paix, à son ami Poulain. Il se voyait, de concert avec
le docteur, un des rois du quartier, il dominerait les
élections municipales, militaires[1] et politiques. Les boulevards paraissent courts, lorsqu'en s'y promenant on
promène ainsi son ambition à cheval sur la fantaisie[e].

Lorsque Schmucke remonta près de son ami Pons, il
lui dit que Cibot était mourant, et que Rémonencq était
allé chercher M. Trognon, notaire. Pons fut frappé
de ce nom, que la Cibot lui jetait si souvent dans ses
interminables discours, en lui recommandant ce notaire
comme la probité même. Et alors le malade, dont la
défiance était devenue absolue depuis le matin, eut une
idée lumineuse qui compléta le plan formé par lui pour
se jouer de la Cibot et la dévoiler tout entière au crédule
Schmucke.

« Schmucke, dit-il en prenant la main au pauvre Alle-

mand hébété par tant de nouvelles[a] et d'événements, il
doit régner une grande confusion dans la maison, si le
portier est à la mort, nous sommes à peu près libres pour
quelques moments, c'est-à-dire sans espions, car on nous
espionne, sois-en sûr[b] ! Sors, prends un cabriolet, va au
théâtre, dis à Mlle Héloïse, notre[c] première danseuse, que
je veux la voir avant de mourir, et qu'elle vienne à dix
heures et demie, après son service[d]. De là, tu iras chez
tes deux amis Schwab et Brunner, et tu les prieras d'être
ici demain à neuf heures du matin, de venir demander de
mes nouvelles, en ayant l'air de passer par ici et de monter me voir... »

Voici quel était le plan forgé par le vieil artiste en se sentant mourir. Il voulait enrichir Schmucke en l'instituant
son héritier universel; et, pour le soustraire à toutes les
chicanes possibles, il se proposait de dicter son testament
à un notaire, en présence de témoins, afin qu'on ne
supposât pas qu'il n'avait plus sa raison, et pour ôter aux
Camusot tout prétexte d'attaquer ses dernières dispositions. Ce nom de Trognon lui fit entrevoir quelque
machination, il crut à quelque vice de forme projeté par
avance, à quelque infidélité préméditée[e] par la Cibot, et
il résolut de se servir de ce Trognon pour se faire dicter
un testament olographe qu'il cachèterait et serrerait dans
le tiroir de sa commode. Il comptait montrer à
Schmucke, en le faisant cacher dans un des cabinets de
son alcôve, la Cibot s'emparant de ce testament, le décachetant, le lisant et le recachetant. Puis, le lendemain à
neuf heures, il voulait anéantir ce testament olographe
par un testament par-devant notaire, bien en règle et
indiscutable. Quand la Cibot l'avait traité de fou, de
visionnaire, il avait reconnu la haine et la vengeance,
l'avidité de la présidente; car, au lit depuis deux mois, le
pauvre homme, pendant ses insomnies, pendant ses
longues heures de solitude, avait repassé les événements
de sa vie au crible.

Les sculpteurs antiques et modernes ont souvent posé,
de chaque côté de la tombe, des génies qui tiennent des
torches allumées. Ces lueurs éclairent aux mourants le
tableau de leurs fautes, de leurs erreurs, en leur éclairant
les chemins de la Mort. La sculpture représente là de
grandes idées, elle formule un fait humain[f]. L'agonie a
sa sagesse. Souvent on voit de simples jeunes filles, à

l'âge le plus tendre, avoir une raison centenaire, devenir prophètes, juger leur famille, n'être les dupes d'aucune comédie. C'est là la poésie de la Mort. Mais, chose étrange et digne de remarque! on meurt de deux façons différentes. Cette poésie de la prophétie, ce don de bien voir, soit en avant, soit en arrière, n'appartient qu'aux mourants dont la chair seulement est atteinte, qui périssent par la destruction des organes de la vie charnelle. Ainsi les êtres attaqués, comme Louis XIV, par la gangrène; les poitrinaires, les malades qui périssent comme Pons par la fièvre[a], comme Mme de Mortsauf par l'estomac, ou comme les soldats par des blessures qui les saisissent en pleine vie, ceux-là jouissent de cette lucidité sublime, et font des morts surprenantes, admirables; tandis que les gens qui meurent par des maladies pour ainsi dire intelligentielles, dont le mal est dans le cerveau, dans l'appareil nerveux qui sert d'intermédiaire au corps pour fournir le combustible de la pensée; ceux-là meurent tout entiers. Chez eux, l'esprit et le corps sombrent à la fois. Les uns, âmes sans corps, réalisent les spectres bibliques; les autres sont des cadavres[b]. Cet homme vierge, ce Caton friand, ce juste presque sans péchés, pénétra tardivement dans les poches de fiel qui composaient le cœur de la présidente. Il devina le monde sur le point de le quitter. Aussi, depuis quelques heures, avait-il pris gaiement son parti, comme un joyeux artiste, pour qui tout est prétexte à *charge,* à raillerie[c]. Les derniers liens qui l'unissaient à la vie, les chaînes de l'admiration, les nœuds puissants qui rattachaient le connaisseur aux chefs-d'œuvre de l'art, venaient d'être brisés le matin. En se voyant volé par la Cibot, Pons avait dit adieu chrétiennement aux pompes et aux vanités de l'art, à sa collection, à ses amitiés pour les créateurs de tant de belles choses, et il voulait uniquement penser à la mort, à la façon de nos ancêtres qui la comptaient comme une des fêtes du chrétien[d]. Dans sa tendresse pour Schmucke, Pons essayait de le protéger du fond de son cercueil. Cette pensée paternelle fut[e] la raison du choix qu'il fit du premier sujet de la danse, pour avoir du secours contre les perfidies qui l'entouraient, et qui ne pardonneraient sans doute pas à son légataire universel.

Héloïse Brisetout était une de ces natures qui restent vraies dans une position fausse, capable de toutes les plaisanteries possibles contre des adorateurs payants[a], une fille de l'école des Jenny Cadine et des Josépha[b], mais bonne camarade et ne redoutant aucun pouvoir humain, à force de les voir tous faibles, et habituée qu'elle était à lutter avec les sergents de ville au bal peu champêtre de Mabille et au carnaval[c]. « Si elle a fait donner ma place à son protégé Garangeot, elle se croira d'autant plus obligée de me servir », se dit Pons. Schmucke put sortir sans qu'on fît attention à lui, dans la confusion qui régnait dans la loge, et il revint avec la plus excessive rapidité, pour ne pas laisser trop longtemps Pons tout seul.

M. Trognon arriva pour le testament, en même temps que Schmucke. Quoique Cibot fût à la mort, sa femme accompagna le notaire, l'introduisit dans la chambre à coucher, et se retira d'elle-même, en laissant ensemble Schmucke, M. Trognon et Pons, mais elle s'arma d'une petite glace à main d'un travail curieux[d], et prit position à la porte, qu'elle laissa entrebâillée. Elle pouvait ainsi non seulement entendre, mais voir tout ce qui se dirait et ce qui se passerait dans ce moment suprême pour elle.

« Monsieur, dit Pons, j'ai malheureusement toutes mes facultés, car je sens que je vais mourir; et, par la volonté de Dieu, sans doute, aucune des souffrances de la mort ne m'est épargnée!... Voici M. Schmucke... »

Le notaire salua Schmucke[e].

« C'est le seul ami que j'aie sur la terre, dit Pons, et je veux l'instituer mon légataire universel; dites-moi quelle forme doit avoir mon testament, pour que mon ami, qui est allemand, qui ne sait rien de nos lois, puisse recueillir ma succession sans aucune contestation.

— On peut toujours tout contester, monsieur, dit le notaire, c'est l'inconvénient de la justice humaine. Mais en matière de testament, il en est d'inattaquables...

— Lequel ? demanda Pons.

— Un testament[f] fait par-devant notaire, en présence de témoins qui certifient que le testateur jouit de toutes ses facultés, et si le testateur n'a ni femme, ni enfants, ni père, ni frère...

— Je n'ai rien de tout cela, toutes mes affections sont réunies sur la tête de mon cher ami Schmucke, que voici... »

Schmucke pleurait.

« Si donc vous n'avez que des collatéraux éloignés, la loi vous laissant la libre disposition de vos meubles et immeubles, si vous ne les léguez pas à des conditions que la morale réprouve, car vous avez dû voir des teſtaments attaqués à cause de la bizarrerie des teſtateurs, un teſtament[a] par-devant notaire eſt inattaquable. En effet, l'identité de la personne ne peut être niée, le notaire a conſtaté l'état de sa raison, et la signature ne peut donner lieu à aucune discussion... Néanmoins, un teſtament olographe, en bonne forme et clair, eſt aussi peu discutable.

— Je me décide, pour des raisons à moi connues, à écrire sous votre dictée un teſtament olographe, et à le confier à mon ami que voici... Cela se peut-il ?...

— Très bien ! dit le notaire... Voulez-vous écrire ? je vais dicter...

— Schmucke, donne-moi ma petite écritoire de Boulle. Monsieur, dictez-moi tout bas ; car, ajouta-t-il, on peut nous écouter.

— Dites-moi donc avant tout quelles sont vos intentions », demanda le notaire.

Au bout de dix minutes, la Cibot, que Pons entrevoyait dans une glace, vit cacheter le teſtament, après que le notaire l'eut examiné pendant que Schmucke allumait une bougie ; puis Pons le remit à Schmucke en lui disant de le serrer dans une cachette pratiquée dans son secrétaire. Le teſtateur demanda la clef du secrétaire, l'attacha dans le coin de son mouchoir, et mit le mouchoir sous son oreiller. Le notaire, nommé par politesse exécuteur teſtamentaire, et à qui Pons laissait un tableau de prix[1], une de ces choses que la loi permet de donner à un notaire, sortit et trouva Mme Cibot dans le salon.

« Eh bien ! monsieur ? M. Pons a-t-il pensé à moi ?

— Vous ne vous attendez pas, ma chère, à ce qu'un notaire trahisse les secrets qui lui sont confiés, répondit M. Trognon. Tout ce que je puis vous dire, c'eſt qu'il y aura bien des cupidités déjouées et bien des espérances trompées. M. Pons a fait un beau teſtament plein de sens, un teſtament patriotique et que j'approuve fort. »

On ne se figure pas à quel degré de curiosité la Cibot arriva, ſtimulée par de telles paroles. Elle descendit et passa la nuit près de Cibot, en se promettant de se faire remplacer par Mlle Rémonencq, et d'aller lire le teſtament entre deux et trois heures du matin[b].

La visite de Mlle Héloïse Brisetout, à dix heures et demie du soir, parut assez naturelle à la Cibot; mais elle eut si peur que la danseuse ne parlât des mille francs donnés par Gaudissard, qu'elle accompagna le premier sujet[a] en lui prodiguant des politesses et des flatteries comme à une souveraine.

« Ah! ma chère, vous êtes bien mieux sur votre terrain qu'au théâtre, dit Héloïse en montant l'escalier. Je vous engage à rester dans votre emploi! »

Héloïse, amenée en voiture par Bixiou, son ami de cœur[b], était magnifiquement habillée, car elle allait à une soirée de Mariette, l'un des plus illustres premiers sujets de l'Opéra. M. Chapoulot, ancien passementier de la rue Saint-Denis[c], le locataire du premier étage, qui revenait de l'Ambigu-Comique avec sa fille[d], fut ébloui, lui comme sa femme, en rencontrant pareille toilette et une si jolie créature dans leur escalier.

« Qui est-ce, madame Cibot? demanda Mme Chapoulot.

— C'est une rien du tout!... une sauteuse qu'on peut voir quasi nue tous les soirs pour quarante sous..., répondit la portière à l'oreille de l'ancienne passementière.

— Victorine! dit Mme Chapoulot à sa fille, ma petite, laisse passer madame! »

Ce cri de mère épouvantée fut compris d'Héloïse, qui se retourna.

« Votre fille est donc pire que l'amadou, madame, que vous craignez qu'elle ne s'incendie en me touchant?... »

Héloïse regarda M. Chapoulot d'un air agréable en souriant.

« Elle est, ma foi, très jolie à la ville! » dit M. Chapoulot en restant sur le palier.

Mme Chapoulot pinça son mari à le faire crier, et le poussa dans l'appartement[e].

« En voilà, dit Héloïse, un second qui s'est donné le genre d'être un quatrième[f].

— Mademoiselle est cependant habituée à monter, dit la Cibot en ouvrant la porte de l'appartement.

— Eh bien! mon vieux, dit Héloïse en entrant dans la chambre où elle vit le pauvre musicien étendu, pâle et la face appauvrie, ça ne va donc pas bien? Tout le monde au théâtre s'inquiète de vous; mais vous savez! quoiqu'on ait bon cœur, chacun a ses affaires, et on ne trouve pas une heure pour aller voir ses amis[a]. Gaudissart parle de venir ici tous les jours, et tous les matins il est pris par les ennuis de l'administration. Néanmoins nous vous aimons tous...

— Madame Cibot, dit le malade, faites-moi le plaisir de nous laisser avec mademoiselle, nous avons à causer théâtre et de ma place de chef d'orchestre... Schmucke reconduira bien madame. »

Schmucke, sur un signe[b] de Pons, mis la Cibot à la porte, et tira les verrous.

« Ah! le gredin d'Allemand! voilà qu'il se gâte aussi, lui!... se dit la Cibot en entendant ce bruit significatif, c'est M. Pons qui lui apprend ces horreurs-là... Mais vous me payerez cela, mes petits amis..., se dit la Cibot en descendant. Bah! si cette saltimbanque de sauteuse lui parle des mille francs, je leur dirai que c'est une farce de théâtre... »

Et elle s'assit au chevet de Cibot, qui se plaignait d'avoir le feu dans l'estomac, car Rémonencq venait de lui donner à boire en l'absence de sa femme.

« Ma chère enfant, dit Pons à la danseuse pendant que Schmucke renvoyait la Cibot, je ne me fie qu'à vous pour me choisir un notaire honnête homme, qui vienne recevoir demain matin, à neuf heures et demie précises, mon testament. Je veux laisser toute ma fortune à mon ami Schmucke. Si ce pauvre Allemand était l'objet de persécutions, je compte sur ce notaire pour le conseiller, pour le défendre. Voilà pourquoi je désire un notaire considéré, très riche, au-dessus des considérations qui font fléchir les gens de loi; car mon pauvre légataire doit trouver un appui en lui. Je me défie de Berthier, successeur de Cardot, et vous qui connaissez tant de monde...

— Eh! j'ai ton affaire! dit la danseuse, le notaire de Florine, de la comtesse du Bruel, Léopold Hannequin[1], un homme vertueux qui ne sait pas ce qu'est une lorette! C'est comme un père de hasard, un brave homme qui vous empêche de faire des bêtises avec l'argent qu'on gagne; je l'appelle le père aux rats, car il a inculqué des principes d'économie à toutes mes amies. D'abord[c], il a, mon cher, soixante mille francs de rente, outre son étude. Puis il est notaire comme on était notaire autrefois! Il est notaire quand il marche, quand il dort; il a dû ne faire que de petits notaires et petites notaresses... Enfin[d] c'est un homme lourd et pédant; mais c'est un homme à ne fléchir devant aucune puissance quand il est dans ses fonctions[1]... Il n'a jamais eu de *voleuse*[2], c'est père de famille fossile! et c'est adoré de sa femme, qui ne le trompe pas quoique femme de notaire[a3]... Que veux-tu? il n'y a pas mieux dans Paris en fait de notaire. C'est patriarche; ça n'est pas drôle et amusant comme était Cardot avec Malaga, mais ça ne lèvera jamais le pied, comme le petit chose qui vivait avec Antonia[b4]! J'enverrai mon homme demain matin à huit heures... Tu peux dormir tranquillement. D'abord, j'espère que tu guériras, et que tu nous feras encore de jolie musique; mais, après tout, vois-tu, la vie est bien triste, les entrepreneurs chipotent, les rois carottent, les ministres tripotent, les gens riches économisotent... Les artistes n'ont plus de ça! dit-elle en se frappant le cœur, c'est un temps à mourir... Adieu, vieux[c]!

— Je te demande avant tout, Héloïse, la plus grande discrétion.

— Ce n'est pas une affaire de théâtre, dit-elle, c'est sacré, ça, pour une artiste.

— Quel est ton monsieur? ma petite.

— Le maire de ton arrondissement, M. Beaudoyer[5], un homme aussi bête que feu Crevel; car tu sais, Crevel, un des anciens commanditaires de Gaudissard, il est mort il y a quelques jours[d], et il ne m'a rien laissé, pas même un pot de pommade! C'est ce qui me fait te dire que notre siècle est dégoûtant.

— Et de quoi est-il mort?

— De sa femme!... S'il était resté avec moi, il vivrait encore! Adieu, mon bon vieux! je te parle de crevaison, parce que je te vois dans quinze jours d'ici te promenant sur le boulevard et flairant de jolies petites curiosités, car tu n'es pas malade, tu as les yeux plus vifs que je ne te les ai jamais vus... »

Et la danseuse s'en alla, sûre que son protégé Garangeot tenait pour toujours le bâton de chef d'orchestre. Garangeot était son cousin germain. Toutes les portes étaient entrebâillées, et tous les ménages sur pied regardèrent passer le premier sujet. Ce fut un événement dans la maison.

Fraisier, semblable à ces bouledogues qui ne lâchent pas le morceau où ils ont mis la dent, stationnait dans la loge auprès de la Cibot, quand la danseuse passa sous la

porte cochère et demanda le cordon. Il savait que le
teſtament était fait, il venait sonder les dispositions de la
portière : car Me Trognon, notaire, avait refusé de dire un
mot sur le teſtament tout aussi bien à Fraisier qu'à
Mme Cibot. Naturellement l'homme de loi regarda la
danseuse et se promit de tirer parti de cette visite *in
extremis*[a].

« Ma chère madame Cibot, dit Fraisier, voici pour
vous le moment critique.

— Ah! oui!... dit-elle, mon pauvre Cibot!... quand je
pense qu'il ne jouira pas de ce que je pourrais avoir...

— Il s'agit de savoir si M. Pons vous a légué quelque
chose; enfin si vous êtes sur le teſtament ou si vous êtes
oubliée, dit Fraisier en continuant. Je représente les héritiers naturels, et vous n'aurez rien que d'eux dans tous
les cas... Le teſtament eſt olographe, il eſt, par conséquent, très vulnérable... Savez-vous où notre homme l'a
mis ?...

— Dans une cachette du secrétaire[b], et il en a pris la
clef, répondit-elle, il l'a nouée au coin de son mouchoir,
et il a serré[c] le mouchoir sous son oreiller... J'ai tout vu.

— Le teſtament eſt-il cacheté ?

— Hélas! oui!

— C'eſt un crime que de souſtraire un teſtament et de
le supprimer, mais ce n'eſt qu'un délit de le regarder; et,
dans tous les cas, qu'eſt-ce que c'eſt ? des peccadilles qui
n'ont pas de témoins! A-t-il le sommeil dur, notre
homme ?...

— Oui; mais quand vous avez voulu tout examiner et
tout évaluer, il devait dormir comme un sabot, et il s'eſt
réveillé... Cependant, je vais voir! Ce matin, j'irai relever
M. Schmucke sur les quatre heures du matin, et, si vous
voulez venir, vous aurez le teſtament à vous pendant dix
minutes...

— Eh bien! c'eſt entendu, je me lèverai sur les quatre
heures, et je frapperai tout doucement[d]...

— Mlle Rémonencq, qui me remplacera près de Cibot,
sera prévenue, et tirera le cordon; mais frappez à la
fenêtre pour n'éveiller personne.

— C'eſt entendu, dit Fraisier, vous aurez de la lumière,
n'eſt-ce pas ? une bougie, cela me suffira... »

À minuit, le pauvre Allemand, assis dans un fauteuil,
navré de douleur, contemplait Pons, dont la figure

crispée, comme l'est celle d'un moribond, s'affaissait, après tant de fatigues, à faire croire qu'il allait expirer[a].

« Je pense[b] que j'ai juste assez de force pour aller jusqu'à demain soir, dit Pons avec philosophie. Mon agonie viendra, sans doute, mon pauvre Schmucke, dans la nuit de demain. Dès que le notaire et tes deux amis seront partis, tu iras chercher notre bon abbé Duplanty, le vicaire de l'église de Saint-François[c]. Ce digne homme ne me sait pas malade, et je veux recevoir les saints sacrements demain à midi... »

Il se fit une longue pause.

« Dieu n'a pas voulu que la vie fût pour moi comme je la rêvais, reprit Pons. J'aurais tant aimé une femme, des enfants, une famille!... Être chéri de quelques êtres dans un coin, était toute mon ambition! La vie est amère pour tout le monde, car j'ai vu des gens avoir tout ce que j'ai tant désiré vainement, et ne pas se trouver heureux... Sur la fin de ma carrière, le bon Dieu m'a fait trouver une consolation inespérée en me donnant un ami tel que toi!... Aussi n'ai-je pas à me reprocher de t'avoir méconnu ou mal apprécié... mon bon Schmucke; je t'ai donné mon cœur et toutes mes forces aimantes... Ne pleure pas, Schmucke, ou je me tairai! Et c'est si doux pour moi de te parler de nous... Si je t'avais écouté, je vivrais. J'aurais quitté le monde et mes habitudes, et je n'y aurais pas reçu des blessures mortelles. Enfin, je ne veux m'occuper que de toi...

— *Dû as dort !*...

— Ne me contrarie pas, écoute-moi[d], cher ami... Tu as la naïveté, la candeur d'un enfant de six ans qui n'aurait jamais quitté sa mère, c'est bien respectable; il me semble que Dieu doit prendre soin lui-même des êtres qui te ressemblent. Cependant, les hommes sont si méchants, que je dois te prémunir contre eux[e]. Tu vas donc perdre ta noble confiance, ta sainte crédulité, cette grâce des âmes pures qui n'appartient qu'aux gens de génie et aux cœurs comme le tien... Tu vas voir bientôt Mme Cibot, qui nous a bien observés par l'ouverture de la porte entrebâillée, venir prendre ce faux testament... Je présume que la coquine fera cette expédition ce matin, quand elle te croira endormi[f]. Écoute-moi bien, et suis mes instructions à la lettre... M'entends-tu ? » demanda le malade[g].

Schmucke, accablé de douleur, saisi par une affreuse palpitation, avait laissé aller sa tête sur le dos du fauteuil, et paraissait évanoui.

« *Ui, che d'endans ! mais gomme si d'édais à deux cend bas te moi... il me zemble que che m'enfonce dans la dombe afec toi !...* » dit l'Allemand que la douleur écrasait.

Il se rapprocha de Pons et il lui prit une main qu'il mit entre ses deux mains. Et il fit ainsi mentalement une fervente prière.

« Que marmottes-tu là, en allemand ?...

— *Chai briè Tieu de nus abbeler à lui emsemple !...* » répondit-il simplement après avoir fini sa prière.

Pons se pencha péniblement, car il souffrait au foie des douleurs intolérables. Il put se baisser jusqu'à Schmucke, et il le baisa sur le front, en épanchant son âme comme une bénédiction sur cet être comparable à l'agneau qui repose aux pieds de Dieu.

« Voyons, écoute-moi, mon bon Schmucke, il faut obéir aux mourants...

— *J'égoude !*

— On communique de ta chambre dans la mienne par la petite porte de ton alcôve, qui donne dans l'un des cabinets de la mienne.

— *Ui ! mais c'eſt engompré de dapleaux.*

— Tu vas dégager cette porte à l'inſtant, sans faire trop de bruit !...

— *Ui...*

— Débarrasse le passage des deux côtés, chez toi comme chez moi; puis tu laisseras la tienne entrebâillée. Quand la Cibot viendra te remplacer près de moi (elle eſt capable d'arriver ce matin une heure plus tôt), tu t'en iras comme à l'ordinaire dormir, et tu paraîtras bien fatigué. Tâche d'avoir l'air endormi... Dès qu'elle se sera mise dans son fauteuil, passe par ta porte et reſte en observation, là, en entrouvrant le petit rideau de mousseline de cette porte vitrée, et regarde bien ce qui se passera... Tu comprends ?

— *Che t'ai gompris, tî grois que la scélérade prîlera le desdaman...*

— Je ne sais pas ce qu'elle fera, mais je suis sûr que tu ne la prendras plus pour un ange, après. Maintenant, fais-moi de la musique, réjouis-moi par quelqu'une de tes improvisations... Ça t'occupera, tu perdras tes idées noires, et tu me rempliras cette triste nuit par tes poèmes... »

Schmucke se mit au piano. Sur ce terrain, et au bout de quelques instants, l'inspiration musicale, excitée par le tremblement de la douleur et l'irritation qu'elle lui causait, emporta le bon Allemand, selon son habitude, au-delà des mondes. Il trouva des thèmes sublimes sur lesquels il broda, des caprices exécutés[a] tantôt avec la douleur et la perfection raphaëlesques de Chopin, tantôt avec la fougue et le grandiose dantesque de Liszt, les deux organisations musicales qui se rapprochent le plus de celle de Paganini. L'exécution, arrivée à ce degré de perfection, met en apparence l'exécutant à la hauteur du poète, il est au compositeur ce que l'acteur est à l'auteur, un divin traducteur de choses divines[1]. Mais, dans cette nuit où Schmucke fit entendre par avance à Pons les concerts du Paradis, cette délicieuse musique qui fait tomber des mains de sainte Cécile ses instruments, il fut à la fois Beethoven et Paganini, le créateur et l'interprète! Intarissable comme le rossignol, sublime comme le ciel sous lequel il chante, varié, feuillu[b] comme la forêt qu'il emplit de ses roulades[2], il se surpassa, et plongea le vieux musicien qui l'écoutait dans l'extase que Raphaël a peinte, et qu'on va voir à Bologne[3]. Cette poésie fut interrompue par une affreuse sonnerie. La bonne des locataires du premier étage vint[c] prier Schmucke, de la part de ses maîtres, de finir ce sabbat. Mme, M. et Mlle Chapoulot étaient éveillés, ne pouvaient plus se rendormir, et faisaient observer que la journée était assez longue pour répéter les musiques de théâtre[d], et que, dans une maison du Marais, on ne devait pas *pianoter*[e][4] pendant la nuit... Il était environ trois heures du matin. À trois heures et demie[f], selon les prévisions de Pons, qui semblait avoir entendu la conférence de Fraisier et de la Cibot, la portière se montra. Le malade jeta sur Schmucke un regard d'intelligence qui signifiait : « N'ai-je pas bien deviné ? » Et il se mit dans la position d'un homme qui dort profondément.

L'innocence de Schmucke était une croyance si forte chez la Cibot, et c'est là l'un des grands moyens et la raison du succès de toutes les ruses de l'enfance, qu'elle ne put le soupçonner de mensonge quand elle le vit

venir à elle, et lui dire d'un air à la fois dolent et joyeux[a] :
« *Ile hâ ei eine nouitte derriple ! t'ine achidadion tiapolique !
Chai êdé opliché te vaire de la misicque bir le galmer, ed les
loguadaires ti bremier edache sont mondés bire me vaire daire !...
C'esde avvreux, car il s'achissait te la fie te mon hami. Che
suis si vadiqué t'affoir choué duddle la nouitte, que che zugombe
ce madin.*

— Mon pauvre Cibot aussi va bien mal, et encore
une journée comme celle d'hier, il n'y aura plus de ressources !... Que voulez-vous ? à la volonté de Dieu !

— *Fus èdes eine cueir si honède, eine ame si pelle, que si
le bère Zibod meurd nus fifrons ensemble !...* » dit le rusé[b1]
Schmucke.

Quand les gens simples et droits se mettent à dissimuler, ils sont terribles, absolument comme les enfants,
dont les pièges sont dressés avec la perfection que
déploient les Sauvages.

« Eh bien ! allez dormir, mon fiston ! dit la Cibot,
vous avez les yeux si fatigués, qu'ils sont gros comme le
poing. Allez ! ce qui pourrait me consoler de la perte de
Cibot, ce serait de penser que je finirais mes jours avec
un bon homme comme vous. Soyez tranquille, je vais
donner une danse à Mme Chapoulot... Est-ce qu'une
mercière retirée peut avoir de pareilles exigences ?... »

Schmucke alla se mettre en observation dans le poste
qu'il s'était arrangé. La Cibot avait laissé la porte de
l'appartement entrebâillée, et Fraisier, après être entré,
la ferma tout doucement, lorsque Schmucke se fut
enfermé chez lui. L'avocat était muni d'une bougie
allumée et d'un fil de laiton excessivement léger, pour
pouvoir décacheter le testament. La Cibot put d'autant
mieux ôter le mouchoir où la clef du secrétaire était
nouée, et qui se trouvait sous l'oreiller de Pons, que le
malade avait exprès laissé passer son mouchoir dessous
son traversin, et qu'il se prêtait à la manœuvre de la
Cibot, en se tenant le nez dans la ruelle et dans une pose
qui laissait pleine liberté de prendre le mouchoir[c]. La
Cibot alla droit au secrétaire, l'ouvrit en s'efforçant de
faire le moins de bruit possible, trouva le ressort de la
cachette, et courut le testament à la main dans le salon[2].
Cette circonstance intrigua Pons au plus haut degré.
Quant à Schmucke, il tremblait de la tête aux pieds,
comme s'il avait commis un crime.

« Retournez à votre poste, dit Fraisier en recevant le testament de la Cibot, car, s'il s'éveillait, il faut qu'il vous trouve là. »

Après avoir décacheté l'enveloppe avec une habileté qui prouvait qu'il n'en était pas à son coup d'essai, Fraisier fut plongé dans un étonnement profond en lisant cette pièce curieuse.

CECI EST MON TESTAMENT

« Aujourd'hui, quinze avril mil huit cent quarante-cinq, étant sain d'esprit, comme ce testament, rédigé de concert avec M. Trognon, notaire, le démontrera; sentant que je dois mourir prochainement de la maladie dont je suis atteint depuis les premiers jours de février dernier, j'ai dû, voulant disposer de mes biens, tracer mes dernières volontés, que voici :

« J'ai toujours été frappé des inconvénients qui nuisent aux chefs-d'œuvre de la peinture, et qui souvent ont entraîné leur destruction. J'ai plaint les belles toiles d'être condamnées à toujours voyager de pays en pays, sans être jamais fixées dans un lieu où les admirateurs de ces chefs-d'œuvre pussent aller les voir. J'ai toujours pensé que les pages vraiment immortelles des fameux maîtres devraient être des propriétés nationales, et mises incessamment sous[a] les yeux des peuples comme la lumière, chef-d'œuvre de Dieu, sert à tous ses enfants.

« Or, comme j'ai passé ma vie à rassembler, à choisir quelques tableaux, qui sont de glorieuses œuvres des plus grands maîtres, que ces tableaux sont francs, sans retouche, ni repeints, je n'ai pas pensé sans chagrin que ces toiles, qui ont fait le bonheur de ma vie, pouvaient être vendues aux criées; aller, les unes chez les Anglais, les autres en Russie, dispersées comme elles étaient avant leur réunion chez moi; j'ai donc résolu de les soustraire à ces misères, ainsi que les cadres magnifiques qui leur servent de bordure, et qui tous sont dus à d'habiles ouvriers.

« Donc, par ces motifs, je donne et lègue au Roi, pour faire partie du Musée du Louvre, les tableaux dont se compose ma collection, à la charge, si le legs est accepté, de faire à mon ami Wilhelm[b] Schmucke une rente viagère de deux mille quatre cents francs.

« Si le roi, comme usufruitier du Musée, n'accepte pas ce legs avec cette charge, lesdits tableaux feront alors partie du legs que je fais à mon ami Schmucke de toutes les valeurs que je possède, à la charge de remettre la tête de Singe de Goya à mon cousin le président Camusot; le tableau de fleurs d'Abraham Mignon, composé de tulipes, à M. Trognon, notaire, que je nomme mon exécuteur testamentaire, et de servir deux cents francs de rente à Mme Cibot, qui fait mon ménage depuis dix*ᵃ* ans.

« Enfin, mon ami Schmucke donnera la *Descente de Croix,* de Rubens, esquisse de son célèbre tableau d'Anvers, à ma paroisse, pour en décorer une chapelle, en remerciement des bontés de M. le vicaire Duplanty, à qui je dois de pouvoir mourir en chrétien et en catholique », etc.

« C'est la ruine! se dit Fraisier, la ruine de toutes mes espérances! Ah! je commence à croire tout ce que la présidente m'a dit de la malice de ce vieux artiste!...

— Eh bien ? vint demander la Cibot.

— Votre monsieur est un monstre, il donne tout au Musée, à l'État. Or, on ne peut plaider contre l'État!... Le testament est inattaquable. Nous sommes volés, ruinés, dépouillés, assassinés!...

— Que m'a-t-il donné ?...

— Deux cents francs de rente viagère...

— La belle poussée!... Mais c'est un gredin fini!...

— Allez voir, dit Fraisier, je vais remettre le testament de votre gredin dans l'enveloppe*ᵇ*. »

Dès que Mme Cibot eut le dos tourné, Fraisier substitua vivement*ᶜ* une feuille de papier blanc au testament, qu'il mit dans sa poche; puis il recacheta l'enveloppe avec tant de talent qu'il montra le cachet à Mme Cibot quand elle revint, en lui demandant si elle pouvait y apercevoir la moindre trace de l'opération. La Cibot prit l'enveloppe, la palpa, la sentit pleine, et soupira profondément. Elle avait espéré que Fraisier aurait brûlé lui-même cette fatale pièce.

« Eh bien! que faire, mon cher monsieur Fraisier ? demanda-t-elle.

— Ah! ça vous regarde! Moi, je ne suis pas héritier, mais si j'avais les moindres droits à cela, dit-il en montrant la collection, je sais bien comment je ferais...

— C'est ce que je vous demande..., dit assez niaisement la Cibot.

— Il y a du feu dans la cheminée..., répliqua-t-il en
se levant pour s'en aller.

— Au fait, il n'y a que vous et moi qui saurons cela!...
dit la Cibot.

— On ne peut jamais prouver qu'un testament a
existé! reprit l'homme de loi.

— Et vous ?

— Moi ?... si[a] M. Pons meurt sans testament, je vous
assure cent mille francs.

— Ah! ben oui! dit-elle, on vous promet des monts
d'or[b], et quand on tient les choses, qu'il s'agit de payer,
on vous carotte comme... »

Elle s'arrêta bien à temps, car elle allait parler d'Élie
Magus à Fraisier...

« Je me sauve! dit Fraisier. Il ne faut pas, dans votre
intérêt, que l'on m'ait vu dans l'appartement; mais nous
nous retrouverons en bas, à votre loge. »

Après avoir fermé la porte, la Cibot revint, le testament à la main, dans l'intention bien arrêtée de le jeter
au feu; mais quand elle rentra dans la chambre et qu'elle
s'avança vers la cheminée, elle se sentit prise par les
deux bras!... Elle se vit entre Pons et Schmucke, qui
s'étaient l'un et l'autre adossés à la cloison, de chaque
côté de la porte.

« Ah! » cria la Cibot.

Elle tomba la face en avant dans des convulsions
affreuses, réelles ou feintes, on ne sut jamais la vérité. Ce
spectacle produisit une telle impression sur Pons, qu'il fut
pris d'une faiblesse mortelle, et Schmucke laissa la Cibot
par terre pour recoucher Pons. Les deux amis tremblaient
comme des gens qui, dans l'exécution d'une volonté
pénible, ont outrepassé leurs forces. Quand Pons fut
couché, que Schmucke eut repris un peu de forces, il
entendit des sanglots. La Cibot, à genoux, fondait en
larmes, et tendait les mains aux deux amis en les suppliant par une pantomime très expressive[c].

« C'est pure curiosité! dit-elle en se voyant l'objet
de l'attention des deux amis[d], mon bon monsieur Pons!
c'est le défaut des femmes, vous savez! Mais je n'ai su
comment faire pour lire votre testament, et je le rappor-
tais!...

— *Hâlez fis-en !* dit Schmucke qui se dressa sur ses pieds en se grandissant de toute la grandeur de son indignation[a]. *Fus êdes eine monsdre ! fus afez essayé te duer mon pon Bons. Il a raison ! fis êdes plis qu'ein monsdre, fis êdes tamnée !* »

La Cibot, voyant l'horreur peinte sur la figure du candide Allemand, se leva fière comme Tartuffe, jeta sur Schmucke un regard qui le fit trembler et sortit en emportant sous sa robe un sublime petit tableau de Metzue qu'Élie Magus avait beaucoup admiré, et dont il avait dit : « C'est un diamant[b] ! » La Cibot trouva dans sa loge Fraisier qui l'attendait, en espérant qu'elle aurait brûlé l'enveloppe et le papier blanc par lequel il avait remplacé le testament ; il fut bien étonné de voir sa cliente effrayée et le visage renversé.

« Qu'est-il arrivé[c] ?

— Il est arrivé, mon cher monsieur Fraisier, que, sous prétexte de me donner de bons conseils et de me diriger, vous m'avez fait perdre à jamais mes rentes et la confiance de ces messieurs... »

Et elle se lança dans une de ces trombes de paroles auxquelles elle excellait.

« Ne dites pas de paroles oiseuses, s'écria sèchement Fraisier en arrêtant sa cliente. Au fait ! au fait ! et vivement.

— Eh bien ! et voilà comment ça s'est fait. »

Elle raconta la scène telle qu'elle venait de se passer.

« Je ne vous ai rien fait perdre, répondit Fraisier. Ces deux messieurs doutaient de votre probité, puisqu'ils vous ont tendu ce piège ; ils vous attendaient, ils vous épiaient !... Vous ne me dites pas tout..., ajouta l'homme d'affaires en jetant un regard de tigre sur la portière.

— Moi ! vous cacher quelque chose !... après tout ce que nous avons fait ensemble !... dit-elle en frissonnant.

— Mais, ma chère, je n'ai rien commis de répréhensible ! » dit Fraisier en manifestant ainsi l'intention de nier sa visite nocturne chez Pons.

La Cibot sentit ses cheveux lui brûler le crâne, et un froid glacial l'enveloppa.

« Comment ?... dit-elle hébétée.

— Voilà l'affaire criminelle toute trouvée !... Vous pouvez être accusée de soustraction de testament », répondit froidement Fraisier.

La Cibot fit un mouvement d'horreur.

« Rassurez-vous, je suis votre conseil, reprit-il. Je n'ai voulu que vous prouver combien il est facile, d'une manière ou d'une autre, de réaliser ce que je vous disais. Voyons! qu'avez-vous fait pour que cet Allemand si naïf se soit caché dans la chambre à votre insu ?...

— Rien, c'est la scène de l'autre jour, quand j'ai soutenu à M. Pons qu'il avait eu la berlue. Depuis ce jour-là, ces deux messieurs ont changé du tout au tout à mon égard. Ainsi vous êtes la cause de tous mes malheurs, car si j'avais perdu de mon empire sur M. Pons, j'étais sûre de l'Allemand qui parlait déjà de m'épouser, ou de me prendre avec lui, c'est tout un! »

Cette raison était si plausible, que Fraisier fut obligé de s'en contenter.

« Rassurez-vous, reprit-il, je vous ai promis des rentes, je tiendrai ma parole. Jusqu'à présent, tout, dans cette affaire, était hypothétique; maintenant, elle vaut des billets de banque... Vous n'aurez pas moins de douze cents francs de rente viagère... Mais il faudra, ma chère dame Cibot, obéir à mes ordres, et les exécuter avec intelligence.

— Oui, mon cher monsieur Fraisier, dit avec une servile souplesse la portière entièrement matée.

— Eh bien! adieu », repartit Fraisier en quittant la loge et emportant le dangereux testament.

Il revint chez lui tout joyeux, car ce testament était une arme terrible.

« J'aurai, pensait-il, une bonne garantie contre la bonne foi de Mme la présidente de Marville. Si elle s'avisait de ne pas tenir sa parole, elle perdrait la succession[a]. »

Au petit jour, Rémonencq, après avoir ouvert sa boutique et l'avoir laissée sous la garde de sa sœur, vint, selon une habitude prise depuis quelques jours, voir comment allait son bon ami Cibot, et trouva la portière qui contemplait le tableau de Metzue en se demandant comment une petite planche peinte pouvait valoir tant d'argent.

« Ah! ah! c'est le seul, dit-il en regardant par-dessus l'épaule de la Cibot, que M. Magus regrettait de ne pas avoir, il dit qu'avec cette petite chose-là, il ne manquerait rien à son bonheur.

— Qu'en donnerait-il ? demanda la Cibot.

— Mais si vous me promettez de m'épouser dans l'année de votre veuvage, répondit Rémonencq, je me charge d'avoir vingt mille francs d'Élie Magus, et si vous ne m'épousez pas, vous ne pourrez jamais vendre ce tableau plus de mille francs.

— Et pourquoi ?

— Mais vous seriez obligée de signer une quittance comme propriétaire, et vous auriez alors un procès avec les héritiers. Si vous êtes ma femme, c'est moi qui le vendrai à M. Magus, et on ne demande rien à un marchand que l'inscription sur son livre d'achats, et j'écrirai que M. Schmucke me l'a vendu. Allez, mettez cette planche chez moi... si votre mari mourait, vous pourriez être bien tracassée, et personne ne trouvera drôle que j'aie chez moi un tableau... Vous me connaissez bien. D'ailleurs, si vous voulez, je vous en ferai une reconnaissance. »

Dans la situation criminelle où elle était surprise, l'avide portière souscrivit à cette proposition, qui la liait pour toujours au brocanteur.

« Vous avez raison, apportez-moi votre écriture, dit-elle en serrant le tableau dans sa commode.

— Voisine, dit le brocanteur à voix basse en entraînant la Cibot sur le pas de la porte, je vois bien que nous ne sauverons pas notre pauvre ami Cibot ; le docteur Poulain désespérait de lui hier soir, et disait qu'il ne passerait pas la journée... C'est un grand malheur ! Mais après tout, vous n'étiez pas à votre place ici... Votre place, c'est dans un beau magasin de curiosités sur le boulevard des Capucines. Savez-vous que j'ai gagné bien près de cent mille francs depuis dix ans, et que si vous en avez un jour autant, je me charge de vous faire une belle fortune... si vous êtes ma femme... Vous seriez bourgeoise... bien servie par ma sœur qui ferait le ménage, et... »

Le séducteur fut interrompu par les plaintes déchirantes du petit tailleur dont l'agonie commençait.

« Allez-vous-en, dit la Cibot, vous êtes un monstre de me parler de ces choses-là, quand mon pauvre homme se meurt dans de pareils états...

— Ah! c'est que je vous aime, dit Rémonencq, à tout confondre pour vous avoir...

— Si vous m'aimiez, vous ne me diriez rien en ce moment », répondit-elle.

Et Rémonencq rentra chez lui, sûr d'épouser la Cibot.

Sur les dix heures, il y eut à la porte de la maison une sorte d'émeute, car on administra les sacrements à M. Cibot. Tous les amis des Cibot, les concierges, les portières de la rue de Normandie et des rues adjacentes occupaient la loge, le dessous de la porte cochère et le devant sur la rue. On ne fit alors aucune attention à M. Léopold Hannequin, qui vint avec un de ses confrères, ni à Schwab et à Brunner, qui purent arriver chez Pons sans être vus de Mme Cibot. La portière de la maison voisine, à qui le notaire s'adressa pour savoir à quel étage demeurait Pons, lui désigna l'appartement. Quant à Brunner, qui vint avec Schwab, il était déjà venu voir le musée Pons, il passa sans rien dire, et montra le chemin à son associé... Pons annula formellement son testament de la veille, et institua Schmucke son légataire universel. Une fois cette cérémonie accomplie, Pons, après avoir remercié Schwab et Brunner, et avoir recommandé vivement à M. Léopold Hannequin les intérêts de Schmucke, tomba dans une faiblesse telle, par suite de l'énergie qu'il avait déployée, et dans la scène nocturne avec la Cibot et dans ce dernier acte de la vie sociale, que Schmucke pria Schwab d'aller prévenir l'abbé Duplanty, car il ne voulut pas quitter le chevet de son ami, et Pons réclamait les sacrements.

Assise au pied du lit de son mari, la Cibot, d'ailleurs mise à la porte par les deux amis, ne s'occupa point du déjeuner de Schmucke; mais les événements de cette matinée, le spectacle de l'agonie résignée de Pons qui mourait héroïquement, avaient tellement serré le cœur de Schmucke, qu'il ne sentit pas la faim.

Néanmoins, vers les deux heures, n'ayant pas vu le vieil Allemand, la portière, autant par curiosité que par intérêt, pria la sœur de Rémonencq d'aller voir si Schmucke n'avait pas besoin de quelque chose. En ce moment même, l'abbé Duplanty, à qui le pauvre musicien avait fait sa confession suprême, lui administrait l'extrême-onction. Mlle Rémonencq troubla donc cette cérémonie par des coups de sonnette réitérés. Or, comme Pons avait fait jurer à Schmucke de ne laisser entrer personne, tant il craignait qu'on ne le volât, Schmucke laissa sonner Mlle Rémonencq, qui descendit fort effrayée, et dit à la Cibot que Schmucke ne lui avait pas ouvert la

porte. Cette circonstance bien marquée fut notée par
Fraisier. Schmucke, qui n'avait jamais vu mourir personne, allait éprouver tous les embarras dans lesquels on
se trouve à Paris avec un mort sur les bras, surtout sans
aide, sans représentant ni secours. Fraisier qui savait
que les parents vraiment affligés perdent alors la tête,
et qui, depuis le matin, après son déjeuner, stationnait
dans la loge en conférence perpétuelle avec le docteur
Poulain, conçut alors l'idée de diriger lui-même tous les
mouvements de Schmucke.

Voici comment les deux amis, le docteur Poulain et
Fraisier, s'y prirent pour obtenir cet important résultat.

Le bedeau de l'église Saint-François, ancien marchand
de verreries, nommé Cantinet, demeurait rue d'Orléans,
dans la maison mitoyenne de celle du docteur Poulain.
Or, Mme Cantinet, une des receveuses de la location
des chaises, avait été soignée gratuitement par le docteur
Poulain, à qui naturellement elle était liée par la
reconnaissance et à qui elle avait conté souvent tous les
malheurs de sa vie. Les deux casse-noisettes, qui, tous
les dimanches et les jours de fête, allaient aux offices
à Saint-François, étaient en bons termes avec le bedeau,
le suisse, le donneur d'eau bénite, enfin avec cette milice
ecclésiastique appelée à Paris *le bas clergé,* à qui les fidèles
finissent par donner de petits pourboires. Mme Cantinet
connaissait donc aussi bien Schmucke que Schmucke la
connaissait. Cette dame Cantinet était affligée de deux
plaies qui permettaient à Fraisier de faire d'elle un
aveugle et involontaire instrument. Le jeune Cantinet,
passionné pour le théâtre, avait refusé de suivre le
chemin de l'église où il pouvait devenir suisse, en débutant dans les figurants du cirque Olympique, et il menait
une vie échevelée qui navrait sa mère, dont la bourse
était souvent mise à sec par des emprunts forcés. Puis
Cantinet, adonné aux liqueurs et à la paresse, avait été
forcé de quitter le commerce par ces deux vices. Loin
de s'être corrigé, ce malheureux avait trouvé dans ses
fonctions un aliment à ses deux passions : il ne faisait
rien, et il buvait avec les cochers des noces, avec les
gens des pompes funèbres, avec les malheureux secourus
par le curé, de manière à se cardinaliser la figure dès midi.
Mme Cantinet se voyait vouée à la misère dans ses
vieux jours, après avoir, disait-elle, apporté douze mille

francs de dot à son mari. L'histoire de ces malheurs, cent fois racontée au docteur Poulain, lui suggéra l'idée de se servir d'elle pour faciliter chez Pons et Schmucke le placement de Mme Sauvage, comme cuisinière et femme de peine. Présenter Mme Sauvage était chose impossible, car la défiance des deux casse-noisettes était devenue absolue, et le refus d'ouvrir la porte à Mlle Rémonencq avait suffisamment éclairé Fraisier à ce sujet. Mais il parut évident aux deux amis que les pieux musiciens accepteraient aveuglément une personne qui serait offerte par l'abbé Duplanty. Mme Cantinet, dans leur plan, serait accompagnée de Mme Sauvage; et la bonne de Fraisier, une fois là, vaudrait Fraisier lui-même[a].

Quand l'abbé Duplanty arriva sous la porte cochère, il fut arrêté pendant un moment par la foule des amis de Cibot qui donnait des marques d'intérêt au plus ancien et au plus estimé des concierges du quartier.

Le docteur Poulain salua l'abbé Duplanty, le prit à part, et lui dit : « Je vais aller voir ce pauvre M. Pons; il pourrait encore se tirer d'affaire; il s'agirait de le décider à subir l'opération de l'extraction des calculs qui se sont formés dans la vésicule; on les sent au toucher, ils déterminent une inflammation qui causera la mort; et peut-être serait-il encore temps de la pratiquer. Vous devriez bien faire servir votre influence sur votre pénitent en l'engageant à subir cette opération; je réponds de sa vie, si pendant qu'on la pratiquera nul accident fâcheux ne se déclare.

— Dès que j'aurai reporté le saint-ciboire à l'église, je reviendrai, dit l'abbé Duplanty, car M. Schmucke est dans un état qui réclame quelques secours religieux.

— Je viens d'apprendre qu'il est seul, dit le docteur Poulain. Ce bon Allemand a eu ce matin une petite altercation avec Mme Cibot, qui fait depuis dix ans le ménage de ces messieurs, et ils se sont brouillés momentanément sans doute; mais il ne peut pas rester sans aide dans les circonstances où il va se trouver. C'est œuvre de charité que de s'occuper de lui. Dites donc, Cantinet, dit le docteur en appelant à lui le bedeau, demandez donc à votre femme si elle veut garder M. Pons et veiller au ménage de M. Schmucke pendant quelques jours à la place de Mme Cibot… qui, d'ailleurs, sans cette brouille, aurait toujours eu besoin de se faire remplacer. C'est une honnête femme, dit le docteur à l'abbé Duplanty.

— On ne peut pas mieux choisir, répondit le bon prêtre, car elle a la confiance de la fabrique pour la perception de la location des chaises. »

Quelques moments après, le docteur Poulain suivait au chevet du lit les progrès de l'agonie de Pons, que Schmucke suppliait vainement de se laisser opérer. Le vieux musicien ne répondait aux prières du pauvre Allemand désespéré que par des signes de tête négatifs, entremêlés de mouvements d'impatience. Enfin, le moribond rassembla ses forces, lança sur Schmucke un regard affreux et lui dit : « Laisse-moi donc mourir tranquillement !... »

Schmucke faillit mourir de douleur; mais il prit la main de Pons, la baisa doucement, et la tint dans ses deux mains, en essayant de lui communiquer encore une fois ainsi sa propre vie. Ce fut alors que le docteur Poulain entendit sonner et alla ouvrir la porte à l'abbé Duplanty.

« Notre pauvre malade, dit Poulain, commence à se débattre sous l'étreinte de la mort. Il aura expiré dans quelques heures; vous enverrez sans doute un prêtre pour le veiller cette nuit. Mais il est temps de donner Mme Cantinet et une femme de peine à M. Schmucke, il est incapable de penser à quoi que ce soit, je crains pour sa raison, et il se trouve ici des valeurs qui doivent être gardées par des personnes pleines de probité. »

L'abbé Duplanty, bon et digne prêtre, sans méfiance ni malice, fut frappé de la vérité des observations du docteur Poulain; il croyait d'ailleurs aux qualités du médecin du quartier; il fit donc signe à Schmucke de venir lui parler, en se tenant au seuil de la chambre mortuaire. Schmucke ne put se décider à quitter la main de Pons qui se crispait et s'attachait à la sienne comme s'il tombait dans un précipice et qu'il voulût s'accrocher à quelque chose pour n'y pas rouler. Mais, comme on sait, les mourants sont en proie à une hallucination qui *les* pousse à s'emparer de tout, comme des gens empressés d'emporter dans un incendie leurs objets les plus précieux, et Pons lâcha Schmucke pour saisir ses couvertures et les rassembler autour de son corps par un horrible et significatif mouvement d'avarice et de hâte.

« Qu'allez-vous devenir, seul avec votre ami mort ? dit le bon prêtre à l'Allemand qui vint alors l'écouter, vous êtes sans Mme Cibot...

— *C'esde eine monsdre qui a dué Bons !* dit-il.

— Mais il vous faut quelqu'un auprès de vous ? reprit le docteur Poulain, car il faudra garder le corps cette nuit.

— *Che le carterai, che brierai Tieu !* répondit l'innocent Allemand.

— Mais il faut manger!... Qui maintenant, vous fera votre cuisine ? dit le docteur.

— *La touleur m'ôde l'abbédit !*... répondit naïvement Schmucke.

— Mais, dit Poulain, il faut aller déclarer le décès avec des témoins, il faut dépouiller le corps, l'ensevelir en le cousant dans un linceul, il faut aller commander le convoi aux pompes funèbres, il faut nourrir la garde qui doit garder le corps et le prêtre qui veillera, ferez-vous cela tout seul ?... On ne meurt pas comme des chiens dans la capitale du monde civilisé! »

Schmucke ouvrit des yeux effrayés, et fut saisi d'un court accès de folie.

« *Mais Bons ne mûrera bas... che le sauferai !*...

— Vous ne resterez pas longtemps sans prendre un peu de sommeil, et alors qui vous remplacera ? car il faut s'occuper de M. Pons, lui donner à boire, faire des remèdes...

— *Ah ! c'esde frai !*... dit l'Allemand.

— Eh bien! reprit l'abbé Duplanty, je pense à vous donner Mme Cantinet, une brave et honnête femme... »

Le détail de ses devoirs sociaux envers son ami mort hébéta tellement Schmucke, qu'il aurait voulu mourir avec Pons.

« C'est un enfant! dit le docteur Poulain à l'abbé Duplanty.

— *Eine anvant !*... répéta machinalement Schmucke.

— Allons! dit le vicaire, je vais parler à Mme Cantinet et vous l'envoyer.

— Ne vous donnez pas cette peine, dit le docteur, elle est ma voisine, et je retourne chez moi. »

La Mort est comme un assassin invisible contre lequel lutte le mourant; dans l'agonie il reçoit les derniers coups, il essaie de les rendre et se débat. Pons en était à cette scène suprême, il fit entendre des gémissements, entremêlés de cris. Aussitôt, Schmucke, l'abbé Duplanty, Poulain accoururent au lit du moribond. Tout à coup Pons, atteint dans sa vitalité par cette dernière blessure, qui tranche les liens du corps et de l'âme, recouvra pour quelques instants la parfaite quiétude qui suit l'agonie, il revint à lui, la sérénité de la mort sur le visage et regarda ceux qui l'entouraient d'un air presque riant.

« Ah! docteur, j'ai bien souffert, mais vous aviez raison, je vais mieux... Merci, mon bon abbé, je me demandais où était Schmucke!...

— Schmucke n'a pas mangé depuis hier au soir, et il est quatre heures : vous n'avez plus personne auprès de vous, et il serait dangereux de rappeler Mme Cibot...

— Elle est capable de tout! dit Pons en manifestant toute son horreur au nom de la Cibot. C'est vrai, Schmucke a besoin de quelqu'un de bien honnête.

— L'abbé Duplanty et moi, dit alors Poulain, nous avons pensé à vous deux...

— Ah! merci, dit Pons, je n'y songeais pas.

— Et il vous propose Mme Cantinet...

— Ah! la loueuse de chaises! s'écria Pons. Oui, c'est une excellente créature.

— Elle n'aime pas Mme Cibot, reprit le docteur, et elle aura bien soin de M. Schmucke...

— Envoyez-la-moi, mon bon monsieur Duplanty... elle et son mari, je serai tranquille. On ne volera rien ici... »

Schmucke avait repris la main de Pons et la tenait avec joie, en croyant la santé revenue.

« Allons-nous-en, monsieur l'abbé, dit le docteur, je vais envoyer promptement Mme Cantinet; je m'y connais : elle ne trouvera peut-être pas M. Pons vivant[a]. »

Pendant que l'abbé Duplanty déterminait le moribond à prendre pour garde Mme Cantinet, Fraisier avait fait venir chez lui la loueuse de chaises, et la soumettait à sa conversation corruptrice, aux ruses de sa puissance chicanière, à laquelle il était difficile de résister. Aussi Mme Cantinet, femme sèche et jaune, à grandes dents, à lèvres froides, hébétée par le malheur, comme beaucoup de femmes du peuple, et arrivée à voir le bonheur dans les plus légers profits journaliers, eut-elle bientôt consenti à prendre avec elle Mme Sauvage comme femme de ménage. La bonne de Fraisier avait déjà reçu le mot d'ordre. Elle avait promis de tramer une toile en fil de fer autour des deux musiciens, et de veiller sur eux comme l'araignée veille sur une mouche prise. Mme Sauvage devait avoir pour loyer de ses peines un débit de tabac : Fraisier trouvait ainsi le moyen de se débarrasser de sa prétendue nourrice, et mettait auprès de Mme Cantinet un espion et un gendarme dans la personne de la Sauvage. Comme il dépendait de l'appartement des deux amis une chambre de domestique et une petite cuisine, la Sauvage pouvait coucher sur un lit de sangle et faire la cuisine de Schmucke. Au moment où les femmes se présentèrent, amenées par le docteur Poulain, Pons venait de rendre le dernier soupir, sans que Schmucke s'en fût aperçu. L'Allemand tenait encore dans ses mains la main de son ami, dont la chaleur s'en allait par degrés. Il fit signe à Mme Cantinet de ne pas parler ; mais la soldatesque Mme Sauvage le surprit tellement par sa tournure, qu'il laissa échapper un mouvement de frayeur, à laquelle cette femme mâle était habituée.

« Madame[a], dit Mme Cantinet, est une dame de qui répond M. Duplanty ; elle a été cuisinière chez un évêque, elle est la probité même, elle fera la cuisine.

— Ah ! vous pouvez parler haut ! s'écria la puissante et asthmatique Sauvage, le pauvre monsieur est mort !... il vient de passer. » Schmucke jeta un cri perçant, il sentit la main de Pons glacée qui se roidissait, et il resta les yeux fixes, arrêtés sur ceux de Pons, dont l'expression l'eût rendu fou, sans Mme Sauvage, qui, sans doute accoutumée à ces sortes de scènes, alla vers le lit en tenant un miroir, elle le présenta devant les lèvres du mort, et comme aucune respiration ne vint ternir la glace, elle sépara vivement la main de Schmucke de la main du mort.

« Quittez-la donc, monsieur, vous ne pourriez plus l'ôter ; vous ne savez pas comme les os vont se durcir ! Ça va vite le refroidissement des morts. Si l'on n'apprête pas un mort pendant qu'il est encore tiède, il faut plus tard lui casser les membres... »

Ce fut donc cette terrible femme qui ferma les yeux au pauvre musicien expiré ; puis, avec cette habitude des gardes-malades, métier qu'elle avait exercé pendant dix ans, elle déshabilla Pons, l'étendit, lui colla les mains de chaque côté du corps, et lui ramena la couverture sur le nez, absolument comme un commis fait un paquet dans un magasin.

« Il faut un drap pour l'ensevelir; où donc en prendre un ?... » demanda-t-elle à Schmucke, que ce spectacle frappa de terreur.

Après avoir vu la Religion procédant avec son profond respect de la créature destinée à un si grand avenir dans le ciel, ce fut une douleur à dissoudre les éléments de la pensée, que cette espèce d'emballage où son ami était traité comme une chose.

« *Vaides gomme fus fitrez !...* » répondit machinalement Schmucke.

Cette innocente créature voyait mourir un homme pour la première fois. Et cet homme était Pons, le seul ami, le seul être qui l'eût compris et aimé!

« Je vais aller demander à Mme Cibot où sont les draps, dit la Sauvage.

— Il va falloir un lit de sangle pour coucher cette dame », dit Mme Cantinet à Schmucke.

Schmucke fit un signe de tête et fondit en larmes. Mme Cantinet laissa ce malheureux tranquille; mais, au bout d'une heure, elle revint et lui dit :

« Monsieur, avez-vous de l'argent à nous donner pour acheter ? » Schmucke tourna sur Mme Cantinet un regard à désarmer les haines les plus féroces; il montra le visage blanc, sec et pointu du mort, comme une raison qui répondait à tout.

« *Brenez doud et laissez-moi bleurer et brier* », dit-il en s'agenouillant.

Mme Sauvage était allée annoncer la mort de Pons à Fraisier, qui courut en cabriolet chez la présidente lui demander, pour le lendemain, la procuration qui lui donnait le droit de représenter les héritiers.

« Monsieur, dit à Schmucke Mme Cantinet, une heure après sa dernière question, je suis allée trouver Mme Cibot, qui est donc au fait de votre ménage, afin qu'elle me dise où sont les choses; mais, comme elle vient de perdre M. Cibot, elle m'a presque *agonie*[1] de sottises... Monsieur, écoutez-moi donc... »

Schmucke regarda cette femme, qui ne se doutait pas de sa barbarie; car les gens du peuple sont habitués à subir passivement les plus grandes douleurs morales.

« Monsieur, il faut du linge pour un linceul, il faut de l'argent pour un lit de sangle, afin de coucher cette dame; il en faut pour acheter de la batterie de cuisine, des plats, des assiettes, des verres, car il va venir un prêtre pour passer la nuit, et cette dame ne trouve absolument rien dans la cuisine.

— Mais, monsieur, répéta la Sauvage, il me faut cependant du bois, du charbon, pour apprêter le dîner, et je ne vois rien! Ce n'est d'ailleurs pas bien étonnant, puisque la Cibot vous fournissait tout...

— Mais, ma chère dame, dit Mme Cantinet en montrant Schmucke qui gisait aux pieds du mort dans un état d'insensibilité complète, vous ne voulez pas me croire, il ne répond à rien.

— Eh bien! ma petite, dit la Sauvage, je vais vous montrer comment l'on fait dans ces cas-là. »

La Sauvage jeta sur la chambre un regard comme en jettent les voleurs pour deviner les cachettes où doit se trouver l'argent. Elle alla droit à la commode de Pons, elle tira le premier tiroir, vit le sac où Schmucke avait mis le reste de l'argent provenant de la vente des tableaux, et vint le montrer à Schmucke, qui fit un signe de consentement machinal.

« Voilà de l'argent, ma petite! dit la Sauvage à Mme Cantinet; je vas le compter, en prendre pour acheter ce qu'il faut, du vin, des vivres, des bougies, enfin tout, car ils n'ont rien... Cherchez-moi dans la commode un drap pour ensevelir le corps. On m'a bien dit que ce pauvre monsieur était simple; mais je ne sais pas ce qu'il est, il est pis. C'est comme un nouveau-né, faudra lui entonner son manger... »

Schmucke regardait les deux femmes et ce qu'elles faisaient, absolument comme un fou les aurait regardées. Brisé par la douleur, absorbé dans un état quasi cataleptique, il ne cessait de contempler la figure fascinatrice de Pons, dont les lignes s'épuraient par l'effet du repos absolu de la mort. Il espérait mourir, et tout lui était indifférent. La chambre eût été dévorée par un incendie, il n'aurait pas bougé.

« Il y a douze cent cinquante-six francs... », lui dit la Sauvage.

Schmucke haussa les épaules. Lorsque la Sauvage voulut procéder à l'ensevelissement de Pons, et mesurer le drap sur le corps, afin de couper le linceul et le coudre, il y eut une lutte horrible entre elle et le pauvre Allemand. Schmucke ressembla tout à fait à un chien qui mord tous ceux qui veulent toucher au cadavre de son maître. La Sauvage impatientée saisit l'Allemand, le plaça sur un fauteuil et l'y maintint avec une force herculéenne.

« Allons, ma petite! cousez le mort dans son linceul », dit-elle à Mme Cantinet.

Une fois l'opération terminée, la Sauvage remit Schmucke à sa place, au pied du lit, et lui dit :

« Comprenez-vous ? il fallait bien trousser ce pauvre homme en mort. »

Schmucke se mit à pleurer; les deux femmes le laissèrent et allèrent prendre possession de la cuisine, où elles apportèrent à elles deux en peu d'instants toutes les choses nécessaires à la vie[a]. Après avoir fait un premier mémoire de trois cent soixante francs, la Sauvage se mit à préparer un dîner pour quatre personnes, et quel dîner! Il y avait le faisan des savetiers, une oie grasse, comme pièce de résistance, une omelette aux confitures, une salade de légumes, et le pot au feu sacramentel dont tous les ingrédients étaient en quantité tellement exagérée, que le bouillon ressemblait à de la gelée de viande. À neuf heures du soir, le prêtre envoyé par le vicaire pour veiller Schmucke[1] vint avec Cantinet, qui apporta quatre cierges et des flambeaux d'église. Le prêtre trouva Schmucke couché le long de son ami, dans le lit, et le tenant étroitement embrassé. Il fallut l'autorité de la religion pour obtenir de Schmucke qu'il se séparât du corps. L'Allemand se mit à genoux, et le prêtre s'arrangea commodément dans le fauteuil. Pendant que le prêtre lisait ses prières, et que Schmucke, agenouillé devant le corps de Pons, priait Dieu de le réunir à Pons par un miracle, afin d'être enseveli dans la fosse de son ami, Mme Cantinet était allée au Temple acheter un lit de sangle et un coucher complet, pour Mme Sauvage; car le sac de douze cent cinquante-six francs était au pillage. À onze heures du soir, Mme Cantinet vint voir si Schmucke voulait manger un morceau. L'Allemand fit signe qu'on le laissât tranquille.

« Le souper vous attend, monsieur Paŝtelot », dit alors la loueuse de chaises au prêtre.

Schmucke, reŝté seul, sourit comme un fou qui se voit

libre d'accomplir un désir comparable à celui des femmes grosses. Il se jeta sur Pons et le tint encore une fois étroitement embrassé. À minuit, le prêtre revint, et Schmucke, grondé par lui, lâcha Pons, et se remit en prière. Au jour, le prêtre s'en alla. À sept heures du matin, le docteur Poulain vint voir Schmucke affectueusement et voulut l'obliger à manger ; mais l'Allemand s'y refusa.

« Si vous ne mangez pas maintenant, vous sentirez la faim à votre retour, lui dit le docteur, car il faut que vous alliez à la mairie avec un témoin pour y déclarer le décès de M. Pons, et faire dresser l'acte…

— *Moi !* dit l'Allemand avec effroi.

— Et qui donc ?… Vous ne pouvez pas vous en dispenser, puisque vous êtes la seule personne qui l'ait vu mourir…

— *Che n'ai boint te champes…,* répondit Schmucke en implorant l'assistance du docteur Poulain.

— Prenez une voiture, répondit doucement l'hypocrite docteur. J'ai déjà constaté le décès. Demandez quelqu'un de la maison pour vous accompagner. Ces deux dames garderont l'appartement en votre absence. »

On ne se figure pas ce que sont ces tiraillements de la loi sur une douleur vraie. C'est à faire haïr la civilisation, à faire préférer les coutumes des Sauvages. À neuf heures, Mme Sauvage descendit Schmucke en le tenant sous les bras, et il fut obligé, dans le fiacre, de prier Rémonencq de venir avec lui certifier le décès de Pons à la mairie. Partout, et en toute chose, éclate à Paris l'inégalité des conditions, dans ce pays ivre d'égalité. Cette immuable force des choses[a] se trahit jusque dans les effets de la Mort. Dans les familles riches, un parent, un ami, les gens d'affaires, évitent ces affreux détails à ceux qui pleurent ; mais en ceci, comme dans la répartition des impôts, le peuple, les prolétaires sans aide, souffrent tout le poids de la douleur.

« Ah ! vous avez bien raison de le regretter, dit Rémonencq à une plainte échappée au pauvre martyr, car c'était un bien brave homme, un bien honnête homme, qui laisse une belle collection ; mais savez-vous, monsieur, que vous, qui êtes étranger, vous allez vous trouver dans un grand embarras, car on dit partout que vous êtes héritier de M. Pons. »

Schmucke n'écoutait pas ; il était plongé dans une telle
douleur, qu'elle avoisinait la folie. L'âme a son tétanos
comme le corps.

« Et vous feriez bien de vous faire représenter par
un conseil, par un homme d'affaires.

— *Ein home t'avvaires !* répéta Schmucke machinalement.

— Vous verrez que vous aurez besoin de vous faire
représenter. À votre place, moi, je prendrais un homme
d'expérience, un homme connu dans le quartier, un
homme de confiance... Moi, dans toutes mes petites
affaires, je me sers de Tabareau, l'huissier... Et en donnant votre procuration à son premier clerc, vous n'aurez
aucun souci. »

Cette insinuation, soufflée par Fraisier, convenue entre
Rémonencq et la Cibot, resta dans la mémoire de
Schmucke ; car, dans les instants où la douleur fige pour
ainsi dire l'âme en en arrêtant les fonctions, la mémoire
reçoit toutes les empreintes que le hasard y fait arriver.
Schmucke écoutait Rémonencq, en le regardant d'un œil
si complètement dénué d'intelligence, que le brocanteur
ne lui dit plus rien.

« S'il reste imbécile comme cela, pensa Rémonencq,
je pourrais bien lui acheter tout le bataclan[1] de là-haut
pour cent mille francs, si c'est à lui... » « Monsieur, nous
voici à la mairie. »

Rémonencq fut forcé de sortir Schmucke du fiacre
et de le prendre sous le bras pour le faire arriver jusqu'au bureau des actes de l'État civil, où Schmucke
donna dans une noce. Schmucke dut attendre son tour,
car, par un de ces hasards assez fréquents à Paris, le
commis avait cinq ou six actes de décès à dresser. Là, ce
pauvre Allemand devait être en proie à une passion
égale à celle de Jésus.

« Monsieur est M. Schmucke ? » dit un homme vêtu de
noir en s'adressant à l'Allemand stupéfait de s'entendre
appeler par son nom.

Schmucke regarda cet homme de l'air hébété qu'il
avait eu en répondant à Rémonencq.

« Mais, dit le brocanteur à l'inconnu, que lui voulez-
vous ? Laissez donc cet homme tranquille, vous voyez
bien qu'il est dans la peine.

— Monsieur vient de perdre son ami, et sans doute

il se propose d'honorer dignement sa mémoire, car il eſt son héritier, dit l'inconnu. Monsieur ne lésinera sans doute pas… il achètera un terrain à perpétuité pour sa sépulture. M. Pons aimait tant les arts! Ce serait bien dommage de ne pas mettre sur son tombeau la Musique, la Peinture et la Sculpture… trois belles figures en pied, éplorées… »

Rémonencq fit un geſte d'Auvergnat pour éloigner cet homme, et l'homme répondit par un autre geſte, pour ainsi dire commercial, qui signifiait : « Laissez-moi donc faire mes affaires! » et que comprit le brocanteur.

« Je suis le commissionnaire de la maison Sonet et compagnie, entrepreneurs de monuments funéraires, reprit le courtier, que Walter Scott eût surnommé *le jeune homme des tombeaux*[1]. Si monsieur voulait nous charger de la commande, nous lui éviterions l'ennui d'aller à la Ville acheter le terrain nécessaire à la sépulture de l'ami que les Arts ont perdu… »

Rémonencq hocha la tête en signe d'assentiment et poussa le coude à Schmucke.

« Tous les jours, nous nous chargeons, pour les familles, d'aller accomplir toutes les formalités, disait toujours le courtier encouragé par ce geſte de l'Auvergnat. Dans le premier moment de sa douleur, il eſt bien difficile à un héritier de s'occuper par lui-même de ces détails, et nous avons l'habitude de ces petits services pour nos clients. Nos monuments, monsieur, sont tarifés à tant le mètre en pierre de taille ou en marbre… Nous creusons les fosses pour les tombes de famille… Nous nous chargeons de tout, au plus juſte prix. Notre maison a fait le magnifique monument de la belle Eſther Gobseck et de Lucien de Rubempré, l'un des plus magnifiques ornements du Père-Lachaise. Nous avons les meilleurs ouvriers, et j'engage monsieur à se défier des petits entrepreneurs… qui ne font que de la camelote », ajouta-t-il en voyant venir un autre homme vêtu de noir qui se proposait de parler pour une autre maison de marbrerie et de sculpture[a].

On a souvent dit que la mort était la fin d'un voyage, mais on ne sait pas à quel point cette similitude eſt réelle à Paris. Un mort, un mort de qualité surtout, eſt accueilli sur le *sombre rivage* comme un voyageur qui débarque au port, et que tous les courtiers d'hôtellerie fatiguent de leurs recommandations. Personne, à l'exception de quelques philosophes ou de quelques familles sûres de vivre qui se font construire des tombes comme elles ont des hôtels, personne ne pense à la mort et à ses conséquences sociales. La mort vient toujours trop tôt; et d'ailleurs, un sentiment bien entendu empêche les héritiers de la supposer possible. Aussi, presque tous ceux qui perdent leurs pères, leurs mères, leurs femmes ou leurs enfants, sont-ils immédiatement assaillis par ces coureurs d'affaires, qui profitent du trouble où jette la douleur pour surprendre une commande. Autrefois, les entrepreneurs de monuments funéraires, tous groupés aux environs du célèbre cimetière du Père-Lachaise, où ils forment une rue qu'on devrait appeler rue des Tombeaux, assaillaient les héritiers aux environs de la tombe ou au sortir du cimetière; mais, insensiblement, la concurrence, le génie de la spéculation, les a fait gagner du terrain, et ils sont descendus aujourd'hui dans la ville jusqu'aux abords des mairies. Enfin, les courtiers pénètrent souvent dans la maison mortuaire, un plan de tombe à la main.

« Je suis en affaire avec monsieur, dit le courtier de la maison Sonet au courtier qui se présentait.

— Décès Pons!... Où sont les témoins?... dit le garçon de bureau.

— Venez... monsieur », dit le courtier en s'adressant à Rémonencq.

Rémonencq pria le courtier de soulever Schmucke, qui restait sur son banc comme une masse inerte; ils le menèrent à la balustrade derrière laquelle le rédacteur des actes de décès s'abrite contre les douleurs publiques. Rémonencq, la providence de Schmucke, fut aidé par le docteur Poulain, qui vint donner les renseignements nécessaires sur l'âge et le lieu de naissance de Pons. L'Allemand ne savait qu'une seule chose, c'est que Pons était son ami. Une fois les signatures données, Rémonencq et le docteur, suivis du courtier, mirent le pauvre Allemand en voiture, dans laquelle se glissa l'enragé courtier, qui voulait avoir une solution pour sa commande. La Sauvage, en observation sur le pas de la porte cochère, monta Schmucke presque évanoui dans ses bras, aidée par Rémonencq et par le courtier de la maison Sonet.

« Il va se trouver mal !... s'écria le courtier, qui voulait terminer l'affaire qu'il disait commencée.

— Je le crois bien ! répondit Mme Sauvage ; il pleure depuis vingt-quatre heures, et il n'a rien voulu prendre. Rien ne creuse l'estomac comme le chagrin.

— Mais, mon cher client, lui dit le courtier de la maison Sonet, prenez donc un bouillon. Vous avez tant de choses à faire : il faut aller à l'Hôtel de Ville, acheter le terrain nécessaire pour le monument que vous voulez élever à la mémoire de cet ami des Arts, et qui doit témoigner de votre reconnaissance.

— Mais cela n'a pas de bon sens, dit Mme Cantinet à Schmucke en arrivant avec un bouillon et du pain.

— Songez, mon cher monsieur, si vous êtes si faible que cela, reprit Rémonencq, songez à vous faire représenter par quelqu'un, car vous avez bien des affaires sur les bras : il faut commander le convoi ! vous ne voulez pas qu'on enterre votre ami comme un pauvre.

— Allons, allons, mon cher monsieur ! » dit la Sauvage en saisissant un moment où Schmucke avait la tête inclinée sur le dos du fauteuil.

Elle entonna dans la bouche de Schmucke une cuillerée de potage, et lui donna presque malgré lui à manger comme à un enfant.

« Maintenant, si vous étiez sage, monsieur, puisque vous voulez vous livrer tranquillement à votre douleur, vous prendriez quelqu'un pour vous représenter...

— Puisque monsieur, dit le courtier, a l'intention d'élever un magnifique monument à la mémoire de son ami, il n'a qu'à me charger de toutes les démarches, je les ferai...

— Qu'est-ce que c'est ? qu'est-ce que c'est ? dit la Sauvage. Monsieur vous a commandé quelque chose ! Qui donc êtes-vous ?

— L'un des courtiers de la maison Sonet, ma chère dame, les plus forts entrepreneurs de monuments funéraires..., dit-il en tirant une carte et la présentant à la puissante Sauvage.

— Eh bien ! c'est bon, c'est bon !... on ira chez vous quand on le jugera convenable ; mais ne faut pas abuser de l'état dans lequel se trouve monsieur. Vous voyez bien que monsieur n'a pas sa tête...

— Si vous voulez vous arranger pour nous faire

avoir la commande, dit le courtier de la maison Sonet
à l'oreille de Mme Sauvage en l'amenant sur le palier,
j'ai pouvoir de vous offrir quarante francs...

— Eh bien! donnez-moi votre adresse », dit Mme Sauvage en s'humanisant.

Schmucke, en se voyant seul et se trouvant mieux par
cette ingestion d'un potage au pain, retourna promptement dans la chambre de Pons, où il se mit en prières.
Il était perdu dans les abîmes de la douleur, lorsqu'il
fut tiré de son profond anéantissement par un jeune
homme vêtu de noir qui lui dit pour la onzième fois
un : « Monsieur ?... » que le pauvre martyr entendit
d'autant mieux, qu'il se sentit secoué par la manche de
son habit.

« *Qu'y a-d-il engore ?...*

— Monsieur, nous devons au docteur Gannal[1] une
découverte sublime; nous ne contestons pas sa gloire,
il a renouvelé les miracles de l'Égypte; mais il y a eu
des perfectionnements, et nous avons obtenu des résultats surprenants. Donc, si vous voulez revoir votre
ami, tel qu'il était de son vivant...

— *Le refoir !...* s'écria Schmucke; *me barlera-d-il ?*

— Pas absolument!... Il ne lui manquera que la
parole, reprit le courtier d'embaumement; mais il restera
pour l'éternité comme l'embaumement vous le montrera.
L'opération exige peu d'instants. Une incision dans la
carotide et l'injection suffisent; mais il est grand temps.
Si vous attendiez encore un quart d'heure, vous ne pourriez plus avoir la douce satisfaction d'avoir conservé le
corps...

— *Hâlis-fis-en au tiaple !... Bons est une âme !... et cedde
âme est au ciel.* »

« Cet homme est sans aucune reconnaissance, dit
le jeune courtier d'un des rivaux du célèbre Gannal en
passant sous la porte cochère; il refuse de faire embaumer son ami!

— Que voulez-vous, monsieur! dit la Cibot, qui
venait de faire embaumer son chéri. C'est un héritier,
un légataire. Une fois son affaire faite, le défunt n'est
plus rien pour eux[a]. »

Une heure après, Schmucke vit venir dans la chambre
Mme Sauvage suivie d'un homme vêtu de noir et qui
paraissait être un ouvrier.

« Monsieur, dit-elle, Cantinet a eu la complaisance de vous envoyer monsieur, qui est le fournisseur des bières de la paroisse. »

Le fournisseur des bières s'inclina d'un air de commisération et de condoléance, mais, en homme sûr de son fait et qui se sait indispensable, il regarda le mort en connaisseur.

« Comment monsieur veut-il *cela !* En sapin, en bois de chêne simple, ou en bois de chêne doublé de plomb ? Le bois de chêne doublé de plomb est ce qu'il y a de plus comme il faut. Le corps, dit-il, a la mesure ordinaire... »

Il tâta les pieds pour toiser le corps.

« Un mètre soixante-dix ! ajouta-t-il. Monsieur pense sans doute à commander le service funèbre à l'église ? »

Schmucke jeta sur cet homme des regards comme en ont les fous avant de faire un mauvais coup.

« Monsieur, vous devriez, dit la Sauvage, prendre quelqu'un qui s'occuperait de tous ces détails-là pour vous.

— Oui..., dit enfin la victime.

— Voulez-vous que j'aille vous chercher M. Tabareau, car vous allez avoir bien des affaires sur les bras ? M. Tabareau, voyez-vous, c'est le plus honnête homme du quartier.

— *Ui, monsieur Dapareau ! On m'en a barlé...,* répondit Schmucke vaincu.

— Eh bien ! monsieur va être tranquille, et libre de se livrer à sa douleur, après une conférence avec son fondé de pouvoir. »

Vers deux heures, le premier clerc de M. Tabareau, jeune homme qui se destinait à la carrière d'huissier, se présenta modestement. La jeunesse a d'étonnants privilèges, elle n'effraie pas. Ce jeune homme, appelé Villemot, s'assit auprès de Schmucke, et attendit le moment de lui parler. Cette réserve toucha beaucoup Schmucke.

« Monsieur, lui dit-il, je suis le premier clerc de M. Tabareau, qui m'a confié le soin de veiller ici à vos intérêts, et de me charger de tous les détails de l'enterrement de votre ami... Êtes-vous dans cette intention ?

— *Fus ne me sauferez-pas la fie, gar che n'ai bas longdans à fifre, mais fus me laisserez dranquile ?*

— Oh ! vous n'aurez pas un dérangement, répondit Villemot.

— *Hé bien ! que vaud-il vair bir cela ?*

— Signez ce papier où vous nommez M. Tabareau votre mandataire, relativement à toutes les affaires de la succession.

— *Pien ! tonnez !* dit l'Allemand en voulant signer sur-le-champ.

— Non, je dois vous lire l'acte.

— *Lissez !* »

Schmucke ne prêta pas la moindre attention à la lecture de cette procuration générale, et il la signa. Le jeune homme prit les ordres de Schmucke pour le convoi, pour l'achat du terrain où l'Allemand voulut avoir sa tombe, et pour le service de l'église, en lui disant qu'il n'éprouverait plus aucun trouble, ni aucune demande d'argent.

« *Bir afoir la dranquilidé, je tonnerais doud ce que ché bossète* », dit l'infortuné qui de nouveau s'agenouilla devant le corps de son ami.

Fraisier triomphait, le légataire ne pouvait pas faire un mouvement hors du cercle où il le tenait enfermé par la Sauvage et par Villemot.

Il n'est pas de douleur que le sommeil ne sache vaincre. Aussi, vers la fin de la journée, la Sauvage trouva-t-elle Schmucke étendu au bas du lit où gisait le corps de Pons, et dormant; elle l'emporta, le coucha, l'arrangea maternellement dans son lit, et l'Allemand y dormit jusqu'au lendemain. Quand Schmucke s'éveilla, c'est-à-dire quand, après cette trêve, il fut rendu au sentiment de ses douleurs, le corps de Pons était exposé sous la porte cochère, dans la chapelle ardente à laquelle ont droit les convois de troisième classe; il chercha donc vainement son ami dans cet appartement qui lui parut immense, où il ne trouva rien que d'affreux souvenirs. La Sauvage, qui gouvernait Schmucke avec l'autorité d'une nourrice sur son marmot, le força de déjeuner avant d'aller à l'église. Pendant que cette pauvre victime se contraignait à manger, la Sauvage lui fit observer, avec des lamentations dignes de Jérémie, qu'il ne possédait pas d'habit noir. La garde-robe de Schmucke, entretenue par Cibot, en était arrivée, avant la maladie de Pons, comme le dîner, à sa plus simple expression, à deux pantalons et deux redingotes!...

« Vous allez aller comme vous êtes à l'enterrement

de monsieur ? C'est une monstruosité à vous faire honnir par tout le quartier !...

— *Ed commend fulez-fus que ch'y alle ?*

— Mais en deuil !...

— *Le teuille !...*

— Les convenances...

— *Les gonfenances !... che me viche pien te doutes ces pétisses-là,* dit le pauvre homme arrivé au dernier degré d'exaspération où la douleur puisse porter une âme d'enfant.

— Mais c'est un monstre d'ingratitude », dit la Sauvage en se tournant vers un monsieur qui se montra soudain dans l'appartement, et qui fit frémir Schmucke.

Ce fonctionnaire, magnifiquement vêtu de drap noir, en culotte noire, en bas de soie noire, à manchettes blanches, décoré d'une chaîne d'argent à laquelle pendait une médaille, cravaté d'une cravate de mousseline blanche très correcte, et en gants blancs ; ce type officiel, frappé au même coin pour les douleurs publiques, tenait à la main une baguette en ébène, insigne de ses fonctions, et sous le bras gauche un tricorne à cocarde tricolore.

« Je suis le maître des cérémonies », dit ce personnage d'une voix douce.

Habitué par ses fonctions à diriger tous les jours des convois et à traverser toutes les familles plongées dans une même affliction, réelle ou feinte, cet homme, ainsi que tous ses collègues, parlait bas et avec douceur ; il était décent, poli, convenable par état, comme une statue représentant le génie de la mort. Cette déclaration causa un tremblement nerveux à Schmucke, comme s'il eût vu le bourreau.

« Monsieur est-il le fils, le frère, le père du défunt ?... demanda l'homme officiel.

— *Che zuis tout cela, et plis... che zuis son ami !...* dit Schmucke à travers un torrent de larmes.

— Êtes-vous l'héritier ? demanda le maître des cérémonies.

— *L'héritier...* répéta Schmucke ! *tout m'esd écal au monde.* »

Et Schmucke reprit l'attitude que lui donnait sa douleur morne.

« Où sont les parents, les amis ? demanda le maître des cérémonies.

— *Les foilà dous,* s'écria Schmucke en montrant les tableaux et les curiosités. *Chamais ceux-là n'ond vaid zouvrir mon pon Bons !... Foilà doud ce qu'il aimaid afec moi !*

— Il est fou, monsieur, dit la Sauvage au maître des cérémonies. Allez, c'est inutile de l'écouter. »

Schmucke s'était assis et avait repris sa contenance d'idiot, en essuyant machinalement ses larmes. En ce moment, Villemot, le premier clerc de maître Tabareau, parut; et le maître des cérémonies, reconnaissant celui qui était venu commander le convoi, lui dit : « Eh bien, monsieur, il est temps de partir... le char est arrivé; mais j'ai rarement vu de convoi pareil à celui-là. Où sont les parents, les amis ?...

— Nous n'avons pas eu beaucoup de temps, reprit M. Villemot, monsieur est plongé dans une telle douleur qu'il ne pensait à rien; mais il n'y a qu'un parent... »

Le maître des cérémonies regarda Schmucke d'un air de pitié, car cet expert en douleur distinguait bien le vrai du faux, et il vint près de Schmucke.

« Allons, mon cher monsieur, du courage !... Songez à honorer la mémoire de votre ami.

— Nous avons oublié d'envoyer des billets de faire part, mais j'ai eu le soin d'envoyer un exprès à M. le président de Marville, le seul parent de qui je vous parlais... Il n'y a pas d'amis... Je ne crois pas que les gens du théâtre, où le défunt était chef d'orchestre, viennent... Mais monsieur est, je crois, légataire universel.

— Il doit alors conduire le deuil », dit le maître des cérémonies. « Vous n'avez pas d'habit noir ? demanda le maître des cérémonies en avisant le costume de Schmucke.

— *Che zuis doud en noir à l'indériére !...* dit le pauvre Allemand d'une voix déchirante, *et si pien en noir, que che sens la mord en moi... Dieu me vera la craze de m'inir à mon ami tans la dombe, ed che l'en remercie !...* »

Et il joignit les mains.

« Je l'ai déjà dit à notre administration, qui a déjà tant introduit de perfectionnements, reprit le maître des cérémonies en s'adressant à Villemot; elle devrait avoir un vestiaire, et louer des costumes d'héritier... c'est une chose qui devient de jour en jour plus nécessaire... Mais puisque monsieur hérite, il doit prendre le manteau de deuil, et celui que j'ai apporté l'enveloppera tout entier, si bien qu'on ne s'apercevra pas de l'inconvenance de son costume... »

« Voulez-vous avoir la bonté de vous lever ? » dit-il à Schmucke.

Schmucke se leva, mais il vacilla sur ses jambes.

« Tenez-le, dit le maître des cérémonies au premier clerc, puisque vous êtes son fondé de pouvoir. »

Villemot soutint Schmucke en le prenant sous les bras, et alors le maître des cérémonies saisit cet ample et horrible manteau noir que l'on met aux héritiers pour suivre le char funèbre de la maison mortuaire à l'église, en le lui attachant par des cordons de soie noire sous le menton.

Et Schmucke fut *paré* en héritier[a].

« Maintenant, il nous survient une grande difficulté, dit le maître des cérémonies. Nous avons les quatre glands du poêle *à garnir*... S'il n'y a personne, qui les tiendra ?... Voici deux heures et demie, dit-il en consultant sa montre, on nous attend à l'église.

— Ah! voici Fraisier ! » s'écria fort imprudemment Villemot.

Mais personne ne pouvait recueillir cet aveu de complicité.

« Qui est ce monsieur ? demanda le maître des cérémonies ?

— Oh! c'est la famille.

— Quelle famille ?

— La famille déshéritée. C'est le fondé de pouvoir de M. le président Camusot.

— Bien! dit le maître des cérémonies, avec un air de satisfaction. Nous aurons au moins deux glands de tenus, l'un par vous et l'autre par lui. »

Le maître des cérémonies, heureux d'avoir deux glands garnis, alla prendre deux magnifiques paires de gants de daim blancs, et les présenta tour à tour à Fraisier et à Villemot d'un air poli.

« Ces messieurs voudront bien prendre chacun un des coins du poêle!... » dit-il.

Fraisier, tout en noir, mis avec prétention, cravate blanche, l'air officiel, faisait frémir, il contenait cent dossiers de procédure.

« Volontiers, monsieur, dit-il.

— S'il pouvait nous arriver seulement deux personnes

dit le maître des cérémonies, les quatre glands seraient
garnis. »

En ce moment arriva l'infatigable courtier de la maison Sonet, suivi du seul homme qui se souvînt de Pons,
qui pensât à lui rendre les derniers devoirs. Cet homme
était un gagiſte du théâtre, le garçon chargé de mettre
les partitions sur les pupitres à l'orcheſtre, et à qui Pons
Pons donnait tous les mois une pièce de cinq francs, en
le sachant père de famille.

« *Ah ! Dobinard* (Topinard)..., s'écria Schmucke en
reconnaissant le garçon. *Du ame Bons, doi !*...

— Mais monsieur, je suis venu tous les jours, le
matin, savoir des nouvelles de monsieur...

— *Dus les chours ! baufre Dobinard !*... dit Schmucke
en serrant la main au garçon de théâtre.

— Mais on me prenait sans doute pour un parent,
et on me recevait bien mal ! J'avais beau dire que j'étais
du théâtre et que je venais savoir des nouvelles de
M. Pons, on me disait qu'on connaissait ces cou-
leurs-là. Je demandais à voir ce pauvre cher malade ; mais
on ne m'a jamais laissé monter.

— *L'invâme Zibod !*... dit Schmucke en serrant sur
son cœur la main calleuse du garçon de théâtre.

— C'était le roi des hommes, ce brave M. Pons.
Tous les mois, il me donnait cent sous... Il savait que
j'ai trois enfants et une femme. Ma femme eſt à l'église.

— *Che bardacherai mon bain afec doi !* s'écria Schmucke
dans la joie d'avoir près de lui un homme qui aimait
Pons.

— Monsieur veut-il prendre un des glands du poêle ?
dit le maître des cérémonies, nous aurons ainsi les
quatre. »

Le maître des cérémonies avait facilement décidé le
courtier de la maison Sonet à prendre un des glands,
surtout en lui montrant la belle paire de gants qui,
selon les usages, devait lui reſter.

« Voici dix heures trois quarts[1] !... il faut absolument
descendre... l'église attend », dit le maître des cérémonies.

Et ces six personnes se mirent en marche à travers les
escaliers.

« Fermez bien l'appartement et reſtez-y, dit l'atroce
Fraisier aux deux femmes qui reſtaient sur le palier, sur-

tout si vous voulez être gardienne, madame Cantinet.
Ah! ah! c'est quarante sous par jour!... »

Par un hasard qui n'a rien d'extraordinaire à Paris, il
se trouvait deux catafalques sous la porte cochère, et
conséquemment deux convois, celui de Cibot, le défunt
concierge, et celui de Pons. Personne ne venait rendre
aucun témoignage d'affection au brillant catafalque de
l'ami des arts, et tous les portiers du voisinage affluaient
et aspergeaient la dépouille mortelle du portier d'un
coup de goupillon. Ce contraste de la foule accourue au
convoi de Cibot, et de la solitude dans laquelle restait
Pons, eut lieu non seulement à la porte de la maison,
mais encore dans la rue où le cercueil de Pons ne fut
suivi que par Schmucke, que soutenait un croque-mort,
car l'héritier défaillait à chaque pas. De la rue de Normandie à la rue d'Orléans, où l'église Saint-François
est située[1], les deux convois allèrent entre deux haies de
curieux, car, ainsi qu'on l'a dit, tout fait événement
dans ce quartier. On remarquait donc la splendeur du
char blanc, d'où pendait un écusson sur lequel était
brodé un grand P, et qui n'avait qu'un seul homme à
sa suite; tandis que le simple char, celui de la dernière
classe, était accompagné d'une foule immense. Heureusement Schmucke, hébété par le monde aux fenêtres,
et par la haie que formaient les badauds, n'entendait
rien et ne voyait ce concours de personnes qu'à travers
le voile de ses larmes.

« Ah! c'est le casse-noisette, disait l'un... le musicien,
vous savez!

— Quelles sont donc les personnes qui tiennent les
cordons?...

— Bah! des comédiens!

— Tiens, voilà le convoi de ce pauvre père Cibot!
En voilà un travailleur de moins! quel dévorant[2]!

— Il ne sortait jamais cet homme-là!

— Jamais il n'a fait le lundi.

— Aimait-il sa femme!

— En voilà une malheureuse! »

Rémonencq était[a] derrière le char de sa victime, et
recevait des compliments de condoléance sur la perte
de son voisin[b].

Ces deux convois arrivèrent à l'église, où Cantinet,
d'accord avec le suisse, eut soin qu'aucun mendiant ne

parlât à Schmucke. Villemot avait promis à l'héritier
qu'il serait tranquille, et il satisfaisait à toutes les dépenses
en veillant sur son client. Le modeste corbillard de Cibot,
escorté de soixante à quatre-vingts personnes, fut accompagné par tout ce monde jusqu'au cimetière. À la sortie
de l'église, le convoi de Pons eut quatre voitures de
deuil : une pour le clergé, les trois autres pour les
parents ; mais une seule fut nécessaire, car le courtier
de la maison Sonet était allé, pendant la messe, prévenir M. Sonet du départ du convoi, afin qu'il pût présenter le dessin et le devis du monument au légataire universel au sortir du cimetière. Fraisier, Villemot, Schmucke
et Topinard tinrent dans une seule voiture. Les deux
autres, au lieu de retourner à l'administration, allèrent à
vide au Père-Lachaise. Cette course inutile de voitures à
vide a lieu souvent. Lorsque les morts ne jouissent
d'aucune célébrité, n'attirent aucun concours de monde,
il y a toujours trop de voitures. Les morts doivent avoir
été bien aimés dans leur vie pour qu'à Paris, où tout le
monde voudrait trouver une vingt-cinquième heure
à chaque journée, on suive un parent ou un ami jusqu'au
cimetière. Mais les cochers perdraient leur pourboire,
s'ils ne faisaient pas leur besogne. Aussi, pleines ou vides,
les voitures vont-elles à l'église, au cimetière, et,
reviennent-elles à la maison mortuaire, où les cochers
demandent un pourboire. On ne se figure pas le nombre
des gens pour qui la mort est un abreuvoir. Le bas clergé
de l'Église, les pauvres, les croque-morts, les cochers, les
fossoyeurs, ces natures spongieuses se retirent gonflées en
se plongeant dans un corbillard. De l'église, où l'héritier à sa sortie fut assailli par une nuée de pauvres, aussitôt réprimée par le suisse, jusqu'au Père-Lachaise, le
pauvre Schmucke alla comme les criminels allaient du
Palais à la place de Grève. Il menait son propre convoi,
tenant dans sa main la main du garçon Topinard, le
seul homme qui eût dans le cœur un vrai regret de la
mort de Pons. Topinard, excessivement touché de l'honneur qu'on lui avait fait en lui confiant un des cordons
du poêle, et content d'aller en voiture, possesseur d'une
paire de gants, commençait à entrevoir dans le convoi
de Pons une des grandes journées de sa vie. Abîmé de
douleur, soutenu par le contact de cette main à laquelle
répondait un cœur, Schmucke se laissait rouler absolu-

ment comme ces malheureux veaux conduits en charrette
à l'abattoir. Sur le devant de la voiture se tenaient Fraisier
et Villemot. Or, ceux qui ont eu le malheur d'accompagner beaucoup des leurs au champ du repos, savent que
toute hypocrisie cesse en voiture durant le trajet, qui,
souvent, eſt fort long, de l'église au cimetière de l'Eſt,
celui des cimetières parisiens où se sont donné rendez-
vous toutes les vanités, tous les luxes, et si riche en monuments somptueux. Les indifférents commencent la
conversation, et les gens les plus triſtes finiſsent par les
écouter et se diſtraire.

« M. le président était déjà parti pour l'audience,
disait Fraisier à Villemot, et je n'ai pas trouvé nécessaire
d'aller l'arracher à ses occupations au Palais, il serait
toujours venu trop tard. Comme il eſt l'héritier naturel
et légal, mais qu'il eſt déshérité au profit de M. Schmucke,
j'ai pensé qu'il suffisait à son fondé de pouvoir d'être
ici... »

Topinard prêta l'oreille.

« Qu'eſt-ce donc que ce drôle qui tenait le quatrième
gland ? demanda Fraisier à Villemot.

— C'eſt le courtier d'une *maison qui fait le monument
funéraire,* et qui voudrait obtenir la commande d'une
tombe où il se propose de sculpter trois figures en
marbre, la Musique, la Peinture et la Sculpture versant
des pleurs sur le défunt.

— C'eſt une idée, reprit Fraisier. Le bonhomme
mérite bien cela; mais ce monument-là coûtera bien
sept à huit mille francs.

— Oh! oui!

— Si M. Schmucke fait la commande, ça ne peut pas
regarder la succession, car on pourrait absorber une
succession par de pareils frais.

— Ce serait un procès, mais on le gagnerait...

— Eh bien! reprit Fraisier, ça le regardera donc!
C'eſt une bonne farce à faire à ces entrepreneurs..., dit
Fraisier à l'oreille de Villemot, car si le teſtament eſt
cassé, ce dont je réponds... ou s'il n'y avait pas de teſtament, qui eſt-ce qui les payerait ? »

Villemot eut un rire de singe. Le premier clerc de
Tabareau et l'homme de loi se parlèrent alors à voix
basse et à l'oreille; mais, malgré le roulis de la voiture
et tous les empêchements, le garçon de théâtre, habitué à

tout deviner dans le monde des coulisses, devina que ces deux gens de justice méditaient de plonger le pauvre Allemand dans des embarras, et il finit par entendre le mot significatif de *Clichy !* Dès lors, le digne et honnête serviteur du monde comique résolut de veiller sur l'ami de Pons.

Au cimetière, où, par les soins du courtier de la maison Sonet, Villemot avait acheté trois mètres de terrain à la Ville, en annonçant l'intention d'y construire un magnifique monument, Schmucke fut conduit par le maître des cérémonies, à travers une foule de curieux, à la fosse où l'on allait descendre Pons. Mais à l'aspect de ce trou carré au-dessus duquel quatre hommes tenaient avec des cordes la bière de Pons sur laquelle le clergé disait sa dernière prière, l'Allemand fut pris d'un tel serrement de cœur, qu'il s'évanouit[a]. Topinard, aidé par le courtier de la maison Sonet, et par M. Sonet lui-même, emporta le pauvre Allemand dans l'établissement du marbrier, où les soins les plus empressés et les plus généreux lui furent prodigués par Mme Sonet et par Mme Vitelot, épouse de l'associé de M. Sonet. Topinard resta là, car il avait vu Fraisier, dont la figure lui semblait patibulaire, s'entretenir avec le courtier de la maison Sonet.

Au bout d'une heure, vers deux heures et demie, le pauvre innocent Allemand recouvra ses sens. Schmucke croyait rêver depuis deux jours. Il pensait qu'il se réveillerait et qu'il trouverait Pons vivant. Il eut tant de serviettes mouillées sur le front, on lui fit respirer tant de sels et de vinaigres, qu'il ouvrit les yeux. Mme Sonet força Schmucke à boire un bon bouillon gras, car on avait mis le pot-au-feu chez les marbriers.

« Ça ne nous arrive pas souvent de recueillir ainsi des clients qui sentent aussi vivement que cela; mais ça se voit encore tous les deux ans[b]... »

Enfin Schmucke parla de regagner la rue de Normandie.

« Monsieur, dit alors Sonet, voici le dessin qu'a fait Vitelot exprès pour vous, il a passé la nuit!... Mais il a été bien inspiré! ça sera beau...

— Ça sera l'un des plus beaux du Père-Lachaise!... dit la petite Mme Sonet. Mais vous devez honorer la mémoire d'un ami qui vous a laissé toute sa fortune... »

Ce projet, censé fait exprès, avait été préparé pour de Marsay, le fameux ministre; mais la veuve avait voulu confier ce monument à Stidmann[a]; le projet de ces industriels fut alors rejeté, car on eut horreur d'un monument de pacotille. Ces trois figures représentaient alors les journées de Juillet, où se manifesta ce grand ministre. Depuis, avec des modifications, Sonet et Vitelot avaient fait des *trois glorieuses,* l'Armée, la Finance et la Famille pour le monument de Charles Keller, qui fut encore exécuté par Stidmann[b]. Depuis onze ans, ce projet était adapté à toutes les circonstances de famille; mais, en le calquant, Vitelot avait transformé les trois figures en celles des génies de la Musique, de la Sculpture et de la Peinture.

« Ce n'est rien si l'on pense aux détails et aux constructions; mais en six mois nous arriverons..., dit Vitelot. Monsieur, voici le devis et la commande... sept mille francs, non compris les praticiens.

— Si monsieur veut du marbre, dit Sonet plus spécialement marbrier, ce sera douze mille francs, et monsieur s'immortalisera avec son ami...

— Je viens d'apprendre que le testament sera attaqué, dit Topinard à l'oreille de Vitelot, et que les héritiers rentreront dans leur héritage; allez voir M. le président Camusot, car ce pauvre innocent n'aura pas un liard...

— Vous nous amenez toujours des clients comme cela! » dit Mme Vitelot au courtier en commençant une querelle.

Topinard reconduisit Schmucke à pied, rue de Normandie, car les voitures de deuil s'y étaient dirigées.

« *Ne me guiddez bas !...* » dit Schmucke à Topinard.

Topinard voulait s'en aller, après avoir remis le pauvre musicien entre les mains de la dame Sauvage.

« Il est quatre heures, mon cher monsieur Schmucke, et il faut que j'aille dîner... ma femme, qui est ouvreuse, ne comprendrait pas ce que je suis devenu. Vous savez... le théâtre ouvre à cinq heures trois quarts...

— *Vi, che le sais... mais sonchez que che zuis zeul sur la derre, sans ein ami. Fous qui afez bleuré Bons, églairez-moi, che zuis tans eine nouitte brovonte, ed Bons m'a tit que j'édais enduré te goguins...*

— Je m'en suis déjà bien aperçu, je viens de vous empêcher d'aller coucher à Clichy!

— *Gligy ?*... s'écria Schmucke, *che ne gombrends bas...*

— Pauvre homme! Eh bien! soyez tranquille, je viendrai vous voir, adieu.

— *Atié ! à piendôd !*... dit Schmucke en tombant quasi mort de lassitude.

— Adieu! mô-sieu! dit Mme Sauvage à Topinard d'un air qui frappa le gagiste.

— Oh! qu'avez-vous donc, la bonne ?... dit railleusement le garçon de théâtre. Vous vous posez là comme un traître de mélodrame.

— Traître vous-même! De quoi vous mêlez-vous ici ? N'allez vous pas vouloir faire les affaires de monsieur! et le carotter ?...

— Le carotter!... servante!... reprit superbement Topinard. Je ne suis qu'un pauvre garçon de théâtre, mais je tiens aux artistes, et apprenez que je n'ai jamais rien demandé à personne! Vous a-t-on demandé quelque chose ? Vous doit-on ?... eh! la vieille ?...

— Vous êtes garçon de théâtre, et vous vous nommez ?... demanda la virago.

— Topinard, pour vous servir...

— Bien des choses chez vous, dit la Sauvage, et mes compliments à médème, si môsieur est marié... C'est tout ce que je voulais savoir.

— Qu'avez-vous donc, ma belle ?... dit Mme Cantinet qui survint.

— J'ai, ma petite, que vous allez rester là, surveiller le dîner, je vais donner un coup de pied jusque chez monsieur...

— Il est en bas, il cause avec cette pauvre Mme Cibot, qui pleure toutes les larmes de son corps », répondit la Cantinet.

La Sauvage dégringola par les escaliers avec une telle rapidité, que les marches tremblaient sous ses pieds.

« Monsieur... », dit-elle à Fraisier en l'attirant à elle à quelques pas de Mme Cibot.

Et elle désigna Topinard au moment où le garçon de théâtre passait fier d'avoir déjà payé sa dette à son bienfaiteur, en empêchant par une ruse inspirée par les coulisses, où tout le monde a plus ou moins d'esprit drolatique, l'ami de Pons de tomber dans un piège. Aussi le gagiste se promettait-il de protéger le musicien de son orchestre contre les pièges qu'on tendrait à sa bonne foi.

« Vous voyez bien ce petit misérable!... c'est une espèce d'honnête homme qui veut fourrer son nez dans les affaires de M. Schmucke...

— Qui est-ce ? demanda Fraisier.

— Oh! un rien du tout...

— Il n'y a pas de rien du tout, en affaires...

— Hé! dit-elle, c'est un garçon de théâtre, nommé Topinard...

— Bien, madame Sauvage! continuez ainsi, vous aurez votre débit de tabac. »

Et Fraisier reprit la conversation avec Mme Cibot.

« Je dis donc, ma chère cliente, que vous n'avez pas joué franc jeu avec nous, et que nous ne sommes tenus à rien avec un associé qui nous trompe!

— Et en quoi vous ai-je trompé ?... dit la Cibot en mettant les poings sur ses hanches. Croyez-vous que vous me ferez trembler avec vos regards de verjus et vos airs de givre!... Vous cherchez de mauvaises raisons pour vous débarrasser de vos promesses, et vous vous dites honnête homme. Savez-vous ce que vous êtes ? Vous êtes une canaille. Oui, oui, grattez-vous le bras!... mais empochez ça!...

— Pas de mots, pas de colère, ma mie, dit Fraisier. Écoutez-moi! Vous avez fait votre pelote... Ce matin, pendant les préparatifs du convoi, j'ai trouvé ce catalogue, en double, écrit tout entier de la main de M. Pons, et par hasard mes yeux sont tombés sur ceci : »

Et il lut en ouvrant le catalogue manuscrit.

« N° 7. *Magnifique portrait peint sur marbre, par Sébastien del Piombo, en 1546, vendu par une famille qui l'a fait enlever de la cathédrale de Terni. Ce portrait, qui avait pour pendant un évêque, acheté par un Anglais, représente un chevalier de Malte en prières, et se trouvait au-dessus du tombeau de la famille Rossi. Sans la date, on pourrait attribuer cette œuvre à Raphaël. Ce morceau me semble supérieur au portrait de Baccio Bandinelli, du Musée, qui est un peu sec, tandis que ce chevalier de Malte est d'une fraîcheur due à la conservation de la peinture sur la* LAVAGNA *(ardoise).* »

« En regardant, reprit Fraisier, à la place nº 7, j'ai trouvé un portrait de dame signé *Chardin*[1], sans nº 7!... Pendant que le maître des cérémonies complétait son nombre de personnes pour tenir les cordons du poêle, j'ai vérifié les tableaux, et il y a huit substitutions de toiles ordinaires et sans numéros, à des œuvres indiquées comme capitales par feu M. Pons et qui ne se trouvent plus... Et enfin, il manque un petit tableau sur bois, de Metzue, désigné comme un chef-d'œuvre...

— Est-ce que j'étais gardienne de tableaux ? moi! dit la Cibot.

— Non, mais vous étiez femme de confiance, faisant le ménage et les affaires de M. Pons, et s'il y a vol...

— Vol! apprenez, monsieur, que les tableaux ont été vendus par M. Schmucke, d'après les ordres de M. Pons, pour subvenir à ses besoins.

— À qui ?

— À MM. Élie Magus et Rémonencq...

— Combien ?...

— Mais, je ne m'en souviens pas!...

— Écoutez, ma chère madame Cibot, vous avez fait votre pelote, elle est dodue!... reprit Fraisier. J'aurai l'œil sur vous, je vous tiens... Servez-moi, je me tairai! Dans tous les cas, vous comprenez que vous ne devez compter sur rien de la part de M. le président Camusot, du moment où vous avez jugé convenable de le dépouiller.

— Je savais bien, mon cher monsieur Fraisier, que cela tournerait en os de boudin[2] pour moi..., répondit la Cibot adoucie par les mots : " *Je me tairai*[a] ! "

— Voilà, dit Rémonencq, en survenant, que vous cherchez querelle à madame; ça n'est pas bien! La vente des tableaux a été faite de gré à gré avec M. Pons entre M. Magus et moi, que nous sommes restés trois jours avant de nous accorder avec le défunt *qui rêvait sur ses tableaux !* Nous avons des quittances en règle, et si nous avons donné, comme cela se fait, quelques pièces de quarante francs à madame, elle n'a eu que ce que nous donnons dans toutes les maisons bourgeoises où nous concluons un marché. Ah! mon cher monsieur, si vous croyez tromper une femme sans défense, vous n'en serez pas le bon marchand!... Entendez-vous, monsieur le faiseur d'affaires ? M. Magus est le maître de la place, et si vous ne filez pas doux avec madame, si vous ne lui donnez pas ce que vous lui avez promis, je vous attends à la vente de la collection, vous verrez ce que vous perdrez si vous avez contre vous M. Magus et moi, qui saurons ameuter les marchands... Au lieu de sept à huit cent mille francs, vous ne ferez seulement pas deux cent mille francs!

— C'est bon! c'est bon, nous verrons! Nous ne vendrons pas, dit Fraisier, ou nous vendrons à Londres.

— Nous connaissons Londres! dit Rémonencq, et M. Magus y est aussi puissant qu'à Paris.

— Adieu, madame, je vais éplucher vos affaires, dit Fraisier; à moins que vous ne m'obéissiez toujours, ajouta-t-il.

— Petit filou!...

— Prenez garde, dit Fraisier, je vais être juge de paix! »

On se sépara sur des menaces dont la portée était bien appréciée de part et d'autre.

« Merci, Rémonencq! dit la Cibot, c'est bien bon pour une pauvre veuve de trouver un défenseur. »

Le soir, vers dix heures, au théâtre, Gaudissard manda dans son cabinet le garçon de théâtre de l'orchestre. Gaudissard, debout devant la cheminée, avait pris une attitude napoléonienne, contractée depuis qu'il conduisait tout un monde de comédiens, de danseurs, de figurants, de musiciens, de machinistes, et qu'il traitait avec des auteurs. Il passait habituellement sa main droite dans son gilet, en tenant sa bretelle gauche, et il se mettait la tête de trois quarts en jetant son regard dans le vide[1].

« Ah! çà! Topinard, avez-vous des rentes ?

— Non, monsieur.

— Vous cherchez donc une place meilleure que la vôtre ? demanda le directeur.

— Non, monsieur..., répondit le gagiste en devenant blême.

— Que diable, ta femme est ouvreuse aux premières... J'ai su respecter en elle mon prédécesseur déchu... Je t'ai donné l'emploi de nettoyer les quinquets des coulisses pendant le jour; enfin, tu es attaché aux partitions. Ce n'est pas tout! tu as des feux de vingt sous pour faire les monstres et commander les diables quand il y a des enfers. C'est une position enviée par tous les gagistes, et tu es jalousé, mon ami, au théâtre, où tu as des ennemis.

— Des ennemis!... dit Topinard.

— Et tu as trois enfants, dont l'aîné joue les rôles d'enfant, avec des feux de cinquante centimes!...

— Monsieur...

— Laisse-moi parler..., dit Gaudissard d'une voix foudroyante. Dans cette position-là, tu veux quitter le théâtre...

— Monsieur...

— Tu veux te mêler de faire des affaires, de mettre ton doigt dans des successions!... Mais, malheureux, tu serais écrasé comme un œuf! J'ai pour protecteur Son Excellence Monseigneur le comte Popinot, homme d'esprit et d'un grand caractère, que le roi a eu la sagesse de rappeler dans son conseil... Cet homme d'État, ce politique supérieur, je parle du comte Popinot, a marié son fils aîné à la fille du président Marville, un des hommes les plus considérables et les plus considérés de l'ordre supérieur judiciaire, un des flambeaux de la cour, au Palais. Tu connais le Palais ? Eh bien! il est l'héritier de son cousin Pons, notre ancien chef d'orchestre, au convoi de qui tu es allé ce matin. Je ne te blâme pas d'être allé rendre les derniers devoirs à ce pauvre homme... Mais tu ne resterais pas en place, si tu te mêlais des affaires de ce digne M. Schmucke, à qui je veux beaucoup de bien, mais qui va se trouver en délicatesse avec les héritiers de Pons... Et comme cet Allemand m'est de peu, que le président et le comte Popinot me sont de beaucoup, je t'engage à laisser ce digne Allemand se dépêtrer tout seul de ses affaires. Il y a un Dieu particulier pour les Allemands, et tu serais très mal en sous-Dieu! vois-tu, reste gagiste!... tu ne peux pas mieux faire!

— Suffit, Monsieur le directeur », dit Topinard navré.

Schmucke qui s'attendait à voir le lendemain ce pauvre garçon de théâtre, le seul être qui eût pleuré Pons, perdit ainsi le protecteur que le hasard lui avait envoyé. Le lendemain, le pauvre Allemand sentit à son réveil l'immense perte qu'il avait faite, en trouvant l'appartement vide. La veille et l'avant-veille, les événements et les tracas de la mort avaient produit autour de lui cette agitation, ce mouvement où se distraient les yeux. Mais le silence qui suit le départ d'un ami, d'un père, d'un fils, d'une femme aimée, pour la tombe, le terne et froid silence du lendemain est terrible, il est glacial. Ramené par une force irrésistible dans la chambre de Pons, le pauvre homme ne put en soutenir l'aspect, il recula, revint s'asseoir dans la salle à manger où Mme Sauvage servait le déjeuner. Schmucke s'assit et ne put rien manger[a]. Tout à coup une sonnerie assez vive retentit, et trois hommes noirs apparurent, à qui Mme Cantinet et Mme Sauvage laissèrent le passage libre. C'était d'abord M. Vitel, le juge de paix, et monsieur son greffier. Le troisième était Fraisier, plus sec, plus âpre que jamais, en ayant subi le désappointement d'un testament[b] en règle qui annulait l'arme puissante, si audacieusement volée par lui.

« Nous venons, monsieur, dit le juge de paix avec douceur à Schmucke, apposer les scellés ici... »

Schmucke, pour qui ces paroles étaient du grec, regarda d'un air effaré les trois hommes.

« Nous venons, à la requête de M. Fraisier, avocat, mandataire de M. Camusot de Marville, héritier de son cousin, le feu sieur Pons..., ajouta le greffier.

— Les collections sont là, dans ce vaste salon, et dans la chambre à coucher du défunt, dit Fraisier.

— Eh bien! passons. Pardon, monsieur, déjeunez, faites », dit le juge de paix.

L'invasion de ces trois hommes noirs avait glacé le pauvre Allemand de terreur.

« Monsieur, dit Fraisier en dirigeant sur Schmucke un de ces regards venimeux[1] qui magnétisaient ses victimes comme une araignée magnétise une mouche, monsieur, qui a su faire faire à son profit un testament par-devant notaire, devait bien s'attendre à quelque résistance de la part de la famille. Une famille ne se laisse pas dépouiller par un étranger sans combattre, et nous verrons, monsieur, qui l'emportera de la fraude, de la corruption ou de la famille!... Nous avons le droit, comme héritiers, de requérir l'apposition des scellés, les scellés seront mis, et je veux veiller à ce que cet acte conservatoire soit exercé avec la dernière rigueur, et il le sera.

« *Mon Tieu ! mon Tieu ! qu'aiche vaid au ziel ?* dit l'innocent Schmucke.

— On jase beaucoup de vous dans la maison, dit la

Sauvage, il eſt venu pendant que vous dormiez un
petit jeune homme, habillé tout en noir, un freluquet,
le premier clerc de M. Hannequin, et il voulait vous
parler à toute force; mais comme vous dormiez et que
vous étiez si fatigué de la cérémonie d'hier, je lui ai dit
que vous aviez signé un pouvoir à M. Villemot, le
premier clerc de Tabareau, et qu'il eût, si c'était pour
affaires, à l'aller voir. " Ah! tant mieux, qu'a dit le
petit jeune homme, je m'entendrai bien avec lui. Nous
allons déposer le teſtament au tribunal, après l'avoir présenté au président. " Pour lors je l'ai prié de nous
envoyer M. Villemot dès qu'il le pourrait. Soyez tranquille, mon cher monsieur, dit la Sauvage, vous aurez
des gens pour vous défendre. Et l'on ne vous mangera
pas la laine sur le dos. Vous allez avoir quelqu'un qui a
bec et ongles! M. Villemot va leur dire leur fait! Moi,
je me suis déjà mise en colère après cette affreuse gueuse
de mame Cibot, une portière qui se mêle de juger ses
locataires, et qui soutient que vous filoutez cette fortune aux héritiers, que vous avez chambré M. Pons,
que vous l'avez mécanisé, qu'il était fou à lier. Je vous
l'ai remouché de la belle manière, la scélérate : " Vous
êtes une voleuse et une canaille! que je lui ai dit, et
vous irez au tribunal pour tout ce que vous avez volé
à vos messieurs... " Et elle a tu sa gueule.

— Monsieur, dit le greffier en venant chercher
Schmucke, veut-il être présent à l'apposition des scellés
dans la chambre mortuaire ?

— *Vaides ! vaides !* dit Schmucke, *che bressime que che
bourrai mourir dranguile ?*

— On a toujours le droit de mourir, dit le greffier
en riant, et c'eſt là notre plus forte affaire que les successions. Mais j'ai rarement vu des légataires universels
suivre les teſtateurs dans la tombe.

— *Ch'irai, moi !* dit Schmucke qui se sentit après tant
de coups des douleurs intolérables au cœur.

— Ah! voilà M. Villemot! s'écria la Sauvage.

— *Monsir Fillemod,* dit le pauvre Allemand, *rebrezen-
dez-moi...*

— J'accours, dit le premier clerc. Je viens vous
apprendre que le teſtament eſt tout à fait en règle, et
sera certainement homologué par le tribunal qui vous
enverra en possession... Vous aurez une belle fortune.

— *Môi eine pelle vordine !* s'écria Schmucke au désespoir d'être soupçonné de cupidité.

— En attendant, dit la Sauvage, qu'est-ce que fait
donc là le juge de paix avec ses bougies et ses petites
bandes de ruban de fil ?

— Ah ! il met les scellés... Venez, monsieur Schmucke,
vous avez droit d'y assister.

— *Non, hâlez-y.*

— Mais pourquoi les scellés, si monsieur est chez
lui, et si tout est à lui ? dit la Sauvage[1] en faisant du
droit à la manière des femmes, qui toutes exécutent le
Code à leur fantaisie.

— Monsieur n'est pas chez lui, madame, il est chez
M. Pons ; tout lui appartiendra sans doute, mais quand
on est légataire, on ne peut prendre les choses dont se
compose la succession que par ce que nous appelons un
envoi en possession. Cet acte émane du tribunal. Or,
si les héritiers dépossédés de la succession par la volonté
du testateur forment opposition à l'envoi en possession,
il y a procès... Et comme on ne sait à qui reviendra la
succession, on met toutes les valeurs sous les scellés,
et les notaires des héritiers et du légataire procéderont
à l'inventaire dans le délai voulu par la loi. Et voilà. »

En entendant ce langage pour la première fois de
sa vie, Schmucke perdit tout à fait la tête, il la laissa tomber sur le dossier du fauteuil où il était assis, il la sentait
si lourde, qu'il lui fut impossible de la soutenir. Villemot alla causer avec le greffier et le juge de paix, et
assista, avec le sang-froid des praticiens, à l'apposition
des scellés qui, lorsque aucun héritier n'est là, ne va
pas sans quelques lazzis, et sans observations sur les
choses qu'on enferme ainsi, jusqu'au jour du partage.
Enfin les quatre gens de loi fermèrent le salon, et rentrèrent dans la salle à manger, où le greffier se transporta. Schmucke regarda faire machinalement cette
opération, qui consiste à sceller du cachet de la justice
de paix un ruban de fil sur chaque vantail des portes,
quand elles sont à deux vantaux, ou à sceller l'ouverture
des armoires ou des portes simples en cachetant les
deux lèvres de la paroi.

« Passons à cette chambre, dit Fraisier en désignant
la chambre de Schmucke dont la porte donnait dans la
salle à manger.

— Mais c'est la chambre à monsieur! dit la Sauvage en s'élançant et se mettant entre la porte et les gens de justice.

— Voici le bail de l'appartement, dit l'affreux Fraisier, nous l'avons trouvé dans les papiers, et il n'est pas au nom de MM. Pons et Schmucke, il est au nom seul de M. Pons. Cet appartement tout entier appartient à la succession, et... d'ailleurs, dit-il en ouvrant la porte de la chambre de Schmucke, tenez, monsieur le juge de paix, elle est pleine de tableaux.

— En effet, dit le juge de paix qui donna sur-le-champ gain de cause à Fraisier[a].

— Attendez, messieurs, dit Villemot. Pensez-vous que vous allez mettre à la porte le légataire universel, dont jusqu'à présent la qualité n'est pas contestée ?

— Si! si! dit Fraisier; nous nous opposons à la délivrance du legs.

— Et sous quel prétexte ?

— Vous le saurez, mon petit! dit railleusement Fraisier. En ce moment, nous ne nous opposons pas à ce que le légataire retire ce qu'il déclarera être à lui dans cette chambre; mais elle sera mise sous les scellés. Et monsieur ira se loger où bon lui semblera.

— Non, dit Villemot, monsieur restera dans sa chambre!...

— Et comment ?

— Je vais vous assigner en référé, reprit Villemot, pour voir dire que nous sommes locataires par moitié de cet appartement, et vous ne nous en chasserez pas... Ôtez les tableaux, distinguer ce qui est au défunt, ce qui est à mon client, mais mon client y restera... mon petit!...

— *Che m'en irai !* dit le vieux musicien qui retrouva de l'énergie en écoutant cet affreux débat.

— Vous ferez mieux! dit Fraisier. Ce parti vous épargnera des frais, car vous ne gagneriez pas l'incident. Le bail est formel...

— Le bail! le bail! dit Villemot, c'est une question de *bonne foi*!...

— Elle ne se prouvera pas, comme dans les affaires criminelles, par des témoins... Allez-vous vous jeter dans des expertises, des vérifications... des jugements interlocutoires et une procédure ?

— *Non ! non !* s'écria Schmucke effrayé, *ché téménache, ché m'en fais.* »

La vie de Schmucke était celle d'un philosophe, cynique sans le savoir, tant elle était réduite au simple. Il ne possédait que deux paires de souliers, une paire de bottes, deux habillements complets, douze chemises, douze foulards, douze mouchoirs, quatre gilets et une pipe superbe que Pons lui avait donnée avec une poche à tabac brodée. Il entra dans la chambre, surexcité par la fièvre de l'indignation, il y prit toutes ses hardes, et les mit sur une chaise.

« *D'oud ceci est à moi !...* dit-il avec une simplicité digne de Cincinnatus ; *le biano esd aussi à moi.*

— Madame..., dit Fraisier à la Sauvage, faites-vous aider, emportez-le et mettez-le sur le carré, ce piano !

— Vous êtes trop dur aussi, dit Villemot à Fraisier. M. le juge de paix est maître d'ordonner ce qu'il veut, il est souverain dans cette matière.

— Il y a là des valeurs, dit le greffier en montrant la chambre.

— D'ailleurs, fit observer le juge de paix, monsieur sort de bonne volonté.

— On n'a jamais vu de client pareil, dit Villemot indigné, qui se retourna contre Schmucke. Vous êtes mou comme une chiffe.

— *Qu'imborte ou l'on meird,* dit Schmucke en sortant. *Ces hommes ond des fizaches de digre... Ch'enferrai gerger mes baufres avvaires,* dit-il.

— Où monsieur va-t-il ?

— *À la crase de Tieu !* répondit le légataire universel en faisant un geste sublime d'indifférence.

— Faites-le-moi savoir, dit Villemot.

— Suis-le », dit Fraisier à l'oreille du premier clerc. Mme Cantinet fut constituée gardienne des scellés, et sur les fonds trouvés on lui alloua une provision de cinquante francs.

« Ça va bien, dit Fraisier à M. Vitel quand Schmucke fut parti. Si vous voulez donner votre démission en ma faveur, allez voir Mme la présidente de Marville, vous vous entendrez avec elle.

— Vous avez trouvé un homme de beurre ! dit le juge de paix en montrant Schmucke qui regardait dans la cour une dernière fois les fenêtres de l'appartement.

— Oui, l'affaire est dans le sac! répondit Fraisier. Vous pourrez marier sans crainte votre petite-fille à Poulain, il sera médecin en chef des Quinze-Vingts.

— Nous verrons! Adieu, monsieur Fraisier, dit le juge de paix avec un air de camaraderie.

— C'est un homme de moyens, dit le greffier, il ira loin, le mâtin. »

Il était alors onze heures, le vieil Allemand prit machinalement le chemin qu'il faisait avec Pons en pensant à Pons; il le voyait sans cesse, il le croyait à ses côtés, et il arriva devant le théâtre d'où sortait son ami Topinard, qui venait de nettoyer les quinquets de tous les portants, en pensant à la tyrannie de son directeur.

« *Ah! foilà mon avvaire!* s'écria Schmucke en arrêtant le pauvre gagiste. *Dobinard, ti has ein lochemand, toi?...*

— Oui, monsieur...

— *Ein ménache?...*

— Oui, monsieur...

— *Beux-du me brentre en bansion? Oh! che bayerai pien, c'hai neiffe cende vrancs de randes... ed che n'ai bas pien londems à fifre.... che ne te chénerai boint... che manche de doud!... Mon seil pessoin est te vîmer ma bibe... Ed gomme ti est le seil qui ai bleuré Bons afec moi, che d'aime!*

— Monsieur, ce serait avec bien du plaisir; mais d'abord figurez-vous que M. Gaudissard m'a fichu une perruque soignée...

— *Eine berruc?*

— Une façon de dire qu'il m'a lavé la tête.

— *Lafé la déde?*

— Il m'a grondé de m'être intéressé à vous... Il faudrait donc être bien discret, si vous veniez chez moi! mais je doute que vous y restiez, car vous ne savez pas ce qu'est le ménage d'un pauvre diable comme moi...

— *C'haime mieux le baufre ménache d'in hôme de cuier qui a bleuré Bons, que les Duileries afec des hômes à face de digres! Ché sors de foir des digres chez Bons qui font mancher dut!...*

— Venez, monsieur, dit le gagiste, et vous verrez... Mais... Enfin, il y a une soupente... Consultons Mme Topinard. »

Schmucke suivit comme un mouton Topinard, qui le conduisit dans une de ces affreuses localités qu'on pourrait appeler les cancers de Paris. La chose se nomme cité Bordin[1]. C'est un passage étroit, bordé de maisons bâties comme on bâtit par spéculation, qui débouche rue de Bondy[1], dans cette partie de la rue obombrée par l'immense bâtiment du théâtre de la Porte-Saint-Martin, une des verrues de Paris[2]. Ce passage, dont la voie est creusée en contrebas de la chaussée de la rue, s'enfonce par une pente vers la rue des Mathurins-du-Temple[a]. La cité finit par une rue intérieure qui la barre, en figurant la forme d'un T. Ces deux ruelles, ainsi disposées, contiennent une trentaine de maisons à six et sept étages, dont les cours intérieures, dont tous les appartements contiennent des magasins, des industries, des fabriques en tout genre. C'est le faubourg Saint-Antoine en miniature. On y fait des meubles, on y cisèle les cuivres, on y coud des costumes pour les théâtres, on y travaille le verre, on y peint les porcelaines, on y fabrique enfin toutes les fantaisies et les variétés de l'article-Paris. Sale et productif comme le commerce, ce passage, toujours plein d'allants et de venants, de charrettes, de haquets, est d'un aspect repoussant, et la population qui y grouille est en harmonie avec les choses et les lieux. C'est le peuple des fabriques, peuple intelligent dans les travaux manuels, mais dont l'intelligence s'y absorbe. Topinard demeurait dans cette cité florissante comme produit, à cause des bas prix des loyers. Il habitait la seconde maison dans l'entrée à gauche. Son appartement, situé au sixième étage, avait vue sur cette zone de jardins qui subsistent encore et qui dépendent des trois ou quatre grands hôtels de la rue de Bondy.

Le logement de Topinard consistait en une cuisine et en deux chambres. Dans la première de ces deux chambres se tenaient les enfants. On y voyait deux petits lits en bois blanc et un berceau. La seconde était la chambre des époux Topinard. On mangeait dans la cuisine. Au-dessus régnait un faux grenier élevé de six pieds, et couvert en zinc, avec un châssis à tabatière pour fenêtre. On y parvenait par un escalier en bois blanc appelé, dans l'argot du bâtiment, *échelle de meunier*. Cette pièce, donnée comme chambre de domestique, permettait d'annoncer le logement de Topinard, comme un appartement complet, et de le taxer à quatre cents francs de loyer. À l'entrée, pour masquer la cuisine, il existait un tambour cintré, éclairé par un œil-de-bœuf sur la cuisine et formé par la réunion de la porte de la première chambre et par celle de la cuisine, en tout trois portes. Ces trois pièces carrelées en briques, tendues d'affreux papier à six sous le rouleau, décorées de cheminées dites à la capucine, peintes en peinture vulgaire, couleur de bois, contenaient ce ménage de cinq personnes dont trois enfants. Aussi chacun peut-il entrevoir les égratignures profondes que faisaient les trois enfants à la hauteur où leurs bras pouvaient atteindre[a]. Les riches n'imagineraient pas la simplicité de la batterie de cuisine qui consistait en une cuisinière, un chaudron, un gril, une casserole, deux ou trois marabouts[1], et une poêle à frire. La vaisselle en faïence, brune et blanche, valait bien douze francs. La table servait à la fois de table de cuisine et de table à manger. Le mobilier consistait en deux chaises et deux tabourets. Sous le fourneau en hotte se trouvait la provision de charbon et de bois. Et dans un coin s'élevait le baquet où se savonnait, souvent pendant la nuit, le linge de la famille. La pièce où se tenaient les enfants, traversée par des cordes à sécher le linge, était bariolée d'affiches de spectacle et de gravures prises dans des journaux ou provenant des prospectus des livres illustrés. Évidemment l'aîné de la famille Topinard, dont les livres de classe se voyaient dans un coin, était chargé du ménage, lorsque à six heures, le père et la mère faisaient leur service au théâtre. Dans beaucoup de familles de la classe inférieure, dès qu'un enfant atteint à l'âge de six ou sept ans, il joue le rôle de la mère vis-à-vis de ses sœurs et de ses frères.

On conçoit, sur ce léger croquis, que les Topinard étaient, selon la phrase devenue proverbiale, pauvres mais honnêtes. Topinard avait environ quarante ans, et sa femme, ancienne coryphée des chœurs, maîtresse, dit-on, du directeur en faillite à qui Gaudissart avait succédé, devait avoir trente ans. Lolotte avait été belle femme, mais les malheurs de la précédente administration avaient tellement réagi sur elle qu'elle s'était vue dans la nécessité de contracter avec Topinard un mariage de théâtre. Elle ne mettait pas en doute que dès que leur *ménage* se verrait à la tête de cent cinquante francs, Topinard réaliserait ses serments devant la loi, ne fût-ce que pour légitimer ses enfants qu'il adorait. Le matin, pendant ses moments libres, Mme Topinard cousait pour le magasin du théâtre. Ces courageux gagistes réalisaient par des travaux gigantesques neuf cents francs par an.

« Encore un étage! » disait depuis le troisième Topinard à Schmucke, qui ne savait seulement pas s'il descendait ou s'il montait, tant il était abîmé dans la douleur.

Au moment où le gagiste, vêtu de toile blanche comme tous les gens de service, ouvrit la porte de la chambre, on entendit la voix de Mme Topinard criant : « Allons! enfants, taisez-vous, voilà papa! »

Et comme sans doute les enfants faisaient ce qu'ils voulaient de papa, l'aîné continua de commander une charge en souvenir du Cirque-Olympique, à cheval sur un manche à balai, le second à souffler dans un fifre de fer-blanc, et le troisième à suivre de son mieux le gros de l'armée. La mère cousait un costume de théâtre.

« Taisez-vous, cria Topinard d'une voix formidable, ou je tape! — Faut toujours leur dire cela, ajouta-t-il tout bas à Schmucke. — Tiens, ma petite, dit le gagiste à l'ouvreuse, voici M. Schmucke, l'ami de ce pauvre M. Pons, il ne sait pas où aller, et il voudrait venir chez nous; j'ai eu beau l'avertir que nous n'étions pas flambants, que nous étions au sixième, que nous n'avions qu'une soupente à lui offrir, il y tient... »

Schmucke s'était assis sur une chaise que la femme lui avait avancée, et les enfants, tout interdits par l'arrivée d'un inconnu, s'étaient ramassés en un groupe pour se livrer à cet examen approfondi, muet et si tôt fini, qui distingue l'enfance, habituée comme les chiens à flairer plutôt qu'à juger. Schmucke se mit à regarder ce groupe si joli où se trouvait une petite fille, âgée de cinq ans, celle qui soufflait dans la trompette et qui avait de si magnifiques cheveux blonds.

« *Ele a l'air d'une bedide Allemante !* dit Schmucke en lui faisant signe de venir à lui.

— Monsieur serait là bien mal, dit l'ouvreuse; si je n'étais pas obligée d'avoir mes enfants près de moi, je proposerais bien notre chambre. »

Elle ouvrit la chambre et y fit passer Schmucke. Cette chambre était tout le luxe de l'appartement. Le lit en acajou était orné de rideaux en calicot bleu, bordé de franges blanches. Le même calicot bleu, drapé en rideaux, garnissait la fenêtre. La commode, le secrétaire, les chaises, quoiqu'en acajou, étaient tenus proprement.

Il y avait sur la cheminée une pendule et des flambeaux, évidemment donnés jadis par le failli, dont le portrait, un affreux portrait de Pierre Grassou, se trouvait au-dessus de la commode. Aussi les enfants à qui l'entrée du lieu réservé était défendue essayèrent-ils d'y jeter des regards curieux.

« Monsieur serait bien là, dit l'ouvreuse.

— *Non, non,* répondit Schmucke. *Hé ! che n'ai pas lon-dems à fifre, che ne feu qu'un goin bir murir.* »

La porte de la chambre fermée, on monta dans la man-sarde, et dès que Schmucke y fut, il s'écria : « *Foilà mon avvaire. Afand d'être afec Bons, che n'édais chamais mieux loché gue zela.*

— Eh bien ! il n'y a qu'à acheter un lit de sangle, deux matelas, un traversin, un oreiller, deux chaises et une table. Ce n'eſt pas la mort d'un homme... ça peut coûter cinquante écus, avec la cuvette, le pot, et un petit tapis de lit... »

Tout fut convenu. Seulement les cinquante écus man-quaient. Schmucke, qui se trouvait à deux pas du théâtre, pensa naturellement à demander ses appointements au direèteur, en voyant la détresse de ses nouveaux amis... Il alla sur-le-champ au théâtre, et y trouva Gaudissard. Le direèteur reçu Schmucke avec la politesse un peu ten-due qu'il déployait pour les artiſtes, et fut étonné de la demande faite par Schmucke d'un mois d'appointements. Néanmoins, vérification faite, la réclamation se trouva juſte.

« Ah ! diable, mon brave ! lui dit le direèteur, les Alle-mands savent toujours bien compter, même dans les larmes... Je croyais que vous auriez été sensible à la gra-tification de mille francs ! une dernière année d'appoin-tements que je vous ai donnée, et que cela valait quit-tance !

— *Nus n'afons rien rési,* dit le bon Allemand. *Ed si che fiens à fus, c'esde que che zuis tans la rie et sans eine liart... À qui afez-fus remis la cradivigation ?*

— À votre portière !...

— *Mme Zibod !* s'écria le musicien. *Ele a dué Bons, ele l'a follé, ele l'a fenti... Ele fouleid priler son desdamand... C'esde eine goguine ! eine monsdre.*

— Mais, mon brave, comment êtes-vous sans le sou, dans la rue, sans asile, avec votre position de légataire universel ? Ça n'est pas logique, comme nous disons.

— *On m'a mis à la borde... Che zuis édrencher, che ne gonnais rien aux lois...* »

« Pauvre bonhomme ! » pensa Gaudissard en entrevoyant la fin probable d'une lutte inégale. « Écoutez, lui dit-il, savez-vous ce que vous avez à faire ?

— *Ch'ai eine homme d'avvaires !*

— Eh bien ! transigez sur-le-champ avec les héritiers, vous aurez d'eux une somme et une rente viagère, et vous vivrez tranquille...

— *Che ne feux bas audre chosse !* répondit Schmucke.

— Eh bien ! laissez-moi vous arranger cela », dit Gaudissard à qui, la veille, Fraisier avait dit son plan[a].

Gaudissard pensa pouvoir se faire un mérite auprès de la jeune vicomtesse Popinot et de sa mère de la conclusion de cette sale affaire, et il serait au moins conseiller d'État un jour, se disait-il.

« *Che fus tonne mes bouvoirs...*

— Eh bien ! voyons ! D'abord tenez, dit le Napoléon des théâtres du boulevard, voici cent écus... » Il prit dans sa bourse quinze louis et les tendit au musicien. « C'est à vous, c'est six mois d'appointements que vous aurez ; et puis, si vous quittez le théâtre, vous me les rendrez. Comptons ! que dépensez-vous par an ? Que vous faut-il pour être heureux ? Allez ! allez ! faites-vous une vie de Sardanapale !...

— *Che n'ai pessoin que t'eine habilement d'ifer et ine d'édé...*

— Trois cents francs ! dit Gaudissard.

— *Tes zouliers, quadre baires...*

— Soixante francs.

— *Tis pas...*

— Douze ! c'est trente-six francs.

— *Sisse gemisses.*

— Six chemises en calicot, vingt-quatre francs, autant en toile, quarante-huit : nous disons soixante-douze. Nous sommes à quatre cent soixante-huit, mettons cinq cents avec les cravates et les mouchoirs, et cent francs de blanchissage... six cents livres ! Après, que vous faut-il pour vivre ?... trois francs par jour ?...

— *Non, c'esde drob !...*

— Enfin, il vous faut aussi des chapeaux... Ça fait

quinze cents francs et cinq cents francs de loyer, deux mille. Voulez-vous que je vous obtienne deux mille francs de rente viagère... bien garanties...

— *Et mon dapac ?*

— Deux mille quatre cents francs!... Ah! papa Schmucke vous appelez ça le tabac ?... Eh bien! on vous flanquera du tabac. C'est donc deux mille quatre cents francs de rente viagère...

— *Ze n'esd bas dud ! che feux eine zôme ! gondand...*

— Les épingles!... c'est cela! Ces Allemands! ça se dit naïf, vieux Robert Macaire!... pensa Gaudissard. Que voulez-vous ? répéta-t-il. Mais plus rien après.

— *C'est bir aguidder ein tedde zagrée.*

— Une dette! se dit Gaudissard; quel filou! c'est pis qu'un fils de famille! il va inventer des lettres de change! il faut finir roide! ce Fraisier ne voit pas en grand! Quelle dette, mon brave ? dites!...

— *Ile n'y ha qu'eine hôme qui aid bleuré Bons afec moi... il a eine chentille bedide fille qui a tes geveux maniviques, chai gru foir dud à l'heire le chénie de ma baufre Allemagne que che n'aurais chamais tû guidder... Paris n'est bas pon bir les Allemands, on se mogue t'eux...* », dit-il en faisant le petit geste de tête d'un homme qui croit voir clair dans les choses de ce bas monde.

« Il est fou! » se dit Gaudissard.

Et, pris de pitié pour cet innocent, le directeur eut une larme à l'œil.

« *Ha ! fous me gombrenez ! monsir le tirecdir ! hé pien ! ced hôme à la bedide file est Dobinard, qui serd l'orguestre et allime les lambes ; Bons l'aimait et le segourait, c'esde le seil qui aid aggombagné mon inique ami au gonfoi, à l'éclise, au zimedière... Ché feux drois mille vrancs bir lui, et drois mille vrancs bir la bedite file...*

— Pauvre homme!... » se dit Gaudissard.

Ce féroce parvenu fut touché de cette noblesse et de cette reconnaissance pour une chose de rien aux yeux du monde, et qui, aux yeux de cet agneau divin, pesait, comme le verre d'eau de Bossuet, plus que les victoires des conquérants[1]. Gaudissard cachait sous ses vanités, sous sa brutale envie de parvenir, et de se hausser jusqu'à son ami Popinot, un bon cœur, une bonne nature. Donc, il effaça ses jugements téméraires sur Schmucke, et passa de son côté.

« Vous aurez tout cela! mais je ferai mieux, mon cher Schmucke. Topinard est un homme de probité...

— *Ui, che l'ai fu dud-à-l'heure, dans son baufre ménache où il est gontend afec ses enfants...*

— Je lui donnerai la place de caissier, car le père Baudrand me quitte...

— *Ha! que Tieu fus pénisse!* s'écria Schmucke.

— Eh bien! mon bon et brave homme, venez à quatre heures, ce soir, chez M. Berthier, notaire, tout sera prêt, et vous serez à l'abri du besoin pour le reste de vos jours... Vous toucherez vos six mille francs, et vous serez aux mêmes appointements, avec Garangeot, ce que vous faisiez avec Pons[1].

— *Non!* dit Schmucke, *che ne fifrai boind!... che n'ai blis le cueir à rien... che me sens addaqué...*

— Pauvre mouton! se dit Gaudissard en saluant l'Allemand qui se retirait. On vit de côtelettes après tout. Et comme dit le sublime Béranger :

Pauvres moutons, toujours on vous tondra[2].

Et il chanta cette opinion politique pour chasser son émotion.

« Faites avancer ma voiture! » dit-il à son garçon de bureau.

Il descendit et cria au cocher : « Rue de Hanovre! » L'ambitieux avait reparu tout entier! Il voyait le Conseil d'État[a].

Schmucke achetait en ce moment des fleurs, et il les apporta presque joyeux avec des gâteaux pour les enfants de Topinard.

« *Che tonne les câteaux!...* » dit-il avec un sourire.

Ce sourire était le premier qui vînt sur ses lèvres depuis trois mois, et qui l'eût vu, en eût frémi.

« *Che les tonne à eine gondission.*

— Vous êtes trop bon, monsieur, dit la mère.

— *La bedide file m'emprassera et meddra les fleirs tans ses geveux, en les dressant gomme vont les bedides Allemandes!*

— Olga, ma fille, faites tout ce que veut monsieur... dit l'ouvreuse en prenant un air sévère.

— *Ne crontez pas ma bedide Allemante!...* s'écria Schmucke qui voyait sa chère Allemagne dans cette petite fille.

— Tout le bataclan vient sur les épaules de trois
commissionnaires!... dit Topinard en entrant.

— *Ha !* fit l'Allemand, *mon ami, foici teux sante vrancs
pir dud payer... Mais vous afez une chantile femme, fus l'épi-
serez, n'est-ce bas ? Che fus donne mille écus... La bedide file
aura eine tode te mile écus que fus blacerez en son nom. Ed fus
ne serez plis cachisde... fus allez êdre le gaissier du théâdre....*

— Moi, la place du père Baudrand ?

— *Ui.*

— Qui vous a dit cela ?

— *M. Cautissard !*

— Oh! c'est à devenir fou de joie!... Eh! dis donc,
Rosalie, va-t-on bisquer au théâtre!... Mais ce n'est pas
possible, reprit-il.

— Notre bienfaiteur ne peut loger dans une mansarde.

— *Pah ! pur quelques jurs que c'hai à fifre !* dit Schmucke,
*c'esde bien pon ! Atieu ! che fais au zimedière... foir ce qu'on
a vaid te Bons... ed gommader tes fleurs pir sa dompe !* »

Mme Camusot de Marville était en proie aux plus
vives alarmes. Fraisier tenait conseil chez elle avec
Godeschal et Berthier. Berthier, le notaire, et Godeschal,
l'avoué, regardaient le testament fait par deux notaires
en présence de deux témoins comme inattaquable, à
cause de la manière nette dont Léopold Hannequin
l'avait formulé. Selon l'honnête Godeschal, Schmucke,
si son conseil actuel parvenait à le tromper, finirait par
être éclairé, ne fût-ce que par un de ces avocats qui, pour
se distinguer, ont recours à des actes de générosité, de
délicatesse. Les deux officiers ministériels quittèrent donc
la présidente en l'engageant à se défier de Fraisier, sur
qui naturellement ils avaient pris des renseignements.
En ce moment Fraisier, revenu de l'apposition des
scellés, minutait une assignation dans le cabinet du président, où Mme de Marville l'avait fait entrer sur l'invitation des deux officiers ministériels, qui voyaient l'affaire
trop sale pour qu'un président s'y fourrât, selon leur
mot, et qui avaient voulu donner leur opinion à Mme de
Marville, sans que Fraisier les écoutât.

« Eh bien! madame, où sont ces messieurs ? demanda
l'ancien avoué de Mantes.

— Partis! en me disant de renoncer à l'affaire! répondit Mme de Marville.

— Renoncer! dit Fraisier avec un accent de rage contenue. Écoutez, madame... »

Et il lut la pièce suivante :

« À la requête de, etc..., je passe le verbiage.

« Attendu qu'il a été déposé entre les mains de M. le président du tribunal de première instance un testament reçu par Me Léopold Hannequin et Alexandre Crottat, notaires à Paris, accompagnés de deux témoins, les sieurs Brunner et Schwab, étrangers domiciliés à Paris, par lequel testament le sieur Pons, décédé, a disposé de sa fortune au préjudice du requérant, son héritier naturel et légal, au profit d'un sieur Schmucke, Allemand;

« Attendu que le requérant se fait fort de démontrer que le testament est l'œuvre d'une odieuse captation, et le résultat de manœuvres réprouvées par la loi; qu'il sera prouvé par des personnes éminentes que l'intention du testateur était de laisser sa fortune à Mlle Cécile, fille de mondit sieur de Marville; et que le testament, dont le requérant demande l'annulation, a été arraché à la faiblesse du testateur quand il était en pleine démence;

« Attendu que le sieur Schmucke, pour obtenir ce legs universel, a tenu en chartre privée[1] le testateur, qu'il a empêché la famille d'arriver jusqu'au lit du mort, et que, le résultat obtenu, il s'est livré à des actes notoires d'ingratitude qui ont scandalisé la maison et tous les gens du quartier qui, par hasard, étaient témoins pour rendre les derniers devoirs au portier de la maison où est décédé le testateur;

« Attendu que des faits plus graves encore, et dont le requérant recherche en ce moment les preuves, seront articulés devant MM. les juges du tribunal;

« J'ai, huissier soussigné, etc., etc., audit nom, assigné le sieur Schmucke, parlant, etc., à comparaître devant messieurs les juges composant la première chambre du tribunal, pour voir dire que le testament reçu par Mes Hannequin et Crottat, étant le résultat d'une captation évidente, sera regardé comme nul et de nul effet, et j'ai, en outre, audit nom, protesté contre la qualité et capacité de légataire universel que pourrait prendre le sieur Schmucke, entendant le requérant s'opposer, comme de fait il s'oppose, par sa requête en date d'aujourd'hui, présentée à M. le président, à l'envoi en possession demandée par ledit sieur Schmucke, et je lui ai laissé copie du présent, dont le coût est de... » etc.

« Je connais l'homme, madame la présidente, et quand il aura lu ce poulet, il transigera[1]. Il consultera Tabareau, Tabareau lui dira d'accepter nos propositions! Donnez-vous les mille écus de rente viagère?

— Certes, je voudrais bien en être à payer le premier terme.

— Ce sera fait avant trois jours. Car cette assignation le saisira dans le premier étourdissement de sa douleur, car il regrette Pons, ce pauvre bonhomme. Il a pris cette perte très au sérieux.

— L'assignation lancée peut-elle se retirer? dit la présidente.

— Certes, madame, on peut toujours se désister.

— Eh bien! monsieur, dit Mme Camusot, faites!... allez toujours! Oui, l'acquisition[a] que vous m'avez ménagée en vaut la peine! J'ai d'ailleurs arrangé l'affaire de la démission de Vitel mais vous payerez les soixante mille francs à ce Vitel sur les valeurs de la succession Pons... Ainsi, voyez, il faut réussir...

— Vous avez sa démission?

— Oui, monsieur; M. Vitel se fie à M. de Marville...

— Eh bien! madame, je vous ai déjà débarrassée des soixante mille francs que je calculais devoir être donnés à cette ignoble portière, cette Mme Cibot. Mais je tiens toujours à avoir le débit de tabac pour la femme Sauvage, et la nomination de mon ami Poulain à la place vacante de médecin en chef des Quinze-Vingts.

— C'est entendu, tout est arrangé.

— Eh bien! tout est dit... Tout le monde est pour vous dans cette affaire, jusqu'à Gaudissard, le directeur du théâtre, que je suis allé trouver hier, et qui m'a promis d'aplatir le gagiste qui pourrait déranger nos projets.

— Oh! je le sais! M. Gaudissard est tout acquis aux Popinot! »

Fraisier sortit. Malheureusement il ne rencontra pas Gaudissard, et la fatale assignation fut lancée aussitôt.

Tous les gens cupides comprendront, autant que les gens honnêtes l'exécreront, la joie de la présidente à qui, vingt minutes après le départ de Fraisier, Gaudissard vint apprendre sa conversation avec le pauvre Schmucke.

La présidente approuva tout, elle sut un gré infini au directeur du théâtre de lui enlever tous ses scrupules par des observations qu'elle trouva pleines de justesse.

« Madame la présidente, dit Gaudissard, en venant, je pensais que ce pauvre diable ne saurait que faire de sa fortune! C'est une nature d'une simplicité de patriarche! C'est naïf, c'est allemand, c'est à empailler, à mettre sous verre comme un petit Jésus de cire!... C'est-à-dire que, selon moi, il est déjà fort embarrassé de ses deux mille cinq cents francs de rente, et vous le provoquez à la débauche...

— C'est d'un bien noble cœur, dit la présidente, d'enrichir ce garçon qui regrette notre cousin. Mais moi je déplore la petite *bisbille* qui nous a brouillés, M. Pons et moi; s'il était revenu, tout lui aurait été pardonné. Si vous saviez, il manque à mon mari. M. de Marville a été au désespoir de n'avoir pas reçu d'avis de cette mort, car il a la religion des devoirs de famille, il aurait assisté au service, au convoi, à l'enterrement, et moi-même je serais allée à la messe...

— Eh bien! belle dame, dit Gaudissard, veuillez faire préparer l'acte; à quatre heures, je vous amènerai l'Allemand... Recommandez-moi, madame, à la bienveillance de votre charmante fille, la vicomtesse Popinot; qu'elle dise à mon illustre ami, son bon et excellent père, à ce grand homme d'État, combien je suis dévoué à tous les siens, et qu'il me continue sa précieuse faveur. J'ai dû la vie à son oncle, le juge, et je lui dois ma fortune... Je voudrais tenir de vous et de votre fille la haute considération qui s'attache aux gens puissants et bien posés. Je veux quitter le théâtre, devenir un homme sérieux.

— Vous l'êtes!... monsieur, dit la présidente.

— Adorable! » reprit Gaudissard en baisant la main sèche de Mme de Marville[a].

À quatre heures, se trouvaient réunis dans le cabinet de M. Berthier, notaire, d'abord Fraisier, rédacteur de la transaction, puis Tabareau, mandataire de Schmucke, et Schmucke lui-même, amené par Gaudissard. Fraisier avait eu soin de placer en billets de banque les six mille francs demandés, et six cents francs pour le premier terme de la rente viagère, sur le bureau du notaire et sous les yeux de l'Allemand qui, stupéfait de voir tant d'argent, ne prêta pas la moindre attention à l'acte qu'on lui lisait. Ce

pauvre homme, saisi par Gaudissard, au retour du cimetière où il s'était entretenu avec Pons, et où il lui avait
promis de le rejoindre, ne jouissait pas de toutes ses
facultés déjà bien ébranlées par tant de secousses. Il
n'écouta donc pas le préambule de l'acte où il était
représenté comme assisté de Me Tabareau, huissier, son
mandataire et son conseil, et où l'on rappelait les causes
du procès intenté par le président dans l'intérêt de sa
fille. L'Allemand jouait un triste rôle, car, en signant
l'acte, il donnait gain de cause aux épouvantables asser-
tions de Fraisier; mais il fut si joyeux de voir l'argent
pour la famille Topinard, et si heureux d'enrichir, selon
ses petites idées, le seul homme qui aimât Pons, qu'il
n'entendit pas un mot de cette transaction sur procès.
Au milieu de l'acte, un clerc entra dans le cabinet.

« Monsieur, il y a là, dit-il à son patron, un homme
qui veut parler à M. Schmucke… »

Le notaire, sur un geste de Fraisier, haussa les épaules
significativement.

« Ne nous dérangez donc jamais quand nous signons
des actes. Demandez le nom de ce… Est-ce un homme
ou un monsieur ? est-ce un créancier ?… »

Le clerc revint et dit : « Il veut absolument parler à
M. Schmucke.

— Son nom ?

— Il s'appelle Topinard.

— J'y vais. Signez tranquillement, dit Gaudissard à
Schmucke. Finissez, je vais savoir ce qu'il nous veut. »

Gaudissard avait compris Fraisier, et chacun d'eux
flairait un danger.

« Que viens-tu faire ici ? dit le directeur au gagiste.
Tu ne veux donc pas être caissier ? Le premier mérite
d'un caissier… c'est la discrétion.

— Monsieur !…

— Va donc à tes affaires, tu ne seras jamais rien si tu
te mêles de celles des autres.

— Monsieur, je ne mangerai pas de pain dont toutes
les bouchées me resteraient dans la gorge !… — Monsieur
Schmucke ! » criait-il…

Schmucke, qui avait signé, qui tenait son argent à la
main, vint à la voix de Topinard.

« *Voici pir la bedite Allemande et pir fus…*

— Ah ! mon cher monsieur Schmucke, vous avez

enrichi des monstres, des gens qui veulent vous ravir l'honneur. J'ai porté cela chez un brave homme, un avoué qui connaît ce Fraisier, et il dit que vous devez punir tant de scélératesse en acceptant le procès et qu'ils reculeront... Lisez. »

Et cet imprudent ami donna l'assignation envoyée à Schmucke, cité Bordin. Schmucke prit le papier, le lut, et en se voyant traité comme il l'était, ne comprenant rien aux gentillesses de la procédure, il reçut un coup mortel. Ce gravier lui boucha le cœur. Topinard reçut Schmucke dans ses bras; ils étaient alors tous deux sous la porte cochère du notaire. Une voiture vint à passer, Topinard y fit entrer le pauvre Allemand, qui subissait les douleurs d'une congestion séreuse au cerveau. La vue était troublée; mais le musicien eut encore la force de tendre l'argent à Topinard. Schmucke ne succomba point à cette première attaque, mais il ne recouvra point la raison; il ne faisait que des mouvements sans conscience; il ne mangea point; il mourut en dix jours sans se plaindre, car il ne parla plus. Il fut soigné par Mme Topinard, et fut obscurément enterré côte à côte avec Pons, par les soins de Topinard, la seule personne qui suivit le convoi de ce fils de l'Allemagne.

Fraisier, nommé juge de paix, est très intime dans la maison du président, et très apprécié par la présidente, qui n'a pas voulu lui voir épouser *la fille à Tabareau ;* elle promet infiniment mieux que cela à l'habile homme à qui, selon elle, elle doit non seulement l'acquisition des prairies de Marville et le cottage, mais encore l'élection de M. le président, nommé député à la réélection générale de 1846[1].

Tout le monde désirera sans doute savoir ce qu'est devenue l'héroïne de cette histoire, malheureusement trop véridique dans ses détails, et qui, superposée à la précédente, dont elle est la sœur jumelle, prouve que la grande force sociale est le caractère. Vous devinez, ô amateurs, connaisseurs et marchands, qu'il s'agit de la collection de Pons ! Il suffira d'assister à une conversation tenue chez le comte Popinot, qui montrait, il y a peu de jours, sa magnifique collection à des étrangers.

« Monsieur le comte, disait un étranger de distinction, vous possédez des trésors !

— Oh ! milord, dit modestement le comte Popinot,

en fait de tableaux, personne, je ne dirai pas à Paris, mais
en Europe, ne peut se flatter de rivaliser avec un inconnu,
un Juif nommé Élie Magus, vieillard maniaque, le chef des
tableaumanes. Il a réuni cent et quelques tableaux qui sont
à décourager les amateurs d'entreprendre des collections.
La France devrait sacrifier sept à huit millions et acquérir
cette galerie à la mort de ce richard... Quant aux curiosités, ma collection est assez belle pour qu'on en parle...

— Mais comment un homme aussi occupé que vous
l'êtes, dont la fortune primitive a été si loyalement gagnée
dans le commerce...

— De drogueries, dit Popinot, a pu continuer à se
mêler de drogues...

— Non, reprit l'étranger, mais où trouvez-vous le
temps de chercher ? Les curiosités ne viennent pas à vous...

— Mon père avait déjà, dit la vicomtesse Popinot, un
noyau de collection, il aimait les arts, les belles œuvres ;
mais la plus grande partie de ses richesses vient de moi !

— De vous ! madame ?... si jeune ! vous aviez ces
vices-là », dit un prince russe.

Les Russes sont tellement imitateurs, que toutes les
maladies de la civilisation se répercutent chez eux. La
bricabracomanie fait rage à Pétersbourg, et par suite du
courage naturel à ce peuple, il s'ensuit que les Russes ont
causé dans l'*article,* dirait[a] Rémonencq, un renchérisse-
ment de prix qui rendra les collections impossibles. Et
ce prince était à Paris uniquement pour collectionner.

« Prince, dit la vicomtesse, ce trésor m'est échu par
succession d'un cousin qui m'aimait beaucoup et qui
avait passé quarante et quelques années, depuis 1805, à
ramasser dans tous les pays, et principalement en Italie,
tous ces chefs-d'œuvre...

— Et comment l'appelez-vous ? demanda le milord.

— Pons ! dit le président Camusot.

— C'était un homme charmant, reprit la présidente
de sa petite voix flûtée, plein d'esprit, original, et avec
cela beaucoup de cœur. Cet éventail que vous admirez,
milord, et qui est celui de Mme de Pompadour, il me l'a
remis un matin en me disant un mot charmant que vous
me permettrez de ne pas répéter... »

Et elle regarda sa fille.

« Dites-nous le mot, demanda le prince russe, madame
la vicomtesse.

— Le mot vaut l'éventail !... reprit la vicomtesse dont le mot était stéréotypé. Il a dit à ma mère qu'il était bien temps que ce qui avait été dans les mains du vice restât dans les mains de la vertu. »

Le milord regarda Mme Camusot de Marville d'un air de doute extrêmement flatteur pour une femme si sèche.

« Il dînait trois ou quatre fois par semaine chez moi, reprit-elle, il nous aimait tant ! nous savions l'apprécier, les artistes se plaisent avec ceux qui goûtent leur esprit. Mon mari était d'ailleurs son seul parent. Et quand cette succession est arrivée à M. de Marville, qui ne s'y attendait nullement, M. le comte a préféré acheter tout en bloc plutôt que de voir vendre cette collection à la criée ; et nous aussi nous avons mieux aimé la vendre ainsi, car il est si affreux de voir disperser de belles choses qui avaient tant amusé ce cher cousin. Élie Magus fut alors l'appréciateur, et c'est ainsi, milord, que j'ai pu avoir le cottage bâti par votre oncle, et où vous nous ferez l'honneur de venir nous voir. »

Le caissier du théâtre, dont le privilège cédé par Gaudissard a passé depuis un an dans d'autres mains, est toujours M. Topinard ; mais M. Topinard est devenu sombre, misanthrope, et parle peu ; il passe pour avoir commis un crime, et les mauvais plaisants du théâtre prétendent que son chagrin vient d'avoir épousé Lolotte. Le nom de Fraisier cause un soubresaut à l'honnête Topinard. Peut-être trouvera-t-on singulier que la seule âme digne de Pons se soit trouvée dans le troisième dessous d'un théâtre des boulevards.

Mme Rémonencq, frappée de la prédiction de Mme Fontaine, ne veut pas se retirer à la campagne, elle reste dans son magnifique magasin du boulevard de la Madeleine, encore une fois veuve. En effet, l'Auvergnat, après s'être fait donner par contrat de mariage les biens au dernier vivant, avait mis à portée de sa femme un petit verre de vitriol, comptant sur une erreur, et sa femme, dans une intention excellente, ayant mis ailleurs le petit verre, Rémonencq l'avala. Cette fin, digne de ce scélérat, prouve en faveur de la Providence[1] que les peintres de mœurs sont accusés d'oublier, peut-être à cause des dénouements de drames qui en abusent.

Excusez les fautes du copiste[a] !

Paris, juillet 1846 — mai 1847[b].

UN HOMME D'AFFAIRES

INTRODUCTION

« *L'affaire Hetzel s'est si gâtée qu'il faut payer, et ne jamais voir ce drôle-là. C'est, à la lettre, un fou*[1] », écrira Balzac à Mme Hanska le 10 juin 1846. Et pourtant... Désastre du sentiment par son épilogue, l'amitié entre Hetzel et Balzac aura été de conséquence pour la littérature. Née de riens, de quelques broutilles commandées en 1840 à l'auteur des Scènes de la vie privée *par le producteur de* La Vie privée des animaux, *cette amitié devait avoir pour résultat, deux ans plus tard, la mise en route de* La Comédie humaine *qui, sans l'enthousiasme d'Hetzel, n'aurait peut-être jamais été réalisée. De plus, lorsqu'il lança* Le Diable à Paris *pour lequel il commandait à partir de la fin de 1843 de nouvelles broutilles à Balzac, Hetzel lui tendit alors de ces petites branches qui empêchent de couler. Car fatigué, démoralisé, déjà malade, Balzac commençait à produire moins et plus difficilement. Sans les petits riens du* Diable à Paris, *dont la conception demandait si peu d'efforts, Balzac aurait bien peu créé en 1844, et surtout bien peu achevé, lui qui commençait tout et ne finissait plus rien.*

Certains de ces riens deviendront importants, ainsi Les Comédiens sans le savoir, *rassemblement de riens; ainsi les* Petites misères de la vie conjugale, *nées de* Ce qui plaît aux Parisiennes, *un simple article pour le premier volume du* Diable à Paris. *Certains deviendront immenses, ainsi* Les Parents pauvres, *le dernier chef-d'œuvre, issu du dédoublement d'une greffe de l'*Histoire d'un parent pauvre[2], *projet de 1844, sur plusieurs projets de la même année pour* Le Diable

---

1. *Lettres à Mme Hanska*, t. III, p. 202.
2. Voir mon édition du *Cousin Pons*, Garnier, 1974, p. XIV-XX.

à Paris : Les Boulevards de Paris, Ce qu'on peut voir
en dix minutes sur le boulevard des Italiens *et* Les
Comédies qu'on peut voir gratis à Paris. *Certains n'auront
même pas d'existence. Certains enfin resteront des riens,
publiés dans* Le Diable à Paris, *ainsi* Gaudissart II, *ou
même ailleurs.* Un homme d'affaires *est de ceux-là : huit
pages, intitulées* Les Roueries d'un créancier, *revendues par
Hetzel au* Siècle *où elles paraîtront après deux autres laissés-
pour-compte du* Diable à Paris, *comme troisième partie d'une
suite nommée* Études de mœurs, *phénix nain renaissant de
grandes cendres.*

Huit pages, mais drôles. Ces Roueries d'un créancier
*étaient l'école buissonnière du débiteur émérite peinant alors
sur* Le Grand Artiste, *les futurs* Petits Bourgeois, *qu'il
n'achèvera jamais; peinant sur* Ce qui plaît aux Parisiennes
*qu'il ne peut toujours pas finir[1] depuis près d'un mois que
cet article est commandé. Une école buissonnière de quelques
heures :* « Ce matin, j'ai beaucoup travaillé [...], *écrit Balzac
à Mme Hanska le 4 janvier 1844, et j'ai fait une petite nouvelle intitulée* Les Roueries d'un créancier[2]. » *C'est sûrement
vrai car, dès le lendemain, il la propose à Hetzel.*

« *C'est une bluette* », *juge Balzac le 9 janvier[3]. Une bluette
de serre parisienne, de boudoir d'une* « Aspasie du cirque Olympique ». *Une bluette qui raconte une historiette et qui, en ceci,
s'écarte du genre* Diable à Paris, *donnant dans le descriptif
piquant plus que dans l'anecdote. Hetzel, qui donne, lui,
dans le genre magister, renvoie sa copie à l'élève Balzac avec ses
observations :* « Mon cher Balzac, il faudrait pouvoir trouver
moyen de faire de ceci une histoire qui n'ait pas l'air d'avoir
précisément été faite pour autre chose que mon livre. Cela me
paraît très possible et m'en chargerai [sic], si vous ne pouvez
vous en charger[4]. » *Puis, comme Balzac lui annonce qu'il a
été* « bien malade — au point de penser à une consultation des
4 1ers médecins de Paris[5] », *Hetzel en profite, s'autorise, et,*

1. *Lettres à Mme Hanska,* t. II, p. 331.
2. *Ibid.*
3. *Ibid.,* p. 335.
4. *Correspondance,* t. IV, p. 669.
5. *Ibid.,* p. 670.

le 3 février, met Balzac devant le fait accompli : « J'ai retouché le prologue[1]. » De fait, il y aura entre le manuscrit des Roueries d'un créancier *et* Les Roueries d'un créancier *publiées, parmi d'autres différences et additions, celle d'un « prologue » d'une vingtaine de lignes. Mais d'où vint le reste ? D'où* Les Roueries d'un créancier *?*

« *Il eût été intéressant de pouvoir donner quelques précisions sur les sources de ce récit qui semble bien une histoire vraie. Nous n'en avons aucune », constate Maurice Bardèche, qui récuse les souvenirs trop lointains du clerc de Me Guillonet-Merville et se demande si, Balzac se trouvant en 1844 « en relations avec Vidocq, alors directeur d'une officine spécialisée dans le recouvrement des créances », ce n'est pas « plutôt dans cette direction qu'il faudrait chercher ? Mais les dossiers de l'agence Vidocq, dépouillés par Jean Savant, n'ont pas encore révélé que Vidocq ait été amené à utiliser dans une circonstance analogue la particularité du Code qui sert de base à l'opération racontée par Balzac[2]. » Cette direction était, en effet, intéressante. Car en tout temps, naguère comme chef de la Sûreté, alors comme directeur d'un « Bureau de renseignements dans l'intérêt du commerce », Vidocq faisait un usage efficace et privilégié de l'art de se travestir, dont Balzac a pu tirer la chute de son récit, où l'on voit qu'un simple déguisement assorti d'un emprunt d'identité permet à un créancier de se faire payer par un débiteur chevronné. Mais, ces roueries mises à part, le paiement s'opère de la façon la plus banale et aucune « particularité du Code » ne « sert de base à l'opération ». Si l'avoué Desroches se réfère au Code (« on a droit, aux termes de la loi, d'opérer une confusion des deux qualités de créancier et de débiteur ») la disposition légale évoquée ne jouait aucun rôle dans le récit. Et pour cause : c'est seulement pour l'édition de* La Comédie humaine *que Balzac ajouta ce passage, sans doute pour meubler son texte.*

Semblable au « meuble-meublant » qui sert à garnir le bureau de l'agence Claparon, cet ajout fort technique suggère

---

1. *Correspondance*, t. IV, p. 672.
2. Balzac, *Œuvres complètes*, Club de l'Honnête Homme, 2e édition, 1969, t. X, p. 14.

cependant une autre voie pour découvrir l'origine d'un récit essentiellement bâti sur les souvenirs d'un avoué. Bâti, on l'a vu, dans la seule matinée du 4 janvier 1844, Or, la veille même, comme nous l'apprend sa lettre du 2 janvier à l'avoué Picard, Balzac avait une conférence avec deux avoués : Gavault, son conseil depuis 1840, et Picard, le successeur de Gavault. Les trois hommes devaient débattre des affaires Loquin et David, affaires passablement embrouillées dans lesquelles, justement, Balzac avait les deux qualités de créancier (de David) et de débiteur (de Loquin)[1]. Il est tentant d'imaginer qu'au cours de cette soirée, les deux avoués, aiguillonnés par Balzac, aient, à la façon de Desroches, évoqué leurs souvenirs et rapporté des anecdotes réelles ou apocryphes de leur métier, parmi lesquelles Balzac retenait celle qui deviendrait, dès le lendemain, LES ROUERIES D'un créancier, et sur laquelle il grefferait plus tard une parenthèse technique remontée du souvenir de la même conférence. L'intérêt de l'hypothèse n'est pas de détecter l'origine d'une petite aventure qui ressemble plus à un conte de dessert qu'à une histoire vraie, mais de voir en action, dans le cas de certaines œuvres mineures, la virtuosité de la conception chez Balzac. Car une anecdote fournie par une plaisanterie d'avoués n'a certainement pas fourni tout le fonds du récit.

Outre un emprunt vraisemblable à Vidocq, Balzac a surtout peuplé l'anecdote de personnages diversifiés et, notamment, du principal : Cérizet. Personnage bien adapté au récit, mais bien adapté à partir d'une réalité. Placé dans le cadre exigu d'Un homme d'affaires, le portrait de Cérizet n'a jamais suscité de curiosité. Il proposait pourtant une ressemblance d'une suffisante netteté avec un homme bien connu de Balzac, Victor Bohain.

La vie de Victor Bohain (1804-1856) présentait la plupart des aspects accumulés dans la brève biographie de Cérizet que tracent les convives de Malaga. D'abord le journalisme d'opposition de gauche sous la Restauration, ce « journalisme plaisant et cynique » au service d'un libéralisme qu'il « mépri-

---

1. *Correspondance,* t. IV, p. 660 et à la Bibliothèque Lovenjoul le dossier A 255.

sait au fond[1] » et qui valut à Bohain, pour avoir endossé par
sa signature la responsabilité d'articles virulents du Figaro,
des poursuites acharnées, six mois de prison[2], une réputation
de courage et une illustration à bon marché. Puis le jeu trop
habile d'une activité qui lui procura d'abord une fortune destinée à sombrer, comme celle de Cérizet, et cela au même moment,
vers la fin de la Restauration ; la jolie préfecture donnée par
Guizot[3], comme celle de Cérizet aussi, à cet homme ruiné
au lendemain même de Juillet : de cette préfecture, Bohain dut
partir avant les trois mois que Balzac accorde à Cérizet,
« à cause d'une infinité de lettres de change protestées », selon
le témoignage de Mérimée[4], et pour avoir amené avec lui « trois
femmes de mœurs légères [qu'il] fit passer pour sa femme, sa
sœur et sa belle-sœur[5] ». Notons encore le manque de scrupules
qu'il manifesta, notamment en lançant de fausses actions du
Figaro dont les titres « de couleur bleue ou rose » étaient « dépourvus de toute valeur », selon l'avis placardé par Latouche dans
ce journal[6]. Et aussi le passage, « in petto[7] », aux gages du
gouvernement de Juillet[8], après une reddition monnayée[9] par un
envoyé de cette police avec laquelle, au moins d'après le premier
jet du récit, Cérizet paraît lui-même avoir eu des accointances ; l'affairisme douteux qu'il déploya sans cesse et qui
devait le conduire à quelques banqueroutes frauduleuses, notamment en 1839 où il dut même s'exiler quelque temps à Londres,
après nombre d'associations aussi malheureuses que celles de
Cérizet (par exemple avec Delloye et Lecou pour « l'exploitation des œuvres de Balzac » en novembre 1836) ; les gérances
équivoques et vouées à de régulières déconfitures, en particulier dans
des affaires de théâtre dont il connaissait aussi bien les coulisses
et les figurantes que Cérizet ; les idées de commandites en tous
genres, comme celle qu'il envisageait en 1833 pour lancer l'idée

1. Rémusat, *Mémoires de ma vie* (publiés et annotés par Ch. Pou-
thas), t. III, p. 14.
2. Archives nationales, BB [18] 1216. dossier 9400.
3. Rémusat, *op. cit.*, t. II, note de la page 311.
4. Mérimée, *Correspondance générale*, t. I, p. 91.
5. L.-J. Arrigon, *Les Années romantiques de Balzac*, p. 262.
6. F. Ségu, *Le Premier Figaro*, p. 36-37.
7. *Un homme d'affaires*, p. 781.
8. Rémusat, *op. cit.*, t. III, p. 190.
9. F. Ségu, *H. de Latouche*, p. 494.

de Balzac d'une société d'édition à bon marché par système d'abonnements; les inventions de toutes sortes, dont l'une devait agacer prodigieusement Girardin, ainsi qu'en témoignent les sarcasmes d'une lettre à Balzac en mars 1834 sur « l'idée des Cabinets de lecture à 1 fr. par mois, dont MM. Bohain et Cie se prétendent les inventeurs[1] », et a pu donner l'idée du cabinet de lecture de la demoiselle Chocardelle; les ruines à répétition; un dandysme d'habitué de cabarets et de coulisses[2].

Finalement, pour Bohain comme pour Cérizet, ce fut la déconsidération générale : « Savez-vous quel renom il a ? demandait Zulma Carraud à Balzac le 11 novembre 1833, [...] Avez-vous bien mûri votre projet d'association et savez-vous le sort d'une signature accolée à la sienne[3] ? » Vivant alors à Angoulême, Zulma se trouvait particulièrement au courant, car la jolie préfecture où Bohain avait fait un passage si éphémère et scandaleux était précisément celle d'Angoulême. Angoulême, d'où était arrivé Cérizet pour sa première apparition dans Illusions perdues... Tardivement, Cérizet apportait une réponse à l'interrogation de Zulma. Mais Balzac en avait déjà donné une première, bien des années auparavant, et dans l'œuvre même qu'il avait dédiée à sa perspicace amie, La Maison Nucingen, avec le personnage de Couture, premier associé de Claparon, préfet éphémère et affairiste marron. Si Couture fait double emploi avec Cérizet dans La Comédie humaine, c'est probablement parce qu'il avait la même origine. Bohain, l'affairiste réel, offrait assez d'étoffe pour habiller deux « hommes d'affaires » romanesques, et il représentait abondamment ce type de parasite du journalisme politique et des structures inférieures de l'industrie et du commerce, de l'escompte et de la commandite, qu'avaient engendré les tourbillons politiques et les conditions malsaines d'une économie en pleine mutation, fondée sur la rareté de la circulation fiduciaire et du crédit.

Une autre constatation intéressante à propos de cette « bluette »

1. *Correspondance*, t. II, p. 480.
2. Gaboriau, *L'Ancien Figaro*, chapitre « Le Figaro et Victor Bohain ».
3. *Correspondance*, t. II, p. 410.

touche à la vision globale, claire à distance, que Balzac avait
de ses œuvres et de leurs développements interférents. L'école
buissonnière du 4 janvier 1844 marquait non seulement une
évasion hors de la rédaction du Grand Artiste, mais le début
d'un arrêt de plusieurs semaines de cette rédaction. Or, cet
arrêt intervenait une dizaine de chapitres avant que ne soit
évoquée dans ce récit l'association de Cérizet et de Claparon : Les Rouleries d'un créancier prouvent que Balzac
avait prévu dès le moment de leur rédaction, et donc avec plusieurs
semaines d'avance, la péripétie de cette association qui aura des
conséquences sur l'intrigue des Petits Bourgeois.

M. Bardèche reproche à ce récit d'être rattaché de façon
« assez artificielle » et « arbitraire » à La Comédie humaine :
« Il n'échappe à personne que l'aventure aurait pu arriver à
n'importe quel autre mauvais payeur avec n'importe quels
autres agents d'affaires et qu'elle eût pu être contée par un tout
autre narrateur[1]. » S'agissant de construction romanesque,
l'histoire de la rédaction des Petits Bourgeois et des Rouleries
d'un créancier contredit ce jugement. Pour ce qui concerne
les personnages, il semble encore moins fondé. L'idiosyncrasie
déjà établie des caractères donne de l'épaisseur à chaque prota-
goniste, et leur passé donne du trait à chaque allusion. Il importe
que le mauvais payeur soit Maxime de Trailles, que les agents
d'affaires soient Cérizet et Claparon, et que le narrateur soit
l'avoué Desroches. Comme il importe que l'un des auditeurs
au souper soit Bixiou : lui seul peut saisir le sel d'une anecdote
concernant le second associé de Claparon après avoir goûté déjà
celle qui concernait le premier au cours d'un autre souper bien
connu des lecteurs de La Maison Nucingen.

Ces personnages reparaissants permettent, en outre, de faire
le point sur l'évolution de Balzac et, notamment, sur la mauvaise passe qu'il traverse en 1844. Dans La Maison Nucingen,
écrite en 1837, il était déjà question d'hommes d'affaires, mais
il s'agissait de spéculations d'envergure. Convive des deux soupers, Bixiou aide à voir qu'en 1844, Balzac vise moins haut
et ne donne que de la petite monnaie. Desroches et Maxime de
Trailles ne sont pas moins révélateurs. Car Maxime est un

---

1. *Op. cit.*, p. 15.

vieil habitué des tours de passe-passe avec la Dette. Dès 1835, Balzac lui avait fait endosser la paternité des virtuosités d'un débiteur contées dans Gobseck. *Trailles était alors l'amant d'Anastasie de Restaud. Et c'était, déjà, un avoué qui contait ses turpitudes. Mais il s'agissait de turpitudes de haute volée et l'avoué était un grand avoué, Derville.*

Dans Un homme d'affaires, *l'avoué n'est plus que Desroches, modèle réduit d'avoué qui ne connaît plus de son métier que les finasseries. Quant à Maxime de Trailles, il n'est plus que l'amant d'Antonia, née Chocardelle; il ne ruine plus le faubourg Saint-Germain : diminué, rogné, il se fait rouler pour une belle fille à tout le monde et un cabinet de lecture de la rue Coquenard. Seuls Maxime de Trailles et Desroches pouvaient nous révéler la fatigue de Balzac. L'assombrissement de sa vision aussi, ses illusions perdues sur le monde et les hommes.*

ANNE-MARIE MEININGER.

UN HOMME D'AFFAIRES[a]

À MONSIEUR LE BARON
JAMES ROTHSCHILD,
Consul général d'Autriche à Paris, Banquier[b1].

Lorette est un mot décent inventé pour exprimer l'état d'une fille ou la fille d'un état difficile à nommer, et que, dans sa pudeur, l'Académie française a négligé de définir, vu l'âge de ses quarante membres[c2]. Quand un nom nouveau répond à un cas social qu'on ne pouvait pas dire sans périphrases, la fortune de ce mot est faite. Aussi *la Lorette* passa-t-elle dans toutes les classes de la société, même dans celles où ne passera jamais une Lorette[3]. Le mot ne fut fait qu'en 1840, sans doute à cause de l'agglomération de ces nids d'hirondelles autour de l'église dédiée à Notre-Dame-de-Lorette. Ceci n'est écrit que pour les étymologistes. Ces messieurs ne seraient pas tant embarrassés si les écrivains du Moyen Âge avaient pris le soin de détailler les mœurs, comme nous le faisons dans ce temps d'analyse et de description[d]. Mlle Turquet, ou Malaga[4], car elle est beaucoup plus connue sous son nom de guerre (voir *La Fausse Maîtresse*[e]), est l'une des premières paroissiennes de cette charmante église. Cette joyeuse et spirituelle fille, ne possédant que sa beauté pour fortune, faisait, au moment où cette histoire se conta, le bonheur d'un notaire qui trouvait dans sa notaresse une femme un peu trop dévote, un peu trop raide, un peu trop sèche pour trouver le bonheur au logis. Or, par une soirée de carnaval, Me Cardot[f] avait régalé, chez Mlle Turquet, Desroches l'avoué[g], Bixiou le caricaturiste[h], Lousteau le feuilletoniste,

Nathan, dont les noms illustres dans *La Comédie humaine*[1]
rendent superflue toute espèce de portrait, le jeune La
Palférine, dont le titre de comte de vieille roche, roche
sans aucun filon de métal, hélas! avait honoré de sa présence le domicile illégal du notaire[a]. Si l'on ne dîne pas
chez une Lorette pour y manger le bœuf patriarcal, le
maigre poulet de la table conjugale et la salade de
famille, l'on n'y tient pas non plus les discours hypocrites qui ont cours dans un salon meublé de vertueuses
bourgeoises. Ah! quand les bonnes mœurs seront-elles
attrayantes? Quand les femmes du grand monde mon-
treront-elles un peu moins leurs épaules et un peu plus
de bonhomie ou d'esprit? Marguerite Turquet, l'Aspasie
du Cirque Olympique[2], est une de ces natures franches et
vives à qui l'on pardonne tout à cause de sa naïveté dans
la faute et de son esprit dans le repentir, à qui l'on dit,
comme Cardot assez spirituel quoique notaire pour le
dire : « Trompe-moi bien! » Ne croyez pas néanmoins
à des énormités. Desroches et Cardot étaient deux trop
bons enfants et trop vieillis dans le métier pour ne pas
être de plain-pied avec Bixiou, Lousteau, Nathan et le
jeune comte. Et ces messieurs, ayant eu souvent recours
aux deux officiers ministériels, les connaissaient trop
pour, en style lorette, les *faire poser*. La conversation,
parfumée des odeurs de sept[3] cigares, fantasque d'abord
comme une chèvre en liberté, s'arrêta sur la stratégie
que crée à Paris la bataille incessante qui s'y livre entre
les créanciers et les débiteurs. Or, si vous daignez vous
souvenir de la vie et des antécédents des convives[b],
vous eussiez difficilement trouvé dans Paris des gens plus
instruits en cette matière : les uns émérites, les autres
artistes, ils ressemblaient à des magistrats riant avec des
justiciables. Une suite de dessins faits par Bixiou[c] sur
Clichy[d][4] avait été la cause de la tournure que prenait le
discours. Il était minuit. Ces personnages, diversement
groupés dans le salon autour d'une table et devant le
feu, se livraient à ces charges qui non seulement ne sont
compréhensibles et possibles qu'à Paris, mais encore
qui ne se font et ne peuvent être comprises que dans la
zone décrite par le faubourg Montmartre et par la rue
de la Chaussée d'Antin, entre les hauteurs de la rue de
Navarin et la ligne des boulevards.

En dix minutes, les réflexions profondes, la grande

et la petite morale, tous les quolibets furent épuisés sur ce sujet, épuisé déjà vers 1500 par Rabelais[1]. Ce n'est pas un petit mérite que de renoncer à ce feu d'artifice terminé par cette dernière fusée due à Malaga.

« Tout ça tourne au profit des bottiers, dit-elle. J'ai quitté une modiste qui m'avait manqué deux chapeaux. La rageuse est venue vingt-sept fois me demander vingt francs. Elle ne savait pas que nous n'avons jamais vingt francs. On a mille francs, on envoie chercher cinq cents francs chez son notaire; mais vingt francs, je ne les ai jamais eus. Ma cuisinière et[2] ma femme de chambre ont peut-être vingt francs à elles deux. Moi, je n'ai que du crédit, et je le perdrais en empruntant vingt francs[3]. Si je demandais vingt francs, rien ne me distinguerait plus de mes *confrères,* qui se promènent sur le boulevard[a].

— La modiste est-elle payée ? dit La Palférine.

— Ah çà! deviens-tu bête, toi ? dit-elle à La Palférine en clignant, elle est venue ce matin pour la vingt-septième fois, voilà pourquoi je vous en parle.

— Comment avez-vous fait ? dit Desroches.

— J'ai eu pitié d'elle, et... je lui ai commandé le petit chapeau que j'ai fini par inventer pour sortir des formes connues. Si Mlle Amanda réussit, elle ne me demandera plus rien : sa fortune est faite.

— Ce que j'ai vu de plus beau dans ce genre de lutte, dit Me Desroches, peint, selon moi, Paris, pour des gens qui le pratiquent, beaucoup mieux que tous les tableaux où l'on peint toujours un Paris fantastique. Vous croyez être bien forts, vous autres, dit-il en regardant Nathan et Lousteau, Bixiou et La Palférine; mais le roi, sur ce terrain, est un certain comte qui maintenant s'occupe de faire une fin[b], et qui, dans son temps, a passé pour le plus habile, le plus adroit, le plus renaré[4], le plus instruit, le plus hardi, le plus subtil, le plus ferme, le plus prévoyant de tous les corsaires à gants jaunes, à cabriolet, à belles manières qui naviguèrent, naviguent et navigueront sur la mer orageuse de Paris. Sans foi ni loi, sa politique privée a été dirigée par les principes qui dirigent[c] celle du cabinet anglais. Jusqu'à son mariage, sa vie fut une guerre continuelle comme celle de... Lousteau, dit-il. J'étais et suis encore son avoué.

— Et la première lettre de son nom est Maxime de Trailles, dit La Palférine[d].

— Il a d'ailleurs tout payé, n'a fait de tort à personne, reprit Desroches; mais, comme le disait tout à l'heure notre ami Bixiou, payer en mars ce qu'on ne veut payer qu'en octobre est un attentat à la liberté individuelle. En vertu d'un article de son code particulier, Maxime considérait comme une escroquerie la ruse qu'un de ses créanciers employait pour se faire payer immédiatement. Depuis longtemps, la lettre de change avait été comprise par lui dans toutes ses conséquences immédiates et médiates. Un jeune homme appelait, chez moi, devant lui, la lettre de change : " Le pont-aux-ânes! — Non, dit-il, c'est le pont-des-soupirs[1], on n'en revient pas. " Aussi sa science en fait de jurisprudence commerciale était-elle si complète qu'un agréé ne lui aurait rien appris. Vous savez qu'alors il ne possédait rien, sa voiture, ses chevaux étaient loués, il demeurait chez son valet de chambre[2], pour qui, dit-on, il sera toujours un grand homme, même après le mariage qu'il veut faire[a3]! Membre de trois clubs, il y dînait quand il n'avait aucune invitation en ville. Généralement il usait peu de son domicile...

— Il m'a dit, à moi, s'écria La Palférine en interrompant Desroches : " Ma seule fatuité, c'est de prétendre que je demeure rue Pigalle. "

— Voilà l'un des deux combattants, reprit Desroches, maintenant voici l'autre. Vous avez entendu plus ou moins parler d'un certain Claparon...

— Il avait les cheveux comme ça », s'écria Bixiou en ébouriffant sa chevelure.

Et, doué du même talent que Chopin le pianiste possède à un si haut degré pour contrefaire les gens[4], il représenta le personnage à l'instant avec une effrayante vérité.

« Il roule ainsi sa tête en parlant, il a été commis voyageur, il a fait tous les métiers...

— Eh bien, il est né pour voyager, car il est, à l'heure où je parle, en route pour l'Amérique, dit Desroches. Il n'y a plus de chance que là pour lui, car il sera probablement condamné par contumace pour banqueroute frauduleuse à la prochaine session.

— Un homme à la mer! cria Malaga.

— Ce Claparon, reprit Desroches, fut pendant six à sept ans le paravent, l'homme de paille, le bouc émissaire de deux de nos amis, Du Tillet et Nucingen[b]; mais en 1829, son rôle fut si connu que...

— Nos amis l'ont lâché, dit Bixiou.

— Enfin ils l'abandonnèrent[a] à sa destinée; et, reprit Desroches, il roula dans la fange. En 1833, il s'était associé pour faire des affaires avec un nommé Cérizet...

— Comment! celui qui, lors des entreprises en commandite[1], en fit une si gentiment combinée que la Sixième Chambre l'a foudroyé par deux ans de prison? demanda la lorette.

— Le même, répondit Desroches. Sous la Restauration, le métier de ce Cérizet consista, de 1823 à 1827, à signer intrépidement les articles poursuivis avec acharnement par le Ministère public, et d'aller en prison. Un homme s'illustrait alors à bon marché. Le parti libéral appela son champion départemental LE COURAGEUX CÉRIZET. Ce zèle fut récompensé, vers 1828, par *l'intérêt général*. L'intérêt général était une espèce de couronne civique décernée par les journaux. Cérizet voulut escompter l'intérêt général; il vint à Paris, où, sous le patronage des banquiers de la Gauche[b], il débuta par une agence d'affaires, entremêlée d'opérations de banque, de fonds prêtés par un homme qui s'était banni lui-même, un joueur trop habile, dont les fonds, en juillet 1830, ont sombré de compagnie avec le vaisseau de l'État...

— Eh! c'est celui que nous avions surnommé la Méthode des cartes..., s'écria Bixiou.

— Ne dites pas de mal de ce pauvre garçon, s'écria Malaga. D'Estourny était un bon enfant[c]!

— Vous comprenez le rôle que devait jouer en 1830 un homme ruiné qui se nommait, politiquement parlant, le Courageux Cérizet! Il fut envoyé dans une très jolie sous-préfecture, reprit Desroches. Malheureusement pour Cérizet, le pouvoir n'a pas autant d'ingénuité qu'en ont les partis, qui, pendant la lutte, font projectile de tout. Cérizet fut obligé de donner sa démission après trois mois d'exercice! Ne s'était-il pas avisé de vouloir être populaire? Comme il n'avait encore rien fait pour perdre son titre de noblesse (le Courageux Cérizet!), le Gouvernement lui proposa, comme indemnité, de devenir gérant d'un journal d'Opposition qui serait ministériel *in petto*[d]. Ainsi ce fut le Gouvernement qui dénatura ce beau caractère. Cérizet se trouvant un peu trop, dans sa gérance, comme un oiseau sur une branche pourrie, se lança dans cette gentille commandite où le malheureux a, comme vous venez de le dire, attrapé deux ans de prison, là où de plus habiles ont attrapé le public.

— Nous connaissons les plus habiles, dit Bixiou, ne médisons pas de ce pauvre garçon, il est pipé[1]! Couture se laisser pincer sa caisse, qui l'aurait jamais cru[a]!

— Cérizet est d'ailleurs un homme ignoble, et que les malheurs d'une débauche de bas étage ont défiguré, reprit Desroches. Revenons au duel promis! Donc, jamais deux industriels de plus mauvais genre, de plus mauvaises mœurs, plus ignobles de tournure, ne s'associèrent pour faire un plus sale commerce. Comme fonds de roulement, ils comptaient cette espèce d'argot que donne la connaissance de Paris, la hardiesse que donne la misère, la ruse que donne l'habitude des affaires, la science que donne la mémoire des fortunes parisiennes, de leur origine, des parentés, des accointances et des valeurs intrinsèques de chacun. Cette association de deux *carotteurs,* passez-moi ce mot, le seul qui puisse, dans l'argot de la Bourse, vous les définir, fut de peu de durée. Comme deux chiens affamés, ils se battirent à chaque charogne[b]. Les premières spéculations de la maison Cérizet et Claparon furent cependant assez bien entendues. Ces deux drôles s'abouchèrent avec les Barbet, les Chaboisseau, les Samanon et autres usuriers, auxquels ils achetèrent des créances désespérées. L'agence Claparon siégeait alors dans un petit entresol de la rue Chabanais, composé de cinq pièces et dont le loyer ne coûtait pas plus de sept cents francs. Chaque associé couchait dans une chambrette qui, par prudence, était si soigneusement close, que mon maître-clerc n'y put jamais pénétrer. Les bureaux se composaient d'une antichambre, d'un salon et d'un cabinet dont les meubles n'auraient pas rendu trois cents francs à l'hôtel des commissaires priseurs. Vous connaissez assez Paris pour voir la tournure des deux pièces officielles : des chaises foncées de crin, une table à tapis en drap vert, une pendule de pacotille entre deux flambeaux sous verre qui s'ennuyaient devant une petite glace à bordure dorée, sur une cheminée dont les tisons étaient, selon un mot de mon maître-clerc, âgés de deux hivers! Quant au cabinet, vous le devinez : beaucoup plus de cartons que d'affaires!... un cartonnier vulgaire pour chaque associé; puis, au milieu, le secrétaire à cylindre, vide comme la caisse!

deux fauteuils de travail de chaque côté d'une cheminée à feu de charbon de terre. Sur le carreau, s'étalait un tapis d'occasion, comme les créances. Enfin, on voyait ce meuble-meublant[1] en acajou qui se vend dans nos études depuis cinquante ans de prédécesseur à successeur. Vous connaissez maintenant chacun des deux adversaires. Or, dans les trois premiers mois de leur association, qui se liquida par des coups de poing au bout de sept mois, Cérizet et Claparon achetèrent deux mille francs d'effets signés Maxime (puisque Maxime il y a), et remboursérés de deux dossiers (jugement, appel, arrêt, exécution, référé), bref une créance de trois mille deux cents francs et des centimes qu'ils eurent pour cinq cents francs par un transport sous signature privée, avec procuration spéciale pour agir, afin d'éviter les frais[2]... Dans ce temps-là, Maxime, déjà mûr, eut l'un de ces caprices particuliers aux quinquagénaires...

« Antonia! s'écria La Palférine. Cette Antonia dont la fortune a été faite par une lettre où je lui réclamais une brosse à dents[3]!

— Son vrai nom eſt Chocardelle, dit Malaga que ce nom prétentieux importunait.

— C'eſt cela, reprit Desroches.

— Maxime n'a commis que cette faute-là dans toute sa vie; mais, que voulez-vous ?... le Vice n'eſt pas parfait! dit Bixiou.

— Maxime ignorait encore la vie qu'on mène avec une petite fille de dix-huit ans, qui veut se jeter la tête la première par son honnête mansarde, pour tomber dans un somptueux équipage, reprit Desroches, et les hommes d'État doivent tout savoir. À cette époque, de Marsay venait d'employer son ami, notre ami, dans la haute comédie de la politique[a4]. Homme à grandes conquêtes, Maxime n'avait connu que des femmes titrées; et, à cinquante ans, il avait bien le droit de mordre à un petit fruit soi-disant sauvage, comme un chasseur qui fait une halte dans le champ d'un paysan sous un pommier. Le comte trouva pour Mlle Chocardelle un cabinet littéraire assez élégant, une occasion, comme toujours...

— Bah! elle n'y eſt pas reſtée six mois, dit Nathan, elle était trop belle pour tenir un cabinet littéraire.

— Serais-tu le père de son enfant ?... demanda la lorette à Nathan[b].

— Un matin, reprit Desroches, Cérizet, qui, depuis l'achat de la créance sur Maxime, était arrivé par degrés à une tenue de premier clerc d'huissier, fut introduit, après sept tentatives inutiles, chez le comte. Suzon, le vieux valet de chambre, quoique profès[1], avait fini par prendre Cérizet pour un solliciteur qui venait proposer mille écus à Maxime s'il voulait faire obtenir à une jeune dame un bureau de papier timbré. Suzon, sans aucune défiance sur ce petit drôle, un vrai gamin de Paris frotté de prudence par ses[a] condamnations en police correctionnelle, engagea son maître à le recevoir. Voyez-vous cet homme d'affaires, au regard trouble, aux cheveux rares, au front dégarni, à petit habit sec et noir, en bottes crottées...

— Quelle image de la Créance! s'écria Lousteau.

— Devant le comte, reprit Desroches (l'image de la Dette insolente), en robe de chambre de flanelle bleue, en pantoufles brodées par quelque marquise, en pantalon de lainage blanc, ayant sur ses cheveux teints en noir une magnifique calotte, une chemise éblouissante, et jouant avec les glands de sa ceinture ?...

— C'est un tableau de genre, dit Nathan, pour qui connaît le joli petit salon d'attente où Maxime déjeune, plein de tableaux d'une grande valeur, tendu de soie, où l'on marche sur un tapis de Smyrne, en admirant des étagères pleines de curiosités, de raretés à faire envie à un roi de Saxe...

— Voici la scène », dit Desroches.

Sur ce mot, le conteur obtint le plus profond silence.

« "Monsieur le comte, dit Cérizet, je suis envoyé par un M. Charles Claparon, ancien banquier. — Ah! que me veut-il, le pauvre diable ?... — Mais il est devenu votre créancier pour une somme de trois mille deux cents francs soixante-quinze centimes, en capital, intérêts et frais... — La créance Coutelier, dit Maxime qui savait ses affaires comme un pilote connaît sa côte. — Oui, monsieur le comte, répond Cérizet en s'inclinant. Je viens savoir quelles sont vos intentions ? — Je ne payerai cette créance qu'à ma fantaisie, répondit Maxime en sonnant pour faire venir Suzon. Claparon est bien osé d'acheter une créance sur moi sans me consulter! j'en suis fâché pour lui, qui, pendant si longtemps, s'est si bien comporté comme l'*homme de paille* de mes

amis. Je disais de lui : Vraiment il faut être imbécile pour
servir, avec si peu de gages et tant de fidélité, des hommes
qui se bourrent de millions. Eh bien, il me donne là
une preuve de sa bêtise... Oui, les hommes méritent
leur sort! on chausse une couronne ou un boulet[a]!
on est millionnaire ou portier, et tout est juste. Que voulez-vous, mon cher ? Moi, je ne suis pas un roi, je tiens
à mes principes[1]. Je suis sans pitié pour ceux qui me
font des frais ou qui ne savent pas leur métier de créancier. Suzon, mon thé! Tu vois monsieur ?... dit-il au
valet de chambre. Eh bien, tu t'es laissé attraper, mon
pauvre vieux. Monsieur est un créancier, tu aurais dû
le reconnaître à ses bottes. Ni mes amis, ni des indifférents qui ont besoin de moi, ni mes ennemis ne viennent
me voir à pied. Mon cher monsieur Cérizet, vous comprenez! Vous n'essuierez plus vos bottes sur mon tapis,
dit-il en regardant la crotte qui blanchissait les semelles
de son adversaire... Vous ferez mes compliments de
condoléance à ce pauvre Boniface de Claparon, car je
mettrai cette affaire-là dans le Z[2]. (Tout cela se disait
d'un ton de bonhomie à donner la colique à de vertueux
bourgeois[b].) — Vous avez tort, monsieur le comte,
répondit Cérizet en prenant un petit ton péremptoire,
nous serons payés intégralement, et d'une façon qui
pourra vous contrarier. Aussi venais-je amicalement à
vous, comme cela se doit entre gens bien élevés... — Ah!
vous l'entendez ainsi ?... '' reprit Maxime, que cette
dernière prétention du Cérizet mit en colère. Dans cette
insolence, il y avait de l'esprit à la Talleyrand, si vous
avez bien saisi le contraste des deux costumes et des deux
hommes. Maxime fronça les sourcils et arrêta son regard
sur le Cérizet, qui non seulement soutint ce jet de rage
froide, mais encore qui y répondit par cette malice glaciale que distillent les yeux fixes d'une chatte. '' Eh bien,
monsieur, sortez... — Eh bien, adieu, monsieur le comte.
Avant six mois nous serons quittes. — Si vous pouvez me *voler* le montant de votre créance, qui, je le reconnais, est légitime, je serai votre obligé, monsieur, répondit Maxime, vous m'aurez appris quelque précaution
nouvelle à prendre... Bien votre serviteur... — Monsieur le comte, dit Cérizet, c'est moi qui suis le vôtre. ''
Ce fut net, plein de force et de sécurité de part et d'autre.
Deux tigres, qui se consultent avant de se battre devant

une proie, ne seraient pas plus beaux, ni plus rusés[a],
que le furent alors ces deux natures aussi rouées l'une
que l'autre, l'une dans son impertinente élégance, l'autre
sous son harnais de fange. Pour qui pariez-vous ?...
dit Desroches qui regarda son auditoire surpris d'être
si profondément intéressé.

— En voilà une d'histoire !... dit Malaga. Oh ! je vous
en prie, allez, mon cher, ça me prend au cœur.

— Entre deux *chiens* de cette force, il ne doit se passer rien de vulgaire, dit La Palférine.

— Bah ! je parie le mémoire de mon menuisier qui me
scie, que le petit crapaud a enfoncé Maxime, s'écria Malaga.

— Je parie pour Maxime, dit Cardot, on ne l'a jamais
pris sans vert. »

Desroches fit une pause en avalant un petit verre que
lui présenta la lorette[b].

« Le cabinet de lecture de Mlle Chocardelle, reprit
Desroches, était situé rue Coquenard[1], à deux pas de la
rue Pigalle, où demeurait Maxime. Ladite demoiselle
Chocardelle occupait un petit appartement donnant sur
un jardin, et séparé de sa boutique par une grande
pièce obscure où se trouvaient les livres. Antonia faisait tenir le cabinet par sa tante...

— Elle avait déjà sa tante ?... s'écria Malaga. Diable !
Maxime faisait bien les choses.

— C'était hélas ! sa vraie tante[2], reprit Desroches,
nommée... attendez !...

— Ida Bonamy..., dit Bixiou.

— Donc[c], Antonia, débarrassée de beaucoup de soins
par cette tante, se levait tard, se couchait tard, et ne
paraissait à son comptoir que de deux à quatre heures,
reprit Desroches. Dès les premiers jours, sa présence
avait suffi pour achalander son salon de lecture ; il y vint
plusieurs vieillards du quartier, entre autres un ancien
carrossier, nommé Croizeau. Après avoir vu ce miracle
de beauté féminine à travers les vitres, l'ancien carrossier
s'ingéra[3] de lire les journaux tous les jours dans ce salon,
et fut imité par un ancien directeur des douanes, nommé
Denisart, homme décoré, dans qui le Croizeau voulut
voir un rival et à qui plus tard il dit : " Môsieur, *vous
m'avez donné bien de la tablature !* " Ce mot doit vous faire
entrevoir le personnage. Ce sieur Croizeau se trouve
appartenir à ce genre de petits vieillards que, depuis

Henri Monnier, on devrait appeler l'Espèce-Coquerel, tant il en a bien rendu la petite voix, les petites manières, la petite queue, le petit œil de poudre, la petite démarche, les petits airs de tête, le petit ton sec dans son rôle de Coquerel de *La Famille improvisée*[1]. Ce Croizeau disait : " Voici, belle dame ! " en remettant ses deux sous à Antonia par un geste prétentieux. Mme Ida Bonamy, tante de Mlle Chocardelle, sut bientôt par la cuisinière que l'ancien carrossier, homme d'une ladrerie excessive, était taxé à quarante mille francs de rentes dans le quartier où il demeurait, rue de Buffault. Huit jours après l'installation de la belle loueuse de romans, il accoucha de ce calembour galant : " Vous me prêtez des livres, mais je vous rendrais bien des francs… " Quelques jours plus tard, il prit un petit air entendu pour dire : " Je sais que vous êtes occupée, mais mon jour viendra : je suis veuf. " Croizeau se montrait toujours avec de beau linge, avec un habit bleu barbeau, gilet de pou-de-soie, pantalon noir, souliers à double semelle, noués avec des rubans de soie noire et craquant comme ceux d'un abbé. Il tenait toujours à la main son chapeau de soie de quatorze francs. " Je suis vieux et sans enfants, disait-il à la jeune personne quelques jours après la visite de Cérizet chez Maxime. J'ai mes collatéraux en horreur. C'est tous paysans faits pour labourer la terre ! Figurez-vous que je suis venu de mon village avec six francs, et que j'ai fait ma fortune ici. Je ne suis pas fier… Une jolie femme est mon égale. Ne vaut-il pas mieux être Mme Croizeau pendant quelque temps que la servante d'un comte pendant un an… Vous serez quittée, un jour ou l'autre. Et vous penserez alors à moi… Votre serviteur, belle dame ! " Tout cela mitonnait sourdement. La plus légère galanterie se disait en cachette. Personne au monde ne savait que ce petit vieillard propret aimait Antonia, car la prudente contenance de cet amoureux au salon de lecture n'aurait rien appris à un rival. Croizeau se défia pendant deux mois du directeur des douanes en retraite. Mais, vers le milieu du troisième mois, il eut lieu de reconnaître combien ses soupçons étaient mal fondés. Croizeau s'ingénia de côtoyer Denisart en s'en allant de conserve avec lui, puis, en prenant sa bisque[2], il lui dit : " Il fait beau, môsieur ?… " À quoi l'ancien fonctionnaire répondit : " Le temps d'Austerlitz, monsieur :

j'y fus... j'y fus même blessé, ma croix me vient de ma conduite dans cette belle journée... " Et, de fil en aiguille, de roue en bataille, de femme en carrosse, une liaison se fit entre ces deux débris de l'Empire. Le petit Croizeau tenait à l'Empire par ses liaisons avec les sœurs de Napoléon; il était leur carrossier, et il les avait souvent tourmentées pour ses factures. Il se donnait donc *pour avoir eu des relations avec la famille impériale.* Maxime, instruit par Antonia des propositions que se permettait *l'agréable vieillard,* tel fut le surnom donné par la tante au rentier, voulut le voir. La déclaration de guerre de Cérizet avait eu la propriété de faire étudier à ce grand Gant-Jaune sa position sur son échiquier en en observant les moindres pièces. Or, à propos de cet agréable vieillard, il reçut dans l'entendement ce coup de cloche qui vous annonce un malheur. Un soir Maxime se mit dans le second salon obscur, autour duquel étaient placés les rayons de la bibliothèque. Après avoir examiné par une fente entre deux rideaux verts les sept ou huit habitués du salon, il jaugea d'un regard l'âme du petit carrossier; il en évalua la passion, et fut très satisfait de savoir qu'au moment où sa fantaisie serait passée un avenir assez somptueux ouvrirait à commandement ses portières vernies à Antonia. " Et celui-là, dit-il en désignant le gros et beau vieillard décoré de la Légion d'honneur, qui est-ce ? — Un ancien directeur des douanes. — Il est d'un galbe inquiétant ! " dit Maxime en admirant la tenue du sieur Denisart. En effet, cet ancien militaire se tenait droit comme un clocher, sa tête se recommandait à l'attention par une chevelure poudrée et pommadée, presque semblable à celle des *postillons* au bal masqué. Sous cette espèce de feutre moulé sur une tête oblongue se dessinait une vieille figure, administrative et militaire à la fois, mimée par un air rogue[1], assez semblable à celle que la Caricature a prêtée au *Constitutionnel*[a2]. Cet ancien administrateur, d'un âge, d'une poudre, d'une voussure de dos à ne rien lire sans lunettes, tendait son respectable abdomen avec[b] tout l'orgueil d'un vieillard à maîtresse, et portait à ses oreilles des boucles d'or qui rappelaient celles du vieux général Montcornet[c], l'habitué du Vaudeville. Denisart affectionnait le bleu : son pantalon et sa vieille redingote, très amples, étaient en drap bleu. " Depuis quand vient ce vieux-là ? demanda Maxime à qui les lunettes parurent d'un port suspect. — Oh! dès le commencement, répondit Antonia, voici bientôt deux[a] mois... " " Bon, Cérizet n'est venu que depuis un mois ", se dit Maxime en lui-même... "Fais-le donc parler ? dit-il à l'oreille d'Antonia, je veux entendre sa voix. — Bah! répondit-elle, ce sera difficile, il ne me dit jamais rien. — Pourquoi vient-il alors ?... demanda Maxime. — Par une drôle de raison, répliqua la belle Antonia. D'abord il a une passion, malgré ses soixante-neuf ans; mais, à cause de ses soixante-neuf ans, il est réglé comme un cadran. Ce bonhomme-là va dîner chez sa passion, rue de la Victoire, à cinq heures, tous les jours... en voilà une malheureuse! il sort de chez elle à six heures, vient lire pendant quatre heures tous les journaux, et il y retourne à dix heures. Le papa Croizeau dit qu'il connaît les motifs de la conduite de M. Denisart, il l'approuve; et, à sa place, il agira de même. Ainsi, je connais mon avenir! Si jamais je deviens Mme Croizeau, de six à dix heures, je serai libre. " Maxime examina l'*Almanach des 25.000 adresses*[1], il trouva cette ligne rassurante :

« " DENISART ✳[b], ancien directeur des douanes, rue de la Victoire[c]. " »

« Il n'eut plus aucune inquiétude. Insensiblement, il se fit entre le sieur Denisart et le sieur Croizeau quelques confidences. Rien ne lie plus les hommes qu'une certaine conformité de vues en fait de femmes. Le papa Croizeau dîna chez celle qu'il nommait *la belle de M. Denisart*. Ici je dois placer une observation assez importante. Le cabinet de lecture avait été payé par le comte moitié comptant, moitié en billets souscrits par ladite demoiselle Chocardelle. Le quart d'heure de Rabelais[2] arrivé, le comte se trouva sans monnaie. Or, le premier des trois billets de mille francs fut payé galamment par l'agréable carrossier, à qui le vieux scélérat de Denisart conseilla de constater son prêt en se faisant privilégier sur le cabinet de lecture. " Moi, dit Denisart, j'en ai vu de belles avec les belles!... Aussi, dans tous les cas, même quand je n'ai plus la tête à moi, je prends toujours mes précautions avec les femmes. Cette créature de qui je suis fou, eh bien, elle n'est pas dans ses meubles, elle est dans les miens. Le bail de l'appartement est en mon nom... " Vous connaissez Maxime, il trouva le carrossier

très jeune! Le Croizeau pouvait payer les trois mille
francs sans rien toucher de longtemps, car Maxime se
sentait plus fou que jamais d'Antonia...

— Je le crois bien, dit La Palférine, c'est la belle
Impéria[1] du Moyen Âge.

— Une femme qui a la peau rude, s'écria la lorette,
et si rude qu'elle se ruine en bains de son.

— Croizeau parlait avec une admiration de carrossier
du mobilier somptueux que l'amoureux Denisart avait
donné pour cadre à sa belle, il le décrivait avec une
complaisance satanique à l'ambitieuse Antonia, reprit
Desroches. C'était des bahuts en ébène, incrustés de
nacre et de filets d'or, des tapis de Belgique, un lit Moyen
Âge d'une valeur de mille écus, une horloge de Boulle;
puis, dans la salle à manger, des torchères aux quatre
coins, des rideaux de soie de la Chine sur laquelle la
patience chinoise avait peint des oiseaux, et des portières
montées sur des traverses valant plus que les portières
à deux pieds. "Voilà ce qu'il vous faudrait, belle dame...
et ce que je voudrais vous offrir..., disait-il en concluant.
Je sais bien que vous m'aimeriez à peu près; mais, à mon
âge, on se fait une raison. Jugez combien je vous aime,
puisque je vous ai prêté mille francs. Je puis vous
l'avouer : de ma vie ni de mes jours, je n'ai prêté ça! "
Et il tendit les deux sous de sa séance avec l'importance
qu'un savant met à une démonstration. Le soir, Antonia
dit au comte, aux Variétés[2] : " C'est bien ennuyeux tout
de même, un cabinet de lecture. Je ne me sens point de
goût pour cet état-là, je n'y vois aucune chance de fortune. C'est le lot d'une veuve qui veut vivoter, ou d'une
fille atrocement laide qui croit pouvoir attraper un
homme par un peu de toilette. — C'est ce que vous
m'avez demandé ", répondit le comte. En ce moment,
Nucingen[a], à qui, la veille, le roi des Lions, car les Gants
Jaunes étaient alors devenus des Lions, avait gagné
mille écus, entra les lui donner, et, en voyant l'étonnement de Maxime, il lui dit : " *Chai ressi eine obbozition
à la requêde de ce tiaple te Glabaron...* — Ah! voilà leurs
moyens, s'écria Maxime, ils ne sont pas forts, ceux-là...
— *C'esde écal,* répondit le banquier, *bayez-les, gar ils bourraient s'atresser à t'audres que moi, et fus vaire tu dord...
che brends à démoin cedde cholie phamme que che fus ai bayé
ce madin, pien afant l'obbozition...* "

— Reine du Tremplin, dit La Palférine en souriant, tu perdras...

— Il y avait longtemps, reprit Desroches, que, dans un cas semblable, mais où le trop honnête débiteur, effrayé d'une affirmation à faire en justice, ne voulut pas payer Maxime, nous avions rudement mené le créancier opposant, en faisant frapper des oppositions en masse, afin d'absorber la somme en frais de contribution...

— Quéqu' c'est qu' ça ?... s'écria Malaga, voilà des mots qui sonnent à mon oreille comme du patois. Puisque vous avez trouvé l'esturgeon excellent, payez-moi la valeur de la sauce en leçons de chicane.

— Eh bien, dit Desroches, la somme qu'un de vos créanciers frappe d'opposition chez un de vos débiteurs peut devenir l'objet d'une semblable opposition de la part de tous vos autres créanciers. Que fait le tribunal à qui tous les créanciers demandent l'autorisation de se payer ?... Il partage légalement entre tous la somme saisie. Ce partage, fait sous l'œil de la justice, se nomme une contribution. Si vous devez dix mille francs, et que vos créanciers saisissent par opposition mille francs, ils ont chacun tant pour cent de leur créance, en vertu d'une répartition *au marc le franc,* en termes de Palais, c'est-à-dire au prorata de leurs sommes; mais ils ne touchent que sur une pièce légale appelée *extrait du bordereau de collocation,* que délivre le greffier du tribunal. Devinez-vous ce travail fait par un juge et préparé par des avoués ? il implique beaucoup de papier timbré plein de lignes lâches, diffuses, où les chiffres sont noyés dans des colonnes d'une entière blancheur. On commence par déduire les frais. Or, les frais étant les mêmes pour une somme de mille francs saisis comme pour une somme d'un million, il n'est pas difficile de manger mille écus, par exemple, en frais, surtout si l'on réussit à élever des contestations[1].

— Un avoué réussit toujours, dit Cardot. Combien de fois un des vôtres ne m'a-t-il pas demandé : " Qu'y a-t-il à manger ? "

— On y réussit surtout, reprit Desroches, quand le débiteur[a] vous provoque à manger la somme en frais. Aussi les créanciers du comte n'eurent-ils rien, ils en furent pour leurs courses chez les avoués et pour leurs démarches. Pour se faire payer d'un débiteur aussi fort que le comte, un créancier doit se mettre dans une situation légale excessivement difficile à établir : il s'agit d'être à la fois son débiteur et son créancier, car alors on a le droit, aux termes de la loi, d'opérer la confusion...

— Du débiteur ? dit la lorette qui prêtait une oreille attentive à ce discours.

— Non, des deux qualités de créancier et de débiteur, et de se payer par ses mains, reprit Desroches. L'innocence de Claparon, qui n'inventait que des oppositions, eut donc pour effet de tranquilliser le comte. En ramenant Antonia des Variétés, il abonda d'autant plus dans l'idée de vendre le cabinet littéraire pour pouvoir payer les deux derniers mille francs du prix, qu'il craignit le ridicule d'avoir été le bailleur de fonds d'une semblable entreprise. Il adopta donc le plan d'Antonia, qui voulait aborder la haute sphère de sa profession, avoir un magnifique appartement, femme de chambre, voiture, et lutter avec notre belle amphitryonne, par exemple...

— Elle n'est pas assez bien faite pour cela, s'écria l'illustre beauté du Cirque ; mais elle a bien rincé le petit d'Esgrignon, tout de même !

— Dix jours après, le petit Croizeau, perché sur sa dignité, tenait à peu près ce langage à la belle Antonia, reprit Desroches : " Mon enfant, votre cabinet littéraire est un trou, vous y deviendrez jaune, le gaz vous abîmera la vue ; il faut en sortir, et, tenez !... profitons de l'occasion. J'ai trouvé pour vous une jeune dame qui ne demande pas mieux que de vous acheter votre cabinet de lecture. C'est une petite femme ruinée qui n'a plus qu'à s'aller jeter à l'eau ; mais elle a quatre mille francs comptant, et il vaut mieux en tirer un bon parti pour pouvoir nourrir et élever deux enfants... — Eh bien, vous êtes gentil, papa Croizeau, dit Antonia. — Oh ! je serai bien plus gentil tout à l'heure, reprit le vieux carrossier. Figurez-vous que ce pauvre M. Denisart est dans un chagrin qui lui a donné la jaunisse... Oui, cela lui a frappé sur le foie comme chez les vieillards sensibles. Il a tort d'être si sensible. Je le lui ai dit : Soyez passionné, bien ! mais sensible... halte-là ! on se tue... Je ne me serais pas attendu, vraiment, à un pareil chagrin chez un homme assez fort, assez instruit pour s'absenter pendant sa digestion de chez... — Mais qu'y

a-t-il ?... demanda Mlle Chocardelle. — Cette petite
créature, chez qui j'ai dîné, l'a planté là, net... oui, elle
l'a lâché sans le prévenir autrement que par une lettre
sans aucune orthographe. — Voilà ce que c'est, papa
Croizeau, que d'ennuyer les femmes!... — C'est une
leçon, belle dame, reprit le doucereux Croizeau. *En
attendant,* je n'ai jamais vu d'homme dans un désespoir
pareil, dit-il. Notre ami Denisart ne connaît plus sa main
droite de sa main gauche, il ne veut plus voir ce qu'il
appelle le théâtre de son bonheur... Il a si bien perdu
le sens qu'il m'a proposé d'acheter pour quatre mille
francs tout le mobilier d'Hortense... Elle se nomme Hortense! — Un joli nom, dit Antonia. — Oui, c'est celui
de la belle-fille de Napoléon; je lui ai fourni ses équipages, comme vous savez. — Eh bien, je verrai, dit la
fine Antonia, commencez par m'envoyer votre jeune
femme... " Antonia courut voir le mobilier, revint fascinée, et fascina Maxime par un enthousiasme d'antiquaire. Le soir même, le comte consentit à la vente du
cabinet de lecture. L'établissement, vous comprenez, était
au nom de Mlle Chocardelle. Maxime se mit à rire du
petit Croizeau qui lui fournissait un acquéreur. La
société Maxime et Chocardelle perdait deux mille francs,
il est vrai; mais qu'était-ce que cette perte en présence
de quatre beaux billets de mille francs ? Comme me le
disait le comte : " Quatre mille francs d'argent vivant!...
il y a des moments où l'on souscrit huit mille francs de
billets pour les avoir[1]! " Le comte va voir lui-même, le
surlendemain, le mobilier, ayant les quatre mille francs
sur lui. La vente avait été réalisée à la diligence du petit
Croizeau qui poussait à la roue; il avait *enclaudé*[2], disait-il,
la veuve[a]. Se souciant peu de cet agréable vieillard, qui
allait perdre ses mille francs, Maxime voulut faire porter
immédiatement tout le mobilier dans un appartement loué
au nom de Mme Ida Bonamy, rue Tronchet, dans une
maison neuve. Aussi s'était-il précautionné de plusieurs
grandes voitures de déménagement. Maxime, refasciné
par la beauté du mobilier, qui pour un tapissier aurait
valu six mille francs, trouva le malheureux vieillard,
jaune de sa jaunisse, au coin du feu, la tête enveloppée
dans deux madras, et un bonnet de coton par-dessus,
emmitouflé comme un lustre, abattu, ne pouvant pas parler, enfin si délabré, que le comte fut forcé de s'entendre

avec un valet de chambre. Après avoir remis les quatre
mille francs au valet de chambre qui les portait à son
maître pour qu'il en donnât un reçu, Maxime voulut
aller dire à ses commissionnaires de faire avancer les
voitures; mais il entendit alors une voix qui résonna
comme une crécelle à son oreille, et qui lui cria : " C'est
inutile, monsieur le comte, nous sommes quittes, j'ai six
cent trente francs quinze centimes à vous remettre ! "
Et il fut tout effrayé de voir Cérizet sorti de ses enveloppes, comme un papillon de sa larve, qui lui tendit
ses sacrés dossiers en ajoutant : " Dans mes malheurs,
j'ai appris à jouer la comédie, et je vaux Bouffé[1] dans les
vieillards. — Je suis dans la forêt de Bondy, s'écria
Maxime. — Non, monsieur le comte, vous êtes chez
Mlle Hortense, l'amie du vieux lord Dudley qui la cache
à tous les regards; mais elle a le mauvais goût d'aimer
votre serviteur. — Si jamais, me disait le comte, j'ai eu
envie de tuer un homme, ce fut dans ce moment; mais
que voulez-vous ? Hortense me montrait sa jolie tête,
il fallut rire, et, pour conserver ma supériorité, je lui dis
en lui jetant les six cents francs : Voilà pour la fille. "

— C'est tout Maxime ! s'écria La Palférine.

— D'autant plus que c'était l'argent du petit Croizeau,
dit le profond Cardot.

— Maxime eut un triomphe, reprit Desroches, car
Hortense s'écria : " Ah ! si j'avais su que ce fût toi !... "

— En voilà une *de* confusion ! s'écria la lorette.
— Tu as perdu, milord, dit-elle au notaire.

Et c'est ainsi que le menuisier à qui Malaga devait
cent écus fut payé.

Paris, 1845[a].

UN PRINCE DE LA BOHÈME

INTRODUCTION

Il faut prendre au sérieux ce produit de la hâte : produit de la hâte, en cet été 1840 durant lequel Balzac rédige presque seul les trois numéros de la Revue parisienne; *à prendre au sérieux, car elle représente, en toutes ses parties, une véritable somme critique, où l'écrivain propose comme une photographie de l'actualité politique et intellectuelle de l'année. À ce seul égard,* Les Fantaisies de Claudine (premier titre d'Un prince de la bohème) *prolongent très logiquement* Z. Marcas[1], *publié dans le numéro précédent : les deux œuvres dénoncent avec la même vigueur l'abandon dans lequel le régime gérontocratique de Juillet tient les intelligences et le croupissement auquel le « mal du siècle » condamne la jeunesse ambitieuse. Simplement,* Z. Marcas *proposait la figuration symbolique, par un destin d'exception, d'une réalité dont* Les Fantaisies de Claudine *ne donnent apparemment qu'une illustration satirique. Est-ce à dire que l'œuvre soit « secondaire » ? Ayant cru pouvoir la lire à différents niveaux de profondeur, nous voudrions faire sentir qu'il est sans doute insuffisant de n'y voir, comme Maurice Bardèche, que « mousse de champagne[2] »...*

Tout en avouant la subjectivité de mon impression, j'incline à croire que Balzac a d'abord cherché une occasion de marquer des points contre Sainte-Beuve. Ce critique n'avait que tardivement consenti à remarquer l'existence du romancier, et s'était toujours déclaré plein de réticence, voire d'hostilité, à l'égard

---

1. T. VIII.
2. Introduction à *Un prince de la bohème* dans les *Œuvres complètes* de Balzac, Club de l'Honnête Homme, 2e édition, t. II, p. 288.

d'une œuvre qui déroutait sa conception de la littérature convenable. *Qu'il soit excessif ou non de tenir pour premier motif de la composition du* Lys dans la vallée *le désir de refaire* Volupté, *Balzac avait toutes les raisons, en 1840, d'en vouloir plus que jamais à son adversaire. Sainte-Beuve avait éreinté* Un grand homme de province à Paris *dans la* Revue des Deux Mondes *du 15 juillet 1839; le 1ᵉʳ septembre, dans son célèbre article « De la littérature industrielle », il avait raillé les feuilletonistes, experts à « gagner du blanc » pour se faire payer davantage, et attaqué la Société des Gens de Lettres, dont Balzac avait été élu président le 16 août; enfin, le 1ᵉʳ mars 1840, dans « Dix ans après en littérature », il avait poussé la méchanceté personnelle à l'extrême : « M. de Balzac [...] a tout l'air d'être occupé à finir comme il a commencé, par cent volumes que personne ne lira. On n'aura vu de sa renommée que son milieu, comme le dos de certains gros poissons en mer[1]. » Aussi la publication chez Renduel, le 7 avril 1840, du premier tome du cours prononcé par Sainte-Beuve à Genève sur* Port-Royal, *provoqua-t-elle chez Balzac une double réaction : un article « de fond », en grande partie composé de* piques ad hominem, *et un pastiche-plagiat, plus directement destiné à ridiculiser le style de l'historien. L'article figure dans le même numéro de la* Revue parisienne *que* Les Fantaisies de Claudine *dont le pastiche forme le noyau — nous semble-t-il — originel; nous avons relevé un certain nombre de passages démarqués et d'allusions évidentes[2].*

Mais il fallait un texte autour de ce prétexte; Balzac imagina de donner suite aux personnages de du Bruel et de Tullia, créés pour Les Employés *(alors* La Femme supérieure). *Qui sont-ils ?*

Il y eut une Tullia, médiocre danseuse, mais dont la carrière s'inscrit entre les dates mêmes finalement indiquées par Balzac pour celle de son héroïne (1817-1827). Il y eut surtout une Julia, artiste non moins oubliée, mais « protégée » par le fameux Sosthène de La Rochefoucauld : Le Frondeur, *petit*

---

1. *Revue des Deux Mondes*, t. XXI, p. 695.
2. Voir *Notes*, p. 1504-1508.

journal dont Anne-Marie Meininger a cité les articles[1], *l'accabla de ses sarcasmes d'octobre à décembre 1825. Or Julia est le prénom que porta d'abord Tullia dans le manuscrit des* Employés; *les renseignements biographiques donnés par Balzac dans* Un prince de la bohème *permettent d'établir un lien entre ce personnage et la réalité d'où il procède*[2].

Quant à du Bruel, son nom de scène, de Cursy, fait écho à celui de Frédéric de Courcy, vaudevilliste fort répandu sous la monarchie de Juillet, et Balzac peut aussi avoir pensé à Furcy Guesdon, dit Mortonval, qu'il connaissait[3]; *son nom d'état civil vient sans doute de P.-J. du Bruel, un ami de Bonald (dont Balzac a lu les œuvres en 1840). Mais les modèles du personnage lui-même sont plus malaisés à découvrir :* Mme Meininger rappelle Léon de Wailly, auteur d'un* Mort dans l'embarras *(Odéon, 8 octobre 1825) qui fait penser à* L'Alcade dans l'embarras *de Raoul et Cursy, dans* Illusions perdues : *sa femme, excellente « comédienne d'intérieur », a peut-être donné des traits à Claudine mariée; le passé bureaucratique de du Bruel l'apparente à Empis, commis à la Liste civile, puis chef de bureau, qui devait mourir baron et académicien; l'époux de Marie Dorval, Jean-Toussaint Merle, partisan sincère de la branche aînée et ami de Balzac, est sans doute encore un modèle possible, partiel, comme les autres; enfin, il ne faut pas négliger Pixérécourt, le célèbre auteur de mélodrames, cité puis rayé dans le manuscrit des* Employés[4].

En face de ce ménage, Balzac crée le personnage de La Palférine à partir d'éléments multiples; il semble vain de vouloir décider qui l'emporte, parmi ses modèles possibles. Le marquis de Contades penche pour Charles Lautour-Mézeray[5], *« l'homme au camélia »; Balzac connaissait ce dandy depuis 1830 et avait partagé avec lui, à l'Opéra, la « loge infernale ». Henri Malo, dans* Les Années de bohème de la duchesse d'Abrantès, *pense, après J. Turquan, à Napoléon d'Abrantès (1807-1851),*

---

1. *« Les Employés » d'Honoré de Balzac*, thèse multigraphiée, t. I, p. 240.
2. Voir notamment p. 826 et n. 1.
3. Voir une lettre du 16 novembre 1837, *Correspondance*, t. III, p. 350-351.
4. Voir A.-M. Meininger, *op. cit.*, t. II, p. 156.
5. *Portraits contemporains*, 1887.

autre dandy célèbre, riche d' « autant d'esprit que d'embarras d'argent[1] *» et qui, comme La Palférine, jouait à l'homme de lettres*[2]. *Alphonse Karr rappelle*[3] *le rôle du littérateur mondain Roger de Beauvoir (alias Cador), avec lequel, à la suite d'une attaque personnelle portée précisément dans le numéro du 25 août 1840 où parurent* Les Fantaisies de Claudine, *Balzac faillit se battre en duel*[4]. *Toutes ces pistes se perdent; la composition même de la nouvelle, bien visible dans l'édition émiettée en chapitres de 1844, invite à voir dans Charles-Édouard de La Palférine le support commun d'un certain nombre d'anecdotes, probablement réelles, mais en provenance d'auteurs divers. Reste que, dans la version de la* Revue parisienne, *Balzac présente l'histoire comme « de la plus exacte vérité dans tous ses détails »; il appartiendra peut-être à un chercheur heureux de découvrir quel « trio » réel lui a fourni le modèle de celui qu'il a mis en scène : problème, au demeurant, assez subalterne.*

Nous retraçons en fin de volume l'histoire du texte; il nous a cependant paru indispensable, en raison des problèmes qu'elle pose, de commenter ici même une modification essentielle apportée par Balzac à son œuvre; nous ne faisons d'ailleurs que tenter d'approfondir les indications fournies naguère par M. Anthony-R. Pugh[5].

En 1840, la nouvelle n'est fortement reliée à La Comédie humaine *que par trois personnages : du Bruel et Tullia, créés, rappelons-le, pour* Les Employés, *et le narrateur, Raoul Nathan, né à l'existence balzacienne vers la fin de 1838 dans des circonstances assez complexes*[6]. *Le récit commence directement aux mots : « Entre toutes ces personnes de connaissance... », et Nathan a pour interlocutrice la jeune Mme Eugène de Rasti-*

1. Voir *L'Année balzacienne 1961*, p. 187.
2. Voir la variante *c* de la page 816.
3. *Le Livre de bord*, t. II, 1879, p. 95-96.
4. Voir *Correspondance*, t. IV, p. 185-191, et *Béatrix*, éd. Garnier, p. XLII-XLIII.
5. « Note sur l'épilogue d'*Un prince de la bohème* », dans *L'Année balzacienne 1967*, p. 357-361.
6. Voir P. Berthier, « Nathan, Balzac et *La Comédie humaine* », dans *L'Année balzacienne 1971*, p. 171-174.

gnac, née Augufta de Nucingen; beaucoup plus tard, Le Député d'Arcis *nous apprendra que c'eft en 1838 que le héros du* Père Goriot *a ainsi épousé la fille après avoir été l'amant de la mère. Nous reproduisons cette conclusion primitive dans les variantes; Nathan, qui vient de lire ou d'entendre la nouvelle écrite d'après son récit, demande à l'auteur s'il va la publier : l'effet d' « œuvre dans l'œuvre » et ce dialogue du créateur avec un de ses doubles[1] étaient fort bien venus. L'édition originale de 1844 ne modifia pas ces données.*

Mais Balzac crut nécessaire de remanier sa nouvelle pour l'édition Furne de La Comédie humaine. *Il ajouta d'abord un prologue : c'eft désormais Dinah de La Baudraye, et non plus un auteur anonyme, qui livre à Nathan la nouvelle qu'elle a composée à partir de son récit; par cet artifice, le romancier nous donne à goûter la prose de « la muse du département » (le roman de ce nom dont elle eft l'héroïne était terminé depuis avril 1843). Surtout, Balzac renvoie au néant la malheureuse épouse d'Eugène de Raftignac, pour lui subftituer Béatrix de Rochefide : voilà qui nous indique avec quelque précision la date du remaniement. En effet Balzac rédige, fin 1844 et début 1845, la dernière partie de* Béatrix, Les Petits Manèges d'une femme vertueuse, *qui paraissent en feuilleton dans* Le Messager *du 24 décembre au 23 janvier; il y raconte le retour de Mme de Rochefide au foyer conjugal, par l'entremise de La Palférine, que Nathan lui jette littéralement dans les bras : « Nathan, bien certain que le comte ne publierait jamais autre chose, fit un tel éloge de ce gracieux et impertinent jeune homme chez Mme de Rochefide, que Béatrix aiguillonnée par les récits du poète manifefta le désir de voir ce jeune roi des truands de bon ton[2] »; cet éloge, n'en doutons pas, c'eft, dans l'efprit du romancier, le récit qui conftitue l'essentiel d'*Un prince de la bohème. *Nathan confirme d'ailleurs aux dernières lignes de cette œuvre : « Mon récit avait piqué sa curiosité », et on notera la parenté des métaphores aiguillonner et piquer. La nouvelle de 1840 eft désormais étroitement unie à* Béatrix, *l'une des pièces maîtresses du grand œuvre.*

1. *Ibid.*, p. 178-185.
2. *Béatrix*, t. II, p. 927.

C'eſt malheureusement au prix de quelques bavures. Balzac, en effet, faute de reconsidérer la chronologie reſpective des deux intrigues, a introduit dans Un prince de la bohème *une diſtorsion qui n'y figurait pas auparavant. Le déroulement interne de notre nouvelle, bien qu'un peu flottant, indique que le dénouement du récit de Nathan — Claudine montant à la mansarde de Charles-Édouard — se situe au plus tôt en 1837 (la rencontre a eu lieu trois ans auparavant, en 1834), plus vraisemblablement après 1838 (d'après l'ensemble du texte, et en acceptant comme délibérément réfléchie la date indiquée dans* Le Député d'Arcis *pour le mariage d'Auguſta de Nucingen), au plus tard au printemps de 1840 (si l'on considère que le « vous allez publier cela » de Nathan[1] eſt contemporain de la rédaction effective des* Fantaisies de Claudine *par Balzac). Cependant, d'après le déroulement interne de Béatrix, plus facile à dater précisément, le récit des prouesses de Charles-Édouard eſt fait par Nathan à Mme de Rochefide en avril 1841, et le retour de cette dernière au domicile conjugal a lieu en mai : or il y a une allusion à ce retour dans le prologue ajouté à* Un prince de la bohème, *et la dernière phrase de la nouvelle dans le texte de 1845 invite à placer la lecture de Dinah à la veille même de ce retour. Voilà qui ne concorde ni avec la date limite de 1840, ni avec une indication donnée dans* La Muse du département, *selon laquelle Nathan fut assidu chez Dinah juſtement pendant l'hiver 1839-1840 (date qui, en soi, conviendrait très bien pour le prologue, si l'on n'y parlait pas en même temps de Béatrix).*

La subſtitution de Béatrix à Mme de Raſtignac n'a pas obscurci seulement la chronologie, mais aussi la vraisemblance psychologique du dénouement. Henri Evans eſtime[2] que Balzac a eu raison de corriger, parce que l'idée d'un Raſtignac gouverné par sa belle-mère ne lui semble pas concorder avec l'ensemble du personnage dans La Comédie humaine; *mais, outre que cette opinion eſt discutable comme telle (Raſtignac eſt par bien des côtés un faible, et l'on sait que son personnage « technique »*

---

1. Voir la variante *a* de la page 838.
2. *L'Œuvre de Balzac,* Club français du Livre, t. IX, « Notes », p. XXIII-XXV.

*est loin d'être homogène), nous pensons, selon le mot de M. Pugh,
que Balzac en 1845 a rendu incompréhensible une « idée délicate ». La phrase : « Je sais un autre ménage où c'est la femme
qui est du Bruel » n'a plus de référent; autant il était clair
que la jeune Mme de Rastignac se sentait, vis-à-vis de l'influence
de Delphine de Nucingen sur Eugène, dans la même position
que du Bruel face à celle de La Palférine sur Tullia, autant il
est impossible de comprendre cette phrase dans la bouche de
Mme de La Baudraye, qui n'est aux prises qu'avec le médiocre
Lousteau. La nouvelle de 1840 proposait une composition en
abîme, où la répercussion des situations et des sentiments sug-
gérait de manière assez fine quelle force l'œuvre peut exercer
sur un lecteur ou un auditeur naturellement porté à s'identifier
aux héros; dans la nouvelle de 1845, le récit n'est plus qu'un
instrument de séduction destiné à prendre au piège une marquise
aventurée sur les « mauvais chemins ». Il est permis de regretter que le souci publicitaire d'un renvoi à* Béatrix, *explicitement
marqué tout à la fin, ait entraîné le sacrifice d'une jolie trouvaille antérieure.*

*N'en tirons aucune conclusion hâtive sur la signification
globale d'*Un prince de la bohème *dans l'œuvre de Balzac.
Certes, au premier abord, le romancier renoue ici avec une
tradition moins littéraire que journalistique.* Un prince de la
bohème *est à la fois la première d'une série de nouvelles de
style proche (par exemple :* Un homme d'affaires, *ou* Les
Comédiens sans le savoir), *et un retour à la satire de
mœurs telle que Balzac avait pu la pratiquer autour de 1830
dans ses collaborations à* La Caricature *et autres pério-
diques. Toute la première partie de la nouvelle, surtout si on se
reporte à l'édition de 1844, qui souligne chaque élément du récit
par un titre distinct, est signée de celui que Bruce Tolley appelle
« Balzac anecdotier*[1] *» : c'est le ton des keepsakes, c'est la
manie salonnière des classifications pittoresques, c'est un certain
art de la vignette. Après les grands tableaux parisiens de la
seconde partie d'*Illusions perdues, *le portrait de Charles-
Édouard a quelque chose, comme dit M. Bardèche, de l'amuse-*

---

1. Titre d'un article publié dans *L'Année balzacienne 1967*.

gueule. Il s'agit de piquer le palais par l'allusion fréquente à l'actualité : outre les références-vedettes au premier tome de Port-Royal, *l'œuvre contient en effet un nombre étonnant d'échos à des phrases écrites ici et là dans les journaux ou chuchotées dans les coulisses du théâtre ou de l'Opéra. Ces échos, nous sommes loin d'avoir pu les identifier tous : il nous a semblé frappant de voir plusieurs fois revenir le nom de Théophile Gautier, mais peut-être, en orientant ailleurs nos lectures, eussions-nous découvert d'autres parentés de détail. Le lecteur attentif à la vie parisienne de 1840 ne pouvait manquer, en tout cas, de se sentir ici en terrain familier.*

On dira tout de même qu'un du Bruel ne « tient » guère en face des grands artistes déjà créés par Balzac — et, certes, il n'a même pas la carrure de ce Nathan qui raconte sa fortune forcée. Mais quelle réussite bouffonne, ce pantin que l'on voit, *tel Crevel plus tard, « se mettre en position », pour commencer ses phrases les plus banales par l'éternel : « Mon cher… » ! Et puis du Bruel n'est ici qu'un héros* indirect, *dont Balzac a besoin pour justifier l'affrontement de deux caractères beaucoup plus importants à ses yeux. Les deux titres successifs de l'œuvre indiquent peut-être qu'il ne faut pas chercher sérieusement de prééminence romanesque entre Charles-Édouard et Claudine. Paul Gadenne suggère à merveille[1] la double fascination exercée sur Balzac par ses deux créatures. Le romancier admire autant Claudine pour sa sincérité que Charles-Édouard pour son cynisme. En s'abaissant par amour, l'une atteint la vraie grandeur, qui est de vivre pleinement; en abaissant celle qui l'aime, l'autre exerce la puissance enviable du meneur de jeu. Celui que Sainte-Beuve, encore lui, estimait trop expert en « secrets d'alcôve » a trouvé en Tullia la quatrième grande figure de courtisane amoureuse qui soit née durant ces fécondes années 1838-1840 : Tullia se sacrifie au dieu La Palférine comme Coralie puis Esther se sont sacrifiées au dieu Lucien (doit-on en dire autant de Florine ? Nathan est un piètre Adonis). Quant au « prince » d'une bohème dont le vieillissant de Trailles est l' « archiduc[2] », nul doute qu'il exerce sur*

---

1. Introduction à *Un prince de la bohème,* dans *L'Œuvre de Balzac,* Club français du Livre, t. IX, p. 631-644.
2. Voir *Béatrix,* t. II, p. 909.

Balzac la séduction de ce qu'il est convenu d'appeler la « classe ».
Cet impertinent chasse de race, et ses pires vilenies sont chefs-
d'œuvre, puisque princières : si le cliché d'un Balzac plébéien
bouche bée devant la vieille noblesse se justifie, c'est peut-être
dans le cas particulier de ce héros qui en est à la fois la quintes-
sence et la caricature.

Nous retrouvons ici le point de départ de cette introduction.
N'oublions pas que si, depuis le remaniement de 1845, La
Palférine apparaît surtout comme un moyen commode de relier
l'œuvre à La Comédie humaine, *Balzac le présentait*
d'abord en 1840 comme victime, parmi d'autres, d'un système
politique : Charles-Édouard est un homme superficiel, parce
que le régime l'y condamne; un inactif et un insolent, parce
que le scandale de la paresse et l'éclat de l'immoralité sont
les seules conduites qui lui restent permises. C'est la nécessité
sociale qui contraint Charles-Édouard à vivre par procura-
tion l'ascension de du Bruel; et peut-être l'acharnement avec
lequel il la dirige de loin, en fouaillant et bafouant la trop
aimante Claudine, n'est-elle due qu'à l'amère ironie suscitée
en lui par ce pis-aller d'impuissant. Sous un règne qui ne lui
accorde que le luxe du paraître, La Palférine ne peut pas
aimer « en être et en vérité » : sa seule vie possible est dans
l'insensibilité.

On entrevoit par ce biais l'abîme d'ambitions balzaciennes
où sombre, dès qu'on soulève le voile, ce fragile sosie de
Louis XIII... Car Balzac aussi vit par La Palférine les réus-
sites du dramaturge à succès qu'il n'est pas, de l'académicien
qu'il n'est pas, de l'homme marié qu'il n'est pas : « Je veux
que tout Paris m'envie mon bonheur ! Qu'un petit jeune
homme, voyant passer dans un brillant équipage une brillante
comtesse, se dise : À qui sont de pareilles divinités ? et reste
pensif. » Mais la « brillante comtesse » est loin, dans son
Ukraine, et point encore veuve...

Tel est le mérite inattendu de ces œuvres un peu négligées,
de nous révéler combien Balzac est tout entier dans la moindre
de ses pages : l'amateur d'anecdotes n'est pas moins ici qu'ail-
leurs historien des mœurs politiques ou chirurgien de l'âme,
même s'il n'a pas pleine conscience, à l'instant de la rédaction,

des implications de son texte. Au lecteur d'en déployer la richesse virtuelle : n'est-il pas permis, d'ailleurs, de préférer à l'effet immédiat d'un humour parfois gros, ou à la saveur passagère d'un méchant pastiche, la description discrètement émue de l'impossible amour partagé (vieux mythe de l'androgyne), ou l'appel insistant d'une ambition nobiliaire et politique jamais éteinte ? Kaléidoscope social (un bohèmorama, *dirait-on chez maman Vauquer), œuvre-carrefour (près de trente personnages apparaissent dans d'autres œuvres de Balzac), aveu (involontaire ?) d'une inlassable* attente du bonheur, *cette « œuvrette » déborde largement de son cadre. « Mousse de champagne » ? certes, pendant quelques secondes (ou à première lecture); mais il reste à goûter, en vrai tastevin. À relire.*

PATRICK BERTHIER.

UN PRINCE DE LA BOHÈME[a]

Mon cher Heine, à vous cette Étude, à vous qui représentez à Paris l'esprit et la poésie de l'Allemagne comme en Allemagne vous représentez la vive et spirituelle critique française, à vous qui savez mieux que personne ce qu'il peut y avoir ici de critique, de plaisanterie, d'amour et de vérité.

DE BALZAC[b].

« Mon cher ami[2], dit Mme de La Baudraye en tirant un manuscrit de dessous l'oreiller de sa causeuse, me pardonnerez-vous, dans la détresse où nous sommes, d'avoir fait une nouvelle de ce que vous nous avez dit, il y a quelques jours ?

— Tout est de bonne prise dans le temps où nous sommes ; n'avez-vous pas vu des auteurs qui, faute d'inventions, servent leurs propres cœurs et souvent celui de leurs maîtresses au public ? On en viendra, ma chère, à chercher des aventures moins pour le plaisir d'en être les héros que pour les raconter.

— Enfin vous et la marquise de Rochefide vous aurez payé notre loyer, et je ne crois pas, à la manière dont vont ici les choses, que je vous paye jamais le vôtre.

— Qui sait ! peut-être vous arrivera-t-il la même bonne fortune qu'à Mme de Rochefide.

— Croyez-vous que ce soit une bonne fortune que de rentrer chez son mari ?

— Non, c'est seulement une grande fortune[c3]. Allez !... j'écoute. » Mme de La Baudraye lut ce qui suit.

La scène est rue de Chartres-du-Roule[4], dans un magni-

fique salon. L'un des auteurs les plus célèbres de ce
temps est assis sur une causeuse auprès d'une très illustre
marquise avec laquelle il est intime comme doit l'être
un homme distingué par une femme qui le garde près
d'elle, moins comme un pis-aller que comme un complaisant *patito*[1].

« Hé bien, dit-elle, avez-vous trouvé ces lettres dont
vous me parliez hier, et sans lesquelles vous ne pouviez
pas me raconter tout ce qui *le* concerne ?

— Je les ai !

— Vous avez la parole, je vous écoute comme un
enfant à qui sa mère raconterait *Le Grand Serpentin vert*[a2].

— Entre toutes[b] les personnes de connaissance que
nous avons l'habitude de nommer nos amis, je compte
le jeune homme dont il est question. C'est un gentilhomme[c] d'un esprit et d'un malheur infinis, plein d'excellentes intentions, d'une conversation ravissante, ayant
beaucoup vu déjà, quoique jeune, et qui fait partie, en
attendant mieux, de la *bohème*[3]. La bohème, qu'il faudrait
appeler la Doctrine[4] du boulevard des Italiens, se compose de jeunes gens tous âgés de plus de vingt ans, mais
qui n'en ont pas trente, tous hommes de génie dans leur
genre, peu connus encore, mais qui se feront connaître,
et qui seront alors des gens fort distingués ; on les distingue déjà dans les jours de carnaval, pendant lesquels ils
déchargent le trop-plein de leur esprit, à l'étroit durant
le reste de l'année, en des inventions plus ou moins
drolatiques. À quelle époque vivons-nous ? Quel absurde
pouvoir laisse ainsi se perdre des forces immenses ? Il
se trouve dans la bohème des diplomates capables de
renverser les projets de la Russie, s'ils se sentaient appuyés
par la puissance de la France. On y rencontre des écrivains, des administrateurs, des militaires, des journalistes,
des artistes ! Enfin tous les genres de capacité, d'esprit
y sont représentés. C'est un microcosme. Si l'empereur
de Russie achetait la bohème moyennant une vingtaine
de millions, en admettant qu'elle voulût quitter l'asphalte des boulevards, et qu'il la déportât à Odessa,
dans un an, Odessa serait Paris[5]. Là se trouve la fleur
inutile, et qui se dessèche, de cette admirable jeunesse
française que Napoléon et Louis XIV recherchaient, que
néglige depuis trente[d] ans la gérontocratie sous laquelle
tout se flétrit en France, belle jeunesse dont hier encore

le professeur Tissot[1], homme peu suspect, disait : " Cette
jeunesse, vraiment digne de lui, l'Empereur l'employait
partout, dans ses conseils, dans l'administration générale,
dans des négociations hérissées de difficultés ou pleines
de périls, dans le gouvernement des pays conquis, et
partout elle répondait à son attente! Les jeunes gens
étaient pour lui les *missi dominici*[2] de Charlemagne. "
Ce mot de bohème vous dit tout. La bohème n'a rien
et vit de ce qu'elle a. L'Espérance est sa religion, la Foi
en soi-même est son code, la Charité passe pour être son
budget[a]. Tous ces jeunes gens sont plus grands que leur
malheur, au-dessous de la fortune, mais au-dessus du
destin. Toujours à cheval sur un *si*, spirituels comme des
feuilletons, gais comme des gens qui doivent, oh! ils
doivent autant qu'ils boivent! enfin, et c'est là où j'en
veux venir, ils sont tous amoureux, mais amoureux!...
figurez-vous Lovelace, Henri IV, le Régent, Werther,
Saint-Preux, René, le maréchal de Richelieu[3] réunis dans
un seul homme, et vous aurez une idée de leur amour!
Et quels amoureux! Éclectiques par excellence en amour,
ils vous servent une passion comme une femme peut
la vouloir; leur cœur ressemble à une carte de restaurant,
ils ont mis en pratique, sans le savoir et sans l'avoir lu
peut-être, le livre *De l'amour* par Stendhal; ils ont la section de l'amour-goût, celle de l'amour-passion, l'amour-
caprice, l'amour cristallisé, et surtout l'amour passager.
Tout leur est bon, ils ont créé ce burlesque axiome :
Toutes les femmes sont égales devant l'homme. Le texte de
cet article est plus vigoureux; mais comme, selon moi,
l'esprit en est faux, je ne tiens pas à la lettre[b]. Madame,
mon ami se nomme Gabriel-Jean-Anne-Victor-Benjamin-
Georges-Ferdinand-Charles-Édouard Rusticoli, comte
de La Palférine. Les Rusticoli, arrivés en France avec
Catherine de Médicis, venaient alors d'être dépossédés
d'une souveraineté minime en Toscane. Un peu parents
des d'Este[c], ils se sont alliés aux Guise. Ils ont tué beaucoup de protestants à la Saint-Barthélemy, et Charles IX
leur a donné l'héritière du comté de La Palférine, confisqué sur le duc de Savoie, et que Henri IV leur a racheté
tout en leur laissant le titre. Ce grand Roi fit la sottise
de rendre ce fief au duc de Savoie. En échange, les
comtes de La Palférine, qui portaient, avant que les
Medici eussent des armes, *d'argent à la croix fleurdelysée*

d'azur (la croix fut fleurdelysée par lettres patentes de Charles IX), *sommé d'une couronne de comte et deux pay-sans[1] pour supports,* avec IN HOC SIGNO VINCIMUS[2] pour devise[a], ont eu deux Charges de la Couronne et un gouvernement. Ils ont joué le plus beau rôle sous les Valois, et jusqu'au quasi-règne de Richelieu; puis ils se sont amoindris sous Louis XIV et ruinés sous Louis XV. Le grand-père de mon ami dévora les restes de cette brillante maison avec Mlle Laguerre[3], qu'il mit à la mode, lui, le premier, avant Bouret[b4]. Officier sans aucune fortune en 1789[c], le père de Charles-Édouard eut le bon esprit, la révolution aidant, de s'appeler Rusticoli. Ce père, qui, d'ailleurs, épousa, durant les guerres d'Italie, une filleule de la comtesse Albani[5], une Capponi[6], de là le dernier prénom de La Palférine, fut[d] l'un des meilleurs colonels de l'armée; aussi l'Empereur le nomma-t-il commandeur[e] de la Légion d'honneur, et le fit-il comte. Le colonel avait une légère déviation de la colonne vertébrale, et son fils dit en riant à se sujet : " Ce fut un *comte refait.* " Le général comte Rusticoli, car il devint général de brigade à Ratisbonne, mourut à Vienne après la bataille de Wagram, où il fut nommé général de division sur le champ de bataille. Son nom, son illustration italienne et son mérite lui auraient valu tôt ou tard le bâton de maréchal. Sous la Restauration, il aurait reconstitué cette grande et belle maison des La Palférine, si brillante déjà en 1100[f] comme Rusticoli, car les Rusticoli avaient déjà fourni un pape et révolutionné deux fois le royaume de Naples; enfin si splendide sous les Valois et si habile que les La Palférine, quoique Frondeurs déterminés, existaient encore sous Louis XIV; Mazarin les aimait, il avait reconnu chez eux un reste de Toscan. Aujourd'hui, quand on nomme Charles-Édouard de La Palférine, sur cent personnes, il n'y en a pas trois qui sachent ce qu'est la maison de La Palférine; mais les Bourbons ont bien laissé un Foix-Grailly[7] vivant de son pinceau[g]! Ah! si vous saviez avec quel esprit Édouard de La Palférine a pris cette position obscure! comme il se moque des bourgeois de 1830, quel sel, quel atticisme! Si la bohème pouvait souffrir un roi, il serait roi de la bohème. Sa verve est inépuisable. On lui doit la carte de la bohème et les noms des sept châteaux que n'a pu trouver Nodier.

— C'est, dit la marquise, la seule chose qui manque à l'une des plus spirituelles railleries de notre époque[a1].

— Quelques traits de mon ami La Palférine vous mettront à même de le juger, reprit Nathan[b2]. La Palférine trouve un de ses amis, l'ami était de la bohème, en discussion sur le boulevard avec un bourgeois qui se croyait offensé. La bohème est très insolente avec le pouvoir moderne. Il s'agissait de se battre. " Un instant, dit La Palférine en devenant aussi Lauzun[3] que Lauzun a jamais pu l'être, un instant, monsieur est-il né ? — Comment, monsieur ? dit le bourgeois. — Oui, êtes-vous né ? Comment vous nommez-vous ? — Godin. — Hein ? Godin! dit l'ami de La Palférine. — Un instant, mon cher, dit La Palférine en arrêtant son ami, il y a les Trigaudin[4]. En êtes-vous ? (Étonnement du bourgeois.) — Non. Vous êtes alors des nouveaux ducs de Gaëte, façon impériale[5]. Non. Eh bien, comment voulez-vous que mon ami, *qui sera* secrétaire d'ambassade et ambassadeur, et à qui vous devrez un jour du respect, se batte! Godin! Cela n'existe pas, vous n'êtes rien, Godin! Mon ami ne peut pas se battre en l'air. Quand on est quelque chose, on ne se bat qu'avec quelqu'un. Allons, mon cher, adieu! — Mes respects à madame ", ajouta l'ami[c]. Un jour, La Palférine se promenait avec un de ses amis qui jeta le bout de son cigare au nez d'un passant. Ce passant eut le mauvais goût de se fâcher. " Vous avez essuyé le feu de votre adversaire, dit le jeune comte, les témoins déclarent que l'honneur est satisfait[d]. " Il devait mille francs à son tailleur, qui, au lieu de venir lui-même, envoya un matin son premier commis chez La Palférine. Ce garçon trouve le débiteur malheureux au sixième étage au fond d'une cour, en haut du faubourg du Roule. Il n'y avait pas de mobilier dans la chambre, mais un lit, et quel lit! une table, et quelle table! La Palférine entend la demande saugrenue, et que je qualifierais, nous dit-il, d'illicite, faite à sept heures du matin. " Allez dire à votre maître, répondit-il avec le geste et la pose de Mirabeau[6], l'état dans lequel vous m'avez trouvé! " Le commis recule en faisant des excuses. La Palférine voit le jeune homme sur le palier, il se lève dans l'appareil illustré par les vers de *Britannicus*[7], et lui dit : " Faites attention à l'escalier! Remarquez bien l'escalier, afin de ne pas oublier de lui parler

de l'escalier[a]. " En quelque situation que l'ait jeté le
hasard, La Palférine ne s'est jamais trouvé ni au-dessous
de la crise, ni sans esprit, ni de mauvais goût. Il déploie
toujours et en tout le génie de Rivarol et la finesse du
grand seigneur français. C'est lui qui a trouvé la délicieuse histoire sur l'ami du banquier Laffitte venant au
bureau de la *souscription nationale* proposée pour conserver à ce banquier son hôtel où se brassa la révolution de
1830[b1], et disant : « Voici cinq francs, rendez-moi cent
sous. » On en a fait une caricature[c2]. Il eut le malheur, en
style d'acte d'accusation, de rendre une jeune fille mère.
L'enfant peu ingénue avoue sa faute à sa mère, bonne
bourgeoise qui accourt chez La Palférine et lui demande
ce qu'il compte faire. " Mais, madame, je ne suis ni
chirurgien ni sage-femme. " Elle fut foudroyée; mais elle
revint à la charge trois ou quatre ans après, en insistant
et demandant toujours à La Palférine ce qu'il comptait
faire. " Oh! madame, répondit-il, quand cet enfant aura
sept ans, âge auquel les enfants passent des mains des
femmes entre celles des hommes... (mouvement d'assentiment chez la mère), si l'enfant est bien de moi (geste
de la mère), s'il me ressemble d'une manière frappante,
s'il promet d'être un gentilhomme, si je reconnais en
lui mon genre d'esprit, et surtout l'air Rusticoli, oh!
alors (nouveau mouvement), par ma foi de gentilhomme, je lui donnerai... un bâton de sucre d'orge[d]! "
Tout cela, si vous me permettez d'user du style employé
par M. Sainte-Beuve pour ses biographies d'inconnus[3], est
le côté enjoué, badin, mais déjà gâté, d'une race forte.
Cela sent son Parc-aux-Cerfs plus que son hôtel de Rambouillet[4]. Ce n'est pas la race *des doux*[5], j'incline à conclure
pour un peu de débauche et plus que je n'en voudrais
chez des natures brillantes et généreuses; mais c'est
galant dans le genre de Richelieu, folâtre[6] et peut-être
trop dans la drôlerie; c'est peut-être les *outrances* du dix-
huitième siècle; cela rejoint en arrière les mousque-
taires, et cela fait tort à Champcenetz[7]; mais *ce volage*
tient aux arabesques et aux enjolivements de la vieille
cour des Valois[8]. On doit sévir, dans une époque aussi
morale que la nôtre, à l'encontre de ces audaces; mais ce
bâton de sucre d'orge peut aussi montrer aux jeunes filles
le danger de ces fréquentations d'abord pleines de rêveries, plus charmantes que sévères, roses et fleuries, mais

dont les pentes ne sont pas surveillées et qui aboutissent à ces excès mûrissants, à des fautes pleines de bouillonnements ambigus, à des résultats trop vibrants[1]. Cette anecdote peint l'esprit vif et complet de La Palférine, car il a l'*entre-deux* que voulait Pascal; il est tendre et impitoyable; il est comme Épaminondas, également grand aux extrémités[2]. Il n'est ni accoucheur ni sage-femme[a]. Ce mot précise d'ailleurs l'époque; autrefois il n'y avait pas d'accoucheurs. Ainsi les raffinements de notre civilisation s'expliquent par ce trait qui restera[b].

— Ah! çà, mon cher Nathan, quel galimatias[3] me faites-vous là? demanda la marquise étonnée[c].

— Madame la marquise, répondit Nathan, vous ignorez la valeur de ces phrases précieuses, je parle en ce moment le Sainte-Beuve, une nouvelle langue française[d]. Je continue[e]. Un jour, se promenant sur le boulevard, bras dessus bras dessous, avec des amis, La Palférine voit venir à lui le plus féroce de ses créanciers, qui lui dit : " Pensez-vous à moi, monsieur? — Pas le moins du monde! " lui répondit le comte. Remarquez combien sa position était difficile. Déjà Talleyrand, en semblable circonstance, avait dit : " Vous êtes bien curieux, mon cher[4]! " Il s'agissait de ne pas imiter cet homme inimitable[f]. Généreux comme Buckingham[5], et ne pouvant supporter d'être pris au dépourvu, un jour, n'ayant rien à donner à un ramoneur, le jeune comte puise dans un tonneau de raisins à la porte d'un épicier, et en emplit le bonnet du petit savoyard, qui mange très bien le raisin. L'épicier commença par rire et finit par tendre la main à La Palférine. "Oh! fi! monsieur, dit-il, votre main gauche doit ignorer ce que vient de donner ma droite[g]. " D'un courage aventureux, Charles-Édouard ne cherche ni ne refuse aucune partie; mais il a la bravoure spirituelle. En voyant, dans le passage de l'Opéra, un homme qui s'était exprimé sur son compte en termes légers, il lui donne un coup de coude en passant, puis il revient sur ses pas et lui en donne un second. " Vous êtes bien maladroit, dit-on. — Au contraire, je l'ai fait exprès. " Le jeune homme lui présente sa carte. " Elle est bien sale, reprit-il, elle est par trop pochetée; veuillez m'en donner une autre! " ajouta-t-il en la jetant. Sur le terrain, il reçoit un coup d'épée, l'adversaire voit partir le sang et veut finir en s'écriant : " Vous êtes blessé, monsieur.

— Je nie la botte! " répondit-il avec autant de sang-froid
que s'il eût été dans une salle d'armes, et il riposta par
une botte pareille, mais plus à fond, en ajoutant : " Voilà
le vrai coup, monsieur! " L'adversaire resta six mois
au lit[a]. Ceci, toujours en se tenant dans les eaux de
M. Sainte-Beuve, rappelle les Raffinés et la fine raillerie des
beaux jours de la monarchie. On y voit une vie dégagée,
mais sans point d'arrêt, une imagination riante qui ne
nous est donnée qu'à l'origine de la jeunesse[1]. Ce n'est
plus le velouté de la fleur, mais il y a du grain desséché,
plein, fécond qui assure la saison d'hiver[2]. Ne trouvez-
vous pas que ces choses annoncent quelque chose
d'inassouvi, d'inquiet, ne s'analysant pas, ne se décrivant point, mais se comprenant[3], et qui s'embraserait en
flammes éparses et hautes si l'occasion de se déployer
arrivait ? C'est l'*acedia* du cloître, quelque chose d'aigri,
de fermenté dans l'inoccupation croupissante des forces
juvéniles[b], une tristesse vague et obscure.

— Assez! dit la marquise, vous me donnez des douches
à la cervelle.

— C'est l'ennui des après-midi[4]. On est sans emploi,
on fait mal plutôt que de ne rien faire, et c'est ce qui
arrivera toujours en France. La jeunesse en ce moment
a deux côtés : le côté studieux des *méconnus,* le côté ardent
des *passionnés.*

— Assez! répéta Mme de Rochefide avec un geste
d'autorité, vous m'agacez les nerfs[c].

— Je me hâte, pour achever de vous peindre La
Palférine, de me jeter dans ses régions galantes, afin de
vous faire comprendre le génie particulier de ce jeune
homme qui représente admirablement une portion de la
jeunesse malicieuse, de cette jeunesse assez forte pour
rire de la situation où la met l'ineptie des gouvernants,
assez calculatrice pour ne rien faire en voyant l'inutilité
du travail, assez vive encore pour s'accrocher au plaisir,
la seule chose qu'on n'ait pu lui ôter. Mais une politique
à la fois bourgeoise, mercantile et bigote va supprimant[d] tous les déversoirs où se répandraient tant d'apti-
tudes et de talents. Rien pour ces poètes, rien pour ces
jeunes savants. Pour vous faire comprendre la stupidité
de la nouvelle cour, voici ce qui est arrivé à La Palférine[e].
Il existe à la Liste civile[f] un *employé aux malheurs*[95]. Cet
employé apprit un jour que La Palférine était dans une

horrible détresse, il fit sans doute un rapport, et il apporta cinquante francs à l'héritier des Rusticoli. La Palférine reçut ce monsieur avec une grâce parfaite, et il l'entretint des personnages de la Cour[a]. " Est-il vrai, demanda-t-il, que Mlle d'Orléans[1] contribue pour telle somme à ce beau service entrepris pour son neveu[b2] ? Ce sera fort beau. " La Palférine avait donné le mot à un petit savoyard de dix ans, appelé par lui *Père Anchise*[3], lequel le sert pour rien et duquel il dit : " Je n'ai jamais vu tant de niaiserie réunie à tant d'intelligence, il passerait dans le feu pour moi, il comprend tout et ne comprend pas que je ne puis rien pour lui. " Anchise ramena de chez un loueur de carrosses un magnifique coupé derrière lequel il y avait un laquais. Au moment où La Palférine entendit le bruit du carrosse, il avait habilement amené la conversation sur les fonctions de ce monsieur, qu'il appelle depuis l'*homme aux misères sans écart*[4], il s'était informé de sa besogne et de son traitement. " Vous donne-t-on une voiture pour courir ainsi la ville ? — Oh! non ", répondit-il. Sur ce mot, La Palférine et l'ami qui se trouvait avec lui accompagnent le pauvre homme, descendent et le forcent à monter en voiture, car il pleuvait à torrents. La Palférine avait tout calculé. Il offrit de conduire l'employé là où l'employé allait. Quand le distributeur des aumônes eut fini sa nouvelle visite, il retrouva l'équipage à la porte. Le laquais lui remit ce mot écrit au crayon : *La voiture est payée pour trois jours par le comte Rusticoli de La Palférine, trop heureux de s'unir aux charités de la Cour en donnant des ailes à ses bienfaits.* La Palférine appelle maintenant la Liste civile une Liste incivile[c]. Il fut passionnément aimé d'une femme dont la conduite était un peu légère. Antonia[d] demeurait rue du[e] Helder, et y était remarquée. Mais, dans le temps où elle connut le comte, elle n'avait pas encore *été à pied*[5]. Elle ne manquait pas de cette impertinence d'autrefois que les femmes d'aujourd'hui ont ravalée jusqu'à l'insolence. Après quinze jours d'un bonheur sans mélange, cette femme fut obligée de revenir, dans les intérêts de sa liste civile, à un système de passion moins exclusive. En s'apercevant qu'on manquait de franchise avec lui, La Palférine écrivit à Mme Antonia cette lettre qui la rendit célèbre.

« " Madame,

« " Votre conduite m'étonne autant qu'elle m'afflige. Non contente de me déchirer le cœur par vos dédains, vous avez l'indélicatesse de me retenir une brosse à dents, que mes moyens ne me permettent pas de remplacer, mes propriétés étant grevées d'hypothèques au-delà de leur valeur[a].

« " Adieu, trop belle et trop ingrate amie ! Puissions-nous nous revoir dans un monde meilleur !

« " CHARLES-ÉDOUARD[b]. "

« Assurément (toujours en nous servant du style macaronique de M. Sainte-Beuve), ceci surpasse de beaucoup la raillerie de Sterne dans le *Voyage sentimental,* ce serait Scarron sans sa grossièreté. Je ne sais même si Molière, dans ses bonnes[1], n'aurait pas dit, comme du meilleur de Cyrano : Ceci est à moi[2] ! Richelieu n'a pas été plus complet en écrivant à la princesse qui l'attendait dans la cour des cuisines au Palais-Royal : *Restez-y, ma reine, pour charmer les marmitons*[3]. Encore la plaisanterie de Charles-Édouard est-elle moins âcre[c]. Je ne sais si les Romains, si les Grecs ont connu ce genre d'esprit. Peut-être Platon, en y regardant bien, en a-t-il approché, mais du côté sévère et musical[d]...

— Laissez ce jargon, dit la marquise, cela peut s'imprimer, mais m'en écorcher les oreilles est une punition que je ne mérite point[e].

— Voici comment il fit la rencontre de Claudine, reprit Nathan[f]. Un jour, un de ces jours inoccupés où la jeunesse se trouve à charge à elle-même, et comme Blondet[g] sous la Restauration[4], ne sort de son énergie[5] et de l'abattement auquel la condamnent d'outrecuidants vieillards que pour mal faire, pour entreprendre de ces énormes bouffonneries qui ont leur excuse dans l'audace même de leur conception, La Palférine errait le long de sa canne, sur le même trottoir, entre la rue de Grammont et la rue Richelieu. De loin, il voit une femme, une femme mise trop élégamment, et, comme il le dit, garnie d'effets trop coûteux et portés trop négligemment pour n'être pas une princesse de la Cour ou de l'Opéra ; mais, après juillet 1830, selon lui l'équivoque est impossible, la princesse devait être de l'Opéra. Le jeune comte se met aux côtés de cette femme, comme s'il lui avait donné un rendez-vous; il la suit avec une opiniâtreté polie, avec une persistance de bon goût, en lui lançant des regards pleins d'autorité, mais à propos, et qui forcèrent cette femme à se laisser escorter. Un autre eût été glacé par l'accueil, déconcerté par les premiers chassés-croisés de la femme, par le froid piquant de son air, par des mots sévères; mais La Palférine lui dit de ces mots plaisants contre lesquels ne tient aucun sérieux, aucune résolution. Pour se débarrasser de lui, l'inconnue entre chez sa marchande de modes, Charles-Édouard y entre, il s'assied, il donne son avis, il la conseille en homme prêt à payer. Ce sang-froid inquiète la femme, elle sort. Sur l'escalier, l'inconnue dit à La Palférine, son persécuteur[a] : " Monsieur, je vais chez une parente de mon mari, une vieille dame, Mme de Bonfalot... — Oh! Mme de Bonfalot? répond le comte, mais je suis charmé, j'y vais... " Le couple y va. Charles-Édouard entre avec cette femme, on le croit amené par elle, il se mêle à la conversation, il y prodigue son esprit fin et distingué. La visite traînait en longueur. Ce n'était pas son compte. " Madame, dit-il à l'inconnue, n'oubliez pas que votre mari nous attend, il ne nous a donné qu'un quart d'heure. " Confondue par cette audace, qui, vous le savez, vous plaît toujours, entraînée par ce regard vainqueur, par cet air profond et candide à la fois que sait prendre Charles-Édouard, elle se lève, accepte le bras de son cavalier forcé, descend et lui dit sur le seuil de la porte : " Monsieur, j'aime la plaisanterie... — Et moi donc! " dit-il. Elle rit. " Mais il ne tient qu'à vous que cela ne devienne sérieux, reprit-il. Je suis le comte de La Palférine, et je suis enchanté de pouvoir mettre à vos pieds et mon cœur et ma fortune[b]! " La Palférine avait alors vingt-deux[c] ans[1]. Ceci se passait en 1834[d]. Par bonheur, ce jour-là, le comte était mis avec élégance. Je vais vous le peindre en deux mots. C'est le vivant portrait de Louis XIII, il en a le front pâle, gracieux aux tempes, le teint olivâtre, ce teint italien qui devient blanc aux lumières, les cheveux bruns, portés longs, et la royale noire; il en a l'air sérieux et mélancolique, car sa personne et son caractère forment un contraste étonnant. En entendant le nom et voyant le personnage, Claudine éprouve comme un frémisse-

ment. La Palférine s'en aperçoit : il lui lance un regard
de ses yeux noirs profonds, fendus en amande[a], aux
paupières légèrement ridées et bistrées qui révèlent des
joies égales à d'horribles fatigues. Sous ce coup d'œil elle
lui dit : " Votre adresse ! — Quelle maladresse ! répondit-
il. — Ah ! bah ! fit-elle en souriant. Oiseau sur la branche ?
— Adieu, madame ; vous êtes une femme comme
il m'en faut, mais ma fortune est loin de ressembler à
mon désir... " Il salue et la quitte net, sans se retourner[b].
Le surlendemain, par une de ces fatalités qui ne sont possibles que dans Paris, il alla chez un de ces marchands
d'habits qui prêtent sur gages lui vendre le superflu de
sa garde-robe, il en recevait d'un air inquiet le prix,
après l'avoir longtemps débattu, quand l'inconnue passe
et le reconnaît. " Décidément, crie-t-il au marchand stupéfait, je ne prends pas votre trompe ! " Et il indiquait
une énorme trompe bosselée, accrochée en dehors et
qui se dessinait sur des habits de chasseurs d'ambassade
et de généraux de l'Empire. Puis, fier et impétueux, il
resuivit la jeune femme. Depuis cette grande journée de
la trompe, ils s'entendirent à merveille[c]. Charles-Édouard
a sur l'amour les idées les plus justes. Il n'y a pas, selon
lui, deux amours dans la vie de l'homme ; il n'y en a qu'un
seul, profond comme la mer, mais sans rivages. À tout
âge, cet amour fond sur vous comme la grâce fondit sur
saint Paul[d1]. Un homme peut vivre jusqu'à soixante ans
sans l'avoir ressenti[e2]. Cet amour, selon une superbe
expression de Heine[f3], est peut-être la *maladie secrète
du cœur,* une combinaison du sentiment de l'infini qui
est en nous et du beau idéal qui se révèle sous une forme
visible. Enfin cet amour embrasse à la fois la créature et
la création. Tant qu'il ne s'agit pas de ce grand poème,
on ne peut traiter qu'en plaisantant ces amours qui
doivent finir, en faire ce que sont en littérature les
poésies légères comparées au poème épique. Charles-
Édouard n'éprouva dans cette liaison ni ce coup de
foudre qui annonce ce véritable amour ni la lente révélation des attraits, la reconnaissance des qualités secrètes
qui attachent deux êtres par une puissance croissante.
L'amour vrai n'a que ces deux modes. Ou la première
vue, qui sans doute est un effet de la seconde vue écossaise[4], ou la graduelle fusion des deux natures, qui réalise l'androgyne platonique[5]. Mais Charles-Édouard fut

aimé follement. Cette femme éprouvait l'amour complet, idéal et physique, enfin La Palférine fut sa vraie passion à elle. Pour lui, Claudine n'était qu'une délicieuse maîtresse. Le diable avec son enfer, qui certes est un puissant magicien, n'aurait jamais pu changer le système de ces deux caloriques inégaux. J'ose affirmer que Claudine ennuyait souvent Charles-Édouard. " Au bout de trois jours, la femme qu'on n'aime pas et le poisson gardé sont bons à jeter par la fenêtre ", nous disait-il[a]. En bohème, le secret s'observe peu sur les amours légères. La Palférine nous parla souvent de Claudine, néanmoins personne de nous ne la vit et jamais son nom de femme ne fut prononcé. Claudine était presque un personnage mythique. Nous en agissions tous de même, conciliant ainsi les exigences de notre vie en commun et les lois du bon goût. Claudine, Hortense, la Baronne, la Bourgeoise, l'Impératrice, la Lionne, l'Espagnole étaient des rubriques qui permettaient à chacun d'épancher ses joies, ses soucis, ses chagrins, ses espérances, et de communiquer ses découvertes. On n'allait pas au-delà. Il y a exemple, en bohème, d'une révélation faite par hasard de la personne dont il était question; aussitôt, par un accord unanime, aucun de nous ne parla plus d'elle. Ce fait peut indiquer combien la jeunesse a le sens des vraies délicatesses. Quelle admirable connaissance ont les gens de choix des limites où doivent s'arrêter la raillerie et ce monde de choses françaises désigné sous le mot soldatesque de *blague*[1], mot qui sera repoussé de la langue, espérons-le, mais qui seul peut faire comprendre l'esprit de la bohème! Nous plaisantions donc souvent sur Claudine et sur le comte. C'était des : " Que fais-tu de Claudine ? — Et ta Claudine ? — Toujours Claudine ? " chantés sur l'air de *Toujours Gessler*[2] ! de Rossini[b], etc. " Je vous souhaite, pour le mal que je vous veux, nous dit un jour La Palférine, une semblable maîtresse. Il n'y a pas de lévrier, de basset, de caniche qui lui soit comparable pour la douceur, la soumission, la tendresse absolue. Il y a des moments où je me fais des reproches, où je me demande compte à moi-même de ma dureté. Claudine obéit avec une douceur de sainte. Elle vient, je la renvoie, elle s'en va, elle ne pleure que dans la cour. Je ne veux pas d'elle pendant une semaine, je lui assigne le mardi suivant, à certaine heure, fût-ce minuit ou six heures du matin, dix heures ou cinq heures, les moments les plus incommodes, celui du déjeuner, du dîner, du lever, du coucher... Oh! elle viendra belle, parée, ravissante, à cette heure, exactement! Et elle est mariée! entortillée dans les obligations et les devoirs d'une maison. Les ruses qu'elle doit inventer, les raisons à trouver pour se conformer à mes caprices nous embarrasseraient, nous autres!... Rien ne la lasse, elle tient bon! Je le lui dis, ce n'est pas de l'amour, c'est de l'entêtement. Elle m'écrit tous les jours, je ne lis pas ses lettres, elle s'en est aperçue, elle écrit toujours[a]! Tenez, voilà deux cents lettres dans ce coffre. Elle me prie de prendre chaque jour une de ses lettres pour essuyer mes rasoirs, et je n'y manque pas! Elle croit, avec raison, que la vue de son écriture me fait penser à elle. » La Palférine s'habillait en nous disant cela, je pris la lettre dont il allait se servir, je la lus et la gardai sans qu'il la réclamât; la voici, car, selon ma promesse, je l'ai retrouvée[b] :

                                        « Lundi, minuit.

« " Eh bien, mon ami, êtes-vous content de moi ? Je ne vous ai pas demandé cette main, qu'il vous eût été facile de me donner et que je désirais tant de presser sur mon cœur, sur mes lèvres. Non, je ne vous l'ai pas demandée, je crains trop de vous déplaire. Savez-vous une chose ? Bien que je sache cruellement que mes actions vous sont parfaitement indifférentes, je n'en deviens pas moins d'une extrême timidité dans ma conduite. La femme qui vous appartient, à quelque titre que ce soit et bien que très secrètement, doit éviter d'encourir le plus léger blâme. En ce qui est des anges du ciel, pour lesquels il n'y a pas de secret, mon amour est égal aux plus purs amours; mais partout où je me trouve, il me semble que je suis toujours en votre présence, et je veux vous faire honneur.

« " Tout ce que vous m'avez dit sur ma manière de me mettre m'a frappée et m'a fait comprendre combien les gens de race noble sont supérieurs aux autres! Il me restait quelque chose de la fille d'Opéra dans la coupe de mes robes, dans mes coiffures. En un moment, j'ai reconnu la distance qui me séparait du bon goût. La première fois, vous recevrez une duchesse, vous ne me

reconnaîtrez pas. Oh! combien tu as été bon pour ta
Claudine! combien de fois je t'ai remercié de m'avoir
dit tout cela! Quel intérêt dans ce peu de paroles! Tu
t'es donc occupé de cette chose à toi qui se nomme Claudine? Ce n'est pas cet imbécile qui m'aurait éclairée,
il trouve bien tout ce que je fais, *il* est d'ailleurs bien trop
pot-au-feu, trop prosaïque pour avoir le sens du beau[a].
Mardi va bien tarder à mon impatience! Mardi, près de
vous pendant plusieurs heures! Ah! je m'efforcerai
mardi de penser que ces heures sont des mois, et que je
suis ainsi toujours. Je vis en espoir dans cette matinée
comme je vivrai plus tard quand elle sera passée par
le souvenir. L'espoir est une mémoire qui désire, le souvenir est une mémoire qui a joui. Quelle belle vie dans
la vie nous fait ainsi la pensée! je songe à inventer des
tendresses qui ne seront qu'à moi, dont le secret ne
sera deviné par aucune femme. Il me prend des sueurs
froides qu'il n'arrive un empêchement. Oh! je briserais
net avec *lui,* s'il le fallait; mais ce n'est pas d'ici que jamais
viendra l'empêchement, c'est de toi, tu pourras vouloir
aller dans le monde, chez une autre femme peut-être.
Oh! grâce pour ce mardi! Si tu me l'enlevais, Charles,
tu ne sais pas tout ce que tu *lui* vaudrais, je *le* rendrais
fou. Si tu ne voulais pas de moi, si tu allais dans le monde,
laisse-moi venir tout de même, te voir habiller, rien que
te voir, je n'en demande pas davantage, laisse-moi te
prouver ainsi combien je t'aime purement! Depuis que
tu m'as permis de t'aimer, car tu me l'as permis puisque
je suis à toi; depuis ce jour, je t'aime de toute la puissance
de mon âme, et je t'aimerai toujours : car, après t'avoir
aimé, on ne peut plus, on ne doit plus aimer personne. Et,
vois-tu, quand tu te verras sous un regard qui ne veut
que voir, tu sentiras qu'il y a chez ta Claudine quelque
chose de divin que tu y as éveillé. Hélas! je ne suis point
coquette avec toi; je suis comme une mère avec son
enfant : je souffre tout de toi; moi, si impérieuse, si
fière ailleurs, moi qui faisais trotter des ducs, des princes,
des aides de camp de Charles X, qui valaient plus que
toute la cour actuelle, je te traite en enfant gâté. Mais à
quoi bon des coquetteries? ce serait en pure perte. Et
cependant, faute de coquetterie, je ne vous inspirerai
jamais d'amour, monsieur! Je le sais, je le sens, et je
continue en éprouvant l'action d'un pouvoir irrésistible,

mais je pense que cet entier abandon me vaudra de vous ce sentiment qu'*il* dit être chez tous les hommes pour ce qui eſt leur propriété. "

« Mercredi.

« "Oh! comme la triſteſſe eſt entrée noire dans mon cœur lorsque j'ai su qu'il fallait renoncer au bonheur de te voir hier! Une seule idée m'a empêchée de me laisser aller dans les bras de la mort : tu le voulais! Ne pas venir, c'était exécuter ta volonté, obéir à l'un de tes ordres. Ah! Charles, j'étais si jolie! tu aurais eu en moi mieux que cette belle princesse allemande[a] que tu m'avais donnée en exemple, et que j'avais étudiée à l'Opéra. Mais tu m'aurais peut-être trouvée hors de ma nature. Tiens, tu m'as ôté toute confiance en moi, je suis peut-être laide. Oh! je me fais horreur, je deviens imbécile en songeant à mon radieux Charles-Édouard. Je deviendrai folle, c'eſt sûr. Ne ris pas, ne me parle pas de la mobilité des femmes. Si nous sommes mobiles, vous êtes bien bizarres, vous! Ôter à une pauvre créature les heures d'amour qui la faisaient heureuse depuis dix jours, qui la rendaient bonne et charmante pour tous ceux qui venaient voir! Enfin tu étais cause de ma douceur avec *lui,* tu ne sais pas le mal que tu lui fais. Je me suis demandé ce que je dois inventer pour te conserver, ou pour avoir seulement le droit d'être quelquefois à toi... Quand je pense que tu n'as jamais voulu venir ici! Avec quelle délicieuse émotion je te servirais! Il y en a de plus favorisées que moi. Il y a des femmes à qui tu dis : Je vous aime. À moi, tu n'as jamais dit que : Tu es une bonne fille. Sans que tu le saches, il eſt certains mots de toi qui me rongent le cœur. Il y a des gens d'esprit qui me demandent quelquefois à quoi je pense : je pense à mon abjeċtion, qui eſt celle de la plus pauvre pécheresse en présence du Sauveur[b][1]. "

« Il y a, vous le voyez, encore trois pages. La Palférine me laissa prendre cette lettre où je vis des traces de larmes qui me semblèrent encore chaudes[c]! Cette lettre me prouva que La Palférine nous disait vrai. Marcas[d][2], assez timide avec les femmes, s'extasiait sur une lettre semblable qu'il venait de lire dans son coin avant d'en allumer son cigare. " Mais toutes les femmes qui aiment

écrivent de ces choses-là! s'écria La Palférine, l'amour
leur donne à toutes de l'esprit et du style, ce qui prouve
qu'en France le style vient des idées et non des mots.
Voyez comme cela est bien pensé, comme un sentiment
est logique. " Et il nous lut une autre lettre qui était
bien supérieure aux lettres factices tant étudiées que nous
tâchons de faire, nous autres auteurs de romans*a*. Un
jour, la pauvre Claudine ayant su La Palférine dans un
danger excessif, à cause d'une lettre de change, eut la
fatale idée de lui apporter dans une bourse ravissamment
brodée une somme assez considérable en or. " Qui t'a
faite si hardie, de te mêler des affaires de ma maison?
lui cria La Palférine en colère. Raccommode mes chaussettes, brode-moi des pantoufles, si ça t'amuse. Mais...
Ah! tu veux faire la duchesse, et tu retournes la fable
de Danaë[1] contre l'aristocratie*b*. " En disant ces mots, il
vida la bourse dans sa main, et fit le geste de jeter la
somme à la figure de Claudine. Claudine épouvantée,
et ne devinant pas la plaisanterie, se recula, heurta une
chaise, et alla tomber la tête la première sur l'angle aigu
de la cheminée. Elle se crut morte. La pauvre femme ne
dit qu'un mot, quand, mise sur le lit, elle put parler :
" Je l'ai mérité, Charles! " La Palférine eut un moment
de désespoir. Ce désespoir rendit la vie à Claudine; elle
fut heureuse de ce malheur, elle en profita pour faire
accepter la somme à La Palférine, et le tirer d'embarras.
Puis ce fut le contrepied de la fable de La Fontaine où
un mari rend grâce aux voleurs de lui faire connaître
un mouvement de tendresse chez sa femme[2]. À ce propos, un mot vous expliquera La Palférine tout entier.
Claudine revint chez elle, elle arrangea comme elle le
put un roman pour justifier sa blessure, et fut dangereu-
sement malade. Il se fit un abcès à la tête. Le médecin,
Bianchon, je crois, oui, ce fut lui*c*[3], voulut un jour faire
couper les cheveux de Claudine, qui a des cheveux aussi
beaux que ceux de la duchesse de Berry; mais elle s'y
refusa, et dit en confidence à Bianchon*d* qu'elle ne pouvait
pas les laisser couper sans la permission du comte de
La Palférine. Bianchon vint chez Charles-Édouard,
Charles-Édouard l'écoute gravement, et quand Bianchon lui a longuement expliqué le cas et démontré qu'il
faut absolument couper les cheveux pour faire sûrement
l'opération : " Couper les cheveux de Claudine! s'écria-t-il

d'une voix péremptoire; non, j'aime mieux la perdre! "
Bianchon, après quatre ans, parle encore du mot de
La Palférine[a], et nous en avons ri pendant une demi-
heure. Claudine, instruite de cet arrêt, y vit une preuve
d'affection, elle se crut aimée. En face de sa famille en
larmes, de son mari à genoux, elle fut inébranlable, elle
garda ses cheveux. L'opération, secondée par cette
force intérieure que lui donnait la croyance d'être aimée,
réussit parfaitement. Il y a de ces mouvements d'âme
qui mettent en désordre toutes les bricoles[1] de la chirurgie et les lois de la science médicale. Claudine écrivit,
sans orthographe, sans ponctuation, une délicieuse lettre
à La Palférine pour lui apprendre l'heureux résultat de
l'opération, en lui disant que l'amour en savait plus que
toutes les sciences. " Maintenant, nous disait un jour
La Palférine, comment faire pour me débarrasser de
Claudine ? — Mais elle n'est pas gênante, elle te laisse
maître de tes actions. — C'est vrai, dit La Palférine, mais
je ne veux pas qu'il y ait dans ma vie quelque chose qui
s'y glisse sans mon consentement. " Dès ce jour il se
mit à tourmenter Claudine, il avait dans la plus profonde
horreur une bourgeoise, une femme sans nom; il lui fallait absolument une femme titrée, elle avait fait des progrès, c'est vrai, Claudine était mise comme les femmes
plus élégantes du faubourg Saint-Germain, elle avait su
sanctifier sa démarche, elle marchait avec une grâce
chaste, inimitable; mais ce n'était pas assez! Ces éloges
faisaient tout avaler à Claudine. " Eh bien, lui dit un
jour La Palférine, si tu veux rester la maîtresse d'un La
Palférine pauvre, sans le sou, sans avenir, au moins dois-
tu le représenter dignement. Tu dois avoir un équipage,
des laquais, une livrée, un titre. Donne-moi toutes les
jouissances de vanité que je ne puis pas avoir par moi-
même. La femme que j'honore de mes bontés ne doit
jamais aller à pied, si elle est éclaboussée, j'en souffre!
Je suis fait comme cela, moi! Ma femme doit être admirée
de tout Paris. Je veux que tout Paris m'envie mon
bonheur! Qu'un petit jeune homme, voyant passer dans
un brillant équipage une brillante comtesse, se dise :
À qui sont de pareilles divinités ? et reste pensif. Cela
doublera mes plaisirs. " La Palférine nous avoua qu'après
avoir lancé ce programme à la tête de Claudine pour s'en
débarrasser, il fut étourdi pour la première et sans doute

pour la seule fois de sa vie. " Mon ami, dit-elle, avec un
son de voix qui trahissait un tremblement intérieur et
universel, c'est bien! Tout cela sera fait, ou je mourrai... "
Elle lui baisa la main et y mit quelques larmes de bonheur.
" Je suis heureuse, ajouta-t-elle, que tu m'aies expliqué
ce que je dois être pour rester ta maîtresse. — Et, nous
disait La Palférine, elle est sortie en me faisant un petit
geste coquet de femme contente. Elle était sur le seuil de
ma mansarde, grande, fière, à la hauteur d'une sibylle
antique[a]. "

« Tout ceci doit vous expliquer assez les mœurs de la
bohème dont une des plus brillantes figures est ce jeune
condottiere, reprit Nathan après une pause[b]. Maintenant
voici comme je découvris qui était Claudine, et comment
je pus comprendre tout ce qu'il y avait d'épouvanta-
blement vrai dans un mot de la lettre de Claudine auquel
vous n'avez peut-être pas pris garde[c1]. »

La marquise, trop pensive pour rire, dit à Nathan un
« Continuez! » qui lui prouva combien elle était frappée
de ces étrangetés, combien surtout La Palférine la préoccupait[d].

« Parmi tous les auteurs dramatiques de Paris, un des
mieux posés, des plus rangés, des plus entendus, était,
en 1829, du Bruel, dont le nom est inconnu du public, il
s'appelle de Cursy sur les affiches. Sous la Restauration, il
avait une place de chef de bureau dans un ministère.
Attaché de cœur à la branche aînée, il donna bravement
sa démission, et fit depuis ce temps deux fois plus de
pièces de théâtre pour compenser le déficit que sa belle
conduite occasionnait dans son budget des recettes. Du
Bruel avait alors quarante ans, sa vie vous est connue[2].
À l'exemple de quelques auteurs, il portait à une femme
de théâtre une de ces affections qui ne s'expliquent pas,
et qui cependant existent au vu et au su du monde littéraire. Cette femme, vous le savez[3], est Tullia, l'un des
anciens premiers sujets de l'Académie royale de musique.
Tullia n'est pour elle qu'un surnom, comme celui de
Cursy pour du Bruel. Pendant dix ans, de 1817 à 1827[e],
cette fille a brillé sur les illustres planches de l'Opéra.
Plus belle que savante, médiocre sujet, mais un peu plus
spirituelle que ne le sont les danseuses, elle ne donna pas
dans la réforme vertueuse qui perdit le corps de ballet, elle
continua la dynastie des Guimard[f4]. Aussi dut-elle son

ascendant à plusieurs protecteurs connus, au duc de
Réthoré[a], fils du duc de Chaulieu, à l'influence d'un
célèbre directeur des Beaux-Arts[1], à des diplomates, à de
riches étrangers. Elle eut, durant son apogée, un petit
hôtel rue Chauchat[b2], et vécut comme vivaient les
anciennes nymphes de l'Opéra. Du Bruel s'amouracha
d'elle au déclin de la passion du duc de Réthoré, vers
1823[c]. Simple sous-chef, du Bruel souffrit le directeur
des Beaux-Arts, il se croyait le préféré! Cette liaison
devint, au bout de six ans, un quasi-mariage. Tullia
cache soigneusement sa famille, on sait vaguement
qu'elle est de Nanterre. Un de ses oncles, jadis simple
charpentier ou maçon, grâce à ses recommandations et
à de généreux prêts, est devenu, dit-on, un riche entrepreneur de bâtiments. Cette indiscrétion a été commise
par du Bruel, il dit un jour que Tullia recueillerait tôt ou
tard une belle succession. L'entrepreneur, qui n'est pas
marié, se sent un faible pour sa nièce, à laquelle il a des
obligations. " C'est un homme qui n'a pas assez d'esprit
pour être ingrat ", disait-elle[d]. En 1829[e], Tullia se mit
d'elle-même à la retraite. À trente[f] ans, elle se voyait
un peu grasse, elle avait essayé vainement la pantomime,
elle ne savait rien que se donner *assez de ballon* pour bien
enlever sa jupe en pirouettant, à la manière des Noblet[3],
et se montrer quasi nue au parterre. Le vieux Vestris[4] lui
dit, dès l'abord, que ce *temps* bien exécuté, quand une
danseuse était d'une belle nudité, valait tous les talents
imaginables. C'est l'*ut* de poitrine de la Danse. Aussi,
disait-il, les illustres danseuses, Camargo, Guimard,
Taglioni[5], toutes maigres, brunes et laides, ne peuvent
s'en tirer que par du génie. Devant de plus jeunes sujets
plus habiles qu'elle, Tullia[g] se retira dans toute sa gloire
et fit bien. Danseuse aristocratique, ayant peu dérogé
dans ses liaisons, elle ne voulut pas tremper ses chevilles
dans le gâchis de Juillet[h]. Insolente et belle, Claudine
avait de beaux souvenirs et peu d'argent, mais les plus
magnifiques bijoux et l'un des plus beaux mobiliers de
Paris. En quittant l'Opéra, la fille célèbre, aujourd'hui
presque oubliée[i], n'eut plus qu'une idée, elle voulut se
faire épouser par du Bruel, et vous comprenez qu'elle
est aujourd'hui Mme du Bruel, mais sans que ce mariage
ait été déclaré[j]. Comment ces sortes de femmes se font
épouser après sept ou huit ans d'intimité ? quels ressorts

elles poussent ? quelles machines elles mettent en mouvement ? si comique[1] que puisse être ce drame intérieur,
ce n'est pas notre sujet. Du Bruel est marié secrètement[a],
le fait est accompli[b]. Avant son mariage, Cursy passait
pour un joyeux compagnon ; il ne rentrait pas toujours
chez lui, sa vie était quelque peu bohémienne, il se laissait aller à une partie, à un souper ; il sortait très bien
pour se rendre à une répétition de l'Opéra-Comique, et
se trouvait, sans savoir comment, à Dieppe, à Baden,
à Saint-Germain ; il donnait à dîner, il menait la vie puissante et dépensière des auteurs, des journalistes et des
artistes ; il levait très bien ses droits d'auteur dans toutes
les coulisses de Paris, il faisait partie de notre société.
Finot, Lousteau, du Tillet, Desroches, Bixiou, Blondet,
Couture, des Lupeaulx le supportaient malgré son air
pédant et sa lourde attitude de bureaucrate. Mais une
fois mariée, Tullia rendit du Bruel esclave. Que voulez-
vous, le pauvre diable aimait Tullia. Tullia venait,
disait-elle, de quitter le théâtre pour être toute à lui, pour
devenir une bonne et charmante femme. Tullia sut se faire
adopter par les femmes les plus jansénistes de la famille
du Bruel. Sans qu'on eût jamais compris ses intentions
d'abord, elle allait s'ennuyer chez Mme de Bonfalot[c] ; elle
faisait de riches cadeaux à la vieille et avare Mme de
Chissé, sa grand-tante ; elle passa chez cette dame un
été, ne manquant pas une seule messe. La danseuse se
confessa, reçut l'absolution, communia, mais à la campagne, sous les yeux de la tante. Elle nous disait l'hiver
suivant : " Comprenez-vous ? j'aurai de vraies tantes ! "
Elle était si heureuse de devenir une bourgeoise, si heureuse d'abdiquer son indépendance, qu'elle trouva les
moyens qui pouvaient la mener au but. Elle flattait ces
vieilles gens. Elle a été tous les jours, à pied, tenir compagnie pendant deux heures à la mère de du Bruel pendant une maladie. Du Bruel était étourdi du déploiement
de cette ruse à la Maintenon[d2], et il admirait cette femme
sans faire un seul retour sur lui-même[e], il était déjà si
bien ficelé qu'il ne sentait plus la ficelle[f]. Claudine fit
comprendre à du Bruel que le système élastique du gouvernement bourgeois, de la royauté bourgeoise, de la
cour bourgeoise était le seul qui pût permettre à une
Tullia, devenue Mme du Bruel, de faire partie du monde
où elle eut le bon sens de ne pas vouloir pénétrer. Elle

se contenta d'être reçue chez Mmes de Bonfalot, de Chissé, chez Mme du Bruel où elle posait, sans jamais se démentir, en femme sage, simple, vertueuse. Elle fut, trois[a] ans plus tard, reçue chez leurs amies. " Je ne peux pourtant pas me persuader que Mme du Bruel, la jeune, ait montré ses jambes et le reste à tout Paris, à la lueur de cent becs de lumière! " disait naïvement Mme Anselme Popinot[b]. Juillet 1830 ressemble, sous ce rapport, à l'Empire ‹ Napoléon qui reçut à sa cour une ancienne femme de chambre, dans la personne de Mme Garat, *épouse* du Grand-Juge[c1]. L'ancienne danseuse avait rompue net, vous le devinez, avec toutes ses camarades : elle ne reconnaissait parmi ses anciennes connaissances personne qui pût la compromettre. En se mariant, elle avait loué, rue de la Victoire, un tout petit charmant hôtel entre cour et jardin où elle fit des dépenses folles, et où s'engouffrèrent les plus belles choses de son mobilier et de celui de du Bruel. Tout ce qui parut ordinaire ou commun fut vendu. Pour trouver des analogies au luxe qui scintillait chez elle, on doit remonter jusqu'aux beaux jours des Guimard, de Sophie Arnould, des Duthé[2] qui dévorèrent des fortunes princières[d]. Jusqu'à quel point cette riche existence intérieure agissait-elle sur du Bruel ? la question, délicate à poser, est plus délicate à résoudre. Pour donner une idée des fantaisies de Tullia, qu'il me suffise de vous parler d'un détail. Le couvre-pieds de son lit est en dentelle de point d'Angleterre, il vaut dix mille francs. Une actrice célèbre en eut un pareil, Claudine le sut; dès lors elle fit monter sur son lit un magnifique angora. Cette anecdote peint la femme. Du Bruel n'osa pas dire un mot, il eut ordre de propager ce défi de luxe porté à l'*autre*. Tullia tenait à ce présent du duc de Réthoré; mais un jour, cinq[e] ans après son mariage, elle joua si bien avec son chat qu'elle déchira le couvre-pieds, en tira des voiles, des volants, des garnitures, et le remplaça par un couvre-pieds de bon sens, par un couvre-pieds qui était un couvre-pieds et non une preuve de la démence particulière à ces femmes qui se vengent par un luxe insensé, comme a dit un journaliste[f3], d'avoir vécu de pommes crues dans leur enfance[g]. La journée où le couvre-pieds fut mis en lambeaux marqua, dans le ménage, une ère nouvelle. Cursy se distingua par une féroce activité. Personne ne soupçonne à quoi Paris a dû le Vaudeville Dix-huitième siècle, à poudres, à mouches, qui se rua sur les théâtres. L'auteur de ces mille et un vaudevilles, desquels se sont tant plaints les feuilletonistes, est un vouloir formel de Mme du Bruel : elle exigea de son mari l'acquisition de l'hôtel où elle avait fait tant de dépenses, où elle avait casé un mobilier de cinq cent mille francs. Pourquoi ? Jamais Tullia ne s'explique, elle entend admirablement le souverain *parce que* des femmes[a]. " On s'est beaucoup moqué de Cursy, dit-elle, mais, en définitif[b], il a trouvé cette maison dans la boîte de rouge, dans la houppe à poudrer et les habits pailletés du dix-huitième siècle. Sans moi, jamais il n'y aurait pensé, reprit-elle en s'enfonçant dans ses coussins au coin de son feu. " Elle nous disait cette parole au retour d'une première représentation d'une pièce de du Bruel qui avait réussi et contre laquelle elle prévoyait une avalanche de feuilletons. Tullia recevait. Tous les lundis elle donnait un thé ; sa société était aussi bien choisie qu'elle le pouvait, elle ne négligeait rien pour rendre sa maison agréable. On y jouait la bouillotte[1] dans un salon, on causait dans un autre ; quelquefois, dans le plus grand, dans un troisième salon, elle donnait des concerts, toujours courts, et auxquels elle n'admettait jamais que les plus éminents artistes. Elle avait tant de bon sens qu'elle arrivait au tact le plus exquis, qualité qui lui donna sans doute un grand ascendant sur du Bruel ; le vaudevilliste, d'ailleurs, l'aimait de cet amour que l'habitude finit par rendre indispensable à l'existence. Chaque jour met un fil de plus à cette trame forte, irrésistible, fine dont le réseau tient les plus délicates velléités, enserre les plus fugitives passions, les réunit, et garde un homme lié, pieds et poings, cœur et tête. Tullia connaissait bien Cursy, elle savait où le blesser, elle savait comment le guérir. Pour tout observateur, même pour un homme qui se pique autant que moi d'un certain usage, tout est abîme dans ces sortes de passions, les profondeurs sont là plus ténébreuses que partout ailleurs ; enfin les endroits les plus éclairés[c] ont aussi des teintes brouillées. Cursy, vieil auteur usé par la vie des coulisses, aimait ses aises, il aimait la vie luxueuse, abondante, facile ; il était heureux d'être roi chez lui, de recevoir une partie des hommes littéraires dans un hôtel où éclatait un luxe royal, où brillaient les œuvres choisies de l'Art moderne.

Tullia laissait trôner du Bruel parmi cette gent où se
trouvaient des journalistes assez faciles à prendre et à
embucquer[1]. Grâce à ses soirées, à des prêts bien placés,
Cursy n'était pas trop attaqué, ses pièces réussissaient.
Aussi ne se serait-il pas séparé de Tullia pour un empire.
Il eût fait bon marché d'une infidélité peut-être, à[a] la
condition de n'éprouver aucun retranchement dans ses
jouissances accoutumées; mais, chose étrange! Tullia
ne lui causait aucune crainte en ce genre. On ne connaissait pas de fantaisie à l'ancien Premier Sujet; et si elle
en avait eu, certes elle aurait gardé toutes les apparences[b]. " Mon cher, nous disait doctoralement sur le
boulevard du Bruel, il n'y a rien de tel que de vivre avec
une de ces femmes qui, par l'abus, sont revenues des
passions. Les femmes comme Claudine ont[c] mené leur
vie de garçon, elles ont des plaisirs par-dessus la tête,
et font les femmes les plus adorables qui se puissent
désirer : sachant tout, formées et point bégueules, faites
à tout, indulgentes. Aussi prêché-je à tout le monde
d'épouser *un reste de cheval anglais*[d2]. Je suis l'homme le plus
heureux de la terre! " Voilà ce que me disait du Bruel à
moi-même en présence de Bixiou. " Mon cher, me répondit le dessinateur, il a peut-être raison d'avoir tort[e]! "
Huit jours après, du Bruel nous avait priés de venir
dîner avec lui, un mardi; le matin j'allai le voir pour une
affaire de théâtre, un arbitrage qui nous était confié par
la Commission des auteurs dramatiques[3], nous étions forcés de sortir; mais[f] auparavant, il entra dans la chambre
de Claudine où il n'entre[g] pas sans frapper, il demanda
la permission. " Nous vivons en grands seigneurs, dit-il
en souriant, nous sommes libres. Chacun chez nous! "
Nous fûmes admis. Du Bruel dit à Claudine : " J'ai
invité quelques personnes aujourd'hui. — Vous voilà!
s'écria-t-elle, vous invitez du monde sans me consulter, je
ne suis rien ici. Tenez, me dit-elle en me prenant pour
juge par un regard, je vous le demande à vous-même,
quand on a fait la folie de vivre avec une femme de ma
sorte, car enfin, j'étais une danseuse de l'Opéra... Oui,
pour qu'on l'oublie, je ne dois jamais l'oublier moi-
même. Eh bien, un homme d'esprit, pour relever sa
femme dans l'opinion publique, s'efforcerait de lui supposer une supériorité, de justifier sa détermination par la
reconnaissance de qualités éminentes chez cette femme!

Le meilleur moyen pour la faire respecter par les autres est de la respecter chez elle, de l'y laisser maîtresse absolue. Ah! bien, il me donnerait de l'amour-propre, à voir combien il craint d'avoir l'air de m'écouter. Il faut que j'aie dix fois raison pour qu'il me fasse une concession. " Chaque phrase ne passait pas sans une dénégation faite par gestes de la part de du Bruel. " Oh! non, non, reprit-elle vivement en voyant les gestes de son mari, du Bruel, mon cher, moi qui toute ma vie, avant de vous épouser, ai joué chez moi le rôle de reine, je m'y connais! Mes désirs étaient épiés, satisfaits, comblés... Après tout, j'ai trente-cinq[a] ans, et les femmes de trente-cinq ans ne peuvent pas être aimées. Oh! si j'avais et seize ans, et ce qui se vend si cher à l'Opéra, quelles attentions vous auriez pour moi, monsieur du Bruel! Je méprise souverainement les hommes qui se vantent d'aimer une femme et qui ne sont pas toujours près d'elle aux petits soins. Voyez-vous, du Bruel, vous êtes petit et chafouin, vous aimez à tourmenter une femme, vous n'avez qu'elle sur qui déployer votre force. Un Napoléon se subordonne à sa maîtresse, il n'y perd rien; mais vous autres! vous ne vous croyez plus rien alors, vous ne voulez pas être dominés. Trente-cinq ans, mon cher, me dit-elle, l'énigme est là[b]... Allons, il dit encore non. Vous savez bien que j'en ai trente-sept[c]. Je suis bien fâchée, mais allez dire à tous vos amis que vous les mènerez au *Rocher de Cancale*[1]. Je pourrais leur donner à dîner; mais je ne le veux pas, ils ne viendront pas! Mon pauvre petit monologue vous gravera dans la mémoire le précepte salutaire du Chacun chez soi qui est notre charte, ajouta-t-elle en riant et revenant à la nature folle et capricieuse de la fille d'Opéra[d]. — Hé bien, oui, ma chère petite minette, dit du Bruel, là, là, ne vous fâchez pas. Nous savons vivre. " Il lui baisa les mains et sortit avec moi; mais furieux. De la rue de la Victoire au boulevard, voici ce qu'il me dit, si toutefois les phrases que souffre la typographie parmi les plus violentes injures peuvent représenter les atroces paroles, les venimeuses pensées qui ruisselèrent de sa bouche comme une cascade échappée de côté dans un grand torrent. " Mon cher, je quitterai cette infâme danseuse ignoble, cette vieille toupie qui a tourné sous le fouet de tous les airs d'opéra, cette guenipe[2], cette guenon de Savoyard[3]! Oh! toi qui t'es attaché aussi à une actrice[1], mon cher[a], que jamais l'idée d'épouser ta maîtresse ne te poursuive! Vois-tu, c'est un supplice oublié dans l'enfer de Dante! Tiens, maintenant je la battrais, je la cognerais, je lui dirais son fait. Poison de ma vie, elle me fait aller comme un valet de volet[2]! " Il était sur le boulevard, et dans un état de fureur tel que les mots ne sortaient pas de sa gorge. " Je chausserai mes pieds dans son ventre! — À propos de quoi? lui dis-je. — Mon cher, tu ne sauras jamais les mille myriades de fantaisies de cette gaupe! Quand je veux rester, elle veut sortir; quand je veux sortir, elle veut que je reste. Ça vous débagoule[3] des raisons, des accusations, des syllogismes, des calomnies, des paroles à rendre fou! Le Bien, c'est leur fantaisie! le Mal, c'est la nôtre! Foudroyez-les par un mot qui leur coupe leurs raisonnements, elles se taisent et vous regardent comme si vous étiez un chien mort. Mon bonheur?... Il s'explique par une servilité absolue, par la vassalité du chien de basse-cour. Elle me vend trop cher le peu qu'elle me donne. Au diable! Je lui laisse tout et je m'enfuirai dans une mansarde. Oh! la mansarde et la liberté! Voici cinq ans que je n'ose faire ma volonté[b]! " Au lieu d'aller prévenir ses amis, Cursy resta sur le boulevard, arpentant l'asphalte depuis la rue de Richelieu jusqu'à la rue du Mont-Blanc, en se livrant aux plus furieuses imprécations et aux exagérations les plus comiques. Il était dans la rue en proie à un paroxysme de colère qui contrastait avec son calme à la maison. Sa promenade servit à user la trépidation de ses nerfs et la tempête de son âme. Vers deux heures, dans un de ses mouvements désordonnés, il s'écria : " Ces damnées femelles ne savent ce qu'elles veulent. Je parie ma tête à couper que, si je retourne chez moi lui dire que j'ai prévenu mes amis et que nous dînons au *Rocher de Cancale,* cet arrangement demandé par elle ne lui conviendra plus. Mais, me dit-il, elle aura décampé. Peut-être y a-t-il là-dessous un rendez-vous avec quelque barbe de bouc! Non, car elle m'aime au fond! "

    — Ah! madame, dit Nathan en regardant d'un air fin la marquise, qui ne put s'empêcher de sourire, il n'y a[c] que les femmes et les prophètes qui sachent faire usage de la Foi.

    — Du Bruel, reprit-il, me ramena chez lui, nous y allâmes lentement. Il était trois heures. Avant de monter, il vit du mouvement dans la cuisine, il y entre, voit des apprêts et me regarde en interrogeant sa cuisinière. " Madame a commandé un dîner, répondit-elle, madame est habillée, elle a fait venir une voiture, puis elle a changé d'avis, elle a renvoyé la voiture en la redemandant pour l'heure du spectacle. — Hé bien, s'écria du Bruel, que te disais-je ! " Nous entrâmes à pas de loup dans l'appartement. Personne. De salon en salon, nous arrivâmes jusqu'à un boudoir où nous surprîmes Tullia pleurant. Elle essuya ses larmes sans affectation et dit à du Bruel : " Envoyez au *Rocher de Cancale* un petit mot pour prévenir nos invités que le dîner a lieu ici[a] ! " Elle avait fait une de ces toilettes que les femmes de théâtre ne savent pas composer : élégante, harmonieuse de ton et de formes, des coupes simples, des étoffes de bon goût, ni trop chères, ni trop communes, rien de voyant, rien d'exagéré, mot que l'on efface sous le mot *artiste* avec lequel se paient les sots. Enfin, elle avait l'air comme il faut. À trente-sept[b] ans, Tullia se trouve à la plus belle phase de la beauté chez les Françaises. Le célèbre ovale de son visage était, en ce moment, d'une pâleur divine, elle avait ôté son chapeau ; je voyais le léger duvet, cette fleur des fruits, adoucissant les contours moelleux déjà si fins de sa joue. Sa figure accompagnée de deux grappes de cheveux blonds avait une grâce triste. Ses yeux gris étincelants étaient noyés dans la vapeur des larmes. Son nez mince, digne du plus beau camée romain, et dont les ailes battaient, sa petite bouche enfantine encore, son long col de reine à veines un peu gonflées, son menton rougi pour un moment par quelque désespoir secret, ses oreilles bordées de rouge, ses mains tremblantes sous le gant, tout accusait des émotions violentes. Ses sourcils agités par des mouvements fébriles trahissaient une douleur. Elle était sublime. Son mot écrasa du Bruel. Elle nous jeta ce regard de chatte, pénétrant et impénétrable, qui n'appartient qu'aux femmes du grand monde et aux femmes du théâtre ; puis elle tendit la main à du Bruel. " Mon pauvre ami, dès que tu as été parti je me suis fait mille reproches. Je me suis accusée d'une effroyable ingratitude et je me suis dit que j'avais été mauvaise. Ai-je été bien mauvaise ? me demanda-t-elle. Pourquoi ne pas recevoir tes amis ? n'es-tu pas chez toi ? veux-tu savoir le mot de tout cela ? Eh bien, j'ai

peur de ne pas être aimée. Enfin j'étais entre le repentir
et la honte de revenir, quand[a] j'ai lu les journaux, j'ai
vu une première représentation aux Variétés, j'ai cru
que tu voulais traiter un collaborateur. Seule, j'ai été
faible, je me suis habillée pour courir après toi...
pauvre chat ! " Du Bruel me regarda d'un air victorieux, il
ne se souvenait pas de la moindre de ses oraisons *contra*
Tullia[1]. " Eh bien ! cher ange, je ne suis allé chez
personne, lui dit-il. — Comme nous nous entendons ! "
s'écria-t-elle[b]. Au moment où elle disait cette ravissante
parole, je vis à sa ceinture un petit billet passé en travers,
mais je n'avais pas besoin de cet indice pour deviner que les
fantaisies de Tullia se rapportaient à des causes occultes.
La femme est, selon moi, l'être le plus logique, après
l'enfant. Tous deux, ils offrent le sublime phénomène du
triomphe constant de la pensée unique. Chez l'enfant,
la pensée change à tout moment, mais il ne s'agite que
pour cette pensée et avec une telle ardeur que chacun
lui cède, fasciné par l'ingénuité, par la persistance du
désir. La femme change moins souvent ; mais l'appeler
fantasque est une injure d'ignorant. En agissant, elle est
toujours sous l'empire d'une passion, et c'est merveille
de voir comme elle fait de cette passion le centre de la
nature et de la société. Tullia fut chatte, elle entortilla
du Bruel, la journée redevint bleue et le soir fut magnifique. Ce spirituel vaudevilliste ne s'apercevait pas de la
douleur enterrée dans le cœur de sa femme. " Mon cher,
me dit-il, voilà la vie : des oppositions, des contrastes !
— Surtout quand ce n'est pas joué ! répondis-je. — Je
l'entends bien ainsi, reprit-il. Mais sans ces violentes
émotions, on mourrait d'ennui ! Ah ! cette femme a le
don de m'émouvoir ! " Après le dîner nous allâmes aux
Variétés ; mais, avant le départ, je me glissai dans l'appartement de du Bruel, j'y pris sur une planche, parmi des
papiers sacrifiés, le numéro des *Petites Affiches*[2] où se
trouvait la notification du contrat de l'hôtel acheté par du
Bruel, exigée pour la purge légale. En lisant ces mots
qui me sautèrent aux yeux comme une lueur : *À la*
requête de Jean-François du Bruel et de Claudine Chaffaroux,
son épouse, tout fut expliqué pour moi. Je pris le bras de
Claudine et j'affectai de laisser descendre tout le monde
avant nous. Quand nous fûmes seuls : " Si j'étais La Palférine, lui dis-je, je ne ferais jamais manquer de rendez-

vous! " Elle se posa gravement un doigt sur les lèvres, et descendit en me pressant le bras, elle me regardait avec une sorte de plaisir en pensant que je connaissais La Palférine. Savez-vous quelle fut sa première idée ? Elle voulut faire de moi son espion; mais elle rencontra le badinage de la bohème[a]. Un mois après, au sortir d'une première représentation d'une pièce de du Bruel[b], il pleuvait, nous étions ensemble, j'allai chercher un fiacre. Nous étions restés, pendant quelques instants, sur le théâtre, et il ne se trouvait plus de voitures à l'entrée. Claudine gronda fort du Bruel; et quand nous roulâmes, car elle me reconduisit chez Florine[c], elle continua la querelle en lui disant les choses les plus mortifiantes. " Eh bien, qu'y a-t-il ? demandai-je. — Mon cher, elle me reproche de vous avoir laissé courir après le fiacre, et part de là pour vouloir désormais un équipage. — Je n'ai jamais, étant Premier Sujet, fait usage de mes pieds que sur les planches, dit-elle. Si vous avez du cœur, vous inventerez quatre pièces de plus par an, vous songerez qu'elles doivent réussir en songeant à la destination de leur produit, et votre femme n'ira pas dans la crotte. C'est une honte que j'aie à le demander. Vous auriez dû deviner mes perpétuelles souffrances depuis cinq[d] ans que me voici mariée! — Je le veux bien, répondit du Bruel, mais nous nous ruinerons. — Si vous faites des dettes, répondit-elle, la succession de mon oncle les paiera. — Vous êtes bien capable de me laisser les dettes et de garder la succession. — Ah! vous le prenez ainsi, répondit-elle. Je ne vous dis plus rien. Un pareil mot me ferme la bouche. " Aussitôt du Bruel se répandit en excuses et en protestations d'amour, elle ne répondit pas; il lui prit les mains, elle les lui laissa prendre, elles étaient comme glacées, comme des mains de morte. Tullia, vous comprenez, jouait admirablement ce rôle de cadavre que jouent les femmes, afin de vous prouver qu'elles vous refusent leur consentement à tout, qu'elles vous suppriment leur âme, leur esprit, leur vie, et se regardent elles-mêmes comme une bête de somme. Il n'y a rien qui pique plus les gens de cœur que ce manège. Elles ne peuvent cependant employer ce moyen qu'avec ceux qui les adorent. " Croyez-vous, me dit-elle de l'air le plus méprisant, qu'un comte aurait proféré pareille injure, quand même il l'aurait pensée ? Pour mon malheur, j'ai

vécu avec des ducs, avec des ambassadeurs, avec des
grands seigneurs, et je connais leurs manières. Comme
cela rend la vie bourgeoise insupportable! Après tout
un vaudevilliste n'est ni un Rastignac, ni un Réthoré... "
Du Bruel était blême[a]. Deux jours après, du Bruel et moi
nous nous rencontrâmes au foyer de l'Opéra; nous fîmes
quelques tours ensemble, et la conversation tomba sur
Tullia. " Ne prenez pas au sérieux, me dit-il, mes folies
sur le boulevard, je suis violent. " Pendant deux hivers,
je fus assez assidu chez du Bruel, et je suivis attentivement
les manèges de Claudine. Elle eut un brillant équipage
et du Bruel se lança dans la politique, elle lui fit abjurer
ses opinions royalistes. Il se rallia, fut replacé dans l'administration de laquelle il faisait autrefois partie; elle lui fit
briguer les suffrages de la Garde nationale, il y fut élu
chef de bataillon; il se montra si valeureusement dans
une émeute, qu'il eut la rosette d'officier de la Légion
d'honneur, il fut nommé maître des requêtes et chef de
division. L'oncle Chaffaroux mourut, laissant quarante
mille livres de rente à sa nièce, les trois quarts[b] de sa fortune environ. Du Bruel fut nommé député, mais auparavant, pour n'être pas soumis à la réélection, il se fit
nommer conseiller d'État et directeur. Il réimprima des
traités d'archéologie, des œuvres de statistique, et deux
brochures politiques qui devinrent le prétexte de sa
nomination à l'une des complaisantes Académies de
l'Institut[1]. En ce moment, il est commandeur de la
Légion, et s'est tant remué dans les intrigues de la
Chambre qu'il vient d'être nommé pair de France et
comte. Notre ami n'ose pas encore porter ce titre, sa
femme seule met sur ses cartes : *la comtesse du Bruel.*
L'ancien vaudevilliste a l'ordre de Léopold, l'ordre d'Isabelle, la croix de Saint-Wladimir, deuxième classe, l'ordre
du Mérite civil de Bavière, l'ordre papal de l'Éperon
d'Or[c]; enfin, il porte toutes les petites croix, outre sa
grande[d2]. Il y a trois mois[e], Claudine est venue à la
porte de La Palférine dans son brillant équipage armorié. Du
Bruel est petit-fils d'un traitant anobli sur la fin du règne
de Louis XIV, ses armes ont été composées par Chérin[3]
et la couronne comtale ne messied pas à ce blason, qui
n'offre aucune des ridiculités[4] impériales. Ainsi Claudine
avait exécuté, dans l'espace de trois[f] années[5], les conditions du programme que lui avait imposé le charmant,

le joyeux La Palférine. Un jour, il y a de cela un mois[a], elle monte l'escalier du méchant hôtel où loge son amant, et grimpe dans sa gloire, mise comme une vraie comtesse du faubourg Saint-Germain, à la mansarde de notre ami. La Palférine voit Claudine et lui dit : « Je sais que tu t'es fait nommer pair[b]. Mais il est trop tard, Claudine, tout le monde me parle de la Croix du Sud, je veux la voir. — Je te l'aurai », dit-elle. Là-dessus, La Palférine partit d'un rire homérique. " Décidément, reprit-il, je ne veux pas, pour maîtresse, d'une femme ignorante comme un brochet, et qui fait de tels sauts de carpe qu'elle va des coulisses de l'Opéra à la Cour, car je te veux voir à la cour citoyenne[1]. — Qu'est-ce que la Croix du Sud ? " me dit-elle d'une voix triste et humiliée. Saisi d'admiration pour cette intrépidité de l'amour vrai qui, dans la vie réelle comme dans les fables les plus ingénues de la féerie, s'élance dans des précipices pour y conquérir la fleur qui chante[c] ou l'œuf du Rok[d2], je lui expliquai que la Croix du Sud était un amas de nébuleuses, disposé en forme de croix, plus brillant que la Voie[e] lactée, et qui ne se voyait que dans les mers du Sud. " Eh bien, lui dit-elle, Charles, allons-y ? " Malgré la férocité de son esprit, La Palférine eut une larme aux yeux; mais quel regard et quel accent chez Claudine! je n'ai rien vu de comparable, dans ce que les efforts des grands acteurs ont eu de plus extraordinaire, au mouvement par lequel en voyant ces yeux, si durs pour elle, mouillés de larmes, Claudine tomba sur ses deux genoux, et baisa la main de cet impitoyable La Palférine; il la releva, prit son grand air, ce qu'il nomme l'air *Rusticoli,* et lui dit : " Allons, mon enfant, je ferai quelque chose pour toi. Je te mettrai dans... mon testament[f1] ! "

« Eh bien, dit en finissant Nathan à Mme de Rochefide, je me demande[g] si du Bruel est joué. Certes, il n'y a rien de plus comique, de plus étrange que de voir les plaisanteries d'un jeune homme insouciant faisant la loi d'un ménage, d'une famille, ses moindres caprices y commandant, y décommandant les résolutions les plus graves. Le fait du dîner s'est, vous comprenez, renouvelé dans mille occasions et dans un ordre de choses importantes! Mais sans les fantaisies de sa femme, du Bruel serait encore de Cursy, un vaudevilliste parmi cinq cents vaudevillistes; tandis qu'il est à la Chambre des pairs[h]... »

« Vous changerez les noms; j'espère! dit Nathan à
Mme de La Baudraye.

— Je le crois bien, je n'ai mis que pour vous les noms
aux masques. Mon cher Nathan, dit-elle à l'oreille du
poète, je sais un autre ménage où c'est la femme qui est
du Bruel[1].

— Et le dénouement? demanda Lousteau qui revint
au moment où Mme de La Baudraye achevait la lecture
de sa nouvelle.

— Je ne crois pas aux dénouements, dit Mme de La
Baudraye, il faut en faire quelques-uns de beaux pour
montrer que l'art est aussi fort que le hasard; mais, mon
cher, on ne relit une œuvre que pour ses détails.

— Mais il y a un dénouement, dit Nathan.

— Eh! lequel? demanda Mme de La Baudraye.

— La marquise de Rochefide est folle de Charles-
Édouard. Mon récit avait piqué sa curiosité.

— Oh! la malheureuse! s'écria Mme de La Baudraye.

— Pas si malheureuse! dit Nathan, car Maxime de
Trailles et La Palférine ont brouillé le marquis avec
Mme Schontz et vont raccommoder Arthur et Béatrix.
(Voyez *Béatrix,* Scènes de la Vie privée[a2].)

1839-1845[b].

GAUDISSART II

INTRODUCTION

Gaudissart II, *qui fut, à l'origine, un sketch pour* Le Diable à Paris, *aurait dû être inséré dans* Les Comédiens sans le savoir *et sera effectivement incorporé à la nouvelle édition de ce texte, publiée après* La Comédie humaine *sous le titre* Un provincial à Paris. *Tel quel, c'est un rien. Mais ce rien a le prix d'un fragment de photographie très ancienne, et plus de prix encore, si l'on y prend garde. Daumier a laissé de ces instantanés où, grossissant l'essentiel, il rendait plus nettes les réalités de son époque.*

Reflet d'un temps qu'incarnaient un premier ministre proclamant : « Enrichissez-vous » *et un roi dont, selon Hippolyte Castille,* « la famille avait l'air d'une raison sociale : un tel et Cie[1] », *morceau d'une image qui, entière, ne pouvait représenter qu'une immense boutique, il est juste que ce fragment ait conservé la figure d'un boutiquier. Pour s'enrichir, le marchand de châles qui tient magasin à l'enseigne du* Persan *doit* « savoir vendre, pouvoir vendre, et vendre ! », « trois faces du problème » *dont une acheteuse anglaise illustre les difficultés. Si Mistress Noswell apparaît plutôt comme une caricature au relief expressif, le reste était simplement vrai : le luxe nécessaire au commerce des années 40 du siècle, ses ruses,* Le Persan *lui-même et jusqu'au surnom du* « Gaudissart de la rue Richelieu ». *Cependant, ces détails, ces châles, ce surnom n'auraient vraisemblablement pas formé un sujet en 1844 si, en juin 1843, Hetzel n'avait ouvert une librairie pour la vente au détail du* Diable à Paris *et de* La Comédie humaine *au 76 de la rue Richelieu.*

1. H. Castille, *Les Hommes et les mœurs sous la monarchie de Juillet*, p. 206.

Au même 76, en effet, un magasin de châles prospérait depuis qu'il était passé aux mains d'un nouveau propriétaire. Le nom de ce magasin n'était autre que Le Persan. *Le propriétaire s'appelait Lavanchy et ne donnait pas, de ses talents, de moindres preuves que le négociant du récit : en 1843, il accédait à la dignité de « notable commerçant » et, à peine Hetzel établi, il agrandissait* Le Persan *en annexant l'entresol de la librairie où, juste avant la rédaction de* Gaudissart II, *durent souvent retentir les échos des prouesses du marchand de châles. Voilà l'origine réelle du récit*[1].

Quant à son titre, il rappelle, bien entendu, un « illustre » personnage balzacien, qui n'était pas boutiquier, mais commis voyageur. Or la réapparition du nom de Gaudissart en 1844 est peut-être éclairée par une singulière coïncidence, que nous a révélée le sommier foncier : juste en face du 76, rue Richelieu et vis-à-vis le 10, rue de Ménars, où Hetzel s'était installé en même temps qu'il ouvrait sa boutique, l'immeuble situé 9, rue de Ménars avait eu pour propriétaire et « y demeurant » un André-Germain Gaudissart, puis son fils, Alexandre Gaudissart[2].

L'un ou l'autre de ces Gaudissart qui, à Paris, étaient seuls porteurs du nom depuis la naissance de l'Illustre en 1833, avait déjà pu servir à baptiser ce personnage. Proposée par le hasard dix ans plus tard, et opérée avec un clin d'œil à Hetzel, la greffe de Gaudissart sur le propriétaire du Persan *ne prit pas bien. Un Gaudissart reste, pour la postérité, un commis voyageur et, tout compte fait, la gloire de l'Illustre éclipse les mérites de l'inventeur du châle-Sélim.*

L'invention reposait cependant sur des bases solides : traçant en 1851 l'histoire des cachemires et de leur vogue, E. Texier rappelait dans son Tableau de Paris *qu'ils « furent, dans le principe, des trophées de notre conquête en Égypte. Bonaparte en envoya deux à sa femme*[3] ». *Tout en rappelant une victoire de Bonaparte par Joséphine interposée, le châle-Sélim, donnait occasion de représenter comme une revanche de Waterloo la capi-*

---

1. Pour le détail de cette identification, établie dans la présente édition, voir la note 6 de la page 850.
2. *Archives de Paris*, DQ[18] 235.
3. E. Texier, *Tableau de Paris*, t. I, p. 322.

tulation d'une *Anglaise* devant le marchand. En outre, Mistress Noswell procurait à Balzac le divertissement — que peu de ses lecteurs partagent — d'une de ces imitations d'accent qu'il affectionna de tout temps et qu'il avait inaugurées, dès *1821*, dans une lettre à sa sœur Laure par la déclaration d'amour de la future Mme de Lamartine : « Ché vien aipousé vou, pâ ce que ché aîme peaucoupe vôtre Lâque[1]. » Mais la vente du châle-Sélim permettait surtout de représenter différentes sortes de vendeurs, du « joli tout jeune homme à la joue veloutée » jusqu'au patron en personne avec ses « grâces boutiquières où le prétentieux et le patelin se mélangeaient agréablement », en passant par le commis « à l'œil noir, à la mine décidée », le commis à « l'œil jaune et rieur, à la phrase plaisante, et doué d'une activité, d'une gaieté méridionales », le commis « rouge fauve, à discours brefs », et le commis qui « montre cent châles en un quart d'heure » à une digne bourgeoise bientôt « étourdie et ne sachant que choisir ». Dans le cadre réel du Persan, étaient-ils imaginaires, ces commis ? Ni le thème de cette « physiologie du vendeur », ni sa mise en action ne constituaient une innovation.

Une esquisse publiée en *1834* par l'obscur *Auguste Luchet* dans Le Livre des Cent et Un *et intitulée* Les Magasins de Paris[2] *préfigurait remarquablement* Gaudissart II *par son thème et le sketch à l'appui. Ce sketch représentait les étapes de la défaite d'un badaud entré dans un magasin de nouveautés en se disant : « Allons voir, nous ne serons pas obligés d'acheter. » Abordé par un tout jeune commis « frêle et blanc », le prédécesseur de Mistress Noswell passait ensuite aux mains d'un « grand et fort garçon de vingt ans qui a des besoins et des passions ». Déballant des « avalanches d'indienne » et déroulant la filiation de certaine perse qui valait la filiation du châle-Sélim, ce commis laissait le bourgeois « étourdi, ébloui », « planté devant cette montagne de toile, sans faire un choix », « trouvant tout cela horrible ». Cette indécision digne de l'Anglaise, ce dégoût aussi menaçant que son « je n'ame pouint », déterminait la descente dans l'arène d'un « monsieur à favoris, en cravate blanche, boutonné du haut en bas, l'œil vif, l'air riant », qui,

1. *Correspondance*, t. I, p. 102-103.
2. Le Livre des Cent et Un, t. XV, p. 237-268.

tel le personnage de Gaudissart II, *faisait donner la pièce
rare, apportée de la « Réserve » sur une injonction articulée
« d'une voix forte et brève ». Si Mistress Noswell s'en tirait avec
le châle-Sélim, la victoire du marchand de Luchet préparait
celle du « soyeux », commis « fashionable, en gilet de soie bro-
chée », puis celle du « blanc de fil », « un homme à gros ventre,
à breloques, Flamand pur sang qui traîne ses mots », puis
celle du « blanc de coton, doux et frais jeune homme de
Picardie, ayant une peau de percale », celle enfin du « drapier,
un Bas-Normand, court, trapu, aux épaules immenses » qui
siégeait à l'entresol et achevait « la tâche connue sous le nom
de enfoncer le margoulin[1] ». Outre l' « Indienne fond puce,
oiseau de paradis », la capitulation du vaincu se soldait par
une doublure de satin, du madapolam, deux pantalons et une
redingote.*

*Dans cette charge appuyée, il s'agissait donc déjà des « efforts
de l'intelligence » que Balzac peindra dix ans plus tard, « des
ruses, dignes de Molière, employées par les soixante mille commis et les quarante mille demoiselles qui s'acharnent à la bourse
des acheteurs[2]. » Quant à la nécessité pour attirer ces acheteurs
d'une rivalité « de magasins aussi riches que les salons de la
noblesse avant 1789[3] », Luchet avait déjà noté « la contagion des
bronzes et des glaces » et, « par toute la ville, une curieuse lutte
de façades, d'étalages et d'enseignes ». Autre moyen inventé,
selon lui, par quelque marchand de nouveautés, le* prospectus :
« *Je défie que dans tout le luxueux charlatanisme des publications à deux sous, des journaux à quatre francs et des histoires
de France en bronze, on trouve un moyen, un ressort, une malice
qui n'ait couru le* prospectus *des magasins de nouveautés. »*

*Au bout de la filière du chalartanisme, il y avait le châle-
Sélim. Juste cocassement apocryphe à première vue, il n'en
permettait pas moins de marquer à quel point en était arrivé
en 1844 le problème de « savoir vendre, pouvoir vendre et
vendre », sans cesse modifié, depuis la mort de l'Ancien Régime
et la fin des saignées impériales, par l'accroissement constant*

1. Voir la variante *a* de la page 852 : « enfoncer le monde »
dans la version du *Provincial à Paris*, § XXIII.
2. *Gaudissart II*, p. 848.
3. *Ibid.*, p. 847.

*en importance, en nombre, et en richesses de tous les nouveaux
acheteurs possibles : les bourgeois. De l'évolution des mœurs avait
découlé l'évolution du négoce, que traduisait, de façon drolatique,
l'évolution du vocabulaire commerçant. Ainsi « un observateur
très profond et très spirituel » avait constaté, avant même Luchet
qui le cite :* « Le boutiquier ne dit plus : Ma boutique ; il dit :
Mon magasin. *Il ne parle plus de ses pratiques, mais bien
de sa clientèle. Il n'a plus de garçons pour servir, ce sont
des commis. — Ce n'est plus un mémoire qu'il donne à
ses pratiques, c'est une facture »,* et, *prémonitoire :* « Encore
quelques jours, le premier garçon s'appellera sous-chef »...
*Quatre ans plus tôt, Balzac avait montré le jeune commis
Lebas risquant le mot « dividende »; le vieux Guillaume le
rabrouait vertement :* « Ne vous servez donc pas de ces nouveaux mots. Dites le produit[1]. »

En plaçant La Maison du chat-qui-pelote *au commencement de* La Comédie humaine, *Balzac a judicieusement ouvert
la voie à son grand tableau d'une société qui se transforme en
Compagnie commerciale généralisée. Successeur du vieux Guillaume qui, tel le dernier capitaine de la marine à voiles, avait
mené aussi loin que possible sa vieille « boutique », Joseph Lebas
représentait la première étape de l'évolution du négoce et l'ère
venue du « magasin ». César Birotteau et son successeur Popinot
devaient ensuite représenter les étapes suivantes, celle du prospectus et de la publicité pour piper le chaland, celle des glaces
et des bronzes pour l'éblouir. Si Birotteau échoue, ce n'est pas
pour avoir évolué trop tôt, c'est parce qu'il demeure par
trop candide. Les ruses, pourtant, ne sont pas encore nécessaires.
Aussi honnête et avec les mêmes atouts, Popinot réussira. Avec
le héros de* Gaudissart II, *le temps était venu de la poudre aux
yeux et du charlatanisme, des ors et du châle-Sélim. Notre
temps.*

Sans ce récit, entré par raccroc dans La Comédie humaine,
*Balzac ne nous aurait pas fait connaître jusqu'à la fin de son
temps l'histoire commencée avec* Le Chat-qui-pelote *et conti-
nuée avec* La Reine des roses. *Le Persan marquait la dernière*

---

1. *La Maison du chat-qui-pelote,* dans *La Comédie humaine,* t. I,
p. 61.

étape observée. Et plus encore, car, avec l'annexion de l'entresol d'une librairie, c'était déjà la suivante qui commençait. Le hasard permit, grâce à l'installation d'un Hetzel au voisinage de l'expansionnisme boutiquier d'un Lavanchy, que Balzac choisît justement un virtuose de la vente des châles pour représenter l'ère à venir.

En 1852, Aristide Boucicaut, jusqu'alors chef du comptoir aux châles du Petit-Saint-Thomas, *prenait en main les destinées d'une modeste boutique de nouveautés à l'enseigne du* Bon Marché. *Dix-sept ans de prospectus, d'ors et de glaces, de châles-Sélim et d'annexions de boutiques voisines lui permettaient d'inaugurer, en 1869, le premier « grand magasin ». En 1882, avec l'histoire de l'expansion du* Bonheur des dames *et la disparition de son voisin* Le Vieil Elbeuf, *Zola donnait la suite logique de* Gaudissart II.

ANNE-MARIE MEININGER.

GAUDISSART II[a]

À MADAME LA PRINCESSE
CRISTINA[b] DE BELGIOJOSO,
née Trivulce[c1].

Savoir vendre, pouvoir vendre, et vendre! Le public
ne se doute pas de tout ce que Paris doit de grandeurs à
ces trois faces du même problème. L'éclat de magasins
aussi riches que les salons de la noblesse avant 1789,
la splendeur des cafés qui souvent efface, et très facilement, celle du néo-Versailles[2], le poème des étalages
détruit tous les soirs, reconstruit tous les matins; l'élégance et la grâce des jeunes gens en communication avec
les acheteuses, les piquantes physionomies et les toilettes
des jeunes filles qui doivent attirer les acheteurs; et enfin,
récemment, les profondeurs, les espaces immenses et le
luxe babylonien des galeries[3] où les marchands monopolisent les spécialités en les réunissant, tout ceci n'est
rien!... Il ne s'agit encore que de plaire à l'organe le plus
avide et le plus blasé qui se soit développé chez l'homme
depuis la société romaine, et dont l'exigence est devenue
sans bornes, grâce aux efforts de la civilisation la plus
raffinée. Cet organe, c'est *l'œil des Parisiens!*... Cet œil
consomme des feux d'artifice de cent mille francs, des
palais de deux kilomètres de longueur sur soixante pieds
de hauteur en verres multicolores, des féeries à quatorze
théâtres tous les soirs, des panoramas[4] renaissants, de
continuelles expositions de chefs-d'œuvre[d], des mondes
de douleurs et des univers de joie en promenade sur les
Boulevards ou errant par les rues; des encyclopédies de
guenilles au carnaval, vingt ouvrages illustrés par an,

mille caricatures, dix mille vignettes, lithographies et gravures. Cet œil lampe pour quinze mille francs de gaz tous les soirs; enfin, pour le satisfaire, la Ville de Paris dépense annuellement quelques millions en points de vues et en plantations. Et ceci n'est rien encore!... ce n'est que le côté matériel de la question. Oui, c'est, selon nous, peu de chose en comparaison des efforts de l'intelligence, des ruses, dignes de Molière, employées par les soixante mille commis et les quarante mille demoiselles qui s'acharnent à la bourse des acheteurs, comme les milliers d'ablettes aux morceaux de pain qui flottent sur les eaux de la Seine.

Le Gaudissart[a] sur place est au moins égal en capacités, en esprit, en raillerie, en philosophie, à l'illustre commis voyageur devenu le type de cette tribu[1]. Sorti de son magasin, de sa partie, il est comme un ballon sans son gaz; il ne doit ses facultés qu'à son milieu de marchandises, comme l'acteur n'est sublime que sur son théâtre. Quoique, relativement aux autres commis-marchands de l'Europe, le commis français ait plus d'instruction qu'eux, qu'il puisse au besoin parler asphalte, bal Mabille[2], polka, littérature, livres illustrés[3], chemins de fer, politique, Chambres et révolution, il est excessivement sot quand il quitte son tremplin, son aune et ses grâces de commande; mais, là, sur la corde roide du comptoir, la parole aux lèvres, l'œil à la pratique, le châle à la main, il éclipse le grand Talleyrand; il a plus d'esprit que Désaugiers, il a plus de finesse que Cléopâtre, il vaut Monrose[4] doublé de Molière. Chez lui, Talleyrand eût joué Gaudissart; mais, dans son magasin, Gaudissart aurait joué Talleyrand.

Expliquons ce paradoxe par un fait.

Deux jolies duchesses babillaient aux côtés de cet illustre prince, elles voulaient un bracelet. On attendait, de chez le plus célèbre bijoutier de Paris, un commis et des bracelets. Un Gaudissart arrive muni de trois bracelets, trois merveilles, entre lesquelles les deux femmes hésitent. Choisir! c'est l'éclair de l'intelligence. Hésitez-vous ?... tout est dit, vous vous trompez. Le goût n'a pas deux inspirations. Enfin, après dix minutes, le prince est consulté; il voit les deux duchesses aux prises avec les mille facettes de l'incertitude entre les deux plus distingués de ces bijoux; car, de prime abord, il y en eut un d'écarté. Le prince ne quitte pas sa lecture, il ne regarde pas les bracelets, il examine le commis. « Lequel choisi- riez-vous pour votre bonne amie ? lui demande-t-il. Le jeune homme montre un des deux bijoux. — En ce cas, prenez l'autre, vous ferez le bonheur de deux femmes, dit le plus fin des diplomates modernes, et vous, jeune homme, rendez en mon nom votre bonne amie heu- reuse[a]. » Les deux jolies femmes sourient, et le commis se retire aussi flatté du présent que le prince vient de lui faire que de la bonne opinion qu'il a de lui[b1].

Une femme[c] descend de son brillant équipage, arrêté rue Vivienne[2], devant[d] un de ces somptueux magasins où l'on vend des châles, elle est accompagnée d'une autre femme. Les femmes sont presque toujours deux pour ces sortes d'expéditions. Toutes, en semblable occurrence, se promènent dans dix magasins[e] avant de se décider[3] ; et, dans l'intervalle de l'un à l'autre, elles se moquent de la petite comédie que leur jouent les commis[4]. Examinons qui fait le mieux son personnage, ou de l'acheteuse ou du vendeur ? qui des deux l'emporte dans ce petit vaudeville ?

Quand il s'agit de peindre le plus grand fait du com- merce parisien, la Vente ! on doit produire un type en y résumant la question. Or, en ceci, le châle ou la châte- laine[5] de mille écus causeront plus d'émotions que la pièce de batiste, que la robe de trois cents francs. Mais, ô Étran- gers des deux Mondes ! si toutefois vous lisez cette physiologie de la facture, sachez que cette scène se joue dans les magasins de nouveautés pour du barège[6] à deux francs ou pour de la mousseline imprimée[f] à quatre francs le mètre !

Comment vous défierez-vous, princesses ou bour- geoises[g], de ce joli tout jeune homme, à la joue veloutée et colorée comme une pêche, aux yeux candides, vêtu presque aussi bien que votre... votre... cousin, et doué d'une voix douce comme la toison qu'il vous déplie ? Il y en a trois ou quatre ainsi : L'un à l'œil noir, à la mine décidée, qui vous dit : « Voilà ! » d'un air impérial. L'autre aux yeux bleus, aux formes timides, aux phrases soumises, et dont on dit : « Pauvre enfant ! il n'est pas né pour le commerce !... » Celui-ci châtain clair, l'œil jaune et rieur, à la phrase plaisante, et doué d'une activité, d'une gaieté méridionales. Celui-là rouge fauve, à barbe

en éventail, roide comme un communiste[1], sévère, imposant, à cravate fatale, à discours brefs.

Ces différentes espèces de commis, qui répondent aux
principaux caractères de femmes, sont les bras de leur
maître, un gros bonhomme à figure épanouie, à front
demi-chauve, à ventre de député ministériel[2], quelquefois
décoré de la Légion d'honneur pour avoir maintenu la
supériorité du Métier français, offrant des lignes d'une
rondeur satisfaisante, ayant femme, enfants, maison de
campagne, et son compte à la Banque. Ce personnage
descend dans l'arène à la façon du *deus ex machina,* quand
l'intrigue trop embrouillée exige un dénouement subit.
Ainsi les femmes sont environnées de bonhomie, de
jeunesse, de gracieusetés, de sourires, de plaisanteries,
de ce que l'Humanité civilisée offre de plus simple, de
décevant, le tout arrangé par nuances pour tous les
goûts.

Un mot sur les effets naturels d'optique, d'architecture, de décor; un mot court, décisif, terrible; un mot,
qui est de l'histoire faite sur place. Le livre où vous lisez
cette page instructive se vend rue de Richelieu, 76, dans
une élégante boutique, blanc et or, vêtue de velours
rouge, qui possédait une pièce en entresol[a] où le jour
vient en plein de la rue de Ménars, et vient, comme chez
un peintre, franc, pur, net, toujours égal à lui-même.
Quel flâneur n'a pas admiré le Persan, ce roi d'Asie qui
se carre à l'angle de la rue de la Bourse et de la rue Richelieu, chargé de dire *urbi et orbi:* « Je règne plus tranquillement ici qu'à Lahore. » Dans cinq cents ans, cette sculpture au coin de deux rues pourrait, sans cette immortelle
analyse, occuper les archéologues, faire écrire des
volumes in-quarto avec figures, comme celui de M. Quatremère sur le Jupiter Olympien[3], et où l'on démontrerait
que Napoléon a été un peu Sophi[4] dans quelque contrée
d'Orient avant d'être empereur des Français. Eh bien,
ce riche magasin a fait le siège de ce pauvre petit entresol; et, à coups de billets de banque, il s'en est emparé.
La Comédie humaine[5] a cédé[b] la place à la comédie des
cachemires[c]. Le Persan a sacrifié quelques diamants de sa
couronne pour obtenir ce jour si nécessaire[6]. Ce rayon
de soleil augmente la vente de cent pour cent, à cause de
son influence sur le jeu des couleurs; il met en relief
toutes les séductions des châles, c'est une lumière irrésis-

tible, c'est un rayon d'or! Sur ce fait, jugez de la mise en scène de tous les magasins de Paris ?...

Revenons à ces jeunes gens, à ce quadragénaire décoré, reçu par le roi des Français à sa table[1], à ce premier commis à barbe rousse, à l'air autocratique[a]! Ces Gaudissarts émérites se sont mesurés avec mille caprices par semaine, ils connaissent toutes les vibrations de la corde-cachemire dans le cœur des femmes. Quand une lorette, une dame respectable, une jeune mère de famille, une lionne, une duchesse, une bonne bourgeoise, une dan-seuse effrontée, une innocente demoiselle, une trop inno-cente étrangère se présentent, chacune d'elles est aussitôt analysée par ces sept ou huit hommes qui l'ont étudiée au moment où elle a mis[b] la main sur le bec de cane de la boutique, et qui stationnent aux fenêtres, au comptoir, à la porte, à un angle, au milieu du magasin, en ayant l'air de penser aux joies d'un dimanche échevelé; en les exami-nant, on se demande même : « À quoi peuvent-ils penser ? » La bourse d'une femme, ses désirs, ses inten-tions, sa fantaisie sont mieux fouillés alors en un moment que les douaniers ne fouillent une voiture suspecte à la frontière en sept quarts d'heure. Ces intelligents gail-lards, sérieux comme des pères nobles, ont tout vu : les détails de la mise, une invisible empreinte de boue à la bottine, une passe arriérée[2], un ruban de chapeau sale ou mal choisi, la coupe et la façon de la robe, le neuf des gants, la robe coupée par les intelligents ciseaux de Vic-torine IV[c3], le bijou de Froment-Meurice[d4], la babiole à la mode, enfin tout ce qui peut dans une femme trahir sa qualité, sa fortune, son caractère. Frémissez! Jamais ce sanhédrin[5] de Gaudissarts, présidé par le patron ne se trompe. Puis les idées de chacun sont transmises de l'un à l'autre avec une rapidité télégraphique par des regards, par des tics nerveux, des sourires, des mouvements de lèvres, que, les observant, vous diriez de l'éclairage sou-dain de la grande avenue des Champs-Élysées, où le gaz vole de candélabre en candélabre comme cette idée allume les prunelles de commis en commis.

Et aussitôt, si c'est une Anglaise, le Gaudissart sombre, mystérieux et fatal s'avance, comme un personnage roma-nesque de lord Byron.

Si c'est une bourgeoise, on lui détache le plus âgé des commis; il lui montre cent châles en un quart d'heure,

il la grise de couleurs, de dessins; il lui déplie autant de
châles que le milan décrit de tours sur un lapin; et, au
bout d'une demi-heure, étourdie et ne sachant que choisir, la digne bourgeoise, flattée dans toutes ses idées, s'en
remet au commis qui la place entre les deux marteaux de
ce dilemme et les égales séductions de deux châles.
« Celui-ci, madame, est très avantageux, il est vert pomme,
la couleur à la mode; mais la mode change, tandis que
celui-ci (le noir ou le blanc dont la vente est urgente),
vous n'en verrez pas la fin, et il peut aller avec toutes
les toilettes. »

Ceci est l'*a, b, c,* du métier.

« Vous ne sauriez croire combien il faut d'éloquence
dans cette chienne de partie, disait dernièrement le premier Gaudissart[1] de l'établissement en parlant à deux de ses
amis, Duronceret et Bixiou, venus pour acheter un châle
en se fiant à lui. Tenez, vous êtes des artistes discrets, on
peut vous parler des ruses de notre patron qui, certainement, est l'homme le plus fort[a] que j'aie vu. Je ne parle
pas comme fabricant, M. Fritot[2] est le premier; mais,
comme vendeur, il a inventé le châle-Sélim, *un châle
impossible à vendre,* et que nous vendons toujours. Nous
gardons dans une boîte de bois de cèdre, très simple,
mais doublée de satin, un châle de cinq à six cents francs,
un des châles envoyés par Sélim[3] à l'empereur Napoléon.
Ce châle, c'est notre Garde impériale, on le fait avancer
en désespoir de cause : *il se vend et ne meurt pas*[4]. »

En ce moment, une Anglaise déboucha de sa voiture
de louage et se montra dans le beau idéal de ce flegme
particulier à l'Angleterre et à tous ses produits prétendus
animés. Vous eussiez dit de la statue du Commandeur
marchant par certains soubresauts d'une disgrâce fabriquée à Londres dans toutes les familles avec un soin
national[5].

« L'Anglaise, dit-il à l'oreille de Bixiou, c'est notre
bataille de Waterloo. Nous avons des femmes qui nous
glissent des mains comme des anguilles, on les rattrape
sur l'escalier; des lorettes qui nous *blaguent,* on rit avec
elles, on les tient par le crédit; des étrangères indéchiffrables chez qui l'on porte plusieurs châles et avec
lesquelles on s'entend en leur débitant des flatteries; mais
l'Anglaise, c'est s'attaquer au bronze de la statue de
Louis XIV[6]... Ces femmes-là se font une occupation, un

plaisir de marchander... Elles nous font *poser,* quoi!... »

Le commis romanesque s'était avancé.

« Madame souhaite-t-elle son châle des Indes ou de France, dans les hauts prix, ou[1]...

— Je verrai *(véraie)*.

— Quelle somme madame y consacre-t-elle ?

— Je verrai *(véraie)*. »

En se retournant pour prendre les châles et les étaler sur un porte-manteau, le commis jeta sur ses collègues un regard significatif (Quelle scie!), accompagné d'un imperceptible mouvement d'épaules.

« Voici nos plus belles qualités en rouge des Indes, en bleu, en jaune orange; tous sont de dix mille francs... Voici ceux de cinq mille et ceux de trois mille. »

L'Anglaise, d'une indifférence morne, lorgna d'abord tout autour d'elle avant de lorgner les trois exhibitions, sans donner signe d'approbation ou d'improbation.

« Avez-vous d'autres ? demanda-t-elle *(havai-vo-d'hôte)*.

— Oui, madame; mais madame n'est peut-être pas bien décidée à prendre un châle ?

— Oh! *(Hâu)* très décidée *(trei-deycidai)*. »

Et le commis alla chercher des châles d'un prix inférieur; mais il les étala solennellement, comme des choses dont on semble dire ainsi : « Attention à ces magnificences. »

« Ceux-ci sont beaucoup plus chers, dit-il, ils n'ont pas été portés, ils sont venus par courriers et sont achetés directement aux fabricants de Lahore.

— Oh! je comprends, dit-elle, ils me conviennent beaucoup mieux *(miéuie[a])*. »

Le commis resta sérieux, malgré son irritation intérieure qui gagnait Duronceret et Bixiou[b]. L'Anglaise, toujours froide comme du cresson, semblait heureuse de son flegme.

« Quel prix ? dit-elle en montrant un châle bleu céleste couvert d'oiseaux nichés dans des pagodes.

— Sept mille francs. »

Elle prit le châle, s'en enveloppa, se regarda dans la glace, et dit en le rendant : « Non, je n'aime pas. *(No, jé n'ame pouint[c])*. »

Un grand quart d'heure passa dans des essais infructueux.

« Nous n'avons plus rien, madame, dit le commis en regardant son patron.

— Madame est difficile comme toutes les personnes de goût », dit le chef de l'établissement en s'avançant avec ces grâces boutiquières où le prétentieux et le patelin se mélangeaient agréablement.

L'Anglaise prit son lorgnon et toisa le fabricant de la tête aux pieds, sans vouloir comprendre que cet homme était éligible et dînait aux Tuileries.

« Il ne me reste qu'un seul châle, mais je ne le montre jamais, reprit-il, personne ne l'a trouvé de son goût, il est très bizarre ; et, ce matin, je me proposais de le donner à ma femme ; nous l'avons depuis 1805, il vient de l'impératrice Joséphine.

— Voyons, monsieur.

— Allez le chercher ! dit le patron à un commis, il est chez moi...

— Je serais beaucoup *(bocop)* très satisfaite de le voir », répondit l'Anglaise.

Cette réponse fut comme un triomphe, car cette femme spleenique[1] paraissait sur le point de s'en aller. Elle faisait semblant de ne voir que les châles ; tandis qu'elle regardait les commis et les deux acheteurs avec hypocrisie[a], en abritant sa prunelle par la monture de son lorgnon.

« Il a coûté soixante mille francs en Turquie, madame.

— Oh ! *(Hâu.)*

— C'est un des sept châles envoyés par Sélim, avant sa catastrophe, à l'empereur Napoléon. L'impératrice Joséphine, une créole, comme milady le sait, très capricieuse, le céda contre un de ceux apportés par l'ambassadeur turc et que mon prédécesseur avait acheté ; mais, je n'en ai jamais trouvé le prix ; car, en France, *nos dames*[b] ne sont pas assez riches, ce n'est pas comme en Angleterre... Ce châle vaut sept mille francs qui, certes, en représentent quatorze ou quinze par les intérêts composés...

— Composé, de quoi ? dit l'Anglaise. *(Komppôsai dé quoâ ?)*

— Voici, madame. »

Et le patron, en prenant des précautions que les démonstrateurs du *Grune-gevelbe*[c2] de Dresde eussent admirées, ouvrit avec une clef minime une boîte carrée en bois de cèdre dont la forme et la simplicité firent une profonde impression sur l'Anglaise. De cette boîte, doublée en satin noir, il sortit un châle d'environ quinze cents francs, d'un jaune d'or, à dessins noirs, dont l'éclat n'était surpassé que par la bizarrerie des inventions indiennes.

« *Splendid!* dit l'Anglaise, il est vraiment beau... Voilà mon idéal *(idéol)* de châle, *it is very magnificent*[a][1]... »

Le reste fut perdu dans la pose de madone qu'elle prit pour montrer ses yeux sans chaleur, qu'elle croyait beaux.

« L'empereur Napoléon l'aimait beaucoup, il s'en est servi[b]...

— *Bocop* », répéta-t-elle.

Elle prit le châle, le drapa sur elle, s'examina. Le patron reprit le châle, vint au jour le chiffonner, le mania, le fit reluire ; il en joua comme Liszt joue du piano.

« C'est *very fine, beautiful, sweet*[2]! » dit l'Anglaise de l'air le plus tranquille.

Duronceret, Bixiou, les commis échangèrent[c] des regards de plaisir qui signifiaient : « Le châle est vendu. »

« Eh bien, madame ? demanda le négociant en voyant l'Anglaise absorbée dans une sorte de contemplation infiniment trop prolongée.

— Décidément, dit-elle, j'aime mieux une *vôteure!*... »

Un même soubresaut anima les commis silencieux et attentifs, comme si quelque fluide électrique les eût touchés.

« J'en ai une bien belle, madame, répondit tranquillement le patron, elle me vient d'une princesse russe, la princesse de Narzicoff, qui me l'a laissée en paiement de fournitures ; si madame voulait la voir, elle en serait émerveillée ; elle est neuve, elle n'a pas roulé dix jours, il n'y en a pas de pareille à Paris. »

La stupéfaction des commis fut contenue par leur profonde admiration.

« Je veux bien, répondit-elle.

— Que madame garde sur elle le châle, dit le négociant, elle en verra l'effet en voiture. »

Le négociant alla prendre ses gants et son chapeau.

« Comment cela va-t-il finir ?... » dit le premier commis en voyant son patron offrant sa main à l'Anglaise et s'en allant avec elle dans la calèche de louage.

Ceci pour Duronceret et Bixiou prit[d] l'attrait d'une fin de roman, outre l'intérêt particulier de toutes les luttes même minimes, entre l'Angleterre et la France. Vingt minutes après, le patron revint.

« Allez hôtel Lawson[1], voici la carte : Mistress Noswell. Portez la facture que je vais vous donner, il y a six mille francs à recevoir.

— Et comment avez-vous fait ? dit Duronceret[a] en saluant ce roi de la facture.

— Eh ! monsieur, j'ai reconnu cette nature de femme excentrique, elle aime à être remarquée : quand elle a vu que tout le monde regardait son châle, elle m'a dit : " Décidément gardez votre voiture, monsieur, je prends le châle. " Pendant que M. Bigorneau[b], dit-il en montrant le commis romanesque, lui dépliait des châles, j'examinais ma femme, elle vous lorgnait pour savoir quelle idée vous aviez d'elle, elle s'occupait beaucoup plus de vous que des châles. Les Anglaises ont un dégoût particulier (car on ne peut pas dire un goût), elles ne savent pas ce qu'elles veulent, et se déterminent à prendre une chose marchandée plutôt par une circonstance fortuite que par vouloir. J'ai reconnu l'une de ces femmes ennuyées de leurs maris, de leurs marmots, vertueuses à regret, quêtant des émotions, et toujours posées en saules pleureurs... »

Voilà littéralement ce que dit le chef de l'établissement.

Ceci prouve que dans un négociant[c] de tout autre pays il n'y a qu'un négociant ; tandis qu'en France, et surtout à Paris, il y a un homme sorti d'un collège royal, instruit, aimant ou les arts, ou la pêche, ou le théâtre, ou dévoré du désir d'être le successeur de M. Cunin-Gridaine[2], ou colonel de la Garde nationale, ou membre du conseil général de la Seine, ou juge au tribunal de commerce.

« Monsieur Adolphe, dit la femme du fabricant à son petit commis blond, allez commander une boîte de cèdre chez le tabletier.

— Et, dit le commis en reconduisant Duronceret et Bixiou qui avaient choisi un châle pour Mme Schontz[d], nous allons voir parmi nos vieux châles celui qui peut jouer le rôle du châle-Sélim. »

Paris, novembre 1844[e].

LES EMPLOYÉS

INTRODUCTION

« *Je vous fais grâce du tourment que j'ai éprouvé dans ces bureaux*, écrivait Balzac au général de Pommereul le 15 novembre 1828 en lui rendant compte de l'échec d'une démarche, *il m'en reste une profonde horreur pour la centralisation*[1] ». Sans doute partageait-il contre cette maladie de la France les idées des jeunes libéraux du temps. Mais neuf ans après, dans le plan de réforme administrative du fonctionnaire Rabourdin, dont l'échec forme la trame du roman alors intitulé La Femme supérieure, son horreur est restée aussi vive. Et aussi vive sa réaction contre la gérontocratie, contre la démission de l'énergie qui constituaient le fond des révoltes des libéraux de la Restauration. Les dénonçant en 1837, Balzac, prétendu défenseur du trône et de l'autel, se révèle, il serait temps de l'admettre, très peu orthodoxe. Mais fidèle à ses idées. Pourquoi aurait-il changé ? Les tares du système, la médiocratie triomphante avaient-elles disparu ? Ont-elles disparu ? L'impression qui, aujourd'hui encore, saisit d'abord le lecteur de ce roman est son actualité. Actualité des données, permanence des hommes, qu'ils soient ministres, éminences grises, ou ces employés auxquels Balzac fera l'honneur du titre finalement donné.

Ce changement de titre ratifiait une évolution commencée dès la mise en œuvre, et reconnue dès la « Préface » de 1838, où Balzac convenait déjà que son roman « a le malheur de s'appeler La Femme supérieure, *titre qui n'exprime plus le sujet de cette étude où l'héroïne, si tant est qu'elle soit supérieure, n'est plus qu'une figure accessoire au lieu de s'y trouver la principale* ».

---

1. *Correspondance*, t. I, p. 348.

L'évolution de l'œuvre se lit au fur et à mesure sur les pages de notes préparatoires, le manuscrit, les épreuves et les éditions corrigées. Pour Les Employés, *roman privilégié, ces témoins au complet offrent une occasion presque unique de totale et passionnante étude d'une création.*

Sur l'une des pages de notes, deux premières liftes de personnages prouvent que la figuration prévue autour de « la femme supérieure », nommée en tête, se limitait aux besoins reftreints d'une nouvelle : quinze protagonistes, dont huit ou neuf employés placés en fin de lifte. Entre La Femme supérieure *prévue et* Les Employés *réalisés, toute la troupe des commis et leurs hiftoires ont transformé une nouvelle en un roman qui dépassa « du quintuple » les dimensions convenues en 1836 avec Girardin pour* La Presse, *et ils ont pris la place de l'héroïne au premier plan. Le manuscrit montre comment s'eft peu à peu opérée cette subftitution; et le processus eft à noter : c'eft à mesure que les employés l'emportaient sur la femme supérieure, en nombre d'abord, en importance ensuite, que leur entrée en scène fut retardée.*

En un premier temps, Balzac commence son récit par deux pages de réflexions sur la bureaucratie résumées, prétend-il, d'après certain « mémoire ». Puis, se tenant quitte des considérations générales et du mémoire, il passe à la ligne et entame la description des « Bureaux ». Mais, parvenu au seuil de la division La Billardière, *il s'arrête soudain. Il contemple en pensée le petit monde de ces bureaux et devine les silhouettes qui, déjà, se multiplient. Trop. « La femme supérieure » s'éloigne d'autant. De plus, un récit court et monolithique devient impossible. Les quatre pages écrites sont mises de côté. Balzac recommence. Il réorganise tout, et d'abord la ftructure même du récit. Sur une nouvelle page 1, au-dessous du titre général, apparaît maintenant le chiffre romain I avec le titre d'une première partie :* Entre deux femmes.

L'hiftoire peut et même doit commencer par les Rabourdin : « la femme supérieure » en tête, puis le mari, fonctionnaire et époux méconnu qui rêve d'éblouir sa femme par un « triomphe adminiftratif », obtenu grâce à son Plan de réorganisation des ftructures économiques et bureaucratiques. Balzac manque sau-

ter ce plan aussi vite que le « mémoire » anonyme du premier
début, le dépasse en utilisant les quatre pages mises de côté,
puis, pris de scrupules, se pliant une fois de plus à son principe :
« jamais d'assertion en littérature », il repousse la facilité des
pages déjà écrites et se jette à l'eau. Pas d'assertion du génie
administratif de Rabourdin, mais une preuve : le Plan. Exposé
à ce stade en deux pages, il ira croissant et se multipliant au
fur et à mesure des corrections d'épreuves.

Sorti du Plan Rabourdin et débouchant bientôt sur des
Lupeaulx, fléau de la balance « entre [les] deux femmes »,
le romancier a pris le départ. Les laissés-pour-compte du premier engagement seront récupérés, et le moment sera venu
d'entrer dans « Les Bureaux », titre de la deuxième partie.
Mais en attendant, il rencontre l'obstacle majeur et reconnaît
dans sa lettre du 2 juin 1837 à Mme Hanska : « impossible
d'en [de La Femme supérieure] faire une ligne[1] ». Il
suffit de comparer le manuscrit de la première partie et les
épreuves pour que l'obstacle, et la manière dont il fut
franchi, sautent aux yeux : il y avait une femme supérieure
de trop.

En effet, la deuxième femme, Élisabeth Baudoyer, telle
qu'elle apparaît sur le manuscrit, est elle aussi une femme supérieure. Balzac est trop bon romancier pour ne pas voir qu'il
s'est fourvoyé dans une impasse. La « céleste » Élisabeth et la
charmante Célestine, parée des vertus de son Rabourdin et du
Plan, se partagent si bien les sympathies que le choix d'une
victime pour le dénouement est impossible. Balzac hésite, corrige
trois jeux d'épreuves presque sans ratures, c'est-à-dire sans
conviction. Enfin, alors qu'il entame le quatrième jeu, il se
décide et sacrifie Élisabeth. Rature après rature, en une seule
séance, l'ange sulpicien devient à vue d'œil une sorte d'aigre
démon bourgeois. Et toute la famille, son père, le bon et « finaud »
Saillard, son oncle, l'excellent Bidault, suit la pente.

Dès lors, le mécanisme romanesque est prêt à fonctionner.
Balzac tient la créature fatale, efficace et gagneuse, assortie du
père stupide et de l'oncle usurier qui réussiront, tandis que les
Rabourdin échoueront. Le plan Rabourdin pourra enfin jouer

1. *Lettres à Mme Hanska*, t. I, p. 511.

tragiquement contre son inventeur, et le perdre. Car la « femme supérieure » et l'homme à idées doivent être victimes du système administratif et de ses tares. Peut-être auront-ils une revanche ailleurs ? Une anagramme de l'employé Colleville le prédit à Rabourdin : « D'abord rêva bureaux et eut fin riche. » Peut-être...

Comme pris de doute, Balzac laisse cet avenir en suspens et, en attendant de pouvoir donner la réussite à ses rescapés du système, il va faire connaître ce système et ses tares, « Les Bureaux » et les employés. Leur place a été ménagée, tout le mobilier de la division La Billardière peut s'étaler, tout son personnel défiler, bavarder, s'installer. Il est clair, tant sa plume court maintenant, que Balzac ne rencontre plus d'obstacle. Mais lorsqu'il met le point final à La Femme supérieure, *« finie quant au journal »*, annonçait-il à Mme Hanska le 8 juillet[1], *les employés ont envahi la scène. Bien qu'il ait esquissé pour les Rabourdin un avenir heureux avec preuve des tares du système par la réussite de l'homme à idées hors des bureaux, et avec preuve de ses capacités par sa « fin riche », jamais Balzac ne les confirmera. Une quatrième partie, annoncée aussi le 8 juillet, ne sera pas écrite. Le rôle et le destin de la femme supérieure resteront incomplets.*

À défaut d'une explication, Balzac a livré quelques aveux déguisés en boutades dans sa préface-remplissage de 1838. Ainsi : « s'il abandonne ses idées premières pour des idées surgies après son plan primitif, il les trouve sans doute de plus agréable façon, pour lui s'entend : la main-d'œuvre est moins chère, le personnage exige moins d'étoffe dans son habillement ». Et il glisse plus loin : « Si vous trouvez ici beaucoup d'employés et peu de femmes supérieures, cette faute est explicable par les raisons sus-énoncées : les employés étaient prêts, accommodés, finis, et la femme supérieure est encore à peindre. » *Cet aveu indique le chemin parcouru de* La Femme supérieure *aux* Employés. *Il permet de comprendre que c'est de la femme supérieure que sont venues, à la fois, l'idée première du sujet et les difficultés qui causèrent sa déviation secondaire.*

La réalité, qui donne leur impulsion aux créations de Balzac, mais dont il ne s'estime pas libre de jouer à son gré, va expliquer

---

1. *Lettres à Mme Hanska*, t. I, p. 516.

le départ et les difficultés. *Car les événements de la vie d'une* « *femme supérieure* » *réelle permettent de saisir l'intérêt qu'elle pouvait inspirer en 1836 à Balzac, alors empreint d'espoir pour son avenir; le doute naissant en 1837 qui lui fit laisser cet avenir en suspens,* « *encore à peindre* »; *l'échec confirmant ses craintes qui le conduit, après 1840, à concevoir* « *les Rabourdin échouant en province*[1] »; *avant de prendre le parti du silence, lors de la publication du roman dans* La Comédie humaine. *Chaque étape de la composition du roman, sa conception, sa rédaction, son achèvement, marquera l'évolution des événements survenus dans la vie de ses modèles et l'évolution des sentiments qu'ils lui inspiraient.*

À la recherche des sources du roman, il faut donc aller aussi de « *la femme supérieure* » *aux* « *employés* », *c'est-à-dire, selon une loi de la création balzacienne vérifiée une fois de plus, des sources réelles toujours primordiales aux sources littéraires toujours secondaires et comparables à des affluents. Secondaires, les sources de la partie du roman plus spécialement consacrée aux employés doivent donc passer après celles, primordiales, de la partie* « *femme supérieure* », *c'est-à-dire de la première partie,* « *Entre deux femmes* », *qui comprend les Rabourdin, les Baudoyer et des Lupeaulx.*

Pour l'essentiel, les personnages de Balzac procèdent de lui seul, de sa vie, de sa vision et de son observation du monde où il vit. Par le seul choix de leurs noms, il s'ancre déjà dans la réalité; ceux de Rabourdin, de Saillard, par exemple, sont vrais : un camarade de collège et un ami de son père les portaient. Rabourdin, de plus, rappelle Girardin, à qui Balzac emprunta ses idées pour le Plan. <u>Quant à ses fonctionnaires, à leurs caractères, à leurs mœurs, et surtout à leur vie de famille, Balzac, petit-fils, fils, frère et beau-frère de fonctionnaires, n'avait pas à les chercher bien loin.</u> Le fait même que des fonctionnaires aient été aussi proches de lui désigne les modèles qui ont inspiré le roman. Et singulièrement les modèles des personnages initiaux que le roman montre justement dans leur vie de famille : les Rabourdin et les Saillard-Baudoyer.

1. Lov. A 159, fº 3.

Certains événements ont dû pousser Balzac à traiter le sujet en *1836*. Mais depuis son enfance, il avait vu la vie des siens dépendre de l'Administration, et leurs déboires en découler. Les modèles fournissaient les arguments : chez les Balzac, les griefs administratifs étaient des griefs de famille.

À partir de la mise à la retraite de B.-F. Balzac en *1818*, avec une pension décevante, Mme Balzac ne cessera plus de ressasser ses récriminations. Et la sœur puînée de Balzac vint bientôt tenir sa partie dans le concert des doléances : en *1820*, Laure épousait Eugène Surville, fonctionnaire des Ponts et Chaussées. La famille s'augmentait de deux tributaires des caprices administratifs qui, très vite, et pour très longtemps, eurent à se plaindre de « l'Administration ».

1836 fut une année capitale. Le 22 août, dans une lettre à Mme Hanska[1], Balzac met sur le même plan son propre sort et celui de la Cara sorella et de son mari « qui luttent contre les administrations comme moi contre les journaux ». Le 1er octobre, il livre, dans une autre lettre à la Polonaise[2], la phrase clef du sujet de son roman : « Les affaires de son mari vont lentement et sa vie aussi à elle s'écoule dans l'ombre ; et ses belles forces s'épuisent dans une lutte inconnue, sans gloire. Quel diamant dans la boue ! Le plus beau diamant que je sache en France. » Comme, aux yeux de Balzac, seule la stupide et aveugle lenteur de la machine administrative était alors responsable du destin manqué de Laure, on comprend mieux l'origine de La Femme supérieure, annoncée pour la première fois quelques jours après ces lignes.

Laure est « la femme supérieure », des grands traits aux détails, parce que, pour Balzac, certains effets ne peuvent être déterminés que par certaines causes. Célestine aura donc la même enfance adulée, la même éducation que Laure, ce qui explique que l'une comme l'autre de ces enfants gâtées à l'esprit trop admiré se croie destinée à une vie extraordinaire. Aussitôt mariée à un fonctionnaire, « loin de consentir à la mesquinerie d'une destinée bourgeoise », Laure, comme Célestine, s'était impatientée « des retards qu'éprouvaient les grandes choses de son avenir ».

1. *Lettres à Mme Hanska*, t. I, p. 438.
2. *Ibid.* p. 448.

Le « corps à corps avec son livre de dépense » l'horripilait et,
comme Célestine, « dans ses paroxysmes d'ambition contrariée »,
elle s'attaquait à son mari. Plusieurs années avant que Balzac
ne crée sa « femme supérieure », sa sœur a commencé à se
plaindre. En 1834, dans une lettre inédite à sa mère, elle déplo-
rait sa destinée qui « s'efface pour ainsi dire du monde où elle
aurait pu compter », et elle criait : « moi, pauvre femme à
laquelle revenait des fleurs et du luxe et des tendresses, dis
pauvre mère, dis si je suis aimée comme j'avais rêvé de l'être¹ ».
Les mots même que Laure emploie pour juger son mari,
Célestine les reprendra : compétent, mais si peu habile; bref,
un peu trop « honnête homme ». Comme Célestine, elle se
plaint du manque de confiance de son mari : « j'en mérite
des volumes et c'est parce que j'ai la conscience de ce que je
vaux que je me trouve affectée », écrit-elle en décembre
1837² à sa mère.

Ne doutant jamais de sa supériorité, persuadée qu'elle mènerait
autrement mieux la barque, Laure, comme Célestine, se mêla
souvent, bien trop souvent, des affaires de Surville. Elle ne se
corrigea jamais, malgré d'incessants déboires. Elle aussi engagea
des dépenses de prestige pour « le paroistre », et sur des espoirs
aussi prématurés ou illusoires que ceux de la femme supérieure.
Elle aussi fit passer « la toilette avant tout », et se pardonnait
ses fautes, ses travers, sa faim de luxe, son manque de retenue,
au nom de sa supériorité.

Mais si Balzac, à partir du « diamant dans la boue », voit
Célestine capable d'étonner et de séduire des ministres ou le très
blasé des Lupeaulx, son lecteur reste en deçà : son héroïne n'est
pas plus unique à Paris que sa sœur n'était unique en France.
Sinon pour lui. Malgré son esprit et son charme, les dépits de
Célestine, ses vanités, ses coquetteries et ses buts n'en font guère
une créature d'exception. Pourtant, ses défauts, Balzac, indul-
gent mais pénétrant, les a vus et les fait voir. Il en montre aussi
les causes; et il serait difficile de lui donner tort lorsqu'il les
attribue à une éducation « mal entendue » par des parents cou-
pables d'excès de tendresse et d'excès de vanité. Aux mêmes

1. *Lov.* A 378 *bis*, fᵒ 44 vᵒ.
2. *Lov.* A 378 *bis*, fᵒ 47 vᵒ.

*causes répondront les mêmes effets : mariage analogue et sem-
blables conséquences.*

*Célestine se marie à vingt ans, comme Laure; sa vanité et
celle de ses parents vont décider son mariage. Bien que née
Leprince tout court, elle répugne d'abord à se nommer Rabourdin. Mais le mystère qui entoure la naissance de Rabourdin
permet un coup de théâtre qui a finalement raison de la résistance de Célestine : « Forcé dans ses retranchements, le père
commit une grave indiscrétion en déclarant à sa fille que son
futur serait Rabourdin de quelque chose... riche d'une fortune
et d'un nom transmis par certain testament à lui connu. Le
mariage se fit. »*

*Or c'est bien ainsi qu'à Villeparisis, le mariage se fit.
Lorsqu'il entreprit sa conquête de Laure Balzac, Eugène se
nommait Allain dit Surville, d'après le nom de théâtreuse de sa
mère, laquelle représentait — comme pour Rabourdin — toute
sa famille. Sa cour languissait-elle ? Toujours est-il que sa
mère lui apprit alors, en coup de théâtre, qu'il était le fils
naturel et posthume d'un Midy de La Greneraye dont, sinon
« certain testament », du moins certain jugement rendu à
Rouen sous la Terreur l'autorisait à porter le nom, et même
à hériter[1]. Eugène courut aussitôt à Rouen faire rectifier le
registre des naissances à l'article qui le concernait et, à son
retour seulement, le 12 mai 1820, Laure annonçait brusquement
au futur créateur de « la femme supérieure » qu'elle se mariait
le 18 mai[2]. Détail intéressant : Célestine restera Mme Rabourdin et Laure Mme Surville.*

*Les analogies ne manquent pas non plus entre Rabourdin et
Surville, qui rêva lui aussi avancements et triomphes administratifs. Ses débuts furent aussi prometteurs, et aux mêmes
âges : polytechnicien, affecté aux Ponts et Chaussées, il était
nommé aspirant à vingt-deux ans, ingénieur ordinaire à vingt-
cinq, comme Rabourdin, nommé « à vingt-deux ans sous-chef
et chef à vingt-cinq ». Et si certaine « main mystérieuse »,*

---

1. Voir mes articles, « Eugène Surville, modèle reparaissant de *La Comédie humaine* », *L'Année balzacienne 1963*, et
« Théodore. Quelques scènes de la vie privée », *L'Année balzacienne 1964*.

2. *Correspondance*, t. I, p. 81.

qui aurait d'abord poussé le héros balzacien, semble l'abandonner ou disparaître après cette dernière promotion qui précède de peu son mariage, il en ira de même pour Surville. Après un début si rapide que la famille Balzac le voyait déjà, lors de son mariage, ingénieur en chef « dans trois ans », au plus tard, les années passèrent, les promotions de ses collègues aussi, Mme Surville s'impatienta, et Surville sollicita. En vain.

Au bout du même nombre d'années de « vaines espérances » que Rabourdin, Surville chercha, comme lui, un moyen de se distinguer, une « revanche honorable », et, lui aussi, tout en restant attaché à ses fonctions, il élabora un Plan. En l'espèce, un plan de canal : en 1825, il se chargeait des « Études relatives au canal de l'Essonne ». Son aventure préparait si bien celle de Rabourdin qu'en 1833, Balzac en fera un conte intitulé Aventures constitutionnelles et administratives d'une Idée heureuse et patriotique[1]. *L'échec de l'Essonne, aussi stagnant que son avancement, n'empêcha pas Surville de s'engager en 1829 dans une seconde Idée, celle du plan d'un canal latéral à la Loire inférieure d'Orléans à Nantes. Idée encore plus heureuse et patriotique, au point que Surville quitta les Ponts et Chaussées : la « Société des Études » du canal promettait en effet aux actionnaires « un intérêt dans les bénéfices de l'affaire qui s'élèvera au moins annuellement à la somme prêtée » et pourra même atteindre « jusqu'à six fois le montant de la mise de fonds ». Et ce « au plus tard la dixième année[2] ».*

Mais s'il la quitte, Surville n'en a pas fini avec l'administration, avec ses luttes et ses griefs contre les bureaux. Embûches, contretemps, chimères et déceptions n'en finiront plus de se succéder pour l'homme à idées, comme le prouve un dossier de l'affaire, conservé aux Archives nationales[3], et notamment sa correspondance avec le général de Pommereul, naguère hôte de Balzac à Fougères et devenu actionnaire du canal. En avril 1833, comme en parallèle aux Aventures d'une idée *de son beau-frère, Surville constate : « Un résultat s'éloigne toujours devant nous par les difficultés sans nombre que nous suscitent chacune*

---

1. Voir *Œuvres ébauchées* (t. XII).
2. Archives nationales, AB XIX 3315, dossier 1.
3. Toutes les citations qui suivent sont extraites du dossier cité n. 2.

des filières administratives par lesquelles nous devons passer. »
Il se plaint des tracasseries, des « traîtrises », des « lenteurs »
bureaucratiques. Et Balzac le suit dans ses critiques : dès ses
premiers écrits politiques, dans ses Lettres sur Paris *de 1830,*
il devient constant qu'un bon gouvernement, une bonne adminis-
tration sont un gouvernement, une administration qui votent,
et vite, un canal. La France est en péril parce que l'inertie
bureaucratique et l'instabilité ministérielle entravent l'entre-
prise.

Au fil des mois, des ans, Surville ne cesse de dénoncer
« cette force d'inertie administrative dont les lenteurs et l'indif-
férence détruisent toute espèce d'énergie »; et « la négligence
de l'administration »; et « la crainte des reproches de la
Chambre » qui paralyse le vote des députés. L'inventeur souffre,
sa femme aussi. Illusions perdues, La Femme supérieure
sont en marche.

En 1835, les « griffes administratives » retiennent toujours
l'Idée prisonnière. Enfin, le 7 juin 1836, la loi est votée qui
accorde la concession à la « Société des Études ». Surville et
Balzac rêvent millions, mais les capitaux pour l'exploitation
restent à trouver. Surville ne les trouvera jamais.

L'euphorie était vite tombée. Dès août 1836, Balzac consta-
tait que les Surville « luttent toujours contre l'administration[1] *».*
En octobre, il voyait le « diamant dans la boue » et projetait
La Femme supérieure[2]. *Mais la partie n'était pas perdue.*
En avril 1837, Laure espérait toujours malgré « sept années
d'attente » et écrivait à Mme de Pommereul : « Les affaires
vont bien; j'espère que la prospérité arrive[3]. *» Un mois plus*
tard, Balzac commençait à écrire l'histoire de « la femme
supérieure » dont la destinée, après sept ans d'attente, *peut*
encore changer, et qui espère elle aussi que la « fin riche »
arrive.

Balzac est-il sûr de cette issue ? Sans doute a-t-il décidé
que Rabourdin serait d'abord vaincu par la bureaucratie qui,
« entièrement composée de petits esprits, mettait un obstacle

1. *Lettres à Mme Hanska*, t. I, p. 438.
2. *Ibid.*, p. 448.
3. L. Surville, *À une amie de province*, p. 236.

à la prospérité du pays, retardait sept ans dans ses cartons le projet d'un canal qui eût stimulé la production d'une province ». Il attaque l'incurie administrative, parce qu'il a sous les yeux deux de ses victimes, son beau-frère et sa femme supérieure de sœur. La charge féroce contre la machine bureaucratique et la cuisine constitutionnelle, le plan Rabourdin, La Femme supérieure enfin, n'ont pas d'autre source fondamentale. Mais s'il abandonne le destin particulier de Rabourdin, s'il s'arrête à l'instant de confirmer une réussite qu'il avait esquissée, n'est-ce pas parce qu'il en est arrivé à douter ?

Tous les traits mille fois probants des ressemblances, des similitudes, ou des transpositions en équivalences exactes, pourraient être repris, mais on peut sauter aux conclusions : en *1840*, la déchéance de la Société du Canal sera prononcée par décision ministérielle. Dans Z. Marcas, apparaît alors le jeune Charles Rabourdin, dans une misère noire. Puis Balzac « attaque à mort l'École Polytechnique[1] » dans Le Curé de village. Enfin « les Rabourdin échouent en province ».

La situation de Surville se dégrade. Lui-même se détériore. Balzac, désabusé, s'éloigne. Le malheur, les « gouttes de fiel » séparent peu à peu le frère et la sœur. Les travers deviennent des fautes graves : dans une sorte de réquisitoire adressé à Mme Hanska le *20* février *1844*, le romancier de La Femme supérieure critique les « manies de bas-bleu », les « manques de tact » de Laure ; il juge : « Je ne suis rien dans ma famille [...] On a rompu un à un tous les liens[2] ». En *1837*, il avait promis le manuscrit de La Femme supérieure *à la* Cara sorella[3]. À la fin de *1843*, il offrait ce manuscrit à David d'Angers. Et quelques jours après le réquisitoire, le *29* février, il refondait et achevait son roman : Rabourdin n'aurait jamais « fin riche » et La Femme supérieure laissait la place aux Employés.

D'ordre moins primordial, l'origine des autres personnages n'est pas à négliger. Pour les Saillard-Baudoyer, grotesques mais d'une convaincante vérité, les sentiments et les réflexions de

---

1. *Correspondance*, t. IV, p. 218.
2. *Lettres à Mme Hanska*, t. II, p. 382.
3. *Ibid.*, t. I, p. 518.

Balzac sont encore en jeu. Dans sa première version, Élisabeth,
l'autre femme supérieure, était aussi l'autre sœur : Laurence,
morte en 1825. Or, Annette Gérard, dans Annette et le criminel, *et Augustine Guillaume, dans* La Maison du chat-
qui-pelote, *composaient, dès 1823 et 1830, des variations sur*
le thème d'une figure méconnue et pathétique qui obsède Balzac.
Il y revient en 1837, et s'il sacrifie la première Élisabeth à la
« femme supérieure », il lui réserve un destin plus haut. Restée
auvergnate de son passage dans La Femme supérieure, *élevée*
par l'avarice et la stupidité, elle deviendra la grande figure
de Véronique Graslin dans Le Curé de village.

    Cette sorte de compensation créatrice d'une obsession com-
plexe apporte quelques éclaircissements sur les sentiments de
Balzac à l'égard des siens, et surtout à l'égard de sa mère,
dont il dira qu'elle a « tué Laurence[1] ». S'il est aventureux
d'interpréter, pourtant, une fois constaté le glissement — le
« transfert » — opéré, il faut bien noter un fait : si la première
« sublime » Élisabeth ressemblait à Laurence, la seconde, la
redoutable chipie petite bourgeoise, a au moins le physique de
Mme Balzac, museau pointu et joliesse étriquée, et Baudoyer
a celui de M. Balzac; de même les parents Saillard, habitants
du Marais, font pendants aux Sallambier, père et mère de
Mme Balzac. Et toute la parenté, tous les petits bourgeois
et employés qui entourent les Saillard-Baudoyer rappellent que
c'est bien au Marais que Balzac a découvert autour de ses
parents et grands-parents, dans leur parenté et leur voisinage,
le monde particulier des fonctionnaires et des petits bourgeois de
Paris. Il mêlera aux souvenirs d'enfance ceux de l'adolescence.
Ainsi l'avare oncle Mitral appartiendra à la fois au Marais
et à Villeparisis et, du même coup, ressemblera à l'avare
Dujai, le « vilain boustarath[2] »; et comme ce dernier était
devenu, entre-temps et conjointement avec M. de Savary, le
père Grandet, Balzac remettra sur la tête de Mitral « la
petite perruque en chiendent » de Savary[3]. L'oncle Bidault, qui
porte le nom d'un notaire de Tours, commencera par être
quincaillier comme le petit père Dablin, lequel habitait la rue

1. Cf. Introduction de *La Cousine Bette*, p. 23 n. 4.
2. *Correspondance*, t. I, p. 100.
3. *Ibid.*, t. I, p. 135.

même où Balzac logera Bidault. Les Transon seront négociants en porcelaine comme son propriétaire de la rue de Lesdiguières. Vomorel, le voisin imbécile « soufflant sur tout comme dans ses doigts » d'une lettre de novembre 1819 à Laure, mais « capable » du train où vont les choses, « d'être un jour député[1] », c'est un « âne » de la même espèce que Baudoyer qui deviendra maire de son arrondissement, qui arrivera grâce au parti-prêtre, grâce aux écus, et parce que l'union fait la force. Surtout la sainte union des médiocres.

Voilà le plus important : le Vomorel qu'il haïssait à vingt ans, le Baudoyer qu'il vomit à trente-huit ans, incarnent la répulsion, l'appréhension et le pessimisme de Balzac devant « la puissance de la petitesse ».

Au moment même où il conçoit La Femme supérieure *en octobre 1836, il vient justement d'éprouver cette puissance. Du moins le croit-il, et c'est l'essentiel. Et il a été vaincu. Or, dans cette affaire personnelle, le modèle de des Lupeaulx, Joseph Lingay, peut avoir joué sur Balzac puis contre Balzac, comme des Lupeaulx joue sur Rabourdin puis contre Rabourdin[2].*

Si Stendhal l'a peint au naturel dans ses Souvenirs d'égotisme *sous le nom de Maisonnette, Balzac livre un portrait plus achevé de ce Lingay qui fut en son temps un important personnage, et fort en état d'influer sur la vie de Balzac. Car, outre sa position officielle, notamment auprès des successifs premiers ministres, ce Père Joseph et homme à tout faire des excellences présentes et à venir exerçait dans les coulisses une activité bien particulière, que Balzac définira exactement en nommant des Lupeaulx « le mandataire de la presse » dans* Un grand homme de province à Paris. *Ventes, trocs, pressions, campagnes ou rédactions organisées ou dirigées, il n'est pratiquement pas une affaire de presse que Lingay n'ait traitée, dont il n'ait été « le mandataire » durant la majeure partie de la Restauration et toute la monarchie de Juillet. Or Balzac,*

---

1. *Correspondance*, t. I, p. 61.
2. Voir mon article « Qui est des Lupeaulx ? » dans *L'Année balzacienne 1961*.

*tenté et sollicité à différentes reprises par le journalisme en
1835, avait acheté la* Chronique de Paris *à la fin de l'année.
Après avoir traité dans des conditions très mal connues mais
singulièrement avantageuses, après avoir misé sur des « fonds
pour aller deux ans*[1] *», il sombrait au moment même où Girardin fondait* La Presse, *peut-être avec les mêmes appuis et,
en tout cas, dans la même ligne politique. Et, comme pour
rendre ce naufrage plus complet, Balzac fut attaqué de toutes
parts et jusque par ceux-là même qui le sollicitaient un an plus
tôt. Tel Marcas trahi, avili, ruiné, il se retrouvait dans une
mansarde. Là naissait alors* La Femme supérieure *en même
temps que se développait le prologue de ces* Illusions perdues
*où il montrera plus tard le rôle joué par des Lupeaulx dans
la machination qui abuse et perd Rubempré.*

Le rôle de Lingay dans l'affaire de la Chronique de Paris
*et le tollé contre Balzac sont des hypothèses. Reste une certitude :
des Lupeaulx ressemble trait pour trait à Lingay. Mêmes
caractéristiques physiques : petite taille, laideur, vue basse et
lunettes d'or, et jusqu'aux tics qui secouaient sa tête; mêmes
caractéristiques morales ou amorales : célibataire, gourmet, dissolu
perdu de dettes perpétuelles qui le lièrent à perpétuité aux usuriers
et aux fonds secrets, toujours entre zénith et nadir et toujours
dans l'ombre, nécessaire pour un premier ministre autant que
redoutable, parce que sans peur et connaissant tout, dessus et
dessous, et, dans le monde des camarades, bon garçon ou dangereux, c'était selon. Officier de la Légion d'honneur, maître des
Requêtes, Lingay fut pendant toute la monarchie de Juillet
secrétaire de la présidence du Conseil : c'est la fonction même
de des Lupeaulx, lorsqu'il apparut pour la dernière fois dans
La Comédie humaine, dans la dernière partie de* Splendeurs
et misères des courtisanes.

Dès sa première apparition, dans La Femme supérieure,
*ses activités officielles et occultes étaient celles de Lingay. Ici
encore les mêmes causes produisent les mêmes effets. Inutile de
reprendre tous les détails exposés dans la monographie que
nous avons consacrée à ce personnage; le plus important suffira :
l'élection manquée mais monnayée de des Lupeaulx. Connais-*

---

1. *Lettres à Mme Hanska*, t. I, p. 404.

sant son désir d'être député pour échapper à ses dettes et à l'instabilité de sa position, un groupe d'usuriers permet à des Lupeaulx
d'acquérir une propriété qui lui procure l'éligibilité. Achat
payable en trois ans avec l'ensemble de ses créances, et seule condition immédiate : la nomination de Baudoyer. Des Lupeaulx
lâche Rabourdin et met son ministre devant cette alternative :
ou le gouvernement le présente comme candidat ministériel, ou
il se jette dans l'opposition par une candidature centre gauche.
Or, bien que noyé de dettes, Lingay avait tout à la fois acheté
un bel hôtel près des Champs-Élysées et opéré un regroupement
de ses créances, avec un délai de trois ans pour payer le tout.
Quelque temps après, il préparait un prospectus électoral et,
détail à noter, ce haut fonctionnaire se présentait aux suffrages
de Joigny non comme candidat ministériel, mais comme centre
gauche. L'affaire se déroula en 1834, donc avant 1837 et La
Femme supérieure. Et Balzac allait attendre 1844 pour
dévoiler l'épilogue de la candidature de des Lupeaulx. Une
courte scène révélait que le ministre lui avait proposé : « Mon
cher, laissez-moi cet arrondissement... et je paie vos dettes. »
   La candidature de Lingay ne dépassa pas le ministère et son
effet le plus clair fut une accalmie de ses dettes. Encore faut-il
examiner ses papiers personnels pour découvrir ce résultat et,
d'abord, sa candidature elle-même dont ni les journaux ni les
archives n'ont gardé la moindre trace.
   Cet événement, qui se déroula tout en coulisse, et qui prouve
que Balzac connaissait bien son personnage, est important et
significatif. La candidature de des Lupeaulx joue aussi un
rôle important et significatif. Elle est l'événement qui noue
l'intrigue et décide du dénouement, à savoir « À qui la place ? »,
et fait de des Lupeaulx le personnage clef à la fois « entre les
deux femmes », parce qu'il est candidat, et entre « la femme
supérieure » et « les employés », parce qu'il est haut fonctionnaire. À ce titre, Balzac le charge de représenter, d'incarner,
à lui seul, toute la haute cuisine administrative avec ses faiblesses,
ses compromissions, ses marchandages, les mille et une raisons
pour lesquelles un homme de talent, une Idée heureuse et patriotique, échouent. Grâce à des Lupeaulx, Balzac réussit une forte
démonstration. Parce que l'homme et les faits étaient vrais, et
parce qu'il les avait directement observés.

En revanche, Balzac connaissait mal les petits rouages de la machine, les bureaux, les employés inférieurs et leur action quotidienne. Pour les montrer, il recourut aux spécialistes du sujet. Il l'avoue : il a trouvé « les employés prêts, accommodés, finis », et il s'en est servi. Aurait-on préféré qu'il inventât ?

En abordant la bureaucratie, Balzac n'a pas découvert une Amérique littéraire : dès la levée de la grande armée des fonctionnaires après la Révolution, le sujet avait fait éclore dans les bureaux même, où les employés avaient du temps à perdre, une innombrable foule d'ouvrages, depuis les vaudevilles et satires à la du Bruel ou à la Bixiou jusqu'aux traités les plus sérieux à la Rabourdin. Balzac n'avait que l'embarras du choix, qu'il s'agisse pour lui de construire le plan Rabourdin ou « les Bureaux ».

Pour ce qui concerne le plan Rabourdin, souvent mieux considéré que le roman lui-même, il semble que l'esprit plus que la lettre soit à admirer. Truffé d'emprunts hétéroclites, bâti en deux ou trois jours à coups de vertigineuses variations dans les chiffres et les preuves de démonstration, peu solide par plusieurs endroits, trop accrocheur, trop complaisant, le Plan ne doit pas être pris exagérément au sérieux. C'est l'utilisation d'un ancien brouillon de programme électoral, d'ailleurs inachevé. C'est de la « politique au coin du feu », d'ailleurs avouée. Sous son aspect le plus positif, cette construction fait surtout la preuve du tempérament constructeur de Balzac.

Quant aux « Bureaux », les recours diffèrent selon que l'historien des employés avait besoin d'éléments d'ordre général, d'intrigues, ou de personnages bureaucratiques.

Pour les généralités, il a incontestablement utilisé les ouvrages d'Ymbert, ancien chef de bureau et polygraphe aimable. Singulièrement Mœurs administratives, *parues en 1825. Description d'un ministère, de sa hiérarchie, de ses mœurs et usages, anatomie et pathologie : il suffit de comparer pour voir le livre d'Ymbert ouvert sur la table de Balzac tout le temps qu'il exposait le fond de son sujet.*

Pour l'intrigue, à Ymbert encore, mais au vaudevilliste, Balzac a pu emprunter quelques fils pour son Intérieur d'un bureau, *où la découverte d'un document compromet un gentil*

*copiste, surnuméraire, donc exploité. Mais le document compro-
mettant n'est ni une invention ni une exclusivité d'Ymbert, et
semble avoir été tenu pour le ressort à peu près indispensable
par tous les industriels en satires administratives. Ainsi, pour
s'en tenir aux moins mauvais ou aux mieux connus de Balzac,
Alexandre Duval dans* La Manie des grandeurs, *Alhoy
dans* Les Employés, *ou dans* L'Homme habile ou Tout
pour parvenir, *Violet d'Epagny à qui son ami Balzac
emprunta peut-être aussi quelques traits de* Luxe et indigence *ou le* Ménage parisien *pour la comédie du « paroistre »
à tout prix d'une femme de fonctionnaire.* La Camaraderie ou
la Courte Échelle *de Scribe, pièce vue par Balzac en mai 1837
juste avant de commencer* La Femme supérieure, *a pu lui
inspirer, non la notion de la puissance de l'union des médiocres
dont il se trouvait déjà amplement persuadé, mais l'idée de
donner à une femme le rôle d'esprit organisateur d'une manœuvre
de presse et d'une nomination par la presse.*

*Mais toutes les pièces de satire bureaucratique développaient
une intrigue avant tout sentimentale et se dénouaient pour la
plus grande gloire d'une femme charmante. L'originalité de
Balzac — outre le fait capital que ses intrigues ne sont jamais
sentimentales —, consista ici non seulement à désavantager sa
femme charmante au dénouement, mais surtout, bien qu'il ait
commencé en lui donnant le rôle principal, à lui retirer cette
primauté de convention. Bien avant d'officialiser par le changement de titre une évolution qui virilisa son roman, Balzac avait
donné le grand rôle aux* Employés.

*Pour ces employés, il recourut au spécialiste et ancien employé
Henry Monnier, dont l'œuvre maîtresse sur le sujet,* Scènes de
la vie bureaucratique, *avait paru en 1835 peu avant la
conception de* La Femme supérieure. *Ces* Scènes *étaient pré-
sentées sous la forme typographique d'une pièce en un acte intitulée* Intérieurs de bureaux, *que précédait une longue liste
descriptive des personnages intitulée* Biographies. *Biographies, ce sera le défilé inaugural des employés. Balzac reprendra
parfois jusqu'aux noms : Clergeot, Riffé, Laudigeois, Desroches, Laurent, Cochin, Godard; la plupart des costumes aussi,
utilisant la liste de Monnier comme le catalogue d'un tailleur;
enfin, quelques traits de caractère, d'habitudes, des tics de*

métier surtout, lesquels ne s'inventent pas. Il suffit de confronter les textes pour voir les emprunts évidents de Balzac et pour mesurer l'abîme, non moins évident, entre Monnier et lui. Monnier fournit les matériaux, qu'il s'agisse de vêtements, d'accessoires ou de manies. Ou de typographie, de forme. Mais, en ce domaine, Monnier lui-même n'avait rien inventé en donnant à ses Scènes entièrement dialoguées le genre « théâtre dans un fauteuil » déjà très utilisé avant lui. À l'inverse, Balzac inaugura en introduisant cette présentation scénique dans la prose d'un roman. Même en empruntant, il fait œuvre originale, personnelle, et qui répond à une nécessité : en l'espèce, différencier les scènes bureaucratiques et leur conférer le ton de la comédie, de la satire. Ce ton convient d'autant mieux que, dans leurs bureaux, les employés sont en représentation, extérieurs, et forcément différents de personnages dans l'intimité de leur vie privée.

De plus, Balzac a métamorphosé en niaiserie active, en bourdonnement de grosses mouches, l'imbécillité immobile des employés de Monnier. De marionnettes figées, il a fait des êtres doués de vie.

Enfin, il a exactement doublé l'effectif des bureaucrates de l'humoriste en montrant deux bureaux au lieu d'un. S'il a naturalisé balzaciens les uns, il a créé les autres. À première vue, il semblerait qu'il les ait construits par contraste, tant, au fur et à mesure du défilé, chaque employé semble engendrer son contraire. En fait, une fois de plus, si Balzac dispose, c'est après avoir choisi parmi les faits que le vrai lui propose : dans mille détails plus ou moins importants de chaque portrait, on retrouve tel ou tel trait significatif de l'un ou l'autre de ses contemporains. Inutile d'entrer dans les minutieuses longueurs d'une démonstration, le fait seul compte.

Peu de romans de La Comédie humaine ont obéi à la loi balzacienne de construction par contraste de façon aussi visible, aussi systématique que Les Employés. À chaque personnage, à chaque groupe et à chaque scène répond son contraire. Et tout d'abord, aux Rabourdin, les Baudoyer après leur transformation. Ils s'opposent jusque dans les objets matériels, mobilier, habillement, comme ils s'opposent au physique et au moral.

Et réussite contre échec. À lui seul, le contraste expose dès le départ l'antagonisme. Il serait cependant un peu simple de s'en tenir aux formes et d'en déduire que ces personnages représentent donc plus des problèmes de techniques de création ou même de procédés littéraires que des cas d'observation psychologique. Balzac n'invente rien, et surtout pas le fond, le principal, c'est-à-dire les caractères de ses personnages, et leurs « mœurs ».

L'idée d'un roman, il l'a tirée de ses sentiments. Mais son romantisme s'arrête là. Écrivain, il se veut historien, moins soucieux de sensations que d'exactitude. Et l'exigence de l'exactitude l'a conduit, on l'a vu, à modifier son jugement et à comprendre que les Rabourdin n'auront pas « fin riche ». Risquons une hypothèse : c'est en écrivant qu'il a décelé que cette réussite est douteuse pour ses personnages, même hors de l'administration, parce que les principes de l'échec étaient aussi, et avant tout, en eux-mêmes. La description juste a fait naître la déduction juste. Romancier et non frère lorsqu'il écrit, juge enfin et non partie, c'est l'observation en profondeur, l'observation raisonnée à laquelle son travail soumet ses modèles qui le conduit à modifier l' « idée première » et à laisser, dès 1837, « la femme supérieure encore à peindre ».

Ce qui importe, d'ailleurs, c'est que l'argument élaboré a permis d'aller à l'essentiel : les malheurs d'un projet de canal ruiné par le système n'étaient qu'une aventure particulière; les malheurs d'un Plan, remède aux maladies du système et ruiné par les responsables du système, tout en préservant l'intérêt qu'inspire le récit d'un malheur particulier, ont donné une portée autrement large à l'œuvre.

ANNE-MARIE MEININGER.

PRÉFACE DE LA PREMIÈRE ÉDITION[1]
1838

Voici trois fragments qui, plus tard, se retrouveront à leur place dans les *Études de mœurs*. Le premier a le malheur de s'appeler *La Femme supérieure,* titre qui n'exprime plus le sujet de cette Étude où l'héroïne, si tant est qu'elle soit supérieure, n'est plus qu'une figure accessoire au lieu de s'y trouver la principale.

Ici, l'auteur avouera de bonne grâce l'une des mille petites misères de sa vie littéraire, et qui sans contredit, est le seul point qu'il puisse avoir de commun avec un des plus beaux génies des temps modernes, Walter Scott, sur l'autorité duquel il va essayer d'appuyer sa justification. Selon lui, si cette anomalie de l'esprit est critiquable, l'illustre Écossais serait sans excuse, tandis que le pauvre auteur français se présente avec un touchant cortège de circonstances atténuantes, devant l'aréopage personnifié si comiquement par l'ingénieux Écossais, dans ses préfaces, en capitaines Clutterbuck, docteurs Dryasdust[2], et autres charmantes fantaisies auxquelles il rendait ses comptes, caché sous ses pseudonymes, autres figures non moins charmantes. Avant le désastre qui empoisonna ses derniers jours, sir Walter Scott vivait en gentilhomme dans son château d'Abbotsford au milieu d'une magnificence digne de sa royauté littéraire, dotée d'une liste civile de trois cent mille francs[3]. Il écrivait à son aise et à sa guise un ouvrage par six mois, sans autres engagements que ceux qu'il prenait avec la gloire. Dans cette situation, un écrivain est tenu de ne publier que des chefs-d'œuvre complets. L'auteur français n'a qu'une liste incivile et des engagements aussi sérieux que ceux inscrits par les jeunes filles sur le vélin de leurs éventails, au bal. Ainsi, les différences qui existent entre lui et ce beau génie dans l'ordre spirituel ne sont pas de moindre étendue dans l'ordre physique.

Walter Scott aurait pu peut-être éviter ce prétendu défaut qu'il a défini lui-même en répondant à des critiques empressés de convertir ses plus brillantes qualités en vices, éternelle manœuvre de la calomnie littéraire. Ce vice consistait à ne pas suivre ses plans primitifs, construits d'ailleurs avec cette profondeur qui distingne le caractère écossais, et dont la charpente se brisait sous les développements donnés aux caractères de quelques personnages. En travaillant d'après ce flamboyant carton que tout peintre littéraire se dessine sur la toile de son cerveau, il voyait grandir, comme aux ombres chinoises, une figure si attrayante, des existences si magnifiques, un caractère si neuf, qu'au lieu d'une place mesquine, il les laissait se carrer dans son œuvre. La changeante déesse, la Fantaisie, l'invitait d'un mouvement si persuasif en remuant ses doigts blancs et roses, elle lui souriait d'un sourire si fascinateur, elle se faisait si coquette dans Fenella, si profonde dans le laird de Dumbiedikes, si variée aux Eaux de Saint-Ronan[1], que lui, enfant aussi naïf qu'il était grand homme, allait et la suivait dans les coins obscurs qu'elle se plaisait à illuminer. Ce grand génie, dupe de sa propre poésie, furetait avec la déesse : il retournait les pierres des chemins sous lesquelles gisaient des âmes de licencié, il se laissait emmener au bord de la mer pour voir une marée, il écoutait les délicieux bavardages de cette fée, et les reproduisait en arabesques feuillues et profondément fouillées, en longs préparatifs, sa gloire aux yeux des connaisseurs, et qui doivent ennuyer des esprits superficiels, mais où chaque détail est si essentiel, que les personnages, les événements seraient incompréhensibles si l'on retranchait la moindre page. Aussi, voyez comme il lance ses railleurs personnages de préface sur les critiques ? Comme de beaux chiens de chasse, ils courent sus à la bête, et d'un coup de gueule mordent à fond ces dits aristarques. Ces ingénieuses préfaces, sans fiel et malicieuses, ironiques avec bonhomie, où brille la raison comme savait la faire resplendir Molière, ces préfaces sont des chefs-d'œuvre pour les esprits studieux qui ont conservé le goût de l'atticisme. Sir Walter Scott, homme riche, Écossais plein de loisirs, ayant tout un horizon bleu devant lui, aurait pu, s'il l'avait jugé convenable, mûrir ses plans et les composer de manière à y sertir les belles pierres précieuses trouvées durant l'exécution; il pensait que les choses étaient bien comme il les produisait, et il avait raison.

Si le pauvre et infirme auteur français avait l'outre-cuidance de penser ainsi, il aurait grand tort : il n'est, comme nous venons de l'expliquer, ni moralement ni physiquement dans les conditions où les dons du génie, ceux de la fortune, et la ruse écossaise, ruse innocente d'ailleurs, avaient placé sir Walter Scott. D'abord, il est d'un pays où l'on se donne le moins de peine possible; il n'a ni château d'Abbotsford, quoiqu'il y en ait de bien beaux dans ce pays, ni les magnifiques meubles, ni les domaines, ni les chiens de chasse de Walter Scott : il est sorti de son naturel en travaillant, comme il est sorti de sa province en devenant quasi parisien. Puis, il a eu l'imprudence de se montrer dans l'arène la visière relevée, sans casque, tête et poitrine nues, conduite aussi sotte que belle, aussi généreuse qu'imprudente : il ne peut donc pas lancer de meute sur ses critiques pour leur donner la chasse à courre. Au lieu d'être le chasseur, il est le gibier. Au lieu de vivre en paix sous le domino[1] qu'avait ingénieusement revêtu le lion du Nord, et qui permettait à l'Écossais masqué de dire son fait à chacun, il est comme un chrétien de Néron au milieu du cirque, entendant rire de ses efforts, ridiculiser sa manière de combattre, et recevant à bout portant des fusillades qui le tuent à peu près. Celui-ci a oublié de charger le coup avec une balle, et n'envoie à l'auteur qu'une charge de sel; celui-là met sa chevrotine après la poudre, et l'auteur est sauf; l'un fait long feu, l'autre n'a qu'un fusil de bois; enfin, il a eu le surprenant bonheur de n'avoir encore rien attrapé de mortel, bonheur qui vient peut-être du peu de vie des pauvres choses qu'on veut tuer. L'auteur est encore obligé de dire que, quelque réputation d'orgueil ou d'outrecuidance qu'on essaie de lui faire, il ne s'agit point pour lui des fastueuses destinées qu'on lui prête pour s'en moquer. La Touraine a fourni sa quote-part à la gloire de la France, elle lui a donné deux grands hommes : Rabelais et Descartes, deux génies qui se cor-respondent plus qu'on ne le croit; l'un avait mis en

épopée satirique ce que l'autre devait mathématiquement
démontrer : le Doute philosophique, la triste conséquence du protestantisme ou de cette liberté d'examen
qui a enfanté le livre de Rabelais, cette Bible de l'incrédulité. Après cet enfantement, il est permis à une province de se reposer, et l'on se repose en Touraine. Aussi
l'auteur est-il plus en droit que tout Français de toute
autre province de travailler pour son propre intérêt, et
de dire à ceux qui épluchent ses livres : Ceci ne vous
regarde pas. Ses œuvres ne portent pas cette belle épigraphe : *Fama !* mais celle que substitua un railleur :
Fame[1] *!* Comme parfois ses livres lui coûtent quelque
argent à publier, il pourrait inscrire aussi celle de Montesquieu : *Prolem sine matre creatam*[2]*;* ainsi donc, jusqu'à
un certain point, elles n'ont pas besoin d'être autrement
justifiées. Néanmoins il n'est pas inutile d'expliquer que
l'auteur ayant peu de loisir, il est, par des raisons autres
que celles de ce grand Écossais, sujet au défaut de savoir
mieux que ses critiques ou que ses lecteurs où il va quand
il compose un livre. S'il abandonne ses idées premières
pour des idées surgies après son plan primitif, il les
trouve sans doute de plus agréable façon, pour lui s'entend : la main-d'œuvre est moins chère, le personnage
exige moins d'étoffe dans son habillement, les couleurs
de la description sont moins coûteuses. Il y a, voyez-
vous, beaucoup de petites considérations que connaissent
ceux qui se plaignent le plus, et qui néanmoins prennent
plaisir à ameuter le public contre le fabricant. Cette mauvaise foi réduit la Critique à n'être que des querelles de
boutiquier, ce qui déshonore la littérature beaucoup
plus que cette *prolem sine matre creatam,* ce livre enfanté
sans argent.

Qui sait! le hasard est un bon ouvrier, il se chargera
peut-être de répondre à ces criailleries assassines. Plus
tard, il se pourrait que tous ces morceaux fissent une
mosaïque : seulement il est certain qu'elle ne sera pas
à fond d'or comme celles de Saint-Marc à Venise, ni à
fond de marbre comme celles de l'antiquité, ni à fond
de pierres précieuses comme celles de Florence, elle
sera de la plus vulgaire terre cuite, matière dont sont
faites certaines églises de village en Italie; elle accusera
plus de patience que de talent, une probe indigence de
matériaux, et la parcimonie des moyens d'exécution.

Mais comme dans ces églises, cette construction aura un portail à mille figures en pied, elle offrira quelques profils dans leurs cadres, des madones sortiront de leurs gaines pour sourire au passant : on ne les donnera pas pour des vierges de Raphaël, ni de Corrège, ni de Léonard de Vinci, ni d'Andrea del Sarto, mais pour des madones de pacotille, comme des artistes, pauvres de toute manière, en ont peint sur les murailles par les chemins en Italie. On reconnaîtra chez le constructeur une sorte de bonne volonté à singer une ordonnance quelconque, il aura tenté de fleureter[1] le tympan, de sculpter une corniche, d'élever des colonnes, d'allonger une nef, d'élever des autels à quelques figures de saintes souffrantes. Il aura essayé d'asseoir des manières de démons sur les gargouilles, de pendre quelques grosses physionomies grimaçantes entre deux supports. Il aura semé çà et là des anges achetés dans les boutiques de carton pierre. Le marbre est si cher! Il aura fait comme font les gens pauvres, comme la ville de Paris et le gouvernement qui mettent des papiers mâchés dans les monuments publics. Eh! diantre, l'auteur est de son époque et non du siècle de Léon X, de même qu'il est un pauvre Tourangeau, non un riche Écossais. Toutes ces choses se tiennent. Un homme sans liste civile n'est pas tenu de vous donner des livres semblables à ceux d'un roi littéraire. Les critiques disent et le monde répète que l'argent n'a rien à faire en ceci. Dites donc ces raisons à la Chambre des députés, dites-lui que l'argent ne signifie rien pour achever un monument! Vous verrez s'élancer toutes les banquettes d'arrondissement et jeter des clameurs furieuses! Rubens, Van Dyck, Raphaël, Titien, Voltaire, Aristote, Montesquieu, Newton, Cuvier, ont-ils pu monumentaliser leurs œuvres sans les ressources d'une existence princière ? J.-J. Rousseau ne nous a-t-il pas avoué que *Le Contrat social* était une pierre d'un grand monument auquel il avait été obligé de renoncer ? Nous n'avons que les rognures d'un J.-J. Rousseau tué par les chagrins et par la misère. Les Géricault[2] qui auraient continué les grands peintres, les écrivains à synthèses qui lutteraient avec les génies des temps passés, meurent quand ils ne rencontrent pas les hasards pécuniaires, indispensables à l'exécution de leurs pensées ou de leurs peintures : voilà tout. Aussi, sans avoir d'autre

ressemblance avec ces glorieux inconnus que celle des
myſtères de leur vie pénible, l'auteur déclare-t-il qu'il
y a beaucoup de chances pour laisser tout commencé,
rien de fini, comme cela se voit encore à Pavie, à Florence, en France, partout.

Sans que personne s'en doute, cette réponse à la critique, tirée de l'absence totale d'un budget affecté aux
livres de l'auteur; sa comparaison de son œuvre à un
édifice, que certes les critiques déjà nommés trouveront
ambitieuse, comme si l'on pouvait se comparer à quelque
chose de petit, quand on eſt déjà si petit qu'une modeſte
comparaison échapperait alors à l'œil; cette réponse si
grossière, si malheureuse, si dégoûtante, si vous le voulez, tient à l'une des queſtions les plus importantes de
notre état aĉtuel. Elle accuse la nécessité où sont la plupart des écrivains français de vivre du produit de leurs
œuvres; et pour ce qui le concerne, l'auteur de ces fragments avoue qu'il faut, en ce cas, savoir vivre de peu. Un
auteur presque aussi illuſtre par son nom que par la
finesse de vues qui caraĉtérise son talent, M. le marquis
de Cuſtine, a écrit, à propos de *L'Eſpagne sous Ferdinand
VII*[1], une fort belle page sur ce sujet. L'auteur n'eſt pas
fâché de la citer pour donner du relief à cette Préface;
elle contient un si magnifique éloge de la pauvreté, qu'il
n'a plus la moindre honte à parler de la sienne et de celle
des écrivains qui vivent des douloureux produits de
l'écritoire. Malgré la beauté de ses pensées, cette page
implique une attaque trop violente contre quelques
malheureux pour ne pas être réfutée; d'ailleurs, peut-être
ceux qu'elle ſtigmatise n'oseraient-ils pas répondre, tandis
qu'un auteur libre et pauvre sera très à son aise en parlant
pour tout le monde :

« En France, Rousseau eſt le seul qui ait rendu témoignage par ses aĉtes autant que par ses paroles à la grandeur du sacerdoce littéraire; au lieu de vivre de ses écrits,
de vendre ses pensées, il copiait de la musique, et ce trafic
fournissait à ses besoins. Ce noble exemple, tant ridicu-
lisé par un monde aveugle, me paraît à lui seul capable
de racheter les erreurs de sa vie. Sa conduite était une
prédication en aĉtion, car sans la célébrité qu'il devait
à ses ouvrages, la musique ne lui aurait pas même valu
la peine qu'elle lui rapportait... »

L'auteur se permet d'interrompre ici l'écrivain pour

lui assurer que, s'il ne sait pas copier la musique, il possède au plus haut degré le talent de faire des fleurs en papier. Si la mensongère célébrité de ses ouvrages pouvait donner à ses bouquets un prix égal à celui qu'il retire de ses livres, il serait enchanté de se livrer à ce gracieux syllogisme de conduite : il ne vendrait plus ses livres, il tiendrait des bottes de fleurs fort bien confectionnées à la disposition des riches amateurs. Peut-être les grands seigneurs belges saisiraient-ils ce moyen de laver leur pays des crimes atroces qu'il commet ici en dépouillant les écrivains français et les réduisant à la misère la plus honteuse, à des suicides, à des folies que la bienséance ne permet pas se révéler, mais que les auteurs et les journalistes connaissent parfaitement. Reprenons la page de M. de Custine.

« Il y avait dans cette espèce de mensonge dont il se payait lui-même, une énergie d'orgueil plus noble que les brillantes mais vaines déclamations de ses rivaux. Il pressentait et prouvait d'avance par sa manière de vivre le règne d'un Messie dont nous n'avons pas vu l'avènement : le génie. On retrouve dans la fierté cynique du philosophe de Genève quelque chose de la grandeur des prophètes hébreux, de ces hommes dont l'existence tout entière n'était qu'un symbole destiné à prouver aux justes la vérité de leurs paroles. Il y a loin de la dignité d'action du pauvre Rousseau à la pompeuse fortune littéraire des spéculateurs en philanthropie, Voltaire et son écho lointain Beaumarchais... »

L'auteur est encore forcé d'interrompre cette page pour faire observer que Voltaire n'a jamais vendu ses ouvrages : *il avait des procès avec les libraires auxquels il les donnait*. L'origine de la fortune de Voltaire vient d'un emprunt viager fait, sous la Régence, à vingt pour cent, dans lequel le contrôleur général des finances lui conseilla de placer les dons du Régent et sa fortune personnelle : Voltaire avait le pressentiment de sa longue vie, et il eut dès sa jeunesse de très beaux revenus. Il fut comblé par la cour. À quarante-cinq ans, le roi de France le fit gentilhomme ordinaire de sa chambre, il était chambellan du roi de Prusse, il protégeait Catherine II qui le récompensa magnifiquement à propos de l'*Histoire de Charles XII*, il avait les cent louis de l'Académie, des pensions sur plusieurs cassettes royales, etc. Beaumar-

chais possédait dix millions quand il perçut ses droits
d'auteur au théâtre. Indigné du peu que recevaient les
auteurs, il les assembla chez lui, dans son hôtel, rue des
Singes[1], qui n'est pas encore démoli, et les coalisa contre
les comédiens pour leur faire obtenir cinq pour cent sur
les recettes du Théâtre-Français. Si Beaumarchais avait
vécu sous Louis XIII, Boileau ne serait pas venu dire à
Louis XIV cès épouvantables paroles : *Sire, donnez un
peu de bouillon à Corneille qui meurt !*

   « ... Ces deux hommes, malgré l'éclat de leur esprit
et à cause de celui de leur richesse, ne sont que les chefs
de file de ces négociants d'idées qu'on appelle aujour-
d'hui des écrivains. Ces entrepreneurs de livres, ces
auteurs-libraires ont fait de notre littérature une métairie
aussi lucrative, mais aussi poudreuse, aussi crottée qu'un
champ de betteraves ou de colza... »

   (Betterave ou colza, nos colzas nous sont chers[2].)

   « ... Moi comme tout autre, je voudrais trafiquer du
talent que je puis avoir, le peser au poids de l'or; pourtant, je ne mentirai jamais afin d'en augmenter le prix,
fût-il destiné à me procurer le nécessaire; mais sans fal-
sifier les œuvres de mon esprit, je tâcherai de les vendre
le mieux que je pourrai... »

   Si, par un de ces escamotages des *Mille et Une Nuits* qui
ferait passer son âme dans le corps d'un pauvre auteur
ne vivant que de sa plume, M. de Custine pouvait
connaître, pendant une seule journée, la misère, et rouler
dans les abîmes qu'elle ouvre sous les pieds à chaque pas,
il admirerait, sans la discuter, la force de ceux qui peuvent
surnager sans y périr, eux ou leurs vertus!

   « ... Rousseau nous a montré un homme de lettres
qui aimait mieux rester pauvre que de s'enrichir du produit de ses œuvres. Ce génie d'action vaut mieux que
tous les prestiges d'un beau style. Le talent de Rousseau
a eu jusqu'à présent plus d'imitateurs que sa fierté; mais
qui sait ce que le temps nous réserve ? La richesse se
passe si bien de gloire, qu'il faut espérer que la gloire
finira par se passer de richesse. Mais la gloire mercenaire,
qui promet tant et se contente de si peu, n'est qu'une
ombre, une caricature de la vraie gloire. Celle-ci accompagne la haute renommée, l'autre retarde le règne du

génie en en usurpant la charge et la place. Tant que je verrai les œuvres de la pensée arriver à leur rang sur la liste des produits de la société, comme une étoffe brodée à la vapeur ou comme un peloton de laine filé à la mécanique, je dirai : les hommes d'esprit n'ont pas trouvé leur sphère, ils sont des marchands, menteurs comme tous les autres marchands, car tout commerce dégénère en mensonge, et les mensonges des marchands de vérités devraient être punis plus sévèrement que la fraude d'une mesure; les talents trompeurs volent non seulement la bourse, ils faussent l'intelligence, etc. »

Hélas! quel auteur calomnié ne voudrait voir un cadi turc clouant par l'oreille un journaliste à sa table pour punir les mensonges sur lesquels il appuie sa critique afin de satisfaire sa haine d'eunuque contre celui qui possède une muse ou une musette. L'auteur commencera par répondre à M. de Custine que Rousseau, dans ses *Confessions,* déclare fort au long les négociations très tiraillées à la suite desquelles il obtint de Marc-Michel Rey d'Amsterdam six cents francs de rente viagère, dont moitié réversible sur Thérèse. Il fera observer, en outre, que, dans cette époque, les manuscrits ne se vendaient pas ce qu'ils se vendent aujourd'hui, que le prix des livres était plus élevé, le nombre des lecteurs extrêmement restreint. Le président de Montesquieu n'a pas vu promptement la seconde édition de *L'Esprit des lois.* Buffon eût été ruiné par ses publications si le roi n'avait mis à ses ordres l'imprimerie royale. Aucun livre de haut style ne se peut imprimer sans d'immenses frais de corrections, et ces corrections, que les gens médiocres se dispensent de faire, coûtent très cher. M. de Chateaubriand en fait beaucoup, comme feu Bernardin de Saint-Pierre, comme Voltaire, comme tous ceux qui se battent avec la langue française. Rousseau nous a révélé les travaux de patience admirable par lesquels il suppléait au procédé typographique de l'*épreuve,* en répétant la nuit ses phrases jusqu'à ce qu'elles satisfissent ses oreilles et les recopiant jusqu'à ce qu'elles eussent une tournure qui plût à son œil. Comme M. de Custine, l'auteur admire l'indigence de Rousseau, parce que l'indigence est, dans ce cas, la poésie de l'orgueil; mais il ne croit pas que Rousseau se serait enrichi par le produit de ses livres. Diderot, qui tirait tout le parti possible des siens, et qui jouissait d'une égale célébrité, eût été tout aussi pauvre sans la succession de son père. Enfin Rousseau s'était résigné à vivre avec une cuisinière, et tout le monde n'a pas le caractère jeté dans le moule du cynisme. Abordons cette question, non pas en travers, par la réponse assez logique des différences de tempérament, mais d'une façon absolue. Certes, pour les grands hommes nés pauvres, la vie n'a que deux faces : ou la mendicité, comme Homère, Cervantes et autres, ou l'insouciance de La Fontaine, de Machiavel et de Spinoza. Ou le cynisme de Jean-Jacques, ce qui est le même système, ou le parti pris par les Calderón, les Lope de Vega, Diderot, Raynal, Mirabeau, Walter Scott, lord Byron, Victor Hugo, Lamartine, *e tutti quanti,* de vendre leurs poésies au marché. Cette page dithyrambique eût été mieux sous toute autre plume que celle de M. le marquis de Custine, à qui sa fortune héréditaire permet de dédaigner celle qu'il pourrait conquérir avec sa plume ; mais est-elle fondée ? Racine a regretté de toucher ses droits d'auteur, il aurait voulu être assez riche pour ne point vendre sa muse ; mais lui comme Boileau, comme la plupart des auteurs, étaient comblés des faveurs pécuniaires du Roi, qui leur payait d'une valeur de cent mille francs d'aujourd'hui les quelques lignes historiques écrites par eux sur son règne. Disons-le hardiment. Les grands écrivains doivent être les pensionnaires de leurs Pays. Le sacerdoce dont parle M. de Custine exige une vie toute arrangée, sans préoccupations matérielles ni soucis. Que voulez-vous ? les Pays pensent aujourd'hui qu'ils auraient trop de pensionnaires. Les bureaucrates, chargés par le Pays de donner la pâture à de trop nombreux oiseaux, n'ont aucune méthode pour distinguer les rossignols parmi les pierrots insolents qui fondent sur le grain en venant se percher sur l'épaule du pouvoir et lui disant d'agréables flatteries. À toutes les époques, les rois éclairés ou heureux dans leur choix, les grands seigneurs, enfin la haute intelligence du siècle représentée par de magnifiques existences devenues fabuleuses, mettaient les hommes de génie à même de produire leurs œuvres sans soucis ni contrainte. Il y a de beaux exemples de cette égalité accordée au talent, comme aussi se rencontraient des âmes mesquines qui voulaient un protectorat à bon marché, des cœurs jaloux qui abritaient leurs vengeances sous le manteau d'une pauvre bienfaisance. Cervantès et le duc de Lerma[1], Corneille et les trésoriers des finances qui l'ont laissé dans le besoin, sont là pour le prouver. Les Mmes de La Sablière et Herwart[2], ces deux sœurs de charité qui prenaient soin de La Fontaine, dont elles partagent la gloire, ne sont pas communes. Philippe II, ce roi si terrible, accordait aux artistes une exemption de toutes les charges civiques, patriotiques et financières : il y a loin de son ordonnance aux tourments qu'inflige la Garde nationale à quelques écrivains célèbres, et aux cent mille écus accordés par la Chambre pour encourager... (Écoutez !)

Les arts !

Les sciences !

Les lettres !

François Ier envoyait à Raphaël cent mille écus dans un bassin d'or sans lui rien demander : le peintre répondait par *La Transfiguration,* un des quelques tableaux peints en entier par lui, que la cour de Rome ne voulut pas livrer et qui eût bien soldé le compte. Le poète envié par Charles IX[3] pouvait puiser dans l'épargne royale. D'ailleurs, on sait que ces munificences entraîneraient aujourd'hui l'asservissement de la pensée qui s'exerçait autrefois sur des sujets inoffensifs au pouvoir. Encore y avait-il autrefois des princes et des protections pour toutes les révoltes de la pensée : Luther comptait des souverains parmi ses défenseurs. Frédéric le Grand était l'ami des philosophes du dix-huitième siècle. Qui, parmi les souverains d'aujourd'hui, aurait la générosité de Napoléon, tant accusé de comprimer les œuvres de l'esprit, et qui sachant son ennemi Chénier[4] embarrassé dans ses finances, *pour un mobilier imprudemment acheté,* lui fit parvenir cent mille francs en lui laissant ignorer de quelle main ils venaient ? Aujourd'hui le plus touchant récit de la plus touchante des infortunes littéraires obtiendrait une aumône de cinq cents francs. Est-ce un bureaucrate qui peut avoir le large esprit d'un protecteur des arts, des sciences et des lettres ? Il ne s'enquiert pas des belles intelligences en proie à la misère, il pense aux gens médiocres qui lui adressent une demande sur papier Tellière, dont le prix ne se trouve pas toujours dans la poche d'un poète aux abois. N'est-ce pas acheter un

licou trop cher ? Aujourd'hui l'on ne paie que les services militaires de la presse : on maquignonne des affaires,
on n'élève pas des œuvres d'art. Certes, parmi la conscription des écrivains enrôlés depuis 1830, on peut dire
que, hors trois hommes, MM. Thiers, Barthélemy,
Mignet[1], le pouvoir n'a enrichi que des médiocrités.

Ainsi donc, la Propriété littéraire est une nécessité
nouvelle. M. le marquis de Custine a des yeux bien
complaisants s'il aperçoit les produits de l'intelligence
cotés à la Bourse comme ceux de l'industrie ; c'est précisément parce que les livres ne sont pas admis comme des
colzas ou des cotons que les auteurs sont volés en Belgique de leur vivant, et dépouillés après leur mort par
l'absurde loi de la Convention. Le peu de faveur qui
s'attache à la Propriété littéraire se conçoit quand le pouvoir considère sa constitution comme la perte d'un
moyen corrupteur, et quand des esprits aussi distingués
que l'est celui de M. de Custine l'attaquent dans son
essence, le sentiment d'honneur. La littérature française
est déjà bien assez appauvrie, elle est assez menacée de
mort par la Contrefaçon qui enlève à l'écrivain le fruit
de ses veilles, par le Vaudeville qui met en coupe réglée
les bois qu'elle a semés, sans que dans ses foyers on lui
reproche les restes du festin belge dont elle vit. S'il se
publie encore des livres en France, qui doit ses plus
belles conquêtes à sa langue et à sa haute littérature,
c'est qu'une main de papier, deux plumes d'oie et un
godet d'encre valent encore entre cinq cents et mille
francs, et qu'à ce prix il y a des auteurs qui peuvent
avoir du pain.

Ceci n'est pas une digression, mais une explication
positivement littéraire. Les fragments de l'œuvre entreprise par l'auteur subissent alors les lois capricieuses du
goût et de la convenance des marchands. Tel journal a
demandé un morceau qui ne soit ni trop long, ni trop
court, qui puisse entrer dans tant de colonnes et de tel
prix. L'auteur va dans son magasin, dit : J'ai *La Maison
Nucingen !* Il se trouve que *La Maison Nucingen,* qui
convient pour la longueur, pour la largeur, pour le prix,
parle de choses trop épineuses qui ne cadrent point avec
la politique du journal. *La Maison Nucingen* demeure sur
les bras de l'auteur. Eh bien, prenez *La Torpille ?* « *La
Torpille* est une grisette, et l'on a déjà crié pour *La Vieille*

Fille. Nos lecteurs, qui lisent les horreurs de *La Gazette des tribunaux* et les infamies des annonces, ont hurlé pour les seins trop volumineux de Mlle Cormon et pour la comique fraude d'une grisette normande qui se dit grosse afin de se faire donner, par des âmes pieuses et par un vieux libertin, la somme nécessaire pour un petit voyage à Paris. Donnez-nous quelque chose entre le sermon et la littérature, quelque chose qui fasse des colonnes et pas de scandale, qui soit dramatique sans péril, comique sans drôlerie; guillotinez un homme, ne peignez ni fournisseur impuissant, ni banquier trop hardi, cela n'existe pas. » Que faire de ces tableaux retournés dans l'atelier ? on les expose dans les deux premiers volumes venus. Il faut subir les exigences de la Librairie. La Librairie vient, elle veut deux volumes ni plus ni moins, ou un bout de conte pour mettre à ceci plus d'ampleur. Elle a ses habitudes de format, elle tient à ses marges. Elle abhorre aujourd'hui ces délicieux in-18 nommés *Adolphe, Paul et Virginie,* etc. Eh bien, vous qui riez de cet état de choses, ou vous qui pleurez, croyez-vous que l'art y perde ? L'art se plie à tout, il se loge partout, il se blottit dans les angles, dans les culs de four, dans les segments de voûte; il peut briller en toutes choses, quelque forme qu'on lui donne. Autrefois il en était ainsi. Un jour, le prieur des dominicains de Milan vient trouver un grand mécanicien, un grand auteur, un grand peintre nommé Léonard, et lui dit : « J'ai, au bout de mon réfectoire, un pan de muraille trop long pour son peu de hauteur; vous devriez voir à y faire quelque chose. » Léonard y mit la fameuse *Cène,* la reine des fresques. Ainsi, quant à la manière bizarre ou peu ordonnée dont l'auteur publie son œuvre, c'est la faute des circonstances actuelles et non la sienne. Un des mille inconvénients de la misère qui dévore la littérature, et qui la dévorera longtemps, est le vol, honteux pour l'Europe du dix-neuvième siècle, que consomme la Belgique sur les écrivains français, et qui serait si promptement réprimé, n'en déplaise à M. de Custine, s'il s'agissait de balles de coton. Que les auteurs soient bien tranquilles, quoique la France ait un livre dans ses nouvelles armes, personne parmi les autorités constituées ne prendra leurs intérêts en main, ils ne donneront pas lieu demain à quelque congrès. Si l'auteur se permet de

laver ici le linge sale de la librairie, de la littérature et
du journalisme en pleine place publique, il le fait moins
pour lui que pour bien des misères qu'il connaît, pour
des gens qui l'ont injurié; mais l'injure leur donnait de
quoi vivre, il la leur a pardonnée en gémissant de savoir
d'aussi belles intelligences réduites à d'aussi laides
actions. Les destinées de la littérature française sont fatalement liées aujourd'hui à la librairie et au journalisme :
le journal expire sous le fisc, la librairie est quasi-morte
sous la contrefaçon. Les écrivains accusés par M. de
Custine subissent les malheurs et les exigences de ces
deux nécessités. Au moment où la littérature française
a trouvé ce qui a manqué au dix-huitième siècle, et ce
que le dix-huitième siècle lui a procuré peut-être, une
masse énorme de lecteurs et d'acheteurs, la Belgique lui
a enlevé les marchés de l'Europe, elle lui enlève jusqu'à
la France, où vous trouvez les éditions belges dans les
bibliothèques des millionnaires. L'auteur a par trois fois
élevé la voix à ce sujet, il y reviendra sans cesse! S'il
tâche d'être railleur et gai quand il ne s'agit que de lui,
certes il essaiera d'être grave dans les affaires de la République des lettres. S'il avait les dix millions et l'hôtel de
Beaumarchais, cette plaie n'existerait plus : les auteurs
français pourraient la fermer; mais ils ne se réuniront
jamais comme au temps où l'auteur de *Figaro* les a convo-
qués. Dans ce temps, la République des lettres obéissait
à des convenances aujourd'hui foulées aux pieds.

Aucun écrivain ne doit s'enorgueillir de ses talents,
quand il en a. Le talent est comme la noblesse, un don du
hasard qu'il faut se faire pardonner. Mais on peut tirer
quelque relief des difficultés vaincues qui ont manqué
vaincre Goethe lui-même, et tant d'autres. Or, l'auteur
ne veut pas laisser ignorer que, non seulement il ne rencontre, en édifiant son œuvre, ni aide, ni secours; mais
encore qu'il a trouvé de rebutants obstacles dans les
instruments, chez les ouvriers, dans la matière et dans
la façon, partout.

Ce dire naïf explique déjà beaucoup, mais ce n'est pas
tout. La Touraine a un proverbe ancien que Rabelais
et Verville disent tout crûment, et qui peut, à cause de
la pruderie du temps présent, être traduit par : *on n'a pas
toutes les muses à la fois*. Les artistes, sous peine de ne rien
faire, sont obligés de commencer plusieurs choses pour

en achever une de-ci, de-là. L'une des plus belles élégies d'André de Chénier peint admirablement l'atelier qu'il portait dans son cerveau. Qui n'a mille sujets dans ses portefeuilles, les uns commencés, les autres presque finis ? Cet état confus où reste le grand ou le petit domaine de chaque écrivain aidera l'auteur dans la démonstration de son innocence, car il n'a pas que les feuilletons sur le dos, il a aussi d'honnêtes gens qui s'intéressent à lui, plus qu'il ne le croyait. Pendant qu'il dort, les chevaux de poste lui apportent, de toute la célérité de leurs jambes, une lettre où, du fond de l'Allemagne, un inconnu l'interpelle en lui demandant de quel droit il a laissé les *Illusions perdues* inachevées ? une autre où un notaire de province lui reproche de ne pas peindre les notaires comme des Grandisson et des Apollon du Belvédère, attendu qu'il y en a de très honnêtes et très jolis garçons; enfin mille réclamations aussi graves et qui dérangent les plans qu'un pauvre auteur a pu former pour son repos et pour son économie domestique. Si les *Illusions perdues* restent une jambe en avant comme ces murs de Paris qui avancent leurs pierres par intervalles égaux, en attendant qu'elles se marient à d'autres, il n'y avait de place que pour un volume et non pour deux; l'auteur l'a dit dans la préface de ce livre, et rien ne démontre mieux l'inutilité des préfaces pour les lecteurs et leur utilité pour les libraires quand ils tiennent à grossir le dos d'un volume. On peut les écrire sans danger. Si vous trouvez ici beaucoup d'employés et peu de femmes supérieures, cette faute est explicable par les raisons susénoncées : les employés étaient prêts, accommodés, finis, et la femme supérieure est encore à peindre. Si vous voyez *La Maison Nucingen* séparée de son tableau correspondant, *César Birotteau* (sans comparaison avec Léonard, messieurs les critiques), le réfectoire de *L'Estafette*[1] n'avait de place que pour une boutique de parfumeur. Enfin, si *La Torpille,* cette histoire que peut-être un jour vous trouverez touchante entre toutes, est tronquée, et finit brusquement, prenez-vous-en aux libraires, qui déplorent déjà cinq feuilles de trop, attendu que les volumes n'en doivent avoir que vingt-cinq, et que les cabinets littéraires n'ont pas assez d'argent au mois de septembre pour acheter trois volumes; ils achètent des tonneaux pour la vendange, et ont bien raison! *Le lire* ne doit aller qu'après *le boire*. Le jour où les écrivains français ne seront pas les faiseurs de manuscrits de la Belgique, car l'édition française d'un livre est une copie envoyée aux Belges, une copie dont les auteurs paient les corrections en se trouvant de jour en jour plus mal payés ; le jour où ils n'auront d'autre protection et d'autre fortune que le produit de leurs œuvres en libre circulation sous le pavillon du droit des gens, et que l'égide de la charte qui leur permet de payer des contributions ou de se déguiser en patrouilles, ils seront assez riches pour ne pas regretter le temps où les fermiers généraux faisaient la fortune de Voltaire dès sa jeunesse, et assez libres dans leurs allures pour publier leurs ouvrages en entier et non par fragments. Comment d'ailleurs Buffon a-t-il publié son œuvre ? Par fragments.

L'auteur s'attend à d'autres reproches, parmi lesquels sera celui d'immoralité ; mais il a déjà nettement expliqué qu'il a pour idée fixe de décrire la société dans son entier, telle qu'elle est : avec ses parties vertueuses, honorables, grandes, honteuses, avec le gâchis de ses rangs mêlés, avec sa confusion de principes, ses besoins nouveaux et ses vieilles contradictions. Le courage lui manque à dire encore qu'il est plus historien que romancier, d'autant que la critique le lui reprocherait comme s'il s'adressait une louange à lui-même. Il peut seulement ajouter qu'à une époque comme celle-ci, où tout s'analyse et s'examine, où il n'y a plus de foi ni pour le prêtre ni pour le poète, où l'on abjure aujourd'hui ce qu'on chantait hier, la poésie est impossible. Il a cru qu'il n'y avait plus d'autre merveilleux que la description de la grande maladie sociale, elle ne pouvait être dépeinte qu'avec la société, le malade étant la maladie.

Reste l'objection du notaire ! L'auteur n'a pas plus de de haine contre le notaire que contre les différents états dont la réunion compose la Société. Il connaît de bons et de spirituels notaires, comme il connaît d'adorables vieilles filles, des marchands estimables et quasi grands seigneurs, surtout depuis qu'ils passent du comptoir à la pairie. L'auteur pratique de vertueuses bourgeoises, des femmes nobles qui n'ont aucun péché mignon sur la conscience. Mais que faire d'un notaire vertueux et joli garçon dans un roman ? Vertueux et joli garçon, ce ne serait pas littéraire, les deux qualités se contrarient. Le notaire vertueux ne pourrait en aucune manière occuper le parterre à qui les gens de justice, huissiers, notaires, avocats, juges, ont toujours été sacrifiés. Il y a des états malheureux au théâtre. Le notaire est toujours un figurant qui porte une perruque, un rabat, et qui ne dit pas grand-chose, absolument comme quelques notaires : il y a des gens d'esprit et des sots dans toutes les professions. L'auteur a essayé de relever le notaire, en montrant que les notaires, loin d'être ces figurants muets, effacés, sont tout aussi ridicules, tout aussi vicieux que les propriétaires, les juges, les financiers et les mille originaux copiés par les romanciers. Il est d'ailleurs enchanté d'avoir frappé sur certains points douloureux. Indiquer les désastres produits par le changement des mœurs est la seule mission des livres. Mais, pour faire la paix avec un corps qui pourrait être appelé à griffonner des contrats pour lui, le jour où la Belgique ne le volera plus, l'auteur s'engage ici formellement à peindre en pied et en costume un beau notaire, un magnifique notaire, un vrai notaire, un notaire aimable, un notaire ni trop vieux ni trop jeune, un notaire marié qui pourrait avoir des bonnes fortunes, un notaire qui ait l'affection, l'estime, l'argent de ses clients comme autrefois, enfin un notaire qui satisfera les notaires, et qui nécessitera l'acquisition de l'ouvrage où il sera pourtrait par toutes les études de notaires. Ce sera, la chose advenant, le seul succès pécuniaire de l'auteur. Vu la difficulté de l'œuvre, le prix en sera un peu plus élevé que celui des commandes ordinaires. L'auteur est sûr qu'aucun notaire du royaume ne regrettera son argent. Oui, le plus ignare en littérature des notaires de village, comme le plus difficile en poésie des élégants notaires de Paris, le plus brutal comme le plus émollient, le plus retors comme le plus naïf, en lisant ce livre où sera ce benoît portrait, dira, comme une femme qui enfin trouve un admirateur selon son cœur : « Il m'a bien compris ! »

Cependant, si les autres états réclamaient, si les avoués, les huissiers, les filles, les marchands, les banquiers, si tous ceux qui ont des droits à l'estime publique, ce qui comprend l'immense majorité des Français, envoyaient de pareilles réclamations, il serait impossible à l'auteur d'y satisfaire : les pages de son œuvre ressembleraient trop aux épitaphes du Père-Lachaise où vous trouveriez plus facilement un honnête homme parmi ceux qui s'y promènent qu'un coquin dans les tombeaux.

Aux Jardies, 15 septembre 1838.

LES EMPLOYÉS[a]

À LA COMTESSE SERAFINA SAN-SEVERINO,
NÉE PORCIA[1]

Obligé de tout lire pour tâcher de ne rien répéter, je feuilletais, il y a quelques jours, les trois cents contes plus ou moins drolatiques de Il Bandello, *écrivain du seizième siècle, peu connu en France, et publiés dernièrement en entier à Florence dans l'édition compacte des* Conteurs italiens : *votre nom, de même que celui du comte, a aussi vivement frappé mes yeux que si c'était vous-même, madame. Je parcourais pour la première fois* Il Bandello *dans le texte original, et j'ai trouvé, non sans surprise, chaque conte, ne fût-il que de cinq pages, dédié par une lettre familière aux rois, aux reines, aux plus illustres personnages du temps, parmi lesquels se remarquent les nobles du Milanais, du Piémont, patrie de* Il Bandello, *de Florence et de Gênes. C'est les* Dolcini *de Mantoue, les* San-Severini *de Crema, les* Visconti *de Milan, les* Guidoboni *de Tortone, les* Sforza, *les* Doria, *les* Fregose, *les* Dante Alighieri *(il en existait encore un), les* Frascator, *la reine Marguerite de France, l'empereur d'Allemagne, le roi de Bohême, Maximilien, archiduc d'Autriche, les* Medici, *les* Sauli, Pallavicini, Bentivoglio *de Bologne,* Soderini, Colonna, Scaliger, *les* Cardone *d'Espagne. En France : les* Marigny, *Anne de Polignac princesse de Marsillac et comtesse de La Rochefoucauld, le cardinal d'Armagnac, l'évêque de Cahors, enfin toute la grande compagnie du temps, heureuse et flattée de sa correspondance avec le successeur de Boccace. J'ai vu aussi combien* Il Bandello *avait de noblesse dans le caractère : s'il a orné son œuvre de ces noms illustres, il n'a pas trahi la cause de ses amitiés privées. Après la* signora Gallerana, *comtesse de Bergame, vient le médecin à qui il a dédié son conte de* Roméo et Juliette; *après la* signora molto magnifica Hypolita Visconti ed Atellana, *vient le simple capitaine de cavalerie légère* Livio Liviano; *après le duc d'Orléans, un prédicateur ; après une* Riario, *vient messer* magnifico Girolamo Ungaro, mercante lucchese, *un homme vertueux auquel il raconte comment* un gentiluomo navarese sposa una che era sua sorella e figliuola, non lo sapendo,*

*sujet qui lui avait été envoyé par la reine de Navarre. J'ai pensé que
je pouvais, comme* Il Bandello, *mettre un de mes récits sous la
protection d'*una virtuosa, gentilissima, illustrissima contessa
Serafina San-Severina, *et lui adresser des vérités que l'on prendra
pour des flatteries. Pourquoi ne pas avouer combien je suis fier d'attester
ici et ailleurs, qu'aujourd'hui, comme au seizième siècle, les écrivains,
à quelque étage que les mette pour un moment la mode, sont consolés
des calomnies, des injures, des critiques amères, par de belles et
nobles amitiés dont les suffrages aident à vaincre les ennuis de la
vie littéraire. Paris, cette cervelle du monde, vous a tant plu par
l'agitation continuelle de ses esprits, il a été si bien compris par la
délicatesse vénitienne de votre intelligence ; vous avez tant aimé ce
riche salon de Gérard que nous avons perdu*[1], *et où se voyaient,
comme dans l'œuvre de* Il Bandello, *les illustrations européennes de
ce quart de siècle ; puis les fêtes brillantes, les inaugurations enchantées
que fait cette grande et dangereuse sirène vous ont tant émerveillée,
vous avez si naïvement dit vos impressions, que vous prendrez sans
doute sous votre protection la peinture d'un monde que vous n'avez
pas dû connaître, mais qui ne manque pas d'originalité. J'aurais
voulu avoir quelque belle poésie à vous offrir, à vous qui avez autant
de poésie dans l'âme et au cœur que votre personne en exprime ;
mais si un pauvre prosateur ne peut donner que ce qu'il a, peut-être
rachètera-t-il à vos yeux la modicité du présent par les hommages
respectueux d'une de ces profondes et sincères admirations que vous
inspirez.*

                                   DE BALZAC[a].

À Paris, où les hommes d'étude et de pensée ont
quelques analogies en vivant dans le même milieu, vous
avez dû rencontrer plusieurs figures semblables à celle
de M. Rabourdin[2], que ce récit prend au moment où il
est chef de bureau à l'un des plus importants ministères[3] :
quarante ans, des cheveux gris d'une si jolie nuance que
les femmes peuvent à la rigueur les aimer ainsi, et qui
adoucissent une physionomie mélancolique ; des yeux
bleus pleins de feu, un teint encore blanc, mais chaud et
parsemé de quelques rougeurs violentes[4] ; un front et un
nez à la Louis XV, une bouche sérieuse, une taille élevée,
maigre ou plutôt maigrie comme celle d'un homme qui
relève de maladie, enfin une démarche entre l'indolence
du promeneur et la méditation de l'homme occupé. Si
ce portrait fait préjuger un caractère, la mise de l'homme
contribuait peut-être à le mettre en relief[5]. Rabourdin
portait habituellement une grande redingote bleue, une

cravate blanche, un gilet croisé à la Robespierre, un pantalon noir sans sous-pieds, des bas de soie gris et des
souliers découverts[1]. Rasé, lesté de sa tasse de café dès
huit heures du matin, il sortait avec une exactitude d'horloge, et passait par les mêmes rues en se rendant au
ministère; mais si propre, si compassé que vous l'eussiez
pris pour un Anglais allant à son ambassade[a]. À ces traits
principaux, vous devinez le père de famille harassé par
des contrariétés au sein du ménage, tourmenté par des
ennuis au ministère, mais assez philosophe pour prendre
la vie comme elle est; un honnête homme aimant son
pays et le servant, sans se dissimuler les obstacles que
l'on rencontre à vouloir le bien; prudent parce qu'il
connaît les hommes, d'une exquise politesse avec les
femmes parce qu'il n'en attend rien; enfin, un homme
plein d'acquis, affable avec ses inférieurs, tenant à une
grande distance ses égaux, et d'une haute dignité avec
ses chefs. À l'époque où le prend cette Étude, vous
eussiez remarqué chez lui[b] l'air froidement résigné de
l'homme qui avait enterré les illusions de la jeunesse, qui
avait renoncé à de secrètes ambitions; vous eussiez
reconnu l'homme découragé mais encore sans dégoût
et qui persiste dans ses premiers projets, plus pour
employer ses facultés que dans l'espoir d'un douteux
triomphe. Il n'était décoré d'aucun ordre, et s'accusait
comme d'une faiblesse d'avoir porté celui du Lys[2] aux
premiers jours de la Restauration.

La vie de cet homme offrait des particularités mystérieuses : il n'avait jamais connu son père; sa mère, femme
chez qui le luxe éclatait, toujours parée, toujours en
fête, ayant un riche équipage[c], dont la beauté lui parut
merveilleuse par souvenir, et qu'il voyait rarement, lui
laissa peu de chose; mais elle lui avait donné l'éducation
vulgaire et incomplète qui produit tant d'ambitions et si
peu de capacités. À seize ans, quelques jours avant la
mort de sa mère, il était sorti du lycée Napoléon[d] pour
entrer comme surnuméraire dans les bureaux où quelque
protecteur inconnu l'avait promptement fait appointer.
À vingt-deux[e] ans, Rabourdin était sous-chef, et chef à
vingt-cinq. Depuis ce jour, la main qui soutenait ce garçon dans la vie n'avait plus fait sentir son pouvoir que
dans une seule circonstance; elle l'avait amené, lui pauvre,
dans la maison de M. Leprince[f], ancien commissaire pri-

seur, homme veuf, passant pour très riche et père d'une fille unique. Xavier Rabourdin devint éperdument amoureux de Mlle Célestine Leprince[a], alors âgée de dix-sept ans et qui avait les prétentions de deux cent mille francs de dot. Soigneusement élevée par une mère artiste qui lui transmit tous ses talents, cette jeune personne devait attirer les regards des hommes les plus haut placés. Grande, belle et admirablement bien faite, elle parlait plusieurs langues, elle avait reçu quelque teinture de science, dangereux avantage qui oblige une femme à beaucoup de précautions si elle veut éviter toute pédanterie[1]. Aveuglée par une tendresse mal entendue, la mère avait donné de fausses espérances à sa fille sur son avenir : à l'entendre, un duc[b] ou un ambassadeur, un maréchal de France ou un ministre pouvaient seuls mettre sa Célestine à la place qui lui convenait dans la société. Cette fille avait d'ailleurs les manières, le langage et les façons du grand monde. Sa toilette était plus riche et plus élégante que ne doit l'être celle d'une fille à marier : un mari ne pouvait plus lui donner que le bonheur. Et, encore, les *gâteries* continuelles de la mère, qui mourut un an après[c] le mariage de sa fille, rendaient-elles assez difficile la tâche d'un amant. Combien de sang-froid ne fallait-il pas pour gouverner une pareille femme[d]. Les bourgeois effrayés se retirèrent. Orphelin, sans autre fortune que sa place de chef de bureau, Xavier fut proposé par M. Leprince à Célestine qui résista longtemps. Mlle Leprince n'avait aucune objection contre son prétendu : il était jeune, amoureux et beau; mais elle ne voulait pas se nommer Mme Rabourdin. Le père dit à sa fille que Rabourdin était du bois dont on faisait les ministres. Célestine répondit que jamais homme nommé Rabourdin n'arriverait sous le gouvernement des Bourbons, etc., etc. Forcé dans ses retranchements, le père commit une grave indiscrétion en déclarant à sa fille que son futur serait Rabourdin *de quelque chose* avant l'âge requis pour entrer à la Chambre. Xavier devait être bientôt maître des requêtes et secrétaire général de son ministère. De ces deux échelons, ce jeune homme s'élancerait dans les régions supérieures de l'Administration[e], riche d'une fortune et d'un nom transmis par certain testament à lui connu[f]. Le mariage se fit.

Rabourdin et sa femme crurent à la mystérieuse puissance indiquée par le vieux commissaire priseur[a]. Emportés par l'espérance et par le laisser-aller[b] que les premières amours conseillent aux jeunes mariés, M. et Mme Rabourdin dévorèrent en cinq ans près de cent mille francs sur leur capital. Justement effrayée de ne pas voir avancer son mari, Célestine voulut employer en terres les cent mille francs restant de sa dot, placement qui donna peu de revenu; mais un jour la succession de M. Leprince récompenserait de sages privations par les fruits d'une belle aisance. Quand l'ancien commissaire priseur vit son gendre déshérité de ses protections, il tenta, par amour pour sa fille, de réparer ce secret échec en risquant une partie de sa fortune dans une spéculation pleine de chances favorables; mais le pauvre homme, atteint par une des liquidations de la Maison Nucingen[c], mourut de chagrin, ne laissant qu'une dizaine de beaux tableaux qui ornèrent le salon de sa fille, et quelques meubles antiques qu'elle mit au grenier[d]. Huit[e] années de vaine attente firent enfin comprendre à Mme Rabourdin que le paternel protecteur de son mari devait avoir été surpris par la mort, que le testament avait été supprimé ou perdu. Deux ans avant la mort de Leprince, la place de chef de division, devenue vacante, avait été donnée à un M. de La Billardière, parent d'un député de la Droite, fait ministre en 1823[f1]. C'était à quitter le métier. Mais Rabourdin pouvait-il abandonner huit mille francs de traitement avec gratifications, quand son ménage s'était accoutumé à les dépenser, et qu'ils formaient les trois quarts du revenu? D'ailleurs, au bout de quelques années de patience, n'avait-il pas droit à une pension? Quelle chute pour une femme dont les hautes prétentions au début de la vie furent presque légitimes, et qui passait pour être une femme supérieure!

Mme Rabourdin justifia les espérances que donnait Mlle Leprince : elle possédait les éléments de l'apparente supériorité qui plaît au monde, sa vaste instruction lui permettait de parler à chacun son langage, ses talents étaient réels, elle montrait un esprit indépendant et élevé, sa conversation captivait autant par sa variété que par l'étrangeté des idées. Ces qualités utiles et bien placées chez une souveraine, chez une ambassadrice, servent à peu de chose dans un ménage où tout doit aller terre-à-terre. Les personnes qui parlent bien veulent un public,

aiment à parler longtemps et fatiguent quelquefois. Pour
satisfaire aux besoins de son esprit, Mme Rabourdin prit
un jour de réception par semaine, et alla beaucoup dans
le monde afin d'y goûter les jouissances auxquelles son
amour-propre l'avait habituée. Ceux qui connaissent la
vie de Paris sauront ce que souffrait une femme de cette
trempe, assassinée dans son intérieur par l'exiguïté de ses
moyens pécuniaires. Malgré tant de niaises déclamations
sur l'argent, il faut toujours quand on habite Paris être
acculé au pied des additions, rendre hommage aux
chiffres et baiser la patte[a] fourchue du Veau d'or. Quel
problème! douze mille livres de rente pour défrayer un
ménage composé du père, de la mère, de deux enfants,
d'une femme de chambre et d'une cuisinière, le tout logé
rue Duphot, au second, dans un appartement de cent
louis[b]! Prélevez la toilette et les voitures de madame
avant d'évaluer les grosses dépenses de maison, car la
toilette passait avant tout; voyez ce qui reste pour l'éducation des enfants (une fille de sept ans, un garçon de
neuf ans, dont l'entretien, malgré une bourse entière,
coûtait déjà deux mille francs[c]), vous trouverez que
Mme Rabourdin pouvait à peine donner trente francs
par mois à son mari. Presque tous les maris parisiens en
sont là, sous peine d'être des monstres. Cette femme qui
s'était crue destinée à briller dans le monde, à le dominer,
se vit enfin forcée d'user son intelligence et ses facultés
dans une lutte ignoble, inattendue, en se mesurant corps
à corps avec son livre de dépense. Déjà, grande souffrance d'amour-propre! elle avait congédié son domestique mâle, lors de la mort de son père. La plupart des
femmes se fatiguent dans cette lutte journalière, elles se
plaignent, et finissent par se plier à leur sort; mais au lieu
de déchoir, l'ambition de Célestine grandit avec les difficultés; et, ne pouvant pas les vaincre, elle voulut les
enlever. À ses yeux, cette complication dans les ressorts
de la vie fut comme le nœud gordien qui ne se dénoue pas
et que le génie tranche. Loin de consentir à la mesquinerie
d'une destinée bourgeoise, elle s'impatienta des retards
qu'éprouvaient les grandes choses de son avenir, en
accusant le sort de tromperie. Célestine se crut de bonne
foi une femme supérieure. Peut-être avait-elle raison,
peut-être eût-elle été grande dans de grandes circonstances, peut-être n'était-elle pas à sa place. Reconnais-

sons-le : il existe des variétés dans la femme comme dans l'homme que se façonnent les Sociétés pour leurs besoins. Or, dans l'Ordre social comme dans l'Ordre naturel, il se trouve plus de jeunes pousses qu'il n'y a d'arbres, plus de frai que de poissons arrivés à tout leur développement : beaucoup de capacités, des Athanase Granson[a], doivent donc mourir étouffées comme les graines qui tombent sur une roche nue. Certes, il y a[b] des femmes de ménage, des femmes d'agrément, des femmes de luxe, des femmes exclusivement épouses, ou mères, ou amantes, des femmes purement spirituelles ou purement matérielles[1]; comme il y a des artistes, des soldats, des artisans, des mathématiciens, des poètes, des négociants, des gens qui entendent uniquement l'argent, l'agriculture ou l'administration. Puis la bizarrerie des événements amène des contresens : beaucoup d'appelés et peu d'élus est une loi de la Cité aussi bien que du Ciel[c]. Mme Rabourdin se jugeait très capable d'éclairer un homme d'État, d'échauffer l'âme d'un artiste, de servir les intérêts d'un inventeur et de l'assister dans ses luttes, de se dévouer à la politique financière d'un Nucingen[d], de représenter avec éclat une haute fortune. Peut-être voulait-elle ainsi s'expliquer à elle-même son horreur pour le livre du blanchisseur, pour les contrôles journaliers de la cuisine, les supputations économiques et les soins d'un petit ménage. Elle se faisait supérieure là où elle avait plaisir à l'être. En sentant si vivement les épines d'une position qui peut se comparer à celle de saint Laurent sur son gril, ne devait-elle pas laisser échapper des cris ? Aussi, dans ses paroxysmes d'ambition contrariée, dans les moments où sa vanité blessée lui causait de lancinantes douleurs, Célestine s'attaqua-t-elle à Xavier Rabourdin. N'était-ce pas à son mari de la placer convenablement ? Si elle était un homme, elle aurait bien eu l'énergie de faire une prompte fortune pour rendre heureuse une femme aimée! Elle lui reprocha d'être trop honnête homme. Dans la bouche de certaines femmes, cette accusation est un brevet d'imbécillité. Elle lui dessina de superbes plans dans lesquels elle négligeait les obstacles qu'y apportent les hommes et les choses; puis, comme toutes les femmes animées par un sentiment violent, elle devint en pensée plus machiavélique qu'un Gondreville[e], plus rouée que Maxime de Trailles[f]. L'esprit de Célestine concevait alors tout, et elle se contemplait elle-même dans l'étendue de ses idées. Au débouché de ces belles imaginations, Rabourdin, à qui la pratique était connue, resta froid. Célestine attristée jugea son mari étroit de cervelle, timide, peu compréhensif, et prit insensiblement la plus fausse opinion sur le compagnon de sa vie : d'abord, elle l'éteignait constamment par le brillant de sa discussion ; puis, comme ses idées à elle lui venaient par éclairs, elle l'arrêtait court quand il commençait à donner une explication, afin de ne pas perdre une étincelle de son esprit. Dès les premiers jours de leur mariage, en se sentant aimée et admirée par Rabourdin, Célestine fut sans façon avec lui ; elle se mit au-dessus de toutes les lois conjugales et de politesse intime, en demandant au nom de l'amour le pardon de ses petits méfaits ; et comme elle ne se corrigea point, elle domina constamment. Dans cette situation, un homme se trouve vis-à-vis de sa femme comme un enfant devant son précepteur, quand il ne peut ou ne veut pas croire que l'enfant qu'il a régenté petit soit devenu grand. Semblable à Mme de Staël, qui criait en plein salon à un plus grand homme qu'elle : « Savez-vous que vous venez de dire quelque chose de bien profond ! » Mme Rabourdin disait de son mari : « Il a quelquefois de l'esprit[a]. » Insensiblement la dépendance dans laquelle elle continuait à tenir Xavier se manifesta sur sa physionomie par d'imperceptibles mouvements. Son attitude et ses manières exprimèrent son manque de respect. Sans le savoir, elle nuisit donc à son mari ; car, en tout pays, avant de juger un homme, le monde écoute ce qu'en pense sa femme, et demande ainsi ce que les Genevois appellent *un préavis* (en genevois on prononce *préavisse[b]*). Quand Rabourdin s'aperçut des fautes que l'amour lui avait fait commettre, le pli était pris ; il se tut et souffrit. Semblable à quelques hommes chez lesquels le sentiment et les idées sont en force égale, chez lesquels il se rencontre tout à la fois une belle âme et une cervelle bien organisée, il fut l'avocat de sa femme au tribunal de son jugement ; il se dit que la nature l'avait destinée à un rôle manqué par sa faute, à lui ; elle était comme un cheval anglais de pur sang, un coureur attelé à une charrette pleine de moellons[1], elle souffrait ; enfin il se condamna. Puis, à force de les répéter, sa femme lui avait inoculé ses croyances en elle-même. Les idées sont contagieuses en ménage : le Neuf Thermidor est, comme tant d'événements immenses, le résultat d'une influence féminine[1]. Aussi, poussé par l'ambition de Célestine, Rabourdin avait-il songé depuis longtemps au moyen de la satisfaire; mais il lui cachait ses espérances pour ne pas lui en infliger les tourments. Cet homme de bien était résolu de se faire jour dans l'Administration en y pratiquant une forte trouée. Il voulait y produire une de ces révolutions qui placent un homme à la tête d'une partie quelconque de la société[a]; mais incapable de la bouleverser à son profit, il roulait des pensées utiles[b] et rêvait un triomphe obtenu par de nobles moyens. Cette idée à la fois ambitieuse et généreuse, il est peu d'employés qui ne l'aient conçue; mais chez les employés comme chez les artistes, il y a beaucoup plus d'avortements que d'enfantements, ce qui revient au mot de Buffon : le génie c'est la patience[2].

Mis à portée d'étudier l'administration française et d'en observer le mécanisme, Rabourdin opéra dans le milieu où le hasard avait fait mouvoir sa pensée, ce qui, par parenthèse, est le secret de beaucoup d'œuvres humaines, et il finit par inventer un nouveau système d'administration. Connaissant les gens auxquels il aurait affaire, il avait respecté la machine qui fonctionnait alors, qui fonctionne encore et qui fonctionnera longtemps, car tout le monde sera toujours effrayé à l'idée de la refaire; mais personne ne devait, selon Rabourdin, se refuser à la simplifier. Le problème à résoudre gisait dans un meilleur emploi des mêmes forces. À sa plus simple expression, ce plan consistait à remanier les impôts de manière à les diminuer sans que l'État perdît ses revenus, et à obtenir, avec un budget égal au budget qui soulevait alors tant de folles discussions, des résultats deux fois plus considérables que les résultats actuels. Une longue pratique avait démontré à Rabourdin qu'en toute chose la perfection est produite par de simples revirements. Économiser, c'est simplifier. Simplifier, c'est supprimer un rouage inutile : il y a donc déplacement. Aussi, son système reposait-il sur un déclassement, il se traduisait par une nouvelle nomenclature administrative. De là, vient peut-être la raison de la haine que s'attirent les novateurs. Les suppressions exigées par le perfectionnement, et d'abord mal comprises, menacent des existences qui ne se résolvent pas facilement à changer de condition. Ce qui rend Rabourdin vraiment grand, est d'avoir su contenir l'enthousiasme qui saisit tous les inventeurs, d'avoir cherché patiemment un engrenage à chaque mesure afin d'éviter les chocs, en laissant au temps et à l'expérience le soin de démontrer l'excellence de chaque changement. La grandeur du résultat ferait croire à son impossibilité, si l'on perdait de vue cette pensée au milieu de la rapide analyse de ce système. Il n'est donc pas indifférent d'indiquer, d'après ses confidences, quelque incomplètes qu'elles furent, le point d'où il partit pour embrasser l'horizon administratif. Ce récit, qui tient d'ailleurs au cœur de l'intrigue, expliquera peut-être aussi quelques malheurs des mœurs présentes.

Profondément ému par les misères qu'il avait reconnues dans l'existence des employés, Xavier s'était demandé d'où venait leur croissante déconsidération; il en avait recherché les causes, et les avait trouvées dans ces petites révolutions partielles qui furent comme le remous de la tempête de 1789 et que les historiens des grands mouvements sociaux négligent d'examiner, quoique en définitif elles aient fait nos mœurs ce qu'elles sont[a].

Autrefois, sous la monarchie, les armées bureaucratiques n'existaient point. Peu nombreux, les employés obéissaient à un premier ministre toujours en communication avec le souverain, et servaient ainsi presque directement le Roi. Les chefs de ces serviteurs zélés étaient simplement nommés des *premiers commis.* Dans les parties d'administration que le roi ne régissait pas lui-même, comme les Fermes, les employés étaient à leurs chefs ce que les commis d'une maison de commerce sont à leurs patrons : ils apprenaient une science qui devait leur servir à se faire une fortune. Ainsi, le moindre point de la circonférence se rattachait au centre et en recevait la vie. Il y avait donc dévouement et foi. Depuis 1789, l'État, la *patrie* si l'on veut, a remplacé le Prince. Au lieu de relever directement d'un premier magistrat politique, les commis sont devenus, malgré nos belles idées sur la patrie, *des employés du gouvernement,* et leurs chefs flottent à tous les vents d'un pouvoir, appelé *Ministère* qui ne sait pas la veille s'il existera le lendemain. Le courant des affaires devant toujours s'expédier, il surnage une certaine quantité de commis indispensables quoique congéables à merci et qui veulent reſter en place. La bureaucratie, pouvoir gigantesque mis en mouvement par des nains, eſt née ainsi. Si, en subordonnant toute chose et tout homme à sa volonté, Napoléon avait retardé pour un moment l'influence de la bureaucratie, ce rideau pesant placé entre le bien à faire et celui qui peut l'ordonner, elle s'était définitivement organisée sous le gouvernement conſtitutionnel, inévitablement ami des médiocrités, grand amateur de pièces probantes et de comptes, enfin tracassier comme une petite bourgeoise. Heureux de voir les miniſtres en lutte conſtante avec quatre cents petits esprits, avec dix ou douze têtes ambitieuses et de mauvaise foi, les bureaux se hâtèrent de se rendre nécessaires[a] en se subſtituant à l'action vivante par l'action écrite, et ils créèrent une puissance d'inertie appelée le Rapport. Expliquons le Rapport[b1].

Quand les rois eurent des miniſtres, ce qui n'a commencé que sous Louis XV[c2], ils se firent faire des rapports sur les queſtions importantes, au lieu de tenir, comme autrefois, conseil avec les grands de l'État. Insensiblement, les miniſtres furent amenés par leurs bureaux à imiter les rois. Occupés de se défendre devant les deux Chambres et devant la Cour, ils se laissèrent mener par les lisières du rapport. Il ne se présenta rien d'important dans l'Adminiſtration, que le miniſtre, à la chose la plus urgente, ne répondît : « J'ai demandé un rapport. » Le rapport devint ainsi, pour l'affaire et pour le miniſtre, ce qu'eſt le rapport à la Chambre des députés pour les lois : une consultation où sont traitées les raisons contre et pour avec plus ou moins de partialité. Le miniſtre, de même que la Chambre, se trouve tout aussi avancé avant qu'après le rapport[d]. Toute espèce de parti se prend en un inſtant. Quoi qu'on fasse, il faut arriver au moment où l'on se décide. Plus on met en bataille de raisons pour et de raisons contre, moins le jugement eſt sain. Les plus belles choses de la France se sont accomplies quand il n'exiſtait pas de rapport et que les décisions étaient spontanées. La loi suprême de l'homme d'État eſt d'appliquer des formules précises à tous les cas, à la manière des juges et des médecins. Rabourdin, qui se disait[e] : « On eſt miniſtre pour avoir de la décision, connaître les affaires et les faire marcher », vit le rapport régnant en France depuis le colonel jusqu'au maréchal, depuis le commissaire de police jusqu'au Roi, depuis les préfets jusqu'aux ministres, depuis la Chambre jusqu'à la loi. Dès 1818[a], tout commençait à se discuter, se balancer et se contrebalancer de vive voix et par écrit, tout prenait la forme littéraire. La France allait se ruiner malgré de si beaux rapports, et disserter au lieu d'agir. Il se faisait alors en France un million de rapports écrits par année! Aussi la Bureaucratie régnait-elle[b]! Les dossiers, les cartons, les paperasses à l'appui des pièces sans lesquelles la France serait perdue, la circulaire sans laquelle elle n'irait pas, s'accrurent et embellirent. La Bureaucratie entretint dès lors à son profit la méfiance entre la recette et la dépense, elle calomnia l'Administration pour le salut de l'administrateur. Enfin elle inventa les fils lilliputiens qui enchaînent la France à la centralisation parisienne, comme si, de 1500 à 1800, la France n'avait rien pu entreprendre sans trente mille commis[1]. En s'attachant à la chose publique, comme le gui[c] au poirier, l'employé s'en désintéressa complètement, et voici comme.

Obligés d'obéir aux princes ou aux Chambres qui leur imposent des parties prenantes au budget et forcés de garder des travailleurs, les ministres diminuaient les salaires et augmentaient les emplois, en pensant que plus il y aurait de monde employé par le gouvernement, plus le gouvernement serait fort. La loi contraire est un axiome écrit dans l'univers : il n'y a d'énergie que par la rareté des principes agissants. Aussi l'événement a-t-il prouvé, vers juillet 1830[d], l'erreur du ministérialisme de la Restauration. Pour implanter un gouvernement au cœur d'une nation, il faut savoir y rattacher *des intérêts* et non *des hommes*. Conduit à mépriser le gouvernement qui lui retirait à la fois considération et salaire, l'employé se comportait en ce moment avec lui comme une courtisane avec un vieil amant, il lui donnait du travail pour son argent : situation aussi peu tolérable pour l'Administration que pour l'employé, si tous deux osaient se tâter le pouls, et si les gros salaires n'étouffaient pas la voix des petits[e]. Seulement occupé de se maintenir, de toucher ses appointements et d'arriver à sa pension, l'employé se croyait tout permis pour obtenir ce grand résultat. Cet état de choses amenait le servilisme du commis, il engendrait de perpétuelles intrigues au sein des ministères où les employés pauvres luttaient contre une aristocratie dégénérée qui venait pâturer sur les communaux de la bourgeoisie, en exigeant des places pour ses enfants ruinés. Un homme supérieur pouvait difficilement marcher le long de ces haies tortueuses, plier, ramper, se couler dans la fange de ces sentines où les têtes remarquables effrayaient tout le monde. Un génie ambitieux se vieillit pour obtenir la triple couronne, il n'imite pas Sixte Quint pour devenir chef de bureau[1]. Il ne restait ou ne venait que des paresseux, des incapables ou des niais[a]. Ainsi s'établissait lentement la médiocrité de l'Administration française. Entièrement composée de petits esprits, la Bureaucratie mettait un obstacle à la prospérité du pays, retardait sept ans dans ses cartons le projet d'un canal qui eût stimulé la production d'une province, s'épouvantait de tout, perpétuait les lenteurs, éternisait les abus qui la perpétuaient et l'éternisaient elle-même; elle tenait tout et le ministre même en lisières; enfin elle étouffait les hommes de talent assez hardis pour vouloir aller sans elle ou l'éclairer sur ses sottises. Le livre des pensions venait d'être publié, Rabourdin y vit un garçon de bureau inscrit pour une retraite supérieure à celle des vieux colonels criblés de blessures. L'histoire de la Bureaucratie se lisait là tout entière[2]. Autre plaie engendrée par les mœurs modernes, et qu'il comptait parmi les causes de cette secrète démoralisation : l'Administration à Paris[b] n'a point de subordination réelle, il y règne une égalité complète entre le chef d'une division importante et le dernier expéditionnaire : l'un est aussi grand que l'autre dans une arène d'où l'on sort pour aller trôner ailleurs, car on y faisait un simple employé d'un poète, d'un commerçant. Les employés se jugeaient[3] entre eux sans aucun respect. L'instruction, également dispensée sans mesure aux masses, n'amène-t-elle pas aujourd'hui le fils d'un concierge de ministère à prononcer sur le sort d'un homme de mérite ou d'un grand propriétaire chez qui son père a tiré le cordon de la porte ? Le dernier venu peut donc lutter avec le plus ancien. Un riche surnuméraire éclabousse son chef en allant à Longchamp dans un tilbury qui porte une jolie femme à laquelle il indique par un mouvement de son fouet le pauvre père de famille à pied, en disant : « Voilà mon chef[a]! » Les Libéraux nommaient cet état de choses le PROGRÈS, Rabourdin y voyait l'ANARCHIE au cœur du pouvoir. Ne voyait-il pas en résultat des intrigues agitées, comme celles du sérail, entre des eunuques, des femmes et des sultans imbéciles, des petitesses de religieuses, des vexations sourdes, des tyrannies de collège, des travaux diplomatiques à effrayer un ambassadeur entrepris pour une gratification ou pour une augmentation, des sauts de puces attelées à un char de carton, des malices de nègre faites au ministre lui-même; puis les gens réellement utiles, les travailleurs, victimes des parasites; les gens dévoués à leur pays qui tranchent vigoureusement sur la masse des incapacités, succombant sous d'ignobles trahisons[b]. Toutes les hautes places dévolues à l'influence parlementaire et non plus à la royauté, les employés devaient tôt ou tard se trouver dans la condition de rouages vissés à une machine : il ne s'agirait plus pour eux que d'être plus ou moins graissés. Cette fatale conviction, déjà venue à de bons esprits[c], étouffait bien des mémoires écrits en conscience sur les plaies secrètes du pays, désarmait bien des courages, corrodait les probités les plus sévères, fatiguées de l'injustice et conviées à l'insouciance par de dissolvants ennuis[1]. Un commis des frères Rothschild correspond avec toute l'Angleterre : un seul employé pourrait correspondre avec tous les préfets; mais là où l'un vient apprendre les éléments de sa fortune, l'autre perd inutilement son temps, sa vie et sa santé[d2]. De là sourdait le mal. Certes un pays ne semble pas immédiatement menacé de mort parce qu'un employé de talent se retire et qu'un homme médiocre le remplace. Malheureusement pour les nations, aucun homme ne paraît indispensable à leur existence. Mais quand tout s'est à la longue amoindri, les nations disparaissent. Chacun peut, par instruction, aller voir à Venise, à Madrid, à Amsterdam, à Stockholm et à Rome[3] les places où brillèrent d'immenses pouvoirs, aujourd'hui détruits par la petitesse qui s'y est infiltrée en gagnant les sommités[e]. Au jour d'une lutte, tout s'étant trouvé débile, l'État succomba devant une faible attaque. Adorer le sot qui réussit, ne pas s'attrister à la chute d'un homme de talent est le résultat de notre triste éducation et de nos mœurs qui poussent les gens d'esprit à la raillerie et le génie au désespoir[f]. Mais quel problème difficile à résoudre que celui de la réhabilitation des employés, au moment où le libéralisme criait par ses journaux dans toutes les boutiques industrielles que les traitements des employés constituaient un vol perpétuel, quand il configurait les chapitres du budget en forme de sangsues, et demandait chaque année à quoi bon un milliard d'impôts[1]. Aux yeux de M. Rabourdin, l'employé, relativement au budget, était ce que le joueur est au jeu; tout ce qu'il en emporte, il le lui restitue. Tout gros traitement impliquait une production. Payer mille francs par an à un homme pour lui demander toutes ses journées, n'était-ce pas organiser le vol et la misère ? un forçat coûte presque autant et travaille moins. Mais vouloir qu'un homme auquel l'État donnerait douze mille[a] francs par an se vouât à son pays, était un contrat profitable à tous deux, et qui pouvait tenter les capacités[b][2].

Ces réflexions avaient donc conduit Rabourdin à une refonte du personnel. Employer peu de monde, tripler ou doubler les traitements et supprimer les pensions; prendre les employés jeunes, comme faisaient Napoléon, Louis XIV, Richelieu et Ximenès[3], mais les garder long-temps en leur réservant les hauts emplois et de grands honneurs, furent les points capitaux d'une réforme aussi utile à l'État qu'à l'employé. Il est difficile de raconter en détail, chapitre par chapitre, un plan qui embrassa le budget et qui descendit dans les infiniment petits de l'Administration pour les synthétiser; mais peut-être une indication des principales réformes suffira-t-elle à ceux qui connaissent comme à ceux qui ignorent la constitution administrative. Quoique la position d'un historien soit dangereuse en racontant un plan qui ressemble à de la politique faite au coin du feu, encore est-il nécessaire de le crayonner, afin d'expliquer l'homme par l'œuvre. Supprimez le récit de ses travaux, vous ne voudrez plus croire le narrateur sur parole, s'il se contentait d'affirmer le talent ou l'audace d'un chef de bureau.

Rabourdin divisait[c] la haute administration en trois ministères. Il avait pensé que si jadis il se trouvait des têtes assez fortes pour embrasser l'ensemble des affaires intérieures et extérieures, la France d'aujourd'hui ne manquerait jamais de Mazarin, de Suger[4], de Sully, de Choiseul, de Colbert pour diriger des ministères plus vastes que les ministères actuels. D'ailleurs, constitution-nellement parlant, trois ministres s'accordent plus facile-ment que sept[1]. Puis, il est moins difficile aussi de se tromper quant au choix. Enfin, peut-être la royauté évi-terait-elle ainsi ses perpétuelles oscillations minis-térielles qui ne permettent de suivre aucun plan de poli-tique extérieure, ni d'accomplir aucune amélioration intérieure. En Autriche, où des nations diverses réunies offrent des intérêts différents à concilier et à conduire sous une même couronne, deux hommes d'État suppor-taient le poids des affaires publiques, sans en être accablés[2]. La France était-elle plus pauvre que l'Alle-magne en capacités politiques ? Le jeu assez niais de ce qu'on nomme les institutions constitutionnelles, déve-loppé outre mesure, a fini comme on sait par exiger beaucoup de ministères pour satisfaire les ambitions mul-tiples de la Bourgeoisie[a]. D'abord il lui parut alors naturel de réunir le ministère de la Marine au ministère de la Guerre[b] ? Pour lui, la Marine était un des comptes cou-rants du ministère de la Guerre, comme l'artillerie, la cavalerie, l'infanterie et l'intendance. N'était-ce pas un contresens de donner aux amiraux et aux maréchaux une administration séparée, quand ils marchaient vers un but commun : la défense du pays, l'attaque de l'ennemi, la protection des possessions nationales ? Le ministère de l'Intérieur devait réunir le commerce, la police et les finances, sous peine de mentir à son nom. Au ministère des Affaires étrangères appartenaient la justice, la Maison du Roi[3], et tout ce qui, dans le ministère de l'Intérieur, concerne les arts, les lettres[c] et les grâces[d]. Toute protec-tion doit découler immédiatement du souverain. Ce ministère impliquait la présidence du Conseil[e]. Chacun de ces trois ministères ne comportait pas plus de deux cents employés à son administration centrale[f], où Rabourdin les logeait tous, comme jadis sous la monar-chie[g]. En prenant pour moyenne une somme de douze mille francs par tête, il ne comptait que sept[h] millions pour des chapitres qui en coûtent plus de vingt[i] dans le budget actuel. En réduisant ainsi les ministères à trois têtes, il supprimait des administrations entières devenues inutiles, et les énormes frais de leurs établissements dans Paris[4]. Il prouvait qu'un arrondissement devait être admi-nistré par dix hommes, une préfecture par douze au plus, ce qui ne supposait que cinq mille employés[1] pour toute la France (Justice et Armée à part), nombre que dépassait alors le chiffre seul des employés aux ministères. Mais, dans ce plan, les greffiers des tribunaux étaient chargés du régime hypothécaire; mais le ministère public était chargé de l'enregistrement et des domaines. Rabourdin réunissait dans un même centre les parties similaires. Ainsi l'hypothèque, la succession, l'enregistrement ne sortaient pas de leur cercle d'action, et ne nécessitaient que trois surnuméraires par tribunal, et trois par cour royale. L'application constante de ce principe avait conduit Rabourdin à la réforme des finances. Il avait confondu toutes les perceptions d'impôts en une seule, en taxant la consommation en masse au lieu de taxer la propriété. Selon lui, la consommation était l'unique matière imposable en temps de paix. La contribution foncière devait être réservée pour les cas de guerre. Alors seulement l'État pouvait demander des sacrifices au sol, car alors il s'agissait de le défendre; mais, en temps de paix, c'était une lourde faute politique que de l'inquiéter au-delà d'une certaine limite : on ne le trouvait plus dans les grandes crises. Ainsi l'*Emprunt* pendant la paix, parce qu'il se faisait au pair et non à cinquante pour cent de perte, comme dans les temps mauvais; puis, pendant la guerre, la *contribution foncière*.

« L'invasion de 1814 et de 1815, disait Rabourdin à ses amis, a fondé en France et démontré une institution que ni Law ni Napoléon n'ont pu établir : le *crédit*. »

Malheureusement Xavier considérait les vrais principes de cette admirable machine comme encore peu compris, à l'époque de son travail commencé en 1821[a]. Rabourdin imposait la consommation par le mode des contributions directes, en supprimant tout l'attirail des contributions indirectes. La recette de l'impôt se résolvait par un rôle unique composé de divers articles. Il abattait ainsi les gênantes barrières qui barricadent les villes auxquelles il procurait de plus gros revenus en simplifiant leurs modes actuels de perception énormément coûteux. Diminuer la lourdeur de l'impôt n'est pas en matière de finance diminuer l'impôt, c'est le mieux répartir; l'alléger, c'est augmenter la masse des transactions en leur laissant plus de jeu; l'individu paye moins et l'État reçoit davantage[b]. Cette réforme, qui peut

sembler immense, reposait sur un mécanisme fort
simple. Rabourdin avait pris l'impôt personnel et mobilier comme la représentation la plus fidèle de la consommation générale. Les fortunes individuelles s'expriment
admirablement en France par le loyer, par le nombre des
domestiques, par les chevaux et les voitures de luxe[a] qui
se prêtent à la fiscalité. Les habitations et ce qu'elles
contiennent varient peu, et disparaissent difficilement.
Après avoir indiqué les moyens de confectionner un
rôle de contributions mobilières plus sincère que ne
l'était le rôle actuel, il répartissait les sommes que produisaient au trésor les impôts dits *indirects* en *un tant pour
cent* de chaque cote individuelle. L'impôt est un prélèvement d'argent fait sur les choses ou sur les personnes
sous des déguisements plus ou moins spécieux; ces déguisements, bons quand il fallait extorquer l'argent, ne sont-
ils pas ridicules dans une époque où la classe sur laquelle
pèsent les impôts sait pourquoi l'État les prend et par
quel mécanisme il les lui rend ? En effet, le budget n'est
pas un coffre-fort, mais un arrosoir; plus il puise et
répand d'eau, plus un pays prospère. Ainsi supposez six[b]
millions de *cotes aisées* (Rabourdin en prouvait l'existence,
en y comprenant les *cotes riches*), ne valait-il pas mieux
leur demander directement *un droit de vin* qui ne serait pas
plus odieux que l'impôt *des portes et fenêtres*[1] et produirait
cent millions, plutôt que de les tourmenter en imposant
la chose même ? Par cette régularisation de l'impôt,
chaque particulier payerait moins en réalité, l'État recevrait davantage[c], et les consommateurs jouiraient d'une
immense réduction dans le prix des choses que l'État ne
soumettrait plus à des tortures infinies. Rabourdin conservait un droit de culture sur les vignobles, afin de protéger
cette industrie contre la trop grande abondance de ses
produits. Puis, pour atteindre les consommations des
cotes pauvres, les patentes des débitants étaient taxées
d'après la population des lieux qu'ils habitaient. Ainsi,
sous trois formes : droit de vin, droit de culture et
patente, le Trésor levait une recette énorme sans frais
ni vexations, là où pesait un impôt vexatoire partagé
entre ses employés et lui. L'impôt frappait ainsi sur le
riche au lieu de tourmenter le pauvre. Un autre exemple.
Supposez par cote un franc ou deux de droits de sel, vous
obtenez dix ou douze millions, la gabelle moderne

disparaît, la population pauvre respire, l'agriculture est soulagée, l'État reçoit tout autant, et nulle cote ne se plaint. Toute cote, plus ou moins industrielle ou propriétaire, peut reconnaître immédiatement les bénéfices d'un impôt ainsi réparti en voyant au fond des campagnes la vie s'améliorant, et le commerce agrandi. Enfin, d'année en année, l'État verrait le nombre des *cotes aisées* s'accroissant. En supprimant l'administration des contributions indirectes, machine extrêmement coûteuse, et qui est un État dans l'État[a], le Trésor et les particuliers y gagnaient donc énormement, à ne considérer que l'économie des frais de perception. Le tabac et la poudre s'affermaient en régie, sous une surveillance. Le système sur ces deux régies, développé par d'autres que Rabourdin lors du renouvellement de la loi sur les tabacs[1], fut si convaincant que cette loi n'eût point passé dans une Chambre à qui l'on n'aurait pas mis le marché à la main, comme le fit alors le ministère[b]. Ce fut alors moins une question de finance qu'une question de gouvernement. L'État ne possédait plus rien en propre, ni forêts, ni mines, ni exploitations. Aux yeux de Rabourdin, l'État, possesseur de domaines, constituait un contresens administratif[c]. L'État ne sait pas faire valoir et se prive de contributions, il perd deux produits à la fois. Quant aux fabriques du gouvernement, c'était le même non-sens reporté dans la sphère de l'industrie. L'État obtient des produits plus coûteux que ceux du commerce, plus lentement confectionnés, et manque à percevoir ses droits sur les mouvements de l'industrie, à laquelle il retranche des alimentations. Est-ce administrer un pays que d'y fabriquer au lieu d'y faire fabriquer, d'y posséder au lieu de créer le plus de possessions diverses[d] ? Dans ce système, l'État n'exigeait plus un seul cautionnement en argent. Rabourdin n'admettait que des cautionnements hypothécaires. Voici pourquoi. Ou l'État garde le cautionnement en nature, et c'est gêner le mouvement de l'argent; ou il l'emploie à un taux supérieur à l'intérêt qu'il en donne, et c'est un vol ignoble; ou il y perd, et c'est une sottise; enfin, s'il dispose un jour de la masse des cautionnements, il prépare dans certains cas une banqueroute horrible. L'impôt territorial ne disparaissait pas entièrement, Rabourdin en conservait une faible portion, comme point de départ en cas de guerre; mais évidemment les productions du sol devenaient libres, et l'industrie, en trouvant les matières premières à bas prix, pouvait lutter avec l'étranger sans le secours trompeur des Douanes[a][1]. Les riches administraient gratuitement les départements, en ayant pour récompense la pairie sous certaines conditions. Les magistrats, les corps savants, les officiers inférieurs voyaient leurs services honorablement récompensés. Il n'y avait pas d'employé qui n'obtînt une immense considération, méritée par l'étendue de ses travaux et l'importance de ses appointements ; chacun d'eux pensait lui-même à son avenir, et la France n'avait plus sur le corps le cancer des pensions. En résultat, Rabourdin trouvait sept[b] cents millions de dépenses seulement et douze cents millions de recettes. Un remboursement de cinq[c] cents millions annuels jouait alors avec un peu plus de force que le maigre amortissement dont le vice était démontré. Là, selon lui, l'État se faisait encore rentier, comme l'État s'entêtait d'ailleurs à posséder et à fabriquer[d]. Enfin, pour exécuter sans secousses sa réforme et pour éviter une Saint-Barthélemy d'employés[2], Rabourdin demandait vingt années[e].

Telles étaient les pensées mûries par cet homme depuis le jour où sa place fut donnée à M. de La Billardière, homme incapable. Ce plan si vaste en apparence, si simple en réalité, qui supprimait tant de gros états-majors et tant de petites places également inutiles, exigeait de continuels calculs, des statistiques exactes, des preuves évidentes. Rabourdin avait pendant longtemps étudié le budget sur sa double face, celle des Voies et Moyens[3], celle des Dépenses. Aussi avait-il passé bien des nuits à l'insu de sa femme. Ce n'était rien encore que d'avoir osé concevoir ce plan et de l'avoir superposé sur le cadavre administratif, il fallait s'adresser à un ministre capable de l'apprécier. Le succès de Rabourdin tenait donc à la tranquillité d'une politique encore agitée. Il ne considéra le gouvernement comme définitivement assis qu'au moment où trois cents députés eurent le courage de former une majorité compacte, systématiquement ministérielle. Une administration fondée sur cette base s'était établie depuis que Rabourdin avait achevé ses travaux[4]. À cette époque, le luxe de la paix due aux Bourbons faisait oublier le luxe guerrier du temps où la France brillait comme un vaste camp, prodigue et magnifique parce qu'il était victorieux. Après sa campagne en Espagne[1], le ministère paraissait devoir commencer une de ces paisibles carrières où le bien peut s'accomplir, et depuis trois mois un nouveau règne avait commencé[2] sans éprouver aucune entrave, car le libéralisme de la Gauche avait salué Charles X avec autant d'enthousiasme que la Droite[a3]. C'était à tromper les gens les plus clairvoyants[b]. Le moment sembla donc propice à Rabourdin. N'était-ce pas un gage de durée pour une administration que de[c] proposer et de mettre à fin une réforme dont les résultats étaient si grands[d] ?

Jamais donc cet homme ne se montra plus qu'alors soucieux, préoccupé le matin quand il allait par les rues au ministère, et le soir à quatre heures et demie quand il en revenait[e]. De son côté, Mme Rabourdin, désolée de sa vie manquée, ennuyée de travailler en secret pour se procurer quelques jouissances de toilette, ne s'était jamais montrée plus aigrement mécontente, mais en femme attachée à son mari, elle regardait comme indignes d'une femme supérieure les honteux commerces par lesquels certaines femmes d'employés suppléaient à l'insuffisance des appointements. Cette raison lui fit refuser toute relation avec Mme Colleville, alors liée avec François Keller, et dont les soirées effaçaient souvent celles de la rue Duphot. Elle prit l'immobilité du penseur politique et la préoccupation du travailleur intrépide pour l'apathique abattement de l'employé dompté par l'ennui des bureaux, vaincu par la plus détestable de toutes les misères, par une médiocrité qui permet de vivre, et elle gémit d'être mariée à un homme sans énergie. Aussi, vers cette époque, résolut-elle de faire à elle seule la fortune de son mari, de le jeter à tout prix dans la sphère supérieure, et de lui cacher les ressorts de ses machines. Elle porta dans ses conceptions cette indépendance d'idées qui la distinguait, et se complut à s'élever au-dessus des femmes en n'obéissant point à leurs petits préjugés, en ne s'embarrassant point des entraves que la société leur impose. Dans sa rage, elle se promit de battre les sots avec leurs armes, et de se jouer elle-même s'il le fallait. Elle vit enfin les choses de haut. L'occasion était favorable. M. de La Billardière, attaqué d'une maladie mortelle, allait succomber sous peu de jours. Si Rabourdin lui succédait, ses talents, car Célestine lui accordait des talents administratifs, seraient si bien appréciés, que la place de maître des requêtes, autrefois promise, lui serait donnée; elle le voyait commissaire du Roi, défendant des projets de loi aux Chambres : elle l'aiderait alors! elle deviendrait, s'il était besoin, son secrétaire; elle passerait des nuits. Tout cela pour aller au bois de Boulogne dans une charmante calèche, pour marcher de pair avec Mme Delphine de Nucingen, pour élever son salon à la hauteur de celui d'une Mme Colleville*a*, pour être invitée aux grandes solennités ministérielles, pour conquérir des auditeurs, pour faire dire d'elle : Mme Rabourdin de *quelque chose* (elle ne connaissait pas encore sa terre), comme on disait Mme Firmiani, Mme d'Espard, Mme d'Aiglemont, Mme de Carigliano*b*; enfin pour effacer surtout l'odieux nom de Rabourdin.

Ces secrètes conceptions engendrèrent quelques changements dans l'intérieur du ménage. Mme Rabourdin commença par marcher d'un pas ferme dans la voie de la *Dette*. Elle reprit un domestique mâle, lui fit porter une livrée insignifiante, drap brun à lisérés rouges. Elle rafraîchit quelques parties de son mobilier, tendit à nouveau son appartement, l'embellit de fleurs souvent renouvelées, l'encombra des futilités qui devinrent alors à la mode; puis, elle qui jadis avait quelques scrupules sur ses dépenses, n'hésita plus à remettre sa toilette en harmonie avec le rang auquel elle aspirait, et dont les bénéfices furent escomptés dans quelques magasins où elle fit ses provisions pour la guerre. Pour mettre à la mode ses mercredis[1], elle donna régulièrement un dîner le vendredi, les convives furent tenus à faire une visite en prenant une tasse de thé, le mercredi suivant. Elle choisit habilement ses convives parmi les députés influents, parmi les gens qui, de loin ou de près, pouvaient servir ses intérêts. Enfin elle se fit un entourage fort convenable. On s'amusait beaucoup chez elle; on le disait, du moins*c*, ce qui suffit à Paris pour attirer le monde*d*. Rabourdin était si profondément occupé d'achever son grave et grand travail qu'il ne remarqua pas cette recrudescence de luxe au sein de son ménage.

Ainsi la femme et le mari assiégèrent la même place, en opérant sur des lignes parallèles, à l'insu l'un de l'autre*e*.

Au ministère, florissait alors comme secrétaire géné
ral certain M. Clément Chardin des Lupeaulx, un de ces
personnages que le flot des événements politiques met
en saillie pendant quelques années, qu'il emporte en
un jour d'orage, et que vous retrouvez sur la rive, à je
ne sais quelle distance, échoués comme la carcasse d'une
embarcation, mais qui semblent être encore quelque
chose. Le voyageur se demande si ce débris n'a pas
contenu des marchandises précieuses, servi dans de
grandes circonstances, coopéré à quelque résistance, supporté le velours d'un trône ou transporté le cadavre d'une
royauté[1]. En ce moment, Clément des Lupeaulx (les
Lupeaulx absorbaient le Chardin) atteignait à son apogée.
Dans les existences les plus illustres comme dans les plus
obscures, n'y a-t-il pas pour l'animal comme pour les
secrétaires généraux un zénith et un nadir, une période où
le pelage est magnifique, où la fortune rayonne de tout
son éclat. Dans la nomenclature créée par les fabulistes,
des Lupeaulx appartenait au genre des Bertrand, et ne
s'occupait qu'à trouver des Ratons[2] et comme il fut
un des principaux acteurs de ce drame, il mérite une description d'autant plus étendue que la révolution de Juillet a supprimé ce poste, éminemment utile à des ministres
constitutionnels[a3].

Les moralistes déploient ordinairement leur verve sur
les abominations transcendantes. Pour eux, les crimes
sont à la cour d'assises ou à la police correctionnelle, mais
les finesses sociales leur échappent; l'habileté qui triomphe
sous les armes du Code est au-dessus ou au-dessous
d'eux, ils n'ont ni loupe ni longue-vue[b]; il leur faut de
bonnes grosses horreurs bien visibles. Toujours occupés
des carnassiers, ils négligent les reptiles; et heureusement
pour les poètes comiques, ils leur laissent les nuances qui
colorent le Chardin des Lupeaulx. Égoïste et vain[4],
souple et fier, libertin et gourmand, avide à cause de ses
dettes, discret comme une tombe d'où rien ne sort pour
démentir l'inscription destinée aux passants, intrépide
et sans peur[c] quand il sollicitait, aimable et spirituel
dans toute l'acception du mot, moqueur à propos, plein
de tact, sachant vous compromettre par une caresse
comme par un coup de coude, ne reculant devant aucune
largeur de ruisseau et sautant avec grâce[d], effronté vol-
tairien et allant à la messe à Saint-Thomas-d'Aquin[5]

quand il s'y trouvait une belle assemblée, ce secrétaire général ressemblait à toutes les médiocrités qui forment le noyau du monde politique. Savant de la science des autres, il avait pris la position d'écouteur, et il n'en existait point alors de plus attentif. Aussi, pour ne pas éveiller le soupçon, était-il flatteur jusqu'à la nausée, insinuant comme un parfum et caressant comme une femme. Il allait accomplir sa quarantième année. Sa jeunesse l'avait désespéré pendant longtemps, car il sentait que l'assiette de sa fortune politique dépendait de la députation[a]. Comment était-il parvenu ? se dira-t-on. Par un moyen bien simple : Bonneau[1] politique, des Lupeaulx se chargeait des missions délicates que l'on ne peut donner ni à un homme qui se respecte, ni à un homme qui ne se respecte pas, mais qui se confient à des êtres sérieux et apocryphes tout ensemble, que l'on peut avouer ou désavouer à volonté. Son état était d'être toujours compromis ; mais il avançait autant par la défaite que par le succès. Il avait compris[b] que sous la Restauration, temps de transactions continuelles entre les hommes, entre les choses, entre les faits accomplis et ceux qui se massaient à l'horizon, le pouvoir aurait besoin d'une femme de ménage[2]. Une fois que dans une maison il s'introduit une vieille qui sait comment se fait et se défait le lit, où se balaient les ordures, où se jette et d'où se tire le linge sale, où se serre l'argenterie, comment s'apaise un créancier, quels gens doivent être reçus ou mis à la porte ; cette créature eût-elle des vices, fût-elle sale, bancroche ou édentée, mît-elle à la loterie et prît-elle trente sous par jour pour se faire une mise, les maîtres l'aiment par habitude, tiennent devant elle conseil dans les circonstances les plus critiques : elle est là, rappelle les ressources et flaire les mystères, apporte à propos le pot de rouge et le châle[c], se laisse gronder, rouler par les escaliers, et le lendemain, au réveil présente gaiement un excellent consommé. Quelque grand que soit un homme d'État, il a besoin d'une femme de ménage avec laquelle il puisse être faible, indécis, disputailleur avec son propre destin, s'interroger, se répondre et s'enhardir au combat. N'est-ce pas comme le bois mou des Sauvages, qui, frotté contre du bois dur, donne le feu ? Beaucoup de génies s'allument ainsi. Napoléon faisait ménage avec Berthier, et Richelieu avec le père Joseph. Des Lupeaulx faisait ménage avec tout le monde. Il restait[a] l'ami des ministres déchus en se constituant leur intermédiaire auprès de ceux qui arrivaient, embaumant ainsi la dernière flatterie et parfumant le premier compliment. Il entendait d'ailleurs admirablement les petites choses auxquelles un homme d'État n'a pas le loisir de songer : il comprenait une nécessité, il obéissait bien ; il relevait sa bassesse en en plaisantant le premier afin d'en relever tout le prix, et choisissait toujours dans les services à rendre celui que l'on n'oublierait pas. Ainsi, quand il fallut franchir le fossé qui sépara l'Empire de la Restauration, quand chacun cherchait une planche pour le passer, au moment où les roquets de l'Empire se ruaient dans un dévouement de paroles, des Lupeaulx passait la frontière après avoir emprunté de fortes sommes[b] à des usuriers[c]. Jouant le tout pour le tout, il racheta[d] les créances les plus criardes[e] sur le roi Louis XVIII, et liquida par ce moyen, lui le premier, près de trois millions à vingt pour cent[f] ; car il eut le bonheur d'opérer à cheval sur 1814 et sur 1815. Les bénéfices furent dévorés par les sieurs Gobseck, Werbrust et Gigonnet, croupiers de l'entreprise ; mais des Lupeaulx les leur avait promis[1], il ne jouait pas une mise, il jouait toute la banque, en sachant bien que Louis XVIII n'était pas homme à oublier cette lessive[g]. Des Lupeaulx fut nommé maître des requêtes, chevalier de Saint-Louis et officier de la Légion d'honneur[h]. Une fois grimpé, l'homme habile chercha les moyens de se maintenir sur son échelon car, dans la place forte où il s'était introduit, les généraux ne conservent pas longtemps les bouches inutiles. Aussi, à son métier de ménagère et d'entremetteur, avait-il joint la consultation gratuite dans les maladies secrètes du pouvoir. Après avoir reconnu chez les prétendues supériorités de la Restauration une profonde infériorité relativement aux événements qui les dominaient, il imposa leur médiocrité politique en leur apportant, leur vendant au milieu d'une crise ce mot d'ordre que les gens de talent écoutent dans l'avenir. Ne croyez point que ceci vînt de lui-même ; autrement, des Lupeaulx eût été un homme de génie, et ce n'était qu'un homme d'esprit. Ce Bertrand allait partout, recueillait les avis, sondait les consciences et saisissait les sons qu'elles rendent. Il récoltait la science en véritable et infatigable abeille politique. Ce dictionnaire de Bayle[1] vivant ne faisait pas comme le fameux dictionnaire, il ne rapportait pas toutes les opinions sans conclure, il avait le talent de la mouche et tombait droit sur la chair la plus exquise, au milieu de la cuisine. Aussi passa-t-il pour un homme indispensable à des hommes d'État[a]. Cette croyance avait pris de si profondes racines dans les esprits, que les ambitieux arrivés jugeaient nécessaire de compromettre des Lupeaulx afin de l'empêcher de monter plus haut; ils le dédommageaient par un crédit secret de son peu d'importance publique. Néanmoins, en se sentant appuyé sur tout le monde, ce pêcheur d'idées avait exigé des arrhes. Rétribué par l'état-major dans la Garde nationale où il avait une sinécure payée par la Ville de Paris, commissaire du gouvernement près d'une société anonyme[2], il avait encore une inspection dans la Maison du Roi. Ses deux places officielles inscrites au budget étaient celles de secrétaire général et de maître des requêtes. Pour le moment, il voulait être commandeur de la Légion d'honneur, gentilhomme de la chambre, comte et député. Pour être député, il fallait payer mille francs d'impôts, et la misérable bicoque des Lupeaulx valait à peine cinq cents francs de rente. Où prendre l'argent pour y bâtir un château, pour l'entourer de plusieurs domaines respectables, et venir y jeter de la poudre aux yeux de tout un arrondissement? Quoique dînant tous les jours en ville, quoique logé depuis neuf ans aux frais de l'État, quoique voituré par le ministère, des Lupeaulx ne possédait guère au moment où cette scène commence que trente mille francs de dettes[b] franches et liquides sur lesquelles personne n'élevait de contestation. Un mariage pouvait mettre cet ambitieux à flot en écopant sa barque pleine des eaux de la dette; mais le bon mariage dépendait de son avancement, et son avancement voulait la députation. En cherchant les moyens de briser ce cercle vicieux, il ne voyait qu'un immense service à rendre ou quelque bonne affaire à combiner. Mais, hélas! les conspirations étaient usées, et les Bourbons avaient en apparence vaincu les partis[c]. Enfin, malheureusement, depuis quelques années le gouvernement était si bien mis à jour par les sottes discussions de la Gauche, qui s'étudiait à rendre tout gouvernement impossible en France[d], qu'on ne pouvait plus y faire d'affaires : les dernières s'étaient accomplies en Espagne, et combien n'avait-on pas crié[1]! Puis des Lupeaulx multiplia les difficultés en croyant à l'amitié de son ministre, auquel il eut l'imprudence d'exprimer le désir d'être assis sur les bancs ministériels. Les ministres devinèrent d'où venait ce désir : des Lupeaulx voulait consolider une position précaire et ne plus être dans leur dépendance. Le lévrier se révoltait contre le chasseur, les ministres lui donnèrent quelques coups de fouet et le caressèrent tour à tour, ils lui suscitèrent des rivaux[a]; mais des Lupeaulx se conduisit avec eux comme une habile courtisane avec des nouvelles venues : il leur tendit des pièges, ils y tombèrent, il en fit promptement justice. Plus il se sentit menacé, plus il désira conquérir un poste inamovible; mais il fallait jouer serré! En un instant, il pouvait tout perdre. Un coup de plume abattrait ses épaulettes de colonel civil, son inspection, sa sinécure à la société anonyme, ses deux places et leurs avantages : en tout, six traitements conservés sous le feu de la loi sur le cumul[2]. Souvent il menaçait son ministre comme une maîtresse menace son amant, il se disait sur le point d'épouser une riche veuve : le ministre cajolait alors le cher des Lupeaulx. Dans un de ces raccommodements, il reçut la promesse formelle d'une place à l'Académie des inscriptions et belles-lettres, lors de la première vacance[b]. C'était, disait-il, le pain d'un cheval. Dans son admirable position, Clément Chardin des Lupeaulx était comme un arbre planté dans un terrain favorable. Il pouvait satisfaire ses vices, ses fantaisies, ses vertus et ses défauts.

Voici les fatigues de sa vie : entre cinq ou six invitations journalières, il avait à choisir la maison où se trouvait le meilleur dîner. Il allait faire rire le matin le ministre et sa femme au petit lever, caressait les enfants et jouait avec eux. Puis il travaillait une heure ou deux, c'est-à-dire il s'étendait dans un bon fauteuil pour lire les journaux, dicter le sens d'une lettre, recevoir quand le ministre n'y était pas, expliquer en gros la besogne, attraper ou distribuer quelques gouttes d'eau bénite de cour, parcourir des pétitions d'un coup de lorgnon ou les apostiller par une signature qui signifiait : « *Je m'en moque, faites comme vous voudrez !* » chacun savait que quand des Lupeaulx s'intéressait à quelqu'un ou à quelque chose,

il s'en mêlait personnellement. Il permettait aux employés
supérieurs quelques causeries intimes sur les affaires délicates, et il écoutait leurs cancans. De temps en temps il
allait au Château prendre le mot d'ordre. Enfin il attendait le ministre au retour de la Chambre quand il y avait
session, pour savoir s'il fallait inventer et diriger quelque
manœuvre. Le sybarite ministériel s'habillait, dînait et
visitait douze ou quinze salons de huit heures à trois
heures du matin. À l'Opéra, il causait avec les journalistes, car il était avec eux du dernier bien ; il y avait entre
eux un continuel échange de petits services, il leur enton-
nait ses fausses nouvelles et gobait les leurs ; il les empêchait d'attaquer tel ou tel ministre sur telle ou telle
chose qui ferait, disait-il, une vraie peine à leurs femmes
ou à leurs maîtresses,

« Dites que le projet de loi ne vaut rien, et démon-
trez-le si vous pouvez ; mais ne dites pas que Mariette[a1]
a mal dansé. Calomniez notre affection pour nos proches
en jupons[b2], mais ne révélez pas nos farces de jeune
homme. Diantre ! nous avons tous fait nos vaudevilles,
et nous ne savons pas ce que nous pouvons devenir par
le temps qui court. Vous serez peut-être ministre, vous
qui salez aujourd'hui les tartines du *Constitutionnel*[c3]. »

En revanche, dans l'occasion il servait les rédacteurs,
il levait tout obstacle à la représentation d'une pièce, il
lâchait à propos des gratifications ou quelque bon dîner, il
promettait de faciliter la conclusion d'une affaire. D'ailleurs il aimait la littérature et protégeait les arts : il
avait des autographes, de magnifiques albums *gratis,* des
esquisses, des tableaux[d]. Il faisait beaucoup de bien aux
artistes en ne leur nuisant pas, en les soutenant dans certaines occasions où leur amour-propre voulait une satisfaction peu coûteuse. Aussi était-il aimé par tout ce
monde de coulisses, de journalistes et d'artistes. D'abord
tous avaient les mêmes vices et la même paresse ; puis
ils se moquaient si bien de tout entre deux vins ou entre
deux danseuses ! le moyen de ne pas être amis ? Si des
Lupeaulx n'eût pas été secrétaire général, il aurait été
journaliste[e]. Aussi dans la lutte des quinze années où la
batte de l'épigramme ouvrit la brèche par où passa l'insurrection, des Lupeaulx ne reçut-il jamais le moindre coup.

En voyant cet homme jouant à la boule dans le jardin du ministère avec les enfants de Monseigneur, le

fretin des employés se creusait la cervelle pour deviner
le secret de son influence et la nature de son travail,
tandis que les talons rouges de tous les ministères le
regardaient comme le plus dangereux Méphistophélès,
l'adoraient et lui rendaient avec usure les flatteries qu'il
débitait dans la sphère supérieure. Indéchiffrable comme
une énigme hiéroglyphique pour les petits, l'utilité du
secrétaire général était claire comme une règle de trois
pour les intéressés. Chargé de trier les conseils, les
idées, de faire des rapports verbaux, ce petit prince de
Wagram[1] du Napoléon ministériel connaissait tous les
secrets de la politique parlementaire, raccrochait les
tièdes, portait, rapportait et enterrait les propositions,
disait les *non,* ou les *oui* que le ministre n'osait prononcer.
Fait à recevoir les premiers feux et les premiers coups
du désespoir ou de la colère, il se lamentait ou riait avec
le ministre. Anneau mystérieux par lequel bien des intérêts se rattachaient au Château et discret comme un
confesseur, tantôt il savait tout et tantôt il ne savait
rien; puis, il disait du ministre ce qu'un ministre ne
pouvait pas dire de soi-même. Enfin, avec cet Éphestion[2]
politique, le ministre osait être lui: ôter sa perruque et
son râtelier, poser ses scrupules et se mettre en pantoufles,
déboutonner ses roueries et déchausser sa conscience.
Tout d'ailleurs n'était pas roses pour des Lupeaulx: il
flattait et conseillait son ministre, obligé de flatter pour
conseiller, de conseiller en flattant et de déguiser la
flatterie sous le conseil. Aussi presque tous les hommes
politiques qui firent ce métier eurent-ils une figure assez
jaune. Leur constante habitude de toujours faire un mouvement de tête affirmatif pour approuver ce qui se dit,
ou pour s'en donner l'air, communiqua quelque chose
d'étrange à leur tête. Ils approuvaient indifféremment tout
ce qui se disait devant eux. Leur langage fut plein de
mais, de *cependant,* de *néanmoins,* de *moi je ferais, moi à
votre place* (ils disaient souvent *à votre place*), toutes
phrases qui préparent la contradiction[a3].

   Au physique, Clément des Lupeaulx était le reste d'un
joli homme: taille de cinq pieds quatre pouces, embonpoint tolérable, le teint échauffé par la bonne chère,
un air usé, une titus poudrée[4], de petites lunettes fines;
au moins blond, couleur indiquée par une main potelée
comme celle d'une vieille femme, un peu trop carrée,

les ongles courts, une main de satrape. Le pied ne manquait pas de distinction. Passé cinq heures, des Lupeaulx
était toujours en bas de soie à jours, en souliers, pantalon noir, gilet de cachemire, mouchoir de batiste sans
parfums, chaîne d'or, habit bleu de roi à boutons ciselés,
et sa brochette d'ordres. Le matin, des bottes craquant
sous un pantalon gris et la petite redingote courte et
serrée des intrigants[a1]. Sa tenue ressemblait alors beaucoup plus à celle d'un avoué madré qu'à la contenance
d'un ministre. Son œil miroité par l'usage des lunettes
le rendait plus laid qu'il ne l'était réellement quand par
malheur il les ôtait. Pour les juges habiles, pour les gens
droits que le vrai seul met à l'aise, des Lupeaulx était
insupportable. Ses façons gracieuses frisaient le mensonge, ses protestations aimables, ses vieilles gentillesses
toujours neuves pour les imbéciles, montraient trop la
corde. Tout homme perspicace voyait en lui une planche
pourrie sur laquelle il fallait bien se garder de poser le
pied[b]. Dès que la belle Mme Rabourdin daigna s'occuper
de la fortune administrative de son mari, elle devina Clément des Lupeaulx et l'étudia pour savoir si dans cette
voltige il y avait encore quelques fibres ligneuses assez
solides pour lestement passer dessus du bureau à la division, de huit mille à douze mille francs[c]. La femme supérieure crut pouvoir jouer ce roué politique[d]. M. des
Lupeaulx fut donc un peu cause des dépenses extraordinaires qui se firent et qui se continuaient dans le ménage
de Rabourdin.

La rue Duphot, bâtie sous l'Empire[2], est remarquable
par quelques maisons élégantes au-dehors et dont les
appartements ont été généralement bien entendus.
Celui de Mme Rabourdin avait d'excellentes dispositions,
avantage qui entre pour beaucoup dans la noblesse de la
vie intérieure. Une jolie antichambre assez vaste, éclairée
sur la cour, menait à un grand salon dont les fenêtres
voyaient[e] sur la rue. À droite de ce salon, se trouvaient
le cabinet et la chambre de Rabourdin, en retour desquels était la salle à manger où l'on entrait par l'antichambre; à gauche, la chambre à coucher de madame
et son cabinet de toilette, en retour desquels était le
petit appartement de sa fille[f]. Aux jours de réception,
la porte du cabinet de Rabourdin et celle de la chambre
de madame restaient ouvertes. L'espace permettait de

recevoir une assemblée choisie sans se donner le ridicule qui pèse sur certaines soirées bourgeoises où le luxe s'improvise aux dépens des habitudes journalières et paraît alors une exception. Le salon venait d'être retendu en soie jaune avec des agréments de couleur carmélite[a]. La chambre de madame était vêtue en étoffe *vraie perse* et meublée dans le genre *rococo*[1]. Le cabinet de Rabourdin hérita de la tenture de l'ancien salon nettoyée, et fut orné des beaux tableaux laissés par Leprince. La fille du commissaire-priseur utilisa dans sa salle à manger de ravissants tapis turcs, bonne occasion saisie par son père, en les y encadrant dans de vieux ébènes, d'un prix devenu exorbitant. D'admirables buffets de Boulle[b2], achetés également par le feu commissaire-priseur, meublèrent le pourtour de cette pièce, au milieu de laquelle scintillèrent les arabesques en cuivre incrustées dans l'écaille de la première horloge à socle qui reparut pour remettre en honneur les chefs-d'œuvre du dix-septième siècle[c]. Des fleurs embaumaient cet appartement plein de goût et de belles choses, où chaque détail était une œuvre d'art bien placée et bien accompagnée, où Mme Rabourdin, mise avec cette originale simplicité que trouvent les artistes, se montrait comme une femme accoutumée à ces jouissances, n'en parlait pas et laissait aux grâces de son esprit à compléter l'effet produit sur ses hôtes par cet ensemble. Grâce à son père, dès que le *rococo* fut à la mode, Célestine fit parler d'elle.

Quelque habitué qu'il fût aux fausses et aux réelles magnificences de tout étage, des Lupeaulx fut surpris chez Mme Rabourdin. Le charme qui saisit cet Asmodée[3] parisien[d] peut s'expliquer par une comparaison. Imaginez un voyageur fatigué des mille aspects si riches de l'Italie, du Brésil, des Indes, qui revient dans sa patrie et trouve sur son chemin un délicieux petit lac, comme est le lac d'Orta[e4] au pied du Mont-Rose, une île bien jetée dans des eaux calmes, coquette et simple, naïve et cependant parée, solitaire et bien accompagnée : élégants bouquets d'arbres, statues d'un bel effet. À l'entour, des rives à la fois sauvages et cultivées; le grandiose et ses tumultes au-dehors, au-dedans les proportions humaines. Le monde que le voyageur a vu se retrouve en petit, modeste et pur; son âme reposée le convie à rester là, car un charme poétique et mélodieux

l'entoure de toutes les harmonies et réveille toutes les
idées. C'est à la fois une Chartreuse et la vie ! Quelques
jours auparavant, la belle Mme Firmiani, l'une des plus
ravissantes femmes du faubourg Saint-Germain, qui
aimait et recevait Mme Rabourdin*a*, avait dit à des
Lupeaulx invité tout exprès pour entendre cette phrase :
« Pourquoi n'allez-vous donc pas chez madame ? » Et elle
avait montré Célestine. « Madame a des soirées délicieuses
et surtout on y dîne... mieux que chez moi. » Des
Lupeaulx s'était laissé surprendre une promesse par
la belle Mme Rabourdin qui, pour la première fois,
avait levé les yeux sur lui en parlant. Et il était allé
rue Duphot, n'est-ce pas tout dire ? La femme n'a qu'une
ruse, s'écrie Figaro*b1*, mais elle est infaillible. En dînant
chez ce simple chef de bureau, des Lupeaulx se promit
d'y dîner quelquefois. Grâce au jeu décent et convenable de la charmante femme que sa rivale, Mme Colleville, surnomma *la Célimène de la rue Duphot,* il y dînait
tous les vendredis depuis un mois, et revenait de son
propre mouvement prendre une tasse de thé le mercredi.
Depuis quelques jours*c*, après de savantes et fines per-
quisitions, Mme Rabourdin croyait avoir trouvé dans
cette planche ministérielle la place d'y mettre une fois
le pied. Elle ne doutait plus du succès. Sa joie intérieure
ne peut être comprise que dans ces ménages d'employés
où l'on a, trois ou quatre ans durant, calculé le bien-
être résultant d'une nomination espérée, caressée, choyée.
Combien de souffrances apaisées ! combien de vœux élan-
cés vers les divinités ministérielles ! combien de visites
intéressées ! Enfin, grâce à sa hardiesse, Mme Rabourdin entendait tinter l'heure où elle allait avoir vingt
mille francs par an au lieu de huit mille.

« Et je me serai bien conduite, se disait-elle. J'ai fait
un peu de dépense ; mais nous ne sommes pas dans une
époque où l'on va chercher les mérites qui se cachent,
tandis qu'en se mettant en vue, en restant dans le monde,
en cultivant ses relations, en s'en faisant de nouvelles,
un homme arrive. Après tout, les ministres et leurs
amis ne s'intéressent qu'aux gens qu'ils voient, et Rabourdin ne se doute pas du monde ! Si je n'avais pas entortillé*d* ces trois députés, ils auraient peut-être voulu la
place de La Billardière ; tandis que, reçus chez moi, la
vergogne les prend, ils deviennent nos appuis au lieu

d'être nos rivaux. J'ai fait un peu la coquette, mais je suis heureuse que les premières niaiseries avec lesquelles on amuse les hommes aient suffi... »

Le jour où commença réellement une lutte inattendue à propos de cette place, après le dîner ministériel qui précédait une de ces soirées que les ministres considèrent comme publiques, des Lupeaulx se trouvait à la cheminée auprès de la femme du ministre. En prenant sa tasse de café, il lui arriva de comprendre encore une fois Mme Rabourdin parmi les sept ou huit femmes véritablement supérieures de Paris[2]. À plusieurs reprises, il avait déjà mis au jeu Mme Rabourdin comme le caporal Trim y mettait son bonnet[1].

« Ne le dites pas trop, cher ami, vous lui feriez du tort », lui dit la femme du ministre en riant à demi.

Aucune femme n'aime à entendre faire devant elle l'éloge d'une autre femme; toutes se réservent en ce cas la parole, afin de vinaigrer la louange.

« Ce pauvre La Billardière est en train de mourir, reprit Son Excellence, sa succession administrative revient à Rabourdin, qui est un de nos plus habiles employés, et envers qui nos prédécesseurs ne se sont pas bien conduits, quoique l'un d'eux ait dû sa Préfecture de police sous l'Empire[2] à certain personnage payé pour s'intéresser à Rabourdin. Franchement, cher ami, vous êtes encore assez jeune pour être aimé pour vous-même...

— Si la place de La Billardière est acquise à Rabourdin, je puis être cru quand je vante la supériorité de sa femme, répliqua des Lupeaulx en sentant l'ironie du ministre; mais si madame la comtesse veut en juger par elle-même...

— Je l'inviterai à mon premier bal, n'est-ce pas ? Votre femme supérieure arriverait quand j'aurais de ces dames qui viennent ici pour se moquer de nous, elles entendaient annoncer *Mme Rabourdin*.

— Mais n'annonce-t-on pas Mme Firmiani[3] chez le ministre des Affaires étrangères ?

— Une femme née Cadignan[b]!... » dit vivement le nouveau comte[c4] en lançant un coup d'œil foudroyant à son secrétaire général, car ni lui ni sa femme n'étaient nobles[d].

Beaucoup de personnes crurent qu'il s'agissait d'affaires importantes, les solliciteurs demeurèrent au fond du

salon. Quand des Lupeaulx sortit, la comtesse nouvelle
dit à son mari : « Je crois des Lupeaulx amoureux ?

— Ce serait donc la première fois de sa vie », répondit-il en haussant les épaules comme pour dire à sa
femme que des Lupeaulx ne s'occupait point de bagatelles.

Le ministre vit entrer un député du Centre droit et
laissa sa femme pour aller caresser une voix indécise.
Mais, sous le coup d'un désastre imprévu qui l'accablait,
ce député voulait s'assurer une protection et venait annoncer en secret qu'il serait sous peu de jours obligé de
donner sa démission. Ainsi prévenu, le ministère pouvait
faire jouer ses batteries avant l'Opposition.

Le ministre, c'est-à-dire des Lupeaulx, avait invité à
dîner un personnage inamovible dans tous les ministères[a],
assez embarrassé de sa personne, et qui, dans son désir
de prendre une contenance digne, restait planté sur ses
deux jambes réunies à la façon d'une gaine égyptienne.
Ce fonctionnaire attendait près de la cheminée le moment
de remercier le secrétaire général, dont la retraite brusque
et imprévue le surprit au moment où il allait phraser un
compliment. C'était purement et simplement le caissier
du ministère, le seul employé qui ne tremblât jamais lors
d'un changement[b]. Dans ce temps, la Chambre ne tripo-
tait pas mesquinement le budget comme dans le temps
déplorable où nous vivons, elle ne réduisait pas ignoblement les émoluments ministériels, elle ne faisait pas
ce qu'en style de cuisine on nomme des économies de
bouts de chandelles, elle accordait à chaque ministre
qui prenait les affaires une indemnité dite de *déplacement*.
Il en coûte hélas ! autant pour entrer au ministère que
pour en sortir, et l'arrivée entraîne des frais de toute
nature qu'il est peu convenable d'inventorier. Cette
indemnité consistait en vingt-cinq jolis petits mille
francs. L'ordonnance apparaissait-elle au *Moniteur,* pendant que grands et petits, attroupés autour des poêles
ou devant les cheminées, secoués par l'orage dans leurs
places, se disaient : « Que va faire celui-là ? va-t-il augmenter le nombre des employés, va-t-il en renvoyer deux
pour en faire rentrer trois ? » le paisible caissier prenait
vingt-cinq beaux billets de banque, les attachait avec une
épingle, et gravait sur sa figure de suisse de cathédrale
une expression joyeuse. Il enfilait l'escalier des appar-

tements et se faisait introduire chez Monseigneur à son lever par les gens qui tous confondent, en un seul et même pouvoir, l'argent et le gardien de l'argent, le contenant et le contenu, l'idée et la forme. Le caissier saisissait le couple ministériel à l'aurore du ravissement pendant laquelle un homme d'État est bénin et bon prince. Au : « *Que voulez-vous ?* » du ministre, il répondait par l'exhibition des chiffons, en disant qu'il s'empressait d'apporter à Son Excellence l'indemnité d'usage; il en expliquait les motifs à madame étonnée, mais heureuse, et qui ne manquait jamais de prélever quelque chose, souvent le tout. Un déplacement est une affaire de ménage. Le caissier tournait son compliment, et glissait à Monseigneur quelques phrases : « Si Son Excellence daignait lui conserver sa place, si elle était contente d'un service purement mécanique, si », etc. Comme un homme qui apporte vingt-cinq mille francs est toujours un digne employé, le caissier ne sortait pas sans entendre sa confirmation au poste d'où il voyait passer, repasser et trépasser les ministres depuis vingt-cinq ans. Puis il se mettait aux ordres[a] de madame, il apportait les treize mille francs[b][1] du mois en temps utile, il les avançait ou les retardait à commandement, et se ménageait ainsi, suivant une vieille expression monastique, une voix au chapitre.

Ancien teneur de livres au Trésor quand le Trésor avait des livres tenus en parties doubles[2], le sieur Saillard fut indemnisé par sa place actuelle quand on y renonça. C'était un gros et gras bonhomme très fort sur la tenue des livres et très faible en toute autre chose, rond comme un zéro, simple comme bonjour, qui venait à pas comptés comme un éléphant, et s'en allait de même à la place Royale où il demeurait dans[c] le rez-de-chaussée d'un vieil hôtel à lui. Il avait pour compagnon de route M. Isidore Baudoyer, chef de bureau dans la division de M. La Billardière et partant collègue de Rabourdin, lequel avait épousé Élisabeth Saillard, sa fille unique, et avait naturellement pris un appartement au-dessus du sien. Personne ne doutait au ministère que le père Saillard ne fût une bête, mais personne n'avait pu savoir jusqu'où allait sa bêtise; elle était trop compacte pour être interrogée, elle ne sonnait pas le creux, elle absorbait tout sans rien rendre. Bixiou (un employé dont il sera bientôt question) avait fait la charge du caissier en mettant une tête à perruque sur le haut d'un œuf et deux petites jambes dessous, avec cette inscription : « Né pour payer et recevoir sans jamais commettre d'erreurs. Un peu moins de bonheur, il eût été garçon de la Banque de France; un peu plus d'ambition, il était remercié[a]. »

En ce moment, le ministre regardait son caissier comme on regarde une patère ou la corniche, sans imaginer que l'ornement puisse entendre le discours, ni comprendre une pensée secrète.

« Je tiens d'autant plus à ce que nous arrangions tout avec le préfet dans le plus profond mystère, que des Lupeaulx a des prétentions, disait le ministre au député démissionnaire, sa bicoque est dans votre arrondissement et nous ne voulons pas de lui.

— Il n'a ni le cens, ni l'âge, dit le député.

— Oui, mais vous savez ce qui a été décidé pour Casimir Perier, relativement à l'âge[b1]. Quant à la possession annale, des Lupeaulx possède quelque chose qui ne vaut pas grand-chose; mais la loi n'a pas prévu les agrandissements, et il peut acquérir. Les commissions ont la manche large pour les députés du Centre, et nous ne pourrions pas nous opposer ostensiblement à la bonne volonté que l'on aurait pour ce cher ami.

— Mais où prendrait-il l'argent pour des acquisitions ?

— Et comment Manuel a-t-il été possesseur d'une maison à Paris[c2] ? » s'écria le ministre.

La patère écoutait, mais bien à son corps défendant. Ces vives interlocutions, quoique murmurées, aboutissaient à l'oreille de Saillard par des caprices d'acoustique encore mal observés. Savez-vous quel sentiment s'empara du bonhomme en entendant ces confidences politiques ? une terreur cuisante. Il était de ces gens naïfs qui se désespèrent de paraître écouter ce qu'ils ne doivent pas entendre, d'entrer là où ils ne sont pas appelés, de paraître hardis quand ils sont timides, curieux quand ils sont discrets[d]. Le caissier se glissa sur le tapis de manière à se reculer, en sorte que le ministre le trouva fort loin quand il l'aperçut. Saillard était un séide ministériel incapable de la moindre indiscrétion; si le ministre l'avait cru dans son secret, il n'aurait eu qu'à lui dire : *motus[e]* ! Le caissier profita de l'affluence des courtisans, regagna un fiacre de son quartier pris à l'heure lors de ces coûteuses invitations, et revint à la place Royale[f3].

À l'heure où le père Saillard voyageait dans Paris, son gendre et sa chère Élisabeth étaient occupés avec l'abbé Gaudron, leur directeur, à faire un vertueux boston en compagnie de quelques voisins, et d'un certain Martin Falleix, fondeur en cuivre au faubourg Saint-Antoine, à qui Saillard avait prêté les fonds nécessaires pour créer un bénéficieux établissement. Ce Falleix, honnête Auvergnat venu le chaudron sur le dos, avait été promptement employé chez les Brézac, grands dépeceurs de châteaux[a1]. Vers vingt-sept[b] ans, altéré de bien-être tout comme un autre, Martin Falleix eut le bonheur d'être commandité par M. Saillard pour l'exploitation d'une découverte en fonderie. (Brevet d'invention et médaille d'or à l'Exposition de 1825[c].) Mme Baudoyer, dont la fille unique marchait, suivant un mot du père Saillard, sur la queue de ses douze[d] ans, avait jeté son dévolu sur Falleix, garçon trapu, noiraud, actif, de probité dégourdie, dont elle faisait l'éducation. Suivant ses idées, cette éducation consistait à apprendre au brave Auvergnat à jouer au boston, à bien tenir ses cartes, à ne pas laisser voir dans son jeu, à venir chez eux rasé, les mains savonnées au gros savon ordinaire, à ne pas jurer, à parler leur français, à porter des bottes au lieu de souliers, des chemises en calicot au lieu de chemises en toile à sacs, à relever ses cheveux au lieu de les tenir plats. Depuis huit jours, Élisabeth avait décidé Falleix à ôter de ses oreilles deux énormes anneaux plats, qui ressemblaient à des cerceaux.

« Vous allez trop loin, madame Baudoyer, dit-il en la voyant heureuse de ce sacrifice, vous prenez sur moi trop d'empire : vous me faites nettoyer mes dents, ce qui les ébranle ; vous me ferez bientôt brosser mes ongles et friser mes cheveux, ce qui ne va pas dans notre commerce : on n'y aime pas les muscadins. »

Élisabeth Baudoyer[e], *née Saillard,* est une de ces figures qui se dérobent au pinceau par leur vulgarité même, et qui néanmoins doivent être esquissées ; car elles offrent une expression de cette petite bourgeoisie parisienne, placée au-dessus des riches artisans et au-dessous de la haute classe, dont les qualités sont presque des vices, dont les défauts n'ont rien d'aimable, mais dont les mœurs, quoique plates, ne manquent pas d'originalité. Élisabeth avait en elle quelque chose de chétif qui faisait

mal à voir. Sa taille, qui dépassait à peine quatre pieds,
était si mince que sa ceinture comportait à peine une
demi-aune[1]. Ses traits fins, ramassés vers le nez, donnaient
à sa figure une vague ressemblance avec le museau d'une
belette. À trente ans passés, elle paraissait n'en avoir que
seize ou dix-sept[a]. Ses yeux d'un bleu de faïence, opprimés par de grosses paupières unies à l'arcade des sourcils, jetaient peu d'éclat. Tout en elle était mesquin : et
ses cheveux d'un blond qui tirait sur le blanc, et son front
plat[b] éclairé par des plans où le jour semblait s'arrêter,
et son teint plein de tons gris presque plombés. Le bas
du visage plus triangulaire qu'ovale terminait irrégulie-
rement des contours assez généralement tourmentés.
Enfin la voix offrait une assez jolie suite d'intonations
aigres-douces[c]. Élisabeth était bien la petite bourgeoise
conseillant son mari le soir sur l'oreiller, sans le moindre
mérite dans ses vertus, ambitieuse sans arrière-pensée
et par le seul développement de l'égoïsme domestique ;
à la campagne, elle aurait voulu arrondir ses propriétés ;
dans l'administration, elle voulait avancer[d]. Dire la vie
de son père et de sa mère, dira toute la femme en peignant
l'enfance de la jeune fille[e].

M. Saillard avait épousé la fille d'un marchand de
meubles, établi sous les piliers des Halles. L'exiguïté de
leur fortune avait primitivement obligé M. et Mme Saillard à de constantes privations. Après trente-trois
ans de mariage et vingt-neuf ans de travail dans les bureaux, la fortune des Saillard (leur société les nommait
ainsi) consistait en soixante mille francs confiés à Falleix,
l'hôtel de la place Royale acheté quarante mille francs
en 1804, et trente-six mille francs de dot donnés à leur
fille. Dans ce capital, la succession de la veuve Bidault,
mère de Mme Saillard, représentait une somme de cinquante mille francs environ. Les appointements de
Saillard avaient toujours été de quatre mille cinq
cents francs, car sa place était un vrai cul-de-sac administratif
qui pendant longtemps ne tenta personne. Ces quatre-
vingt-dix mille francs, amassés sou à sou, provenaient
donc d'économies sordides et fort inintelligemment
employées. En effet les Saillard ne connaissaient pas
d'autre manière de placer leur argent que de le porter,
par somme de cinq mille francs[f], chez leur notaire,
M. Sorbier, prédécesseur de Cardot[g], et de le prêter à cinq

pour cent par première hypothèque avec subrogation
dans les droits de la femme, quand l'emprunteur était
marié! Mme Saillard obtint en 1804 un bureau de papier
timbré dont le détail détermina l'entrée d'une servante
au logis. En ce moment l'hôtel, qui valait plus de cent
mille francs, en rapportait huit mille. Falleix donnait
sept[a] pour cent de ses soixante mille francs, outre un
partage égal des bénéfices. Ainsi les Saillard jouissaient
d'au moins dix-sept mille livres de rente. Toute l'ambition du bonhomme était d'avoir la croix en prenant
sa retraite.

La jeunesse d'Élisabeth fut un travail constant dans
une famille dont les mœurs étaient si pénibles et les idées
si simples. On y délibérait sur l'acquisition d'un chapeau
pour Saillard, on comptait combien d'années avait duré
un habit, les parapluies étaient accrochés par en haut
au moyen d'une boucle en cuivre. Depuis 1804[b], il ne
s'était pas fait une réparation à la maison. Les Saillard
gardaient leur rez-de-chaussée dans l'état où le précédent
propriétaire le leur avait livré : les trumeaux étaient
dédorés, les peintures des dessus de portes se voyaient
à peine sous la couche de poussière mise par le temps.
Ils conservaient dans ces grandes et belles pièces à cheminées en marbre sculpté, à plafonds dignes de ceux
de Versailles, les meubles trouvés chez la veuve Bidault.
C'était des fauteuils en bois de noyer disjoints et couverts en tapisseries, des commodes en bois de rose, des
guéridons à galerie en cuivre et à marbres blancs fendus,
un superbe secrétaire de Boulle auquel la mode n'avait
pas encore rendu sa valeur, enfin le tohu-bohu des
bonnes occasions saisies par la marchande des piliers
des Halles : tableaux achetés à cause de la beauté des
cadres[1]; vaisselle d'ordre composite, c'est-à-dire un dessert en magnifiques assiettes du Japon, et le reste en
porcelaine de toutes les fabriques; argenterie dépareillée,
vieux cristaux, beau linge damassé, lit en tombeau garni
de perse et à plumes.

Au milieu de toutes ces reliques, Mme Saillard habitait
une bergère d'acajou moderne, les pieds sur une chauf-
ferette brûlée à chaque trou, près d'une cheminée pleine
de cendres et sans feu, sur laquelle se voyaient un cartel,
des bronzes antiques, des candélabres à fleurs, mais sans
bougies, car elle s'éclairait avec un martinet en cuivre[2]

d'où s'élevait une haute chandelle cannelée par différents coulages. Mme Saillard montrait un visage où, malgré ses rides, se peignaient l'entêtement et la sévérité, l'étroitesse de ses idées, une probité quadrangulaire, une religion sans pitié, une avarice naïve et la paix d'une conscience nette. Dans certains tableaux flamands, vous voyez des femmes de bourgmestres ainsi composées par la nature et bien reproduites par le pinceau; mais elles ont de belles robes en velours ou d'étoffes précieuses, tandis que Mme Saillard n'avait pas de robes, mais ce vêtement antique nommé, dans la Touraine et dans la Picardie, des cottes, ou plus généralement en France, des cotillons, espèce de jupes plissées derrière et sur les côtés, mises les unes sur les autres. Son corsage était serré dans un casaquin, autre mode d'un autre âge! Elle conservait le bonnet à papillon et les souliers à talons hauts. Quoiqu'elle eût cinquante-sept ans et que ses travaux obstinés au sein du ménage lui permissent bien de se reposer, elle tricotait les bas de son mari, les siens et ceux d'un oncle[a], comme tricotent les femmes de la campagne, en marchant, en parlant, en se promenant dans le jardin, en allant voir ce qui se passait à sa cuisine.

D'abord infligée par la nécessité, l'avarice des Saillard était devenue une habitude. Au retour du bureau, le caissier mettait habit bas, il faisait lui-même le beau jardin fermé sur la cour par une grille, et qu'il s'était réservé. Pendant longtemps, Élisabeth était allée le matin au marché avec sa mère, et toutes deux suffisaient aux soins du ménage. La mère cuisait admirablement un canard aux navets; mais, selon le père Saillard, Élisabeth n'avait pas sa pareille pour savoir accommoder aux oignons les restes d'un gigot. « C'était à manger son oncle sans s'en apercevoir. » Aussitôt qu'Élisabeth avait su tenir une aiguille, sa mère lui avait fait raccommoder le linge de la maison et les habits de son père. Sans cesse occupée comme une servante, elle ne sortait jamais seule. Quoique demeurant à deux pas du boulevard du Temple, où se trouvent Franconi, la Gaîté, l'Ambigu-Comique, et plus loin la Porte Saint-Martin[1], Élisabeth n'était jamais allée à la *comédie*. Quand elle eut la fantaisie de *voir ce que c'était,* avec la permission de M. Gaudron, bien entendu, M. Baudoyer la mena, par magnificence et afin de lui montrer le plus beau de tous les spectacles, à l'Opéra, où se donnait alors *Le Laboureur chinois*[1]. Élisabeth trouva *la comédie* ennuyeuse comme les mouches et n'y voulut plus retourner[a]. Le dimanche, après avoir cheminé quatre fois de la place Royale à l'église Saint-Paul, car sa mère lui faisait pratiquer strictement les préceptes et les devoirs de la religion, son père et sa mère la conduisaient devant le café Turc[2], où ils s'asseyaient sur des chaises placées alors entre une barrière et le mur. Les Saillard se dépêchaient d'arriver les premiers afin d'être au bon endroit, et se divertissaient à voir passer le monde. À cette époque, le jardin Turc fut le rendez-vous des élégants et élégantes du Marais, du faubourg Saint-Antoine et lieux circonvoisins. Élisabeth n'avait jamais porté que des robes d'indienne en été, de mérinos en hiver, et les faisait elle-même; sa mère ne lui donnait que vingt francs par mois pour son entretien; mais son père, qui l'aimait beaucoup, tempérait cette rigueur par quelques présents. Elle n'avait jamais lu ce que l'abbé Gaudron, vicaire de Saint-Paul et le conseil de la maison, appelait des livres profanes. Ce régime avait porté ses fruits. Obligée d'employer ses sentiments à une passion quelconque, Élisabeth devint âpre au gain[b]. Quoiqu'elle ne manquât ni de sens ni de perspicacité, les idées religieuses et son ignorance ayant enveloppé ses qualités dans un cercle d'airain, elles ne s'exercèrent que sur les choses les plus vulgaires de la vie; puis, disséminées sur peu de points, elles se portaient tout entières dans l'affaire en train. Réprimé par la dévotion, son esprit naturel dut se déployer entre les limites posées par les cas de conscience, qui sont un magasin de subtilités où l'intérêt choisit ses échappatoires. Semblable à ces saints personnages chez qui la religion n'a pas étouffé l'ambition, elle était capable de demander au prochain des actions blâmables pour en recueillir tout le fruit; dans l'occasion, elle eût été, comme eux, implacable pour son dû, sournoise dans les moyens. Offensée, elle eût observé ses adversaires avec la perfide patience des chats, et se serait ménagé quelque froide et complète vengeance mise sur le compte du bon Dieu[c]. Jusqu'au mariage d'Élisabeth, les Saillard vécurent sans autre société que celle de l'abbé Gaudron, prêtre auvergnat, nommé vicaire de Saint-Paul lors de la restauration du culte catholique[3]. À cet ecclésiastique, ami de feu

Mme Bidault, se joignait l'oncle paternel de Mme Saillard, vieux marchand de papier[a] retiré depuis l'an II de la République, alors âgé de soixante-neuf[b] ans et qui venait les voir le dimanche seulement, parce qu'on ne faisait pas d'affaires ce jour-là[1].

Ce petit vieillard à figure d'un teint verdâtre, prise presque tout entière par un nez rouge comme celui d'un buveur et percée de deux yeux de vautour, laissait flotter ses cheveux gris sous un tricorne, portait des culottes dont les oreilles dépassaient démesurément les boucles, des bas de coton chinés, tricotés par sa nièce, qu'il appelait toujours *la petite Saillard;* de gros souliers à boucles d'argent et une redingote multicolore. Il ressemblait beaucoup à ces petits sacristains-bedeaux-sonneurs-suisses-fossoyeurs-chantres de village, que l'on prend pour des fantaisies de caricaturiste jusqu'à ce qu'on les ait vus fonctionnant. En ce moment, il arrivait encore à pied pour dîner et s'en retournait de même rue Greneta[2], où il demeurait à un troisième étage[c]. Son métier consistait à escompter les valeurs du commerce dans le quartier Saint-Martin, où il était connu sous le sobriquet de Gigonnet, à cause du mouvement fébrile et convulsif par lequel il levait la jambe[3]. M. Bidault avait commencé l'escompte dès l'an II, avec un Hollandais, le sieur Werbrust, ami de Gobseck[d].

Plus tard, dans le banc de la Fabrique[4] de Saint-Paul, Saillard fit la connaissance de M. et Mme Transon, gros négociants en poteries, établis rue de Lesdiguières[5], qui s'intéressèrent à Élisabeth, et qui, dans l'intention de la marier, produisirent le jeune Isidore Baudoyer chez les Saillard. La liaison de M. et Mme Baudoyer avec les Saillard se resserra par l'approbation de Gigonnet, qui, pendant longtemps, avait employé dans ses affaires un sieur Mitral, huissier, frère de Mme Baudoyer la mère, lequel voulait alors se retirer dans une jolie maison à L'Isle-Adam[e6]. M. et Mme Baudoyer, père et mère d'Isidore, honnêtes mégissiers de la rue Censier[7], avaient lentement fait une fortune médiocre dans un commerce routinier. Après avoir marié leur fils unique, auquel ils donnèrent cinquante mille francs, ils pensèrent à vivre à la campagne, et choisirent le pays de L'Isle-Adam où ils attirèrent Mitral; mais ils vinrent fréquemment à Paris, où ils conservaient un pied-à-terre dans la maison de la rue Censier donnée en dot à Isidore. Les Baudoyer jouissaient encore de mille écus de rente, après avoir doté leur fils.

Mitral, homme à perruque sinistre[a], à visage de la couleur de la Seine[b] et où brillaient deux yeux tabac d'Espagne, froid comme une corde à puits, et sentant la souris[c], gardait le secret sur sa fortune; mais il devait opérer dans son coin comme Gigonnet opérait dans le quartier Saint-Martin.

Si le cercle de cette famille s'étendit, ni ses idées ni ses mœurs ne changèrent. On fêtait les saints du père, de la mère, du gendre, de la fille et de la petite-fille, l'anniversaire des naissances et des mariages, Pâques, Noël, le premier jour de l'an et les Rois. Ces fêtes occasionnaient de grands balayages et un nettoiement universel au logis, ce qui ajoutait l'utilité aux douceurs de ces cérémonies domestiques. Puis, s'offraient en grande pompe, et avec accompagnement de bouquets, des cadeaux utiles : une paire de bas de soie ou un bonnet à poil pour Saillard, des boucles d'or, un plat d'argent pour Élisabeth ou pour son mari à qui l'on faisait peu à peu un service de vaisselle plate, des cottes en soie à Mme Saillard qui les gardait en pièces. À propos du présent, on asseyait le gratifié dans un fauteuil en lui disant pendant un certain temps : « Devine ce que nous t'allons donner! » Enfin s'entamait un dîner splendide, de cinq heures de durée, auquel étaient conviés l'abbé Gaudron, Falleix, Rabourdin, M. Godard, jadis sous-chef de M. Baudoyer[d], M. Bataille[e], capitaine de la compagnie à laquelle appartenaient le gendre et le beau-père. M. Cardot[f], né prié, faisait comme Rabourdin, il acceptait une invitation sur six[1]. On chantait au dessert, l'on s'embrassait avec enthousiasme en se souhaitant tous les bonheurs possibles, et l'on exposait les cadeaux, en demandant leur avis à tous les invités. Le jour du bonnet à poil, Saillard l'avait gardé sur la tête pendant le dessert, à la satisfaction générale. Le soir, les simples connaissances venaient, et il y avait bal. On dansait longtemps au son d'un unique violon; mais depuis six ans M. Godard, grand joueur de flûte, contribuait à la fête par l'addition d'un perçant flageolet. La cuisinière et la bonne de Mme Baudoyer, la vieille Catherine, servante de Mme Saillard, le portier ou sa femme faisaient galerie à la porte du salon. Les domes-

tiques recevaient un écu de trois livres pour s'acheter du
vin et du café. Cette société considérait[a] Baudoyer et
Saillard comme des hommes transcendants : ils étaient
employés par le gouvernement, ils avaient percé par leur
mérite ; ils travaillaient, disait-on, avec le ministre, ils
devaient leur fortune à leurs talents, ils étaient des
hommes politiques ; mais Baudoyer passait pour le plus
capable, sa place de chef de bureau supposait des travaux
beaucoup plus compliqués, plus ardus que ceux de la
tenue d'une caisse. Puis, quoique fils d'un mégissier de la
rue Censier, Isidore avait eu le génie de faire des études,
l'audace de renoncer à l'établissement de son père pour
aborder les bureaux, où il était parvenu à un poste éminent. Enfin, peu communicatif[b], on le regardait comme
un profond penseur, et peut-être, disaient les Transon,
deviendra-t-il quelque jour le député du huitième
arrondissement[c1]. En entendant ces propos, il arrivait
souvent à Gigonnet de pincer ses lèvres, déjà si pincées,
et de jeter un coup d'œil à sa petite-nièce Élisabeth.

Au physique[2], Isidore était un homme âgé de trente-
sept ans, grand et gros, qui transpirait facilement[d], et
dont la tête ressemblait à celle d'un hydrocéphale. Cette
tête énorme, couverte de cheveux châtains et coupés ras,
se rattachait au col par un rouleau de chair qui doublait le
collet de son habit. Il avait des bras d'Hercule, des mains
dignes de Domitien, un ventre que sa sobriété contenait
au majestueux, selon le mot de Brillat-Savarin. Sa figure
tenait beaucoup de celle de l'empereur Alexandre. Le
type tartare se retrouvait dans ses petits yeux, dans son
nez aplati relevé du bout, dans sa bouche à lèvres froides
et dans son menton court. Le front était bas et étroit.
Quoique d'un tempérament lymphatique, le dévot Isidore s'adonnait à une excessive passion conjugale que le
temps n'altérait point. Malgré sa ressemblance avec le bel
empereur de Russie et le terrible Domitien, Isidore était
tout simplement un bureaucrate, peu capable comme
chef de bureau, mais routinièrement formé au travail et
qui cachait une nullité flasque sous une enveloppe si
épaisse qu'aucun scalpel ne pouvait la mettre à nu. Ses
fortes études, pendant lesquelles il déploya la patience et
la sagesse d'un bœuf, sa tête carrée avaient trompé ses
parents, qui le crurent un homme extraordinaire. Méticuleux et pédant, diseur et tracassier[e], l'effroi de ses

employés auxquels il faisait de continuelles observations, il exigeait les points et les virgules, accomplissait avec rigueur les règlements, et se montrait si terriblement exact que nul à son bureau ne manquait à s'y trouver avant lui. Baudoyer portait un habit bleu barbeau à boutons jaunes, un gilet chamois, un pantalon gris et une cravate de couleur. Il avait de larges pieds mal chaussés. La chaîne de sa montre était ornée d'un énorme paquet de vieilles breloques parmi lesquelles il conservait en 1824 les graines d'Amérique à la mode en l'an VII[a].

Au sein de cette famille[b] qui se maintenait par la force des liens religieux, par la rigueur de ses mœurs, par une pensée unique, celle de l'avarice qui devient alors comme une boussole, Élisabeth était forcée de se parler à elle-même au lieu de communiquer ses idées, car elle se sentait sans pairs qui la comprissent. Quoique les faits l'eussent contrainte à juger son mari, la dévote soutenait de son mieux l'opinion favorable à M. Baudoyer; elle lui témoignait un profond respect, honorant en lui le père de sa fille, son mari, le pouvoir temporel, disait le vicaire de Saint-Paul. Aussi aurait-elle regardé comme un péché mortel de faire un seul geste, de lancer un seul coup d'œil, de dire une seule parole qui eût pu révéler à un étranger sa véritable opinion sur l'imbécile Baudoyer; elle professait une obéissance passive pour toutes ses volontés. Tous les bruits de la vie arrivaient à son oreille, elle les recueillait, les comparait pour elle seule, et jugeait si saintement des choses et des hommes, qu'au moment où cette histoire commence, elle était l'oracle secret des deux fonctionnaires, insensiblement arrivés tous deux à ne rien faire sans la consulter. Le père Saillard disait naïvement : « Est-elle futée, et Élisabeth! » Mais Baudoyer, trop sot pour ne pas être gonflé par la fausse réputation dont il jouissait dans le quartier Saint-Antoine, niait l'esprit de sa femme, tout en le mettant à profit. Élisabeth avait deviné que son oncle Bidault dit Gigonnet devait être riche et maniait des sommes énormes. Éclairée par l'intérêt, elle connaissait M. des Lupeaulx mieux que ne le connaissait le ministre. En se trouvant mariée à un imbécile, elle pensait bien que la vie aurait pu aller autrement pour elle, mais elle soupçonnait le mieux sans vouloir le connaître. Toutes ses affections douces trouvaient un aliment dans son amour pour sa fille, à qui elle évitait les peines qu'elle avait supportées dans son enfance, et elle se croyait ainsi quitte envers le monde des sentiments. Pour sa fille seule, elle avait décidé son père à l'acte exorbitant de son association avec Falleix. Falleix avait été présenté chez les Saillard par le vieux Bidault, qui lui prêtait de l'argent sur des marchandises. Falleix trouvait *son vieux pays* trop cher, il s'était plaint avec candeur devant les Saillard de ce que Gigonnet prenait dix-huit pour cent à un Auvergnat. La vieille Mme Saillard avait osé blâmer son oncle.

« C'est bien parce qu'il est Auvergnat que je ne lui prends que dix-huit pour cent! » répondit Gigonnet.

Falleix, âgé de vingt-huit ans, ayant fait une découverte et la communiquant à Saillard, paraissait avoir le cœur sur la main (expression du vocabulaire Saillard) et semblait promis à une grande fortune; Élisabeth conçut aussitôt de *le mitonner* pour sa fille, et de former elle-même son gendre, en calculant ainsi à sept ans de distance. Martin Falleix rendit d'incroyables respects à Mme Baudoyer, à laquelle il reconnut un esprit supérieur. Eût-il plus tard des millions, il devait toujours appartenir à cette maison, où il trouvait une famille. La petite Baudoyer était déjà stylée à lui apporter gentiment à boire et à placer son chapeau[a].

Au moment où M. Saillard rentra du ministère, le boston allait son train. Élisabeth conseillait Falleix. Mme Saillard tricotait au coin du feu en regardant le jeu du vicaire de Saint-Paul[b]. M. Baudoyer, immobile comme un terme[1], employait son intelligence à calculer où étaient les cartes et faisait face à Mitral, venu de L'Isle-Adam pour les fêtes de Noël. Personne ne se dérangea pour le caissier, qui se promena pendant quelques instants dans le salon, en montrant sa grosse face crispée par une méditation insolite.

« Il est toujours comme ça quand il dîne chez le ministre, ce qui n'arrive heureusement que deux fois par an, dit Mme Saillard, car ils me l'extermineraient[c]. Saillard n'était point fait pour être dans le gouvernement[d]. — Ah çà, j'espère, Saillard, lui dit-elle à haute voix, que tu ne vas pas garder ici ta culotte de soie et ton habit de drap d'Elbeuf. Va donc quitter tout cela, ne l'use pas ici pour rien, ma mère.

— Ton père a quelque chose, dit Baudoyer à sa femme quand le caissier fut dans sa chambre à se déshabiller sans feu.

— Peut-être M. de La Billardière est-il mort, dit simplement Élisabeth; et comme il désire que tu le remplaces, ça te tracasse.

— Si je puis vous être utile à quelque chose, dit en s'inclinant le vicaire de Saint-Paul, usez de moi, j'ai l'honneur d'être connu de Mme la Dauphine[a]. Nous sommes dans un temps où il faut donner les emplois à des gens dévoués et dont les principes religieux soient inébranlables[1].

— Tiens, dit Falleix, faut donc des protections aux gens de mérite pour arriver dans vos états ? J'ai bien fait de me faire fondeur, la pratique sait dénicher les choses bien fabriquées...

— Monsieur, répondit Baudoyer, le gouvernement est le gouvernement, ne l'attaquez jamais ici.

— En effet, dit le vicaire, vous parlez là comme *Le Constitutionnel*[b2].

— *Le Constitutionnel* ne dit pas autre chose », reprit Baudoyer qui ne lisait jamais[c].

Le caissier croyait son gendre aussi supérieur en talents à Rabourdin qu'il croyait Dieu au-dessus de saint Crépin, disait-il; mais le bonhomme souhaitait cet avancement avec naïveté. Mû par le sentiment qui porte tous les employés à monter en grade, passion violente, irréfléchie, brutale, il voulait le succès, comme il voulait la croix de la Légion d'honneur, sans rien faire contre sa conscience, et par la seule force du mérite. Selon lui, un homme qui avait eu la patience d'être assis pendant vingt-cinq ans dans un bureau, derrière un grillage, s'était tué pour la patrie et avait bien mérité la croix. Pour servir son gendre, il n'avait pas inventé autre chose que de glisser une phrase à la femme de Son Excellence, en lui apportant le traitement du mois[d].

« Hé bien, Saillard, tu as l'air d'avoir perdu tous tes parents ? Parle-nous donc, mon fils. Dis-nous donc quelque chose », lui cria sa femme quand il rentra.

Saillard tourna sur ses talons après avoir fait un signe à sa fille, pour se défendre de parler politique devant les étrangers. Quand M. Mitral et le vicaire furent partis, Saillard recula la table, se mit dans un fauteuil et se posa comme il se posait quand il avait un cancan de bureau à répéter, mouvements semblables aux trois coups frappés sur le théâtre à la Comédie-Française. Après avoir recommandé le plus profond secret à sa femme, à son gendre et à sa fille, car, quelque mince que fût le cancan, leurs places, selon lui, dépendaient toujours de leur discrétion, il leur raconta cette incompréhensible énigme de la démission d'un député, de l'envie bien légitime du secrétaire général d'être nommé à sa place, de la secrète opposition du Ministère au vœu d'un de ses plus fermes soutiens, d'un de ses zélés serviteurs; puis l'affaire de l'âge et du cens. Ce fut une avalanche de suppositions noyée dans les raisonnements des deux employés qui se renvoyèrent l'un à l'autre des tartines de bêtises. Élisabeth, elle, fit trois questions.

« Si M. des Lupeaulx est pour nous, M. Baudoyer sera-t-il sûrement nommé ?

— *Quien, parbleu !* » s'écria le caissier.

« En 1814, mon oncle Bidault et M. Gobseck son ami l'ont obligé », pensa-t-elle. « A-t-il encore des dettes ?

— Oui, fit le caissier en appuyant par un sifflement piteux et prolongé sur la dernière voyelle. Il y a eu des oppositions sur le traitement, mais elles ont été levées par ordre supérieur, un mandat à vue.

— Où donc est sa terre des Lupeaulx ?

— *Quien, parbleu !* dans le pays de ton grand-père et de ton grand-oncle Bidault, de Falleix, pas loin de l'arrondissement du député qui descend la garde... »

Quand son colosse de mari fut couché, Élisabeth se pencha sur lui, et quoiqu'il eût taxé ses questions de *lubies :* « Mon ami, dit-elle, peut-être auras-tu la place de M. de La Billardière.

— Te voilà encore avec tes imaginations, dit Baudoyer. Laisse donc M. Gaudron parler à la Dauphine, et ne te mêle pas des bureaux. »

À onze heures, au moment où tout était calme à la place Royale, M. des Lupeaulx quittait l'Opéra pour venir rue Duphot. Ce mercredi fut un des plus brillants de Mme Rabourdin. Plusieurs de ses habitués revinrent du *théâtre* et augmentèrent les groupes formés dans ses salons[a] et où se remarquaient plusieurs célébrités : Canalis le poète[b], le peintre Schinner[c], le docteur Bianchon, Lucien de Rubempré, Octave[d] de Camps, le comte de Granville, le vicomte de Fontaine, du Bruel[e] le vaudevilliste, Andoche Finot le journaliste, Derville, une des plus fortes têtes du palais, le comte*ᵃ* du Châtelet, député, du Tillet le banquier, des jeunes gens élégants comme Paul de Manerville et le jeune vicomte de Portenduère*ᵇ*. Célestine servait le thé quand le secrétaire général entra. Sa toilette lui allait bien ce soir-là : elle avait une robe de velours noir sans ornement, une écharpe de gaze noire, les cheveux bien lissés, relevés par une natte ronde, et de chaque côté les boucles tombant à l'anglaise. Ce qui distinguait cette femme, était le laisser-aller italien de l'artiste, une facile compréhension de toute chose, et la grâce avec laquelle elle souhaitait la bienvenue au moindre désir de ses amis. La nature lui avait donné une taille svelte pour se retourner lestement au premier mot d'interrogation, des yeux noirs fendus à l'orientale et inclinés comme ceux des Chinoises pour voir de côté ; elle savait ménager sa voix insinuante et douce de manière à répandre un charme caressant sur toute parole, même celle jetée au hasard ; elle avait de ces pieds que l'on ne voit que dans les portraits où les peintres mentent à leur aise en chaussant leur modèle, seule flatterie qui ne compromette pas l'anatomie. Son teint, un peu jaune au jour comme est celui des brunes, jetait un vif éclat aux lumières qui faisaient briller ses cheveux et ses yeux noirs. Enfin ses formes minces et découpées rappelaient à l'artiste celles de la Vénus du Moyen Âge trouvée par Jean Goujon[1], l'illustre statuaire de Diane de Poitiers.

Des Lupeaulx s'arrêta sur la porte en s'appuyant l'épaule au chambranle. Cet espion des idées ne se refusa pas au plaisir d'espionner un sentiment, car cette femme l'intéressait beaucoup plus qu'aucune de celles auxquelles il s'était attaché. Des Lupeaulx arrivait à l'âge où les hommes ont des prétentions excessives auprès des femmes. Les premiers cheveux blancs amènent les dernières passions, les plus violentes parce qu'elles sont à cheval sur une puissance qui finit et sur une faiblesse qui commence. Quarante ans est l'âge des folies, l'âge où l'homme veut être aimé pour lui, car alors son amour ne se soutient plus par lui-même, comme aux premiers jours de la vie où l'on peut être heureux en aimant à tort et à travers, à la façon de Chérubin. À quarante ans, on veut tout, tant on craint de ne rien obtenir, tandis qu'à vingt-cinq ans on a tant de choses qu'on ne sait rien vouloir.

À vingt-cinq ans, on marche avec tant de forces qu'on les dissipe impunément; mais à quarante ans on prend l'abus pour la puissance[1]. Les pensées qui saisirent en ce moment des Lupeaulx furent sans doute mélancoliques. Les nerfs de ce vieux beau se détendirent, le sourire agréable qui lui servait de physionomie et lui faisait comme un masque en crispant sa figure se dissipa; l'homme vrai parut, il fut horrible; Rabourdin l'aperçut, et se dit : « Que lui est-il arrivé ? Est-il en disgrâce ? » Le secrétaire général se souvenait seulement d'avoir été trop promptement quitté naguère par la jolie Mme Colleville dont les intentions furent exactement celles de Célestine[a]. Rabourdin surprit ce faux homme d'État les yeux attachés sur sa femme, et il enregistra ce regard dans sa mémoire. Rabourdin était un observateur trop perspicace pour ne pas connaître des Lupeaulx à fond, il le méprisait profondément; mais, comme chez les hommes très occupés, ses sentiments n'arrivaient pas à la surface. L'emportement que cause un travail aimé équivaut à la plus habile dissimulation, les opinions de Rabourdin étaient donc lettres closes pour des Lupeaulx. Le chef de bureau voyait avec peine ce parvenu politique chez lui, mais il n'avait pas voulu contrarier Célestine. En ce moment, il causait confidentiellement avec un surnuméraire qui devait jouer un rôle dans l'intrigue engendrée par la mort certaine de La Billardière, il épia donc d'un regard fort distrait Célestine et des Lupeaulx.

Ici, peut-être doit-on expliquer, autant pour les étrangers que pour nos neveux, ce qu'est à Paris un surnuméraire.

Le surnuméraire est à l'Administration ce que l'enfant de chœur est à l'Église, ce que l'enfant de troupe est au Régiment, ce que le rat est au Théâtre : quelque chose de naïf, de candide, un être aveuglé par les illusions. Sans l'illusion, où irions-nous ? Elle donne la puissance de manger la *vache enragée* des Arts, de dévorer les commencements de toute science en nous donnant la croyance. L'illusion est une foi démesurée! Or, il a foi en l'Administration, le surnuméraire! il ne la suppose pas froide, atroce, dure comme elle est. Il n'y a que deux genres de surnuméraires : les surnuméraires riches et les surnuméraires pauvres. Le surnuméraire pauvre est riche d'espérance et a besoin d'une place, le surnuméraire riche est pauvre d'esprit et n'a besoin de rien. Une famille riche n'est pas assez niaise pour mettre un homme d'esprit dans l'Administration. Le surnuméraire riche est confié à un employé supérieur ou placé près du directeur général, qui l'initie à ce que Bilboquet[1], ce profond philosophe, appellerait la haute comédie de l'Administration : on lui adoucit les horreurs du stage jusqu'à ce qu'il soit nommé à quelque emploi. Le surnuméraire riche n'effraie jamais les Bureaux. Les employés savent qu'il ne les menace point, le surnuméraire riche ne vise que les hauts emplois de l'Administration[a]. Vers cette époque, bien des familles se disaient : « Que ferons-nous de nos enfants ? » L'Armée n'offrait point de chances de fortune. Les carrières spéciales, le Génie civil, la Marine, les Mines, le Génie militaire, le Professorat étaient barricadés par des règlements ou défendus par des concours ; tandis que le mouvement rotatoire qui métamorphose les employés en préfets, sous-préfets, directeurs des contributions, receveurs, etc., en bons hommes de lanterne magique, n'est soumis à aucune loi, à aucun stage. Par cette lacune, débouchèrent les surnuméraires à cabriolet, à beaux habits, à moustaches, tous impertinents comme des parvenus. Le journalisme persécutait assez le surnuméraire riche, toujours cousin, neveu, parent de quelque ministre, de quelque député, d'un pair très influent ; mais les employés, complices de ce surnuméraire, en recherchaient la protection. Le surnuméraire pauvre, le vrai, le seul surnuméraire, est presque toujours le fils de quelque veuve d'employé qui vit sur une maigre pension et se tue à nourrir son fils jusqu'à ce qu'il arrive à la place d'expéditionnaire, et qui meurt le laissant près du bâton de maréchal, quelque place de commis rédacteur, de commis d'ordre, ou peut-être de sous-chef. Toujours logé dans un quartier où les loyers ne sont pas chers, ce surnuméraire part de bonne heure ; pour lui, l'état du ciel est la seule question d'Orient ! Venir à pied, ne pas se crotter, ménager ses habits, calculer le temps qu'une trop forte averse peut lui prendre s'il est forcé de se mettre à l'abri, combien de préoccupations ! Les trottoirs dans les rues, le dallage des boulevards et des quais furent des bienfaits pour lui. Quand, par des causes bizarres, vous êtes dans Paris à sept heures et demie ou huit heures du matin, en hiver, que vous voyez, par un froid piquant, par une pluie, par un mauvais temps quelconque, poindre un craintif et pâle jeune homme, sans cigare, faites attention à ses poches ?... vous y verrez la configuration d'une flûte que sa mère lui a donnée, afin qu'il puisse, sans danger pour son estomac, franchir les neuf heures qui séparent son déjeuner de son dîner. La candeur des surnuméraires dure peu, d'ailleurs. Un jeune homme, éclairé par les lueurs de la vie parisienne, a bientôt mesuré la distance effroyable qui se trouve entre un sous-chef et lui, cette distance qu'aucun mathématicien, ni Archimède, ni Newton, ni Pascal, ni Leibnitz, ni Kepler, ni Laplace, n'a pu évaluer, et qui existe entre o et le chiffre 1, entre une gratification problématique et un traitement! Le surnuméraire aperçoit donc assez promptement les impossibilités de la carrière, il entend parler des passe-droits par des employés qui les expliquent; il découvre les intrigues des bureaux, il voit les moyens exceptionnels par lesquels ses supérieurs sont parvenus : l'un a épousé une jeune personne qui a fait une faute; l'autre, la fille naturelle d'un ministre : celui-ci a endossé une grave responsabilité; celui-là, plein de talent, a risqué sa santé dans des travaux forcés, il avait une persévérance de taupe, et l'on ne se sent pas toujours capable de tels prodiges! Tout se sait dans les bureaux. L'homme incapable a une femme pleine de tête qui l'a poussé par là, qui l'a fait nommer député; s'il n'a pas de talent dans les bureaux, il intrigaille à la Chambre. Tel a pour ami intime de sa femme un homme d'État. Tel est le commanditaire d'un journaliste puissant. Dès lors le surnuméraire dégoûté donne sa démission. Les trois quarts des surnuméraires quittent l'Administration sans avoir été employés, il n'y reste que les jeunes gens entêtés ou les imbéciles qui se disent : « J'y suis depuis trois ans, je finirai par avoir une place! » ou les jeunes gens qui se sentent une vocation. Évidemment, le surnumérariat est, pour l'Administration, ce que le noviciat est dans les ordres religieux, une épreuve. Cette épreuve est rude. L'État y découvre ceux qui peuvent supporter la faim, la soif et l'indigence sans y succomber, le travail sans s'en dégoûter, et dont le tempérament acceptera l'horrible existence, ou, si vous voulez, la maladie des bureaux. De ce point de vue, le surnumérariat, loin d'être une infâme spéculation du Gouvernement pour obtenir du travail gratis, serait une institution bienfaisante[a].

Le jeune homme à qui parlait Rabourdin était un surnuméraire pauvre nommé Sébastien de La Roche, venu sur la pointe de ses bottes de la rue du Roi-Doré au Marais, sans avoir attrapé la moindre éclaboussure[1]. Il disait maman et n'osait lever les yeux sur Mme Rabourdin, dont la maison lui faisait l'effet d'un Louvre. Il montrait peu ses gants nettoyés à la gomme élastique. Sa pauvre mère lui avait mis cent sous dans sa poche au cas où il serait absolument nécessaire de jouer, en lui recommandant de ne rien prendre, de rester debout, et de bien faire attention à ne pas pousser quelque lampe, quelque jolie bagatelle étalée sur une étagère. Sa mise était le noir le plus strict. Sa figure blonde, ses yeux d'une belle teinte verte à reflets dorés étaient en harmonie avec une belle chevelure d'un ton chaud. Le pauvre enfant regardait parfois Mme Rabourdin à la dérobée, en se disant : « Quelle belle femme ! » À son retour, il devait penser à cette fée jusqu'au moment où le sommeil lui clorait la paupière. Rabourdin avait vu dans Sébastien une vocation, et, comme il prenait le surnumérariat au sérieux, il s'était intéressé vivement à ce pauvre enfant. Il avait d'ailleurs deviné la misère qui régnait dans le ménage d'une pauvre veuve pensionnée à sept cents[a] francs, et dont le fils, sorti du collège depuis peu, avait nécessairement absorbé bien des économies. Aussi était-il tout paternel pour ce pauvre surnuméraire ; il se battait souvent au Conseil afin de lui obtenir une gratification, et quelquefois il la prenait sur la sienne propre, quand la discussion devenait trop ardente entre les distributeurs des grâces et lui. Puis il accablait Sébastien de travail, il le formait ; il lui faisait remplir la place de du Bruel, le faiseur de pièces de théâtre, connu dans la littérature dramatique et sur les affiches sous le nom de Cursy[b], lequel laissait à Sébastien cent écus sur son traitement. Rabourdin, dans l'esprit de Mme de La Roche et de son fils, était à la fois un grand homme, un tyran, un ange ; à lui, se rattachaient toutes leurs espérances. Sébastien avait les yeux toujours fixés sur le moment où il devait passer employé. Ah ! le jour où ils émargent est une belle journée pour les surnuméraires ! Tous ils ont longtemps manié l'argent de leur premier mois, et ils ne le donnent pas tout entier à leur mère ! Vénus sourit toujours à ces prémices de la caisse ministérielle. Cette espérance ne pouvant être réalisée pour Sébastien que par M. Rabourdin, son seul protecteur; aussi son dévouement à son chef était-il sans bornes. Le surnuméraire dînait deux fois[a] par mois rue Duphot, mais en famille et amené par Rabourdin; madame ne le priait jamais que pour les bals où il lui fallait des danseurs. Le cœur du pauvre surnuméraire battait quand il voyait l'imposant des Lupeaulx qu'une voiture ministérielle emportait souvent à quatre heures et demie, alors qu'il déployait son parapluie sous la porte du ministère pour s'en aller au Marais. Le secrétaire général de qui son sort dépendait, qui d'un mot pouvait lui donner une place de douze cents francs (oui, douze cents francs étaient toute son ambition; à ce prix, sa mère et lui pouvaient être heureux!), eh bien, ce secrétaire général ne le connaissait pas! À peine des Lupeaulx savait-il qu'il existât un Sébastien de La Roche. Et si le fils de La Billardière, le surnuméraire riche du bureau de Baudoyer, se trouvait aussi sous la porte, des Lupeaulx ne manquait jamais à le saluer par un coup de tête amical. M. Benjamin de La Billardière était fils du cousin d'un ministre.

En ce moment Rabourdin grondait ce pauvre petit Sébastien, le seul qui fût dans la confidence entière de ses immenses travaux. Le surnuméraire copiait et recopiait le fameux mémoire composé de cent cinquante feuillets de grand papier Tellière[1], outre les tableaux à l'appui, les résumés qui tenaient sur une simple feuille, les calculs avec accolades, titres à l'anglaise et sous-titres en ronde. Animé par sa participation mécanique à cette grande idée, l'enfant de vingt ans refaisait un tableau pour un simple grattage, il mettait sa gloire à peindre les écritures, éléments d'une si noble entreprise. Sébastien avait commis l'imprudence d'emporter au bureau la minute du travail le plus dangereux, afin d'en achever la copie. C'était un état général des employés des administrations centrales de tous les ministères à Paris, avec des indications sur leur fortune présente et à venir, et sur leurs entreprises personnelles en dehors de leur emploi.

À Paris, tout employé qui n'a pas, comme Rabourdin, une patriotique ambition ou quelque capacité supérieure, joint les fruits d'une industrie aux produits de sa place afin de pouvoir exister. Il fait comme M. Saillard, il s'intéresse à un commerce en baillant des fonds, et le soir il tient les livres de son associé. Beaucoup d'employés sont mariés à des lingères, à des débitantes de tabac, à des directrices de bureaux de loterie ou de cabinets de lecture. Quelques-uns, comme le mari de Mme Colleville, l'antagoniste de Célestine[a], sont placés à l'orchestre d'un théâtre. D'autres, comme du Bruel[b], fabriquent des vaudevilles, des opéras-comiques, des mélodrames, ou dirigent des spectacles. En ce genre, on peut citer MM. Sewrin, Pixerécourt[c], Planard, etc. Dans leur temps, Pigault-Lebrun, Piis, Duviquet avaient des places[1]. Le premier libraire de M. Scribe fut un employé au Trésor[2].

Outre ces renseignements, l'état fait par Rabourdin contenait un examen des capacités morales et des facultés physiques nécessaire pour bien connaître les gens chez lesquels se rencontraient l'intelligence, l'aptitude au travail et la santé, trois conditions indispensables dans des hommes qui devaient supporter le fardeau des affaires publiques, qui devaient tout faire vite et bien. Mais ce beau travail, fruit de dix années d'expérience, d'une longue connaissance des hommes et des choses, obtenu par des liaisons avec les principaux fonctionnaires des différents ministères, sentait l'espionnage et la police pour qui ne comprenait pas à quoi il se rattachait. Une seule feuille lue, M. Rabourdin pouvait être perdu. Admirant sans restriction son chef et ignorant encore les méchancetés de la bureaucratie, Sébastien avait les malheurs de la naïveté comme il en avait toutes les grâces. Aussi, quoique déjà grondé pour avoir emporté ce travail, eut-il le courage d'avouer sa faute en entier : il avait serré minute et copie dans un carton où personne ne pouvait les trouver; mais en devinant l'importance de sa faute, quelques larmes roulèrent dans ses yeux.

« Allons, monsieur, lui dit avec bonté Rabourdin, plus d'imprudences, mais ne vous désolez pas. Rendez-vous demain au bureau de très bonne heure, voici la clef d'une caisse qui est dans mon secrétaire à cylindre, elle est fermée par une serrure à combinaisons; vous l'ouvrirez en écrivant le mot *ciel*[d3], vous y serrerez copie et minute. »

Ce trait de confiance sécha les larmes du gentil surnuméraire, que son chef voulut contraindre à prendre une tasse de thé et des gâteaux.

« Maman me défend de prendre du thé à cause de ma poitrine, dit Sébastien.

— Hé bien, cher enfant, reprit l'imposante Mme Rabourdin, qui voulait faire acte public de bonté, voici des sandwiches et de la crème, venez là près de moi. »

Elle força Sébastien à s'asseoir près d'elle à table, et le cœur du pauvre petit lui battit jusque dans la gorge en sentant la robe de cette divinité effleurer son habit. En ce moment la belle Rabourdin aperçut M. des Lupeaulx, lui sourit, et, au lieu d'attendre qu'il vînt à elle, alla vers lui.

« Pourquoi restez-vous là comme si vous nous boudiez ? dit-elle.

— Je ne boudais pas, reprit-il. Mais en venant vous annoncer une bonne nouvelle, je ne pouvais m'empêcher de penser que vous seriez encore plus sévère pour moi. Je me voyais dans six mois d'ici presque étranger pour vous. Oui, vous avez trop d'esprit, et moi trop d'expérience... de rouerie, si vous voulez! pour que nous nous trompions l'un et l'autre. Votre but est atteint sans qu'il vous en coûte autre chose que des sourires et des paroles gracieuses...

— Nous tromper! que voulez-vous dire ? s'écria-t-elle d'un air en apparence piqué.

— Oui, M. de La Billardière va ce soir encore plus mal qu'hier; et, d'après ce que m'a dit le ministre, votre mari sera nommé chef de division. »

Il lui raconta ce qu'il appelait sa scène chez le ministre, la jalousie de la comtesse, et ce qu'elle avait dit à propos de l'invitation qu'il ménageait à Mme Rabourdin.

« Monsieur des Lupeaulx, répondit avec dignité Mme Rabourdin, permettez-moi de vous dire que mon mari est le plus ancien chef de bureau et le plus capable, que la nomination de ce vieux La Billardière fut un passe-droit qui a mis les bureaux en rumeur, que mon mari fait l'intérim depuis un an, qu'ainsi nous n'avons ni concurrent ni rival.

— Cela est vrai.

— Eh bien, reprit-elle en souriant et montrant les plus belles dents du monde, l'amitié que j'ai pour vous peut-elle être entachée par une pensée d'intérêt ? M'en croyez-vous capable ? »

Des Lupeaulx fit un geste de dénégation admirative.

« Ah! reprit-elle, le cœur des femmes sera toujours

un secret pour les plus habiles d'entre vous. Oui, je vous ai vu venir ici avec le plus grand plaisir, et il y avait au fond de mon plaisir une idée intéressée.

— Ah!

— Vous avez, lui dit-elle à l'oreille, un avenir sans bornes, vous serez député, puis[a] ministre! (Quel plaisir pour un ambitieux d'entendre dérouler ces paroles dans le tuyau de son oreille par la jolie voix d'une jolie femme!) Oh! je vous connais mieux que vous ne vous connaissez vous-même. Rabourdin est un homme qui vous sera d'une immense utilité dans votre carrière, il fera le travail quand vous serez à la Chambre! De même que vous rêvez le Ministère, moi, je veux pour Rabourdin le Conseil d'État et une direction générale. Je me suis donc mis en tête de réunir deux hommes qui ne se nuiront jamais l'un à l'autre, et qui peuvent se servir puissamment. N'est-ce pas là le rôle d'une femme ? Amis, vous marcherez plus vite l'un et l'autre, et il est temps pour tous deux de voguer! J'ai brûlé mes vaisseaux, ajouta-t-elle en souriant. Vous n'êtes pas aussi franc avec moi que je le suis avec vous.

— Vous ne voulez pas m'écouter, dit-il d'un air mélancolique malgré le contentement intérieur et profond que lui causait Mme Rabourdin. Que me font vos promotions futures, si vous me destituez ici ?

— Avant de vous écouter, dit-elle avec sa vivacité parisienne, il faudrait pouvoir nous entendre. »

Et elle laissa le vieux fat[b] pour aller causer avec Mme de Chessel[c], une comtesse de province qui faisait mine de partir.

« Cette femme est extraordinaire, se dit des Lupeaulx, je ne me reconnais plus auprès d'elle. »

Et, en effet, ce roué qui, six ans auparavant, entretenait un rat, qui, grâce à sa place, se faisait un sérail avec les jolies femmes des employés, qui vivait dans le monde des journalistes et des actrices, fut charmant pendant toute la soirée pour Célestine, et quitta le salon le dernier[d].

« Enfin, pensa Mme Rabourdin en se déshabillant, nous avons la place! douze mille francs par an, les gratifications et le revenu de notre ferme des Grajeux, tout cela fera vingt-cinq mille[e] francs. Ce n'est pas l'aisance, mais ce n'est plus la misère. »

Célestine s'endormit en pensant à ses dettes, en supputant qu'en trois ans, par une retenue annuelle de six mille francs, elle pourrait les acquitter. Elle était bien loin d'imaginer qu'une femme qui n'avait jamais mis le pied dans un salon, qu'une petite bourgeoise criarde et intéressée, dévote et enterrée au Marais, sans appuis ni connaissances[a], songeait à emporter d'assaut la place à laquelle elle asseyait son Rabourdin par avance. Mme Rabourdin eût méprisé Mme Baudoyer si elle avait su l'avoir pour antagoniste, car elle ignorait la puissance de la petitesse, cette force du ver qui ronge[b] un ormeau en en faisant le tour sous l'écorce[c].

S'il était possible de se servir en littérature du microscope des Leeuwenhoëk, des Malpighi, des Raspail, ce qu'a tenté Hoffmann le Berlinois[1] ; et si l'on grossissait et dessinait ces tarets qui ont mis la Hollande à deux doigts de sa perte en rongeant ses digues, peut-être ferait-on voir des figures à peu de chose près semblables à celles des sieurs Gigonnet, Mitral, Baudoyer, Saillard, Gaudron, Falleix, Transon, Godard et compagnie, tarets qui d'ailleurs ont montré leur puissance dans la trentième année de ce siècle[d]. Aussi voici le moment de montrer les tarets qui grouillaient dans les bureaux où se sont préparées les principales scènes de cette Étude[e].

À Paris[f], presque tous les bureaux se ressemblent. En quelque ministère que vous erriez pour solliciter le moindre redressement de torts ou la plus légère faveur, vous trouverez des corridors obscurs, des dégagements peu éclairés, des portes percées, comme les loges de théâtre, d'une vitre ovale qui ressemble à un œil, et par laquelle on voit des fantaisies dignes de Callot, et sur lesquelles sont des indications incompréhensibles. Quand vous avez trouvé l'objet de vos désirs, vous êtes dans une première pièce où se tient le garçon de bureau ; il en est une seconde[g] où sont les employés inférieurs ; le cabinet d'un sous-chef vient ensuite à droite ou à gauche ; enfin plus loin ou plus haut, celui du chef de bureau. Quant au personnage immense nommé chef de division sous l'Empire, parfois directeur sous la Restauration, et maintenant redevenu chef de division, il loge au-dessus ou au-dessous de ses deux ou trois bureaux, quelquefois après celui d'un de ses chefs. Son appartement se distingue toujours par son ampleur, avantage bien prisé dans ces singulières alvéoles de la ruche appelée ministère ou direction générale, si tant est qu'il existe une seule direction générale! Aujourd'hui presque tous les ministères ont absorbé ces administrations autrefois séparées. À cette agglomération, les directeurs généraux ont perdu tout leur lustre en perdant leurs hôtels, leurs gens, leurs salons et leur petite cour. Qui reconnaîtrait aujourd'hui, dans l'homme arrivant à pied au Trésor, y montant à un deuxième étage, le directeur général des Forêts ou des Contributions indirectes, jadis logé dans un magnifique hôtel, rue Sainte-Avoye ou rue Saint-Augustin, conseiller, souvent ministre d'État et pair de France ? (MM. Pasquier et Molé, entre autres, se sont contentés de directions générales après avoir été ministres[1], mettant ainsi en pratique le mot du duc d'Antin à Louis XIV : « Sire, quand Jésus-Christ mourait le vendredi, il savait bien qu'il reviendrait le dimanche[a] »). Si, en perdant son luxe, le directeur général avait gagné en étendue administrative, le mal ne serait pas énorme; mais aujourd'hui ce personnage se trouve à grand-peine maître des requêtes avec quelque malheureux vingt mille francs. Comme symbole de son ancienne puissance, on lui tolère un huissier en culotte[2], en bas de soie et en habit à la française, si toutefois l'huissier n'a pas été dernièrement réformé.

En style administratif, un bureau se compose d'un garçon, de plusieurs surnuméraires faisant la besogne gratis pendant un certain nombre d'années, de simples expéditionnaires, de commis-rédacteurs[b], de commis d'ordre ou commis principaux, d'un sous-chef et d'un chef. La division, qui comprend ordinairement deux ou trois bureaux, en compte parfois davantage. Les titres dénominatifs varient selon les administrations : il peut y avoir un vérificateur au lieu d'un commis d'ordre, un teneur de livres, etc.

Carrelée comme le corridor et tendue d'un papier mesquin, la pièce où se tient le garçon de bureau est meublée d'un poêle, d'une grande table noire, plumes, encrier, quelquefois une fontaine, enfin des banquettes sans nattes pour les pieds de grue publics; mais le garçon de bureau, assis dans un bon fauteuil, repose les siens sur un paillasson. Le bureau des employés est une grande pièce plus ou moins claire, rarement parquetée. Le parquet et la cheminée sont spécialement affectés aux chefs de bureau et de division, ainsi que les armoires, les bureaux et les tables d'acajou[1], les fauteuils de maroquin rouge ou vert, les divans, les rideaux de soie et autres objets de luxe administratif. Le bureau des employés a un poêle dont le tuyau donne dans une cheminée bouchée, s'il y a cheminée. Le papier de tenture est uni, vert ou brun. Les tables sont en bois noir. L'industrie des employés se manifeste dans leur manière de se caser. Le frileux a sous ses pieds une espèce de pupitre en bois, l'homme à tempérament bilieux-sanguin n'a qu'une sparterie ; le lymphatique qui redoute les vents coulis, l'ouverture des portes et autres causes du changement de température, se fait un petit paravent avec des cartons[2]. Il existe une armoire où chacun met l'habit de travail, les manches en toile, les garde-vue, casquettes, calottes grecques et autres ustensiles du métier. Presque toujours la cheminée est garnie de carafes pleines d'eau, de verres et de débris de déjeuner. Dans certains locaux obscurs, il y a des lampes. La porte du cabinet où se tient le sous-chef est ouverte, en sorte qu'il peut surveiller ses employés, les empêcher de trop causer, ou venir causer avec eux dans les grandes circonstances[3]. Le mobilier des bureaux indiquerait au besoin à l'observateur la qualité de ceux qui les habitent. Les rideaux sont blancs ou en étoffe de couleur, en coton ou en soie ; les chaises sont en merisier ou en acajou, garnies de paille, de maroquin ou d'étoffes ; les papiers sont plus ou moins frais[4]. Mais, à quelque administration que toutes ces choses publiques appartiennent, dès qu'elles sortent du ministère, rien n'est plus étrange que ce monde de meubles qui a vu tant de maîtres et tant de régimes, qui a subi tant de désastres. Aussi de tous les déménagements, les plus grotesques de Paris sont-ils ceux des administrations[5]. Jamais le génie d'Hoffmann, ce chantre de l'impossible, n'a rien inventé de plus fantastique. On ne se rend pas compte de ce qui passe dans les charrettes. Les cartons bâillent en laissant une traînée de poussière dans les rues. Les tables montrant leurs quatre fers en l'air, les fauteuils rongés, les incroyables ustensiles avec lesquels on administre la France, ont des physionomies effrayantes. C'est à la fois quelque chose qui tient aux affaires de théâtre et aux machines des saltimbanques. De même que sur les obélisques, on aperçoit des traces d'intelligence et des ombres d'écriture qui troublent l'imagination, comme tout ce qu'on voit sans en comprendre la fin! Enfin tout cela est si vieux, si éreinté, si fané, que la batterie de cuisine la plus sale est infiniment plus agréable à voir que les ustensiles de la cuisine administrative*.

Peut-être suffira-t-il de peindre la division de M. de La Billardière, pour que les étrangers et les gens qui vivent en province aient des idées exactes sur les mœurs intimes des bureaux, car ces traits principaux sont sans doute communs à toutes les administrations européennes.

D'abord, et avant tout, figurez-vous à votre fantaisie un homme ainsi rubriqué dans l'*Annuaire*[b] :

CHEF DE DIVISION

« Monsieur le baron Flamet[c] de La Billardière (Athanase-Jean-François-Michel), ancien grand-Prévôt[1] du département de la Corrèze[d], Gentilhomme ordinaire de la Chambre, Maître des requêtes en service extraordinaire, Président du grand Collège du département de la Dordogne[e], Officier de la Légion d'honneur, chevalier de Saint-Louis et des Ordres étrangers du Christ, d'Isabelle, de Saint-Wladimir, etc., Membre de l'Académie du Gers et de plusieurs autres Sociétés savantes, Vice-président de la Société des Bonnes-Lettres, Membre de l'Association de Saint-Joseph, et de la Société des prisons, l'un des Maires de Paris, etc., etc.[2]. »

Ce personnage, qui prenait un si grand développement typographique, occupait alors cinq pieds six pouces sur trente-six lignes de large dans[f3] un lit, la tête ornée d'un bonnet de coton serré par des rubans couleur feu, visité par l'illustre Desplein, chirurgien[g] du Roi, et par le jeune docteur Bianchon[h], flanqué de deux vieilles parentes, environné de fioles, linges, remèdes et autres instruments mortuaires, guetté par le curé de Saint-Roch qui lui insinuait de penser à son salut. Son fils Benjamin de La Billardière demandait tous les matins aux deux docteurs : « Croyez-vous que j'aie le bonheur de conserver mon père ? » Le matin même l'héritier avait fait une transposition en mettant le mot malheur à la place du mot bonheur[i].

Or, la division La Billardière était située par soixante

et onze marches de longitude sous la latitude des mansardes dans l'océan ministériel d'un magnifique hôtel, au nord-est d'une cour, où jadis étaient des écuries, alors occupées par la division Clergeot. Un palier séparait les deux bureaux, dont les portes étaient étiquetées, le long d'un vaste corridor éclairé par des jours de souffrance. Les cabinets et antichambres de MM. Rabourdin et Baudoyer étaient au-dessous, au deuxième étage. Après celui de Rabourdin se trouvaient l'antichambre, le salon et les deux cabinets de M. de La Billardière.

Au premier étage, coupé en deux par un entresol, était le logement[a] et le bureau de M. Ernest de La Brière[b], personnage occulte et puissant qui sera décrit en quelques phrases, car il mérite bien une parenthèse[1]. Ce jeune homme fut, pendant tout le temps que dura le ministère[c], le secrétaire particulier du ministre. Aussi son appartement communiquait-il par une porte dérobée au cabinet réel de Son Excellence, car après le cabinet de travail il y en avait un autre en harmonie avec les grands appartements où Son Excellence recevait, afin de pouvoir travailler tour à tour avec son secrétaire particulier[d] sans témoins, et conférer avec de grands personnages sans son secrétaire[e]. Un secrétaire particulier est au ministre ce que des Lupeaulx était au ministère. Entre le jeune La Brière et des Lupeaulx, il y avait la différence de l'aide de camp au chef d'état-major. Cet apprenti ministre décampe et reparaît aujourd'hui avec son protecteur. Si le ministre tombe avec la faveur royale ou avec des espérances parlementaires, il emmène son secrétaire pour le ramener; sinon il le met au vert en quelque pâturage administratif, à la Cour des comptes[2], par exemple, cette auberge où les secrétaires attendent que l'orage se dissipe. Ce jeune homme n'est pas précisément un homme d'État, mais c'est un homme politique, et quelquefois la politique d'un homme. Quand on pense au nombre infini de lettres qu'il doit décacheter et lire, outre ses occupations, n'est-il pas évident que dans un état monarchique on payerait cette utilité bien cher! Une victime de ce genre coûte à Paris entre dix et vingt mille francs; mais le jeune homme profite des loges, des invitations et des voitures ministérielles. L'empereur de Russie serait très heureux d'avoir pour cinquante mille francs par an un de ces aimables caniches constitutionnels, si doux, si bien frisés, si caressants, si dociles, si merveilleusement dressés, de bonne garde, et... fidèles! Mais le secrétaire particulier ne vient, ne s'obtient, ne se découvre, ne se développe que dans les serres chaudes d'un gouvernement représentatif. Dans la monarchie vous n'avez que des courtisans et des serviteurs; tandis qu'avec une charte vous êtes servi, flatté, caressé par des hommes libres. Les ministres, en France, sont donc plus heureux que les femmes et que les rois : ils ont quelqu'un qui les comprend. Peut-être faut-il plaindre les secrétaires particuliers à l'égal des femmes et du papier blanc : ils souffrent tout. Comme la femme chaste, ils doivent n'avoir de talent qu'en secret, et pour leurs ministres. S'ils ont du talent en public ils sont perdus. Un secrétaire particulier est donc un ami donné par le gouvernement[a]. Revenons aux bureaux[b].

Trois garçons vivaient en paix à la division La Billardière, à savoir : un garçon pour les deux bureaux, un autre commun aux deux chefs, et celui du directeur de la division, tous trois chauffés et habillés par l'État, portant cette livrée si connue, bleu de roi à lisérés rouges en petite tenue, et pour la grande, larges galons bleus, blancs et rouges. Celui de La Billardière avait une tenue d'huissier. Pour flatter l'amour-propre du cousin d'un ministre, le secrétaire général avait toléré cet empiétement qui d'ailleurs ennoblissait l'Administration. Véritables piliers de ministères, experts des coutumes bureaucratiques, ces garçons, sans besoins, bien chauffés, vêtus aux dépens de l'État, riches de leur sobriété, sondaient jusqu'au vif les employés; ils n'avaient d'autre moyen de se désennuyer que de les observer, d'étudier leurs manies; aussi savaient-ils à quel point ils pouvaient s'avancer avec eux dans le *prêt*, faisant d'ailleurs leurs commissions avec la plus entière discrétion, allant engager ou dégager au Mont-de-Piété, achetant les reconnaissances, prêtant sans intérêt; mais aucun employé ne prenait d'eux la moindre somme sans rendre une gratification, les sommes étaient légères, et ils s'ensuivait des placements dits *à la petite semaine*. Ces serviteurs sans maîtres avaient neuf cents francs d'appointements; les étrennes et gratifications portaient ces émoluments à douze cents francs, et ils étaient en position d'en gagner presque autant avec les employés, car les déjeuners de ceux qui déjeunaient

leur passaient par les mains. Dans certains ministères, le
concierge apprêtait ces déjeuners. La conciergerie du
ministère des Finances avait autrefois valu près de
quatre mille francs au gros père Thuillier, dont le fils
était un des employés de la division La Billardière. Les
garçons trouvaient quelquefois dans leur paume droite
des pièces de cent sous glissées par des solliciteurs pressés, et reçues avec une rare impassibilité. Les plus anciens
ne portent la livrée de l'État qu'au ministère, et sortent
en habit bourgeois.

Celui des bureaux, le plus riche d'ailleurs, exploitait
la masse des employés. Homme de soixante ans, ayant
des cheveux blancs taillés en brosse, trapu, replet, le
cou d'un apoplectique, un visage commun et bourgeonné
des yeux gris, une bouche de poêle, tel est le profil
d'Antoine, le plus vieux garçon du ministère, Antoine
avait fait venir des Échelles en Savoie et placé ses deux
neveux, Laurent et Gabriel, l'un auprès des chefs, l'autre
auprès du directeur. Taillés en plein drap, comme leur
oncle : trente à quarante ans, physionomie de commissionnaire, receveurs de contremarques le soir à un
théâtre royal, places obtenues par l'influence de La Billardière, ces deux Savoyards étaient mariés à d'habiles
blanchisseuses de dentelles qui reprisaient aussi les cachemires. L'oncle non marié, ses neveux et leurs femmes
vivaient tous ensemble, et beaucoup mieux que la
plupart des sous-chefs. Gabriel et Laurent, ayant à
peine dix ans[a] de place, n'étaient pas arrivés à mépriser
le costume du gouvernement; ils sortaient en livrée,
fiers comme des auteurs dramatiques après un succès
d'argent. Leur oncle, qu'ils servaient avec fanatisme et
qui leur paraissait un homme subtil, les initiait lentement aux mystères du métier. Tous trois venaient ouvrir
les bureaux, les nettoyaient entre sept et huit heures,
lisaient les journaux ou politiquaient à leur manière
sur les affaires de la division avec d'autres garçons,
échangeant entre eux leurs renseignements respectifs.
Aussi, comme les domestiques modernes qui savent parfaitement bien les affaires de leurs maîtres, étaient-ils
dans le ministère comme des araignées au centre de leur
toile, ils y sentaient la plus légère commotion[1].

Le jeudi matin, lendemain de la soirée ministérielle et
de la soirée Rabourdin, au moment où l'oncle se faisait

la barbe assisté de ses deux neveux dans l'antichambre de
la division, au second étage, ils furent surpris par l'arrivée imprévue d'un employé.

« C'est M. Dutocq*a*, dit Antoine, je le reconnais à son
pas de filou. Il a toujours l'air de patiner*b*, cet homme-là !
Il tombe sur votre dos sans qu'on sache où il est
venu. Hier, contre son habitude, il est resté le dernier
dans le bureau de la division, excès qui ne lui est pas
arrivé trois fois depuis qu'il est au ministère. »

Trente-huit ans*c1*, un visage oblong à teint*d* bilieux,
des cheveux gris crépus, toujours taillés ras ; un front
bas, d'épais sourcils qui se rejoignaient, un nez tordu,
des lèvres pincées, des yeux vert clair*e* qui fuyaient le
regard du prochain, une taille élevée, l'épaule droite
légèrement plus forte que l'autre ; habit brun, gilet noir,
cravate de foulard, pantalon jaunâtre, bas de laine noire,
souliers à nœuds barbotants : vous voyez M. Dutocq,
commis d'ordre*f* du bureau Rabourdin. Incapable et
flâneur, il haïssait son chef. Rien de plus naturel. Rabourdin n'avait aucun vice à flatter, aucun côté mauvais par
où Dutocq aurait pu se rendre utile. Beaucoup trop
noble pour nuire à un employé, il était aussi trop perspicace pour se laisser abuser par aucun semblant.
Dutocq n'existait donc que par la générosité de Rabourdin et désespérait de tout avancement tant que ce chef
mènerait la division. Quoique se sentant sans moyens
pour occuper la place supérieure, Dutocq connaissait
assez les bureaux pour savoir que l'incapacité n'empêche
point d'émarger, il en serait quitte pour chercher un
Rabourdin parmi ses rédacteurs, car l'exemple de La Billardière était frappant et funeste. La méchanceté combinée avec l'intérêt personnel équivaut à beaucoup d'esprit ;
très méchant et très intéressé, cet employé avait donc
tâché de consolider sa position en se faisant l'espion
des bureaux. Dès 1816*2*, il prit*g* une couleur religieuse
très foncée en pressentant la faveur dont jouiraient
les gens que, dans ce temps, les niais comprenaient tous
indistinctement sous le nom de Jésuites. Appartenant à la
Congrégation sans être admis à ses mystères*3*, Dutocq
allait*h* d'un bureau à l'autre, explorait les consciences en
disant des gaudrioles, et venait paraphraser ses *rapports*
à des Lupeaulx, qu'il instruisait des plus petits événements. Aussi le secrétaire général étonnait-il souvent le

ministre par sa profonde connaissance des affaires intimes.
Bonneau tout de bon de ce Bonneau politique, Dutocq
briguait l'honneur des secrets messages de des Lupeaulx,
qui tolérait cet homme immonde en pensant que le
hasard pouvait le lui rendre utile, ne fût-ce qu'à le tirer
de peine, lui ou quelque grand personnage, par un honteux mariage. L'un et l'autre ils se comprenaient bien.
Dutocq comptait sur cette bonne fortune, en y voyant
une bonne place, et il restait garçon. Dutocq avait succédé à M. Poiret l'aîné, retiré dans une pension bourgeoise, et mis à la retraite en 1814[a], époque à laquelle il y
eut de grandes réformes parmi les employés. Il demeurait
à un cinquième étage, rue Saint-Louis-Saint-Honoré[1],
près du Palais-Royal, dans une maison à allée. Passionné
pour les collections de vieilles gravures, il voulait avoir
tout Rembrandt et tout Charlet, tout Silvestre, Audran,
Callot, Albrecht Dürer[b2], etc. Comme la plupart des gens
à collections et ceux qui font eux-mêmes leur ménage,
il prétendait acheter les choses à bon marché. Il vivait
dans une pension rue de Beaune, et passait la soirée
dans le Palais-Royal, allant parfois au spectacle, grâce à
du Bruel, qui lui donnait un billet d'auteur par semaine[c].
Un mot sur du Bruel.

Quoique suppléé par Sébastien auquel il abandonnait
la pauvre indemnité que vous savez, du Bruel venait
cependant au bureau, mais uniquement pour se croire,
pour se dire sous-chef et toucher des appointements.
Il faisait les petits théâtres dans le feuilleton d'un journal ministériel, où il écrivait aussi les articles demandés
par les ministres : position connue, définie et inattaquable.
Du Bruel ne manquait d'ailleurs à aucune des petites
ruses diplomatiques qui pouvaient lui concilier la bienveillance générale. Il offrait une loge à Mme Rabourdin
à chaque première représentation, la venait chercher en
voiture et la ramenait, attention à laquelle elle se montrait sensible. Aussi, Rabourdin, très tolérant et très peu
tracassier avec ses employés, le laissait-il aller à ses répétitions, venir à ses heures, et travailler à ses vaudevilles. M. le duc de Chaulieu savait du Bruel occupé
d'un roman qui devait lui être dédié[d]. Vêtu avec le
laisser-aller du vaudevilliste, le sous-chef portait le matin
un pantalon à pied, des souliers-chaussons, un gilet mis
à la réforme, une redingote olive et une cravate noire.

Le soir, il avait un costume élégant, car il visait au gentleman. Du Bruel demeurait, et pour cause, dans la maison
de Florine, une actrice[a] pour laquelle il écrivit des rôles.
Florine logeait alors dans la maison de Tullia[b], danseuse
plus remarquable par sa beauté que par son talent. Ce
voisinage permettait au sous-chef de voir souvent le
duc de Rhétoré, fils aîné du duc de Chaulieu, favori du
Roi[c]. Le duc de Chaulieu avait fait obtenir à du Bruel
la croix[d] de la Légion d'honneur, après une onzième
pièce de circonstance[1]. Du Bruel, ou si vous voulez,
Cursy[2] travaillait en ce moment à une pièce en cinq actes
pour les Français. Sébastien aimait beaucoup du Bruel,
il recevait de lui quelques billets de parterre, et applau-
dissait avec la foi du jeune âge aux endroits que du
Bruel lui signalait comme douteux; Sébastien le regardait
comme un grand écrivain. Ce fut à Sébastien que du
Bruel dit, le lendemain de la première représentation
d'un vaudeville produit, comme tous les vaudevilles, par
trois collaborateurs, et où l'on avait sifflé dans quelques
endroits : « Le public a reconnu les scènes faites à deux.

— Pourquoi ne travaillez-vous pas seul ? » répondit
naïvement Sébastien[e].

Il y avait d'excellentes raisons pour que du Bruel ne
travaillât pas seul. Il était le tiers d'un auteur. Un auteur
dramatique, comme peu de personnes le savent, se compose : d'abord d'un *homme à idées,* chargé de trouver les
sujets et de construire la charpente ou *scénario* du vaudeville; puis d'un *piocheur,* chargé de rédiger la pièce;
enfin d'un *homme-mémoire,* chargé de mettre en musique
les couplets, d'arranger les chœurs et les morceaux
d'ensemble, de les chanter, de les superposer à la situation[3]. L'*homme-mémoire* fait aussi la recette, c'est-à-dire
veille à la composition de l'affiche, en ne quittant pas le
directeur qu'il n'ait indiqué pour le lendemain une pièce
de la société. Du Bruel, vrai piocheur, lisait au bureau
les livres nouveaux[f], en extrayait les mots spirituels et
les enregistrait pour en émailler son dialogue. Cursy
(son nom de guerre) était estimé par ses collaborateurs,
à cause de sa parfaite exactitude; avec lui, sûr d'être compris, l'homme aux sujets pouvait se croiser les bras[g].
Les employés de la division aimaient assez le vaudevilliste pour aller en masse à ses pièces et les soutenir,
car il méritait le titre de *bon enfant.* La main leste à la

poche, ne se faisant jamais tirer l'oreille pour payer des
glaces ou du punch, il prêtait cinquante francs sans
jamais les redemander. Possédant une maison de campagne à Aulnay, rangé, plaçant son argent, du Bruel
avait, outre les quatre mille cinq cents[1] de sa place, douze
cents de pension sur la Liſte civile et huit cents sur les
cent mille écus d'encouragements aux Arts votés par la
Chambre. Ajoutez à ces divers produits neuf mille francs
gagnés par les *quarts,* les *tiers,* les *moitiés* de vaudevilles
à trois théâtres différents, et vous comprendrez qu'au
physique, il fût gros, gras, rond et montrât une figure de
bon propriétaire. Au moral, amant de cœur de Tullia,
du Bruel se croyait préféré, comme toujours, au brillant
duc de Rhétoré, l'amant en titre[a].

Dutocq n'avait pas vu sans effroi ce qu'il nommait la
liaison de des Lupeaulx avec Mme Rabourdin, et sa
rage sourde s'en était accrue. D'ailleurs, il avait un œil
trop fureteur pour ne pas avoir deviné que Rabourdin
s'adonnait à un grand travail en dehors de ses travaux
officiels, et il se désespérait de n'en rien savoir, tandis
que le petit Sébaſtien était, en tout ou en partie, dans
le secret. Dutocq avait essayé de se lier avec M. Godard,
sous-chef de Baudoyer, collègue de du Bruel, et il y
était parvenu. La haute eſtime dans laquelle Dutocq
tenait Baudoyer avait ménagé son accointance avec
Godard; non que Dutocq fût sincère, mais en vantant
Baudoyer et ne disant rien de Rabourdin, il satisfaisait
sa haine à la manière des petits esprits.

Joseph Godard[2], cousin de Mitral par sa mère[b], avait
fondé sur cette parenté avec Baudoyer, quoique assez
éloignée, des prétentions à la main de Mlle Baudoyer;
conséquemment, à ses yeux, Baudoyer brillait comme un
génie. Il professait une haute eſtime pour Élisabeth et
Mme Saillard, sans s'être encore aperçu que Mme Baudoyer mitonnait Falleix pour sa fille. Il apportait à
Mlle Baudoyer[c] de petits cadeaux, des fleurs artificielles,
des bonbons au jour de l'an, de jolies boîtes à ses jours
de fête. Âgé de vingt-six ans, travailleur sans portée,
rangé comme une demoiselle, monotone et apathique,
ayant les cafés, le cigare et l'équitation en horreur,
couché régulièrement à dix heures du soir et levé à sept,
doué de plusieurs talents de société, jouant des contredanses sur le flageolet, ce qui l'avait mis en grande

faveur chez les Saillard et les Baudoyer, fifre dans la Garde nationale pour ne point passer les nuits au corps de garde, Godard cultivait surtout l'histoire naturelle. Ce garçon faisait des collections de minéraux et de coquillages, savait empailler les oiseaux, emmagasinait dans sa chambre un tas de curiosités achetées à bon marché : des pierres à paysages, des modèles de palais en liège, des pétrifications de la fontaine Saint-Allyre à Clermont (Auvergne), etc. Il accaparait tous les flacons de parfumerie pour mettre ses échantillons de baryte, ses sulfates, sels, magnésie, coraux, etc. Il entassait des papillons dans des cadres, et sur les murs des parasols de la Chine, des peaux de poissons séchées. Il demeurait chez sa sœur, fleuriste, rue de Richelieu. Quoique très admiré par les mères de famille, ce jeune homme modèle était méprisé par les ouvrières de sa sœur, et surtout par la demoiselle du comptoir, qui pendant longtemps avait espéré l'*enganter*. Maigre et fluet, de taille moyenne, les yeux cernés, ayant peu de barbe, tuant, comme disait Bixiou, les mouches au vol[a], Joseph Godard avait peu de soin de lui-même : ses habits étaient mal taillés, ses pantalons larges formaient le sac ; il portait des bas blancs par toutes les saisons, un chapeau à petits bords et des souliers lacés. Assis au bureau, dans un fauteuil de canne, percé au milieu du siège et garni d'un rond en maroquin vert, il se plaignait beaucoup de ses digestions. Son principal vice était de proposer des parties de campagne, le dimanche dans la belle saison, à Montmorency, des dîners sur l'herbe, et d'aller prendre du laitage sur le boulevard du Montparnasse. Depuis six mois Dutocq commençait à aller de loin en loin chez Mlle Godard, espérant faire quelques affaires dans cette maison, y découvrir quelque trésor femelle.

Ainsi, dans les bureaux, Baudoyer avait en Dutocq et Godard deux prôneurs. M. Saillard, incapable de juger Dutocq, lui faisait parfois de petites visites au bureau. Le jeune La Billardière, mis surnuméraire chez Baudoyer, était de ce parti. Les têtes fortes riaient beaucoup de cette alliance entre ces incapacités. Baudoyer, Godard et Dutocq avaient été surnommés par Bixiou *la Trinité sans Esprit,* et le petit La Billardière *l'Agneau pascal*[b].

« Vous vous êtes levé matin, dit Antoine à Dutocq en prenant un air riant.

966   Scènes de la vie parisienne

— Et vous, Antoine, répondit Dutocq, vous voyez bien que les journaux arrivent quelquefois plus tôt que vous ne nous les donnez.

— Aujourd'hui, par hasard, dit Antoine sans se déconcerter; ils ne sont jamais venus deux fois de suite à la même heure. »

Les deux neveux se regardèrent à la dérobée comme pour se dire, en admirant leur oncle : « *Quel toupet !* »

« Quoiqu'il me rapporte deux sous par déjeuner, dit en murmurant Antoine quand il entendit Dutocq fermer la porte, j'y renoncerais bien pour ne plus l'avoir dans notre division. »

« Ah! vous n'êtes pas le premier aujourd'hui, monsieur Sébastien, dit un quart d'heure après Antoine au surnuméraire.

— Qui donc est arrivé? demanda le pauvre enfant en pâlissant.

— M. Dutocq », répondit l'huissier Laurent.

Les natures vierges ont plus que toutes les autres un inexplicable don de seconde vue dont la cause gît peut-être dans la pureté de leur appareil nerveux en quelque sorte neuf[1]. Sébastien avait donc deviné la haine de Dutocq contre son vénéré Rabourdin. Aussi à peine Laurent eut-il prononcé ce nom, que, saisi par un horrible pressentiment, il s'écria : « Je m'en doutais! » et il s'élança dans le corridor avec la rapidité d'une flèche.

« Il y aura du grabuge dans les bureaux! dit Antoine en branlant sa tête blanchie et endossant son costume officiel. On voit bien que M. le baron rend ses comptes à Dieu... oui, Mme Gruget[a], sa garde, m'a dit qu'il ne passerait pas la journée. Vont-ils se remuer ici! Le vont-ils[b]! Allez voir si tous les poêles ronflent bien, vous autres! Sabre de bois, notre monde va nous tomber sur le dos.

— C'est vrai, dit Laurent, que ce pauvre petit jeune homme a eu un fameux coup de soleil en apprenant que ce jésuite de M. Dutocq l'avait devancé.

— Moi j'ai beau lui dire, car enfin on doit la vérité à un bon employé, et ce que j'appelle un bon employé, c'est un employé comme ce petit qui donne *recta* ses dix francs au jour de l'an, reprit Antoine. Je lui dis donc : Plus vous en ferez, plus on vous en demandera et l'on vous laissera sans avancement! Eh bien, il ne m'écoute pas, il se tue à rester jusqu'à cinq heures, une heure de plus que tout le monde *(il hausse les épaules)*. C'est des bêtises, on n'arrive pas comme ça!... À preuve qu'il n'est pas encore question d'appointer ce pauvre enfant qui ferait un excellent employé. Après deux ans! ça scie le dos, parole d'honneur.

— M. Rabourdin aime M. Sébastien, dit Laurent.

— Mais M. Rabourdin n'est pas ministre, reprit Antoine, et il fera chaud quand il le sera, les poules auront des dents, il est bien trop... Suffit! Quand je pense que je porte à émarger l'état des appointements à des farceurs qui restent chez eux, et qui y font ce qu'ils veulent, tandis que ce petit La Roche se crève, je me demande si Dieu pense aux bureaux! Et qu'est-ce qu'ils vous donnent, ces protégés de M. le maréchal, de M. le duc? ils vous remercient *(il fait un signe de tête protecteur)* : «Merci, mon cher Antoine[1]!» Tas de *faignants,* travaillez donc! ou vous serez cause d'une révolution. Fallait voir s'il y avait de ces giries-là sous M. Robert Lindet[2]; car, moi, tel que vous me voyez, je suis entré dans cette baraque sous Robert Lindet. Et sous lui, l'employé travaillait! Fallait voir tous ces gratte-papier jusqu'à minuit, les poêles éteints, sans seulement s'en apercevoir; mais c'est qu'aussi la guillotine était là[3]!... et, c'est pas pour dire, mais c'était autre chose que de les pointer, comme aujourd'hui, quand ils arrivent tard.

— Père Antoine, dit Gabriel, puisque vous êtes causeur ce matin, quelle idée, là, vous faites-vous de l'employé?

— C'est, répondit gravement Antoine, un homme qui écrit, assis dans un bureau. Qu'est-ce que je dis donc là? Sans les employés, que serions-nous?... Allez donc voir à vos poêles et ne parlez jamais en mal des employés[a], vous autres! Gabriel, le poêle du grand bureau tire comme un diable, il faut tourner un peu la clef.»

Antoine se plaça sur le palier, à un endroit d'où il pouvait voir déboucher les employés de dessous la porte cochère; il connaissait tous ceux du ministère et les observait dans leur allure, en remarquant les différences que présentaient leurs mises. Avant d'entrer dans le drame, il est nécessaire de peindre ici la silhouette des principaux acteurs[b] de la division La Billardière qui fourniront d'ailleurs quelques variétés du Genre Commis et justifieront non seulement les observations de Rabourdin, mais encore le titre de cette Étude, essentiellement parisienne[a]. En effet, ne vous y trompez pas! Sous le rapport des misères et de l'originalité, il y a employés et employés, comme il y a fagots et fagots[1]. Distinguez surtout l'employé de Paris de l'employé de province. En province, l'employé se trouve heureux : il est logé spacieusement, il a un jardin, il est généralement à l'aise dans son bureau; il boit de bon vin, à bon marché, ne consomme pas de filet de cheval, et connaît le luxe du dessert. Au lieu de faire des dettes, il fait des économies. Sans savoir précisément ce qu'il mange, tout le monde vous dira qu'*il ne mange pas ses appointements !* S'il est garçon, les mères de famille le saluent quand il passe; et, s'il est marié, sa femme et lui vont au bal chez le receveur général, chez le préfet, le sous-préfet, l'intendant. On s'occupe de son caractère, il a des bonnes fortunes, il se fait une renommée d'esprit, il a des chances pour être regretté, toute une ville le connaît, s'intéresse à sa femme, à ses enfants. Il donne des soirées; et, s'il a des moyens, un beau-père dans l'aisance, il peut devenir député. Sa femme est surveillée par le méticuleux espionnage des petites villes, et s'il est malheureux dans son intérieur, il le sait; tandis qu'à Paris un employé peut n'en rien savoir[b]. Enfin, l'employé de province est *quelque chose,* tandis que l'employé de Paris est à peine *quelqu'un*[c2].

Le premier qui vint après Sébastien était un rédacteur du bureau Rabourdin, honorable père de famille, nommé M. Phellion[3]. Il devait à la protection de son chef une demi-bourse au collège Henri IV pour chacun de ses deux garçons : faveur bien placée, car Phellion avait encore une fille élevée gratis dans un pensionnat où sa femme donnait des leçons de piano[d], où il faisait une classe d'histoire et de géographie pendant la soirée. Homme de quarante-cinq ans, sergent-major de sa compagnie dans la Garde nationale, très compatissant en paroles, mais hors d'état de donner un liard, le commis-rédacteur demeurait rue du Faubourg-Saint-Jacques[e4], non loin des Sourds-Muets, dans une maison à jardin où son local (style Phellion) ne coûtait que quatre cents francs. Fier de sa place, heureux de son sort, il s'appliquait à servir le Gouvernement, se croyait utile à son pays, et se vantait de son insouciance en politique, où il ne voyait jamais que LE POUVOIR. M. Rabourdin faisait plaisir à Phellion en le priant de rester une demi-heure de plus pour achever quelque travail, et il disait alors aux demoiselles La Grave, car il dînait rue Notre-Dame-des-Champs dans le pensionnat où sa femme *professait la musique :*

« Mesdemoiselles, les affaires ont exigé que je restasse au Bureau. Quand on appartient au Gouvernement, on n'est pas son maître! » Il avait composé des livres par demandes et par réponses à l'usage des pensionnats de jeunes demoiselles. Ces *petits traités substantiels,* comme il les nommait, se vendaient chez le libraire de l'Université, sous le nom de *Catéchismes* historique et géographique. Se croyant obligé d'offrir à Mme Rabourdin un exemplaire papier vélin, relié en maroquin rouge, de chaque nouveau catéchisme, il les apportait en grande tenue : culotte de soie, bas de soie, souliers à boucles d'or, etc. M. Phellion[a] recevait le jeudi soir, après le coucher des pensionnaires, il donnait de la bière et des gâteaux. On jouait la bouillotte à cinq sous la cave. Malgré cette médiocre mise, par certains jeudis enragés, Laudigeois, employé à la mairie, perdait ses dix francs[b]. Tendu de papier vert américain à bordures rouges, ce salon était décoré des portraits du Roi, de la Dauphine et de Madame, des deux gravures de Mazeppa d'après Horace Vernet, de celle du *Convoi du pauvre* d'après Vigneron, « tableau sublime de pensée, et qui, selon Phellion, devait consoler les dernières classes de la société en leur prouvant qu'elles avaient des amis plus dévoués que les hommes et dont les sentiments allaient plus loin que la tombe[1]! » À ces paroles, vous devinez l'homme qui tous les ans conduisait, le jour des Morts, au cimetière de l'Ouest[2] ses trois enfants auxquels il montrait les vingt mètres de terre achetés à perpétuité, dans lesquels son père et la mère de sa femme avaient été enterrés. « Nous y viendrons tous », leur disait-il pour les familiariser avec l'idée de la mort. L'un de ses plus grands plaisirs consistait à explorer les environs de Paris, il s'en était donné la carte. Possédant déjà à fond Antony[c], Arcueil, Bièvre[d], Fontenay-aux-Roses, Aulnay, si célèbre par le séjour de plusieurs grands écrivains[e3], il espérait avec le temps connaître toute la partie ouest des environs de Paris. Il destinait son fils aîné à l'Administration et le second à l'École polytechnique. Il disait souvent à son aîné : « Quand tu auras l'honneur d'être employé par le Gouvernement! » mais il lui soupçonnait une vocation pour les sciences exactes qu'il essayait de réprimer, en se réservant de l'abandonner à lui-même, s'il y persistait[a]. Phellion n'avait jamais osé prier M. Rabourdin de lui faire l'honneur de dîner chez lui, quoiqu'il eût regardé ce jour comme un des plus beaux de sa vie. Il disait que s'il pouvait laisser un de ses fils marchant sur les traces d'un Rabourdin, il mourrait le plus heureux père du monde. Il rebattait si bien l'éloge de ce digne et respectable chef aux oreilles des demoiselles La Grave, qu'elles désiraient voir le grand Rabourdin comme un jeune homme peut souhaiter de voir M. de Chateaubriand. « Elles eussent été bien heureuses, disaient-elles, d'avoir *sa demoiselle* à élever! » Quand, par hasard, la voiture du ministre sortait ou rentrait, qu'il y eût ou non du monde, Phellion se découvrait très respectueusement, et prétendait que la France en irait bien mieux si tout le monde honorait assez le pouvoir pour l'honorer jusque dans ses insignes. Quand Rabourdin le faisait venir *en bas* pour lui expliquer un travail, Phellion tendait son intelligence, il écoutait les moindres paroles du chef comme un *dilettante* écoute un air aux Italiens. Silencieux au bureau, les pieds en l'air sur un pupitre de bois et ne les bougeant point, il étudiait sa besogne en conscience. Il s'exprimait dans sa correspondance administrative avec une gravité religieuse, prenait tout au sérieux, et appuyait sur les ordres transmis par le ministre au moyen de phrases solennelles. Cet homme, si ferré sur les convenances, avait eu un désastre dans sa carrière de rédacteur, et quel désastre! Malgré le soin extrême avec lequel il minutait, il lui était arrivé de laisser échapper une phrase ainsi conçue : *Vous vous rendrez aux lieux indiqués, avec les papiers nécessaires.* Heureux de pouvoir rire aux dépens de cette innocente créature, les expéditionnaires étaient allés consulter à son insu Rabourdin, qui songeant au caractère de son rédacteur, ne put s'empêcher de rire, et modifia la phrase en marge par ces mots : *Vous vous rendrez sur le terrain avec toutes les pièces indiquées*[b]. Phellion, à qui l'on vint montrer la correction, l'étudia, pesa la différence des expressions, ne craignit pas d'avouer qu'il lui aurait fallu deux heures pour trouver ces équivalents, et s'écria :

« M. Rabourdin est un homme de génie! » Il pensa toujours que ses collègues avaient manqué de procédés à son égard en recourant si promptement au chef; mais il avait trop de respect dans la hiérarchie pour ne pas reconnaître leur droit d'y recourir, d'autant plus qu'alors il était absent; cependant, à leur place, il aurait attendu, la circulaire ne pressait pas. Cette affaire lui fit perdre le sommeil pendant quelques nuits. Quand on voulait le fâcher, on n'avait qu'à faire allusion à la maudite phrase en lui disant quand il sortait : « Avez-vous les papiers nécessaires ? » Le digne rédacteur se retournait, lançait un regard foudroyant aux employés, et leur répondait : « Ce que vous dites me semble fort déplacé, messieurs. » Il y eut un jour à ce sujet une querelle si forte que Rabourdin fut obligé d'intervenir et de défendre aux employés de rappeler cette phrase. M. Phellion avait une figure de bélier pensif, peu colorée, marquée de la petite vérole, de grosses lèvres pendantes, les yeux d'un bleu clair, une taille au-dessus de la moyenne. Propre sur lui comme doit l'être un maître d'histoire et de géographie obligé de paraître devant de jeunes demoiselles, il portait de beau linge, un jabot plissé, gilet de casimir noir ouvert, laissant voir des bretelles brodées par sa fille, un diamant à sa chemise, habit noir, pantalon bleu. Il adoptait l'hiver le carrick noisette à trois collets et avait une canne plombée nécessitée par *la profonde solitude de quelques parties de son quartier*. Il s'était déshabitué de priser et citait cette réforme comme un exemple frappant de l'empire qu'un homme peut prendre sur lui-même. Il montait les escaliers lentement, car il craignait un asthme, ayant ce qu'il appelait *la poitrine grasse*. Il saluait Antoine avec dignité.

Immédiatement après M. Phellion, vint un expéditionnaire qui formait un singulier contraste avec ce vertueux bonhomme. Vimeux[1] était un jeune homme de vingt-cinq ans, à quinze cents francs d'appointements, bien fait, cambré, d'une figure élégante et romanesque, ayant les cheveux, la barbe, les yeux, les sourcils noirs comme du jais, de belles dents, des mains charmantes, portant des moustaches si fournies, si bien peignées, qu'il semblait en faire métier et marchandise. Vimeux avait une si grande aptitude à son travail qu'il l'expédiait plus promptement que personne. « Ce jeune homme est doué! » disait Phellion en le voyant se croiser les jambes et ne savoir à quoi employer le reste de son temps, après avoir fait son ouvrage. « Et voyez! c'est perlé! » disait le rédacteur à du Bruel. Vimeux déjeunait d'une simple flûte et d'un verre d'eau, dînait pour vingt sous chez Katcomb[a1] et logeait en garni à douze[b] francs par mois. Son bonheur, son seul plaisir était la toilette. Il se ruinait en gilets mirifiques, en pantalons collants, demi-collants, à plis ou à broderies, en bottes fines, en habits bien faits qui dessinaient sa taille, en cols ravissants, en gants frais, en chapeaux. La main ornée d'une bague à la chevalière mise par-dessus son gant, armé d'une jolie canne, il tâchait de se donner la tournure et les manières d'un jeune homme riche. Puis, il allait, un cure-dent à la bouche, se promener dans la grande allée des Tuileries, absolument comme un millionnaire sortant de table. Dans l'espérance qu'une femme, une Anglaise, une étrangère quelconque, ou une veuve pourrait s'amouracher de lui, il étudiait l'art de jouer avec sa canne, et de lancer un regard à la manière dite *américaine,* par Bixiou. Il riait pour montrer ses belles dents. Il se passait de chaussettes, et se faisait friser tous les jours. Vimeux, en vertu de principes arrêtés, épousait une bossue à six mille livres de rente, à huit mille une femme de quarante-cinq ans, à mille écus une Anglaise[c]. Ravi de son écriture et pris de compassion pour ce jeune homme, Phellion le sermonnait pour lui persuader de donner des leçons d'écriture, honorable profession qui pouvait améliorer son existence et la rendre même agréable; il lui promettait le pensionnat des demoiselles La Grave. Mais Vimeux avait son idée si fort en tête, que personne ne pouvait l'empêcher de croire à son étoile. Donc, il continuait à s'étaler à jeun comme un esturgeon de Chevet[2], quoiqu'il eût vainement exposé ses énormes moustaches depuis trois ans. Endetté de trente francs pour ses déjeuners, chaque fois que Vimeux passait devant Antoine, il baissait les yeux pour ne pas rencontrer son regard; et cependant, vers midi, il le priait de lui aller chercher une flûte. Après avoir essayé de faire entrer quelques idées justes dans cette pauvre tête, Rabourdin avait fini par y renoncer. M. Vimeux père était greffier d'une Justice de paix dans le département du Nord[d]. Adolphe Vimeux avait dernièrement économisé Katcomb et vécu de petits pains, pour s'acheter des éperons et une cravache. On l'avait appelé le pigeon-Villiaume[1] pour railler ses calculs matrimoniaux[a]. On ne pouvait attribuer les moqueries adressées à cet Amadis à vide[2] qu'au génie malin qui créa le vaudeville[3], car il était bon camarade, et ne nuisait à personne qu'à lui-même. La grande plaisanterie des bureaux à son égard consistait à parier qu'il portait un corset[b]. Primitivement casé dans le bureau Baudoyer, Vimeux avait intrigué pour passer chez Rabourdin, à cause de la sévérité de Baudoyer relativement aux *Anglais,* nom donné par les employés à leurs créanciers. Le jour des Anglais est le jour où les bureaux sont publics. Sûrs de trouver là leurs débiteurs, les créanciers affluent, ils viennent les tourmenter en leur demandant quand ils seront payés, et les menacent de mettre opposition sur leur traitement. L'implacable Baudoyer obligeait ses employés à rester. « C'était à eux, disait-il, à ne pas s'endetter. » Il regardait sa sévérité comme une chose nécessaire au bien public. Au contraire, Rabourdin protégeait les employés contre leurs créanciers, qu'il mettait à la porte, disant que les bureaux n'étaient point ouverts pour les affaires privées, mais pour les affaires publiques. On s'était beaucoup moqué de Vimeux dans les deux bureaux, quand il avait fait sonner ses éperons à travers les corridors et les escaliers. Le mystificateur du ministère[c], Bixiou, avait fait passer dans les deux divisions Clergeot et La Billardière une feuille en tête de laquelle Vimeux était caricaturé sur un cheval de carton, et où chacun était invité à souscrire pour lui acheter un cheval. M. Baudoyer était marqué pour un quintal de foin, pris sur sa consommation particulière, et chaque employé mit une épigramme sur son voisin. Vimeux, en vrai bon enfant, souscrivit lui-même au nom de miss Fairfax.

Les employés beaux hommes dans le Genre Vimeux, ont leur place pour vivre, et leur physique pour faire fortune. Fidèles aux bals masqués dans le temps de carnaval, ils y vont chercher les bonnes fortunes qui les fuient souvent encore là. Beaucoup finissent par se marier soit avec des modistes qu'ils acceptent de guerre lasse, soit avec de vieilles femmes, soit aussi avec de jeunes personnes auxquelles leur *physique* a plu, et avec lesquelles ils ont filé un roman émaillé de lettres stupides, mais qui ont produit leur effet. Ces commis sont quelquefois hardis, ils voient passer une femme en équipage aux Champs-Élysées, ils se procurent son adresse, ils lancent des épîtres passionnées à tout hasard[a], et rencontrent une occasion qui malheureusement encourage cette ignoble spéculation[b].

Ce Bixiou (prononcez Bisiou)[1] était un dessinateur qui se moquait de Dutocq aussi bien que de Rabourdin, surnommé par lui *la vertueuse Rabourdin*. Pour exprimer la vulgarité de son chef, il l'appelait *la place Baudoyer*[2], il nommait le vaudevilliste *Flon-Flon*. Sans contredit l'homme le plus spirituel de la division et du ministère, mais spirituel à la façon du singe, sans portée ni suite, Bixiou était d'une si grande utilité à Baudoyer et à Godard qu'ils le protégeaient malgré sa malfaisance, il expédiait leur besogne par-dessous la jambe. Bixiou désirait la place de Godard ou du du Bruel; mais sa conduite nuisait à son avancement. Tantôt il se moquait des bureaux, et c'était quand il venait de faire une bonne affaire, comme la publication des portraits dans le procès Fualdès pour lesquels il prit des figures au hasard, ou celle des débats du procès de Castaing[c3]; tantôt, saisi par une envie de parvenir, il s'appliquait au travail; puis il le laissait pour un vaudeville qu'il ne finissait point. D'ailleurs égoïste, avare et dépensier tout ensemble, c'est-à-dire ne dépensant son argent que pour lui[d]; cassant, agressif et indiscret, il faisait le mal pour le mal : il attaquait surtout les faibles, ne respectait rien, ne croyait ni à la France, ni à Dieu, ni à l'Art, ni aux Grecs, ni aux Turcs, ni au Champ d'Asile[4], ni à la monarchie, insultant surtout ce qu'il ne comprenait point. Ce fut lui qui, le premier, mit des calottes noires à la tête de Charles X sur les pièces de cent sous[e]. Il contrefaisait le docteur Gall à son cours, de manière à décravater de rire le diplomate le mieux boutonné. La plaisanterie principale de ce terrible inventeur de charges consistait à chauffer les poêles outre mesure, afin de procurer des rhumes à ceux qui sortaient imprudemment de son étuve, et il avait de plus la satisfaction de consommer le bois du gouvernement. Remarquable dans ses mystifications, il les variait avec tant d'habileté, qu'il y prenait toujours quelqu'un. Son grand secret en ce genre était de deviner les désirs de chacun; il connaissait le chemin de tous les châteaux en Espagne, le rêve où l'homme est mystifiable parce qu'il cherche à s'attraper lui-même, et il vous *faisait poser* pendant des heures entières. Ainsi, ce profond observateur, qui déployait un tact inouï pour une raillerie, ne savait plus user de sa puissance pour employer les hommes à sa fortune ou à son avancement[a]. Celui qu'il aimait le plus à vexer était le jeune La Billardière, sa bête noire, son cauchemar, et que néanmoins il patelinait constamment, afin de le mieux mystifier : il lui adressait des lettres de femme amoureuse signées Comtesse de M... ou Marquise de B...[b], l'attirait ainsi aux jours gras dans le foyer de l'Opéra devant la pendule et le lâchait à quelque grisette, après l'avoir montré à tout le monde. Allié de Dutocq (il le considérait comme un mystificateur sérieux) dans sa haine contre Rabourdin et dans ses éloges de Baudoyer, il l'appuyait avec amour. Jean-Jacques Bixiou était petit-fils d'un épicier de Paris. Son père, mort colonel, l'avait laissé à la charge de sa grand-mère, qui s'était mariée en secondes noces à son premier garçon, nommé Descoings et qui mourut en 1822. Se trouvant sans état au sortir du collège, il avait tenté la peinture, et malgré l'amitié qui le liait à Joseph Bridau, son ami d'enfance, il y avait renoncé pour se livrer à la caricature, aux vignettes, aux dessins de livres, connus, vingt ans plus tard, sous le nom d'*illustrations*. La protection des ducs de Maufrigneuse, de Rhétoré, qu'il connut par des danseuses, lui procura sa place, en 1819. Au mieux avec des Lupeaulx, avec qui, dans le monde, il se trouvait sur un pied d'égalité, tutoyant du Bruel, il offrait la preuve vivante des observations de Rabourdin relativement à la destruction constante de la hiérarchie administrative à Paris, par la valeur personnelle qu'un homme acquiert en dehors des bureaux[c]. De petite taille, mais bien pris, une figure fine, remarquable par une vague ressemblance avec celle de Napoléon, lèvres minces, menton plat tombant droit, favoris châtains, vingt-sept ans, blond, voix mordante, regard étincelant, voilà Bixiou. Cet homme, tout sens et tout esprit, se perdait par une fureur pour les plaisirs de tout genre qui le jetait dans une dissipation continuelle. Intrépide chasseur de grisettes, fumeur, amuseur de gens, dîneur et soupeur, se mettant partout au diapason, brillant aussi bien dans les coulisses qu'au bal des grisettes dans l'Allée des Veuves[1], il étonnait autant à table que

dans une partie de plaisir, en verve à minuit dans la rue,
comme le matin si vous le preniez au saut du lit; mais
sombre et triste avec lui-même, comme la plupart des
grands comiques. Lancé dans le monde des actrices et
des acteurs, des écrivains, des artistes et de certaines
femmes dont la fortune est aléatoire, il vivait bien, allait
au spectacle sans payer, jouait à Frascati[1], gagnait souvent.
Enfin cet artiste, vraiment profond, mais par éclairs,
se balançait dans la vie comme sur une escarpolette,
sans s'inquiéter du moment où la corde casserait. Sa
vivacité d'esprit, sa prodigalité d'idées le faisaient rechercher par tous les gens accoutumés aux rayonnements de
l'intelligence; mais aucun de ses amis ne l'aimait. Incapable de retenir un bon mot, il immolait ses deux voisins
à table avant la fin du premier service. Malgré sa gaieté
d'épiderme, il perçait dans ses discours un secret mécontentement de sa position sociale, il aspirait à quelque
chose de mieux, et le fatal démon caché dans son esprit
l'empêchait d'avoir le sérieux qui en impose tant aux
sots[a]. Il demeurait rue de Ponthieu[b], à un second étage
où il avait trois chambres livrées à tout le désordre d'un
ménage de garçon, un vrai bivouac. Il parlait souvent
de quitter la France et d'aller violer la fortune en Amérique. Aucune sorcière ne pouvait prévoir l'avenir d'un
jeune homme chez qui tous les talents étaient incomplets,
incapable d'assiduité, toujours ivre de plaisir, et croyant
que le monde finissait le lendemain. Comme costume,
il avait la prétention de n'être pas ridicule, et peut-être
était-ce le seul de tout le ministère de qui la tenue ne
fît pas dire : « Voilà un employé[c] ! » Il portait des bottes
élégantes, un pantalon noir à sous-pieds, un gilet de fantaisie et une jolie redingote bleue, un col, éternel présent
de la grisette, un chapeau de Bandoni[2], des gants de
chevreau couleur sombre. Sa démarche, cavalière et
simple à la fois, ne manquait pas de grâce. Aussi, quand
il fut mandé par des Lupeaulx pour une impertinence
un peu trop forte dite sur le baron de La Billardière et
menacé de destitution, se contenta-t-il de lui répondre :
« Vous me reprendriez à cause du costume. » Des
Lupeaulx ne put s'empêcher de rire. La plus jolie plaisanterie faite par Bixiou dans les bureaux est celle inventée
pour Godard, auquel il offrit un papillon rapporté de
la Chine que le sous-chef garde dans sa collection et

montre encore aujourd'hui, sans avoir reconnu qu'il est en papier peint[a]. Bixiou eut la patience de pourlécher un chef-d'œuvre pour jouer un tour à son sous-chef.

Le diable pose toujours une victime auprès d'un Bixiou. Le bureau Baudoyer avait donc sa victime, un pauvre expéditionnaire, âgé de vingt-deux ans[b], aux appointements de quinze cents francs, nommé Auguste-Jean-François[c] Minard. Minard[1] s'était marié par amour avec une ouvrière fleuriste, fille d'un portier, qui travaillait chez elle pour Mlle Godard et que Minard avait vue rue de Richelieu dans la boutique. Étant fille, Zélie Lorain avait eu bien des fantaisies pour sortir de son état. D'abord élève du Conservatoire, tour à tour danseuse, chanteuse et actrice, elle avait songé à faire comme font beaucoup d'ouvrières, mais la peur de mal tourner et de tomber dans une effroyable misère l'avait préservée du vice. Elle flottait entre mille partis, lorsque Minard s'était dessiné nettement, une proposition de mariage à la main. Zélie gagnait cinq cents[d] francs par an, Minard en avait quinze cents. En croyant pouvoir vivre avec deux mille francs, ils se marièrent sans contrat, avec la plus grande économie. Minard et Zélie étaient allés se loger auprès de la barrière de Courcelles[2], comme deux tourtereaux, dans un appartement de cent écus, au troisième : des rideaux de calicot blanc aux fenêtres, sur les murs un petit papier écossais à quinze sous le rouleau, carreau frotté, meubles en noyer, petite cuisine bien propre; d'abord une première pièce où Zélie faisait ses fleurs, puis un salon meublé de chaises foncées en crin, une table ronde au milieu, une glace, une pendule représentant une fontaine à cristal tournant[e], des flambeaux dorés enveloppés de gaze; enfin une chambre à coucher blanche et bleue; lit, commode et secrétaire en acajou, petit tapis rayé au bas du lit, six fauteuils et quatre chaises; dans un coin, le berceau en merisier où dormaient un fils et une fille[f3]. Zélie nourrissait ses enfants elle-même, faisait sa cuisine, ses fleurs et son ménage. Il y avait quelque chose de touchant dans cette heureuse et laborieuse médiocrité. En se sentant aimée par Minard, Zélie l'aima sincèrement. L'amour attire l'amour, c'est l'*abyssus abyssum* de la Bible[4]. Ce pauvre homme quittait son lit le matin pendant que sa femme dormait, et lui allait chercher ses provisions. Il portait

les fleurs terminées en se rendant à son bureau, en revenant il achetait les matières premières; puis, en attendant le dîner, il taillait ou estampait les feuilles, garnissait les tiges, délayait les couleurs. Petit, maigre, fluet,
nerveux, ayant des cheveux rouges et crépus, des yeux
d'un jaune clair, un teint d'une éclatante blancheur, mais
marqué de rousseurs, il avait un courage sourd et sans
apparat. Il possédait la science de l'écriture au même
degré que Vimeux. Au bureau, il se tenait coi, faisait
sa besogne et gardait l'attitude recueillie d'un homme
souffrant et songeur. Ses cils blancs et son peu de sourcils
l'avaient fait surnommer le *lapin blanc*[a] par l'implacable
Bixiou. Minard, ce Rabourdin d'une sphère inférieure,
dévoré du désir de mettre sa Zélie dans une heureuse
situation, cherchait dans l'océan des besoins du luxe
et de l'industrie parisienne une idée, une découverte,
un perfectionnement qui lui procurât une prompte fortune. Son apparente bêtise était produite par la tension
continuelle de son esprit : il allait de la *Double Pâte des
Sultanes* à l'*Huile Céphalique,* des briquets phosphoriques
au gaz portatif, des socques articulés aux lampes hydro-
statiques, embrassant ainsi les *infiniment petits* de la civilisation matérielle[b1]. Il supportait les plaisanteries de
Bixiou comme un homme occupé supporte les bourdon-
nements d'un insecte, il ne s'en impatientait même point.
Malgré son esprit, Bixiou ne devinait pas le profond
mépris que Minard avait pour lui. Minard se souciait
peu d'une querelle, il y voyait une perte de temps.
Aussi avait-il fini par lasser son persécuteur. Il venait au
bureau habillé fort simplement, gardait le pantalon de
coutil jusqu'en octobre, portait des souliers et des guêtres,
un gilet en poil de chèvre, un habit de castorine en hiver
et de gros mérinos en été, un chapeau de paille ou un
chapeau de soie à onze francs, selon les saisons, car sa
gloire était sa Zélie : il se serait passé de manger pour
lui acheter une robe. Il déjeunait avec sa femme et ne
mangeait rien au bureau. Une fois par mois, il menait
Zélie au spectacle avec un billet donné par du Bruel
ou par Bixiou, car Bixiou faisait de tout, même du bien.
La mère de Zélie quittait alors sa loge, et venait garder
l'enfant[c]. Minard avait remplacé Vimeux dans le bureau
de Baudoyer. Mme et M. Minard rendaient en personne leurs visites du jour de l'an. En les voyant, on se

demandait comment faisait la femme d'un pauvre employé à quinze cents francs pour maintenir son mari dans un costume noir, et porter des chapeaux de paille d'Italie à fleurs, des robes de mousseline brodée, des pardessous[1] en soie, des souliers de prunelle, des fichus magnifiques, une ombrelle chinoise, et venir en fiacre et rester vertueuse ; tandis que Mme Colleville ou telle autre *dame* pouvaient à peine joindre les deux bouts, elles qui avaient deux mille quatre cents francs[a] !...

Dans chacun de ces bureaux, il se trouvait un employé ami l'un de l'autre jusqu'à rendre leur amitié ridicule, car on rit de tout dans les bureaux. Celui du bureau Baudoyer, nommé Colleville, y était commis principal, et, sans la Restauration, il eût été sous-chef ou même chef, depuis longtemps. Il avait en Mme Colleville une femme aussi supérieure dans son genre que Mme Rabourdin dans le sien. Colleville, fils d'un premier violon de l'Opéra, s'était amouraché de la fille d'une célèbre danseuse. Flavie Minoret, une de ces habiles et charmantes Parisiennes qui savent rendre leurs maris heureux tout en gardant leur liberté, faisait de la maison de Colleville le rendez-vous de nos meilleurs artistes, des orateurs de la Chambre. On ignorait presque chez elle l'humble place occupée par Colleville. La conduite de Flavie, femme un peu trop féconde[2], offrait tant de prise à la médisance, que Mme Rabourdin avait refusé toutes ses invitations. L'ami de Colleville, nommé Thuillier[b], occupait dans le bureau Rabourdin une place absolument pareille à celle de Colleville, et s'était vu par les mêmes motifs arrêté dans sa carrière administrative comme Colleville. Qui connaissait Colleville connaissait Thuillier, et réciproquement. Leur amitié, née au bureau, venait de la coïncidence de leurs débuts dans l'Administration. La jolie Mme Colleville avait, disait-on dans les bureaux, accepté les soins de Thuillier que sa femme laissait sans enfants. Thuillier, dit le beau Thuillier, ex-homme à bonnes fortunes, menait une vie aussi oisive que celle de Colleville était occupée. Colleville, première clarinette à l'Opéra-Comique, et teneur de livres le matin[3], se donnait beaucoup de mal pour élever sa famille, quoique les protections ne lui manquassent pas. On le regardait comme un homme très fin, d'autant plus qu'il cachait son ambition sous une espèce d'indifférence. En apparence content de son sort, aimant le travail, il trouvait tout le monde, même les chefs, disposés à protéger sa courageuse existence. Depuis quelques jours seulement Mme Colleville avait réformé son train de maison, et semblait tourner à la dévotion ; aussi disait-on vaguement dans les bureaux qu'elle pensait à prendre dans la Congrégation un point d'appui plus sûr que le fameux orateur François Keller, un de ses plus constants adorateurs dont le crédit n'avait pas jusqu'à présent fait obtenir une place supérieure à Colleville. Flavie s'était adressée, et ce fut une de ses erreurs, à des Lupeaulx. Colleville avait la passion de chercher l'horoscope des hommes célèbres dans l'anagramme de leurs noms. Il passait des mois entiers à décomposer des noms et les recomposer afin d'y découvrir un sens. *Un corse la finira* trouvé dans *révolution française.* — *Vierge de son mari* dans *Marie de Vigneros,* nièce du cardinal de Richelieu[1]. — *Henrici mei casta dea* dans *Catharina de Médicis.* — *Eh c'est large nez* dans *Charles Genest,* l'abbé de la cour de Louis XIV, si connu par son gros nez qui amusait le duc de Bourgogne ; enfin tous les anagrammes connus avaient émerveillé Colleville[2]. Érigeant l'anagramme en science, il prétendait que le sort de tout homme était écrit dans la phrase que donnait la combinaison des lettres de ses nom, prénoms et qualités. Depuis l'avènement de Charles X, il s'occupait de l'anagramme du Roi. Thuillier, qui lâchait quelques calembours, prétendait que l'anagramme était un calembour en lettres[3]. Colleville, homme plein de cœur, lié presque indissolublement à Thuillier, le modèle de l'égoïste, présentait un problème insoluble et que beaucoup d'employés de la division expliquaient par ces mots : « Thuillier est riche et le ménage Colleville est lourd ! » En effet, Thuillier passait pour joindre aux émoluments de sa place les bénéfices de l'escompte ; on venait souvent le chercher pour parler à des négociants avec lesquels il avait des conférences de quelques minutes dans la cour mais pour le compte de Mlle Thuillier sa sœur. Cette amitié consolidée par le temps était basée sur des sentiments, sur des faits assez naturels qui trouveront leur place ailleurs (voyez *Les Petits Bourgeois*) et qui formeraient ici ce que les critiques appellent des longueurs. Il n'est peut-être pas inutile de faire observer néanmoins que si l'on connaissait beaucoup

Mme Colleville dans les bureaux, on ignorait presque l'existence de Mme Thuillier. Colleville, l'homme actif, chargé d'enfants, était gros, gras, réjoui; tandis que Thuillier, *le Beau de l'Empire,* sans soucis apparents, oisif, d'une taille svelte, offrait aux regards une figure blême et presque mélancolique. « Nous ne savons pas, disait Rabourdin en parlant de ces deux employés, si nos amitiés naissent plutôt des contrastes que des similitudes. »

Au contraire de ces deux frères siamois, Chazelle et Paulmier étaient deux employés toujours en guerre[1] : l'un fumait, l'autre prisait, et ils se disputaient sans cesse à qui pratiquait le meilleur mode d'absorber le tabac[2]. Un défaut qui leur était commun et qui les rendait aussi ennuyeux l'un que l'autre aux employés consistait à se quereller à propos des valeurs mobilières, du taux des petits pois, du prix des maquereaux, des étoffes, des parapluies, des habits, chapeaux, cannes et gants de leurs collègues. Ils vantaient à l'envi l'un de l'autre les nouvelles découvertes sans jamais y participer. Chazelle colligeait[3] les prospectus de librairie, les affiches à lithographies et à dessins; mais il ne souscrivait à rien. Paulmier, le collègue de Chazelle en bavardage, passait son temps à dire que, s'il avait telle ou telle fortune, il se donnerait bien telle ou telle chose. Un jour Paulmier alla chez le fameux Dauriat[a4] pour le complimenter d'avoir amené la librairie à produire des livres satinés avec couvertures imprimées, l'engager à persévérer dans sa voie d'améliorations, et Paulmier ne possédait pas un livre! Le ménage de Chazelle, tyrannisé par sa femme et voulant paraître indépendant, fournissait d'éternelles plaisanteries à Paulmier; tandis que Paulmier, garçon, souvent à jeun comme Vimeux, offrait à Chazelle un texte fécond avec ses habits râpés et son indigence déguisée. Chazelle et Paulmier prenaient du ventre : celui de Chazelle, rond, petit, pointu, avait, suivant un mot de Bixiou, l'impertinence de toujours passer le premier; celui de Paulmier flottait de droite à gauche; Bixiou le leur faisait mesurer environ une fois par trimestre. Tous deux ils étaient entre trente et quarante ans; tous deux, assez niais, ne faisant rien en dehors du bureau, présentaient le type de l'employé pur sang, hébété par les paperasses, par l'habitation des bureaux. Chazelle s'endormait souvent en travaillant; et sa plume, qu'il tenait toujours, marquait par de petits points ses aspirations. Paulmier attribuait alors ce sommeil à des exigences conjugales. En réponse à cette plaisanterie, Chazelle accusait Paulmier de boire de la tisane quatre mois de l'année sur les douze et lui disait qu'il mourrait d'une grisette. Paulmier démontrait alors que Chazelle indiquait sur un almanach les jours où Mme Chazelle le trouvait aimable. Ces deux employés, à force de laver leur linge sale en s'apostrophant à propos des plus menus détails de leur vie privée, avaient obtenu la déconsidération qu'ils méritaient. « Me prenez-vous pour un Chazelle ? » était un mot qui servait à clore une discussion ennuyeuse[a].

M. Poiret jeune[1], pour le distinguer de son frère Poiret l'aîné, retiré dans la Maison Vauquer[2], où Poiret jeune allait parfois dîner, se proposant d'y finir également ses jours, avait trente[b] ans de service. La nature n'est pas si invariable dans ses révolutions que le pauvre homme l'était dans les actes de sa vie : il mettait toujours ses affaires[c] dans le même endroit, posait sa plume au même fil du bois, s'asseyait à sa place à la même heure, se chauffait au poêle à la même minute, car sa seule vanité consistait à porter une montre infaillible, réglée d'ailleurs tous les jours sur l'Hôtel de Ville devant lequel il passait, demeurant rue du Martroi[3]. De six heures à huit heures du matin, il tenait les livres d'une forte maison de nouveautés de la rue Saint-Antoine, et de six heures à huit heures du soir ceux de la maison Camusot rue des Bourdonnais[d]. Il gagnait ainsi mille écus, y compris les émoluments de sa place. Atteignant, à quelques mois près, le temps voulu pour avoir sa pension, il montrait une grande indifférence aux intrigues des bureaux. Semblable à son frère à qui sa retraite avait porté un coup fatal, il baisserait sans doute beaucoup quand il n'aurait plus à venir de la rue du Martroi au ministère, à s'asseoir sur sa chaise et à expédier. Chargé de faire la collection du journal auquel s'abonnait le bureau et celle du *Moniteur*[4], il avait le fanatisme de cette collection. Si quelque employé perdait un numéro, l'emportait et ne le rapportait pas, Poiret jeune se faisait autoriser à sortir, se rendait immédiatement au bureau du journal, réclamait le numéro manquant et revenait enthousiasmé de la politesse du caissier. Il avait toujours eu affaire à un charmant garçon ; et, selon lui, les journalistes étaient décidément

des gens aimables et peu connus[1]. Homme de taille
médiocre, Poiret avait des yeux à demi éteints, un regard
faible et sans chaleur, une peau tannée, ridée, grise de
ton, parsemée de petits grains bleuâtres, un nez camard
et une bouche rentrée où flânaient quelques dents gâtées.
Aussi Thuillier disait-il que Poiret avait beau se regarder
dans un miroir, il ne se voyait pas dedans (de dents).
Ses bras maigres et longs étaient terminés par d'énormes
mains sans aucune blancheur. Ses cheveux gris, collés par
la pression de son chapeau, lui donnaient l'air d'un
ecclésiastique, ressemblance peu flatteuse pour lui, car il
haïssait les prêtres et le clergé, sans pouvoir expliquer
ses opinions religieuses. Cette antipathie ne l'empêchait
pas d'être extrêmement attaché au gouvernement quel
qu'il fût. Il ne boutonnait jamais sa vieille redingote verdâtre, même par les froids les plus violents; il ne portait que des souliers à cordons, et un pantalon noir. Il se
fournissait dans les mêmes maisons depuis trente ans.
Quand son tailleur mourut, il demanda un congé pour
aller à son enterrement, et serra la main au fils sur la
fosse du père en lui assurant sa pratique. L'ami de tous
ses fournisseurs, il s'informait de leurs affaires, causait
avec eux, écoutait leurs doléances et les payait comptant.
S'il écrivait à quelqu'un de *ces messieurs* pour ordonner un
changement dans sa commande, il observait les formules
les plus polies, mettait *Monsieur* en vedette, datait et faisait un brouillon de la lettre qu'il gardait dans un carton
étiqueté : *Ma correspondance.* Aucune vie n'était plus en
règle. Poiret possédait tous ses mémoires acquittés,
toutes ses quittances même minimes et ses livres de
dépense annuelle enveloppés dans des chemises et par
années, depuis son entrée au ministère. Il dînait au même
restaurant, à la même place, par abonnement, au *Veau-
qui-tette,* place du Châtelet[2]; les garçons lui gardaient sa
place. Ne donnant pas au *Cocon d'or,* la fameuse maison de
soierie[a], cinq minutes au-delà du temps dû, à huit heures
et demie il arrivait au *café David*[3], le plus célèbre du quartier[b], et y restait jusqu'à onze heures; il y venait comme
au *Veau-qui-tette* depuis trente ans, et prenait une bava-
roise à dix heures et demie. Il y écoutait les discussions
politiques, les bras croisés sur sa canne, et le menton
dans sa main droite, sans jamais y participer. La dame du
comptoir, seule femme à laquelle il parlât avec plaisir,

était la confidente des petits accidents de sa vie, car il
possédait sa place à la table située près du comptoir. Il
jouait aux dominos, seul jeu qu'il eût compris. Quand ses
partners ne venaient pas, on le trouvait quelquefois
endormi, le dos appuyé sur la boiserie et tenant un journal dont la planchette reposait sur le marbre de sa table.
Il s'intéressait à tout ce qui se faisait dans Paris, et consacrait le dimanche à surveiller les constructions nouvelles.
Il questionnait l'invalide chargé d'empêcher le public
d'entrer dans l'enceinte en planches, et s'inquiétait des
retards qu'éprouvaient les bâtisses, du manque de matériaux ou d'argent, des difficultés que rencontraient l'architecte[a]. On lui entendait dire : « J'ai vu sortir le Louvre
de ses décombres, j'ai vu naître la place du Châtelet, le
quai aux Fleurs, les marchés[b1] ! » Lui et son frère, nés
à Troyes d'un commis des Fermes[c], avaient été envoyés
à Paris étudier dans les bureaux. Leur mère se fit remarquer par une inconduite désastreuse, car les deux
frères eurent le chagrin d'apprendre sa mort à l'hôpital
de Troyes, nonobstant de nombreux envois de fonds.
Non seulement tous deux jurèrent alors de ne jamais se
marier[2], mais ils prirent les enfants en horreur : mal à leur
aise auprès d'eux, ils les craignaient comme on peut
craindre les fous, et les examinaient d'un œil hagard.
L'un et l'autre, ils avaient été écrasés de besogne sous
Robert Lindet. L'Administration ne fut pas juste alors
envers eux, mais ils se regardaient comme heureux d'avoir
conservé leurs têtes, et ne se plaignaient qu'entre eux de
cette ingratitude, car ils avaient *organisé le maximum*[3].
Quand on joua le tour à Phellion de faire réformer sa
fameuse phrase par Rabourdin, Poiret prit Phellion à
part dans le corridor en sortant et lui dit : « Croyez bien,
monsieur, que je me suis opposé de tout mon pouvoir à
ce qui a eu lieu. » Depuis son arrivée à Paris, il n'était
jamais sorti de la ville. Dès ce temps, il avait commencé
un journal de sa vie où il marquait les événements sail-
lants de la journée ; du Bruel lui apprit que lord Byron fai-
sait ainsi. Cette similitude combla Poiret de joie, et l'engagea à acheter les œuvres de lord Byron, traduction de
Chastopalli[4] à laquelle il ne comprit rien du tout. On le
surprenait souvent au bureau dans une pose mélancolique
il avait l'air de penser profondément et ne songeait à rien.
Il ne connaissait pas un seul des locataires de sa maison,

et gardait sur lui la clef de son domicile. Au jour de l'an, il portait lui-même ses cartes chez tous les employés de la division, et ne faisait jamais de visites. Bixiou s'avisa, par un jour de canicule, de graisser de saindoux l'intérieur d'un vieux chapeau que Poiret jeune (il avait cinquante-deux[a] ans) ménageait depuis neuf années[b]. Bixiou, qui n'avait jamais vu que ce chapeau-là sur la tête de Poiret, en rêvait, il le voyait en mangeant ; il avait résolu, dans l'intérêt de ses digestions, de débarrasser les bureaux de cet immonde chapeau. Poiret jeune sortit vers quatre heures. En s'avançant dans les rues de Paris, où les rayons du soleil réfléchis par les pavés et les murailles produisent des chaleurs tropicales, il sentit sa tête inondée, lui qui suait rarement. *S'estimant dès lors malade ou sur le point de le devenir,* au lieu d'aller au *Veau-qui-tette,* il rentra chez lui, tira de son secrétaire le journal de sa vie, et consigna le fait de la manière suivante :

« Aujourd'hui, 3 juillet 1823, surpris par une sueur étrange et annonçant peut-être la suette, maladie particulière à la Champagne[1], je me dispose à consulter le docteur Haudry[c]. L'invasion du mal a commencé à la hauteur du quai de l'École. »

Tout à coup, étant sans chapeau, il reconnut que la prétendue sueur avait une cause indépendante de sa personne. Il s'essuya la figure, examina le chapeau, ne put rien découvrir, car il n'osa découdre la coiffe. Il nota donc ceci sur son journal :

« Porté le chapeau chez le sieur Tournan, chapelier rue Saint-Martin, vu que je soupçonne une autre cause à cette sueur, qui ne serait pas alors une sueur, mais bien l'effet d'une addition quelconque nouvellement ou anciennement faite au chapeau. »

M. Tournan notifia sur-le-champ à sa pratique la présence d'un corps gras obtenu par la distillation d'un porc ou d'une truie. Le lendemain Poiret vint avec un chapeau prêté par M. Tournan en attendant le neuf ; mais il ne s'était pas couché sans ajouter cette phrase à son journal : « Il est avéré que mon chapeau contenait du saindoux ou graisse de porc. » Ce fait inexplicable occupa pendant plus de quinze jours l'intelligence de Poiret, qui ne sut jamais comment ce phénomène avait pu se produire. On l'entretint au bureau des pluies de crapauds et autres aventures caniculaires, de la tête de Napoléon trouvée dans une racine d'ormeau, de mille bizarreries d'histoire naturelle. Vimeux lui dit qu'un jour son chapeau, à lui Vimeux, avait déteint en noir sur son visage, et que les chapeliers vendaient des drogues. Poiret alla plusieurs fois chez le sieur Tournan, afin de s'assurer de ses procédés de fabrication.

Il y avait encore chez Rabourdin un employé qui faisait l'homme courageux, professait les opinions du Centre gauche et s'insurgeait contre les tyrannies de Baudoyer pour le compte des malheureux esclaves de ce bureau. Ce garçon, nommé Fleury[1], s'abonnait hardiment à une feuille de l'Opposition[a], portait un chapeau gris à grands bords, des bandes rouges à ses pantalons bleus, un gilet bleu à boutons dorés, et une redingote qui croisait sur la poitrine comme celle d'un maréchal-des-logis de gendarmerie. Quoique inébranlable dans ses principes, il restait néanmoins employé dans les bureaux ; mais il y prédisait un fatal avenir au gouvernement s'il persistait à donner dans la religion. Il avouait ses sympathies pour Napoléon, depuis que la mort du grand homme faisait tomber en désuétude les lois contre les partisans de l'usurpateur. Fleury, ex-capitaine dans un régiment de la Ligne sous l'Empereur, grand, beau brun, était contrôleur au cirque Olympique[b2]. Bixiou ne s'était jamais permis de charge sur Fleury, car ce rude troupier, qui tirait très bien le pistolet, fort à l'escrime, paraissait capable dans l'occasion de se livrer à de grandes brutalités. Passionné souscripteur des *Victoires et conquêtes,* Fleury refusait de payer, tout en gardant les livraisons, se fondant sur ce qu'elles dépassaient le nombre promis par le prospectus[3]. Il adorait M. Rabourdin, qui l'avait empêché d'être destitué. Il lui était échappé de dire que, si jamais il arrivait malheur à M. Rabourdin par le fait de quelqu'un, il tuerait ce quelqu'un. Dutocq caressait bassement Fleury, tant il le redoutait. Fleury, criblé de dettes, jouait mille tours à ses créanciers. Expert en législation, il ne signait point de lettres de change, et avait lui-même mis sur son traitement des oppositions sous le nom de créanciers supposés, en sorte qu'il le touchait presque en entier. Lié très intimement avec une comparse*ᵃ* de la porte Saint-Martin, chez laquelle étaient ses meubles, il jouait heureusement l'écarté, faisait le charme des réunions par ses talents, il buvait un verre de vin de Champagne d'un seul coup sans mouiller ses lèvres, et savait toutes les chansons de Béranger[1] par cœur. Il se montrait fier de sa voix pleine et sonore. Ses trois grands hommes étaient Napoléon, Bolivar et Béranger. Foy, Laffitte*ᵇ* et Casimir Delavigne n'avaient que son estime[2]. Fleury, vous le devinez, homme du Midi, devait finir par être éditeur responsable de quelque journal libéral*ᶜ*.

Desroys[3], l'homme mystérieux de la division, ne frayait avec personne, causait peu, cachait si bien sa vie que l'on ignorait son domicile, ses protecteurs et ses moyens d'existence. En cherchant des causes à ce silence, les uns faisaient de Desroys un carbonaro[4], les autres un orléaniste ; ceux-ci un espion, ceux-là un homme profond. Desroys était*ᵈ* tout uniment le fils d'un conventionnel qui n'avait pas voté la mort. Froid et discret par tempérament, il avait jugé le monde et ne comptait que sur lui-même. Républicain en secret, admirateur de Paul-Louis Courier, ami de Michel Chrestien*ᵉ*, il attendait du temps et de la raison publique le triomphe de ses opinions en Europe. Aussi rêvait-il la Jeune Allemagne et la Jeune Italie[5]. Son cœur s'enflait de ce stupide amour collectif qu'il faut nommer l'*humanitarisme,* fils aîné de défunte Philanthropie, et qui est à la divine Charité catholique ce que le système est à l'Art, le Raisonnement substitué à l'Œuvre*ᶠ*. Ce consciencieux puritain de la liberté, cet apôtre d'une impossible égalité*ᵍ*, regrettait d'être forcé par la misère de servir le gouvernement, et faisait des démarches pour entrer dans quelque administration de messageries*ʰ*. Long, sec, filandreux et grave comme un homme qui se croyait appelé à donner un jour sa tête pour le grand œuvre*ⁱ*, il vivait d'une page de Volney, étudiait Saint-Just et s'occupait d'une réhabilitation de Robespierre, considéré comme le continuateur de Jésus-Christ*ʲ*.

Le dernier de ces personnages qui mérite un coup de crayon est le petit La Billardière. Ayant, pour son malheur, perdu sa mère, protégé par le ministre, exempt des rebuffades de la place Baudoyer, reçu dans tous les

salons ministériels, il était haï de tout le monde à cause de
son impertinence et de sa fatuité. Les chefs se montraient
polis avec lui, mais les employés l'avaient mis en dehors
de leur camaraderie par une politesse grotesque inventée
pour lui. Bellâtre de vingt-deux ans, long et fluet, ayant
les manières d'un Anglais, insultant les bureaux par sa
tenue de dandy, frisé, parfumé, colleté, venant en gants
jaunes, en chapeaux à coiffes toujours neuves, ayant un
lorgnon, allant déjeuner au Palais-Royal, étant d'une
bêtise vernissée par des manières qui sentaient l'imitation,
Benjamin de La Billardière se croyait joli garçon, et avait
tous les vices de la haute société sans en avoir les grâces.
Sûr d'être fait *quelque chose,* il pensait à écrire un livre pour
avoir la croix comme littérateur et l'imputer à ses talents
administratifs[1]. Il cajolait donc Bixiou dans le dessein de
l'exploiter, mais sans avoir encore osé s'ouvrir à lui sur
ce projet. Ce noble cœur attendait avec impatience la
mort de son père[a] pour succéder à un titre de baron
accordé récemment, il mettait sur ses cartes *le chevalier de
La Billardière,* et avait exposé dans son cabinet ses armes
encadrées (*chef d'azur à trois étoiles, et deux épées en sautoir
sur un fond de sable, avec cette devise :* A TOUJOURS FIDÈLE)[b2]!
Ayant la manie de s'entretenir de l'art héraldique, il avait
demandé au jeune vicomte de Portenduère[c] pourquoi ses
armes étaient si chargées, et s'était attiré cette jolie
réponse : « Je ne les ai pas fait faire[d]. » Il parlait de son
dévouement à la monarchie, et des bontés que la Dauphine avait pour lui. Très bien avec des Lupeaulx, il
déjeunait souvent avec lui, et le croyait son ami. Bixiou,
posé comme son mentor, espérait débarrasser la division
et la France de ce jeune fat en le jetant dans la débauche,
et il avouait hautement son projet.

Telles étaient les principales physionomies de la
division La Billardière, où il se trouvait encore quelques
autres employés dont les mœurs ou les figures se rappro-
chaient ou s'éloignaient plus ou moins de celles-ci[e]. On
rencontrait dans le bureau Baudoyer des employés[f] à
front chauve, frileux, bardés de flanelles, perchés à des
cinquièmes étages, y cultivant des fleurs, ayant des cannes
d'épine, de vieux habits râpés, le parapluie en permanence[3]. Ces gens, qui tiennent le milieu entre les portiers
heureux et les ouvriers gênés, trop loin des centres
administratifs pour songer à un avancement quelconque,

représentent les pions de l'échiquier bureaucratique. Heureux d'être de garde pour ne pas aller au bureau, capables de tout pour une gratification, leur existence est un problème pour ceux-là mêmes qui les emploient[a], et une accusation contre l'État qui, certes, engendre ces misères en les acceptant. À l'aspect de ces étranges physionomies, il est difficile de décider si ces mammifères à plumes se crétinisent à ce métier[1], ou s'ils ne font pas ce métier parce qu'ils sont un peu crétins de naissance. Peut-être la part est-elle égale entre la Nature et le Gouvernement. « Les villageois, a dit un inconnu[2], subissent, sans s'en rendre compte, l'action des circonstances atmosphériques et des faits extérieurs. Identifiés en quelque sorte avec la nature au milieu de laquelle ils vivent, ils se pénètrent insensiblement des idées et des sentiments qu'elle éveille et les reproduisent dans leurs actions et sur leur physionomie, selon leur organisation et leur caractère individuel. Moulés ainsi et façonnés de longue main sur les objets qui les entourent sans cesse, ils sont le livre le plus intéressant et le plus vrai pour quiconque se sent attiré vers cette partie de la physiologie, si peu connue et si féconde, qui explique les rapports de l'être moral avec les agents extérieurs de la Nature. » Or, la Nature, pour l'employé, c'est les bureaux ; son horizon est de toutes parts borné par des cartons verts ; pour lui, les circonstances atmosphériques, c'est l'air des corridors, les exhalaisons masculines contenues dans des chambres sans ventilateurs, la senteur des papiers et des plumes ; son terroir est un carreau, ou un parquet émaillé de débris singuliers, humecté par l'arrosoir du garçon de bureau ; son ciel est un plafond auquel il adresse ses bâillements, et son élément est la poussière. L'observation sur les villageois tombe à plomb sur les employés *identifiés* avec la nature au milieu de laquelle ils vivent. Si plusieurs médecins distingués redoutent l'influence de cette nature, à la fois sauvage et civilisée, sur l'être moral contenu dans ces affreux compartiments, nommés bureaux, où le soleil pénètre peu, où la pensée est bornée en des occupations semblables à celle des chevaux qui tournent un manège, qui bâillent horriblement et meurent promptement[b] ; Rabourdin avait donc profondément raison en raréfiant les employés, en demandant pour eux et de forts appointements et d'immenses travaux. On ne s'ennuie jamais à faire de grandes choses. Or, tels qu'ils sont constitués, les bureaux, sur les neuf heures[1] que leurs employés doivent à l'État, en perdent quatre en conversations, comme on va le voir, en narrés, en disputes, et surtout en intrigues[a]. Aussi faut-il avoir hanté[b] les bureaux pour reconnaître à quel point la vie rapetissée y ressemble à celle des collèges; mais partout où les hommes vivent collectivement, cette similitude est frappante : au régiment, dans les tribunaux, vous retrouvez le collège plus ou moins agrandi. Tous ces employés, réunis pendant leurs séances de huit heures dans les bureaux, y voyaient une espèce de classe où il y avait des devoirs à faire, où les chefs remplaçaient les préfets d'études, où les gratifications étaient comme des prix de bonne conduite donnés à des protégés, où l'on se moquait les uns des autres[c], où l'on se haïssait et où il existait néanmoins une sorte de camaraderie[d], mais déjà plus froide que celle du régiment, qui elle-même est moins forte que celle des collèges. À mesure que l'homme s'avance dans la vie, l'égoïsme se développe et relâche les liens secondaires en affection[e]. Enfin, les bureaux, n'est-ce pas le monde en petit, avec ses bizarreries, ses amitiés, ses haines, son envie et sa cupidité, son mouvement de marche quand même! ses frivoles discours qui font tant de plaies, et son espionnage incessant[f].

En ce moment, la division de M. le baron de La Billardière était en proie à une agitation extraordinaire bien justifiée par l'événement qui allait s'y accomplir, car les chefs de division ne meurent pas tous les jours, et il n'y a pas de tontine[2] où les probabilités de vie ou de mort se calculent avec plus de sagacité que dans les bureaux. L'intérêt y étouffe toute pitié, comme chez les enfants; mais les employés ont l'hypocrisie de plus.

Vers huit heures, les employés du bureau Baudoyer arrivaient à leur poste, tandis qu'à neuf heures ceux de Rabourdin commençaient à peine à se montrer, ce qui n'empêchait pas d'expédier la besogne beaucoup plus rapidement chez Rabourdin que chez Baudoyer[g]. Dutocq avait de graves raisons pour être venu de si bonne heure. Entré furtivement la veille dans le cabinet où travaillait Sébastien, il l'avait surpris copiant un travail pour Rabourdin; il s'était caché, et avait vu sortir Sébastien sans papiers. Sûr alors de trouver cette minute assez volumineuse et la copie cachées en un endroit quelconque, en fouillant tous les cartons l'un après l'autre, il avait fini par trouver ce terrible état. Il s'était empressé d'aller chez le directeur d'un établissement autographique faire tirer deux exemplaires de ce travail au moyen d'une presse à copier, et possédait ainsi l'écriture même de Rabourdin. Pour ne pas éveiller le soupçon, il s'était hâté de replacer la minute dans le carton, en se rendant le premier au bureau. Retenu jusqu'à minuit rue Duphot, Sébastien fut, malgré sa diligence, devancé par la haine. La haine demeurait rue Saint-Louis-Saint-Honoré, tandis que le dévouement demeurait rue du Roi-Doré au Marais. Ce simple retard pesa sur toute la vie de Rabourdin[1]. Sébastien, pressé d'ouvrir le carton, y trouva sa copie inachevée, la minute en ordre, et les serra dans la caisse de son chef. Vers la fin de décembre, il fait souvent peu clair le matin dans les bureaux, il en est même plusieurs où l'on gardait des lampes jusqu'à dix heures, Sébastien ne put donc remarquer la pression de la pierre sur le papier. Mais quand, à neuf heures et demie[a], Rabourdin examina sa minute, il aperçut d'autant mieux l'effet produit par les procédés de l'autographie, qu'il s'en était beaucoup occupé pour vérifier si les presses autographiques remplaceraient les expéditionnaires. Le chef de bureau s'assit dans son fauteuil, prit ses pincettes et se mit à arranger méthodiquement son feu, tant il fut absorbé par ses réflexions; puis, curieux de savoir entre les mains de qui se trouvait son secret, il manda Sébastien.

« Quelqu'un est venu avant vous au bureau ? lui demanda-t-il.

— Oui, dit Sébastien, M. Dutocq[b].

— Bien, il est exact. Envoyez-moi Antoine. »

Trop grand pour affliger inutilement Sébastien en lui reprochant un malheur consommé, Rabourdin ne lui dit pas autre chose[c]. Antoine vint, Rabourdin lui demanda si la veille il n'était pas resté quelques employés après quatre heures; le garçon de bureau lui nomma Dutocq comme ayant travaillé plus tard que M. de La Roche. Rabourdin congédia le garçon par un signe de tête, et reprit le cours de ses réflexions.

« À deux fois j'ai empêché sa destitution, se dit-il, voilà ma récompense[d]. »

Cette matinée devait être pour le chef de bureau comme le moment solennel où les grands capitaines décident d'une bataille en pesant toutes les chances. Connaissant mieux que personne l'esprit des bureaux, il savait qu'on n'y pardonne pas plus là qu'on ne le pardonne au collège, au bagne[a], ou à l'armée, ce qui ressemble à la délation, à l'espionnage. Un homme capable de fournir des notes sur ses camarades est honni, perdu, vilipendé : les ministres abandonnent en ce cas leurs propres instruments. Un employé doit alors donner sa démission et quitter Paris, son honneur est à jamais taché : les explications sont inutiles, personne n'en demande ni n'en veut écouter. À ce jeu, un ministre est un grand homme, il est censé choisir les hommes ; mais un simple employé passe pour un espion, quels que soient ses motifs. Tous en mesurant le vide de ces sottises, Rabourdin les savait immenses et s'en voyait accablé[b]. Plus surpris qu'atterré, il chercha la meilleure conduite à tenir dans cette circonstance, et resta donc étranger au mouvement des bureaux mis en émoi par la mort de M. de La Billardière, il ne l'apprit que par le petit de La Brière qui savait apprécier l'immense valeur du chef de bureau.

Or donc, dans le bureau des Baudoyer (on disait les Baudoyer, les Rabourdin), vers dix heures, Bixiou racontait les derniers moments du directeur de la division à Minard, à Desroys, à M. Godard qu'il avait fait sortir de son cabinet, à Dutocq accouru chez les Baudoyer par un double motif. Colleville et Chazelle manquaient[c].

BIXIOU, *debout devant le poêle, à la bouche duquel il présente alternativement la semelle de chaque botte pour la sécher*[d].

Ce matin, à sept heures et demie, je suis allé savoir des nouvelles de notre digne et respectable directeur, chevalier du Christ, etc., etc. Eh! mon Dieu, oui, messieurs, le baron était encore hier vingt *et cætera* ; mais aujourd'hui il n'est plus rien, pas même employé. J'ai demandé les détails de sa nuit. Sa garde, qui se rend et ne meurt pas, m'a dit que, le matin dès cinq heures, il s'était inquiété de la famille royale. Il s'était fait lire les noms de ceux d'entre nous qui venaient savoir de ses nouvelles. Enfin, il avait dit : « Emplissez ma tabatière, donnez-moi le journal, apportez-moi mes besicles ; changez mon

ruban de la Légion d'honneur, il est bien sale. » Vous le
savez, il porte ses Ordres au lit. Il avait donc toute sa
connaissance, toute sa tête, toutes ses idées habituelles[1].
Mais, bah! dix minutes après, l'eau avait gagné, gagné,
gagné le cœur, gagné la poitrine; il s'était senti mourir en
sentant les kystes crever. En ce moment fatal, il a prouvé
combien il avait la tête forte et combien était vaste son
intelligence! Ah! nous ne l'avons pas apprécié, nous
autres! Nous nous moquions de lui, nous le regardions
comme une ganache, tout ce qu'il y a de plus ganache,
n'est-ce pas, monsieur Godard?

GODARD

Moi, j'estimais les talents de M. de La Billardière mieux
que qui que ce soit.

BIXIOU

Vous vous compreniez!

GODARD

Enfin[a], ce n'était pas un méchant homme; il n'a jamais
fait de mal à personne.

BIXIOU

Pour faire le mal, il faut faire quelque chose, et il ne
faisait rien. Si ce n'est pas vous qui l'aviez jugé tout à fait
incapable, c'est donc Minard.

MINARD, *en haussant les épaules.*

Moi!

BIXIOU

Hé bien vous, Dutocq? (*Dutocq fait un signe de violente
dénégation.*) Bon! allons, personne! Il était donc accepté
par tout le monde ici pour une tête herculéenne! Hé bien,
vous aviez raison: il a fini en homme d'esprit, de talent,
de tête, enfin comme un grand homme qu'il était.

DESROYS, *impatienté.*

Mon Dieu, qu'a-t-il fait de si grand? il s'est confessé!

BIXIOU

Oui, monsieur, et il a voulu recevoir les saints sacre-

ments. Mais pour les recevoir, savez-vous comment il
s'y est pris ? il a mis ses habits de gentilhomme ordinaire
de la chambre, tous ses Ordres, enfin il s'est fait poudrer;
on lui a serré sa queue (pauvre queue) dans un ruban
neuf. Or, je dis qu'il n'y a qu'un homme de beaucoup de
caractère qui puisse se faire faire la queue au moment de sa
mort; nous voilà huit ici, il n'y en a pas un seul de nous
qui se la ferait faire. Ce n'est pas tout, il a dit, car vous
savez qu'en mourant tous les hommes célèbres font un
dernier *speech* (mot anglais qui signifie *tartine parlementaire*), il a dit... Comment a-t-il dit cela ? Ah! « *Je dois bien
me parer pour recevoir le Roi du ciel, moi qui me suis tant de
fois mis sur mon* quarante et un *pour aller chez le Roi de la
terre !* » Voilà comment a fini M. de La Billardière, il a
pris à tâche de justifier ce mot de Pythagore : On ne
connaît bien les hommes qu'après leur mort.

COLLEVILLE, *entrant*[a].

Enfin, messieurs, je vous annonce une fameuse
nouvelle...

TOUS

Nous la savons.

COLLEVILLE

Je vous en défie bien, de la savoir! J'y suis depuis
l'avènement de Sa Majesté aux trônes collectifs de France
et de Navarre. Je l'ai achevée cette nuit avec tant de peine
que Mme Colleville me demandait ce que j'avais à me
tant tracasser.

DUTOCQ

Croyez-vous qu'on ait le temps de s'occuper de vos
anagrammes quand le respectable M. de La Billardière
vient d'expirer ?...

COLLEVILLE

Je reconnais mon Bixiou! je viens de chez M. La
Billardière[b1], il vivait encore; mais on l'attend à passer...
(*Godard comprend la charge, et s'en va mécontent dans son
cabinet.*) Messieurs, vous ne devineriez jamais les événements que suppose l'anagramme de cette phrase sacra-
mentale. (*Il montre un papier.*) Charles dix, par la grâce de
Dieu, Roi de France et de Navarre.

GODARD, *revenant.*

Dites-le tout de suite, et n'amusez pas ces messieurs.

COLLEVILLE, *triomphant et développant la partie cachée de sa feuille de papier.*

> A H. V. il cedera
> De S. C. l. d. partira.
> En nauf errera.
> Decede à Gorix[1].

Toutes les lettres y sont! *(Il répète.)* À Henri cinq cédera (sa couronne), de Saint-Cloud partira; en nauf (esquif, vaisseau, felouque, corvette, tout ce que vous voudrez, c'est un vieux mot français), errera...

DUTOCQ

Quel tissu d'absurdités! Comment voulez-vous que le Roi cède la couronne à Henri V, qui dans votre hypothèse serait son petit-fils, quand il y a Mgr le Dauphin? Vous prophétisez déjà la mort du Dauphin[a2].

BIXIOU

Qu'est-ce que Gorix? un nom de chat?

COLLEVILLE *piqué*

L'abréviation lapidaire d'un nom de ville, mon cher ami, je l'ai cherché dans Malte-Brun[3] : Goritz, en latin *Gorixia,* située en Bohême ou Hongrie, enfin en Autriche...

BIXIOU

Tyrol, provinces basques, ou Amérique du sud. Vous auriez dû chercher aussi un air pour jouer cela sur la clarinette.

GODARD, *levant les épaules et s'en allant.*

Quelles bêtises!

COLLEVILLE

Bêtises, bêtises! je voudrais bien que vous vous donnassiez la peine d'étudier le fatalisme, religion de l'empereur Napoléon.

GODARD, *piqué du ton de Colleville.*

Monsieur Colleville, Bonaparte peut être dit *empereur* par les historiens, mais on ne doit pas le reconnaître en cette qualité dans les bureaux.

BIXIOU, *souriant.*

Cherchez cette[a] anagramme-là, mon cher ami ? Tenez, en fait d'anagrammes, j'aime mieux votre femme, c'est plus facile à retourner. (*À voix basse.*) Flavie devrait bien vous faire faire, à ses moments perdus, chef de bureau, ne fût-ce que pour vous soustraire aux sottises d'un Godard !...

DUTOCQ, *appuyant Godard.*

Si ce n'était pas des bêtises, vous perdriez votre place, car vous prophétisez des événements peu agréables au Roi; tout bon royaliste doit présumer qu'il a eu assez de deux séjours à l'étranger.

COLLEVILLE

Si l'on m'ôtait ma place, François Keller secouerait drôlement votre ministre. (*Silence profond.*) Sachez, maître Dutocq, que toutes les anagrammes[b] connues ont été accomplies. Tenez, vous!... Eh bien, ne vous mariez pas : on trouve *coqu* dans votre nom !

BIXIOU

D, t, reste alors pour *détestable.*

DUTOCQ, *sans paraître fâché.*

J'aime mieux que ce ne soit que dans mon nom.

PAULMIER, *tout bas à Desroys.*

Attrape, mons Colleville[c1].

DUTOCQ, *à Colleville.*

Avez-vous fait celui de : *Xavier Rabourdin, chef de bureau ?*

COLLEVILLE

Parbleu !

BIXIOU, *taillant sa plume.*

Qu'avez-vous trouvé ?

COLLEVILLE

Il fait ceci : *D'abord rêva bureaux, E-u...* Saisissez-vous bien ?... ET IL EUT! *E-u fin riche.* Ce qui signifie qu'après avoir commencé dans l'Administration, il la plantera là, pour faire fortune ailleurs. *(Il répète.) D'abord rêva bureaux, E-u fin riche.*

DUTOCQ

C'est au moins singulier.

BIXIOU

Et Isidore Baudoyer ?

COLLEVILLE, *avec mystère.*

Je ne voudrais pas le dire à d'autres qu'à Thuillier.

BIXIOU

Gage un déjeuner que je vous le dis.

COLLEVILLE

Je le paie, si vous le trouvez ?

BIXIOU

Vous me régalerez donc; mais n'en soyez pas fâché : deux artistes comme nous s'amuseront à mort!... *Isidore Baudoyer* donne *Ris d'aboyeur d'oie !*

COLLEVILLE, *frappé d'étonnement.*

Vous me l'avez volé.

BIXIOU, *cérémonieusement.*

Monsieur de Colleville, faites-moi l'honneur de me croire assez riche en niaiseries pour ne pas dérober celles de mon prochain.

BAUDOYER, *entrant un dossier à la main.*

Messieurs, je vous en prie, parlez encore un peu plus haut, vous mettez le bureau en très bon renom auprès des administrateurs. Le digne M. Clergeot, qui m'a fait

l'honneur de venir me demander un renseignement,
entendait vos propos. (*Il passe chez M. Godard.*)

BIXIOU, *à voix basse.*

L'aboyeur eſt bien doux ce matin, nous aurons un
changement dans l'atmosphère.

DUTOCQ, *bas à Bixiou.*

J'ai quelque chose à vous dire.

BIXIOU, *tâtant le gilet de Dutocq.*

Vous avez un joli gilet qui sans doute ne vous coûte
presque rien. Eſt-ce là le secret ?

DUTOCQ

Comment, pour rien! je n'ai jamais rien payé de si
cher. Cela vaut six francs l'aune au grand magasin[a1] de
la rue de la Paix, une belle étoffe mate qui va bien en
grand deuil.

BIXIOU

Vous vous connaissez en gravures, mais vous ignorez
les lois de l'étiquette[2]. On ne peut pas être universel. La
soie n'eſt pas admise dans le grand deuil. Aussi n'ai-je
que de la laine. M. Rabourdin, M. Clergeot, le miniſtre
sont tout laine; le faubourg Saint-Germain tout laine.
Il n'y a que Minard qui ne porte pas de laine, il a peur
d'être pris pour un mouton, nommé *laniger*[3] en latin de
Bucolique; il s'eſt dispensé, sous ce prétexe, de se mettre
en deuil de Louis XVIII, grand législateur, auteur de
la Charte et homme d'esprit, un roi qui tiendra bien sa
place dans l'hiſtoire[b], comme il la tenait sur le trône[c],
comme il la tenait bien partout; car savez-vous le plus
beau trait de sa vie ? non. Eh bien, à sa seconde rentrée,
en recevant tous les souverains alliés, il a passé le premier en allant à table.

PAULMIER, *regardant Dutocq.*

Je ne vois pas...

DUTOCQ, *regardant Paulmier.*

Ni moi non plus.

BIXIOU

Vous ne comprenez pas ? Eh bien, il ne se regardait pas comme chez lui. C'était spirituel, grand et épigrammatique. Les souverains n'ont pas plus compris que vous, même en se cotisant pour comprendre[a]; il est vrai qu'ils étaient presque tous étrangers[b]...

Baudoyer, pendant cette conversation, est au coin de la cheminée dans le cabinet de son sous-chef, et tous deux ils parlent à voix basse.

BAUDOYER

Oui, le digne homme expire. Les deux ministres y sont pour recevoir son dernier soupir, mon beau-père vient d'être averti de l'événement. Si vous voulez me rendre un signalé service, vous prendrez un cabriolet et vous irez prévenir Mme Baudoyer, car M. Saillard ne peut quitter sa caisse et moi je n'ose laisser le bureau seul. Mettez-vous à sa disposition : elle a, je crois, ses vues, et pourrait vouloir faire faire simultanément quelques démarches. *(Les deux fonctionnaires sortent ensemble.)*

GODARD

Monsieur Bixiou, je quitte le bureau pour la journée, ainsi remplacez-moi.

BAUDOYER, *à Bixiou d'un air bénin.*

Vous me consulterez, s'il y avait lieu.

BIXIOU

Pour le coup, La Billardière est mort !

DUTOCQ, *à l'oreille de Bixiou.*

Venez un peu dehors me reconduire. *(Bixiou et Dutocq sortent dans le corridor et se regardent comme deux augures.)*

DUTOCQ, *parlant dans l'oreille de Bixiou.*

Écoutez. Voici le moment de nous entendre pour avancer. Que diriez-vous, si nous devenions vous chef et moi sous-chef ?

BIXIOU, *haussant les épaules.*

Allons, pas de farces !

DUTOCQ

Si Baudoyer était nommé, Rabourdin ne resterait pas, il donnerait sa démission. Entre nous, Baudoyer est si incapable que si du Bruel et vous, vous voulez ne pas l'aider, dans deux mois il sera renvoyé. Si je sais compter, nous aurons devant nous trois places vides.

BIXIOU

Trois places qui nous passeront sous le nez, et qui seront données à des ventrus[1], à des laquais, à des espions, à des hommes de la Congrégation, à Colleville dont la femme a fini par où finissent les jolies femmes... par la dévotion[a]...

DUTOCQ

À vous, mon cher, si vous voulez une fois dans votre vie employer votre esprit logiquement. (*Il s'arrête comme pour étudier sur la figure de Bixiou l'effet de son adverbe*[b].) Jouons ensemble cartes sur table.

BIXIOU, *impassible.*

Voyons votre jeu ?

DUTOCQ

Moi je ne veux pas être autre chose que sous-chef, je me connais, je sais que je n'ai pas, comme vous, les moyens d'être chef. Du Bruel peut devenir directeur, vous serez son chef de bureau, il vous laissera sa place quand il aura fait sa pelote, et moi je boulotterai, protégé par vous, jusqu'à ma retraite.

BIXIOU

Finaud[c] ! Mais par quels moyens comptez-vous mener à bien une entreprise où il s'agit de forcer la main au ministre, et d'expectorer un homme de talent ? Entre nous, Rabourdin est le seul homme capable de la division, et peut-être du ministère. Or il s'agit de mettre à sa place le carré de la sottise, le cube de la niaiserie, *la place Baudoyer* !

DUTOCQ, *se rengorgeant.*

Mon cher, je puis soulever contre Rabourdin tous les

bureaux! vous savez combien Fleury l'aime ? eh bien, Fleury le méprisera.

BIXIOU

Être méprisé par Fleury!

DUTOCQ

Il ne restera personne au Rabourdin : les employés en masse iront se plaindre de lui au ministre, et ce ne sera pas seulement notre division, mais la division Clergeot mais la division Bois-Levant et les autres ministères...

BIXIOU

C'est cela! cavalerie, infanterie, artillerie et le corps des marins de la Garde, en avant! Vous délirez, mon cher! et moi, qu'ai-je à faire là-dedans ?

DUTOCQ

Une caricature mordante, un dessin à tuer un homme.

BIXIOU

Le paierez-vous ?

DUTOCQ

Cent francs.

BIXIOU, en lui-même.

Il y a quelque chose.

DUTOCQ, continuant.

Il faudrait représenter Rabourdin habillé en boucher, mais[a] bien ressemblant, chercher des analogies entre un bureau et une cuisine, lui mettre à la main un tranche-lard[b], peindre les principaux employés des ministères en volailles, les encager dans une immense souricière sur laquelle[c] on écrirait : *Exécutions administratives,* et il serait censé leur couper le cou un à un. Il y aurait des oies, des canards à têtes conformées comme les nôtres, des portraits vagues, vous comprenez! il tiendrait un volatile à la main, Baudoyer, par exemple, fait en dindon[d1].

BIXIOU

Ris d'aboyeur d'oie! (*Il a regardé pendant longtemps Dutocq.*) Vous avez trouvé cela, vous ?

DUTOCQ

Oui, moi.

BIXIOU, *se parlant à lui-même*.

Les sentiments violents conduiraient-ils donc au même but que le talent[a] ? (*À Dutocq.*) Mon cher, je ferai cela... (*Dutocq laisse échapper un mouvement de joie*) quand (*point d'orgue*) je saurai sur quoi m'appuyer; car si vous ne réussissez pas, je perds ma place, et il faut que je vive. Vous êtes encore singulièrement *bon enfant,* mon cher collègue!

DUTOCQ

Eh bien, ne faites la lithographie que quand le succès vous sera démontré...

BIXIOU

Pourquoi ne videz-vous pas votre sac tout de suite ?

DUTOCQ

Il faut auparavant aller flairer l'air du bureau, nous reparlerons de cela tantôt. (*Il s'en va.*)

BIXIOU, *seul dans le corridor*.

Cette raie au beurre noir, car il ressemble plus à un poisson qu'à un oiseau, ce Dutocq a eu là une bonne idée, je ne sais pas où il l'a prise. Si *la place Baudoyer* succède à La Billardière, ce serait drôle, mieux que drôle, nous y gagnerions! (*Il rentre dans le bureau.*) Messieurs, il va y avoir de fameux changements, le papa La Billardière est décidément mort. Sans blague! parole d'honneur! Voilà Godard en course pour notre respectable chef Baudoyer, successeur présumé du défunt (*Minard, Desroys, Colleville lèvent la tête avec étonnement, tous posent leurs plumes, Colleville se mouche*). Nous allons avancer, nous autres! Colleville sera sous-chef au moins[b], Minard sera peut-être commis principal, et pourquoi ne le serait-il pas ? il est aussi bête que moi. Hein! Minard, si vous étiez à deux mille cinq cents, votre petite femme serait joliment contente et vous pourriez vous acheter des bottes.

COLLEVILLE

Mais vous ne les avez pas encore, deux mille cinq cents.

BIXIOU

M. Dutocq les a chez les Rabourdin, pourquoi ne les aurais-je pas cette année ? M. Baudoyer les a eus.

COLLEVILLE

Par l'influence de M. Saillard. Aucun commis principal ne les a dans la division Clergeot.

PAULMIER

Par exemple! M. Cochin n'a peut-être pas trois mille ? Il a succédé à M. Vavasseur, qui a été dix ans sous l'Empire à quatre mille, il a été remis à trois mille à la première rentrée, et est mort à deux mille cinq cents. Mais par la protection de son frère, M. Cochin s'est fait augmenter, il a trois mille[1].

COLLEVILLE

M. Cochin signe *E. L. L. E^a. Cochin,* il se nomme Émile-Louis-Lucien-Emmanuel, ce qui *anagrammé* donne *Cochenille*[b]. Eh bien, il est associé d'une maison de droguerie, rue des Lombards[c], la maison Matifat[d] qui s'est enrichie par des spéculations sur cette denrée coloniale.

BIXIOU

Pauvre homme, il a fait un an de Florine[e].

COLLEVILLE

Cochin assiste quelquefois à nos soirées, car il[f] est de première force sur le violon. *(À Bixiou qui ne s'est pas encore mis au travail.)* Vous devriez venir chez nous entendre un concert, mardi prochain. On joue un *quintetto* de Reicha[2].

BIXIOU

Merci, je préfère regarder la partition.

COLLEVILLE

Est-ce pour faire un mot que vous dites cela ?... car un artiste de votre force doit aimer la musique.

BIXIOU

J'irai, mais à cause de madame.

BAUDOYER, *revenant.*

M. Chazelle n'est pas encore venu, vous lui ferez mes compliments, messieurs.

BIXIOU, *qui a mis un chapeau à la place de Chazelle en entendant le pas de Baudoyer.*

Pardon, monsieur, il est allé demander un renseignement pour vous chez les Rabourdin.

CHAZELLE, *entrant son chapeau sur la tête et sans voir Baudoyer.*

Le père La Billardière est enfoncé, messieurs! Rabourdin est chef de division, maître des requêtes! il n'a pas volé son avancement, celui-là...

BAUDOYER, *à Chazelle.*

Vous avez trouvé cette nomination dans votre second chapeau, monsieur, n'est-ce pas? *(Il lui montre le chapeau qui est à sa place.)* Voilà la troisième fois depuis le commencement du mois que vous venez après neuf heures; si vous continuez ainsi, vous ferez du chemin, mais savoir en quel sens! *(À Bixiou qui lit le journal.)* Mon cher monsieur Bixiou, de grâce laissez le journal à ces messieurs qui s'apprêtent à déjeuner, et venez prendre la besogne d'aujourd'hui. Je ne sais pas ce que M. Rabourdin fait de Gabriel; il le garde, je crois, pour son usage particulier, je l'ai sonné trois fois. *(Baudoyer et Bixiou rentrent dans le cabinet.)*

CHAZELLE

Damné sort!

PAULMIER, *enchanté de tracasser Chazelle.*

Ils ne vous[a] ont donc pas dit en bas qu'il était monté? D'ailleurs ne pouviez-vous regarder en entrant, voir le chapeau à votre place, et l'éléphant[1]...

COLLEVILLE, *riant.*

Dans la ménagerie.

PAULMIER

Il est assez gros pour être visible.

CHAZELLE, *au désespoir.*

Parbleu, pour quatre francs soixante-quinze centimes que nous donne le gouvernement par jour, je ne vois pas que l'on doive être comme des esclaves.

FLEURY, *entrant.*

À bas Baudoyer! vive Rabourdin! voilà le cri de la division.

CHAZELLE, *s'exaspérant.*

Baudoyer peut bien me faire destituer s'il le veut, je n'en serai pas plus triste. À Paris, il existe mille moyens de gagner cinq francs par jour! on les gagne au Palais à faire des copies pour les avoués...

PAULMIER, *asticotant toujours Chazelle.*

Vous dites cela, mais une place est une place, et le courageux Colleville qui se donne un mal de galérien en dehors du bureau, qui pourrait gagner, s'il perdait sa place, plus que ses appointements, rien qu'en montrant la musique, eh bien, il aime mieux sa place. Que diantre, on n'abandonne pas ses espérances.

CHAZELLE, *continuant sa philippique.*

Lui, mais pas moi! Nous n'avons plus de chances ? Parbleu! il fut un temps[a] où rien n'était plus séduisant que la carrière administrative. Il y avait tant d'hommes aux armées qu'il en manquait pour l'Administration. Les gens édentés, blessés à la main, au pied, de santé mauvaise, comme Paulmier, les myopes obtenaient un rapide avancement. Les familles, dont les enfants grouillaient dans les lycées, se laissaient alors fasciner par la brillante existence d'un jeune homme en lunettes, vêtu d'un habit bleu, dont la boutonnière était allumée par un ruban rouge, et qui touchait un millier de francs par mois, à la charge d'aller quelques heures dans un ministère quelconque, y surveiller quelque chose, y arrivant tard et partant tôt, ayant, comme lord Byron, des heures de loisir et faisant des romances, se promenant aux Tuileries, doué d'un petit air rogue, se faisant voir partout, au spectacle, au bal, *admis dans les meilleures sociétés,* dépensant ses appointements, rendant ainsi à la France tout ce que la France lui donnait, rendant même des services.

En effet, les employés étaient alors, comme Thuillier, cajolés par de jolies femmes; ils paraissaient avoir de l'esprit, ils ne se lassaient point trop dans les bureaux. Les impératrices, les reines, les princesses, les maréchales de cette heureuse époque avaient des caprices. Toutes ces belles dames avaient la passion des belles âmes : elles aimaient à protéger. Aussi pouvait-on remplir à vingt-cinq ans une place élevée, être auditeur au Conseil d'État ou maître des requêtes, et faire des rapports à l'Empereur en s'amusant avec son auguste famille. On s'amusait et l'on travaillait tout ensemble. Tout se faisait vite. Mais aujourd'hui, depuis que la Chambre a inventé la spécialité pour les dépenses, et les chapitres intitulés : Personnel! nous sommes moins que des soldats. Les moindres places sont soumises à mille chances, car il y a mille souverains...

BIXIOU, *rentrant.*

Chazelle est donc fou. Où voit-il mille souverains ?... serait-ce par hasard dans sa poche ?...

CHAZELLE

Comptons ? Quatre cents au bout du pont de la Concorde, ainsi nommé parce qu'il mène au spectacle de la perpétuelle discorde entre la Gauche et la Droite de la Chambre; trois cents autres au bout de la rue de Tournon. La Cour, qui doit compter pour trois cents, est donc obligée d'avoir sept cents fois plus de volonté que l'Empereur pour nommer un de ses protégés à une place quelconque!...

FLEURY

Tout cela signifie que, dans un pays où il y a trois pouvoirs, il y a mille à parier contre un, qu'un employé qui n'est protégé que par lui-même n'aura point d'avancement.

BIXIOU, *regardant tour à tour Chazelle et Fleury.*

Ah! mes enfants, vous en êtes encore à savoir qu'aujourd'hui le plus mauvais état c'est l'état d'être à l'État...

FLEURY

À cause du gouvernement constitutionnel.

COLLEVILLE

Messieurs!... ne parlons pas politique.

BIXIOU

Fleury a raison. Aujourd'hui, messieurs, servir l'État, ce n'est plus servir le prince qui savait punir et récompenser! Aujourd'hui, l'État, c'est tout le monde. Or, tout le monde ne s'inquiète de personne. Servir tout le monde, c'est ne servir personne. Personne ne s'intéresse à personne. Un employé vit entre ces deux négations! Le monde n'a pas de pitié, n'a pas d'égard, n'a ni cœur, ni tête; tout le monde est égoïste, tout le monde oublie demain les services d'hier. Vous avez beau vous trouver, comme M. Baudoyer, dès l'âge le plus tendre, un génie administratif, le Chateaubriand des rapports, le Bossuet[a1] des circulaires, le Canalis[b] des mémoires, l'enfant sublime de la dépêche, il existe une loi désolante contre le génie administratif, la loi sur l'avancement avec sa moyenne. Cette fatale moyenne résulte des tables de la loi sur l'avancement et des tables de mortalité combinées. Il est certain qu'en entrant dans quelque administration que ce soit à l'âge de dix-huit ans, on n'obtient dix-huit cents francs d'appointements qu'à trente ans; pour en obtenir six mille à cinquante, la vie de Colleville nous prouve que le génie d'une femme, l'appui de plusieurs pairs de France, de plusieurs députés influents, ne sert à rien[c]. Il n'est donc pas de carrière libre et indépendante dans laquelle, en douze années, un jeune homme, ayant fait ses humanités, vacciné, libéré du service militaire, jouissant de ses facultés, sans avoir une intelligence transcendante, n'ait amassé un capital de quarante-cinq mille francs et des centimes, représentant la rente perpétuelle de notre traitement essentiellement transitoire, car il n'est pas même viager. Dans cette période, un épicier doit avoir gagné dix mille francs de rentes, avoir déposé son bilan, ou présidé le tribunal de commerce. Un peintre a badigeonné un kilomètre de toile[d], il doit être décoré de la Légion d'honneur, ou se poser en grand homme inconnu. Un homme de lettres est professeur de quelque chose, ou journaliste à cent francs[e] pour mille lignes, il écrit des feuilletons[f], ou se trouve à Sainte-Pélagie après un pamphlet lumineux qui mécontente les Jésuites[g2], ce qui constitue une valeur énorme et en fait un homme politique[a]. Enfin, un oisif, qui n'a rien fait, car il y a des oisifs qui font quelque chose, a fait des dettes et une veuve qui les lui paye. Un prêtre a eu le temps de devenir évêque *in partibus*. Un vaudevilliste est devenu propriétaire, quand il n'aurait jamais fait, comme du Bruel[b], de vaudevilles entiers. Un garçon intelligent et sobre, qui aurait commencé l'escompte avec un très petit capital, comme Mlle Thuillier[c], achète alors un quart de charge d'agent de change. Allons plus bas[d]! Un petit clerc est notaire, un chiffonnier a mille écus de rentes, les plus malheureux ouvriers ont pu devenir fabricants; tandis que, dans le mouvement rotatoire de cette civilisation qui prend la division infinie pour le progrès, un Chazelle[e] a vécu à vingt-deux sous par tête!... — se débat avec son tailleur et son bottier! — a des dettes! — n'est rien! Et s'est *crétinisé* ! Allons! messieurs ? un beau mouvement! Hein ? donnons tous nos démissions!... Fleury, Chazelle, jetez-vous dans d'autres parties ? et devenez-y deux grands hommes!...

CHAZELLE, *calmé par le discours de Bixiou.*

Merci. *(Rire général.)*

BIXIOU

Vous avez tort, dans votre situation je prendrais les devants sur le secrétaire général.

CHAZELLE, *inquiet.*

Et qu'a-t-il donc à me dire ?

BIXIOU

Odry[1] vous dirait, Chazelle, avec plus d'agrément que n'en mettra des Lupeaulx, que pour vous la seule place libre est la place de la Concorde[f].

PAULMIER, *tenant le tuyau du poêle embrassé[2].*

Parbleu, Baudoyer ne vous fera pas grâce, allez!...

FLEURY

Encore une vexation de Baudoyer! Ah! quel singulier pistolet vous avez là! Parlez-moi de M. Rabourdin, voilà un homme[3]. Il m'a mis de la besogne sur ma table, il faudrait trois jours pour l'expédier ici... eh bien, il l'aura pour ce soir, à quatre heures. Mais il n'est pas sur mes talons pour m'empêcher de venir causer avec les amis.

BAUDOYER, *se montrant.*

Messieurs, vous conviendrez que si l'on a le droit de blâmer le système de la Chambre ou la marche de l'Administration, ce doit être ailleurs que dans les bureaux! *(Il s'adresse à Fleury.)* Pourquoi venez-vous ici, monsieur?

FLEURY, *insolemment.*

Pour avertir ces messieurs qu'il y a du remue-ménage! Du Bruel est mandé au secrétariat général, Dutocq y va! Tout le monde se demande qui sera nommé.

BAUDOYER, *en rentrant.*

Ceci, monsieur, n'est pas votre affaire, retournez à votre bureau, ne troublez pas l'ordre dans le mien...

FLEURY, *sur la porte.*

Ce serait une fameuse injustice si Rabourdin *la gobait!* Ma foi! je quitterais le ministère *(il revient).* Avez-vous trouvé votre anagramme, papa Colleville?

COLLEVILLE

Oui, la voici.

FLEURY, *se penche sur le bureau de Colleville.*

Fameux! fameux! Voilà ce qui ne manquera pas d'arriver si le gouvernement continue son métier d'hypocrite[1]. *(Il fait signe aux employés que Baudoyer écoute.)* Si le gouvernement disait franchement son intention sans conserver d'arrière-pensée, les libéraux verraient alors ce qu'ils auraient à faire. Un gouvernement qui met contre lui ses meilleurs amis, et des hommes comme ceux des *Débats*[a], comme Chateaubriand[b][2] et Royer-Collard! ça fait pitié[c]!

COLLEVILLE, *après avoir consulté ses collègues.*

Tenez, Fleury, vous êtes un bon enfant; mais ne parlez pas politique ici, vous ne savez pas le tort que vous nous faites[3].

FLEURY, *sèchement.*

Adieu, messieurs. Je vais expédier. *(Il revient et parle bas à Bixiou.)* On dit que Mme Colleville est liée avec la Congrégation.

BIXIOU

Par où ?...

FLEURY, *il éclate de rire.*

On ne vous prend jamais sans vert!

COLLEVILLE, *inquiet.*

Que dites-vous ?

FLEURY

Notre théâtre a fait hier mille écus avec la pièce nouvelle, quoiqu'elle soit à sa quarantième représentation! vous devriez venir la voir, les décorations sont superbes[a1].

En ce moment, des Lupeaulx recevait au secrétariat du Bruel, à la suite duquel Dutocq s'était mis. Des Lupeaulx avait appris par son valet de chambre la mort de M. de La Billardière, et voulait plaire aux deux ministres, en faisant paraître le soir même un article nécrologique.

« Bonjour, mon cher du Bruel, dit le demi-ministre au sous-chef en le voyant entrer et le laissant debout. Vous savez la nouvelle ? La Billardière est mort, les deux ministres étaient présents quand il a été administré. Le bonhomme a fortement recommandé Rabourdin, disant qu'il mourrait bien malheureux s'il ne savait pas avoir pour successeur celui qui constamment avait rempli sa place. Il paraît que l'agonie est une question où l'on avoue tout... Le ministre s'est d'autant plus engagé, que son intention, comme celle du Conseil, est de récompenser les nombreux services de M. Rabourdin *(il hoche la tête)*, le Conseil d'État réclame ses lumières. On dit que M. de La Billardière quitte la division de défunt son père et passe à la Commision du Sceau, c'est comme si le roi lui faisait un cadeau de cent mille francs, la place est comme une charge de notaire et peut se vendre. Cette nouvelle réjouira votre division, car on pouvait croire que Benjamin y serait placé. Du Bruel, il faudrait brocher dix ou douze lignes en manière de *Fait-Paris,* sur le bonhomme; Leurs Excellences y jetteront un coup d'œil *(il lit les journaux).* Savez-vous la vie du papa La Billardière ? »

Du Bruel fit un geste pour accuser son ignorance.

«Non? reprit des Lupeaulx. Eh bien, il a été mêlé aux affaires de la Vendée, il était l'un des confidents du feu Roi. Comme M. le comte de Fontaine[a1], il n'a jamais voulu transiger avec le premier Consul. Il a un peu chouanné. C'est né en Bretagne d'une famille parlementaire si jeune, qu'il a été anobli par Louis XVIII[b]. Quel âge avait-il ? N'importe! Arrangez bien ça... *La loyauté qui ne s'est jamais démentie... une religion éclairée...* (le pauvre bonhomme avait pour manie de ne jamais mettre le pied dans une église), donnez-lui du *pieux serviteur...* Amenez gentiment qu'il a pu chanter le cantique de Siméon[2] à l'avènement de Charles X. Le comte d'Artois estimait beaucoup La Billardière, car il a coopéré malheureusement à l'affaire de Quiberon[3] et a tout pris sur lui. Vous savez?... La Billardière a justifié le Roi dans une brochure publiée en réponse à une impertinente histoire de la Révolution faite par un journaliste[c4], vous pouvez donc appuyer sur le dévouement. Enfin, pesez bien vos mots, afin que les autres journaux ne se moquent pas de nous, et apportez-moi l'article. Vous étiez hier chez Rabourdin?

— Oui, *monseigneur,* dit du Bruel. Ah, pardon!

— Il n'y a pas de mal, répondit en riant des Lupeaulx.

— Sa femme était délicieusement belle, reprit du Bruel, il n'y a pas deux femmes pareilles dans Paris : il y en a d'aussi spirituelles qu'elles; mais il n'y en a pas de si gracieusement spirituelle; une femme peut être plus belle que Célestine; mais il est difficile qu'elle soit si variée dans sa beauté. Mme Rabourdin est bien supérieure à Mme Colleville! dit le vaudevilliste en se rappelant l'aventure de des Lupeaulx. Flavie doit ce qu'elle est au commerce des hommes, tandis que Mme Rabourdin est tout par elle-même[d], elle sait tout; il ne faudrait pas se dire un secret en latin devant elle. Si j'avais une femme semblable, je croirais pouvoir parvenir à tout.

— Vous avez plus d'esprit qu'il n'est permis à un auteur d'en avoir », répondit des Lupeaulx avec un mouvement de vanité. Puis il se détourna pour apercevoir Dutocq, et lui dit : « Ah! bonjour, Dutocq. Je vous ai fait demander pour vous prier de me prêter votre

Charlet, s'il est complet[1]; la comtesse ne connaît rien de Charlet. »

Du Bruel se retira.

« Pourquoi venez-vous sans être appelé ? dit durement des Lupeaulx à Dutocq quand ils furent seuls. L'État est-il en péril pour venir me trouver à dix heures, au moment où je vais déjeuner avec Son Excellence.

— Peut-être, monsieur, dit Dutocq. Si j'avais eu l'honneur de vous voir ce matin, vous n'auriez sans doute pas fait l'éloge du sieur Rabourdin après avoir lu le vôtre tracé par lui. »

Dutocq ouvrit sa redingote, prit un cahier de papier moulé sur ses côtes gauches, et le posa sur le bureau de des Lupeaulx, à un endroit marqué. Puis il alla pousser le verrou, craignant une explosion. Voici ce que lut le secrétaire général à son article pendant que Dutocq fermait la porte.

« MONSIEUR DES LUPEAULX. Un gouvernement se déconsidère en employant ostensiblement un tel homme qui a sa spécialité dans la police diplomatique. On peut opposer ce personnage avec succès aux flibustiers politiques des autres cabinets, ce serait dommage de l'employer à la police intérieure : il est au-dessus de l'espion vulgaire, il comprend un plan, il saurait mener à bien une infamie nécessaire et savamment couvrir sa retraite. »

Des Lupeaulx était succinctement analysé en cinq ou six phrases, la quintessence du portrait biographique placé au commencement de cette histoire. Aux premiers mots, le secrétaire général se sentit jugé par un homme plus fort que lui; mais il voulut se réserver d'examiner ce travail, qui allait loin et haut, sans livrer ses secrets à un homme comme Dutocq. Des Lupeaulx montra donc à l'espion un visage calme et grave. Le secrétaire général, comme les avoués et les magistrats, comme les diplomates et tous ceux qui sont obligés de fouiller le cœur humain, ne s'étonnait plus de rien. Rompu aux trahisons, aux ruses de la haine, aux pièges, il pouvait recevoir dans le dos une blessure, sans que son visage en parlât[a].

« Comment vous êtes-vous procuré cette pièce ? »

Dutocq raconta sa bonne fortune; en l'écoutant, la

figure de des Lupeaulx ne témoignait aucune approbation. Aussi l'espion finit-il en grande crainte le récit qu'il avait commencé triomphalement.

« Dutocq, vous avez mis le doigt entre l'écorce et l'arbre, répondit sèchement le secrétaire général. Si vous ne voulez pas vous faire de très puissants ennemis, gardez le plus profond secret sur ceci, qui est un travail de la plus haute importance et à moi connu[a]. »

Des Lupeaulx renvoya Dutocq par un de ces regards qui sont plus expressifs que la parole.

« Ah! ce scélérat de Rabourdin s'en mêle aussi! se disait Dutocq épouvanté de trouver un rival dans son chef. Il est dans l'état-major quand je suis à pied! Je ne l'aurais pas cru! »

À tous ses motifs d'aversion contre Rabourdin se joignit la jalousie de l'homme de métier contre un confrère, un des plus violents ingrédients de haine.

Quand des Lupeaulx fut seul, il tomba dans une étrange méditation. De quel pouvoir Rabourdin était-il l'instrument? fallait-il profiter de ce singulier document pour le perdre, ou s'en armer pour réussir auprès de sa femme? Ce mystère fut tout obscur pour des Lupeaulx, qui parcourait avec effroi les pages de cet état où les hommes de sa connaissance étaient jugés avec une profondeur inouïe. Il admirait Rabourdin, tout en se sentant blessé au cœur par lui. L'heure du déjeuner surprit des Lupeaulx dans sa lecture.

« Monseigneur va vous attendre si vous ne descendez pas », vint lui dire le valet de chambre du ministre.

Le ministre déjeunait avec sa femme, ses enfants et des Lupeaulx, sans domestiques. Le repas du matin est le seul moment d'intimité que les hommes d'État peuvent conquérir sur le mouvement de leurs dévorantes affaires. Mais, malgré les ingénieuses barrières par lesquelles ils défendent cette heure de causerie intime et de laisser-aller donnée à leur famille et à leurs affections, beaucoup de grands et de petits savent les franchir. Les affaires viennent souvent, comme en ce moment, se jeter à travers leur joie[b].

« Je croyais Rabourdin un homme au-dessus des employés ordinaires, et le voilà qui, dix minutes après la mort de La Billardière, invente de me faire parvenir par La Brière un vrai billet de théâtre. Tenez », dit le ministre à des Lupeaulx en lui donnant un papier qu'il roulait entre ses doigts.

Trop noble pour songer au sens honteux que la mort de M. de La Billardière prêtait à sa lettre, Rabourdin ne l'avait pas retirée des mains de La Brière en apprenant par lui la nouvelle. Des Lupeaulx lut ce qui suit :

« Monseigneur,

« Si vingt-trois ans de services irréprochables peuvent mériter une faveur, je supplie Votre Excellence de m'accorder une audience aujourd'hui même, il s'agit d'une affaire où mon honneur se trouve engagé. »

Suivaient les formules de respect.

« Pauvre homme ! dit des Lupeaulx avec un ton de compassion qui laissa le ministre dans son erreur, nous sommes entre nous, faites-le venir. Vous avez conseil[1] après la Chambre, et Votre Excellence doit aujourd'hui répondre à l'Opposition, il n'y a pas d'autre heure où vous puissiez le recevoir. » Des Lupeaulx se leva, demanda l'huissier, lui dit un mot, et revint s'asseoir à table. « Je l'ajourne au dessert », dit-il.

Comme tous les ministres de la Restauration, le ministre était un homme sans jeunesse[2]. La Charte concédée par Louis XVIII avait le défaut de lier les mains aux rois en les forçant à livrer les destinées du pays aux quadragénaires de la Chambre des députés et aux septuagénaires de la pairie, de les dépouiller du droit de saisir un homme de talent politique là où il était, malgré sa jeunesse ou malgré la pauvreté de sa condition. Napoléon seul put employer des jeunes gens à son choix, sans être arrêté par aucune considération. Aussi, depuis la chute de cette grande volonté, l'énergie avait-elle déserté le pouvoir. Or, faire succéder la mollesse à la vigueur est un contraste plus dangereux en France qu'en tout autre pays. En général, les ministres arrivés vieux ont été médiocres, tandis que les ministres pris jeunes ont été l'honneur des monarchies européennes et des républiques où ils *dirig*èrent les affaires. Le monde retentissait encore de la lutte de Pitt et de Napoléon, deux hommes qui conduisirent la politique à l'âge où les Henri de Navarre, les Richelieu, les Mazarin, les Colbert, les Louvois, les d'Orange, les Guise, les la Rovère[3], les Machiavel, enfin tous les grands hommes connus, partis d'en bas ou nés aux environs des trônes, commencèrent à gouverner des États. La Convention, modèle d'énergie, fut composée en grande partie de têtes jeunes; aucun souverain ne doit oublier qu'elle sut opposer quatorze armées à l'Europe; sa politique, si fatale aux yeux de ceux qui tiennent pour le pouvoir dit absolu, n'en était pas moins dictée par les vrais principes de la monarchie, car elle se conduisit comme un grand roi[a]. Après dix ou douze années de luttes parlementaires, après avoir ressassé la politique et s'y être harassé, ce ministre avait été véritablement intronisé par un parti qui le considérait comme son homme d'affaires[1]. Heureusement pour lui-même, il approchait plus de soixante ans que de cinquante[2]; s'il avait conservé quelque vigueur juvénile, il aurait été promptement brisé. Mais, habitué à rompre, à faire retraite, à revenir à la charge, il pouvait se laisser frapper tour à tour par son parti, par l'Opposition, par la Cour, par le clergé, en leur opposant la force d'inertie d'une matière à la fois molle et consistante; enfin[b], il avait les bénéfices de son malheur[c]. Gehenné[3] dans mille questions de gouvernement, comme est le jugement d'un vieil avocat après avoir tout plaidé, son esprit ne possédait plus ce vif que gardent les esprits solitaires, ni cette prompte décision des gens accoutumés de bonne heure à l'action, et qui se distingue chez les jeunes militaires. Pouvait-il en être autrement ? il avait constamment chicané au lieu de juger, il avait critiqué les effets sans assister aux causes, il avait surtout la tête pleine des mille réformes qu'un parti lance à son chef, des programmes que les intérêts privés apportent à un orateur d'avenir, en l'embarrassant de plans et de conseils inexécutables[4]. Loin d'arriver frais, il était arrivé fatigué de ses marches et contremarches. Puis en prenant position sur la sommité tant désirée, il s'y était accroché à mille buissons épineux, il y avait trouvé mille volontés contraires à concilier. Si les hommes d'État de la Restauration avaient pu suivre leurs propres idées, leurs capacités seraient sans doute moins exposées à la critique; mais si leurs vouloirs furent entraînés, leur âge les sauva en ne leur permettant plus de déployer cette résistance qu'on sait opposer au début de la vie à ces intrigues à la fois basses et élevées qui vainquirent quelquefois Richelieu, et auxquelles, dans une sphère moins élevée, Rabourdin allait se prendre. Après les tiraillements de leurs premières luttes, ces gens, moins vieux que vieillis, eurent les tiraillements ministériels. Ainsi leurs yeux se troublaient déjà quand il fallait la perspicacité de l'aigle, leur esprit était lassé quand il fallait redoubler de verve. Le ministre à qui Rabourdin voulait se confier entendait journellement des hommes d'une incontestable supériorité lui exposant les théories les plus ingénieuses, applicables aux affaires de la France. Ces gens à qui les difficultés de la politique générale étaient cachées, assaillaient ce ministre, au retour d'une bataille parlementaire, d'une lutte avec les secrètes imbécillités de la Cour, ou à la veille d'un combat avec l'esprit public, ou le lendemain d'une question diplomatique qui avait déchiré le Conseil en trois opinions. Dans cette situation, un homme d'État tient naturellement un bâillement tout prêt au service de la première phrase où il s'agit de mieux ordonner la chose publique. Il ne se faisait pas alors de dîner où les plus audacieux spéculateurs, où les hommes des coulisses financières et politiques, ne résumassent en un mot profond les opinions de la Bourse et de la Banque, celles surprises à la diplomatie, et les plans que comportait la situation de l'Europe. Le ministre avait d'ailleurs en des Lupeaulx et son secrétaire particulier un petit conseil pour ruminer cette nourriture, pour contrôler et analyser les intérêts qui parlaient par tant de voix habiles. En effet, son malheur, qui sera celui de tous les ministres sexagénaires, était de biaiser avec toutes les difficultés : avec le journalisme que l'on voulait en ce moment amortir sourdement au lieu de l'abattre franchement ; avec la question financière, comme avec les questions d'industrie ; avec le clergé comme avec la question des biens nationaux[1] ; avec le libéralisme comme avec la Chambre. Après avoir tourné le pouvoir en sept ans, le ministre croyait pouvoir tourner ainsi toutes les questions[2]. Il est si naturel de vouloir se maintenir par les moyens qui servirent à s'élever, que nul n'osait blâmer *un* système inventé par la médiocrité[a] pour plaire à des esprits médiocres. La Restauration de même que la Révolution polonaise ont su démontrer, aux nations comme aux princes, ce que vaut un homme, et ce qui leur arrive quand il leur manque[b3]. Le dernier et le plus grand défaut des hommes d'État de la Restauration fut leur honnêteté dans une lutte où leurs adversaires employaient toutes les ressources de la friponnerie politique, le mensonge et les calomnies, en déchaînant contre eux, par les moyens les plus subversifs, les masses intelligentes, habiles seulement à comprendre le désordre.

Rabourdin s'était dit tout cela. Mais il venait de se décider à jouer le tout pour le tout, comme un homme qui lassé par le jeu ne s'accorde plus qu'un coup ; or, le hasard lui donnait un tricheur pour adversaire en la personne de des Lupeaulx. Néanmoins, quelle que fût sa sagacité, le chef de bureau, plus savant en administration qu'en optique parlementaire[a], n'imaginait pas toute la vérité : il ne savait pas que le grand travail qui avait rempli sa vie allait devenir une théorie pour le ministre, et qu'il était impossible à l'homme d'État de ne pas le confondre avec les novateurs du dessert, avec les causeurs du coin du feu[b1].

Au moment où le ministre debout, au lieu de penser à Rabourdin, songeait à François Keller[c2], et n'était retenu que par sa femme qui lui offrait une grappe de raisin[d3], le chef de bureau fut annoncé par l'huissier. Des Lupeaulx avait bien compté sur la disposition où devait être le ministre préoccupé de ses improvisations ; aussi, voyant l'homme d'État aux prises avec sa femme, alla-t-il au-devant de Rabourdin et le foudroya-t-il par sa première phrase.

« Son Excellence et moi nous sommes instruits de ce qui vous préoccupe, et vous n'avez rien à craindre, dit des Lupeaulx en baissant la voix, ni de Dutocq ni de qui que ce soit, ajouta-t-il à haute voix.

— Ne vous tourmentez point, Rabourdin », lui dit Son Excellence avec bonté, mais en faisant un mouvement de retraite.

Rabourdin s'avança respectueusement, et le ministre ne put l'éviter.

« Votre Excellence daignerait-elle me permettre de lui dire deux mots en particulier ? » fit Rabourdin en jetant à l'Excellence une œillade mystérieuse.

Le ministre regarda la pendule et se dirigea vers la fenêtre où le suivit le pauvre chef.

« Quand pourrai-je avoir l'honneur de soumettre l'affaire à Votre Excellence, afin de lui expliquer le nouveau plan d'administration auquel se rattache la pièce que l'on doit entacher...

— Un plan d'administration! dit le ministre en fronçant les sourcils et l'interrompant. Si vous avez quelque chose en ce genre à me communiquer, attendez le jour où nous travaillerons ensemble. J'ai conseil aujourd'hui, je dois une réponse à la Chambre sur l'incident que l'Opposition a élevé hier à la fin de la séance. Votre jour est mercredi prochain, nous n'avons pas travaillé hier, car hier je n'ai pu m'occuper des affaires du ministère. Les affaires politiques ont nui aux affaires purement administratives.

— Je remets mon honneur avec confiance entre les mains de Votre Excellence, dit gravement Rabourdin, et je la supplie de ne pas oublier qu'elle ne m'a pas laissé le temps d'une explication immédiate à propos de la pièce soustraite...

— Mais ne craignez donc rien, dit des Lupeaulx en s'avançant entre le ministre et Rabourdin qu'il interrompit, avant huit jours vous serez sans doute nommé... »

Le ministre se mit à rire en songeant à l'enthousiasme de des Lupeaulx pour Mme Rabourdin, et il guigna sa femme qui sourit. Rabourdin, surpris de ce jeu muet, en chercha la signification, il cessa de tenir sous son regard le ministre un moment, et l'Excellence en profita pour se sauver.

« Nous causerons ensemble de tout cela, dit des Lupeaulx devant qui le chef de bureau se trouva seul, non sans surprise. Mais n'en voulez pas à Dutocq, je vous réponds de lui.

— Mme Rabourdin est une femme charmante », dit la femme du ministre au chef de bureau pour lui dire quelque chose.

Les enfants regardaient Rabourdin avec curiosité. Rabourdin s'attendait à quelque chose de solennel, et il était comme un gros poisson pris dans les mailles d'un léger filet, il se débattait avec lui-même.

« Madame la comtesse est bien bonne, dit-il.

— N'aurai-je pas le plaisir de la voir un mercredi? dit la comtesse, amenez-nous-la, vous m'obligerez...

— Mme Rabourdin reçoit le mercredi, répondit des Lupeaulx qui connaissait la banalité des mercredis officiels ; mais si vous avez tant de bonté pour elle, vous avez bientôt, je crois, une soirée intime. »

La femme du ministre se leva contrariée.

« Vous êtes le maître de mes cérémonies », dit-elle à des Lupeaulx.

Paroles ambiguës par lesquelles elle exprima la contrariété que lui causait des Lupeaulx en entreprenant sur ses soirées intimes, où elle n'admettait que des personnes de choix. Elle sortit en saluant Rabourdin. Des Lupeaulx et le chef de bureau furent donc seuls dans le petit salon où le ministre déjeunait en famille. Des Lupeaulx froissait entre ses doigts la lettre confidentielle que La Brière avait remise au ministre, Rabourdin la reconnut.

« Vous ne me connaissez pas bien, dit-il au chef de bureau en lui souriant. Vendredi soir, nous nous entendrons à fond. En ce moment, je dois faire l'audience, le ministre me la laisse aujourd'hui sur le dos, car il se prépare pour la Chambre. Mais je vous le répète, Rabourdin, ne craignez rien. »

Rabourdin chemina lentement par les escaliers, confondu de la singulière tournure que prenaient les choses. Il s'était cru dénoncé par Dutocq, et ne se trompait point : des Lupeaulx avait entre les mains l'état où il était jugé si sévèrement et des Lupeaulx caressait son juge. C'était à s'y perdre ! Les gens droits comprennent difficilement les intrigues embrouillées, et Rabourdin se perdait dans ce dédale, sans pouvoir deviner le jeu que jouait le secrétaire général.

« Ou il n'a pas lu son article, ou il aime ma femme. »

Telles furent les deux pensées auxquelles s'arrêta le chef en traversant la cour, car le regard qu'il avait saisi la veille entre Célestine et des Lupeaulx lui revint dans la mémoire comme un éclair. Pendant l'absence de Rabourdin, son bureau avait été nécessairement en proie à une agitation violente, car dans les ministères les rapports entre les employés et les supérieurs sont si bien réglés, que quand l'huissier du ministre vient de la part de Son Excellence chez un chef de bureau, surtout à l'heure où le ministre n'est pas visible, il se fait de grands commentaires. La coïncidence de cette communication extraordinaire avec la mort de M. La Billardière donna d'ailleurs une importance insolite à ce fait que M. Saillard apprit par M. Clergeot, et il vint en conférer avec son gendre.

Bixiou, qui travaillait alors avec son chef, le laissa causer avec son beau-père et se transporta dans le bureau Rabourdin où les travaux étaient interrompus.

BIXIOU, *entrant.*

Il ne fait guère chaud chez vous, messieurs ? Vous ne savez pas ce qui se passe en bas. *La vertueuse Rabourdin* est enfoncée! Oui, destitué! Une scène horrible chez le ministre.

DUTOCQ, *il regarde Bixiou.*

Est-ce vrai ?

BIXIOU

À qui cela peut-il faire de la peine ? ce n'est pas à vous, vous deviendrez sous-chef et du Bruel chef. M. Baudoyer passe à la division.

FLEURY

Je gage cent francs que Baudoyer ne sera jamais chef de division.

VIMEUX

Je me mets dans le pari. Vous y mettez-vous, monsieur Poiret ?

POIRET

J'ai ma retraite au premier janvier.

BIXIOU

Comment, nous ne verrons plus vos souliers à cordons, et que deviendra le ministère sans vous ? Qui se met de mon pari ?

DUTOCQ

Je ne puis en être, je parierais à coup sûr. M. Rabourdin est nommé, M. de La Billardière l'a recommandé sur son lit de mort aux deux ministres, en s'accusant d'avoir touché les émoluments d'une place dont le travail était fait par Rabourdin : il a eu des scrupules de conscience; et, sauf tout ordre supérieur, ils lui ont promis, pour le calmer, de nommer Rabourdin.

BIXIOU

Messieurs, mettez-vous tous contre moi : vous voilà

sept ? car vous en serez, monsieur Phellion. Je parie un dîner de cinq cents francs au *Rocher de Cancale*[1] que Rabourdin n'a pas la place de La Billardière. Ça ne vous coûtera pas cent francs à chacun, et moi j'en risque cinq cents. Je vous fais la chouette[2] enfin. Ça va-t-il ? En.êtes-vous, du Bruel ?

PHELLION, *posant sa plume.*

Môsieur, sur quoi fondez-vous cette proposition aléatoire, car aléatoire est le mot ; mais je me trompe en employant le terme de proposition, c'est *contrat* que je voulais dire. Le pari constitue un contrat.

FLEURY

Non, car on ne peut donner le nom de contrat qu'aux conventions reconnues par le Code, et le Code n'accorde pas d'action pour le pari.

DUTOCQ

C'est le reconnaître que de le proscrire.

BIXIOU

Ça, c'est fort, mon petit Dutocq !

POIRET

Par exemple !

FLEURY

C'est juste. C'est comme se refuser au paiement de ses dettes, on les reconnaît.

THUILLIER

Vous faites de fameux jurisconsultes[a] !

POIRET

Je suis aussi curieux que M. Phellion de savoir sur quelles raisons s'appuie M. Bixiou...

BIXIOU, *criant à travers le bureau.*

En êtes-vous, du Bruel ?

DU BRUEL, *apparaissant.*

Sac-à-papier, messieurs, j'ai quelque chose de difficile

à faire, c'est la réclame pour la mort de M. La Billardière. De grâce! un peu de silence : vous rirez et parierez après.

THUILLIER

Rirez et pas rirez! vous entreprenez sur mes calembours[a1]!

BIXIOU, *allant dans le bureau de du Bruel.*

C'est vrai, du Bruel, l'éloge du bonhomme est une chose bien difficile, j'aurais plus tôt fait sa charge!

DU BRUEL

Aide-moi[b] donc, Bixiou!

BIXIOU

Je veux bien, quoique ces articles-là se fassent mieux en mangeant.

DU BRUEL

Nous dînerons ensemble. *(Lisant.)*
La religion et la monarchie perdent tous les jours quelques-uns de ceux qui combattirent pour elle dans les temps révolutionnaires...

BIXIOU

Mauvais. Je mettrais :
La mort exerce particulièrement ses ravages parmi les plus vieux défenseurs de la monarchie et les plus fidèles serviteurs du Roi, dont le cœur saigne de tous ces coups. (Du Bruel écrit rapidement.) *M. le baron Flamet de La Billardière est mort ce matin d'une hydropisie de poitrine, causée par une affection au cœur.*
Vois-tu, il n'est pas indifférent de prouver que l'on a du cœur dans les bureaux. Faut-il couler là une petite tartine sur les émotions des royalistes pendant la Terreur ? Hein! ça ne ferait pas mal. Mais non, les petits journaux diraient que les émotions ont plus frappé sur les intestins que sur le cœur. N'en parlons pas. Qu'as-tu mis ?

DU BRUEL, *lisant*

Issu d'une vieille souche parlementaire...

BIXIOU

Très bien cela! c'est poétique, et souche est profondément vrai.

DU BRUEL, *continuant.*

Où le dévouement pour le trône était héréditaire, aussi bien que l'attachement à la foi de nos pères, M. de La Billardière...

BIXIOU

Je mettrais *M. le baron.*

DU BRUEL

Mais il ne l'était pas en 1793[a]...

BIXIOU

C'est égal, tu sais que, sous l'Empire, Fouché rapportant une anecdote sur la Convention, et dans laquelle Robespierre lui parlait, la contait ainsi : « Robespierre[b] me dit : Duc d'Otrante, vous irez à l'Hôtel de Ville! » Il y a donc un précédent.

DU BRUEL

Laisse-moi noter ce mot-là! Mais ne mettons pas *le baron,* car j'ai réservé pour la fin les faveurs qui ont plu sur lui.

BIXIOU

Ah! bien! C'est le coup de théâtre, le tableau d'ensemble de l'article.

DU BRUEL

Voyez-vous ?...
En nommant M. de La Billardière baron, gentilhomme ordinaire...

BIXIOU, *à part.*

Très ordinaire.

DU BRUEL, *continuant.*

De la chambre[c], etc., le Roi récompensa tout ensemble les services rendus par le prévôt qui sut concilier la rigueur de ses fonctions avec la mansuétude ordinaire aux Bourbons, et le courage du Vendéen qui n'a pas plié le genou devant l'idole impériale. Il laisse un fils, héritier de son dévouement et de ses talents, etc.

BIXIOU

N'est-ce pas trop monté de ton, trop riche de couleurs ? j'éteindrais un peu cette poésie : l'idole impériale, plier le genou ! diable ! Le vaudeville gâte la main, et l'on ne sait plus tenir le style de la pédestre prose. Je mettrais : *il appartenait au petit nombre de ceux qui*, etc. Simplifie, il s'agit d'un homme simple.

DU BRUEL

Encore un mot de vaudeville. Tu ferais ta fortune au théâtre, Bixiou !

BIXIOU

Qu'as-tu mis sur Quiberon ? *(Il lit.)* Ce n'est pas cela ! Voilà comment je rédigerais :

Il assuma sur lui, dans un ouvrage récemment publié, tous les malheurs de l'expédition de Quiberon, en donnant ainsi la mesure d'un dévouement qui ne reculait devant aucun sacrifice[1].

C'est fin, spirituel, et tu sauves La Billardière.

DU BRUEL

Aux dépens de qui ?

BIXIOU, *sérieux comme un prêtre qui monte en chaire.*

De Hoche et de Tallien[2]. Tu ne sais donc pas l'histoire ?

DU BRUEL

Non[a]. J'ai souscrit à la collection des Baudouin[3], mais je n'ai pas encore eu le temps de l'ouvrir : il n'y a pas de sujet de vaudeville là-dedans[b].

PHELLION, *à la porte.*

Nous voudrions tous savoir, monsieur Bixiou, qui peut vous inciter à croire que le vertueux et digne M. Rabourdin, qui fait l'intérim de la division depuis neuf mois, qui est le plus ancien chef de bureau du ministère, et que le ministre au retour de chez M. de La Billardière a envoyé chercher par son huissier, ne sera pas nommé chef de division.

BIXIOU

Papa Phellion, vous connaissez la géographie ?

PHELLION, *se rengorgeant.*

Monsieur, je m'en flatte.

BIXIOU

L'histoire ?

PHELLION, *d'un air modeste.*

Peut-être.

BIXIOU, *le regardant.*

Votre diamant est mal accroché, il va tomber. Eh bien, vous ne connaissez pas le cœur humain, vous n'êtes pas plus avancé là-dedans que dans les environs de Paris.

POIRET, *bas à Vimeux.*

Les environs de Paris ? Je croyais qu'il s'agissait de M. Rabourdin.

BIXIOU

Le bureau Rabourdin parie-t-il en masse contre moi ?

TOUS

Oui.

BIXIOU

Du Bruel, en es-tu ?

DU BRUEL

Je crois bien. Il est dans notre intérêt que notre chef passe, alors chacun dans notre bureau avance d'un cran.

THUILLIER

D'un crâne *(bas à Phellion)*. Il est joli, celui-là.

BIXIOU

Je gagnerai. Voici ma raison. Vous la comprendrez difficilement, mais enfin je vous la dirai tout de même. Il est juste que M. Rabourdin soit nommé *(il regarde Dutocq)* ; car en lui, l'ancienneté, le talent et l'honneur sont reconnus, appréciés et récompensés. La nomination est même dans l'intérêt bien entendu de l'Administration. *(Phellion, Poiret et Thuillier écoutent sans rien comprendre et sont comme des gens qui cherchent à voir clair dans les ténèbres.)* Eh bien, à cause de toutes ces convenances et de ces mérites, en reconnaissant combien la mesure est équitable et sage, je parie qu'elle n'aura pas lieu. Oui! elle manquera comme ont manqué les expéditions de Boulogne et de Russie[a], où le génie avait rassemblé toutes les chances de succès! Elle manquera comme manque ici-bas tout ce qui semble juste et bon. Je joue le jeu du diable.

DU BRUEL

Qui donc sera nommé?

BIXIOU

Plus je considère Baudoyer, plus il me semble réunir toutes les qualités contraires; conséquemment, il sera chef de division.

DUTOCQ, *poussé à bout.*

Mais M. des Lupeaulx, qui m'a fait venir pour me demander mon Charlet, m'a dit que M. Rabourdin allait être nommé, et que le petit La Billardière passait référendaire au Sceau.

BIXIOU

Nommé! nommé! La nomination ne se signera seulement pas dans dix jours. On nommera pour le jour de l'an. Tenez, regardez votre chef dans la cour, et dites-moi si ma *vertueuse Rabourdin* a la mine d'un homme en faveur, on le croirait destitué! *(Fleury se précipite à la fenêtre.)* Adieu, messieurs; je vais aller annoncer à M. Baudoyer votre nomination de M. Rabourdin, ça le fera toujours enrager, le saint homme! Puis je lui raconterai notre pari, pour lui remettre le cœur. C'est ce que nous nommons au théâtre une péripétie, n'est-ce pas, du Bruel? Qu'est-ce que cela me fait? Si je gagne, il me prendra pour sous-chef. *(Il sort.)*

POIRET

Tout le monde accorde de l'esprit à ce monsieur, eh bien, moi, je ne puis jamais rien comprendre à ses discours *(il expédie toujours).* Je l'écoute, je l'écoute, j'entends des paroles et ne saisis aucun sens : il parle des environs de Paris à propos du cœur humain, et *(il pose sa plume et va au poêle)* dit qu'il joue le jeu du diable, à propos des expéditions de Russie et de Boulogne! il faudrait d'abord admettre que le diable joue, et savoir quel jeu ? Je vois d'abord le jeu de dominos... *(il se mouche).*

FLEURY, *interrompant.*

Il est onze heures, le père Poiret se mouche.

DU BRUEL

C'est vrai. Déjà! Je cours au secrétariat.

POIRET

Où en étais-je ?

THUILLIER

Domino, au Seigneur; car il s'agit du diable, et le diable est un suzerain sans charte[a]. Mais ceci vise plus à la pointe qu'au calembour. Ceci est le jeu de mots[b]. Au reste, je ne vois pas de différence entre le jeu de mots et[c]... *(Sébastien entre pour prendre des circulaires à signer et à collationner.)*

VIMEUX

Vous voilà, beau jeune homme. Le temps de vos peines est fini, vous serez appointé! M. Rabourdin sera nommé! Vous étiez hier à la soirée de Mme Rabourdin. Êtes-vous heureux d'aller là! On dit qu'il y va des femmes superbes.

SÉBASTIEN

Je ne sais pas.

FLEURY

Vous êtes aveugle ?

SÉBASTIEN

Je n'aime point à regarder ce que je ne saurais avoir.

PHELLION, *enchanté.*

Bien dit! jeune homme.

VIMEUX

Vous faites bien attention à Mme Rabourdin, que diable! une femme charmante.

FLEURY

Bah! des formes maigres. Je l'ai vue aux Tuileries, j'aime bien mieux Percilliée, la maîtresse de Ballet, la victime à Castaing[1].

PHELLION

Mais qu'a de commun une actrice avec la femme d'un chef de bureau ?

DUTOCQ

Toutes deux jouent la comédie.

FLEURY, *regardant Dutocq de travers.*

Le physique n'a rien à faire avec le moral, et si vous entendez par là que...

DUTOCQ

Moi, je n'entends rien.

FLEURY

Celui de tous les employés qui sera fait chef de bureau, voulez-vous le savoir ?...

TOUS

Dites!

FLEURY

C'est Colleville.

THUILLIER

Pourquoi ?

FLEURY

Mme Colleville a fini par prendre le plus court... le chemin de la sacristie...

THUILLIER, *sèchement.*

Je suis trop l'ami de Colleville pour ne pas vous prier,

monsieur Fleury, de ne pas parler légèrement de sa femme.

PHELLION

Jamais les femmes, qui n'ont aucun moyen de défense, ne devraient être le sujet de nos conversations...

VIMEUX

D'autant plus que la jolie Mme Colleville n'a pas voulu recevoir Fleury, et qu'il la dénigre par vengeance.

FLEURY

Elle n'a pas voulu me recevoir sur le même pied que Thuillier, mais j'y suis allé...

THUILLIER

Quand ?... Où ?... sous ses fenêtres...

Quoique Fleury fût redouté dans les bureaux pour sa crânerie, il accepta silencieusement le dernier mot de Thuillier. Cette résignation, qui surprit les employés, avait pour cause un billet de deux cents francs, d'une signature assez douteuse, que Thuillier devait présenter à Mlle Thuillier, sa sœur. Après cette escarmouche, un[a] profond silence s'établit. Chacun travailla de une heure[b] à trois heures. Du Bruel ne revint pas.

Vers trois heures et demie[c], les apprêts du départ, le brossage des chapeaux, le changement des habits, s'opéra simultanément dans tous les bureaux du ministère. Cette chère demi-heure, employée à de petits soins domestiques, abrège d'autant la séance. En ce moment, les pièces trop chaudes s'attiédissent, l'odeur particulière aux bureaux s'évapore, le silence revient. À quatre heures, il ne reste plus que les véritables employés, ceux qui prennent leur état au sérieux. Un ministre peut connaître les travailleurs de son ministère en faisant une tournée à quatre heures précises, espionnage qu'aucun de ces graves personnages ne se permet[d].

À cette heure, dans les cours, quelques chefs s'abordèrent pour se communiquer leurs idées sur l'événement de la journée. Généralement, en s'en allant deux à deux, trois à trois, on concluait en faveur de Rabourdin; mais les vieux routiers comme M. Clergeot branlaient la tête en disant : *Habent sua sidera lites*[a1]. Saillard et Baudoyer furent poliment évités, car personne ne savait quelle parole leur dire au sujet de la mort de La Billardière, et chacun comprenait que Baudoyer pouvait désirer la place, quoiqu'elle ne lui fût pas due[b].

Quand le gendre et le beau-père se trouvèrent à une certaine distance du ministère, Saillard rompit le silence en disant : « Cela va mal pour toi, mon pauvre Baudoyer.

— Je ne comprends pas, répondit le chef, à quoi songe Élisabeth qui a employé Godard à avoir, dare-dare, un passeport pour Falleix. Godard m'a dit qu'elle a loué une chaise de poste d'après l'avis de mon oncle Mitral, et à cette heure Falleix est en route pour son pays.

— Sans doute une affaire de notre commerce, dit Saillard.

— Notre commerce le plus pressé dans ce moment était de songer à la place de M. de La Billardière. »

Ils se trouvaient alors à la hauteur du Palais-Royal dans la rue Saint-Honoré, Dutocq les salua et les aborda.

« Monsieur, dit-il à Baudoyer, si je puis vous être utile en quelque chose dans les circonstances où vous vous trouvez, disposez de moi, car je ne vous suis pas moins dévoué que M. Godard.

— Une semblable démarche est au moins consolante, dit Baudoyer, on a l'estime des honnêtes gens[c].

— Si vous daigniez employer votre influence pour me placer auprès de vous comme sous-chef en prenant Bixiou pour votre chef, vous feriez la fortune de deux hommes capables de tout pour votre élévation.

— Vous raillez-vous de nous, monsieur ? dit Saillard en faisant de gros yeux bêtes.

— Loin de moi cette pensée, dit Dutocq. Je viens de l'imprimerie du journal[d] y porter, de la part de M. le secrétaire général, le mot sur M. de La Billardière. L'article que j'y ai lu m'a donné la plus haute estime pour vos talents. Quand il faudra achever le Rabourdin, je puis donner un fier coup de hache, daignez vous en souvenir. »

Dutocq disparut.

« Je veux être pendu si j'y comprends un mot, dit le caissier en regardant Baudoyer dont les petits yeux annonçaient une stupéfaction singulière. Il faudra faire acheter le journal ce soir. »

Quand Saillard et son gendre entrèrent dans le salon du rez-de-chaussée, ils y trouvèrent un grand feu, Mme Saillard, Élisabeth, M. Gaudron[a], et le curé de Saint-Paul. Le curé se tourna vers M. Baudoyer, à qui sa femme fit un signe d'intelligence peu compris.

« Monsieur, dit le curé, je n'ai pas voulu tarder à venir vous remercier du magnifique cadeau par lequel vous avez embelli ma pauvre église, je n'osais pas m'endetter pour acheter ce bel ostensoir, digne d'une cathédrale[b]. Vous qui êtes un de nos plus pieux et assidus paroissiens, vous deviez plus que tout autre avoir été frappé du dénuement de notre maître-autel. Je vais voir, dans quelques moments, monseigneur le coadjuteur, et il vous témoignera bientôt sa satisfaction.

— Je n'ai rien fait encore..., dit Baudoyer.

— Monsieur le curé[c], répondit sa femme en lui coupant la parole, je puis trahir son secret tout entier. M. Baudoyer compte achever son œuvre en vous donnant un dais pour la prochaine Fête-Dieu. Mais cette acquisition tient un peu à l'état de nos finances, et nos finances tiennent à notre avancement.

— Dieu récompense ceux qui l'honorent, dit M. Gaudron en se retirant avec le curé.

— Pourquoi, dit Saillard à M. Gaudron et au curé, ne nous faites-vous pas l'honneur de manger avec nous la fortune du pot ?

— Restez, mon cher vicaire[d], dit le curé à Gaudron. Vous me savez invité par M. le curé de Saint-Roch, qui demain enterre M. de La Billardière.

— M. le curé de Saint-Roch peut-il dire un mot pour nous[1] ? demanda Baudoyer que sa femme tira violemment par le pan de sa redingote.

— Mais tais-toi donc, Baudoyer », lui dit-elle en l'attirant dans un coin pour lui souffler à l'oreille : « Tu as donné à la paroisse un ostensoir de cinq mille francs. Je t'expliquerai tout. »

L'avare Baudoyer fit une grimace horrible et resta songeur pendant tout le dîner.

« Pourquoi donc t'es-tu tant remuée à propos du passeport de Falleix ? de quoi te mêles-tu! lui demanda-t-il enfin.

— Il me semble que les affaires de Falleix sont un peu les nôtres, répondit sèchement Élisabeth en jetant un regard à son mari pour lui montrer M. Gaudron devant lequel il devait se taire.

— Certainement, dit le père Saillard en pensant à sa commandite.

— Vous êtes arrivé, j'espère, à temps au bureau du journal, demanda Élisabeth à M. Gaudron en lui servant le potage.

— Oui, chère madame, répondit le vicaire. Aussitôt que le directeur du journal a vu le mot du secrétaire de la Grande Aumônerie[1], il n'a plus fait la moindre difficulté. La petite note a été mise par ses soins à la place la plus convenable, je n'y aurais jamais songé; mais ce jeune homme du journal a l'intelligence éveillée[a]. Les défenseurs de la Religion pourront combattre l'impiété sans désavantage, il y a beaucoup de talents dans les journaux royalistes[b]. J'ai tout lieu de penser que le succès couronnera vos espérances. Mais songez, mon cher Baudoyer, à protéger M. Colleville, il est l'objet de l'attention de Son Éminence, on m'a recommandé de vous parler de lui...

— Si je suis chef de division, j'en ferai l'un de mes chefs de bureau, si l'on veut! » dit Baudoyer[c].

Le mot de l'énigme arriva quand le dîner fut fini. La feuille ministérielle[2], achetée par le portier, contenait aux Faits-Paris les deux articles suivants, dits entrefilets.

M. le baron de La Billardière est mort ce matin, après une longue et douloureuse maladie. Le Roi perd un serviteur dévoué, l'Église un de ses plus pieux enfants. La fin de M. de la Billardière a dignement couronné sa belle vie, consacrée tout entière dans des temps mauvais à des missions périlleuses, et vouée encore naguère aux fonctions les plus difficiles. M. de La Billardière fut grand-prévôt dans un département où son caractère triompha des obstacles que la rébellion y multipliait. Il avait accepté une direction ardue où ses lumières ne furent pas moins utiles que l'aménité française de ses manières, pour concilier les affaires graves qui s'y sont traitées. Nulles récompenses n'ont été mieux méritées que celles par lesquelles le roi Louis XVIII et Sa Majesté se sont plu à couronner une fidélité qui n'avait pas chancelé sous l'usurpateur. Cette vieille famille revivra dans un rejeton héritier des talents et du dévouement de l'homme excellent dont la perte afflige tant d'amis. Déjà

Sa Majesté a fait savoir, par un mot gracieux, qu'elle comptait M. Benjamin de La Billardière au nombre de ses gentilshommes ordinaires de la chambre.

« Les nombreux amis qui n'auraient pas reçu de billets de faire part, ou chez lesquels ces billets n'arriveraient pas à temps, sont prévenus que les obsèques se feront demain à quatre heures, à l'église de Saint-Roch. Le discours sera prononcé par M. l'abbé Fontanon[a]. »

« M. Isidore Baudoyer, représentant d'une des plus anciennes familles de la bourgeoisie parisienne, et chef de bureau dans la division La Billardière, vient de rappeler les vieilles traditions de piété qui distinguaient ces grandes familles, si jalouses de la splendeur de la Religion et si amies de ses monuments. L'église de Saint-Paul manquait d'un ostensoir en rapport avec la magnificence de cette basilique, due à la Compagnie de Jésus. Ni la Fabrique ni le curé n'étaient assez riches pour en orner l'autel. M. Baudoyer a fait don à cette paroisse de l'ostensoir que plusieurs personnes ont admiré chez M. Gohier[b1], orfèvre du roi. Grâce à cet homme pieux, qui n'a pas reculé devant l'énormité du prix, l'église de Saint-Paul possède aujourd'hui ce chef-d'œuvre d'orfèvrerie, dont les dessins sont dus à M. de Sommervieux[c2]. Nous aimons à publier un fait qui prouve combien sont vaines les déclamations du libéralisme sur l'esprit de la bourgeoisie parisienne. De tout temps, la haute bourgeoisie fut royaliste, elle le prouvera toujours dans l'occasion. »

« Le prix était de cinq mille francs, dit l'abbé Gaudron[d]; mais en faveur de l'argent comptant, l'orfèvre de la Cour a modéré ses prétentions.

— *Représentant d'une des plus anciennes familles de la bourgeoisie parisienne* ! disait Saillard. C'est imprimé, et dans *Le Journal officiel* encore !

— Cher monsieur Gaudron, aidez-donc mon père à composer une phrase qu'il pourrait glisser dans l'oreille de Mme la comtesse en lui portant le traitement du mois, une phrase qui dise bien tout! Je vais vous laisser. Je dois sortir avec mon oncle Mitral. Croiriez-vous qu'il m'a été impossible de trouver mon oncle Bidault. Et dans quel chenil demeure-t-il! Enfin M. Mitral, qui connaît ses allures, dit qu'il a fini ses affaires entre huit heures et midi; que, passé cette heure, on ne peut le trouver qu'à un café nommé café Thémis¹, un singulier nom...

— Y rend-on la justice ? dit en riant l'abbé Gaudron.

— Comment va-t-il dans un café situé au coin de la rue Dauphine et du quai des Augustins; mais on dit qu'il y joue tous les soirs aux dominos avec son ami M. Gobseck. Je ne veux pas aller là toute seule, mon oncle me conduit et me ramène. »

En ce moment Mitral montra sa figure jaune plaquée de sa perruque qui semblait faite en chiendent, et fit signe à sa nièce de venir afin de ne pas dissiper un temps payé deux francs l'heure. Mme Baudoyer sortit donc sans rien expliquer à son père ni à son mari.

« Le ciel, dit M. Gaudron à Baudoyer quand Élisabeth fut partie, vous a donné dans cette femme un trésor de prudence et de vertus, un modèle de sagesse, une chrétienne en qui se trouve un entendement divin. La Religion seule forme des caractères si complets. Demain je dirai la messe pour le succès de la bonne cause ! Il faut, dans l'intérêt de la monarchie et de la religion, que vous soyez nommé. M. Rabourdin est un libéral, abonné au *Journal des Débats,* journal funeste qui fait la guerre à M. le comte de Villèle pour servir les intérêts froissés de M. de Chateaubriand. Son Éminence lira ce soir le journal quand ce ne serait qu'à cause de son pauvre ami M. de La Billardière, et monseigneur le coadjuteur lui parlera de vous et de Rabourdin. Je connais M. le curé : quand on pense à sa chère église, il ne vous oublie pas dans son prône; or, il a l'honneur en ce moment de dîner avec le coadjuteur, chez M. le curé de Saint-Roch². »

Ces paroles commençaient à faire comprendre à Saillard et à Baudoyer qu'Élisabeth n'était pas restée oisive depuis le moment où Godard l'avait avertie.

« Est-elle futée, ct'Élisabeth, s'écria Saillard en appréciant avec plus de justesse que ne le faisait l'abbé le rapide chemin de taupe tracé par sa fille.

— Elle a envoyé Godard savoir à la porte³ de M. Rabourdin quel journal il recevait, dit Gaudron, et je l'ai dit au secrétaire de Son Éminence⁴; car nous sommes dans un moment où l'Église et le trône doivent bien connaître quels sont leurs amis, quels sont leurs ennemis.

— Voilà cinq jours que je cherche une phrase à dire à la femme de Son Excellence, dit Saillard.

— Tout Paris lit cela, s'écria Baudoyer dont les yeux étaient attachés sur le journal.

— Votre éloge nous coûte quatre mille huit cents francs, mon fiston! dit Mme Saillard.

— Vous avez embelli la maison de Dieu, répondit l'abbé Gaudron.

— Nous pouvions faire notre salut sans cela, reprit-elle. Mais si Baudoyer a la place, elle vaut huit mille francs[a] de plus, le sacrifice ne sera pas grand. Et s'il ne l'avait pas ?... Hein, ma mère! dit-elle en regardant son mari, quelle saignée[b]!...

— Eh bien, dit Saillard enthousiasmé, nous regagnerions cela chez Falleix qui va maintenant étendre ses affaires en se servant de son frère qu'il a mis agent de change exprès. Élisabeth aurait bien dû nous dire pourquoi Falleix s'est envolé. Mais cherchons la phrase. Voilà ce que j'ai déjà trouvé : *Madame, si vous vouliez dire deux mots à Son Excellence...*

— *Vouliez*, dit Gaudron, *daigniez*, pour parler plus respectueusement. D'ailleurs il faut savoir avant tout si Mme la Dauphine vous accorde sa protection, car alors vous pourriez lui insinuer l'idée de coopérer aux désirs de Son Altesse Royale.

— Il faudrait aussi désigner la place vacante, dit Baudoyer.

— *Madame la comtesse,* reprit Saillard en se levant et regardant sa femme avec un sourire agréable.

— Jésus! Saillard, es-tu drôle comme ça! Mais, mon fils, prends donc garde, tu la feras rire, c'te femme ?

— *Madame la comtesse...* Suis-je mieux ? dit-il en regardant sa femme.

— Oui, mon poulet.

— *La place de feu le digne M. La Billardière est vacante, mon gendre M. Baudoyer...*

— *Homme de talent et de haute piété,* souffla Gaudron.

— Écris, Baudoyer, cria le père Saillard, écris la phrase. » Baudoyer prit naïvement une plume et écrivit sans rougir son propre éloge, absolument comme eussent fait Nathan ou Canalis[c] en rendant compte d'un de leurs livres[d].

« *Madame la comtesse...* Vois-tu, ma mère, dit Saillard

à sa femme, je suppose que tu es la femme du ministre.

— Me prends-tu pour une bête ? je le devine bien, répondit-elle.

— _La place de feu le digne M. de La Billardière est vacante ; mon gendre, M. Baudoyer, homme d'un talent consommé et de haute piété..._ » Après avoir regardé M. Gaudron qui réfléchissait, il ajouta : « _serait bien heureux s'il l'avait._ Ha! ce n'est pas mal, c'est bref et ça dit tout.

— Mais attends donc, Saillard, tu vois bien que M. l'abbé rumine, lui dit sa femme, ne le trouble donc pas.

— _Serait bien heureux si vous daigniez vous intéresser à lui_, reprit Gaudron, _et en disant quelques mots à Son Excellence, vous seriez particulièrement agréable à Madame la Dauphine, par laquelle il a le bonheur d'être protégé._

— Ah, monsieur Gaudron, cette phrase vaut l'ostensoir, je regrette moins les quatre mille huit cents... D'ailleurs, dis donc, Baudoyer, tu les paieras, mon garçon! As-tu écrit ?

— Je te ferai répéter cela, ma mère, dit Mme Saillard, et tu me la réciteras matin et soir. Oui, elle est bien troussée, cette phrase-là! Êtes-vous heureux d'être si savant, monsieur Gaudron! Voilà ce que c'est que d'étudier dans les séminaires, on apprend à parler à Dieu et à ses saints.

— Il est aussi bon que savant, dit Baudoyer en serrant les mains au prêtre. Est-ce vous qui avez rédigé l'article ? demanda-t-il en montrant le journal.

— Non, répondit Gaudron. Cette rédaction est du secrétaire de Son Éminence, un jeune abbé qui m'a de grandes obligations et qui s'intéresse à M. Colleville; autrefois[a], j'ai payé sa pension au séminaire[1].

— Un bienfait a toujours sa récompense », dit Baudoyer.

Pendant que ces quatre personnes s'attablaient pour faire leur boston, Élisabeth et son oncle Mitral atteignaient le café Thémis, après s'être entretenus en chemin de l'affaire que le tact d'Élisabeth lui avait indiquée comme le plus puissant levier pour forcer la main au ministre. L'oncle Mitral, l'ancien huissier[b] fort en chicane, en expédients et précautions judiciaires, regarda l'honneur de sa famille comme intéressé au triomphe de son neveu. Son avarice lui faisait sonder le coffre-fort de

Gigonnet, et il savait que cette succession revenait à son
neveu Baudoyer ; il lui voulait donc une position en
harmonie avec la fortune des Saillard et de Gigonnet, qui
toutes écherraient à la petite Baudoyer. À quoi ne devait
pas prétendre une fille dont la fortune irait à plus de cent
mille livres de rentes ! Il avait adopté les idées de sa nièce
et les avait entendues. Aussi avait-il accéléré le départ de
Falleix en lui expliquant comment on allait vite en poste.
Puis il avait réfléchi pendant son dîner sur la courbure
qu'il convenait d'imprimer au ressort inventé par Élisabeth. En arrivant au café Thémis, il dit à sa nièce que lui
seul pouvait arranger l'affaire avec Gigonnet, et il la fit
rester dans le fiacre, afin qu'elle n'intervînt qu'en temps
et lieu. À travers les vitres, Élisabeth aperçut les deux
figures de Gobseck et de son oncle Bidault qui se déta-
chaient sur le fond jaune vif des boiseries de ce vieux
café, comme deux têtes de camées, froides et impassibles
dans l'attitude que le graveur leur a donnée. Ces deux
avares parisiens étaient entourés de vieux visages où le
trente pour cent[a] d'escompte semblait écrit dans les rides
circulaires qui, partant du nez, retroussaient des pommettes glacées. Ces physionomies s'animèrent à l'aspect
de Mitral, et les yeux brillèrent d'une curiosité tigresque.

« Hé, hé, c'est le papa Mitral », s'écria Chaboisseau.
Ce petit vieillard faisait[b] l'escompte de la librairie.

« Oui, ma foi, répondit un marchand de papier nommé
Métivier[c]. Ah, c'est un vieux singe qui se connaît en grimaces.

— Et vous, vous êtes un vieux corbeau qui vous
connaissez en cadavres, répondit Mitral.

— Juste, dit le sévère Gobseck.

— Que venez-vous faire ici, mon fils ? venez-vous
saisir notre ami Métivier[d] ? lui demanda Gigonnet en lui
montrant le marchand de papier qui avait une trogne de
vieux portier.

— Votre petite-nièce Élisabeth est là, papa Gigonnet,
lui dit Mitral à l'oreille.

— Quoi, des malheurs ! » dit Bidault.

Le vieillard fronça les sourcils et prit un air tendre
comme celui du bourreau quand il s'apprête à officier ;
malgré sa vertu romaine, il dut être ému, car son nez si
rouge perdit un peu de sa couleur.

« Eh bien, ce serait des malheurs, n'aideriez-vous pas

la fille de Saillard, une petite qui vous tricote des bas depuis trente ans ? s'écria Mitral.

— S'il y avait des garanties, je ne dis pas! répondit Gigonnet. Il y a du Falleix là-dedans. Votre Falleix établit son frère agent de change, il fait autant d'affaires que les Brézac[a], avec quoi ? avec son intelligence, n'est-ce pas! Enfin Saillard n'est pas un enfant[b].

— Il connaît la valeur de l'argent », dit Chaboisseau. Ce mot, dit entre ces vieillards, eût fait frémir un artiste, et tous hochèrent la tête.

« D'ailleurs, ça ne me regarde pas, moi, les malheurs de mes proches, reprit Bidault-Gigonnet. J'ai pour principe de ne jamais me laisser aller ni avec mes amis, ni avec mes parents, car on ne peut périr que par les endroits faibles. Adressez-vous à Gobseck, il est doux. »

Les escompteurs applaudirent à cette doctrine par un mouvement de leurs têtes métalliques; et qui les eût vus, aurait cru entendre les cris de machines mal graissées.

« Allons, Gigonnet, un peu de tendresse ? dit Chaboisseau, on vous a tricoté des bas pendant trente ans.

— Ah! ça vaut quelque chose, dit Gobseck.

— Vous êtes entre vous, on peut parler, dit Mitral après avoir examiné les êtres autour de lui. Je suis amené par une bonne affaire...

— Pourquoi venez-vous donc à nous, si elle est bonne ? dit aigrement Gigonnet en interrompant Mitral.

— Un gars qui était gentilhomme de la chambre, un vieux chouan, son nom ?... La Billardière est mort.

— Vrai, dit Gobseck.

— Et le neveu donne des ostensoirs aux églises! dit Gigonnet.

— Il n'est pas si bête que de les donner, il les vend, papa, reprit Mitral avec orgueil. Il s'agit d'avoir la place de M. de La Billardière, et pour y arriver, il est nécessaire de saisir...

— *Saisir,* toujours huissier, dit Métivier en frappant amicalement sur l'épaule de Mitral. J'aime cela, moi!

— De saisir le sieur Chardin des Lupeaulx entre nos griffes, reprit Mitral. Or, Élisabeth en a trouvé le moyen, et il est...

— Élisabeth, s'écria Gigonnet en interrompant encore. Chère petite créature, elle tient de son grand-père, de mon pauvre frère! Bidault n'avait pas son

pareil! Ah! si vous l'aviez vu aux ventes de vieux
meubles! quel tact! quel fil! Que veut-elle?

— Tiens, tiens, dit Mitral, vous retrouvez bien vite
vos entrailles, papa Gigonnet. Ce phénomène doit avoir
ses causes.

— Enfant! dit Gobseck à Gigonnet, toujours trop vif!

— Allons, Gobseck et Gigonnet, mes maîtres, vous
avez besoin de des Lupeaulx, vous vous souvenez de
l'avoir plumé, vous avez peur qu'il ne redemande un peu
de son duvet, dit Mitral.

— Peut-on lui dire l'affaire? demanda Gobseck à
Gigonnet.

— Mitral est des nôtres, il ne voudrait pas faire
un mauvais trait à ses anciennes pratiques, répondit
Gigonnet. Eh bien, Mitral, nous venons, entre nous
trois, dit-il à l'oreille de l'ancien huissier, d'acheter des
créances dont l'admission dépend de la commission de
liquidation.

— Que pouvez-vous sacrifier? demanda Mitral.

— Rien, dit Gobseck.

— On ne nous sait pas là, fit Gigonnet, Samanon[a]
nous sert de paravent.

— Écoutez-moi, Gigonnet? dit Mitral. Il fait froid
et votre petite-nièce attend. Vous me comprendrez en
trois mots. Il faut envoyer entre vous deux, sans intérêts,
deux cent cinquante mille francs à Falleix, qui maintenant
brûle la route à trente lieues[b] de Paris, avec un courrier
en avant.

— Possible? dit Gobseck.

— Où va-t-il? s'écria Gigonnet.

— Mais il se rend à la magnifique terre des Lupeaulx,
reprit Mitral. Il connaît le pays, il va acheter autour de
la bicoque du secrétaire général pour lesdits deux cent
cinquante mille francs[c] d'excellentes terres qui vaudront
toujours bien leur prix. On a neuf jours pour l'enregistrement des actes notariés (ne perdez pas ceci de vue!).
Avec cette petite augmentation, la terre des Lupeaulx
paiera mille francs[d] d'impôts. *Ergo,* des Lupeaulx
devient électeur du grand Collège, éligible, comte, et
tout ce qu'il voudra! Vous savez quel est le député qui
s'est coulé? »

Les deux avares firent un signe affirmatif.

« Des Lupeaulx se couperait une jambe pour être

député, reprit Mitral. Mais s'il veut avoir en son nom les contrats que nous lui montrerons, en les hypothéquant, bien entendu, de notre prêt avec subrogation dans les droits des vendeurs... (Ah! ah! vous y êtes ?...) il nous faut d'abord la place pour Baudoyer. Après, nous vous repassons des Lupeaulx! Falleix reste au pays et prépare la matière électorale; ainsi vous couchez des Lupeaulx en joue par Falleix pendant tout le temps de l'élection, une élection d'arrondissement où les amis de Falleix font la majorité. Y a-t-il du Falleix, là-dedans, papa Gigonnet ?

— Il y a aussi du Mitral, reprit Métivier. C'est bien joué.

— C'est fait, dit Gigonnet. Pas vrai, Gobseck ? Falleix nous signera des contre-valeurs, et mettra l'hypothèque en son nom, nous irons voir des Lupeaulx en temps utile.

— Et nous, dit Gobseck, nous sommes volés!

— Ah! papa ? dit Mitral, je voudrais bien connaître le voleur.

— Hé! nous ne pouvons être volés que par nous-mêmes, répondit Gigonnet. Nous avons cru bien faire en achetant les créances de tous les créanciers de des Lupeaulx à soixante pour cent*a* de remise.

— Vous les hypothéquerez sur sa terre et vous le tiendrez encore par les intérêts! répondit Mitral.

— Possible », dit Gobseck.

Après avoir échangé un fin regard avec Gobseck*b*, Bidault dit Gigonnet vint à la porte du café.

« Élisabeth, va ton train, ma fille, dit-il à sa nièce. Nous tenons ton homme, mais ne néglige pas les accessoires. C'est bien commencé, rusée! achève, tu as l'estime de ton oncle!... » Et il lui frappa gaiement dans la main.

« Mais, dit Mitral, Métivier et Chaboisseau peuvent*c* nous donner un coup de main, en allant ce soir à la boutique de quelque journal de l'Opposition*d* y faire saisir la balle au bond, et rempoigner l'article ministériel. Va toute seule, ma petite, je ne veux pas lâcher ces deux cormorans. » Et il rentra dans le café.

« Demain les fonds partiront à leur destination par un mot au receveur général, nous trouverons *chez nos amis* pour cent mille écus de son papier », dit Gigonnet à Mitral quand l'huissier vint parler à l'escompteur.

Le lendemain, les nombreux abonnés d'un journal

libéral^a lurent dans les premiers-Paris un article entre filets, inséré d'autorité par Chaboisseau et Métivier, actionnaires dans deux journaux, escompteurs de la librairie, de l'imprimerie, de la papeterie, et à qui nul rédacteur ne pouvait rien refuser. Voici l'article.

« Hier un journal ministériel indiquait évidemment comme successeur du baron de La Billardière M. Baudoyer, un des citoyens les plus recommandables d'un quartier populeux où sa bienfaisance n'est pas moins connue que la piété sur laquelle appuie tant la feuille ministérielle ; elle aurait pu parler de ses talents ! Mais a-t-elle songé qu'en vantant l'antiquité bourgeoise de M. Baudoyer, qui certes est une noblesse tout comme une autre, elle indiquait la cause de l'exclusion vraisemblable de son candidat ? Perfidie gratuite ! La bonne dame caresse celui qu'elle tue, suivant son habitude. Nommer M. Baudoyer, ce serait rendre hommage aux vertus, aux talents des classes moyennes, dont nous serons toujours les avocats, quoique nous voyions notre cause souvent perdue. Cette nomination serait un acte de justice et de bonne politique, le ministère ne se le permettra pas. La feuille religieuse a, cette fois, plus d'esprit que ses patrons^b ; on la grondera^c. »

Le lendemain matin, vendredi, jour de dîner chez Mme Rabourdin, que des Lupeaulx avait laissée à minuit, éblouissante de beauté, sur l'escalier des Bouffons, donnant le bras à Mme de Camps (Mme Firmiani venait de se marier), le vieux roué se réveilla, ses idées de vengeance calmées ou plutôt rafraîchies : il était plein du dernier regard échangé avec Mme Rabourdin.

« Je m'assurerai Rabourdin en lui pardonnant d'abord et je le rattraperai plus tard ; pour le moment, s'il n'avait pas sa place, il faudrait renoncer à une femme qui peut devenir un des plus précieux instruments d'une haute fortune politique ; elle comprend tout, ne recule devant aucune idée ; et puis, je ne saurais pas avant le ministre quel plan d'administration a conçu Rabourdin ! Allons, cher des Lupeaulx, il s'agit de tout vaincre pour votre Célestine^d. Vous avez eu beau faire la grimace, madame la comtesse, vous inviterez Mme Rabourdin à votre première soirée intime. »

Des Lupeaulx était un de ces hommes qui, pour satisfaire une passion, savent mettre leur vengeance dans un coin de leur cœur. Ainsi son parti fut pris, il résolut de faire nommer Rabourdin.

« Je vous prouverai, cher chef, que je mérite une belle place dans votre bagne diplomatique », se dit-il en s'asseyant dans son cabinet et décachetant les journaux.

Il savait trop bien, à cinq heures, ce que devait contenir la feuille ministérielle[a], pour s'amuser à la lire; mais il l'ouvrit pour regarder l'article de La Billardière, en pensant à l'embarras dans lequel du Bruel l'avait mis en lui apportant la railleuse rédaction de Bixiou. Il ne put s'empêcher de rire en relisant la biographie de feu le comte de Fontaine, mort quelques mois auparavant[b1], et qu'il avait réimprimée pour La Billardière, quand tout à coup ses yeux furent éblouis par le nom de Baudoyer. Il lut avec fureur le spécieux article qui engageait le ministère. Il sonna vivement et fit demander Dutocq pour l'envoyer au journal. Quel fut son étonnement en lisant la réponse de l'Opposition! car, par hasard, ce fut la feuille libérale qui lui vint la première sous la main. La chose était sérieuse. Il connaissait cette partie, et le maître qui brouillait ses cartes lui parut un grec de la première force. Disposer avec cette habileté de deux journaux opposés, à l'instant, dans la même soirée, et commencer le combat, en devinant l'intention du ministre! Il reconnut la plume d'un rédacteur libéral de sa connaissance, et se promit de le questionner le soir à l'Opéra. Dutocq parut.

« Lisez, lui dit des Lupeaulx en lui tendant les deux journaux et continuant à parcourir les autres feuilles pour savoir si Baudoyer y avait remué quelque autre corde. Allez savoir qui s'est avisé de compromettre ainsi le Ministère.

— Ce n'est toujours pas M. Baudoyer, répondit Dutocq, il n'a pas quitté son bureau hier. Je n'ai pas besoin d'aller au journal. En y apportant votre article hier, j'ai vu l'abbé qui s'est présenté muni d'une lettre de la Grande-Aumônerie, et devant laquelle vous eussiez plié vous-même.

— Dutocq, vous en voulez à M. Rabourdin, et ce n'est pas bien, car il a deux fois empêché votre destitution.

Mais nous ne sommes pas les maîtres de nos sentiments :
on peut haïr son bienfaiteur. Seulement, sachez que si
vous vous permettez contre Rabourdin la moindre traî-
trise, avant que je vous aie donné le mot d'ordre, ce sera
votre perte, vous me compterez comme votre ennemi.
Quant au journal de mon ami, que la Grande-Aumônerie lui prenne notre nombre d'abonnements, si elle
veut s'en servir exclusivement. Nous sommes à la fin
de l'année, la question de l'abonnement sera bientôt dis-
cutée, et nous nous entendrons ? Quant à la place de
La Billardière, il y a un moyen d'en finir, c'est d'y
nommer aujourd'hui même.

— Messieurs, dit Dutocq en rentrant au bureau et en
s'adressant à ses collègues, je ne sais pas si Bixiou a le don
de lire dans l'avenir, mais si vous n'avez pas le journal
ministériel, je vous engage à y étudier l'article Baudoyer;
puis, comme M. Fleury a la feuille de l'Opposition, vous
pourrez y voir la réplique. Certes, M. Rabourdin a du
talent, mais un homme qui, par le temps qui court, donne
aux églises des ostensoirs de six mille francs[1], a diable-
ment de talent aussi.

BIXIOU, entrant.

Que dites-vous de la *Première aux Corinthiens* contenue
dans notre journal religieux, et de l'*Épître aux ministres*
qui est dans le journal libéral ? Comment va M. Rabourdin, du Bruel ?

DU BRUEL, arrivant.

Je ne sais pas. *(Il emmène Bixiou dans son cabinet et lui
dit à voix basse :)* Mon cher, votre manière d'aider les gens
ressemble aux façons du bourreau, qui vous met les pieds
sur les épaules pour vous plus promptement casser le
cou. Vous m'avez fait avoir de des Lupeaulx une chasse
que ma bêtise m'a méritée. Il était joli, l'article sur La
Billardière! Je n'oublierai pas ce trait-là. La première
phrase semblait dire au Roi : *Il faut mourir.* Celle sur
Quiberon signifiait clairement que le Roi était un[2]... Enfin
tout était ironique.

BIXIOU, se mettant à rire.

Tiens, vous vous fâchez! On ne peut donc plus
blaguer ?

DU BRUEL

Blaguer! blaguer! Quand vous voudrez être sous-chef, on vous répondra par des blagues, mon cher.

BIXIOU, *d'un ton menaçant.*

Sommes-nous fâchés ?

DU BRUEL

Oui.

BIXIOU, *d'un air sec.*

Eh bien, tant pis pour vous.

DU BRUEL, *songeur et inquiet.*

Pardonneriez-vous cela, vous ?

BIXIOU, *câlin.*

À un ami ? je crois bien. *(On entend la voix de Fleury.)* Voilà Fleury qui maudit Baudoyer. Hein! est-ce bien joué ? Baudoyer aura la place. *(Confidentiellement.)* Après tout, tant mieux. Du Bruel, suivez bien les conséquences. Rabourdin serait un lâche de rester sous Baudoyer, il donnera sa démission, et ça nous fera deux places. Vous serez chef, et vous me prendrez avec vous comme sous-chef. Nous ferons des vaudevilles ensemble, et je vous piocherai la besogne au bureau.

DU BRUEL, *souriant.*

Tiens, je ne songeais pas à cela. Pauvre Rabourdin! ça me ferait de la peine, cependant.

BIXIOU

Ah! voilà comment vous l'aimez ? *(Changeant de ton.)* Eh bien, je ne le plains pas non plus. Après tout, il est riche; sa femme donne des soirées, et ne m'invite pas, moi qui vais partout! Allons, mon bon du Bruel, adieu, sans rancune! *(Il sort par le bureau.)* Adieu, messieurs. Ne vous disais-je pas hier qu'un homme qui n'avait que des vertus et du talent était toujours bien pauvre, même avec une jolie femme.

FLEURY

Vous êtes riche, vous!

BIXIOU

Pas mal, cher Cincinnatus! Mais vous me donnerez à dîner au *Rocher de Cancale*.

POIRET

Il m'est toujours impossible de comprendre M. Bixiou.

PHELLION, *d'un air élégiaque.*

M. Rabourdin lit si rarement les journaux, qu'il serait peut-être utile de les lui porter en nous en privant momentanément. *(Fleury lui tend son journal[a], Vimeux celui du bureau[b], il prend les journaux et sort.)*

En ce moment, des Lupeaulx, qui descendait pour déjeuner avec le ministre, se demandait si, avant d'employer la fine fleur de sa rouerie pour le mari, la prudence ne commandait pas de sonder le cœur de la femme, afin de savoir s'il serait récompensé de son dévouement. Il se tâtait le peu de cœur qu'il avait, lorsque, sur l'escalier, il rencontra son avoué qui lui dit en souriant : « Deux mots, monseigneur ? » avec cette familiarité des gens qui se savent indispensables.

« Quoi, mon cher Desroches[c] ? fit l'homme politique. Que m'arrive-t-il ? Ils se fâchent, ces messieurs, et ne savent pas faire comme moi : attendre!

— J'accours vous prévenir que toutes vos créances sont entre les mains des sieurs Gobseck et Gigonnet, sous le nom d'un sieur Samanon[d].

— Des hommes à qui j'ai fait gagner des sommes immenses!

— Écoutez, lui dit l'avoué à l'oreille, Gigonnet s'appelle Bidault, il est l'oncle de Saillard, votre caissier, et Saillard est le beau-père d'un certain Baudoyer qui se croit des droits à la place vacante dans votre ministère. N'ai-je pas eu raison de vous prévenir ?

— Merci, fit des Lupeaulx en saluant l'avoué d'un air fin.

— D'un trait de plume vous aurez quittance », dit Desroches en s'en allant.

« Voilà de ces sacrifices immenses! se dit des Lupeaulx, il est impossible d'en parler à une femme, pensa-t-il. Célestine vaut-elle la quittance de toutes mes dettes ? j'irai la voir ce matin. »

Ainsi la belle Mme Rabourdin allait être dans quelques heures l'arbitre des destinées de son mari, sans qu'aucune puissance pût la prévenir de l'importance de ses réponses, sans qu'aucun signal l'avertît de composer son maintien et sa voix. Et, par malheur, elle se croyait sûre du succès, elle ne savait pas Rabourdin miné de toutes parts par le travail sourd des tarets.

« Eh bien, monseigneur, dit des Lupeaulx en entrant dans le petit salon où l'on déjeunait, avez-vous lu les articles sur Baudoyer ?

— Pour l'amour de Dieu, mon cher, répondit le ministre, laissons les nominations dans ce moment-ci. On m'a cassé la tête, hier, de cet ostensoir. Pour sauver Rabourdin, il faudra faire de sa promotion une affaire de Conseil, si je ne veux point avoir la main forcée. C'est à dégoûter des affaires. Pour garder Rabourdin, il nous faut avancer un certain Colleville...

— Voulez-vous me livrer la conduite de ce vaudeville, et ne pas vous en occuper ? je vous égaierai tous les matins par le récit de la partie d'échecs que je jouerai contre la Grande-Aumônerie, dit des Lupeaulx.

— Eh bien, lui dit le ministre, faites le travail avec le chef du personnel. Savez-vous que rien n'est plus propre à frapper l'esprit du Roi que les raisons contenues dans le journal de l'Opposition ? Menez donc un ministère avec des Baudoyer !

— Un imbécile dévot, reprit des Lupeaulx, et incapable comme[1]...

— Comme La Billardière, dit le ministre.

— La Billardière avait au moins les manières du gentilhomme ordinaire de la chambre, reprit des Lupeaulx. Madame, dit-il, en s'adressant à la comtesse, il y a maintenant nécessité d'inviter Mme Rabourdin à votre première soirée intime, je vous ferai observer qu'elle a pour amie Mme de Camps ; elles étaient ensemble hier aux Italiens, et je l'ai connue à l'hôtel Firmiani ; d'ailleurs vous verrez si elle est de nature à compromettre un salon.

— Invitez Mme Rabourdin, ma chère », dit le ministre, et parlons d'autre chose.

« Célestine est donc dans mes griffes », dit des Lupeaulx en remontant chez lui pour faire une toilette du matin[a].

Les ménages parisiens sont dévorés par le besoin de se

mettre en harmonie avec le luxe qui les environne de toutes parts, aussi en est-il peu qui aient la sagesse de conformer leur situation extérieure à leur budget intérieur. Mais ce vice tient peut-être à un patriotisme tout français et qui a pour but de conserver à la France sa suprématie en fait de costume. La France règne par le vêtement sur toute l'Europe, chacun y sent la nécessité de garder un sceptre commercial qui fait de la Mode en France ce qu'est la Marine en Angleterre. Cette patriotique fureur qui porte à tout sacrifier au *paroître,* comme disait d'Aubigné sous Henri IV, est la cause de travaux secrets et immenses qui prennent toute la matinée des femmes parisiennes, quand elles veulent, ainsi que le voulait Mme Rabourdin, tenir avec douze mille livres de rente le train que beaucoup de riches ne se donnent pas avec trente mille. Ainsi, les vendredis, jours de dîner, Mme Rabourdin aidait la femme de chambre à faire les appartements; car la cuisinière allait de bonne heure à la Halle[1], et le domestique nettoyait l'argenterie, façonnait les serviettes, brossait les cristaux. Le malavisé qui, par une distraction de la portière, serait monté vers onze heures ou midi chez Mme Rabourdin, l'eût trouvée, au milieu du désordre le moins pittoresque, en robe de chambre, les pieds dans de vieilles pantoufles, mal coiffée, arrangeant elle-même ses lampes, disposant elle-même ses jardinières ou se cuisinant à la hâte un déjeuner peu poétique. Le visiteur à qui les mystères de la vie parisienne auraient été inconnus eût certes appris à ne pas mettre le pied dans les coulisses du théâtre; bientôt signalé comme un homme capable des plus grandes noirceurs, la femme surprise dans ses mystères du matin aurait parlé de sa bêtise et de son indiscrétion de manière à le ruiner[2]. La Parisienne, si indulgente pour les curiosités qui lui profitent, est implacable pour celles qui lui font perdre ses prestiges. Aussi une pareille invasion domiciliaire n'est-elle pas, comme dit la police correctionnelle, une attaque à la pudeur, mais un vol avec effraction, le vol de ce qu'il y a de plus précieux, *le crédit !* Une femme se laisse volontiers surprendre peu vêtue, les cheveux tombants; quand tous ses cheveux sont à elle, elle y gagne; mais elle ne veut pas se laisser voir faisant elle-même son appartement, elle y perd son *paroître.* Mme Rabourdin était dans tous les apprêts de son ven-

dredi, au milieu des provisions pêchées par sa cuisinière
dans l'océan de la Halle, alors que M. des Lupeaulx se
rendit sournoisement chez elle. Certes, le secrétaire
général était bien le dernier que la belle Rabourdin attendît; aussi, en entendant craquer des bottes sur le palier,
s'écria-t-elle : « Déjà le coiffeur! » Exclamation aussi peu
agréable pour des Lupeaulx que la vue de des Lupeaulx
le fut pour elle. Elle se sauva donc dans sa chambre à
coucher, où régnait un effroyable gâchis de meubles
qui ne veulent pas être vus, des choses hétérogènes en
fait d'élégance, un vrai mardi gras domestique. L'effronté
des Lupeaulx suivit la belle effarée, tant il la trouva
piquante dans son déshabillé. Je ne sais quoi d'allé-
chant tentait le regard : la chair, vue par un hiatus
de camisole, semblait mille fois plus attrayante que quand
elle se bombait gracieusement depuis la ligne circulaire
tracée sur le dos par le surjet de velours jusqu'aux ron-
deurs fuyantes du plus joli col de cygne où jamais un
amant ait posé son baiser avant le bal. Quand l'œil se
promène sur une femme parée qui montre une magnifique poitrine, ne croit-on pas voir le dessert monté de
quelque beau dîner; mais le regard qui se coule entre
l'étoffe froissée par le sommeil embrasse des coins
friands, et s'en régale comme on dévore un fruit volé
qui rougit entre deux feuilles sur l'espalier.

« Attendez, attendez! » cria la jolie Parisienne en
verrouillant son désordre.

Elle sonna Thérèse, sa fille, la cuisinière, le domestique,
implorant un châle et souhaitant le coup de sifflet du
machiniste à l'Opéra. Et le coup de sifflet partit. Et en un
tour de main, autre phénomène! la chambre prit un air
de matin fort piquant en harmonie avec une toilette
subitement combinée pour la plus grande gloire de cette
femme, évidemment supérieure en ceci.

« Vous! dit-elle. Et à cette heure! Que se passe-t-il
donc ?

— Les choses les plus graves du monde, répondit des
Lupeaulx. Il s'agit aujourd'hui de bien nous comprendre. »

Célestine regarda cet homme à travers ses lunettes et
comprit.

« Mon principal vice, répondit-elle, est d'être prodigieusement fantasque, ainsi je ne mêle pas mes affec-

tions à la politique; parlons politique, affaires, et nous verrons après. Ce n'est pas, d'ailleurs, une fantaisie, mais une conséquence de mon goût d'artiste, qui me défend de faire hurler les couleurs, d'allier des choses disparates, et m'ordonne d'éviter les dissonances. Nous avons notre politique aussi, nous autres femmes! »

Déjà le son de la voix, la gentillesse des manières avaient produit leur effet et métamorphosé la brutalité du secrétaire général en courtoisie sentimentale; elle l'avait rappelé à ses obligations d'amant. Une jolie femme habile se fait comme une atmosphère où les nerfs se détendent, où les sentiments s'adoucissent.

« Vous ignorez ce qui se passe, reprit brutalement des Lupeaulx qui tenait à se montrer brutal. Lisez. »

Et il offrit à la gracieuse Rabourdin les deux journaux où il avait entouré chaque article en encre rouge. En lisant, le châle se décroisa sans que Célestine s'en aperçût ou par l'effet d'une volonté bien déguisée. À l'âge où la force des fantaisies est en raison de leur rapidité, des Lupeaulx ne pouvait pas plus garder son sang-froid que Célestine ne gardait le sien.

« Comment! dit-elle, mais c'est affreux! Qu'est-ce que ce Baudoyer?

— Un baudet, fit des Lupeaulx; mais, vous le voyez! il porte des reliques[1], et arrivera conduit par la main habile qui tient la bride. »

Le souvenir de ses dettes passa devant les yeux de Mme Rabourdin et l'éblouit, comme si elle eût vu deux éclairs consécutifs; ses oreilles tintèrent à coups redoublés sous la pression du sang qui battait dans ses artères; elle resta tout hébétée, regardant une patère sans la voir[2].

« Mais vous nous êtes fidèle! dit-elle à des Lupeaulx en le caressant d'un coup d'œil de manière à se l'attacher.

— C'est selon, fit-il en répondant à cette œillade par un regard inquisitif qui fit rougir cette pauvre femme.

— S'il vous faut des arrhes, vous perdriez tout le prix, dit-elle en riant. Je vous faisais plus grand que vous ne l'êtes. Et vous, vous me croyez bien petite, bien pensionnaire.

— Vous ne m'avez pas compris, reprit-il d'un air fin. Je voulais dire que je ne pouvais pas servir un homme qui joue contre moi, comme l'Étourdi contre Mascarille[3].

— Que signifie ceci?

— Voici qui vous prouvera que je suis grand. »

Et il présenta à Mme Rabourdin l'état volé par Dutocq, en le lui offrant à l'endroit où son mari l'avait analysé si savamment.

« Lisez! »

Célestine reconnut l'écriture, lut, et pâlit sous ce coup d'assommoir.

« Toutes les administrations y sont, dit des Lupeaulx.

— Mais heureusement, dit-elle, vous seul possédez ce travail, que je ne puis m'expliquer.

— Celui qui l'a volé n'est pas si niais que de ne pas en avoir un double, il est trop menteur pour l'avouer et trop intelligent dans son métier pour le livrer, je n'ai même pas tenté d'en parler.

— Qui est-ce?

— Votre commis principal.

— Dutocq. On n'est jamais puni que de ses bienfaits! Mais, reprit-elle, c'est un chien qui veut un os.

— Savez-vous ce qu'on veut m'offrir à moi, pauvre diable de secrétaire général?

— Quoi!

— Je dois trente et quelques malheureux mille francs, vous allez prendre une bien méchante opinion de moi en sachant que je ne dois pas davantage; mais enfin, en cela, je suis petit! Eh bien, l'oncle de Baudoyer vient d'acheter mes créances et sans doute se dispose à m'en rendre les titres.

— Mais c'est infernal, tout cela.

— Du tout, c'est monarchique et religieux, car la Grande-Aumônerie s'en mêle...

— Que ferez-vous?

— Que m'ordonnez-vous de faire? » dit-il avec une grâce adorable en lui tendant la main.

Célestine ne le trouva plus ni laid, ni vieux, ni poudré à frimas, ni secrétaire général, ni quoi que ce soit d'immonde; mais elle ne lui donna pas la main : le soir dans son salon elle la lui aurait laissé prendre cent fois; mais le matin et seule, le geste constituait une promesse un peu trop positive, et pouvait mener loin.

« Et l'on dit que les hommes d'État n'ont pas de cœur! s'écria-t-elle en voulant compenser la dureté du refus par la grâce de la parole. Cela m'effrayait, ajouta-t-elle en prenant l'air le plus innocent du monde.

— Quelle calomnie! répondit des Lupeaulx, un des plus immobiles diplomates[a], et qui garde le pouvoir depuis qu'il est né, vient d'épouser la fille d'une actrice, et de la faire recevoir à la cour la plus ferrée sur les quartiers de noblesse[1].

— Et vous nous soutiendrez ?

— Je fais le travail des nominations[b]. Mais pas de tricherie! »

Elle lui tendit sa main à baiser et lui donna un petit soufflet sur la joue.

« Vous êtes à moi », dit-elle.

Des Lupeaulx admira ce mot. (Le soir à l'Opéra, le fat le raconta de cette manière : « Une femme ne voulant pas dire à un homme qu'elle était à lui, aveu qu'une femme comme il faut ne fait jamais, lui a dit : " Vous êtes à moi." Comment trouvez-vous le détour ? »)

« Mais soyez mon alliée, reprit-il. Votre mari a parlé au ministre d'un plan d'administration auquel se rattache l'état dans lequel je suis si bien traité; sachez-le, dites-le-moi ce soir.

— Ce sera fait, dit-elle sans voir grande importance à ce qui avait amené des Lupeaulx chez elle si matin.

— Madame, le coiffeur[2] », dit la femme de chambre.

« Il s'est bien fait attendre, je ne sais pas comment je m'en serais tirée, s'il avait tardé », pensa Célestine.

« Vous ne savez pas jusqu'où va mon dévouement, lui dit des Lupeaulx en se levant. Vous serez invitée à la première soirée particulière de la femme du ministre...

— Ah! vous êtes un ange, dit-elle. Et je vois maintenant combien vous m'aimez : vous m'aimez avec intelligence.

— Ce soir, chère enfant, reprit-il, j'irai savoir à l'Opéra quels sont les journalistes qui conspirent pour Baudoyer, et nous mesurerons nos bâtons.

— Oui, mais vous dînez ici, n'est-ce pas ? j'ai fait chercher et trouver les choses que vous aimez. »

« Tout cela cependant ressemble tant à l'amour, qu'il serait doux d'être longtemps trompé ainsi[3]! se dit des Lupeaulx en descendant les escaliers. Mais si elle se moque de moi, je le saurai : je lui prépare le plus habile de tous les pièges avant la signature, afin de pouvoir lire dans son cœur. Mes petites chattes, nous vous connaissons! car, après tout, les femmes sont tout ce que nous sommes! Vingt-huit ans et vertueuse, et ici, rue Duphot! c'est un bonheur bien rare, qui vaut la peine d'être cultivé. »

Le papillon éligible sautillait par les escaliers.

« Mon Dieu, cet homme-là, sans ses lunettes, poudré, doit être bien drôle en robe de chambre, se disait Célestine. Il a le harpon dans le dos, et me remorque enfin là où je voulais aller, chez le ministre. Il a joué son rôle dans ma comédie. »

Quand, à cinq heures, Rabourdin rentra pour s'habiller, sa femme vint assister à sa toilette, et lui apporta cet état que, comme la pantoufle du conte des *Mille et Une Nuits,* le pauvre homme devait rencontrer partout.

« Qui t'a remis cela ? dit Rabourdin stupéfait.

— M. des Lupeaulx!

— Il est venu! demanda Rabourdin en jetant à sa femme un de ces regards qui certes auraient fait pâlir une coupable, mais qui trouva un front de marbre et un œil rieur.

— Et il reviendra dîner, répondit-elle. Pourquoi votre air effarouché ?

— Ma chère, dit Rabourdin, des Lupeaulx est mortellement offensé par moi, ces gens-là ne pardonnent pas, et il me caresse! Crois-tu que je ne voie pas pourquoi ?

— Cet homme, reprit-elle, me paraît avoir un goût très délicat, je ne puis le blâmer. Enfin, je ne sais rien de plus flatteur pour une femme que de réveiller un palais blasé. Après...

— Trêve de plaisanterie, Célestine! Épargne un homme accablé. Je ne puis rencontrer le ministre, et mon honneur est au jeu[a].

— Mon Dieu, non. Dutocq aura la promesse d'une place, et tu seras nommé chef de division.

— Je te devine, chère enfant, dit Rabourdin; mais le jeu que tu joues est aussi déshonorant que la réalité. Le mensonge est le mensonge, et une honnête femme...

— Laisse-moi donc me servir des armes employées contre nous.

— Célestine, plus cet homme se verra sottement pris au piège, plus il s'acharnera sur moi.

— Et si je le renverse[1] ? »

Rabourdin regarda sa femme avec étonnement.

« Je ne pense qu'à ton élévation, et il était temps, mon pauvre ami!... reprit Célestine. Mais tu prends le chien de chasse pour le gibier, dit-elle après une pause. Dans quelques jours des Lupeaulx aura très bien accompli sa mission. Pendant que tu cherches à parler au ministre, et avant que tu ne puisses le voir, moi je lui aurai parlé. Tu as sué sang et eau pour enfanter un plan que tu me cachais; et, en trois mois, ta femme aura fait plus d'ouvrage que toi en six ans. Dis-moi ton beau système ? »

Rabourdin, tout en se faisant la barbe et après avoir obtenu de sa femme de ne pas dire un seul mot de ses travaux, en la prévenant que confier une seule idée à des Lupeaulx, c'était mettre le chat à même la jatte de lait, commença l'explication de ses travaux.

« Comment, Rabourdin, ne m'as-tu pas parlé de cela ? dit Célestine en coupant la parole à son mari dès la cinquième phrase. Mais tu te serais épargné des peines inutiles. Que l'on soit aveuglé pendant un moment par une idée, je le conçois; mais pendant six ou sept ans, voilà ce que je ne conçois pas. Tu veux réduire le budget, c'est l'idée vulgaire et bourgeoise! Mais il faudrait arriver à un budget de deux milliards, la France serait deux fois plus grande. Un système neuf, ce serait de tout faire mouvoir par l'emprunt, comme le crie M. de Nucingen[a]. Le trésor le plus pauvre est celui qui se trouve plein d'écus sans emploi; la mission d'un ministère des Finances est de jeter l'argent par les fenêtres, il lui rentre par ses caves, et tu veux lui faire entasser des trésors! Mais il faut multiplier les emplois au lieu de les réduire. Au lieu de rembourser les rentes, il faudrait multiplier les rentiers. Si les Bourbons veulent régner en paix, ils doivent créer des rentiers dans les dernières bourgades, et surtout ne pas laisser les étrangers toucher des intérêts en France, car ils nous en demanderont un jour le capital; tandis que si toute la rente est en France, ni la France ni le crédit ne périront. Voilà ce qui a sauvé l'Angleterre. Ton plan est un plan de petite bourgeoise. Un homme ambitieux n'aurait dû se présenter devant son ministre qu'en recommençant Law sans ses chances mauvaises, en expliquant la puissance du crédit, en démontrant comme quoi nous ne devons pas amortir le capital, mais les intérêts, comme font les Anglais...

— Allons, Célestine, dit Rabourdin, mêle toutes les idées ensemble, contrarie-les; amuse-t'en comme de joujoux! je suis habitué à cela. Mais ne critique pas un travail que tu ne connais pas encore.

— Ai-je besoin, dit-elle, de connaître un plan dont l'esprit est d'administrer la France avec six mille employés au lieu de vingt mille? Mais, mon ami, fût-ce un plan d'homme de génie, un roi de France se ferait détrôner en voulant l'exécuter. On soumet une aristocratie féodale en abattant quelques têtes, mais on ne soumet pas une hydre à mille pattes. Non, l'on n'écrase pas les petits, ils sont trop plats sous le pied. Et c'est avec les ministres actuels, entre nous de pauvres sires, que tu veux remuer ainsi les hommes? Mais on remue les intérêts, et l'on ne remue pas les hommes : ils crient trop; tandis que les écus sont muets.

— Mais, Célestine, si tu parles toujours, et si tu fais de l'esprit à côté de la question, nous ne nous entendrons jamais...

— Ah! je comprends à quoi mène l'état où tu as classé les capacités administratives, reprit-elle sans avoir écouté son mari. Mon Dieu, mais tu as aiguisé toi-même le couperet pour te faire trancher la tête. Sainte Vierge! pourquoi ne m'as-tu pas consultée? au moins je t'aurais empêché d'écrire une seule ligne, ou tout au moins, si tu avais voulu faire ce mémoire, je l'aurais copié moi-même, et il ne serait jamais sorti d'ici... Pourquoi, mon Dieu, ne m'avoir rien dit? Voilà les hommes! ils sont capables de dormir auprès d'une femme en gardant un secret pendant sept ans! Se cacher d'une pauvre femme pendant sept années, douter de son dévouement?

— Mais, dit Rabourdin impatienté, voici onze ans que je n'ai jamais pu discuter avec toi sans que tu me coupes la parole et sans substituer aussitôt tes idées aux miennes... Tu ne sais rien de mon travail.

— Rien! je sais tout!

— Dis-le-moi donc? s'écria Rabourdin impatienté pour la première fois depuis son mariage.

— Tiens, il est six heures et demie, fais ta barbe, habille-toi, répondit-elle comme répondent toutes les femmes quand on les presse sur un point où elles doivent se taire. Je vais achever ma toilette, et nous ajournerons la discussion, car je ne veux pas être agacée le jour où je reçois. » « Mon Dieu, le pauvre homme! dit-elle en sortant, travailler sept ans pour accoucher de sa mort! Et se défier de sa femme! »

Elle rentra.

« Si tu m'avais écoutée dans le temps, tu n'aurais pas intercédé pour conserver ton commis principal, et il a sans doute une copie autographiée de ce maudit état! Adieu, homme d'esprit! »

En voyant son mari dans une tragique attitude de douleur, elle comprit qu'elle était allée trop loin, elle courut à lui, le saisit tout barbouillé de savon, et l'embrassa tendrement.

« Cher Xavier, ne te fâche pas, lui dit-elle, ce soir nous étudierons ton plan, tu parleras à ton aise, j'écouterai bien et aussi longtemps que tu le voudras!... est-ce gentil? Va, je ne demande pas mieux que d'être la femme de Mahomet. »

Elle se mit à rire. Rabourdin ne put s'empêcher de rire aussi, car Célestine avait de la mousse blanche aux lèvres, et sa voix avait déployé les trésors de la plus pure et de la plus solide affection.

« Va t'habiller, mon enfant, et surtout ne dis rien à des Lupeaulx, jure-le-moi? voilà la seule pénitence que je t'impose.

— *Impose*?... dit-elle, alors je ne jure rien!

— Allons, Célestine, j'ai dit en riant une chose sérieuse.

— Ce soir, répondit-elle, ton secrétaire général saura qui nous avons à combattre, et moi, je sais qui attaquer.

— Qui? dit Rabourdin.

— Le ministre », répondit-elle en se grandissant de deux pieds.

Malgré la grâce amoureuse de sa chère Célestine, Rabourdin, en s'habillant, ne put empêcher quelques douloureuses pensées d'obscurcir son front.

« Quand saura-t-elle m'apprécier? se disait-il. Elle n'a pas même compris qu'elle seule était la cause de tout ce travail! Quel brise-raison, et quelle intelligence! Si je ne m'étais pas marié, je serais déjà bien haut et bien riche! J'aurais économisé cinq mille francs par an sur mes appointements. En les employant bien, j'aurais aujourd'hui dix mille livres de rente en dehors de ma place, je serais garçon et j'aurais la chance de devenir par un mariage... Oui, reprit-il en s'interrompant, mais j'ai Célestine et mes deux enfants. » Il se rejeta sur son bonheur. Dans le plus heureux ménage, il y a toujours des moments de regret. Il vint au salon et contempla son appartement. « Il n'y a pas dans Paris deux femmes qui s'entendent à la vie comme elle. Avec douze mille livres de rente faire tout cela! dit-il en regardant les jardinières pleines de fleurs, et songeant aux jouissances de vanité que le monde allait lui donner. Elle était faite pour être la femme d'un ministre. Quand je pense que celle du mien ne lui sert à rien[1]; elle a l'air d'une bonne grosse bourgeoise, et quand elle se trouve au château, dans les salons... » Il se pinça les lèvres. Les hommes très occupés ont des idées si fausses en ménage, qu'on peut également leur faire croire qu'avec cent mille francs on n'a rien, et qu'avec douze mille francs on a tout.

Quoique très impatiemment attendu, malgré les flatteries préparées pour ses appétits de gourmet émérite, des Lupeaulx ne vint pas dîner, il ne se montra que très tard dans la soirée, à minuit, heure à laquelle la causerie devient, dans tous les salons, plus intime et confidentielle. Andoche Finot[a], le journaliste, était resté.

« Je sais tout », dit des Lupeaulx quand il fut bien assis sur la causeuse au coin du feu, sa tasse de thé à la main, Mme Rabourdin debout devant lui, tenant une assiette pleine de sandwiches et de tranches d'un gâteau bien justement nommé *gâteau de plomb*. « Finot, mon cher et spirituel ami, vous pourrez rendre service à notre gracieuse reine en lâchant quelques chiens après des hommes de qui nous causerons. Vous avez contre vous, dit-il à M. Rabourdin en baissant la voix pour n'être entendu que des trois personnes auxquelles il s'adressait, des usuriers et le clergé, l'argent et l'Église. L'article du journal libéral a été demandé par un vieil escompteur[b] à qui l'on avait des obligations, mais le petit bonhomme qui l'a fait s'en soucie peu. La rédaction en chef de ce journal change dans trois jours, et nous reviendrons là-dessus. L'opposition royaliste[c], car nous avons, grâce à M. de Chateaubriand, une opposition royaliste, c'est-à-dire qu'il y a des royalistes qui passent aux libéraux, mais ne faisons pas de haute politique; ces assassins de Charles X m'ont promis leur appui en mettant pour prix à votre nomination notre approbation à un de leurs

amendements. Toutes mes batteries sont dressées. Si
l'on nous impose Baudoyer, nous dirons à la Grande-
Aumônerie : " Tel et tel journal et messieurs *tels et tels*[a]
attaqueront la loi que vous voulez, et toute la presse[b] sera
contre (car les journaux ministériels que je tiens seront
sourds et muets, ils n'auront pas de peine à l'être, ils le
sont assez, n'est-ce pas, Finot ?). Nommez Rabourdin,
et vous aurez l'opinion pour vous. " Pauvres Bonifaces
de gens de province qui se carrent dans leurs fauteuils au
coin du feu, très heureux de l'indépendance des organes
de l'Opinion, ah! ah!

— Hi, hi, hi! fit Andoche Finot.

— Ainsi, soyez tranquille, dit des Lupeaulx[c]. J'ai
tout arrangé ce soir. La Grande-Aumônerie pliera.

— J'aurais mieux aimé perdre tout espoir et vous
avoir à dîner, lui dit Célestine à l'oreille en le regardant
d'un air fâché qui pouvait passer pour l'expression d'un
amour fou.

— Voici qui m'obtiendra ma grâce », reprit-il en lui
remettant une invitation pour la soirée de mardi.

Célestine ouvrit la lettre, et le plaisir le plus rouge
anima ses traits. Aucune jouissance ne peut se comparer
à celle de la vanité triomphante.

« Vous savez ce qu'est la soirée du mardi, reprit des
Lupeaulx en prenant un air mystérieux; c'est dans notre
ministère comme le Petit Château[1] à la Cour. Vous serez
au cœur du pouvoir! Il y aura la comtesse Féraud[d2], qui
est toujours en faveur malgré la mort de Louis XVIII[e],
Delphine de Nucingen, Mme de Listomère[f], la marquise
d'Espard, votre chère de Camps que j'ai priée afin que
vous trouviez un appui dans le cas où les femmes vous
blakbolleraient. Je veux vous voir au milieu de ce monde-
là. »

Célestine hochait la tête comme un *pur-sang* avant la
course, et relisait l'invitation comme Baudoyer et Saillard
avaient relu leurs articles dans les journaux, sans pouvoir
s'en rassasier.

« Là d'abord, et un jour aux Tuileries », dit-elle à
des Lupeaulx.

Des Lupeaulx fut effrayé du mot et de l'attitude, tant
ils exprimaient d'ambition et de sécurité. « Ne serais-je
qu'un marchepied ? » se dit-il. Il se leva, s'en alla dans
la chambre à coucher de Mme Rabourdin, et y fut suivi

par elle, car elle avait compris à un geste du secrétaire général qu'il voulait lui parler en secret. « Hé bien! le plan ? dit-il.

— Bah! des bêtises d'honnête homme! Il veut supprimer quinze mille employés et n'en garder que cinq ou six mille, vous n'avez pas idée d'une monstruosité pareille, je vous ferai lire son mémoire quand la copie en sera terminée. Il est de bonne foi. Son catalogue analytique des employés a été dicté par la pensée la plus vertueuse. Pauvre cher homme! »

Des Lupeaulx fut d'autant plus rassuré par le rire vrai qui accompagnait ces railleuses et méprisantes paroles, qu'il se connaissait en mensonges, et que pour le moment Célestine était de bonne foi,

« Mais enfin, le fond de tout cela ? demanda-t-il.

— Hé bien, il veut supprimer la contribution foncière en la remplaçant par des impôts de consommation.

— Mais il y a déjà un an que François Keller et Nucingen[1] ont proposé[a] un plan à peu près semblable, et le ministre médite de dégrever l'impôt foncier.

— Là, quand je lui disais que ce n'était pas neuf! s'écria Célestine en riant.

— Oui, mais s'il s'est rencontré avec le plus grand financier de l'époque, un homme qui, je vous le dis entre nous, est le Napoléon de la finance, il doit y avoir au moins quelques idées dans ses moyens d'exécution.

— Tout est vulgaire, fit-elle en imprimant à ses lèvres une moue dédaigneuse. Songez donc qu'il veut gouverner et administrer la France avec cinq ou six mille employés, tandis qu'il faudrait au contraire qu'il n'y eût pas en France une seule personne qui ne fût intéressée au maintien de la monarchie. »

Des Lupeaulx parut satisfait de trouver un homme médiocre dans l'homme auquel il accordait des talents supérieurs.

« Êtes-vous bien sûr de la nomination ? Voulez-vous un conseil de femme ? lui dit-elle.

— Vous vous entendez mieux que nous en trahisons élégantes, fit des Lupeaulx en hochant la tête.

— Hé bien, dites *Baudoyer* à la Cour et à la Grande-Aumônerie pour leur ôter tout soupçon et les endormir; mais, au dernier moment, écrivez *Rabourdin*[b].

— Il y a des femmes qui disent *oui* tant qu'on a besoin

d'un homme, et *non* quand il a joué son rôle, répondit des Lupeaulx.

— J'en connais, lui dit-elle en riant. Mais elles sont bien sottes, car en politique on se retrouve toujours ; c'est bon avec les niais, et vous êtes un homme d'esprit. Selon moi, la plus grande faute que l'on puisse commettre dans la vie est de se brouiller avec un homme supérieur.

— Non, dit des Lupeaulx, car il pardonne. Il n'y a de danger qu'avec de petits esprits rancuneux qui n'ont pas autre chose à faire qu'à se venger, et je passe ma vie à cela. »

Quand tout le monde fut parti, Rabourdin resta chez sa femme, et, après avoir exigé pour une seule fois son attention, il put lui expliquer son plan en lui faisant comprendre qu'il ne restreignait point et augmentait au contraire le budget, en lui montrant à quels travaux s'employaient les deniers publics, en lui expliquant comment l'État décuplait le mouvement de l'argent en faisant entrer le sien pour un tiers ou pour un quart dans les dépenses qui seraient supportées par des intérêts privés ou de localité ; enfin il lui prouva que son plan était moins une œuvre de théorie qu'une œuvre fertile en moyens d'exécution. Célestine, enthousiasmée, sauta au cou de son mari et s'assit au coin du feu sur ses genoux.

« Enfin j'ai donc en toi le mari que je rêvais ! dit-elle. L'ignorance où j'étais de ton mérite t'a sauvé des griffes de des Lupeaulx. Je t'ai calomnié merveilleusement et de bon cœur ! »

Cet homme pleura de bonheur. Il avait donc enfin son jour de triomphe. Après avoir tout entrepris pour plaire à sa femme, il était grand aux yeux de son seul public !

« Et, pour qui te connaît si bon, si doux, si égal de caractère, si aimant, tu es dix fois plus grand. Mais, dit-elle, un homme de génie est toujours plus ou moins enfant, et tu es un enfant, un enfant bien-aimé. » Elle tira son invitation de l'endroit où les femmes mettent ce qu'elles veulent cacher, et la lui montra. « Voilà ce que je voulais, dit-elle. Des Lupeaulx m'a mise en présence du ministre, et fût-il de bronze, cette Excellence sera pendant quelque temps mon serviteur[a]. »

Dès le lendemain, Célestine s'occupa de sa présentation au cercle intime du ministre. C'était sa grande journée, à elle ! Jamais coutisane ne prit tant de soin d'elle-même que cette honnête femme n'en prit de sa personne.

Jamais couturière ne fut plus tourmentée que la sienne, et jamais couturière ne comprit mieux l'importance de son art. Enfin Mme Rabourdin n'oublia rien. Elle alla elle-même chez un loueur de voitures, pour choisir un coupé qui ne fût ni vieux, ni bourgeois, ni insolent. Son domestique, comme les domestiques de bonne maison, fut tenu d'avoir l'air d'un maître. Puis, vers dix heures du soir, le fameux mardi, elle sortit dans une délicieuse toilette de deuil. Elle était coiffée avec des grappes de raisin en jais du plus beau travail[1], une parure de mille écus commandée chez Fossin par une Anglaise partie sans la prendre[2]. Les feuilles étaient en lames de fer estampé, légères comme de véritables feuilles de vigne, et l'artiste n'avait pas oublié ces vrilles si gracieuses, destinées à s'entortiller dans les boucles, comme elles s'accrochent à tout rameau. Les bracelets, le collier et les pendants d'oreilles étaient en fer dit de Berlin ; mais ces délicates arabesques venaient de Vienne, et semblaient avoir été faites par ces fées qui, dans les contes, sont chargées par quelque Carabosse jalouse d'amasser des yeux de fourmis, ou de filer des pièces de toile contenues dans une noisette. Sa taille amincie déjà par le noir avait été mise en relief par une robe d'une coupe étudiée, et qui s'arrêtait à l'épaule dans la courbure, sans épaulettes ; à chaque mouvement, il semblait que la femme, comme un papillon, allait sortir de son enveloppe, et néanmoins la robe tenait par une invention de la divine couturière. La robe était en mousseline de laine, étoffe que le fabricant n'avait pas encore envoyée à Paris, une divine étoffe qui plus tard eut un succès fou. Ce succès alla plus loin que ne vont les modes en France. L'économie positive de la mousseline de laine, qui ne coûte pas de blanchissage, a nui plus tard aux étoffes de coton, de manière à révolutionner la fabrique à Rouen. Le pied de Célestine chaussé d'un bas à mailles fines et d'un soulier de satin turc[3], car le grand deuil excluait le satin de soie, avait une tournure supérieure. Célestine fut bien belle ainsi. Son teint, ravivé par un bain au son, avait un éclat doux. Ses yeux, baignés par les ondes de l'espoir, étincelant d'esprit, attestaient cette supériorité dont parlait alors l'heureux et fier des Lupeaulx. Elle fit bien son entrée, et les femmes sauront apprécier le sens de cette phrase. Elle salua gracieusement la femme du ministre, en conciliant le respect qu'elle lui devait avec sa propre valeur à elle, et ne la choqua point tout en se posant dans sa majesté, car chaque belle femme est une reine. Aussi eut-elle avec le ministre cette jolie impertinence que les femmes peuvent se permettre avec les hommes, fussent-ils grands-ducs. Elle examina le terrain en s'asseyant, et se trouva dans une de ces soirées choisies, peu nombreuses, où les femmes peuvent se toiser, se bien apprécier, où la moindre parole retentit dans toutes les oreilles, où chaque regard porte coup, où la conversation est un duel avec témoins, où ce qui est médiocre devient plat, mais où tout mérite est accueilli silencieusement, comme étant au niveau de chaque esprit. Rabourdin était allé se confiner dans un salon voisin où l'on jouait, et il resta planté sur ses pieds à faire galerie, ce qui prouve qu'il ne manquait pas d'esprit.

« Ma chère, dit la marquise d'Espard à la comtesse Féraud, la dernière maîtresse de Louis XVIII[a], Paris est unique! il en sort, sans qu'on s'y attende et sans qu'on sache d'où, des femmes comme celle-ci, qui semblent tout pouvoir et tout vouloir...

— Mais elle peut et veut tout », dit des Lupeaulx en se rengorgeant.

En ce moment, la rusée Rabourdin courtisait la femme du ministre. Stylée, la veille, par des Lupeaulx, qui connaissait les endroits faibles de la comtesse, elle la caressait, sans avoir l'air d'y toucher. Puis elle garda le silence à propos, car des Lupeaulx, tout amoureux qu'il était, avait remarqué les défauts de cette femme, et lui avait dit la veille : *« Surtout ne parlez pas trop[1] ! »* Exorbitante preuve d'attachement. Si Bertrand Barère a laissé ce sublime axiome : *N'interromps pas une femme qui danse pour lui donner un avis[2]*, on peut y ajouter celui-ci : *Ne reproche pas à une femme de semer ses perles !* afin de rendre ce chapitre du Code femelle complet. La conversation devint générale. De temps en temps, Mme Rabourdin y mit la langue comme une chatte bien apprise met la patte sur les dentelles de sa maîtresse, en veloutant ses griffes. Comme cœur, le ministre avait peu de fantaisies; la Restauration n'eut pas d'homme d'État plus fini sur l'article de la galanterie, et l'opposition du *Miroir,* de *La Pandore,* du *Figaro[3]* ne trouva pas le plus léger battement d'artère à lui reprocher. Sa maîtresse était L'ÉTOILE[4], et, chose bizarre, elle lui fut fidèle dans le malheur, elle y gagnait sans doute encore! Mme Rabourdin savait cela; mais elle savait aussi qu'il revient des esprits dans les vieux châteaux, elle s'était donc mis en tête de rendre le ministre jaloux du bonheur, encore sous bénéfice d'inventaire, dont paraissait jouir des Lupeaulx. En ce moment, des Lupeaulx se gargarisait avec le nom de Célestine. Pour lancer sa prétendue maîtresse, il se tuait à faire comprendre à la marquise d'Espard, à Mme de Nucingen[a] et à la comtesse, dans une conversation à huit oreilles, qu'elles devaient admettre Mme Rabourdin dans leur coalition, et Mme de Camps l'appuyait. Au bout d'une heure, le ministre avait été fortement égratiné, l'esprit de Mme Rabourdin lui plaisait; elle avait séduit sa femme, qui, tout enchantée de cette sirène, venait de l'inviter à venir quand elle le voudrait.

« Car, ma chère, avait dit la femme du ministre à Célestine, votre mari sera bientôt directeur : l'intention du ministre est de réunir deux divisions et d'en faire une direction, vous serez alors des nôtres. »

L'Excellence emmena Mme Rabourdin pour lui montrer une pièce de son appartement devenue célèbre par les prétendues profusions que l'Opposition lui avait reprochées, et démontrer la niaiserie du journalisme[1]. Il lui donna le bras.

« En vérité, madame, vous devriez bien nous faire la grâce, à la comtesse et à moi, de venir souvent... »

Et il lui débita des galanteries de ministre.

« Mais, monseigneur, dit-elle en lui lançant un de ces regards que les femmes tiennent en réserve, il me semble que cela dépend de vous.

— Comment ?

— Mais vous pouvez m'en donner le droit.

— Expliquez-vous ?

— Non, je me suis dit en venant ici que je n'aurais pas le mauvais goût de faire la solliciteuse.

— Parlez! les *placets* de ce genre ne sont pas *déplacés* », dit le ministre en riant.

Il n'y a rien comme les bêtises de ce genre pour amuser ces hommes graves.

« Hé bien, il est ridicule à la femme d'un chef de bureau de paraître souvent[b] ici, tandis que la femme d'un directeur n'y serait pas *déplacée*.

— Laissons cela, dit le ministre, votre mari est un homme indispensable, il est nommé.

— Dites-vous votre vraie vérité ?

— Voulez-vous venir voir sa nomination dans mon cabinet, le travail est fait.

— Eh bien, dit-elle en restant dans un coin seule avec le ministre dont l'empressement avait une vivacité suspecte, laissez-moi vous dire que je puis vous en récompenser... »

Elle allait dévoiler le plan de son mari, lorsque des Lupeaulx, venu sur la pointe du pied, fit un : « *Broum ! broum !* » de colère qui annonçait qu'il ne voulait pas paraître avoir entendu ce qu'il avait écouté. Le ministre lança un regard plein de mauvaise humeur au vieux fat pris au piège. Impatient de sa conquête, des Lupeaulx avait pressé outre mesure le travail du personnel, l'avait remis au ministre, et voulait venir apporter le lendemain la nomination à celle qui passait pour sa maîtresse. En ce moment, le valet de chambre du ministre se présenta d'un air mystérieux et dit à des Lupeaulx que son valet de chambre l'avait prié de lui remettre aussitôt cette lettre en le prévenant de sa haute importance.

Le secrétaire général alla près d'une lampe, et lut un mot ainsi conçu :

« Contre mon habitude, j'attends dans une antichambre, et il n'y a pas un instant à perdre pour vous arranger avec

Votre serviteur,

Gobseck *a*

Le secrétaire général frémit en reconnaissant cette signature qu'il eût été dommage de ne pas donner en autographe, elle est rare sur la place, et doit être précieuse pour ceux qui cherchent à deviner le caractère des gens d'après la physionomie de leur signature. Si jamais image hiéroglyphique exprima quelque animal, assurément c'est ce nom où l'initiale et la finale figurent une vorace gueule de requin, insatiable, toujours ouverte, accrochant et dévorant tout, le fort et le faible. Il a été impossible de typographier l'écriture, elle est trop fine, trop

menue et trop serrée, quoique nette; mais on peut l'imaginer, la phrase n'occupait qu'une ligne. L'esprit de
l'Escompte, seul, pouvait inspirer une phrase si insolemment impérative et si cruellement irréprochable,
claire et muette, qui disait tout et ne trahissait rien.
Gobseck vous serait inconnu, qu'à l'aspect de cette
ligne qui vous faisait venir sans être un ordre, vous
eussiez deviné l'implacable argentier de la rue des Grès[1].
Aussi, comme un chien que le chasseur a rappelé, des
Lupeaulx quitta-t-il aussitôt la piste, et s'en alla-t-il chez
lui, songeant à toute sa position compromise[a]. Figurez-
vous un général en chef à qui son aide de camp vient
dire : « Il arrive à l'ennemi trente mille hommes de
troupes fraîches qui nous prennent en flanc[b]. » Un seul
mot expliquera l'arrivée des sieurs Gigonnet et Gobseck
sur le champ de bataille, car ils étaient tous deux chez
des Lupeaulx. À huit heures du soir, Martin Falleix,
venu sur l'aile des vents en vertu de trois francs de guides
et d'un postillon en avant[2], avait apporté les actes d'acquisition à la date de la veille. Aussitôt portés au café Thémis
par Mitral, les contrats avaient passé dans les mains des
deux usuriers qui s'étaient empressés de se rendre au
ministère, mais à pied. Onze heures sonnaient. Des
Lupeaulx tressaillit en voyant les deux sinistres figures
émerillonnées[3] par un regard aussi direct que la balle d'un
pistolet, et brillant comme la flamme du coup.

« Hé bien, qu'y a-t-il, mes maîtres ? »

Les usuriers restèrent froids et immobiles. Gigonnet
montra tour à tour ses dossiers et le valet de chambre.

« Passons dans mon cabinet, dit des Lupeaulx en ren-
voyant par un geste son valet de chambre.

— Vous entendez le français à ravir, dit Gigonnet[c].

— Venez-vous tourmenter un homme qui vous a fait
gagner à chacun deux cent mille[d] francs ? dit-il en laissant
échapper un mouvement de hauteur.

— Et qui nous en fera gagner encore, j'espère, dit
Gigonnet.

— Une affaire ?... reprit des Lupeaulx. Si vous avez
besoin de moi, j'ai de la mémoire.

— Et nous les vôtres, répondit Gigonnet[e].

— On paiera mes dettes, dit dédaigneusement des
Lupeaulx pour ne pas se laisser entamer.

— Vrai, dit Gobseck[f].

— Allons au fait, mon fils, dit Gigonnet. Ne vous posez pas comme ça dans votre cravate, avec nous c'est inutile. Prenez ces actes et lisez-les. »

Les deux usuriers inventorièrent le cabinet de des Lupeaulx, pendant qu'il lisait avec étonnement et stupéfaction ces contrats qui lui semblèrent jetés des nues par les anges.

« N'avez-vous pas en nous des hommes d'affaires intelligents ? dit Gigonnet.

— Mais à quoi dois-je une si habile coopération ? fit des Lupeaulx inquiet.

— Nous savions, il y a huit jours, ce que, sans nous, vous ne sauriez que demain : le président du tribunal de commerce, député[a1], se voit forcé de donner sa démission. »

Les yeux de des Lupeaulx se dilatèrent et devinrent grands comme des marguerites.

« Votre ministre vous jouait ce tour-là, dit le concis Gobseck[b].

— Vous êtes mes maîtres, dit le secrétaire général en s'inclinant avec un profond respect empreint de moquerie.

— Juste, dit Gobseck.

— Mais vous allez m'étrangler ?

— Possible.

— Eh bien, à l'œuvre, bourreaux ! reprit en souriant le secrétaire général.

— Vous voyez, reprit Gigonnet, vos créances sont inscrites avec l'argent prêté pour l'acquisition.

— Voici les titres, dit Gobseck en tirant de la poche de sa redingote verdâtre des dossiers d'avoué.

— Vous avez trois ans pour rembourser le tout, dit Gigonnet.

— Mais, dit des Lupeaulx effrayé de tant de complaisance et d'un arrangement si fantastique, que voulez-vous de moi ?

— La place de La Billardière pour Baudoyer, dit vivement Gigonnet.

— C'est bien peu de chose, quoique j'aie l'impossible à faire, répondit des Lupeaulx, je me suis lié les mains.

— Vous rongerez les cordes avec vos dents, dit Gigonnet.

— Elles sont pointues ! ajouta Gobseck.

— Est-ce tout ? dit des Lupeaulx.

— Nous gardons les pièces jusqu'à l'admission de ces créances-là, dit Gigonnet[a] en mettant un état sous les yeux du secrétaire général ; si elles ne sont pas reconnues par la commission dans six jours, vos noms sur cet acte seront remplacés par les miens.

— Vous êtes habiles, s'écria le secrétaire général.

— Juste, dit Gobseck.

— Voilà tout ? fit des Lupeaulx.

— Vrai, dit Gobseck.

— Est-ce fait ? » demanda Gigonnet.

Des Lupeaulx inclina la tête.

« Eh bien, signez cette procuration, dit Gigonnet. Dans deux jours la nomination de Baudoyer, dans six[b] les créances reconnues, et...

— Et quoi ? dit des Lupeaulx.

— Nous vous garantissons...

— Quoi ? fit des Lupeaulx de plus en plus étonné.

— Votre nomination, répondit Gigonnet en se grandissant sur ses ergots. Nous faisons la majorité avec cinquante-deux voix de fermiers et d'industriels qui obéiront à votre prêteur[c]. »

Des Lupeaulx serra la main de Gigonnet.

« Il n'y a qu'entre nous que les malentendus sont impossibles, dit-il, voilà ce qui s'appelle des affaires ! Aussi vous y mettrai-je la réjouissance.

— Juste, dit Gobseck.

— Que sera-ce ? demanda Gigonnet.

— La croix pour votre imbécile de neveu.

— Bon, fit Gigonnet, vous le connaissez bien. »

Les usuriers saluèrent alors des Lupeaulx qui les reconduisit jusque sur l'escalier.

« C'est donc les envoyés secrets de quelques puissances étrangères », se dirent les deux valets de chambre.

Dans la rue, les deux usuriers se regardèrent en riant, à la lueur d'un réverbère.

« Il nous devra neuf mille francs d'intérêt par an, et la terre en rapporte à peine cinq net, s'écria Gigonnet.

— Il est dans nos mains pour longtemps, dit Gobseck.

— Il bâtira, il fera des folies, répondit Gigonnet, Falleix achètera la terre.

— Son affaire est d'être député, le loup se moque du reste, dit Gobseck.

— Hé, hé!

— Hé, hé! »

Ces petites exclamations sèches servaient de rire aux deux usuriers, qui se rendirent à pied au café Thémis.

Des Lupeaulx revint au salon et trouva Mme Rabourdin faisant très bien la roue, elle était charmante, et le ministre, ordinairement si triste, avait une figure déridée et gracieuse.

« Elle opère des miracles, se dit des Lupeaulx. Quelle femme précieuse! il faut la pénétrer jusqu'au fond du cœur. »

« Elle est décidément très bien, votre petite dame, dit la marquise au secrétaire général, il ne lui manque que votre nom.

— Oui, son seul tort est d'être la fille d'un commissaire priseur, elle périra par le défaut de naissance », répondit des Lupeaulx d'un air froid qui contrastait avec la chaleur qu'il avait mise à parler de Mme Rabourdin un instant auparavant.

La marquise regarda fixement des Lupeaulx.

« Vous leur avez jeté un coup d'œil qui ne m'a pas échappé, dit-elle en montrant le ministre et Mme Rabourdin, il a percé le nuage de vos lunettes. Vous êtes amusants tous deux, à vous disputer cet os-là. »

Comme la marquise passait la porte, le ministre courut à elle et la reconduisit.

« Hé bien, dit des Lupeaulx à Mme Rabourdin, que pensez-vous de notre ministre?

— Il est charmant. Vraiment, répondit-elle en élevant la voix pour se faire entendre de la femme de l'Excellence, il faut les connaître pour les apprécier ces pauvres ministres. Les petits journaux et les calomnies de l'Opposition défigurent tant les hommes politiques que l'on finit par se laisser influencer; mais ces préventions tournent à leur avantage quand on les voit[1].

— Il est très bien, dit des Lupeaulx.

— Eh bien, je vous assure qu'on peut l'aimer, dit-elle avec bonhomie.

— Chère enfant, dit des Lupeaulx en prenant à son tour un air bonhomme et câlin, vous avez fait la chose impossible.

— Quoi? dit-elle.

— Vous avez ressuscité un mort, je ne lui croyais pas

de cœur, demandez à sa femme ? il en a juste de quoi défrayer une fantaisie ; mais profitez-en, venez par ici, ne soyez pas étonnée. » Il amena Mme Rabourdin dans le boudoir et s'assit avec elle sur le divan. « Vous êtes une rusée, et je vous en aime davantage. Entre nous, vous êtes une femme supérieure. Des Lupeaulx vous a conduite ici, tout est dit pour lui, n'est-ce pas ? D'ailleurs, quand on se décide à aimer par intérêt, il vaut mieux prendre un sexagénaire ministre qu'un quadragénaire secrétaire général : il y a plus de profit et moins d'ennuis. Je suis un homme à lunettes, à tête poudrée, usé par les plaisirs, le bel amour que cela ferait ! Oh ! je me suis dit cela ! S'il faut absolument accorder quelque chose à l'utile, je ne serai jamais l'agréable, n'est-ce pas ? Il faut être fou pour ne pas savoir raisonner sa position. Vous pouvez m'avouer la vérité, me montrer le fond de votre cœur : nous sommes deux associés et non pas deux amants. Si j'ai quelque caprice, vous êtes trop supérieure pour faire attention à de telles misères, et vous me le passerez ; autrement, vous auriez des idées de petite pensionnaire ou de bourgeoise de la rue Saint-Denis ! Bah ! nous sommes plus élevés que tout cela, vous et moi. Voilà la marquise d'Espard qui s'en va, croyez-vous qu'elle ne pense pas ainsi ? Nous nous sommes entendus ensemble il y a deux ans (le fat !), eh bien, elle n'a qu'à m'écrire un mot, et il n'est pas long : *Mon cher des Lupeaulx, vous m'obligerez de faire telle ou telle chose !* c'est exécuté ponctuellement ; nous pensons en ce moment à faire interdire son mari[a]. Vous autres femmes, il ne vous en coûte que du plaisir pour avoir ce que vous voulez. Hé bien donc, enjuponnez le ministre, chère enfant, je vous y aiderai, c'est dans mon intérêt. Oui, je lui voudrais une femme qui l'influençât, il ne m'échapperait pas ; il m'échappe quelquefois, et cela se conçoit : je ne le tiens que par sa raison ; en m'entendant avec une jolie femme, je le tiendrais par sa folie, et c'est plus fort. Ainsi, restons bons amis, et partageons le crédit que vous aurez. »

Mme Rabourdin écouta dans le plus profond étonnement cette singulière profession de rouerie. La naïveté du commerçant politique excluait toute idée de surprise.

« Croyez-vous qu'il ait fait attention à moi, lui demanda-t-elle, prise au piège.

— Je le connais, j'en suis sûr.

— Est-il vrai que la nomination de Rabourdin soit signée ?

— Je lui ai remis le travail, ce matin. Mais ce n'est rien encore que d'être directeur, il faut être maître des requêtes...

— Oui, dit-elle.

— Eh bien! rentrez, coquetez avec l'Excellence.

— Vraiment, dit-elle, ce n'est que de ce soir que j'ai pu bien vous connaître. Vous n'avez rien de vulgaire.

— Ainsi donc, reprit des Lupeaulx, nous sommes deux vieux amis, et nous supprimons les airs tendres, l'amour ennuyeux, pour entendre la question comme sous la Régence, où l'on avait beaucoup d'esprit.

— Vous êtes vraiment fort, et vous avez mon admiration, dit-elle en souriant et lui tendant la main. Vous saurez que l'on fait plus pour son ami que pour son... »

Elle n'acheva pas et rentra.

« Chère petite, se dit des Lupeaulx à lui-même en la regardant aborder le ministre, des Lupeaulx n'a plus de remords à se retourner contre toi! Demain soir, en m'offrant une tasse de thé, tu m'offriras ce dont je ne veux plus... Tout est dit! Ah! quand nous avons quarante ans, les femmes nous attrapent toujours, on ne peut plus être aimé. »

Il entra dans le salon après s'être toisé dans la glace et s'être reconnu pour un fort joli homme politique, mais pour un parfait invalide de Cythère. En ce moment, Mme Rabourdin se résumait. Elle méditait de s'en aller et s'efforçait de laisser dans l'esprit de chacun une dernière et gracieuse impression, elle y réussit. Contre la coutume des salons, quand elle ne fut plus là, chacun s'écria : « La charmante femme! » et le ministre la reconduisit jusqu'à la dernière porte.

« Je suis bien sûr que demain vous penserez à moi ? » dit-il au ménage en faisant ainsi allusion à la nomination.

« Il y a si peu de hauts fonctionnaires dont les femmes soient agréables que je suis tout content de notre acquisition, dit le ministre en rentrant.

— Ne la trouvez-vous pas un peu envahissante ? » dit des Lupeaulx d'un air piqué.

Les femmes échangèrent entre elles des regards expressifs, la rivalité du ministre et de son secrétaire général les amusait. Alors eut lieu l'une de ces jolies mystifications auxquelles s'entendent si admirablement les Parisiennes. Les femmes animèrent le ministre et des Lupeaulx en s'occupant de Mme Rabourdin : l'une la trouva trop apprêtée et visant à l'esprit; l'autre compara les grâces de la bourgeoisie aux manières de la grande compagnie afin de critiquer Célestine; et des Lupeaulx défendit sa prétendue maîtresse, comme on défend ses ennemis dans les salons.

« Rendez-lui donc justice, mesdames ? n'est-il pas extraordinaire que la fille d'un commissaire priseur soit si bien! Voyez d'où elle est partie, et voyez où elle est : elle ira aux Tuileries, elle en a la prétention, elle me l'a dit.

— Si elle est la fille d'un commissaire, dit Mme d'Espard[a1] en souriant, en quoi cela peut-il nuire à l'avancement de son mari ?

— Par le temps qui court, n'est-ce pas ? dit la femme du ministre en se pinçant les lèvres.

— Madame, dit sévèrement le ministre à la marquise[b], avec des mots pareils, que malheureusement la Cour n'épargne à personne, on prépare des révolutions. Vous ne sauriez croire combien la conduite peu mesurée de l'aristocratie déplaît à certains personnages clairvoyants du Château[2]. Si j'étais grand seigneur, au lieu d'être un petit gentilhomme de province qui semble être mis où je suis pour faire vos affaires[3], la monarchie ne serait pas aussi mal assise que je la vois. Que devient un trône qui ne sait pas communiquer son éclat à ceux qui le représentent ? Nous sommes loin du temps où le Roi faisait grands par sa seule volonté les Louvois, les Colbert, les Richelieu, les Jeannin[4], les Villeroy et les Sully... Oui, Sully, à son début, n'était pas plus que je ne suis. Je vous parle ainsi parce que nous sommes entre nous et que je serais, en effet, bien peu de chose si je me choquais d'une pareille misère. C'est à nous et non aux autres à nous rendre grands[c]. »

« Tu es nommé, mon cher, dit Célestine en serrant la main de son mari. Sans le des Lupeaulx, j'eusse expliqué ton plan au ministre; mais ce sera pour mardi prochain, et tu pourras ainsi devenir plus promptement maître des requêtes. »

Dans la vie de toutes les femmes, il est un jour où elles ont brillé de tout leur éclat, et qui leur donne un

éternel souvenir auquel elles reviennent complaisamment
Quand Mme Rabourdin défit un à un les artifices de sa
parure, elle récapitula sa soirée en la comptant parmi ses
jours de gloire et de bonheur : toutes ses beautés avaient
été jalousées, elle avait été vantée par la femme du
ministre, heureuse de l'opposer à ses amies. Enfin toutes
ses vanités avaient rayonné au profit de l'amour conjugal[a]. Rabourdin était nommé!

« N'étais-je pas bien ce soir ? » dit-elle à son mari[b],
comme si elle avait eu besoin de l'animer[c].

En ce moment Mitral, qui attendait au café Thémis
les deux usuriers, les vit entrer et n'aperçut rien sur ces
deux figures impassibles.

« Où en sommes-nous ? leur dit-il quand ils furent
attablés.

— Eh bien, comme toujours, dit Gigonnet en se
frottant les mains, la victoire aux écus.

— Vrai », répondit Gobseck.

Mitral prit un cabriolet, alla trouver les Saillard et
les Baudoyer, chez qui le boston s'était prolongé; mais
il ne restait plus que l'abbé Gaudron. Falleix, quasi mort
de fatigue, était allé se coucher.

« Vous serez nommé, mon neveu, et l'on vous réserve
une surprise.

— Quoi ? dit Saillard.

— La croix! s'écria Mitral.

— Dieu protège ceux qui songent à ses autels! »
dit Gaudron.

On chantait ainsi le *Te Deum* dans les deux camps avec
un égal bonheur[d].

Le lendemain, mercredi, M. Rabourdin devait travailler avec le ministre, car il faisait l'intérim depuis la
maladie de défunt La Billardière. Ces jours-là, les
employés étaient fort exacts, les garçons de bureau très
empressés, car les jours de signature tout est en l'air
dans les bureaux, et pourquoi ? personne ne le sait.
Les trois garçons étaient donc à leur poste, et se flattaient
d'avoir quelque gratification, car le bruit de la nomination de M. Rabourdin s'était répandu la veille par les
soins de des Lupeaulx. L'oncle Antoine et l'huissier
Laurent se trouvaient en grande tenue, quand, à huit
heures moins un quart, le garçon du secrétariat vint prier
Antoine de remettre en secret à M. Dutocq une lettre

que le secrétaire général lui avait dit d'aller porter chez le commis principal à sept heures.

« Je ne sais pas comment cela s'est fait, mon vieux, j'ai dormi, dormi, que je ne fais que de me réveiller. Il me chanterait une gamme d'enfer s'il savait qu'elle n'est pas à son adresse; au *lieu* que, comme ça, je lui soutiendrai que je l'ai remise moi-même chez M. Dutocq. Un fameux secret, père Antoine : ne dites rien aux employés; parole! il me renverrait, je perdrais ma place pour un seul mot, a-t-il dit ?

— Qu'est-ce qu'il y a donc dedans ? dit Antoine.

— Rien. Je l'ai regardée, comme ça, tenez. »

Et il fit bâiller la lettre, qui ne laissa voir que du blanc.

« C'est aujourd'hui le grand jour pour vous, Laurent, dit le garçon du secrétariat, vous allez avoir un nouveau directeur. Décidément on fait des économies, on réunit deux divisions en une direction, gare aux garçons!

— Oui, neuf employés mis à la retraite, dit Dutocq qui arrivait. Comment savez-vous cela, vous autres ? »

Antoine présenta la lettre à Dutocq, qui dégringola les escaliers et courut au secrétariat après l'avoir ouverte.

Depuis le jour de la mort de M. de La Billardière, après avoir bien bavardé, les deux bureaux Rabourdin et Baudoyer avaient fini par reprendre leur physionomie accoutumée et les habitudes du *dolce farniente* administratif. Cependant la fin de l'année imprimait dans les bureaux une sorte d'application studieuse, de même qu'elle donne quelque chose de plus onctueusement servile aux portiers. Chacun venait à l'heure, on remarquait plus de monde après quatre heures, car la distribution des gratifications dépend des dernières impressions qu'on laisse de soi dans l'esprit des chefs. La veille, la nouvelle de la réunion des deux divisions La Billardière et Clergeot en une direction, sous une dénomination nouvelle, avait agité les deux divisions. On savait le nombre des employés mis à la retraite, mais on ignorait leurs noms. On supposait bien que Poiret ne serait pas remplacé, on ferait l'économie de sa place. Le petit La Billardière s'en était allé. Deux nouveaux surnuméraires arrivaient; et, circonstance effrayante! ils étaient fils de députés. La nouvelle jetée la veille dans les bureaux, au moment où les employés partaient, avait imprimé la terreur dans les consciences. Aussi, pendant la demi-heure d'arrivée, y eut-il des causeries autour des poêles. Avant que personne ne fût arrivé, Dutocq vit des Lupeaulx à sa toilette ; et, sans quitter son rasoir, le secrétaire général lui jeta le coup d'œil du général intimant un ordre.

« Sommes-nous seuls ? lui dit-il.

— Oui, monsieur.

— Hé bien, marchez sur Rabourdin, en avant et ferme ! vous devez avoir gardé une copie de son état.

— Oui.

— Vous me comprenez : *Inde irae*[1] ! Il nous faut un *tolle* général. Sachez inventer quelque chose pour activer les clameurs...

— Je puis faire faire une caricature, mais je n'ai pas cinq cents francs à donner...

— Qui la fera ?

— Bixiou !

— Il aura mille francs, et sera sous-chef sous Colleville[a2] qui s'entendra avec lui.

— Mais il ne me croira pas.

— Voulez-vous me compromettre, par hasard ? Allez, ou sinon rien, entendez-vous ?

— Si M. Baudoyer est directeur, il pourrait prêter la somme...

— Oui, il le sera. Laissez-moi, dépêchez-vous, et n'ayez pas l'air de m'avoir vu, descendez par le petit escalier. »

Pendant que Dutocq revenait au bureau le cœur palpitant de joie, en se demandant par quels moyens il exciterait la rumeur contre son chef sans trop se compromettre, Bixiou était entré chez les Rabourdin pour leur dire un petit bonjour. Croyant avoir perdu, le mystificateur trouva plaisant de se poser comme ayant gagné.

BIXIOU, *imitant la voix de Phellion.*

Messieurs, je vous salue, et vous dépose un bonjour collectif. J'indique dimanche prochain pour un dîner au *Rocher de Cancale ;* mais une question grave se présente, les employés supprimés en sont-ils ?

POIRET

Même ceux qui prennent leur retraite.

BIXIOU

Ça m'est égal, ce n'est pas moi qui paye *(stupéfaction*

générale). Baudoyer eſt nommé, je voudrais déjà l'entendre appelant Laurent! *(Il copie Baudoyer.)*

Laurent, serrez ma haire, avec ma discipline[1].

(Tous pouffent de rire.)

Ris d'aboyeur d'oie! Colleville a raison avec ses anagrammes, car vous savez l'anagramme de *Xavier Rabourdin, chef de bureau,* c'eſt : *D'abord rêva bureaux, e, u, fin riche.* Si je m'appelais *Charles X, par la grâce de Dieu, roi de France et de Navarre,* je tremblerais de voir le deſtin que me prophétise mon anagramme s'accomplir ainsi.

THUILLIER

Ha ça, vous voulez rire!

BIXIOU, *lui riant au nez.*

Ris au laid (riz au lait)! Il eſt joli celui-là, papa Thuillier, car vous n'êtes pas beau. Rabourdin donne sa démission de rage de savoir Baudoyer direĉteur.

VIMEUX, *entrant.*

Quelle farce! Antoine, à qui je rendais trente ou quarante francs, m'a dit que M. et Mme Rabourdin avaient été reçus hier à la soirée particulière du miniſtre et y étaient reſtés jusqu'à minuit moins un quart. Son Excellence a reconduit Mme Rabourdin jusque sur l'escalier, il paraît qu'elle était divinement mise. Enfin il eſt certainement direĉteur. Riffé, l'expéditionnaire du Personnel, a passé la nuit pour achever plus promptement le travail : ce n'eſt plus un myſtère. M. Clergeot a sa retraite. Après trente ans de services, ce n'eſt pas une disgrâce. M. Cochin qui eſt riche...

BIXIOU

Selon Colleville, il fait *cochenille.*

VIMEUX

Mais il eſt dans la cochenille, car il eſt associé de la maison Matifat[a2], rue des Lombards. Eh bien, il a sa retraite. Poiret a sa retraite. Tous deux, ils ne sont pas remplacés. Voilà le positif, le reſte n'eſt pas connu. La nomination de M. Rabourdin vient ce matin, on craint des intrigues.

BIXIOU

Quelles intrigues ?

FLEURY

Baudoyer, parbleu! le parti prêtre l'appuie, et voilà un nouvel article du journal libéral : il n'a que deux lignes, mais il est drôle. *(Il lit.)*

« Quelques personnes parlaient hier au foyer des Italiens de la rentrée de M. Chateaubriand au ministère, et se fondaient sur le choix que l'on a fait de M. Rabourdin, le protégé des amis du noble vicomte*, pour remplir la place primitivement destinée à M. Baudoyer. Le parti prêtre n'aura pu reculer que devant une transaction avec le grand écrivain. » Canailles !

DUTOCQ, *entrant après avoir entendu.*

Qui, canaille ? Rabourdin. Vous savez donc la nouvelle ?

FLEURY, *roulant des yeux féroces.*

Rabourdin ?... une canaille! Êtes-vous fou, Dutocq, et voulez-vous une balle pour vous mettre du plomb dans la cervelle ?

DUTOCQ

Je n'ai rien dit contre M. Rabourdin, seulement on vient de me confier sous le secret dans la cour qu'il avait dénoncé beaucoup d'employés, donné des notes, enfin que sa faveur avait pour cause un travail sur les ministères où chacun de nous est enfoncé...

PHELLION, *d'une voix forte.*

M. Rabourdin est incapable...

BIXIOU

C'est du propre! dites donc, Dutocq ? *(Ils se disent un mot à l'oreille et sortent dans le corridor.)*

BIXIOU

Qu'est-ce qu'il arrive donc ?

DUTOCQ

Vous souvenez-vous de la caricature ?

BIXIOU

Oui, eh bien ?

DUTOCQ

Faites-la, vous êtes sous-chef, et vous aurez une fameuse gratification. Voyez-vous, mon cher, il y a zizanie dans les régions supérieures. Le ministère est engagé envers Rabourdin; mais s'il ne nomme pas Baudoyer, il se brouille avec le Clergé. Vous ne savez pas ? le Roi, le Dauphin et la Dauphine, la Grande Aumônerie, enfin la Cour veut Baudoyer, le ministre veut Rabourdin.

BIXIOU

Bon!...

DUTOCQ

Pour pouvoir se rapprocher, car le ministre a vu la nécessité de céder, il veut tuer la difficulté. Il faut une cause pour se défaire de Rabourdin. On a donc déniché un ancien travail fait par lui sur les administrations pour les épurer, et il en circule quelque chose. Du moins, voilà comment j'essaie de m'expliquer la chose. Faites le dessin, vous entrez dans le jeu des sommités, vous servez à la fois le Ministère, la Cour, tout le monde et vous êtes nommé. Comprenez-vous ?

BIXIOU

Je ne comprends pas comment vous pouvez savoir tout cela, ou bien vous l'inventez.

DUTOCQ

Voulez-vous que je vous montre votre article ?

BIXIOU

Oui.

DUTOCQ

Eh bien, venez chez moi, car je veux remettre ce travail en des mains sûres[a].

BIXIOU

Allez-y tout seul. *(Il rentre dans le bureau des Rabour-din.)* Il n'est question que de ce que vous a dit Dutocq, parole d'honneur. M. Rabourdin aurait donné des notes peu flateuses sur les employés à réformer. Le secret de son élévation est là. Nous vivons dans un temps où rien n'étonne. *(Il se drape comme Talma[1].)*

> *Vous avez vu tomber les plus illustres têtes,*
> *Et vous vous étonnez, insensés que vous êtes !*

de trouver une cause de ce genre à la faveur d'un homme ? Mon Baudoyer est trop bête pour réussir par des moyens semblables! Agréez mon compliment, messieurs, vous êtes sous un illustre chef. *(Il sort.)*

POIRET

Je quitterai le ministère sans avoir jamais pu comprendre une seule phrase de ce monsieur-là. Qu'est-ce qu'il veut dire avec ses têtes tombées ?

FLEURY

Parbleu! les quatre sergents de La Rochelle, Berton, Ney, Caron, les frères Faucher, tous les massacres[2]!

PHELLION

Il avance légèrement des choses hasardées.

FLEURY

Dites donc qu'il ment, qu'il blague! et que dans sa gueule le vrai prend la tournure du vert-de-gris.

PHELLION

Vos paroles sont hors la loi de la politesse et des égards que l'on se doit entre collègues.

VIMEUX

Il me semble que si ce qu'il dit est faux, on nomme cela des calomnies, des diffamations, et qu'un diffamateur mérite des coups de cravache.

FLEURY, *s'animant.*

Et si les bureaux sont un endroit public, cela va droit en police correctionnelle.

PHELLION, *voulant éviter une querelle,*
essaie de détourner la conversation.

Messieurs, du calme. Je travaille à un nouveau petit traité sur la morale, et j'en suis à l'âme.

FLEURY, *l'interrompant.*

Qu'en dites-vous, monsieur Phellion ?

PHELLION, *lisant.*

D. *Qu'est-ce que l'âme de l'homme ?*
R. *C'est une substance spirituelle qui pense et qui raisonne[1].*

THUILLIER

Une substance spirituelle, c'est comme si on disait un moellon immatériel.

POIRET

Laissez donc dire...

PHELLION, *reprenant.*

D. *D'où vient l'âme ?*
R. *Elle vient de Dieu, qui l'a créée d'une nature simple et indivisible, et dont par conséquent on ne peut concevoir la destructibilité, et il a dit...*

POIRET, *stupéfait.*

Dieu ?

PHELLION

Oui, monsieur. La tradition est là.

FLEURY, *à Poiret.*

N'interrompez donc pas, vous-même !

PHELLION, *reprenant.*

Et il a dit qu'il l'avait créée immortelle, c'est-à-dire qu'elle ne mourra jamais.
D. *À quoi sert l'âme ?*
R. *À comprendre, vouloir et se souvenir ; ce qui constitue l'entendement, la volonté la mémoire.*
D. *À quoi sert l'entendement ?*
R. *À connaître. C'est l'œil de l'âme.*

FLEURY

Et l'âme est l'œil de quoi ?

PHELLION, *continuant.*

D. *Que doit connaître l'entendement ?*
R. *La vérité.*
D. *Pourquoi l'homme a-t-il une volonté ?*
R. *Pour aimer le bien et haïr le mal.*
D. *Qu'est-ce que le bien ?*
R. *Ce qui rend heureux.*

VIMEUX

Et vous écrivez cela pour des demoiselles ?

PHELLION

Oui. *(Continuant).*
D. *Combien y a-t-il de sortes de biens ?*

FLEURY

C'est prodigieusement leste !

PHELLION, *indigné.*

Oh ! monsieur ! *(Se calmant.)* Voici d'ailleurs la réponse. J'en suis là. *(Il lit.)*
R. *Il y a deux sortes de biens, le bien éternel et le bien temporel*[1].

POIRET, *il fait une mine de mépris.*

Et cela se vendra beaucoup ?

PHELLION

J'ose l'espérer. Il faut une grande contention d'esprit pour établir le système des demandes et des réponses, voilà pourquoi je vous priais de me laisser penser, car les réponses...

THUILLIER, *interrompant.*

Au reste, les réponses pourront se vendre à part...

POIRET

Est-ce un calembour ?

THUILLIER

Oui, on en fera de la salade *(de raiponces*[a]*)*.

PHELLION

J'ai eu le tort grave de vous interrompre *(il se replonge la tête dans ses cartons*[b]*)*. Mais *(en lui-même)* ils ne pensent plus à M. Rabourdin[c].

En ce moment il se passait entre des Lupeaulx et le ministre une scène qui décida du sort de Rabourdin. Avant le déjeuner, le secrétaire général était venu trouver l'Excellence dans son cabinet, en s'assurant que la Brière ne pouvait rien entendre.

« Votre Excellence ne joue pas franchement avec moi... »

« Nous voilà brouillés, pensa le ministre, parce que sa maîtresse m'a fait des coquetteries hier. » « Je vous croyais moins enfant, mon cher ami, reprit-il à haute voix.

— Ami, reprit le secrétaire général, je vais bien le savoir. »

Le ministre regarda fièrement des Lupeaulx.

« Nous sommes entre nous, et nous pouvons nous expliquer. Le député de l'arrondissement où se trouve *ma terre* des Lupeaulx...

— C'est donc bien décidément une terre ? dit en riant le ministre pour cacher sa surprise.

— Augmentée de deux cent mille francs[d] d'acquisitions, reprit négligemment des Lupeaulx. Vous connaissiez la démission de ce député depuis dix jours, et vous ne m'avez point prévenu, vous ne le deviez pas; mais vous saviez très bien que je désire m'asseoir en plein Centre. Avez-vous songé que je puis me rejeter dans la Doctrine qui vous dévorera vous et la monarchie, si l'on continue à laisser ce parti recruter les hommes d'un certain talent méconnus[1] ? Savez-vous qu'il n'y a pas dans une nation plus de cinquante ou soixante têtes dangereuses, et où l'esprit soit en rapport avec l'ambition ? Savoir gouverner, c'est connaître ces têtes-là pour les couper ou pour les acheter. Je ne sais pas si j'ai du talent, mais j'ai de l'ambition, et vous commettez la faute de ne pas vous entendre avec un homme qui ne vous veut que du bien. Le Sacre a ébloui[e2] pour un moment, mais après ?... Après, la guerre des mots et des discussions recommencera, s'envenimera. Eh bien, pour ce qui vous concerne, ne me trouvez pas dans le Centre gauche, croyez-moi! Malgré les manœuvres de votre préfet, à qui sans doute il est parvenu des instructions confidentielles contre moi, j'aurai la majorité. Le moment est venu de nous bien comprendre. Après un petit coup de Jarnac on devient quelquefois bons amis. Je serai nommé comte, et l'on ne refusera pas à mes services le grand-cordon de la Légion. Mais je tiens moins à ces deux points qu'à une chose où votre intérêt seul se trouve engagé... Vous n'avez pas encore nommé Rabourdin, j'ai eu des nouvelles ce matin, vous satisferez bien du monde en lui préférant Baudoyer...

— Nommer Baudoyer, s'écria le ministre, vous le connaissez.

— Oui, dit des Lupeaulx, mais quand son incapacité sera prouvée, vous le destituerez en priant ses protecteurs de l'employer chez eux. Vous aurez ainsi pour vos amis une direction importante à donner, ce qui facilitera quelque transaction pour vous défaire de quelque ambitieux.

— Je lui ai promis...

— Oui, mais je ne vous demande pas de changer aujourd'hui même. Je sais le danger de dire oui et non dans la même journée. Remettez les nominations, vous pourrez les signer après-demain. Eh bien, après-demain vous reconnaîtrez qu'il est impossible de conserver Rabourdin, de qui, d'ailleurs, vous aurez reçu une belle et bonne démission.

— Sa démission?

— Oui.

— Pourquoi... ?

— Il est l'homme d'un pouvoir inconnu pour lequel il a fait l'espionnage en grand dans tous les ministères, et la chose a été découverte par une inadvertance; on en parle, les employés sont furieux. De grâce, ne travaillez pas aujourd'hui avec lui, laissez-moi trouver un biais pour vous en dispenser. Allez chez le Roi, je suis sûr que vous trouverez des personnes contentes de votre concession à propos de Baudoyer, vous obtiendrez quelque chose en échange. Puis, vous serez bien fort plus tard en destituant ce sot, puisqu'on vous l'aura pour ainsi dire imposé.

— Qui vous a fait changer ainsi sur le compte de Rabourdin ?

— Aideriez-vous M. de Chateaubriand à faire un article contre le ministère ? Eh bien, voici comment Rabourdin me traite dans son état, dit-il en donnant sa note au ministre. Il organise un gouvernement tout entier, sans doute au profit d'une société que nous ne connaissons pas. Je vais rester son ami pour le surveiller : je crois que je rendrai quelque grand service qui me mènera à la pairie, car la pairie est le seul objet de mes désirs. Sachez-le bien, je ne veux ni ministère ni quoi que ce soit qui puisse vous contrarier, je vise à la pairie qui me permettra d'épouser la fille de quelque maison de banque avec deux cent mille livres de rente. Ainsi, laissez-moi vous rendre quelques grands services qui fassent dire au Roi que j'ai sauvé le trône. Il y a long-temps que je le dis : le libéralisme ne nous livrera plus de bataille rangée ; il a renoncé aux conspirations, au carbonarisme, aux prises d'armes, il mine en dessous et se prépare à un complet *Ôte-toi de là que je m'y mette*[1] ! Croyez-vous que je me sois fait le courtisan de la femme d'un Rabourdin pour mon plaisir ? non, j'avais des renseignements ! Ainsi deux choses aujourd'hui : l'ajournement des nominations, et votre coopération *sincère* à mon élection. Vous verrez si vers la fin de la session je ne vous aurai pas largement payé ma dette. »

Pour toute réponse, le ministre prit le travail du Personnel et le tendit à des Lupeaulx.

« Je vais faire dire à Rabourdin, reprit des Lupeaulx, que vous remettez le travail à samedi. »

Le ministre consentit par un signe de tête. Le garçon du secrétariat traversa bientôt les cours et vint chez Rabourdin pour le prévenir que le travail était remis à samedi, jour où la Chambre ne s'occupait que de pétitions et où le ministre avait toute sa journée. En ce moment même, Saillard glissait sa phrase à la femme du ministre, qui lui répondit avec dignité qu'elle ne se mêlait point d'affaires d'État et que d'ailleurs elle avait entendu dire que M. Rabourdin était nommé. Saillard épouvanté monta chez Baudoyer et trouva Dutocq, Godard et Bixiou dans un état d'exaspération difficile à décrire, car ils parcouraient la terrible minute du travail de Rabourdin sur les employés.

BIXIOU, *en montrant du doigt un passage.*

Vous voilà, père Saillard.

SAILLARD. *La caisse est à supprimer dans tous les ministères qui doivent avoir leurs comptes courants au Trésor. Saillard est riche et n'a nul besoin de pension.*

Voulez-vous voir votre gendre ? *(Il feuillette.)* Voilà.

BAUDOYER. *Complètement incapable. Remercié sans pension, il est riche.*

Et l'ami Godard ? *(Il feuillette.)*

GODARD. *À renvoyer ! une pension du tiers de son traitement.*

Enfin nous y sommes tous. Moi je suis *un artiste à faire employer par la Liste civile, à l'Opéra, aux Menus-Plaisirs[1], au Muséum. Beaucoup de capacité, peu de tenue, incapable d'application, esprit remuant.* Ah ! je t'en donnerai de l'artiste !

SAILLARD

Supprimer les caissiers ?... C'est un monstre[a] !

BIXIOU

Que dit-il de notre mystérieux Desroys ? *(Il feuillette et lit.)*

DESROYS. *Homme dangereux en ce qu'il est inébranlable en des principes contraires à tout pouvoir monarchique. Fils de conventionnel, il admire la Convention, il peut devenir un pernicieux publiciste.*

BAUDOYER

La police n'est pas si habile !

GODARD

Mais je vais au secrétariat général porter une plainte en règle ; il faut nous retirer tous en masse si un pareil homme est nommé.

DUTOCQ

Écoutez-moi, messieurs ! de la prudence. Si vous vous souleviez d'abord, nous serions accusés de vengeance et d'intérêt personnel ! Non, laissez courir le bruit tout

doucement. Quand l'Administration entière sera soulevée, vos démarches auront l'assentiment général.

BIXIOU

Dutocq est dans les principes du grand air inventé
par le sublime Rossini pour Basilio, et qui prouve que
ce grand compositeur est un homme politique[1]! Ceci me
semble juste et convenable. Je compte mettre ma carte
chez M. Rabourdin demain matin, et je vais faire graver
BIXIOU; puis, comme titres, au-dessous : *Peu de tenue,
incapable d'application, esprit remuant.*

GODARD

Bonne idée, messieurs. Faisons faire nos cartes, et que
le Rabourdin les ait toutes demain matin.

BAUDOYER

Monsieur Bixiou, chargez-vous de ce petit détail, et
faites détruire les planches après qu'on en aura tiré une
seule épreuve.

DUTOCQ, *prenant à part Bixiou.*

Eh bien, voulez-vous dessiner la charge maintenant ?

BIXIOU

Je comprends, mon cher, que vous êtes dans le secret
depuis dix jours. *(Il le regarde dans le blanc des yeux.)*
Serai-je sous-chef ?

DUTOCQ

Ma parole d'honneur, et mille[a] francs de gratification,
comme je vous l'ai dit. Vous ne savez pas quel service
vous rendez à des gens puissants.

BIXIOU

Vous les connaissez ?

DUTOCQ

Oui.

BIXIOU

Eh bien, je veux leur parler.

DUTOCQ, *sèchement*.

Faites la charge ou ne la faites pas, vous serez sous-chef ou vous ne le serez pas.

BIXIOU

Eh bien, voyons les mille[a] francs ?

DUTOCQ

Je vous les donnerai contre le dessin.

BIXIOU

En avant. La charge courra demain dans les bureaux. Allons donc *embêter* les Rabourdin. *(Parlant à Saillard, à Godard et à Baudoyer qui causent entre eux à voix basse.)* Nous allons aller travailler les voisins. *(Il sort avec Dutocq et arrive au bureau Rabourdin. À son aspect, Fleury, Thuillier, Vimeux s'animent.)* Eh bien, qu'avez-vous, messieurs ? Ce que je vous ai dit est si vrai que vous pouvez aller voir les preuves de la plus infâme des délations chez le vertueux, l'honnête, l'estimable, probe et pieux Baudoyer, qui certes est incapable, lui! du moins, de faire un pareil métier. Votre chef a inventé quelque guillotine pour les employés, c'est sûr, allez voir! suivez le monde, on ne paie pas si l'on est mécontent, vous jouirez de votre malheur, GRATIS! Aussi les nominations sont-elles remises. Les bureaux sont en rumeur, et Rabourdin vient d'être prévenu que le ministre ne travaillerait pas avec lui aujourd'hui. Et, allez donc!

Phellion et Poiret demeurèrent seuls. Le premier aimait trop Rabourdin pour aller chercher une conviction qui pouvait nuire à un homme qu'il ne voulait pas juger; le second n'avait plus que cinq jours à rester au bureau. En ce moment, Sébastien descendit pour venir chercher ce qui devait être compris dans les pièces à signer. Il fut assez étonné, sans en rien témoigner, de trouver le bureau désert.

PHELLION

Mon jeune ami *(il se lève, cas rare)*, savez-vous ce qui se passe, quels bruits courent sur *môsieur* Rabourdin, que vous aimez et *(il baisse la voix et s'approche de l'oreille de Sébastien)* que j'aime autant que je l'estime ? On dit qu'il a commis l'imprudence de laisser traîner un travail sur les employés... (*À ces mots Phellion s'arrête, il est obligé de soutenir dans ses bras nerveux le jeune Sébastien, qui devient pâle comme une rose blanche, et défaille sur une chaise.*) Une clef dans le dos, môsieur Poiret, avez-vous une clef ?

POIRET

J'ai toujours celle de mon domicile.

Le vieux Poiret jeune insinue sa clef dans le dos de Sébastien, à qui Phellion fait boire un verre d'eau froide. Le pauvre enfant n'ouvre les yeux que pour verser un torrent de larmes. Il va se mettre la tête sur le bureau de Phellion, en s'y renversant le corps abandonné comme si la foudre l'avait atteint, et ses sanglots sont si pénétrants, si vrais, si abondants, que pour la première fois de sa vie, Poiret s'émeut de la douleur d'autrui.

PHELLION, *grossissant sa voix.*

Allons, allons, mon jeune ami, du courage! Dans les grandes circonstances, il en faut. Vous êtes un homme. Qu'y a-t-il ? en quoi ceci peut-il vous émouvoir si démesurément ?

SÉBASTIEN, *à travers ses sanglots.*

C'est moi qui ai perdu M. Rabourdin. J'ai laissé l'état que j'avais copié, j'ai tué mon bienfaiteur, j'en mourrai. Un si grand homme! un homme qui eût été ministre!

POIRET, *en se mouchant.*

C'est donc vrai qu'il a fait les rapports ?

SÉBASTIEN, *à travers ses sanglots.*

Mais c'était pour... Allons, je vais dire ses secrets, maintenant! Ah! le misérable Dutocq! c'est lui qui l'a volé...

Et les pleurs, les sanglots recommencèrent si bien que, de son cabinet, Rabourdin entendit les larmes, distingua la voix, et monta. Le chef trouva Sébastien presque évanoui, comme un Christ, entre les bras de Phellion et de Poiret, qui singeaient grotesquement la pose des deux Marie et dont les figures étaient crispées par l'attendrissement.

RABOURDIN

Qu'y a-t-il, messieurs ? *(Sébastien se dresse sur ses pieds et tombe sur ses genoux devant Rabourdin.)*

SÉBASTIEN

Je vous ai perdu, monsieur! L'état, Dutocq le montre, il l'a sans doute surpris!

RABOURDIN, *calme.*

Je le savais. *(Il relève Sébastien et l'emmène.)* Vous êtes un enfant, mon ami. *(Il s'adresse à Phellion.)* Où sont ces messieurs ?

PHELLION

Môsieur, ils sont allés voir dans le cabinet de M. Baudoyer un état que l'on dit...

RABOURDIN

Assez. *(Il sort en tenant Sébastien. Poiret et Phellion se regardent en proie à une vive surprise et ne savent quelles idées se communiquer.)*

POIRET, *à Phellion.*

M. Rabourdin...!

PHELLION, *à Poiret.*

M. Rabourdin!

POIRET

Par exemple, M. Rabourdin!

PHELLION

Avez-vous vu comme il était, néanmoins, calme et digne...

POIRET, *d'un air finaud qui ressemble à une grimace.*

Il y aurait quelque chose là-dessous que cela ne m'étonnerait point.

PHELLION

Un homme d'honneur, pur, sans tache.

POIRET

Et ce Dutocq ?

PHELLION

Môsieur Poiret, vous pensez ce que je pense sur Dutocq; ne me comprenez-vous pas ?

POIRET, *en donnant deux ou trois petits coups de tête, répond[a] d'un air fin.*

Oui. (*Tous les employés rentrent.*)

FLEURY

En voilà une sévère, et après avoir lu je ne le crois pas encore. M. Rabourdin, le roi des hommes! Ma foi, s'il y a des espions parmi ces hommes-là, c'est à dégoûter de la vertu. Je mettais Rabourdin dans les héros de Plutarque.

VIMEUX

Oh! c'est vrai!

POIRET, *songeant qu'il n'a plus que cinq jours[b].*

Mais, messieurs, que dites-vous de celui qui a dérobé le travail, qui a guetté M. Rabourdin ? (*Dutocq s'en va.*)

FLEURY

C'est un Judas Iscariote! Qui est-ce ?

PHELLION, *finement.*

Il n'est certes pas parmi nous.

VIMEUX, *illuminé.*

C'est Dutocq.

PHELLION

Je n'en ai point vu la preuve, môsieur. Pendant que vous étiez absent, ce jeune homme, môsieur Delaroche[1], a failli mourir. Tenez, voyez ses larmes sur mon bureau!...

POIRET

Nous l'avons tenu dans nos bras évanoui. Et la clef de mon domicile, tiens tiens, il l'a toujours dans le dos. (*Poiret sort.*)

VIMEUX

Le ministre n'a pas voulu travailler avec Rabourdin

aujourd'hui, et M. Saillard, à qui le chef du Personnel a dit deux mots, est venu prévenir M. Baudoyer de faire une demande pour la croix de la Légion d'honneur; il y en a une pour le jour de l'an accordée à la division, et elle est donnée à M. Baudoyer. Est-ce clair ? M. Rabourdin est sacrifié par ceux-là même qui l'emploient. Voilà ce que dit Bixiou. Nous étions tous supprimés, excepté Phellion et Sébastien.

DU BRUEL, arrivant.

Hé bien, messieurs, est-ce vrai ?

THUILLIER

De la dernière exactitude.

DU BRUEL, remettant son chapeau.

Adieu, messieurs. *(Il sort.)*

THUILLIER

Il ne s'amuse pas dans les feux de file, le vaudevilliste! Il va chez le duc de Rhétoré, chez le duc de Maufrigneuse[1]; mais il peut courir! C'est, dit-on, Colleville qui sera notre chef[a].

PHELLION

Il avait pourtant l'air d'aimer môsieur Rabourdin.

POIRET, rentrant.

J'ai eu toutes les peines du monde à avoir la clef de mon domicile; ce petit fond en larmes, et M. Rabourdin a disparu complètement. *(Dutocq et Bixiou rentrent.)*

BIXIOU

Hé bien, messieurs, il se passe d'étranges choses dans votre bureau! Du Bruel ? *(Il regarde dans le cabinet.)* Parti!

THUILLIER

En course!

BIXIOU

Et Rabourdin ?

FLEURY

Fondu! diſtillé! *fumé !* Dire qu'un homme, le roi des hommes!...

POIRET, *à Dutocq.*

Dans sa douleur, monsieur Dutocq, le petit Sébaſtien vous accuse d'avoir pris le travail, il y a dix jours...

BIXIOU, *en regardant Dutocq.*

Il faut vous laver de ce reproche, mon cher. *(Tous les employés contemplent fixement Dutocq.)*

DUTOCQ

Où eſt-il, ce petit aspic qui le copiait ?

BIXIOU

Comment savez-vous qu'il le copiait ? Mon cher, il n'y a que le diamant qui puisse polir le diamant! *(Dutocq sort.)*

POIRET

Écoutez, monsieur Bixiou, je n'ai plus que cinq[a] jours et demi à reſter dans les bureaux, et je voudrais une fois, une seule fois, avoir le plaisir de vous comprendre! Faites-moi l'honneur de m'expliquer en quoi le diamant eſt utile dans cette circonſtance...

BIXIOU

Cela veut dire, papa, car je veux bien une fois descendre jusqu'à vous, que de même que le diamant peut seul user le diamant, de même il n'y a qu'un *curieux* qui puisse vaincre son semblable.

FLEURY

Curieux eſt mis ici pour espion[1].

POIRET

Je ne comprends pas...

BIXIOU

Eh bien, ce sera pour une autre fois[b]!

M. Rabourdin avait couru chez le miniſtre. Le miniſtre était à la Chambre. Rabourdin se rendit à la Chambre des députés, où il écrivit un mot au ministre. Le ministre était à la tribune, occupé d'une chaude discussion. Rabourdin attendit, non pas dans la salle des conférences, mais dans la cour, et se décida, malgré le froid, à se poster devant la voiture de l'Excellence, afin de lui parler quand elle y monterait. L'huissier lui avait dit que le ministre était engagé dans une tempête soulevée par les dix-neuf de l'extrême Gauche[1], et qu'il y avait une séance orageuse. Rabourdin se promenait dans la largeur de la cour du palais, en proie à une agitation fébrile, et il attendit cinq mortelles heures. À six heures et demie, le défilé commença ; mais le chasseur du ministre vint trouver le cocher.

« Hé ! Jean ! lui dit-il, monseigneur est parti avec le ministre de la Guerre ; ils vont chez le Roi, et de là dînent ensemble. Nous irons le chercher à dix heures, il y aura conseil. »

Rabourdin revint à pas lents chez lui, dans un abattement facile à concevoir. Il était sept heures. Il eut à peine le temps de s'habiller.

« Hé bien, tu es nommé, » lui dit joyeusement sa femme quand il se montra dans le salon.

Rabourdin leva la tête par un mouvement d'horrible mélancolie, et répondit : « Je crains bien de ne plus remettre les pieds au ministère.

— Quoi ? dit sa femme agitée d'une horrible anxiété.

— Mon mémoire sur les employés court les bureaux, et il m'a été impossible de joindre le ministre ! »

Célestine eut une vision rapide, où, par un de ses éclairs infernaux, le démon lui montra le sens de sa dernière conversation avec des Lupeaulx.

« Si je m'étais conduite en femme vulgaire, pensa-t-elle, nous aurions eu la place. »

Elle contempla Rabourdin avec une sorte de douleur. Il se fit un triste silence, et le dîner se passa dans de mutuelles méditations.

« Et c'est notre mercredi, dit-elle.

— Tout n'est pas perdu, ma chère Célestine, dit Rabourdin en mettant un baiser sur le front de sa femme, peut-être pourrai-je parler demain matin au ministre et tout s'expliquera. Sébastien a passé hier la nuit, toutes les copies sont achevées et collationnées, je prierai le ministre de me lire en mettant tout sur son bureau. La

Brière m'aidera. L'on ne condamne jamais un homme
sans l'entendre.

— Je suis curieuse de savoir si M. des Lupeaulx
viendra nous voir aujourd'hui.

— Lui ?... certes il n'y manquera pas, dit Rabourdin.
Il y a du tigre chez lui, il aime à lécher le sang de la
blessure qu'il a faite!

— Mon pauvre ami, reprit sa femme en lui prenant
la main, je ne sais pas comment l'homme qui pouvait
concevoir une si belle réforme n'a pas vu qu'elle ne devait
être communiquée à personne. C'est de ces idées qu'un
homme garde dans sa conscience, car lui seul peut les
appliquer. Il fallait faire dans ta sphère comme Napoléon
dans la sienne : il s'est plié, tordu, il a rampé! Oui, Bonaparte a rampé! Pour devenir général en chef, il a épousé
la maîtresse de Barras. Il fallait attendre, se faire nommer
député, suivre les mouvements de la politique, tantôt au
fond de la mer, tantôt sur le dos d'une lame, et, comme
M. de Villèle, prendre la devise italienne *Col tempo*[1],
traduite en français par *Tout vient à point pour qui sait
attendre*. Cet orateur a visé le pouvoir pendant sept ans,
et a commencé en 1814 par une protestation contre la
Charte[2] à l'âge où tu te trouves aujourd'hui. Voilà la
faute! tu t'es subordonné, quand tu es fait pour ordonner. »

L'arrivée du peintre[a] Schinner imposa silence à la
femme et au mari que ces paroles rendirent songeur.

« Cher ami, dit le peintre en serrant la main à l'administrateur, le dévouement d'un artiste est bien inutile;
mais, dans ces circonstances, nous sommes fidèles, nous
autres! j'ai acheté le journal du soir. Baudoyer est nommé
directeur[3], et décoré de la croix de la Légion d'honneur...

— Je suis le plus ancien, et j'ai vingt-quatre ans de
services, dit en souriant Rabourdin.

— Je connais assez M. le comte de Sérizy, le ministre
d'État, si vous voulez l'employer, je puis l'aller voir »,
dit Schinner[b].

Le salon s'emplit des personnes à qui les mouvements
administratifs étaient inconnus. Du Bruel ne vint pas.
Mme Rabourdin redoubla de gaieté, de grâce, comme le
cheval qui, blessé dans la bataille, trouve encore des
forces pour porter son maître.

« Elle est bien courageuse, dirent quelques femmes

qui furent charmantes pour elle en la voyant dans le malheur.

— Elle a eu cependant bien des attentions pour des Lupeaulx, dit la baronne du Châtelet[1] à la vicomtesse de Fontaine[a].

— Croyez-vous que..., demanda la vicomtesse.

— Mais M. Rabourdin aurait au moins eu la croix! » dit Mme de Camps en défendant son amie.

Vers onze heures, des Lupeaulx apparut, et l'on ne peut le peindre qu'en disant que ses lunettes étaient tristes et ses yeux gais; mais le verre enveloppait si bien les regards qu'il fallait être physionomiste pour découvrir leur expression diabolique. Il alla serrer la main à Rabourdin, qui ne put se dispenser de la lui laisser prendre.

« Nous avons à causer ensemble, lui dit-il en allant s'asseoir auprès de la belle Rabourdin qui le reçut à merveille.

— Eh! fit-il en lui jetant un regard de côté, vous êtes grande, et je vous trouve comme je vous imaginais, sublime dans la déroute. Savez-vous qu'il est bien rare à une personne supérieure de répondre à l'idée qu'on se fait d'elle ? la défaite ne vous accable donc pas ? Vous avez raison, nous triompherons, lui dit-il à l'oreille. Votre sort est toujours entre vos mains, tant que vous aurez pour allié un homme qui vous adore. Nous tiendrons conseil.

— Mais Baudoyer est-il nommé ? lui demanda-t-elle.

— Oui, dit le secrétaire général.

— Est-il décoré ?

— Pas encore, mais il le sera.

— Eh bien ?

— Vous ne connaissez pas la politique. »

Pendant que cette soirée semblait éternelle à Mme Rabourdin, il se passait à la place Royale une de ces comédies qui se jouent dans sept salons à Paris lors de chaque changement de ministère. Le salon des Saillard était plein. M. et Mme Transon arrivèrent à huit heures. Mme Transon embrassa Mme Baudoyer, *née Saillard*. M. Bataille, capitaine de la Garde nationale, vint avec son épouse et le curé de Saint-Paul.

« Monsieur Baudoyer, dit Mme Transon, je veux être la première à vous faire mon compliment; l'on a rendu justice à vos talents. Allons, vous avez bien gagné votre avancement.

— Vous voilà directeur, dit M. Transon en se frottant les mains, c'est très flatteur pour le quartier.

— Et l'on peut bien dire que c'est sans intrigue, s'écria le père Saillard. Nous ne sommes pas intrigants, nous autres! nous n'allons pas dans les soirées intimes du ministre[a]. »

L'oncle Mitral se frotta le nez en souriant, il regarda sa nièce Élisabeth qui causait avec Gigonnet. Falleix ne savait que penser de l'aveuglement du père Saillard et de Baudoyer[b]. MM. Dutocq, Bixiou, du Bruel, Godard et Colleville, nommé chef[c], entrèrent.

« Quelles boules! dit Bixiou à du Bruel, quelle belle caricature si on les dessinait sous formes de raies, de dorades, et de claquarts (nom vulgaire d'un coquillage) dansant une sarabande!

— Monsieur le directeur, dit Colleville[d], je viens vous féliciter, ou plutôt nous nous félicitons nous-mêmes de vous avoir à la tête de la direction, et nous venons vous assurer du zèle avec lequel nous coopérerons à vos travaux. »

M. et Mme Baudoyer, père et mère du nouveau directeur, étaient là jouissant de la gloire de leur fils et de leur belle-fille. L'oncle Bidault, qui avait dîné au logis, avait un petit regard frétillant qui épouvanta Bixiou.

« En voilà un, dit l'artiste à du Bruel en montrant Gigonnet, qui peut faire un personnage de vaudeville! Qu'est-ce que ça vend? un Chinois pareil devrait servir d'enseigne aux *Deux-Magots*[1]. Et quelle redingote! je croyais qu'il n'y avait que Poiret capable d'en montrer une semblable après dix ans d'exposition publique aux intempéries parisiennes.

« Baudoyer est magnifique, dit du Bruel.

— Étourdissant, répondit Bixiou.

— Messieurs, leur dit Baudoyer, voici mon oncle propre, M. Mitral, et mon grand-oncle par ma femme, M. Bidault. »

Gigonnet et Mitral jetèrent sur les trois employés un de ces regards profonds où éclatait la couleur de l'or et qui firent leur impression sur les deux rieurs.

« Hein! dit Bixiou en s'en allant sous les arcades de la place Royale, avez-vous bien examiné les deux oncles? deux exemplaires de Shylock. Ils vont, je le parie, à la Halle placer leurs écus à cent pour cent par semaine. Ils

prêtent sur gage, ils vendent des habits, des galons,
des fromages, des femmes et des enfants; ils sont arabes-
juifs-génois-grecs-genevois-lombards et parisiens, nourris par une louve et enfantés par une Turque.

— Je crois bien, l'oncle Mitral a été huissier, dit
Godard.

— Voyez-vous! dit du Bruel.

— Je vais aller voir tirer la pierre, reprit Bixiou,
mais je voudrais bien étudier le salon de M. Rabourdin:
vous êtes bien heureux de pouvoir y aller, du Bruel.

— Moi? dit le vaudevilliste, que voulez-vous que j'y
fasse? ma figure ne se prête pas aux compliments de
condoléance. Et puis, c'est bien vulgaire aujourd'hui
d'aller faire queue chez les gens destitués. »

À minuit, le salon de Mme Rabourdin était désert,
il ne restait plus que deux ou trois personnes, des
Lupeaulx et les maîtres de la maison. Quand Schinner,
Mme et M. Octave de Camps furent partis, des Lupeaulx
se leva d'un air mystérieux, se plaça le dos à la pendule,
et regarda tour à tour la femme et le mari.

« Mes amis, leur dit-il, rien n'est perdu, car le ministre
et moi nous vous restons. Dutocq entre deux pouvoirs
a préféré celui qui lui paraissait le plus fort. Il a servi
la Grande Aumônerie et la Cour, il m'a trahi, c'est dans
l'ordre : un homme politique ne se plaint jamais d'une
trahison. Seulement Baudoyer sera destitué dans quelques
mois, et replacé sans doute à la préfecture de police, car
la Grande Aumônerie ne l'abandonnera pas[1].

Et il fit une longue tirade sur la Grande Aumônerie,
sur les dangers que courait le gouvernement à s'appuyer
sur l'Église, sur les Jésuites, etc. Mais il n'est pas inutile
de faire observer que la Cour et la Grande Aumônerie,
à laquelle des journaux libéraux accordaient une influence
énorme sur l'Administration, s'étaient très peu mêlées
du sieur Baudoyer[2]. Ces petites intrigues se mouraient
dans la haute sphère devant les grands intérêts qui s'y
agitaient. Si quelques paroles furent arrachées par l'importunité du curé de Saint-Paul et de M. Gaudron,
la sollicitation s'était tue à la première observation du
ministre. Les passions seules faisaient la police de la
Congrégation en se dénonçant les unes les autres... Le
pouvoir occulte de cette association, bien permise en
présence de l'effrontée société de la Doctrine intitulée :

Aide-toi, le ciel t'aidera, ne devenait formidable que par l'action dont la dotaient gratuitement les subordonnés en s'en menaçant à l'envi[1]. Enfin les calomnies libérales se plaisaient à configurer la Grande Aumônerie en un géant politique, administratif, civil et militaire. La peur se fera toujours des idoles. En ce moment, Baudoyer croyait à la Grande Aumônerie, tandis que la seule aumônerie qui l'avait protégé siégeait au café Thémis. Il est, à certaines époques, des noms, des institutions, des pouvoirs à qui l'on prête tous les malheurs, à qui l'on dénie leurs talents, et qui servent de raison coefficiente aux sots. De même que M. de Talleyrand fut censé saluer tout événement par un bon mot, de même, en ce moment de la Restauration, la Grande Aumônerie faisait et défaisait tout. Malheureusement elle ne faisait ni ne défaisait rien. Son influence n'était entre les mains ni d'un cardinal de Richelieu ni d'un cardinal Mazarin; mais entre les mains d'une espèce de cardinal de Fleury, qui, timide pendant cinq ans, n'osa que pendant un jour, et osa mal[2]. Plus tard, la Doctrine fit impunément à Saint-Merry[3] plus que Charles X ne prétendit faire en juillet 1830. Sans l'article sur la censure si sottement mis dans la nouvelle Charte[4], le journalisme aurait eu son Saint-Merry aussi[a]. La branche cadette aurait légalement exécuté le plan de Charles X[b].

« Restez chef de bureau sous Baudoyer, ayez ce courage, reprit des Lupeaulx, soyez un véritable homme politique; laissez les pensées et les mouvements généreux de côté, renfermez-vous dans vos fonctions; ne dites pas un mot à votre directeur, ne lui donnez pas un conseil, ne faites rien sans son ordre. En trois mois Baudoyer quittera le ministère ou destitué ou déporté sur une autre plage administrative. Il ira à la Maison du Roi peut-être[5]. Il m'est arrivé deux fois dans ma vie d'être ainsi couché sous une avalanche de niaiseries, j'ai laissé passer.

— Oui, dit Rabourdin, mais vous n'étiez pas calomnié, atteint dans votre honneur, compromis...

— Ah! ah! ah! dit des Lupeaulx en interrompant le chef de bureau par un rire homérique; mais c'est là le pain quotidien de tout homme remarquable dans le beau pays de France, et il y a deux manières de prendre la chose : ou d'être au-dessous, il faut plier bagage et s'en aller planter des choux; ou d'être au-dessus et marcher sans crainte, sans même tourner la tête.

— Je n'ai pour moi qu'une seule manière de dénouer le nœud coulant que l'espionnage et la trahison m'ont mis autour du cou, reprit Rabourdin, c'est de m'expliquer immédiatement avec le ministre, et, si vous m'êtes aussi sincèrement attaché que vous le dites, vous pouvez me mettre face à face avec lui demain.

— Vous voulez lui exposer votre plan d'administration ?... »

Rabourdin inclina la tête.

« Eh bien, confiez-moi vos plans, vos mémoires, et je vous jure qu'il y passera la nuit.

— Allons-y donc, dit vivement Rabourdin, car c'est bien le moins qu'après six ans de travaux j'aie la jouissance de deux ou trois heures pendant lesquelles un ministre du Roi sera forcé d'applaudir à tant de persévérance. »

Mis par la ténacité de Rabourdin sur un chemin sans buissons où la ruse pût s'abriter, des Lupeaulx hésita pendant un moment et regarda Mme Rabourdin en se demandant : « Qui triomphera de ma haine pour lui ou de mon goût pour elle ? »

« Si vous n'avez pas de confiance en moi, dit-il au chef de bureau après une pause, je vois que vous serez toujours pour moi l'homme de votre *note secrète*[1]. Adieu, madame. »

Mme Rabourdin salua froidement. Célestine et Xavier se retirèrent chacun de leur côté sans se rien dire, tant ils étaient oppressés par le malheur. La femme songeait à l'horrible situation où elle se trouvait vis-à-vis de son mari. Le chef de bureau, qui se résolvait à ne plus remettre les pieds au ministère et à donner sa démission, était perdu dans l'immensité de ses réflexions : il s'agissait pour lui de changer de vie et de prendre une voie nouvelle. Il resta pendant toute la nuit devant son feu, sans apercevoir Célestine, qui vint à plusieurs reprises sur la pointe du pied, dans ses vêtements de nuit.

« Puisque je dois aller une dernière fois au ministère pour retirer mes papiers et mettre Baudoyer au fait des affaires, tentons-y l'effet de ma démission », se dit-il.

Il rédigea sa démission, médita les expressions de la lettre dans laquelle il la mit et que voici :

« Monseigneur,

« J'ai l'honneur d'adresser à Votre Excellence ma démission sous ce pli; mais j'ose croire qu'elle se souviendra de m'avoir entendu lui dire que j'avais remis mon honneur entre ses mains, et qu'il dépendait d'une explication immédiate. Cette explication, je l'ai vainement implorée, et aujourd'hui peut-être serait-elle inutile, alors qu'un fragment de mes travaux sur l'Administration, surpris et défiguré, court dans les bureaux, est mal interprété par la haine, me force à me retirer devant la tacite réprobation du pouvoir. Votre Excellence, le matin où je voulais lui parler, a pu penser qu'il s'agissait d'avancement, quand je ne songeais qu'à la gloire de son ministère et au bien public; il m'importait de rectifier ses idées à cet égard. »

Suivaient les formules de respect.

Il était sept heures et demie quand cet homme eut consommé le sacrifice de ses idées, car il brûla tout son travail[a1]. Fatigué par ses méditations et vaincu par ses souffrances morales, il s'assoupit la tête appuyée sur son fauteuil. Il fut réveillé par une sensation bizarre, il trouva ses mains couvertes des larmes de sa femme, agenouillée devant lui. Célestine était venue lire la démission. Elle avait mesuré l'étendue de la chute. Elle et Rabourdin, ils allaient être réduits à quatre mille livres de rente. Elle avait supputé ses dettes, elles montaient à trente-deux mille francs! C'était la plus ignoble de toutes les misères. Et cet homme si noble et si confiant ignorait l'abus qu'elle s'était permis de la fortune confiée à ses soins. Elle sanglotait à ses pieds, belle comme Madeleine.

« Le malheur est complet, dit Xavier dans son effroi, je suis déshonoré au ministère, et déshonoré... »

L'éclair de l'honneur pur scintilla dans les yeux de Célestine, elle se dressa comme un cheval effarouché, jeta sur Rabourdin un regard foudroyant.

« MOI! *moi* ! lui dit-elle sur deux tons sublimes. Suis-je donc une femme vulgaire ? Ne serais-tu pas nommé, si j'avais failli ? Mais, reprit-elle, il est plus facile de croire à cela qu'à la vérité.

— Qu'y a-t-il ? dit Rabourdin.

— Tout en deux mots, répondit-elle. Nous devons trente mille francs[1]. »

Rabourdin saisit sa femme par un geste fou et l'assit sur ses genoux avec joie.

« Console-toi, ma chère, dit-il avec un son de voix où perçait une adorable bonté qui changea l'amertume de ses larmes en je ne sais quoi de doux. Moi aussi j'ai fait des fautes! j'ai travaillé fort inutilement pour mon pays, ou du moins j'ai cru pouvoir lui être utile... Maintenant, je vais marcher dans un autre sentier. Si j'avais vendu des épices, nous serions millionnaires[2]. Eh bien, faisons-nous épiciers. Tu n'as que vingt-huit ans, mon ange! Eh bien, dans dix ans, l'industrie t'aura rendu le luxe que tu aimes, et auquel nous renoncerons pendant quelques jours. Moi aussi, chère enfant, je ne suis pas un mari vulgaire. Nous vendrons notre ferme! elle a depuis sept ans gagné de valeur. Cette plus-value et notre mobilier paieront *mes* dettes... »

Elle embrassa son mari mille fois dans un seul baiser pour ce mot généreux.

« Nous aurons, reprit-il, cent mille francs à employer dans un commerce quelconque. Avant un mois, j'aurai choisi quelque spéculation. Le hasard qui a fait rencontrer un Martin Falleix à un Saillard ne nous manquera pas. Attends-moi pour déjeuner. Je reviendrai du ministère, libre de mon collier de misère. »

Célestine serra son mari dans ses bras avec une force que n'ont point les hommes dans leurs moments les plus encolérés, car la femme est plus forte par le sentiment que l'homme n'est fort par sa puissance[3]. Elle pleurait, riait, sanglotait et parlait tout ensemble.

Quand à huit heures Rabourdin sortit, la portière lui remit les cartes railleuses de Baudoyer, de Bixiou, de Godard et autres. Néanmoins, il se rendit au ministère, et y trouva Sébastien à la porte, qui le supplia de ne point venir dans les bureaux, où il courait une infâme caricature sur lui.

« Si vous voulez m'adoucir l'amertume de la chute, apportez-moi ce dessin, dit-il, car je vais porter ma démission moi-même à Ernest de La Brière[a] afin qu'elle ne soit pas dénaturée en suivant la voie administrative. J'ai mes raisons en vous demandant la caricature. »

Quand après s'être assuré[b] que sa lettre était entre les

mains du ministre, Rabourdin revint dans la cour, il
trouva Sébastien en larmes, qui lui présenta la lithographie, dont voici le principal trait rendu par ce léger
croquis[a1].

« Il y a là beaucoup d'esprit », dit Rabourdin en montrant au surnuméraire un front serein comme le fut celui
du Sauveur quand on lui mit sa couronne d'épines.

Il entra dans les bureaux d'un air calme, et alla d'abord
chez Baudoyer pour le prier de venir dans le cabinet de
la division recevoir de lui les instructions relatives aux
affaires que ce routinier devait désormais diriger.

« Dites à M. Baudoyer que ceci ne souffre pas de
retard, ajouta-t-il devant Godard et les employés, ma
démission est entre les mains du ministre, et je ne veux
pas rester cinq minutes de plus qu'il ne le faut dans les
bureaux ! »

En apercevant Bixiou, Rabourdin alla droit à lui, lui montra la lithographie ; et, au grand étonnement de tous, il lui dit : « N'avais-je pas raison de prétendre que vous étiez un artiste ? il est seulement dommage que vous ayez dirigé la pointe de votre crayon contre un homme qui ne pouvait être jugé ni de cette manière, ni dans les bureaux ; mais on rit de tout en France, même de Dieu ! »

Puis il entraîna Baudoyer dans l'appartement de feu La Billardière. À la porte, se trouvaient Phellion et Sébastien, les seuls qui dans ce grand désastre particulier osassent rester ostensiblement fidèles à cet accusé. Rabourdin, apercevant les yeux de Phellion humides, ne put s'empêcher de lui serrer la main.

« Môsieur, dit le bonhomme, si nous pouvons vous être utiles à quelque chose, disposez de nous...

— Entrez donc, mes amis, leur dit Rabourdin avec une grâce noble. Sébastien, mon enfant, écrivez votre démission et envoyez-la par Laurent, vous devez être enveloppé dans la calomnie qui m'a renversé ; mais j'aurai soin de votre avenir : nous ne nous quitterons plus. »

Sébastien fondit en larmes.

M. Rabourdin s'enferma dans le cabinet de feu La Billardière avec M. Baudoyer, et Phellion l'aida à mettre le nouveau chef de division en présence de toutes les difficultés administratives. À chaque dossier que Rabourdin expliquait, à chaque carton ouvert, les petits yeux de Baudoyer devenaient grands comme des soucoupes.

« Adieu, monsieur », lui dit enfin Rabourdin d'un air à la fois solennel et railleur.

Sébastien avait, pendant ce temps-là, fait un paquet des papiers appartenant au chef de bureau, et les avait emportés dans un fiacre. Rabourdin passa par la grande cour[a] du ministère où tous les employés étaient aux fenêtres, et y attendit un moment les ordres du ministre. Le ministre ne bougea pas. Phellion et Sébastien tenaient compagnie à Rabourdin. Phellion escorta courageusement l'homme tombé jusqu'à la rue Duphot, en lui exprimant une respectueuse admiration. Il revint satisfait de lui-même reprendre sa place, après avoir rendu les honneurs funèbres au talent administratif méconnu[b].

BIXIOU, *voyant entrer Phellion.*

Victrix causa diis placuit, sed victa Catoni[1].

PHELLION

Oui, môsieur !

POIRET

Qu'est-ce que cela veut dire ?

FLEURY

Que le parti prêtre se réjouit, et que M. Rabourdin a l'estime des gens d'honneur.

DUTOCQ, *piqué.*

Vous ne disiez pas cela hier.

FLEURY

Si vous m'adressez encore la parole, vous aurez ma main sur la figure, vous ! il est certain que vous avez *chippé* le travail de M. Rabourdin. *(Dutocq sort.)* Allez vous plaindre à votre M. des Lupeaulx, espion !

BIXIOU, *riant et grimaçant comme un singe.*

Je suis curieux de savoir comment ira la division ? M. Rabourdin était un homme si remarquable qu'il devait avoir ses vues en faisant ce travail. Le ministère perd une fameuse tête. *(Il se frotte les mains.)*

LAURENT

M. Fleury est mandé au secrétariat.

LES EMPLOYÉS DES DEUX BUREAUX

Enfoncé !

FLEURY, *en sortant.*

Ça m'est bien égal, j'ai une place d'éditeur responsable. J'aurai toute la journée à moi pour flâner ou pour remplir quelque place amusante dans le bureau du journal[a].

BIXIOU

Dutocq a déjà fait destituer ce pauvre Desroys, accusé de vouloir couper les têtes...

THUILLIER

Des rois ?...

BIXIOU

Recevez mes compliments! il est joli celui-là[a]!

COLLEVILLE, *entrant joyeux.*

Messieurs, je suis votre chef...

THUILLIER, *il embrasse Colleville.*

Ah! mon ami, je le serais comme tu l'es, je ne serais pas si content.

BIXIOU

C'est un coup de sa femme, mais ce n'est pas un coup de tête!... (*Éclats de rire.*)

POIRET

Qu'on me dise la morale de ce qui nous arrive aujourd'hui?...

BIXIOU

La voulez-vous? L'antichambre de l'Administration sera désormais la Chambre, la Cour en est le boudoir, le chemin ordinaire en est la cave, le lit est plus que jamais le petit sentier de traverse.

POIRET

Monsieur Bixiou, je vous en prie, expliquez-vous?

BIXIOU

Je vais paraphraser mon opinion. Pour être quelque chose, il faut commencer par être tout. Il y a évidemment une réforme administrative à faire; car, ma parole d'honneur, l'État vole autant ses employés que les employés volent le temps dû à l'État; mais nous travaillons peu parce que nous ne recevons presque rien, nous trouvant en beaucoup trop grand nombre pour la besogne à faire, et ma vertueuse Rabourdin a vu tout cela! Ce grand homme de bureau prévoyait, messieurs, ce qui doit arriver, et ce que les niais appellent le jeu de nos admirables institutions libérales. La Chambre va vouloir administrer, et les administrateurs voudront être législateurs. Le Gouvernement voudra administrer, et l'Administration voudra gouverner. Aussi les lois seront-elles des règlements, et les ordonnances deviendront-elles des lois. Dieu fit cette époque pour ceux qui aiment à rire.

Je vis dans l'admiration du spectacle que le plus grand railleur des temps modernes, Louis XVIII, nous a préparé[1]. *(Stupéfaction générale.)* Messieurs, si la France, le pays le mieux administré de l'Europe, est ainsi, jugez de ce que doivent être les autres. Pauvres pays, je me demande comment ils peuvent marcher sans les deux chambres, sans la liberté de la presse, sans le Rapport et le Mémoire, sans les circulaires, sans une armée d'employés!... Ah! çà, comment ont-ils des armées, des flottes ? comment existent-ils sans discuter à chaque respiration et à chaque bouchée ?... Ça peut-il s'appeler des gouvernements, des patries ? On m'a soutenu... (des farceurs de voyageurs!...) que ces gens prétendent avoir une politique, et qu'ils jouissent d'une certaine influence; mais je les plains!... ils n'ont pas le *progrès des lumières*, ils ne peuvent pas remuer des idées, ils n'ont pas de tribuns indépendants, ils sont dans la barbarie. Il n'y a que le peuple français de spirituel. Comprenez-vous, monsieur Poiret *(Poiret reçoit comme une secousse)*, qu'un pays puisse se passer de chefs de division, de directeurs généraux, de ce bel état-major, la gloire de la France et de l'empereur Napoléon qui eut bien ses raisons pour créer des places. Tenez, comme ces pays ont l'audace d'exister, et qu'à Vienne on compte à peu près cent employés au ministère de la Guerre, tandis que chez nous les traitements et les pensions forment le tiers du budget, ce dont on ne se doutait pas avant la Révolution, je me résume en disant que l'Académie des inscriptions et belles-lettres, qui a peu de chose à faire, devrait bien proposer un prix pour qui résoudra cette question : *Quel est l'État le mieux constitué, de celui qui fait beaucoup de choses avec peu d'employés, ou de celui qui fait peu de chose avec beaucoup d'employés ?*

POIRET

Est-ce là votre dernier mot ?...

BIXIOU

Yes, sir !... Ya, mein herr !... Si, signor ! Da !... je vous fais grâce des autres langues...

POIRET, *il lève les mains au ciel.*

Mon Dieu!... et l'on dit que vous êtes spirituel!

BIXIOU

Vous ne m'avez donc pas compris ?

PHELLION

Cependant la dernière proposition est pleine de sens...

BIXIOU

Comme le budget, aussi compliquée qu'elle paraît simple, et je vous mets ainsi comme un lampion sur ce casse-cou, sur ce trou, sur ce gouffre, sur ce volcan appelé, par *Le Constitutionnel, l'horizon politique*[a].

POIRET

J'aimerais mieux une explication que je pusse comprendre...

BIXIOU

Vive Rabourdin!... voilà mon opinion. Êtes-vous content ?

COLLEVILLE, *gravement*.

M. Rabourdin n'a eu qu'un tort.

POIRET

Lequel ?

COLLEVILLE

Celui d'être un homme d'État au lieu d'être un chef de bureau.

PHELLION, *en se plaçant devant Bixiou*.

Pourquoi, môsieur, vous qui compreniez si bien M. Rabourdin, avez-vous fait cette ign... cette inf... cette affreuse caricature ?

BIXIOU

Et notre pari ? oubliez-vous que je jouais le jeu du diable, et que votre bureau me doit un dîner au *Rocher de Cancale* ?

POIRET, *très chiffonné*.

Il est donc dit que je quitterai le bureau sans avoir jamais pu comprendre une phrase, un mot, une idée de M. Bixiou.

BIXIOU

C'est votre faute! demandez à ces messieurs ?... Messieurs, avez-vous compris le sens de mes observations ? sont-elles justes ? lumineuses ?...

TOUS

Hélas! oui.

MINARD

Et la preuve, c'est que je viens d'écrire ma démission. Adieu, messieurs, je me jette dans l'industrie...

BIXIOU

Avez-vous inventé des corsets mécaniques ou des biberons, des pompes à incendie ou des paracrottes, des cheminées qui ne consomment pas de bois, ou des fourneaux qui cuisent les côtelettes avec trois feuilles de papier.

MINARD, *en s'en allant.*

Je garde mon secret[1].

BIXIOU

Eh bien, jeune Poiret jeune, vous le voyez ?... ces messieurs me comprennent tous...

POIRET, *humilié.*

Monsieur Bixiou, voulez-vous me faire l'honneur de me parler une seule fois mon langage en descendant jusqu'à moi...

BIXIOU, *en guignant les employés.*

Volontiers! *(Il prend Poiret par le bouton de sa redingote.)* Avant de vous en aller d'ici, peut-être serez-vous bien aise de savoir qui vous êtes...

POIRET, *vivement.*

Un honnête homme, monsieur...

BIXIOU, *il hausse les épaules.*

... De définir, d'expliquer, de pénétrer, d'analyser ce que c'est qu'un employé... le savez-vous ?

POIRET

Je le crois.

BIXIOU *tortille le bouton.*

J'en doute.

POIRET

C'est un homme payé par le gouvernement pour faire un travail.

BIXIOU

Évidemment, alors un soldat est un employé.

POIRET, *embarrassé.*

Mais non.

BIXIOU

Cependant il est payé par l'État pour monter la garde et passer des revues. Vous me direz qu'il souhaite trop quitter sa place, qu'il est trop peu en place, qu'il travaille trop et touche généralement trop peu de métal, excepté toutefois celui de son fusil.

POIRET *ouvre de grands yeux.*

Eh bien, monsieur, un employé serait plus logiquement un homme qui pour vivre a besoin de son traitement et qui n'est pas libre de quitter sa place, ne sachant faire autre chose qu'expédier.

BIXIOU

Ah! nous arrivons à une solution... Ainsi le bureau est la coque de l'employé. Pas d'employé sans bureau, pas de bureau sans employé. Que faisons-nous alors du douanier ? *(Poiret essaye de piétiner, il échappe à Bixiou qui lui a coupé un bouton et qui le reprend par un autre.)* Bah! ce serait dans la matière bureaucratique un être neutre. Le gabelou est à moitié employé, il est sur les confins des bureaux et des armes, comme sur les frontières : ni tout à fait soldat, ni tout à fait employé. Mais, papa, où allons-nous ? *(Il tortille le bouton.)* Où cesse l'employé ? Question grave! Un préfet est-il un employé ?

POIRET, *timidement.*

C'est un fonctionnaire.

BIXIOU

Ah! vous arrivez à ce contresens qu'un fonctionnaire ne serait pas un employé!...

POIRET, *fatigué, regarde tous les employés.*

M. Godard a l'air de vouloir dire quelque chose.

GODARD

L'employé serait l'Ordre et le fonctionnaire un Genre.

BIXIOU, *souriant.*

Je ne vous croyais pas capable de cette ingénieuse distinction, brave Sous-Ordre.

POIRET

Où allons-nous ?...

BIXIOU

Là, là... papa, ne marchons pas sur notre longe... Écoutez, et nous finirons par nous entendre. Tenez, posons un axiome que je lègue aux bureaux!...

Où finit l'employé commence le fonctionnaire, où finit le fonctionnaire commence l'homme d'État.

Il se rencontre cependant peu d'hommes d'État parmi les préfets. Le préfet serait alors un neutre des Genres supérieurs. Il se trouverait entre l'homme d'État et l'employé, comme le douanier se trouve entre le civil et le militaire. Continuons à débrouiller ces hautes questions. *(Poiret devient rouge.)* Ceci ne peut-il pas se formuler par ce théorème digne de La Rochefoucauld : Au-dessus de vingt mille francs d'appointements, il n'y a plus d'employés. Nous pouvons mathématiquement en tirer ce premier *corollaire* : l'homme d'État se déclare dans la sphère des traitements supérieurs. Et ce non moins important et logique deuxième *corollaire :* les directeurs généraux peuvent être des hommes d'État. Peut-être est-ce dans ce sens que plus d'un député se dit : « C'est un bel état que d'être directeur général! Mais, dans l'intérêt de la langue française et de l'Académie... »

POIRET, *tout à fait fasciné par la fixité
du regard de Bixiou.*

La langue française!... l'Académie!...

BIXIOU, *il coupe un second bouton*
et ressaisit le bouton supérieur.

Oui, dans l'intérêt de notre belle langue, on doit faire observer que si le chef de bureau peut à la rigueur être encore un employé, le chef de division doit être un bureaucrate. Ces messieurs... *(il se tourne vers les employés en leur montrant un troisième bouton coupé à la redingote de Poiret),* ces messieurs apprécieront cette nuance pleine de délicatesse. Ainsi, papa Poiret, l'employé finit exclusivement au chef de division. Voici donc la question bien posée, il n'existe plus aucune incertitude, l'employé qui pouvait paraître indéfinissable est défini.

POIRET

Cela me semble hors de doute.

BIXIOU

Néanmoins, faites-moi l'amitié de résoudre cette question : un juge étant inamovible, conséquemment ne pouvant être, selon votre subtile distinction, un fonctionnaire, et n'ayant pas un traitement en harmonie avec son ouvrage, doit-il être compris dans la classe des employés ?...

POIRET, *il regarde les corniches.*

Monsieur, je n'y suis plus...

BIXIOU, *il coupe un quatrième bouton.*

Je voulais vous prouver, monsieur, que rien n'est simple, mais surtout, et ce que je vais dire est pour les philosophes (si vous voulez me permettre de retourner un mot de Louis XVIII), je veux faire voir que : À côté du besoin de définir, se trouve le danger de s'embrouiller[a1].

POIRET *s'essuie le front.*

Pardon, monsieur, j'ai mal au cœur... *(Il veut croiser sa redingote.)* Ah! vous m'avez coupé tous mes boutons!

BIXIOU

Eh bien, comprenez-vous ?...

POIRET, *mécontent.*

Oui, monsieur... oui, je comprends que vous avez voulu faire une très mauvaise farce, en me coupant mes boutons, sans que je m'en aperçusse!...

BIXIOU, *gravement.*

Vieillard! vous vous trompez. J'ai voulu graver dans votre cerveau la plus vivante image possible du Gouvernement constitutionnel *(tous les employés regardent Bixiou, Poiret stupéfait le contemple dans une sorte d'inquiétude)* et vous tenir ainsi ma parole. J'ai pris la manière parabolique des Sauvages. (Écoutez!) Pendant que les ministres établissent à la Chambre des colloques à peu près aussi concluants, aussi utiles que le nôtre, l'Administration coupe des boutons aux contribuables.

TOUS.

Bravo, Bixiou!

POIRET, *qui comprend.*

Je ne regrette plus mes boutons.

BIXIOU

Et je fais comme Minard, je ne veux plus émarger pour si peu de chose, et je prive le ministère de ma coopération. *(Il sort au milieu des rires de tous les employés.)*

Il se passait dans le salon de réception du ministère une autre scène, plus instructive que celle-ci, car elle peut apprendre comment périssent les grandes idées dans les sphères supérieures et comment on s'y console d'un malheur.

En ce moment, des Lupeaulx présentait au ministre le nouveau directeur, M. Baudoyer. Il se trouvait dans le salon deux ou trois députés ministériels, influents, et M. Clergeot, à qui l'Excellence donnait l'assurance d'un traitement honorable. Après quelques phrases banales échangées, l'événement du jour fut sur le tapis.

UN DÉPUTÉ

Vous n'aurez donc plus Rabourdin?

DES LUPEAULX

Il a donné sa démission.

CLERGEOT

Il voulait, dit-on, réformer l'Administration.

LE MINISTRE, *en regardant les députés.*

Les traitements ne sont peut-être pas proportionnés aux exigences du service.

DE LA BRIÈRE

Selon M. Rabourdin, cent employés à douze mille francs feraient mieux et plus promptement que mille employés à douze cents francs.

CLERGEOT

Peut-être a-t-il raison.

LE MINISTRE

Que voulez-vous ? la machine est montée ainsi, il faudrait la briser et la refaire ; mais qui donc en aura le courage en présence de la Tribune, sous le feu des sottes déclamations de l'Opposition, ou des terribles articles de la Presse ? Il s'ensuit qu'un jour il y aura quelque solution de continuité dommageable entre le Gouvernement et l'Administration.

LE DÉPUTÉ

Qu'arriverait-il ?

LE MINISTRE

Un ministre voudra le bien sans pouvoir l'accomplir. Vous aurez créé des lenteurs interminables entre les choses et les résultats. Si vous avez rendu le vol d'un écu vraiment impossible, vous n'empêcherez pas les collusions dans la sphère des intérêts. On ne concédera certaines opérations qu'après des stipulations secrètes, qu'il sera difficile de surprendre. Enfin les employés, depuis le plus petit jusqu'au chef de bureau, vont avoir des opinions à eux, ils ne seront plus les mains d'une cervelle, ils ne représenteront plus la pensée du Gouvernement, l'Opposition tend à leur donner le droit de parler contre lui, voter contre lui, juger contre lui[1].

BAUDOYER, *tout bas, mais de manière à être entendu.*

Monseigneur est sublime.

DES LUPEAULX

Certes, la bureaucratie a des torts : je la trouve et lente et insolente, elle enserre un peu trop l'action ministérielle, elle étouffe bien des projets, elle arrête le progrès ; mais l'administration française est admirablement utile...

BAUDOYER

Certes !

DES LUPEAULX

Ne fût-ce qu'à soutenir la papeterie et le timbre. Si, comme les excellentes ménagères, elle est un peu taquine, elle peut, à toute heure, rendre compte de sa dépense. Quel est le négociant habile qui ne jetterait pas joyeusement, dans le gouffre d'une assurance quelconque, cinq pour cent de toute sa production, du capital qui sort ou rentre, pour ne pas avoir de *coulage !*

LE DÉPUTÉ, *un manufacturier.*

Les industriels des deux mondes souscriraient avec joie à un pareil accord avec ce génie du mal appelé coulage.

DES LUPEAULX

Eh bien ! quoique la statistique soit l'enfantillage des hommes d'État modernes, qui croient que les chiffres sont le calcul, on doit se servir de chiffres pour calculer. Calculons donc ? Le chiffre est d'ailleurs la raison probante des sociétés basées sur l'intérêt personnel et sur l'argent, et telle est la société que nous a faite la Charte ! selon moi, du moins. Puis rien ne convaincra mieux les *masses intelligentes* qu'un peu de chiffres. Tout, disent nos hommes d'État de la Gauche, en définitif, se résout par des chiffres. Chiffrons. *(Le ministre va causer à voix basse avec un député, dans un coin.)* On compte environ quarante mille employés en France[1], déduction faite des salariés, car un cantonnier, un balayeur des rues, une rouleuse de cigares ne sont pas des employés. La moyenne des traitements est de quinze cents francs. Multipliez quarante mille par quinze cents, vous obtenez soixante millions. Et, d'abord, un publiciste pourrait faire observer à la Chine, à la Russie, où tous les employés volent, à l'Autriche, aux républiques américaines, au monde, que, pour ce prix, la France obtient la plus fureteuse, la plus méticuleuse, la plus écrivassière, paperassière, inventorière, contrôleuse, vérifiante, soigneuse, enfin la plus femme de ménage des administrations connues! Il ne se dépense pas, il ne s'encaisse pas un centime en France qui ne soit ordonné par une lettre, prouvé par une pièce, produit et reproduit sur des états de situation, payé sur quittance; puis la demande et la quittance sont enregistrées, contrôlées, vérifiées par des gens à lunettes. Au moindre défaut de forme, l'employé s'effarouche, car il vit de ces scrupules. Enfin bien des pays seraient contents, mais Napoléon ne s'en est pas tenu là. Ce grand organisateur a rétabli les magistrats suprêmes d'une cour unique dans le monde. Ces magistrats passent leurs jours à vérifier tous les bons, paperasses, rôles, contrôles, acquits à caution, paiements, contributions reçues, contributions dépensées, etc., que les employés ont écrits. Ces juges sévères poussent le talent du scrupule, le génie de la recherche, la vue des lynx, la perspicacité des comptes jusqu'à refaire toutes les additions pour chercher des soustractions. Ces sublimes victimes des chiffres renvoient, deux ans après, à un intendant militaire, un état quelconque où il y a une erreur de deux centimes. Ainsi l'administration française, la plus pure de toutes celles qui paperassent sur le globe, a rendu, comme vient de le dire Son Excellence, le vol impossible. En France, la concussion est une chimère. Eh bien, que peut-on objecter ? La France possède un revenu de douze cents millions, elle le dépense, voilà tout. Il entre douze cents millions dans ses caisses, et douze cents millions en sortent. Elle manie donc deux milliards quatre cents millions, et ne paie que soixante millions, deux et demi pour cent, pour avoir la certitude qu'il n'existe pas de coulage. Notre livre de cuisine politique coûte soixante millions, mais la gendarmerie, les tribunaux, les bagnes et la police coûtent autant et ne nous font rien rendre. Et nous trouvons l'emploi de gens qui ne peuvent pas faire autre chose que ce qu'ils font, croyez-le bien. Le gaspillage, s'il y en a, ne peut plus être que moral et législatif, les Chambres en sont alors les complices, le gaspillage devient légal. Le coulage consiste à faire faire des travaux qui ne sont pas urgents ou nécessaires, à dégalonner et regalonner les troupes, à commander des vaisseaux sans s'inquiéter s'il y a du bois et de payer alors le bois trop cher, à se préparer à la guerre sans la faire, à payer les dettes d'un État sans lui en demander le remboursement ou des garanties, etc., etc.

BAUDOYER

Mais ce haut coulage ne regarde pas l'employé. Cette mauvaise gestion des affaires du pays concerne l'homme d'État qui conduit le vaisseau*a*.

LE MINISTRE, *qui a fini sa conversation.*

Il y a du vrai dans ce que vient de dire des Lupeaulx; mais sachez *(à Baudoyer),* monsieur le directeur, que personne n'est au point de vue d'un homme d'État. Ordonner toute espèce de dépenses, mêmes inutiles, ne constitue pas une mauvaise gestion. N'est-ce pas toujours animer le mouvement de l'argent dont l'immobilité devient, en France surtout, funeste par suite des habitudes avaricieuses et profondément illogiques de la province qui enfouit des tas d'or...

LE DÉPUTÉ, *qui a écouté des Lupeaulx.*

Mais il me semble que si Votre Excellence avait raison tout à l'heure, et si notre spirituel ami *(il prend des Lupeaulx par le bras)* n'a pas tort, que conclure ?

DES LUPEAULX, *après avoir regardé le ministre.*

Il y a sans doute quelque chose à faire...

DE LA BRIÈRE, *timidement.*

M. Rabourdin a donc raison ?

LE MINISTRE

Je verrai Rabourdin...

DES LUPEAULX

Ce pauvre homme a eu le tort de se constituer le juge suprême de l'administration et des hommes qui la composent; il ne veut que trois ministères...

LE MINISTRE, *interrompant.*

Il est donc fou !

LE DÉPUTÉ

Comment représenterait-on, dans les ministères, les chefs des partis à la Chambre ?

BAUDOYER, *d'un air qu'il croit fin.*

Peut-être M. Rabourdin changeait-il aussi la constitution due au roi Législateur ?

LE MINISTRE, *devenu pensif prend le bras de La Brière et l'emmène.*

Je voudrais voir le travail de Rabourdin; et puisque vous le connaissez...

DE LA BRIÈRE, *dans le cabinet.*

Il a tout brûlé, vous l'avez laissé déshonorer, il quitte l'Administration. Ne croyez pas, monseigneur, qu'il ait eu la sotte pensée, comme des Lupeaulx veut le faire croire, de rien changer à l'admirable centralisation du pouvoir.

LE MINISTRE, *en lui-même.*

J'ai fait une faute. *(Il reste un moment silencieux.)* Bah ! nous ne manquerons jamais de plans de réforme...

DE LA BRIÈRE

Ce n'est pas les idées, mais les hommes d'exécution qui manquent.

Des Lupeaulx, ce délicieux avocat des abus, entra dans le cabinet.

« Monseigneur, je pars pour mon élection.

— Attendez! dit l'Excellence en laissant son secrétaire particulier et prenant le bras de des Lupeaulx avec qui il alla dans l'embrasure de la fenêtre. Mon cher, laissez-moi cet arrondissement, vous serez nommé comte, et je paie vos dettes... Enfin, si, après le renouvellement de la Chambre, je reste aux affaires, je trouverai l'occasion de vous faire nommer pair de France dans une fournée.

— Vous êtes homme d'honneur, j'accepte. »

Ce fut ainsi que Clément Chardin des Lupeaulx dont le père, anobli sous Louis XV, portait *écartelé au premier d'argent au loup ravissant de sable emportant un agneau de gueules; au deux, de pourpre à trois fermeaux d'argent; deux et un, aux trois pals de gueules et d'argent de douze pièces; au*

quatre, d'or au caducée de gueules mis en pal, volé et serpenté
de sinople, soutenu de quatre pattes de griffon mouvantes des
flancs de l'écu; avec EN LUPUS IN HISTORIA pour devise,
put surmonter cet écusson quasi railleur d'une couronne
comtale.

En 1830, vers la fin de décembre, M. Rabourdin eut
une affaire qui l'amena dans son ancien ministère où les
bureaux avaient été agités par des déménagements de
fond en comble. Cette révolution pesa principalement
sur les garçons de bureau, qui n'aiment guère les nouveaux visages. Venu de bonne heure au ministère dont
les êtres[1] lui étaient connus, Rabourdin put entendre le
dialogue suivant entre les deux neveux de Laurent, car
l'oncle avait eu sa retraite.

« Hé bien, comment va ton chef de division ?

— Ne m'en parle pas, je n'en peux rien faire. Il me
sonne pour me demander si j'ai vu son mouchoir ou sa
tabatière. Il reçoit sans faire attendre; enfin pas la
moindre dignité. Moi, je suis obligé de lui dire : Mais,
monsieur, M. le comte votre prédécesseur, dans l'intérêt
du pouvoir, il bûchait son fauteuil avec son canif pour
faire croire qu'il travaillait. Enfin, il brouille tout ! je
trouve tout cen dessus dessous, c'est un bien petit esprit.
Et le tien ?

— Le mien, oh! j'ai fini par le former, il sait maintenant où sont placés son papier à lettres, ses enveloppes,
son bois, toutes ses affaires. Mon autre jurait, celui-là
est doux... mais ça n'a pas le grand genre; puis il n'est pas
décoré, je n'aime pas qu'un chef soit sans décoration : on
peut le prendre pour un de nous, c'est humiliant. Il
emporte le papier du bureau, et il m'a demandé si je
pouvais aller servir chez lui des jours de soirée.

— Eh! quel gouvernement, mon cher ?

— Oui, tout le monde y carotte.

— Pourvu qu'on ne nous rogne pas nos pauvres
appointements!...

— J'en ai peur! Les Chambres sont bien près regar-
dantes. On chicane le bois des bûches.

— Eh bien, ça ne durera pas longtemps, s'ils prennent
ce genre-là[a].

— Nous sommes pincés, on nous écoutait.

— Eh! c'est défunt M. Rabourdin... ah! monsieur,
je vous ai reconnu à votre manière de vous présenter[2]...

si vous avez besoin ici, personne ne saura ce qu'on vous doit d'égards, car nous sommes les seuls qui soyons restés de votre temps... MM. Colleville et Baudoyer n'ont pas usé le maroquin de leurs fauteuils après votre départ... Oh! mon dieu, six mois après, ils ont été nommés percepteurs à Paris... »

Paris, juillet 1836[a].

LES COMÉDIENS
SANS LE SAVOIR

INTRODUCTION

« Les Comédiens sans le savoir *ont eu du succès* », *écrit Balzac à Mme Hanska le 30 mai 1846*[1]. *Ce succès n'est jamais évoqué par la critique balzacienne, qui considère ce texte comme un « montage », bâclé après coup, par hasard ou nécessité, à partir d'articles déjà écrits pour* Le Diable à Paris. *Or, ce « montage » a été voulu par Balzac et conçu* avant *que ne soit tracée la première ligne du premier des articles du* Diable à Paris, *qui composeront certaines de ces scènes. Et ce montage avait un sens : le double titre choisi par Balzac —* Les Comédiens sans le savoir *pour la publication dans* La Comédie humaine, Le Provincial à Paris *pour l'édition séparée — donnait la clef depuis lors perdue, et prévenait les lecteurs qu'ils trouveraient dans cet ouvrage à la fois des acteurs imaginaires du monde de* La Comédie humaine *et des acteurs réels de leur monde quotidien. Le seul titre du* Provincial à Paris *éclairait, en effet, celle des deux faces de l'œuvre que le manque de curiosité devait ensuite nous cacher, car, déjà utilisé avec éclat, il appartenait à la tradition d'un genre bien précis : le* Guide de Paris.

En 1825, Le Provincial à Paris *de Montigny, en trois volumes, avait connu une réussite qui, dès l'année suivante, déterminait une suite avec des* Esquisses des mœurs parisiennes *dont l'intitulé ne dut pas échapper non plus à Balzac. Et si Montigny lui-même avait déjà choisi ce titre, c'est parce qu'il plaçait d'emblée son ouvrage dans la lignée d'un des plus fameux de l'espèce,* Le Provincial à Paris *édité par Watrin*

---

1. *Lettres à Mme Hanska*, t. III, p. 187.

en 1787, en quatre volumes, dont le succès fut tel qu'il suscita jusqu'en 1805 cinq rééditions. Cet ouvrage avait lancé une variété bien particulière de guide, différente des Plans commentés, Itinéraires, Dictionnaires *ou* Descriptions de Paris, *ennuyeusement classiques depuis le dix-septième siècle jusqu'à nos jours.* Le Provincial à Paris *de 1787, celui de 1825, plus littéraires, plus subjectifs, plus amusants, proposaient une sorte de « voyage de découverte » de Paris par un provincial ne connaissant pas la grande ville, et dont ils contaient les ébahissements, les enthousiasmes, et les déboires aussi.*

Sous cette forme ou sous leur forme traditionnelle,· les guides de Paris connurent des périodes particulièrement fastes. De l'une, née à la fin de l'Empire du succès de L'Ermite de la Chaussée d'Antin, *de Jouy, profitèrent, sous la Restauration,* Le Provincial à Paris *de 1825, ou, en 1819 déjà,* Le Voyage de Paul Béranger dans Paris *après quarante-cinq ans d'absence par un certain Jacques Collin, aussi bon connaisseur de Paris que son futur homonyme balzacien, ou, en 1830 encore, ce* Voyage à Paris ou Esquisse des hommes et des choses dans cette capitale *du marquis Louis Rainier Lanfranchi auquel le* Feuilleton des journaux politiques *consacrait le 21 avril un long compte rendu dont l'auteur semble avoir été Balzac lui-même. Un second regain, plus net encore, eut lieu peu avant la conception première en 1844 du futur* Provincial à Paris *balzacien. Prenant la relève des* Physiologies *en tous genres et autres Français peints par eux-mêmes lancés en 1840, la vogue du « Paris pittoresque », du « Paris des originaux » commençait en 1842 avec, justement, le* Paris pittoresque *de Saint-Edme et Sarrut, avec* La Grande Ville, *et continuait en 1843 avec* Les Rues de Paris, *avec* Les Fous de Paris, *types curieux de l'époque par un nain sensé de Lurine et Nodier, avec cent autres, dont* Le Diable à Paris *pour lequel Hetzel commençait à solliciter la collaboration de Balzac en décembre. De conséquence sur le futur voyage de découverte de Gazonal,* Le Diable à Paris *ne fut cependant pas seul en cause. En 1842 déjà, Balzac avait collaboré à* La Grande Ville *et, au début de 1843, il faillit collaborer aux* Rues de Paris. *Oublié aujourd'hui, le projet n'avait pas échappé aux confrères du temps. Avec ses habituels fielleux* embellissements, *Albéric Second*, par exemple, conta dans son Tiroir aux souvenirs *(p. 33-34) comment, « sollicité par l'éditeur G. Kugelmann qui préparait, avec l'aide de Louis Lurine, son beau livre* Les Rues de Paris, *Balzac proposa de faire la rue de Richelieu », et comment l'affaire manqua, Balzac ayant réclamé « cinq mille francs [pour] une demi-feuille d'impression » en arguant : « comment raconterai-je la rue de Richelieu, quelle idée donnerai-je de sa physionomie commerciale, si je ne visite, l'un après l'autre, les divers industriels qui l'habitent*[1] ? »

Si une partie de l'histoire relève du potin, l'offre de Kugelmann se trouve du moins confirmée par une page que Balzac coiffa du titre « La Rue Richelieu ou Voyage de découverte exécuté pendant les années 1842 et 1843, depuis le cap du Doyenné, à travers les marais du Carrousel, jusqu'à la pointe nord de Frascati, par la rue Richelieu, sous le patronage d'un prince et publié par M. de Balzac[2] ». Au-dessous, la page resta blanche. Mais le cap du Doyenné et les marais du Carrousel deviendront le point de départ de certaines expéditions de la cousine Bette. Et Bixiou et Lora remplaceront le « prince » pour patronner le voyage de découverte que Gazonal exécutera non seulement rue Richelieu, mais dans toute une région, d'ailleurs limitée, alentour la pointe nord de Frascati. Une région connue pour M. de Balzac. Dans l'immeuble même formant cette pointe et construit en 1838 rue Richelieu à l'angle du boulevard Montmartre en bordure du jardin de l'illustre Frascati — devenu « Cercle » après la suppression des maisons de jeux à la fin de 1837 —, Balzac avait loué, de janvier 1840 à avril 1842, un pied-à-terre qu'il nommait son « observatoire parisien » car, selon J. Bertaut, il y « pouvait guetter tous ses types de La Comédie humaine *passer et repasser sous ses fenêtres »[3]. Le choix du lieu géométrique du voyage du* Provincial à Paris *de 1846 s'explique donc aussi aisément que, déjà, celui du projet pour* Les Rues de Paris *dont, en outre, une lettre de Balzac indique l'époque exacte. Le 22 janvier 1843,*

1. *Le Tiroir aux souvenirs,* p. 33-34.
2. *Lov.* A 202, f° 15.
3. *Le Boulevard,* p. 123-126.

en effet, il écrivait à Mme Hanska : « *Je vous sacrifie un billet de mille francs qu'on me donne pour seize pages grandes comme celle-ci et intitulées :* Voyage de découverte exécuté dans la rue de Richelieu, *pour un de ces ouvrages stupides comme* La Vie privée des animaux *qui se vendent à 25 000 exemplaires à cause des vignettes*[1]. » *Mais ce dédain n'explique pas mieux que sa prétendue déclaration à Lurine l'échec du projet, car* Les Rues de Paris *n'étaient ni plus ni moins « stupides » que ne le sera* Le Diable à Paris.

L'échec du Voyage *de janvier 1843, l'acceptation de collaborer au* Diable à Paris *en 1844 et l'aboutissement du* Provincial à Paris *en 1846, s'expliquent par Balzac lui-même. Au début de 1843, quand il achevait, écrivait ou allait commencer* La Rabouilleuse, Honorine, La Muse du département, *une partie de* Sur Catherine de Médicis, *le début de* Splendeurs *et* misères des courtisanes *et la fin d'*Illusions perdues, *sa vitalité de créateur et d'homme ne pouvait se restreindre à une petite promenade « rue de Richelieu ». Tout au plus, ce projet le rendit-il plus attentif aux choses et aux hommes des alentours de son « observatoire », et à certains détails aussi de l'histoire de cet observatoire lui-même, comme il apparaîtra dans* Les Petits Bourgeois. *Mais à partir de décembre 1843, au moment où Hetzel commençait à le solliciter pour* Le Diable à Paris, *et alors que justement naissaient* Les Petits Bourgeois, *au fur et à mesure des difficultés qu'il éprouvait à réaliser une œuvre de l'envergure que prenait ce roman, au fur et à mesure de cette terrible année 1844, le temps venait pour* Les Comédiens sans le savoir. *Car l'indécision de son sort vis-à-vis de Mme Hanska, l'attente d'une nouvelle rencontre toujours ajournée, le découragement, des maladies sérieuses — une inflammation de l'arachnoïde et des hépatites à rechutes — le mettaient dans l'incapacité morale, physique, matérielle de concevoir et d'écrire des œuvres de longue haleine, malgré l'état désastreux de ses finances. Les propositions d'Hetzel pour des articles courts allaient tomber au moment opportun et, leur sujet étant Paris, devaient privilégier des « scènes de la vie parisienne ». Par tempérament, par besoin*

---

1. *Lettres à Mme Hanska,* t. II, p. 157.

aussi, car la vente d'un ouvrage s'ajouterait aux profits des articles, Balzac se met à concevoir ces scènes non pas isolées, mais, mieux que regroupables, déjà regroupées. D'où, dès juin 1844, la résurrection du Voyage *que révèlent plusieurs documents (publiés dans l'appareil critique du présent volume) où, signe infaillible de désarroi chez Balzac, se multiplient les titres, en même temps que, Balzac restant Balzac, la conception ne cesse de grandir.*

Dès le départ, il ne se borne plus à la seule rue Richelieu : en juin, il s'agit déjà d'un Voyage à Paris, *auquel s'ajoute* Le Retour de Paris *dont le récit par Gazonal de « ses aventures à ceux de son endroit » sera sans doute le reliquat. En juillet, un nouveau héros est substitué au prince pour un* Voyage d'un enfant perdu dans Paris. *Puis Balzac raye ce* Voyage *usé, le remplace par* Aventures *et accole aussitôt à ce nouveau projet, parce que le sujet est aussi dans l'air,* Les Curiosités humaines de Paris. Voyages, Aventures *et* Curiosités humaines *vont s'éparpiller, pour se regrouper à nouveau, puis se rescinder et s'étoiler à partir du cap de Frascati : il y aura* Ce qu'on peut voir en dix minutes, *d'abord au passage de l'Opéra, situé en face du cap, puis sur le boulevard des Italiens, qui en part; enfin,* Un Gaudissart de la rue Vivienne, *rue parallèle à la rue Richelieu et qui longe l'autre côté de Frascati. En même temps, le créateur de* La Comédie humaine *décide que* Les Curiosités humaines *— telles qu'un réformateur de chapeaux, un marchand de châles, un espion du commerce, une marchande à la toilette, un coiffeur, une tireuse de cartes, un directeur de revues, un pédicure à « opinions » — font partie de la grande Comédie, et formeront* Les Comédies qu'on peut voir gratis à Paris.

Le 17 août 1844, il traite avec Hetzel pour ces Comédies *en « plusieurs articles » et pour les scènes de* Ce qu'on peut voir en dix minutes, *encore éparses. À la fin du mois, quatre des « curiosités » sont déjà achevées :* Un espion à Paris, Madame la Ressource, Un Gaudissart des châles, *et* Le Luther des chapeaux. *Ils forment des* Comédies *déjà bel et bien liées; ce qui ennuie Hetzel,* Le Diable à Paris *étant publié par livraisons de sujets, et d'auteurs, parfaitement distincts les uns des autres. Mais s'il s'agit bien d' « articles »* pour Balzac, l'idée d'un vrai livre, d'un *vaste ouvrage sur Paris*, grandit toujours, devient immense. *Le 30 août, il annonce à Mme Hanska :* «*Or, j'ai dans l'idée de faire un* Tableau de Paris *qui va peut-être me liquider, à lui seul, ma position.*» *Soit, au bas mot et pour le plus urgent,* «*30 000 à 40 000 francs à payer*»[1]. *Et aussitôt, il dresse un* «*Plan pour le* Tableau de Paris illustré. *150 livr[aisons] à 30 cms. Aspect général : les Boutiques, les faubourgs, les quais. Les Boulevards. les monuments. les Églises. les places. la ville. la police. les palais. les marchés — Les autorités de l'État. les thuileries* [sic]*, les ministères. Les avocats et les médecins. La presse. Les théâtres. Les filles. les voleurs. les restaurants. les enterrements — les plaisanteries particulières aux parisiens — les petits bonheurs du pauvre — les petites misères du riche*[2]*». À mi-chemin entre le premier* Voyage *et* Le Provincial à Paris*, ce projet précisait, par le titre choisi, l'intention d'y rivaliser avec le plus célèbre ouvrage du genre :* le Tableau de Paris de Sébastien Mercier*, publié de 1782 à 1788 en douze volumes. Le* Tableau de Paris *conçu à la fin d'août 1844 était, à l'évidence, un* Guide de Paris.

De ce guide abandonné, il devait rester, à l'évidence aussi, plus que des traces dans l'ouvrage que Balzac écrivit en quelques jours de « *travail extraordinaire* »*, en janvier 1846 seulement, quand il put enfin* « *vaincre cette paresse de cervelle qui* [le] *rendait si malheureux* » *et l'avait empêché de travailler* « *depuis Dresde* »*. Empêché en partie : les caprices de Mme Hanska avaient fait le reste, car Balzac avait pratiquement passé l'année 1845 à espérer qu'elle l'appelle à voyager avec elle, à se préparer à voyager avec elle et à voyager avec elle. Du 28 avril, jour de son départ pour Dresde, jusqu'au 17 novembre, il avait passé exactement trente-neuf jours chez lui, et pas même d'affilée. Au moment de son premier départ, il possédait dans ses cartons d'autres* « *curiosités* »*, notamment* Le Coiffeur, La Tireuse de cartes, *nouvelles* Comédies *achevées en février 1845, en même temps que* Tout ce qu'on peut voir en dix minutes, *futur lever du rideau. Au cours*

1. *Lettres à Mme Hanska,* t. II, p. 505.
2. *Lov.,* A 159, f⁰ 23.

d'une halte à Paris, en octobre 1845, Balzac avait arrêté définitivement la double forme et le double titre de son ouvrage : Le Provincial à Paris, *apparu le premier, puis, huit jours après,* Les Comédiens sans le savoir.

Outre l'indication d'un genre, le titre du Provincial à Paris *procure un aperçu sur un plaisant mécanisme de la création. Car, procédant de la formule du fil conducteur du célèbre vieux guide, un personnage naquit pour la première fois peut-être du titre de l'œuvre dont il sera le héros : le provincial, bobine cocasse qui, de boulevards en rues, passages et boutiques, se déroulera à travers « cette grande bagasse de ville » dont il ne « soubesonnait rienne ». Obligé de quitter sa petite ville des Pyrénées-Orientales à la suite d'un différend avec son préfet, Gazonal ne connaît en effet « rienne » de Paris, que le « maigre garni de la rue Croix-des-Petits-Champs » où il s'est logé, et les bureaux où il effectue d'infructueuses démarches, avant de rencontrer son très parisien cousin Léon de Lora qui, avec Bixiou, lui fera découvrir le cœur même de la capitale, alentour* Frascati.

Son Voyage *sera notablement plus réduit que celui du héros-prétexte de* Montigny, *dont, en revanche, les coordonnées étaient peu différentes, puisque ce provincial avait dû quitter « Saint-Pourçain (dép^t de l'Allier) » à la suite de démêlés politiques et puisque à Paris il s'était logé dans un « modeste hôtel garni » d'où il rayonnait, au fil des nombreux chapitres, de « Bals et soirées », en « Foyer d'un théâtre », etc., jusqu'à « L'Intérieur d'un ménage » d'employé de bureau.*

Le nom fabriqué par Balzac indique cependant que son provincial issu d'un fantôme littéraire était aussi fait de quelque réalité, puisque, Pierre Citron l'a noté, « ce personnage a un nom bien proche de celui de son ami Gozlan qui était en outre, une lettre de Balzac à Mme Hanska l'atteste, un spécialiste de l'imitation burlesque du patois méridional [1] ». La présence de Léon Gozlan dans une exploration de Paris n'était certes pas de hasard, pas plus que le choix de l'autre romanesque spécialiste de la capitale, Léon de Lora, proche lui aussi, et

---

1. *La Comédie humaine*, éd. du Seuil, t. V, p. 361.

pas seulement par son nom, d'un autre ami de Balzac : Laurent-Jan.

En *1844, Gozlan* et *Laurent-Jan étaient les compagnons les plus assidus de Balzac, et des compagnons qui ont évidemment inspiré dans une large mesure le ton bouffon des* Comédies gratis *alors conçues et fourni bien des détails pour les portraits des protagonistes de ces* Comédies. *Gozlan parce que, outre le patois méridional, il possédait le registre de la verve burlesque, blagueuse et mystificatrice de Bixiou, et les qualités même du Bixiou metteur en scène de* Comédies de ce ton-là : *n'est-ce pas à Gozlan qu'*en mars 1844, *Balzac se proposait de demander sa collaboration pour écrire un sujet bouffon pour Frédérick-Lemaître : « c'est le seul esprit capable d'inventer l'esprit de ces farces-là* [1] *» ? Gozlan encore parce que Balzac en avait fait son accompagnateur privilégié dans ses propres explorations de Paris, comme en témoigne, par exemple, tel chapitre du* Balzac en pantoufles *où ce personnage a décrit leur* « Voyage de découverte dans les rues de Paris » *à la recherche du nom de Marcas... Laurent-Jan parce que, peintre comme Léon de Lora, il avait une personnalité et des activités qui expliquent certains détails particuliers ou singuliers des divers textes relatifs à l'artiste balzacien. Le Lora apparu dans* La Comédie humaine *comme décorateur du château du comte de Sérisy semble en effet fort proche de l'ami de Balzac, assez connu et recherché dans cette spécialité pour que le baron James de Rothschild ait fait appel à Laurent-Jan pour décorer son hôtel parisien. Peintre donc et assez « célèbre » à ce titre, Laurent-Jan ne l'était pas moins comme spécialiste du calembour et des proverbes retournés, de même que le jeune Lora d'*Un début dans la vie, *et ainsi que le Lora de trente-neuf ans du* Provincial à Paris *« chez qui l'ancien Mistigris reparaissait souvent ». Comme, en somme, le Laurent-Jan du même âge, jugé quelquefois par Balzac trop porté aux « gamineries de l'atelier » qui « ne sont plus de mise à l'âge où il arrive, quelque plaisantes qu'elles soient »* [2]. *« De mise », elles l'étaient pourtant*

1. *Lettres à Mme Hanska*, t. II, p. 403.
2. À Laure Surville, 29 novembre 1849. *Correspondance*, t. V, p. 670.

en littérature. « *Plaisantes* » *dans la fiction balzacienne, et même dans la réalité. Car Laurent-Jan écrivait aussi, produisant des sketches, des « facéties », comme le rappelle Maurice Regard*[1]. *Ce détail de ses activités élucide un propos de Mme Nourrisson, la marchande à la toilette que Lora cherche à mystifier sur son identité et qui, « éclairée par [un] calembour », le reconnaît : « Ah ! mon cher monsieur... vous êtes un artiste, vous faites des pièces de théâtre... » Détail étrange, puisque Lora est* peintre. *Or, il ne peut s'agir d'une erreur : par définition, une marchande à la toilette sait tout sur tout le monde. Elle « possède autant de secrets » qu'il y a de Parisiens. Il est donc juste, même si Balzac ne l'a pas vraiment voulu, que ce soit elle qui nous révèle le secret de Lora, son identité réelle. D'autant qu'elle ajoutait un : « vous êtes resté avec Mme Antonia », assez évocateur d'une confidence de Balzac à Mme Hanska sur une ancienne liaison de Laurent-Jan avec Malaga, actrice dont le nom avait resservi ensuite dans* Un homme d'affaires, *pour une romanesque rivale de Mme Antonia...*

Doué de bien des qualités et caractéristiques de Lora, Laurent-Jan était en outre, selon Maxime du Camp[2], *un « Parisien exclusif » dont le « domaine était le boulevard depuis le Faubourg-Montmartre » — le cap de Frascati —; et, « spirituel à étourdir*[3] », *il se trouvait tout désigné pour le rôle de Lora. Si bien désigné, comme Gozlan, qu'avant de leur faire jouer le Bixiou et le Lora dans la fiction, c'est à ses deux amis que Balzac pensa immédiatement lorsqu'en octobre 1842, il voulut faire découvrir Paris et les Parisiens, et combien « nous sommes riches en intelligence, sinon en capitaux », à Wilhelm de Lenz*[4]. *Les découvertes de ce Provincial de Russie devaient s'ouvrir sur des agapes au* Rocher de Cancale[5] *aussi somptuaires que le festin offert à Gazonal au* Café de Paris *en lever de rideau*

---

1. « Balzac et Laurent-Jan », *L'Année balzacienne 1960*, p. 161 et suivantes.
2. *Souvenirs littéraires*, t. I, p. 313.
3. 2 février 1844. *Lettres à Mme Hanska*, t. II, p. 365.
4. *Ibid.*, p. 117.
5. M. Bouteron et M. Fargeaud « Balzac, M. de Lenz et le Rocher de Cancale », *L'Année balzacienne 1962*.

sur les Comédies gratis. *Puis, comme si le hasard avait
voulu aider ces* Comédies *et leur distribution au moment
même où s'inscrivait le premier projet du* Provincial à Paris,
*Gozlan et Laurent-Jan se montraient si « drôles », si « étour-
dissants d'esprit » lors d'un autre repas* en juin 1844, *que
Balzac tint à en faire part à Mme Hanska : « C'est un dîner
qui ne peut se faire qu'à Paris », où, ajoutait-il, « les traits
d'esprit n'ont pas deux représentations »*[1]. *Certes, ce sont
bien les acteurs de telles représentations qui devaient revivre
dans l'œuvre née alors même qu'ils créaient autour de Balzac
l'atmosphère joyeuse et burlesque des* Comédies gratis *et qu'ils
déployaient l'esprit de Bixiou et Lora, l'esprit proprement
parisien. L'esprit d'observation aussi, qu'ils partageaient avec
Balzac, comme le partageront avec leur créateur Lora et
Bixiou, issus non seulement des compagnons de 1844, mais de
Balzac lui-même, pourvu des dons du grand peintre comme Lora
et, tout à la fois, de l'œil d'un caricaturiste comme Bixiou,
qui saisit l'essentiel et le grossit. Ce n'est sans doute pas un
hasard encore si, comme le révèle l'infaillible Mme Nourrisson,
Bixiou habite* 112, rue Richelieu : *c'était l'adresse même de
l' « observatoire parisien » de Balzac.*

   *Un bon observatoire pour une observation exacte sur le
boulevard des Italiens ou dans le passage de l'Opéra, où l'on
pouvait voir en dix minutes : un* rat *flanqué de sa tante apocryphe; la* marcheuse Carabine ; *un* premier sujet *« qui
gagne 60 000 fr[an]cs par an »; la* basse-taille *qui « gagne
à peine ce que gagne la danseuse »; un* second sujet *« qui
palpe ses 30 000 fr[an]cs »; la* danseuse de troisième
ordre *« qui n'existe que par la toute-puissance d'un journal »;
le* ténor *dont les « cent mille francs à un gosier » ajoutés aux
« cent mille francs à une paire de chevilles » d'étoile de la danse
constituaient « les deux fléaux financiers de l'Opéra ». Autant
de précisions que quantité de témoignages confirment, jusqu'au
nom de la* marcheuse : *« Il y a à Paris trois jolies lorettes :
Lorettes d'élite, Lorettes-phœnix, Lorettes-modèles, Lorettes-
types qui sont illustrées des surnoms de Mousqueton, de Baïon-
nette et de Carabine », avait révélé Maurice Alhoy en 1841*

<hr>

1. 21 juin 1844. *Lettres à Mme Hanska*, p. 455.

dans sa Physiologie de la lorette; *Gautier indiquait dès 1838 les 100 000 francs de l'étoile dans son* Histoire de l'Art dramatique; *Vivien chiffrait entre 50 000 et 80 000 francs les annuités des premiers sujets dans la* Revue des Deux Mondes *du 1ᵉʳ mai 1844...*

Le guide était un bon guide dès le début, alors qu'il ne présentait encore que les figurants en quelque sorte professionnels de la comédie parisienne, tous anonymes, sauf Carabine : celle-ci, comme la Malaga réelle ailleurs, deviendra ici comédienne sans le savoir, avec un bout de rôle à la fin des Comédies gratis *aux côtés d'une Jenny Cadine qui, dans son rôle de « rivale de la fameuse Déjazet », avait plus qu'un prénom en commun avec la bien réelle Jenny Vertpré. Entre-temps, les acteurs avaient succédé aux figurants et, aux silhouettes du début, des croquis fouillés et de véritables portraits. Une galerie avec nombre de figures nouvelles chez Balzac, dont aucune n'entrera ensuite dans son monde romanesque, sans doute parce qu'elles appartenaient exclusivement au monde du guide : aux noms près, les personnages étaient vrais. Pour le plus grand amusement des lecteurs et le succès de l'œuvre, beaucoup de ressemblances durent être repérées par les contemporains; aucune ne devait l'être ensuite par la critique balzacienne. Pourtant, bien des traits, et la date d'exécution de tel ou tel portrait, permettaient de retrouver, tantôt l'identité de plusieurs personnages assez répandus pour être encore connus ou pour figurer dans quelque document, tantôt seulement l'origine des plus obscurs.*

Ainsi, obscurs parmi les obscurs, deux des quatre premiers personnages : Une marchande à la toilette *et* Un espion à Paris. *L'origine de la Nourrisson, figure aussi évidemment vraie qu'impossible à identifier, remonte à* Splendeurs et misères des courtisanes, *où elle était apparue en 1843. Déjà sociétaire de La Comédie humaine, elle était destinée à achever sa carrière en 1846 dans le dénouement du drame où elle avait débuté; et lorsqu'elle devint, en 1844, sujet de physiologie en passant, elle n'appartenait plus tout à fait au monde du* Provincial à Paris, *à ce monde du réel auquel, en revanche, devait appartenir exclusivement* Un espion à Paris.

« *Bras droit des gardes du commerce* », *manœuvrant dans l'ombre pour recueillir des* « *renseignements* » *sur les payeurs récalcitrants, débiteurs chevronnés et faiseurs en tous genres qui cherchaient à éviter d'être* « *couchés* », *puis* « *serrés* », *un* « *petit père Fromenteau* » *constituait bien une* « *curiosité* ». *Et spécifiquement parisienne, puisqu'il était l'instrument de ces dix gardes du commerce dont le corps, attaché au Tribunal du commerce, avait été* « établi pour la ville de Paris seulement », « *pour l'exécution des jugements emportant la contrainte par corps* »[1]. *Si l'identité véritable d'* « *Un espion* » *se trouvait, par définition, destinée à rester inconnue, le Fromenteau et sa véracité avaient une origine au moins présumable. D'où Balzac aurait-il pu tenir de suffisantes clartés sur ce ténébreux spécialiste, sinon de Vidocq, dont l'agence de police privée était spécialisée dans la recherche de* « *renseignements dans l'intérêt du commerce* » ? *Gros employeur des virtuoses de la filature de justiciables du Tribunal de commerce, de la pègre de ses indicateurs, Vidocq était, à l'évidence, le meilleur connaisseur en fait de Fromenteau. On cite souvent son apostrophe* : « *Vous vous donnez bien du mal, monsieur de Balzac, pour créer des histoires de l'autre monde, quand la réalité est là, devant vos yeux, près de votre oreille, sous votre main.* » *Or, cette phrase, Vidocq l'avait prononcée lors d'un dîner assez mémorable pour que Gozlan en ait même noté la date dans son* Balzac chez lui : « *Oui, nous étions dans l'année 1844* » *et plus précisément encore* « *en plein été* »[2]. *Preuve des supériorités, dans l'extraordinaire, de la réalité sur l'invention, l'existence d'un Fromenteau fut-elle mise ce soir-là près de votre oreille, monsieur de Balzac, au moment même où vous recherchiez justement des* « *curiosités humaines* » ? *Mais en passant aussitôt de l'oreille à la main, l'obscur espion du commerce donné par Vidocq suscita peut-être une amusante application du phénomène de l'arroseur arrosé. N'est-ce pas au donneur lui-même que Balzac emprunte certains traits du*

---

1. Art. 625 du Code du commerce, décret du 24 mars 1808.
2. L. Gozlan, *Balzac chez lui* (éd. de 1862), p. 215 et 205.

*caractère de l'espion : la manie du didactisme argotique, la
complaisance à expliquer sa partie, la prétention d'une bouffonne rivalité ?* « *Si je vous énumérais les qualités qui font
un homme remarquable dans* notre partie », *dit Fromenteau,*
« *vous croiriez que je parle d'un homme de génie* ».

Preuve ironique que Balzac savait, sans « se donner bien du
mal », utiliser la réalité, l'Espion *fut si bien utilisé qu'il
emplit à lui seul tout un chapitre des* Comédiens sans le
savoir, « *Un gérant de journal* ». *Du même coup Théodore Gaillard, une autre « curiosité » prévue au début d'août,
était réduit au rôle de faire-valoir et se trouvait escamoté.
Sa définition provisoire,* « *Un directeur de revues* », *indiquait
pourtant l'intention d'exécuter le portrait en pied du* « *Directeur-
rédacteur-en-chef-propriétaire-gérant,* » *déjà esquissé avec la*
Monographie de la presse parisienne *publiée dans* La
Grande Ville. *Occasion de ne pas se donner trop de mal
opportunément fournie par Vidocq ? soudain manque d'intérêt ? manque de force, alors chronique chez Balzac ? on hésite
sur les raisons de l'éclipse presque totale de l'astre de la presse.
Et sur son modèle réel : de ce qu'il subsiste d'un personnage
dont la* « *feuille a 22 000 abonnés* » *et* « *alors logé rue de
Ménars* », *il ressort que Gaillard avait au moins un trait
commun avec Louis-Marie Perrée,* « *directeur-gérant* » *du*
Siècle *(seule feuille qui comptait* « *alors* », *elle et nulle autre,
22 000 abonnés), et au moins un trait commun avec Hetzel,*
« *alors logé 10 rue de Ménars* », *près de sa boutique à laquelle*
Un Gaudissart de la rue Richelieu *allait faire une surprenante réclame dans un passage spécialement inséré dans la
version du* Diable à Paris[1].

*Due à Hetzel ou à Balzac, cette réclame pour la boutique où
se vendait* Le Diable à Paris *indiquait en tout cas une réalité ;
et, comme le voulait son genre, le guide permettait à un* « *Provincial* » *de découvrir les* « *curiosités* » *connues et inconnues de
Paris, ses rouages visibles et invisibles, un Fromenteau caché
dans l'ombre nécessaire à son métier d'espion, un Gaudissart
des châles placé en pleine lumière grâce à la publicité voulue
par son métier de commerçant, une Nourrisson tapie dans les*

---

1. Voir *Gaudissart II*, n. 5 de la page 849.

*ténèbres de son trafic de secrets et, éclatant comme les lettres
d'or de son enseigne, un* Luther des chapeaux.

Le chapelier *Vital, curiosité « au premier chef », selon le
calembour de Bixiou, éminemment porté à l'ostentation par son
caractère au moins autant que par les impératifs de la réussite
commerciale, avait dans la réalité, un nom qui procurera
peut-être au lecteur une rencontre aussi « amusante » que
celle promise à Gazonal par Bixiou, puisque l'inventeur, le
réformateur, le « Luther des chapeaux » enfin, était, selon
toute vraisemblance, M. Gibus. Si « fabricant de chapeaux »
mérita jamais le surnom trouvé par Balzac, ce fut bien Jean-
Baptiste Gibus, venu de Limoges pour propager à Paris
cette authentique « réforme » du couvre-chef sortie de son cerveau de « fier original » et qui porterait un jour son nom : le
gibus. Sauf une trop précise évocation du chapeau claque,
Balzac, dans ce portrait, n'oublia aucun des traits caractéristiques de Gibus, tel que permettent de le retrouver nombre
de documents : « éligible » et bien renté; propriétaire rue Vivienne
— au voisinage du* Gaudissart de la rue Vivienne *initiale-
ment prévu — de « magasins » mirobolants parmi les mirobolants du centre du Paris le plus commercial; grand « récla-
miste » de lui-même, comme il apparaît dans les journaux ou,
par exemple, dans cet « inséré » de l'*Annuaire du commerce
de 1841, *mentionnant sa Médaille d'Or de l'Exposition de
1839 et rappelant que « déjà en 1834, ce fabricant avait
exposé le modèle d'un mécanisme appliqué aux chapeaux pour
pouvoir les réduire à un petit volume; depuis lors, il a perfec-
tionné sa première invention d'une manière remarquable. En
effet, tel qu'il est exécuté aujourd'hui, ce mécanisme léger et
solide peut être si bien varié dans ses formes, qu'il s'applique
à toutes les coiffures. [...] Les prix un peu élevés de ces chapeaux en ont seul empêché jusqu'à présent un usage plus général, mais l'inventeur a pris les mesures nécessaires pour pouvoir
les confectionner à meilleur marché. [...] il a contribué au
perfectionnement des tissus en poils de lièvre mélangés à la
bourre de soie, qui ont donné une grande économie dans la fabrication des chapeaux feutres ». Dans ce morceau, on retrouve
chaque trait et le « style » même de celui qui, chez Balzac, fait
savoir qu'il « corrige ses épreuves dans son cabinet » et juge*

avoir « *élevé le chapeau jusqu'à la hauteur d'une science* »;
*qui peut prétendre : « moi seul ai découvert » à propos du
tuyau-de-poêle et se préoccupe de varier les « formes »; qui sait
que « ce que nous appelons* caſtor eſt *tout bonnement du poil
de lièvre » et révèle ce « secret » d'une grande économie; qui
professe : « le bon marché, monsieur !... tue notre commerce »
et se vante d'une clientèle limitée aux « personnes qui savent
apprécier le prix de ses soins ». Prix « un peu élevé »... Jusqu'à son « ambition » : « régénérer la chose et diſparaître »,
Gibus l'avait si bien réalisée qu'il n'était même plus reconnu
dans le portrait du tumultueux perfectionniſte, « heureux à
la façon de Luther » puisqu'il avait réussi à « changer le
chapeau ».*

Si la ressemblance des quatre premiers portraits frappe, il
en ressort encore que, outre la vérité, Balzac recherchait aussi
les effets du contraſte : le même souci de l'alternance de sujets,
appelant tantôt l'ombre, tantôt la lumière, se retrouve dans
les deux portraits exécutés ensuite au début de *1845* : Un des
trois grands coiffeurs de Paris *et* Une tireuse de cartes.
  Créature de l'occulte par excellence, une tireuse de cartes
comme Mme Fontaine devrait reſter dans le myſtère qui constituait les moyens même de son exiſtence. Il n'eſt pourtant guère
de traits, de lignes de la consultation de Gazonal et du chapitre
Une usine à fabriquer l'espérance, *ainsi que des réflexions
qu'elle engendre et du chapitre* Un mystère des sciences
occultes, *qui ne reflètent une réalité.* Une usine à fabriquer
l'espérance *préexiſtait dans les lettres de Balzac à Mme Hanska,
dont plusieurs passages renferment tous les matériaux d'une
conſtruction littéraire et conſtituent, à cet égard, un document
tel qu'il en exiſte peu. Le 15 juillet 1841*[1] *: « Il y a quelques
jours j'ai été me faire tirer les cartes par un très fameux sorcier. Je n'avais jamais vu de ces singuliers phénomènes que je
trouve excessivement singuliers. Ce sorcier m'a dit, d'après les
combinaisons de ses cartes, des choses d'une incroyable juſtesse
et des particularités sur mon exiſtence passée en m'expliquant
les présomptions de l'avenir. Cet homme sans aucune inſtruc-*

[1]. *Lettres à Mme Hanska*, t. II, p. 19.

tion et d'une extrême vulgarité se sert d'expressions choisies
dès qu'il est avec ses cartes. [...] Il m'a dit, lui qui ne me
connaissait ni d'Ève ni d'Adam, à moi qui ne savais pas à
2 heures que je le consulterais à 3, que ma vie jusqu'aujourd'hui
n'avait été qu'une suite continue de luttes où j'avais toujours été
victorieux ! Enfin il ne m'a pas dit si je serais bientôt marié,
et c'était là ma grande curiosité. » Le lendemain[1] : « Le
sorcier ne m'a-t-il pas dit que, sous 6 semaines, je recevrais
une lettre qui changerait toute ma vie. » Le 5 janvier 1842,
Balzac recevait le faire-part de la mort du comte Hanski.
L'effervescence de certitude que sa vie allait changer une fois
dissipée, il recommence à « fabriquer » l'illusion. Le
6 avril 1843[2] : « Balthazar avait dit, Cara, 6 jours, 6 semaines
ou 6 mois, mais pas plus. Voilà son mot ! Cet homme possède
le don de seconde vue, car il vous a décrite à moi comme s'il
vous voyait : " elle a les cheveux noirs, elle est blanche, elle
est vive, elle est entre trente et quarante ans, grasse, et vous
vous aimez depuis longtemps. (Chaque parole me rendait intérieurement stupide.) Il n'y a pas moins de cinq cents lieues
entre vous." Hélas, Balthazar aimait les femmes, il a commis
des actes qui l'ont brouillé avec la justice, et ce grand tireur de
cartes a été condamné en cour d'assises à je ne sais quelle peine
[...] Je cherche un autre Balthazar, tant j'ai besoin de vivre
dans l'avenir pour supporter le présent. » Le 24 avril 1843[3] :
« J'ai su les crimes de Balthazar [...] C'est à la fois un grand
criminel et un grand cartomancien, je n'oublierai jamais ce
qu'il m'a dit ignorant complètement qui j'étais. Qu'est-ce
que les cartes ! Il m'a décrit votre personne et votre caractère, et
depuis quel temps nous nous connaissions ! Enfin, c'était à
renverser. La lettre est venue dans les 6 semaines. Hélas ! il
m'a prédit vos ennuis actuels, le procès (je ne vous en ai rien
dit); mais il m'a dit aussi que le bon droit triompherait,
et que nous serions heureux et pendant de longues années; que,
malgré la vivacité de nos caractères, nous n'aurions aucun
nuage. Il y avait chez tous deux la même ténacité. Malgré
les entraves, tout me réussirait [...] Les oreilles me tintaient.

1. *Lettres à Mme Hanska*, t. II, p. 20.
2. *Ibid.*, p. 190-191.
3. *Ibid.*, p. 201-202.

Il a foudroyé Géniole en lui dépeignant sa femme et lui disant à qui il faisait la cour. Enfin, il m'a dit ma famille, l'état de mon frère, celui de ma sœur, etc., etc... Non, je suis sorti effrayé de cette seconde vue à cheval sur des cartes. La seconde fois il me connaissait, il m'avait vu dans la rue, où il nous avait fait suivre, et alors il a battu la campagne; néanmoins il m'a parlé de difficultés judiciaires qui sont survenues. Ces gens-là vous vendent du courage, comme la loterie vous vendait des illusions. Je suis à la piste d'une autre tireuse de cartes qu'on dit bien supérieure à Balthazar. Je voudrais savoir quand ? *par les cartes.* »

Une usine à fabriquer l'espérance... *N'est-ce pas parce que l'espérance manquait encore singulièrement à Balzac au début de 1845 que cette usine fut fabriquée ? La comparaison de ses lettres et du texte romanesque révèle le singulier état d'esprit du créateur qui choisit par amère dérision de revivre son expérience en un Gazonal; elle montre aussi que l'épisode appartient à l'un des stades les moins élaborés de la création. Dans cette scène, le réel est utilisé presque sans modification, depuis l'infime détail de la personnalité de l'accompagnateur (Géniole étant dessinateur comme Bixiou) jusqu'aux surprises d'une* « consultation » *où l'on retrouve la description de la femme aimée, les révélations portant surtout sur le passé et la transfiguration d'êtres vulgaires par le don de voyance qui aboutit au* « Mystère des sciences occultes ». *Car, de même qu'un Balthazar est incapable de* « voir qu'il serait arrêté, jugé, condamné », *de même une Mme Fontaine se ruine à la loterie parce qu'elle n'a* « jamais su qu'elle perdrait sa mise ». *Conclusion de Bixiou :* « Il en est ainsi en magnétisme. L'on ne se magnétise pas soi-même », *phénomène dont Balzac donnait ici deux fois la preuve, car c'est lui qui fabrique l'espérance, lui encore qui la fait fabriquer par Mme Fontaine,* « la rivale » *de Balthazar, réputée* « plus savante que ne l'était feu Mlle Lenormand »; *une seconde référence qui nous indique l'origine du texte sur le* « Mystère des sciences occultes ».

Les premières traces de ce futur Mystère *apparurent, en effet, en même temps que celles de la future* Tireuse de cartes. *Au début d'août 1844, Balzac réinscrivait le titre d'*Une devineresse *en projet sur une page où, par ailleurs, il notait*

un nom : « F. Girault. » Or, la devineresse était déjà prévue
en juillet, donc très peu de temps après que, le 3 juillet 1844,
Francis Girault lui ait envoyé[1] *une brochure qu'il venait de*
publier : Mlle Le Normand. Sa biographie complète seule
autorisée par la famille. Ses prédictions [...] La Chiromancie et la Cartomancie expliquées par la Pythonisse du
XIXe siècle, *avec* Une introduction philosophique sur les
sciences occultes mises en regard des sciences naturelles.
C'est surtout dans « Traité des sciences occultes », chapitre du
Cousin Pons, *que le « Mystère des sciences occultes », sera exa-*
miné et que « la Cartomancie et la Chiromancie » seront « expli-
quées » de façon à rivaliser heureusement avec l'ouvrage consacré
à la fameuse Pythonisse. Et l'examen de ce chapitre du Cousin
Pons *montre que Balzac y inséra deux pages qui constituaient*
selon toute apparence les deux premières pages du manuscrit
primitif de La Tireuse de cartes[2]. *Ce fragment abandonné*
et mis de côté ira rejoindre un autre fragment de « curiosité »
aussi abandonné et mis de côté : le vieillard-Empire qui devien-
dra le cousin Pons. Est-ce faute d'énergie, si Balzac renonça à
cette « Introduction » par trop « philosophique sur les sciences
occultes » et la « Tireuse de cartes » ? Plutôt, sans doute, parce
que les lumières de la philosophie ne convenaient ni au genre
du guide, ni au clair-obscur exigé par le portrait d'une Mme Fon-
taine.

L'éclatant Marius V, son contraire, est signalé par le
*guide comme l'*Un des trois grands coiffeurs de Paris. *Dans*
les annuaires ou guides du temps, on peut retrouver une succes-
sion de coiffeurs non moins éminents que les Marius et dont le
nom valait le leur en pittoresque : celle des Plaisir. À l'époque
du Provincial à Paris, *le titulaire était « Plaisir V. ». Si,*
d'une initiale, Balzac s'est amusé à faire un chiffre dynastique,
c'est que, outre la plaisanterie, le chiffre correspondait à la
réalité. Plaisir V., c'est-à-dire Victor, était bien le cinquième
exploitant d'un nom illustre depuis Jean-Mathieu-Noël Plai-
sir, « perruquier-coiffeur » venu de Meaux, sinon de Toulouse,

1. *Correspondance*, t. IV, p. 706.
2. Voir Appendice, p. 1694-1695.

pour lever boutique à Paris où il avait pu prodiguer son art à M. de Parny. *Que Balzac ait choisi Plaisir ne fait guère de doute et s'explique facilement. D'abord par l'authentique renommée des Plaisir qu'il avait déjà utilisée :* dans Une double famille, *ce nom réel, donné au coiffeur qui « se déplaçait en ville » pour Mlle de Bellefeuille, fournissait une preuve de la réussite de la « grisette parvenue »; par certains détails, aussi, de l'existence des Plaisir. La boutique de Marius est située place de la Bourse, le Plaisir de Mlle de Bellefeuille avait la sienne 8, place de la Bourse; puis l'illustre boutique avait été transférée rue Richelieu dans l'immeuble qui formait le cap de Frascati, jusqu'à ce que sa démolition fît place en 1838 à la bâtisse où Balzac devait louer son « observatoire parisien », et dans laquelle, parmi ses voisins, se trouvaient les « héritiers Plaisirs »*[1]. *Cependant, les travaux du cap de Frascati avaient obligé le Plaisir du moment à revenir vers la place de la Bourse; il fut installé jusqu'en 1840 dans la boutique du 11, rue de la Bourse, que* Le Persan *son voisin, celui de* Gaudissart II, *annexa quand Plaisir V. alla occuper les mirifiques « salons » qu'il venait de faire aménager 8, rue Le Peletier, c'est-à-dire très précisément à l'un des débouchés du passage de l'Opéra, haut lieu de l'itinéraire du* Provincial à Paris. *Mais les annuaires montrent aussi que, dans le périmètre des découvertes de Gazonal, le provincial aurait pu être coiffé rue de Choiseul par un rival de Plaisir récemment associé avec un certain Francoz, et qui portait bien réellement le nom de Marius.*

La date de l'exécution des derniers portraits reste plus incertaine. *De toute évidence, Balzac a voulu créer un effet d'alternance du clair et de l'obscur par le contraste que forment des orateurs, un peintre de génie et un grand littérateur avec un portier, un escompteur et un pédicure. Reste à considérer l'identité des modèles réels de ces personnages ou, à défaut, leur origine.*

Un grand littérateur *est venu en bonne logique, de la littérature : dans un des textes des futures* Petites misères de la vie conjugale *publiés en 1839 et 1840, Chodoreille représentait*

---

[1]. J. Savant, *Louise la mystérieuse*, fascicule III, n. 299.

le jeune mari-omnibus, *prédisposé peut-être par sa banalité même à devenir l'homme-de-lettres-omnibus, l'* « *illustre* » *Chodoreille du* Provincial à Paris, *d'autant plus difficile à identifier que ce* « *grand littérateur* » *n'est qu'un médiocre, une gloire factice, une vanité formidable et aveugle. Or, hier comme aujourd'hui, ces traits ne forment pas un caractère hors série qui pourrait permettre de retrouver un spécimen distinct de l'Ordre Gendelettre. À moins que le nom de Chodoreille ?... Parmi les porte-plume de l'époque qui se prenaient pour de grands littérateurs, l'un se distingue par l'obstination des attaques qu'il dispensait du haut de sa prétentieuse sottise sur les œuvres de Balzac. Il se nommait Chaudesaigues.*

En fait de « *curiosités* » *obscures, l'escompteur Vauvinet et le portier Ravenouillet composent d'amusants portraits, dont l'identification est impossible, mais la ressemblance probable et l'origine réelle au moins présumable. La vie de Balzac, jalonnée de dettes, fourmillait d'escomptes et donc d'escompteurs.* Quant au portier du Provincial à Paris, *c'est le portier de Bixiou, du 112, rue Richelieu, donc de l'* « *observatoire* » *de Balzac, un immeuble de* « *soixante et onze locataires* » *(chiffre confirmé par le calepin du cadastre[1]), l'un des premiers et remarquables ancêtres de nos* « *grands ensembles* » *par le nombre de ses locataires, et il est probable que son portier réel devait bien avoir quelques traits de Ravenouillet.*

Mais un pédicure, comment le retrouver, eût-il été une « *curiosité* » *assez extraordinaire pour que Balzac ait placé parmi ses premiers projets* Les Opinions d'un pédicure ? *Celles de Publicola Masson sont évidemment de celles qui frappent, et même fort, puisqu'il juge que Robespierre et Saint-Just* « *ont été timides* » ; « *nous serons obligés de démolir quelques-uns de nos grands hommes pour apprendre aux autres à savoir être de simples citoyens* » : « *Pour le bonheur de la France.* » *Tenu sans doute pour une de ces hyperboles par trop farces que sécrétait l'imagination parfois grosse du romancier, le personnage n'a retenu aucun commentateur depuis plus d'un siècle que Balzac représenta ce pédicure rognant les ongles en attendant de couper les têtes, dont il fait même le chef d'un groupus-*

---

1. Archives de la Seine, DP 4, 112, rue Richelieu.

cule révolutionnaire. Depuis plus d'un siècle, pourtant, les exter-
minations au nom du bonheur futur d'un pays et de la régéné-
ration de ses citoyens se sont révélées comme ressortissant très
peu de l'imaginaire. D'ailleurs, pour Publicola Masson, Balzac
n'avait fait preuve d'aucune imagination. Le fait était déjà
flagrant à ne considérer que le nom de Masson, visant probablement un ennemi de Gozlan, l'ex-ouvrier lapidaire Michel Masson, devenu romancier nanti en exploitant un populisme assez
racoleur; ou le prénom de Publicola, dérivé des Lettres capitales [sur le travail] d'Agricola *que Balzac avait projeté
d'écrire peu après la publication, en 1843, de la fameuse
Histoire d'une scission d'*Agricol Perdiguier*, un de ceux
qui, selon Publicola, « braillent sur la question des prolétaires
et des salaires » : « Ces gens-là tressent la mèche pendant que
nous amassons la poudre. »

Mais, outre ces accessoires, les traits du pédicure ont été
tracés d'après la plus authentique réalité. Le 3 mars 1833, en
effet, le comte Rodolphe Apponyi, attaché à l'ambassade
d'Autriche à Paris, consignait dans son Journal : « Le grand
prieur de l'Ordre du Temple, de son couvent métropolitain
Jean de Saint-Germain, a envoyé à quelqu'un de ma connaissance deux billets d'entrée pour moi sous un nom supposé. Ce
grand prieur était pédicure, il y a encore peu de mois. Il eut,
je ne sais pourquoi, l'idée de régénérer les Templiers. Quelques
autres farceurs se sont joints à lui et, comme c'est un moyen
de démolition, ils ont, à ce qu'il paraît, trouvé de l'appui près
du comité révolutionnaire qui leur fournit des fonds pour pouvoir
soutenir leur mauvaise farce. »

Mauvaise farce, mais vraie. Vrai le pédicure chef d'un
groupuscule clandestin. Vrai ce groupuscule sinistrement grotesque de pauvres insensés qui se rassemblaient « pas loin de la
place des Victoires » — donc tout près de l'endroit où Gazonal
rencontra Publicola —, pour entendre vaticiner le pédicure
dont les harangues ressemblaient singulièrement aux diatribes
de Publicola. Ainsi, Apponyi notait : « Une phrase surtout a
attiré mon attention, celle où le grand prieur, en réclamant
l'indulgence pour toutes les sectes, ce qui n'entre pas trop dans
l'esprit de la première institution des Templiers, a blâmé
l'autorité qui n'avait pas su préserver la plus ancienne église de

Paris [allusion très claire à l'affaire de Saint-Germain-l'Auxerrois]. » De même, à la question de Gazonal : « *Ainsi, plus de religion ?* », Publicola répond : « *Plus de religion de l'État, chacun aura la sienne. C'est fort heureux qu'on protège en ce moment nos couvents, ça prépare les fonds de notre gouvernement.* » « *En ce moment* », dit en 1846, était encore vraisemblable puisque, trente ans plus tard, Pierre Larousse écrivait : « *quelques esprits romanesques s'imaginent que l'ancien ordre du Temple existe toujours souterrainement et que son influence, pour être occulte, n'en est pas moins redoutable* ». Réputée avoir reçu l'« *appui du comité révolutionnaire* », elle effrayait encore cette montagne d'où jadis était venu le vent qui rendait fou un Publicola en le manipulant depuis l'ombre où les chefs « *révolutionnaires* » se cachèrent longtemps. *Quand Balzac publiait son « guide », ils s'étaient découverts, et un Lora pouvait dire à Gazonal : « Si nous en avions le temps, nous te montrerions tous les personnages de 1793... Tu viens de voir Marat, eh bien ! nous connaissons Fouquier-Tinville, Collot-d'Herbois, Robespierre, Chabot, Fouché, Barras, et il y a même une magnifique Mme Rolland. » Lora aurait pu, en effet, nommer Ledru-Rollin, Blanqui, Barbès, Raspail, et la magnifique Laure Grouvelle, célèbre égérie d'un groupe d'aspirants régicides que, naguère, avait aimée et voulu épouser Étienne Arago. Cet ancien ami de Balzac aurait pu figurer aussi en 1846 parmi les duplicatas de 1789 : dès 1838, dans leur* Paris révolutionnaire, *Arago et tous ces « écrivains incendiaires » dont Balzac rappellera le souvenir dans* La Cousine Bette[1] *avaient nettement professé leurs intentions. Parmi eux figurait Godefroid Cavaignac, autre ancien camarade de Balzac, que Lora aurait pu nommer encore puisque, dans cette* Bible *des Publicola, après avoir dressé le constat d'échec des Robespierre et Saint-Just, Cavaignac clamait sa détermination et celle de ses camarades de mieux accomplir dans un avenir proche leur propre « tâche de destruction et de renouvellement »...*

Que serait devenu Raphaël s'il eût été fouriériste ? Ce titre donné au portrait du peintre Dubourdieu en marque à

---

1. Voir p. 137 et n. 2 de *La Cousine Bette*.

lui seul l'importance. Dubourdieu est une ultime démonstration
de l'axiome fondamental des Études philosophiques, « *la
pensée tuant le penseur*[1] », *avec un nouveau Frenhofer non
plus imaginaire, mais réel, et même contemporain. Il faut
souligner la qualité du portrait, et celle d'un modèle qui, tenu
pour fou par les pieds plats, inspira admiration et réflexions à
Baudelaire, à Delacroix, à Nerval, à Gautier. Nulle part,
peut-être, autant que dans cette composition assujettie au raccourci imposé par le genre du* Provincial à Paris, *Balzac n'a
plus sobrement reproduit à la fois l'essentiel et les nuances
d'un personnage, et la diversité des réactions qu'inspira, tant
aux Gazonal qu'aux Bixiou et Lora de son temps, une
« curiosité humaine » de l'envergure d'un Raphaël manqué.* ·

Balzac *l'avait-il rencontré sur le boulevard au cours d'un
voyage de découverte avec Gozlan ? Ou dans le salon fouriériste
de la princesse Belgiojoso ? Celui que l'on nommait alors « le
peintre philosophe » était, en tout cas, devenu Dubourdieu
lors de l'achèvement du* Provincial à Paris *en janvier 1846,
et quand il fit son entrée officielle dans les lettres à Mme Hanska,
le 10 février suivant : «* J'ai prié Gautier de m'amener un
peintre nommé Chenavard, ami de Thiers et de la Belgioioso
[sic] que je connais, mais dont l'adresse m'est inconnue. » *Le*
13 : « Aujourd'hui nous avons à dîner Chenavard, Gautier,
Gozlan et Gérard de Nerval. » *Le* 17 : « J'ai Chenavard à
déjeuner. » *Le* 18 : « Chenavard est aussi fort que nos plus
forts appréciateurs, M. Thiers le consulte pour les acquisitions
du Musée quand il est ministre », *et Balzac en fait autant pour
son propre musée*[2]. *Le* 21, *encore Chenavard pour un «* reta-
bleau[3] ». *Puis, soudain, après cette flambée, plus rien jusqu'au
1ᵉʳ juin, où tout a changé : Chenavard dispute Mme de Brugnol
à Elschoët; le 20 juin, «* Chevanard est dépréciateur par excellence », *et le* 19 juillet, *le nouveau consultant est Moret, «* plus
sûr que Chenavard, qui pourrait me jouer quelque tour »[4].
Que s'était-il passé ? Et, d'abord, qui était Chenavard ?*

Mme Hanska *l'ignorera, tout comme les balzaciens, lorsque*

1. Introduction de Félix Davin, t. X.
2. *Lettres à Mme Hanska*, t. III, p. 167, 169, 174, 176, 177.
3. A Chenavard. *Correspondance*, t. V, p. 100.
4. *Lettres à Mme Hanska*, t. III, p. 194, 223, 284.

dans Le Cousin Pons *ils rencontreront ce Chenavard, à qui Balzac aura rendu son vrai nom et, sinon son titre de peintre, du moins celui de « savant » en fait de peinture. Réduit au seul rôle d'expert ès tableaux à acheter, le « nommé Chenavard » est resté si méconnu que, parmi les trois Chenavard en vue à l'époque, il a été identifié avec l'ornemaniste Aimé ou avec l'architecte Marie-Antoine, mais jamais avec l'homme d'une tout autre dimension qu'était leur cousin et frère, le peintre Paul. Sa véritable identité explique cependant ce qui a dû se passer après la parution du portrait de Dubourdieu dans* Le Courrier français *du 17 avril 1846.*

Né le 9 janvier *1807, donc âgé « d'environ quarante ans » en 1846, comme Dubourdieu, Paul Chenavard dut se reconnaître en lui. D'où le froid qui coïncida avec la sortie d'un portrait qu'il avait pu ne pas apprécier, malgré son excellence, ou à cause de son excellence, et en dépit de la comparaison avec Raphaël suggérée dans un titre de chapitre en forme de question, ou à cause de la pertinence de cette question et de la réponse que Balzac y apportait. Car si Chenavard est aujourd'hui méconnu, le « peintre-philosophe » fut bien en son temps, comme le dit Lora, « un de nos grands hommes », et bien tel que Balzac le représente, incontestablement bon peintre, mais excentrique, exalté, théoricien « rêvant » toujours plutôt que réalisant quelque vaste « composition symbolique ». Un Raphaël stérilisé par trop d'érudition et d'idées. Pour un Gazonal, Dubourdieu est « un fou, la course à la lune le guide »; mais pour un Bixiou, il est « notre illustre peintre Dubourdieu, non moins célèbre par son talent que par ses convictions humanitaires »; et un Lora, dont l'opinion est la plus qualifiée, déclare : « il a de la main, il a du savoir ». La masse des témoignages qu'inspira Chenavard à ses contemporains montre la même diversité dans les réactions et les perplexités qu'il suscita. Et chaque trait de Dubourdieu prouve l'exactitude et la précocité des vues de Balzac.*

En *1856, Théophile Silvestre décrira la course à la lune de Chenavard, qui « avait perdu une bonne partie de son temps à suivre à la Sorbonne les cours de MM. Cousin, Guizot et Villemain, pris la maladie de la propagande, la manie de développer dans toute idée une théorie, et s'était jeté dans les concilia-*

bules nocturnes des disciples de Saint-Simon et de Fourier.
[...] Il venait de concevoir aussi cette idée bien triste pour un
artiste : que la peinture a fini d'exprimer les idées élevées et
s'est énervée dans des mièvreries de pratique[1]. » Dix ans plus
tôt, Balzac avait déjà représenté le Raphaël fouriériste vati-
cinant, et son mépris pour les « ornemanistes » rapetisseurs. De
même que Chenavard, pour qui « le seul but du peintre est l'ex-
pression de ses idées philosophiques », « résolut d'animer [...]
l'esprit de l'Humanité à toutes les époques[2] », de même Dubour-
dieu réalise une vaste « figure allégorique », une de ces « compo-
sitions symboliques » où il « porte ses idées », « et si vous voulez
la venir voir, vous comprendrez bien que j'aie pu rester deux
ans à la faire. Il y a tout ! Au premier coup d'œil qu'on y
jette, on devine la destinée du globe. » Dans la description de
cette œuvre, Balzac a composé à peine une charge, et mieux
qu'un résumé. Car c'est bien la « destinée du globe » que Chena-
vard avait conçu de représenter : « son cerveau fuligineux tenta
combinaisons sur combinaisons pour dégager l'idée générale qui
lui paraît avoir été l'étoile de la civilisation, et pour échelonner
le long des siècles les personnalités dominantes qui ont marqué
leur temps d'un cachet souverain[3] ». Mais alors que Balzac
en ramasse fond, forme et critique en quelques lignes, il ne fau-
dra pas moins de six grands articles à Gautier aidé de Nerval
pour décrire dans La Presse, *en 1848, le projet grandiose de*
Chenavard[4] ; et à Silvestre, en 1856, pas moins d'une quaran-
taine de pages, dont nous retiendrons que « La vie de l'Huma-
nité se résume à ses yeux par une suite de symboles », parmi
lesquels, à peine moins frappants que l' « énorme chou frisé »
ou le squelette, « emblème de l'espérance ardente », « la Barque
des Égyptiens, allégorie à l'Esprit flottant sur les eaux [qui]
devient l'Arche des Juifs, et l'Arche est dominée par le calice de
la communion des chrétiens. Après avoir superposé par ordre
ces hiéroglyphes parlants, le Panpalingénésiarque a groupé les

---

1. Th. Silvestre, *Histoire des artistes vivants* [...], p. 114-115.
2. *Ibid.,* p. 115.
3. *Ibid.,* p. 116.
4. J. Richer, « Une collaboration inconnue : la description du Panthéon de Paul Chenavard par Gautier et Nerval », *Archives des lettres modernes,* n° 48, 1963, p. 2-32.

races humaines autour du trophée symbolique ». *Car tel est le cœur de l'idée de Chenavard* : « *Sa principale composition, dont toutes les autres découleront en épisodes, s'appelle la* Palingénésie sociale ; *elle est de forme circulaire, pour rendre plus sensible aux yeux et à l'esprit le mouvement circulaire suivi par la famille humaine*[1]. »

Mais, en 1846, Balzac était l'un des premiers et l'un des rares à juger, à douter, à condamner l'avenir de celui qu'il estimait pourtant assez grand peintre pour le comparer à Raphaël. Cette valeur, Baudelaire ne la reconnaîtra qu'une dizaine d'années plus tard, dans les longues réflexions qu'il consacrera à Chenavard et à son « système syncrétique » dans L'Art philosophique. *Et que de traits curieux Balzac nota si tôt ! Ainsi cette singulière prééminence que Dubourdieu, peintre, accorde à la sculpture qu'il proclame « le premier des arts » ; en 1854, Delacroix notera l'accord de Chenavard avec Michel-Ange pour estimer* « que la bonne sculpture *était celle qui* ne ressemblait pas à la peinture *et que la* bonne peinture, *au contraire, était celle qui* ressemblait à la sculpture[2] ». *Ainsi encore, l'idée de Dubourdieu qu'un musicien devrait composer « une musique à la Beethoven », qu'on entendrait en regardant ses « allégories ». Chenavard avait-il déjà confié à Balzac ce qu'il confiera à Delacroix : « qu'il n'y a rien à comparer avec l'émotion que donne la musique[3] » ? Ce Chenavard si singulier et si fidèle à lui-même que, des années plus tard, Rioux de Maillou rencontrera, toujours sur le boulevard, toujours exalté, déroulant une fois de plus un « exposé transcendantal dans l'abstrait du philosophique », développant son « rêve » toujours recommencé d'une représentation gigantesque et « symbolique » de la « marche de l'Humanité » à laquelle serait associée la musique et particulièrement celle de « Beethoven pour la célébrer une suprême fois »[4].*

Alors : Balzac visionnaire ? En fait, au moment où selon

1. Th. Silvestre, *op. cit.*, p. 124 sq. et, pour le squelette, J. Richer, art. cité, p. 16.

2. E. Delacroix, *Journal,* Plon, 1932, t. II, p. 248.

3. *Ibid.*, p. 309.

4. Rioux de Maillou, *Souvenirs des autres,* Crès, 1917, p. 178, 187, 190.

toute vraisemblance il fit le portrait de Dubourdieu, ses amis Gautier, Nerval et Planche, l'ancien critique d'art de sa Chronique de Paris, *étaient les activistes du « parti Chenavard*[1] *»,* *lequel préparait une composition pour le Salon. Le hasard* *voulut que la question du peintre-philosophe fût posée par* *Balzac le 17 avril 1846 dans* Le Courrier français, *et deux* *jours plus tard, le 19 avril, par Arsène Houssaye dans un* *compte rendu du* Salon de 1846, *ce qui permet de mieux apprécier la création de Balzac :* « Il y a vingt ans que M. Chenavard est un grand peintre par l'érudition et l'intelligence; mais M. Chenavard était jusqu'ici la préface de son œuvre [...] M. Chenavard dépense presque toujours sa verve à professer le beau, le grand, le sublime; c'est un orateur en peinture. Dira-t-on qu'il ne sait pas créer, parce qu'il est toujours à la tribune ? [...] Désespérant de s'élever aux hauteurs presque inaccessibles, ne voulant pas être un peintre de second ordre [...] secouera-t-il enfin d'une main victorieuse les chaînes odieuses du découragement ? [...] Ç'a été une curiosité sérieuse pour les artistes que la vue d'un tableau de M. Chenavard. Ce tableau représente l'enfer comme le voyait Dante [...] Hâtons-nous d'admirer l'intelligence profonde de la composition et la science élevée du dessin. » *Baudelaire, de son côté, remarquait que* « M. Chenavard est un artiste éminemment savant et piocheur [qui] fait preuve de goût dans le choix de son sujet et d'habileté dans son dessin[2]. » *Et Thoré, autre connaissance de Balzac*[3]*, et* *vraisemblablement du parti Chenavard, notait :* « C'est un penseur éminent et un dessinateur vigoureux; mais son ambition du haut style et de la signification dans les arts réprime sa fécondité. Il a le malheur de penser que l'art actuel est en dehors de toutes les grandes traditions, que l'esprit intérieur s'est enfui et qu'il faut ressusciter ce Lazare par une foi régénérée et par des moyens nouveaux. » « Mes amis préparent des articles, dit Dubourdieu, mais j'ai peur qu'ils n'aillent trop loin... — Bah ! dit Bixiou, ils n'iront pas si loin que l'avenir... » L'avenir... « Le fouriérisme l'a tué » car, « si l'opinion ne

---

1. Lettre de Nerval à Gautier en septembre 1845 : J. Richer, art. cité, p. 23.
2. *Salon de 1846*, Bibl. de la Pléiade, t. II, p. 119.
3. *Correspondance*, t. V, p. 169-170, 13 décembre 1846.

donne pas le talent, elle le gâte toujours », dit Lora, le porte-pensée de Balzac, pour qui le peintre-philosophe eſt condamné, la pensée ayant déjà tué le penseur. L'Enfer devait reſter la préface d'une œuvre morte : Chenavard ne réalisera jamais son grand rêve.

Le sort, à vrai dire, allait se mêler de donner raison à Balzac : en *1848*, Ledru-Rollin proposait à Chenavard d'exécuter sa Palingénésie universelle *pour le Panthéon.* Chenavard composa des cartons pour les 266,64 m du pour-tour et de la mosaïque du sol et, plus fouriériſte que jamais, en collaboration phalanſtérienne, se bornant « comme un simple ouvrier à ne demander de son travail que dix francs par jour pour lui-même et pareille somme pour les quatre ou cinq auxiliaires qu'il prenait sous sa direction[1] ». « Et cet homme était de bonne foi ? s'écria Gazonal, encore ſtupéfait. — De très bonne foi », répliqua Bixiou. Les Bixiou de *1848* trouvèrent cette bonne foi de mauvais goût. Le clergé aussi, et, les intrigues des confrères appuyant les siennes, on congédia Chenavard; « le clergé rentra la bannière haute dans le Panthéon[2] ». Le pen-seur n'avait pas seul tué la pensée.

Que Chenavard n'ait jamais été reconnu en Dubourdieu eſt surprenant. Mais il eſt surtout regrettable que Dubourdieu n'ait pas suscité, comme par exemple Frenhofer, Joseph Bri-dau ou Pierre Grassou, les réflexions auxquelles son génie ſtérilisé incite, non seulement sur la création piƈturale, mais sur toute création artiſtique, car il procure l'une des meilleures clefs pour la pensée et la création de Balzac et pour leur évolu-tion.

Héros du Chef-d'œuvre inconnu, Frenhofer n'avait pas de modèle réel : la force dévaſtatrice de sa pensée, et même la réflexion de Poussin : « *Les peintres ne doivent méditer que les brosses à la main* », n'étaient, somme toute, que théorie. L'exiſtence de Chenavard offrait à Balzac une illuſtration vivante de son axiome fondamental et un moyen de s'expliquer

---

1. Th. Silveſtre, *op. cit.,* p. 139.
2. *Ibid.*

plus clairement, par les considérations de Lora : « Le fouriérisme l'a tué [...] Tel est Républicain, tel autre était Saint-Simonien, tel est Aristocrate, tel Catholique, tel Juste-Milieu, tel Moyen Âge ou Allemand par parti pris. Mais si l'opinion ne donne pas le talent, elle le gâte toujours »; et par sa conclusion : « L'opinion d'un artiste doit être la foi dans ses œuvres. »

Voilà donc, presque à la fin de La Comédie humaine, *le vrai credo de Balzac, autrement inexplicable ou si souvent mal expliqué, en particulier par les gens « à opinions », au prix d'étonnantes virtuosités dialectiques. Annexer Balzac à quelque idéologie passée ou présente, le donner comme précurseur d'une actuelle orthodoxie réactionnaire ou marxiste, aussi bien que du réalisme socialiste en art, est aussi absurde et abusif que de chercher à le caser dans une des doctrines ou écoles de son temps, le romantisme, le trône et l'autel, le bonaldisme ou le légitimisme, et de s'étonner qu'il n'y entre jamais tout à fait. Et ce fait, du moins, Dubourdieu l'éclaire parfaitement.*

Il ne faut pas se méprendre. Ce n'est pas le fouriérisme que Balzac attaque à travers ce Raphaël stérilisé, pas plus que, naguère, le saint-simonisme, par exemple. Il a reconnu l'importance de ces doctrines; il s'y est même sérieusement et intelligemment intéressé. Mais justement parce qu'elles étaient doctrines, « opinions », comme créateur il devait les rejeter. Car, si « la pensée tue le penseur », a fortiori « l'opinion » tue le créateur. Sans abuser de Freud qui examinait la religion sous l'angle de la névrose pour réduire toute construction idéologique à un délire clinique, il apparaît que les faits ont donné raison à Balzac et prouvé que : « À la différence de la science, l'idéologie a réponse à tout, se meut dans l'univers sans rencontrer de résistance, apprivoise immédiatement l'imprévu, est capable d'expliquer l'idéologue lui-même. C'est ce maniement magique du réel traduisant un retrait partiel du réel qui apparente l'idéologie au délire, dont la fonction est de préserver le moi d'une réalité qui n'est plus soutenable[1]. »

Balzac ne pouvait que refuser l'« opinion », toute opinion,

---

1. Alain Besançon, préface pour A. Amalrik, *L'Union soviétique survivra-t-elle en 1984 ?* (Fayard, 1970), p. 14.

que ses circuits mentaux de créateur rejetaient, comme un organisme rejette une greffe incompatible qui menace son existence. Comme il était le « créateur » de son propre système de pensée, dont il fit à ses débuts, avec les futures Études philosophiques, *l'assise de son œuvre, tout autre système devenait à ses yeux dangereux puisque, assimilé, il se serait substitué au sien, et, non assimilé, l'aurait détruit; et puisque, dans tous les cas, étant pensée toute faite, il représentait une menace pour sa faculté de créer et de manier le réel.*

D'ailleurs, lors des Comédiens sans le savoir, *Balzac a pris du recul par rapport aux assises théoriques des* Études philosophiques, *délaissées depuis une dizaine d'années pour les* Études de mœurs, *parce qu'une opinion, fût-elle personnelle, menaçait sa création. L'évolution de cette création montre combien, du jour où il « a choisi pour sujet de son œuvre la société française*[1] *», il s'est toujours davantage rapproché du réel. Se voulant au départ plus philosophe que romancier, il est devenu, et l'a répété assez souvent pour qu'on le croie, « un historien fidèle et complet », « historien, voilà tout »*[2]*, et même « beaucoup plus historien que romancier*[3] *».*

Balzac va donc créer à partir de la réalité dont, à l'inverse de l'idéologue, il ne cherche pas à se préserver car, fût-elle « insoutenable », elle est et, telle qu'elle est, elle sera l'assise des Études de mœurs *et de toute* La Comédie humaine. *Il est remarquable que ce soit un historien, Louis Chevalier, qui ait le mieux vu dans cette œuvre « non des idées mais des faits », et chez Balzac « cette psychologie d'historien que l'histoire reconnaît en lui et dont elle s'émerveille »*[4]*. La littérature et les critiques, même balzaciens, sont souvent en retard sur l'histoire et les historiens. Les faits sont ignorés ou méconnus. Reproche-t-on assez à* La Comédie humaine *d'être d'une noirceur insoutenable ? C'est reprocher à Balzac d'avoir été ce*

---

1. Préface d'*Une fille d'Ève,* t. II, p. 263.
2. Préface du *Cabinet des Antiques* (t. IV, p. 961) et d'*Une fille d'Ève* (t. II, p. 264).
3. Le 6 mars 1845, donc à mi-chemin de la rédaction des *Comédiens sans le savoir* (*Lettres à Mme Hanska,* t. II, p. 595).
4. Préface pour *Les Paysans,* Gallimard, 1975, coll. « Folio », p. 12 et 23.

*qu'il voulait être et d'avoir réussi ce qu'il voulait faire. Voilà
ce que Dubourdieu nous apprend sur Balzac et sa création.*

    *Voilà aussi la justification du Guide où, à travers le réel
de 1844 et 1845, Balzac fait le point de l'histoire sociale à
cette époque et montre les Mœurs telles qu'elles avaient évolué
depuis le départ de ses Études. Chaque « curiosité humaine »
marque une des mutations survenues dans la société. Mutation
des mécanismes de l'argent avec Vauvinet, l'usurier nouveau
style, et avec du Tillet pour l'emprise toujours croissante des
banques sur l'État. Mutation du journalisme, qui influe de
plus en plus sur les affaires politiques et privées par des « machinistes » aussi vulgaires, ignorants et puffistes qu'un Gaillard.
Mutation du commerce, dont des Gaudissart II, Vital ou
Marius prouvent qu'il commence à reposer essentiellement sur
le bluff, la réclame, des façades et du clinquant. Mutation des
couches sociales, dont les stratifications hiérarchiques ne sont plus
qu'apparence dès lors qu'une « marcheuse » éclabousse « une
préfète », qu'une Nourrisson « tient » une comtesse, ou qu'un
portier peut être « la Providence » de plusieurs dizaines de
personnes. Mutation des intérêts et de leurs moyens, qui change
les rapports et les destinées des hommes puisque, par exemple,
comme le dit Gazonal : « Notre industrie combat contre l'industrie du continent à coups de malheurs, comme sous l'Empire
Napoléon combattait l'Europe à coups de régiments... ».
« À coups de malheurs »... Et les « classes laborieuses », qui
en font les frais, sont en train de devenir des « classes dangereuses »*[1].

    *Ces mutations des mœurs entraînent celles des idées et des
idéologies avec, comme conséquence, toutes les menaces qui pèsent
en 1846 sur une société mise en déséquilibre : la chute de
février 1848 est toute proche. Publicola l'annonce, et ses
« opinions ». Si Balzac n'y adhère pas plus qu'à toutes les
autres, il ne les néglige pas davantage; il en use pour révéler à
la société ce qu'elle est, et que, telle quelle, elle est menacée,
ce qu'aucun « historien », sauf Tocqueville, ne sut alors voir et
faire voir à temps.*

    Mais l' « historien des mœurs » étant « tenu de donner l'esprit

---

1. Louis Chevalier, *Classes laborieuses et classes dangereuses*, Plon,
1958.

plutôt que la lettre des événements [qu'il] synthétise[1] », le romancier travaille pour lui par la « manipulation magique du réel ». Chaque personne réelle se trouve recréée, *mutatis mutandis*, d'abord à mesure que Balzac synthétise les événements, puis par ses procédés spécifiques des personnages reparaissants *et des* modèles reparaissants, *de roman en roman où chaque caractère original reparaît tantôt dédoublé et réincarné dans un autre personnage, tantôt dans sa réalité première déjà manipulée, et le plus souvent subissant les greffes d'autres réalités nécessitées par d'autres synthétisations des événements.*

Aucune œuvre de Balzac autant que Les Comédiens sans le savoir *ne montre mieux* — ou ne dissimule moins — *les rapports respectifs du romancier et de l'historien, puisque le* Guide *court et s'achève sur des « événements » romanesques (argument et épilogue) et puisque les « curiosités humaines » vraies se mêlent à des personnages reparaissants :* Bixiou, Lora, la Nourrisson, *ou « les Orateurs »,* Vignon, Canalis, Trailles, Giraud, Rastignac. *Et il est symptomatique qu'à l'inverse des « curiosités humaines » non manipulées, seuls reparaîtront dans les romans ou ébauches postérieures aux* Comédiens sans le savoir, *ou une Mme Fontaine déjà synthétisée, ou les personnages jadis ou naguère créés à partir de personnes réelles et déjà manipulées. Tel, par exemple, le Bixiou de* La Femme supérieure, *né de Monnier puis synthétisé, le Vignon-Gustave Planche de* Béatrix *complété de Joseph Planche et de Lerminier, le Canalis-Lamartine de* Modeste Mignon *greffé de Hugo, de Pyat, de Liszt. Naturalisés balzaciens, ils sont devenus Bixiou, Claude Vignon, Canalis de* La Comédie humaine, *vivant une autre vie que Lamartine, Planche ou Monnier, celle du monde recréé par Balzac. Un monde plus vrai qu'une photographie, car l'œil de Balzac n'est pas un objectif. Le mot « objectif » définit un mécanisme de transmission de la vision, précis, mais limité et inintelligent. La vision de Balzac, subjective, est finalement plus exacte, car l'essentiel, le significatif seuls sont choisis et retransmis pour parvenir à représenter une vérité plus intelligible, plus authentique, et plus durable.*

ANNE-MARIE MEININGER.

1. Préface du *Cabinet des Antiques,* t. IV, p. 962.

LES COMÉDIENS SANS LE SAVOIR[a]

À MONSIEUR LE COMTE
JULES DE CASTELLANE[b1]

Léon de Lora, notre célèbre peintre de paysage, appartient à l'une des plus nobles familles du Roussillon, espagnole d'origine, et qui, si elle se recommande par l'antiquité de la race, est depuis cent ans vouée à la pauvreté proverbiale des Hidalgos. Venu de son pied léger à Paris du département des Pyrénées-Orientales, avec une somme de onze francs pour tout viatique, il y avait en quelque sorte oublié les misères de son enfance et sa famille au milieu des misères qui ne manquent jamais aux rapins dont toute la fortune est une intrépide vocation. Puis les soucis de la gloire et ceux du succès furent d'autres causes d'oubli.

Si vous avez suivi le cours sinueux et capricieux de ces Études, peut-être vous souvenez-vous de Mistigris, élève de Schinner, un des héros de *Un début dans la vie* (SCÈNES DE LA VIE PRIVÉE), et de ses apparitions dans quelques autres Scènes. En 1845[c], le paysagiste, émule des Hobbema, des Ruysdaël, des Lorrain, ne ressemble plus au rapin dénué, frétillant que vous avez vu. Homme illustre, il possède une charmante maison rue de Berlin, non loin de l'hôtel de Brambourg où demeure son ami Bridau, et près de la maison de Schinner son premier maître. Il est membre de l'Institut et officier de la Légion d'honneur, il a trente-neuf ans, il a vingt mille francs de rentes, ses toiles sont payées au poids de l'or, et, ce qui lui semble plus extraordinaire que d'être invité parfois aux bals de la cour, son nom jeté si souvent, depuis seize ans, par la Presse à l'Europe, a fini par pénétrer dans la vallée des Pyrénées-Orientales où végètent trois véritables Lora, son frère aîné, son père et une vieille tante paternelle, Mlle Urraca y Lora.

Dans la ligne maternelle, il ne reste plus au peintre célèbre qu'un cousin, neveu de sa mère, âgé de cinquante ans, habitant d'une petite ville manufacturière du département. Ce cousin fut le premier à se souvenir de Léon. En 1840 seulement, Léon de Lora reçut une lettre de M. Sylvestre Palafox-Castel-Gazonal (appelé tout simplement Gazonal), auquel il répondit qu'il était bien lui-même, c'est-à-dire le fils de feu Léonie Gazonal, femme du comte Fernand Didas y Lora.

Le cousin Sylvestre Gazonal alla dans la belle saison de 1841 apprendre à l'illustre famille inconnue des Lora que le petit Léon n'était pas parti pour le Rio de la Plata, comme on le croyait, qu'il n'y était pas mort, comme on le croyait, et qu'il était un des plus beaux génies de l'école française, ce qu'on ne crut pas. Le frère aîné, don Juan de Lora, dit à son cousin Gazonal qu'il était la victime d'un^a plaisant de Paris.

Or, ledit Gazonal se proposant d'aller à Paris pour y suivre un procès que, par un conflit[1], le préfet des Pyrénées-Orientales avait arraché de la juridiction ordinaire pour le transporter au Conseil d'État, le provincial se proposa d'éclaircir le fait, et de demander raison de son impertinence au peintre parisien. Il arriva que M. Gazonal, logé dans *un maigre garni* de la rue Croix-des-Petits-Champs, fut ébahi de voir le palais de la rue de Berlin. En y apprenant que le maître voyageait en Italie, il renonça momentanément à demander raison, et douta de voir reconnaître sa parenté maternelle par l'homme célèbre^b.

De 1843 à 1844, Gazonal suivit son procès. Cette contestation relative à une question de cours et de hauteur d'eau, un barrage à enlever, dont se mêlait l'administration soutenue par des riverains, menaçait l'existence même de la fabrique. En 1845, Gazonal regardait ce procès comme entièrement perdu, le secrétaire du maître des requêtes chargé de faire le rapport lui ayant confié que ce rapport serait opposé à ses conclusions, et son avocat le lui ayant confirmé. Gazonal, quoique commandant de la Garde nationale de sa ville, et l'un des plus

habiles fabricants de son département, se trouvait si peu
de chose à Paris, il y fut si effrayé de la cherté de la vie
et des moindres babioles, qu'il s'était tenu coi dans son
méchant hôtel. Ce Méridional, privé de soleil, exécrait
Paris qu'il nommait une fabrique de rhumatismes. En
additionnant les dépenses de son procès et de son séjour,
il se promettait à son retour d'empoisonner le préfet ou
de le minotauriser[1]! Dans ses moments de tristesse, il
tuait raide le préfet; dans ses moments de gaieté, il se
contentait de le minotauriser.

Un matin, à la fin de son déjeuner, tout en maugréant,
il prit rageusement le journal. Ces lignes qui terminaient
un article : « notre grand paysagiste Léon de Lora, revenu
d'Italie depuis un mois, exposera plusieurs toiles au
Salon; ainsi l'exposition sera, comme on le voit, très
brillante », frappèrent Gazonal comme si la voix qui parle
aux joueurs quand ils gagnent les lui eût jetées dans
l'oreille. Avec cette soudaineté d'action qui distingue les
gens du Midi, Gazonal sauta de l'hôtel dans la rue, de la
rue dans un cabriolet, et alla rue de Berlin chez son
cousin.

Léon de Lora fit dire à son cousin Gazonal qu'il l'invitait à déjeuner au Café de Paris[2] pour le lendemain,
car il se trouvait pour le moment occupé d'une manière
qui ne lui permettait pas de recevoir. Gazonal, en homme
du Midi, conta toutes ses peines au valet de chambre[a].

Le lendemain, à dix heures, Gazonal, trop bien mis
pour la circonstance (il avait endossé son habit bleu
barbeau à boutons dorés, une chemise à jabot, un gilet
blanc et des gants jaunes[3]), attendit son amphitryon en
piétinant pendant une heure sur le boulevard, après avoir
appris du *cafetier* (nom des maîtres de café en province)
que ces messieurs déjeunaient habituellement entre onze
heures et midi[b].

« Vers onze heures et demie, deux Parisiens, en *simple
lévite,* disait-il quand il raconta ses aventures à ceux de son
endroit, et qui avaient l'air de *rienne du tout,* s'écrièrent
en me voyant sur le boulevard : " Voilà ton Gazonal!... " »

Cet interlocuteur était Bixiou de qui Léon de Lora
s'était muni pour *faire poser* son cousin.

« " Ne vous fâchez pas, mon cher cousin, je suis le
vôtre ", s'écria le petit Léon en me serrant dans ses bras,
disait Gazonal à ses amis à son retour. Le déjeuner fut

splendide. Et je crus avoir la berlue en voyant le nombre de pièces d'or que nécessita la carte. Ces gens-là doivent gagner leur pesant d'or, car mon cousin donna *trenteu sols* au garrçon, la journée d'un homme. »

Pendant ce déjeuner monſtre, vu qu'il y fut consommé six douzaines d'huitres d'Oſtende, six côtelettes à la Soubise, un poulet à la Marengo, une mayonnaise de homard, des petits pois, une croûte aux champignons, arrosés de trois bouteilles de vin de Bordeaux, de trois bouteilles de vin de Champagne, plus les tasses de café, de liqueur, sans compter les hors-d'œuvre[1], Gazonal fut magnifique de verve contre Paris. Le noble fabricant se plaignit de la longueur des pains de quatre livres, de la hauteur des maisons, de l'indifférence des passants les uns pour les autres, du froid et de la pluie, de la cherté des demi-fiacres, et tout cela si spirituellement que les deux artiſtes se prirent de belle amitié pour Gazonal et lui firent raconter son procès[a].

« Mone proxès, dit-il en grasseyant les *r* et accentuant tout à la provençale[2], eſt quelque chozze de bienne simple : iles veullente ma fabrique. Jé trrouve ici uneu bette d'avocatte à qui jé donne vinte francs à chaque fois pour ouvrire l'œil, et jeu leu trouve toujours ennedôrmi... C'ette une limâsse qui roulle vêtur et jé vienze à pied, ile mé carrrôtte indignémente, jé neu fais que le trazette de l'unne à l'otte, et jeu voiz que j'aurais dû prrendreu vottur... On né régarde ici que les gens qui se cachent dedans leur vottur!... D'otte parre, le conneseillle d'État ette une tas de faïnnéants qui laissente feïreu leur bésôgneu à dé pétits drolles soudoyéz par notte preffette... Voilà mone proxès!... Ile la veullente ma fabriqueu, é bé, il l'orronte!... é s'arrangeronte avecque mez ovvrières qui sonte une centaine et qui les feronte sanger d'avisse à coupe dé triques...

— Allons, cousin, dit le paysagiſte, depuis quand es-tu ici ?

— Déppuis deux anes!... Ah! le conflitte du preffette, ile le payera cher, je prendrai sa vie, et je dône la mienne à la cour d'assises...

— Quel eſt le conseiller d'État qui préside la section ?

— Une ancienne journaliſte, qui ne *vote* pas *disse* sols, et se *nôme* Massol! »

Les deux Parisiens échangèrent un regard.

« Le rapporteur ?...

— Encore plus *drolle !* c'ette uné *mette* des *réquettes prroffesseure* de queleque chozze à la Sorbonne, qui a escript dans une Révue, et pour qui je *prroffesse* une mézestime prrofonde[1]...

— Claude Vignon, dit Bixiou.

— C'est cela..., répondit le Méridional, Massol et Vignon, voilà la rraizon sociale, sans raison, des trestaillons[2] de mone prreffette.

— Il y a de la ressource, dit Léon de Lora. Vois-tu, cousin, tout est possible à Paris, en bien comme en mal, juste et injuste. Tout s'y fait, tout s'y défait, tout s'y refait.

— Du diable, si jeu reste dixe sécondes dé plusse... c'ette lé paysse lé plus ennuyeusse de la Frrance[a]. »

En ce moment, les deux cousins et Bixiou se promenaient d'un bout à l'autre de cette nappe d'asphalte sur laquelle, de une heure à deux, il est difficile de ne pas voir passer quelques-uns des personnages pour lesquels la Renommée embouche l'une ou l'autre de ses trompettes. Autrefois ce fut la place Royale, puis le pont Neuf, qui eurent ce privilège acquis aujourd'hui au boulevard des Italiens[3].

« Paris, dit alors le paysagiste à son cousin, est un instrument dont il faut savoir jouer ; et si nous restons ici dix minutes, je vais te donner une leçon. Tiens, regarde, lui dit-il en levant sa canne et désignant un couple qui sortait du passage de l'Opéra.

— Qu'est-ce que c'est que ça ? » demanda Gazonal.

Ça était une vieille femme à chapeau resté six mois à l'étalage, à robe très prétentieuse, à châle en tartan déteint, dont la figure était restée vingt ans dans une loge humide, dont le cabas très enflé n'annonçait pas une meilleure position sociale que celle d'ex-portière ; plus une petite fille svelte et mince, dont les yeux bordés de cils noirs n'avaient plus d'innocence, dont le teint annonçait une grande fatigue, mais dont le visage, d'une jolie coupe, était frais, et dont la chevelure devait être abondante, le front charmant et audacieux, le corsage maigre, en deux mots un fruit vert[b].

« Ça, lui répondit Bixiou, c'est un rat orné de sa mère[4].

— *Uné ratte ? quésaco*[5] ?

— Ce rat, dit Léon qui fit un signe de tête amical à Mlle Ninette, peut te faire gagner *tone proxès !* »

Gazonal bondit, mais Bixiou le maintenait par le bras depuis la sortie du café, car il lui trouvait la figure un peu trop poussée au rouge.

« Ce rat, qui sort d'une répétition à l'Opéra, retourne faire un maigre dîner, et reviendra dans trois heures pour s'habiller, s'il paraît ce soir dans le ballet, car nous sommes aujourd'hui lundi. Ce rat a treize ans, c'est un rat déjà vieux. Dans deux ans d'ici, cette créature vaudra soixante mille francs sur la place, elle sera rien ou tout, une grande danseuse ou une marcheuse, un nom célèbre ou une vulgaire courtisane. Elle travaille depuis l'âge de huit ans. Telle que tu la vois, elle est épuisée de fatigue, elle s'est rompu le corps ce matin à la classe de danse, elle sort d'une répétition où les évolutions sont difficiles comme les combinaisons d'un casse-tête chinois, elle reviendra ce soir. Le rat est un des éléments de l'Opéra, car il est à la première danseuse ce que le petit clerc est au notaire. Le rat, c'est l'espérance.

— Qui produit le rat ? demanda Gazonal.

— Les portiers, les pauvres, les acteurs, les danseurs, répondit Bixiou. Il n'y a que la plus profonde misère qui puisse conseiller à un enfant de huit ans de livrer ses pieds et ses articulations aux plus durs supplices, de rester sage jusqu'à seize ou dix-huit ans, uniquement par spéculation, et de se flanquer d'une horrible vieille comme vous mettez du fumier autour d'une jolie fleur*a1*. Vous allez voir défiler les uns après les autres tous les gens de talent, petits et grands, artistes en herbe ou en gerbe, qui élèvent, à la gloire de la France, ce monument de tous les jours appelé l'Opéra, réunion de forces, de volontés, de génies qui ne se trouve qu'à Paris*b*...

— J'ai déjà vu l'Opérra*c*, répondit Gazonal d'un air suffisant.

— De dessus ta banquette à trois francs soixante centimes, répliqua le paysagiste, comme tu as vu Paris, rue Croix-des-Petits-Champs... sans en rien savoir... Que donnait-on à l'Opéra quand tu y es allé ?...

— *Guillomme Tèle*2...

— Bon, reprit le paysagiste, le grand duo de Mathilde a dû te faire plaisir. Eh bien, à quoi, dans ton idée, a dû s'occuper la cantatrice en quittant la scène ?...

— Elle s'est... quoi ?

— Assise à manger deux côtelettes de mouton saignant que son domestique lui tenait prêtes...

— Ah! bouffre[a]!

— La Malibran se soutenait avec de l'eau-de-vie et c'est ce qui l'a tuée[1]... Autre chose! Tu as vu le ballet, tu vas le revoir défilant ici, dans le simple appareil du matin, sans savoir que ton procès dépend de quelques-unes de ces jambes-là?

— Mone proxès[b]?...

— Tiens, cousin, voici ce qu'on appelle une *marcheuse*[c]. »

Léon montra l'une de ces superbes créatures qui à vingt-cinq ans en ont déjà vécu soixante, d'une beauté si réelle et si sûre d'être cultivée qu'elles ne la font point voir. Elle était grande, marchait bien, avait le regard assuré d'un dandy, et sa toilette se recommandait par une simplicité ruineuse.

« C'est Carabine, dit Bixiou qui fit ainsi que le peintre un léger salut de tête auquel Carabine répondit par un sourire.

— Encore une qui peut faire destituer ton préfet.

— *Uné marcheuzze!* mais qu'est-ce donc?

— La *marcheuse* est ou un rat d'une grande beauté que sa mère, fausse ou vraie, a vendu le jour où elle n'a pu devenir ni premier, ni second, ni troisième sujet de la danse, et où elle a préféré l'état de coryphée à tout autre, par la grande raison qu'après l'emploi de sa jeunesse elle n'en pouvait pas prendre d'autre; elle aura été repoussée aux petits théâtres où il faut des danseuses, elle n'aura pas réussi dans les trois villes de France où il se donne des ballets, elle n'aura pas eu l'argent ou le désir d'aller à l'étranger, car, sachez-le, la grande école de danse de Paris fournit le monde entier de danseurs et de danseuses. Aussi pour qu'un rat devienne *marcheuse,* c'est-à-dire *figurante* de la danse, faut-il qu'elle ait eu quelque attachement solide qui l'ait retenue à Paris, un homme riche qu'elle n'aimait pas, un pauvre garçon qu'elle aimait trop. Celle que vous avez vue passer, qui se déshabillera, se rhabillera peut-être trois fois ce soir, en princesse, en paysanne, en tyrolienne, etc., a quelque deux cents francs par mois[2].

— Elle est mieux mise què *notte prreffète*...

— Si vous alliez chez elle, dit Bixiou, vous y verriez

femme de chambre, cuisinière et domestique, elle occupe un magnifique appartement rue Saint-Georges, enfin elle est, dans les proportions des fortunes françaises d'aujourd'hui avec les anciennes, le débris de la *fille d'Opéra* du dix-huitième siècle. Carabine est une puissance, elle gouverne en ce moment du Tillet, un banquier très influent à la Chambre[a]...

— Et au-dessus de ces deux échelons du ballet, qu'y a-t-il donc ? demanda Gazonal[b].

— Regarde ! lui dit son cousin en lui montrant une élégante calèche qui passait au bout du boulevard, rue Grange-Batelière, voici un des *premiers sujets* de la Danse, dont le nom sur l'affiche attire tout Paris, qui gagne soixante mille francs par an, et qui vit en princesse, le prix de ta fabrique ne te suffirait pas pour acheter le droit de lui dire trente[c] fois bonjour.

— Eh bé, je me le dirai bien à moi-même, ce ne sera pas si cher[1] !

— Voyez-vous, lui dit Bixiou, sur le devant de la calèche ce beau jeune homme, c'est un vicomte qui porte un beau nom, c'est son premier gentilhomme de la chambre, celui qui fait ses affaires aux journaux, qui va porter des paroles de paix ou de guerre, le matin, au directeur de l'Opéra, ou qui s'occupe des applaudissements par lesquels on la salue quand elle entre sur la scène ou quand elle en sort.

— Ceci, *mes cherses messieurs,* est le *coupe* de grâce, *jeu neu soubessonais* rienne de Parisse[d].

— Eh bien, sachez au moins tout ce qu'on peut voir en dix minutes, au passage de l'Opéra[2], tenez ?... » dit Bixiou.

Deux personnes débouchaient en ce moment du Passage, un homme et une femme. La femme n'était ni laide ni jolie, sa toilette avait cette distinction deformée, de coupe, de couleur qui révèle une artiste, et l'homme avait assez l'air d'un chantre.

« Voilà, lui dit Bixiou, une basse-taille et un *second premier sujet* de la danse. La basse-taille est un homme d'un immense talent, mais la basse-taille étant un accessoire dans les partitions, il gagne à peine ce que gagne la danseuse[e]. Célèbre avant que la Taglioni et la Elssler parussent, le *second sujet* a conservé chez nous la danse de caractère, la mimique ; si les deux autres n'eussent révélé dans la danse une poésie inaperçue jusqu'alors, celle-ci serait un premier talent[1]; mais elle est en seconde ligne aujourd'hui; néanmoins, elle palpe ses trente mille francs, et a pour ami fidèle un pair de France très influent à la Chambre[2]. Tenez, voici la danseuse du troisième ordre, une danseuse qui n'existe que par la toute-puissance d'un journal. Si son engagement n'eût pas été renouvelé, le ministère eût eu sur le dos un ennemi de plus. Le corps de ballet est à l'Opéra la grande puissance, aussi est-il de bien meilleur ton dans les hautes sphères du dandysme et de la politique d'avoir des relations avec la Danse qu'avec le Chant[3]. À l'orchestre, où se tiennent les habitués de l'Opéra, ces mots : " Monsieur est pour le chant ", sont une espèce de raillerie. »

Un petit homme à figure commune, vêtu simplement, vint à passer.

« Enfin, voilà l'autre moitié de la recette de l'Opéra qui passe, c'est le ténor. Il n'y a plus de poème, ni de musique, ni de représentation possible sans un ténor célèbre dont la voix atteigne à une certaine note. Le ténor, c'est l'amour, c'est la voix qui touche le cœur, qui vibre dans l'âme, et cela se chiffre par un traitement plus considérable que celui d'un ministre. Cent mille francs à un gosier, cent mille francs à une paire de chevilles, voilà les deux fléaux financiers de l'Opéra.

— Je suis abasourdi, dit Gazonal, de tous les cent mille francs qui se promènent ici.

— Tu vas l'être bien davantage, mon cher cousin, suis-nous... Nous allons prendre Paris comme un artiste prend un violoncelle, et te faire voir comment on en joue, enfin comment on s'amuse à Paris.

— *C'ette uné* kaléidoscope de sept lieues de tour, s'écria Gazonal[a].

— Avant de piloter monsieur, je dois voir Gaillard, dit Bixiou. Mais Gaillard peut nous être utile pour le cousin.

— Qu'est-ce que cette *ôte* machine ? demanda Gazonal.

— Ce n'est pas une machine, c'est un machiniste. Gaillard est un de nos amis qui a fini par devenir le gérant d'un journal, et dont le caractère ainsi que la caisse se recommandent par des mouvements comparables à ceux des marées. Gaillard peut contribuer à te faire gagner ton procès...

— Il est perdu...

— C'est bien le moment de le gagner alors », répondit Bixiou.

Chez Théodore Gaillard, alors logé rue de Ménars[1], le valet de chambre fit attendre les trois amis dans un boudoir en leur disant que monsieur était en conférence secrète...

« Avec qui ? demanda Bixiou.

— Avec un homme qui lui vend l'incarcération d'un insaisissable débiteur, répondit une magnifique femme qui se montra dans une délicieuse toilette du matin.

— En ce cas, chère Suzanne, dit Bixiou, nous pouvons entrer, nous autres...

— Oh! la belle créature, dit Gazonal.

— C'est Mme Gaillard, lui répondit Léon de Lora qui parlait à l'oreille de son cousin. Tu vois, mon cher, la femme la plus modeste de Paris : elle avait le public, elle s'est contentée d'un mari.

« *Que voulez-vous, messeigneurs ?* » dit le facétieux gérant en voyant ses deux amis et en imitant Frédérick Lemaître[2].

Théodore Gaillard, jadis homme d'esprit, avait fini par devenir stupide en restant dans le même milieu, phénomène moral qu'on observe à Paris. Son principal agrément consistait alors à parsemer son dialogue de mots repris aux pièces en vogue et prononcés avec l'accentuation que leur ont donnée les acteurs célèbres.

« Nous venons *blaguer*, répondit Léon.

— *Encôre, jeûne hôme !* (Odry[3] dans *Les Saltimbanques*[a].)

— Enfin, pour sûr, nous l'aurons, dit l'interlocuteur de Gaillard en forme de conclusion.

— En êtes-vous bien sûr, père Fromenteau ? demanda Gaillard, voici onze fois que nous le tenons le soir et que vous le manquez le matin.

— Que voulez-vous ? je n'ai jamais vu de débiteur comme celui-là, c'est une locomotive, il s'endort à Paris et se réveille dans la Seine-et-Oise. C'est une *serrure à combinaison.* » En voyant un sourire sur les lèvres de Gaillard, il ajouta : « Ça se dit ainsi dans notre *partie. Pincer* un homme, *serrer* un homme, c'est l'arrêter. Dans la police judiciaire, on dit autrement. Vidocq disait à sa pratique : *Tu es servi.* C'est plus drôle, car il s'agit de la guillotine[4]. »

Sur un coup de coude que lui donna Bixiou, Gazonal devint tout yeux et tout oreilles.

« Monsieur graisse-t-il la patte ? demanda Fromenteau d'un ton menaçant quoique froid.

— Il s'agit de *cinquante centimes* (Odry dans *Les Saltimbanques*), répondit le gérant en prenant cent sous et les tendant à Fromenteau.

— Et pour la canaille ?... reprit l'homme.

— Laquelle ? demanda Gaillard.

— Ceux que j'emploie, répliqua Fromenteau tranquillement.

— Y a-il au-dessous ? demanda Bixiou.

— Oui, monsieur, répondit l'espion. Il y a ceux qui nous donnent des renseignements sans le savoir et sans se les faire payer. Je mets les sots et les niais au-dessous de la canaille.

— Elle est souvent belle et spirituelle, la canaille! s'écria Léon.

— Vous êtes donc de la police, demanda Gazonal en regardant avec une inquiète curiosité ce petit homme sec, impassible et vêtu comme un troisième clerc d'huissier.

— De laquelle parlez-vous ? dit Fromenteau.

— Il y en a donc plusieurs ?

— Il y en a eu jusqu'à cinq, répondit Fromenteau. La judiciaire, dont le chef a été Vidocq! — La contre-police, dont le chef est toujours inconnu. — La police politique, celle de Fouché. — Puis celle des affaires étrangères, et celle du château (l'Empereur, Louis XVIII, etc.), qui se chamaillait avec celle du quai Malaquais. Ça a fini à M. Decazes. J'appartenais à celle de Louis XVIII, j'en étais dès 1793, avec ce pauvre Contenson[1]. »

Léon de Lora, Bixiou, Gazonal et Gaillard se regardèrent tous en exprimant la même pensée : « À combien d'hommes a-t-il fait couper le cou ? »

« Maintenant, on veut aller sans nous, une bêtise! reprit après une pause ce petit homme devenu si terrible en un moment. À la préfecture, depuis 1830, ils veulent d'honnêtes gens, j'ai donné ma démission, et je me suis fait un petit *tran-tran* avec les arrestations pour dettes...

— C'est le bras droit des Gardes du commerce, dit Gaillard à l'oreille de Bixiou; mais on ne peut jamais savoir qui du débiteur ou du créancier le paye mieux.

— Plus un état est canaille, plus il y faut de probité,
dit sentencieusement Fromenteau, je suis à celui qui me
paye le plus. Vous voulez recouvrer cinquante mille
francs et vous liardez avec le moyen d'action. Donnez-
moi cinq cents francs, et demain matin votre homme est
serré, car nous l'avons *couché* hier[1].

— Cinq cents francs, pour vous seul ? s'écria Théodore Gaillard.

— Lisette est sans châle, répondit l'espion sans qu'aucun muscle de sa figure jouât, je la nomme Lisette à
cause de Béranger[2].

— Vous avez une Lisette et vous restez dans votre
partie ? s'écria le vertueux Gazonal.

— C'est si amusant! On a beau vanter la pêche et la
chasse, traquer l'homme dans Paris est une partie bien
plus intéressante.

— Au fait, dit Gazonal en se parlant tout haut à lui-
même, il leur faut de grands talents...

— Si je vous énumérais les qualités qui font un
homme remarquable dans *notre partie,* lui dit Fromenteau
dont le rapide coup d'œil lui avait fait deviner Gazonal
tout entier, vous croiriez que je parle d'un homme de
génie. Ne nous faut-il pas la Vue des lynx! — Audace
(entrer comme des bombes dans les maisons, aborder
les gens comme si on les connaissait, proposer des
lâchetés toujours acceptées, etc.). — Mémoire. — Sagacité. — L'Invention (trouver des ruses rapidement
conçues, jamais les mêmes, car l'espionnage se moule
sur les caractères et les habitudes de chacun); c'est un
don céleste. — Enfin l'Agilité, la Force, etc. Toutes ces
facultés, messieurs, sont peintes sur la porte du Gymnase-
Amoros[3] comme étant la Vertu! Nous devons posséder
tout cela, sous peine de perdre les appointements de cent
francs par mois que nous donne l'État, la rue de Jérusalem[4], ou le Garde du commerce.

— Et vous me paraissez un homme remarquable »,
lui dit Gazonal.

Fromenteau regarda le provincial sans lui répondre,
sans donner signe d'émotion, et s'en alla sans saluer
personne. Un vrai trait de génie[a]!

« Eh bien, cousin, tu viens de voir la Police incarnée,
dit Léon à Gazonal.

— Ça me fait l'effet d'un digestif, répondit l'honnête fabricant pendant que Gaillard et Bixiou causaient à voix basse ensemble.

— Je te rendrai réponse ce soir chez Carabine, dit tout haut Gaillard en se rasseyant à son bureau sans voir ni saluer Gazonal.

— C'est un impertinent, s'écria sur le pas de la porte le Méridional.

— Sa feuille a vingt-deux mille abonnés, dit Léon de Lora. C'est une des cinq grandes puissances du jour, et il n'a pas, le matin, le temps d'être poli*a*...

— Si nous devons aller à la Chambre pour y arranger son procès, prenons le chemin le plus long, dit Léon à Bixiou.

— Les mots dits par les grands hommes sont comme les cuillers de vermeil que l'usage dédore; à force d'être répétés, ils perdent tout leur brillant, répliqua Bixiou; mais où irons-nous*b* ?

— Ici près, chez notre chapelier, répondit Léon.

— Bravo! s'écria Bixiou. Si nous continuons ainsi, peut-être aurons-nous une journée amusante.

— Gazonal, reprit Léon, je le *ferai poser* pour toi; seulement, sois sérieux*c* comme le roi sur une pièce de cent sous, car tu vas voir gratis un fier original, un homme à qui son importance fait perdre la tête. Aujourd'hui, mon cher, tout le monde veut se couvrir de gloire et beaucoup se couvrent de ridicule, de là des caricatures vivantes entièrement neuves...

— Quand tout le monde aura de la gloire, comment pourra-t-on se distinguer ? demanda Gazonal.

— La gloire ?... ce sera d'être un sot, lui répondit Bixiou. Votre cousin est décoré, je suis bien vêtu, c'est moi qu'on regarde... »

Sur cette observation qui peut expliquer pourquoi les orateurs et autres grands hommes politiques ne mettent plus rien à la boutonnière de leur habit à Paris, Léon fit lire à Gazonal, en lettres d'or, le nom illustre de VITAL, SUCCESSEUR DE FINOT[1], FABRICANT DE CHAPEAUX (et non pas chapelier, comme autrefois), dont les réclames rapportent aux journaux autant d'argent que celles de trois vendeurs de pilules ou de pralines, et de plus auteur d'un petit écrit sur le chapeau.

« Mon cher, dit à Gazonal Bixiou qui lui montrait les

splendeurs de la devanture, Vital a quarante mille francs de rentes.

— Et il reste chapelier! s'écria le Méridional en cassant le bras à Bixiou par un soubresaut violent.

— Tu vas voir l'homme, répondit Léon. Tu as besoin d'un chapeau, tu vas en avoir un gratis.

— M. Vital n'y est pas? demanda Bixiou qui n'aperçut personne au comptoir.

— Monsieur corrige ses épreuves dans son cabinet, répondit un premier commis.

— Hein? quel style! » dit Léon à son cousin. Puis s'adressant au premier commis : « Pouvons-nous lui parler sans nuire à ses inspirations ?

— Laissez entrer ces messieurs », dit une voix.

C'était une voix bourgeoise, la voix d'un éligible, une voix puissante et bien rentée.

Et Vital daigna se montrer lui-même, vêtu tout en drap noir, décoré d'une magnifique chemise à jabot ornée d'un diamant. Les trois amis aperçurent une jeune et jolie femme assise au bureau, travaillant à une broderie*a*.

Vital est un homme de trente à quarante ans, d'une jovialité primitive rentrée sous la pression de ses idées ambitieuses. Il jouit de cette moyenne taille, privilège des belles organisations. Assez gras, il est soigneux de sa personne, son front se dégarnit; mais il aide à cette calvitie pour se donner l'air d'un homme dévoré par la pensée. On voit, à la manière dont il le regarde et l'écoute sa femme, qu'elle croit au génie et à l'illustration de son mari. Vital aime les artistes, non qu'il ait le goût des arts, mais par confraternité; car il se croit un artiste et le fait pressentir en se défendant de ce titre de noblesse, en se mettant avec une constante préméditation à une distance énorme des arts pour qu'on lui dise : « Mais vous avez élevé le chapeau jusqu'à la hauteur d'une science. »

« M'avez-vous enfin trouvé un chapeau ? dit le paysagiste.

— Comment, monsieur, en quinze jours ? répondit Vital, et pour vous!... Mais sera-ce assez de deux mois pour rencontrer la forme qui convient à votre physionomie ? Tenez, voici votre lithographie, elle est là, je vous ai déjà bien étudié! Je ne me donnerais pas tant de peine pour un prince; mais vous êtes plus, vous êtes un artiste! et vous me comprenez, mon cher monsieur.

— Voici l'un de nos plus grands inventeurs, un homme qui serait grand comme Jacquart s'il voulait se laisser mourir un petit peu, dit Bixiou en présentant Gazonal. Notre ami, fabricant de drap, a découvert le moyen de retrouver l'indigo des vieux habits bleus, et il voulait vous voir comme un grand phénomène, car vous avez dit : « *Le chapeau, c'est l'homme.* » Cette parole a ravi monsieur. Ah! Vital, vous avez la foi! vous croyez à quelque chose, vous vous passionnez pour votre œuvre. »

Vital écoutait à peine, il était devenu pâle de plaisir.

« Debout, ma femme!... Monsieur est un prince de la science. »

Mme Vital se leva sur un geste de son mari, Gazonal la salua.

« Aurais-je l'honneur de vous coiffer ? reprit Vital avec une joyeuse obséquiosité.

— Le même prix que pour moi, dit Bixiou.

— Bien entendu, je ne demande pour tout honoraire que le plaisir d'être quelquefois cité par vous, messieurs! Il faut à monsieur un chapeau pittoresque, dans le genre de celui de M. Lousteau, dit-il en regardant Bixiou d'un air magistral. J'y songerai[a].

— Vous vous donnez bien de la peine, dit Gazonal à l'industriel de Paris.

— Oh! pour quelques personnes seulement, pour celles qui savent apprécier le prix de mes soins. Tenez, dans l'aristocratie, il n'y a qu'un seul homme qui ait compris le chapeau, c'est le prince de Béthune[1]. Comment les hommes ne songent-ils pas, comme le font les femmes, que le chapeau est la première chose qui frappe les regards dans la toilette, et ne pensent-ils pas à changer le système actuel qui, disons-le est ignoble. Mais le Français est, de tous les peuples, celui qui persiste le plus dans une sottise! Je connais bien les difficultés, messieurs! Je ne parle pas de mes écrits sur la matière que je crois avoir abordée en philosophe, mais comme chapelier seulement, moi seul ai découvert les moyens d'accentuer l'infâme couvre-chef dont jouit la France, jusqu'à ce que je réussisse à le renverser. »

Il montra l'affreux chapeau en usage aujourd'hui.

« Voilà l'ennemi, messieurs, reprit-il. Dire que le peuple le plus spirituel de la terre consent à porter sur la tête ce morceau de tuyau de poêle! a dit un de nos écrivains. Voilà toutes les inflexions que j'ai pu donner à ces affreuses lignes, ajouta-t-il en désignant une à une *ses créations*. Mais, quoique je sache les approprier au caractère de chacun, comme vous voyez, car voici le chapeau d'un médecin, d'un épicier, d'un dandy, d'un artiste, d'un homme gras, d'un homme maigre, c'est toujours horrible! Tenez, saisissez bien toute ma pensée!... »

Il prit un chapeau, bas de forme et à bords larges.

« Voici l'ancien chapeau de Claude Vignon, grand critique, homme libre et viveur... Il se rallie au Ministère, on le nomme professeur, bibliothécaire, il ne travaille plus qu'aux *Débats,* il est fait maître des requêtes, il a seize mille francs d'appointements, il gagne quatre mille francs à son journal, il est décoré... Eh bien! voilà son nouveau chapeau. »

Et Vital montrait un chapeau d'une coupe et d'un dessin véritablement juste-milieu.

« Vous auriez dû lui faire un chapeau de polichinelle! s'écria Gazonal.

— Vous êtes un homme de génie au premier chef, monsieur Vital », dit Léon.

Vital s'inclina, sans soupçonner le calembour[a].

« Pourriez-vous me dire pourquoi vos boutiques restent ouvertes les dernières de toutes, le soir, à Paris, même après celles des cafés et les marchands de vin. Vraiment, ça m'intrigue, demanda Gazonal.

— D'abord nos magasins sont plus beaux à voir éclairés que pendant le jour; puis, pour dix chapeaux que nous vendons pendant la journée, on en vend cinquante le soir.

— Tout est drôle à Paris, dit Léon.

— Eh bien, malgré mes efforts et mes succès, reprit Vital en reprenant le cours de son éloge, il faut arriver au chapeau à calotte ronde. C'est là que je tends!...

— Quel est l'obstacle? lui demanda Gazonal.

— Le bon marché, monsieur! D'abord, on vous établit de beaux chapeaux de soie à quinze francs, ce qui tue notre commerce, car, à Paris, on n'a jamais quinze francs à mettre à un chapeau neuf. Si le castor coûte trente francs, c'est toujours le même problème. Quand je dis castor, il ne s'achète plus dix livres de poil de castor en

France. Cet article coûte trois cent cinquante francs la livre, il en faut une once pour un chapeau; d'ailleurs le chapeau de castor ne vaut rien. Ce poil prend mal la teinture, rougit en dix minutes au soleil, et le chapeau se bossue à la chaleur. Ce que nous appelons *castor* est tout bonnement du poil de lièvre. Les belles qualités se font avec le dos de la bête, les secondes avec les flancs, la troisième avec le ventre. Je vous dis le secret du métier, vous êtes des gens d'honneur. Mais que nous ayons du lièvre ou de la soie sur la tête, quinze ou trente francs, le problème est toujours insoluble. Il faut toujours payer son chapeau, voilà pourquoi le chapeau reste ce qu'il est. L'honneur de la France vestimentale[1] sera sauvé le jour où les chapeaux gris à calottes rondes coûteront cent francs! Nous pourrons alors, comme les tailleurs, faire crédit. Pour arriver à ce résultat, il faudrait se décider à porter la boucle et le ruban d'or, la plume, les revers de satin comme sous Louis XIII et Louis XIV. Notre commerce, entrant alors dans la fantaisie, déculperait. Le marché du monde appartiendrait à la France, comme pour les modes de femmes, auxquelles Paris donnera toujours le ton; tandis que notre chapeau actuel peut se fabriquer partout. Il y a dix millions d'argent étranger à conquérir annuellement pour notre pays dans cette question...

— C'est une révolution! lui dit Bixiou en faisant l'enthousiaste.

— Oui, radicale, car il faut changer la forme.

— Vous êtes heureux à la façon de Luther, dit Léon qui cultive toujours le calembour, vous rêvez une Réforme.

— Oui, monsieur. Ah! si douze ou quinze artistes, capitalistes ou dandies qui donnent le ton voulaient avoir du courage pendant vingt-quatre heures, la France gagnerait une belle bataille commerciale! Tenez, je le dis à ma femme : pour réussir, je donnerais ma fortune! Oui, toute mon ambition est de régénérer la chose et disparaître[a]!... »

« Cet homme est colossal, dit Gazonal en sortant, mais je vous assure que tous vos originaux ont quelque chose de méridional[b]...

— Allons par là[c], dit Bixiou qui désigna la rue Saint-Marc.

— Nous allons voir ôte *chozze*...

— Vous allez voir l'usurière des rats, des marcheuses, une femme qui possède autant de secrets affreux que vous apercevez de robes pendues derrière son vitrage », dit Bixiou.

Et il montrait une de ces boutiques dont la négligence fait tache au milieu des éblouissants magasins modernes[a]. C'était une boutique à devanture peinte en 1820 et qu'une faillite avait sans doute laissée au propriétaire de la maison dans un état douteux; la couleur avait disparu sous une double couche imprimée par l'usage et grassement épaissie par la poussière; les vitres étaient sales, le bec de cane tournait de lui-même, comme dans tous les endroits d'où l'on sort encore plus promptement qu'on y est entré.

« Que dites-vous de ceci, n'est-ce pas la cousine germaine de la Mort ? dit le dessinateur à l'oreille de Gazonal en lui montrant au comptoir une terrible compagnonne, eh bien, elle se nomme Mme Nourrisson[b].

— Madame, combien cette guipure ? demanda le fabricant qui voulait lutter de verve avec les deux artistes.

— Pour vous qui venez de loin, monsieur, ce ne sera que cent écus », répondit-elle.

En remarquant une cabriole particulière aux Méridionaux, elle ajouta d'un air pénétré : « Cela vient de la pauvre princesse de Lamballe.

— Comment! si près du Château ? s'écria Bixiou.

— Monsieur, *ils* n'y croient pas, répondit-elle.

— Madame, nous ne venons pas pour acheter, dit bravement Bixiou.

— Je le vois bien, monsieur, répliqua Mme Nourrisson.

— Nous avons plusieurs choses à vendre, dit l'illustre caricaturiste en continuant, je demeure rue Richelieu, 112, au sixième[1]. Si vous vouliez y passer dans un moment, vous pourriez faire un fameux marché ?...

— Monsieur désire peut-être quelques aunes de mousseline *bien portées* ? demanda-t-elle en souriant.

— Non, il s'agit d'une robe de mariage », répondit gravement Léon de Lora[c].

Un quart d'heure après, Mme Nourrisson vint en effet chez Bixiou, qui, pour finir cette plaisanterie, avait

emmené chez lui Léon et Gazonal; Mme Nourrisson
les trouva sérieux comme des auteurs dont la collaboration *n'obtient pas tout le succès qu'elle mérite.*

« Madame, lui dit l'intrépide myſtificateur en lui montrant une paire de pantoufles de femme, voilà qui vient
de l'impératrice Joséphine. »

Il fallait bien rendre à Mme Nourrisson la monnaie
de sa princesse de Lamballe.

« Ça ?... fit-elle, c'eſt fait de cette année, voyez cette
marque en dessous ?

— Ne devinez-vous pas que ces pantoufles sont une
préface, répondit Léon, quoiqu'elles soient ordinairement une conclusion de roman ?

— Mon ami que voici, reprit Bixiou en désignant
le Méridional, dans un immense intérêt de famille,
voudrait savoir si une jeune personne, d'une bonne,
d'une riche maison et qu'il désire épouser, a fait une
faute ?

— Combien monsieur donnera-t-il ? demanda-t-elle
en regardant Gazonal que rien n'étonnait plus.

— Cent francs, répondit le fabricant.

— Merci, dit-elle en grimaçant un refus à désespérer
un macaque.

— Que voulez-vous donc, ma petite madame Nourrisson ? demanda Bixiou qui la prit par la taille.

— D'abord, mes chers messieurs, depuis que je travaille, je n'ai jamais vu personne, ni homme ni femme,
marchandant le bonheur! Et puis, tenez ? vous êtes
trois farceurs, reprit-elle en laissant venir un sourire sur
ses lèvres froides et le renforçant d'un regard glacé par
une défiance de chatte. — S'il ne s'agit pas de votre
bonheur, il eſt queſtion de votre fortune; et, à la hauteur
où vous êtes logés, l'on marchande encore moins une
dot. — Voyons, dit-elle, en prenant un air doucereux,
de quoi s'agit-il, mes agneaux ?

— De la maison Beunier et Cⁱᵉ, répondit Bixiou bien
aise de savoir à quoi s'en tenir sur une personne qui
l'intéressait.

— Oh! pour ça, reprit-elle, un louis, c'eſt assez...

— Et comment ?

— J'ai tous les bijoux de la mère; et, de trois en trois
mois, elle eſt dans ses petits souliers, allez! elle eſt bien
embarrassée de me trouver les intérêts de ce que je lui ai

prêté. Vous voulez vous marier par là, jobard ?... dit-elle, donnez-moi quarante francs, et je jaserai pour plus de cent écus. »

Gazonal fit voir une pièce de quarante francs, et Mme Nourrisson donna des détails effrayants sur la misère secrète de quelques femmes dites *comme il faut*. La revendeuse mise en gaieté par la conversation se dessina. Sans trahir aucun nom, aucun secret, elle fit frissonner les deux artistes en leur démontrant qu'il se rencontrait peu de bonheurs, à Paris, qui ne fussent assis sur la base vacillante de l'emprunt. Elle possédait dans ses tiroirs des feues grand-mères, des enfants vivants, des défunts maris, des petites-filles mortes, souvenirs entourés d'or et de brillants! Elle apprenait d'effrayantes histoires en faisant causer ses pratiques les unes sur les autres, en leur arrachant leurs secrets dans les moments de passion, de brouilles, de colères, et dans ces préparations anodines que veut un emprunt pour se conclure.

« Comment avez-vous été amenée à faire ce commerce ? demanda Gazonal.

— Pour mon fils », dit-elle avec naïveté.

Presque toujours, les revendeuses à la toilette justifient leur commerce par des raisons pleines de beaux motifs. Mme Nourrison se posa comme ayant perdu plusieurs prétendus, trois filles qui avaient très mal tourné, toutes ses illusions, enfin! Elle montra, comme étant celles de ses plus belles valeurs, des reconnaissances du Mont-de-Piété pour prouver combien son commerce comportait de mauvaises chances. Elle se donna pour gênée au Trente prochain. « On la *volait* beaucoup », disait-elle.

Les deux artistes se regardèrent en entendant ce mot un peu trop vif[a].

« Tenez, mes enfants, je vais vous montrer comment l'on nous *refait* ! Il ne s'agit pas de moi, mais de ma voisine d'en face, Mme Mahuchet, la cordonnière pour femmes. J'avais prêté de l'argent à une comtesse, une femme qui a trop de passions eu égard à ses revenus. Ça se carre sur de beaux meubles, dans un magnifique appartement! Ça reçoit, ça *fait*, comme nous disons, *un esbroufe* du diable. Elle doit donc trois cents francs à sa cordonnière, et ça donnait un dîner, une soirée, pas plus tard qu'avant-hier. La cordonnière, qui apprend cela par la cuisinière, vient me voir; nous nous montons la tête, elle veut faire une esclandre[1], moi je lui dis : " Ma petite mère Mahuchet, à quoi cela sert-il ? à se faire haïr. Il vaut mieux obtenir de bons gages. *À râleuse, râleuse et demie !* Et l'on épargne sa bile... " Elle veut y aller, me demande de la soutenir, nous y allons. " Madame n'y est pas. — Connu! — Nous l'attendrons, dit la mère Mahuchet, dussé-je rester là jusqu'à minuit. " Et nous nous campons dans l'antichambre et nous causons. Ah! voilà les portes qui vont, qui viennent, des petits pas, des petites voix... Moi, cela me faisait de la peine. Le monde arrivait pour dîner. Vous jugez de la tournure que ça prenait. La comtesse envoie sa femme de chambre pour amadouer la Mahuchet. " Vous serez payée, demain! " Enfin, toutes les colles!... Rien ne prend. La comtesse, mise comme un dimanche, arrive dans la salle à manger. Ma Mahuchet, qui l'entend, ouvre la porte et se présente. Dame! en voyant une table étincelant d'argenterie (les réchauds, les chandeliers, tout brillait comme un écrin), elle part comme du *sodavatre*[2] et lance sa fusée : " Quand on dépense l'argent des autres, on devrait être sobre, ne pas donner à dîner. Être comtesse et devoir cent écus à une malheureuse cordonnière qui a sept enfants!... " Vous pouvez deviner tout ce qu'elle débagoule, c'te femme qu'a peu d'éducation. Sur un mot d'excuse (" Pas de fonds! ") de la comtesse, ma Mahuchet s'écrie : " Eh! madame, voilà de l'argenterie! engagez vos couverts et payez-moi! — Prenez-les vous-même ", dit la comtesse en ramassant six couverts et les lui fourrant dans la main. Nous dégringolons les escaliers... ah! bah! comme un succès!... Non, dans la rue les larmes sont venues à la Mahuchet, car elle est bonne femme, elle a rapporté les couverts en faisant des excuses, elle avait compris la misère de cette comtesse, ils étaient en maillechort!...

— Elle est restée à découvert, dit Léon de Lora chez qui l'ancien Mistigris reparaissait souvent[a].

— Ah! mon cher monsieur, dit Mme Nourrisson éclairée par ce calembour, vous êtes un artiste, vous faites des pièces de théâtre, vous demeurez rue du Helder, et vous êtes resté avec Mme Antonia, vous avez des tics que je connais... Allons, vous voulez avoir quelque rareté dans le grand genre, Carabine ou Mousqueton, Malaga[1] ou Jenny Cadine.

— Malaga, Carabine, c'est nous qui les avons faites ce qu'elles sont!... s'écria Léon de Lora.

— Je vous jure, ma chère madame Nourrisson, que nous voulions uniquement avoir le plaisir de faire votre connaissance et que nous souhaitons des renseignements sur vos antécédents, savoir par quelle pente vous avez glissé dans votre métier, dit Bixiou.

— J'étais femme de confiance chez un maréchal de France, le prince d'Ysembourg[2], dit-elle en prenant une pose de Dorine. Un matin, il vint une des comtesses les plus huppées de la cour impériale, elle veut parler au maréchal, et secrètement. Moi, je me mets aussitôt en mesure d'écouter. Ma femme fond en larmes, elle confie à ce benêt de maréchal (le prince d'Ysembourg, ce Condé de la République, un benêt!) que son mari, qui servait en Espagne, l'a laissée sans un billet de mille francs que si elle n'en a pas un ou deux à l'instant, ses enfants sont sans pain, elle n'a pas à manger demain. Mon maréchal, assez donnant dans ce temps-là, tire deux billets de mille francs de son secrétaire. Je regarde cette belle comtesse dans l'escalier sans qu'elle pût me voir, elle riait d'un contentement si peu maternel que je me glisse jusque sous le péristyle, et je lui entends dire tout bas à son chasseur : " Chez Leroy! " J'y cours. Ma mère de famille entre chez ce fameux marchand[3], rue Richelieu, vous savez... Elle se commande et paye une robe de quinze cents francs, on soldait alors une robe en la commandant. Le surlendemain, elle pouvait paraître à un bal d'ambassadeur, harnachée comme une femme doit l'être pour plaire à la fois à tout le monde et à quelqu'un. De ce jour-là, je me suis dit : " J'ai un état! Quand je ne serai plus jeune, je prêterai sur leurs nippes aux grandes dames, car la passion ne calcule pas et paye aveuglément. " Si c'est des sujets de vaudeville que vous cherchez, je vous en vendrai... »

Elle partit sur cette tirade où chacune des phases de sa vie antérieure avait déteint, en laissant Gazonal autant épouvanté de cette confidence que par cinq dents jaunes qu'elle avait montrées en essayant de sourire.

« Et qu'allons-nous faire[a] ? demanda Gazonal.

— Des billets!... dit Bixiou qui siffla son portier, car

j'ai besoin d'argent, et je vous ferai voir à quoi servent les portiers ; vous croyez qu'ils servent à tirer le cordon, ils servent à tirer d'embarras les gens sans aveu comme moi, les artistes qu'ils prennent sous leur protection ; aussi quelque jour le mien aura-t-il le prix Montyon[a1]. »

Gazonal ouvrit des yeux, de manière à faire comprendre ce mot, un œil de bœuf.

Un homme entre deux âges, moitié grison, moitié garçon de bureau, mais plus huileux et plus huilé, la chevelure grasse, l'abdomen grassouillet, le teint blafard et humide comme celui d'une supérieure de couvent, chaussé de chaussons de lisière, vêtu d'une veste en drap bleu et d'un pantalon grisâtre, se montra soudain.

« Que voulez-vous, monsieur..., dit-il d'un air qui tenait du protecteur et du subordonné tout ensemble.

— Ravenouillet... — Il se nomme Ravenouillet, dit Bixiou qui se tourna vers Gazonal. — As-tu notre carnet d'échéance ? »

Ravenouillet tira de sa poche de côté le livret le plus gluant que jamais Gazonal eût vu.

« Inscris dessus à trois mois ces deux billets de chacun cinq cents francs que tu vas me signer. »

Et Bixiou présenta deux effets de commerce tout préparés faits à son ordre par Ravenouillet, que Ravenouillet signa sur-le-champ et inscrivit sur le livret graisseux où sa femme notait les dettes des locataires.

« Merci, Ravenouillet, dit Bixiou. Tiens, voici une loge pour le Vaudeville[2]...

— Oh ! ma fille s'amusera bien ce soir, dit Ravenouillet en s'en allant.

— Nous sommes ici soixante et onze locataires, dit Bixiou, la moyenne de ce qu'on doit à Ravenouillet est de six mille francs par mois, dix-huit mille francs par trimestre, en avances et ports de lettres, sans compter les loyers dus. C'est la Providence... à trente pour cent que nous lui donnons sans qu'il ait jamais rien demandé...

— Oh ! Paris, Paris !... s'écria Gazonal.

— En nous en allant, dit Bixiou qui venait d'endosser les effets, car je vous mène, cousin Gazonal, voir encore un comédien qui va jouer gratis une charmante scène...

— Où ? dit Gazonal[b].

— Chez un usurier. En nous en allant, je vous raconterai le début de l'ami Ravenouillet à Paris. »

En passant devant la loge, Gazonal aperçut Mlle Lucienne Ravenouillet qui tenait à la main un solfège, elle était élève du Conservatoire; le père lisait un journal, et Mme Ravenouillet tenait à la main des lettres à monter pour les locataires.

« Merci, monsieur Bixiou! dit la petite.

— Ce n'est pas un rat, dit Léon à son cousin, c'est une larve de cigale.

— Il paraît qu'on obtient, dit Gazonal, l'amitié de la loge, comme celle de tout le monde, par les loges...

— Se forme-t-il dans notre société ? s'écria Léon charmé du calembour[a].

— Voici l'histoire de Ravenouillet, reprit Bixiou quand les trois amis se trouvèrent sur le Boulevard. En 1831, Massol, votre conseiller d'État, était un avocat-journaliste qui ne voulait alors être que garde des Sceaux, il daignait laisser Louis-Philippe sur le trône; mais il faut lui pardonner son ambition, il est de Carcassonne. Un matin, il voit entrer un jeune *pays* qui lui dit : " Vous me connaissez bien, monsu Massol, je suis le petit de votre voisin l'épicier, j'arrive de là-bas, car l'on nous a dit qu'en venant ici chacun trouvait à se placer... " En entendant ces paroles, Massol fut pris d'un frisson, et se dit en lui-même que, s'il avait le malheur d'obliger ce compatriote, à lui d'ailleurs parfaitement inconnu, tout le département allait tomber chez lui, qu'il y perdrait beaucoup de mouvements de sonnette, onze cordons, ses tapis, que son unique valet le quitterait, qu'il aurait des difficultés avec son propriétaire relativement à l'escalier, et que les locataires se plaindraient de l'odeur d'ail et de diligence répandue dans la maison. Donc, il regarda le solliciteur comme un boucher regarde un mouton avant de l'égorger; mais quoique *le pays* eût reçu ce coup d'œil ou ce coup de poignard, il reprit ainsi, nous dit Massol : " J'ai de l'ambition tout comme un autre, et je ne veux retourner au pays que riche, si j'y retourne; car Paris est l'antichambre du Paradis. On dit que vous, qui écrivez dans les journaux, vous faites ici la pluie et le beau temps, qu'il vous suffit de demander pour obtenir n'importe quoi dans le gouvernement; mais, si j'ai des facultés, comme nous tous, je me connais, je n'ai pas d'instruction; si j'ai des moyens, je ne sais pas écrire, et c'est un malheur, car j'ai des idées; je ne pense donc pas à vous faire concurrence, je me juge, je ne réussirais point; mais, comme vous pouvez tout, et que nous sommes presque frères, ayant joué pendant notre enfance ensemble, je compte que vous me lancerez et que vous me protégerez... Oh! il le faut, je veux une place, une place qui convienne à mes moyens, à ce que je suis, et où je puisse faire fortune... » Massol allait brutalement mettre son pays à la porte en lui jetant au nez quelque phrase brutale, lorsque le pays conclut ainsi : " Je ne demande donc pas à entrer dans l'administration où l'on va comme des tortues, que votre cousin est resté contrôleur ambulant depuis vingt ans... Non, je voudrais seulement débuter... — Au théâtre ?... lui dit Massol heureux de ce dénouement. — Non, j'ai bien du geste, de la figure, de la mémoire; mais il y a trop de tirage; je voudrais débuter dans la carrière... des portiers. " Massol resta grave et lui dit : " Il y aura bien plus de tirage, mais du moins vous verrez les loges pleines. " Et il lui fit obtenir, comme dit Ravenouillet, son premier cordon[a].

— Je suis le premier, dit Léon, qui me sois préoccupé du Genre Portier. Il y a des fripons de moralité, des bateleurs de vanité, des sycophantes modernes, des septembriseurs caparaçonnés de gravité, des inventeurs de questions palpitantes d'actualité qui prêchent l'émancipation des nègres, l'amélioration des petits voleurs, la bienfaisance envers les forçats libérés, et qui laissent leurs portiers dans un état pire que celui des Irlandais, dans des prisons plus affreuses que des cabanons, et qui leur donnent pour vivre moins d'argent par an que l'État n'en donne pour un forçat[1]... Je n'ai fait qu'une bonne action dans ma vie, c'est la loge de mon portier.

— Si, reprit Bixiou, un homme ayant bâti de grandes cages, divisées en mille compartiments comme les alvéoles d'une ruche ou les loges d'une ménagerie, et destinées à recevoir des créatures de tout genre et de toute industrie, si cet animal à figure de propriétaire venait consulter un savant et lui disait : " Je veux un individu du Genre Bimane qui puisse vivre dans une sentine pleine de vieux souliers, empestiférée par des haillons, et de dix pieds carrés; je veux qu'il y vive toute sa vie, qu'il y couche, qu'il y soit heureux, qu'il ait des enfants jolis comme des amours; qu'il y travaille, qu'il y fasse la cuisine, qu'il s'y promène, qu'il y cultive des fleurs, qu'il y chante et qu'il n'en sorte pas, qu'il n'y voie pas clair et qu'il s'aperçoive de tout ce qui se passe au-dehors ", assurément le savant ne pourrait pas inventer le portier, il fallait Paris pour le créer, ou si vous voulez le diable...

— L'industrie parisienne est allée plus loin dans l'impossible, dit Gazonal, il y a les ouvriers... Vous ne connaissez pas tous les produits de l'industrie, vous qui les exposez. Notre industrie combat contre l'industrie du continent à coups de malheurs, comme sous l'Empire Napoléon combattait l'Europe à coups de régiments*a*...

— Nous voici chez mon ami Vauvinet, l'usurier, dit Bixiou. Une des plus grandes fautes que commettent les gens qui peignent nos mœurs est de répéter de vieux portraits. Aujourd'hui chaque état s'est renouvelé. Les épiciers deviennent pairs de France, les artistes capitalisent, les vaudevillistes ont des rentes. Si quelques rares figures restent ce qu'elles étaient jadis, en général les professions n'ont plus leur costume spécial, ni leurs anciennes mœurs. Si nous avons eu Gobseck, Gigonnet, Chaboisseau, Samanon, les derniers des Romains, nous jouissons aujourd'hui de Vauvinet, l'usurier bon enfant, petit maître qui hante*b* les coulisses, les lorettes, et qui se promène dans un petit coupé bas à un cheval... Observez bien mon homme, ami Gazonal, vous allez voir la comédie de l'argent, l'homme froid qui ne veut rien donner, l'homme chaud qui soupçonne un bénéfice, écoutez-le, surtout ! »

Et tous trois, ils entrèrent au deuxième étage d'une maison de très belle apparence située sur le boulevard des Italiens, et s'y trouvèrent environnés de toutes les élégances alors à la mode. Un jeune homme d'environ vingt-huit ans vint à leur rencontre d'un air presque riant, car il vit Léon de Lora le premier. Vauvinet donna la poignée de main, en apparence la plus amicale, à Bixiou, salua d'un air froid Gazonal, et les fit entrer dans un cabinet, où tous les goûts du bourgeois se devinaient *sous* l'apparence artistique de l'ameublement, et malgré les statuettes à la mode, les mille petites choses appropriées à nos petits appartements par l'art moderne qui s'est fait aussi petit que le consommateur. Vauvinet était mis, comme les jeunes gens qui se livrent aux affaires, avec une recherche excessive qui, pour beaucoup d'entre eux, est une espèce de prospectus[a].

« Je viens te chercher de la monnaie », dit en riant Bixiou qui présenta ses effets.

Vauvinet prit un air sérieux dont sourit Gazonal, tant il y eut de différence entre le visage riant et le visage de l'escompteur mis en demeure.

« Mon cher, dit Vauvinet en regardant Bixiou, ce serait avec le plus grand plaisir que je t'obligerais, mais je n'ai pas d'argent en ce moment.

— Ah! bah!

— Oui, j'ai tout donné, tu sais à qui... Ce pauvre Lousteau s'est associé pour la direction d'un théâtre avec un vieux vaudevilliste très protégé par le ministère... Ridal; et il leur a fallu trente mille francs, hier. Je suis à sec, et tellement à sec, que je vais envoyer chercher de l'argent chez Cérizet pour payer cent louis perdus au lansquenet, ce matin, chez Jenny Cadine...

— Il faut que vous soyez bien à sec pour ne pas obliger ce pauvre Bixiou, dit Léon de Lora, car il est bien mauvaise langue quand il se trouve *à la côte*...

— Mais, reprit Bixiou, je ne puis dire que du bien de Vauvinet, il est plein de bien...

— Mon cher, reprit Vauvinet, il me serait impossible, eussé-je de l'argent, de t'escompter, fût-ce à cinquante pour cent, des billets souscrits par ton portier... Le Ravenouillet n'est pas demandé. Ce n'est pas là du Rothschild. Je te préviens que cette valeur est très éventée, il te faut inventer une autre maison. Cherche un oncle ? car un ami qui nous signe des billets, ça ne se voit plus, le positif du siècle fait d'horribles progrès.

— J'ai, dit Bixiou qui désigna le cousin de Léon, j'ai monsieur... un de nos plus illustres fabricants de drap du Midi, nommé Gazonal... Il n'est pas très bien coiffé, reprit-il en regardant la chevelure ébouriffée et luxuriante du provincial, mais je vais le mener chez Marius qui va lui ôter cette apparence de caniche si nuisible à sa considération et à la nôtre.

— Je ne crois pas aux valeurs du Midi, soit dit sans offenser monsieur », répondit Vauvinet qui rendit Gazonal si content que Gazonal ne se fâcha point de cette insolence.

Gazonal, en homme excessivement pénétrant, crut que

le peintre et Bixiou voulaient, pour lui apprendre à
connaître Paris, lui faire payer mille francs le déjeuner du
Café de Paris, car le fils du Roussillon n'avait pas encore
quitté cette prodigieuse défiance qui bastionne à Paris
l'homme de province.

« Comment veux-tu que j'aie des affaires à deux cent
cinquante lieues de Paris, dans les Pyrénées, ajouta
Vauvinet.

— C'est donc dit, reprit Bixiou.

— J'ai vingt francs chez moi, dit le jeune escompteur.

— J'en suis fâché pour toi, répliqua le mystificateur.
Je croyais valoir mille francs, dit-il sèchement.

— Tu vaux cent mille francs, reprit Vauvinet, quelquefois même tu es impayable... mais je suis à sec[a].

— Eh bien, répondit Bixiou, n'en parlons plus... Je
t'avais ménagé pour ce soir, chez Carabine, la meilleure
affaire que tu pouvais souhaiter... tu sais... »

Vauvinet cligna d'un œil en regardant Bixiou, grimace que font les maquignons pour se dire entre eux :
« Ne joutons pas de finesse. »

« Tu ne te souviens plus de m'avoir pris par la taille,
absolument comme une jolie femme, en me caressant
du regard et de la parole, reprit Bixiou, quand tu me
disais : " Je ferai tout pour toi, si tu peux me procurer
au pair des actions du chemin de fer, que soumis-
sionnent du Tillet et Nucingen[1]. " Eh bien, mon cher,
Maxime et Nucingen viennent chez Carabine qui reçoit
ce soir beaucoup d'hommes politiques. Tu perds là,
mon vieux, une belle occasion. Allons, adieu, carotteur. »

Et Bixiou se leva, laissant Vauvinet assez froid en
apparence, mais réellement mécontent comme un homme
qui reconnaît avoir fait une sottise.

« Mon cher, un instant..., dit l'escompteur, si je n'ai
pas d'argent, j'ai du crédit... Si tes billets ne valent rien,
je puis les garder et te donner en échange des valeurs de
portefeuille... Enfin, nous pouvons nous entendre pour
les actions du chemin de fer, nous partagerions, dans une
certaine proportion, les bénéfices de cette opération, et
je *te ferais* alors une remise à valoir sur les bénéf...

— Non, non, répondit Bixiou, j'ai besoin d'argent,
il faut que je fasse mon Ravenouillet...

— Ravenouillet est d'ailleurs très bon, dit Vauvinet;
il place à la caisse d'épargne, il est excellent...

— Il est meilleur que toi, ajouta Léon, car il ne stipendie pas de lorette, il n'a pas de loyer, il ne se lance pas dans les spéculations en craignant tout de la hausse ou de la baisse...

— Vous croyez rire, grand homme, reprit Vauvinet devenu jovial et caressant, vous avez mis en élixir la fable de La Fontaine, *Le Chêne et le Roseau.* — Allons, *Gubetta, mon vieux complice*[1], dit Vauvinet en prenant Bixiou par la taille, il te faut de l'argent, eh bien! je puis bien emprunter trois mille francs à mon ami Cérizet, au lieu de deux mille... Et *Soyons amis, Cinna*[2] !... donne-moi tes deux feuilles de chou colossal. Si je t'ai refusé, c'est qu'il est bien dur à un homme, qui ne peut faire son pauvre commerce qu'en passant ses valeurs à la Banque, de garder ton Ravenouillet dans le tiroir de son bureau... C'est dur, c'est très dur...

— Et que prends-tu d'escompte ?... dit Bixiou.

— Presque rien, reprit Vauvinet. Cela te coûtera, à trois mois, cinquante malheureux francs...

— Comme disait jadis Émile Blondet, tu seras mon bienfaiteur, répondit Bixiou.

— Vingt pour cent, intérêt en dedans!... dit Gazonal à l'oreille de Bixiou qui lui répliqua par un grand coup de coude dans l'œsophage.

— Tiens, dit Vauvinet en ouvrant le tiroir de son bureau, j'aperçois là, mon bon, un vieux billet de cinq cents qui s'est collé contre la bande, et je ne me savais pas si riche, car je te cherchais un effet à recevoir, fin prochain, de quatre cent cinquante, Cérizet te le prendra sans grande diminution, et voilà ta somme faite. Mais pas de farces, Bixiou ?... Hein! ce soir, j'irai chez Carabine... tu me jures...

— Est-ce que nous ne sommes pas *réamis* ? dit Bixiou qui prit le billet de cinq cents francs et l'effet de quatre cent cinquante francs, je te donne ma parole d'honneur que tu verras ce soir du Tillet et bien des gens qui veulent faire leur chemin... de fer[3], chez Carabine. »

Vauvinet reconduisit les trois amis jusque sur le palier en cajolant Bixiou. Bixiou resta sérieux jusque sur le pas de la porte, il écoutait Gazonal qui tentait de l'éclairer sur cette opération et qui lui prouvait que si la compère de Vauvinet, ce Cérizet, lui prenait vingt francs d'escompte sur le billet de quatre cent cinquante francs,

c'était de l'argent à quarante pour cent... Sur l'asphalte,
Bixiou glaça Gazonal par le rire du mystificateur parisien,
ce rire muet et froid, une sorte de bise labiale.

« L'adjudication du Chemin sera positivement ajournée à la Chambre[1], dit-il, nous le savons d'hier par cette
marcheuse à qui nous avons souri... Et si je gagne ce
soir cinq à six mille francs au lansquenet, qu'est-ce que
soixante-dix francs de perte pour avoir de quoi *miser*[a] ?...

— Le lansquenet est encore une des mille facettes de
Paris comme il est, reprit Léon. Aussi, cousin, comptons-
nous te présenter chez une duchesse de la rue Saint-
Georges[2], où tu verras l'aristocratie des lorettes et où tu
peux gagner ton procès. Or, il est impossible de t'y
montrer avec tes cheveux pyrénéens, tu as l'air d'un
hérisson, nous allons te mener ici près, place de la Bourse,
chez Marius, un autre de nos acteurs...

— Quel est ce nouvel acteur ?

— Voilà l'anecdote, répondit Bixiou. En 1800, un
Toulousain nommé Cabot, jeune perruquier dévoré
d'ambition, vint à Paris, et y *leva* boutique (je me sers de
votre argot). Cet homme de génie (il jouit de vingt-
quatre mille francs de rentes à Libourne où il s'est retiré)
comprit que ce nom vulgaire et ignoble n'atteindrait
jamais à la célébrité. M. de Parny[3], qu'il coiffait, lui
donna le nom de Marius, infiniment supérieur aux prénoms d'Armand et d'Hippolyte, sous lesquels se cachent
des noms patronymiques attaqués du mal-Cabot. Tous
les successeurs de Cabot se sont appelés Marius. Le
Marius actuel est Marius V, il se nomme Mougin. Il en
est ainsi dans beaucoup de commerces, pour l'eau de
Botot, pour l'encre de la Petite-Vertu. À Paris, un nom
devient une propriété commerciale, et finit par constituer
une sorte de noblesse d'enseigne. Marius, qui d'ailleurs
a des élèves, a créé, dit-il, la première école de coiffure
du monde.

— J'ai déjà vu, en traversant la France, dit Gazonal,
beaucoup d'enseignes où se lisent ces mots : UN TEL,
élève de Marius.

— Ces élèves doivent se laver les mains après chaque
frisure faite, répondit Bixiou; mais Marius ne les admet
pas indifféremment, ils doivent avoir la main jolie et ne
pas être laids. Les plus remarquables, comme élocution,
comme tournure, vont coiffer en ville, ils reviennent

très fatigués. Marius ne se déplace que pour les femmes titrées, il a cabriolet et groom.

— Mais ce n'est après tout qu'un *merlan* ! s'écria Gazonal indigné.

— Merlan! reprit Bixiou, songez qu'il est capitaine dans la Garde nationale et qu'il est décoré pour avoir sauté le premier dans une barricade en 1832[1].

— Prends garde, ce n'est ni un coiffeur, ni un perruquier, c'est un directeur de salons de coiffure, dit Léon en montant un escalier à balustres en cristal, à rampes d'acajou, et dont les marches étaient couvertes d'un tapis somptueux.

— Ah çà! n'allez pas nous compromettre, dit Bixiou à Gazonal. Dans l'antichambre vous allez trouver des laquais qui vous ôteront votre habit, votre chapeau pour les brosser, et qui vous accompagnent jusqu'à la porte d'un des salons de coiffure, pour l'ouvrir et la refermer. Il est utile de vous dire cela, mon ami Gazonal, ajouta finement Bixiou, car vous pourriez crier : Au voleur!

— Ces salons, dit Léon, sont trois boudoirs où le directeur a réuni toutes les inventions du luxe moderne. Aux fenêtres, des lambrequins; partout des jardinières, des divans moelleux où l'on peut attendre son tour en lisant les journaux, quand toutes les toilettes sont occupées. En entrant tu pourrais tâter ton gousset et croire qu'on va te demander cinq francs; mais il n'est extrait de toute espèce de poche que dix sous pour une frisure, et vingt sous pour une coiffure avec taille de cheveux. D'élégantes toilettes se mêlent aux jardinières, et il en jaillit de l'eau par des robinets. Partout des glaces énormes reproduisent les figures. Ainsi ne fais pas l'étonné. Quand le *client* (tel est le mot élégant substitué par Marius à l'ignoble mot de *pratique*[2]), quand le client apparaît sur le seuil, Marius lui jette un coup d'œil, et il est apprécié : pour lui, vous êtes *une tête* plus ou moins susceptible de l'occuper. Pour Marius il n'y a plus d'hommes, il n'y a que des *têtes*.

— Nous allons vous faire entendre Marius sur tous les tons de sa gamme, dit Bixiou, si vous savez imiter notre jeu[a]. »

Aussitôt que Gazonal se montra, le coup d'œil de Marius lui fut favorable, il s'écria : « Régulus! à vous cette tête! rognez-la d'abord aux petits ciseaux.

— Pardon, dit Gazonal à l'élève sur un geste de Bixiou, je désire être coiffé par M. Marius lui-même. »

Marius, très flatté de cette prétention, s'avança en laissant la tête qu'il tenait.

« Je suis à vous, je finis, soyez sans inquiétude, mon élève vous préparera, moi seul je déciderai de la coupe. »

Marius, petit homme grêlé, les cheveux frisés comme ceux de Rubini[1], d'un noir de jais, et mis tout en noir, en manchettes, le jabot de sa chemise orné d'un diamant, reconnut alors Bixiou, qu'il salua comme une puissance égale à la sienne.

« C'est une tête ordinaire, dit-il à Léon en désignant le monsieur qu'il était en train de coiffer, un épicier, que voulez-vous!... Si l'on ne faisait que de l'art, on mourrait à Bicêtre, fou!... » Et il retourna par un geste inimitable à son client, après avoir dit à Régulus : « Soigne monsieur, c'est évidemment un artiste.

— Un journaliste », dit Bixiou.

Sur ce mot, Marius donna deux ou trois coups de peigne à la tête ordinaire, et se jeta sur Gazonal en prenant Régulus par le bras au moment où il allait faire jouer ses petits ciseaux.

« Je me charge de monsieur. — Voyez, monsieur, dit-il à l'épicier, reflétez-vous dans la grande glace, si la glace le veut[a]... — Ossian ? »

Le laquais entra et s'empara du client pour le vêtir.

« Vous payerez à la caisse, monsieur, dit Marius à la *pratique* stupéfaite qui déjà tirait sa bourse.

— Est-ce bien utile, mon cher, de procéder à cette opération des petits ciseaux ? dit Bixiou.

— Aucune tête ne m'arrive que nettoyée, répondit l'illustre coiffeur; mais pour vous, je ferai celle de monsieur tout entière. Mes élèves ébauchent, car je n'y tiendrais pas. Le mot de tout le monde est le vôtre : " Être coiffé par Marius! " Je ne puis donner que le fini... Dans quel journal travaille monsieur ?

— À votre place, j'aurais trois ou quatre Marius, dit Gazonal.

— Ah! monsieur, je le vois, est feuilletoniste! dit Marius. Hélas, en coiffure, où l'on paye de sa personne, c'est impossible... Pardon! »

Il quitta Gazonal pour aller surveiller Régulus qui préparait une tête nouvellement arrivée. Il fit, en frappant la langue contre le palais, un bruit désapprobatif qui peut se traduire par : titt, titt, titt[1].

« Allons, bon Dieu! ça n'est pas assez carré, votre coup de ciseaux fait des hachures... Tenez... voilà! Régulus, il ne s'agit pas de tondre des caniches... c'est des hommes qui ont leur caractère, et si vous continuez à regarder le plafond au lieu de vous partager entre la glace et la face, vous déshonorerez *ma maison*[a].

— Vous êtes sévère, monsieur Marius.

— Je leur dois les secrets de l'art...

— C'est donc un art ? » dit Gazonal.

Marius indigné regarda Gazonal dans la glace et s'arrêta, le peigne d'une main, les ciseaux de l'autre.

« Monsieur, vous en parlez comme un... enfant! et cependant, à l'accent, vous paraissez être du Midi, le pays des hommes de génie.

— Oui, je sais qu'il faut une sorte de goût, répliqua Gazonal.

— Mais taisez-vous donc, monsieur, j'attendais mieux de vous. C'est-à-dire qu'un coiffeur, je ne dis pas un bon coiffeur, car on est ou l'on n'est pas coiffeur... un coiffeur... c'est plus difficile à trouver... que... qu'est-ce que je dirai bien ?... qu'un... je ne sais pas quoi... un ministre... (restez en place) non, car on ne peut pas juger de la valeur d'un ministre, les rues sont pleines de ministres... un Paganini... non, ce n'est pas assez!... Un coiffeur, monsieur, un homme qui devine votre âme et vos habitudes, afin de vous coiffer à votre physionomie, il lui faut ce qui constitue un philosophe. Et les femmes donc!... Tenez, les femmes nous apprécient, elles savent ce que nous valons... nous valons la conquête qu'elles veulent faire le jour où elles se font coiffer pour remporter un triomphe... c'est-à-dire qu'un coiffeur... on ne sait pas ce que c'est. Tenez, moi qui vous parle, je suis à peu près ce qu'on peut trouver de... sans me vanter, on me connaît... Eh bien, non, je trouve qu'il doit y avoir mieux... L'exécution, voilà la chose! Ah! si les femmes me donnaient carte blanche, si je pouvais exécuter tout ce qui me vient d'idées... c'est que j'ai, voyez-vous, une imagination d'enfer!... mais les femmes ne s'y prêtent pas, elles ont leurs plans, elles vous fourrent des coups de doigts ou de peigne, quand vous êtes parti, dans nos délicieux édifices qui

devraient être graves et recueillis, car nos œuvres, monsieur, ne durent que quelques heures... Un grand coiffeur, hé! ce serait quelque chose comme Carême et
Vestris, dans leurs parties[1]... (Par ici la tête, là, s'il
vous plaît, *je fais les faces*[2], bien.) Notre profession est
gâtée par des massacres qui ne comprennent ni leur
époque ni leur art... Il y a des marchands de perruques
ou d'essences à faire pousser les cheveux... ils ne voient
que des flacons à vous vendre!... cela fait pitié!... c'est
du commerce. Ces misérables coupent les cheveux ou
ils coiffent comme ils peuvent... Moi, quand je suis
arrivé de Toulouse ici, j'avais l'ambition de succéder
au grand Marius, d'être un vrai Marius, et d'illustrer le
nom, à moi seul, plus que les quatre autres. Je me suis
dit : vaincre ou mourir... (Là! tenez-vous droit, je
vais vous achever.) C'est moi qui, le premier, ai fait
de l'élégance. J'ai rendu mes salons l'objet de la curiosité.
Je dédaigne l'annonce, et ce que coûte l'annonce, je le
mettrai, monsieur, en bien-être, en agrément. L'année
prochaine, j'aurai dans un petit salon un quatuor, on
fera de la musique et de la meilleure. Oui, il faut charmer
les ennuis de ceux que l'on coiffe. Je ne me dissimule
pas les déplaisirs de la pratique. (Regardez-vous.) Se
faire coiffer, c'est fatigant, peut-être autant que de *poser*
pour son portrait; et, monsieur sait peut-être que le
fameux M. de Humboldt (j'ai su tirer parti du peu de
cheveux que l'Amérique lui a laissés[3]. La Science a ce
rapport avec le Sauvage qu'elle scalpe très bien son
homme), cet illustre savant a dit qu'après la douleur
d'aller se faire pendre, il y avait celle d'aller se faire
peindre; mais, d'après quelques femmes, je place celle
de se faire coiffer avant celle de se faire peindre. Eh bien,
monsieur, je veux qu'on vienne se faire coiffer par
plaisir. (Vous avez un épi qu'il faut dompter.) Un Juif
m'avait proposé des cantatrices italiennes qui, dans les
entractes, auraient épilé les jeunes gens de quarante ans;
mais elles se sont trouvées être des jeunes filles du
Conservatoire, des maîtresses de piano de la rue Montmartre. Vous voilà coiffé, monsieur, comme un homme
de talent doit l'être. — Ossian, dit-il à son laquais en
livrée, brossez et reconduisez monsieur. — À qui le
tour[a]? » ajouta-t-il avec orgueil en regardant les personnes qui attendaient[b].

« Ne ris pas, Gazonal, dit Léon à son cousin en atteignant au bas de l'escalier d'où son regard plongeait sur la place de la Bourse, j'aperçois là-bas un de nos grands hommes, et tu vas pouvoir en comparer le langage à celui de cet industriel, et tu me diras, après l'avoir entendu, lequel des deux est le plus original.

— Ne ris pas, Gazonal, dit Bixiou qui répéta facétieusement l'intonation de Léon. De quoi croyez-vous Marius occupé ?

— De coiffer.

— Il a conquis, reprit Bixiou, le monopole de la vente des cheveux en gros, comme tel marchand de comestibles qui va nous vendre une terrine d'un écu s'est attribué celui de la vente des truffes ; il escompte le papier de son commerce, il prête sur gages à ses clientes dans l'embarras, il fait la rente viagère, il joue à la Bourse, il est actionnaire dans tous les journaux de Modes ; enfin il vend, sous le nom d'un pharmacien, une infâme drogue qui, pour sa part, lui donne trente mille francs de rentes, et qui coûte cent mille francs d'annonces par an.

— Est-ce possible ? s'écria Gazonal.

— Retenez ceci, dit gravement Bixiou. À Paris, il n'y a pas de petit commerce, tout s'y agrandit, depuis la vente des chiffons jusqu'à celle des allumettes. Le limonadier qui, la serviette sous le bras, vous regarde entrer chez lui, peut avoir cinquante mille francs de rentes, un garçon de restaurant est électeur-éligible, et tel homme que vous prendriez pour un indigent à le voir passer dans la rue, porte dans son gilet pour cent mille francs de diamants à monter, et ne les vole pas[a]... »

Les trois inséparables, pour la journée du moins, allaient sous la direction du paysagiste de manière à heurter un homme d'environ quarante ans, décoré, qui venait du boulevard par la rue Neuve-Vivienne[1].

« Hé bien, dit Léon, à quoi rêves-tu, mon cher Dubourdieu[2] ? à quelque belle composition symbolique !... Mon cher cousin, j'ai le plaisir de vous présenter notre illustre peintre Dubourdieu, non moins célèbre par son talent que par ses convictions humanitaires... — Dubourdieu, mon cousin Palafox ? »

Dubourdieu, petit homme à teint pâle, à l'œil bleu mélancolique, salua légèrement Gazonal qui s'inclina devant l'homme de génie.

« Vous avez donc nommé Stidman à la place de...

— Que veux-tu, je n'y étais pas, répondit le grand paysagiſte.

— Vous déconsidérerez l'Académie, reprit le peintre. Aller choisir un pareil homme, je ne veux pas en dire du mal, mais il fait du métier !... Où mènera-t-on le premier des arts, celui dont les œuvres sont les plus durables, qui révèle les nations après que le monde a perdu tout d'elles jusqu'à leur souvenir ?... qui consacre les grands hommes ? C'eſt un sacerdoce que la sculpture, elle résume les idées d'une époque, et vous allez recruter un faiseur de bonshommes et de cheminées, un ornemaniſte, un des vendeurs du Temple ! Ah ! comme disait Chamfort, il faut commencer par avaler une vipère tous les matins pour supporter la vie à Paris... enfin, l'art nous reſte, on ne peut pas nous empêcher de le cultiver...

— Et puis, mon cher, vous avez une consolation que peu d'artiſtes possèdent, l'avenir eſt à vous, dit Bixiou. Quand le monde sera converti à votre[a] doctrine, vous serez à la tête de votre art, car vous y portez des idées que l'on comprendra... lorsqu'elles auront été généralisées ! Dans cinquante ans d'ici vous serez pour tout le monde ce que vous n'êtes que pour nous autres, un grand homme ! Seulement il s'agit d'aller jusque-là !

— Je viens, reprit l'artiſte dont la figure se dilata comme se dilate celle d'un homme de qui l'on flatte le dada, de terminer la figure allégorique de l'Harmonie, et si voulez la venir voir, vous comprendrez bien que j'aie pu reſter deux ans à la faire. Il y a tout ! Au premier coup d'œil qu'on y jette, on devine la deſtinée du globe. La reine tient le bâton paſtoral d'une main, symbole de l'agrandissement des races utiles à l'homme ; elle eſt coiffée du bonnet de la liberté, ses mamelles sont sextuples, à la façon égyptienne, car les Égyptiens avaient pressenti Fourier ; ses pieds reposent sur deux mains jointes qui embrassent le globe en signe de la fraternité des races humaines, elle foule des canons détruits pour *signifier l'abolition* de la guerre, et j'ai tâché de lui faire exprimer la sérénité de l'agriculture triomphante... J'ai d'ailleurs mis près d'elle un énorme chou frisé qui, selon notre maître, eſt l'image de la concorde. Oh ! ce n'eſt pas un des moindres titres de Fourier à la vénération que d'avoir reſtitué la pensée aux plantes, il a tout relié dans la création par la signification des choses entre elles et aussi par leur langage spécial. Dans cent ans, le monde sera plus grand qu'il n'e&t...

— Et comment, monsieur, cela se fera-t-il ? dit Gazonal &tupéfait d'entendre parler ainsi un homme sans qu'il fût dans une maison de fous.

— Par l'étendue de la produ&ion. Si l'on veut appliquer LE SYSTÈME, il ne sera pas impossible de réagir sur les a&tres...

— Et que deviendra donc alors la peinture ? demanda Gazonal.

— Elle sera plus grande.

— Et aurons-nous des yeux plus grands ? dit Gazonal en regardant ses deux amis d'un air significatif.

— L'homme redeviendra ce qu'il était avant son abâtardissement, nos hommes de six pieds seront alors des nains...

— Ton tableau, dit Léon, e&t-il fini ?

— Entièrement fini, reprit Dubourdieu. J'ai tâché de voir Hiclar pour qu'il compose une symphonie, je voudrais qu'en voyant cette composition, on entendît une musique à la Beethoven qui en développerait les idées afin de les mettre à la portée des intelligences sous deux modes. Ah! si le gouvernement voulait me prêter une des salles du Louvre...

— Mais j'en parlerai, si tu veux, car il ne faut rien négliger pour frapper les esprits...

— Oh! mes amis préparent des articles, mais j'ai peur qu'ils n'aillent trop loin...

— Bah! dit Bixiou, ils n'iront pas si loin que l'avenir... »

Dubourdieu regarda Bixiou de travers, et continua son chemin.

« Mais c'e&t un fou, dit Gazonal, le *course* de la lune le guide.

— Il a de la main, il a du savoir..., dit Léon; mais le fouriérisme l'a tué. Tu viens de voir là, cousin, l'un des effets de l'ambition chez les arti&tes. Trop souvent, à Paris, dans le désir d'arriver plus promptement que par la voie naturelle à cette célébrité qui pour eux e&t la fortune, les arti&tes empruntent les ailes de la circon&tance, ils croient se grandir en se faisant les hommes d'une chose, en devenant les souteneurs d'un sy&tème, et ils

espèrent changer une coterie en public. Tel est Républicain, tel autre était Saint-Simonien, tel est Aristocrate,
tel Catholique, tel Juste-Milieu, tel Moyen Âge ou
Allemand par parti pris. Mais si l'opinion ne donne pas
le talent, elle le gâte toujours, témoin le pauvre garçon
que vous venez de voir. L'opinion d'un artiste doit être
la foi dans les œuvres... et son seul moyen de succès, le
travail quand la nature lui a donné le feu sacré.

— Sauvons-nous, dit Bixiou, Léon moralise.

— Et cet homme était de bonne foi ? s'écria Gazonal
encore stupéfait.

— De très bonne foi, répliqua Bixiou, d'aussi bonne
foi que tout à l'heure le roi des merlans.

— Il est fou ! dit Gazonal.

— Et ce n'est pas le seul que les idées de Fourier
aient rendu fou, dit Bixiou. Vous ne savez rien de Paris.
Demandez-y cent mille francs pour réaliser l'idée la plus
utile au genre humain, pour essayer quelque chose de
pareil à la machine à vapeur, vous y mourrez, comme
Salomon de Caus[1], à Bicêtre; mais s'il s'agit d'un paradoxe, on se fait tuer pour cela, soi et sa fortune. Eh bien,
ici il en est des systèmes comme des choses. Les journaux
impossibles y ont dévoré des millions depuis quinze ans.
Ce qui rendait votre procès si difficile à gagner, c'est que
vous avez raison, et qu'il y a selon vous des raisons
secrètes pour le préfet.

— Conçois-tu qu'une fois qu'il a compris le Paris
moral, un homme d'esprit puisse vivre ailleurs ? dit Léon
à son cousin[a].

— Si nous menions Gazonal chez la mère Fontaine,
dit Bixiou qui fit signe à un cocher de citadine d'avancer,
ce sera passer du sévère au fantastique. — Cocher, Vieille
rue du Temple. »

Et tous trois ils roulèrent dans la direction du Marais.

« Qu'allez-vous me faire voir ? demanda Gazonal.

— La preuve de ce que t'a dit Bixiou, répondit Léon,
en te montrant une femme qui se fait vingt mille francs
par an en exploitant une idée.

— Une tireuse de cartes, dit Bixiou qui ne put s'empêcher d'interpréter comme une interrogation l'air
du Méridional. Mme Fontaine passe, parmi ceux qui
cherchent à connaître l'avenir[2], pour être plus savante
que ne l'était feu Mlle Lenormand.

— Elle doit être bien riche[1]! s'écria Gazonal.

— Elle a été la victime de son idée, tant que la Loterie a existé, répondit Bixiou; car, à Paris, il n'y a pas de grande recette sans grande dépense. Toutes les fortes têtes s'y fêlent, comme pour donner une soupape à leur vapeur. Tous ceux qui gagnent beaucoup d'argent ont des vices ou des fantaisies, sans doute pour établir un équilibre.

— Et maintenant que la Loterie est abolie[2]?... demanda Gazonal.

— Eh bien, elle a un neveu pour qui elle amasse. »

Une fois arrivés, les trois amis aperçurent dans une des plus vieilles maisons de cette rue un escalier à marches palpitantes, à contremarches en boue raboteuse, qui les mena dans le demi-jour et par une puanteur particulière aux maisons à allée jusqu'au troisième étage, à une porte que le dessin seul peut rendre, la littérature y devant perdre trop de nuits pour la peindre convenablement.

Une vieille, en harmonie avec la porte, et qui peut-être était la porte animée, introduisit les trois amis dans une pièce servant d'antichambre où, malgré la chaude atmosphère qui baignait les rues de Paris, ils sentirent le froid glacial des cryptes les plus profondes. Il y venait un air humide d'une cour intérieure qui ressemblait à un vaste soupirail, le jour y était gris, et sur l'appui de la fenêtre se trouvait un petit jardin plein de plantes malsaines. Dans cette pièce enduite d'une substance grasse et fuligineuse, les chaises, la table, tout avait l'air misérable. Le carreau suintait comme un alcarazas[3]. Enfin le moindre accessoire y était en harmonie avec l'affreuse vieille au nez crochu, à la face pâle et vêtue de haillons décents qui dit aux consultants de s'asseoir en leur apprenant qu'on n'entrait que un à un chez MADAME.

Gazonal, qui faisait l'intrépide, entra bravement et se trouva devant l'une de ces femmes oubliées par la mort, qui, sans doute, les oublie à dessein pour laisser quelques exemplaires d'elle-même parmi les vivants. C'était une face desséchée où brillaient deux yeux gris d'une immobilité fatigante; un nez rentré, barbouillé de tabac; des osselets très bien montés par des muscles assez ressemblants, et qui, sous prétexte d'être des mains, battaient nonchalamment des cartes, comme une machine dont le mouvement va s'arrêter. Le corps, une espèce de manche à balai, décemment couvert d'une robe, jouissait des avantages de la nature morte, il ne remuait point. Sur le front s'élevait une coiffe en velours noir. Mme Fontaine, c'était une vraie femme, avait une poule noire à sa droite, et un gros crapaud appelé Astaroth à sa gauche que Gazonal ne vit pas tout d'abord.

Le crapaud, d'une dimension surprenante, effrayait encore moins par lui-même que par deux topazes, grandes comme des pièces de cinquante centimes et qui jetaient deux lueurs de lampe. Il est impossible de soutenir ce regard. Comme disait feu Lassailly[1] qui, couché dans la campagne, voulut avoir le dernier[2] avec un crapaud par lequel il fut fasciné, le crapaud est un être inexpliqué. Peut-être la création animale, y compris l'homme, s'y résume-t-il; car, disait Lassailly, le crapaud vit indéfiniment; et, comme on sait, c'est celui de tous les animaux créés dont le mariage dure le plus longtemps.

La poule noire avait sa cage à deux pieds de la table couverte d'un tapis vert, et y venait par une planche qui faisait comme un pont-levis entre la cage et la table.

Quand cette femme, la moins réelle des créatures qui meublaient ce taudis hoffmanique, dit à Gazonal : « Coupez!... » l'honnête fabricant sentit un frisson involontaire. Ce qui rend ces créatures si formidables, c'est l'importance de ce que nous voulons savoir. On vient leur acheter[a] de l'espérance, et elles le savent bien.

L'antre de la sibylle était beaucoup plus sombre que l'antichambre, on n'y distinguait pas la couleur du papier. Le plafond noirci par la fumée, loin de refléter le peu de lumière que donnait la croisée obstruée de végétations maigres et pâles, en absorbait une grande partie; mais ce demi-jour éclairait en plein la table à laquelle la sorcière était assise. Cette table, le fauteuil de la vieille, et celui sur lequel siégeait Gazonal, composaient tout le mobilier de cette petite pièce, coupée en deux par une soupente, où couchait sans doute Mme Fontaine. Gazonal entendit par une petite porte entrebâillée le murmure particulier à un pot-au-feu qui bout. Ce bruit de cuisine, accompagné d'une odeur composite où dominait celle d'un évier, mêlait incongrûment l'idée des nécessités de la vie réelle aux idées d'un pouvoir

surnaturel. C'était le dégoût dans la curiosité. Gazonal
aperçut une marche en bois blanc, la dernière sans doute
de l'escalier intérieur qui menait à la soupente. Il
embrassa tous ces détails par un seul coup d'œil, et il
eut des nausées. C'était bien autrement effrayant que les
récits des romanciers et les scènes des drames allemands,
c'était d'une vérité suffocante. L'air dégageait une pesanteur vertigineuse, l'obscurité finissait par agacer les
nerfs. Quand le Méridional, stimulé par une espèce de
fatuité, regarda le crapaud, il éprouva comme une chaleur d'émétique au creux de l'estomac en ressentant une
terreur assez semblable à celle du criminel devant le
gendarme. Il essaya de se réconforter en examinant
Mme Fontaine, mais il rencontra deux yeux presque
blancs, dont les prunelles immobiles et glacées lui furent
insupportables. Le silence devint alors effrayant.

« Que voulez-vous, monsieur, dit Mme Fontaine à
Gazonal, le jeu de cinq francs, le jeu de dix francs, ou
le grand jeu ?

— Le jeu de *cinque* francs est déjà *bienne* assez *cherre* »,
répondit le Méridional qui faisait en lui-même des efforts
inouïs pour ne pas se laisser impressionner par le milieu
dans lequel il se trouvait[a].

Au moment où Gazonal essayait de se recueillir, une
voix infernale le fit sauter sur son fauteuil : la poule
noire caquetait.

« Va-t'en, ma fille, va-t'en, monsieur ne veut dépenser
que cinq francs. » Et la poule parut avoir compris sa
maîtresse, car, après être venue à un pas des cartes, elle
alla se remettre gravement à sa place. « Quelle fleur
aimez-vous ? demanda la vieille d'une voix enrouée par
les humeurs qui montaient et descendaient incessamment dans ses bronches.

— La rose.

— Quelle couleur affectionnez-vous ?

— Le bleu.

— Quel animal préférez-vous ?

— Le cheval. Pourquoi ces questions[1] ? demanda-t-il
à son tour.

— L'homme tient à toutes les formes par ses états
antérieurs, dit-elle sentencieusement ; de là viennent ses
instincts, et ses instincts dominent sa destinée. — Que
mangez-vous avec le plus de plaisir ? le poisson, le gibier,

les céréales, la viande de boucherie, les douceurs, les légumes ou les fruits ?

— Le gibier.

— En quel mois êtes-vous né ?

— Septembre.

— Avancez votre main ? »

Mme Fontaine regarda fort attentivement les lignes de la main qui lui était présentée. Tout cela se fit sérieusement, sans préméditation de sorcellerie, et avec la simplicité qu'un notaire aurait mise à s'enquérir des intentions d'un client avant de rédiger un acte. Les cartes suffisamment mêlées, elle pria Gazonal de couper, et de faire lui-même trois paquets. Elle reprit les paquets, les étala l'un au-dessus de l'autre, les examina comme un joueur examine les trente-six numéros de la Roulette, avant de risquer sa mise. Gazonal avait les os gelés, il ne savait plus où il se trouvait; mais son étonnement alla croissant lorsque cette affreuse vieille, à capote verte, grasse et plate, dont le faux tour laissait voir beaucoup plus de rubans noirs que de cheveux frisés en points d'interrogation, lui débita de sa voix chargée de pituite toutes les particularités, même les plus secrètes, de sa vie antérieure, lui raconta ses goûts, ses habitudes, son caractère, les idées mêmes de son enfance, tout ce qui pouvait avoir influé sur lui, son mariage manqué, pourquoi, avec qui, la description exacte de la femme qu'il avait aimée, et enfin de quel pays il était venu, son procès, etc.

Gazonal crut à une mystification préparée par son cousin; mais l'absurdité de cette conspiration lui fut aussitôt démontrée que l'idée lui en vint, et il resta béant devant ce pouvoir vraiment infernal dont l'incarnation empruntait à l'humanité ce que de tout temps l'imagination des peintres et des poètes a regardé comme la chose la plus épouvantable : une atroce petite vieille poussive, édentée, aux lèvres froides, au nez camard, aux yeux blancs. La prunelle de Mme Fontaine s'était animée, il y passait un rayon jailli des profondeurs de l'avenir ou de l'enfer. Gazonal demanda machinalement en interrompant la vieille à quoi lui servaient le crapaud et la poule.

« À pouvoir prédire l'avenir. Le *consultant* jette lui-même des grains au hasard sur les cartes, Bilouche[1] vient

les becqueter ; Aſtaroth se traîne dessus pour aller chercher sa nourriture que le client lui tend, et ces deux
admirables intelligences ne se sont jamais trompées,
voulez-vous les voir à l'ouvrage, vous saurez votre
avenir. C'eſt cent francs. »

Gazonal effrayé des regards d'Aſtaroth se précipita dans l'antichambre, après avoir salué la terrible
Mme Fontaine. Il était en moiteur, et comme sous
l'incubation infernale du mauvais esprit.

« Allons-nous-en ?... dit-il aux deux artiſtes. Avez-
vous jamais consulté cette sorcière ?

— Je ne fais rien d'important sans faire causer
Aſtaroth, dit Léon, et je m'en suis toujours bien
trouvé.

— J'attends la fortune honnête que Bilouche m'a
promise, dit Bixiou.

— J'ai la fièvre, s'écria le Méridional, si je croyais à
ce que vous me dites, je croirais donc à la sorcellerie,
à un pouvoir surnaturel.

— Ça peut n'être que naturel, répliqua Bixiou. Le
tiers des lorettes, le quart des hommes d'État, la moitié
des artiſtes consultent Mme Fontaine, et l'on connaît
un miniſtre à qui elle sert d'Égérie.

— T'a-t-elle dit l'avenir ? reprit Léon.

— Non, j'en ai eu assez de mon passé. Mais si elle
peut, à l'aide de ses affreux collaborateurs, prédire
l'avenir, reprit Gazonal saisi par une idée, comment
pouvait-elle perdre à la Loterie ?

— Ah ! tu mets le doigt sur l'un des plus grands
myſtères des sciences occultes, répondit Léon. Dès que
cette espèce de glace intérieure où se reflète pour eux
l'avenir ou le passé se trouble sous l'haleine d'un sentiment personnel, d'une idée quelconque étrangère à
l'acte du pouvoir qu'ils exercent, sorciers ou sorcières
n'y voient plus rien, de même que l'artiſte qui souille
l'art par une combinaison politique ou syſtématique
perd son talent. Il y a quelque temps, un homme doué
du don de divination par les cartes, le rival de Mme Fontaine, et qui s'adonnait à des pratiques criminelles, n'a
pas su se tirer les cartes à lui-même et voir qu'il serait
arrêté, jugé, condamné en cour d'assises[1]. Mme Fontaine,
qui prédit l'avenir huit fois sur dix, n'a jamais su qu'elle
perdrait sa mise à la Loterie.

— Il en est ainsi en magnétisme, fit observer Bixiou. L'on ne se magnétise pas soi-même.

— Bon! voilà le *magnétisme* ! s'écria Gazonal. Ah çà! vous connaissez donc tout ?...

— Ami Gazonal, répliqua gravement Bixiou, pour pouvoir rire de tout, il faut tout connaître. Quant à moi, je suis à Paris depuis mon enfance, et mon crayon m'y fait vivre des ridicules, à cinq caricatures par mois... Je me moque ainsi très souvent d'une idée à laquelle j'ai foi!

— Passons à d'autres exercices, dit Léon, allons à la Chambre, où nous arrangerons l'affaire du cousin.

— Ceci, dit Bixiou en imitant Odry et Gaillard, est de la haute comédie, car nous ferons *poser* le premier orateur que nous rencontrerons dans la salle des Pas-Perdus, et vous reconnaîtrez là comme ailleurs le langage parisien qui n'a jamais que deux rythmes : l'intérêt ou la vanité[a]. »

En remontant en voiture, Léon aperçut, dans un cabriolet qui passait rapidement, un homme à qui d'un signe de main il fit comprendre qu'il voulait lui dire un mot.

« C'est Publicola Masson, dit Léon à Bixiou, je vais lui demander séance pour ce soir à cinq heures, après la Chambre. Le cousin aura le plus curieux de tous les originaux...

— Qui est-ce ? demanda Gazonal pendant que Léon parlait à Publicola Masson.

— Un pédicure, auteur d'un Traité de corporistique, qui vous fait vos cors par abonnement, et qui, si les Républicains triomphent pendant six mois, deviendra certainement immortel.

— *Enne vôture* ! s'écria Gazonal.

— Mais, ami Gazonal, il n'y a que les millionnaires qui ont assez de temps à eux pour aller à pied, à Paris.

— À la Chambre, cria Léon au cocher.

— Laquelle ? monsieur.

— Des députés, répondit Léon après avoir échangé un sourire avec Bixiou.

— Paris commence à me confondre, dit Gazonal.

— Pour vous en faire connaître l'immensité morale, politique et littéraire, nous agissons en ce moment comme le *cicerone* romain, qui vous montre à Saint-Pierre le pouce de la statue que vous avez cru de grandeur naturelle, vous le trouvez grand d'un pied. Vous n'avez pas encore mesuré l'un des orteils de Paris ?...

— Et remarquez, cousin Gazonal, que nous prenons ce qui se rencontre, nous ne choisissons pas.

— Ce soir, tu souperas comme on festinait chez Balthazar, et tu verras notre Paris, à nous, jouant au lansquenet, et hasardant cent mille francs d'un coup, sans sourciller. »

Un quart d'heure après, la citadine s'arrêtait au bas des degrés de la Chambre des députés, de ce côté du pont de la Concorde qui mène à la discorde.

« Je croyais la Chambre inabordable..., dit le Méridional surpris de se trouver au milieu de la grande salle des Pas-Perdus.

— C'est selon, répondit Bixiou, matériellement parlant, il en coûte trente sous de cabriolet; politiquement, on dépense quelque chose de plus. Les hirondelles ont pensé, a dit un poète[1], que l'on avait bâti l'arc de triomphe de l'Étoile pour elles; nous pensons, nous autres artistes, qu'on a bâti ce monument-ci pour compenser les non-valeurs du Théâtre-Français et nous faire rire; mais ces comédiens-là coûtent beaucoup plus cher, et ne nous en donnent pas tous les jours pour notre argent.

— Voilà donc la Chambre!... » répétait Gazonal. Et il arpentait la salle où se trouvaient en ce moment une dizaine de personnes en y regardant tout d'un air que Bixiou gravait dans sa mémoire pour en faire une de ces célèbres caricatures avec lesquelles il lutte contre Gavarni[a].

Léon alla parler à l'un des huissiers qui vont et viennent constamment de cette salle dans celle des séances, à laquelle elle communique par le couloir où se tiennent les sténographes du *Moniteur*[2] et quelques personnes attachées à la Chambre.

« Quant au ministre, répondit l'huissier à Léon au moment où Gazonal se rapprocha d'eux, il y est; mais je ne sais pas si M. Giraud s'y trouve encore, je vais voir... » Quand l'huissier ouvrit l'un des battants de la porte par laquelle il n'entre que des députés, des ministres ou des commissaires du Roi, Gazonal en vit sortir un homme qui lui parut jeune encore, quoiqu'il eût quarante-huit ans, et à qui l'huissier indiqua Léon de Lora.

« Ah! vous voilà ? dit-il en allant donner une poignée de main à Léon et à Bixiou. Drôles!... que venez-vous faire dans le sanctuaire des lois ?

— Parbleu, nous venons apprendre à *blaguer,* dit Bixiou, l'on se rouillerait, sans cela.

— Passons alors dans le jardin », répliqua le jeune homme sans croire que le Méridional fût de la compagnie. En voyant cet inconnu bien vêtu, tout en noir, et sans aucune décoration, Gazonal ne savait dans quelle catégorie politique le classer; mais il le suivit dans le jardin contigu à la salle et qui longe le quai jadis appelé quai Napoléon. Une fois dans le jardin, le ci-devant jeune homme donna carrière à un rire qu'il comprimait depuis son entrée dans la salle des Pas-Perdus.

« Qu'as-tu donc ?... lui dit Léon de Lora.

— Mon cher ami, pour pouvoir établir la sincérité du gouvernement constitutionnel, nous sommes forcés à commettre d'effroyables mensonges avec un aplomb incroyable. Mais, moi, je suis journalier. S'il y a des jours où je mens comme un programme, il y en a d'autres où je ne peux pas être sérieux. Je suis dans mon jour d'hilarité. Or, en ce moment, le chef du cabinet, sommé par l'Opposition de livrer les secrets de la diplomatie, qui se refuserait à les livrer si elle était le Ministère^a, est en train de faire ses exercices à la tribune; et, comme il est honnête homme, qu'il ne ment pas pour son compte, il m'a dit à l'oreille avant de monter à l'assaut : " Je ne sais quoi leur débiter!... " En le voyant là, le fou rire m'a pris, et je suis sorti, car on ne peut pas rire au banc des ministres, où ma jeunesse me revient parfois intempestivement.

— Enfin! s'écria Gazonal, je trouve un honnête homme dans Paris! Vous devez être un homme bien supérieur! dit-il en regardant l'inconnu.

— Ah çà! qui est monsieur ? dit le ci-devant jeune homme en examinant Gazonal.

— Mon cousin, répliqua vivement Léon. Je réponds de son silence et de sa probité comme de moi-même. C'est lui qui nous amène ici, car il a un procès administratif qui dépend de ton ministère, son préfet veut tout bonnement le ruiner, et nous sommes venus te voir pour empêcher le Conseil d'État de consommer une injustice...

— Quel est le rapporteur ?...

— Massol.

— Bon!

— Et nos amis Giraud et Claude Vignon sont dans la section, dit Bixiou.

— Dis-leur un mot, et qu'ils viennent ce soir chez Carabine où du Tillet donne une fête sous prétexte[a] de *rail-ways,* car on détrousse maintenant plus que jamais sur les chemins[1], ajouta Léon.

— Ah çà! mais c'est dans les Pyrénées ?... demanda le jeune homme devenu sérieux.

— Oui, dit Gazonal.

— Et vous ne votez pas pour nous dans les élections ?... dit l'homme d'État en regardant Gazonal.

— Non; mais, après ce que vous venez de dire devant moi, vous m'avez corrompu; foi de commandant de la Garde nationale, je vous fais nommer votre candidat...

— Eh bien, peux-tu garantir encore ton cousin ?... demanda le jeune homme à Léon.

— Nous le formons..., dit Bixiou d'un ton profondément comique.

— Eh bien, je verrai..., dit ce personnage en quittant ses amis et retournant avec précipitation à la salle des séances.

— Ah çà! qui est-ce ? demanda Gazonal.

— Eh bien, le comte de Rastignac, le ministre dans le département de qui se trouve ton affaire...

— Un ministre!... c'est pas plus que cela ?

— Mais c'est un vieil ami à nous. Il a trois cent mille livres de rente, il est pair de France, le roi l'a fait comte, c'est le gendre de Nucingen, et c'est un des deux ou trois hommes d'État enfantés par la révolution de Juillet; mais le pouvoir l'ennuie quelquefois, et il vient rire avec nous[b]...

— Ah çà! cousin, tu ne nous avais pas dit que tu étais de l'Opposition là-bas ?... demanda Léon en prenant Gazonal par le bras. Es-tu bête ? Qu'il y ait un député de plus ou de moins à gauche ou à droite, cela te met-il dans de meilleurs draps ?...

— Nous sommes pour les autres...

— Laissez-les, dit Bixiou tout aussi comiquement

que l'eût dit Monrose[1], ils ont pour eux la Providence, elle les ramènera bien sans vous et malgré eux... Un fabricant doit être fataliste.

— Bon! voilà Maxime avec Canalis et Giraud! s'écria Léon.

— Venez, ami Gazonal, les acteurs promis arrivent en scène », lui dit Bixiou.

Et tous trois ils s'avancèrent vers les personnages indiqués qui paraissaient quasi désœuvrés.

« Vous a-t-on envoyé promener, que vous allez comme ça ?... dit Bixiou à Giraud.

— Non, pendant que l'on vote au scrutin secret, répondit Giraud, nous sommes venus prendre l'air...

— Et comment le chef du cabinet s'en est-il tiré ?

— Il a été magnifique! dit Canalis.

— Magnifique! répéta Giraud.

— Magnifique! dit Maxime.

— Ah çà! la droite, la gauche, le centre sont unanimes ?

— Nous avons tous une idée différente », fit observer Maxime de Trailles.

Maxime était un député[a] ministériel.

« Oui », reprit Canalis en riant.

Quoique Canalis eût été déjà ministre, il siégeait en ce moment vers la droite[b].

« Ah! vous avez eu tout à l'heure un beau triomphe! dit Maxime à Canalis, car c'est vous qui avez forcé le ministre à monter à la tribune.

— Et à mentir comme un charlatan, répliqua Canalis.

— La belle victoire! répondit l'honnête Giraud[2]. À sa place, qu'auriez-vous fait ?

— J'aurais menti.

— Ça ne s'appelle pas mentir, dit Maxime de Trailles, cela s'appelle couvrir la Couronne. »

Et il emmena Canalis à quelques pas de là.

« C'est un bien grand orateur! dit Léon à Giraud en lui montrant Canalis.

— Oui et non, répondit le conseiller d'État, il est creux, il est sonore, c'est plutôt un artiste en paroles qu'un orateur. Enfin c'est un bel instrument, mais ce n'est pas la musique; aussi n'a-t-il pas et n'aura-t-il jamais *l'oreille de la Chambre*. Il se croit nécessaire à la France; mais, dans aucun cas, il ne peut *être l'homme de la situation*. »

Canalis et Maxime étaient revenus vers le groupe au moment où Giraud, député du Centre gauche, venait de prononcer cet arrêt. Maxime prit Giraud par le bras et l'entraîna loin du groupe pour lui faire peut-être les mêmes confidences qu'à Canalis.

« Quel honnête et digne garçon, dit Léon en désignant Giraud à Canalis.

— C'est de ces probités qui tuent les gouvernements, répondit Canalis.

— À votre avis, est-ce un bon orateur ?...

— Oui et non, répondit Canalis; il est verbeux, il est filandreux. C'est un ouvrier en raisonnements, c'est un bon logicien; mais il ne comprend pas la grande logique, celle des événements et des affaires : aussi n'a-t-il pas et n'aura-t-il jamais *l'oreille de la Chambre*... »

Au moment où Canalis portait cet arrêt sur Giraud, celui-ci revint avec Maxime vers le groupe; et, oubliant qu'il se trouvait un étranger dont la discrétion ne leur était pas connue comme celle de Léon et de Bixiou, il prit la main à Canalis d'une façon significative.

« Eh bien, lui dit-il, je consens à ce que propose monsieur le comte de Trailles, je vous ferai l'interpellation, mais avec une grande sévérité[a]...

— Nous aurons alors la Chambre à nous dans cette question; car un homme de votre portée et de votre éloquence *a toujours l'oreille de la Chambre,* répondit Canalis. Je répondrai, mais vivement, à vous écraser[b]...

— Vous pourrez décider un changement de cabinet, car vous ferez sur un semblable terrain tout ce que vous voudrez de la Chambre *et vous deviendrez l'homme de la situation...*

— Maxime les a blousés[c] tous les deux, dit Léon à son cousin. Ce gaillard-là se trouve dans les intrigues de la Chambre comme un poisson dans l'eau.

— Qui est-ce ? demanda Gazonal.

— Un ex-coquin en train de devenir ambassadeur[d], répondit Bixiou.

— Giraud! dit Léon au conseiller d'État, ne vous en allez pas sans avoir demandé à Rastignac ce qu'il m'a promis de vous dire relativement à un procès que vous jugez après-demain, et qui regarde mon cousin que voici, je vous irai voir demain à ce sujet dans la matinée[e]... »

Et les trois amis suivirent les trois hommes politiques à distance en se dirigeant vers la salle des Pas-Perdus[a].

« Tiens, cousin, regarde ces deux hommes, dit Léon à Gazonal en lui montrant un ancien ministre fort célèbre et le chef du Centre gauche[1], voilà deux orateurs qui ont l'oreille de la Chambre et qu'on a plaisamment surnommés des ministres au département de l'Opposition; ils ont si bien l'oreille de la Chambre qu'ils la lui tirent fort souvent.

— Il est quatre heures, revenons rue de Berlin, dit Bixiou.

— Oui, tu viens de voir le cœur du gouvernement, il faut t'en montrer les helminthes, les ascarides, le tœnia, le républicain, puisqu'il faut l'appeler par son nom », dit Léon à son cousin.

Une fois les trois amis emballés dans leur fiacre, Gazonal regarda railleusement son cousin et Bixiou comme un homme qui voulait lâcher un flot de bile oratoire et méridionale.

« Je me *défiais bienn* de cette grande bagasse de ville; mais depuis ce matin, je *la m'prise* ! La pauvre province tant mesquine est une honnête fille; mais Paris c'est une prostituée, avide, menteuse, comédienne, et je suis *bienn* content de n'y avoir *rienne* laissé de ma peau...

— La journée n'est pas finie, dit sentencieusement Bixiou qui cligna de l'œil en regardant Léon.

— Et pourquoi te plains-tu bêtement, dit Léon, d'une prétendue prostitution à laquelle tu vas devoir le gain de ton procès ?... Te crois-tu plus vertueux que nous et moins comédien, moins avide, moins facile à descendre une pente quelconque, moins vaniteux que tous ceux avec qui nous avons joué comme avec des pantins ?

— Essayez de m'entamer...

— Pauvre garçon! dit Léon en haussant les épaules, n'as-tu pas déjà promis ton influence électorale à Rastignac ?

— Oui, parce qu'il est le seul qui se soit mis à rire de lui-même...

— Pauvre garçon! répéta Bixiou, vous me défiez, moi qui n'ai fait que rire!... Vous ressemblez à un roquet impatientant un tigre... Ah! si vous nous aviez vus nous moquant de quelqu'un... Savez-vous que nous pouvons rendre fou un homme sain d'esprit[b] ?...

— Oh! s'écria Bixiou, voici Chodoreille.

— Quel est ce monsieur ? demanda Gazonal.

— L'impuissance littéraire en personne; il est venu de son département où il faisait la pluie et le beau temps dans une petite ville; à l'aide de quelques feuilletons d'une innocence parfaite, il a cru pouvoir briller à Paris. C'est la parabole d'une chandelle voulant devenir une étoile. Il n'a pas obtenu le plus léger succès en quinze ans, il a ruminé un livre, son fils unique, et a fini par le mettre au jour; mais ce roman est un de ces mendiants littéraires qui passent leur vie à quêter un regard en exhibant leur frontispice sur les quais. Or, Chodoreille, qui fait le cautionnement d'un nouveau journal, y a publié l'un de ses ours[1], un *Voyage en Portugal*. Nous avons tous surnommé cet Ixion[2] de la gloire, Maréchal, en le comprenant ainsi dans les maréchaux de la littérature; c'est une expression créée par Victor Hugo[3]. Maintenant, attention. »

Chodoreille, qui marchait du pas d'un homme pressé, fut arrêté par Bixiou dont la main tendue appelait celle de l'auteur.

« Mon cher...

— Pardon, dit Chodoreille, ma femme m'attend; nous devons aller chez Fulgence Ridal qui veut jouer ma pièce...

— Maréchal, il nous est impossible de vous laisser passer, dit Léon, sans vous faire compliment de ce que vous venez de donner.

— Quoi ? demanda Chodoreille.

— Votre *Voyage en Portugal*.

— Ah! ah! » répondit Chodoreille qui se mit à marcher en sens contraire à la direction de son chemin.

Chodoreille demeurait rue Godot; il aurait dû continuer le boulevard vers la Madeleine, tandis que ses deux mystificateurs se dirigeaient vers le passage des Panoramas; car Bixiou voulait aller chez lui, et Bixiou demeure rue Feydeau[4], dans une de ces immenses maisons dites de produit.

« Nous allons, dit Bixiou tout bas à Gazonal, le mener jusqu'à la porte Saint-Denis, revenir à la hauteur de la rue Montmartre et il n'est pas certain que nous puissions nous en débarrasser.

— Oui, Maréchal, vous n'auriez pas gagné déjà votre

bâton par votre roman, que ce voyage vous y donnerait
des droits.

— Ce n'est pas mal, répondit Chodoreille avec
modestie.

— Pas mal ? reprit Bixiou.

— Voyons, Chodoreille, tu sais que je passe pour
avoir du trait ? je m'y connais, eh bien ! ton livre, car
c'est un livre !... un livre à rester, eh bien, il est plein de
mots...

— J'ai tâché d'en mettre, dit Chodoreille.

— Il y a mieux que des mots, reprit Léon, il y a de la
phrase, de très belles pages, des coups de pinceau que
Chateaubriand ne désavouerait pas ; et quant à moi,
c'est une opinion personnelle que je ne défends pas, je
préfère de beaucoup votre voyage à l'*Itinéraire de Paris à
Jérusalem*[1], œuvre bien au-dessous de sa réputation.

— Je suis de votre avis, dit Chodoreille, oh ! l'*Itinéraire* : ah ! si l'on publiait aujourd'hui *René* dans une
Revue, qu'est-ce que cela ferait ? à peine deux feuilles
d'impression qui ne seraient pas remarquées... En littérature, il faut venir à temps, il y a des époques où deux
discours en vers, quelques épigrammes font une gloire...

— Bah ! qu'est-ce que Luce de Lancival, dit Bixiou.
Non, les hommes de génie comme vous doivent lutter,
batailler, ne pas trembler de la froideur du public ; allez,
vous avez écrit votre *Voyage* avec la plume de Bernardin
de Saint-Pierre, avec la philosophie de Sterne, le mordant
de Voltaire et la savante bonhomie de Paul-Louis Courier. Vous devez être déchiré par les auteurs de second
ordre.

— Mais oui, répondit Chodoreille. Aujourd'hui je
demandais à l'un de mes amis la vérité ; car on tient à
savoir... Il m'a dit que c'était filandreux et mou.

— C'est l'envie qui parlait, car ces deux termes se
contredisent, fit observer Léon de Lora. Tenez, vous
vous êtes révélé à moi sous un jour tout nouveau ;
pardonnez-moi de vous dire ces choses-là, bonifacement,
en face, mais je suis du métier. Eh bien ! vous êtes dans
ce *Voyage* le premier des paysagistes littéraires. Walter
Scott, Cooper, sont des crétins comparés à vous ! Oh !
Lisbonne et Cintra... Et ce couvent en ruine... C'est
feuillu, touffu, fouillis ; c'est éclairé, c'est senti, c'est
nature !... c'est artiste...

— C'est digne de toi, dit Bixiou, c'est étoffé comme langage, c'est pur, enfin c'est ce qu'on ne fait plus aujourd'hui, c'est écrit.

— C'est ce que me disait ma femme...

— Et puis, il y a des idées politiques d'une haute portée que Thiers ne désavouerait pas, dit Léon de Lora. Vous êtes plus sage que Victor Hugo dans son *Rhin*[1], vous n'êtes pas pour la guerre de conquête...

— J'ai fait ce livre pour ses idées politiques, reprit Chodoreille en commençant son panégyrique.

— Nous voilà, dit Bixiou à Gazonal, devant la porte Saint-Denis. »

Les quatre promeneurs se retournèrent, et Chodoreille n'avait pas encore fini de parler qu'ils atteignaient à la rue Montmartre.

« Vous seriez député, monsieur, dit Gazonal, si vous vouliez vous mettre sur les rangs dans mon département des Basses-Pyrénées[2] où les hommes nous manquent; j'y ai de l'influence.

— Mais nous pourrions causer de cela, monsieur...

— Monsieur est mon cousin, un fabricant qui a des centaines d'ouvriers, c'est le Laffitte de son arrondissement, dit Léon.

— Mais, venez dîner tous les trois chez moi aujourd'hui, la fortune du pot nous...

— Non, non, dit Bixiou, n'accepte pas, Gazonal; il ne s'en souviendrait plus quand il sera ministre.

— Il est du bois dont on les fait aujourd'hui! s'écria Léon en frappant sur l'épaule de Chodoreille.

— Mais c'est à cela que je vise maintenant. »

Bixiou prit par la rue Montmartre pour aller rue Feydeau; Chodoreille suivit.

« Tu auras tort, la littérature y perdra, dit Bixiou.

— Oui, j'hésite, reprit Chodoreille en accompagnant toujours ses mystificateurs; je me dis qu'il vaut mieux s'expliquer sur son siècle par le livre que par la parole...

— Sur son siècle ? dit Léon avec un ton sérieux, est-ce que nous ne vivons pas par les idées de Voltaire, de Jean-Jacques ?

— Adieu, Maréchal, dit Bixiou.

— Viendrez-vous dîner ? demanda Chodoreille.

— Il me donnerait 1000 francs, s'il les avait! s'écria Bixiou en riant au nez de Chodoreille.

— Pas possible, dit Léon, nous soupons ce soir chez Malaga.

— J'irai! s'écria Chodoreille.

— Et madame ?

— Oh! pour de pareilles affaires..., dit l'auteur du *Voyage* en laissant les trois rieurs sur le seuil de la porte de Bixiou.

— Et maintenant qu'allons-nous faire ?

— Nous allons battre monnaie, répondit Bixiou; il s'agit, pour moi, de payer une dette d'honneur et c'est le moment de faire une espèce de faux très pratiqué par les jeunes fils de famille vieux ou jeunes...

— Un faux ? » s'écria Gazonal.

Les trois amis étaient dans l'escalier en haut duquel perchait l'illustre dessinateur.

« Cet homme est colossal », dit Gazonal abasourdi[a1].

Cette conversation mena Gazonal jusque chez son cousin, où la vue des richesses mobilières lui coupa la parole et mit fin à ce débat. Le Méridional s'aperçut, mais plus tard, que Bixiou l'avait déjà fait *poser*[b].

À cinq heures et demie, au moment où Léon de Lora faisait sa toilette pour le soir, au grand ébahissement de Gazonal, qui nombrait les mille et une superfluités de son cousin et qui admirait le sérieux du valet de chambre en fonctions, on annonça le *pédicure de Monsieur*. Publicola Masson, petit homme de cinquante ans, dont la figure rappelle celle de Marat, fit son entrée en déposant une petite boîte d'instruments et en se mettant sur une petite chaise en face de Léon, après avoir salué Gazonal et Bixiou.

« Comment vont les affaires ? lui demanda Léon en lui livrant un de ses pieds déjà préalablement lavé par le valet de chambre.

— Mais, je suis forcé d'avoir deux élèves, deux jeunes gens qui, désespérant de la fortune, ont quitté la chirurgie pour la corporistique, ils mouraient de faim, et cependant ils ont du talent...

— Oh! je ne vous parle pas des affaires pédestres, je vous demande où vous en êtes de vos affaires politiques... »

Masson lança sur Gazonal un regard plus éloquent que toute espèce d'interrogation.

« Oh! parlez, c'est mon cousin, et il est presque des vôtres, il se croit[c] légitimiste.

— Eh bien, nous allons! nous marchons! Dans cinq ans d'ici, l'Europe sera toute à nous!... La Suisse et l'Italie[1] sont chaudement travaillées, et vienne la circonstance, nous sommes prêts. Ici, nous avons cinquante mille hommes armés, sans compter les deux cent mille citoyens qui sont sans le sou...

— Bah! dit Léon, et les fortifications ?

— Des croûtes de pâté qu'on avalera, répondit Masson. D'abord, nous ne laisserons pas venir les canons; et puis nous avons une petite machine plus puissante que tous les forts du monde, une machine due au médecin qui a guéri plus de monde que les médecins n'en tuaient dans le temps où elle fonctionnait.

— Comme vous y allez!... dit Gazonal à qui l'air de Publicola donnait la chair de poule.

— Ah! il faut cela! nous venons après Robespierre et Saint-Just, c'est pour faire mieux; ils ont été timides, car vous voyez ce qui nous est arrivé : un empereur, la branche aînée et la branche cadette! Les montagnards[a] n'avaient pas assez émondé l'arbre social.

— Ah çà! vous qui serez, dit-on, consul, ou quelque chose comme tribun, songez bien, dit Bixiou, que je vous ai depuis douze ans demandé votre protection.

— Il ne vous arrivera rien, car il nous faudra des loustics, et vous pourrez prendre l'emploi de Barère[2], répondit le pédicure.

— Et moi ? dit Léon.

— Ah! vous, vous êtes mon client, c'est ce qui vous sauvera; car le génie est un odieux privilège à qui l'on accorde trop en France, et nous serons forcés de démolir quelques-uns de nos grands hommes pour apprendre aux autres à savoir être simples citoyens... »

Le pédicure parlait d'un air moitié sérieux, moitié badin, qui faisait frissonner Gazonal.

« Ainsi, dit le Méridional, plus de religion ?

— Plus de religion *de l'État,* reprit le pédicure en soulignant les deux derniers mots, chacun aura la sienne. C'est fort heureux qu'on protège en ce moment les couvents, ça nous prépare les fonds de notre gouvernement. Tout conspire pour nous. Ainsi tous ceux qui plaignent les peuples, qui *braillent* sur la question des prolétaires et des salaires, qui font des ouvrages contre les Jésuites, qui s'occupent de l'amélioration de n'importe quoi... les

Communistes, les Humanitaires, les Philanthropes[a1], vous comprenez, tous ces gens-là sont notre avant-garde. Pendant que nous amassons de la poudre, ils tressent la mèche à laquelle l'étincelle d'une circonstance mettra le feu.

— Ah çà ! que voulez-vous donc pour le bonheur de la France ? demanda Gazonal.

— L'égalité pour les citoyens, le bon marché de toutes les denrées... Nous voulons qu'il n'y ait plus de gens manquant de tout et des millionnaires, des suceurs de sang et des victimes !

— C'est ça ! le *maximum* et le *minimum,* dit Gazonal.

— Vous avez dit la chose, répliqua nettement le pédicure.

— Plus de fabricants ?... demanda Gazonal.

— On fabriquera pour le compte de l'État, nous serons tous usufruitiers de la France... On y aura sa ration comme sur un vaisseau, et tout le monde y travaillera selon ses capacités.

— Bon ! dit Gazonal, et en attendant que vous puissiez couper la tête aux aristocrates...

— Je leur rogne les ongles », dit le républicain radical qui serrait ses outils et qui finit la plaisanterie lui-même.

Il salua très poliment et sortit.

« Est-ce possible ? en 1845 ?... s'écria Gazonal.

— Si nous en avions le temps, nous te montrerions, répondit le paysagiste, tous les personnages de 1793, tu causerais avec eux. Tu viens de voir Marat, eh bien, nous connaissons Fouquier-Tinville, Collot-d'Herbois, Robespierre, Chabot, Fouché, Barras, et il y a même une magnifique Mme Roland.

— Allons, dans cette représentation, le tragique n'a pas manqué, dit le Méridional[b].

— Il est six heures, avant que nous ne te menions voir *Les Saltimbanque*s que joue Odry ce soir, dit Léon à son cousin, il est nécessaire d'aller faire une visite à Mme Cadine, une actrice que cultive beaucoup ton rapporteur Massol, et à qui tu auras ce soir à faire une cour assidue.

— *Comme il faut vous* concilier cette puissance, je vais vous donner quelques instructions, reprit Bixiou. Employez-vous des ouvrières à votre fabrique ?...

— Certainement, répondit Gazonal.

— Voilà tout ce que je voulais savoir, dit Bixiou, vous n'êtes pas marié, vous êtes un gros...

— Oui! s'écria Gazonal, vous avez deviné mon fort, j'aime les femmes...

— Eh bien, si vous voulez exécuter la petite manœuvre que je vais vous prescrire, vous connaîtrez, sans dépenser un liard, les charmes qu'on goûte dans l'intimité d'une actrice. »

En arrivant rue de la Victoire où demeure la célèbre actrice, Bixiou, qui méditait une espièglerie contre le défiant Gazonal, avait à peine achevé de lui tracer son rôle ; mais le Méridional avait, comme on va le voir, compris à demi-mot.

Les trois amis montèrent au deuxième étage d'une assez belle maison, et trouvèrent Jenny Cadine achevant de dîner, car elle jouait dans la pièce donnée en second au Gymnase. Après la présentation de Gazonal à cette puissance, Léon et Bixiou, pour le laisser seul avec elle, trouvèrent le prétexte d'aller voir un nouveau meuble ; mais avant de quitter l'actrice, Bixiou lui avait dit à l'oreille : « C'est le cousin de Léon, un fabricant riche à millions, et qui pour gagner son procès au conseil d'État contre le préfet juge à propos de vous séduire afin d'avoir Massol pour lui. »

Tout Paris connaît la beauté de cette jeune première, on comprendra donc la stupéfaction du Méridional en la voyant. D'abord reçu presque froidement, il devint l'objet des bonnes grâces de Jenny Cadine pendant les quelques minutes où ils restèrent seuls.

« Comment, dit Gazonal en regardant avec dédain le mobilier du salon par la porte que ses complices avaient laissée entrouverte, et en supputant ce que valait celui de la salle à manger, comment laisse-t-on une femme comme vous dans un pareil chenil ?...

— Ah! voilà, que voulez-vous, Massol n'est pas riche, j'attends qu'il devienne ministre...

— Quel homme heureux! » s'écria Gazonal en poussant un soupir d'homme de province.

« Bon! se dit en elle-même l'actrice, mon mobilier sera renouvelé, je pourrai donc lutter avec Carabine! »

« Eh bien, dit Léon en rentrant, ma chère enfant, vous viendrez chez Carabine, ce soir, n'est-ce pas ? on y soupe, on y lansquenette.

— Monsieur y sera-t-il ? dit gracieusement et naïvement Jenny Cadine.

— Oui, madame, fit Gazonal ébloui de ce rapide succès.

— Mais Massol y sera, repartit Bixiou.

— Eh bien, qu'est-ce que cela fait ? répliqua Jenny. Mais partons, mes bijoux, il faut que j'aille à mon théâtre. »

Gazonal donna la main à l'actrice jusqu'à la citadine qui l'attendait, et il la lui pressait si tendrement, que Jenny Cadine répondit en se secouant les doigts : « Hé! je n'en ai pas de rechange!... »

Quand il fut dans la voiture, Gazonal essaya de serrer Bixiou par la taille, en s'écriant : « Elle a mordu! vous êtes un fier scélérat...

— Les femmes le disent », répliqua Bixiou[a].

À onze heures et demie, après le spectacle, une citadine emmena les trois amis chez Mlle Séraphine Sinet, plus connue sous le nom de Carabine, un de ces noms de guerre que prennent les illustres lorettes ou qu'on leur donne, et qui venait peut-être de ce qu'elle avait toujours tué son pigeon.

Carabine, devenue presque une nécessité pour le fameux banquier du Tillet, député du Centre gauche, habitait alors une charmante maison de la rue Saint-Georges. Il est dans Paris des maisons dont les destinations ne varient pas, et celle-ci avait déjà vu sept existences de courtisanes. Un agent de change y avait logé, vers 1827, Suzanne du Val-Noble, devenue depuis Mme Gaillard. La fameuse Esther y fit faire au baron de Nucingen les seules folies qu'il ait faites. Florine, puis celle qu'on nommait plaisamment *feu madame* Schontz y avaient tour à tour brillé. Ennuyé de sa femme, du Tillet avait acquis cette petite maison moderne, et y avait installé l'illustre Carabine dont l'esprit vif, les manières cavalières, le brillant dévergondage formaient un contrepoids aux travaux de sa vie domestique, politique et financière. Que du Tillet ou Carabine fussent ou ne fussent pas au logis, la table était servie, et splendidement, pour dix couverts tous les jours. Les artistes, les gens de lettres, les journalistes, les habitués de la maison y mangeaient. On y jouait le soir. Plus d'un membre de l'une et l'autre Chambre venait chercher là ce qui s'achète au poids de l'or à Paris, le plaisir. Les femmes excentriques, ces météores du firmament parisien qui se classent si difficilement, apportaient là les richesses de leurs toilettes. On y était très spirituel, car on y pouvait tout dire, et on y disait tout. Carabine, rivale de la non moins célèbre Malaga, s'était enfin portée héritière du salon de Florine, devenue Mme Nathan ; de celui de Tullia, devenue Mme du Bruel ; de celui de Mme Schontz, devenue Mme la présidente du Ronceret[a]. En y entrant, Gazonal ne dit qu'un seul mot, mais il était à la fois légitime et légitimiste : « C'est plus beau qu'aux Tuileries... » Le satin, le velours, les brocarts, l'or, les objets d'art qui foisonnaient occupèrent si bien les yeux du provincial qu'il n'aperçut pas Jenny Cadine dans une toilette à inspirer du respect, et qui cachée derrière Carabine étudiait l'entrée du plaideur en causant avec elle.

« Ma chère enfant, dit Léon à Carabine, voilà mon cousin, un fabricant qui m'est tombé des Pyrénées ce matin ; il ne connaissait rien encore de Paris, il a besoin de Massol pour un procès au Conseil d'État, nous avons donc pris la liberté de vous amener M. Gazonal à souper, en vous recommandant de lui laisser toute sa raison...

— Comme monsieur voudra, le vin est cher », dit Carabine qui toisa Gazonal et ne vit en lui rien de remarquable.

Gazonal, étourdi par les toilettes, les lumières, l'or et le babil des groupes qu'il croyait occupés de lui, ne put que balbutier ces mots :

« Madame... madame... est... bien bonne.

— Que fabriquez-vous ?... lui demanda la maîtresse du logis en souriant.

— Des dentelles, et offrez-lui des guipures !... souffla Bixiou dans l'oreille de Gazonal.

— Des... dent... des...

— Vous êtes dentiste !... dis donc, Cadine ? un dentiste, tu es *volée,* ma petite.

— Des dentelles..., reprit Gazonal en comprenant qu'il fallait payer son souper. Je me ferai le plus grand plaisir de vous offrir une robe... une écharpe... une mantille de ma fabrique.

— Ah ! trois choses ? Eh bien, vous êtes plus gentil que vous n'en avez l'air », répliqua Carabine.

« Paris m'a pincé ! » se dit Gazonal en apercevant Jenny Cadine et en allant la saluer.

« Et moi, qu'aurai-je ?... lui demanda l'actrice.

— Mais... toute ma fortune », répondit Gazonal qui pensa que tout offrir c'était ne rien donner.

Massol, Claude Vignon, du Tillet, Maxime de Trailles, Nucingen, du Bruel, Malaga, M. et Mme Gaillard, Vauvinet, une foule de personnages entra.

Après une conversation à fond avec le fabricant sur le procès, Massol, sans rien promettre, lui dit que le rapport était encore à faire et que les citoyens pouvaient se confier aux lumières et à l'indépendance du Conseil d'État. Sur cette froide et digne réponse, Gazonal désespéré crut nécessaire de séduire la charmante Jenny Cadine de laquelle il était éperdument amoureux. Léon de Lora, Bixiou laissèrent leur victime entre les mains de la plus espiègle des femmes de cette société bizarre, car Jenny Cadine est la seule rivale de la fameuse Déjazet[1]. À table, où Gazonal fut fasciné par une argenterie due au Benvenuto Cellini moderne, à Froment-Meurice, et dont le contenu valait les intérêts du contenant, les deux mystificateurs eurent soin de se placer loin de lui; mais ils suivirent d'un œil sournois les progrès de la spirituelle actrice qui, séduite par l'insidieuse promesse du renouvellement de son mobilier, se donna pour thème d'emmener Gazonal chez elle. Or jamais mouton de Fête-Dieu ne mit plus de complaisance à se laisser conduire par son saint Jean-Baptiste que Gazonal à obéir à cette sirène[a].

Trois jours après, Léon et Bixiou, qui ne revoyaient plus Gazonal, le vinrent chercher à son hôtel, vers deux heures après midi.

« Eh bien, cousin, un arrêt du conseil te donne gain de cause...

— Hélas! c'est inutile, cousin, dit Gazonal qui leva sur ses deux amis un œil mélancolique, je suis devenu républicain...

— *Quésaco ?* dit Léon.

— Je n'ai plus rien, pas même de quoi payer mon *avocate,* répondit Gazonal. Mme Jenny Cadine a de moi des lettres de change pour plus d'argent que je n'ai de bien...

— Le fait est que Cadine est un peu chère, mais...

— Oh! j'en ai eu pour mon argent, répliqua Gazonal. Ah! quelle femme!... Allons, la province ne peut pas lutter avec Paris, je me retire à la Trappe.

— Bon, dit Bixiou, vous voilà raisonnable. Tenez, reconnaissez la majesté de la capitale ?...

— Et du capital! » s'écria Léon en tendant à Gazonal ses lettres de change.

Gazonal regardait ces papiers d'un air hébété.

« Vous ne direz pas que nous n'entendons point l'hospitalité : nous vous avons instruit et sauvé de la misère[a], régalé, et... amusé, dit Bixiou.

— Et *à l'œil !* » ajouta Léon en faisant le geste des gamins quand ils veulent exprimer l'action de *chipper*[b].

Paris, novembre 1845[c].

HISTOIRE DES TEXTES,
DOCUMENTS, VARIANTES, NOTES,
INDICATIONS BIBLIOGRAPHIQUES

INDICATIONS GÉNÉRALES

ABRÉVIATIONS

RP	*Revue de Paris.*
RDM	*Revue des Deux Mondes.*
CP	*Chronique de Paris.*
BF	*Bibliographie de la France.*
Lov.	*Bibliothèque Lovenjoul,* à Chantilly.
	Exemple : *Lov.* A 231, fᵒ 19 vᵒ = bibliothèque Lovenjoul, armoire A, cote 231, folio 19 verso.
Corr.	*Correspondance* de Balzac, Garnier, 5 vol.
	Exemple : *Corr.,* t. II, p. 131, n. 2.
LH	*Lettres à Mme Hanska,* dans les *Œuvres complètes* de Balzac, Les Bibliophiles de l'originale, ou publiées séparément, Delta, 4 vol.
	Exemple : *LH,* t. III, p. 205.
AB et millésime	*L'Année balzacienne,* Garnier.
	Exemple : *AB 1967,* p. 306.
RHLF	*Revue d'histoire littéraire de la France.*
RSH	*Revue des sciences humaines.*
RLC	*Revue de littérature comparée.*
CFL	*Club français du livre.*
CHH	*Club de l'honnête homme.*
BO	*Les Bibliophiles de l'originale.*

CONVENTIONS UTILISÉES POUR LES VARIANTES

Pour chaque roman, on trouvera à la fin de la section « Histoire du texte » une liste de sigles, correspondant aux états successifs du texte qui ont été considérés dans le relevé de variantes. Exemples : B pour « édition Béchet » : F pour « édition Furne ».

Dans chaque variante, le premier texte indiqué est toujours celui de l'édition définitive. Les diverses leçons, séparées par deux points

(:), sont signalées dans l'ordre inverse de la chronologie des états successifs, donc à partir de Furne corrigé ou de Furne et en remontant jusqu'au manuscrit (ms.), *quand il y en a un, ou jusqu'aux plus anciennes épreuves corrigées (éventuellement numérotées :* épr. 1, épr. 2, etc.), *ou jusqu'au premier texte imprimé, préoriginal ou original* (orig.). *Chaque texte diftingué eft suivi du sigle de l'édition où il apparaît tel pour la première fois.*

L'abréviation ant. *désigne l'ensemble des états antérieurs à l'état qu'on vient de considérer, lorsque ces états antérieurs donnent un texte identique. L'abréviation* add. *signale un passage ajouté et l'abréviation* suppr. *un passage supprimé. L'insertion d'une barre oblique (|) marque un passage à la ligne.*

L'indication rayé *après un ou plusieurs mots placés entre crochets, sur le manuscrit ou sur des épreuves, désigne un texte déchiffré sous une rature. Exemple :* [le plus vieux *rayé*]. *On reftitue entre crochets obliques les dernières lettres d'un mot laissé inachevé ; si la conjecture eft douteuse, on l'accompagne d'un point d'interrogation en italique ; si toute conjecture eft impossible ou risque d'être imprudente, on laisse un blanc entre les crochets obliques. Exemples :* [le plus vi < eux > *rayé*], [le plus vi < eux ? > *rayé*], [le plus vi < > *rayé*].

L'indication var. poft. *ou* lég. var. *signale des variantes de signification légère, poftérieures au texte considéré, et qui n'ont pas été explicitement relevées. L'indication* var. ponct. *signale des variantes de ponctuation (virgule ; point et virgule ; deux points ; tiret ; point ; point à la ligne). L'indication* var. raccord *signale un léger aménagement du texte, effectué par Balzac aux abords d'un passage modifié, afin d'assurer la continuité du sens.*

Les passages rapportés de l'édition définitive sont reproduits in extenso quand ils sont très courts, ou désignés par le premier mot au moins et le dernier mot au moins, séparés par trois points de suspension entre crochets [...]. *Lorsque la partie non reproduite comporte cinq lignes au minimum, on donne entre crochets, non pas des points de suspension, mais l'indication chiffrée de son étendue :* [9 lignes].

Dans le relevé des états anciens, les points de suspension entre crochets droits renvoient toujours au texte définitif, celui qu'on a lu en premier, et désignent un fragment identique. Pour désigner un fragment d'état ancien identique à un fragment relevé de texte moins ancien, mais non définitif, on écrit entre crochets les mots comme dans *suivis du sigle de l'état précédemment rapporté :* [comme dans B].

La reproduction des parties manuscrites (y compris les corrections sur épreuves) eft littérale et reſpecte les particularités graphiques du texte reproduit ; toutefois, parmi les ratures, seules sont notées celles qui ont paru révéler un détail significatif ou marquer de façon intéressante les hésitations de l'écrivain au travail. Dans la reproduction des textes imprimés, les graphies et la ponctuation sont normalisées selon l'usage moderne.

Les *fragments rapportés des textes de Balzac sont imprimés en romain; les sigles, abréviations et interventions du commentateur sont en italique.*

LECTURE DES VARIANTES

Les exemples suivants, empruntés au premier texte de notre tome VII (La Cousine Bette), *aideront le lecteur pour la consultation des variantes.*

Page 55.

Variante *b*

b. juillet de l'année 1838, *C* : [Mars *rayé*] Mai de l'année 183[7 *en surcharge sur* 6], *ms.*

Le texte actuel juillet de l'année 1838, *apparaît dans « Le Constitutionnel »; Balzac, sur le manuscrit, a d'abord écrit et rayé* Mars, *puis écrit* Mai; *il a écrit d'autre part* 1836 *et surchargé d'un 7 le dernier chiffre de ce millésime.*

Variante *c.*

c. passablement *add. C*

Le mot passablement *a été ajouté dans « Le Constitutionnel » et maintenu dans toutes les éditions suivantes.*

Variante *d*

d. ancien adjoint *orig.* : adjoint au maire *C* : adjoint *ms.*

Le texte actuel ancien adjoint *apparaît dans l'édition originale; « Le Constitutionnel » donnait* adjoint au maire *et le manuscrit donnait* adjoint.

Page 56.

Variante *b*

b. savant, *C* : de leur état, *ms.*

Le mot savant *remplace, dans « Le Constitutionnel », les mots* de leur état, *donnés par le manuscrit, et demeure dans les éditions suivantes.*

Variante *e*

e. parut avoir reçu [...] se leva. *C* : dit vivement à une [magnifique *rayé*] jeune fille qui brodait à quelques pas d'elle : *ms.*

Le membre de phrase qui commence par parut avoir reçu *et qui s'achève par* se leva. *a été substitué, dans « Le Constitu-*

tionnel », *au membre de phrase* dit vivement à une jeune fille qui brodait à quelques pas d'elle. *donné par le manuscrit, où Balzac avait écrit, puis rayé, avant les mots* jeune fille, *l'adjectif* magnifique.

Page 57.

Variante *a*

a. quoiqu'elle eut cinq ans de moins. *orig.* : quoiqu'il y eût entre elles au moins cinq ans de différence en plus pour la baronne. *C* : quoiqu'il y eût entr'elles [à peine deux *rayé*] cinq ans de différence. *ms.*

La proposition quoiqu'elle eût cinq ans de moins *apparaît sous cette forme dans l'édition originale. « Le Constitutionnel » donnait l'état sensiblement plus long que nous reproduisons avec son sigle. Le manuscrit donnait le même texte que « Le Constitutionnel », mais avant le mot* cinq *Balzac avait écrit et rayé les mots* à peine deux; *on constate d'autre part que, dans le manuscrit, la forme verbale* eût *ne porte pas l'accent circonflexe et qu'elle est notée* eut; *enfin Balzac a élidé l'*e *final de la préposition « entre » et écrit* entr'elles.

Variante *e*

e. , à Poitiers ou à Coutances   *add.* F

Les précisions géographiques à Poitiers ou à Coutances, *précédées d'une virgule, ont été ajoutées dans l'édition Furne en fin de phrase.*

LA COUSINE BETTE

HISTOIRE DU TEXTE

LES ÉTAPES DE LA RÉDACTION

La part faite des mensonges, les lettres de Balzac à Mme Hanska offrent la chance rare de connaître presque jour par jour la réalisation de *La Cousine Bette*. Annoncée dès le 15 juin 1846, mais différée pendant quelques semaines en faveur du futur *Cousin Pons* (voir notre Introduction et l'Histoire du texte du *Cousin Pons*), elle fut mise en train, selon Balzac, le 18 août 1846 (*LH,* t. III, p. 336), en réalité sans doute quelques jours plus tôt, et elle avança d'abord rapidement. Le 22 août : « *La Cousine Bette* est plus facile à faire que *Les Deux Musiciens* » (*LH,* t. III, p. 342), constate-t-il après avoir « fait hier *La Cousine Bette* jusqu'au 36e feuillet » (*ibid.,* p. 341); soit douze en quatre jours, alors qu'il prétendait, le 18, en avoir fait vingt-quatre en une seule journée. Si l'affirmation du 18 semble témoigner d'un peu de fanfaronnade, celle du 22 doit être exacte : le 23, il utilise une première version du folio 26 pour envelopper une lettre à Mme Hanska. Il voudrait remettre le manuscrit au *Constitutionnel* avant d'aller rejoindre la Polonaise en Allemagne. Illusion.

Du 30 août au 15 septembre, si Balzac est en Allemagne, le manuscrit est toujours sur son bureau, inachevé.

Le 18 septembre : « Il faut 20 jours de travail obstiné pour achever ces 2 histoires qui t'ont plu ! Adieu pour aujourd'hui, car j'ai à lire mes épreuves » (*LH,* t. III, p. 356-357). En fait, il ne peut travailler : la recherche d'une maison pour installer Mme Hanska après le mariage de sa fille, prévu pour octobre, mobilise entièrement son temps et son esprit. Aussi, le 24 septembre : « Ce n'est que de ce matin (8 jours !...) que je reprends mon œuvre » (*LH,* t. III, p. 374); le 25 septembre : « J'ai tout corrigé de *La Cousine Bette,* et j'en suis à travailler à la fin du manuscrit; dans 6 jours d'ici, au 3 8bre, ce sera fini » (*LH,* t. III, p. 382).

« Fini » ? Le 28 septembre : « Je viens de passer 7 heures

de nuit à finir de corriger les 80 1ers placards de *La Cousine Bette*, et il faut en faire 80 autres (écrire et corriger) en 10 jours « (*LH,* t. III, p. 391); loin de la fin donc, il reste cependant dans les limites du projet initial, énoncé le 15 juin : seize feuilles de *La Comédie humaine.* Mais le même jour, il signe l'achat de la Chartreuse-Beaujon, et la cadence de son travail va s'en trouver ralentie.

Le 2 octobre : « il y a 13 numéros du *Constitut[ionnel]* entièrement terminés; j'en ai 13 autres à faire en entier, manuscrit et corrections » (*LH,* t. III, p. 404). Il est si sûr d'être arrivé à la moitié de l'histoire qu'il intitule le chapitre XIV qui constituera en effet le treizième feuilleton du *Constitutionnel :* « Où la queue des romans ordinaires se trouve *au milieu de cette histoire* [1] ». Or, il ajoutera non pas treize, mais vingt-cinq feuilletons. Mais plus tard, car, pour le moment, Beaujon, les travaux à y faire faire, les démarches diverses l'absorbent, et Mme Hanska l'attend bientôt pour le mariage d'Anna. Le 3 octobre : « le temps presse; mais l'esprit ne s'inquiète pas des affaires ni des voyages, il ne produit que par ses propres lois » (*LH,* t. III, p. 410). Le 4 octobre : « j'ai aussitôt trouvé tout ce qu'il me fallait dans les idées pour finir mon roman, cela va rouler comme une locomotive » *(ibid.).* Le 5 octobre : « je n'ai plus que 10 jours pour faire 14 chapitres de *Bette!* C'est effrayant. Cette affaire de maison a pris tant de temps! » (*LH,* t. III, p. 418.)

Ces « 14 chapitres » à faire montrent qu'il a, en réalité, bien peu progressé depuis cinq semaines. Va-t-il se remettre à l'œuvre? Le 6 octobre : « je travaille à corps perdu! [...], j'aurai j'espère achevé les épreuves mercredi [2] la veille de mon départ. La veine est ouverte; la copie coule à torrents » (*LH,* t. III, p. 420). Le 7 octobre, Mme Hanska, qui tient peu compte des lois de l'esprit, annonce qu'elle a fait avancer la date du mariage. C'est la catastrophe : « il me reste à écrire 70 feuillets » (7 octobre; *LH,* t. III, p. 421) et, le 8 octobre, *Le Constitutionnel* publie le premier feuilleton. Balzac part...

Le 9 octobre, Balzac arrive en Allemagne.

Au retour, le 17 octobre : « *Le Constitutionnel* est dans la plus vive inquiétude [...] je me mets donc à l'œuvre demain, car il faut écrire 14 chapitres de *La Cousine Bette,* d'ici au 27 » (*LH,* t. III, p. 424). Toujours ces « 14 chapitres » qui prouvent que depuis le premier voyage en Allemagne, Balzac n'a guère travaillé. Le 20 novembre, il avouera : « depuis mon retour de Wiesbaden, tout ce que tu liras de *La Cousine Bette* depuis *le célèbre chapitre : Bilan de Mme Mar-*

---

1. C'est nous qui soulignons.
2. Le 14 octobre.

neffe [...] ces 20 chapitres ont été écrits *currente calamo,* faits la veille pour le lendemain, sans épreuves! » (*LH,* t. III, p. 493). Or ce « célèbre chapitre » était le chapitre xv. C'est donc entre le 19 octobre et le 27 novembre que Balzac va créer, écrire et corriger manuscrit et, quoi qu'il en dise, épreuves, des deux tiers de l'œuvre. L'effort accompli est certainement l'un des plus étonnants de toute sa création. L'enfant attendu par Mme Hanska, le mariage, la sécurité espérée expliquent peut-être ce miracle. Et le succès. Dès les premiers feuilletons, public et même critiques ont été conquis. Ce n'est pas illusion quand Balzac crie victoire. Le 18 octobre : *La Cousine Bette* « a un succès étourdissant » (*LH,* t. III, p. 426); « il y a une immense réaction en ma faveur, j'ai vaincu! » (*ibid.,* p. 428). Le 24 octobre : « L'immense succès de *La Cousine* a causé des réchauffements chez les journaux, ils voudraient tous de moi, surtout par l'absence des autres. Je veux avoir coup sur coup, succès sur succès et faire comme si je n'avais rien écrit et comme si je débutais » (*LH,* t. III, p. 444). Le 26 octobre : « Il me reste 70 feuillets à écrire pour terminer *La Cousine Bette* » (*LH,* t. III, p. 449); et il signe avec le libraire Chlendowski pour la publication en volumes du diptyque des *Parents pauvres* qu'il prévoit alors de 30 feuilles de *La Comédie humaine,* au lieu des 18 à 19 du projet du 15 juin (voir l'Introduction). Le 29 octobre : « j'ai encore 44 feuillets de copie à faire, c'est 22 demain et 22 après-demain. Cela est écrasant; mais cela se fera; ça se fait plutôt à la fin qu'au commencement d'un livre » (*LH,* t. III, p. 451) — remarque à comparer avec celle qui concerne les 24 feuillets du 18 août... Le 30 octobre : « hier, j'ai travaillé 19 heures, et aujourd'hui il en faut travailler 20 ou 22. C'est la copie qui me mène, il en faut 16 ou 20 feuillets par jour » (*LH,* t. III, p. 452); d'autant que « *Le Constitutionnel* a épuisé mon avance » *(ibid.) :* comme le chapitre xix est publié ce jour-là, on voit qu'en douze jours environ, Balzac a écrit les chapitres xvi, xvii, xviii et xix... Le 1er novembre, il croit toucher au but: « j'ai encore [...] 32 feuillets à faire pour terminer *la Bette,* cela me mène au 4 9bre et les épreuves jusqu'au 7 » (*LH,* t. III, p. 453) — ce qui, par parenthèses, montre qu'il y eut des épreuves et que le rythme d'écriture tourne autour de 8 feuillets par jour, et non 16, 20... ou 24. Peu importe : « *La Cousine Bette* est un chef-d'œuvre. »

Le 3 novembre arrive une lettre de Mme Hanska qui annonce un premier accident de sa grossesse : « J'ai regretté que cette lettre fût venue; je l'aurais voulue deux jours plus tard, *La Cousine Bette,* finie! [...] Te parler de ma douleur, chère petite fille, ce n'est rien, j'ai peur que cela n'influe sur ce qui en reste à écrire [...] *La Cousine Bette* prendra place à côté de mes grandes œuvres [...] mais je sens qu'il ne faudra plus livrer de pareilles batailles. Avant-hier, j'étais au bout de mes forces. Il faut encore écrire 80 ou 90 feuillets pour terminer *Les Parents pauvres* » (*LH,* t. III, p. 455-456). Pour la première fois depuis longtemps, Balzac reparle de *Pons,* dont la publication doit suivre celle de *Bette* au *Constitutionnel.* Mais *Bette,* continue de grandir, avec le succès. Le 5 novembre : « j'ai 36 feuillets à écrire pour terminer *Bette* [...] on crie au chef-d'œuvre de tous côtés, et ils ne sont pas encore arrivés au pathétique » (*LH,* t. III, p. 465) — ce jour-là, paraissait le chapitre XXII, « Artiste, jeune et polonais... » — « Il y a de fières scènes, va! Je ne savais pas ce que je faisais, je le sais maintenant. C'est le pendant d'*Esther* » *(ibid.)* : *Esther,* son seul succès depuis trois ans... Il travaille « à épouvanter »; « si tu savais dans quel état je suis », mais « il faut rester à mon bureau, travailler avec une ardeur incroyable, et gagner de l'argent au péril de ma santé » *(ibid.).* Et le sujet grandit toujours. Le 7 novembre : « J'ai 32 feuillets encore pour finir *La Cousine Bette* » (*LH,* t. III, p. 469). « C'est un des beaux livres parmi mes beaux » (*ibid.,* p. 471). Le 9 novembre : « Je ne me doutais pas de ce qu'était *La Cousine Bette,* tu verras des scènes, les plus belles que j'ai trouvées jusqu'à présent dans ma carrière littéraire [...] Il me reste toujours 25 feuillets environ à écrire sur la *Cousine* » (*LH,* t. III, p. 474) et, croyant toucher au but, il évalue le travail à faire pour le *Cousin.*

Prématurément. Le 10 novembre : « il me faut encore 3 ou 4 jours pour finir *La Cousine Bette;* ça grandit et s'allonge tous les jours, je ne veux pas manquer ce beau sujet-là; il lui faut tous ses développements » (*LH,* t. III, p. 476). Le 11 novembre : « J'ai cependant encore aujourd'hui 37 feuillets à écrire » et, nouveau stimulant : « [G. Sand] et Sue se sont coulés à cause de la prédication politique. A. Dumas est brouillé avec *Le Constitutionnel* et *La Presse* [...] Soulié est bien tombé. Je reste seul, plus brillant, plus jeune, plus fécond que jamais » (*LH,* t. III, p. 476-477). Aussi le 13 novembre : « J'ai encore 48 feuillets à faire pour la *Bette* » (*LH,* t. III, p. 479). Le 14 novembre : « Plus va *La Cousine Bette,* plus le succès augmente, il est formidable, immense » et, réaction symptomatique : « ça triple ma tâche pour *La Presse* » (*LH,* t. III, p. 480). Le 15 : « J'ai encore ce soir 40 feuillets à faire pour la *Cousine Bette* » (*LH,* t. III, p. 482), et il a repris *Pons.* Acrobatie risquée; le 22 novembre : « il faut que je fasse 24 feuillets, pour ce matin, car le journal manquerait » (*LH,* t. III, p. 496); après les interruptions normales du feuilleton les 23 et 24, celle, moins normale, du 25 prouve que Balzac n'avait pas réussi à combler son retard. Le 23 novembre : « Je n'ai plus que 14 à 15 feuillets, que je vais faire pour finir *Bette* » (*LH,* t. III, p. 498). Le 24 :

« J'ai encore ce matin (je suis levé à 1 h.) 20 feuillets de *La Cousine* à faire. Ce sujet augmente tous les jours, tant il est fertile, et les développements logiques m'entraînent » (*LH,* t. III, p. 501). Or, sa place est retenue pour Francfort, où il doit rejoindre Mme Hanska.

Dernier coup de reins et, le 25 novembre : « Je n'ai plus que 7 feuillets à finir pour terminer *La Cousine Bette* » *LH,* t. III, p. 501). Et *Pons* doit suivre. Le 27 novembre, il corrige « les épreuves des 3 derniers numéros » de *La Cousine Bette.* Mais, nouvelle difficulté pour le pauvre cousin, Véron renonce momentanément à *Pons.* Mme Hanska lui enjoint de rester là où il est. Elle a fait une fausse couche. Balzac se retrouve avec ses dettes, un caravansérail éventré par une armée d'ouvriers, seul, effondré. Pourquoi faire des miracles ? Pourquoi ? Pour nous, qui les acceptons trop tranquillement sans en savoir le prix. Aussi fallait-il le connaître.

Le 3 décembre, paraissait le dernier feuilleton de *La Cousine Bette.* Et plus de deux mois passeront avant que Balzac puisse reprendre, faire grandir et achever *Le Cousin Pons,* son noir chef-d'œuvre.

LE MANUSCRIT PARTIEL

Le MANUSCRIT de *La Cousine Bette* est incomplet : seuls 31 feuillets du début ont été conservés (*Lov.* A 48), numérotés par Balzac de 1 à 35 (il manque les folios 18, 28, 30 et 33); le fragment s'arrête aux mots « Steinbock apprit promptement » (voir p. 113). On possède aussi huit faux départs : sur un folio A *bis* et aux versos des folios 4, 5, 6, 7 et 8; puis deux autres qui ont servi d'enveloppe à des lettres à Mme Hanska (*Lov.* A 302, f°s 533 v° et 544 v°). Une autre enveloppe (*Lov.* A 302, f° 537 v°) a été faite le 23 août 1846 avec une première rédaction d'un passage de la description du Louvre et du Doyenné; le numéro du folio manque, sans doute découpé avec toute la partie gauche de sa lettre lors de son ouverture, mais le texte — dont les premiers mots font suite au folio 25 du manuscrit, et qui sont les mêmes que ceux du folio 26 — permet d'identifier cette page et, en même temps, de mieux connaître les dates du début de la rédaction de *Bette.* On trouvera cette première rédaction dans les variantes et, en tête des variantes, les huit faux départs, dont deux représentent en fait une simple mise au point de la scène d'ouverture finalement choisie.

Une fois lancé, Balzac devait encore revenir sur le début de sa rédaction et, sans doute en relisant son manuscrit, amplifiait notablement son texte de nombreuses additions marginales, qui débordèrent jusque sur les versos des folios 2, 3, 5, 6, 7, 9, 14, 15 et 17; ce dernier feuillet, consacré à la présentation de Bette, témoigne, par une prolifération des ratures, du soin particulier accordé par le créateur à son héroïne. Quant aux additions, elles apportent généralement, soit sous la forme d'ajouts aux dialogues, soit sous la forme de commentaires de l'auteur, de nombreuses précisions sur l'histoire des personnages ou sur leur comportement : ainsi, Balzac n'a pas pensé dès la première rédaction à donner à Crevel le ridicule de se « mettre en position ». Certains ajouts semblent, comme souvent, moins heureux et on souscrit parfois à l'avis de M. Bardèche constatant que « dans cette importante scène initiale, qui contient des passages presque ridicules par la grossièreté du ton et l'invraisemblance du dialogue, ce sont précisément ces passages que Balzac a cru bon de rajouter sur ses épreuves, alors qu'ils ne figuraient pas dans son manuscrit ». Balzac ne se sera donc jamais affranchi de sa défiance envers lui-même et, jusqu'à la fin, par souci de « style », d' « effets », de littérature, il aura ainsi gongorisé une rédaction qui, pourtant, d'années en années et d'œuvres en œuvres, était souvent devenue admirable dès le premier jet. *Bette* le prouve, dont la partie écrite *currente calamo,* c'est-à-dire sans retouches, ou presque, à partir du chapitre xv du *Constitutionnel,* contient les plus belles scènes de l'œuvre et même de *La Comédie humaine;* telle par exemple, la scène entre Wissembourg et le vieux Forzheim (p. 352).

D'autres variantes du début font apparaître des difficultés pour la mise au point des dates de l'action — 1836 d'abord pour le début, puis 1837 et enfin 1838 — entraînant des modifications dans l'âge des personnages.

Un calcul, fondé sur les 35 folios du début et sur ce que nous savons des habitudes de Balzac qui, entre manuscrit et bon à tirer, amplifiait beaucoup plus son texte au début qu'à la fin, permet de penser que l'ensemble du manuscrit devait représenter environ 340 folios.

LES TEXTES IMPRIMÉS

1. *Le feuilleton du « Constitutionnel »*

Il y eut d'abord une *prépublication* en quarante et un feuilletons dans *Le Constitutionnel,* du 8 octobre au 3 décembre 1846. *La Cousine Bette* ne parut pas les 12, 13, 19, 25, 26 octobre; ni les 1, 2-3 (numéro unique), 9, 10, 16, 17, 23, 24, 25, 30 novembre; ni le 1er décembre. La plupart de ces dates correspondent à des lundis et mardis, jours habituels des feuilletons de critique dramatique, musicale, littéraire, scientifique, etc., du *Constitutionnel.* Seuls les dimanches 25 octobre et 1er novembre et le mercredi 25 novembre doivent être considérés comme des interruptions anormales, résultant sans doute du manque de copie. Cette publication préoriginale comportait trente-huit chapitres. Les feuilletons étaient disposés en bas de page, de manière à pouvoir être détachés du journal et reliés en volumes, dont chaque feuilleton imprimé recto-verso formait un cahier. *Le Cousin Pons* sera publié de la même façon. Ce système de présentation pourrait permettre de considérer cette publication comme l'édition originale, bien que l'appellation soit généralement appliquée à l'édition Chlendowski. On ignore dans quelles conditions Balzac traita avec Véron. Dès la conception, le 16 juin, il écrit à Mme Hanska : « je voudrais mettre [...] *La Cousine Bette* au *Constitutionnel* »; le 23 juin : « J'ai promis à Véron *La Cousine Bette* pour le 10 juillet », et le 3 juillet : « Quant aux *Parents pauvres*, les deux histoires vont au *Constitutionnel* et sont payées 6 000 fr. » (*LH*, t. III, p. 216, 231, 253). Non répertoriée par la *Bibliographie de la France,* cette préoriginale fut imprimée par Boniface. Un second tirage à part fut imprimé par Mousson et enregistré par la *Bibliographie de la France* du 1er mai 1847.

2. *L'édition originale en librairie.*

L'*édition originale* des *Parents pauvres* fit l'objet d'un traité avec le libraire Louis Chlendowski, signé le 26 octobre 1846 (*Corr.,* t. V, p. 159-160). Ce diptyque était alors évalué à « trente feuilles de la justification de *La Comédie humaine* », c'est-à-dire à 480 pages de l'édition Furne alors qu'il y en aura finalement 650, dont 378 pour la seule *Bette*. Mais le 26 octobre, *Pons* encore peu développé était en panne depuis plus de deux mois, et Balzac ignorait les proportions qu'il lui donnerait plus tard, autant que celles qu'il allait donner à *Bette* : ce jour-là, *Le Constitutionnel* en était au chapitre xv (p. 128 du Furne) et Balzac croyait n'avoir plus que 70 pages de manuscrit — environ 90 pages du Furne — « à écrire pour terminer *La Cousine Bette* ». Le contrat prévoyait aussi que Chlendowski pourrait faire paraître l'œuvre « au fur et à mesure de la publication du *Constitutionnel* sans avoir besoin d'envoyer les épreuves à M. de Balzac ».

Les nombreuses variantes entre les deux textes montrent qu'en fait Balzac donna à Chlendowski une version corrigée du *Constitutionnel*. En outre, pour l'édition Chlendowski, Balzac ajouta quatre-vingt-quatorze divisions en chapitres aux trente-huit du texte du *Constitutionnel*. Cette augmentation, valorisée par l'heureuse rédaction des titres, prouve que Balzac avait le souci de gonfler son œuvre non seulement en qualité, mais aussi en quantité.

Une clause du contrat prévoyait : « Cette édition aura le nombre de volumes que M. L. Chlendowski jugera convenable de faire. » Avec l'aide de Balzac et des 132 chapitres (que deux erreurs de numérotation aux chapitres XLV et LXXXXIV réduisent au nombre apparent de 130), et en optant pour une typographie extraordinairement aérée (chaque phrase ou presque commence à la ligne), Chlendowski arriva à un nombre impressionnant de volumes : l'ensemble des _Parents pauvres_ s'étale sur 12 volumes in-8°. Mais Chlendowski, dont les affaires n'étaient pas bonnes, publia seulement les 6 premiers; les 6 derniers Pétion furent publiés par son voisin et peut-être prête-nom Balzac signait un traité le 27 mars 1847 (_Corr._, t. V, p. 206-207), et qui devait être un autre partisan des éditions gonflées, puisqu'en 1845 il était arrivé pour le _Monte-Cristo_ de Dumas à un total de 18 volumes. _La Cousine Bette,_ occupe les tomes I à VI édités par Chlendowski, et 176 pages du tome VII édité par Pétion : dans ce tome VII apparaissent des corrections et additions qui n'ont pas été reproduites dans les éditions suivantes.

L'édition Chlendowski-Pétion n'a pas été enregistrée par la _Bibliographie de la France._ La sortie du tome III fut annoncée par _La Presse_ du 22 janvier 1847, et l'ensemble des sept premiers volumes était en vente chez Pétion le 15 avril (Wayne Conner, « Précisions bibliographiques... », _Les Études balzaciennes_ n° 10, p. 477-478).

3. _Le « Musée littéraire » du « Siècle »_

La _2ᵉ édition_ des _Parents pauvres_ parut dans un des recueils du _Musée littéraire_ du _Siècle_ du 7 septembre au 1ᵉʳ novembre 1847. Le contrat signé par Balzac avec Louis-Marie Perrée, directeur du _Siècle_, le 27 mars 1847 (_Corr._, t. V, p. 205) — donc le même jour que le contrat avec Pétion —, en prévoyait la publication « à compter du 1ᵉʳ juin ». Les titres symétriques des deux œuvres du diptyque étaient accompagnés de sous-titres : « _Premier épisode_, LA COUSINE BETTE. _Première partie._ Le Père prodigue. _Deuxième épisode._ LE COUSIN PONS. _Deuxième partie._ Les Deux Musiciens. » Deux raisons expliquent ces rédactions : conserver pour _Pons,_ et au moins par le moyen du sous-titre, le titre des _Deux Musiciens_ sous lequel le roman avait été longtemps annoncé; et, par voie de conséquence, donner à _Bette_ un sous-titre qui, d'autre part, ne répond pas au seul désir de sacrifier à la symétrie : il est clair que _Le Père prodigue_ est aussi un aveu de l'évolution du sujet.

Le texte du _Siècle_ ne comportait plus de divisions en chapitres. L'examen des variantes de cette édition conduit à quelques remarques et hypothèses. Nous avons déjà noté qu'à partir de la page 435 de notre édition, la version du _Siècle_ ne comportait plus les additions et corrections de l'édition originale et revenait donc à la version du _Constitutionnel._ Il est donc permis de déduire que, pour la fin du roman,

Balzac a dû fournir à Perrée le texte du feuilleton, parce que, au moment où il lui donnait le texte de son édition, vraisemblablement lors de la signature du contrat, le texte du tome VII de l'édition originale n'était pas entièrement composé et parce qu'il ne put lui remettre que les tomes I à VI, lesquels étaient en outre corrigés. Cependant, l'examen de ces six volumes conduit à mettre en doute la paternité de Balzac pour un certain nombre de variantes. Beaucoup ressemblent plus à des coquilles ou à des bourdons qu'à des corrections.

En fait, les corrections attribuables à Balzac sont peu nombreuses et prédominent au début. De plus, il n'a sans doute pas revu le texte avant sa publication commencée le 7 septembre 1847. Il est à rappeler qu'il quittait Paris le 5 septembre pour l'Allemagne et la Russie.

Cette édition a été enregistrée par la *Bibliographie de la France* du 13 novembre 1847.

4. « *La Comédie humaine* »

La *3e édition* des *Parents pauvres* composait le tome XVII, premier volume complémentaire des seize volumes de *La Comédie humaine* publiés par Furne, Dubochet, Hetzel et Paulin de 1842 à 1846. Cette édition fut enregistrée par la *Bibliographie de la France* du 18 octobre 1848. L'éditeur, qui était en fait Houssiaux, propriétaire du stock de l'édition Furne depuis 1845, en avait racheté les droits pour 1 000 francs, le 2 juin 1848, à Souverain lequel, le 20 mai précédent, avait traité avec Balzac pour 800 francs (*Corr.*, t. V, p. 305-306 et 310-311).

Pour cette édition, Balzac fournit une version corrigée du texte publié par *Le Musée littéraire* du *Siècle,* texte commode, car compact en un seul volume et déjà dépourvu de divisions en chapitres, comme le voulait la publication de *La Comédie humaine;* mais texte souvent fautif et, de plus, privé des corrections et additions de l'édition originale pour la fin. Le texte de ce tome XVII comporte donc ces fautes, mais aussi des corrections et additions qui en font bien la dernière édition revue par Balzac. Revue, mais non corrigée : nous ne possédons en effet pas d'exemplaire de ce volume comportant les corrections manuscrites de Balzac. Y en eut-il un ? Balzac était en Russie lors de la sortie de l'ouvrage. Dès le 26 octobre 1848, il en réclamait deux exemplaires à Houssiaux et s'inquiétait de leur passage à la frontière, les 6 décembre 1848 et 3 janvier 1849, auprès du général Hackel, directeur des frontières russes à Radziwiloff (*Corr.*, t. V, p. 396-397, 415-416, 442-443). Les reçut-il et les corrigea-t-il ? C'est douteux. Dès 1852, le tome XVII, publié sans gravures en 1848, reparaissait sans corrections, mais illustré (Carteret, cité par A. Lorant, *Les Parents pauvres d'Honoré de Balzac,* t. II, p. 63, n. 16).

Notre texte est celui de ce tome XVII. Non corrigé par Balzac, il soulève quelques difficultés, exposées au fil des variantes, et entraînées le plus souvent par les fautes de l'édition du *Musée littéraire* du *Siècle*. De plus, il est à noter que Balzac, s'il supprima le sous-titre de *Pons,* laissa subsister en tête de *Bette* le sous-titre : *Le Père prodigue,* avec l'indication : *première partie,* auxquels rien ne répond en tête du *Cousin Pons.*

Les éditions belges des *Parents pauvres* ont été nombreuses. *La Cousine Bette* seule a fait l'objet de quatre éditions reproduisant le texte du *Constitutionnel.* À Bruxelles en 4 volumes in-16 sans dédicace, tomes I et II chez Périchon, tomes III et IV chez Tarride, distribués aux abonnés de *L'Écho de Bruxelles* les 17, 24, 30 décembre 1846 et 8 janvier 1847. À Bruxelles en 3 volumes in-16, chez Alph. Lebègue et Sacré fils, en décembre 1846. En 3 volumes in-16 à Bruxelles et Livourne chez Meline, Cans et Cie, et à Leipzig chez J.-P. Meline, le tome I en décembre 1846, les tomes II et III au début de 1847. En 3 volumes in-18 à Bruxelles et Livourne chez Meline, et à Leipzig chez J.-P. Meline, édition qui parut sans doute en même temps que la précédente. Outre plusieurs publications séparées du *Cousin Pons* après sa parution en feuilleton, *Les Parents pauvres* ensemble firent l'objet d'une édition en 1 volume in-8° sur double colonne, imprimée chez H. Delhaye à Bruxelles, qui fut distribuée par feuilles aux abonnés du journal *Le Politique* entre le 20 décembre 1846 et le 27 juin 1847. Des exemplaires de cette publication furent ensuite mis en vente à Bruxelles par le libraire A. Christiaens.

SIGLES UTILISÉS

ms.	Manuscrit.
add. ms.	Addition marginale dans le manuscrit.
C	*Le Constitutionnel,* 8 octobre-3 décembre 1846.
orig.	Chlendowski, 1847.
Si.	*Le Siècle. Musée littéraire,* 7 septembre-1er novembre 1847.
F	Furne, 1848.

DOCUMENTS

MA COUSINE ROSALIE
par Laure Surville

Ma cousine habitait Paris, mon père une ville de province où il occupait une place administrative.

J'entendais à chaque instant parler d'elle, d'elle que je ne connaissais pas! et j'étais enfant, enfant curieux! À chaque ouvrage un peu difficile, ma grand-mère disait : « Hélas! où est Rosalie?... » À chaque petite ou grande circonstance, on s'écriait : « Rosalie dirait *ceci, cela* »; et les mots qu'on lui prêtait étaient si drôles, si piquants, que ma curiosité s'en enflammait encore; et l'on recevait d'elle des lettres à la fois si gaies et si tristes, que mère et grand-mère riaient et pleuraient tour à tour; mais, hélas! on ne me les lisait pas!... « Grand-mère, contez-moi donc la cousine Rosalie, disais-je souvent. — C'est impossible, me répondait-elle avec un découragement marqué (pendant que ma mère souriait à ce propos), il faut la voir. — Est-elle jeune? — Non pas. — Jolie? — Encore moins. — Riche? — Pas du tout. — Où est donc son charme? — Tu le sauras quelque jour, reprenait ma grand-mère; ta cousine, comme les fées, opère des métamorphoses : elle donne de l'esprit aux bêtes, de l'amabilité à ceux qui s'en soucient le moins », ajoutait-elle en regardant traîtreusement mon père. Il était certain que le souvenir seul de la cousine avait toujours le pouvoir de le faire sourire, lui le plus grave de tous les hommes... Quelle preuve de sa puissance! Et le soir, en m'endormant, j'inventais les cousines les plus fantastiques; j'aurais fini, je crois, par avoir une espèce de *nostalgie* de la cousine (qu'on me passe ce mot), si mon père n'avait pas été rappelé à Paris.

Ce fut en mai 1820 qu'elle m'apparut pour la première fois, en chair et en os, dans la cour des Messageries, où, toute joyeuse de notre retour, elle était venue au-devant de nous. Ma grand-mère avait eu raison. Il fallait la voir!... Ma cousine avait alors soixante-dix ans; petite, maigre, osseuse, légèrement voûtée, laide au premier chef; ses yeux noirs, restés vifs et brillants, faisaient un contraste désagréable avec sa vieille figure. À ces premières disgrâces, il fallait ajouter celles d'un costume tellement excentrique, qu'oser avouer sa parenté au milieu d'une foule parisienne, toujours si souverainement moqueuse, c'était se poser en esprit fort[1].

---

1. « [...] elle voulait, au lieu d'obéir à la mode, que la mode s'appliquât à ses habitudes et se pliât à ses fantaisies toujours arriérées. [...]

L'adresse et le goût de ma cousine, malheureusement trop exaltés par ses entours, l'avaient peu à peu conduite à confectionner tous ses vêtements. Cette circonstance lui imprimait un cachet qui faisait d'elle un être à part et sans aucun analogue connu.

Ainsi, ce jour-là, elle portait fièrement un chapeau de crêpe citron dont la forme, par une coupe dont elle seule possédait le secret, livrait à la fois le visage et la nuque à toutes les intempéries des saisons; je ne dirai rien des volumineux ornements qui le décoraient : il n'y a que les cousines Rosalie qui inventent de pareils nœuds et de pareilles coques. Cependant elle faisait remarquer, à l'occasion de ses chapeaux, qu'elle seule savait se coiffer à l'air de sa figure, et ce propos faisait sourire jusqu'aux affligés!... Entre le chapeau citron et un châle amarante brodé d'or, débordait une fraise à la Henri IV si monstrueuse, qu'elle rivait la tête aux épaules de la façon la plus grotesque. Le châle, rendu petit par la manière dont elle l'attachait, tranchait sur une robe de soie gris-perle, dont le jupon à pointe, fortement maintenu dans toute sa largeur par une grosse ganse cousue au bas de l'ourlet, ressemblait à ces chariots roulants où l'on enferme les enfants pour les forcer à marcher. Un sac de croisé de coton vert brodé d'argent, des gants de percale neufs, calculés sur le rétrécissement qu'opère le blanchissage, des souliers et des guêtres de soie d'une nuance qu'elle seule obtenait, et qui tenait à la fois du *roussâtre* et du *verdâtre,* complétaient cet étrange habillement.

Je la regardais pour toute la curiosité qu'elle m'avait causée, et mon ébahissement me préservait de l'hilarité. « Eh bien, mon petit cousin, me dit-elle, tu ne te figurais donc pas la cousine Rosalie si laide ? Est-ce que tu manquerais d'imagination par hasard ? et je n'ai jamais changé encore : voilà le mal ! Ce n'est pas comme toi, que j'ai vu si petit, faisant des mines si piteuses, que je me disais : Dieu, qu'il est laid, mon petit cousin! est-ce qu'il faudra aimer ça! Tu t'es bien corrigé, toi!... »

Je sus bientôt pourquoi on l'aimait malgré toutes ses disgrâces et ses ridicules : elle était si sensible! elle savait si bien prendre le parti de l'absent, défendre le faible, excuser le coupable! elle avait tant de droiture, tant de jugement, tant de franchise! elle se réjouissait si bien de vos joies, elle s'attristait tant de vos peines, sans vous dire jamais : « N'est-ce que cela ? vous vous plaignez pour si peu ?... » qu'elle nous manqua bien aux jours heureux ou malheureux quand elle fut couchée dans sa dernière demeure!

cette assimilation [...] la rendait si ridicule, qu'avec le meilleur vouloir, personne ne pouvait l'admettre chez soi les jours de gala » (*La Cousine Bette*, p. 85).

Peu après notre arrivée, ma grand-mère me conduisit chez elle pour lui rendre mes devoirs. Dans le chemin elle me dit : « Ne vous moquez pas de tout ce que vous verrez chez cette bonne fille, Daniel ; elle croit sa chambre belle et somptueuse : ne la détrompez pas. »

Cette chambre pouvait seule encadrer ma cousine ; elle en était tellement fanatique, qu'elle en perdait tout jugement, aucune comparaison n'ayant jamais pu l'éclairer sur la valeur de ce qu'elle appelait pompeusement son *mobilier!*... Ce mobilier consistait en un lit de bois peint avec des colombes sculptées à la tête et au pied (des colombes! pauvre cousine!), deux fauteuils et trois chaises, *forme lyre,* également en bois peint, une travailleuse, un secrétaire, une petite commode en marqueterie (ce qui accuse les formes), enfin une pendule en biscuit de Sèvres présentant l'Amour déguisé en tambour tapant sur les heures, et deux flambeaux en cristal : tel était cet ameublement. Mais les murs étaient illustrés de souvenirs, de reliques, de portraits, de dessins ; mais sur les meubles trônaient des cartonnages inouïs, et des ouvrages en chenille, en velours, en coquillages, qu'aucune description ne peut peindre. Et tout ce qui entourait la cousine avait d'honorables antécédents connus ; ainsi sa courte-pointe offrait le bizarre assemblage de toutes les broderies de la famille depuis 1780. Bonnets de baptême, robe de noce, tout était là, et faisait causer nos mères. « Où est le temps où je portais cette broderie! » s'écriait-on ; et l'on parlait de ce temps... Chez la cousine, chaque chose faisait parler ; ses tapis, plus curieux encore, lui faisaient faire des biographies qui étaient son orgueil, tous ses parents y étaient attachés par le collet ou par la manche. « Tu vois bien ces petites palmes vertes au milieu de cette descente de lit, me dit-elle, elles ont été portées par ton oncle de l'Institut ; il venait me voir ici, et jusqu'en Égypte, il pensait à moi ; plus d'une fois, au milieu des plaines brûlantes, il crut voir ma chambre en mirage ; c'est bien ce mot-là : pas vrai, Marie ? (Ma cousine appelait ma grand-mère Marie). Cette broderie d'argent qui entoure les palmes vient de l'uniforme de ton cousin l'intendant militaire[1], qui, à Rome, se souvint aussi de moi ; ce chapelet, que tu vois accroché à mon bénitier, en fait foi » ; et la bonne cousine était reconnaissante de ce don, même après vingt ans passés!...

« Cousine, lui-dis-je, avec admiration, pour suivre les prescriptions maternelles, qui t'a donné ces délicieuses figures de moines taillées dans des marrons d'Inde ?... — Ces petits chefs-d'œuvre ont été faits par ton grand-père. — Et ces jolis chiens de verre ? — Ils ont été soufflés à Saumur par

1. Le baron Hulot a été intendant militaire.

un chef au bureau de la guerre, notre parent. — Et ces trois libérateurs helvétiens si admirablement sculptés en bois ? — Ah! fit-elle avec quelque émotion, ils m'ont été donnés par un jeune savant. — Ce jeune savant aurait quatre-vingts ans aujourd'hui, ajouta ma grand-mère en souriant. — Oui, mais on ne l'a connu que jeune », répondit ma cousine.

Cette chambre, vrai musée des souvenirs du cœur, qui vous faisait sourire quand on y arrivait, vous tirait des larmes quand la cousine avait parlé; car on voyait que l'oubli n'y était jamais entré : morts ou vivants, tous y avaient un culte quand ils avaient habité le cœur de la bonne Rosalie. Là, devant des pastels où les mères étaient restées enfants, on décidait des ressemblances des petits-fils; là, on se souvenait d'événements oubliés, malgré les tourments ou les joies qu'ils avaient causés! un chiffre, un ruban, un dessin, le moindre souvenir matériel conservé religieusement par elle, les remettaient en mémoire, et l'on disait encore : « Te souviens-tu ?... » Et ma cousine, conjointement avec la religion chrétienne, apostolique et romaine, faisait aussi régner la métempsycose dans son petit empire, opérant sans cesse des transformations inouïes qui étaient les romans de sa vieillesse.

Sectateurs de Brama, approchez; inclinez-vous devant cette travailleuse où les choses reçoivent de nouvelles destinées! Là, ont été créés les tapis, la courte-pointe; là, ma cousine a rencontré la coupe hardie de ses chapeaux, de ses pèlerines, de ses bonnets non moins fabuleux que ses chapeaux... Son habileté en ce genre de transformation devint tellement célèbre, que sa chambre fut promptement le refuge des invalidités de toute espèce. Ma cousine avait des provisions en ce genre dont son imagination s'épuisait à chercher l'emploi. Tel objet qu'elle crut longtemps ne pouvoir arracher à l'inutilité, lui avait coûté des nuits d'insomnie, puis un beau jour elle nous arrivait radieuse, et disait à ma mère : « Tu sais bien, Jenny, ce joli verre à liqueur dont le pied fut cassé et que tu me donnas il y a environ un an ? eh bien, j'en ai fait un coquetier, mais un coquetier charmant. » Et ma cousine montrait triomphalement ce soi-disant coquetier, mal assis sur un pied factice en fil d'argent jouant le cristal, disait-elle. Ce coquetier devenait quelque temps le préféré, et ma cousine mangeait des œufs, jusqu'à ce qu'un nouvel ouvrage plus étonnant encore vînt détrôner celui-là. Son intelligence s'épuisait donc à domicile dans des travaux lilliputiens qui avaient fini par devenir sa joie et son orgueil. Il n'était pas rare de lui voir tirer des guêtres d'un chapeau, une pèlerine d'un bonnet, etc., etc.

Eh bien! qui le croira ? Quoique jeune, ces ouvrages qu'elle me faisait admirer, au lieu de me faire sourire, me jetèrent dans une foule de réflexions plus tristes les unes que les autres... Hélas! quelle existence amoindrie! comment cet esprit supérieur était-il arrivé à se noyer ainsi dans cet océan de petites choses... dans cet infini de riens!... Elle devina mes réflexions. « Que veux-tu, me dit-elle, l'habitude de vivre seule, la nécessité d'employer le temps d'une façon peu onéreuse; l'idée donnée par l'infortune d'utiliser tout ce qui peut servir et que le repos a encore développée, m'ont peu à peu jetée dans ces chétives occupations; mais comme toi j'ai soupiré sur mon existence; plus d'une fois, en regardant le ciel, je lui ai demandé le soleil qui a manqué à ma triste demeure. Si aujourd'hui je me crois par instant heureuse de ce stérile bonheur, ne me demande pas combien de larmes il m'a coûté!... » Je sortis tellement ému de ses paroles, qu'elles influèrent sur ma conduite; ma vieille cousine trouva en moi le plus affectueux des serviteurs, et cette certitude mêle aujourd'hui quelques charmes à son triste souvenir. Mais achevons ce portrait dont j'essaie ici l'esquisse, dans l'espoir d'attendrir aussi mes petits lecteurs sur le sort de pauvres êtres semblables qu'ils ne peuvent manquer de rencontrer en leur chemin, et qui auront aussi besoin de protection et de tendresse.

Ma cousine avait ses clients (ce sont ses expressions), c'est-à-dire ses familles où elle trouvait les distractions et la société qui manquait dans sa demeure; on se disputait la cousine Rosalie, car elle était aimable, car elle apportait l'entrain, la gaieté, la bienveillance[1], car elle savait aussi bien lire que parler, jouer que travailler; car, hors de chez elle, elle retrouvait son esprit fin, observateur[2], malicieux sans méchanceté; car elle savait partout se faire une place honorable, ce qui, au milieu des malheurs de sa position, prouve déjà son tact exquis et sa supériorité; et comme on voit dans les beaux jours les fils de la Vierge entourer les buissons, ma cousine liait toutes les branches de la famille; l'on s'y connaissait sans se voir, elle colportait les nouvelles, rédigeait de petits feuilletons pleins de sel qui divertissaient sans remords; elle excellait dans les portraits, les descriptions, les narrations. Gens simples qui croyiez à la bonhomie de la cousine, que vous étiez dupes!... Pas une de vos bévues, pas une de vos sottises ne passait inaperçue devant elle, et comme elle savait les faire valoir!... et comme elle poursuivait la vanité, l'égoïsme, l'envie, l'insensibilité sous toutes les formes! Ma cousine aimait le spectacle, la musique, les vers,

1. « C'est une bonne et brave fille! » était le mot de tout le monde sur elle [...] voulant plaire à tout le monde, elle riait avec les jeunes gens [...] » (*La Cousine Bette*, p. 84).
2. « Douée d'une finesse devenue profonde, comme chez tous les gens voués à un célibat réel [...] » (*ibid.*, p. 83).

toutes les poésies de ce monde enfin; et parfois je la surpre-
nais encore enviant aux mères les sourires et les baisers de
leurs enfants. « Elles les ont bien gagnés, me disait-elle;
mais pourquoi Dieu a-t-il permis les vieilles filles... et les
vieux garçons ? » ajoutait-elle en cachant une larme sous un
sourire.

Ma cousine avouait certains défauts auxquels elle était
fort attachée; ainsi elle était curieuse avec joie, bavarde avec
délice, friande avec bonheur. « Sans ces péchés véniels, que
dire à mon confesseur, hélas!... » Cet hélas m'a toujours
paru plein de physionomie.

Ma cousine, fanatique de sa liberté, la portait jusque dans
ses opinions religieuses; ainsi il y avait des saints et des
saintes qu'elle détestait ouvertement, eût-elle dû s'en expliquer avec le pape; les messes, pour être à son goût, ne devaient
être ni trop longues ni trop courtes; elle était si difficile
sur les sermons, qu'elle en entendait très rarement; elle cor-
rigeait enfin certaines prières. Ainsi à l'office de la Vierge
elle avait substitué le mot *humain* au mot *homme*. « Est-ce
que tu ne trouves pas, mon petit-cousin (elle m'appelait
toujours son petit-cousin), que c'est une horreur de faire
dire à la Vierge qu'elle aime les hommes; fi donc! » Aux
prières pour la dynastie régnante, elle avait rayé l'Empereur
et toute sa famille, pour le Roi et la famille royale; elle
ne pouvait que cela pour les Bourbons; mais elle offrit pour
eux pendant trente ans de si ferventes prières, qu'elle ne
doutait pas au fond de son cœur qu'elle ne fût pour quelque
chose dans leur retour.

Ma véracité d'historien me porte ici à avouer un *vice* que
je remarquai en ma cousine : elle s'abaissait à subventionner
les joueurs d'orgues et les écoutait des heures entières. « Oui,
mon petit-cousin, me dit-elle un jour que je la surpris dans
mes munificences envers ces artistes du poignet, j'aime les
orgues, parce que cette musique me fait rêver et pleurer!...
— Pleurer ? lui dis-je pour l'exciter à parler, toi si gaie, si
heureuse! — Si heureuse!... s'écria-t-elle d'une voix étran-
gulée comme les paroles des cauchemars, mais tu ne connais
donc pas ma vie ? Ta mère, ta grand-mère, ne t'ont donc
jamais rien dit ?... — Jamais! — Comment, tu ne sais pas
que depuis dix ans ce sont elles qui m'ont assuré des rentes
viagères afin que je me repose ? — Non. — Je les reconnais
bien là, reprit-elle avec des larmes dans les yeux, j'ai donc
eu tort de ne pas te l'apprendre plus tôt; mon petit-cousin,
pendant trente-huit ans j'ai travaillé pour vivre; ce sont
tes deux mères qui m'ont assuré l'indépendance, et voici
mon histoire :

« Tu sais déjà que j'étais laide, n'est-ce pas ? Mais ce que
tu ignores, c'est que je suis née riche. Mon père, intendant

d'une province, place qui peut se comparer à celle de préfet, menait une grande existence; tout enfant je fus entourée d'hommages, et comme j'ignorais les attraits qui me valaient si jeune des courtisans, je me croyais jolie, croyance qui devait me rendre passablement ridicule. À peine eus-je atteint l'âge de me marier, que les prétendants vinrent en foule; mais j'étais fort difficile[1]; c'est ce qui les sauva tous, car mes hésitations donnèrent à mon père le temps de se ruiner, et mes adorateurs s'enfuirent. Je te dis cela froidement aujourd'hui, mais ce fut pour nous de tels malheurs, que mon père en mourut de chagrin. C'est alors que je sentis que j'étais née fière et courageuse. Je dis à ma mère : " N'allons frapper à aucune porte, ne demandons à personne ni abri ni aumône (nous avions des parents fort riches), travaillons pour vivre, et gardons le secret de nos privations et de nos labeurs. " J'avais déjà remarqué, que dis-je! j'avais déjà senti, dans le temps de notre fortune, que les malheureux n'intéressent qu'un instant, et que bien des pitiés flétrissent l'âme!... Nous vendîmes nos meubles pour payer nos dettes, et nous nous réfugiâmes à Paris; ta grand-mère venait de s'y marier. Nous avions été élevées toutes deux au couvent de Péronne; ta grand-mère était délicieusement jolie[2], elle m'aimait beaucoup (les laides ont toujours des amies); je refusai sa protection, mais j'acceptai son amitié de sœur qu'elle me témoigna toujours. Une circonstance décida du genre de nos travaux, circonstance providentielle vraiment! À côté de la chambre où je suis encore, et où nous abritâmes notre misère, demeurait un fabricant de chappes et d'ornements d'église; il entreprenait en outre toute espèce de broderies d'or et d'argent pour la cour[3]. Cet homme apprit notre infortune, notre résolution, il vint nous proposer de l'ouvrage, il nous paya bien; notre travail nous rendit donc indépendantes. Voici les malheurs ostensibles de ma vie; mais ce que personne n'a connu, et ce qui me sera compté là-haut pour la plus infinie de toutes les douleurs, ce fut un attachement malheureux! Un jeune parent, qui prenait intérêt à notre sort, m'inspira une tendresse qu'il ne connut jamais! Tu as le son de sa voix, c'est ce qui me fait souvent fermer les yeux quand tu parles; tu crois que je dors... je me souviens!... dit-elle avec mélancolie. Je l'aimais comme si je n'avais pas été pauvre et laide, et pour n'être pas privée de sa présence, je lui cachai cette affection avec autant de soin que l'avare en prend pour enfouir son trésor; mon seul bonheur en ce

1. Bette a refusé cinq « prétendus ».
2. Comme Adeline Fischer.
3. Bette, entrée en apprentissage « chez les brodeurs de la cour impériale », est « devenue ouvrière en passementerie d'or et d'argent » (*La Cousine Bette*, p. 81).

monde gît dans le souvenir de quelques visites qu'il me fit, dans le souvenir de quelques bonnes paroles qu'il m'adressa !...

" Vous avez supporté noblement l'adversité, Rosalie, me disait-il, vous avez compris la société, et cependant vous conservez les bons sentiments que ses déceptions altèrent si souvent ; aussi vous estimé-je. Si je ne me marie pas, vous viendrez un jour tenir ma maison, et nous vivrons ensemble !... " Ces mots faisaient battre mon cœur autant que les plus douces paroles que les hommes adressent aux femmes ; mais quand il n'était plus là, que la raison revenait, quand j'analysais ses discours, je pleurais alors ! car je n'y trouvais pas ce que je désirais !... Ma mère pleurait avec moi. — Et il n'a jamais connu ta tendresse, cousine ? — Jamais, fit-elle avec sa fierté, sa compassion m'aurait tuée !... D'ailleurs, ne l'aimais-je pas pour lui-même, ne lui fallait-il pas une femme jeune, belle et riche ? Oh ! comme je l'aimais ! ajouta-t-elle avec des accents de tendresse indéfinissable. Mais comment ai-je la folie de te faire de pareilles confidences !... — Cousine, tu sais bien qu'elles t'attacheront encore davantage ton serviteur... — Mon serviteur !... oui, mon serviteur ! Tiens, tu parles comme lui !... lui aussi était le courtisan du malheur !... »

Ma cousine tomba en des rêveries que j'interrompis en lui demandant s'il existait encore. « Non, et ces tristes joies de ma vie sont depuis longtemps ensevelies dans son tombeau !... Mon indépendance, que j'ai aimée depuis, me faisait pleurer dans ce temps ; j'aurais donné des années de ma vie pour vivre près de lui, et l'avenir qu'il m'avait fait entrevoir eût été pour moi le bonheur. Tant que ma mère fut là, nous parlions de lui et j'avais encore des moments heureux ; mais je restai seule, il fallut supporter cette solitude, cette misère de mon âme, il fallut cacher ma peine à tous les yeux, sourire quand j'aurais voulu pleurer, oublier l'injustice du sort pour ne pas porter chez les autres l'envie ou la tristesse ; il fallut se faire bonne, aimable, dévouée, tuer le *moi,* enterrer mon cœur, ma jeunesse[1], celui que j'aimais ! J'y dépensai toutes mes résignations de chrétienne, et me voici au seuil de l'éternité, je l'y retrouverai sans doute, et je serai belle peut-être !... » Elle avait des larmes dans la voix en achevant ces derniers mots ; elle resta un instant sans parler. « Voilà ma vie, reprit-elle, et veux-tu savoir ma fin probable ? Votre affection pour moi est un bienfait, j'ai besoin de vous, vous n'avez pas besoin de moi. Tant que je pourrai venir vous trouver en cachant mes maux, en parant de mon mieux ma vieillesse, vous me supporterez, car vous êtes bons ; mais quand je ne pourrai plus sortir, je resterai seule, et malgré

---

1. « Que faire ? [...] il faut se taire, courber la tête, et aller à la tombe, comme l'eau va droit à la rivière », dit Bette, quand elle a appris l'idylle de Steinbock avec Hortense Hulot (p. 147).

vos bons vouloirs, malgré vos remords pour cet abandon, vous ne viendrez pas. — Tu nous fait tort, cousine! — Non, vous ne viendrez pas, reprit-elle avec force; je connais le monde, tu sais bien qu'il le disait, reprit-elle avec douceur; des tourbillons vous emporteront malgré vous, ou des sentiments plus chers, plus sacrés, plus vifs que ceux que j'inspire; et je serai seule pour mourir! Qui sait si j'aurai seulement une croix sur ma tombe?... Après tout, quelle épitaphe ferait-on à la pauvre créature qui a été inutile sur la terre?... — Daniel, cria en cet instant ma grand-mère, pourquoi accapares-tu donc ainsi la cousine, qui ne veut pas coucher ici ce soir? viens donc faire une partie d'échecs avec moi, Rosalie, avant de partir. »

La pauvre Rosalie essuya encore des larmes et courut se rendre à l'invitation de ma grand-mère; moi, je rêvais au malheur de certaines destinées!... Le soir, en reconduisant la cousine, je lui dis : « Je sais qui tu aimes, c'est celui qui t'a donné les Libérateurs suisses[1], je me souviens de ton émotion en me les montrant, laisse-les-moi par testament. — Tu les auras, me répondit-elle en me serrant la main, et jusque-là, je les regarderai doublement avec bonheur, puisqu'ils me rappelleront et celui que j'aimais, et celui qui veut se souvenir de moi. »

Hélas! ma pauvre cousine fut prophète; ma grand-mère mourut avant elle, ma mère se retira dans une terre éloignée de Paris; je fus nommé à un emploi au fond d'une province où je reçus un jour les trois Libérateurs helvétiens; j'y trouvai écrit de la main de la pauvre Rosalie, *seule pour vivre, seule pour mourir*. Ces mots à peine lisibles prouvaient qu'ils avaient été écrits peu de jours avant sa mort, et qu'ils m'étaient adressés.

À mon premier voyage à Paris je courus rue de Vaugirard, — où était sa demeure... « Monsieur, me répondit le vieux concierge, mademoiselle est morte presque subitement; elle n'avait pas donné d'ordre, elle n'avait pas d'héritiers directs... — Enfin? lui dis-je. — Enfin, reprit-il en hésitant... elle a eu le convoi des pauvres!... — Pauvre fille!... pauvre fille!... — Je pleurai... oui... je pleurai, monsieur, ajouta le brave homme; je l'ai accompagnée jusqu'à la tombe. »

En regagnant ma demeure, je me promis de lui élever la croix qui lui manque parmi les morts, en disant son nom aux vivants. Puisse ce nom rappeler à leur souvenir quelques pauvres êtres dont l'existence contient sans doute des drames non moins douloureux et tout aussi inconnus! Qui n'a pas sa cousine Rosalie? Petits ou grands qui lirez ces lignes,

1. « [...] si admirablement sculptés en bois », a-t-on lu plus haut. De Steinbock, Balzac devait faire un sculpteur.

soyez bons envers ces infortunées qui vivent seules au milieu des foules humaines ; si vous avez commencé par rire des ridicules que l'isolement leur donne presque toujours, finissez par comprendre leur malheur et par y compatir, et donnez-leur, avec un peu d'affection, un peu de votre temps ; ces aumônes du cœur, pour elles les plus chères et les plus précieuses, vous laisseront des joies en l'âme que le souvenir des fêtes du monde ne peut donner.

LÉLIO[1].

FAUX DÉPARTS

Premières variantes et non des moins intéressantes, voici d'abord les huit premiers faux départs de La Cousine Bette. *Le côté droit des pages qui ont servi d'enveloppe ayant été découpé, il manque quelques lettres à la fin des lignes ; ces lettres ont été mises entre crochets et accompagnées d'un point d'interrogation quand la leçon est douteuse. Faute d'éléments de certitude, l'ordre de succession de ces textes a été choisi comme le plus logique.*

[*Lov.* A 302, f⁰ 544.] La Cousine Bette

Au quatrième étage, et au fond d'une co[ur] d'une maison de produit, située rue Beaubourg, vivait [une] vieille fille, nommée Mademoiselle Lisbeth Fischer, qualifiée sur la cote de ses contributions d'ouvrière en passementerie. Son logement consistait en deux piè[ces] dont la première était accompagnée d'un cabinet écl[airé] par un jour de souffrance. Cette pièce éclairée par d[eux] croisées sur la cour ser[vait] à la fois de salon, d'antichambre, de salle-à-[man]ger. Le cabinet contenait le bois, le charbon, les us[ten]siles de cuisine, tout ce qui sert au mécanisme de l'ex[is]tence ; l'autre pièce à une seule croisée, était la chambre à coucher. Le planch[er] de cet appartement offrait à la vue une nappe de carreaux rouges qui reluisait comme une glace. Les murs, tendus de petit papier à dix sous le rouleau
[*En marge, plus bas :*] C'est affreux qu'un vice coute plus cher qu'une famille à nourir [voir p. 96]

[*Lov.* A 48, f⁰ 7 v⁰.] La Cousine Bette

La rue Bourg l'abbé est une rue parallèle à la rue Saint-Denis qui débouche rue Grenétat par un bout et rue aux Ours

---

1. Pseudonyme de Laure Surville dans le *Journal des enfants.* Voir, dans *L'Année balzacienne 1960,* l'article d'André Lorant « Histoire de Lélio ».

[*Lov.* A 302, f⁰ 533.] La Cousine Bette

En 1833, lors de l'émigration polonaise, un jeune homme [de] trente quatre ans, nommé Wenceslas Steinbock, des-[cen]dant d'un des généraux de Charles XII dont la famille [était] établie en Livonie depuis la mort du roi de Suède arriva, ne possédant plus qu'une [?] de thalers en papier, à Paris, par la diligence [de] Strasbourg. Orphelin, il avait été placé comme professeur par le Grand duc Constantin à l'École. [Quand?] partit le signal de l'insurrection, entraîné par l'enthousiasme des polonais, il avait pris parti pour eux, quoique livonien et il s'é[tait] tellement distingué pendant la guerre, qu'il [ne] pouvait espérer sa grâce, il avait fui co[mme] tant d'autres, en prenant la Fr[ance] et surtout Paris, pour asyle

[*Lov.* A 48, f⁰ 8 v⁰.]   La Cousine Bette

— C'est aujourd'hui le jour de la Cousine Bette, vois mon ange à ce que le dîner soit servi bien exactement à six heures. — Oui, maman.

Et une belle jeune personne d'environ vingt ans

[*Lov.* A 48, f⁰ 6 v⁰.] La Cousine Bette

Dans le salon d'un bel appartement situé au rez-de-chaus-sée d'un hôtel de la rue de l'Université

[*Lov.* A. 48, f⁰ 5 v⁰.] La Cousine Bette

Trois femmes, diversement groupées dans le salon d'un bel appartement qui se trouvait, entre cour et jardin, au rez-de-chaussée d'un hôtel de la rue de l'université, pré-sentaient

[*Lov.* A 48, f⁰ 4 v⁰.] La Cousine Bette

Vers le milieu du mois de mai de l'année 1836, une de ces voitures nouvellement mises sur la place et nommées des Milords arrêta rue de l'Université dans la partie comprise entre la rue de Bellechasse et la rue de Bourgogne, et il en descendit un homme qui par sa tournure, son encolure

[*Lov.* A 48, f⁰ A *bis*.] La Cousine Bette

Vers le milieu du mois de mai de l'année 1836, une de ces voitures nouvellement mises en circulation sur les places de Paris et nommées des Milords, cheminait rue de l'Uni-versité, portant un gros homme [décoré, vêtu d'un habit de drap bleu, d'un gilet blanc   *rayé*] en uniforme de Capi-taine de la Garde nationale, et dont la figure exprimait un contentement [qui pouvait provenir du pla   *addition ina-chevée*]. Les passants recueillent assez souvent des sourires qui tombent sur eux du haut des voitures et qui sont adressés à de beaux yeux absents.

NOTES ET VARIANTES

Page 53.

   a. LES PARENTS PAUVRES   *Orig.* : HISTOIRE DES PARENTS PAUVRES   *C*

   1. Michelangelo Caetani, prince de Teano, duc de Ser-moneta (1804-1882), romain lettré, ami de Stendhal, avait épousé en 1840 Caliste Rzewuska, morte deux ans plus tard. Il était donc le gendre de celle que Mme Hanska appe-lait sa « tante Rosalie », bien qu'Alexandra-Rosalie, née princesse Lubomirska (1788-1865), eût été en réalité sa cousine par son mariage avec le comte Venceslas Rzewuski, cousin germain d'Éveline Hanska, née Rzewuska. Lors de leur voyage à Rome au printemps de 1846, Balzac et Mme Hanska avaient beaucoup vu Caetani. Dès le 23 juillet, Balzac chargeait la Polonaise de faire parvenir cette dédicace à son « cousin », et le 21 octobre, il lui annonçait : « j'ai une lettre de Teano, qui me remercie de sa dédicace ». Quant à l'illustration de la maison Caetani et aux papes évoqués par Balzac, Rosalie les avait fait connaître à Mme Hanska en lui écrivant, au moment des fiançailles de sa fille : « Les Papes Gélase et Boniface VIII l'ont brillantée » (*Lov.* A 385 *bis*, f° 200).

   2. Nobles italiens auxquels Balzac avait dédié respective-ment *Splendeurs et misères des courtisanes, Les Employés, Le Message, Étude de femme* et *Gaudissart II*.

Page 54.

   a. les deux épisodes des PARENTS PAUVRES   *Si.* : LES DEUX MUSICIENS et LA COUSINE BETTE   *C*

   1. « L'homme est double [...] Toute chose est double » : la composition des *Parents pauvres* (voir l'Introduction, p. 9 sq.) souligne l'importance des remarques faites ici par Balzac.

   2. Gardanne pour Gardeil, qui a réellement existé, ainsi que Mlle de La Chaux, amie de Condillac et de d'Alembert. Dans *La Muse du département,* et en estropiant aussi ces noms, Balzac avait déjà dit son admiration pour *Ceci n'est pas un conte,* où se rencontrent les personnages qui les portent. Diderot y évoquait aussi un M. d'Hérouville, « lieutenant général des armées du roi [...] celui qui épousa cette char-

mante créature appelée Lolotte ». De l'œuvre de Diderot
sont donc peut-être venus quelques traits du d'Hérouville
apparu dans *La Muse du département* et reparaissant dans
La Cousine Bette, et de la créature appelée Lolotte à laquelle
était distribué un rôle singulier dans *La Rabouilleuse.*

Page 55.

a. PREMIER ÉPISODE / LA COUSINE BETTE / PREMIÈRE PAR-
TIE / LE PÈRE PRODIGUE *F, Si.* / PREMIÈRE PARTIE / LA
COUSINE BETTE / 1 / OÙ LA PASSION VA-T-ELLE SE NICHER ?
orig., C. *Le sous-titre* PREMIÈRE PARTIE / LE PÈRE PRODIGUE,
*dans F, n'a pas de pendant en tête du « Cousin Pons » et c'est sans
doute par inadvertance que cette édition l'a maintenu en tête de
« La Cousine Bette ».*

b. juillet de l'année 1838, *C* : [Mars *rayé*] Mai de l'année 183[7 *en surcharge sur* 6], *ms.*

c. passablement *add. C*

d. ancien adjoint *orig.* : adjoint au maire *C* : adjoint
ms. Voir les dernières lignes de la lettre donnée p. 1244-1245.

e. fièrement *add. C*

1. Voitures légères à quatre roues et à deux places.

Page 56.

a. a toute l'indiscrétion d'un *C* : est aussi indiscrète
qu'un *ms.*

b. savant, *C* : de leur état, *ms.*

c. Ce rez-de-chaussée *[début du § précédent]* Espagne. *C* :
Ce rez-de-chaussée était occupé tout entier par Monsieur le
Baron Hulot d'Ervy, Commissaire ordonnateur sous la
République, Intendant général, et alors d'une des plus
importantes administrations du Ministère de la Guerre. Ce
baron Hulot avait dû la faveur de Napoléon aux éclatants
services de son frère, le célèbre général Hulot, colonel des
grenadiers de la Garde impériale. *ms.*

d. , poussé par l'action [...] piriforme *add. C. Nous
avons modernisé la graphie pour ce dernier mot qui se lit, dans tous
les états* : pyriforme.

e. parut avoir reçu [...] se leva. *C* : dit vivement à une
[magnifique *rayé*] jeune fille qui brodait à quelques pas
d'elle : *ms.*

f. [Hedwige *rayé*] Hortense, *ms. De même, plus loin ; mais
la troisième fois qu'il la nomme, Balzac écrit directement* : Hortense.

1. Était-ce pour ce personnage que Balzac avait noté un nom
que l'on retrouve dans un dossier de Chantilly (*Lov.* A 159,
f° 16) : « Hurepot, comte d'Isemberg », accolé à celui d'un
« M[aréch]al Mérignac, duc de Carniole », peut-être d'abord
prévu pour le maréchal de Wissembourg ? Ce Hurepot

aurait suscité moins de remous que Hulot (voir l'Introduction, p. 35 sq.), et cet Isemberg moins que Forzheim qui obligea Balzac à insérer deux Notes dans *Le Constitutionnel*. Le 20 octobre 1846 :

« Le profond respect que je porte à la Grande Armée et à l'Empereur m'oblige à répondre à la lettre suivante qui m'est adressée par la voie du *Constitutionnel* :

> "Paris, 10 octobre 1846.

"Monsieur,

"Dans votre nouveau roman : *Les Parents pauvres,* il vous plaît de faire conférer par l'Empereur, au général Hulot, le titre de comte de Forzheim. En vérité, l'Empereur n'aurait mieux su s'y prendre pour combler de ridicule un des braves de son armée. Que diriez-vous, Monsieur, d'un personnage qui se ferait appeler le marquis de la Pétaudière ?

"Nous autres Français, nous ne saurons jamais que notre langue. Il n'y aurait donc guère d'inconvénient, si vos œuvres, à juste titre, ne jouissaient d'une vogue européenne.

"Veuillez bien agréer, Monsieur, ces observations de la part d'un de vos admirateurs les plus sincères. "

« Je déclare ne savoir aucun mot d'allemand. Il m'est d'ailleurs impossible de me livrer à l'étude de cette magnifique et très estimable langue, tant que je ne saurai pas parfaitement la langue française; et je la trouve si peu maniable après vingt ans d'études, que je ne pense pas, comme mon bienveillant critique, que, nous autres Français, nous sachions notre langue; si nous ne savions que cela, nous le saurions mieux. Venons au reproche qui taxerait mon Napoléon de *La Comédie humaine* de légèreté. Si je ne sais pas l'allemand, je connais beaucoup l'Allemagne, et j'ai l'honneur d'affirmer à l'auteur de cette lettre que je suis passé environ neuf fois par la ville de Forzheim, située sur les frontières des États de Bade, et du Wurtemberg. Cette ville est une des plus jolies et des plus coquettes de cette contrée, qui en compte tant de charmantes. C'est là qu'en 1809, le héros des *Chouans* a livré le brillant combat en souvenir duquel, après Wagram, Napoléon le nomma comte du nom de cette ville, selon son habitude de rattacher sa nouvelle noblesse à de grands faits d'armes. Cette affaire est le sujet d'une de mes *Scènes de la vie militaire*. Si mon critique anonyme sait l'allemand, je suis fâché de voir qu'il n'est pas plus fort en géographie, que moi sur la langue germanique. Subsidiairement, si Forzheim veut dire *Pétaudière*, *Bicoque* en Italie a immortalisé ce nom bizarre;

puis, nous avons eu des ducs de Bouillon, et nous comptons, nous autres amateurs de vieilles chroniques, plus de vingt noms, célèbres au temps des croisades, qu'on ne peut plus imprimer aujourd'hui, tant ils sont ridicules ou indécents. Cinq familles françaises (entre autres, les Bonnechose) ont été autorisées par lettre-patentes à changer quelques-uns de ces noms qui, dans le vieux temps, avaient bien leur prix. Enfin, Racine, Corneille, La Fontaine, Marot, les deux Rousseau, Cuvier, Picolomini, Facino Cane, Marceau, Cœur, Bart, etc., ont surabondamment prouvé que les noms deviennent ce que sont les hommes, et que le génie comme le courage transforment en auréole les vulgarités qui les touchent.

« Une observation plus grave que celle-ci, et qui m'oblige à grossir cette note, est relative à M. Crevel. Ce personnage a dû donner sa démission d'adjoint pour être capitaine de la Garde nationale. Ce défaut de mémoire légale sera réparé [voir, en effet, p. 55, var. *d*].

« Je remercie, d'ailleurs, mon critique de l'intérêt qui ressort pour un écrivain de toute observation, même erronée.

« L'AUTEUR. »

Cette mise au point n'ayant pas suffi, Balzac devait la compléter le 28 octobre :

« Quand on a passé souvent par cette ville, on ne peut pas ne point avoir lu sur les poteaux *Pforzheim [sic]*. Mais nous avons jugé cette orthographe incompatible avec la prononciation française ; et nous avons mis Forzheim comme nous disons Mayence au lieu de *Mainz*. D'ailleurs Forzheim, m'écrit un Allemand, ne veut pas dire *Pétaudière,* il faudrait Furzheim. Pforzheim n'est pas un mot de la langue germanique. Les Romains (au temps de Jules-César) fondèrent cette ville et la nommèrent à cause de sa situation : *Porta Herciniae,* c'est-à-dire *Porte de la Forêt Noire.* Au Moyen Âge, on a dit *Phorcae,* par abréviation ; puis le peuple a donné une terminaison germanique au mot latin abrégé ; de là *Pforzheim !* En tous pays, les noms sont le résultat de ces bizarres transformations. La Ferté-sous-Jouarre et Aranjuez sont, dans chaque pays, la corruption d'*Ara Jovis, Autel de Jupiter.*

« Pforzheim, célèbre, d'ailleurs, par ses *trois cents soldats* qui, dans la guerre de trente ans, succombèrent à la manière des trois cents Spartiates de Léonidas, a vu naître Reuchlin et Gall.

« J'ajoute cette note pour en finir avec ce point, car j'ai reçu onze lettres à ce sujet. La géographie a ses périls. »

L'histoire aussi : un fait d'armes attribué plus loin au

même Forzheim nécessita une troisième Note (voir p. 338 n. 2).

2. Dès 1825, était apparu dans le *Code des gens honnêtes* un bourgeois retiré du commerce et possédant pignon sur rue, dont le nom était Crevet.

Page 57.

a. quoiqu'elle eût cinq ans de moins. *orig.* : quoiqu'il y eût entre elles au moins cinq ans de différence en plus pour la baronne. *C* : quoiqu'il y eût entr'elles [à peine deux *rayé*] cinq ans de différence. *ms.*

b. pour presque rien. *C* : pour si peu. *ms.*

c. dont la coupe [...] Restauration, *C* : faite en redingote, *ms.*

d. comme on en voit [...] journée. *C* : et ses souliers étaient en peau de chèvre. Un étranger n'aurait pas pris la cousine Bette pour une demoiselle de compagnie, elle ressemblait tout-à-fait à une ouvrière. *ms.*

e. , à Poitiers ou à Coutances *add.* F

f. de jeu *add.* C

Page 58.

a. un vieux kiosque *C* : un espèce de vieux kiosque *ms.*

b. se voila [...] commandement. *orig.* : devint froide et se voila [...] commandement. *C* : devint à commandement froide et comme voilée par une grande réserve. *ms.*

c. Pendant ces préparatifs au moins singuliers, *C* : Pendant qu'elle prenait ces précautions, *ms.*

d. se succédèrent *C* : passaient *ms.*

e. Et il se remit aussitôt en position. *add.* C

f. national. *C* : national; mais je n'en ai jamais eu, je n'en veux pas et n'en aurais jamais. *ms.*

g. Le mot est faible [...] ensorcelé ? *Si.* : Le mot est faible [...] ensorcelé ? *Ensuite :* II / DE BEAU-PÈRE À BELLE-MÈRE *orig.* : — Le mot est faible [...] ensorcelé ? *Ensuite :* II / ATROCES CONFIDENCES *add.* C

h. trop sérieuse pour pouvoir rire *add.* C

i. âge, *C* : âge, à quarante-sept, *ms. Balzac avait d'abord écrit* quarante-sept, *il a biffé le* sept, *l'a remplacé par* huit, *puis est revenu à* sept.

Page 59.

a. froid. *C* : froid et pincé. *ms.*

b. Il se pinça [...] position. *add.* C

c. Crevel fit un salut [...] commis-voyageur. *add.* F

d. depuis un an *add.* C

e. avant peu de temps *C* : avant dix ans *ms.*

Page 60.

 a. Victorin *[p. 59, dernière ligne]* Cassation. *add. C*
 b. mirobolamment *C* : magnifiquement *ms.*
 c. quinze *C* : dix *ms.*
 d. deux cent soixante *C* : deux cent *ms.*
 e. c'est Louis XV, Œil-de-Bœuf! *add. C*
 f. comme on aime [...] madame!) *add. C*

 1. Dans *Le Cousin Pons,* Balzac use pour des « jovialités » du qualificatif de « mirobolantes », « puisqu'on a remis en honneur ce vieux mot drolatique ».
 2. L'ouvrage à succès de Touchard-Lafosse, *Chroniques de l'Œil-de-Bœuf* (1829-1833, 8 vol.), avait fait du mot *Œil-de-bœuf* une sorte de synonyme de *Régence, Louis XV, XVIIIe siècle,* mais chargé d'implications galantes. L'origine du mot tenait à ce que l'antichambre du Roi à Versailles était ainsi nommée, parce qu'elle était éclairée par un œil-de-bœuf.

Page 61.

 a. Mon ami, madame *[p. 60, début du dernier §]* monsieur, *add. C*
 b. — Vous ne savez pas [...] Popinot! *add. C*
 c. avec monsieur le conseiller Lebas *add. C*
 d. à qui la famille [...] dettes, *C* : qui se donnait cette fortune avait des dettes, *ms.*
 e. Voilà, belle dame. *C* : Voilà ce que j'ai dit. *ms.*

Page 62.

 a. L'ancien parfumeur se releva *[début du §]* l'horizon. *C* : L'ancien parfumeur se releva très péniblement et devint si furieux qu'il croisa les bras à la Napoléon en se mettant la tête de trois quarts. *ms.*
 b. Conserver, dit-il [...] sa foi à un libert... *C* : Conserver sa foi à un ... *ms.*
 c. , j'ai dans quelques jours [...] écouter... *add. C*
 d. mon mari, la personne [...] confier. *C* : mon mari de qui je tiens ce que vous allez me révéler. *ms.*

 1. Bras croisés, tête de trois quarts et regard à l'horizon : il s'agit vraisemblablement du célèbre portrait de Gros intitulé *Bonaparte à Arcole.* À comparer avec l'« attitude napoléonienne » de son double Gaudissart, dans *Le Cousin Pons :* « Il passait habituellement sa main droite dans son gilet, en tenant sa bretelle gauche, et il se mettait la tête de trois quarts en jetant son regard dans le vide » (voir p. 743).

Page 63.

 a. tu n'as que trop souffert... *C* : vous souffrez. *ms.*

b. le sieur Hulot   *C*   : monsieur Hulot   *ms.*

c. et en rompant *[6 lignes]* âmes. *Si.*   : et en rompant [...] âmes. *Ensuite :* III / JOSÉPHA   *orig.*   : et en rompant [...] âmes. *add. C*

d. cinq   *C*   : dix   *ms.*

e. [seize   *rayé*] quinze   *ms.*

f. chocnoso... non,   *add. C*

g. La petite [...] a eu   *C*   : Elle a eu   *ms.*

h.   , lâchons le mot,   *add. C*

i. heureux [[six   *rayé 1*] sept   *rayé 2*] cinq   *ms.*

1. Crevel prononce deux fois ce mot (voir encore p. 235), mais on trouve aussi *chocnosoff. Chocnoso* se disait-il ? ou Crevel s'interrompt-il avant d'avoir fini de prononcer un mot choquant pour la baronne Hulot ? En tout cas, il appartenait au vocabulaire argotique du temps et, avec une orthographe variable, s'appliquait à tout et, par exemple, aux amusements populaires en vogue, tel ce « quadrille exhilarandéliranchocnosophe » du bal Bullier, évoqué par Henri d'Alméras d'après Privat d'Anglemont (*La Vie parisienne sous Louis-Philippe,* p. 107).

2. Gilbert-Louis Duprez (1806-1896) fut l'un des plus célèbres ténors du siècle. Il créa nombre de grands rôles, notamment celui d'Arnold dans *Guillaume Tell,* où son grand triomphe était l'air *Ô Mathilde, idole de mon âme* qu'Hortense Hulot parodiera un peu plus loin (cf. p. 89, n. 1).

Page 64.

a. avec [Hierada *[?]   rayé*] Josépha...   *ms.*

b. Josépha [Hiram   *rayé*]   *ms.*

c. 1834,   *C*   : [1833   *en surcharge sur*   1832],   *ms.*

d. 1826,   *orig.*   : 1825,   *C*   : 1827,   *ms.*

e. qui en rient, comme des crevées   *add. F*

1. Une brochette était un petit bâton pour donner la becquée aux petits oiseaux. Élever à la brochette des oiseaux, et, par extension, des enfants, voire de jeunes personnes comme Josépha ou Jenny Cadine, signifiait donc les élever avec beaucoup de soins et d'attentions patientes et minutieuses.

2. Une des biches du fameux Parc aux Cerfs où Louis XV était réputé avoir fait élever des jeunes filles, et même des petites filles de huit à dix ans, d'origine toujours obscure : la demoiselle Romans n'avait d'ailleurs pas droit à la particule dont Balzac la gratifie.

3. « Manger, boire, ronfler, rire comme un crevé, c'est-à-dire avec excès » (Littré).

Page 65.

a. et il ne pensa plus à se remettre en position   *add. C*

1. Balzac avait d'abord rayé Hiram pour nommer Josépha Miriam, du nom hébreu pour Marie (voir p. 66, var. *a*).

2. Le succès d'*Esther,* qui fut peut-être à l'origine de la création de Valérie, courtisane bourgeoise, a pu peser aussi sur celle de Josépha. Esther, on le sait, était hollandaise et petite-nièce de l'usurier Gobseck, et vraisemblablement enfant naturel puisque les femmes de sa famille ne se mariaient jamais. La célèbre Rachel, un des modèles de Josépha, était, pour sa part, originaire de Suisse allemande et fille de Félix et Rachel Haya, colporteurs qui lui firent une enfance plus misérable encore que celle de Josépha. Dans la mesure, tout de même importante, où Josépha ressemble à Rachel, et Crevel à Véron, il faut noter que le travers dénoncé par Crevel reflète rigoureusement l'avis de tous les contemporains sur l'illustre comédienne. L'auteur d'*Un Anglais à Paris* a consacré à Rachel près d'un chapitre qui semble former une longue paraphrase de la remarque de Crevel, avec de nombreux exemples à l'appui du fait qu'elle « était rapace à l'excès » et qu'elle pillait ses amants, notamment Véron, qui « fut dévalisé » (t. I, p. 169-189).

Page 66.

a. Ce protecteur était le baron Hulot *[p. 64 ligne 12]* mot-là ! *C var. post., après d'importantes additions marginales sur le manuscrit dont voici la première rédaction :* Ce protecteur était le baron Hulot qui la protégeait depuis l'âge de quatorze ans, elle en avait vingt, comme Josépha. Nous nous sommes liés le baron et moi par nos femmes, et c'est dans cette intimité qu'il a d'abord arrangé le mariage de son fils avec ma Célestine ; puis trois mois après, il m'a soufflé Josépha. Ce scélérat se savait supplanté par un auteur dans le cœur de Jenny Cadine dont les succès étaient de plus en plus éclatants, et il m'a pris ma pauvre petite maîtresse, un amour de femme, vous l'avez vue assurément aux Italiens, où il l'a fait entrer par son crédit, il a été déjà pas mal dévoré par Jenny Cadine qui lui coûtait bien près de trente mille francs par an... Mais il achève de se ruiner pour Josépha ! Josépha, madame, est juive, elle se nomme [Hiram *rayé*] Miriam. C'est une enfant abandonnée, mais toutes les recherches que j'ai faites prouvent qu'elle est la fille naturelle d'un riche banquier juif. Le théâtre et surtout les connaissances que Jenny Cadine, Madame Schontz, Carabine et Malaga lui ont données sur la manière de traiter les vieillards, ont développé chez cette pauvre petite l'instinct des israëlites pour l'or et les bijoux, elle est devenue âpre à la curée, elle veut être riche, et je sais qu'elle n'y va pas de main morte pour plumer le Baron qui lutte contre un des Keller, et le marquis d'Esgrignon, fous tous deux de Josépha, sans compter les idolâtres inconnus [Hérouville

n'apparaît qu'en C]. Votre mari, madame, m'a privé de mon
bonheur, de la seule joie que j'ai eus depuis mon veuvage et si je
n'avais pas eu le malheur de le rencontrer, j'aurais encore
Josépha que je n'aurais jamais mise au théâtre, je l'avais maintenue obscure, sage... Oh! si vous saviez ce qu'elle était il
y a huit ans : mince et nerveuse, le teint doré d'une andalouse,
comme on dit, les cheveux noirs et luisans comme du satin,
un œil à longs cils bruns qui jetait des éclairs, une diſtinction
de duchesse dans les geſtes, la modeſtie de la pauvreté, de la
gentillesse comme une biche sauvage...

b. tombée. *Si.* : tombée. *Ensuite :* IV / ATTENDRISSE-
MENT SUBIT DU PARFUMEUR *orig.* : tombée. *ant.*

1. On a vu plus haut (p. 54 n. 2) que Balzac avait peut-être
emprunté pour son personnage des traits au d'Hérouville réel
subjugué par une charmante Lolotte, que Diderot avait
évoqué dans *Ceci n'eſt pas un conte.* D'autre part, une variante
de *La Muse du département* (voir t. IV, p. 643, var. *b*) nous
avait déjà appris que sous d'Hérouville on retrouvait le
célèbre bailli de Ferrette, dont la part n'eſt pas à négliger,
tant pour ce qui concerne le physique du nain balzacien que
pour ses liaisons avec de notoires beautés des tréteaux parisiens.

2. Les lecteurs de *La Comédie humaine* n'ignorent plus que,
Paris ne comptant alors que douze arrondissements, un
ménage du treizième était un faux ménage.

3. « Nom donné à de vieux militaires en retraite qui
jouissaient d'une demi-paye dans les châteaux, les citadelles,
les lieux forts. Les roquentins furent inſtitués par François Ier. » Avec le temps, le mot avait fini par qualifier un
« vieillard ridicule qui veut faire le jeune homme » (Littré).
On en relève d'autres emplois dans *La Comédie humaine,* où
il eſt appliqué à Goriot, à Cardot...

Page 67.

a. à fond, je me disais *[p. 66, avant-dernière ligne]* temps...
add. ms.

b. , c'eſt ce qui m'empêche [...] députation *add.* C

c. Voir var. a, p. 68.

Page 68.

a. — Et comment *[p. 67, début du 2e §]* depuis C *var.
poſt.* : , essayez de demander dix mille francs au Baron ?
S'il les avait il les donnerait à Josépha! D'ailleurs depuis
[*[dix* rayé *1]* sept mois *rayé 2]* deux ans *ms.*

b. Vous êtes sans le sou [...] domeſtique. *add.* C

c. Oh! marier ma fille *[7 lignes]* ridicule. *Si.* : Oh! marier
ma fille [...] ridicule. *Ensuite :* V / COMMENT ON PEUT MARIER

LES BELLES FILLES SANS FORTUNE *orig.* : — Oh! marier ma fille [...] ridicule. *Ensuite :* III. UNE BELLE VIE DE FEMME *add. C*

d. , reprit Crevel en position *add. C*

1. *Notre* Roi : Balzac charge ce possessif d'intentions satiriques à l'égard de celui qui se voulait le roi des Français et qui fut surtout le roi des Crevel. L'épilogue du roman nous donnera l'occasion de voir que Balzac n'était pas le seul à en juger ainsi (voir p. 325, n. 2). Déjà, un peu plus loin, une scène avec le petit bourgeois Rivet accentuera le propos. C'est au début de son règne que, pour définir sa politique intérieure entre droite et gauche, Louis-Philippe avait lancé la formule : « Nous chercherons à nous tenir dans un juste milieu », formule dont il n'était pas l'inventeur, puisqu'elle avait été utilisée au XVIIIe siècle notamment par Montesquieu, mais à laquelle il conféra la célébrité et la valeur d'un symbole de son système de gouvernement.

Page 69.

a. Trente-deux *orig.* : [[vingt-sept *rayé 1*] trente-cinq *rayé 2*] Trente-trois *ms.*

b. Ancien parfumeur [*début du § précédent*] baronne, *add. ms. var. post.*

c. [trente *rayé*] vingt ans *ms.*

d. Cette fauvette *Si.* : elle *ant.*

e. , depuis la première jusqu'à la dernière lettre *add. C*

1. C'est par l'effet d'une erreur typographique, bien évidemment, qu'on lit dans l'édition Furne « César Birotteau ».

2. Au masculin, le période signifie « le plus haut point où une chose, une personne puisse arriver » et « le dernier période, la fin » (Littré).

Page 70.

a. Les textes imprimés portent tous vingt-un *alors que Balzac avait écrit* vingt et un *dans son manuscrit. Sans doute s'agit-il d'une mauvaise lecture d'une correction sur épreuve en* vingt-deux, *que l'on retrouve plus loin et qui a été rétabli ici.*

b. , car dans de pareilles [...] perdent la tête!... [/ — La tête! dit railleusement Crevel. Ah! ah! vous appelez cela la tête! *suppr. Si.*] *add. C*

c. — Et si je la relevais [*7 lignes*] position. *add. C*

1. À force de ratures, Balzac finit par rapprocher Hortense Hulot et Cécile Camusot, la fille à marier du *Cousin Pons,* au moins sur le chapitre de l'âge.

Page 71.

a. tout le monde [*p. 70, avant-dernière ligne*] qu'un. *add. C*

b. n'en rencontrerait-on [...] ferait   *C*   : ne feraient-ils
ms.

c. il y grouille   *C*   : il s'y trouve   *ms.*

d. ils pataugeaient   *Si.*   : ils étaient   *ant.*

e. sans autre capital [...] moral!...   *C*   : de qui j'ai acheté
le fonds ?   *ms.*

f. l'un de ces *condottieri* [...] capable   *C*   : l'un de ces
gens-là, seul est capable   *ms.*

g. au présent.   *F*   : le présent.   *C*   : l'avenir.   *ms.*

Page 72.

a. Et je poursuivrai [...] pourquoi,   *add. C*

b. dit-il [...] Hulot.   *Si.*   :   , dit-il [...] Hulot. *Ensuite :*
VI / LE CAPITAINE PERD LA BATAILLE   *orig.*

c. manœuvres   *C*   : [cruautés   *rayé*] tortures   *ms.*

d.   , parce que vous aimez trop *[12 lignes]* moi   *add. ms.*

e. qui me déshonore   *add. C*

f. si vous étiez mordue par   *C*   : si vous aviez   *ms.*

g.   , et par la faute du baron [...] portée.   *C*   : sous main.
ms.

h. votre mari, madame [...] lieutenant-général,   *C*   : les
économies du vieux lieutenant-général en retraite ont été
raflées,   *ms.*

1. En fait : belle-sœur.

Page 73.

a. Je n'ai pas envie *[7 lignes]* Josépha.   *C*   : Je n'ai nulle
envie de devoir un magnifique mobilier à mon déshonneur.
ms.

b. Elle laissa [...] alla   *C*   : Elle salua, laissa là le capitaine
qui s'était posé [de trois-quarts, elle   *add.*] alla   *ms.*

c. ne put remarquer   *orig.*   : perdit ainsi   *C*   : ne vit
pas   *ms.*

d. adieu.   *C*   : adieu car elle ne se retourna point.   *ms.*

e. Elle avait néanmoins épuisé ses forces,   *C*   : Elle était
néanmoins au bout de son courage,   *ms.*

f. en ruines   *add. C*

g. depuis vingt ans,   *C*   : depuis quinze ans,   *ms.*

Page 74.

a. L'affection *[p. 73, dernière ligne]* famille.   *add. C*

b. élevé dans l'admiration *[10 lignes]* sujet.   *C*   : il crai-
gnait son père, et s'il soupçonnait les irrégularités de la vie
paternelle, il était trop respectueux pour s'en rendre juge;
au besoin, il les aurait excusées par des raisons qui sont
particulières à la manière de voir les hommes.   *ms.*

c. noble femme [...] mots   *Si.*   : noble femme [...] mots.
Ensuite : VII / UNE BELLE VIE DE FEMME   *orig.*   : noble

femme [...] mots. *C* : noble femme. Fille de paysan, elle était pleine de ce bon sens qui supplée au manque d'éducation, et voici [...] mots. *ms.*

d. [L'un était *rayé*] En 1799 [...] André, *ms.*

e. reçue en 1797 *add. C*

f. qui vint *Si.* : qui vint en 1804 *C* : qui vint, en 1805, *ms.*

g. [seize *en surcharge sur* dix-sept] ans, *ms.*

h. elle leur dispense ses plus précieux dons : *C* : elle leur donne tout *ms.*

i. Capella *orig.* : Capello *ms. C'est la graphie correcte.*

j. Bianca Capello *[5 lignes]* Ninon [...] mademoiselle Georges, *add. ms. Nous avons adopté la graphie correcte :* George.

1. Née à Vaucouleurs.

2. Le créateur du tableaumane Pons affleure ici, et aussi le Balzac voyageur. Il avait pu voir le portrait d'Olympia Pamphili à la galerie Doria-Pamphili lors de son séjour à Rome au printemps 1846. Le portrait de Bianca Capello se trouve aux Offices, où Balzac l'avait peut-être vu aussi lors du même voyage, puisqu'il projetait de s'arrêter à Florence en remontant vers la Suisse, comme le prouve sa lettre du 2 mars à Mme Hanska. La *Vénus sortant du bain* se trouve au Louvre.

Page 75.

a. , Mme Récamier *add. C*

b. l'océan *C* : la marée *ms.*

c. légal, au grand étonnement [...] supérieurs. *C* : légal. Les Fischer étaient nourris dans l'admiration de leurs supérieurs. *ms.*

d. d'une Régie *C* : d'un service *ms.*

e. [1804 *en surcharge sur* 1806]. *ms.*

f. , sans savoir [...] 1806 *add. ms.*

g. En effet, dans ce temps-là, l'ordonnateur, *C* : Car, en [[1807 *rayé 1*] 1805 *rayé 2*] 1806, Hulot, dans ce temps-là, *ms.*

1. Cet adjectif a surpris à juste titre M. Claude Pichois, qui s'est demandé si Balzac n'aurait pas écrit « veineux ». Mais c'est bien « vénéneux » qu'on lit dans le manuscrit.

Page 76.

a. publiquement *F, coquille possible pour* uniquement *Si. orig., C et ms.*

b. , car il demandait [...] échoué *add. C*

c. Remarquez d'ailleurs *[7 lignes]* nées. *add. C*

d. Vissembourg *ms. pour* Wissembourg *corrigé par nous.*

e. 1816, *orig.* : 1817, *ms.*

f. Feltre *C* : de la guerre, *ms.*

g. , car on eut besoin [...] d'Espagne *add. C*

1. Trois « beaux » célèbres, en effet, dont la vogue dura même au-delà de l'Empire. Le comte Albert d'Orsay, ami de la duchesse d'Abrantès, fut cependant moins éblouissant que son fils Alfred, le dandy le plus fameux de son temps aussi bien à Paris qu'à Londres. Le comte de Forbin (1777-1841), dont les « traits réguliers [...] rappelaient les belles têtes du siècle de Louis XV », — selon la *Notice sur le comte de Forbin* de son ami le comte Joseph-Balthazar Siméon (1781-1846) — fut beau puis vieux beau et, en outre, peintre-archéologue, membre de l'Académie des Beaux-Arts, gentilhomme de la Chambre sous la Restauration et directeur des Musées royaux, place qu'il conserva sous Louis-Philippe. Quant à Ouvrard (1770-1846), il est resté connu surtout pour ses activités, ses théories, ses réussites, ses déboires et ses manœuvres souvent douteuses de financier, plus que pour sa beauté, pourtant réelle, et pour la vogue mondaine dont il avait joui sous l'Empire grâce aux fastes inouïs des fêtes qu'il donnait dans son château du Raincy.

2. Sur le maréchal Clarke, duc de Feltre, ministre de la Guerre en 1807 et un peu trop rallié aux Bourbons lors de la Restauration, voir *La Vendetta*, t. I, p. 1055 et n. 1.

Page 77.

a. Depuis l'avènement *[p. 76, dernière ligne]*, France. *add. C*

b. 1818 *orig.* : 1817 *ms.*

c. au grand *finale* *C* : au désastre final *ms.*

d. dona *C, corrigé par nous. Le manuscrit porte bien* donna.

e. portent à leurs femmes [...] compagnes, *C* : ont pour leurs femmes qui restent douces et vertueuses, et *ms.*

f. Trois ans *C* : [[Quelques jours *rayé 1*] Sept ans *rayé 2*] Quatre ans *ms.*

g. les besoins *orig. coquille probable pour* le besoin *C et ms. Nous corrigeons.*

h. s'assurer, soit une [...] revanche. *Si.* : s'assurer, soit une [...] revanche. *Ensuite :* / VIII / HORTENSE *orig.* : s'assurer, soit une [...] revanche. *C* : s'assurer une supériorité. *ms.*

1. 1818 ou 1816 ? Un peu plus haut, Balzac avait indiqué : « En 1816, le baron devint une des bêtes noires du ministère Feltre... »

2. « Premier rôle féminin absolu. »

3. Lors du procès de Mme Colomès, à laquelle ont été empruntés des traits pour Adeline Hulot (voir l'Introduction,

p. 41-42), Balzac avait « vu » en elle, « sur le banc de la cour d'assises, le vivant portrait de Mme de Berny. C'était à effrayer » (*LH*, t. III, p. 98). En décrivant ici les réactions d'Adeline, se souvenait-il aussi de Mme de Berny ? Elle lui avait écrit jadis : « Ce n'est pas la *connaissance* de certaines dames dont je t'ai demandé le sacrifice, non, car les unes t'amusent, les autres te sont ou te seront peut-être utiles, au moins tu l'espères [...] Ce que je veux, c'est le secret de ces dames et leurs correspondances [...] tu as de l'acquis plus qu'il n'en faut pour savoir de quel côté doit aller la victoire dans un combat où il y va de mon bonheur, et si mon pauvre cœur doit toujours servir de plastron à tous les coups qu'il plaira aux femmes qui assaillent le tien de lui porter » (*Corr.*, t. II, p. 21).

Page 78.

a. 1799 et 1800, *orig.* : 1798, 1799 et 1800, *C* : 1798 et 1799, *ms.*

b. fixer *Si., coquille possible pour* finir   *orig., C et ms.*

c. , de qui Napoléon [...] jamais » *add. C*

d. soixante [[dix *rayé 1*] quinze ans   *rayé 2*] douze ans, *ms.*

e. [trente *en surcharge sur* vingt-sept] *ms.*

f. vingt-septième *C* : [dix-septième *en surcharge sur* trente-troisième] *ms.*

g. vieux hommes, *C* : beaux hommes   *ms. Il est probable que Balzac a corrigé en* vieux beaux *et qu'il n'a jamais remarqué ensuite l'erreur de transcription du typographe.*

h. à tout prix *add. C*

i. huit *C* : dix *ms.*

j. [deux *en surcharge sur* trois] ans *ms.*

Page 79.

a. momentanée. *orig.* : momentanée. *Ensuite :* IV | UN CARACTÈRE DE VIEILLE FILLE, ORIGINAL, ET NÉANMOINS PLUS COMMUN QU'ON NE LE PENSE *C* : momentanée. *ms.*

b. depuis deux ans *add. C*

c. Elle entrevoyait *[6 lignes]* vieillards *add. ms.*

d. ivres ! *add. C*

e. riant, avec sa cousine Bette *[5 lignes]* jardin *add. ms.*

f. On voyait bien [...] force *add. C*

Page 80.

a. d'une taille svelte [...] auteurs. *C* : sa taille svelte avait la noblesse qui jadis recommandait sa mère. *ms.*

b. elle le vit [...] ministère. *C* : elle le vit déconsidéré, perdu peut-être un jour au Ministère. *ms.*

c. extatiques. *Si.* : extatiques. *Ensuite :* IX / UN CARAC-
TÈRE DE VIEILLE FILLE *orig.* : extatiques. *ant.*

d. de [huit ans *rayé*] cinq ans *ms.*

e. et néanmoins fille de l'aîné des Fischer, *C* : et fille
du plus jeune des trois Fischer, *ms.*

f. de ce caractère [...] maisons. *C var. post.* : de son
caractère *ms.*

g. l'extension *C, coquille possible pour* l'acception *ms.*

h. quelques verrues *[6 lignes]* à la terre, *C* : et on
l'avait fait travailler à la terre, *ms.*

i. dorelotée *C modernisé par nous.*

Page 81.

a. , aussi lui arriva-t-il *[p. 80, dernière ligne]* arracher le nez,
C : . Il lui arriva, trouvant Adeline seule, de lui tordre le
nez, *ms.*

b. , dans l'intention de l'arracher [...] noirs, *C* : . Dans
l'impossibilité de marier cette sauvage paysanne aux yeux
noirs, *ms.*

c. , les fameux Pons frères *add. C*

d. en 1811, *add. C*

e. Cette partie, *C* : Sous l'Empire, les brodeurs faisaient
de rapides fortunes, car cette partie, *ms.*

f. et sur les habits civils *add. C*

g. L'Empereur [...] départements. *add. C*

h. Ces fournitures [...] sûr. *C* : Ces fournitures se
faisaient aux tailleurs, gens riches et solides. *ms.*

i. de la maison Pons *C* : de la vieille et fameuse maison [Dallemagne *rayé*] Pons [frères *rayé*] *ms.*

j. . L'olivier [...] Lisbeth, *C* : , la paix se fit, *ms.*

k. cent-trente-trois *C* : cent-trente-six *ms. Voir var. g.*

1. Pour la création de Pons, la variante est notable :
Balzac avait inscrit d'abord ici, avant le nom de Pons, celui
bien réel de Dallemagne, dont l'*Almanach du commerce* révèle
l'activité, similaire à celle des parents de Pons : « Dallemagne,
Guibout et co., passementiers du Roi [naguère : " de
l'Empereur "] et de la Cour, de l'intendance du matériel des
fêtes et cérémonies, du garde-meuble et des écuries; équipe-
ments militaires, galons or et argent fins et faux, rue des
Deux-Portes-Saint-Sauveur [l'actuelle rue Dussoubs], 12. »

Page 82.

a. sans compter *[p. 81, derniers mots]* tirée. *C* : elle
eut des difficultés avec les nouveaux chefs de la maison et
redevint simple ouvrière. En ce moment la famille Fischer
était toute malheureuse. *ms.*

b. [Walterloo *rayé*] Fontainebleau, *ms.*

c. les trois frères *C* : les deux frères *ms.*

d. Le cadet Johann [...] mangeait *C* : Cette ruine amena celle du frère aîné, Pierre Fischer qui vint à Paris implorer la reine de la famille qui mangeait *ms.*

e. Johann Fischer, alors âgé de quarante-trois ans, *C* : Pierre Fischer, alors âgé de cinquante-six ans, *ms.*

f. la Bette *orig.* : Bette *ms.*

g. cousine. On se moquait *C* : cousine, elle était aimée; on se mocquait *ms.*

Page 83.

a. enfin, si la baronne *[5 lignes]* façon-là. *C* : si la baronne lui parlait de vivre avec leur oncle Pierre et d'en tenir la maison à la place d'une servante maîtresse qui devait lui coûter cher; car occupé de son commerce de fourrages, il avait besoin d'une personne fidèle, elle répondait que si elle n'avait pas voulu se marier, elle se marierait encore bien moins de cette façon-là. *ms.*

b. Méchante [...] unie. *add. C*

c. , après en avoir élagué [...] car *add. C*

d. Elle n'avait donc [...] vin, etc. *add. C*

Page 84.

a. 1837, *C* : 1839, *ms.*

b. résignée à ne rien être, *C* : s'était donc effacée, *ms.*

c. en préférant l'intimité [...] amour-propre. *C* : elle préférait l'intimité. *ms.*

d. chez Rivet [...] fêtait, *C* : chez les fabricants qui la fêtaient, *ms.*

e. au salon. Cette familiarité [...] parasites *add. C*

1. Ninon [de Lenclos] et Bette, rapprochement inattendu.

2. La présentation de Bette abonde en points communs entre elle et Pons, dont la laideur s'appela « originalité »; qui vit « aux dépens de la société qui lui demandait, quoi ? de la monnaie de singe »; qui se maintenait « en se rendant nécessaire [...] en s'acquittant d'une multitude de commissions, en remplaçant les portiers et les domestiques en mainte et mainte occasion »; qui était « partout une espèce d'égout aux confidences domestiques [et] offrait les plus grandes garanties dans sa discrétion connue et nécessaire »; et dont le « rôle d'écouteur était doublé d'une approbation constante; il souriait à tout, il n'accusait, il ne défendait personne » (voir p. 492, 493, 493, 516, 516).

Page 85.

a. La Bette *F* : Elle *ant.*

Page 86.

    a. femmes. *Si.* : femmes. *Ensuite* : x / L'AMOUREUX DE
BETTE *orig.* : femmes. *ant.*

Page 87.

    a. en riant *add. C*
    b. charbonnée *C* : brune *ms.*
    c. en souriant *add. C*
    d. une vieille chèvre ? *C* : une chèvre ? *ms.*
    e. de vieil employé *add. C*

Page 88.

    a. il est temps de prendre *C* : tu ne te repentiras pas
d'avoir *ms.*
    b. C'est moins cher ! *add. C*
    c. d'aimer. Nous savons toutes *[7 lignes]* prétendu, *C* :
d'aimer, car en nous le présentant, *ms.*
    d. De beaux-arts... *C* : De dessin, [de peinture *rayé*]
ms.
    e. [1833 *en surcharge sur* 1834], *ms.*
    f. vingt-neuf *C* : trente *ms.*
    g. Quinze ans *C* : [Dix ans de moins *rayé*] Treize ans
ms.

    1. Nous découvrirons plus loin que cette « manière de
Polonais » est un Livonien. Or, la Livonie avait été abandonnée par la Pologne à la Suède en 1660, puis cédée par la Suède
à la Russie en 1721, lors de la paix de Nystadt. On s'explique
donc mal la confusion que font Bette et même Steinbock
— et, en fait, Balzac — entre Livonien et Polonais; mais un
peu plus loin, en revanche, on s'expliquera mieux la protection
accordée à Steinbock par le grand-duc Constantin : pour ce
dernier, un Livonien était un sujet russe.
    2. Déclenchée par sympathie pour la révolution de 1830
en France, et même pour la soutenir, car le tsar voulait mobi-
liser l'armée polonaise contre la France, la révolte éclatait à
Varsovie le 29 novembre 1830 et gagnait bientôt tous les
territoires polonais dévolus à la Russie en 1815. Une forte
armée russe envahit alors la Pologne, et Varsovie tombait
le 8 septembre 1831. Une pluie d'ukases répressifs s'abattit
sur les Polonais. Dès mars-avril 1831, un ukase avait arrêté
de terribles représailles contre les participants à l'insurrection,
que devaient encore aggraver un ukase du 19 octobre, visant
principalement la noblesse, puis un décret du 26 février 1832,
incorporant d'office pour quinze ans la presque totalité de
l'armée polonaise dans l'armée russe. Le 4 octobre 1832, un
nouvel ukase confisquait les biens des Polonais émigrés
depuis 1831. Et, dès le 9 novembre 1831, un autre ukase

avait décrété la suppression de l'université de Varsovie et d'un grand nombre d'écoles : Balzac montrera plus loin la part que les étudiants avaient prise dans le déclenchement de l'insurrection.

3. Second fils de Paul Ier et frère de l'empereur Alexandre, le grand-duc Constantin (1779-1831) avait été investi par les traités de 1815 du gouvernement de l'ex-duché de Varsovie qui représentait la part de la Pologne attribuée alors à la Russie. En 1825, évincé du trône de Russie par son cadet Nicolas, en compensation il était nommé vice-roi. Chassé de Varsovie par l'insurrection de 1831, Constantin était mort du choléra sur le chemin de Saint-Petersbourg.

4. Les « treize ans » du manuscrit étaient plus exacts.

Page 89.

a. tellement fait au knout *[p. 88, dernière ligne]*, patrie. *C* : qui veut s'accoutume à la [Sibérie *rayé*] captivité. *ms.*

b. Ô Mathilde... Et il avait [...] instants. *orig.* : Ô Mathilde... Et il y avait [...] instants. *Ensuite :* v / ENTRE VIEILLE ET JEUNE FILLE *C* : Ô Mathilde... *ms.*

c. [grand-oncle *en surcharge sur* grand-père]! *ms.*

d. huit ans, *C* : [six *en surcharge sur* cinq] ans, *ms.*

e. les miens. — Eh bien! la prochaine [...] Hortense. *Si.* : les miens. — Eh! bien! la prochaine [...] Hortense. *Ensuite :* XI / ENTRE VIEILLE ET JEUNE FILLE *orig.* : les miens. — Eh bien! la prochaine [...] Hortense. *C* : les miens. *ms.*

1. « Ô Mathilde, idole de mon âme » : un des airs de l'opéra de Rossini, *Guillaume Tell* (1829), et un des triomphes de Duprez (voir p. 63 n. 2).

2. Balzac le connaissait d'autant mieux, pensait J.-E. Weelen, qu'il avait sans doute vu à Cheillé, tout près de Saché, la tombe du « noble homme, haut et puissant seigneur, comte de Stenbock, Suédois de cinquante-huit ans, généralissime des armées de feu le roi de Suède », inhumé sous une dalle de l'église le 4 août 1734. Mais cette dalle recouvre un mystère, car le généralissime Magnus Gustaffson Stenbock — assez connu pour avoir été évoqué par bien des auteurs, notamment par Voltaire — est réputé mort en captivité à Copenhague en 1717... (J.-E. Weelen, « Balzac et le mystérieux Stenbock », Balzac à Saché, n° XIII, Tours, 1972).

Page 90.

a. Donc, elle avait *[p. 89, avant-dernière ligne]* amoureux. / Ce cadeau *C* : Or, elle avait apporté le matin même. un cadeau qu'elle voulait faire à la Baronne pour le jour de sa naissance et ce cadeau *ms.*

b. Mlle de Fauveau, *add.* F

c. des sculpteurs en bois   *C* : des exécutans   *ms.*

d.   , Jean de Bologne, etc.   *add. C*

e. tordu   *C* : fait   *ms.*

f. roseaux   *C, mauvaise lecture possible, non corrigée par Balzac, de* ranceaux *qui figure en ms.*

g. un W, un chamois   *C* : une pierre sur laquelle était gravé un W, un livre   *ms.*

h. animal des rochers ou chamois.   *C* : Pierrelivre.   *ms.*

i. — Et pourquoi [...] amoureux!   *add. C*

1. Si Félicité de Fauveau (1797-1886), femme sculpteur, eut assez de renom sous la Restauration et la monarchie de Juillet pour que son identité ne fasse aucun doute, trois de ses compagnons dans l'énumération de Balzac sont plus difficiles à identifier.

Pour Wagner, il s'agissait de Charles-Appolinaire Wagner. De 13 ans le cadet de Froment-Meurice, avec lequel Balzac le citait plus loin (var. *a* de la page 114), ce bronzier était établi, à la date de l'action, boulevard Beaumarchais, 51, et produisait galeries et garnitures de cheminées, candélabres et flambeaux. Pour Jeanest — ou plus exactement Jeannest — déjà cité puis rayé dans *La Fausse Maîtresse,* il s'agit soit de Louis-François, sculpteur qui exposa au Salon de 1812 à 1815 médaillons, modelages en cire, ivoires et reproductions en bronze, avant de travailler essentiellement pour l'industrie, soit plutôt de son fils Émile (1813-1857) qui créa ses œuvres les plus intéressantes en Angleterre où il s'installait en 1845 ou 1846. Quant à Michel-Joseph-Napoléon Liénard (1810-1870), référence de qualité pour Pons, et d'abord pour Balzac qui lui fit exécuter des travaux pour sa maison de la rue Fortunée, cet ornemaniste reste mal connu. Dans son *Grand Dictionnaire,* Bénézit signala qu'il travaille pour des orfèvres, dont Froment-Meurice, mais se contenta de poser en hypothèse qu'il œuvra aux fontaines Saint-Michel et des Arts-et-Métiers, aux églises Saint-Vincent-de-Paul et Sainte-Clotilde, à la chapelle royale de Dreux, et qu'il pourrait aussi avoir été ce sculpteur de bustes exposés au Salon après 1850 dont Lami parle sous le prénom de Paul.

François-Désiré Froment (1802-1855) est mieux connu. Fils d'un orfèvre nommé Froment et beau-fils d'un orfèvre nommé Meurice, second mari de sa mère qui avait repris l'établissement fondé par le premier mari, Froment accola le nom de Meurice au sien quand il reprit à son tour cet établissement en 1832. Paul Meurice, l'auteur dramatique, était son demi-frère. Pour P. Larousse, Froment-Meurice fut « l'orfèvre le plus habile de notre siècle », et Louis Reybaud écrivit dans ses *Mœurs et portraits du temps,* qu' « après Fauconnier, c'est Froment-Meurice qui a le plus osé en orfèvrerie et marché le plus résolument dans la voie des découvertes ».

Page 91.

a. genre, et voilà le fruit de quatre [...] dit   *C*   : genre. Il lui a fallu trois ans d'études, de travaux, six mois apprenti chez les fondeurs, les mouleurs, les bijoutiers, et il me dit   *ms.*
b. — Celui-là fait mieux [...] soleil.   *add. ms.*

Page 92.

a. vingt-deux   *C*   : vingt-et-un   *ms.*
b. — J'écoute [...] Hortense.   *add. C*
c. groupe [tout en argent, de *[*vingt   *rayé 1]* *[*dix-neuf *rayé 2]* *[*dix-huit   *rayé 3]* quinze   *rayé 4*] en bronze de dix pouces   *ms.*
d. rouillé [...] exposé   *C*   : cela de manière à faire croire maintenant qu'elle a trois cents ans et je l'ai portée   *ms.*
e.   , ou le comte de Raſtignac,   *add. C*
f. au lieu de s'occuper de nos dragonnes   *add. C*
g.   , s'ils achetaient [...] cuivre   *add. C*
h. et il sera porté [...] nouveaux.   *C*   : et il se ferait ainsi connaître.   *ms.*
i. Quinze cents   *C*   : Douze cents   *ms.*

1. On apprendra, en effet, dans *Le Cousin Pons,* que Popinot « avait, depuis son avènement en politique, contracté la manie de collectionner les belles choses, sans doute pour faire opposition à la politique qui collectionne secrètement les actions les plus laides » (voir p. 505).
2. En 1495, Michel-Ange sculpta un *Cupidon endormi* qu'il confia au marchand Baldassare de Milan pour en tirer un bon prix. Le marchand enterra l'œuvre dans son jardin, puis la vendit pour de l'antique au cardinal San Giorgio. Vasari a rapporté l'histoire de cette supercherie, dont l'idée revint au marchand et non à Michel-Ange.

Page 93.

a.   , madame la comtesse Steinbock !   *add. C*
b. où le génie   *Si.*   : et l'homme de génie, l'artiste supérieur   *ms. var. poſt.*
c. que ce conte [...] hiſtoire   *add. C*
d. cousine.   *Si.*   : cousine. *Ensuite :* xii / m. le baron hector hulot d'ervy   *orig.*   : cousine.   *ant.*
e. sans doute   *add. C*
f. Bah! [...] l'espoir!   *C*   : Oh! demain, monsieur Crevel me dira bien quelque chose...   *ms.*
g. dans un mois,   *C*   : dans trois jours,   *ms.*

Page 94.

a. le matin *[p. 93, 3 lignes en bas de page]* promets.   *C var.*

post. : je le ferai voir à papa pour qu'il puisse parler [...] compromettre. *ms.*

b. d'aristocratie   *add. orig.* : pour *ms., voir var. c.*

c. Le baron Hector Hulot *[début du § précédent]* soucieux. *C var. post.* : Hector Hulot entra. Son habit bleu de roi et à boutons dorés, boutonné jusqu'en haut, son pantalon de drap noir, ses bottes vernies, costume parlementaire, disait assez qu'il revenait de la chambre. En lui voyant un front soucieux, Adeline lui dit : — As-tu parlé ? mon ami ?   *ms.*

1. « Je n'en ai pas moins toujours regardé mon ventre comme un ennemi redoutable ; je l'ai vaincu et fixé au majestueux » (*Physiologie du goût,* méditation XXI, De l'obésité).

Page 95.

a. Ils font des combats *[5 lignes]* quittant.   *C*   : On a substitué la parole à l'action. *ms.*

b. Et il prit [...] lutina. *add. ms.*

c.   , l'assit [...] visage   *add. C*

d.   , que l'Opéra italien [...] français,   *add. C*

e. Adeline ?   *C*   : Adine ?   *ms.*

f. Et qui t'a dit [...] pas.   *C*   : Qui donc t'a parlé ? demanda-t-il.   *ms.*

1. Opéra de Meyerbeer, créé en 1831.

Page 96.

a. Hulot, après un moment *[p. 95, début du dernier §]* Adeline,   *C*   : Hulot resta planté sur ses pieds, il se croisa les bras ; puis, il saisit sa femme, la pressa sur son cœur, l'embrassa sur le front et lui dit : — Adine   *ms.*

b. — Non! [...] lui-même. *add. C*

c. Et tout cela *[8 lignes]* l'Empereur.   *C*   : Et tout cela pour une femme qui me trompe, qui se moque de moi quand je ne suis pas là [...] qui me dit que je ne suis pas noir, mais *chat teint !* Oh! [...] et c'est irrésistible, j'y retourne. *add. ms.*

d.   , dit la pauvre femme [...] Tiens!   *add. C*

e. Cela ne suffirait [...] maréchal.   *add. C*

Page 97.

1. Bref, un doctrinaire, un sous-produit de Guizot, ou de Rémusat que Balzac avait décrété « gamin sérieux » dans sa *Revue parisienne* en 1840.

Page 99.

a. Le moraliste ne saurait nier *[p. 96, début du dernier §]* cousine.   *Si.*   : Le moraliste ne saurait nier [...] cousine.

Ensuite : XIII / LE LOUVRE *orig.* : Le moraliſte ne saurait nier [...] cousine. *Ensuite :* VI / OÙ L'ON VOIT QUE LES JOLIES FEMMES SE TROUVENT SOUS LES PAS DES LIBERTINS, COMME LES DUPES VONT AU DEVANT DES FRIPONS *C var. poſt.* : Le baron honteux de sa situation, fut charmant avec sa femme et sa fille, avec la cousine Bette et quand le vieux lieutenant-général entra en donnant le bras à Céleſtine Hulot que le jeune député suivait, quiconque eût vu cet intérieur de famille, aurait eu de la peine à croire que le père était aux abois, la mère au désespoir, le fils au dernier degré d'inquiétude sur l'avenir de son père, et la fille occupée à combiner un roman en action. / Céleſtine Hulot, jeune femme insignifiante, était occupée d'un fils qu'elle nourrissait elle-même et qu'elle avait amené, ce qui compliquait beaucoup le jeu du whiſt. *ms.*

b. À sept heures *[début du §]* rationnelle. *C* : À sept heures, le baron Hulot laissa son frère, son fils, la baronne et Hortense qui relevait Céleſtine à faire le whiſt, et partit à l'Opéra en emmenant la cousine Bette, qu'il laissa rue du Doyenné. / La Cousine Bette prétextait de la solitude de ce quartier désert pour toujours s'en aller, après le dîner, et ceux qui connaissent Paris conviendront qu'elle avait raison. *ms.*

1. À propos de ce coin de Paris, Balzac écrit plus loin : « plus tard, on ne pourrait l'imaginer ». Aujourd'hui, en effet, peu de Parisiens pourraient imaginer que, jusqu'au Second Empire, l'espace compris entre la Galerie du Bord de l'eau et la Comédie-Française était alors occupé par deux quartiers comportant des églises, des hospices, un cimetière, et surtout des masures et de vieux hôtels jadis illuſtres mais totalement déchus, tels l'hôtel de Rambouillet à moitié brûlé et dont le reſte avait été transformé en écuries, puis en caserne, ou l'hôtel de Ponchartrain, devenu aussi une caserne. Une minuscule placette séparait le quartier nord, celui des écuries, et le quartier sud, celui du Doyenné. Le Doyenné était desservi par un dédale de rues étroites, notamment, parallèles à la Galerie, la rue des Orties qui la longeait, et la rue du Doyenné assortie d'un cul-de-sac; et perpendiculaires, les rues Saint-Nicaise, Saint-Thomas-du-Louvre et Fromenteau. Balzac évoque plus loin cette dernière sous le nom de rue du Musée, qu'elle reçut à partir de 1839, car elle conſtituait la seule voie d'accès au Musée du Louvre; elle aboutissait au quai par le Guichet du Louvre. Napoléon III fit raser toutes ces bâtisses, mais le jardin à la française fut tracé seulement au début de notre siècle.

Dans l'une des vieilles maisons de la rue du Doyenné, autour de 1835, un cénacle romantique tenait ses assises, dont firent partie notamment Gautier et Nerval, qui ont aussi décrit ce quartier.

2. Donc depuis 1810.

3. Sa démolition avait été commencée vers 1806 parce que Napoléon voulait achever le Louvre, sans doute, mais aussi parce qu'il se souvenait de l'attentat de la rue Saint-Nicaise qui, au soir de Noël de l'an 1800, lui avait prouvé les dangers de ce cloaque au pied du Palais des Tuileries. Une voie de dix-sept mètres de large, nommée rue Impériale, qui aurait relié le Louvre aux Tuileries, fut amorcée puis abandonnée; elle coûta seulement l'existence à quelques masures, aux hôtels de Chevreuse et de Beringhen, et à l'Académie de Musique, dont la démolition laissa « ces murs éventrés [...] ces fenêtres béantes » que Balzac évoque plus loin.

Page 100.

a. Tous les textes imprimés donnent ici milieu *transcription fautive mais que Balzac n'a pas relevée, du mot* niveau *rétabli d'après ms.*

b. [L'existence du pâté de] maisons qui se trouve *[p. 99, début de l'avant-dernier §]* voûte *C. Ce passage*[1] *correspond au folio 26 du manuscrit. L'enveloppe de la lettre à Mme Hanska du 23 août 1846 (Lov. A 302, f⁰ 537) montre que Balzac s'était d'abord engagé dans une rédaction différente:* [L'existence du pâté de] maisons qui, le long du vieux Louvre, est une de ces protestations que les français aiment à faire contre le bon sens. Aussi n'est-ce pas un hors-d'œuvre que de décrire ce coin du Paris actuel; plus tard, on ne pourrait pas l'imaginer et nos neveux se refuseraient à croire qu'une pareille barbarie ait subsisté pendant quarante ans. Sous Louis XV, un homme d'esprit disait à l'aspect du Louvre : — Ô Roi des palais, si tu avais appartenu à l'un des ordres mendians, tu serais fini » Depuis cet homme d'esprit, Napoléon qui s'écriait en voyant le duomo de Milan : — il faut l'abattre ou l'achever! et qui jetta *[sic]* vingt millions dans cette Alpe de marbre blanc, voulut finir le Louvre, il y dépensa vingt millions, il le sauva; mais 1813 fit descendre les ouvriers du haut des échafauds qui sont restés, comme est restée la grue du moyen-âge au dessus de la cathédrale de Cologne, et la Restauration en quinze ans, sculpta quinze médaillons en dessus des portes, paya un kilomètre de grilles, effaça les N, arrangea le musée Charles X, c'est-à-dire dépensa le vingtième des sommes enfouies par Napoléon dans le premier monument du monde, l'orgueil des parisiens. En 1830, Paris, fier de deux choses, la colonne et le Louvre, concéda la couron<ne au> duc d'Orléans en stipulant que la liste civile <sauve>rait le Louvre. Dans les premiers moments d'ardeur <qui> suit *[sic]* un contrat la liste civile abattit deux hôtels magni<fi>ques et s'arrêta soudain. Ce

1. À l'exception des premiers mots mis entre crochets et que nous donnons pour faciliter le repérage.

commencement d'exécution eut pour résultat de doter la capitale d'un marais qui devrait être cultivé car on ne comprend point que les petits jardins situés le long des baraques au pied de la galerie de bois ne s'étendent pas jusqu'à la rue de Richelieu, ce serait réjouissant pour l'œil, et des plantes grimpantes auraient depuis quinze ans, caché les effroyables ruines, les façades honteuses de ce résidu de quartier auquel le sergent de ville ne croit pas, vous n'en voyez jamais par là, les habitans sont des fantômes. À quelque heure du jour qui *[illisible]*, les parisiens affairés qui traversent la place, n'aperçoivent personne dans les cryptes du cul de sac du Doyenné, ni dans la rue du Doyenné. On dit à Paris d'un quartier il est mort, mais ces ruines sont des ossemens.

c. ces ruines froides [...] meurt, *add. C*

d. que celles de trois dynasties peut-être! *C* : que les dynasties. *ms.*

1. *La Gazette de France,* installée au 12 de la rue du Doyenné. Elle déclinait en effet, puisque le chiffre de son tirage moyen était passé de 11 200 en 1831 à 5 666 en 1836 et à 3 330 en 1845 (Ch. Ledré. *La Presse à l'assaut de la monarchie. 1815-1848,* A. Colin, 1960).

Page 101.

a. de la place. *Si.* : de la place. *Ensuite :* XIV / OÙ L'ON VOIT QUE LES JOLIES FEMMES SE TROUVENT SOUS LES PAS DES LIBERTINS, COMME LES DUPES VONT AU DEVANT DES FRIPONS *orig.* : de la place. *C* : de la place du Carrousel, c'est-à-dire de l'espace et du jour. *ms.*

b. locataire; mais le libertin *C* : locataire. Le baron *ms.*

c. les entomologistes, *C* : les naturalistes, *ms.*

d. desiderata, et il mit avec une sage *[6 lignes]* crinoline. *C* : *desiderata.* Et il mit un de ses gants avant de remonter en voiture pour se donner une contenance en suivant de l'œil la jeune femme dont la robe ondoyait. *ms.*

e. de qui je ferais [...] mien. *C* : que je rendrais volontiers bien heureuse. *ms.*

f. dévoré de désir *[6 lignes]* promenade. *C* : . C'est comme une fleur que toutes les parisiennes respirent avec plaisir. Le vieux libertin était dévoré de désir et de curiosité. *ms.*

1. La place du Carrousel s'étendait alors du cloaque déjà décrit jusqu'à la Cour et au Palais des Tuileries. Le « fameux hôtel occupé par Cambacérès » quand il fut nommé consul en 1800, puis par Maret en 1807, et qui devint ensuite l'hôtel des Cent-Suisses, avait été l'hôtel d'Elbeuf, construit en 1755 en bordure de la rue Saint-Nicaise. Il était démoli en 1838 : Bette, quittant la rue du Doyenné à l'automne de 1838, ne

dut par conséquent pas beaucoup profiter de la vue de la place.

2. Les *desiderata* des entomologistes, ce sont les pièces qu'ils désirent parce qu'elles manquent à leur collection. Balzac traite ce pluriel latin comme un singulier, pour désigner le plaisir passager que peut avoir un Parisien d'une jolie femme.

3. Pour Pierre Barbéris, « Cette notation érotique a une double importance. 1° Réaliste au niveau de la description : ce n'est pas les épaules, le cou ou la gorge qui fascinent Hulot, mais l'arrière-train de Mme Marneffe ; il n'est jamais question de cet élément de la beauté féminine dans le roman idéaliste [...] 2° Symbolique en ce sens qu'il ne s'agit ici que d'une beauté de consommation : autre image de l'embourgeoisement radical du monde et des rapports intra-humains » (*La Cousine Bette,* éd. Folio, n. 1 de la page 82). Valérie permet en outre de constater que Balzac continuait avec elle ses « études de femmes » relevant du genre des *Physiologies,* comme cette *Femme comme il faut* publiée naguère dans *Les Français peints par eux-mêmes* : au fil des notations, Valérie apparaît comme une *femme comme il en faut,* négatif presque ponctuel de la *femme comme il faut* qui, par exemple, voile ses formes ; chez laquelle on remarque le bras, la taille, le col ; qui ne sort jamais qu'entre deux et cinq heures de l'après-midi, toujours accompagnée et la « figure fraîche et reposée », alors que, on va le voir, Hulot rencontrera Valérie seule, à neuf heures du matin et la figure fatiguée...

Page 102.

   a. heures! *Si.* : heures! *Ensuite :* xv / LE MÉNAGE MAR-NEFFE *orig.* : heures! *ant.*

   b. Mme de Marneffe, *F, coquille pour* Mme Marneffe, *Si., orig., et C rétablis ici et plus loin ; voir var. a, p. 125. Ms. fait défaut pour ce passage.*

   c. du ministère de la Guerre *[8 lignes]* femme. *orig.* : du ministre de la Guerre, qui, par le crédit de l'illustre lieutenant-général, maréchal de France dans les six derniers mois de sa vie, était arrivé à la place inespérée de premier commis dans son bureau ; mais au moment où le mari de madame Marneffe allait être nommé sous-chef, la mort du maréchal avait coupé par le pied les espérances des deux époux.   *C*

1. Dans la *Physiologie de l'employé* (chap. v), Balzac avait déjà évoqué « les vingt plumigères » du bureau des passeports. Ce mot, qu'il avait forgé, ne plaisait pas à Littré.

2. Le nom de Fortin se trouve antérieurement sous la plume de Balzac dans un texte successivement intitulé *Traité des obligations, La confession de [illisible]* et finalement *Robert l'obligé,* qui semble une ébauche primitive de la confession du

bonhomme Alain — *La Confession d'un saint* dans *L'Envers de l'histoire contemporaine* — et commençait ainsi : « Nous trouvâmes le moment favorable pour adresser à Monsieur Fortin une question [...] » (*Lov.* A 203, f⁰ˢ 20-21). De même, on retrouve encore ce nom dans une autre ébauche dont la destination était vraisemblablement identique, qui s'intitulait *Les comptes moraux* et commençait ainsi : « — La Diligence ne passe qu'à neuf heures, nous avons encore deux heures à nous, allons gagner à pied la grande route [...] et pendant le chemin, si vous ne nous trouvez pas trop indiscrets, Monsieur Fortin, vous satisferez notre curiosité [...] » (*Lov.* A 203, f⁰ 4). Singulière rencontre que celle de Valérie et d'un « saint »...

Page 103.

a. environ quatre ans, *orig.* : deux ans, *C. Le manuscrit manque.*

b. , de piètre allure [...] mœurs *add. C*

c. L'appartement [...] offrait *C* : Ce ménage avait pour tout domestique, une servante, et l'appartement offrait *ms.*

d. trois ans de splendeur [...] église. *C* : sept ans d'existence. *ms.*

e. présentait [...] province : *C* : avait l'aspect des salles-à-manger d'hôtel de province, le placage gonflait ou manquait par places : *ms.*

f. La chambre de monsieur *[début du §]* ailleurs. *C* : La chambre de monsieur ressemblait à la chambre d'un étudiant, il avait son lit de garçon, et son mobilier de garçon. *ms.*

1. On trouvera plus loin (p. 149) l'explication claire de ce luxe relatif, nécessaire aux activités non moins clairement expliquées de Valérie. Balzac lui fait dire, en effet : « le matin, en partant au ministère, s'il prend fantaisie à Marneffe de me dire adieu et qu'il trouve la porte de ma chambre fermée, il s'en va tout tranquillement ». Mais Valérie fait aussi des déplacements en ville : le lendemain de la scène actuelle, elle rentre à plus de neuf heures du matin avec une « figure trop fatiguée pour revenir du bain », après une nuit consacrée à appliquer « aux grands maux, les grands remèdes », à la suite d'une menace de saisie...

Page 104.

a. , évidemment abandonné à lui-même, *add. C*

b. un dandy n'eût rien *[8 lignes]* mariée. *C* : l'état des choses était satisfaisant. *ms.*

c. quatre [...] parisiens. *C* : [deux *rayé*] trois heures eût expliqué l'état de la bourse, car la table est le plus sûr thermomètre de la fortune des petits ménages parisiens. *ms.*

1. Nom d'un petit meuble suspendu dont les étagères servaient à étaler des curiosités et très à la mode depuis le XVIIᵉ siècle : « On allait aussi chez Granchey, au Petit-Dunkerque, à l'angle de la rue Dauphine et du quai Conti », note René Héron de Villefosse en commentant les mœurs sous Louis XV (*Histoire de Paris,* p. 229). Ce nom venait peut-être de la ville de Dunkerque où tout un quartier était consacré aux curiosités, notamment aux ivoires. Balzac en acheta quatre pour Mme Hanska en 1846, et beaucoup d'objets pour les garnir. Et bien qu'il eût prétendu, le 6 décembre 1846, avoir « interrompu les achats » pour des Dunkerques, car « il faudrait des sommes folles, les 75 000 francs que coûtera la maison, pour les remplir », le 12 janvier 1847, il annonçait : « Tes petits Dunkerques sont pleins. »

2. L'ostentation bourgeoise étalée chez Crevel inspirera des réflexions infiniment plus virulentes encore au créateur de Pons.

Page 105.

a. Shakspeare *F* : Shakespeare *Si., orig. et C. Nous corrigeons. Nous ne signalerons plus cette correction.*

b. directeur. *Si* : directeur. *Ensuite :* XVI / LA MANSARDE DES ARTISTES *orig.* : directeur. *ant.*

Page 106.

a. d'ailleurs [...] Palais, *add. C*

b. deux cent cinquante *C* : [deux *rayé*] trois cents *ms.*

c. éclairées. À cette heure *[6 lignes]* Fischer. *C* : éclairées, car, à cette heure, il faisait trop sombre au fonds de la cour pour qu'on allumât pas, et alors la malicieuse madame Olivier dit à mademoiselle Fischer : — Oh! soyez tranquille, mademoiselle, monsieur Stainbock est chez lui, il n'est même pas sorti! *ms.*

1. Marcel était un professeur de danse de Louis XV, que Balzac a déjà nommé dans *La Maison Nucingen.* Le nom de Molé désigne ici l'acteur du XVIIIᵉ siècle, vanté pour sa grâce dans *La Vieille Fille.* Les autres personnages sont bien connus; on doit noter que Balzac écrit « du Rosier » pour « de Rozier ».

Page 107.

a. rien. Elle était encore *[p. 106, 4 lignes en bas de page]* trouva, *C* : et monta résolument non pas chez elle, mais à cette mansarde; car au dessert elle avait mis dans son sac des fruits, et des sucreries pour son amoureux. La clef était sur la porte, et elle trouva   *ms.*

b.   , et tenant [...] travail   *add. C*

c. le pauvre exilé d'une voix triste.   *C* : l'exilé.   *ms.*

d. vingt-neuf   *C* : passé trente   *ms.*

e.   , et à voir *[5 lignes]* unie à cette [figure   *F*] fille sèche [...] sexes   *add. C*

f. la présenta doucement à son ami.   *C* : la lui apporta. *ms.*

Page 108.

a. un bon génie   *C* : quelqu'un   *ms.*

b.   , vous aurez alors [...] êtes   *add. C*

c. les époux Olivier   *orig.* : les époux de la loge   *C* : la loge   *ms.*

d. la demoiselle   *Si.* : mademoiselle   *ant.*

e. leur vie secrète.   *C* : leurs relations.   *ms.*

f.   , car les physiologistes [...] agriculture   *add. C*

Page 109.

a.   , et je vous infuserais [...] fallait   *add. C*

b   , mon petit [...] émue   *add. C*

c. en prenant le parti du Livonien contre elle-même *add. C*

Page 110.

a. Pologne.   *Si.* : Pologne. *Ensuite :* XVII / HISTOIRE D'UN EXILÉ   *orig.* : Pologne. *Ensuite :* VII. AVENTURE D'UNE ARAIGNÉE QUI TROUVE DANS SA TOILE UNE BELLE MOUCHE TROP GROSSE POUR ELLE   *C* : Pologne   *ms.*

1. Preili, tout près de la route qu'avait empruntée Balzac en revenant de Saint-Pétersbourg à Paris, en 1843.

Page 111.

a. qu'elle avait admiré dormant.   *C* : qu'elle voyait endormi.   *ms.*

b. comment lui faire gagner [...] toujours   *C* : à quoi il pouvait être propre. Il raconta son histoire et dit qu'il s'était toujours   *ms.*

1. « C'est la fin de la Pologne. » Balzac avait déjà usé de ce mot pour écarter le danger Mniszech, lorsqu'il écrivait à Mme Hanska, le 26 février 1845 : « je ne vois que des malheurs pour la Pologne tant que vivra le système actuel... À moins de révolutions impossibles, ou imprévisibles, Kosciuszko a dit un mot prophétique *finis Poloniae !* » Réputé avoir prononcé

ce mot sur le champ de bataille en défendant Varsovie contre l'irrésistible avance russe en octobre 1794, l'illustre patriote polonais en a repoussé la paternité, et l'a qualifié de « blasphème ».

Page 112.

a. n'y périssaient [...] patience.   *C*   : n'y avait tort quand ils avaient de la patience et du courage.   *ms.*

b.   ; mais pour vivre [...] courailler   *add. C*

1. Voir p. 88, n. 2. La déportation était prévue pour les insurgés et leur famille dès l'ukase du 22 mars-3 avril 1831.

Page 113.

a. qui se relève du cercueil.   *Si.*   : en servage du cercueil. *C. Pour ms., voir var. b.*

b. je serai votre esclave *[p. 112, vers le milieu]* provisions, *C var. post.*   : je travaillerai, je deviendrai meilleur que je ne suis, quoique je ne sois pas mauvais... — Vous ferez tout ce que je vous dirai de faire... — Oui!... — Je vais descendre aller aux provisions, *ms.*

c. balai.   *Si*   : balai. *Ensuite :* XVIII / AVENTURE D'UNE ARAIGNÉE QUI TROUVE DANS SA TOILE UNE BELLE MOUCHE TROP GROSSE POUR ELLE *orig.*   : balai. *ant.*

d. des Florent et Chanor, maison spéciale   *add. C*

e. bizarre.   *C*   : monstrueuse.   *ms.*

f.   , on n'y montrait pas à sculpter   *add. C*

g. dessinateur d'ornements.   *C*   : dessinateur et inventeur d'ornemens.   *ms.*

h. promptement   *fin de ms.*

1. Plus loin (p. 114 var. a), Balzac nommait d'abord Froment-Meurice avant de se décider pour une périphrase désignant les imaginaires Florent et Chanor et leurs collaborateurs.

2. Plus loin (p. 189 var. a), avant d'écrire le nom de Stidmann, Balzac avait inscrit celui de Victor Paillard, artiste réel qu'il connaissait et employait : « le bronzier qui est le Froment-Meurice du bronze », expliquera-t-il à Mme Hanska le 7 novembre 1846; mais plus loin encore (p. 253 var. b), le nom de Victor Paillard précéda celui de Florent et Chanor. Ici, « le principal sculpteur de la maison Florent » semble très proche, au moins par son nom, de Klagmann, collaborateur de la maison Froment, dont André Lorant se demande s'il est « le Stidmann de *La Cousine Bette ?* » et note qu'il a aussi quelques traits de Steinbock, sculpteur malheureux de la statue du maréchal Montcornet (voir à ce sujet, p. 244 n. 1).

Page 114.

a. secondé [...] cités, *orig.* : secondé par les Wagner et les Froment-Meurice, *C*

1. Les lecteurs des précédents volumes de *La Comédie humaine* savent maintenant qu'il s'agit de la prison pour dettes, alors située sur l'emplacement des actuels numéros 54 à 68 de la rue de Clichy.

Page 115.

a. d'aller *orig.* : de vouloir travailler *C*

1. Sur un mode moins ironique que dans la bouche de Stidmann, nous avons déjà rencontré dès *La Maison du chat-qui-pelote* cette appellation évocatrice de l'Ancien Régime : M. Guillaume nommait « sentence des consuls » tout jugement du tribunal de commerce. Le digne Rivet est « juge au tribunal [de commerce] de la Seine... »

Page 116.

a. absynthe *tous les états du texte ; nous modernisons l'orthographe.*

1. Le bal-jardin de La Grande Chaumière, fondé en 1788, était situé sur les actuels numéros 112 à 136 du boulevard Montparnasse et 201 à 229 du boulevard Raspail. Rival des bals Tivoli et Mabille, il connut une grande vogue depuis la veille de la Révolution de 1789 jusqu'au début du Second Empire : il fut fréquenté par Horace Vernet, Girardin, Thiers et bien d'autres, du temps où ils étaient étudiants, et naturellement par les lorettes.

Page 117.

a. ayant entendu [...] présenta *orig.* : entendit des préparatifs de suicide; elle monta chez son pensionnaire, elle lui présenta *C*

Page 118.

a. aux mains *orig.* : dans les mains *C*

1. Toujours l'antiquité : la chlamyde était une sorte de manteau retenu par une agrafe sur l'épaule droite ou au centre du cou, que les patriciens romains avaient repris aux grecs pour en faire leur habit militaire.

Page 119.

a. Josépha. *Si.* : Josépha. *Ensuite :* XIX / COMMENT ON SE QUITTE AU TREIZIÈME ARRONDISSEMENT *orig.* : Josépha. *Ensuite :* VIII / LE ROMAN DU PÈRE ET CELUI DE LA FILLE *C*

1. Souvenir de la vie de Balzac rue de Lesdiguières (voir l'Introduction, p. 22), mais aussi réaction contre les attaques jalouses de Mme Hanska à laquelle il écrit le 12 août 1846 : un homme « peut-il rester de 1834 à 1838 sans femme ? Tu es assez instruite, médicalement parlant, pour savoir qu'on irait à l'impuissance et à l'imbécillité. Tu disais : Des filles ! J'aurais pu être dans un état semblable à celui de l'ami de Georges à Rome. Mets en balance le besoin impérieux de distraction qu'ont les gens d'imagination en travail perpétuel, les misères, les lassitudes, etc., et le peu de fautes que tu as à me reprocher, la façon cruelle dont elles ont été punies... »

Page 120.

1. Il s'agit d'une salle où l'Opéra avait été installé en 1821, après l'assassinat du duc de Berry devant l'ancienne salle Montansier, qui faisait face à la Bibliothèque nationale. Elle devait être détruite par un incendie en 1873.

2. Grâce à l'*Almanach des 100 000 adresses,* André Lorant a vu que Josépha avait « élu domicile dans le quartier même où habitaient les Taglioni (rue Grange-Batelière, 14), Mlles Fitz-James (rue Grange-Batelière, 17, qui s'illustra, notamment, lors de la création en 1837, des *Mohicans,* voir plus loin la note 4 de la page 152 et Elssler (rue de Provence, 29), du ballet de l'Opéra ; Tamburini (rue de Provence, 6), Lablache (rue des Trois-frères, 9) du Théâtre-Royal italien ; Mme Damoreau, célèbre titulaire du rôle d'Alice, chanté également par Josépha (rue de Provence, 18), du Théâtre royal de l'Opéra-Comique. Habaneck aîné vivait non loin de ces artistes, au n⁰ 18 de la Chaussée-d'Antin ». Et, installée par le duc d'Hérouville dans un hôtel de la rue de La Ville-l'Évêque, elle « y avait d'illustres voisins : le marquis A. de Ségur, Lamoignon, pair de France (au n⁰ 9) ; la comtesse de Fiquelmont (au n⁰ 13) ; le marquis de Latour-Maubourg (au n⁰ 14) ; le comte Molé, pair de France (au n⁰ 27) ; le comte Maurice d'Adhémar (au n⁰ 43) ; Gudin, peintre (au n⁰ 49) » (A. Lorant, *Les Parents pauvres de H. de Balzac, étude historique et critique,* t. I, p. 310).

3. Ce procédé d'éclairage, encore remarquable en 1840, avait commencé à être installé dans les intérieurs parisiens sous la Restauration. « Dès 1823, le *Journal des dames et des modes* nous apprend que " M. de N... a fait éclairer par le gaz son escalier, son vestibule et sa salle à manger. " Dans le vestibule, la flamme sort de deux têtes de serpents entrelacés ; dans l'escalier, d'une pomme de pin ; dans la salle à manger, de trois cornes d'abondance. L'éclairage au gaz revient alors à 25 centimes par bec et par jour. Il se répand chez les particuliers en 1825. En 1826, on compte 9 000 becs, en 1828, 10 000 pour 1 500 abonnés. Le gaz est émis lorsque le jour baisse, et s'arrête

à minuit. Les six compagnies établissent leurs canalisations sous la chaussée des voies publiques de leurs secteurs respectifs. Cette dispersion des sociétés rendait le prix du gaz fort cher aux particuliers (0,49 F le mètre cube en 1847) » (Catalogue de l'Exposition *Le Parisien chez lui au XIXᵉ siècle. 1814-1914,* novembre 1976-février 1977, p. 124, nᵒ 579).

Page 121.

a. à ce personnage [si haut   *add.* F] placé dans l'administration,   *orig.* : à un grand personnage,   C

1. L'amant toléré.

2. On retrouve ici le créateur de Pons. Pons possède des cadres vénitiens, romains, espagnols, flamands et allemands; en écaille incrustée d'étain, de cuivre, de nacre, d'ivoire; en bois précieux; en cuivre; d'époque Louis XIII, XIV, XV, XVI... — mais les murs de Joséphâ, et ceux de Pons, reflètent surtout la passion de Balzac lui-même pour les cadres, que révèlent bien des œuvres antérieures aux *Parents pauvres,* et bien des lettres à Mme Hanska.

Page 122.

a. En C, Rochefide *figurait entre* Nucingen *et du* Tillet *au titre, surprenant, de banquier.*

b. mon vieux,   *orig.* : mon bonhomme,   C

c. saoûl   *Si.*   soûl   *ant. Nous avons uniformisé sur cette dernière orthographe que F adopte aussi plus loin; voir var. a, p. 336.*

1. Maxime de Trailles.

2. Parodie du vers célèbre « Albe vous a nommé, je ne vous connais plus » (*Horace,* acte II, scène III). André Lorant voit ici l'un des détails révélateurs de la véritable origine du personnage, tragédienne et non cantatrice : Rachel, qui débuta au Théâtre-Français dans le rôle de Camille. De même, plus loin (p. 358), Joséphâ « se posa tragiquement » pour lancer un vers de *Phèdre,* et A. Lorant commente : « N'oublions pas que Phèdre fut un des rôles les plus célèbres de Rachel. » Enfin, pour lui, « Balzac trahit son secret à la fin du roman » lorsqu'il fait écrire : « La comédienne a tenu sa parole » à Joséphâ dans une lettre qu'elle adresse à la baronne Hulot (p. 447; A. Lorant, *op. cit.,* t. I, p. 171-172).

Page 123.

a. La cantatrice revint voir [...] cédé   *orig.* : La cantatrice revint, et dit : — Monsieur j'ai cédé :

b. madame.   *Si.* : *Ensuite* : XX / UNE DE PERDUE UNE DE RETROUVÉE   *orig.* : madame.   C

c.   , de pareilles créatures *[12 lignes]* effort   *add. orig.*

d. Nous   *orig.* : Tu serais plus heureux et nous   C

1. Pour s'être retournée, en quittant Sodome et non Gomorrhe, la femme de Loth avait été changée en statue de sel.

Page 124.

a. s'écria-t-il. Je suis   *orig.*   : s'écria-t-il en prenant la main de sa femme et la serrant. Je suis   *C*

b. Ah! je ne te céderais pas pour tout l'or de la terre.   *add. orig.*

c. Bonaparte est devenu [...] Sauce.   *add. orig.*

1. M. Sauce contribua à faire arrêter Louis XVI et sa famille : il était procureur-syndic de la commune de Varennes.

Page 125.

a. Mme de Marneffe   *F*   : Mme Marneffe   *Si., orig., C. Nous adoptons cette dernière leçon, comme nous l'avons déjà fait var. b p. 102.*

1. Balzac connaissait les boutiques des brocanteurs du Doyenné, et celle qu'il indique ici avec précision existait réellement, comme nous l'apprend l'*Almanach Didot* de 1846, qui indique au 2 de la rue du Doyenné : « Gourdois, tableaux et objets d'art. » En 1847, Balzac « bricabraquera » dans ce quartier avec Mme Hanska, notamment chez « Tremblay, l'homme des baraques du Louvre » (*LH,* t. IV, p. 73).

Page 126.

a. penser.   *Si.*   : penser. *Ensuite :* XXI / LE ROMAN DE LA FILLE   *orig.*   : penser.   *C*

1. Chez la *femme comme il en faut,* « vous remarquerez une sorte d'effort dans l'abaissement prémédité de la paupière ». (texte de Balzac publié dans *Les Français peints par eux-mêmes,* t. I, p. 27).

Page 127.

a. le *brio*   *F*   : un air *brio orig.*   : *le brio   C*

b. le   *Si., coquille qui n'a pas été corrigée*   : les   *orig., C. Nous corrigeons.*

1. Le XIXe siècle professa pour Raphaël une admiration très dévote. Tout en la partageant, Balzac prouve par ses commentaires qu'il avait au moins le mérite de parler d'œuvres qu'il connaissait, même s'il commet d'infimes erreurs d'attribution ou de désignation. De fait, il avait pu les voir au cours de ses voyages en Italie de 1837, 1845 et 1846.

À Milan, en 1837, il avait pu contempler, à la pinacothèque du Palais de Brera, *Le Mariage de la Vierge,* considéré comme le premier chef-d'œuvre de Raphaël, âgé de vingt ans à peine quand il l'exécuta, auquel Balzac comparera plus loin la première œuvre de Wenceslas, un groupe qui est le « premier pas du talent fait dans une grâce inimitable ». Au cours du même voyage, Balzac avait pu voir aux Offices, à Florence, le *Portrait de Léon X avec les deux cardinaux* et le *Saint Jean-Baptiste dans le désert* de la Tribune du même Musée et, à la Galerie Pitti, les portraits de *Maddalena Doni,* d'*Angelo Doni* et la *Vision d'Ézéchiel* (en réalité exécutée par Jules Romain sur un carton de Raphaël). Au printemps 1845, il avait pu admirer au Musée de Dresde la *Madone de Saint-Sixte.* Au printemps 1846 enfin, donc peu de temps avant d'écrire ces lignes, Balzac avait pu voir à Rome le *Joueur de violon* du Palais Sciarra-Colonna, le *Saint Luc faisant le portrait de la Vierge* de l'Académie; à la galerie Borghèse, la *Descente de Croix* et non le *Portement de Croix* (qui se trouve au Prado, à Madrid); au Vatican, la *Transfiguration,* la *Madone de Fogliano,* les *Camaïeux* et les trois tableaux de l'*Annonciation,* de l'*Adoration* et de la *Présentation au Temple* du Musée; ainsi que les *Stanze,* « chambres » du Vatican dont Raphaël ne put achever ou exécuter toutes les fresques commandées par Jules II. Mais, comme nous l'avons déjà noté (p. 74, n. 2), il est possible que Balzac et Mme Hanska se soient arrêtés à Florence en remontant vers la Suisse lors du voyage du printemps 1846, et que, par conséquent, le romancier ait alors revu les œuvres des musées de cette ville déjà vues en 1837. L'allusion à la *Vision d'Ézéchiel* dans la lettre à Mme Hanska du 29 juillet 1846 semble prouver qu'ils ont vu cette œuvre ensemble. Dans ce cas, le souvenir des tableaux de Florence cités ici aurait été aussi frais que celui de la plupart des autres, quand Balzac écrivit ce passage de *La Cousine Bette.*

Page 128.

a. total *Si.* : totale *ant. La coquille n'est pas certaine, bien que* total *fasse pléonasme avec œuvre au masculin.*

1. Eugène de Beauharnais, vice-roi d'Italie depuis 1804 quand fut fondée, en 1805, la pinacothèque du palais de Brera.

Page 129.

a. une pièce *Si.* : une autre pièce *ant.*
b. hypocrisie. *Si.* : hypocrisie. *Ensuite :* xxi [*sic pour* xxii] / LAISSEZ FAIRE LES JEUNES FILLES *orig.* : hypocrisie. *C*

Page 130.

1. « Un prince qui n'est pas titré [...] la gloire et la for-

tune... » : en termes à peine différents, Hulot raisonne comme Crevel. Il est ennuyeux de trop souvent prêter à Balzac des intentions personnelles, mais comment ne pas voir ici une nouvelle manifestation du prétendant de Mme Hanska, plutôt que de l'historien des mœurs du xixe siècle ? L'opinion de Crevel et de Hulot ne se trouvait certes pas souvent professée alors dans leur milieu social.

2. Un bien *substitué* est un bien désigné pour être laissé en héritage à une personne qui doit succéder à l'héritier en titre au moment de la désignation.

Page 131.

a. inquiétudes. *orig.* : inquiétudes. *Ensuite :* ix / où le hasard, qui se permet des romans vrais, mène trop bien les choses pour qu'elles aillent longtemps ainsi *C*

1. « Mon mal vient de plus loin » : Racine, *Phèdre,* acte I, sc. iii.

Page 133.

a. raillerie. *Si.* : raillerie. *Ensuite :* xxiii / une entrevue *orig.* : raillerie. *C*

Page 134.

a. détruisant *Si., coquille possible pour :* déposant *ant.*

Page 135.

1. Ferdinand-Philippe-Louis-Charles-Henri, duc d'Orléans fils aîné de Louis-Philippe, né à Palerme le 3 septembre 1810, était encore vivant à ce moment du récit et devait mourir des suites d'un accident le 13 juillet 1842. La mort de ce prince accompli navra les hommes les plus divers, voire les plus opposés, et, notamment, bien des artistes auxquels le duc et sa femme portaient un intérêt intelligent. Il « aimait les arts comme François Ier », écrivit alors Hugo (*Choses vues,* 21 juillet 1842) qui était l'un de ces « chers favoris » reprochés par Viennet au duc; et le duc avait rétorqué à Viennet : « Vous êtes trop classique. C'est un regret pour la duchesse, car elle mourra romantique comme moi. Pourquoi vous imposez-vous des entraves volontaires, des règles gênantes pour le développement du génie ? » (*Journal* de Viennet p. 228). La réflexion d'Hortense reflète tout à la fois la popularité du prince et son goût pour les novateurs de son temps. Quant à l'intérêt actif qu'il portait aux œuvres d'art, Ernest Alby en a témoigné dans son *Histoire des prisonniers français en Algérie depuis la conquête* (Desessart, 1847) : « Aimant les arts par instinct et par goût plus que par étude

[le duc] se plaisait à leur prodiguer des encouragements et visitait souvent les ateliers de Paris dans lesquels il avait fait des commandes ». L'auteur d'*Un Anglais à Paris,* qui fit la connaissance du prince dans l'atelier du peintre Decamps, apporte une nuance : « Peut-être, au fond, aimait-il les artistes plus que l'art, mais cela ne l'empêchait pas d'acheter leurs œuvres dans la mesure de ses moyens » (t. I, p. 270). Le duc d'Orléans semble n'avoir pas seulement aimé les artistes par goût ou les arts par instinct, mais, « élève de Fielding », il « dessinait de la façon la plus spirituelle » et « gravait même à l'eau-forte », affirme Dumas qui, à l'appui de ses dires, raconte dans ses *Mémoires* comment le duc se divertit un jour à représenter le roi son père en Gulliver attaqué par les députés arrangés en Lilliputiens; le plaisant de l'affaire est qu'une épreuve de cette caricature ayant été envoyée par erreur au ministère de l'Intérieur, le duc fut... censuré (chap. CCLVIII).

Page 136.

1. On retrouve dans *La Comédie humaine* plusieurs des traits anecdotiques nés en grand nombre de l'immense gloire que connut en son temps l'Italien Canova (1757-1823). L'admiration durable que lui porta Balzac se manifestera encore en 1848 par sa fierté d'avoir acheté, pour en faire des consoles de cheminée, « deux statues de Canova (ou faites chez Canova) que le Cardinal Fesch avait envoyé prendre à Rome en 1808 pour soutenir l'autel de marbre blanc sur lequel il disait la messe dans son palais de Paris » (*LH,* t. IV, p. 329).

Page 137.

a. prières. *Si.* : prières. *Ensuite :* XXIV / OÙ LE HASARD [*comme var. a, p. 131*] AINSI *orig.* : prières. *C*
b. voir *F, coquille probable pour :* avoir *ant. Nous adoptons cette dernière leçon.*

Page 140.

a. espérances. *orig.* : espérances. *Ensuite :* X | ACTE DE SOCIÉTÉ D'UNE LIONNE ET D'UNE CHÈVRE, SOUS SIGNATURE PRIVÉE, ET NON ENREGISTRÉE *C*

1. Cette évolution des mœurs au XIXᵉ siècle se mesure mieux si l'on se reporte aux premières *Scènes de la vie privée : La Paix du ménage,* justement située en 1809, reposait sur la brutalité et la rapidité des amours sous l'Empire, et sur un esprit de décision, d'égalité, et de peu de finesse, qui devait persister ensuite aussi bien chez les hommes (tel l'homme-Empire, type incarné par le d'Aiglemont de *La Femme de*

trente ans), que chez les femmes (telle la femme-Empire, type incarné par la duchesse de Carigliano de *La Maison du chat-qui-pelote,* remarquablement peu *pauvre faible femme*).

2. Au singulier, ces mots renforceraient les hypothèses qui donnent Hulot pour la réincarnation romanesque d'un des amants de la duchesse d'Abrantès, car, entre toutes les femmes, elle fut, après l'Empire, éminemment « astre éteint, tombé du firmament politique » et fort souvent « consolée ».

3. Jusqu'au bout donc, les personnages de *La Comédie humaine* restent fidèlement attachés pour leurs parties fines au fastueux restaurant de la rue Montorgueil.

Page 141.

a. Vanneau   *C, graphie commune à l'époque, même dans les annuaires, pour :* Vaneau, *nom d'un polytechnicien tué le 29 juillet 1830 à la tête des insurgés qui attaquaient la caserne de Babylone occupée par les Suisses. Cette correction est signalée ici une fois pour toutes.*

b.   , à prendre dans un mois,   *add. orig.*

c. pour y étudier le beau sexe   *add. Si.*

1. Mme de Brugnol s'était montrée plus expéditive que Rastignac, puisque Balzac affirmait à Mme Hanska le 20 juin 1846, à propos d'Elschoët : « la gouvernante lui a donné un atelier au Gros Caillou ». La localisation du Dépôt des marbres et d'ateliers de sculpteurs dans ce quartier de la plaine de Grenelle découlait de la construction des Invalides à la fin du XVIIᵉ siècle. De nombreux artisans s'étaient alors installés dans cette plaine maraîchère, et leur regroupement avait abouti à la formation du bourg du Gros-Caillou, ainsi nommé d'après un énorme rocher situé à l'intersection des actuelles rues Saint-Dominique et Cler et dont la destruction, vers 1738, nécessita l'emploi d'explosifs.

Page 142.

a. comment.   *Si.*   : comment. *Ensuite :* XXV / STRATÉGIE DE MARNEFFE   *orig.*   : comment.   *C*

b. vernissant,   *orig.*   : colorant,   *C*

Page 143.

1. Il s'agit d'une ronde enfantine intitulée : *Tout en me promenant.* Il en existe plusieurs versions, dont voici celle qui semble la mieux appropriée ici :

> *Tout en me promenant*
> *Le long de la rivière,*
> *Que dit que non,*
> *Que dit-elle, non, non,*
> *Le long de la rivière.*

Ici, j'ai rencontré
Trois jeunes demoiselles
Que dit, etc.

J'en ai salué deux,
J'ai salué la plus belle,
Que dit, etc.

« Pourquoi me salues-tu,
Ô beau roi d'Aquitaine ? »
Que dit, etc.

Parce que je te connais
À ta bouche vermeille.
Que dit, etc.

Oh! viens dans mon palais,
Oh! viens ma toute belle.
Que dit, etc.

Puis je te saluerai
Et tu seras ma reine.
Que dit que non,
Que dit-elle, non, non,
Le long de la rivière.

Page 144.

a. riant. *Si.* : riant. *Ensuite* : xxvi / TERRIBLE INDIS-
CRÉTION *orig.* : *riant.* C

b. envie *orig.* : curiosité C

c. qu'elle vivait encore sous *orig.* : qu'elle se trouvait
encore avec lui sous C

d. elle garda son désir *orig.* : elle le garda C

e. , afin de savoir [...] danger *add. orig.*

1. N'est-il pas singulier que, habitant sous le même toit
depuis cinq ans — de 1833 à 1838 — Valérie n'ait jamais *vu*
Steinbock et jamais « appris son histoire » ?

2. Fantaisie intéressée chez Valérie, passion chez Pons,
la chasse aux « Sèvres pâte tendre » découlait évidemment de
celle de leur créateur. Le 19 septembre 1846, il écrivait à
Mme Hanska : « Songe [...] que j'ai amassé une à une les
fleurs en vieux Sèvres qui composeront [ton] lustre, pièce à
pièce, dans mes courses, vingt sous à vingt sous en écono-
misant des voitures, et avec quel plaisir! Les riches ne
connaissent pas ces délices. » Le 6 décembre, il annonçait
pour « ce petit endroit-là, tu sais » : « un Bourdalou oblong
en *Sèvres,* pâte tendre, avec des roses ». Le 15 décembre, il

avouait un *service à thé* « en pâte tendre de Sèvres, qui sera tes amours » auquel l'acquisition de Hulot (figurant dans le feuilleton du 20 octobre) semble fixer une date d'achat largement antérieure... Le 15 décembre encore, il se disait « à la poursuite d'un service complet pour un déjeuner en pâte tendre bleu et or... Ce serait lorsque ma chérie aurait quelque parent, quelque personne de haute considération à recevoir; mais j'espère ne pas réussir, car les assiettes sont d'un côté, et le service de l'autre »; sans doute se fit-il violence pour réussir quand même et pour réunir assiettes et service, car, le 11 janvier 1847, il écrira : « Si quelque grande dame vient te voir, si tu donnes à déjeuner à quelque fanandel millionnaire, tu les recevras avec un déjeuner tout en Sèvres pâte tendre fait pour Louis XVI. »

Page 145.

1. Jean-Baptiste-Jacques Augustin (1759-1832), miniaturiste et émailliste, peintre du cabinet du roi à la Restauration, fut aussi l'un des maîtres de celui que Balzac nomme Sain, en réalité Daniel Saint (1778-1847), portraitiste et miniaturiste qui exposa au Salon de 1804 à 1839, et qui exécuta de nombreuses miniatures de Joséphine, de Napoléon, des rois et reines de l'Empire ou, les temps ayant changé, de Charles X.

2. Depuis les aventures militaires de l'Empire et de la Restauration en Espagne, les Français se piquaient de clartés sur les courses de taureaux et, sans en avoir jamais vu, savaient que le picador est l'homme chargé de blesser la bête pour la rendre furieuse.

Page 147.

a. le front *orig.* : la tête *C*

b. Après cette immersion, *orig.* Après s'être essuyé la tête, *C*

c. Je voudrais réduire [...] Mais *add. orig.*

1. Rien ne nous avait préparés à cette Bette prêcheuse.

2. C'est-à-dire : au célèbre asile d'aliénés que l'on désignait par le nom du bourg proche de Paris où il fonctionnait comme tel depuis 1645, après sa fondation première comme hôpital général en 1641.

Page 148.

a. à qui [...] mère, *orig.* : de qui je croyais être toujours la mère, *C*

b. presque *add. orig.*

c. trente-neuf *orig.* : trente *C*

Page 149.

  a. d'assises. *Si* : d'assises. *Ensuite :* xxvii / CONFI-
DENCES SUPRÊMES *orig.* : d'assises. *Ensuite :* xi / TRANSFOR-
MATION DE LA COUSINE BETTE   *C*

  1. Un des nombreux enfants d'un des nombreux groupes
dispersés dans les jardins des Tuileries, tels *Le Rhône et la
Saône* de G. Coustou, *Le Rhin et La Moselle* de Van Clève.

Page 150.

  a. sécurité   *F* : sérénité   *ant.*

  1. Une « espèce de tante », vraie ou fausse, était l'attribut-
type de toute vie galante, l'auxiliaire obligée dont se pour-
voyaient aussi bien les Esther que les Valérie dès leurs premiers espoirs de réussite dans la carrière, l'indispensable
négociatrice des tractations qu'elles ne pouvaient mener en
personne, l'ambassadrice de leurs besoins et de leurs caprices :
« C'est pour n'avoir jamais rien à demander qu'elles se donnent
des tantes ou des mères », explique du Tillet dans *Splendeurs
et misères des courtisanes* — voire des agents recruteurs chargés
de procurer aux amateurs ces « jeunes et jolies femmes qui
jouent la pruderie et dont l'aisance apparente ne pourrait
se soutenir sans l'entremetteuse ». Cette définition, qui semble
faite pour Valérie, montre la vérité de la créature balzacienne
puisqu'elle apparaît dans les *Mémoires* de Canler, officier de
paix au moment de l'intrigue et futur chef du service de
sûreté (*Mémoires* de Canler, Mercure de France, 1968, p. 340).

Page 151.

  1. Conclusion abrupte, mais intéressante. En d'autres
termes : c'est par l'héritage que la Famille existe.

Page 152.

  a. redoutable. *Si.* : redoutable. *Ensuite :* xxviii /
TRANSFORMATION DE LA BETTE   *orig.* : redoutable.   *C*

  1. C'est-à-dire un caractère à la fois jaloux et tortueux,
comme celui que Shakespeare a respectivement donné à
son Iago et à son Richard III.
  2. « La grande mère des choses » et non « la mère des
grandes choses ».
  3. Ce passage sur la Virginité résume une des pensées
directrices de Balzac : la passion, comme la pensée, usent.
Il l'a esquissée dans ses *Notes philosophiques* d'adolescent,
développée dans ses premières *Études philosophiques,* puis,
tout au long de son œuvre, jusque dans ses derniers romans,
avec ici une insistance remarquable, appliquée à la virginité de
Bette, plus loin à la création artistique, et reprise encore dans

Pons, notamment à propos des voyantes dont les « dons admirables [...] se rencontrent ordinairement chez les gens à qui l'on décerne l'épithète de brutes [...] Les gens supérieurs, usés sur toutes les faces de leur intelligence, ne peuvent jamais, à moins de ces miracles que Dieu se permet quelquefois, offrir cette puissance suprême. Aussi les devins et les devineresses sont-ils presque toujours des mendiants ou des mendiantes à esprits vierges... »

4. Le Mohican était entré dans la vogue parisienne à la suite du *Dernier des Mohicans* de Cooper, lui-même devenu si célèbre que, s'il faut en croire Balzac, le Panthéon des grands hommes de la littérature selon David d'Angers aurait compris en 1842, outre Balzac lui-même, Chateaubriand, Hugo, Lamartine, Goethe et Cooper (*LH,* t. II, p. 129). *Le Dernier des Mohicans* engendra en France, notamment, un ballet-pantomime de Guerra, musique d'A. Adam, *Les Mohicans,* créé en 1837; dans *Le Cousin Pons,* un autre ballet, également intitulé *Les Mohicans,* créé au théâtre de Gaudissart avec une musique de Garangeot; et *Les Mohicans de Paris* d'Alexandre Dumas, publiés en 1845-1846.

5. Comme Saint-Simon, le mémorialiste, et avec encore moins de raison, Balzac semble accorder un singulier crédit au préjugé défavorable acquis par les Lorrains aux vieux temps de la Ligue et des Guise, et qui avait donné naissance à la locution : « Lorrain vilain, traître à Dieu et à son prochain. »

Page 153.

1. Recouverte depuis par la rue de Rivoli, cette rue se trouvait entre les actuelles rues des Lavandières-Sainte-Opportune et des Bourdonnais.

Page 154.

a. bien　*add. orig.*
b. la représentation auguste, exacte　*orig.*　: la représentation la plus pure, la plus auguste, la plus exacte　*C*

Page 155.

a. Roi, ah!　*Si.*　: Roi, reprit-il en continuant son argumentation. Ah!　*ant.*
b. enfin, reprit-il [...] idéal :　*orig.*　: enfin c'est notre idéal :　*C*
c. Belle-Chasse　*C, modernisé et uniformisé sur* Bellechasse *C*

Page 156.

a. domestique.　*Si.*　: domestique. *Ensuite :* XXIX / DE

LA VIE ET DES OPINIONS DE MONSIEUR CREVEL *orig.* : domeſtique. *Ensuite :* DE LA VIE *[comme dans orig.]* CREVEL *C*

b. sociale *add. orig.*

c. à cette jalousie rétrospective, *orig.* : à la jalousie poſthume, à l'envie rétrospective, *C*

d. son patron *orig.* : César *C*

e. parce qu'il avait [eu *add.* F] envie des épaulettes de César Birotteau. *orig.* : parce que son prédécesseur avait brillé dans la garde nationale. *C*

f. , architecte alors tout à fait oublié *add. orig.*

g. encore *add. orig.*

1. Le titre de chapitre relevé à cet endroit dans l'édition originale reprend le titre d'un des ouvrages préférés de Balzac : *De la vie et des opinions de Triſtram Shandy.* Plusieurs fois cité au long de *La Comédie humaine,* cet ouvrage de Sterne reparaît dans les deux hiſtoires des parents pauvres : ici, par le biais de ce titre, et dans *Le Cousin Pons,* par celui du nom attribué à un voisin de campagne des Camusot de Marville, ce Wadmann évidemment baptisé d'après la veuve Wadmann de Sterne.

2. Avec le même sens, Balzac avait déjà donné dans *La Bourse* ce surnom au chevalier du Halga qui, auprès de son ami Kergarouët, « n'était que le double de l'autre, le double pâle et pauvre » : il « réalisait ce mot de Rivarol sur Champcenetz : — C'eſt mon clair de lune ». Et Balzac avait alors ajouté : « Était-ce le *Trim* d'un autre capitaine Tobie ? » La note précédente permet de se demander s'il s'agit d'une simple coïncidence, ou si, pour quelque raison obscure, un mécanisme associait dans l'esprit de Balzac « clair de lune » et *Triſtram Shandy ?*

3. Sans doute y a-t-il blanc et or et blanc et or : Balzac allait bientôt faire décorer en blanc et or sa propre chambre de la rue Fortunée. Le salon de Grindot eſt évidemment l'éternelle redite du salon de César Birotteau, que Balzac ne dédaignait pas tant quelques années plus tôt, puisqu'il en commentait le bon goût : « Là régnait enfin cette suave harmonie que les artiſtes seuls savent établir en poursuivant un syſtème de décoration jusque dans ses plus petits accessoires... »

4. C'eſt sous le Directoire que François de Neufchâteau, miniſtre de l'Intérieur, eut l'idée d'organiser la première Exposition de l'Induſtrie française, pour donner plus d'éclat et d'intérêt à l'une des nombreuses fêtes prodiguées à l'époque. Elle eut lieu à la fin de l'an VI, avec cent dix exposants, et dura treize jours. La deuxième, en l'an IX, rassembla des exposants de trente-huit départements. Il eſt difficile de savoir si Balzac fait ici allusion à l'une des expositions de la Reſtauration — celle de 1825, par exemple, déjà mentionnée

dans *Les Employés,* et où Falleix reçut une médaille — ou à l'une de celles de la monarchie de Juillet et, dans ce cas, il s'agirait de l'Exposition de 1834, car le contexte exclut celles de 1839 et de 1844.

Page 157.

    a. On compterait   *orig.* : Il y aurait *C*
    b. meublé de tables [...] Boule. *F* : , en Boule.
ant. Nous restituons la véritable orthographe, Boulle.
    c. , ancien adjoint, décoré, garde national, *add. orig.*
    d. , même mobilières, *add. orig.*
    e. tout à fait oublié *add. orig.*

    1. Phrase du feuilleton du 21 octobre 1846. Le 2 octobre, Balzac avait écrit à Mme Hanska : « Tu me crois dévoré par la passion du bric-à-brac, je n'ai pas d'autre passion que celle d'avoir tout ce qu'il me faut de mobilier, ou belles choses, aux mêmes prix que les imbéciles en paient de laides. »

    2. En fait, un temple, érigé à Possagno, sa ville natale, et destiné à célébrer sa propre gloire.

    3. Cette remarque montre les liens sous-tendus entre Rivet et le projet avorté d'un de ces « petits articles très drôles » que Balzac destinait au *Diable à Paris* et dont il n'est resté que le titre, mentionné par Hetzel, dans une lettre du 17 août 1844 : *Discours d'un bon bourgeois amoureux de sa ville,* partie des *Comédies qu'on peut voir gratis à Paris.* Avec Balzac, rien n'est jamais tout à fait perdu : M. Rivet garde vraisemblablement de ce projet la manie de discourir de façon « très drôle », notamment sur la « finition » du Louvre.

    4. Boulle : encore une passion de Balzac, dont témoignent bien des romans et sa correspondance. Mais s'il aimait l'authentique, il ne dédaignait pas non plus les imitations : dès le 8 décembre 1845, il décidait : « il y aura à l'hôtel Lplp [...] une belle chambre-Boulle »; le 29 juin 1846, il répétait : « Tu auras, comme tu l'as voulu, ta chambre toute en Boulle, sauf le lit, car il n'en faisait pas, les lits étaient dorés »; le 20 septembre, il prévoyait « une bibliothèque de 30 pieds de longueur, de 7 ou 8 pieds de hauteur en Boule »; le 24 septembre, « une table à jeu dans le boudoir où tout sera Boule », et « une encoignure Boule » pour le salon; le 27 septembre, il demandait : « Dis-moi si tu veux dans ta chambre un prie-Dieu (car, en Boule, il faut le commander) » — meuble que Crevel n'a sans doute pas prévu...; le 3 octobre, Balzac pensait que sa bibliothèque « neuve en Boule » sera « bien faite, éternelle et magnifique »; le 4 octobre, il annonçait que pour la chambre de Mme Hanska « (qui sera tout en Boule, comme tu l'aimes) », il connaissait une commode, à Tours : « elle coûte 500 fr. Il faut que j'aille la chercher »;

le 27 octobre, donc bien peu après que ces lignes du roman aient paru dans le feuilleton du 21, il comptait qu'il avait déjà donné « 500 fr à l'ébéniste qui fait le Boule »; le 22 novembre, après l'achat de sa maison, il notait : « la seule chose qui manque à ta chambre [est] une pendule de Boule : " Tu as commode, secrétaire, porte-psyché, lit, fauteuils, chaises, pendule, tout en Boule, dont 3 objets de Boule lui-même ". »

5. Curieuse dérision de la part de l'auteur d'*Albert Savarus* et de l'amant de Mme Hanska, naguère si ému d'entendre le seul nom de Genève ou de Neuchâtel, ou de voir telle gravure de Tœpffer représentant l'île Saint-Pierre, « qui », affirmait-il encore le 29 février 1844, « restera sur ma table toute ma vie! »

Page 158.

   a. vont à fond [...] d'eau. *F* : échouent, le flot met les planches légères à sa cime. *C*

   b. l'Opposition bourgeoise [...] triomphante bourgeoisie *Si.* : l'opposition, tandis que la bourgeoisie *ant.*

   c. l'ancien négociant [...] négociant) orig. : il *C*

   1. Clin d'œil à Georges Mniszech, entomologiste amateur, mais clin d'œil non dépourvu d'ironie : il est visible que dans l'esprit de Balzac les collections de coléoptères attirent peu.

   2. Crevel renouvelait les fastes de Balzac qui, lorsqu'il eut à festoyer des gens à éblouir afin de les transformer en bailleurs de fonds pour sa *Chronique de Paris,* leur offrit un dîner ordonné par le célèbre traiteur du Palais-Royal (*LH,* t. I, p. 405 et n. 3).

   3. Personnages nommés d'après la tragédie de Voltaire, *Zaïre.* Zaïre, fille de Lusignan, captive des Turcs, est aimée par Orosmane, prince musulman qui veut l'épouser. Zaïre est donc l'amante esclave. Balzac ressuscite ici une plaisanterie de sa jeunesse : du temps de la rue de Lesdiguières, il avait donné le surnom de Zaïre à quelque jeune personne et annonçait à sa sœur Laure : « les Amours vont bien, Zaïre commence à mieux écrire, j'en ai reçu une lettre qui est pas mal bête » (*Corr.,* t. I, p. 49).

   4. En fait, le portier n'a fait aucune confidence au baron. Balzac subit ici les inconvénients de l'imbrication des sujets et des personnages des deux histoires des *Parents pauvres,* dont se ressentent notamment le Crevel de *Bette* et le Gaudissart de *Pons.* Plus loin, Crevel dira : « Moi qui tolère un artiste à Héloïse » et, ailleurs, nous verrons qu'il s'agit de Bixiou, nommé par le portier, en effet, mais comme l'un des convives de Josépha. Ici Balzac a donc peut-être cru avoir mis dans la bouche du portier, au sujet du faux ménage à trois constitué

par Crevel, Bixiou et Héloïse, les indications fort nettes qu'il donne dans *Le Cousin Pons* à propos de Bixiou « qui le [Gaudissard] remplaçait souvent auprès de la première danseuse du théâtre, la célèbre Héloïse Brisetout » (voir p. 650).

Page 159.

    a. généreux, *orig.* : généreux et habile, *C*
    b. A la Bourse [...] vivant. *add. orig.*
    c. coudées. *Si.* : coudées. *Ensuite* : xxx / suite du précédent *orig.* : coudées. *C*
    d. jamais *add. orig.*
    e. fraude, *Si., coquille possible pour* : faute, *ant.*

Page 160.

    a. certain *orig.* : ce *C*

    1. Virginie Déjazet (1798-1875) connaissait alors une célébrité immense due autant à son grand talent de comédienne qu'à la vivacité et à l'animation de son esprit et de sa vie privée.
    2. Agar était une esclave égyptienne que Sara avait donnée comme concubine à son époux Abraham. Josépha et Héloïse, qui citent Corneille, Racine... et Fénelon, sont décidément des personnes excessivement littéraires. On s'apercevra que, sur ce terrain, Valérie Marneffe leur fait une sérieuse concurrence. Une madame Nourrisson évoquera Othello. Et Hortense Hulot citera aussi Racine. Quoique fort diverses, ces femmes bas-bleus constituent l'une des curiosités du roman.

Page 161.

    a. était en train de *orig.* : se proposait de *C*
    b. sacristi, *orig.* : sacristie, *ant.*

Page 162.

    a. candide, *orig.* : chiffonnée, *C*
    b. et d'une honnêteté, *orig.* : et d'une candeur, d'une honnêteté, *C*

Page 164.

    a. dîner. *Si.* : dîner. *Ensuite* : xxi / dernière tentative de caliban sur ariel *orig.* : dîner. *Ensuite* : xiii / dernière *[comme dans orig.]* ariel *C*

    1. Le prince Charles-Joseph de Ligne (1735-1814).
    2. Roger de Saint-Lary et de Termes fut fait duc de Bellegarde par Henri IV, qui passe pour lui avoir en outre cédé le partage des faveurs de Gabrielle d'Estrées de si bonne

grâce que, Praslin lui ayant proposé de faire surprendre Gabrielle, le roi refusa : « Cela la fâcherait trop. » Mais Henri IV finit par s'impatienter quand Bellegarde récidiva auprès d'Henriette de Verneuil.

Page 165.

1. Pour la première fois, on relève ici la graphie « de Montcornet », qui reviendra plus loin. Balzac oscille entre « Montcornet » et « de Montcornet ».

Page 167.

1. Il est difficile de savoir si Balzac avait déjà prévu tous les rebondissements de son sujet en faisant ici lancer par Bette l'offre de Mme Marneffe. Il est encore plus difficile de savoir comment Bette aurait pu « faire » 30 000 francs de rente à son protégé...

Page 168.

a. avait eu [...] comparer   *orig.*   : ne peut en effet se comparer   *C*
b. grève.   *Si.*   : grève. *Ensuite :* xxxii / LA VENGEANCE MANQUÉE   *orig.*   : grève.   *C*

1. Le temps passe dans *La Comédie humaine...* En octobre 1829, Louchard avait poursuivi Esther Gobseck. Mais, apparemment retraité ici, Louchard reprend du service balzacien pour poursuivre Théodose de La Peyrade en octobre 1840 (dans *Les Petits Bourgeois,* écrits en 1844) et pour aider Fraisier en 1845 (dans *Le Cousin Pons,* et dans une partie écrite vraisemblablement après *La Cousine Bette :* voir p. 629).

Page 169.

a. espérait   *orig.*   : croyait   *C*
b. sorti,   *orig.*   : parti,   *C*
c. Nicolas   *add. orig.*

Page 170.

a.   , sa femme   *add.* F

Page 171.

1. Elle est entrée en apprentissage « vers 1809 », soit un peu moins de trente ans auparavant (voir p. 81).

Page 172.

a. famille.   *Si.*   : famille. *Ensuite :* xxxiii / COMMENT SE FONT BEAUCOUP DE CONTRATS DE MARIAGE   *orig.*   : famille.   *C*

1. Pour la première fois, on relève ici la graphie « de Steinbock » et Balzac écrira encore plus loin, « comtesse de Steinbock ». Mais la graphie « Steinbock » est la plus constante.

Page 173.

1. Hulot invente-t-il ? Balzac, dans son portrait de l'énergique Lisbeth, ne nous avait pas préparés à cette nouvelle.
On verra, p. 339, 427 et 448, si le baron était le mieux informé.

Page 174.

1. On sait, depuis *Pierre Grassou,* que Louis-Philippe
mettait une grande ardeur et de grandes sommes — de
décembre 1833 à décembre 1847, il dépensa 23 millions pris
sur sa cassette personnelle — à la constitution du Musée
consacré « À toutes les Gloires de la France », installé dans
le château de Versailles. Les commandes pleuvaient pour
peupler ce Musée en scènes et portraits historiques peints ou
sculptés. Parfois coûte que coûte, s'il faut en croire une anecdote alors fameuse : lorsque son bibliothécaire Vatout lui
présenta un portrait de Catherine de Médicis, Louis-Philippe
lui dit : « Non, nous l'avons déjà. Ce sera Isabeau de Bavière »
(M. Lucas-Dubreton, *Louis-Philippe,* p. 387).

2. Pour P. Barbéris, « Balzac refait à sa manière, et dans un
contexte bien différent, la scène du " sans dot ! " de Molière ».
On peut remarquer aussi que Balzac plaçait résolument les
mariages de *l'Histoire des Parents pauvres* sous le signe de la
hâte : Adeline et Hector Hulot déjà, Hortense et Wenceslas
ici, se marient dans les délais légaux de onze jours, envisagés
aussi dans *Le Cousin Pons* pour Cécile Camusot et Brunner.

3. Les Anglais : les créanciers ou les gens de justice qui
instrumentent en leur nom. *Clichy's castle :* le château de
Clichy, c'est-à-dire la prison pour dettes de la rue de Clichy.

Page 175.

a. devait   *F, coquille probable pour :* devrait   *ant., que nous
rétablissons.*

b. devrait   *F, coquille probable pour :* devait   *ant., que nous
rétablissons.*

c. diable   *Si.* : diable. *Ensuite :* XXXIV / UN MAGNIFIQUE
EXEMPLAIRE DE SÉIDE   *orig.* : diable. *Ensuite :* XIV / OÙ LA
QUEUE DES ROMANS ORDINAIRES SE TROUVE AU MILIEU DE CETTE
HISTOIRE TROP VÉRIDIQUE, ASSEZ ANACRÉONTIQUE ET TERRI-
BLEMENT MORALE   *C*

d. Johann   *orig.* : Pierre   *C.Balzac eut des difficultés pour
établir l'identité des trois* Fischer, *en particulier de* Pierre *et*
Johann *(cf. p. 80 var. e, p. 82 var. c, d. et e). Ici, il n'y parvint*

*pas à temps pour C, alors qu'il y parvint plus loin (voir p. 314
var. a), en risquant ainsi de désorienter les lecteurs attentifs à l'excès.*

1. Pour P. Barbéris, « Cette lettre de camarade, vive, charmante et désintéressée, renoue sans doute avec de joyeux
souvenirs personnels de l'époque Girardin. Mais Wenceslas
n'est pas digne de l'amitié des deux artistes. On comparera
avec le mouvement d'amitié réciproque de *La Peau de chagrin,*
lorsque Rastignac va jouer au Palais-Royal les quelques pièces
qui lui restent en commun avec Raphaël de Valentin. Les
bons camarades, l'amitié d'homme à homme, c'est aussi du
passé. » Encore faudrait-il ne pas confondre camaraderie et
amitié. Balzac avait certes atteint l'âge où la camaraderie pouvait appartenir au passé, mais avec l'histoire de Pons et
Schmucke, il est clair qu'il croyait encore à l'amitié. On peut
se demander comment Steinbock, avec cette lettre sous les
yeux, ne découvre pas la duplicité de Bette (voir p. 171) ?

Page 176.

1. Les razzias étaient des incursions rapides de soldats en
territoires ennemis pour s'approvisionner en troupeaux et
en grains, lors de la conquête de l'Algérie ; l'achour était une
dîme payée par les Algériens au gouvernement français ; le
mot de khalifas ou califats servait à désigner l'exercice de
l'autorité ou la dignité de calife, titre porté par les sultans à
Constantinople, mais qui, en Algérie, était porté par les
lieutenants d'Abd el-Kader.

Page 178.

   a. coûterait *orig.* : coûtait *C*
   b. Voici comment. *add. F*

Page 179.

   a. préoccupations. *Si.* : préoccupations. *Ensuite :* xxxv /
où la queue [*comme dans var. c, p. 175*] morale *orig.* :
préoccupations. *C*

1. Nucingen semble mettre à la torture un vers de *Bérénice* :
« Je sens qu'à sa douleur je pourrais compatir » (acte II, sc. IV).
2. Le rémora, qui se fixe à la gueule du requin par un
disque adhésif.
3. On a déjà pu noter une allusion à la pluie d'or que
Jupiter répandit sur Danaé pour la séduire.

Page 180.

1. L'actuelle rue Oudinot. Le fiancé de Sophie Surville
possédait une entreprise de charpentes rue Neuve-Plumet
(l'actuelle rue Eblé qui prolonge la rue Oudinot). À l'époque

de *La Cousine Bette,* les fiancés cherchaient un appartement et, « après avoir battu tout le faubourg Saint-Germain », n'avaient pu trouver qu'un quatrième étage, de cinq pièces, dans le haut de la rue du Bac à l'angle de la rue de Grenelle, « dans un endroit où le tapage fend la tête », qui coûtait « 2.000 fr. de principal » : « La hausse des loyers à Paris est quelque chose d'effrayant », concluait Balzac le 8 décembre 1846. Il pouvait s'effrayer puisque, le 1er juin précédent, il pensait trouver « un appartement qui coûtera 1.000 à 1.200 fr. au plus », et prévoyait « une dépense de 2.000 fr. par mois pour vivre à Paris » avec Mme Hanska. On verra, un peu plus loin, que Hulot réduit sa femme à la portion congrue en prévoyant un train de vie d'environ 6 000 francs par an.

Page 183.

   a. plaisirs   *Si., coquille probable pour :* plaisants   *ant., que nous rétablissons.*

   b. raccourci. *Si.* : raccourci. *Ensuite :* XXXVI / LES DEUX NOUVELLES MARIÉES *orig.* : raccourci. *C*

   1. Le lecteur de *La Comédie humaine* pourra faire appel au souvenir d'une noce dans *La Vendetta.* L'œil de Balzac était alors plus indulgent pour ces « groupes bruyants et splendides », agités de joie « comme un essaim se jouant dans un rayon de soleil qui va disparaître. Chacun semblait comprendre la valeur de ce moment fugitif où, dans la vie, le cœur se trouve entre deux espérances : les souhaits du passé, les promesses de l'avenir ».

   2. En tenue de gala.

   3. Du *Cinna* de Corneille (acte V, sc. III).

Page 186.

   a. classique. *Si.* : classique. *Ensuite :* XXXVII / RÉFLEXIONS MORALES SUR L'IMMORALITÉ *orig.* : classique. *Ensuite :* XV / BILAN DE LA SOCIÉTÉ BETTE ET VALÉRIE : COMPTE MARNEFFE *C*

   b. avec *Si.* : ou *ant.*

   1. Aujourd'hui, on dit plutôt : naturalisation. À l'époque, la naturalisation était régie par l'article 3 de la Constitution de l'an VIII, qui accordait le droit de devenir citoyens français aux étrangers qui déclaraient l'intention de se fixer en France, à condition qu'ils y aient résidé dix années consécutives et qu'ils aient vingt et un ans accomplis. Il s'agissait là de la « petite naturalisation », qui ne conférait pas la plénitude des droits civils et notamment pas le droit de siéger dans les Assemblées législatives. La « grande naturalisation », établie par une ordonnance du 4 juin 1814, et qui conférait ce droit,

était accordée par le roi au moyen de lettres soumises à l'examen des deux Chambres, donc en vertu d'une loi. En outre, les lettres de naturalité pouvaient être révoquées.

2. Balzac aime tenir ses lecteurs au courant de l'ordonnance même de ses romans. On notera ainsi, dans *Le Cousin Pons* : « Ici commence le drame », p. 630. L' « introduction » de *Bette* occupe un tiers de l'œuvre ; celle de *Pons,* délimitée par cette phrase, en occupe plus de la moitié. Le « drame » le plus fort est donc aussi le plus court.

3. Abraham Fabert (1599-1662), l'une des gloires militaires du XVIIᵉ siècle et constamment heureux dans ses entreprises, gagna tous ses galons par des actions d'éclat. Il finit maréchal de France : seulement maréchal de France, et non empereur des Français...

4. Nom que portèrent plusieurs courtisanes corinthiennes, notamment celle qu'admirait au IVᵉ siècle avant notre ère le grand peintre Apelle et qu'adora tout ce que la Grèce comptait alors en hommes illustres.

Page 187.

a. à Paris *add.* F

1. Sophie Arnould (1744-1803) fut aussi célèbre comme cantatrice de l'Opéra que pour ses mots d'esprit, dont un recueil avait été publié en 1813. Elle a été mentionnée plus haut, et les textes donnaient « Arnoult » : nous avons unifié selon le meilleur usage.

Page 188.

a. coffre-fort. *Si.* : coffre-fort. *Ensuite :* XXXVIII / OÙ L'ON VOIT L'EFFET DES OPINIONS DE CREVEL *orig.* : coffre-fort. *C*

1. Cet aspect de la vie conjugale, que n'avait traité ni l'auteur de *Physiologie du mariage* ni celui de *Petites misères de la vie conjugale,* prouve encore une fois combien en 1846 la vision de Balzac s'était assombrie, et quel singulier état d'esprit était le sien alors même que son propre mariage était l'objet constant de ses préoccupations et le sujet quotidien de ses lettres à Mme Hanska.

2. Quelle est pour Balzac cette « triste réalité, moulée sur le vif ? » Louise, à cause des « besoins vulgaires d'un ménage », de « l'ignoble livre des dépenses » ? Louise, qu'il disait ici si « douce et charmante, comme toujours », et qui là « voudrait [le] plumer, en toutes lettres, et son désintéressement, c'est l'avarice pour sa *chose* » (*Corr.,* t. IV, p. 15 et *LH,* t. III, p. 242) ?

3. Vraisemblablement La Martinière qui, Louis XV lui ayant dit un jour : « Je vois bien que je ne suis plus jeune, il

faut que j'enraye », aurait répondu : « Sire, Votre Majesté ferait mieux de dételer ». La Martinière fut le dernier des trois « premier chirurgien » de Louis XV après Mareschal et Lapeyronie, et le troisième président de l'Académie de chirurgie fondée par Mareschal (*Histoire de la Médecine,* Albin Michel, 1936-1949, t. II, p. 437-447).

Page *189.*

a. dont les modèles [...] Stidmann, *F* : sortie des ateliers de Victor Paillard, *ant.*

1. Selon l'inventaire de la maison de Balzac, rue Fortunée, dans le salon « Le meuble est recouvert en damas rouge de Chine », et dans la salle à manger on trouvait beaucoup de chêne sculpté, notamment « une table pour douze personnes en bois de chêne avec six faces sculptées et les quatre pieds sculptés »; quant au « luxe solide », il y figure avec la révélatrice mention pour « mémoire » : « dans la caisse une *argenterie* dont la note sera donnée » (*LH,* t. IV, p. 621, 622, 625).

2. Expression consacrée par l'usage de l'époque. Un personnage de Stendhal se dispose à « rendre le pain bénit » pour se concilier les bonnes grâces du pouvoir (*Le Rouge et le Noir,* IIᵉ partie, chap. 1).

3. « On ne sait jamais devant ce genre de passage », note ici P. Barbéris, « si Balzac s'en prend au personnage ou s'il entend signifier que l'institution religieuse rend possible ce genre de conduite. Une vieille fidélité anticléricale joue sans aucun doute » (éd. Folio, n. 1 de la page 179). Pour approuver tout à fait cette remarque, il faudrait oublier qu'entre l'anticléricalisme un peu machinal et typiquement bourgeois de l'Honoré Balzac des années vingt et ce texte de *La Cousine Bette,* Honoré de Balzac avait pris une position religieuse systématique, commandée à vrai dire par des motifs politiques. Quoi qu'il en soit, il ne s'agit pas ici d'éthique, mais d'observation assortie d'un humour assez noir. Valérie, comme toutes les *femmes comme il en faut,* singe *La Femme comme il faut,* décrite dans *Les Français peints par eux-mêmes,* et, comme toutes, elle outre son rôle, car cette dernière « va rarement à l'église » et considère la religion surtout comme le soutien des fortunes et de la société.

4. On sait que Louis XVIII était physiquement contraint au « goût platonique » pour les femmes.

Page *190.*

1. On notera le curieux emploi de ce nom. Benjamin était le dernier fils de Jacob, et son préféré. Le mot « benjamin » s'applique ordinairement au plus jeune enfant d'une famille. Mais Balzac garde la majuscule du nom propre, pour désigner

un enfant préféré, et ce « Benjamin » se trouve ici être l'aîné.

2. En choisissant ce nom, Balzac s'est peut-être souvenu de sa visite à la Conciergerie, le 13 décembre 1845, où il allait se documenter sur place pour *Splendeurs et misères des courtisanes*. Il avait tout vu « bien en détail » et sans doute appris le nom de l'aumônier : l'abbé Montès.

3. Dans *Les Employés,* Balzac avait décrit en action une Sainte-Alliance des niais et montré comment l'union fait la force des imbéciles.

Page 191.

a. par ces sommités de la Bourgeoisie   *add. orig.*

Page 192.

a. de prime abord   *add. orig.*

b. comédienne.   *Si.* : comédienne. *Ensuite :* XXXIX / LE
BEL HULOT DÉMANTELÉ   *orig.* : comédienne.   *C*

Page 193.

1. Louis XII était âgé de cinquante-deux ans, et de sur-
croît maladif, quand il épousa la sœur d'Henri VIII d'Angleterre, âgée de seize ans : « une jeune guilledrine qui bientôt le
mèneroit en paradis tout droit », selon Brantôme. Louis XII
mourut en effet trois mois après son mariage, le jour de
l'an 1515, en disant à Marie : « Mignonne, je vous donne ma
mort pour vos étrennes. » Son père, le poète Charles d'Orléans, avait mieux joué « son rôle » : il était âgé de soixante et
onze ans quand sa très jeune épouse, Marie de Clèves, lui
donna le futur Louis XII.

Page 194.

1. Cette expression est évidemment mise ici au figuré et
pour preuve des prétentions des Marneffe, car, selon Littré,
« talon rouge » évoquait le « soulier à talon rouge que la
noblesse avait le droit de porter à l'ancienne cour ».

Page 195.

a. Lisbeth.   *Si.* : Lisbeth. *Ensuite :* XL / UNE DES SEPT
PLAIES DE PARIS   *orig.* : Lisbeth. *Ensuite :* XVI / BILAN DE LA
SOCIÉTÉ BETTE ET VALÉRIE. COMPTE FISCHER   *C*

b. servit   *orig.* : servait   *C*

c. qui voulut   *orig.* : se mêlait de   *C*

1. Au fil du roman (voir notamment p. 200), 239, Balzac
distille avec une grande finesse des notations qui rendent
l'amitié de Valérie et de Bette tout à fait ambiguë : ce couple
semble le double femelle du couple Rubempré-Vautrin.

2. Dissolution visqueuse et aromatisée, à base de pépins de coings ou de graines de psyllium, dont les femmes usaient pour luſtrer les bandeaux de leur coiffure.

Page 196.

a. , et payés par qui de droit   *add. orig.*
b. cette Nonne sanglante,   *orig.*   : cette taille de Nonne sanglante,   *C*
c. , en faisant valoir cette taille inflexible   *add. orig.*
d. Quelle eſt la maîtresse [...] incendiaires ?   *add. orig.*

1. Religieuse débauchée et terrifiante du *Moine* de Lewis.
2. Détail renouvelé de *Splendeurs et misères des courtisanes* où, pour assurer un grand train de vie à Eſther, Vautrin décide qu'Asie « ira tous les matins à la halle elle-même, et se battra comme un démon qu'elle eſt, afin d'avoir les choses au plus juſte prix ».
3. « Depuis 1838 » ? Dans *Les Réalités économiques et sociales dans la Comédie humaine,* Jean-Hervé Donnard note : « Jusqu'en 1838-1839, les doctrines républicaines et socialiſtes n'avaient pas profondément pénétré dans les masses; les écrivains qui abordaient les sujets économiques et politiques faisaient figure de théoriciens, dont les paradoxes les plus outrés paraissaient inoffensifs. » Ces remarques s'inscrivent dans « L'Avant-garde des Barbares », chapitre où J.-H. Donnard étudie l'évolution des idées politiques et leur retentissement sur l'œuvre de Balzac et sur sa conception même. Ainsi, « C'eſt seulement à la fin de 1838 que cette confiance dans la paix sociale semble avoir été ébranlée, comme le prouvent les avatars des *Paysans* » (*op. cit.,* p. 211 et 209). L'étude des *Paysans* montre, en effet, qu'à cette date de 1838 qui recoupe la phrase de *La Cousine Bette,* la modification du climat social entraîna une modification du sujet des *Paysans* dans un sens qu'expliquera la dédicace de cette œuvre où, en 1844, Balzac accusera des « sectes » de dresser les « travailleurs » contre les propriétaires. Quelles « sectes » ici, quels « écrivains incendiaires » là ? Et quels précisément en 1838 ? Balzac vise peut-être d'une façon assez large les rédacteurs plus ou moins anonymes des journaux clandeſtins qui se multipliaient alors, tel cet organe du renouveau babouviſte, *L'Homme libre,* qui annonçait en septembre 1838 : « Le temps approche où le peuple exigera, les armes à la main, que les biens lui soient reſtitués; ce que le riche possède n'eſt le plus souvent que le fruit de la rapine. » Balzac donnera une autre indication en rapportant dans une lettre de janvier 1843 à Mme Hanska une discussion avec George Sand : « Je l'ai tuée en pleine table par ceci : — Aimeriez-vous que, dans un grand danger,

vos domestiques délibérassent sur ce que vous leur commandez de faire, sous prétexte que vous êtes *Frères et compagnons du Tour de la vie ?*... le train philosophico-républico-communico-Pierre Lerouxico-Germano-Déisto-Sandique s'est arrêté net » (*LH,* t. II, p. 357). Entre autres, Balzac visait ici nommément le philosophe et publiciste politique Pierre Leroux qui, en 1838, avait fondé l'*Encyclopédie nouvelle* et publié une *Réfutation de l'éclectisme* dont il devait reprendre les attaques radicales contre le catholicisme dans la *Revue indépendante* fondée avec Sand en 1841. D'autre part, « Déisto » vise particulièrement Lamennais qui, *en 1838,* avait affirmé un socialisme combattant dans son *Livre du peuple* où il proclamait pour le « peuple si malheureux » le droit à la révolte, à la domination, et, pour y parvenir, au recours à la force. Lorsqu'en mai 1839 la misère — et la Société des Saisons — poussèrent le peuple à la « folle émeute » de Barbès et Blanqui, que suivaient en 1840 de nouveaux troubles graves, Lamennais commentait ces faits dans *Le Pays et le Gouvernement,* pamphlet sévère qui constatait le divorce entre le peuple et les dirigeants politiques, et qui lui valut un an de prison et 3 000 francs d'amende. Parmi tous les ouvrages et écrivains « incendiaires », Balzac pouvait aussi penser à la réédition à succès chez l'éditeur non moins « incendiaire » Pagnerre *en 1838* du *Paris révolutionnaire* qui avait toutes les raisons de mériter son attention et ses commentaires, comme le prouvent les noms de plusieurs des rédacteurs, Étienne Arago, Alhoy, Louis Desnoyers, camarades de jadis et de naguère, et, surtout, le nom et le texte de l'auteur de l'essai qui se trouvait en tête de l'ouvrage : *La Force révolutionnaire* du « citoyen G. Cavaignac ». « Incendiaires », en effet, ces lignes de celui qui avait probablement été le Godefredus du *Catilina* esquissé par Balzac adolescent : « [...] les révolutions détruisent et proscrivent. Eh bien ! il faut accepter franchement tout ce qui suit leur action. Nous avons vu assez s'il leur faut des motifs. Il n'y a pas de révolutions injustes, il n'y en a pas de pure fantaisie. Elles sont le produit d'une immense réaction de sentiments et de besoins. Le danger n'est pas qu'elles soient trop promptes, fréquentes, radicales ; on les éloigne, on en rabat toujours assez. Dès lors qu'elles accomplissent à la fois leur tâche de destruction et de renouvellement ! [...] On ne peut rien demander de plus aux œuvres de l'homme : car, créer en détruisant, la nature ne fait pas autre chose [...] La querelle des sociétés ne saurait se décider pacifiquement. Oui, la force des choses. Mais qui la résume ? L'insurrection. [...] Insurrection, révolution : avoir proclamé celle-là le plus saint des devoirs, c'est la gloire de notre âge » *(Paris révolutionnaire,* t. I, p. LXXXI-LXXXII. Pour Godofredus-Godefroy Cavaignac, voir l'édition du *Théâtre de Balzac* par

René Guise, t. I, p. 558; voir aussi par E. Brua, « Godefroy Cavaignac, modèle reparaissant de *La Comédie humaine* », *AB 1975*).

Enfin, c'est toujours en 1838 que fut publié *Améliorations matérielles,* ouvrage de l'un des plus grands et des plus injustement méconnus des novateurs socialistes, Constantin Pecqueur. « Armé du seul instrument économique, mais éclairé par la philosophie de Saint-Simon, Pecqueur, ici, devance non seulement Karl Marx, qui affirmera que les institutions sociales sont déterminées par la forme de la production, mais les conclusions de la science moderne, qui établit que l'homme est déterminé dans ses sentiments et ses actes par le milieu, et celles de la philosophie, qui [...] subordonne le progrès de la moralité au progrès de la sociabilité » (*Histoire socialiste,* t. VIII. E. Fournière, *Le Règne de Louis-Philippe,* p. 475). Bien avant Marx, en effet, Pecqueur avait dénoncé les tares du capitalisme, les dangers de « la substitution périodique et indéfinie des machines aux bras des ouvriers [qui] augmente prodigieusement la production, alors même qu'elle diminue le nombre des consommateurs », et il avait conclu à la socialisation des instruments de production ainsi qu'à l'attribution à chaque individu des produits de son travail.

1838 avait donc bien été l'an I des « écrivains incendiaires » de l'ère industrielle.

Page 197.

a. Monthyon   *C, faute habituelle chez Balzac pour* Montyon *rétabli ici, mais déjà corrigé par le romancier ou le typographe p. 336 et 404.*

b. ces femmes   *orig.*   : les cuisinières   *C*

c. hauts   *F, coquille probable pour :* haut *ant., que nous rétablissons.*

1. Avec son chapitre « Statistique conjugale » dans sa *Physiologie du mariage,* Balzac avait montré dès 1829 son intérêt pour la statistique, science nouvelle. « Alors fortement marquée à gauche et suspecte aux yeux de l'Église », selon P. Barbéris, et popularisée en 1827 par l'ouvrage de Charles Dupin, *Forces productives et commerciales de la France,* la statistique et les travaux de Dupin étaient devenus, peu avant *La Cousine Bette,* des armes pour la droite, comme en témoigne un article de *La Quotidienne* du 17 mars 1845 que J.-H. Donnard rapproche de notre passage du roman : « Il y a très peu d'années, disait M. Dupin, le 19 novembre 1843, à ses élèves du Conservatoire, j'avais besoin, pour un travail statistique, d'étudier l'état des mariages à Paris, et de relever les âges, ainsi que les professions des deux sexes, sur les registres matrimoniaux. Je fus frappé du grand nombre de

femmes de chambre, de femmes de charge et surtout de cuisinières mariées dans la période, à la fois critique et respectable
de quarante à cinquante ans. M. Dupin remarque avec admiration qu'à la différence des autres unions, pour ces épouses
qui s'approchent plus ou moins de parfaite la cinquantaine,
le mari était le plus jeune. Il ajoute : le miracle ne s'opérait
que par un remboursement plus ou moins complet de la
caisse d'épargne [...] Nous demandons instamment que les
caisses d'épargne, pour produire les bons effets que nous
espérons, soient rattachées à un système d'éducation des
classes populaires » : telle était la conclusion de *La Quotidienne*. Et, confirmant les vues de Balzac, J.-H. Donnard cite
encore un article intitulé *Statistique intellectuelle et morale. Profession des accusés pendant la période de 1829-1844* et paru en
février 1847 dans le *Journal des économistes*. L'auteur, Fayet,
signale que « pendant une période de dix ans, le tiers des infan-
ticides, le sixième des vols qualifiés, le neuvième des empoi-
sonnements, ont été commis par la classe des domestiques,
qui ne forme peut-être pas la vingtième partie de la population. Il y a là, ce nous semble, un avertissement sévère et qui
devrait puissamment engager tous les maîtres [...] à s'occuper
sérieusement de la moralité de leurs domestiques ». La cause
de tout le mal ? Les « doctrines délétères d'égalité et de nivel-
lement » ; et les écrivains : « Si le domestique sait lire, ne
pourrait-il pas trouver sur la table de nuit de son maître,
dans tel roman, telle revue, tel journal de la veille, quelques-
uns de ces grands arguments contre les riches et les fonctionnaires publics, et qui, convenablement interprétés par la
logique du mal, légitimeront plus ou moins complètement
l'action méditée de longue main et déjà moralement exécutée ?
La logique du crime ne recule pas plus que celle du besoin
devant toute conséquence qui peut être en sa faveur. »
(J.-H. Donnard, *Balzac. Les Réalités économiques et sociales dans
la Comédie humaine*, p. 197-198).

Page 198.

  a. à beaucoup de gens   *add. orig.*
  b. attiré, *orig.* : fait venir,   *C*
  c. le plus nécessaire   *F* : la plus nécessaire   *orig.* :
la science la plus nécessaire   *C*
  d. l'accablait de   *orig.* : lui faisait des   *C*
  e. que son cher baron   *orig.* : qu'il   *C*

Page 199.

  a. Marneffe   *Si.* : Marneffe. *Ensuite* : XLI / ESPÉRANCES
DE LA COUSINE BETTE   *orig.* : Marneffe.   *C*
  b. si candide,   *F* : si candide, si gentille,   *ant.*

Page 200.

    a. oui, elle est belle,   *add. orig.*
    b. Valérie, elle   *orig.*   : Valérie, elle avait remplacé Wen-
ceslas par elle ; elle   *C*
    c. elles pouvaient   *F*   : elle pouvait   *ant.*
    d.   , et recompter [...] respectifs   *add. orig.*
    e. les plus ardentes,   *Si.*   : les plus vives, les plus ardentes,
C

Page 201.

    a. et dévouait son intelligence   *add. orig.*
    b. abstraction active,   *F*   : action mentale,   *ant.*
    c. de détours   *orig.*   : le moindre détour   *C*
    d. Forzheim !...   *Si.*   : Forzheim !...   *Ensuite* : XLII / À
QUELLES EXTRÉMITÉS LES LIBERTINS RÉDUISENT LEURS FEMMES
LÉGITIMES   *orig.*   : Forzheim !...   *Ensuite :* XVII / LE BILAN
DE LA FEMME LÉGITIME   *C*

Page 202.

    1. Les formes imitées du romain et consenties à l'engoue-
ment du Directoire et de l'Empire pour les reconstitutions
césariennes, les ornements à l'égyptienne mis au goût du
jour par la campagne d'Égypte, avaient été largement exploités pour créer le style Empire par Jacob Desmalter (1770-
1841), fils de Jacob, le fameux ébéniste de la Cour avant la
Révolution.

Page 203.

    1. Robert Lefèvre (1755-1830) avait été le portraitiste
de l'Empire par excellence, puisqu'il compta parmi ses
modèles Napoléon, Joséphine, Marie-Louise, Mme Mère,
Pauline, aussi bien que Pie VII, Guérin ou le général Lebrun ;
il resta le peintre de la Restauration : Louis XVIII, la duchesse
d'Angoulême, Charles X et bien d'autres grands du temps
posèrent pour lui, et Louis XVIII le nomma peintre du Cabinet du Roi. Un portrait de Lefebvre était la marque de la
réussite sous l'Empire ; dans le salon de la baronne, il témoigne
donc des splendeurs passées.

Page 204.

    a. chez madame   *Si.*   : chez sa madame   *ant.*
    b. je lui ai prêté [...] d'embarras.   *orig.*   : je le lui ai
prêté ; la somme entière suffisait à peine à la sortir d'embarras.
C
    c. donc ?   *Si.*   : donc ?   *Ensuite :* XLIII / LA FAMILLE
ATTRISTÉE   *orig.*   : donc ?   *C*

Page 206.

   a. autant qu'elle pouvait sourire   *add. orig.*
   b. et cajolé par le monde   *add. orig.*
   c. taille   *orig.* : mise   *C*

Page 207.

   a. tenait   *orig.* : avait   *C*
   b. admiratrice.   *orig.* : adoratrice.   *C*
   c. comme les miens   *add. orig.*
   d. quittant. *Si.* : quittant. *Ensuite :* XLIV / LE DÎNER
orig. : quittant.   *C*

Page 208.

   a. comprenant [...] laissèrent   *orig.* : comprirent la signification de ce geste; elles laissèrent   *C*
   b. groupés   *orig.* : en groupe   *C*

Page 209.

   a. donc   *add. orig.*
   b. ; ainsi jugez [...] gouffre   *add. F*

Page 210.

   a. tout. *Si.* : tout. *Ensuite :* XLV / UN REVENANT À
REVENU   *orig.* : tout. *Ensuite :* XVIII / UN REVENANT À
REVENUS   *C*

   1. Le Brésilien millionnaire était un nouveau venu dans
les fastes de la vie parisienne. Le choix de Balzac trouve sa
confirmation dans les *Mémoires* de Canler. Ce policier consacre
à « Un Brésilien archi-millionnaire » un chapitre qui commence
ainsi : « On a beaucoup vanté le luxe oriental de quelques
nababs qui sont venus visiter la France; on s'est plu à faire
remarquer le faste vaniteux que nos voisins d'outre-Manche
ont étalé à Paris dans certaines occasions, surtout à des
époques déjà loin de nous; pour moi, qui ai pu voir de près
et connaître de piquantes particularités sur les opulents
étrangers qui ont séjourné dans la capitale, je crois que les
Brésiliens peuvent revendiquer le premier rang parmi les
voyageurs qui ne reculent devant aucune dépense pour
satisfaire leurs désirs. J'en citerai un entre autres avec lequel
j'ai été mis plusieurs fois en relations. Ce Brésilien possédait
une fortune tellement considérable, qu'il aurait été fort
embarrassé s'il avait été forcé pour quelque cause que ce fût,
d'en fixer le chiffre exact. Jeune, d'une physionomie agréable,
plein de distinction dans son parler, dans ses manières;
mais de mœurs complètement dissolues, choisissant indis-

tinctement pour maîtresses la femme mariée, l'actrice, ou la grisette, il avait toujours simultanément attelées à son char plusieurs de ces malheureuses, auxquelles il ne s'attachait même passagèrement que lorsqu'elles pouvaient parvenir un instant à ranimer ses appétits blasés, et fort souvent il les traitait comme on traite les esclaves en son pays. » Les aventures du « noble et opulent Brésilien » que Canler conte ensuite montrent que Montès incarne un personnage fort plausible.

Page 211.

a. adressée *orig.* : faite   *C*
b. ses   *F* : des   *ant.*
c. qui, dans son idée [...] salon. *orig.* : qui encombraient le salon. *C*
d. de Crevel. *orig.* : de l'imprudent Crevel.   *C*

Page 212.

a. serrée. *Si., coquille possible pour* : servie. *ant.*
b.   , près de toi et pour toi   *add. orig.*

1. Brève campagne : nommé commandant de l'armée de Portugal en novembre 1807, Junot conquit ce pays en moins de deux mois, mais, bientôt battu par les troupes de Wellington, il devait l'évacuer le 30 août 1808.

2. À la suite des prises de possession successives du Brésil par l'Espagnol Pinson et le Portugais Cabral en 1500, et des contestations qui ne devaient se dénouer qu'en 1594 par le traité de Tordesillas en faveur du Portugal, les Portugais avaient envoyé une expédition de gentilshommes conquérants au Brésil dès 1531. Si Montès est seulement l'arrière-petit-fils de l'un d'eux, il appartient à une famille douée d'une longévité exceptionnelle.

Page 213.

a. qui connaissait son Marneffe   *add. orig.*
b. place. *Si.* : place. *Ensuite :* XLV / À QUEL ÂGE LES HOMMES À BONNES FORTUNES DEVIENNENT JALOUX *orig.* *L'erreur de numérotation* — XLV *pour* XLVI — *se répercute sur tous les chapitres suivants* : place. *C*

1. En 1796, Bonaparte eut à répondre à la fois à la garnison de Mantoue qu'il assiégeait et à l'armée de Wurmser qui, battue, s'enferma dans Mantoue et subit un blocus de six mois. La prise de la ville mit fin à la campagne d'Italie.

Page 215.

1. On trouve dans *La Comédie humaine* maintes allusions à ce fait : réduites à neuf depuis le Directoire, les maisons de jeu furent fermées le 31 décembre 1837.

Page 218.

a. entendu.   *Si.*   : entendu. *Ensuite :* XLVI / UNE PREMIÈRE SCÈNE DE HAUTE COMÉDIE FÉMININE *orig.* : entendu. *Ensuite :* XIX / SCÈNES DE HAUTE COMÉDIE FÉMININE   *C*

Page 219.

a. soixante-trois   *Si.*   : soixante-huit   *ant.*
b. la faulx à tout moment; la maladie   *Si.*   : la faulx; à tout moment la maladie   *ant.*

Page 220.

1. On peut se demander si Balzac avait prévu le mariage de Valérie avec Crevel lorsqu'il composa cette scène : elle exige un serment qui, la suite connue, semble bien inutile.

Page 221.

a. fois.   *Si.*   : fois. *Ensuite :* XLVII / SCÈNE DIGNE DES LOGES *orig.* : fois.   *C*
b. le Montès,   *F*   : monsieur Montès,   *ant.*

Page 222.

a. et nous disons   *Si.*   : et nous nous disons   *ant.*
b. une heure   *Si.*   : une bonne heure   *C*
c. n'au su   *F*   : au su   *ant.*
d. à   *F*   : n'à   *ant.*

Page 223.

a. sa   *F, coquille pour :* ma   *ant., leçon que nous adoptons.*

1. Avec ses allusions à l'Othello de Shakespeare et au héros de *La Nouvelle Héloïse,* Crevel semble avoir été contaminé par la manie des citations littéraires des Josépha, Héloïse et autres Valérie.

Page 224.

a. Crevel.   *Si.*   : Crevel. *Ensuite :* XLVIII / DEUXIÈME SCÈNE DE L'AUTRE[1] COMÉDIE FÉMININE   *orig.* : Crevel.   *C*

---

1. L'AUTRE est une coquille probable pour LA HAUTE.

1. La raillerie de Crevel est assez hermétique, sans doute parce que Balzac a joué sur trop de mots à la fois. Les « deux métaux que l'on gagne à cultiver le dieu du commerce » ne peuvent être que l'or et l'argent, le dieu du commerce étant, on le sait, Mercure. Le jeu de mots porte donc, vraisemblablement, sur le nom de Mercure, identique à celui d'une « drogue » : le mercure, lequel mercure se nommait aussi « vif-argent ». Mercure, argent ; mercure et vif-argent : c'est ce « métal » - ci que doit avoir « pris » Marneffe au titre de « drogue », puisque le « vif-argent » était, en effet, « la drogue » utilisée pour soigner les maladies vénériennes. Le fin mot de ce jeu de mots compliqué était de dire sans le dire et tout en le disant que Marneffe avait une maladie vénérienne.

Page 225.

   a. lui-même   *add. orig.*
   b. d'Hector,   *Si.* : de son Hector,   *ant.*

1. Terme de piquet ou de trictrac : « Être marqué, perdre un des coups partiels dont l'ensemble forme la partie ; le perdant marque sa perte au moyen d'un jeton ; c'est pourquoi il est marqué. Substantivement, un marqué, deux marqués, trois marqués, se dit d'un point, de deux points, de trois points perdus de cette façon. Celui qui reçoit le plus de marqués perd la partie » (Littré).

Page 226.

   a. Un boutiquier   *F* : Un homme   *ant.*
   b. on achète un   *F* : on traite d'un   *ant.*

1. C'est-à-dire : grâce aux actions de la Compagnie du chemin de fer Paris-Orléans. La ligne avait été mise en projet en 1830, commencée en 1840 et allait être achevée en 1843. Les cours des actions fluctuèrent, mais, lors de la rédaction de *Bette,* leur hausse poussa Balzac à ses investissements catastrophiques du « trésor louploup » dans les actions du Nord lancées en Bourse en septembre 1845. Dès le 2 septembre, « Rotschild » promettait à Balzac « quelques actions au pair ». La souscription par actions représentant un nominal de 500 francs devait se faire par versements échelonnés sur deux ans après un premier versement de 125 francs. Après une première cotation de 845 francs le 22 septembre, l'action n'allait cesser de baisser : 795 francs le 1er octobre, 731 le 1er novembre, 660 le 29 novembre. Pour rattraper ses pertes sur ses 185 premières actions achetées à 832,50, Balzac en rachetait à 690. Durant toute la rédaction des *Parents pauvres,* il allait se débattre avec « le Nord ». Le 1er juillet 1846, il envisageait de nouveaux achats en baisse, car « Rotschild »

lui avait communiqué des bulletins de recettes superbes
et des prévisions mirobolantes. Le 11 juillet, un déraillement
avec des morts à côté d'Arras provoquait une nouvelle baisse
de 25 francs. Balzac se rassurait, fort des prévisions de « Rotschild » et de l'exemple de « l'Orléans » qui avait connu des
périodes décourageantes : « M. de Margonne me citait un
monsieur de Touraine qui a vendu de l'Orléans à 450 fr. [...]
et l'Orléans eſt à 1.250 fr. aujourd'hui. » Lors de la mise en
route de *La Cousine Bette* en août, « le Nord » était à 710 francs,
et le jour où ce passage paraissait en feuilleton dans *Le
Conſtitutionnel,* le 30 octobre, l'action cotait 690 avant de descendre à 630 à la fin de novembre, au moment où Balzac
achevait *Bette*. Si la queſtion de date ne l'avait obligé à choisir
« l'Orléans » — « le Nord » n'était pas encore émis à la date
de l'intrigue — on peut se demander si, malgré son opti-
misme, Balzac aurait laissé Crevel se risquer avec « le Nord ».

Page 227.

a. — Rien que cela! Vous rajeunissez, mon cher... *add.
orig.*
b. , dit Crevel sans répondre à cette insolence *add. orig.*

1. Partie de l'actuelle rue Saint-Roch comprise entre les
rues Saint-Honoré et de Rivoli. Sur le choix de cette rue
et Hugo, voir l'Introduction, p. 39-40.

Page 228.

a. palier; puis, comme *F* : palier. Comme *ant.*
b. étage, et elle *F* : étage; puis elle *ant.*

Page 229.

a. Reine; *F* : Reine. *Si.* : Reine. *Ensuite :* XLIX /
CREVEL SE VENGE *orig.* : Reine. *Ensuite :* XX / DEUX
CONFRÈRES DE LA GRANDE CONFRÉRIE DES CONFRÈRES *C*
b. ; car jamais une femme [...] Brésil *add. F*
c. esprit! Jamais *Si.* : esprit! Héloïse n'avait que de la
blague! jamais *ant.*
d. soixante-trois *Si.* : soixante-neuf *ant.*

Page 230.

a. je t'ai dit *orig.* : je me disais *C*
b. une *Si.* : la *ant.*

1. Régence, Pompadour, Rocaille définissent plutôt un
ſtyle d'ameublement, ſtyle que Balzac recherchait pour sa
propre maison : « Prépare-toi, louploup, tout eſt Louis XV,
Louis XVI et Pompadour » (*LH,* t. III, p. 372). Les allusions
au maréchal de Richelieu et au roman de Laclos montrent
qu'il s'agit en réalité d'un certain ſtyle de vie.

2. Partie de l'actuelle rue de Bellechasse située entre les rues de Varenne et de Grenelle.

Page 231.

a. L'infortuné conseiller d'État *[p. 230, avant-dernière ligne]* après lui. *Si.* : L'infortuné conseiller d'État [...] après lui. *Ensuite :* L | LA PETITE MAISON DU SIEUR CREVEL *add. orig.*

b. La petite maison   *Si.* : La maison   *ant.*

1. La « petite maison », la « folie », était l'abri secret et luxueux des plaisirs et des débauches des grands seigneurs et financiers de l'Ancien Régime. On peut se demander si Crevel aurait été gratifié d'une petite maison si Balzac n'avait pas acheté en septembre 1846 ce qu'il annonçait aussitôt triomphalement à Georges Mniszech comme « la petite maison du célèbre financier Beaujon ».

2. Grâce à *La Femme comme il faut,* on sait que ce genre de femme « ne porte ni couleurs éclatantes, ni bas à jour, ni boucle de ceinture trop travaillée, ni pantalons à manchettes brodées bouillonnant autour de la cheville [...] Le chapeau, d'une simplicité remarquable, a des rubans frais. Peut-être y aura-t-il des fleurs ; mais les plus habiles de ces femmes n'ont que des nœuds ». De plus, quand une femme de cette sorte va dans un magasin, elle « sait ce qu'elle veut et ce qu'elle fait », tandis que « la bourgeoise est indécise ; retrousse sa robe pour passer un ruisseau, traîne avec elle un enfant qui l'oblige à guetter les voitures : elle est mère en public, et cause avec sa fille ; elle a de l'argent dans son cabas, et des bas à jour aux pieds ; un boa par-dessus une pèlerine en fourrure, un châle et une écharpe en été ». Quant à la *femme comme il en faut,* elle se fait trop remarquer, elle « crève les yeux » avec « une robe trop bouffante, une tournure trop gommée ».

Page 232.

a. soixante mille   *F* : trente mille   *ant.*
b.   , sa duchesse   *add. orig.*
c. Le maire   *F* : Crevel   *ant.*

1. Balzac réhabilite son vieux Grindot : peut-être avait-il souffert de le discréditer ?
2. Notre époque n'a décidément pas tout inventé.

Page 233.

a. perverses ?   *Si.*   : perverses ? *Ensuite :* DEUX CONFRÈRES DE LA GRANDE CONFRÉRIE DES CONFRÈRES *orig.* : perverses ?   *C*

b. le baron   *orig.*   : Il   *C*
c. L'arbitraire, c'eſt   *Si.*   : L'arbitraire eſt   *ant.*
d. cette Valérie ?   *Si.*   : Valérie ?   *ant.*
e. Canillac,   *F*   : Régent,   *orig. Le passage eſt une addition orig. ; voir var. a, p. 234.*

1. Allusion, évidemment, au *Cocu imaginaire.*
2. N'étant pas prêtée à un personnage, cette remarque eſt donc bien l'expression de la pensée personnelle de Balzac. Il eſt d'autant plus intéressant de la retenir que bien des commentateurs ont fait un sort par trop grand à certaines déclarations des lettres à Mme Hanska et pris pour argent comptant et sincère admiration de Balzac pour l'autocratie tsariſte des phrases deſtinées de toute évidence à ce modèle des services de perluſtration qu'était le fameux « Cabinet noir » russe. Il y aurait aussi, à cet égard, la part des choses à faire dans l'indignation que le correspondant de l'Étrangère manifeſta à l'égard de Cuſtine lors de la sortie de *La Russie en 1839 :* il semble qu'ici Balzac rejoint largement Cuſtine.
3. Philippe de Montboissier-Beaufort, marquis de Canillac (1669-1725), avait été l'ami intime et le compagnon assidu du Régent dans ses débauches.

Page 234.

a. — C'eſt une vaurienne *[p. 233, début du dernier §]* écouter Crevel.   *add. orig.*

Page 235.

a. Si le Trésor *[7 lignes]* suspectes...   *add. orig.*
b. et nous diſtrayant malgré tout ?   *orig.*   : et se préparant à...   *C*
c. Moi, que tu soupçonnes [...] gens   *orig.*   : Moi, je leur préfère les gens   *C*
d. je t'aime, grand scélérat !...   *orig.*   : je t'aime, tu me rends heureuse, grand scélérat !...   *C*

1. Espion du drame de Hugo, *Lucrèce Borgia.*
2. Dans un roman de Balzac, il y a toujours une petite phrase généralement une réplique d'un personnage, qui prophétise le dénouement ou au moins l'un des événements marquants du dénouement.

Page 236.

a.   , elle vous métamorphose un vieillard en jeune homme...   *add. orig.*
b. Oh! c'est bien fini [...] d'horreur.   *Si.*   : — Oh! c'eſt bien fini [...] d'horreur. *Ensuite :* LII / DEUX VRAIS ENRAGÉS BUVEURS   *add. orig.*

1. Étienne Arnal (1794-1872), acteur comique qui se crut d'abord un tragique, fit la vogue du théâtre du Vaudeville à partir de 1827, puis celle du Gymnase, du Vaudeville de nouveau et enfin des Variétés. Il cultivait le genre niais, ahuri, Jocrisse. Balzac l'appréciait : « Hier », écrivait-il à Mme Hanska le 18 novembre 1846, « je suis allé au Vaudeville où Arnal m'a fait mourir de rire dans *Le Capitaine des voleurs* ».

Page 238.

a. où les étrangers finissent en France par occuper   *F* : les étrangers arrivent en France à occuper   *ant.*

1. Voir ici, comme d'anciens commentateurs, une allusion à James de Rothschild serait par trop limiter la portée de la remarque de Lisbeth. L'ouvrage de Bertrand Gille sur *La Banque et le crédit en France de 1815 à 1848,* et particulièrement son chapitre sur *Les Investissements en France,* permet de vérifier l'étendue de la constatation de la vieille fille — qui décidément avait beaucoup évolué sous l'influence de Valérie, et pas seulement en usant de la bandoline. Car, peu importante jusqu'en 1835 et ne s'intéressant d'abord pratiquement qu'aux rentes d'État, la pénétration du capital étranger en France s'accentuait entre 1835 et 1839, notamment à la suite de la crise américaine de 1836, attiré surtout par les chemins de fer et ses industries annexes, telles que les fonderies et houillères nécessaires à la fabrication des rails, dont l'opposition farouche des maîtres de forges français avait réussi à faire interdire l'introduction en franchise de l'étranger. Mais c'est surtout entre 1840 et 1847 que « l'intervention des capitaux étrangers devint très importante. Les chemins de fer en furent presque les seuls bénéficiaires ». Si les capitaux belges avaient dominé dans la période précédente, celle-ci fut marquée par l'importance des anglais : les industriels Mackenzie et Barry; les banquiers Dennisson, Heywood-Kenyard et Cⁱᵉ, Brassey, Thomson Bonar et Cⁱᵉ en relation avec Charles Laffitte, lui-même associé à Blount, d'origine anglaise; David Salomon, Mastermann, Uzielli, Ch. Devaux, en relation avec Rothschild. Et quelques Suisses, comme Perier-Ador; quelques Allemands et des Hollandais. Ces afflux rencontraient une opposition vive et essentiellement politique. Ainsi, « James [de Rothschild] hésita longtemps à faire appel aux capitaux étrangers et principalement anglais », notamment pour « le Nord » et, le 12 mars 1844, il soulignait dans une lettre à son neveu Nathaniel, de Londres, ses craintes de « rencontrer à la Chambre une opposition systématique ». En 1842, la Chambre avait refusé de s'occuper de la Compagnie Rothschild qui

essayait de se constituer, et F.-A. Seillère traitait le baron de « fourbe », d' « homme de bien mauvaise foi ». Finalement, en 1845, la constitution de la Compagnie se faisait par étapes et, à l'œil nu, apparaissait comme française : contrat le 21 juillet avec Hottinguer et Galliéra; le 29 juillet avec Laffite-Blount; le 11 août avec Rosamel; le 29 août avec Decaen; et, détail piquant, le 11 août encore, avec la Compagnie Pépin-Le Halleur, qui « n'arrivait même pas à placer la part qui lui avait été attribuée » en actions. Or, à la même époque, Balzac s'acharnait à obtenir du baron James la faveur de quelques actions à acheter, alors que Pépin-Le Halleur, ami de Dablin — le « petit père », le « premier ami » de Balzac — n'arrivait pas à placer les siennes...

Page 239.

a. Hulot... *Si.* : Hulot... *Ensuite* : LIII / AUTRE VUE D'UN MÉNAGE LÉGITIME *orig.* : Hulot... *Ensuite* : XXI / CE QUI FAIT LES GRANDS ARTISTES *C*

1. Voir p. 195, n. 1. P. Barbéris note ici : « Ce mot vise le caractère impitoyable de Bette poursuivant sa vengeance. Mais les phrases précédentes peuvent suggérer une autre interprétation. Valérie est sensuelle et débauchée. Bette est vierge. Mais Bette jouit par personne interposée. De plus Bette et Valérie s'entendent pour exclure et juger les hommes. Elles vivent toutes deux dans un univers particulier, fait d'intérêts communs, mais aussi d'une sorte de complicité féminine. Balzac a-t-il voulu suggérer l'existence entre Bette et Valérie, sinon de relations homosexuelles concrètes, au moins de tentations ? L'intérêt de cette situation, en tout cas, serait d'être une situation de *défense* et non une situation banalement scandaleuse. C'est l'amour des femmes qui avait été jugé et exclu par l'homosexualité masculine (Vautrin); c'est ici le tour de l'amour des hommes, qui n'est plus représenté que par Hulot et Crevel, d'être exclu par une homosexualité féminine au moins potentielle » (*La Cousine Bette,* éd. Folio, n. 1 de la page 233). Si le caractère réel des relations entre Bette et Valérie reste effectivement une énigme, du moins semble-t-il difficile d'admettre que leur association présente un caractère *défensif* : chacun de leurs plans est bel et bien un plan *d'attaque*.

2. Étoffe de soie unie et légère.

Page 241.

a. Bette *orig.* : la Bette *C*

b. lappa *tous les états. Nous modernisons.*

c. lait. *Si.* : lait. *Ensuite* : LIV / CE QUI FAIT LES GRANDS ARTISTES *orig.* : lait. *C*

Page 242.

a. à tous les souvenirs [...] musique,   *orig.*   : à tous les cœurs en peinture,   *C*

b. elle est dans les airs et s'envole   *orig.*   : mais elle s'envole   *C*

c. chagrin.   *orig.*   : douleur.   *C*

1. Sous une forme renouvelée et appliquée à un sculpteur, Balzac reprend ici l'idée qu'il exposait en 1839 à propos des écrivains dans la *Préface* du *Cabinet des Antiques :* « Presque tous savent concevoir. Qui ne promène sept ou huit drames sur les boulevards en fumant son cigare ? Qui n'invente pas les plus belles comédies ? Qui, dans le sérail de son imagination, ne possède les plus beaux sujets ? Mais entre ces faciles conceptions et la production il est un abîme de travail, un monde de difficultés que peu d'esprits savent franchir. » La destinée qui attend Steinbock à la fin de l'histoire est dans la logique de la pensée de Balzac qui, dès cette *Préface* de 1839, concluait : « De là vient qu'aujourd'hui vous trouverez plus de critiques que d'œuvres, plus de feuilletons où l'on glose sur un livre que de livres. »

2. Plus fortement, le Porbus du *Chef-d'œuvre inconnu* disait : « les peintres ne doivent méditer que les brosses à la main ».

3. « Balzac semble mal s'imaginer l'Occasion », notait ici J.-A. Ducourneau dans son édition des Bibliophiles de l'originale, « divinité mythologique représentée sous la forme d'une femme nue, chauve par-derrière, avec une longue tresse de cheveux par-devant, un pied en l'air et l'autre sur une roue, tenant un rasoir d'une main et, de l'autre, une voile tendue au vent ».

4. Nous ne pouvons indiquer à quel poète pense ici Balzac.

5. Un tremblement de terre ayant ouvert un gouffre dans le Forum, vers 393 ou 362 avant Jésus-Christ, selon Tite-Live, Marcus Curtius, jeune patricien romain, s'y précipita à cheval et tout armé pour apaiser les dieux.

6. Balzac connaissait bien Rossini. Après avoir été « une folie, une vraie fureur », comme l'écrivait son biographe Stendhal, après avoir très tôt et très vite conquis la gloire, des honneurs presque souverains et une fortune considérable par sa production innombrable et par un don d'invention qui semblait intarissable, Rossini s'arrêta brusquement après le mauvais accueil fait à son chef-d'œuvre *Guillaume Tell* en 1829. Du moins sembla-t-il s'arrêter car, en fait, il ne produisit plus d'opéras pendant les trente-huit ans qui lui restaient à vivre, mais composa cependant de nombreux morceaux qui n'eurent que peu ou pas de succès, oubliés et parfois enterrés par Rossini lui-même, et que la musicologie actuelle tire de

l'ensevelissement; tels : le *Stabat Mater* commencé en 1832 et achevé en 1839, une curieuse *Messe* pour quatuor soliste, chœurs, deux pianos et un harmonium composée en 1863, ou la *Cantate* avec accompagnement d'artillerie de 1867.

Page 243.

a. chassées. *Si.* chassées. *Ensuite :* LV / EFFET DE LA LUNE DE MIEL DANS LES ARTS *orig.* : chassées. *C*

Page 244.

a. non moins ignorante *add. orig.*

b. et, séduit [...] verte. *orig.* : et fut content. *C*

c. 1841, *orig.* : 1840, *C*

d. le blâme unanime [...] huées *orig.* : le blâme fut unanime : il dégénéra même en huées *C*

1. Balzac avait d'abord indiqué la date de 1840 (cf. var.) qu'il donnera encore p. 254, mais qui se trouvait contredire la date de 1841 indiquée p. 188. Le « blâme unanime » qui tombe sur le projet de Steinbock pour la statue du maréchal Montcornet semble avoir frappé à la même époque bien d'autres sculpteurs à propos de bien d'autres statues de maréchaux. Commandées pour le retour des cendres de Napoléon, mais trop vite exécutées, elles excitèrent aussi « huées et moqueries ». Apponyi, dans son *Journal,* conte le « retour » à la date du 26 décembre 1840 et ajoute : « la Garde nationale s'est aussi pas mal moquée de statues très grotesques, représentant le maréchal Ney et autres illustrations de l'Empire. Ces statues, faites à la hâte et se trouvant au milieu d'autres dont le dessin et la pose étaient assez corrects, excitèrent une hilarité générale, parfois si bruyante qu'on ne pouvait plus entendre les commandements » (*Journal,* t. III, p. 448). Dans le même temps, Klagmann, sculpteur réel que Balzac avait nommé déjà dans *La Fausse Maîtresse,* était brocardé dans le *Journal des artistes* de janvier 1841 : « Après avoir été victime d'un boulet, le brave maréchal de Montebello a été victime de l'ébauchoir de M. Klagmann; l'ingénieux et habile auteur de vases très gracieux et très finement exécutés n'a été ni ingénieux ni habile dans son modèle du maréchal Lannes. » (cité par A. Lorant, *op. cit.,* t. I, p. 193, n. 36).

Page 245.

a. s'enfuyait [...] malade. *Si.* : s'enfuyait [...] malade. *Ensuite :* LVI / DE LA SCULPTURE *orig.* : à l'aspect de cet amant malade, s'enfuyait à tire-d'aile. *C*

1. Sur les socles de bien des squares, nombre d'inconnus de bronze en frac et gilet semblent donner raison aux « gens superficiels ».

2. Balzac avait pu voir au Louvre une Polymnie grecque, muse de la poésie lyrique, et une Julie romaine; cette dernière, fille d'Auguste, figure une Junon.

Page 246.

  a. complets   *add.* F

1. Les *Confessions d'un mangeur d'opium* (1821) de Thomas de Quincey avaient fait la fortune de l'expression. Balzac parle d'expérience, semble-t-il, puisque le 22 décembre 1845 il avait participé à l'une des « fantasias » organisées à l'hôtel Pimodan par le peintre Boissard de Boisdenier et par le docteur Joseph Moreau de Tours : « J'ai résisté au hachich, écrivait-il le lendemain à Mme Hanska, et je n'ai pas éprouvé tous les phénomènes ; mon cerveau est si fort, qu'il fallait une dose plus forte que celle que j'ai prise. Néanmoins, j'ai entendu des voix célestes, et j'ai vu des peintures divines. J'ai descendu pendant vingt ans l'escalier de Lauzun [l'un des plus illustres propriétaires de l'hôtel alors nommé Pimodan qui a repris aujourd'hui le nom de Lauzun], j'ai vu les dorures et les peintures du salon dans une splendeur inouïe ; mais ce matin, depuis mon réveil, je dors toujours, et je suis sans volonté. » Peu après, Balzac réclamait à Moreau « une autre partie de hachich » : « puisque je n'en ai pas eu pour mon argent la première fois [...] je tiens à être le théâtre d'un phénomène complet » (*Corr.*, t. V, p. 70 et note). Cette lettre paraît clore la discussion née des souvenirs évoqués par Baudelaire en 1858 et confirmés dix ans plus tard par Théophile Gautier : tous deux avaient participé à la « fantasia » et affirmaient que Balzac refusa de goûter au haschich. Faussée peut-être par l'éloignement des faits, la version de Baudelaire est du moins fidèle à la pensée exprimée par Balzac dans *La Cousine Bette* : « Balzac pensait sans doute qu'il n'est pas pour l'homme de plus grande honte ni de plus vive souffrance que l'abdication de sa volonté. Je l'ai vu une fois, dans une réunion où il était question des effets prodigieux du haschich. Il écoutait et questionnait avec une attention et une vivacité amusantes. Les personnes qui l'ont connu devinent qu'il devait être intéressé. Mais l'idée de penser malgré lui-même le choquait vivement. On lui présenta du dawamesk ; il l'examina, le flaira et le rendit sans y toucher. La lutte entre sa curiosité presque enfantine et sa répugnance pour l'abdication se trahissait sur son visage expressif d'une manière frappante. L'amour de la dignité l'emporta. En effet, il est difficile de se figurer le théoricien de la *volonté,* ce jumeau spirituel de Louis Lambert, consentant à perdre une parcelle de cette précieuse *substance* » (*Les Paradis artificiels, Le Poème du haschich,* chap. v, *Morale*).

Page 247.

a. de plus   *add.* F

b. mari.   *Si.* : mari. *Ensuite* : LVII / OÙ L'ON VOIT LA
PUISSANCE DE CE GRAND DISSOLVANT SOCIAL, LA MISÈRE   *orig.* :
mari.   *C*

1. Ce passage expose une vieille et juste idée de Balzac.
Le 1er février 1833, il écrivait à Zulma Carraud : « moi, qui
trouve dix-huit heures de travail dans les vingt-quatre insuffi-
santes, je n'ai pas le temps d'aller prostituer mon caractère à
faire des singeries de dandy auprès d'une femmelette »; et
en 1842, dans une lettre à sa mère, il reproche à tous les siens
de prendre « l'égoïsme de [son] travail pour un égoïsme
personnel ».

2. « Sorte de corbeille d'osier doré ou de faïence ajourée,
dont on a fait usage au XVIIIe siècle et sous la Restauration
pour servir les fruits sur la table » (Pierre Larousse).

Page 248.

a. d'employer [...] enfant.   *orig.* : la force perdue à tenir
son enfant.   *C*

b. l'honneur,   F   : l'honnêteté,   *ant.*

Page 249.

1. On peut se demander si Balzac ne confond pas brocante
et broquille car, selon Littré, dans l'argot des ouvriers *brocante* désigne « un ouvrage inattendu et de peu de valeur
qu'ils font pour leur compte pendant les heures de repos »,
tandis que *broquille,* signifiant « bague ou petit bijou » en
argot, s'applique mieux aux objets énumérés par Steinbock
qui, par ailleurs, n'est pas un ouvrier payé au mois ou à la
journée.

2. Souvenir de la première phrase du *Télémaque* de Fénelon :
« Calypso ne pouvait se consoler du départ d'Ulysse. »

Page 250.

a. quatre ou cinq   *orig.* : six ou sept   *C*

1. Voici Bette saisie à son tour par le démon des citations
littéraires. C'est tellement inattendu que Balzac sent la nécessité d'une explication.

Page 251.

a. effondré.   F   : découragé.   *ant.*

b. secrètement.   *Si.* : secrètement. *Ensuite* : LVIII / CONSI-
DÉRATIONS SUR LES MOUCHES   *orig.* : secrètement. *Ensuite* :
XXII / ARTISTE, JEUNE ET POLONAIS, QUE VOULIEZ-VOUS QU'IL
FÎT ?   *C*

Page 252.

a. heureuses *add.* F
b. voisin. *Si.* : voisin. *Ensuite :* LIX / UNE BELLE ENTRÉE *orig.* : voisin. *C*

1. En escrime, les feintes sont des coups dirigés vers une partie du corps et déviés au dernier moment, et les rompus sont des reculs.

2. Le poignard parce qu'il pourrait couper la jarretière ? Rachel avait imaginé un autre moyen mnémotechnique : elle fit émailler et ciseler par Froment-Meurice une jarretière qui portait une devise en diamants incrustés : *« Honny soit quy point n'y pense ! »*

3. Les barbes, dont la mode revenait alors, étaient des pièces d'étoffes très fines et surtout de dentelles fort en honneur sous l'Ancien Régime comme ornements des coiffures féminines.

Page 253.

a. brodés *orig.* : bordés *C*
b. Florent et Chanor, *F* : le roi du bronze, Victor Paillard, *ant.*

1. Si la variante montre que Balzac avait d'abord nommé ici son propre « bronzier », Victor Paillard, le contexte prouve que nul n'y aurait mieux été à sa place que Froment-Meurice.

2. Rêve féerique pour le souscripteur malheureux du « Nord » qui se préparait à se contenter, au moment même où il écrivait ce passage, d'un gain de 10 000 francs sur les 100 000 environ qu'il y avait placés, et qui ne devait même pas voir se réaliser cet espoir comparativement modéré.

3. Vieille rue du Marais assez misérable pour que Balzac y ait logé Esther quand elle doit passer pour une pauvre ouvrière aux yeux de Nucingen dans *Splendeurs et misères des courtisanes*. On doit se demander si le nom de la rue Barbette n'est pas ici une coquille que Balzac n'a jamais vue. Plus loin en effet, il situe l'hôtel en question rue Barbet, et plus loin encore rue Barbet-de-Jouy. Cette rue convenait mieux aux prétentions d'un Crevel ou d'une Marneffe et, en outre, une construction neuve y était normale puisqu'elle avait été percée en 1838.

Page 254.

a. en quelque sorte *add. orig.*
b. Aucun salon [...] politique. *add.* F
c. foi *F, coquille probable pour :* loi *ant., rétabli, car un de ces jeux de mots auxquels se plaisait Balzac et qu'il pratiqua beaucoup dans « Un début dans la vie » est ici très peu vraisemblable.*
d. , un Crevel *orig.* : , espèce de Crevel *C*

1. On trouvera le portrait en pied du « nommé Beauvisage » avant qu'il ne fût député dans *Le Député d'Arcis,* roman malheureusement inachevé, mais auquel cette indication donne une sorte de conclusion.

2. Une des nuances de l'individualisme français, et un des fractionnements qui affectent les partis usés.

Page 255.

a. polonais. *Si.* : polonais. *Ensuite :* LX / DES POLONAIS EN GÉNÉRAL ET DE STEINBOCK EN PARTICULIER *orig.* : polonais. *C*

b. , et la civilisation [...] intérêts *add. orig.*

c. L'Ukraine, la Russie, les plaines du Danube, *F* : L'Ukraine, la Russie, *orig.* : La Pologne, l'Ukraine, la Volhynie, *C*

d. , la plus riche fraction du peuple slave, *add. F*

e. frappés d'inconsistance [...] offre *orig.* : frappé d'inconsistance, il offre *C*

f. ; s'il a l'impétuosité [...] eau *add. orig.*

g. la dure constitution *orig.* : la résistance nerveuse *C*

1. Ninon de Lenclos.

Page 256.

a. [Un *F*] Ce peu de machiavélisme [...] partage. *add. orig.*

b. Si, dans son duel héroïque [...] roi. *add. orig.*

c. uniquement composé de courages sanguins, *orig.* : héroïque *C*

d. et la dynastie *add. orig.*

e. bientôt *add. orig.*

1. Il ne faut pas perdre de vue que ce passage a été écrit, par le correspondant de la Polonaise Ève Hanska. Or, il ne s'agit nullement d'une page qui ait pu la choquer. Son propre frère, cet Henri Rzewuski que Balzac nommera, à juste titre, « le Walter Scott de la Pologne » (*Corr.,* t. V, p. 747 et n. 5), lui écrivait bien au sujet des Russes : « au fond, ils valent bien mieux que nous : il y a chez eux du cœur, de l'imagination, de la patience, un esprit de famille, une profonde idée de certains devoirs, enfin un grand fond de piété. Sans de grandes vertus, on n'atteint pas à une supériorité politique constante. Nous malheureusement nous n'avons ni principes, ni fortes convictions. Nous avons beaucoup d'imaginations *[sic]*, un certain laisser-aller qui n'est pas sans charmes, mais qui n'offre aucune garantie. Nous sommes vains, ingrats, égoïstes, imitateurs du vice de toutes les nations, sans savoir adopter aucune de leurs vertus. Rampans dans l'infortune, insolens dans la prospérité. Ne sachant ni dans l'une ni dans l'autre

position conserver de la dignité. Et avec cela [nous] détestant les uns les autres, et ne cessant de s'avilir ici mutuellement. » « Ici », c'est Saint-Petersbourg d'où le comte Henri écrivait cette lettre (*Lov.* A 385 *bis*, f⁰ 163) à une époque qui nous intéresse : juste avant le mariage d'Anna Hanska à laquelle il envoie ses vœux de bonheur. On sait que Balzac assista à ce mariage; il était même le témoin d'Anna. Et pour ce faire, il avait dû interrompre la rédaction de *La Cousine Bette*... Pendant la semaine qu'il passa alors auprès de Mme Hanska, cette dernière lui montra très vraisemblablement la lettre de son frère Henri. Une belle « tartine » pour le roman en cours, mais une « tartine » que Balzac ne pouvait s'autoriser que s'il savait avoir l'agrément de la susceptible Mme Hanska et même celui des siens : cette lettre nous prouve qu'il l'avait.

Page 257.

   a. qui constitue le poète   *orig.* : du poète   C
   b. et en sortir victorieux   *add. orig.*
   c. le spectacle   *orig.* : le coup d'œil   C
   d. Célimène.   *Si.* : Célimène. *Ensuite :* LXI / COMMEN-TAIRES SUR L'HISTOIRE DE DALILA   *orig.* : Célimène.   C

Page 260.

   1. Ce thème obsédant de Dalila semble revêtir une signification qui dépasse largement l'esthétique (voir l'Introduction p. 34). P. Barbéris remarque ici : « On sait le parti que Vigny a tiré de ce mythe dans *La Colère de Samson* (1839). Il faut noter à ce sujet que la Dalila de Vigny est lesbienne et trahit auprès d'une amie les secrets intimes de l'homme qui l'aime » (*La Cousine Bette,* éd. folio, n. 1 de la page 254); ce rapprochement, pense-t-il, « permet de donner de la consistance » à sa note que nous avons reproduite plus haut (p. 239, n. 1). Le rapprochement serait plus intéressant, et la consistance de la remarque plus ferme, si *La Colère de Samson* n'avait pas été conservée au grand secret par Vigny et n'était restée inédite jusqu'en 1864.
   2. La Bible, la Genèse, Moïse. Et Spinoza, avec les chapitres 8 à 10 de son *Traité théologico-politique*... Valérie se confirme comme une femme décidément très cérébrale aussi, car si elle est « ennuyée », ce n'est ni par la Bible, ni par la Genèse, ni par Spinoza, mais seulement par l'interruption de son tête-à-tête avec Steinbock.

Page 261.

   a. coupe   F : vous coupe   *ant.*
   b. Prenez garde à vos toupets, messieurs!   *add. orig.*
   c. la   *Si.,* coquille pour : le   *ant. Nous corrigeons.*

d. Demandez-lui. *Si.* : Demandez-lui. *Ensuite :* LXII /
JEUNE, ARTISTE ET POLONAIS, QUE VOULIEZ-VOUS QU'IL FÎT ?
orig. : Demandez-lui. *C*

Page 263.

a. les Hulot jeunes [jeune   *coquille corrigée*]   *F*   : monsieur Hulot jeune   *ant.*
b. en herbe   *add. orig.*
c. passager. *Si.* : passager. *Ensuite : LXIII / RETOUR AU
LOGIS orig.* : passager. *Ensuite : XXIII / LA PREMIÈRE
QUERELLE DE LA VIE CONJUGALE C*

1. Il est question de « soixante mille » p. 208 et 292, mais
ici et p. 268 Balzac indique « soixante-douze ».

Page 264.

a. À partir de Les hommes   *l'alinéa supprimé en F a été
rétabli d'après Si., orig. et C, car il est évident qu'il ne s'agit plus
du monologue d'Hortense.*
b. en cessant d'être   *F*   : de ne plus être   *ant.*
c. divin   *add. orig.*
d. spirituelle   *orig.* : belle   *C*

Page 265.

a. heurtant   *F, correction consécutive à :* battant   *Si.,
coquille pour :* butant   *C*

Page 266.

a. en train !   *orig.* : parti !   *C*
b. Cellini !   *Si.* : Cellini ! *Ensuite :* LXIV / LE PREMIER
COUP DE POIGNARD   *orig.* : Cellini !   *C*
c. la cuisinière [...] introduisit   *orig.* : sa domestique
introduisit   *C*
d. à l'atelier   *add. orig.*

Page 268.

a. sa naïveté   *F*   : la naïveté   *ant.*
b. Elle avait tendu [...] conjugale.   *Si.* : Elle avait tendu
[...] conjugale. *Ensuite :* LXV / LA PREMIÈRE QUERELLE DE LA
VIE CONJUGALE   *orig.* : Elle tendait à l'artiste [...] conjugale.   *C*
c. Aussi,   *orig.* : Ainsi,   *C*
d. Célestin   *F, coquille pour :* Célestine   *ant. Nous corrigeons.*

Page 269.

a.   , pour des Jenny Cadine, des Josépha, des Marneffe
add. orig.

b.   , toi! [...] idées   *add. orig.*

Page 270.

a. Le désespoir   *orig.*   : La vue   *C*

Page 271.

a. vingt-quatre   *orig.*   : vingt-deux   *C*

1. P. 171, Bette avait dit à Adeline qu'elle possédait « quatre mille cinq cents francs » d'économies; p. 199, « Crevel lui faisait paternellement valoir [...] un petit capital de cinq à six mille francs »; p. 247, elle dit à Hortense qu'elle n'a que « trois mille francs au plus »; ici, il s'agit de « deux mille francs »; et p. 354, Crevel lui procure « deux mille francs de rentes viagères » en doublant largement ses économies et en plaçant ce capital en cinq pour cent...

Page 272.

a. une femme tannée *[p. 271, 3 lignes en bas de page]* femmes. *orig.*   : une femme panée, tannée, fanée.   *C*
b. Quand, après avoir reconduit [...] furent revenus   *F*   : Wenceslas et sa femme reconduisirent la baronne. Revenus *Si.*   : Wenceslas et sa femme reconduisirent la baronne. *Ensuite :* LXVI / UN SOUPÇON SUIT TOUJOURS LE PREMIER COUP DE POIGNARD / Revenus   *orig.*   : Wenceslas et femmes reconduisirent la baronne, et revenus   *C*

Page 273.

a. d'un petit air décidé   *add. F*
b. billet... Elle bouda,   *Si.*   : billet. — Non mon ange, Lisbeth le retirera... Vois-tu ? tu trouvais encore une raison pour y aller. Elle bouda,   *C*
c. lendemain.   *Si.*   : lendemain. *Ensuite :* LXVII / UNE ENFANT TROUVÉ   *orig.*   : lendemain. *Ensuite :* XXVI / LES CINQ PÈRES DE L'ÉGLISE MARNEFFE   *C*

Page 274.

1. Voltaire avait donné ses lettres de noblesse littéraire à ce singulier attribut du diable, et à ce signe d'allégeance à sa personne : « Le saint-Père avait, en ce tracas, / Baisé l'ergot de messer Satanas. »
2. Les fruits de la guerre.

Page 275.

a. Vois si tu ressembles *[5 lignes]* fille :   *orig. var. post.*   : D'ailleurs, tu as maintenant d'autres devoirs :   *C*
b. maudire.   *Si.*   : maudire. Je t'attends ce soir.   *ant.*

c. toujours   *add.* F

Page *276*.

   a.   ; ainsi cette gaupe d'Hortense sera seule   *add.* F
   b. Olivier. *Si.* : Olivier. *Ensuite* : LXVIII / SECOND
PÈRE DE LA CHAMBRE MARNEFFE *orig.* : Olivier. C
   c. lui dit-elle à l'oreille. *add. orig.*

   1. On a vu dans l'Introduction p. 27 que dans une lettre
à Mme Hanska, le 6 novembre 1846, Balzac avait aussi donné
ce surnom à la nièce de la Polonaise, fille de sa sœur Aline :
« Ernestine est toujours l'affreux *Monstrico* que tu connais. »

Page *277*.

   a. jours. *Si.* : jours. *Ensuite* : LXIX / DIFFÉRENCE ENTRE
LA MÈRE ET LA FILLE *orig.* : jours. C
   b. vingt-quatre *orig.* : vingt-un   C

Page *278*.

   a.   , malheureusement pour moi,   *add. orig.*

Page *279*.

   a. la plume *Si.* : les pleurs *ant., coquille que Balzac
n'a donc relevée qu'à la troisième révision.*

   1. Cette « joie » semble, pour le moins, inattendue.

Page *280*.

   a. famille. *Si.* : famille. *Ensuite* : LXX / TROISIÈME
PÈRE DE LA CHAMBRE MARNEFFE *orig.* : famille. C
   b. ce nouvel F : cet *ant.*
   c. Crevel, F : lui, *ant.*

Page *281*.

   a. redemandé F : repris *ant.*
   b. a bien des ménagements à prendre pour sa réputation...
orig. : jouit d'une certaine réputation. C
   c. faute. *Si.* : faute. *Ensuite* : LXXI / LES CINQ PÈRES
DE L'ÉGLISE MARNEFFE *orig.* : faute. C
   d.   , il était certain de sa paternité, lui!... *add. orig.*

   1. Des « indices » de sexe ? Crevel serait-il naïf ?
   2. Une grossesse « visible » à vingt jours (voir p. 275) ?
Valérie est-elle si naïve ?
   3. On peut se demander sur quoi repose cette certitude ?
et, les deux prédédentes notes venant à l'appui, on peut
poser la question de savoir si Balzac était réellement si
ignorant en matière de grossesse ?

Page 282.

1. Dans une *Note* au *Constitutionnel,* Balzac devait préciser à propos de ce personnage qu'il n'avait pas voulu « viser au portrait » (voir p. 338 n. 2). Or, depuis 1839 et à ce moment de l'intrigue (1841), le directeur du Personnel au ministère de la Guerre était le général de division Camille-Alphonse Trézel (1780-1860), donc général aussi et « camarade depuis trente ans » de Hulot peut-être, mais de Soult sûrement car il avait servi avec lui en Espagne en 1810. Plus loin (p. 312), on verra que le directeur du Personnel romanesque a quitté le ministère peu après la scène présente. Or, Trézel quitta le ministère au cours de l'année 1841 et, jusqu'en 1842, le service du personnel fut partagé entre le secrétaire général Martineau des Chesnez et le chef de division Brahaut. Balzac ne pouvait ignorer ce fait, car Martineau s'occupa à cette époque de la pension de sa mère (lettre à Lingay : *Lov.* A 379, f⁰ 87).

2. *Les Employés* forment une longue paraphrase de cette remarque. Le directeur du Personnel à la Guerre pense sans doute surtout aux milliers de postes d'officiers subalternes, aux 134 de lieutenants-généraux et aux 253 de maréchaux de camp qui furent créés dès la première Restauration pour les émigrés auxquels, « à défaut de titres personnels à un grade quel qu'il fût », le ministre « accordait le grade qu'avait eu leur père ou leur aïeul » : il n'était pas question pour ces hommes souvent sans instruction ou expérience militaire de « s'embarrasser » du service.

Page 283.

a. position. *Si.* : position. *Ensuite :* LXXII / EXPLOITATION AU PÈRE *orig.* : position. *Ensuite :* XXV / RÉSUMÉ DE L'HISTOIRE DES FAVORITES *C*

1. Hulot est déjà conseiller d'État, mais seulement en service extraordinaire.

Page 284.

a. sotte *F* : gaupe *ant.*
b. un prodigieux haut-le-corps. *orig.* : un bond prodigieux. *C*

Page 285.

a. il y encore *F, omission de* a *corrigée.*

Page 286.

a. Mme de Merteuil *orig.* : Ninon *C*
b. baron [...] souriant. *F* : baron. *Ensuite :* LXXIII / UN

TRISTE BONHEUR / Lisbeth sourit et répondit : — Eh bien ! j'y viendrai déjeuner demain. *orig.* : baron. / Lisbeth [*comme dans orig.*], demain. *C*

c. les bien rendre [...] trouvées. *orig.* : les rendre. *C*

1. Crevel s'adonne décidément aux chemins de fer. Il s'agit ici d'une des premières lignes françaises, la ligne Paris-Versailles par la rive gauche de la Seine. Ce projet, présenté en 1836, concurrençait celui d'une ligne Paris-Versailles par la rive droite présenté en novembre 1835 et dont la ligne devait se greffer sur celle du Paris-Saint-Germain dont le projet avait été accepté antérieurement en 1835. Paradoxalement, le gouvernement fit voter les deux projets en 1837 ; Rothschild l'emporta pour la rive droite et Fould pour la rive gauche. Cette dernière fut ouverte le 10 septembre 1840 et ses wagons se mirent à rouler entre Paris et Versailles à la moyenne de 29,252 km à l'heure. Balzac s'était intéressé en son temps à la question et avait ouvert *La Chronique de Paris* aux articles de son beau-frère Surville, qui prétendait chanter sa partie dans le concert des projets ferroviaires. Le 29 mai 1836, il avait exposé anonymement ses idées dans un article intitulé *Critique administrative* où, après avoir présenté, résumé et beaucoup critiqué les *huit* différents projets déposés pour le Paris-Versailles, il rappelait qu'un « 9ᵉ, enfin, a été présenté par M. Surville », « le plus court et le moins coûteux » : « quatre millions », ce qui était peu si l'on rapproche ce chiffre des onze millions du seul Paris-Saint-Germain. Malgré ce tour de force économique et industriel, « le système de M. Surville fut immédiatement jugé dangereux, et son projet fut ajourné » ; et, comme toujours, Surville se jugea victime de basses intrigues, invoqua de louches manigances au sein de la « commission d'ingénieurs, trop engagés dans les questions de chemins de fer pour être exempts de tout intérêt personnel dans l'examen des perfectionnements que ces voies de communications peuvent obtenir ». Quant à la « fusion des deux chemins » escomptée par Crevel, il allait s'agir d'une spéculation à long terme, étant donné la date de cette confidence, car c'est seulement en juin 1846 que fut votée une loi autorisant la fusion des deux compagnies rivales des Paris-Versailles rive droite et rive gauche ; et, au surplus, malgré le vote, l'opération devait échouer.

2. Nouvelle allusion aux *Liaisons dangereuses* de Laclos.

Page 287.

a. un intérêt étranger. *orig.* : une cause étrangère. *C*
b. baronne. *Si.* : baronne. *Ensuite :* LXXIV / QUELS RAVAGES FONT LES MADAMES MARNEFFE AU SEIN DES FAMILLES *orig.* : baronne. *C*

Page 288.

    a. modulait   *orig.*   : modelait   *C,   coquille évidente.*

    b. Écoutez-moi,   *F,   coquille probable pour* : Écoute-moi
ant. Nous corrigeons.

Page 291.

    a. honneur   *Si.*   : honnêteté   *ant.*

Page 293.

    a. émotion.   *Si.*   : émotion. *Ensuite* : LXXV / RÉSUMÉ
DE L'HISTOIRE DES FAVORITES   *orig.*   : émotion.   *C*

    1. La vérification de cette remarque a été abordée dans
l'Introduction, p. 37-39.

Page 294.

    a. vertueuses   *add. orig.*

    b. famille   *Si.*   : famille. *Ensuite* : LXXVI / AUDACE D'UN
DES CINQ PÈRES   *orig.*   : famille. *Ensuite* : XXVI / SOMMATION
SANS FRAIS ET AVEC DÉPENS   *C*

    1. Cette petite phrase ne représente pas une des moindres
curiosités d'un roman qui en renferme pourtant beaucoup sur
Balzac lui-même : il expose ici, et en son nom propre,
exactement les mêmes idées que M. Rivet affirmant naguère
(p. 156) au sujet du Roi et de sa famille : « c'est un noble
caractère, une belle famille; enfin, c'est notre idéal : des
mœurs, de l'économie, tout! » Dès son vivant et depuis,
on a beaucoup écrit sur l'exemple que donnait en fait de
bonnes mœurs et de vie de famille Louis-Philippe. Les souverains de Juillet avaient eu huit enfants : le duc d'Orléans,
Louise qui épousa le roi des Belges, Marie qui devint princesse de Wurtemberg, le duc de Nemours, Clémentine
mariée à un Saxe-Cobourg, le prince de Joinville, le duc
d'Aumale et le duc de Montpensier. Mais s'il n'y eut aucun
chapitre des « maîtresses du roi », il y eut celui des maîtresses
des princes, avant leurs mariages. L'opposition, la moralité
même ne pouvaient guère s'en offusquer et, ainsi, la liaison
affichée sans hypocrisie d'Aumale avec la jolie actrice Alice
Ozy obligeait la pieuse reine, plus choquée que Louis-
Philippe, à convenir : « Ce n'est pas bien, mais c'est encore
plus moral que de déranger un ménage » (J. Lucas-Dubreton,
Louis-Philippe, p. 384).

    2. Pour mieux mesurer la misogynie de Balzac en 1846,
on comparera cette phrase avec celle où, dans *Les Employés,*
en 1837, il évoquait les bureaux d'un ministère et le « résultat
des intrigues agitées, comme celles du sérail, entre des
eunuques, des femmes et des sultans imbéciles, des petitesses
de religieuses, des vexations sourdes, des tyrannies de collège ».

Page 295.

a. d'expropriation. *Si.* : d'expropriation. *Ensuite :*
LXXVII / AUTRE SOMMATION *orig.* : d'expropriation. *C*

1. De tous les orages parlementaires déclenchés par les
requêtes de Louis-Philippe pour faire augmenter le domaine
privé et la Liste civile, ceux que provoquèrent ses demandes
pour le duc de Nemours furent les plus mémorables et les
plus graves. Dès 1837, le président du Conseil Molé déchaînait
la foudre en sollicitant le vote de l'attribution du domaine
agrandi de Rambouillet comme apanage du jeune duc. Le
projet fut finalement abandonné, mais trois ans plus tard,
à l'occasion du mariage de Nemours, le roi déposa une nouvelle demande de 500 000 francs de dotation. Elle fut présentée
par Soult, alors ministre des Affaires étrangères et président
du Conseil; dans la mesure considérable où le ministre romanesque dérivait de Soult, on comprend que la question de
la dotation agite tant les bureaux de son ministère, car Soult
fut directement impliqué et compromis dans la violente
campagne qui s'ensuivit. Cormenin, pourfendeur attitré des
« besoins de la royauté », se jeta dans la lutte à outrance
avec deux libelles publiés en février 1840. Dans le premier,
Questions scandaleuses d'un jacobin au sujet d'une dotation, ce
pamphlétaire aussi acharné que bon comptable se livrait à
des calculs bientôt fameux : « Cinq cent mille francs ! Mais
c'est, pour un seul général, le traitement de 12 maréchaux
et de 3 amiraux de France ! Pour un seul membre de la Légion
d'honneur, le traitement de 2 000 légionnaires ! Pour un
seul officier, à couvert dans la batterie de siège, la pension
de 250 veuves de colonels, héroïquement tués sur la brèche !
Pour un seul homme, la nourriture annuelle de 2 000 hommes !
Pour un seul chrétien, le traitement de 50 évêques ! Pour un
seul jouvenceau, la dot de 500 rosières ! C'est le traitement
du Conseil d'État tout entier... » Après une violente campagne,
la Chambre étouffa la discussion parlementaire prévue sous
un vote muet, et la loi fut rejetée sans débats le 20 février 1840.
Les articles de Balzac dans sa *Revue parisienne* montrent qu'il
avait aussitôt vu la gravité de l'événement, et tiré la leçon du
fait que les classes les plus modestes n'étaient pas restées à
l'écart des attaques dirigées contre la monarchie : « On a lu
son Cormenin », lui disait alors un ouvrier en lui récitant les
fameux calculs dont il avait déduit « que la Liste Civile a
mis quelque part une centaine de millions à couvert ».
« Vous comprenez, concluait Balzac, que dans un pays où
pour dix sous, un ouvrier peut lire, dans un pamphlet, le
compte exact des revenus de la Liste Civile et compter avec
elle, est bien près de lui demander d'autres comptes. » Et,
revenant sur le refus de la Chambre, il ajoutait plus loin :

« Le rejet de la dotation a profondément affecté tout le parti de la Cour. La blessure était directe, adressée *ad personam* [...] Chacun croyait fermement que la Couronne avait l'appui du bourgeois, que le bourgeois la considérait comme sa création, qu'il pouvait y avoir des dissentiments entre la Chambre et la Couronne sur les questions de gouvernement, mais qu'en tout ce qui touchait les personnes, il existait une affection sérieuse et sur laquelle on pouvait compter. Ce vote a fait revenir d'une cruelle erreur. Refuser d'établir un enfant de la royauté citoyenne, est une formule négative qui peut aller loin quand elle n'est qu'à dix années du neuf août, jour où la majorité d'une Chambre fit une nouvelle dynastie » (*Revue parisienne* du 25 juillet 1840, *Lettres russes* de février et avril, p. 100-101 et 126). Dans cette perspective, il faut attacher l'importance qu'il mérite au fait que Balzac revienne sur cet épisode capital dans *La Cousine Bette,* écrite moins d'un an et demi avant la révolution de Février 1848. Au fil du roman, il développera les conséquences qui en découlèrent, et d'abord sur la carrière de son ministre Wissembourg. Car les ambitieux, Thiers en particulier, avaient vu dans l'affaire l'occasion de renverser le cabinet Soult. Le vote fut décisif : « C'est comme à Constantinople, nous venons d'être étranglés par des muets », commenta Villemain, s'attirant la réponse d'un adversaire : « C'est le sort des eunuques. » Son président en tête, le cabinet dut démissionner le jour même du vote. Mais Soult et ses ministres ne furent pas les plus graves victimes : « Le ministère a reçu un boulet qui est allé se loger dans le bois de la Couronne », commenta l'amiral Duperré. En attendant que se vérifie huit ans après la justesse de cette vue, Thiers avait reçu le salaire momentané de ses intrigues, et formait le cabinet dit du 1er mars. Mais, dès le 20 octobre 1840, il devait démissionner à son tour, et le 29 octobre Soult se retrouvait président du Conseil et ministre de la Guerre.

Page 297.

1. Devisant naguère avec Louise de Brugnol, Balzac avait envisagé l'échec de ses projets de mariage avec Mme Hanska et prévu : « Nous irions, avec 3.000 fr. de rente, dans l'Ariège ou les Hautes Pyrénées, vivre dans une petite propriété. » Il eut l'imprudence de rapporter cette phrase à Mme Hanska dans sa lettre du 20 février 1844 et le « Nous » un peu trop clair lui valut quelques ennuis.

Page 299.

a. souverains ? *Si.* : souverains ? *Ensuite :* LXXVIII / LA PORTE AU NEZ ! *orig.* : souverains ? *C*

Page 301.

1. Après les grandes accusations de Bette (p. 290-291), le baron, qui admire que sa cousine soit « si fine » (p. 299), pourrait plutôt voir sa trop visible duplicité, et devrait la redouter.

Page 302.

a. le père qu'il leur avait rendu. *Si.* : le père qu'il leur avait rendu. *Ensuite :* LXXIX / UN RÉVEIL *orig.* : le père revenu sage à sa famille. *Ensuite :* XXVII / SON, RECOUPE ET RECOUPETTE *C*

1. « Soixante-dix ans bientôt » ; « soixante-dix ans dans trois mois », dira Hulot un peu plus loin (p. 312). Or, nous sommes en 1841, et nous avions appris par la baronne elle-même qu'en 1838 son mari avait soixante ans (p. 58)... Les années de campagnes galantes comptaient apparemment triple.

2. Allant trois fois en quinze jours rue du Dauphin et n'y ayant jamais eu soixante-dix ans, Hulot fait preuve d'une constitution peu commune.

Page 303.

a. , et il alla rue du Dauphin *add.* F

Page 304.

a. par le sieur Marneffe. *Si.* : par le sieur Marneffe. *Ensuite :* LXXX / SON, RECOUPE ET RECOUPETTE *orig.* : par le sieur Marneffe. *C*

b. par un plaignant *add.* F

1. Laurent-Jan, aimable bohème, peintre, décorateur, journaliste, critique littéraire et lié de bonne amitié à Balzac qui saisit ici l'occasion d'en témoigner de façon plus claire que naguère dans *Les Comédiens sans le savoir* (voir p. 1118 sq.).

2. Bien que moins tenus à une certaine prudence que les contemporains de Balzac et de Hugo, les commentateurs modernes n'ont cependant jamais relevé ici une évidente allusion au *Dernier Jour d'un condamné*. Cette petite phrase entre pourtant dans la catégorie des clins d'œil et, en 1846, les lecteurs de *La Cousine Bette* ont pu saisir celui-ci sans difficulté, tant était frais le souvenir du scandale qui enveloppa Hugo pris en flagrant délit d'adultère avec Mme Biard en juillet 1845. On ne saurait mettre sur le compte du hasard le choix que fait Balzac, pour introduire un épisode inspiré de façon aussi criante par l'affaire Hugo (voir l'Introduction p. 39-40), d'un rappel non moins criant d'une œuvre du même Hugo ; œuvre qu'il avait relue lors de la rédaction de

la troisième partie de *Splendeurs et misères des courtisanes,* et dont le souvenir était, par conséquent, très frais aussi.

Cette réminiscence permet, en outre, de noter un trait caractéristique de Balzac. Chez Hugo qui, on le sait, écrivit son récit à la première personne, voici l'impression du condamné à mort quand il affronte la place publique : « Du fond du sombre guichet, j'ai vu brusquement tout à la fois, à travers la pluie, les mille têtes hurlantes du peuple entassées pêle-mêle sur la rampe du grand escalier du Palais. » Chez Balzac, Hulot « ne vit pas, comme le condamné à mort, vingt mille rayons visuels, il n'en vit qu'un seul dont le regard est véritablement plus poignant que les dix mille de la place publique ». *Mille* têtes étaient devenues *dix mille :* la tendance inflationniste de Balzac jouait donc même sur sa mémoire littéraire...

3. Néologisme fabriqué à partir du mot *spleen.* Dans *L'Illustre Gaudissart,* Balzac avait déjà imaginé le mot *spleenique.* Bien que médecin, Littré n'a enregistré ni l'un ni l'autre dans son *Dictionnaire de la langue française.*

Page 305.

a. qui ne lui appartient pas davantage ?   *F*   : mariée ? *ant.*

b. Nenni,   *F* : Du tout,   *ant.*

c. que l'enfant [...] dans son sein [est de vous   *add.* F]... *orig.*   : que vous êtes le père de l'enfant que ma femme porte en ce moment dans son sein...   *C*

Page 307.

a. je ne veux pas [...] autres.   *orig.*   : je ne suis pas un sot.   *C*

b. voiture.   *Si.*   : voiture. *Ensuite :* LXXXI / OPÉRATION CHIRURGICALE   *orig.*   : voiture.   *C*

1. Esther, Lucien de Rubempré et les policiers Contenson et Peyrade. Sans compter le lévrier Roméo. Et le commissaire ne mentionne pas le sort de Lydie, la fille de Peyrade, violée et devenue folle.

Page 308.

a. et où il est question de l'enfant...   *add.* F

b. car la lettre [...] décisive   *F*   : car elle est, avec les deux vôtres, décisive   *ant.*

Page 309.

a. maire.   *Si.*   : maire. *Ensuite :* LXXXII / RÉFLEXIONS MORALES   *orig.*   : maire.   *C b.* intérieurement. *orig., coquille possible pour :* extérieurement. *C*

1. Pourquoi l'aurait-il écoutée puisqu'il savait qu'il s'agissait d'une comédie ?

2. Dès le début de son œuvre, dans *La Maison du chat-qui-pelote,* Balzac avait imaginé une situation et une réaction comparables de la femme trompée : Augustine de Sommervieux décidait même d'aller voir la duchesse de Carigliano « pour s'y instruire des artifices » qui lui avaient enlevé le cœur de son mari. L'explication donnée de la défaite d'Augustine montrait que l'auteur de la *Physiologie du mariage* n'était pas affranchi de toute timidité. Dans le passage qui suit, il expose une remarquable leçon de bonheur conjugal qui le plaçait très en avance sur son temps.

Page 310.

a. Scène *F, correction qui marque l'appartenance du récit à* « La Comédie humaine » *mieux que :* histoire *ant.*

b. genre. *Si.* : genre. *Ensuite :* LXXXIII / FRUCTUS BELLI, TOUT RETOMBE SUR LE MINISTRE DE LA GUERRE *orig.* : genre. *C*

c. les entrées grandes et petites, il put *orig.* : ses entrées à toute heure chez le ministre, et put *C*

1. Le personnage s'inspirait décidément beaucoup de Nicolas Soult (1769-1851), duc de Dalmatie, maréchal de France et ministre de la Guerre au moment de l'intrigue du roman. C'est par le même terme de « vieux guerrier » que Stendhal désignait « M. le maréchal ministre de la Guerre » mis en scène dans *Lucien Leuwen,* inspiré aussi de Soult, comme le prouvent les notes marginales de ce roman (voir Bibl. de la Pléiade, 1952, p. 1290, p. 784, n. 5, p. 1350, n. 1, p. 1382, n. 1). Par bien des traits, les deux portraits romanesques se recoupent, et recoupent la réalité. Dans une *Note* au *Constitutionnel* (voir p. 338, n. 2), Balzac crut devoir se défendre d'avoir « visé au portrait » et affirma avoir voulu représenter dans les « personnages nécessaires dans *La Comédie humaine* [...] des choses et [...] jamais des personnalités ». On a vu et on verra au fil des notes que son maréchal fait pourtant encourir à Balzac ce que Stendhal nommait « le plat reproche de la *personnalité cherchée* ».

2. Donc depuis 1806 puisque nous sommes en 1841.

3. En 1841, la session parlementaire s'était achevée le 25 juin.

Page 311.

a. ici. Hector, mon fils, il s'agit *orig.* : ici... Tu me racontes des blagues, Hector. Il s'agit *C b.* garçon,   *F* : ami, *ant.*

1. Soult était l'incarnation même de la Garde. Dès 1802, il avait reçu le commandement de la Garde consulaire, et lors de la création de la Garde impériale, le 29 juillet 1804, il en fut nommé l'un des premiers et des principaux chefs.

Page 312.

a. mais mille boulets!   *F* : mais bouffre! *ant.*

1. Balzac tient son Wissembourg au plus près de Soult, mais le décalage entre les dates du récit et de sa rédaction produit ici une différence légère. Le maréchal évoque « la première promotion », donc celle de 1804. Or, sur les dix-huit maréchaux alors nommés, au moment de l'action (1841) il restait trois survivants : Soult, Moncey et Bernadotte que l'on pouvait d'ailleurs à peine compter au titre de maréchal de France. Mais, au moment de la rédaction (1846), Moncey étant mort en 1842 et Bernadotte en 1844, Soult était bien « le seul maréchal de la première promotion ».

2. Le « vieux soldat », auquel Napoléon avait dit après Austerlitz : « Maréchal, vous êtes le premier manœuvrier de l'Europe », s'était révélé ensuite, sous tous les rois et à travers toutes les secousses, un excellent manœuvrier politique. Plusieurs fois ministre avec lui, Guizot écrivait : « Il n'avait, en politique, point d'idées arrêtées, ni de parti pris, ni d'alliés permanents. Je dirai plus : à raison de sa profession, de son rang, de sa gloire militaire, il se tenait pour dispensé d'en avoir; il faisait de la politique comme il avait fait la guerre, au service de l'État et du chef de l'État, selon leurs intérêts et leurs desseins du moment, sans se croire obligé à rien de plus qu'à réussir, pour leur compte en même temps que pour le sien propre, et toujours prêt à changer au besoin, sans le moindre embarras, d'attitude ou d'alliés » (*Mémoires,* t. II, p. 359-360). En privé, l'opinion de Guizot était encore plus radicale : « C'est un grossier brouillon, un bizarre mélange de Gascon et de Barbare. Mais il est inventif, actif, infatigablement actif d'esprit, de corps, de volonté; il projette, il combine, il traîne, il pousse, il remue sans relâche. Il est important, il le sera toujours » (*Lettres de François Guizot et de la princesse de Lieven,* t. I, p. 18). Quant à Stendhal, dans *Lucien Leuwen,* il donnait son « maréchal ministre de la Guerre » pour l'un des « plus grands trompeurs de Paris ».

3. Balzac a plusieurs fois utilisé ce nom et pensait même en 1839 intituler *Les Mitouflet ou l'Élection en Province* son futur grand roman sur les élections qui deviendra l'inachevé *Député d'Arcis.* Dès *L'Illustre Gaudissart,* en 1833, apparaissait un Mitouflet, ancien grenadier de la Garde impériale, aubergiste à Vouvray. Il se peut que Balzac ait pris ce nom au

personnage principal de la comédie-vaudeville de Ville-
neuve et Masson intitulée *À-Propos patriotique,* créée avec un
grand succès *le 2 août 1830,* donc au lendemain même de la
révolution de Juillet qui était le sujet de l'*À-propos.* Le rôle
de Mitouflet était tenu par l'illustre Bouffé.

4. Si le maréchal romanesque a l'âge de son modèle,
il peut apprécier d'expérience les exploits d'un homme à
peine moins âgé que lui : Hulot aura soixante-dix ans en
septembre 1841, « trois mois » après la scène présente qui a
lieu en juin 1841, date à laquelle Soult, né le 27 mars 1769,
avait à peine dépassé le cap des soixante-douze ans.

Page 313.

a. Les scandaleuses promotions   *F*   : Cette affaire étouffée, les scandaleuses promotions   *ant.*

b. journal.   *Si.*   : journal. *Ensuite :* LXXXIV / AUTRE
DÉSASTRE   *orig.*   : journal. *Ensuite :* XXVIII / UNE COURTI-
SANE SUBLIME   *C*

1. Il s'agit des fêtes commémoratives des « Trois Glorieuses », c'est-à-dire des journées des 27, 28 et 29 juillet 1830.

Page 314.

a. Ici Fischer *est prénommé* Johann *dès   C. Voir var. d,
p. 175.*

Page 316.

a.   , lui seul pourrait...   *add. orig.*

Page 318.

a. Louise.   *Si.*   : Louise. *Ensuite :* LXXXV / AUTRE TOI-
LETTE   *orig.*   : Louise.   *C*

Page 319.

a. Voir var. a, p. 152 : ici le texte est bien servir; *le mot est
même souligné par Balzac.*

b. marquise de Pescaire!   *F*   : marquise de Pescaire ou
l'héroïne du Moulin-Joly!   *ant.*

1. Gros-René est un valet dans *Le Dépit amoureux,* mais
la phrase est en fait prononcée par Alain dans *L'École des
femmes* (acte II, sc. III).

2. Marie-Antoine Carême (1784-1833), illustre chef des
cuisines de Talleyrand, du prince-régent d'Angleterre, du
prince de Wurtemberg, de l'empereur Alexandre, de Rothschild, etc.

3. Vittoria Colonna (1492-1547), fille du grand conné-

table du royaume de Naples, avait épousé le marquis de Pescara, qui s'illustra lors de la bataille de Pavie avant de mourir des blessures qu'il y reçut en 1535. Quoique belle et courtisée, la marquise consacra le reste de sa vie au souvenir de son mari. Balzac, qui vouait une grande admiration à cette illustre pratiquante du culte conjugal, l'a plusieurs fois citée. Quant à l'héroïne du Moulin-Joli, d'abord mentionnée aussi (voir var.), Balzac s'y intéressa plusieurs fois, notamment en 1846. Il s'agissait de Marguerite Lecomte, femme d'un procureur au Châtelet, avec laquelle le financier et peintre amateur Claude-Henry Watelet († 1786) vécut de longues années dans le Moulin-Joli, chalet entouré d'un beau jardin, qu'il avait fait construire au bord de la Seine et sur l'île Marante, à Colombes (voir *LH,* t. I, p. 613, t. III, p. 150 et note, et p. 175).

Page 320.

a. celles   *F, coquille probable pour :* celle   *ant. Nous corrigeons.*
b. sous.   *Si.*   : sous.   *Ensuite :* LXXXVI / UNE COURTISANE SUBLIME   *orig.*   : sous.   *C*

Page 321.

a. festoyé   *orig.*   : reçu   *C*
b. pauvres   *F*   : pauvres chers   *ant.*

Page 322.

a. liberté   *Si., coquille pour :* libertin   *ant. Nous corrigeons.*

1. À l'inverse, comme le constatait Balzac dans une lettre à Mme Hanska, le 12 décembre 1845 : « Propriétaire, le plus beau titre de gloire sous Louis-Philippe. »

Page 323.

a. avalé des couleuvres...   *F*   : souffert...   *ant.*
b. Craignant qu'Hortense ne vînt,   *add. orig.*
c. Elle supposa   *orig.*   : Elle crut à   *C*
d. Soyez mon ami !   *orig.*   : Soyez généreux, soyez mon ami !   *C*

1. Balzac a déjà évoqué dans *La Muse du département* l'anecdote qui voulait que, le Régent s'étant un jour déguisé en valet de Dubois, ce dernier en ait profité pour donner « trop de coups de pied » à son maître qui finit par s'écrier : « assez de coups de pied comme cela ! » Il a pu trouver l'histoire dans Chamfort (voir P. Citron, « Balzac lecteur de Chamfort », *AB 1969,* p. 300).

Page 324.

a. attendez tout de sa reconnaissance!... *orig.* : fiez-vous à elle, à sa reconnaissance! *C*

b. position. *Si.* : position. *Ensuite :* LXXXVII / CREVEL PROFESSE *orig.* : position. *Ensuite :* XXIX / FIN DE LA VIE ET DES OPINIONS DE CÉLESTIN CREVEL *C*

Page 325.

a. la gracieuse, la belle, la noble, la jeune, *add. orig.*

b. exige *orig.* : veut *C*

c. les percevoir! *orig.* : en pondre! *C*

1. Ici et maintenant.

2. Dans *Le Cousin Pons,* Balzac définit son époque comme « ce temps où la pièce de cent sous est tapie dans toutes les consciences, où elle roule dans toutes les phrases ». Le 20 septembre 1844, il écrivait déjà à Mme Hanska : « Notre roi Louis-Philippe a fait déborder de son trône de pièces de cent sous l'estime des choses matérielles sur toute la France; on ne considère que celui qui fait bien ses affaires. C'est ignoble, mais c'est ainsi. » C'était aussi dangereux, et Tocqueville n'a pas manqué de le souligner : « La postérité, qui ne voit que les crimes éclatants et à laquelle, d'ordinaire, les vices échappent, ne saura peut-être jamais à quel point le gouvernement d'alors avait, sur la fin, pris les allures d'une compagnie industrielle, où toutes les opérations se font en vue du bénéfice que les sociétaires en peuvent retirer. Ces vices tenaient aux instincts naturels de la classe dominante, à son absolu pouvoir, au caractère même du temps. Le roi Louis-Philippe avait beaucoup contribué à les accroître. Il fut l'accident qui rendit la maladie mortelle » (*Souvenirs,* Gallimard, 1942, p. 27). Le mérite de Balzac fut d'avoir fait la même analyse à chaud et, grâce à *La Cousine Bette,* la postérité peut fort bien se rendre compte des vices mortels dont la société était atteinte.

3. Dans *Athalie* (acte V, sc. VI).

4. En langage populaire, le saint-frusquin signifiait : tout ce que l'on possède en fait d'argent et de vêtements.

Page 327.

a. Hulot. *Si.* : Hulot. *Ensuite :* LXXXVIII / OÙ LA FAUSSE COURTISANE SE RELÈVE UNE SAINTE *orig.* : Hulot. *C*

1. La nymphe Égérie, conseillère légendaire du roi de Rome, Numa Pompilius. « Notre illustre ministre actuel » désigne Guizot, homme prépondérant du ministère alors en place depuis le 29 octobre 1840. La sibylle de Cumes était une autre conseillère légendaire de la Grèce antique; le jeu de

mots de Crevel s'applique à la princesse de Lieven, veuve de l'ambassadeur de Russie à Londres et grande donneuse de conseils en matière politique. En 1936, elle s'était attachée à Guizot et leur liaison, dont témoigne leur correspondance (*Lettres de François Guizot et de la princesse de Lieven, Mercure de France,* 1963, 2 vol.), devint plus étroite et affichée à partir du ministère du 29 octobre dont Guizot était le chef réel et Soult, quoique président du Conseil, seulement le chef apparent. Guizot allait chez la princesse trois fois par jour, avant et après les séances de la Chambre, puis le soir; il y donnait ses rendez-vous politiques et s'y faisait apporter les pièces à signer. Cette situation finit par être acceptée après avoir fait beaucoup se récrier car la princesse, née Dorothée de Benkcendorff, était la sœur du chef de la police tsariste.

Page 328.

a. En entendant [...] oublia   *orig.*   : Elle oublia   *C*
b. pour en rire avec Valérie   *add. orig.*

1. Le Tout-Paris d'aujourd'hui, si fier de ses « locomotives », ne peut en tout cas pas se vanter d'innovation en fait de vocabulaire. D'autre part, l'obsession des chemins de fer chez Crevel traduit celle de Balzac, qui utilise aussi le matériel ferroviaire pour ses comparaisons : le 4 octobre 1846, quand il reprit la rédaction de *La Cousine Bette,* il écrivit à Mme Hanska : « Cela va rouler comme une locomotive. »

Page 329.

a. mais Beauvisage [...] millionnaire,   *orig.*   : mais il est millionnaire,   *C*
b. pure,   *F*   : noble, pure et sainte,   *ant.*

1. Balzac devait décidément porter une certaine haine à Crevel pour lui attribuer une idée aussi infâme.

Page 330.

a. qui maintenant parle en moi   *add. orig.*
b. méchantes.   *orig.*   : pauvres   *C*

Page 331.

a. bientôt.   *Si.*   : bientôt. *Ensuite :* LXXXIX / AUTRE GUITARE   *orig.*   : bientôt.   *C*
b. j'achèverai ma coiffure   *F*   : je m'achèverai   *ant.*

1. Le titre de ce chapitre dans l'édition originale (voir var. *a*) constitue une nouvelle allusion à Hugo par le biais, plus innocent cette fois, du titre d'un de ses poèmes dans *Les*

Rayons et les Ombres : du moins Balzac prouve-t-il qu'il connaissait aussi bien l'œuvre que la vie de Hugo.

Page 332.

    a. aux bouteilles de vin de Champagne   *add. F*

    b. trouveras ? *Si.* : trouveras. Les veux-tu ? *ant.*

Page 333.

    a. fumée, *orig.* : lumière, *C*

Page 335.

    a. à chaudes larmes *add. F*

    b. ponsif-là! *graphie propre à Balzac : voir « La Muse du département »,* t. IV, p. 659, var. a. *Nous corrigeons.*

    c. Si tu en as [...] m'appartient! *orig.* : personne n'en a de trop... *C*

    1. Ce petit exercice de dérision aura une suite sous la forme du chapitre XXXVII du *Constitutionnel :* ACCOMPLISSEMENT DES PROPHÉTIES FAITES EN RIANT PAR VALÉRIE (p. 424, var. *a*).

Page 336.

    a. soûl *F* : saoul *ant.*

    b. rêveur. *orig.* : inquiet. *C*

    c. prêter *orig.* : donner *C*

    d. en voilà un crime de lèse-loulloutte!... *orig.* : En voilà un genre!... *C*

    e. tartiner *orig.* : faire *C*

    f. sociale, morale, nationale ou générale *add. orig.*

    g. Montyon, *F* : Monthyon, *ant.*

    1. Bonnets à bon marché.

    2. Les lecteurs des lettres à Mme Hanska reconnaîtront au passage ce « louloutte ».

    3. Les lecteurs de *La Comédie humaine* connaissent depuis *L'Interdiction* l'identité de l'homme alors célèbre sous le surnom de *l'homme au petit manteau bleu :* le philanthrope Edme Champion (1764-1852). Orphelin recueilli par une portière, Champion, devenu un joaillier fort riche, s'était voué au soulagement de la misère à Paris. Vêtu de son fameux petit manteau, il faisait la charité dans la rue et procédait journellement à des distributions de soupe et de vêtements. Mais Champion ignorait la devise évangélique et, selon Pierre Larousse, « voulut que non seulement sa main gauche, mais encore tout Paris, mais toute la France, mais le monde entier, sussent ce que donnait sa main droite ». Balzac n'a pas manqué de voir la vanité de Champion, et ses allusions comportent toujours une réserve : ici, elle est impliquée dans l'admiration d'une Valérie.

Quant au baron Jean-Baptiste-Antoine Auget de Montyon (1733-1820), il avait fondé entre 1780 et 1787 six prix destinés à récompenser aussi bien les arts, l'industrie, la science, la médecine que la vertu, et pour chacun avait constitué une somme de 12 000 livres. Ces prix avaient été supprimés par la Révolution. Dès son retour d'émigration à la première Restauration, Montyon en rétablissait deux : le prix couronnant l'ouvrage littéraire le plus utile à la société et le prix de vertu. Par testament, il laissa une somme de 500 000 francs — Valérie est donc loin du compte — dont la rente devait servir à quatre prix : deux, soumis au jugement de l'Académie des sciences, récompensaient un perfectionnement mécanique et un perfectionnement médical ou chirurgical ; les deux autres soumis au jugement de l'Académie française, étaient le prix de vertu et le prix littéraire déjà établis. Balzac avait visé le prix littéraire avec *Le Médecin de campagne*.

Page 337.

a. moi!   *Si.*   : moi! *Ensuite :* LXXXX / UN TRAIT DU MARÉ-CHAL HULOT   *orig.*   : moi! *Ensuite :* XXX / TRÈS COURT DUEL ENTRE LE MARÉCHAL HULOT COMTE DE FORZHEIM ET SON EXCELLENCE MONSEIGNEUR LE MARÉCHAL COTTIN, PRINCE DE WISSEMBOURG, DUC D'ORFANO, MINISTRE DE LA GUERRE *C*
b. Mont-Parnasse   *C, modernisé par nous ici et plus loin.*

1. Le 10 août 1846, Balzac avait écrit à Mme Hanska qu'il allait chercher un appartement boulevard Montparnasse, « dans les extrémités du faubourg Saint-Germain ». Il espérait y trouver son rêve : « Songe ? il me faut être entre cour et jardin, sans bruit, sans *enfants d'autrui,* bien entendu, et [avoir] un cabinet, une bibliothèque, en outre de ce qu'il faut à un ménage » et — pourquoi pas ? — peut-être dans une des « deux ou trois maisons princières » du boulevard.

Page 338.

1. Le vénérable Hulot ressemble par bien des traits au maréchal Adrien Jeannot de Moncey (1754-1842), gouverneur des Invalides au moment de l'intrigue, et particulièrement populaire auprès des « vieux soldats ». La ressemblance par l'âge, le caractère et la simplicité de vie ressort d'une visite que Rémusat fit au héros réel en 1840 : « Ce fut une scène émouvante que notre entrée dans la chambre très simple, ce vrai *logement de garnison* où nous reçut le maréchal Moncey en redingote d'invalide, portant péniblement, mais sans plier, le poids d'une extrême vieillesse qui laissait encore deviner sa grave et belle figure, malgré des yeux presque éteints. S'appuyant contre le mur pour garder sa stature droite, il nous reçut avec dignité, simplicité, douceur [...] Il y avait

dans sa manière quelque chose d'imposant. Il avait l'air du temps ou plutôt du type idéal de l'Invalide » (*Mémoires de ma vie*, t. III, p. 316).

2. Dans le feuilleton du *Constitutionnel* du 18 novembre 1846, Balzac avait inséré la *Note* suivante :

« Pour éviter les réclamations, nous mettrons ici en note que cet admirable fait d'armes appartient à l'illustre général Legrand, qui alla vers cette triple redoute comme à une fête, ayant au cou une chaîne des cheveux blonds de sa femme, aujourd'hui Mme J... de F... Il y a des héroïsmes qu'on ne peut pas inventer, il faut les prendre tout faits. Napoléon fut jaloux de cette affaire. Il vint et dit : " On aurait pu tourner la position; vous avez pris le taureau par les cornes. " Après une longue disgrâce, Masséna, dit le général Pelet qui a rapporté ce mot de Napoléon dans son *Histoire de la campagne de 1809,* avait un commandement en chef; il voulait stupéfier les Allemands par un coup d'éclat, et ce fut le prélude de ses exploits à Gross-Aspern et à Wagram.

« Cette précaution oratoire, mise en avant uniquement à cause de l'immense publicité de ce journal, est nécessaire pour prévenir les critiques. On aurait également tort de prêter à l'auteur l'intention de viser au portrait. Le maréchal Cottin, prince de Wissembourg, le directeur du Personnel, etc., sont des personnages nécessaires dans *La Comédie humaine;* ils y représentent des choses et ne seront jamais des personnalités. Quand Molière introduisait un monsieur Loyal dans Tartuffe, il faisait *l'huissier* et non tel huissier. C'était le fait et non un homme. »

À propos du fait d'armes attribué par Balzac au général Legrand, P. Citron (notice de *La Cousine Bette,* dans *La Comédie humaine,* Seuil, t. V, p. 119, n. 82) interroge : « Peut-être fait-il erreur : le fait d'armes est attribué aussi au général Claparède ». Mais, dans ses *Souvenirs militaires,* le baron Jacques-Louis Hulot affirmait qu'il s'agissait bien d'un « fait d'armes célèbre [...] tiré des états de service du général Legrand ». De plus, Balzac avait des raisons d'être bien renseigné sur le général Legrand, comme il l'était sur sa femme, « aujourd'hui madame J... de F... ». Le général Just-Claude-Alexandre-Louis, comte Legrand (1762-1815) avait épousé en 1811 Henriette Scherer (1794-1848), fille du général ministre de la Guerre sous le Directoire. Elle était ravissante et n'avait que dix-sept ans alors qu'il en avait près de cinquante; aussi, veuve à vingt et un ans, se remariait-elle à peine un an plus tard avec un homme de vingt-six ans, le comte Gabriel-Jean-Guillaume Joly de Fleury. Or, ce descendant de l'ennemi de Voltaire était un cousin de M. de Berny, et le mari de la *Dilecta* entretenait beaucoup les liens avec ses parents Joly de Fleury : en 1801, il avait choisi la grand-mère maternelle du marié comme marraine pour sa fille Augustine; en 1812, c'était le père du marié, Armand-Guillaume-Marie, que M. de Berny prenait comme parrain de son «fils» Armand-Marie; et après l'achat de la maison de Villeparisis, au moment du mariage du cousin avec la jeune veuve du général Legrand, M. de Berny s'était installé chez les Joly de Fleury, 15 rue de la Planche, où il allait rester jusqu'en 1818.

Quant à la phrase sur le maréchal ministre et sur le directeur du Personnel, elle apparaît à la fois comme une précaution obligée et comme une nuance acceptable. En effet, si bien des traits du portrait de Wissembourg forment un portrait parfois très ressemblant du maréchal Soult, les différences, et les raisons de ces différences, font qu'au total le personnage balzacien est bien d'abord « la chose », c'est-à-dire le ministre, plus que la « personnalité »; et le directeur du Personnel, à de menues réserves près (voir p. 282 n. 1), est aussi, quoique fugitivement, « la chose ».

Par ailleurs, si Balzac passe sous silence les faiblesses de Soult, du moins est-il fidèle à l'admiration que Soult lui inspirait depuis de longues années et qu'il avait manifestée dans ses *Lettres sur Paris* : dans celle du 29 novembre 1830, il décrétait : « Il est heureux pour nous que Soult soit ministre de la Guerre [...] c'est l'organisation la plus forte, la tête la plus puissante »; dans celle du 26 février 1831, il jugeait tous les ministres « inhabiles, en exceptant toutefois de cet ana-thème le maréchal Soult », et, plus loin, évoquant la démission possible du maréchal : « Vous pouvez comprendre, par cette nouvelle, les souffrances que cet homme d'action et de mou-vement éprouve, au milieu de gens qui discutent et parlent toujours, au lieu de marcher. » L'image du maréchal romanesque, du ministre romanesque de 1846 reste non seulement fidèle à celle de 1830, mais aussi à l'idée que Balzac se faisait d'un bon ministre, telle qu'il l'expose en 1837 dans *Les Employés,* où il reprend une phrase d'une autre de ses *Lettres sur Paris,* celle du 28 octobre 1830 : « qu'attendre de ministres qui mettent tout en question au lieu de décider ? »

3. Nom donné aux soldats autrichiens par les soldats de Napoléon.

Page 339.

1. La proposition de Bette semble bien loin de ses projets de vengeance de naguère, quand elle disait : « Adeline va, comme moi, travailler pour vivre [...] Ses jolis doigts sauront donc enfin comme les miens ce que c'est que le travail forcé. »

Page 340.

a. par apercevoir en Lisbeth une partie   *orig.* : par trouver dans Lisbeth la moitié   *C b.* navré. *Si.* : navré. *Ensuite :* LXXXXI / LA MERCURIALE DU PRINCE *orig.* : navré. *C*

c. mandât *F* : fit appeler *ant.*

1. C'est-à-dire : voir le roi. « La résidence préférée de Louis-Philippe [...] c'est Neuilly, propriété qui appartenait à la Couronne et qu'il a échangée contre les écuries dites de Chartres, rue Saint-Thomas-du-Louvre; là, vraiment il est chez lui, il a " où être à lui ", et avec une constance digne d'un terrien authentique, il arrondit son domaine au point que Neuilly devient une enclave immense, un parc qui s'étend jusqu'à Courbevoie et Asnières et qui, outre des pavillons de plaisance, laiteries et " fabriques ", contient un polygone d'artillerie à l'usage du Duc de Chartres et de ses frères » (J. Lucas-Dubreton, *Louis-Philippe,* p. 99-100). Louis-Philippe et les siens s'installaient à Neuilly dès les premiers beaux jours. La révolution de Juillet alla chercher à Neuilly le futur roi des Français, et c'est en allant rejoindre sa famille dans cette résidence que le duc d'Orléans se tua le 13 juillet 1842. Comme la scène romanesque a lieu en août — une dizaine de jours après les fêtes de juillet (p. 247-248) — la phrase prêtée par Balzac à son héros reflétait une réalité.

Page 341.

a. espéré se reposer sur un trône. *orig.* : espéré des trônes. *C*

b. enfin qui refusent à la Couronne [...] pauvre !... *add. orig.*

1. Après la chute d'Oporto le 29 mars 1809, Soult pensa sérieusement à se faire proclamer roi de Portugal. Balzac avait évoqué ce souvenir dans la *Lettre sur Paris* du 19 novembre 1830. Le baron Marbot rapporte dans ses *Mémoires* que plusieurs généraux lui avaient « *affirmé* avoir assisté à des réceptions dans lesquelles les Portugais donnaient au maréchal Soult le titre de Roi et de Majesté, que celui-ci acceptait avec beaucoup de dignité ». La courte victoire au Portugal empêcha que le moindre commencement de réalité soit donné à une idée dont, au surplus, on n'a jamais su ce que Napoléon pensait. La phrase, d'ailleurs ambiguë, par laquelle Balzac évoque une rivalité entre son maréchal et Bernadotte ne peut s'appliquer à une rivalité de visées pour un trône : Bernadotte n'a pas visé celui de Portugal et Soult n'a pas été en concurrence avec Bernadotte pour le trône de Suède, à la différence d'Eugène de Beauharnais, Masséna, Macdonald, Davout et de celui que Napoléon aurait sans doute préféré, Berthier. En revanche, Soult et Bernadotte furent incontestablement en rivalité sur le terrain militaire, et Bernadotte eut notamment à souffrir de la comparaison avec Soult pendant la campagne de 1806, surtout à Iéna.

2. Molé, qui n'aimait pas Soult, a évoqué son caractère
« autoritaire et violent » (*Mémoires,* t. V, p. 176). Quant à
« M. le maréchal ministre de la Guerre » de Stendhal, il
dévoile un caractère bien semblable dans une scène de *Lucien
Leuwen* qui est à comparer avec la scène de *La Cousine Bette :*
« M. Leuwen [...] s'était hâté de présenter M. Grandet au
vieux maréchal, lequel, rempli de bon sens et de vigueur
quand il ne se laissait pas engourdir par la paresse ou par
l'humeur, avait fait à ce futur collègue quatre ou cinq questions
brusques, auxquelles le riche banquier, peu accoutumé à
s'entendre parler aussi nettement, avait répondu par des
phrases qu'il croyait bien arrondies. Sur quoi le maréchal, qui
détestait les phrases, d'abord parce qu'elles sont détestables,
et ensuite parce qu'il ne savait pas en faire, lui avait tourné le
dos. — Mais, votre homme n'est qu'un sot ! » (*Lucien Leuwen,*
Bibl. de la Pléiade, p. 1350).

3. (Voir p. 295, n. 1.) Il s'agit du domaine de Rambouillet.
Après avoir été acquis par le fils de Louis XIV, le comte de
Toulouse, le château de Rambouillet avait été racheté aux
Penthièvre, en 1778, par Louis XV qui réunit alors ce bien au
domaine de la Couronne. Les 24 et 25 janvier 1837, Louis-
Philippe fit demander aux Chambres d'accorder au duc de
Nemours, à titre d'apanage, le château et la forêt augmentés
de certaines portions de forêts de l'État. « Mais savez-vous
bien, courtisans, s'était écrié Cormenin, que du train dont
vous y allez, si le ciel répandait un jour ses bénédictions prolifiques sur les couches du duc de Nemours et de messeigneurs
ses frères, leurs lignées, aussi nombreuses que la race d'Israël,
feraient main basse sur tous les domaines de l'État. » La
sottise de la demande passa les frontières et, en Autriche,
Metternich jugea Louis-Philippe dès le 7 février dans ses
Mémoires : « Comment un homme de la portée indubitable de
son esprit peut-il se faire, dans sa position gouvernementale,
une illusion assez grande pour engager à la fois, dans les
Chambres, un combat sur des lois qui décideront de la vie ou
de la mort de l'ordre des choses existant [le gouvernement
demandait, en effet, une aggravation des lois répressives], et
sur de misérables questions d'argent pour ses enfants ? Louis-
Philippe cherche des ministres qui sachent lui obéir, et en
cela il a parfaitement raison; je sais obéir, et cependant, si
j'étais ministre français, j'aurais mille fois préféré me retirer
plutôt que de présenter la demande des dotations » (*Mémoires
de M. de Metternich,* t. VI, p. 194).

La demande fut repoussée par 211 voix contre 209, et
parut comme une défaite du régime. Elle préludait au grave
affront que serait le refus de la dotation du même Nemours
qui, en 1840, causait la chute de Soult. Pour ses contemporains, parfaitement au courant de ces faits, Balzac introduisait

donc dans les propos de Hulot des allusions deſtinées à montrer l'habileté du personnage : le baron manœuvrait pour se concilier l'indulgence du maréchal en invoquant le prélude de l'affaire qui avait lésé Soult à titre personnel et lié le sort de ses intérêts à ceux du duc de Nemours.

Page 342.

   a. dans le cas d'aller [...] ce caissier du Trésor, et   *orig.* :
dans le cas des Mathéo, des Kessner, dit le maréchal. Et   *C*
   b. terrible.   *orig.* : sourde.   *C*
   c. la drôlesse   *orig.* : elle   *C*
   d. balbutiant.   *Si.* : balbutiant. *Ensuite :* LXXXXII / TRÈS
COURT DUEL *[comme dans var. a, p. 337]* GUERRE   *orig.* : balbutiant.   *C*
   e. qui n'entendit que ce mot   *add. orig.*

   1. Encore une phrase qui dut faire sourire bien des contemporains de Soult dont l'avidité était connue. Quand fut mis en queſtion le cumul des gros traitements, en 1832, Soult, se voyant menacé de perdre son traitement de maréchal qu'il cumulait avec celui de miniſtre, avait déclaré qu'on lui ôterait plutôt la vie. Son immense fortune était réputée acquise de façon assez peu délicate. Stendhal écrit le mot de « voleur » à propos de son maréchal miniſtre de la Guerre (*Lucien Leuwen,* éd. cit., p. 1350), en écho sans doute au bruit qui voulait que Soult ait notamment volé beaucoup de tableaux dans les églises lors de la guerre d'Espagne. Il eſt de fait qu'après sa mort, les trois vacations de la vente de ses tableaux, qu'il aurait jadis envoyés direĉtement à son château de Soultberg (à Saint-Amans-Soult, dans le Tarn, pas loin de l'Espagne), produisirent près d'un million et demi... Rémusat rapporte qu'il entendit un jour Guizot dire : « Voilà le maréchal Soult entré, mettons nos mains sur nos poches » ; il ajoutait pourtant : « Il entendait cette défiance dans le sens politique. Sous d'autres rapports, il passait bien pour également sujet à caution. Je dois dire cependant que son adminiſtration n'a jamais été sérieusement incriminée » (*op. cit.,* t. II, p. 419 et n.).
   2. Encore un trait qui rapproche Wissembourg plus de la « personnalité » que de « la chose » : Soult avait joué un rôle déterminant lors de la campagne de Prusse et de Pologne; il avait contribué à la viĉtoire d'Iéna, battu le lendemain Kalckreuth à Guessen, formé le blocus de Magdebourg, pris Lubeck, commandé le 4ᵉ corps à Pultusk, Eylau et Heilsberg, et s'était emparé de Kœnigsberg. C'eſt à la suite de cette campagne que Napoléon lui avait donné le titre de duc de Dalmatie.
   3. Le texte du *Conſtitutionnel* était beaucoup plus clair et, au lieu d'un « caissier du Trésor » anonyme, Balzac évoquait

le cas « des Mathéo, des Kessner ». Balzac, à qui l'on a tant reproché d'exagérer, surtout en matière de chiffres, n'avait rien exagéré en l'occurrence. Survenue « vers la fin de 1820 » selon Canler, qui fit ses débuts à la police avec cette affaire, l'histoire scandaleuse du caissier Mathéo fit un bruit considérable lorsque ce caissier du Trésor royal disparut en laissant un déficit de 1 800 000 francs pour Canler, de 1 200 000 à 1 400 000 francs pour Froment, l'auteur de *La Police dévoilée*. Ces auteurs nous apprennent que Mathéo, homme rangé et marié, habitant avec sa femme la bourgeoise rue Saint-Lazare, avait fait toutes ses folies pour Mlle Bégrand, artiste au théâtre de la Porte-Saint-Martin, qui avait « conquis le très passionné caissier [...] en montrant ses belles formes aux amateurs, lorsqu'elle jouait le rôle de Suzanne dans un ballet du même nom et que couverte d'un simple voile transparent elle se plongeait dans le bain ». Mathéo avait luxueusement installé « la Chaste Suzanne » dans un premier étage, au 10 de la rue de Provence selon Froment, rue Le Peletier selon Canler ; c'est à la suite d'une perquisition chez elle, sur laquelle Froment fournit des détails drolatiques, mais qui ne donna aucun résultat, que Mathéo prit la fuite et que « le déficit de la caisse du Trésor ne fut pas rempli » (*La Police dévoilée*, t. III, p. 134-136, et *Mémoires de Canler* au chapitre « Mathéo et la danseuse »). Le souvenir de l'affaire Mathéo a pu passer dans *Melmoth réconcilié* (t. X). Quant à l'affaire non moins réelle de Kesner (nom exact), caissier général du Trésor, elle était si connue qu'elle servait de référence. Par exemple à Gozlan, dans un passage de ses souvenirs qui justement concernait Balzac : « Depuis longtemps, de Balzac, qui était la prudence et l'économie mêmes, avait déjà réglé un passé commercial dont il s'était dégagé avec sa probité ordinaire, qu'il continuait à parler de ce passé, que nous appelions, dans le sans-gêne de nos soirées aux Jardies, le déficit Kessner : Voilà le déficit Kessner qui revient sur l'eau ! disions-nous dès qu'il ouvrait la bouche pour parler de la maison d'imprimerie qu'il avait fondée dans les premiers temps de son installation à Paris, et cause éternelle de sa ruine, prétendait-il » (*Balzac en pantoufles*, p. 244). L'affaire Kesner avait été jugée en 1832. Le 6 août, la cour d'assises (2ᵉ section) condamnait « par contumace, l'ex-caissier général du Trésor Kessner, pour soustraction de deniers qui lui avaient été confiés en sa qualité de dépositaire public, à 10 ans de travaux forcés, à l'exposition, à une amende de 1 million et aux frais, et en outre à restituer à l'État la somme de 4 500 000 francs, valeur égale au déficit reconnu dans sa caisse. » (C.-L. Lesur, *Annuaire historique* de 1832, p. 296 de l'Appendice). 4 500 000 francs... on comprend que le « déficit Kessner » soit devenu proverbial.

Page *343.*

a. , et a fini par s'évader *add. orig.*

b. rudement *Si., coquille possible pour :* rondement *ant.*

1. Faut-il préciser que le mot complet est *jean-foutre* ?

2. La province d'Oran, nommée en clair p. 317, et dont l'administration semble avoir été le plus souvent mise en cause (voir l'Introduction, p. 37-38).

Page *344.*

a. en faisant condamner [...] contumace ? *orig.* : en poursuivant le garde-magasin qui est en fuite et le faisant condamner par contumace ? *C*

b. , assez louche, *add.* F

c. qu'elle en causera, *orig.* : qu'elle vous en fera, *C*

Page *345.*

a. dont le petit dernier *orig.* : dont un *C*

Page *346.*

1. Dans *Le Cousin Pons,* nous relevons au fil d'un dialogue : « On nous dit qu'il nous vole, mais il est si spirituel, si bon enfant, que nous sommes contents... — C'est alors comme dans le conte de La Fontaine » (voir p. 651). Ici et là, il s'agit du conte *Le Cocu battu et content* (acte I, sc. III).

Page *347.*

a. bataille. *Si.* : bataille. *Ensuite :* LXXXXIII / THÉORIE DES CANARDS *orig.* : bataille. *C*

Page *348.*

a. pense. *Si.* : pense. *Ensuite :* LXXXXIV / LA MERCURIALE DU FRÈRE *orig.* : pense. *Ensuite :* XXXI / LE DÉPART DU PÈRE PRODIGUE *C*

1. Parodie de l'*Œdipe* de Voltaire (acte IV, sc. I) : « Nos prêtres ne sont pas ce qu'un vain peuple pense : / Notre crédulité fait toute leur science. »

Page *349.*

a. en retrouvant *orig.* : en retrouvant à la fois *C*

b. (Voir *Les Chouans.*) *add.* F*, ici encore Balzac replace son récit dans l'ensemble de « La Comédie humaine ».*

c. dans un secrétaire, *orig.* : dans un secret du secrétaire, *C*

d. Le Czar *F* : Le Russe *ant.*

1. Pour Marcel Bouteron, Balzac songeait au fameux coffret de malachite dont il était possesseur (*Études balzaciennes*, p. 21). Mais le coffret de Balzac ne venait pas du tsar : c'est Froment-Meurice qui l'avait fabriqué avec les débris d'un presse-papiers donné par Mme Hanska et cassé par Louise.

2. Commandant un corps d'armée en Saxe, en 1813, le général Vandamme fut capturé par les Russes avec 6 000 de ses hommes, lors du désastre de Kulm. Le grand-duc Constantin lui arracha lui-même son épée, et Alexandre le traita de *pillard* et de *brigand*. Vandamme fut conduit à Wintka, aux frontières de la Sibérie, et ne rentra en France qu'en septembre 1814 pour se voir intimer par ordre royal d'avoir à s'éloigner de Paris dans les vingt-quatre heures.

Page 351.

a. profonde. *Si.* : profonde. *Ensuite* : LXXXXIV [*sic pour* LXXXXV] / UN BEL ENTERREMENT *orig.* : profonde. C

Page 353.

a. , hier *add.* F

1. Une fois de plus et, par conséquent, jusqu'au bout de son œuvre, Balzac rend hommage aux républicains et aussi, par cette dernière phrase, au peuple.

2. Rappel de l'aventure vendéenne de la duchesse de Berry en 1832, qui fut vaincue par la trahison de Deutz, et par l'irréalisme de son entreprise. Au début du roman, Balzac précisait que le vieux Hulot avait « de 1830 à 1834 commandé la division militaire où se trouvaient les départements bretons, théâtre de ses exploits de 1799 et 1800 », exploits racontés jadis dans *Les Chouans*. Lors de l'aventure de Madame, le commandant réel de la XIIᵉ division militaire — celle des départements bretons — était le lieutenant général Drouet, comte d'Erlon, qui avait donc le même grade que le lieutenant général Hulot, le même titre napoléonien de comte, et dont le nom rappelait celui du frère du héros, le baron d'Ervy. La correction avec laquelle Drouet et son adjoint, le général Dermoncourt, se comportèrent envers Madame fit qu'ils ne reçurent aucune critique de « la vieille noblesse française ». Une rencontre est à noter : affecté au commandement de la XIIᵉ division militaire par Louis-Philippe, le comte d'Erlon la quitta en 1834 pour le gouvernement général de l'Algérie; il avait donc commandé la même division que le comte de Forzheim pendant la même période : de 1830 à 1834. En revanche, il n'avait pris aucune part aux guerres de l'Ouest en 1799 et 1800 : l'homologue réel de Hulot était alors le chef de batail-

lon Pinoteau qui, autre rencontre, se trouvait l'un des adjoints de Drouet à la XIIe division après 1830 : maréchal de camp, il commandait l'un des cinq « départements bretons », celui de la Charente-Inférieure. Quant à Drouet, né en 1765 et donc sensiblement aussi âgé que Forzheim qui a soixante-douze ans en 1838, il devait mourir le 25 janvier 1844, après avoir reçu son bâton de maréchal le 9 avril 1843, donc bien peu avant sa mort, comme le héros balzacien « à qui l'on devait donner le bâton de maréchal pour ses derniers jours » (p. 78).

Page 354.

a. Fischer. *Si.* : Fischer. *Ensuite :* LXXXXV / LE DÉPART DU PÈRE PRODIGUE *orig.* : Fischer. *C*

Page 357.

a. pourquoi. *Si.* : pourquoi. *Ensuite :* LXXXXVI / OÙ JOSÉPHA REPARAÎT *orig.* : pourquoi. *C*
b. au fond de l'hôtel Josépha, *orig.* : au fond de la cour de l'hôtel de Josépha, *C. Nous avons rétabli le texte tronqué, qui n'a pas été corrigé par Balzac, d'après C.*

Page 358.

1. Jean-Hérault de Gourville (1625-1703), « le Gil Blas et le Figaro du XVIIe siècle » pour Sainte-Beuve, avait été entraîné dans la disgrâce de Fouquet et même condamné à mort par contumace pour avoir dilapidé les fonds de l'État lorsqu'il était receveur général des tailles en Guyenne. Amant de Ninon de Lenclos, il fut sauvé par elle, et se retrouva pourvu de missions plus ou moins officieuses auprès de quelques cours étrangères.
2. Au masculin, il s'agit d'une « figure de rhétorique nommée synalèphe ou, si l'on préfère, *agglutination* de mots, *dinde* étant mis pour poule d'Inde [...] coq d'Inde : de l'Inde » (P. Larousse).
3. Balzac prêtait à Josépha l'indignation née de ses propres déboires.
4. Racine, *Phèdre* (acte I, sc. III).

Page 359.

a. s'exterminer le tempérament pour te les gagner. *F* : s'exterminera pour te les trouver. *ant.*

1. Anagramme de Hulot.

Page 360.

a. chauffeur !... *Si.* : chauffeur !... *Ensuite :* LXXXXVII / UNE AGRAFE *orig.* chauffeur !... *C b.* femmes. *Si.* : femmes, reprit Josépha. *orig.* : femmes. *C*

c. graisse de rat, *F* : graisse humaine, *ant. Étude de mœurs réelles* ?

1. En fait, cette rue du quartier du Temple se nommait rue Saint-Maur-Popincourt. Elle correspondait à la partie de l'actuelle rue du Temple comprise entre les rues des Trois-Bornes et du Chemin-Vert. Balzac emploie-t-il une terminologie bien à lui en la nommant autrement ? Se trompe-t-il où se réfère-t-il à un usage populaire ?

2. Esther est transformée en ouvrière en dentelles quand il faut la faire passer pour pauvre, mais honnête, et ainsi mieux appâter et dépouiller Nucingen. On comparera les détails donnés ici sur cette nouvelle ouvrière en dentelles et ses aventures futures avec le destin de Caroline Crochard, dans *Une double famille.* La vision de Balzac s'est singulièrement assombrie en seize ans, car s'il l'avait faite fort pauvre, son ouvrière de 1830 n'était pas condamnée à la friture de graisse de rat, ou pire si l'on en juge par la variante. Ces singulières fritures n'étaient pas totalement imaginaires : lors d'une expédition nocturne à Montfaucon, organisée par Brissot-Thivars, inspecteur de la salubrité publique, les femmes chargées de « mettre par ordre de race les chiens assommés, étranglés, écrasés, étouffés à Paris » chaque nuit, avaient appris à Balzac que la graisse de ces chiens servait à faire « frire toutes les pommes de terre et tout le poisson blanc qu'on vend dans Paris » (L. Gozlan. *Balzac chez lui,* p. 183).

3. Par l'eau de l'Ourcq, Balzac entend l'eau des fontaines publiques de Paris dont le débit avait été augmenté par une dérivation de l'Ourcq ordonnée le 29 Floréal an X par Bonaparte. Ces fontaines n'étaient guère nombreuses : 217 en 1832, 1 020 en 1839. L'eau de la Seine — alors pure ?... — était celle que procuraient les porteurs d'eau à domicile ; eau chère : « il ressort de calculs très détaillés et de recherches exactes que le mètre cube d'eau fourni par le porteur d'eau coûte de douze à dix-neuf fois autant que l'eau fournie par la ville », notait P. Larousse. Mais si l'eau des porteurs semblait chère aux acheteurs, elle devait sembler bien bon marché aux porteurs qui, s'il faut en croire les affirmations de Balzac lui-même dans *La Messe de l'athée,* gagnaient « environ cinquante sous par jour ». Et dans son *Paris et les Parisiens en 1835,* Mrs. Trollope écrivait : « Presque tous les ménages de Paris ne reçoivent la quantité dont ils ont besoin pour les usages les plus indispensables que par deux seaux à la fois, périlleusement montés jusque chez eux par des porteurs d'eau en sabots. Aussi les Français ne se lavent-ils pas. » En 1850 encore, « une maison sur cinq possédait un

système de conduite d'eau, mais moins de 150 maisons avaient l'eau courante au-dessus du rez-de-chaussée. » (Catalogue de l'Exposition *Le Parisien chez lui au XIXe siècle. 1814-1914*, p. 118, n° 531).

Page 361.

  a. atroces *add. orig.*
  b. en décembre! *F* : de décembre! *ant.*
  1. Paris n'ayant alors que douze arrondissements, le mariage au « Treizième » désignait, comme on l'a déjà vu, une liaison.
  2. Pour sa part, Crevel prétendait qu'elle avait alors quinze ans et Balzac avait même d'abord pensé lui en donner seize (var. *f,* p. 63).
  3. Sur un terrain couvrant l'emplacement des actuels numéros 49 à 53 de l'avenue Montaigne, un maître de danse nommé Mabille avait fondé en 1813 une buvette champêtre qui devint un petit bal pour employés et lorettes jusqu'en 1842, année où ses fils transformèrent l'établissement pour en faire le désormais célèbre *bal Mabille.*

Page 362.

  1. « Je suis au bout de ma résignation. Je crois que je quitterai la France et que j'irai porter mes os au Brésil dans une entreprise folle et que je choisis à cause de sa folie », écrivait Balzac à Mme Hanska le 3 juillet 1840, « et j'irai chercher la fortune qui me manque. » Pour les hommes du XIXe siècle, et singulièrement pour les personnages de Balzac, il n'y avait que deux moyens pour faire fortune : l'Amérique pour les hommes au tempérament bien trempé, et l'épicerie pour les médiocres.
  2. « Filou, escroc, homme qui fait des dettes qu'il ne paye pas », pour P. Larousse.
  3. Jusque-là, Bijou semblait le prénom de la « petite fille ». En lui attribuant le prénom d'Olympe, Balzac pensait-il à Olympe Pélissier, qui avait commencé comme la petite Bijou avant de devenir une courtisane huppée et, enfin, la femme de Rossini ?

Page 363.

  a. Hector [...] tête *F* : Hector marié, sous le [nom de Thoul, avec *Si.*] nom du père, avec Olympe, rue Saint-Maur, se trouvait à la tête *C*
  b. Bijou. *Si.* : Bijou. *Ensuite* : LXXXVIII *[sic pour* LXXXXVIII*] /* LE LEGS DU MARÉCHAL *orig.* : Bijou. *Ensuite* : XXXII / L'ÉPÉE DE DAMOCLÈS

1. Le jaloux du *Barbier de Séville* de Beaumarchais... et de Rossini : voir la note précédente.

Page 365.

1. Balzac a ordinairement écrit ce nom : « La Baſtie ».

Page 366.

a. sœur. *Si.* : sœur. *Ensuite :* LXXXXIX / GRANDS CHANGEMENTS *orig.* : sœur. *C*

1. Après la rencontre entre les personnages du maréchal miniſtre de la Guerre de Stendhal et celui de Balzac, cette scène propose une rencontre de situation avec l'entrevue entre Lucien Leuwen et le maréchal qui « paie sa dette » en procurant une aide à une situation au jeune homme dont la mère eſt au moins aussi ruinée que la mère de Victorin Hulot. Dans les deux cas, le miniſtre eſt dans une position menacée : « Je ne serai pas toujours là », dit celui de Balzac; « le vieux maréchal miniſtre de la Guerre [...] toujours à la veille de perdre sa place », écrit Stendhal. Dans les deux cas, l'aide eſt donnée avec l'accord du roi lui-même : « Je vais à Neuilly », avait dit le miniſtre de Balzac; « J'ai demandé pour vous à Sa Majeſté... », avait dit celui de Stendhal. Enfin, Victorin comme Lucien reçoivent une avance sur leurs appointements : Victorin « six mois », Lucien « un quartier »... Une anecdote réelle aurait-elle été contée aux deux romanciers par leur ami commun, Lingay, l'homme indispensable à Soult ?

2. La sœur de Mme Hanska, la « narcotique Aline », habitait rue Louis-le-Grand au moment de la rédaction de *La Cousine Bette* (*LH,* t. III, p. 466 et 616).

3. Avis à la lectrice polonaise, contenu dans le feuilleton du 20 novembre 1846. Le 15, Balzac calculait pour sa maison de Beaujon « 23.000 fr. à payer [pour les travaux] et 52.000 fr. d'acquisition. C'eſt vraiment pour rien ». Et quand il se décidait à l'acheter, le 21 septembre, il refaisait ses calculs : 50 000 francs pour l'acquisition, 10 000 pour que tout soit « grandement remis à neuf » : « Ce sera donc 60.000. Nous pouvons reſter là 5, 6, 7, 8 ans convenablement, et, alors, nous vendrons, 120 ou 150.000, notre maison et son terrain. » Le temps devait lui donner raison : sa veuve vendit maison — en ruine — et terrain à la baronne Salomon de Rothschild au début de 1882 pour 500 000 francs.

Page 367.

1. Dans *Les Petits Bourgeois,* Balzac avait donné la vie romanesque à cette conſtatation.

2. Il est singulier qu'après avoir autrefois refusé de tenir la maison de l'oncle Fischer (p. 83), Bette finisse par supporter le « licou de la domesticité » chez ceux qu'elle hait le plus au monde.

Page 369.

a. Seine-et-Oise. *Si.* : Seine-et-Oise. *Ensuite :* c / L'ÉPÉE DE DAMOCLÈS *orig.* : Seine-et-Oise. *C*

1. Article 228 du Code civil.

2. Il semble, d'après les lignes suivantes, que « heureuse » soit ici un lapsus ou une faute de typographie, et qu'il faille entendre « malheureuse ».

3. Ce « débordant » procède d'un parti pris exposé par Balzac dans son article *Sur M. Sainte-Beuve, à propos de Port-Royal,* publié dans la *Revue parisienne* du 25 août 1840 : « M. Sainte-Beuve est atteint d'une manie anti-grammaticale. Il persiste à rendre déclinable tous les participes présents des verbes. Pour lui, les verbes deviennent des adjectifs. Des substantifs passent à l'état de verbes. L'adjectif se fait participe, et *vice versa !* Il dit : *partie moralisante, labeurs recommençants, période finissante, machine vieillissante, paix recommençante* » (*op. cit.* p. 224). Ici Balzac refuse de traiter *débordant* comme un adjectif et préserve l'invariabilité du participe présent.

Page 371.

1. Voir p. 253, n. 3.

Page 373.

a. toi. *Si.* : toi. *Ensuite :* CI / L'AMI DU BARON HULOT *orig.* : toi. *C*

Page 374.

1. Partie de l'actuelle rue Grégoire-de-Tours comprise entre la rue des Quatre-Vents et le boulevard Saint-Germain.

Page 376.

a. ‸ comme promet un président du conseil, *add.* F
b. d'État. *Si.* : d'État. *Ensuite :* CII / LE VICE ET LA VERTU *orig.* : d'État. *Ensuite :* XXXIII / ANGES ET DIABLES ATTELÉS À LA MÊME ACTION *C*
c. croire la *orig.* : croire à la *C. La leçon d'orig., qui s'est maintenue dans tous les états postérieurs, est probablement une erreur. Nous corrigeons.*

1. De la tragédie-opéra de Sacchini *Œdipe à Colone* (créée

en 1787 et reprise à l'Opéra pour la première sortie en public des Bourbons à la Restauration, ce vers, alors chanté à l'adresse du roi, occasionna une manifestation délirante et devint aussitôt célèbre, avant de tourner à la scie.

Page 377.

a. Nous restituons, d'après le texte C, le mot brodée, *omis dans les éditions postérieures.*

b. au mien! *Si.* : au mien, il faut la poignarder! *ant.*

c. calorifère à bouches invisibles. *F* : calorifère invisible. *orig.* : calorifère. *ant.*

1. Sans doute parce qu'une femme, fût-elle au désespoir, est censée mieux remarquer la décoration d'un intérieur, Balzac choisit l'occasion de la visite de la baronne, plutôt que celle des deux visites du baron, pour détailler l'installation de Josépha. Étayée de quelques réalités inspirées par sa propre installation rue Fortunée, alors à ses débuts, sa description romanesque se magnifie de bien des rêves qu'il ne pouvait réaliser.

2. Ce *massaca* proposait une énigme : aucun dictionnaire ne mentionne cette couleur, inconnue aussi des spécialistes les plus qualifiés et les plus érudits, qu'ils appartiennent à la Conservation des Peintures au Louvre, aux Arts décoratifs, aux Gobelins, à l'élite des restaurateurs de meubles ou de tableaux ou de leurs fournisseurs. Pourtant, Balzac l'a encore mentionnée dans sa lettre du 24 septembre 1846 à Mme Hanska : il pensait alors à une décoration « vert et macassa » et « massaca et vert » pour deux pièces de sa maison de la rue Fortunée, le grand salon et la chambre attenante au premier étage. Or le grand salon sera finalement vert pomme et vert de Chine, et la chambre rouge et rouge de Chine... Chaque époque a ses couleurs favorites et « on doit ajouter que chaque époque, en combinant les nuances qui lui sont le plus agréables, leur donne généralement un nom coïncidant avec un fait plus ou moins connu, mais sans rapport direct avec cette nuance, et qui, par conséquent, ne saurait, plus tard, servir de guide précis pour reconstituer même théoriquement la couleur disparue » : ces remarques d'Henry Havard, dans son *Dictionnaire de l'ameublement* (Quantin, 1894, 4 vol., rubrique : *couleur*), expliquent la défaite des spécialistes devant un *massaca* qui n'évoquait même pas un « fait connu » et semblait devoir être joint aux singuliers exemples que le même auteur donne des couleurs à la mode aux XVIe et XVIIe siècles : « Quelle idée avoir des couleurs triste amie, ventre de nonnain, gris d'été, pastel, astrée, face grattée, fleur mourante, couleur de judas, de singe mourant, de sel à dos [céladon ?], de veuve réjouie,

de temps perdu, de constipé, de singe envenimé, de trépassé revenu, d'Espagnol mourant, d'Espagnol malade, de péché mortel, de baise-moi ma mignonne, de désirs amoureux, etc., etc. ? » Avec ces couleurs étonnantes et les tons « jambon commun », « fleur de seigle » ou « racleur de cheminée », *massaca* aurait gardé tout son mystère si Roland Chollet n'avait découvert pour nous de précieux entrefilets du temps : de 1818, dans *L'Observateur des modes* (t. II, p. 110-111) : « Nos fabricants d'étoffes ne trouvent plus que des mots, et trouvent bien plus facile de dénommer des couleurs que d'imaginer de nouveaux tissus. C'est pour cacher au public la pauvreté de leurs ateliers en productions nouvelles qu'ils ont mis leur imagination à la torture pour créer les expressions barbares de *Massaca,* de *Cocardeau* »; de 1819, dans le même journal (t. III, p. 62) : « Les rubans écossais continuent encore à se vendre [...] Les couleurs sont mariées de la manière suivante : vert et pensée, rose et massaca, serin et bleu-de-ciel »; enfin, le 20 septembre 1827, dans le *Journal des dames et des modes,* la clef de l'énigme : « En étoffes de soie pour robes et en peaux pour chaussures, il y a une nuance de brun qui n'est ni *solitaire,* ni *raisin-de-Corinthe,* ni *savoyard riche,* ni *ramona,* ni *massaca ;* c'est un brun sui generis comme disent les savants, un brun particulier, un *brun osage.* » Ni *osage,* ni *savoyard riche, massaca* était donc un *brun.* Mais lequel ?...

3. La question du calorifère pour la maison de la rue Fortunée préoccupait beaucoup Balzac. Dès le 25 septembre 1846, jour où il échangea sa parole avec le vendeur, il constate : « J'ai cependant un malheur, il est impossible d'y mettre un calorifère » et, le 2 octobre : « je dois compter sur environ 15.000 fr. de réparations, car je veux à toute force un calorifère pour ma chère frileuse »; le 6, c'est fait, et il « coûtera 2.000 fr. à établir car il faut creuser une cave, et faire la voûte, etc. »; le 9 novembre, on le pose; le 16, il prévoit qu'il fonctionnera dans dix jours, mais le 20, il se désole : « C'est le calorifère qui n'avance pas vite. » Le calorifère merveilleux de Josépha apparaissait dans le feuilleton du 26 novembre.

4. Ou Des rapports des objets d'art avec le vice et la vertu dans *Les Parents pauvres :* l'éventail de Mme de Pompadour donné à la présidente Camusot procure au vieux Pons l'occasion de constater « qu'il était bien temps que ce qui avait été dans les mains du vice restât dans les mains de la vertu » (voir p. 514 et 765).

5. Balzac à Mme Hanska, le 24 septembre 1846 : « Et si tu connaissais les ouvriers de Paris, ces souverains [, ils sont tous comme Froment-Meurice]. On se met à leurs genoux pour avoir un cadre, un meuble! »

Page 378.

a. faits   *F, coquille probable pour :* faites   *ant. Nous corrigeons.*

1. Il y avait naturellement beaucoup de jardinières déjà achetées ou prévues pour la maison de la rue Fortunée : une en acajou dans l'entrée; une autre « faite d'un grand bowl en porcelaine du Japon [...] garnie en bronze doré d'un dessin et d'une ciselure très riche » dans le salon du rez-de-chaussée; deux « en bois sculpté et doré riches » et deux « en pâte tendre de Sèvres ancien décor » dans les deux pièces en coupole; une « ornée de cuivres dorés » dans l'escalier; une très grande « en bois noir ornée de bronzes » sur le palier du premier étage; dans le grand salon, deux « en céladon vert *[sic]* fleuri ornées de bronze doré »; deux « en bois noir et cuivres dorés, en exécution chez MM. Grohé » pour la galerie (*Inventaire, LH,* t. IV, p. 614 sq.).

2. La célèbre Maria-Félicia (1808-1836), fille du chanteur Manuel Garcia et épouse d'un M. Malibran, négociant établi en Amérique.

3. Considéré comme le maître de l'école florentine pendant la période de sa décadence, Cristofano Allori — et non Alloris comme écrivait Balzac — (1577-1621), était le petit-neveu et non le neveu du Bronzino. Dans l'esprit de Balzac, la confusion était telle que, dans l'*Inventaire* qu'il dressa l'année suivante, il indiquera « un portrait de femme par Allori dit le Bronzino » (*LH,* t. IV, p. 652). La confusion venait peut-être du fait qu'Alessandro, le père de Cristofano, était peintre aussi et neveu, et surtout élève du Bronzino. Mais c'est bien Cristofano qui peignit le *Judith et Holopherne* de la Galerie Pitti dont les modèles auraient été la belle Mazzafira, sa maîtresse, et lui-même. Balzac avait pu voir ce tableau à Florence en 1837 et, peut-être, le revoir au printemps de 1846. Le fameux *Chevalier de Malte* du musée Pons et du musée Balzac, que le romancier attribuait à Raphaël ou à Sébastien del Piombo, sera finalement donné comme œuvre de Cristofano Allori dans le catalogue de la vente de Mme veuve Honoré de Balzac (*Corr.,* t. V, p. 112, n. 1).

4. Le 19 septembre 1846, Balzac prévoyait un « petit salon vert » pour Mme Hanska avec, notamment, « une bonne ganache, avec une chauffeuse ». Inconnu aujourd'hui aussi bien des conservateurs ou techniciens du Musée des Arts décoratifs ou du Mobilier national — par exemple, de Mme M. Jarry, auteur d'un ouvrage sur les sièges de l'époque — que des antiquaires ou des artisans les plus spécialisés, ce mot de *ganache* est un nouveau mystère, et plus persistant que celui de la couleur *massaca*. Du moins, grâce à Balzac, a-t-il eu les honneurs du *Larousse du XIXe siècle,*

dont la seule référence est la phrase de *La Cousine Bette* et qui ne donne aucune explication, et ceux du *Dictionnaire de l'ameublement* de H. Havard, qui renvoie aussi à *La Cousine Bette,* mais tente une description : « Sorte de siège confortable, c'est-à-dire sans bois apparent et capitonné. » Jules Deville, moins littéraire, ignorait Balzac, *La Cousine Bette* et la *ganache,* mais explique, dans son *Dictionnaire du tapissier* (Claesen, 1878-1880, 2 vol. Tome *Texte,* p. 21 et 34), une curiosité linguistique. Datant l'apparition des « confortables » à l'année 1838, et attribuant son invention au tapissier Dervilliers, il souligne la vogue croissante, à partir de 1840, de ces sièges dont dossier et accoudoirs affectaient la forme gondole et qui pouvaient être soit de bois recouvert, soit de bois apparent. La vogue aidant, « ces sièges dont la mesure, les proportions étaient une preuve de savoir, de connaissance, de la part du fabricant, prirent des formes si variées, si multiples que l'on vint à fabriquer des fauteuils qui n'ont plus de confortable que le nom, encore a-t-on trouvé le besoin pour satisfaire à des goûts ignorants de les surnommer : fauteuils crapauds, puffs, bébés, impératrice, anglais, américains ! » ; « Chaque tapissier [devrait] leur donner un numéro d'ordre ou de grandeur et ne pas s'arrêter à toutes ces qualifications fantaisistes. » Le sieur Gaudel, tapissier de Balzac, était-il capable d'inventer un qualificatif fantaisiste ? Si tel était le cas, du moins aurait-il eu le mérite de le créer imagé : le mot ganache désigne, en effet, la mâchoire inférieure du cheval et, par conséquent, évoque une forme bien particulière, dont on imagine plus facilement l'application à un fauteuil que le mot bébé ou même crapaud dont le destin a pourtant été plus durable. De plus, ce tapissier aurait été un précurseur car, si J. Deville fixait à 1838 l'apparition des « confortables », dès 1837 Jules Lecomte racontait que, rendant visite à George Sand, il l'avait trouvée « à demi couchée dans une *ganache* de maroquin » (*Un scandale littéraire. Les Lettres de Van Engelgom par Jules Lecomte [...],* éd. Bossard, 1925, lettre III, p. 111).

Page 379.

1. Dans le *Guillaume Tell* de Rossini (1829).

Page 380.

a. mon ami, *F, coquille probable pour :* mon mari, *ant. Nous corrigeons.*

b. arrondissement. *Si.* : arrondissement. *Ensuite :* CIII / LIQUIDATION DE LA MAISON THOUL ET BIJOU *orig.* : arrondissement. *C*

Page 381.

　　a. lâcherait　*orig.*　: dirait　*C*

　　1. À l'origine, le tartan est une étoffe de laine peignée dont les motifs quadrillés sont propres, par leur disposition et leurs couleurs, à chaque clan d'Écosse. Au XIXᵉ siècle en France, ce mot finit par désigner une grande écharpe, c'est-à-dire plutôt l'usage fait d'une pièce de tissu, que la qualité ou même les motifs de ce tissu.

Page 382.

　　1. Avec M. Braulard, « banquier des auteurs dramatiques », marchand de billets et « chef des claqueurs », Balzac avait mis pour la première fois en scène, dans *Illusions perdues,* l'incarnation d'un phénomène social réel mais neuf alors, puisque apparu vers 1820. Ici nous avons non plus le chef, mais l'homme de troupe, un de ceux que l'on nommait les « Romains », les « Thessaliens », les « membres de l'ordre du battoir » : « puante escouade » pour le *Gil Blas du théâtre.* Dans un chapitre de ses *Mémoires* consacré aux marchands de billets et de succès, le policier Canler n'a pas de mots assez forts pour qualifier ces « individus », ces « filous », cette « bande de flibustiers », « presque tous repris de justice », qui au fil des ans avaient peu à peu constitué les proliférantes brigades des acclamations théâtrales. Idamore Chardin sert à prouver que Balzac n'en avait pas une meilleure opinion.

Page 383.

　　1. Sur le bal de la Grande Chaumière, voir n. 1 de la p. 116. Les lorettes, qui le fréquentaient en effet, se trouvaient à mi-chemin entre les grisettes et les prostituées. Dans ses *Mémoires* — publiés en 1862 — Canler se vante d'être le premier à traiter de l' « influence des filles publiques et des lorettes sur les malfaiteurs » dans son chapitre qui porte ce titre, car, souligne-t-il, même l'ouvrage de Parent-Duchatelet, *De la prostitution dans la ville de Paris* dans la troisième édition complétée en 1857 par Trébuchet et Poirat-Duval, chefs du bureau sanitaire et du bureau des mœurs à la préfecture de police, ne faisait « aucunement mention de [cette] influence ». Or, Balzac, avait présenté ici dès 1846 les mêmes observations.

　　2. Véritable trouvaille si ce nom était emprunté à *Élodie ou la Vierge du monastère,* comme c'est probable. Ce mélodrame en trois actes de Victor Ducange et Varez avait été créé à l'Ambigu-Comique en janvier 1822 pour exploiter à chaud le succès du fameux roman du vicomte d'Arlincourt, *Le Solitaire,* publié en 1821. Peu auparavant, Pixérécourt en avait tiré *Le Mont-Sauvage* qui devait faire les délices de la mère Vauquer.

3. Situé en face du Café Turc, approximativement sur l'emplacement de l'actuel 50 du boulevard du Temple, le théâtre des Funambules, ouvert en 1816, donna jusqu'en 1830 des spectacles de pantomimes et des arlequinades, et à partir de cette date, son directeur reçut l'autorisation de représenter des vaudevilles. Frédérick Lemaître y fit ses débuts, et le mime Deburau y connut la gloire avant de mourir en 1846, l'année de *La Cousine Bette*.

4. À Melun : à la prison centrale de Melun. Au pré : au bagne. Dans un chapitre de la IIIᵉ partie de *Splendeurs et misères des courtisanes* intitulé « Essai philosophique, linguistique et littéraire sur l'argot, les filles et les voleurs », Balzac avait déjà noté que les forçats avaient trouvé le nom d'*Abbaye-de-Monte-à-Regret* pour la guillotine et, d'après la forme du couperet, le verbe *faucher* pour désigner son action. Il ajoutait : « Quand on songe que le bagne se nomme *le pré,* vraiment ceux qui s'occupent de linguistique doivent admirer la création de ces affreux *vocables* ». Dès 1828, Hugo avait fait un grand sort au vocabulaire argotique des malfaiteurs dans *Le Dernier Jour d'un condamné,* notamment au chapitre XXIII où se trouvaient déjà « l'Abbaye-de-Mont-à-Regret », le verbe faucher...

Page 384.

a. Bijou. *Si.* : Bijou. *Ensuite :* CIV / L'ANGE ET LE DÉMON CHASSANT DE COMPAGNIE *orig.* : Bijou. *C*

1. Selon le *Dictionnaire du bas langage* de d'Hautel : « Donner à quelqu'un une giroflée à cinq feuilles. Pour lui donner un soufflet. »

Page 385.

a. ; car vous auriez été [...] homme *add. orig.*

Page 386.

a. réussite. *Si.* : réussite. *Ensuite :* CV / AUTRE DÉMON *orig.* : réussite. *C*

1. Plus loin (p. 402), Balzac donnera au chef de la Sûreté romanesque son nom romanesque : Vautrin. Ses lecteurs ignoraient encore cette promotion, que devait leur révéler la dernière page de la IVᵉ partie de *Splendeurs et misères des courtisanes :* ils y apprendront que Vautrin exerça cette fonction « pendant environ quinze ans » avant de se retirer « vers 1845 ». À côté du romanesque, voyons rapidement la réalité. Créée pour renforcer d'un corps voué à la prévention les effectifs d'une police alors seulement répressive, la première brigade de Sûreté avait été fondée en 1812 selon les *Mémoires* de Vidocq, en 1817 selon les *Mémoires* de

Canler, l'un des plus acharnés ennemis de Vidocq. Plus
ou moins officieux jusqu'en 1817, Vidocq devint en tout
cas le chef officiel de l'officielle Sûreté jusqu'en 1827, date
à laquelle il fut remplacé par son rival Marie-Barthélémy
Lacour, dit Coco-Lacour, et il le redevint du 31 mars au
15 novembre 1832. Ce 15 novembre, la brigade était dissoute
par un premier arrêt préfectoral, tandis qu'un second, daté
du même jour, reconstituait la Sûreté sur de nouvelles bases.
Il était prescrit, notamment, qu'aucun condamné ne pourrait
désormais en faire partie : il s'agissait de changer le recrutement instauré par Vidocq, qui ne s'entourait que de malfaiteurs libérés. Balzac fera plus loin allusion à cette épuration
qui ne fut que de principe, car, en fait, Canler lui-même
reconnaît que « les agents de Vidocq, se trouvant tout à coup
dépourvus de moyens d'existence, pouvaient revenir à leur
premier genre de vie, c'est-à-dire au vol, et il fallait à tout prix
empêcher ces hommes à demi convertis de retourner au
crime : il fut donc décidé qu'on les conserverait à titre d'indicateurs, qu'ils auraient une chambre en ville pour se réunir,
et qu'en sus d'une haute paye de cinquante francs par mois,
on leur donnerait une prime par chaque arrestation qu'ils
feraient opérer. Quatorze seulement acceptèrent cet arrangement. Dans cette nouvelle organisation, la Police de Sûreté
conservait le même nombre d'employés que la brigade de
Vidocq, savoir : 1 chef, 1 inspecteur principal, 4 brigadiers,
21 inspecteurs, dont un faisant les fonctions de garçon de
bureau, et 1 commis aux écritures. Total 31 » (*op. cit.*, chapitre
« Origine de la Police de Sûreté »). En même temps, la
Sûreté quittait la maison où officiait « la bande à Vidocq »,
située rue Sainte-Anne, petite rue de la Cité disparue lors
de l'agrandissement du Palais de Justice vers 1862 (elle
commençait à la Sainte-Chapelle et finissait au quai des
Orfèvres), et s'installait au 5 de la rue de Jérusalem (parallèle
à la rue Sainte-Anne, située entre le quai et la rue de Nazareth
qui partait de la Sainte-Chapelle à angle droit de la rue Sainte-
Anne, elle disparut en même temps).

Lorsque Vidocq « démissionna » le 15 novembre 1832,
le chef qui lui succéda, M. Allard, devait rester à la tête de
la Sûreté jusqu'au 10 décembre 1848, date à laquelle fut nommé
Canler qui avait été inspecteur principal de la brigade de
novembre 1832 jusqu'en septembre 1844. À la date de l'action
romanesque, mars 1843, le chef de la Sûreté était donc, dans
la réalité, Allard. Dans la ténébreuse affaire policière qui
commence ici, on retrouve toutes les ambiguïtés, les équivoques, voire les contradictions qui avaient déjà marqué la
fabrication du Vautrin de *Splendeurs et misères des courtisanes,*
ainsi que celle de son prédécesseur et rival, Bibi-Lupin.
Ces deux personnages avaient alors été pourvus de traits

empruntés à Vidocq mais aussi à son ennemi de la Restauration, Coco-Lacour, et aux nouveaux rivaux apparus après 1830, Allard et, sans nul doute, Canler aussi. Ce dernier détestait Vidocq, le traquait sans cesse et eut trois fois le plaisir d'être chargé de l'arrêter et de le conduire au Dépôt (*op. cit.,* chapitre « Ma nomination aux fonctions d'officier de paix et mes moyens de police »). La troisième arrestation eut lieu le 17 août 1842 et Vidocq, jugé et condamné en mai 1843, ne sortit de prison qu'après appel et acquittement en juillet : au moment de l'action romanesque, il était donc en prison et dans une situation notablement différente de Vautrin, chef de la Sûreté...

2. L'un des pseudonymes de Vidocq aurait été M. de Saint-Estève, s'il faut en croire Jean Savant (Vidocq, *Les Vrais Mystères de Paris,* éd. Club français du Livre, p. XXIV). Depuis *Splendeurs et misères des courtisanes,* on connaît les autres noms de guerre de cette « affreuse vieille » : Asie, Mme Nourrisson, marquise de San-Esteban et Mme Saint-Estève. Son vrai nom est Jacqueline Collin, tante de Vautrin. Elle a été la maîtresse de Marat et on peut s'expliquer ainsi que, par association d'idées, Balzac, ici, quelques lignes plus loin, la compare elle-même à Marat. (Sur l'évolution littéraire du personnage à travers *Splendeurs et misères des courtisanes, Les Comédiens sans le savoir* et les articles de Balzac dans *Le Diable à Paris,* voir H. Gauthier, « L'Usurière dans trois œuvres de Balzac », *Les Études balzaciennes,* n°s 5-6, 7, 8-9.)

3. De Jacques Collin : Vautrin. Balzac sous-entend ici une sorte de complicité secrète entre la police officielle et Vautrin... donné plus loin comme chef de la Sûreté. En l'occurrence, Balzac pensait évidemment à Vidocq qui, dès après 1830, avait constitué une sorte de police privée. Alors même qu'il était à nouveau chef de la Sûreté en 1832, un « complot » contre lui aboutit à un procès au cours duquel ses activités furent mises en cause, et Vidocq reconnut sans aucune restriction : « Je formais une police de sûreté par opposition à celle qui existait, et j'agissais ainsi d'après les ordres du gouvernement et du préfet » (cité par J. Savant. *La Vie fabuleuse et authentique de Vidocq,* Seuil, p. 357). Après sa retraite de 1832, Vidocq reforma ce que Canler appelle sa « contre-police ». Balzac met cette expression dans la bouche du policier privé Fromenteau, dans *Les Comédiens sans le savoir,* qui, énumérant les cinq polices existant en 1845, cite notamment « la judiciaire, dont le chef a été Vidocq! La contre-police, dont le chef est toujours inconnu ». Renseignement de première main : selon Gozlan, Balzac recevait Vidocq à dîner pendant l'été 1844 et, par conséquent, au moment même où il écrivait l'histoire de Fromenteau (*Balzac chez lui,* p. 205 sq.; et voir notre Introduction aux *Comédiens*

sans le savoir, p. 1122-1123). L'agence fondée par Vidocq en 1832 fut la première agence de détectives privés qui ait existé. Il s'installait alors 12, rue Cloche-Perce sous la raison sociale « Vidocq, Bureau de renseignements dans l'intérêt du commerce »; en 1836, il transféra ce « bureau » 20, rue du Pont-Louis-Philippe, puis, en 1837, 39, rue Neuve-Saint-Eustache et, enfin, en 1838, galerie Vivienne, au n⁰ 13 actuel. Il avait alors élargi le champ de ses activités et pouvait dispenser la sorte de « conseil » que donne l'oncle de la Saint-Estève. À cet égard, l'en-tête du papier à lettres du « pacha de la rue Vivienne » fournit d'intéressantes indications : il offre des « Renseignements universels », des « Poursuites judiciaires et recherche des débiteurs. Renseignements de toute nature, surveillance, explorations dans l'intérêt du commerce et des familles » « Et l'on est à l'abri de la ruse des plus adroits fripons »... (*La Vie fabuleuse et authentique de Vidocq,* p. 376-377). Mais si, pour certaines affaires délicates et privées, il continua à entretenir clandestinement avec « le Gouvernement et le préfet » les rapports dont il avait fait état lors du procès de 1832, il apparaît cependant que ses relations officielles avec le pouvoir et surtout avec la police étaient plutôt tendues. Dès 1832, on lui suscita l'affaire Valet qui le conduisit à comparaître devant la 6ᵉ chambre correctionnelle le 22 juin; il fut renvoyé de la plainte (*ibid.,* p. 365). Le 19 décembre 1837, il était écroué à Sainte-Pélagie après avoir porté plainte contre une perquisition un peu trop poussée de la police dans ses bureaux et chez lui, et il n'était libéré après ordonnance que le 3 mars 1838 (*ibid.,* p. 383-387). La troisième arrestation, nous l'avons vu, le tint enfermé près d'un an et, si l'on en juge par la sentence, de façon arbitraire.

Page 387.

   a. tout ceci ?   *orig.*   : tout souci ?   *C*
   b. répondit-elle.   *F*   : dite l'Inconnue.   *Si., coquille pour :* dit l'Inconnue.   *C*
   c. nous remplaçons [...] nous faisons [...] nous voulons *F* : je remplace [...] je fais [...] je veux   *ant.*

   1. Le procès de 1843 avait révélé que Vidocq s'était occupé de beaucoup de secrets de plus d'une famille, et du faubourg Saint-Germain même (J. Savant, *La Vie fabuleuse* [...], p. 396-415).

Page 388.

   1. Dans « Le Somnambulisme », chapitre de ses *Mémoires,* Canler examine cette « industrie nouvelle » dont les fripons s'étaient emparés pour escroquer bon nombre d'esprits crédules. Bien que Balzac n'ait pas échappé aux attraits du som-

nambulisme — *Ursule Mirouët* le prouve —, il s'était certainement rendu compte du genre douteux de bien des exploitants
de cette « industrie nouvelle », et ce n'est sans doute pas par
hasard qu'il confère ici à cette vieille brigande quelque familiarité avec le somnambulisme.

2. Le tarif augmente : au début de l'entretien, elle proposait d'agir pour 30 000 francs.

Page 389.

   a. inconnue.   *Si.* : inconnue. *Ensuite :* CVI / LA POLICE
orig. : inconnue.   *C*
   b. doutés   *tous les états du texte. Nous corrigeons.*

   1. Dans *Les Comédiens sans le savoir,* le père Fromenteau
dit : « Maintenant on veut aller sans nous, une bêtise!... À la
préfecture, depuis 1830, ils veulent d'honnêtes gens, j'ai
donné ma démission. » On a vu plus haut le principe et la
réalité de l'« épuration » de 1832 — et non de 1830. Outre le
recrutement, cette réforme prétendait aussi apporter une
certaine modération de l'intrusion de la Sûreté dans les affaires
de la vie privée. Mais, contrairement aux affirmations de Chapuzot, le préfet de police en place lors de cette réforme,
Gisquet, n'y était plus au moment de l'action romanesque
— 1843 — car il avait été remplacé depuis le 10 septembre 1836 par Gabriel Delessert, frère de banquiers, lequel
n'avait pris aucune part à l'épuration de 1832. En revanche,
les critiques voilées de Chapuzot rejoignent bien celles que
formulait dans la réalité un policier comme Canler, produites
dans le chapitre « M. Delessert, préfet de police » de ses
Mémoires : « Il voulait que tous les employés placés sous ses
ordres apportassent dans l'exercice de leurs fonctions l'urba-
nité qui chez lui caractérisait si bien l'homme du monde [...]
Habitué à vivre dans la région où la fortune et l'honorabilité
marchent de pair, il manquait de cette expérience qui ne
s'acquiert que lorsqu'on s'est trouvé en contact avec presque
toutes les classes de la société; ses excellentes qualités le portant à juger les autres d'après ses propres sentiments, son
caractère franc et loyal ne lui permettait guère de se mêler aux
manœuvres détournées qu'on est quelquefois obligé d'employer lorsque l'on veut préserver un gouvernement des
attaques d'un parti contraire, ou déjouer les projets d'individus qui, sous de faux semblants de liberté et pour satisfaire
leurs passions ou leurs intérêts particuliers, cherchent à
porter le trouble dans la société, la division parmi leurs
concitoyens et le deuil au sein des familles. »

   2. « De 1799 à 1815, un nom se détache dans l'Histoire de
la Police, celui de Fouché qui a occupé à quatre reprises les
fonctions de Ministre de la Police :

« du 20 juillet 1799 au 15 septembre 1802;

« du 11 juillet 1804 au 3 juin 1810 [en cumulant avec l'intérim du Ministère de l'Intérieur du 29 juin au 7 octobre 1809];

« du 21 mars 1815 au 23 juin 1815;

« du 8 juillet 1815 au 15 septembre 1815 [du 23 juin au 7 juillet 1815, Fouché occupait les fonctions de président de la Commission du Gouvernement]. »

Mais « l'œuvre de Fouché ne survécut pas au Ministre ». La Restauration et le gouvernement de Juillet ne s'intéressent pas à la Police générale. Les commissaires de police subsistent comme agents de la police judiciaire et de la police administrative sous les ordres des préfets; mais, « au cœur même du Gouvernement, l'ancienne Police Générale ne jouera plus qu'un rôle effacé, toujours embarrassante, sans cesse transportée d'un casier à l'autre de l'échiquier gouvernemental » (Henry Buisson, *La Police. Son Histoire*, p. 167 et 223 où la citation est extraite de Lasserre, *L'Organisation de la police et les projets de réforme*, Rennes, 1921).

3. Jean Lenoir (1732-1807), deux fois lieutenant général de Police — l'ancêtre Ancien Régime du préfet de police —, du 30 août 1774 au 14 mai 1775, puis du 19 juin 1776 au 11 août 1785, et, en outre, fondateur du Mont-de-Piété.

Antoine Sartinez, aventurier catalan devenu chevalier de Sartines (1729-1801), prédécesseur immédiat de Lenoir aux fonctions de lieutenant général du 21 novembre 1759 au 30 août 1774, date à laquelle il fut nommé ministre de la Marine par Louis XVI.

Page 390.

a. rapports. *Si.* : rapports. *Ensuite :* CVII / CHANGEMENT DU PÈRE THOUL EN PÈRE THOREC *orig.* : rapports. *C*

1. Bibi-Lupin est ici nettement assimilé à Vidocq, et la phrase sur « la persécution nécessaire, que les magistrats ont trouvée illégale » fait évidemment allusion aux procès suscités à Vidocq et aux acquittements qui s'étaient ensuivis.

Page 391.

a. Chardins   *F, erreur pour* : Chardin   *ant. Nous corrigeons.*

Page 392.

a. De C à F, ce nom est resté ici Judix *alors que plus loin il a toujours été écrit* Judici. *Nous uniformisons.*

b. Louis-le-Grand. *Si.* : Louis-le-Grand. *Ensuite :* CVIII / UNE SCÈNE DE FAMILLE *orig.* : Louis-le-Grand. *Ensuite :* XXXIV / LA VENGEANCE À LA POURSUITE DE VALÉRIE   *C*

1. Anagramme d'Hector.

2. Depuis *Le Génie du christianisme,* ce prénom avait été vulgarisé parfois jusqu'au grotesque, notamment par un certain Hapdé dans *Atala et Chaċtas ou les Deux Sauvages du désert,* pantomime créée au Cirque-Olympique en 1817. Varin et Dumersan avaient aussi repris ce prénom pour l'un des personnages de leur comédie-parade *Les Saltimbanques,* créée en 1838, de laquelle Balzac, Mme Hanska, sa fille et son gendre avaient tiré des surnoms qu'ils s'étaient mutuellement attribués. Atala était le surnom de Mme Hanska.

3. Le titre du chapitre dans *Le Constitutionnel* fait évidemment allusion au célèbre tableau de Pierre Prud'hon, *La Justice et la vengeance divines poursuivant le crime.*

Page 396.

a. contrat. *Si.* : contrat. *Ensuite :* CIX / AUTRE SCÈNE DE FAMILLE *orig.* : contrat. *C*

Page 398.

1. À l'évidence, Balzac a formé ce nom en amalgamant les noms des deux architectes qui s'occupèrent respectivement des Jardies et de sa maison de la rue Fortunée : Claret et Santi.

2. Encore un petit couplet qui semble détaché du long opéra des lettres à Mme Hanska.

Page 399.

a. et la... déniaiser *add.* F

1. Parmi les témoins que Balzac envisagea pour son propre mariage, en septembre 1846, il y avait Froment-Meurice et, sinon un avocat comme Massol, du moins son ami Glandaz, avocat général, son notaire Gossart, et le fils du doċteur Nacquart, juge au tribunal de la Seine. Et les consignes de discrétion étaient de rigueur.

Page 400.

a. coupe. *Si.* : coupe. *Ensuite :* CX / EFFET DE CHANTAGE *orig.* : coupe. *C*

1. Ce successeur et gendre de Cardot se nomme Berthier dans *La Cousine Bette* et *Le Cousin Pons,* et Jacquinot dans *Les Petits Bourgeois :* moitié l'un, moitié l'autre, un authentique notaire de Paris se nommait Bertinot et, naguère, avait procédé aux actes respeċtueux du mariage de Théodore Midy; cet épisode familial et judiciaire avait trouvé sa place dans *La Vendetta.*

2. Il surpasse donc les espérances de Bette qui calculait deux ans plus tôt pour Valérie : « Crevel te laissera trente mille francs de rente, environ » (p. 238).

Page 401.

a. cette femme   *Si.*   : cette femme sous mon pied   *ant.*

Page 402.

a. Vautrin   *add.* F
b. Larabit,   *orig.*   : Labarit,   C
c.   , où en sommes-nous ?   *add. orig.*
d. Ainsi, marchez!   *add.* F

1. Balzac dévoile donc enfin « le nom terrible » caché p. 386, et confirme les dires de Chapuzot (p. 389).
2. Sous le nom de Mme Nourrisson (voir p. 386, n. 2, et p. 387, var. *b*).
3. Ce nom, mal orthographié par les typographes et que Balzac a tenu à rectifier, vint sans doute sous sa plume par une sorte d'automatisme de mémoire, dans ce roman où Soult tenait une place certaine : Larabit (Marie-Denis. 1792-1876), alors député libéral bien connu, avait attaqué la « dictature militaire » de Soult au cours d'une retentissante séance à la Chambre (L. Blanc, *Histoire de dix ans,* éd. de 1844, t. IV, p. 203).
4. Le tarif augmente toujours : 30 000 francs d'abord (p. 387), puis 40 000 francs (p. 388)...

Page 403.

a. Tousard   *orig., correction volontaire ou coquille pour :* Tonsard   *C, qui évoquait des personnages des « Paysans » ?*
b. cliente.   *Si.*   : cliente. *Ensuite :* CXI / COMBABUS   *orig.* cliente. *Ensuite :* XXXV / UN DÎNER DE LORETTES   C

1. La « plaideuse consommée » des *Plaideurs* de Racine.

Page 404.

a. admiraient   *F*   : admirait   *ant.*

1. Combabus, favori du roi Séleucide Antiochos Ier, s'était mutilé de peur de ne pouvoir résister aux charmes de la femme du roi, Stratonice.
2. Le géographe Jean-Baptiste Bourguignon d'Anville (1697-1782) avait dessiné les cartes de l'*Histoire ancienne* publiée de 1730 à 1738 en 13 volumes par Charles Rollin (1661-1741). Jean-Denis Barbié du Bocage (1760-1825), fondateur de la Société de Géographie, fut le seul élève qu'ait formé d'Anville.
3. Georges Mniszech, entomologiste amateur, désirait posséder un *Catoxantha bicolor,* insecte coléoptère qui devait être « l'orgueil de [sa] collection », mais dont la difficile recherche semble avoir surtout incombé à Balzac (*LH,* t. III, p. 115, 380, 414, 415, 419).

Page 405.

a. Cinq [...] neuf   *orig.*   : Onze [...] quatre   C

1. Jusqu'à *La Cousine Bette,* Léon de Lora était seulement paysagiste. Devint-il aussi peintre de marines en 1846 parce que son créateur venait d'acheter la maison de la rue Fortunée et se trouvait ainsi le voisin de Théodore Gudin, peintre dont la spécialité était justement les marines ?

2. Ou Longchamp, du nom de la promenade où paradaient alors Parisiens et Parisiennes. *La Caricature* du 7 avril 1831 avait publié un article historico-plaisant intitulé *Long-Champs* et parfois attribué à Balzac de nos jours.

Page 406.

1. Nom attribué jadis aux perruquiers parce qu'il s'enfarinaient eux-mêmes en poudrant leurs clients, comme les merlans sont enfarinés avant d'être frits. En décembre 1844, Balzac avait promis à Hetzel pour *Le Diable à Paris* un article intitulé *Le Coiffeur* qu'il ne lui donna finalement pas, mais qui fournit aux *Comédiens sans le savoir* les chapitres « La Dynastie des Marius sans ruines » et « Physiologie du coiffeur ». Le grand Marius s'y plaint : « Notre profession est gâtée par des massacres qui ne comprennent ni leur époque, ni leur art. » Un *merlan* est donc un massacre.

2. Le nom de Cydalise a été mis à la mode, vers 1835, par la bohème du Doyenné. Ainsi avait été appelée une jeune femme, qui devait mourir prématurément. « Elle est embaumée et conservée à jamais dans le pur cristal d'un sonnet de Théophile », a écrit, dans les *Petits châteaux de bohème,* Gérard de Nerval, qui a lui-même chanté nostalgiquement « Les Cydalises » dans des strophes célèbres. Ce sonnet de Gautier, recueilli en 1838 dans *La Comédie de la mort,* évoque l'éblouissante blancheur du teint de Cydalise :

> *Pour veiner de son front la pâleur délicate,*
> *Le Japon a donné son plus limpide azur ;*
> *La blanche porcelaine est d'un blanc bien moins pur*
> *Que son col transparent et ses tempes d'agate.*

> (Th. Gautier, *Poésies complètes* publiées par R. Jasinski, nouvelle édition, 1970, t. II, p. 194.)

Page 407.

a. sihboleth   *orig., coquille pour :* shiboleth   C, *Nous corrigeons.*

b. duc.   *Si.*   : duc. *Ensuite :* CXII / UN DÎNER DE LORETTES *orig.*   : duc.   C

c. de Paris   F   : du Paris   *ant.*

1. Par allusion à un épisode biblique, ce mot hébreu désignait une épreuve permettant de distinguer si quelqu'un appartient bien à un groupe donné. Par extension, *Schibboleth* devint un mot de passe du grade de compagnon dans la franc-maçonnerie de rite écossais. C'est dans le sens d'un mot de passe que Balzac l'emploie ici, dans *Le Cousin Pons* et, avec une nuance différente, dans une lettre à Mme Hanska, le 12 décembre 1845, où il fait du nom de la ville de Lyon « un de ces *schiboleth* particuliers dans la vie d'un homme, et qui prononcés sont le mot sacré avec lequel s'ouvre le ciel ! »

2. Les quatre mendiants ?

Page 408.

1. Léon de Lora l'avait effectivement dit, au temps où il était Mistigris, dans *Un début dans la vie*.

Page 409.

a. ces discours [...] se disaient   *F*   : ces événements [...] se passaient   *ant.*

1. Un peu plus haut (p. 407, on lisait : « Carabine prit Combabus à sa gauche... »

Page 411.

a.   , pour nous tous   *add. F*
b. ajouta Montès [...] de Bixiou.   *add. F*

1. Personnage du *Roland furieux* de l'Arioste, amant puis époux de la belle Angélique. Le nom de ce Sarrazin, qui fut longtemps synonyme d'attachement fidèle et de dévouement, finit par devenir le plus courant des noms de chiens : d'où le *grognement*.

2. Cette phrase contredit le ferme propos de Valérie (p. 399) d'avoir un mariage *en catimini :* « nos convives [...] ne nous sauront pas mariés, nous les mystifierons ».

Page 412.

a. Carabine.   *Si.*   : Carabine. *Ensuite :* CXIII / OÙ L'ON VOIT MADAME NOURRISSON À L'OUVRAGE   *orig.*   : Carabine. *Ensuite :* XXXVI / LE PARADIS ÉCONOMIQUE DU PARIS DE 1840   *C*

1. Qu'il s'agisse de Guillaume Ier de Nassau, mort en 1843, ou de Louis Bonaparte, mort le 24 juillet 1846, ce « feu » de Léon de Lora en 1843 est une inadvertance de Balzac. Quant à désigner le plus probable, le choix est difficile, la Hollande ayant eu avec ces deux hommes des rois particulièrement obstinés. Louis Bonaparte ? « Louis n'est qu'un entêté », disait Napoléon. Celui qu'il avait fait roi de Hollande, pensant

que son devoir était d'être roi de Hollande et non frère de Napoléon qui écrasait ce pays sous les confiscations et les prohibitions, osa tenir tête à son frère : « Louis était bon, doux même. Mais lorsqu'on exigeait de lui une chose qui pouvait être nuisible [...] il avait alors une force de volonté très grande. Il le montra en la circonſtance », écrivait la duchesse d'Abrantès. Et, en effet, plutôt que de céder, Louis abdiqua (*Mémoires de l'Empire,* éd. Garnier, t. VI, p. 572 et t. VIII, p. 85 à 89). Quant à Guillaume Ier, fait roi de Hollande et de Belgique par le Congrès de Vienne en 1815, « ce prince obſtiné » perdit par son entêtement même le trône de Belgique après les troubles de 1830 (Thureau-Dangin, *Hiſtoire de la monarchie de Juillet,* t. II, p. 185 sq.).

Page 413.

1. Dans le chapitre « Les Entremetteuses » de ses *Mémoires,* Canler fournit des indications qui permettent de voir qu'Asie incarne à elle seule tous ces « démons de la corruption », et qu'aussi bien *entremetteuse* que *procureuse,* elle trafiquait des femmes de toutes les conditions : femmes du monde, courtisanes, ou « femmes de voleurs » comme le montrait Balzac dans *Splendeurs et misères des courtisanes,* petites bourgeoises, petites actrices, ou lorettes comme on le voit dans *La Cousine Bette.* Hommage du spécialiſte : ce chapitre de Canler porte une citation en exergue : « Les femmes ont corrompu plus de femmes que les hommes n'en ont aimé. Balzac. *Philosophie de la vie conjugale à Paris* » : il s'agit de l'axiome de « La Campagne de France », un des chapitres des *Petites misères de la vie conjugale* publiés dans *Le Diable à Paris* sous le titre donné par Canler.

2. Ou *Maison dorée,* reſtaurant inſtallé en 1840 dans la maison encore exiſtante à l'angle du boulevard des Italiens et de la rue Laffitte ; alors neuve, elle était « célèbre par ses lourds balcons de fonte surchargés de dorures, dont Klagmann sculpta les frises représentant des bêtes fauves courant dans les taillis. Sa vogue était, en 1842, encore plus grande que celle du café Anglais et du Café de Paris » (J. Hillairet, *Dictionnaire hiſtorique des rues de Paris,* t. I, p. 663). En 1976, les Parisiens ont pu voir une seconde Maison d'Or aussi neuve que celle de Valérie : entièrement démolie, cette dernière, en effet, a été remplacée alors par une bâtisse totalement modifiée à l'intérieur mais dont les façades ont été refaites à l'imitation des façades du célèbre établissement nommé par Balzac ; seuls les balcons n'ont pas bénéficié de tout à fait autant de dorures.

Page 414.

a. pour le faire lithographier ? *add.* F

b. un *C, coquille possible pour* une, *mais il se peut aussi que Balzac ait voulu traiter le mot « enfant » comme un neutre.*

Page 415.

a. café, un drôle de café, mais elle appelle cela son café. Donc, *F* : café. Mais, *ant.*

Page 416.

1.   *Oh ! oh ! oh ! oh ! Qu'il était beau,*
                Le postillon de Longjumeau !
air de l'opéra-comique d'A. Adam (1836).

Page 417.

a. , une terrible maladie [...] puis, *F* : , ce qui vaut mieux qu'un poison végétal ; *ant.*

b. que je ferai guérir et que je prendrai pour femme. *add. F*

c. Cydalise [...] faut. *F* : J'ai besoin de Cydalise, dit-il en regardant la Normande. *ant.*

d. lithographié !... *F* : copié !... *ant.*

Page 418.

a. caponer *modernisé par nous.*

b. pour ! *Si.* : pour ! *Ensuite :* CXIV / CE QU'EST UNE PETITE MAISON EN 1840 *orig.* : pour ! *C*

1. Balzac éprouva pour son propre compte des variations dans les attributions des tableaux qu'il achetait : certain *Portrait* était-il de Schidone ? Holbein ? Bronzino ? Un *Paysage hollandais* se révéla faux Breughel et vrai Paul Brill. Quant au fameux *Chevalier de Malte* qu'il mit aussi dans la collection du cousin Pons, il passa de Raphaël à Sébastien del Piombo, puis à Sicciolante, avant de finir, comme on l'a vu en Allori (voir p. 378 n. 3).

Page 419.

1. Différentes des cabriolets et plus rapides (les cabriolets n'avaient qu'un seul cheval), ces petites voitures « de place » stationnaient au coin de certaines rues où on les louait : elles étaient les taxis de l'époque. Fondée par l'inévitable Caillard, nommée Compagnie impériale sous Napoléon III, la Compagnie générale des Voitures à Paris existe toujours, mais, sous sa raison sociale inchangée, ne s'occupe que de gérances immobilières...

Page 420.

a. (Mme Nourrisson IIe) *add. F*

b. deux jolies chaises *F* : deux chaises d'occasion *ant.*
c. qu'y imprime *orig.* : que lui donne *C*
d. À quelle diſtance eſt-on, hélas! de *add. F*
1. Voir p. 378, n. 4.
2. À la ville et à l'univers.
3. Vulcain ayant surpris Vénus avec Mars les emprisonna dans des filets avant de convoquer les autres dieux.
4. Étoffe croisée faite de fil pour la chaîne et de coton pour la trame.

Page 421.

a. Crevel. Les femmes connaissent [...] du rendez-vous.
Si. : Crevel. Les femmes connaissent [...] du rendez-vous.
Ensuite : CXV / DERNIÈRE SCÈNE DE HAUTE COMÉDIE FÉMININE
orig. : Crevel! *C*
b. effrayée *add. F*

Page 423.

a. divine! *Si.* : divine! *Ensuite :* CXVI / LA VENGEANCE
TOMBE SUR VALÉRIE *orig.* : divine! *C*
b. Cette trahison [...] légèretés *F* : C'eſt une des légèretés *ant.*

Page 424.

a. personne. *Si.* : personne. *Ensuite :* CXVII / LE FRÈRE
QUÊTEUR *orig.* : personne. *Ensuite :* XXXVII / ACCOMPLISSE-
MENT DES PROPHÉTIES FAITES EN RIANT PAR VALÉRIE *C*

Page 425.

a. Chardin *add. F*

Page 426.

1. Selon J. Savant, ce déguisement était « un des déguisements classiques de Vidocq », qui devait abuser Hetzel alors
qu'il était secrétaire-général du miniſtère des Affaires étrangères après 1848 (*La Vie fabuleuse* [...], p. 439-440 et note).
Canler lui-même reconnaissait l'utilité des transformations et,
parmi les capacités d'un chef de la Sûreté, compte que « lorsqu'il faut prendre la conduite d'une affaire, il ne doit pas
hésiter à endosser un coſtume, quel qu'il soit, pour se déguiser
et surprendre ainsi l'ennemi » (*Mémoires,* chapitre « Les
voleurs par catégories »).
2. Plusieurs chapitres seront consacrés à la mort à Paris
dans *Le Cousin Pons,* notamment : « Où l'on apprendra
comment l'on meurt à Paris » et « La Mort eſt un abreuvoir
pour bien des gens à Paris ». Plus tard, Dumas intitulera un
de ses recueils de souvenirs : *Les morts vont vite* (1861).

Page 427.

a. acteurs ? *Si.* : acteurs ? *Ensuite :* CXVIII / PROPOS DE MÉDECIN *orig.* : acteurs ? *C*

b. observé des *orig.* : recueilli de   *C*

1. Déjà, en conclusion du *Colonel Chabert,* l'avoué Derville constatait : « il existe dans notre société trois hommes, le Prêtre, le Médecin et l'Homme de Justice, qui ne peuvent pas estimer le monde. Ils ont des robes noires, peut-être parce qu'ils portent le deuil de toutes les vertus, de toutes les illusions. »

Page 428.

a.   , dans les climats [...] Indes   *add. F*

1. La concussion, le régime censitaire : Balzac met, comme bien souvent, ses propres idées dans les discours de Bianchon. La réforme de la loi électorale semblait d'ailleurs une urgence à quelques esprits clairvoyants au moment où Balzac écrivait *La Cousine Bette,* et les élus allaient en débattre jusqu'en janvier 1848, à la veille de la révolution. Étant donné cette évidente conséquence, les réflexions sur ses prolégomènes revêtent une grande importance. *La Cousine Bette* représente d'une certaine manière les réflexions de Balzac, notamment par ce passage, et par les personnages d'élus tels que Crevel ou Beauvisage. Il est intéressant de rapprocher de son esquisse analytique celle de Tocqueville, qui porte sur la même époque : « En 1830, le triomphe de la classe moyenne avait été définitif et si complet que tous les pouvoirs politiques, toutes les franchises, toutes les prérogatives, le gouvernement tout entier se trouvèrent enfermés et comme entassés dans les limites étroites de cette seule classe, à l'exclusion, en droit, de tout ce qui était au-dessous d'elle et, en fait, de tout ce qui avait été au-dessus. Non seulement elle fut ainsi la directrice unique de la société, mais on peut dire qu'elle en devint la fermière. Elle se logea dans toutes les places, augmenta prodigieusement le nombre de celles-ci et s'habitua à vivre presque autant du Trésor public que de sa propre industrie. À peine cet événement eut-il été accompli, qu'il se fit un très grand apaisement dans toutes les passions politiques, une sorte de rapetissement universel en toutes choses et un rapide développement de la richesse publique [...] Dans ce monde politique ainsi composé et ainsi conduit, ce qui manquait le plus, surtout vers la fin, c'était la vie politique elle-même... Comme toutes les affaires se traitaient entre les membres d'une seule classe, dans son intérêt, dans son esprit, on ne pouvait trouver de champ de bataille où de grands partis puissent se faire la guerre. Cette singulière homogénéité

de position, d'intérêt et, par conséquent, de vues, qui régnait dans ce que M. Guizot avait appelé le pays légal, ôtait aux débats parlementaires toute originalité, toute réalité, partant toute passion vraie. »

L'affaire Teste, l'affaire Petit — l'affaire Marneffe (voir l'Introduction, p. 44-46) — agitaient le pays : « Quelques faits éclatants de corruption découverts par hasard en faisaient supposer [à la nation] partout de cachés, lui avaient persuadé que toute la classe qui gouvernait était corrompue, et elle avait conçu pour celle-ci un mépris tranquille, qu'on prenait pour une soumission confiante et satisfaite. Le pays était alors divisé en deux parts ou plutôt en deux zones inégales : dans celle d'en haut, qui seule devait contenir toute la vie politique de la nation, il ne régnait que langueur, impuissance, immobilité, ennui; dans celle d'en bas, la vie politique, au contraire, commençait à se manifester, par des symptômes fébriles et irréguliers que l'observateur attentif pouvait aisément saisir. J'étais un de ces observateurs et, bien que je fusse loin d'imaginer que la catastrophe fût si proche et dût être si terrible, je sentais l'inquiétude naître et grandir insensiblement dans mon esprit et s'y enraciner de plus en plus l'idée que nous marchions vers une révolution nouvelle. »

Le 27 janvier 1848, au cours de la discussion du projet d'Adresse en réponse au discours de la Couronne, Tocqueville prononçait un long discours et disait notamment : « On a parlé de changements dans la législation. Je suis très porté à croire que ces changements sont non seulement très utiles, mais nécessaires : ainsi, je crois à l'utilité de la réforme électorale, à l'urgence de la réforme parlementaire [...] mais, pour Dieu, changez l'esprit du gouvernement, car, je vous le répète, cet esprit-là vous conduit à l'abîme » (*Souvenirs,* éd. cit., p. 26-27, 29-30, 34).

Page 429.

a. sortir. *Si.* : sortir. *Ensuite :* CXIX / LE DOIGT DE DIEU ET CELUI DU BRÉSILIEN *orig.* : sortir. *C*

1. Pour Madeleine Fargeaud, Balzac pensait peut-être au professeur et fameux chimiste Dumas : « lorsque, dans *La Cousine Bette,* il appelle Duval un célèbre chimiste, on peut se demander s'il ne se livre pas là à une de ces transpositions qu'il affectionnait » (*Balzac et la recherche de l'Absolu,* p. 321).

Page 430.

a. Ni vous [...] moribond! *add. F*
b. passionnée *add. F*
c. Ah! tous *add. F*
d. Elle partit comme poussée par une force despotique.

Si. : Elle partit comme poussée par une force despotique. *Ensuite :* CXX / LE DERNIER MOT DE VALÉRIE *orig.* : Elle partit. *C*

1. Voir p. 195, n. 1 et, plus loin, p. 433, n. 1.

Page 431.

a. que corrompait *orig.* : attaqué par *C*

Page 432.

a. Si tu m'aimes [*10 lignes*] dit Valérie. *add. orig.*

1. Voir p. 334-335, et le titre du chapitre XXXVII du *Constitutionnel,* p. 424, var. *a.*

Page 433.

a. Il m'a tuée. *add. F*
b. , sans avoir l'air [...] exhalait *add. orig.*
c. maintenant *add. orig.*
d. je vais tâcher [...] lui, *add. orig.*
e. coquetterie! *F* : séduction! *ant.*
f. Oui, il faut que je *fasse le bon Dieu ! add. F. Le dernier mot de Valérie, annoncé par le titre du feuilleton, ne fut réellement trouvé par Balzac que pour la dernière édition du récit.*
g. pleurant. *Si.* : pleurant. *Ensuite :* CXXI / LES DERNIERS MOTS DE CREVEL *orig.* : pleurant. *C*

1. Tout se passe comme si Balzac s'était peu à peu formé une conviction positive sur le caractère spécial de l'amitié de Bette et Valérie. Au début (p. 195), ses propos plus ambigus donnaient cette interprétation pour médisance et produit de la malignité publique. Mais, passifs ou actifs, les lesbianismes possibles des deux femmes ont des caractères bien différents. Valérie semble simplement une courtisane tous terrains, au contraire de Bette qui a basculé d'un seul côté, comme c'est souvent le cas, par peur des hommes et à la suite de sa déception finale avec Wenceslas. Bette seule est active : Balzac parle au singulier de son « amitié passionnée », et ici de « l'amitié d'une femme pour une femme ». Quant à la violence de ce sentiment, *La Fille aux yeux d'or* prouve que Balzac était depuis longtemps persuadé qu'il s'agissait bien du « sentiment le plus violent qu'on connaisse » : *La Comédie humaine* tout entière ne donne, en effet, aucun exemple de sentiment qui le surpasse en violence.

Par ailleurs, on peut se demander si Balzac ne se posait pas de questions à ce sujet sur Marceline Desbordes-Valmore. Ce fait apporterait une explication supplémentaire, et non des moindres, à la présence de « Mme Valmore » parmi les modèles de Bette. L'amitié passionnée de Marceline pour

Pauline Duchambge, laquelle avait été mêlée aux péripéties de la liaison de Marie Dorval et de Vigny, a pu donner à Balzac quelques raisons de s'interroger sur l'existence d'un réseau de singulières amitiés féminines à Paris.

Page 434.

a. répondit Lisbeth *[p. 433, derniers mots]* Crevel.   *add. orig.*

b. se remettant   *orig.*   : se relevant   *C*

c. C'est fort drôle *[15 lignes]* voulez-vous,   *orig.*   : C'est fort drôle! Oh! n'ayez pas peur, mes enfants, je suis un esprit fort, quoiqu'ancien parfumeur! Que voulez-vous,   *C*

d. l'abbé?... Eh bien!   *orig.*   : l'abbé?... Savez-vous ce que j'ai fait, mes enfants?... Eh bien!   *C*

1. Paul-Henri Thiry, baron d'Holbach (1723-1789), surnommé le « maître d'hôtel de la philosophie ». Cet ami des encyclopédistes eut en fait un rôle déterminant dans l'évolution des idées qui conduisirent à la chute de l'Ancien Régime.

2. Lisette avait été chantée par Béranger.

Page 435.

a.   , fit-il [...] autorité   *add. orig.*

b. monsieur le président   *Si.*   : Ce cher président   *orig.* monsieur le président   *C*

c. Le Passage Montesquieu.   *add. F*

d. Hulot fils *[début du §]* supplice? En   *orig. Balzac remplaça cet alinéa par le texte suivant :* Eh bien! le médecin, le grand Bianchon, a regardé le petit jeune homme qu'il m'amenait pour me veiller et pour tenir note des phases ou des périodes d'intoxication, d'incubation, etc., car ils se sont servi de ces grands mots-là, et il lui a dit : — Avec ce moral là, monsieur le maire pourra s'en tirer. Et voilà, mes enfants, voilà la cause de cette gaîté! Je veux vivre, et les capucinades m'affaibliraient. D'ailleurs, je suis devenu gentilhomme, les grands seigneurs avant et pendant la révolution, savaient regarder la mort en face! Je suis Français, j'ai l'honneur d'être un des maires de Paris, et s'il faut mourir, je veux qu'on dise dans mon arrondissement : — Notre maire était un fier gaillard! il est *bien* mort! — Voilà pourtant le fruit de la bêtise, dit Bianchon à l'oreille de l'avocat qui contemplait tristement son beau-père. — C'est ce que je me disais, répliqua l'avocat. La confiance de la sottise et celle de l'ignorance approchent du calme et de la grandeur du stoïcisme que donne la force de l'âme. — Et remarquez, reprit Bianchon, qu'il supporte merveilleusement bien la maladie, *il se comporte bien,* comme on dit d'un vaisseau par une mauvaise mer. — Je me demandais, dit Victorin à Bianchon, si l'amour devait beaucoup nous énorgueillir de nos grandeurs morales, du moment où la bêtise produit le même effet! — Ah! répondit Bianchon, vous me rappelez une réflexion que j'ai faite lors du supplice des trois auteurs de la machine infernale du boulevard du Temple. Morey, le montagnard de 1793, Pépin, l'épicier, le bravo Fieschi, tous trois sont allés héroïquement à la mort, le révolutionnaire par stoïcisme, l'autre par les raisons que vient de vous donner votre beau-père, le Corse par forfanterie. Que vous guindiez l'obélisque de Luxor avec des cordes en soie ou en chanvre, par la force de la vapeur ou par celle des bras de l'homme, il se dresse insoucieusement; il semble qu'il en soit de même pour l'âme. Oh! le lit des mourants inspire d'étranges réflexions! L'esprit supérieur, ici à côté, va mourir stoïquement soutenu par la Religion; tandis que le sot mourra là, stoïquement soutenu par la vanité, par l'incrédulité? — C'est effrayant! répondit l'avocat. On n'ose pas conclure. *À partir de Si., Balzac revenait à la version première.*

  e. rente. *Si.* : rente. *Ensuite :* CXXII / UN DES CÔTÉS DE LA SPÉCULATION *orig.* : rente. *Ensuite :* XXXVIII / RETOUR DU PÈRE PRODIGUE *C*

  1. Racine, *Bajazet* (acte I, sc. 1).

  2. Selon Voltaire, Montesquieu à son lit de mort aurait fait chasser de sa chambre le père Routh, jésuite, qui voulait se faire livrer ses papiers pour en supprimer les passages irréligieux.

  3. Cette galerie, aujourd'hui supprimée, aboutissait au niveau de l'actuel numéro 5 de la rue Montesquieu.

  4. Ami et collaborateur de Rivarol, guillotiné en 1794.

  5. Après une mort bien digne de lui. Balzac a toujours donné à ses personnages une mort qui souligne le trait dominant de leur caractère ou de leurs passions. La vieille Crochard expirait « en essayant de prendre un air malicieux »; Grandet était mort en faisant « un épouvantable geste » pour s'emparer du crucifix en vermeil que lui tendait un prêtre, « et ce dernier effort lui coûta la vie »; Claes mourait en criant « Eurêka »; Goriot « usa ses dernières forces pour étendre les mains » sur les têtes de Bianchon et Rastignac qu'il prend pour celles de ses filles, il en soupire de joie et « ce soupir fut l'expression de toute sa vie, il se trompait encore ». Valérie Marneffe meurt en voulant « faire le Bon Dieu ». Et Pons mourra en lâchant, une dernière fois, la main secourable de Schmucke pour saisir ses couvertures, n'importe quoi, comme il avait fait toute sa vie, préférant au fond la possession des objets à la véritable amitié.

  6. Même en comptant les frais, le tarif a singulièrement augmenté depuis l'initial : « Donnez-vous trente mille francs si l'on vous débarrasse de tout ceci ? » de la Saint-Estève (voir p. 387, 388 et 402).

7. J.-H. Donnard pense que Balzac a tiré parti de l'ouvrage publié en 1840 par H.-A. Frégier, *Des classes dangereuses dans les grandes villes et des moyens de les rendre meilleures*. En effet, Frégier signale que des « hommes recommandables [...] se réunissent tous les dimanches de midi à trois heures, rue des Fossés-Saint-Jacques, nº 11, pour connaître les besoins des indigents et pour leur fournir les moyens de se marier ». Placée sous le patronage de saint François-Régis, cette société charitable avait contribué de 1826 à 1837 « à la célébration civile et religieuse du mariage de près de 8 000 indigents » (Baillière, éd., 1840, t. II, p. 162-163, cité dans *Les Réalités économiques et sociales dans la Comédie humaine*, p. 206).

Page 436.

a. indigents, tandis   *F, Si. et C* : indigents, et chacun d'eux fait tour à tour, pendant un mois ce service; tandis *orig. C'est à partir de cet endroit qu'on relève en orig. des corrections non reproduites dans les états postérieurs.*

b. se relâche difficilement de   *F, Si. et C* : renonce difficilement à   *orig.*

c. Lorsque Mme la baronne [...] reprit   *F, Si. et C* : Lorsque Mme la baronne Hulot fut tout à fait rétablie, et les événements arrivés dans la maison de Crevel, quoique tristes, contribuèrent beaucoup à cet heureux résultat, elle reprit   *orig.*

d. circonscrivent   *F* : circonscrit   *ant.*

e. Miroménil.   *F, Si. et C* : Miroménil et rue de la Bienfaisance.   *orig. Nous rétablissons la graphie courante :* Miromesnil.

1. Frégier attribuait « la cause véritable et déterminante » de la fréquence du concubinage dans les milieux populaires au « défaut d'argent, soit pour se procurer les pièces exigées par l'autorité [...] soit pour payer les frais de célébration du mariage civil et religieux, soit enfin pour se vêtir convenablement et faire la noce » (cité par J.-H. Donnard, *ibid.* p. 205).

2. Lorsqu'elle fut bâtie vers 1770, la partie nord de la rue de l'Arcade se nommait rue de la Petite-Pologne, nom du lieu-dit qu'elle traversait : ce détail élargit encore le quartier déjà étendu que Balzac circonscrit. Sur l'espèce de personnages qui habitaient ce quartier à l'époque exacte de l'intrigue, un lecteur des *Mystères de Paris* nous renseigne par la lettre qu'il écrivit le 21 novembre 1843 à Eugène Sue : « Mon cher Sue, je viens de lire avec plaisir vos *Mystères de Paris*. Seulement je trouve que votre Chourineur (pour un homme aussi fort que vous l'annoncez) gagne trop peu. Si vous étiez bien informé, vous sauriez qu'un bon tireur gagne de sept à huit francs, et que trente sous par jour est

ce qu'on donne à un barbotteur. Je ne m'étonne plus qu'il soit obligé de visiter le tapis franc de la mère Ponisse et qu'il se trouve quelquefois sous la surveillance de Quart d'œil. Si vous désirez de bons renseignements sur ces ouvriers, vous pouvez sans beaucoup vous déranger les trouver dans les chantiers de la Pologne (Quartier St Lazare) ou bien à la Merdeuse (Port qui longe les Tuileries » (Bibliothèque historique de la Ville de Paris, C.P. 3935, f° 543). En 1860, le percement du boulevard Malesherbes entamait sérieusement la *Petite-Pologne,* comme le notait Albéric Second : « Quant à la Petite-Pologne, on peut être Français, et bon Français, sans savoir au juste sous quel degré de longitude elle est placée. Bornée par la rue de la Pépinière, par la rue de Courcelle et par le parc de Monceaux, la Petite-Pologne a son centre sur la place de Laborde, ou, pour être plus exact, c'est là qu'était situé son centre, car la Petite-Pologne ne sera bientôt plus qu'un souvenir dans ces quartiers aérés, vivifiés, renouvelés par les gigantesques travaux municipaux que nous voyons s'accomplir comme par miracle. C'était la patrie, à dix centimes la nuit, de tous les joueurs d'orgue, de tous les montreurs de singes, de tous les saltimbanques et de tous les ramoneurs qui grouillent sur le pavé de la ville. Expulsés de cette douce patrie par les démolitions ; on me demandera sans doute quel est le quartier adopté, à cette heure, par les Petits-Polonais de Paris ? Je m'en informerai, s'il vous plaît absolument d'être renseignés à cet égard ; mais dès à présent, je me crois autorisé à vous dire qu'ils ne se sont installés ni dans la rue de Rivoli, ni sur le boulevard des Italiens » (*L'Univers illustré,* 12 juillet 1860). Les derniers vestiges de la Petite Pologne devaient disparaître en 1868 lors du percement de la rue de Madrid sous la rue du Rocher.

Page 437.

    a. insolvables   *add. orig.*

    b. 1844,   *orig.* : 1843,   C

    c. Delaborde   *tous les états. Nous modernisons.*

    d. raisonnement.   *Si.* : raisonnement. *Ensuite* : CXXII / OÙ L'ON NE DIT PAS POURQUOI TOUS LES FUMISTES DE PARIS SONT ITALIENS *orig.* : raisonnement. *orig.*

    e. Italiens, comme [...] années. *orig.* : Italiens établis à Paris, comme tous les fumistes.   C

    1. Aujourd'hui place Henri-Bergson, ex-voirie des Grésillons devenue la place de Laborde en 1837.

    2. Ici encore l'observation de Balzac recoupe celle de Frégier qui déplorait que l'on ne s'occupe pas des écrivains publics de Paris, parmi lesquels il dénombrait « des clercs de toute espèce, expulsés des études où ils travaillaient pour

cause de paresse ou d'abus de confiance, des instituteurs sans élèves, des sous-officiers éloignés de leurs régiments, à raison de leur vie déréglée et dissolue; des fils de famille répudiés par leurs proches pour leurs désordres et la dépravation de leurs mœurs, des condamnés libérés; en un mot, des gens plus ou moins lettrés de toutes les conditions, et formant le rebut de la société ». La plupart « semblent n'estimer que les jouissances animales; car indifférents aux avantages d'une mise propre et convenable, ils habitent des garnis du plus bas étage, et couchent sur des grabats pleins de vermine, à quatre sous la nuit » (*Des Classes dangereuses [...],* t. I, p. 118, cité par J.-H. Donnard, *Les réalités économiques [...]* p. 206). Dans ses *Dix ans à la cour du roi Louis Philippe,* Benjamin Appert était aussi net : les écrivains publics « sont la plupart d'anciens militaires, ivrognes, débauchés et de la police » (t. II, p. 219).

3. Déjà, par la plume de Grégoire Gérard dans *Le Curé de village,* Balzac avait réclamé « un vaste remaniement » de tout le système de l'instruction publique, portant essentiellement sur « l'enseignement élémentaire, si nécessaire aux peuples » : « La quantité déplorable de délits et de crimes accuse une plaie sociale dont la source est dans cette demi-instruction donnée au peuple, et qui tend à détruire les liens sociaux en le faisant réfléchir assez pour qu'il désire des croyances religieuses favorables au pouvoir et pas assez pour qu'il s'élève à la théorie de l'Obéissance et du Devoir qui est le dernier terme de la Philosophie Transcendante. »

4. Ou plus exactement : passage du Soleil-d'Or, devenu ensuite la galerie de Cherbourg, absorbée par la création de la rue Joseph-Sansbœuf située entre les numéros 6-10 de la rue de la Pépinière et les numéros 1 de la rue de Laborde et 8 de la rue du Rocher.

5. Troisième anagramme : cette fois de d'Ervy.

6. Atala elle-même se nomme Judici et, nous le verrons, son père a été « l'un des premiers fumistes de Paris ». Les *Almanach du commerce* prouvent que si « tous les fumistes » de Paris n'étaient pas italiens, du moins beaucoup l'étaient. Pour ce détail de mœurs, Balzac a sans doute été orienté par l'origine du fumiste qui s'occupait alors de son fameux calorifère : Fradelizi (« neveu, 29, rue Richer »), successeur de son oncle Fradelizi qui s'était installé comme « poelier-fumiste » en 1821, vraisemblablement recommandé par Santi, l'architecte italien qui dirigeait les travaux de la maison de la rue Fortunée (*Almanach du commerce* de 1821 et 1846 et *Corr.,* t. V, p. 374-375).

Page 438.

a. Le père Judici [*6 lignes*] quinze ans.   *add. orig.*

b. vivement impressionnée [...] mari   *add. orig.*

c. cette petite, nommée Atala,   *orig.*   : elle   *C*

d. libertin,   *orig.*   : scélérat,   *C*

Page 439.

a. le   *F, coquille pour :* la   *ant. Nous avons corrigé.*

b. de sa mère. La mère était jalouse *[8 lignes]* libre   *orig.*   : de sa mère et comme elle s'est souvenue de nous, il a vu qui nous étions et la laisse venir ici. Mariez-la, madame, et vous ferez une action bien digne de vous... Une fois mariée, elle sera libre   *C*

c. qui la guette [...] lancée.   *orig.*   : qui la déteste et qui voudrait la jeter dans la prostitution.   *C*

d. ce qui pend [...] vieux...   *orig.*   : ce qui attend tous les vieillards.   *C*

e. ressource...   *Si.*   : ressource... *Ensuite :* CXXXIV / LA NOUVELLE ATALA TOUT AUSSI SAUVAGE QUE L'AUTRE ET PAS AUSSI CATHOLIQUE   *orig.*   : ressource...   *C*

f. Atala, prévenue [...] mis   *orig.*   : Cette petite avait mis   *C*

g. Un bonnet à rubans [...] de [la   *F*] sa tête.   *orig.*   : Au lieu de chapeau, elle avait un bonnet à rubans couleur cerise qui décuplait l'effet de sa tête.   *C*

h. Cette petite se tenait [...] l'étonnait beaucoup.   *add. orig.*

Page 440.

a. Saint-Antoine.   *Si.*   : Saint-Antoine. Et, chose étrange ! dans ce faubourg où vivent cent mille ouvriers de tout état, dans ce faubourg qui fabriquerait des civilisations complètes, qui armerait cent mille combattants de toutes armes en quinze jours, qui enfante des miracles en tout genre, Paris, à qui l'on accorde tant d'intelligence, n'a pas bâti d'église. On ne peut pas appeler une église cette grange nommée Sainte-Marguerite, qui fait honte à la plus obscure fabrique. Or, là où les yeux du peuple devraient être incessamment frappés par un de ces grands monuments religieux qui jettent les idées de Dieu, d'avenir, de religion, la population n'aperçoit que la colonne dite de Juillet ! De la barrière du Trône à l'hôtel-de-ville, on ne voit qu'une église celle de Saint-Paul ! Dans ce faubourg, qui certes vaut Lyon ou Bordeaux, ne serait-il pas de la plus haute politique d'élever une église au moins aussi considérable que celle de Saint-Sulpice, et haute comme Sainte-Geneviève ? Allez à Bourges, et demandez-vous s'il est impossible d'y oublier Dieu !   *orig.*   : Saint-Antoine.   *C*

Page 441.

a. se dit Adeline. *F, Si. et C* : dit Adeline à la femme du fumiste. *orig.*

b. demanda-t-elle. *F, Si. et C* : demanda-t-elle, de nourrir ses parents et de les sauver de la misère. *Ensuite :* cxxv / CONTINUATION DU PRÉCÉDENT *orig.*

c. Vyder ?... *F, Si. et C* : Vyder ?... demanda la baronne après une pause. *orig.*

d. de belles robes, *F, Si. et C* : des robes en soie, *orig.*

e. il me soigne si bien, si gentiment, *orig.* : il me soigne tant, *C*

f. me soigner, *F, Si. et C* : me servir, *orig.*

g. d'homme; aussi, fait-il de moi *F* : d'homme. Aussi, lui laissé-je faire de moi *orig.* : d'homme, aussi, il fait de moi *Si. et C*

h. petite B..., ou bien *F* : vermine, voleuse quand elle était de bonne humeur et *orig.* : petite vaurienne, ou bien *Si. et C*

i. voleuse [...] sais! *add. F*

j. Eh bien [...] père Vyder ?... *F* : Eh bien! pourquoi, mon enfant, si tu aimes ce monsieur Vyder, n'en ferais-tu pas ton mari ?... *orig.* : Eh bien! pourquoi, mon enfant, n'en ferais-tu pas ton mari!... *Si. et C*

Page 442.

a. d'être la femme d'un homme *add. orig.*

b. n'est-ce pas racheter bien des fautes! *F* : c'est racheter bien des fautes! *orig.* : c'eût été racheter bien des fautes *Si. et C*

c. les manchettes *orig.* : l'ombrelle *C*

d. aller *orig.* : rentrer *C. Voir var. a, p. 443.*

e. dit la baronne en montrant la femme du fumiste. *add. F*

f. C'est une scie [...] c'est ?... *add. F*

1. Aujourd'hui rue de la Gaîté mais établi de 1816 à 1817 et de 1819 à 1868 à l'angle des rues de Fleurus et Madame, le théâtre du Luxembourg, dit Bobino, commença par un spectacle forain avec parades, danses de corde, combats de sabre et pantomimes, avant de s'élever après 1830 au vaudeville et au mélodrame, sous la direction de Roqueplan puis de Hostein.

D'abord installé dans une baraque de la foire Saint-Germain, l'Ambigu-Comique, alors nommé le théâtre des Comédiens de Bois, commença par des spectacles de marionnettes. Son fondateur Audinot fit ensuite construire une salle boulevard du Temple, dont l'inauguration eut lieu le 9 juillet 1769 et qu'il nomma Ambigu-Comique en 1789.

Les marionnettes avaient été remplacées par des pantomimes enfantines et, avec l'aide de Mme du Barry qui les fit jouer devant le roi, le succès vint. La salle fut reconstruite en 1789 et devint l'une des plus belles de Paris. Son essor fut un moment arrêté, sous la Restauration, par l'incendie qui détruisit le théâtre dans la nuit du 13 au 14 juillet 1827. La salle fut rebâtie boulevard Saint-Martin, sur l'emplacement du 2 *ter* actuel et inaugurée le 8 juin 1828 selon Hillairet, le 7 juin 1829 selon Brazier (N. Brazier, *Chroniques des petits théâtres de Paris,* t. I, p. 43, 71, et J. Hillairet, *op. cit.,* t. II, p. 81, 331, 462, 543). Frédérick Lemaître, Marie Dorval et la plupart des auteurs à succès avaient contribué à la réputation de l'Ambigu-Comique. Le beau bâtiment, construit par Hittorf et Lecointe, dont Gosse avait peint le plafond, dont Jouanis et Desfontaines avaient décoré la salle, avait coûté 1 347 944 francs. Entièrement restauré en 1884-1887, il devait être abattu, victime de la spéculation immobilière, en 1871.

Le « peut-être » d'Atala s'explique par le prix des places : celles de Bobino coûtaient de 30 centimes à 1,25 F, celles de l'Ambigu de 40 centimes à 5 francs. (*Almanach du commerce* de 1843).

Page 443.

a. dans le bon chemin *[p. 442, 15 lignes en bas de page]* Sais-tu   *orig. var. post.* : dans le bon chemin. Vois, madame ; elle est heureuse depuis qu'elle est rentrée dans le sein de l'Église ! Demande-lui si elle s'est mariée sans avoir reçu le sacrement de mariage. Comment-veux-tu que Dieu te protège, si tu foules aux pieds les lois divines et humaines ?... Sais-tu *C*

b. village !   *Si.* : village ! *Ensuite :* CXXVI / UNE RECON-NAISSANCE *orig.* : village !   *C*

Page 445.

a. intérieur. *add. orig.*
b. retrouve !...   *orig.* : trouve !...   *C*
c. Valérie   *F* : Ta Valérie   *ant.*
d. mais pourrai-je emmener la petite ?   F   : mais je ne puis pas emmener la petite ?   ant.

Page 446.

a. ni dans la fange !   *F* : ni dans la fange, ni dans la tombe !   *ant.*
b. même !   *Si.* : même ! *Ensuite :* CXXVII / LE DERNIER MOT D'ATALA   *orig.* : même !   *C*
c. qui me donne [...] battue !...   *add. F*

Page 447.

a. fois.   *Si.*   : fois. *Ensuite :* CXXVIII / RETOUR DU PÈRE PRODIGUE   *orig.*   : fois.   *C*

b. Il oublia   *orig.*   : il oublia promptement   *C*

Page 448.

a. inquiétude.   *Si.*   : inquiétude. *Ensuite :* CXXIX / ÉLOGE DE L'OUBLI   *orig.*   : inquiétude.   *C*

b. Balzac avait écrit et on lit dans tous les états phthisie   *graphie qui suivait l'usage, modernisé par nous.*

1. Au sujet de Bette, Hulot avait prédit, plusieurs années auparavant : « elle ne vivra pas longtemps, elle est poitrinaire, je le sais » (p. 173). On peut se demander si, en l'occurrence, Balzac n'a pas été influencé par le fait qu'au moment même où il écrivait *La Cousine Bette,* Inés Valmore, la fille de Marceline, mourait poitrinaire. Elle devait s'éteindre le 4 décembre 1846.

2. Steinbock, qui connaît parfaitement le double jeu mené par Bette, serait donc, finalement, un niais accompli ?

Page 449.

a. Redevenu artiste [...] débuts.   *orig.*   : Il était redevenu artiste *in partibus.*   *C*

b. oublis!   *Si.*   : oublis! *Ensuite :* CXXX / UN DÉNOUEMENT ATROCE RÉEL ET VRAI   *orig.*   : oublis!   *C*

1. Assimilé aux évêques *in partibus* dont le diocèse est purement nominal.

2. Balzac lui-même s'y était laissé prendre : il avait comparé les débuts de Steinbock à ceux de Raphaël...

Page 450.

a. On ne fit naturellement aucune attention *[17 lignes]* sortir.   *orig.*   : C'était bien la fille délurée que la province envoie journellement à Paris, et elle avait l'air tout-à-fait dévergondé, tant elle était grossière dans son langage; mais elle avait servi les rouliers, elle sortait d'une auberge de faubourg. On ne fit naturellement aucune attention dans la maison, à l'entrée de cette fille appelée Agathe.   *C*

b. bruit étrange,   *F*   : bruit de pas,   *ant.*

INDICATIONS BIBLIOGRAPHIQUES

Notre choix se limite aux ouvrages et articles récents.

BARRÈRE (J.-B.) : « Hugo jaugé par Balzac ou l'étrange cas onomastique de la *Cousine Bette* », *Mercure de France,* janvier 1950.

SAINT-GIRONS (P.) : « Les barons Hulot et le comte d'Aure », *Les Études balzaciennes,* n° 2, septembre-décembre 1951.

HÉRIAT (Philippe) : Préface dans *L'Œuvre de Balzac,* CFL, 1951, t. IX, p. 693-705.

LA LONDE (L. de) : « Hector d'Aure, ordonnateur en chef de l'expédition de Saint-Domingue et héros balzacien », *Mercure de France,* janvier 1954.

CASTEX (P.-G.) : « Quand Balzac affronte Eugène Sue », présentation de *La Cousine Bette,* Club du Meilleur Livre, 1959.

LORANT (André) : « La création d'un personnage balzacien : Wenceslas STEINBOCK », *Les Études balzaciennes,* n° 10, mars 1960.

— « Histoire de Lélio », *L'Année balzacienne 1960.*

— « Présence de Mme de Brugnol dans l'œuvre de Balzac », *Cahiers de l'Association des Études françaises,* n° 15, Les Belles Lettres, mars 1963.

GUISE (René) : « Balzac et le roman-feuilleton », *L'Année balzacienne 1964.*

MEININGER (A.-M.) : « Réalisme et réalités », *Europe,* janvier-février 1965.

LORANT (André) : *« Les Parents pauvres » de H. de Balzac... Étude historique et critique,* 2 vol., avec un index et une importante bibliographie à la fin du tome II, Genève, Droz, 1967.

CLARK (R.-J.-B.) : « Balzac, Clairville et Mme Marneffe », *R.H.L.F.,* septembre-octobre 1968.

GUICHARDET (Jeannine) : Compte rendu des *Parents pauvres de H. de Balzac* de A. Lorant, *L'Année balzacienne 1969.*

CITRON (Pierre) : Compte rendu du même ouvrage, *R.H.L.F.,* septembre-octobre 1969.

BARDÈCHE (Maurice) : Préface dans les *Œuvres complètes de Balzac,* Club de l'Honnête Homme, 1969, t. X, p. 241-260.

GUISE (René) : Notes de *Le Corse* et *La Marâtre* dans les *Œuvres complètes illustrées* de Balzac, Les Bibliophiles de l'Originale, 1971, t. XXIII (*Théâtre,* III).

WEELEN (J.-E.) : « Balzac et le mystérieux Stenbock », *Balzac à Saché,* n° XIII, Tours, 1972.

Barbéris (Pierre) : Préface et notes de *La Cousine Bette,* coll. Folio, Gallimard, 1972.

Pierrot (Roger) : Introduction de *La Cousine Bette,* Le Livre de Poche, 1972.

Savant (Jean) : « Louise la mystérieuse ou l'essentiel de la vie de Balzac », *Cahiers de l'académie d'histoire,* nos 25-30, 1972.

Meininger (A.-M.) : *Le Cousin Pons,* introduction, appendice critique et notes, Classiques Garnier, 1974.

DEUXIÈME ÉPISODE

LE COUSIN PONS

HISTOIRE DU TEXTE

LES ÉTAPES DE LA RÉDACTION

Le 15 juin 1846, Balzac, plein de confiance dans sa « victorieuse plume », annonce à Mme Hanska : « Voici ce que je vais écrire 1º l'*Histoire des parents pauvres, Le Bonhomme Pons,* qui fait 2 à 3 feuilles de *La Com[édie] hum[aine],* puis, *La Cousine Bette,* qui en fera 16. Puis *Les Méfaits d'un procureur du Roi,* qui en fait six; total, 25 feuilles, ou 20 000 fr., journaux et librairie comprise, puis finir *Les Paysans.* » (*Lettres à Mme Hanska,* t. III, p. 213-214.) Le futur *Cousin Pons* est donc conçu, à l'origine, comme un récit bref, de l'étendue d'une nouvelle, alors que sont d'emblée prévues, pour *La Cousine Bette,* les dimensions d'un roman.

Le 16 juin, il apporte des précisions sur les deux ouvrages en chantier, dont il souligne les analogies : « *Le Vieux Musicien* est le *parent pauvre,* accablé d'injures, plein de cœur, *La Cousine Bette* est la *parente pauvre,* accablée d'injures, vivant dans l'intérieur de 3 ou 4 familles et prenant vengeance de toutes ses douleurs. Ces 2 histoires avec *Pierrette* constitueront l'*Histoire des parents pauvres* » (*ibid.,* t. III, p. 216). Son ambition est de renverser Dumas et Sue, « faux dieux » d'une « littérature bâtarde ». Il vit dans une fièvre inspirée; en rédigeant *Le Vieux Musicien,* il a « la tête pleine d'idées » et le « travail facile » (17 juin, *ibid.,* p. 218). Le 20 juin, il se donne encore quarante-huit heures pour terminer « cette nouvelle de 50 feuillets » (*ibid.*, p. 222); mais il n'en est, le 22, qu'à trente-quatrième et déclare, le lendemain, qu'il a « encore 23 feuillets à écrire » (*ibid.*, p. 231). Enfin, le 28 juin 1846, il fait entendre ce cri de victoire : « Mon cœur aimé, je viens de terminer *Le Parasite,* car tel est le titre définitif de ce qui s'est appelé *Le Bonhomme Pons, Le Vieux Musicien,* etc. C'est, pour moi du moins, un de ces chefs-d'œuvre d'une excessive simplicité qui contiennent tout le cœur humain. C'est aussi grand et plus clair que *Le Curé de Tours,* c'est tout aussi navrant. Je t'en apporterai l'épreuve » (*ibid.*, p. 241).

Il a d'abord songé, pour publier sa nouvelle, à *La Semaine* (16 juin), puis au *Musée des familles* (23 juin); après quelques jours d'hésitation, il l'offre, pour *Le Constitutionnel,* au docteur Véron, à qui il destine aussi *La Cousine Bette.* Il écrit à Mme Hanska, le 3 juillet : « Quant aux *Parents pauvres,* les deux histoires vont au *Constitutionnel* » (*ibid.*, p. 253).

Balzac donne un nouveau titre à son œuvre : *Les Deux Musiciens;* d'après le témoignage de sa lettre du 8 juillet, on la compose à l'imprimerie du journal. Il va chercher des épreuves le 14 et passe deux nuits à les corriger : « C'est bien ardu, écrit-il le 16 à Mme Hanska, car cette histoire tient de *César Birotteau* et de *L'Interdiction.* Il s'agit d'intéresser à un homme, à un vieillard » (*ibid.*, p. 278). Il rend cette première série d'épreuves à l'imprimerie le 17 juillet. Malgré sa déclaration antérieure, son travail n'est pas terminé; le 21, il a « encore seize feuillets à écrire pour finir la première histoire des deux du *Constitutionnel* » (entendons, à cette date : *Les Deux Musiciens*). Mais le 26, il a toute sa « nouvelle composée à lire et à corriger » (*ibid.*, p. 295).

Après quelques jours d'interruption causée par la chaleur, par son mauvais état de santé, par ses ennuis domestiques, et probablement par le manque d'inspiration, il se propose, le 31 juillet, de reprendre la correction des épreuves. Le 4 août, il « travaille par soixante degrés de chaleur » (*ibid.*, p. 317), au-dessus de l'atelier d'un blanchisseur, et constate qu'il a « encore vingt-six feuillets à écrire ». Autour du 5 août, au moment où il prépare une réédition des *Études philosophiques,* il établit une liste de soixante et un noms de peintres : d'après Mme Meininger (dans son édition du *Cousin Pons,* Classiques Garnier, 1974, p. 355), les douze premiers noms sont ceux des artistes dont il avait acheté des œuvres au printemps de 1846; or on trouve dans cette liste des noms de peintres cités non seulement dans *Le Cousin Pons,* mais encore dans *La Cousine Bette.* Il écrit le 10 août à Mme Hanska : « Mon cher lplp, la Ch[ouette] ne va pas mieux. Voici 3 jours de perdus pour mes travaux. J'ai relu ce que j'ai fait, et je suis loin d'en être content. Je trouve cela mauvais, sans esprit ni intérêt. Or, il s'agit d'être publié dans *Le Constitut[ionnel]* qui tire à 25 000, et après E[ugène] Sue. Il est impossible que je fasse quelque chose de bon dans les circonstances où je suis » (*ibid.*, p. 325). Il veut « achever *Les Deux Musiciens* à tout prix » ; il se « bourre de café », il « sue » et n'a « pas d'esprit » (11 août, *ibid.*, p. 327). Cependant, il arrive à surmonter son désarroi, puisqu'il annonce à Mme Hanska, le 12 août : « Je suis plus content, ou moins mécontent, des *Deux Musiciens,* j'ai tout bouleversé, hier, dans mes corrections ; mais j'ai 36 feuillets à écrire pour terminer » (*ibid.*, p. 329). Le 13, il lui donne l'assurance qu'il fera « des miracles » (*ibid.*, p. 329), car il ne peut quitter Paris pour la rejoindre en Allemagne sans avoir livré l'œuvre au *Constitutionnel.*

Or, à la date du 18 août, il écrit dans sa lettre — journal du 16 au 20 août : « J'ai fait aujourd'hui 24 feuillets de *La Cousine Bette* » (*ibid.*, p. 336). On constate alors qu'il a provisoirement renoncé aux *Deux Musiciens :* il reprend à l'imprimerie du *Constitutionnel* les épreuves de ce récit. Affolé, le docteur Véron lui écrit le 19 : « Je ne comprends rien à ce que l'on me raconte, après mille corrections et la *composition* de plusieurs feuilles, vous avez tout remporté et vous donnez *par petites portions* un nouveau manuscrit. Tout le travail fait est perdu. Tout est maintenant à faire. Vous deviez selon vos engagements avoir tout fini le 15 et le 15 rien n'est commencé » (*Corr.*, t. V, p. 147-148).

Le « nouveau manuscrit » est celui de *La Cousine Bette.* Persuadé désormais que *Les Deux Musiciens* appellent des développements supplémentaires, qui justifient le nom de « roman », employé pour la première fois à leur propos dès le 13 août, Balzac préfère donner au *Constitutionnel* l'histoire peu avancée de *La Cousine Bette* et assumer tous les risques des feuilletonistes qui fabriquent du texte au jour le jour, plutôt que de se débarrasser prématurément d'une œuvre riche de virtualités nouvelles.

La Cousine Bette commence à paraître dans *Le Constitutionnel* le 8 octobre 1846. À la suite du voyage de Balzac à Wiesbaden, où il assiste au mariage de Georges Mniszech avec Anna Hanska, la publication doit être interrompue dès le 12 octobre. « Votre obstination à ne pas nous gorger de copie, malgré toutes vos promesses, me met dans l'inquiétude et me fait faire de mauvais rêves », lui écrit Véron le 13 octobre (*Corr.*, t. V, p. 158). Le « succès étourdissant » de *La Cousine Bette* et la perspective d'une nouvelle rencontre avec Mme Hanska encouragent Balzac, de retour à Passy le 17 octobre : il envisage de terminer les deux histoires des *Parents pauvres* pour le 6, puis pour le 10 novembre. Cependant, le rythme de sa production se ralentit au début du mois de novembre : il est très inquiet au sujet de la santé de Mme Hanska qui,

enceinte et soignée à Dresde, lui donne des nouvelles peu
précises sur son état : il a « un estomac convulsé par les
chagrins, par l'anxiété des affaires, par la perspective du travail
à faire », écrit-il le 3 novembre. Le même jour, G. Mniszech
lui transmet un message de Mme Hanska : « *Les Parents
pauvres* font ici [à Dresde] beaucoup de bruit et tout le monde
attend avec impatience la continuation de ce chef-d'œuvre.
Notre chère Athala [*sic,* pour Mme Hanska] vous prie et
désire vous faire remarquer qu'il serait peut-être mieux de
donner aux *Deux Musiciens* un titre analogue à l'histoire
précédente de *La Cousine Bette* comme *Le Cousin Pons,* par
exemple, ou *Le Bonhomme Pons...* » (*LH,* p. 457-458 et 459).
Le romancier accueille cette suggestion, le 9 novembre
« Il me reste toujours 25 feuillets environ à écrire sur *La
Cousine* et 75 sur *Le Cousin,* car, tu as raison, je changerai
le titre, et l'antagonisme sera mieux compris par *La Cousine
Bette, Le Cousin Pons* » (*ibid.,* p. 474). Il ajoute : « Si, ce matin,
je fais 2 chapitres, 16 feuillets, tout sera sauvé, car j'achèverai
Pons en faisant *Les Paysans.* Je garderai le pauvre *Pons* comme
une distraction. » Cependant, ses comptes rendus des jours
suivants laissent entendre qu'il travaille à la fois sur les deux
parties des *Parents pauvres :* « J'ai encore 48 feuillets à faire pour
la *Bette* et 48 pour *Pons* » (13 novembre *ibid.,* p. 479). « Enfin,
malgré mes travaux, j'ai encore, ce soir, 40 feuillets à faire
pour *La Cousine Bette,* et 50 pour *Le Cousin Pons* » (15 novembre
ibid., p. 482). « J'ai ce matin 32 feuillets à faire pour *La Cousine Bette* et 68 pour *Le Cousin Pons;* total 100, d'ici le 29 [...]
Je viens de corriger 800 lignes pour *Bette,* et les VIII Iers chapitres du *Cousin* » (18 novembre, *ibid.,* p. 489). Toutes ces
prévisions chiffrées, concernant *Le Cousin Pons,* confirment
que, dans son esprit, la nouvelle originale devient progressivement une œuvre d'étendue considérable. Le
20 novembre, toutefois, les dimensions respectives des
deux romans tendent à se fixer; il estime que *Le Cousin Pons*
ne constituera que le tiers de l'ensemble des *Parents pauvres :*
nous ne sommes plus très loin de la proportion finale (dans
l'édition Furne, 270 pages pour *Le Cousin Pons,* 377 pour *La
Cousine Bette*).

Dans les derniers jours de novembre, Véron devait se
rendre compte que Balzac n'était pas en mesure de lui livrer
le manuscrit intégral du *Cousin Pons,* après l'achèvement de
la publication du premier volet des *Parents pauvres;* c'est
probablement une des raisons pour lesquelles il n'a pas fait
suivre immédiatement *La Cousine Bette* du *Cousin Pons.*
Épuisé par les « efforts de *La Cousine Bette* vomie en deux
mois » (*LH,* t. III, p. 559), profondément déprimé à la suite
de la fausse couche de Mme Hanska, Balzac ne se remet au
travail que vers le 20 janvier 1847. C'est à ce moment-là

que Mme Hanska l'autorise à la revoir à Francfort et qu'elle lui promet de passer quelques semaines avec lui à Paris : « Les feuillets s'entassent miraculeusement; en voilà 40 d'écrits en deux jours. *La Dernière Incarnation de Vautrin* sera terminée demain (80 feuillets), et, d'ici au 25, j'aurai fini *Le Cousin Pons* que Véron (le grrrrand Véron, Véron le magnifique, Véron le difficile, Véron l'imbécile) trouve être un plus grand chef-d'œuvre que *La C[ousine] Bette* ! » (*ibid.,* p. 627). S'il veut terminer *Le Cousin Pons* avant la fin de janvier 1847, c'est pour rejoindre Mme Hanska à Francfort le 3 février. Cependant, le 1er février, il se rend compte qu'il devra « travailler nuit et jour, sans désemparer, pendant six semaines » (*ibid.,* p. 636) pour sortir d'embarras : « Il faut finir *Pons* pour Véron, finir *Vautrin* pour *L'Époque,* finir *Les Paysans* pour *La Presse,* et faire deux nouveaux romans : *Les Petits Bourgeois,* pour les *Débats,* et *La Mère de famille* pour qui en voudra » (*ibid.,* p. 636). Le 4 février, le romancier quitte Passy pour aller chercher Mme Hanska à Francfort. Il achèvera la rédaction du *Cousin Pons* pendant le séjour de Mme Hanska à Paris (février-mai). Le roman paraît dans *Le Constitutionnel* du 18 mars au 10 mai 1847.

LE MANUSCRIT PARTIEL

Le dossier A 47 de la Collection Lovenjoul contient des feuillets de 285 sur 215 millimètres numérotés par Balzac de 44 à 153 (f°s 5 à 115 du dossier). Ces feuillets livrent un fragment continu et fort important du *Cousin Pons* devenu roman, c'est-à-dire de l'œuvre reprise en main et développée en 1847[1]. Ce fragment englobe la partie centrale du récit et correspond aux pages 570 à 710 de notre édition (environ la moitié de l'ensemble).

Le texte est divisé par Balzac en deux parties :

1. De la page 44 (depuis « certains *grigous* du quartier », voir p. 570 de notre édition) à la page 89 (conversation de Poulain et de la concierge, voir p. 628 de notre édition et variante *a,* où apparaît un texte très différent du texte de l'édition définitive). Cette page tronquée s'achève par les mots « J'ai mes idées et nous verrons », suivis de l'indication : « Deuxième partie / De la mort et des successions des

---

1. De la partie rédigée en 1846 ne subsiste qu'un lambeau manuscrit, sur un feuillet retourné (*Lov.* A 166, f° 20) ayant servi d'enveloppe à une lettre de Balzac à Alexandre de Cailleux; le cachet postal est du 18 juin 1846. Ce lambeau consiste en une ébauche de la description des vêtements de Pons, depuis « qui peuvent provenir d'un régime pythagoricien » jusqu'à « sous ce chapeau qui coupait le front par le mil[ieu] ». Il peut être rattaché au texte de la page 485 de notre édition (voir var. *a*).

vieux garçons. » Dans la marge, on lit : « Mettez là le paragraphe composé » : cette note concerne le dernier alinéa de la page 81 du manuscrit (voir p. 619 de notre édition, var. *b*). L'introduction du personnage de Fraisier amène Balzac à compléter par d'importantes additions, qui ne nous sont pas parvenues, l'entretien du docteur Poulain avec Mme Cibot, à modifier la numérotation des pages 81, 90, 91 et à inclure dans le manuscrit une page 91 *bis*.

2. De la page 90 à la page 152. Au début de la page 90, on lit : « Deuxième partie / Les drames d'en haut et les crimes d'en bas / (De la mort et des successions des vieux garçons) / Chapitre XVIII / L'homme de loi. » Cette deuxième partie commence par « l'immense majorité des Français ignore que la qualification d'homme de lettres est la plus cruelle injure qu'on puisse faire à un auteur » (voir p. 630 de notre édition). Le fragment s'achève, page 153, par « La Cibot trouva dans sa loge Fraisier [...] Qu'est-il arrivé ? » (début du chapitre XXVI du manuscrit, « Les deux convois », voir p. 710 de notre édition).

L'écriture est ferme et d'un rythme rapide. Les ratures sont nombreuses, mais les surcharges sont fort rares. Une seule addition marginale déborde son cadre et se poursuit au verso du feuillet; elle concerne des paroles hypocrites de Poulain à l'adresse de Mme Cibot. Au verso de sa page 75, Balzac a dessiné le plan de l'ameublement de la galerie de sa maison : la confrontation du document avec l'*Inventaire* de la rue Fortunée et avec les lettres à Mme Hanska qui indiquent les dates d'acquisition de certains meubles permet d'affirmer que ce plan a été esquissé postérieurement à février 1847.

Deux petites bandes distinctes, placées en tête du dossier (f° 2), sont à rattacher aux pages 51 et 44 du manuscrit. Le texte de la première commence par : « — Allons, allons Mon bon monsieur » et se termine par « lui avait jeté, comme on dit, le drap sur le [nez] » (voir p. 579 de notre édition). Celui de la seconde commence par : « je vous ai montré toutes ces antiquailles-là pendant que ces messieurs étaient sortis » et se termine par « des proportions dangereuses » (voir p. 571 de notre édition).

Dans ce même dossier A 47, deux demi-feuillets de 215 sur 140 millimètres précèdent les pages 44 à 153 du manuscrit et *deux autres*, du même format, font suite. Le texte des deux premiers demi-feuillets est probablement l'ébauche d'une addition au développement placé, dans l'édition originale en librairie, chapitre XXXII, sous le titre *Traité des sciences occultes;* il commence par : « Les étranges facultés, les dons admirables » et se termine par « c'est une mademoiselle Lenormand, une cuisinière comme madame Fontaine » (voir p. 588-589 de notre édition). Les deux derniers demi-feuillets sont tronqués; les fragments qu'ils renferment concernent la fin de l'œuvre. Le premier fragment commence par : « — Vous le saurez, mon petit! dit railleusement Fraisier », et se termine par « allez-vous vous jeter dans des expertises [...] et une procédure... » (voir p. 748 de notre édition). Le second fragment commence par « (Hé! che j'ai pas longdems à fifre, che ne feux qu'un goin» bir mûrir », et se termine par « Il alla vivement au théâtre, et y trouva [...] Gaudissard... » (voir p. 754 de notre édition).

LES ÉPREUVES CORRIGÉES EN PLACARDS

Le dossier A 47 de la collection Lovenjoul contient encore vingt-neuf placards, corrigés par l'auteur, reliés à la suite des fragments manuscrits du roman. Le texte de ces placards, discontinu, se rapporte à la nouvelle initiale dont les éléments ont été repris au début du *Cousin Pons*.

Le premier fragment commence par : « absorbé la plus grande partie de l'héritage paternel » et se termine par : « Mais pour être dans tout le secret de la trépidation cordiale à laquelle le bonhomme était en proie, il est néces<saire> » (voir p. 488 à 509).

Le second fragment commence par : « difficile, elle veut un beau nom!... » et se termine par : « Ce tapage était la cause d'un des plus constans re<proches> » (voir p. 516-517 à 532).

Le troisième et dernier fragment commence par : « de désarmer mon cousin par des excuses » et se termine par : « Madeleine prit à part » (voir p. 542-543).

Les notes marginales ajoutées par Balzac au texte des placards permettent de fixer la date de sa correction. L'addition concernant « Les Lepautre, les Lavallée-Poussin » (voir var. *d*, p. 490) n'a pu être effectuée qu'après l'achat de la maison de la rue Fortunée, l'ancienne Chartreuse-Beaujon, dont une coupole était décorée par Lavallée-Poussin (voir la lettre de Balzac à Mme Hanska du 30 décembre 1846). En outre, la modification de « la quarante-sixième année du dix-neuvième siècle » en « quarante-septième année » (voir var. *c*, p. 499) indique que Balzac révise le texte des épreuves corrigées en placards quand il se remet au travail, vers la fin du mois de janvier ou au début de février 1847. La confrontation du texte de ces épreuves avec le texte publié dans *Le Constitutionnel* (comme la date de la révision des placards) montre que les épreuves représentent vraisemblablement le dernier état de la nouvelle primitive. Cette constatation fondamentale, faite par Mme Meininger dans son édition, confirme l'hypothèse de Donald Adamson concernant les remaniements successifs de la primitive *nouvelle,* rédigée en juillet-août 1846, et l'adjonction à ce texte, augmenté par la suite, des pages 44 à 153 du manuscrit décrit plus haut (*The Genesis of « Le Cousin Pons »,* Oxford, 1966).

LES TEXTES IMPRIMÉS

1. *Le feuilleton du « Constitutionnel ».*

Le Cousin Pons ou les Deux Musiciens, deuxième partie de l'*Histoire des Parents pauvres,* paraît dans *Le Constitutionnel,* du 18 mars au 10 mai 1847, en trente feuilletons. La publication est interrompue les 22, 23, 27, 28, 29, 30 mars, 5, 6, 12-21, 26, 27 avril et 2, 3, 4 mai. La page de titre comporte les indications suivantes :

> « *Histoire des Parens pauvres.* | *Le Cousin Pons,* | *ou* | *Les Deux Musiciens,* | *par M. de Balzac.* | *Toute reproduction, même partielle, de cet ouvrage, est interdite, et serait poursuivie comme contrefaçon.* | *Paris,* |*Imprimerie de Boniface, rue des Bons-Enfans N° 19.* »

La présentation typographique du roman est identique à celle de *La Cousine Bette.* Les feuilletons sont paginés de 245 (page de titre) à 364 de sorte que, détachés et réunis en volume, ils fassent suite à ceux de la première partie.

Dans cette version préoriginale, *Le Cousin Pons* est divisé en trente et un chapitres pourvus de titres (le chapitre XXXI est intitulé : *Conclusion*), et précédé d'un *Avertissement quasi littéraire* et d'une *Note éminemment commerciale.* On lit à la page 308 : *Fin de la première partie du Cousin Pons,* et à la page suivante : *Histoire des Parens pauvres.* | *Le Cousin Pons.* | *Deuxième partie.* | *Les crimes d'en haut et les crimes d'en bas.* | *Chapitre XVIII.* | *Un homme de loi;* alors qu'aucune indication de *Première partie* ne précédait les dix-sept premiers chapitres.

Le texte du *Constitutionnel* n'est pas identique à celui des épreuves en placards : Balzac, après avoir corrigé ces épreuves, a révisé la version remaniée sur un autre jeu d'épreuves qui ne nous est pas parvenu. D'autre part, à partir du chapitre IV, la division en chapitres, dans le feuilleton, ne correspond pas à celle des épreuves en placards (voir variantes).

Ce feuilleton livre le premier état conservé de la fin du roman (depuis « — Il est arrivé, mon cher monsieur Fraisier » p. 710 de notre édition), sauf pour les deux courts fragment signalés ci-dessus, p. 599, ainsi que pour la partie du début dont ne nous est pas parvenue d'épreuve.

Après avoir épuisé la réserve des numéros invendus (dans

lesquels on découpait les feuilletons réunis en volume), *Le Constitutionnel* fit réimprimer le roman par Moussin, à Coulommiers. Ce tirage à part est enregistré par la *Bibliographie de la France* du 1ᵉʳ mai 1847, sous le numéro 1935 : « LES PARENS PAUVRES. Volumes I et II. Deux volumes, in-8°, ensemble de 40 feuilles 1/4. Imp. de Moussin à Coulommiers. La Dédicace est signée : de Balzac. Première partie. *La Cousine Bette*. Volumes destinés à être donnés en prime par *Le Constitutionnel* pour le renouvellement du 15 février 1847. »

Aucun traité de Balzac avec Véron ne nous est parvenu. Toutefois, une déclaration ajoutée par le romancier à une convention signée le 27 mars 1847 avec Perrée en vue d'une publication dans *Le Musée Littéraire* du *Siècle* renvoie à un accord avec le directeur du *Constitutionnel* : « Je déclare que les droits consentis par moi à M. Véron, propriétaire du *Constitutionnel,* ne s'étendent qu'à ceci, à savoir qu'il peut donner aux abonnés nouveaux tout ce qui aura paru, pour son renouvellement d'avril, y compris le 15 du dit mois » (*Corr.,* t. V, p. 207).

2. *L'édition originale en librairie.*

« *Les Parens pauvres,* par H. de Balzac. Pétion, libraire-éditeur de Eugène Sue, Alexandre Dumas, Charles de Bernard, etc., 1848, t. 7-12. »

Dans cette édition, dite de « Cabinet de lecture », les six derniers volumes des *Parents pauvres,* publiés par Pétion, font suite aux six premiers, publiés par Louis Chlendowski. Au tome VII, le début du *Cousin Pons* succède (p. 176) à la fin de *La Cousine Bette*. Le tome XII, après la fin du *Cousin Pons* (p. 170), s'achève par un récit de Pierre Zaccone, *Ethel van Dick*.

Le traité avec Louis Pétion est signé le 27 mars 1847 (voir *Corr.,* t. V, p. 199-201). Le fait que le nom de Pétion a été ultérieurement ajouté au contrat semble prouver que cet éditeur (8, rue du Jardinet, Paris) est le prête-nom de Chlendowski (11, rue du Jardinet), éditeur de *La Cousine Bette*.

Ce traité autorise Pétion à « paraître le lendemain du jour où *Le Constitutionnel* aura publié le dernier feuilleton, et il prendra, pour opérer son impression, les feuilletons parus au fur et à mesure, sans avoir besoin des bons à tirer de M. de Balzac ». Contrairement à cette clause, Balzac a corrigé des feuilletons du *Constitutionnel* en vue de l'établissement du texte des tomes VII, VIII et X de l'édition Pétion; seules les modifications qui apparaissent dans les tomes VII et VIII (chap. 1 à XI du *Constitutionnel*) se retrouveront dans *La Comédie humaine*. D'autre part, le dossier A 47 de la collection

Lovenjoul contient (outre les pages manuscrites et les épreuves en placards déjà décrites) le texte des chapitres XXI à XXIX du feuilleton, avec des corrections qui n'ont pas été utilisées et qui ne se retrouvent dans aucune édition.

L'édition Pétion n'est pas enregistrée par la _Bibliographie de la France_. Le tome VII (contenant le début de l'ouvrage) est en vente le 15 avril 1847; le tome VIII est à la disposition du public en octobre 1847, date à laquelle _Le Siècle_ commence à publier le roman dans son _Musée littéraire_.

La présentation du texte est identique à celle de _La Cousine Bette_. Les alinéas sont très nombreux. Chaque chapitre est précédé d'une page de titre, imprimée au recto; le verso est blanc et le texte commence tout au bas de la page suivante. Le roman est divisé en soixante-dix-sept chapitres pourvus de titres (plus la _Conclusion_ qui n'est pas numérotée). Par erreur, on a donné le même numéro LXXII à deux chapitres successifs : _Du danger de se mêler des affaires de Justice_ et _Apparition de trois hommes noirs_.

3. _Le Musée littéraire du « Siècle »._

Conformément à la lettre de Balzac à Louis Perrée du 27 mars 1847 (_Corr._, t. V, p. 205), _Le Musée littéraire_ du _Siècle_ publie les deux épisodes des _Parents pauvres_, du 7 septembre au 1er novembre 1847 :

« _Premier épisode._ LA COUSINE BETTE — _Première partie_. Le père prodigue.
« _Deuxième épisode._ LE COUSIN PONS — _Deuxième partie_. Les deux musiciens. »

Le Cousin Pons commence à paraître en octobre. Le roman est divisé en quarante-cinq chapitres (suivis d'une _Conclusion_). Les vingt-cinq premiers chapitres reproduisent le texte et la disposition typographique des tomes VII et VIII de l'édition Pétion. À partir du début du chapitre XXVI du _Siècle,_ c'est le texte du _Constitutionnel_ révisé par Balzac qui sert de base à la réimpression du roman (ce texte corrigé ne nous est pas parvenu). Le chapitre XXVI du _Siècle_ correspond à la seconde moitié du chapitre XI dans _Le Constitutionnel;_ chacun des chapitres suivants reproduit le texte d'un chapitre remanié du feuilleton du _Constitutionnel_. Dans _Le Siècle,_ les chapitres ne portent pas de titre.

4. _« La Comédie humaine »._

Le texte du _Cousin Pons_ est reproduit, à la suite du texte de _La Cousine Bette_, au tome XVII de _La Comédie humaine :_

« _Scènes de la vie parisienne. Les Parens pauvres_. 1re partie : _La Cousine Bette;_

« Deuxième partie : *Le Cousin Pons*. Paris, Furne et Cie, 1848, in-8°. »

Ce premier volume complémentaire s'ajoute aux 16 volumes prévus pour *La Comédie humaine* et publiés de 1842 à 1846. Il est enregistré par la *Bibliographie de la France* le 18 octobre 1848. Depuis 1845, Houssiaux est propriétaire du stock de *La Comédie humaine*, mais il a voulu conserver le nom du principal éditeur primitif, Furne.

Pour l'établissement de cette édition, Balzac a corrigé le texte du *Musée littéraire* du *Siècle*. Le sous-titre *Les Deux Musiciens* n'y figure plus. Toute division en chapitres a disparu. La typographie des 177 premières pages resserre le texte abusivement étiré des vingt-cinq premiers chapitres du *Musée littéraire*. Le reste (sauf suppression du découpage) suit la présentation des vingt derniers; Balzac inscrit à la fin du roman : « Paris, Juillet 1846-mai 1847. »

Le romancier n'a pas donné suite à son projet de céder à Souverain le droit de réimprimer *Les Parents pauvres* « en édition dite de Cabinet de lecture à la condition de le faire dans des dispositions tout autres que celles de l'édition, à laquelle M. de Balzac ne veut pas créer une concurrence similaire » (traité du 20 mai 1848, *Corr.*, t. V, p. 305-306).

Corrigea-t-il, pendant son séjour en Russie, ce tome XVII, paru après son départ du 20 décembre 1848 ? Dans une lettre datée de Berditcheff, le 26 octobre, il priait Houssiaux de lui faire parvenir, par l'intermédiaire de Souverain, deux exemplaires des *Parents pauvres*. Il les réclame, en décembre 1848 et en janvier 1849, au général Heckel, directeur des douanes à Radziwiloff. Mais l'exemplaire révisé (à supposer qu'il existe) ne nous est pas parvenu.

SIGLES UTILISÉS

ms.	Manuscrit.
épr.	Épreuve en placards, destinée au *Constitutionnel*.
corr. épr., *add. épr.*	Correction manuscrite, addition manuscrite sur l'épreuve.
C	*Le Constitutionnel* (18 mars au 10 mai 1847).
corr. C	Correction manuscrite, non exécutée, prescrite sur un exemplaire du *Constitutionnel*.
orig.	Édition Pétion (t. VII et VIII : septembre-octobre 1847; t. IX à XII : 1848).
Si.	Le *Musée littéraire* du *Siècle* (octobre 1847).
F	Tome XVII de *La Comédie humaine* (1848).

NOTES ET VARIANTES

Page 483.

a. DEUXIÈME ÉPISODE / LE COUSIN PONS   *F* : DEUXIÈME
ÉPISODE / LE COUSIN PONS / DEUXIÈME PARTIE / LES DEUX
MUSICIENS / I *Si.* : LE COUSIN PONS / I / UN GLORIEUX DÉBRIS
DE L'EMPIRE *orig.* : DEUXIÈME PARTIE / LE COUSIN PONS /
CHAPITRE PREMIER / UN GLORIEUX DÉBRIS DE L'EMPIRE *C où
le texte du roman est précédé d'un* AVERTISSEMENT QUASI-LITTÉ-
RAIRE *et d'une* NOTE ÉMINEMMENT COMMERCIALE :

AVERTISSEMENT QUASI-LITTÉRAIRE

Primitivement, l'*Histoire des Parents pauvres* devait commencer par la partie appelée LES DEUX MUSICIENS; mais des raisons
qu'il serait superflu d'expliquer et qui ne concernent que l'art
littéraire, ont obligé l'auteur à la publier en dernier. LA COUSINE
BETTE n'avait pas encore pris ces développements peut-être
excessifs et dus à la nature même du sujet, qui ont fait d'une
simple nouvelle presqu'un livre. Walter Scott, avec sa fine
bonhomie, a dit le premier qu'il partait au début d'une œuvre
pour réaliser des plans, la plupart du temps abandonnés dans
l'exécution, à propos d'un personnage ou d'un incident. Il y
a des sujets qui deviennent de fort mauvais sujets et des sujets
pauvres qui s'amendent. C'est dans la vie des romans comme
dans la vie réelle.
Ces observations paraissent avoir tant de similitude avec
l'annonce d'un régisseur venant prévenir le public que la
basse, ne voulant pas faire remettre le spectacle, sollicite
l'indulgence du parterre pour un enrouement causé par le vin
de Champagne d'un dîner d'artistes, que l'auteur est obligé
d'avouer qu'elles sont uniquement écrites pour expliquer aux
abonnés du *Constitutionnel* le changement du titre : LES DEUX
MUSICIENS en LE COUSIN PONS.
L'abonné n'est pas un *lecteur ordinaire,* il n'a pas cette liberté
pour laquelle la Presse a combattu! C'est là ce qui le rend
abonné. L'abonné, qui subit nos livres, a douze raisons à
vingt sous pièce dans la banlieue, quinze dans les départements
et vingt à l'étranger, pour vouloir, pendant tout un trimestre,
cinquante francs d'esprit, cent francs d'intérêt dramatique et
sept francs de style dans le feuilleton. Les écrivains ont imité
l'abonné. Tous ceux qui publient leurs ouvrages en feuilletons
n'ont plus la liberté de la forme, ils doivent se livrer à des
tours de force qui, depuis quelque temps, les assimilent,

hélas! aux célèbres ténors, ils en ont et les appointements et la gloire viagère. Or, dans l'intérêt de cet avenir trimestriel, il nous a paru nécessaire de rendre très visible l'antagonisme des deux parties de l'*Histoire des Parents pauvres,* en appelant la seconde LE COUSIN PONS. Ceci est une raison bien plus décisive que toutes les autres; mais peut-être les esprits graves ne l'accepteront-ils pas.

NOTE ÉMINEMMENT COMMERCIALE

La prétention émise, dit-on, par la SOCIÉTÉ DES GENS DE LETTRES de considérer les réimpressions d'ouvrage, achetées par les journaux, comme une *reproduction,* nous oblige à faire observer ici que l'auteur n'appartient plus, depuis longtemps, à la Société des Gens de lettres; qu'il est libre de céder la reproduction de ses œuvres anciennes et nouvelles, en en garantissant la reproduction exclusive aux cessionnaires.

b. un acteur célèbre   *F*   : un des meilleurs acteurs des Variétés et célèbre   *ant. L'état le plus ancien à considérer pour ce début est C jusqu'à la variante c de la page 488 où commencent à intervenir les épreuves corrigées en placards. Voir « Histoire du texte », p. 599.*

1. Balzac se souvient de son article intitulé « Histoire et physiologie des boulevards de Paris », publié dans *Le Diable à Paris,* en 1844 : « Enfin, de deux heures à cinq heures, [la] vie [du boulevard] atteint à l'apogée, il donne sa grande représentation GRATIS. Ses trois mille boutiques scintillent, et le grand poème de l'étalage chante ses strophes de couleurs depuis la Madeleine jusqu'à la porte Saint-Denis. Artistes sans le savoir, les passants vous jouent le chœur de la tragédie antique : ils rient, ils aiment, ils pleurent, ils sourient, ils songent creux! ils vont comme des ombres ou comme des feux follets... » Sur la collaboration de Balzac au *Diable à Paris* en 1844 et sur les souvenirs qui en apparaissent dans *Le Cousin Pons,* voir l'édition du *Cousin Pons* par A.-M. Meininger, Classiques Garnier, p. XIV sq. On songe encore à ce passage d'*Un grand homme de province à Paris :* « Lisez-nous cela, dit Lousteau. Lucien leur lut alors un de ces délicieux articles qui firent la fortune de ce petit journal, et où en deux colonnes il peignait un des menus détails de la vie parisienne, une figure, un type, un événement normal, ou quelques singularités. Cet échantillon, intitulé : *Les Passants de Paris,* était écrit dans cette manière neuve et originale où la pensée résultait du choc des mots, où le cliquetis des adverbes et des adjectifs réveillait l'attention. »

2. Le 25 février 1847, Balzac voit en compagnie de Mme Hanska *La Filleule de tout le monde,* pièce d'E. Souvestre,

jouée notamment par Louis-Hyacinthe Duflost, dit Hyacinthe (1814-1887), créateur du rôle de Gringalet dans *Les Saltimbanques*. Dans ses lettres à l'Étrangère, Balzac nomme plus d'une fois Mme Hanska *Atala,* Anna *Zéphyrine,* Georges Mniszech *Gringalet,* et lui-même *Bilboquet,* d'après cette parade de Dumersan et Varin créée en 1831.

Page 484.

a. eût daigné ressusciter   *orig.*   : eût ressuscité   *C*

1. Lord George-John Spencer (1758-1834). Le spencer est un habit très ajusté, sans basques.

Page 485.

a. plaire!   *F*   : plaire! *Ensuite :* 11   *Si.*   : plaire! *Ensuite :* 11 / UN COSTUME COMME ON EN VOIT PEU   *orig.*   : plaire!   *C. On retrouve, sur un feuillet ayant servi d'enveloppe à une lettre de Balzac du 18 juin 1846 à A. de Cailleux, directeur du musée du Louvre (Corr., t. V, p. 126), une ébauche fort mutilée par une déchirure de la description du costume de Pons. Les dernières lignes de ce fragment concernent l'horrible chapeau de soie « du vieux musicien » :* qui peuvent provenir d'un régime pythagoricien [L'h<   > *rayé*] Le <gilet> également en drap noir était à châle et permettai<t de> voir une chemise en bonne toile, décemment fermée, <des> boutons en ivoire, une cravatte de mousseline blanc<he et> un cordon de soie tressée [en façon de cheveux   *rayé*] qui jou<ait les> cheveux, destiné à protéger une montre. L'habit <vert>foncé, d'une propreté remarquable, [devait à   *rayé*] compt<ait trois> ans de plus que le pantalon. [Un   *rayé*] Le collet en velours <noir> avait été récemment renouvelé, de même que les bouton<s cou>verts en soie noire [<*illisible*>tout ne   *rayé*] évidemment tout neufs. <Quant> au chapeau vous [de   *rayé*] le voyez, c'était l'horrible ch<apeau> de soie, à quatorze francs, et au bord intérieur du<quel> les hautes et larges oreilles du passant imprimaient <une> marque blanchâtre que sa brosse combattait vaine<ment> sous ce chapeau qui coupait le front par le mi<lieu>. *Texte restitué par Mme Meininger dans « Le Cousin Pons », éd. Classiques Garnier, p. 387-388.*

1. On se demande si Balzac n'a pas pensé, à propos du nez et de la figure de Pons, au visage d'Odry, acteur des Variétés (1781-1853), créateur du rôle de Bilboquet dans *Les Saltimbanques.* «Odry a le nez taillé en bouchon de carafe; c'est là une grande partie de son talent [...]. Un nez martelé de méplats et de facettes, allumé d'un rouge véhément, épaté au milieu de la figure et écrasé par le poing de la trivialité et de la sottise [...]. Jamais casse-noisettes de Nuremberg, jamais tête chimérique sculptée dans les nœuds d'une carte

n'offrirent un profil plus risiblement grotesque », écrit Théophile Gautier au sujet de ce comédien (Théophile Gautier, *Histoire de l'art dramatique en France,* éd. Hetzel, 1858, t. I, p. 95-96, reprise d'une chronique du 29 janvier 1838 consacrée aux *Saltimbanques*).

Page 486.

1. Pierre-Jean Garat (1764-1823), chanteur de grand talent, homme à la mode, critiqué par ses contemporains pour son *muscadinisme* outré. Dans *Béatrix,* Balzac compare le ténor Conti à Garat : « [...] il est en musique vocale ce qu'est Paganini sur le violon, Liszt sur le piano, Taglioni dans la danse, et ce qu'était enfin le fameux Garat, qu'il rappelle à ceux qui l'ont entendu. »

2. Représentants du style Empire, entièrement démodé en 1844. Balzac possède lui-même quelques meubles fabriqués par l'ébéniste Jacob. Dans la chambre à coucher d'Adeline Hulot, on aperçoit de « beaux meubles de Jacob Desmalter, en acajou moucheté garni des ornements de l'Empire, ces bronzes qui ont trouvé le moyen d'être plus froids que les cuivres de Louis XVI! » (*La Cousine Bette,* p. 202).

Page 487.

a. l'Art.   *F* : l'Art. *Ensuite :* III   *Si.*   : l'Art *Ensuite :* III / LA FIN D'UN GRAND PRIX DE ROME   *orig.* : l'Art. *Ensuite :* CHAPITRE II / LA FIN D'UN GRAND PRIX DE ROME   *C*
b. remis en honneur   *orig.*   : ressuscité   *C*

1. L'emploi du mot « attentif » comme substantif n'est pas indiqué dans Littré, mais est signalé comme un néologisme par Bescherelle, qui donne un exemple de Scribe.
2. Dans *La Cousine Bette,* selon Crevel, Victorin Hulot meuble « mirobolamment » sa maison. Le 6 octobre 1846, Balzac annonce à Mme Hanska qu'il offrira à Georges Mniszech « une boîte mirobolante ».
3. L'Académie de France à Rome, supprimée par la Convention en août 1793, fut rétablie deux ans plus tard par le Directoire.
4. Exactement : « directeur général des Bâtiments, des Jardins, des Arts et des Manufactures du Roi ».

Page 488.

a. Félicien   *add. orig.*
b. ou Meissonier   *add. F*
c. splendide   *corr. épr.* : beau   *épr. qui devient le plus ancien état à considérer jusqu'à la variante h de la page 543.*
d. pur et vif   *add. épr.*

1. « Vauban eſt-il sorti d'une École autre que cette grande École appelée la Vocation ? Quel fut le précepteur de Riquet ? Quand les génies surgissent ainsi du milieu social, poussés par la vocation, ils sont presque toujours complets, l'homme alors n'eſt pas seulement spécial, il a le don de l'universalité » : dans cette célèbre lettre de Gérard à Grossetête, Balzac attaque l'inſtitution du concours et dénonce les effets de « l'incroyable conscription de cerveaux livrés chaque année à l'État » (*Le Curé de village,* t. IX).

Page 489.

a. Toute réputation *[p. 488, dernière ligne]* petites.   *add. épr.*
b. à la façon des *Hatchischins [7 lignes]* eſtime.   *add. épr. var. poſt.*
c. Greuze, un Sébaſtien del Piombo,   *C* : Greuze, [un Rubens,   *add.*] un Sébaſtien del Piombo,   *épr.*

1. Thème conſtant de plusieurs romans antérieurs. Paris dévore « autant de chefs-d'œuvre que de bêtises » *(Albert Savarus);* « il n'y a rien de violent à Paris comme ce qui doit être éphémère » *(Béatrix).* À propos des démarches faites par Lucien auprès des libraires, Balzac remarque dans *Illusions perdues* qu' «à Paris surtout, le succès tue le succès »; le rire parisien se porte « chaque jour sur une nouvelle pâture, s'empresse d'épuiser le sujet présent en en faisant quelque chose de vieux et d'usé dans un seul moment ».
2. Une croche vaut un huitième de ronde. Pons, ce débris d'un autre âge, eſt donc peu de chose.
3. Allusion à *Lebensansichten des Katers Murr* [...] traduit par Loeve-Weimar en 1830, sous le titre *Les Contemplations du chat Murr, entremêlées accidentellement de la biographie du maître de chapelle Jean Kreisler, suivies de ses souffrances musicales.*
4. Fumeurs d'opium ou de haschisch. « Comment résiſter aux habiles séductions qui se trament en ce pays ? Aussi Paris a-t-il ses thériakis, pour qui le jeu, la gaſtrolâtrie ou la courtisane sont un opium » *(La Fille aux yeux d'or).* Dans *Pierrette,* Rogron reſte « dans l'attitude des thériakis, regardant les beaux meubles exposés ». Nous adoptons la graphie « tériakis », atteſtée ailleurs, quoique moins courante; elle eſt fournie dans *Le Conſtitutionnel.* Mais «tériaskis», donné dans les autres états, ne saurait être considéré que comme une coquille. Quant à la graphie *« Hatschischins »,* donnée en italique, elle eſt hasardeuse, mais commune à toutes les éditions.

Page 490.

a. les jambes [...] israélite.   *C* : des jambes, du temps et de la patience.   *épr.*

b. en tout genre   *add. C*

c.   : des porcelaines de Sèvres [...] France-Pompadour.
Enfin,   *corr. épr.* : et où   *épr.*

d. ces grands inconnus [...] artistes,   *F* : ces grands
inconnus [...] et dont les œuvres colossales défrayent aujour-
d'hui [...] artistes,   *C* :   , ces grands inconnus [...] et
dont l'œuvre colossale défraye aujourd'hui [...] artistes
add. épr.

e.   , incessamment courbés [...] pastiches   *add. C*

f. Le premier,   *F* : Avant MM. Dosne et Dablin,   *C* :
Le premier de tous,   *épr.*

1. Balzac pratique ce système d'acquisition : « Hier, on
m'a apporté, de Pontoise, un superbe canapé Louis XVI
pour aller avec nos 6 chaises qui ne coûte que 60 fr. C'est
acheter un louis pour un sou. On ne le sculpterait pas pour
300 fr. Et trouvez donc au faubourg le bois du plus méchant
canapé moderne pour ce prix-là ? » écrit-il le 2 octobre 1846
à Mme Hanska. Le Chenavard auquel il est fait ici allusion
est Paul Chenavard (1808-1895), peintre, amateur d'art et
théosophe, dont Balzac avait fait la connaissance. Voir l'Introduction de Mme Meininger aux *Comédiens sans le savoir*
(p. 1142 à 1148).

2. On retrouve une semblable comparaison ternaire,
composée d'images animales, dans *Illusions perdues :* « Or,
dans la sphère où se développent leurs facultés, les hommes
d'intelligence possèdent la vue circumspective du colimaçon,
le flair du chien et l'oreille de la taupe; ils voient, ils sentent,
ils entendent tout autour d'eux. »

3. Sous la Restauration, « dépeceurs de châteaux »
(selon une expression énergique de Balzac), qui récupèrent
des matériaux de démolition en vue de les revendre. Balzac
écrit à propos de Sauviat dans *Le Curé de village :* « Ainsi, la
Bande Noire, si célèbre par ses dévastations, naquit dans
la cervelle du vieux Sauviat, le marchand forain que tout
Limoges a vu pendant vingt-sept ans dans cette pauvre
boutique au milieu de ses cloches cassées, de ses fléaux, de
ses chaînes, de ses potences, de ses gouttières en plomb
tordu, de ses ferrailles de toute espèce; on doit lui rendre
la justice de dire qu'il ne connut jamais ni la célébrité, ni
l'étendue de cette association, il n'en profita que dans la
proportion des capitaux qu'il avait confiés à la fameuse
maison de Brézac. »

4. D'après l'*Inventaire de la rue Fortunée,* dressé par lui-
même en 1847 ou 1848, Balzac possède des vases, des   services, des pots en porcelaine de Sèvres « richement ornés
et dorés ».

5. Balzac charge Moret, son expert, d'inspecter la décoration de sa maison : « [...] j'ai envoyé là mon Moret, le

petit vieillard-Empire, mon conseil en tableaux et il a reconnu
que les fleurs et les ornements étaient du fameux inconnu
Lavallée-Poussin, celui qui a inventé tout le style Louis XVI,
car le Louis XIV, le Louis XV et le Louis XVI procèdent
de grands artistes. C'est Lepôtre qui a créé le Louis XIV
avec Lebrun et Baptiste. L'œuvre de Lepôtre est colossalle
[sic] ! C'est lui qui travaillait pour Boule », écrit-il à
Mme Hanska le 30 décembre 1846. Balzac écrit ici Lepôtre :
il s'agit de l'architecte Lepautre.

6. On se rend compte à la lecture de l'*Inventaire après le
décès de Mr. Dablin,* reproduisant le texte intégral de son
testament daté du 15 juillet 1856, que la partie la plus riche
et la plus intéressante de son cabinet fut constituée par une
extraordinaire collection de tabatières en nacre, cristal,
écaille, ivoire, ornées de perles, de brillants et d'émaux,
et par des miniatures de valeur (voir Madeleine Fargeaud,
« Le premier ami de Balzac : Dablin, quincaillier au grand
cœur », L'*Année balzacienne 1964*).

7. Du Sommerard (1779-1842), créateur, en l'hôtel de
Cluny, d'une collection achetée par l'État en 1843. Dans
Furne seulement, on lit Dusommerard, en un mot, et, pour
ce passage, le manuscrit fait défaut. Mais le nom revient
plus loin, et on constate à cet endroit que Balzac l'a écrit
avec un d minuscule initial; seulement, dans l'entraînement
de l'écriture cursive, le S (en majuscule) paraît lié au u. Dans
ces conditions, nous croyons devoir adopter la graphie
courante en deux mots, du Sommerard.

8. « Ancien premier violon de l'Opéra et ancien inspecteur
des douanes, M. Sauvageot est un des plus célèbres collectionneurs de bric-à-brac; [...] il a la plus belle collection de
Paris » (lettre de Balzac à Laure Surville, 6 janvier 1849).

Page 491.

a.   , le seul qui pût *[p. 490, 3 lignes en bas de page]* antagoniste *add. C var. de raccord*

b. des commissaires-priseurs, F : des Bonnefonds de
Lavialle, des Ridel, etc.,   *ant. Voir aussi var. c.*

c.   , et la *revente [8 lignes]* toujours jeunes *add. C*

d. En effet, aucun *[9 lignes]* retrouverez [la monnaie du
bonh<eur> *rayé*[le lingot du bonheur en petite monnaie.
Une manie, c'est le plaisir [interdit *rayé*] passé à l'état
d'idée! Néanmoins [...] Pons, *add. épr. var. post.*

1. Cette haine que Sauvageot éprouvait pour les « banquiers » et pour les « messieurs à lorgnon » était fort connue
des contemporains : « Les financiers se faisaient amateurs;
simple mortel, pouvait-il lutter contre les dieux de la Bourse ?

Aussi quelle haine artistique il portait à chacun d'eux! Il est bien peu de ses amis qui n'aient entendu quelqu'une des malédictions (d'autant plus comiques qu'elles étaient dites plus sérieusement) lancées par lui contre ces prétendus amateurs qui n'achètent, disait-il que par ostentation ou dans l'espoir de gagner en faisant une vente », écrit A. Sauzay, conservateur au Musée du Louvre, auteur du *Catalogue du musée Sauvageot* (1861).

2. Exaspéré par « la petite gronderie » de Mme Hanska au sujet de sa passion pour le bric-à-brac, Balzac lui écrit, le 2 juillet 1847, qu'il est prêt à vendre toute sa collection à l'Hôtel des ventes : « Vous acquerrez la preuve un jour qu'à l'exception de 4 choses (ma pendule de Boule, le cadre de Brustolone, et les 2 armoires en ébène) je n'ai rien acheté depuis mon retour de Pétersbourg, et si vous voulez m'écrire de faire la vente de tous les objets d'art qui sont rue Fortunée, ils seront envoyés rue des Jeûneurs et vendus dans le mois. »

3. Balzac se plaît à faire entrer l'adjectif *lèse* dans des mots composés. Dans *La Cousine Bette,* Valérie dit à Crevel : « [...] vous vouliez prêter à cette vieille horreur les deux cent mille francs de mon hôtel ? en voilà un crime de lèse-louloutte!... » Autres exemples : « Une femme a-t-elle jamais pardonné de semblables crimes de lèse-amour ? » *(Le Lys dans la vallée)* ; « Il n'y a pas besoin de commettre un crime de lèse-masque » *(Splendeurs et misères des courtisanes) ;* « Quel crime de lèse-million que de démontrer aux riches l'impuissance de l'or » *(Modeste Mignon).*

Page 492.

a. et de leur peu de prétentions politiques   *add. C*
b. bal.   *F* : bal. *Ensuite :* IV *Si.* : bal. *Ensuite :* IV /
OÙ L'ON VOIT QU'UN BIENFAIT EST QUELQUEFOIS PERDU   *orig.*
bal *ant.*
c.   , mais son bonheur [...] parole   *add. C*
d.   , comme on joue aujourd'hui *[6 lignes]* en société!
add. C
e. à la critique littéraire   *corr. épr.* : à la censure   *épr.*
Voir aussi var. a, p. 493.

1. Nicolo Isouard, dit Nicolo (1775-1818), compositeur italien, accompagne Napoléon, en 1806, à Varsovie et à Poznan, devient son maître de chapelle, compose la marche nuptiale pour le mariage de l'Empereur avec Marie-Louise d'Autriche. Ferdinando Paer (1771-1839), Henri Berton (1767-1844), auteurs d'opéras-comiques dont les œuvres connaissent un certain succès malgré la célébrité de Boieldieu et la vogue de Rossini.

2. Le « théâtre de Monsieur », installé en 1789 aux Tuileries, prit le nom de « théâtre Feydeau » en 1791 et fit faillite sous ce nom en 1798. Un décret impérial fonda en 1806 l'Opéra-Comique, qui s'installa alors salle Feydeau, puis, en 1829, salle Ventadour. Après diverses tribulations, il passa salle Favart (place Favart) en mai 1840. C'est donc là qu'il était à la date de la rédaction et de l'action du *Cousin Pons*.

3. Sur l'indulgence avec laquelle les amants considèrent l'objet de leur choix :

> *Jamais leur passion n'y voit rien de blâmable,*
> *Et dans l'objet aimé tout leur devient aimable :*
> *Ils comptent les défauts pour des perfections,*
> *Et savent y donner de favorables noms.*
> *La pâle est aux jasmins en blancheur comparable ;*
> *La noire à faire peur, une brune adorable* [...]
>
> (*Le Misanthrope*, acte II, sc. IV).

4. Balzac condamne cette mode dans *Béatrix :* « On a démoli la grande société pour en faire un millier de petites à l'image de la défunte. Ces organisations parasites ne révèlent-elles pas la décomposition ? n'est-ce pas le fourmillement des vers dans le cadavre ? Toutes ces sociétés sont filles de la même mère, la Vanité. » Fabien du Ronceret devient « vice-président d'une société jardinière quelconque présidée par le duc de Vissembourg ».

Page 493.

a. On n'a jamais peint *[p. 492, 3 lignes en bas de page]* Dépense. *add. épr. var. post.*

b. mais quelles années ! ce fut un automne pluvieux. *add. épr.*

c. Ce fut l'hiver [...] d'onglées ! *add. épr.*

1. « Le Commerce et le Travail se couchent au moment où l'aristocratie songe à dîner, les uns s'agitent bruyamment quand l'autre se repose ; leurs calculs ne se rencontrent jamais, les uns sont la recette, et l'autre est la dépense » (*La Duchesse de Langeais*, t. V). Une lettre à Balzac de Gervais Charpentier, éditeur du *Traité des excitants modernes,* le 9 avril 1839, est curieusement à rapprocher de cette phrase, qui établit d'une manière explicite un rapport entre la gastronomie et la sexualité : « J'ai retranché *proprio motu* au commencement de votre travail [il s'agit de l'introduction au *Traité des excitants modernes*] une petite drôlerie que vous me mettiez très agréablement sur le dos, à savoir qu'en publiant votre *Physiologie* après celle de Brillat-Savarin, j'ai peut-être pensé que l'une était la recette et l'autre la dépense. Comme vous avez des privilèges, en votre qualité d'homme

d'esprit reconnu, vous pouvez fort bien endosser cette impertinence contre l'amour, mais moi qui suis plutôt en sentiment un platonicien que de l'école opposée, je ne peux ni ne dois franchement la prendre pour mon compte » (*Corr.*, t. III, p. 588). Dans *La Cousine Bette*, Balzac associe également « la science culinaire » et *l'amour* : « La femme vertueuse et digne serait alors le repas homérique, la chair jetée sur les charbons ardents. La courtisane, au contraire, serait l'œuvre de Carême avec ses condiments, avec ses épices et ses recherches » (*La Cousine Bette*, p. 319).

2. « Les Perses cependant firent passer en Grèce / Leur luxe, leur cuisine et leur douce mollesse. / Mais à Lacédémone un homme vint à bout / D'arrêter les élans et les progrès du goût. / Un vieux législateur, du sang des Héraclides, / Osa donner un frein aux estomacs avides, / Régla les appé- tits, les soumit à la loi, / Et l'on ne peut sans crime être à table chez soi. / Il fallut en public apporter son potage, / Sa farine, son vin, ses figues, son fromage, / Son brouet... » [Extrait de *La Gastronomie,* poème en quatre chants de Berchou. Balzac mentionne cette œuvre, appartenant à une « abortive génération de poèmes badins » écrits entre 1780 et 1814, dans *Les Paysans.*

3. Lousteau paie Dinah, « comme dit le peuple dans son langage énergique, *en monnaie de singe* » (*La Muse du dépar- tement*).

4. Dans *La Vendetta,* les témoins du mariage de Ginevra et de Luigi furent des gens simples, « peu accoutumés aux grimaces sociales ».

5. Balzac, passionné de théâtre, connaissait probablement des pièces consacrées au type du parasite. Dans *L'Ami de tout le monde* de L.-B. Picard (1808), Mondoux répond au valet Joseph : « Oh ! ce n'est rien, des fleurs pour Madame, des brochures pour Monsieur, des joujoux pour la petite fille, une boîte de confitures sèches pour la femme de chambre, des gimblettes pour le petit chien. Quant aux billets d'Opéra que mon ami Joseph m'avait demandés... Vous savez qu'on n'en donne plus. » Cependant ce qui n'est qu'une habile tactique chez l'hypocrite Mondoux deviendra une triste habitude chez le cousin Pons, un signe de sa timidité et de sa lâcheté de gourmet.

Page 494.

a. contre l'homme de cœur [...] un ministère ! *add. épr.*

b. un acte d'accusation *orig.* : une accusation *épr.*

c. Qui peindra jamais les malheurs de la Timidité ! *add. épr.*

d. où l'homme voit d'immenses richesses. *corr. épr.* : où l'on voit des richesses. *épr.*

1. La cousine Bette, parente pauvre, « résignée à ne rien être », se trouve dans une situation semblable : « Cette familiarité par laquelle elle se mettait franchement au niveau des gens, lui conciliait leur bienveillance subalterne, très essentielle aux parasites. » Au début du roman, Lisbeth est « à la merci de tout le monde ».

2. « Mme Firmiani, semblable à beaucoup de femmes pleines de noblesse et de fierté qui se font de leur cœur un sanctuaire et dédaignent le monde, aurait pu être très mal jugée par M. de Bourbonne, vieux propriétaire occupé d'elle pendant l'hiver de cette année » (*Madame Firmiani,* t. II, p. 147).

3. À la table de ses hôtes, où il n'avait pas le droit de se mêler à la conversation, le Neveu de Rameau « se taisait et mangeait de rage ». Tous les *parasites* de la seconde moitié du XVIIIe siècle et du début du XIXe ont pour illustre ancêtre, cet *alter ego* de Diderot, musicien, mime, philosophe, mauvais garçon et parent pauvre. Balzac s'est probablement souvenu du *Neveu de Rameau* en créant *Le Cousin Pons.* Le collectionneur est musicien comme le personnage de Diderot.

Page 495.

a.   , un demi-ange qui n'a pas encore ses ailes   *add. C*
b. où la science conserve certains fœtus extraordinaires. *corr. épr.* : où la science l'aurait conservé. *épr.*
c. parti pris *C* : parti pris de plaisanterie   *ant.*
d. de l'amour *add. épr.*
e. Passé quarante ans [...] sobres. *add. épr.*
f. d'une maladie grave *add. épr.*

1. Personnage principal de *The Story of Sir Charles Grandisson* (1754), du romancier Richardson, que Balzac tient en grande estime. « N'est-ce pas des travaux immortels que ceux auxquels nous devons des créatures dont la vie devient plus authentique que celle des êtres qui ont véritablement vécu, comme la Clarisse [Harlowe] de Richardson, la Camille de Chénier, la Délie de Tibulle... », dit Lucien de Rubempré dans *Illusions perdues.*

2. La physionomie maladive de Pons rappelle celle du juge Popinot : « Enfermé dans des salles ridiculement étroites, sans majesté d'architecture et où l'air est promptement vicié, le juge parisien prend forcément un visage renfrogné, grimé par l'attention, attristé par l'ennui; son teint s'étiole, contracte des teintes ou verdâtres ou terreuses, suivant le tempérament de l'individu », écrit Balzac dans *L'Interdiction.* On lit encore à propos de Ferragus : « Enfin, c'était un homme rapetissé, dissous, arrivé à l'état dans lequel sont ces monstres conservés au Museum, dans les bocaux où ils flottent au milieu de l'alcool. »

3. Voir notre Introduction, p. 457. Rappelons que Balzac a rédigé, en 1835, l'article *Brillat-Savarin* de la *Biographie Michaud* et qu'il est l'auteur de trois fragments, réunis à la collection Lovenjoul, et publiés par Rose Fortassier dans *L'Année balzacienne 1968* sous le titre « Sur Brillat-Savarin et de l'alimentation dans la génération. » Ce texte rappelle les considérations énoncées par Balzac dans le *Traité des excitants modernes,* la *Nouvelle théorie du déjeuner* et le *Traité de la vie élégante.* Dans *La Cousine Bette,* Balzac remarque à propos du baron Hulot que « son ventre se maintenait, comme dit Brillat-Savarin, au majestueux ».

Page 496.

a. dominos. *F* : dominos. *Ensuite :* v *Si.* : dominos. *Ensuite :* v / LES DEUX CASSE-NOISETTES *orig.* : dominos. *Ensuite :* Chapitre III / LES DEUX CASSE-NOISETTES *ant.*

b. 1835, *C* : 1836, *épr.*

1. Le mot « suicides », dans le contexte, désigne des hommes sur le point de se donner la mort.

2. *Fables,* VIII, 11. Dans *Illusions perdues,* Balzac note à propos du Cénacle : « Les charmantes délicatesses qui font de la fable des *Deux Amis* un trésor pour les grandes âmes étaient habituelles chez eux. » Dans les *Mémoires de deux jeunes mariées,* Renée de l'Estorade dit à son amie : « Mais pense que mes craintes cachent une excessive amitié, comme l'entendait La Fontaine, celle qui s'inquiète et s'alarme d'un rêve, d'une idée à l'état de nuage. » En dépit du scrupule ainsi énoncé à l'égard d'un titre sacré, Balzac avait jadis mis en chantier un récit intitulé *Les Deux Amis* (voir t. XII, *Œuvres ébauchées*).

3. C'était déjà le thème du récit d'Albéric Second intitulé *Histoire de deux bassons de l'Opéra.* Voir notre Introduction, p. 464, et notre ouvrage *Les Parents pauvres d'Honoré de Balzac,* t. I, liv. II, chap. 1.

Page 497.

a. était un Allemand, Allemand comme *[p. 496, 4 lignes en bas de page]* tous les Allemands. Quoique *C* : était un Allemand [, Allemand comme Listz, comme Steibelt, Allemand comme Mozart et Dusseck, Allemand comme Mayer, Allemand comme Diehler, Allemand comme Talberg, comme Dreyschook, etc. etc. *add. marginale sur épr. corrigée*]. Allemand. Quoique *épr.*

b. en musique *add. C*

c. (Voir UNE FILLE D'ÈVE.) *add. F, qui imprime ce titre de roman en capitales.*

d. en abondance   *add. épr.*

e.   , qui les porte [...] yeux   *add. épr.*

f. des questions les plus simples,   *corr. épr.*   : de toutes les questions,   *épr.*

g.   , au fond desquels il ne se trouve qu'un Allemand *add. C*

1. À l'exception de Steibelt, Mozart et Dussek, Balzac fait figurer dans cette énumération des musiciens, des pianistes contemporains, dont certains habitent Paris (*L'Almanach général de la France et de l'Étranger,* éd. de 1844, donne les adresses suivantes : Herz aîné, rue Joubert, 24; Lizst, rue Pigalle, 19 *bis ;* Wolff, rue Saint-Hyacinthe-Saint-Honoré, 3). Ambroise Thomas, l'un des modèles probables de Pons, fut élève d'abord de Kalkbrenner (1784-1849), ensuite de Zimmerman (1785-1853). Il est curieux de retrouver Liszt, avec d'autres, parmi les musiciens « allemands ». « Vous ne jugerez que quand il vous sera donné d'entendre Chopin. Le Hongrois est un démon; le Polonais est un ange », écrit Balzac à Mme Hanska le 28 mai 1843. Balzac craint, non sans raison, que Mme Hanska ne succombe au charme redoutable du musicien. Dans son *Journal* rédigé en 1843-1844, Mme Hanska oppose le jeu de Thalberg (1812-1871) à celui de Liszt (voir notre « Présentation du *Journal intime* de Mme Hanska » dans *L'Année balzacienne 1962*).

2. « Cette grâce peu comprise en France, où nous l'appelons *sensiblerie,* mais qui, chez les Allemandes, est la poésie du cœur arrivée à la surface de l'être », écrit Balzac à propos de Modeste Mignon.

3. Balzac imprime *Le Songe* de Jean-Paul Richter dans l'adaptation de Mme de Staël, en 1827, pour les *Annales romantiques.* En 1830, dans les *Litanies romantiques,* il cite cette fantaisie visionnaire parmi les ouvrages les plus importants de l'époque. Il mentionne encore le même texte dans *Entre savants* (t. XII) et dans *Ursule Mirouët* (t. III).

Page 498.

a. pour se démontrer [...] amants   *add. C*

b. l'origine ou   *add. épr.*

c. par passion,   *corr. épr.*   : par calcul,   *épr.*

d. à déguster   *add. épr.*

e. à... lutiner   *add. épr.*

Page 499.

a. de la tribune.   *corr. épr.*   : de Florence.   *épr.*

b. dans cette Scène.   *F*   : en scène.   *ant.*

c. quarante-septième   *corr. épr.*   : quarante-sixième   *épr.*

d. rails-ways, F : railways, *orig.* : rail-ways, C. *La graphie de* F *résulte probablement d'une simple coquille.*

1. À travers une description de Blondet dans *Le Cabinet des Antiques,* Balzac employait une image semblable : [...] des figures aplaties, mais creusées par des rides, qui ressemblaient aux têtes de casse-noisettes sculptées en Allemagne » (t. IV, p. 976). Et on lit dans *César Birotteau* (t. VI) : « Le sieur Ragon était un petit homme de cinq pieds, au plus, à figure de casse-noisettes, où l'on ne voyait que des yeux, deux pommettes aiguës, un nez et un menton. » « Familièrement : figure, menton de casse-noisette, menton qui se relève et se porte vers le nez » (Littré).

2. « La fameuse statue du Vatican » représentant Niobé et sa nourrice est un souvenir probable du séjour de Balzac à Rome, en mars 1846. « La Vénus de la Tribune » ou Vénus de Médicis est dans la Tribune du Musée des Offices, à Florence.

3. Dans *Ursule Mirouët* (t. III, p. 799), Balzac appliquait la même métaphore à une gouvernante dévouée et affectueuse « Sans patelinage et par la seule influence de sa sollicitude et de son dévouement, la Bougival [...] était la gouvernante du docteur et de sa protégée, le pivot sur lequel tout roulait au logis, enfin la femme de confiance. »

4. Allusion aux actions des compagnies de chemins de fer, par lesquelles on sait que Balzac se laissa tenter.

5. Dans *Béatrix,* Balzac emploie également une expression métaphorique en rapport avec les chemins de fer : « [...] tels sont les épouvantables calculs et les brûlantes angoisses que cachent ces existences sorties des rails sur lesquels roule le grand convoi social. » Il écrit encore dans *Modeste Mignon :* « Le mécanicien redoute la machine que le voyageur admire, et les officiers étaient un peu les chauffeurs de la locomotive napoléonienne, s'ils n'en furent pas le charbon. »

Page 500.

a. où ils se suppléaient au besoin *add. épr.*

b. Voici comment. F : Voici comment. *Ensuite :* VI *Si.* : Voici comment. *Ensuite :* VI / UN HOMME EXPLOITÉ COMME ON EN VOIT TANT *orig.* : Voici comment. *ant.*

c. le bâton de maréchal des compositeurs inconnus, un bâton *corr. épr.* : son titre *épr.*

d. cette place fut stipulée [...] à l'un C : qui stipula cette place pour le pauvre musicien en faisant donner le privilège du théâtre à l'un *épr.*

e. quand, roulant en voiture *[5 lignes]* capitaux fuyards. C : quand, roulant en voiture [...] capitaux trop bas. *corr. épr.* : quand il le trouve encore à pied. *épr.*

f. grande   *add. C*

g. de ce que cachent les maillots.   *C* : des maillots et de ce qu'ils cachent.   *épr. Voir var. h.*

h. Popinot, devenu comte *[13 lignes]* fut un appoint [du privilège   *add. C*]   *add. épr. var. poſt.*

i. réaliser   *corr. épr.* : devenir   *épr.*

1. Selon Bescherelle, « triſte-à-patte » eſt le nom « donné autrefois par le peuple aux soldats du guet ». Balzac applique le terme à un pauvre hère, batteur de pavé.

2. Tout au long du *Cousin Pons,* Balzac écrit avec un *d* final le nom de son ancien commis voyageur.

Page 501.

a. leur baignoire.   *corr. épr.* : un verre d'eau.   *épr.*

b.   , *quibuscumque viis [5 lignes]* ambitieux   *add. C*

c. la tyrannie du bâton.   *corr. épr.* : sa surveillance.   *épr.*

d. L'illuſtre Gaudissard avait   *corr. épr.* : Les direĉteurs avaient   *épr.*

1. « Par tous les moyens. » « Il eſt très fort ! eſt l'immense éloge décerné à ceux qui sont arrivés, *quibuscumque viis,* à la politique, à une femme ou à une fortune » *(La Fille aux yeux d'or).*

Page 502.

a. le piano, la viole d'amour [...] de Sax,   *C* : le piano, le cor anglais, les inventions de Sax,   *épr. corr.* : le piano, les inventions de Sax,   *épr.*

b. Les Allemands [...] de musique.   *add. C*

c. mauvaise   *add. épr.*

d. se hasardait à   *corr. épr.* : regardait   *épr.*

e. sociale   *add. C. Voir var. g.*

f. interlope   *add. C*

g. Peu à peu l'imagination *[9 lignes]* arabesques chinoises   *add. épr. var. poſt.*

1. Antoine-Joseph dit Adolphe Sax (1814-1894), inventeur d'inſtruments à vent et, notamment, du saxophone.

Page 503.

a. Le pauvre honnête [...] échantillon-là.   *add. épr.*

b. Pons frères,   *corr. épr.* : Pons,   *épr.*

c.   , et qui fut achetée [...] Mme Camusot   *add. épr.*

1. Le vocabulaire du direĉteur de théâtre rappelle celui de l'ancien commis voyageur. De même, dans le langage de Crevel, selon *La Cousine Bette,* « Le parfumeur revient de temps en temps ».

2. « Un trait de cette époque, unique dans nos annales, et qui la caractérise, fut une passion effrénée pour tout ce qui brillait. Jamais on ne donna tant de feux d'artifice, jamais le diamant n'atteignit à une si grande valeur. Les hommes, aussi avides que les femmes de ces cailloux blancs, s'en paraient comme elles. Peut-être l'obligation de mettre le butin sous la forme la plus facile à transporter mit-elle les joyaux en honneur dans l'armée. Un homme n'était pas aussi ridicule qu'il le serait aujourd'hui, quand le jabot de sa chemise ou ses doigts offraient aux regards de gros diamants » (*La Paix du ménage*, t. II, p. 96).

3. Vers 1809, le baron Hulot met sa cousine Bette « en apprentissage chez les brodeurs de la Cour impériale, les fameux Pons frères ». Rappelons que Michel Sallambier, grand-oncle de Balzac, fut brodeur-passementier et drapier. À propos des frères Pons, Balzac pense certainement à la famille Dallemagne, dont plusieurs membres furent brodeurs du roi, puis de l'Empereur. Le nom figure dans le manuscrit de *La Cousine Bette* (voir var. *i* de la page 81).

4. Juge au tribunal de commerce, conseiller de Lisbeth dans *La Cousine Bette*. Son modèle, Charles Sédillot, cousin de l'écrivain, confident de Mme Balzac mère, fut chargé par celle-ci d'intervenir auprès d'Honoré au sujet du remboursement de sa dette. « Le cousin de ma mère avait été si complètement pour moi, qu'il est la bête noire de ma sœur et de ma mère », écrit Balzac à Mme Hanska, le 26 juillet 1846. Voir l'article de Havard de La Montagne sur Sédillot, dans *AB 1968*.

Page 504.

a. avait lancé, comme on sait, au cœur de la politique [la plus *add. C*] dynastique. *corr. épr.* : avait fait ministre du commerce. *épr.*

b. dernières *corr. épr.* : anciennes *épr.*

c. le vrai, le seul *corr. épr.* : son vrai, son seul *épr.*

d. L'ancien notaire [...] par-devant notaire [, disait-il *add. C*]. *add. épr.*

1. Pons reprend un mot de Claparon : « Nous allons dîner par-devant notaire, dit Claparon en se rengorgeant » (*César Birotteau*).

Page 505.

a. où respirait la plus sévère magistrature, *add. C. Voir var. b.*

b. , où il croyait, en entrant *[8 lignes]* qui s'y trouvaient *add. épr. var. post.*

c. contracté la manie [...] laides. *F* : contracté la manie [...] laides. *Ensuite :* VII *Si.* : contracté la manie [...] laides.

Ensuite : VII / UNE DES MILLES JOUISSANCES DES COLLECTION-NEURS *orig.* : contracté la manie [...] laides. *Ensuite :* Chapitre IV / *[Titre comme dans orig.]* *C* : contracté le goût des belles choses. *Ensuite :* Chapitre IV / UNE DES MILLE AVANIES QUE DOIT ESSUYER UN PIQUE-ASSIETTE *épr.*

1. Les personnages de *La Cousine Bette* connaissent la réputation de collectionneur d'Anselme Popinot, cet ancien commis de César Birotteau. À propos de la sculpture de Wenceslas, Bette dit à Hortense : « Si ton père qui connaît M. Popinot, le ministre du Commerce et de l'Agriculture, ou le comte de Rastignac, pouvait leur parler de ce groupe comme d'une belle œuvre ancienne qu'il aurait vue en passant ; il paraît que ces grands personnages donnent dans cet article au lieu de s'occuper de nos dragonnes. » Crevel voudrait imiter l'exemple de son collègue de naguère : « Crevel, qui voyait le comte Popinot, ministre du Commerce, achetant des tableaux et des statues, voulait se rendre célèbre parmi les Mécènes parisiens dont l'amour pour les arts consiste à chercher des pièces de vingt francs pour des pièces de vingt sous. » En situant l'hôtel Popinot rue Basse-du-Rempart, Balzac se rappelle-t-il la collection de peintures italiennes et d'objets d'art réunie par le comte de Sommariva dans son hôtel de la rue Basse-du-Rempart, qu'il a probablement visité en 1820 ? Ou pense-t-il à l'hôtel de la duchesse d'Abrantès qui habitait au numéro 18 de cette même rue ? D'après l'*Almanach général* (éd. 1840), Théret (à ne pas confondre avec Thoré, directeur de l'*Alliance des arts*), expert en objets d'art et en tableaux, dont le nom est mentionné par Balzac dans son roman (p. 593), habite rue Basse-du-Rempart, n° 36.

Page 506.

a. le premier lit ; *C* : tout un lit ; *épr.*

b. Jusqu'en 1834, ils s'étaient trouvés gênés. *add. épr.*

1. « La fortune de M. Camusot le père devait se faire long-temps attendre. D'ailleurs cette riche succession ne pouvait pas donner plus de huit ou dix mille francs de rente aux enfants du négociant qui étaient quatre et de deux lits différents. Puis, quand se réaliserait ce que tous les faiseurs de mariage appellent *des espérances,* le juge n'aurait-il pas des enfants à établir ? Chacun concevra donc la situation d'une petite femme pleine de sens et de résolution, comme était madame Camusot ; elle avait trop bien senti l'importance d'un faux pas fait par son mari dans sa carrière, pour ne pas se mêler des affaires judiciaires » (*Le Cabinet des Antiques,* t. IV).

Page 507.

a. malheureux. *F* : malheureux. *Ensuite :* VIII *Si.* :
malheureux. *Ensuite :* VIII / OU L'INFORTUNÉ COUSIN SE TROUVE
TRÈS MAL REÇU *orig.* : malheureux. *ant.*

b. suivi *Si.* : servi *ant.*

c. ; elle les avait aidés [...] d'instruction *add. épr.*

d. et ambitieuse *add. épr.*

Page 508.

a. , qui sciait en deux [...] cousine, *add. épr.*

b. une ravissante petite boîte [...] sculptée. *C* : un éventail. *corr. épr.* : un crucifix en bois sculpté. *épr.*

c. pour cette petite bêtise ? *C* : pour cela ? *épr.*

d. bijou. *corr. épr.* : crucifix. *épr.*

Page 509.

a. Vous ne voudriez pas de cet éventail, *corr. épr.* :
Vous ne seriez pas assez riche, *épr.*

b. si vous deviez en donner la valeur, *corr. épr.* : si
je voulais vous vendre ce morceau de bois ce qu'il vaut,
épr.

c. car c'est un chef-d'œuvre [...] du prix d'art. *C* : car
c'est un chef-d'œuvre de [Watteau *en surcharge sur* Lancret]
dixième partie d'un vrai prix. *corr. épr.* : Ce Christ est
de Girardon, et la perfection est telle, qu'il pourrait monter
à sept ou huit mille francs en vente publique *épr.*

d. Pater, Watteau, Greuze, *add. C. Voir var. e.*

e. On ne connaît pas *[7 lignes]* maman. *corr. épr. var.
post.* : Si les gens qui récoltent ces curiosités savaient ce
qu'elles valent, et voulaient les vendre à toute leur valeur,
ils n'auraient plus d'acheteurs ; mais cela viendra, tant il y a
d'amateurs. Aussi ne vais-je jamais chez les gros marchands,
je cours les petits revendeurs dont le métier consiste à gagner
un certain bénéfice sur le prix de leur acquisition... *épr.*

f. de [Watteau *en surcharge sur* Lancret]. *corr. épr.* :
de Girardon. *épr.*

g. de la fine sculpture des branches de ce merveilleux
éventail. *C* : de la fine sculpture des branches. *corr.
épr.* : du morceau de bois de poirier travaillé par le grand
sculpteur. *épr.*

h. il est néces < saire > *fin du premier fragment en épreuve ;
le plus ancien état conservé redevient C.*

1. Dans *Les Paysans,* Balzac avait décrit l'« éventail d'ivoire
à peinture de Boucher » agité par Mme Soudry : « De dessus
la terrasse, quand elle s'y promenait, un passant, en la regardant de très loin, aurait cru voir marcher une figure de
Watteau. » Il y a ici comme un souvenir de ce premier éven-

tail. Balzac possédait quelques pièces de Saxe avec des dessins de Watteau.

2. On connaît le célèbre épisode de *Gil Blas* (liv. VII, chap. III) auquel Balzac fait ici allusion : l'archevêque de Grenade ayant prié le héros, son secrétaire, de l'avertir, lorsque ses homélies donneraient des signes de déclin, Gil Blas, après avoir quelque temps hésité, eut l'imprudence d'obéir à cette invitation, et fut immédiatement congédié.

Page 510.

a. arrêts.   *F* : arrêts. *Ensuite :* IX   *Si.*   : arrêts. *Ensuite :* BONNE TROUVAILLE   *orig.* : arrêts.   *C*
b. sèche   *F* : rèche   *ant. Nous corrigeons.*

1. Ce portrait est à rapprocher de celui que faisait Balzac du même personnage, dans *Le Cabinet des Antiques :* « Mme Camusot est une petite femme, grasse, fraîche, blonde, ornée d'un front très busqué, d'une bouche rentrée, d'un menton relevé, traits que la jeunesse rend supportables, et qui doivent leur donner de bonne heure un air vieux. »

Page 511.

a. Vincennes signait avec un cor.   *add. F*

1. « C'est une petite maison, mais c'est une bonbonnière de reine. Dans le salon, tu auras ton illustre parenté, L[ouis] XV et sa femme, dans les deux fameux ovales qui viennent du château d'Aunay près Dreux qui appartenait à Mme de Pompadour, » écrit Balzac le 24 décembre 1846 à Mme Hanska. Il confie divers travaux à Liénard, dessinateur, peintre en ornements, sculpteur en bois. « Entre les 2 croisées, sur ce que j'appelle le jardin et qui ressemble au préau d'une prison, par suite de la mauvaise grâce de Gudin, il y a un tableau dans lequel je mets au milieu l'horloge de mon cabinet, et de chaque côté deux supports que sculpte en ce moment Liénard qui représente[nt] l'un des coquillages et l'autre du gibier, sur chacun il se trouvera les fameux potiches et vases verts d'Amsterdam, éclairés par en bas, comme ce que tu as vu à Gênes et qui t'a tant plu ! » annonçait-il à l'Étrangère le 6 décembre 1846.

2. Ébéniste français (1734-1806) dont Balzac possédait un meuble. On lit ici dans les éditions « Reisener » au lieu de « Riesener ».

3. Ces indications font penser aux renseignements donnés par Anna Hanska dans la lettre collective rédigée par Georges Mniszech, Mme Hanska et elle-même, le 31 mai 1846 : « Nous avons été hier à Mannheim voir ma tante et on nous a beaucoup parlé d'une certaine porcelaine de Frankenthal, maintenant fort à la mode et des plus rares, car la fabrique a été

brûlée pendant l'incendie du Palatinat. Vous vous souvenez de ce signe des deux poissons qui vous avait tellement intrigué c'était peut-être là cette fameuse porcelaine de Frankenthal et vous aurez peut-être manqué l'occasion de posséder quelques pièces d'une porcelaine que les amateurs préfèrent maintenant, dit-on, à celle de Saxe et de Sèvres. »

4. Dans sa lettre à Mme Hanska du 29 juin 1847, Balzac décrit d'une manière différente la signature de cette marque : « Nous avons cru avoir du Frankenthal; le Frankenthal eſt marqué d'un *F* bleu. »

Page 512.

a. , qui n'eſt pas de la porcelaine, *add. F*

1. « Je veux que tu aies une étagère sur laquelle il y ait un petit chef-d'œuvre de chaque fabrique célèbre », écrivait Balzac à Mme Hanska le 20 septembre 1846. *L'inventaire de la rue Fortunée* fait état de divers services en porcelaine de Frankenthal, de Sèvres, de Saxe et provenant de la manufacture de Vienne.

Page 513.

1. Liénard, sculpteur sur bois, direĉteur de l'atelier de dessin de Froment-Meurice et fournisseur de Balzac, avait sculpté, à Dreux, en collaboration avec Knecht, la porte de la chapelle royale.

2. Dans *Une double famille,* l'avocat Granville « surprit presque toujours sa future assise devant une petite table en bois de Sainte-Lucie ». C'eſt un bois de cerisier sauvage, abondant au monaſtère de Sainte-Lucie, dans les Vosges.

3. Il s'agit évidemment d'une pièce fiĉtive; Mme de Pompadour pouvait posséder un éventail décoré par Watteau, mais le peintre de *L'Embarquement pour Cythère,* mort en 1721, année de la naissance d'Antoinette Poisson, ne put travailler pour elle. Différentes pièces décorées de dessins de Watteau figurent dans l'*Inventaire :* une tasse couverte en vieux Saxe, un service à thé ayant appartenu au duc d'Angoulême, deux candélabres à quatre bougies, en porcelaine de Saxe à sujets dessinés par Watteau. Dans sa lettre du 19 septembre 1846, Balzac annonce à Mme Hanska, au sujet de l'inſtallation et de la décoration du « petit salon vert » de la rue Fortunée : « Tout y sera marqueterie, Louis XV et rococo. »

Page 515.

a. présidente. *F* : présidente. *Ensuite :* x *Si.* : présidente : *Ensuite :* x / UNE FILLE À MARIER *orig.* : présidente. *Ensuite :* Chapitre V / UNE DES MILLE AVANIES QUE DOIT ESSUYER UN PIQUE-ASSIETTE *C*

Page 517.

   a. difficile, elle veut un beau nom! *Début du second fragment conservé en épreuve.*

   b. chez les Popinot   *add.* C

Page 518.

   a. et demie.   F   : et demie. *Ensuite :* XI   *Si.*   : et demie. *Ensuite :* XI / UNE DES MILLE AVANIES QUE DOIT ESSUYER UN PIQUE-ASSIETTE   *orig.*   : et demie.   C

   b. produisent   *corr. épr.*   : forment   *épr.*

   c. friand.   C   : gourmet.   *épr.*

Page 519.

   a. fini   *add.* C

   b. appétit. Maintenant *[5 lignes]* nécessaires.   F   : appétit. Maintenant [...] nécessaires. *Ensuite :* XII *Si.*   : appétit. Maintenant [...] nécessaires. *Ensuite :* XII / SPÉCIMEN DE POR-TIER (MÂLE ET FEMELLE)   *orig.*   : appétit. Maintenant [...] nécessaires. *Ensuite :* Chapitre VI / *[titre comme dans orig.]*   C   : appétit. *Ensuite :* V / UN EXEMPLAIRE DE LA FABLE DES DEUX PIGEONS   *épr.*

Page 520.

   a. partout, même en spéculation   *add.* C

   b. M. Pillerault,   *add.* F

   c. de trois rues.   *corr. épr.*   : de trois à quatre mille toises. *épr.*

   d. de l'arrondissement.   C   : du sixième arrondissement. *épr.*

   e.   ; mais cinquante-huit ans [...]   *quartier !* *add. épr.*

   1. À cette époque, selon le témoignage des contemporains, le Marais est une véritable ville de province, dont le pavé est triste, solitaire et silencieux. Il est délimité par les quartiers du Marché Saint-Jean, du Mont-de-Piété, du Temple, par le boulevard des Filles-du-Calvaire, le boulevard Beaumarchais et par la rue Saint-Antoine. Le déclin du *Cadran bleu,* restaurant situé à la lisière du Marais, au boulevard du Temple, célèbre sous la Restauration, fréquenté par de nombreux personnages de *La Comédie humaine,* témoigne de la déchéance du quartier. Mme Cibot, « belle écaillère » de cet établissement, le quitte à temps, en 1828.

   2. Balzac se souvient-il qu'il a déjà donné le nom de Cibot à ce personnage étonnant qui, dans *Les Chouans,* est plus communément désigné sous son surnom de Pille-Miche, ainsi qu'à son cousin le Grand Cibot, dit Galope-Chopine ? Mais d'autre part, dans les *Scènes populaires* de Monnier, un épicier

retiré s'appelle Cibot. Dans la société de l'époque, le nom du peintre François-Barthélémy-Michel-Édouard Cibot, né à Paris en 1779, élève de Guérin et de Picot, est mentionné plus d'une fois par les journaux.

3. À propos des époux de la loge, Balzac n'hésite pas à se référer aux images stéréotypées du portier et de la portière, popularisés par les « physiologistes » de l'époque. La figure de Cibot est conforme au type de « l'homme à la portière », esquissé par ces auteurs qui, dans leurs opuscules sommaires, saisissent souvent d'une manière pertinente la réalité contemporaine. « Le mari de la portière a un état ; on ne peut dire un état quelconque, car il est toujours tailleur en habits excessivement vieux ou cordonnier en chaussures excessivement peu neuves », note James Rousseau dans la *Physiologie de la portière* (1841).

4. Ce restaurant (qui figure dans le *Petit dictionnaire critique des Enseignes de Paris* de Brismontier, imprimé par Balzac en 1826) était bien connu à l'époque romantique. « Je vous rappellerai vos réunions de famille, vos dîners en ville, vos petites débauches chez Baucelin ou au *Cadran Bleu*... » dit l'*Hermite de la Chaussée d'Antin* à un bourgeois du Marais. Une comédie de Brazier et Gabriel s'intitule *Le Cadran-Bleu et la Courtille* (J. N. Barba, 1826). D'autre part, une pièce de Gabriel, Théaulon et Vaëz se nomme *La Belle Écaillère* (1836).

Page 521.

   a. calomniaient,   C : appréciaient,   *épr.*
   b. Une portière à moustaches [...] un propriétaire.   *add. épr.*
   c. Si Delacroix avait [...] une Bellone !   *add. C*
   d. des époux Cibot, en style d'acte d'accusation,   *corr. épr.* de ces deux êtres,   *épr.*
   e. Ce Remonencq *[5 lignes]* sortait.   *add. C*
   f. On ne vit [...] le catéchisme.   *add. C*

1. « Cette tendance à l'embonpoint qui gagne toutes les belles campagnardes quand elles ne mènent pas aux champs et au soleil leur vie de travail et de privations, se faisait déjà remarquer en elle », écrit Balzac à propos de Flore Brazier (*La Rabouilleuse,* t. IV). Le comportement de cette servante-maîtresse envers Jean-Jacques Rouget est déjà celui de Mme Cibot envers Pons.

2. Physiquement et moralement, Mme Cibot ressemble à *la portière* des physiologistes. La concierge du *Musée pour rire* (1839-1840) « possède sur ses verrues des moustaches dont se contenterait plus d'un capitaine de la Garde nationale, même de l'état-major ».

Page 522.

a. S'ils [ne possédaient   *orig.*] n'avaient rien [...] expression. *add. épr. var. post.*

b. , car Mme Cibot prodiguait [...] religion   *add.* C

c. Un jour viendra [...] Légion d'honneur!   *add.* C

d. à Paris   *add.* C

e. rien.   *F* : rien. *Ensuite* : XIII   *Si.* : rien. *Ensuite* : XIII / PROFOND ÉTONNEMENT   *orig.* : rien. *ant.*

f. deuxième   C : troisième   *épr.*

1. Le langage de Mme Olivier, portière de Valérie Marneffe, est analogue à celui de Mme Cibot : « Oh! c'est réglé comme une pendule. Elle n'a pas de secrets pour sa femme de chambre, Reine n'en a pas pour moi, allez! Reine ne peut pas n'en n'a voir, rapport à mon fils, pour qui n'elle a des bontés... » On relève le même tic de langage dans une phrase de la Rabouilleuse : « Max est le fils du Docteur Rouget. Le vieux me l'a dit navant mourir », affirme Flore. L'imbécile Rogron dit dans *Pierrette :* « Avoir mal partout, c'est n'avoir mal *nune* part. » Voir t. IV, p. 457.

2. Le *Muséum parisien* (1841) consacre un chapitre aux concierges sous le titre *Le Cloporte :* « Le Cloporte femelle a cela de désagréable qu'il se lamente toujours sur sa position sociale », note Louis Huart. « Rappelons que Mme Olivier, dans *La Cousine Bette,* « ancienne lingère de la maison de Charles X », est « tombée *de cette position* avec la monarchie légitime... ».

Page 523.

a. , le grand' oncle de Mme la comtesse Popinot   *add. épr.*

b. lâchait quelques   *F* : tartinait des   *ant.*

c. bonifie toujours les gages.   C : rend toujours les gages meilleurs.   *épr.*

1. Dans *La Cousine Bette,* Balzac dénonce « la plaie des domestiques ». Il y affirme : « À de très rares exceptions près, et qui mériteraient le prix Montyon, un cuisinier et une cuisinière sont des voleurs domestiques, des voleurs gagés, effrontés, de qui le gouvernement s'est complaisamment fait le recéleur, en développant ainsi la pente au vol, presque autorisée chez les cuisinières par l'antique plaisanterie sur l'*anse du panier* » (p. 197).

Page 524.

a. et à qui l'on eût dit [...] arrivés   *add.* C

b. à cinq heures du soir.   C : à une pareille heure.   *épr.*

c. poignard.   *F* : poignard. *Ensuite* : XIV   *Si.* : poignard. *Ensuite* : XIV / UN VIVANT EXEMPLAIRE DE LA FABLE DES DEUX

PIGEONS *orig.* : *poignard. Ensuite* : Chapitre VII / [*titre comme dans orig.*] *C* : *poignard. épr.*

1. Pièce en pointe mise à un vêtement pour l'élargir.
2. Au début d'*Une double famille,* Balzac présente Mme Crochard attisant « un réchaud sur lequel mijotait un de ces ragoûts semblables à ceux que savent faire les portières ».

Page 525.

  a. une persillade *corr. épr.* : du hachis de mouton *épr.*
  b. à une sauce [...] venaison *add. épr.*
  c. vingt *corr. épr.* : dix *épr.*
  d. enchanté [...] ami *add. C*
  e. , selon son droit de femme de ménage légitime *add. épr.*
  f. Qu'est-ce que c'est [...] c'esde *add. C*

1. « Chez les garçons, la portière remplit souvent les fonctions de femme de ménage ; c'est même une des plus belles cordes de son arc, quand elle a le talent de la bien faire jouer : un garçon n'y regarde jamais de si près, et si son heureuse étoile veut que ce cher homme prenne ses déjeuners chez lui, elle trouve facilement moyen de sustenter, haut la main, elle et tous les siens, à ses frais et dépens », écrit Henry Monnier dans *La Portière,* esquisse publiée dans *Les Français peints par eux-mêmes* (1840). Tous les auteurs de physiologies insistent sur le rôle décisif qu'une portière peut jouer dans la vie des locataires. « Il n'est pas de pouvoir occulte ou de puissance ténébreuse qui soit plus à redouter que la loge du portier. Les ventes des carbonari, l'inquisition, le conseil des Dix n'ont jamais eu de lames mieux affilées, de poignards plus tranchants, de supplices plus atroces, de tortures plus horribles que n'en possède la loge du portier », lit-on dans *Paris au XIXᵉ siècle* (1839).

Page 526.

  a. (Il est vrai... matin !) *add. C var. ponct.*
  b. qui bénissait [...] présidente. *Diens !* *add. C*

1. « *Ma ponhire zera tonc gomblete* [...] *gar che ne vis foyais gaux Champes-Hailyssées gand vis y bassièze han foidire, pien raremente !* » dit Schmuke à la comtesse Marie de Vandenesse après avoir signé les traites de Nathan. (*Une fille d'Ève*). Alors que, à partir de la page 593, Balzac renonce à reproduire phonétiquement le charabia de Rémonencq, il transcrit le parler de Schmucke du début à la fin du roman. Le lecteur est obligé de traduire, syllabe par syllabe, les propos de l'Allemand afin d'en comprendre le sens, souvent émouvant ou profond.

Page 527.

a. qui aurait reçu un billet d'invitation   *add. C*

b.   , une horloge en ébène *[9 lignes]* n'apercevait pas   *C* :
sans que Schmucke aperçut   *épr.*

1. On retrouve l'expression sous la plume de Balzac,
dans une lettre à Mme Hanska du 21 juin 1847 : « Il me faut
aussi 2 magnifiques cornets pour le dessus du meuble d'ébène
fait avec les portes achetées à Rouen. Toutes ces petites
bêtises sont ruineuses. Aussi vais-je énormément travailler,
le cœur n'y est pas, je suis dévoré d'un chagrin qui ressemble
à ces pluies fines et incessantes. »

2. Dans *La Cousine Bette,* Balzac exalte également l'art du
grand ébéniste. Il y compare l'hôtel de Josépha et l'hôtel
de Crevel : « Un lustre authentique de Boulle monte en vente
publique à trois mille francs; le même lustre surmoulé
pourra être fabriqué pour mille ou douze cents francs; l'un
est en archéologie ce qu'un tableau de Raphaël est en peinture, l'autre en est la copie. Qu'estimez-vous une copie de
Raphaël ? » (p. 398 et la note 3).

Page 528.

a. se sont mariées par l'amour ou par l'amitié.   *C* : se
sont rencontrées.   *épr.*

b. dont les expressions balsamiques   *C* : qui   *épr.*

c. dans son cerveau [...] princes souverains   *add. C*

d. Dans son espérance [...] royale.   *add. C*

e. En entendant *[début du § précédent]* s'écria-t-il.   *add. C*

f. dit orgueilleusement Mme Cibot attendrie.   *C* :
répondit orgueilleusement Mme Cibot.   *épr.*

g. comme Josépha entre en scène dans *Guillaume Tell.*
C : comme la Grisi entre en scène dans la *Sémiramide.*   *épr.*

1. Balzac, initié à la chimie depuis la création de *La
Recherche de l'Absolu,* utilise ses connaissances scientifiques
dans des images en rapport avec la fusion ou l'interpénétration
d'êtres ou de choses : « Jamais deux substances chimiques
ne se marièrent avec plus de promptitude que la maison
Cormon n'en mit à absorber le vicompte de Troisville »,
écrit-il dans *La Vieille Fille.* Autres images « chimiques » :
« Quand vous serez arrivé dans la sphère impériale où
trônent les grandes intelligences, souvenez-vous des pauvres
gens déshérités par le sort, dont l'intelligence s'annihile
sous l'oppression d'un azote moral », dit Mme de Bargeton
à Lucien *(Illusions perdues).* « Cet apprenti gobe-or (mot
de Butscha) appartenait à cette nature de substances que la
chimie appelle absorbantes » *(Modeste Mignon);* Modeste
attendant impatiemment la réponse de Canalis avait « supposé tout, excepté cette goutte d'eau froide tombant sur les

plus vaporeuses formes de la fantaisie et les dissolvant comme l'acide prussique dissout la vie... »

2. Dans *La Cousine Bette,* Josépha Mirah, maîtresse, successivement, de Crevel, de Hulot et du duc d'Hérouville, cantatrice illustre, est titulaire du rôle d'Alice dans *Robert-le-Diable* de Meyerbeer. Dans le texte des épreuves corrigées du *Cousin Pons,* Mme Cibot est comparée à Giulietta Grisi entrant en scène dans la *Sémiramis* de Rossini, auteur, également, de Guillaume Tell (voir var. *g* de la page 528). « Entendre *Guillaume Tell* à notre Opéra, ou *Robert le Diable,* c'est, voyez-vous, aussi grand que la pensée! que la fantaisie! » écrit Balzac à Mme Hanska, le 6 avril 1843.

Page 529.

a. Mme Fontaine!... *F* : Mme Fontaine!... *Ensuite :* xv *Si.* : Mme Fontaine!... *Ensuite :* xv / UNE CHASSE AU TESTAMENT *orig.* : Mme Fontaine!... *ant.*

b. La poule à mame Fontaine *C* : Madame Fontaine *épr.*

c. au milieu de ses moustaches, jusqu'alors pleines de probité. *C* : au milieu de sa probité. *épr.*

d. horriblement *add. C*

Page 530.

a. nid. Schmucke *[p. 529, 5 lignes en bas de page]* cœur! *C* : nid. *Ensuite :* Chapitre VI / OÙ L'ON VOIT QUE LES ENFANS PRODIGES FINISSENT PAR DEVENIR BANQUIERS ET MILLIONNAIRES, QUAND ILS SONT DE FRANCFORT-SUR-MAIN *épr.*

b. ; aussi, chaque fois [...] amphitryons *add. C*

c. ; de même [...] trop d'infidélités! *add. C*

d. cette nostalgie produite par une *C* : cette douleur d'une *épr. Voir var. a, p. 531.*

e. l'impression *C* : l'imprévu *épr.*

1. Dans *La Cousine Bette,* le baron Hulot et Crevel, pendant une nuit qu'ils passent ensemble dans l'appartement secret de l'ancien parfumeur, convaincus tous les deux de l'infidélité de Mme Marneffe, évoquent avec nostalgie la science amoureuse, les « minauderies », les « gentillesses », les « inventions » de leur maîtresse commune (p. 236).

Page 531.

a. Pour expliquer *[p. 530, 15 lignes en bas de page]* le chef d'orchestre. *add. épr. var. post.*

b. attaqué d'une nostalgie gastrique. *Si.* : attaqué d'une nostalgie gastrique. *Ensuite :* XVI / UN TYPE ALLEMAND *orig.* : attaqué d'une nostalgie gastrique *add. C*

c. tous les Allemands *C* : tous les gens de Kelh *épr.*

d. Schwab   *C* : Schawb   *épr.*

e. Héloïse Brisetout,   *F* : Stéphanide,   *ant.*

1. On lit bien *Wilhem* dans toutes les éditions, alors que ce prénom, effectivement fort répandu, doit s'écrire *Wilhelm*. Mais nous apprendrons plus loin (p. 707) qu'ainsi se prénomme Schmucke lui-même, et on lira alors *Wilhelm*.

2. Recueil de récits publiés en 1827 par Walter Scott et traduits par Defauconpret. Il y a ici une allusion au premier de ces récits, *La Veuve des Highlands,* où est racontée l'histoire d'Hamish MacTavish et de sa mère. Celle-ci le retient auprès d'elle en usant d'un soporifique et fait ainsi de lui un déserteur. Poussé par elle, il tue d'un coup de fusil le sous-officier qui commandait le détachement parti à sa recherche et il est condamné à mort.

Page 532.

a. d'un des plus constants re < proches >   *fin du second fragment en épreuve ; le plus ancien état conservé redevient C.*

1. Un opéra-comique de Scribe porte ce titre, mais n'a été créé qu'en 1854.

2. Auguste Lafontaine (1758-1831), romancier allemand, peintre de scènes naïves de la vie familiale, descendant d'une famille protestante française expatriée après la révocation de l'édit de Nantes.

Page 533.

a. titiannesque,   *F* : titienesque   *ant.*

b. sage, quoique centrale.   *F* : sage. *Ensuite :* XVII *Si.* : sage. *Ensuite :* XVII / OÙ L'ON VOIT QUE LES ENFANTS PRODIGES FINISSENT PAR DEVENIR BANQUIERS ET MILLIONNAIRES, QUAND ILS SONT DE FRANCFORT-SUR-MEIN   *orig.* : sage. *Ensuite :* Chapitre VIII / *[titre comme dans orig.]   C*

1. Charles Mignon y épousa, en 1804, Bettina, fille unique du banquier Wallenrod (voir *Modeste Mignon*). Le 9 octobre 1846, Balzac s'est rendu à Wiesbaden pour assister au mariage d'Anna Hanski et de Georges Mniszech; Balzac et Mme Hanska se sont quittés à Francfort : « À Francf[ort], ça a été une perfection d'amour, car, de l'âme, tu es née angélique et parfaite, et tu ne peux gagner qu'en chatteries » (18 octobre 1846).

2. Monnaie « banco » se dit d'une monnaie évaluée à son poids théorique en argent selon les conditions fixées par la banque émettrice.

3. Al-Sartchild : allusion évidente à la banque Rothschild. Balzac, client du baron James, fondateur de la banque de Paris, adresse, à partir de septembre 1845, plusieurs envois

au baron Anselm, directeur de la banque de Francfort, en le priant de les remettre à Mme Hanska. Le romancier se plaît à créer des noms imaginaires à partir de celui de la célèbre famille de banquiers. Dans *Splendeurs et misères des courtisanes,* Nucingen parle de la maison de banque *Varschild.*

Page 534.

1. Le nom de cet ami du flûtiste Fritz rappelle à la fois celui d'un antiquaire de La Haye et celui d'un antiquaire de Mayence, tous deux fournisseurs de Balzac. À Wiesbaden, Georges Mniszech et Anna Hanska visitent un marchand nommé Schwab : « *Nous avons parlé au marchand d'ici de Schwab de Mayence et de ses prix raisonnables. Celui-ci a fait la grimace : Che gonnais Chwap, dit-il, il ne vait bas te bonnes affaires, il ne cagne que 2 francs sur la bièce, moi, che zuis blus ampitieux que zela* », rapporte Georges Mniszech à Balzac, le 14 septembre 1846.

Page 535.

a. , quoique cette ville [...] germanique   *add.* F

1. Après leur voyage commun en Italie, en Suisse et en Allemagne, Balzac quitte Mme Hanska à Heidelberg. Le 25 mai 1846, il est à Strasbourg et le 28 à Paris : « Je me nourris de mes souvenirs, de la soirée sur le pont du Neckar à Heidelberg », écrit-il à Mme Hanska le 12 juillet 1846.

2. Mémoires d'aubergiste, notes d'hôtel. Balzac reprendra un peu plus loin ce mot allemand, qu'il connaît sans doute de fraîche date et qu'il orne ici d'un pluriel imprudent.

3. « Le dieu poursuivant sa carrière, / Versait des torrents de lumière / Sur ses obscurs blasphémateurs » (*Ode sur la mort de J.-B. Rousseau*).

Page 536.

1. Pierre Citron rappelle dans *L'Année balzacienne 1969* que l'amitié du médecin Dubreuil pour Jean Pechméja est évoquée par Chamfort dans son essai *Sur la vie privée du maréchal de Richelieu.* On y lit notamment : « M. Dubreuil, pendant la maladie dont il mourut, disait à son ami M. Pechméja : " Mon ami, pourquoi tout ce monde dans ma chambre ? Il ne devait y avoir que toi; ma maladie est contagieuse ". » Et : « On demandait à Pechméja quelle était sa fortune. — Quinze cents livres de rente. — C'est bien peu. — Oh! reprit Pechméja, Dubreuil est riche. » Le nom de ce personnage se note de plusieurs manières.

2. Ces Alsaciennes avaient « rôti le balai » à tel point qu'elles n'en avaient plus que le manche. On lit dans le *Dictionnaire de l'Académie* (1762) : « *Rôtir le balai :* pour une femme,

vieillir dans l'intrigue et la galanterie. » Voir la note de
J. Baudry dans *AB 1969,* p. 303.

Page 537.

   a. bonne   *F*   : jeune   *ant.*
   b. ailes,   *F*   : pieds,   *ant.*
   c. porte.   *F*   : porte. *Ensuite* : XVIII   *Si.* : : porte.
Ensuite : XVIII / COMMENT ON FAIT FORTUNE   *orig.* : porte.
C

   1. Fée bienfaisante, popularisée par un opéra-comique de
Favart, musique de Duni, *La Fée Urgèle* (1765).

Page 538.

   1. Ces personnages rappellent à la fois Staub et Buisson,
tailleurs de Balzac, qui ont habité, tous les deux, rue de
Richelieu : Staub au nº 92 (où est logé également Arago
jeune, homme de lettres) et Buisson au nº 112. Dans *La
Cousine Bette,* Lisbeth conseille à Steinbock de se faire faire
des vêtements chez Graff; dans *Illusions perdues,* Lucien est
habillé par l'Allemand Staub. Un *Hôtel de Hollande,* propriété
d'un certain Hubschmann, se trouvait, en 1845, au nº 45 de
la même rue.

Page 539.

   a. fou.   *F*   : fou. *Ensuite* : XIX   *Si.* : fou. *Ensuite* :
XIX / À PROPOS D'UN ÉVENTAIL   *orig.* : fou.   *C*

   1. Le chevalier de Valois « se retrancha sur le Mont-
Sacré de l'aristocratie » *(Le Cabinet des Antiques);* et Balzac
note à propos de La Brière : « L'homme personnel allait
jouer l'abnégation, l'homme tout complaisance allait se réfu-
gier sur le mont Aventin de l'orgueil » *(Modeste Mignon).*

Page 540.

   a. cinquante mille   *orig.* : cinq cent mille   *C*
   b. de l'air d'un homme [...] aux chasseurs   *add. F,* où
employer *paraît un lapsus ou une coquille* pour emprunter.

   1. « Servin, l'un de nos artistes les plus distingués, conçut
le premier l'idée d'ouvrir un atelier pour les jeunes personnes
qui veulent prendre des leçons de peinture [...] Servin devint
donc pour la peinture féminine une spécialité, comme
Herbault pour les chapeaux, Leroy pour les modes et Chevet
pour les comestibles. » *(La Vendetta,* t. I, p. 1041). Dans ce
récit, la jeune Amélie Thirion, future présidente de Marville,
apparaissait comme une « petite créature aussi sotte que
vaine » et persécutait de sa haine sa compagne d'atelier,
Ginevra di Piombo.

2. Le comte de Forbin (1777-1841), archéologue, directeur des Beaux-Arts sous la Restauration et la monarchie de Juillet, réorganisa le Louvre. Peintre de paysages, le comte Turpin de Crissé (1782-1859) fut inspecteur général des Beaux-Arts de 1821 à 1830 et légua ses collections à la ville d'Angers (où le musée porte son nom).

Page 541.

a. nouveau   *add. orig.*

Page 542.

a. désarmer mon cousin par des excuses.   *Début du troisième et dernier fragment en épreuve.*

b. lui, car je vous renvoie tous, s'il ne vous pardonne. F : lui, car je vous renvoie tous, s'il ne vous pardonne. *Ensuite :* xx   *Si.*   : lui, car je vous renvoie tous, s'il ne vous pardonne. *Ensuite :* xx / RETOUR DES BEAUX JOURS *orig.* : lui, car je vous renvoie tous, s'il ne vous pardonne. *Ensuite :* CHAPITRE IX / OÙ PONS APPORTE À LA PRÉSIDENTE UN OBJET D'ART UN PEU PLUS PRÉCIEUX QU'UN ÉVENTAIL   *C*   : lui, quant à moi, je vais l'aller voir et lui présenter mes propres excuses en lui annonçant que je vous renvoie tous.   *corr. épr.*   : lui, car je vais l'aller voir *[comme dans   corr. épr.]* renvoie tous.   *épr.*

c. Le lendemain [...] l'audience.   *C*   : Et le lendemain le président partit d'assez bonne heure pour pouvoir faire une visite à son cousin avant l'ouverture de son audience. *corr. épr.*   : Et le président partit une demi-heure trop tôt pour le palais pour pourvoir faire une visite à son cousin. *épr.*

Page 543.

a. de votre retraite.   *C*   : de votre retraite dans votre rue de Normandie.   *corr. épr.*   : de votre retraite sur le mont Aventin de la rue de Normandie.   *épr.*

b.   , un M. Brunner   *add. C. Le passage est une addition épr. Voir var. e.*

c. à huitaine...   *C*   : à trois jours d'huy...   *épr.*

d. — Mais nous dînons [...] samedi !   *add. C*

e. — Après demain, l'associé *[10 lignes]* D'ici là,   *add. épr. var. post.*

f. de rassurer   *C*   : de conclure un traité de paix avec *épr.*

g. que le Père Éternel avec   *C*   : pour   *épr.*

h. Madeleine prit à part   *fin du troisième et dernier fragment en épreuve. Le plus ancien état conservé redevient   C*

Page 545.

a. jardin. *F* : jardin. *Ensuite* : XXI *Si.* : jardin. *Ensuite* : XXI / CE QUE COÛTE UNE FEMME *orig.* : jardin. *C*

Page 546.

a. retard; mais qu'y faire ?... c'est *F* : retard, et c'est *ant.*

1. Il est difficile d'établir les filles sans fortune dans *Les Parents pauvres.* Voir la tirade de Crevel sur trois manières de manier Hortense Hulot (*La Cousine Bette,* p. 71).

Page 547.

1. « Ah! c'est un beau spectacle à ravir la pensée [...] » dit Don Carlos dans *Hernani* (acte IV, sc. II). Mais Balzac ne se souviendrait-il pas d'une expression d'Ambroise Thomas ? Sophie Surville écrit dans son *Journal,* rédigé en 1849, au sujet de son professeur de piano gourmand : « Il fait des yeux très doux aux bonnes choses. Les petits canards sauvages lui ont été au cœur et les galettes de Marguerite ! C'est plaisir de l'entendre vanter ce qu'il mange avec des recherches de termes ! » Voir André Lorant, « Le Journal de Mademoiselle Sophie Surville », dans *L'Année balzacienne 1964.*
2. Il s'agit d'une espèce de poisson répandue dans le lac Léman; Balzac écrit *ferra.*

Page 548.

1. Peter von Cornelius (1783-1867), Hanz Schnorr (1794-1872), peintres allemands, spécialisés dans la fresque biblique, mythologique et historique.

Page 549.

a. bas monde. *F* : bas monde. *Ensuite* : XXII *Si.* : bas monde. *Ensuite* : XXII / OÙ PONS APPORTE À LA PRÉSIDENTE UN OBJET D'ART UN PEU PLUS PRÉCIEUX QU'UN ÉVENTAIL *orig.* : bas monde. *C*
b. alla *F* : allait par les Boulevards *ant.*

Page 550.

a. mes tableaux, *add. orig.*

1. Le 1er janvier 1847, Balzac recevait, dans son appartement de la rue Basse, Laure Surville, Sophie et le prétendu de celle-ci, M. Lassare. Ce gros entrepreneur de charpente, orphelin et ayant dépassé la quarantaine, fait penser à Brunner. Mais les projets matrimoniaux de Sophie échouèrent quelques jours plus tard et Balzac n'en fut pas étonné, car, depuis

plusieurs mois, il se défiait des exagérations de sa sœur. Le présent épisode du *Cousin Pons* peut être lu à la lumière de ces données biographiques. Sur les rapports entre le mariage manqué de Cécile Camusot et celui de Sophie Surville, voir A.-M. Meininger, « Eugène Surville *modèle reparaissant* de *La Comédie humaine* », *AB 1963*.

Page 551.

a. ignoble   *add. orig.*

1. À l'occasion du mariage d'Hortense avec le Polonais Steinbock, le baron et Mme Hulot donnent également une rente à leur parente pauvre; celle-ci est déjà usufruitière d'une rente constituée par Crevel, qui voudrait obtenir les faveurs de Mme Marneffe grâce à l'aide de la vieille fille.

Page 552.

a. l'autre.   *F* : l'autre. *Ensuite* : XXIII *Si.* : l'autre. *Ensuite :* XXIII / UNE IDÉE ALLEMANDE *orig.* : l'autre. *Ensuite :* CHAPITRE X / UNE IDÉE ALLEMANDE   *C*

1. En 1845, avec son mari le prince Albert de Saxe-Cobourg.

2. Les éditions anciennes impriment « Liautard ». Il s'agit de Jean-Étienne Liotard (1702-1789), peintre genevois fameux par ses pastels. Sa *Chocolatière* est au musée de Dresde (voir une reproduction de ce tableau dans l'édition A.-M. Meininger du *Cousin Pons*, Classique Garnier).

3. Alors que, dans les collections de l'époque (par exemple dans celles du baron d'Ivry et de Debruge-Duménil, décrites par R. de Beauvoir), des marbres, des bronzes, des antiquités voisinent avec des armes, au musée Pons on ne trouve pas d'objets rares ou simplement curieux mêlés à de belles porcelaines ou à des tableaux de valeur. La conception artistique de son aménagement est beaucoup plus évoluée que celle de la plupart des cabinets d'amateurs contemporains.

Page 553.

a. Florent et Chanor,   *F* : Froment-Meurice,   *ant.*

1. Les noms de Florent et Chanor, fondeurs et ciseleurs, premiers employeurs de Wenceslas Steinbock dans *La Cousine Bette,* rappellent celui de Froment-Meurice, orfèvre-joaillier, « Benvenuto Cellini moderne », selon Balzac, fournisseur de l'écrivain, témoin pressenti de son mariage secret avec Mme Hanska en France.

Page 554.

1. Ces vitraux rappellent directement ceux de la Collection

Sauvageot, conservés au Louvre. Il est d'autant plus intéressant de retrouver les vitraux suisses de cette collection que Balzac n'a jamais pu visiter le musée de son illustre contemporain (voir W. Wartmann, *Les Vitraux suisses au musée du Louvre,* 1908).

2. Andrea Brustolon (1662-1732), sculpteur italien qui a laissé, surtout à Venise, de remarquables meubles et statues de bois. Balzac possède un cadre du sculpteur italien, acheté à Turin en 1836. « Mon cabinet manque d'un lustre, et mon beau cadre de Brustolone d'un Christ sur un velours », écrit-il à Mme Hanska, le 7 août 1844. Le 20 septembre suivant, il annonce à l'Étrangère que Mme de Brugnol lui a acheté « le chef-d'œuvre des Christ ! ». Il attribue d'abord ce Christ à Bouchardon, ensuite à Girardon. Il léguera le cadre et le Christ à sa fille présumée Marie du Fresnay. L'*Inventaire* désigne l'œuvre de Brustolon, parmi d'autres cadres particulièrement précieux.

Page 555.

a. huit cent mille　*F*　: cent mille　*orig.*　: cinq cent mille　*C*

b. porte.　*F* : porte. *Ensuite :* XXIV　*Si.* : porte. *Ensuite :* XXIV / CHÂTEAUX EN ESPAGNE　*orig.* : porte.　*C*

Page 556.

a. , et un joli homme　*add. F*

1. Fontenelle rapporte dans une page célèbre de l'*Histoire des oracles* qu'à la fin du XVIe siècle un bruit se répandit en Allemagne : une molaire en or venait de pousser dans la mâchoire d'un enfant de sept ans ! On commença par crier au miracle, puis on apprit qu'il s'agissait d'une supercherie : « Vous le savez, tout miracle ressemble plus ou moins à l'histoire de la Dent d'or. Nous avons une dent d'or à Jarvis, voilà tout », dit le pasteur Becker à Minna au sujet de la mystérieuse Séraphita. De toute façon quelque peu étrange, l'expression est ici appliquée métaphoriquement à un parti présenté comme miraculeux.

Page 557.

a. un des plus riches capitalistes de l'Allemagne, *orig.* : un homme remarquable qui n'avait plus rien d'allemand,　*C*

1. Les jeunes couples sont pressés dans *Les Parents pauvres* : Hortense et Wenceslas se marient eux aussi dans les stricts délais légaux (onze jours), comme Adeline et Hector Hulot.

2. Lettres du Roi, ratifiées par les Chambres, qui accor-

daient au naturalisé l'éligibilité aux assemblées parlementaires.

3. Dans *Illusions perdues,* M. de Bargeton, « quadragénaire fort endommagé par les dissipations de sa jeunesse », apparaissait, déjà (aux yeux de M. de Nègrepelisse), comme le « phénix des maris ».

Page 559.

  a. plus que froide *add. F*

Page 560.

  a. demanda par un geste à *F* : fit signe à *ant.*

Page 561.

  a. quarante *Si.* : quarante-quatre *C*

Page 562.

  a. domestiques. *F* : domestiques. *Ensuite :* xxv *Si.* : domestiques. *Ensuite :* xxv / PONS ENSEVELI SOUS LE GRAVIER *orig.* : domestiques. *Ensuite :* CHAPITRE XI / *[titre comme dans orig.]* *C*

Page 563.

1. « Ma chère, ignorez-vous donc, vous qui connaissez la province, ignorez-vous ce dont est capable une mère quand elle a sur les bras une fille qui ne se marie pas faute de dot et d'amoureux, faute de beauté, faute d'esprit, quelquefois faute de tout ? Elle arrêterait une diligence, elle assassinerait, elle attendrait un homme au coin d'une rue, elle se donnerait cent fois elle-même si elle valait quelque chose [...] Les naturalistes nous ont dépeint les mœurs de beaucoup d'animaux féroces ; mais ils ont oublié la mère et la fille en quête d'un mari. C'est des hyènes qui, selon le Psalmiste, cherchent une proie à dévorer, et qui joignent au naturel de la bête l'intelligence de l'homme et le génie de la femme », dit la marquise de Gyas à Mme Évangélista dans *Le Contrat de mariage* (t. III).

2. Le cousin Pons vit entouré de femmes haineuses. La présidente nourrit à son égard une « haine cachée » (p. 549); elle est « fidèle à sa haine contre Pons » (p. 563). Madeleine Vivet éprouve « une de ces haines sourdes » à l'égard de la famille qu'elle sert (p. 507), Mme Cibot montre aux deux amis des « regards de femme haineuse » (p. 674). Dans des romans antérieurs, Balzac a étudié l'évolution et les manifestations de ce sentiment violent. « Il semble que la haine envers un ennemi s'accroisse de toute la hauteur à laquelle

il s'élève au-dessus de nous », lit-on encore dans *La Vendetta*, à propos de Ginevra, poursuivie par Amélie Thirion, la future présidente de Marville. La haine, « cette force vive » *(La Muse du département)*, « hérite de toutes les mauvaises passions de l'homme » *(Illusions perdues)*. Elle procure des plaisirs intenses : « Les jouissances de la haine satisfaite sont les plus ardentes, les plus fortes au cœur », écrit Balzac à propos de la cousine Bette.

Page 565.

a. Un mois   *F*   : XXVI / LE PREMIER COUP / Un mois orig. : XXVI / Un mois   *Si.*   : Un mois   *C. Début du tome 9 d'orig. À partir de cet endroit, Si. est antérieur à orig. et composé à partir de C. Il est rappelé qu'il n'y a pas de titres de chapitres dans Si.*

1. Ici comme plus haut, Balzac fait étalage d'une connaissance fraîche et rudimentaire du vocabulaire germanique. Fontaine se dit en allemand *Brunnen*.

Page 566.

1. Balzac exaltait déjà la stimulante atmosphère des boulevards dans son article publié par *Le Diable à Paris* « Histoire et physiologie des boulevards de Paris »; il y notait que le « vivifiant soleil de l'âme » manque à la Perspective de Saint-Pétersbourg, tandis qu'aux boulevards de Paris, « là est la liberté de l'intelligence, là est la vie ! une vie étrange et féconde, une vie communicative, une vie chaude, une vie de lézard et une vie de soleil, une vie artiste et une vie amusante, une vie à contrastes ».

2. Balzac paraît employer de manière insolite le terme *malaria* (noté ici en deux mots), qui désigne, à Rome notamment, la fièvre paludéenne, née du « mauvais air » autour des marais.

Page 567.

a. d'eine malatie,   *F*   : d'eine grafe malatie,   *ant.*

Page 568.

1. Schmucke à la douceur d'un mouton, ou d'un agneau.
2. C'est au *Roland furieux* de l'Arioste que songe une fois de plus Balzac.

Page 569.

a. des pauvres,   *F*   : des bêtes,   *ant.*

b. quartier. *F* : quartier. *Ensuite :* XXVII / UN CHAGRIN PASSE A L'ÉTAT DE JAUNISSE *orig.* : quartier. *Si. et C*

1. Quoique Lucien de Rubempré, auteur d'un poème sur saint Jean à Pathmos, s'intéresse beaucoup à la poésie apocalyptique, il semble que Balzac ait des souvenirs incertains de l'Apocalypse. En écrivant : « cet ange des pauvres », il pense probablement au chapitre XIV des visions de saint Jean, intitulé *L'Agneau et ses rachetés*. Il confond, peut-on penser, l'agneau à qui fut remis le livre scellé des sept sceaux avec l'un des trois anges proclamant les jugements de Dieu. Cependant malgré son caractère imprécis, l'image souligne l'effet apocalyptique exercé sur le musicien par la rencontre de trois personnes qui le condamnent sans appel.

2. Les *Petites Affiches de Paris ou Journal d'annonces générales, d'indications et de correspondance,* publication fondée en 1811.

Page 570.

a. certains grigous de quartier, *début de la partie conservée de ms.*

1. « Ah! çà, c'est donc un déchaîné des enfers que ce général de maire ?... » dit Bonnébault dans *Les Paysans.*

Page 571.

a. qui suffisait à peine à ses besoins *add. C*
b. digne de Tartuffe. *C* : hypocrite. *ms.*
c. ont une langue, *C* : vivent, *ms.*
d. contiennent [...] recueillent. *C* : prennent des proportions dangereuses. *ms.*
e. histoire. *F* : histoire. *Ensuite :* XXVIII / L'OR EST UNE CHIMÈRE (PAROLES DE M. SCRIBE[1], MUSIQUE DE MEYERBEER, DÉCORS DE RÉMONENCQ) *orig.* : histoire. *Ensuite :* XXVII *Si.* : histoire. *Ensuite :* CHAPITRE XII / L'OR [*comme dans orig.*] RÉMONENCQ] *C* : histoire. *ms.*

1. Toutes les éditions portent « concierge » au lieu de « médecin ». Par suite d'une déchirure, le manuscrit fait défaut pour ce passage. Mais le lapsus paraît évident.

Page 572.

a. de tous les riches *C* : de plusieurs *ms.*
b. Parmi ceux-ci florissait *C* : Parmi les locataires se trouvait *ms.*

1. C'est le premier vers d'un refrain dans le livret de *Robert le Diable,* par Scribe et Germain Delavigne : « L'or est une chimère, / Sachons nous en servir : / Le vrai bien sur la terre / N'est-il pas le plaisir ? »

c.   , gravement malade *[9 lignes]* parlaient,   *C* : était
à la mort, il y avait eu consultation des plus fameux médecins,
et les médecins sortaient en même temps que le coiffeur.
En se quittant, les médecins parlaient,   *ms.*

d. Poussé par une cupidité monstrueuse, il remonte aussitôt   *C* : il remonte   *ms.*

e. trente mille francs.   *C* : trente mille francs, car elle
était louée quinze mille francs.   *ms.*

f. Ce coiffeur retiré, septuagénaire aujourd'hui,   *C* :
Ce coiffeur   *ms.*

g. l'immeuble lui coûte [...] francs.   *C* : l'immeuble lui
coûte un Million ; mais il vaut un million aujourd'hui.   *ms.*

h. donc désiré   *C* : eu la curiosité de   *ms.*

i. Rémonencq, qui vivait [...] introduit,   *C* : Rémonencq
vivait en assez bonne intelligence avec les Cibot pour que la
portière, *sa payse d'ailleurs,* l'introduisît   *ms.*

1. *Le Ci-devant jeune homme,* titre identique d'une comédie
de N. Brazier (1812) et d'une comédie de T. Merle (1823).
Le rôle principal de cette dernière comédie fut interprété
par Bouffé, acteur fort apprécié de Balzac. L'expression est
déjà dans *Illusions perdues :* « M. de Chandour, qu'on nommait Stanislas, était un ci-devant jeune homme, encore
mince à quarante-cinq ans. »

2. Balzac songe probablement au fondateur de la dynastie
des Plaisir, dont il a fait dans *Les Comédiens sans le savoir,*
comme l'établit Mme Meininger, la dynastie des Marius
(voir p. 1138-1139).

3. Sur ce personnage de comédie, auquel Balzac comparera
Mme Cibot, voir la note 1 de la page 666.

Page 573.

a. de tant de richesses   *add. C*

b. voler,   *F* : faire,   *ant.*

c. cinq à six jours.   *F* : cinq ou six jours.   *C* : dix
jours.   *ms.*

*d. un pagnier de vin [9 lignes] fouchtra !   C : un pagnier de
vin du païsse... Une moncheur, là, dechus le passe de vostre porte,
lui a proupouché [chint chent   rayé] chet chent mille francs...
cheulement des tableaus   ms.*

e. étrange, le diable allumait un feu *[11 lignes]* ayez soin
C var. post. : étrange. — Donc, reprit le médecin, ayez
soin   *ms.*

f. le voir peut-être deux fois [...] l'insouciance   *C* :
le voir tous les deux jours, ajouta le médecin qui passa de
l'insouciance   *ms. Voir aussi var. g.*

g.   ; aussi viendrai-je *[6 lignes]* du spéculateur   *add.
marg. sur ms.*

h. avec un factice enthousiasme   *add. C*

Page 574.

a. La portière [regarda   *rayé*] attendit   *ms.*
b. Il n'avait pas pris [...] portière.   *add.* C
c. Cette boutique [...] à bail.   *C* : Cette boutique avait été jadis un café borgne, et l'Auvergnat en la prenant à bail n'y avait rien changé.   *ms.*
d. avait loué,   *C* : avait occupé,   *ms.*
e. boulons.   *F* : boulons. *Ensuite :* XXIX / ICONOGRAPHIE DU GENRE BROCANTEUR *orig.* : boulons.   *ant.*
f. Louis XVI. Puis cet Auvergnat [...] cuisine,   *C* : Louis XVI, il achetait et revendait des batteries de cuisine,   *ms.*

1. Fondateur d'un théâtre forain, boulevard du Temple, déjà nommé dans *La Rabouilleuse* et dans *L'Illustre Gaudissart*.

Page 575.

a. un moment   *add.* F
b. Insensiblement *[p. 574, 9 lignes en bas de page]*, vieux tableaux;   *C* : Insensiblement, la boutique se remplissait; et, dès la troisième année, la montre était changée, on y voyait d'assez belles pendules, des armoires, de vieux tableaux;   *ms.*
c. laissent,   *C* : entassent   *ms.*
d. et il faisait, pendant ses absences *[15 lignes]*, négoce   *C* : et Rémonencq faisait, en son absence, garder sa boutique par une grosse femme fort laide, sa sœur qui vaquait aux soins du ménage; une espèce d'idiote, au regard vague qui ne cédait pas un centime sur les prix que son frère indiquait. Ces commencements du négoce   *ms.*
e. et qui, de [1828   *rayé*] 1825   *ms.*
f. bénéfices [...] vérité.   *C* : bénéfices et toujours martingaler.   *ms.*

1. Personnages de l'ancienne comédie. Janot, Jocrisse, Nicodème, types de benêts. Queue rouge, type de paillasse porteur d'une queue nouée d'un ruban rouge. Mondor, type de financier créé par Cailhava dans *Les Étrennes de l'amour* (1769).
2. Sur le boulevard Beaumarchais, Pons (voir p. 576, var. *a*) suit les pas du romancier qui, à l'époque de la création de l'œuvre, se rend souvent chez Chapsal (marchand de meubles, nos 7-9), chez Soliliage (jeune antiquaire, no 29) et qui devait passer devant les magasins de curiosités de Vidalenc et Rouchet (no 5), de Miallet (no 23) et de Berthe (no 75).

Page 576.

a. avec de gros marchands, allait   *C* : avec les Chapsal, les Soliliage pour lesquels il voyageait, car il allait   *ms.*

b. de quarante lieues. Après [...] soixante mille francs,
C : de [quarante *rayé*] vingt lieux, il était à la tête d'une
trentaine de mille francs,   *ms*.

c. apparente   *add. Si*.

d. un centime et demi   *C* : deux centimes   *ms*.

e. onze   *C* : douze   *ms*.

Page *577*.

a. dont les yeux se dilatèrent   *add. C*

b.   , à l'imitation *[8 lignes]* incompris   *add. C*

1. Dans sa lettre du 5 octobre 1846, Balzac indique à
Mme Hanska deux « chineurs », l'un à Paris, l'autre à Pontoise.

Page *578*.

a. montrerait   *C* : implique   *ms*.

b. *Et doncques[...] chent !*   *C* : che vais voir le papa
Monichtrol...   *ms*. *À ce stade de l'intrigue, Balzac ne songe pas
encore à introduire Magus dans le roman*.

c. recettes.   *F* : recettes. *Ensuite :* xxx / où la cibot
commence sa première attaque *orig*. : recettes   *ant*.

d.   ; car l'ami [...] docteur   *add. C*

1. Balzac, chineur lui-même, n'hésite pas à faire employer
ce verbe par le délicat cousin Pons, collectionneur passionné
(voir p. 513), comme ici par le rusé Auvergnat, marchand
cupide.

Page *579*.

a. amoureusement *[p. 578, avant-dernière ligne]* observateur
add. C

b. vérité [...] tranquille, vous   *C* : vérité, vous pouvez
vous en tirer avec beaucoup de soins... Mais vous   *ms*.

c. Soyez tranquille, ne vous [...] dit-elle,   *add. C*

d. car il m'aime [...] toujours!...   *add. C*

Page *580*.

a.   , qui n'est sans pain *[5 lignes]* Pauvres femmes!...
add. C

b. dit tristement le pauvre Pons.   *C* : s'écria Pons.   *ms*.

c. au désespoir   *add. C*

d. — *Montame Zipod [5 lignes]* laids.   *add. C*

e. La malade [...] dénégation.   *add. C*

1. Cette théorie de l'expiation inévitable des péchés est
aussi professée, tout aussi hypocritement, par Valérie, dans
La Cousine Bette. Selon Mme Marneffe, « la vengeance de
Dieu » prend « toutes les formes du malheur ». Car « tous

les malheurs que ne s'expliquent pas les imbéciles sont des expiations » (p. 335).

Page 581.

a. Mais laissez-moi donc tranquille ! cria Pons,   *C*   : Mais, au nom de Dieu, laissez-moi donc tranquille ! dit le malade, *ms.*

b. dans le salon, sans tenir compte de ses cris.   *F*   : dans le salon, sans tenir compte de ses cris. *Ensuite :* XXXI / BEAU TRAIT DE CONTINENCE   *orig.*   : dans le salon, sans tenir compte de ses cris. *Ensuite :* XXVIII   *Si.*   : dans le salon, sans tenir compte de ses cris. *Ensuite :* CHAPITRE XIII / TRAITÉ DES SCIENCES OCCULTES   *C*   : dans le salon.   *ms.*

c. criait la Cibot en se débattant *[6 lignes]* de femmes !   *add.* *C*

Page 582.

a. Voilà, par la sainte croix de Dieu [...] disais...   *add. C*
b. demanda [...] pied.   *add. C*
c. Schmucke dans la salle [...] de malade [serait   *F*] n'était   *C*   : Schmucke hors du salon, il a dit qu'il était   *ms.*
d. ; car vous n'êtes brutal *[10 lignes]* son noneur !   *add. C*
e. dit mélodramatiquement [...] yeux, car   *C*   : mais   *ms.*

Page 583.

a. c'eſt eine anche parfard, mais c'esde eine anche [...] et à toi !...   *add. C*
b. quand il faudra [...] verrons.   *F*   : quand il faudra [...] verrons. *Ensuite :* XXXII / TRAITÉ DES SCIENCES OCCULTES *orig.*   : quand il faudra [...] verrons...   *C*   : avant deux jours, je saurai ce que vaut toutes les choses que le bonhomme a amassées...   *ms.*

Page 584.

a. Et la portière *[p. 583, 2 lignes en bas de page]* Mme Fontaine.   *C*   : La portière sortit comme sortent les personnes très affairées.   *ms.*
b. Plus d'un homme [...] cartes.   *add. C*
c. esprits forts *[9 lignes]* divination, croire   *C*   : esprits forts, elles subsiſtent, elles continuent. Croire   *ms.*

1. Marie-Anne-Adélaïde Lenormand (1772-1843), ancienne pensionnaire du couvent des Bénédiċtines à Alençon, donne ses premières consultations à Paris dans l'arrière-boutique d'un magasin de lingerie. Devenue un oracle dans le quartier du Faubourg Saint-Germain, elle s'eſt inſtallée bientôt dans un appartement splendide, 5, rue de Tournon, où elle reçoit

la visite des hauts personnages de la République, du Directoire et de l'Empire. Elle développait le grand jeu ou le petit jeu suivant la somme, et recourait au marc de café dans les grandes occasions.

2. « Le tiers des lorettes, le quart des hommes d'État, la moitié des artistes consultent Mme Fontaine, et l'on connaît un ministre à qui elle sert d'Égérie » (*Les Comédiens sans le savoir*, p. 1195).

Page 585.

a. Si quelqu'un fût venu *[9 lignes]* Eh bien! si *add. C*
b. les facultés du Voyant, *C* : la faculté d'y voir, *ms.*
c. les rayons [atteignent *rayé*] colorent *ms.*
d. Un homme ordinaire [...] venir. *add. C*
e. Bohémiens, cette nation étrange, venue des Indes, faisait *F* : Bohémiens, faisaient *ant.*

1. Salomon de Caus (vers 1567-1626), ingénieur de l'Électeur palatin. Balzac se souvient de l'histoire de la vie de cet inventeur dans *Les Ressources de Quinola*. Dans l'*Inventaire* de la rue Fortunée figure un cadre de l'époque Louis XVI entourant un portrait de Salomon de Caus, « aquarelle copiée sur l'originale de Heidelberg par le Cte Georges Mniszech ». Voir en outre p. 1190 et la n. 1.

Page 586.

a. ce n'est plus une de ces violentes exceptions *[6 lignes]* le fait est là. *C* : l'histoire est là. *ms.*
b. voir var. *a*, p. 587.

1. Déjà dans *La Vieille Fille* (t. IV, p. 935), Balzac faisait honneur à l'Allemagne d'avoir fondé, pour les temps modernes, l'Anthropologie, avec le sens qu'il donne ici à ce mot. Dans *Les Proscrits* (t. XI), il tâchait de donner une idée, à travers l'enseignement de Sigier, docteur en théologie mystique, des doctrines de l'« ancienne Université » tentant à une explication globale et unitaire de la Création.

Page 587.

a. Remarquer que prédire *[p. 586, 17 lignes en bas de page]* du cabinet. *add. C var. post.*
b. siècles, non pas *[5 lignes]* animal, *C* : siècles, et le magnétisme animal, *ms.*

1. Dans cette profession de foi, Balzac reprend une dernière fois l'essentiel de ses considérations philosophiques sur « l'unité de composition » : « Il est une science élevée que certains hommes entrevoient trop tard, sans oser l'avouer. Ces hommes ont compris la nécessité de considérer les corps, non seulement dans leurs propriétés mathématiques, mais

encore dans leur ensemble, dans leurs affinités occultes [...]
Comme l'a dit Swedenborg, *la terre est un homme !* » (*Séraphîta,*
t. XI). On lit d'autre part dans le *Tiers-Livre* de Rabelais
(chap. IV) : « Notre microcosme, *id est* petit monde, c'est
l'homme ».

2. « Ainsi, chose étrange, une science occulte, oubliée
aujourd'hui, l'astrologie judiciaire, servit alors à Catherine
de point d'appui, comme dans toute sa vie, car sa croyance
alla croissant, en voyant les prédictions de ceux qui pratiquaient cette science réalisées avec une minutieuse exactitude » (*Sur Catherine de Médicis, II, La Confidence des Ruggieri,*
t. XI).

Page 588.

a. La crânologie *[fin de la Ire ligne de la page]* sciences
occultes. *add. C*

b. Aussi cette science *[11 lignes]* Voici pourquoi. *add. C*

c. Voir var. *d, p. 589.*

d. , en travaux guerriers *add. F*

1. À propos du magnétisme, « la science favorite de Jésus
et l'une des puissances divines remises aux apôtres », Balzac
dénonçait déjà dans *Ursule Mirouët* le complot du Clergé et des
philosophes encyclopédistes contre Mesmer (t. III, p. 822).

2. « Ce qui rend ces créatures si formidables, c'est l'importance de ce que nous voulons savoir. On vient leur acheter de l'espérance, et elles le savent bien » (*Les Comédiens sans
le savoir,* p. 1192).

3. Allusion vraisemblable, mais un peu étrange dans ce
contexte, à Pierre l'Ermite, qui prêcha la première Croisade.

Page 589.

a. faces *C* : facultés *feuillet additionnel de ms. Voir var. d.*

b. torrents de la misère, *C* : orages de la misère, *feuillet additionnel de ms.*

c. en disant [...] savoir *add. C*

d. Les dons admirables *[p. 588, début du dernier §]* une
cuisinière comme madame Fontaine, *feuillet additionnel de
ms. pour le principal. Voir les folios 3 et 4 incorporés à Lov. A 47.*

e. Seulement il est nécessaire de faire observer que *add. C*

f. chez Mme Fontaine, qui demeure rue Vieille-du-Temple,
C : dans l'affreuse caverne de la rue vieille du temple, *ms.*

g. curiosité. *F* : curiosité. *Ensuite :* XXXIII / LE GRAND
JEU *orig.* : curiosité. *ant.*

1. Ce fermier visionnaire, interné à Charenton, confia à
Louis XVIII que Louis XVII était en vie. Le roi l'autorisa
à retourner dans son village natal, à Gallardon. Voir *Ursule
Mirouët,* t. III, p. 824 et la n. 2.

2. « L'histoire étrange des apparitions au fermier Martin si bien constatées, et l'entrevue de ce paysan avec Louis XVIII, la connaissance des relations de Swedenborg avec les morts, si sérieusement établies en Allemagne; les récits de Walter Scott sur les effets de la *seconde vue;* l'exercice des prodigieuses facultés de quelques *diseurs de bonne aventure* qui confondent en une seule science la chiromancie, la cartomancie et l'horoscopie; les faits de catalepsie et ceux de la mise en œuvre des propriétés du diaphragme par certaines affections morbides; ces phénomènes au moins curieux, tous émanés de la même source, sapaient bien des doutes, emmenaient les plus indifférents sur le terrain des expériences », écrit Balzac dans *Ursule Mirouët,* à propos des différentes formes de manifestations des « fluides impondérables. » Ces considérations préparent celles qu'il fait dans *Le Cousin Pons* à propos de Mme Fontaine.

3. « Dès que cette espèce de glace intérieure où se reflète pour eux l'avenir ou le passé, se trouble sous l'haleine d'un sentiment personnel, d'une idée quelconque étrangère à l'acte du pouvoir qu'ils exercent, sorciers ou sorcières n'y voient plus rien, de même que l'artiste qui souille l'art par une combinaison politique ou systématique perd son talent. Il y a quelque temps, un homme doué du don de divination par les cartes, le rival de Mme Fontaine, et qui s'adonnait à des pratiques criminelles, n'a pas su se tirer les cartes à lui-même et voir, qu'il serait arrêté, jugé, condamné en cour d'assises » (*Les Comédiens sans le savoir,* p. 1195). À propos de ce « sorcier », que Balzac a personnellement connu, on lit dans les *Lettres à Mme Hanska* « Cet homme possède le don de seconde vue, car il vous a décrite à moi comme s'il vous voyait : « elle a les cheveux noirs, elle est blanche, elle est vive, elle est entre trente et quarante ans, grasse, et vous vous aimez depuis longtemps. (Chaque parole me rendait intérieurement stupide.) Il n'y a pas moins de cinq cents lieues entre vous [...] Hélas, Balthazar aimait les femmes; il a commis des actes qui l'ont brouillé avec la justice, et ce grand tireur de cartes a été condamné en cour d'assises à je ne sais quelle peine » (6 avril 1843).

Page 590.

1. Dans la première partie de *La Comédie du Diable* (L'« Introït »), publiée par *La Mode* du 13 novembre 1830, apparaît un démon du même nom.

Page 591.

a. Vous ne savez pas [*p. 590, 15ᵉ ligne de la page*] profondément *add. C var. post.*

b. Shakespeare. *orig.* : Shakespeare. *Ensuite* : XXIX
Si. : Shakespeare. *Ensuite :* CHAPITRE XIV / UN PERSONNAGE
DES CONTES D'HOFFMANN   *C* : Shakespeare. *ms.*

c. par des personnages considérables... *add. C*

d. avec votre second mari... *add. C*

e. réveille; elle regarda [...] visage.   *F* : réveille; elle
regarda [...] visage. *Ensuite :* XXXIV / UN PERSONNAGE DES
CONTES D'HOFFMANN *orig.* : réveille; elle regarda [...]
visage.   *C* : réveille. *ms.*

1. Balzac se souvient déjà du monologue d'Hamlet dans
La Cousine Bette : « Nous devons quatre termes, quinze cents
francs ! notre mobilier les vaut-il ? *That is the question !* a
dit Shakespeare. »

Page 592.

a. connaissance. Donnez-moi cent francs *[7 lignes]* poche
cent francs   *C* : connaissance, car jamais je ne me mets
dans cet état-là pour *[illisible]* et pour les gens qui croient
en moi, les riches, c'est cent francs! mais donnez m'en quarante... Je vous ai donc dit des choses bien terribles!... —
Mais oui! répondit la Cibot en tirant de sa poche quarante
francs *ms.*

b. Mais consolez-vous [...] ne meurent pas. *add. C*

c. , quoi! répliqua la sorcière impatientée *add. C*

d. Le lendemain, *add. C*

e. Le phénomène [...] chez   *C* : ce fut, en elle, comme
chez *ms.*

Page 593.

a. l'idée fixe, se manifesta [...] produit   *C* : l'idée fixe,
et qui produit *ms.*

b. Nucingen   *C* : Maxime de Trailles *ms.*

c. , aussi spirituelle *[5 lignes]* à lui *add. C*

d. lui demanda-t-elle.   *C* : dit-elle le lendemain à sept
heures du matin à Rémonencq pendant qu'il ouvrait sa
boutique. *ms.*

e. dans son affreux charabia [...] récit *add. C*

f. MM. Pigeot [...] Roëhn,   *C* : feu Pigeot, car il
est aveugle, *ms*

g. l'écriture   *C* : le caractère *ms.*

h. comme toujours, un instinct du peuple, un vice endémique.   *C* : comme un instinct. *ms.*

1. À propos de Lisbeth Fischer, Balzac traite un problème
identique, dès le début de *La Cousine Bette,* en expliquant la
« rapidité naturelle » avec laquelle la parente pauvre passe
du *sentiment,* maternel et protecteur, à l'*action* monomaniaque
de la vengeance : « Aussi, chez les Sauvages, le cerveau

reçoit-il pour ainsi dire peu d'empreintes, il appartient alors tout entier au sentiment qui l'envahit, tandis que chez l'homme civilisé, les idées descendent sur le cœur qu'elles transforment; celui-ci est à mille intérêts, à plusieurs sentiments, tandis que le Sauvage n'admet qu'une idée à la fois. »

2. Il est déjà question de ce marchand de tableaux, trafiquant de toiles, expert en bijoux, dans *La Vendetta, La Rabouilleuse, Le Contrat de mariage*. Il apparaît dans *Pierre Grassou*, nouvelle où il commande des *faux* au peintre Grassou de Fougères. Personnage épisodique, il n'acquiert sa véritable stature que dans *Le Cousin Pons*.

3. Henry et Pigeot ont été tous deux experts au musée du Louvre. Le 18 juillet 1846, Moret (voir la note 1 de la page 599) dit à Balzac au sujet de Georges, commissaire du Musée, qu'il est « un tel fripon qu'il sera renvoyé du Musée ». Théret, expert en dentelles anciennes, habite rue Basse-du-Rempart, 36. Charles Roëhn est l'auteur d'une *Physiologie du commerce des arts,* suivie d'un traité sur la restauration des tableaux.

Page 594.

a. jouissait d'une immense fortune *[8 lignes]* vivait,   *C*   : avait une immense fortune inconnue. Il vivait,   *ms.*

b.   , en 1831   *add. C*

c. épuré, difficile [...] arts.   *C*   : épuré, devint une passion royale.   *ms.*

d. Il vivait dans un   *C*   : Il avait un   *ms.*

1. Balzac a créé, dans *Ferragus,* le baron et la famille de Maulincour. Il ne semble pas qu'ait existé un hôtel ou une famille réelle portant le nom de Maulaincourt.

Page 595.

a. redorés tous *[7 lignes]* œuvres.   *C*   : dorés tous.   *ms.*

b. Les fenêtres [...] tôle.   *C*   : Cet appartement dont le mobilier était en harmonie avec cette richesse, avait aux fenêtres des volets garnis en tôle.   *ms.*

c.   , meublés pauvrement [...] vécu   *add. C*

d. Le rez-de-chaussée *[début du §]* elles.   *C*   : Le Rez-de-chaussée était tout entier pris par les tableaux qu'il brocantait, par les caisses venues de l'étranger, par la salle qui lui servait de parloir, et par l'appartement de sa fille, le fruit de sa vieillesse, une Noémi belle comme sont belles les juives quand elles sont belles.   *ms.*

e. par spéculation   *add. C*

f. sûreté   *C*   : sécurité   *ms.*

g. deux cents   *C*   : mille   *ms.*

b. le dressait à faire   *C* : lui laissait faire   *ms.*

1. « L'inexact et célèbre Thouvenin » (1790-1834), fournisseur de Balzac, relie les ouvrages offerts par Césarine Birotteau à son père; il emploie le premier avec succès le maroquin du Levant. Servais, 9, rue des Beaux-Arts, est le doreur attitré de Balzac.

Page 596.

a. Ce fait-Paris [...] puff.   *add. C*
b. dépenses.   *F* : dépenses. *Ensuite* : XXXV / où l'on VOIT QUE LES CONNAISSEURS DE PEINTURE NE SONT PAS TOUS DE L'ACADÉMIE DES BEAUX-ARTS *orig.* : dépenses. *ant.*
c. du pain frotté d'ail,   *C* : du pain et de la crème,   *ms.*
d. usait   *C* : passait   *ms.*

1. « La fruitière d'en face m'a dit qu'on lâchait pendant la nuit, dans les jardins, des chiens dont la nourriture est suspendue à des poteaux, de manière qu'ils ne puissent pas y atteindre. Ces damnés animaux croient alors que les gens susceptibles d'entrer en veulent à leur manger, et les mettraient en pièces. Vous me direz qu'on peut leur jeter des boulettes, mais il paraît qu'ils sont dressés à ne rien manger que de la main du concierge », rapporte Laurent, valet de Henri de Marsay dans *La Fille aux yeux d'or,* à propos des mesures de sécurité qui protègent Paquita Valdès.
2. Invention publicitaire à effet.
3. « Je vais inventer des romans monstres, des pièces de théâtre à succès, et manger des croûtes frottées d'ail à la façon des juifs » (*LH,* 21 juin 1847).

Page 597.

a. Mais aussi [...] soins!...   *add. C*
b. pour [Philippe II   *rayé*] Charles-Quint,   *ms.*
c.   , qui fut envoyé [...] toile   *add. C*
d. Les quatre-vingt-dix-sept autres   *C* : Les cent   *ms.*
e. de notre musée,   *C* : du Musée, détruit de jour en jour par d'imbéciles restaurations,   *ms.*
f. lentilles. Les galeries [...] plafonds.   *C* : lentilles; car, à la honte de la France, les galeries sont au midi, le côté du nord, le seul jour ami des tableaux est calfeutré.   *ms.*

1. Balzac aime ces comparaisons ironiques avec de grands événements de l'histoire. La faillite Lecoq fut « la bataille de Marengo du père Guillaume » *(La Maison du chat-qui-pelote).* Il est question dans *Splendeurs et misères des courtisanes* des « batailles de Marengo de l'espionnage » et dans *Le Contrat de mariage* du « Waterloo des maris ».
2. Balzac eut lui-même des intermédiaires, juifs ou non,

qui prospectaient, loin de Paris, des affaires à négocier. Silbermann, imprimeur à Strasbourg, lui envoie l'adresse d'un marchand de tableaux et d'antiquités, le sieur Schoenlaub, rue du Vieux-Marché aux poissons, 67. En 1846-1847, Joseph Méry est chargé d'entrer en relation avec l'antiquaire Lazard, de Marseille, pour l'achat d'une glace et d'une statuette. Le marquis Damaso Pareto se rend chez le Génois Isaïa pour acheter un service de Sèvres pâte tendre. Le Romain Michel-Angelo Caetani, dédicataire des *Parents pauvres,* voulut arracher pour lui un Canaletto des mains d'un vieux marchand, Maldura.

3. Balzac semble ici créer un mot pour désigner les fervents de Raphaël. À partir du nom de ce peintre, seuls paraissent attestés dans l'usage ordinaire des adjectifs « raphaélique » et « raphaélesque ».

Page 598.

a. petite   *add. Si.*

b. trois   *C* : six   *ms.*

c. Robert Médal, notre grand acteur,   *F* : Frédérick-Lemaître   *ant.*

d. Paris est la ville [*20 lignes*] Allemagne.   *add. C lég. var. post.*

e. la Cibot.   *C* : la Cibot, le surlendemain de la terrible consultation de madame Fontaine.   *ms.*

1. Il s'agit d'un personnage fictif. Voir *Le Théâtre comme il est,* dans les *Œuvres ébauchées* (t. XIII).

2. À cette époque, le secrétaire perpétuel de l'Académie française est Villemain, chargé du cours de littérature française en Sorbonne de 1816 à 1830, pair de France, ministre de l'Instruction publique sous le Cabinet de Guizot jusqu'en 1844. Dans *Choses vues,* Victor Hugo raconte la visite qu'il a rendue, le 3 décembre 1845, à son collègue gravement atteint de la manie de la persécution. À propos de la « folie de Villemain », Balzac écrit à Mme Hanska : « [...] tous ces gens-là périssaient bien moins par l'enfantement des idées que par l'agrandissement du sentiment. C'est la vanité qui tue Villemain, qui a tué Lasailly, Gérard de Nerval, et qui ronge Lamartine et Thiers. » Remarquons que l'expression « le nez à l'ouest » se retrouve dans des textes antérieurs au *Cousin Pons ;* ainsi, dans *Illusions perdues,* Balzac écrit : « M. de Bargeton implorait alors l'assistance de son visiteur en mettant à l'ouest son nez de vieux carlin poussif » (t. V, p. 187).

Page 599.

a. se trouvant en présence d'un   *C* : voyant un   *ms.*

b.   , elle trembla   *add. C*

c. en pressant [...] reſtaurateur *add. C*

d. Moret, ce peintre, *F* : Ce peintre, *ant.*

e. Cibot, Le Juif [...] bonhomme *C* : Cibot, par le bonhomme *ms.*

f. griffes. En effet, ces deux amateurs féroces *C* : griffes; ils *ms.*

g. intérieur. Jamais il n'eſpérait [...] gardé. *C* : intérieur, jamais il n'avait osé concevoir un pareil bonheur. *ms.*

1. Connaissant la sympathie secrète de Balzac pour Magus, dont « l'âme eſt ouverte au beau idéal, au sentiment ineffable que cause la perfection de l'art », on ne s'étonne pas de retrouver Moret, son propre reſtaurateur de tableaux, auprès de l'ennemi de Pons. Balzac lui confie la reſtauration de son *Chevalier de Malte en prière.* « C'eſt un élève de David, de Gros, de Girodet; mais il n'a jamais pu être peintre, c'eſt un petit vieillard sec et spirituel qui a servi dans les armées impériales, les armes ont nui à sa palette, et il s'eſt mis bravement débarbouilleur de tableaux. Il a une grande indépendance d'idées et de caractère, et une immense fierté d'artiſte; on en fait tout ce qu'on veut avec *des égards.* Il m'a appris qu'il n'allait jamais chez personne et qu'une tonne d'or ne l'y déciderait pas; mais qu'il était tellement à genoux devant les gens de génie qu'il faisait tout ce qu'ils voulaient », écrit Balzac à Mme Hanska, le 19 juillet 1846, au sujet de ce « petit vieillard-Empire ». Il relate la scène de la reſtauration du tableau dans sa lettre à Georges Mniszech du 29 juillet 1846.

Page 600.

a. même. C'était amener *[10 lignes]* longtemps. *C* : même, quand Schmucke aurait quitté le logis. *ms.*

b. pensionnats. *C* : pensionnats où il donnait des leçons. *ms.*

c. forces *C* : forces physiques et morales *ms.*

d. tant la douleur l'accablait. *C* : car un chagrin noir le dévorait. *ms.*

1. Sur le retour de cette métaphore du poignard, voir notre Introduction, p. 475.

Page 601.

a. pour la première fois de sa vie *add. C*

b. sublime *add. C*

c. s'enfonçait, *C* : s'établissait, *ms.*

d. une adresse [...] voir. *F* : une adresse [...] voir. *Ensuite :* XXXVI / RAGOTS ET POLITIQUE DES VIEILLES PORTIÈRES *orig.* : une adresse [...] voir. *Ensuite :* XXX *Si.* : une adresse [...] voir. *C* : cette adresse machiavélique dont sont douées ces sortes de femme qui, semblables aux enfants ou aux paysans, n'ont qu'une idée et mettent toute leur intelligence toutes leurs forces au service de cette idée.   *ms.*

e. monsieur.   *C* : monsieur. La conquête de cette autre toison d'or marchait, comme on le voit, ainsi que marchent toutes les captations de succession. *ms.*

f.   , et elle se proposait d'escompter cette magnifique valeur   *add. C*

g. Depuis le jour   *[7 lignes]* le serpent.   *C* : Le seul soupçon de cette richesse avait fait dresser dans son cœur un serpent, ce désir d'être riche contenu dans sa coquille pendant vingt-cinq ans ! Après avoir demandé le dernier mot de l'affaire à l'avenir, elle désirait une certitude sur le chiffre de cette fortune qui voulait tant de manœuvres pour être conquise, et cette certitude, elle allait l'avoir.   *ms.*

Page 602.

a. en pressant [...] ménagère   *add. C*

b. les gens [...] Cibot !   *add. C*

c. comme n'a   *F* : comme à   *ant.*

d. doit boire   *[8 lignes]* aucun soin,   *C* : doit boire des voies d'eau ! ... Il n'avait n'un oncle, comme vous, qui n'avait n'aucun soin,   *ms.*

1. Flore, dans *La Rabouilleuse* appelle Rouget *mon bichon* quand elle veut obtenir de lui qu'il invite Gilet dans sa maison. Dans *La Cousine Bette,* Mme Nourrisson emploie la même expression en s'adressant à la lorette Carabine; l'ignoble Asie l'utilise également en s'adressant à Nucingen, amoureux d'Esther. « Tu ne te repentiras jamais de cette parole, mon bichon, tu seras pair de France », dit encore Mme Schontz à Fabien du Ronceret, dans *Béatrix.*

Page 603.

a. mon cher monsieur,   *C* : mon petit cœur, *ms.*

b. assez bien pour ne pas avoir une garde !   *C* : assez riche pour n'avoir n'une garde !   *ms.*

c. Mettez une garde ici *[11 lignes]* c'est tout voleuses !   *add. C*

1. Le langage de Mme Cibot rappelle celui de la veuve Gruget, qui, dans *Ferragus,* se plaint à Jules Desmarets de sa fille Ida : « Bonjour ma mère. Et voilà *leux* devoir rempli envers l'auteur de ses jours. » « Quant à ma pratique, à m'adore, et je *leux* parle à mon idée », dit encore Mme Madou à César Birotteau.

Page 604.

a. femmes-là *[p. 603, 8 lignes en bas de page]* donc gardé *C* : femmes-là. Figurez-vous, Monsieur, que monsieur

Poulain me racontait qu'une madame Sabatier, qui demeure rue Barre du bec, a donc gardé *ms.*

b. C'eſt-y croyabe [...] Enfin *add. C*

c. enfant qu'eſt superbe [...] chance! *C* : enfant! En voilà de la chance! *ms.*

d. Mais je n'ai pas [...] Quéque *C* : et fort heureusement je n'ai pas d'enfans. Quéque *ms.*

e. , ne vous tourmentez donc pas comme ça *add. C*

1. Mme Cibot hérite du parler morvandiau du père Fourchon : « Une *loute*, mon cher monsieur. Si *alle* nous entend, *alle* eſt *capabe e' d'* filer sous l'eau »; « combien donc que vous m'en avez effarouché *ed'* mes pièces » (*Les Paysans*, t. IX). Mais les personnages populaires de Monnier parlent déjà comme la Cibot.

Page 605.

a. vous arriveriez à toute extrémité, par supposition, *C* : vous séreuriez, une supposition, pour mourir, *ms.*

b. lui... *F* : lui. *Ensuite* : XXXVII / OÙ L'ON VOIT L'EFFET D'UN BEAU BRAS *orig.* : lui. *ant.*

c. dire un *ma chère Cibot [6 lignes]* âge... *C* : dire qu'il n'y a pas n'un sentiment pour vous... *ms.*

1. Nous savons par la lettre de Balzac à l'Étrangère du 7 novembre 1843 que Mme de Brugnol « va au port » de Passy afin de trouver de beaux fruits pour son maître.

Page 606.

a. — Enfin, vous qu'êtes un savant *[p. 605, dernière ligne]* ni ma femme... *add. C*

b. Le médecin dira [...] pour vous voler! *add. C*

1. La cousine Bette affectionne ce même tissu bon marché et vulgaire. Au début du roman, elle porte « une robe de mérinos, couleur raisin de Corinthe ».

Page 607.

a. — Mais comment [...] vrai ?... *add. C*

b. une domeſtique, voilà *[8 lignes]* mieux [...] une mère ? *C* : une domeſtique, et voilà [...] mieux! reprit-elle en recevant un regard de Pons, comme une mère! *ms.*

Page 608.

a. — Ah! oui, dit Pons *[p. 607, début de l'avant-dernier §]* pour l'amour... *add. C*

b. Ne l'oubliez pas [...] rentes. *F* : Ne l'oubliez pas [...] rentes. *Ensuite* : XXXVIII / EXORDE PAR INSINUATION *orig.* : Ne l'oubliez pas [...] rentes. *add. C*

c. Pons faisait *[5 lignes]* reprit-elle. *add. C*

1. L'usage a imposé, pour cet anglicisme, la graphie « stopper », mais le mot est en italique et donné dans tous les états avec un seul *p*.

Page 609.

a. il mourra   *C*   : il mourrait   *ms.*
b. cet effroyable bavardage   *C*   : ce bavardage   *ms.*
c. s'écria Pons avec une profonde amertume.   *add. C*
d. vingt jours, oui, ce matin, il y a vingt   *C*   : [vingt *rayé*] dix jours... oui, de ce matin, il y a dix jours   *ms.*

1. Cette rusée et intelligente portière prévoit le sort des personnages, à la manière du romancier omniscient. « *Che ne sirfifrai pas à Bons...* », dira Schmucke à Mme Cibot.
2. Cette référence à un prétendu « ancien acteur » est, chez la Cibot, comme un tic de langage. Elle reviendra trois fois.
3. Cet aphorisme sur la langue appartient à la légende d'Ésope. Voir la *Vie d'Ésope* par Planude, traduite par La Fontaine en tête de ses *Fables.*

Page 610.

a. à qui j'avais envie d'pousseter *[p. 609; 3 lignes en bas de page]* Sans entrailles !   *add. C var. post.*
b. grièvement   *C*   : sérieusement   *ms.*
c. marasme parisien [...] Paris.   *C*   : marasme de l'oisi-veté.   *ms.*

Page 611.

a. d'eux en [...] chambre,   *C*   : de leur lit,   *ms.*
b. pour Schmucke [...] malade.   *C*   : pour Schmucke, Schmucke était un autre lui-même !   *ms.*
c. lorgnette.   *F*   : lorgnette. *Ensuite :* XXXIX / CORRUPTION PARLEMENTAIRE   *orig.*   : lorgnette. *Ensuite :* XXXI   *Si.*   : lorgnette. *Ensuite :* CHAPITRE XVI / CORRUPTION PARLEMEN-TAIRE   *C*   : lorgnette.   *ms.*
d. soixante-sept,   *C*   : quatre vingt-trois,   *ms.*
e. de ce salon boisé [...] toiles.   *C*   : du salon.   *ms.*
f. Quatorze statues [...] de Boule[1].   *C*   : , les statues s'éle-vaient sur des colonnes aux angles,   *ms.*

1. « On ne saurait croire à quel point un homme, seul dans son lit et malade, devient personnel. Tout, jusqu'aux soins exclusifs dont il est l'objet, le pousse à ne penser qu'à lui » (*Sur Catherine de Médicis,* t. XI).
2. Les rotondes Louis XVI de la rue Fortunée sont égale-

___

1. Tous les états ont cette graphie. Nous corrigeons.

ment « blanc et or » (voir la lettre de Balzac à Mme Hanska du 12 novembre 1846).

Page 612.

a. quatre chefs-d'œuvre *[p. 611, dernière ligne]* vierges. *C* : [trois *rayé*] quatre chefs-d'œuvre qu'il reconnut et qui lui manquaient. *ms.*

b. Le premier tableau *[5 lignes]* quatre diamants ! *C* : C'était [le *rayé*] un tableau de Sébastien del Piombo, un [du Corrège *rayé*] de Fra Bartholomeo della Porta, [et *rayé*] un Hobbéma et un [abraham Mignon *rayé*] Albert Durer ! quatre diamans

c. , qui voulut [...] l'Art *add. C*

d. le portrait de vieillard [...] Corrège, et *C* : le portrait de Raphaël, et *ms.*

e. C'est supérieur [...] paresse. *add. C*

f. sur ardoise, *C* : sur marbre, *ms.*

1. Balzac songe sans doute au comte Georges Mniszech, entomologiste maniaque, le futur mari d'Anna Hanska. À l'automne 1846, Balzac lui procure un coléoptère fort rare, appelé *Catoxantha bicolor.* Dans *La Cousine Bette,* Balzac évoquait déjà les *desiderata* des entomologistes, et Josépha nommait le baron de Montéjanos « un *magnifique Brésilien,* comme on dit un magnifique *Catoxantha !* » (p. 101 et 404).

2. Balzac est parfaitement renseigné sur la vie et la carrière de Fra Sebastiano Luciano, dit Sebastiano del Piombo (1485 ?-1547), l'un des plus grands artistes de la Renaissance. Né à Venise, il est élève de Cima, et collabore successivement avec Giorgione, Raphaël et Michel-Ange, son maître admiré depuis de longues années, qui corrige ses dessins et lui fournit des esquisses pour ses compositions monumentales. On a vu dans cette aide au Vénitien le désir de donner à Raphaël un rival. Dans *Le Cabinet des Antiques,* les rivales de la duchesse de Maufrigneuse admiraient Victurnien « comme Michel-Ange admirait Raphaël, *in petto !* »

3. Le tableau du Louvre désigné ici comme « portrait de Baccio Bandinelli » ne représente pas le jeune sculpteur; intitulé *Noli me tangere,* il est attribué au Bronzino. Le prétendu « Charles VIII de Léonardo da Vinci », œuvre d'Andrea Solari, né vers 1470, est en réalité le portrait de Charles d'Amboise, maréchal de Chaumont.

Page 613.

a. Enfin, le *ætatis suæ [5 lignes]* récemment achevée. *add. C*

b. de cette fortune tombée du ciel *add. C*

c. et vibra [...] Pons. *C* : sur une tonalité colérique et vive qui disait assez à la femme de ménage que son monsieur criait depuis longtemps. — Qui est là!... Ces trois syllabes [furent   *rayé*] retentirent comme trois coups de cloche.   *ms.*

d. Vous êtes si [...] peur ?   *C* : de quoi n'avez-vous peur ?   *ms.*

e. c'est bon! Ah çà [...] voyez.   *C* : ah, bon! tenez!   *ms.*

1. D'après le témoignage de l'*Inventaire* de la rue Fortunée, Balzac a accroché dans l'escalier de son hôtel « la *gravure* d'après Albert Dürer du portrait de Holzschuher dans un cadre de bois doré » et « le *portrait* de Melanchton par Albert Dürer ». Le chevalier Hieronymus Holzschuher fut bourgmestre de Nuremberg et conseiller d'État; son portrait se trouvait au musée de Berlin.

Page *614.*

a. par rapport à vous [*5 lignes*] service...   *C* : , *et moncheux Monichtrolle m'a chargé de vous voir.*   *ms.*

b. mes *biblots* !...   *C* : ma collection!...   *ms.*

c. sur un objet ou sur une personne quelconque.   *C* : sur un sujet quelconque.   *ms.*

d. de remèdes, quand [...] état pour...   *C* : *en disse chours, qu'elle a eu les changs bouleverchés.*   *ms.*

e. en remerciant la Cibot par un regard.   *add. C*

f. de la chambre [...] Pons. Elle   *add. C*

Page *615.*

a. adieu.   *F* : adieu. *Ensuite :* XL / ASSAUT D'ASTUCE *orig.* : adieu. *ant.*

b. Magus. Si je désire [...] belle dame!   *C* : Magus, c'est par amour uniquement par amour de l'art...   *ms.*

c. , répondit le Juif effrayé de l'avidité de cette portière *add. C*

Page *616.*

a. , je ne suis pas dans le commerce [*13 lignes*] ma situation ici...   *add. C*

b. sans que jamais [*14 lignes*] ne parle pas plus   *C* : n'en voilà n'un qui va mourir, n'eh! bien, il ne parle pas plus   *ms.*

c. C'est vrai [*début du § précédent*] acceptées !...   *add. C*

Page *617.*

a. affaires, et s'ils n'allaient [*p. 616, avant-dernière ligne*] *avocastes* !...   *C* : affaires. N'allez donc s'y reconnaître. Je n'ose pas leur en parler.   *ms.*

b. Le bruit [...] escalier.   *C* : La chute d'un corps lourd retentit dans le vaste espace de l'escalier.   *ms.*

c. Il me semble [...] parterre!...   *add. C lég. var. post.*

d. Avec qui causiez-vous *[9 lignes]* rudement. *add.* C

1. « Manqueriez-vous de confiance en moi, moi votre bon génie ?... moi qui si souvent ai passé la nuit à travailler pour vous ! moi qui vous ai livré les économies de toute ma vie ! » dit la cousine Bette à Wenceslas Steinbock (p. 166).

2. « Que ce verre de vin me serve de poison si je ne laisse pas là votre baraque de maison », dit Flore Brazier dans *La Rabouilleuse* à Jean-Jacques Rouget. Comme Mme Cibot, cette servante-maîtresse fait subir au vieux garçon des « éclats de mauvaise humeur calculée ». On relève dans le langage de Mme Cibot des expressions que la Rabouilleuse emploie fréquemment. Mme Cibot « s'extermine le tempérament » et estime que « tout s'extermine ici » pour Pons et Schmucke ; Flore accuse Jean-Jacques Rouget de la même ingratitude : « Partout ailleurs, j'aurais bien gagné ma vie à tout faire comme ici ; savonner, repasser, veiller aux lessives, aller au marché, faire la cuisine, prendre vos intérêts en toutes choses, m'exterminer du matin au soir... Eh bien, voilà ma récompense... » « Eh ! bien, répond Lisbeth à Wenceslas qui lui avait annoncé la vente de sa statue au duc d'Hérouville, c'est heureux, car je m'exterminais à travailler. »

Page 618.

a. sur les dalles de la salle à manger. *F* : sur les dalles de la salle à manger. *Ensuite* : XLI / OÙ LE NŒUD SE RESSERRE *orig.* : sur les dalles de la salle à manger. *C* : sur le carreau froid de l'antichambre. *ms.*

b. Je n'ai rien fait *[8 lignes]* hébreu. *C* : Je ne l'ai nunement provoqué n'à cela... Schmucke resta stupide. *ms.*

c. ajouta la Cibot *[5 lignes]* par terre, *add.* C

d. J'aimerais mieux [...] infirme... *add.* C

e. contorsions [...] appartements. *C* : contorsions, les locataires sortirent sur leurs portes. *ms.*

f. , qui s'était donné [...] bras *add.* C

Page 619.

a. C'esdre bas bien *[6 lignes]* dranquille. *add.* C

b. endettés. *Dans ms., on lit au folio 81 :* Ici commence le drame ou, si vous voulez, la comédie terrible de la mort d'un célibataire livré par la force des choses à l'autocratie des natures cupides qui se groupent à son lit et qui dans ce cas eurent pour auxiliaires la passion la plus vive de toutes, celle d'un tableaumane. Élie Magus venait tous les matins voir Rémonencq et la Cibot. Cette comédie à laquelle cette partie du récit sert en quelque sorte d'avant-scène eut d'ailleurs pour acteurs tous les personnages que l'on connaît. *Voir var. d, p. 630.*

    c. , mais dont les dettes [...] amis!... *add. C*
    d. , car il m'a tirée [...] morte!... *add. C*

Page 620.

    a. mais notre pauvre caisse *[p. 619, 8 lignes en bas de page]* le silence. *C* : mais notre petite clientèle en a souffert *ms.*
    b. seuls, livrés à vous-mêmes, *C* : sans recours, *ms.*
    c. chérubin; pensez [...] que nous... *C* : mon chou. *ms.*
    d. malade. *F* : malade. *Ensuite :* XLII / HISTOIRE DE TOUS LES DÉBUTS À PARIS *orig.* : malade. *Ensuite :* XXXII *Si.* : malade. *Ensuite :* CHAPITRE XVII / *[titre comme dans orig.]* *C* : malade. *Ensuite :* CHAPITRE XVII / [Le ménage du docteur Poulain *rayé*] Les hypocrisies sociales *ms. Première mention de chapitre dans ms.*

Page 621.

    a. et les peintures [...] par an *add. C*
    b. de son Esculape, *C* : de lui, *ms.*
    c. et l'aimant avec intelligence *[5 lignes]* parlait *C* : se cachant dans sa chambre d'elle-même quand par hasard quelques clients distingués venaient, car elle se savait sans éducation, elle se souvenait d'avoir été simple ouvrière, elle parlait *ms.*
    d. Aussi, jamais le docteur n'avait-il *C* : ; aussi jamais son fils, lancé dans sa belle carrière, n'avait-il *ms.*
    e. , et dont le défaut [...] tendresse *add. C*
    f. 1820, *C* : 1821, *ms., où le dernier chiffre vient en surcharge sur un o, semble-t-il.*
    g. onze cents *C* : neuf cent *ms.*

Page 622.

    a. de l'industrie cotonnière en 1809 *add. C*
    b. Quel malade *[6 lignes]* citoyen ? *add. C*
    c. On devinait, dès l'entrée *[9 lignes]* chiffonniers. *add. C variante de raccord.*

    1. « [...] au-dessus de la Charte, il y a la sainte, la vénérée, la solide, l'aimable, la gracieuse, la belle, la noble, la jeune, la toute-puissante pièce de cent sous », dit Crevel dans *La Cousine Bette* (p. 325).

Page 623.

    a. âgé de trente ans, doué *[p. 622, dernière ligne],* il caressait *C* : âgé de trente ans, n'avait jamais pu se marier, il vivait par l'affection de sa mère et il caressait *ms.*
    b. qu'il guérissait infailliblement *add. C*
    c. bien à propos pour l'empêcher [...] funèbre. *F* : bien

à propos pour l'empêcher [...] funèbre. Cette horreur de l'émigration n'existe qu'en France, dans ce malheureux pays où
tout le monde se plaint de son sort, du gouvernement, comme
les amours se plaignent d'une maîtresse sans laquelle on ne
peut vivre. *orig.* : bien à propos pour l'empêcher [...]
funèbre. *C* : bien à propos. *ms. C'est la première des corrections qui, incorporées au tome X d'orig., n'ont pas été reportées
sur les états postérieurs (Si., antérieur à orig. pour cette partie, ayant
été composé à partir de C, et F à partir de Si.). Voir Histoire du
texte, p. 1386.*

    d. après s'être flatté *C* : après avoir rêvé *ms.*

Page 624.

    a. seize *C* : quinze *ms.*
    b. de Bianchon *F* : des Desplein *C. Pour ms., voir var. c.*
    c. Jugez de quel fiel *[14 lignes]* reprocher. *C* : il était
jaune, il avait les yeux ardents de Tartufe, il se sentait maintenu dans une sphère obscure par une main de fer. *ms.*
    d. , semblables à celles de Morison *add. C*
    e. amoureux d'une figurante de l'Ambigu-Comique, s'était
mis *C* : était mort *ms.*
    f. Poulain courait *[5 lignes]* sublunaires. *add. C*

    1. Sur un être vil. Cette locution s'emploie à propos des
expérimentations scientifiques faites d'ordinaire sur des animaux. Balzac enregistre cette expression très tôt. Il l'utilise
dans le *Code des honnêtes gens* (1825) : « Les petits voleurs sont
les apprentis du corps auquel ils appartiennent et font leurs
expériences *in anima vili* ». Dans *Le Curé de village,* Gérard écrit
à Grossetête : « L'État, qui en France semble, en bien des
choses, vouloir se substituer au pouvoir paternel, est sans
entrailles ni paternité ; il fait ses expériences *in anima vili*. »
    2. James Morison (1770-1840). Ses pilules furent mises en
vente, en 1825, sous le nom de « Vegetable Universal Medi-
cine ». Elles étaient à base d'aloès et de coloquinte. Les éditions impriment « Morisson », sauf l'originale, qui donne la
graphie correcte avec un seul s.

Page 625.

    a. particulier à la ville de Paris, ce Désespoir muet et *add.*
C
    b. qui rappellent le zinc de la mansarde *add. C*
    c. Quand deux amis *[9 lignes]* gilet ! *add. C*
    d. exagéra la prétendue descente [...] opération, qui *C* :
exagéra la fausse hernie de la Cibot, il parla de la comprimer,
de l'empêcher, en la prenant à temps de se former, et il soumit
la portière à de prétendus remèdes qui *ms.*
    e. Paris. [ils s'emparent de *rayé*] Tout *ms.*

1. Balzac fut initié à ces secrets lorsqu'il visita la Conciergerie, le 13 décembre 1845 : « C'est affreux. J'ai tout vu bien
à fond ». Il se renseignait alors en vue d'écrire la troisième
partie de *Splendeurs et misères des courtisanes*.

Page 626.

a. médiocrités. *F* : médiocrités. *Ensuite :* XLIII / TOUT
VIENT À POINT À QUI SAIT ATTENDRE *orig.* : médiocrités.
ant.

b. aigu *F* : obtus *ant.*

c. ange et dit [...] attendrir la *C* : ange, elle attendrit
la *ms.*

Page 627.

a. Moi, la Nature [...] enfant, *C* : Sans cela *ms.*

b. Pour lors, notre cher malade m'a donc dit *C* : il m'a
dit *ms.*

c. et qui d'ailleurs [...] ami ?... *add. C*

d. et l'exercice [...] mêlé des *C* : et je serais blâmé de
me mêler des *ms.*

e. — Mais je ne prends pas [...] Cibot, pour lui dire *C* :
— eh bien, moi je lui dis très bien *ms.*

f. notaires. [Je connais un notaire *rayé*] *ms. Les quatre
mots rayés dans ms. semblent indiquer que l'idée de recommander un
notaire à Mme Cibot traverse l'esprit de Poulain avant qu'il ne songe
à son propre ami Fraisier.*

1. « La loi ne vous défend-elle pas de recevoir des legs de
vos morts ? » dit Popinot, dans *L'Interdiction,* à son neveu
Bianchon.

Page 628.

a. palier. *Dans ms., on lit à la suite de ce mot :* Là, madame
Cibot lui dit, encore : — à demain n'est-ce pas ? monsieur
Poulain! Songez-donc, ajouta-t-elle à l'oreille du docteur,
qu'il hait ses héritiers qui sont cause de sa mort, et qu'il
possède des trésors... Avec quelques mots vous pouvez faire
notre fortune à Cibot et à moi!

Le lendemain, le docteur Poulain vint et la Cibot le laissa
seul avec Pons. Quand il sortit de la chambre du malade, la
portière lui dit un Eh! bien ? qui le fit frissonner. — Il a ses
idées arrêtées, répondit-il, il donnera tout à monsieur
Schmucke; et, quant à vous, il vous recommandera, dit-il, à
son ami. — Ah! c'est rien du tout, cela ! s'écria madame Cibot.
Merci, que ferait de plus le notaire avec un têtu comme cela !
C'est bien... j'ai mes idées, et nous verrons... [Deuxième
partie *rayé*] [De la mort et des successions des vieux garçons
rayé]. *Après avoir raturé ce titre, Balzac indique dans la marge :*

mettez-là le paragraphe composé. *Cette indication concerne le dernier alinéa du folio 81 (numéroté primitivement 82). Voir var. d, p. 630. À ce stade de la rédaction, Rémonencq et Mme Cibot seuls servent les intérêts de Magus. Après* palier *commence au mot* Là *un long passage ajouté en* C. *Voir var. b, p. 630.*

b. prendre   *F, Si. et C* : saisir   *orig. Voir var. c, p. 623.*

c. rouge. Effrayé   *F, Si. et C* : rouge avec une rapidité mécanique. Effrayé   *orig.*

d. de cela [...] garçon   *F, Si. et C* : de cela. / — Vous avez tort, mon cher enfant, dit la portière. / — J'ai pour ami de collège, reprit le docteur sans faire attention à cette dernière tentative de la Cibot, un garçon   *orig.*

1. L'un des fondateurs de la République romaine, réputé pour son intégrité.

Page 629.

a. fripon,   *F, Si. et C* : fripon, ce digne garçon, que j'ai tiré de la tombe,   *orig.*

b. heure,   *F, Si. et C* : heure, malgré ses dehors, il est lancé déjà parmi les gens d'affaires;   *orig.*

1. Selon le renseignement donné par la «fausse Mme Saint-Estève» à Nucingen, Esther se trouve rue de la Perle, au Marais, car, lui dit-elle, «ta perle est dans la boue, mais tu la laveras!» *(Splendeurs et misères des courtisanes).* Le bronzier Victor Paillard, avec qui Balzac est en relation à l'époque de la création des *Parents pauvres,* habite, en 1846-1847, au numéro 3 de la rue de la Perle. Balzac connaît admirablement le quartier; il y vécut de 1814 à 1824, pendant les dix années décisives pour sa formation intellectuelle. L'institution Ganser, qu'il fréquenta en 1815, se trouve 7, rue de Thorigny, à quelques pas du numéro 9 de la rue de la Perle, où habite Fraisier.

Page 630.

a. nos clientèles se valent... — Il n'y a   *F, Si. et C* : nos clientèles nous rapportent des sous, et nous nous donnons autant de mal que ceux qui prennent des Louis d'or... Il n'y a   *orig.*

b. Là, cette affreuse lady Macbeth *[p. 628, 16e ligne]* Poulain.   *add. C var. post.*

c. a d'ailleurs pour acteurs tous les personnages   *F, Si. et C* : n'eut pas d'autres acteurs que les personnages   *orig. Pour ms., voir var. b, p. 619.*

d. Ici commence le drame *[début du §]* scène. *Texte remanié du dernier alinéa du folio 81 à la suite de l'introduction de Fraisier dans le roman (voir var. b, p. 619). Les mots   , qui, vu dans sa caverne, va vous faire frémir, sont une add.* F : scène.

Ensuite : XLIV / UN HOMME DE LOI   *orig.*   : scène. *Ensuite* :
DEUXIÈME PARTIE / LES CRIMES D'EN HAUT ET LES CRIMES D'EN
BAS / XXXIII   *Si.*   : scène. *Ensuite* : DEUXIÈME PARTIE / LES
CRIMES D'EN HAUT ET LES CRIMES D'EN BAS / CHAPITRE XVIII /
UN HOMME DE LOI   *C*   : *[Feuillet précédent tronqué.] Ensuite* :
Deuxième partie / [De la mort et des successions des vieux
garçons   *rayé*] / Les crimes d'en haut et les crimes d'en bas /
Chapitre XVIII / L'homme de loi   *ms. Seconde indication de cha-
pitre dans   ms.*

 e. Un assez grand [...] ignorent encore que   *C*   : L'immense majorité des Français ignore que   *ms., où cette phrase,
précédant* L'avilissement [...] épicier,   *ouvrait le chapitre.*

 f. , si considérable autrefois   *add. C*

 1. Donc tout ce qui précède est préparation et le drame
commence alors que le récit en est déjà arrivé à sa seconde
moitié. C'est vers son tiers que Balzac, tout aussi nettement,
marquait une coupure dans *La Cousine Bette* (voir p. 186, et
la note 2).

Page 631.

 a. ; et néanmoins messire [...] d'enterrement   *add. C*
 b. sont les Variétés [...] gens   *C*   : sont les diverses
dénominations des gens   *ms.*
 c. Le praticien *[7 lignes]* littérature.   *add. C*
 d. chaque profession a ses Oméga,   *C*   : chaque état a ses
savetiers, ses oméga,   *ms. Entendons sans doute : ses praticiens
au dernier niveau, au niveau le plus humble.*
 e. , le sieur Fraisier, homme de loi   *add. C*

 1. Anecdote rapportée par Gudin de la Brenellerie dans
son *Histoire de Beaumarchais* (éd. Maurice Tourneux, Plon, 1888,
p. 24) : « Monsieur, avait dit ce grand seigneur à Beaumarchais en présence d'une assez nombreuse compagnie, vous
qui vous connaissez en horlogerie, dites-moi, je vous prie, si
cette montre est bonne. — Monsieur, lui répartit-il en regardant l'assemblée, dont tous les yeux étaient fixés sur lui,
depuis que j'ai cessé de travailler dans cet art, je suis devenu
bien maladroit. — Ah! monsieur, ne me refusez pas. — Soit,
mais je vous avertis seulement que je suis maladroit. » Alors,
prenant la montre, il l'ouvre, il l'élève en l'air et, feignant de
l'examiner, il la laisse échapper et tomber de toute sa hauteur;
puis, lui faisant une profonde révérence : « Je vous avais
prévenu, monsieur, de mon extrême maladresse. »

Page 632.

 a. Le rez-de-chaussée *[7 lignes]* lèpre.   *C*   : Le rez-de-
chaussée était occupé par la loge du portier et par la boutique

d'un ébéniste dont les ateliers et les magasins encombraient
une petite cour intérieure. *ms.*

b. le docteur Poulain *[5 lignes]* madame *C* : le docteur
Poulain, m'a recommandé. *ms.*

Page 633.

a. en entraînant *C* : en accompagnant *ms.*
b. quand vous serez [...] pourquoi. *F* : quand vous
serez [...] pourquoi. *Ensuite :* XLV / UN INTÉRIEUR PEU RECOM-
MANDABLE *orig.* : quand vous serez [...] pourquoi. *C* :
vous verrez pourquoi. *ms.*
c. Les apprentis [...] obscènes. *add. C*
d. déposent *C* : laissent *ms.*
e. Le guichet *[8 lignes]* appareils. Le plomb *C* : Jadis
cette porte avait été trouée d'un guichet, ses ferrures énormes,
apparentes, ses gonds formidables, ses grosses têtes de clous
en faisaient une vraie porte de prison. Enfin le plomb *ms.*

Page 634.

a. , et portant [...] or *add. C*
b. d'un air devenu soudain très aimable et *C* : d'un air
aimable *ms.*
c. , après avoir fait une révérence de théâtre, *add. C*

1. *Une jeune fille allant au Sabbat* par Adriaen Brouwer figure
parmi les tableaux de la galerie Balzac. À propos de l'apparition matinale de Sylvie Rogron au début de *Pierrette,* Balzac
note : « Ce désordre donnait à cette tête l'air menaçant que
les peintres prêtent aux sorcières. »

Page 635.

a. laissait voir le métal *C* : laissait à nu cet affreux métal
*C corr. C'est la première correction de cette sorte que nous relevons.
Rappelons que les corrections portées sur l'exemplaire partiel du
« Constitutionnel » conservé à la collection Lovenjoul n'ont pas été
exécutées sur les états postérieurs. Voir Histoire du texte, p. 1386.*

1. Fraisier a le sang corrompu, comme d'autres personnages vivant de chicane qui, par de nombreux traits, lui
ressemblent. Dans *Pierrette,* le « teint brouillé, plein de teintes
maladives, jaunes et vertes par places » de l'avocat Vinet
reflète « son ambition rentrée, ses continuels mécomptes et
ses misères cachées ». Petit-Claud, le tortueux avoué d'*Illusions
perdues,* montre sur son visage « une de ces colorations à
teintes sales et brouillées qui accusent d'anciennes maladies
[...] et presque toujours des sentiments mauvais ». On relèvera
d'autres analogies, plus frappantes encore, entre ces hommes
de loi véreux dans la note 2 de la page 659 et note 1 de la
page 681.

2. Cette scène rappelle directement la visite de César Birotteau à Claparon. La tenue de « ce simulacre de banquier » annonce celle de Fraisier : « Claparon, à l'aspect de Birotteau, s'enveloppa dans sa robe de chambre crasseuse, déposa sa pipe, et tira les rideaux du lit avec une rapidité qui fit suspecter ses mœurs par l'innocent parfumeur. [...] Claparon, sans perruque et la tête enveloppée dans un foulard mis de travers, parut d'autant plus hideux à Birotteau que la robe de chambre en s'entrouvrant laissa voir une espèce de maillot en laine blanche tricotée, rendue brune par un usage infiniment trop prolongé. »

Page 636.

a. Puis, saisi d'une pensée *[p. 635, 8 lignes en bas de page]* le verrou, *C* : puis, il se leva, cria : « madame Sauvage ? je n'y suis pour personne ! » mit le verrou, *ms.*

b. ; il avait l'air [...] *un vieux de la vieille add. C*

c. inspirer. *F* : inspirer. *Ensuite* : XLVI / CONSULTATION NON GRATUITE *orig.* : inspirer. *ant.*

d. Sans Poulain *[début du § précédent]* moribond. *C* : Sans Poulain, je serais mort, mais il me rendra, dit-il, la santé. *ms.*

Page 637.

a. Un tableau, c'est *[p. 636, 3 lignes en bas de page]* célèbres ! *add. C*

b. Un financier [...] tableaux *C* : un financier célèbre, dont la galerie était célèbre, passait pour avoir dépensé des millions, et ses tableaux *ms.*

c. il fit un hochement *[8 lignes]* rabâche *C* : il fit un bond sur son fauteuil. — Comment votre monsieur Pons est le cousin de Monsieur le président Camusot ? — Le propre cousin ! il me rabâche *ms.*

d. à fond. / Savez-vous, *C* : à fond. Fraisier avait eu quelques rapports avec ce président nommé Lebœuf et connaissait parfaitement les antécédents du président et de la présidente Camusot de Marville. — Savez-vous *C corr. seulement* : à fond. Pendant que la portière babillait, l'ancien avoué de Mantes se laissait aller à un rêve d'or. Cet homme qui se sentait plein de capacité comme son ami Poulain, apercevait la place du juge de paix à Paris, dans le lointain où les avocats députés aperçoivent la simarre de la Chancellerie, où les prêtres italiens aperçoivent la thiare. Ce nom de Camusot fut magique. — Savez-vous, *ms.*

e. Savez-vous que *[10 lignes]* naturel. *C* : savoir la qualité de votre adversaire. *ms.*

1. Nom vieilli d'une boîte à ressort d'où se dresse, quand on l'ouvre, un personnage souvent appelé diable.

Page 638.

a. depuis six semaines au moins, *C* : voici bientôt un mois, *ms.*

b. Vieille-rue du Temple, au coin de la *add. marg. sur ms.*

1. Fraisier fait allusion, successivement, à Lucien de Rubempré (*Splendeurs et misères des courtisanes,* IIIe partie), à Victurnien d'Esgrignon *(Le Cabinet des Antiques)* et au marquis d'Espard *(L'Interdiction).* Balzac fournit d'ailleurs lui-même ces trois références quelques pages plus loin.

2. Dans *Une double famille,* « trois vieilles femmes de la rue Saint-François et de la Vieille-rue-du-Temple » accourent auprès de Mme Crochard, voulant « se partager la succession de la mourante ». L'action de ce roman, comme celle du *Cousin Pons,* se déroule dans les « rues ténébreuses du Marais » et dans le quartier de la chaussée d'Antin.

Page 639.

a. Raison de plus [...] plaisir ! *add. C*

b. Là, Mme Cibot fit *[10 lignes]* surpris. *F* : Là, Mme Cibot fit [...] surpris. *Ensuite :* XLVII / LE FIN MOT DE FRAISIER *orig.* : Là, Mme Cibot fit [...] surpris. *Ensuite :* XXXIX *Si.* : [Là, Mme Cibot fit [...] surpris. *add.*] *Ensuite :* CHAPITRE XIX / *[titre comme dans orig.] C*

c. Je reprends *[début du §]* jours. *C* : , il connaît le vieux monsieur Pillerault, le grand oncle de madame la comtesse Popinot. Il va le voir tous les quinze jours. *ms.*

1. « La gou[ve]rnante est allée hier chez Dablin, ce vieux quincaillier retiré, mon premier ami (il m'a prêté 5 à 6 000 fr.). C'est l'original de Pillerault dans *César Birotteau* », confie Balzac à Mme Hanska le 16 février 1846. « C'est un oncle à succession », affirme Fraisier à propos de Pillerault. Dans son *Journal* rédigé en 1849, Sophie Surville fait une observation identique à propos de Dablin et des parents qui l'entourent. « M. Dablin m'aime beaucoup. Je l'estime aussi, mais ma fierté m'empêche de le lui montrer. Il est riche et je ne voudrais [pas] me mêler dans la tourbe des gens qui accaparent son héritage : la bonne, la filleule, les parents, jusqu'au médecin qui fait ombrage » *(L'Année balzacienne 1964,* article cité).

Page 640.

a. à la merci d'un *C* : devant un *ms.*

1. « Terne » par corruption de « terme » (borne, statue sans bras engainée dans le sol). On relève la même impropriété, prêtée à un valet de chambre, dans *Ferragus,* et aussi, prêtée à Mlle Cormon, dans *La Vieille Fille.*

2. « J'ai pour ami depuis bien longtemps un avoué, main-

tenant retiré, qui me disait que, depuis quinze ans, les notaires, les avoués se défient autant de leurs clients que des adversaires de leurs clients » (*La Cousine Bette,* p. 427). Remarquons que le couple Poulain-Fraisier est une réplique dégradée de celui de Bianchon et Victorin Hulot dans *La Cousine Bette.*

Page 641.

a. il y a toujours *[p. 640, 3 lignes en bas de page]* cliente *add. marg. ms.*

b. de louanges sur elle-même. *C* : de l'Égoïsme. *ms.*

c. Robespierre [...] quatrains. *C* : le Voltaire de la chicane. *ms.*

d. Écoutez-moi bien *[7 lignes]* Fraisier. *add. C*

1. On a déjà rencontré plus haut une comparaison du même genre : « Il est inutile de rapporter les différents commérages, exécutés comme les variations d'un thème » (p. 649). Autre exemple de métaphore musicale : « Monsieur, dit Modeste après avoir savouré la mélodie de ce concerto si admirablement exécuté *sur un thème connu* » (Modeste Mignon, t. I, p. 659).

2. On a conservé, du jeune Robespierre, des vers galants ou bachiques, et il concourut aux Jeux floraux de Toulouse.

Page 642.

a. succession, en tirer *[p. 641, 5 lignes en bas de page]* un reçu *C* : succession, vous iriez bien loin... Car vous avez un reçu *ms.*

b. La Cibot fut effrayée [...] Fraisier, *add. C*

c. , sans rien craindre *add. C*

Page 643.

a. , et servir [...] loi *add. C*

b. et les dangers *add. C*

c. Être juge *[début du §]* folie! *add. C*

d. , M. Vitel, *add. C*

e. , et Fraisier parlait [...] la vie *add. C*

f. et font mouvoir tous leurs amis pour l'obtenir *add. C*

Page 644.

a. mutuellement. *F* : mutuellement. *Ensuite :* XLVIII / OÙ LA CIBOT EST PRISE DANS SES PROPRES FILETS *orig.* : mutuellement. *ant.*

b. plan touffu [...] intrigues. *C* : touffu, plein de grains. *ms.*

c. , voyons, rassurez-vous, *add. C*

d. portière, il en résulta [...] émotion; *C* : portière et produisit une réaction; *ms.*

e. , reprit Fraisier [...] Cibot *add. C*
f. institué par le testament *add. C*

1. « Eh bien, le monde, ma petite, dit-il en mettant sa main sur celle d'Esther qui frissonna comme si quelque serpent l'eût enveloppée, le monde doit ignorer que vous vivez », dit Vautrin dans *Splendeurs et misères des courtisanes.*

2. Le jeune « comte » d'Esgrignon (voir p. 638, l. 29) a hérité en 1830, à la mort de son père, du titre de marquis.

Page 645.

a. Dans le premier cas [...] sourire. *add. C*
b. Ma foi, non merci *[8ᵉ ligne de la page]* heureux. Je ne sais pas, *C* : allez, nous conduirons l'affaire à bon port... — Mais que faut-il que je fasse alors, mon bon monsieur Fraisier ? — Je ne sais pas, *ms.*
c. l'affaire dans ces moyens [...] il faut, *C* : l'affaire, mais il faut, *ms.*
d. Pons disposera de sa fortune *[7 lignes]* moribonds *C* : Pons fera son testament. Les moribonds *ms.*

Page 646.

a. le docteur est *[7 lignes]* dit-il... *C* : le docteur est sûr... *ms.*
b. Ma grosse mère *[9 lignes]* léger. *add. C*
c. et qui l'allait [...] conseiller *add. C*

Page 647.

a. musicien. *F* musicien. *Ensuite :* XLIX / LA CIBOT AU THÉÂTRE *orig.* : musicien. *Ensuite :* XXXV *Si.* : musicien. *Ensuite :* CHAPITRE XX / *[titre comme dans orig.]* *C* : musicien. *ms.*

1. Deux lignes plus haut : « ma tante ». C'est ici une autre expression pour évoquer le Mont-de-Piété. Ainsi dans *Splendeurs et misères des courtisanes :* « Esther s'est fait faire de l'argenterie, elle ne l'a pas payée, et l'a mise *en plan,* elle sera menacée d'une petite plainte en escroquerie. »

2. Balzac ne résiste pas à la tentation d'une équivoque verbale sur l'expression « Mont-de-piété », sans trop songer qu'il rapporte un propos oral. Plus loin, d'ailleurs (p. 672), dans la bouche du même personnage, on rencontrera, normalement, « Mont-de-piété ».

3. Alliage imitant grossièrement l'argent.

Page 648.

a. si vous aimez mieux [...] — Eh bien ! *add. C*
b. , où il va falloir [...] madade *add. C*

c. déjà [vingt   *rayé*] trente   *ms.*

Page 649.

a. Motus avec   *C* : Ne dites rien à   *ms.*

b. milord au grand [...] dans   *C* : milord et alla dans *ms.*

c. que les rois et les ministres *[6 lignes]* d'auteur.   *C* : que les ministres et que les premiers sujets.   *ms.*

d. elle et le concierge.   *C* : elle et la femme du concierge au bout de cinq minutes de causerie.   *ms.*

1. Ses signes de reconnaissance. *Shiboleth* est un mot hébreu que les gens de Galaad faisaient prononcer à ceux d'Ephraïm à titre d'épreuve. Ce terme était passé dans le rituel de la franc-maçonnerie écossaise. Voir *La Cousine Bette,* p. 407 et la note.

Page 650.

a.   , comme il a son injure *[p. 649, 11 lignes en bas de page]* parle   *add. C*

b. entra.   *F* : entra. *Ensuite :* L | UNE ENTREPRISE THÉÂTRALE FRUCTUEUSE   *orig.* : entra.   *ant.*

c. Voir var. b, p. *651.*

1. Dans *César Birotteau,* Gaudissart, qui n'est qu'à ses débuts, donne à deux marmitons « dix sous par un geste digne de Napoléon, son idole ».

2. Il s'agit probablement, comme plus haut (p. 575), non pas du charlatan du Pont-Neuf au XVIIe siècle, mais d'un personnage de vieux financier dans les *Étrennes de l'amour,* comédie-ballet de Cailhava.

3. Dans *La Cousine Bette,* Balzac remarque à propos de l'hôtel de Josépha : « Le luxe que jadis les grands seigneurs déployaient dans leurs petites maisons et dont tant de restes magnifiques témoignent de ces *folies* qui justifiaient si bien leur nom. » Josépha, l'ancienne maîtresse du baron Hulot, devenue ami du duc d'Hérouville, cédait « les guenilles » de son appartement de la rue Chauchat » à la petite Héloïse Brisetout », qui, protégée par Crevel, demeurait la maîtresse de Bixiou.

« On croit que tu n'es qu'un Turcaret, tu passeras Beaujon ! » dit de même Esther à Nucingen dans *Splendeurs et misères des courtisanes.* Beaujon (1708-1786) est ce financier célèbre dont Balzac a acheté en partie la « folie », rue Fortunée, le 28 septembre 1846.

Page 651.

a. Gouraud, devenu pair de France,   *F* : Matifat,   *C. Voir var. b b.* Cet ancien commis voyageur *[p. 650, début du dernier §]* au Conseil d'État. *C var. post.* : — À qui ai-je l'honneur de parler ? dit l'heureux directeur. À cinquante ans, l'ancien commis voyageur devenu riche, à la tête d'un théâtre en pleine prospérité, s'était fait donner des droits dans quelques ballets, dans plusieurs pièces, agiotant les billets, trompant sa commandite qu'il considérait comme une femme légitime, avait pris un développement financier qui réagissait sur sa personne. Grand, gros et fort, le visage enluminé par la bonne chère et la coloration de la prospérité, car il doublait ses capitaux dans des affaires en dehors du théâtre, il se roulait au sein des voluptés. Il soignait sa toilette, il habitait un appartement luxueux, arrangé par les soins de son décorateur, il s'avouait parvenu sans honte, il disait devoir sa fortune au bonheur, à la croyance qu'il avait dans son étoile, il était fastueux et aimait à bien faire les choses, il avait gardé la *platine,* pour employer l'une de ses expressions de son ancien métier, en l'appliquant à l'argot des coulisses ; et, comme tous ceux qui disent crument les choses, il empruntait assez d'esprit aux choses, qui ont leur esprit, pour en le mêlant à ces formules avoir l'air d'un homme supérieur. En ce moment, il pensait à vendre son privilège et à passer, selon son mot, à d'autres exercices, il voulait entrer dans les hautes spéculations des chemins de fer, en épousant la fille d'un des plus riches *[illisible]* [banquiers *rayé*] [architectes *rayé*] Maires de Paris, mademoiselle [Crottat Grindot *rayé*] Minard. *ms.*

1. *Le Cocu, battu et content,* conte auquel il est déjà fait allusion dans *La Cousine Bette.*

2. Dans le langage populaire, « facilité d'élocution »; le terme a vieilli : « Voyons ?... Si tu devenais député, tu as une fière *platine* », dit Philippe Brideau dans *La Rabouilleuse.*

Page 652.

a. Ah! oui monsieur *[6 lignes]* d'honneur, *add. C*
b. Quand croyez-vous *[6 lignes]* est-il ?... *add. C*
c. — Et d'un médecin [...] mais *add. C*
d. de ces deux braves casse-noisettes *C* : d'eux *ms.*
e. dit la Cibot d'un air digne de Jocrisse. *add. C*

Page 653.

a. C'était Héloïse Brisetout [...] tableau. *C* : C'était la [sœur cadette de Jenny Cadine, appelée *rayé*] célèbre Héloïse Brisetout. — Qu'est-ce qui te fait rire ? Est-ce madame ? — Pour quel emploi vient-elle ? *ms.*
b. N'est fichtre pas [...] crânement bien! *add. C*

1. *Cinna,* acte V, sc. III, v. 1701. « Voyons, soyons amis, Cinna », disait déjà Crevel à Hulot, lors du mariage d'Hortense avec Wenceslas. Dans ses lettres à Mme Hanska, Balzac se plaît à citer *Cinna* et s'amuse parfois à déformer, pour l'adapter à la circonstance, le texte de la tragédie de Corneille (voir par exemple sa lettre du 22 octobre 1846).

Page 654.

a. ans passés *[p. 653, 6 lignes]* raillerie. *C* : ans passés... Soyons amis, Cinna! — Allons, Héloïse... — Madame serait la nouvelle Héloïse ?... dit la portière. *ms.*

b. a des moustaches [...] cigarette. *C* : est usé. *ms.*

c. il pourrait [...] les leurs. *C* : il nous redevrait quelque chose. *ms.*

d. le premier rôle du ballet *C* : le ballet *ms.*

e. — Héloïse [...] attachement... *add. C*

1. Le calembour est, en tout cas, bien littéraire pour une Mme Cibot : est-il naturel qu'elle songe à l'ouvrage de Jean-Jacques Rousseau ? Mais, sous la plume de Balzac, la plaisanterie est peut-être à double détente, car il y avait eu, au théâtre de la Gaîté, une danseuse de quelque réputation qui se nommait Héloïse (voir *Petite biographie dramatique par un ancien moucheur de chandelles,* Paris, impr. du Breuil, 1826, p. 42).

2. Il y eut un opéra d'*Ariane,* avec ballet, créé en 1717; mais Balzac a-t-il pu le connaître ? D'autre part, selon Gautier *(Histoire de l'art dramatique en France),* Rachel, en 1842, avait remporté un grand succès dans l'*Ariane* de Thomas Corneille; mais il n'y a pas de ballet dans cette tragédie.

Page 655.

a. , demain ou après [...] Héloïse *add. C*

b. Pons! *F* : Pons! *Ensuite :* LI / CHÂTEAUX EN ESPAGNE *orig.* : Pons! *ms.*

c. convoités par *F* : que désirait *C* : demandés par *ms.*

1. La danseuse répète une expression de son ami de cœur Bixiou. En effet, dans *La Muse du département,* Bixiou, ne réussissant pas à convaincre Lousteau de rompre avec Dinah, s'écrie : « Un homme à la mer » (t. IV, p. 749).

2. Il y eut un ballet-pantomime appelé *Les Mohicans,* créé à l'Opéra le 5 juillet 1837.

Page 656.

a. primitives et les brutalités *[p. 655, avant-dernière ligne]* l'avarice *C* : primitives. La beauté virile de madame Cibot, son agilité, son esprit avaient été l'objet des remarques du marchand parvenu; mais l'avarice *ms.*

b. siennes, passa-t-il *[7 lignes]* la Cibot   *C* : siennes et il voulait, en aimant madame Cibot, réaliser des économies. Cet amour purement spéculatif l'amena, dans les longues rêveries du fumeur, appuyé sur le pas de sa porte, à considérer quelle excellente commerçante serait la Cibot   *ms.*

c. Après s'être couché [...] réveillait   *C* : Il se couchait dans ses draps d'or et se réveillait   *ms.*

d. L'Auvergnat considérait [...] débarrasser.   *C* : Cibot était devenu l'objet de la haine de Rémonencq, cet Auvergnat le considérait comme le seul obstacle qui s'opposait à son bonheur.   *ms.*

1. Le physique de Mme Angélique Madou, dans *César Birotteau*, annonçait celui de Mme Cibot : « [...] ancienne revendeuse de marée, jetée il y a dix ans dans le *fruit sec* par une liaison avec l'ancien propriétaire de son fonds, et qui avait longtemps alimenté les commérages de la Halle, [Mme Madou] était une beauté virile et provocante, alors disparue dans un excessif embonpoint. »

Page 657.

a. ajouta-t-elle *[p. 656, 4 lignes en bas de page]* la Cibot,   *C* : ajouta-t-elle en quittant la porte et venant dans la boutique de l'Auvergnat. Venez que je vous parle ?   *ms.*

b. Vous aurez [...] reprit   *C* : Vous en aurez aussi, mais vous lui direz, reprit   *ms.*

c. biblots ?   *C* : objets ?   *ms.*

Page 658.

a. Ce sera M. Schmucke [...] soit,   *C* : Ce sera monsieur Schmucke qui ira vous chercher, pas vrai, monsieur ? Ce sera Monsieur Rémonencq qui le conduira chez vous, quoi !   *ms.*

b. quarante-six mille   *C* : cinquante-six   *ms.*

c. quarante-trois   *C* : cinquante   *ms.*

d. trois mille   *C* : six mille   *ms.*

e. quatre pour deux mille   *C* : six pour mille   *ms.*

f. éteignit l'éclair de défiance   *C* : calma la défiance   *ms.*

Page 659.

a. , mis décemment,   *add. C*

b. neuve, et   *C* : neuve et bien faite, et   *ms.*

c. à ces [élixirs dans   *rayé*] poisons   *ms.*

d. a commis un crime; mais à la porte   *C* : a tué; mais au sortir de son cabriolet, à la porte   *ms.*

e. petit-dunkerque. *F* : petit-dunkerque. *Ensuite :* LII /
LE FRAISIER EN FLEURS *orig.* : petit-dunkerque. *Ensuite :*
XXXVI *Si.* : petit-dunkerque. *Ensuite :* CHAPITRE XXI /
LE FRAISIER EN FLEURS *C* : petit-dunkerque. *ms.*

1. L'itinéraire du conteur anonyme de la dixième Méditation de la *Physiologie du mariage* relie également les « paisibles
sphères du Marais » aux « élégantes régions de la Chaussée-
d'Antin ».

2. Comme Vinet et Goupil, Fraisier, parvenu à un tournant de sa vie, se métamorphose. Vinet, sur le point de réaliser ses projets domestiques et politiques, arrivait chez les
Rogron « dans toute sa gloire de tribun champenois. Il
avait alors de jolies besicles à branches d'or, un gilet de soie,
une cravate blanche, un pantalon noir, des bottes fines et un
habit noir fait à Paris » *(Pierrette)*. À la fin d'*Ursule Mirouët,*
Goupil, transfiguré par le succès, porte « une cravate blanche,
une chemise étincelante de blancheur ornée de boutons en
rubis, un gilet de velours rouge, un pantalon et un habit en
beau drap noir faits à Paris. »

3. Petit meuble élégant, normalement destiné à l'étalage
des bibelots et curiosités. Balzac en acheta plusieurs en vue
de son installation avec Mme Hanska. Il existait, à l'angle des
rues Ménars et Richelieu, une boutique à l'enseigne du
Petit Dunkerque.

Page 660.

a. aurea mediocritas [...] suppression *C* : *aurea mediocritas*
n'était pas une cause d'irritation ; mais la suppression *ms.*
b. pour arracher *C* : pour [donner *rayé*] obtenir *ms.*
c. d'impôts. Elle [...] terre *tous les états* : d'impôts.
Dans cette modeste habitation, elle et son mari seraient
chez eux, et auprès de leurs enfants ; et à leur mort la terre
C corr. seulement.
d. , et demandait au vieillard *[10 lignes]* d'Orléans !...
add. C
e. prévues sur les actions *add. C*

1. Cette célèbre expression d'Horace (*Odes,* II, 10, 5)
ne signifie pas « la médiocrité dorée », mais « la médiocrité
qui vaut de l'or » : une condition moyenne, assurant la
tranquillité, vaut une fortune. Comme il arrive souvent, elle
est ici détournée de son sens originel, ainsi que le montre le
contexte.

Page 661.

a. bouchée *tous les états.* : glacée *C corr. seulement.*
b. , en voyant [...] négligé *add. C*

c. étonnement, *tous les états sauf orig. qui porte* : émotion,

Page *662*.

a. La présidente fit [...] discours. *add. C*
b. La présidente répondit [...] geste. *tous les états* : Sans parler, la présidente répondit à cette fine observation, par un geste. *C corr. seulement.*
c. Levroux *tous les états* : Levrault *C corr. seulement.*
d. Desroches, *C* : Couture, *ms.*
e. Il courtisait *[8 lignes]* reprit Fraisier. *add. C*
f. mes amis et *tous les états* : mes amis qui m'avaient prêté leurs fonds pour l'acquisition de ma charge, et *C corr. seulement.*
g. ; il me fallait [...] Bah! *add. C*

Page *663*.

a. C'est un peu [...] chose *C* : ça *ms.*
b. où l'on végète. *C* : d'où l'on ne peut pas sortir. *ms.*
c. du talent et pas de chance!... *add. C*

1. Dans *La Cousine Bette,* le baron Hulot emploie cette expression en parlant à Valérie de la nomination de Marneffe.

Page *664*.

a. miennes. *F* : miennes. *Ensuite :* LIII / CONDITIONS DU MARCHÉ *orig.* : miennes. *ant.*
b. par la possibilité de ce chiffre, *C* : de clarté, *ms.*
c. vétilleuses, *C* : méticuleuses, *ms.*

Page *665*.

a. Ce fut [...] Fraisier. *add. C*
b. Leboeuf, et *tous les états sauf corr. C* : Leboeuf, répliqua la présidente d'un ton qui signifiait qu'elle serait au désespoir si Monsieur Leboeuf n'était pas favorable à Fraisier et *corr. C seulement.*

1. Balzac recourt au langage technique des hommes de loi. « Occuper » se dit d'un avoué qui, chargé d'une affaire par un client, s'acquitte de sa mission.

Page *666*.

a. une madame Évrard *F, orig., Si., C* : une madame Évrard de bas étage *corr. C seulement* : une madame Éverard *ms.*
b. a célébrées, *C* : a connues, *ms.*

c. ces douces [...] aigre.　　*C* : les modulations d'une voix aigre.　*ms.*

1. Ainsi se nomme la gouvernante du *Vieux Célibataire,* comédie de Collin d'Harleville. Balzac a déjà fait allusion à ce personnage dans *La Rabouilleuse,* où il qualifiait Flore Brazier de « Mme Éverard d'Issoudun », et dans *Béatrix,* où Mme Schontz refuse de jouer le rôle de « Mme Éverard » auprès d'Arthur de Rochefide. À l'époque de la création des *Parents pauvres,* le Théâtre-Français a repris la comédie de Colin d'Harleville. Balzac a pu la lire dans une édition précédée de l'Avertissement de l'auteur qui y énumère ses sources et insiste sur l'originalité de sa pièce, ou dans les *Œuvres complètes* de Colin d'Harleville, commentées par Andrieu. Dans la Préface, Andrieu (qui condamna jadis le *Cromwell* du jeune Balzac) trace l'histoire du thème littéraire du « vieux garçon tombé sous la domination de sa gouvernante ». Ce thème, Balzac l'aborde pour la première fois dans *Le Contrat de mariage,* sous la forme d'une remarque faite par de Marsay à propos de Paul de Manerville : « Le vieux garçon dont l'héritage est attendu, qui se défend à son dernier soupir contre une vieille garde à laquelle il demande vainement à boire, est un béat en comparaison de l'homme marié ». Dans *Le Cousin Pons,* Balzac se rappelle probablement d'autres pièces du XVIIIe siècle (celles de Dubuisson, Dorat, Regnard et Avisse) dont le sujet est proche de celui de son roman. Il se souvient sans doute aussi des écrits des physiologistes qui, dans les années 1840-1841, retracent la situation tragique où se trouvent certains vieux célibataires : « Le malheureux n'a plus de volonté à lui; il est malade, impotent, cloué dans son fauteuil, et il a tant besoin d'une assistance continuelle! cette assistance, on la lui fait payer au prix d'une renonciation absolue à son libre arbitre. On l'isole des parents qu'il peut avoir encore; on ne lui laisse voir personne, pas même ses anciens amis, s'il a pu en conserver; on le met en état de siège; on trace autour de lui un cercle dans lequel personne ne peut entrer et d'où il ne peut lui-même sortir. Quand il veut lever la tête, une main de fer la lui rejette sur la poitrine. À qui se plaindrait-il ? On l'a oublié, on ne le connaît plus! » écrit Couailhac dans la *Physiologie du célibataire et de la vieille fille,* illustrée par Henri Monnier, publiée en 1841.

2. Balzac s'intéresse à l'intonation de ses personnages et à la ligne mélodique de leurs discours. « Vous n'avez donc pas lu votre acte ? dit la vieille fille d'un ton qu'il faudrait pouvoir écrire musicalement pour faire comprendre combien la haine sut mettre de nuances dans l'accentuation de chaque mot » (*Le Curé de Tours,* t. IV, p. 222).

3. La détestable Xanthippe.

Page 667.

a. , et faire renvoyer cette portière *add.* C
b. fit-elle [...] attriſtée. C : dit-elle en haussant les
épaules. *ms.*

1. Allusion approximative à l'argument des *Deux mules
noyées* : « La quarante septième nouvelle par Monseigneur
de la Roche, d'ung préſident ſaichant la deshonneſte vie de
sa femme, la fiſt noyer par sa mulle, laquelle il fiſt tenir de
boire par l'espace de huit jours ; et pendant ce tems lui faisoit
bailler du sel à mengier [...] »

Page 668.

a. En reconnaissance [...] Poulain, *add.* C
b. , et on regarde [...] voisin *add.* C
c. de franchise [...] préſidente, *add.* C
d. candeur C : franchise *ms.*

Page 669.

a. pour Mantes où il fallait *[début du §]* intérêt. F :
pour Mantes où il fallait [...] intérêt. *Ensuite :* LIV / AVIS AUX
VIEUX GARÇONS *orig.* : pour Mantes où il fallait [...]
intérêt. *Ensuite :* XXXVII *Si.* : pour Mantes où il fallait
[...] intérêt. *Ensuite :* CHAPITRE XXII / *[titre comme dans orig.]*
C : pour Mantes. *ms.*
b. Trois jours après, pendant C : Pendant *ms.*

1. Humoral. Il s'agit du mouvement des humeurs, selon
la conception d'une ancienne médecine.
2. Balzac écrit couramment « rien moins » là où il serait
préférable d'écrire « rien de moins », mais l'usage n'eſt pas
fixé de façon impérative.
3. Balzac se souvient manifeſtement du type de la garde-
malade, caricaturé par Henri Monnier dans ses *Scènes populaires* (1835) et par les physiologiſtes de l'époque. On lit
dans une charge du *Musée pour rire* (1839) : « Comme la garde-
malade affeĉtionne beaucoup une nourriture saine et abondante, elle ne peut souffrir les médecins qui ordonnent la
diète à leurs malades, et une de ses idées fixes consiſte à
être persuadée que presque tous les malades meurent de
faim. » Un chapitre du *Paris comique,* « revue amusante »
publiée par la maison Aubert, associe le personnage de la
garde-malade et celui de la concierge (voir n° 20, 1844).

Page 670.

a. La Cibot [...] visite C : Donc avant la visite journalière que le doĉteur faisait à son malade, la Cibot avait
raconté [dans une intention *rayé*] sa visite *ms.*

b. Garangeot pour arranger les *Mohicans* en musique...
C : Garangeot pour...   *ms.*

1. Le nom de ce personnage ressemble à celui du collectionneur Sauvageot, lui-même premier violon à l'époque où Habaneck dirigeait l'orchestre de l'Opéra. Remarquons cependant qu'un Garangeot, avocat, figure dans *Le Grand Propriétaire* (1835), ébauche partiellement utilisée par Balzac lors de la rédaction des *Paysans*.

Page 671.

a. s'accrochent   *C* : tiennent   *ms.*
b. Vous m'avez tué *[7 lignes]* vous ne savez pas que   *C* : Vous m'avez ruiné ! vous ne savez pas que   *ms.*
c. dans les feuilletons [...] trouver des   *C* : et dans ces cas-là l'on trouve des   *ms.*

Page 672.

a. avec moi pendant huit jours *[p. 671, 4 lignes en bas de page]* nulle part,   *C* : avec moi, lui-même ne peut plus aller n'une part,   *ms.*
b. à lier... moi [...] le reste   *add. C*

Page 673.

a.   , qui vous aime [...] boyaux,   *add. C*
b. Eh bien ! mon chérubin,   *add. C*
c. comme un bienheureux [...] Schmucke   *C* : — Non, non s'écria Pons. S'il   *ms.*
d. Et il resta morne *[12 lignes]* se rétablit.   *F* : Et il resta morne [...] se rétablit. *Ensuite :* LV / LA CIBOT SE POSE EN VICTIME   *orig.* : Et il resta [...] se rétablit.   *add. C*

Page 674.

a. un effroyable abattement,   *C* : tout son abattement-*ms.*
b. Les deux amis [...] une garde ! Et   *add. C*

1. Avant que Fraisier ne leur conseille de « faire passer le moribond pour fou » (p. 688), Mme Cibot fait croire à Schmucke que Pons a perdu la raison. La conduite de la portière est conforme à celle de la gouvernante dont parle Couailhac dans sa *Physiologie du célibataire...* : « Mais maintenant qu'il s'est livré, maintenant qu'il a abdiqué le droit de se plaindre, maintenant qu'il a vanté lui-même à ceux qui l'approchaient encore, et qui ne l'approchent déjà plus, les bonnes qualités de la mégère, maintenant qu'il est sans force, paralytique, cul-de-jatte, presque muet, et qu'on l'a même fait passer dans le voisinage pour un peu fou, on ne

prend pas la peine de dissimuler ce qu'on ressent pour lui. »

2. « Ah! si tu m'aimais autant que je t'aime, mon Hector, tu prendrais ta retraite, nous laisserions là chacun nos familles, nos ennuis, nos entourages où il y a tant de haine, et nous irions vivre avec Lisbeth dans un joli pays, en Bretagne, où tu voudras, » écrit Valérie au baron Hulot dans *La Cousine Bette*. À l'époque de ses grands découragements, le romancier devait former de semblables projets. Dans sa lettre du 20 février 1844 à Mme Hanska, Balzac reproduit les propos qu'il a adressés à Mme de Brugnol : « Ah! si vous aviez pu m'entendre devisant avec la Montagnarde (ah! celle-là sait comment je vous aime!) qui s'effraie du lendemain d'un désastre, et à qui je disais : — Non, si l'espérance de toute ma vie me manquait, je ne me tuerais pas, je ne me ferais pas prêtre. Elle m'a donné de quoi supporter la vie! Nous irions, avec 3 000 fr. de rente, dans l'Ariège, ou les Hautes ou les Basses-Pyrénées, vivre dans une petite propriété, à deux pas d'une ville. » Ce projet a certainement offensé la châtelaine polonaise, car Balzac s'en excuse le 16 avril 1844 : « Vous avez pris la servante pour la maîtresse », lui dit-il.

3. La cousine Bette prend une attitude semblable : « Ah! nous y voilà!... s'écria-t-elle en l'interrompant, en se mettant les poings sur les hanches et arrêtant sur lui des yeux flamboyants ».

4. « Le caniche-Brugnol-Montagnard du Morvan aura pour récompense de m'accompagner jusqu'à Francfort », écrit Balzac à Mme Hanska, le 6 août 1844.

5. Dans cette image, Balzac combine deux types de métaphores précédemment élaborées : « La duchesse pâlit, Rosalie échangea vivement avec elle un de ces regards qui, de femme à femme, sont plus mortels que les coups de pistolet d'un duel » *(Albert Savarus);* « Les deux demoiselles jetèrent à Canalis un regard chargé d'autant de venin qu'en insinue la morsure d'une vipère » *(Modeste Mignon)*.

Page 675.

    a. vint-elle dire [...] vous veux,   *add. C*
    b.   , au lieu d'entrer chez Pons,   *add. C*
    c. — *Gavé* [...] positif! *add. C*

1. « Tenez, c'est le supplice de la roue, je suis roué à tout moment », écrit Balzac le 28 juillet 1847 à Mme Hanska, qui le laissait sans nouvelles. Dans *Pierrette,* Sylvie Rognon infligeait « avec la cruauté la plus raffinée » de semblables tortures morales à sa malheureuse nièce Lorrain et Pierrette recevait « les coups les plus durs aux endroits tendres de son cœur ».

Page 676.

   a.   , car il était financier comme les chats sont musiciens
add. C

   b. l'argent ?... Mon bon [...] vos besoins!   *C* : l'argent,
vous ne devriez rien, qu'il faut trouver!   *ms.*

   1. Gaudissart lui a donné deux billets de cinq cents francs
(voir p. 655).

Page 677.

   a. faute de place *[p. 676, 5 lignes en bas de page]* fureter;
et si   *C* : ça fait que si   *ms.*

   b. il trouverait toujours [...] Mais   *C* : et   *ms.*

   c. qu'il ne résista plus [...] yeux.   *C* : qu'il dit à madame
Cibot : *Fendez les dableaux !*   *ms.*

   1. Toutes les éditions donnent « Breughle », comme si
le nom était délibérément francisé. En réalité, l'examen du
manuscrit montre que Balzac a voulu écrire « Breughel ».
Mais, dans la rapidité de l'écriture cursive, le second e n'est
pas formé, et le h paraît lié au l. — On doit noter que plus
haut (p. 612), le tableau en question a été attribué à Hobbéma.

Page 678.

   a. prié de rendre ce petit service,   *C* : conseillé par
Madame Cibot,   *ms.*

   b. des tableaux inférieurs   *C* : vingt tableaux   *ms.*

   c. Schmucke.   *F* : Schmucke. *Ensuite :* LVI / LA PART
DU LION *orig.* : Schmucke.   *ms.*

   d. chez lui *[6 lignes]* FRANCS!   *C* : chez lui, traita sa
commission à trente mille francs qu'elle accepta en voyant
papilloter les papiers étincelans.   *ms.*

   e. au brocanteur,   *C* : à Rémonencq.   *ms.*

   f. soixante-huit mille francs,   *tous les états* : cinquante-
huit mille francs   *corr. C seulement.*

   g. trente   *C* : cent   *ms.*

   1. Comme ses personnages, Balzac élabore des spéculations : « J'ai mille actions de Versailles, rive gauche,
achetées à cent-vingt-cinq-francs, et elles iront à trois cents
à cause d'une fusion des deux chemins, dans le secret de
laquelle j'ai été mis ». Mais il est parfois moins avisé qu'eux.
Il investit le « trésor » que lui a confié Mme Hanska dans
des actions du Chemin de fer du Nord. Or, « la baisse
est effrayante sur le Nord », annonce-t-il à l'Étrangère le
23 octobre 1846; le 17 novembre, les actions sont « à 170 fr.
au-dessous du prix d'acquisition », et le 22 novembre
« il paraît certain que le Nord arrivera au dessous du
pair ! »

Page 679.

a. en grand... *orig.* : en grand... *Ensuite :* XXXVIII *Si.* :
en grand... *Ensuite :* XXIII / OÙ SCHMUCKE S'ÉLÈVE JUSQU'AU
TRÔNE DE DIEU *C* : en grand... *ms.*

b. , et j'ai déjà des protecteurs puissants *add. C*

c. La Cibot, prise au piège *[6 lignes]* rentes. *add. C*

Page 680.

a. On ne vit pas vieux [...] guillotine ? M. Pons, *add. C*

b. quinze cents francs viagers... *C* : dix mille francs
comptant et douze cents francs de rente viagère. *ms.*

c. ces trois [diables *rayé*] personnages [à figures *suppr.*
C] [diaboliques *rayé*] patibulaires, *ms.*

d. quatre cupidités différentes *C* : quatre corbeaux
flairant un cadavre et *ms.*

e. L'estimation [...] trois heures. *add. C*

f. crasseux, *C* : crasseux, l'œil allumé, *ms.*

g. , reprit Magus [...] froides *add. C*

Page 681.

a. la Cibot. / Et, *tous les états var. ponct.* : la Cibot qui
plusieurs fois avait entendu le malade se remuer dans son
sommeil. En effet, souvent en doublant la dose d'un calmant,
on produit une irritation chez un malade. Mais, en ce moment
Pons était tranquille; et *corr. C seulement.*

b. richesses! *C* : diamants! *ms.*

c. Et quelles richesses [...] Trésors. *add. C*

d. sa queue, [dardait sa langue *rayé*] allongeait *ms.*

e. Le malade [...] personnelle. *add. C*

1. Vinet, dans *Pierrette,* a une « figure vipérine à tête
plate, à bouche fendue ». Petit-Claud, dans *Illusions perdues,*
ressemble à « une vipère gelée ». La voix de Goupil, dans
Ursule Mirouët, fait songer « au sifflement d'une vipère
forcée dans son trou » et son visage revêt « l'expression
diabolique prêtée par Joseph Bridau au Méphistophélès de
Goethe ». Balzac utilise les mêmes images à propos de Fraisier.
Dans *Le Cousin Pons* comme dans *Ursule Mirouët,* il semble
avoir songé à l'*Apparition de Méphistophélès à Faust* par Delacroix.

Page 682.

a. indigné, *C* : indigné, qui s'était tout à fait éveillé.
ms.

b. colère *C* : terreur *ms.*

c. et nous verrons à vous faire faire *[5 lignes]* loge. *F* :
et nous verrons à vous faire faire [...] loge. *Ensuite :* LVII /

où schmucke s'élève jusqu'au trône de dieu   *orig.* : et nous verrons à vous faire faire... loge.   *C*   : et nous verrons. *ms.*

Page 683.

   a. Allez-vous rester toujours comme ça ?...   *C*   : vous avez eu quelque rêve ?...   *ms.*

   b. qui se laisserait lier dans un sac   *add. C*

Page 684.

   a. Au premier   *tous les états*   : Par la puissance du premier *corr. C seulement.*

   b. sillonna   *C*   : traversa   *ms.*

   c. tout à coup couverts d'un voile noir,   *C*   : obscurcis *ms.*

   d. aimantes ou les mères   *add. C*

   e. d'Apollonius de Thyane.   *C*   : d'un magnétiseur. *ms.*

   f. organes, Schmucke fit boire [...] Pons   *C*   : organes, et il   *ms.*

1. Balzac possède de ce peintre, dont le nom figure sept fois dans le roman, une *Tête*, achetée par l'intermédiaire de Moret pour trois cents francs : « Le bonhomme Moret m'a apporté la *Tête* de Greuze. C'est un chef-d'œuvre. C'est la tête de Mme Greuze, dont il s'est servi pour la figure de *L'Accordée de village,* son plus fameux tableau, qui est à notre Musée. C'est une esquisse faite en trois heures; mais c'est d'une beauté incroyable », écrit-il à Mme Hanska le 26 juillet 1846. Par la suite, il a l'intention de revendre la toile pour 10 à 15 000 francs au Docteur Véron. Balzac présente ce tableau à Gozlan qui lui rend visite à Passy : « Voici maintenant le portrait de Mme Greuze peint par l'inimitable Greuze. Le premier trait! celui que l'artiste ne retrouve plus. Diderot a écrit sur cette esquisse suave vingt pages délicates, sublimes divines dans son *Salon.* Lisez son *Salon ;* voyez l'article *Greuze,* lisez cet admirable morceau! » rapporte L. Gozlan dans ses souvenirs.

2. On sait que Balzac possédait ce tableau dans sa propre collection. Sur l'attribution, son avis oscilla. Il s'est plu à le juger « plus complet que ce que faisait Raphaël » (*LH,* t. III, p. 277). Voir l'Introduction de Mme Meininger à son édition du *Cousin Pons,* p. L.

3. Thaumaturge, c'est-à-dire « faiseur de miracles », philosophe néo-platonicien, né dans le bourg de Thyane, en Cappadoce, mort à Éphèse en 97. Il embrasse de bonne heure les doctrines de Pythagore, entreprend de nombreux voyages qui le mènent à Babylone et dans l'Inde pour y

étudier le dogme des brames et revient à Rome d'où le
bannit Néron, qui condamne les magiciens. Il reprend alors
sa vie de prophète nomade, prêchant la réforme des mœurs,
l'abstinence de la chair des animaux et la communauté des
biens. Les païens essaient d'opposer ses miracles à ceux de
Jésus-Christ.

Page 685.

a. au pouvoir de sa prière en action, *C* : à son pouvoir,
ms.

1. Renée de L'Estorade sauve son enfant grâce à une
communication semblable d'une vie à une autre : « Me
voyant seule, j'ai débarrassé mon enfant de tous les topiques
de la médecine, je l'ai pris, quasi folle, entre mes bras, je
l'ai serré contre ma poitrine, j'ai appuyé mon front à son
front en priant Dieu de lui donner ma vie tout en essayant
de la lui communiquer. Je l'ai tenu pendant quelques instants
ainsi, voulant mourir avec lui pour n'en être séparée ni
dans la vie ni dans la mort. Ma chère, j'ai senti les membres
fléchir ; la convulsion a cédé, mon enfant a remué, les sinistres
et horribles couleurs ont disparu » (*Mémoires de deux jeunes
mariées,* t. I, p. 341-342).

Page 686.

a. silence. Cet observateur du travail [...] moral, *C* :
silence, il *ms.*
b. Je vous donne [...] malade... *add. C*
c. , elle ment jusque dans sa loge ! *add. C*
d. pour évaluer ma succession *add. C*
e. soupesant *C* : estimant *ms.*
f. Mon bon Schmucke, *add. C*
g. où la scélérate se prendra... *C* : où elle tombera...
ms.

Page 687.

a. tu prends la Cibot *[p. 686, 3 lignes en bas de page]* m'a
perdu... *C* : tu la crois un ange, c'est une scélérate... *ms.*
b. Un procès te tuerait [...] succombent. *add. C*
c. depuis [vingt ans *rayé*] trente [ans *rayé*] six ans...
ms.

Page 688.

a. , et qui la grava dans leur mémoire *add. C*
b. cette tête [sardonique et *rayé*] satanique *ms.*
c. , au moment [...] famille *add. C*
d. pourquoi : *F* : pourquoi : *Ensuite :* LVIII / UN CRIME

IMPUNISSABLE　*orig.* : pourquoi : *Ensuite* : XXXIX　*Si.* :
pourquoi : *Ensuite* : CHAPITRE XXIV / LES RUSES D'UN TES-
TATEUR　*C* : pourquoi : *ms.*

Page 689.

a. à tout prix　*add. C*
b. tailleur　*C* : tailleur indisposé　*ms.*
c. 　, ce qui fit des ravages [...] criminelle　*add. C*

1. Balzac suit attentivement l'essor du nouveau centre des
affaires. Il écrit dans *Histoire et physiologie des boulevards de
Paris* : « De la rue du Faubourg-du-Temple à la rue Charlot
où grouillait tout Paris, sa vie s'est transportée en 1815
au boulevard du Panorama. En 1820, elle s'est fixée au boulevard dit de Gand, et maintenant elle tend à remonter là vers
la Madeleine. En 1860, le cœur de Paris sera de la rue de la
Paix à la place de la Concorde. » Dans *La Cousine Bette,* il
reprend les mêmes considérations : « Les appartements
acquéraient du prix par le changement du centre des affaires,
qui se fixait alors entre la Bourse et la Madeleine, désormais
le siège de tout pouvoir politique et de la finance à Paris »
(p. 367).

Page 690.

a. La bonne santé [...] naturel. *add. C* : La bonne
santé [...] naturel, expliqué par la différence des fonctions
que remplissaient les époux. *corr. C seulement.*
b. son étiolement général [...] sang. *C* : d'un étiolement général qui a vicié la masse du sang. *ms.*
c. sans les preuves *[5 lignes]* classes inférieures. *C* : sans
violence, sans intérêt apparent, dans les classes inférieures. *ms.*
d. la fortune de　*tous les états* : les capitaux illégalement
acquis par *corr. C seulement.*
e. à fond la portière　*C* : madame Cibot　*ms.*

Page 691.

a. Poulain, le seul [...] effet,　*add. C*
b. malheureusement　*add. C*
c. devait lui donner la mort.　*C* : accélérait sa mort.
ms.
d. de faire le lundi [...] pour se divertir.　*C* : de se divertir.　*ms.*
e. que connaissait Fraisier　*add. C*
f. Tabareau [...] paix.　*add. C*
g. que ces folles paroles lui causèrent　*add. C*

1. Prolonger le dimanche en festoyant. Expression popu-

laire, notée par Littré, qui se rencontrait déjà dans *Le Colonel Chabert* (t. III, p. 372) et qui reviendra ci-dessous, p. 735.

Page 692.

a. , selon sa promesse, faites à Mme Vatinelle, *add. C*
b. avec Fraisier [...] couteau *add. C*
c. qui roula jusqu'à l'avoué. *C* : qu'elle jeta sur lui. *ms.*

1. Catherine de Lorraine, duchesse de Montpensier, aurait armé le bras du moine Jacques Clément, l'assassin de Henri III.
2. Mme Meininger observe (éd. citée, p. 442) que « Balzac se perd un peu dans son propre monde » et que Godeschal était le successeur de Derville.

Page 693.

a. — Il me la faudra *[p. 692, 17 lignes en bas de page]* espérance. *add. C*
b. , si, comme cela [...] rien *add. C*
c. regarder la succession comme à vous, *C* : compter sur la succession, *ms.*

Page 694.

a. par un sous-seing *[p. 693, 6 lignes en bas de page]* cuit à point *add. C.*
b. Fraisier sortit [...] Je dîne *C* : — Dîner *ms.*
c. Mlle Tabareau [...] de son père, *add. C*
d. , il pensait à marier *C* : Il pensait à toute cette bonne vie, à l'aisance, au bonheur de se savoir hors du besoin; il pensait même à marier *ms.*
e. fantaisie. *F* : fantaisie. *Ensuite :* LIX / LES RUSES D'UN TESTATEUR *orig.* : fantaisie. *ant.*

1. À la Garde nationale.

Page 695.

a. nouvelles *C* : noirceurs *ms.*
b. , c'est-à-dire [...] sois en sûr! *add. C*
c. à mademoiselle Héloïse [qui est une fille d'esprit tu sais la *rayé*], notre
d. service. *tous les états* : dernier pas. *corr. C seulement*
e. préméditée *C* : projetée *ms.*
f. Les sculpteurs antiques *[début du §]* humain. *C* : Il y a de chaque côté de la tombe des génies qui tiennent des torches allumées, et cette lueur éclaire aux mourans le tableau de leurs fautes, de leurs erreurs. *ms.*

Page 696.

   a. la fièvre,   *C*   : la foi   *corr. C seulement. Voir var. b.*
   b. Mais, chose étrange *[3ᵉ lignes de la page]* cadavres.
add. C
   c. Aussi, depuis [...] raillerie.   *C*   : Aussi, depuis deux
jours avait-il pris gaiement son parti.   *ms.*
   d.   , à la façon de nos ancêtres [...] chrétien   *add. C*
   e. Cette pensée paternelle fut   *C*   : Ce fut   *ms.*

Page 697.

   a. paysans,   *F*   : payans,   *ant. Nous corrigeons.*
   b. de l'école des Jenny Cadine et des Josépha,   *tous les
états*   : de l'école des Florine, des Malaga, des Carabine,
des Mariette, des Jenny Cadine et des Josépha,   *corr. C
seulement.*
   c.   , à force de les voir [...] carnaval   *add. C*
   d. elle s'arma [...] curieux,   *C*   : elle [prit   *rayé*] s'arma
d'une glace de Venise,   *ms.*
   e. Le notaire salua Schmucke.   *add. C*
   f. c'est l'inconvénient [...] testament   *C*   : excepté un
testament   *ms.*

Page 698.

   a. la loi vous laissant *[5 lignes]* testament   *C*   : la loi
vous laisse la libre disposition de vos meubles et immeubles.
Or, un testament   *ms.*
   b. matin.   *F*   : matin. *Ensuite :* LX / LE TESTAMENT
POSTICHE   *orig.*   : matin. *Ensuite :* XL   *Si.*   : matin. *Ensuite :*
CHAPITRE XXV / LE TESTAMENT POSTICHE   *C*   : matin.   *ms.*

   1. « Je nomme pour exécuteur testamentaire mon ancien
camarade de collège Glandaz, avocat général, en le priant
d'accepter comme souvenir la garniture de la cheminée de
mon salon blanc et or », écrit Balzac, le 28 juin 1847, à la
fin de son testament.

Page 699.

   a. le premier sujet   *C*   : la danseuse   *ms.*
   b.   , amenée en voiture par Bixiou, son ami de cœur,   *C*   :
était venue en fiacre, elle   *ms.*
   c. M. Chapoulot, ancien passementier de la rue Saint-
Denis,   *add. C*
   d.   , qui revenait de l'Ambigu-Comique avec sa fille,   *add.
C*
   e. demanda Mme Chapoulot *[17 lignes]* l'appartement.
C   : — C'est rien du tout, c'est une danseuse qui va chez
monsieur Pons. Que voulez-vous ! le pauvre homme, il est
fou !... C'est lui qui l'a demandée.   *ms.*

f. qui s'est [...] quatrième. *C* : qui est haut perché, ça peut compter pour un quatrième. *ms. La variante éclaire le sens de la réplique.*

Page 700.

a. quoiqu'on ait bon cœur *[p. 699, avant-dernière ligne]* amis. *C* : on a bon cœur, mais chacun a ses affaires. *ms.*
b. signe *C* : geste *ms.*
c. , un homme vertueux *[5 lignes]* je l'appelle le père aux [l'appelle le mort aux *C corr. seulement*] rats [...] D'abord, *add. C*
d. ; il a dû ne faire que de petits notaires et de petites notaresses... Enfin *add. C*

1. Albert Savarus confiait ses secrets à ce personnage, dans une lettre dont Rosalie de Watteville prend connaissance.

Page 701.

a. , qui ne le trompe pas quoique femme de notaire *add.* *C*
b. , comme le petit Chose qui vivait avec Antonia *add.* *C*
c. ; mais, après tout *[5 lignes]* adieux, vieux! *add. C*
d. il est mort il y a [trois jours *rayé*] quelques jours, *ms.*

1. La même droiture, une conscience professionnelle semblable caractérisent le juge Popinot : « Il est juge comme la mort est mort », dit Bianchon à Rastignac au sujet de son oncle, dans *L'Interdiction*.
2. De maîtresse engloutissant sa fortune, comme l'amant de la belle Hollandaise, Roguin, dont la faillite frauduleuse entraîne celles de Birotteau et de Charles Grandet.
3. Allusion probable à Mme Roguin, maîtresse du banquier du Tillet.
4. Dans *Splendeurs et misères des courtisanes,* Asie nomme Lucien « ce petit chose ». On ne peut indiquer ici avec certitude à qui peut penser Balzac; mais l'histoire de la lorette Antonia avec « le petit chose » est racontée dans *Un prince de la bohème.*
5. « Beaudoyer » est bien la graphie du manuscrit, reproduite dans toutes les éditions. Dans *Les Employés,* on lit partout « Baudoyer ».

Page 702.

a. Naturellement [...] *in extremis.* *add. C*

b. Dans une cachette du secrétaire,   *C* : Dans un secret du secrétaire, *ms.*

c. il a serré   *C* : il a mis   *ms.*

d. je me lèverai sur les quatre heures, et je frapperai tout doucement...   *C* : je me lèverai sur les quatre et serai vers quatre heures et demie ici. Qui m'ouvrira... *ms.*

Page *703.*

a. Pons, dont la figure crispée [...] expirer.   *C* : Pons amaigri, devenu cadavre, et la figure crispée comme l'est le visage d'un moribond. *ms.*

b. Je pense   *C* : Je sens *ms.*

c. de saint [Franç<ois> Élisabeth *rayé*] François.   *ms.*

d. Enfin, je ne veux [...] écoute-moi, *add. C*

e. , c'est bien respectable [...] contre eux *add. C*

f. que la coquine [...] endormi.   *C* : qu'elle fera cette expédition ce matin, quand tu dormiras... *ms.*

g. malade   *F* : malade. *Ensuite :* LXI / PROFOND DÉSAPPOINTEMENT *orig.* : malade. *ant.*

Page *705.*

a. au-delà des mondes [...] exécutés   *C* : au-delà de la sphère céleste, il eut des caprices exécutés *ms.*

b. , feuillu *add. C*

c. par une affreuse sonnerie. La bonne des locataires du premier étage vint   *C* : par la bonne des locataires du premier étage qui vint *ms.*

d. pour répéter les musiques de théâtre *add. C*

e. pianoter   *tous les états* : toucher du forté   *corr. C seulement.*

f. À trois heures et demie,   *C* : À quatre heures, *ms.*

1. Balzac notait au sujet d'Ursule Mirouët, élève de Schmucke : « Il existe en toute musique, outre la pensée du compositeur, l'âme de l'exécutant, qui, par un privilège acquis seulement à cet art, peut donner du sens et de la poésie à des phrases sans grande valeur. Chopin prouve aujourd'hui pour l'ingrat piano la vérité de ce fait déjà démontré par Paganini pour le violon. »

2. Schmucke « habitait Paris, comme un rossignol habite sa forêt » (p. 497). Ces images rappellent celles qu'employait Balzac pour caractériser la richesse et les « gracieux développements » du chant d'Antoinette de Langeais, retirée dans un couvent espagnol : « ses motifs eurent le brillant des roulades d'une cantatrice qui tâche d'exprimer l'amour, et ses chants sautillèrent comme l'oiseau près de sa compagne » (*La Duchesse de Langeais,* t. V).

3. *Sainte Cécile et quatre saints* (musée de Bologne).

4. Dans *Ursule Mirouët,* Balzac dénonce avec une vigueur égale l'ignorance et l'insensibilité des gens mesquins et envieux qui entourent le docteur et son héritière : « Plus la musique est belle, moins les ignorants la goûtent. » « Il faut que M. le juge de paix aime bien à jouer pour entendre ces *sonacles* », dit Mme Crémière.

Page 706.

a. d'un air [douloureux   *rayé*] à la fois dolent et joyeux : *ms.*

b. rusé   *C* : narquois   *ms.*

c. mouchoir.   *C* : mouchoir sans qu'il pût voir la Cibot. *ms.*

1. Balzac estime que l'Allemand en général est doué d'une innocence et d'une naïveté enfantines. Mais dans la *Physiologie du mariage,* il nuance ce portrait moral par un trait important : « [...] votre femme est plus rusée que tous les Allemands ensemble » (Méditation XI, *De l'instruction en ménage*).

2. Dans *La Gouvernante,* d'Avisse (1788), pièce mentionnée par Collin d'Harleville dans l'Avertissement du *Vieux Célibataire,* la dame Jacinthe vole son maître dans des circonstances semblables. Remarquons que, dans *Ursule Mirouët,* le maître de poste Minoret commet un vol avec effraction en s'emparant du testament du docteur.

Page 707.

a. nationales, et mises incessamment sous   *C* : nationales, [comme la lumière   *rayé*] et être mises sous   *ms.*

b. Wilhelm   *C* : [Godfroid   *rayé*] Gottlieb   *ms.*

Page 708.

a. dix   *C* : onze   *ms.*

b. l'enveloppe.   *F* : l'enveloppe. *Ensuite :* LXII / PREMIÈRE CATASTROPHE   *orig.* l'enveloppe. *Ensuite :* XLI   *Si.* : l'enveloppe. *Ensuite :* CHAPITRE XXVI / OÙ LA FEMME SAUVAGE REPARAÎT   *C* : l'enveloppe.   *ms.*

c. vivement   *add. C*

Page 709.

a. existé! reprit [...] Moi ?... si   *C* : existé. D'ailleurs si   *ms.*

b. on vous promet des monts d'or,   *C* : on vous les promet,   *ms.*

c. et tendait les mains [...] expressive.   *C* : elle leur tendait les mains en disant :   *ms.*

d. dit-elle en se voyant [...] amis,   *add. C*

Page 710.

a. qui se dressa [...] indignation   *add. C*

b. Dans ms. seulement, on lit, après diamant! *chapitre* XXVI /
Les deux convois. *C'est le troisième et dernier titre de chapitre
relevé sur cet état.*

c. arrivé ?   *Fin de la partie conservée de ms. Le plus ancien
état à considérer redevient C.*

Page 711.

a. succession.   *F*   : succession. *Ensuite :* LXIII / PROPOSI-
TIONS FALLACIEUSES   *orig.*   : succession.   *ant.*

Page 715.

a. lui-même.   *F*   : lui-même. *Ensuite :* LXIV / OÙ LA
FEMME SAUVAGE REPARAÎT   *orig.*   : lui-même.   *ant.*

Page 718.

a. vivant.   *F*   : vivant. *Ensuite :* LXV / LA MORT COMME
ELLE EST   *orig.*   : vivant. *Ensuite :* XLII *Si.*   : vivant.
Ensuite : CHAPITRE XXVII / LA MORT COMME ELLE EST   *C*

Page 719.

a. habituée. / — Madame   *C*   : habituée chez ceux qui la
voyaient pour la première fois. / Madame   *corr. C seulement.*

Page 720.

1. Les éditions impriment ce mot en italique. Cependant,
il ne s'agit pas d'une bizarrerie de langage, mais d'un emploi
correct du verbe « agonir ». La faute consisterait à écrire
« agonisée ».

Page 722.

a. vie.   *F*   : vie. *Ensuite :* LXVI / SENSIBILITÉ D'UNE
GARDE-MALADE   *orig.*   : vie   *C*

1. Mme Meininger (édition citée, p. 443) note ici une
erreur probable : lapsus de Balzac, puisqu'il s'agit de « veiller
Pons », ou défaillance non redressée du typographe, qui a pu
avoir à composer : « veiller avec Schmucke » ?

Page 723.

a. force de choses   *tous les états à l'exception d'*orig. *qui,
seule, donne correctement :* force des choses   *que nous rétablissons.*

Page 724.

1. Ce mot a-t-il une correspondance autobiographique ?
« Ma maison est odieuse, la littérature insipide, et je me croise

les bras, tandis que je devrais travailler. Aussi ai-je formé le projet de vendre la maison et tout le *bataclan* (souvenir de Schwab) et de venir m'établir professeur de français, de danse et de belles manières en Ukraine, à un paysan par mois », écrit Balzac à Mme Hanska, le 25 juillet 1847.

Page 725.

a. sculpture.   *F* : sculpture. *Ensuite :* LXVII / où l'on voit qu'il n'y a que les morts qu'on ne tourmente pas *orig.* : sculpture. *C*

1. Par opposition au « vieillard des tombeaux » qui s'occupe des tombes dans *Les Puritains d'Écosse.*

Page 728.

a. eux.   *F* : eux. *Ensuite :* LXVIII / où l'on apprendra comment l'on meurt à paris *orig.* : eux. *Ensuite :* XLIII *Si.* : eux. *Ensuite :* chapitre XXVIII / continuation du martyre de schmucke, où l'on apprendra comment l'on meurt à paris   *C*

1. Balzac mentionne le nom de ce chimiste français, inventeur d'un système d'embaumement, dans *Les Amours de deux bêtes,* conte publié dans les *Scènes de la vie privée et publique des animaux* (1842).

Page 733.

a. héritier.   *F* : héritier. *Ensuite :* LXIX / un convoi de vieux garçon *orig.* : héritier.   *C*

Page 734.

1. Dans tous les états, on lit : « Voici dix heures trois quarts!... » Or les indications de temps figurant p. 733 (ligne 18) et p. 738 (début du second §) situent l'action dans l'espace d'une heure, entre deux et trois heures de l'après-midi.

Page 735.

a. Rémonencq était   *C* : Rémonencq, qui portait un visage de circonstance, était   *corr. C seulement.*
b. voisin.   *F* : voisin. *Ensuite :* LXX / la mort est un abreuvoir pour bien des gens à paris *orig.* : voisin.   *C*

1. Dans *Une double famille,* Angélique de Granville détermine son mari « à prendre un grand appartement situé au rez-de-chaussée d'un hôtel qui faisait le coin de la Vieille-Rue-du-Temple et de la rue Neuve-Saint-François. La principale raison de son choix fut que cette maison se trouvait à deux pas de la rue d'Orléans où il y avait une église, et voisine d'une petite chapelle, sise rue Saint-Louis ».

2. Vieux mot désignant, dans la langue du compagnonnage, les « Compagnons du devoir ». Balzac l'a repris dans *Ferragus* en le rattachant à l'histoire de ce mouvement. Il est appliqué, ici, à un travailleur dont on célèbre l'activité.

Page 738.

a. s'évanouit. *F* : s'évanouit. *Ensuite :* LXXI / POUR OUVRIR UNE SUCCESSION, ON FERME TOUTES LES PORTES *orig.* : s'évanouit. *Ensuite :* XLIII [*au lieu de* XLIV] *Si.* : s'évanouit. *Ensuite :* CHAPITRE XXIX / OÙ L'ON VOIT QUE CE QU'ON APPELLE OUVRIR UNE SUCCESSION, CONSISTE À FERMER TOUTES LES PORTES *C*

b. tous les deux ans... *C* : tous les ans une ou deux fois... *corr. C seulement.*

Page 739.

a. Stidmann, *F* : David (d'Angers), *ant.*
b. Stidmann. *F* : David. *ant.*

Page 742.

a. tairai ! *F* : *tairai ! Ensuite :* LXXII / DU DANGER DE SE MÊLER DES AFFAIRES DE LA JUSTICE *orig.* : *tairai !* *C*

1. On a pourtant lu plus haut (p. 684), note A.-M. Meininger, que le Chevalier de Malte avait été remplacé par une tête de Greuze.
2. La Cibot déforme en « os de boudin » la locution populaire « eau de boudin », qui résulte déjà d'une dénaturation de « aune de boudin ».

Page 743.

1. « Cette attitude, chez Crevel, consistait à se croiser les bras à la Napoléon, en mettant sa tête de trois quarts, et jetant son regard comme le peintre le lui faisait lancer dans son portrait, c'est-à-dire à l'horizon ! » (*La Cousine Bette,* p. 62).

Page 745.

a. manger. *F* : manger. *Ensuite :* LXXII [*au lieu de* LXXIII] / APPARITION DE TROIS HOMMES NOIRS *orig.* : manger. *C*

b. d'un testament *C* : d'un second testament *corr. C seulement.*

1. Cette image de l'expression haineuse apparaît dans plusieurs romans de Balzac. « Du Bousquier lança sur le chevalier le plus venimeux regard que jamais crapaud ait arrêté sur sa proie » *(La Vieille Fille).* « Dinah surprit parfois, de lui sur elle, des regards d'une froideur venimeuse qui démentaient ses redoublements de politesse et de douceur avec elle »,

écrit encore Balzac à propos de M. de La Baudraye, dans
La Muse du département (t. IV, p. 909 et 664).

Page 747.

1. À la requête de Massin, Crémière et Minoret, un greffier
appose des scellés sur la maison du docteur Minoret; le juge
de paix Bongrand, employant des arguments semblables à
ceux de Mme Sauvage, défend les intérêts d'Ursule qui doit
quitter la maison de son parrain et tuteur (voir *Ursule Mirouët*,
t. III, p. 919).

Page 748.

a. Fraisier. *F* : Fraisier. *Ensuite :* LXXIII *[au lieu de*
LXXIV*]* / LES FRUITS DU FRAISIER *orig.* : Fraisier. *Ensuite :*
XLIV *[au lieu de* XLV*] Si.* : Fraisier. *Ensuite :* CHAPITRE XXX /
LES FRUITS DU FRAISIER *C*

Page 750.

1. Balzac n'a pas corrigé cette erreur. Il a pu écrire *Cité
Riverin,* comme le suggère Mme Meininger dans son édition
du *Cousin Pons* (p. 365), impasse que l'*Almanach général de la
France* (éd. de 1844) fait figurer à la hauteur du numéro 70 de
la rue de Bondy.

Page 751.

a. rue des Mathurins-du-Temple. *F* : rue des Marais-
du-Temple. *ant.* Mathurins *est probablement une coquille et
Balzac ne peut songer qu'à la rue des Marais-du-Temple.*

1. Balzac a certainement fréquenté ce quartier. Dablin vit
depuis 1825 au numéro 26 de la rue de Bondy (L'*Almanach
général* de 1840 mentionne au numéro 22 : PONS, dépôt de
mouvements de pendules). En 1840, il adresse ses lettres à
Frédérick Lemaître au numéro 36 de la même rue. À la même
époque, il est l'hôte assidu de la comtesse Merlin qui habite
également rue de Bondy.

2. « Voici bientôt quarante ans que le Louvre crie par
toutes les gueules de ces murs éventrés, de ces fenêtres
béantes : Extirpez ces verrues de ma face ! » écrit Balzac dans
La Cousine Bette à propos de l'impasse du Doyenné.

Page 752.

a. atteindre. *F* : atteindre. *Ensuite :* LXXIV *[au lieu
de* LXXV*]* / UN INTÉRIEUR PEU CONFORTABLE *orig.* :
atteindre. *C*

1. Ce sont ici des bouilloires de métal. Le mot est sorti de
l'usage.

Page 755.

a. plan.   *F* : plan. *Ensuite :* LXXV [*au lieu de* LXXVI] / OÙ LE GAUDISSART[1] SE MONTRE GÉNÉREUX *orig.* : plan. *C*

Page 756.

1. Dieu comptera « un verre d'eau donné en son nom plus que tous les autres [rois] ne feront jamais pour tout votre sang répandu » (Bossuet, *Oraison funèbre de Louis de Bourbon, prince de Condé*).

Page 757.

a. d'État.   *F* : d'État. *Ensuite :* LXXVI [*au lieu de* LXXVII] / MANIÈRE DE RATTRAPER UNE SUCCESSION *orig.* : d'État. *C*

1. La phrase est peu correcte. On se souvient que le Furne corrigé n'a pas été retrouvé pour le tome XVII de *La Comédie humaine,* où parut *Le Cousin Pons.*

2.   *Pauvres moutons. Ah ! vous avez beau faire,*
           Toujours on vous tondra.

La pièce à laquelle appartiennent ces deux vers n'a pas été recueillie dans les éditions dites complètes des *Chansons* de Béranger.

Page 759.

1. Tenir quelqu'un en chartre privée, c'est le séquestrer sans autorité de justice (voir *Illusions perdues,* t. V, p. 1324 et la note).

Page 760.

a. faites !... allez toujours ! Oui, l'acquisition   *F* : faites, car l'acquisition *ant.*

1. De même, Me Crémière-Dionis remarque à propos d'Ursule Mirouët, héritière du docteur Minoret, qu'un « procès effraierait certes une jeune fille sans défense et donnerait lieu à quelque transaction ».

Page 761.

a. Marville.   *F* : Marville. *Ensuite :* CONCLUSION *orig.* Marville. *Ensuite :* CHAPITRE XXXI / CONCLUSION *C*

Page 763.

1. Le 1ᵉʳ août. À la fin du roman, Balzac rejoint ainsi une actualité tout à fait récente.

Page 764.

a. dirait   *F* : disait *ant.*

---

1. Ce titre porte bien *Gaudissart*, avec un *t* final.

Page 765.

    a. les fautes du copiſte!   *F*   : les fautes de l'auteur.   *ant.*
    b. Paris, juillet 1846 - mai 1847.   *add.* F

    1. Remarque particulièrement ironique, car l'écrasement de
Pons et de Schmucke par les puissants du jour détruit la
validité universelle du principe : « Dieu gouverne l'univers ».
Leur hiſtoire contredit l'affirmation de Balzac d'après laquelle,
dans *La Comédie humaine,* les « actions blâmables, les fautes,
les crimes, depuis les plus légers jusqu'aux plus graves, [...]
trouvent toujours leur punition humaine et divine, éclatante
ou secrète » *(Avant-propos) ;* elle met également en échec la
philosophie de Vautrin : « Eh bien! j'ai vu, depuis vingt ans,
le monde par son envers, dans ses caves, et j'ai reconnu qu'il
y a dans la marche des choses une force que vous nommez la
Providence, que j'appelais le *hasard,* que mes compagnons
appellent la *chance.* Toute mauvaise action eſt rattrapée par
une vengeance quelconque, avec quelque rapidité qu'elle s'y
dérobe » (*Splendeurs et misères des courtisanes,* t. VI, p. 922).

INDICATIONS BIBLIOGRAPHIQUES

Édition critique

BALZAC : *Le Cousin Pons,* édition Anne-Marie Meininger,
    Classiques Garnier, 1974.
    (Compte rendu de cette édition par Antony R. Pugh
    dans *Nineteenth Century French Studies,* été 1976.)

Autres éditions modernes

BALZAC : *Œuvres complètes,* éd. Marcel Bouteron et Henri
    Longnon (t. XVIII), Conard (1914-1940).
Le Cousin Pons, éd. Maurice Allem, Garnier, 1937.
La Comédie humaine, éd. Albert Prioult (t. XV), Hazan, 1950.
L'Œuvre, éd. Albert Béguin et J.-A. Ducourneau (t. X),
    préface de Bernard Guyon et notice de Henry Evans, *CFL,*
    1951.
Œuvres complètes, éd. Maurice Bardèche (t. XIII), *CHH,* 1959;
    deuxième édition en 1969.
La Comédie humaine, éd. Roland Chollet (t. XXII), Rencontre,
    Lausanne, 1960.
La Comédie humaine, éd. Pierre Citron (t. V), Seuil, 1965.
Œuvres complètes illuſtrées, éd. J.-A. Ducourneau (t. XVIII),
    BO, 1968.

Études critiques

Durry (Marie-Jeanne) : « À propos du _Cousin Pons_ », _Balzac et la Touraine,_ Tours, 1949.

Adhémar (J.) : « Balzac et la peinture », _RSH,_ avril-juin 1953.

Charmet (R.) : « Balzac, collectionneur et romancier, fut un véritable prophète de l'art », _Arts,_ 13-19 août 1958.

Le Yaouanc (Moïse) : _Nosographie de l'humanité balzacienne,_ Maloine, 1959.

Fargeaud (Madeleine) : « Le premier ami de Balzac : Dablin », _AB 1961._

Laubriet (Pierre) : _L'Intelligence de l'art chez Balzac,_ Didier, 1961.

Meininger (A.-M.) : « Eugène Surville, modèle reparaissant de _La Comédie humaine_ », _AB 1963._

Guise (René) : « Balzac et le roman-feuilleton », _AB 1964._

Lorant (André) : « Le journal de Mlle Sophie Surville », _AB 1964._

— _Les parents pauvres d'Honoré de Balzac. La Cousine Bette. Le Cousin Pons._ Étude historique et critique, Genève, Droz, 1967.

Adamson (Donald) : _The Genesis of the Cousin Pons,_ Oxford University Press, 1965.

Milner, (Max) : « La concierge et l'agonisant. Coordonnées balzaciennes », _Études bernanosiennes,_ n° 15, 1974.

UN HOMME D'AFFAIRES

HISTOIRE DU TEXTE

Cette courte nouvelle, écrite dans la matinée du 4 janvier 1844 (_LH,_ t. II, p. 331), fut offerte le même jour à Hetzel (_Corr.,_ t. IV, p. 660), achetée le 8 pour 800 francs (_LH,_ t. II, p. 335), payée le 15 par Hetzel qui s'en réserve la « propriété absolue », en concédant toutefois à Balzac le droit de la mettre dans _La Comédie humaine_ ou dans quelque « série des _Scènes de la vie parisienne_ » (_Corr.,_ t. IV, p. 668). La destinant alors au _Diable à Paris,_ Hetzel en fait aussitôt tirer une épreuve qu'il envoie à Balzac avec l'annotation citée dans notre Introduction (_Corr.,_ t. IV, p. 669). Les manipulations d'Hetzel entraînent sans doute un retard et Balzac s'inquiète —

des manipulations ? — en écrivant le 2 ou 3 février à Hetzel : « Je n'ai plus d'épreuves des *Roueries,* il faut que je donne le bon à tirer cependant » (*Corr.,* t. IV, p. 670). La gêne d'Hetzel transpire dans sa réponse, glissée à la fin d'une longue lettre du 3 : « Je ne soupire plus qu'après le bon à tirer. J'ai retouché le prologue » (*Corr.,* t. IV, p. 672). Divergences au sujet des retouches ? Jusque vers le mois d'août, il ne sera plus question des *Roueries d'un créancier,* qui figureront alors dans un projet de contrat pour l'exploitation des articles de Balzac destinés au *Diable à Paris,* mais non dans le contrat même (*Corr.,* t. IV, p. 719 et n. 2 et p. 720). Vers le 15 décembre, Balzac pense toujours que *Les Roueries d'un créancier* doivent paraître dans *Le Diable à Paris* (*Corr.,* t. IV, p. 753). Il en est si bien persuadé et compte si peu exploiter son droit de mettre ce texte dans *La Comédie humaine* qu'il ne le fait même pas figurer dans son fameux « catalogue de 1845 », dressé à peu près à ce moment. Le 18 février 1845, il notifie son étonnement à Hetzel : « Vous avez encore sur les bras *Les Roueries* » (*Corr.,* t. IV, p. 779). Mais, en vertu de son droit régalien de payeur, Hetzel revend *Les Roueries d'un créancier* au *Siècle.* Le manuscrit ayant sans doute été perdu, son texte nous est donné par la première ÉPREUVE conservée à la bibliothèque Lovenjoul sous la cote A 60, f°ˢ 28-30. L'annotation d'Hetzel est en tête, au folio 28. Les dimensions restreintes de ce document permettent que nous en procurions ici, au début des variantes, la reproduction intégrale qui, par comparaison avec le texte publié, donne une idée du processus inflationniste des corrections d'épreuves : ici le texte augmenta du double.

La PRÉPUBLICATION du récit dans *Le Siècle* du 10 septembre 1845 était coiffée du titre *Études de mœurs,* triptyque dont *Les Roueries d'un créancier* constituaient le troisième volet après *Une rue de Paris et son habitant* et *Le Luther des chapeaux* publiés respectivement le 28 juillet et 19 août. Le récit était divisé en deux chapitres.

L'ÉDITION ORIGINALE parut dans les *Scènes de la vie parisienne* au tome XII de *La Comédie humaine* annoncé par la *Bibliographie de la France* du 1ᵉʳ août 1846. Pour cette édition, Balzac ajouta la dédicace, la date finale qui était celle de la prépublication et non celle de la rédaction; il supprima les chapitres et changea le titre en *Esquisse d'homme d'affaires d'après nature,* après avoir prévu *Une esquisse d'homme d'affaires* (*Lov.* A 25, f° 533, cité par R. Pierrot dans « Les Enseignements du *Furne corrigé* », *L'Année balzacienne 1965,* p. 295, n. 5, 296, 304). C'est par la suite que Balzac corrigea le titre sur son exemplaire personnel en *Un homme d'affaires.*

La DEUXIÈME ÉDITION compléta en 1847 une réédition en 2 volumes in-8° de la troisième partie de *Splendeurs et misères des courtisanes* publiée par Souverain sous le titre *Un drame dans les prisons*. Il ne sera pas tenu compte, dans les variantes, de cette édition, qui reproduisait le titre du récit dans *La Comédie humaine* et son texte simplement gonflé par de nombreux alinéas.

SIGLES UTILISÉS

Si.   *Le Siècle,* 10 septembre 1845.
orig.   Furne, 1846.
FC   *Furne corrigé.*

DOCUMENT

La principale « variante » de ce petit récit est constituée par le texte de la première épreuve du manuscrit, que voici :

LES ROUERIES D'UN CRÉANCIER

Une autre fois Lousteau, Bixiou, Desroches et le marquis d'Esgrignon, qui, vers cette époque, en 1843, était le protecteur de la belle Malaga, se trouvaient, après souper, chez cette illustre Aspasie du Cirque-Olympique. La conversation, d'abord un peu décolletée, et parfumée des odeurs de sept cigares, avait enfin tourné sur la stratégie créée à Paris par la bataille incessante qui s'y passe entre les créanciers et les débiteurs. Or, les deux autres convives étant le jeune la Palférine et Nathan, vous eussiez difficilement trouvé dans Paris des professeurs plus instruits en cette matière ; ils étaient émérites. La suite de dessins faits par Gavarni sur les lorettes et sur Clichy avait été la cause de la tournure que prenait le discours. Il était minuit : ces sept personnages, diversement groupés dans le salon autour d'une table et devant le feu, se livraient à ces charges qui non-seulement ne sont compréhensibles et possibles qu'à Paris, mais encore qui ne se font et ne peuvent être comprises que dans la zone décrite par le faubourg Montmartre et par la rue de la Chaussée-d'Antin, entre les hauteurs de la rue de Navarin et la ligne des boulevards.

En dix minutes tous les quolibets, les réflexions profondes, la grande et la petite morale du sujet furent épuisés ; et ce n'est pas un petit mérite que de renoncer à ce feu d'artifice terminé par la dernière fusée due à Malaga.

« Tout ça tourne au profit des bottiers, dit-elle. J'ai eu une modiste qui est venue vingt-sept fois me demander vingt francs, et vous savez que nous n'avons jamais vingt francs; on a mille francs, on demande cinq cents francs; mais vingt francs, je ne les ai pas; ma cuisinière ou ma femme de chambre les ont peut-être; moi, je n'ai que du crédit, et je le perdrais en empruntant vingt francs.

— La modiste est-elle payée? dit la Palférine.

— Est-ce bête! elle est venue ce matin pour la vingt-septième fois, voilà pourquoi j'en parle.

— Avez-vous payé? dit Desroches.

— Non; j'ai eu pitié d'elle, et... je lui ai commandé deux chapeaux.

— Ce que j'ai vu de plus beau dans ce genre, dit Desroches, le voici. Vous croyez être bien forts, mais le roi sur ce terrain est un certain comte qui maintenant a fait une fin, et qui, dans son temps, a passé pour le plus habile, le plus adroit, le plus renaré, le plus instruit, le plus hardi, le plus subtil, le plus ferme, le plus prévoyant de tous les corsaires en gants jaunes, à cabriolet, à belles manières qui naviguèrent, naviguent et navigueront sur la mer orageuse de Paris. Il n'avait ni foi ni loi; sa politique privée a été celle du cabinet anglais. Jusqu'à son mariage, sa vie fut une guerre continuelle comme celle de ce pauvre Lousteau, et j'étais et suis encore son avoué.

— Et la première lettre de son nom est Maxime, dit le marquis.

— Il a d'ailleurs tout payé, n'a fait de tort à personne, reprit Desroches; mais, comme le disait Lousteau, payer en mars ce qu'on ne veut payer qu'en octobre est un attentat à la liberté individuelle; et le comte regardait comme une escroquerie la ruse qu'un de ses créanciers employait pour se faire payer. Il y avait bien longtemps que la lettre de change était une lettre morte pour lui; sa science en fait de jurisprudence commerciale aurait surpris un agréé. Vous savez qu'alors il n'avait rien à lui : sa voiture, ses chevaux étaient loués, il demeurait chez son valet de chambre, il vivait à trois clubs quand il ne dînait pas en ville, et généralement il usait peu de son domicile. Voilà l'un des deux combattants, et maintenant voici l'autre. Vous avez entendu plus ou moins parler d'un certain Claparon...

— Il avait les cheveux comme ça, s'écria Bixiou en ébouriffant sa chevelure, et il roulait sa tête ainsi en parlant; il a été commis-voyageur...

— Il a été, reprit Desroches, pendant six à sept ans, le paravent, l'homme de paille, le bouc émissaire de du Tillet; mais, en 1829, ce fut si connu que du Tillet le laissa là, l'abandonnant à sa destinée; il roula dans la fange, et, en 1835, il s'était associé pour faire des affaires avec un nommé

Cérizet, qui fut condamné, pour une entreprise en commandite, à deux ans de prison; il a été gérant d'un journal, et jamais deux industriels du plus mauvais genre, de plus mauvaises mœurs, plus ignobles de tournure, ne s'associèrent, ayant pour tout fonds de roulement cette espèce d'argot que donne la connaissance de Paris, la hardiesse que donne la misère, la ruse que donne l'habitude des affaires, la science que donne la mémoire des fortunes parisiennes de leur origine, des parentés et des valeurs intrinsèques de chacun. Cette association de deux *carotteurs,* passez-moi ce mot, le seul qui puisse, dans l'argot de la Bourse, vous les définir, fut de peu de durée. Comme deux chiens affamés, ils se battaient à chaque charogne. Entre nous, je crois que Cérizet a eu des accointances avec les agents de la police, et qu'il opère encore souvent pour le compte d'un homme assez célèbre dont le métier est d'acheter les créances des gens en apparence insolvables. Les premières spéculations de MM. Cérizet et Claparon furent assez bien entendues; ils s'abouchèrent avec les Gigonnet, les Barbet, les Chaboisseau, les Samanon et autres usuriers, afin de leur acheter leurs mauvaises affaires. L'agence Claparon siégeait alors dans un petit entresol de la rue Chabannais, composé de cinq pièces et qui ne coûtait pas plus de sept cents francs. Chacun d'eux avait sa chambre, et il y avait un salon et un cabinet dont les meubles n'auraient pas fait trois cents francs à l'hôtel des commissaires-priseurs. Vous connaissez assez Paris pour voir la tournure des deux pièces officielles, des [chaises] assez *[quelques lignes manquent à la composition]* et vous connaissez maintenant les deux parties; car dans les trois premiers mois de leur association, Cérizet et Claparon achetèrent de je ne sais qui deux mille francs d'effets signés Maxime, etc., rembourrés de deux dossiers de papiers timbrés, jugement, appel, arrêt, exécution, référé, bref trois mille deux cents francs et des centimes qu'ils eurent pour cinq cents francs par un transport sous seing privé, avec une procuration spéciale pour agir afin d'éviter les frais. Dans ce temps-là, Maxime avait eu l'un de ces caprices...

— Antonia! s'écria la Palférine, mon Antonia!

— C'est cela, reprit Desroches, il ne savait pas ce que c'était qu'une petite fille de dix-huit ans sortie d'un atelier de fleuriste et qui veut descendre de son honnête mansarde dans un somptueux entresol. Il a été un homme à grandes conquêtes; il n'avait connu que des femmes titrées, et il mit Antonia dans un cabinet littéraire assez élégant, une occasion; elle n'y resta pas d'ailleurs six mois : elle était trop belle pour tenir un cabinet littéraire.

« Un matin Cérizet, qui, depuis l'achat de la créance sur Maxime, était arrivé par degrés à une tenue de premier clerc d'huissier, fut introduit, après sept tentatives inutiles, chez le comte Maxime. Suzon, le vieux valet de chambre qui, vous savez, adore son maître, avait fini par prendre Cérizet pour un solliciteur; il n'eut aucune défiance de lui : le comte reçut ce petit drôle, un gamin de Paris retiré dans une condamnation en police correctionnelle, et gracié après six mois de détention. Voyez-vous cet homme d'affaires, au regard trouble aux cheveux rares, au front dégarni, à petit habit sec et noir, en bottes crottés, devant le comte en robe de chambre de flanelle bleue, en pantoufles brodées par quelques marquises, en pantalon de lainage blanc, ayant sur ses cheveux teints en noir une magnifique calotte, une chemise éblouissante, et jouant avec les glands de sa ceinture !...

— C'est un tableau de genre, dit le marquis, pour qui connaît le joli petit salon d'attente où Maxime déjeune, plein de tableaux d'une grande valeur, tendu de soie, et d'un tapis de Smyrne; il a des étagères pleines de curiosités, de raretés à faire envie au roi de Saxe.

— Voici la scène, dit Desroches, qui, sur ce mot, obtint le plus profond silence. « — Monsieur le comte, dit Cérizet, je suis envoyé par monsieur Charles Claparon, ancien banquier; il est devenu votre créancier pour une somme de trois mille deux cents francs soixante-quinze centimes, en capital, intérêts et frais...

— La créance Coutelier, dit Maxime. — Oui, monsieur le comte, et je viens savoir quelles sont vos intentions ?...

— Je ne paierai cette créance qu'à ma fantaisie, répondit Maxime en sonnant pour faire venir Suzon; il faut que Claparon soit bien sot d'acheter une créance sans me consulter; j'en suis fâché pour lui qui, pendant si longtemps, a été le plastron d'un de mes amis, de du Tillet. Mais je suis sans pitié pour ceux qui me font des frais et ne savent pas leur métier de créancier. — Suzon, mon thé! Tu vois monsieur; tu t'es laissé attraper, c'est un créancier. Mon cher monsieur Cérizet, vous comprenez, vous n'essuierez plus vos bottes, dit-il en regardant la crotte qui blanchissait les semelles de son adversaire, sur mon tapis... Vous ferez mes compliments de condoléances à ce pauvre diable de Claparon; je mettrai cette affaire-là dans le Z. — Tout cela se disait d'un ton de bonhomie à faire frémir un vertueux bourgeois. — Vous avez tort, monsieur le comte, répondit Cérizet, en prenant un petit ton péremptoire, nous serons payés intégralement, et d'une façon qui pourra vous contrarier; aussi venais-je amicalement à vous comme cela se devait. — Ah! vous l'entendez ainsi, reprit Maxime en fronçant légèrement les sourcils et en arrêtant son regard sur le Cérizet, qui non-seulement soutint ce jet de colère froide, mais encore qui y répondit par la malice glaciale des yeux fixes d'une chatte. — Eh bien!

monsieur sortez... — Eh bien! adieu, monsieur le comte; avant six mois nous serons quittes. — Si vous pouvez me saisir le montant de cette créance, eh bien! je serai votre obligé, monsieur : vous m'aurez appris quelque précaution nouvelle à prendre... Bien votre serviteur... — Monsieur le comte, dit Cérizet, c'est moi qui suis le vôtre. — Ce fut net, plein de force et de fatuité de part et d'autre; et deux tigres qui vont mesurer leurs griffes devant une proie ne seraient ni plus beaux, ni plus fiers que le furent alors ces deux natures aussi scélérates l'une que l'autre, l'une dans son impertinente élégance, l'autre dans son harnais de fange. Pour qui pariez-vous ?... dit Desroches à son auditoire surpris, mais profondément intéressé.

— En voilà une histoire!... dit Malaga; je vous en prie, allez, Desroches, ça me prend au cœur.

— Entre deux mâtins de cette force, il ne doit y avoir rien de vulgaire, dit la Palférine.

— Bah! je parie le mémoire de la modiste pour le petit crapaud, s'écria Malaga.

— Je parie pour Maxime... dit d'Esgrignon; on ne l'a jamais roulé.

— Le cabinet de lecture d'Antonia était situé rue Coquenard; ce n'était pas loin de la rue Saint-Lazare où demeurait le comte, et mademoiselle Chocardelles [*sic*] occupait un petit appartement donnant sur un jardin à la suite de sa boutique; l'appartement en était séparé par une grande pièce où se trouvaient les livres. Antonia faisait tenir le cabinet par sa tante; elle se levait tard, et ne paraissait à son comptoir que de deux à quatre heures; mais sa présence avait suffi, dès les premiers jours, pour achalander son salon de lecture, où vinrent plusieurs vieillards du quartier, entre autres un ancien carrossier, nommé Croizeau, qui en fut le premier abonné après l'avoir vue à travers les vitres. Le premier jour où elle parut, il vint lire son journal tous les jours à trois heures. Ce sieur Croizeau se trouvait appartenir à ce genre de petits vieillards que, depuis Henri Monnier, on devrait appeler l'espèce des Coquerel, tant il en a bien rendu la petite voix, les petites manières, la petite queue, le petit œil de poudre, la petite démarche, les petits airs de tête, le petit ton sec dans son rôle de Coquerel de *La Famille improvisée* ! Il disait : — Voici, belle dame! en remettant ses deux sous à Antonia qui sut bientôt par sa cuisinière que cet ancien carrossier était d'une ladrerie excessive, taxé à quarante mille francs de rentes dans le quartier, et qu'il demeurait rue de Buffault. Huit jours avant la visite de Cérizet chez le comte, il avait dit en souriant d'un petit air entendu à la belle Antonia : — Je sais que vous êtes occupée, mais mon jour viendra. — Croizeau se montrait toujours avec de beau linge, avec son habit bleu barbeau, gilet de pou-de-soie, pantalon noir, souliers à double semelle et noués avec des rubans de soie noire. Il tenait toujours à la main son chapeau de soie de seize francs. — Je suis vieux et sans enfants, dit-il un jour sur les quatre heures. — J'ai mes collatéraux, des paysans, en horreur, lui dit-il le lendemain; il vaut mieux être madame Croizeau pendant quelque temps que la servante d'un comte pendant un an... Figurez-vous que je suis venu de mon village avec six mille francs, et que j'ai fait ma fortune. Je ne suis pas fier... Vous serez quittée, et vous penserez à moi... Votre serviteur, belle dame! — Tout cela se disait sourdement; personne au monde ne savait que ce petit vieillard propret aimait Antonia; sa contenance au salon de lecture n'aurait rien appris à un rival, et d'ailleurs les habitués du cabinet se comptaient facilement, ils étaient huit ou neuf. Maxime, instruit par Antonia des propositions que se permettait *l'agréable vieillard,* tel fut son surnom, voulut le voir cinq à six jours après la déclaration de guerre de Cérizet. Il se mit dans le second salon obscur autour duquel étaient placés les rayons de la bibliothèque, et il fut très satisfait de savoir qu'au moment où sa fantaisie serait passée un avenir assez somptueux ouvrirait à commandement ses portes à Antonia. — Et celui-là, dit-il en désignant un gros et gras vieillard décoré de la Légion d'honneur, qui est-ce? — Un ancien secrétaire des postes d'Orléans, il vient ici depuis un mois, et il ne dit jamais rien, il a une passion, il est réglé comme un cadran, il va dîner chez sa passion, rue de la Victoire; à cinq heures, il sort de chez elle à six heures, vient lire pendant quatre heures tous les journaux, et il y retourne à dix heures. Le papa Croizeau dit qu'il a raison, et qu'à sa place il en ferait autant, ainsi, je connais mon avenir, si jamais je deviens madame Croizeau... de six à dix heures, je serai libre. Insensiblement, il se fit entre le sieur Denisart, l'ancien directeur des postes, et le sieur Croizeau quelques confidences, car rien ne lie plus les hommes qu'une certaine conformité de vues en fait de femmes. Le papa Croizeau dîna chez celle qu'il nommait la belle de Monsieur Denisart. Le cabinet de lecture avait été payé par le comte moitié comptant moitié en billets souscrits par madame Chocardelles. Le quart d'heure de Rabelais arriva, le comte se trouva sans monnaie et l'un des trois billets de mille francs fut payé galamment par le trop jeune carrossier à qui le vieux scélérat de Denisart conseilla le compte et son prêt en se faisant privilégier sur le cabinet de lecture. — Vous connaissez le comte, il trouva le vieillard très enfant; mais il était très amouraché d'Antonia.

— Je le crois bien, dit la Palférine, c'est la belle Impéria du Moyen Âge.

— Croizeau parlait avec une admiration de carrossier du mobilier somptueux que l'amoureux Denisart avait donné à sa belle, il le décrivait avec une complaisance satanique à l'ambitieuse Antonia. C'était des bahuts en ébène, incrustés de nacre et de filets d'or, des tapis de Belgique, un lit Moyen Âge d'une valeur de mille écus, une horloge de Boulle dans la salle à manger, des torchères aux quatre coins, des rideaux de soie de la Chine sur laquelle la patience chinoise avait peint des oiseaux. — Voilà ce qu'il vous faudrait, belle dame... et ce que je voudrais vous offrir... Je sais bien que vous m'aimeriez à peu près ; mais à mon âge, on se fait une raison. Jugez combien je vous aime, puisque je vous ai prêté mille francs, et de ma vie ni de mes jours, je n'ai prêté ça ! et il remit les deux sous de sa séance. Le soir, Antonia dit au comte, aux Variétés : — C'est bien ennuyeux tout de même un cabinet de lecture, je ne me sens point de goût pour cet état-là. Je n'y vois pas de chances. — C'est ce que vous m'avez demandé, répondit le comte.

En ce moment le baron de Nucingen, à qui, la veille, le roi des lions, car les dandys étaient alors devenus des lions, avait gagné mille écus, entra les lui donner, et en voyant l'étonnement du comte, il lui dit : — *Chai ressi eine obbozition à la requède te ce tiaple te Glabaron...* « Ah ! voilà leurs moyens, s'écria Maxime, ils ne sont pas forts, ceux-là... — *C'esde écal,* répondit le banquier, *bayer-les, gar ils bourraient s'atresser à t'audres que moi, et fus vaire tes dord... che brends à démoin cedde cholie phamme que che fus ai bayé ce matin, afant l'obbozition...*

— Malaga, dit d'Esgrignon en souriant, tu perdras...

— Il y avait longtemps, reprit Desroches, que dans un cas semblable, mais où son débiteur s'effraya d'une affirmation à faire en justice, et ne voulut pas le payer, le comte avait rudement mené le créancier opposant, en faisant mettre des oppositions en masse, il en fit absorber la somme par les frais de contribution.

— Quéqu' c'est qu' ça ? s'écria la belle Malaga, ça vaut la peine de s'instruire.

— Eh bien ! dit Desroches, la somme qu'un de vos créanciers saisit chez un de vos débiteurs peut devenir l'objet d'une opposition de la part de tous vos autres créanciers ; si vous devez dix mille francs, et qu'on saisisse par opposition mille francs, ils ont chacun cent francs, ou tant pour cent de leur créance ; car on fait judiciairement une répartition *au marc le franc,* en termes de palais, c'est-à-dire au prorata de leurs droits ; mais on commence par déduire les frais, et les frais sont les mêmes pour une somme de mille francs saisie comme pour une somme d'un million ; en sorte qu'il n'est pas difficile de manger mille écus, par exemple, en frais, si l'on élève des contestations ; aussi les créanciers du comte

n'eurent-ils rien, ils furent pour leurs courses chez les avoués
et pour leurs démarches. Aussi, pour se faire payer d'un
débiteur aussi fort que le comte, un créancier doit-il se mettre
dans la situation excessivement difficile à établir d'être à la
fois son débiteur et son créancier, car alors on a le droit,
aux termes de la loi, d'opérer la confusion...

— Du débiteur ? demanda Lousteau.

— Non, des deux qualités, de créancier et de débiteur,
et de se payer par ses mains. L'innocence de Claparon eut
pour effet de tranquilliser le comte. En ramenant Antonia
des Variétés, il abonda d'autant plus dans l'idée de vendre
le cabinet littéraire pour pouvoir payer les deux derniers
mille francs du prix, qu'il craignait de ridicule d'avoir été le
bailleur de fonds d'une semblable entreprise, et il adopta le
plan d'Antonia, qui voulait se lancer dans le grand genre,
avoir un magnifique appartement, femme de chambre, voiture,
et lutter avec Malaga, par exemple...

— Elle n'est pas assez bien faite pour cela, s'écria l'illustre
beauté du Cirque et n'a jamais su monter à cheval.

Dix jours après, le petit Croizeau tenait à peu près ce
langage à la belle Antonia, reprit Desroches. — Mon enfant,
votre cabinet littéraire c'est un trou, vous y deviendrez jaune,
le gaz vous abîmera la vue ; tenez, profitons de l'occasion.
J'ai trouvé pour vous une jeune dame qui ne demande pas
mieux que de vous acheter votre cabinet de lecture : c'est
une petite dame ruinée qui n'a plus qu'à s'aller jeter à l'eau ;
mais elle a quatre mille francs comptant, et il faut en tirer
un bon parti pour pouvoir nourrir et élever deux enfants...

— Eh bien ! vous êtes gentil, papa Croizeau, dit Antonia.

— Oh ! je serai bien plus gentil tout à l'heure, reprit le vieux
carrossier. Figurez-vous que ce pauvre monsieur Denisart
est dans un chagrin qui lui a donné la jaunisse... oui, cela
lui a frappé sur le foie comme chez les vieillards sensibles ;
il a tort d'être si sensible. Cette petite créature chez qui j'ai
dîné l'a planté là net ; elle l'a lâché *subito*. Je n'ai jamais vu
d'homme dans un désespoir pareil, il ne connaît plus sa
main droite de sa main gauche, et il ne veut plus voir ce
qu'il appelle le théâtre de son bonheur... Il m'a proposé
d'acheter pour quatre mille francs tout le mobilier d'Hortense,
elle se nommait Hortense, un joli nom... celui de la belle-
fille de Napoléon ; je lui ai fourni les équipages. — Eh bien !
je verrai, dit la fine Antonia, commencez par m'envoyer
votre jeune femme...

« Antonia courut voir le mobilier, revint fascinée, et, le
soir même, le comte consentit à la vente du cabinet de lecture,
car l'établissement était au nom de mademoiselle Chocardelles,
et il se mit à rire du petit Croizeau qui lui fournissait un
acquéreur ; on perdait trois mille francs, il est vrai, mais

qu'était-ce que cette perte en présence de quatre beaux billets de mille francs ? Comme me le disait le comte, quatre mille francs, il y a des moments de ma vie où j'ai souscrit huit mille francs de lettres de change pour les avoir... Le comte va voir lui-même le surlendemain le mobilier ; il avait les quatre mille francs sur lui. Se souciant peu du petit Croizeau, qui perdait ses mille francs, il voulait tout faire porter dans un appartement loué au nom de mademoiselle Chocardelles, rue Tronchet, dans une maison neuve, et il fut fasciné par la beauté du mobilier, qui, pour un tapissier, aurait valu six mille francs. Il trouva le malheureux vieillard, jaune de sa jaunisse, au coin du feu, la tête enveloppée dans deux madras, et un bonnet de coton par-dessus, emmitouflé comme un lustre, abattu, ne pouvant pas parler, et si délabré que le comte fut forcé de s'entendre avec un valet de chambre. Après avoir remis les quatre mille francs au valet de chambre, qui fut obligé de porter son maître devant un secrétaire pour en donner un reçu, Maxime alla donner l'ordre à un commissionnaire de faire avancer les voitures de déménagement ; mais il entendit une voix qui résonna comme une crécelle à son oreille, et qui lui cria : — C'est inutile, monsieur le comte ; il vous revient sept cent trente francs quinze centimes !... — Et le comte vit Cérizet, sorti de ses enveloppes comme un papillon de sa larve, et qui lui tendait les dossiers en ajoutant : — Dans mes malheurs, j'ai appris à jouer la comédie, et je vaux Bouffé dans les vieillards.

— Je suis dans la forêt de Bondy, s'écria Maxime.

— Non, monsieur le comte, vous êtes chez mademoiselle Hortense, l'amie de vieux lord Dudley, qui la cache à tous les regards, mais qui a le mauvais goût d'aimer votre serviteur. — Si jamais, me disait le comte, j'ai eu envie de tuer un homme, ce fut dans ce moment ; mais que voulez-vous ? Hortense montrait sa jolie tête, et je lui dis en lui montrant les sept cents francs : — Voilà pour la fille.

— C'est tout Maxime ! s'écria d'Esgrignon.

— Il eut un triomphe, reprit Desroches, car Hortense s'écria :

— Ah ! si j'avais su que c'était vous !... »

— En voilà une confusion ! s'écria Malaga.

Et c'est par ainsi que la pauvre marchande de modes fut payée.

NOTES ET VARIANTES

Page 777.

    a. UN HOMME D'AFFAIRES   *FC* : ESQUISSE D'HOMME D'AFFAIRES D'APRÈS NATURE   *orig.* : ÉTUDE DE MŒURS III

LES ROUERIES D'UN CRÉANCIER I CHEZ UNE LORETTE *Si.*

   b. À MONSIEUR [...] BANQUIER *add. orig.*

   c. Lorette eſt un mot [...] membres. *add. orig.*

   d. Ceci n'eſt écrit [...] description. *add. orig.*

   e. , ou Malaga [...] *Maîtreſse), add. orig. Le surnom de* Malaga *eſt donc une addition de l'édition Furne, signalée ici une fois pour toutes. En* Si., *le personnage eſt toujours et seulement désigné comme* Mlle Turquet.

   f. Me Cardot *orig.* : ce notaire *Si. En* Si., *tous les commensaux de Mlle Turquet étaient anonymes. L'addition du nom de* Cardot *et des cinq personnages suivants eſt, sauf exception, signalée ici une fois pour toutes.*

   g. Desroches l'avoué, *orig.* : un avoué, *Si.*

   h. Bixiou le caricaturiſte, *orig.* : un artiſte, *Si.*

   1. C'eſt au « Cercle » d'Aix-les-Bains, lors de son séjour de l'automne 1832 auprès de la marquise de Caſtries, que Balzac rencontra pour la première fois le baron James de Rothschild (1792-1868), dont le nom, ici comme dans la dédicace de *L'Enfant maudit* à la baronne, eſt reproduit sans particule. En 1835, il emprunta 1 500 francs au banquier pour son voyage à Vienne. Dans ses *Souvenirs,* le libraire Werdet raconte comment, chargé d'aller rembourser cette dette, il entendit alors Rothschild lui dire : « Faites bien attention à M. de Balzac, c'eſt *un homme bien léger* » (*Portrait intime de Balzac,* p. 165). Bien loin de viser à l'épigramme quand il ajouta cette dédicace lors de la sortie d'*Un homme d'affaires* dans *La Comédie humaine* en août 1846, Balzac cherchait plutôt à se concilier le bon vouloir du dispensateur des fameuses aĉtions « du Nord », dont l'émission était imminente (voir *La Cousine Bette,* n. 1 des pages 226 et 238). Les déboires qui en résultèrent permettent de se demander si les mirifiques bénéfices promis sur ces aĉtions n'étaient pas, eux aussi, « bien légers ».

   2. La dernière édition du *Diĉtionnaire de l'Académie* datait de 1835.

   3. Dans tout le récit, le mot « lorette » porte une majuscule initiale : nous avons respeĉté cette particularité.

   4. Ce nom appartenait alors à deux célébrités réelles des tréteaux parisiens : la danseuse de corde *Malaga* (Françoise-Joséphine Dacy, femme de Joseph Bénéfand, 1761-1851) et sa fille Françoise-Catherine Bénéfand (née en 1786), dite *Malaga fille,* à propos de laquelle Balzac écrivait à Mme Hanska le 6 avril 1843 : « J'ai su de Balthazar un tour avec *Malaga !* que vous me demanderez un soir de cet été. C'eſt digne de Boccace. Et quand mon ami Laurent-Jan, alors le bien-aimé de *Malaga,* m'a eu raconté ce trait, j'ai dû renoncer à mes relations avec ce grand devin » (*LH,* t. II, p. 191 et n. 3).

Page 778.

a. Lousteau *[p. 777, dernière ligne]* du notaire. *orig.* : deux écrivains célèbres, et un jeune élégant dont le titre de comte était de vieille roche, mais la roche était sans aucun filon de métal. *Si.*

b. si vous daignez [...] convives, *orig.* : d'après le menu des convives, *Si.*

c. Bixiou *orig.* : Gavarni *Si.*

d. sur Clichy. *orig.* : sur ses chères lorettes et sur Clichy *Si.*

1. Illustres, en effet : Desroches depuis *La Maison Nucingen* (1837), Bixiou depuis *Les Employés* (*La Femme supérieure,* 1837), Lousteau et Nathan depuis *Une fille d'Ève* (1838), la raide notaresse depuis *La Muse du département* (1843) où l'on apprenait aussi qu'en 1841 Cardot « protégeait » Malaga, connue depuis *La Fausse Maîtresse* (1841). Pour ne pas se contredire peut-être, ou pour ne pas s'embrouiller, Balzac changeait pour *Le Siècle* deux détails de sa première version des *Rouereies d'un créancier* dans laquelle il avait fixé l'époque de la présente soirée à 1843 et donné Victurnien d'Esgrignon comme le « protecteur » de Malaga. Les personnages que nous rencontrerons ensuite étaient aussi des acteurs chevronnés de *La Comédie humaine :* Trailles depuis *Le Père Goriot* et le remaniement de *Gobseck* (1835), Cérizet depuis la troisième partie d'*Illusions perdues* (1843), Claparon depuis *César Birotteau* et *La Maison Nucingen* (1837), La Palférine depuis *Un prince de la Bohème* (1840), où le nom est écrit La Palferine, et, pour les lecteurs du récit en 1845, d'Estourny depuis *Modeste Mignon* (1844).

2. Le Cirque Olympique ou *Franconi,* du nom du premier directeur d'une célèbre lignée, avait succédé en 1788 à l'Amphithéâtre anglais, fondé en 1786 par Astley. Après plusieurs déménagements et un incendie, il s'était installé en 1827 sur un grand terrain du boulevard du Temple occupé auparavant par le théâtre des Nouveaux-Troubadours, les Ombres chinoises et, ce qui nous intéresse ici, par le théâtre de la Malaga où se produisait l'illustre banquiste, mère de *Malaga fille.* Le Cirque Olympique montrait surtout des travaux équestres : Malaga est donc une écuyère, comme on l'apprenait plus clairement dans *La Fausse Maîtresse* ou dans la première version des *Rouereies,* où elle disait son mépris pour Antonia qui « n'a jamais su monter à cheval ».

3. Sept avec Malaga qui, par conséquent, fume le cigare...

4. C'est en 1846, pour la version de *La Comédie humaine,* que disparurent ici Gavarni, ses « chères lorettes » et son *Clichy.* Ce sujet de conversation avait alors perdu deux sources d'intérêt évidentes lors de la rédaction en janvier 1844 : la

réclame pour Gavarni, collaborateur du *Diable à Paris* et, surtout, l'actualité de la référence à la suite sur les *Lorettes*. La dernière des 79 lithographies de cette célèbre suite, que Gavarni avait commencé à publier dans *Le Charivari* du 30 juin 1841, était en effet sortie dans le numéro du 30 décembre 1843, donc moins d'une semaine avant que Balzac écrive son récit. Quant à la suite de 29 pièces intitulée *Clichy,* elle avait paru dans *Le Charivari* du 24 août 1840 au 12 mai 1841, à l'exception d'une pièce publiée par *La Caricature* en décembre 1840 (voir J. Armelhault et E. Bocher. *L'Œuvre de Gavarni. Catalogue raisonné,* 1873, p. 112 et 202). *Clichy,* rappelant un séjour de Gavarni à la fameuse prison en 1835, en avait présenté un tableau « si riant à la surface, lorsque Gavarni en publia le souvenir, que sur les bruits qui se répandirent d'un changement et d'un redoublement de sévérité dans le régime de la maison, le directeur du *Charivari* pria Gavarni d'aborder le côté triste de l'emprisonnement pour dettes. » (E. et J. de Goncourt. *Gavarni,* éd. de 1879, p. 135). L'une des plus connues parmi les légendes de cette série aurait pu figurer dans les propos de l'un des convives de Malaga. *Ne donnez pas d'acomptes ! Voyez-vous, le créancier qu'on ne paye pas n'est qu'un créancier ; le créancier qu'on paye est un tigre !* Toutes bonnes raisons de réclame devenue inutile ou d'actualité passée mises à part, il n'en reste pas moins que Balzac ne craint pas de déposséder Gavarni de son fameux *Clichy* au profit de Bixiou : détail, sans doute, mais qui illustre l'un des moyens employés par le bâtisseur de *La Comédie humaine.*

Page 779.

   a. Si je demandais [...] boulevard.   *add. orig.*

   b. maintenant s'occupe de faire une fin   *orig.*   : maintenant a fait une fin   *Si.*

   c. dirigée par les principes qui dirigent   *add. orig., addition qui introduit une répétition* (dirigée... dirigent) *et dénonce une certaine hâte dans le travail.*

   d. Maxime de Trailles, dit la Palférine.   *orig.* : Maxime, dit le jeune élégant.   *Si.*

   1. L'indication de date, imprécise, est de toute façon contestable car Rabelais, en 1500, n'était qu'un enfant.
   2. L'édition Furne porte par erreur : « ou », nous avons cru pouvoir rectifier.
   3. Avec Balzac, même une écuyère a du génie. En trois phrases, Malaga dénonce l'une des principales plaies du temps : l'insuffisance de la circulation fiduciaire, cette « famine d'argent » dont René Bouvier a souligné le rôle dans *La Comédie humaine,* et étudié les causes : « La Banque de France

[...] soucieuse de maintenir un rapport sévère entre les réserves métalliques et les billets, se résout avec peine et toujours en retard à émettre ces derniers en quantité suffisante. On s'en défie, on a trouvé le moyen de ne pas en faire une monnaie commode, car un comptoir n'est tenu au remboursement que des billets qu'il a lui-même émis. Les plus petites coupures demeurent encore de cinq cents francs [...] En 1847 seulement, la plus petite coupure fut fixée à deux cents francs. En 1831, la circulation des billets est de 286 millions et en 1847, elle n'a pas dépassé 311 millions. Si, au moins, en contrepartie, la monnaie métallique devenait plus abondante! Mais il n'en est rien, tout au contraire. Pendant la Restauration et le Gouvernement de Juillet, la production annuelle des métaux précieux a été moindre qu'au cours des dernières années de l'ancien régime. De 1810 à 1847, nos achats en métal se sont chiffrés par 70 millions de francs dont un quart en or, tandis que de 1781 à 1810 elle avait atteint 258 millions. Aussi, — et nous ne saurions trop insister sur ce point, car c'est là l'une des incidences les plus caractéristiques de cette situation sur l'œuvre de Balzac, — tous les " ersatz ", qui cherchent à remédier à cette famine de l'argent, se développent-ils alors dans une proportion anormale, inconnue depuis : effets de commerce, traites et reconnaissances sous toutes leurs formes. Ces dangereux substituts ne cessent de circuler, de s'attaquer de toutes manières à la fortune acquise, flèches qui partent de tous côtés, qui font leurs ravages à chaque page de *La Comédie humaine,* matériel nouveau avec quoi l'on se bat et qui sème la ruine et le désespoir. L'on peut vraiment affirmer, au propre et au figuré, que la moitié de la société " tire " alors sur l'autre. Paris est devenu la " place la plus friponne et la plus glissante du monde financier ", ceci peut-être bien parce qu'elle est l'une des plus gênées » (R. Bouvier, *Balzac homme d'affaires,* p. 27-28).

4. Provincialisme, selon Littré, signifiant : rusé comme un renard. Le mot est déjà dans *Modeste Mignon.*

Page 780.

a. même après le mariage qu'il veut faire! *orig.* : même marié *Si.*

b. de nos amis, Du Tillet et Nucingen; *orig.* : des plus célèbres banquiers de Paris *Si.*

1. Pont-aux-ânes : difficulté pour les seuls ignorants. Pont des soupirs : pont qui menait les condamnés depuis le Palais ducal jusqu'aux terribles cachots de Venise.

2. Ruse de guerre, évidemment : il évitait ainsi tout risque de saisie.

3. Plus haut, on lit que Maxime « s'occupe de faire une

fin » : elle n'était donc pas « faite »; on lit aussi « Jusqu'à son mariage » : il était donc accompli. Ici : « le mariage qu'il veut faire »... Toutes ces contradictions — et les variantes du passage — viennent du fait que ce mariage se trouvait en suspens, comme l'œuvre où il devait en être décidé, *Le Député d'Arcis,* alors seulement commencée et qui ne sera jamais achevée.

4. Ami de Sand, Balzac voyait donc aussi Chopin et mettait très haut son génie « sublime », « bien supérieur » à celui de Liszt (*LH,* t. II, *passim*). Quant au talent évoqué ici, il nous est confirmé par Sand elle-même montrant comment Chopin s'appliquait à dissiper la tristesse née parfois de ses improvisations : « il se tournait vers une glace, à la dérobée, arrangeait ses cheveux et sa cravate, et se montrait subitement transformé en Anglais flegmatique, en vieillard impertinent, en Anglaise sentimentale et ridicule, en Juif sordide » (*Histoire de ma vie,* Bibl. de la Pléiade, t. II, p. 442).

Page 781.

   a. que... *[p. 780, dernier mot]* — Nos amis [...] l'abandonnèrent   *orig.*   : que ses deux protecteurs l'abandonnèrent   *Si.*
   b. de la Gauche,   *orig.*   : du parti,   *Si.*
   c. — Eh! c'est celui que nous avions [...] enfant!   *add. orig.*
   d. in petto. orig.   : au cœur.   *Si.*

   1. Autre conséquence des malsaines structures économiques et financières : « On ne prête pas son argent aux affaires mêmes, comme aujourd'hui lorsqu'on souscrit des actions d'une société anonyme ou qu'on leur consent des avances. D'ailleurs, les sociétés anonymes, soumises au régime de l'autorisation préalable, sont encore tout à fait l'exception. La forme d'association qui prévaut avant notre admirable loi de 1867 est la commandite, qui comporte des engagements personnels. "Les commandites deviennent la loterie, le jeu sans tapis, mais avec un râteau invisible et un refait calculé" (*La Maison Nucingen*). Elles inspirent une défiance en partie justifiée par leur manque de souplesse et par la difficulté d'exercer un contrôle vraiment effectif sur leur gestion. Les créanciers se montrent donc d'autant plus exigeants et vigilants » (R. Bouvier, *op. cit.,* p. 29).

Page 782.

   a. dit Bixiou, ne médisons [...] cru!   *orig.*   : dit l'artiste.   *Si.*
   b. charogne.   *orig.*   : curée.   *Si.*

   1. Attrapé comme un oiseau qui s'est englué au pipeau.

Page 783.

a. À cette époque, de Marsay [...] politique.   *add. orig.*
b. — Serais-tu le père [...] Nathan.   *add. orig.*

1. « Terme de jurisprudence. Ce qui sert à orner une maison, une chambre sans en faire partie » (Littré).

2. Rachetant à vil prix des créances aussi désespérées que celles que pouvait signer un Trailles, Cérizet et Claparon appartiennent donc à la dernière classe de ceux qui pratiquaient ce mal alors nécessaire nommé l'escompte. Avec de tels créanciers et de tels débiteurs, on pénètre dans une jungle où, à tous les stades de toutes les opérations, tous sont fripons qui ne paieront ou ne seront payés, s'ils le sont, que par friponnerie.

3. On trouve cette lettre dans *Un prince de la bohème*.

4. On aurait dû trouver le développement romanesque de cette phrase dans *Le Député d'Arcis*.

Page 784.

a. ses   *orig.*   : cinq   *Si.*

1. Le contraire du novice : le profès est celui qui a prononcé ses vœux, qui a fait « profession de foi », dans un ordre religieux.

Page 785.

a. on chausse une couronne ou un boulet !   *orig.*   : on porte une couronne ou on traîne un boulet !   *Si.*
b. (Tout cela [...] bourgeois.)   *add. orig.*

1. « Tout arbitraire et tout justice à propos, le vrai roi », dit Marsay dans *Autre étude de femme*. Les deux formules permettent de mesurer les dimensions respectives des deux personnages.

2. Donc : parmi les affaires à traiter les dernières.

Page 786.

a. pas plus beaux, ni plus rusés,   *orig.*   : ni plus beaux, ni plus fiers,   *Si.*
b. Lorette.   F   : Lorette. *Ensuite :* II / ENTRE DEUX CHIENS FINIS *Si. Rappelons que la division en chapitres ne se trouve que dans   Si., qui en comporte seulement deux.*
c. attendez !... / — Ida Bonamy... dit Bixiou. / — Donc   *orig.*   : attendez ?... nommée Ida Bonamy... Donc   *Si.*

1. L'actuelle rue Lamartine, où il n'existait aucun cabinet de lecture. Le *Véritable Conducteur parisien* de Richard, publié en 1828, donnait la liste de la soixantaine de cabinets de lecture que comptait alors Paris, dont certains étaient fort importants — celui de Cretté, rue Saint-Martin, proposait

25 000 volumes — et dont une moitié environ était tenue par des dames, des demoiselles ou des veuves. Il expliquait aussi le fonctionnement de ces cabinets où « non seulement on lit les journaux et les brochures, mais où l'on trouve encore une bibliothèque choisie, dont on a la jouissance moyennant une légère rétribution ; le prix d'une séance de durée illimitée est de 15 à 30 c. On prend 5 ou 6 fr. pour un abonnement au mois, et 15 fr. pour trois mois. Veut-on lire des volumes chez soi ? On peut les obtenir (moyennant une petite somme déposée en nantissement) au prix de 10 à 15 centimes le volume. Enfin, on peut s'arranger de gré à gré pour recevoir chez soi les journaux le jour où ils paraissent, ou un des jours suivants ».

2. Voir *La Cousine Bette,* n. 1, p. 150.

3. S'ingérer peut signifier, selon Littré : « se mêler de quelque chose sans en être requis. »

Page 787.

1. Vaudeville de Brazier, Duvert et Dupeuty, créé au Théâtre du Vaudeville le 5 juillet 1831. Monnier, qui en avait fourni le canevas, y jouait successivement quatre rôles et « obtint un succès de rire inextinguible » (Cl.-L. Lesur, *Annuaire historique pour 1831,* p. 249).

2. C'est-à-dire, en termes de jeu de paume : en prenant son avantage.

Page 788.

a. , assez semblable [...] *Constitutionnel add. orig.*
b. tendait son respectable adbomen avec *orig.* : avait *Si.*
c. général Montcornet, *orig.* : général P..., *Si.*

1. C'est-à-dire : dont l'expression représentait un air rogue.

2. Balzac imprime un curieux mélange de vague et de précis à cette allusion. *Le Constitutionnel,* en effet personnifié par une « vieille figure » d'homme à l'air rogue et coiffé d'une sorte de bonnet à visière, avait bien fait l'objet de caricatures nombreuses et alors célèbres, qui furent publiées à partir de 1833 dans *Le Charivari* et *La Caricature,* où la première de toutes avait paru le 30 juin. Leur auteur, fort connu aussi et certainement de Balzac, était Daumier. Quant au vieil homme choisi pour personnifier *Le Constitutionnel,* sa figure n'était pas une invention du caricaturiste, mais celle du directeur du journal, Charles-Guillaume Étienne (1778-1845), « l'une des têtes de Turc sur lesquelles Daumier s'acharna le plus [...] jusqu'au moment où à la suite du décès d'Étienne le docteur Véron entra en scène » (Loys Delteil, *Le Peintre-graveur illustré,* t. XX, *Honoré Daumier,* note de la planche n° 57). Il est à remarquer que Balzac ajouta cette allusion précisément après le décès d'Étienne.

Page 789.

   a. deux *orig.* : quatre *Si.*
   b. ❀ *add. orig.*
   c. , rue de la Victoire *add. orig.*

   1. L'*Almanach des 25 000 adresses des principaux habitans de Paris pour l'année...* était édité tous les ans depuis 1815 par Panckoucke.

   2. « Le moment où il faut payer son écot ; et, par extension, tout moment désagréable ; ainsi dit du mauvais moment où se trouva Rabelais, quand il fallut compter dans les hôtelleries, sans avoir de quoi payer sa dépense » (Littré).

Page 790.

   a. Nucingen, *orig.* : un haut baron de la finance, *Si.*

   1. Cette figure, trouvée dans *Le Moyen de parvenir* de Béroalde de Verville, avait dû frapper Balzac pour qu'il lui offre la première place dans ses *Contes drolatiques : La Belle Impéria* est le premier conte du *Premier Dixain*.

   2. « Tous les soirs à six heures. Pièces dans le genre villageois poissard, mêlées de vaudevilles », selon l'*Almanach des 25 000 adresses*. Successeur du théâtre Montansier et installé en 1807 au boulevard Montmartre, le théâtre des Variétés connut l'un des plus longs succès du temps, dû notamment à la qualité des acteurs et actrices qui s'y produisirent : Hyacinthe, Brunet, Potier, Odry, Virginie Déjazet, Frédérick Lemaître, Atala Beauchêne, Bouffé, Fanny Vertpré, etc.

Page 791.

   a. contribution *[fin du 2ᵉ § de la page]* débiteur *orig.* : contributions. On y réussit surtout quand le débiteur *Si.*

   1. En 1843, dans la troisième partie d'*Illusions perdues,* Balzac avait déjà montré un impressionnant effet de boule de neige sur les frais d'une créance.

Page 793.

   a. ; il avait *enclaudé,* disait-il, la veuve *add. orig.*

   1. Nouvel exemple du mal engendré par la « famine d'argent » qui conférait une valeur fausse à de l'argent liquide et immédiatement disponible.

   2. Dupé.

Page 794.

   a. Paris, 1845. *add. orig.*

1. Le grand comédien Marie Bouffé (1800-1888) rencontra l'un des succès les plus marquants de sa carrière avec le rôle du père Grandet dans *La Fille de l'avare,* comédie-vaudeville en deux actes que Bayard et Duport avaient fort librement adaptée d'*Eugénie Grandet,* et qui fut créée le 7 janvier 1835 au théâtre du Gymnase dramatique.

INDICATIONS BIBLIOGRAPHIQUES

BARDÈCHE (Maurice) : Notice dans les *Œuvres complètes de Balzac* (Club de l'Honnête Homme, 1969), t. X, p. 11-16, et appendice p. 613-621.
SILVESTRE DE SACY (Samuel) : Introduction, notice et notes d'*Un début dans la vie, Un prince de la bohème, Un homme d'affaires* (Le Livre de poche, 1969).

UN PRINCE DE LA BOHÈME

HISTOIRE DU TEXTE

Aucun document daté ne nous renseigne sur la genèse d'*Un prince de la bohème.* Selon MM. Pierrot et Ducourneau, l'œuvre est déjà commencée en 1839 (cf. *AB 1971,* p. 318), mais il nous semble plus naturel de penser que Balzac, d'ailleurs pressé par le temps (il rédigeait seul la *Revue parisienne*), a écrit son premier jet en quelques jours, fin juillet ou début août 1840.

Un court fragment du MANUSCRIT nous est parvenu (*Lov.* A 73, f⁰ 1 : un seul feuillet, encre brune, écriture penchée, hâtive); il correspond dans le texte de Furne au passage « les plus éclairés ont aussi des teintes *[18 lignes]* femmes comme Claudine ont » (p. 829-830). Le texte, peu raturé, a déjà son allure et fournit peu d'enseignements.

Trois jeux d'ÉPREUVES sont reliés à la suite (*Lov.* A 73, ff⁰ˢ 2-23, 24-46, 49-73; les folios 47-48 concernent un autre texte de la *Revue parisienne*). Le premier jeu ne porte presque aucune correction; son texte imprimé, bourré de coquilles et de mauvaises lectures, nous semble être celui du manuscrit. La seconde série de placards comporte au contraire toutes les additions importantes : les biographies et les portraits s'étoffent, de nouvelles anecdotes s'intercalent. Dans le troisième jeu, moins corrigé quantitativement, se poursuit le travail de précision descriptive et stylistique. Il semble y avoir eu un dernier jeu d'épreuves, car le texte de la PUBLICATION PRÉORIGINALE qui occupe, sous le titre *Les Fantaisies de Claudine,* les pages 143-189 de la *Revue parisienne* du 25 août 1840, diffère par de menus détails du dernier état corrigé (*épr. 3* dans nos variantes).

L'ÉDITION ORIGINALE en librairie aurait dû avoir lieu chez Souverain, comme le stipulait un passage du contrat signé le 11 avril 1841 : « M. de Balzac se réserve le droit de publier dans un journal *Les Paysans* qui sont inédits à condition de donner à M. Souverain en échange de cette concession les *Petites misères de la vie conjugale* qui ont paru dans *La Caricature* et *Les Fantaisies de Claudine* de la *Revue parisienne* [...] » (*Corr.,* t. IV, p. 265). Le 20 avril 1843, Souverain déclare avoir le texte en sa possession (*ibid.,* p. 583-584); mais il ne le publie pas, puisque *Les Paysans* sont toujours en chantier. Aussi Balzac décide-t-il de lui forcer la main; on lit dans le traité signé le 6 août 1844 avec le libraire de Potter : « Sur le désir de M. de Potter, M. de Balzac s'engage à mettre M. Souverain en demeure de publier et mettre en vente le quinze septembre prochain [...] *Les Fantaisies de Claudine,* ou d'obtenir de lui un écrit par lequel il s'engage à faire cette mise en vente dans le délai ci-dessus fixé » (*Corr.,* t. IV, p. 712). Par un billet du 7 août, Souverain accepte de s'entendre avec de Potter (*ibid.,* p. 714-715); le 2 septembre, il renonce, dans un nouveau traité avec Balzac, à tous ses droits sur l'œuvre (*ibid.,* p. 727). Le jour même, Balzac donne *Les Fantaisies de Claudine* ainsi « libérées » à de Potter, en remplacement de *La Dernière Incarnation de Vautrin* qu'il ne pouvait terminer à temps (*ibid.,* p. 728). De Potter publia le texte, intitulé désormais *Un prince de la bohème,* en complément du tome II d'*Honorine,* dont il occupe les pages 86 à 310. La mise en vente dut avoir lieu dès octobre 1844 (enregistrement à la *Bibliographie de la France* le 21 décembre, daté 1845). Cette édition est remarquable par un extrême émiettement en chapitres et sous-chapitres, destiné à « gonfler » le texte pour faire un volume d'épaisseur normale.

La DEUXIÈME ÉDITION d'*Un prince de la bohème* est celle du tome XII de *La Comédie humaine,* daté 1846, enregistré en retard le 10 octobre 1846 à la *Bibliographie de la France* (*Scènes de la vie parisienne,* t. IV, p. 97-126). La division en chapitres est supprimée; Balzac ajoute un prologue et bouleverse l'épilogue pour rattacher l'œuvre à *Béatrix :* nous avons commenté cette modification dans notre introduction. Le FURNE CORRIGÉ, enfin, n'offre que des variantes minimes.

Signalons à part une préfaçon bruxelloise publiée par Méline, Cans et Cie en 1841, où *Les Fantaisies de Claudine* occupent les pages 199 à 265 d'un volume principalement consacré aux *Deux Frères* (première partie de *La Rabouilleuse*); cette édition reproduit le texte d'août 1840. Elle fut à son tour reproduite, dès 1841, par le *Muséum littéraire* de Jamar (26ᵉ série, vol. XXVII, p. 35-48).

SIGLES UTILISÉS :

ms.	Manuscrit.
épr. 1, épr. 2,	
épr. 3	Épreuves.
R	*Revue parisienne* (1840).
orig.	Édition De Potter (1845).
F	Furne (daté 1846).
FC	Furne corrigé.

NOTES ET VARIANTES

Page 807.

a. UN PRINCE DE LA BOHÈME   *orig.* : LES FANTAISIES DE CLAUDINE   *ant.*

b. Dédicace   add. orig. var. poſt.

c. — Croyez-vous que ce soit [...] fortune.   *add. FC à l'intérieur d'une add.* F ; *voir var. a, p. 808.*

1. Heine eſt nommé pour la première fois par Balzac le 19 juillet 1837 (*LH,* t. I, p. 520); il habitait Paris depuis 1831. Balzac cite admirativement un de ses mots dans le texte même d'*Un prince de la bohème* (cf. p. 818, et la note 3).

2. L'interlocuteur de Mme de La Baudraye eſt Raoul Nathan, qui sera nommé plus loin dans le texte (p. 811, en haut de la page). Sur ce personnage, voir l'introduction.

3. Tout ce passage eſt très allusif : Nathan et la marquise « payent le loyer » de Mme de La Baudraye parce que la nouvelle qu'elle a pu écrire grâce à eux va lui rapporter de l'argent; en revanche, vu la pauvreté dans laquelle la laisse son amant Louſteau (cf. *La Muse du département*), elle n'espère pas pouvoir rendre la pareille à Nathan, au propre ni au figuré : elle aussi, bientôt, sera comme Béatrix « rentrée chez son mari », pour retrouver l'argent (« une *grande* fortune »), mais en perdant l'amour et l'aventure de la vie parisienne.

4. Seċtion de la rue de Courcelles comprise aujourd'hui entre la rue de Monceau et le boulevard de Courcelles (XVIIᵉ arr.).

Page 808.

a. Mon cher ami, dit Mme de la Baudraye *[p. 807, début du texte proprement dit]* Serpentin vert.   *add.* F *var. post.*

b. — Entre toutes   F   : PREMIÈRE PARTIE / UN MÉNAGE VU DE LOIN / CHAPITRE PREMIER / CE QUE C'EST QUE LA BOHÈME À PARIS / — Entre toutes   *orig.*   : § Iᵉʳ / LA BOHÈME DE PARIS / Entre toutes   *épr. 2*   : 1 / Entre toutes   *épr. 1.* *Rappelons, une fois pour toutes, que les titres et les sous-titres de chapitres ont été supprimés en* F.

c. nos amis, je compte [...] gentilhomme   F   : nos amis, je distingue un jeune gentilhomme   *ant.*

d. trente   F   : vingt-six   *ant.*

1. Mot italien désignant un soupirant toléré; Th. Gautier l'emploie dans sa chronique de *La Presse* le 4 mai 1840. Balzac le reprend lui-même plusieurs fois et notamment dans *La Cousine Bette.*

2. *Le Serpentin vert,* conte de Mme d'Aulnoy, notamment réédité en 1834. Sur tout ce préambule, voir notre introduction.

3. Ce mot, au sens où l'emploie Balzac (homme ou groupe social vivant sans règles et sans ressources fixes), est attesté depuis longtemps, par exemple chez Fénelon, dans son *Mémoire sur la situation déplorable de la France en 1710* : « Les intendants font, malgré eux, presque autant de ravages que les maraudeurs. [...] On ne peut plus faire le service, qu'en escroquant de tous côtés; c'est une vie de Bohèmes, et non pas de gens qui gouvernent » (*Œuvres complètes,* Leroux, Jouby et Gaume, t. VII, 1850, p. 160). Et le *Dictionnaire de l'Académie* le signale dès sa première édition (1694).

4. C'est vers 1818 (voir p. 1080, n. 1) qu'apparurent les premiers *doctrinaires,* bientôt dirigés par Royer-Collard. Également méfiants envers le droit divin et la souveraineté populaire, ils s'en remettaient à la raison, supérieure à l'un comme à l'autre. Au moment où Balzac écrit, les doctrinaires sont réunis autour de Guizot, alors ambassadeur à Londres.

5. Passage à rapprocher des *Lettres russes* alors publiées par Balzac dans la *Revue parisienne.*
La situation internationale, en cet été 1840, était très tendue. L'Angleterre, la Prusse, l'Autriche et la Russie venaient de se liguer contre Méhémet-Ali, le pacha d'Égypte, pour l'empêcher de battre le sultan et de contrôler ainsi Constantinople. « Les projets de la Russie » dont Balzac parle un peu plus haut sont justement d'écarter la France, amie traditionnelle du pacha, pour qu'aucun obstacle ne s'oppose au contrôle tsariste sur les détroits de la mer Noire. Balzac, qui déteste Thiers en cette affaire (et en général), admire au contraire la Russie dont, dit-il dans le même numéro de la *Revue parisienne*

où paraît *Un prince de la bohème,* « la puissance [...] gît surtout dans la force du principe religieux et du principe monarchique réunis » (p. 204).

Page 809.

a. L'Espérance est sa religion [...] budget. *orig.* : L'Espérance est son code, la Foi en soi-même est son gouvernement, la Charité est à l'état de théorie. *ant.*

b. lettre. *F* : lettre. *Ensuite :* CHAPITRE II / COMME QUOI LE PRINCE EST PRESQUE PRINCE *orig.* : lettre. *ant.*

c. Este, *corrigé par nous* : Est, *épr. 2* : Estre, *épr. 1. Balzac a biffé une lettre de trop sur épr. 2 et n'a jamais rectifié.*

1. Pierre-François Tissot (1768-1854) occupait depuis 1813, avec des interruptions, la chaire de poésie latine du Collège de France; il était à l'Académie française depuis 1833.

2. Émissaires créés par Charlemagne. Ils inspectaient les provinces, examinaient les comptes des villes, jugeaient en dernier appel au nom du souverain.

3. Ce célèbre séducteur (1696-1788), petit-neveu du Cardinal, avait assisté au baptême de Laure Hinner, la future Mme de Berny, dont la mère était harpiste de la reine (1777).

Page 810.

a. qui portaient, avant que *[p. 809, avant-dernière ligne]* devise, *F* : , qui portent d'argent à la croix fleurdelysée d'azur *sommé d'une couronne* [...] devise, *add. orig.*

b. qu'il mit à la mode, lui, le premier, avant Bouret. *FC* : qu'il produisit, lui, le premier, avant Bouret. *F* : qu'il produisit, lui, le premier. *ant.*

c. Officier sans aucune fortune en 1789, *épr. 3* : Ruiné sous l'Empire, *add. épr. 2*

d. Rusticoli. Ce père [...] la Palferine, fut *épr. 2* : Rusticoli et fut *épr. 1*

e. commandeur *corrigé par nous. Les éditions donnent* commandant, *mais impriment normalement* commandeur *p. 836.*

f. 1100 *épr. 3* : 1200 *ant.*

g. pinceau! *F* : pinceau! *Ensuite :* CHAPITRE III / OÙ L'ON ESSAIE D'EXPLIQUER L'ESPRIT DE CE PRINCE *orig.* : pinceau! *ant.*

1. Paysan : *rusticus* ou *rusticulus* en latin. Cf. Cicéron, *Pro Sestio,* chap. LXXXII.

2. « Nous vainquons par ce signe. » Balzac réutilise, en les déformant, les armes d'une famille réelle, les d'Esgrigny, dont la devise était *In hoc signo vinces* (« tu vaincras par ce signe »), rappel de l'inscription miraculeuse dont la vision

avait conduit l'empereur Constantin à se convertir, en 315 (d'après une note d'Anne-Marie Meininger, *AB 1973*, p. 385).

3. La cantatrice Marie-Joséphine Laguerre, née en 1755, mourut alcoolique à vingt-huit ans; dans *Les Paysans,* Balzac la fait vivre jusqu'en 1815.

4. Célèbre et richissime fermier général (1710-1777).

5. La comtesse d'Albany (1752-1824) fut la femme du prétendant *Charles-Édouard* Stuart, « de là le dernier prénom... »

6. Célèbre famille florentine supplantée par les Médicis au début du xvie siècle. Balzac connaissait peut-être Gino Capponi, né en 1792, chef du parti libéral modéré de Toscane depuis 1821.

7. Probablement Victor de Grailly (1804-1889), élève de Bertin. Balzac a déjà noté dans *Le Cabinet des Antiques* que « des noms aussi illustres que celui des maisons souveraines, comme les Foix-Grailly », étaient tombés, « faute d'argent, la seule puissance de ce temps », « dans une obscurité qui équivaut à l'extinction » (t. IV, p. 1008).

Page 811.

a. que n'a pu trouver Nodier. *[p. 810, dernière ligne]* | — C'est, dit la marquise [...] époque. *F* : que n'a pu trouver Nodier, et qui manque [...] époque. *épr. 3* : que n'a pu retrouver Nodier. *ant.*

b. Quelques traits [...] de le juger, reprit Nathan *F* : Quelques traits [...] de le juger. *Ensuite :* §er *[sic]* | ÉLÉVATION DU PRINCE *orig.* : Quelques traits [...] de le juger. *add. épr. 2 var. post.*

c. l'ami. *F* : l'ami. *Ensuite :* § II / FACÉTIES DU PRINCE *orig.* : l'ami. *ant.*

d. satisfait. *F* : satisfait. *Ensuite :* § III / DIGNITÉ DU PRINCE *orig.* : satisfait. *ant.*

1. L'admiration de Balzac pour l'*Histoire du roi de Bohême et de ses sept châteaux* (Delangle, 1830) ne s'est jamais démentie; voir P.-G. Castex, *Balzac et Charles Nodier, AB 1962*, p. 200-203.

2. Il est très probable que Balzac a songé pour la série d'anecdotes qui commence ici au personnage de Milord l'Arsouille, alors à l'apogée d'une gloire carnavalesque d'assez mauvais goût. L'ensemble des chroniqueurs et de l'opinion confondait ce viveur avec lord Henry Seymour, notamment fondateur du Jockey-Club, seigneur luxueux, mais d'une autre distinction. Seuls quelques articles (*L'Éleveur,* mars 1836, p. 92; *La Mode* du 1er juillet 1837, t. XXXII, p. 5-6) osaient à l'époque de Balzac affirmer que Seymour n'était pour rien dans les vulgarités de son imitateur, héros entre autres de la célèbre *descente de la Courtille.* C'est en 1864, dans le *Figaro,*

qu'on apprit par Charles Yriarte l'identité du « concurrent » d'Henry Seymour : Charles la Battut ou de La Battut (1806-1835). Le livre de Jacques Boulenger, *Les Dandys* (1907), consacré à quelques aspects de la vie du boulevard sous Louis-Philippe, met solidement les choses au point et distingue définitivement, peut-on croire, lord Seymour et La Battut — ce dernier seul ayant donné vie au peu distingué *Milord Arsouille* (car on ne lui donnait pas l'article en 1840).

Que Balzac ait ou non repris à son compte les racontars qui confondaient Henry Seymour avec un faiseur de mauvaises farces, on est tenté de croire que les facéties de La Palférine, où l'aristocrate n'est le plus souvent qu'esprit de supériorité et mépris pour les faibles, viennent de l'idée imprécise que l'opinion se faisait en général à ce moment-là sur l'être incertain caché derrière le masque de l'*arsouille*. On trouve par exemple une certaine ressemblance entre les plaisanteries de La Palférine (notamment l'épisode du petit Savoyard et des raisins, p. 813) et une série d'anecdotes relatées par Jean Stern dans son livre *Lord Seymour dit Milord l'Arsouille* (Paris, La Palatine, 1954, p. 66-69); rien n'est cependant décisif, et l'on sent simplement une parenté d'esprit.

3. Armand-Louis de Gontaut, duc de Lauzun puis de Biron (1747-1793), officier brillant, séducteur et dépensier. Des *Mémoires* avaient paru sous son nom à Paris en 1822. Balzac avait pu voir ou lire les deux actes intitulés *Lauzun,* et créés au Vaudeville le 24 janvier 1840 (*Bibliographie de la France,* 22 février 1840).

4. Il y a bien un Trigaudin dans *Les Vendanges,* comédie inédite de Regnard jouée à Paris en 1823; et dans *Modeste Mignon* (t. I, p. 667), Balzac déforme en Trigaudin le nom d'un personnage du vaudeville de Picard et Radet *La Maison en loterie* (1817), en réalité Rigaudin. Mais n'y a-t-il pas tout simplement ici soit une coïncidence, soit une réminiscence peu significative ?

5. Allusion à Charles Gaudin (1756-1841), ministre des Finances pendant tout l'Empire, créé duc de Gaète en 1809.

6. Mme Meininger voit ici une allusion à une œuvre picturale, *Mirabeau répondant au marquis de Dreux-Brézé,* tableau dû à Hesse, lauréat du concours organisé par le ministère de l'Intérieur sur ce thème à la fin de 1830, et placé alors à la Chambre.

7. Allusion à Néron évoquant Junie (*Britannicus,* acte II, sc. 2) :

> *Belle sans ornements, dans le simple appareil*
> *D'une beauté qu'on vient d'arracher au sommeil.*

Page 812.

a. de l'escalier.   *F* : de l'escalier. *Ensuite :* § IV / POLITIQUE DU PRINCE   *orig.* : de l'escalier. *ant.*

b. proposée [...] 1830, *add. épr. 2*

c. caricature. *F* : caricature. *Ensuite :* § v / mœurs du prince *orig.* : caricature. *ant.*

d. d'orge. *F* : d'orge. *Ensuite :* chapitre iv / moralités familières à un académicien *orig.* : d'orge. *ant.*

1. Le banquier Jacques Laffitte (1767-1844), qui avait financé *Le National* et reçu chez lui les députés de l'opposition le 29 juillet, était devenu ministre sans portefeuille, puis président du Conseil (3 novembre 1830). Lorsqu'il dut quitter ses fonctions, le 12 mars 1831, il était à peu près ruiné, autant par la crise que par ses largesses; il avait dû négocier la vente de sa forêt de Breteuil, puis de Maisons-Laffitte, mais seule la souscription nationale évoquée par Balzac lui permit de conserver son hôtel, rue d'Artois, devenue dès 1830 rue Laffitte, et de relever — provisoirement — sa maison de banque.

2. Dans *La Caricature* du 28 mars 1833, Louis-Philippe est représenté devant un guichet surmonté de l'inscription : « Souscription pour M. Laffitte » et disant : « Je souscris pour l'ami à qui je dois. Voilà cent sous, rendez-moi cinq francs. » (Communication de Mme Meininger.)

3. Début du pastiche de Sainte-Beuve d'après des fragments du tome I de *Port-Royal* (Renduel, 1840); voir l'introduction. L'expression « ses biographies d'inconnus » fait écho au passage de l'article de la *Revue parisienne* où Balzac reproche à Sainte-Beuve d'avoir étudié Port-Royal sans vision d'ensemble, en se consacrant au contraire à « déterrer les innocentes reliques de [...] pseudo-saints » oubliés de tous (*Revue parisienne,* 25 août 1840, p. 207).

4. Le Parc-aux-Cerfs était un petit hôtel sis 4, rue Saint-Médéric à Versailles; Louis XV s'y fit ménager, de 1755 à 1771, des rendez-vous galants dont la rumeur avait fait le symbole d'une décadente et luxueuse corruption. L'hôtel de Rambouillet, disparu lors de l'achèvement du Louvre, fut l'un des grands salons littéraires du xviie siècle — fief, notamment, des Précieux.

5. Allusion au contraste établi par Sainte-Beuve entre F. de Sales et Saint-Cyran, représentants selon lui des deux lignées d' « esprits chrétiens » : les « doux et tendres » et les « fermes, forts et ardents » (*Port-Royal,* éd. cit., p. 230-231).

6. Sainte-Beuve appelle « M. Camus », l'évêque de Belley, fervent admirateur de Saint-François, « l'Élisée un peu folâtre de ce radieux Élie » (*op. cit.,* p. 254); cette expression est ironiquement reprise par Balzac dans son article sur *Port-Royal* (*Revue parisienne,* 25 août 1840, p. 219). Sur Richelieu, voir p. 809, n. 3.

7. Le chevalier de Champcenetz (1759-1794), dissolu notoire, ami et collaborateur de Rivarol.

8. Cette branche de la maison de France s'était éteinte avec Henri III (mort en 1589) : allusion possible à des tendances homosexuelles chez La Palférine (voir p. 813, n. 5).

Page 813.

a. , car il a l'*entre-deux* [...] extrémités *add. épr.* 2, *où on lisait ensuite :* Il n'eſt ni accoucheur ni sage-femme. *Phrase diſparue par erreur dès épr.* 3, *ou, peut-être, supprimée volontairement parce qu'elle reproduisait presque littéralement le* « mot » *de La Palférine énoncé 31 lignes plus haut. Nous rétablissons cette phrase, que Balzac n'a jamais rétablie même dans FC, car elle eſt nécessaire pour comprendre la phrase suivante.*

b. reſtera. *F* : reſtera. *Ensuite :* CHAPITRE V / MADAME S'IMPATIENTE *orig.* : reſtera. *ant.*

c. me faites-vous là ? demanda la marquise étonnée. *F* : me faites-vous ? me dit-elle. *ant. Voir var. d.*

d. — Ah çà, mon cher [5 lignes] langue française. *F* : — Ah ça, mon cher [...] langue française. *Ensuite :* CHAPITRE VI / AUTRES TRAITS DE CARACTÈRE / § 1er / COMME IL TRAITE LE CRÉANCIER *orig.* : — Ah çà [...] langue française. *add. épr.* 2 var poſt. *(notamment var. c ci-dessus).*

e. Je continue. *add. F*

f. inimitable. *F* : inimitable. *Ensuite :* § II / GÉNÉROSITÉ DU PRINCE *orig.* : inimitable. *ant.*

g. ma droite. *F* : ma droite *Ensuite :* § III / COURAGE DU PRINCE *orig.* : ma droite. *ant.*

1. Il n'y a pas ici démarquage proprement dit : mais Balzac reprochait à Sainte-Beuve l'adjectivation des participes présents (« *labeurs recommençants* », « *hiver muriſſant* », etc.) et des assemblages de mots qui jurent ensemble (« *s'aller cacher dans un rejailliſſement de piété* », Revue parisienne, p. 224).

2. Balzac résume ici une pensée de Pascal citée inexactement par Sainte-Beuve (*op. cit.*, p. 262-263), et dont nous rétablissons le texte : « Je n'admire l'excès d'une vertu comme de la valeur si je ne vois en même temps l'excès de la vertu opposée ; comme en Épaminondas, qui avait l'extrême valeur et l'extrême bénignité, car autrement ce n'eſt pas monter c'eſt tomber. On ne montre pas sa grandeur pour être à une extrémité, mais bien en touchant les deux à la fois et remplissant tout l'entre-deux » (Pascal, pensée n° 681 — Lafuma — ou 353 — Brunschvicg —, *Œuvres,* coll. « L'Intégrale », Seuil, 1963, p. 590). Dans son article sur *Port-Royal,* Balzac reproche à Sainte-Beuve d'avoir adopté sans examen cette pensée dont il discute longuement le bien-fondé : « [...] le contraire de la vertu eſt le vice. Il n'exiſte pas de vertu qui ait son opposée. L'extrême valeur n'eſt pas l'opposée de la bénignité. Je voudrais bien connaître l'opposée de l'Équité, du Repentir, de la Chaſteté ? La

valeur d'Épaminondas est une pure convention humaine qui change selon les climats, ainsi que la bénignité. Pascal a pris pour des vertus les qualités morales étiquetées, pour leurs besoins, par les Sociétés. Non, Dieu ne demande pas aux hommes cet équilibre sur la corde raide avec les vertus opposées dans chaque main. L'équipollence mathématique voulue par Pascal, ferait de chaque homme un non-sens » (*Revue parisienne,* 25 août 1840, p. 221).

3. Mot choisi à dessein : Sainte-Beuve reproche à Saint-Cyran un « emploi alambiqué des métaphores [dans] de longues phrases » citées « comme de parfaits modèles de *galimathias* » (*sic ;* c'est Sainte-Beuve qui souligne; *op. cit.,* p. 260-261). Bien sûr, Balzac ne manque pas ce passage, qu'il cite, et commente ainsi : « Quiconque aura comme moi la patience de lire ce livre [...] verra que M. Sainte-Beuve est bien Saint-Cyran, il est même trop Saint-Cyran; mais dans une époque où la chimie a ses proto, ses deutoxides *[sic],* il a pensé qu'il fallait se distinguer par du *galimatias triple* » (c'est Balzac qui souligne; *Revue parisienne,* 25 août 1840, p. 223).

4. Il ne nous a pas été possible de retrouver l'origine de ce *mot* prêté à Talleyrand.

5. Homme à bonnes fortunes, probablement ambivalent, favori de Jacques Ier et Charles Ier d'Angleterre, célèbre par sa prodigalité. Voir p. 812, note 8. Mais Balzac a également pu songer à ce nom anglais après avoir feuilleté dans *La Mode* du 11 juillet 1840 l'article de Roger de Beauvoir « Le lion aujourd'hui ». L'auteur y montre quelles conversations il faut savoir soutenir pour être « Buckingham », c'est-à-dire « à la mode ».

Page 814.

a. lit.   *F* : lit. *Ensuite :* CHAPITRE VII / MADAME SE REFUSE, NON PAS À LIRE, MAIS À ÉCOUTER LE SAINTE-BEUVE *orig.* : lit. *ant.*

b. du cloître [...] juvéniles   *add. épr 2*

c. nerfs.   *F* : nerfs. *Ensuite :* CHAPITRE VIII / OÙ L'ON ACHÈVE DE PEINDRE LE PRINCE *orig.* : nerfs. *ant.*

d. Mais une politique [...] va supprimant   *F* : Mais une cour imbécile et bigote va supprimant   *épr. 2. Le passage est une addition épr. 2 ; voir var. c, p. 815.*

e. Palférine.   *F* : Palférine. *Ensuite :* § 1 / IL TRAITE DE PUISSANCE À PUISSANCE AVEC LA COUR *orig.* : Palférine. *ant.*

f. à la Liste civile   *F* : à la cour   *ant.*

g. *malheurs.*   *F* : *malheurs,* comme il y a dans le théâtre des Funambules un *employé aux trognons de pommes.*   *épr. 2*

1. « L'imagination, chez la plupart du moins, ne nous est

donnée qu'à l'origine, dans la jeunesse » (*Port-Royal,* p. 201).

2. « La fleur a disparu [...]; le fruit même dans sa couleur et son velouté s'est flétri : il ne reste plus que le grain desséché, mais plein, mais fécond, et qui assure la saison d'avenir éternel » *(ibid.).*

3. « [...] l'orgueil inquiet, inassouvi, s'analysant aussi sans fin et se décrivant : c'est la même veine du cœur » (p. 200).

4. « L'*acedia* est l'ennui propre au cloître (...]; une tristesse vague, obscure, tendre, l'ennui des *après-midis* » (c'est Sainte-Beuve qui souligne; *op. cit.,* p. 200, n. 1). Le mot grec ἀκηδία, qui signifie à peu près « indifférence, dégoût de tout », est d'emploi rare; mais un féru de Sainte-Beuve comme Maurice Barrès lui a fait un sort dans *Un homme libre* (1889). Se reporter, notamment, au chapitre V, à la « Méditation spirituelle sur Sainte-Beuve » (*L'Œuvre de Maurice Barrès,* Club de l'Honnête Homme, t. I, 1965, p. 190-194), ainsi qu'au titre du chapitre VII : « Acédia. Séparation dans le monastère » (*ibid.,* p. 217).

5. Balzac supprime en 1845 une notation peut-être due à Gautier, qui parlait du « *préposé aux trognons de pommes* » du théâtre des Variétés (*La Presse* du 11 juin 1838). Voir variante *g.*

Page 815.

a. Cour. [Monsieur un tel s'occupe-t-il toujours d'architecture ? *rayé] épr.* 2

b. neveu ? *F* : neveu par Jeanest ? *épr* 2

c. de cette jeunesse assez forte *[p. 814, 12 lignes en bas de page]* Liste incivile. *F* : de cette jeunesse assez forte [...] Liste incivile. *Ensuite :* § II / FINES RAILLERIES DU PRINCE AVEC UNE FEMME D'ESPRIT *orig.* : , de cette jeunesse assez forte [...] Liste incivile *add. épr.* 2 *var. post.*

d. Antonia *épr.* 2 : Elle *épr. 1*

e. de *F* : du *ant. Nous corrigeons la coquille de F.*

1. La sœur de Louis-Philippe, Adélaïde (1777-1847).

2. Le duc d'Orléans se maria le 30 mai 1837. Les éditions antérieures au Furne citent l'artiste, Jeanest, sculpteur et orfèvre réel que l'on retrouve dans *La Cousine Bette.*

3. On sait que c'est Balzac lui-même dont le groom était nommé ou surnommé Anchise.

4. Expression bâtie sur le vocabulaire du jeu de boston, où l'on distingue la *grande misère* ou *misère sans écart* (coup que l'on gagne en ne faisant pas une seule levée), et la *petite misère* ou *misère avec écart* (coup que l'on gagne sans faire non plus de levée, mais après avoir écarté, c'est-à-dire retiré, une carte de son jeu; dans d'autres variantes, la *petite misère*

consiste à gagner en faisant une seule levée sans plus). Il y a évidemment ici un usage ironique de ces mots.

5. Antonia est l'héroïne d'*Un homme d'affaires* (voir p. 777 sq.); sa rue n'est pas choisie au hasard : dans *La Presse* du 14 janvier 1840, Gautier parlait justement d'une courtisane en l'appelant « duchesse de la rue du Helder ». [Antonia] « n'avait pas encore été à pied » semble signifier, d'après le contexte, qu'au temps où La Palferine l'a connue, elle n'était pas encore prostituée.

Page 816.

a. au-delà de leur valeur   *add.* F

b. CHARLES-ÉDOUARD.   F : CHARLES-ÉDOUARD. *Ensuite :* CHAPITRE IX / AVANT-DERNIÈRE CONTREFAÇON DU STYLE D'UN ACADÉMICIEN   *orig.*   : CHARLES-ÉDOUARD. *ant.*

c. âcre. *Ici on lisait dès épr. 1 :* La Palferine est poète à la manière des grands seigneurs, sans vouloir paraître s'occuper de poésie, et rien n'est plus joli que ce qu'on connaît de lui. *Balzac note en marge sur épr. 2 :* (laissez là une page). *Sur épr. 3, il biffe tout et note en travers du blanc ménagé par le typographe :* Je n'ai pas eu les vers, ainsi [supprimez le blanc   *rayé*] rejoignez[1].

d. Richelieu n'a pas été *[8 lignes]* musical...   F : Richelieu n'a pas été [...] musical. *Ensuite :* CHAPITRE X / AUDACE ET BONHEUR DU PRINCE   *orig.*   : Richelieu n'a pas été [...] musical...   *add. épr. 2*

e. — Laissez ce jargon [...] point.   *add.* F

f.   , reprit Nathan   *add.* F

g. Blondet   F   : de Marsay   *orig.*   : M. R...   *épr. 3*   : M. Romieu   *ant.*

1. Il se peut que cette expression aujourd'hui vieillie figure dans le tome I de Port-Royal; elle nous aurait alors échappé. *Être dans ses bonnes,* c'est être dans un jour de bonne humeur; le Larousse du XIXᵉ siècle en donne un autre exemple balzacien : « Leurs seigneuries, étant dans leurs bonnes, dit le vieux Lecamus, veulent-elles me permettre de leur présenter mon successeur ? » (nous rectifions la citation inexacte; *Sur Catherine de Médicis,* t. XI, p. 371).

2. Allusion, notamment, au célébrissime « Qu'allait-il faire dans cette galère ? » des *Fourberies de Scapin,* pris textuel-

---

1. Spoelberch de Lovenjoul pense que Balzac avait demandé ces vers à Charles de Bernard, « comme il l'avait fait jadis pour les pièces citées dans *Illusions perdues* [...] Mais Charles de Bernard ne lui fournit rien, pas plus pour *Les Fantaisies de Claudine* que pour *Illusions perdues,* et Balzac dut renoncer à la citation projetée » (note manuscrite inédite placée en tête des épreuves des *Fantaisies de Claudine,* Lov. A 73, fº B). Voir *Corr.,* t. II, p. 114. Mais plutôt qu'à Charles de Bernard, Balzac ne se serait-il pas adressé à Gautier, alors très proche de lui ?

lement par Molière dans *Le Pédant joué* de Cyrano de Bergerac (acte II, sc. 2).

3. Balzac atténue la vulgarité d'une réplique attribuée à Richelieu par Chamfort : « Restez-y, répond le duc [à Mme de Guébriant], et charmez les marmitons pour lesquels vous êtes faite. Adieu, mon ange » (*Sur la vie privée du maréchal de Richelieu*, 1791, éd. Anguis, 1824, t. II, p. 231 ; cf. Pierre Citron, « Balzac lecteur de Chamfort », *AB 1969*, p. 297-298).

4. Blondet remplace de Marsay, correction judicieuse car le journaliste est plus proche de la bohème. Mais Balzac avait d'abord pensé à Auguste Romieu (1800-1855), qu'il avait connu en 1824-1828 : vaudevilliste à succès, collaborateur de Raisson pour plusieurs *Codes*, directeur du *Messager*, ce viveur célèbre par ses farces s'était rallié en 1830 et, au moment où Balzac écrivit *Les Fantaisies de Claudine*, était préfet de la Dordogne. Il a pu donner des traits à Blondet.

5. Les mots « ne sort de son énergie » sont incompréhensibles ; ne s'agit-il pas d'un lapsus, ou d'une mauvaise lecture du mot *inertie* sur le manuscrit perdu, et passée inaperçue au fil des éditions ?

Page 817.

a. la femme, elle sort [...] persécuteur : *orig. var. post.* : la femme. Elle sort. Il sort. Sur l'escalier, elle lui dit : *ant.*

b. fortune! *F* : fortune! *Ensuite :* CHAPITRE XI / QUELLE DISTINCTION ?... *orig.* : fortune! *ant.*

c. vingt-deux *orig.* : vingt-cinq *ant. Voir la note 1.*

d. 1834. *épr. 3* : 1833. *ant.*

1. La Palférine serait donc né en 1812 et ne pourrait être le fils d'un général mort à Wagram (1809) ; mais dans la *Revue parisienne* il avait bien vingt-*cinq* ans ; c'est en vue de faciliter son intervention dans le dénouement de *Béatrix* que Balzac l'a inconsidérément rajeuni pour l'édition de Potter. Voir l'introduction.

Page 818.

a. fendus, en amande, *orig.* : fendus en amandes, *ant. C'est nous qui corrigeons.*

b. retourner. *F* : retourner. *Ensuite :* CHAPITRE XII / FATALITÉ *orig.* : retourner. *ant.*

c. à merveille. *F* : à merveille. *Ensuite :* CHAPITRE XIII / TRAITÉ COMPLET, EX PROFESSO ROBERTO[1], DE L'AMOUR *orig.* : à merveille. *ant.*

1. Balzac associe l'expression latine *ex professo* (« ouvertement » avec ici l'idée d'un exposé théorique) à l'hémistiche d'Asinius Arena *experto crede Roberto*, « crois-en l'expérience de Robert ».

d. comme la grâce fondit sur saint Paul   *épr. 2*

e. ressenti.   *orig.*   : ressenti; soudain il se déclare, comme chez [M. de   *rayé*] Gentz, [l'am<our ?>   *rayé*] pour Fanny Essler.   *épr. 2*   : ressenti,   *épr. 1.*

f.   . Cet amour [...] Heine,   *épr. 3*   :   , il   *ant.*

1. C'est l'épisode du chemin de Damas (Actes des apôtres, chap. IX, versets 3 et suivants).

2. Balzac a supprimé en 1844 une allusion à la passion du publiciste allemand Friedrich von Gentz (1764-1832) pour la danseuse Fanny Elssler, qu'il avait évoquée deux fois l'année précédente, dans *La Muse du département* et *Splendeurs et misères des courtisanes* ; le romancier avait eu en main leur correspondance (cf. *LH,* t. I, p. 482, n. 2, et *Corr.,* t. III, p. 253). En 1840, Gentz est cité dans une lettre à Mme Hanska (10 février, *LH,* t. I, p. 668) et dans la *Revue parisienne* (25 août, p. 248).

3. Dans une étude sur l'école romantique, *Die romantische Schule* (Hambourg, 1836), Heine écrivait que la poésie est la maladie de l'homme comme la perle est la maladie de l'huître. Mais où est la vraie naissance de cette formule ? Sainte-Beuve écrit dans son compte rendu de *Servitude et grandeur militaires* (*RDM,* 15 octobre 1835) : « La perle, si chère aux poètes, n'est, dit-on, qu'une production maladive d'un habitant des coquilles marines, qui répare comme il peut son enveloppe entamée » (cité par Pierre-Georges Castex dans son commentaire sur *Les Destinées,* S.E.D.E.S., 1964, p. 169). Heine, dédicataire du récit, vivait à Paris, ne l'oublions pas, et son « mot » a pu être oral bien avant d'être écrit.

4. Mme L. Frappier-Mazur rapproche de cette expression une phrase de *La Cousine Bette* : « En amour, la première vue est tout bonnement la seconde vue » (*in* « Balzac et l'androgyne », *AB 1973,* p. 264, n. 1). Mais pourquoi seconde vue *écossaise* ? M. Tritter a bien voulu nous adresser à ce propos les indications suivantes : « On lit dans *Wann-Chlore,* t. I, p. 212 : " [...] poussée par cet intérêt particulier que l'Écossais appelle une seconde vue ", allusion probable à Walter Scott. Et le Dictionnaire de l'Académie (1835) confirme : " *Seconde vue.* Faculté dont quelques habitants du Nord prétendent être doués, et qui consiste à voir par l'imagination des choses réelles, qui existent ou arrivent dans des lieux éloignés ". »

5. Thème reparaissant de l'éros balzacien. Cf. Platon, *Le Banquet,* 189d-193d, et l'article cité dans la note précédente.

Page 819.

a. disait-il.   *F*   : disait-il. *Ensuite :* CHAPITRE XIV / OÙ L'ON VOIT QUE LA BOHÈME EST FRANÇAISE   *orig.*   : disait-il.   *ant.*

b. chanté sur l'air de *Toujours Gessler !* de Rossini, *add.*
épr. 3

1. Mot « soldatesque » car le lancement en était attribué
à Cadet-Gassicourt, pharmacien de Napoléon Ier durant
la campagne d'Autriche (1809) ; il resta longtemps argotique.
Cf. dans *Pierrette* (parue dans *Le Siècle* en janvier 1840) :
« [...] une énorme bouche *blagueuse,* s'il est permis d'employer
ce mot soldatesque, le seul qui puisse peindre [...] » (c'est
Balzac qui souligne).

2. Ou plus exactement *Encore Gessler !* dans l'opéra
Guillaume Tell, créé en 1829 (acte I, sc. VI).

Page 820.

a. toujours ! *épr. 2* : toujours, elle ne sait pas un mot
d'orthographe ! *épr. 1.*

b. la voici, car, selon ma promesse, je l'ai retrouvée :
F : la voici : *Ensuite :* CHAPITRE XV / MODÈLE DE SOUMIS-
SION *orig.* : la voici : *ant.*

Page 821.

a. beau. *épr. 2* : beau. Quelle infâme, étroite et
ennuyeuse nature que celle d'un faiseur de pièces ! *épr. 1*

Page 822.

a. princesse allemande F : princesse *orig.* : princesse
russe *épr. 2* : comtesse *épr. 1*

b. : je pense à mon abjection [...] Sauveur *add. épr. 2*

c. chaudes ! F : chaudes ! *Ensuite :* CHAPITRE XVI /
SPLENDEURS ET MISÈRES DES FEMMES QUI AIMENT[1] *orig.* :
chaudes ! *ant.*

d. Marcas, F : Marcel, *orig.* : Edmond, *ant.*

1. Allusion à Marie-Madeleine, la pécheresse convertie
de l'Évangile ? La rupture de ton est brutale, et la référence
d'un goût discutable.

2. On a pu s'étonner de l'apparition tardive (cf. variante *d*)
de ce nom, au point de croire à une coquille. Pourtant nous
pouvons lire dans *Z. Marcas,* publié un mois avant *Un prince
de la bohème* : « Notre étonnement était surtout excité par
son indifférence en fait de sentiment : la femme n'avait
jamais troublé sa vie » (*Revue parisienne,* 25 juillet 1840, p. 30) ;
Marcas explique ce fait par une théorie misogyne du travail
littéraire, que Balzac lui-même ne dédaignait pas de reprendre :

1. Le titre *Splendeurs et misères des courtisanes* date aussi de 1844 :
effet courant de publicité interne.

même la femme qui se donne *prend* tout son temps à l'artiste ;
elle le « démobilise » et surtout le vide de son énergie créatrice. Quant à la correction de Marcel en Marcas sur le Furne
seulement, elle peut s'expliquer par le fait que *Z. Marcas*
se trouve, dans cette édition, au même volume qu'*Un prince
de la bohème :* probablement Balzac n'avait-il jamais relu les
deux nouvelles ensemble depuis 1840.

Page 823.

    a. que nous tâchons [...] romans.   *F* : que nous donnent
les auteurs de romans.   *ant.*
    b.   , et tu [mêles de l'or à *rayé*] retournes la fable de
Danaé contre l'aristocratie *add. épr. 2*
    c. tête. Le médecin, Bianchon, je crois, oui, ce fut lui,
épr. 3 : tête. Le chirurgien, [Lisfranc *rayé*] Bianchon,
je crois, *épr. 2* : tête et la chirurgie *épr. 1*
    d. Bianchon *épr. 2* : le chirurgien *épr. 1. Il en est de
même dans tout le passage.*

    1. Zeus avait visité Danaé sous forme d'une pluie d'or.
Il y a deux allusions (dont une seule explicite) à cette légende
dans *La Cousine Bette.*
    2. Allusion, d'ailleurs inexacte, non à une fable mais à un
conte de La Fontaine, *L'Oraison de S. Julien.* Dans ce conte,
Renaud d'Ast dépouillé de tout pendant un voyage par trois
bandits de grands chemins, trouve un refuge inattendu et un
lit accueillant, non chez sa propre femme, mais chez une
jeune veuve, maîtresse du gouverneur de la ville et elle-
même curieuse de changement (*Contes et nouvelles,* II, 5).
    3. Balzac avait d'abord pensé à Jacques Lisfranc de Saint-
Martin (1790-1847), disciple puis concurrent de Dupuytren.
Chirurgien en chef de la Pitié de 1825 à 1847, il soignait
Laure Surville atteinte de métrite chronique. Voir *À une amie
de province,* p. 196 et p. 201-203, et les lettres de Balzac à
Zulma (*Corr.,* t. II, p. 662) et à Mme Hanska (*LH,* t. I,
p. 351, 419 ; t. II, p. 115).

Page 824.

    a. La Palférine *C'est seulement à partir d'ici que* F *imprime*
La Palférine *(avec un accent aigu), et cela jusqu'à la fin du roman.
Avant ce passage,* F *imprime* La Palferine *(sans accent). Cette
dernière graphie était utilisée uniformément tout au long de* R. *Nous
avons pris le parti d'imprimer partout ce nom avec un é.*

    1. La bricole, au sens propre, désigne le rebond d'un
projectile sur le sol ou sur une paroi (c'est notamment un
des coups du billard). Au figuré, c'est l' « habileté acquise
par une longue pratique » et, surtout au pluriel, un syno-

nyme de « moyens détournés, tromperies »; pour Huguet
(*Dictionnaire de la langue française du XVIᵉ siècle*) comme pour
Larousse, que nous citons (*Grand dictionnaire universel du
XIXᵉ siècle*), il est le plus souvent péjoratif, comme ici.

Page 825.

a. antique. *F* : antique. *Ensuite* : CHAPITRE XVII /
RÉSUMÉ *orig.* : antique. *ant.*

b. , reprit Nathan après une pause *add.* F

c. garde. *FC* : garde. Ceci, pour employer un titre
inventé par M. Victor Hugo, est une autre Guitare ! *ép. 1
lég. var. post. Voir la note 1.*

d. La marquise, trop pensive [...] la préoccupait. *F* : La
baronne était trop pensive pour rire. Elle me dit, ajouta
Nathan, un « Continuez ! » qui me prouva que les grandes
dames feraient de belles actrices. *orig., où l'on lisait ensuite :*
DEUXIÈME PARTIE / LE MÊME MÉNAGE VU DE PRÈS / CHAPITRE
XVIII / SILHOUETTE DU MARI, PROFIL DE LA FEMME. : La
baronne était trop pensive pour rire. *R, où l'on lisait
ensuite :* § II. LE MÉNAGE DE CLAUDINE : La baronne était
pensive ! *add. épr. 3, où l'on lisait ensuite le même titre que
sur R ; sur épr. 2, la première partie se termine avec les mots*
autre Guitare ! *(voir var. c.), et au folio suivant le titre de la
deuxième partie a disparu, par suite d'une déchirure du papier ;
on ne peut lire que* [II | Le *add. manuscrite*] *; sur épr. 1, les
deux parties s'enchaînent sans aucun titre ni numéro, alors qu'on
lisait 1 en tête d'épr. 1 (voir p. 808, var. b).*

e. dix ans, de 1817 à 1827, *orig.* : douze ans, de 1817
à 1829, *ant.*

f. , elle continua la dynastie des Guimard *add. épr. 2*

1. Balzac a supprimé en 1845 une allusion à *Autre guitare*,
pièce XXIII du recueil *Les Rayons et les Ombres*, de Victor Hugo,
paru chez Delloye le 16 mai 1840. *Autre Guitare* sera, dans
l'édition originale de *La Cousine Bette*, le titre du chapitre LXXXIX.
2. Par *Les Employés* (t. VII) et *Un grand homme de province
à Paris* (*Illusions perdues*, II ; t. V).
3. Par *Les Employés*. Sur du Bruel et Tullia, voir l'introduction.
4. Marie-Madeleine Guimard (1743-1816), danseuse à
l'Opéra de 1762 à 1789, fut renommée autant pour ses
mœurs et son luxe que pour ses talents.

Page 826.

a. Réthoré *c'est ainsi que le nom est orthographié tout au
long dans FC ; toutefois un passage de R donnait la graphie* Rhétoré
qu'on trouve dans les autres romans où apparaît ce personnage.

b. rue Chauchat,   *F*   : rue Saint-Georges,   *ant.*

c. 1823.   *orig.*   : 1824.   *ant.*

d. à laquelle il a des obligations [...] disait-elle...   *épr. 2* : et la chronique des coulisses prétend que Tullia jadis ne s'est pas épargnée à empaumer son oncle.   *épr. 1*

e. 1829,   *orig.*   : 1830,   *ant.*

f. trente   *épr. 2* : trente deux   *épr. 1*

g.   , elle ne savait rien *[10 lignes]* Tullia   *add. épr. 2 var. de raccord*

h. de Juillet   *add. épr. 2*

i. presque oubliée,   *orig.*   : bien oubliée,   *ant.*

j.   , mais sans que ce mariage ait été déclaré   *add. orig.*

1. Ce directeur est le vicomte Sosthène de La Rochefoucauld (1785-1864), pour qui le poste fut créé en 1824. Ce « vertueux » réformateur des arts (allongement des robes des danseuses, dissimulation des nudités du Louvre, etc.) fut d'autant plus brocardé qu'il protégeait dans le même temps la danseuse Julia (modèle de Tullia, cf. l'introduction). Détail curieux, Mme Meininger a montré que Sosthène, qui fut aussi aide-de-camp de Charles X, est le modèle le plus plausible de Réthoré, que Balzac cite pourtant ici séparément (voir aussi p. 821, six lignes avant le bas de la page, et Anne-Marie Meininger, *Les Employés...,* thèse multigraphiée, t. I, p. 240).

2. On ne voit pas bien pourquoi Balzac a renoncé à la rue Saint-Georges, sinon parce qu'elle était déjà surchargée... de domiciles balzaciens (citons le *bedi balai* d'Esther, le logis parisien de Flore Brazier, les appartements offerts à Carabine par du Tillet et à Mme Schontz par Rochefide).

3. Des deux sœurs Noblet, seule Lise (1802-1852) eut son heure de gloire. Voir sur elles la chronique de Théophile Gautier (*La Presse* du 2 octobre 1837).

4. Marie-Jean-Augustin Vestris (1760-1842), surnommé à l'Opéra « le Dieu de la Danse » (1772-1816), fut professeur de perfectionnement au Conservatoire de 1819 à juillet 1820.

5. Maria-Anna Cuppi, dite de Cupis de Camargo (1710-1770), fut danseuse à l'Opéra de 1726 à 1734 et de 1740 à 1751. Sur Guimard, voir p. 825, n. 4. Maria Taglioni, comtesse de Voisins (1804-1884), fit carrière de 1827 à 1847; elle était très célèbre en 1840, mais menacée par sa rivale Elssler.

Page 827.

a. secrètement   *add. orig.*

b. accompli.   *F*   : accompli. *Ensuite :* CHAPITRE XIX / LES MÉTAMORPHOSES DE L'OPÉRA   *orig.*   : accompli.   *ant.*

c. Bonvalot; *orig.* : Bonfalot; *ant. Nous corrigeons d'après les états antérieurs à* orig. *la coquille qui n'a pas été rectifiée par Balzac. De même un peu plus loin, où tous les états du texte donnent cependant :* Bonvalot.

d. Maintenon, [mais elle avait entendu parler de cette fameuse belle grecque qui épousa le comte Potocki, par *rayé*] *épr. 2. Voir la note 2.*

e. elle passa chez cette dame *[13 lignes]* sur lui-même, *add. épr. 2 var. post.*

f. il était déjà [...] ficelle. *orig.* : déjà ficelé. *ant.*

1. C'est-à-dire non pas « drôle », mais « digne d'être mis en scène »; voir M. Ménard, « La Notion de comique et la notation comique chez Balzac », *AB 1970,* p. 273 et p. 289.

2. Allusion aux longues manœuvres courtisanes par lesquelles Mme de Maintenon parvint à épouser Louis XIV (décembre 1684). Balzac avait pensé introduire ici une allusion à Delphine Komar; mais cette amoureuse ayant été la belle-sœur de Marie Potocka, il a dû reculer devant le risque de déplaire à cette correspondante et amie de prédilection. Voir *Corr.,* t. II, p. 226-227 (à compléter par *LH,* t. I, p. 189, n. 3).

Page 828.

a. trois *épr. 2* : six *épr. 1*

b. disait naïvement Mme Anselme Popinot *add. épr. 2*

c. du Grand-Juge. *F* : du ministre de la Justice. *ant.*

d. princières. *épr. 2* : princières. C'était, comme je viens de vous le dire, tout ce qui lui restait de vingt années de service à l'Opéra. *épr. 1*

e. cinq *épr. 3* : trois *ant.*

f. un journaliste, *F* : Théophile Gautier, *ant. Voir la note 3.*

g. enfance. *F* : enfance. *Ensuite* : CHAPITRE XX / L'HA-BITUDE EST AUSSI DANGEREUSE QUE L'AMOUR *orig.* : enfance. *ant.*

1. Erreur de Balzac : le titre de grand juge était réservé au ministre de la Justice, mais sous l'Empire; or, si Dominique-Joseph Garat (1749-1833) occupa cette fonction d'octobre 1792 à mars 1793, il ne fut sous Napoléon Ier que sénateur (1800), académicien français (1803) et comte d'Empire (1805).

2. Sur Guimard, voir p. 825, n. 4. Sophie Arnould (1744-1803), célèbre comme cantatrice et comme femme d'esprit, fut privée de sa fortune, d'ailleurs modeste, par la Révolution; en revanche, Rosalie Duthé (1752-1820), danseuse sans valeur, mais courtisane des princes (le duc de Chartres et le comte

d'Artois notamment), émigra en Angleterre jusqu'en 1815 et mourut fort riche. Balzac fait ici écho à une remarque de Th. Gautier dans *La Presse* (16 octobre 1837) : « [...] où sont [...] la Duthé, la Sophie Arnould, toutes ces charmantes sangsues qui pompaient l'argent des financiers et des grands seigneurs, l'éparpillaient ensuite à droite et à gauche, en fantaisies extravagantes et gracieuses, et mouraient [...] après avoir dévoré des millions ? » Toutefois des noms aussi célèbres sont déjà cités beaucoup plus tôt dans l'œuvre de Balzac, ainsi Guimard et Duthé dès *Le Bal de Sceaux,* en 1829. Voir t. I, p. 143 et n. 1.

3. Avant l'édition Furne, on voit qui est ce « journaliste ». L'expression (que nous n'avons pas retrouvée dans l'œuvre de Gautier) avait frappé Balzac car on la lit aussi dans *Splendeurs et misères des courtisanes,* où Europe montre « la blafarde figure d'une fille nourrie de pommes crues ».

Page 829.

a. francs. Pourquoi [...] des femmes.   *épr. 2 var. post.* : francs, et qui rendait Dubruel éligible, *épr. 1. La graphie* Dubruel, *que nous rencontrons ici, est la graphie usuelle, pour le nom de ce personnage, dans le manuscrit des « Employés ».*

b. en définitif, *F* : en définitive, *ant.*

c. les plus éclairés   *premiers mots du fragment conservé de ms.*

1. Ce jeu de cartes né sous le Directoire exige de l'intelligence et classe donc « bien » le salon qui le pratique.

Page 830.

a. infidélité, peut-être à   *tous les états sauf ms. d'après lequel nous rectifions la ponctuation.*

b. apparences.   *F* : apparences. *Ensuite :* CHAPITRE XXI / SPLENDEURS ET MISÈRES DU MARI   *orig.*[1] : apparences.   *ant.*

c. comme Claudine ont   *derniers mots du fragment conservé de ms.*

d. Aussi prêché-je [...] un reste de cheval anglais.   *add. épr. 2. C'est sur épr. 3 que les derniers mots sont demandés en ital.*

e. raison d'avoir tort !   *orig.* : raison !   *ant.*

f. de théâtre, un arbitrage [...] sortir; mais   *add. épr. 2*

g. entre   *F* : entra   *ant.*

1. Balzac a forgé ce verbe à partir du vieux français *embuschier* (XIIe s.). Cf. en français moderne embûcher (forcer un animal traqué à rentrer dans le bois); le manuscrit, connu pour ce fragment, donne *embuquer,* forme tout aussi peu attestée.

1. Voir la note 1 au bas de la page 1511.

2. Allusion possible à la réputation qu'avait l'Angleterre de produire les chevaux les plus aptes à la chasse à courre *(hunters)* : ces animaux, après une brève et brillante carrière, étaient confinés dans des tâches plus ordinaires. Du Bruel ni Balzac n'étaient hommes à reculer devant la métaphore.

3. Ceci nous semble faire allusion à un épisode de la rivalité entre la jeune Société des Gens de lettres et la Société des Auteurs dramatiques : le 18 avril 1840, Balzac vice-président, le Comité de la Société des Gens de lettres avait décidé qu'une commission se mettrait « en rapport avec la Commission des Auteurs dramatiques pour régler amiablement les intérêts des deux sociétés » (Édouard Montagne, *Histoire de la Société des Gens de lettres,* s.d. [1888], p. 23).

Page 831.

a. trente-cinq *F* : trente-trois *ant. De même six mots plus loin, de même encore onze lignes plus bas.*

b. , et les femmes *[13 lignes]* l'énigme eſt là *add. épr. 2 var. poſt*

c. trente-sept. *F* : trente-cinq. *ant.*

d. du Chacun chez soi [...] fille d'Opéra. *épr. 2* : de l'aſtérité *[sic]* de la pauvre et faible Tullia. *épr. 1*

1. Sur ce célèbre reſtaurant, voir dans *AB 1962* l'article de Marcel Bouteron et Madeleine Fargeaud : « Balzac, M. de Lenz et le Rocher de Cancale », p. 93-100 ; et celui de Fernand Lotte, « Balzac et la table », p. 119-179, notamment p. 177.

2. Mot rare, d'origine incertaine, désignant une femme malpropre ou débauchée. On le trouve chez Marot et plusieurs fois chez Gautier, notamment dans *Mademoiselle de Maupin* que Balzac admirait beaucoup. Ainsi au chapitre x : « [...] quelques-uns tournaient en ridicule les femmes dont ils étaient les amants, et se proclamaient les plus francs imbéciles de la terre de s'être ainsi acoquinés auprès de semblables guenipes » (Garnier, nouvelle édition revue, 1955, p. 224).

3. Les enfants savoyards étaient autrefois souvent ramoneurs ou ·fumiſtes, mais leur animal favori était plutôt la marmotte. Balzac ne cherche ici qu'un effet d'écho verbal, mais l'association eſt curieuse ; *Anchise* (voir p. 815 et n. 3) avait-il une guenon ?

Page 832.

a. toi qui t'es attaché aussi à une aĉtrice, mon cher, *add. épr. 2*

b. volonté! *F* : volonté! *Ensuite* : CHAPITRE XXII / DES PÉRIPÉTIES CONJUGALES *orig.* : volonté! *ant.*

c. au fond! / — Ah! madame [...] il n'y a   *F*   : au fond!
Il n'y a   *ant.*

1. Florine, maîtresse en titre de Nathan, apparaît surtout
dans *Une fille d'Ève* (t. II).
2. Autre effet d'écho. Un valet est un contrepoids permettant à une porte de se refermer sans intervention humaine.
3. Équivalent provençal, et non moins vulgaire, de dé-
gueuler.

Page 833.

a. ici!   *F*   : ici! *Ensuite :* CHAPITRE XXIII / UN CROQUIS
orig.   : ici!   *ant.*
b. trente-sept   *F*   : trente-cinq   *épr. 2*   : trente-quatre
épr. 1

Page 834.

a. Je me suis accusée *[p. 833, 5 lignes en bas de page]* revenir,
quand *add. épr. 2 var. post.*
b. s'écria-t-elle.   *F*   : s'écria-t-elle. *Ensuite :* CHAPITRE
XXIV / LE MOT DE L'ÉNIGME *orig.*   : s'écria-t-elle.   *ant.*

1. Balzac prend oraison au sens technique de discours
(*oratio* en latin), mais la couleur pseudo-cicéronienne de
l'expression qu'il forge (expression incorrecte, car il faudrait
écrire *contra Tulliam*) est probablement involontaire. Se
rappelait-il, et même savait-il, que Cicéron se nommait Tul-
lius et appartenait à la *gens Tullia* ?
2. Périodique de petites annonces fondé par Renaudot
en 1638 sous le nom de *Bureau d'adresses, Les Petites Affiches*
paraissaient sous ce second titre depuis 1715. Y étaient noti-
fiés certains actes à caractère judiciaire ou légal.

Page 835.

a. bohème.   *F*   : bohème. *Ensuite :* XXV / LE RÔLE DE
CADAVRE *orig.*   : bohème.   *ant.*
b. Un mois après [...] du Bruel,   *épr. 2*   : Quand il
fallut sortir,   *épr. 1*
c.   , car elle me reconduisit chez Florine   *add. épr. 3*
d. cinq   *F*   : six   *épr. 3*   : quatre   *ant.*

Page 836.

a. Réthoré... " Du Bruel était blême.   *F*   : Réthoré... "
Du Bruel était blême. *Ensuite :* CHAPITRE XXVI / SUR L'AIR :
C'EST L'AMOUR ETC. *orig.*   : Réthoré... "   *ant.*
b. les trois quarts,   *F*   : la moitié,   *ant.*
c.   , l'ordre papal de l'Éperon d'Or   *add. F; voir var. d.*

d. L'ancien vaudevilliste *[5 lignes]* outre sa grande. *add. épr. 2 var. post.*

e. mois, F : jours, *ant. Correction inadéquate, voir var. f et l'introduction p. 802.*

f. trois F : deux *ant.*

1. Plutôt que de l'Académie française, qui venait de repousser Hugo pour lequel Balzac s'était désisté (19 décembre 1839), il doit s'agir ici soit des Inscriptions et Belles-Lettres (à cause des « traités d'archéologie »), soit plutôt des Sciences morales et politiques, en raison des « œuvres de statistique » et surtout des « deux brochures politiques ».

2. Ces décorations sont réelles. La deuxième (espagnole) et la troisième (russe) sont portées par La Billardière dans *Les Employés* (éd. Meininger, Bibl. de la Pléiade, t. VII, p. 957, n. 2).

3. Bernard Chérin (1718-1785), généalogiste des ordres du roi (1772), historiographe (1776), héraldiste incontesté; ses archives concernent plus de quatre mille familles nobles.

4. Ce mot inélégant n'est pas un néologisme balzacien : Furetière et Mme de Sévigné l'emploient, et l'Académie française l'accepte depuis 1762.

5. Indication peu acceptable : d'après la chronologie interne du texte, nous sommes déjà au moins en 1838 (or la rencontre a eu lieu en 1834); d'autre part, pour que la « couture » avec *Béatrix* soit plausible, nous devrions être en avril 1841, date à laquelle Mme de Rochefide rencontre La Palférine pour la première fois (*Béatrix,* t. II, p. 927-928). Voir l'Introduction, p. 802.

Page 837.

a. Un jour, il y a de cela un mois, *add. épr. 3*

b. pair. *épr. 2* : pair. Il n'y a que les danseuses pour de tels sauts : *épr. 1*

c. Saisi d'admiration *[5 lignes]* la fleur qui chante [, la pierre précieuse qui fait de *rayé*] *add. épr. 2*

d. ou l'œuf du Rok *add. épr. 3*

e. Voix F : Voie *ant. Nous corrigeons la coquille de F.*

f. testament! F : testament. *Ensuite :* CHAPITRE XXVII / FIN OU FI! *orig.* : testament. *ant.*

g. — Eh bien, dit en finissant Nathan [...] je me demande F : — Eh bien, dis-je en finissant à la jeune Mme de Rastignac à qui je racontais cette histoire de la plus exacte vérité dans tous ses détails, je me demandais *épr. 1*

h. tandis qu'il est à la Chambre des pairs... *orig.* : tandis qu'il est de la Cour... *ant. Ensuite, le dénouement est très différent dans les états du texte antérieurs à l'originale : voir var. a, p. 838.*

1. Association verbale moqueuse : Louis-Philippe était souvent appelé le « roi citoyen » (à l'origine sans nuance péjorative).

2. Oiseau fabuleux, souvent cité dans *Les Mille et Une Nuits*.

Page 838.

a. Vous changerez les noms [*1ʳᵉ ligne de la page]* Vie privée.) F : Vous appelez cela de l'avancement, répondit-elle en souriant au milieu d'une tristesse profonde. La jolie Baronne avait les yeux humides et y passait les dentelles de son mouchoir. / Qu'avez-vous ? / — Mon cher Nathan, dit-elle, en me lançant un amer sourire, je sais un autre ménage où c'est le mari qui est aimé, et où c'est la femme qui est Du Bruel. / J'avais oublié, comme cela nous arrive souvent à nous autres gens d'imagination, qu'après quinze ans d'une liaison continue, et après avoir, selon le mot de la Bourgoin¹, essayé son gendre, la baronne Delphine de Nucingen avait marié sa fille à Rastignac, que la vieille financière gouvernait entièrement cet homme d'état sans qu'il s'en aperçût, et que la jeune baronne de Rastignac avait fini par apprendre, la dernière, ce que tout Paris savait. / — Vous allez publier cela, dit Nathan. / — Certes. / — Et le dénouement ? / Je [ne *surchargeant* n'y] crois pas aux dénouements, il faut en faire [quelques-uns *add. épr. 3]* de beaux pour montrer que l'art est aussi fort que le hasard; [mais, mon cher, on ne relit une œuvre que pour ses détails. / — Mais *épr. 3]* mais [on ne *rayé*] les détails, mon cher!... / — Mais il y a un dénouement [, me dit Nathan *add. épr. 3]*. / — eh! [lequel ? *add. orig.]* / — La jeune Baronne de Rastignac est folle de Charles-Édouard, [elle *rayé 1*] [elle l'aime *rayé 2*] mon récit [avait *épr. 3]* a piqué sa curiosité. / — Oui, mais La Palférine ?... / [Il *add.* R] L'adore. / — La Malheureuse! *épr. 2 var. post*. : Vous appelez cela de l'avancement, répondit-elle en souriant au milieu d'une tristesse profonde, elle avait les yeux *[comme dans épr. 2]* où c'est la femme qui est Cursy. / J'avais oublié *[comme dans épr. 2]* marié sa fille à Rastignac et gouvernait entièrement cet homme d'état sans qu'il s'en aperçût. *épr. 1 var. post*².

b. 1839-1845. F : Août 1840. *orig.* : De Balzac. Août 1840, AUX JARDIES *ant.*

1. Cette allusion n'est claire que dans le texte de la *Revue parisienne* : voyez la variante *a* et l'Introduction, p. 800-803.

2. Publicité tardive pour le roman qui venait de décider

1. Ou plutôt la Bourgoing, actrice dont la célébrité avait été grande (1781-1834).
2. Sur l'important remaniement de *F*, voir l'introduction p. 800-803.

Balzac à remanier son dénouement et à ajouter un préambule :
cf. encore la variante *a* et l'introduction, et aussi p. 807,
var. *c*; p. 808, var. *a*.

INDICATIONS BIBLIOGRAPHIQUES

SAINTE-BEUVE : « De la littérature industrielle », *Revue des
Deux Mondes,* 1ᵉʳ septembre 1839 (t. XIX, p. 675-691).
— *Port-Royal,* éd. Renduel, t. I, 1840.
BALZAC : « Sur M. Sainte-Beuve, à propos de *Port-Royal* »,
     Revue parisienne, nᵒ 2, 25 août 1840.
GADENNE (Paul) : Introduction à *Un prince de la bohème,* dans
     L'Œuvre de Balzac, Club français du Livre, t. IX.
PUGH (Anthony-R.) : « Note sur l'épilogue d'*Un prince de la
     bohème* », *AB 1967,* p. 357-361.
BARDÈCHE (Maurice) : Introduction à *Un prince de la bohème,*
     dans *Œuvres complètes* de Balzac, 2ᵉ éd., t. XI, 1969, p. 283-
     289.
ROUSSEAU (H.) : « Napoléon d'Abrantès », *AB 1979.*

GAUDISSART II

HISTOIRE DU TEXTE

À la fin de ce petit récit, Balzac indiqua une date de rédaction évidemment fausse, puisque postérieure à sa première
publication. Plusieurs documents permettent de déduire qu'il
dut en réalité faire partie des articles destinés au *Diable à Paris*
dont le romancier annonçait l'achèvement « en huit jours »
à la fin d'août 1844 (*LH,* t. II, p. 500-502). Remanié peu de
temps après, spécialement pour *Le Diable à Paris,* il devait
l'être de nouveau, sans doute au début de 1846, quand Balzac
le prépara à la fois pour paraître seul dans *La Comédie humaine*
et pour être inséré dans *Le Provincial à Paris,* version hors
Comédie humaine des *Comédiens sans le savoir.* Dans cette dernière
version, il retrouvait sa destination première : en effet, sur
les plans primitifs des futurs *Comédiens sans le savoir,* « 4. Le
Gaudissart », puis « 4. Un Gaudissart de la rue Vivienne »,
figuraient parmi les articles que, dès juin-juillet 1844, Balzac
prévoyait de réunir en un seul récit après leur publication

séparée dans *Le Diable à Paris* (voir *Les Comédiens sans le savoir*, appareil critique, p. 1670 sq.).

Le manuscrit, ainsi que les épreuves de ce récit, existent toujours. Balzac les avait fait relier avec trois autres «bluettes» destinées au *Diable à Paris* et, le 1er janvier 1845, il dédiait ce recueil à Joseph Vimard, greffier en chef de la Cour royale de Rouen, en remerciement des renseignements que ce dernier lui avait procurés pour *L'Envers de l'histoire contemporaine* : « Quelques personnes veulent bien imaginer que la preuve de travaux qui me coûtent mes jours et mes nuits sera très précieuse » (*Corr.*, t. IV, p. 774-775). Celle-ci est si précieuse qu'aujourd'hui encore, figurant dans une collection privée, elle est inaccessible et n'a pu être utilisée pour notre étude des variantes. Ce genre d'interdit est toujours regrettable, même quand il s'agit d'une œuvre mineure. Car Balzac semble avoir travaillé ces pages avec la conscience qu'il mettait à tous ses travaux, si l'on en juge par la description qu'en donne le catalogue d'une exposition où figura le recueil jadis offert au greffier : « *Un Gaudissart de la rue Vivienne,* manuscrit autographe en 15 fos et huit jeux successifs d'épreuves corrigées, le dernier portant le bon à tirer » (*Exposition commémorative du cent cinquantième anniversaire de Balzac,* organisée par Pierre Berès du 20 mai au 20 juin 1949).

ÉDITIONS CONTROLÉES PAR BALZAC

— La *publication préoriginale* du récit eut lieu dans *La Presse* le 12 octobre 1844 avec le titre *Un Gaudissard [sic] de la rue Richelieu* et le sous-titre *Les Comédiens [sic] qu'on peut voir gratis à Paris.* Il était accompagné de la note suivante : « Cet article est la propriété de M. Hetzel, éditeur à Paris, qui doit le faire paraître mardi prochain dans sa charmante publication du *Diable à Paris.* La reproduction est formellement interdite sous peine de poursuites en contrefaçon. » Après avoir cédé cet article qui couvrait une partie des dettes de Balzac envers *La Presse* (*Corr.*, t. IV, p. 731 et n. 2, 20 septembre 1844), Hetzel avait sans doute exigé cette note-réclame en compensation de la seule revente d'article du *Diable à Paris* qui n'ait pas été réalisée à son profit.

— L'*édition originale* parut dans *Le Diable à Paris,* comme l'avait annoncé *La Presse,* le mardi 15 octobre 1844 : le texte formait les 37e et 38e livraisons du tome I (p. 289-299). Le titre en était *Un Gaudissart de la rue Richelieu* et le sous-titre *Les Comédies qu'on peut voir gratis à Paris,* déjà donné dans *Le Diable à Paris* à *Un espion à Paris* et à *Une marchande à la toilette.* Cette version présentait par rapport à celle de *La Presse* une notable addition sur *Le Persan...* dont l'auteur n'était peut-être pas Balzac (voir la fin de la note 6 de la page 850).

— La *2e édition* du récit parut dans le tome XII de *La Comédie humaine,* annoncé par la *Bibliographie de la France* du 1er août 1846, qui formait le tome IV des *Scènes de la vie parisienne.* Pour cette édition, Balzac ajouta la dédicace et changea le titre en *Gaudissart II.* Il n'avait pas prévu cette publication séparée : elle ne figure pas au *Catalogue des ouvrages que contiendra « La Comédie humaine »* établi en 1845, dans lequel le projet de regroupement des articles du *Diable à Paris* se trouvait alors sous le titre *Les Comiques sérieux.*

— La *3e édition* du texte, réaménagé, constitue les chapitres XVI à XXIV du *Provincial à Paris* édité par Roux et Cassanet. Les pages de titre de cette édition portent la date de 1847, mais elle fut annoncée par la *Bibliographie de la France* le 10 juin 1848. C'est le 1er mars 1845 que Balzac traitait avec l'éditeur Chlendowski pour cette nouvelle version des *Comédiens sans le savoir* qui, en septembre de la même année, était cédée par le Polonais à Roux et Cassanet (voir *Les Comédiens sans le savoir,* p. 1676-1677). Dès janvier 1846 vraisemblablement, Balzac remaniait le texte de *La Presse* et du *Diable à Paris* de manière à permettre son insertion dans le récit des pérégrinations de Gazonal. Ces remaniements furent sans doute antérieurs à l'adaptation de *Gaudissart II* pour une publication séparée dans *La Comédie humaine* en 1846, dont le texte présente plusieurs leçons communes avec celui de la publication de Roux et Cassanet.

SIGLES UTILISÉS

P   *La Presse,* 12 octobre 1844.
orig.   *Le Diable à Paris,* 15 octobre 1844.
F   Furne, août 1846.
FC   Furne corrigé.

DOCUMENT

LA VERSION DU "PROVINCIAL A PARIS"

XVI / OÙ BIXIOU SE DÉPLOIE

« Eh bien! que pensez-vous, demanda Bixiou, de ce qu'est le commerce à Paris ? / — C'est étourdissant, pyramidal, effrayant... dit le Méridional. / — Je m'en vais vous faire voir bien autre chose ! / — Quoi ? / — La comédie de la vente... / — Je le désire, car je vois tant de boutiques dans Paris que je ne sais pas où peuvent être les acheteurs!... dit Gazonal. /

— Ah! mon cher, lui répondit Bixiou, vous avez bien deviné
la plaie du commerce parisien!... Savoir vendre, pouvoir
vendre et vendre! La province ne se doute pas de tout ce que
Paris doit de grandeurs à ces trois faces du même problème. /
L'éclat de magasins aussi riches que les salons de la noblesse
avant 1789, la splendeur des cafés qui souvent efface, et très
facilement, celle du néo-Versailles, le poème des étalages
détruit tous le soirs, reconstruit tous les matins; l'élégance et
la grâce des jeunes gens en communication avec les acheteurs,
les piquantes physionomies et les toilettes des jeunes filles
qui doivent attirer les acheteurs; et enfin, récemment, les
profondeurs, les espaces immenses et le luxe babylonien des
galeries où les marchands monopolisent les spécialités en les
réunissant, tout ceci n'est rien!... — Rien, dit Gazonal. / — Il
ne s'agit encore que de plaire à l'organe le plus avide et le
plus blasé qui se soit développé chez l'homme depuis la
société romaine, et dont l'exigence est devenue sans bornes,
grâce aux efforts de la civilisation la plus raffinée. / Cet organe,
c'est *l'œil des Parisiens !...* / — Cet œil, dit Léon de Lora, pour
lequel je travaille, consomme des feux d'artifice de cent mille
francs, des palais de deux kilomètres de longueur sur soixante
pieds de hauteur en verres multicolores, des féeries à quatorze
théâtres tous les soirs, des panoramas renaissants, de continuelles expositions de chefs-d'œuvre, des mondes de douleur
et des univers de joie en promenade sur les boulevards en
errant par les rues; des encyclopédies de guenilles au carnaval,
vingt ouvrages illustrés par an, mille caricatures, dix mille
vignettes, lithographies et gravures. / — Cet œil lampe pour
quinze mille francs de gaz tous les soirs, dit Bixiou. / — Enfin,
pour satisfaire, reprit le peintre, la ville de Paris dépense
annuellement quelques millions en points de vue et en plantations. / — Et ceci n'est rien encore!... / — Eh! bouffre,
qu'est-ce? demanda Gazonal. / — Ce n'est que le côté matériel
de la question, dit Bixiou. Oui, c'est peu de chose en comparaison des efforts de l'intelligence, des ruses, dignes de Molière,
employées par les soixante mille commis et les quarante mille
demoiselles qui s'acharnent à la bourse des acheteurs, comme
les millions d'ablettes aux morceaux de pain qui flottent sur
les eaux de la Seine.

XVII / LES GAUDISSARTS

— Avez-vous jamais vu l'illustre Gaudissart? / — Qui
né lé connaît? / — Eh bien! nous avons fini par donner son
nom à tous ses confrères; mais le Gaudissart sur place est
au moins est égal en capacités, esprit, en raillerie, en philosophie, à l'illustre commis-voyageur devenu le type de cette

tribu. / Sorti de son magasin, de sa partie, il est comme un ballon sans son gaz; il ne doit ses facultés qu'à son milieu de marchandises, comme l'acteur n'est sublime que sur son théâtre. / Quoique, relativement aux autres commis-marchands de l'Europe, le commis français ait plus d'instruction qu'eux, qu'il puisse au besoin parler asphalte, bal Mabille, polka, littérature, livres illustrés, chemin de fer, politique, Chambres et révolution, il est excessivement sot quand il quitte son tremplin, son aune et ses grâces de commande; mais, là, sur la corde raide du comptoir, la parole aux lèvres, l'œil à la pratique, le châle à la main, il éclipse le grand Talleyrand; il a plus d'esprit que Désaugiers, il a plus de finesse que Cléopâtre, il vaut Monrose doublé de Molière. / Chez lui, Talleyrand eût joué Gaudissart; mais, dans son magasin, Gaudissart aurait joué Talleyrand.

XVIII / ANECDOTE

— Expliquez-moi ce paradoxe par exemple, demanda Gazonal. / — D'accord, dit Bixiou. / Deux jolies duchesses babillaient aux côtés de cet illustre prince, elles voulaient un bracelet. / On attendait, de chez le plus célèbre bijoutier de Paris, un commis et des bracelets. Un Gaudissart arrive, muni de trois bracelets, trois merveilles, entre lesquelles les deux femmes hésitent. / Choisir! c'est l'éclair de l'intelligence. / Hésitez-vous ?... tout est dit, vous vous trompez. / Le goût n'a pas deux inspirations. / Enfin, après dix minutes, le prince est consulté; il voit les deux duchesses aux prises avec les mille facettes de l'incertitude entre les deux plus distingués de ces bijoux; car, de prime abord, il y en eut un d'écarté. / Le prince ne quitte pas sa lecture, il ne regarde pas les bracelets, il examine le commis. / "Lequel choisiriez-vous pour votre bonne amie ?" lui demanda-t-il. / Le jeune homme montre un des bijoux. / "En ce cas, prenez l'autre, vous ferez le bonheur de deux femmes, dit le plus fin des diplomates modernes, et vous, jeune homme, rendez en mon nom votre bonne amie heureuse." / Les deux jolies femmes sourient, et le commis se retire aussi flatté du présent que le prince vient de lui faire que de la bonne opinion qu'il a de lui.

XIX / QUELQUES VARIÉTÉS DE GAUDISSART

— Pour que vous puissiez comprendre la petite comédie que nous vous menons voir, reprit Bixiou qui dirigeait Gazonal vers la rue de Richelieu, il faut que je vous en fasse le prologue. / — J'écoute. / — Ainsi une femme descend de son brillant équipage devant un de ces somptueux magasins où l'on vend des châles, elle est accompagnée d'une autre femme./ Les femmes sont presque toujours deux pour ces sortes d'expéditions. / Toutes, en semblable occurrence, se promènent dans dix magasins avant de se décider; et, dans l'intervalle de l'un à l'autre, elles se moquent de la petite comédie que leur jouent les commis. / Quand il s'agit de peindre le plus grand fait du commerce parisien, la Vente, il faut vous présenter un type où je résume la question. / Or, en ceci, le châle ou la châtelaine de mille écus causent plus d'émotions que la pièce de batiste, que la robe de trois cents francs. / Mais sachez que la scène se joue dans les magasins de nouveautés pour du barège à deux francs ou pour de la mousseline imprimée, à quatre francs le mètre! / Comment voulez-vous que ces femmes se défient d'un joli tout jeune homme, à la joue veloutée et colorée comme une pêche, aux yeux candides, vêtu presque aussi bien que vous et doué d'une voix douce comme la toison qu'il vous déplie ? / Il y en a trois ou quatre ainsi. L'un à l'œil noir, à la mine décidée, qui vous dit : " Voilà ! " d'un air impérial. L'autre aux yeux bleus, aux formes timides, aux phrases soumises, et dont on dit : " Pauvre enfant! il n'est pas né pour le commerce!... " Celui-ci châtain clair, l'œil jaune et rieur, à la phrase plaisante, et doué d'une activité, d'une gaîté méridionales. Celui-là rouge-fauve, à barbe en éventail, roide comme un communiste, sévère, imposant, à cravate fatale, à discours brefs. Ces différentes espèces de commis, qui répondent aux principaux caractères de femmes, sont les bras de leur maître, un gros bonhomme à figure épanouie, à front demi-chauve, à ventre de député ministériel, quelquefois décoré de la Légion d'Honneur, comme celui que vous allez voir, pour avoir maintenu la supériorité du Métier français, offrant des lignes d'une rondeur satisfaisante, ayant femme, enfants, maison de campagne, et son compte à la Banque. / Ce personnage descend dans l'arène à la façon du *deus ex machina,* quand l'intrigue trop embrouillée exige un dénouement subit. Ainsi les femmes sont environnées de bonhomie, de jeunesse, de gracieusetés, de sourires, de plaisanteries, de ce que l'Humanité civilisée offre de plus simple, de décevant, le tout arrangé par nuances pour tous les goûts.

XX / LE JOUR ET LA NUIT SE VENDENT À PARIS

— Un mot sur les effets naturels d'optique, d'architecture, de décor, dit le peintre en arrêtant son cousin, un mot court, décisif, terrible; un mot, qui est de l'histoire faite sur place, car tu vas au Persan, n'est-ce-pas ? demanda Léon à Bixiou. /

— Oui. / — Eh bien ! cousin, vois-tu cette élégante boutique blanc et or, vêtue de velours rouge, où l'on vend des livres ?... / — Oui. / — Elle possédait une pièce en entresol où le jour vient en plein de la rue de Ménars, et vient, comme dans mon atelier, franc, pur, toujours égal à lui-même. / Eh bien ! le riche magasin du Persan, son voisin, a fait le siège de ce pauvre petit entresol ; et, à coups de billets de banque, il s'en est emparé. / Le Persan a sacrifié quelques diamants de sa couronne pour obtenir ce jour. / Ce rayon de soleil augmente la vente de cent pour cent, à cause de son influence sur le jeu des couleurs ; il met en relief toutes les séductions des châles, c'est un rayon d'or ! / Sur ce fait, juge de la mise en scène de tous les magasins de Paris ?...

XXI / OBSERVATION ARCHÉOLOGIQUE

— J'ai toujours, dit Léon, admiré le Persan, ce roi d'Asie qui se carre à l'angle de la rue de la Bourse et de la rue Richelieu, chargé de dire *urbi et orbi :* " Je règne plus tranquillement ici qu'à Lahore. " / — Dans cinq cents ans, dit le caricaturiste, cette sculpture au coin de deux rues occupera, je l'espère bien, les archéologues, et ils écriront des volumes in-quarto avec figures, comme celui de M. Quatremère sur le Jupiter-Olympien, où mes gaillards démontreront que Napoléon a été un peu Sophi dans quelque contrée d'Asie avant d'être empereur des Français. / — Je voudrais vivre assez pour voir cette farce, dit Gazonal. / — Nous en voyons faire tous les jours de pareilles, dit Léon de Lora.

XXII / PHYSIOLOGIE DE LA VENTE

— Revenons à ces jeunes gens, à ce quadragénaire décoré, reçu par le roi des Français à sa table, à ce premier commis à barbe rousse, à l'air autocratique, dit Bixiou. / Ces Gaudissarts émérites se sont mesurés avec mille caprices par semaine, ils connaissent toutes les vibrations de la corde-cachemire dans le cœur des femmes. / Quand une lorette, une dame respectable, une jeune mère de famille, une lionne, une duchesse, une bonne bourgeoise, une danseuse effrontée, une innocente demoiselle, une trop innocente étrangère se présentent, chacune d'elles, est aussitôt analysée par ces sept ou huit hommes qui l'ont étudiée au moment où elle a mis la main sur le bec de canne de la boutique et qui stationnent aux fenêtres, au comptoir, à la porte, à un angle, au milieu du magasin, en ayant l'air de penser aux joies d'un dimanche échevelé ; en les examinant, on se demande même : " À quoi peuvent-ils penser ? " / La bourse d'une femme, ses désirs, ses intentions, sa fantaisie sont mieux fouillés alors en un moment que les douaniers ne fouillent une voiture suspecte à la frontière en sept quarts d'heure. / Ces intelligents gaillards, sérieux comme des pères nobles ont tout vu : les détails de la mise, une invisible empreinte de boue à la bottine, une passe arriérée, un ruban de chapeau sale ou mal choisi, la coupe et la façon de la robe, le neuf des gants, la robe coupée par les intelligents ciseaux de Victorine IV, le bijou de Froment-Meurice, la babiole à la mode, enfin tout ce qui peut dans une femme trahir sa qualité, sa fortune, son caractère. / Frémissez ! / Jamais ce sanhédrin de Gaudissarts, présidé par le patron, ne se trompe. / Puis les idées de chacun sont transmises de l'un à l'autre avec une rapidité télégraphique par des regards, par des tics nerveux, des sourires, des mouvements de lèvres, que, les observant, vous diriez de l'éclairage soudain de la grande avenue des Champs-Élysées, où le gaz vole de candélabre en candélabre comme cette idée allume les prunelles de commis en commis. Et aussitôt, si c'est une Anglaise, le Gaudissart sombre, mystérieux et fatal s'avance, comme un personnage romanesque de lord Byron. Si c'est une bourgeoise, on lui détache le plus âgé des commis ; il lui montre cent châles en un quart d'heure, il la grise de couleurs, de dessins ; il lui déplie autant de châles que le milan décrit de tours sur un lapin ; et, au bout d'une demi-heure, étourdie et ne sachant que choisir, la digne bourgeoise, flattée dans toutes ses idées, s'en remet au commis qui la place entre les deux marteaux de ce dilemme et les égales séductions de deux châles. / " Celui-ci, madame, est très avantageux. Il est vert-pomme, la couleur à la mode ; mais la mode change, tandis que celui-ci (le noir ou le blanc dont la vente est urgente), vous n'en verrez pas la fin, et il peut aller avec toutes les toilettes. " Ceci est l'*a, b, c* du métier. Entrons !... » ajouta Bixiou en ouvrant la porte du plus célèbre magasin de châles de Paris.

XXII [*sic pour* XXIII] / LE VAUDEVILLE
PROMIS PAR BIXIOU

« bonjour, Prosper, dit Bixiou au premier commis qui s'avança d'un air joyeux en reconnaissant le célèbre caricaturiste, avez-vous toujours la petite Reine ? / — Chut ! dit Prosper. Que venez-vous faire ici ?... / — Montrer à monsieur, que voici, comment l'on s'y prend pour enfoncer le monde, il est fabricant et ne rien sait du détail, nous nous amusons à lui expliquer les ressorts de Paris. / — Eh bien ! vous avez bien fait de l'amener ici, dit Prosper. / Notre patron est certainement l'homme le plus fort que j'aie vu. / Je ne parle pas comme fabricant, monsieur Fritot est le premier; mais, comme vendeur, il a inventé le châle-Sélim, *un châle impossible à vendre,* et que nous vendons toujours. / Nous gardons dans une boîte en bois de cèdre, très simple, mais doublée de satin, un châle de cinq à six cents francs, un des châles envoyés par Sélim à l'empereur Napoléon. / Ce châle, c'est notre Garde impériale, on le fait avancer en désespoir de cause : *il se vend et ne meurt pas.* »

§ Ier — Premier acte. — Prologue

En ce moment, une Anglaise déboucha de sa voiture de louage et se montra dans le beau idéal de ce flegme particulier à l'Angleterre et à tous ses produits prétendus animés.

Vous auriez dit de la statue du Commandeur marchant par certains soubresauts d'une disgrâce fabriquée à Londres dans toutes les familles avec un soin national.

« L'Anglaise, dit le premier commis à l'oreille de Bixiou, c'est notre bataille de Waterloo. / Nous avons des femmes qui nous glissent des mains comme des anguilles, on les rattrape sur l'escalier; des lorettes qui nous *blaguent,* on rit avec elles, on les tient par le crédit; des étrangères indéchiffrables chez qui l'on porte plusieurs châles et avec lesquelles on s'entend en leur débitant des flatteries; mais l'Anglaise, c'est s'attaquer au bronze de la statue de Louis XIV... Ces femmes-là se font une occupation, un plaisir de marchander... / Elles nous font *poser,* quoi!... Enfin, vous allez voir! Il est possible que le patron fasse donner la Garde impériale. »

§ II. — Premier tableau

Le commis romanesque s'était avancé. / « Madame souhaite-t-elle son châle des Indes ou de France, dans les hauts prix, ou... / — Je verrai *(véraie).* / — Quelle somme madame y consacre-t-elle ? / Je verrai *(véraie).* » En se retournant pour prendre les châles et les étaler sur un portemanteau, le commis jeta sur ses collègues un regard significatif (Quelle scie!) accompagné d'un imperceptible mouvement d'épaules. / « Voici nos plus belles qualités en rouge des Indes, en bleu, en jaune-orange; tous sont de dix mille francs... / Voici ceux de cinq mille et ceux de trois mille. » / L'Anglaise, d'une indifférence morne, lorgna d'abord tout autour d'elle avant de lorgner les trois exhibitions, sans donner signe d'approbation ou d'improbation. / « Avez-vous d'autres ? demanda-t-elle *(havai-vo-d'hôte).* / — Oui, madame; mais madame n'est peut-être pas bien décidée à prendre un châle ? — Oh! *(Hâu)* très décidée *(trai-deycidai)* ».

§ III. — Deuxième tableau

Et le commis alla chercher des châles d'un prix inférieur; mais il les étala solennellement, comme des choses dont on semble dire ainsi : / « Attention à ces magnificences. » / « Ceux-ci sont beaucoup plus chers, dit-il, ils n'ont pas été portés, ils sont venus par courriers et sont achetés directement aux fabricants de Lahore. / — Oh! je comprends, dit-elle, ils me conviennent beaucoup mieux *(miéuie)* » / Le commis resta sérieux, malgré son irritation intérieure qui gagnait Gazonal et les deux artistes. / L'Anglaise, toujours froide comme du cresson, semblait heureuse de son flegme. / « Quel prix? dit-elle en montrant un châle bleu-céleste couvert d'oiseaux nichés dans des pagodes. / — Sept mille francs. » / Elle prit le châle, s'en enveloppa, et regarda dans la glace, et dit en le rendant : / « Non, je n'aime pas. *(No, jé n'ame pouint.)* » / Un grand quart-d'heure passa dans des essais infructueux. / « Nous n'avons plus rien, madame, dit le commis en regardant son patron.

§ IV. — Troisième tableau

— Madame est difficile, comme toutes les personnes de goût », dit le chef de l'établissement en s'avançant avec ces grâces boutiquières où le prétentieux et le patelin se mélangeaient agréablement. / L'Anglaise prit son lorgnon et toisa le fabricant de la tête aux pieds, sans vouloir comprendre que cet homme était éligible et dînait aux Tuileries. / « Il ne me reste qu'un seul châle, mais je ne le montre jamais, reprit-il, personne ne l'a trouvé de son goût, il est très bizarre; et, ce matin, je me proposais de le donner à ma femme; nous l'avons depuis 1805, il vient de l'impératrice Joséphine. / — Voyons, monsieur. / — Allez le chercher! dit le patron à un commis, il est chez moi... / — Je serai beaucoup *(bocop)* très satisfaite de le voir », répondit l'Anglaise.

§ V. — Deuxième acte. — Quatrième tableau

Cette réponse fut comme un triomphe, car cette femme spleenique paraissait sur le point de s'en aller. / Elle faisait semblant de ne voir que les châles; tandis qu'elle regardait les commis et les deux acheteurs avec hypocrisie, en abritant sa prunelle par la monture de son lorgnon. / « Il a coûté soixante mille francs en Turquie, madame. / — Oh! *(Háu)* / — C'est un des sept châles envoyés par Sélim, avant sa catastrophe, à l'empereur Napoléon. / L'impératrice Joséphine, une créole, comme milady le sait, très capricieuse, le céda contre un de ceux apportés par l'ambassadeur turc et que mon prédécesseur avait acheté; mais, je n'en ai jamais trouvé le prix; car, en France, *nos dames* ne sont pas assez riches, ce n'est pas comme en Angleterre... / Ce châle vaut sept mille francs qui, certes, en représente quatorze ou quinze par les intérêts composés... / — Composé, de quoi ? dit l'Anglaise. *(Komppôsai de quoâ ?)* / — Voici, madame. » / Et le patron, en prenant des précautions que les démonstrateurs du *Grune-gevelbe* de Dresde eussent admirées, ouvrit avec une clef minime une boîte carrée en bois de cèdre dont la forme et la simplicité firent une profonde impression sur l'Anglaise. / De cette boîte, doublée en satin noir, il sortit un châle d'environ quinze cents francs, d'un jaune d'or, à dessins noirs, dont l'éclat n'était surpassé que par la bizarrerie des inventions indiennes. / « *Splendid !* dit l'Anglaise, il est vraiment beau... Voilà mon idéal *(idéol)* de châle, *it is very magnificent...* » / Le reste fut perdu dans la pose de madone qu'elle prit pour montrer ses yeux sans chaleur, qu'elle croyait beaux. / « L'empereur Napoléon l'aimait beaucoup, il s'en est servi... — *Bocop* », répéta-t-elle. / Elle prit le châle, le drapa sur elle, s'examina. / Le patron reprit le châle, vint au jour le chiffonner, le mania, le fit reluire ; il en joua comme Liszt joue du piano. / « C'est *very fine, beautiful, sweet !* » dit l'Anglaise de l'air le plus tranquille.

§ VI. — Cinquième tableau

Léon, Gazonal, Bixiou, les commis échangèrent des regards de plaisir qui signifiaient : / « Le châle est vendu. » / « Eh bien ! madame ? demanda le négociant en voyant l'Anglaise absorbée dans une sorte de contemplation infiniment trop prolongée. / — Décidément, dit-elle, j'aime mieux une *vôteure !...* » Un même soubresaut anima les commis silencieux et attentifs, comme si quelque fluide électrique les eût touchés. / « J'en ai une bien belle, madame, répondit tranquillement le patron, elle me vient d'une princesse russe, la princesse de Narzicoff, qui me l'a laissée en paiement de fournitures ; si madame voulait la voir, elle en serait émerveillée ; elle est neuve, elle n'a pas roulé dix jours, il n'y en a pas de pareille à Paris. » / La stupéfaction des commis fut contenue par leur profonde admiration. / « Je veux bien, répondit-elle. / — Que madame garde sur elle le châle, dit le négociant, elle en verra l'effet en voiture. » / Le négociant alla prendre ses gants et son chapeau. / « Comment cela va-t-il finir ?... » dit le premier commis en voyant son patron offrant sa main à l'Anglaise et s'en allant avec elle dans la calèche de louage.

§ VII. — Sixième et dernier tableau

Ceci pour tout le monde avait pris l'attrait d'une fin de roman, outre l'intérêt particulier de toutes les luttes, même minimes, entre l'Angleterre et la France. / Vingt minutes

après, le patron revint. / « Allez Hôtel Lawson, voici la carte :
Mistress Noswell. Portez la facture que je vais vous donner,
il y a six mille francs à recevoir. / — Et comment avez-vous
fait ? dit Gazonal en saluant ce roi de la facture. / — Eh!
monsieur, j'ai reconnu cette nature de femme excentrique,
elle aime à être remarquée : quand elle a vu que tout le monde
regardait son châle, elle m'a dit : " Décidément gardez votre
voiture, monsieur, je prends le châle. " / Pendant que monsieur Bigorneau, dit-il en montrant le commis romanesque,
lui dépliait des châles, j'examinais ma femme, elle vous
lorgnait pour savoir quelle idée vous aviez d'elle, elle s'occupait beaucoup plus de vous que des châles. / Les Anglaises
ont un dégoût particulier (car on ne peut pas dire un goût), elles
ne savent pas ce qu'elles veulent, et se déterminent à prendre
une chose marchandée plutôt par une circonstance fortuite
que par vouloir. / J'ai reconnu l'une de ces femmes ennuyées
de leurs maris, de leurs marmots, vertueuses à regret, quêtant
des émotions, et toujours posées en saules pleureurs...

XXIV / SUPÉRIORITÉ DE LA FRANCE

    — Ceci te prouve, Gazonal, dit Léon à son cousin, que
dans un négociant de tout autre pays il n'y a qu'un négociant;
tandis qu'en France, et surtout à Paris, il y a un homme sorti
d'un collège royal, instruit, aimant ou les arts, ou la pêche,
ou le théâtre, ou dévoré du désir d'être le successeur de monsieur Cunin-Gridaine, ou colonel de la garde nationale, ou
membre du conseil général de la Seine, ou juge au tribunal
de commerce. / — Monsieur Adolphe, dit la femme du fabricant à son petit commis blond, allez commander une boîte de
cèdre chez le tabletier. / — Et, dit le commis en reconduisant
Bixiou, nous allons voir parmi nos vieux châles celui qui
peut jouer le rôle du châle-Sélim. / — Mes enfants, s'écria
Gazonal, vous avez raison, Paris, c'est le monde ! et tous ces
gens là sont admirables. / — C'est, dit Léon de Lora, des
comédiens sans le savoir... »

NOTES ET VARIANTES

Page 847.

    a. GAUDISSART II   *F* : UN GAUDISSART DE LA RUE RICHE-
LIEU / LES COMÉDIES QU'ON PEUT VOIR GRATIS À PARIS *orig.* :
UN GAUDISSARD DE LA RUE RICHELIEU / LES COMÉDIES QU'ON
PEUT VOIR GRATIS À PARIS *P*

b. Cristina *add. FC. Voir var. c.*
c. À madame [...] Trivulce. *add. F*
d. de continuelles expositions de chefs-d'œuvre, *F* : des expositions continuelles, *ant.*

1. Née à Milan, fille de Gerolamo Trivulzio, tôt mariée et tôt séparée d'avec le volage prince Emilio Barbiano di Belgiojoso d'Este, la princesse Cristina (1808-1872) compta parmi les personnalités du monde, de la littérature et de la politique de son temps. Exilée pour carbonarisme, ses biens confisqués par l'Autriche en 1830, la princesse s'installait à Paris où elle eut bientôt un salon des plus brillants, des hôtes illustres et des amours célèbres. C'est en 1833 que Balzac rencontra pour la première fois celle qu'il nomme alors « La princesse de Bellejoyeuse » (*Corr.*, t. II, p. 390). Les relations qu'il devait plus tard entretenir avec elle ressortent mal de ses lettres à Mme Hanska dont le caractère jaloux le réduit aux potins quand il lui rend compte de ses rencontres — assez fréquentes pendant les années précédant cette dédicace — avec la *« principessa »*. Ainsi, le 16 mai 1843 : « Elle a enlevé Listz [*sic*] à la d'Ag[oult] comme elle a enlevé lord Normanby à sa femme, Mignet à Mme Aubernon et Musset à G. Sand, etc., etc. » Ainsi, le 7 août 1844 : « Elle est sous le rapport des L[iszt] et des Mignet, et de tous ses caprices, du siècle de Louis XV. Elle est enfin très impératrice, sans nul souci du passé [...] C'est une courtisane, une belle Impéria, mais horriblement bas-bleu. Avant-hier, elle a quitté son cabinet pour me recevoir; elle est venue avec des taches d'encre à sa robe de chambre. Elle est très jugeuse. Elle reçoit un tas de criticons qui ne peuvent plus écrire » (*LH*, t. II, p: 221 et 494). Elle recevait aussi beaucoup de fouriéristes, notamment Chenavard : on peut se demander ce qu'elle pensa du portrait de Dubourdieu (voir l'introduction des *Comédiens sans le savoir*).

2. Triple épigramme, visant à la fois l'avarice de Louis-Philippe, son manque de goût et les travaux qu'il avait fait exécuter pour transformer Versailles en musée. Si le nouveau Versailles louis-philippard méritait des critiques, du moins pouvait-on reconnaître que le vieux palais de Louis XIV avait été sauvé par ce roi avare auquel le sauvetage avait personnellement coûté plus de 24 millions de francs (Montalivet, *Le Roi Louis Philippe. Liste civile*, Michel Lévy, 1851, p. 73-85). Hugo avait sans doute raison de définir Louis-Philippe : « avare signalé, mais non prouvé » (*Les Misérables*, IVe partie, livre I, chap. III).

3. À côté de la multitude de passages couverts que comptait alors Paris, dont certains étaient fort anciens et dont la plupart ont été supprimés depuis, les galeries marchandes au « luxe babylonien » avaient été, en effet, assez « récem-

ment » construites quand Balzac écrivait sa nouvelle. Ainsi, la galerie Vivienne fut ouverte en 1823, le passage Choiseul en 1825, la galerie Véro-Dodat en 1825 ainsi que la galerie Colbert, le passage Brady en 1828, la galerie des Variétés en 1834 ainsi que les galeries de la Bourse, Feydeau et Saint-Marc. Quant aux passages Jouffroy et Verdeau, ils n'existaient même pas encore : leurs travaux commençaient en 1845 et 1846. L'une des plus anciennes galeries était le passage des Panoramas, ouvert en 1800, et où fut effectué en 1817 l'un des premiers essais d'éclairage au gaz. On verra ce mode d'éclairage souvent évoqué dans le texte de *Gaudissart II.*

4. C'est en janvier 1799 que l'ingénieur américain Robert Fulton avait importé en France le brevet du panorama, inventé par le peintre anglais Joseph Barker en 1787. James Thayer l'acheta et s'associa, pour l'exploiter, au peintre Pierre Prévost. Ce dernier devait réaliser dix-huit panoramas. Les deux premiers exposés représentaient Paris vu du haut des Tuileries et l'évacuation de Toulon par les Anglais en 1793. Deux rotondes avaient été spécialement construites en bordure du boulevard Montmartre pour exposer ces panoramas, et l'allée qui les séparait donnait naissance au passage des Panoramas.

Page 848.

a. LE GAUDISSART *orig.* : Le Gaudissard *P où cette graphie, systématiquement employée, ne sera plus relevée ici.*

1. « Gaudissart, dans l'œuvre de Balzac, est une vieille connaissance. Il apparaît déjà dans le *Code du commis voyageur,* à l'époque des *Physiologies* que signe, en 1824, Horace de Saint-Aubin », affirme Max-Pol Fouchet (préface de *Gaudissart II, dans L'Œuvre de Balzac, CFL,* t. X, p. 443). Or, ni en 1824, ni plus tard, n'ont paru sous la signature d'Horace de Saint-Aubin ni *Physiologie* ni *Code.* Le seul *Code du commis voyageur* existant fut publié en 1830, donc à une date qui mettrait Balzac-Saint-Aubin hors de cause pour un ouvrage de ce genre, si le fond et la forme n'y suffisaient pas. Et dans ce *Code,* nulle part n'apparaît le nom de Gaudissart.

2. Voir *La Cousine Bette,* n. 3, p. 361.

3. *Le Diable à Paris* était un livre illustré. Glissant les livres illustrés parmi les sujets de conversation des commis, Balzac donne un tour épigrammatique à son opinion exposée plus brutalement dans une lettre à Mme Hanska, le 22 janvier 1843, sur « ces ouvrages stupides comme *La Vie privée des animaux* [édité par Hetzel...] qui se vendent à 25 000 exempl. à cause des vignettes » (*LH,* t. II, p. 157).

4. Marc-Antoine-Madeleine Désaugiers (1772-1827), vaudevilliste et chansonnier, surnommé l'*Anacréon français,* avait été une des gloires du *Caveau* sous l'Empire. Fils du comédien

Monrose, Louis Barizain *dit* Monrose (1811-1883), entré en 1841 à l'Odéon comme acteur et directeur de la troupe, devait y créer le 19 mars 1842 *Les Ressources de Quinola* où, dans le rôle de Quinola, il remportait un succès personnel, bien mérité s'il faut en croire le commentaire dont Balzac accompagnait un autographe envoyé à Mme Hanska en avril : « Ceci est de Monrose, notre plus grand comédien avec Talma, Mlle Mars et Frédérick[-Lemaître] » (*LH*, t. II, p. 66).

Page 849.

a. , et vous, jeune homme [...] heureuse *add.* F

b. se retire [...] lui. F : se retire ravi du cadeau fait [si délicatement *add. orig.*] à sa maîtresse par le prince. *ant.*

c. lui. / Une femme F : le prince. / Une femme *ant.*

d. équipage, devant F : équipage arrêté rue Richelieu devant P

e. Toutes [...] dix magasins F : Elles se promènent souvent dans trois magasins *ant.*

f. imprimée F : peinte *ant.*

g. princesse ou bourgeoises, F : madame la comtesse, *ant.*

1. Le sens de cette anecdote un peu confuse s'éclaire, si on se reporte aux premiers états du texte. Il est évident, d'après *La Presse* et *Le Diable à Paris*, que « prenez l'autre » s'adresse au commis. « Prenez l'autre [pour vous] », je vous le donne; certes, ce n'est pas celui que vous auriez choisi, mais je vous fais cette générosité en échange du conseil qui va donner l'assurance aux deux femmes d'emporter le plus beau bijou; et le commis est ravi du cadeau. Mais en revoyant son récit Balzac ne s'est sans doute plus souvenu exactement de ce qu'il avait voulu dire; en le retouchant, en ajoutant : « et vous, jeune homme », il a introduit une incohérence ou, à tout le moins, une maladresse.

2. Variante amusante : en indiquant ici la rue Vivienne à la place de la rue Richelieu dans l'édition de 1846, Balzac tentait sans doute d'éloigner ses lecteurs du très visé voisin d'Hetzel (voir n. 6 de la page 850). Mais, assortie de toutes les précisions données plus loin sur *Le Persan*, l'anecdote était difficile à dépayser de façon cohérente. Et les lecteurs de 1848 étaient renvoyés rue Richelieu...

3. Sans doute s'agit-il de simples bourgeoises, s'il faut en croire l'auteur de *La Femme comme il faut* : « Là où la femme comme il faut sait bien ce qu'elle veut et ce qu'elle fait, la bourgeoise est indécise » (*Les Français peints par eux-mêmes*).

4. Dans *Le Bal de Sceaux,* une de ces « sortes d'expéditions » et ce goût de la moquerie coûtaient son bonheur à Émilie de Fontaine.

5. Dans un magasin de châles, il doit s'agir de l'écharpe

dite châtelaine plutôt que de la chaîne, dite aussi châtelaine, que les femmes accrochaient à leur ceinture pour y suspendre leurs clefs, des instruments de couture et autres menus objets.

6. Étoffe de laine légère et non croisée, nommée d'après le village pyrénéen où elle était fabriquée.

Page 850.

a. Richelieu, 76, dans une élégante [...] entresol   *F*   : Richelieu, 76, en ce moment, car il se vendra plus tard dans toutes les librairies de l'univers. Cette élégante boutique, blanc et or, vêtue de velours rouge, est desservie, comme un temple, par deux jeunes *élèves* en relations, au jour de l'an, avec tout Paris (Ah! ils ont des Eucologes, des Paroissiens, des livres de messe et de mariage, de Première communion, des Mois de Marie, des Évangiles, des imitations, des Quinzaines de Pâques d'une variété comparable à celle des roses, des dahlias, des œillets, des reines-marguerites de l'horticulture.) Eh bien! cette boutique bariolée d'images possédait une pièce en entre-sol   *orig. Pour l'état antérieur, voir var. a, p. 851.*

b. La Comédie humaine a cédé   *F*   : *La Comédie humaine, Le Diable à Paris* ont cédé   *orig.*

c. cachemires.   *F*   : cachemires et au Diable des femmes.   *orig.*

1. Il s'agissait alors, évidemment, d'un disciple de la secte de Cabet, dont H. Castille écrivait : « C'est un honnête homme, et ses adhérents sont d'honnêtes gens, de mœurs paisibles et raisonnables, sobres par tempérament, monogames sans idéalité, des hommes de fer blanc » (*Les Hommes et les mœurs en France sous la monarchie de Juillet,* p. 186). Sujet de plaisanterie en 1844, le communisme devait ensuite préoccuper davantage Balzac. Dans ses *Lettres capitales par Publicola,* ébauchées après la révolution de 1848, il prédisait dans le chapitre premier, intitulé *Du communisme :* « « La France qui, déjà, fit en 1789 une expérience à ses frais sur la destruction de la féodalité, fidèle à sa générosité stupide, en fera sans doute une seconde sur la vassalité créée par l'argent » (*Lov.* A 115, f⁰ 22).

2. D'où le célèbre surnom de *ventru* (voir *Le Bal de Sceaux,* t. I, n. 2, p. 123).

3. Allusion au *Jupiter Olympien ou l'Art de la sculpture antique considérée sous un nouveau point de vue* publié en 1814 par l'archéologue Antoine-Chrysostome Quatremère de Quincy (1755-1850), dont Pierre Larousse jugeait qu'il possédait « une érudition vaste, mais mal digérée, et une prolixité trop grande ».

4. Ou sofi : nom ancien du shah de Perse.

5. L'allusion à l'ancien entresol de Hetzel est on ne peut plus claire, puisque Hetzel a été, avec Furne, le principal éditeur de *La Comédie humaine*. Voir d'ailleurs la variante *b,* où est désigné aussi *Le Diable à Paris,* produit par le même Hetzel.

6. Le magasin de châles, son emplacement, son nom, la statue, l'entresol annexé, tout était exact. Tenu pour acquis dans notre introduction, avec pour conséquence l'identification du personnage romanesque et du réel M. Lavanchy, ce fait doit être établi, car il semble démenti par certains renseignements erronés qui ont découlé de deux sources de confusion. L'une est l'extraordinaire densité des marchands de châles concentrés à l'époque aux alentours immédiats du croisement des rues Richelieu et de la Bourse. L'autre est le changement du numérotage des immeubles de cet endroit peu après la rédaction de *Gaudissart II* : en 1850, en effet, le numéro 76 de la rue Richelieu, donc l'immeuble même désigné dans le texte balzacien, était devenu le numéro 78 et le numéro 74 était devenu le numéro 76. Ce changement engendra des confusions importantes et durables. Les fonctionnaires chargés du Sommier foncier et du cadastre s'y noyèrent et s'embrouillèrent les documents sur les 78, 76 et 74. Et jusqu'à nos jours, les historiens de Paris donnent sur l'immeuble qui nous intéresse les informations les plus fantaisistes.

Il existe cependant une pièce qui permet d'établir son identité avec sûreté : l'acte de la vente de cet immeuble le 24 décembre 1846 (Minutier des notaires, LXVII, 1056). Antérieur au changement du numérotage et presque contemporain de *Gaudissart II*, cet acte précise l'emplacement de la « maison située à Paris rue de Richelieu nº 76 » : « formant l'encoignure de la rue de la Bourse », elle se trouvait bien là où l'indiquait le récit balzacien. Et il s'agissait bien de la maison où Hetzel s'était établi : des trois boutiques qu'elle comportait, il était locataire de celle qui était située seulement sur la rue Richelieu, à droite de la porte cochère et « vis-à-vis la rue de Ménars ». Son voisin était bien un marchand de châles, locataire de la « grande boutique d'angle » dont chacune des « deux grandes baies vitrées » donnait respectivement sur les deux rues et encadrait l'entrée placée au coin de l'immeuble, ainsi que de la boutique située uniquement sur la rue de la Bourse et pourvue d'une entrée portant le numéro 11 de cette rue. Ce marchand de châles se nommait Lavanchy et, comme l'indique un autre document, sa boutique était bien « à l'enseigne du *Persan* » (Archives de Paris. DP[4] : cahier du Calepin du cadastre établi en 1852 pour le nº 78 de la rue Richelieu).

Ainsi, H. Clouzot et R.-H. Valensi se trompaient en

affirmant dans *Le Paris de la Comédie humaine* que le héros de *Gaudissart II* pouvait avoir pour modèle Grollet, « propriétaire du magasin *Au Persan* ». Il existait, en effet, un Grollet marchand de châles rue Richelieu, mais au 74 devenu ensuite le 76 : il suffisait de consulter un *Annuaire du commerce* trop tardif pour confondre. D'autant que, dans le voisinage le plus immédiat, on comptait, en fait de marchands de châles, à l'époque de *Gaudissart II,* outre Grollet au 74 et Lavanchy au 76, et, juste en suivant, au 80 (le 78 ayant disparu lors du percement de la rue de la Bourse au début de la monarchie de Juillet), Geffrier qui tenait le magasin à l'enseigne de la *Compagnie des Indes ;* puis Brousse, au 82; puis Normand, au 82 aussi; sans compter tous ceux qui étaient établis plus haut ou plus bas, en face ou sur le même côté. Pour décrire un commerçant typique de la rue Richelieu, Balzac avait donc bien choisi. Mais les « Quatremère » archéologues de Paris pouvaient s'égarer. Aujourd'hui encore, le *Dictionnaire historique des rues de Paris* de J. Hillairet donne le 78 actuel — notre 76 — pour le siège de la *Compagnie des Indes* sous la monarchie de Juillet, et l'immeuble comme un hôtel « de la fin du XVIIIe siècle », alors que l'acte de vente précise que sa construction datait de 1835-1836, conséquence des démolitions et reconstructions engendrées par le percement de la rue de la Bourse. Et, en 1910, le marquis de Rochegude, se trompant aussi, signalait au même 78 : « Enseigne : statue de Radjah. Provient de l'ancien magasin (Compagnie des Indes) qui se trouvait là et qui est actuellement en face, 12, rue de la Bourse. » Or, la Compagnie des Indes n'avait pas bougé depuis Geffrier : cette illustre boutique se trouvait face au *Persan* au 80, rue Richelieu qui comportait aussi le 12, rue de la Bourse. Et, faute d'avoir lu l'« immortelle analyse » de *Gaudissart II,* le marquis ignorait que son radjah était notre Persan, « ce roi d'Asie qui se carre à l'angle de la rue de la Bourse et de la rue de Richelieu ».

Mais si le règne du Persan sur la rue de Richelieu durait encore en 1910, il ne devait pas durer « cinq cents ans » : il a été déposé. Plusieurs documents cependant nous ont conservé l'image de son règne, notamment une gravure de Best, Leloir, Hotelin et Régnier, de 1848, représentant un immeuble d'angle de la rue de Richelieu qu'identifie un grand n° 76 plaqué sur le coin arrondi : l'enseigne du *Persan* y est aussi visible que sa statue grandeur nature qui « se carrait » à l'angle même, en effet, au niveau de l'entresol. Affublé d'un turban et de culottes très larges, le « roi d'Asie » ressemblait plutôt à un zouave (Bibliothèque historique de la Ville de Paris. Actualités. Série 35. Rues. Rue de Richelieu. 6e dossier). On pourra s'en rendre compte en allant voir ce roi détrôné, mais miraculeusement conservé, qui « se carre » maintenant dans la grande salle des enseignes du musée Carnavalet (renseignements procurés par Mme Roxane Debuisson).

Tous ces documents permettent de vérifier non seulement l'exactitude des détails du récit balzacien, mais aussi l'acuité de l'observation sur le propriétaire du *Persan* et ses méthodes commerciales efficaces, et donnent raison au commis de Gaudissart II déclarant : « notre patron, certainement, est l'homme le plus fort que j'aie vu ». Débutant en 1840, Lavanchy dut s'associer à un M. Guignault pour reprendre la boutique de châles tenue depuis la Restauration par les dames Delaneuville. Son choix était judicieux, car cet établissement jouissait d'une réputation établie : en 1828 déjà, *Le Véritable Conducteur parisien* de Richard le recommandait. De plus, la boutique se trouvait dans une maison « parfaitement placée, dans un centre fréquenté et commerçant », et « en vue, bien éclairée » grâce à sa situation à l'angle de deux rues et au « grand développement des façades » de cet immeuble, qui, construit seulement depuis quatre ans, était non seulement neuf, mais « tenu avec soin et décoré comme il convient à une propriété de cette nature », comme l'indique alors le Calepin du cadastre en ajoutant que, pour ce qui concerne la boutique, « décorée avec recherche et jointe à l'entresol, elle convient à un établissement important » (Archives de Paris, DP⁴). Dès son installation, Lavanchy élargissait le choix des « cachemires tirés directement de l'Inde et cachemires français » aux « châles de Chine » *(Annuaires du commerce)*. Et bientôt il entamait l'expansionnisme commercial qui consacrait les étapes de sa réussite. Dès 1841, il annexait la boutique avec entrée sur la rue de la Bourse et son entresol. Puis, le 1ᵉʳ juillet 1843, un libraire nommé Hetzel s'installait à côté de Lavanchy, dans la boutique située sur la rue Richelieu : « une élégante boutique blanc et or, vêtue de velours rouge, qui possédait une pièce en entresol où le jour vient en plein de la rue de Ménars », comme le précisait l'historien de Gaudissart II. L'historien était fidèle : l'entresol existait et, situé « vis-à-vis la rue de Ménars », il en recevait bien « en plein » ce jour que le Persan voisin devait juger « si nécessaire » à la mise en valeur des châles : « Eh bien ! ce riche magasin a fait le siège de ce pauvre petit entresol ; et, à coups de billets de banque, il s'en est emparé. » Vite emparé : à peine Hetzel installé, l'annexion était consacrée et, par bail sous seing privé, la sous-location « par Hetzel à Lavanchy de l'entresol composé de deux pièces pour 9, 12, 15 ou 18 ans de juillet 1843 moyennant 2 550 fr. plus 75 fr. de charges » (Archives de Paris, DP⁴). Sans doute, ce « rayon de soleil » augmenta-t-il, comme l'espérait Gaudissart II, « la vente de cent pour cent » : dès 1849, Lavanchy était seul maître de son affaire et en 1855, dix ans après le

récit de ses exploits, son commerce était étendu des châles
aux « dentelles, soieries et autres articles étrangers », et à la
« confection pour dames ». Lavanchy se retirait alors, fortune
faite, et la « société en commandite à l'enseigne du *Persan* »,
qui reprenait l'affaire, ne se contentait plus du « pauvre
petit entresol » et annexait aussi cette fois la boutique même
du libraire qui avait succédé à Hetzel depuis le 25 novembre
1849 (Archives de Paris, DP⁴).

Lavanchy quittait alors son bel appartement dont il était
sans doute aussi fier que le négociant de *Gaudissart II* qui,
envoyant un commis chercher le châle Sélim, nous indique
à la fois par son « il est chez moi » plein de componction,
l'évidente proximité de son logis et l'orgueil qu'il lui procure.
Lavanchy occupait en effet dans l'immeuble même un des
appartements « commodément distribués, très complets et
comportant des prix élevés » que décrivait le Calepin du
cadastre.

Tout était vrai. Singulièrement vrai. Au point qu'une
question se pose. Tout le passage sur *Le Persan* et la boutique
du libraire son voisin ne figurait pas dans l'histoire de Gaudissart II publiée dans *La Presse* le 12 octobre 1844, mais
fut ajouté dans le texte du *Diable à Paris,* sorti le 15 octobre.
Tel qu'il était, car Balzac devait le remanier par la suite, il
apparaît comme une véritable réclame pour les productions
d'Hetzel (cf. var. *a*). Le couplet sur les Eucologes, les Livres
de Messe, Imitations, etc. (on sait qu'Hetzel avait commencé
en 1838 par la publication d'un *Livre d'heures* suivi, en 1839,
d'une *Imitation de Jésus-Christ*), comparés à « des roses, des
dahlias, des œillets », semble curieux et, pour tout dire,
pas vraiment du style de Balzac. D'autant plus curieux *à
cette date.* Car depuis le 1ᵉʳ octobre 1844 jusqu'au 16, Balzac
était vraisemblablement absent de Paris et en fugue clandes-
tine à Baden ou en Belgique avec Mme de Brugnol. Compte
tenu de ce fait, du fond de l'addition et de sa forme dans sa
première version, on doit se demander si, comme il s'était
autorisé à « retoucher le prologue » des *Roueries d'un créancier,*
Hetzel n'avait pas mis l'absence de Balzac à profit pour s'autoriser à ajouter au texte de *Gaudissart II* tout ce passage
semi-publicitaire.

Page 851.

a. Un mot sur les effets *[p. 850, début du 3ᵉ §]* à l'air autocratique ! *add. orig. var. post. signalées var. a, b, c p. 850.*

b. au moment où elle a mis *orig.* : au moment où elle
a sorti le bout de son nez ou de son pied hors de la voiture,
où elle a mis *P*

c. Victorine IV, *F* : Mme Soynard, *ant.*

d. Froment-Meurice, *F* : Janisset, *ant.*

1. Épigramme qui avait fait autant d'usage dans les petits journaux que l'avarice et le manque de goût de Louis-Philippe, ou son parapluie. Il est vrai que, la noblesse boudant, quand le Roi voulut former « une cour qui représentât en quelque sorte l'esprit de la nation [...], il ne trouva autour de lui que des boutiquiers enrichis, des paysans parvenus, quelques plumitifs et quelques robins de physionomie et d'habitudes vulgaires [...] Une fête au Château égayait les conversations pendant huit jours » (H. Castille, *op. cit.*, p. 340-343).

2. Une passe étant la « partie d'un chapeau de femme qui entoure le visage » (Littré), une passe arriérée dénonçait un chapeau démodé.

3. En 1844, Balzac citait « Mme Soynard *[sic]* ». Onze ans plus tôt, sa sœur Laure annonçait triomphalement à Mme de Pommereul : « Je vais prendre Mme Souanard *[sic]* comme couturière, c'est une des meilleures de Paris, dont les coupes de robes durent le plus longtemps » (*À une amie de province*, p. 108). Mme Soinard, installée 43, rue Neuve-Saint-Augustin, coupa des robes pendant toute la monarchie de Juillet, mais, à la longue, ses ciseaux devinrent sans doute moins « intelligents » : en 1846, Balzac la remplaçait par Victorine IV. Ni ce changement, ni ce nom, ni même ce chiffre n'étaient de hasard. Une Victorine, à la tête des ateliers de l'illustre maison Leroy sous l'Empire, avait fondé au début de la Restauration sa propre maison de couture, destinée à devenir aussi illustre. Installée 1, rue du Hasard, elle avait eu pour raisons sociales successives : « Pierrard (Victorine) », puis « Victorine Pierrard (Mesd.) », puis « Victorine Pierrard et Rascol (Mesd.) ». Et, peu avant le changement du texte de Balzac, la couturière avait effectué sa quatrième mutation et renouvelé sa vogue en devenant « Victorine Rascol » et en s'installant 104, rue de Richelieu.

4. Balzac tenait décidément ses références à jour. En 1844, il citait Janisset. Cet orfèvre-joaillier-bijoutier était établi 108, rue de Richelieu, donc chez le tailleur Buisson, comme Balzac qui, jusqu'en 1844, fit exécuter maintes babioles par son voisin puis « ancien voisin » Janisset (*LH*, t. II, p. 206 et *passim*). En 1845, Froment-Meurice devenait le bijoutier-joaillier-orfèvre attitré de Balzac : il apparaît pour la première fois dans les lettres à Mme Hanska le 31 août. Remplaçant ici Janisset dans une œuvre romanesque comme il le remplaçait dans la vie du romancier, il devait à son tour être remplacé dans *La Cousine Bette* par des artistes purement romanesques.

5. Pour l'avoir souvent rencontré jusqu'ici, le lecteur sait que Balzac usa beaucoup de ce mot qui évoquait le tribunal suprême des anciens Juifs à Jérusalem.

Page 852.

a. l'*a, b, c* du métier *[8 lignes]* fort F : l'*a, b, c* du métier. / — Vous ne sauriez croire combien il faut d'éloquence dans cette chienne de partie, nous dit le premier Gaudissart de l'établissement où nous entrâmes rue Richelieu, et avec qui j'avais eu plus d'une rencontre, le dimanche, dans les parties fines. Tenez, vous êtes des artistes discrets, on peut vous parler des ruses de notre patron, qui, certainement est l'homme le plus fort *ant.*

1. Nous conservons la graphie Duronceret (et non du Ronceret) particulière à ce texte.

2. De 1834 à 1837, Balzac cita souvent *Le Président Fritot* parmi ses projets. Abandonné comme président, Fritot est nommé ici comme fabricant de châles. Faute d'une explication, du moins peut-on noter qu'un Fritot réel était avoué à Paris, rue Neuve-des-Petits-Champs, n° 87, et, par conséquent, voisin de l'avoué Glandaz ami de Balzac, installé au 36 de la même rue. Ce Fritot résignait sa charge en 1843, donc peu avant la mention d'un homonyme dans le récit du *Diable à Paris.*

Les commentateurs précédents n'ont pas vu que le nom de Fritot désigne, non pas le héros, mais un concurrent du héros et que le propriétaire du *Persan* demeure anonyme, tout au long du récit, comme pour garder sa valeur de symbole. La phrase signifie : certes, comme fabricant, M. Fritot est le premier; mais comme marchand, c'est notre patron qui est le plus fort. En désignant Fritot, Balzac a pu penser à Gagelin, « fabricant » voisin de Lavanchy.

3. Le sultan Sélim III (1761-1808) était un partisan convaincu des bonnes relations traditionnelles de l'Empire ottoman avec la France. Obligé de rompre lors de l'expédition en Égypte, il le fit tardivement et avec des résultats désastreux qui le forcèrent à une paix hâtive en juin 1802 : c'est la « catastrophe » évoquée par le commis, avant laquelle, s'il faut l'en croire, Sélim aurait offert au Premier Consul — et non « à l'empereur Napoléon » — ces châles dont Texier, on l'a vu dans l'introduction, se souvenait encore en 1851 : « trophées de notre conquête d'Égypte », leur histoire se rattachait bien à Bonaparte et à son expédition.

4. Parodie du célèbre *La Garde meurt mais ne se rend pas,* faussement attribué à Cambronne.

5. *La Comédie humaine* renferme plusieurs amabilités de ce genre à l'égard des Anglaises, dont certaines firent beaucoup d'usage. Ainsi, en 1833 déjà, dans sa *Théorie de la démarche,* Balzac décrivait « une jeune demoiselle » qui marchait en « sautant sur elle-même à l'instar des Anglaises », comme « une poule dont on a coupé les ailes, et qui essaye toujours de voler. »

6. Une célèbre voisine du boutiquier de la rue de Richelieu, puisqu'il s'agit du Louis XIV équestre de la place des
Victoires, dont la solidité ne tient pas seulement à la qualité
de son bronze, mais aussi aux barres de fer dissimulées
dans la queue du cheval qui fixent l'ensemble au piédestal.

Page 853.

   a. (miéuie)   add. F
   b. qui gagnait du Ronceret et Bixiou.   *F* : qui nous
gagnait.   *ant.*
   c. (No, jé n'ame pouint.)   add. F
   1. « ou de Chine », allait peut-être ajouter le commis
(voir n. 6, p. 850).

Page 854.

   a. semblent [...] hypocrisie,   *F* : semblent ne plus vous
voir; quoiqu'elle nous regardât avec hypocrisie,   *ant.*
   b. nos dames   F : nos femmes   *ant.*
   c. Grune-gevelhe   F : Green-welt   *ant.*
   1. Le spleen anglais inspira plusieurs néologismes à
Balzac, ainsi : les « Anglais splénétiques » dans *La Cousine
Bette.*
   2. Ou plus exactement Grünes Gewölbe : la Voûte verte.
La visite que Balzac fit en mai 1845 au célèbre musée d'art
décoratif de Dresde lui permit d'en écrire ensuite le nom
avec moins de fantaisie qu'auparavant (voir var.).

Page 855.

   a. magnificent   add. F
   b.   , il s'en est servi   add. F
   c. tranquille. Duronceret, Bixiou, les commis échangèrent   *F* : tranquille. Nous échangeâmes tous   *ant.*
   d. pour Duronceret et Bixiou prit   *F* : pour nous eut
ant.
   1. Il est très magnifique.
   2. Très joli, beau, charmant !

Page 856.

   a. dit Duronceret   *F* : dis-je   *ant.*
   b. Bigorneau   *add. F*
   c. pleureurs... Voilà [...] négociant   *F* : pleureurs...
Voilà littéralement ce que nous dit le chef de l'établissement,
et ce qui nous autorise à soutenir que dans un négociant   *ant.*
   d. en reconduisant Duronceret et Bixiou qui avaient
choisi un châle pour Mme Schontz,   *F, où cette précision
découlait de la dernière partie de « Béatrix », écrite à la fin de*

1844 (Mme Schontz y épousait du Ronceret) : en nous reconduisant, *ant.*

e. Paris, novembre 1844. *add.* F

1. Encore un détail réel et exact, si l'orthographe ne l'est pas absolument : les *Annuaires du commerce* de l'époque mentionnent, en effet, « Lawsons, hôtel garni Bedford, rues Saint-Honoré, 323 et Rivoli, 24 ».

2. C'est-à-dire : d'être ministre du Commerce, comme Cunin-Gridaine le fut successivement dans les deux cabinets Soult, celui du 12 mai 1839 et celui du 29 octobre 1840, dans lequel il demeura à ce titre jusqu'à la révolution de 1848. Laurent Cunin, dit Cunin-Gridaine (1778-1859), devait bien incarner la réussite aux yeux d'un commerçant. Simple ouvrier dans la fabrique de drap de Gridaine, à Sedan, il était devenu l'associé puis le gendre, puis le successeur de son patron. Élu député libéral en 1827, l'un des 221 en 1830, Cunin allait être l'un des piliers et des notables types du régime philippard. Si le destin avait prêté une plus longue vie et une carrière achevée au *Député d'Arcis,* on peut présumer que Laurent Cunin, avec sa carrière, son caractère, et jusqu'à sa face épanouie, aurait eu un bien beau jumeau romanesque en la personne de l'Attila de la bonneterie d'Arcis, Philéas Beauvisage...

INDICATIONS BIBLIOGRAPHIQUES

FOUCHET (Max-Pol) : Préface de *Gaudissart II* dans *L'Œuvre de Balzac,* Club français du Livre, t. X, 1951, p. 443-444.
BARDÈCHE (Maurice) : Introduction à *Gaudissart II* dans les *Œuvres complètes de Balzac,* Club de l'Honnête Homme, t. XI, nouvelle édition, 1969, p. 483-485.

LES EMPLOYÉS

HISTOIRE DU TEXTE

Intitulée *La Femme supérieure,* conçue comme une nouvelle et promise à Girardin pour *La Presse,* cette histoire fut annoncée pour la première fois dans une lettre de Balzac à Mme Hanska, le 22 octobre 1836 (*LH,* t. I, p. 451). Puis il n'en reparle plus guère jusqu'au 29 mai 1837 où soudain il lui déclare : « D'après la manière dont je l'entame, j'espère avoir fini *La Femme supérieure* en 4 jours » (*ibid.*, p. 507). Mais, peu après, le 2 juin, un obstacle l'arrête : « impossible d'en faire une ligne » (*ibid.*, p. 511). Il repart pourtant, malgré une poursuite judiciaire qui l'oblige à finir manuscrit et corrections ailleurs que chez lui, et le 1er juillet paraît le premier feuilleton de l'œuvre « faite en un mois jour pour jour » (*ibid.*, p. 514). Mais « finie quant au journal », constate Balzac le 8 juillet, l'histoire « n'est pas finie quant au livre, j'y ajoute une quatrième partie » (*ibid.*, p. 516). Pourtant le livre paraîtra en octobre 1838 sans quatrième partie et, à quelques virgules près, sans changement par rapport au texte publié par *La Presse*.

Parce que les matériaux de sa construction sont restés vraisemblablement au complet, ce roman offre sur bien d'autres l'avantage de permettre l'étude de toutes les étapes d'une création de Balzac, depuis le premier jet de la rédaction de *La Femme supérieure* en mai 1837 jusqu'à la refonte en 1844 de l'œuvre intitulée ensuite *Les Employés* lors d'une ultime révision.

Le MANUSCRIT et les ÉPREUVES corrigées de *La Femme supérieure* sont conservés depuis 1900 au département des manuscrits de la Bibliothèque nationale sous la cote Mss. N.A.F. 6899-6901. Reliés en trois volumes, ils avaient été offerts en 1843 par Balzac au sculpteur David d'Angers, avec ces trois envois respectifs : « À son ami David d'Angers. de Balzac. J'ai tâché que l'autographe fût digne de votre désir. Paris, 9 bre 1843. de B. » ; « À son ami David d'Angers. de Balzac. »; « À son ami David d'Angers. de Balzac. Il n'y a pas que les statuaires qui piochent. de B. » En tête de la première page du manuscrit, le romancier avait encore ajouté cette indication importante : « Ceci s'appelle actuellement LES BUREAUX et commence les scènes de la vie politique. 1843. »

Le manuscrit comporte 110 folios. Les trois parties primitives du roman, accompagnées des épreuves corrigées de leurs textes respectifs, ont été reliées séparément. On trouve dans le premier volume *Entre deux femmes* (30 folios de manuscrit, 206 folios pour 9 jeux d'épreuves); dans le deuxième volume, *Les Bureaux* (50 folios de manuscrit, 197 folios pour 11 jeux d'épreuves, dont les quatre premiers ont été scindés et reliés de façon aberrante (voir ci-dessous notre description, p. 1547-1548); dans le troisième volume, *À qui la place* (30 folios de manuscrit, 2 folios pour la page du titre et une page de notations, 109 folios pour 4 jeux d'épreuves). Le *bon à tirer* de l'ensemble du texte du roman, qui porte encore des corrections, a été relié à la fin du troisième volume (105 folios).

Ces documents fournissent une foule d'indices sur la création, et même sur le créateur. Ainsi, l'agitation de la vie de Balzac durant la rédaction de son œuvre se trahit par deux couleurs d'encre. Balzac a utilisé une *encre noire* pour le manuscrit jusqu'au folio 56, pour les épreuves et le bon à tirer de la première partie, ainsi que pour les cinq premiers jeux des épreuves de la deuxième partie et pour les premières révisions du sixième jeu; et une *encre verte* pour le manuscrit du folio 57 jusqu'au folio 110 et dernier, pour la seconde correction du sixième jeu et pour les cinq derniers jeux de la deuxième partie, pour tous les jeux de la troisième partie, et pour le bon à tirer des deuxième et troisième parties. Cette encre verte, introuvable ailleurs dans les écrits de Balzac, a peut-être été tirée de l'encrier de la comtesse Guidoboni-Visconti qui, croit-on, avait offert au romancier cet « asyle assez sûr » contre les huissiers qu'il évoquait dans sa lettre du 17 juin 1837 à Zulma Carraud (*Corr.,* t. III, p. 312). L'encre noire du début de la rédaction, que l'on retrouve sur la plupart des inscriptions de la page de titre et de la page de notations, prouve ces inscriptions appartiennent aussi au premier stade de la création.

Mais surtout, manuscrit et épreuves révèlent les difficultés propres à la création et ses étapes, telles qu'elles ont été analysées dans notre Introduction : le premier début et les changements du second, que permettent de reconstituer les numérotations superposées de cinq pages du manuscrit (voir leur reproduction p. 1552 sq.), puis l'évolution de l'œuvre de « la femme supérieure » aux « employés » et, simultanément, l'évolution de sa structure, de la nouvelle au roman, prouvée par les additions successives d'une division en parties, intervenue dès le second début avec l'ajout de l'indication « Première partie. Entre deux femmes » qui ne figurait pas sur le folio 1 primitif, puis d'une subdivision en chapitres intervenue au cours de la rédaction de la deuxième partie, avec l'ajout de l'indication « § 2. Menées sourdes » (voir var. *b* p. 990), premier alinéa qui apparaisse sur le manuscrit.

Les indications de la page de titre et de la page de notations complètent les enseignements du manuscrit. Dans les listes de personnages, l'énumération des employés devient de plus en plus longue, passe de huit, puis de neuf, à douze et, globale d'abord, se diversifie en employés du « bureau Rabourdin » et du « bureau Baudoyer ». Ces listes font apparaître aussi les noms primitivement prévus pour quelques-uns d'entre eux : Audiger pour Baudoyer; Laudigeois puis Lobligeois pour « le libéral »; B. Duflos pour Dutocq; Bernard puis Leuve pour Benjamin de La Roche; Bernardie pour Poiret; Rigaudin Gussot, Gousson, et enfin Busset pour Bixiou; Jacob Violard sans doute pour Joseph Godard et Destois pour Desroys.

Les épreuves montrent, comme toutes les épreuves de Balzac, que c'est à ce stade surtout que joue le processus inflationniste de la création balzacienne. Mais l'acharnement des corrections est visible aussi, tant sur la forme que sur le fond, et, à cet égard, celles qui portent sur le plan Rabourdin, par leur nombre, par les changements parfois vertigineux qu'elles apportent, révèlent à quel point les idées de Balzac étaient mal fixées au départ.

Dans notre choix de variantes, la numérotation de *épr. 1* à *épr. 9*, de *épr. 1* à *épr. 11* et de *épr. 1* à *épr. 4* pour les neuf, onze et quatre jeux respectifs des trois parties primitives ne doit pas faire penser que Balzac a corrigé neuf, onze et quatre fois tout le texte de chaque partie. Il nous a donc paru utile de délimiter le texte de chaque épreuve pour connaître le nombre réel des corrections effectuées sur telle ou telle portion du roman. Pour les quatre premiers jeux mal reliés de la deuxième partie, nous ajoutons (en suivant la numérotation à l'encre rouge des folios) l'ordre dans lequel ils doivent être lus :

Première partie (Mss. N.A.F. 6889)

épr. 1	*du début à* tient au cœur de l'intrigue, *p. 906.*
épr. 2	*du début à* Rabourdin par avance, *p. 954.*
épr. 3	*du début à* Rabourdin par avance, *p. 954.*
épr. 4	*du début à* Rabourdin par avance, *p. 954.*
épr. 5	*du début à* la trentième année de ce siècle, *p. 954.*
épr. 6	*de* en y pratiquant une forte trouée, *p. 905, jusqu'à* elle passerait des nuits. Tout cela, *p. 918.*
épr. 7	*du début à* la trentième année de ce siècle, *p. 954.*
épr. 8	*du début à* la trentième année de ce siècle, *p. 954.*
épr. 9	*du début à* la trentième année de ce siècle. *p. 954.*

Deuxième partie (Mss. N.A.F. 6890)

épr. 1, f°s 50-55 et 79-81	*du début* À Paris, presque tous les bureaux, *p. 954, jusqu'à* publics. Sûrs de trouver là, *p. 973.*
épr. 2, f°s 82-92	*du début p. 954 à* carreau frotté, meubles en noyer, *p. 977.*
épr. 3, f°s 93-103 et 56-62	*du début p. 954 à* chez Rabourdin que chez Baudoyer, *p. 990.*
épr. 4, f°s 63-78 et 104-107	*du début p. 954 à* trois places vides, Dubruel deviendrait, *p. 1000 et var. c.*

épr. 5	_du début p. 954 à_ plus ou moins de celles-ci, p. _988._
épr. 6	_du début p. 954 à_ BIXIOU. / Finaud! p. _100, var. c._
épr. 7	_du début p. 954 à_ ceux-là même qui les emploient, p. _989._
épr. 8	_de_ Il faut avoir hanté les bureaux, p. _990, var. b, jusqu'à_ comme un éclair. Pendant l'absence, p. _1019._
épr. 9	_de_ il faut avoir hanté les bureaux, p. _990, jusqu'à_ des Lupeaulx en remontant chez lui, p. _1046, var. a._
épr. 10	_de_ Il faut avoir hanté les bureaux, p. _990, jusqu'à_ une toilette du matin, p. _1046._
épr. 11	_de_ Il faut avoir hanté les bureaux, p. _990, jusqu'à_ une toilette du matin, p. _1046._

Troisième partie (Mss. N.A.F. 6891)

épr. 1	_du début_ Les ménages parisiens sont dévorés, p. _1046, jusqu'à_ du ministre et y étaient restés, p. _1074._
épr. 2	_du début p. 1046 à_ talent administratif méconnu, p. _1101._
épr. 3	_du début p. 1046 à_ compliments, il est joli, p. _1103, var. d._
épr. 4	_du début p. 1046 à_ il est joli, celui-là!, p. _1103, var. b._

À la suite, dans le même volume, le « bon à tirer » recouvrait bien, en revanche, l'ensemble du roman tel qu'il parut en feuilleton et dans les deux premières éditions, où il s'arrêtait aux mots : « il est joli, celui-là ! » (p. 1103, var. _b_).

Les pages que nous lisons ensuite ont été ajoutées en 1844. Dès la publication du feuilleton, Balzac annonçait cependant : « j'y ajoute une quatrième partie » (_LH,_ t. I, p. 516). De ce travail, il reste une épave, conservée à la Bibliothèque Lovenjoul sous le titre _Fragment d'une version des Employés_ et sous la cote A 166, f⁰ˢ 11-12. Le texte, de l'écriture du « secrétaire » Belloy abondamment corrigé par Balzac, est celui d'un article paru dans _La Caricature_ du 25 novembre 1830 : _Le Garçon de bureau,_ longtemps attribué à Balzac, mais qui était sans doute de Henry Monnier (cf. _AB 1966,_ « Balzac et Henry Monnier », p. 227 sq.). Plusieurs détails des corrections de Balzac (voir var. _a,_ p. 1116) prouvent qu'elles datent de 1837, au moment même où le romancier disait ajouter une quatrième partie.

Mais son effort s'était alors probablement limité à ce remaniement d'un texte qui, à nouveau remanié, sera utilisé en 1841 pour la *Physiologie de l'employé* (que l'on trouvera parmi les *Œuvres diverses*), puis en 1844 pour la dernière page du roman.

Un autre document manuscrit doit être mentionné dans cette Histoire de l'œuvre : *La Femme supérieure* figure dans une liste de titres de pièces de théâtre en projet, au verso d'un « effet » du 31 août 1836 (*Lov.* A 254, f⁰ 133). Faute de preuves j'ai daté par raisonnement de septembre 1838, tandis que René Guise, par raisonnement, le datait de septembre 1836 (voir *Œuvres complètes de Balzac,* éd. Les Bibliophiles de l'originale, t. XXIII, p. 546). Aucun indice ne permet de décider avec certitude si la conception théâtrale a précédé ou suivi la conception romanesque de *La Femme supérieure.*

Une PUBLICATION PRÉORIGINALE de *La Femme supérieure* dans *La Presse,* du 1ᵉʳ au 14 juillet 1837, en quinze feuilletons quotidiens, donnait un texte divisé en trois parties et subdivisé en dix chapitres, qui s'arrêtait sur la réplique : « il est joli, celui-là ». Aucune trace ne subsiste des conditions de cette publication, mais plus tard Balzac rappellera au directeur de *La Presse* que *La Femme supérieure* a dépassé « les dimensions dites [...] du quintuple » (*Corr.,* t. III, p. 466).

L'ÉDITION ORIGINALE, annoncée par la *BF* du 6 octobre 1838 et par *Le Constitutionnel* dès le 24 septembre (*Corr.,* t. III, p. 365), parut chez Werdet en 2 vol. in-8⁰, dont le premier contenait une longue préface et les cinq premiers chapitres de *La Femme supérieure,* et le second, les cinq derniers chapitres, suivis de *La Maison Nucingen* et de *La Torpille.* À cette époque, pourtant, Werdet n'était plus l'éditeur de Balzac qui, depuis la fin de 1836, avait conclu un contrat pour l'édition de toutes ses œuvres avec une société formée par Béthune, Bohain, Delloye et Lecou. On ignore les raisons de la cession de ces romans, d'autant qu'après quelques déboires, Lecou avait écrit le 18 août 1838 à Balzac : « j'augure mieux de *La Femme supérieure* ». L'opération fut sans doute réalisée peu après dans une lettre à Delloye du 6 septembre 1838 (*Corr.,* t. III, p. 433) Balzac se plaint de n'avoir même pas été consulté pour « cette vente en bloc des 3 300 volumes de *La Femme supérieure* pour 8 000 francs ». Et le fait est que, dans son *Portrait intime de Balzac,* Werdet rappellera avoir acheté ces « deux volumes in-8⁰ [...] tout fabriqué *[sic]* ». L'édition originale n'apportait que d'infimes et rares corrections au texte de *La Presse* et s'achevait, comme ce dernier, sur la réplique : « il est joli, celui-là ».

La DEUXIÈME ÉDITION parut très peu de temps après, malgré une critique défavorable, notamment un éreintement primaire et fondé sur une lecture visiblement hâtive de Sainte-Beuve

dans la *Revue des deux mondes* du 1er novembre 1838. Le
22 décembre, la *BF* annonçait la publication du recueil des
trois mêmes romans en 3 volumes in-18, et toujours chez
Werdet. Les textes étaient inchangés, mais la préface avait
été retirée.

La TROISIÈME ÉDITION parut au tome III des *Scènes de la
vie parisienne* (t. XI de *La Comédie humaine*), annoncé par la
BF du 28 septembre 1844 où le roman recevait le nouveau
titre *Les Employés ou la Femme supérieure*. Le texte était considérablement modifié et augmenté par rapport au roman de
1837, mais dans un sens qui ne faisait qu'accentuer l'évolution
constatée lors de sa création. On a vu plus haut que dans sa
dédicace du manuscrit à David d'Angers, en 1843, Balzac
avait même projeté de l'intituler *Les Bureaux*. Tout en écrivant *Modeste*, première esquisse des *Petits Bourgeois*, il repense
à son roman ancien, car il fait reparaître dans *Modeste*, comme
il l'annonce le 17 décembre à Mme Hanska, « tous les personnages de *La Femme supérieure*, non pas Rabourdin, mais
les employés inférieurs des Bureaux ». Le 27 décembre, il
lui écrit avoir « passé deux jours » à corriger *La Femme
supérieure* et *Les Chouans*. Mais, énumérant le 6 février 1844
les œuvres qui devraient composer le tome XI de *La Comédie
humaine*, il ne mentionne pas *La Femme supérieure*, peut-être
parce qu'il compte encore mettre cette œuvre en tête des
Scènes de la vie politique, comme il l'avait indiqué à David
d'Angers en 1843. Pour quelle raison y renonce-t-il assez
rapidement ? Dès la fin de février 1844, il entreprend la
véritable refonte. Le 29, il écrit à Mme Hanska : « J'ai,
eu hier [...] un violent coup de sang à ma table. J'ai de
3 h. du matin à 3 h. après midi, corrigé sans désemparer
6 feuilles de *La Comédie humaine (Les Employés)* où j'avais
à intercaler des morceaux pris dans la *Physiologie de l'employé*[...].
Ce travail, qui équivalait à faire en douze heures un volume
in-8º ordinaire, m'a valu cette attaque » (*LH*, t. II, p. 390);
et le 19 mars : « il m'est arrivé une avalanche d'épreuves [...]
Il a fallu six heures pour les lire et les corriger. Il s'agit des
Employés(La Femme supérieure). Il y a tant de changements
et d'ajoutés, que c'est comme un livre fait à nouveau »
(*ibid.*, p. 408); enfin le 20 mars : « je me suis levé à 2 h 1/2,
et j'ai atteint 9 heures sans m'en douter, j'ai mis la dernière
main aux *Employés* » (*ibid.*).

Ces changements et ces ajoutés se résument par deux titres :
Physiologie de l'employé et *Les Petits Bourgeois*. La *Physiologie
de l'employé*, un in-32 annoncé par la *BF* du 21 août 1841,
avait paru chez Aubert et Lavigne. Pour établir ses « variétés
de commis », pour décrire les bureaux, Balzac avait déjà
largement emprunté à *La Femme supérieure*. En 1844, il
empruntera à cette *Physiologie* pour étoffer les descriptions

des bureaux et surtout pour ajouter des considérations générales sur les employés qu'il intercalera parfois jusque dans les scènes dialoguées, notamment dans les pages finales ajoutées alors. L'apport des *Petits Bourgeois* est essentiellement constitué par le remaniement complet et l'augmentation sensible des personnages de Colleville et de Thuillier, et par conséquent de Chazelle et de Paulmier, qui héritèrent de beaucoup des traits des Colleville et Thuillier de 1837, par des allusions nombreuses à la vie et aux mœurs de Flavie Colleville et par quelques autres, plus rares, au père Thuillier et à sa fille Brigitte.

En 1845, Balzac faisait de *La Femme supérieure* un projet pour les *Scènes de la vie de province* dans le *Catalogue*. Il désignait définitivement les principaux personnages du roman en choisissant son dernier titre : *Les Employés*.

Les ÉDITIONS BELGES antérieures à l'édition originale furent : *La Femme supérieure,* un volume in-16, publié par Meline, Cans et Cie (Bruxelles, 1837). Cette édition fut annoncée dans *L'Émancipation* du 1er août 1837. Deux autres éditions identiques, et vraisemblablement contemporaines, parurent sous la marque de C. Hochhausen et Fournes (Bruxelles et Leipzig, 1837), et sous celle de Hauman, Cattoir et Cie (Bruxelles, 1837).

La Femme supérieure, un vol. in-16, publié par J. Jamar (Bruxelles, 1837). Ce volume, de la collection du *Muséum littéraire,* fut distribué aux abonnés le 17 octobre 1837, selon *L'Annonce* de cette date.

SIGLES UTILISÉS

ms.	Manuscrit.
épr. 1 à épr. 9	du 1er au 9e jeu d'épreuves des pages 906 à 954.
épr. 1 à épr. 11	du 1er au 11e jeu d'épreuves des pages 954 à 1046.
épr. 1 à épr. 4	du 1er au 4e jeu d'épreuves des pages 1046 à 1103.
BT	Bon à tirer.
P	*La Presse,* 1er-14 juillet 1837.
orig.	Werdet, septembre 1838.
Ph.	*Physiologie de l'employé,* 1841.
F	Furne, 1844.
FC	Furne corrigé.

PREMIERS DÉBUTS

Reconstituables à partir des folios 5, 6, 31, 32 et 33 du manuscrit,
le premier début et la deuxième étape de la seconde mise en route
du roman comptent parmi les variantes essentielles de sa rédaction.
Il a donc paru intéressant de les reproduire sous leur forme la plus
proche du premier jet, c'est-à-dire sans les retouches et additions
secondaires. Ce document permet de voir, d'une part, dans quelle
direction et jusqu'où Balzac s'était d'abord engagé ; d'autre part,
le peu d'ampleur du texte primitif par rapport aux différents
passages du texte définitif auxquels il a donné naissance (voir p. 906-
911 pour les folios 5 et 6, p. 954-956 pour les folios 31 et 32,
p. 956-957 pour le folio 33).
[fᵒ 5, d'abord fᵒ 1, en tête duquel on retrouve le titre La Femme
supérieure *rayé et enfoui dans le texte de raccord avec les seconds*
folios 1 à 4 (voir var. a, p. 906), texte qui entraîna aussi le rema-
niement de la première phrase :] Il s'est fait depuis la Révolution
de 1789, de petites révolutions partielles qui importent peu
aux historiens des faits mais qui soigneusement décrites
par l'historien des mœurs pourraient servir à expliquer le
dix-neuvième siècle. Autrefois sous la monarchie, la Bureaucratie n'existait point ; les employés étaient en petit nombre,
ils obéissaient à un premier ministre toujours en communication immédiate avec le souverain, et servaient ainsi presque
directement le Roi. Les chefs de ces serviteurs zélés étaient
simplement nommés des *premiers commis.* Dans les parties de
l'administration que le roi ne régissait pas lui-même, comme
les fermes, les employés étaient à leurs chefs ce que les commis d'une maison de commerce sont à leurs patrons ; ainsi le
moindre point de la circonférence touchait au centre et en
recevait la vie ; il y avait dévouement et foi. Depuis 1789,
il y a eu l'État au lieu du prince ; au lieu de le relever directement du premier magistrat politique, les commis sont devenus
les *employés du Gouvernement* et leurs chefs ont été soumis à
tous les caprices d'un pouvoir qui ne sait pas la veille s'il
existera le lendemain et qui s'appelle *Ministère.* Mais le courant des affaires devant toujours s'expédier, il y a une certaine
quantité de commis qui se sait indispensable quoique
congéable à merci. La Bureaucratie, pouvoir gigantesque
mis en mouvement par des nains est née ainsi. Napoléon,
en rattachant toute chose et tout homme à sa volonté,
retarda pour un moment l'influence de la Bureaucratie,
rideau pesant qui se met entre le bien à faire et le prince ;
mais elle fut définitivement organisée par le gouvernement
constitutionnel. L'employé devint dès lors un être essentiellement fainéant, qui se multiplia dans les ministères où trois

commis banquiers feraient la besogne de trente employés,
il créa le rapport, les dossiers, les cartons, les pièces, il inventa
les milliers de fils lilliputiens qui enchaînent la France administrative ; il se désintéressa complètement de la chose publique,
ne s'occupa que de se maintenir, de toucher ses appointements
d'arriver à sa pension, et pour obtenir ce grand résultat,
il se crut tout permis ; que n'osa-t-il pas pour avancer. Cet
état de choses amena le servilisme du commis, il engendra
d'étranges intrigues au sein des Ministères, le jour où les
familles puissantes voulurent des places pour leurs arrière-
petits-cousins, et où il fallut lutter contre les bourasques
[*sic*] ministérielles. Un homme supérieur, aimant son pays,
consent difficilement à marcher le long de ces haies tortueuses,
et dans la fange de ces sentines où il faut plier, ramper, se
couler, et où les têtes remarquables font peur à tout le monde.
On se vieillit pour la papauté, mais on n'imite pas Sixte-
Quint pour être chef de bureau. De là, l'effroyable médiocrité
de l'administration française qui semble avoir été créée
pour mettre un obstacle à la prospérité du pays, qui retarde
sept ans dans ses bureaux le projet d'un canal qui doublerait
l'activité d'une province, qui soumet tout à ses lenteurs,
qui éternise les abus ; et tient un ministre en lisière. Ouvrez
le livre des pensions et vous y verrez un garçon de bureau
avoir une pension supérieure à celle d'un vieux colonel
criblé de blessures. Ce seul fait explique toute la bureaucratie.
La bureaucratie a d'autres malheurs. Il n'y a point de subordination réelle, il y règne une égalité complète entre le chef
d'une division importante et le dernier expéditionnaire, l'un
est aussi savant que l'autre ; entre eux, les employés se jugent,
se haïssent, se déchirent sans aucun respect les uns pour les
autres. L'éducation également dispensée aux masses, fait que
le fils d'un concierge du ministère
[*f° 6, d'abord f° 2*] peut prononcer sur le sort d'un homme
de mérite, ou d'un grand propriétaire à qui son père a ouvert
la porte. Le dernier venu peut donc lutter avec le plus ancien.
La bureaucratie a donc des mœurs secrètes, des intrigues
du sérail entre les eunuques, les femmes et le sultan, des
malices de nègre faites au ministre lui-même. Les gens réellement utiles, les travailleurs sont victimes des parasites. Les
caractères que cette histoire doit mettre en relief vont pivoter
dans ce monde où la plume de l'observateur a moins souvent
pénétré, le crayon du caricaturiste a dessiné quelques têtes ;
mais il a laissé l'employé dans son atmosphère tandis qu'il
s'explique autant par sa vie en famille que par sa vie au bureau.
Ce préambule était nécessaire pour poser les causes générales
de la physionomie des employés parmi lesquels il se trouve
des gens dévoués à leur pays ; mais qui font exception et
tranchent vigoureusement sur la masse. Ajoutons un dernier

trait à cette peinture en comptant parmi les raisons premières
de l'insouciance des employés pour les choses dont ils
s'occupent la certitude où ils sont tous que les hautes places
appartiennent à l'influence parlementaire et non à la Royauté,
ce qui sèche dans leur cœurs les sentimens généreux; ils
connaissent trop leur condition de rouages vissés à une
machine, et il ne s'agit que d'être plus ou moins bien graissés.
Employer moitié moins de monde, et doubler les traitemens,
supprimer les pensions, honorer les employés; les prendre
jeunes comme faisait *[sic]* Louis XIV, Napoléon, Richelieu
et Ximénès, mais les garder longtems en les intéressant à
leurs emplois, sont les points capitaux d'une réforme aussi
utile à l'état qu'à l'employé. Une des plus grosses erreurs
de la France politique, de cette masse lisante qui gobe chaque
matin les mille niaiseries que des sots écrivent dans l'immense
quantité de journaux, lesquels ne devraient être rédigés que
par des hommes supérieurs, est de croire que l'argent donné
par le budget *[sic]* aux employés constitue un vol perpétuel,
que ces pauvres gens sont les sang-sues du peuple. L'employé
relativement au budget est ce que le joueur est au jeu : tout
ce qu'il gagne il vient le lui restituer. Les petits traitemens
sont une lâcheté commise par les deux chambres; tout gros
traitement est une production. Payer mille francs par an à
un homme pour lui demander toutes ses journées, c'est
organiser le vol et la misère, un forçat coûte presqu'autant et
travaille moins; mais vouloir qu'un homme auquel l'état donne
six mille francs soit tout à vous, est un contrat honnête. Les
appointements actuels d'un sous-préfet et ceux d'un préfet
surtout sont une honte pour le pays. Si les sous-préfets avaient
douze mille francs, ils en dépenseraient quinze; vous leur
envoyez mille écus, vous avez des gens sans capacités qui font
des économies. *Le texte qui suit entre crochets fut raturé par Balzac
à la fin du folio et en tête du folio suivant, après la première étape
de la seconde mise en route du roman qui avait vu les folios 3 et 4
primitifs devenir les folios 7 et 8, vraisemblablement lors de la
deuxième étape : le texte du deuxième folio 7 (voir f⁰ 33) pouvait
alors s'articuler sur le texte précédant celui de la rature, que voici :*

Si le budget était de deux milliards, l'argent qui est le
sang de la France lui passerait deux fois par le cœur dans
l'année au lieu de s'y traîner une seule fois péniblement et
la richesse publique s'en accroîtrait. Persuadez ceci aux économistes de la province qui s'estiment riches quand leur
argent est enterré dans leurs caves et qui laissent des étrangers
placer leurs fonds sur la rente française et en emporter les
intérêts hors du pays! Ces dernières réflexions ont été dictées
par *[f⁰ 31, d'abord f⁰ 3 puis f⁰ 7]* la nécessité de montrer la
source du mal et de justifier l'employé. Il est ce qu'on l'a fait;
mais tel qu'il est, le pauvre cher employé français est encore

supérieur à celui des gouvernemens voisins, l'Angleterre
excepté, car là son administration est habilement fondée sur
le principe des gros salaires, en pensant que pour être bien
servis, il faut bien payer.

Ce préambule n'est pas une vaine déclamation de narrateur
qui tient à se montrer philosophe ou politique. Il se trouvait
placé comme le sont les considérations d'un projet d'ordonnance de lois en tête d'un mémoire parmi des considérations très étendues sur le nombre des fonctions, le monde
des employés de toutes les administrations. Ce mémoire
joue un rôle important dans cette histoire, et il aurait été
contraire à toutes les règles du récit de les [*sic*] jetter entre les
jambes des personnages de cette scène au beau milieu de l'action.

Presque tous les bureaux se ressemblent. En quelque
ministère que vous erriez pour solliciter le moindre redressement de torts, la moindre grâce, vous trouverez des corridors,
une première pièce où se tient le garçon de bureau, une
seconde où sont les employés, le cabinet d'un sous-chef
vient ensuite à droite ou à gauche, puis plus loin celui du
chef de bureau. Quant au personnage immense que l'on
nomma chef de division sous l'Empire, qui fut un directeur
sous la Restauration et qui maintenant est redevenu chef
de division, il loge au dessus ou au dessous de ses deux ou
trois bureaux. Voici les traits caractéristiques qui distinguent
ces singulières alvéoles de la ruche que nous appellons
Ministère ou direction générale, quoiqu'aujourd'hui presque
tous les ministères se soient assimilés leurs directions générales
et que par cette agglomération les directeurs généraux aient
perdu tout leur lustre, en perdant leurs hôtels, leurs gens,
leurs salons, et leur cour. Qui reconnaîtrait aujourd'hui dans
l'homme arrivant à pied au trésor, montant à un deuxième
étage, le directeur général des forêts ou des contributions
indirectes qui avait un magnifique hôtel rue Ste-Avoye
ou rue St-Augustin. Aujourd'hui le directeur des contributions
est tout au plus maître des requêtes, il a quelques malheureux
vingt mille francs et, comme symbole de son ancienne puissance, un huissier en culotte noire en bas de soie noire, en
habit à la Française, si toutefois l'huissier n'a pas été dernièrement réformé. Généralement la pièce où se tient le garçon
de bureau est carrelée comme le corridor, elle est tendue d'un
papier mesquin, il y a un poêle, une grande table noire, un
encrier, des plumes, quelquefois une fontaine, une banquette
sans nattes pour les pieds ; mais le garçon de bureau ne manque
jamais d'avoir un paillasson sous sa table et un bon fauteuil.
Ce qu'on appelle un bureau en style administratif, se compose
d'un garçon et d'un surnuméraire-garçon, d'un ou plusieurs
surnuméraires faisant la besogne gratis pendant un certain
nombre

[fº 32, d'abord fº 4 puis fº 8] d'années, de simples expéditionnaires d'un commis d'ordre, d'un sous-chef et d'un chef. La division ne comprend pas moins de deux ou trois bureaux, elle peut en compter davantage. Dans certaines administrations, il y a changement de titre chez les employés, il peut y avoir un vérificateur au lieu d'un commis d'ordre, un teneur de livres au lieu d'un vérificateur. Le bureau des employés est une grande pièce plus ou moins claire, rarement parquetée, car le parquet et la cheminée sont spécialement affectés aux chefs de bureau et de division, ainsi que les armoires, les bureaux et les tables d'acajou, les fauteuils de marroquin *[sic]* rouges ou verts, les glaces, les rideaux de soie et autres objets de luxe administratif. Le bureau des employés a un poêle, dont le tuyau donne dans une cheminée bouchée s'il y a cheminée. Le papier de tenture est uni, vert ou brun, les tables sont en bois noirci, l'industrie des employés se manifeste dans leur manière de se caser, l'un frileux a sous ses pieds, une espèce de pupitre en bois, l'autre aimant peu la chaleur n'a qu'une sparterie. Celui-ci redoutant les vents coulis, l'ouverture des portes et autres causes du changement de température s'est fait un petit paravent avec des cartons. Il existe une armoire où chacun a l'habit de travail, les manches de toile, les garde-vues et autres ustensiles du métier. Presque toujours, la cheminée est ornée de carafes d'eau, de verres. Dans certains locaux obscurs, il y a des lampes. La porte du cabinet où se tient le sous-chef est ouverte en sorte qu'il peut surveiller ses employés, les empêcher de trop causer, ou venir causer avec eux dans les grandes circonstances. Le mobilier des bureaux indiquerait au besoin à l'observateur la qualité de ceux qui les habitent. Les rideaux sont blancs, ou en étoffe de couleur, en coton ou en soie, les chaises sont en merisier ou en acajou, garnies de paille, de maroquin ou d'étoffes; les papiers sont plus ou moins ornés. [Tout employé qui n'est pas chef ou sous-chef, et à moins d'être profondément ambitieux, a compris qu'il lui fallait joindre une industrie à ses appointemens pour pouvoir exister; aussi, au dessous des chefs de bureau presque tous sont-ils soit mariés à des lingères, à des débitantes de tabac, de papier timbré, soit intéressés dans des commerces. Il s'en trouve beaucoup de vaudevillistes, des auteurs dramatiques. M. Pixérécourt est un des employés supérieurs]

Le texte qui précède entre crochets fut raturé par Balzac à la fin du folio sans doute quand il reprit pour le début de la « Seconde Partie. Les Bureaux », les deux folios 3 et 4 devenus 7 et 8, ainsi que le deuxième folio 7, abandonné à son tour lors de la troisième et dernière étape de la mise en route du roman, au moment où il décida enfin d'exposer le plan Rabourdin en un troisième folio 7 et un deuxième folio 8 (voir var. e, p. 917). Le texte du deuxième folio 7, qui suit, vint alors s'articuler sur le texte qui précédait la rature : [f° 33, d'abord deuxième f° 7] Mais il suffira peut-être de peindre la Division de M. La Billardière et les employés des Bureaux Rabourdin et Baudoyer pour que les étrangers et les gens qui vivent en province aient des idées exactes sur ce qui se nomme à Paris LES BUREAUX. La division de M. La Billardière était située par soixante et onze marches de longitude sous la latitude des mansardes, au nord-est d'une cour. Le pallier *[sic]* séparait les deux bureaux situés le long d'un vaste corridor éclairé par des jours de souffrances. Les cabinets et antichambres de Messieurs Rabourdin et Baudoyer étaient à l'étage inférieur, et après celui de M. Rabourdin se trouvait *[sic]* l'antichambre, le salon et les deux cabinets de M. la Billardière. Ainsi la division occupait deux étages. Il avait les garçons des deux Bureaux, et les garçons des chefs et du directeur de la division, en tout trois en livrée bleue à liserés rouges, excepté celui de M. de la Billardière [...]

Cet anoblissement subit du personnage semble marquer une rupture dans la rédaction de ce folio qui pourrait n'avoir pas été achevé quand il était le deuxième folio 7. La phrase qui vit la mutation de La Billardière, relevant peut-être de la rédaction de la deuxième partie du roman, fixe donc un terme à notre reconstitution des mises en route de son début.

NOTES ET VARIANTES

Page 879.

1. La date de cette préface, « Aux jardies, 15 septembre 1838 », est confirmée par Balzac, annonçant deux jours plus tard à Mme Hanska : « j'ai écrit la préface des deux volumes qui vont se publier et qui contiennent *La Femme supérieure*, *La Maison Nucingen* et *La Torpille*. » Mais, dès le 12 octobre 1837, il lui avait déjà écrit : « J'ai une préface à coudre en forme de collerette à *La Femme supérieure* et une quatrième partie en forme de tournure car les soixante-quinze colonnes de *La Presse* n'ont fourni qu'un petit volume, de là la préface et une moitié de volume. Vous ne sauriez imaginer comme ces raccommodages, ces replâtrages m'ennuient; je suis excédé par ces travaux après coup » (*LH,* t. I, p. 614 et 544). Si excédé qu'il n'écrivit alors ni la préface, ni cette quatrième partie qu'il remplaça par *La Torpille* (premier épisode des futures *Splendeurs et misères des courtisanes*), pour compléter avec *La Maison Nucingen* les deux volumes vendus à Lecou. Mais *La Torpille* ne suffisant pas, Balzac dut encore ajouter au dernier moment cette longue préface où, revenant

une fois de plus sur les « mille petites misères de la vie littéraire » en général, il apportait sur l'évolution du sujet de
La Femme supérieure quelques aperçus et commentaires d'autant plus précieux qu'il les a peu prodigués. Il faut en remercier la nécessité, les « petites misères de la vie littéraire »,
et le marquis de Custine dont l'amateurisme bien nanti,
visible dans son récent ouvrage, *L'Espagne sous Ferdinand II,*
avait donné à point nommé à Balzac l'envie de discuter de
son métier de romancier sinon de le faire en achevant son
roman (*Corr.,* t. III, p. 424 et 459-461).

2. Le capitaine apparaissait dans *Le Monastère* et le docteur,
dont Balzac écrivait le nom *Dryadust,* dans les préfaces
d'*Ivanhoé* et des *Fortunes de Nigel.*

3. C'est pour les poèmes qu'il publia d'abord que, selon
l'usage anglais du temps, Scott avait été récompensé par une
charge de greffier en chef de la Cour des sessions, représentant environ 160 000 francs. Peu après, en 1811, il achetait
près de Melrose dans le Roxburghshire, en Écosse, une
grande ferme qu'il baptisa Abbotsford et transforma peu à
peu en une imposante demeure de style gothique. Avant sa
mort survenue en 1832, Scott avait été ruiné en 1826 par la
faillite de son éditeur Constable, pour lequel il se trouvait
caution de 120 000 livres. Ce désastre engloutit le mobilier
entier d'Abbotsford, la maison d'Édimbourg, et l'anonymat
sous lequel Scott avait publié toute son œuvre romanesque,
commencée en 1814 avec *Waverley.*

Page 880.

1. Fenella apparaissait dans *Peveril du Peak,* et le laird,
dont Balzac écrivit le nom *Dumbidikes,* dans *La Prison
d'Édimbourg. Les Eaux de Saint-Ronan* ne sont pas le chef-
d'œuvre de Scott.

Page 881.

1. Allusion à l'anonymat, d'ailleurs assez transparent, du
nom de « l'auteur de Waverley » sous lequel Scott se cacha
jusqu'en 1826.

Page 882.

1. *Fama :* la Renommée. *Fame :* par la faim.
2. Descendance créée sans mère. Épigraphe de *De l'esprit
des lois.*

Page 883.

1. Orné de fleurs : terme de blason.
2. Géricault était mort en 1824 à trente-trois ans, sans
avoir connu un grand succès.

Page 884.

1. Cet ouvrage avait été publié en quatre volumes chez Ladvocat, en 1838 (*BF* du 3 février pour les tomes I et II; du 12 mai pour les tomes III et IV).

Page 886.

1. Partie de l'actuelle rue des Guillemites où l'on trouve au n° 10 le revers de l'hôtel des Ambassadeurs de Hollande que Beaumarchais habita pendant douze ans et dont l'entrée principale est au 47, rue Vieille-du-Temple.
2. D'après le « Guenille si l'on veut, ma guenille m'est chère » des *Femmes savantes* (acte II, sc. VII).

Page 889.

1. Francisco de Sandoval y Rojas, duc de Lerma (1552-1623), Premier ministre très peu intègre de Philippe III.
2. Balzac a écrit « d'Hervart ».
3. Ronsard.
4. André Chénier ayant été guillotiné en 1794, il s'agit évidemment de son frère, le républicain Marie-Joseph.

Page 890.

1. On peut se demander si Balzac ne met pas une certaine ironie dans au moins deux de ces exemples, car la littérature avait peu fait pour l'enrichissement de Thiers, et moins encore dans celui du poète satirique Barthélemy que Louis-Philippe payait pour qu'il se taise et non pour qu'il écrive.

Page 893.

1. *L'Estafette,* quotidien créé en 1833, et *Figaro* avaient donné *César Birotteau* en prime à leurs abonnés.

Page 897.

a. LES EMPLOYÉS *FC* : LES EMPLOYÉS OU LA FEMME SUPÉRIEURE *F* : LA FEMME SUPÉRIEURE / PREMIÈRE PARTIE / ENTRE DEUX FEMMES / CHAPITRE Iᵉʳ/ LE MÉNAGE RABOURDIN *BT* : LA FEMME SUPÉRIEURE [/ PREMIÈRE PARTIE / ENTRE DEUX FEMMES *add.*] *ms.*

1. Mariée au comte Faustino Sanseverino Vimercati Tadini, la comtesse Serafina Porcia habitait Paris quand Balzac la rencontra à l'ambassade d'Autriche et sans doute chez le baron Gérard. En 1836, il la retrouvait à Turin, et, croyant se rendre à Milan, lui demandait des lettres d'introduction. À cette occasion, la comtesse Fanny écrivit à son amie la comtesse Maffei, qui devait accueillir si bien Balzac

en 1837, la lettre souvent citée : « On l'imagine très grand et
agile, pâle et décharné [...] C'est un petit homme, gras, dodu,
rond, rubicond, avec deux yeux noirs et étincelants de feu
dans le dialogue... » (voir Raffaele de Cesare, « Balzac nell'
agosto del 1836 », *Contributi dell'Istituto di Filologia Moderna,
serie francese,* Vita e Pensiero, Milan, 1968, vol. V). Vers septembre 1836, Balzac lui offre *Les Chouans* et, en janvier 1837,
il lui demande la traduction de quelques phrases et des jurons
« de bon goût » en vieil italien destinés au *Secret des Ruggieri.*
En mai 1838, il séjourne à Milan chez le frère de la comtesse,
le prince Alfonso Serafino Porcia, chambellan de l'empereur
d'Autriche. Une allusion à ce séjour se retrouve daans la date
de l'envoi de *La Femme supérieure.* Lorsque *La Femme supérieure* paraît à la fin de 1838, il lui dédie ce roman et, dans le
même volume, il dédie *La Torpille* à son frère.

Page 898.

  a. À la comtesse *[p. 897, début de la dédicace]* DE BALZAC.
[/ Milan, mai 1838. *suppr.* F] *add. orig.*

  b. À Paris, où les hommes *[début du texte proprement dit]*
en relief. *orig. Mise au point au fil des épreuves, la rédaction
de ce second début était d'abord différente :* Le second étage d'une
des plus jolies maisons de la rue Duphot était [en 1825 *rayé*]
occupé par M. Rabourdin, chef de bureau de l'un des plus
importans ministères. Vous avez rencontré dans Paris
quelques figures qui ont de l'analogie avec celle de ce fonctionnaire : quarante ans, une démarche entre l'indolence du
promeneur et la méditation d'un homme occupé; des cheveux
gris comme les femmes les aiment et qui rendaient aimable
et douce une physionomie mélancolique; des yeux bleus
pleins de feu, un teint encore blanc, mais chaud et parsemé de
quelques rougeurs violentes, une bouche sérieuse, une taille
élevée, maigre ou plutôt maigri comme un homme qui relève
de maladie. Si ce portrait fait préjuger un caractère, la mise
de l'homme complétait les pressentimens. *ms.*

  1. Le peintre François Gérard, né à Rome le 4 mai 1770,
était mort depuis peu — le 11 janvier 1837 — quand Balzac
écrivit *La Femme supérieure.* Grand peintre d'histoire, admirable portraitiste, le baron Gérard était aussi un homme
d'esprit, et son salon, ses mercredis, étaient fort courus.

  2. Il est singulier que Balzac, fervent d'onomastique, ait
choisi pour cet homme droit un nom dérivé de l'ancien
français *abourder* qui signifie *trompeur invétéré.*

  3. Balzac ne précise ni la date de l'intrigue, ni le nom de
ce ministère. Cependant, certains détails situent cet épisode
à la fin de 1824, et le ministère sera indiqué dans *Les Petits
Bourgeois* (1844) : il s'agit des Finances.

4. Pour Balzac, ces signes caractérisent un grand travailleur. Ainsi, il remarque à propos du comte de Sérisy, dans *Un début dans la vie* : « À d'autres qu'à des jeunes gens, ce teint eût révélé l'inflammation constante du sang produite par d'immenses travaux. »

Page 899.

  a. que vous l'eussiez [...] ambassade. *épr. 6* : que vous l'eussiez pris pour un anglais allant à l'église. *épr. 3* : que vous l'eussiez pris pour un genevois allant au prêche. *épr. 2* : que vous eussiez dit un banquier genevois allant au prêche. *ms.*

  b. chefs. À l'époque [...] lui *FC* : chefs. À cette époque, en 1825, vous eussiez remarqué surtout en lui *F* : chefs. À cette époque, en 1824 *[comme dans F]* lui *épr. 1* : chefs. On remarquait surtout en lui *ms.*

  c. femme chez qui [...] équipage, *add. épr. 6*

  d. ; mais elle lui avait donné [...] Napoléon *épr. 1* : , lui ayant néanmoins donné l'instruction du lycée, d'où il était sorti à seize ans *ms.*

  e. vingt-deux *épr. 1* : vingt-et-un *ms.*

  f. Sous Leprince, *un nom rayé en ms., sans doute* Legardeur *que l'on peut lire nettement plus loin (voir var. a, p. 900).*

  1. La plupart des employés de Balzac sont plus ou moins dérivés de l'un des employés décrits par Monnier dans la liste des protagonistes placée en tête de ses *Scènes de la vie bureaucratique,* publiées en 1835 au tome II des *Scènes populaires.* Pour permettre au lecteur de juger des emprunts de Balzac, et des différences, il a paru intéressant de reproduire au fil des notes tout ou partie de chacun des portraits de Monnier qui, classiquement, ont servi de « modèle » pour un employé balzacien. Pour Rabourdin : « M. Dumont, *chef du premier bureau,* ancien avocat entré au ministère à la première révolution en 89. Célibataire, homme d'une grande portée et d'un génie supérieur; seul chargé, et pour cause, de tout le travail de la division. Sortant rarement de son cabinet, et ne mettant jamais les pieds dans son bureau. Méprisant les bassesses et les flagorneries, détestant les visites et les compliments de nouvelle année, aidant les employés de son crédit et de sa bourse, allant au-devant de leurs besoins, plaçant les enfants dans les collèges, et vivant ignoré au milieu de sa division. Ne dînant jamais en ville; plein de dignité avec M. de Saint-Maur [le chef de division], tenant toujours M. Clergeot, son collègue, à une très grande distance. Bon et affable avec tout le monde.

  « Soixante-cinq à soixante-dix ans, physionomie douce et mélancolique, d'une bonne constitution, cheveux blancs, taille élevée.

« Grande redingote grise, cravate blanche, gilet noir, croisant sur la poitrine, pantalon brun, bas gris, souliers couverts, chapeau à larges bords. »

2. Ordre créé en 1814 par le comte d'Artois, transformé en 1816 par Louis XVIII, supprimé en 1830. Le mardi 6 septembre 1814, le jeune Balzac en devenait titulaire lors de la distribution des prix au collège de Tours. Distribué à profusion, le lys fut bientôt déconsidéré : un valet le porte, notait Castellane dans son *Journal,* le 15 novembre 1814.

Page 900.

a. Célestine [Legardeur *rayé*] Leprince, *ms.*

b. Grande, belle *[7 lignes]* un duc *FC, après nombre d'additions et de corrections, depuis :* Elle était grande et belle, admirablement bien faite, elle avait le pied et la main d'une dignité royale, une voix délicieuse, elle peignait, elle était forte musicienne, parlait plusieurs langues; et avait appris quelques sciences, sa mère qui l'idolatrait, lui avait donné l'idée qu'un duc *ms.*

c. un an après *FC* : deux ans avant *épr. 2 ; voir var. d.*

d. Sa toilette *[7 lignes]* femme. *FC, où ce passage est l'aboutissement de trois additions* :[Sa toilette *[...]* bonheur. *add. épr. 1*]

[Encore les gâteries continuelles de la mère qui mourut deux ans avant le mariage de la fille rendaient-elles difficile la tâche d'un mari. *add. épr. 2*] [, car il fallait du sang-froid pour gouverner une pareille femme. *add. épr. 6*]

e. Orphelin, sans autre fortune *[16 lignes]* l'administration *épr. 2 var. post.* : Xavier seul, sans autre fortune que sa place de chef de bureau, l'emporta. [Célestine résista longtems, elle n'avait aucune objection contre son prétendu qui était jeune et beau; mais elle ne voulait pas se nommer Madame Rabourdin; *add. sur ms.*] Le père fit entendre à sa fille que le jeune Rabourdin était du bois dont on fait les ministres [; Célestine répondit que jamais un homme qui avait nom Rabourdin n'arriverait sous le gouvernement des Bourbons, et le père répondit qu'il serait Rabourdin DE QUELQUE CHOSE quand il entrerait à la Chambre, qu'il ne tarderait pas à être maître des requêtes et secrétaire général, que de ces deux échelons, il s'élancerait dans les régions supérieures de l'administration *add. sur ms.*]. *ms. On voit que dans sa toute première rédaction, Balzac n'avait pas fait intervenir des détails pourtant importants. De même, pour l'addition suivante.*

f. , riche d'une fortune *[...]* connu *add. épr 1*

1. À vingt ans déjà, Balzac mettait sa sœur Laure en garde contre des études trop poussées : « Cela convient à un savant, à une mère de famille ! non » (*Corr.,* t. I, p. 50). Avec des nuances, il a repris cet avertissement à propos

de Mme de Bargeton, de Dinah de La Baudraye et même de Félicité des Touches.

Page 901.

a. la mystérieuse puissance indiquée par le vieux commissaire priseur. *FC* : cette mystérieuse puissance [qui avait quelque chose de paternel *suppr. épr. 2*]. *ant.*

b. La graphie de ms. était : laissez-aller. *Le typographe ayant corrigé en* : laisser-aller, *Balzac indiqua en marge du « Bon à tirer »* : La véritable orthographe est laissez-aller. *Nous avons adopté l'orthographe aujourd'hui en vigueur* : laisser-aller.

c. , atteint [...] Nucingen, *add.* F *découlant de « La Maison Nucingen » écrite après « La Femme supérieure ». Voir var. d.*

d. Quand l'ancien *[9 lignes]* grenier. *épr. 6 var. post.* : M. Leprince mourut ruiné par une spéculation à la Bourse où il s'était imaginé doubler sa fortune; et il ne laissa qu'une dizaine de beaux tableaux, qui ornèrent le salon de sa fille et un mobilier fort inutile, car si les deux époux avaient dépensé cent mille francs, au moins possédaient-ils une très jolie fortune mobilière. *ms.*

e. [Sept *rayé*] Huit *ms.*

f. d'un député de la droite, fait ministre en 1823. *épr. 4* : d'un Ministre. *ms.*

1. En 1823, un député de la droite avait bien été fait ministre, et seul nouveau ministre de cette année-là : le baron Maxence de Damas, royaliste farouche, honnête et borné, qui remplaçait le maréchal Victor à la Guerre en octobre. Comme pour les emprunts à Monnier, les recours possibles de Balzac aux *Mœurs administratives,* deux volumes d'Ymbert parus en 1825, apparaîtront au fil de nos notes. On pourrait voir ici une mise en application des remarques d'Ymbert sur le népotisme de la Restauration qui, « converti en système, a disposé ses tarifs et réglé les degrés de ses droits aux revenus de l'État. Si vous fréquentiez les salons du faubourg Saint-Germain, vous y apprendriez à livres, sous et deniers, ce que valent un gendre, un neveu, un oncle et un grand-père; mais ce qui pullule par dessus tout, c'est l'engeance des cousins », et singulièrement des cousins de ministres (t. II, p. 86). Mais avait-il besoin d'Ymbert, le fils de ce Bernard-François Balzac qui, le 1er janvier 1818, écrivait à l'un de ses neveux : « On a supprimé le service auquel je suis attaché depuis vingt-cinq ans pour l'attribuer à une Régie. Il a fallu s'y faire nommer comme le premier commençant venu, à travers un monde de demandes, d'intrigues, de puissances du premier ordre où mon prédécesseur, frère d'un ministre, figurait à la tête de tous les prétendants » (*Lov.* B 523).

Page 902.

a. patte : *ici comme aux pages 146, 153, et 202, nous avons corrigé l'ancienne graphie* F *de ce mot :* pate, *voulue par Balzac, ainsi que le prouve une correction de la page 512 du tome XI de l'édition Furne de « La Comédie humaine ». Bizarrerie : on trouve ici* patte *sur ms. et donc en 1837.*

b. cent louis ! *épr. 1* : mille écus ! *ms.*

c. déjà deux mille francs), *épr. 1* : mille francs, *ms.*

Page 903.

a.   , des Athanase Granson, *add.* F *évoquant « La Vieille Fille » ; voir var. b.*

b. une lutte ignoble *[p. 902, 17 lignes en bas de page]* il y a FC *pour la mise au point définitive après nombre d'additions et corrections depuis* : une lutte ignoble, inconnue, se mesurer corps à corps avec son livre de dépense, elle taxait des consommations intérieures, elle avait congédié le domestique mâle lors du désastre que causa la mort de son père, sur la fortune duquel elle avait compté. Son ambition devenait excessive en présence des difficultés qu'elle ne se sentait pas le courage de vaincre, car il y a *ms.*

c. l'agriculture, [...] Ciel. *épr. 1* : le détail, les procès. *ms.*

d. de servir les intérêts [...] d'un Nucingen, *FC* : de servir les intérêts [...] d'un Nucingen, d'un Keller, *F* : de servir les intérêts [...] d'un Ouvrard, d'un Jacques Cœur, d'un Laffitte, *épr. 2* : de servir les intérêts d'un spéculateur, *ms.*

e. qu'un Gondreville, *F* : que le plus vieux politique, *ant. Entre-temps, Gondreville a fait ses preuves dans « Une ténébreuse affaire ».*

f. que Maxime de Trailles. *F* : que le plus habile homme d'affaires. *ant. Cette variante et les deux précédentes montrent comment se construisait, aussi par les détails, le monde de « La Comédie humaine ».*

1. Ce passage évoque « Statistique conjugale », curieux chapitre de la *Physiologie du mariage,* dans lequel Balzac recensait de nombreuses variétés de femmes : la vraie femme, la paysanne, l'ouvrière, la femme mariée depuis vingt ans, la sœur de Sainte-Camille, la modiste, la figurante, la cantatrice, la servante-maîtresse, etc.

Page 904.

a. Semblable *[5 lignes]* esprit. *add. épr. 1*

b.   ; car, en tout pays [...] *préavisse*) *add. épr. 3*

1. Comparaison à rapprocher de deux autres textes : dans *Le Père Goriot,* Balzac avait déjà écrit à propos d'Anastasie de Reſtaud : « Cheval de pur sang, femme de race » ; dans *Splendeurs et misères des courtisanes,* Amélie Camusot dira de son mari : « Mon Dieu, ce n'eſt pas un homme, c'eſt une charrette de moellons que je traîne ! » Belle et ambitieuse, Céleſtine Rabourdin rappelle ces deux héroïnes, pourtant bien dissemblables.

Page 905.

a. d'une partie quelconque de la société [, science, littérature ou politique *suppr. épr. 2*] ; *épr. 1* : de son pays ; *ms.*
b. utiles *épr. 3* : généreuses *épr. 1* : nobles *ms.*

1. Celle de Mme Tallien, surnommée Notre-Dame de Thermidor.
2. « Le génie n'eſt autre chose qu'une grande aptitude à la patience. » Buffon, *Discours de réception à l'Académie.*

Page 906.

a. Mis à portée d'étudier *[p. 905, début du dernier §]* sont. *Augmenté et corrigé au fil des épreuves, ce passage était notablement plus court au départ :* À portée d'étudier l'administration française, et d'en voir tous les rouages, il méditait un nouveau syſtème d'économie politique, non pas en théorie mais en pratique, il ne s'agissait pas de conſtituer l'état autrement, mais de simplifier la machine, de remuer le budjet de manière à obtenir plus de produit en diminuant les impots. Selon lui, là était une immense gloire politique. Voici par quelles observations il avait procédé. Son cœur s'était ému profondément à l'aspect des misères que lui offrait l'exiſtence des employés, il y avait réfléchi et il était arrivé à reconnaître les petites révolutions partielles qui sont comme les remous de la tempête de 1789 dont s'inquiètent peu d'ailleurs les hiſtoriens des grands faits sociaux mais qui font en définitif les mœurs actuelles, ce qu'elles sont. *ms. Lors de la deuxième mise en route du roman, ce texte raccorda les quatre folios alors ajoutés aux quatre folios du premier début. En relisant la première phrase du folio 1 primitif (p. 1552), on verra comment Balzac l'amalgama à la dernière phrase du nouveau texte.*

Page 907.

a. nécessaires *FC* : indispensables *F. Voir var. b.*
b. grand amateur *[8 lignes]* Rapport *F* : grand amateur [...] se rendre indispensables en suppléant ses chefs : il créa

le rapport.   *add. épr. 3. La version F introduisait ici le premier*
emprunt à la « Physiologie de l'employé[1] *».*

c. Louis XV,   F : Louis XIV,   *Ph. Voir var. d.*

d. Quand les rois *[début du § précédent]* Rapport.   *repris*
de Ph. var. post.

e. Toute espèce de parti *[10 lignes]* [Rabourdin, qui se
disait FC] Rabourdin s'était dit :   *add. F*

1. Dans *Ferragus,* Balzac avait déjà introduit une dis-
gression sur les méfaits du rapport, ce « ridicule bureaucratique », qui « est dans l'administration actuelle ce que sont
les limbes dans le christianisme. »

2. Dans le passage correspondant de la *Physiologie de*
l'employé, en 1841, Balzac nommait Louis XIV; dans les
deux cas, la réflexion manquait de nuance, et même d'exactitude.

Page 908.

a. Dès 1818, tout   *FC* : Tout *F, Ph. Voir var. b.*

b. On est ministre *[p. 907, avant-dernière ligne]* régnait-elle.
F, repris de Ph. var. post.

c. Le mot est écrit guy par Balzac. *Nous corrigeons.*

d.   , vers juillet 1830, *add. FC. Voir var. e.*

e. Obligés d'obéir *[début du §]* des petits.   *add. épr. 2 var.*
post.

1. Dès 1825, Ymbert avait stigmatisé la circulaire, qui
« est une maladie organique de l'administration. Il n'y a
guère de commis à dix-huit cents francs qui ne soit auteur
d'une douzaine de circulaires [...] Plus le recueil s'accroît,
plus la marche de l'administration s'alourdit et s'entrave »;
et, de même, la centralisation paperassière : « elle pousse
spontanément dans la tête de certains commis qui se plaisent
à attirer au centre tout le papier de la province » (t. II,
p. 42, 46).

Page 909.

a. Il ne restait [...] niais.   *add. épr. 2 var. post.*

b. à Paris *add. F*

1. C'est parce qu'il avait feint d'être mourant pour décider
le Conclave en sa faveur que Félix Peretti fut choisi comme
successeur de Grégoire XIII. Balzac cite souvent son exemple

1. La *Physiologie de l'employé* n'appartient pas à *La Comédie*
humaine. Mais nombre de fragments ou passages ont été pris dans *La*
Femme supérieure pour la *Physiologie de l'employé,* ou pris dans la
Physiologie de l'employé pour *Les Employés.* Ces liens nécessitaient
d'inclure les leçons de la *Physiologie (Ph.)* dans les présentes
variantes.

pour définir une ambition sans scrupules au service d'un génie supérieur. Ou simplement d'un quelconque talent : ainsi, en 1830, dans sa *Lettre sur Paris* du 29 novembre, il notait à propos du nouveau ministre Montalivet, âgé seulement de vingt-neuf ans : « À l'instar de Sixte Quint, il s'est grimé pour s'emparer de quelque tiare constitutionnelle ».

2. « Une trop grande inégalité se fait remarquer dans les traitemens de ces malheureux commis, et cela s'explique fort naturellement. Dans les bureaux, l'avancement marche au gré du caprice : il n'est poussé que par le vent de la faveur, de la circonstance et de la protection; un sot est porté à mille écus à la barbe d'un garçon de talent [...]; un fat, habile à bien nouer une cravate, reçoit la gratification qui appartient à son voisin. La complaisance, la flatterie, les petits soins se partagent souvent les augmentations acquises au travail, à l'intelligence et à l'assiduité. Il arrive de là que l'état des appointemens, mis en regard des services rendus et des capacités respectives, donne les contre-sens et les barbarismes les plus épouvantables » (Ymbert, *Mœurs administratives*, t. I, p. 105).

3. Dans son *Livret de Paul-Louis, vigneron, pendant son séjour à Paris, en mars 1823,* Courier notait déjà : « Les gens de lettres, en général, dans les emplois, perdent leur talent, et n'apprennent point les affaires » (*Œuvres complètes,* Bibl. de la Pléiade, p. 168-169). Dans sa *Lettre sur Paris* du 8 février 1831, c'est la loi électorale de la monarchie de Juillet que Balzac accusait des regrettables conséquences possibles de la nomination de Mérimée à un poste administratif : « le commettre avec des commis, c'est manquer de sens [...] Mais je me suis consolé en pensant que les occupations de cette place ne nous raviraient aucune jouissance littéraire. »

Page 910.

a. à laquelle il indique *[p. 909, avant-dernière ligne]* chef! *add. épr. 3*

b. les travailleurs, victimes [...] trahisons. *épr. 3* : les travailleurs victimes [...] incapacités conspués comme des novateurs. *épr. 2* : *en ms. le texte* : les travailleurs sont victimes des parasites. *précédait la rature des folios 2 et 3 primitifs* (voir p. 1554), *dont le texte confirme que Balzac avait bien eu l'intention de commencer son roman par les employés. Cette rature fit, en outre, disparaître une allusion claire à Monnier.*

c. , déjà venue à de bons esprits, *add. FC*

d. Un commis *[6 lignes]* santé. *add. épr. 3*

e. Certes un pays *[11 lignes]* sommités *add. épr. 4 var. post.*

f. Adorer le sot [...] désespoir *add. orig.*

1. Tableau aussi décourageant que celui d'un avenir de magistrat tel que le peint Vautrin à Rastignac, dans *Le Père Goriot*, en concluant : « Bah! plutôt que de m'amoindrir ainsi l'âme, j'aimerais mieux me faire corsaire. »

2. « Il faut savoir que dans le régime actuel, qui, je pense, demande trois ou quatre cents commis pour le seul ministère de l'Intérieur, un bureau est occupé par quatre ou cinq employés, la conversation ne cesse jamais, et le bureau s'abonne à un journal. Cette belle conversation empêche de travailler le malheureux qui tiendrait à expédier sa besogne et d'ailleurs son zèle le *rendrait ridicule*. Deux employés travaillant comme ceux des banquiers expédieraient en six heures le travail mal fait aujourd'hui par cinq personnes. On ne recrute pas pour les bureaux des jeunes gens suffisamment instruits : peu importe, sans doute, pour la besogne qu'ils font; mais c'est quand ils ont de l'avancement que leur ignorance coûte cher à l'État. » Ce passage des *Mémoires d'un touriste* fut écrit par Stendhal en 1837 et sans doute à peu près en même temps que Balzac écrivait le plan Rabourdin. La ressemblance des textes, leur simultanéité n'étaient peut-être pas une coïncidence, mais la conséquence d'une rencontre et d'une conversation entre les deux écrivains (voir A.-M. Meininger, « Balzac et Stendhal en 1837 », *AB 1965*).

3. Lors de la rédaction de son roman, Balzac venait de faire un séjour à Venise, du 14 au 24 mars 1837. Quant aux autres capitales citées, il ne devait visiter qu'Amsterdam, en 1845, et Rome, en 1846.

Page 911.

a. douze mille   *épr. 3* : six mille   *ant.*

b. profitable [...] capacités.   *épr. 2* : honnête.   *ms. Voir plus haut p. 15. À la suite, Balzac supprima les phrases du folio 2 primitif qui faisaient allusion à la misère des préfets et des sous-préfets. Lors de la dernière étape de la deuxième mise en route du roman, il avait pourtant fait suivre ces dernières phrases du folio par les troisième folio 7 et deuxième folio 8 où était alors exposé le plan Rabourdin, dans son premier état (voir var. e p. 917).*

c. Voir var. e, p. 917.

1. « Toujours quelques orateurs accrochent leur éloquence au petit chapitre de nos dépenses intérieures. Dans un *budget* d'un milliard, leur protection pour les contribuables ne trouve à contrôler que le modeste million de nos appointemens et les cent mille francs de nos gratifications, ils font de la métaphore sur notre chauffage, de l'antithèse sur notre éclairage, et de l'ironie sur nos fournitures de bureaux [...] Quant on a bien déclamé, bien tonné contre la bureaucratie,

le ministre livre au Minotaure une soixantaine de commis. »
Exemple, « à l'occasion de la discussion du budget », d'une
philippique de député extraite du *Moniteur* : « Partout
d'énormes appointemens, des frais de bureaux immenses,
des armées de commis, surchargent le trésor et insultent à la
misère publique. Les hommes de plume continuent à écraser
l'État et à encombrer les administrations » (Ymbert, *Mœurs
administratives*, t. I, p. 258, 260-261). De 1819 à 1829, le
budget passait de 896 à 1 014 millions (Vaulabelle, *Histoire
de la Restauration*, t. VII, p. 394-395).

2. « Il faudrait dans tous les ministères des chefs de division recevant vingt-cinq mille francs d'appointements et
cent mille francs de frais de bureaux; mais ces messieurs ne
pourraient jamais devenir députés ni conseillers d'État;
n'étant point hommes politiques, ils ne seraient pas sujets à
être renvoyés tous les deux ans comme les ministres [...]
Ces chefs de division que je propose travailleraient avec
leur ministre, comme ce ministre travaille avec le roi, note-
raient sur leurs rapports les décisions du ministre, et *signe-
raient* toutes les lettres écrites en conséquence. Ils seraient
donc responsables des décisions qu'ils auraient fait prendre.
Avec des ministres qui changent tous les dix-huit mois,
rien n'est commode comme de répondre aux reproches les
plus fondés : *Le ministre l'a voulu* » (Stendhal, *Mémoires d'un
touriste*, même passage que la note plus haut, daté « Lyon,
18 mai », date et lieu de fantaisie : le 18 mai 1837, Stendhal
était à Paris.

3. Le cardinal de Ximenès (1436-1517), homme d'État
espagnol et Grand Inquisiteur de Tolède sous Ferdinand
le Catholique.

4. Suger (env. 1081-1151) fut abbé de Saint-Denis, ami
et conseiller des rois Louis VI et Louis VII, et remarquable
historien.

Page 912.

a. Le jeu, assez niais *[5 lignes]* Bourgeoisie. *add. FC.
Voir var. b.*

b. Il avait pensé *[p. 911, 5 lignes en bas de page]* Guerre ?
add. épr. 2 var. post.

c. , les lettres *add. épr. 8. Voir var. d.*

d. Le ministère de l'Intérieur *[6 lignes]* les arts et les grâces.
épr. 2 : Ainsi le ministère de l'intérieur réunissait la justice,
les cultes, le commerce, la police, et les affaires étrangères
allaient, comme en Angleterre avec les finances. *ms.*

e. Ce ministère [...] Conseil. *add. épr. 8 var. post.*

f. à son administration centrale *add. épr. 3. Voir var. g.*

g. , où Rabourdin [...] monarchie *add. épr. 6*

h. sept *épr. 4* : six *épr. 3* : trois *ant.*
i. vingt *épr. 4* : douze ou quinze *ant.*

1. Ce chiffre n'était pas constant : les ministères Dessolle (1818) et Decazes (1819) comportaient six ministres, et le second ministère Richelieu (1820) huit, puis onze après l'entrée de trois ministres secrétaires d'État. Le cabinet Villèle, celui du roman, eut d'abord (1821) sept ministres — Intérieur, Guerre, Affaires étrangères, Maison du Roi, Marine et colonies, Finances, Justice —, mais en août 1824 fut créé le ministère des Affaires ecclésiastiques et de l'Instruction publique : au moment de l'intrigue, il y avait donc *huit* ministres.

2. Pour 1824, moment de l'intrigue : Metternich et Gentz. Pour 1837, moment de sa rédaction : Metternich et Kolowrat qui, depuis 1836, avait un pouvoir égal à celui du chancelier.

3. Vacant de 1815 à 1820, ce ministère cessa d'exister après la démission du duc de Doudeauville en 1827. Les fonctions du ministre furent remplies jusqu'en juillet 1830 par un intendant de la Liste civile. Le ministère de la Maison du Roi comportait l'administration de la maison militaire et de la maison civile du Roi, ainsi que les Palais royaux et, comme le souhaitait Balzac, les Beaux-Arts dont la Direction générale constituait à elle seule un véritable ministère.

4. Sur les sources possibles ou probables des réformes administratives du héros balzacien, on consultera le chapitre consacré par J.-H. Donnard au *Plan Rabourdin* dans son étude des *Réalités économiques et sociales dans « La Comédie humaine »* : Ymbert, Chabrol et surtout Girardin avec l'article qu'il publia dans *La Presse* le 17 septembre 1837, donc après *La Femme supérieure,* mais dont les idées étaient vraisemblablement connues de Balzac *avant* la rédaction de son roman. Girardin préconisait aussi la réduction à trois ministères, dont les attributions étaient cependant différentes, comme il apparaît dans le tableau que j'emprunte à J.-H. Donnard :

Balzac

Ministère de la guerre........	Armées de terre
	Marine
Intérieur	Commerce
	Police
	Finances
Affaires étrangères..........	Justice
	Maison du Roi
	Arts, lettres, grâces
	Présidence du Conseil.

Girardin

Présidence du Conseil (six directions générales)	Liste civile
	Relations extérieures
	Police
	Télégraphes
	Statistiques
	Presse gouvernementale et imprimerie royale
	Encouragements publics
Finances publiques	douze directions générales
Services publics	Armées de terre
	Marine
	Garde nationale
	Cultes
	Instruction publique
	Justice
	Services de santé et d'hygiène
	Prisons
	Travaux publics
	Industrie
	Commerce
	Beaux-Arts.

À lire ces tableaux, on conclut volontiers avec J.-H. Donnard, et d'autant plus volontiers après examen des jongleries des variantes, que le plan Girardin était mieux élaboré, plus complet et mieux équilibré que le plan Rabourdin (*op. cit.,* p. 375-380). L'un comme l'autre ressemblent surtout à ce que Balzac lui-même cataloguait comme de « la politique faite au coin du feu ».

Sur les sources possibles ou probables des réformes économiques de Rabourdin qui suivent, logiquement liées aux précédentes, voir encore l'ouvrage de J.-H. Donnard (p. 380-387), notamment pour ce qui concerne l'importance des idées d'Ouvrard (d'ailleurs primitivement cité : var. *a,* p. 1058) quant au crédit, à l'emprunt et aux impôts de consommation. Au sujet des impôts, on s'étonnera peut-être (avec moi : voir mon travail cité dans la Bibliographie, t. 1, p. 40 sq.) de l'emploi fait par Balzac des mots « directs » et « indirects » auxquels il semble donner une signification sensiblement différente, pour ne pas dire inverse, de celle que nous leur donnons.

Page 913.

a. dans les grandes crises *[10 lignes]* compris [, à l'époque

de son travail commencé en 1821 *add. FC*] *add. épr. 6
var. poſt.*

b. Diminuer la lourdeur [...] davantage. *add. épr. 3*

1. Bertier de Sauvigny (*La Reſtauration,* p. 37) donne le chiffre de cinq mille pour l'effectif total des employés des miniſtères à Paris en 1830, dont plus de trois mille pour les seules Finances avec toutes leurs adminiſtrations annexes, mais quatre-vingt-huit seulement pour les Affaires étrangères, et quatre-vingt-sept pour la Juſtice. Le miniſtère des Finances était donc bien, comme Balzac l'écrivait, « l'un des plus importants », au moins numériquement, car, dans la hiérarchie de la dignité, il venait à peu près en dernier.

Page 914.

a. , par les chevaux et les voitures de luxe *add. épr. 4*

b. six *épr. 6* : dix *épr. 4. Le passage eſt une addition épr. 4. Pour les états antérieurs, voir var. e, p. 917.*

c. L'impôt eſt un prélèvement *[17 lignes]* davantage *add. épr. 4*

1. Cet impôt impopulaire, l'une des contributions directes dites « les quatre vieilles », était en vigueur depuis 1798. Les trois autres étaient la contribution foncière inſtituée en 1790, la contribution mobilière et la contribution des patentes inſtituées en 1791.

Page 915.

a. que l'État ne soumettait plus *[p. 914, 14 lignes en bas de page]* l'État, *passage très remanié au fil des épreuves et jusqu'en FC, et dont voici le premier état* : ; c'était surtout faire peser l'impôt sur le riche au lieu de tourmenter le pauvre, c'était atteindre la consommation sous son expression la plus vraie et la plus large; mais ceci exigeait la confection d'un rôle de contributions mobilières plus sincère qu'il ne l'était; le bénéfice était énorme pour l'état par la suppression de toute l'adminiſtration des contributions indirectes, machine extrêmement coûteuse qui eſt un état dans l'État *add. épr. 2*

b. Le syſtème sur ces deux régies [...] miniſtère. *add. épr. 7 var. poſt.*

c. Aux yeux de Rabourdin [...] adminiſtratif [et l'état fabricant eſt une des plus mauvaises spéculations, il démontrait par l'Imprimerie royale, exemple pris à Paris même, cette vérité que l'État payait chaque objet deux fois plus cher que ne lui livrerait *[sic]* les induſtries privées, et qu'il y perdait ses droits sur leurs consommations et leurs transactions *suppr. épr. 6*]. *add. épr. 2 var. poſt.*

d. L'État ne sait pas faire *[10 lignes]* diverses ? *add. épr. 6 var. poſt.*

1. Le monopole de l'État sur les tabacs remonte à 1674. Affermé à des particuliers jusqu'en 1791, supprimé à cette époque, il fut rétabli « à titre provisoire » par Napoléon, puis maintenu par des votes successifs. Parmi ceux-ci, Balzac pouvait penser soit au décret du 17 juin 1824, soit à celui du 12 février 1835, dont les dates étaient proches de l'intrigue ou de la rédaction du roman.

Page 916.

a. L'impôt territorial *[p. 915, 3 lignes en bas de page]* douanes. *FC* : L'impôt territorial disparaissait donc en partie, Rabourdin en conservait une faible portion, ne fût-ce que comme point [...] Douanes. *F, après maints changements depuis :* Les neuf dixièmes de l'impôt territorial disparaissaient, il ne conservait *[comme dans var. e, p. 917]* produits. *ant.*

b. sept *épr. 8* : six *épr. 6. Voir var. d.*

c. cinq *épr. 8* : six *épr. 6*

d. En résultat *[8 lignes]* fabriquer. *add. épr. 6*

e. . Enfin, pour exécuter [...] années. *épr. 9 var. post.* : Enfin, M. Rabourdin demandait de 1825 à 1845 pour exécuter sans secousses sa réforme administrative et financière et pour éviter une Saint-Barthélemy d'employés. *épr. 8* : , il demandait de 1825 à 1845 *[comme dans épr. 8]* financière. [Mais cette opération commençait par une Saint-Barthélemy d'employés. *suppr.*] *épr. 3. Voir var. e, p. 917.*

1. Bien qu'en aucun temps le gouvernement français n'ait été libre-échangiste, il est à noter que Villèle, ministre des Finances et président du Conseil au moment de l'intrigue du roman, fut l'un des partisans les plus déterminés de son temps en faveur d'un régime protectionniste.

2. Cf. var. : Balzac ne se décida pas tout de suite à « éviter » le massacre administratif. Peut-être parce que Ymbert avait écrit : « Persuadez-vous bien que ces *Saint-Barthélemi* d'employés s'exécutent de la part du ministre, sans fiel ni haine envers les victimes » (*op. cit.,* t. I, p. 257). Scribe aussi avait utilisé l'expression, en 1832, dans *Dix ans de la vie d'une femme.*

3. « Revenus de tout genre dont l'État dispose », selon Littré.

4. C'était, selon le mot de Louis XVIII, la « Chambre retrouvée ». Sélectionnée par les élections du 26 février et du 6 mars 1824, elle marquait un triomphe écrasant de la Droite : pour 430 sièges, l'opposition ne retrouva que 19 sièges sur les 110 qu'elle occupait auparavant. En louant le courage des députés, Balzac contredit son jugement sur les « petites bassesses politiques » qui avaient assuré cette majorité compacte, tel qu'il l'avait formulé dans *Le Père Goriot.* De

fait, le parti libéral, qui déplorait d'illustres victimes comme
La Fayette, Manuel ou d'Argenson, eut matière à indignation.
Rémusat écrira à propos « des menées et des manœuvres du
gouvernement » : « Elles passèrent les bornes permises en
1824, et l'exécution des lois électorales fut de la part de l'administration aussi frauduleuse qu'elle le crut possible »
(*Mémoires...*, t. II, p. 108).

Page 917.

    a. , et depuis trois mois [...] Droite   *add. BT. Voir var. c.*

    b. C'était à tromper [...] clairvoyants   *add. orig.*

    c. . Après sa campagne *[11 lignes]* que de   *orig.* : , et
le Ministère victorieux en Espagne paraissait s'asseoir sur des
bases durables. Le moment allait être propice, n'était-ce pas
un gage de durée pour une administration que de   *add. 3 qui
s'arrête ainsi, brusquement. Voir var. d.*

    d. proposer [...] résultats [étaient si grands   *épr. 5]* étaient
un rapide remboursement de la dette   *add. épr. 4*

    e. Rabourdin divisait *[p. 911, début du dernier §]* revenait.
*Ce passage recouvre l'ensemble de ce qu'il est convenu de nommer le
plan Rabourdin. Nous avons vu son implantation aux folios 7 et 8
définitifs du manuscrit (3ᵉ fᵒ 7 et 2ᵉ fᵒ 8 : voir p. 1554 et 1556,
ainsi que la variante b, p. 911). Notre choix, pourtant restreint, des
variantes de ce texte donne sur les difficultés et l'inflation de sa mise
au point une idée que devrait compléter le premier état du passage :*
Les points les plus éclairés de cette longue analyse de
l'administration telle qu'elle est constituée étaient une réforme
complète du personnel, que M. Rabourdin divisait en trois
ministères composés au plus de deux cents employés chacun
ce qui chiffrait à trois millions seulement ce qui en coûte
douze ou quinze; puis une appréciation de la valeur et de la
capacité des employés de chaque ministère. Pour réduire ainsi
l'administration capitale à trois unités, il avait été conduit de
pensée en pensée à supprimer des administrations entières et en
en démontrant l'inutilité. Ainsi pour lui la marine était un des
comptes courans du Ministère de la Guerre, comme l'artillerie,
comme la cavalerie, l'infanterie. De la réunion de bien des
services, de bien des bureaux, il n'avait pas vu de nécessité à
donner aux amiraux et aux maréchaux des directeurs séparés
quand il s'agissait de concourir à un même objet, la défense
du pays, l'attaque de l'ennemi, la protection des possessions.
Ainsi le ministère de l'intérieur réunissait la justice, les cultes,
le commerce, la police, et les affaires étrangères allaient,
comme en Angleterre avec les finances. Mais il avait étrangement simplifié les finances, en fondant toutes les perceptions
d'impôts en une seule, en taxant la consommation au lieu de
taxer la propriété, la consommation selon lui était la seule
matière imposable, c'était un crime politique que d'inquiéter

le producteur au delà d'une certaine limite, et il atteignait la consommation par le mode des contributions directes en supprimant tout l'attirail des contributions indirectes, il avait tout résolu par un rôle unique composé de plusieurs articles, de là, un seul collecteur ; il abattait les barrières infinies qui barricadent les villes auxquelles il faisait trouver de plus gros revenus, car son système était de réduire les frais de perception. Si les trésors payent vingt pour cent du capital pour se le procurer, réduire cette dépense à cinq pour cent et employer les quinze pour cent d'économie à diminuer la lourdeur de l'impôt. Ce qui peut sembler immense, reposait sur un mécanisme d'une excessive simplicité. Il avait pris l'impôt personnel et mobilier comme la représentation la plus fidèle de la consommation, car la fortune de chacun a son expression dans sa dépense, sa dépense est surtout exprimée par le loyer, et le loyer à quelque chose d'immobile qui prête à la fiscalité. Les habitations et ce qu'elles contiennent ne change pas. Dès lors, il réduisait les impôts de consommation a un tant pour cent de chaque cote individuelle. C'était faire jouir les consommations d'une immense réduction dans le prix des choses en leur demandant à tous d'une façon moins vexatoire les deniers que l'état prenait à la source des productions. Le vin, les liqueurs, le sel, tout devenait libre ; seulement les patentes des débitans étaient taxées d'après la population des lieux qu'ils habitaient, le tabac et la poudre se mettaient en régie : l'état surtout ne possédait rien en propre, ni forêts, ni mines, ni exploitations, car selon lui, c'était un contre sens, tout devait être imposé. Les neuf dixièmes de l'impôt territorial disparaissaient, il ne conservait l'élévation de l'impôt que sur les vignobles afin de protéger l'industrie des vignerons contre la trop grande abondance des produits. Les riches devenaient des administrateurs non salariés pour les départemens, les magistrats, les ingénieurs, les corps savants voyaient leurs traitements [doublés *rayé*] triplés, la France n'avait plus sur le corps le cancer des pensions, et il apercevait dans l'avenir une si grande prospérité manufacturière qu'il présidait l'inutilité des Douanes à vingt ans de distance. Mais cette opération commençait par une Saint-Barthelemy d'employés. Telles étaient les pensées que méditait, que murissait M. Rabourdin depuis le jour où la place de chef de Division avait été donnée à M. de la Billardière, homme incapable. Ce plan si vaste en apparence, si simple en réalité, qui supprimait tant d'états majors et tant de places inutiles, exigeait de continuels calculs, des statistiques exactes, des démonstrations évidentes. Il fallait étudier le double budjet des voies et moyens et des dépenses ; mais surtout il fallait rencontrer un ministre capable d'apprécier un pareil travail ; le succès de M. Rabourdin tenait donc à l'ensemble de la politique, et elle avait ses fluctuations; il ne la considéra comme définitivement assise qu'au moment où trois cents députés eurent le courage de former une majorité compacte, systématiquement ministérielle, et cette administration s'était établie depuis deux ans, Rabourdin avait achevé tous ses travaux au moment où commence cette histoire. Aussi jamais ne s'était-il montré plus soucieux, plus préoccupé le matin quand il allait par les rues au ministère et le soir quand il en revenait. *ms.*

1. Une expédition envoyée par Louis XVIII, Chateaubriand et la Droite au secours de Ferdinand VII, prisonnier des Cortès, fut décidée le 28 janvier 1823 malgré l'opposition violente des libéraux. Le 7 avril, le duc d'Angoulême franchissait la Bidassoa avec dix mille hommes, et le 30 novembre 1823, le *Rey Neto* faisait son entrée à Madrid. En France, le gouvernement monnaya sans tarder son succès en obtenant, le 24 décembre 1823, la dissolution des Chambres, dont résultait peu après la « Chambre retrouvée ». Rémusat constatera : « Nous avions été vaincus avec les Cortès » (*op. cit.,* t. II, p. 107).

2. Louis XVIII étant mort le 16 septembre 1824, le règne officiel de Charles X avait commencé avec son « entrée à Paris » le 27 septembre. Par cette phrase, Balzac situe son intrigue en décembre 1824, mais on verra parfois cette date contredite par d'autres détails.

3. À soixante-sept ans, Charles X, l'ancien prince charmant de Versailles, fort bien conservé et d'un naturel affable, à l'inverse de son frère podagre et caustique, flattait les goûts du peuple et de la cour. Il fit de son mieux pour se concilier l'opinion. Aidé par Villèle, il profita des derniers jours de Louis XVIII pour faire entériner certaines mesures impopulaires. Le lendemain de la mort de son frère, il déclara sa fidélité à la Charte, une amnistie aux condamnés politiques et, le 29 novembre 1824, il abolissait la censure des journaux, ce qui lui valut une ovation dans la presse libérale. Idylle sans lendemain. Dès le mois de décembre, une ordonnance mettant à la retraite 167 officiers généraux, tous anciens des armées de l'Empire ou de la République ; l'indemnité aux émigrés implicitement annoncée dans le discours du Trône du 22 décembre et, surtout, le maintien de Villèle, déclenchaient le réveil des rancunes.

Page 918.

a. d'une Mme Colleville   *FC* : de madame Colleville *F* : du baron Martial de la Roche-Hugon   *orig* : du baron Gérard   *ant; où le balzacien remplace le réel (cf. aussi la variante suivante), et où Mme Colleville prend de l'importance à cause des « Petits Bourgeois » en 1844. On trouvera au fil du texte de nom-*

breuses variantes concernant Flavie Colleville ; nous ne les commente-rons plus.

b. comme on disait Mme Firmiani [...] Carigliano ; *orig.* : comme on dit madame Récamier, madame de Duras, madame du Cayla, etc. etc. ; *ant.*

c. On s'amusait [...] du moins, *add. épr. 7. À la suite, ces mots oubliés par les typographes :* il y venait des artistes, elle les prônait, elle les aimait d'ailleurs, et ils veulent être choyés. *Voir var. d.*

d. , ce qui suffit [...] le monde *add. épr. 8*

e. à l'insu l'un de l'autre. *F* : à l'insu l'un de l'autre.

Ensuite : CHAPITRE II / MONSIEUR DES LUPEAULX *épr. 7* : sans se rien dire *ms.*

1. Est-ce pour célébrer deux salons particulièrement chers à son cœur, ceux du baron Gérard et de Delphine de Girardin, qui recevaient le mercredi ? Balzac attribue ce jour de réception à plusieurs de ses héroïnes : Mme Van Claës, Mme Firmiani, la marquise de Listomère à Tours, Mme Colleville...

Page 919.

a. et comme il fut *[5 lignes]* constitutionnel *add. FC*

b. longue-vue ; *À la suite, en ms., un texte rayé assez confus :* ainsi les voleurs d'idées parés de plumes du paon et le fabuliste fait une épigramme contre eux, ils ont pris la graine au lieu de couper l'arbre, ils *[illisible]* pépinière en disant : — qu'est-ce donc que çà ! et se gardent bien de toucher à une forêt ; mais ils en sont quittes pour un ridicule promptement perdu dans les *[illisible]* de la fortune. Les rapines forment toute une législation dont les lois sont dans le for intérieur pour lesquels il n'existe ni juges, ni avocats, ni gendarmes, ni ministère public. M. des Lupeaulx était un des plus intelligens faiseurs qui existât dans Paris où il y en a tant, c'était un homme aussi profondément ignorant qu'il était savant en politique. Si la politique est l'art de croire des *[illisible]* le mouvement des intérêts généraux, le flux qui peut amener.

c. Balzac avait écrit sans pudeur. *Le typographe lut et trans-crivit* sans peur *qui resta.*

d. grâce, [athée endurci *rayé*] *ms.*

1. Ce mot de résistance dont Balzac connaissait bien le sens politique, comme le prouve sa *Lettre sur Paris* du 31 octobre 1830, ne signifiait rien pour 1824, mais désignait très précisément l'un des deux clans nés de la révolution de Juillet : le *parti de la résistance* de Perier, opposé au *parti du mouvement* de Laffitte. Faut-il voir ici une allusion au rôle joué auprès de Perier par Joseph Lingay, auquel des Lupeaulx ressemble tant ? Probablement, car Lingay avait sans doute aussi « supporté le velours du trône » de Louis XVIII et

« transporté le cadavre de la royauté » de Charles X. À peu près chaque détail du long portrait de des Lupeaulx apporte une nouvelle touche aussi précisément évocatrice (voir A.-M. Meininger, « Qui est des Lupeaulx ? » *AB 1961*).

2. D'après *Le Singe et le Chat* où La Fontaine avait imaginé un chat Raton victime du singe Bertrand pour lequel il tirait les marrons du feu en se brûlant les pattes. Picard en 1805 avec *Bertrand et Raton ou l'intrigante et sa dupe,* et Scribe en 1833 avec *Bertrand et Raton ou l'Art de conspirer,* d'un caractère satirique nettement politique, avaient redonné de l'actualité et un sens précis à la fable.

3. La révolution de Juillet n'avait pas supprimé le poste de secrétaire général de ministère. Balzac, qui en connaissait plusieurs titulaires, ne pouvait ignorer ce fait. On peut donc se demander la raison de cette affirmation erronée, d'ailleurs tardive, puisqu'elle apparaît seulement en 1844.

4. Fait pour l'essentiel à l'image de Lingay, des Lupeaulx a été coloré çà et là de quelques nuances empruntées à l'un des personnages de Monnier, dont d'autres traits ont servi à La Billardière, plus logiquement car il s'agissait d'un imbécile ; en voici, pour qu'on en juge mieux, le portrait in extenso :

« M. De Saint-Maur, *chef de division,* officier de la Légion d'honneur, membre de l'Athénée et de plusieurs sociétés savantes, électeur du grand collège, ancien chef de bataillon de la Garde nationale, sous la Restauration. Né à Tours, département d'Indre-et-Loire, fils aîné de Dominique-Marie-Joseph Torterue, dit Saint-Maur, de son vivant huissier à Chinon, et de dame Élisabeth-Ursule-Marie Théphot, son épouse. Élevée à la place importante qu'il occupe au ministère, grâce à l'influence qu'exerçait alors un cousin de sa mère, un parvenu, l'une des grandes capacités de l'époque ayant occupé les premières places sous l'Empire, M. de Saint-Maur se montra fort oublieux envers ce parent, ignorant sans doute ce qu'avait dit Massillon : *De la religion de l'homme n'est souvent que son amour et sa reconnaissance,* ou persuadé que c'était à son mérite personnel seulement qu'il était redevable de son élévation. Idolâtre de lui-même, il devint, d'après l'opinion de l'immortel auteur du *Petit Carême,* l'athée le plus endurci [voir var. *d*]. Cette bonne opinion de lui-même lui fit pousser l'obstination jusqu'à continuer à écrire, et cela de la meilleure foi du monde : *Je vous observe* dans les circulaires qu'il envoyait à MM. les préfets, malgré toutes les observations qui lui furent faites, pour ne pas blesser son amour-propre, dans des termes convenables, avec tous les ménagements possibles. Célibataire, égoïste et vaniteux, emporté, gourmand et libertin. D'une grande souplesse quand l'occasion le réclame, par conséquent fier, hautain et dédaigneux avec ses inférieurs ; vivant en garçon, dînant toute l'année en ville, se réservant la semaine sainte, époque à laquelle il fait pénitence, dans un cabinet du café Anglais. Quarante-cinq à cinquante ans, échauffé, cheveux rares ; taille, quatre pieds ; d'un embonpoint tolérable. Habit noir ou bleu de roi, chaîne d'or, lorgnon, mouchoir de batiste, bottes criant sur le parquet. »

5. La paroisse du faubourg Saint-Germain, alors la plus aristocratique de Paris. Son nom seul orientait le lecteur dès le deuxième chapitre de *La Duchesse de Langeais,* intitulé « L'Amour dans la paroisse de Saint-Thomas d'Aquin » : il ne pouvait s'agir que d'amours nobles.

Page 920.

a. députation [et il devait être élu, et il le fut plus tard. Ces sortes de gens plaisent à tout un arrondissement *suppr. épr. 2].* Comment *ms.*
b. Voir var. a, p. 921.
c. Tous les états du texte portent schall. *Selon nos principes, nous corrigeons. Nous ne signalerons plus cette correction.*

1. Nom de certain conseiller, évoqué par Voltaire dans *La Pucelle* :

> *Il eut l'emploi qui, certes, n'est pas mince,*
> *Et qu'à la Cour, où tout se peint en beau,*
> *Nous appelons être l'ami du prince,*
> *Mais qu'à la ville, et surtout en province,*
> *Des gens grossiers ont nommé* maquereau.

2. « J'ai entendu dire à de rudes travailleurs qui prennent racine dans les bureaux, qu'un Secrétaire-général était l'eunuque du ministère : ils voulaient par là exprimer son inutilité [...] Aux petits soins, aux détails d'intérieur qui s'attachent à la personne du Secrétaire-général, il me semblerait plus exact de l'appeler *la femme de ménage du ministère* » (Ymbert, *op. cit.,* t. I, p. 42-43).

Page 921.

a. par la défaite que par le succès. Il avait compris *[19ᵉ ligne de la page 920]* restait *épr. 4 var. post. après d'autres changements intermédiaires depuis :* par la défaite que par le succès ; c'était la femme de ménage du pouvoir qui savait comment se fait le lit, qui balaye la maison, que l'on rudoye, dont les défauts sont connus, que l'on aime par habitude, et avec laquelle on tient conseil dans les circonstances les plus critiques parce qu'elle y est ; il restait *ms.*
b. de fortes sommes *épr. 4* : de l'argent [à des amis *suppr. épr. 2] ms.*
c. usuriers [, il avait acheté de l'argenterie et l'avait mise au mont-de-piété *suppr. épr. 3] ms.*

d. il racheta   *FC* : il rachetait en Allemagne   *ant.*

e. les créances les plus criardes   *épr. 4* : toutes les créances   *ant.*

f. de trois millions à vingt pour cent; *épr. 7* : [d'un *rayé*] de [deux millions *rayé*] quinze cent mille francs à vingt pour cent; *ms.*

g. Les bénéfices furent dévorés par les sieurs Gobseck, [Palma, *suppr. épr. 7*] Werbrust [...] oublier [cette lessive *add. épr. 6*]. *add. épr. 3*

h. Légion d'honneur [, puis il se maintint par sa féconde habileté *suppr. épr. 2*]. *ms.*

1. Détail repris dans *César Birotteau ;* mais du Tillet accompagne des Lupeaulx en Allemagne, et Palma fait partie des « croupiers de l'entreprise ».

Page 922.

a. homme indispensable à des hommes d'État. *FC* : homme d'État indispensable. *ant.*

b. guère [au moment où cette scène commence *add. FC*] que trente mille francs de dettes *épr. 6* : guère que douze mille francs de dettes *épr. 2* : pas [cinquante *rayé*] cent mille francs vaillant *ms.*

c. Mais, hélas! [...] partis. *add. épr. 2*

d. par les sottes discussions [...] France, *add. épr. 7*

1. Pierre Bayle (1647-1706) : « le Montaigne du xviiie siècle pour Pierre Larousse qui considérait le *Dictionnaire historique et critique* comme l'un « des plus glorieux ancêtres » de son propre *Grand Dictionnaire du XIXe siècle*. Publié pour la première fois en deux volumes in-folio en 1696, l'ouvrage de Bayle connut de nombreuses réimpressions. « Celle que l'on aime surtout à consulter est due à M. Beuchot et comprend seize volumes in-octavo (1820-1824). Non seulement elle a un format plus commode, mais elle renferme de nombreuses additions », signalait encore P. Larousse.

2. L'existence des sociétés anonymes remontait à leur constitution par le code de 1808. Elles étaient fondées par décision du gouvernement, qui décrétait de leur adjoindre ou non un *commissaire,* nommé par l'Empereur — ou, plus tard, par le Roi —, et salarié par la compagnie.

Page 923.

a. Le lévrier se révoltait [...] rivaux; *F* : Le [lévrier *rayé*] basset se révoltait [...] rivaux; *épr. 3* : On lui suscitait des rivaux, *ant.*

b. vacance. [Il n'écrivait jamais rien. *suppr. épr. 3*] *ms.*

1. On retrouve un exemple de la violence de ces attaques

dans le *Livret de Paul-Louis, vigneron, pendant son séjour à Paris, en mars 1823* : « Les parvenus imitent les gens de bonne maison. Victor, sa femme, son fils, prennent argent de toutes mains. On parle de pots-de-vin de cinquante écus. Tout s'adjuge à huis clos et sans publication. Ainsi se prépare une campagne à la manière de l'ancien régime ». Courier (*éd. cit.,* p. 172) visait la tête : Victor, alors ministre de la Guerre, préparait la campagne d'Espagne.

2. La loi du 25 mars 1817, portant seulement sur certains cumuls de traitements, était assez incomplète et très peu appliquée, comme le montrait certain *Almanach des cumulards* publié sous l'anonyme en 1821.

Page 924.

a. Mariette   F. *Devenue personnage balzacien depuis « Un début dans la vie » (1842), elle remplace en 1844 :* Victorine *apparue en 1837 sur l'épreuve 7 (voir la variante c), mais qui n'avait acquis aucun rôle entre-temps.*

b. nos proches en jupons, *épr. 8 :* notre belle-sœur, *épr. 7. Voir la variante suivante.*

c. — Dites que le projet *[début du §] Conftitutionnel. add. épr. 7*

d. : il avait des autographes [...] tableaux   *add. épr. 3*

e. le moyen [...] journaliste.   *add. épr. 7*

1. Voir var. *a* de cette page; voir aussi var. *a* et n. 1, p. 963.

2. Le « notre belle-sœur » de la première rédaction rappelait avec crudité les attaques contre Peyronnet, garde des Sceaux du cabinet Villèle, qui contribua aux votes des lois impopulaires sur la presse en 1822, sur le sacrilège en 1825, et à la fameuse loi « de justice et d'amour » en 1827. Delécluze écrivait alors : « Toute la France en est à concevoir comment les Sceaux ont été confiés à un Peyronnet, dont la vie a été un scandale perpétuel. » Après avoir fait « le métier de spadassin et de souteneur de mauvais lieu » à Bordeaux où il était « mince avocat », Peyronnet s'était séparé de sa femme pour vivre, au vu et au su de tout Paris, avec sa belle-sœur. Le scandale s'étalait dans tous les petits journaux. Delécluze cite une épigramme du *Figaro* qui, s'adressant au ministre commençait ainsi : « Grenadier que l'inceste enflamme... » (*Journal de Delécluze,* p. 395-396).

3. Fondé durant les Cent-Jours, ce journal de l'opposition libérale fut, parmi les 2 278 titres de la presse de la Restauration, celui qui connut, de loin, le plus fort tirage. Bien des futurs ministres de Louis-Philippe furent ses collaborateurs : Thiers, par exemple, fit ses débuts de journaliste au *Conftitutionnel.* Pour les lecteurs de 1837, l'avertissement de des Lupeaulx devait démontrer sa prescience politique.

Page 925.

a. , ce petit prince de Wagram *[1 0ᵉ ligne de la page]* contradiction *Ph add. F avec quelques modifications.*

1. Il s'agit encore du maréchal Berthier, déjà nommé p. 920.

2. Ou plutôt Hephaestion, général macédonien, ami d'enfance et favori très dévoué d'Alexandre le Grand.

3. À un tic marquant et caractéristique de Lingay, qui
hochait constamment la tête (voir art. cité, *AB 1961*, p. 169),
Balzac ajoute un trait d'Ymbert sur le directeur général type :
« Une certaine facilité pour enfiler des phrases et les répandre
sur du papier [...], facilité qui consiste à dresser en quelques
heures un mémoire, un rapport, au moyen de ces locutions :
*Il faut prendre en grande considération... Je dois faire observer...
Dans ce cas il n'y a pas lieu à... En résumé... En définitive,* etc. Tout
cela marié par des *car,* des *si,* des *mais,* des *cependant* et des
toutefois » *(op. cit.,* t. I, p. 87-88).

4. Perruque à cheveux courts inventée et mise à la mode
par Talma en l'an II quand il joua Titus dans le *Brutus* de
Voltaire.

Page 926.

a. sous un pantalon [...] intrigants. *FC* : et un pantalon
gris. *ant.*

b. il fallait [...] pied. *épr. 3* : il ne faut pas mettre le pied.
[Tous ces gens-là réussissent et M. des Lupeaulx a constamment réussi. *suppr. épr.* 2] *ms.*

c. , de huit mille à douze mille francs *add. épr. 3*

d. La femme supérieure [...] politique. *add. épr. 2*

e. voyaient *FC* : avaient vue *épr. 5* : voyaient *épr. 3*
: étaient *ant.*

f. sa fille. *F* : Clotilde. *épr. 7* : sa fille. *ant.*

1. Voir n. 4 p. 919.

2. L'ouverture de la rue Duphot avait fait l'objet d'une
décision ministérielle le 19 septembre 1807. En 1824, elle
était au centre d'un quartier élégant : Célestine Rabourdin
pouvait voisiner avec deux comtes de Ségur ou avec les dames
Garnett, américaines amies de La Fayette. En 1829, Gallois y
fondait le magasin des *Trois Quartiers.* Sous Louis-Philippe,
la direction des Contributions indirectes s'y installait au nº 10 :
est-ce pour cette raison que Balzac pense à y installer son
réformateur fiscal ?

Page 927.

a. de couleur carmélite. *épr. 7* : bleus. *ant.*

b. Boulle *P* : Boule *ms. Cette correction fréquente, effectuée parfois jadis par les correcteurs de Balzac, voire par Balzac*

lui-même, et aujourd'hui par nous, est indiquée ici une fois pour toutes.

c. , au milieu de laquelle *[5 lignes]* siècle *épr. 4* : où reparut une belle horloge sur son socle *add. épr. 3*

d. Le charme qui saisit cet Asmodée parisien *épr. 2* : Ce qu'il trouvait là *ant.*

e. d'Orta *add. épr. 2* : *sur ms. et épr. 1, Balzac avait laissé un blanc.*

1. Mis à la mode sous la Restauration par la duchesse de Berry, le rococo était toujours en vogue en 1846 quand Balzac préparait un boudoir pour Mme Hanska : « Tout y sera marqueterie, Louis XV et rococo » (*LH*, t. III, p. 358).

2. Balzac manifestait beaucoup d'enthousiasme dans son goût pour l'ébéniste Boulle. Il mit ses productions dans seize de ses romans, et payant de sa personne, dans son propre intérieur.

3. Personnage diabolique dont il est question dès le livre de Tobie. Mis en scène au XVIIᵉ siècle par l'espagnol Guevara dans son *Diablo coivelo* dont Lesage tira *Le Diable boiteux*, Asmodée ôte les toits des maisons de Madrid pour dévoiler à un compagnon les événements secrets qui s'y déroulent.

4. Souvenir du retour d'Italie avec Caroline Marbouty en août 1836 : «Nous avons fait (Marcel et moi) un très fatigant voyage, car il a fallu voir tant de choses (le lac Majeur, le lac d'Orta, le Simplon, la vallée de Sion, le lac de Genève, Vevey, Lausanne, la Valserine, Bourg et sa belle église)» (*Corr.*, t. III, p. 145-146).

Page 928.

a. la belle Mme Firmiani [...] Rabourdin, *épr. 2 var. post.* Ici encore une créature balzacienne remplace l'initiale anonyme : *une amie de haut parage qu'avait Madame Rabourdin* *ant.*

b. s'écrie Figaro. *épr. 5* : a dit Beaumarchais, *ant.*

c. Le passage a été fort développé sur épr. 2. Voir var. a, p. 929.

d. entortillé *épr. 4.* : cultivé *épr. 2.*

1. Dans *Le Mariage de Figaro,* acte V, sc. VIII. La variante *b* est justifiée : les paroles citées par Balzac ne se trouvent pas exactement dans le texte de Beaumarchais, où, lorsque Suzanne lui dit que, de ruser, les hommes « ont cent moyens », Figaro répond : « Celui des femmes... les vaut tous. »

Page 929.

a. Depuis quelques jours, après de savantes et fines per-quisitions, Mme Rabourdin *[p. 928, vers le milieu ; voir var. c]* Paris. *épr. 3* : Décidément, Mme Rabourdin [...] Paris. *épr. 2 var. post.* : Pendant le mois on l'entendit parler au

Ministère de Madame Rabourdin comme d'une des sept ou huit femmes supérieures de Paris. *ant.*

b. Mme Firmiani [...] Cadignan!...   *F* : madame Delabarre chez le ministre de l'intérieur ? / — Il y a [presque *add. épr. 2*] un *de ms.*

c. le nouveau comte   *épr. 8*   : le Ministre   *ant.*

d. car ni lui ni sa femme n'étaient nobles. *épr. 8* :   , car sa femme n'était pas noble   *add. épr. 2*

1. Enjeu favori du caporal, héros du roman de Sterne, *Vie et opinions de Tristram Shandy.*

2. Le seul personnage qui réponde à ce signalement était Étienne Pasquier, préfet de police sous l'Empire et ministre sous la Restauration.

3. Cette Mme Delabarre invitée, selon les premières éditions, chez le ministre de l'Intérieur, avait de bonnes raisons de l'être. Marie-Caroline Delabarre, femme auteur citée l'année même de la rédaction du roman dans la *Bibliographie des femmes auteurs contemporaines,* était la femme du chirurgien-dentiste du roi Charles X, Christophe-François Delabarre. Et Balzac avait de bonnes raisons de la connaître : c'était elle qui, avec son mari, avait acheté en 1828 la maison des Berny à Villeparisis. La maison des premières amours avec sa cour, son verger, son potager, sa prairie, sa « rivière factice entourant une île », son bosquet, sa serre, sa melonnière, tels que les décrit un acte notarié. C'était elle qui s'asseyait sur le fameux petit banc... En 1844, Balzac remplace son nom par celui de Mme Firmiani, héroïne d'un récit dédié à Alexandre de Berny...

4. Balzac ne nommera jamais ce ministre, mais la date et le lieu de l'action désignent nettement Villèle. « Nouveau comte » est un détail des plus précis : Villèle, de petite noblesse du Toulousain, avait été créé comte par Louis XVIII le 17 août 1822, peu avant d'être nommé président du Conseil. En 1820, dans sa *Biographie pittoresque des députés,* Latouche le qualifiait de « plébéien de fortune médiocre ».

Page 930.

a. ministères,   *à la suite* brave homme,   *add. épr. 2 suppr. épr. 7. Voir var. b*

b. Le ministre *[début du §]* changement.   *épr. 7 pour la mise au point, après additions et remaniements depuis :* Ce jour-là, par hazard, le ministre avait invité à dîner un personnage inamovible dans tous les ministères et qui est purement et simplement le caissier. Le caissier d'un ministère est le seul qui ne tremblait jamais à cette époque, lors d'un changement. *ms.*

Page 931.

a. Puis il se mettait aux ordres *épr. 3* : Puis le rusé compère se mettait aux ordres *épr. 2* : Puis, une fois là, toujours aux ordres *ant.*

b. treize mille francs *épr. 8* : dix mille francs *ant.*

c. Ancien teneur de livres *[début du §]* dans *épr. 7 var. post.* : Ce personnage qui, dans un ministère est tranquille comme un bourgeois assis sur un bateau et pêchant à la ligne dans la Seine, était donc en ce moment occupé à manipuler une prise de tabac de l'air le plus niais du monde à quelques pas du coin où le député parlait au ministre, et le ministre le regardait comme on regarde une patère ou la corniche, n'imaginant pas que ces deux ornemens vous comprennent. Le gros et gras caissier, M. Saillard, ancien teneur de livres au Trésor, quand le trésor avait des livres tenus en parties doubles, et qui fut indemnisé par sa place actuelle, était un bon bourgeois, fort sur la tenue des livres, *[probe supp. épr. 3]* qui venait à pas comptés, comme un éléphant, s'en allait de même, rond comme un zéro, simple comme bonjour, ne faisant point de phrases, vivant à la Place-Royale dans *épr. 2* : Ce personnage qui *[comme en épr. 2]* place actuelle était ce qu'on nomme à la Bourse de Paris, un finaud, il observait tout au ministère, et se donnait l'air de ne penser à rien et de ne rien voir, de ne se mêler de rien. Il venait à pas comptés, comme un éléphant, s'en allait de même, il avait assez l'air d'un orfèvre retiré du commerce, rond comme un zéro, simple comme bonjour, ne faisant point de phrases, vivant rue St Claude au Marais, dans *ms. Voir, pour le changement d'adresse, la variante f de la page 932.*

1. Comparons les chiffres donnés par Balzac pour un ministre de la Restauration : cent cinquante-six mille francs de traitement annuel et vingt-cinq mille francs d'indemnité dite *de déplacement,* avec ceux que donne Rémusat pour un ministre de la monarchie de Juillet en 1840 : quatre-vingt mille francs de traitement annuel et dix mille d'indemnité (*Journal...,* t. III, p. 337). C'est dans cette mesure qu'avaient été réduits « ignoblement » les traitements.

2. En fait, au moment même où se passe l'action du roman : l'ordonnance royale du 4 novembre 1824 avait décidé la suppression des caisses spéciales établies à Paris auprès de chacune des administrations financières. Acquittons Balzac d'une maladresse chronologique : cette ordonnance fut publiée seulement en 1825.

Page 932.

a. Personne ne doutait *[p. 931, 6 lignes en bas de page]* remercié *épr. 3 var. poſt.* : Personne ne doutait [...] France; plus, il perdait sa place. *add. épr. 2*

b. l'âge. *À la suite, Balzac avait ajouté sur l'épreuve 2 cette phrase que le typographe a oubliée :* , il suffit d'avoir quarante ans le jour où l'on se présente à la Chambre.

c. Quant à la possession *[10 lignes]* Paris ? *épr. 2 var. poſt.* : Il y a un précédent et quant à la possession annale nous sommes à la fin Décembre et l'élection se ferait en janvier, les commissions ont la manche large. *ant.*

d. Savez-vous *[7 lignes]* discrets. *add. épr. 2*

e. incapable de la moindre [...] *motus !* *add. épr. 2*

f. place Royale. *F* : place Royale. *Ensuite :* CHAPITRE III / LES TARETS *épr. 7* : [rue saint-Claude des Tournelles *rayé*] place Royale. *ms.*

1. Article 38 de la Charte conſtitutionnelle : « Aucun député ne peut être admis dans la Chambre s'il n'eſt âgé de quarante ans et s'il ne paye une contribution direĉte de 1 000 francs. » Casimir Perier, né le 11 octobre 1777, fut élu pour la première fois le 20 septembre 1817. Dès le début de la session législative de 1817-1818 ouverte le 5 novembre, les députés eurent à vérifier les pouvoirs des nouveaux élus, et « il s'éleva à cet égard une difficulté sur la validité de l'élection de M. Casimir Perrier (de la Seine), et de M. Hernoux (de la Côte-d'Or). L'un et l'autre n'avaient accompli leur quarantième année que dans l'intervalle de leur élection à l'ouverture de la session. » Or l'article 38 disait : « Aucun député ne peut être admis... » et non : « ne peut être élu ». Il y avait déjà eu un précédent en 1816 — que semble oublier le miniſtre balzacien — avec le comte de Fargues, « et la chambre avait déclaré l'élection valide : d'après le même principe, elle admit MM. Casimir Perrier et Hernoux à siéger dans son sein ». Mais alors que le cens élevé avait seul fait une difficulté en 1814 lors des travaux préparatoires du texte de la Charte (voir *Mémoires du comte Beugnot*, p. 485 sq.), la discussion de 1817 permit à la Gauche de regretter une disposition qui privait la Chambre de députés « dans l'âge où l'indépendance du caraĉtère et la force du talent étaient les plus utiles au pays. » — regret que partagera l'auteur des *Employés*... La Droite proteſta au nom « de la nécessité du calme, du danger des innovations, de la turbulence des passions, des manœuvres qu'une faĉtion pourrait employer... » etc., et, « le 2 mars suivant, dans la Chambre des députés, le 17 dans celle des pairs, et dans toutes les deux à une grande majorité », était votée une nouvelle loi dont l'article 1er spécifiait : « Nul ne pourra être membre de la Chambre des députés, si au jour de son élection il n'eſt âgé de quarante ans accomplis et ne paie 1 000 fr. de contributions direĉtes » (C.-L. Lesur, *Annuaire hiſtorique de l'année 1818,* p. 5-6 et 418).

En 1824, par conséquent, même un ministre ne pouvait s'appuyer sur l'élection de Perier, sous peine de violer la loi. Pour le cens, Périer était à l'abri de toute contestation : il payait 14 394,50 F de contributions.

2. Élu représentant de Barcelonnette pendant les Cent-Jours, l'avocat Jacques Manuel (1775-1827) s'imposa aussitôt par son éloquence. Évincé par la réaction après la seconde Restauration, il rentrait à la Chambre en octobre 1818 et apportait un sérieux renfort à l'opposition libérale, qui aurait alors offert l'immeuble permettant à cet homme pauvre de remplir la condition du cens : « ce coquin de Laffitte [le] fit éligible par une vente simulée », nota l'ultra Frénilly (*Souvenirs,* p. 419). Il en ira de même pour Dupont de l'Eure en 1824, et de même en 1830 pour Berryer, avec cette fois les fonds royalistes. Mais la phrase du ministre à propos de des Lupeaulx contenait peut-être un autre arrière-plan : si Lingay put se livrer au même chantage à l'élection que des Lupeaulx, c'est parce qu'il possédait avenue Marbeuf « un charmant hôtel entre cour et jardin, don de C. Perier, son ancien patron » (F. Wey, *Entre amis,* p. 459 sq.).

3. « la noblesse, compromise au milieu des boutiques, abandonne la place Royale », avait déjà noté Balzac dans *La Duchesse de Langeais.* En logeant de petits bourgeois place Royale — aujourd'hui place des Vosges —, Balzac donne un exemple de la déchéance qui frappait alors le Marais, devenu marchand et manufacturier, mesquinement habité, et plus particulièrement cette « pauvre vieille place [...] solitaire et délaissée! » (A. d'A Costa, dans le *Livre des Cent et un,* t. X). Hugo, pourtant, l'habita, et Balzac lui-même souhaita y acheter une maison en 1846.

Page 933.

a. avait été promptement [...] châteaux. *F* : plus tard avait servi rue de Lappe, un fabricant de marabouts, grand dépeceur de châteaux. *épr. 2* : qui plus tard avait pris boutique rue de Lappe, avait fabriqué des marabouts, acheté des grilles, dépecé des châteaux *ant.*

b. vingt-sept *épr. 7* : trente *épr. 2* : [quarante *rayé*] trente-deux *ms.*

c. d'une découverte [...] 1825.) *épr. 5* : d'une excellente idée. *ant.*

d. [onze *rayé*] douze *ms.*

e. La première version du portrait d'Élisabeth Baudoyer était bien différente : Il était difficile de rencontrer une figure aussi positivement bourgeoise que celle d'Élisabeth Baudoyer. Elle était petite et légèrement grasse, des yeux d'un bleu de fayence, opprimés par de grosses paupières qui se confon-

daient avec l'arcade des sourcils, des cheveux blonds comme
de la filasse, un front timide mais doucement éclairé par des
plans où s'arrêtait la lumière, un teint rose, un nez fin, une
bouche aimable, mais un bas de visage plus triangulaire
qu'ovale. Elle avait une voix douce, des manières sans distinction, mais simples et peu tumultueuses ; elle avait l'air de
penser que la vie devait aller autrement que la sienne, mais
c'était un vague soupçon. Elle atteignait à l'âge de trente-
deux ans, après avoir cheminé de la Place Royale à l'Église
Saint-Paul, sous la conduite de sa mère qui l'avait élevée
rudement, en pratiquant les préceptes de la religion, à deux
pas du boulevard du Temple où se trouvaient Franconi,
la Gaîté, l'Ambigu-Comique, et plus loin la Porte St. Martin,
elle n'avait jamais été au spectacle dans sa jeunesse. Le
dimanche son père et sa mère la conduisaient devant le café
Turc, où ils s'asseyaient et se divertissaient à voir passer le
monde ; elle n'avait jamais porté que des robes d'indienne en
été, de mérinos en hiver, elle les faisait elle-même, car sa
mère ne lui donnait que vingt francs par mois pour tout son
entretien ; son père qui l'aimait beaucoup tempérait cette
rigueur par quelques présens. Pendant longtems, elle avait
été le matin au marché avec sa mère, et elles avaient suffi à
elles deux aux soins de ménage ; elle n'avait jamais lu ce que
Monsieur l'abbé Gaudron, vicaire de Saint-Paul et le conseil
de la maison appelait des livres profanes ; elle était profondément ignorante mais savait les choses du ménage, mais elle
connaissait les plus légères déviations en fait de sentiment par
cela même qu'elle était demeurée pure comme une glace
et livrée aux inspirations du cœur.   *ms. voir encore les variantes
suivantes et surtout var. a, p. 942.*

1. Plus loin (var. *a*, p. 1038), avant Brézac, Balzac avait
inscrit dans ses premiers textes le nom de Boigue, nom d'un
réel voisin des imaginaires Saillard et du romanesque spécialiste des métaux, Falleix : « Boigues et fils, nég[ociants]
en métaux, rue des Minimes, 12 », figure, par exemple, dans
l'*Almanach du commerce* de 1824, l'année de l'intrigue.

Page 934.

a. Élisabeth avait en elle *[p. 933, dernière ligne]* dix-sept.
épr. 5 : Élisabeth [...] demi-aune ; ses traits étaient trop
mignons et trop délicats pour ne pas inquiéter ; à trente ans
elle semblait en avoir seize ou dix-sept, elle était maigre.
add. épr. 3

b. plat *épr. 9* : timide et plat *épr. 8* : timide et très
plat *épr. 3* : timide *ant.*

c. . Enfin la voix [...] aigres-douces. *F* : ; sa voix
avait des intonations aigres-douces. *épr. 8* : ; sa voix

était aigre-douce. *épr. 4* : ; sa voix était douce. *épr. 3. et pour ms., voir var. e, p. 933.*

d. Élisabeth était bien *[6 lignes]* avancer. *FC* : C'était bien [...] oreiller, n'ayant pas le moindre [...] avancer. *orig.* : c'était bien *[comme dans orig.]* campagne elle aurait voulu s'arrondir, dans l'administration [...] avancer. *épr. 7* : c'était bien *[comme dans orig.]* ambitieuse pour la plus grande gloire de Dieu. *épr. 5* : c'était bien la petite bourgeoise tracassière et perspicace, ayant des idées pour son mari, lui dictant ses volontés le soir sur l'oreiller, n'ayant pas le moindre *[comme dans épr. 5]* Dieu. *add. épr. 4*

e. Dire la vie [...] fille. *épr. 8* : Dire la vie [...] peignant les mœurs de la jeune fille. *épr. 5, où Balzac scinda, pour les placer au début et à la fin du paragraphe, les phrases antérieures* : Élisabeth Baudoyer, née Saillard est une de ces figures qui tentent le pinceau. Avant de l'esquisser peut-être est-il nécessaire d'expliquer comment s'était formé son caractère, et la vie de la jeune fille dira toute la femme. *épr. 4* : Élisabeth Baudoyer est une de ces figures qui tentent les pinceaux; mais avant de l'esquisser, peut-être est-il nécessaire d'expliquer comment elle avait pu devenir ce qu'elle était; il y a là d'ailleurs une nouvelle preuve des caprices sociaux qui tourmentent les destinées. La vie de son père et de sa mère en expliquant sa jeunesse, jettera quelques lumières sur le caractère de cette femme. *add. épr. 2*

f. cinq mille francs, *FC* : dix mille francs, *épr. 4* : quatre mille francs, *ant.*

g. leur notaire [...] Cardot, *F Cardot était mieux connu en 1844 après « Illusions perdues » (1839) et « Un début dans la vie » (1842) que feu le réel* : M. Laisné, le notaire du quartier Saint-Antoine, *ant.*

1. L'aune mesurant environ 1,18 m, Élisabeth avait réellement la taille fine. Et quatre pieds font à peine 1,30 m.

Page 935.

a. sept *F* : six *ant.*
b. 1804, *épr. 9* : 1806, *ant.*

1. Balzac avait aussi la passion des cadres, acquis pour leur beauté. En 1836, par exemple, il avait acheté à Turin son fameux cadre de Brustolone, et à Tours, tout un lot de cadres anciens.

2. Chandelier plat à manche.

Page 936.

a. mari, les siens et ceux d'un oncle, *épr. 8* : mari et les siens *ant.*

1. L'*Almanach du commerce* de 1824, l'année de l'intrigue, permet de retrouver le cirque Olympique, nommé Franconi du nom de son directeur, au 14, faubourg du Temple; le théâtre de la Gaîté au 70, boulevard du Temple; l'Ambigu-Comique au 74-76, boulevard du Temple; et le théâtre de la Porte-Saint-Martin, au 16-18, boulevard Saint-Martin.

Page 937.

a. Quand elle eut la fantaisie *[p. 936, 4 lignes en bas de page]* retourner. *add. épr. 5*

b. Obligée [...] gain. *épr. 5* : Élisabeth devint une petite bourgeoise renforcée, âpre au gain pour employer ses sentimens à une passion quelconque. *add. épr. 4*

c. Semblable à ces saints personnages chez qui la religion *[9 lignes]* Dieu. *épr. 5 var. post.* : Semblable [...] la religion ne réprime pas les ambitions personnelles : ils regardent comme permis ce qui n'est pas défendu, ils font faire au prochain des actions blâmables dont ils recueillent les fruits, ils sont implacables pour leur dû, sournois dans les moyens, leur habileté toute intérieure ne se révèle que dans les résultats; ils observent leurs adversaires avec la perfide patience des chats; ils sont humbles et terribles, se ménagent des vengeances froides quand ils ont été offensés. Sans aller aussi loin, Élisabeth fut élevée de manière à fausser ses bonnes qualités et à donner à ses mauvaises la livrée du jésuitisme. *add. épr. 4*

1. Féerie-ballet en un acte de Deschamps, Morel de Chédeville et Després, musique de Mozart, Haydn, Mayer et Berton *[sic]*, créée à l'Opéra le 5 février 1813 et souvent reprise sous la Restauration.

2. Situé sur l'emplacement du n° 29 actuel du boulevard du Temple, le café Turc, ouvert en 1780, « entièrement décoré à la turque, possédait un grand jardin longeant le boulevard dont le séparait un mur. On y voyait des kiosques, des cabinets de verdure, des tonnelles, et, le soir, des illuminations; il était interdit aux servantes et aux laquais. Sa vogue dura jusqu'au début du règne de Louis-Philippe ». Le café du Cadran bleu — dont la Cibot avait été la *belle écaillère* — se trouvait son plus proche rival : il était situé à l'angle de la rue Charlot et du boulevard, sur l'emplacement du n° 27 actuel (voir J. Hillairet, *Dictionnaire historique des rues de Paris,* II, 541).

3. Par le Concordat de 1801.

Page 938.

a. marchand de papier *épr. 6* : quincaillier *ant. Le mot* quincaillier *fut omis par les typographes en épr. 5. Balzac le*

rétablit, mais comme il fut à nouveau omis en épr. 6, il le remplaça
alors par marchand de papier.

    b. soixante-neuf *F* : soixante-dix-neuf *ant.*

    c. à un troisième étage *add. épr. 9*

    d. Monsieur Bidault [...] Gobseck. *add. épr. 8*

    e. La liaison *[6 lignes]* l'Isle-Adam. *add. orig.*

    1. Les premiers textes (voir var.) faisaient de cet oncle un quincaillier, c'est-à-dire le prédécesseur immédiat de l'oncle de Mme Birotteau, le quincaillier Pillerault.

    2. Jusqu'en 1868, cette rue se trouvait entre les rues Saint-Martin et Saint-Denis. Son nom venait d'une déformation du mot Trinité, passé par Trenetat et Drenetat. Balzac écrit « Grenetat ». On écrit aujourd'hui « Greneta ».

    3. D'après Littré, « le wallon dit gigoner pour gigoter », et ce verbe, qui signifie « remuer vivement les jambes », peut encore définir le mouvement « fébrile et convulsif » des jarrets d'un animal mourant. Mais une origine wallonne, pour le surnom de Bidault, vers laquelle oriente l'explication de Balzac, surprend d'autant plus que le personnage est, semble-t-il, auvergnat. Or, Littré signale que « *gigougnâ* du petit limousin » signifie « prendre beaucoup de peine en travaillant ».

    4. Ce mot désignait l'ensemble des personnes nommées pour administrer les biens d'une paroisse et, tout à la fois, l'ensemble des biens et revenus d'une église.

    5. En août 1819, Balzac s'était installé dans une mansarde au 9 de la rue Lesdiguières, et ces Transon évoquent un souvenir que révèle l'*Almanach du commerce,* celui de « Leullier, *mag. de faïence,* [rue] Lesdiguières, 9 ».

    6. Au même titre que la rue Lesdiguières ou que, plus loin, la rue du Roi-Doré, « L'Isle-Adam » faisait revivre des souvenirs de jeunesse; ici, celui de certain « vilain M. Dujai », avare renforcé de Villeparisis, auquel Balzac ajoute certain détail alors noté sur M. de Savary, autre avare notoire, « sa petite perruque de chiendent qu'il raffermit à chaque instant », pour achever la tête de son avare Mitral (*Corr.,* t. I, p. 100 et 135).

    7. Voie ouverte au début du XVIIe siècle, et qui s'achevait en impasse, d'où son nom : rue Sans-Chef, devenu Sancée, Sancier et enfin Censier.

Page 939.

    a. sinistre *épr. 7* : jaune *épr. 5. voir var. c.*

    b. Seine *épr. 8* : Seine à la fonte des neiges *épr. 5*

    c. , homme à perruque [...] souris *add. épr. 5 var. post.*

    d. M. Godard, adis sous-chef de M. Baudoyer, *F* :

M. Godard, le sous-chef de M. Baudoyer,   *épr. 3* :
M. Paturin, le sous-chef de M. Baudoyer,   *ant.*
   e. monsieur Bataille,   *add. orig.*
   f. Cardot.   *F* : Laisné,   *ant.*

   1. C'est à des Lupeaulx qu'a été associé ce détail, p. 923.

Page 940.

   a. considérait   *épr. 4*   : moins M. Rabourdin et M. Laisné regardaient   *ant.*
   b. peu communicatif,   *add. épr. 4*
   c.   , et peut-être [...] arrondissement   *add. épr. 7*
   d.   , qui transpirait facilement,   *add. épr. 4*
   e. pédant, diseur et tracassier,   *épr. 7* : routinier, *épr. 4. Voir var. a, p. 941.*

   1. Balzac ne devait pas ratifier la prédiction des Transon : dans *Le Cousin Pons,* Baudoyer sera seulement maire du deuxième arrondissement sous le règne du roi des Français. Mais Vomorel, l'équivalent de Baudoyer dans les souvenirs du Marais de la vingtième année de Balzac, qui le jugeait alors « capable d'être un jour député » (*Corr.,* t. I, p. 61), ne devait devenir ni député, ni maire.
   2. Balzac n'a rien emprunté à la biographie de « M. Clergeot, *chef du second bureau* », le symétrique de Baudoyer chez Monnier. Son nom a été dévolu à un autre employé; quelques traits de son caractère l'ont été à Thuillier (n. 2, p. 980). La femme de Clergeot elle-même annonce plutôt Flavie Colleville, telle qu'elle apparaîtra en 1844 (n. 2, p. 979). En revanche, le personnage de Monnier a bien servi de mannequin pour plusieurs détails de l'apparence ou du vêtement d'Isidore : « Quarante ans, beaucoup d'embonpoint, prenant du tabac, transpirant facilement [cf. var. *d,* p. 940], cheveux rares, blonds et bouclés, favoris roux, yeux à fleur de tête, nez épaté, lèvres épaisses, lunettes d'écaille. Habit bleu barbeau à boutons jaunes, gilet chamois, cravate de couleur, des breloques [voir var. *a,* p. 941], foulard, pantalon gris sans sous-pied, pieds larges, toujours mal chaussés. » Pour le nom du personnage, voir n. 2, p. 974.

Page 941.

   a. Méticuleux et *[p. 940, avant-dernière ligne]* les graines d'Amérique [à la mode de l'an VII   *add. épr. 5*].   *add. épr. 4*
   b. Voir var. a, p. 942.

Page 942.

a. Au sein de cette famille *[p. 941, début du dernier §]* chapeau. *Mis au point au fil des épreuves et des éditions, ce passage était bien différent dans sa première version :* Au sein de cette singulière famille qui se maintenait par la force des liens religieux, par la rigueur de ses mœurs et par une pensée unique celle de l'avarice qui est comme une boussole il ne se trouvait qu'une seule personne douée d'une haute intelligence, d'une profonde perspicacité, d'un cœur vraiment noble, et cette personne était Élisabeth, de qui les qualités ignorées de tous devaient l'être d'elle-même aussi; mais ces qualités, son esprit, sa sensibilité comprimés jusqu'alors par la haute pression du despotisme maternel, et de la glaciale atmosphère où elle vivait, gisaient dans un étroit espace, elle était forcée de se parler à elle-même au lieu de communiquer ses idées; elle s'accusait au lieu d'accuser les autres; mais cependant elle avait jugé son mari contrainte par les faits; et sans en rougir, elle avait ostensiblement adopté l'opinion que chacun professait sur M. Baudoyer, elle se crut même obligée à l'entretenir, elle lui témoignait un profond respect, elle voyait d'ailleurs en lui le père de sa fille, le chef de la famille, son mari, son protecteur visible, le pouvoir temporel, disait le vicaire de Saint-Paul, et elle aurait regardé comme le plus grand péché, un seul geste, un seul coup d'œil, une seule parole qui eut pu faire soupçonner à un étranger qu'elle eut jugé son mari comme il méritait de l'être; elle avait même une obéissance passive pour ses volontés; mais son for intérieur était à elle, elle entendait sa conscience parler impitoyablement, sans qu'elle put la faire taire. Elle était dans cette maison recueillie comme un écho muet dans Paris, où les échos répètent des sons qui ne sont pas entendus, tous les bruits de la vie arrivaient à son oreille, elle les recueillait, pour elle seule, mais elle jugeait sainement les choses et les hommes sur ce qu'elle entendait dire; aussi depuis quelques années interrogeait-elle et conseillait-elle son mari, son père à qui parfois, il arrivait de dire : — Cette Élisabeth est-elle futée! Au moment où cette histoire commence elle était l'oracle secret de son père et de son mari qui, petit à petit étaient arrivés à ne rien faire sans la consulter. Elle seule avait deviné que son oncle Bidault dit Gigonnet devait être riche, et maniait des sommes énormes; elle connaissait M. des Lupeaulx mieux que ne le connaissait le ministre lui-même, car elle était comme un prisonnier à qui le vent envoye un parfum, ou une musique, à qui le soleil envoye un rayon ou une fleur, il les analyse, il les étudie à l'infini, il fait en petit ce que Cuvier a fait en grand, il lui suffit d'un fragment de la créature pour la reconstruire. Élisabeth était solitaire, emprisonnée, non pas l'Élisabeth que chacun voyait, mais cette fille céleste, inconnue, à qui devait manquer le soleil créateur et la liberté, qui souffrait sans deviner d'où venaient ses souffrances. Elle avait décidé son père à l'acte exorbitant de son association avec Falleix, et voici pourquoi ? Dans sa vie de plante étiolée, elle avait pour donner passage à ses sentimens, à ses idées, à ses facultés, elle avait désiré un fils, car alors elle aurait aimé un homme, elle l'aurait formé, elle aurait vécu par lui, dans l'ordre le plus élevé ; le plus pur des sentimens, par la passion la plus désinteressée ; elle avait perdu l'espoir d'avoir un fils, et dans le moment de son désespoir Falleix avait été présenté par le vieux Bidault qui lui prenait des valeurs, Falleix trouvait *son vieux pays* trop cher, et il s'était plaint avec candeur devant Madame Baudoyer ; la vieille Madame Saillard avait blamé son oncle, et dans les ténèbres de l'âme attristée secrètement de la pauvre Élisabeth, une idée avait lui comme un rayon de soleil. Falleix âgé de vingt-huit ans était beau garçon, sa confiance en M. Saillard annonçait une belle âme ; elle conçut d'élever cet homme pour sa fille, cette adoption fut simple mais solennelle. Martin Falleix comprit un peu de ce qu'était Élisabeth et il lui rendit d'incroyables respects, comme à une nature supérieure, il se lavait les mains, se brossait les dents, il ne fumait plus. *ms.*

b. Saint-Paul [, homme pieux et borné   *suppr. épr. 8*]. *ms.*

c.   , car ils ne l'extermineraient   *add. épr. 3*

d. Saillard n'était point [...] gouvernement.   *add. épr. 5*

1. Mot qui signifie « borne » et que Balzac entend le plus souvent dans son sens technique du vocabulaire de l'architecture, désignant une gaine surmontée d'une tête humaine.

Page 943.

a. la Dauphine   *BT*   : la duchesse d'Angoulême   *ant.*

b. — Monsieur, répondit Baudoyer [...] *Constitutionnel*. *add. épr. 7*

c. — Le *Constitutionnel* [...] jamais.   *add. épr. 9*

d. Pour servir son gendre [...] mois.   *add. BT*

1. Des années après Balzac, Mme de Bassanville se souviendra de la duchesse d'Angoulême : « C'était une bonne protectrice que la princesse ! "Les ministres me redoutent comme la première solliciteuse de France, disait-elle quelquefois en souriant ; mais c'est égal, ils m'acceptent ainsi ; et mes protégés font leur chemin. C'est tout ce qu'il me faut, car je ne protège que d'honnêtes gens" ». (*Les Salons d'autrefois*, t. I, p. 42). Il est évident que les Saillard et Baudoyer étaient des clients tout désignés à la protection de la dévote fille de Louis XVI.

2. On s'explique l'horreur inspirée par ce journal dans ce milieu en retrouvant sa définition par Balzac lui-même : « *Le Conſtitutionnel,* sous la Reſtauration [...] avait son fameux carton aux curés, qui contenait des refus de sépulture, et des récits de tracasseries faites aux curés libéraux » (*Monographie de la presse parisienne,* au paragraphe " Quatrième Variété. Le Maître Jacques du journal " [1843]).

Page 944.

a. ses salons   *épr. 5*   : ses trois pièces   *ant.*

b. Canalis le poète,   *add. F, découlant de « Modeſte Mignon » (1844), dont la rédaction coïncida avec le remaniement des « Employés ».*

c. le peintre Schinner,   *F, moins « jeune » lors de cette correction de 1844, poſtérieure au rôle que le personnage avait dans « Un début dans la vie » (1842), que lors de l'apparition dans « La Femme supérieure » (1837) de celui qui était alors :* le jeune peintre Schinner, *venu de « La Bourse » (1832) et ajouté en épr. 8. Voir la variante g.*

d. Octave   *add. BT.*

e. du Bruel   *F* : Dubruel   *épr. 8. Pour la modification du nom de ce personnage, voir la variante c de la page 962, et pour son apparition ici en épr. 8, voir var. b, p. 945.*

Page 945.

a. le comte   *FC où Balzac s'avise enfin qu'il avait fait comte ce personnage depuis « Un grand homme de province à Paris » (1839) et qu'il n'était plus :* le baron   *épr. 8, venu en 1837 d' « Illusions perdues » (1836). Voir la variante suivante.*

b. et le jeune vicomte de Portenduère.   *FC, qui remplace :* le jeune comte d'Esgrignon.   *F, survenu en 1844 et rebaptisé après « Le Cabinet des Antiques » (1838), alors que son nom lors de la première ébauche de ce roman (1836) était celui qu'il avait aussi dans « La Femme supérieure » en 1837 :* le jeune comte d'Esgrigny.   *épr. 8. La partie de phrase :* où se remarquaient *[p. 944, 4 lignes en bas de page]* d'Esgrigny. *était une add. épr. 8*

1. Il eſt permis de s'étonner avec Pierre Laubriet que le plus grand sculpteur français de la Renaissance, Jean Goujon, soit « relégué parmi les artiſtes du Moyen Âge » (*Gazette des Beaux-Arts,* mai-juin 1961, p. 335).

Page 946.

a. Le secrétaire général se souvenait [...] Céleſtine.   *add. F*

1. Dans son Introduction de *La Vieille Fille* (éd. Garnier, p. xxii), Pierre-Georges Caſtex relève une « étrange phrase »

à propos de l'amour d'Athanase Granson pour la mûre demoiselle Cormon, dans laquelle Balzac montre à quel point il vivait avec ses personnages et pouvait leur prêter jusqu'aux retours qu'il faisait sur lui-même. Les commentaires qu'il fait ici sur les pensées de des Lupeaulx sont à rapprocher de cette « étrange phrase » : en 1824, date de l'intrigue, il avait vingt-cinq ans ; en 1837, date de la rédaction, il voyait approcher l'âge de quarante ans, « l'âge des folies ».

Page 947.

a. Le surnuméraire est à l'Administration *[p. 946, début du dernier §] emplois de l'Administration. add. F repris de Ph. Il faut noter cependant que le passage Il n'y a que deux genres de surnuméraire [p. 946, 5 lignes en bas de page] quelque emploi. avait été à l'inverse emprunté d'abord à « La Femme supérieure » et intercalé dans la « Physiologie de l'employé », non sans quelques modifications mineures.*

1. Nom d'un personnage de la parade des *Saltimbanques* de Dumersan et Varin, créée au théâtre des Variétés le 25 janvier 1838, que Balzac prendra comme surnom (cf. n. 2, p. 392, du texte de *La Cousine Bette*).

Page . 948

a. Le journalisme persécutait assez *[p. 947, 22 lignes en bas de page] bienfaisante. Encore un exemple de l'emprunt en cascade. Le passage :* Le journalisme persécutait [...] recherchaient la protection. *vient de Ph. Le suivant :* Le surnuméraire pauvre *[6 lignes] sous-chef est passé d'abord de « La Femme supérieure » à Ph. Enfin le dernier :* Toujours logé *[47 lignes] bienfaisante. est de nouveau emprunté à Ph., non sans quelques légères modifications lors de son insertion dans le roman en 1844.*

Page 949.

a. sept cents *épr. 5* : neuf cents *ant.*
b. ; il lui faisait *[5 lignes]* pièces de théâtre [, connu dans la littérature *[...]* Cursy *add. épr. 8*], lequel [...] traitement *add. épr. 7*

1. Baptisé peut-être d'après le Laroche de la comédie *Ma femme et ma place* (1830) de Bayard et Gustave de Wailly, Sébastien est issu du surnuméraire des *Scènes de la vie bureaucratique* auquel Monnier avait donné le nom sous lequel il écrivit dans *La Caricature* :

« EUGÈNE MORISSEAU. — Né à Paris, fils unique de M. Morisseau, ancien commis d'ordre, décédé dans l'exercice de ses fonctions, depuis deux ans environ, à la suite d'une maladie longue et douloureuse. Enlevé à ses études avec la promesse de remplir un jour la place qu'occupait son père. Le jeune Morisseau et sa mère infirme n'ont pour subsister qu'une très petite rente que son père leur a laissée. Madame Morisseau sollicita une pension comme veuve d'un ancien employé; mais elle lui fut refusée par la raison que son mari était décédé avant d'avoir atteint ses trente années de service. Accablé de travail pendant la semaine, esclave des volontés du digne M. Doutremer, le pauvre enfant passera les plus belles années de sa vie dans les privations de toute espèce, soutenu par le seul espoir d'obtenir un jour la survivance de la place de son père.

« Le dimanche et les fêtes, quand le temps est beau, Eugène se promènera avec sa mère dans une allée déserte du jardin du Luxembourg ou des Tuileries, redoutant de rencontrer d'anciens camarades de collège avec les costumes desquels le sien, celui de tous les jours, sera loin de rivaliser.

« Depuis son entrée au ministère, il est chargé de mettre en ordre la bibliothèque de son chef de bureau, M. Dumont, prétexte qu'a pris cet excellent homme pour lui abandonner sur son traitement une centaine d'écus; son crédit et ses instances réitérées n'ont pu parvenir encore à faire passer aux appointements le jeune Morisseau.

« Seize à dix-sept ans, doux, intelligent, bien élevé, d'une grande politesse avec tout le monde, faible, étoilé, menacé, comme son père, de succomber à une maladie de poitrine.

« Mise très simple. »

Mais la tendresse de Balzac pour Sébastien, qu'il ménage et qu'il sauvera finalement de l'administration, rappelle que quand il était lui aussi adolescent, il craignait comme la peste l'avenir d'employé : « Si j'ai une place je suis perdu et M. Nacquart m'en cherche une. Je deviendrai un commis, une machine, un cheval de manège qui fait ses trente ou 40 tours, boit, mange et dort à ses heures; je serai comme tout le monde. Et l'on appelle vivre, cette rotation de meule de moulin, ce perpétuel retour des mêmes choses ? » (*Corr.*, t. I, p. 112-113). Il habitait aussi dans ces temps-là, comme Sébastien, la rue du Roi-Doré. Située en plein Marais, elle tenait son nom d'un buste doré de Louis XIII placé à l'une de ses extrémités.

Page 950.

a. deux fois *épr. 5* : une fois *ant.*

1. Ce papier fut nommé d'après le chancelier Le Tellier (1603-1685) qui le fit fabriquer pour les actes officiels au format de 0,44 sur 0,34.

Page 951.

a. , comme le mari [...] Célestine, *add.* F
b. théâtre. D'autres, comme du Bruel, F : théâtre; beaucoup *ant.*
c. Pixérécourt [, Valkenaër *suppr. épr. 5*], *ms.*
d. ciel, F : Célestine, *épr. 4* : Céleste, *ant.*

1. Tous vaudevillistes surabondants et nettement cumulards : Sewrin (1771-1835), archiviste à l'hôtel de Invalides. Pixérécourt (1773-1844), inspecteur des Domaines. Planard (1783-1853), employé au Conseil d'État. Naguère : Pigault-Lebrun (1753-1835), inspecteur des Salines de 1806 à 1824. Piis (1755-1832), secrétaire général de la préfecture de police de 1800 à 1815, puis secrétaire interprète du comte d'Artois. Duviquet, secrétaire général au ministère de la Police puis à celui de la Justice. Balzac aurait pu remplir des pages, citer par exemple Ymbert, employé de 1807 à 1822 au ministère de la Guerre; Monnier employé de 1816 à 1821 au ministère de la Justice. Puis Étienne, directeur sous l'Empire de la division de la Presse et des Beaux-Arts; Roger, employé au ministère de la Police; Georges Duval, sous-chef à l'Intérieur sous son vrai nom de... Labiche; Rochefort, employé à l'Intérieur aussi; Charles-Maurice Descombes, à l'Intérieur encore; Cavé, chef de division au même ministère; Dittmer, inspecteur des Haras; Poirson, employé à l'administration des Mines; Dumersan, employé au Cabinet des Médailles; et tous les Wailly : Jules, qui finit comme chef de bureau à l'Intérieur, Gustave inspecteur général de l'ancienne Liste civile, Léon, secrétaire adjoint aux Beaux-Arts; Casimir Delavigne, bibliothécaire au ministère de la Justice; Casimir Bonjour, employé au ministère des Finances; Empis, qui fit carrière de commis à chef de bureau à la Liste civile. Etc.

2. « Il y avait un employé au Trésor qui achetait les pièces de M. Scribe et qui se nommait Pollet », écrira Balzac dans la *Physiologie de l'employé.* Jacques Pollet, libraire et frère de l'éditeur de Balzac en 1822, était bien employé au Trésor (voir A.-M. Meininger, « La Saisie du *Vicaire des Ardennes* », *AB 1968,* p. 158 et n. 2), mais non le premier libraire de Scribe lequel était Barba, acheteur de son premier ouvrage en 1812. On peut voir l'aveu implicite de l'erreur de Balzac dans la différence entre la phrase de 1837 et celle de 1841.

3. Le mot *Célestine,* donné dans les premières éditions, constituait évidemment une combinaison un peu longue.

Page 953.

a. député, puis *add. épr. 2*
b. elle laissa le vieux fat, F : elle le laissa *ant.*

c. Mme de Chessel, *add. F découlant tardivement du « Lys dans la vallée » (1836).*

d. | Et, en effet *[début du §]* le dernier. *add. F*

e. vingt-cinq mille *FC* : vingt mille *F* : dix-neuf mille *ant.*

Page 954.

a. , qu'une petite bourgeoise [...] connaissances, *add. épr. 5*

b. ronge *épr. 7. En réalité, Balzac avait écrit :* sèche, *mais les typographes déchiffrèrent* ronge, *qui resta. Voir la variante suivante.*

c. Mme Rabourdin eût méprisé [...] l'écorce. *add. épr. 7*

d. S'il était possible de se servir *[début du §]* de ce siècle. *add. épr. 3*

e. Aussi voici [venir *rayé FC*] le moment [...] Étude. *add. F*

f. À Paris, *F* : SECONDE PARTIE / LES BUREAUX / CHAPITRE IV / QUELQUES [PHYSIONOMIES D' *rayé*] EMPLOYÉS VUS DE TROIS QUARTS / À Paris, *épr. 1* : LES BUREAUX / À Paris, *ms.*

g. corridors obscurs *[8 lignes]* une seconde *F* : corridors, une première pièce où se tient le garçon de bureau, une seconde *ant.*

1. Leuwenhoëck (1632-1723) était connu pour ses travaux sur la circulation du sang, Malpighi (1628-1694) pour ses travaux sur l'anatomie et la physiologie du rein, Raspail (1794-1878) pour ses travaux sur la chimie organique et la cellule, Hoffmann (1776-1822), l'un des auteurs de prédilection de Balzac, pour ses *Contes fantastiques.*

Page 955.

a. , mettant [...] dimanche *add. épr. 4*

b. , de commis rédacteurs, *add. épr. 1*

1. Pasquier fut directeur général des Ponts et Chaussées *avant* d'être ministre de la Justice lors de la seconde Restauration. Molé fut directeur général des Ponts et Chaussées *après* avoir été ministre de la Justice. On peut encore citer Jacques-Claude Beugnot, successivement ministre de l'Intérieur en 1814, directeur général de la police au 13 mai, ministre de la Marine à Gand et directeur général des Postes au retour.

2. « Avant la Restauration, nous ne connaissions que des chefs de division; depuis on a jugé à propos d'assembler quatre chefs de division pour en faire un directeur [...] à quarante mille francs de traitement [...]; il est défendu des importunités par trois garçons de bureau au moins, et on

lui tolère l'huissier » (Ymbert, *Mœurs administratives,* t. I, p. 70-71).

Page 956.

1. De l'acajou considéré comme l'emblème de la hiérarchie administrative : Lucien Leuwen voit avec les yeux de Stendhal « les vieux chefs de bureau *incarnés* avec leurs fauteuils d'acajou ».

2. « Il faut voir comme chacun s'applique à se créer un gîte commode pour les huit heures de séance qu'il passe en face de son bureau ! Humble locataire d'un espace de six pieds carrés, le commis emploie tout ce qu'il a d'invention à se défendre des vents coulis et des battemens d'une porte que l'importunité fait mouvoir. Sous ses doigts, le papier s'épaissit en carton pour construire de petites cloisons qui défendront de la bise le pied ou la jambe qu'elle insulte. L'almanach de l'année expirée devient un bouclier contre le soleil de midi. Un paravent, savamment contourné, parvient à diviser l'étroit espace » (Ymbert, *op. cit.,* t. I, p. 101-102).

3. Dans la *Physiologie de l'employé,* Balzac a intercalé ici la description d'un bureau qu'il connaissait bien en sa qualité de grand voyageur : le bureau des passeports.

4. Dans la première rédaction du début, on lisait ici à la suite un texte qui est à rapprocher de ce passage de l'ouvrage d'Ymbert : « Ces inégalités dans les traitemens obligent les commis à se créer des industries extérieures. Ces pauvres diables, dont toute la personne fait à peine un homme, sont forcés d'en trouver deux, dont l'un est commis et l'autre exerce un état différent. Beaucoup imaginent de donner des leçons ; quelques-uns forment un petit établissement de mercerie ou de nouveautés, qui réclame souvent leur présence. Plusieurs vendent du vin, et Dieu sait quel vin ! La plupart enfin sont attachés à des orchestres, et se divisent entre le Grand-Opéra, le théâtre Feydeau, le Gymnase et le Vaudeville » (*op. cit.,* t. I, p. 107). Si Balzac raya sa propre version de la même idée quand il déplaça le passage qui la précédait (du début, il fut placé ici : d'abord f° 4, il devint finalement le folio 32 du manuscrit ; le texte rayé se trouvait à la fin. Voir p. 1203), du moins ne le supprima-t-il pas complètement puisqu'on le retrouvera, non sous la forme d'une idée générale, mais mise en action à propos de plusieurs employés dans les pages qui vont suivre.

5. Il est curieux de noter que cette description d'un déménagement de ministère fait partie d'un texte ajouté en 1844. Car, lorsque Balzac évoquait en 1837 le ministère des Finances tel qu'il se le représente en 1824, il ne fait pas alors allusion au fait que ce même ministère avait déménagé

justement en 1824 : de la rue Neuve-des-Petits-Champs à la rue de Rivoli.

Page 957.

a. Mais, à quelque administration *[p. 956, 17 lignes]* administrative. *add. F repris de Ph. var. post.*

b. Annuaire ? F : Almanach Royal ? épr. 1. Le passage est une addition épr. 1. Voir var. i.

c. Flamet *add. épr. 3*

d. du département [de la Meuse *rayé*] de la Corrèze [Maître d'hôtel du Roi par quartier, *rayé*] *épr. 6* : du département d'Indre-et-Loire, *add. épr. 5*

e. [du Lot-et-Garonne *rayé*] de la Dordogne, *add. épr. 3*

f. Ce personnage [...] dans *épr. 3* : Il était dans *épr. 1*

g. l'illustre Desplein, chirurgien *F, correction probablement due à la réapparition de Desplein dans « Modeste Mignon », alors que les lecteurs de Balzac trouvèrent d'abord ici le nom d'un de leurs réels contemporains :* l'illustre M. Alibert, médecin *épr. 3* : le médecin *épr. 1*

h. et par le jeune docteur Bianchon, *add. épr. 4*

i. D'abord, et avant tout, *[11ᵉ ligne de la page]* bonheur. *add. épr. 1 var. post.*

1. Les cours prévôtales avaient été instituées en 1789 pour sanctionner rapidement et sans appel les crimes et délits définis par une ordonnance de 1731. Lors du Consulat et de l'Empire, des juridictions exceptionnelles fonctionnèrent sous le même nom. Les cours prévôtales de la Restauration, créées par la loi du 4 décembre 1815, étaient composées de juges de tribunaux de première instance et dirigées par un prévôt, officier supérieur de l'Armée. Jusqu'au 31 décembre 1817, elles jugèrent sans appel et avec rétroactivité les crimes et délits portant atteinte à la sûreté publique mais visèrent surtout les « agitateurs » des Cent-Jours. Confiées à des hommes *sûrs,* elles furent un instrument de réaction et de vengeance politique, comme le sont toutes les juridictions d'exception.

2. Balzac a beaucoup hésité avant de situer définitivement les activités de La Billardière. Localisées dans le Midi, elles confirment plus un artisan de la Terreur blanche que le « Vendéen » que l'on retrouvera plus loin.

Décorations et appartenance à des Sociétés composent la rubrique type d'une créature de la Congrégation. Les trois ordres étrangers, respectivement du Portugal, d'Espagne et de Russie, n'étaient conférés qu'à des catholiques militants ; de même, l'ordre de Saint-Louis, réservé aux officiers catholiques, fondé par Louis XIV, supprimé par la Révolution, rétabli le 18 septembre 1814 et aboli en 1831. Les trois sociétés citées ensuite étaient autant de réunions, non d'*initiés,* mais d'*affiliés* à la Congrégation par leurs chefs. La Société des Bonnes-Lettres, fondée en 1821 pour propager de saines doctrines morales et politiques, avait pour but profond de rameuter une clientèle un peu effarouchée par le côté occulte de la Congrégation ; placée sous le haut patronage de Chateaubriand, elle attirait les ambitieux : pairs, députés, généraux et jusqu'à des banquiers, suivaient assidûment cours et lectures. L'association de Saint-Joseph était destinée à étendre l'action de la Congrégation parmi les ouvriers et les domestiques sans travail. La Société des prisons était l'une des trois sections de la Société des Bonnes-Œuvres ; les deux autres se consacraient aux hôpitaux et aux petits savoyards.

Dans la *Physiologie de l'employé,* la rubrique du chef de division modèle monarchie de Juillet couche dans l'*Almanach royal* le personnage plus anodin de « M. Buireau-Leschevin, directeur du personnel, officier de la Légion d'honneur, chevalier de Saint-Louis, du Lion de Belgique, de Saint-Ferdinand d'Espagne, de Saint-Wladimir de Russie, troisième classe, et membre libre de l'Institut ; maître des requêtes en service extraordinaire, député d'un département ou membre du conseil général de la Seine, — et toujours le fantastique *etc.*».

Dans *La Femme supérieure,* si La Billardière cousinait un peu avec l'imbécile Saint-Maur de Monnier (n. 4, p. 919), son nom venait peut-être d'une propriété de Tours nommée La Billarderie (nom que l'on retrouve sous La Billardière dans le manuscrit), en souvenir de la petite Terreur blanche particulière vécue par B.-F. Balzac à Tours lors de la Restauration ; d'où le nom composé emprunté au célèbre comte Flahaut de La Billarderie, dénoncé comme l'une des « grandes inutilités de la troupe » politique par la *Chronique de Paris* de Balzac, le 31 janvier 1836 ; d'où le nom final dérivé du Launay de La Billardière breton, évoqué par Chateaubriand dans ses *Mémoires d'outre-tombe* (Bibl. de la Pléiade, t. I, p. 51-52 et 119), qui expliquerait que dans *César Birotteau* le La Billardière méridional de *La Femme supérieure* soit devenu « le Nantais », et que lors des révisions des *Chouans* pour *La Comédie humaine* (dont certaines, effectuées en décembre 1843 en même temps que celles des *Employés :* voir p. 1550), le personnage reçoive un état civil breton, et remplace certain « marquis de P. » des premières éditions. L'identification de ce marquis de P. avec le réel Joseph de Puisaye, proposée par Maurice Regard (*Les Chouans,* éd. Garnier, p. 183 et note), incite à souligner le fait que, lors des révisions des *Employés* pour *La Comédie humaine,* Balzac ajoutait à la biographie de La Billardière un détail qui pouvait être rattaché à la vie de Puisaye (var. *a* et n. 1, p. 1024).

3. Le pied mesurait 32,4 cm, le pouce 2,7 cm et la ligne

environ 2 millimètres. La Billardière, d'une taille normale de 1,78 m était donc véritablement peu «large»...

Page 958.

    a. le logement [de M. des Lupeaulx *rayé*] *épr. 1. Voir var. e.*

    b. Erneſt de La Brière, *FC* : Eugène de La Brière *add. épr. 7*

    c.   , personnage occulte [...] Miniſtère, *add. F*

    d. Le nom auquel Balzac avait pensé pour ce personnage, pendant un inſtant, apparaît sous une rature en épr. 3 :   , le Baron du Chatelet.

    e. Au premier étage *[début du §]* secrétaire. *add. épr. 1 var. poſt.*

    1. Dans la *Physiologie de l'employé,* Balzac attribue au secrétaire particulier des traits de des Lupeaulx complétés de détails qu'il reprendra en 1844 pour La Brière.

    2. Dans *Modeſte Mignon,* La Brière eſt devenu conseiller référendaire à la Cour des comptes.

Page 959.

    a. Un secrétaire particulier eſt au miniſtre *[p. 958, 21 lignes en bas de page]* sont perdus. [Le secrétaire particulier de M. Guizot se nomme Génie. On peut dire de ce miniſtre, comme de Socrate, qu'il a un Génie familier. *suppr. F*] Un secrétaire particulier eſt donc un ami donné par le gouvernement. *add. F repris de Ph. à la réserve de la phrase qui figure entre crochets et qui a été supprimée sur F.*

    b. Revenons aux bureaux. *add. F*

Page 960.

    a. ayant à peine dix ans *épr. 3* : comme ils n'avaient que cinq ou six ans *ant.*

    1. À côté des garçons de bureau selon Balzac, voici les garçons de bureau selon Monnier :

    « LAURENT, *garçon de bureau.* — Né en Savoie. Depuis longtemps dans les ministères. Ayant acquis la connaissance intime des *us* et coutumes de la bureaucratie; devinant toutes les pensées, toutes les intentions de l'employé à son pas et à son allure; esclave de sa consigne, économe, soigneux, discret. Prêtant à la petite semaine, achetant et retirant les reconnaissances du Mont-de-Piété; vendant à tempérament draps, argenterie, bijoux, etc.; redevable à son induſtrie d'une certaine indépendance de position qui le met à même de remplir sa place par dessous la jambe.

    « Soixante à soixante-deux ans, cheveux blancs taillés

en brosse, taille moyenne, bourgeonné, replet, col court, apopleĉtique.

« Tenue de garçon de bureau, abandonnant le coĉtume de l'État après la séance, et sortant du bureau avec un habit indépendant.

« Appointement, 900 fr. Étrennes et revenants-bons, 300 f. Casuel, commissions prélevées sur les déjeuners, messages, reconnaissance de solliciteurs, etc., 150 à 200 fr. Gratifications, de 60 à 80 fr. Habillement, chaussure et coiffure, etc., etc., aux frais de l'État. Ce qui met le revenu des garçons de bureau à 1 200 fr. 800 fr. et 600 fr. au dessus de celui des expéditionnaires de deuxième, troisième et quatrième classe, et de beaucoup au-dessus encore de celui des surnuméraires, qui ne touchent rien.

« DUFLOS [cf. var. *a,* p. 961], *garçon de bureau.* — Ex-canonnier de marine, neveu du précédent. Promettant de marcher sur les traces de son oncle; chiqueur, ancien carotteur de régiment : bon diable au fond; faisant, comme on dit, son balai neuf.

« Vingt-huit à trente ans, joli brun, petite taille; favoris épais encadrant le menton, comme qui dirait un sous-pied de guêtre; ne se croyant pas encore assez d'importance pour sortir en ville avec un autre coĉtume que celui que lui oĉtroie le gouvernement. »

Page 961.

a. [Duflos *rayé*] Dutocq *ms.*

b. filou [...] patiner, *épr. 1* : serin [...] voler, *ms.*

c. / Trente-huit ans, *épr. 1* : Il avait environ quarante-huit ans, *ms.*

d. un visage oblong à teint *épr. 4* : un visage rond à teint *épr. 1* : un teint *ms.*

e. vert clair *épr. 2* : faux *ant.*

f. commis d'ordre *F* : commis principal *ant.*

g. l'espion des bureaux. Dès 1816, il prit *épr. 2* : l'espion de la division, il avait *ant.*

h. en pressentant *[5 lignes]* Jésuites [...] allait *épr. 3* : en voyant combien les gens bien pensans allaient être en faveur, et il faisait ce qu'on nomme en langage bureaucratique des rapports; il allait *ant.*

1. Dans la *Physiologie de l'employé,* ce personnage devient *Le Flatteur.* Dans *La Femme supérieure,* après avoir manqué s'appeler Duflos comme l'un des garçons de bureau des *Scènes de la vie bureaucratique* (cf. n. 1, p. 960 et var. *a,* p. 961), Dutocq avait quelque peu découlé du commis de Monnier que voici :

« M. DOUTREMER, *commis principal.* — Plat et hautain, rapporteur, véritable mouche du coche, arrivant le dernier à son poste, faisant tous les matins son rapport au chef de division; confident et messager de ses amours; pédant et taquin; joueur et débauché; l'effroi des expéditionnaires et des surnuméraires sur lesquels il exerce un pouvoir absolu, illimité; ne faisant grâce d'un point ni d'une virgule; s'occupant, une partie de la séance, de ses ongles, de ses mains et de ses oreilles; employant l'autre partie en visites dans l'intérieur de la division, à la cheminée de M. de Saint-Maur, auquel il conte des gaudrioles, ou dans le cabinet de M. Clergeot, épiant une invitation à dîner. Rentré à son bureau à trois heures, il se campe dans son fauteuil de canne, percé au milieu du siège en maroquin vert. Une fois installé, il tue le temps en classant quelques dossiers dans ses cartons, ou contrôlant le travail des infortunés que leur mauvaise étoile a placés sous ses ordres.

« Cinquante à cinquante-deux ans, sec et élancé; cheveux gris, crépus, front bas, sourcils épais, nez retroussé, lèvres pincées, bilieux.

« Habit brun, gilet noir, pas de montre, pantalon brun, bas de soie noirs, souliers découverts, fort propre sur sa personne; déménageant deux fois l'an, afin, dit-il, de ne pas monter sa garde. »

2. La date donnée ici par Balzac recoupe une constatation de Stendhal « Depuis 1815, le clergé et la noblesse, dirigés en commun par le cardinal de La Luzerne, l'abbé de Montesquieu, MM. de Chateaubriand, de Villèle, de Vitrolles, etc. [...] ont juré d'anéantir le système constitutionnel [...] et de s'emparer du pouvoir au moyen et au profit d'un gouvernement occulte » (*Courrier anglais,* éd. Divan, t. IV, p. 80-81).

3. Le noyautage de l'administration, à l'époque, est encore un fait réel, constaté aussi par Stendhal : « Attaquer les jésuites en France en 1826, ce n'est pas autre chose que de réclamer un remaniement complet de l'administration intérieure du pays » (Stendhal, *Courrier anglais,* éd. du Divan, t. III, p. 195). L'espionnage des créatures de la « Congrégation » formait, selon Courier, un véritable réseau : « Ils parlent des Bourbons, de la guerre d'Espagne, causent et font causer : c'est leur état [...] On appelle ces gens, à la ville, des mouchards; à l'armée, des espions; à la cour, des agents secrets; aux champs, ils n'ont point de nom encore, n'étant connus que depuis peu. Ils s'étendent, ils arrachent à mesure que la moralité publique s'organise » (*éd. cit.,* p. 178 : *Gazette du village,* 1823).

Page 962.

a. 1814,   F   : [1820   *rayé*] 1813,   *ms.*

b. tout Rembrandt et tout Charlet, [tout Ruysdaël   *suppr.*
F, *add. épr. 4*] [tout Sylvestre, Audran   *add.* F] [, Callot,
Albrect *[sic]* Durer,   *add. épr. 4*] [tout Israel   *suppr.* P] [tout
Callot   *rayé*]   *ms.*

c. du Bruel [...] semaine.   F : Dubruel, un auteur employé
du bureau, connu dans la littérature sous le nom de *[ici, un
nom rayé, difficilement déchiffrable : il commençait par* S *et finissait
en ville]* Cursy, et qui lui donnait un billet d'auteur par semaine
[*[pour différens spectacl<es>   rayé 1].* M. Dubruel était
commis d'ordre et M   *rayé 2].   ms. var. post. La correction de*
Dubruel *en* du Bruel, *consécutive en 1844 à « Un prince de la
bohème » (1839), ne sera plus signalée.*

d. M. le duc [de Chaulieu   F¹] d'Aumont savait [...]
dédié.   *add. épr. 3*

1. Disparue lors du percement de la rue de l'Échelle, cette
petite rue était située entre les rues Saint-Honoré et de Rivoli,
c'est-à-dire très près du ministère.

2. Dans un article paru le 20 octobre 1830, Balzac avait dit
son admiration pour Charlet (1792-1845), « peintre, poète,
historien », et seul contemporain parmi les Rembrandt, Callot,
Dürer, Israël, Silvestre (1621-1691) et Audran cités ici. Pour
ce dernier, sans prénom, faut-il penser que Dutocq « voulait
avoir tout » des œuvres de la dynastie des Audran, graveurs
lyonnais qui, de Karl (1594-1674) à Benoît II (1698-1772),
ne se comptent pas moins de *dix ?*... Peut-être visait-il seulement le plus célèbre : Gérard (1640-1703)...

Page 963.

a. demeurait [...] Florine, une actrice   F   : [faisait ménage
avec *[Victorine du Vaudev<ille>   rayé 1]* une charmante
actrice et beaucoup de personnes les croyaient mariés   *rayé 2*]
demeurait dans la maison d'une actrice   *ms.*

b. Tullia,   *épr. 4* : Julia,   *épr. 3. Pour les états antérieurs,
voir var. d.*

c. le duc de Rhétoré, fils aîné du duc de Chaulieu, favori du
Roi.   F : un aide-de-camp de Charles X,   *épr. 3. Voir var. d.*

d. costume élégant, *[9 lignes]* croix   F *après maints remaniements dont, principalement :* costume élégant, [...] la maison
d'une actrice pour laquelle il écrivait des rôles. Cette actrice
logeait [...] voir souvent un aide-de-camp de Charles X,

1. Ce personnage et, plus loin (var. c, p. 963), son fils Rhétoré,
apparus dans les *Mémoires de deux jeunes mariées* (1841), revenaient
dans *Modeste Mignon*, en 1844, en même temps que dans cette correction où le duc de Chaulieu remplace le duc d'Aumont, qui était
bien réel celui-là et qui figurait dans tous les états antérieurs.

célèbre à plus d'un titre, et qui lui avait fait obtenir la croix
épr. 5 : costume élégant, car il visait au gentleman. Dubruel
voyait souvent un aide-de-camp de Charles X, célèbre à plus
d'un titre car il demeurait dans la maison d'une actrice pour
laquelle il écrivait des rôles, et cette actrice logeait au-dessus
de Julia, la danseuse plus remarquable par sa beauté que par
son talent. Dubruel avait eu la croix *épr. 3* : costume
élégant; il [faisait ménage *[comme dans var. a]* mariés *rayé*]
demeurait dans la maison d'une actrice pour laquelle il écrivait
des rôles; il avait eu la croix *ms.*

e. Ce fut à Sébastien *[7 lignes]* Sébastien. *add. épr. 3*
f. nouveaux [de Kératry *suppr. épr. 5*] *épr. 4. Voir la*
variante suivante.

g. Il y avait d'excellentes *[début du §]* bras. *add. épr. 4*

1. Dans la *Physiologie de l'employé,* les traits de du Bruel
servirent à « L'Employé homme de lettres » et, plus précisément, à « L'Employé vaudevilliste », espèce alors pullulante
(voir n. 1, p. 951.) Chargé de représenter une variété, il était
cependant pourvu de particularités : dans les premières éditions ou le manuscrit, au lieu des noms imaginaires et définitifs
de Rhétoré et de Chaulieu, de l'actrice Florine et de la danseuse
Tullia, se lisaient ceux du duc d'Aumont et d'un aide de camp
de Charles X « célèbre à plus d'un titre », de « Victorine du
Vaudev[ille] » et de Julia. Tous noms de personnages ont
existé : il y avait bien sous la Restauration une Victorine
actrice au Vaudeville, une Julia danseuse à l'Opéra. Le duc
d'Aumont, premier gentilhomme de la Chambre du Roi,
était à ce titre pourvu de la surintendance de l'Opéra-Comique.
« Aide de camp » non du Roi, mais du Dauphin, le vicomte
Sosthène de La Rochefoucauld était « célèbre à plus d'un titre »
en effet et, en particulier, au titre de directeur des Beaux-Arts.
Or, dans *Un prince de la bohème,* Tullia comptait parmi ses
« protecteurs connus » « un célèbre directeur des Beaux-Arts ».
Le nom de Julia qui, dans *La Femme supérieure,* constitue la
première rédaction du nom de Tullia lors de la première
apparition de ce personnage dans l'œuvre de Balzac, revêt un
certain intérêt. Car en 1825, selon les petits journaux — en
particulier *Le Frondeur* qui lui consacre plusieurs entrefilets
au mois de décembre — Mlle Julia, « une de nos odalisques
les plus brillantes », avait un Sultan en la personne du
« célèbre directeur des Beaux-Arts », c'est-à-dire Sosthène,
donné en outre comme rival d'un « illustre général ». Ces
indications doivent être mises encore en parallèle avec le fait
que, plus loin (var. *a,* p. 1089), le du Bruel des premiers
textes allait chercher des appuis « chez le Maréchal, chez le
duc d'Aumont, chez le vicomte... »

2. Pour Antoine Adam, « ce nom de Cursy est un souvenir
évident de Frédéric de Coursy, " demi-dieu dans l'Olympe du

Vaudeville où Scribe était dieu ", comme dit Alphonse Karr
dans *Le Livre de bord* » (*Illusions perdues,* éd. Garnier, n. 1,
p. 388).

3. À propos des trinités du Vaudeville, les exemples ne
manquent pas. Entre cent, voici la description de l'une d'elles
par Rochefort contant « comment ils travaillaient dans leurs
réunions : Barré proposait le sujet, Radet en développait le
plan ainsi que les scènes principales, puis ils se mettaient à
l'ouvrage; on m'a assuré que lorsqu'il s'agissait de tourner
les couplets, Desfontaines ne fournissait que les rimes »
(*Mémoires d'un vaudevilliste,* Charlieu et Huillery, 1863, p. 74).
L'auteur de ces *Mémoires* parlait en connaissance de cause car,
quoique marquis Claude-Louis-Marie de Rochefort-Luçay,
il fut l'un des plus prolifiques vaudellistes de son temps, sous
le nom d'Edmond ou, surtout, d'Armand Rochefort; de plus,
cumulard type, comme on l'a vu dans la note 2 de la page 51;
enfin, il était aussi le père du célèbre Henri Rochefort, le
Rochefort de *La Lanterne,* le Rochefort déporté à Nouméa,
qui, comme son père, avait désanobli son nom, car il était en
réalité le marquis Victor-Henri de Rochefort-Luçay.

Page 964.

a. Au moral [...] titre. *add. F, qui n'éclaire pas cette histoire
embrouillée puisque, dans « Une fille d'Ève » (1838), Florine était
la maîtresse de Nathan, et que, dans « Un prince de la bohème »
(1839), du Bruel épousait Tullia.*

b. cousin de Mitral par sa mère, *F* : cousin de Mitral par
la tante de sa mère, *épr. 1* : [un père de famille, attendant la mort du père de sa femme pour se tirer de peine, il
voulait un bureau de loterie pour sa femme *rayé*] cousin
de Mitral par la sœur de sa mère *ms.*

c. Mlle Baudoyer *épr. 2* : Sophie Baudoyer *ant.*

1. Un mot manque : « francs » semble plus probable que
« écus ».

2. Devenu « Le Collectionneur » dans la *Physiologie de
l'employé,* Godard avait d'abord (var. *b*) sans doute manqué
procéder d'un premier personnage des *Scènes de la vie bureaucratique* avant de naître finalement de son suivant immédiat
sur la liste. Voici les deux :

« M. Fortin, *sous-chef du premier bureau.* — Père de famille,
homme tranquille, taillé sur le patron de M. Dumont, dont
il partage les principes et la manière de voir.

« Quarante à cinquante ans, mise fort simple.

« M. Laudigeois, *sous-chef du deuxième bureau.* — Célibataire,
cousin par alliance de M. Clergeot; voix flûtée, se trouvant
mal à l'odeur d'une pipe, n'ayant de sa vie pénétré dans un café,

candide comme une jeune fille, d'une apathie et d'une monotonie désespérantes, possédant une belle main, élevé dans l'horreur des mauvaises sociétés : dans son lit à dix heures, levé à sept; envié pour leurs demoiselles par toutes les mères de famille de sa connaissance.

« Doué de plusieurs petits talents de société, jouant assez proprement la contredanse sur le flageolet, empaillant des petits oiseaux, écrivant tout le testament de Louis XVI dans une pièce de vingt sous, et le *Pater* dans une pièce de cinquante centimes; de ces gens à l'instar de Thomas Diafoirus, dont tous ceux qui les voient parlent comme de garçons n'ayant pas de méchanceté; conduisant les dimanches et les fêtes ses petits cousins, les petits Clergeot, à la promenade.

« Vingt-neuf à trente ans, très maigre, cheveux longs, yeux cernés et battus, peu de barbe, bouche malpropre, habits mal taillés, pantalons larges, gilets trop courts, bas blancs en toute saison, coiffure à petits bords, souliers lacés; chapeau chinois dans la garde nationale pour éviter les nuits au corps de garde. »

Quant au nom même de Godard, voir n. 1, p. 1003; d'autre part, on a vu (p. 1546) que sur sa page de titre, Balzac réservait le nom de Laudigeois, puis Logligeois, pour « le libraire ».

Page 965.

a. , tuant [...] vol [et comme tous les hommes limaces *suppr. épr. 4*], *add. épr. 3 var. post.*
b. : *pascal. épr. 3* : paschal, car autant M. Rabourdin était aimé autant M. Beaudoyer *[sic]* était haï. *ant.*

Page 966.

a. Gruget *F* : Pochard *épr. 4. Voir la variante suivante.*
b. On voit bien [...] vont-ils! *add. épr. 4*

1. Balzac avait des prétentions au don de double vue et prônait les avantages de la virginité; disant, selon Gautier, que « la chasteté réelle développait au plus haut degré les puissances de l'esprit, et donnait à ceux qui la pratiquaient des facultés inconnues »; écrivant, dans *La Cousine Bette* : « Pour quiconque observe le monde social, ce sera toujours un objet d'admiration que la plénitude, la perfection et la rapidité de conception chez les natures vierges. »

Page 967.

a. et ne parlez jamais en mal des employés, *F* : et ne parlez jamais de la révolution, *add. épr. 1*
b. Avant d'entrer [...] acteurs *épr. 2 var. post.* : Pour achever le tableau des mœurs bureaucratiques et avant de les

mettre en action il est nécessaire de donner ici quelques rapides silhouettes des principaux employés   *ant.*

1. Chez Monnier, le jeune Morisseau, redoublant toujours d'application, croit qu'il se verra récompensé, c'est-à-dire rétribué, « après deux ans » de zèle gratuit; les illusions et l'injuste situation du gentil adolescent font lever la colère du garçon Duflos : « Il me fait de la peine ce pauvre petit bonhomme, il n'est pas plus question de le mettre aux appointements... On vous y mettra aux appointements un tas de flâneurs qui ne font rien de rien, qui disent qui font leur droit, et qui viennent une fois par mois pour émarger l'état de leurs appointements ! Encore nous faut-il souvent aller le leur porter chez eux à signer, eh ben, tous ces gens-là vous montent sur son dos, à ce pauvre petit garçon [...] J'ai en horreur tous ces protégés, moi. Au jour de l'an, qu'est-ce qu'ils nous donnent ? trois francs, tant que ça peut s'étendre; aulliers que ce pauvre petit M. Eugène, qui ne touche rien, n'a jamais manqué de nous donner ses cinq francs » (*Scènes de la vie bureaucratique,* sc. IV).

2. Conventionnel régicide et membre du Comité de Salut public, il fut chargé du ravitaillement et fit appliquer la loi du Maximum. Il devint ministre des Finances du Directoire. Selon le fils de Clément de Ris, le père de Balzac « avait été le modeste *alter ego* de Robert Lindet dans les immenses travaux de ce conventionnel, un des caractères les plus probes et les plus fermes, mais aussi les plus durs de cette époque » (*Portraits à la plume,* p. 305).

3. De même, selon Ymbert, « Sous le règne du turbulent Napoléon durant ces quinze années de mouvement perpétuel, quel employé a jamais trouvé le temps de lire un journal, de donner un quart d'heure à son frugal déjeuner [...]; quelques vétérans bureaucrates, qui survivent à la faux de la destruction, se souviennent encore de ce tems laborieux où l'appétit et la soif, le travail et le repos, l'amitié et les affections, étaient circonscrits dans le ministère [...] Cette extrême application, ce travail forcé, cette contention de calculs, engendraient quelquefois des maladies. Nous comptions aussi nos morts et nos blessés » (*op. cit.,* t. I, p. 145-148 et 161).

Page 968.

a. et justifieront [...] parisienne.   *F* : et justifieront les observations de Rabourdin   *add. épr. 2*

b. En effet, ne vous y trompez pas   *[4ᵉ ligne de la page]* savoir.   *add. F repris de Ph.*

c. Enfin, l'employé [...] *quelqu'un.   add. F, repris de Ph.* : L'employé de province est quelqu'un, tandis que l'employé de Paris est quelque chose.

d. donnait des leçons de piano, *épr. 3* : était maîtresse de musique, *épr. 1* : était sous-maîtresse, *ms.*

e. rue [[d'Enfer *rayé 1*] du Val de Grâce à Paris *rayé 2*] du Faubourg Saint-Jacques, *ms.*

1. *Le Médecin malgré lui,* acte I, sc. v.

2. Mot peut-être tiré, mais avec difficulté (voir var.), d'une phrase de Talleyrand à Béranger, sous la Restauration et à propos du futur Louis-Philippe : le duc d'Orléans, « ce n'est pas quelqu'un, c'est quelque chose ».

3. Dans la *Physiologie de l'employé* : « La Ganache ». Dans *La Femme supérieure,* un nom qui venait sans doute de Tours, où un Phellion était négociant et membre du Cercle de Commerce et du Conseil des Prudhommes, qu'il aurait même présidé ; et un personnage qui venait visiblement de l'employé suivant des *Scènes de la vie bureaucratique* :

« M. GRISARD, *commis d'ordre.* — Père de famille, depuis une vingtaine d'années dans les administrations, après avoir quitté sa maison de commerce, qu'il a vendue pour venir au secours de son beau-frère, compromis dans une faillite. Brave garçon, d'humeur joviale, bien avec tout le monde ; ayant ses deux fils placés, par les soins de M. Dumont, dans un collège de Paris ; d'une ignorance complète en politique ; courant toutes les fêtes des environs de Paris ; organisant pendant la belle saison des parties de campagne et des dîners sur l'herbe ; aimant assez la bonne chère ; grand joueur de boston et de bouillotte ; recevant le jeudi seulement, et toute la semaine passant ses soirées avec madame Grisard, bonne grosse maman, excellente femme de ménage, pleine d'ordre et d'économie, qui, depuis que ses deux garçons sont au collège, se passe de domestique et fait tout elle-même. M. Grisard est du très petit nombre des employés enchantés de leur sort.

« Quarante-cinq à quarante-huit ans, faux toupet, physionomie franche et ouverte, teint coloré, trapu, boucles d'oreilles imperceptibles.

« Habit marron, cravate de couleur, linge blanc, pantalon bleu, guêtres en casimir noir, gilet de couleur, un rotin, un carrick à trois collets l'hiver, fumant sa pipe le matin, à sa fenêtre, en se levant ; sergent-major dans une compagnie de chasseurs. »

4. Dans *Les Petits Bourgeois,* les Phellion habitent l'impasse des Feuillantines, et leur « local » est longuement décrit.

Page 969.

a. Phellion [faisait son appartement lui-même et *suppr. épr. 2*] *ms.*

b. Malgré [...] francs. *add. épr. 4 var. post.*

c. Antony, *épr. 3* : Sceaux, Antony, *ant.*

d.   , Bièvre   *add. épr. 4*
e.   , Aulnay [...] écrivains,   *add. épr. 3*

1. On retrouve le discret Laudigeois (voir pour son nom, n. 2, p. 964) dans *Les Petits Bourgeois,* ainsi que le papier vert américain, les gravures, et tout l'entourage type de ce petit monde. Mais il est probable que Balzac aurait moins ironisé sur *Le Convoi du pauvre* s'il avait su que Beethoven, qu'il admirait tant, avait lui aussi accroché chez lui cette gravure qui évoquait pour lui l'affreux enterrement de Mozart (Jean et Brigitte Massin, *Wolfgang Amadeus Mozart,* Club francais du Livre, 1959, légende de la gravure 21, p. 578).
2. Le cimetière Montparnasse, proche de la rue de l'Ouest.
3. Pixérécourt, notamment, avait une maison à Fontenay. Mais « célèbre » au singulier semble restreindre l'allusion à Aulnay, donc sans doute à Chateaubriand et, peut-être, à Latouche; auquel cas cette amabilité implicite vis-à-vis de l'ennemi serait à noter.

Page 970.

a. mais il lui soupçonnait [...] persistait. *add. F, découlant des « Petits Bourgeois ».*
h. Vous vous rendrez [...] *indiquées.   épr. 6* : Vous vous rendrez [...] avec toutes ces pièces. *épr. 5* : Vous vous rendrez sur les lieux désignés, munis des pièces nécessaires aux vérifications dont il est question.   *ant.*

Page 971.

1. Dans la *Physiologie de l'employé,* « L'employé Bel Homme ». Dans *La Femme supérieure,* le contraste parfait de Phellion, et une création propre à Balzac qui utilisa peut-être pour lui le nom de Vimeux, ami du marquis de Custine, ou de Vimeux, auteur de romances à la mode en 1837.

Page 972.

a. chez Katcomb   *F* : dans la taverne de Lucas   *Ph* : chez Katcomb   *ant., écrit* Katcombe *en ms.*
b. douze   *épr. 1* : vingt   *ms.*
c.   , à mille écus une Anglaise   *add. épr. 6*
d. département [de l'Eure et Loire   *rayé*] du Nord.   *ms.*

1. Alphonse Karr donne une idée de ce restaurant et de son propriétaire qu'il nomme « le bouledogue ». Situé rue Neuve-des-Petits-Champs, Katcomb se trouvait donc tout près du ministère, surtout avant son déménagement (cf. n. 5 p. 956 et *Le Livre de bord,* t. I, p. 276-277).
2. Illustre traiteur que l'on retrouve dans l'*Almanach du*

commerce de l'année de l'intrigue, à la rubrique des « Marchands de comestibles » : « Chevet, fournisseur *du Roi et du duc d'Orléans,* Palais-Royal, Galerie vitrée, 220. »

Page 973.

a. On l'avait appelé le pigeon-Villiaume pour railler ses calculs matrimoniaux.   *F* : On l'avait appelé M. Williaume [...] matrimoniaux.   *épr. 7* : On l'avait appelé Saxe-Cobourg pour se mocquer de lui, et de sa manie de faire fortune en épousant des anglaises. *ant.*

b. La grande plaisanterie [...] corset.   *add. F repris de Ph.*

c. du ministère,   *épr. 2* : des deux bureaux, [le personnage suivant, M. Godet   *rayé*]   *ms.*

1. « Villiaume, agent d'affaires, rue Neuve-Saint-Eustache, 46, se charge spécialement de la vente des propriétés et fonds de commerce, d'associations, locations, emprunts, placements de fonds, mariages etc., en un mot, sa maison, avantageusement connue depuis dix-sept ans, est un centre où viennent se réunir les offres et demandes... » (*Almanach des 25 000 adresses* pour l'année 1825, prospectus p. 653).

2. Voir dans *Le Cabinet des Antiques* les « dévouements amadisiens », autre néologisme à partir d'Amadis de Gaule, héros d'un célèbre roman de chevalerie.

3. « Le Français né malin créa le vaudeville » : Boileau, *Art poétique,* chant I.

Page 974.

a. Les employés beaux hommes *[p. 973, début du dernier §]* hasard.   *add. F repris de Ph.*

b.   , et rencontrent [...] spéculation   *add. F*

c.   , ou celle des débats du procès de Castaing   *add. épr. 3*

d. lui [quêteur de dîners   *rayé*].   *ms. Voir la variante e.*

e.   ; cassant *[8 lignes]* sous   *add. épr. 3*

1. Appelé à un brillant avenir dans *La Comédie humaine,* Bixiou y fit ici son entrée en 1837. Du fait du seul Balzac, sans l'appoint d'aucun personnage de Monnier. Mais, selon certains, avec Monnier lui-même en vue : dans son *Henry Monnier. Sa vie, son œuvre,* Champfleury reproduisait tout le paragraphe suivant, jusqu'à « ... ne manquait pas de grâce », et concluait : « On ne peut se le dissimuler, le portrait est très ressemblant [...] Henry Monnier et Bixiou ne font qu'un. » Bien des traits, ôtés ou ajoutés, donnent ou enlèvent du poids à cette affirmation. Ainsi, une rature (var. *b,* p. 976) supprimait une adresse proche de celle de Monnier qui vécut rue du Faubourg-Saint-Honoré; le « quêteur de dîners », rayé dès le manuscrit, rappelait peut-être trop un travers de Monnier assez caractéristique pour me permettre de voir en lui un des modèles de

Pons (voir mon article « Balzac et Monnier », *AB 1966,* p. 242-243). Mais la biographie du personnage a été changée après *La Rabouilleuse* (var. *c,* p. 975) et dès lors le personnage de 1837 et celui de 1841 ne pouvaient beaucoup ressembler au même modèle; la plaisanterie des faux rendez-vous à l'Opéra faite à Vimeux l'avait été à Balzac lui-même par... la marquise de Castries, et très peu avant que ce passage soit écrit; le « reportage » de l'affaire Fualdès appartenait avec éclat à Latouche, dans *La Gazette,* et celui du procès Castaing à Horace Raisson, que Balzac connaissait aussi bien et qui avait été de 1818 à 1822 *employé au ministère des Finances.* Pour Maurice Regard, Bixiou ressemblait aussi à Laurent-Jan (« Balzac et Laurent-Jan », *AB 1960,* p. 175). Quant au nom du personnage, Pierre Citron m'a suggéré qu'il ressemble à celui d'un « chef de bureau très mystificateur », ami de Monnier, nommé Billou et évoqué par Maxime du Camp dans ses *Souvenirs littéraires* (t. I, p. 75), mais ce nom ressemblait aussi à celui du déjà célèbre docteur Bixiou, alors collaborateur de Girardin et très « dîneur et soupeur » avant de fonder son Dîner; enfin Bixiou, « (prononcez Bisiou)», ressuscitait certain Denis Bisiou qui avait autrefois vendu quelques arpents aux Balzac (*Études balzaciennes* 5-6, p. 195). Il faut aussi se souvenir que Balzac hésita avant de baptiser son personnage entre les noms de Rigaudin, Gussot, Gousson, Busset et (var. *c,* p. 973) Godet.

2. La place Baudoyer occupe l'emplacement de la Porte, nommée Baudeer, Baudet et enfin Baudoyer d'après une étymologie inconnue, qui était percée dans l'enceinte du xıe siècle. Ainsi qu'en témoigne le folio 81 du manuscrit, Balzac avait d'abord pensé nommer son personnage Audiger. S'il changea, était-ce pour l'ancrer plus profondément dans le Marais ? ou pour préparer le jeu de mots de Bixiou ?

3. Voir n. 1. Les procès Fualdès, jugé en 1818, et Castaing, jugé en 1823, furent les affaires criminelles les plus célèbres de la Restauration.

4. Le Champ d'Asile fut, peut-être, parmi toutes les entreprises philanthropiques de l'époque, celle à laquelle il était le plus difficile de croire. Fondée en 1817 par Charles Lallemand, la petite république ainsi nommée, et située au Texas, était destinée à devenir l'asile d'anciens officiers de l'Empire poursuivis par la réaction après la seconde Restauration. Des souscriptions, popularisées par les chansons de Béranger et Naudet, furent organisées dans toute la France; elles rapportèrent surtout à certains promoteurs. Les Espagnols ayant revendiqué les 100 000 acres de terrain concédés aux Français, les États-Unis donnèrent en échange aux colons un terrain en Alabama. Ils y fondèrent l'État de Marengo dont la capitale

fut baptisée Aigleville. Mais, faute de ressources, presque tous revenaient en France vers 1819.

Balzac devait utiliser dans *La Rabouilleuse* les méfaits de l'escroquerie à la philanthropie que fut le Champ d'Asile, déjà dénoncée dans le *Code des gens honnêtes* avec d'autres appels à la générosité, dont l'aide aux « Grecs », c'est-à-dire à l'insurrection hellène contre le joug turc.

Page 975.

a. Son grand secret *[p. 974, 3 lignes en bas de page]* avancement. *add. épr. 4*

b. Comtesse de M... ou Marquise de B..., *épr. 6* : Comtesse de M... ou Marquise de C..., *épr. 5* : Lady N., *épr. 3* : Comtesse de C., *épr. 2* : Comtesse C., *ant.*

c. était petit-fils d'un épicier *[17 lignes]* bureaux. *F* : était du Mans où son père avait fait de mauvaises affaires, il s'était trouvé sans argent au sortir du collège, il avait [essayé divers métiers *rayé*] tenté la sculpture et ne se trouvant pas assez riche, il était entré dans les bureaux par la protection d'un de ses oncles, homme d'affaires du duc de Lenoncourt, premier gentilhomme du Roi. *ms. Ce texte de F (1844) découlait évidemment de « La Rabouilleuse » (1841).*

1. Aujourd'hui l'avenue Montaigne.

Page 976.

a. sots [de la majorité. *suppr. épr. 2*]. [Ce désaccord redoublait sa rage, il devenait incisif, mordant, et se faisait des ennemis puissans. *suppr. épr. 5*] [Il parlait bien. *suppr. épr. 2*] [Il avait le génie de l'imitation. *suppr. épr. 3*] *ms.*

b. rue [Saint-Honoré *rayé*] de Ponthieu, *ms.*

c. , il avait la prétention [...] employé! *add. épr. 3*

1. Célèbre établissement, à la fois café, restaurant et maison de jeu, fondé sous le Directoire à l'angle de la rue Richelieu et du boulevard. En 1836, Balzac écrivait, le 8 mars, à Mme Hanska : « Je suis allé à trente-six ans, pour la première fois, par curiosité à Frascati. » Il était temps : Frascati disparaissait lors de la suppression des maisons de jeux le 31 décembre 1837.

2. Chapelier réel, alors établi 4, rue Neuve-Montmorency.

Page 977.

a. Aussi, quand il fut mandé *[p. 976, 9 lignes en bas de page]* peint. *add. épr. 3*

b. vingt-deux ans, *F* : vingt-huit ans, *ant.*

c. Auguste-Jean-François *F* : [Jacques *rayé*] Népomucène *ms.*

    d. cinq cents *orig* : six cents *ant.*

    e. [tordu *rayé*] tournant, *ms.*

    f. dormaient un fils et une fille. *F, correction consécutive, comme la var. c, à la rédaction des « Petits Bourgeois »* : dormait un joli marmot d'un an. *ant.*

    1. Dans la *Physiologie de l'employé :* « Le Pauvre Employé ». Dans *La Femme supérieure,* un dérivé d'un des employés de Monnier :

    « m. franchet, *expéditionnaire.* — Ex-maréchal des logis au deuxième régiment de l'ex-garde royale. Entré au ministère en 1827. Marié depuis à une jeune veuve qui tient un bureau de tabac, et père de deux enfants. Attaché le soir, comme teneur de livres, dans une maison de commerce. Consacrant, lui et sa femme, grands amateurs de spectacle, toute la semaine aux affaires et le dimanche aux plaisirs. Franc, loyal et intelligent, doux et poli avec tout le monde, conservant sa dignité avec ses supérieurs, bon et serviable avec ses collègues.

    « Vingt-neuf à trente ans, physionomie régulière, nez aquilin, lèvres épaisses, moustaches et favoris blonds, tournure distinguée.

    « Redingote tête-de-nègre col noir, gilet de couleur, pantalon bleu et bottes, chapeau ordinaire. Caporal de grenadiers dans la deuxième légion de la garde nationale. »

    Le nom de Minard était au bout de la plume de Balzac en 1837 avec celui du Minard, président à mortier réel, mis en scène dans *Le Martyr calviniste.* Quant à Mme Minard, née Lorain et fille de concierge, Balzac peut avoir pris son nom à certain concierge nommé Lorain d'une nouvelle de Karr parue le 5 mai 1836 dans *La Chronique de Paris* et intitulée *Comment les petites choses font les grandes,* un titre qui pourrait résumer la fortune telle que la révéleront *Les Petits Bourgeois.* Le « lapin blanc » aura sa revanche au prix d'une des plus remarquables évolutions de caractère de toute *La Comédie humaine.* Devenu gras, vulgaire, rebutant, le touchant Minard de naguère démontrera par sa réussite les mérites de la volonté. Et le prix que se paie la fortune.

    2. Aujourd'hui carrefour de la rue et du boulevard de Courcelles ; ce quartier fut bâti sous Louis-Philippe et, vers 1845, Balzac sera très tenté par les spéculations sur les terrains de Monceau.

    3. Dans *Les Petits Bourgeois,* Balzac eut à augmenter d'une fille la famille Minard. En l'ajoutant ici aussi en 1844, il ne s'avisa pas qu'il surpeuplait assez malencontreusement le berceau de merisier.

    4. *Abyssus abyssum invocat :* l'abîme appelle l'abîme, citation d'un psaume de David (xli, 8). On retrouve dans l'album *Pensées, sujets, fragments :* « La foule attire la foule, *abyssus abyssum* » (*Lov.* A 182, f⁰ 11).

Page 978.

a. blanc [. Il se croyait niais et bête *suppr. épr. 3*] *ms.*

b. : il allait de la *Double Pate des Sultanes* à l'*Huile Céphalique*
[5 lignes] matérielle. *F où ce changement découla de « César
Birotteau »* (*1837*) *:* il allait de la moutarde blanche au
Paraguay-Roux, de la Pâte de Regnault à l'huile de Macassar
[...] civilisation *add. épr. 5*

c. Cf. var. f, p. 977 : ici, en *1844*, Balzac oublia le second enfant
des Minard.

1. Les deux premiers produits cités ici sont des inventions
de César Birotteau. En 1837 et 1838, Balzac mentionnait
quatre produits réels : la moutarde blanche, du nom vulgaire
de la tourette glabre, plante qui fournissait une tisane apé-
ritive, carminative et sudorifique; le baume du Paraguay
vendu par Roux contre le mal de dents; la pâte pectorale
inventée par Regnault, à laquelle Véron commença à s'intéresser en 1824 — donc au moment de l'intrigue — et qui
devait l'enrichir; l'huile de Macassar pour les cheveux. Quant
aux autres produits, ils étaient réels aussi : le briquet dit de
Fumade, du nom de son inventeur, se retrouve sur la table
de nuit de Lousteau; le gaz portatif était un gaz d'éclairage
transportable à domicile par bonbonnes; les socques articulés sont cités aussi dans *Ferragus;* le succès de la lampe
hydrostatique fut bref, car la lampe inventée par Carcel
l'éclipsa bientôt.

Page 979.

*a. Les personnages de Colleville et Thuillier, tels qu'ils apparais-
saient dans « Les Petits Bourgeois », entraînèrent en 1844 (dans F)
de profonds remaniements et, par contrecoup, l'addition des portraits
de Paulmier et Chazelle (var. a, p. 982) pour lesquels Balzac
utilisa alors les Colleville et Thuillier première manière, dont voici
l'esquisse initiale :* Dans chaque bureau, il se trouvait deux
caractères d'employés à peu près semblables, aussi ces deux
braves gens avaient-ils de l'affection l'un pour l'autre. Celui
du Bureau Rabourdin se nommait Colleville, et celui du
Bureau Baudoyer se nommait Thuillier, tous deux étaient
mariés, leurs femmes venaient quelquefois les chercher au
bureau; ce qui, dans les administrations frappe un homme de
ridicule; souvent elles arrivaient les jours où l'on payait
les appointemens, ce qui faisait supposer que les deux pauvres
diables étaient sous la domination de leurs épouses. Colleville aimait le spectacle, Thuillier aimait la musique; Madame
Colleville était une bonne grosse maman, pleine d'ordre
et d'économie qui faisait elle-même son ménage et n'entendait
pas que Colleville s'amusât sans elle. Madame Thuillier était
une femme sèche et atrabiliaire, vivant avec une vieille sœur

à elle qui lui payait pension. Colleville était pédant, Thuillier
était jovial; Thuillier fumait le cigare, Colleville prisait;
ils avaient pour principal défaut de s'entretenir du prix des
choses, du taux des petits pois, du prix des maquereaux, des
étoffes, des parapluies, de discuter sur la valeur des habits,
chapeaux, cannes, gants de leurs collègues, de vanter les
nouvelles découvertes, sans jamais y participer; ils louaient
les inventeurs de s'être occupé des intérêts du public, ils
colligeaient les prospectus de librairie, les dessins d'affiches;
mais ils ne souscrivaient à rien, et disaient que s'ils avaient
telle ou telle fortune, ils se donneraient bien telle ou telle
chose. Qui connaissait Colleville, connaissait Thuillier, et
réciproquement, c'était une amitié de bureau, fondée sur
l'estime mutuelle de leur simplicité. Colleville était le moins
riche, il avait deux enfans; mais comme Madame Thuillier
était inféconde, il passait pour certain que M. et Madame Thuillier arrivés à l'âge de cinquante ans adopteraient l'un des
petits Colleville. Madame Thuillier recevait le mardi;
Madame Colleville ne recevait point, mais elle allait chez
Madame Thuillier où quelquefois Madame Minard était
invitée, quoique sa recherche et sa mise déplussent à ces
deux dames qui se demandaient comment faisait la femme
d'un pauvre employé à quinze cents francs, pour avoir des
chapeaux de paille d'Italie à fleurs, des robes de mousseline
brodée, des pardessous de soie, des souliers de prunelle,
des fichus magnifiques, une ombrelle de soie et venait en
fiacre; tandis qu'à peine pouvaient-elles joindre les deux
bouts, elles qui avaient deux mille quatre cents francs.
Çà les passait, il y avait du mic-mac là-dedans. Colleville
et Thuillier prenaient du ventre, ils étaient gros et gras,
leur dos se voutait, ils étaient entre trente et quarante ans.
On donnait des concerts d'amateur chez Thuillier. Colleville était endetté dans un café à l'insu de sa femme. Tous
deux venaient au bureau avec des habits flétris, des couleurs
passées. Sans Thuillier, le ménage Colleville finirait miséra-
blement. *ms.*

     b. [/Leuv < ? >   *rayé 1*] [Rol < ? >   *rayé 2*] Lhuillier
rayé 3] Thuillier,   *ms.*

     1. Alors que le mot « pardessus » nous est resté, les « pardes-
sous » déjà archaïques du temps de Balzac sont devenus
d'abord des « par-dessous » et, aujourd'hui, des « dessous ».

     2. Avant Flavie, création purement balzacienne qui découla
en 1844 des *Petits Bourgeois,* il y avait eu, en quelques lignes
des *Scènes de la vie bureaucratique,* l'esquisse de la femme du
« chef du second bureau » : « Mme Clergeot était, est même
encore, une jeune personne, d'une belle taille, des yeux
magnifiques et les plus belles dents du monde, de dix-huit à
dix-neuf ans, peu comprise de son mari, qu'elle rend père

tous les ans de charmants enfants, bien que faisant lit à part. dit la chronique scandaleuse de la division. »

3. Dans la *Physiologie de l'employé :* « Le Cumulard. »

Page 980.

1. En fait, Marie-Madeleine de Vignerot, veuve d'Antoine de Beauvoir de Grimoard du Roure (1604-1675).

2. L'anagramme prophétique était fort en vogue depuis l'Empire et les mots « Révolution française » semblent avoir particulièrement stimulé les anagrammistes. E. Hatin cite, ainsi, des envois de lecteurs de *L'Ambigu,* tels par exemple que : « Voleur! Fi la nation corse » ou « Un roi corse tué à la fin » *(Bibliographie de la Presse).*

3. Si Flavie Colleville rappelait l'esquisse de Mme Clergeot des *Scènes de la vie bureaucratique,* Thuillier ressemblait au moins par quelques traits au mari tel que Monnier l'avait peint : « bavard, vaniteux et commun » et « grand faiseur de jeux de mots et de calembours ». Quant à son nom, l'un de ceux que Balzac lui avait d'abord donnés (var. *b,* p. 979), avec l'amour du basson, rappelait certain réel Lhuillier qu'il pouvait avoir rencontré dans les salons de Mme Ancelot où ce ridicule bonhomme chantait « de misérables chansons avec accompagnement de trompette » (A. Fontaney, *Journal,* p. 48 et n.). Au même moment se produisait aux Variétés une obscure du Vaudeville nommée Mélanie Thuilier, qui put aider au glissement de Lhuillier à Thuillier.

Page 981.

a. Un jour Paulmier alla chez le fameux [Dauriat *F*] Ladvocat[1] pour [...] d'améliorations. *add. épr. 3*

1. Ces personnages n'étaient pas décrits dans les premiers textes, mais intervenaient très discrètement dans les dialogues après avoir été seulement cités à la fin de la galerie des portraits des employés (var. *f,* p. 988), et d'abord sous les noms de Dozanne et Patureau — ce dernier, emprunté à Monnier. Leurs noms définitifs de Chazelle et Paulmier figuraient au f⁰ 81 au titre, semble-t-il, de créanciers de Balzac; certain Paulmier Aîné, courtier de commerce habitant 25, boulevard Poissonnière, est mentionné dans les *Almanachs du commerce* de l'époque. En 1844, Balzac fera entrer Chazelle et Paulmier dans la galerie des personnages et, pour les peindre, il reprendra certains traits des premiers Colleville et Thuillier (var. *a,* p. 979) transformant habilement ces grotesques Oreste et Pylade en frères ennemis.

1. La substitution du fictif Dauriat au libraire réel Ladvocat renvoie au personnage créé en 1839 pour « Un grand homme de province à Paris » (seconde partie d'*Illusions perdues*).

2. En 1838, Balzac devait aborder les divers modes d'absorption du tabac dans son *Traité des excitants modernes,* qu'il appelait aussi *Tabacologie* bien que le seul § IV ait été consacré à ce sujet dans ce *Traité,* publié par Charpentier à la suite d'une *Physiologie du goût* de Brillat-Savarin (*Corr.,* t. III, *passim*). Il y notait « une corrélation positive entre les silences de l'amour et la consommation du tabac ». Est-ce pour cette raison qu'il fait de ces deux abrutis des consommateurs de tabac ? Pour cette raison aussi que, comme en a témoigné Gautier, il « ne pouvait souffrir le tabac, sous quelque forme que ce fût [...] et nul doute que s'il eût été sultan, comme Amurath, il n'eût fait couper la tête aux fumeurs relaps et obstinés » (« Balzac », *L'Artiste,* 1858).

3. C'est-à-dire : réunissait en recueil; encore un collectionneur...

4. Libraire du Palais-Royal dans *Illusions perdues,* dont la variante donne l'origine, et dont le nom venait peut-être d'une Louise Dauriat, femme de lettres avec laquelle Balzac fut en correspondance lors de l'affaire Peytel, donc au moment d'*Illusions perdues* (*Lov.* A 114, f°s 100-115).

Page 982.

a. / Au contraire de ces deux frères siamois *[p. 981, début du §]* ennuyeuse. *F. Voir var. a, p. 979.*

b. trente *épr. 5* : trente-trois *ant.*

c. effets : *sur son manuscrit, Balzac avait écrit :* affaires. *Le typographe lut* effets *qui resta.*

d. ceux de la maison Camusot rue des Bourdonnais. *F, remplaçant en 1844 l'anonyme :* ceux d'une maison de droguerie rue des Lombards. *épr. 3* : ceux d'une maison d'Épicerie et droguerie rue des Lombards. *ant. Cf. var. a, p. 983.*

1. Poiret jeune naquit en 1837 de M. Riffé, personnage de Monnier dont Balzac emprunte aussi le nom pour mentionner plus loin, (p. 1074) un invisible expéditionnaire. Le portrait de cet inoubliable cloporte administratif est aussi long que la « biographie » démesurée des *Scènes de la vie bureaucratique,* et dont voici quelques extraits :

« M. RIFFÉ. — Né à Troyes en Champagne, trente-deux ans de service, ancien commis libraire, poussant jusqu'au fanatisme le respect envers ses supérieurs; admis dans l'administration sous le régime de la Terreur; longtemps en butte aux persécutions des jeunes gens de la division; réglé comme un papier de musique; inscrivant, depuis son départ de Troyes tous les événements, toutes les actions de sa vie, jour par jour, semaine par semaine, année par année [...]

« M. Riffé, dans la crainte des enfants qu'il abhorre, n'a jamais pris de compagne; il fait lui-même son petit ménage, et jamais n'a pu se résoudre à confier à un étranger la clef de son domicile. Toujours il fut excellent, d'une obligeance extrême, mais d'un amour-propre excessif au domino. Depuis trente-trois ans, un an juste avant son entrée au ministère, il dîne au même endroit, à la même place, et si par hasard il arrive, lors du changement d'un des garçons du restaurant, que sa place soit occupée, il s'assied dans un coin de la salle, bien en vue, le chapeau de travers, agitant convulsivement les jambes, témoignant ainsi de son mécontentement jusqu'à ce que sa place lui soit restituée [...]

« Depuis son arrivée à Paris, il occupe le même petit logement, il a conservé les mêmes fournisseurs, les fils ou les neveux. À onze heures un quart, il quitte le café et rentre chez lui. Il va sans doute en rentrant se mettre au lit, comme vous l'auriez supposé; pas du tout. Immédiatement après avoir changé de chaussure, avoir éteint son rat, allumé sa chandelle, endossé une petite carmagnole, s'être couvert la tête d'un bonnet de coton, avoir fait un grand feu dans la cheminée, il vient se camper dans sa vieille bergère, les pieds étendus sur les chenets, et s'endort dans cette position; ce n'est ordinairement que la chute d'une bûche sur ses jambes, ou le froid qui vient le saisir quand le feu s'éteint, qui l'obligent à regagner son lit. Il est alors trois heures du matin; c'est cette heure qu'il choisit de préférence pour faire son lit : malgré les plaintes réitérées de ses voisins, rien au monde ne lui fera changer sa manière d'être. Tous les ans, il sollicite un jour de congé, un seul dans l'année, pour faire sa provision de bois.

« Arrivé le premier au bureau, il est le premier à lire le journal dont on l'a chargé de faire l'abonnement et de classer la collection. Il sort le premier. Depuis trente-deux ans, à l'exception des fêtes et dimanches, du jour de sa provision de bois et du séjour forcé dans sa chambre à la suite de la chute sur son derrière dans la rue des Saints-Pères, à quatre heures moins un quart il commence à promener la brosse sur ses effets, et son tiroir est fermé au premier coup de quatre heures à l'horloge du ministère.

« Soixante-cinq ans. De ces physionomies qui ne disent pas grand-chose. Front chauve, des dents excellentes, bon pied, bon œil, belle main, aimant la gaudriole et la pratiquant.

« Redingote blanche en été, houppelande en hiver, gilet de couleur, pantalon sans bretelles, bas chinés, souliers à boucle sur le côté jouant la botte, grosse canne d'épine, chapeau connu, habit râpé et parapluie en permanence à son bureau. »

2. Cette indication contredit la chronologie du *Père Goriot,* où Poiret l'aîné quittait la maison Vauquer en février 1820.

3. Disparue lors de l'alignement de la rue Lobau (1850-1854), cette rue prolongeait la rue du Tourniquet-Saint-Jean

et débouchait sur la place de Grève (de l'Hôtel-de-Ville) en
passant sous l'arcade Saint-Jean.

4. *Le Moniteur universel* fut le titre de notre *Journal officiel*
de l'an VII à 1869.

Page 983.

a. au *Cocon-d'Or* [...] soierie, *F, à cause d' « Un début
dans la vie » (1842)* : à la maison de droguerie de la rue
des Lombards, *ant.*

b. au Café David, le plus célèbre du quartier, *F* :
à un café situé au coin de la rue du Temple et de la rue
Michel-le-Comte, célèbre dans son quartier, *ant.*

1. Est-il besoin de renvoyer à *Illusions perdues* pour souligner
la charge d'ironie que Balzac met dans cette phrase ?

2. Balzac commet ici une singulière erreur : à l'époque
de l'intrigue, le restaurant *Au Veau qui tette* était établi,
comme l'indique l'*Almanach du commerce* de 1824, « vis-à-vis
la Banque, r[ue] de La Vrillère, 4 ». Dans ses *Mémoires* (t. II,
p. 204-206), Rémusat a fort bien décrit ce restaurant pour
noces et banquets de la « classe moyenne », qui remplaçait
« celui qui avait disparu avec le Châtelet » : or, le Châtelet
avait été démoli de 1802 à 1810... Par ailleurs, les *Mémoires
de Bilboquet* révèlent un détail intéressant : le fondateur
de ce restaurant, mort en 1837 — l'année de *La Femme
supérieure* — se nommait Chaffaroux, comme l'oncle de Tullia,
c'est-à-dire du même coup, comme l'oncle par alliance de
du Bruel (*op. cit.,* t. III, p. 170-171).

3. Dans *Splendeurs et misères des courtisanes,* Balzac précise :
« Le café David, situé rue de la Monnaie au coin de la rue
Saint-Honoré, a joui pendant les trente premières années
de ce siècle d'une sorte de célébrité, circonscrite d'ailleurs
au quartier dit des Bourdonnais. » Erreur, d'ailleurs minime :
ce n'est pas la rue de la Monnaie, mais la rue du Roule,
son prolongement, qui, alors comme aujourd'hui, débouche
dans la rue Saint-Honoré. Le café David, situé au coin de droite
en arrivant par la rue du Roule, était tout proche du *Cocon
d'Or* et de la rue des Bourdonnais. Dans les premières éditions,
le café indiqué « au coin de la rue du Temple et de la rue
Michel-Le-Comte » existait aussi, ainsi que le confirme, par
exemple, le *Petit Atlas* de A.-M. Perrot (1834), et il se trouvait
proche de cette maison de droguerie de la rue des Lombards
dont Poiret tenait les livres (var. *a* et *b*).

Page 984.

a. [, et s'inquiétait des   *add. épr. 6 qui s'arrêtait ainsi*]
[retards qu'éprouvaient [...] l'architecte   *add. complétée sur
épr. 7*]

b. On lui entendait dire [...] marchés.   *add. épr. 5*

c. d'un commis des Fermes, *épr. 4* : d'un [greffier *rayé*] commis dans les fermes, *ms.*

1. Le Louvre était « sorti de ses décombres » en 1811, date à laquelle finirent les travaux ordonnés par Napoléon : l'achèvement de la Cour carrée, l'ajout d'un second étage aux ailes nord et sud, la restauration de la Colonnade, la construction de la galerie Napoléon en bordure de la rue de Rivoli. La place du Châtelet naquit au fur et à mesure de la démolition du Grand Châtelet entre 1802 et 1810, mais Poiret ne put pas assister à son agrandissement entre 1855 et 1858; le quai aux Fleurs fut construit en 1804 et baptisé quai Napoléon; entre son arrivée à Paris et la date de l'intrigue, Poiret put voir s'ajouter aux dix-sept marchés alors existants les marchés de Sèvres (1797), Saint-Joseph (1806), Saint-Augustin (1807), Saint-Honoré (1809), du Temple (1809-1811), des Prouvaires (1811), des Carmes (1813), des Blancs-Manteaux (1813).

2. Promesse non tenue par Poiret l'aîné qui finira par épouser la Michonneau (voir *Splendeurs et misères des courtisanes*).

3. Le *maximum* était le taux au-dessus duquel il était défendu de vendre une marchandise. Les désordres de la Révolution, provoquant des arrêts du travail, une production pratiquement annulée, la fin du commerce avec l'étranger, notamment, aboutirent aux spéculation des accapareurs et à la misère du peuple. La Convention crut y remédier en faisant voter la *loi du maximum,* qui suscita beaucoup de discussions préliminaires, puis des suppléments de loi, et — comme devait s'en souvenir le père de Balzac —, quatre mois pleins de travail intense aux employés du comité des subsistances et des approvisionnements pour dresser le tableau des prix *maximums* des marchandises. Ce tableau était approuvé le 11 brumaire an II par décret et mis aussitôt en application dans toute la France. « Les effets du maximum ne pouvaient être que désastreux », constatera Thiers. « Désastreux » est faible. Les responsables de la *loi du maximum* eux-mêmes durent y renoncer et la faire abolir au bout de dix mois.

4. Nom de plume du docteur François-Eusèbe, comte de Salles, traducteur de Byron en 1819-1820 avec Amédée Pichot. Après les démêlés de Balzac avec Pichot, ce trait semble passablement narquois.

Page 985.

a. cinquante-deux *épr. 3* : cinquante-sept *ant.*
b. neuf années *épr. 6* : neuf ans *épr. 4* : sept ans *ant.*
c. Haudry *F, personnage de « César Birotteau » (1837)* remplaçant : Dubois *ant.*

1. La suette miliaire, dégagée des autres maladies infec-

tieuses depuis 1712, est effectivement caractérisée par des
sueurs profuses. Elle procède curieusement par petites épi-
démies localisées au plus à un département. Mais pas particulièrement à la Champagne. Lorsqu'elle frappa les Charentes,
elle reçut le nom de *fièvre des Charentes,* et celui de *fièvre
picarde* au cours de l'épidémie observée dans la Somme.

Page 986.

a. à une feuille de l'opposition   *orig. Au long des révisions,
Balzac a camouflé ainsi le nom antérieurement donné :* au Constitutionnel   *ms. On retrouvera plus loin cette correction.*

b. contrôleur au Cirque Olympique.   *F* : clarinette à
la Porte-Saint-Martin, il allait aux soirées musicales de
M. Thuillier.   *ms. var. post.*

1. Plus ou moins cousin d'un expéditionnaire des *Scènes
de la vie bureaucratique* dont Balzac utilisera par ailleurs le nom
pour l'avoué de des Lupeaulx, mais plus tard (var. *c,* p. 1045),
et dont voici la « biographie » abrégée :
   « M. DESROCHES, *expéditionnaire.* Décoré de Juillet, bon,
serviable, ennemi de l'arbitraire et du despotisme en général.
Destiné, par suite de l'indépendance de ses opinions, à
végéter toute sa vie aux appointements de quinze cents
francs.
   « Orphelin dès l'âge de dix ans, il resta abandonné aux
soins d'un oncle, son tuteur qui obtint pour son neveu,
fils d'un militaire mort au service, son admission dans un
collège, aux Pyrénées. Le jeune Desroches eut toujours en
lui le germe de cet amour de l'indépendance, qui jamais ne
lui permit de s'adonner à des études sérieuses : il avait
quatorze ans, qu'il n'était pas encore de seconde force sur
l'orthographe, mais il était de première sur la clarinette
[voir var. *b*] et la balle au mur. Intimement persuadé que le
latin était une langue morte qui ne mènerait à rien, et que
l'étude des mathématiques ne le ferait jamais entrer à l'École
polytechnique, puisque dans toutes les lettres que lui avait
adressées son oncle, il lui faisait toujours entrevoir la carrière
administrative comme la plus belle des carrières, qu'il fallait
avant tout se faire une belle main, qu'une belle main conduisait à tout, une fois qu'il crut avoir obtenu une belle main,
il se reposa. Un matin, après le déjeuner, une chaise de poste
s'arrêta devant la porte; l'écolier y monta et quitta le collège,
sans savoir s'il devait le regretter, à peu près aussi avancé
que lorsqu'il y était entré, accompagné de son oncle, qui,
le lendemain de leur arrivée à Paris, le plaça dans le ministère,
aux appointements de douze cents francs, après deux mois
de surnumérariat. Il n'entendit plus parler de son oncle, qui,
pour les soins qu'il avait prodigués à son neveu, préleva

une quarantaine de mille francs qui devaient revenir à ce dernier sur la succession de ses père et mère [...]

« Desroches était artilleur de la garde nationale lors de son licenciement; depuis, il fait partie d'une compagnie de voltigeurs, dans laquelle il a eu l'honneur d'être nommé sous-lieutenant, à l'unanimité, au grand regret de M. Clergeot.

« Vingt-cinq à vingt-six ans, beau garçon, taille de cinq pieds cinq pouces, moustaches noires et épaisses, favoris sous le menton, épaules larges.

« Redingote noire boutonnée, col noir, pantalon d'uniforme, bottes à talons, grosse canne, chapeau bas de forme. »

Peut-être parce que Fleury n'était pas assez sa création, Balzac lui retirera peu à peu la plupart de ses talents, sa clarinette, et le rôle qu'il aurait pu jouer. Tout prêt pour un avenir de Bel-Ami, cet homme, qui « devait finir par être éditeur responsable de quelque journal libéral », n'aura aucun emploi dans *Illusions perdues*.

2. Très en vogue sous la Restauration, le Cirque Olympique apparaît surtout dans *La Fausse Maîtresse*.

3. Publié en 34 volumes de 1817 à 1821, cet ouvrage était alors le livre de chevet des nostalgiques de l'Empire et, d'une manière générale, des libéraux.

Page 987.

a. une comparse   *F* : Zéphirine, une danseuse   *ant.*

b. Laffitte [et le duc d'Orléans *rayé*] *ms.*

c. Fleury, vous le devinez [...] libéral. *add. épr. 7 var. post.*

d. Desroys, l'homme mystérieux [*début du §*] était *add. épr. 3 qui introduisait enfin le personnage, mais se terminait aussi court et qui sera complétée dès la correction suivante. Voir la variante i.*

e. , ami de Michel Chrestien, *add. F, liée à « Un grand homme de province à Paris » (1839) [« Illusions perdues »].*

f. , fils aîné [...] l'Œuvre *add. BT dans une addition épr. 6 ; voir var. g.*

g. en Europe [*7 lignes*] égalité *add. épr. 6 var. post.*

h. quelque administration des messageries. *orig.* : l'administration Laffitte et Caillard. *épr. 4 Voir var. suivante.*

i. tout uniment le fils [*18 lignes*] pour [le grand œuvre *épr. 6*] le triomphe de ses opinions, *add. épr. 4 var. post. qui complétait l'addition inachevée signalée var. d.*

j. , il vivait d'une page [...] Jésus-Christ *add. épr. 5*

1. Pierre-Jean de Béranger (1780-1857). On imagine mal aujourd'hui l'importance du rôle que joua ce chansonnier dans l'opposition libérale, surtout pendant la Restauration.

2. Grands noms de l'opposition libérale de la Restau-

ration. Les nuances du choix de Fleury sont à souligner : Manuel, La Fayette et Benjamin Constant n'y figurent pas. Dans le roman des employés, Casimir Delavigne semble figurer ès qualités : traqué par « la Congrégation », cet employé faiseur de pièces fut destitué sous Villèle, comme Casimir Bonjour, employé aux Finances et renvoyé en 1824.

3. Ce personnage ne doit rien qu'à Balzac, mais il n'aura pas plus d'avenir que Fleury dans *La Comédie humaine.* Du moins sera-t-il plus tard décoré du mérite balzacien, c'est-à-dire fait « ami de Michel Chrestien » et, dans les premières éditions, son nom aura prêté au mot de la fin (var. *e* et p. 1103, var. *b*). D'où venait ce fils de conventionnel ? Peut-être en partie d'un réel fils de conventionnel, que Balzac connaissait bien, et aussi républicain et puritain que Desroys, aussi tenu au silence parce que, comme il le disait lui-même dans ses *Mémoires,* « les fils du vaincu doivent ramper » : Philarète Chasles. Quelques jours avant le début de la rédaction de *La Femme supérieure,* il avait publié dans la *Revue du XIX* siècle une critique *De la bureaucratie et de son influence,* dont certaines phrases n'auraient pas été désavouées par Desroys : « Dans ces casernes de la plume oisive végètent beaucoup d'hommes honorables ; cependant la plus détestable pli que l'âme puisse avoir dans une monarchie absolue, c'est la dépendance absolue [...] on s'immobilise, on se tait, on courbe une tête mécontente sous un joug que l'on a sollicité » (*Mémoires,* t. I, p. 385 sq.). S'il n'eut pas sous la monarchie de Juillet le rôle auquel Balzac le destina un moment (var. *a,* p. 1116), Desroys représente cependant certains hommes de cette époque tels que Gautier les peint dans sa préface de *Mademoiselle de Maupin* en 1834 : « Quelques-uns font infuser dans leur religion un peu de républicanisme ; ce ne sont pas les moins curieux. Ils accouplent Robespierre et Jésus-Christ de la façon la plus joviale, et amalgament avec un sérieux digne d'éloges les Actes des Apôtres et les décrets de la *Sainte* Convention. »

4. Membre de la Charbonnerie française. Cette association secrète de libéraux, fondée en 1821 d'après la Carbonaria italienne, eut finalement peu d'activité après l'échec qu'elle subit lors des complots de 1822, mais elle constitua une sorte de vivier à ministres et hommes importants de Juillet.

5. Différents de la Jeune France, surtout littéraire, ces mouvements libéraux naquirent de la révolution de Juillet, comme les soulèvements polonais et belge. Fondée par Mazzini en exil à la fin de 1830, la Jeune Italie devait devenir et rester un foyer d'actives conspirations contre la royauté en Italie.

Page 988.

a. de son père *épr. 7* : de son oncle *ant.*

b. (chef d'azur [...] FIDÈLE) *add. épr. 5*

c. jeune vicomte de Portenduère *F, comme plus haut (var. b, p. 945) et à cause d'« Ursule Mirouët » (1841)* : prince de L... *épr. 4. Voir la variante suivante.*

d. Ayant la manie [...] faire. » *add. épr. 4*

e. , où il se trouvait [...] celles-ci. *Ensuite :* II / LES TARETS AU TRAVAIL *épr. 4* : , où il se trouvait [...] celles-ci *add. épr. 3 Ensuite :* II / MENÉES SOURDES *, division d'abord indiquée plus loin (var. g, p. 990), puis mise ici lors de la correction de l'épreuve 3, avant d'être repoussée par une addition sur l'épreuve 7 (var. a, p. 989).*

f. des employés *F* : des gens nommés Chazelle, Paulmier, employés *BT* : des gens nommés Patureau, Dozanne, employés *épr. 7. Voir la variante a de la page 988.*

1. Le projet de ce personnage sera réalisé dans *Béatrix* par un autre membre de la lignée des héritiers, Fabien du Ronceret, surnommé justement « l'héritier », qui obtiendra la Légion d'honneur pour un discours payé cinq cents francs à Lousteau. Dans *Les Petits Bourgeois,* une idée du même genre mènera Thuillier assez loin.

2. Balzac eut très tôt le souci de doter ses héros d'un appareil héraldique; ainsi pourvut-il Montauran d'une devise dès *Le Dernier Chouan* en 1829. Toutefois devises et armes ont été généralement ajoutées lors de l'édition Furne et procurées par le comte Ferdinand de Grammont, héraldiste de *La Comédie humaine* reconnu par la dédicace de *La Muse du département.* Son intervention porta surtout sur les descriptions des armoiries, pour lesquelles Balzac manquait de connaissances techniques. Cette intervention se manifesta sans doute ici pour la première fois : devises et armes du jeune La Billardière ont été ajoutées *dès 1837* sur les épreuves de *La Femme supérieure.* À cette époque, Grammont travaillait à *Dom Gigadas* destiné aux *Œuvres complètes d'Horace de Saint-Aubin (Corr.,* t. III, *passim).*

3. Pour ce raccourci, Balzac a emprunté nombre de traits du seul employé restant de la liste des employés des *Scènes de la vie bureaucratique :*

« M. CARDOUIN, *vérificateur.* — Né à Saint-Just-de-Lussac, près de Brouage en Saintonge, cadet d'un quatrième mariage. Au sortir du collège, on lui fit embrasser l'état ecclésiastique. À l'époque de la Révolution, le jeune Cardouin jeta le froc aux orties, et après avoir pendant quelques temps travaillé chez un avocat au Parlement, il entra au ministère sous le Directoire.

« Célibataire marqué au B, d'un tempérament secondaire,

bardé en toute saison de flanelle de la tête aux pieds, vivant
seul, mangeant seul, dormant seul et s'amusant seul; faisant
lui-même son ménage et sa cuisine. Gourmand comme tous
les égoïstes, vieux coureur, sournois et vindicatif, cultivant
des fleurs sur sa terrasse; s'occupant de chimie, de physique
et de distillation, grand amateur de tableaux, de gravures, de
médailles et de curiosités.

« Envieux de toute espèce de mérite ou de réputation.
Possédant à fond le grand talent de tout avoir pour rien, et
rencontrant toujours des occasions extraordinaires. Au courant de tous les débats de la cour d'assises, quittant à trois
heures son bureau les jours d'exécution. Ayant sur la
conscience la mort de plusieurs chats surpris sur sa terrasse
et la fin malheureuse d'un vieux carlin qui s'oublia sur son
paillasson. Méprisant de tout son cœur ses collègues, qui le
lui rendent bien; recherchant avec empressement l'occasion
de lancer quelque épigramme, quelque bonne méchanceté,
sans toutefois avoir l'air d'y toucher. Jamais de sa vie M. Cardouin n'a rendu une visite à un collègue malade; il n'assista
jamais à un enterrement. Brusque et impoli avec ses supérieurs,
il est grossier et suffisant avec ses camarades.

« Soixante-six ans, l'œil cave, le teint plombé, d'une maigreur effrayante; perruque noire, grande redingote brune,
aucune apparence de linge, gilet noir boutonné, culotte de
velours noir, bas de filoselle, souliers couverts, un parapluie
toute l'année à la main, chapeau à forme basse. »

Page 989.

a. On rencontrait *[p. 988, 8 lignes en bas de page]* qui les
emploient, F : On rencontrait [...] qui les employaient.
Ensuite : CHAPITRE V / [[INTÉRIEUR DE LA MACHINE ADMI-
NISTRATIVE *rayé 1]* [COUP D'ŒIL DANS LES COULISSES
rayé 2] [COUP D'ŒIL SUR *rayé 3]* [UNE VUE SUR *rayé 4]*
[COUP D'ŒIL SUR LES *rayé 5]* SCÈNES D'INTÉRIEUR AD
<MINISTRATIF ?> *rayé 6]* LA MACHINE EN MOUVEMENT
épr. 8 : On rencontrait [...] qui les employaient. *add.*
épr. 7 complétée ensuite en F (var. b). Ensuite : II / LES TARETS
AU TRAVAIL *épr. 7. Pour les états antérieurs, voir var. e p. 988.*

b. , et une accusation *[4e ligne de la page]* promptement
F : , et une accusation [...] promptement. *add. Ph. à*
l'addition en épr. 7 signalée à la variante précédente. Reprise en F,
elle y sera complétée par la var. a, p. 990.

1. Ces mots rappellent deux passages antérieurs. Dans
Le Père Goriot : « Il est une nation plumigère, serrée au budget
entre le premier degré de latitude qui comporte les traitements de douze cents francs, espèce de Groenland administratif, et le troisième degré, où commencent les traitements

un peu plus chauds, de trois à six mille. » Dans *La Fille aux yeux d'or*, l'ouvrier est tué par le travail, « tandis que le petit bourgeois persiste à vivre et vit, mais crétinisé : vous le rencontrez la face usée, plate, vieille, sans lueurs aux yeux, sans fermeté dans la jambe, se traînant d'un air hébété sur le boulevard ».

2. Jusqu'à découverte du contraire, il est permis de penser qu'il s'agit de Balzac lui-même.

Page 990.

a: Rabourdin avait donc *[p. 989, 3 lignes en bas de page]* intrigues. *add.* F

b. Aussi faut-il avoir hanté   F : Il faut avoir hanté *épr. 6* : Il faut peut-être avoir été dans   *ms.*

c.   , donnés […] autres   *add. épr. 6*

d.   , où l'on se haïssait […] camaraderie   *add. épr. 11*

e.   , mais déjà plus froide *[5 lignes]* affection   *add. orig.*

f. Enfin, les bureaux *[5 lignes]* incessant.   *add.* F

g. Baudoyer.   *épr. 10* : Baudoyer. Or, dans cette matinée, il se passa dans les deux bureaux plusieurs événements secrets qui exercèrent quelqu'influence sur la manière dont M. de la Billardière fut remplacé.   *épr. 3* : Baudoyer. Or, dans cette matinée *[comme dans épr. 3]* fut remplacé. *Ensuite :* § II [SOURDES *rayé*] MENÉES SOURDES *ms. Sur épr. 3, le titre de chapitre fut déplacé : voir var. e, p. 988.*

1. Ici Balzac parle de neuf heures de présence, mais peu après de huit. En principe, « les bureaux étaient ouverts sans interruption de neuf heures du matin à quatre heures de l'après-midi » (Bertier de Sauvigny, *La Restauration,* p. 372), soit sept heures...

2. Association dans laquelle chaque participant versait une somme pour constituer une rente viagère à répartir, à un moment donné, entre les survivants. La tontine n'était pas une des moindres manies des Balzac. Le père du romancier, « comptant sur cent cinquante années d'existence », selon sa femme, croyait bien tirer de beaux avantages de la tontine Lafarge. Balzac lui-même eut, en 1837, l'idée d'une « grande affaire de publication par mode de tontine » *(LH,* 8 et 19 juillet : donc juste après la rédaction de *La Femme supérieure).*

Page 991.

a. à neuf heures et demie,   F : vers les huit heures et demie, *ant.*

b. Dutocq. [— Il a donc ceci écrit entièrement de mon écriture, répondit Rabourdin. *rayé*]   *ms.*

c. Trop grand [...] ne lui [dit pas autre chose   *F*] dit rien. *add. épr. 6*

d. « À deux fois [...] récompense. » *add. épr. 9*

1. Cette réflexion rappelle un passage de *La Vieille Fille* où un retard de Valois sur du Bousquier à un moment crucial donnait à Balzac l'occasion de passer en revue les conséquences fatales d'autres retards de l'Histoire ou de *La Comédie humaine* dus à de « ces petites choses [qui] décident de la fortune des hommes, comme de celle des empires ».

Page 992.

a.   , au bagne, *add. F. Voir var. b.*

b. Connaissant mieux que personne *[4ᵉ ligne de la page]* accablé. *add. épr. 8*

c. Colleville et [Patureau *rayé*] Chazelle manquaient. *épr. 8* : Colleville manquait. *ant.*

d. BIXIOU *(debout* [...] *sécher.) épr. 6* : BIXIOU *(il eſt debout.) add. épr. 4. Balzac ne s'eſt décidé à donner aux propos des employés la forme de dialogues de théâtre, empruntée aux « Scènes de la vie adminiſtrative » de Monnier, que plus loin : voir var. a, p. 994. Dès épr. 4, première épreuve de ce passage (voir la deſcription des épreuves p. 1548), il uniformiſait cette préſentation et multipliait les indications scéniques.*

Page 993.

a. BIXIOU. Vous vous [...] Enfin, *add. épr. 11*

1. Cette remarque de Bixiou rappelle un mot attribué par Balzac à son grand chirurgien Desplein « qui entendit un diplomate, sauvé par lui, demandant : « Comment va l'Empereur ? » et qui répondit : « Le courtisan revient, l'homme suivra. » »

Page 994.

a. Ici commençait en ms. la préſentation des dialogues sous la forme théâtrale.

b. Je reconnais [...] La Billardière, *F* : La Billardière, ste farce ! J'en viens, *ant.*

1. L'omission de la particule semble bien ici un parti pris par Balzac dès le manuscrit : dans leurs conversations, les employés négligent le « de » (p. 1022 et 1035 pour La Billardière, p. 1075 pour Chateaubriand), ou le mettent de travers (p. 1088 pour le surnuméraire « Delaroche »).

Page 995.

a.   , qui dans votre hypothèse [...] Dauphin *add. F*

1. Aujourd'hui Gorizia, en Italie. Charles X y mourut le 6 septembre 1836. Peu après, Balzac nommait princesse Goritza un personnage évoqué dans *La Vieille Fille*. En 1837, le romancier avait plus d'éléments que Colleville en 1824 pour établir cette anagramme, non sans difficultés cependant, dont témoignent ses essais au verso de plusieurs pages du manuscrit.

2. Le duc d'Angoulême, fils de Charles X et dauphin, n'était pas mort lors de la rédaction du roman, mais il avait abdiqué en 1830 en même temps que son père au profit du fils du duc de Berry, devenu dès lors le prétendant des légitimistes sous le nom de Henri V.

3. Géographe danois (1775-1826), auteur d'un *Précis de géographie universelle*.

Page 996.

a. Cet   *tous les états du texte. Corrigé par nous : Balzac mettait anagramme au masculin. Cette correction est indiquée ici une fois pour toutes.*

b. Si l'on m'ôtait [...] anagrammes   *F* : Tous les anagrammes *ant*

c. Tenez, vous! *[8 lignes]* Colleville.   *add. F*

1. « Mons » était à l'origine un titre d'honneur dont le Roi usait pour s'adresser aux évêques et archevêques. Passé dans le langage populaire, il avait pris une nuance familière et un peu méprisante.

Page 998.

a. magasin [du Revenant   *suppr. F*] *ms.*

b. pas de laine *[6 lignes]* l'histoire.   *épr. 6* : pas le deuil du Roi.   *ant. La suite du texte provient de deux additions ; voir var. c et var. a, p. 999.*

c.   , comme il la tenait sur le trône   *add. épr. 8*

1. La variante prouve que Balzac pensait à un magasin bien précis, dont l'existence est confirmée par l'*Annuaire du commerce* de 1824 : « Richard et Laborde, *étoffes de soie, tulles, mérinos, châles, cachemires, toiles, mousselines, percales, calitots, basin, étoffes de deuil, batistes, etc.*, Au Revenant, r. de la Paix, 17. » *Au Revenant, étoffes de deuil* : cela ne s'invente pas...

2. L'étiquette du deuil était alors une grande affaire et même une affaire d'État : l'*Almanach royal* lui consacrait trois pages denses qui sont un des fleurons méconnus de la littérature officielle. Aucun détail n'était oublié, de la laine du grand deuil, de la soie et des pierres noires du « deuxième temps », aux diamants du petit deuil. Le roi lui-même était en violet du chapeau jusqu'aux boucles de ses souliers « en acier tirant sur le violet » comme celui de son épée... La

longueur des manteaux était réglée selon le rang, celui des ministres « ne traînant que de trois ou quatre doigts ». En 1836, la duchesse de Dino notait : « La mort de Charles X divise, à Paris, sur tous les points. Chacun y porte le deuil à sa façon, depuis la couleur jusqu'à la laine noire, avec des gradations infinies, et des aigreurs nouvelles à chaque aune de crêpe en moins » (*Chronique...,* t. II, p. 107).

3. La cuistrerie réussit mal à Bixiou : Virgile emploie le mot *laniger* dans les *Géorgiques,* et non dans les *Bucoliques,* et avec le sens de : qui porte de la laine. C'est Ovide qui en fait un substantif désignant un mouton dans les *Métamorphoses.*

Page 999.

a.   , comme il la tenait bien *[p. 998, 8 lignes en bas de page]* comprendre   *add. épr. 9*

b.   ; il est vrai [...] étrangers   *add.* F

Page 1000.

a.   , à Colleville [...] dévotion   *add.* F *dans une addition épr. 6; voir var. c.*

b. (Il s'arrête [...] adverbe.)   *add. épr. 8*

c. BIXIOU / Trois places *[7e ligne de la page]* Finaud !   *add. épr. 6 var. post.*

1. Par jeu sur les mots *centre, ventre,* ce terme désignait sous la Restauration les députés du Centre, appuis conditionnels et onéreux du ministère. Béranger donna de la vogue à l'épigramme par deux chansons. Dans la première, en 1818 : « Vous paierez sans y songer / L'Étranger et les ministres, / Les Ventrus et l'Étranger. » Dans la seconde, en 1819, l'éligible disait aux électeurs : « On met la table au Ministère, / Renommez-moi, je suis pressé. »

Page 1001.

a. boucher, mais   *épr. 10* : vieille [portière *rayé*] et *épr. 8* : cuisinière et   *ms.*

b. un tranche-lard,   *épr. 10* : un couteau de boucher, *épr. 8* : un couteau de cuisine,   *ms.*

c. sur laquelle   *épr. 10* :   , à la porte de laquelle il y aurait un gendarme sur le chapeau duquel   *ant.*

d. à têtes [...] de dindon.   *épr. 8* : à terre, et il tiendrait un volatil *[sic]* à la main, Baudoyer par exemple...   *ms.*

1. Il est possible que l'idée première de cette caricature ait été donnée ou rappelée à Balzac par un ouvrage qu'il connaissait fort bien : les *Mémoires sur la Restauration* de la duchesse d'Abrantès. Au tome V, paru en 1836, elle évoquait une célèbre caricature du temps, destinée, sinon à tuer, du

moins à assommer Villèle. Elle représentait les députés de Toulouse : « Ils avaient une tête de dindon, de chapon, de canard et d'oie. » Les voyant, Louis XVIII aurait dit : « Des oies... c'est vrai !... c'est vrai... nous en avons beaucoup !... trop même... » (*op. cit.*, p. 366).

Page 1002.

a. le talent ? *F* : le génie ? *ant.*
b. Colleville [...] moins, *add. F*

Page 1003.

a. signe *E.L.L.E.* *BT* : signe L.E.L.E. *épr. 10* : qui signait L.E.L.E. *épr. 8. Voir la variante f*
b. il se nomme [...] *Cochenille* *épr. 10* : faisait cochenille *épr. 8*
c. , rue des Lombards *add. épr. 10*
d. , la maison Matifat, *add. F. Cf. var. d, p. 982 et var. a, p. 983 : les Matifat venaient de « La Maison Nucingen » et de « César Birotteau », deux romans écrits en 1837 juste après « La Femme supérieure » où se trouvait donc déjà, mais encore anonyme,* une maison de droguerie de la rue des Lombards. *Plus loin cependant, elle sera nommée : voir var. a, p. 166.*
e. BIXIOU. / Pauvre [...] Florine *add. F découlant d' « Un grand homme de province à Paris » de 1839 (Illusions perdues).*
f. signe *[9 lignes]* car il *add. épr. 8*

1. Dans les *Scènes de la vie bureaucratique,* le vieil expéditionnaire Riffé, grand rabâcheur de souvenirs, évoquait au profit du jeune Eugène les carrières des collègues passés et présents. Ainsi : « M. Godard était premier teneur de livres, il avait trois mille, il est mort à deux mille sept ; M. Cochin était commis d'ordre, il a été pendant cinq ans à deux mille cinq, on l'a remis à deux mille au retour des Bourbons ; mais il n'est pas à plaindre, il lui est revenu quelque petite chose ; et puis sa fille s'est fort bien mariée à M. Levasseur... » (Monnier, *op. cit.,* sc. VI).
2. Antoine-Joseph Reicha, né à Prague en 1770, s'était établi en France et fut naturalisé en 1835 peu avant de mourir en 1836.

Page 1004.

a. vous *F* : tu *ant. : devenus ennemis, Chazelle et Paulmier se vouvoient. Cette correction est indiquée une fois pour toutes.*

1. La plupart des scènes d'employés comportaient une variante du chapeau-alibi, authentique et vieille pratique. Dans ses *Confessions depuis 1778,* J.-S. Quesné contait que Latouche, sous-chef aux Droits-Réunis en 1808, fréquentait

peu son bureau : « Je me souviens qu'en allant à la division, je trouvais toujours un chapeau sur sa table pendant son absence. » Dans les *Scènes de la vie bureaucratique,* une dispute entre les employés Desroches et Riffé préludait au contrôle quotidien du chef de bureau Clergeot, durant laquelle, n'apercevant ni le gros homme, ni le chapeau mis à sa place par Desroches, Franchet survenait en proclamant les mérites d'une pièce de chez Franconi. L'aigreur de Clergeot retombait sur un autre absent : « M. CLERGEOT. — Je regrette beaucoup de ne pas avoir vu M. Grisard, je vous en prie, faites-lui bien mes compliments. *(Il sort.)* DESROCHES. — Ça fait pitié ! Tu me fais avoir de belles affaires, toi ... Est-ce qu'ils n'ont pas pu te dire, à côté, qu'il était ici ? »

Page *1005.*

   a. Voir var. f, p. 1008.

Page *1007.*

   b. Bossuet   *F* : Musset   *Ph.*
   b. Canalis,   *F* : Lamartine   *Ph.*
   c.   , la vie de Colleville [...] rien.   *F* : . Le malheureux s'écrie alors, au sein de sa famille désolée, que, pour avancer, il faut l'appui de plusieurs pairs de France, de plusieurs députés influents, de trois ministres et de deux journaux : un journal ministériel et un journal d'opposition. *Ph.*
   d. toile,   *F* : murailles à Versailles,   *Ph.*
   e. cent francs   *F* : cent écus   *Ph.*
   f. feuilletons,   *F* : Physiologies,   *Ph.*
   g. qui mécontente les Jésuites,   *F* : sur le désordre des choses qui mécontente l'ordre des choses,   *Ph.*

   1. Dans *La Peau de chagrin,* Claude Vignon est un esclave payé pour faire du Bossuet à dix sous la ligne. La variante qui transforme ici Musset en Bossuet montre que certains changements de noms sont très peu significatifs.
   2. Sainte-Pélagie, ancien couvent dont l'entrée se trouvait au niveau de l'actuel 56, rue de la Clef, devenu « refuge » pour « filles perdues » en 1661, puis converti en prison politique en 1792. Après la Révolution, la prison de Sainte-Pélagie, affectée en outre aux débiteurs insolvables, continua surtout à recevoir les condamnés pour délits politiques. Balzac vise ici l'un des plus célèbres, Courier, condamné le 28 août 1821 à deux mois de Sainte-Pélagie pour son pamphlet *Simple discours,* qui mécontenta la Cour et ses Jésuites d'autant plus sûrement qu'il l'avait immédiatement fait suivre d'un second pamphlet dont le titre, *Aux âmes dévotes,* était aussi « lumineux » que le texte. Cette condam-

nation le promut bien « homme politique », comme il le
constate lui-même dans une lettre à sa femme : « Quelques
personnes voudraient que je fusse député »; et elle constitua
bien une « valeur énorme », si l'on en juge par la réaction
de Béranger disant alors : « À la place de M. Courier, je ne
donnerais pas ces deux mois pour cent mille francs »
(P.-L. Courier, éd. citée, p. 897 et 906).

Page 1008.

a. *À la suite du mot* politique. *on lisait dans Ph. une phrase
que Balzac n'a pas reprise dans F :* Un publiciste a pris pour
dix mille francs de passeports et observé les pays étrangers
pour le compte de la France.

b. , comme du Bruel, *add. F*

c. , comme Melle Thuillier, *add. F*

d. Allons plus bas ! *add. F*

e. un Chazelle *F* : votre fils *Ph.*

f. Il fut un temps *[p. 1005, deuxième ligne de la dernière
réplique de Chazelle]* Concorde. *add. F, reprise de Ph., avec
toutes les interventions des employés ajoutées aussi qui transformaient
le texte de Ph. en dialogue.*

1. Acteur comique qui s'illustra notamment par sa création
du Bilboquet des *Saltimbanques.*

2. En plein mois de décembre, ou bien Paulmier se brûle
ou le bureau gèle...

3. Dès la première des *Scènes de la vie bureaucratique,*
l'employé Desroches « vient embrasser le tuyau » du poêle
de façon aussi surprenante que Paulmier chez Balzac et,
réchauffant son onglée, il réchauffe en même temps ses
rancœurs contre le chef de bureau Clergeot : « [...] Quelle
différence avec celui qui l'a précédé, M. Vasselot ! comme il
agissait avec les employés ! Quel homme ! »

Page 1009.

a. et des hommes comme ceux des *Débats add. épr. 11.*
L'embryon de la phrase existait dès ms. ; voir var. c.

b. , comme Chateaubriand et *add. épr. 10*

c. ça fait pitié ! *add. épr. 8. Sur ms. (voir var. a et b), on
lisait :* Un gouvernement qui a contre lui son meilleur ami,
Royer-Collard !

1. À l'époque de l'intrigue, les libéraux commençaient
à multiplier les prophéties sur la fin de la dynastie régnante.
Ainsi Delécluze rapporte qu'en février 1825, Ampère disait
des Bourbons aînés : « Ils prennent le chemin, l'ornière des
Stuarts. » Cette prédiction, cette image même, Mme de Staël
avait eu le mérite de les proposer dès le début de la Restau-

ration : « Monsieur aura le sort de Jacques II », avait-elle
dit à Molé ; et, montrant plus avant son génie de la prévision
politique, elle avait ajouté qu'elle voyait le rôle de Guillaume
d'Orange rempli en France par « le fils d'un vil scélérat,
sans doute, mais un prince qui convient du moins à son
siècle ». Et en 1827, nous fournissant ainsi une plaisante
caution à l'opinion d'un employé balzacien, Chateaubriand
dira : « Les Stuarts ont régné vingt-huit ans avant leur
expulsion définitive. Or, croyez-vous que ceux-ci avec leurs
fautes, leurs sottises continuelles, en aient encore pour quinze
ans dans le ventre ? » (*Journal* de Delécluze, p. 136 ; *Vie du
comte Molé*, t. II, p. 388-389 ; J. Lucas-Dubreton, *Charles X*,
p. 164).

2. Royer-Collard, d'abord royaliste, était alors devenu
le théoricien des doctrinaires. Chateaubriand, que ni
Louis XVIII ni Villèle n'aimaient, avait été écarté le
6 juin 1824 du ministère des Affaires étrangères, par une
lettre telle, a-t-il dit, « que l'on rougirait d'en adresser une
semblable au valet coupable qu'on jetterait sur le pavé ».
« Mortellement blessé », il se précipita dans une opposition
sans merci qu'il poursuivit même sous le règne de Charles X,
naguère son grand homme. Mécontenter un tel homme fut
une des plus grandes fautes de Villèle, car Chateaubriand
n'était pas un homme seul. « Le *Journal des débats* lui devait
tant qu'il épousa la querelle du ministre dépossédé », rapportait Nettement : « J'ai renversé le ministère Decazes,
je vous renverserai », déclara son directeur à Villèle qui
répondit : « Cela est possible, mais vous serez forcé de devenir
révolutionnaire ». « La politique funeste » des *Débats* devait
vérifier cette prophétie (Nettement, *Histoire du Journal des
débats*, p. 66, 57-58).

3. Dans les *Scènes de la vie bureaucratique*, lors de la dispute
déjà évoquée (n. 1, p. 1004, et n. 1, p. 1009), Desroches dit
à Riffé : « Vous voulez porter les fers, vous, vous adorez
l'esclavage... », et Riffé répond : « Écoutez, monsieur Desroches, en vous adressant à moi, vous pouvez me faire
beaucoup de tort... »

Page 1010.

    a. les décorations sont superbes. *F* : Philippe est
superbe. *ant.*

    1. Dans les premiers textes, Fleury, « clarinette à la
Porte-Saint-Martin » (var. *b,* p. 986), évoquait un succès de
Philippe dans « notre théâtre ». Nécessité par le transfert
de Fleury au cirque Olympique, le changement de cette
phrase était heureux car Philippe, l'acteur le plus en vogue
de la Porte-Saint-Martin, n'était plus en mesure d'avoir

un succès en décembre 1824 : il était mort le 15 octobre précédent... Mais autant que ses succès, son enterrement avait marqué dans les annales de la Restauration à cause de l'indignation et des désordres qu'avait provoqués dans la foule du convoi le refus d'inhumation chrétienne décidé par le clergé, approuvé par le roi, et notifié par commissaire de police. « Qui dit qu'un des nuages qui occasionnèrent la tempête du 27 juillet 1830 ne s'était pas formé le 18 octobre 1824 ?... », questionne Dumas dans ses *Mémoires*. Et les historiens les plus sérieux désignent cet incident comme l'une des premières preuves acquises par le peuple de la foncière mauvaise foi du nouveau roi.

Page *1011*.

a. , il était l'un des confidents [...] Fontaine *add*. F
b. si jeune [...] Louis XVIII *add*. F
c. dans une brochure [...] journaliste. F : dans une brochure qu'il a publiée, *add. épr. 11*
d. Madame Rabourdin est bien supérieure [...] elle-même, F : Mais, *ant.*

1. Ces allusions semblent préparer le rôle dévolu au comte de Fontaine et à La Billardière dans l'édition de 1845 des *Chouans*. Leur apparition dans *Les Employés* en 1844 signifie-t-elle que Balzac prévoyait avec un an d'avance certains remaniements des *Chouans* ? Ou signifie-t-elle que ces détails furent ajoutées aux textes des *Chouans* et des *Employés* lors de leur révision simultanée en décembre 1843 ?
2. Il s'agit du fameux *Nunc dimitte*... (Maintenant, Seigneur, laissez votre serviteur aller en paix...), prononcé par le vieux Siméon après avoir vu l'enfant Jésus au Temple, rapporté dans l'Évangile selon saint Luc (II, 25-32), et signifiant qu'il pouvait mourir.
3. À la demande des chefs chouans, un débarquement royaliste avait été organisé en 1795 à partir de l'Angleterre et avec la bénédiction de Monsieur, dont la présence avait été réclamée et promise, mais qui se garda d'y participer : s'étant réservé le commandement du deuxième corps, il resta en rade de Plymouth avec ce précieux renfort, tandis que le premier corps, commandé par le comte Joseph de Puisaye, mouillait en rade de Quiberon le 25 juin. Un mois plus tard, l'expédition s'achevait en complet désastre suivi d'une sanglante répression (voir n. 2, p. 957, et n. 1, p. 1024, pour Puisaye).
4. Vraisemblablement l'*Histoire de la Révolution française* de Thiers, alors journaliste au *Constitutionnel*, dont les quatre premiers volumes avaient paru en 1823 et décembre 1824. Mais les tomes VI et VII, contenant le «Livre XXIV. La

Chouannerie » et son chapitre « M. de Puisaye, chef secret
des chouans », et le « Livre XXIX. Quiberon », ne devaient
paraître que bien après décembre 1824.

Page 1012.

   a. Le secrétaire général, comme les avoués *[7 lignes]*
parlât.   *add. épr. 11*

   1. Comme Charlet travailla jusqu'à sa mort en 1845, le
recueil des lithographies qu'il avait commencé à publier
en 1817 se trouvait très peu « complet » en décembre 1824...

Page 1013.

   a. un travail [...] connu. *épr. 10* : un secret d'État
ant.

   b. Monseigneur va *[début du § précédent]* joie. *épr. 8* :
Au déjeuner, le Ministre lui dit en riant : *ms.*

Page 1014.

   1. Sous la Restauration le Conseil des ministres se tenait
le dimanche, après la messe du Roi, et le mercredi, et dans
les deux cas le matin : il est donc curieux que le «jour de
Rabourdin» pour travailler avec son ministre soit justement
un mercredi (p. 1018); curieux aussi que le Conseil annoncé
par des Lupeaulx ait lieu *après* le déjeuner. Par ailleurs, la
session législative 1824-1825 ayant été ouverte le 22 décembre 1824, la date de l'intrigue fait qu'il doit s'agir ici
d'une des toutes premières séances...

   2. Le portrait qui suit peut être considéré comme un des
meilleurs de Villèle. Mais, en ne nommant pas son personnage, Balzac a pris ses distances et représente le ministre,
tel que le lui donnaient à observer les régimes parlementaires ou constitutionnels. En outre, il pouvait insister sur
ses thèmes favoris : dangers de la gérontocratie et de la
démission de l'énergie.

   3. « François della Rovere, qui fut pape en 1471 et qui le
fut quatorze ans sous le nom de Sixte IV, étoit fils d'un
pêcheur des environs de Savone, et ce furieux Jules second,
pape en 1503, et qui le fut dix ans, étoit fils de son frère.
Ils n'oublièrent rien pour élever leur famille par argent,
par alliances, par troubles, et par toutes sortes de voies »
(Saint-Simon, *Mémoires,* Bibl. de la Pléiade, t. I, p. 270).

Page 1015.

   a.   . La Charte concédée par Louis XVIII *[p. 1014, 20
lignes en bas de page]* grand roi. *épr. 8 var. post.* :   , car
Napoléon, seul avait pu employer des jeunes gens s'il le vou-

lait, et depuis la chute de cette grande volonté, les destinées
du pays appartenaient nécessairement aux quadragénaires de
la Chambre des députés ou aux septuagénaires de la Pairie.
ms.

　　b. 　, il ne pouvait se laisser [...] enfin　*add. épr. 11 dans
une add. épr. 8 ; voir var. c.*

　　c. Heureusement *[9 lignes]* malheur.　*add. épr. 8 var. post.*

　　1. Élu de Toulouse depuis 1815, Villèle n'en était donc
pas à « dix ou douze années de luttes parlementaires » en 1824.
Et encore moins en 1820 quand il entra au gouvernement,
« après quatre années d'ardentes luttes et de tentatives vaines »,
notées par Vaulabelle qui, du moins, confirme la difficulté
sinon la longueur du chemin. Pendant ces années, Villèle et
son séide Corbière s'étaient peu à peu imposés à la Droite
parlementaire, mais, selon Vaulabelle encore, ils en « étaient
les représentants, les hommes d'affaires plutôt que les chefs ».
Considéré comme « l'homme de Monsieur », c'est par le
futur Charles X que Villèle fut intronisé pour être, avec ses
satellites, les « dociles exécuteurs des volontés, non du parti,
mais de la secte politique à laquelle ils devaient le pouvoir »
(*Histoire des deux Restaurations*, t. VI, p. 239 et 405; t. VIII,
p. 403). Cependant, comme Balzac le soulignera plus loin,
Villèle devait bientôt s'apercevoir que sa position serait rendue aussi difficile par les attaques de la Gauche que par les
exigences de la Droite et par « les secrètes imbécillités de la
Cour ».

　　2. Né en 1773, Villèle avait alors cinquante-deux ans.

　　3. Devenu *gêné,* dont le sens s'est affaibli, ce vieux mot
dérivé de géhenne signifiait : mis à la torture.

　　4. « Villèle, qu'il le voulût ou non, était le représentant
des ultras et devait réaliser leur programme sous peine d'être
renversé. Or il avait la faiblesse d'aimer le pouvoir, et c'est
sous son égide que furent votées des lois que souvent il
désapprouvait mais qu'exigeait la droite » (Lucas-Dubreton,
Charles X, p. 144. Voir aussi note suivante).

Page 1016.

　　a. Après avoir tourné [...] médiocrité　*add. épr. 8. Voir
var. b.*

　　b. pour plaire à des esprits médiocres. La Restauration [...]
manque.　*add. épr. 10*

　　1. Balzac évoque ici les plus importantes discussions qu'eut
à soutenir Villèle : loi sur le sacrilège — qu'il désapprouvait — et loi d'indemnité aux émigrés, qui inaugurèrent
fâcheusement le règne de Charles X; projet de rétablissement
du droit d'aînesse visant à la reconstitution des domaines
nobles et à l'arrêt du morcellement des propriétés dont Balzac

fera le sujet des *Paysans ;* lois de finances diverses; loi sur la
conversion des rentes; enfin les multiples lois sur la presse
dont les premières serviront à ajuster le mécanisme d'*Illusions
perdues.* Le gouvernement cherchait à étouffer aussi bien la
presse libérale que celle de la contre-opposition royaliste.
Cette guerre sourde, commencée par les deux lois votées en
février 1822, devait agiter l'opinion pendant des années et,
notoirement, contribua à la chute de Villèle en 1827 avec la
fameuse loi « de justice et d'amour ».

2. Villèle « ne manquait pas de l'amour-propre ordinaire
aux gens de sa sorte et qui leur fait dédaigner ce qu'ils ne
comprennent pas, car ils mettent leur savoir-faire fort au-
dessus des plus hautes conceptions de la raison et des plus
riches dons du talent. La vanité a été la plus grande cause de
ses fautes. N'ayant pas assez d'esprit pour voir au-delà de son
habileté, il a mis dans celle-ci une confiance sans limites »
(Rémusat, *Mémoires,* t. II, p. 47).

3. Balzac doit viser ici Polignac et le grand duc Constantin,
dont l'égal aveuglement et l'égale sottise furent les causes
principales de la révolution de Juillet en France et de l'insurrection qui éclata peu après en Pologne (voir n. 2, p. 88 de
La Cousine Bette).

Page 1017.

a. optique parlementaire   *add. épr. 9. En épr. 8, faute de
trouver cette expression, Balzac avait laissé un blanc à sa place. Voir
var. b.*

b. Néanmoins *[8 lignes]* feu.   *épr. 8* : Ainsi ce qui avait
rempli sa vie, ce qui était tout dans son esprit, s'amoindrissait
à rien dans celui du Ministre.   *ant.*

c. François Keller,   *F* : Casimir Périer,   *épr. 8. Pour
les états antérieurs, voir var. d.*

d. Au moment où [...] raisin,   *épr. 8* : Au dessert, au
moment où le Ministre était debout, acceptant de sa femme
une grappe de raisin,   *ant.*

1. « Il y a toujours à la suite d'un ministre une tourbe de
solliciteurs que l'on peut diviser en deux classes : ceux qui
demandent des places, et ceux qui colportent des projets dont
les uns doivent procurer à l'état des milliards sans imposer
personne, les autres... » (Ymbert, *op. cit.,* t. II, p. 126).

2. De Perier, d'abord nommé, Rémusat dit que sous Villèle,
il « se montra un habile et constant athlète de discussion et
devint l'adversaire assidu du ministre des Finances » (*op. cit.,*
t. II, p. 108). D'autant que, riche, Perier ne se trouvait arrêté
par « aucune des timides réserves qu'impose le ventre et
que commande l'estomac », comme le notaient avec regret
les ultras : « Sa pensée, disaient-ils, a la rondeur et la franchise

de ses millions. » Banquier, Perier attaquait le ministre des Finances préférentiellement, ès qualités, et sans gants; proclamant : « Nous ne sommes pas assez riches pour payer sans cesse l'éducation des ministres. Il faut dégoûter ceux qui, sans expérience, ont la funeste ambition de s'ingérer dans le maniement des affaires de l'État », ou : « Nous devons discuter les lois de finances d'après des raisonnements et des calculs et non d'après des prophéties [...], d'après Barème et non d'après Nostradamus » (J. Lucas-Dubreton, *La Manière forte...,* p. 20-21). Ainsi, au début de la session 1824-1825, époque de l'intrigue romanesque, il s'élevait contre le projet d'indemnité aux émigrés dont la discussion venait avant la présentation des comptes de 1823 et du budget de 1826 : « On ne pouvait en délibérer, disait-il, sans avoir déterminé la situation réelle des finances » (C.-L. Lesur, *Annuaire historique pour 1825,* p. 91).

3. Du raisin en décembre ? Les repas intimes du ministre étaient raffinés...

Page 1021.

a. Vous faites de fameux jurisconsultes ! *F* : Calembourg judiciaire ! *ant.*

1. Le fameux restaurant de la rue Montorgueil.

2. Cette expression est bien à sa place dans la bouche d'un joueur : il s'agit d'un terme de jeu. Faire la chouette, c'est jouer seul contre deux ou plusieurs adversaires.

Page 1022.

a. / Rirez et pas rirez ! vous entreprenez sur mes calembours ! *épr. 11* : / Rirez et pas rirez ! Calembours ! *épr. 9* : Rire et pas rire ! calembourg ! *ant.*
b. Aide-moi *F* : Aidez-moi *ant. En F, du Bruel et Bixiou se tutoient. Cette correction ne sera plus signalée.*

1. Balzac nourrissait une passion malheureuse pour les calembours dont témoigne ici son travail sur ceux de Thuillier. Gautier a laissé le plaisant souvenir d'une soirée chez Mme de Girardin où Balzac, « exprimant par les muscles contractés de son masque une contention d'esprit extraordinaire », poursuivait non pas quelque noble rêverie mais un insaisissable calembour (*Honoré de Balzac,* éd. Poulet-Malassis et de Broise, 1859, p. 108).

Page 1023.

a. 1793... *épr. 9* : 1789... *ant.*
b. Roberspierre *corrigé par nous.*
c. ordinaire [*5 lignes*] chambre, *épr. 11* : ordinaire *add. épr. 10.*

Page 1024.

a. BIXIOU / Qu' [as-tu　*F*] avez-vous mis sur Quiberon [*14 lignes*] Non.　*add. épr.* 10 *var. post.*

b. J'ai souscrit [...] là-dedans.　*add. épr.* 11

1. Quiberon détermina et pour longtemps une volumineuse production de souvenirs et plaidoiries des survivants de tous bords ou de leurs amis : Vauban, Beauchamp, Rouget de Lisle, Sombreuil que devait ensuite défendre Fitz-James, etc., et en 1838 encore Chasle de La Touche publiait chez Delloye sa légitimiste *Relation du désastre de Quiberon.* « Récemment publié » à la date de l'intrigue, il y avait eu l'ouvrage sur la Convention de Lacretelle jeune, membre de la Société des Bonnes-Lettres, comme La Billardière, et, comme lui, très indulgent pour Monsieur; et, en 1824 aussi, l'ouvrage de Puisaye vraisemblablement visé par Balzac. La question des responsabilités se trouvait au centre de toutes ces publications. Puisaye, le chef et l'un des rares survivants de l'expédition, avait été accablé par les royalistes. Dès 1803, il avait publié à Londres de longs *Mémoires* où il se justifiait, mais sans « assumer tous les malheurs de l'expédition » dont il rendait pour une bonne part responsable l'entourage du futur Charles X, l'agence royaliste de Paris inféodée au futur Louis XVIII, et le Comité vannetais des Vendées, tous hostiles aux chouans et à l'idée qu'ils puissent se poser en restaurateurs de la monarchie. Dès le début du règne de Charles X, Pillet aîné publiait l'édition française des *Mémoires du comte Joseph de Puisaye* dont le fond et surtout la date de sortie à Paris les rapprochent de l' « ouvrage récemment publié » évoqué par Bixiou : Stendhal les signalait parmi les nouveautés dans une lettre du 24 décembre 1824 (*Courrier anglais,* éd. cit., t. I, p. 116). Ce détail rend d'autant plus intéressante l'hypothèse de M. Regard désignant Puisaye sous le « marquis de P. » devenu La Billardière dans *Les Chouans* (n. 2, p. 957). On peut cependant se demander si cette hypothèse et d'abord la construction du personnage n'ont pas reposé sur un malentendu. Joseph de Puisaye était comte et non marquis; par ailleurs, il avait été forcé « de donner sa démission et d'abandonner à jamais les départemens de l'Ouest » *dès 1797,* ne pouvant par conséquent pas figurer en 1799, date des *Chouans,* parmi les chefs vendéens réunis à la Vivetière : il s'était alors établi à Londres et si définitivement qu'après la Restauration, il resta en Angleterre, s'y fit naturaliser et y mourait en 1827 sans être jamais revenu en France depuis trente ans. Mais il avait un frère, le *marquis* Antoine-Charles-André-René, que beaucoup d'historiens et mémorialistes du temps — de Thiers à Chasle de La Touche — semblent avoir ignoré ou confondu avec le comte Joseph, et que ses activités rapprochent à la fois du marquis de P. des

Chouans et du La Billardière dont l'auteur des *Employés* donne la « rubrique dans l'*Almanach Royal* » (var. *b, d* et *e,* p. 957). Car c'est bien le marquis de Puisaye qui, « après Quiberon, s'efforça en secret d'organiser l'insurrection royaliste » dans les départements de l'Ouest et qui devint l'un des chefs vendéens ; et c'est le marquis de Puisaye qui, à la Restauration, fut nommé Grand-Prévôt et dans la Haute-Vienne, département remarquablement limitrophe de la Corrèze et de la Dordogne où sévit La Billardière. Enfin si quelques ratures font de La Billardière un fugitif député, le marquis de Puisaye fut député de l'Orne au début de la Restauration (*Biographie nouvelle des contemporains* d'Arnault Jay, Jouy et Norvins, t. VII paru en 1824, et *Almanach royal* de 1816).

2. Hoche, nommé au commandement de l'armée des côtes de Brest à la fin de 1794, se trouvait en 1795 à la tête de l'armée républicaine à Quiberon. Tallien, envoyé par la Convention auprès de Hoche dès la nouvelle du débarquement, déploya dans la répression qui suivit la défaite royaliste un zèle d'autant plus grand qu'il avait à se faire pardonner son très récent mariage avec l'aristocrate Térésia de Fontenay.

3. La *Collection des Mémoires relatifs à la Révolution française* en soixante dix-huit volumes édités par les frères Baudouin avaient commencé à paraître en 1820.

Page 1026.

a. les expéditions de Boulogne et de Russie,   *épr. 9* : l'expédition de Russie,   *ant. Balzac devait tenir au rappel de cet échec car il avait noté sur le folio des projets, le folio 81 :* et les bateaux plats de Boulogne.

Page 1027.

a.   , et le diable est un suzerain sans charte   *add. épr. 11*
b. Mais ceci vise [...] mots.   *add. épr. 9*
c.   . Au reste [...] mots et...   *add. orig.*

Page 1028.

1. Souvent confondue avec Émilie Perciliée (1784-1856), de l'Opéra, Marie-Anne Percilliée (1795-1852), comédienne à l'Odéon depuis 1820, était la maîtresse d'Auguste Ballet, empoisonné avec son frère par le docteur Castaing, leur légataire. À la suite du procès de 1823 évoqué plus haut (n. 3, p. 974), Castaing avait été condamné à mort et aussitôt guillotiné.

Page 1029.

a. FLEURY / Celui de tous les employés *[p. 1028, vers le milieu]* escarmouche, un   *F* : Un   *ant.*
b. une heure   *épr. 11* : midi   *ant.*

c. Vers trois heures et demie, *cf. var. b, p. 1030.*

d. abrège *[8 lignes]* se permet.　F　: abrégeait [...] s'est permis.　*ant. et de même tous les verbes de ce passage qui se lisaient auparavant :* s'attiédissait, s'évaporait, revenait, restait, prenaient, aurait pu connaître.

Page 1030.

a. sua *[fata honores　rayé] sidera lites. ms.*

b. due.　F　: due. *Ensuite :* CHAPITRE VI / LES TARETS À L'OUVRAGE　*orig.*　: due. *Ensuite :* § III / LES TARETS À L'OUVRAGE　*épr. 9.*　: due.　*ant. La décision d'ajouter cette division sur épr. 9 fut prise par Balzac au moment d'envoyer à l'imprimerie le manuscrit de la fin de cette partie, dont la dernière page portait cette note destinée au typographe :* Mettez-les en main aussitôt pour que j'aie tout en épreuve, car il y a maintenant 3 §§ dans cette deuxième partie et la 3e doit être indiquée dans la composition que vous faites

§§ III
LES TARETS À L'OUVRAGE

doit être placé à la sortie des employés, voyez les feuillets 69 ou 68.

Le texte qui suit se trouvait au folio 70, et la coupure choisie par les typographes ne correspondait même pas à un alinéa dans le manuscrit. Bien qu'il ne l'ait pas déplacée ensuite, on peut se demander si cette coupure était bien celle que Balzac indiquait dans sa note. L'alinéa qui commençait par Vers trois heures et demie *(p. 1029, var. c), et qui se trouvait d'ailleurs au folio 69, correspondait mieux, semble-t-il, à sa définition.*

c.　, on a l'estime des honnêtes gens　*add. épr. 10*

d. du journal　*add.* F　: [de l'Étoile　*suppr. épr. 11]　ms. Lors de la correction de cette dernière épreuve (épr. 11), Balzac supprima partout le nom de « L'Étoile ». Plus loin, il le remplaça par :* le journal ministériel *ou* la feuille ministérielle. *Cette correction ne sera plus signalée.*

1. Les litiges ont leur destin. Avant d'arriver à cette formule, Balzac avait déjà remplacé par les *honneurs* les *écrits* du classique *Habent sua fata libelli.*

Page 1031.

a. M. Gaudron, *épr. 9*　: M. Transon, *ant. Cf. var. d, p. 1033.*

b. cathédrale [et que M. Cahier a fini　*suppr. épr. 9]. ms.*

c. Monsieur le curé, *épr. 9 :*　Oui, *ant.*

d. mon cher vicaire, *F* : mon fils, *ant.*

1. Sans doute à la Dauphine, sa puissante paroissienne (voir n. 2, p. 1034).

Page 1032.

a. ; mais ce jeune homme du journal a l'intelligence éveillée *add. épr. 9*

b. Les défenseurs de la Religion [...] royalistes. *add. épr. 11*

c. Mais songez *[5 lignes]* Baudoyer. *add. F*

1. La Grande Aumônerie de France, institution ecclésiastique remontant à François Ier, supprimée en 1790 et rétablie par Napoléon, était devenue une puissance sans cesse grandissante lors de la Restauration, au point qu'en 1824, peu avant l'intrigue, les bureaux de son administration avaient débordé du 2, rue de Bourbon, près de Saint-Sulpice, jusqu'au 331, rue Saint-Honoré. À sa tête se trouvaient alors le cardinal prince de Croÿ, Grand-Aumônier de France, et l'évêque comte Frayssinous, Premier Aumônier de France. Elle avait aussi un secrétaire, et l'*Almanach royal* de l'année nous apprend que cet homme efficace était un certain abbé Godinot-Desfontaines, directement placé sous les ordres de « M. le Vicaire-général de Mgr le Grand-Aumônier, l'abbé de La Mennais ».

2. Acheté pendant le dîner, c'est donc un journal du soir, dont le manuscrit révèle le nom. Apparue le 1er novembre 1820, *L'Étoile* faisait partie de la presse ministérielle avec *La Gazette de France,* le *Journal de Paris, Le Drapeau blanc, Le Pilote* et, naturellement, *Le Moniteur.* En 1824, l'ensemble de ces journaux totalisaient 14 344 abonnés — dont 2 749 pour *L'Étoile* — contre 41 330 aux journaux de l'opposition (Ch. Ledré, *La Presse à l'assaut de la monarchie. 1815-1848,* p. 242).

Page 1033.

a. l'abbé Fontanon. *F, connu pour sa malfaisance depuis la dernière édition d'« Une double famille » (1842)* : M. de Grandvignau. *ant.*

b. M. Gohier, *F* : M. Cahier, *ant.*

c. M. de Sommervieux. *F* : M. Fragonard. *ant.*

d. l'abbé Gaudron *épr. 9 qui remplace partout depuis la var. a, p. 1031 :* M. Transon *donné d'abord en ms. Le rôle du clergé devenait ainsi plus net.*

1. Cahier, d'abord nommé, était bien réellement « orfèvre du Roi, du garde-meuble et de l'intendance des fêtes », et vendait 283, rue Saint-Honoré « tous les genres d'orfèvrerie

d'église, de table, etc. exécutés avec goût et perfection», et sans nul doute appréciés par ses voisins de la Grande-Aumônerie... (*Almanach du commerce* de 1824).

2. Le Fragonard des premiers textes était le petit-fils du grand Honoré Fragonard, Évariste (1806-1876), élève de David, qui avait dit : «Il y a de l'huile dans cette lampe.» Elle brilla peu.

Page 1034.

1. Le café Thémis existait, mais non à l'emplacement indiqué un peu plus loin par Elisabeth Baudoyer. Situé en face du Palais de Justice, au coin de la rue de la Barillerie, disparue sous le Second Empire lors du percement du boulevard du Palais, c'est tout juste si l'on n'y rendait pas la justice, comme le suggère l'abbé Gaudron. En effet, s'il faut en croire Henri d'Alméras : « Dans la rue de la Barillerie, le café Thémis, qui s'appellera plus tard le café d'Aguesseau, recrutait sa clientèle dans le barreau, et surtout dans le barreau antiroyaliste. L'avocat Philippe Dupin était de ceux qu'on y voyait le plus souvent, et il fut le premier qui, pour s'y rendre, traversa la rue de la Barillerie en toque et en robe » (*La Vie parisienne sous la Restauration*, p. 72). Le choix du café Thémis pour lieu de rencontre des usuriers, s'il étonne Élisabeth, s'explique assez facilement. Cet établissement se trouvait à mi-chemin des rues Greneta et des Grès (la rue Cujas actuelle) où habitaient respectivement Gigonnet et Gobseck. De plus, pour leurs « affaires », la fréquentation des avocats, clients de ce café, n'était évidemment pas à négliger.

2. La puissance de ce curé, évoquée avec insistance, recèle une vérité pour les lecteurs de 1837, mais non pour les protagonistes de l'intrigue de 1824 : l'église Saint-Roch était la paroisse de la famille royale, mais seulement depuis le sac de Saint-Germain-l'Auxerrois en février 1831. D'autre part, il n'y avait plus de coadjuteur : le dernier, le très légitimiste comte de Quélen, nommé archevêque de Paris en 1821, avait alors été remplacé par trois vicaires généraux.

3. Balzac suggère au passage un fait dénoncé, notamment, par Stendhal : « Il n'y a sans doute pas un homme digne de respect dans le pays qui ne se soit aperçu de quelque tentative pour séduire ses domestiques et leur persuader de dire aux prêtres du voisinage tout ce qui se passe dans la maison de leur maître » (*Courrier anglais*, éd. du Divan, t. III, p. 197).

4. Mgr de Frayssinous (voir n. 2, p. 1096). « Je hais, écrivait alors Chateaubriand, la Congrégation et ces associations d'hypocrites qui transforment mes domestiques en espions, et qui ne cherchent à l'autel que le pouvoir » (*Mémoires d'outre-tombe*, Bibl. de la Pléiade, t. II, p. 132).

Page 1035.

   a. [dix mille   *rayé*] huit mille francs   *ms.*
   b. mari, quelle saignée !...   *F* : mari.   *ant.*
   c. Son propre éloge, absolument comme eussent fait Nathan ou Canalis   *F* : son propre éloge comme eut fait un grand homme moderne   *add. épr. 9*
   d. en rendant compte d'un de leurs livres   *add. épr. 11*

Page 1036.

   a. et qui s'intéresse [...] autrefois   *add. F*
   b. l'ancien huissier   *F* : un huissier   *ant.*

   1. Comme on le voit dans *Le Rouge et le Noir,* les séminaires étaient les pépinières du parti clérical et de « la Congrégation » Le grand vicaire Frilair, l'homme de la Congrégation à Besançon, a la haute main sur le séminaire de cette ville.

Page 1037.

   a. trente pour cent.   *F* : vingt-cinq pour cent   *ant.*
   b. s'écria Chaboisseau. Ce petit vieillard faisait   *F* : s'écria un vieillard qui faisait   *ant.*
   c. — Oui [...] Métivier   *add. F; comme* Chaboisseau, Métivier *venait de « Un grand homme de province à Paris » (1839) (Illusions perdues).*
   d. Métivier ?   *F* : Palma ?   *ant.*

Page 1038.

   a. Brézac   *F* : Boigue   *épr. 9. Voir la variante suivante.*
   b. là-dedans [. Votre Falleix établit son frère agent de change   *add. F*]   , il fait autant d'affaires que les Boigue, avec [...] enfant.   *épr. 9* : là-dedans...   *ant.*

Page 1039.

   a. Samanon   *F, encore un personnage de « Un grand homme » (1839) qui remplace :* Dutillet   *ms., où fait sa première apparition un nom qui devait, peu après « La Femme supérieure », baptiser dans « César Birotteau » (1837) un personnage destiné à une belle carrière balzacienne. Mais ici, son nom était donc celui d'un prêtre-nom d'usuriers.*
   b. [vingt-cinq   *rayé*] trente lieues   *ms.*
   c. deux cent cinquante mille francs.   *F* : cent cinquante mille francs   *ant.*
   d. mille francs   *F* : plus de mille francs   *ant.*

Page 1040.

   a. soixante pour cent   *F* : trente-cinq pour cent   *épr. 11*

: [soixante-dix *rayé*] trente pour cent *épr. 9* : soixante-dix *ant.*

b. Gobseck [et Palma *suppr. F*], *ms.*

c. Métivier et Chaboisseau peuvent *F* : le père aux cadavres peut *épr. 9* : le père Chose *ant.*

d. à la boutique de quelque journal de l'Opposition *F* : à la boutique de son journal *épr. 11* : au *Constitutionnel ant.*

Page *1041.*

a. les nombreux abonnés d'un journal libéral *épr. 11* : les quinze mille abonnés du Constitutionnel *ant. Comme pour « L'Étoile », lors de la dernière correction de ses épreuves, Balzac remplaça par une périphrase le nom du « Constitutionnel » partout où il l'avait cité. Cette correction ne sera plus systématiquement signalée.*

b. patrons. *épr. 9* : patrons. *Ensuite :* TROISIÈME PARTIE / À QUI LA PLACE / §§ 1ᵉʳ / BIEN ATTAQUÉ, BIEN DÉFENDU *ms. Ces titres ont été déplacés en épr. 9 (voir var. a, p. 1046). En fait, Balzac avait prescrit ce déplacement dès le manuscrit, comme le prouve une note à Charles Plon, l'imprimeur, au verso du dernier folio de cette deuxième partie :* Charles, regardez comme non avenue la division indiquée feuille 77 pour la 3ᵉ partie car ces 3 feuillets-ci font encore partie de la deuxième. *Ces* 3 feuillets-ci comportaient le texte qui va jusqu'à la variante a de la page 1046.

c. ; on la grondera *add. épr. 11*

d. votre Célestine. *F* : elle [comme M. de Metternich pour Mademoiselle Leykam, se dit le fat en se comparant à l'illustre diplomate. Gare à *rayé*]. *ms.*

Page *1042.*

a. ministérielle [du soir *suppr. épr. 10*], *ms.*

b. mort quelques mois auparavant, *F* : , mort quelques jours auparavant, *add. épr. 10*

1. Pourtant bien vivant en 1825 dans *Le Bal de Sceaux...*

Page *1043.*

1. Exagération des on-dit : l'ostensoir valait cinq mille francs, mais « en faveur de l'argent comptant » les Baudoyer l'avaient obtenu pour 4 800 francs (p. 1033 et 1035).

2. *Dans le même esprit,* cette notation de Courier en 1823 : « M. de Talleyrand, dans son discours au Roi pour l'empêcher de faire la guerre, a dit : Sire, je suis vieux. C'était dire : Vous êtes vieux car ils sont du même âge » (éd. citée, p. 164). Quant aux points de suspension, ils sont évidemment mis pour : lâche.

Page 1045.

a. son journal, *épr. 11* : *le Constitutionnel, ant.*

b. celui du bureau , *épr. 11* : *l'Étoile, ant.*

c. , mon cher Desroches, *F, avoué connu depuis « La Maison Nucingen » (1837) :* , mon cher Brocq, *épr. 11* : mon cher Noguez, *add. épr. 9*

d. sous le nom d'un sieur Samanon. *F* : sous le nom d'un sieur Palma et d'un sieur Brasquet. *épr. 11* : sous le nom d'un sieur Palma et d'un sieur Fasquet. *épr. 10* : , sous le nom de Palma *add. épr. 9*

Page 1046.

a. chez lui pour faire une toilette du matin. *F* : chez lui pour faire une toilette du matin. *Ensuite :* TROISIÈME PARTIE / À QUI LA PLACE / CHAPITRE VII / SCÈNE DE MÉNAGE *orig.* : chez lui pour faire une toilette du matin. *Ensuite :* TROISIÈME PARTIE / À QUI LA PLACE / § Iᵉʳ / SCÈNE DE MÉNAGE *épr. 10* : chez lui. *Ensuite :* TROISIÈME *[comme dans épr. 10]* MÉNAGE *épr. 3* : chez lui. *Ensuite : [présentation de rayé]* MADAME RABOURDIN PRÉSENTÉE *ms. Cf. var. b, p. 1041 : Balzac avait d'abord prévu un titre différent pour ce chapitre et un emplacement plus haut pour cette division.*

1. Des Lupeaulx allait-il dire : comme le Roi ?

Page 1047.

1. Mme Rabourdin ne semble pas s'être avisée, ou Balzac lui-même pas encore, de l'imprudence commise en laissant la cuisinière faire seule les achats : dans *La Cousine Bette,* le romancier donnera une vision infernale des ravages moraux et sociaux qui découlent de l'antique usage de l'*anse du panier.*

2. Même tactique envers un médecin peu compréhensif dans le paragraphe « Faire four » des *Petites misères de la vie conjugale.*

Page 1049.

1. Allusion à la fable de La Fontaine *L'Âne chargé de reliques,* mais assortie d'un jeu sur le nom de Baudoyer par substitution à « âne » de « baudet ».

2. Une patère est essentiellement une chose que l'on regarde sans la voir... (p. 932).

3. Dans la comédie de Molière *L'Étourdi ou les Contre-temps.*

Page 1051.

a. , [le chancelier *rayé*] un des plus immobiles diplomates *ms.*

b. nominations [, je dirai Baudoyer à la grande-aumônerie, et j'écrirai Rabourdin, le ministre est d'accord *suppr.*
épr. 1]. *ms.*

1. Allusion à Metternich, confirmée par la rature du manuscrit. Mais si Balzac songe ici à « Mademoiselle Leykam »
(var. *d,* p. 1041), il se trompe, au moins sur la date : Laure,
comtesse de Kaunitz, première femme du chancelier, n'était
pas encore morte en 1824; et c'est seulement en 1827 qu'« une
véritable passion le détermina à donner sa main à une personne charmante, mademoiselle Antoinette Leicham, d'une
famille obscure, et que l'aristocratie autrichienne repoussait
à cause de cela. Cette dame mourut en couches à son premier
enfant » (*Mémoires du duc de Raguse,* t. VI, p. 376). Lors de
son voyage à Vienne en 1835, Balzac avait rencontré la
troisième femme de Metternich, la comtesse Mélanie de
Zichs-Ferraris.

2. On peut se demander si Balzac n'a pas oublié de donner
à ce coiffeur le nom de Plaisir, noté sur le folio des projets,
et qui appartenait à un coiffeur réel, nommé dans *Une double
famille* et promis au rôle de Marius (voir p. 1138).

3. Admirant les manèges de la princesse de Cadignan,
dans la nouvelle qu'il consacre à cette héroïne, Balzac
commente : « S'il est permis de risquer une opinion individuelle, avouons qu'il serait délicieux d'être ainsi trompé
longtemps. »

Page 1052.

a. au jeu. *orig.* : en jeu. *ant.*

1. Dans *Splendeurs et misères des courtisanes,* Amélie Camusot
dira à son mari : « Si nous faisions sauter M. de Granville. »

Page 1053.

a. , comme le crie M. de Nucingen *add.* F

Page 1056.

a. Andoche Finot, *épr. 1* : Eugène Finot, *ms.* Ce
*prénom d'Eugène semble obséder Balzac, qui l'attribue d'office
dans un premier temps à plusieurs de ses personnages (voir var. b,
p. 958). Est-ce à cause de son beau-frère Eugène Surville ? (voir
Introduction, p. 866-869).*

*b. Ici Balzac ne songe pas, en corrigeant F, que l'escompteur
originel s'est dédoublé en* Métivier *et* Chaboisseau. *Voir var. c,
p. 1040.*

c. L'opposition royaliste, *épr. 2* : Les débats, *ant.
Encore un nom de journal qui disparaît...*

1. S'il s'agit de la femme de Villèle, celui-ci avait épousé

le 3 avril 1799, à l'île Bourbon, Mélanie Desbassayns, fille de colons pourvus d'une « opulence solidement assise et sagement maintenue » et d'une « capacité remarquable chez les chefs de famille » (restriction peu flatteuse pour les femmes... *Mémoires et correspondance de Villèle*, t. IV, p. 76).

Page 1057.

   a. Tel et tel journal et messieurs *tels et tels épr. 2* : Les Débats *ant.*

   b. la presse [et naturellement nos journaux payés *add. épr. 1 suppr. épr. 2*] [même L'Étoile *suppr. épr. 1*] *ms.*

   c. pour vous. Pauvres [...] Lupeaulx. *add. épr. 1 qui fournit à Finot l'occasion de faire une entrée d'une éloquence remarquable dans « La Comédie humaine ».*

   d. Féraud *add. F qui rattache la comtesse à « La Comédie humaine » et donne un nom balzacien à la réalité.*

   e. malgré la mort de Louis XVIII [, son cher vicomte *suppr. F*] *add. épr. 1*

   f. Delphine de Nucingen, Mme de Listomère, *F* : la petite madame Walsham [, une demi-ambassadrice, des duchesses *rayé*], *ms.*

   1. « Aux Tuileries, où elle habitait le pavillon de Marsan » — depuis la mort de Louis XVIII, donc récemment à la date de l'intrigue, « la duchesse de Berry donnait, une ou deux fois par semaine, des soirées que Charles X honorait de sa présence, et qui avaient d'autant plus de prestige mondain que les invitations y étaient moins nombreuses [...] la bourgeoisie opulente, fière de ses capitaux, lui en voulait de s'entourer exclusivement des sommités de l'aristocratie. La société du *petit château,* comme on appelait alors le pavillon de Marsan, soulevait des colères analogues à celles qu'avait fait naître, du temps de Marie-Antoinette, la société du Petit-Trianon » (Imbert de Saint-Amand, *La Duchesse de Berry...,* p. 8).

   2. « La comtesse toujours en faveur, le vicomte » des premiers textes désignaient clairement la comtesse du Cayla, dernière « favorite » de Louis XVIII et son inséparable ami Sosthène, vicomte de La Rochefoucauld, aide de camp du roi, nommé quelques jours avant la mort de Louis XVIII directeur général des Beaux-Arts et, du même coup, tête de Turc de la presse libérale. En décembre 1824, la faveur persistante de la comtesse était bien un des sujets en vogue à Paris. Ainsi, Delécluze notait alors : « ... au moment de la mort de Louis XVIII, elle n'a montré aucune crainte pour les conséquences de cet événement pour elle. Dans le fait, et sans pouvoir donner l'explication de l'énigme, Mme du Cayla est bien en cour, voit le roi actuel et semble toujours être l'appui du ministère Villèle » (*Journal,* p. 25).

Page 1058.

a. François Keller et Nucingen ont proposé   *F*   : Ouvrard a proposé   *ms.*

b. Dans sa conversation du matin avec Mme Rabourdin, c'était tout d'abord des Lupeaulx qui proposait cette tactique : voir var. b, p. 1051. Les lecteurs de « La Presse » eurent sans doute du mal à saisir la finesse de la manœuvre : le nom de Baudoyer s'y trouvait imprimé à la place de celui de Rabourdin.

1. Voir n. 4, p. 912.

Page 1059.

a. et fût-il de bronze [...] serviteur.   *F*   : et fût-il de bronze [...] serviteur. *Ensuite :* CHAPITRE VIII / MADAME RABOURDIN PRÉSENTÉE *orig.* : et fût-il de bronze [...] serviteur. *Ensuite :* § 2 / MADAME RABOURDIN PRÉSENTÉE *épr. 3* : et nous aurons le ministre. *ms.*

Page 1060.

1. Balzac a pu voir une parure de ce genre : grâce à la correspondance de sa sœur Laure avec Mme de Pommereul, on sait que cette dernière en possédait une et, en 1836, Laure décrétait « ces grappes de raisin un peu passées de mode » (*À une amie de province,* p. 214).

2. Fossin, bijoutier, joaillier, orfèvre établi 78, rue de Richelieu en 1824, était devenu au moment de la rédaction du roman fournisseur du roi et de la famille royale (*Almanach du commerce* de 1824 et 1837). En 1833, Balzac écrivait à Mme Hanska : « Fossin est un roi, c'est une puissance. » Quant aux caprices des acheteuses anglaises, voir *Gaudissart II.*

3. Étoffe de laine ou de coton. Le fer — fût-il de Berlin —, le jais, la mousseline de laine, le satin turc, le noir : Célestine observe les usages. À l'époque de la soirée ministérielle, en effet, la mort récente de Louis XVIII commandait le deuil qui proscrivait les métaux et les joyaux précieux, et les étoffes de soie ou de couleur.

Page 1061.

a. comtesse Féraud, la dernière maîtresse de Louis XVIII, *F* : comtesse jadis en faveur, *épr. 1* : comtesse en faveur sous Louis XVIII, *ms.*

1. D'autres « femmes supérieures » de *La Comédie humaine* ont ce défaut : Mme de Bargeton, selon *Illusions perdues,* faisait des « tartines » et Mme de La Baudraye, dans *La Muse du département,* « est une espèce de serinette dont les airs

partaient dès qu'un accident de la conversation en accrochait la détente ».

2. On retrouve cette phrase « engrangée » dans un album de Balzac (*Lov.* A 180, f° 61). Bertrand Barère de Vieuzac (1755-1841), conventionnel et régicide, avait été surnommé l'Anacréon de la guillotine.

3. Petits journaux d'opposition en activité à un moment ou à un autre du ministère Villèle. *Le Miroir,* fondée en février 1821, avait cessé d'exister en juin 1823, remplacé dès juillet jusqu'en août 1828 par *La Pandore.* Balzac évoque l'ancien *Figaro* en connaissance de cause : il y collabora. Le premier numéro date du 15 janvier 1826. L'un de ses fondateurs était Maurice Alhoy, l'autre Étienne Arago, le Dom Rago de *L'Héritière de Birague* en 1822. Moins de trois mois après sa fondation, *Figaro* était racheté par Auguste Le Poitevin, collaborateur de Balzac pour *L'Héritière* et d'autres romans de jeunesse. Dès l'été 1826, *Figaro* passait aux mains de Victor Bohain. Ici, Balzac pense sans doute plus précisément aux attaques de Latouche, qui tant à *Figaro* qu'à *La Pandore,* s'en était pris souvent à Villèle, « l'excellence gasconne », dont il raillait les « escobarderies », mais pas les mœurs.

4. Enfin Balzac laisse filtrer le nom de *L'Étoile* qui « passait pour être l'organe attitré de Villèle » (Ch. Ledré, *La Presse à l'assaut de la monarchie,* p. 253), et devait s'écrouler avec lui : elle disparaissait le 1ᵉʳ juillet 1827. Ainsi sans doute lui fut-elle « fidèle dans le malheur ».

Page 1062.

a. de Nucingen *F* : Walsham *ant.*
b. paraître souvent *épr. 2* : s'accointer *ant.*

1. Ici Balzac évoque un fait touchant non plus Villèle mais Peyronnet qui eut à subir des attaques non seulement sur le chapitre de sa vie privée, mais aussi sur celui de ses dépenses. En 1832, Castellane dînant chez le garde des Sceaux se souvient de « cette fameuse salle à manger qui fit tant crier à la Chambre des députés d'alors, contre M. de Peyronnet, quoiqu'elle fût très nécessaire » (*Journal,* t. III, p. 392).

Page 1063.

a. Cette signature apparaît en épr. 3. Dès épr. 1, Balzac prescrivait au typographe : Mettez-ici le bois où il y a cette signature gravée.

Page 1064.

a. compromise.   : compromise. *Ensuite* : EN

AVANT LES TARETS *épr. 1. Ce titre fut ensuite reporté après l'addition d'épr. 2 que nous signalons var. b; puis il faut encore déplacé en épr. 3 (voir var. d, p. 1071) :* compromise. *ms.*

b. Figurez-vous un général [...] prennent [en flanc *F*] à revers. *add. épr. 2*

c. Gigonnet. *épr. 2* : Gobseck. *ant. Voir les variantes suivantes : dans toute cette scène, Balzac va s'appliquer à rendre Gobseck avare même en paroles.*

d. deux cent mille *F* : [cinq *rayé*] trois cent mille *ms.*

e. Gigonnet. *F* : Gobseck. *ant.*

f. Vrai, dit Gobseck. *épr. 1* : D'accord, dit Gobseck, je le crois bien. *ms.*

1. La rue Cujas actuelle.

2. Par la malle-poste, le tarif des guides, c'est-à-dire du droit à payer par douze lieues, unité de distance nommée poste et servant au calcul des prix, était de 75 centimes. Mais Falleix a probablement utilisé les relais, dont les tarifs étaient de 1,50 F par poste et par cheval, plus 1,50 F de guides (Bertier de Sauvigny, *La Restauration,* p. 274 sq.). Le « postillon en avant » augmentait d'autant le prix : les Baudoyer, les usuriers et Falleix n'ont donc pas lésiné sur la dépense...

3. Néologisme fait à partir d'émerillon (sorte de faucon).

Page 1065.

a. le président du tribunal de commerce député, *F* : Monsieur de Grimaudan, *ant.*

b. , dit le concis Gobseck *add. épr. 2*

1. Bien que peu à peu Balzac donne un nom puis une fonction à ce personnage, nous n'en saurons pas plus.

Page 1066.

a. Gigonnet *épr. 2* : Gobseck *ant.*

b. , dans six *épr. 2* : , dans la semaine *épr. 1, mots oubliés par le typographe :* . Dans quinze jours *ms.*

c. . Nous faisons [...] prêteur. *épr. 3* : , nous tenons la majorité. *ant.*

Page 1067.

1. Latouche décrivait ainsi Villèle dans sa *Biographie pittoresque des députés* parue en 1820 : « Sa taille n'a pas cinq pieds de hauteur. Son corps est maigre et chétif. Sa voix est aigre et nasillarde, et sa figure est d'une laideur sans pareille. »

Page 1068.

a. ; nous pensons en ce moment à faire interdire son

mari   *add. F, liée à « L'Interdiction » (1836) et à « Un grand homme de province à Paris » (1839) (Illusions perdues).*

Page 1070.

a. madame d'Espard   *F* : la comtesse   *ant.*

b. la marquise,   *F* : la comtesse,   *ant. Cette variante et la précédente montrent que la comtesse Féraud et la marquise d'Espard procèdent ici toutes deux de la comtesse réelle, Mme du Cayla, si clairement désignée dans les premiers textes.*

c. Que devient un trône *[10 lignes]* grands.   *add. orig.*

1. Il est surprenant de retrouver ici la marquise dont le départ a été signalé deux fois (p. 1067 et 1068).

2. Courier a souligné le mépris du « parti-gentilhomme » pour ses bons serviteurs : « des ingrats qui vous payent d'un cordon et disent : le sieur Lainé, le nommé de Villèle [...] Ça, vous dînerez chez moi, quand je n'aurai personne » (*éd. cit.*, p. 60-61). En 1824 et 1825, la lutte devint âpre entre Villèle et les ultras dont les revendications lors de la session allaient atteindre l'extravagance à propos de l'indemnité aux émigrés. Certains royalistes virent le danger, et Mazères rapporte ce mot du duc de Fitz-James : « À vous, monsieur l'auteur, d'éclairer le sentiment public [...] Lancez-nous à la tête de dures vérités, de piquantes épigrammes qu'à coup sûr nous méritons bien, car nous nous conduisons comme des fous, tous tant que nous sommes, et, je vous le répète, nous marchons à notre ruine » (*Comédies et souvenirs,* t. I, p. 225).

3. « On prétend que chaque gentilhomme de la cour reçoit, d'une façon ou d'une autre, cent mille francs par an de M. de Villèle », note Stendhal en 1826. Les premiers interlocuteurs du ministre étaient la comtesse du Cayla et son cher vicomte (voir n. 2, p. 1057); aussi l'écho répercuté par Stendhal dans un article du 1er février — donc un mois après l'intrigue — donne-t-il du relief au texte balzacien : « M. de Villèle ne doit pas seulement pourvoir à ces déficits [de la liste civile], il doit en outre depuis deux ou trois ans payer des sommes immenses à Mme du Cayla dotée par Louis XVIII peu avant sa mort, de cinq cent mille francs de rentes [...] que la source soit abondante, c'est ce qui semble certain puisque, si l'on en croit les rumeurs, il aurait autorisé Mme du Cayla et M. de Sosthène de Larochefoucauld, l'heureux rival de Louis XVIII dans les faveurs de cette dame, à puiser à la même eau » (*Courrier anglais,* éd. du Divan, t. III, p. 142, et t. IV, p. 76, 77).

4. Pierre Jeannin (1540-1622), intendant des Finances sous Henri IV; éloigné par Sully, il devenait le conseiller de Marie de Médicis à laquelle le roi l'avait recommandé en mourant. Il était fils d'un tanneur.

Page 1071.

a. Dans la vie *[p. 1070, début du dernier §]* conjugal.   *add. épr. 2*

b. Rabourdin était nommé [...] mari.   *add. épr. 3 ; voir aussi var. c.*

c.   , comme si elle avait eu besoin de l'animer   *add. épr. 4*

d. camps avec un égal bonheur.   *F* : camps avec un égal bonheur. *Ensuite :* CHAPITRE IX / EN AVANT LES TARETS *orig.* : camps avec un égal bonheur. *Ensuite :* [§ 3 / EN AVANT LES TARETS *add. épr. 3*] : camps avec un égal bonheur. *Ensuite :* [§ 2 / UNE DÉMISSION *rayé épr. 2*] : camps. *Ensuite :* § 2 / UNE DÉMISSION *ms. Sur épr. 2, Balzac supprime ce titre ici pour le placer plus haut (var. b, p. 1080) avant qu'il ne trouve sa place définitive à partir d'épr. 3 (var. b, p. 1090). C'est après l'ajout du titre du premier chapitre de la troisième partie et l'installation définitive de cette partie (var. b, p. 1041 et var. a, p. 1046) que Balzac décale ses titres primitifs, ceux des § 1, 2 et 3 (chapitres VII, VIII et IX) devenant finalement les titres des § 2, 3 et 4 (chapitres VII, IX et X) ; voir, pour le chapitre VIII : var. a, p. 1046 et var. a, p. 1059 ; pour le chapitre IX, ma var. a, p. 1064 et la présente variante ; pour le chapitre X, la présente variante, var. b, p. 1080 et var. b, p. 1090.*

Page 1073.

a. mille francs, et sera sous-chef sous Colleville   *F* : cinq cents francs, et sera sous-chef sous Dubruel [et vous sous Godard   *add. épr. 1*]   *ms.*

1. D'où les colères (Juvénal, I, 168).

2. Jusqu'à cet endroit du texte, Balzac n'a pas modifié en 1844 le nom des titulaires des places à pourvoir : le chef de bureau devait être du Bruel, et Colleville était cité seulement comme sous-chef possible, au même titre que Dutocq et, parfois, Bixiou en 1844. Mais sans doute à cause des *Petits Bourgeois,* il se met soudain à corriger les noms dans les dernières pages sans songer à revenir sur les indications des précédentes.

Page 1074.

a. Matifat   *orig.* : Grosmort   *ant. (voir var. d, p. 982 ; var. a, p. 983 ; var. d, p. 1003).*

1. *Tartuffe,* acte III, sc. II. Plus haut, Balzac avait pris la peine d'indiquer que Laurent était affecté au service des chefs de bureau : le mot de Bixiou se trouve donc en situation.

2. D'abord anonyme jusqu'ici où il reçut le nom de Grosmort, et peut-être parce que ce nom avait déjà servi

dans *La Vieille Fille* pour un journalier d'Alençon, le personnage devait finalement éclater en Camusot et Matifat. Pour ce dernier, Laure Surville rapporte que Balzac lui aurait dit : « J'ai trouvé *Matifat* rue de la Perle, au Marais. Je vois déjà mon Matifat ! il aura une face pâlotte de chat, un petit embonpoint, car Matifat n'aura rien de grandiose, comme tu peux le croire » (Balzac, *Sa vie et ses œuvres,* p. 182).

Page 1075.

a. des amis du noble vicomte, *épr. 2* : du *Journal des débats, ant.*

Page 1076.

a. sûres. [Les deux employés allèrent ensemble rue Saint-louis St-honoré *rayé*] *ms.*

Page 1077.

1. Encore vivant au moment de l'intrigue : Talma mourut le 19 octobre 1826. Quant aux deux alexandrins qui suivent, leur origine reste un mystère (voir t. III, p. 863, n. 1).

2. Ces « massacres », dont trois étaient récents en 1824, devaient particulièrement révolter un libéral comme Fleury. Impliqués dans un complot carbonaro, les sergents Bories, Pommier, Goubin et Raoulx avaient été exécutés le 21 septembre 1822. Leur procès, jugé à Paris, bouleversa l'opinion libérale et inquiéta les sommités de la charbonnerie, qui furent soulagés de les voir disparaître sans avoir parlé. L'un des juges de ce procès était M. de Berny, le mari de la *Dilecta,* dont les relations avec Balzac commençaient justement en 1822. Le général Jean-Baptiste Berton, carbonaro aussi, préparait un soulèvement dans l'Ouest, quand il fut attiré dans un guet-apens, arrêté, jugé, condamné, et exécuté à Poitiers le 5 octobre 1822. Le colonel Auguste-Joseph Caron, impliqué à plusieurs reprises dans des complots bonapartistes, se trouva compromis dans l'affaire de Colmar, arrêté grâce à une provocation policière et fusillé à Strasbourg le 18 septembre 1822. Comme l'exécution de Ney en 1815, l'affaire des jumeaux César et Constantin Faucher remontait à cette année de la Terreur blanche : rendus responsables d'une échauffourée à la Réole dont ils avaient été respectivement maire et député lors des Cent-Jours, ils furent fusillés à Bordeaux le 27 septembre 1815.

Page 1078.

1. Maurice Bardèche note ici : « C'est là une définition purement balzacienne de l'âme. Balzac était arrivé à cette formule dès sa jeunesse, en 1822, au temps où il écrivait

ses *Notes philosophiques* inédites et son roman à thèse *Sténie* » (éd. cit., t. X, p. 208). Mais une chose est la pensée philosophique du jeune Balzac, une autre son emploi caricatural et le rôle bouffon qu'il lui fait jouer en 1837 dans un traité de morale composé par le bonhomme Phellion à l'usage des demoiselles d'un pensionnat.

Page 1079.

1. Faute d'être explicable, un fait doit au moins être constaté : du manuscrit aux dernières corrections, il n'y a pas une rature dans les extraits du traité supposé de Phellion. À croire que ce texte a été recopié...

Page 1080.

a. (de raiponces) [sic] add. épr. 3

b. cartons.) *Ensuite* : [§ 3 / LA DÉMISSION *titre supprimé en épr. 3 (voir var. c) et reporté p. 1090, var. b ; mis auparavant ici en épr. 2 alors qu'il se trouvait plus bas sur ms. (voir p. 1071, var. d)]* : cartons.) *ms.*

c. Mais *(en lui-même)* [...] *Rabourdin. add. épr. 3. C'est à la suite de cette addition que Balzac indiquait de reporter le titre du § 3 (voir var. b ci-dessus) à sa place définitive (voir var. b, p. 1090).*

d. Voir var. c, p. 1039, le chiffre est différent : deux cent cinquante mille francs.

e. a ébloui *F* : éblouira *ant.*

1. La Doctrine, parti des royalistes constitutionnels, était née vers 1818. Le nom de doctrinaire, dont Rémusat attribue l'origine au souvenir de l'ordre des Doctrinaires, congrégation vouée à l'instruction populaire, « fut plutôt entendu comme équivalent de doctrinal, adjectif qui pouvait être regardé comme une qualification de leur ton et de leur esprit ». Au début les doctrinaires furent représentés à la Chambre par Royer-Collard, Camille Jordan, discrètement par son président de Serre et même, un temps, par Beugnot ; et hors la Chambre, par Barante, Mounier, Guizot et Germain. « L'idée fondamentale de leur théorie était que les libertés publiques en se développant affermiraient le trône et que, bien loin de l'ébranler, c'était le servir que de se montrer de plus en plus fidèle aux promesses de la Charte. » (*Mémoires,* t. I, p. 331-332). Après l'assassinat du duc de Berry et le virage réactionnaire qui s'ensuivit, l'antagonisme entre doctrinaires et ultras s'aigrit à mesure des excès commis par ces derniers devenus propriétaires exclusifs du pouvoir. Dépossédés de tout rôle, les meilleurs opposants rallièrent en nombre la Doctrine et la vérité historique de l'avertissement de des Lupeaulx est confirmée par la seule liste des

responsables de la *Revue historique,* journal des doctrinaires fondé en 1828 : Guizot, Ampère, Barante, Broglie, Carrel, Duchâtel, Dunoyer, Duvergier de Hauranne, Guizard, Lenormand, Lerminier, Rémusat, Rossi, Saint-Marc-Girardin, Thiers, Villemain, Vitet... Que d'hommes alors méconnus, qui prendront leur revanche en 1830...

2. Le sacre de Charles X fut célébré à Rouen le 29 mai 1825. Relativement au moment de l'intrigue — décembre 1824 — la correction tardive du temps du verbe n'est donc pas heureuse.

Page 1082.

1. En une phrase, c'est le programme du complot politique de Marsay, exposé dans *Le Contrat de mariage,* celui des libéraux à mi-chemin entre le « parti-prêtre » et le « parti niais » du *Constitutionnel :* « un pied dans toutes les capitales, un œil dans tous les cabinets et nous enveloppons l'administration sans qu'elle s'en doute ». Marsay, que Balzac donnera dans *Une ténébreuse affaire* pour le « seul homme d'État qu'ait eu la monarchie de Juillet », prévoit de créer « une oligarchie où demeure une pensée fixe de gouvernement et qui dirige les affaires publiques dans une voie droite, au lieu de laisser tirailler le pays en mille sens différents, comme nous l'avons été depuis quarante ans » et, en même temps, en novembre 1827, annonce : « Pour triompher, nous irons jusqu'à nous réunir à La Fayette, aux Orléanistes, à la Gauche, gens à égorger le lendemain de la victoire, car tout gouvernement est impossible avec leurs principes. » Périer, que Balzac donnera pour le « seul homme d'État qu'ait eu la monarchie de Juillet » dans *Splendeurs et misères des courtisanes,* ne pensait pas autrement, et n'agit pas autrement quand il ramassa en 1831 « le pouvoir tombé dans la boue des rues » grâce à La Fayette, aux orléanistes et à la Gauche, en six mois de ce que Carrel nommait « du gouvernement par abandon ».

Page 1083.

a. Supprimer les caissiers ?... C'est un monstre ! *F* : Mais c'est joli ! *ant.*

1. Service administratif des théâtres rattaché aux intendances de la Maison du Roi, et dont le nom par trop ancien régime avait été transformé en 1824 en « Direction des Fêtes et Spectacles de Cour et du matériel des Fêtes et Cérémonies » sous la houlette de M. le baron Papillon de La Ferté.

Page 1084.

a. mille *F* : cinq cents *ant.*

1. Le « grand air » est évidemment l'air de la calomnie. Mais Balzac rend ici un hommage un peu appuyé à son ami Rossini qui avait, en effet, « inventé » l'air, mais pas toute la chanson : Beaumarchais avait tout de même « inventé » les paroles dans son *Barbier de Séville* (acte II, sc. VIII), et prouvé, et pas seulement en paroles, mais par toute son étrange vie d'aventures, qu'il ne se désintéressait pas de la « politique ».

Page 1085.

a. mille   *F*   : cinq cents   *ant.*

Page 1088.

a.   , répond *épr. 3* : , répartit *épr. 2*   *invention du typographe car Balzac avait écrit :* répétés,   *ms.*
b. cinq jours).   *F*   : dix jours).   *ant. (cf. var. a, p. 1090).*

1. Voir n. 1, p. 994.

Page 1089.

a.   , le vaudevilliste ! [...] chef.   *F*   :   ; il va chez le Maréchal, chez le Duc d'Aumont, chez le vicomte, et il sera chef de bureau.   *ant.*

1. Voir n. 1, p. 963.

Page 1090.

a. cinq   *F*   : sept   *ant.*
b. espion. / POIRET / Je ne comprends pas [...] fois !   *F*   : espion. / POIRET / Je ne comprends pas [...] fois !   *Ensuite :* CHAPITRE X / LA DÉMISSION *épr. 4* : espion. / POIRET / Je ne comprends pas... Pourquoi n'avez-vous pas rédigé votre phrase ainsi ? / BIXIOU / Est-ce que je rédige quand je parle ! *Ensuite :* § 4 / UNE DÉMISSION *épr. 3* : espion. / POIRET / Ah !   [*Ensuite :* § 3. UNE DÉMISSION *rayé ici en épr. 2 après y avoir été ajouté*] *ms. Voir aussi les commentaires de la variante d, p. 1071.*

1. Dans *Splendeurs et misères des courtisanes,* Vautrin emploie ce mot avec un sens nettement policier, et Vidocq, dans ses *Mémoires,* l'utilise pour désigner le juge d'instruction.

Page 1091.

1. Voir n. 4, p. 916.

Page 1092.

a. du peintre   *F*   : du jeune peintre   *ant. Voir var. c, p. 944.*

b. / — Je connais [...] Schinner. *add. F, liée à « Un
début dans la vie »* (1842).

1. Balzac pouvait avoir une raison de faire de cette expression une devise : *Col tempo* était en effet la *devise* des Bernet
ou Bernetz, noble famille du Piémont dont descendaient
les Berny, si l'on en juge par les pièces recueillies par le
mari de la *Dilecta* et, notamment, par l'arbre généalogique
de sa famille sur lequel cette devise figure (B.N. Mss. N.A.F.
22362 : « Recueil de pièces relatives à la famille de Berny »,
f⁰ 274 : arbre généalogique).

2. Rémusat jugeait qu' « en se familiarisant avec la Charte
en action », Villèle « s'était réconcilié avec la Charte en
principe » (*Mémoires,* t. I, p. 46). Il semble cependant, d'après
les pages qu'il consacre dans ses *Mémoires* aux désastreuses
conséquences de la Charte, que Villèle n'avait jamais désarmé.

3. Par hâte peut-être, Balzac se contredit à plusieurs
reprises sur plusieurs détails d'intrigue dans les dernières
pages de son roman : nous avons vu (p. 1081) que le matin
même des Lupeaulx demandait au ministre de remettre la
signature au lendemain, ce délai lui étant nécessaire pour
rendre la nomination de Rabourdin impossible et celle de
Baudoyer inévitable.

Page 1093.

a. , dit la baronne du Châtelet [...] Fontaine. *add.
épr. 3. En F et même en FC, Balzac oublie de faire la baronne
comtesse* (voir var. a, p. 945).

1. Détail qui témoigne à la fois d'une nouvelle distraction
et d'une remarquable prévision du destin des personnages,
parfois conçu très longtemps avant la rédaction : Châtelet,
baron dans *Illusions perdues* en 1836, deviendra comte à la fin
d'*Un grand homme de province à Paris* en 1839, et son mariage ne
sera donné comme un fait accompli de l'intrigue qu'au
début de *David Séchard* en 1843. Or Balzac faisait ici de ce
mariage un fait acquis *dès la rédaction de 1837*. Mais non du
titre cependant, qu'il oubliera de modifier en 1844, et même
dans le *FC* ensuite, alors qu'il le rectifie plus haut (var. *a,*
p. 945).

Page 1094.

a. nous n'allons pas [...] ministre. *add. BT*
b. et de Baudoyer *add. BT*
c. et Colleville, nommé chef, *add. F*
d. Colleville, *F* : Dubruel, *ant.*

1. Le *Petit dictionnaire [...] des enseignes de Paris* signalait
en 1827 : « Deux-Magots (Aux). M. Desabie, marchand de

nouveautés, à l'angle des rues de Seine et de Bussy »; suivait
une des nombreuses plaisanteries dont était victime le propriétaire du ce magasin. Rochefort en signale une autre,
dans ses *Mémoires* (p. 143), qui avait fait à Romieu une réputation d'esprit « inventif », d'une « excentricité incroyable »
et dont témoigne son dialogue avec le pauvre M. Desabie :
« Monsieur, je voudrais parler à votre associé. — Monsieur,
je n'en ai pas, je suis seul marchand dans mon magasin. — Ah !
vous êtes seul ! Pourquoi donc avez-vous pour enseigne
Aux Deux Magots ? »

Page 1095.

1. Allusion historique qui est dans la logique de l'intrigue
et qui confirme l'identité des protecteurs de Baudoyer.
En effet, le préfet de police Delavau comptait parmi les
« Jésuites acharnés », ainsi que le directeur général de la
police, Franchet-Desperey, que Courier nommait « l'abbé
Franchet » et en qui Castellane voyait le « chef de la Congrégation ».

2. Il n'est pas inutile non plus de faire remarquer que
Balzac contredit les propos du ministre et de des Lupeaulx,
dont il nous avait fait les témoins (p. 1046 et 1080-1082).

Page 1096.

a. Sans l'article [...] aussi. *add. épr. 4*
b. La branche cadette [...] Charles X. *add.* F

1. En 1837, Balzac évoque ces faits avec les avantages
et les inconvénients du recul. Ses considérations dépassent
le moment de l'intrigue : la société *Aide-toi, le ciel t'aidera*
se formera seulement en août 1827 dans un dessein essentiellement électoral et fondé sur la dissolution prévisible de la
Chambre qui intervint, en effet le 5 novembre. Autour de
Guizot se regroupèrent alors les doctrinaires actifs, des jeunes
gens du *Globe,* des membres de la Société de la Morale
chrétienne et d'anciens carbonaristes. Ils s'organisèrent
en quelques semaines pour faire échec aux manœuvres qui
faussaient les élections depuis 1824. Avec succès : un tiers
à peine des candidats ministériels fut élu.

2. Cette allusion touchait aussi la Grande Aumônerie,
car l' « espèce de cardinal de Fleury » était Mgr Denis Frayssinous, évêque *in partibus* d'Hermopolis, ancien prédicateur
de *Louis XVIII,* grand maître de l'Université en 1822,
ministre des Affaires ecclésiastiques depuis août 1824, premier aumônier de France et protecteur notoire de la Congrégation. Il osa bien mal, en effet, ce 25 mai 1826 où, délégué
par Villèle, il eut à réfuter à la Chambre le fameux pamphlet
Mémoire à consulter, paru en février, dans lequel Montlosier

affirmait l'existence de la Congrégation. L'argumentation du malencontreux évêque-ministre fut si gauche que Périer put s'écrier : « Enfin, la voilà donc reconnue officiellement, cette Congrégation mystérieuse dont l'existence a été si souvent, si formellement niée à cette tribune, et par les journaux ministériels! Prenons acte, messieurs, de cette déclaration faite par le gouvernement lui-même (Vaulabelle, *Histoire des deux Restaurations,* t. IX, p. 39 sq.).

3. Il s'agit de l'épilogue tragique des émeutes de juin 1832 déclenchées par les funérailles du général Lamarque. Le gouvernement, composé d'anciens doctrinaires et d'anciens libéraux, ordonna à la Garde nationale l'assaut à outrance des derniers insurgés retranchés dans le cloître Saint-Merri.

4. Article ainsi conçu : « La censure ne pourra jamais être rétablie. » En 1835, une des lois dites « de septembre » sur « les crimes, délits et contraventions de presse et autres moyens de publication » devait en atténuer singulièrement les effets.

5. Depuis septembre 1824, le ministre de la Maison du Roi était le duc de Doudeauville, « grand chambellan et jésuite en robe courte », selon Stendhal (*Courrier anglais,* éd. cit., t. III, p. 72), et père du vicomte Sosthène de La Rochefoucauld.

Page 1097.

1. Soulignés par Balzac, ces mots font allusion à un fait réel. À la demande du comte d'Artois, Frénilly et Vitrolles rédigèrent une note secrète destinée à renseigner les souverains de la Sainte-Alliance sur l'état intérieur de la France avant le Congrès d'Aix-la-Chapelle en 1818, en insistant naturellement sur la menace d'un réveil du jacobinisme. Decazes se procura une copie du document et en fit publier, sous le titre de *Note secrète,* une version tronquée de telle façon qu'elle parût un appel à prolonger l'occupation de la France. Le nom devait rester pour désigner toute correspondance avec l' « ennemi du dehors », et toute menée ultra.

Page 1098.

a.   , car il brûla tout son travail   *add. épr. 4*

1. Nouvelles contradictions ? Quelques heures plus tôt, Rabourdin affirmait à sa femme : « Sébastien a passé la nuit hier, toutes les copies sont achevées [...] je prierai le ministre de me lire en mettant tout sur son bureau. » Et même *après* le lâchage de des Lupeaulx, Rabourdin se proposait seulement de « tenter l'effet de sa démission ». Plus qu'une contradiction, il semble qu'on puisse voir ici le signe que Balzac bouscule et le dénouement et même son personnage qui,

l'essentiel de lui-même détruit, dut perdre la plupart de ses chances romanesques futures.

Page 1099.

a. à Ernest de La Brière   *F* : au valet de chambre du ministre   *ant.*

b. assuré   *F* : assuré moyennant quelques pièces d'or *ant.*

1. Célestine « arrondit » : plus haut, elle calculait trente-deux mille francs de dettes.

2. L'épicerie semble le plus court chemin vers la fortune : selon Bixiou, un épicier doit avoir gagné dix mille francs de rentes en douze ans. Dans *Les Petits Bourgeois,* Minard aura édifié une grosse fortune grâce aux denrées coloniales, passablement trafiquées, il est vrai. Et un an avant d'écrire *La Femme supérieure,* Balzac prétendait dans une lettre à Mme Hanska : « Si j'avais depuis dix ans, vendu des épices, je serais millionnaire » (*LH.,* t. II, p. 179).

3. À l'appui de cette conviction, Balzac montrera Mme de Sérisy déployant une force surprenante en une circonstance tragique dans *Splendeurs et misères des courtisanes,* et il commentera : « Un médecin expliquerait comment ces femmes du monde, dont la force est sans emploi, trouvent dans les crises de la vie de telles ressources. »

Page 1100.

a. le principal trait rendu par ce léger croquis   *BT* : l'esprit rendu [...] croquis   *épr. 2* : le principal trait rendu [...] croquis   *ant. À la suite, Balzac ajoutait sur le manuscrit :* Mettez ici le polytypage. *En épr. 2* : ici le bois du dessin. *En épr. 3* : ici le grand polytypage. *Enfin en épr. 4* : ici le grand bois. *À cette quatrième recommandation, un typographe réagit en répliquant (entre parenthèses et au crayon) :* connu !

1. Il serait curieux de connaître l'opinion de Daumier sur Bixiou, car sa gravure des *Exécutions administratives* est l'un de ses plus mauvais dessins.

Page 1101.

a. Rabourdin passa par la grande cour   *épr. 3* : Rabourdin traversa en passant la cour   *épr. 2 et invention des typographes car Balzac avait écrit :* Rabourdin traversa la cour   *ms.*

b.   . Il revint [...] méconnu   *épr. 3* : et il revint satisfait de lui reprendre sa place. Ce fut pour lui, la grande journée. Il avait rendu [...] méconnu   *ant. Ici s'achevait le manuscrit.*

1. « Les dieux furent pour le vainqueur [César], Caton pour le vaincu [Pompée] » : Lucain, *La Pharsale,* ch. I, v. 28.

Page 1102.

a. FLEURY (*en sortant [5 lignes]* journal *add. F dans une add. épr. 3 ; voir var. a, p. 1103.*

Page 1103.

a. BIXIOU, *voyant entrer Phellion [p. 1101, avant-dernière ligne]* il est joli [celui-là! *add. épr. 4]* *add. épr. 3 C'est sur les mots* celui-là ! *que s'achevaient les textes du Bon à tirer, de « La Presse », de l'édition originale et de la deuxième édition.*

Page 1104.

1. Raillerie de libéral. Mais à l'autre extrême politique, les ultras ne jugeaient pas autrement. Et Balzac n'offensait pas la vérité historique lorsque, dans *La Duchesse de Langeais,* il montrait la duchesse de Blamont-Chauvry, ultra véhémente, attribuant à Louis XVIII de noires intentions : « Ce cagot de philosophie sera tout aussi dangereux pour son cadet qu'il l'a été pour l'aîné; car je ne sais si son successeur pourra se tirer des embarras que se plaît à lui créer ce gros homme de petit esprit, d'ailleurs il l'exècre, et serait heureux de se dire en mourant : il ne régnera pas longtemps. »

Page 1105.

a. L'antichambre de l'Administration *[p. 1103, 4ᵉ réplique de Bixiou]* politique. *add. F, reprise de Ph., chapitre « La moralité de cette Physiologie ».*

Page 1106.

1. Le secret de Minard est dévoilé dans *Les Petits Bourgeois :* il s'agit de fraudes sur la fabrication du thé et du chocolat, une de « ces conceptions perverses qui déconsidèrent le commerce français ». Bien que ce roman et la fin des *Employés* aient été écrits à peu près en même temps, la démission de Minard, qui intervient ici en décembre 1824, est datée de 1827 dans *Les Petits Bourgeois.*

Page 1109.

a. / Évidemment, alors un soldat *[p. 1107, 9ᵉ ligne]* s'embrouiller. *add. F, reprise de Ph., chapitre « Chapitre premier. Définition ».*

1. Ce n'est pas à Louis XVIII, mais à son ministre de la Marine, Molé, que l'on doit cet apophtegme : « À côté de l'avantage d'innover, il y a le danger de détruire » (H. Castille, *Les Hommes et les mœurs en France sous Louis-Philippe,* p. 104).

Page 1111.

1. Pour empêcher une aussi désastreuse éventualité, les ministres de 1824 s'étaient autorisé les plus fermes mesures. Ainsi, Peyronnet, s'adressant aux électeurs fonctionnaires, leur faisait dire par circulaire : « Le gouvernement ne confère les emplois publics qu'afin qu'on le serve et qu'on le seconde [...] Si le fonctionnaire refuse au gouvernement les services qu'on attend de lui, il trahit sa foi et rompt volontairement le pacte dont l'emploi qu'il exerce avait été l'objet ou la condition [...] Le gouvernement ne doit plus rien à celui qui ne lui rend pas tout ce qu'il lui doit » (Vaulabelle, *Histoire des deux Restaurations,* t. VII, p. 379).

Page 1112.

1. « Trente mille », p. 908, n. 1. Dans l'*Art de faire des dettes,* Ymbert déclarait : « Nous avons soixante mille employés en France. » Bertier de Sauvigny écrit qu'à la fin de la Restauration, après les compressions du personnel administratif effectuées par Villèle, et déduction faite des pensionnés, des ecclésiastiques et des militaires, « il reste en tout et pour tout 119 000 fonctionnaires pour tous les services civils » (*La Restauration,* p. 371).

Page 1114.

a. / Certes, la bureaucratie a des torts *[p. 1112, 1ʳᵉ réplique de des Lupeaulx]* vaisseau. *add. F, reprise de Ph., chapitre « Utilité des employés démontrée ».*

Page 1116.

a. / En 1830 *[1ᵉʳ §]* genre-là. *add. F légèrement retouchée en FC. On pourra comparer ce texte avec celui du chapitre « Le garçon de bureau » qui va des mots* / En 1830, quand il y eut ce grand mouvement national *jusqu'à* genre-là., *dans la « Physiologie de l'employé ». Mais, comme on l'a vu dans l'Histoire du texte (p. 1548-1549) ce chapitre portait un titre qui avait été aussi donné à un article publié en 1830 dans « La Caricature », sans doute par Monnier. Il est évident que cet article a été la source de ce dernier passage des « Employés ». Emprunté et remanié en F et FC, ce texte avait déjà été arrangé pour la « Physiologie de l'employé », et, auparavant encore, dès 1837, sans doute en vue d'une « quatrième partie » de « La Femme supérieure », à laquelle Balzac songeait, qu'il annonça même, mais qu'il n'écrivit pas. Nous publions ici la version de 1837. Pour distinguer les corrections de Balzac de ce qu'il conserva du texte primitif, celui de « La Caricature », nous avons imprimé les premières en caractères droits et le second en italique :* En 1831, Laurent, resté seul au ministère, y continuait les glorieuses traditions de son oncle Antoine, retraité à sept cents francs, après la première crise de Juillet, orage qu'il surmonta grâce aux conseils de son oncle, se trouvait dans l'antichambre de la division Desroys, il avait déplié son *mouchoir à carreaux bleus et rouges,* et regardait *avant de se moucher* un vieux garçon de bureau qui avait été sous M. Clergeot et en bas et qui était aussi resté ferme dans la Division ; pendant un moment *ils eurent l'air de se défier l'un de l'autre mais* après s'être guigné *de l'œil en même temps et* s'être compris le dialogue commença ainsi :

Laurent : — *Hein ?*
L'autre : — *Ça va-t-il ?*
Laurent : — *Hé, hé !*
L'autre : — *Que tu dis ?*
Laurent : — *Rien !*
        (ils regardent autour d'eux.)
L'autre : — *Ça fait pitié.*
Laurent *(en lui tapant dans la main)* : — *À la bonne heure. N'est-ce pas ?*

L'autre : — Mon vieux *ces nouveaux,* ça ne sait rien de rien ! Le mien, ce petit jeune homme qu'ils ont mis *directeur du budget, directeur du budget, dis donc ?... et l'on dit qu'il travaillait dans* le *Constitutionnel !* Hé ben, ça n'a aucun usage des bureaux. J'ai beau lui dire, tous les matins, où se met le papier blanc, la poudre, où sont les lettres, les ustensiles de son bureau, bah ! c'est comme si que je ne lui disais rien du tout. Ça joue avec tout, c'est sans la moindre dignité. Et puis, il ne s'accoutume pas à moi, ni moi à lui. Autrefois je les formais en quinze jours, je les stylais à déposer leurs parapluies dans le coin, à s'accoutumer de prendre leur bois à côté d'eux (il fait un geste de doute et hoche la tête). Pour celui-là, j'en désespère. Ça n'a pas de capacité. Faut toujours lui dire les mêmes choses, et exigeant ? faut voir ! i'me fait faire des commissions en ville. Je les fais tout de même. Mais, je compte bien lui dire que je suis l'employé du gouvernement. Tiens, que ça me fait ?... J'ai acquis ma retraite, j'ai droit à six cents francs, hein ? pas vrai ! et le tien, comment va-t-il ?...

Laurent *(faisant une moue très lippue)* : — *C'est pas encore un fameux* quoique dans le temps, il était ici, sous Monsieur Baudoyer, simple rédacteur, il s'en est allé chez [Laffitte et Caillard *rayé*] des entrepreneurs de diligence, où il a été caissier et a publié des livres de politique, il est devenu publiciste contre le gouvernement déchu. En juillet, il a pris des barricades, commandé le feu, contre les suisses, enfin les cent coups, blessé de là, il est revenu ici, remplacer M. Dubruel qui resta attaché à l'ex-Roi, et fait des Vaudevilles à mort. Le père Colleville est rentré aussi, il avait prophétisé les événemens de Juillet, et le voilà pour ça Sous-chef. Mais mon Desroys, un drôle de nom pour un ami de Lafayette, et qui rédige dans les journaux républicains, eh bien *(tout bas)* i'reconduit les solliciteurs jusqu'à la seconde porte. Moi je vous les

*traite! tu sais. Tiens, faut tenir sa dignité. Si le gouvernement
ne veut pas, est-ce une raison ? Figure-toi ?* il dit : *j'ai l'honneur
au premier venu ;* il serre la main *à des gens auxquels tu n'offrirais
pas seulement une prise de tabac et qui crottent les tapis, que c'est
une pitié !* il vient *matin. Mais ça ne durera pas ! Ça n'a point de
formes... i n'me dirait pas* comme ce bon M. Dubruel, Laurent,
une buche ? j'ai à tout moment peur qu'il ne m'appelle Doyen.
*Quand les employés sont venus lui tirer leur révérence, il les a appelés
ses amis ! Je t'en casse des amis !* il veut les réduire et se donne un
mal de chien pour ravoir les plans qu'a faits il y a sept ans ce
ce brave M. Rabourdin. Il parle de patriotisme, de désintéressement, de vérité dans les choses, de mettre tout à jour...

L'autre : — Dans quels embarras, ils vont se fourrer.

Laurent : — *Oui, ils parlent de désintéressement et de patriotisme,* mais s'ils ont changé l'enseigne, la vie sera la même...
*(on sonne) Tiens, v'la la scie qui commence (il regarde sa montre).
Il s'en manque pourtant de dix minutes, qu'il soit huit heures.*

L'autre : — *Le mien* arrive, vois-tu ce petit gringalet ?
C'est flambé, mon vieux ! il y avait plus d'agrément avec les
autres.

Laurent : — Tout le monde le dit *jusqu'à ce gros agent de
change, eh ! ben, i descendait l'escalier, hier il a dit avec un F, oui
avec un F, que sous monsieur le comte de Villèle* (il baisse la voix)
il y avait de l'argent à gagner ! au lieu que... (on sonne).

L'autre : — *Histoire du désintéressement !*

Laurent : — *Je t'en casse du désintéressement !* ils ont donné
des mille et des cents de pension à c'te dame que tu vois venir ici en
équipage ! Mon oncle Antoine, en homme qui a entré du temps
de Robert Lindet et qui connaît les Bureaux, eh bien il dit que
la révolution recommence et que si on voit comment elle
recommence, on ne sait pas comme elle refinira. Il parle de
s'en aller en Savoye et je crois bien que nous irons y planter nos
choux, en abandonnant les affaires. Qu'est-ce que la politique ?

L'autre : — C'est Ôte toi de là que je m'y mette.

Laurent : — Pas autre chose.

1. Le vieux mot *aîtres* était moins ambigu, et le sens n'apparaît que plus loin, lorsque l'un des garçons de bureau dit à
Rabourdin : « ... nous sommes les seuls qui soyons restés
de votre temps. » Les « êtres connus » de Rabourdin sont
donc les lieux et non les personnes.

2. Parce qu'il « écoutait » ? Parti du ministère en espion
supposé, Rabourdin n'y fait pas ici un retour heureux. Ni
une belle fin romanesque...

Page 1117.

a. Paris, juillet 1836.   *FC* : Paris, juillet 1838   *F. Une
autre main — Lovenjoul ou Vicaire ? — a corrigé au crayon et
indiqué la date exacte : 1837.*

INDICATIONS BIBLIOGRAPHIQUES

MEININGER (Anne-Marie) : *Les Employés,* éd. critique et commentée, 3 vol. in-4° multigraphiés, Paris, 1967.

REGARD (Maurice) : Compte rendu de l'édition ci-dessus, *AB 1968,* p. 454-457.

Principales sources livresques anciennes

MONNIER (H.) : *Mœurs administratives dessinées d'après nature,* 2 vol, Delpech, 1828.

— « Le garçon de bureau », *La Caricature,* 25 novembre 1830.

— *Scènes de la vie bureaucratique,* dans la deuxième édition des *Scènes populaires,* 4 vol., Dumont, 1835-1839.

— « Scènes de la vie administrative », *La France administrative,* t. I et II, août 1840-juillet 1842.

YMBERT (J.-G.) : *L'Art d'obtenir des places* [...], Pélicier et Petit, 1816.

— *Mœurs administratives,* 2 vol., Ladvocat, 1825.

— « Bureaucratie », dans *L'Encyclopédie moderne* (Dupuy, 1825).

Études et articles

ROBERT (Guy) : « Naissance d'un texte de Balzac. Le plan Rabourdin dans *Les Employés* », *L'Information littéraire,* n° 5, 1952.

CRABBE (V.) : « Balzac et l'administration », *Revue internationale des sciences administratives,* n° 2, 1954.

THUILLIER (G.) : « Comment Balzac voyait l'administration », *La Revue administrative,* n° 46, 1955.

CHOLLET (R.) : Préface des *Employés ou La Femme supérieure,* éd. Rencontre, Lausanne, 1956.

HUSSON (P.) : *Autour du roman « Les Employés » de H. de Balzac,* mémoire pour le diplôme d'Études supérieures, dactylographié, Paris, 1956.

DONNARD (J.-H.) : *Balzac. Les Réalités économiques et sociales dans « La Comédie humaine »,* chapitres « Messieurs les ronds-de-cuir » et « Le plan Rabourdin », A. Colin, 1961.

MEININGER (A.-M.) : « Qui est des Lupeaulx ? » *AB 1961.*

— « Eugène Surville, *modèle reparaissant* de *La Comédie humaine* », *AB 1963.*

— « Balzac et Stendhal en 1837 », *AB 1965.*

— « Balzac et Henry Monnier », *AB 1966.*

MAISON DE BALZAC : *Balzac et l'Administration.* Catalogue de l'Exposition par J. Sarment et Préface par P. Boussel (Presses artistiques, 1974), 45 illustrations.

LES COMÉDIENS SANS LE SAVOIR

HISTOIRE DU TEXTE

L'histoire de cette œuvre est restée méconnue, peut-être en raison de la complexité de sa conception et de sa rédaction. Il apparaît pourtant possible d'en reconstituer les phases principales, les unes avec certitude, d'autres de façon plus hypothétique, grâce à la *Correspondance* de Balzac ou à ses *Lettres à Mme Hanska* et à nombre de documents conservés à la Bibliothèque Lovenjoul, tels que certains dossiers d'affaires et plusieurs « pages de titre ». On connaît ces précieuses feuilles au centre desquelles, sitôt conçu un projet, Balzac en calligraphiait le titre. Destinées à coiffer un manuscrit futur et restant sur un coin de son bureau, elles devenaient les plus proches confidentes de l'homme et de l'écrivain qui, au fil des jours, inscrivait autour du titre un extraordinaire mélange de notations diverses, de comptes de ménages ou d'auteur, de nouveaux projets et titres. Leur date est assez facile à fixer : on peut admettre que le titre central devait apparaître à peu près en même temps sur ces pages et dans les lettres à Mme Hanska, tant Balzac était anxieux de prouver au plus tôt à lui-même autant qu'à sa correspondante le bouillonnement et la réalité de ses idées. C'est le cas des pages utilisées pour retrouver les étapes de la conception des *Comédiens sans le savoir,* étapes repérables dans des projets notés alentour d'un titre central qui indique la date avant laquelle ces projets avaient peu de chance d'exister; la date après laquelle ils n'avaient plus à être consignés étant donnée par celle du contrat signé avec Hetzel le 17 août 1844 pour plusieurs articles destinés au *Diable à Paris,* dont certains entreront ensuite dans *Les Comédiens sans le savoir.*

Contrairement à ce qui a été trop souvent dit, la conception première de cette œuvre ne découla pas de ces articles et d'une idée survenue après coup de les utiliser pour fabriquer le voyage d'un provincial à travers Paris, puisque, comme nous l'avons montré dans notre Introduction, le germe initial, très antérieur, se trouve dans le *Voyage de découverte exécuté dans la rue de Richelieu* destiné au recueil des *Rues de Paris.* De ce premier *Voyage,* aussitôt annoncé à Mme Hanska le 22 janvier 1843, la page de titre constitue sans doute tout ce qui fut écrit (*LH,* t. II, p. 157 et *Lov.* A 202 f⁰ 15). Ce *Voyage* initial abandonné, le 2 mars suivant, Balzac annonçait à Mme Hanska : « Je fais pour les gens de Lagny un roman intitulé *Monsieur Coquelin* qui terminera le tome VII, et qui peindra les déboires des bourgeois de province voulant faire de l'effet à Paris. » (*LH,* t. II, p. 172). Destiné au tome VII, ce nouvel avatar était donc une *Scène de la vie de province.* Réduit à cette seule phrase, ce « roman » prouve du moins qu'une idée était née alors, qui prendrait forme en 1844, quand la proposition d'Hetzel pour *Le Diable à Paris* fixerait définitivement l'attention de Balzac sur une *Scène de la vie parisienne.*

La première étape de la conception date de juin-juillet 1844, avec *Le Voyage à Paris* noté sur la page de titre de *La Fin d'un dandy* (*Lov.* A 1, f⁰ 4 v⁰), dont la date eſt repérable grâce à des prévisions de frais qui correspondent aux soucis de Balzac à la fin de juin et au début de juillet 1844. Sur la même page sont aussi à retenir : *Le Retour à Paris* et *Le Retour au village,* projets dont nous avons déjà vu qu'il reſta peut-être des traces dans *Les Comédiens sans le savoir.* Enfin, sur la même page encore, en pensant au pédicure Publicola, il faut relever le titre *Lettres d'Agricola,* projet qui prendra plus tard la forme d'une ébauche intitulée *Lettres capitales par Publicola* (*Lov.* A 115, f⁰ 22 sq.).

La deuxième étape se situe vraisemblablement entre le 16 et le 26 juillet 1844. C'eſt, en effet, sur la page de titre de *L'Hôpital et le Peuple* (*Lov.* A 102, f⁰ 3 v⁰), dont Balzac parle plusieurs fois à Mme Hanska dans la limite étroite de ces deux dates, qu'apparaît une liſte sans titre mais énumérant la plupart des futurs « Comédiens sans le savoir » : « 1⁰ *Un eſpion.* 2⁰ *Mme la Ressource.* 3⁰ *Le chapelier ou le luther des chapeaux.* 4⁰ *Le Gaudissart.* 5⁰ *Un des trois grands coëffeurs.* 6⁰ *La tireuse de cartes.* 7⁰ *Les Orateurs.* »

Troisième étape aux alentours du 9 août, jour où Balzac annonce à Mme Hanska qu'il compte donner à la fin de *Béatrix* le titre *Les Malices d'une femme vertueuse,* dont il orne une page importante pour l'hiſtoire des *Comédiens sans le savoir* (*Lov.* A 1, f⁰ 4 r⁰). Nous y voyons littéralement naître l'œuvre. D'abord apparaissent deux titres superposés : [*Aventures* rayé] *Voyages d'un enfant perdu dans Paris* et *Les Curiosités humaines de Paris.* Plus bas, nommément deſtinés à Hetzel : *Les Comédies. Le Savant. Morale du bal de l'Opéra. Les Boulevards à vol d'oiseau. Ce qu'on peut voir en dix minutes au passage de l'Opéra. Les choses qui s'en vont* et, rayé, *Simple discours d'un bourgeois amoureux de sa ville. Les Comédies :* voilà notre embryon. Un bel embryon puisque Balzac prévoit « 2 f[euilles] » et seulement une « 1/2 f[euille] » pour chaque autre titre. L'un nous intéresse aussi : *Ce qu'on peut voir en dix minutes au passage de l'Opéra,* future greffe qui composera dans *Le Courrier français* le chapitre IX où, d'entrée de jeu, Bixiou dira à Gazonal : « Eh bien ! sachez au moins tout ce qu'on peut voir en dix minutes au passage de l'Opéra. » Enfin, toujours sur cette page de titre, une liste à douze numéros qui reprend et augmente celle de la page de titre de *L'Hôpital et le Peuple.* Coiffée d'un titre, *Ce qu'on peut voir en dix minutes,* elle comporte, dans l'ordre : « 1. *L'omnibus.* 2. *Le luther des chapeaux.* 3. *Mme la Ressource.* 4. *Un Gaudissart de la rue Viv[ienne].* 5. *Claritus V.* 6. *Une devineresse.* 7. *Les orateurs.* 8. *Opinions d'un pédicure.* 9. *Le faible d'un escompteur.* 10. *Un directeur de Revues.* » « 11 » et « 12 » restèrent en blanc. Une dernière notation à relever : le nom de « F. Girault » (voir l'Introduction, p. 1138).

La période de conception finit le 17 août, jour où Balzac et Hetzel échangent leurs lettres d'engagement. Hetzel reconnaît à Balzac « le droit de joindre aux œuvres dont ils font ou feront partie les articles intitulés *Les Comédies qu'on peut voir gratis à Paris* — *Tout ce qu'on peut voir en dix minutes sur le boulevard des Italiens* — *Une rue de Paris, son habitant, ses mœurs d'après sa bonne* — *Comme quoi tout est possible à Paris. Discours d'un bon bourgeois amoureux de sa ville,* sous les réserves indiquées dans son reçu en date du 17 août 1844 ». Ce reçu nous manque, mais la suite de leur correspondance montre que ces « réserves » interdisaient à Balzac de revendre ces articles à des journaux : seule leur publication en librairie était autorisée, et après leur exploitation par Hetzel. Dans un autre billet, sans date mais vraisemblablement très proche, apparaissent trois articles essentiels pour *Les Comédiens sans le savoir : Comme quoi tout est possible à Paris,* ce dont s'apercevra Gazonal; *Ce qu'on peut voir en dix minutes sur le boulevard des Italiens,* dont la localisation complète le titre coiffant la liste de la troisième étape et le différencie du projet pour *le passage de l'Opéra*; enfin l'article capital, accompagné d'une précision décisive : « *Les Comédies qu'on peut voir gratis à Paris,* lequel est divisé en plusieurs articles » (*Corr.,* t. IV, p. 719 et n. 2 de la page, et p. 720). Précision décisive, mais troublante. Car s'il est évident que *Les Comédies qu'on peut voir gratis à Paris* sont l'embryon des *Comédiens sans le savoir,* il est évident aussi que cette œuvre sera essentiellement formée des divisions prévues pour *Ce qu'on peut voir en dix minutes.* En fait, plutôt qu'une greffe, il y eut fusion du *Voyage à Paris* et des *Curiosités humaines,* des *Comédies gratis* et de *Tout ce qu'on peut voir en dix minutes,* le projet visant le *boulevard des Italiens* procurant la majorité des acteurs des *Comédies gratis* et le lieu de départ du *Voyage* à l'issue d'un déjeuner au café de Paris. Le billet de Balzac indique en outre deux détails qui permettent d'aborder le stade de la rédaction : lesdits articles étaient « en partie fournis ou à fournir » et « le prix de chaque feuille est de cinq cents francs ».

Le 25 août 1844, Balzac écrit à Mme Hanska : « J'ai fait, pour *Le Diable à Paris,* pour 3.000 fr. de petits articles, très drôles »; et, le 30 août : « Je viens de faire en 8 jours pour 3.000 fr. d'articles pour *Le Diable à Paris,* tous spirituels et comiques, sur Paris. » Mais ces articles ne sont sans doute pas complètement « faits » puisque, constatant à la fin de sa lettre qu'il avait passé sa nuit à lui écrire, il ajoute : « J'avais à finir deux articles pour *Le Diable à Paris,* et voici le jour qui se lève » (*LH,* t. II, p. 500, 502, 507). Relativement à la question qui nous intéresse, celle des stades de la rédaction des futurs *Comédiens sans le savoir,* il s'agit de débrouiller ce que Balzac avait au juste de « fourni ou à fournir » vers le 17 août 1844, et ce qu'il avait de « fait » ou « à finir » vers la fin du mois. Un fait déjà est certain : Balzac a fourni de la copie et en quantité calculable : au tarif de 500 francs la feuille, 3 000 francs représentaient six feuilles. Quant au contenu, notons que six feuilles correspondent à la matière des articles que Hetzel exploitera soit dès 1844 dans le premier tome du *Diable à Paris,* où paraîtront : *Un Espion à Paris. Le Petit Père Fromenteau, bras droit des gardes du commerce* le 10 septembre, *Une marchande à la toilette ou Madame la Ressource en 1844* à la fin du mois de septembre, et *Un Gaudissart de la rue Richelieu* le 15 octobre; soit en les revendant au *Siècle,* qui publiera en 1845 : *Une rue de Paris et son habitant* le 28 juillet, *Le Luther des chapeaux* le 19 août, et *Les Roueries d'un créancier* le 10 septembre.

Dans cet ensemble, *Les Roueries d'un créancier,* écrites depuis janvier 1844 (voir *Un homme d'affaires*), et *Une rue de Paris et son habitant,* dont la rédaction était certainement encore antérieure (voir *Les Petits Bourgeois,* t. VIII), représentaient les articles mentionnés « fournis » le 17 août. Si les articles alors « à fournir » étaient bien les quatre autres, les lettres de Balzac annonçaient donc la première étape de la rédaction même des futurs *Comédiens sans le savoir,* que l'on peut donc fixer à la seconde quinzaine d'août 1844. Dès ce début, alors limité à quatre « curiosités humaines » — un espion, une marchande à la toilette, un marchand de châles et un chapelier — l'œuvre future est à l'évidence en formation, car les quatre « articles » se trouvaient déjà regroupés sous le titre général des *Comédies qu'on peut voir gratis à Paris,* et ils avaient été conçus et rédigés non pas séparés et en fonction du *Diable à Paris,* mais bel et bien liés et en fonction d'un récit unique. De ces faits, une lettre d'Hetzel apporte la preuve : à peine la copie reçue et lue, il demande un rendez-vous à Balzac : « Je voudrais aussi pouvoir m'entendre avec vous pour *Les Comédies qu'on peut voir gratis à Paris.* Le lien qui lie les articles, si petit qu'il soit, est toujours un lien et s'il reste il n'y aurait pas moyen de les séparer. » (*Corr.,* t. IV, p. 724).

Or, Hetzel juge cette séparation nécessaire pour *Le Diable à Paris,* publié par livraisons, et s'offre à la faire. Peu importe de savoir s'il satisfait sa manie interventionniste ; ses objections ont le mérite de nous apprendre que le fil conducteur des *Comédiens sans le savoir,* ce lien qu'il trouvait si fâcheux, était en place dès la première étape de la rédaction. Quoique dissimulé, il reste perceptible dans les articles publiés dans *Le Diable à Paris,* qui composent déjà, sous une forme encore réduite mais nette, *Le Voyage à Paris* prévu, à un stade qui n'était plus celui de l'« enfant perdu » de la troisième étape de la conception, et pas encore celui qu'accomplira un provincial piloté par Lora et Bixiou.

Dès ce départ, cependant, les futurs cicérones de Gazonal existent, mais explorant Paris pour leur seul plaisir et sans piloter personne, ils sont deux « artistes » auxquels il ne manque qu'un nom : « mon ami » et « moi », le narrateur, dont l'identité n'est pas un secret pour Mme Nourrisson, la marchande à la toilette (elle fournit à son sujet quelques indications dont la bizarrerie sera éclairée, le moment venu, par l'identité du Lora réel, voir l'Introduction, p. 1129). De même, la réalité de la vie de Balzac à la fin d'août 1844 expliquera qu'*Un espion* figure parmi les quatre premières « curiosités humaines », alors qu'il n'était prévu dans aucune des deux listes établies en juillet et au début du même mois d'août. Et de même encore, la réalité de la vie du créateur expliquera le fait que *Madame la Ressource* ait figuré dès la première liste établie, comme nous l'avons vu, entre le 16 et le 26 juillet. C'est le 16 *juillet,* en effet, que Balzac décidait de refaire pour l'édition Furne, en « plus complet, mieux écrit et plus beau », les deux premières parties de *Splendeurs et misères des courtisanes* publiées en feuilleton en 1843 (*LH,* t. II, p. 475). Dès ce moment, il devait apercevoir le parti à tirer de la Saint-Estève, marchande à la toilette-entremetteuse apparue à la fin du feuilleton. La refonte de *Splendeurs et misères des courtisanes* allait paraître le 18 septembre 1844, mais, réalisée sans doute en août en même temps que la rédaction des *Comédies qu'on peut voir gratis,* elle justifie le fait que, dès ce moment, Balzac ait préféré faire, parmi tant d'autres, le portrait de Mme Nourrisson, « Madame la Ressource en 1844 ». Créée à partir de la Saint-Estève, et créée en même temps pour deux œuvres aussi différentes que *Splendeurs et misères des courtisanes* et *Les Comédies qu'on peut voir gratis à Paris,* cette figure occasionna un très curieux phénomène de fabrication en va-et-vient, dont le mécanisme complexe a été minutieusement étudié par Henri Gauthier (voir « L'usurière dans trois œuvres de Balzac », *Les Études balzaciennes,* nos 5-6, 7, 8-9).

S'il est difficile de déterminer la date de la rédaction de chacun des portraits de « curiosités humaines » qui viendront compléter les quatre premiers, du moins peut-on signaler approximativement quelques étapes.

Le 20 septembre 1844, Balzac évoque de « petits travaux » pour *Le Diable à Paris* (*LH,* t. II, p. 512). Il ébauche peut-être alors cette petite esquisse d'un vieillard-empire donnant « gratis la comédie » sur le boulevard qui, abandonnée, deviendra l'un de ses plus grands portraits : celui de Pons (voir mon édition du *Cousin Pons,* Classiques Garnier, 1974, p. xv et n. 2).

Le 15 décembre, il demande à Hetzel des nouvelles du *Luther des chapeaux* qu'il s'étonne de n'avoir pas vu paraître dans *Le Diable à Paris*. Il annonce aussi « sur [son] bureau, en composition, *Ce qu'on voit en dix minutes au passage de l'Opéra,* puis *Le Coiffeur* et *La tireuse de cartes.* Cela fera avec *Les Orateurs* neuf articles » (*Corr.,* t. IV, p. 753).

En janvier 1845, commencent entre Balzac et Hetzel les différends sur des questions d'argent qui finiront par une rupture en 1846. Mais, bien qu'il aperçoive que, à cause de ces différends ou du trop-plein de copie, Hetzel ne lui prendra plus d'« articles », Balzac continue son travail. Il perd si peu de vue l'avenir future qu'à cette époque même, il l'inscrit dans son *Catalogue des œuvres que contiendra la Comédie humaine* sous le titre *Les Comiques sérieux* (nº 63, des *Scènes de la vie parisienne*). Aux environs du 18 février 1845, comme nous l'apprend une lettre à Hetzel, il a achevé le futur lever de rideau : *Ce qu'on voit en dix minutes au passage de l'Opéra,* et les portraits de deux autres des futurs « comédiens sans le savoir » : *Le Coiffeur* et *La Tireuse de cartes* (*Corr.,* t. IV, p. 779).

Et *Les Orateurs* ? Il est classique de considérer ce titre comme celui d'un texte que Balzac « n'écrivit pas » ou « perdu » (M. Bardèche et P. Citron, voir ouvrages cités dans les *Indications bibliographiques*). Or *Les Orateurs* furent non seulement écrits, mais encore si peu perdus qu'ils formeront la partie des *Comédiens sans le savoir* circonscrite par les chapitres XXII, XXIII et XXIV du feuilleton du *Courrier français,* comportant divers portraits d'« orateurs » dont la qualité est précisée à la fin du chapitre XXI par Bixiou annonçant : « nous ferons poser le premier orateur que nous rencontrerons dans la salle des Pas-Perdus ». Écrits donc, mais quand ? Il faut nous résigner à l'ignorer, bien que l'identité des figurants et le sujet politique de la scène des *Orateurs* — Giraud, Vignon, Rastignac, Trailles, Canalis —, suggèrent qu'ils durent venir plus facilement sous la plume de Balzac au moment où, justement, il pensait aux *Scènes de la vie politique.* Or, c'est le 15 février 1845 qu'il manifeste le premier signe d'intérêt pour le futur tome XII de *La Comédie humaine* qui contiendra les dernières *Scènes de la vie parisienne* et les *Scènes de la vie politique...* (*LH*, t. II, p. 57). *Les Orateurs* suivirent-ils immédiatement l'achèvement des trois titres mentionnés dans la lettre écrite vers le 18 février à Hetzel ? C'est probable.

Plusieurs étapes de la rédaction des *Comédiens sans le savoir* restent encore inconnues : Balzac ne mentionne nulle part la date à laquelle il aurait rédigé les portraits du pédicure Publicola et de l'escompteur Vauvinet, deux « curiosités humaines » pourtant prévues dès le départ, et pas davantage les portraits non prévus du portier Ravenouillet, du « grand littérateur » Chodoreille, du peintre Dubourdieu et de Jenny Cadine. Furent-ils créés au dernier moment ? Chodoreille intervint en remplacement, mais tellement *in extremis* qu'il était vraisemblablement prêt à l'avance. Dubourdieu, en revanche, doit dater de la dernière étape de la rédaction, parce que, semble-t-il, c'est alors seulement que la réalité le proposera à Balzac (voir l'Introduction, p. 1142 sq.). De même, sans doute, Jenny Cadine, parce qu'il fallait bien une conclusion au sujet de la comédie dont Gazonal était enfin devenu le héros.

Reste la question principale : celle de la création de Gazonal lui-même. Quand devint-il le héros des *Aventures* ? Quand le fil conducteur des *Comédies gratis* ? Sur ce point du moins, nous possédons une indication, fournie, comme nous le verrons, par un exploit d'huissier : le titre *Le Provincial à Paris* apparaît le 8 octobre 1845 et, une semaine plus tard, *Les Comédiens sans le savoir* (voir p. 1621). Hetzel, pour sa part, attendra le 21 janvier 1846 pour apprendre l'existence et la sortie prochaine de ces *Comédiens* (*Corr.*, t. V, p. 88). En fait, c'est alors seulement que cette existence achevait réellement de s'organiser que s'effectuait la dernière étape de la rédaction.

Le premier signe avant-coureur de cette dernière étape se situe le 4 septembre 1845, moment où Balzac commence à se préoccuper sérieusement de ce qui deviendra *Les Comédiens sans le savoir,* et qui ne représente encore que « quatre feuilles au milieu du volume » XII de *La Comédie humaine* (*LH,* t. III, p. 22). Quatre feuilles manquantes... Il les doit à deux éditeurs à la fois : Furne, à qui Hetzel a cédé le 8 avril 1845 sa part dans la société formée pour éditer *La Comédie humaine,* et Chlendowski, auquel il a vendu ces quatre feuilles pour une édition séparée. Or non seulement rien n'est prêt en septembre, mais le 13 décembre, Balzac doit constater : « Depuis Dresde, je n'ai rien fait » (*LH,* t. III, p. 96). Dresde avait été la première étape d'un voyage effectué avec Mme Hanska qui avait duré du 25 avril au 30 août. Ce voyage, ajouté à un second, effectué entre le 24 septembre et le 4 octobre, et à un troisième, effectué entre le 22 octobre et le 17 novembre, explique le constat du 13 décembre.

Le 8 janvier 1846, il manque toujours la copie due à Furne et à Chlendowski : « Cela me torture *l'honneur,* mais *l'esprit, l'intelligence* ne bougent pas » (*LH,* t. III, p. 142). Puis, soudain, le 25 janvier 1846, après une interruption de près d'une semaine de ses lettres à Mme Hanska — interruption qui « vous indiquera, chère, un travail extraordinaire » —, Balzac annonce : « J'ai fini ce que je devais au Chl[en-dowski] et je termine les six feuilles de *La Comédie humaine.* Sous cinq jours que vont me demander les corrections, tout sera terminé [...] j'ai vaincu cette paresse de cervelle qui me rendait si malheureux » (*LH,* t. III, p. 152). D'autant mieux vaincu qu'il doit mettre au point trois versions différentes : celle du feuilleton, celle de Chlendowski et celle de *La Comédie humaine.* Et il ne s'agissait pas d'une mince affaire, comme nous l'allons voir en examinant, au fil de ces publications, les derniers avatars de la rédaction de l'œuvre.

Il n'y a pas de manuscrit pour *Les Comédiens sans le savoir,* ce qui est peu surprenant, quand on considère la création fragmentée de cette œuvre et ses trois différentes versions finales. Plusieurs documents conservés à la Bibliothèque Lovenjoul font cependant revivre certaines des premières étapes de sa rédaction. Ainsi un jeu d'ÉPREUVES où apparaissent successivement *Un des trois grands coiffeurs de Paris* et le début de *La Tireuse de cartes* (*Lov.* A 60, f⁰ˢ 5-6 v⁰ et 6 v⁰-7 v⁰), marque vraisemblablement une étape très primitive, puisque le coiffeur y porte, non pas son nom final de Marius, mais le nom de Claritus prévu lors de la conception du personnage.

Outre ce jeu d'épreuves, deux autres documents, et ceux-là manuscrits, nous semblent devoir être mentionnés ici, pour avoir aussi appartenu à un moment de la création des *Comédiens sans le savoir* avant d'appartenir à celle du *Cousin Pons.* L'un se trouve d'ailleurs dans le dossier même où ont été réunies toutes les épaves de la rédaction du *Cousin Pons.* Il s'agit de deux pages manuscrites (*Lov.* A 47, f⁰ˢ 3-4) qui attirent l'attention par leur format, exactement la moitié de celui des feuilles que Balzac utilisait habituellement, et par leur numérotation ainsi que par leur contenu qui prouvent qu'elles formaient le début d'un texte. Or, ce contenu se retrouve en plein texte du *Cousin Pons* et en plein chapitre du *Traité des sciences occultes,* donc loin de tout début. Mais, allant de : « Les dons admirables qui font le voyant [...] » jusqu'à : « une cuisinière comme Mme Fontaine »,

où il s'arrêtait sur un point, ce texte était à l'évidence
destiné à introduire le personnage de Mme Fontaine. S'il
joue finalement ce rôle dans *Le Cousin Pons,* il est vraisemblable qu'il remplit la fonction qu'il était destiné à remplir
dès le départ, lors de la création du personnage, et qu'il
formait le préambule de *La Tireuse de cartes.* À ce titre, ces
deux pages appartiendraient donc bien à un moment de
l'histoire des *Comédiens sans le savoir,* tout comme notre second
document manuscrit : l'ébauche de ce vieillard-empire qui,
d'abord destiné aux *Comédies gratis,* fut provisoirement
abandonné, mais dont l'esquisse conservée servira au portrait
du cousin Pons. Fait notable, la page de cette ébauche (*Lov.* A
166, f° 20) a elle aussi un format insolite. Mais peu importe
la question de la taille du papier, en regard de celle de savoir
pourquoi, si ces fragments étaient bien destinés aux *Comédies
gratis,* ils n'y furent pas utilisés. Pour ce qui concerne le
préambule de *La Tireuse de cartes,* il semble probable que
Balzac dut juger ce texte mal adapté, par son ton trop « philosophique », au genre des *Comédies gratis.* Pour ce qui concerne
le vieillard-empire, aurait-il entrevu, aussitôt qu'il l'ébauchait,
le grand avenir qu'il pourrait un jour donner à ce personnage ?

Une PRÉPUBLICATION de l'œuvre eut lieu dans *Le Courrier
français,* en huit feuilletons, du 14 au 18 et du 22 au 24 avril 1846.
Cette version, qui comporte vingt-neuf chapitres et la
dédicace au comte de Castellane, avait été annoncée par un
Avis en tête du numéro du 19 janvier : « Outre *La Mare
au diable* de Georges Sand, *Le Courrier français* publiera prochainement un roman de M. de Balzac, intitulé *Les Comédiens
sans le savoir.* Le célèbre romancier a déjà mis le manuscrit
de cet ouvrage à notre disposition. » « Déjà » ? Le 21 janvier,
Balzac écrit à Hetzel qu'il prépare « une bluette sur Paris
intitulée *Les Comédiens sans le savoir* [qui] va paraître dans le
COURRIER, c'est-à-dire sa partie inédite » : « je voudrais
savoir de vous si je puis donner *Le Luther des chapeaux* »,
« qui n'a été, je crois, inséré nulle part », « sinon je le remplacerais ; ayez la complaisance de me répondre d'ici à
samedi, jour où je livre la copie inédite » (*Corr.,* t. V, p. 88).
Hetzel ayant aussitôt répondu : « J'oubliais *Le Luther des
chapeaux.* Il a fait partie des trois articles que j'ai cédés au
Siècle — et y a paru » (*Corr.,* t. V, p. 91), Balzac dut remplacer
ce morceau : le texte du feuilleton n'était pas tout à fait « à
la disposition » du *Courrier français* le 19, puisque le 21, un
mercredi, il pense livrer la copie le samedi suivant, donc le
24 janvier.

Ces dates et la réponse d'Hetzel indiquent les difficultés
que Balzac dut résoudre pour mettre au point trois versions
du texte toutes trois différentes les unes des autres et dans

des délais serrés, puisque, comme on l'a vu, il annonce le 25 janvier à Mme Hanska qu'il a achevé la copie due à Chlendowski, c'est-à-dire la version du *Provincial à Paris,* et qu'il termine la version destinée à *La Comédie humaine.* Un « travail extraordinaire », car, selon ses conventions avec Hetzel, si Balzac avait pu insérer dans les textes destinés à être publiés *en librairie* les « articles » cédés en août 1844, il n'en allait pas de même pour le texte destiné à *un journal.* Pour le feuilleton, il avait dû retirer les trois morceaux publiés dans le tome I du *Diable à Paris : Un espion à Paris* (29e et 30e livraison), *Une marchande à la toilette* (34e et 35e livraison) et *Un Gaudissart de la rue Richelieu* (37e et 38e livraison). Et parce que Hetzel avait revendu *Le Luther des chapeaux* au *Siècle,* qui l'avait publié – sans que l'auteur soit averti ni de cette revente, ni de cette publication... –, Balzac fut obligé, au dernier moment, de remanier encore le feuilleton pour mettre à la place du *Luther des chapeaux* un morceau *inédit.*

Lequel ? Il s'agit certainement d'un texte déjà prêt puisque, dès le 29 janvier 1846, il écrit : « ayant mis *de la copie nouvelle,* il faut qu'on compose à l'avance au journal et que je voie les épreuves de ce qui n'entre pas dans *La Comédie humaine* » (*Corr.,* t. V, p. 94). Or, un seul passage du feuilleton ne figure pas dans *La Comédie humaine* où l'on trouve à sa place les morceaux interdits par Hetzel : c'est le texte du chapitre x du *Courrier français,* intitulé *La Comédie gratis* qui, d'autre part, forme le chapitre xxx intitulé *Un grand littérateur* dans *Le Provincial à Paris.* Selon toute vraisemblance, c'est donc ce *Grand littérateur* tout prêt, puisque *Le Provincial à Paris* était alors achevé, que Balzac reprit, et qui, déplacé ici, raccourci pour s'adapter à sa nouvelle implantation (voir var. *b,* p. 1202) et flanqué du titre passe-partout de *La Comédie gratis,* remplaça au pied levé *Le Luther des chapeaux* interdit.

L'ÉDITION ORIGINALE des *Comédiens sans le savoir* est, classiquement, celle de *La Comédie humaine* où ce texte parut dans le tome XII — t. IV des *Scènes de la vie parisienne* —, dont la mise en vente fut annoncée par la *Bibliographie de la France* du 1er août 1846. Mais si, par sa date de publication, cette version apparaît comme originale, elle ne l'est certainement pas par la date de mise au point de sa rédaction : elle fut achevée non seulement après celle du feuilleton, mais aussi après celle du *Provincial à Paris,* comme il ressortira de l'histoire de cette édition et de l'examen des textes, celui de *La Comédie humaine* différant des deux autres qui présentent des leçons semblables; et comme il ressortait déjà de la lettre où, le 25 janvier 1846, Balzac annonçait à Mme Hanska qu'il avait fini ce qu'il devait « au Chl[endowski] » et qu'il « termine » la version de *La Comédie humaine* pour laquelle il prévoyait encore « cinq jours » de « corrections »

(*LH,* t. III, p. 152). « Corrections » d'importance puisque, à la différence de la version du feuilleton, il réinsère ici *Un espion à Paris, Le Luther des chapeaux* et *Une marchande à la toilette,* mais ôte *Un grand littérateur,* sans doute à la demande des éditeurs du *Provincial à Paris,* eux aussi soucieux d'avoir de l'inédit. Et, à la différence de cette version, non seulement il ôte *Un grand littérateur,* mais encore « Un Gaudissart de la rue Richelieu », qu'il avait aussi replacé dans *Le Provincial à Paris.* Enfin, à la différence de ces deux versions, celle de *La Comédie humaine* présente plusieurs corrections de détail et, naturellement, la suppression de tous les chapitres et de bon nombre d'alinéas.

La DEUXIÈME ÉDITION de l'œuvre, intitulée *Le Provincial à Paris,* fut publiée en deux volumes par Roux et Cassanet en 1847 ou 1848 : les pages de titre sont datées 1847, mais la *Bibliographie de la France* l'enregistra le 10 juin 1848. Si la date exacte de cette publication est un mystère, la raison de sa sortie tardive en est un autre, puisqu'elle était prête depuis la fin de janvier 1846. De sa naissance à cette fin bizarre, cette édition avait connu une existence heurtée.

C'est le 1ᵉʳ mars 1845 que Balzac s'engage à fournir « à M. Chlendowski au plus tard le quinze juin prochain dix feuilles de *La Comédie humaine* ». Chlendowski pourra utiliser les différents « articles » composant ces dix feuilles aussitôt après leur publication dans *La Comédie humaine,* en partie pour deux volumes « qui devront avoir paru au plus tard en octobre prochain », et en partie dans un recueil qu'il prépare et compte intituler *La Mayonnaise* (*Corr.,* t. IV, p. 785-786). Mais le Polonais a les reins peu solides et sa *Mayonnaise* ne prend pas; le 20 septembre 1845, il écrit à Mme de Brugnol : « Je suis en marché de vendre *[sic]* les dix feuilles de *La Comédie* et *La Mayonnaise* à d'autres personnes. Probablement je terminerai cela aujourd'hui » (*LH,* t. III, p. 50, n. 1). Il est « en marché de vendre » du vent : Balzac ne lui a pas fourni une ligne de copie et, pour l'heure, se prépare à partir pour Baden. D'où il rentre tout juste quand il reçoit un mot de Chlendowski, du 6 octobre : « M. Roux [un des deux acheteurs de vent] vient de sortir de chez moi, et il s'est plaint beaucoup de ce que vous ne lui avez pas donné réponse à sa lettre écrite il y a trois jours [...]. Je pense que vous avez tort de ne pas vouloir lui donner quelque part un rendez-vous pour s'entendre *[sic]* avec lui pour la fourniture de la copie. Il m'a parlé que vous le forcez à faire des démarches devant justice *[sic]* » (*Corr.,* t. V, p. 46-47). Le 7 octobre, nouveau mot de Chlendowski : « mes cessionnaires [...] me tourmentent et veulent à corps *[sic]* et à cri de la copie. Dans ces circonstances, je suis forcé de faire aujourd'hui ce qu'ils ont le droit d'exiger de moi, c'est-à-dire de vous aviser légalement que je leur ai cédé mes droits » (*Corr.*, t. V, p. 47-48). La suite de l'histoire est inédite. Le 8 octobre, Balzac est averti par huissier que Chlendowski a cédé à Roux et Cassanet son droit d'éditer les articles destinés à *La Mayonnaise, Le Juge d'instruction* et *Le Provincial à Paris,* dont le titre apparaît ainsi pour la première fois grâce à l'huissier, et *avant* le titre des *Comédiens sans le savoir,* qui se lit pour la première fois huit jours plus tard dans une lettre du 15 octobre à Mme Hanska (*Lov.* A 269, f⁰ 110, et *LH,* t. III, p. 59). Mais, Balzac continuant à faire le mort, le 27 octobre, un nouvel exploit à la requête de « MM. Cassanet, Libraire éditeur demeurant à Paris rue des Gravilliers n⁰ 25 patenté n⁰ 927, et Gabriel Roux, éditeur demeurant à Paris rue des Canettes n⁰ 13 », sommait « M. de Balzac homme de Lettres demeurant à Paris rue des Martyrs n⁰ 47 » (domicile de sa sœur Laure) de fournir « dans les vingt-quatre heures la copie de l'ouvrage intitulé *Le Provincial à Paris* [et] *Le Juge d'instruction* » (*Lov.* A 269, f⁰ 111). À cette date, Balzac se promène entre Chalon-sur-Saône et Marseille à bord d'un bateau à vapeur. Rentré le 17 novembre, il ne répondra que le 28, pour s'étonner d'une sommation faite au moment de son « absence bien connue », et pour dénier tout droit à Roux et Cassanet « se prétendant cessionnaires de Chlindowski *[sic]* », car il « ne se considère comme obligé que vis-à-vis de M. Chlindowski seul » et « n'a pas à faire droit aux substitutions créées par ce dernier » (*Lov.* A 269, f⁰ 117). En fait, comme on le sait par sa lettre du 13 décembre suivant à Mme Hanska, il aurait été bien en peine, n'ayant « rien fait » depuis le mois d'avril précédent. Et c'est seulement le 25 janvier 1846, qu'ayant « vaincu cette paresse de cervelle qui [le] rendait si malheureux », il pourra annoncer : « J'ai fini ce que je devais au Chl[endowski] ». Dès le 14, il était en pourparlers avec Roux pour les contenus respectifs du *Provincial à Paris* et des deux autres versions (*Corr.*, t. V, p. 85), et le jeudi 29 janvier, non seulement la copie était remise, mais il fixait à Gabriel Roux « rendez-vous à Samedi, 31, de 4 à 5 chez M. Plon, où je donnerai les *bons à tirer* [c'est moi qui souligne] de vos dernières feuilles », où il a « mis *de la copie nouvelle* [c'est lui qui souligne] », ajoutant qu'« il faut [qu'il] voie des épreuves de ce qui n'entre pas dans *La Comédie humaine* » (*Corr.*, t. V, p. 94). Les *bons à tirer* de *la fin* à cette date : le texte du *Provincial à Paris* était donc certainement prêt avant celui du feuilleton, remis, on l'a vu, au plus tôt le samedi 24. Quant à *la copie nouvelle,* on l'a vu aussi, il s'agit évidemment d'*Un grand littérateur.*

Quel « travail extraordinaire »... Rappelons-le une dernière fois en relevant les différences que présente *Le Provincial à*

Paris avec les deux autres versions. Par rapport au feuilleton, l'édition Roux et Cassanet comporte l'insertion des « articles » interdits par Hetzel : *Un espion à Paris, Le Luther des chapeaux, Une marchande à la toilette* et *Un Gaudissart de la rue Richelieu.* Par rapport à la version de *La Comédie humaine,* on trouve en plus dans *Le Provincial à Paris : Un Gaudissart de la rue Richelieu* et *Un grand littérateur.* Ces ajouts, augmentés par un découpage très aéré, l'addition d'une foule d'alinéas et de chapitres supplémentaires, gonflaient considérablement le texte. Sans doute pas assez pourtant pour faire les deux volumes prévus dès le premier contrat avec Chlendowski. Pour y arriver, il fallut compléter le second tome par l'ajout hétéroclite de *Gillette (Le Chef-d'œuvre inconnu),* du *Rentier* (une vieille physiologie) et de *El verdugo...* Ce singulier amalgame constituait vraisemblablement les « articles » destinés à la fameuse *Mayonnaise* qui, si l'on en juge par cet échantillon, aurait bien mérité son nom. En outre, le premier tome de cette édition s'ouvrait sur un copieux *Avant-propos de l'éditeur,* qui n'était certainement ni de Roux ni de Cassanet, mais de Balzac, et que l'on trouvera dans le présent volume p. 1709 sq.

Le FURNE CORRIGÉ, à une date inconnue, apporta, entre autres modifications généralement peu notables, une mention en marge plus importante : « mettre ici l'ajouté ». On admet aujourd'hui que Balzac devait entendre que soit « ici ajouté » (voir p. 1202, var. *b*) le texte d'*Un grand littérateur.* L'hypothèse de cet ajout, formulée par A.-R. Pugh (« un chapitre retrouvé des *Comédiens sans le savoir : La Comédie gratis* », *AB 1967,* p. 215-221), acceptée par R. Pierrot (*Corr.,* t. V, p. 94 et n. 4), entérinée par J.-A. Ducourneau (*Œuvres complètes* illustrées, éd. Bibliophiles de l'Originale, t. XII, p. 31-34 des *Transcriptions et notes*), a été mise en œuvre par M. Bardèche, qui a réinséré *Un grand littérateur* dans sa nouvelle édition des *Œuvres complètes* de Balzac, éd. Club de l'Honnête Homme, t. XI, p. 504 et n. 3, p. 505 et 557-560). Notre édition comporte aussi la réinsertion de ce joyeux et féroce petit fragment, dont avaient été privés pendant plus d'un siècle les lecteurs des *Comédiens sans le savoir.*

SIGLES UTILISÉS

épr.   Épreuve pour « Un des trois grands coiffeurs de Paris » et « La Tireuse de cartes ».

DP   *Le Diable à Paris* pour « Un espion à Paris » et « Une marchande à la toilette » (septembre 1844).

Si.   *Le Siècle* pour « Le Luther des chapeaux » (août 1845).

C   *Le Courrier français* (avril 1846).

RC   Roux et Cassanet (1847-1848).

F   Furne (1846), *postérieur pour la rédaction* à Roux et Cassanet.

FC   Furne corrigé.

TABLEAU COMPARATIF DES DIFFÉRENTS ÉTATS DU TEXTE

FC	F	RC	C	Si.	DP	épr.
Sans titre.	Sans titre.	I. COMBIEN DE PARISIENS LA PRO-VINCE FOURNIT À PARIS	I. COMBIEN DE PARISIENS LA PRO-VINCE FOURNIT À PARIS	Absent.	Absent.	Absent.
Sans titre.	Sans titre.	II. CE QUI, LA PLU-PART DU TEMPS, ATTIRE LES PRO-VINCIAUX À PARIS.	II. CE QUI, LA PLU-PART DU TEMPS, ATTIRE LES PRO-VINCIAUX À PARIS.	Absent.	Absent.	Absent.
Sans titre.	Sans titre.	III. GAZONAL DÉ-JEUNE, POUR LA PREMIÈRE FOIS, COMME IL FAUT À PARIS.	III. GAZONAL DÉ-JEUNE, POUR LA PREMIÈRE FOIS, COMME IL FAUT À PARIS.	Absent.	Absent.	Absent.
Sans titre	Sans titre.	IV. PRÉCIS REMAR-QUABLE SUR LE PROCÈS DE GAZO-NAL CONTRE LE PRÉFET.	IV. PRÉCIS REMAR-QUABLE SUR LE PROCÈS DE GAZO-NAL CONTRE LE PRÉFET.	Absent.	Absent.	Absent.
Sans titre.	Sans titre.	V. LE RAT.	V. LE RAT.	Absent.	Absent.	Absent.

FC	F	RC	C	Si.	DP	épr.
Sans titre.	Sans titre.	VI. L'OPÉRA VU DES BOULEVARDS.	VI. L'OPÉRA VU DES BOULEVARDS.	Absent.	Absent.	Absent.
Sans titre.	Sans titre.	VII. LA MARCHEUSE ET SON INFLUENCE.	VII. LA MARCHEUSE ET SON INFLUENCE.	Absent.	Absent.	Absent.
Sans titre.	Sans titre.	VIII. OÙ GAZONAL COMMENCE À VOIR QU'IL N'A RIEN VU DEPUIS DIX-HUIT MOIS À PARIS.	VIII. OÙ GAZONAL COMMENCE À VOIR QU'IL N'A RIEN VU DEPUIS DIX-HUIT MOIS À PARIS.	Absent.	Absent.	Absent.
Sans titre.	Sans titre.	IX. COMMENT L'ON PEUT S'AMUSER À PARIS.	IX. COMMENT L'ON PEUT S'AMUSER À PARIS.	Absent.	Absent.	Absent.
Sans titre.	Sans titre.	X. UN GÉRANT DE JOURNAL.	Absent.	Absent.	Absent.	Absent.
Sans titre.	Sans titre.	XI. UN HOMME DE LA POLICE.	Absent.	Absent.	UN ESPION À PARIS. / LE PETIT PÈRE FROMENTEAU, BRAS DROIT DES GARDES DU COMMERCE. / LES COMÉDIES QU'ON PEUT VOIR GRATIS À PARIS.	Absent.

Sans titre.	XII. LA COMÉDIE GRATIS.	ÉTUDE DE MŒURS : II. LE LUTHER DES CHAPEAUX.	Absent.	Absent.
Sans titre.	XIII. PORTRAIT D'UN PETIT GRAND HOMME.	II. LE LUTHER DES CHAPEAUX [suite].	Absent.	Absent.
Sans titre.	XIV. LA QUESTION VITAL.	II. LE LUTHER DES CHAPEAUX [suite].	Absent.	Absent.
Sans titre.	XV. LE LUSTRE DES CASTORS.	II. LE LUTHER DES CHAPEAUX [suite].	Absent.	Absent.
Absent.	XVI À XXIV [voir Gaudissart II].	Absent.	UN GAUDISSART DE LA RUE RICHELIEU,/ LES COMÉDIES QU'ON PEUT VOIR GRATIS À PARIS.	Absent.
Sans titre.	XXV. MADAME LA RESSOURCE.	Absent.	UNE MARCHANDE À LA TOILETTE/OU/ MADAME LA RESSOURCE EN 1844./ LES COMÉDIES QU'ON PEUT VOIR GRATIS À PARIS.	Absent.

FC	F	RC	C	Si.	DP	épr.
Sans titre.	Sans titre.	XXVI. FINS CONTRE FINS.	Absent.	Absent.	UNE MARCHANDE À LA TOILETTE/OU/MADAME LA RES-SOURCE EN 1844./LES COMÉDIES QU'ON PEUT VOIR GRATIS À PARIS [suite].	Absent.
Sans titre.	Sans titre.	XXVII. UNE SCÈNE DE HAUTE COMÉDIE.	Absent.	Absent.	UNE MARCHANDE À LA TOILETTE/OU/MADAME LA RES-SOURCE EN 1844./LES COMÉDIES QU'ON PEUT VOIR GRATIS À PARIS [suite].	Absent.
Sans titre.	Sans titre.	XXVIII. PARIS AU POINT DE VUE DE LA DETTE.	Absent.	Absent.	UNE MARCHANDE À LA TOILETTE/OU/MADAME LA RES-SOURCE EN 1844./LES COMÉDIES QU'ON PEUT VOIR GRATIS À PARIS [suite].	Absent.

Sans titre.	XXIX. À QUOI SERVENT LES ENFANTS À LEUR MÈRE.	Absent.	UNE MARCHANDE À LA TOILETTE/OU/ MADAME LA RESSOURCE EN 1844./ LES COMÉDIES QU'ON PEUT VOIR GRATIS À PARIS [suite].	Absent.	Absent.
[Voir plus bas.] Absent.	XXX. UN GRAND LITTÉRATEUR.	X. LA COMÉDIE GRATIS.	Absent.	Absent.	Absent.
Sans titre.	XXXI. LE PORTIER BIENFAISANT.	XI. LE PORTIER BIENFAISANT.	Absent.	Absent.	Absent.
Sans titre.	XXXII. SIMPLE HISTOIRE.	XII. SIMPLE HISTOIRE.	Absent.	Absent.	Absent.
Sans titre.	XXXIII. DE LA PHILANTHROPIE MODERNE.	XIII. DE LA PHILANTHROPIE MODERNE.	Absent.	Absent.	Absent.

FC	F	RC	C	Si.	DP	épr.
Sans titre.	Sans titre.	XXXIV. UN POR-TRAIT REMIS À NEUF § 1er SANS ARGENT § II BEAUCOUP D'AR-GENT.	XIV. UN PORTRAIT À REMIS À NEUF § 1er SANS ARGENT § II BEAUCOUP D'AR-GENT.	Absent.	Absent.	Absent.
Sans titre.	Sans titre.	XXXV. LA DYNAS-TIE DES MARIUS SANS RUINES.	XV. LA DYNASTIE DES MARIUS SANS RUINES.	Absent.	Absent.	UN DES TROIS GRANDS COIF-FEURS DE PARIS.
Sans titre.	Sans titre.	XXXVI. MARIUS.	XVI. MARIUS.	Absent.	Absent.	UN DES TROIS GRANDS COIF-FEURS DE PARIS [suite].
Sans titre.	Sans titre.	XXXVII. PHYSIOLO-GIE DU COIFFEUR.	XVII. PHYSIOLOGIE DU COIFFEUR.	Absent.	Absent.	UN DES TROIS GRANDS COIF-FEURS DE PARIS [suite].
Sans titre.	Sans titre.	XXXVIII. PROPOR-TIONS GIGAN-TESQUES DES RIENS À PARIS.	XVIII. PROPORTIONS GIGANTESQUES DES RIENS DE PARIS.	Absent.	Absent.	Absent.
Sans titre.	Sans titre.	XXXIX. QUE SERAIT DEVENU RAPHAËL S'IL EÛT ÉTÉ FOU-RIÉRISTE.	XIX. QUE SERAIT DEVENU RAPHAËL S'IL EÛT ÉTÉ FOU-RIÉRISTE.	Absent.	Absent.	Absent.

Sans titre.	Sans titre.	XL. UNE USINE À FABRIQUER L'ES-PÉRANCE.	XX. UNE USINE À FABRIQUER L'ES-PÉRANCE.	Absent.	Absent.	LA TIREUSE DE CARTES.
Sans titre.	Sans titre.	XLI. UN MYSTÈRE DES SCIENCES OCCULTES.	XXI. UN MYSTÈRE DES SCIENCES OCCULTES.	Absent.	Absent.	LA TIREUSE DE CARTES [suite].
Sans titre.	Sans titre.	XLII. DEUX MA-NIÈRES D'ENTRER À LA CHAMBRE DES DÉPUTÉS.	XXII. DEUX MA-NIÈRES D'ENTRER À LA CHAMBRE DES DÉPUTÉS.	Absent.	Absent.	Absent.
Sans titre.	Sans titre.	XLIII. PROFIL DE MINISTRE.	XXIII. PROFIL DE MINISTRE.	Absent.	Absent.	Absent.
Sans titre.	Sans titre.	XLIV. SPÉCIMEN D'ORATEUR.	XXIV. SPÉCIMEN D'ORATEUR.	Absent.	Absent.	Absent.
Sans titre.	Sans titre.	XLV. UN DÉFI DE GAZONAL.	XXV. UN DÉFI DE GAZONAL.	Absent.	Absent.	Absent.

FC	F	RC	C	Si.	DP	épr.
Texte du chapitre XXX de RC : UN GRAND LITTÉRATEUR *qui conflituait le chapitre x de C* [*voir plus haut*].	*Absent.*	*Absent.*	*Absent.*	*Absent.*	*Absent.*	*Absent.*
Sans titre.	*Sans titre.*	XLVI. LE VENT QUI VIENT DE LA MONTAGNE LE RENDIT FOU.	XXVI. LE VENT QUI VIENT DE LA MONTAGNE LE RENDIT FOU.	*Absent.*	*Absent.*	*Absent.*
Sans titre.	*Sans titre.*	XLVII. UN PROCÉDÉ POUR ESSAYER L'AMOUR.	XXVII. UN PROCÉDÉ POUR ESSAYER L'AMOUR.	*Absent.*	*Absent.*	*Absent.*
Sans titre.	*Sans titre.*	XLVIII. CARABINE AU REPOS.	XXVIII. CARABINE AU REPOS.	*Absent.*	*Absent.*	*Absent.*
Sans titre.	*Sans titre.*	XLIX. DÉNOUEMENT OÙ LE PROVINCIAL RECONNAÎT LA SUPÉRIORITÉ DE PARIS EN TOUT GENRE.	XXIX. DÉNOUEMENT OÙ LE PROVINCIAL RECONNAÎT LA SUPÉRIORITÉ DE PARIS EN TOUT GENRE.	*Absent.*	*Absent.*	*Absent.*

DOCUMENTS

I. TEXTES RÉEMPLOYÉS

UN DES TROIS GRANDS COIFFEURS DE PARIS

Et d'abord, ce n'est ni un coiffeur, ni un perruquier, c'est un directeur de salons de coiffure, et vous montez dans cet établissement par un escalier à balustres en cristal, à rempart d'acajou, et dont les marches sont couvertes d'un somptueux tapis.

Dans l'antichambre se trouvent des laquais qui vous ôtent votre habit, votre chapeau, qui vous les brossent et qui vous montrent l'un des salons de coiffure.

Ces salons sont trois boudoirs où le directeur, un garçon de la partie la plus gasconne de la Gascogne, a réuni toutes les inventions du luxe moderne. Aux fenêtres, des lambrequins, partout des jardinières, des divans moelleux où l'on peut attendre en lisant les journaux. En entrant le provincial tâte son gousset et croit qu'on va lui demander cinq francs ; mais il n'est extrait de toute espèce de poche que vingt sous pour une coiffure avec taille de cheveux, dix sous pour une frisure. D'élégantes toilettes se mêlent aux jardinières, et il en jaillit de l'eau par ses robinets. Partout des glaces énormes reproduisent les figures.

Quand le *client* (tel est le mot élégant substitué par Claritus à l'ignoble mot de *pratique*), quand le client apparaît sur le seuil, Claritus lui jette un coup d'œil, et il est apprécié. Vous êtes *une tête* plus ou moins susceptible de l'occuper. Pour Claritus il n'y a pas d'hommes, il n'y a que des *têtes*.

Ce nom de Claritus veut une explication :

En 1800, un Toulousain nommé Cabot, jeune perruquier dévoré d'ambition, vint à Paris, et y *leva* boutique, telle fut l'expression de Cabot. Cet homme de génie (il jouit de vingt-quatre mille francs de rentes à Libourne où il s'est retiré) comprit que ce nom vulgaire et ignoble n'atteindrait jamais à la célébrité. M. de Parny, qu'il coiffait, lui donna le nom de Claritus, infiniment supérieur aux prénoms d'Armand, de Paul, de Charles, dans lesquels se cachent des noms patronymiques attaqués du mal-cabot. Tous les successeurs de Cabot se sont appelés Claritus. Le Claritus actuel est le Claritus V, il se nomme Mougin. Il en est ainsi dans beaucoup de commerces, pour l'eau de Botot, pour l'encre de la Petite-Vertu. À Paris, un nom devient propriété commerciale, une noblesse d'enseigne.

Claritus V a des élèves; il a créé, dit-il, la première école de coiffure du monde; et, dans Paris, en province, vous voyez beaucoup d'enseignes où se lisent ces mots : UN TEL, élève de Claritus. — Ces élèves doivent se laver les mains après chaque tête faite; il ne les admet pas indifféremment; ils doivent avoir la main jolie et ne pas être laids. Les plus remarquables, comme élocution, comme tournure, vont coiffer en ville. Claritus ne se déplace que pour les femmes titrées, il a cabriolet et groom.

On m'avait donné mes instructions pour entendre Claritus sur tous les tons de sa gamme.

Aussitôt que j'entrai, le coup d'œil de Claritus me fut favorable, ma toilette était décente, il s'écria : « Régulus! saisissez cette tête! rognez d'abord aux petits ciseaux.

— Pardon, dis-je à l'élève, je désire être coiffé par M. Claritus lui-même ».

Claritus s'avança en laissant la tête qu'il tient : il est évidemment flatté.

« Je suis tout à vous, je finis, soyez sans inquiétude; mon élève vous prépare, moi seul déciderai de la coupe. »

Claritus est un petit homme grêlé, les cheveux ébouriffés comme ceux de Rubini, d'un noir de jais, et mis tout en noir, il a des manchettes, et le jabot de sa chemise est orné d'un diamant.

« C'est une tête ordinaire, me dit-il, un épicier, que voulez-vous!... »

Et il retourne à son client, après avoir dit à Régulus : « Soigne Monsieur, c'est évidemment un artiste.

— Un journaliste », dis-je.

Sur ce mot, Claritus donne deux ou trois coups de peigne à la tête ordinaire et se jette sur moi, en prenant Régulus par le bras au moment où il allait faire jouer ses petits ciseaux : « Je me charge de Monsieur. Voyez, Monsieur, dit-il à l'épicier, reflétez-vous dans la grande glace... » « Ossian ? »

Le laquais entre et s'empare du client pour le vêtir. « Vous paierez au bureau, Monsieur. »

« Est-ce bien utile, monsieur Claritus, cette opération des petits ciseaux ?

— Aucune tête ne m'arrive que nettoyée, répondit-il; mais pour vous, Monsieur, je vous ferai tout entière. Mes élèves ébauchent. Je n'y tiendrais pas. Le mot de tout le monde est le vôtre : " Pour être coiffé par Claritus ? " Je ne puis donner que le fini... Dans quel journal travaille Monsieur ?

— À votre place, j'aurais trois ou quatre Claritus...

« — Ah! Monsieur, je le vois, est feuilletonniste! cela se peut en littérature, mais en coiffure, où l'on paye de sa personne, c'est impossible!... Pardon! »

Il me quitte et va surveiller Régulus qui prépare une tête nouvellement arrivée. Il fait, en frappant la langue contre le palais, un bruit désapprobatif qui peut se traduire par : « titt, titt, titt, ça n'est pas assez carré, votre coup de ciseau fait des hachures... Tenez... voilà! fouichtt! Il ne s'agit pas de tondre des caniches... c'est des hommes; mais c'est dégoûtant de travailler ainsi. »

« Vous êtes sévère, monsieur Claritus.

— Je leur dois les secrets de l'art...

— C'est donc un art ? »

Claritus indigné me regarde dans la glace et s'arrête, le peigne d'une main, les ciseaux de l'autre.

« Monsieur, vous en parlez comme un... enfant!

— Oui, je sais qu'il faut du goût...

— Mais taisez-vous donc, Monsieur, j'attendais mieux de vous. C'est-à-dire qu'un coiffeur, je ne dis pas un bon coiffeur, car on est ou on n'est pas coiffeur... un coiffeur... c'est plus difficile à trouver... que... qu'est-ce que je dirai bien ?... qu'un... je ne sais pas quoi... un ministre... non, car on ne peut pas juger de la valeur d'un ministre, les rues sont pleines de ministres... un Paganini... non, ce n'est pas assez!... Un coiffeur, monsieur... un homme qui devine votre âme, afin de vous coiffer à votre physionomie... Et les femmes donc!... Tenez, les femmes nous apprécient, elles savent ce que nous valons... c'est-à-dire qu'un coiffeur... on ne sait pas ce que c'est. Tenez moi qui vous parle, je suis à peu près ce qu'on peut trouver de... sans me vanter, on me connaît... Eh bien, non, je trouve qu'il doit y avoir mieux... l'exécution, voilà la chose! si les femmes me donnaient carte blanche, si je pouvais exécuter tout ce qui me vient d'idées... c'est que j'ai, voyez-vous, une imagination d'enfer!... mais les femmes ne s'y prêtent pas, elles ont leurs plans, elles vous fourrent des coups de doigts ou de peigne quand vous êtes partis... nos œuvres, Monsieur, ne durent que quelques heures... Un grand coiffeur, hé! ce serait quelque chose comme Carême et Vestris dans leurs parties... (Par ici, la tête, là, s'il vous plaît, *je fais les faces,* bien.) Notre profession est gâtée par des massacres qui ne comprennent ni leur époque ni leur art... Il y a des marchands de perruques ou d'essences à faire pousser les cheveux... cela fait pitié!... c'est du commerce, ils coupent les cheveux et ils coiffent comme ils peuvent... Moi, quand je suis arrivé de Toulouse, ici, j'avais l'ambition de succéder à Claritus, d'être un Claritus et d'illustrer le nom à moi seul plus que les quatre autres. Je me suis dit : vaincre ou mourir... (— Là! tenez-vous droit, je vais vous achever.)

C'est moi qui, le premier, ai fait de l'élégance, et rendu mes salons l'objet de la curiosité. Je dédaigne l'annonce, et ce que coûte l'annonce, je le mettrai, Monsieur, en bien-être, en agrément. L'année prochaine, j'aurai dans un petit salon un quatuor, on fera de la musique et de la meilleure, il faut charmer les ennuis de ceux que l'on coiffe, c'est fatigant, et je veux qu'on vienne se faire coiffer par plaisir. Un Anglais m'avait proposé des cantatrices italiennes pour épiler; mais elles se sont trouvées être des jeunes filles du Conservatoire, des maîtresses de piano... Vous voilà coiffé, Monsieur, comme un homme de talent doit l'être. (Au laquais.) Ossian, brossez et reconduisez Monsieur. À qui le tour ? »

[*Épreuve, Lov.* A 60, f°s 5-6 v°.]

LA TIREUSE DE CARTES

Et nous allâmes chez Mme Fontaine, Vieille-rue-du-Temple, avec la certitude de voir une des plus remarquables excentricités de Paris, et d'avoir une solution quelconque à nos inquiétudes.

Et d'abord, ce fut un escalier à marches palpitantes, à contremarches en boue raboteuse, et une porte au troisième étage, que le dessin seul peut rendre, la littérature y devant perdre trop de nuits pour la peindre convenablement.

Une vieille, en harmonie avec la porte et qui peut-être était la porte anexée [*sic : pour* animée ?], nous intima l'ordre de n'entrer que un à un chez sa maîtresse.

Je fus le consulteur, et je fus admis. Je trouvai l'une de ces femmes oubliées par la mort, qui, sans doute, les [a] oubliées à dessein pour laisser quelques exemplaires d'elle-même parmi les vivants. C'était une face desséchée, où brillaient deux yeux gris d'une immobilité fatigante; un nez rentré, barbouillé de tabac; des osselets très bien montés par des muscles assez ressemblants, et qui, sous prétexte d'être de mains, battaient nonchalamment des cartes, comme une machine dont le mouvement va s'arrêter. Le corps, une espèce de manche à balai, décemment recouvert d'une robe, jouissait des avantages de la nature morte, il ne remuait point. Sur le front s'élevait une coiffe en velours noir. La chambre, éclairée au nord, était un fouillis, dont l'analogue ne se rencontre que dans les loges de portiers de l'Île-Saint-Louis ou du Marais.

Comme on me l'avait annoncé, Mme Fontaine était accompagnée d'une poule noire à sa droite, et d'un gros crapaud, appelé Astharosh, à sa gauche. Le crapaud, d'une dimension effrayante, effraie encore bien plus par deux topazes, grandes [comme] des pièces de cinquante centimes, qui jettent deux lueurs fascinantes, il est impossible de soutenir ce regard. Comme disait feu Lassailly, le crapaud est un être inexpliqué.

« Ce n'est pas trop de donner cent sous pour voir cela », pensai-je.

Mme Fontaine passe, parmi ceux qui cherchent à connaître l'avenir, pour plus savante que feu Mlle Lenormand.

La poule noire a sa cage à deux pieds de la table à tapis vert, et vient sur la table par une planche qui fait comme un pont levis entre la cage et la table.

Cette femme est la moins vivante des créatures qui sont dans ce taudis hoffmanique, elle me regardait, elle ne parlait pas, elle battait les cartes, et quand elle me dit : « Coupez », j'eus un frisson involontaire. Ce qui rend ces créatures si formidables, c'est l'importance de ce que nous voulons savoir. On vient leur acheter *[la suite manque]*

[*Épreuve, Lov.* A 60, f⁰ˢ 6 v⁰-7 v⁰.]

UN ESPION À PARIS

LE PETIT PÈRE FROMENTEAU

BRAS DROIT DES GARDES DU COMMERCE

LES COMÉDIES QU'ON PEUT VOIR GRATIS À PARIS

Nous avions bien déjeuné au Palais-Royal. En artistes régalés, nous étions disposés à rire, quoique nous eussions un rendez-vous chez un Gérant de journal dont le caractère et la caisse se recommandent par des mouvements comparables à ceux des marées.

Le valet de chambre de ce grand homme d'affaires nous fit attendre en intimes que nous étions; mais, nous ayant dit que Monsieur était en conférence avec un homme *qui lui vendait* l'incarcération d'un insaisissable débiteur, nous échangeâmes un regard et violâmes la consigne, en gens affriandés par la caricature que promettait cette annonce.

« *Que voulez-vous, messeigneurs ?* » dit en nous voyant et en imitant Frédérick Lemaître, le facétieux spéculateur dont le principal agrément d'esprit consiste à parsemer son dialogue

de mots repris aux pièces en vogue, et prononcés avec l'accentuation que leur donnent les acteurs célèbres.

« Nous voulions voir, répondit mon ami.

— Voyez, *jeûne hôme !* (Odry dans les *Saltimbanques*.)

— Enfin, pour sûr nous l'aurons, dit l'interlocuteur du
Gérant en forme de conclusion.

— En êtes-vous bien sûr, père Fromenteau ? demanda
le Gérant, car voici onze fois que nous le tenons le soir et
que vous le manquez le matin.

— Que voulez-vous ? je n'ai jamais vu de débiteur comme
lui, c'est une locomotive ; il s'endort à Paris et se réveille
dans Seine-et-Oise. C'est une *serrure à combinaison.* »

Et, voyant un sourire sur nos lèvres, il ajouta : « Ça se
dit ainsi dans notre *partie*. *Pincer* un homme, *serrer* un homme,
c'est l'arrêter. Dans la police judiciaire, on dit autrement.
Vidocq disait à sa pratique : *« Tu es servi ! »* C'est plus drôle. »

Sur ce mot, nous nous entre-regardâmes ; car le mot,
l'accent, la pose, tout était en rapport avec cet homme,
et quel homme !

Ce père Fromenteau, voyez-vous, est tout un poème, mais
un poème parisien. À son aspect, vous devineriez, comme
nous le devinâmes de prime abord, que le Figaro de Beaumarchais, le Mascarille de Molière, les Frontin de Marivaux et
les la Fleur de Daucourt, ces grandes expressions de l'audace
dans la friponnerie, de la ruse aux abois, du stratagème
renaissant de ses ficelles coupées, sont quelque chose de
médiocre en comparaison de ce colosse d'esprit et de misère.

Quand, à Paris, vous rencontrez un type, ce n'est plus un
homme, c'est un spectacle ! Ce n'est plus un moment de la
vie, mais une existence, c'est plusieurs existences !

Cuisez trois fois dans un four un buste de plâtre, vous
obtenez une espèce d'apparence bâtarde de bronze florentin.
Eh bien ! les éclairs de malheurs innombrables, les nécessités
de positions terribles, ont bronzé la tête de Fromenteau
comme si la sueur d'un four avait, par trois fois, déteint sur
son visage.

Les rides très pressées ne peuvent plus se déplisser, elles
forment des plis éternels, blancs au fond. Cette figure jaune
est toute rides. Le crâne, semblable à celui de Voltaire, a
l'insensibilité d'une tête de mort ; et, sans quelques cheveux
à l'arrière, on douterait qu'il fût celui d'un homme vivant.
Sous un front immobile, s'agitent, sans rien exprimer, des
yeux de Chinois exposés sous verre à la porte d'un magasin
de thé, des yeux factices qui jouent la vie, et dont l'expression
ne change jamais. Le nez, camus comme celui de la Mort,
nargue le Destin, et la bouche, plus serrée que celle d'un
avare, mais toujours ouverte, est néanmoins discrète autant
que le rictus d'une boîte à lettres. Calme comme un sauvage,

les mains hâlées, Fromenteau, petit homme sec et maigre, se recommande par une attitude diogénique pleine d'insouciance, qui ne peut jamais se plier aux formes du respect. Et quels commentaires de sa vie et de ses mœurs ne sont pas écrits dans son costume pour ceux qui savent déchiffrer un costume! Quel pantalon surtout! un pantalon de recors, noir et luisant comme l'étoffe dite *voile,* avec laquelle on fait les robes d'avocats! un gilet acheté au Temple, mais à châle, et brodé! un habit d'un noir rouge! Et tout cela brossé, quasi propre, orné d'une montre attachée par une chaîne en chrysocale. Fromenteau laissait voir en ce moment une chemise de percale jaune, plissée, sur laquelle brillait un faux diamant en épingle! Le col de velours ressemblait à un carcan sur lequel débordaient les plis rouges d'une chair de Caraïbe. Le chapeau de soie était luisant comme du satin, mais la coiffe eût rendu de quoi faire deux lampions, si quelque épicier l'eût acheté pour le faire bouillir. Ce n'est rien que d'énumérer ces accessoires, il faudrait pouvoir peindre l'excessive prétention que Fromenteau savait leur imprimer. Il y avait je ne sais quoi de coquet dans le col de l'habit, dans le cirage tout frais des bottes à semelles entre-bâillées, qu'aucune expression française ne peut rendre. Enfin, pour faire entrevoir ce mélange de tons si divers, un observateur aurait compris, à l'aspect de Fromenteau, que, si au lieu d'être mouchard il eût été voleur, toutes ces guenilles, au lieu d'attirer le sourire sur les lèvres, eussent fait frissonner d'horreur. Sur le costume, on se fût dit : « Voilà un homme infâme, il boit, il joue, il a des vices, mais il ne se *soûle* pas, mais il ne triche pas; ce n'est ni un voleur, ni un assassin, qui est-ce! » Et Fromenteau eût été vraiment indéfinissable jusqu'à ce que le mot espion fût venu dans la pensée. Le fin sourire de ses lèvres pâles, le clignement de ses yeux verdâtres, la petite grimace de son nez camus, disent qu'il ne manque pas d'esprit. Il s'est fait un visage de fer-blanc, et l'âme doit être comme le visage. Aussi ces mouvements de physionomie sont-ils des grimaces arrachées par la politesse, plutôt que l'expression de ses mouvements intérieurs. Il effrayerait, s'il ne faisait pas tant rire. Ce cynisme en fait de costume a un sens, cet homme ne tient pas plus à son habillement de ville que les acteurs ne tiennent au leur. Il excelle à se déguiser, à se grimer; il donnerait des leçons à Frédérick Lemaître, car il peut devenir dandy quand il le faut.

« Monsieur graisse-t-il la patte ? demanda Fromenteau d'un ton menaçant quoique froid, à son *client.*

— Il s'agit de *cinquente cintimes* (Odry dans les *Saltimbanques*), répondit le spéculateur en prenant cent sous et les tendant à Fromenteau.

— Et pour la canaille ?... reprit l'homme.

— Laquelle ? demanda mon ami.

— Ceux que j'emploie, répliqua Fromenteau tranquillement.

— Y a-t-il au-dessous ? dis-je.

— Oui, monsieur, répondit l'espion. Il y a ceux qui nous donnent des renseignements sans le savoir et sans se les faire payer. Je mets les sots et les niais au-dessous de la canaille ; car elle est souvent belle et spirituelle, la canaille ! »

L'impassibilité de ce sauvage, digne d'être mis en parallèle avec la Longue-Carabine de Cooper, nous sembla comme un défi.

« Vous êtes de la police ? demanda mon ami.

— De laquelle parlez-vous ? dit Fromenteau.

— Il y en a donc plusieurs ?

— Il y en a eu jusqu'à cinq, répondit Fromenteau. La judiciaire, dont le chef a été Vidocq. — La contre-police, dont le chef est toujours inconnu. — La police politique, celle de Fouché. — Puis celle des affaires étrangères, et celle du château (l'Empereur, Louis XVIII, etc.), qui se chamaillait avec celle du quai Malaquais. Ça a fini à M. Decazes. J'appartenais à celle de Louis XVIII, j'en étais dès 1794. »

Nous nous regardâmes en exprimant la même pensée : « À combien d'hommes a-t-il fait couper le cou ? »

« Maintenant on veut aller sans nous, une bêtise ! reprit-il après une pause. À la préfecture, depuis 1830, ils veulent d'honnêtes gens, j'ai donné ma démission. Je me suis fait un petit *trantran* avec les arrestations pour dettes...

— C'est le bras droit des Gardes du commerce, nous dit le spéculateur ; mais on ne peut jamais savoir qui, du débiteur ou du créancier, le paye mieux.

— Plus un état est canaille, plus il y faut de probité, dit sentencieusement Fromenteau, je suis à celui qui me paye bien. Vous voulez recouvrer cinquante mille francs et vous liardez avec le moyen d'action. Donnez-moi cinq cents francs, et demain matin votre homme est *serré*...

— Cinq cents francs pour vous seul ! » s'écria le *Dit-Gérant*. Nous nommions ainsi ce directeur de feuilleton à cause de son avidité.

« Lisette est sans châle, répondit l'espion sans qu'aucun muscle de sa figure jouât ; je la nomme Lisette à cause de Béranger.

— Vous avez une Lisette et vous restez dans votre partie ? s'écria mon ami.

— Et elle le sait, dit-il. Quand on est voleur et qu'on est aimé par une honnête femme, ou elle vole ou on devient honnête homme ; moi, je suis resté mouchard.

— Et pourquoi ?

— C'est si amusant ! On a beau vanter la pêche et la chasse, traquer l'homme dans Paris est une partie bien plus intéressante. »

Nous nous aperçûmes que ce curieux produit de l'écume qui surnage aux bouillonnements de la cuve parisienne, où tout est en fermentation, se piquait surtout d'être philosophe.

« Au fait, me dit mon compagnon, il leur faut de grands talents...

— Si je vous énumérais les qualités qui font un homme remarquable dans *notre partie,* dit Fromenteau, vous croiriez que je parle d'un homme de génie. Ne nous faut-il pas rapidité dans le coup d'œil ? — Audace (entrer comme des bombes dans les maisons, aborder les gens comme si on les connaissait, proposer des lâchetés toujours acceptées, etc.!) — Mémoire, — sagacité, — le don d'invention (trouver des ruses rapidement conçues! jamais les mêmes, car l'espionnage se moule sur les caractères et les habitudes de chacun). — Enfin l'agilité, la force, etc., tout cela, messieurs, est peint sur la porte du Gymnase-Amoros comme étant la vertu! Nous devons posséder tout cela, sous peine de perdre les appointements de cent francs par mois que nous donne l'État, la rue de Jérusalem, ou le Garde du commerce.

— Et vous me paraissez être un homme remarquable », lui dis-je.

Fromenteau ne donna pas signe d'émotion.

« J'ai de grands talents, répondit-il; mais on les a pour rien, c'est comme si j'étais un crétin! »

Et il se condamna bravement au lieu d'accuser les hommes. Trouvez beaucoup d'artistes méconnus qui n'aient pas plus de fiel que Fromenteau!

« Les circonstances ont été contre moi, dit-il en terminant; je pouvais être cristal, je suis resté grain de sable. Voilà tout. »

Et le petit père Fromenteau s'en alla sans nous saluer. Un vrai trait de génie!

DE BALZAC.

[*Le Diable à Paris,* 10 septembre 1844].

ÉTUDES DE MŒURS

II. LE LUTHER DES CHAPEAUX

« Mais arrive donc, mon cher! voilà deux cigares que je t'attends, et, ma foi, j'allais partir.

— Sans moi ? eh bien, c'eût été gentil! »

Et se donnant le bras, ils sortirent du passage de l'Opéra.

Ces deux jeunes gens, en tenue complète de soirée, représentaient deux apprentis grands hommes. L'un en était à son premier vaudeville reçu, l'autre à son troisième tableau refusé.

« Ah çà, pourrais-tu m'édifier sur la cause qui t'a empêché de venir à l'heure convenue ? demanda bientôt le *poète* avec cette aigreur particulière à tout homme qui arrive le premier à un rendez-vous.

— Regarde et devine ! répondit l'accusé en baissant la tête d'un air sombre.

— Je te trouve superbe, et voilà tout.

— Et ça ? fit le peintre en posant un doigt sculptural sur sa coiffure parfaitement brossée, mais dont le ruban, d'une largeur inusitée, ne parvenait pas à dissimuler cet ignoble lustre onctueux qui est aux chapeaux ce que les chevrons sont aux soldats.

« Oui, mon cher Maurice, continua-t-il en improvisant à *mezzo voce* et sur l'air : *Les coucous sont gras,* cette élégie célèbre dans tous les ateliers.

> Les chapeaux sont gras,
> Parce qu'on n'en a guère ;
> Les chapeaux sont gras,
> Parce qu'on n'en a pas.

« Tu me présentes ce soir chez un puissant de la terre, n'est-ce pas ? Eh bien, malheureux ! c'était dans l'espoir de remplacer cet infâme gobelet, c'était pour te faire honneur enfin, que j'ai couru vainement pendant que tu m'attendais. Et maintenant, blâme-moi si tu l'oses.

— Voilà ce que c'est que de n'avoir pas de fournisseur en titre, insinua Maurice en se rengorgeant d'une façon raisonnablement blessante pour son ami.

— Mon cher, répliqua celui-ci un peu vertement, ton objection pèche autant par la base que mon costume par le sommet. C'est précisément pour avoir eu trop de chapeliers en titre, que je ne peux plus avoir de chapeaux.

— Alors, mon bon Léon, reprit le vaudevilliste, ton malheur n'est que de la maladresse et je ne te plains pas. Ah ! s'il s'agissait d'un bonnetier, je ne dis pas ; on n'a pas encore trouvé d'amorce pour cette espèce, et les plus grands génies se sont brisés contre cette puissance d'inertie. Mais le chapelier ! c'est l'Épitomé de la petite dette. Artiste, il ne demande qu'une chose, être compris, c'est-à-dire flatté. Je vais à l'instant même te conduire chez le mien ; écoute et étudie, car je veux te donner à la fois une leçon et un chapeau. Je vais *poser pour toi;* seulement sois sérieux comme le roi sur une pièce de cent sous. Aujourd'hui, mon cher, tout le monde veut se couvrir de gloire, et beaucoup se couvrent de ridicule ; de là des caricatures entièrement neuves...

— Quand tout le monde aura de la gloire, comment pourra-t-on se distinguer ? demanda le peintre.

— La gloire, ce sera d'être un sot, répondit le poète. Tu seras décoré, je serai bien vêtu, c'est moi qu'on regardera...»

Sur cette observation, qui vous explique pourquoi les orateurs et autres grands hommes politiques ne mettent plus rien à la boutonnière de leur habit à Paris, nous vîmes briller en lettres d'or le nom illustre de VITAL, SUCCESSEUR DE FINOT, FABRICANT DE CHAPEAUX (et non pas chapelier, comme autrefois), dont les réclames rapportent aux courtiers autant d'argent que celles de ces trois vendeurs de pilules ou de pralines, et de plus auteur d'un petit écrit sur le chapeau.

« Mon cher, dit Maurice en montrant une devanture splendide, Vital a quarante mille francs de rente.

— Et il reste chapelier ! s'écria l'artiste en cassant le bras de son ami par un soubresaut violent.

— Tu vas voir l'homme, répondit le poète. Tu as besoin d'un chapeau, tu vas en avoir un gratis...

MAURICE, en entrant. — Monsieur Vital n'y est pas ?

UN PREMIER COMMIS. — Monsieur corrige ses épreuves dans son cabinet.

MAURICE, à son ami. — Hein ? (Au premier commis) : — Pouvons-nous lui parler sans nuire à ses inspirations ?

— Laissez entrer ces messieurs », dit une voix, une voix bourgeoise, la voix d'un éligible, une voix puissante et bien rentée.

Et Vital daigna se montrer lui-même, vêtu tout en drap noir, décoré d'une magnifique chemise à jabot ornée d'un diamant. Ils aperçurent une jeune et jolie femme assise au bureau, travaillant à une broderie.

Vital est un homme de trente à quarante ans, d'une jovialité primitive, rentrée sous la pression de ses idées ambitieuses. Il jouit de cette moyenne taille privilège des belles organisations. Assez gras, il est soigneux de sa personne ; son front se dégarnit, mais il aide à cette calvitie pour se donner l'air d'un homme à hautes pensées. On voit à la manière dont le regarde et l'écoute sa femme, qu'elle croit au génie et à l'illustration de son mari. Vital aime les artistes, non qu'il sente les arts, mais par confraternité ; car il se croit un artiste et le fait pressentir en se défendant de ce titre de noblesse ; en se mettant, avec une constante préméditation, à une distance énorme des arts, pour qu'on lui dise : « Mais vous avez élevé le chapeau jusqu'à la hauteur d'une science. »

« M'avez-vous trouvé mon chapeau ? lui dit Maurice.

— Comment, monsieur, en quinze jours ? répondit Vital ; et pour vous !... Mais sera-ce assez de deux mois pour rencontrer la forme qui convient à votre physionomie ? Tenez, voici la coupe que je vous deſtine : elle eſt là, je l'ai déjà bien étudiée ! Je ne me donnerais pas tant de peine pour un prince; mais vous êtes plus, vous êtes un artiſte ! et vous me comprenez, mon cher monsieur.

— Voici l'un de nos plus grands maîtres, qui serait grand comme Hobbéma s'il voulait se laisser mourir un petit peu, dit le poète en présentant son ami; c'eſt Léon de Lora, notre fameux paysagiſte, et il voulait vous voir comme un grand phénomène, car vous avez dit : *Le chapeau c'eſt l'homme.* Cette parole a ravi Léon. Ah! Vital vous avez la foi ! vous croyez à quelque chose, vous vous passionnez pour votre œuvre ! »

Vital écoutait à peine, il était devenu pâle de plaisir.

« Debout, ma femme ! monsieur eſt un prince de l'art ! (Madame Vital se leva à un geſte de son mari. Léon la salua.) Aurais-je l'honneur de vous coiffer ? reprit il avec une joyeuse obséquiosité.

— Bien entendu.

— Il faut à monsieur un chapeau pittoresque, dans le genre de celui de M. Duret le ſtatuaire ou de M. Marochetti, dit-il en regardant le peintre d'un air magiſtral. J'y songerai.

— Vous vous donnez bien de la peine, dit Léon.

— Oh! pour quelques personnes seulement, pour celles qui savent apprécier le prix de mes soins. Tenez, dans l'ariſtocratie, il n'y a qu'un seul homme qui ait compris le chapeau, le prince de B... Comment les hommes ne songent-ils pas, comme le font les femmes, que c'eſt la première chose qui frappe les regards dans la toilette, et ne pensent-ils pas à changer le syſtème actuel, qui, disons-le, eſt ignoble ? Mais le Français eſt, de tous les peuples, celui qui persiſte le plus dans une sottise ! Je connais bien les difficultés, messieurs ! Je ne parle pas de mes écrits sur la matière, que je crois avoir abordée en philosophe, mais comme chapelier seulement; moi seul ai découvert les moyens d'accentuer l'infâme couvre-chef dont jouit la France, jusqu'à ce que je réussisse à le renverser. Voilà l'ennemi, messieurs. Dire que le peuple le plus spirituel de la terre consent à porter sur la tête ce morceau de tuyau de poêle ! a dit un de nos écrivains. Voilà toutes les inflexions que j'ai pu donner à ces affreuses lignes. Mais, quoique je sache les approprier au caractère de chacun, comme vous voyez, car voici le chapeau d'un médecin, d'un épicier, d'un dandy, d'un artiſte, d'un homme gras, d'un homme maigre...

— Vous êtes un homme de génie au premier chef, monsieur Vital », dit Léon.

Vital s'inclina, sans soupçonner le calembour.

« Pourriez-vous me dire pourquoi vos boutiques reſtent

ouvertes les dernières de toutes, le soir, à Paris, même après les cafés et les marchands de vin ? Vraiment, ça m'intrigue.

— D'abord nos magasins sont plus beaux à voir éclairés que pendant le jour; puis, pour dix chapeaux que nous vendons pendant la journée, on en vend cinquante le soir.

— Tout est drôle à Paris, dit Léon.

— Eh bien! malgré mes efforts et mes succès, reprit Vital en reprenant le cours de son éloge, il faut arriver au chapeau à calotte ronde.

« C'est là que je tends !...

— Quel est l'obstacle ? lui dit Maurice.

— Le bon marché, monsieur! D'abord, on vous établit de beaux chapeaux de soie à quinze francs, ce qui tue notre commerce, car, à Paris, on n'a jamais quinze francs à mettre à un chapeau neuf. Si le castor coûte trente francs, c'est toujours le même problème. Quand je dis castor, il ne s'achète plus dix livres de poil de castor en France. Cet article coûte trois cent cinquante francs la livre, il en faut une once pour un chapeau; mais le chapeau de castor ne vaut rien. Ce poil prend mal la teinture, rougit en dix minutes au soleil, et le chapeau se bossue à la chaleur. Ce que nous appelons *castor* est du poil de lièvre. Les belles qualités se font avec le dos de la bête, les secondes avec les flancs, les troisièmes avec le ventre. Je vous dis le secret du métier, vous êtes des gens d'honneur. Mais que nous ayons du lièvre ou de la soie sur la tête, quinze ou trente francs, le problème est insoluble. Il faut alors payer son chapeau, voilà pourquoi le chapeau reste ce qu'il est. L'honneur de la France vestimentale sera sauvé le jour où les chapeaux gris à calottes rondes coûteront cent francs! Nous pourrons alors, comme les tailleurs, faire crédit. Pour arriver à ce résultat, il faudrait se décider à porter la plume, la boucle et le ruban d'or, les revers de satin comme sous Louis XIII et Louis XIV. Notre commerce, entrant alors dans la fantaisie, déquplerait. Le marché du monde appartiendrait à la France, comme pour les modes, auxquelles Paris donnera toujours le ton; tandis que notre chapeau actuel peut se fabriquer partout. Il y a dix millions d'argent étranger à conquérir annuellement pour notre pays dans cette question...

— C'est une révolution! s'exclama le poète en faisant l'enthousiaste.

— Oui, radicale, car il faut changer la forme.

— Vous êtes heureux à la façon de Luther, dit Léon, qui cultive le calembour; vous rêvez une Réforme.

— Oui, monsieur. Ah! si douze ou quinze artistes, capitalistes ou dandys qui donnent le ton voulaient avoir du courage pendant vingt quatre heures, la France gagnerait une belle bataille commerciale! Tenez, je le dis à ma femme :

pour réussir, je donnerais ma fortune! Oui, je suis plus patriote que chapelier. Toute mon ambition est de régénérer la chose et disparaître!... »

Et les deux jeunes fous riaient encore en se faisant annoncer dans le salon où, grâce au génie de Maurice, ils purent figurer très honorablement.

[BALZAC.]
[*Le Siècle,* 19 août 1845.]

UNE MARCHANDE À LA TOILETTE

OU

MADAME LA RESSOURCE EN 1844

LES COMÉDIES QU'ON PEUT VOIR GRATIS À PARIS

Jusqu'à présent, les peintres de mœurs ont mis en scène beaucoup d'usuriers : mais on a oublié l'usurière des femmes dans l'embarras, la madame *La Ressource* d'aujourd'hui, personnage excessivement curieux, appelée décemment *marchande à la toilette*.

Avez-vous quelquefois en flânant remarqué dans Paris une de ces boutiques dont la négligence fait tache au milieu des éblouissants magasins modernes, boutiques à devanture peinte en 1820 et qu'une faillite a laissée au propriétaire de la maison dans un état douteux; la couleur a disparu sous une double couche imprimée par l'usage et grassement épaissie par la poussière; les vitres sont sales, le bec-de-cane tourne de lui-même, comme dans tous les endroits d'où l'on sort encore plus promptement qu'on n'y rentre. Là, trône une femme entre les plus belles parures arrivées à cette phase horrible où les robes ne sont plus des robes et ne sont pas encore des haillons. Le cadre est en harmonie avec la figure que cette femme se compose, car ces boutiques sont une des plus sinistres particularités de Paris. On y voit des défroques que la mort y a jetées de sa main décharnée, et l'on entend alors le râle d'une phtisie sous un châle, comme on y devine l'agonie de la misère sous une robe brodée d'or. Les atroces débats entre le luxe et la faim sont écrits là sur de légères dentelles. On y trouve la physionomie d'une reine sous un turban à plumes, dont la pose rappelle et rétablit presque la figure absente. C'est le hideux dans le joli! le fouet de Juvénal, agité par les mains officielles du commissaire-priseur, y a éparpillé les manchons pelés, les fourrures flétries de quelques grandes dames aux abois. C'est un fumier de fleurs où çà et là, brillent des roses coupées d'hier, portées un jour, et sur lequel est toujours accroupie une affreuse vieille, la cousine germaine de l'usure, l'occasion du malheur, une harpie retirée, chauve, édentée, et prête à vendre le contenu, tant elle a l'habitude de colporter ou d'acheter le contenant, la robe sans la femme ou la femme sans la robe. La marchande est là comme l'argousin dans le bagne, comme un vautour au bec rougi sur des cadavres, au sein de son élément; plus horrible que ces sauvages horreurs qui font frémir les passants, étonnés quelquefois de rencontrer un de leurs plus jeunes et frais souvenirs pendus dans le sale vitrage derrière lequel grimace une de ces marchandes à la toilette qui ont fait autant de métiers inconnus qu'il y en a de connus.

Ce fut une de ces gémonies de nos fêtes que j'indiquais à un de mes amis.

« Que dites-vous de ceci ? n'est-ce pas la femelle de la mort ? » lui dis-je à l'oreille en lui montrant au comptoir une terrible compagnonne.

Nous entrons.

LUI : Madame, combien cette guipure ?

ELLE : Pour vous, monsieur, ce ne sera que cent écus.

Elle remarque une cabriole particulière aux artistes, et ajoute d'un air pénétré : « Cela vient de la princesse Lamballe. »

MOI : Comment, si près du château ?

ELLE : Monsieur, *ils* n'y croient pas.

MOI : Madame, nous ne venons pas pour acheter...

ELLE : Je le vois bien, monsieur.

MOI : Nous avons plusieurs choses à vendre, je demeure rue de Richelieu, 112, au sixième. Si vous vouliez y passer d'ici à une heure, vous pourriez faire un marché...

ELLE, en regardant fixement mon camarade : Monsieur désire peut-être quelques aunes de mousseline bien portées ?...

MOI : Non, il s'agit de savoir à quoi s'en tenir sur une robe de mariage, et l'on a confiance en vos talents.

Deux heures après, madame Nourrisson (elle s'appelait ainsi) vint en robe de damas à fleurs provenant de rideaux décrochés à quelque boudoir saisi, ayant un de ces châles de cachemire passés, usés, invendables, qui finissent leur vie au dos de ces femmes. Elle portait une collerette en dentelle magnifique, mais éraillée, et un affreux chapeau; mais, pour dernier trait de physionomie, elle était chaussée en souliers de peau d'Irlande, sur le bord desquels sa chair faisait l'effet d'un bourrelet de soie noire à jour.

Nous étions sérieux comme deux auteurs dont la collaboration *n'obtient pas tout le succès· qu'elle mérite.*

« Madame, lui dis-je en lui montrant une paire de pantoufles de femme, voici qui vient de l'impératrice Joséphine. »

Il fallait bien rendre à madame Nourrisson la monnaie de sa princesse de Lamballe.

« Ça ?... fit-elle ; c'est fait de cette année : voyez cette marque en dessous.

— Ne devinez-vous pas que ces pantoufles sont une préface, répondis-je, quoiqu'elles soient ordinairement une conclusion de roman ? Mon ami que voici, dans un immense intérêt de famille, voudrait savoir si une jeune personne, d'une bonne, d'une riche maison, et qu'il désire épouser, a fait une faute.

— Combien monsieur donnera-t-il ? demanda-t-elle en regardant mon complice.

— Cent francs.

— Merci, dit-elle en grimaçant un refus à désespérer un macaque, plus que ça de gages pour nos petites infamies ?

— Que voulez-vous donc, ma petite madame Nourrisson ? lui demandai-je.

— D'abord, mes chers messieurs, depuis que je travaille, je n'ai jamais vu personne, ni homme ni femme, marchandant le bonheur. Et puis, tenez, vous êtes deux farceurs », reprit-elle avec un sourire sur ses lèvres froides et avec un regard glacé par une défiance de chatte.

La familiarité la plus déshonorante est le premier impôt que ces sortes de femmes prélèvent sur les passions effrénées ou sur les misères qui se confient à elles. Elles ne s'élèvent jamais à la hauteur du client, elles le font asseoir côte à côte auprès d'elles sur leur tas de boue.

« S'il ne s'agit pas de votre bonheur, il est question de votre fortune, reprit-elle ; et, à la hauteur où vous êtes logés, l'on marchande encore moins une dot. Voyons, dit-elle en prenant un air doucereux, de quoi s'agit-il ?

— De la maison Névion, répondit mon ami, bien aise de savoir à quoi s'en tenir sur une personne qui l'intéressait.

— Oh! pour ça, reprit-elle, un louis, c'est assez...

— Et comment ?

— J'ai tous les bijoux de la mère ; et, de trois mois en trois mois, elle est dans ses petits souliers, allez! elle est bien embarrassée de me trouver les intérêts de ce que je lui ai prêté. Vous voulez vous marier par là, jobard ?... dit-elle ; donnez-moi quarante francs, et je jaserai pour plus de cent écus. »

Mon peintre fit voir une pièce de quarante francs, et nous sûmes des détails effrayants sur la misère secrète de quelques femmes dites *comme il faut.* La revendeuse, mise *en gaieté* par notre conversation, se dessina. Sans trahir aucun nom, aucun secret, elle nous fit frissonner en nous démontrant qu'il se rencontrait peu de bonheurs, à Paris, qui ne fussent assis sur la base vacillante de l'emprunt. Elle possédait dans ses tiroirs des grand'mères, des enfants, des défunts maris, des petites-filles mortes et entourées d'or et de brillants. Elle apprenait d'effrayantes histoires en faisant causer ses pratiques les unes sur les autres, en leur arrachant leurs secrets dans les moments de passion, de brouilles, de colères, et dans les préparations anodines que veut un emprunt pour se conclure.

« Comment avez-vous été, dis-je, amenée à faire ce commerce ?

— Pour mon fils », dit-elle avec naïveté.

Presque toujours, les revendeuses à la toilette justifient leur commerce par des raisons pleines de beaux motifs. Madame Nourrisson se posa comme ayant perdu plusieurs prétendus, trois filles qui avaient très mal tourné, toutes ses illusions, enfin. Elle nous montra, comme étant celles de ses plus belles valeurs, des reconnaissances du mont-de-piété pour prouver combien son commerce comportait de mauvaises chances. Elle se donna pour gênée au Trente prochain. *On la volait beaucoup,* disait-elle.

Nous nous regardâmes en entendant ce mot un peu trop vif.

« Tenez, mes enfants, je vais vous montrer comment l'on nous *refait* ! Il ne s'agit pas de moi, mais de ma voisine d'en face, madame Mahuchet, la cordonnière pour femmes. J'avais prêté de l'argent à une comtesse, une femme qui a trop de passions eu égard à ses revenus. Ça vous a de beaux meubles un magnifique appartement! ça reçoit, ça *fait,* comme nous disons, *un esbrouffe* du diable. Elle doit donc trois cents francs à sa cordonnière, et ça donnait un dîner, une soirée, pas plus tard qu'avant-hier. La cordonnière, qui apprend cela par la cuisinière, vient me voir; nous nous montons la tête, elle veut faire un esclandre, moi je lui dis : — Ma petite mère Mahuchet, à quoi cela sert-il ? à se faire haïr. Il vaut mieux obtenir des gages. *À raleuse, raleuse et demie !* Et l'on s'épargne sa bile... Elle veut y aller, me demande de la soutenir, nous y allons.

— Madame n'y est pas.

— Connu. — Nous l'attendrons, dit la mère Mahuchet, dussé-je rester là jusqu'à minuit. Et nous nous campons dans l'antichambre et nous causons. Ah! voilà les portes qui vont, qui viennent, des petits pas, des petites voix. Moi, cela me faisait de la peine. Le monde arrivait pour dîner. Vous jugez de la tournure que ça prenait. La comtesse envoie sa femme de chambre pour amadouer la Mahuchet. " Vous serez payée demain! " Enfin, toutes les colles!... Rien ne prend. La com-

tesse, mise comme un dimanche, arrive dans la salle à manger;
ma Mahuchet, qui l'entend, ouvre la porte et se présente.
Dam! en voyant une table étincelante d'argenterie (les
réchauds, les chandeliers, tout brillait comme un écrin),
elle part comme du *soldavatre* et lance sa fusée : Quand on
dépense l'argent des autres, on devrait être sobre, ne pas
donner à dîner. Être comtesse et devoir cent écus à une
malheureuse cordonnière qui a sept enfants!... Vous pouvez
deviner tout ce qu'elle débagoule, c'te femme qu'a peu
d'éducation. Sur un mot d'excuse (pas de fonds!) de la
comtesse, ma Mahuchet s'écrie : " Eh! madame, voilà
de l'argenterie! engagez vos couverts et payez-moi! —
Prenez-les vous-même ", dit la comtesse en ramassant six
couverts et les lui fourrant dans la main. Nous dégringolons
comme un succès!... Non : dans la rue, les larmes sont venues
à la Mahuchet, elle a rapporté les couverts, car elle a du cœur,
en faisant des excuses... Ils étaient en maillechort!...

— Elle est restée à découvert ? lui dis-je.

— Ah! mon cher monsieur, dit madame Nourrisson, éclairée
par ce calembour, vous êtes un artiste, vous faites des pièces
de théâtre, vous demeurez rue du Helder, et vous êtes resté
avec madame Antonia, vous avez des tics que je connais...
Allons, vous voulez avoir quelque rareté dans le grand
genre. On ne me dérange pas pour rien.

— Je vous jure, ma chère madame Nourrisson, que nous
voulions uniquement avoir le plaisir de faire votre connaissance et que nous souhaitons des renseignements sur vos
antécédents, savoir par quelle pente vous avez glissé dans
votre métier.

— J'étais femme de confiance chez un maréchal de France,
le prince d'Ysemberg, dit-elle en prenant une pose de Dorine.
Un matin, il vient une des comtesses les plus huppées de la
cour impériale, elle veut parler au maréchal, et secrètement.
Moi, je me mets aussitôt en mesure d'écouter. Ma femme
fond en larmes, elle confie à ce benêt de maréchal (le prince
d'Ysemberg, ce Condé de la République, un benêt!) que son
mari, qui servait en Espagne, l'a laissée sans un billet de
mille francs, que si elle n'en a pas un ou deux à l'instant,
ses enfants sont sans pain : elle n'a pas à manger demain.
Mon maréchal, assez donnant dans ce temps-là, tire deux
billets de mille francs de son secrétaire. Je regarde cette
belle comtesse dans l'escalier sans qu'elle puisse me voir;
elle riait d'un contentement si peu maternel, que je me glisse
jusque sous le péristyle, et je lui entends dire tout bas à
son chasseur : " Chez Leroy! " J'y cours. Ma mère de
famille entre chez ce fameux marchand, rue Richelieu, vous
savez... Elle se commande et paye une robe de quinze cents
francs : on soldait alors une robe en la commandant. Le

surlendemain, elle pouvait paraître à un bal d'ambassadeur, harnachée comme une femme doit l'être pour plaire à la fois à tout le monde et à quelqu'un. De ce jour-là, je me suis dit : " J'ai un état ! Quand je ne serai plus jeune, je prêterai sur leurs nippes aux grandes dames, car la passion ne calcule pas et paye aveuglément. " Si c'est des sujets de vaudeville que vous cherchez, je vous en vendrai... »

Elle partit après nous avoir montré les cinq dents jaunes qui lui restent, en nous saluant et en essayant de sourire.

Nous nous regardâmes, épouvantés l'un comme l'autre de cette tirade, où chacune des phases de la vie antérieure de madame Nourrisson avait laissé sa tache.

DE BALZAC.

[*Le Diable à Paris,* septembre 1844.]

II. AVANT-PROPOS DE L'ÉDITEUR
AU « PROVINCIAL À PARIS »

AVANT-PROPOS[1]

(1847)

Si le dix-neuvième siècle a vu naître et grandir beaucoup de réputations, si beaucoup d'écrivains ont conquis dans les rangs de la littérature moderne une place élevée, due à leurs succès et à leurs talents, il faut avouer que bien peu de ces

---

1. Placé en tête de l'édition du *Provincial à Paris*, cet avant-propos était signé par « L'éditeur ». S'agissait-il de Cassanet, ou de Roux dont les initiales figurent en signature de l'avis de la deuxième édition des *Petites Misères de la vie conjugale?* Pour ce dernier texte, il semble que la reconnaissance de paternité par Gabriel Roux soit justifiée, puisque Balzac, le 14 janvier 1846, lui donnait carte blanche pour le rédiger, parce que, disait-il, « je suis incapable de parler de moi-même. » (*Corr.*, t. V, p. 84-85). L'était-il aussi, dans ce même moment, pour *Le Provincial à Paris?* Aucun blanc-seing à « L'éditeur » n'existant pour cet avant-propos, et Balzac ayant prouvé, en d'autres temps et dans bien d'autres préfaces, introductions ou avant-propos qu'il était très capable de parler de lui-même, ou encore, avec les textes signés par Chasles ou Davin, qu'il pouvait « arranger » ce que quelque autre écrivait sur lui-même, on peut se rallier à l'opinion classique selon laquelle, pour ce qui concerne cet avant-propos, Balzac a, sinon écrit en totalité, du moins largement inspiré et probablement corrigé et enrichi un texte de « L'éditeur ». Sans doute s'en rencontre-t-on des éloges un peu trop appuyés. Mais il s'agit d'un texte important, non tant par sa lon-gueur que par le fait qu'il constitue le dernier témoignage de Balzac sur lui-même, et non des moindres. Ainsi que l'écrit avec raison Henri Evans, il renferme des « remarques [qui] sont trop précises et expriment trop exactement les sentiments intimes de Balzac

réputations, bien peu de ces écrivains sont destinés à franchir les limites de ce siècle, et que la postérité saura réduire considérablement la liste des hommes illustres de notre époque. Il en a été ainsi de tout temps, et certes, s'il était donné à certains auteurs d'assister au jugement que la postérité portera sur leurs œuvres, leur vanité essuierait de singuliers mécomptes.

Cependant, il est quelques écrivains que la supériorité incontestable de leurs œuvres, et la faveur intelligente et enthousiaste qui s'attache à leurs noms, ont séparés de la foule et élevés au premier rang; ceux là appartiennent de droit à la postérité, et ils seront l'admiration de l'avenir comme ils ont été celle du présent. Les uns sont des poètes divins, les autres des historiens éminents, ceux-là des auteurs dramatiques, ceux-ci des romanciers. Quelque sympathie que l'on professe, romantique ou classique, que l'on appartienne à telle école ou à telle autre, aujourd'hui, que toutes ces distinctions sont jugées et que la cause de la littérature moderne a été noblement gagnée, après avoir été noblement défendue, il n'y a plus, de part et d'autre, que des écrivains, et les hommes des deux partis que la passion n'aveugle plus applaudissent et saluent sans s'inquiéter des couleurs du drapeau.

Parmi ces écrivains dont la renommée a dit la gloire à toutes les parties du monde connu, il en est un qui, peut-être plus que les autres, justifie la colossale réputation dont il jouit. — Cet écrivain, c'est M. de Balzac, l'auteur de *La Comédie humaine* !

M. de Balzac jouit d'une réputation universellement acceptée; et, certes, on sait par quels travaux il l'a achetée. Il a dit lui-même, dans un de ses livres, quels combats il a livrés, quelles luttes il a soutenues, combien de défaites il a essuyées. Soldat courageux, infatigable, on l'a vu sur toutes les brèches, il a pris sa part de toutes les batailles, sa gloire dans tous les triomphes. « Je soutenais une lutte insensée », s'écrie-t-il quelque part, « je combattais la misère avec ma plume! » Noble et terrible lutte, celle-là : le génie aux prises avec les misérables réalités de la vie!

pour qu'elles aient pu être formulées par un autre que lui, car un *write-up* aussi parfait n'a jamais été écrit par un homme tant soit peu mêlé aux lettres sur un écrivain contemporain. Et cependant, malgré leur indiscrétion colossale, elles n'éveillent aucune malveillance, mais plutôt "un tout petit peu d'ironie qui se mêle à la *tendresse* ", comme dit Proust, dans l'esprit du lecteur qui connaît bien Balzac. L'ironie va à la truculence du petit-bourgeois de Paris, à l'aplomb du commis-voyageur; la tendresse va au grand homme capable de se dépouiller aussi complètement de sa personnalité qu'il se voit comme s'il était un autre ; à ce niveau, l'orgueil n'est plus que simplicité. » (*L'Œuvre de Balzac*, éd. Club français du Livre, t. X, p. XXVI-XXVII).

Les souvenirs de cette époque de sa vie percent à chaque page dans les livres de M. de Balzac; il se rappelle avec amertume ce qu'il a souffert : le fantôme du passé est son hôte habituel, et aujourd'hui même, aujourd'hui que, grâce à cette plume féconde avec laquelle naguères il combattait la misère, il a conquis une fortune princière et une gloire européenne, c'est avec une douloureuse mais sympathique émotion qu'il se rappelle les jours mauvais de son existence littéraire. Ce fut une rude époque, et les hommes qui ont résisté à de semblables épreuves étaient solidement trempés.

« Mon pauvre enfant, fait-il dire par un de ses personnages[1], Étienne Lousteau, je suis venu comme vous, plein d'illusions, avec l'amour de l'art, porté par d'invincibles élans vers la gloire; j'ai trouvé les réalités du métier, les difficultés de la librairie et le positif de la misère. Mon exaltation maintenant concentrée, mon effervescence première me cachaient le mécanisme du monde; il a fallu le voir, se cogner à tous les rouages, heurter ses pivots, me graisser à ses huiles, entendre le cliquetis des chaînes ou des volants. Vous allez, comme moi, savoir que, sous toutes ces belles choses, s'agitent des hommes, des passions, des nécessités. Vous vous mêlerez forcément à d'horribles luttes, d'œuvre à œuvre, d'homme à homme, de partis à partis, où il faut se battre systématiquement pour ne pas être abandonné par les siens. Ces combats ignobles désenchantent l'âme, dépravent le cœur et fatiguent en pure perte; car vos efforts servent souvent à faire couronner un homme que vous haïssez, un talent secondaire présenté malgré vous comme un génie. La vie littéraire a ses coulisses. Les succès surpris ou mérités, voilà ce qu'applaudit et voit le parterre; les moyens toujours hideux, les comparses enluminés, les claqueurs et les garçons de service, voilà ce que recèlent les coulisses. Vous êtes encore au parterre. Il en est temps encore, abdiquez avant de mettre un pied sur la première marche du trône que se disputent tant d'ambitions, et ne vous déshonorez pas comme je le fais pour vivre. »

Nul auteur n'a sondé plus profondément que M. de Balzac les mille replis du cœur humain; il a touché en se jouant à toutes les plaies de la société; il a dit avec cette magie de style, cette finesse d'observation, ces prodiges d'imagination qui distinguent ses œuvres, toutes les joies, toutes les douleurs, et l'espoir et le doute, et la lutte et le triomphe. Épris d'une splendide conception, dont la grandeur n'a pas un seul instant effrayé son génie, il est entré, dès les premiers pas, dans cette voie que nous l'avons vu suivre jusqu'aujourd'hui. Ses romans sont autant de jalons placés sur la route qu'il a tenue, et qui témoignent suffisamment du plan qu'il s'était

1. Dans *Illusions perdues*, t. V, p. 342.

tracé. Maintenant que l'édifice est à peu près achevé, il est permis à tous d'en admirer l'élégance, la force et la solidité.

M. de Balzac est un écrivain qui ne peut être comparé à personne dans le présent; entre ses œuvres et celles des autres écrivains de ce temps-ci, il n'y a nulle assimilation possible; nous irons plus loin, nous dirons qu'à aucune époque littéraire, une conception aussi vaste, aussi habilement coordonnée, aussi parachevée dans presque toutes ses parties que celle de *la Comédie humaine* n'est sortie du cerveau d'aucun homme! Et comme la nature de cet homme était bien faite pour un tel travail, et comme son talent se trouvait bien à la hauteur de l'œuvre! M. de Balzac avait toutes les qualités requises : il était vif, ardent, spirituel, moqueur ici, grave là, léger quelquefois, profond souvent, doué d'un prodigieux esprit d'observation, plein d'une originalité piquante et neuve.

Les héros de M. de Balzac sont des types; avant de les rencontrer dans ses livres, on les a vus dans le monde, dans la rue, dans les cercles, partout... C'est votre camarade, votre ami, votre frère; ses héroïnes ont passé devant vos regards éblouis, au théâtre, dans les bals de la Chaussée-d'Antin, dans les salons du faubourg Saint-Germain. Ce ne sont point des personnages auxquels l'imagination seule prête un instant une vie factice, une forme vague et fugitive; ce sont des hommes, ce sont des femmes en chair et en os, qui se meuvent et s'agitent dans le cadre imaginaire du roman, comme ils se meuvent et s'agitent dans le cadre officiel de la vie réelle.

Et quel est le lecteur dans l'esprit duquel ne soient pas profondément gravées les innombrables créations de l'écrivain!... Et Lucien de Rubempré, douloureuse personnification de la poésie luttant avec le positivisme littéraire, et Gobseck, et Dauriat, et Lousteau, et Finot, et Vautrin!... Puis, auprès de ces natures si bien prises sur le fait, si régulièrement daguerréotypées, ces autres natures charmantes sur lesquelles l'auteur semble avoir répandu tout ce qu'il y avait dans son cœur de poésie touchante, et de saint enthousiasme!... Eugénie Grandet, Coralie, Modeste Mignon, madame de Mortsauf!... Quel homme a peint l'amour avec de plus chastes pinceaux, ou des couleurs plus vives... J'en passe et des meilleures...

Aussi, comme le public attentif à toutes les nouveautés s'inquiète de l'apparition d'un livre de M. de Balzac... Un livre de cet écrivain, c'est un succès; c'est-à-dire une fortune pour l'éditeur, une joie pour le lecteur; qu'on se reporte pour un instant à quelques années, après 1831, et l'on se rappellera sans peine quelle émotion, quelle avidité, quelle curiosité folle, ardente, inouïe, accueillait chaque production nouvelle de M. de Balzac... Il y avait de tout dans ces productions : du rire et des larmes, de l'action et de l'analyse, du drame et de l'observation. C'est ainsi qu'ont paru, soulevant de tous côtés un concert unanime de bravos, la plupart des livres que vous connaissez... *Eugénie Grandet, Le Père Goriot,* la *Physiologie du mariage, Le Lys dans la vallée, Modeste Mignon, Le Curé de village,* les *Petites misères de la vie conjugale, Les Parents pauvres, Le Provincial à Paris;* et jamais l'auteur ne s'est fatigué, jamais le public ne s'est blasé...

Lorsque le roman-feuilleton opéra dans la littérature moderne cette révolution que vous savez, on aurait pu croire que M. de Balzac, talent d'observation et d'analyse, se trouverait mal à l'aise entre les maigres colonnes du feuilleton, et qu'il se garderait de tenter jamais cette nouvelle voie. Après tout, il avait assez fait pour sa réputation, pour sa gloire; il n'avait pas besoin d'une publicité nouvelle ou plus étendue, son nom était connu, aimé, admiré; le journalisme ne pouvait rien ajouter à sa couronne; il eût pu se retirer de la lice, qu'il n'eût été ni moins grand ni moins complet. Mais, comme nous le disions en commençant, M. de Balzac a été vu sur toutes les brèches, il a pris sa part dans toutes les batailles, sa gloire dans tous les triomphes; il n'a pas voulu que l'on pût lui montrer une seule voie qu'il n'eût pas tentée; c'est sa nature, d'ailleurs, d'être hardi, aventureux, d'aller en avant toujours, cherchant sans trêve des chemins ignorés; les journaux s'ouvrirent à l'envi devant cet hôte connu et déjà apprécié, et M. de Balzac retrouva pour cette nouvelle littérature un nouvel élan qui rappelait les jours les plus actifs de sa jeunesse littéraire, et il se remit à écrire avec cette même fécondité variée qui est un des dons les plus heureux dont la nature l'ai doué.

C'est alors que parurent : *Modeste Mignon, La Lune de miel*[1] et *Le Provincial à Paris.*

Nous n'avons pas la prétention d'analyser une à une les productions de M. de Balzac, ni de rappeler, dans ces quelques pages, l'histoire de sa vie littéraire; ce serait pour nous une tâche trop rude, et nous ne nous en sentons ni la force ni le talent.

Toutefois, nous voulons nous résumer en terminant et dire un dernier mot sur ce talent qui, malgré toute l'admiration dont il est entouré, ne nous semble pas occuper la place qui lui est due. L'avenir la lui fera plus élevée encore, nous n'en doutons pas! Les hommes comme M. de Balzac ne sont réellement grands, que lorsqu'ils ne sont plus : à ce propos,

---

1. Titre de *Béatrix* pour son édition contemporaine du traité pour *Le Provincial à Paris :* celle de 1845, faite par Chlendowski et par Souverain.

qu'on nous permette d'ajouter que dans toutes les nomenclatures littéraires des différents siècles qui ont donné au monde les hommes dont il s'honore à juste titre, nous ne voyons qu'un seul nom auprès duquel nous placerions volontiers M. de Balzac... Et ce nom, c'est *Molière*.

Qu'est-ce donc que Molière, sinon le poète qui a peint avec le plus de vérité, la société du dix-septième siècle, qu'est-ce que M. de Balzac, sinon le moraliste, le philosophe qui a le mieux compris, le plus fidèlement peint le dix-neuvième siècle. Si M. de Balzac avait vécu sous Louis XIV, il eût fait *Les Femmes savantes, Tartuffe, George Dandin, Le Misanthrope*; si Molière vivait de nos jours, il écrirait *La Comédie humaine*.

De quel écrivain contemporain pourrait-on en dire autant. Quel plus bel éloge pourrait-on faire d'un auteur !... — L'oubli aura jeté le linceul sur bien des réputations, que celle de M. de Balzac n'aura pas été seulement entamée. —

L'ÉDITEUR.

NOTES ET VARIANTES

Page 1153.

a. LES COMÉDIENS SANS LE SAVOIR   *F, C* : LE PROVINCIAL À PARIS   *RC*

b. À Monsieur [...] Castellane.   *F* : *pas de dédicace dans RC* : Dédié à M. le comte Jules de Castellane *C. À la suite du titre dans RC et à la suite de la dédicace dans C :* 1/ COMBIEN DE PARISIENS LA PROVINCE FOURNIT À PARIS

c. 1845,   *F* : 1844,   *RC, C* : *première des nombreuses variantes qui apportent la preuve que le texte de l'édition Furne fut bien établi après celui des deux autres versions.*

1. Cette dédicace ne figurant pas dans *Le Provincial à Paris,* mais seulement dans les publications portant le titre de *Comédiens sans le savoir,* nul n'était mieux désigné pour la recevoir que celui que Balzac nommait « M. de Castellane-théâtre, pour le distinguer des autres » (ces « autres » étaient la famille du général et de la comtesse Cordélia : voir t. VI, l'Introduction des *Secrets de la princesse de Cadignan,* et t. XII, celle de *La Comédienne de salon*). Dans *La Vie parisienne sous Louis-Philippe,* en effet, H. d'Alméras écrit : « Dans quelques salons on jouait la comédie, mais le théâtre du comte de Castellane est le seul qui ait vraiment mérité ce titre. Le comte Jules de Castellane avait épousé en 1842, Mlle Léonie de Villoutreys. Son hôtel du [106] faubourg Saint-Honoré était connu sous le nom de *la maison du mouleur,* à cause des

statues moulées en plâtre qui en décoraient la façade. Le théâtre s'élevait au fond du jardin. Un couloir orné de statues antiques et de curiosités égyptiennes y conduisait. L'histoire de ce théâtre comprend deux périodes. De 1835 à 1842, c'est-à-dire jusqu'au mariage du comte de Castellane, Mme Sophie Gay et la duchesse d'Abrantès furent les véritables directrices, mais des directrices rivales. Chacune avait sa troupe, chacune essayait de faire jouer ses propres ouvrages. Les femmes du monde se disputaient les rôles avec autant d'âpreté que les actrices. Leur cabotinage égalait pour le moins celui des professionnelles. Elles avaient le même désir de se mettre en avant, d'accaparer tout le succès d'une pièce. Paris s'amusa beaucoup de ces querelles de coulisses, il voulut les voir de près, et le comte de Castellane s'aperçut un jour qu'on entrait chez lui avec des billets vendus. Son théâtre accueillait volontiers des auteurs ou des compositeurs peu connus qui faisaient là leurs premières armes. Flotow y débuta, le 8 avril 1837, avec *Alice* [...] Après le mariage du comte de Castellane, sa femme devint la directrice de cette scène minuscule. Les spectacles furent plus relevés, les spectateurs et les acteurs choisis avec plus de soin » (*op. cit.,* p. 442-444). Introduit dès la première période par Sophie Gay ou par la duchesse d'Abrantès, Balzac connut aussi la seconde au moment même où il décrivait certains des futurs « Comédiens sans le savoir » : le 18 février 1845, il passait chez le comte Jules une soirée mémorable : « Je n'ai rien vu de plus charmant que les nouveaux appartements de M. de Castellane », écrit-il dès le lendemain à Mme Hanska. « C'est..., comment dire ? Royal, c'est peu de chose. Un dîner superbe, j'étais entre deux *femmes* de beauté contestable : la princesse de Béthune et une autre [...] Non content d'un théâtre dans son jardin, le c[omte] a un théâtre au 1er étage dans la salle à manger, ça fait un effet délicieux; c'est comme un panorama » (*LH,* t. II, p. 580-581).

Page 1154.

a. d'un *F* : de quelque *RC et C*
b. célèbre. *F* : célèbre. *Ensuite :* II / CE QUI, LA PLUPART DU TEMPS, ATTIRE LES PROVINCIAUX À PARIS *RC et C*

1. « En raison d'un conflit entre deux juridictions, l'une judiciaire, l'autre administrative », commente P. Citron.

Page 1155.

a. chambre. *F* : chambre. *Ensuite :* III / GAZONAL DÉJEUNE, POUR LA PREMIÈRE FOIS, COMME IL FAUT À PARIS *RC et C b*. midi. *F* : midi, quand ils déjeunaient chez lui. *RC et C*

1. Expression propre à Balzac, qui en inaugura l'invention dans sa *Physiologie du mariage* où il écrivait, notamment : « Quand une femme est inconséquente, le mari serait, selon moi, minotaurisé. » C'est-à-dire transformé en Minotaure, monstre moitié homme et moitié taureau, lequel animal a, comme on le sait, de fort belles cornes.

2. Après le préambule sur Lora et ce qui va suivre, ce choix n'était pas de hasard, le client du Café de Paris étant, selon F. Soulié, « un homme d'une position faite, d'une bonne solvabilité »; parisien averti, selon J. Bertaut : « Tortoni comme café et pour y déjeuner rapidement, le Café de Paris comme restaurant, voilà les deux pôles de la vie parisienne » (voir aussi n. 3 de la page 1157); et fin gourmet, selon J. Bertaut encore qui, dans les pages qu'il consacre à ce restaurant, cite une anecdote : « Les habitués du Café de Paris ayant tous la prétention de bien manger, le cuisinier était hors de pair : c'était l'ancien chef de Mme la duchesse de Berry. Il exerçait son métier avec conscience magnifique. Un jour Balzac descend à la cuisine et lui demande de soigner tout particulièrement le déjeuner du lendemain, car il a à sa table un Russe des plus gourmands. Vatel se lève, et, plein de dignité : — Je le ferai, monsieur, parce que c'est ce que nous avons l'habitude de faire tous les jours » (*Le Boulevard*, p. 141 et 149). De quel Russe s'agissait-il ? Après le Rocher de Cancale et malgré les réactions défavorables de Mme Hanska aux agapes offertes à M. de Lenz, Balzac traita-t-il aussi au Café de Paris le Provincial de Russie ? (voir notre Introduction, p.1129).

3. J. Bertaut évoque le souvenir d'une « discussion culinaire » qui mit aux prises Balzac et Dumas à propos du « célèbre *veau à la casserole*, gloire du Café de Paris ». Outre le « grand bruit de voix » qu'elle fit dans l'illustre restaurant, il faut noter la description de Balzac : « en grande toilette, habit bleu barbeau à boutons d'or ciselés, pantalon noir à sous-pieds, gilet blanc en piqué anglais sur lequel chatoient les anneaux d'une chaîne d'or microscopique, bas de soie à jours, souliers vernis, linge très fin, gants beurre frais » (*Le Boulevard*, p. 157). La tenue même de Gazonal...

Page 1156.

a. procès. *F* : procès. *Ensuite* : IV / PRÉCIS REMARQUABLE SUR LE PROCÈS GAZONAL CONTRE LE PRÉFET *RC et C*

1. À comparer avec le menu d'un repas que Balzac aurait commandé « pour lui *seul* » chez Véry, s'il faut en croire

Werdet : « Un cent d'huîtres d'Ostende; Douze côtelettes de pré-salé au naturel; Un caneton aux navets; une paire de perdreaux rôtis; Une sole normande; Sans compter les hors-d'œuvre, les fantaisies, telles qu'entremets, fruits, poires de Doyenné surtout dont il avala plus d'une douzaine; le tout arrosé de vins fins, délicats, des crus les plus renommés; Le café et les liqueurs. Tout fut englouti sans miséricorde! » Mais cette fois-là, c'est le malheureux Werdet qui eut « la berlue » quand il reçut la facture... Un repas de ce genre était cependant d'exception, comme le reconnaît Werdet : « Autant [Balzac] était sobre dans sa furie de travail, autant, lorsqu'il se reposait, son appétit, aiguisé par une longue abstinence, prenait tout à coup des proportions phénoménales » (E. Werdet, *Portrait intime de Balzac,* p. 289-290 et 298).

2. Singulier accent chez un homme *du Roussillon*... Mais ce genre d'inadvertance chez Balzac a du moins l'avantage de permettre d'entrevoir la réalité derrière la fiction; en l'occurrence, Gozlan (voir l'Introduction, p. 1127-1128).

Page 1157.

a. Frrance. » *F* : France. » *Ensuite :* v / LE RAT *RC et C*

b. vert. *F* : vert de l'arbre sous lequel Ève trouva le serpent. *RC et C*

1. « Je n'ai jamais *portraité* qui que ce soit que j'eusse connu, excepté Planche dans Claude Vignon, de son consentement », écrivait Balzac à Mme Hanska le 23 avril 1843. « Jamais » ? Voire. Mais ceci est une autre histoire. Notons qu'en l'espèce, il s'agissait du Vignon de la première partie de *Béatrix.* Maurice Regard, après avoir suivi les avatars de la création du personnage, remarque que, par la suite, l'homme qui, dans *Les Comédiens sans le savoir,* dans *La Cousine Bette,* dans *La Femme auteur,* deviendra maître des requêtes, professeur à la Sorbonne puis au Collège de France, et carriériste politique — au point d'inspirer « une mézestime prrofonde » —, « n'est plus Gustave Planche ». Ainsi, note-t-il : « Dans *Les Comédiens sans le savoir,* il sera bibliothécaire comme l'était également Joseph Planche. Encore un curieux effet d'onomastique! » et conclut : « Cette montée sociale où Claude Vignon semble évoluer dans un sens purement balzacien n'est en fait que l'histoire pauvrement humaine d'Eugène Lherminier. Chez l'un et chez l'autre, on remarque les mêmes désirs d'honneurs et les mêmes désaveux politiques. On sait qu'après avoir été libéral et même saint-simonien, Lherminier, plus rapidement, il est vrai, que le héros de Balzac, obtint une chaire au Collège

de France en 1831. Dès lors, il se rallie insensiblement au régime, et en 1836 il devient "juste milieu, centre gauche". En 1838, Molé le récompense en le faisant chevalier de la Légion d'honneur et maître des requêtes en service extraordinaire » (*L'Adversaire des romantiques. Gustave Planche,* t. I, p. 246, 249 et n. 75-250). Un détail cependant. Si M. Regard, quant à l'identité du modèle greffé dans *Les Comédiens sans le savoir,* attire opportunément notre attention sur le Vignon-Gustave Planche originel de *Béatrix,* il fait sur l'orthographe du nom de ce modèle une erreur qui, souvent commise, a suscité nombre de confusions dans l'histoire littéraire entre Eugène Lerminier (1803-1857) et un autre écrivain, généralement connu sous le nom de Louis Lherminier, mais dont l'identité exacte, découverte par Jean Ziegler, était Loys L'Herminier (1813-1893 : voir Baudelaire, *Œuvres complètes,* Bibl. de la Pléiade, t. I, p. 1560). Balzac commettait la même erreur de graphie, par exemple, quand il évoqua « Lherminier » en 1835 (*LH,* t. I, p. 349); le contexte indique qu'il visait bien Eugène Lerminier à la fois au titre d'écrivain aux gages du gouvernement et de collaborateur assidu de la *Revue des Deux Mondes,* sans doute la « Revue » à laquelle il fait ici allusion, car, après ses démêlés avec son directeur Buloz, Balzac manifesta en toutes occasions et avec vivacité qu'il professait pour elle « une mézestime prrofonde »...

2. Cultivateur nîmois dont une complainte de Béranger fit perdurer la sinistre mémoire, l' « assassin » Jacques Dupont dit Trestaillons avait été chef d'une des bandes qui organisèrent la Terreur blanche dans le Midi en 1815. Pour un méridional comme Gazonal, Massol et Vignon sont donc d'abominables sbires à la solde de son préfet.

3. « Autrefois » : le début de la vogue de la place Royale — aujourd'hui place des Vosges — ayant été marqué par son inauguration en avril 1612 et par les trois jours de fêtes qui y furent alors organisés à l'occasion du double mariage de Louis XIII avec Anne d'Autriche et de sa sœur Élisabeth de France avec le futur Philippe IV d'Espagne, fut donc à peu près contemporain du début de la vogue du pont Neuf, qui, dès la fin de sa construction en décembre 1607, fut aussitôt envahi par les tréteaux et baraques des jongleurs, bateleurs, chansonniers, arracheurs de dents, marchands ambulants, bouquetières, bouquinistes, et dont les vingt boutiques construites en pierre sur les demi-lunes en 1775 existaient encore lors de la publication des *Comédiens sans le savoir,* puisqu'elles devaient disparaître seulement au moment de la réparation du pont, effectuée à partir de 1848. « Aujourd'hui » : le Café de Paris se trouvant boulevard des Italiens, ex-boulevard de Gand, à l'angle gauche de la rue Taitbout, face à Tortoni situé à l'angle droit, c'est, en fait,

dès la Restauration que la Renommée avait consacré l'endroit même indiqué par Balzac : « déjà à cette époque, il n'y a qu'un seul côté du boulevard sur lequel tout le monde se promène ; c'est le côté droit en allant à la Madeleine. Montigny, dans son *Provincial à Paris,* nous le dit expressément : " Un étranger qui se tiendrait du côté opposé à celui où est situé le Café Tortoni et qui croirait se promener sur le boulevard de Gand, commettrait une étrange erreur : la mode n'a jamais adopté qu'un seul côté ; il en est de cet endroit comme des rives du Rhin à Strasbourg : sur une rive, la France ; sur l'autre, l'Allemagne. Il n'y a rien de commun entre le brillant habitué du boulevard de Gand, et le promeneur sans prétention qui longe paisiblement le Pâté des Italiens ". » (J. Bertaut, *Le Boulevard,* p. 138).

4. Ou de sa tante, ou d'une « espèce de tante » (voir *La Cousine Bette,* n. 1, p. 150).

5. À cette interrogation, qui signifiait : *« Qu'est-ce que c'est ? »* en langue d'oc et que l'on retrouve aujourd'hui dans presque tous les patois du pays occitan, un homme du temps — d'ailleurs méridional aussi, puisque né dans les Bouches-du-Rhône —, Roqueplan, « fort bien renseigné » sur le chapitre des « rats » en particulier et de la danse en général, répondait dans son *Parisine* : « La première étape de réfection et d'espoir, pour [les] futurs danseurs, c'est *l'encouragement.* Moyennant une rétribution d'un franc, appelée *feu,* ils commencent de prendre part à la figuration générale. C'est là ce qu'on nomme *aller dans la montagne,* parce qu'on les distribue dans *le lointain,* pour leur donner, par l'hypothèse d'une perspective, l'aspect de grandes personnes. [...] C'est durant cette seule période que les petites filles reçoivent la désignation familière de *rats* » (cité par H. d'Alméras, *La Vie parisienne sous Louis-Philippe,* p. 262).

Page 1158.

a. fleur. *F* : fleur. *Ensuite :* VI / L'OPÉRA VU DES BOULEVARDS *RC et C*

b. Paris... *F* : Paris... reprit Bixiou après une pause. *RC et C, phrase justifiée par la coupure du chapitre.*

c. l'Opérra, *F* : votre Opéra, *RC et C*

1. Toujours dans son évocation de l'Opéra, Roqueplan écrivait : « Pour ne parler que de la danse en elle-même, on aurait peine à se figurer les difficultés physiques qui en défendaient pour ainsi dire l'abord. C'est littéralement une citadelle de premier ordre qu'on ne peut emporter que par un long siège et en passant par les travaux préparatoires les plus compliqués. [...] Les jambes, les corps, les bras sont des objets d'études particuliers ; viennent ensuite les positions

principales avec leurs dérivés; les préparations et les termi-
naisons des pas et des temps; les poses, les attitudes, les
arabesques, les groupes; puis l'action de la tête, la recherche
des contrepoids naturels et du centre de gravité. On arrive
ainsi aux parties vraiment difficiles et en apparence impossibles
de l'art de la danse, aux parcours sur les pointes, aux éléva-
tions, aux grandes pirouettes... Pour tout cela, il faut une
conformation particulière et des exercices commencés dès
l'âge le plus tendre. [...] Imagine-t-on maintenant combien
on doit vider de loges de portier, de greniers, de soupentes,
avant de rencontrer les sujets nécessaires, et combien il faut
embaucher de pauvres enfants, garçons ou filles, qui ne doivent
pas être âgés de moins de sept ans ni de plus de dix, et qui
ne sortiront des classes pour débuter (s'ils débutent), qu'à
l'âge de dix-huit ans au plus tôt ? [...] Comment vivent-ils ?
Les leçons sont gratuites : la nourriture ne l'est pas. [...]
À ces difficultés viennent se joindre les fatigues de la classe
et les privations physiques. L'exercice continuel des *pliés,*
des *assemblés,* des pirouettes et des entrechats, exténue ces
pauvre petites créatures. [...] Et voilà de quel prix se pare
cette chose légère et charmante qu'on appelle la danse. »
De plus, pour ce qui concerne les *rats,* H. d'Alméras ajoute :
« Le milieu dans lequel elles vivaient était plus capable de
leur donner de mauvais conseils que de bons principes.
Après la danse, et peut-être même avant la danse, l'amour,
dès qu'elles avaient l'âge de l'inspirer ou de le ressentir — et
cet âge arrivait vite pour elles — était leur grande préoccupation. À force de le désirer et d'en avoir besoin, elles finissaient
par devenir jolies — et les amateurs ne manquaient pas.
En trouver un, jeune ou vieux, qui les enlevât à l'existence
misérable qu'elles menaient sans aucune résignation, et se
laissât ruiner pour elles, c'était leur rêve à toutes. Il se réalisait
souvent. » Leur réputation était telle que, « En 1841, le
curé de N.-D. de Lorette refusa d'admettre à la première
communion des enfants de douze ans élèves à l'école de
danse de l'Opéra » (H. d'Alméras. *La Vie parisienne sous
Louis-Philippe,* p. 259-264 et n. 1).

2. Opéra de Rossini créé en 1829.

Page 1159.

a. bouffre! *F* : bouffre! Voilà le positivisme de notre
époque! *RC et C*

b. proxès ?... *F* : proxès ?... *Ensuite : VII / DE LA MAR-
CHEUSE ET DE SON INFLUENCE RC et C*

c. marcheuse. » *F* : *marcheuse,* dit Léon sans répondre à
l'exclamation de son cousin. *RC et C*

1. Les lecteurs ont déjà rencontré la Malibran dans *La*

Cousine Bette. Quant à cette parodie du vers de Hugo, « Elle aimait trop le bal, c'est ce qui l'a tuée » (*Orientales,* 23), son double tort est d'avoir déjà été usée par Bixiou à propos de la Rabouilleuse, et d'être déplaisante quand on songe à l'admirable artiste que fut la Malibran, morte le 23 septembre 1836, à vingt-sept ans, d'une inflammation au cerveau causée par un coup qu'elle s'était donné à la tête en tombant de cheval lors d'une tournée en Angleterre.

2. Toujours selon Roqueplan, après l'*encouragement* rétribué au taux d'un franc le *feu,* « Les élèves arrivent ensuite à des appointements fixes de 400 francs, de 800 francs, 1 000 francs et au-delà. Ce sont eux qui font partie du corps de ballet, comme coryphées et seconds danseurs; mais, jusque-là, il faut admettre que, par des industries et des aides de toute nature, ils ont trouvé à vivre » (H. d'Alméras, *La Vie parisienne sous Louis-Philippe,* p. 262-263).

Page 1160.

a. Chambre... *F* : Chambre... *Ensuite :* VIII / OÙ GAZONAL COMMENCE À VOIR QU'IL N'A RIEN VU DEPUIS DIX-HUIT MOIS À PARIS *RC et C*
b. Gazonal. *F* : Gazonal devenu curieux. *RC et C*
c. trente *F* : six *RC et C*
d. Parisse. *F* : Parisse. *Ensuite :* IX / COMMENT L'ON PEUT S'AMUSER À PARIS *RC et C*
e. La basse-taille est un homme [...] danseuse. *add. F*

1. Un autre « Provincial à Paris », et plus illustre que Gazonal, avait su réagir avec le même esprit d'économie. Le 12 janvier 1840, un rédacteur de la *Gazette musicale* écrivait : « L'Opéra est un vaste bazar, une exhibition continuelle de tous les sentiments du cœur et des avantages physiques des deux sexes, mais plus particulièrement du sexe féminin. Je me souviens y avoir entendu un jeune diplomate en expectative [...] engager l'auteur du traité de la Tafna [Bugeaud] à former une douce liaison avec une de ces dames du ballet qu'il lui présentait en lui disant que ça ne lui coûterait qu'une quinzaine de mille francs par an. " Quinze mille francs ! s'écria le général effrayé, [...] eh ! mais, c'est le produit de ma terre ". [...] Bien que, depuis, l'amélioration des chemins vicinaux du département de la Dordogne ait dû doubler le revenu de la terre du général, on ne l'a point revu dans les coulisses de l'Académie royale de musique. » Balzac n'avait peut-être pas encore prévu l'épilogue des aventures de son « provincial à Paris » quand il attribua à Gazonal cette réflexion d'homme économe, qu'il ne pensa pas à rectifier, bien que, comme on le verra, son héros finisse par aventurer beaucoup plus que le prix de sa fabrique pour avoir eu le droit de

dire bonjour beaucoup moins de trente fois à la simple actrice qu'est Jenny Cadine...

2. L'Opéra (provisoire : voir n. 1 de la page 64 de *La Cousine Bette*) se trouvait alors rue Le Peletier. Le passage de l'Opéra avait été ouvert en 1822 à la fois pour faciliter l'accès du public et pour desservir l'entrée des artistes. Il comportait trois branches : l'une, devenue aujourd'hui la rue Rossini, longeait le côté sud de l'Opéra avec issues sur les rues Le Peletier et Drouot actuelles ; les deux autres, nommées respectivement galeries du Baromètre et de l'Horloge, étaient parallèles entre elles et perpendiculaires à la précédente qu'elles reliaient au boulevard des Italiens sur lequel elles débouchaient au niveau du numéro 12 actuel.

Page 1161.

a. Gazonal.   F : Gazonal. *Ensuite :* x | UN GÉRANT DE JOURNAL   RC. *C'est à partir d'ici que Balzac inséra dans RC trois articles antérieurement publiés dans « Le Diable à Paris » et un article publié dans « Le Siècle » (voir l'Histoire du texte, p. 1673). Ces quatre articles forment vingt chapitres supplémentaires, les chapitres XI à XXIX, par rapport au texte du « Courrier français » (voir le tableau, p. 1684). Le chapitre X de RC qui commence ici et le chapitre XI étaient constitués par le texte assez remanié de l'article du « Diable à Paris », « Un espion à Paris | Le petit père Fromenteau, bras droit des gardes du commerce | Les comédies qu'on peut voir gratis à Paris » (voir Documents, p. 1695 sq.) :* Gazonal. *Ensuite :* x | LA COMÉDIE GRATIS   C. *Le texte de ce chapitre concernait le personnage du littérateur Chodoreille. Ce texte fut repris en RC avec le titre de* UN GRAND LITTÉRATEUR *(var. a, p. 1174), tandis que le titre et le chapeau de la* COMÉDIE GRATIS *de C servaient, en RC, à coiffer le texte différent du chapitre XII (var. a, p. 1165). En F, le chapitre sur Chodoreille fut supprimé, mais en FC, Balzac indiqua sa réinsertion plus loin (var. b, p. 1202), où se lit donc maintenant le texte qui se trouvait à la suite du nom de* Gazonal. *en C*

1. Décidément historien, ou guide émérite, Balzac donne à résumer à Bixiou un fait absolument vrai : la réforme apportée dans l'art de la danse par Maria Taglioni et Fanny Elssler. Mais le résumé, suffisant pour les initiés de l'époque, est aujourd'hui trop bref. Par l'âge, le caractère, le physique, la Taglioni qui avait débuté à Vienne en 1822 et à l'Opéra de Paris en 1827, laide, presque bossue, insupportablement capricieuse, mais ambitieuse et tenace, s'opposait en tous points à Fanny Elssler, ravissante, charmante, et dont les débuts à Londres puis à l'Opéra de Paris dataient de 1834. De même, s'opposaient leurs conceptions respectives de leur art : la Taglioni avait créé la danse « *idéaliste* », aérienne,

« dans un nuage de gaze et de mousseline », et Elssler « une danse passionnée, réaliste, une danse de femme et non de nymphe ». Leur rivalité personnelle s'étendit au public; il y eut de sérieux affrontements entre *taglionistes* et *elssלériens,* parmi lesquels Théophile Gautier qui saisit l'occasion de la reprise par Fanny d'un rôle tenu jusqu'alors par Maria dans *La Fille du Danube,* pour écrire, dans son feuilleton de *La Presse* du 5 novembre 1838, que non seulement Mlle Elssler « est beaucoup plus jeune et plus belle », qu'elle « possède la force, la précision, la netteté du geste, la vigueur des pointes, une hardiesse pétulante et cambrée tout à fait espagnole, une facilité heureuse et sereine dans tout ce qu'elle fait », mais qu' « elle a, en outre, ce que n'avait pas Mlle Taglioni, un sentiment profond du drame : elle danse aussi bien et joue mieux que sa rivale ».

2. Ce qui ne simplifiait pas toujours la tâche du directeur de l'Opéra, s'il faut en croire celui qui fut le plus marquant du temps, Véron : « Se croyant sûre de l'impunité, une jeune danseuse protégée manqua son service pendant plusieurs représentations; je prononçai contre elle une amende de 500 francs. Le protecteur était un pair de France. M. Thiers mit à certaines décisions ministérielles, que cependant il trouvait justes, pour condition expresse, que je lèverais cette amende. Si je ne punis pas celles qui manquent à leur devoir, il faudra, lui dis-je, que je donne des gratifications à toutes celles qui le font. Je résistai aux instances de M. Thiers » (*Mémoires d'un bourgeois de Paris,* Gabriel de Gonet, 1853, t. III, p. 293).

3. « Pendant ma direction, on rencontrait sur le théâtre et au foyer de la danse des ambassadeurs, des députés, des pairs de France, des ministres et la meilleure compagnie », notait encore Véron après avoir décrit à quel point, à côté de ce foyer fort effervescent, « le foyer du chant offre un aspect calme et tranquille. Les dames des chœurs sont contraintes à une attention soutenue; il n'y a parmi elles ni luxe ébouriffant, ni coquetterie tapageuse; elles se rendent la plupart au foyer du chant avec des socques et un parapluie [...] » (*Mémoires d'un bourgeois de Paris,* t. III, p. 297 et 295).

Page 1162.

a. *Saltimbanques.)* F : *Saltimbanques.) Ensuite :* xi / un homme de la police *RC*

1. Voir l'Introduction (p. 842) de *Gaudissart II.*

2. Antoine-Louis-Prosper Lemaître (1800-1876), dit Frédérick (prénom emprunté à son grand-père maternel : Frédérick-Charles Mehrscheidt) Lemaître. Nous n'avons pu retrouver de quelle réplique il s'agit ici.

3. Le comédien Jacques-Charles Odry tenait le rôle de Bilboquet dans la parodie de Dumersan et Varin, *Les Saltimbanques,* si souvent citée par Balzac (voir, notamment, la note 1 de la page 947 des *Employés* et la note 2 de la page 392 de *La Cousine Bette*).

4. Voir var. *a,* p. 1164 : c'est vraisemblablement sur cet endroit du texte que portait un passage d'une lettre d'Hetzel à Balzac : « Je voulais vous demander dans *Le Petit Père Fromenteau* le sacrifice de 4 ou 5 lignes à la seconde page à partir de : *mais nous ne l'avions jamais couché* (inclusivement) jusqu'à [...] *Ce père Fromenteau* voyez-vous tout est imprimé. Voici ma raison dans laquelle je compte bien que vous pourrez entrer. J'ai de *Parfait* un article intitulé *Comment on arrête un homme à Paris.* Si je mets les lignes dont je vous demande le sacrifice, l'article de Parfait est *impossible,* car ce mot (coucher un homme) y tient une énorme place et est comme la clé de l'article. Or j'ai accepté et payé cet article qui est imprimé corrigé etc. et d'ailleurs je blesserais le brave garçon en ne le mettant pas — et j'ai pensé que vous ne feriez pas de difficulté de supprimer dans le Père Fromenteau ces lignes qui n'y sont pas seulement absolument. Regardez en effet l'article et vous verrez qu'on peut couper sans rien changer en laissant sans réponse la question du gérant » (*Corr.,* t. IV, p. 725). Balzac céda, coupa. Bien à tort, puisque finalement le fameux article de Noël Parfait ne figure pas dans *Le Diable à Paris.* Mais s'il dut l'ôter du texte publié par Hetzel, du moins Balzac eut-il la liberté de glisser le « mot » dans les autres publications du passage.

Page 1163.

1. Sur ce sujet, voir *Splendeurs et misères des courtisanes* ou, dans le présent volume, *La Cousine Bette,* p. 386 et n. 1, et n. 3, p. 389 et n. 1.

Page 1164.

a. de génie! *Avec ces mots s'achève la reprise de l'article* « Un espion à Paris », *dont nous avons signalé le début var. a, p. 1161.*

1. Voir n. 4 de la page 1162.

2. Lisette existait avant Béranger : « Chaulieu, l'Atteignant et beaucoup d'autres joyeux compères avaient chanté une Lisette. Béranger, se conformant à une tradition, en a fait le type de la grisette parisienne, de ces femmes aux amours faciles, vives, gaies, légères, insoucieuses de l'avenir, et qui ont pris la devise de la fille du régent : *Courte et bonne.* Elle égaye un grand nombre de ses chansons », commentait Pierre Larousse.

3. Installé depuis 1838 rue Jean-Goujon et baptisé alors « Gymnase civil et orthopédique », cet établissement avait été créé en 1826 dans un reste de l'ancien château de Grenelle, place Dupleix, sous le nom de « Gymnase national », par Francisco Amoros (1769-1848). Ce colonel espagnol, qui avait fait appliquer la méthode de Pestalozzi dans les établissements militaires de son pays, devait occuper des charges importantes sous Joseph Bonaparte dont il fut, notamment, le ministre de l'Intérieur. En 1814, il dut s'exiler, choisit Paris, et c'est ainsi que, grâce à lui, la gymnastique fut introduite pour la première fois en France. Notons une particularité : dans la méthode « amorosienne », les exercices s'exécutaient avec un accompagnement musical... Amoros avait même publié un « Manuel » de gymnastique que Bouvard et Pécuchet devaient étudier à fond pour « s'améliorer le tempérament »; des « hymnes » spécifiques pour chaque exercice y étaient prescrits. (G. Flaubert, *Bouvard et Pécuchet*, chap. VIII).

4. C'est-à-dire « à la Préfecture de police », installée rue de Jérusalem depuis l'an VII, et plus particulièrement « aux services de la police judiciaire ». On dit aujourd'hui « au quai des Orfèvres » : à la taille près, il s'agit du même établissement et situé au même endroit puisque la rue de Jérusalem, absorbée par l'un des nombreux agrandissements du Palais de Justice entre 1843 et 1907, commençait aux anciens numéros 24 et 26 du quai des Orfèvres.

Page 1165.

a. poli... F : poli... *Ensuite :* XII / LA COMÉDIE GRATIS *RC. Avec ce chapitre commençait la reprise de l'article paru dans* « Le Siècle », « Le Luther des chapeaux » *(voir l'Histoire du texte, p. 1673 et le tableau, p. 1685) dont le texte assez remanié (voir Documents, p. 1699 sq.) forme en RC les chapitres XII, XIII, XIV et XV (de la présente variante jusqu'à la var. a, p. 1169). On a vu (var. a, p. 1161) que le titre du chapitre XII de RC,* LA COMÉDIE GRATIS, *recouvrait un autre texte dans la publication antérieure de C, texte dont Balzac a aussi repris pour RC les premières lignes (voir la variante suivante).*

b. Si nous devons aller *[7 lignes]* où irons-nous ? RC : *En C, ces lignes se trouvaient en tête du chapitre X, intitulé* LA COMÉDIE GRATIS *(voir var. a, p. 1174), texte devenu en RC celui du chapitre XXX intitulé* UN GRAND LITTÉRATEUR. *Bien qu'il ait changé le contenu de* LA COMÉDIE GRATIS, *Balzac a donc donné à deux textes différents le même préambule avec les sept lignes que nous signalons ici.*

c. seulement, sois sérieux RC. *C'est avec ces mots que commence véritablement la reprise du* « Luther des chapeaux » *(voir Documents, p. 1700).*

1. Il s'agit évidemment non pas d'Andoche Finot, alors grand arrivé du journalisme, mais de son père, chapelier établi rue du Coq en 1818, selon le texte de *César Birotteau.*

Page 1166.

a. broderie. F : broderie. *Ensuite :* xiii / portrait d'un petit grand homme *RC*

Page 1167.

a. J'y songerai. F : J'y songerai. *Ensuite :* xiv / question vital *RC*

1. « Mon cher Hetzel », écrivait Balzac vers la fin de février 1845, « faites-moi donc envoyer une nouvelle épreuve du *Luther des chapeaux,* j'ai une correction à y faire à cause du prince de Béthune qui veut bien qu'on le nomme ». Est-ce lors du dîner chez le comte Jules de Castellane que Balzac avait obtenu du mari de sa voisine de table cette autorisation ? (*Corr.,* t. IV, p. 779 et notre note de la dédicace).

Page 1168.

a. calembour. F : calembour. *Ensuite :* xv / le lustre des castors *RC*

Page 1169.

a. disparaître !... *Avec ces mots s'achève l'emprunt au* luther des chapeaux *(voir var. a, p. 1165).*

b. méridional... *Ensuite, en RC, les chapitres* xvi *à* xxiv *reproduisent l'article du « Diable à Paris » :* un gaudissart de la rue richelieu / les comédies qu'on peut voir gratis à paris *que Balzac a enlevé aux « Comédiens sans le savoir » dans l'édition Furne, où ce texte devint :* gaudissart ii. *Les variantes de ce morceau, qui intéressent aussi « Les Comédiens sans le savoir », se trouvent aux pages 1523 et suiv. du présent volume.*

c. Allons par là, F : *En RC, à la fin du chapitre* xxiv *(voir var. b,) on lisait :* / — Mes enfants, s'écria Gazonal, vous avez raison, Paris, c'est le monde ! et tous ces gens-là sont admirables. / — C'est, dit Léon de Lora, des Comédiens sans le savoir. *Ensuite :* xxv / madame la ressource / — Allons par là, *RC, où avec des remaniements, le texte du présent chapitre* xxv *et celui des chapitres* xxvi, xxvii, xxviii *et* xxix *reprenaient le texte de l'article « Une marchande à la toilette / ou / Mme La Ressource en 1844 / Les comédies qu'on peut voir gratis à Paris », publié dans « Le Diable à Paris » (voir l'Histoire du texte, p. 1673 et le tableau, p. 1685), depuis la variante a, p. 1170 jusqu'à la variante a, p. 1174.*

1. « Veſtimentale » ou « veſtimentaire » : l'un et l'autre pouvaient se dire au XIXe siècle.

Page 1170.

a. dont la négligence [...] modernes. *RC. Avec ces mots, commence effeſtivement la reprise du texte de l'article publié dans « Le Diable à Paris », « Une marchande à la toilette | ou | Mme La Ressource en 1844. | | Les Comédies qu'on peut voir gratis à Paris », reprise signalée var. c, p. 1169. Cet article, dont nous reproduisons le texte parmi les Documents (p. 1704 sq.), fut sensiblement modifié pour être inséré en RC.*

b. Nourrisson. *F* : Nourrisson. *Ensuite :* XXVI | FINS CONTRE FINS *RC*

c. Léon de Lora. *F* : Léon de Lora. *Ensuite :* XXVII | UNE SCÈNE DE HAUTE COMÉDIE *RC*

1. C'était l'adresse même du pied-à-terre parisien de Balzac, nous l'avons vu dans l'Introduſtion, p. 1130; et nous retrouverons d'autres conséquences du fait dans *Les Petits Bourgeois* (t. VIII).

Page 1172.

a. vif. *F* : vif. *Ensuite :* XXVIII | PARIS AU POINT DE VUE DE LA DETTE *RC*

Page 1173.

a. souvent. *F* : souvent. *Ensuite :* XXIX | À QUOI SERVENT LES ENFANTS À LEUR MÈRE *RC*

1. Féminin déjà très vieilli à l'époque, signalé par Littré chez La Fontaine : « La fortune lui trame en secret cette esclandre. »

2. Francisation populaire de *soda-water* (eau de soda).

Page 1174.

a. sourire. | « Et qu'allons-nous faire ? *F* : sourire. *Sur ce mot, s'achève en RC la reprise de l'article « Une marchande à la toilette » (voir var. c, p. 1169) et, en même temps, l'ensemble des additions d'articles commencées p. 1161 (voir var. a de cette page). À partir d'ici et jusqu'à la fin de l'œuvre, le texte RC reprenait le texte C. Après* sourire *venait :* XXX | UN GRAND LITTÉRATEUR, *chapitre dont le texte devait être supprimé en F puis réinséré plus loin en FC (voir Hiſtoire du texte p. 1679; et var. a, p. 1202). Ensuite :* XXXI | LE PORTIER BIENFAISANT | « Et qu'allons-nous faire ? *RC* : Gazonal. *(voir var. a, p. 1161). Ensuite :* X | LA COMÉDIE GRATIS | — Si nous devons aller à la Chambre [...] où irons-nous ? [Ce titre et ces sept lignes furent repris en RC pour le chapitre* XII *(var. a, p. 1165);] et dans le* *feuilleton, on lisait ensuite :* / — Suivons notre nez, répondit Léon. / — Oh! s'écria Bixiou, voici Chodoreille. *suivait le texte devenu celui de* UN GRAND LITTÉRATEUR *en* RC*, ôté de* F *et réinséré en* FC *(comme pour la leçon précédente, voir* Hiſtoire du texte*, p. 1679 ; var. a, p. 1202 ; et pour l'ensemble des phénomènes, le tableau, p. 1687).* Ensuite : XI / LE PORTIER BIENFAISANT / « Et qu'allons-nous faire ?   C

1. Malaga, Carabine, Mousqueton : autant de noms réels, portés alors par d'authentiques actrices ou lorettes « dans le grand genre », comme on l'a vu dans notre Introduction ou dans *Un homme d'affaires.*

2. Était-ce un nom de transition entre Isemberg et Wissembourg (voir n. 1, p. 56 de *La Cousine Bette*) ?

3. Fameux, et réel : Leroy avait été, notamment, le couturier de l'impératrice Joséphine.

Page 1175.

a. sous leur protection; aussi quelque [...] Montyon. » *FC* : sous leur protection.   *F* : sous leur protection, je ferai donner le prix Monthyon au mien.   *C*

b. Gazonal.   *FC* : Léon.   *F* : Gazonal.   *C*

1. Au titre de la « vertu » (voir n. 3, p. 336 de *La Cousine Bette*) ?

2. C'eſt-à-dire pour le théâtre du Vaudeville.

Page 1176.

a. calembour.   *F* : calembour. *Ensuite :* [XXXII   *RC*] [XII   *C*] / SIMPLE HISTOIRE   *RC, C*

Page 1177.

a. cordon.   *F* : cordon. *Ensuite :* [XXXII   *RC*] [XIII   *C*] / DE LA PHILANTHROPIE MODERNE   *RC, C*

1. Dans la violence de son attaque contre les philanthropes, Léon eſt le porte-parole de Balzac, frère de Dickens sur ce sujet auquel, semble-t-il, il comptait consacrer *La Gloire des sots* (voir t. XII). Dans *La Cousine Bette,* il nomme l'un d'eux (voir p. 336 et n. 2).

Page 1178.

a. régiments...   *F* : régiments... *Ensuite :* [XXXIV   *RC*] [XIV   *C*] / UN PORTRAIT REMIS À NEUF   *RC, C*

b. hante   *F* : fréquente   *C*

Page 1179.

a. prospectus.   *F* : prospectus. *Ensuite :* § 1er / SANS ARGENT   *RC, C*

Page 1180.

a. Sec. *F* : sec. *Ensuite :* § 11 / BEAUCOUP D'ARGENT *RC, C*

1. On a déjà vu, dans *La Cousine Bette* (écrite après *Les Comédiens sans le savoir,* mais placée avant dans *La Comédie humaine*), l'effervescence que mirent à l'époque les spéculations sur les chemins de fer dans la vie des contemporains de Balzac, et dans la sienne propre (voir notamment, n. 1, p. 226, n. 1 de la page 238).

Page 1181.

1. Espion du drame de Hugo, *Lucrèce Borgia,* cité aussi par Crevel dans *La Cousine Bette* (p. 235).
2. Crevel aussi cite ce vers de *Cinna* (voir *La Cousine Bette,* p. 183).
3. Jeu de mots... et obsession (voir n. 1, p. 328 de *La Cousine Bette*).

Page 1182.

a. miser ?... *F* : miser ?... *Ensuite :* [XXXV *RC*] [XV *C*] / LA DYNASTIE DES MARIUS SANS RUINES *RC, C. Les chapitres* XXXV *à* XXXVII *de RC et* XV *à* XVII *de C reprenaient, en le modifiant, un article prévu pour « Le Diable à Paris » mais non publié, et dont il reste une épreuve (voir Documents, p. 1691 sq.,* UN DES TROIS GRANDS COIFFEURS DE PARIS,). *Quant au titre, il s'agit évidemment d'une allusion à Marius sur les ruines de Carthage.*

1. Voir la note 1 de la page 238 de *La Cousine Bette.*
2. Habitant la rue Saint-Georges si bien expliquée lors de l'installation d'Esther et des folies de Nucingen dans *Splendeurs et misères des courtisanes,* Carabine réside donc dans le lieu privilégié de l'« aristocratie des lorettes » et, en outre, elle est assez haut placée dans cette aristocratie pour mériter le titre de « duchesse ».
3. Évariste-Désiré de Forges, chevalier puis vicomte de Parny (1753-1814), poète élégiaque dont la vogue commença vers la fin de l'Ancien Régime et s'épanouit sous le Directoire.

Page 1183.

a. jeu. » *F* : jeu. » *Ensuite :* [XXVI *RC*] [XVII *C*] / MARIUS V *RC, C*

1. Lors de l'insurrection, si souvent évoquée dans *La Comédie humaine,* qui devait s'achever au cloître Saint-Merry.

2. Voir l'Introduction de *Gaudissart II,* p. 845.

Page 1184.

a.   , si la glace le veut...   *add. FC*

1. Gian-Battista Rubini (1795-1854), célèbre ténor italien qui s'illustra particulièrement dans ses interprétations des opéras de Rossini.

Page 1185.

a. maison.   *F* : *maison. Ensuite :* [XXXVII   *RC*] [XVII   *C*] / PHYSIOLOGIE DU COIFFEUR   *RC, C*

1. En plusieurs scènes de ces *Comédies gratis,* et ici de façon notable, Balzac indique très nettement de véritables « jeux de scène ».

Page 1186.

a. À qui le tour ? »   *C. Avec cette phrase s'achève le texte de l'épreuve signalée var. a, p. 1182, et reproduite dans les Documents (p. 1691).*
b. attendaient.   *F* : attendaient. *Ensuite :* [XXXVIII   *RC*] [XXVIII   *C*] PROPORTIONS GIGANTESQUE DES RIENS [À   *RC*] [DE   *C*] PARIS   *RC, C*

1. La cuisine pour Carême, la danse pour Vestris.
2. Les cheveux qui couvrent les tempes.
3. Friedrich-Heinrich-Alexander von Humboldt (1769-1859). Outre son voyage en Amérique qui dura de 1799 à 1804, le célèbre baron naturaliste avait fait bien d'autres voyages et eut bien d'autres occasions de perdre ses cheveux avant même que Balzac ne le rencontre pour la première fois, près de quinze ans plus tôt, chez le baron Gérard, puis qu'il ne le retrouve lors de son passage par Berlin à son retour de Saint-Pétersbourg en octobre 1843 (*Corr.,* t. IV, p. 621 et n. 2, p. 622).

Page 1187.

a. pas... »   *F* : pas... » *Ensuite :* [XXXIX   *RC*] [XIX   *C*] QUE SERAIT DEVENU RAPHAËL S'IL EÛT ÉTÉ FOURIÉRISTE ? *RC, C*

1. Partie de la rue Vivienne actuelle qui va de la Bourse aux Boulevards.
2. Pour nommer ce personnage, Balzac s'était vraisem- blablement souvenu du nom de l'un des chefs des émeutes de mai 1839, Jean Dubourdieu, qui avait été incarcéré au mont Saint-Michel avec Barbès et Blanqui (sur Jean Dubour- dieu, voir G. Geffroy, *L'Enfermé,* Fasquelle, 1897, p. 78;

M. Dommanget, *A. Blanqui,* Mouton et Cie, 1969, p. 241, 258, 268, 269, 278, 289, 299).

Page 1188.

a. votre   F   : notre   *RC, C. Nous corrigeons la coquille de F.*

Page 1190.

a. cousin.   F   : cousin. *Ensuite :* [xl   *RC*] [xx   *C*] / USINE À FABRIQUER L'ESPÉRANCE   *RC, C. Ce chapitre reprenait* LA TIREUSE DE CARTES, *prévue pour « Le Diable à Paris », mais qui n'y parut pas. Nous reproduisons parmi les Documents (p. 1694-1695) le fragment qui subsiste de cet article.*

1. Richelieu enfermant Salomon de Caus à Bicêtre (voir p. 585) était une invention contemporaine de Balzac : un article du *Musée des Familles* avait lancé cette légende en 1834.

2. « Feu » depuis peu : Marie-Anne-Adélaïde Lenormand, née en 1772, était morte le 25 juin 1843. Outre sa célébrité et les détails vus à son propos dans l'Introduction sur les raisons et les moyens de l'intérêt que Balzac lui portait, il faut encore noter qu'il avait autrefois été le voisin de la Sibylle qui habitait déjà le 5 de la rue de Tournon au moment où lui-même habitait au 2 de cette rue.

Page 1191.

1. Surtout si elle est réellement « plus savante » que feu Mlle Lenormand « qui laissait une fortune de plus de 500.000 francs » (H. d'Alméras, *La Vie parisienne sous Louis-Philippe,* p. 435).

2. C'est-à-dire depuis le 31 décembre 1837 à minuit. Dans *La Comédie humaine,* Balzac fait à la suppression des jeux un nombre d'allusions qui peut sembler aujourd'hui bien grand, mais qui est à la mesure de l'importance qu'eut alors l'événement. La soirée de fermeture avait été fort mouvementée, « principalement au n° 154 du Palais-Royal et à Frascati » — donc au pied même de ce qui allait devenir l'observatoire parisien de Balzac —, signalait Lesur dans son *Annuaire historique,* à la « Chronique » du 31 décembre 1837.

3. Gargoulette espagnole particulièrement poreuse.

Page 1192.

a. acheter   *c'est sur ce mot que s'interrompt le fragment d'épreuve signalé var. a, p. 1190.*

1. « Feu » depuis peu lui aussi : né en 1806, Charles Lassailly, le malheureux et fugitif « secrétaire » de Balzac, était mort fou le 14 juillet 1843.

2. « Avoir le dernier » pouvait s'écrire pour « avoir le dernier mot ».

Page 1193.

a. trouvait. *F* : trouvait. *Ensuite :* [XLI   *RC*] [XXI   *C*] / UN MYSTÈRE DES SCIENCES OCCULTES   *RC, C*

1. Elles ont le mérite, en tout cas, de nous faire comprendre que c'est vraisemblablement des méthodes traditionnelles des tireuses de cartes que procédait le fameux questionnaire — anglais, la voyance ne connaissant pas de frontières — auquel Proust répondit si consciencieusement (voir l'*Album Proust* de la Bibliothèque de la Pléiade, p. 88-91).

Page 1194.

1. Faut-il penser que « mademoiselle Cléopâtre », « la vieille poule » naguère auxiliaire de Mme Fontaine lors de la consultation de la Cibot, était morte ? (voir *Le Cousin Pons.*)

Page 1195.

1. Voir l'Introduction (p. 1135-1137). Il s'agit de Balthazard, arrêté, jugé et condamné en 1843 : « *Il faisait l'avortement* et allait en ville ! Il est cause de la mort de plusieurs femmes et des maladies atroces et éternelles de quelques autres. Il a eu des circonstances atténuantes, car il a été condamné seulement à 10 ans de travaux forcés », écrivait Balzac à Mme Hanska le 24 avril (*LH*, t. II, p. 201). Balthazard aurait été plus commode à voir que Mme Fontaine, car il habitait près de Frascati : rue Sainte-Anne, 63.

Page 1196.

a. vanité. » *F* : vanité. » *Ensuite :* [XLII   *RC*] [XXII   *C*] / DEUX MANIÈRES D'ENTRER À LA CHAMBRE DES DÉPUTÉS   *RC, C*

Page 1197.

a. Gavarni. *F* : Gavarni. *Ensuite :* [XLIII   *RC*] [XXIII   *C*] / PROFIL DE MINISTRE   *RC, C*

1. Quinet dans *Ahasvérus* (Quatrième journée, IV), en 1833.
2. Le *Journal officiel* du temps (voir n. 4, p. 982 des *Employés*).

Page 1198.

a.   , qui se refuserait [...] Ministère   *add. FC*

Page 1199.

a. sous prétexte   *FC*   : à propos   *C*
b. nous...   *F*   : nous... *Ensuite :* [XLIV   *RC*] [XXVII   *sic pour*   XXIV   *C*] / SPÉCIMEN D'ORATEUR   *RC, C*

1. Les chemins de fer, évidemment, comme on l'a vu plus haut (p. 1180 et n. 1) et, surtout, dans *La Cousine Bette.*

Page 1200.

a. Maxime de Trailles. / Maxime était un député   *FC*   : Maxime, député   *C*
b. reprit Canalis en riant. / Quoique [...] droite.   *FC*   : reprit, en riant, le député qui siégeait vers la droite, quoiqu'il eût été déjà ministre.   *C*

1. Comédien français déjà rencontré, notamment dans *Gaudissart II* (voir n. 4, p. 848).
2. Il faut bien constater qu'une fois de plus, dans *La Comédie humaine,* ce n'est pas au représentant de « la Droite » que Balzac confère l'honnêteté, la probité, mais à l'homme le plus « à gauche » de tous les hommes politiques de cette scène, Giraud.

Page 1201.

a.   , mais avec une grande sévérité...   *add. FC*
b.   , mais vivement, à vous écraser...   *add. FC*
c. blousés   *FC*   : mis dedans   *C*
d. en train de devenir ambassadeur   *add. FC*
e. que voici, [...] matinée...   *add. FC*

Page 1202.

a. Pas-Perdus.   *F*   : Pas-Perdus. *Ensuite :* [XLV   *RC*] [XXV   *C*] / UN DÉFI DE GAZONAL   *RC, C*
b. sain d'esprit ?... *Après ces mots, Balzac indiqua en marge, en* FC *: ici l'ajouté. Comme nous l'avons vu dans l'Histoire du texte (p. 1679), il s'agissait vraisemblablement du texte du chapitre sur Chodoreille supprimé en* F, *mais publié plus haut en* RC *et* C, *et constituant, en* RC, *le chapitre* XXX *intitulé* UN GRAND LITTÉRATEUR ; *et, en* C, *le chapitre* X *intitulé* LA COMÉDIE GRATIS *(voir le tableau, p. 1687 ; var. a, p. 1161, et var. a, p. 1174).*

1. Vraisemblablement Molé, « ancien ministre » et alors l'un des plus brillants et plus actifs orateurs de l'opposition ; et sûrement Thiers, « le chef du centre gauche ».

Page 1203.

1. Expression tirée du leitmotiv « Prenez mon ours » de la folie-vaudeville de Scribe et Saintine, *L'Ours et le*

Pacha, devenu une scie surtout utilisée chez les « artistes »
(voir *Pierre Grassou,* t. VI, p. 1094).

2. Roi des Lapithes dans la mythologie grecque.

3. Énigme : « Les éminents hugoliens que j'ai consultés
ont dit ne pas connaître l'expression, que j'ai essayé sans
succès de retrouver moi-même chez le poète », note Antony
R. Pugh (*AB 1967,* p. 217). Cette expression et son attribution se retrouvent, en tout cas, à plusieurs reprises sous
la plume de Balzac à partir de janvier 1839 où il l'emploie
pour la première fois à propos de Custine (*Corr.,* t. III,
p. 531. Voir encore p. 676 et, au tome V, p. 234); il se la vit
d'ailleurs appliquer, tantôt par un admirateur sincère comme
Francis Girault, lui écrivant le 24 août 1839, année où,
décidément, l'expression se lançait : « vous êtes enfin parvenu
au grade éminent et *inamovible* de Maréchal littéraire de
France » (*Corr.,* t. III, p. 683 et, sur Girault, notre Introduction
p. 1138), tantôt, comme un Chodoreille, par les ricaneurs du
Charivari, qui souhaitaient, le 13 août 1845, voir venir les
jours où « il prendra sa retraite de maréchal de France littéraire » (cité dans *LH,* t. III, p. 14).

4. Cette adresse apparaissait seulement dans le chapitre
sur Chodoreille, mis dans le feuilleton et dans l'édition du
Provincial à Paris, mais ôté de l'édition Furne. Inversement,
le chapitre sur la Nourrisson, où Bixiou indique qu'il habite
« rue Richelieu, 112 » (p. 1170), ne figurait ni dans le feuilleton
ni dans *Le Provincial à Paris,* mais fut ajouté dans l'édition
Furne (voir l'Histoire du texte, p. 1680). Le fait que nous ayons
réinséré « Un grand littérateur » crée ici une contradiction
qui n'existait pas dans les différentes publications de l'œuvre
du vivant de Balzac.

Page 1204.

1. Du même Chateaubriand et paru en 1811, ainsi que
René, cité un peu plus loin, et paru en 1802.

Page 1205.

1. *Le Rhin, lettres à un ami,* dont l'édition originale en trois
volumes parut en 1843. L'édition définitive, parue en 1845,
était augmentée d'un quatrième volume dans lequel Hugo
traitait de la question politique : *avant* cette édition, Balzac
aurait-il pu faire prononcer par Lora sa réflexion sur « la
guerre de conquête » ? Ce petit détail permet peut-être de
délimiter la date de composition possible du chapitre « Un
grand littérateur ».

2. Gazonal et Léon de Lora étaient donnés plus haut
(p. 1153, 1154 et *passim*) comme originaires du « Roussillon »
et du « département des Pyrénées orientales ». Gazonal

voudrait-il égarer ici son interlocuteur ? l'explication est peu probable. Mieux vaut penser à une inadvertance du narrateur.

Page 1206.

    a. abasourdi. *Fin de « l'ajouté » (voir var. a, p. 1202).*
    b. poser. F : poser. Ensuite : [XLVI *RC*] [XXVI *C*] / LE VENT QUI VIENT DE LA MONTAGNE LE RENDIT FOU *RC, C. Ce titre est une évidente allusion au poème de Hugo « Guitare » (« Les Rayons et les Ombres », 22), dont on connaît le refrain : « Le vent qui vient à travers la montagne | Me rendra fou. » On se souvient que, dans C (voir var. a, p. 331), un chapitre de « La Cousine Bette » s'intitulait « Autre Guitare », d'après le titre d'un autre poème du même recueil. Balzac avait loué « Les Rayons et les Ombres », en 1840, dans la « Revue parisienne ».*
    c. se croit *FC* : est *C*

    1. Gazonal a déjà prononcé cette phrase à propos de Vital (p. 1169). Comme la contradiction des adresses de Bixiou (voir n. 4, p. 1203), cette répétition n'existait pas dans les éditions faites du vivant de Balzac, « Le Luther des chapeaux » n'intervenant pas dans les textes où apparaissait « Un grand littérateur ».

Page 1207.

    a. les montagnards *FC* : ils *C*

    1. La Suisse, en effet, était alors même chaudement travaillée : depuis 1838, on assistait à l'essor du mouvement démocratique à partir de la révision des constitutions cantonales. L'opposition était vive entre les cantons libéraux qui voulaient un État fédéral unitaire et les cantons conservateurs, tenants d'un État fédéral aux associations libres, les diètes. Le feu fut mis aux poudres par l'admission des jésuites, qui provoqua en 1844 et 1845 des coups de main des corps francs extrémistes contre Lucerne et, en 1845, la formation du Sonderbund, association de défense que voulut dissoudre la Diète fédérale. Peu après la publication de l'annonce de Publicola, en 1847, devait éclater la *Guerre du Sonderbund* et sa rapide défaite à Gislikon devant l'armée de la Diète.
    En Italie, les révoltes avaient commencé dès 1831 à Modane, Parme et en Romagne, et, en 1832, le Génois Mazzini avait fondé l'association secrète *Jeune Italie* dont les buts étaient de réaliser l'unité nationale et un renouveau politique. Dès lors, troubles et répressions étaient devenus endémiques. Mais, ici aussi, peu après l'annonce de Publicola, c'est en 1847 que de vraies insurrections allaient éclater à Messine et Reggio, puis, en 1848, à Palerme, Milan, Venise,

Naples, déclenchant la « Guerre sainte » de Charles-Albert et une révolution qui devait durer jusqu'en août 1849.

2. L' « Anacréon de la guillotine », déjà rencontré dans *Les Employés* (p. 1061 et n. 2).

Page 1208.

a. , les Philanthropes   *add. FC*

b. Méridional.   *F* : Méridional. *Ensuite :* [XLVII   *RC*] [XXVII   *C*] / UN PROCÉDÉ POUR ESSAYER L'AMOUR   *RC, C*

1. Sur les philanthropes, voir plus haut la note 1 de la page 1177 et, sur les « communistes » dans le sens d'alors, voir la note 1 de la page 850 de *Gaudissart II*. Notons que les « communistes » n'étaient pas toujours des sujets de plaisanterie. Le 13 septembre 1841, le duc d'Aumale avait manqué être victime d'un attentat et l'instruction « avait révélé que le crime était le résultat d'un complot tramé dans les bas-fonds de la démagogie communiste », selon Thureau-Dangin (*Histoire de la monarchie de Juillet,* t. V, p. 13) qui cite une lettre du 11 décembre 1841 de Henri Heine, écrivant que « le jour n'était pas éloigné où toute la comédie bourgeoise en France, avec ses héros et comparses de la scène parlementaire, prendrait une fin terrible au milieu des sifflements et des huées, et qu'on jouerait ensuite un épilogue intitulé *Le Règne des communistes* ». Dès cette époque, Heine n'était donc pas très éloigné du Balzac des *Lettres capitales par Publicola* et de l'extrait du chapitre *Du communisme* que nous citions dans la note de *Gaudissart II*. Quant au pédicure réel (voir l'Introduction, p. 1140-1142), dit « Frère Raymon du Temple » et Grand Maître de l'Ordre installé dans la chapelle de l'ex-Cour des Miracles, son nom était Bézuchet-Fabre-Palaprat (J. Peuchet, *Mémoires* tirés des Archives de la Police, t. I, p. 117, n. 1).

Page 1210.

a. Bixiou.   *F* : Bixiou. *Ensuite :* [XLVIII   *RC*] [XXVIII   *C*] / CARABINE AU REPOS   *RC, C*

Page 1211.

a. devenue Mme la présidente du Ronceret.   *FC* : devenue la femme d'un président en province.   *F* : devenue la femme d'un président en province. Paris a toujours eu, il aura toujours une de ces maisons qui sont, pour les gens du monde, de l'art, de la politique et de la finance, comme une place publique où l'on traite de tout sans conséquence, où l'on est astreint à rien de gênant.   *C*

Page 1212.

a. sirène.   *F* : sirène. *Ensuite :* [XLIX   *RC*] [XXIX   *C*] /

DÉNOUEMENT OÙ LE PROVINCIAL RECONNAÎT LA SUPÉRIORITÉ
DE PARIS EN TOUT GENRE   *RC, C*

1. Déjà vue dans *La Cousine Bette* (p. 160, n. 1). En fait,
les biographes de Virginie Déjazet lui attribuent trois rivales :
en 1816, à Paris, Pauline, qui l'obligea à partir en province,
où elle se heurta à Lyon à Mlle Hugens et à Bordeaux à
Élisa Jacobs. Puis, revenue à Paris et à partir de 1828, Déjazet
eut une quatrième rivale en la personne de Jenny Vertpré,
désignée dans notre Introduction comme l'un des plus probables modèles de Jenny Cadine. Outre son prénom, cette
actrice réelle avait quelques autres points communs avec la
spirituelle actrice balzacienne. Et quelques raisons d'être
considérée comme une rivale de la spirituelle Virginie
Déjazet. Elle possédait aussi le talent, l'esprit et l'intelligence :
en 1833, elle était « la plus fine, la plus piquante, la plus spirituelle espiègle des actrices de la capitale » pour *Le Gil Blas
des théâtres* (t. I, p. 122); en 1837, Brazier saluait comme « un
grand événement dramatique » la rentrée aux Variétés de
« cette petite actrice si fine, si maligne, si intuitive, si douée
de cette rare intelligence qui fait seule les bonnes comé-
diennes... » (*Chroniques des petits théâtres,* t. I, p. 171). Quelques
détails de la biographie de Jenny Cadine, qui apparaîtront
seulement dans *La Cousine Bette* (elle y sera la maîtresse de
Crevel qui l'« a protégée à l'âge de treize ans », puis la maîtresse du général Hulot), la rapprocheront singulièrement de
cette Jenny Vertpré, dont *La Rampe et les Coulisses* (p. 161)
avait conté comment elle avait été prise sous sa protection
en 1812 — donc à treize ans — par un général qui, « touché
de sa grâce et de sa gentillesse », l'avait enlevée et lui avait fait
faire avec lui la campagne de Russie (ou la campagne d'Espagne, s'il faut en croire le *Complément à la troupe de Nicolet,*
p. 209).

Page 1213.

a. et sauvé de la misère   *add. FC*

b. — Et *à l'œil* [...] *chipper.   add. FC. Nous conservons la
graphie* chipper, *donnée par les textes en italique, mais on écrit
plutôt* chiper.

c. Paris, novembre 1845.   *add. F*

INDICATIONS BIBLIOGRAPHIQUES

CITRON (Pierre) : Notice des *Comédiens sans le savoir,* Seuil,
t. V, 1966.
BARDÈCHE (Maurice) : Introduction aux *Comédiens sans le
savoir. CHH,* t. XI, 2ᵉ éd., 1969.

TABLE

ÉTUDES DE MŒURS :

SCÈNES DE LA VIE PARISIENNE *(suite)*

Table 1743

Ce volume, faisant partie
d'une nouvelle édition
de La Comédie humaine,
et portant le numéro trente-huit
de la « Bibliothèque de la Pléiade »
publiée aux Éditions Gallimard,
a été achevé d'imprimer
sur Valobible des Papeteries Prioux
le 6 février 1996
par Normandie Roto Impression s.a.
à Lonrai
et relié en pleine peau,
dorée à l'or fin 23 carats,
par Babouot à Lagny.

ISBN : 2-07-.010874-0.
Nᵒ Édition : 75628. Nᵒ d'impression : 96-0116
Dépôt légal : février 1996.
Premier dépôt légal : 1977.
Imprimé en France.